国家出版基金项目

本卷主编　方锡球

明代文艺思想史

中国文艺思想通史

第六卷 ◎ 上

北京师范大学出版集团
BEIJING NORMAL UNIVERSITY PUBLISHING GROUP
北京师范大学出版社

《明代文艺思想史》
主编、副主编简介

方锡球

1962 年生，安徽枞阳人。文学博士，二级教授，安徽师范大学博士生导师，安庆师范大学中国语言文学一级学科硕士点负责人，博士学位授权学科立项建设负责人，汉语言文学国家级一流专业建设点负责人。安徽省学术与技术带头人，安徽省高等学校学科拔尖人才，安徽省重点学科文艺学学科带头人，安徽省教学名师。教育部人文社会科学重点研究基地北京师范大学文艺学研究中心、安徽师范大学中国诗学研究中心兼职研究员。安徽省文学学会副会长，中国古代文艺理论学会常务理事。

吴子林

1969 年生，福建连城人。文学博士，中国社会科学院文学研究所《文学评论》编辑部编审，中国社会科学院大学文学院教授、博士生导师，兼任中国文艺理论学会理事、中国中外文艺理论学会理事、叙事学研究会副会长；主要致力于文学基本理论的研究与批评，在《文学评论》《清华大学学报》《文艺理论研究》等刊物发表论文160余篇，出版专著《经典再生产——金圣叹小说评点的文化透视》《童庆炳评传》《文学问题：后理论时代的文学景观》《"毕达哥拉斯文体"：述学文体的革新与创造》等10余部，主编各种编著近50部。

总　序

　　为这样一套大书写序是件很难的事情：如何才能照顾到方方面面呢？ 既然不可能，索性我们就来个因繁就简，只谈二事。

　　先来谈谈我们这套书的缘起。

　　记得是 2005 年的某一天，在一次会议后，我和童庆炳、李壮鹰两位老师聊天，谈及教育部人文社科重点研究基地重大项目的立项，都认为每年两个项目，往往因人设题，零零散散，难以产生有影响力的研究成果。 童老师提出是否可以选择一些有连续性、可以长期做下去的课题。 李壮鹰老师提到某大学原来有搞一套"中国文艺思想通史"的打算，但不知什么原因似乎没有落实。 于是我们决定把这个题目纳入北京师范大学文艺学研究中心今后若干年立项的主要选题范围。 当时我是文艺学研究所所长兼中心副主任，童老师就决定让我来主持这件事。 于是我便设计了全书卷目，计有先秦卷、两汉卷、魏晋南北朝卷、隋唐五代卷、宋金元卷、明代卷、清代卷、近代卷、现代卷九卷。 从 2006 年起，每年按时代先后以两卷作为两个重大项目选题立项，还聘请了一批校内外学有所长的专家学者共襄盛举。 另外，为了培养人才，我还拟出了中国文艺思想史范围内的 20 多条博士论文选题指南，动员新入学的博士生选择，并加入"中国文艺思想通史"的研究队伍之中。 此后的若干年内，这项工作便成为北师大文艺学研究中心最主要的科研任务，研究所和中心的绝大多数教师以及相当一部分博士研究生被纳入这一研究队伍之中。我负责的"先秦卷"于2006年立项,我聘请了李山、过常宝、刘绍瑾以及博士生赵新、褚春元、陈莉作为课题组成员,历时五年余,完成一部百万字的书稿,接着我们获得了国家社科基金后期资助项目资助,于2012年由北京师范大学出版社分上、下两册出版。该书出版后受到学界好评,并获教育部第七届高等学校科学研究优秀成果奖(人文社会科学)二等奖。其他各卷也都相继立项、展开研究、完成书稿撰写,各卷主编和课题组成员都付出了艰辛的劳动。

童老师生前对这套书极为重视,寄予很高的期望,常常询问我进度情况,有时还亲自帮我督促进度较慢的参编人员。时至今日,童老师的音容笑貌还时时浮现在我的眼前,让我感到责任的重大,促我奋进。光阴荏苒,倏忽间十三年过去了,童老师已经去世四年有余,我们这套书基本完成,将要付梓了。这套书的出版或许是对将一生心血都倾注于北师大文艺学学科建设的童庆炳老师最好的慰藉吧!

再来谈谈这套书的研究视角。

现代以来,国内外学界针对中国古代文学艺术、文艺理论与批评的研究已经出版了大量论著。中国古代之"绘画史""书法史""文学史""文学批评史"等"专门史"也层出不穷,看上去在这个领域似乎已经不大可能有创新的空间了。然而如果仔细分析就不难发现,这些研究似乎有一个共同特征:它们大都是按照现代学科分类所做的专门研究,鲜有那种打破学科界限的综合性研究。而这种综合性研究或许正是"中国文艺思想史"研究的独特价值之所在。换言之,为了弥补各种文艺"专门史"研究的不足,以便更加切近研究对象的固有样态,也是为寻求创新与突破的可能性,"中国文艺思想史"的研究应该提倡一种综合性的、还原历史现场的或者语境化的视角。具体言之,我们可以从"整体关联性""动态性""功能性"三个层面来考察"中国文艺思想史"的研究视角问题。

(一)整体关联性视角

把文学艺术看作一个时代占主导地位的意识形态的表现形式，力求在二者的相互关联中阐释其意义，这应该是"中国文艺思想史"研究的综合性视角的主要表现形式之一，也是"整体关联性"视角的重要体现之一。从这一视角出发，文艺不再是象牙塔里"纯而又纯"的"审美对象"，而是一种特殊形式的意识形态，具有强烈的政治性特征。尽管我们的确还可以从几千年前的文艺作品中感受到美和情感，但这并不能否定任何文艺都是特定时代或社会集团之意识形态的表征这一基本事实。从哲学阐释学的意义上说，我们看到的作为"历史流传物"的文艺作品已然不是它产生时人们眼中的那个文艺作品了。例如，先秦时期，中国文化灿烂辉煌，周代贵族的礼乐制度及其话语表征、诸子百家的放言高论、"诗三百"的恢宏质朴、"楚骚"的哀婉华美，在今天看来都是各自领域"高不可及的范本"。然而彼时根本就没有独立于典章制度与学术文化的文学艺术，一切在今天看来属于文学艺术领域的东西，在先秦时期都是作为一种更加根本性的意识形态的组成部分或附属品而存在的。对这种意识形态系统，后人常常称之为"礼乐文化"。

让我们来看看礼乐文化系统中的文学与艺术。所谓"礼乐文化"就是历史上记载的周公"制礼作乐"而创造的文化系统，它既是与周代贵族等级制相适应的文化符号系统，同时也是符合贵族阶层利益的意识形态系统。中国历史上曾经有一个真正意义上的贵族时代，即从西周至春秋后期这六百年左右的历史时期，以宗法血亲为基础的分封制和世袭制是这一贵族社会的主要标志。贵族阶层的身份，贵族在经济与政治、文化上的种种特权不是自然而然地形成的，更不是通过个人的努力或某种侥幸的机会得来的，而是制度所规定的。这时的社会结构是固化的，也是稳定的，不同社会阶层的人都被其身份所固定，享受着各自的权利，承担着各自的义务。贵族们的"世卿世禄"与庶民们的"农之子恒为农""工之子恒为工""商之子恒为商"同样是法定的。 当时的贵族统治者根据政治、经济上实际存在的社会差异建立起了一套严密的礼仪制度与相应的文化观念，使这种政治和经济上的差异合法化。 而且更为高明的是，他们把政治制度与意识形态极为巧妙地融为一个整体，使一切文化形式，包括诗、乐、舞及绘画、雕塑等各种审美形式都成为国家意识形态的表征，使文化与政治天衣无缝地结合起来。 固定阶级差异、实现阶级区隔的政治功能借助繁缛华丽、雍雍穆穆的文化形式来实现。 在礼乐文化语境中，贵族们不仅在祭祀、朝会、宴饮等公共活动中确证自己的身份，而且在日常生活的细枝末节中也不断地实现着这一意识形态功能。 以"文艺"或"审美"的方式来极为有效地达到意识形态或政治的目的，这是周公"制礼作乐"，即建立西周礼乐文明最伟大的贡献之一。 周代贵族的这一策略为后世的儒家思想家所继承，并随着儒学成为主流意识形态而为历代统治者所汲取，从而成为中国古代文化传统的重要组成部分。 《荀子·乐论》云：

> 故乐在宗庙之中，君臣上下同听之，则莫不和敬；闺门之内，父子兄弟同听之，则莫不和亲；乡里族长之中，长少同听之，则莫不和顺。故乐者，审一以定和者也，比物以饰节者也，合奏以成文者也，足以率一道，足以治万变。

这段文字十分准确地说明了礼乐文化的意识形态功能，这也是儒家标榜的"仁政""王道""德治"的主要手段之一。 可以说，贵族时代的文艺或审美活动并不是后世意义上的文艺或审美活动，而是一种具有直接的政治意义的精神活动。 在这种精神活动中，人们所获得的内心体验，如平静与和谐的感觉，与社会结构的稳定与和谐具有深刻的同构关系。 综上所述，我们完全有理由说，中国古代贵族阶层所创造的礼乐文化系统中的文学与艺术，即诗歌、音乐、舞蹈、青铜器皿及其花纹图案等，都是贵族等级制的符号表征，是带有明显的政治性、意识形态性的文化形式。 如此看来，中国西周至春秋时期的文学艺术作为礼乐文化的一部分，其本身就是一种贵族意识形态，具有很强的政治功用性。这里的文学艺术具有高度的同一性，都是周代贵族制度与意识形态的符号化形式。因此要研究作为礼乐文化系统的文学与艺术，就可以而且有必要采取一种综合性的研究方法，从而揭示其整体性特征。这显然是单纯的"文学史"或者"艺术史"所无法做到的。这恰恰是"文艺思想史"的任务。

把文学艺术思想看作在一个时期里与政治、宗教、哲学、历史等思想形式处于交融互渗之中的话语系统，力求在各门类之间复杂的"互文性"关系中揭示文艺思想的深层意蕴，此为"整体关联性"视角的又一个重要体现。王瑶先生的中古文学研究可以说开了中国现代以来把文学思想与哲学思想进行整体性研究的先河。他说："如果说西洋文学批评之所以精深严博，是因为有它底哲学思想的理论根据；我们可以说中国文学批评的发展，也是深深地和当时的哲学思想有密切关系的。"①这无疑是方家卓见。我们以往的"文学史""文学批评史"或者各种"艺术史"等，习惯于采用一种"剥离法"进行研究。所谓"剥离法"就是在卷帙浩繁的古代文献中苦苦爬梳、细细翻检，把那些按今天的学科分类属于"文学"或"艺术"的材料挑选出来，然后分门别类加以排列、阐释，从而形成了一个线索清晰的"××史"。这种研究范式长期占据着我们学界的主导地位，至今依然有很大的影响。这种研究的优点是条理分明、清晰，来龙去脉让人一目了然，而缺点是人为"建构"色彩明显，遮蔽了文艺思想与其他各种思想形式之间的种种复杂关联，难以反映文学艺术发展演变实际的历史过程。例如，我们前面谈到的先秦文艺思想，且不说周代礼乐文化原本就是一个严密的整体文化系统，其中的诗歌、音乐、舞蹈都不是作为独立的艺术门类而存在的，倘若用"剥离法"来研究，势必严重影响对它们的价值与意义的准确把握，即使是诸子百家的文艺思想，也是其整体思想难以分拆的一部分，因此综合性研究同样

---

① 王瑶：《中古文学史论》，85 页，北京，北京大学出版社，1986。

是必要的。 拿儒家的文艺思想来说，就完全是儒家政治理想、道德观念、人生旨趣的直接表达，这里并没有什么"学科分类"。 孔子说"兴于诗，立于礼，成于乐"（《论语·泰伯》），是讲人的修身过程，在这里诗歌与礼之规定、音乐都是修身的必要手段，各有各的不可或缺的功能。 这就意味着，在先秦时期，文艺思想史实际上就是从一个特定角度来书写的文化史或者思想史。 这就要求我们必须有文化史、思想史的视野，如此才能着手研究文艺思想史。 例如，孟子的"知人论世"说是稍有文学史知识的人都耳熟能详的。 然而要想了解其真意，特别是了解其阐释学意义，就不能不把文学思想史研究与学术思想史研究相结合。 按照传统的"剥离法"，"知人论世"说的意思很简单，就是说要真正理解一首诗的含义就需要了解作者，而要了解作者就需要了解他生活的时代。 长期以来我们的文学史、文学批评史就是这样理解的。 这就遮蔽了"知人论世"说中隐含着的一种极为可贵的、具有现代学术意义的思想——"对话"。 何以见得呢？ 假如我们不用"剥离法"，不把这一说法仅仅看作一种文学观念，而是去联系上下文，按照孟子的本意去理解它，我们就很容易发现，孟子讲"知人论世"的目的是"尚友"，而"尚友"的目的则是修身。 按孟子的逻辑，一个道德品质高尚的人一定要与天下那些同样具有高尚品质的人交朋友，如此可以相互学习，不断提升自己。 为了提升自己，除了和同时代的优秀人物交朋友，还要和古代的优秀人物交朋友，这就是"尚友"。 和古人交朋友的主要方式就是"读其书，诵其诗"，为了准确地理解古人在"书""诗"中表达的意思，就需要"知人论世"。 "尚友"说对于理解"知人论世"说有着极为重要的意义，这里暗含着"平等对话"的意思：既不仰视古人，也不贬低古人，而是与之交友，与之平等对话，是其所应是，非其所当非。 这是一种了不起的诗学阐释学思想，可惜后来到了荀子那里，提出了一套"征圣""宗经"的思想，过于迷信古代圣贤，孟子的"尚友"精神被淹没了。 很显然，只有打通思想史与文艺思想史的综合性研究范式才能解释孟子诗学思想中的这一伟大价值。 又如，宋代的文艺思想就与整个宋代学术有着极为密切的联系，诗论、文论、画论、书论中常常使用的许多概念，也同样是宋学的重要概念。 比如"涵泳"这个词，既是道学家存养（心灵的自我提升、自我锤炼）功夫的基本思维方式，又是诗学家学诗、品诗的基本思维方式。 这里虽然言说的对象不同，因此在语义上会有一定差异，但在运思过程上却是完全一致的：都不是用逻辑思维的概念化的推理过程，而是集中于内心世界的体验与领悟；都指向一种绝假纯真的精神境界，从而实现对现实世界的超越。 涵泳作为一种全身心投入其中、将主体与客体融二为一的思维方式，在人格修养与艺术理解方面都具有极为重要的意义，是逻辑演绎所无法替代的。 这就意味着，只有打通文艺思想与哲学思想的壁垒，从综合性视角出发，我们对"涵泳"的丰富意蕴方能有比较全面而深入的把握。 其他如"自得""体认"等也都是这样的概念。

(二)动态性视角

"动态性"视角是文艺思想史研究的另一个重要视角。 所谓"动态性"视角指把研究对象视为一个生成的过程，而不是一个静态之物。 一般的研究总是把研究对象当作一个已经完成了的、固定不变的实存之物来看待，然后对它进行有序的、共时性的梳理、分析和阐释。 与此相反，动态性的视角是要把研究对象理解为一个不断生成的过程，主要不是研究这个过程的结果，而是要研究这个过程本身。 这种"动态性"研究视角就是要追踪对象形成的过程，对与这一形成过程有关联的各种因素进行细细梳理、分辨。 一句话，就是要深入研究对象的"肌理"中去，考察它形成的内在机制。 换言之，这种研究感兴趣的是那个作为结果的研究对象是如何形成的。

鲁迅和王瑶对中国中古文学思想的研究都运用了这样的"动态性"视角。 鲁迅在那篇著名的题为《魏晋风度及文章与药及酒之关系》的演讲稿中，把魏晋时期文章风格与文人的生活方式、心理特征结合起来考察，把"清峻、通脱、华丽、壮大"等文章风格看作文人生活方式、心理状态的表征，从而勾勒出其生成的过程，这种研究方法较之那种把文章风格视为已成之物，对之进行静态分析的方法无疑高明多了。 王瑶是直接在鲁迅这种研究方法的影响下进行中古文学研究的，他对中国文学思想的研究是从考察作为文化语境的清谈风气入手的。 在王瑶看来，"清谈既成了名士生活间主要的一部分，自然所谈的理论也会影响到他们的立身行为和文章诗赋的各方面……文论的兴起和发展，咏怀咏史，玄言山水的诗体；析理井然的论说，隽语天成的书札，都莫不深深地受到当时这种玄学思想的影响"①。 清谈是形式，玄学是内容，清谈与玄学构成了一代士林风尚，对六朝时期的文艺思想产生了直接而重大的影响。 从清谈玄学到文艺思想，这是一个动态的影响过程。 然而，清谈玄学并非从天而降，王瑶先生又进而考察了由汉末"清议"演变为魏晋"清谈"的过程。 在他的阐释视域中，从汉代经学到汉末之清议，从汉末清议到魏晋之清谈，然后再到整个六朝的文艺思想，乃是一个动态的形成过程。 这样充分关注研究对象之动态性、生成性，而不是把它当作静态的既成之物的研究，实际上也就是所谓"历史化"和"语境化"的研究。 这种研究不是按照研究对象（如一个文本）给出的表层逻辑来进行阐释，而是透过对象的表层逻辑而进入其背后隐含的深层逻辑中去阐释。 换句话说，这种"动态性"或"生成性"的研究视角不是停留在对研究对象"说出来"的东西的关注之上，而是向着其没有说出来的东西追问；不是停留在对对象"是什么""怎么样"的追问之上，而是进而追问对象"为什么"会如此这般，将其如何成为这般的那个原本就隐秘的，或者被简单化的研究方式所遮蔽的过程呈现出来。

文艺思想史研究中的所谓"动态性"的研究视角是与"静态性"视角相对而言的。 自清末民初以来，中国学术逐渐接受了来自西方的现代学科分类，并以此对卷帙浩繁的中国古代典籍进行了重新梳理与编排，那原本融汇于经、史、子、集四部中的文艺思想就被挑选出来，按照时代先后勾连排

---

① 王瑶：《中古文学史论》，54 页，北京，北京大学出版社，1986。

列，从而建构起了"文学史""艺术史""文学批评史"等，这种研究主要做两件事：一是整理爬梳，即从浩若烟海的书籍中抉择、挑拣出符合现代学科分类的材料并加以整理；二是概括、阐述这些材料说了什么，一般会列出1、2、3等若干点。 这类研究开始只是针对一流的大家名作，渐渐地就越来越细，直至二流、三流甚至不入流的，即对没有什么价值的人物与著述也加以研究。 这样一种研究范式，在我们的文学史、艺术史和文学批评史领域，差不多一个世纪以来一直处于主导地位，由于缺乏具有阐释力度的理论视角与方法，其路子越走越窄，最后大都只好归于考据和文献整理一途了。 资料工作是非常重要的，但这绝对不应该成为全部的研究，甚至不应该是主要的研究，在资料的基础上去分析、论证，从其所言见其所不言，揭示其背后种种复杂的研究对象的动态生成过程，或追问真相，或建构意义，这才是文艺思想史研究的主要任务。

(三)功能性视角

所谓"功能性"，是指文艺思想并不仅仅是某个时代社会状况、文人心态、世风民俗等基础性存在的精神表征，也不仅仅是与社会政治、意识形态无关的"纯审美"现象。 事实上，康德意义上的那种"无功利"的"纯审美"是不存在的。 人类历史上的任何一种审美现象，任何一种文艺思想都是历史的产物，是社会的产物，都与某个社会阶层或集团的利益相关联。 而且任何一种审美现象或文艺思想都对其赖以产生的社会状况具有某种作用。对这种作用予以关注，就是文艺思想史研究中的"功能性"视角。 例如，如果我们要研究西周时期的文艺思想，"文"这个概念肯定是一个绕不过去的"关键词"。 对于这个"文"，我们可以从"功能性"视角来研究。 《国语·周语下》云："襄公有疾，召顷公而告之，曰：'必善晋周，将得晋国。 其行也文，能文则得天地。 天地所胙，小而后国。 夫敬，文之恭也；忠，文之实也；信，文之孚也；仁，文之爱也；义，文之制也；智，文之舆也；勇，文之帅也；教，文之施也；孝，文之本也；惠，文之慈也；让，文之材也……'"韦昭注云："文者，德之总名也。"①这里"文"不仅是指周代贵族那套典章制度等文化符号系统，而且还几乎包含了周代贵族道德修养的全部内容。由此可知，在西周至春秋时期，"文"基本上就是贵族教养的别名，是贵族趣味的集中体现。作为一种"趣味"或文化惯习，"文"在贵族生活的方方面面，从外在形式到内在规范，都有所表现，贵族之为贵族而不同于常人之处，主要就在这个"文"上，其中当然也包含诗歌、音乐、舞蹈以及钟鼎器物等直接的艺术形式。但是这里有必要指出，"文"既是那套为贵族等级制提供合法性依据的文化符号系统与价值观念体系的总名，也是一种包含着感觉、情感、体验等非理性因素在内的综合性精神倾向，甚至可以说是贵族思维方式与生活方式本身。对于周代贵族制度来说，这个"文"具有极为重要的政治和意识形态功能。它除了为贵族等级制提供合法性之外，还是彼时阶级区隔的主要手段，是贵族自我神圣化或者说是使贵族成为贵族的主要方式。

"趣味"是自康德以降的西方美学中的核心概念，所不同的是，德国古典美学是把"趣味"作为艺术和审美活动与社会功利目的相区隔的主要因素来理解的，而具有后现代主义批判视野的法国社会学家布尔迪厄对"趣味"的理解却刚好相反，他恰恰是从社会功能的角度来考察"趣味"的。在他看来，人们的经济与政治地位是在社会中进行阶级划分的决定性因素，但是使一个阶级成为这一阶级的却不仅仅是政治和经济因素。在这里，行为举止、处事方式等方面所显示出来的差异（如人们常常说的"教养"或"修养"）就更多地是由文化方面的因素所决定的。在这里"趣味"可以说具有首要的意义。布尔迪厄认为它才是阶级区隔的主要因素："人们出生高贵，但是人们还必须变得高贵……换一句话说，社会魔力能够产生十分真实的效应。将一个人划定在一个本质卓越的群体里（贵族相对于平民、男人相对于女人、

---

① 《国语》，96页，上海，上海古籍出版社，1998。

有文化的人相对于没有文化的人，等等），就会在这个人身上引起一种主观变化，这种变化是有实际意义的，它有助于使这个人更接近人们给予他的定义。"①这就意味着，一个阶级在成为其自身的过程中，除了政治和经济的因素外，文化与社会惯习也具有不可或缺的重要性。 在这个意义上说，是"趣味"使贵族成为不同于平民百姓的特殊阶级的：不是因为成为"上等人"之后就自然地具有了"上等人"的趣味，而是特定的高雅趣味使"上等人"成为"上等人"的。 而且一个人的趣味往往并不是他个人的选择，而是社会环境与文化惯习使然："有机会和条件接触、欣赏'高雅'艺术并不在于个人天分，不在于美德良行，而是个（阶级）习得和文化传承的问题。 审美活动的普遍性是特殊地位的结果，因为这种特殊地位垄断了普遍性的东西。"②如此看来，趣味绝不是远离社会现实的纯粹之物，不是毫无功利性的超越性存在，恰恰相反，趣味是社会政治和意识形态的一种特殊的表现形式，任何一个时代的文学艺术、审美活动无不体现着某种社会需求或某个社会阶层的"政治无意识"。 这也就意味着，趣味是有着社会功能的，其根本上是代表着某个社会阶层的利益的。 布尔迪厄的这种见解对于我们理解文艺思想史研究中的"功能性"视角具有重要启发意义。 事实上，中国古代文艺思想，无论是讲直接的功利作用的儒家文艺思想，还是追求超越现实，标举玄远飘逸、清雅空灵的老庄美学与佛禅美学，均始终与文人士大夫的身份意识、意识形态建构有着密切关联，因此始终具有重要的社会功能。 这也就意味着，"功能性"应该是中国文艺思想史研究不可或缺的重要视角之一。

20世纪90年代中期以来，北师大文艺学学科一直在倡导和实践一种我们称之为"文化诗学"的研究方法，上述三大视角可以说正是我们所说的"文化诗学"的核心。 但由于这套书过于庞大，参加研究和撰写的作者人数

---

① ［法］P. 布尔迪厄：《国家精英——名牌大学与群体精神》，杨亚平译，193 页，北京，商务印书馆，2004。
② ［法］皮埃尔·布迪厄、［美］华康德：《实践与反思——反思社会学导引》，李猛、李康译，123页，北京，中央编译出版社，1998。

众多，水平并不一致，因此贯彻这种研究方法的程度难免不一致，在具体问题上也难免存在舛讹与偏颇，这些都需要读者见谅了。

李春青

2019 年 9 月 1 日于北京京师园

目录

第二编　明代散文思想史

第三编 明代小说思想史

第五编　明代园林思想史

第六编　明代书画思想史

绪 论

　　明代是中国古代文艺思想逐渐成熟的时期，也是古代文艺思想的总结初期和近代性滥觞阶段，文学流派林立，异说纷呈，现存文献卷帙浩繁。 明代文艺思想不仅阶段性鲜明，而且因为哲学思想的深刻变化，政治、经济的发展与此前的异质性，这一时代的审美观念和审美文化积累了新的、丰富的学术智慧。 文艺思想的新类别、新范式和新观点层出不穷，著述空前繁富。

　　明代戏曲、小说思想全面超越前代，形成古代小说、戏曲批评的基本形式和范畴。

　　明代小说理论的繁荣，主要原因是一批具有典范性的小说文本的出现，如《水浒传》《三国演义》《西游记》《金瓶梅》及"三言二拍"。 再者，以李贽、叶昼、冯梦龙等人为代表的反传统思潮的涌现，奠定了小说理论的思想基础；出版业的繁荣、市民阶层的形成，为小说理论的传播提供了异于前代的物质条件和社会基础。 明代小说思想集中在审美的关键性领域，其核心关切主要是小说的地位和作用、小说的艺术魅力、小说的真实与虚构、小说的人物塑造等问题，这些问题构成我国叙事学的初级阶段，成为现代中国叙事学深化和系统化的逻辑起点，同时也为建立中国自己的叙事理论提供了丰富的资料和珍贵的文献。

　　明代戏曲美学思想的丰富性超过小说理论。 与小说理论范式比，戏曲思想出现了专门著作，但理论价值与涉及的深度、广度不如小说理论。 因为当时的戏曲理论还只是关注艺术表演，较少注意剧本创作、人物形象、故事情节和话语结构等审美问题。 虽然明代戏曲是一种常见的艺术样式，但上层知识分子较少从事戏曲理论研究，只是一批思想"异端"的学者，赋予它与古代诗文同样的地位，并将其作为艺术珍品进行认真探讨，这使得明代的戏曲美学带上了鲜明的思想个性，取得了突出的成就。

明代小说、戏曲的理论形式主要有题序跋记、评点、笔记等，亦有《南词叙录》《曲律》等专门性的理论著作。 继宋元之后，明代小说、戏曲思想发展的突出表现为：一是文学观念的进化。 历代正统文人素以小说、戏曲为"小道""末技"，直至晚清张之洞、近代胡适等人也否定小说、戏曲批评，冠之以"陈腐""八股气"等评语。 明代小说、戏曲批评，比较全面地评价了这两种文体的本质特征、思想内容、艺术风格、审美价值与社会功能，充分肯定了小说、戏曲在中国文学史上的地位。 二是批评对象更注重实际。 对文本的批评研究，代表了明代小说、戏曲思想的基本精神、审美特性和理论价值。 就小说批评来说，主要围绕《三国演义》《水浒传》及"三言二拍"等展开，特别是关于历史演义小说的创作宗旨、艺术特征、社会功用等方面展开批评与论争。 以戏曲批评而论，主要集中在戏曲美学论争方面，如何良俊与王世贞等关于《西厢记》《拜月亭》《琵琶记》的优劣高下之争；吴江派与临川派围绕着声律、文词而展开的所谓"沈汤之争"。 三是学术研究形式不拘一格，多样化，有题序跋记、评点、笔记等，而专门性的论著则渐成体系，标志着明代小说、戏曲批评的成熟。

在现代学术范式建立的过程中，明代小说、戏剧研究取得了丰硕的成果。

小说方面，一是在资料的发掘和整理上成果丰硕。 原始材料的收集、整理与选编，成果如黄霖、韩同文的《中国历代小说论著选》，曾祖荫等的《中国历代小说序跋选注》，大连图书馆参考部的《明清小说序跋选》，朱一玄等的《水浒传资料汇编》《三国演义资料汇编》等；会评本的编纂出版，成果如《水浒传》与《三国演义》的会评本等；原作的整理、校点，成果如《金圣叹全集》等。 二是综合性研究成果陆续问世，如敏泽的《中国文学理论批评史》，周勋初的《中国文学批评小史》，王运熙、顾易生主编的《中国文学批评通史》（第五、六卷），都把小说理论作为明清文论的重要方面予以论述。 三是小说史、小说理论的研究可谓名家辈出，成果丰硕。著名学者如北方的叶朗、程毅中、侯忠义、杨义、石昌渝、陈洪、李剑国、苗壮等，南方的吴志达、齐裕焜、黄霖、郭豫适、陈大康、孙逊、吴功正、欧阳建、萧相恺等，他们以各自的学术专长，从不同的角度写出了许多具有创新思维和富于启迪意义的学术著作，为中国古代小说理论研究做出了贡献。 中青年学者，如宁稼雨、王立、陈文新、王齐洲、潘建国、苗怀明、黄强等人，在中国古代小说理论的研究方面亦取得了突出的成绩。 其中，对古代小说理论基本命题、理论范畴的体系化研究成果显著，如董巽观的《小说学讲义》，陈景新的《小说学》，金慧莲的《小说学大纲》，徐国桢的《小说学杂论》，叶朗的《中国小说美学》，吴功正的《小说美学》，王先霈、周伟民的《明清小说理论批评史》，方正耀的《中国小说批评史略》，陈谦豫的《中国小说理论批评史》，陈洪的《中国小说理论史》，宁宗一等的《中国小说学通论》，杨义的《中国叙事学》，黄霖等的《中国小说研究史》等。 近十余年来，小说评点引起了研究者的广泛瞩目，有许多关于李贽、金圣叹等评点家的研究专著出版。 代表性论著有谭帆的《中国小说评点研究》、林岗的《明清之际小说评点学之研究》、孙琴安的《中国评点文学史》、刘欣中的《金圣叹的小说理论》、陈果安的《金圣叹小说理论研究》、白岚玲的《才子文心——金圣叹小说理论探源》、吴子林的《经典再生产——金圣叹小说评点的文化透视》等。 海外的明代小说理论研究也别开生面，代表性论著有美国学者王靖宇（John C. Y. Wang）的《金圣叹的生平及其文学批评》（*Chin Sheng-t'an：His Life and Literary Criticism*）、浦安迪（Andrew H. Plaks）的《明代小说四大奇书》（*The Four Masterworks of the Ming Novel：Ssu ta ch'i-shu*）和《中国叙事学》（*Chinese Narra-*

tive）、陆大伟（David L. Rolston）主编的《怎样阅读中国小说》（*How to Read the Chinese Novel*）等。

对已有小说理论批评的研究，也有人常采用两种方式：或以当今的小说学观念来套用传统小说学，如"性格""结构""叙述视角"等，于是中国古代小说学命题在某种程度上成了西方小说学的翻版，而忽略了中国小说学自身的本位性；或在古代小说评点家的著作中寻求相关命题，但往往忽略了这些命题与小说发展实际的关系。受中国文学批评史研究格局的影响，长期以来我们的小说理论批评研究一直以"理论思想"为主要对象，于是对各种"学说"的阐释及其历史的铺叙成了小说理论批评研究的首务，古人原本丰富多样的对小说的研究被主观分割成一个个理性的"学说"，一部中国小说理论批评史也就成了一个个理论学说的演化史。表现在论述方式上，相当普遍的是一套陈旧的论述方法，多为甲乙丙丁地列叙若干条互不相关的内容。

事实上，中国小说理论范畴并不发达，与传统诗学、词学乃至曲学相比，相对缺少具有自身文体特性的范畴术语，除了"虚实""幻奇""教化"等少数命题外，更少在小说理论批评史上一以贯之的理论范畴；就是上述一以贯之的理论命题，其实也是对传统文学理论范畴的"移植"。绘画、诗文同小说俱属艺术的门类，它们之间有质的共同点，所以绘画与诗文的理论，对小说理论的影响就更为直接和深刻。在研究小说理论时，必须打破各种艺术形式的界限，打破文学和艺术的界限，将小说理论同绘画、诗文理论联系、比较，以考察其对传统美学思想的继承与创新。另外，史学、哲学、佛道思想深刻影响了小说家、理论家的世界观、思维方式、理论模式的建构及理论术语的选择，因此必须研究它们对小说理论的深刻影响，从而对小说理论的历史进行确切阐释。这样，才有可能使古代小说理论研究有重大的突破。

长期以来，小说存在方式（著录、禁毁、选辑和改订）与文本批评的研究一直被素来重视"理论形态"的小说理论批评史研究排除在研究范围之外。其实，古人对于小说的认识、把握和研究历来是双管齐下的：或诉诸理论形态，或在理论观念指导、限制下具体操作。 我们在小说范畴和理论命题研究中应强化"文体"意识，使小说范畴和理论命题的研究真正切入中国古代小说创作的实际进程之中。 评点是中国古代小说批评形式的主体，主要揭示古代小说创作法则，其价值层面犹如诗学中之"诗格"一样。 在小说理论研究中强调"文本批评"的回归，实际是"回归"中国小说批评的实际状态。 将小说文体研究、小说存在方式研究和小说的文本批评作为小说理论的研究对象，可以突破以往的研究格局，使小说学研究更贴近中国小说史的发展实际，从而勾勒出一部更实在、更真切的古人对"小说"这一文学现象的研究历史。

20世纪的古代戏曲理论批评研究取得了有目共睹的成绩。 在资料的发掘和整理方面，1916年上海有正书局出版清代梁廷枏的《曲话》五卷。 1917年，董康《读曲丛刊》问世。 接着，陈乃乾先后编印《曲苑》《重订曲苑》。 1940年，任中敏编成《新曲苑》，后又有黄裳的《远山堂明曲品剧品校录》、马廉的《录鬼簿新校注》、傅惜华的《古典戏曲声乐论著丛编》。 1959年，中国戏曲研究院编《中国古典戏曲论著集成》十集。 尔后，周贻白的《戏曲演唱论著辑释》，吴同宾、李光的《乐府传声译注》，陈多注释的《李笠翁曲话》，陈多、叶长海的《曲律注释》（王骥德原著），汪效倚辑注的《潘之恒曲话》，还有李德原的《李笠翁曲话译注》，李复波、熊澄宇的《南词叙录注释》（徐渭原著）、吴书荫的《曲品校注》（吕天成原著）等，都是这方面的力作。 一些资料性的汇编也给研究者以很大方便，如蔡毅的《中国古典戏曲序跋汇编》，秦学人、侯作卿的《中国古典编剧理论资料汇编》，吴毓华的《中国古代戏曲序跋集》，孙崇涛、徐宏图的《青楼集笺注》等。 在综合性研究上，一些文学批评史著作，都把戏曲理论作为明清文论的重要方面予以论述，如方孝岳的《中国文学批评》，朱东润的《中国文学批评史大纲》，敏泽的《中国文学理论批评史》，王运熙、顾易生主编的《中国文学批评通史》（第五、六卷）等。 对古代戏曲理论基本命题、理论范畴的专门研究，则始于赵景深的《曲论初探》。 此后有祝肇年的《古典戏曲编剧六论》，夏写时的《中国戏剧批评的产生和发展》，齐森华的《曲论探胜》，叶长海的《中国戏剧学史稿》，张庚、郭汉城主编的《中国戏曲通论》，蒋星煜的《中国戏曲史索隐》，廖奔的《中国戏曲史》，周维培的《论中原音韵》，赵山林的《中国戏曲观众学》，谭帆、陆炜的《中国古典戏剧理论史》，傅晓航的《戏曲理论史述要》，吴毓华的《古代戏曲美学史》，李昌集的《中国古代曲学史》，徐朔方的《晚明曲家年谱》，齐森华等主编的《中国曲学大辞典》等论著。还有一些通论性的戏曲理论研究著作，如陈衍的《中国古代编剧理论初探》、高宇的《中国戏曲导演学论集》、蔡钟翔的《中国古典剧论概要》、陈竹的《明清言情剧作学史稿》、谭源材的《中国古典戏曲学论稿》、赵山林的《中国戏剧学通论》等。叶长海的《王骥德〈曲律〉研究》、杜书瀛的《论李渔的戏剧美学》、俞为民的《李渔〈闲情偶寄〉曲论研究》等，是戏曲理论家个案研究的代表性论著。日本学者青木正儿的《中国近世戏曲史》，是海外戏曲研究的代表作之一。

近十余年来，戏曲评点引起了研究者的广泛关注。谭帆的《金圣叹与中国戏曲批评》、朱万曙的《明代戏曲评点研究》是其中的代表作。此外，刘奇玉的《古代戏曲创作理论与批评》对中国古代戏曲创作理论做了细致、翔实的梳理与研究，将我国戏曲理论研究更深入地推进了一步。吕效平的《戏曲本质论》、陈友峰的《生命之约：中国戏曲本体新论》等在戏曲本体论的研究方面进行了有益的尝试。

综合来看，理论观念的更新，时间、人力的投入，以及薄弱环节的不足（如关于戏曲人类学的研究，关于戏曲宗教学的研究等）是今后曲论研究首先面临的课题。如果不在这些方面下功夫，"戏曲理论史"的研究就只能停留在目前的从"文献史料"到"时间线索上事件的编排和史料的罗列"这一水平上，不可能有太大的学术突破。

在中国文学批评史领域，长久以来一直提倡的所谓"两条腿走路"的研究方法，在古代戏曲理论研究中并没有真正实践过。所谓"两条腿走路"的研究方法是指在文学批评史的研究中，理论形态的批评史料要与特定的创作现实密切结合起来，或相互引证，或相互补充，共同构成文学批评史的研究资料。只有将理论批评与创作实践相结合，才能使戏曲理论的研究更立体化、更符合历史内涵，同时，两者之间的相互引证和补充也会使研究结论更为真实可信。我们的研究将从以往纯理论批评形态的研究逐步转向理论批评与戏曲艺术相结合的研究格局，把这种研究理念融入断代研究、专题研究和批评家的个案研究之中。

戏曲评点是中国古代戏曲理论史上一种主要的批评形式，其中积淀了大量的中国戏曲发展的思想内涵，是我国古代戏曲理论遗产的重要组成部分。系统、全面地总结与整理戏曲评点，是戏曲史研究的一个重要内容。目前学界对戏曲评点的研究存在着三大缺陷：一是对戏曲评点的理论批评价值尚未引起足够重视；二是研究广度不够，多集中在对李贽、金圣叹等一些名家的研究上；三是对戏曲评点文献，如戏曲评点总目的叙录、戏曲评点的人员群体的考订、单个作品评点系列等，都尚未做出全面系统的整理。

戏曲作为一种相对晚熟但综合性程度较高的文艺样式，在发生、发展、成熟的漫长岁月里，自然摆脱不了其他文学艺术样式的影响熏染，无论是戏曲创作还是戏曲理论，概莫能外。作为一个自成系统的理论批评体系，中国古代戏曲理论批评发端于乐论和诗论，同时又在古代戏曲艺术的制约下形成了有别于乐论和诗论的特殊思想内涵。我们应将中国古代戏曲理论研究从狭隘的戏曲理论史自身的研究中解放出来，把它置于更为广阔的文化背景中加以审视，并使之融入古代文艺思想的历史长河之中，将这种研究理念融入断代研究、专题研究和个案研究之中。比如，将古代戏曲融入广义的"诗学"背景之中，在中国古代"诗学"的发展历史中探讨古代曲论的独特内涵。

古典园林文化是中国传统文化的重要组成部分，明代园林更是达到了中国古典园林艺术的一个高峰。对园林艺术思想的梳理与研究是全面把握明代社会文化状况的重要基础，也是明代文艺思想史的重要对象。在现有的园林研究文献中，探讨古典园林建筑风格特点的居多，其中产生广泛影响的有陈从周的《说园》、童寯的《江南园林志》、张家骥的《中国造园论》、杨鸿勋的《江南园林论》等；对园林艺术发展历史加以梳理的论著中，影响较大的有张家骥的《中国造园艺术史》、周维权的《中国古典园林史》等。这些研究主要从建筑学的视角展开，其作者都是享有盛誉的建筑学专家。在已有的研究成果中，虽也有王毅的《园林与中国文化》、盛翀的《江南园林意境：中国古典园林的审美方式》等论著对中国古典园林艺术与中国文化、哲学及美学思想之间的关系加以探讨，但或是从地域文化特征切入，忽略历史语境的影响，或是作宏观的历史追溯，缺乏对各时代园林艺术思想与文化语境关联的深刻审视。研究者往往从"江南园林"或"古典园林"的视角展开探析，鲜有专门探讨明代园林艺术的论著，论文也仅有夏咸淳的《小中翻奇的空间艺术——明代园林美学片论》、赵熙春的硕士论文《明代园林研究》等寥寥数篇。邵晓舟的《论明清园林美学中的"宜"范畴》、王劲韬的《论明清园林叠山与绘画的关系》等论文则将"明清园林"作为统一的研究对象，而实际上明代和清代的园林虽在建筑设计上不乏相同之处，但在园林艺术思想的追求上却存在很大差异。姚旭峰的论著《士文化的一个样本：明清江南园林演剧初探》和万翠蓉的硕士论文《从绘画看明清园林》等研究涉及园林艺术与戏曲、绘画等艺术类别的相互关系，这是值得进一步深入的论题。同时，园林与诗文、饮馔等方面关系的研究则有待开拓。总体而言，从研究现状来看，对明代园林艺术思想的梳理与分析还相当薄弱，尤其是对明代园林艺术追求与社会文化语境特征的相关研究亟待展开。

明代的园林文化及其艺术思想达到了中国古典园林发展史上的一个高峰，与之前的汉唐以及之后的清代不同，明代园林的风采主要体现于私家园林，皇家园林艺术相对失色。明代私家园林的建筑艺术在很多方面体现了中国古典美学精神，围绕园林生活而展开的文艺活动则成为明代社会耐人寻味的景观。修筑私家园林是明代中后期一个突出的文化现象，尤以江南为盛，如常熟有钱谦益的拂水山庄，无锡有邹迪光的愚园，太仓有王世贞的弇州园，王世懋的澹园，山阴（今绍兴）有徐渭的青藤书屋、祁承爜的密园、祁彪佳的寓园等。 至于苏州拙政园、无锡寄畅园、扬州影园更是声名远播。
正德、嘉靖后，朝政倾颓令士人失去兼济天下的热情，他们便在喧闹的城市
修筑起一个个属于自己的空间，将山林野趣移入市井隙地，在喧嚣中寻求一
份隐逸的超脱，金陵"市隐园"之名无疑揭示了这种旨趣，拙政园更是王献
臣仕途失意后，归隐吴中"寄其栖逸之志"的处所。 从某种意义上说，明代
中后期，许多文人的生活离不开园林，园林一方面是他们坐读内省的静地，
另一方面也是其放浪形骸的乐土。 明代的诗文、绘画、戏曲作品中常见清雅
秀丽的园林，而园林也成为才士们谈诗论文、泼墨挥毫、填词度曲的惬意空
间，甚至觥筹交错的宴席上精细的茶饮食馔也和园林意趣莫可分离。 如果要
深析明代的文艺思想，阐明明代文人的艺术追求，对园林艺术思想的研究是
不可或缺的，而现有关于明代文艺思想的研究中，这一点并未受到关注。 当
下，只有在阅读古代文献的基础上，尝试重建历史文化语境，还原明代文艺
活动的历史图景，才能对这个时代包括园林艺术思想在内的文艺思想做出深
刻的把握。

明代有着丰富的书画理论，其紧承时代思潮和风习，与诗学批评保持基
本同步的演进路向。 明初的文化专制主义，使得歌功颂德的"台阁体"文风
盛行，复古思潮高涨。 绘画领域的拟古蔚成风气，如明初"院体""浙派"
崇尚南宋马、夏等，表现在绘画理论领域则是"临仿说"盛行，著述多是对
前代艺术风格和流派的阐释总结，以及对"师承"关系的讨论。 书法理论亦
上承元代复古主义，表现为对帖学全面崇尚的书法观念，解缙、项穆、方孝
孺等个人色彩较浓的理论著作，也无不以尚古为指归。 晚明对复古思潮的
"反拨"和对传统礼教的"反叛"，主旨在于追求人格独立、思想自由和人
伦世俗的生活情趣，在绘画领域表现为主体意识的觉醒或自我意识的标榜、
情感内蕴的变化或入世情绪的滋生，从而使以画寄情的文人画得以迅速发
展，理论上则体现为"自抒性灵""作家士气咸备""舍形而悦影"等观
点。 书法理论则表现出对赵孟頫的全面批判和反帖学思潮的深化，北宋
"逸"的精神全面回归，转而对苏、黄、米尚意书风的推崇。

明代书画理论呈现出对诸多共同命题的时代阐发，同时又兼具各自的理论主张。前者体现在三个方面：其一，对前代流派的总结和研究。注重对艺术发展史的梳理和古代艺术的再阐释，总结前代艺术流派，这使得分脉析流研究的风气越来越浓，如宋濂的"论画三变"说、杨慎的"画家四祖"说、王世贞的"论绘画源流"、董其昌的"南北宗论"等。其二，继承与创新关系的讨论。明代书画理论在复古与解放思潮的双重影响下，重视如何继承、师法的问题，如董其昌主张"画家以古人为师，已自上乘，进此当以天地为师"，开启师法古人和师法自然的讨论。其三，关注书画关系和笔墨形式的探讨，揭示其自身独立的表现功能和美学价值。明人不仅强调书法用线对绘画造型的作用和在笔墨形式中的地位，而且将笔墨与造型分离开来，视笔墨为独立表现的手段，如文徵明主张设色、水墨画法各具神逸之妙，李开先的《中麓画品》提出"画有六要"等观点。后者涉及书画理论的各自阐释，如"以画为寄，以画为乐"的绘画理论，书法理论中的帖学理论等。

在明代文学思想研究中，诗、散文、戏曲、小说等文类的研究态势各不相同。比较而言，戏曲、小说方面的理论研究要远远好于诗文理论的研究，研究成果也颇为丰硕。进入 21 世纪以来，明代诗文研究勃兴，在一定程度上改变了以往研究中重戏曲小说理论、轻诗学的格局。但遗憾的是，到目前为止，学界对明代散文理论的研究仍然相当薄弱，投入力度、研究深度皆不及诗学。但正因为明代散文理论研究有着较多的不足，它才有可能成为新的学术生长点。就目前来看，学界对明代散文理论的研究，为这个领域的进一步开拓提供了参考和借鉴。

在资料挖掘和整理方面，有关明代散文理论的文献整理并不多见。经眼者只有蔡景康编选的《明代文论选》，该书虽是一部专门以明代为主的文论选本，但所收录并非全是散文理论。王水照编的《历代文话》，是目前为止收录古代文章学资料最多的一部资料汇编，共收录明代文话 31 种，其中不乏精本、善本，如王守谦的《古今文评》、左培的《书文式·文式》等，为学界研究明代文话提供了极大的方便。此外，还有一些明代作家文集的整理出版,如宋濂、刘基、李梦阳、谢榛、袁宏道、袁中道、袁宗道、钟惺、陈子龙、钱谦益、吴伟业等,也为我们研究明代散文理论提供了一定的方便。

明代散文理论的综合性研究主要见之于一些文学批评史著作,如成复旺、黄保真等的《中国文学理论史》,简锦松的《明代文学批评研究》,袁震宇、刘明今的《中国文学批评通史·明代卷》等。 黄卓越的《明永乐至嘉靖初诗文观研究》《明中后期文学思想研究》两部著作探讨了明永乐至晚明时期的文学思想嬗变情况,其中也有对明代散文理论的研究。 陈晓芬的《中国古典散文理论史》是一部专门以古典散文理论为研究对象的著作,其中第六章主要探讨明代散文理论。 陆德海的《明清文法理论研究》专门选择明清两代文法理论作为研究对象,前四章主要探讨明代文法理论,揭示了明代文法理论的特征及其演进过程。 此外,廖可斌的《明代文学复古运动研究》、陈书录的《明代诗文的演变》、冯小禄的《明代诗文论争研究》也涉及明代散文理论的批评问题。 不过,总的来看,专门以明代散文理论为研究对象的通史著作尚未出现。

目前明代散文理论研究中的大多数是个案或专题性的研究成果,而且比较分散。 对明代前期散文理论的研究,主要对象是开国文臣之首宋濂和台阁文人群。 对宋濂散文观的探讨,大多是一些研究性的论文,著作较少,也有少量的学位论文。 从这些成果看,主要聚焦于宋濂的文道观和养气说两个方面。 对"三杨"代表的台阁文人群的散文理论研究,与之相关的硕博论文有郑礼炬的《明代洪武至正德年间的翰林院与文学》、张红花的《杨士奇诗文研究——兼及对明代台阁体的再认识》、朱桂芳的《以杨士奇及其诗文为标本审视台阁体》、籍芳丽的《明代文坛"三杨"研究》等。 从这些成果看,涉及台阁文人群的散文理论的内容并不多,大多以其诗论或诗文创作为研究对象,在作家散文理论研究方面,也多以杨士奇为主。 茶陵派散文理论研究的相关成果也以学位论文和单篇论文居多。 司马周在其博士论文《茶陵派研究》的基础上出版的《茶陵派与明中期文坛研究》,是近年来研究茶陵派不可多得的力作,其中涉及李东阳以及茶陵派的散文理论主张。 总的来看,纯粹地探讨茶陵派散文理论的成果还不多见，且研究多以李东阳为主，这在一定程度上遮蔽了人们对茶陵派散文理论全貌的认识。

明代中期的文坛景象颇为热闹，先后出现了前七子、唐宋派、后七子等文人群体的文学复古运动，使得这一时期的散文理论建设取得了与以往有所不同的成就。涉及前七子散文理论的有多篇学位论文和单篇文章，大部分研究成果以关注前七子的诗论为主，间或涉及前七子的散文理论。对于吴中文人的散文理论的研究，成果虽然不多，但研究质量明显提高。与之有关的有孙学堂的《明弘治、正德时期吴中文学思想的新变》、邸晓平的《明中叶吴中文人集团研究》、李双华的《明中叶吴中派研究》、黄卓越的《明中期吴中派的诗文体统观》、黄治音的《"吴中四才子"诗文研究》等。从成果数量看，学界对吴中散文理论的探讨也还亟待开拓。就后七子文论而言，对李攀龙散文观的探讨较少，较多的是对王世贞的研究。除王世贞之外，亦有对屠隆、宗臣等人散文观的研究。研究归有光与唐宋派文论思想的代表性成果是黄毅的《明代唐宋派研究》，不仅阐述了唐宋派文论形成的文化背景，还从"文道合一的'正统论'""直观天理的'本色论'""经纬错综的'法度论'"三个方面论述了唐宋派文论的具体内涵，阐释了唐宋派的影响。由于归有光在明代散文领域中具有较高地位，学界对他的散文思想研究较多，较有分量的如杨峰的《归有光研究》、贝京的《归有光研究》、刘蕾的《归有光与嘉定文坛关系研究》、吴正岚的《归有光的文学思想与欧阳修经学的关系》等。从这些成果看，涉及归有光古文理论的文道观、文法论、评点思想等方面。

明后期文坛流派纷呈，各派皆有自己的散文创作主张，这些主张或相似或对立，共同构建起晚明散文理论的空间。学界对这一时期的散文理论研究主要集于公安派、竟陵派、复社文人等群体。公安派的文论思想研究成果较多，单篇研究性文章质量较高，在文艺思想辨析、审美内涵发掘等方面，做了有益的探索。代表性著作有任访秋的《袁中郎研究》、钟林斌的《公安派研究》、易闻晓的《公安派的文化阐释》，从这些成果看，多数还是探讨公安派的"性灵"说。对竟陵派文论思想的探讨，较具代表性的是邬国平的《竟陵派与明代文学批评》，此书专门探讨了竟陵派的文学理论，在散文理论方面，主要论述了竟陵派的散文创作理论。崇祯文坛以艾南英为代表的豫章派、以陈子龙为代表的云间派、以钱谦益为代表的虞山派和以吴伟业为代表的娄东派有着较大的影响。当前，对这些流派散文理论的探讨，多以艾南英、钱谦益和陈子龙为主，相关成果集中在这一时期的散文理论受到实学思潮兴起的影响，大都主张宗经重道复古，不过师法对象各有差异。

通过上述分析，可以明显感觉到明代散文理论研究还有较大空间，主要表现在：习惯于将诗文笼统地混在一起论述，导致难以看清各自的理论差异情况，甚至还产生了材料、事实等搭配错位的情况；重复研究成果较多，并且多集中于名家研究、流派研究，深入细致地探讨散文话语观念的形成、内涵及其价值的成果极少；对于明代文话的探讨更是少见。明代是散文理论发展的重要时期，不了解这一时期文话发展的状况，就难以全面理解明代文艺思想甚至清代文话的发展面貌及其价值；一些重要散文作家的创作及理论就会被忽视。以明初郑真为例，《四库全书总目提要》称其作可与宋濂肩随，但目前有关郑真的散文理论研究十分缺乏，类似的还有朱右、王行、倪谦、韩雍等人。这些不足为我们进一步研究明代散文理论提供了思路、借鉴和研究空间：启示我们以重建文论话语的姿态重视具体文化历史语境，挖掘文论话语的具体内涵，揭示文论话语背后的审美价值和精神价值；提示我们充分考虑不同阶段庙堂政治、社会思想对散文理论话语的影响，以流派的文论观为研究重点，对明初的浙东派、西江派、台阁体、茶陵派，明中期的前七子、吴中派，明后期的公安派、竟陵派、虞山派、云间派、豫章派进行系统研究，同时兼顾流派之外重要作家的文论主张，尽可能地揭示出文论话语所蕴含的人文精神和审美价值。

诗学思想是明代文艺思想的主体。在传统的诗评方面，明代各类诗社众多，文艺群体多种多样，家族、地域文化勃兴，加之明王朝向以文备著称，印刷和文化传媒较之此前有极大发展，学术主体的积极性空前高涨，这使得具有明代特色的学术范式的形成有了物质、精神的双重基础。 其间虽不乏鱼龙混杂之作，但成绩也明显胜于前代，如明人喜习汉魏古诗及唐诗，对古诗及近体诗均下了极大功夫，对《诗》、《骚》、汉魏古诗以来古典诗歌艺术的规律及诸多艺术技法进行了远较从前更为充分也更为细密的探究。 今人对唐诗及古典诗歌艺术的认识，有很多也是借助于明人的研究成果。 此外，明代党争剧烈，导致文人派别及地域意识显著增强，所以在明人著述中，对派别的研究特别引人注目，对不同派别的体制研究也富有特色。 文人派别和地域意识使得学术思想论争成为学术活动的常态之一。 可以说，文学研究中有意识地加强体、派研究，虽发端于严羽，而成就于明人。 这些情况显示出明代的文学思想虽未能产生诸如《文心雕龙》《诗品》《二十四诗品》一类成就卓著的著作，但其总体成就显然是巨大的。

明代的主流诗学以格调论诗学和尊情论或师心论诗学为代表，学术论争也主要在这两个派别之间进行。 弘治、正德之际，前后七子提出的格调论诗学勃兴，他们以复古求得文艺的复兴。 由此，他们深入遥远的汉魏盛唐时代，企求以盛世的诗歌美学气象促成明代高华壮丽审美风格的生成。 这一学术和艺术实践并行的文化现象延续到嘉靖后期，才出现反复古的思潮，并渐成声势。 李贽等王学左派人物和后起的公安、竟陵派以"师心"的理论主张，同样从唐诗的审美经验出发，来反拨格调论诗学的弊端。 复古派在承受这些文化压力的同时，开始在理论和创作两个方面进行反思，随之而来的是求新求变，力图重建格调论诗学。 因此，当时的诗学思想生成了互相发动、互相激发的两个方面：一是复古派诗学进行理论重建工作，是在汲取师心论尤其是性灵论有益成果的基础上展开的，这不仅表明了复古派面对文化压力时的回应，也表明这是一个士人具有学术胸怀和独特审美风范的学术文化时代；二是师心派诗论在抨击复古论的过程中，对复古论诗学部分内容的肯定，充分反映出这一时期的诗论家所具有的兼容与创化、融会与开拓的文化立场和文化态度。 正是因为这一立场和态度，他们在理论价值对峙的情形中，共同对古代诗歌一往情深，从而在诗歌研究中形成了发展的诗学观。

明代诗学思想形成了自身的话语体系。这一时期的诗学评价模式或范式多种多样。除从选本、编集取舍间接了解当时的文学评价外，还有注释、考证、圈点、诗评、诗论，此外，还可以从当时的创作中看出作家对前代文学话语的某些因素的审美认同和价值认同。可见，当时对文学的评价，有直接评价，如注释、圈点、评、论；也有间接评价，如选本、考证和文学创作中透露的消息。若从文学活动的要素立论，当时的文艺研究，已经面对文本、创作主体、文本生成的历史文化语境和接受情况。因为研究者和评价者在选、编、注、考、点、评、论、作中面对的都不仅仅是历代文本和作者，在诸种评价或研究模式中，其取舍和价值取向也与研究者自身的文化生态息息相关，他们是在时代的氛围中对以往的文艺文本进行选、编、注、考、点、评、论的，是在他们生存其中的时代语境中观照往昔并进行创作的。

明代诗学研究所形成的话语系统，由文本评价角度、评价模式和大量的概念术语组成，这一学术话语系统有自己的鲜明特点。一是这一系列概念、评价角度和评价模式几乎为不同地域、不同理论流派、不同时期研究者所认同和运用。使用这些概念、运用这些评价模式，提高了文艺品评的质量，文艺研究的有效性也得以很大提高，这对于推进我国文艺批评范式的成熟具有重要意义。二是这一时期文艺评价的角度是在传承以往文艺批评丰富遗产的基础上形成的批评话语，适宜于对我国古代文学艺术审美蕴含的揭示，今天看来，它们是当时接近文学艺术文本和文艺活动的最为有效的方式。三是这些评价模式与我国文化传统一脉相承，而我国古代文学艺术特别是唐诗又是古代文化最经典的表现方式之一，其文化典范意义在宋代就已经确立。批评方式、文艺文本和文艺主体在文化上的同源性和同一性，说明这些评价范式较适合对古代文学艺术话语及其意义的阐释。

明代文艺思想除形成自身的话语系统外，其价值取向、研究范式、研究方法、研究目的和研究成果也形成了思想多元化的景观。思想多元化的局面，使得进一步对文艺活动的多方面理解由可能变为现实，从而推动了一个时代学术文化的繁荣。

20世纪以来，唐诗和宋诗研究取得了令人瞩目的成果。唐诗和宋诗研究的成就，引发了学界对明清时期的唐诗和宋诗文献更多的关注。文献整理和资料积累方面进展迅速，比如，齐鲁书社出版了《四库全书存目丛书》，北京出版社出版了《四库禁毁书丛刊》，上海古籍出版社出版了《续修四库全书》等大型著作，各地专业出版机构也相继出版了大量明清两代学者的总集、别集甚至杂记、笔记之类的文献，诗论和文论著作出版更是呈现繁荣之势。这些成果为唐、宋诗学史料和唐诗、宋诗理论研究提供了极大的方便。在诗歌学术史研究领域，已经有数位专家筚路蓝缕，取得了重要成果。特别是近十几年来，十数位专家在阳明心学与文学思想关系，儒、佛、道与文学思潮，中晚明士人心态，中晚明复古主义思潮，性灵、童心等情感主义思想，明代诗歌和文学批评史，诗学思想个案，明代诗歌与城镇化等方面，做了开拓性的研究，发现了许多有价值的文学思想，开创了一些有价值的学术研究范式。这些为明代诗学思想史的研究提供了参照和学术基础。

仍有大量研究领域需要开拓。特别是明清时代的一批诗论家，他们在诗歌研究中对唐宋诗关系及其质量优劣的论争和探讨，形成的特有的学术范式和学术文化语境，显示出诗学理论在明清时代的鲜明特征，以及各种诗论在诗学传播语境中对自身的重建，在诗学理论传播和发展过程中达成的共识。然而，对于在诗学传播和达成诗学共识中建立的诗歌发展观，学界还缺少研究。从唐诗"兴趣"到宋诗言理，是明清两代诗学关注的核心问题。之所以关注度高，是因为诗学思想的传播引起论争，成为中国诗学史的重要事件，最后形成共识，都反映出中国古代文学思想进入总结、融合和创新时期取得的重要成果，它们为中国诗学研究的进一步发展提供了方法论基础，积累了丰富的文献和学术智慧。

重要的是，我们应该把明代诗学命题放到当时多样文化背景下，分析各种诗学观念在多种文化和文学思想压力下，如何克服自身的局限性，回应和适应新变的审美语境，使自身得到丰富和发展；如何在各自的理论重建中确立我国古代的文学理论范式，从中可以看到文学思想融合时期理论发展和诗歌研究的特征，文学生态的变化带来的审美风尚的变迁，为当今文学理论建设提供借鉴和方法论资源。

明代的文艺思想由于有自身的特有范式，因此也表现出自身的基本品质。一是多样性。各具特色的诗学理论、戏剧理论、小说理论，与复古论、师心论一起组成了这一时期文艺思想杂语喧哗的语境。二是互动性。明代不同的文艺流派互相否定、相互影响、相互激发、相值相取，不断丰富各自的理论内涵，也在不断进行整合与创化。三是融会性。文化总结时代的标志，是一大批集古今之大成的学术著作的问世。这些著作差异性明显，非但不足以影响时代精神的凝聚力，而且正是文化总结时代应有的丰富多彩、立足多元而融合会通的思想特征。四是开放性。多样性、互动性和融会性意味着这一时期的文艺思想具有开放品质。师心论所具有的开放性，已经人皆知之，以"师心"与复古两派的互动和新变亦能初见端倪。正是在这样的时代语境中，这一时期的诗学实现了"师古"与"师心"的初步调和，此后，文艺思想在不断批判、自我否定、相互否定和重建中发展，形成开放性的理论品质。这就使明代的文艺思想成为一个包孕多元诗学内涵，又易于生产新的学说的理论体系，开启了清代围绕正与变、性情与格调、古与今、神与韵、真与雅的讨论，并为后代开展文学思想研究积累了资料和学术智慧，同时提供了珍贵的研究思路、研究方式和研究视域。

第一编 ◎

方锡球

明代诗学思想史

概　述

◎ 第一节

明代唐诗品评的兴起与古代诗学思想
在明代的拓展和深化

　　明代开国之初，由于复兴汉族文化和重建民族精神的需要，选择了气势恢宏、雍容典雅的汉唐文化作为国家和民众精神建构的起点。所以明初文人评时人诗歌创作，往往以唐诗作为参照标准，以"似不似"唐人诗歌论其质量优劣、价值高低和风格好坏，这几乎成为一代时尚。洪武四年（1371）状元、官至武英殿大学士的吴伯宗，诗歌创作富丽典雅，《四库全书总目提要》言其"诗文皆雍容典雅，有开国规模"，改变了明初诗人受元末诗风影响而习尚中晚唐的倾向，诗风开始由内心的幽微向外部世界的高华壮丽转变。当时人以盛唐相尚，最为显著者是"闽中十才子"，不仅理论上标举唐诗，而且在实践上学习唐诗，可见一时之风气。① 洪武二十六年（1393），

---

① 　《钦定四库全书总目》称："考闽中诗派多以十子为宗，厥后辗转流传，渐成窠臼，其初已有唐摹晋帖之评，其后遂有诗必律，有律必七言，而晋安一派至为世所诟厉。……要其滥觞之始不至是也，十人遗迹已不尽传，传者亦不尽可录，此编采集菁华，存其梗概，犹可以见一时之风气，固宜存以备一格焉。"（2641 页，北京，中华书局，1997）

　　"闽中十才子"之一的高棅编成《唐诗品汇》，对唐代诗歌的特征和唐代诗歌的艺术境界做了历史性的总结。高棅在继承严羽《沧浪诗话》和杨士弘《唐音》的"四唐"观念基础上，明确提出诗体"世变"的思想①，以此为出发点，解决唐诗分期的标准，以时代为主线论唐诗"四变"："一变而为初唐，贞观、垂拱之诗是也；再变而为盛唐，开元、天宝之诗是也；三变而为中唐，大历、贞元之诗是也；四变而为晚唐，元和以后之诗是也。"②其"审音律之正变"与"别体制之始终"也是以时代作为依托。可见其对严羽、杨士弘混淆盛、中、晚唐是不满意的。这种不满几乎贯穿整个明代，直到晚明，许学夷仍然批评"沧浪之说浑沦"。明代文士如此计较划分"四唐"清晰与否③，是为了将盛唐鼎盛的文化作为一个民族图强的蓝本。

　　正因为对唐诗的推崇，所以，弘治至清代康熙年间，唐诗品评兴起。

　　弘治、正德间，李东阳的茶陵派和前七子派相继出现。两派虽然主张有别，但积极提倡盛唐"格调"却是共同的：在创作领域，试图使盛唐境界得以复现；在理论上，则使唐诗研究和品评走向深入。从嘉靖至万历中期，整体上看，人们按照格调论的理论主张前行，品评盛唐诗歌风气日炽。为了唐诗批评的方便，出现大量的唐诗选本④，到嘉靖、隆庆年间，唐诗选本的刊刻出现热潮。后七子接踵前七子，将对唐诗话语"格调"的研究延伸至对"兴象风神"的探讨，使格调论实现了第一次超越。万历后期，格调论唐诗

---

① 高棅在谈到唐诗的转折时言道："天宝丧乱，光岳气分，风概不完，文体始变。"见（明）高棅编选：《唐诗品汇·五言古诗叙目》，50页，上海，上海古籍出版社，1982。
② （明）高棅编选：《唐诗品汇·五言古诗叙目》，51页，上海，上海古籍出版社，1982。
③ 《唐诗品汇》有非常明确的以盛唐诗歌为"正声"的美学标准，《凡例》即言："汉魏骨气虽雄而菁华不足，晋祖玄虚，宋尚条畅，齐梁以下但务春华，殊欠秋实，唯李唐作者可谓大成。"（14页，上海，上海古籍出版社，1982）此当言盛唐之风骨、声律兼备，而臻于文质彬彬的完美境界。
④ 陈伯海《唐诗学史稿》认为："由弘治初到隆庆末，与诗坛崇唐风气炽烈相关，唐诗的整理研究逐渐走向兴盛。这一时期，明人除大量刊刻已有唐人诗集外，还掀起汇刻和选编诗的高潮，出现许多大型唐诗总集和选本。"（503页，石家庄，河北人民出版社，2004）又，孙春青《明代唐诗学》通过对明代不同时期唐诗刻刊本的种类、数量的比较，认为嘉靖、隆庆之际"唐诗总集刊刻的种类和数量都骤然增加，除了《唐音》和《三体诗》之外，大部分都是明人编选、刊刻的，从他们的序跋来看……唐诗研究进入了一个新阶段。'诗必盛唐'的思想已经深入人心"（109页，上海，上海古籍出版社，2006）。

研究和品评在全面展开的同时，朝着思想总结和融合方向发展，不断修正格调论诗学，不断丰富格调论的内涵，实现了格调论的再次发展。这时，情感论唐诗研究亦渐成高潮①，使得唐诗的品评杂语喧哗，出现生机勃勃的多元化倾向，为唐诗学的进一步发展提供了空间。到明清之际，随着家国蒙难，一代知识分子的肉体和精神经历了双重苦难，他们无限留恋盛唐气象和雄壮的盛世文化，也就更加必然了。

高棅的《唐诗品汇》在尊唐的文化语境中已颇具诗史意识，其"四唐"观念包含的诗歌变化观，逻辑起点是"审音律之正变"，在这一基础上抽绎的"正变"概念，多着眼于诗歌自身的变化，唐诗"四唐"的划分，也只是着眼变化，而不论其发展。从他将"四唐"各期诗人分为九品而"不以世次"维度评析即可证明。这九品在其《唐诗品汇·凡例》中就已提出：

> 大略以初唐为正始，盛唐为正宗、大家、名家、羽翼，中唐为接武，晚唐为正变、余响，方外异人等诗为傍流，间有一二成家特立与时异者，则不以世次拘之，如陈子昂与太白列在正宗，刘长卿、钱起、韦柳与高岑诸人同在名家者是也。②

高棅重在考察唐诗话语体制及其所显示的风格特点，并以此论质量高下和体制之间的差异，他自己明确宣布"不以世次拘之"，说明他的"正变"所包含的观念并不把重点放在诗歌的时代特征及其发展上，其唐诗史意识也就是在考论品第时不自觉生成的一种意识。不仅是高棅，这一时期的诗论家大都如此。

---

① 余恕诚指出，"情感论"唐诗研究其实在李东阳时期即已滥觞，后来以李贽的"童心说"，李梦阳的"情真说"，汤显祖的"神情合至说"，公安、竟陵派的"性灵说"、冯梦龙的"情教说"为代表。不同的理论流派在相互影响、相互激发中，不断丰富各自的理论内涵，也不断地进行整合，初步显示出理论上趋于集大成的生动局面。见方锡球：《许学夷诗学思想研究》余恕诚序，1页，合肥，黄山书社，2006。

② （明）高棅编选：《唐诗品汇·凡例》，14页，上海，上海古籍出版社，1982。

从李东阳开始，由分辨"四唐"体制，诗学观点逐渐展开。虽然李东阳只关心文本的话语及其所涵蕴的性情和天地之气，但若与高棅比较，李东阳对唐诗音声节奏涵蕴的探究，在深入文本方面，又超过高棅。他开启了格调论唐诗学的兴盛局面，引起诗学观念多方位的讨论。这一时期理论的拓展，主要表现为对盛唐范式及其变化的探悉。前七子直接运用高棅的"四唐"概念分析唐诗"体制"，确立了初、盛唐理想范式与时间性概念结合的研究范式。七子对汉魏盛唐的推崇和精细研究，是从多方面、多视角，运用多种方式方法，创造多个范畴进行的①，在深入文本方面，比高棅、李东阳的程度都高得多。这就为诗学的开拓留下了空间。接着，王廷相运用诗人"才情"和"格调"双重标准考量唐诗；徐祯卿协调"情"与"格"的关系，这一同时注重主体因素和诗歌文本形式的做法具有重要意义，带来了诗歌理论认识的第一次转折。而徐献忠和胡瓒宗以盛唐为中心，以盛唐诗歌发展为典范，探讨了"诗变"根源；陈沂以"气格""声调"的变化判断唐诗的流变和盛衰，同时重兴象、体制特征，开唐诗学从形象整体研究诗歌的先河。郑善夫从强调杜诗的"变体"特征入手，体现了格调论唐诗学的特色。黄佐的"审音观政"，从诗人情感观察政治的变迁，并将音声表现与时代变迁联系起来，观照唐诗及其演变，其中包括对诗变原因的探讨。这一阶段，理学唐诗学仍然在发展。崔铣、姜南、米荣、黄姬水、都穆、张琦、夏尚朴和薛应旂等人，从崇尚教化和艺术本质的双重视角关注唐宋诗之别，但又吸收了"四唐"概念，根据"元声在天地间一气"而发"性情之真"的诗歌本体论，从不断变化的天地之气来探讨四唐诗歌特征。上述诸家在与格调论的相互比较和斗争中，从文学本体的视角阐述着自己的诗学观。杨慎、沈恺等人针对七子和理学贬损六朝诗歌的现象，掀起一股学习六朝的风气。杨慎对唐诗做了大量资料考证工作，发现了唐诗和六朝诗歌之间的直接关系，建构以

---

① 这一方法对当今唐诗研究新范式的形成，仍具有价值。尚永亮对唐诗研究的开拓就说明了这一点，其《唐代诗歌的多元观照》（武汉，湖北人民出版社，2005）可视作古代学术资源和当代多元学术视野有机结合的成果。

"艺"为中心的诗歌发展观,来强调六朝对唐诗的开启意义,是唐诗学之别开新面者。

这一时期的唐诗学,与明初滥觞阶段只认识文本现象层面不同,它已经深入文本内部,并且初步对"诗变"原因进行了探讨。

前七子衰落不过二十年左右,后七子崛起并领百年风骚,诗学观念进一步深化。李攀龙十分强调盛唐诗歌范式的作用。他以"正体"为关键词建立诗学理论。谢榛提出"文随世变"的观点,他认识到诗歌继承、技巧运用、主体才能、诗歌范式保守性对诗歌创作的正面或负面作用,比李攀龙的诗学观深入一步。王世贞提出"诗之变由古而近,则风气使之"。他所言之"风气",不单纯指时代政治风气,还包含社会心理、民俗、艺术创作的价值取向等方面,实际上是从整体风貌和审美特征视角关注四唐诗歌的变易。王世贞的"辨体"观,后来在胡应麟、许学夷等人那里得到承续并发挥到极致。后七子诗学是在前七子基础上的发展。大致包括三个方面:一是对旧有格调论执着于话语规范进行了创造性的改造,建构起以"诗体"、主体"悟入"、"日新"、"出入诗法"、唐诗"神情"为核心的诗学观,一定程度上纠正了前七子和李攀龙等人的偏执。二是以诗人"才情"和唐人"格调"的互动关系论析四唐诗歌,并从内部规律方面论证了诗歌变化的必然性。三是高棅以降,过分强调"四唐"差异,似乎在诗歌变化上界限分明,陷入绝对化的境地。后七子在力主盛唐之音的同时,对盛唐范式进行拓展,使"诗变"由突兀绝对走向相对变化或逐渐变化,磨合了"四唐"之间的联系,注意到唐诗演变的规律性,后来成为格调派的共识。这三点,是唐诗学发展的鲜明标志之一。

这一阶段的唐诗学出现大量论争,最著者乃是"唐无五古""唐人七律第一""李、杜优劣"等争议。这些论争中包含艺术理想范式与诗歌高潮、范式与诗歌衰落的关系。范式之争成为明中期以后唐诗学"诗变"论的一个重要的学术增长点。

师心论或情感论唐诗观的出现,标志着对诗学的探讨出现了新视角。主情论唐诗观导源于万历初期。 徐渭、李贽、汤显祖等人对唐诗的论述，明确反对因袭而泯灭个性。 徐渭关注唐诗变化偏奇的另一种路径，李贽以富有个性的异端观点看待诗歌问题，汤显祖将诗歌巅峰状态的出现归之于社会整体的人情氛围。 这些不仅是明代诗学的新声，而且成为公安派产生的历史语境。 公安派的性灵论的基石是个性主义，以摈弃规范为特点，以"无法"理解唐诗之妙和唐诗之变，将文学的时代特征归结为创造中的"真"。 唐诗变化创新的生命之源在于真性灵的作用，在性灵的主导下，诗歌创作"法不相沿，各极其变，各穷其趣"，并且"法因于敝，而成于过"，故而诗歌不得不变。 在此基础上，打通"四唐"诗歌界限，论述诗歌流变。 他们通过对初、盛、中、晚成就和不足的评估，解构了盛唐诗歌作为经典范式的神话，虽有偏激之词，却为艺术理想的更替找到了学理依据。 他们提出文学发展的大致内容；以为诗歌创造在于超越古人，"见从己出"，方能生新；"自有之诗"、自己"得意诗"，即不似古人、唐人之诗，才算得"真诗"。 以此为依据，论证时代和主体共同作用下的诗学问题。 袁宏道的时变论和个性论反映着他的独特文学史观和文学发展观。 袁中道在客观评价格调论和较为深刻地反思性灵论的基础上，力求调和格调论和性灵论，化解格调论对唐诗范式的绝对遵从，以"蕴藉"救治公安的"率易"。 他以严谨的姿态从格、气、法、取材和才情等多方面进行分析，提出唐诗向宋诗演化的渐衰轨迹。这在明代诗学中，别具一格。 在性灵论思潮的影响下，叶向高、娄坚、何乔远、毕自严、王思任等人的唐诗论，或从"求真性情"、或从"贵真求变"、或从"才情奇变"的视角论唐诗，亦有一定新意。 钟惺的唐诗观从其《诗归序》和《唐诗归》中即可了然。 他批评以"求异""求僻"为"变"。 他的核心观点是：气运代趋而下，诗文作者的意兴则代求其高。"高"指作诗的途径，途径求异则高，因此作诗的途径变化无穷。 但是，作诗的途径与气运相比，则又属于能够穷尽的了，若以途径的差异与时代气运相争，远离时代变化而求新求异，那终究也算不上是"高"。 钟惺兼顾"求异"与时代变化，而以时代为中心。 所以他批评学古时把创作求异和学习古人以求险、求僻、求俚混为一谈的非理性做法。他认为这样做，势必使诗歌发展的路子越走越狭，最终萎缩，因此必须摆脱古人途径，随着时代变化别出新境。钟惺诗学涉及文本的价值取向、时代气数、创作主体的主动创新等因素，学理性较强，运用的方式具有逻辑性。这是他的特色。谭元春一方面主张学法古人，否定公安派"自我作古"，另一方面回避七子对唐诗的格调定位。他在认为"盛唐诸公而妙以极"的同时，突出孟郊和李贺诗歌发展方向的合理性。以避开"熟径"、避开"崇正"者为新声。这就表现出异趣的审美取向，对后世全面理解诗歌的发展性质及其含义具有启发性。

从万历中期开始，复古论面临前所未有的文化压力。这就逼迫七子阵营对唐诗体制尤其是唐诗流变等问题进行重新思考，促进了诗学观念的第二次转折。屠隆"才情"与"格调"兼顾，以"兴趣""性情""音节""雅正"为关键词，重申唐诗艺术理想为中心，其论"格调"，常与"才性"结合，注意诗人不同的才赋，对盛唐之后唐诗发展方向的多样性，以及诗歌价值取向的多元性，报以宽容和尊重。李维桢倡导"体制"与"才情"协调，他对唐诗的认识，既从诗人才情和唐诗体制的协调程度做出判断，又从唐人的生活内容和诗歌风格的内在关联切入。以此两重眼光和四个观测点观照唐诗，也就更加细致和符合实情。这就使其在已有"四唐"观念的基础上，走向融通的诗学。胡应麟在总结明初以来格调论的基础上，吸收性灵论的有益成果，形成了较为丰富的诗学理论：溯源别流，勾勒唐诗发展的完整历程；分辨格调，突出唐诗发展的时代特征和诗人个体差异；标举理想范式，树立"本色"意识，为诗歌流变确立参照，以分清"正""变"及其互相更替变化的轨迹。胡应麟对格调论进行了总结。在格调论唐诗学完善的同时，还有焦竑、郝敬、董应举、孙慎行等政教论诗学，他们虽然偏执一端，但可资参考。

许学夷在胡应麟的基础上，按初、盛、中、晚分期，论述方式以"体制为先"，采取先总后分或先分后总，将时代顺序、诗体分类、音声演变、话语变易和诗歌风格结合起来论述唐诗。许学夷的诗论著作《诗源辩体》实现了对前期诗学观念的超越。（1）"溯源流"与"辨体制"：对唐诗转折进行经典分析。将"源流"与"正变"（包括"大变"）辨析结合，指出唐诗重要的转折点。也就是将"溯源流"与"辨体制"结合，并以进化的观念对唐诗体制、题材、话语、音声、风格进行描述，令人信服地回答了唐诗因革方面的一系列问题，从而构成我国古代较为全面的唐代诗歌史。（2）将唐诗"体格声调"与"气象风格"结合，论唐代诗体的审美特征。从诗歌本文层次和诗体美学角度论证唐代诗歌各体特征及其外部发展变化的轨迹，体现着文化与审美整合、话语与蕴藉结合的文学史意识。（3）"入神"与"入圣"：论盛唐艺术理想及其变化规律。（4）"才力""造诣""兴趣"：唐诗渐进性演变的主要范畴。运用"才力""造诣""兴趣"等不同术语论析唐诗不同发展阶段和不同审美风格之间的差异，为有力论证唐诗发展演变提供理论范畴，揭示了唐诗发展变化的渐进性特征。（5）从"兴趣"到"意兴"：盛唐诗歌向纵深方向发展的美学特征。从"兴趣"与"意兴"两个范畴论述盛唐诗歌向纵深方向发展的美学特征，揭示了由盛唐向中唐转变的基因已经植根于盛唐内部。（6）帝王参与和诗歌变化：对文学变化外部因素的描述。从帝王与文学活动、政治与诗歌活动的关系探讨诗歌及其变化。许学夷的唐诗研究意味着明代唐诗学历史的完成和新的历史时期唐诗学的开始，他是明代唐诗学的承先启后者。

经过以上诗论家的共同努力，到天启至崇祯间，复古论诗学与风神论融合，这里，神韵在格调理论中的孕育发生得更早一些，万历以后，屠隆、李维桢在唐诗流变分析中对"神情"的论述和运用，胡应麟、许学夷、谢肇淛等人对"风神"概念的规定和使用，许学夷、谢肇淛、邓云霄、陆时雍等人在唐诗研究中对"风调"向"神韵"转化的强调，都是对唐诗变化的动因和因素的深入的探究和阐释，成为明代诗学向清代诗学发展的先声。

明清之际出现了多元诗学观念。

易代之际，传统儒学开始复兴。面向现实、面向人生的诗学理论呼之欲出。叶廷秀、卢世㴂、张次仲等人从现实功利角度对唐诗的阐释，为晚明诗学准备了理论视点。 经世思潮决定了晚明学术的价值取向。 晚明士人在对政治灾难进行反思的同时，从文化学术上寻找当时社会动荡的根源，对阳明心学及其左派进行了反思。 钱谦益、顾炎武、王夫之、黄宗羲、方以智对阳明心学及其左派王学进行反思与批判，要求对文化进行重建，可视作儒家诗学"政教"精神的复兴。 当时诗歌"正""变"问题与国运盛衰的探讨联系在一起，陈子龙、毛先舒对汉代"正""变"论的整合就体现了这一联系。第一，他们从社会现实层面论"诗变"。 陈子龙、钱谦益、黄宗羲等人在论正、变时，吸收了《诗大序》意义上的正、变观，他们对时代的兴衰倾情关注，使诗歌发展观念复归到从现实关系的层面去认识。 第二，陈子龙与毛先舒的"辨形体之雅俗"与"主气势"，把辨体与价值判断结合起来的做法，是对诗学的丰富与发展。 第三，陈子龙的"诗歌退化论"，从反面可见其对诗歌发展中必须继承传统的意识。 在经世思潮得到巩固的语境中，钱谦益提出"主变崇正"论，并对"诗变"合理性做了论证。 钱谦益肯定"变"的合理性，同时亦主张对传统的重视，这是诗歌发展观念确立的重要理论环节。他以"性情"为核心，认为不同的时代、不同的作者，性情各有自己的面目，各不相兼。 因此，他在云间、西泠论诗视角偏狭的基础上，以主体创造力的不断发展来论证诗歌的时代变化，为六朝、晚唐、宋、元诗歌在诗史上找到了自己的位置。 钱谦益无疑使诗学进化观念更为全面，他兼顾了"正"与"变"两极。 所以他倡言"崇正"与"师心"一致，强调"崇正"与"师心"的融合，着力点却在"变"，而不是学习古人诗歌"似"还是"不似"的问题。 这样，钱谦益以主体为中心，运用多元视角分析历代诗歌文本，的确在全面把握诗歌发展问题上做出了贡献。

　　钱谦益之后，从冯舒、冯班兄弟开始，对诗歌发展的认识已经下移到对动因的探讨。 冯氏兄弟的"美刺"与"比兴"结合论，其实包含对诗歌发展社会动因的探索。 他们突破以汉魏、盛唐为正统的诗学观念，为中唐以后特别是晚唐诗歌发展的合理性和意义提供了理论支持。 同时，吴乔对诗歌传统的承传问题做了诗史意义上的透视，从赋、比、兴的角度，肯定历代诗歌都对传统有所继承，只不过其承接传统的取向有别。 因此，不同时代的诗歌也就自然在诗歌发展链条上，有自己的"正宗"地位。 二冯与吴乔等人不仅发现了细腻华彩的晚唐诗歌在诗歌发展中的重要意义，而且肯定了宋诗的意义，为诗歌发展观念的进一步确立提供了理论准备。 清初，吴淇作《六朝选诗定论》，将汉、魏、晋、宋、齐、梁并列，说明独标汉魏和盛唐诗歌的狭隘诗学观已经过去，多元诗歌观念在选诗、批评领域得到回应。 吴淇不仅论诗歌兴废盛衰，还"论其兴废盛衰之故"。 他提出的"诗分三际""千年一变"之说，颇具明确而宏观的诗史意识。 其称"统论"，就中带有"论代"和"论历代"的意义，已经不仅仅纠缠于文本的价值。 但他又能"以诗分时"，在"诗分三际"的基础上，对"三际"按时代进行细致划分，尤能结合时代语境与地域文化合力对诗歌加以审视。 吴淇对诗歌认识的深化，是非常独特的。 他以六朝视点观照诗史的批评方式，肯定了诗史演变的历史延续性，进一步丰富了我国古代诗歌发展观念的内涵。

叶燮的诗学在某种程度上是对钱谦益虞山诗学在继承传统中求变思想的继承与展开，并且表现出理论的自觉。 他主张立足于"变"而"正""变"统一。 其对七子、公安的超越是继许学夷、钱谦益之后最为明确的。 叶燮诗学具有理性特质，他从宇宙的普遍规律推衍出诗歌亦变的规律，亦能根据诗史的事实加以论证。 叶燮还能探索诗学方法论，他运用"因流以溯源，循本以返末"的方法，把形上与形下、宏观与微观结合起来，针对诗学不同层面的问题和不同的审美对象，灵活运用其论诗方式和方法。 他将整个诗史和一代诗歌联系起来论述，就在宏观层面显示出其论诗的方法比此前的优越之处。 他对诗学规律的复杂性有认识。 在叶燮看来，历代诗歌的兴废盛衰是不分时代先后的，他将"一时之论"和"千古之论"联系起来，在对兴废盛衰的复杂性和丰富性做出判断后，再抽绎出一个时代和整个诗史的兴衰规律。 叶燮认为，诗论家的素质很重要，由此提出诗论家仅仅懂得诗歌形式是不够的，对"诗道"的认识还需要具备才、力、识，方能对诗家"所衷"别有会心，方"能知诗之源流、本末、正变盛衰互为循环"，"辨古今作者之心思、才力、深浅、高下、长短"。叶燮认识到，一个批评家具有较高的素质修养还不够，他还要懂得运用正确的方法，"剖析而缕分之，兼综而条贯之"，按照现代阐释，就是宏观与微观、历史与逻辑相统一的立体审视方法。只有这样，"乃知诗之为道，未有一日不相续相禅而或息者也"。可贵的是，叶燮将诗歌演变与天地运行变化联系起来，最后在宇宙观层面论证"诗变"和"天地运行"规律的同构关系；不仅充分地论述了"世运"变"诗"亦变的道理，而且通过对几千年的诗歌史的回顾雄辩地证明了"变"乃是文学发展的客观规律。将诗学理论上升到客观规律的高度，这是叶燮诗学思想中极为精彩的部分。

明代诗学从对文学活动现象的认识到对诗变因素、原因和诗变原理的探索、总结，最终达到对诗学的规律性论证，意味着中国古代诗学的系统生成。

◎ 第二节
明代诗学的当代意义

明代诗学的内涵十分丰富。由于对唐诗的阐释在多重视角、多种向度下进行，涉及社会生活、创作主体、创作过程和文本研究及接受等许多视角，所以，唐诗研究中的概念，也就大致涵盖这些方面。另外，还涉及不同时期诗歌在比较中是进化还是退化的一些看法和认识。虽然还没有成为现代意义上的系统的诗学理论，但它意味着古代诗学观的确立，则是毫无疑义的。

这一时期的唐诗研究重点是对诗歌文本的接受、品评、辨体和对内容的分析。诗论家往往兼有诗人或艺术家的双重身份，他们的诗论和创作追求相一致。创作方面的求新求变，促使他们用变化的眼光观照历代诗歌文本。

当时诗人对唐诗的接受和意义阐释，有十分复杂的历史文化原因。既有历史传统的、民族心理的、生产方式和生活方式及其变更引起的、政治方面的因素，也有诗歌本身的审美规律和文化价值追求方面的因素。这些因素分别以单一、交叉和共同作用的方式影响着当时人们对唐诗的理解和阐释。多角度、多方面、多向度的解读，往往使得这一时期的诗论家在不同层面发现唐诗在不同发展阶段的美学特质，从而在较为全面和较为整体的意义上发现了唐诗生成和发展演变的脉搏，并说明和论析唐诗发展变化的历史，这对当代的诗学研究具有重要启发。

明代的诗学从比较诗学角度，可以在价值取向、研究范式、研究方法、研究目的和研究成果的意义方面，深化当今的唐诗研究和诗学理论建构，以期找到当代唐诗研究新的学术增长点。

首先是对现代唐诗阐释视角和阐释范式的意义。这一时期的唐诗学，大多是在自由论争的学术环境中完成的。明代诗歌作者人数和诗歌数量都远远超过唐代，而在此之前，中国历史上的诗歌高潮和质量上的巅峰状态已经出现，各种形式的诗歌创作，积累了丰富的审美经验。这便使明代中叶至清代初期有条件对诗歌特别是唐诗这样的诗歌典范进行全面的、多方位的考察和阐释。明代中叶经济方式的变化引起生活方式的变更，又使得人们的思想空前活跃，形成了思想多元化的局面。思想多元化导致进一步对唐诗的多方面理解由可能变为现实，从而推动了一个时代学术文化的繁荣。明清之际思想多元化局面的浅层表现是诗歌结社、地域诗群、家族文学团体和理论群体的勃兴。不同的群体之间，既有观点相近、相容的一面，也有相互斗争、相互排斥的一面，但最终却由相互斗争走向相值相取和相互融通，这既推进了唐诗研究的深入，也使理论在融合过程中形成了集大成的恢宏局面。这对现代学术范式和研究方法无疑具有重要的启示意义。这些意义就复古论诗学而言具体表现在：（1）复古论诗学在形成过程中，由于推崇汉魏盛唐诗歌，扩大了对汉魏和唐代诗歌的研究规模并提升了研究质量，成为当今古代诗歌研究的重要起点；（2）复古论诗学的理论追求，使之对汉魏盛唐诗歌的形式尤其是音声成果和高华壮丽的诗歌风格进行总结，形成文学本体研究的重要范式，成为后来诗歌审美研究的规范之一；（3）复古论诗学在重建和发展过程中，全面吸收、融会当时多元诗学思想成果，在丰富自身理论内涵的同时，对各个时代诗歌存在的合理性有了明确认识，突破了单纯推崇汉魏盛唐诗歌的局限性，重新建构起六朝诗歌、宋代诗歌和明代诗歌的评价体系；（4）复古论诗学在发展过程中，形成了重视诗歌源流、正变和体制的传统，在理论上初步确立了具有中国特色的诗学研究范式。这些都对当今诗歌理论建设具有借鉴价值。

其次是对当代文学史写作的意义。明代诗学最为人称道之处是对诗史意识形成的作用。在明代之前，人们尚缺乏诗歌的历史意识。虽然早在晚唐，就有"诗史"一说，但多指诗歌对现实生活的反映和描摹，并不是在历史意义上对诗歌进行考察，从中找出诗歌变化发展的规律。至明代诗论家，这一意识逐渐形成。"四唐"概念从提出到不断丰富，就是在现代"诗史"意义上对唐诗研究的深化过程。因此，研究明代诗学，可以为今天文学史的观念、构成、体例、详略取舍等方面提供古代有价值的资源，对建立现代文学史的有效范式具有意义。

最后，将明代的多元诗学命题放到当时多元文化背景下，进行历史的分析，论证复古论和师心论文学思想在多元文化和文学思想压力下，如何克服自身的局限性，回应和适应新变的审美语境，使自身得到发展；如何在各自的理论重建中确立我国古代的文学发展观。从中可以看到文学思想融合时期理论发展和诗歌研究的特征，为当今先进文化建设和发展提供借鉴和方法论资源。

第一章
明代诗学思想特征概述

◎ 第一节
明代诗学思想的话语系统

一、明代诗学的评价角度及其所使用的概念术语

　　明代的唐诗品评，无论是研究队伍还是学术成就，都是前所未有的。 二百余年间，从各种视角对唐诗的品评，逐渐形成了唐诗评价的学术话语系统。 这些系统除涉及评价角度外，还涉及评价模式和大量的概念术语。

　　粗略检索这一时期的诗学文献，对唐诗评价的角度，就有如下数种：（1）唐诗历史分期，如"四唐"说、"三唐"说、"破三关"等。 既言分期，还关涉分期的依据、角度和标准。 （2）注重"诗格"和"诗法"。 涉及诸如"法度""骨格""音格""音律""正变""正声""性情""起承转合""体制"等术语。 （3）以"格调"论唐诗。 诸如"盛唐气象""盛唐格调""音响""风调""情味""气格""韵格""体格""韵调""浑涵""正宗""才力""造诣""才藻""雄浑""气运""法"等。 （4）以"神韵"论唐诗。 主要涉及"入神""气骨""气韵""筋骨""肌肉""气概""兴象""风神""妙悟""意兴""沉着""活泼""行迹"等术语。（5）以"性灵"论唐诗。 使用的主要概念大体和上面相似①，此外还有"禅悦""代变""格套""信心""信口""胸臆""离合""尽变""幽情单绪""别肠别趣""灵心""灵慧""用生""自然"等概念。（6）唐诗整理与唐诗选本。 嘉靖、隆庆间唐诗选本、整理达到热潮，出现大量李、杜等初盛唐诗人诗歌选本。 至明末，唐诗整理达到高潮。 （7）唐代"诗史"研究。

二、明代诗学思想的研究范式及其作用

　　这一时期的唐诗评价模式或诗评范式也是多种多样的。 除从选本、编集取舍间接了解到当时的唐诗评价外，还有注释、考证、圈点、诗评、诗论，此外，还可以从当时的诗歌创作中看出诗人对唐诗话语的某些因素的审美认同和价值认同。② 可见，当时对唐诗的评价，有直接的评价，如注释、圈点、诗评、诗论；也有间接的评价，如选本、考证和诗歌创作中透露的消息。 若从诗歌活动的要素立论，当时的唐诗研究，已经面对诗歌文本、诗歌创作主体、诗歌生成的历史文化语境和接受情况。 因为研究者和评价者在选、编、注、考、点、评、论、作中面对的都不仅仅是唐诗文本和唐诗作者，他们热爱唐诗，还与对盛世的缅怀有很大关系。 在诸种唐诗评价模式中，其取舍和价值取向也与研究者自身的文化生态息息相关，他们是在时代的氛围中对唐诗进行选、编、注、考、点、评、论的，是在他们生存其中的时代语境中规摹唐诗并进行创作的。

---

① 上面所列出的唐诗评价角度、评价模式、评价术语只是大致罗列，带有举例性质，少于当时实际使用的数量，这是因为统计所使用概念的数量对本书没有实质上的意义。 评价角度和评价模式分类罗列的术语，也不是绝对的，如"雄浑"，在格调论、神韵论和性灵论的唐诗研究话语中都广泛使用。

② 陈伯海《唐诗学史稿·导言》谈及唐诗学史取材范围时认为："历史上的唐诗研究是非常多样化的，选、编、注、考、点、评、论、作中皆有有关唐诗的学问，均应成为唐诗学史的反映对象。"（10页，石家庄，河北人民出版社，2004）其实，这也是当时唐诗研究的几种常用学术形态，所以本书称之为"唐诗评价模式"或"唐诗研究范式"。

　　明代唐诗品评所形成的话语系统，就由上述唐诗评价角度、评价模式和大量的概念术语组成。这一学术话语系统有自己的鲜明特点。一是这一系列概念、评价角度和评价模式几乎为不同地域、不同理论流派、不同时期研究者所认同和运用。使用这些概念，运用这些评价模式，提高了唐诗品评的质量，唐诗研究的有效性也因此有了很大提高，这对于推进我国文学批评范式的成熟具有重要意义。二是这一时期唐诗评价的角度，是在传承以往诗歌批评丰富遗产的基础上形成的批评话语，适宜于对我国古代诗歌审美蕴含的揭示，它们是当时接近唐诗文本的最为有效的方式。三是这些评价模式与我国文化传统一脉相承，而我国古代诗歌特别是唐诗又是古代文化最经典的表现方式之一，其文化典范意义在宋代就已经确立。批评方式、诗歌文本和诗歌主体在文化上的同源性和同一性，说明这些评价范式较适合对唐诗话语及其意义的阐释。

三、明代诗学思想话语范式的现代承传及其意义

　　这一时期唐诗研究所使用的学术概念、学术范式在现代唐诗研究中依然具有生命力。20世纪以来的唐诗研究，仍然大量使用明代的唐诗学术话语和研究方法。以20世纪几种最有创意的唐诗研究力作为例，就可以说明这一判断。林庚先生的《盛唐气象》[①]一文，使用了这样一些关键性的词语："初唐""盛唐""中唐""晚唐""气象""风格""声律""风骨""胸臆""气骨""盛唐之音""华靡""体势""浑厚""雄壮""天真""意会""造诣""自然""高古""风力""体制""格力""兴趣""音节""风味""气格""情性""雄浑""悟""妙悟""意兴""玲珑透彻"。而相隔四十一年后，袁行霈先生的《盛唐诗歌与盛唐气象》[②]一文，依然如

---

①　林庚：《盛唐气象》，载《北京大学学报（哲学社会科学版）》，1958（2）。
②　袁行霈：《盛唐诗歌与盛唐气象》，载《光明日报》，1999-03-25。

同林庚先生一样，大量使用明清时期的唐诗学术语，来阐释盛唐诗歌的文化和审美特质。 继林庚之后，最具经典性的是余恕诚先生的《唐诗风貌》①一书，虽然是现代学术视野，运用的是人文主义方法论，但仍然使用明清唐诗学中最有生命活力的那些概念。 即以初盛唐而言，在"唐诗对时代的反映及其所表现的生活美与精神美"和"初唐诗坛的建设与期待"两章，先生就大致使用了这样一些关键性概念："初唐""盛唐""中唐""晚唐""性情""体制""声律""风骨""气象""浑厚""笔力""雄壮""生气""七古""五古""排律""境界""蕴藉""盛唐之音""高古""质朴""清绮""刚健"等。 从三位先生所使用的情况看，虽然频率已经不高，但往往在最为关键性的论点里，仿佛是画龙点睛一般，把初、盛唐诗歌的精神气质和审美特征揭示出来。

可见，明代的唐诗品评不仅形成了自己的话语体系，而且对当代唐诗研究仍然具有一定价值。 从这里也可以看出这一时期的唐诗学所具有的学术典范价值。

◎ 第二节
复古论诗学和师心论诗学的
理论内涵和价值特征

一、复古论诗学的理论内涵

复古论的形成主要表现为格调论思潮的高涨和衰落过程。 一般认为，格

---

① 余恕诚：《唐诗风貌》，合肥，安徽大学出版社，2000。 该书初版于1997年，而主要学术观点则从20世纪80年代初就开始陆续在国内重要刊物上发表，仅在《文学遗产》杂志上就发表了八篇之多。

调论的思想来源于三个方面：其学术文化背景起于明初的政治复古思想与文化复古思潮，其理论渊源来自严羽的《沧浪诗话》对盛唐诗歌的推崇，其直接动因是对当时不良文风、士风与学风的反拨。①

（一）恢复华夏文明的集体无意识——理论外延

复古论文学创作和批评都隐含着恢复华夏文明的集体无意识。北宋以降，少数民族军事力量屡犯中原，至元而为蒙古族统治。明朝建立后，上下皆渴望恢复华夏文明。复古意识弥漫于社会各个阶层，表现在政治、文化、文艺等诸多领域。开国文臣宋濂和刘基，主张作文应宗经师古，讲求经世致用，明道立教，辅俗化民，成为"圣贤之文"和"经天纬地之文"。文章复古不仅要师其辞，更要师其道，这属于典型的儒家文艺思想。刘基主张诗文复古，亦带着这一民族文化情结。他希望恢复三代两汉之文的雄浑气象，发扬"诗三百"的美学传统。这对明中期诗文复古运动的兴起具有一定的刺激作用。明代复古主义思潮就这样与家国观念、民族意识、个人际遇息息相关。在这一历史文化背景下，明人要求重振汉唐雄风，恢复华夏威仪，也就是必然的了。

（二）尊崇秦汉之文和盛唐诗歌——文学活动的主要范式

诗歌复古要求方面，表现为对秦汉之文和盛唐诗歌的尊崇，并将之作为文学创作的主要范式和文学批评的基本准则。"尊唐"在南宋以后成为传统。严羽《沧浪诗话》力斥宋诗之弊，主张学习盛唐诗歌，"不作开元、天宝以下人物"。严羽对元和以降诗歌的否定，与明代士人的汉唐情结一拍即合。高棅就是在这样的历史文化语境中，于洪武二十三年（1390）编成《唐诗品汇》。高棅将唐诗的发展划分为初、盛、中、晚四个阶段，在"四唐"诗歌中，尤为推崇盛唐诗歌。这实际上为南宋以后的唐诗研究做了理论总结。

---

① 史小军：《复古与新变——明代文人心态史》，39 页，石家庄，河北教育出版社，2001。

高棅之后，茶陵诗派领袖李东阳高举复古大旗，而继李东阳之后，前七子李梦阳、何景明、康海、王九思、边贡、王廷相、徐祯卿等人迅速崛起于明代中期诗坛。《明史·文苑传》记载："弘治时，宰相李东阳主文柄，天下翕然宗之，梦阳独讥其萎弱，倡言文必秦、汉，诗必盛唐，非是者弗道。"一时文坛大变，"天下语诗文者必称何、李"。而至嘉靖、隆庆之际，距前七子之兴约二十年之后，又有李攀龙、王世贞、谢榛、梁有誉、宗臣、徐中行、吴国伦等后七子崛起。他们接踵前七子的复古思路，《明史·李攀龙传》言其主张是"文自西京、诗自天宝而下，俱无足观"。且后七子"诸人多少年，才高气锐，互相标榜，视当世无人，七才子之名播天下"。他们与前七子一起，振臂一呼，应者云集，"天下推李、何、王、李为四大家，无不争效其体"。从弘治至万历初（1488—1590），复古运动高潮持续百年之久，参加者人数之多，规模之大，诗作与理论之丰富，影响之深远，在古代文艺思想史上是罕见的。他们的核心观念是尊崇秦汉之文和盛唐诗歌，并以之作为文学创作和文学批评的主要范式大加提倡。直至公安派主盟文坛、王学流行之后，复古势力仍然十分强劲，伴随晚明儒学复兴语境，形成了"复古"与"师心"两大对立营垒。

（三）雄浑矫健与真情实事——文学价值追求的主要取向

就文学领域而言，七子的提法之所以这样偏激，除了对华夏文化的眷念情结外，学界一般认为，一是为了改变以台阁重臣"三杨"（杨士奇、杨溥、杨荣）为首所形成的歌功颂德、粉饰太平的台阁体文风；二是为了改变理学家作诗为文好谈道讲理的性气派文学；三是为了批判李东阳缺乏刚健硬朗之气的萎弱诗风。

李梦阳与康海、王九思一起，发现李东阳的缺陷，以"文必先秦两汉，诗必汉魏盛唐"的理论纲领，主张恢复汉魏盛唐诗歌的雄浑气象和先秦两汉散文的矫健风貌，并针对理学诗文的弊端，提出"度越宋元"的观点。李梦阳等人的"度越宋元，苞综汉唐"的复古主张，从本质上来说，是以复古来改革诗风。所以有人讲，"'文必秦汉'，就是要恢复说真实话的本色"，"'诗必盛唐'，也就是说诗要抒写真情实事，如李、杜那样的"①。

（四）"崇正"与"师古"——文学本体的"雅正"追求

格调论复古与明初文学复古有巨大差异。明初复古是在文学道统，七子复古却是在文学本体。总的说来，格调论主张从"格"（诗的体制特点）和"调"（诗歌话语的音乐性方面）去探求诗的形式和意味，把握诗的文化意义。它的首要特征，是在理论和实践上，以秦汉散文、汉魏古诗、盛唐律诗作为典范；捍卫诗体的"雅正"即规范性，把一种诗体的极盛期的代表作所体现的体格视为最高理想，不得逾越这一规范。这就是所谓"本色"之论。可见，格调论明辨体制，以高古为尚，抓住"格调""崇正""师古"这一极，与"雍容典雅"的诗学追求一脉相承。

二、师心论诗学的理论内涵和价值特征

师心论在明代诗学思想的融合与开启中前行，体现着多元诗学格局的相值相取和相互发动。就主流而言，明代诗学存在着两条主线：复古论与情感论。复古论以格调说为代表，上面已经作了概略的分析。而师心论则异彩纷呈，以李贽的"童心说"，李梦阳的"情真说"，汤显祖的"神情合至说"，公安、竟陵派的"性灵说"，冯梦龙的"情教说"为代表，这些理论观点都涉及唐代诗歌。明中叶以后，随着城市经济的繁荣，人们强烈要求摆脱理学束缚，确认自我价值。这一现象促使学术文化必须面对情感问题，并进行思考，从而加深了对于情感的认识。从情感的取向看，当时张扬的一是个性之情，一是人性之情。个性之情追求的是真，与之相对峙的是理学的流

---

① 曹聚仁：《明代前后七子的复古运动有着怎样的社会背景》，见傅东华编：《文学百题》，305～306 页，长沙，岳麓书社，1987。

弊，其理论取向表现为强调情真。 对人性之情的认识，核心是对情与理关系的探讨，即人性的本质是情还是理。 而这样一个现象，若用之于唐诗研究，亦能从一个独特的角度深入唐诗文本的内部。

李梦阳在提倡"情真"的同时，有将情真说与格调说相融合的倾向。①一般认为他不属于师心论。

罗汝芳和李贽的童心说主张真情。 罗汝芳受王阳明和王畿影响，他的理论与佛教又有关系。 其对"赤子之心"的论述，将明代心学中所含的自然主义、自由主义思想开拓出了更新的疆域。 其原意是改造传统儒家的"性善说"，但却为文界革新提供了新的观察角度与运作概念，这一革新的创作观念影响到他们对唐诗评价的角度、方法和立场。 在汤显祖、李贽、袁宗道、袁宏道的论述中，均可以看到受其影响的痕迹。 既然"童心"本身属于存在的初发状态，晚明理论界革新的特点也就决定了它关心的主要是意义。② 李贽并不否认"格调"的存在，他在《读律肤说》中说："有是格便有是调，皆情性自然之为也。"③这只是提出格调都应当本于情性之自然。 童心说的本意便是要无任何障碍地真实表现作家的最初一念之本心，而这表达又是作者不得不然的，决不可故意地勉强为之。 因此他推崇自然，其实质还是在于真。 李贽把好货、好色、积珍宝、买田宅之类的一切事，都看作普通人对于物质欲望的正常要求，也即人的最真实的感情。 他要求肯定这种感情的主体，就是当时日益壮大的市民阶层价值取向的反映。 在当时的历史语境，只有市民的生活和意识才代表着历史的方向，只有站在市民的立场才能反映出生活的本质真实。

---

① 李梦阳的目的也是性与情的统一："情者，性之发也。"他对"情"的真实无伪有独到见解："天下未有不实之情也，故虚假为不情。"（《空同集》卷六十六《论学上篇第五》，605 页，上海，上海古籍出版社，1991）他还弘扬个性之情："真者，音之发而情之原也。"（《空同诗集》卷首《诗集自序》，清光绪十五年渭南严氏刻本）李梦阳认为这些才是情真之作。 他的"情真说"理论已经涉及了人性之情。

② 黄卓越：《佛教与晚明文学思潮》，116 页，北京，东方出版社，1997。

③ （明）李贽：《焚书·续焚书》卷三《读律肤说》，132 页，长沙，岳麓书社，1990。

　　师心论的产生有深厚的哲学语境。 比如，袁宏道"性灵"含义的关键规定在于他对人生的态度。 袁宏道是为了做官才开始学习儒家经典的，他的生涯是隐居与居官相互交替的生涯。 但是，他通过袁宗道接触到了把儒、佛、道三者合为一的新学说——"性命之学"，并且受到这个思潮的影响。 另外，他与李贽交往，深受王学左派的影响，这些与他的性灵说的形成是很有关系的。 所以，他既能过儒生生活，又能采取某种方式表现性命之学和心学，这些都表现在他主张的性灵说之中。 袁宏道的"性灵"区别于"性"主宰"情"的宋明理学，又区别于"性"依赖于"情"的阳明心学。 袁宏道积累了朱子学派的思维方式①，并且受李贽、徐渭的启迪，进而形成心学派的思考方式，这两者结合在一起构成了对性灵的追求，既等同地看待"性"与"灵"，又主张以"灵"为中心的两者之间的和谐。 袁宏道追求以"灵"为主的性灵之和谐，是强调"灵"所表现的对个性、情欲、自我需求的志向。袁宏道、徐渭、汤显祖等没有把传统儒学强调的人伦教化强加于自己，也没有从属于它，却标榜争取自身的独立性，公开要求"文"与"道"的分离。不过他们还是持有"名教才是极乐""劝善惩恶的补充"等观念，并没有完全丢弃儒学的美学观。 也就是说，他们在朱子学的框架下表现心学。 正因如此，袁宏道没有排除中国传统的文学理论，从他所说的"古之为文者，刊华而求质，敝精神而学之，唯恐真之不极也"中也能看出这一点。 中国传统

---

① 在中国思想史上，首次把"心"分为"性"与"情"的，是宋代的张载。 后来朱熹又提出集大成的"心统性情说"，也把"心"分为"性"与"情"两个部分。 朱熹认为"性"则"天理"，来自本体世界，或云"未发"，或云"道心"。 它包含着仁、义、礼、智、信等伦理规范，是纯粹的理性；"人心"者，"情"也，亦云"已发"，它所指的是善恶、辞让、是非等主观的情感和心理状态。 因此，应该把"性"和"情"的区分与"天命之性"和"气质之性"的区分等同看待。 朱熹还进一步发展了"性"与"情"的区分的理论，提出"心"应该包括"性"与"情"的观点。他说："性者，心之理；情者，心之动；心者，充性情之主。""性"主宰"人心"的主张，到王阳明时有了变化，"道心"依赖于"人心"的思潮开始占了上风，也就是说，原来的"理"非"心"变成了"心"则"理"，伦理性的规范也越来越向心理上的需求转化。 "心即理也"中的"理"，也越来越从外在的天理、规范、秩序转变为内在的自然、情感，乃至欲求。 这也正是朱熹所担忧的"只言知觉者……弊在于把欲求为理"。 见（宋）黎靖德编，王星贤点校：《朱子语类》卷九十八，2513 页，北京，中华书局，1994。

文学自古就存在着文和质的问题，可见他没有完全丢弃传统的文学观，他的性灵论具有融合的特质。

汤显祖所尊之情，可以理解为作家的意趣和感情。他所谓"神情合至"，实际上就是主张将自己的真实感情不受干扰、完整地贯彻于整个创作过程之中，并在作品中表现出来。在汤显祖那里，情是创作的动力，也是人们接受文本的标尺。一方面，他批评王世贞等后七子的拟古之作为"等赝文耳"，是没有价值的假古董。他还把情引入诗歌接受之中，以真情作为权衡作品的标尺。汤显祖的真情与李梦阳、袁宏道的真情已有明显的不同。李、袁所看重的是作家的主体之真，而汤显祖强调的则是作品中的人物之真，强调的是表达客体的个性。另一方面，他竭力主张在创作中痛快淋漓地直抒胸臆。这种主张在实质上又与李贽的童心说、袁宏道的性灵说有一脉相通的地方。由于汤显祖所论之情已侧重于作品中的人物方面，因此，其过渡到尊人性之情的桥梁实际上已经架通。把人性之情引到文学理论中来，并用以指导自己的创作和接受，从而完成了从个性之情到人性之情的转变，实现了明代诗学的进一步发展，为晚明诗学立足多元，进一步创新和发展提供了新的理论资源。

冯梦龙可以说是明代尊情理论的归结者，他对"情"的追求使他将"情"扩展到了一切文学领域。他的执着就在于他从事文艺活动唯一的诉求，是对无情者"委曲以情导之"，甚至表示死后也要当一尊能度世人的"情佛"。"情教说"以情为万事万物之本，希望以情来改造社会，这使明代尊情理论得到了完善。不过，也是从冯梦龙开始，"情"与"理"在新的阶段上重新开始合流。

师心论使晚明诗学理论在不断否定、不断互补、不断相值相取、不断融合中，不断丰富和发展。这一现象加深了对人的情感和精神的认识，它从一个独特的角度深入唐诗文本内部。

◎ 第三节
明代诗学在理论重建和发展中
表现的基本品质

一、格调论和师心论在多元文化语境中的发展与重建

无论是复古论还是师心论，在文化进步的压力下，都面临理论重建的任务。 文学复古思想在嘉靖、隆庆之际渐成高潮，以其格调论诗学独树一帜，声势浩大。 前后七子、末五子和许学夷等人，倡言"格调"，由推崇先秦散文和汉魏盛唐诗歌，走向对历代文学经典模式的关注。 在方法论上，由注重文学形式的分析走向以"中和"的方法关注文本内质和外形的双重审美。 在价值取向方面，由对音声格调和高华壮丽的推崇，转向对雍容典雅的追求。这一方面反映民族文化发展至明代时对古代经典的重新阐释，另一方面也反映诗学在向经典寻求发展资源的过程中，走向融合会通之途。"雍容典雅"的诗学追求，是以"中和"哲学观作为方法论基础，整合形神论与风骨论，走向意境论；融合言志说和缘情说，形成政教批评和审美批评相互依存的理论结构。 它意味着儒家诗学在向传统复归的同时，寻找自身发展道路的不懈努力。 师心论诗学也同样如此。

（一）商品经济对七子派的激发与明代师心论的产生

师心论是明代重视情感的文学派别理论主张的总称，上文已经列举出李贽的"童心说"，汤显祖的"神情合至说"，公安、竟陵派的"性灵说"，冯梦龙的"情教说"。 这里仅就公安派与竟陵派在多元语境中的发展做一分析。

公安派的兴起，得益于对七子派的激烈批判和正德以后商品经济的发

展。公安派因袁宏道与吴中的关系①，一定程度上受吴中风习和七子派文学观的激发而生出"诗变"论的新见解。

公安派对七子的反动，成就了他们的诗学进化观念。前七子由于"弘治中兴"，其文学理想显现出"不朽事业"的"外向"品格。然而，随着"中兴"气象的消逝，他们就难以抵御当时文化的内向引力，在创作上由外向事功转而向内心世界开拓。这一由外向内的演化路向，不仅是理解七子派"复古反思"和格调论重建的重要线索，而且也应当成为考察中晚明文学思想演变的一大进路。②

七子派从模拟字句到注重话语"构结"，再到谢榛"夺神气"的逐步修正和完善，但并未达到崇尚情感的终极目标。复古派从李东阳始就未忽略主体精神的存在。李东阳曾说："（诗）贵情思而轻事实。"③"贵情思"之说正是其所引发的复古派的共同倾向。李梦阳进一步为这一倾向的产生提供了理论基础，其所提出的"格古""调逸""句浑""音圆"等"外在"目标最终乃一归于"情以发之"。可是，李梦阳对"情"的重视，内中包含着"观风"的政教目的，远非自我的个体情感。可见，七子派所尚之"情"与公安派所主之"性灵"有本质之异，实质在于，"情"的内外两向使它本身在不同文化的观念中有着截然的分野。

当商品文化使七子"诗必盛唐"的理想破灭之时，既有格调不再成为束缚文学话语的绳索，诗歌实践和理论才能凸显真正的自我。屠隆曾言：

至我明之诗，则不患其不雅，而患其太袭，不患其无辞采，而患其

---

① 袁宏道虽为湖广公安人，但万历时在吴县任县令，吴县乃至苏州府是明中后期商帮最为活跃之地。参见陈书录：《士商契合与明清性灵思潮的演变》，载《南京师大学报（社会科学版）》，2004（6）。

② 易闻晓：《公安派的文化阐释》，71页，济南，齐鲁书社，2003。

③ （明）李东阳：《麓堂诗话》，见丁福保辑：《历代诗话续编》，1375页，北京，中华书局，1983。

鲜自得也。夫鲜自得则不至也……操觚者不可不虑也。①

屠隆已经明确提出七子派所重视的格调音句已经束缚了诗歌的发展，只有要求自我"自得"，才有出路。屠隆之"自我"，其主体精神即转向"真心"与"性灵"②。实际上，七子对"复古的反思"和修正，其内向的进路也是由于时代思想趋势的内向引力。另外，不乏资料表明七子派复古运动与阳明心学的关系。李梦阳曾说：

> 天下有殊理之事，无非情之音。何也？理之言常也，或激之乖则幻化弗测……乃其为音也，则发之情而生之心者也。……固情之真也。③

理主常，情主变，其变乃在于心，这些简单的说法当然了无心学的思辨，但考虑到李梦阳和王阳明的密切关系，他们之间进行意见的交流当属自然。④这一例子至少说明，在时代急速演化的潮流中，七子派已然向此"心"投上了关注，然而其复古反思的内向性当不排除"心"所发出的巨大引力。这表明"师心论"诗学的出现与复古论诗学自身在不断修正中具有某种契合关系。正因为如此，当屠隆发出"自得"之论的时候，袁氏伯仲也已经在宣传他们的新鲜学说了。

公安派诗学能够渐成高潮，其实质是以其彻底的内向化策略消解七子派的外向文学理想，同时复古派所持续的内向反思和理论重建却早已使自己的

---

① （明）屠隆：《鸿苞节录》卷十七《论诗文》，见吴文治主编：《明诗话全编》，4956页，南京，江苏古籍出版社，1997。
② 据黄卓越考证，屠隆已经大量使用"性灵"一语，见黄卓越：《佛教与晚明文学思潮》，136～139页，北京，东方出版社，1997。屠隆的例子显示出文学本源的内向追寻，屠隆《长水塔院记》使用的"真我""真性"有时直接以"性灵"表示这种"心体的常性"。徐渭、袁宏道和李贽也是这样。
③ （明）李梦阳：《空同集》卷五十一《结肠操谱序》，见吴文治主编：《明诗话全编》，1976页，南京，江苏古籍出版社，1997。
④ 马美信：《阳明心学与文学复古运动》，载《复旦学报（社会科学版）》，1993（6）。

一系列主张日益松动，如果把广五子、续五子、末五子计入其内，那么到末五子之一的屠隆这里，复古主义已经处于四面楚歌之中了。① 所以有人提出，李贽的"童心说"、焦竑的"性灵说"、汤显祖的"神情合至说"，"无不以极端的主体性色彩显示着与七子复古派文学理想的外向品格截不相类的崭新面貌，这在总体上当可视为对复古派的集体攻击。 正是由于七子复古派引起了普遍的不满情绪与对抗意识，所以袁氏伯仲致命一击的胜利才会迅速赢得异口同声的热烈喝彩"②。 虽然这种分析和结论未必完全符合事实，但从当时的气势和趋向看，确实反映了公安派和主情一派的诗学地位。 钱谦益在《列朝诗集小传》中谓"伯修（袁宗道）在词垣，当王李词章盛行之日，独与同馆黄昭素，厌薄俗学，力排假借盗窃之失。 ……其才或不逮二仲，而公安一派实自伯修发之"③；而陈田亦谓袁宗道"翻王、李窠臼，中郎、小修从而煽之，遂令天下靡然从风"④。

（二）公安派对"真我""真性"的修正

公安派也并非一成不变，至后期，除改变以往单纯的"信心""信口"之论，对学殖也有了一定程度的关注。 袁宏道提出"新奇论"时，其中所包含的"真我""真性"就发生了变化。 作于万历三十二年（1604）的《郝公琰诗叙》，便认为公琰诗文之"新"乃法唐所得：

> 公琰为诗、为举子业，取之初，以逸其气；取之盛，以老其格；取之中，以畅其情；取之晚，以刻其思。富有而新之，无不合也。⑤

---

① 按：处于四面楚歌声中的复古主义在清初又得以复活，证明其内在结构中还是具有生命力重新得以旺盛的因子。

② 易闻晓：《公安派的文化阐释》，79～80 页，济南，齐鲁书社，2003。

③ （清）钱谦益：《列朝诗集小传》丁集中"袁庶子中道"，566 页，上海，上海古籍出版社，1983。

④ 陈田辑撰：《明诗纪事》庚签卷五，2300～2301 页，上海，上海古籍出版社，1993。

⑤ 钱伯城笺校：《袁宏道集笺校》卷三十五，1109～1110 页，上海，上海古籍出版社，1981。

这样的"新"，虽然发于"性灵"，然此"性灵"已具有某些规定性，是在学习初、盛、中、晚全部唐诗创作经验，即"富有"基础上而获得的"新"。而过去，袁宏道对唐诗的看法是"世人喜唐，仆则曰唐无诗"①，可见，此时袁宏道对"法唐"的态度发生了根本转变。

袁氏兄弟反对"剿袭模拟"而主张独抒"性灵"，把诗文之道从法度之"末"推向"性灵"之本，当然是深中时弊的。但冷静客观地看待，学习法度其实也很必要，因为法度作为前人文学创作经验范式具有相对的稳定性，它作为审美的历史积淀应该成为后代文学创作的必要条件。袁宏道因七子拘于法度遂谓无法，虽是愤激之词，严格地说是不符合创作实际的。

若按公安派原有性灵论的主张，诗歌创作只能流入鄙俚呼号一路，导致诗文创作走入绝境。因此在理论上，袁宏道就不得不从自然性灵论走向人文性灵论。这表明他对公安理论的修正，向着七子复古论寻求理论资源。公安派对七子派的反拨，并不是运用统一的思想体系，两者一为儒，一为释。公安派批评七子，并不在同样的话语体系中进行，他们在排击七子的同时，也隐藏着理论的局限性，所以也就难以实现对七子派的取代甚至超越。他们是在相反相成中实现理论和创作的对峙关系、互补关系、互动关系，而不是历史关系。这就表明公安与七子并非在同一个层面言说，而是各带有自言自语性质。袁宏道不仅以复古论的观点矫正自然性灵论，而且对自己诗文创作"刻露"的缺点，已然表示深深的自我悔恨。

据袁中道称，袁宏道经过对鄙俚之弊的自我反正，其创作"自花源以后诗，字字鲜活，语语生动，新而老，奇而正，又进一格矣"②。可见，袁宏道对俚质之弊的纠正，主要是在文辞字句上下功夫：求"老"、求"正"、求"秀媚"、求"粉泽"，他的自我矫正主要采取"学古"的方式：

---

① 钱伯城笺校：《袁宏道集笺校》卷十一《张幼于》，502 页，上海，上海古籍出版社，1981。
② （明）袁中道著，钱伯城点校：《珂雪斋集》卷十八《吏部验封司郎中中郎先生行状》，759 页，上海，上海古籍出版社，1989。

况学以年变，笔随岁老，故自《破砚》以后，无一字无来历，无一语不生动，无一篇不警策。……其中有摩诘，有杜陵，有昌黎，有长吉，有元白，而又自有中郎。意有所喜，笔与之会，合众乐以成元音，控八河而无异味。①

"无一字无来历"，就是广泛地向古人学习，虽比不上七子派那样要求与临帖相似的"剿袭模拟"，而犹"自有中郎"之"己意"，但对曾经想要全力推倒七子复古派的袁宏道来说，也算是一种革命了。

对于公安派创作的俚俗直露之弊，虽然袁宏道在他生活的后期做了大量矫正，然而他逝世以后，"鄙俚公行，风华扫地"的局面没有改变，于是对率意之弊进行全面的矫正以遏制这一局面扩展的任务就只能由袁中道来完成了。

若说袁宏道的自我反正是在文辞字句层面上下功夫，那么，袁中道"学古"则重新确立了含蓄蕴藉的学古目标。一方面，袁中道的诗学保持了公安派的整体特征。除彰显公安诗学的佛禅色彩之外，还完全保留着性情自适的主题。"学古"与"己意"是袁中道全部文论话语围绕的两大问题。其基本主张可以借一语以做概括："读古人之书，拨肤见骨，发为诗文，另出机轴，垂清光于百代"②，这与其长兄袁宗道"修古人之体而务自发精神"的主张基本一致。所谓"另出机轴"即发自己意，这大致相当于袁宗道的唯主识见和袁宏道的"独抒性灵"，但与后者有所不同的是他的"另出机轴"乃以"读古人之书，拨肤见骨"的学古为前提条件，这种观点与袁宏道"博学详说"的宗旨相当吻合。由此可见，袁中道诗学的基本任务与特

---

① （明）袁中道著，钱伯城点校：《珂雪斋集》卷十一《中郎先生全集序》，521～522 页，上海，上海古籍出版社，1989。
② （明）袁中道著，钱伯城点校：《珂雪斋集》卷二十四《寄钱太史受之》，1010 页，上海，上海古籍出版社，1989。

殊地位，就是承续袁宏道后期文论，继续对公安派前期文论做出更为全面深刻的自我反拨，他的诗学是以公安文论的承续者和反拨者的双重身份出现的。

袁中道的学古追求以含蓄蕴藉为至境："天下之文，莫妙于言有尽而意无穷。"①这自然是前人创作所达到的极境，然而这种境界也成了袁中道评价前人创作的唯一标准：

> 《左传》《檀弓》《史记》之文，一唱三叹，言外之旨蔼如也。班孟坚辈，其披露亦渐甚矣。苏长公之才，实胜韩、柳，而不及韩、柳者，发泄太尽故也。诗亦然。《三百篇》及苏、李《河梁》，《古诗十九首》，何其沉郁也。陈思王、谢康乐辈出，而英华始渐泄矣。②

可见，他反对"发泄太尽"，把含蓄蕴藉放在第一位，其次才是"直摅胸臆"。但绝不仅仅这么简单，袁中道的含蓄蕴藉主要是对一种诗文之"趣"的追求，由创作主体的"慧流"和"趣"而生成一种自然韵致、一种诗文境界。是发于主体"淡泊""清爽""冲和"的心胸，才能达到含蓄蕴藉的高致，即所谓"一唱三叹，言外之旨蔼如"。

袁中道以含蓄蕴藉为学古目标，显示了向七子理论主张靠近的趋向。他常常说"当熟读汉魏及三唐人诗，然后下笔"③；"但愿熟看六朝、初盛中唐诗"，而"令云烟花鸟，灿烂牙颊，乃为妙耳"④。因为总的来说，三唐诗

---

① （明）袁中道著，钱伯城点校：《珂雪斋集》卷十《淡成集序》，485 页，上海，上海古籍出版社，1989。
② 同上书，485～486 页。
③ （明）袁中道著，钱伯城点校：《珂雪斋集》卷十《蔡不暇诗序》，458 页，上海，上海古籍出版社，1989。
④ （明）袁中道著，钱伯城点校：《珂雪斋集》卷二十四《答秦中罗解元》，1053 页，上海，上海古籍出版社，1989。

尤得言外之旨，所以袁中道认定"诗以三唐为的，舍唐人而别学诗，皆外道也"①。三唐之中，袁中道是"细读盛唐人诗"而悟"盐味胶青之妙"②，而其兄宏道诗尽管已神合于初、中、晚，但"盛唐之浑含尚未也"③，以此足见盛唐之诗是袁中道心目中的至高境界。袁中道对盛唐的钟情显示了向七子复古认同的路向。虽然他在《蔡不暇诗序》中反对仅仅学习盛唐格套的弊端，批评隆庆、万历七子辈效盛唐"浸成格套，真可厌恶"④，其实，"效唐"并不可厌恶，"真可厌恶"者只是效唐目标太狭而"浸成格套"，但总的来说体现出袁中道与七子在诗学观点上的靠拢。当然，这里也存在一个袁中道看出的"师心派"和复古派共性的问题，即七子复古"浸成格套"，"后有识者矫之……而又渐见俗套"，袁中道为破两兄所成"俗套"，又借用七子设定的"格套"，可见一个时代的思维定式是难以打破的，更难别开新面。袁中道未必承认自己已经进入"格套"，凭着对"己意"的自信，他一定感到自己大大超越了七子。其实，七子又何尝不关心"己意"，其"情景相生"之论亦得到不断的强调，唯一不同的是，以正统士大夫自居的七子派所尚之情主要是所谓军国之情与民生之慨，这是发于儒家文化精神的"入世之思"，而袁中道的"己意"同袁宏道的"识见"和袁宏道的"性灵"一样，乃是作为佛性"慧"觉而渗透了佛禅文化的精神。以此淡泊清夷冲和之精神合于古人体制，袁中道以为必臻蕴藉之极境。

二、明代诗学在理论重建和发展语境中表现的基本文化品质

从以上分析可知明代诗学在理论重建中，表现了自身的基本品质。

---

① （明）袁中道著，钱伯城点校：《珂雪斋集》卷十《蔡不暇诗序》，458 页，上海，上海古籍出版社，1989。
② （明）袁中道著，钱伯城点校：《珂雪斋集》卷二十四《寄曹大尊生》，1029 页，上海，上海古籍出版社，1989。
③ （明）袁中道著，钱伯城点校：《珂雪斋集》卷十《蔡不暇诗序》，458 页，上海，上海古籍出版社，1989。
④ 同上书，458 页。

（一）多样性

各具特色的诗学理论，与复古论、师心论唐诗学组成了这一时期诗学理论杂语喧哗的语境。

明中期至清初，是我国文化思想史上一个特殊的发展阶段，较之封建社会前期和中期，社会风气、观念形态、行为是非、道德尺度、美学标准，都出现了"异样"。儒学平民化，道教、佛教世俗化，已成为趋势。造成这一趋势的内在原因，就在于人们对于自然本性的合理性已经觉醒。传统的"以农为本"的价值观，一变而为"工商皆本"。尽管农业仍然是社会经济的基础，但人们不仅在观念上认识到商业的重要性，而且认同商业谋利的合理性。即使在知识阶层，言"私"、言"利"，也不再忌讳。伴随商业的繁荣，社会风气普遍崇尚奢靡，士人不再恪守古训，而是听任情感发泄甚至追逐艳情，文人雅士与秦淮粉黛之间的缱绻眷恋，一时传为美谈。由此敷演或引发的才子佳人故事，成为以后文学史上言情小说的开端。这种"异样"的文化语境，不要说明代前中期之前不可能出现，就连清代中期以后也很难产生。① 学术界以往关于明末清初历史精神的许多概括，以"文艺复兴说""早期启蒙说""实学说""经世致用说"②影响为大。这些概括，都可以从明末清初政治、经济与文化的特殊性上找到它的理论根据，这也意味着不同的思想在这一时期处于一种多元共生的关系。而在这样的文化语境中，诗学流派处在多样状态也就是必然的了。

（二）互动性

这一时期不同的诗学流派互相否定、相互影响、相互激发、相值相取，不断地丰富各自的理论内涵，也在不断地进行整合与创化。

---

① 清代中期以后，以 1681 年康熙平定三藩之乱为标志，清廷稳固地统治了全国，以后便加强了文化专制统治，迫使大量文人钻进故纸堆里讨生活而失去了他们的情感世界。

② 蒋国保：《明末清初时代精神散论》，见宗志罡主编：《明代思想与中国文化》，304 页，合肥，安徽人民出版社，1994。

明中期到清初社会,批判精神活跃。当时的士人思想开放,矛头所指,主要是三个方面:一是孔孟为代表的原始儒学;二是程朱陆王为代表的宋明理学;三是封建政治体系。李贽批判锋芒首向"以孔子是非为是非"①的思想倾向,此时的学人大都能公开地、旗帜鲜明地批判程朱陆王,否定理学家的权威地位。对封建政治体系,唐甄愤然表示:"自秦以来,凡为帝王者皆贼也"②;黄宗羲深刻揭露:"为天下之大害者,君而已矣"③;王夫之也表示不满:"天下非夷狄盗逆之所可私,而抑非一姓之私也"④;顾炎武以"保国"不等于"保天下"为理由,将维护封建专制任务推给"肉食者",给自己不满封建专制巧妙地找了一个借口。这些大家不谋而合形成的共识,说明明中期至清初这股批判思潮带有文化革新的意味。

可见,明末清初的批判思潮体现着多元化的格局,不同的思想流派互相批判,又从批判对象中反省自身并激发起自身的活力。方以智把这种反思叫作"善疑",所谓"不疑人之所疑,而疑人之所不疑"。而且"善疑"范围不限:"新可疑,旧亦可疑;平可疑,险更可疑","而古今之参参差差、千百疑人者,皆可因疑疑之矣"⑤。王夫之则将这种反思叫作"能疑"。"能疑"标志着主体怀疑能力的有效建构,它包括两个层面:一是所谓"无所疑而后信","无所疑"不是出于对权威的盲目迷信,而正是"不疑至于疑"的结果;二是"不疑至于疑",才能实现"疑至于不疑"。实质上,"疑"是临事"勿容再疑"的保证,所以"能疑"实际上是在强调不通过"疑"绝不能率然去"信"这样一个方法论原则。⑥若说方以智、王夫之从

---

① (明)李贽:《藏书·世纪列传总目前论》,见《李贽文集》第2卷,7页,北京,社会科学文献出版社,2000。

② (清)唐甄:《潜书·室语》,见《续修四库全书》集部第945册,454页,上海,上海古籍出版社,2002。

③ (清)黄宗羲:《明夷待访录·原君》,见沈善洪主编:《黄宗羲全集》第1册,3页,杭州,浙江古籍出版社,2005。

④ (清)王夫之:《读通鉴论》卷末《叙论一》,见《船山全书》第10册,1175页,长沙,岳麓书社,1988。

⑤ (明)方以智著,庞朴注释:《东西均注释·疑何疑》,266页,北京,中华书局,2001。

⑥ (清)王夫之:《诗广传》卷四,见《船山全书》第3册,441页,长沙,岳麓书社,1988。

方法论上强调怀疑精神的重要性的话，那么傅山则强调彻底的怀疑精神，他说："疑义不二，后复有所析阐，则我亦在陋中耶"①，指出运用怀疑精神没有不同的标准，也不能有例外，即便对他自己的学说，后人也应以怀疑的眼光去审定。这是唯有达到了理性的哲人才可能具备的自觉意识。

明末清初学人对传统与权威的批判精神，旨在丰富、整合千差万别的思想形式，重新确立传统的价值，并在此基础上，开拓思想的新境界。之所以要重新确立传统的价值，是因为他们对传统的或已有的价值体系感到不满。而这不满的根源正在于他们日益觉醒的自我意识。傅山说"但使我之心不受私蔽"②，方以智说"我得以坐集千古之智"③，这里既突出"我"，也是批判、吸收、融会和创新的宣言。但是，明末清初毕竟不是一个造就近代新人的社会，所以这个时代的学人在批判传统与权威过程中逐渐觉醒的自我意识，并没能将他们引导到与封建传统彻底决裂的地步，他们最终又都不同程度地回归了传统，如顾炎武、王夫之回归原始儒学，黄宗羲回归蕺山，傅山回归荀子，方以智回归儒释道。这说明，明清之际是一个在文化"搜集事实和尽可能系统地整理这些事实"的全面总结阶段，正好这时西方自然科学传入，客观上促进了这一总结的进展。

另外，随着西教与西学的传入与传播，传统文化面临着西方文化的冲击，这就决定了此时不可能在回避西方文化挑战的前提下来总结和发展中国文化。这说明无论是从传统文化臻于成熟还是从迎接西方文化挑战这一现实需要来讲，全面总结中国传统文化，不再是学人们的美好愿望，而已经成为历史的庄严召唤。有人从文化思想史的角度，将明末清初视为可以与春秋战国之际相比的时代，这不能说没有道理。但需要进一步说明的是，春秋战

---

① 魏宗禹、尹协理整理：《傅山手稿一束》，见侯外庐主编：《中国哲学》第10辑，354页，北京，生活·读书·新知三联书店，1983。
② （清）傅山：《霜红龛集》卷三十六《杂记一》，见《续修四库全书》集部第1395册，693页，上海，上海古籍出版社，2002。
③ （明）方以智：《通雅》卷首一《音义杂论·考古通说》，见侯外庐主编：《方以智全书》第1册，15页，上海，上海古籍出版社，1997。

国的百家争鸣所创造的文化繁荣，在文化思想史上属于开创时代，而明末清初学人"破块启蒙"所造就的文化发展，在文化思想史上则属于在多元互动中的总结时代。

（三）融会性

明清之际文化总结时代的标志，是一大批集古今之大成的学术著作的问世。简单列举的话，这类著作有李时珍的《本草纲目》、宋应星的《天工开物》、徐光启的《农政全书》、徐弘祖的《徐霞客游记》、徐光启等编译的《崇祯历书》、方中通的《数度衍》、游艺的《写天新语》、陈子龙等主编的《皇明经世文编》、黄宗羲的《明儒学案》《宋元学案》、顾炎武的《天下郡国利病书》、方以智的《通雅》《物理小识》、朱载堉的《乐律全书》等。这些著作在文化上代表一个时代，具有面向现实的品格和学术方法上的折中古今。他们提出各自不同的发展中国文化的方案。黄宗羲"必究于史"，主张通过全面发扬中国史学精神来推动中国文化的发展；顾炎武强调"理学即经学"，主张通过复归经学、崇尚原始儒学来推动中国文化的发展；傅山讲"有子而后有作经者也"[1]，认为要发展中国文化，应重推崇和发扬诸子之学；颜元主张"救弊之道，在实学"[2]，靠发扬儒家的经世致用传统来推动中国文化的发展；王夫之"希张横渠之正学"[3]，以发扬中国古代唯物论和辩证法的传统来推动中国文化的发展；方以智却强调必须通过会通儒释道来发展中国文化。这种种差异，正如黄宗羲所言"其途亦不得不殊"[4]，非但不足以影响时代精神的凝聚力，而且正是文化总结时代应有的丰富多彩、立足多元而融合会通的思想特征。

---

[1] （清）傅山：《霜红龛集》卷三十八《杂记三》，见《续修四库全书》集部第1395册，710页，上海，上海古籍出版社，2002。

[2] （清）颜元：《存学编》卷三《性理评》，清光绪二十五年阎志廉抄本。

[3] （清）王夫之：《自题墓石》，见《船山全书》第7册，229页，长沙，岳麓书社，1988。

[4] （清）黄宗羲著，沈芝盈点校：《明儒学案·自序》，7页，北京，中华书局，1985。

（四）开放性

多样性、互动性和融会性意味着这一时期的诗学思想具有开放品质。 师心一路所具有的开放性，已经有大量论述，无须再加论析，这里仅以师心与复古两派的互动和新变为例就能初见端倪。

晚明无论王学或禅学，均以不读书著名。 但实际上不那样简单，王学或禅学每一派的内部，往往见解纷纭，错综变化。 表面看是直指本心，与读书无关，实际上各派人物都较为博学；师心蔑古中，潜藏古学复兴的基因。 明代最为著名的禅师，如云栖、紫柏、憨山、藕益诸大禅师，都十分博学。 这使得他们在多元、互动和融会中产生了开放的胸襟。 他们的禅教一致论，精神上和顾炎武"经学即理学"之说相接近，这说明双方都是开放的。

中晚明时代以读书博学著称之人为数众多，最为著者有杨慎、陈耀文、胡应麟、王世贞、焦竑、陈第、方以智等。 杨、陈（耀文）、王、胡，投间抵隙，相引而起，为一组；焦、陈（第）同时而相交游，在某点上亦可并论；方氏最后，亦最特出，卓尔不群。 我们从这几家的学风可看到当时复古派也具有开放性特点。

杨慎极为博洽。 所著《丹铅录》《谭苑醍醐》等数十种，虽疏外伪妄，在所不免，然读书博古，崇尚考据之风实从此开启。 其《古音丛目》《古音猎要》《古音略例》《转注古音略》等，虽不如陈第之精粹，然引据繁富，实为后来研究古音者所取材。 下面的这段话表明复古论的开放思维：

> 夫从乳出酪，从酪出酥。从生酥出熟酥，从熟酥出醍醐，犹之精义入神，非一蹴之力也。学道其可以忘言乎？语理其可以遗物乎？故儒之学有博有约，佛之教有顿有渐。故曰："多闻则守之以约，多见则守之以卓。寡闻则无约也，寡见则无卓也。"……以吾道而夙合外道一也，以外道而印证吾道一也。[1]

---

[1] （明）杨慎：《谭苑醍醐·序》，2页，北京，中华书局，1985。

杨慎的博约论实际是提倡一种新学风，一种新治学方法。他坚决主张多闻多见，尚博尚实，特别是将"外道"和"吾道"互相印证之说，是古代的一种交往与对话理论，与在相互否定中偏执一端、非此即彼的惯性思维相比，证明他已经认识到不同思想流派在相互否定中相互激发的意义，更说明他将开放意识上升到方法论的高度。

胡应麟为万历间学者，特以考据见长。所著书籍数十百卷，征引典籍，极为宏富。《四库全书总目》论其《少室山房笔丛》云：

> 盖掎摭既博，又复不自检点，抵牾横生，势固有所不免。然明自万历以后，心学横流，儒风大坏，不复以稽古为事。应麟独研索旧文，参校疑义，以成是编，虽利钝互陈，而可资考证者亦不少。朱彝尊称其不失读书种子，诚公论也。杨慎、陈耀文、焦竑诸家之后，录此一书，犹所谓差强人意者也。①

"掎摭既博"与"抵牾横生"，内中皆含有开放性程度高之意，也可知胡氏在晚明学界的地位。其《少室山房笔丛》中《丹铅新录》及《艺林学山》两部分，对杨、陈二氏之说多所折中。他在《丹铅新录引》中有两方面信息值得注意，一是"得失瑕瑜，仅足相补"，立场不是站在某一方，而是站在多重角度；二是在"命意太高"和"持论太果"两种情况下，在是与非之间，他批评随大流而不进行是非判断的做法。据此两点足以看出他的开放与融通意识。而《艺林学山引》对杨慎批评的同时言及杨慎的"掇拾异同"，也说明他的思想较为宏阔、开通。

焦竑亦为万历间学者，师耿天台而友李卓吾，属王学左派人物。然而他亦以博治著称。其《笔乘》所论，一方面张扬狂禅，另一方面又多援儒入

---

① （清）纪昀等：《钦定四库全书总目》卷一百二十三，1646页，北京，中华书局，1997。

释，其开放性十分明显。

而最能代表这一时期思想具有开放性特征的是方以智，他有"百科全书学者"之称，与当时学者多有往还。所著《通雅》五十二卷，考证名物象数训诂音声，极为精博，为明代考据家之首。《四库全书总目》论之曰：

> 明之中叶，以博洽著者称杨慎，而陈耀文起而与争。然慎好伪说以售欺，耀文好蔓引以求胜。次则焦竑，亦喜考证，而习与李贽游，动辄牵缀佛书，伤于芜杂。惟以智崛起崇祯中，考据精核，迥出其上。风气既开，国初顾炎武、阎若璩、朱彝尊等沿波而起，始一扫悬揣之空谈。虽其中千虑一失，或所不免，而穷源溯委，词必有征，在明代考证家中可谓卓然独立矣。①

《四库全书总目》其实是讲方以智集上述学者之大成。其中所透露的消息却十分丰富，既有整合，亦有融通，更有开拓。方以智在自己的论著中，强调孕育"奇怀"，创造"奇伟"②，就有对思想开放的提倡。

可见，明朝中叶以后，学者自出手眼，标新立异。心学和复古派，都一致打破当时传统范式和自家格套。王阳明曾经讲古本《大学》，而王学左派的焦竑居然以古学著称。杨慎虽以考据见长，但才殊纵横，带些浪漫色彩。这一时期的学者，尽管《四库全书总目》言其驳杂，但驳杂中见其开放性。

嵇文甫在《晚明思想史论》序言中说："晚明这短短数十年，一方面是从宋明道学转向清代朴学的枢纽，另一方面又是中西两方文化接触的开端。其内容则先之以王门诸子的道学革新运动，继之以东林派的反狂禅运动，而

---

① （清）纪昀等：《钦定四库全书总目》卷一百十九，1594页，北京，中华书局，1997。
② （明）方以智：《通雅》卷首三《诗说·庚寅答客》，见侯外庐主编：《方以智全书》第1册，57页，上海，上海古籍出版社，1988。

佛学，西学，古学，错综交织于其间。 这一幕思想史剧，也可算得热闹生动了。"①

　　正是在这样的时代语境中，这一时期的诗学也实现了"师古"与"师心"的初步调和。 此后，诗学在不断批判、自我否定、相互否定和重建中发展，形成开放性的理论品质。 这就使明清之际的唐诗学成为一个包孕多元诗学内涵，又易于生产新的学说的诗论体系，开启了清代围绕正与变、性情与格调、古与今、神与韵、真与雅的讨论。

---

① 嵇文甫：《晚明思想史论·序言》，2 页，北京，东方出版社，1996。

第二章
从推崇唐诗到
关注唐诗文本流变

◎ 第一节
尊唐风气与"四唐七变"

明初，宗唐成为风气，最具代表性的浙、吴、闽三大诗群都以评诗、选诗等不同方式，表现对唐代诗歌的推崇。 其中，他们最为关注唐诗文本流变。

一、宗唐与尊唐风气

李维桢在《大泌山房集》中对明代唐诗接受的状况做了大致概括： "明洪、永之际，律得唐之中；成化以前，律得唐之晚；弘、正之际，律得唐中盛之间；嘉、隆之际，律得唐初、盛之间。"①李维桢的这一说法，与明代诗坛推崇唐诗的风气相一致。

明代诗坛推崇唐诗，原因是多方面的。 就诗歌理论本身而言，是元人杨

---

① （明）李维桢：《大泌山房集》卷九《皇明律范序》，见《四库全书存目丛书》集部第150册，497页，济南，齐鲁书社，1997。

士弘编选《唐音》，确立的"审音律之正变"标准，成为唐诗研究的关键词，对明代影响深远。明人的这一选择，既有政治和社会方面的原因，也有文学本身的意义。对唐诗音声的重视，与《诗大序》的传统有关，《诗大序》将音声分为"治世之音"和"乱世之音"，认定音声与社会的变迁紧密相连。明代推崇唐音，当是民族复兴愿望的审美表达。对社会变革国家强盛的要求，引导明人在已有的文化成果中不约而同地选择了杨士弘①，使杨氏之"四唐"观念深入人心。对唐诗音声演变规律的寻找，也就自然成为时代文化强音。可见，明初的宗唐并不是杨士弘的思想具有普遍性，而是明人特意选择了他。

明初最有影响的几大文人团体都表明了这一点。明初诗歌活动最为繁盛之地是东南地区。东南以地域形成吴中、浙派、闽中、江右和岭南五大文人集团，其共同特征之一是它们都生成于复古思潮的文化氛围，并以自己的创作和理论主张推动复古思潮的发展，在取向方面，表现出"崇唐抑宋"倾向，这对明中期以降的诗歌复古理论产生了很大影响。昆山叶盛言道："我朝诗道之昌，追复古昔，而闽、浙、吴中尤为极盛。"②

吴中诗人对唐诗的审美取向偏重对自然的推崇和对韦、柳的爱好。吴中文人主要有"吴中四杰""北郭十友"以及王彝、袁凯等诗人。核心人物是高启，他以"格、意、趣"为要素："格以辨其体，意以达其情，趣以臻其妙"③，崇儒复雅，探索气格，雅化风格，辨别体制，追求内质、外形的统一造就的高雅境界。而"四杰"之一的杨基，诗歌创作学习唐人，"蔼然正大和平之音，殆有唐人风味"④。吴中文人多由元入明，沿袭元人的宗唐倾

---

① 终明一代，杨士弘的《唐音》被刻印十几次，批点、笺注者众多，其在明初影响尤著。参见陈国球：《唐诗的传承——明代复古诗论研究》，217～232页，台北，学生书局，1980。

② （明）叶盛著，魏中平校点：《水东日记》卷二十六《录诸子论诗序文》，255页，北京，中华书局，1980。

③ （明）高启：《凫藻集》卷二《独庵集序》，见《景印文渊阁四库全书》集部第1230册，279页，台北，台湾商务印书馆，1986。

④ （明）杨基：《眉庵集》卷首江朝宗序，《四部丛刊》本。

向，用以矫正纤秾缛丽的诗风。 他们对汉魏与唐律的推崇①，与时代遭际有关，他们欲以汉、魏、唐人的正大和平代偿战乱沧桑。 这在吴中文人诗歌中屡有涉及，高启、袁凯和杨基这方面的诗作尤多类似唐代诗风②，深切的沧桑兴废之感和对故土亲情的思念，造就了志深笔长、慷慨的诗风和忧患黎元的悲歌。 这一切，尤类汉魏和盛唐后期风貌。

浙派文人多以政治家的面目出现在明初文坛，他们是复归汉文化正统的儒者。 其文论和诗论以"宗经征圣"为准则，以唐诗为楷模，以辞达为指归。 钱宰在《临安集》中，以"黄钟大吕"之音"鸣帝世之盛"③，推崇《诗经》，并以世运论诗，认为盛唐最盛。 正如浙派另一成员王祎所言：

> 《三百篇》尚矣，秦汉以下，诗莫盛于唐。……其始也，承陈、隋之余风，尚浮靡而寡理。 至开元以后，久于治平，其言始一于雅正，唐之诗于斯为盛。 及其末也，世治既衰，日趋于卑弱，以至西昆之体作而变极矣。④

这段话至少吐露出一个信息，就是对"久于治平"的"雅正"之诗的推崇，

---

① 明周传《兰庭集序》言及吴中诗人的诗歌复古取向是"言选则入于汉魏，言律则入于唐"（［明］谢晋：《兰庭集》卷首，见《景印文渊阁四库全书》集部第 1244 册，420 页，台北，台湾商务印书馆，1986）。
② 这里略举几例。 高启《与刘将军杜文学晚登西城》："鸟过风生翼，龙归雨击鳞。 相期俱努力，天地正烽尘。"济世之心溢于言表。 《送沈左司从汪参政分省陕西汪由御史中丞出》："重臣分陕去台端，宾从威仪尽汉官。 四塞河山归版籍，百年父老见衣冠。 函关月落听鸡度，华岳云开立马看。 知尔西行定回首，如今江左是长安。"清人沈德潜评道："音节气味，格律词华，无不入妙。"今天看来，此作音节疾徐错落，不失盛唐风韵。 《送谢恭》："凉风起江海，万树尽秋声。 摇落岂堪别？ 踌躇空复情。 帆过京口渡，砧响石头城。 为客归宜早，高堂白发生。"化用唐人诗意，有盛唐笔势。 以上所引，见（清）沈德潜、（清）周准编：《明诗别裁集》卷一，20～21 页，上海，上海古籍出版社，1979。
③ （明）钱宰：《临安集》卷五《长啸轩记》，见《景印文渊阁四库全书》集部第 1229 册，555 页，台北，台湾商务印书馆，1986。
④ （明）王祎：《王忠文集》卷五《张仲简诗序》，见《景印文渊阁四库全书》集部第 1226 册，110 页，台北，台湾商务印书馆，1986。

而这类诗歌，以盛唐李、杜和中唐韩愈为典范①。他们由此生出模糊的"诗变"观点，认为诗歌系于一代之政而鸣国家之盛。浙派文人以此为逻辑起点，企求通过对"正大从容"诗歌风格的追求，开明初盛世景象。同时，对这种盛世气象的诗歌，不自觉地从诗歌源流上做出反思，追寻到唐之前的风雅传统和汉魏古诗的典范。

闽中文人远绍严羽诗论，自然崇尚盛唐诗歌。张以宁论诗推崇李、杜："后乎《三百篇》，莫高于陶，莫盛于李、杜。"②写诗亦多似李、杜和盛唐："其长篇浩汗雄豪似李，其五七言律浑厚老成似杜。"③而且，他还认识到创作中的变化与诗歌发展的关系："盖必极诸家之变态，乃能成一家之自得。"④闽中复古理论的高潮，以林鸿创作上仿效"开元之盛风"，"鸣国家气运之盛"⑤为标志。这也意味着闽中文人由宗唐走向独尊盛唐。而到高棅完成《唐诗品汇》的编选，则表明了明初对规仿盛唐诗歌理论上的总结。

二、从推崇盛唐到关注唐诗文本流变

（一）"四唐七变论"

洪武二十六年（1393），"闽中十才子"之一的高棅编成《唐诗品汇》，书前《总叙》承接并改造严羽、杨士弘之说，确立唐诗演变的"四

---

① 明贝琼《清江文集》卷一《乾坤清气序》言："诗盛于唐尚矣！盛唐之诗，称李太白、杜少陵而止"，原因是"约乎情而反之正，表里国风而薄乎雅颂。"（见《景印文渊阁四库全书》集部第1228册，297~298页，台北，台湾商务印书馆，1986）明朱右《白云稿》卷四《羽庭稿序》亦言："唐兴，以诗文鸣者千余家，其间足以名后世而表见者，惟李白、杜甫、韩愈而已。……何则？李近于风，杜近于雅。韩虽以文显，而其诗正大从容，亦仿佛古颂之遗意。以故传通后世，人宗师之。"（见《景印文渊阁四库全书》集部第1228册，46~47页，台北，台湾商务印书馆，1986）

② （明）张以宁：《翠屏集》卷三《黄子肃诗集序》，见《景印文渊阁四库全书》集部第1226册，590页，台北，台湾商务印书馆，1986。

③ （明）张以宁：《翠屏集》卷首陈南宾序，见《景印文渊阁四库全书》集部第1226册，518页，台北，台湾商务印书馆，1986。

④ （明）张以宁：《翠屏集》卷三《马易之金台集序》，见《景印文渊阁四库全书》集部第1226册，518页，台北，台湾商务印书馆，1986。

⑤ （明）林鸿：《鸣盛集》卷首刘崧序，见《景印文渊阁四库全书》集部第1231册，3页，台北，台湾商务印书馆，1986。

唐"概念。"四唐"说对唐诗"诗体"流变作了历史性的概述。 高棅《唐诗品汇》编选目的十分明确，即"别体制之始终，审音律之正变"。《唐诗品汇·总叙》描述了唐诗兴衰流变的全过程。 其论诗歌变化，先是表明切入的角度，是从"品格高下"论唐诗质量及其兴盛、消歇的过程。 而分其品质高下，又从体裁、声律、兴象、文词、理致五个方面，兼顾了内容和形式。 从上述角度辨析的结果，是将杨士弘的"四唐"说具体化为"四唐七变论"：初唐之始制——初唐之渐盛——盛唐之盛者——中唐之再盛——晚唐之变——晚唐变态之极。 开端运用"始制"，结局使用"遗风余韵，犹有存焉"的评语，既说明开端是由陈、隋变化而至，晚唐后对后世犹有影响，也表明高棅对唐诗特质和唐诗体制及其规定的执着。

高棅论"四唐七变"，若只从诗歌体制分辨的角度考虑，可能就不会有生命力。 但他面向时代的现实和历史，这就是明初尊唐的历史文化语境和唐诗本身的质量，除此以外，他还以明初的"世变"论思想为分析依据："天宝丧乱，光岳气分，风概不完，文体始变。"①明初对"世变"决定"诗变"的讨论，曾产生过唐诗"三变"说。"三变"说又有两种说法，一是以开元为界分初唐和盛唐，以"及其末"合并中唐和晚唐②；二是将开元、天宝之前称为"唐初"，其后至元和为盛，元和以后为"变之极"。 两说的矛盾和划分标准不一是明显的。 高棅对两说既有吸收，也有扬弃。 但对两说中的"世变"和"时变"观点则全部承接。

与"世变"论并肩的是"音变"论，这在明初也十分突出。 陈谟以辞气

---

① 《唐诗品汇·总叙》"诗变"观中的"世变论"，来自明初对杨士弘《唐音》的讨论，讨论的议题之一就是从世道的变化描述唐诗的发展演变。 明苏伯衡《苏平仲文集》（《四部丛刊》本）卷五《古诗选唐序》云："昔襄城杨伯谦选唐诗为《唐音》……慨夫声文之成，系于世道之升降。"但他又批评杨士弘没有把这一思想贯彻到底，混淆了初盛中晚的界限，故而他以为："李唐有天下三百余年，其世盖屡变矣。 ……晚唐之诗，其体裁非不犹中唐之诗也；中唐之诗，其体裁非不犹盛唐之诗也；然盛唐之诗，其音岂中唐之诗可同日语哉？ 中唐之诗，其音岂晚唐之诗可同日语哉？"涉及时代和社会演进对诗歌体制变迁的影响。

② 明王祎《王忠文公集》卷五《张仲简诗序》云："文章与时高下，代有是言也。 三百篇尚矣，秦汉以下诗莫盛于唐，而唐之诗始终盖凡三变焉。"（见《丛书集成初编》第2422册，54页，上海，商务印书馆，1936）

分辨"四唐"①，他批评将时代划分和音声隔绝起来的做法，坚持将"时变"和"世变"与唐诗音律的变化联系起来考察分析唐诗。其实，将"音声"之变与"世运"变迁连在一起，源远流长。② 以此划分唐诗的发展阶段，自然也能得出"四唐"分期及其变化。

高棅在明初划分唐诗分期及对《唐音》讨论的基础上，进行了全面总结。《唐诗品汇·五言古诗叙目》既有唐诗"七变"说，也有明确的"四变"论，但本质上是"四变"：

> 隋氏以还一变而为初唐，贞观、垂拱之诗是也；再变而为盛唐，开元、天宝之诗是也；三变而为中唐，大历、贞元之诗是也；四变而为晚唐，元和以后之诗是也。③

这里既可以看出他对明初学术文化成果的吸收与扬弃，也可以看出他的分析角度具有整合明初各说的性质，并在此基础上加以创新。

（二）高棅"四唐"说对体制论和源流论的整合

高棅是从"辨体"和"溯源流"两个方面得出的结论。对于"辨体"和"溯源"，学界论析较多，这里就两者整合的角度来探讨高棅的诗学观。

高棅的视角大致包括文本意识、切入角度和思维方式。高棅在尊唐的文化氛围中关注唐诗，这是很自然的事情，但他主张诗歌创作要向经典寻求发展资源，发展意识使他发现了唐诗在不同发展阶段的变化。

这一发现首先是从对文本的大量阅读中得到的。《唐诗品汇》初编九十卷，收录唐人 620 家诗歌 5769 首，洪武三十一年（1398）辑补 61 家诗歌 954

---

① （明）陈谟：《海桑集》卷十，见《景印文渊阁四库全书》集部第 1232 册，706 页，台北，台湾商务印书馆，1986。
② 这一考察诗歌的做法最早可以上溯至《毛诗序》。
③ （明）高棅编选：《唐诗品汇·五言古诗叙目》，51 页，上海，上海古籍出版社，1982。

首为《唐诗补遗》附于书后。《唐诗品汇》分体裁编排，不同体裁又分为九个品第："正始""正宗""大家""名家""羽翼""接武""正变""余响""旁流"。每一体裁前有"叙目"，论其渊源流变和主要风格特点。

高棅论唐诗之变，得益于对文本的细读。首先看"正始"。他在《五言古诗叙目》中说："五言之兴，源于汉，注于魏，汪洋乎两晋，混浊乎梁陈，大雅之音几于不振。"①高棅以"正始"的说法代替杨士弘的"始音"，突出了唐诗在古典诗歌发展史中的"正宗"地位。在诗变的视野里，唐诗的兴起是诗道雅音重新勃起的标志，属于"正"变，"虽未遏其微波，亦稍变乎流靡"，尤其"神龙以还，品格渐高，颇通远调，前论沈、宋比肩，后称燕、许手笔，又如薛少保之《郊陕篇》，张曲江公《感遇》等作，雅正冲澹，体合《风》《骚》，骎骎乎盛唐矣"②。其次是从"正始"到"正宗"之变。高棅云："唐兴，文章承陈、隋之弊，子昂始变雅正。"③认为陈子昂对唐代五言古诗在思想主旨、诗文风格方面的继承和开拓，"观其音响冲和，词旨幽邃，浑浑然有平大之意。若公输氏当巧而不用者也，故能掩王、卢之靡韵，抑沈、宋之新声，继往开来，中流砥柱，上遏贞观之微波，下决开元之正派"④。发现了陈子昂在五古发展中祛除陈隋纤靡，复归汉魏风雅，开创了唐诗新气象，是唐诗史上最关键的发展环节之一。再次是"接武"之变。"天宝丧乱，光岳气分，风概不完，文体始变。"⑤高棅认为这是盛唐转向中唐的一个重要过渡阶段。"其篇什讽咏不减盛时，然而近体颇繁，古声渐远，不过略见一二，与时唱和而已。虽然，继述前列，提挟风骚，尚有望于斯人之徒欤？"⑥古诗的创作高峰已经过去，近体诗创作兴起并开始进入繁盛阶段。最后是"正变"。如果说"接武"之变还有着对盛

---

① （明）高棅编选：《唐诗品汇·五言古诗叙目》，46 页，上海，上海古籍出版社，1982。
② 同上书，46 页。
③ 同上书，47 页。
④ 同上书，47 页。
⑤ 同上书，50 页。
⑥ 同上书，50～51 页。

唐诗歌的留恋和追怀的话，那么在这个环节，诗歌创作则完全走出了盛唐，展现出新的文体特点。高棅在《七言绝句叙目》"正变"条云："开成以来，作者互出而体制始分，若李义山、杜牧之、许用晦、赵承佑、温飞卿五人，虽兴象不同，而声律之变一也。"①《五言律诗叙目》"正变"条云："元和以还，律体多变，贾岛、姚合思致清苦，许浑、李商隐对偶精密，李频、马戴后来，兴致超迈时人之数子者，意义格律犹有取焉。"②《七言律诗叙目》"正变"条云："元和后，律体屡变，其间有卓然成家者，皆自鸣所长，若李商隐之长于咏史，许浑、刘沧之长于怀古……三子者虽不足以鸣乎大雅之音，亦变风之得其正者矣。"③高棅没有具体说明这种文体的变化细节，但是确实把握住了唐诗在体制上超越时代的迁移演化。高棅重视、细读文本，发现了唐诗变化的关键环节，后来大多数明人也把细读文本作为通常的做法，这也是后来"诗变"认识不断深化的原因之一。

"诗变"认识的产生，还有赖于文本阅读的方式。不是任何阅读都能发现"诗变"问题。高棅分辨唐诗品质高下，是从体裁、声律、兴象、文词和理致等方面入手，似乎比此前感受性的阅读要理性很多。他首先是分辨体制，"别体制之始终"，将有唐三百年诗分为往体、近体、长短篇、五七言律句、绝句等制。其次是在此基础上，"因时先后而次第之"。他在对上述各类诗体作"因时先后"的考察时，又与不同阶段的兴象、文词、诗风辨析结合，发现同一阶段的诗歌有"飘逸""沉郁""清雅""精致"等风格差异，又从辨析风格中，发现诗歌品质的区别，"靡不有精粗、邪正、长短、高下之不同"。他在辨体活动中，因采取历时性的角度，发现诗体因时间演进而有风格、品质的差异，而上述九个品第，即"正始""正宗""大家""名家""羽翼""接武""正变""余响""旁流"，又基本与"四

① （明）高棅编选：《唐诗品汇·七言绝句叙目》，429页，上海，上海古籍出版社，1982。
② （明）高棅编选：《唐诗品汇·五言律诗叙目》，508页，上海，上海古籍出版社，1982。
③ （明）高棅编选：《唐诗品汇·七言律诗叙目》，707页，上海，上海古籍出版社，1982。

唐"相对应。① 这种对诗体的细致辨析和阅读，使得他发现了两个重要的问题："诗体流变"和"盛衰正变"。

高棅不仅从体裁、声律、兴象、文词和理致等方面对唐诗进行辨析，发现了唐诗流变中的关键环节，而且在宏观把握的前提下，对不同诗人在不同诗体、同一诗人在不同诗体创作中的品质定位采取动态把握。 比如，对杜甫单设"大家"一目，原因就是他通过对律体的风格、品质考察，发现"杜公律法变化尤高，难以句摘"②；"少陵七言律法独异诸家，而篇什亦盛，如《秋兴》诸作，前辈谓其大体浑雄富丽"③。 充分肯定杜甫对律体的拓展和极变之功。 而对杜甫的五、七绝，则定位于"羽翼"，原因是"杜少陵所作虽多，理趣甚异，故略其颇同调者数首"④人之，这既表明高棅对各体阅读的细致，同时也表现出他辨析的精严和方法得当，为他发现唐诗流变和诗体"盛衰正变"提供了令人无可辩驳的依据。

高棅对唐诗"盛衰正变"的发现，与他的思维方式有关。 高棅的"正变"观尽管是对"诗变"的初步认识，但已经反映明人的审美思维正在改变，其中包含运用综合和辩证的认识方式。"变"的认识代表了高棅的唐诗发展观念，而"正"变则体现着高棅唐诗研究的审美归属和价值选择。《唐诗品汇》专门设"正变"一目，在《五言古诗叙目》"正变"条，高棅说：

> 若韩退之、孟东野生平友善，动辄唱酬，然而二子殊途，文体差别，今观昌黎之博大而文，鼓吹六经，搜罗百氏，其诗骋驾气势，崭绝崛强，若掀雷决电，千夫万骑，横骛别驱，汪洋大肆而莫能止者，又《秋怀》数首及《暮行河堤上》等篇风骨颇逮建安，但新声不类，此正中之

---

① 《唐诗品汇·凡例》云："大略以初唐为正始，盛唐为正宗、大家、名家、羽翼，中唐为接武，晚唐为正变、余响，方外异人等诗为旁流。 间有一二成家特立与时者，则不以世次拘之。"（14页，上海，上海古籍出版社，1982）
② （明）高棅编选：《唐诗品汇·五言律诗叙目》，507 页，上海，上海古籍出版社，1982。
③ （明）高棅编选：《唐诗品汇·七言律诗叙目》，706 页，上海，上海古籍出版社，1982。
④ （明）高棅编选：《唐诗品汇·七言绝句叙目》，428 页，上海，上海古籍出版社，1982。

变也；东野之少怀耿介，龌龊困穷，晚擢巍科，竟沦一尉，其诗穷而有理，苦调凄凉，一发于胸中而无吝色，如《古乐府》等篇讽咏久之足有余悲，此变中之正也。①

他以韩愈五古为例，说明"正中之变"的要素：鼓吹六经；博大而文并骈驾气势；风骨颇逮建安，但新声不类。可见"正"，是指在价值上认同儒家经典的取向；在诗美选择方面追求气势博大，继承汉魏风骨。"变"则是指韩诗的奇崛风格导致诗歌背离了"雍容典雅"的传统②，声调偏离了他所提倡的"正音"，所以就不免流于"变"。而孟郊诗虽然气格不高，但是"讽咏久之足有余悲"，符合儒家讽谏的传统，从审美角度，其诗歌"发于胸中"，有韵外之致，可见他的诗带有"正声"的特征，所以比起韩愈反而更近乎"正"。

胡应麟评价高棅对律诗的去取，从中亦可看出他们相近的审美归属："《正声》不取四杰，余初不能无疑。尽取四家读之，乃悟廷礼鉴裁之妙。盖王、杨近体，未脱梁、陈；卢、骆长歌，有伤大雅。律之正始，未为当行。惟照邻、宾王二排律合作，则《正声》亟收之。至李、杜二集，以前诸公未有敢措手者，而廷礼去取精核，特惬人心，真艺苑功人，词坛伟识也。"③王勃、杨炯的律体诗和卢照邻、骆宾王的长篇歌行还带有梁陈流风，和"雅正"之声不类，所以斩绝不取。至于卢照邻《西使兼孟学士南游》"相看万余里，共倚一征篷"，骆宾王《晚泊蒲类》"晚风连朔气，新月照边秋"，尽扫蛾眉之态，悲壮有声气，与"正"声相合。高棅在《唐诗正声·凡例》说："以《正声》采取者详乎盛唐也，次初唐、中唐，元和以还间得一二声律近似者，亦随类收录，若曰以声韵取诗，非以时代高下而弃

---

① （明）高棅编选：《唐诗品汇·五言古诗叙目》，51页，上海，上海古籍出版社，1982。
② 有关从"中和"哲学观到雍容典雅的诗学传统这一问题，参见方锡球：《许学夷诗学思想研究》第一章，1～33页，合肥，黄山书社，2006。
③ （明）胡应麟：《诗薮·外编》卷四，191页，上海，上海古籍出版社，1979。

之，此选之本意也。"《唐诗正声》二十二卷，盛唐就占了八卷，在篇目的编选上，从入选诗人与篇目的比例和人均入选量来看，盛唐诗人也占了绝对优势，体现了高棅以盛唐诗歌为"正声"的思想。

高棅以"正声"作为标准，排除了初唐的绮靡和中唐的求怪求奇，还排除了杜甫言史、言理而缺少艺术魅力的诗作，他以强调性情雅正、词旨幽邃的情性之美，以及浑然天成、阔大辽远的意境之美，来倡导圆融流转的声调。 以"盛唐之音"为"正声"决定唐诗选本的去取，使其唐诗选本有了较高的理论价值。 正如他在《唐诗品汇·总叙》所言："唐诗之僿，弗传久矣，唐诗之道，或时以明，诚使吟咏性情之士，观诗以求其人，因人以知其时，因时以辩其文章之高下，词气之盛衰，本乎始以达其终，审其变而归于正，则优游敦厚之教，未必无小补云。"①他考察诗歌发展或"变"的目的是"归于正"，确立以盛唐之音为指归的审美理想。 将"正"与"变"整合、"辨体"和"溯源流"兼顾并参照着去考量唐诗的变化，无疑是一种综合和辩证的思维方式的体现。

高棅诗变论的视野较为宽阔，体现在"音变"、"时变"和"世变"相结合的"诗变"观上。

董应举《唐诗风雅序》云："如唐诗诸选，国初惟高廷礼为称，约有《正声》，多有《品汇》，当其搜辑之始，不观姓名，即知谁作，可谓善于寻声矣。 而但以声调为主，无局外之观，作者亦时病之。 ……吾夫子选诗，在可观、可兴、可群、可怨，可翼彝教、达政学，而不拘于正变，世乃以时代论诗；夫子以'思无邪'一言尽诗之义，世乃以声调格之。 高其论者曰：删后无诗；卑其言者曰：诗在初盛。 然则一种浑涵深厚和平之气，其果终绝于世矣乎？ 其亦不广之甚矣！"②可见，"以声论诗"是我国诗学的传统，其实音声中所涵蕴的，不仅仅是声律，这一点，在本书相关章节，还要

---

① （明）高棅编选：《唐诗品汇·总叙》，10 页，上海，上海古籍出版社，1982。
② （明）黄克缵、（明）卫一凤辑：《全唐风雅》卷首，明万历四十六年黄氏刻本。

有所讨论，这里不赘述。但高棅是从音声的视角，从"音变"的视野，结合"时变"讨论"诗变"问题，将音声变化和时代变化结合起来看"诗变"，这是他的理论成就之一。

高棅关于"诗变"的依据，不仅在"音律"自身的变化，最终还要归结到时代和世运。他在每种诗体的"正始"目追溯发展过程时，都贯彻"文变系乎世运"的思想。从《唐诗品汇》选诗数量看，以盛唐为主，盛唐又以李、杜所占比重最大，李白选诗 408 首，杜甫选诗 301 首；从品目看，"正宗"远绍风雅，展示盛世正大之音，"大家"兼善众体，集历代诗体之大成。这一做法固然与盛唐诗歌成就有关，但高棅的另一重用意，恐怕就是认识到"世运"和诗歌风格和品质变化的关系。上述高棅从"声律、兴象、文词、理致"视角选诗、论诗，其实也是兼顾内容和形式两个方面，这两方面，包含"诗变"在内容和形式方面都有变化。在《唐诗品汇·总叙》结束时，他做了阐释："诚使吟咏性情之士，观诗以求其人，因人以知其时，因时以辨其文章高下、词气之盛衰，本乎始以达其终，审其变而归于正，则优游敦厚之教，未必无小补云。"[1]

（三）高棅"四唐"说的深远影响和局限性

高棅"四唐"说影响深远，明人就已经看出此说的价值。马得华《唐诗品汇叙》言："振发歆动，能相与鸣国家之盛，必廷礼为之倡。"[2]《明史》评《唐诗品汇》："终明之世，馆阁宗之。"[3]只举此两例即可看出影响，一是高棅对盛唐诗歌的推崇，成为明中叶以后前后七子"诗必盛唐"理论的先声。二是高棅以世次为经，品第为纬的"四唐"说，被明清时代的大多数诗家和诗论家继承，不管他们宗趣如何，多未能超出此说。即使是指摘这一说法的诗论家，也沿用"四唐"概念，未能提出新的分期意见。直至 20 世纪

---

① （明）高棅编选：《唐诗品汇·总叙》，10 页，上海，上海古籍出版社，1982。
② （明）高棅编选：《唐诗品汇》卷首马得华叙，3 页，上海，上海古籍出版社，1982。
③ （清）张廷玉等：《明史》卷二百八十六《文苑传一》，7336 页，北京，中华书局，2003。

的学术界，最有影响的中国文学史和唐诗研究专著，在涉及唐诗变化或分期时，也显示出在"四唐"基础上衍生的新的学术见解。可见，在唐诗学史上，高棅的"正变"观念取得了开创性的理论成就，影响了有明一代甚至数代唐诗学。

高棅的"正变"观念，包含文学发展论的观念。他把唐诗各体还原为一个动态的发展过程，勾勒了在时代影响和文学自身发展规律双重作用下的唐诗史，超越了时贤的单纯"世变"论，具有一定的科学性。但同时他以盛唐诗歌为正声作为阐释唐诗"正变"的依据，来构建其自足封闭的唐诗学体系，又使得他不能完全脱离自己的文化语境，暴露出其局限性。

首先是"以声论诗"。这本是高棅超越时代的理论成就，但是，在强调了诗歌音乐本质的同时，他忽略了诗歌的其他方面的重要特征，最终没有超越自己。

其次是对"盛唐之音"的阐扬。在某种意义上这是明初统治者"诏复衣冠如唐制"的政治复古在文学上的反映，也是南宋以后唐宋诗之争的延续，为崇唐抑宋提供了理论语境，一定程度上妨碍了后世对宋诗的正确审美判断。

再次是有时候表现出眼光的狭隘。从"正声"对杜诗的去取来看，杜甫叙事性较强的诗作选入了一小部分，杜甫七绝却一首都没有入选。他在《唐诗品汇》中曾说"杜少陵所作虽多，理趣甚异"，"理趣"是指其作多涉议论，与盛唐诗歌情声并谐的特征迥异，所以当时置之于"羽翼"，在"正声"则干脆不选了，忽视了杜甫"述情切事，悉合诗体"的特征。①

最后是没有赋予诗歌内容与形式同等地位。高棅在《唐诗品汇·总叙》中，突出了声律、兴象、文词、理致四项为评诗之要，但在具体评价作品时主要强调声律、兴象、文词，对理致则往往略而不谈，往往只从形式方面着

---

① 参见方锡球：《述情切事与悉合诗体——论许学夷的"诗史"之辩》，载《文学评论丛刊》，2002（1）。

眼，忽略了体格与作品的思想内容和社会现象的密切联系。因此高棅《唐诗品汇》历来评价不一，毁誉参半。《四库全书总目》云："《明史·文苑传》谓终明之世，馆阁以此书为宗。厥后李梦阳、何景明等摹拟盛唐，名为崛起，其胚胎实兆于此。平心而论，唐音之流为肤廓者，此书实启其弊；唐音之不绝于后世者，亦此书实衍其传。功过并存，不能互掩。后来过毁过誉，皆门户之见，非公论也。"①此评甚为公允，也说明《唐诗品汇》的成就与不足对后世的诗歌创作和诗歌批评都产生过深刻的影响。

总之，"四唐"说仅仅发现了诗歌文本和现象的某些方面的演变，没有全面深究变化的特征和演变的缘由；论述"诗变"时，概念驳杂、模糊，可见高棅的"诗变"观还处于不自觉的状态。

◎ 第二节

理学思潮和台阁诗学对格调论诗学的启发

高棅之后，由于理学盛行，理学视野与尊唐斥宋奇妙地结合在一起，影响到明代诗学的内涵和走向。

一、从"天理"视点论诗

在明初理学思潮中，陈献章（1428—1500）②从合乎"天理"的准则强调唐诗的质量高下和变化脉络。他早年从理学家吴与弼治学，故以自然见道，

---

① （清）永瑢：《四库全书总目》卷一百八十九《唐诗品汇》，1713 页，北京，中华书局，1965。
② 陈献章，字公甫，别号石斋，新会白沙里（今属广东）人，世称白沙先生。创白沙学派，开明代心学先声。早年师从著名朱子学者吴与弼，诗效邵雍《击壤集》，为明初性气诗派的代表作家。

认为诗歌生成"受朴于天",当借"七情之发",这样,诗歌话语自然见出"理道"。"理道"变化,诗歌也就不能不变。①

陈献章虽从吴与弼受朱子之学,但已经不是原来意义上的理学家了。 上述这段文字中,首先有一个逻辑公式:"天"（自然）——"七情"的发动——诗歌,由诗歌再见"人伦日用"和"鸢飞鱼跃之机"。 其次是认为李、杜等大家"语其至则未",并没有达到诗歌极境,诗歌还有发展下去的空间。 最后是诗歌的发展变化与"妙用"同天道、四时的变化相关。 天道、四时变幻莫测,诗歌就会"枢机造化,开阖万象",其生成演变也生生不已。

二、"诗之工,诗之衰"

陈献章将自然、人伦与诗美"会而通之",以自然之真为前提,以自然之变与"理道"之变的相应,阐述他的诗歌变化观。 其中诗无"至"的说法,来自对自然和天道变化的感悟,自然和天道变化无极境（"至"）,诗歌也就无极境。 所以他的诗论中建构起自然、情感和诗歌话语技巧运用的双重评价标准,因为诗歌话语要蕴含"人伦日用",拒绝技巧和形式的单纯追求。 在他看来,诗歌的技巧是可以穷尽的,若崇尚技巧,总有一天诗歌会衰亡,故而他得出"诗之工,诗之衰"②之论。 白沙确立自然和情感在评价诗歌中的中心地位,同时又强调"人伦日用"的接受准则,从而确立诗歌评价的两个维度:一是情感审美;二是关怀现实。 但他没有放弃"约情合性"的诗歌创作传统,没有让情感泛滥失度。 从这两个维度去看唐诗和宋诗,虽然唐诗和宋诗大家有其审美形式和规范,由于这些规范在"诗三百"的基础上

① 《陈献章集》卷一《夕惕斋诗集后序》,见吴文治主编:《明诗话全编》,1379 页,南京,江苏古籍出版社,1997。
② 《陈献章集》卷一《认真子诗集序》,见吴文治主编:《明诗话全编》,1378 页,南京,江苏古籍出版社,1997。

有发展，所以在情感和形式方面，已经距离《三百篇》遥远，在白沙看来，也就意味诗歌行将毁灭了。这种否定唐诗艺术形式的进步，是站在"理道"的立场，多有偏激和误读，但从中亦可窥见他的一些认识：他看到从《诗经》到唐、宋诗的变化；看到诗歌传统由《三百篇》的重内容和教化向后代的形式审美转化；特别是"诗之工，诗之衰"之论，既包含他对过于追求审美形式消极一面的清醒认识，也隐含他看出某种形式技巧走到极点，诗歌就会变化的认识。当然，这里也有要把艺术形式追求和社会现实、人的情志结合起来的愿望："声之不一，情之变也。"①当然，诗歌话语中蕴含"人伦日用"，在白沙看来，这是诗歌的"本体"，离开了它，就会以空虚的话语形式，发出议论，"便是宋头巾也"②，这就将理学与崇唐抑宋奇妙结合起来。这启发和激发了后来的七子派规摹古人诗歌，把形式特别是唐诗形式作为关注重点的做法。

三、台阁派诗论对格调派诗学的启发

理学家的诗学，为台阁诗群所承接。杨士奇、黄淮等人，从"理道"视角推崇盛唐诗歌，强调唐诗的政教意义，认为唐诗音声变易体现着时代政治、诗人性情和生活风貌。这一点启示了后来格调论唐诗学对音声与性情、时代政治关系的探讨。

杨士奇（1365—1444）③对唐诗的认识，逻辑起点是诗歌要反映王政得失与世道人心的变易，而做到这一点，诗歌话语就自然由世道之变而产生改

① 《陈献章集》卷一《认真子诗集序》，见吴文治主编：《明诗话全编》，1378 页，南京，江苏古籍出版社，1997。
② 《陈献章集》卷一《次王半山韵诗跋》，见吴文治主编：《明诗话全编》，1381 页，南京，江苏古籍出版社，1997。
③ 杨士奇，名寓，江西泰和人。建文初，被荐入翰林院，仁宗时，任礼部侍郎，兼华盖殿大学士，宣宗朝及英宗初，与杨荣、杨溥同为台阁重臣，并称"三杨"。论诗推崇朱熹，所作诗文以润饰鸿业、斧藻升平为题材，大都词气安闲，雍容典雅，后人称为"台阁体"。著有《东里文集》《东里诗集》《东里续集》《东里别集》等。

变，那么从"理道"可看到诗歌的质量变化和盛衰起落。① 从台阁诗人的用意看，推崇《三百篇》和盛唐诗歌与"鸣国家之盛"的取向一致，他的关键词是"王政之得失""性情之正"，几乎是《诗大序》"变风""变雅"观点的延续。因此，他的话语中心是"典则"，审美追求是"自然"，诗歌功能是见国家"治盛"，主体要求是"性情之正"。以此为参照，要求诗歌在创作上，既见王道盛衰，又要在音声方面有治、衰之别，也就是诗歌话语应该"各因其时"，代各有诗，并且代代不同。诗评也是这样。杨士奇曾以此为准的论刘长卿，对过去通常将刘长卿列入中唐诗人有不同看法："唐随州刺史刘长卿，字文房，与高适同时，杨伯谦选《唐音》，列诸中唐。其诗清婉有思致，然数遭废黜，故多忧穷沉郁之意。"②杨士奇对盛唐的认识除主体方面的"性情之正"外，主要是"写情体物，和平微婉，盖有得于诗人'止乎礼义'之意③。他将刘长卿诗歌风格的形成归于个体的遭际，而不认为是时代造成的，但从其诗歌在"忧穷沉郁"的话语中蕴含"清婉有思致"的风神来看，又属于盛唐艺术精神。故他认为把文房列入中唐似乎有些不妥。将《三百篇》和盛唐结合、将时代和个人"性情"结合论诗是台阁诗群的理论特征。

杨士奇明确论"诗变"的文字也说明了这一点。④ 他除谈论文本的"诗变"，还集中表达了对盛唐诗歌的见解。其论盛唐诗歌的成就，逻辑起点在作者"性情之正"；考察唐以前诗歌，是以《诗经》为源头的"古意"——从与"古意"的远近、"古意"保留的多少看"诗变"程度。至唐代诗歌发生转折，"古意"渐消，他又拈出"气"在诗歌文本中的变化，来论唐诗各体

① （明）杨士奇：《东里文集》卷五《玉雪斋诗集序》，见《景印文渊阁四库全书》集部第 1238 册，54 页，台北，台湾商务印书馆，1986。
② （明）杨士奇：《东里文集》卷十《刘文房诗跋》，见《景印文渊阁四库全书》集部第 1238 册，121 页，台北，台湾商务印书馆，1986。
③ （明）杨士奇：《东里文集》卷七《刘氏唱和诗序》，见《景印文渊阁四库全书》集部第 1238 册，88 页，台北，台湾商务印书馆，1986。
④ （明）杨士奇：《东里续集》卷十四《杜律虞注序》，见《景印文渊阁四库全书》集部第 1238 册，541～542 页，台北，台湾商务印书馆，1986。

演变。因此，杨士奇论诗及其演变，以时代、"性情之正""古意""气"为标尺。这些概念为七子派所运用和承接。但杨士奇以"感发人心"消解诗法，并以之作为"诗变"的应有之义，值得思考。因为"古意"和"性情之正"是讲究规范的，杨士奇虽然是理学家，但其在文本的阅读中，可能意识到了主体的特征和意义对诗歌变化的作用。

将时代和主体因素结合看，"古意"和"性情之正"就会变化，这也是杨氏论诗的基本视角。他说："李、杜，正宗大家也。太白天才绝出，而少陵卓然上继三百十一篇之后。盖其所存者，唐虞三代大臣君子之心，而其爱君忧国、伤时悯物之意，往往出于变风、变雅者，所遭之时然也。其学博而识高，才大而思远，雄深闳伟，浑涵精诣，天机妙用，而一由于性情之正。所谓'诗人以来，少陵一人而已'。"①

杨士奇从时代和主体因素结合角度论诗，有进一步的发现："诗本性情，关世道，《三百篇》无以尚矣。自汉以下历代皆有作者，然代不数人，人不数篇，故诗不易作也。而尤不易识，非深达六义之旨而明于作者之心，不足以知而言之。萧统之选古，高适、姚合辈之选唐，下逮宋元，亦各有选。其采之不详，选之不当，皆不免于后来之讥。盖选之不当者，识之不明也。"②这里表面看是选诗，实际谈的是在阅读基础上对诗歌审美水平的辨识，识别是否正确，主要是阅读者能否"深达六义之旨而明于作者之心"。明了"作者之心"，需要了解个人、时代、文化心理和审美风尚的变迁，这样，方能对诗歌质量及其审美品质"知而言之"。

杨士奇以时代、"性情之正"为核心尺度，还发现"诗史"及其价值取向的内质之变。③他从"性情之正"的"正派"之诗角度，梳理了诗歌变化

---

① （明）杨士奇：《东里续集》卷十四《读杜愚得序》，见《景印文渊阁四库全书》集部第 1238 册，541 页，台北，台湾商务印书馆，1986。
② （明）杨士奇：《东里续集》卷十四《沧海遗珠序》，见《景印文渊阁四库全书》集部第 1238 册，549 页，台北，台湾商务印书馆，1986。
③ （明）杨士奇：《东里续集》卷十五《题东里诗集序》，见《景印文渊阁四库全书》集部第 1238 册，570 页，台北，台湾商务印书馆，1986。

发展的历史，在这一历史线索中，"诗史"蕴含的"言志"，是"用之乡闾邦国"，是"有裨于世道"。这一"诗史"阐释意向，上接唐人顾况，下开明清两代"诗史"阐释的基本立场——将家国世道与创作主体的言志纳入"诗变"的内涵，这是杨氏别开生面的说法。也从这时起，"言志"与"性情之正"，成为诗歌经典的规范要求。① 而从规范的改变来看诗变，显然是有效的。

与杨士弘同时的梁潜（1366—1418）以"王泽"盛衰为"中心"论诗歌。② 梁潜对经典的认识有四个。一是"性情之正"与"王泽"紧密联系；二是诗歌感人性在本质上是"王泽"的作用；三是汉魏以后"诗体"屡变的主要原因是"去古"，"去古"实际上就是诗歌话语背离了"性情之正"和对"王泽"的张扬，因此诗歌日渐衰微；四是唐诗繁荣的真正原因是作者得乎"性情之正"和对"王泽"的体验，发而为诗，其音声节奏自能感人。

另外还有黄淮。黄淮（1367—1449）与梁潜同庚，字宗豫，浙江永嘉人。洪武进士，官至武英殿大学士、户部尚书。其论诗尊"温柔敦厚"为教，强调本乎"性情之正"，不出台阁规范，但其并不囿于格律。

他与杨士弘等台阁诗人一样，把对唐诗音声格律的关注和儒家诗教观念结合在一起，对唐代诗歌在不同时期的差异进行论述。台阁理学对唐诗的理论阐发有两个环节，一是理学在面向现实过程中，儒家诗教和乐教合一；二是理学用诗教与乐教合一看待审美问题时，又返回到现实和人生的情感层面。黄淮同样以"事物之理""事君事亲"的视角，也就是理性和感性双重视点看待现实层面的情感，然后从"词切情"的角度归于从话语系统看诗

---

① 杨士奇《东里续集》卷五十九《书张御史和唐诗后》言："诗自《三百篇》后，历汉、晋而下有近体，盖以盛唐为至。……发乎情，止乎礼义，优柔以求之，讽咏以得之，造之之方也。"（见《景印文渊阁四库全书》第1239册，469页，台北，台湾商务印书馆，1986）方，即指经典性的规范。
② （明）梁潜：《泊庵集》卷五《雅南集序》，见《景印文渊阁四库全书》集部第1237册，281页，台北，台湾商务印书馆，1986。

歌。① 将诗歌感人性归于诗歌形式方面特别是音声和谐的原因，显示着向格调论诗学演变的迹象。

而音声的典雅又不仅是形式问题。因为音声的典雅来自儒家诗教和乐教，它通过一定的机制积淀、涵蕴于诗歌话语之中，因此诗歌话语的音声节奏一定与其所蕴含的内容有关，而内容又是时代及其文化语境的反映：

> 诗以温柔敦厚为教，其发于言也，本乎性情，而被之弦歌，于以神祇，和上下，淑人心，与天地功用相为流通，观于《三百篇》可见矣。汉魏以降，屡变屡下，至唐稍惩末弊而振起之，而律绝之体复兴焉。②

黄淮以盛唐李、杜尤其是杜甫为例，说明诗歌话语结构质量与音声、主体性情、世道时序之间的密切关系。这段话突出诗歌话语结构中，语词和其他要素的质量对"跂立骞飞之势，巍峨壮丽，干云霄，焜日月"的整个诗歌话语系统的重要意义。在黄淮看来，各个个别要素品质优良，关涉诗歌话语的音声之美及其所蕴含意义的丰富性，而且这种丰富性面向现实的时政和人生，蕴含着"风俗世故"，这些个别要素一如一所房屋的"轩庑堂寝"、"栋梁"和"节棁榱桷"，只要"各中程度"，只要所使用的材料"皆梗楠杞梓，黝垩丹漆"，就能光辉壮丽。构成诗歌的各个要素，只有将"得夫性情之正"、运用优质的话语元素、音节和《三百篇》之遗意结合起来，方能"铺叙时政，发人之所难言"。其实，黄淮已经在分析杜诗的过程中，兼顾话语结构要素及其意义、诗歌的形式和内容。

乍一看，将"性情之正"和话语结构元素连在一起，似乎十分勉强，但黄氏通过一个中间环节将两者结合起来，这个环节就是主体素质及其生命

---

① （明）黄淮：《介庵集》卷三《蓼莪阁诗文序》，见吴文治主编：《明诗话全编》，445 页，南京，江苏古籍出版社，1997。
② （明）黄淮：《介庵集》卷十一《读杜愚得后序》，见吴文治主编：《明诗话全编》，446 页，南京，江苏古籍出版社，1997。

"本心"：

> 诗原夫本心之正而充之以气，资之以学，济之以才，斯可谓之能赋者矣。盖气昌则辞达而不东，学瞻则事核而不虚浮，才敏措辞命意无所留碍，奋迅激昂，开阖变化，举不出乎规矩之外，庶足以发吾心之所蕴，播之当时，垂诸后世而为舆论之同归也。①

生命之"本心"既能发真情，亦包蕴主体后天养成的综合素质，包括结构话语元素的素质，可见，"性情之正"是天地之心与后天教化的共同产物，其表现于话语形态，可以从话语的各个细部看到其优良品质，而在整体，则是具有"跋立辇飞之势，巍峨壮丽"的话语兴象。 其话语间的生命流转当然也得之于主体的本心衍发的"志气"，主体"本心"的生命样态一旦"开阖变化"，诗歌话语及其意蕴也就得以改变。

黄淮将话语要素质量和话语系统整体并提，意在强调诗歌形式及其所蕴含的内容同样具有意义。 值得一提的是，与杨士奇、黄淮同时的解缙，在品评唐诗过程中申述类似观点的同时，往往引用严羽"别材别趣"、妙悟、镜象等观点。② 这样，儒家诗教、理学的"天地功用相为流通"、诗乐相通和诗歌音声蕴含主体性情之正，一起构成台阁诗学的主要内容。 杨士奇、黄淮等台阁派唐诗学，从"理道"视角推崇盛唐诗歌，强调唐诗的政教意义，认为唐诗音声变易体现着时代政治、诗人性情和生活风貌。 虽然这些思想有待深入，还缺少理性和系统性，但启发了后来格调论唐诗学对性情、时代政治和诗歌关系的探讨，直接启示李东阳进一步思考这一问题，促成了台阁诗学向格调论诗学的转变。

---

① （明）黄淮：《介庵集》卷十一《清华集序》，见吴文治主编：《明诗话全编》，447 页，南京，江苏古籍出版社，1997。

② （明）解缙：《文毅集》卷十五《说诗三则》，见《景印文渊阁四库全书》集部第 1236 册，820 页，台北，台湾商务印书馆，1986。

第三章
明代初期诗歌理论
与诗学转折

◎ 第一节

诗体论的积累与李东阳的诗学观

一、"辨体"及"三变"说对格调论诗学的意义

　　李东阳之前，吴讷（1372—1457）曾明确提出"辨体"。 他对各种诗歌体裁多有见解，其分体谈诗歌，可视作为格调论诗学在台阁诗学后所做的又一次铺垫。

　　他辨别古诗之体，得出"世道日变"以及"诗道亦变"的认识，总结出"世道之变——诗道之变——诗体之变"的诗歌变化模式①：他认为"诗史"有"三变"，其依据是上述作品都有一"法"字，但他并非以诗歌技巧分辨诗歌变化，其实，他赋予"法"特定蕴涵，这就是儒家"美善相兼"和"思无邪"的准则，诗歌的质量也以此而定。 从这一点出发，他认为历史上诗有"三变"，相应地就有"三等"，由此得出"世道——诗道——诗体"的关系

---

① （明）吴讷：《文章辨体序说·古诗》，见吴文治主编：《明诗话全编》，532～533 页，南京，江苏古籍出版社，1997。

式。从诗歌内容和主体价值取向为诗立"法",虽然与后来格调论之"法"有显著差别,但直接启发李东阳将"法"用来论诗之质量,"诗法"也就渐渐成为明代诗学的主要术语之一,甚至成为格调论诗学的关键性词语。

当然,吴讷论诗"法",并非仅仅局限于内容的取向,也涉及诗歌"体制",并且将两者结合,可视作对高棅的回应。他是明代诗学从高棅向格调论转变的桥梁型人物之一。因为,一方面,他没有放弃"源流"意识,另一方面,又在"辨体"上比高棅深入一层。从其分辨四言、五言、七言、歌行、律诗、排律、绝句、联句诗、杂体诗,可见其诗歌"法度"和诗歌形式方面的意识。兹举一例:

> 四言《国风》《雅》《颂》之诗,率以四言成章……宋、齐而降,作者日少。独唐韩、柳《元和圣德诗》《平淮夷雅》脍炙人口。先儒有云:"二诗体制不同,而皆词严气伟,非后人所及。"自时厥后,学诗者日以声律为尚,而四言益鲜矣。……大抵四言之作……惟能辞意融化而一出于性情六义之正者,为得之矣。①

可见,他没有执着于形式和内容的某一极,他体会到诗歌本体不是纯粹的形式,也非纯粹的内容,所以,他提出"辞意融化而一出于性情、六义之正",这是他对四言诗分辨得出的诗体规定性。其引用先儒"体制"在话语方面的"词严"和主体方面的"气伟",而又运用"辞意"一语,将"辞"与"意"相兼,作为辨体的根本角度。但他还是偏重于"意",即"性情"和"六义",从而抓住属于主体性情之"气"和"言辞"运用两个方面。这自然就离格调论较近了。所以,吴氏在辨别七言诗体的审美规定时,明确使用

---

① (明)吴讷:《文章辨体序说·四言》,见吴文治主编:《明诗话全编》,533 页,南京,江苏古籍出版社,1997。

了"格调"与"体"两个概念,而这两个概念,均涉及话语及其意义①,显然着眼于话语、话语结构及其规定性,从"体""法度""格调"等方面论各体。 从关注诗歌形式的质态开始,他还发现了诗歌有话语色泽:

> 昔人论歌辞:有有声有辞者,若《郊庙》乐章及《铙歌》等曲是也;有有辞无声者,若后人之所述作,未必尽被于金石也。夫自周衰采诗之官废,汉魏之世,歌咏杂兴。故本其命篇之义曰"篇",因其立辞之意曰"辞",体如行书曰"行",述事本末曰"引",悲如蛩螀曰"吟",委曲尽情曰"曲",放情长言曰"歌",言通俚俗曰"谣",感而发言曰"叹",愤而不怒曰"怨"。虽其立名弗同,然皆六义之余也。②

这里虽言汉魏,但汉魏诗歌对唐诗话语运用的影响是不言而喻的。 对不同诗体的话语色泽进行规定,其实也表明只要话语的音响色泽不同,诗体就会有差别。 这也是高棅所不曾发现的。 这一发现,启发了格调论诗学对诗歌音声系统的精细考察,发现了许多诗歌美学的奥秘。

二、"性情"概念在诗体理论和诗学体系中关键地位的确立

吴讷考察诗歌"体制"变化,此后"体制"概念就广泛使用开来。③ 而到同时期的李时勉(1374—1450),诗歌"体制"的外延得到进一步扩展。李时勉论诗以性情为本,明体制,审音律,得兴象:"盖诗有体格,有制

---

① (明)吴讷:《文章辨体序说·七言》,见吴文治主编:《明诗话全编》,534~535 页,南京,江苏古籍出版社,1997。
② (明)吴讷:《文章辨体序说·歌行》,见吴文治主编:《明诗话全编》,535 页,南京,江苏古籍出版社,1997。
③ 《永嘉集》(陈田《明诗纪事》称之为"明初诗家罕见之笈")的作者张著,与吴讷同时,在对"诗变"进行考察时,也运用"体制"一语,亦多辨析诗歌话语的音响色泽和音节之变。 参见(明)张著:《永嘉集》卷十二《书陆仲伟编类杜诗》,《敬乡楼丛书》本。

作，有音律，有兴象。 必辨其体格，详其制作，审其音律。 体格明，制作精，音律谐，而后可以言诗。 至于兴象，则在乎其人学问之至，用力之久，自当得之，非可以言喻。"①其将音律和兴象联在一起，显然吸收了明初诗学、理学和台阁诗学关于"诗体"外因的言论。 关于诗歌音声、诗歌话语结构与诗歌风格的关系，其言道："诗，本乎人情，关乎世运，未易言也。 雄浑清丽、雅澹俊逸、放旷绮靡、刻苦怪险之作，随其人才性之所得，高下厚薄，有以为之也。 若夫其温柔敦厚、乖戾蹙迫、安乐怨怒、长短缓急之音，则因其时世之所遭盛衰治忽之不同，有以致然也。"②将风格与主体之"才性"、情感表现与音声节奏的变化，归之于时世盛衰治乱和人情才性之变易，充实了"性情之正"的内涵，对确立"性情"概念在唐诗诗体生成中的关键地位作了肯定。 从此，"性情"成为联系诗歌话语、诗歌音声、诗歌主体、诗歌话语外延的一个核心概念。 后来无论是"师古"还是"师心"，都广泛使用这一概念，特别是格调论诗学，用它品评诗歌质量，揭示诗变原因。 这样，"性情"就直接关联诗歌"体制"。 他们还认为"必知乎体格变态之高下"，方能"知其新之所得"③，甚至将"体裁"和诗歌"节奏"连用④。 但直接开启的，还是李东阳对诗歌"体制"的一系列认识。

三、朱权对"诗体""诗法"源流的探讨

朱权（1378—1448），朱元璋第十七子，早年自称大明奇士。 信仰道教，潜志读书，对诗词戏曲及古琴演奏皆有研究。 诗论著作有《西江诗

---

① （明）李时勉：《古廉文集》卷四《戴古愚诗集序》，见吴文治主编：《明诗话全编》，544 页，南京，江苏古籍出版社，1997。
② 同上书，544 页。
③ （明）李时勉：《古廉文集》卷七《文说》，见吴文治主编：《明诗话全编》，544 页，南京，江苏古籍出版社，1997。
④ 明人魏骥(1374—1471)言道："夫诗自三百篇后，历汉魏数千年来，以至于今，其体裁节奏，盖不知其几变矣！"他对诗变的探讨，沿袭上述诸家路数。 见（明）魏骥：《魏文靖公摘稿》，八千卷楼藏康熙复刻本。

法》。朱权对"诗体""诗法"及其源流的探讨，虽然不是新鲜的做法，但他集中进行论述，为稍后的格调论者所借重。

朱权对"诗体"源流的考察运用"以时"论和"以人"论结合的方法。①朱权从不同角度列举了几乎所有诗体，吸收了历代运用不同标准对诗歌体裁分类的成果，目的是"辨体"，辨体之用心在弄清"诗法"，以便改善和促进诗歌创作。从其所列诗体看，朱权不单纯从纯"诗体"即纯粹形式的角度去看待诗歌体制，他欲汇百家之长，弄清诗歌变化规律，以对诗体变化的探索求得对诗歌变化规律的把握，这就使得他所言之"诗体"仍然涵盖诗歌形式及其所包蕴的内容。但"以人"和"以时"分类，缺少明确的分类标准，导致其分类十分驳杂，影响到他对诗歌变化的准确把握。然而就其直接目的——探讨"诗法"而言，则又有一定的价值。

朱权论"诗法"，着眼于"源流"。比如，他对风诗的认识：

> 风之体如后世歌谣，采之民间而被之声乐者也。其言主于达事情、通讽喻。二南为风之始，纯乎美者也，故谓之正风。诸国之风兼美刺，故谓之变风。豳风则诗之正而事之变，故亦以属之变风焉。②

这里对风体的形式和内容规定做了阐释，其对风诗规定性的阐释，目的是告诉学诗者一个方法：对风体诗的写作要遵守一定的内容规定和价值取向，否则，就游离了这一体裁的规定，就是另外一种诗歌。明代对"诗体"的重视于此可见一斑。而从历史的视角进行诗体话语辨析，在朱权对赋体的阐释中体现得较为明显。

首先，他发现赋体话语能否符合"古意"，在"词气"上能否与《三百篇》遗意一致，与时世有很大关系：

---

① （明）朱权：《西江诗法·诗体源流》，见吴文治主编：《明诗话全编》，561～562 页，南京，江苏古籍出版社，1997。
② 同上书，563 页。

"赋"者，古诗之流也。李陵、苏武始为五言诗。当时去古未远，故犹有《三百篇》之遗意。魏晋以来则世降而诗随之，故载于《文选》者词浮靡而气卑弱，要以天下分裂，三光五岳之气不全，而声诗不复振尔。刘禹锡有言："八音与政交通，文章与时高下。"岂不信欤！①

天下分裂，自然之气"不全"，影响"声诗"的"振作"，于是诗歌话语"词浮靡而气卑弱"，所以，他断言"世降而诗随之"，赞同"八音与政交通，文章与时高下"。诗歌就不会像前代诗歌体裁所蕴含的意义和话语规定那样了，它必然会有所变化，并不完全按照原来的规定继续往前发展。

其次是个人"性情"对诗歌的影响。在朱氏看来，虽然魏晋以来"世降而诗随之"，但由于创作主体个人禀赋和性情的关系，诗歌在原有规定性的基础上，还继续向前发展：

其间独渊明诗澹泊渊永，复出流俗，盖其情性然也。后世称陶、韦、柳为一家，殆论其形而未论其神者也。②

此则言陶诗在赋的基础上发展，虽遵守《三百篇》的艺术范式，但并非说渊明之作与《三百篇》一样，这从对"后世称陶、韦、柳一家"说法的异议中可见一斑，也体现出他对诗歌发展的发现。这一发现与他既"论其形"又"论其神"有很大关系。朱权论唐诗高潮的到来，就是从"形"与"神"两个方面去看的。③唐代诗人"各自为体"，是因为主体"神意"不同，但同时由于"法度可学"，故诗体或诗歌话语在形式方面有"诗法渊源"。朱氏

---

① （明）朱权：《西江诗法·诗法源流》，见吴文治主编：《明诗话全编》，564 页，南京，江苏古籍出版社，1997。
② 同上书，564 页。
③ 同上书，564 页。

"论其神"，发现诗体具有创造性，所以诗体是不断变化的；"论其形"，又见到诗歌话语的组合和写作是有章法可循的。从这两个方面看，就似乎比高棅理性多了，同时，也进一步开启了格调论唐诗学从诗歌形式及意味两端看诗歌的路子。

从"形"与"神"两端看诗歌话语特性，不仅看到诗变脉络、源流，而且能发现不同时代诗歌的区别性。比如，唐诗和宋诗的个性，其渊源都在《三百篇》，只不过对其取舍不同。在此视点上，也就不会轻易言说其孰优孰劣：

> 然宋诗比唐气象复别，今以唐诗杂而观之，虽平生所未读者，亦可辨其孰为唐而孰为宋也。大概唐诗主于达情性，故于《三百篇》为近；宋诗主于立议论，故于《三百篇》为远。达情性者，《国风》之余；立议论者，《雅》《颂》之变，固未易以优劣论也。①

朱权还列举一系列诗歌文本，说明这一问题。从渊源和源流角度论唐诗和宋诗本无优劣之分，是诗论史上别出新意之说。

朱氏还论及"诗家模范"，即今天所谓经典范式。这对格调论的生成尤其具有意义。他以李、杜等大家为范式，对诗歌经典的规定性作了探讨。

一是简约性、思维易变性和难解性。"虽是缔章绘句，却能大包六合，高视千古。其妙处精思入神，恍恍惚惚，若有若无，千变万化，不可端倪。自非胸中透彻无些见地，说不出这一段流出肺腑的语言来，为之奈何……"②二是"平易和缓而精切称停"③。他的意思是诗人"随寓感兴"时，对景物

---

① （明）朱权：《西江诗法·诗法源流》，见吴文治主编：《明诗话全编》，565 页，南京，江苏古籍出版社，1997。
② （明）朱权：《西江诗法·诗家模范》，见吴文治主编：《明诗话全编》，566 页，南京，江苏古籍出版社，1997。
③ 同上书，566 页。

的处理，防止"太近则陋，太远则疏"，既超越对物的细致描摹，又与原物相似，使"感兴"保留鲜活的样态。三是诗歌话语各要素的组合互为"贯通"，蕴含"意味"，而且形式和意味紧密联系，在整体上达到"精妙入神"的要求："措词用意起承转折有支分派别者，骤看似不相关涉，故于无情中乃有情耳。贵在脉络贯通，精妙入神。若隔靴搔痒，贪首失尾，无大意味，不足语此。"①四是倡"五要（贵）"，"忌五俗"，这是就五类诗体而言的。（1）"大篇"须在整体上自然而有变化，有气势，切忌奇怪和不顾前后："如长江大河行云流水，或如孤峰断崖高牙大纛，须要浑浑沄沄起伏顿挫，队仗有次第方好。如故作奇奇怪怪，欲出人意表而不顾前后，不成篇章，风斯下矣。"这里强调通体的次第、自然。（2）五言诗要"兴味深长"，"风骨不凡"。朱氏提出五言"妙在浑厚平易，语少而意尽，兴深而味长。风骨不凡，情景两得，不奇而自奇。可与忘筌者道"。（3）叙事诗"不可太着题，不可太疏荡"。他意识到诗歌与故事各有自身的艺术个性，所以对诗歌叙事，他提出"故事略引贴证尔，使多则堆垛"，如何"略引贴证"？基本方法是必须符合言简意丰的诗歌审美要求，"要在使得融化暗合道妙"。所以，他反对"终篇无个着模"，"模"就是范式和诗歌审美规定性。（4）"诗贵含蓄，优柔不迫"。（5）作诗要"自知其病"。五是要"吟咏情性"②。

朱氏以李、杜为标准，阐释了经典范式的上述主要规定。而其这样阐释的目的，最后要归结到"体制"和"声音"，这就为格调论者导夫先路。他说：

体制声音，二者居先。无体制，则不师古；无声响，则不审音。故

---

① （明）朱权：《西江诗法·诗家模范》，见吴文治主编：《明诗话全编》，567页，南京，江苏古籍出版社，1997。

② 同上书，567～568页。

诗家者流往往名世者率以此道也。①

可见，明代诗人和诗论家留意"体制"和以往诗歌的审美规定性，并坚持总结规律，目的还是"复古"。由此我们知道，自明初提倡"复古"以来，追寻"体制"及其内涵和外延规定，是其必然归宿。而经典"体制"无疑是唐诗，醉心于"体制"是明代崇尚唐诗的原因之一。

朱氏在理论上论述经典"体制"之后，就以盛唐诗歌为典范，解释了诗歌经典"体制"的内涵："得其形神，超脱变化"。在朱权看来，唐人律诗无论是写景还是写事，无论风格是清新富丽还是雄浑飘逸、纤巧刻削，虽然"体制不一，音节亦异"，但"下笔自然高古"。从"体制"和"音节"看，唐诗既遵守法度，又不拘于法度，所以超脱变化，得其形神。当然，在"形"与"神"之间，朱氏是以"形"统"神"，以形式统领意味，所以他眼里的唐诗范式，音声的地位特别突出。②

朱权还讨论了"诗法大意""作诗骨格""诗宗正法眼藏""诗法家数""诗学正源""作诗准绳""律诗法要"以及各体各类诗法，虽然论析不太全面，也比较浅显，但基本规模和范围却成为格调论诗学的雏形。朱权是明太祖第十七子，所以与台阁诗学的取向多有类似，这也是为什么李东阳和他成为台阁诗学向格调论诗学过渡的重要人物。

四、黄溥论"诗体"：对"诗法"、音声和情感的协调

黄溥（1458年前后在世），字澄济，号石崖居士，江西弋阳人。官至广东按察使，著有《石崖集》《漫兴集》《诗学权舆》等。其《诗学权舆》在

---

① （明）朱权：《西江诗法·诗家模范》，见吴文治主编：《明诗话全编》，568页，南京，江苏古籍出版社，1997。

② 朱权在《西江诗法·诗家模范》中言唐人诗歌，得出诗歌经典体制的要求是："大段气骨要雄壮，兴趣要闲旷，语句要条畅，韵脚要稳当，字字要活相，篇篇要响亮。古今称绝唱，不脱此模样。"见吴文治主编：《明诗话全编》，568～569页，南京，江苏古籍出版社，1997。

明代其他人的诗学著作中被屡屡提及并引用，但今人似乎忽视了它。其实，黄溥与李东阳、朱权一样，也是承前启后的人物。

他在《重刊诗学权舆序》中提出"音格"说，将音声放在诗体、格调的中心位置，进一步把理学诗学和台阁诗学推向格调论。① 黄氏认为，诗歌是"有法"的。这一法度来自诗歌源头的《三百篇》，虽然诗歌变化"随时而降"，但其核心的价值取向不会随着历史的演进而丢失，因为诗法、诗情和诗歌音响协调构成了"体"与"格"，而音声格调的协调又"本乎性情之正"，这些要求，已经作为经典范式固化下来，是"万世诗法之宗"，具有永恒性，不因时代变化而改变。这一兼顾诗歌内容价值的艺术形式论，是以"音声"为中心的形式意味论。所以其"诗体"论较为全面：

> 凡其体制格律之辨，命意构思之由，用语造韵之法，比事属对之方；与夫诗家开阖变化之妙，丰约精粗隐显之机，雅俗芳秽向背之分；靡不冥搜旁引，科分条别，明著于篇。②

黄溥较为完备的"诗体"论，得益于明初以来"诗体"研究的多方面积累，加上许多诗论家本身就是诗人，在创作实践中不断总结，到黄溥时，已经有条件对诗体研究的角度、方法、要素进行全面总结。所以从《诗学权舆》目录中就能看出当时"诗体"研究的全面细致程度和整体水平之高。《诗学权舆》凡二十二卷，今存卷一至卷九、卷十一至卷二十二，共二十一卷，有缺页。从现存各卷看，广涉诗歌类别（诗之名格）、各类诗体、韵谱、字句之辨、句法、命意、造语、下字、用事、属对、锻炼、祖述（诗法渊源）、托况、规讽、格调、兴趣、思意、风格、诗病等许多方面。这些为格调论诗学的产生奠定了坚实的基础。

---

① （明）黄溥：《重刊诗学权舆序》，见吴文治主编：《明诗话全编》，1019～1020 页，南京，江苏古籍出版社，1997。
② 同上书，1020 页。

在这些积累的基础上，黄溥亦考察了"诗之源流"和"体变源流"。他说：

> "诗言志，歌永言。"后世则效之以为歌也。"一曰风，二曰赋。"后人则拟之以为赋也。"吟咏性情"，则转而为吟；"故嗟叹之"，则易而为叹。自诗变而为乐府之后，孔子作《龟山操》，伯奇作《履霜操》，牧犊子作《雉朝飞》，即或忧或思之诗也。自变为《离骚》之后，贾谊之《吊湘赋》，扬雄之《畔劳愁》，即或哀或愁之诗也。凡此，皆是体制源流也。①

这是从情感性质的角度，界定诗歌"体制"及其流变。他知道仅仅在内容层面谈论"诗变"源流，对诗歌来说，很不全面，所以他紧接着就论及"体变源流"：

> 风雅颂既亡，一变而为《离骚》，再变而为汉五言，三变而为歌行杂体，四变而为沈、宋律诗。②

而从诗体变化考索的角度，黄溥以为从《三百篇》至唐人诗歌之"诗法"皆是"起、承、转、合"，各体诗歌就在起、承、转、合上发生演变和改变。③他对唐人长篇古体的解释④，核心是说诗歌创作中的"升降、开合、出没、变化之妙，又在自得"，"自得"说明变化打上了主体的印记，主体所涉及的除个人性和时代性以外，还聚集许多文化方面的东西，这些变化反映在文本中，自然也要在诗体上表现出来。若是较短时间，可能只看到诗歌文本的

---

① （明）黄溥：《诗学权舆》卷八《通论》，见吴文治主编：《明诗话全编》，1112 页，南京，江苏古籍出版社，1997。
② 同上书，1112 页。
③ 同上书，1112 页。
④ 同上书，1116 页。

差别，但经历较长时期后，看到的就是诗体变易了。

黄溥对"诗法"的探讨，与朱权一样，虽偏重诗歌形式，但他又以为形式可涵盖话语的情感意义及其显示的风格气象："诗之法有五，曰体制，曰格力，曰气象，曰兴趣，曰音节。"①其对"诗法"、情感和音声协调的结果，使其诗论已较接近格调论的观点了。

五、孙绪的诗歌退化论

孙绪（1523 年前后在世），字诚甫，号沙溪，故城（今河北故城县东）人。弘治十二年（1499）进士，官至太仆寺正卿。诗格近李东阳，著有《沙溪集》。

孙绪虽继承前人对诗歌体制研究的风习，但又从唐诗发展过程中，发现某些诗体、诗格渐衰的现象。首先是"诗格之日卑"。他说："元遗山编《唐诗鼓吹》，以柳子厚《登柳州城楼》诗置之篇首，此诗果足以压卷欤？李、杜无容论矣，高、岑、王、孟而下，得意句比此诗奚啻什百，而遗山去取乃若此！且其中许浑诗入选最多，今人脍炙不厌，无怪乎诗格之日卑也。"②其实这里谈及"诗格日卑"的几个原因：一是对诗歌质量好坏不分和选家去取无当，导致后世受其影响，阻碍了诗歌创作的正常发展。二是后代若仅仅单纯借鉴就难以超越前人。他以后世对李白诗歌化用为例，言及这一现象："李白有诗云：'请君试问东流水，别意与之谁短长？'又曰：'桃花潭水深千尺，不及汪伦送我情。'赵嘏曰：'此时愁望情多少，万里春流绕钓矶。'李后主曰：'问君都有几多愁，（恰似）一江春水向东流。'李、赵皆祖于白者也。《清平调》曰：'借问汉宫谁得似，可怜飞燕

---

① （明）黄溥：《诗学权舆》卷九《诗说》，见吴文治主编：《明诗话全编》，1130 页，南京，江苏古籍出版社，1997。
② （明）孙绪：《沙溪集》卷十二《无用闲谈》，见吴文治主编：《明诗话全编》，1576 页，南京，江苏古籍出版社，1997。

倚新妆。'子瞻曰：'真态生香谁画得，玉奴纤手嗅梅花。'亦祖于白者也。……数人者，皆善学，未知竟能青于蓝否？ 后当有辨之者。"①三是学拙愈拙。 孙绪这里指的是若学习大家作品中的末流，诗歌创作和诗体进化就会每况愈下："王维《送丘为下第》诗曰：'知子不能荐，羞称献纳臣。'索然无气，不似王诗。 韩子苍学之曰：'虚作西清老从臣，知尔才华不能举。'似不及王矣。 欧公曰：'自惭知子不能荐，白首胡为侍从官。'则愈拙矣。"②孙绪的这些看法，从反面影响着后来复古派的诗论。

六、李东阳的诗学观

李东阳（1447—1516），字宾之，号西涯。 湖广茶陵（今属湖南）人，生于北京。 天顺八年（1464）进士，官至礼部尚书兼文渊阁大学士。 主编《大明会典》《历代通鉴纂要》《孝宗实录》。 其诗典雅工丽，诗歌风貌上承台阁体，下启前后七子。 成化、弘治年间，形成了以他为首的"茶陵诗派"。 论诗主于法度音调，为格调论先声，又极论剽窃模拟之非。 著有《怀麓堂集》《怀麓堂诗话》。

（一）诗歌音律地位的确立

在上述"诗体"论积累的基础上，李东阳的《麓堂诗话》开篇就提出诗为"六艺之乐"的思想。"乐"，当然离不开音律，所以诗歌音声的作用就凸现出来：

---

① （明）孙绪：《沙溪集》卷十三《无用闲谈》，见吴文治主编：《明诗话全编》，1579～1580 页，南京，江苏古籍出版社，1997。

② （明）孙绪：《沙溪集》卷十四《无用闲谈》，见吴文治主编：《明诗话全编》，1585 页，南京，江苏古籍出版社，1997。 李东阳也有类似看法，《麓堂诗话》在论"诗贵意，意贵远不贵近，贵淡不贵浓"时，谈及杜甫、李白、王维皆"淡而愈浓，近而愈远"，而王安石、虞伯生、杨廉夫等人乃是"闭门造车，出门合辙"者。 既露出其宗唐思想，同时也似乎有诗歌退化的感受。 见丁福保辑：《历代诗话续编》，1369 页，北京，中华书局，1983。

> 诗在六经中别是一教，盖六艺中之乐也。乐始于诗，终于律，人声和则乐声和。又取其声之和者，以陶写情性，感发志意，动荡血脉，流通精神，有至于手舞足蹈而不自觉者。①

他谈诗歌的音律，并将音律与教化、性情和人的精神联系起来。这一方面为音律找到一个可靠的文化家园，另一方面也反映出他对诗歌"体制"和理想范式的寻求，这一看法当然与此前"诗体"论的积累有关。他是想用音律涵蕴诗歌主体，甚至诗歌话语外在的所有内容。李东阳发现，一旦诗歌音律的运用发生变化，就会出现"诗体"新面目：

> 古诗与律不同体，必各用其体乃为合格。②

在李东阳看来，古诗与律诗是两种诗体，其规定性不同。若是混用，就是不懂诗歌创作。其实他这段话透露出，古诗涉律、律诗间杂古意这两种情况在诗史上都出现过，前者带来的结果是诗歌"移于流俗"，后者"律间出古"，感觉新鲜。虽然他对前者持批判立场，但不经意间却表明，不同诗体互相吸取对方的创作方法，可以改变诗体。更重要的是说明诗歌在音律运用上的变化可以使诗体产生新变。

李东阳吸取此前诗体论的成果，明确将"性情"纳入诗歌"音律"和"格调"系统。③ 他以《诗序》"声依永"作为逻辑起点，在清理"声依永"的内涵后，提出"声依永"是长短音节的"和顺委曲"，具有"自然之声"的特质。"长短无节"不仅使诗歌没有乐音，而且诗歌"格调有限"，"无以发人之性情"。而音声千变万化，也是因为发之于"心声"，发自内

---

① （明）李东阳：《麓堂诗话》，见丁福保辑：《历代诗话续编》，1369 页，北京，中华书局，1983。
② 同上书，1369 页。
③ 同上书，1370 页。

心的诗歌，其音声节奏自不越乎法度之外。可见李东阳以"音律"和"格调"统率着主体性灵、性情的丰富性，说明明代格调论从初始时期就认识到，音声与其所涵蕴的社会人情是统一的。特别是李东阳不仅强调"具眼"，而且提倡"具耳"。"具耳"本质上是重视诗歌音律，且声律要能够表现诗人内心的丰富性。所以他言"诗法"不言"宋人诗法"，而是强调发自内心，又不越乎法度的诗法。① 乍一看，李东阳的发自内心的"法度"，好像与他强调音律规范和格调是矛盾的，其实他是想在音声和格调范式内，诗歌能够发自内在的性情和情感，从而使情感和音声格调互为融会、涵蕴：

> 作诗不可以意徇辞，而须以辞达意。辞能达意，可歌可咏，则可以传。王摩诘"阳关无故人"之句，盛唐以前所未道。此辞一出，一时传诵不足，至为三叠歌之。后之咏别者，千言万语，殆不能出其意之外。必如是方可谓之达耳。②

"辞"可视作话语系统的音声格调，"意"是主体精神方面的性情等内容，"辞能达意"追求的就是情感和音声之间的和谐互通。这样，无论是就诗歌的内质还是外形看，音声的作用和地位都非常重要了。

（二）李东阳将"性情"纳入音声格调的理学渊源

李东阳其实是从理学的"自然"概念生出上述理论主张的。李东阳发现，"格调"和人的情感在"自然"之理的层面可以融成一体，并可以以审美的话语形式表现出来。李东阳诗学的理学色彩，从其《镜川先生诗集序》中可窥见大概：

---

① （明）李东阳：《麓堂诗话》，见丁福保辑：《历代诗话续编》，1371 页，北京，中华书局，1983。
② 同上书，1372 页。

说者谓诗有别材，非关乎书；诗有别趣，非关乎理。然非读书之多，识理之至，则不能作。必博学以聚乎理，取物以广乎才，而比之以声韵，和之以节奏，则其为辞，高可讽，长可咏，近可以述，而远则可以传矣。①

李东阳强调读书明理可以培养人的性情涵养，这一涵养在诗歌创作方面的表现就是从心所欲，不拘于法，天真自然。在"辞达"的同时，又能不违诗歌的话语规定性。朱熹《诗集传序》曾说诗歌"有自然之音响节奏"，可"讽咏""涵濡"，"察之性情隐微之间"。陈献章亦称："言，心之声也。形交乎物，动乎中，喜怒生焉。于是乎形之声，或疾或徐，或洪或微，或为云飞，或为川驰。声之不一，情之变也。"②作为性气派诗人的代表，白沙认为诗歌的音节变化与人的情感变化是同一的，是自然之道在两个方面的表现，所以他提出对诗歌反复"讽咏"，从声音节奏体悟诗人的"性情"以及诗歌话语蕴含的"意味"。可见，李东阳将"性情"等纳入诗歌"音律"和"格调"系统，是有理学渊源的。

李东阳以"音声"为中心，建立了考察古代诗歌文本的话语系统，其方法是"察之性情隐微之间"，从主体"性情"的隐微之变，看诗歌时代特点和地域特色，同时也确立了对诗歌文本细读的惯例。其诗学主要就建立在"性情"和"音声"这两个概念之上。"性情"和"音声"，后来成为格调论唐诗学的关键术语。

（三）"音声"的时代性、地域性

由于人的性情与时代、地域相关，所以李东阳论"音声"和时代性、地域性密切相连。"文章固关气运，亦系于习尚。……唐之盛时称作家在选列

---

① （明）李东阳：《怀麓堂集》卷二十八《镜川先生诗集序》，见《景印文渊阁四库全书》集部第1250册，299页，台北，台湾商务印书馆，1986。
② （明）陈献章：《认真子诗序》，见（清）黄宗羲编：《明文海》卷二百五十九，2713页，北京，中华书局，1987。

者，大抵多秦晋之人也。 盖周以诗教民，而唐以诗取士，畿甸之地，王化所先，文轨车书所聚，虽欲其不能，不可得也。"①李东阳的这一认识，与高棅着重"审音律之正变"有区别，区别在于他对音声、体格等外在形式并不十分偏执。 其尝言道："或乃谓古今文章，局时代，关气运……又尝观《三百篇》之旨，根理道，本性情，非体与格之可尽。 ……又可独归之时代也乎？"②"非体与格之可尽"，除了"根理道，本性情"外，还指向另一方面，这就是虽然"诗歌以为声，藻绘以为形"，但"其大用之朝廷邦国，固未暇论，而闾巷山林之下，或不能无"③。 若说诗歌话语"根理道，本性情"关乎人生与宇宙，那么诗歌"大用"不仅在政治中心，还在民间边缘，这就向人们明示诗歌多么重要。 所以寻找诗歌典范、分析诗歌范式自然就十分有意义了。

总之，李东阳的诗学基础属于理学思想，但他已经将理学思想和当时的文化、文学前沿命题有机结合起来，完成了由台阁诗学向格调论诗学的转变。 他认为音声之中沉潜着人的性情，体现着天地之气，故而不同主体、不同时代、不同地域的诗歌会有种种变异。 他以"个人、时代、地域格调论"的观点衡量唐诗，不仅台阁气息浓重，带有理学气，而且只关心文本的话语及其所涵蕴的性情和天地之气。 但若与高棅相比较，李东阳对唐诗音声节奏涵蕴的探究，在深入文本话语方面，似乎超过高棅。 特别是他认为诗歌话语"根理道，本性情"关乎人生与宇宙，诗歌"大用"不仅在政治中心，还在民间边缘，并向人们明示寻找诗歌典范、分析诗歌范式的重要性，从而拓展了诗学的理论发展空间，开启了格调论唐诗学的兴盛局面。

---

① （明）李东阳：《麓堂诗话》，见丁福保辑：《历代诗话续编》，1377 页，北京，中华书局，1983。
② （明）李东阳：《怀麓堂集》卷二十八《桃溪杂稿序》，见《景印文渊阁四库全书》集部第 1250 册，300 页，台北，台湾商务印书馆，1986。
③ （明）李东阳：《怀麓堂集》卷七十四《书沈石田诗稿后》，见《景印文渊阁四库全书》集部第 1250 册，777 页，台北，台湾商务印书馆，1986。

◎ 第二节

明代初期的诗学转折

一、从"境象"批评到"诗体"批评:严羽至前七子的诗学转折

经过明代前期的准备,到弘治朝,诗学取向发生了重要转变。"弘治中兴"在文化上的反映就是士人自觉推崇盛唐诗歌境界,这时盛唐诗歌作为范式的地位已经确立。严羽在《沧浪诗话》中的某些观点深入明代士人的内心,其中重要的表现就是诗学界的"体格"说和创作领域对盛唐诗歌的推崇。

严羽之前,中国诗学以"境象"批评为主,包括严羽在内,"境象"是诗歌理论的关键词。但被明人发扬光大的,并不是《沧浪诗话》的所有内容,而是《沧浪诗话》提出的"诗格"和"盛唐笔力""气象"等术语。

有意思的是,前七子将"诗格"和"盛唐"结合起来,形成对盛唐诗歌格调的讨论,这就意味着中国诗学由"象"到"体"的转变,可视作古代的"语言论转向"。明人重"体",并不是对"象"之诗歌美学的摈弃,而是在"诗体"批评中,吸纳了"境象"批评的成果;在"诗体"批评中,将之进一步形下化,使之落实到具体的概念和诗歌创作的具体步骤、具体做法,甚至诗作的话语结构和语言要素。他们从这些具体的诗歌因素入手,在明初宗唐的审美文化成果的基础上,总结了唐代诗歌的艺术范式及其特点。

二、盛唐诗歌范式由来及其特征规定

根据上述介绍,可以总结出盛唐诗歌作为范式在文本话语及其意义方面有以下特征。

（1）《诗经》是唐诗的源头，中经汉魏诗歌，它们以各种方式影响后代诗歌的内容、形式及其变化。在明人看来，后代优秀诗歌的任何形式，都是由《诗经》衍生发展的。

（2）唐诗是"性情之正"的产物。明王朝经过明初的休养生息，至永乐进入承平时期。明成祖时，经过台阁重臣的理学铺垫，以弘扬儒家道义为己任的士子进入文化中心，他们继承风雅传统，以"得性情之正"作为评价唐诗的核心标准。其主要内涵是敦厚浑融、雍容典雅，与天地功用相流通。

（3）具有规范的诗法。杨士弘、叶盛、李东阳等兼具台阁大臣和文坛领袖身份的人物，都屡提南宋周伯弼的《三体唐诗》。明代士人张扬该书的原因是《三体唐诗》讲到诗法的具体操作，可见它亦是由"境象"等抽象性的理论向"体格"等操作技法理论转化的突出表现。诗格、诗法的流行，一是表现在诗法著作的数量多，二是表现在诗法批评话语的广泛使用。上文提及的以"起承转合法"和"至法无法"论唐诗律法就是一例。当时最著名的诗法著作是周叙的《诗学梯航》，他肯定唐代律诗的范式性，认为其"自成一体，于是诗之与法始皆大变"①。可见，明人所认为的"唐诗范式"，并非从精神到技巧完全得之于《诗经》和汉魏古诗，而是在《诗经》的基础上，发展《诗经》的审美精神，丰富和发展《诗经》、汉魏诗歌的艺术表现手法的结果。

典型的唐诗规范性"诗法"离不开"起承转合"。这一诗法关涉诗歌话语系统及其外在表现："要一句接一句，脉络须贯通，不可歇断，才歇断，意便不接，中间有说景处虽似歇断，而言外之意，其脉络自然贯通连属，题咏犹贵乎相著，又不可一向粘皮带骨。欲令脱洒，不可浅近，浅近则语俗；不可纤巧，纤巧则气弱；不可气馁，即是晚唐；不可气盛，便类宋、元。须教浑成，浑成中却欲词华典雅。气象深沉，全藉韵度，全藉性情，从容涵

---

① （明）周叙：《诗学梯航》，见吴文治主编：《明诗话全编》，968 页，南京，江苏古籍出版社，1997。

泳，感叹无穷。"①这是关于"诗法"的具体操作范式，可视作盛唐诗歌范式
所具有的盛唐性情、气象、韵度和雍容典雅风貌在创作上的具体程式化阐
释。从中可见只要诗法上稍加变化，诗歌面貌就会有所改观。

（4）有体、格。明人论体、格，包含话语所蕴含的意味和运用诗歌技
巧、诗法所造就的诗歌境界。周叙将唐诗分为"四体""十格"。"四体"
指初、盛、中、晚，在周叙那里，"体"总是与技法、风格、风貌连在一起，
所以明代诗学将二者放在一起，称为"体格"。比如，他对初、盛、中、晚
四体的诠释："初唐之诗，去六朝未久，余风旧习犹或似之；盛唐之诗，当
唐运之盛隆，气象雄浑；中唐之诗，历唐家文治日久，感习既深，发于言
者，意思容缓；晚唐之诗，丁唐祚襄歇之际，王风颓圮之时，诗人染其余
气，沦于委靡萧索矣。"②这里论"体"并非现代诗学意义上的"诗体"，现
代主要指话语形式及其相关的结构和语言因素。这里的"体"似乎是以诗歌
形式为中心的"整体"，涉及诗歌内容和形式的所有因素。所以周氏论
"体"之后，接着就说"诗系国体，不虚言也"。将"诗体"与"国体"等
量齐观。而唐诗"十格"是五七言律诗、排律、绝句、古诗，乐府，长短
句。表面看，这里肯定是谈纯形式了，其实，周叙论"格"，并非仅仅论某
一"格"的规范，而是大量涉及"差异"辨析：在某个"格"内字数、句数
的差异，"格"与"格"之间的体制差别，诗歌的风貌差异，主体及其时代
差异。当然，明辨各"格"之异和某个"格"内的区别，需要以诗体规范研
究为前提。在弄清规范的基础上，才能谈差别。

（5）音声与格调和谐。唐诗具有音乐魅力，唐诗的音乐性质是明人以
音律言格调的前提。前述李东阳言诗歌"盖六艺中之乐"就是代表性的说
法，以音声言格调在明代成为普遍性的做法。胡俨曾道："声律精严格调

---

① （明）周叙：《诗学梯航》，见吴文治主编：《明诗话全编》，984 页，南京，江苏古籍出版社，
1997。
② 同上书，969 页。

难，更兼词气有波澜。 性情吟咏随时见，雕琢何须刻肺肝。"①李东阳强调诗歌之"调"，强调阅读诗歌要"具眼""具耳"，就是关注"调"在唐诗中的范式意义。 唐诗音调、音色具有响亮和谐的特征。 即使是评价晚唐诗歌，也是在寻常文本中注意音响色泽的新发现："'鸡声茅店月，人迹板桥霜。'人但知其能道羁愁野况于言意之表，不知二句中不用一二闲字，止提掇出紧关物色字样，而音韵铿锵，意象具足，始为难得。 若强排硬叠，不论其字面之清浊，音韵之谐舛，而云我能写景用事，岂可哉。"②"音韵"与显于外的"意象"不是"强排硬叠"，而是圆美流转的音声与整体美好的格调的和谐。 李东阳所言之"格"，是唐诗体制独具的审美范式。 《麓堂诗话》言及"必各用其体乃为合格"，就是先要遵守范式及其规定性，范式的规定性就是"格律"，它是基本不变的，音调在范式内有操有纵，有正有变，才能委曲可喜，顿挫起伏，变化不测。 实际上，李东阳是认定唐诗合"格"合"调"并能完美结合。 为什么唐诗能够做到此一点？ 他发现，唐诗各种格律可以定型，而"调"却有变化，变化就新鲜，就有魅力。 所以古诗自用古调，唐诗自用唐调，虽然唐调在不同时期也有差异，"若孟浩然'一杯还一曲，不觉夕阳沉'，杜子美'独树花发自分明，春渚日落梦相牵'，李太白'鹦鹉西飞陇山去，芳洲之树何青青'，崔颢'黄鹤一去不复返，白云千载空悠悠'，乃律间出古"③。"律"是唐诗的一种"格"，而"古"当指"调"而言。

当然，这一时期的诗学，并没有对唐诗的艺术规范做全面深入的阐释，如唐诗作为艺术范式的"兴象风神"，唐诗的深情赋予生命力的渊深朴茂以及境界的层深，都还没有被揭示，等到前七子，在对唐诗范式的探讨中，就更进一步展开了唐代诗歌变化的万千气象。

① （明）胡俨：《颐庵文选》卷下《阅古作寄简子启八首之三》，见《景印文渊阁四库全书》集部第 1237 册，678 页，台北，台湾商务印书馆，1986。
② （明）李东阳：《麓堂诗话》，见丁福保辑：《历代诗话续编》，1372～1373 页，北京，中华书局，1983。
③ 同上书，1369 页。

◎ 第三节

前七子诗学的主要贡献

经过洪武至弘治的诗学积累和审美理论准备，古典唐诗学进入兴盛时期，其标志是前七子的出现。他们主张从"格调"入手深入唐诗尤其是初、盛唐诗歌的审美世界。前七子直接运用高棅"四唐"概念分析唐诗"体制"，对诗歌艺术理想从诗歌话语体制的角度予以固定，并将这一理想范式定位于初唐和盛唐。确立理想范式并与时间性概念结合，自然就能从话语"体制"入手辨别源流，这是前七子诗学的核心所在。前七子以初盛唐诗歌为范式，并以之作为诗歌高潮和顶点划分诗歌题材、体裁、风貌和格调系统的变化和更替，是较为有效的。

前七子对汉魏、盛唐的推崇和精细研究，在深入文本的程度方面，比高棅、李东阳高得多。高棅提倡以开元、天宝为楷式，对汉魏六朝均有一定的否定，以为诗至盛唐，古诗才发展到"正宗"的境界；他概述唐诗流变，以"正变"概念称谓晚唐诗歌。这与前七子对古诗的态度和对中晚唐诗歌的意见是有区别的，就此一点而言，七子似乎不如高棅。但七子对汉魏、盛唐的推崇和精细研究，是从多方面、多视角，运用多种方式方法、创造多个范畴进行的。特别是王廷相运用诗人才情和格调双重标准考量唐诗，获得"人殊家异，各竞所长"①的真理性认识，这就为诗学观念的理论化提供了一种途径。徐祯卿协调"情"与"格"的关系，以"因情立格论"衡量唐诗质量高下，而且，它对前七子过分重视"格调"和唐诗话语形式，不顾创作主体的才情所带来的危机，具有矫正之效。同时也为诗学理论的开拓留下了空间。

---

① （明）王廷相：《王氏家藏集》卷二十二《刘梅国诗集序》，见吴文治主编：《明诗话全编》，
2037 页，南京，江苏古籍出版社，1997。

复古派创作和理论的勃兴，除大家熟悉的《明史》记载以外，可参阅的材料非常丰富。李梦阳《朝正倡和诗跋》说道："诗倡和莫盛于弘治，盖其时古学渐兴，士彬彬乎盛矣，此一运会也。"①稍后的何良俊《四友斋丛说》记载："我朝文章，在弘治、正德间可谓极盛，李空同、何大复、康浒西、边华泉、徐昌谷一时共相推毂，倡复古道。"②康海也清楚地记述："我明文章之盛，莫极于弘治时，所以反古昔而变流靡者"，"于是后之君子言文与诗者，先秦、两汉、魏晋、盛唐，彬彬然盈乎域中矣"。③可见，声势浩大的复古运动给当时人留下了深刻印象；另外，我们也看到以初盛唐诗歌为艺术理想的复古成为当时的文化前沿问题，一时趋之者若鹜。

一、以初盛唐诗歌为艺术理想的诗学观

从艺术理想角度论诗，李梦阳的《缶音序》初现端倪：

> 诗至唐，古调亡矣。然自有唐调可歌咏，高者犹足被管弦。宋人主理不主调，于是唐调亦亡。黄、陈师法杜甫，号大家，今其词艰涩，不香色流动，如入神庙坐土木骸，即冠服与人等，谓之人可乎？夫诗，比兴错杂，假物以神变者也。难言不测之妙，感触突发，流动情思，故其气柔厚，其声悠扬，其言切而不迫，故歌之心畅，而闻之者动也。宋人主理，作理语，于是薄风云月露，一切铲去不为。又作诗话教人，人不复知诗矣。诗何尝无理，若专作理语，何不作文而诗为邪？今人有作性

---

① （明）李梦阳：《空同集》卷五十九《朝正倡和诗跋》，见《景印文渊阁四库全书》集部第1262册，543～544页，台北，台湾商务印书馆，1986。

② （明）何良俊：《四友斋丛说》，235页，北京，中华书局，2007。

③ （明）康海：《对山集》卷三《渼陂先生集序》，见吴文治主编：《明诗话全编》，2098页，南京，江苏古籍出版社，1997。

气诗，辄自贤于"穿花蛱蝶，点水蜻蜓"等句，此何异痴人前说梦也！即
以理言，则所谓深深款款者何物邪？《诗》云："鸢飞戾天，鱼跃于渊。"
又何说也？①

以"唐宋诗之争"的话题引出自己的诗歌理想，透露出他偏重诗歌形式和审
美精神复古，而不重内容复古的观念。 他的复古论偏在格调一面。 但他所
谓学古，又是标举第一义之格，属情文并茂之作。 因此，主格调与主情，非
不相冲突，反而适相合拍。 从这段话看出，他所谓"格"，乃是学古人之
法；法不可废，则学古又何足为病。 学古之法，仍不妨碍其变化自得。 这
里透露出，空同论诗并不专主盛唐，他只是受沧浪所谓第一义的影响，而于
各种体制之中，皆择其高格以为标的而已。 古体宗汉魏，近体宗盛唐，而七
古是兼及初唐，这是他的诗学宗主。 其《潜虬山人记》中论及诗文标准时
说："山人商宋梁时，犹学宋人诗。 会李子客梁，谓之曰宋无诗。 山人于
是遂弃宋而学唐。 已问唐所无，曰唐无赋哉！问汉，曰汉无骚哉！山人于是
则又究心赋骚于唐汉之上。"②可知其论诗，是以初、盛唐为艺术理想。 在
他看来，唐诗艺术理想和体制规定性大体是：

　　（1）唐调可歌咏，足被管弦；

　　（2）比兴错杂，假物以神变；

　　（3）难言不测之妙，感触突发，流动情思；

　　（4）其气柔厚，其声悠扬，其言切而不迫；

　　（5）歌之心畅，而闻之者动也。

有着形式、技巧、精神及风貌等丰富内涵。 而宋诗不能作为艺术理想的理
由是：

---

① （明）李梦阳：《空同集》卷五十二《缶音序》，见《景印文渊阁四库全书》集部第 1262 册，
　 477～478 页，台北，台湾商务印书馆，1986。
② （明）李梦阳：《空同集》卷四十八《潜虬山人记》，见吴文治主编：《明诗话全编》，1974 页，
　 南京，江苏古籍出版社，1997。

（1）主理不主调；

（2）其词艰涩不香色流动，如入神庙坐土木骸；

（3）宋人主理，作理语，于是薄风云月露。

李梦阳将唐宋诗歌范式加以比较，已经具有较为自觉的诗史意识了。 其言宋人"主理不主调"，是和宋人拒斥"风云月露"相对而言的。 此说来自严羽《沧浪诗话》："诗有词理意兴，南朝人尚词而病于理；本朝人尚理而病于意兴，唐朝人尚意兴而理在其中，汉魏之诗词理意兴，无迹可求。"①在严羽看来，诗人所创造的艺术世界，"如空中之音，相中之色，水中之月，镜中之象"。 其中之"色"，当是指"风云月露"。 李梦阳《潜虹山人记》说："夫诗有七难：格古，调逸，气舒，句浑，音圆，思冲，情以发之。七者备而后诗昌也。 然非色弗神，宋人遗兹矣，故曰无诗。"②"非色弗神"是指宋人摒弃了"色"和"神"，可见，复古对"色"是十分重视的。谢榛曾谈到一件事："黄司务问诗法于李空同，因指场圃中菽豆而言曰：'颜色而已'。 此即陆机所谓'诗缘情而绮靡'是也。"③"色""风云月露"与"缘情"相关。 但"风云月露"还有另外的来源。 《隋书》载李谔《上隋高祖革文华书》，言道：

> 江左齐、梁，其弊弥甚，贵贱贤愚，唯务吟咏。遂复遗理存异，寻虚逐微，竞一韵之奇，争一字之巧。连篇累牍，不出月露之形；积案盈箱，唯是风云之状。④

拒斥"风云月露"当是弃绝华绮。 在隋代和唐初遭到反对和批判的做法，怎

---

① （宋）严羽著，郭绍虞校释：《沧浪诗话校释》，148 页，北京，人民文学出版社，1983。
② （明）李梦阳：《空同集》卷四十八，见吴文治主编：《明诗话全编》，1974 页，南京，江苏古籍出版社，1997。
③ （明）谢榛：《四溟诗话》，见丁福保辑：《历代诗话续编》，1174 页，北京，中华书局，1983。
④ （唐）魏徵等：《隋书》卷六十六《李谔传》，1544 页，北京，中华书局，1973。

么成了李梦阳批评宋诗的依据？ "风云月露"一定有积极的一面。"宋人主理"，"作理语"，"理"导致宋诗"快心露骨"，有筋骨而无血肉，更无"采"的修饰，不是理想的范式。① 理想的诗歌除具有"骨力"外，一般还需"情""采"，即"风云月露"之类。 将唐宋诗歌分属两种审美范式来看，说明李梦阳既是为了学古，又已具有明确的诗史认识。

何景明也如此。 他对李梦阳的批评，成为当时文坛重要论争，今天看来可能是故意将他们的见解炒热，使其主张更为显豁。 他们论争的焦点如下。

关于"格"乃是学古人之法。 李梦阳以倕与班为例②，说明遵守规矩，即遵守"法"，并不等于学习以往具体"堂""户"的方圆，和他们所做出的尺寸一模一样，但若追求"方圆"，就必须遵守规矩，否则，也就没有"堂""户"。 可见，"法"不可废，学习古人之法，不妨碍其变化自得。这样，学古就成为新变的必经步骤。 他进一步以阿房宫这一巨大的建筑为例，说明它虽然与倕、班所造不同："未必皆倕与班为之也"，但就规矩方圆而言，则与倕、班的原理完全相同。 只要守住规矩，则在建筑风格上无论怎样变化，都是可行的。 诗歌创作也是如此，优秀的诗人往往运用规矩时，"因质顺势，融熔而不自知"，所以才出现人各有诗，又人各有风格，"不泥法而法尝由"，并不违背倕、班的原理。 其实，何景明的主张和李梦阳相差不多。 何景明说：

> 近诗以盛唐为尚，宋人似苍老而实疏卤……而江西以后之作，辞艰者意反近，意苦者辞反常，色澹黯而中理披慢，读之若摇鞞铎耳。③

---

① 参见方锡球：《中国古代文论中艺术理想的两个层面——从风骨论到意境论》，载《文学前沿》，2008（1）。

② （明）李梦阳：《空同集》卷六十二《驳何氏论文书》，见吴文治主编：《明诗话全编》，1984页，南京，江苏古籍出版社，1997。

③ （明）何景明：《何大复集》卷三十二《与李空同论诗书》，见吴文治主编：《明诗话全编》，2255页，南京，江苏古籍出版社，1997。

经亡而骚作，骚亡而赋作，赋亡而诗作。秦无经，汉无骚，唐无赋，宋无诗。①

他与李梦阳一样，崇尚更早时期的诗歌，拒斥宋诗而崇尚复古。从他的复古态度看，似乎比李梦阳还坚决些："三代前不可一日无诗，故其治美而不可尚；三代以后，言治者弗及诗，无异其靡有治也。然诗不传，其原有二：称学为理者，比之曲艺小道而不屑为，遂亡其辞。其为之者，率牵丁时好而莫知上达，遂亡其意。辞意并亡，而斯道废矣。故学之者苟非好古而笃信，弗有成也。"②要求"辞"与"意"都合"古"，否则就会导致诗道"废矣"的结果。其《汉魏诗集序》云：

夫周末文盛，王迹息而诗亡，孔子、孟轲氏尝慨叹之。汉兴，不尚文，而诗有古风，岂非风气规模犹有朴略宏远者哉！继汉作者，于魏为盛，然其风斯衰矣。晋逮六朝，作者益盛，而风益衰。其志流，其政倾，其俗放，靡靡乎不可止也。唐诗工词，宋诗谈理，虽代有作者，而汉魏之风蔑如也。……夫文之兴于盛世也，上倡之；其兴于衰世也，下倡之。倡于上，则尚一而道行；倡于下，合者宗，疑者沮，而卒莫之齐也。故志之所向，势之所至，时之所趋，变化响应，其机神哉！③

这段话有意将"唐诗工词"和"宋诗谈理"对应，从其对宋诗的拒斥和对唐诗的赞赏态度，可知"工词"几乎是唐诗与宋诗的区别所在，也是唐诗成为

---

① （明）何景明：《何大复集》卷三十八《杂言十首》，见吴文治主编：《明诗话全编》，2260页，南京，江苏古籍出版社，1997。

② （明）何景明：《何大复集》卷三十四《海叟集序》，见吴文治主编：《明诗话全编》，2258页，南京，江苏古籍出版社，1997。

③ （明）何景明：《何大复集》卷三十八，见吴文治主编：《明诗话全编》，2257～2258页，南京，江苏古籍出版社，1997。

艺术理想的关键因素。"工词",意思并不难懂,是"联类体物""体物肆采"的语言表达,基本属于"情采"一类,当与李梦阳所言"风云月露"相当。可见何景明在唐诗艺术特征上与李梦阳的看法类似。特别是这段话几乎将"好古"作为达到艺术理想的必要条件。而"好古",又与政风、世风、民俗、社会心理、社会追求特别是与"志"相关。

何景明还将诗歌分为"兴于盛世"和"兴于衰世"两类。"兴于盛世"的诗歌,"倡于上,则尚一而道行",容易形成统一的艺术追求和艺术潮流。而"倡于下"的诗歌,则又是另一种情况,既有"合者宗",就是赞同的就接受下来,学习这种诗歌的作法;也有"疑者沮",怀疑甚至阻止它的发展,最后出现"莫之齐"的众声喧哗的情况。其实,这是诗歌边缘化和多元化的反映,是诗歌在民间的场景。所以他看到了诗歌发展极其复杂的因素和局面:"志之所向,势之所至,时之所趋,变化响应,其机神哉!"而将"倡于上"和"倡于下"、"合者宗"和"疑者沮"结合起来,形成盛世和衰世皆出现诗歌兴盛局面和理想状况的则是唐代:

> 盖诗虽盛称于唐,其好古者自陈子昂后,莫若李、杜二家。然二家歌行近体,诚有可法;而古作尚有离去者,犹未尽可法之也。故景明学歌行、近体有取于二家,旁及唐初、盛唐诸人;而古作必从汉魏求之。虽迄今一未有得,而执以自信,弗敢有夺。①

何景明这样一个骄傲的人,能够学习初、盛唐而不改初衷,个中消息,往往并不为人注意到。其实他承认唐诗至少有两大成就:一是歌行体作为盛唐时代的创造,已经臻于典范的或理想的境界;二是批评"古作尚有离去者","未尽可法",实际他的意思是有"可法"的一面,也有无法学习的地方。

---

① (明)何景明:《何大复集》卷三十四《海叟集序》,见吴文治主编:《明诗话全编》,2258页,南京,江苏古籍出版社,1997。

唐代古诗的创造性变化，何景明从反面给予了肯定。

可见，前七子的诗歌理想是初、盛唐诗歌，并以之作为诗歌高潮和范式，来划分诗歌题材、体裁、风貌和格调系统的变化和更替。

二、诗歌理想范式与时间性概念的结合

确立理想范式并与时间性概念结合，然后从话语"体制"人于辨别源流，是前七子诗学的特点之一。

要全面论述作为高潮的唐代诗歌的题材、体裁、风貌和格调系统，非本书所能做到，论述以之为分野看诗歌话语的变化，工作量也十分庞大。这里仅就古典诗歌中，盛唐范式如何与时间概念结合，作一简单分析。

前面已经提到，前七子的理想范式，与"古"，即传统有极大的关系。"古"与"传统"都暗含时间性概念，而与之相对的，就是"今"，即主体的当下立场。何景明《与李空同论诗书》涉及艺术理想范式在时间流转中的变易①，它与诗歌创新密切联系。首先是随着时间的推移，经典范式不断被改变和超越。诗歌若要"成神圣之功"，既不能在面对过去已有的典范时"徒叙其已陈"，也不能"修饰成文，稍离旧本"，"如小儿倚物能行，独趋颠仆"，这样做，无益于诗道的进步。只有"泯其拟议之迹"，在学古的同时"去古"，方能"开其未发"，超越经典范式。其次，作为理想范式的曹、刘、阮、陆、李、杜诗歌，因"各擅其时"，虽"辞有高下"，但变化是必然的。若是他们"例其同曲"，固守范式，不随时而"取"，就难以"千载独步"，做出创新之举。最后，由于个人"言辞各殊"，"不例而同之也，取其善焉已尔"，所以经典范式在不断地被学习的同时，也在不断地被超越，也就是"皆能拟议以成其变化也"。何景明将时间概念和经典范式的

---

① （明）何景明：《何大复集》卷三十二，见吴文治主编：《明诗话全编》，2256页，南京，江苏古籍出版社，1997。

进化结合，将不同时代的"取"即审美选择与遵守已有范式结合，论述"诗变"的必然性，当是前七子诗学的亮点之一。

何景明清楚地看到，在话语方面"舍筏"，或"去古"，并非全部否定已有的艺术经验和经典成果，而是在"取"和"舍"之间体现功力，体现价值追求和对时代变迁的适应，从而体现出诗歌范式的变化。但变化中有相对不变的因素："仆尝谓诗文有不可易之法者，辞断而意属。"尽管话语结构和话语因素变化了，但话语方法及其蕴含的文化审美精神乃是"不可易之法"。这是要"取"的对象。何景明在"舍"和"取"之间，在"舍"和"取"的取向上，其实是根据时间性即时代需要和文化发展的性质做出判断的。

李梦阳对"法"也十分关注。前面分析过他对"法"的论述，其所言之"法"，也是他所总结的经典作诗的途径和方法："规矩者，法也"，它蕴含在理想的诗歌话语之中。他在历时性的维度认为，在"法"同的同时，不同时代的诗人"法"又不尽相同。他以阿房宫建筑作比：

> 阿房之巨，灵光之肖，临春、结绮之侈丽，杨亭、葛庐之幽之寂，未必皆倕与班为之也，乃其为之也，大小鲜不中方圆也，何也？有必同者也。获所必同，寂可也，幽可也，侈以丽可也，肖可也，巨可也。守之不易，久而推移，因质顺势，融镕而不自知，于是为曹、为刘、为阮、为陆、为李、为杜，即今为何大复，何不可哉！此变化之要也。故不泥法而法尝由，不求异而其言人人殊。①

此段话前面已经引用过，这里就艺术范式变化的角度做些分析。此处之"法"大致与"规矩"相当，实际就是抽象出的具有范式意义的诗歌普遍性

---

① （明）李梦阳：《空同集》卷六十二《驳何氏论文书》，见吴文治主编：《明诗话全编》，1984～1985页，南京，江苏古籍出版社，1997。

特征，其形下落实在曹、刘、阮、陆和李、杜的诗歌话语范式之中，这是无论何时何地的作者都要遵守的，此即"有必同者"，属于"规矩方圆"的要求。但做成一所房子，未必都与倕与班做的一模一样，必然与规矩有相"异"的地方。因为一是"久而推移"，因时间推移而规矩有改变；二是"因质顺势"，地理和材质情况不同，方圆、大小、幽寂、侈丽的程度也就不一样；三是个人因素对规矩的体验、运用不同，"言人人殊"。所以诗歌创作在遵守已有范式的前提下，"以我之情，述今之事"，必然各具不同风格，使固有的范式"融镕而不自知"，慢慢得以改变。

这里就有一个面对此时此地的时间、空间概念的问题。范式的确因时空变易而有所变化，这一点何景明亦有意识："仆则欲富于才积，领会神情，临景构结，不仿形迹。"①"不仿形迹"其实是规矩已经改变，原因是有特定时空的"临景构结"和"领会神情"。李东阳亦曾谈到杜甫对范式的变易：

> 汉魏以前，诗格简古，世间一切细事长语，皆著不得，其势必久而渐穷，赖杜诗一出，乃稍为开扩，庶几可尽天下之情事。韩一衍之，苏再衍之，于是情与事，无不可尽。而其为格，亦渐粗矣。②

"简古"本来是汉魏"诗格"的范式，由于时间既"久"，这一"诗格"的内在生命力就穷尽了，难以表达后来的"情事"。杜甫对既有范式进行了创造性的改造，改造成"庶几可尽天下之情事"的新范式，但其实后来人所遇到的局面与前代一样，所以，韩愈、苏轼对杜诗范式也不断进行改造。这样一来，原来的"诗格"就渐渐变"粗"，不是原有的范式了。

---

① （明）何景明：《何大复集》卷三十二《与李空同论诗书》，见吴文治主编：《明诗话全编》，2255 页，南京，江苏古籍出版社，1997。
② （明）李东阳：《麓堂诗话》，见丁福保辑：《历代诗话续编》，1386 页，北京，中华书局，1983。

李梦阳与何景明对"诗变"的这些看法都还是初步的，而进行深广的探索，则要等到杨慎和后七子。

三、前七子对古代诗学的多方面开拓

前七子对明代诗学所做的拓展，是从多个视角展开的，如情与调、文与质、意与境、声调与气势；更是运用多种方式方法，创造多个范畴，如神意、法度、悟入、变化、异同等，对诗学问题进行了广泛的讨论。

（一）"情"与"调"

李梦阳在《张生诗集序》中论述了"情"与"声调"及其意义。[①]"声""情"之正变，都来自"时"或"区"。关于时代和地域对诗歌的意义，上面已经做了分析。这里李梦阳特地拈出声调和感情，从"情"与"调"之角度看诗歌变化，其变化条件是"区"，是"时"：不同地域或时代，情感和声调是有差别、有变异的。所以，他明确地指出"情者动于遇者也"[②]。"遇"的重要性当然无须多述，其间，在不同地点和时间所"遇"之人、之事、之景、之境，又各各不同，情感有所变化就是理所当然的。"调"亦如此。[③] 谈论"调"，依然强调"遇"，此外将"遇"与"窍吾窍、情吾情"联系起来，四时、万物被"遇"则"声"，则"吟"，则"宣"。可见"情"与"调"因"遇"相互联系在一起，而且随四时、万物之变，"情""调"亦变，诗歌话语随之变化也就是必然的了。所以即使同一体裁，审美规定相同，"若乃情之所发，尽而止，体人人殊"，某一诗体因不

---

① （明）李梦阳：《空同集》卷五十一，见吴文治主编：《明诗话全编》，1978页，南京，江苏古籍出版社，1997。
② （明）李梦阳：《空同集》卷五十一《梅月先生诗序》，见吴文治主编：《明诗话全编》，1978页，南京，江苏古籍出版社，1997。
③ （明）李梦阳：《空同集》卷五十一《鸣春集序》，见吴文治主编：《明诗话全编》，1979页，南京，江苏古籍出版社，1997。

同主体情感的作用，因"遇"之不同，而"情"与"调"产生差异，则诗体自然有所变化。由此，他以唐宋诗歌为例说："至于唐宋，始定体格，句之长短，字之平仄，咸循定体，然后协音。乃若情之所发，随人而施，与题意漫不相涉。"①诗歌话语因人"情"之变，"音调"随之变易，诗歌变化也就是理所当然的了。

前七子所言之"情"，并非模仿古人性情，若如此，就谈不上"情"和"调"的变化。他们倡言此时、此地、此人的"真情"，以为"真情"才有多变的属性，由此才能够带来诗歌的发展。王廷相云：

> 有物感，有真感。何谓物感？赞德以广誉，分赀以通义，拔滞以登仕，排难以舒愤是也。何谓真感？去雕存朴，其心忱忱，万变杳来……②

此处"真感"，是远离物质利害的超越性情感。本身当然生之于物质世界和社会之中，但由于心理上离开功利，心灵处于一种真诚而又自由状态，又由于"存朴"，与自然和人心最为贴近，发而为诗，也就最能反映自然和社会的真实状态。王廷相以为此一"真心"，"可以观德矣"，其中也隐含诗歌话语或诗体随社会和自然变迁的性质。

（二）文与质

从"文"与"质"在文本中所含比重更替的角度论诗体变化，是前七子的重要做法。王廷相将"质尽而文极"③当作诗歌变化的内在因素和外在表

---

① （明）王九思：《渼陂集·碧山诗余序》，见吴文治主编：《明诗话全编》，1941 页，南京，江苏古籍出版社，1997。
② （明）王廷相：《王氏家藏集》卷二十二《楚泽赠言序》，见吴文治主编：《明诗话全编》，2035 页，南京，江苏古籍出版社，1997。
③ （明）王廷相：《王氏家藏集》卷二十二《刘梅国诗集序》，见吴文治主编：《明诗话全编》，2037 页，南京，江苏古籍出版社，1997。

征。 文与质，不仅在文本蕴含中有所表现，在创作中，因文、质处理方式不同，文与质在作品中的偏重就有区别，文本中的文、质比重不同，其融会所形成的话语外在表现——诗体也就有变易。 特别需要指出的是，王廷相言"诗贵辩体"，在明代诗论史上，第一次将"辨体"改为"辩体"，一字之改，就由辨体裁的外在因素和内在蕴含，而成为正本清源之"辩"，带有纠正不合理认识的意图。 所以他论"文质"的目的还是寻找诗歌"正始"，以辨析发展脉络："其教，温柔敦厚；其志，发乎情，止乎义礼；其究，形四方之风而已。 能由是而修之，诗之正始得矣。"① 王廷相在《刘梅国诗集序》中依然引用严羽及明初士人"大历以后弗论"之说，也是点明，从文与质在诗中所占的比例来看，诗歌至大历而有较大变化。

王廷相还将德性、风教、政治、民生等诗歌外在因素一归于"文质"，其意义在于表明"文质"之变，渊源在社会、人心，把"非道德之发越，必政事之会通"② 归之于诗歌话语系统"质"的范畴，与"文华义劣""言繁蒉实"相对应，正面是说"质"是诗歌的内在力量，只不过这一内在力量与道德、政事密切相关，处理得好，诗歌就会产生新的质态；反面是说"文"的一面若到了浮滥的地步，也会改变诗歌的属性和话语价值取向。 所以正反都是说质、文在文本中的比重会影响诗歌的发展变化，只不过发展方向不同罢了。 所以他反对那些"裁制衍丽，而其气常塞，组绘雕刻之迹"的作品，其实是担心诗歌体制退化。

他进一步将这一切归于"体"之变化，故而其谈"文质"之变实际是坚持自己的诗体变化论："嗟乎！文之体要，难言也。 援古烁今，可知流委矣。 ……《诗》陈《国风》《雅》《颂》，厥事实，厥义显，厥辞平，厥体质，邈兮古哉，蒉以尚矣！自夫崇华饰诡之辞兴，而昔人之质散；自夫竞虚

---

① （明）王廷相：《王氏家藏集》卷二十二《刘梅国诗集序》，见吴文治主编：《明诗话全编》，2037 页，南京，江苏古籍出版社，1997。
② （明）王廷相：《王氏家藏集》卷二十二《石龙集序》，见吴文治主编：《明诗话全编》，2038 页，南京，江苏古籍出版社，1997。

夸靡之风炽，而斯文之致乖；言辩而闷诠，训繁而寡实。于是君子惟古是嗜矣。"①针对"诗变"，他把自己反对的和自己追求的"诗体"都表达出来了。

从文质角度论"诗变"，也是前七子其他人的普遍做法。李梦阳曾批评宋诗"今其词艰涩，不香色流动"，实际是立足于唐诗尤其是盛唐诗歌，看到"文质彬彬"的唐诗演化至"质木无文"、缺少文采的黄、陈之作，这也是其"宋无诗"的论据，因为他确立的诗歌范式是盛唐诗歌理想，所以认为"非色弗神，宋人遗兹矣，故曰无诗"。何景明以为"诗以盛唐为尚"，也是站在盛唐立场，从盛唐范式看出历史上诗歌的变化："宋人似苍老而实疏卤，元人似秀俊而实浅俗"，也看到由唐诗"文质彬彬"到宋诗质而无文、元诗文而无质的变化。前七子对文、质的理解，除前述王廷相的意见外，当与唐代的士人一系列追求相关，也与唐诗的抒情性相联系。从此可看出，李、何所谓法度、规矩，其实就是追求"文质彬彬"的盛唐诗歌范式，正如康海所言"法度宛然，而志意不蚀"②，"法度"和"志意"都要落实到文与质上面。前七子确立"文质彬彬"的盛唐范式，是看出了诗风流变到了令人担忧的地步，所以殷切希望盛世重来。这样的用意，也包含在他们的诗学取向和态度里。

（三）意与境

从意与境视角拓展诗学理论空间，是前七子的又一理论特色。何景明在《与李空同论诗书》中言道：

> 仆则欲富于才积，领会神情，临景构结，不仿形迹。诗曰："惟其

---

① （明）王廷相：《王氏家藏集》卷二十二《广文选序》，见吴文治主编：《明诗话全编》，2038～2039页，南京，江苏古籍出版社，1997。
② （明）康海：《康对山先生文集》卷四《韩汝庆集序》，见吴文治主编：《明诗话全编》，2102页，南京，江苏古籍出版社，1997。

有之，是以似之。"以有求似，仆之愚也。近诗以盛唐为尚……夫意象应
曰合，意象乖曰离，是故乾坤之卦，体天地之撰，意象尽矣。①

"以盛唐为尚"，是因为盛唐诗歌具有意境，若缺少意境创造，诗歌就离开
了盛唐范式。 盛唐范式中，意境之作的确具有何景明所言上述元素：作为创
作主体，创作前应"富于才积"，创作过程中要领会神情，面对所见景物，
在营造诗歌语境时，既要依托景物，使之成为情感和审美精神的载体，同时
又不能与原物完全一致，而是要超越物的描摹，达于一种审美之境，这就是
"惟其有之，是以似之"。 不仅如此，还需要在有限的景物中，体现宇宙的
旷邈，"体天地之撰"，一如宇宙云卷云舒，生生不已。 这里涉及人心的宇
宙与外在宇宙的贯通，即"意象应合"。 在何景明看来，只要这些规定有所
变化，诗歌体制就是另外一种体制。 比如，"宋诗苍老而实疏卤"，就缺乏
对生命力的传神写照，也就不像盛唐诗歌那样境界雄浑天成。 可见，从意境
视角完全可以看到唐诗到宋诗的变化。

对于盛唐诗歌浑厚自然的境界，李梦阳则从诗体流变，即诗体因素继承
和扬弃的角度予以说明和分析：

夫《三百篇》虽逖绝，然作者犹取诸汉魏。予观魏诗，嗣宗冠焉。何
则？ 混沦之音，视诸镂雕奉心者伦也，顾知者稀寡，效亦鲜焉。钟参军
曰："嗣宗《咏怀》之作，洋洋乎会于风雅，使人忘其鄙近。"……然予观
陈子昂《感遇》诗，差为近之，唐音沨沨乎开源矣。及李白为《古风》，咸
祖籍词。宋人究原作者，顾陈、李焉极，岂其未睹籍作邪？②

---

① （明）何景明：《何大复集》卷三十二《与李空同论诗书》，见吴文治主编：《明诗话全编》，
　2255 页，南京，江苏古籍出版社，1997。
② （明）李梦阳：《空同集》卷四十八《刻阮嗣宗诗序》，见吴文治主编：《明诗话全编》，1974～
　1975 页，南京，江苏古籍出版社，1997。

以今天的知识水平来看，李梦阳上述关于诗歌演变的内容只能算是常识。但阮籍的五古具有"混沦"的境界，为当时人所忽视。"混沦"即明人所言之"浑沦"，指意境浑成的境界，其中文与质、质与文贯通融会，人心和外在宇宙内外一致，妙合无垠。故钟嵘言之"忘其鄙近"，这一为时人忽视或看不上的"混沦"，为陈子昂、李白所继承，但他们并非完全"拿来"，而是"差为近之"，可见也有扬弃与改造，这样一来就开创了唐代诗歌的新境界。有关这一点，李梦阳在给徐祯卿的《与徐氏论文书》中还有分析：

> 夫诗宣志而道和者也，故贵婉不贵险，贵质不贵靡，贵情不贵繁，贵融洽不贵工巧。故曰闻其乐而知其德。故音也者，愚智之大防，庄诐简侈浮孚之界分也。至元、白、韩、孟、皮、陆之徒为诗，始连联斗押累累数千百言不相下，此何异于入市攫金登场角戏也！彼睹冠冕佩玉有不缩腕投竿而走者乎？何也？耻其非君子也。三代而下，汉魏最近古，向使繁巧险靡之习诚贵于情质宛洽，而庄诐简侈浮孚意义殊无大高下，汉魏诸子不先为之邪？故曰，争者士之屑也。然予独怪夫昌黎之从数子也。①

"宣志而道和"，"贵婉不贵险，贵质不贵靡，贵情不贵繁，贵融洽不贵工巧"，"闻其乐而知其德"，这些都是意境在文本方面的特征。意境在功能上的确是抒发主体情志的，但这一艺术范式并非让情感浮滥，而是约情合性，与其相对的"景"构成彼此相融的话语结构。它既是文化的，又是诗意的；既追求诗情画意，又不放弃对现实的关怀。唐代诗歌堪称这方面的典范，其诗体所蕴，不仅有符合儒家精神的阳刚特质，有渊然的生机，而且极具韵外之致。明代诗学尤其是中晚明诗学对秦汉之文和盛唐诗歌的崇尚，就

---

① （明）李梦阳：《空同集》卷五十九《与徐氏论文书》，见吴文治主编：《明诗话全编》，1983页，南京，江苏古籍出版社，1997。

与这一审美追求有千丝万缕的关系。同时意境又是"雍容典雅"的，七子诗学无论在内容还是形式上都要求符合"雅正"，审美的结构要体现人的品格和修养，这就使得这一诗学追求具有人文品位与新的理性内涵。这里就有"道和"的要求，"道和"以"中和"的方法关注文本内质和外形的双重审美。"贵婉不贵险，贵质不贵靡，贵情不贵繁，贵融洽不贵工巧"，就是在审美价值取向方面，表现出对"雍容典雅"的追求。"雍容典雅"的诗学追求，以"中和"哲学观作为方法论基础，整合形神论与风骨论，走向意境论；融合言志说和缘情说，形成政教批评和审美批评相互依存的理论结构。它意味着儒家诗学在向传统复归的同时，寻找自身发展道路的不懈努力。①就意境而言，它的生成和接受都与体验相关，南朝宗炳的"应目会心"，就是以"目"求得能够体验的经验材料，再以"心"进行经验的体验，进而形成物我相融性的发现、选扬和强化，达到物我相融的境界。王国维《人间词话》附录十六也说："夫境界之呈于吾心而见于外物者，皆须臾之物，惟诗人能以此须臾之物，镌诸不朽之文字，使读者自得之。"这里的"须臾之物"是经验之物（"应目"）与体验之我（"会心"）在体验中交合的产物，"以此须臾之物，镌诸不朽文字"，只有诗人能做到，因为诗人能够进行再度体验，使"文字"与"须臾之物"相融，以有限的文字形式体现出无限的意味，获得体验的完整性。在接受方面，王国维说"使读者自得之"，也是通过接受者去体验作者"应目"景物的语言形式，再现或获得作者曾经有过的眼前景，再通过对眼前景的体验达于对景外之景的体味与感悟。可见，形与神、风与骨、意与境的关系处理，都离不开物与我、主体与客体的相融。达到这种相融，就能使形神具得，风骨兼备，虚实相生。这一切离不开"和"的方法，离不开以直觉、感悟为核心的经验思维及其生发的完整性体验。②而

---

① 方锡球：《许学夷诗学思想研究》，1 页，合肥，黄山书社，2006。
② 参见方锡球：《从"中和"哲学观到"雍容典雅"的诗学追求——有关刘勰〈文心雕龙〉的一个重要贡献》，载《求是学刊》，2000（5）；《中国古代文论中艺术理想的两个层面——从风骨论到意境论》，载《文学前沿》，2008（1）。

"至元、白、韩、孟、皮、陆之徒为诗"，由于放弃了"宣志道和"与对意境的创造，开始"连联斗押累累数千百言不相下"，故而与简约空灵而富于言外之旨的要求，相差太大。李梦阳把原因归结为"耻其非君子也"。这其实也是意境的本有内涵，因为在儒家诗学里，只有"君子"才雍容典雅，才能在创作方面具备"风雅浑厚"之气。

（四）声调与气势

关于"声调"的诗学问题，前文已经有较多的论述。李东阳曾经谈及诗歌声调的个人性："律者，规矩之谓，而其为调则有巧存焉。苟非心领神会，自有所得，虽日提耳而教之无益也。"①律，只是工具或规矩法则，加以遵守就可以了。所谓调，是规矩以外的东西，属于个人因素，它促成诗歌的变化发展。

李梦阳善于将声调和"气势"联结起来。他曾讥笑李东阳创作的萎弱，亦曾反对"宋诗风气"，理由就是宋诗失去了唐诗所具有的音乐性。这显然是从音调角度看唐诗向宋诗的流变："宋人主理不主调，于是唐调亦亡。"②虽将唐诗到宋诗之变归之于"调"，然而，李梦阳所言之"唐调"，是盛唐诗歌的高亢铿锵之调，不同于成化年间文士所喜爱的六朝绮靡柔媚之调，这里在声调中实际涉及气势。徐祯卿本来宗习晚唐，在京师见到李梦阳后，就改习盛唐，可见他们都意识到时代不同，音调气势自有其变。李梦阳曾批评顾璘、杨慎和边贡诗歌的绮靡和媚俗倾向："今百年化成，人士咸于六朝之文是习是尚，其在南都为尤盛。……南都本六朝地，习而尚之固宜。……大抵六朝之调凄宛，故其弊靡；其字俊逸，故其弊媚。……夫溯

---

① （明）李东阳：《麓堂诗话》，见丁福保编：《历代诗话续编》，1379 页，北京，中华书局，1983。
② （明）李梦阳：《空同集》卷五十二《缶音序》，见吴文治主编：《明诗话全编》，1981 页，南京，江苏古籍出版社，1997。

流而上，不能不犯险者，势使然也。"①这是音调与"势"有关的明确意见。"溯流而上"与声调"犯险"皆是批评六朝诗歌声调和"势"的绮靡，从中可见，六朝绮靡柔媚至盛唐高亢铿锵，声调与气势有质的变化。而在此之间，又有初唐音调的"俊亮""流转"。何景明喜爱初唐，学习初唐，也是因为初唐诗歌音调具有气势"流转"的特色。②他从"音声"角度将历代诗歌排出一个承传序列：《三百篇》——汉魏——初唐四子——杜甫，这一承传性的排列在音声方面的特征是不断变化的：本乎性情之发（音节自然）——宣郁达情（音调朴实）——工富丽（音节可歌）——语词沉着（调失流转）。在他看来，诗歌的音调是随着时代演进不断变化的，因此到了四杰，辞藻富丽，音节失去纯朴自然的特征，只剩下"可歌"这一基本特征了，已经"去古远甚"。而至杜甫，更由于音声缺少风人之致，也就改变了汉魏诗歌"其旨远矣"的特征，成为"诗歌之变体"。其实，何景明这里是将"音声"变化和诗歌话语系统的内涵、价值取向、风貌特征、语词运用、形象特征连成一个整体，特别是谈音调变化，将其与"性情"联系起来，是典型的"文化声律论"。③

把诗歌"声律"看作"性情"的产物，也就能反映出诗歌"声律"与主体"气势"的关系及其变化。"性情"的变化必然会引起"声律"的改变。这一认识得到明代大多数人的认同。④李梦阳《缶音序》将诗歌外在声调、风貌与内在的诗歌精神、人的情感看作整体，认为它们的变化是一致的。若

---

① （明）李梦阳：《空同集》卷五十六《章园饯会诗引》，见吴文治主编：《明诗话全编》，1982页，南京，江苏古籍出版社，1997。
② （明）何景明：《何大复集》卷十四《明月篇并序》，见吴文治主编：《明诗话全编》，2253～2254页，南京，江苏古籍出版社，1997。
③ 同上书，2253～2254页。
④ 上文对李东阳的探讨已经涉及这方面的例子。一方面，李梦阳认同李东阳诗歌声律是性情的产物，《空同集》卷五十一《林公诗序》云："夫人动之志必著之言，言斯永，永斯声，声斯律，律和而应，声永而节，言弗瞑志，发之以章，而后诗生焉。"（见吴文治主编：《明诗话全编》，1977页，南京，江苏古籍出版社，1997）另一方面，《缶音序》更重视音声与诗歌形象和读者接受的诸方面，其间最与音律相关者，还是性情。而上引何景明的《明月篇并序》也涉及同样的看法。

要探寻诗歌话语中的内涵和外延，把握声调是最重要的环节。因为，声调出乎性情，声调的音乐性，也最为敏感，它涉及情感表达、艺术方式、话语品质自然与否。何景明《明月篇并序》论及杜诗"调失流转"的原因时，其实已经说明杜诗虽"兼雅颂，而风人之义或缺"。何氏认为风人之致，"本性情之发者也"，而杜甫诗歌的性情"博涉世故"，已经改变了《三百篇》、汉魏甚至初唐的传统。李梦阳推崇的"声调宛亮""足被管弦"其实就是字正"音圆"，抑扬合节，不险不涩，柔宛顺畅，这也鲜明地反映了他对盛唐诗歌理想范式的追求。从"声调—性情"模式论诗的做法，为诗歌创作方面的气势变化提供了依据。

从"性情"视角论声调与气势的关系，《文心雕龙》就有较好的论述。刘勰不仅认为"文势"与人的性情、典雅精神相关，而且以为语言声律也应当符合典雅精神，因此用典雅来要求声律。刘勰从声律谈到"文势""文理"，实际上涉及的都是文体的话语及其蕴含。这一点为李梦阳所承接。李梦阳意识到单纯谈论"声律"的危险，在《潜虬山人记》中提出诗歌有"七难"："格古，调逸，气舒，句浑，音圆，思冲，情以发之，七者备而后诗昌也。"其实就表明他不执着于声律一途。在《驳何氏论文书》中，他以声调为基元、为关节点，力图融会诗歌创作主体、创作过程和文本的各因素和各环节："辞断而意属者，其体也，文之势也；联而比之者，事也；柔澹者，思也；含蓄者，意也；典厚者，义也；高古者，格也；宛亮者，调也；沉着雄丽、清俊娴雅者，才之类也；而发于辞，辞之畅者，其气也，中和者，气之最也。夫然又华之以色，永之以味，溢之以香，是以古之文者一挥而众善具也。""一挥"显然是气势，"而众善具"显然是想以声调、气势为中心，形成理想状态、具有范式性质的诗歌文本。这一完美的文本显然指的是盛唐诗歌的气势或气象。前七子以声调为中心的诗学观，也是以盛唐为分水岭，看前后诗歌的气象特征及其演变情况。至于盛唐内部，他们更是以气象特别是气势及其包容的各种诗人性情，分析不同诗派、不同时期的诗歌作品。

（五）前七子诗学涉及的主要范畴

前七子不仅从不同视角看"诗变"，而且抓住一些范畴，如"神意""法度""变化""异同"等对诗学问题进行了广泛的讨论。

一是"神意"与"法度"。前七子以"神意"来矫正单纯学习唐诗"法度"的不足，本质上是他们发现唐诗作为理想范式，不仅仅是在"法度"方面获得成功，而且在法度中蕴含"神"与"意"。"法度"偏于体制和话语音声等形式方面，而"神意"则是文本内质及其所显露的生生不息的意味和主体情思。这实际上是一种"形神"关系。从这一角度看唐诗，情况又是如何呢？李梦阳先确立了一个总的视点。① 李梦阳谈"法度"，以"音节""音律"为中心。他所言之"音"，包含"诗法"及形式处理在内。"不音而音""不物而物"，乃是超越了单纯物质的声音和事物的艺术范式，它"非专于音"，"非物之也"，原因在主体"吟而托之"以后，则"诗生焉"，这时其"音"其"物"，成为诗中之"音"之"物"，"生者乌可已"。"音"和"物"与主体的因素一起，已经具有生生不息的生命特征。所以诗歌托物又不累于物，托诸音声又超越音声法度的樊篱，达于超然音声之外、超越物外的境界。可知李梦阳之"神意"与"法度"有密切联系。在《缶音序》中，他所言诗歌的理想状态是："比兴错杂，假物以神变者也。难言不测之妙，感触突发，流动情思，故其气柔厚，其声悠扬，其言切而不迫，故歌之心畅，而闻之者动也。""神变""不测""流动"皆是"神意"的特征，它们与"法度"互相依存，赋予法度活泼泼的生命，否则法度就成了死的技术和技巧。从他论唐诗文本，可见理想范式中"神意"的作用：

---

① （明）李梦阳：《空同集》卷五十九《题琴竹诗后》，见吴文治主编：《明诗话全编》，1982页，南京，江苏古籍出版社，1997。

王维诗高者似禅，卑者似僧，奉佛之应哉！（人心系则难脱。）①

论王维是将其放在盛唐诗歌范式中，"高者似禅"，符合上述李梦阳给盛唐诗歌在"神意""法度"方面所规定的艺术理想范式；而"卑者似僧"，并非心无挂碍，超以物外，在"神意"上与盛唐理想范式有距离。言下之意，王维不是所有诗歌都能代表盛唐范式。而就盛唐整体言，也是拒绝将"物"落到实处，去"直陈"，去"求工于字句"，以至于"心劳日拙"。盛唐的特点是"妙在形容"，"心了了而口不能解"，有人外、言外之美，亦即"卓如，跃如，有而无，无而有"，其反面是宋诗的"直陈"之弊，缺乏情思、神意和生生不息的生命之美。

何景明从"神意""法度"视角看唐诗也有自己的见解。《与李空同论诗书》在批评李梦阳谈论"法度"时说："追昔为诗，空同子刻意古范，铸形宿模，而独守尺寸。仆则欲富于才积，领会神情，临景构结，不仿形迹。诗曰：'惟其有之，是以似之。'以有求似，仆之愚也。"虽是批评李梦阳，但核心观点与李梦阳一致。"以有求似"，包含对话语"神意"的重视，其实就是追求言外之美。他把盛唐诗歌比作多声部的音乐，不是"一音独奏"，而是既有"丝竹之音要眇"，亦有"木华之音杀直"。其所言"要眇之音"具有"穷极至妙，感情饰德"的功能，声外有声、有神意。对于这一思想，明人广泛认同。②若从这些方面去辨析诗歌变化，实际上是已经深入文本内部做细致的分辨。这样，文本内外的万千变化也就进入诗论家的视野。

---

① （明）李梦阳：《空同集》卷六十六《论学上篇第五》，见吴文治主编：《明诗话全编》，1988页，南京，江苏古籍出版社，1997。

② 长于李梦阳三岁，与祝允明、徐祯卿、文徵明并称"吴中四才子"的唐寅，虽不属于前七子之列，但论"诗法"兼及"神意"却与前七子取向一致："诗有三法，章、句、字也。三者为法，又各有三。章之为法：一曰气韵宏壮，二曰意思精到，三曰词旨高古。词以写意，意以达气；气壮则思精，思精则词古，而章句备矣。为句之法，在模写，在锻炼，在剪裁。立议论以序一事，随声容以状一物，因游以写一景。模写之欲如传神，必得其似；锻炼之欲如制药，必极其精；剪裁之欲如缝衣，必称其体，是为句法。而用字之法，实行乎其中。妆点之如舞人，润色之画画工，变化之如神仙。字以成句，句以成章，为诗之法尽矣。"见周道振、张月尊辑校：《唐伯虎全集》卷五《作诗三法序》，229 页，杭州，中国美术学院出版社，2002。

二是"变化"与"异同"。 辨析诗歌历时性变化，离不开对文本内部丰富性和多变性的分析。 诗歌文本内部"变化"，与"法度"运用和"神意"的丰富性有关。 王九思①致仕后，曾对人言及自己的诗歌追求：

> 然自六籍以降，若孟氏之正大，左氏之蕴藉，屈子之豪宕，太史公之洪丽，班固之丰厚，庄生之奇怪，《国语》之温雅，《战国策》之纵横，博以取之，满以发之，下上千载之余，游心舷翰，□成一家之言，则藜藿终身，老死岩石，诚能甘心悦意，勿有怨者也。②

几乎是想汇聚历代优秀的审美遗产作为创作资源，这一抱负，其实与其"诗必盛唐"的理论主张有关，因为盛唐范式即已汇集了此前的优秀审美遗产。上则所言，实际是以盛唐范式来标榜自己的创作。 若真的做到这些，其中蕴含的"诗法""神意"是十分丰富的。

前七子大多热衷于辨析诗歌的变化性和丰富性。

首先是对古人"体格"变化的甄别。 李梦阳在《徐迪功集序》③中以盛唐范式衡量徐祯卿对诗歌的看法。 认为师法古人要"先其体"，了解古人"体格"的奥秘，他批评徐氏"守而未化，故蹊径存焉"，实际是批评他对古人诗歌文本的内在丰富性和变化莫测的属性没有把握，只能是"蹊径存焉"，没有灵活运用。 他列举了徐祯卿在诗歌创作上的特征，其形象方面的"温雅""微婉""爽畅""比兴""议拟""悲鸣"，方法方面的"参伍""该""阐幽""纪记"等，虽然的确是学习盛唐范式的因素，但都只是盛

---

① 王九思(1468—1551)，字敬夫，号渼陂，陕西鄠县人。 弘治进士，选庶吉士，授翰林院检讨，官至吏部郎中，正德初党附宦官刘瑾。 前七子之一，著有诗文集《渼陂集》，散曲集《碧山乐府》，杂剧《沽酒游春》《中山狼》等。
② （明）王九思：《渼陂集》卷七《与刘德夫书》，见吴文治主编：《明诗话全编》，1937～1938页，南京，江苏古籍出版社，1997。
③ （明）李梦阳：《空同集》卷五十二，见吴文治主编：《明诗话全编》，1980页，南京，江苏古籍出版社，1997。

唐现象表面，"即有蹊径，厥俪鲜己"，没有自己的创造。李梦阳对"守而未化"持批评立场，本质是要深化对古人诗歌内部世界丰富性的认识和体会，要"化"。

他对诗歌文本"变化"的认识，还体现在其论"法度"，看到了"诗法"之变化：

> 守之不易，久而推移，因质顺势，融镕而不自知，于是为曹、为刘、为阮、为陆、为李、为杜，即今为何大复，何不可哉！此变化之要也。故不泥法而法尝由，不求异而其言人人殊。①

"诗法"之变，涉及主体能力和多方面因素，这些因素几乎都是内在的。这里提出一个"变化之要"，就是"不泥法而法尝由"，意思是学习古人"诗法"不是照搬照抄，而在于灵活运用，这样，"诗法"也是不断变化的，它需要吸取各种新鲜的审美经验，充实到不断变化着的"法度"之中，以应对新的审美趣味的要求。唐代诗歌的变化从一定意义上说，就是"诗法"随着社会生活和文化语境的变化而变化，初、盛、中、晚不同的诗歌风貌，也是诗歌"法度"变化的外在反映。从李白到杜甫这两种盛唐精神和盛唐范式的变化，都可以在诗法上找到注脚。而其他盛唐诗人在审美上的转型也是如此。

何景明对"神情""神似"的追求，反映在他关注文本内部，而不局限于诗歌外在因素。就诗歌文本外部而言，何景明看到从周末"文盛"到汉代古风，"岂非风气规模犹有朴略宏远者哉"。对"风气"重要性的认识，来自对诗歌质量的认识，当然也与他对某种诗歌风格的倾向性有关，所以对于晋至六朝，在"作者益盛"的情况下，他认为"诗风益衰"。诗风益衰，大

---

① （明）李梦阳：《空同集》卷六十二《驳何氏论文书》，见吴文治主编：《明诗话全编》，1985页，南京，江苏古籍出版社，1997。

约指从汉魏正大、质朴流变至六朝的绮靡，诗歌内质上的这些改变，在何氏看来，与当时"其志流，其政倾，其俗放"相互联系。他讲这些还与他重视内在"神情""神似"的追求一致。[1] 何氏还从分辨"语"和"体"入手，说明"语"是显于外的形式因素，与"调"相关；而"体"则有"格"的因素。在这里，"体"是与"语"相对的诗歌内在精神或"神情"，陆、谢"语俳体不俳"，意思是若从话语形式看，虽然不再类似古诗，但从神情上看，还具有"古体之法"。而"谢则体语皆俳"，是从语言形式到诗歌精神都与古诗相去甚远了。所以不能因为他们"语似"，就说他们是一回事，可以并列。特别值得留意的是，何景明言诗变，用了"筏喻"，要求"开其未发，泯其拟议之迹"，实际上都是对诗歌语言和内在神情关系的探讨，他的意思是在诗歌语言形式变化的情况下，原来的诗歌精神、诗歌神情可以进一步发展；不同体裁的文学作品可以"相互发明"，精神的延续不影响语言的变化。而诗歌语言和诗歌精神都变化的情况下，诗歌体制就改变成一种新的体制了。

　　由于重视文本内部变化，何景明也就于文本中发现各种因素的"异同"。何景明对"成一家"非常在意："体物杂撰，言辞各殊，君子不例而同之也，取其善焉已尔。故曹、刘、阮、陆，下及李、杜，异曲同工，各擅其时，并称能言，何也？皆能拟议以成其变化也。若必例其同曲，夫然后取，则既主曹、刘、阮、陆矣，李、杜即不得更登诗坛，何以谓千载独步也？"[2]这里，"君子不例而同之"，是对"不可易之法"的承传；"拟议以成其变化"，是各个时代的诗歌主体根据自身的情况，在传承中"取其善焉"，"各擅其时"，所以"拟议"也就是"神情"有变化，由于大家的"去取""神情"各各不同，所以诗歌往往能够"千载独步"。"千载独步"，依赖各人的"神情"，这是"不相沿袭"的部分，故而历代诗歌，包括李、杜

---

① （明）何景明：《何大复集》卷三十二《与李空同论诗书》，见吴文治主编：《明诗话全编》，2256 页，南京，江苏古籍出版社，1997。
② 同上书，2256 页。

在内，就"同"而言，都只能说与前代某些作家"神似"，又因为各自"神情"不同，"异曲"则是必然的。

上述李梦阳的"不泥法而法尝由，不求异而其言人人殊"[①]，也是从"异同"角度论"诗变"。

前七子对诗学理论的展开和多方面开拓，尤其是在主体精神和诗人神情对诗歌发展作用方面的关注和论述，为诗学的深化和理论的转折提供了知识准备和理论准备。

◎ 第四节

明代诗学的第一次转折：
对"才情"与"格调"关系的协调

李梦阳、何景明、王九思等人在强调"诗体"的同时，已经注意从诗歌话语的内在精神谈论诗歌，可视为诗学理论的拓展。而深化这方面认识的，则是王廷相和徐祯卿，他们明确从主体视角讨论诗学问题，标志着明代诗学的第一次转折。

一、王廷相论主体与"格调"的关系

王廷相（1474—1544），字子衡，号平厓，又号浚川。仪封（今河南兰考县）人。弘治进士，选庶吉士，授兵科给事中。忤中官刘瑾、廖堂，屡踬屡起，嘉靖时官至都察院左都御史，掌院事，晋太子少保，加太保。嘉靖

---

① （明）李梦阳：《空同集》卷六十二《驳何氏论文书》，见吴文治主编：《明诗话全编》，1985页，南京，江苏古籍出版社，1997。

二十年（1541）罢归，后卒于家。 谥肃敏。 王廷相博学，精经术，于星历、舆图、乐律、河图、洛书及周、程、张、朱之书皆有所论驳，是著名的哲学思想家，在文坛亦有广泛影响。 著述宏富，现有《王氏家藏集》和《王浚川所著书》，今人汇编成《王廷相集》。

（一）"气机"、"自适其性"与"不自知"

王廷相对主体和"格调"关系的认识在一次教学中就有所反映。[①] 学生第一次评其作品"群品效材，万象呈美……以言示于世"，"饬旨摛辞，归综于道……以贤示于世"；第二次评其"卓守其贞"，"夫子殆不得已而言"。 王廷相都没有回答。 第一次学生基本是从话语和人品角度评其作品，第二次则从感物而动、"存乎道符"的诗歌规范和人品角度评其作品，按理，这都是关于文学创作及作品的本质属性，王廷相却没有回答。 第三次学生以自然界比喻老师的作品是"气机"和"自适其性"的结合，而自然界这些变化莫测的现象及其因素，其呈现是有规律可循的，这种规律具体化在各种事象、物象的身上。 显然这不是"有意为之"，主体也只有"自适其性"去适应它，才能不由自主地与具体审美范式相相合。 学生以自然变化的万千气象，能归宗于具体"物象"及其内在秩序的变化，而人之"自适其性"，与自然之变同构而不自知，来比喻王廷相在诗歌创作过程中，"才情"素质等因素和具有秩序的诗歌格调规范不经意间的契合。 对于学生这样的评价，王廷相"辗然而笑"，回答"有是哉"，十分赞许。 这样一来，就打开了固守既有"格调"模式的缺口。 这也透露出王廷相是从主体角度，在主体"自适"和遵守"格调"之间，有意进行协调，这就为改变格调说执着于"体制"的一面，开拓了发展空间。

---

① （明）王廷相：《王氏家藏集》卷二十二《华阳稿序》，见吴文治主编：《明诗话全编》，2036页，南京，江苏古籍出版社，1997。

（二）"诗贵辩体"与"神情才慧"

王廷相在诗歌研究中，抓住主体和体制两极进行协调，得出了新的认识。[①] 他一方面认为诗歌"莫不有体"，且各种体制是有客观定性的，所以"诗贵辩体"，不放弃对"体"的重视；另一方面，又认为诗歌的"辞调风旨，人殊家异，各竞所长"，可以存在个人性和主观性。 为什么会这样？王廷相以为，这是由于从主体方面来说，"神情才慧，赋分允别，综括群灵，圣亦难事"。"综括群灵"是十分不易的，所以他赞扬刘梅国的诗歌也是从主体方面出发的："厥才广博，岳藏海蓄；厥气逸荡，霆奔风掉；厥辞精润，金相玉质；又皆本乎性情之真，发乎伦义之正，无虚饰，无险索，无淫取，可以移风易俗，可以助流政教。"明确提出"神情才慧"和"性情之真"对诗歌创作主体的意义。 他赞赏的"至文"，是"无意于为文"。 他将"有意为文"和"无意为文"做了对比，实际上是谈在主体因素和格调之间的取舍。"有意为文"是孜孜于"格调"之中："志专于文，虽裁制衍丽，而其气常塞，组绘雕刻之迹，君子病之矣。""志专于文"，指刻意模古，修辞唯美，文华义劣之作，它非关"天性之自然"，其话语结构或话语秩序由于缺乏主体存在，少有生气和变化。 而"无意为文"，"志专于道，虽平易疏淡，而其理常畅，云之变化，湍之喷激，窅无定象可以执索"[②]。可见，"志专于道"与"志专于文"不同，它不是孜孜于字句的模拟，它关注的是"体制"之道，这是构成诗歌范式的精神，所以在体制方面，王廷相似乎更看重"理畅"，因为这样的文本，在"平易疏淡"的话语中，却变化无方，有无穷魅力。 是"志专于文"还是"志专于道"，完全在主体的价值

① （明）王廷相：《王氏家藏集》卷二十二《刘梅国诗集序》，见吴文治主编：《明诗话全编》，2037～2038 页，南京，江苏古籍出版社，1997。
② （明）王廷相：《王氏家藏集》卷二十二《石龙集序》，见吴文治主编：《明诗话全编》，2038 页，南京，江苏古籍出版社，1997。

追求，在主体"各发舒其华"，"以各际会其变"①。就这样，王廷相在"格调"和主体因素之间，突出了主体因素的重要性。

（三）"文以代变"与"各运机衡，以追往训"

王廷相力图协调主体"神情才慧"和话语规范之间的关系，使主体与具有客观定性的"诗体"，统一于具有"主体性"的话语体制之中。这样的话语体制，也就是个性话语系统，它是不断变化着的，所以"文以代变"的关键因素之一是主体：

古今论曰"文以代变"，非也，要之存乎人焉耳矣。②

王廷相赞赏董、贾、杨、马、李、杜、韩、柳八子，原因在于他们以自己的主体才能"各运机衡，以追往训"。"各运机衡"，无疑是说八子各有自己的主体性和主体因素，各自有各自的价值追求，各自都有自己的创作个性。但他们的创作也并非无方可执，自言自语，以求得自己的个别性，而是在"各运机衡"中，"以追往训"，承接以往诗歌范式和诗歌规范的精神意蕴和"道理"。"各运机衡"与"以追往训"结合，也就是把主体"才情"等因素和诗歌传统、诗歌规范等客观定性结合起来，并"自致羽翮"，统一于自己所创造的诗歌话语中，如此方能"凌驾文囿"，取得创新性的成果，推动诗歌向前发展。

王廷相认识到，"各运机衡"若仅仅以主体"才慧"为中心，就会与已有的"格调"或诗歌范式偏离，诗歌审美品质和诗体的延续就会受到影响。他以律诗体制的变化为例做了说明：

---

① （明）王廷相：《王氏家藏集》卷二十三《李空同集序》，见吴文治主编：《明诗话全编》，2040页，南京，江苏古籍出版社，1997。
② （明）王廷相：《王氏家藏集》卷二十三《何氏集序》，见吴文治主编：《明诗话全编》，2041页，南京，江苏古籍出版社，1997。

　　　　律句，唐体也。天宝、大历以还，等而上之，晚唐不复言。苏、黄
　　有高才远意，格调、风韵则失之。元人铺叙藻丽耳，古雅含蓄，恶能相
　　续？今礼乐百年，作者辈出，善厥斯艺，可以驰诸唐人真衢，近见二三
　　子，亦可谓难矣。①

虽然站在批判立场言说，但他以为丢弃传统"格调"和范式，仅仅着眼"高
才远意"，律诗的规范就会改变。律诗的规范在王廷相看来，主要有二。
一是它的范式属于唐代。其诗体规定性主要体现在天宝至大历以前的诗歌
创作中，一般而言，这一时期诗歌往往体现着外在与内在、个体和国家、有
限和无限的一致。二是话语格调"古雅含蓄"。唐律一方面显示出作者才
慧超绝，心胸宽广，能够"御风鞭霆，浮游八极，以脱去尘陋"，另一方面
能够"刻力古往"，在以往积累的审美经验的基础上形成自身的艺术规范。
其言"晚唐不复言"，当指晚唐律诗"任情漫道，畔于尺桎，以其洒翰美
丽，应情仓促"，失去了外在和内在相互融通的阔大境界，于"尺桎"之间
任情漫道，虽才力超绝，铺叙藻丽，但由于空间局狭，格调、风韵已经失去
盛唐律诗的范式。② 说明唐律的规范除包括话语的古朴外，还具有"笼天地
于形内"的笔力和简约的语言造型，以及由此造就的阔大雄深的境界。以这
两点检阅晚唐以后律诗，却是显露才识、仓促应情者多，而优游从容、驰骋
才华者少。律诗的规范和风韵的丢失，使得律诗发生变化也就是情理中的事
了。所以在才华与格调之间，王廷相认为只有保持一种动态平衡，才能既坚
持规范，又使这一规范不断发展。

_____

① （明）王廷相：《王氏家藏集》卷二十七《寄孟望之》，见吴文治主编：《明诗话全编》，2043
　　页，南京，江苏古籍出版社，1997。
② 王廷相将唐律范式的形成定位于大历，忽视了大历以后唐律的发展，认识有偏颇。但其认为唐律
　　在大历之前即已形成范式，基本符合事实。他为了说明诗变，以之为例，虽不见得贴切，但也大
　　致能够证明他的见解。

（四）王廷相对"诗变"的矛盾态度

对于"格调"以外的"诗变"，王廷相是反对的。他在给黄省曾的信中就表达了这层意思：

> 捧读佳章，体裁类六朝及中唐格耳。诸乐府皆臻要妙，近时作者，殊不多见，但辞调一律，予尚用恨之。如《秋胡行》前三解，俱托兴仙游，读之使人意思厌烦，倘非第四解稍加别致，如舞《霓裳》无破，终欠变极。……余尝谓：诗至三谢，当为诗变之极，可佳，亦可恨也。①

王廷相评价黄省曾的诗歌，暴露了他对"诗变"的矛盾态度。在"才情"与"格调"之间，若是过于遵守格调，他感到"意思厌烦"，希望"稍加别致"，有些变化，甚至"变极"；倘若作者驰骋才情，诗之"变极"，他又认为在"可佳"的同时"可恨"。王廷相对"才情"与"格调"的协调是在思想矛盾的状况下进行的。

他对显露才华的"文字"与"格调"所包含的"理道"的谈论也体现出这一点。格调包括话语的运用及其所涵蕴的"理道"，文字若是仅仅处在技术层面，就只是才华的载体。王氏明白这一点，所以在给何景明的信中说道："大抵文字之说盛，而理道之论没；修辞之儒兴，而论德之士寡。间有超轶之流，亦不过循近世儒者之轨，守中人未化之论，就偏附巫，驳乱三才之实，既非精义自得之学，亦无发明羽翼之功。由是仲尼中正之途荒榛多矣。"②在王氏看来，"文字""修辞"要与"理道""论德"保持均衡、"中正"，是十分困难的，他甚至看到，若"间有超轶之流"，有所"自得"

---

① （明）王廷相：《王氏家藏集》卷二十七《答黄省曾秀才》，见吴文治主编：《明诗话全编》，2044～2045页，南京，江苏古籍出版社，1997。
② （明）王廷相：《王氏家藏集》卷二十七《答何仲默》，见吴文治主编：《明诗话全编》，2045～2046页，南京，江苏古籍出版社，1997。

和"发明"，就会丢失传统范式，使仲尼"中正之途荒榛多矣"。他对"诗变"的矛盾，也透露出诗歌变化必须否定传统范式，有所超越；同时，在才华与格调之间，只有让才华发挥足够的作用，才能打破固有"格调"的保守性，使诗歌范式的发展保持活力。当然，王廷相是站在遵守"格调"的立场立论的，这一立场，除显示他的思想矛盾外，也就自然显露出他对"才情"与"格调"协调的目的，是让文学复古具有生命力和永世不变的价值。

（五）"三会""四务"说：以"才情"融入"格调"

为了协调"才情"与"格调"，并使诗歌格调有所发展，王廷相对不同主体所表现的"情意"进行了历史和逻辑两个层面的考察，进而认为格调是"情意"的载体，情意被包蕴在"格调"之中。[①] 作为前七子成员，他"求合往古之度"，是为了彰显"格调"说的理论要求。而就诗歌的历史来看，它的最高境界本应"不喜事实粘著"，其审美效果应是"水中之月，镜中之影"，不露本情，不言而章。在接受角度的特征是"可以目睹，难以实求"，所以在读者看来，这种简约的话语结构，都是"包蕴本根，标显色相"之作。但从逻辑的角度，这些作品又具有"鸿材妙拟""哲匠冥造"两个因素，前者关"情"，后者涉"意"，隐藏的不仅是"情感"，还有思想。这两个因素是诗歌意蕴丰富、思致深厚的原因。若丢掉这一点，就会使"往古之度"产生改变。所以对杜甫、韩愈以后诗歌的"漫敷繁叙，填事委实，言多趁帖，情出附辏"的情况，他在逻辑的视野里看到是"诗人之变体，骚坛之旁轨"。这里，王廷相对唐代诗歌变化特征把握得不是十分准确，如杜甫、韩愈诗歌除铺叙外，最为明显的还是"思考"因素的增强，在"思而咀之，感而契之"方面，丝毫不逊色于盛唐，特别是"思"的特征，是中唐区别盛唐的主要特色。但王氏在历史和逻辑的立体坐标中对"诗变"进行审

---

① （明）王廷相：《王氏家藏集》卷二十八《与郭价夫学士论诗书》，见吴文治主编：《明诗话全编》，2048 页，南京，江苏古籍出版社，1997。

视，一方面对变化的历史性认识没有产生太大的错误，另一方面对中唐与盛唐的差异看得并不完全清楚。 当然，他给郭价夫写信的目的是言明诗歌的"情意"与"才情"隐藏于"格调"和诗歌话语系统中，表明他对主体和"格调"两者关系具有协调性的认识。

为此他进一步提出以主体"才情"为核心的"三会""四务"说[①]，此说改变了已有格调说的内涵和理论规定性。"四务"是指创作主体的情感、意志与诗歌话语、格调的关系。"运意"是主体以"神气"造就圆融的诗歌生命，所显示的是与"造化同工"的话语结构，自然、质朴。"定格"如从字面理解，则可能属于形式方面的技艺，但王廷相之"定格"不止于此，他用的关键词是"志响"和语言的"高古""忌芜乱"。"志响"无疑指话语音响及其蕴含的作者情意，"高古"和"忌芜乱"是话语简约和秩序方面的要求。"定格"虽以形式安排为主，显然又不仅是形式处理，它涉及主体情意如何在"诗格"上有所体现。 王氏提出要"拘情古始"，从《风》《雅》中摄取灵魂。 显然这种情感不是天然的，而是经过沉淀、浓缩的情感，它与现实情感有一定距离，是故"不涉凡近"，这种情感易于同语言的"高古"和话语秩序方面的"忌芜乱"结合，并一起构成诗歌格调与情感相互融通的境界。 有了"运意"和"定格"上的要求，作为诗之"体质"的"篇"，就自然"贯通"而不至于"支离破碎"。 王氏论"四务"之一的"结篇"，强调"辞断意属，如贯珠累累"，其实都是"运意"和"定格"的结果。"辞断意属"，是从语言和情意的功能互补角度阐释"格调"与主体"情意"交融的可能性。 而"炼句"则为了言约意丰，大意可能是力求取得一个让主体"才情"栖居的合适的话语结构，这一话语结构，意义生生不息。 王廷相称此"四务"为"艺匠之节度"，归结为"格调"的要求。 王廷相的阐释，证明了主体"情意"是可以进入诗歌形式和"格调"的。

---

① （明）王廷相：《王氏家藏集》卷二十八《与郭价夫学士论诗书》，见吴文治主编：《明诗话全编》，2048 页，南京，江苏古籍出版社，1997。

王廷相清醒地看到，"格调"的内涵仅仅有一般的"情意"还不够，若是没有主体个性的"格调"，将会"随代汩没"，在诗歌发展链条上就没有自己的位置。所以他在将主体"情意"引入"格调"后，特别论述了"才""气""经事"，即"三会"在"诗史"中的重要作用：

> 何谓"三会"？博学以养才，广著以养气，经事以养道也。才不赡，则寡陋而无文；气不充，则思短而不属；事不历，则理舛而犯义。三者所以弥纶四务之本也。要之，名家大成，罔不具此。①

"三会"其实就是今之所谓主体才能，它与主体"情意"一起，构成诗歌创作主体的整体素质。"三会"和主体"情意"，"弥纶四务之本"，是统摄"四务"的根本性因素。这样王廷相就将主体"才情"置于"格调"生产的主导方面。与以往李东阳以来的含混说法相比，更具有学理性，也基本改变了过去格调论只重形式审美的理论局面。

"三会"强调主体才能与个性的重要性，首先表现在它是产生"名家"的前提。"名家大成，罔不具此"，而"名家"往往又在诗歌发展中发挥极其重要的作用。其次是作为"不期而遇"的"会"，在保证诗人创作继承前人和"不离规矩"的基础上，能够"各具体裁"，"辞分界域"，也就是既遵守已有规范，又在主体的作用下，使诗歌范式有所发展。他提出具体办法是"须参极古之遗，调其步武，约其尺度，以为我则"②。"步武"既指短距离，也有模仿之意，此一语词的运用，亦可窥见王廷相之"三会"，是表明他对诗歌渐变的认同。从《明故桂坡安征君墓碑铭》③中也可看到他的这一

---

① （明）王廷相：《王氏家藏集》卷二十八《与郭价夫学士论诗书》，见吴文治主编：《明诗话全编》，2048 页，南京，江苏古籍出版社，1997。
② 同上书，2049 页。
③ （明）王廷相：《内台集》卷五，见吴文治主编：《明诗话全编》，2053 页，南京，江苏古籍出版社，1997。

思想：一方面要"矢口成咏"，另一方面又是"振古之豪"。"矢口成咏"，是以自己的个性为基础，在特定语境中超越既有范式的前提条件，故有晚唐诗人所不能道者；而"大观远览"，是以自己的主体性"块视三山，杯观五湖"，这是"才情"生成的必要条件，也是古之士人的经典风范。可见，王氏一方面将"振古"作为诗歌发展的条件，另一方面又将"个性"作为超越诗歌既有范式的前提，其实是对渐变的一种表述。这里他还把诗人深入现实生活作为诗歌进步的因素，值得肯定。

二、徐祯卿以"才思"与"情致"改造格调说

徐祯卿（1479—1511），字昌谷，又字昌国，苏州府吴县（今属苏州）人。弘治十八年（1505）进士。少与唐寅、祝允明、文徵明齐名，号"吴中四才子"。后与李梦阳、何景明等并称前七子。《明史》本传称其"为吴中诗人之冠，年虽不永，名满士林"。著有《迪功集》《谈艺录》《新倩集》等。

（一）诗理宏渊："世代推移"与"情之异尚"

徐祯卿明确提出从先秦"渐变"到汉代诗歌"大变"都有变化之理势，这些变化既深且广，十分复杂。变化的原因，在先秦与世代"兴废"和"世情"相联系：

> 诗理宏渊，谈何容易，究其妙用，可略而言。《卿云》江水，开《雅》《颂》之源；《烝民》《麦秀》，建《国风》之始。览其事迹，兴废如存，占彼民情，困舒在目。则知诗者，所以宣元郁之思，光神妙之化者也。先王协之于宫徵，被之于簧弦，奏之于郊社，颂之于宗庙，歌之于燕会，讽之于房中。盖以之可以格天地，感鬼神，畅风教，通世情。此古诗之大

约也。①

先秦诗歌具有览事迹、存兴废、占民情、畅风教的内容取向和功能，具有动人的情感特征和被之于管弦的形式美，其诗歌变化主要也就围绕这四个方面进行，这四个方面，都包含诗歌因时代变化而变化的特点，除这一时间性坐标外，横向看则十分复杂。所以在梳理了先秦诗歌变化脉络之后，徐氏谈及汉代诗变的时间性轨迹和横向上的"宏渊"②：以国风为源头和诗歌"极界"之标准，以国风的艺术规定性看汉魏诗歌之变。经历了"《雅》《颂》之嗣"——"《国风》之次"——"歌诗之声微"——魏氏文学的"独专其盛"——"风斯偃矣"。从继承《风》《雅》《颂》到"风斯偃矣"，是一种"大变"。其间诗歌内涵、风貌也随之变化：温纯厚雅——兴怀触感——含气布词，质而不采——相成其音调——才气慷慨，不诡风人——何足论才。"诗理"的规律似乎是不断丢弃《国风》规定性的过程，而走向"特立之功"。经过此一番纵、横演变，徐氏认为诗歌话语没有"才华"可言了。从这里可以看到，在徐祯卿看来，《国风》艺术规定性的丧失，也就是"才"的丧失。徐祯卿对"才"的重视，其实是认为"才"是诗歌规范的重要因素，企望使"才"融入诗歌"格调"。

但"才"是"无方"的，没有规律可循，它与艺术规范是矛盾的。徐氏为了协调这一矛盾，以"情之异尚"的命题，论证"才情"的丰富性，为其融入已有格调寻找依据，因为丰富的"才情"必然会使诗体产生变化，进而创造新的格调。徐氏在这里为诗变的合理性、为丰富的情感融入格调找到了依据。③从诗歌史的角度看，情感的表现随时代和主体不同而有所差异，这是大家都崇尚的，不可回避，也无法改变这一"诗理"。既然崇尚情感有差异性和历史性是"诗理"的重要组成部分，那么，作家的"才情"对格调的

---

① （明）徐祯卿：《谈艺录》，见（清）何文焕辑：《历代诗话》，764 页，北京，中华书局，1981。
② 同上书，764 页。
③ 同上书，764～765 页。

改变也就是"诗理"的应有内涵。这样看来,在"诗理"层面,格调也不是固定的,而应该是历史的、变化着的。何况,若是从不同境况看,诗歌还有题材差异,不同的题材在情感上要求不同,如"郊庙之词"要求"庄严","戎兵之词"要求"庄肃","朝会之词"要求"大雝","公谳之词"要求"乐则"。情感差异或情感的丰富性,一旦进入已有规范,带来诗体变化也就是正常的结局。① 这里他提出"诗家之错变",言创作主体情感个体差异性使得诗歌话语各具特征,变化无方;而"规格之纵横",则表现徐氏的开明,也就是说,其言"格调",已经用变化的眼光看待范式的复杂性,他以为某种诗体的艺术规定性和话语秩序不是一成不变的,若"索之以近"或"访之于远",不是模仿剿袭,就是谬之千里,难以得到诗歌范式的真精神,因为时代语境和话语特征是不同的。只有当作家以自身的才能和全部情感体验去理解自己的时代,才能够避免"索之以近"与"访之于远",才能得到诗歌范式的真精神,故只有"能者得之"。意思是"能者"以自己的创造性体悟融会前代或他人诗歌范式中的审美精神,虽"驱纵靡常",各各当然,却使诗歌在遵守范式的前提下不断变化发展,生成新的格调。这就是他所说的"大匠之家,器饰杂出",却于"格度"方面,"总心机之妙应,假刀锯以成功"。

因历代都有"大家",他们所处历史语境不同,个性禀赋各异,故诗歌有"源""流"之别;"源""流"有别,实际是说明"诗变"的事实是存在的。诗变的存在除主体才能外,还由于主体丰富、多变之"情"②:"诗之源"是指诗歌成为诗歌的最基本的规定性,它的核心关节是情、气、声、词、韵,五者相互关联,连成一气,而"因情发气"是其首。这样,徐祯卿将"情"顺理成章地纳入"格调"的基本规范;可贵的是,他又指出,"情无定位",情感融进诗歌话语"格调"后,仍然是变化无端的,在话语结构

① (明)徐祯卿:《谈艺录》,见(清)何文焕辑:《历代诗话》,765 页,北京,中华书局,1981。
② 同上书,765~766 页。

内是游动不居的，这也说明诗歌话语格调是一种弹性的可以有诸多变化的结构。为了证明这一点，他还对"诗之流"加以阐释，认为"诗之流"离不开主体创作能力和才华的多方面因素，面对主体的个别性及其在"情""气""词""才"方面所表现的复杂性、多样性，徐氏认为处理规范与个性的方法，需要主体自身的条件，对"情"，要因思以穷其奥；对"气"，须因力以夺其偏；对"词"，要因才以致其极；对"才"，必因质以御其侈。也就是"妙骋心机，随方合节"，将变化因素纳入规范。使"才情"与"格调"得以协调。

（二）"文胜质衰，本同末异"

上述变化的因素进入诗歌规定性后，诗歌范式会有改变。徐氏结合诗史，对此做了考察。[①] 从徐氏对汉、魏、晋三代诗歌的考察，我们对他所说的诗歌经典范式的"源"，有了一个基本的了解。"绳汉之武"的魏诗，即使"宗汉"，也没有达到汉诗的堂奥，毕竟与汉诗范式有差异，所以只是诗歌之"流"，而其在向晋诗传递过程中，走向"由文求质"，所以"判迹于魏"，产生"格衰"的不良结果。原因在"文"与"质"的关系没有处理好，犯了"文质杂兴，本末并用"的错误。可见"文质杂兴，本末并用"，不等于文与质处于和谐张力下的文质彬彬状态，用"文质杂兴"代替文质和谐，使得处于同一门户的诗歌链条产生了重大变化。由此，徐氏在感叹"文胜质衰，本同末异"的同时，认识到"门户非定程"。

汉、魏、晋诗歌"格调"之变，表面原因是处理文、质关系及其引发的价值取向的不同，那终极原因又是怎样的呢？徐祯卿认为主要是"情"起了作用："夫情能动物，故诗足以感人。荆轲变徵，壮士瞋目；延年婉歌，汉武慕叹。凡厥含生，情本一贯，所以同忧相瘁，同乐相倾者也。故诗者风也，风之所至，草必偃焉。圣人定经，列国为风，固有以也。若乃嘘唏无

---

① （明）徐祯卿：《谈艺录》，见（清）何文焕辑：《历代诗话》，766 页，北京，中华书局，1981。

涕，行路必不为之兴哀；恝难不肤，闻者必不为之变色。……至于陈采以眩目，裁虚以荡心，抑又末矣。"①这里提出诗歌格调的"含生"，即诗歌的生命状态，是由于"情本一贯"，如此诗歌方有新鲜质态和魅力。可见，"生"与"情本一贯"一起，构成了徐氏的"生命情感"说，其出发点是"情能动物"，才有诗歌"足以感人"，"感人"是生命状态的外在表征。诗歌之"情"与"生"及其在诗歌话语中的呈现，对受众而言，犹如"风之所至，草必偃焉"。其实徐祯卿提出了有情感生命的诗歌"格调"问题，格调有生命，必然变化、发展无疑。

（三）诗之大义："因情立格"与"大人工"

正因为这样，诗人才各具个性，诗歌文本各具特色，且变化无方。但就整体看，诗歌还是有自身的规定性的，不管诗歌话语样态如何不同，在大的方面还是可以"固自同归"②。诗歌情感和样态的多变，不影响"格调"的存在。这就需要在处理"情"与"辞"的关系时，按照"情既异其形"，"辞当因其势"的原理，根据"情"的状况措"辞"理绪，以作者的才能，回应规矩方圆，"巧获其则"，既使情感的抒发淋漓尽致，又不逾诗歌范式的基本规定。这就是"因情立格"。"因情立格"，一方面要认识到"情既异其形"，情感与"形"，即情感与原来的诗歌范式有矛盾；另一方面又要在"持守圜环之大略"的前提下，能使情感纵横开阖，"颠倒经枢"，却又"恒度自若"，不违于诗歌法度的规定性。徐祯卿是想调和"法度"和"情"的矛盾，使固有格调论不至于和古代诗歌变化的现象相违背。因为情感本是中国古代艺术特别是诗歌话语中普遍存在的核心内涵，回避"情"的多变性和丰富性，无异于撇开古代诗歌谈"格调"。徐氏让情感进入"格调"，在一定意义上，也就是让格调论直面历代诗歌文本及其多样性。"因

① （明）徐祯卿：《谈艺录》，见（清）何文焕辑：《历代诗话》，766页，北京，中华书局，1981。
② 同上书，767页。

情立格"强调主体的主动性和才力，可见徐祯卿在论"格调"时，没有回避情感的丰富性和多变性。相反，他对"情"的无端性及其"生"的属性、诗歌话语形式与主体才能这三者的关系进行了深入的讨论①，这可视作徐氏提出了"格调"新说。它的构成要素是"情""气""思""韵""质""辞""旨意"。这七个方面是构成格调的基本元素，不论其如何多变，诗歌话语都由这七个方面构成，"虽旁出多门，未有不由斯户者也"。只要这七个方面在，格调就是"生命格调"，就是"主体格调"，具有丰富文化内涵的格调。但"主体格调"并非那种"激而成言"一类的"无善迹"作品，它的情感不会泛滥无度，因为它遵守、尊重已有的基本创作规范和历史积淀的艺术形式要求，是诗人"广其资""参其变""深探研之力""宏识诵之功"的结果。如何达到这一要求？徐祯卿认为可以用《三百篇》"博其源"；《古诗十九》"约其趣"；乐府"励其气"；《离骚》"裨其思"。然后"法经而植旨，绳古以崇辞，虽或未尽臻其奥"，当能使诗歌"情""辞"俱佳而统一，并不断达到新的境界。这里，徐氏并不放弃"绳古"，而且将情感等主体因素与往昔作品的精神融合起来，形成"情"与"格"相贯通的"格调"。这一新的取向"蹈古辙之嘉粹"，不离传统之"精思"与"养德"，但"皆曲尽情思，婉娈气辞"，多是"哲匠纵横"之作，从而改变了过去"格调"的内涵和取向。

如何解决"纵横"与"合度"的矛盾？他以对诗史的考察解决了这一问题。一是先讲"法度"："诗贵先合度，而后工拙。纵横、格轨，各具风雅；繁钦定情，本之郑、卫；'生年不满百'，出自《唐风》，王粲《从军》，得之二《雅》；张衡《同声》，亦合《关雎》。诸诗固自有工丑，然而并驱者，托之轨度也。"②主体因素的纵横与"格轨"的同一，形成一个自足的话语或诗歌文本，这是徐祯卿格调改革的目标。虽然这里将诗歌"工

---

① （明）徐祯卿：《谈艺录》，见（清）何文焕辑：《历代诗话》，766 页，北京，中华书局，1981。
② 同上书，769 页。

丑"的最终原因归结为"轨度"，表面看他又走回了旧有的格调说，其实他是将主体情思隐含到诗歌话语格调之中。将"格度"放在话语层面来包含主体精神和诗歌内容，其使用"哲匠"一语，就说明了他的用意。二是"冥会"："夫哲匠鸿材，固由内颖；中人承学，必自迹求。大抵诗之妙轨：情若重渊，奥不可测；词如繁露，贯而不杂；气如良驷，驰而不轶。由是而求，可以冥会矣。"①"冥会"是从主体角度谈论主体因素的纵横与"格轨"的同一问题，"纵横"与"格轨"若融合为一，就形成既遵守传统范式精神，又不断出新的诗体，这就是"妙轨"了。"妙轨"是主体情思与诗歌规范的融会境界，其前提条件就依赖主体的"冥会"，而"哲匠鸿材"能够将"内颖"和"承学"相贯通，使主体情思与诗歌规范相融会。这样，徐祯卿将主体提到主导的位置，这无疑预示着在原来的格调说里注入新的内涵。这一变化不仅表现在字句等技术层面的"工拙"，而且深入诗歌话语的内质："古诗句格自质，然大入工。《唐风·山有枢》云：'何不日鼓瑟。'《铙歌》词曰'临高台以轩'，可以当之。又'江有香草目以兰，黄鹄高飞离哉翻'，绝工美，可为七言宗也。"②"句格自质"，就是诗歌不仅是文本形式的工美，文本形式也已经涵蕴了诗歌内质的美，此即"大入工"。从创作层面看，它是"因情立格"的结果。

（四）"人士品殊，艺随迁易"

"因情立格"，也说明人的品质对诗歌创作十分重要。徐祯卿说："诗之词气，虽由政教，然支分条布，略有径庭。良由人士品殊，艺随迁易。故宗工钜匠，词淳气平；豪贤硕侠，辞雄气武；迁臣孽子，辞厉气促；逸民遗老，辞玄气沉；贤良文学，辞雅气俊；辅臣弼士，辞尊气严；阉童壶女，辞弱气柔；媚夫倖士，辞靡气荡；荒才娇丽，辞淫气伤。"③对于"词气"的

---

①　（明）徐祯卿：《谈艺录》，见（清）何文焕辑：《历代诗话》，769 页，北京，中华书局，1981。
②　同上书，769 页。
③　同上书，768 页。

"径庭"或导致作品的不同风貌，徐祯卿除指出时代政教方面的原因外，还认为是士人的人品和品质的差异造成的。将"品殊"作为诗歌范式变化的中心概念，这一要素的意义，就不仅在诗歌变化上，而且对诗歌样态的丰富性尤其具有作用。显然，他欲使艺术形式与人品、人情在"格调"范围内统一起来。

徐祯卿对情感和人品的重视，无疑对格调论的发展有重要价值。但他没有意识到人品对情感本身的意义——没有讨论人的品质差异与情感取向、情感品位的联系。在论述情感和格调的关系后，谈及人的品质，说明他在人品与"格调"的关系方面有较为敏锐的直觉。

总之，到王廷相和徐祯卿，前七子将"情"与"格"的协调问题提了出来，并初步做了回答，也初步在协调"情感"与"格调"的关系中，促使明代诗学第一次转折，但回答得不是很深入，转折也不是很彻底，他们没有放弃"格调"的核心地位。因此，对诗学理论做深入探讨和认识上的本质转变，要等此后的诗论家。

◎ 第五节
以盛唐为中心的诗学观

《明史·文苑传》说："弘、正之间，李东阳出入宋、元，溯流唐代，擅声馆阁。而李梦阳、何景明倡言复古，文自西京、诗自中唐而下一切吐弃，操觚谈艺之士翕然宗之，明之诗文于斯一变。"这说明，除前七子外，还有不少与之同调者。的确，徐献忠、胡缵宗等人的观点就接近前七子。

一、徐献忠的盛唐"旨趣"与"研穷之过"

（一）"感遇之情异"与"声诗之变"

徐献忠（1469—1545），字伯臣，号长谷，又号九灵山人，华亭（今上海市松江区）人。 其在力主唐诗格调的坚决性方面，超过李梦阳。① 对于李梦阳为徐祯卿所作诗序的"守而未化"之说，徐献忠认为是主张"自骋其驰骛之意"，结果是"不能归于唐人格律"，是一件可惜的事情。 但他对唐人格律的坚守，并不意味他看不到诗歌的变化，不主张"诗变"：

> 诗之来尚矣，然生人所含风气不齐，而感遇之情异，向其声诗之变亦何能已耶？ 故秦楚析壤，异其商角之奏；《国风》流思，殊于《雅》《颂》之旨。讽其声调，多不相及。②

这里提出两个诗变的链条： "风气不齐——感遇之情异——声诗之变"；"秦楚析壤——异其商角之奏"。 时代风气和地域差异导致诗人的感受不同，是"诗变"之源。 但徐献忠亦不忘"规范"问题："要之四声异文，必谐于歌唱，乃为入调；五音异咏，必备之弦管，乃为合律。 故律也者，与二仪俱生，万有同形者也。 ……参约其变，虽百代殊风，五方异气，亦安能无定论耶？ "③"入调""合律""万有同形"，是强调诗歌需要遵守基本规范。

---

① （明）徐献忠：《长谷集》卷五《琏川诗集序》，见吴文治主编：《明诗话全编》，3095～3096 页，南京，江苏古籍出版社，1997。
② （明）徐献忠：《唐诗品序》，见周维德集校：《全明诗话》，1275 页，济南，齐鲁书社，2005。
③ 同上书，1275 页。

（二）"旨趣盛唐"与"忘研穷之过"

"感遇之情异"与诗体"规范"如何处理？徐献忠以唐诗为范本，论遵守规范和诗歌发展的关系。[①] 他之所以既主张遵守盛唐范式，又肯定"诗变"现象存在，是因为他在盛唐诗歌艺术规定性中，发现了诗歌话语的诸多变化。其考察的视点，虽然承接前七子的情感和格调可以协调的学术观点，但亦深入至明初的"世风"说。因此，他考量"诗变"，大的方面也是"世风""感思之情""格力"三重视角。其以盛唐为立足点，向前、后衍伸，发现初唐和中晚唐诗歌与盛唐在诸多方面的差异，但不同时期的唐诗在变化中还是存在千丝万缕的关联。这样，他就在不同时期的唐诗差异中，同时看到诗歌的变化与发展。而从发展角度看，初唐和中晚唐诗歌也的确都与盛唐范式有密切关系。

这一变化之根源，除上文提到的几个方面以及"物荣则衰，气盛则反"的规律性外，他还从文本的话语层面和主体方面予以分析，提出"感遇变节"之论："夫流调不节，则律体靡陈；格力不持，则浮夸日胜。艺虽精到，亦无取焉。而况林壑弃人，倔奇怪士，意象疏略，音旨直致，无尚于风人之轨者耶？大抵人各有声，声韵为音，未有外五音而成声者也。然律家有变宫变徵之调，侧商转侧之弄，皆感遇之变节也。唐初，作者览物临游，类多散调，不胜《雅》《颂》之义。然究其音节，庄严浑厚，调之口吻，清浊流通，亦庶乎律吕之谐矣。而元和以后，固皆所谓变声也，然《国风》之旨，裁于风教，发于性情，唱于人伦，合于典义，虽不尽属弦歌之品要，皆有君子之道。持是而观，虽晚唐诸子，或能登兹采录，亦可存其变焉！"[②] 这里虽未直接就盛唐发表意见，但意思是盛唐具有《国风》之旨，《雅》《颂》之义，属于范式之作；而初唐、晚唐，或"不胜《雅》《颂》之义"，

---

① （明）徐献忠：《唐诗品序》，见周维德集校：《全明诗话》，1275 页，济南，齐鲁书社，2005。
② 同上书，1275～1276 页。

或为"变声"，前者"庄严浑厚"，"清浊流通"，后者亦有"君子之道"。其中变宫变徵之调，侧商转侧之弄，源自"感遇之变节"和"人各有声"，但总体而言，仍然"裁于风教，发于性情，唱于人伦，合于典义"，在意蕴上有"风人之轨"，在音律方面"未有外五音而成声"。可见，力主盛唐范式而肯定初、中、晚唐诗歌的意义和文本价值，说明他在推崇盛唐范式的同时，对范式的改变是持积极态度的。

如果说初唐走向盛唐是诗歌走向几种成熟的范式，那么极盛而衰的规律在唐诗中也同样表现得淋漓尽致。所以他告诫当时的人，在"旨趣盛唐"时，不要"忘研穷之过"，也就是诗歌范式成熟到顶点时，其缺陷也在形成。其品评嘉州刺史岑参云："嘉州诗一以风骨为主，故体裁峻整，语亦造奇，持意方严，竟鲜落韵。五言古诗，从子建以上方足联肩。古人浑厚，嘉州稍多瘦语，此其所以不迫，亦一间耳，其他乃不尽人意。要之孤峰插天，凌拔霄汉，而华润近人之态，终然一短。"①"庄严"和缺少"华润近人之态"，是在浑厚方面有缺陷，究其原因，是少了雍容不迫的音节，而"语亦造奇"，也不是特意为之，是以风骨为主而较少兼顾声律的结果。其"穷"之处，实开中唐先声。在盛唐诗歌规范中发现变化的前奏，是徐献忠的一个贡献。

而于中、晚唐诗歌中，徐献忠不仅看到与先辈和盛唐的差异，而且发现其具有传统范式的痕迹，这也是徐献忠诗学思想的另一个特色。其品韦应物诗歌云："苏州诗气象清华，词端闲雅。其源出于靖节，而深沉顿郁，又曹、谢之变也。唐人作古调，虽各有门户，要之律体，方精弥多，附寄而专业之流鲜矣。苏州独骋长辔，大窥曩代，而又去其拘挛补衲之病，盖一大家也。当时词流秾郁，感荡成波，其视苏州，淡泊无文，未淹高听，而大羹玄味，足配元英，虽不足以嬉春弄物，要之心灵跨俗，自致上列，不与浊世争

---

① （明）徐献忠：《唐诗品·嘉州刺史岑参》，见周维德集校：《全明诗话》，1284 页，济南，齐鲁书社，2005。

长矣。"①韦应物是大历诗人之最有成就者，其对往代的继承是多方面的，而最为称道者，是他在中唐时世和文学变更之际，作出"心灵跨俗"之作，徐献忠言其"跨俗"，其实是赞赏韦应物对已有范式的坚守，从而弥补了盛唐古诗的一些不足之处。

以盛唐诗歌为典范，从时世、情感、格调三个方面看盛唐前后诗歌变化，是徐献忠诗学的特色。

二、胡缵宗的唐诗风雅观

胡缵宗，约 1540 年前后在世，字世甫，又字可泉。自号鸟鼠山人。陕西秦安（今属甘肃）人②，正德三年（1508）进士，历官副都御史，巡抚山东、河南，总河都御史。为仇人所诬，革职归，筑室著书。著有《鸟鼠山人集》《辛巳集》《丙辰集》《近取编》《愿学编》《雍音》《唐雅》《拟汉乐府》《嘉靖安庆府志》等。其与李梦阳、何景明、康海、王九思友善，诗学思想亦近七子。

（一）唐诗风雅观

胡缵宗主盛唐，以"才"论唐诗，以诗中"风雅"因素之有无论诗歌。他曾言："太白才也，长吉亦才也。"③因将"才"作为构成诗歌的核心因素，故而他与前七子一样，认为"唐有诗，宋元无诗"。"无诗"是指诗歌失去原有的话语规范，具体讲就是宋、元诗歌"不及唐，不可与言汉、魏

---

① （明）徐献忠：《唐诗品·苏州刺史韦应物》，见周维德集校：《全明诗话》，1285～1286 页，济南，齐鲁书社，2005。

② 关于胡缵宗的生卒年、出生地有不同说法，本说本顾易生、王春泓编纂：《胡缵宗诗话》，见吴文治主编：《明诗话全编》，2970 页，南京，江苏古籍出版社，1997。而另一说认为胡缵宗生卒年是 1480—1560，而出生地是山东泰安。见查清华：《明代唐诗接受史》，86 页，上海，上海古籍出版社，2006。查说出生地当误。

③ （明）胡缵宗：《鸟鼠山人小集》卷十一《权载之诗序》，见吴文治主编：《明诗话全编》，2971 页，南京，江苏古籍出版社，1997。

矣。 不及汉、魏，不可与言风雅矣"①，不再有汉魏诗歌和《风》《雅》的属性。 个中消息，是说唐诗与风雅关联，可见，他是以风雅存在状态论诗歌演变。 所以，胡缵宗的基本取向是"触乎事，发乎情，一代之盛衰治乱，考之史，未为有余"。

胡缵宗认为风雅亦在音律方面有所反映。② 他以为"音即律"，显然没有完全理解"声"和"音"的关系，但又言"声成文，谓之音"，"音成方"或"音成章"，是认识到"音"的规律性变化，才成为声律的艺术。 他注重音律规范，主张以"音声"来分辨诗歌格调的质量，以"音声"论析唐诗与《诗经》、汉魏诗歌的关系，从而在格调中明确提倡风雅，并将音律纳入风雅范畴，来论析诗歌。 其在《重刻选诗序》③中将与音声相关的"风韵"和"理致"也算作"格调"的内涵，以《三百篇》的"古雅"为核心，甚至将昭明、西山等选本的取向，如"风韵""理致"等都纳入"格调"的应有之义。 在他看来，古雅自晋以降，失真既久，"使非唐挽而振之，溯而演之，《三百篇》之遗几乎熄矣"。 故其认为以李、杜为代表的盛唐诗歌，"大抵必出于古雅，必本于性情，必发于浑厚，而皆关于世教"，所以属于"有调与格，而调适而格隽"的范式之作，从而确立了以盛唐范式为中心的"风雅格调"观。 正是如此，胡缵宗对于读盛唐诗，反对"不知《三百篇》之外读李、杜诗"④。 可见，其唐诗风雅观念包含丰富的内涵。 胡缵宗论唐诗，是从唐诗话语中的风雅含量出发，考量唐诗在不同发展阶段，各种体裁之中的变异。

---

① （明）胡缵宗：《鸟鼠山人小集》卷十一《杜诗批注后序》，见吴文治主编：《明诗话全编》，2972 页，南京，江苏古籍出版社，1997。
② （明）胡缵宗：《鸟鼠山人小集》卷十二《刻唐诗正声序》，见吴文治主编：《明诗话全编》，2972～2973 页，南京，江苏古籍出版社，1997。
③ （明）胡缵宗：《鸟鼠山人小集》卷十二，见吴文治主编：《明诗话全编》，2973 页，南京，江苏古籍出版社，1997。
④ （明）胡缵宗：《鸟鼠山人小集》卷十四《题李诗绝句后》，见吴文治主编：《明诗话全编》，2973～2974 页，南京，江苏古籍出版社，1997。

其论律诗还从风雅的另一面，即"古"的视角立论①，发现律诗有一个从"非古"到"遗古"的变化过程，这一变化在律体之前就已经开始："自《风》《雅》《颂》而《离骚》，而古体，而近体，其变极矣。"可见，他对诗歌之变，不仅是赞同的，并且以为明人崇杜，并非因为杜诗近体数量较多，而是因为杜诗近体在转益多师的基础上，使有些体裁达于成熟和巅峰状态，其诗歌境界也就最为高远，成为一种学习的范式。从杜诗中，胡缵宗看到"遗古"的一面能带来诗歌新境界。所以，论太白时，他亦看到"天才俊丽"入诗歌格调后"不可矩矱"的一面，"不可矩矱"，就是不可以用法度衡量，李白诗歌超越法度之处多多，但仍然"有格有调"，"调适格隽"。胡缵宗其实是发现情感、才华、知识结构等个人性与时代、社会等易变性因素对"格调"内涵的丰富，或是对"格调"的改变作用。这些个人性和易变性因素，随时发生影响，所以才会有诗歌范式内的多姿多彩局面，若在创作上对这些因素兼收广蓄，就会形成"雍音"。②"雍音"，类似于多声部音乐，其中的声律差异性十分多样。胡缵宗这里泛化了"格调"内涵，以为《三百篇》之后历代诗歌全是《三百篇》的流风余韵，就中有无道理，另当别论。但从此可以看出，胡氏具有兼容并蓄的意图，意在使"格调"的范围更加广泛，为诗歌在"格调"范围内的变化提供理论基础。

若从生命的延续过程看，也的确应当如此。因为诗歌格调的个人性因素使诗歌文本具有生命特征，生命固然有自身的延续规律性和基本结构，这意味着诗歌既具有基本范式的恒久性，也无时无刻不在变化，所以他最终提出了以"雅"为核心的"格调变化论"。③在胡缵宗看来，《三百篇》之后的不同时代、不同诗人的各体诗歌，都以"风""雅"为宗。其中，"雅"虽

---

① （明）胡缵宗：《鸟鼠山人小集》卷十四《李诗近体跋》，见吴文治主编：《明诗话全编》，2974页，南京，江苏古籍出版社，1997。
② （明）胡缵宗：《鸟鼠山人后集》卷二《雍音序》，见吴文治主编：《明诗话全编》，2975～2976页，南京，江苏古籍出版社，1997。
③ （明）胡缵宗：《鸟鼠山人后集》卷二《唐雅序》，见吴文治主编：《明诗话全编》，2976页，南京，江苏古籍出版社，1997。

失去原来"被之管弦"的意义，这是因为"雅"也是变化的，后代诗歌只要在原理上合"雅"就可以了。他论及"唐雅"与"《三百篇》之雅"去之已远，但唐代的"鸣金戛玉，引商刻羽"，乃是属于具有唐人特征的雅乐、雅辞、雅文、雅诗、雅格、雅调，原因是唐诗"义典""致隽""思正""兴适"，具备"古雅""典雅"的本质，所以唐诗的诗体当然属于"雅体"。以变化的眼光看"雅"，是胡缵宗的胸襟，也表现出他的开明，更是他的格调论特色。

（二）唐诗"感格"论：对"生命格调"与"时代格调"的整合

以"雅"之变化划分唐诗演变，又以"协""谐"为准的，其实是对"生命格调"说和"时代格调"论的整合，胡缵宗以日、月之喻对此加以说明。① 他提出唐诗"感格"概念，并进一步说明唐诗是"典雅"的诗歌。胡缵宗认为"感格"与"雅"几乎具有等量关系。他首先从以下几个方面看待唐诗能够"入雅"："乐府多可歌舞鼓吹，故可以格，可以歆；古体绝句多可歌舞，故可以感，可以创；近体亦多可歌，故可以倡，可以和。斯不可为雅乎？斯不可为《三百篇》之遗乎？"其次指出"感格"是生命情感、自然规律、时世变迁、审美积淀综合的产物，并以"协"和"谐"统领、贯穿其间，其结果是体兼众义和众体兼备。这样丰富或多重因素的作用，使唐诗显得比任何一个时代的诗歌都富于多样和可变。胡氏在《西玄诗集序》中就明确谈到此一点："唐李、杜……虽非风、雅、颂之基，然亦赋、比、兴之蕴也。……唐诗曰李、杜，触物兴怀，出骚入雅。"②可见"感格"论是明代诗论深入的标志之一。

---

① （明）胡缵宗：《鸟鼠山人后集》卷二《唐雅序》，见吴文治主编：《明诗话全编》，2976～2977页，南京，江苏古籍出版社，1997。
② （明）胡缵宗：《鸟鼠山人后集》卷二，见吴文治主编：《明诗话全编》，2977页，南京，江苏古籍出版社，1997。

◎ 第六节

杜诗"变体"与"审音观政"

一、郑善夫论杜甫对盛唐诗歌的改变

郑善夫（1485—1523），字继之，号少谷，福建闽县（今福建闽侯）人。弘治进士。官至吏部郎中。与李梦阳、何景明等并称"十才子"，又与林鸿、高棅等并称"闽中十才子"。著有《少谷集》《经世要谈》。郑善夫喜爱关注"理"与"事"的杜诗，和他结缘王学相关。

（一）郑善夫与王学

郑善夫是闽中王门的主要代表之一。① 王阳明高足徐爱称赞善夫"舍枝叶而务本根，抑华博而归渊塞，不越身心之间，而有超乎文行之外者，此固执事之今之志"②。说明郑善夫已从文章"枝叶"上升到心体"本根"。这就和郑善夫与王阳明结下的交谊有关。③ 郑善夫主要以吴中为活动平台。他先与黄绾（宗贤）相识，又得见王阳明和湛甘泉，而闻所谓圣人之学。正德八年（1513），郑善夫在毗陵（今江苏常州）会晤阳明，向其问学。后在

---

① （清）黄宗羲：《明儒学案》卷三十《粤闽王门学案》，见沈善洪主编：《黄宗羲全集》第7册，763页，杭州，浙江古籍出版社，1992。
② （明）徐爱：《横山遗集》卷下《与郑继之书》，明嘉靖十三年刻本。
③ （明）郑善夫：《少谷集》卷二十《答湛甘泉》，见《景印文渊阁四库全书》集部第1269册，257页，台北，台湾商务印书馆，1986。

湛甘泉①及阳明门人黄绾②等人的影响下而"稍知向道"。 为进一步提升自己，善夫"复出走四方，求所谓三子（指王、湛、黄）或有以成吾志者"，并去绍兴访问王门诸子，然"无人焉"。 于是只好再向黄绾问学，并委托马子莘向阳明转达自己希望入门的决心。 其实阳明亦有接纳善夫的心愿，甚至"有衣钵相托之意"③，只是阳明归越时间"未甚分明"，才使得善夫不能如愿以偿④。 正是在阳明的引导下，郑善夫对辞章之学才由推崇而转向怀疑甚至批判："辞章实是玩具器，最能沉溺人，区区于此求出头未得。""今看文章与贵权，毕竟于心身上何所裨益？"⑤但善夫并没有彻底摆脱辞章之学的影响，诚如其所言："居京师终为纷华所缚，幸与朱守中（即朱节，阳明门人）辈日相切磋，尚有碌碌不见长进。 日来作用，仅求得放心下落，又辄为文艺引去。"⑥

（二）崇杜与对杜诗之变的体验

英宗失败之后，永宣盛世的繁荣安定和承平气象转为危机四伏。 像前七子那样追慕盛世的高华壮丽已经失去现实和心理依据。 郑善夫在貌似盛明

---

① 明邓原岳《郑继之先生传》云："尝一晤王文成于毗陵，慨然有味乎性命之学，到从湛氏得其绪，而力行之功取专诣，非独立门户而已。"［（明）郑善夫：《少谷集》卷二十三，见《景印文渊阁四库全书》集部第1269册，299页，台北，台湾商务印书馆，1986］故知"诸子"中当包括甘泉。

② 黄绾说："自吾抱兹志于此，求共业于天下，惟王、湛二子，岂意乃今复有少谷子乎！"（《石龙集》卷十四《少谷亭记》，明嘉靖十二年王廷相序刻本）又说："执事（指善夫）英禀过人，于此学一闻辄了。"（《石龙集》卷十八《与郑继之书》）这说明郑善夫不仅与王、湛、黄三子具有相同之志向，而且其对阳明学的喜爱亦与黄绾的引导密切相关。

③ 黄绾说："近至越会阳明，其学大进，所论格致之说，明白的实，于道方有下手，真圣学密传也。坐间每论执事（指善夫）资禀难得，阳明喜动于色，甚有衣钵相托之意。 执事可一来否？"（《石龙集》卷十八《与郑继之书》，明嘉靖十二年王廷相序刻本）

④ 黄绾曰："阳明不知何日归越，共寻宿约，以乐新志。"又曰："（郑）有书期，将至越访阳明先生。 先生闻之喜，留予候之，月余不至。 予金陵而少谷子讣至。"（《石龙集》卷二十二《少谷子传》，明嘉靖十二年王廷相序刻本）说明善夫与阳明两人都想见到对方，但又都错过了会晤的机会。

⑤ （明）郑善夫：《少谷集》卷十八《与杨叔亨》、卷二十《答蔡廷彝》，见《景印文渊阁四库全书》集部第1269册，225、252页，台北，台湾商务印书馆，1986。

⑥ （明）郑善夫：《少谷集》卷十八《答黄石龙》，见《景印文渊阁四库全书》集部第1269册，224页，台北，台湾商务印书馆，1986。

清世所感发的哀时之响，寄托宏深，可见其诗歌取向类似于杜诗，正是因为如此，他对杜诗的体验别有会心。他曾言杜诗："善陈时事，精深至千言不少衰。世之学者，劬情毕生，往往只得其一肢半体，杜亦难哉！山谷最近而较少恩；后山散文过山谷远，而气力弗逮；简斋斶而少春融。宋诗人学杜无过三子者乃尔，其他可论耶？"①可见善夫学杜、学山谷诸人，其着眼处一方面在为衰世铺陈时事，吐露幽忧；另一方面就是学习"精深至千言不少衰"的盛唐"笔力"。时代的变幻成为他写诗力主学杜的真正原因。清初王士祯在《池北偶谈》中认为，自北宋以来，诗人学习杜甫的很多，苏轼只得杜诗之"气"，黄庭坚只得杜诗之"意"，李攀龙只得杜诗之"体"，而郑善夫却获杜诗之"骨"。对郑善夫的评价最高。②郑善夫是一位以天下为己任、关怀民瘼的诗人，杜甫的仁爱诗情尤能引发他的共鸣，慕杜学杜也就成为他诗歌创作的价值选择。他像杜甫一样对人民的疾苦有着刻骨铭心的同情③，所以，王世贞、王世懋与王士祯认为郑善夫学杜获其"骨"，超过历代学杜的诗人。

郑善夫正因为深得杜诗精髓，所以在杜甫对盛唐诗歌的变化方面，别有会心。④对杜甫转变盛唐诗歌方向的发现，是放在诗歌史和文本分析的双重视角审视的。从文本分析的角度，将杜诗放到中国艺术理想的最高境界进行考量，以"言不尽意"、"味外之旨"和"盛唐风神"作为准的："杜公往往

---

① （明）郑善夫：《少谷集》卷九《叶古厓集序》，见吴文治主编：《明诗话全编》，2299 页，南京，江苏古籍出版社，1997。

② （清）王士祯：《池北偶谈》，55 页，北京，中华书局，1997。

③ 《桃源行》就表达出他这样的心声："到今事定还是非，请问流民归末归？"此诗描写动乱地区混乱萧条的景象，表达了他对处在水深火热之中民众的关怀和同情。《大田篇》曰："禁直三千士，长橐镇国旗。甲戈迷塞月，缯帛款胡儿。大礼初回跸，春原更打围。后车载光宠，不数汉昭仪。"表达出他对败坏的边事深感忧愤。他还如杜甫一样登高眺望，长吟赋诗，而顿起"无边落木萧萧下，不尽长江滚滚来"的悲情。《上妙高台》云："云海冥冥望不回，鲸波东蹴巨灵开。中天楼阁虚无里，南国风烟江汉来。世短动经多事日，愁长况上望京台，白门金鼓维扬卒，落日空传黄竹哀。"

④ 陈田辑撰：《明诗纪事》甲签卷八，181 页，上海，上海古籍出版社，1993。《粤雅堂丛书》本《焦氏笔乘》卷三亦有此文，意同，文字略有出入。

要到真处尽处，所以失之。"这里虽然持惋惜的口气，实际是对杜甫叙事之作的把握不十分准确，但杜诗文本的确传递出这方面的信息。 杜甫大量的叙事文本中，的确存在说到"真处尽处"，但郑善夫看到，杜诗于"真处尽处"又有迂回曲折的诗歌话语和"穷极笔力"的丰富蕴含。 这也就是他所指出的"长篇沉着顿挫，指事陈情，有根节骨格，此杜老独擅之能，唐人皆出其下"。 这一改变盛唐诗人的地方，其实是发展了盛唐精神。 从诗歌史的角度看，善夫指出了杜诗两个层面的变化：一是在"沉着顿挫"和"指事陈情"方面，"唐人皆出其下"，但引发了宋人"以文为诗"，坏了"雅道"。二是脱去唐人"工丽之体"，独占高格，自成一家，强调杜诗的"变体"特征。

郑善夫对杜诗亦是"指摘疵类，不遗余力"，反映出他诗学思想的矛盾，这也是明人普遍存在的问题。① 但与多数明人不同的是，他"实子美之知己"。 也就是说，他在了解杜诗不足的同时，发现杜诗代表了唐诗品质的变化。② 其言"作者随风移"，是诗歌变化的基本规律之一，变化的结果是"雅音失其传"，"古意不成吹"。 若除去郑氏的不满，客观地看这一现象，却也是事实，这就是诗体随着作者和时代的改变，有所变化，旧有诗体会被新的诗体所代替。 他坚持"雅音""古意"要承接下去，但承接不是模仿和重复，他要求继承的同时，务去"陈言""萎腇"："陈言犯声，萎腇犯气，其去杜也，犹臣地里至京师，声息最远，故学之比中国，为最难焉。若非豪杰之士，鲜不为风气所袭者，况遂至杜哉？ 国初如林鸿、王偁、王恭、高廷礼辈，遏然离群出党，去杜且顾远欤。"③"陈言""萎腇"其实是退步，所以他一方面坚持"取正印"，另一方面主张创新，"不尽反朴"。

---

① 参见方锡球：《述情切事与悉合诗体——论许学夷的"诗史"之辩》，载《文学评论丛刊》，2002（1）。
② （明）郑善夫：《少谷集》卷一下《读李质庵稿》，见吴文治主编：《明诗话全编》，2297页，南京，江苏古籍出版社，1997。
③ （明）郑善夫：《少谷集》卷九《叶古厓集序》，见吴文治主编：《明诗话全编》，2299页，南京，江苏古籍出版社，1997。

他认识到，"务去陈言"，不等于"句字尚奇"，"为风气所袭"而追新逐奇，使"古意漫莫知"；"不尽反朴"是继承古人精神基础上的创新。 为此，他提出"诗变"的两个条件，一是"远游"或"经险巇"，作者要具有丰富的社会经验、个体生活体验和生命体验；二是"与古同归"，可以不走古人的道路，创作方法和技巧也可以与古人相异，但在精神上要与古人相通。 这对改变"萎腇""陈言"的诗坛状况，开启文学新潮和新的趣尚，具有意义。 这些，就是杜甫"变体"的经验。 郑善夫对杜诗"变体"的分析，为诗学提供了一个新的视角。

二、黄佐的诗学观："审音观政"

黄佐（1490—1566），字才伯，号泰泉。 广东香山人。 正德进士，官至少詹事兼翰林学士。 著述二百六十余卷，主要有《黄泰泉集》《六艺流别》《翰林记》《泰泉乡礼》《庸言》《广州人物传》等。

（一）"审音定体"与"审音观政"

黄佐论诗承接七子之说，主"格调"。 认为诗道性情，用于礼乐，所以，对音声的意义尤为留意。 以此为出发点，对各种诗体更替和体制规定的演变多有论述。[①] 他将诗分为"歌""谣"两类是否合理，姑且不论，但能说明诗体广泛吸纳各种流别歌类和谣类的审美经验，形成各种具有规定性的诗歌体裁。 例如，对"谣"的定性："谣，遥也。 有章曲曰歌，无章曲曰谣。 信口成韵，无乐而徒歌之言，遒人采之，以闻于大师，协之声律，亦可歌也。《康衢》之谣合《大雅》《周颂》而用之，岂《列子》之寓言

---

① （明）黄佐：《六艺流别序》，见吴文治主编：《明诗话全编》，2958～2959 页，南京，江苏古籍出版社，1997。

邪？"①而"谣"之流中的"讴"，其规定是："讴，区也，言之区区然，齐声也。 齐声而歌，由众情也。 故天下之人悦服舜、禹，则讴歌归焉。 德与舜、禹相悖，人之怨焉之也，亦从而讴之也。 故观于讴而知民心之向背也。"②这段话，既是"审音定体"，也是"审音观政"，两者结合起来，构成黄佐诗论的基本出发点。 也就是从音声看体裁变异，从诗体变易看时代政治和社会审美风尚的变化。

（二）"审音观政"的内涵

为什么能够通过音声看出体裁、时代政治和审美趣尚的变化？ 黄佐从以下方面做了探讨。

一是诗歌"本于性情而用于礼乐"。"天赋人以五常之性，人感物则有哀、乐、喜、怒之情。 情动则感叹讴吟之声发，而诗作焉。 先王采风谣以立乡乐，制雅颂以道民善。 雅有小大，分为四诗，观于仪礼，《周官》载记，而其用见矣。 是故经纬六义，陈德见志，礼也；出纳五言，入律成音，乐也。 行礼以节乐，奏乐以和礼，皆主于诗。 故孔子删诗，亦惟取其可施于礼义、协于《韶》《武》之音而已。 ……诗统礼乐，以兴起善端，惩创逸志，俾心思一于'无邪'。 斯致中和而成政化，其用大矣哉！"③这里的理论逻辑是："讴吟之声"来自人之禀性，感物而发，故能够反映"乡风""民善"。 推而广之，"礼""乐"相关相连，与"礼"相关的"乐"乃是"中和"之音，它能够"成政化"，"兴起善端"。 这一作用，说明诗歌音声之变，其实是时代政教、乡风民俗、人之性情的变迁所导致。

二是主体"穷""达"变化与音声变易关联。 黄佐认为："穷达者，时

---

① （明）黄佐：《六艺流别》卷一《诗艺一》，见吴文治主编：《明诗话全编》，2959 页，南京，江苏古籍出版社，1997。
② （明）黄佐：《六艺流别》卷二《诗艺二》，见吴文治主编：《明诗话全编》，2959 页，南京，江苏古籍出版社，1997。
③ （明）黄佐：《泰泉集》卷三十五《诗经通解序》，见吴文治主编：《明诗话全编》，2964 页，南京，江苏古籍出版社，1997。

也；裕乎穷达者，道也；秉穷达之权者，君也。有人于此，其心放，其性凿，其情荡，其声丽以淫，哀以怨，是岂可以言诗乎？吾知其虽达而终必穷也。有人于此，心通乎道，性定而情和；声依乎正，而修词立其诚，是岂不可以言诗乎？吾知其虽穷而终必达也。……周公善处乎穷者也，召公善处于达者也。至于今诵其诗，审其音，温而直，婉而不谄，呈而不菀，含章而有则，闻之者有余感焉。于戏！兹其所以为三代之声也乎？"①黄佐将诗歌创作主体的"穷""达"作为时间性存在，用时间贯串人心、人性、人情、音声的性质，以音声的情感性质与"道""中正"等话语蕴含连接，从而在诗人的"穷""达"变化中，发现时代、政教之变和诗歌变化。因此，不同主体的"穷""达"及其变化，就会产生不同的音声涵蕴，其所表现出的诗歌面貌和取向也就是变化着的："《我将》之诗，昭其敬矣。《维天》之诗，昭其容矣。《清庙》之诗，昭其和矣。《时迈》之诗，昭其俭矣。《赍》之诗，昭其仁矣。"②

三是"比兴成音"，"与时高下"。音声变易的规则与自然、时代、人事变化规律相一致。"声应生变，必连及蒿芩荇菜，而后变成，方以为音焉。刘伯温之旅与汪朝宗之壮游，若'倦鸟风林'之类。至于吴下四杰、岭南五先生，大家辈出，莫不比兴成音，其深于诗者乎……陶渊明尝论诗矣，曰：'宁效俗中言'，是古诗贵雅不贵俗也；杜少陵尝论诗曰：'晚于诗律细'，是律诗贵细不贵粗也。音也者，与时高下，通于政者也。……苏颋之'轻花捧觞'、岑参之'柳拂旌露'，反不如罗隐之'天地同力'、韦庄之'万古坤灵'矣。觚不觚，马非马，其可乎哉！梁陈之体足以致寇，赵宋之体不能退虏。"③不同性质的声音，要运用性质不同的比兴，也就是

---

① （明）黄佐：《泰泉集》卷三十七《南戍稿序》，见吴文治主编：《明诗话全编》，2964～2965页，南京，江苏古籍出版社，1997。
② （明）黄佐：《泰泉集》卷三十八《送吴宪副序》，见吴文治主编：《明诗话全编》，2965页，南京，江苏古籍出版社，1997。
③ （明）黄佐：《泰泉集》卷三十八《明音类选序》，见吴文治主编：《明诗话全编》，2966页，南京，江苏古籍出版社，1997。

说，比兴之"物"和"事"的变化，比兴之手段方法的改变，来自自然、社会和音声规律之变。它在诗歌话语中的体现，自然显示着诗歌的变化规律。所以音声的雅俗、高下之分，与时代文化或审美语境息息相关，因此通之于人心、政教、民俗的变易。在黄佐看来，唐诗的变化最能说明这个问题：

> 唐诗以音名矣。音由心起，与政通者也。史臣称太宗除隋之乱，比迹汤、武。嗟乎！谅哉！夫变六朝之体，成一代之音，骈偶为律，错杂古体，实肇于太宗，观《帝京篇》则可见已……迨《幸武功庆善宫》，乃乐其所自生者。燕饮赋诗，被之管弦，乐名《九宫之舞》，惟用教坊俗调，以夹钟为律本，于是淫哇之风浃于四海矣。公卿名士，宫府边庭，翕然化之，而诗体古与律复分为二。虽绝句小词，乐伶皆能歌而奏之。后世为诗，莫不宗唐，而不知太宗所肇也……故初唐之诗，太宗为主，而承以虞、魏诸臣。其音硕以雄，其词宏以达，洋洋乎其至矣哉！①

唐音与帝王及其大臣的关系，当今学界虽然已经有了较好的论述，但从文本细读的角度发现唐诗在音节、音调方面与政治或政治人物的关系，却少有人进行讨论。这段话从这一视点论及时代变易、政治人物的文化活动，特别是帝王对新的诗体、诗风形成的作用。在黄佐看来，"变六朝之体，成一代之音"，实肇于太宗，是以太宗为主的统治集团而成就初唐诗歌传统。这就在文本和文学现象层面，说明了诗歌音律与政治家和政治风尚的密切关系。而"其音硕以雄，其词宏以达，洋洋乎其至"，自然也就与政治家的胸襟气质以及当时的政治价值取向有关了。

随着政治家素质的变化和政治取向的改变，诗歌风气也有改变。黄佐以贞观和盛唐诗坛为例进行说明："故贞观之治，几致刑措，然心则不纯，有

---

① （明）黄佐：《泰泉集》卷四十二《唐音类选序》，见吴文治主编：《明诗话全编》，2967 页，南京，江苏古籍出版社，1997。

愧汤、武，此女乱所由作。而王、杨、卢、骆犹袭六朝之绪，陈、杜、沈、宋虽力振之，时称其工，而犹诌事武、韦。噫！可耻也哉！盛唐之诗，玄宗为主，而张说、苏颋，世称燕、许者，鸣于馆阁；李白、杜甫，各为大家者，鸣于朝野；王、孟、高、岑，名亦次之。"①初唐"女乱"与诗歌音声的直接关系，在于承接六朝之绪，唐诗对六朝诗歌的继承，似乎功劳要归于武则天及其时代语境。这里尽管是站在否定性的立场言说，但初唐对六朝的承接，却是唐诗发展中十分重要的环节。而盛唐"大家"和公卿诗歌的特点，则在于"鸣"，鸣，犹言震惊、惊动，声音高响，声虚而深响；另有"明"意。李善注《文选·李康〈运命论〉》"夫黄河清而圣人生，里社鸣而圣人出"曰："明与鸣，古字通。"盛唐诗歌使用"鸣"字的频率很高，多用作惊人之"鸣"意。例如，李白《赠范金乡》之二："百里鸡犬静，千庐机杼鸣。"李白《玉真仙人词》："玉真之仙人，时往太华峰。清晨鸣天鼓，飙欻腾双龙。"杜甫《牵牛织女》："膳夫翊堂殿，鸣玉凄房栊。"王维《老将行》："愿得燕弓射大将，耻令越甲鸣吾君。"高适《双六头赋送李参军》："朝影入平川，川长复垂柳。明年有一掷兮，君不先鸣谁先鸣！"可见黄氏用一个"鸣"字，来说明盛唐诗歌和初唐相比在音声风度上的多方面改变。

安史之乱亦带来诗歌声音层面的变化："然贵妃、禄山表里为乱，而词不能掩，故其音丰以畅，其词直而晦，文胜质矣。中唐之诗，德宗为主，时则内阉外镇，承敝擅权，虽欲拨乱而不能自强。……迄于元和，宪宗得裴度，始建淮西之勋，而蕃夷横狂，莫或遏之。故其音悲以壮，其词郁以幽。前则有刘长卿之峻洁、韦应物之冲澹，后则有韩愈之博大、柳宗元之超旷，皆其最也。"②晚唐之音"怨以肆"，亦与政治有密切关系。一是帝王爱好，如"文宗仅知绝句，而臣民习之"，而在应科第方面，更是"拘拘偶

---

① （明）黄佐：《泰泉集》卷四十二《唐音类选序》，见吴文治主编：《明诗话全编》，2967 页，南京，江苏古籍出版社，1997。
② 同上书，2967 页。

对，恣为绮靡"。 二是"临政假仁，不能存诚"①。 以"音声"性质、品质看诗人情感、时代语境和政治变迁，以此反观诗歌变化，是黄佐唐诗研究的鲜明特色。

◎ 第七节
"气"论和"四唐"观念的结合：
理学诗学的发展

复古论唐诗学盛行之际，理学唐诗学仍然在另一个视域关注唐诗，论者站在不同立场，讨论着诗学问题。 代表人物有崔铣、姜南、黄姬水、都穆、张琦、夏尚朴、俞弁、薛应旂等人。 这里仅以崔铣和黄姬水为例，来说明这个问题。

一、崔铣的"唐诗兴而教亡"

崔铣（1478—1541），字仲凫，又字子钟，亦字后渠。 河南安阳人。弘治进士，授编修。 因忤刘瑾，出为南京吏部主事。 官至南京礼部右侍郎。 与李梦阳、何景明游。 著有《读易余言》《洹词》《士翼》《文苑春秋》。

崔铣将"人情"与"物理"结合，论诗歌文本和诗歌本质："画者肖物之形也，诗者合物之情也。 物文形而后肖之，诗触情而后合之。 肖以察物

---

① （明）黄佐：《泰泉集》卷四十二《唐音类选序》，见吴文治主编：《明诗话全编》，2968 页，南京，江苏古籍出版社，1997。

理，合以兴己志。"①崔铣考察诗歌，把"肖物"与"合物"、"形"与"情"联系起来，将理学的内容与诗歌话语联系起来。崔铣就是从这样的视角发现了诗歌的一些问题。

他接受李、何"自唐而后无诗"的说法，逻辑起点也是《三百篇》，以此为参照，从理学视角，感到盛唐诗歌在情感表现方面特别淋漓尽致，在思想深刻性和教化方面有明显不足，于是感叹"碑志盛而史赝矣，唐诗兴而教亡矣"②。从诗歌话语蕴含中有无教化的内容看诗歌演变，是理学的本然做法，但崔氏对诗歌中的情感并不厌恶，其接受前七子"自唐而后无诗"本身又带着肯定唐诗的成分，只不过没有李、何等人坚决彻底。

从教化内容在诗歌中所占比重变化的角度看诗歌文本，虽然古已有之，但崔铣与其他人的不同在于他涉及诗歌创作方法和诗歌风格。③其将唐诗与《诗经》比较，肯定唐诗"尚兴"而缺少理致，因此唐诗"失之浮丽"。唐诗的高华壮丽无疑是其鲜明特色所在，虽然崔铣站在否定立场言说唐诗的这一艺术成就，但今天我们仍然觉察到，他看出了唐诗与以往诗歌的差异。为了肯定唐诗，他又从"尚兴"角度，指出唐诗"其言婉，其词适"，在这方面与《三百篇》接近。即使与唐之后的宋诗比，他认为唐诗在承接《三百篇》方面，也比宋诗优秀很多。在他看来，宋诗虽得之于《三百篇》之"理"，然而偏执一端，"失之偏滞"。所以《诗经》以后的诗歌，在情感的充沛和丰富、"托优柔"以"微风兴情"方面，终究还数唐诗最为接近《三百篇》的精神。这里需要指出的是，崔铣能够从诗歌教化内涵的角度，对杜甫《北征》、韩愈《南山》之作加以分析，辨明它们在话语"夸奇"、方法"迁兴侈词"上，已经与盛唐诗歌有了区别，显示出他对唐诗变化的把

---

① （明）崔铣：《洹词》卷一《序李氏诗画卷》，见吴文治主编：《明诗话全编》，2169页，南京，江苏古籍出版社，1997。
② （明）崔铣：《洹词》卷九《松窗悟言》八十一章之第十章，见吴文治主编：《明诗话全编》，2171页，南京，江苏古籍出版社，1997。
③ （明）崔铣：《洹词》卷十《绝句博选序》，见吴文治主编：《明诗话全编》，2172页，南京，江苏古籍出版社，1997。

握。 与此类似的分析还有很多，体现着这一时期诗论的丰富性。

二、黄姬水："气"论和"四唐"观念的结合

黄姬水（1509—1574），字淳父（甫），号士雅，苏州府吴县人，黄省曾之子。 著有《黄淳父集》等，此集乃万历乙酉其婿顾大思裒《白下》《高素斋》二集及所未刊者并梓之，凡赋颂赞诗十六卷，杂文八卷，现有浙江汪汝瑮家藏本。《四库全书总目》著录其《贫士传》二卷、《白下集》十一卷、《高素斋集》二十九卷、《黄淳父集》二十四卷。

黄姬水将诗歌音声、"天地之气"结合起来论述诗歌："夫诗者，声也。 元声在天地间一气。 而其变无穷者也，取诸泄志而真已矣，代曷论也？"①"元声"来自天地之"气"，天地之"气"变化无穷，发自真情的诗歌作为"元声"的一种表现形态，自然也变化无穷，任何时代概莫能外。 黄氏从价值论角度论述初、盛、中、晚诗歌都有存在的意义。 另外，他还指出两点：一是晚唐诗歌是唐代诗歌变化的必然结果，是诗歌史的一个重要环节；二是"四唐"不同阶段的诗歌彼此之间具有关联和继承性。"诗变"的原因在于天地之气变化无常，不可重复，所以来自真情发动的诗歌也具有不可重复性。 抱着这一理念，黄姬水对模拟复古之风持否定性立场："窃笑夫穷鄙之社，空空之夫，字义句读尚未或通，却乃剽窃其词，倔强其句，哓哓然曰我汉我魏我盛唐也，而辄置其韰喙以凌诮媟孽往哲，可羞也已。 悲夫！悲夫！良工独苦，宁自今哉！"②从这一点看，他是诗歌发展的坚定支持者，他运用天地之气的变化原理，看到"真诗"创造必然富于变化，必须不断发展，否则，就只能剿袭模拟，甚至难以体验"往哲"既有成果的真精神，而妄为"凌诮媟孽"，说三道四。 为此他提出"根于心"的诗歌主张。 在他

---

① （明）黄姬水：《黄淳父先生全集》卷十七《刻唐诗二十六家序》，见《四库全书存目丛书》集部
第 186 册，427 页，济南，齐鲁书社，1997。
② 同上书，427 页。

看来，"根于心"，即发自真情，诗歌就会产生变化："苟根于心，不必复古；苟出于真，何嫌于今？""根于心"，当下的诗歌照样会有当下的价值，虽与以往相异，但具有建设性的审美成果。"根于心"，也就无须在是否复古等外在层面下功夫："今夫闺房里巷，未尝论讨，而其言可被管弦。彼宿儒老师曰某格某调，卒岁穿求而不能几一言者有矣。"①此语类似李东阳"真诗在民间"的说法。

黄姬水还进一步讨论了"气"与诗歌音声的联系机制：

> 若曰气有强弱，调有高下，以是疵焉，则天地之可以声求者莫如风雷，必以奋者迅者为雷，则殷殷然以鼓者非雷也耶？必以飘者飐者为风，则飐飐然以嘘者非风也耶？故激烈雄邃者诗也，温柔婉畅者亦诗也，惟其真而已矣。②

天地之"气"有强弱，诗歌的气调就有强弱，表现的人情面貌也就各不相同。这里起核心作用的是人的真情感、真性情。既然人情各各不同，作诗也就不必强调追求一种风格，诗歌价值也不必只是一种向度："故如其人，虽降而为贞元、建中，真也，犹之章缝之士而为桑麻之谈，俗亦雅也；非其人，虽跻而为开元、天宝，弗真也，犹之市井之夫而习都人之语，雅亦俗也。"③黄姬水的"雅俗"之辩无疑充满理学意味，但说明只要是"真情"流露的诗歌，就各有自己的真性情，各有自己的"雅俗"。

黄氏的这些意见，恐怕不仅来自理学，也与他的个性情感和主体素质有关。王世贞在《黄淳父集序》中言："淳父负耿介，有至性，其他行甚多。余不叙，叙其诗曰：士业以操觚，无如吾吴者，而其习沿江左靡靡，或以为

---

① （明）黄姬水：《黄淳父先生全集》卷十七《刻唐诗二十六家序》，见《四库全书存目丛书》集部第 186 册，428 页，济南，齐鲁书社，1997。
② 同上书，428 页。
③ 同上书，427 页。

土风清淑而柔嘉，辞亦因之。北地武功诸君起中原，自厉其格，以求合古，而不能尽释其豪疏之气。吾吴有徐迪功者，一遇之而交，与之剂，亦既彬彬矣，而不幸以蚤殁。乃淳父能剂矣！夫辞不必尽废旧而能致新，格不必步趋古而能无下。因遇见象，因意见法，巧不累体，豪不病韵，乃可言剂也。今吴下之士与中原交相诋，吴习务轻俊，然不能不推淳父之精深；中原好为豪，亦不能以其粗而病淳父之细者。淳父真能剂矣！淳父之皇考曰五岳公，博雅知名士，其所著书亦余序之。五岳公务博综，而淳父善专诣，乃余于淳父言尤无间云。"①王世贞以"剂"论黄姬水，未必完全合适，但从中亦可看到黄氏求"真"的品性，求真是为了"变"，王世贞言"剂"也是立足于"诗变"："剂"在这里指调剂和融合，即以调和、折中的方式将"趋古"与"致新"、"法"与"意"、"巧"与"豪"等加以调剂、融会，用以超越既有的审美模式。可见黄姬水从求真和"兼剂"融会天地之气的角度，目的是以主体的个性因素融会历代审美成果，来判断不同诗歌的区别性。

◎ 第八节

杨慎、沈恺对唐诗和六朝诗歌关系的发现

此前的格调论，若从历时性去看，贯串的主线是《三百篇》——汉魏诗歌——唐诗，多认为六朝诗歌在"源流"之外，其声调凄婉，俗放靡靡，虽作者数众，然风气衰煞，至有"梁、陈、隋无诗"之论。② 至嘉靖初，杨慎、沈恺等人发现唐诗和六朝诗歌的关系，这对诗歌变化的链条是一种有价值的衔接。

---

① （明）王世贞：《弇州四部稿》卷六十八《黄淳父集序》，见《景印文渊阁四库全书》集部第 1280 册，179 页，台北，台湾商务印书馆，1986。
② （明）胡缵宗：《鸟鼠山人后集》卷二《雍音序》，见吴文治主编：《明诗话全编》，2975 页。南京，江苏古籍出版社，1997。

一、杨慎对六朝诗歌与唐诗关系的发现

杨慎（1488—1559）①，字用修，号升庵，四川新都（今成都市新都区）人。正德六年（1511）廷试第一，授翰林修撰。谪戍云南永昌卫（今保山市），后卒于泸州。曾受业于李东阳门下，与何景明友善。博学多才，著作繁富，有明一代无过其右者。著作不下四百余种，代表作有《升庵集》《陶情乐府》《升庵诗话》《诗话补遗》《绝句衍义》《千里面谭》《闲书杜律》等，另有《谭苑醍醐》一卷。辑录成《升庵全集》八十一卷。

在嘉靖朝崇尚六朝诗歌的语境中，杨慎将六朝和唐代诗歌联系起来论述：

> 江淹《别赋》："春草碧色，春水绿波。送君南浦，伤如之何！"取诸目前，不雕琢而自工，可谓天然之句。……近世知学六朝初唐，而以饾饤生涩为工，渐流于不通。有改"莺啼"曰"莺呼"，"猿啸"曰"猿唤"，为士林传笑。安知此趣耶？②

读《升庵诗话》开端遇到的第一个术语即此"趣"字。此前严羽谈"趣"，

---

① 关于杨慎卒年，有多种说法。明人简绍芳《杨文宪升庵先生年谱》中载嘉靖三十八年（1559）七月（见《北京图书馆藏珍本年谱丛刊》第45册，532页，北京，北京图书馆出版社，1999），明人陈文烛《杨升庵太史慎年谱》亦认为是嘉靖三十八年(1559)七月［见（明）焦竑：《国朝献征录》卷二十一，明万历四十四年刻本］，《明史》卷一百九十二载嘉靖三十八年（1559）卒（5082页，北京，中华书局，1974）。张增祺认为是隆庆二年（1568）［《有关杨慎生平年代的订正》，载《昆明师范学院学报（哲学社会科学版）》，1980（1）］；穆药认为是嘉靖四十年（1561）［《杨慎卒年新证》，载《昆明师范学院学报（哲学社会科学版）》，1983（3）］；邓新跃认为是嘉靖四十二年（1563）年初［《杨慎卒年新考》，载《成都大学学报（社会科学版）》，2007（3）］；董运来认为卒于嘉靖三十八年（1559）［《杨慎卒年卒地新考》，载《图书馆杂志》，2006（6）］；丰家骅在《杨慎评传》中认为约在嘉靖四十一年（1562）（173页，南京，南京大学出版社，1998），后又撰文《杨慎卒年卒地新证》［载《南京师范大学文学院学报》，2006（2）］认为卒于嘉靖三十八年七月。综观各家之说，多认为杨慎卒年为嘉靖三十八年（1559），本书从此说。

② （明）杨慎：《升庵诗话》卷一《四言诗自然句》，见吴文治主编：《明诗话全编》，2572页，南京，江苏古籍出版社，1997。

包含内容到形式及其意味的许多方面。而杨慎谈"趣",对象是六朝、初唐,可见六朝诗歌和唐诗在他看来,是有密切关系的,而且这关系涉及内容、形式各方面。

(一)唐诗对六朝诗歌内容的承接

杨慎改变了前七子的理论视角,主张从文化细节和资料考订的角度论析唐诗,这一学术方法的运用,使其发现了唐诗对六朝文学的继承。首先是唐诗在内容方面用六朝诗歌之"事":"古乐府有《朱鹭曲》……宋之问诗'稍看朱鹭转,尚识紫骝骄'皆用此事。"[①]单纯的用"事"还不足以说明唐诗与六朝诗歌的关系,因为这一诗歌现象历代都有,其突出表现在大诗人对六朝诗歌的学习上:"苏文忠公云:苏武李陵之诗,乃六朝人拟作。宋人遂谓在长安而言'江汉','盈卮酒'之句,又犯惠帝讳,疑非本作。予考之,殆不然。班固《艺文志》有《苏武集》《李陵集》之目。挚虞,晋初人也。其《文章流别志》云:'李陵众作,总杂不类,殆是假托,非尽陵志。至其善篇,有足悲者。'以此考之,其来古矣。即使假托,亦是东汉及魏人张衡、曹植之流始能之耳。杜子美云:'李陵苏武是吾师。'子美岂无见哉。……其曰'六朝拟作'者,一时鄙薄萧统之偏辞耳。"[②]这一诗史上的论争,虽然需要进一步考证,但也说明当时人对六朝诗歌与唐诗关系的执着。唐代诗人对六朝诗歌的学习,反复被杨慎提起。[③]在"用事"方面,唐人较多使用六朝诗歌所提到的"情事""景事""物事"。情、景、物是中国古代审美的核心对象,从这点看,唐代诗人对六朝的继承,在内容上是比较全面的。杨慎的这一发现,着眼于文化细节,运用文献考证和审美并用的

---

① (明)杨慎:《升庵诗话》卷一《朱鹭》,见吴文治主编:《明诗话全编》,2576~2577页,南京,江苏古籍出版社,1997。

② (明)杨慎:《升庵诗话》卷一《苏李五言诗》,见吴文治主编:《明诗话全编》,2577~2578页,南京,江苏古籍出版社,1997。

③ (明)杨慎:《升庵诗话》卷二《谢灵运逸句》,见吴文治主编:《明诗话全编》,2586页,南京,江苏古籍出版社,1997。

方法，涉及语言、用事、用意、用词和境界等方面。杨慎认识到，唐人之于六朝诗人，若只是一味继承，就会重复，难以超越六朝诗歌艺术质量和审美境界。他认为唐代一般的诗人和一般的诗歌做不到这点，只有少数大诗人或质量较高的诗歌才具有这一成就，如梁元帝的"落星依远戍，斜日半平林"，陈后主的"故乡一水隔，风烟两岸通"，"唐人高处始能及之"①。说明梁元帝和陈后主的诗歌在当时已经达到很高的水平，即使在诗歌最发达的唐代，也并非人人能够写出那样高质量的诗歌。虽然到明代留下的基本是水平较高的诗作，但仍然只有那些超越已有时代的歌唱，才算得上是"高处"。六朝和唐代的关联，也因为它们时间相隔不远，所以在诗歌方面存在连续性，有的诗人就是历六朝和唐代的人物：

> "心逐南云逝，身随北雁来。故园篱下菊，今日为谁开。"总为梁人，历梁、陈、隋至唐贞观中，九十余矣。此诗在唐时作……②

这一段话颇有意味。明代对六朝的蔑视，固然有民族的、心理的和政治上的原因，但多数明人的确忽视了六朝与唐代相互连接的事实。就江总的《长安九日诗》而言，"在唐时作"，已经具备唐诗的笔力、气质和精神，但无疑仍留有易代的悲凄色彩和六朝诗歌的审美风尚。

（二）唐诗与六朝诗歌话语形式的关系

唐诗在内容上承接了六朝遗产，在话语形式方面也多有吸收。首先表现在语言结构和声律上：

---

① （明）杨慎：《升庵诗话》卷二《落星远戍》，见吴文治主编：《明诗话全编》，2589 页，南京，江苏古籍出版社，1997。
② （明）杨慎：《升庵诗话》卷二《江总长安九日诗》，见吴文治主编：《明诗话全编》，2589 页，南京，江苏古籍出版社，1997。

> 沈约《八咏》诗云："登台望秋月，会圃临春风。秋至愍衰草，寒来悲落桐。夕行闻夜鹤，晨征听晓鸿。解佩去朝市，被褐守山东。"此诗乃唐五言律之祖也。夕、夜、晨、晓四字，似复非复，后人决难下也。①

沈约诗歌对唐代五律的多方面影响，不仅在声韵，而且在句子和篇章结构、字数、节数以及诗歌境界。六朝诗歌与唐诗的直接关系恐怕就是"用语"所造就的风貌上的某些一致性，这种一致性虽然只是局部的、不全面的，但唐人用之益工：

> 《罗浮山记》云："望平地树如荠。"自是俊语。梁戴暠诗"长安树如荠"，用其语也。后人翻之益工。②

在使用六朝用语方面，即使大诗人也不例外："徐陵诗：'竹密山斋冷，荷开水殿香。'太白诗'风动荷花水殿香'，全用其语。"③此评欠妥当，太白已经汰除六朝遗风，融入生机，但借用或化用无疑是事实。

唐诗对六朝诗歌的借鉴，还表现在用语、用事所显示的话语风貌上。④ 杨慎虽未言明唐诗与六朝诗歌风貌的关系，但在用语上，认为唐诗有对庾信"绮艳""清新""老成"的继承。杜甫说庾信"清新"是在赞赏李白诗歌的成就时谈到的，而"老成"则是出于其《论诗六绝句》，是处在盛唐审美经验的语境中，对历代诗歌所做出的判断。这些无疑说明唐诗在"用语"方面对六朝诗歌风格的继承。而在"用事"方面，六朝诗风对唐诗的影响也十分普遍：

---

① （明）杨慎：《升庵诗话》卷三《八咏》，见吴文治主编：《明诗话全编》，2589～2590 页，南京，江苏古籍出版社，1997。
② （明）杨慎：《升庵诗话》卷三《树如荠》，见吴文治主编：《明诗话全编》，2591 页，南京，江苏古籍出版社，1997。
③ （明）杨慎：《升庵诗话》卷三《太白用徐陵诗》，见吴文治主编：《明诗话全编》，2594 页，南京，江苏古籍出版社，1997。
④ （明）杨慎：《升庵诗话》卷三《庾信诗》，见吴文治主编：《明诗话全编》，2591 页，南京，江苏古籍出版社，1997。

何逊与范云联句诗云:"洛阳城东西,却作经年别。昔去雪如花,今来花似雪。"李商隐《送王校书分司》诗云:"多少分曹掌秘文,洛阳花雪梦随君。定知何逊缘联句,每到城东忆范云。"又《漫成一绝》云:"不妨何范尽诗家,未解当年重物华。远把龙山千里雪,将来拟并洛阳花。"二诗用此事,若不究其原,不知为何说也。①

晚唐大诗人李商隐的诗歌,风格以深情绵缈见长,这一风格,与他对六朝"用事"的化用有明显关系。 其对何范"洛阳花雪"联句一事的化用,使其这两首诗的蕴含变得感人而又难解,含混而又丰富,显得意味深长。 六朝幽怨与唐代含蓄的结合,使李商隐诗歌特别具有开拓性,从而成为诗史上的一种艺术范式。

六朝"用事"对唐诗的影响,不仅在话语风格,也在风格背后的情感,这就是六朝情感模式或者说六朝"用情"对唐诗的影响:

梁徐悱妻刘三娘诗:"两叶虽为赠,交情永未因。同心何处切? 栀子最关人。"唐施肩吾《杂曲》:"怜时鱼得水,怨罢商与参。不如山栀子,却解结同心。"结句又与刘三娘光宅寺诗同。②

两诗相比,刘三娘感性多于理性,而施肩吾则运用比拟的方式,说出两种极端的感情在同一对人身上的先后表现,其感人程度尚不及刘三娘的诗歌。 这一方面说明它们属于两种不同的诗歌范式,另一方面也证明施肩吾对六朝"用情"的借用,形成了他的诗歌话语特点。

———————————

① (明)杨慎:《升庵诗话》卷三《洛阳花雪》,见吴文治主编:《明诗话全编》,2593 页,南京,江苏古籍出版社,1997。
② (明)杨慎:《升庵诗话》卷三《栀子诗》,见吴文治主编:《明诗话全编》,2594 页,南京,江苏古籍出版社,1997。

（三）"去古"：六朝影响唐诗变化的重要环节

杨慎将六朝诗歌对唐诗的影响作为诗史演进的一个环节，其间值得关注的是六朝审美遗产对于唐代诗歌范式形成的重要意义。

六朝对唐诗范式形成的作用，首先表现在通过对六朝诗歌艺术经验的汲取，唐诗在艺术形式和审美精神上成功地进行了"去古"。

杨慎通过精细地考察，发现了唐诗"去古"的基本内容和基本情况。① 唐代五言律和六朝相比，在于"乏高古"，而盛唐诗人虽然五律"含古意"，但不再"高古"。"高古"，明人多用来评价汉魏诗歌质朴深情、语工气盛的内在品质。缺少哪一方面，都谈不上"高古"，但唐代诗歌由于风骨声律兼备，情采俱融，已文质彬彬。这一审美成果的取得，恐怕是六朝诗歌形式方面的经验起了很大作用，六朝的经验及其作用就是"去古"。唐诗"去古"，融入了六朝诗歌在形式彩饰方面的经验，使唐诗产生审美的新质。而杨慎所言"含古意"之作，多是质实言之，与六朝相比，有汉魏诗歌的核心精神，却又增加了六朝艺术形式方面的考虑，所以风骨、情采兼备。可见，"含古意"和六朝经验，"去古"与有效"含古"是唐代诗歌形成的基础性条件。但这绝不是汉魏和六朝的相加，而是新的诗体：

> 汉贾捐之《议罢珠崖疏》云："父战死于前，子斗伤于后，女子乘亭鄣，孤儿号于道。老母寡妇，饮泣巷哭，遥设虚祭，想魂乎万里之外。"《后汉·南匈奴传》，唐李华《吊古战场文》，全用其语意。总不若陈陶诗云："誓扫匈奴不顾身，五千貂锦丧胡尘。可怜无定河边骨，犹是春闺梦里人。"一变而妙，真夺胎换骨矣。②

---

① （明）杨慎：《升庵诗话》卷四《五言律起句》，见吴文治主编：《明诗话全编》，2605～2606页，南京，江苏古籍出版社，1997。
② （明）杨慎：《升庵诗话》卷五《夺胎换骨》，见吴文治主编：《明诗话全编》，2610页，南京，江苏古籍出版社，1997。

自古文运动后，汉代散文的价值取向得到唐人的重新认同，这里虽举汉、唐散文的例子，但其时代精神和汉魏、唐代诗歌几乎没有多少差异。 杨慎曾言陈子昂《登幽州台歌》"其辞简质，有汉魏之风"①。 若仅仅这样看，似乎唐诗与汉代诗歌价值一致，但杨慎又言"一变而妙"，他没有言明"变"的内容，但结果是"妙"，"变而妙"就肯定融入了新质，才使得唐诗与汉魏诗歌比较，已经"夺胎换骨"了。 这其中的新的因素，是融会六朝藻绘进入唐诗文本：

> 沈佺期《七夕曝衣篇》云……佺期此诗，首以藻绘，终归讽戒，深可钦玩。②

"藻绘"，属于六朝经验；"讽戒"，则是先秦汉魏传统。 "讽戒"面向现实人生，要求思想的深刻性；"藻绘"则是艺术形式方面的审美风格追求。 两者融合，是在诗歌质朴、深情的底子上，加上美好的彩饰，这一形式的审美因素渗透到诗歌话语结构的每一个部位和细节，成就了唐诗精神。 初唐诗歌对汉魏和六朝的继承，其妙处的关键不在将汉魏和六朝话语重组，而是以唐代特有的文化语境和主体素质，以汉魏、六朝诗歌为生命基因，孕育唐诗精神。 唐诗精神，是诗歌发展的新境界。 杨慎列举刘希夷的《江南曲》等八首诗，言其"柔情绮语，绝妙一时"③。 "绝妙"，不仅在于六朝的审美遗产进入了唐诗，而且在于对六朝诗歌形式美的汲取，成功地实现了"去古"。否则就会出现重复汉魏诗歌的局面。"绝妙"，还在于汲取六朝诗歌审美经

---

① （明）杨慎：《升庵诗话》卷六《幽州台诗》，见吴文治主编：《明诗话全编》，2621 页，南京，江苏古籍出版社，1997。

② （明）杨慎：《升庵诗话》卷六《七夕曝衣》，见吴文治主编：《明诗话全编》，2623 页，南京，江苏古籍出版社，1997。

③ （明）杨慎：《升庵诗话》卷六《刘希夷江南曲》，见吴文治主编：《明诗话全编》，2624 页，南京，江苏古籍出版社，1997。

验的同时，丝毫不放弃对汉魏传统的继承。“去古”而继承汉魏，似乎十分矛盾，但唐代对汉魏的继承，不是沿袭，而是对其诗歌精神的转化。 这一“去古”的转化，第一个“中介”，就是六朝经验；第二个“中介”，是唐代文化语境及其滋生的特有主体素质，有了这样的主体素质，就能在转化中实现“去古”。 通过这两个“中介”，全新的诗歌范式——唐诗范式产生了。

“去古”的通常做法是用六朝诗歌之“意”，改造已有的汉魏诗歌语言风貌，形成富有唐代特征性的诗歌语言。[1] “去古”不仅表现于语言的普遍性走向语言的个性和丰富意味，而且最为紧要的，是表现在语言所折射的诗人个性和唐诗风貌。“去古”还表现在唐人的审美感觉比汉魏、六朝诗人敏锐、丰富和奇特。 以诗歌技巧“去古”也普遍存在，杜甫在这方面比较突出。[2] 总之，杨慎从文献学角度一方面发现了六朝诗歌与唐诗的关系，这就是唐诗“用字”“用义”上，使用六朝“字”“义”；另一方面，又表明唐代诗歌技巧也是承接六朝，但诗境已经大不相同。 不再言汉魏而言六朝，可见唐诗在“去古”技巧方面的状况。

（四）“去古”与“去六朝”结合：唐诗生成的历史语境

唐诗仅仅“去古”还达不到那样高的境界，只有“去古”的同时，扬弃六朝诗歌遗产中缺乏生命活力的部分，才能向唐诗精神跨进一步。 这一思想杨慎在论唐诗中时有所及：

> 江总《折杨柳》云：“塞北寒胶拆，江南杨柳结。不误倡园花，遥同葱岭雪。春心既骀荡，春树聊攀折。共此依依情，无奈年年别。”唐张说诗亦云：“塞上绵应拆，江南草可结。欲持梅岭花，远竞榆关雪。”微变

---

① （明）杨慎：《升庵诗话》卷七《太白用古乐府》，见吴文治主编：《明诗话全编》，2627 页，南京，江苏古籍出版社，1997。
② （明）杨慎：《升庵诗话》卷九《天阃象纬逼》，见吴文治主编：《明诗话全编》，2640 页，南京，江苏古籍出版社，1997。

数字，不妨双美。①

和江总诗作相比，张说诗作既用江总诗"意"，同时亦"微变数字"，就显得调纯语畅，诗境更为真实感人。这启示我们，唐诗精神在形成过程中，或者说汉魏向盛唐的转化过程中，有两个中间环节，一是对汉魏的继承和扬弃，二是对六朝的承接和超越。唐人一方面将"去古"与"去六朝"结合，一方面又选择两者的具有生命活力的部分，作为唐诗创作的资源，并加以融会，进入唐诗创造语境，其用语、用字、技巧、诗境自然不同于前代诗歌精神。

杨慎对"禅梵绝学"和"有志于好古者"保持理性的态度，他不赞同禅梵绝学薄六经的做法，但对于生吞活剥六经也十分反对，他的意思是要以个人的主体尺度，汲取传统的真精神，在"当代性"中孕育传统中有生命力的因子，生成诗歌"真味"。这一"真味"，既可以是内容上的，也可以是形式方面的。为了达到"去古"与"去六朝"的结合，杨慎建构起以"艺"为中心的诗学观。

正是如此，他既发现了六朝在"去古"中的作用，更发现了六朝"去古"对唐诗形式开创的意义。② 六朝诗歌"不纯于古法"现在已经尽人皆知，杨慎认为主要体现在两个方面，一是体裁上"渐成律体"，二是"缘情绮靡"。这在正统的儒家诗学看来，无疑丢掉了"温柔敦厚"的根本，而这一点乃是汉魏古诗的价值取向之一。唐诗究竟有没有受六朝的影响？若受了影响，又如何取舍六朝遗产？在当时否定六朝、忽视六朝的语境中，杨慎从艺术本身出发，以"艺"为中心建构唐诗理论。若从"艺"的角度看，六朝对唐诗形式的形成就一目了然："乃知六代之作，其旨趣虽不足以影响大

---

① （明）杨慎：《升庵诗话》卷九《张说诗》，见吴文治主编：《明诗话全编》，2647～2648 页，南京，江苏古籍出版社，1997。

② （明）杨慎：《升庵集》卷二《选诗外编序》，见吴文治主编：《明诗话全编》，2739 页，南京，江苏古籍出版社，1997。

雅，而其体裁实景云垂拱之先驱，开元、天宝之滥觞也。"以"艺"为中心并不表明他对"大雅"取向——"温柔敦厚"的放弃，他以杜甫为例本身也说明他重视汉魏诗歌对唐诗的作用，这也是以"艺"为准的加以考量的。

"去古"与"去六朝"，并不意味着对汉魏和六朝审美经验的疏离，而是在"去古"与"含古"、"去六朝"与"取六朝"之间，根据唐诗发展的需要而适当取舍，这也是唐诗生成的历史语境。① 对汉、魏、六朝诗歌，杨慎尽可能地发现它们的优长之处，"可以则""可以诵""可以观"分别表明了它们与古代经典特别是与先秦儒家诗学的关系，在此基础上态度鲜明地回答了唐诗转益多师的性质："有唐诸子，效法于斯，取材于斯"，而不是效法汉、魏或六朝的某一方面，或是其中的某一时代。 针对"尊唐而卑六代"的思潮，他批评这是本末倒置的做法。 他以历时性的视角，指出唐诗在吸取前代美感经验的基础上，得以发展壮大。

在唐诗"去古"与"含古"、"去六朝"与"取六朝"的关系上，杨慎无疑赞成既"去古""去六朝"，又"取古""取六朝"。 只不过，前代经典散佚过多，无从追究声调和体裁方面的整体面貌。 他从文献学角度推测，无论是《汉书·艺文志》还是《隋书·经籍志》，当时著述"迹班班而目睽睽，徒见其名，未睹其书"，以至于"古调声阒，往体景灭"，"直由好者无几，致留传靡余"，难以考察唐诗与汉魏、六朝诗歌的全部关系了。 因此，仅凭现有文献就断然尊唐而贬低六朝，乃是"操觚"之谈。

所以他对唐诗各体和大诗人之作，往往在其形成过程的"去"与"取"并生成自身个性上，有比较清醒的认识。② 杨氏论唐代乐府和绝句，对其所自"取"与所"去"，是以尊重"唐人之所偏长独至"的文本现实为依据，发现唐代乐府、绝句对"古意"的承接取向导致的结果：声律与性情的完美

---

① （明）杨慎：《升庵集》卷二《选诗拾遗序》，见吴文治主编：《明诗话全编》，2739 页，南京，江苏古籍出版社，1997。

② （明）杨慎：《升庵集》卷二《唐绝增奇序》，见吴文治主编：《明诗话全编》，2739～2740 页，南京，江苏古籍出版社，1997。

结合。 而且这一取向与唐诗所具有的审美特征相一致，不论在声律和性情两者之间偏执哪一方面，都会产生弄巧成拙的结果。

总之，"去古"与"去六朝"、"取古"与"取六朝"的适度把握和有机融合，是唐诗生成的关键性环节。 而元和以后，随着时代和诗人主体精神的改变，又开始"去唐"了。 杜甫是转折时期的代表人物，"诗歌至杜陵而畅，然诗之衰飒，实自杜始"①。

（五）"去古"的标志：从"性情之正"到"性情之真"

明人一般认为，《诗经》是"性情之正"的典范，而乐府民歌、六朝之作则不属于此列。 从"性情"的性质看，唐诗显然不会完全重复《诗经》的"性情之正"，而乐府民歌和六朝诗人的性情必然也影响到唐诗的话语取向，这也证明六朝诗歌是唐诗精神生成的重要环节。

杨慎坚定认为"人人有诗，代代有诗"，诗歌变化关键在情感和"性情"②。 无论"诗变"是因为"存乎其人"还是"关乎其时"，其核心因素都是人的"性情"起了关键作用。 若说"情缘物而动，物感情而迁"是古代已有的传统，那么把文学文本生成的机制归于"是发诸性情，而协于律吕；非先协律吕，而后发性情也"，则是杨慎的发明。 他将"性情"当作一个客观的存在，犹如婴儿赤子"怀嬉戏抃跃之心，玄鹤苍鸾亦合歌舞节奏之应"，赋予"性情"天真自然的性质，因此不同主体、不同时代性情自然有别，性情之感也存在差异，故有"穷达""古今"之别，而无论"灞桥风雪"，还是"东华软红"，又都是性情的产物，只不过有邪、正之分，有主体和时代的个性罢了。 这样，杨慎就将《诗经》和古诗的"性情之正"，通过"存乎其人""关乎其时"的认识，把"性情"作为具有一定变化规律的

---

① （明）杨慎：《升庵集》卷六《答重庆太守刘嵩阳书》，见吴文治主编：《明诗话全编》，2742页，南京，江苏古籍出版社，1997。
② （明）杨慎：《升庵集》卷三《李前渠诗引》，见吴文治主编：《明诗话全编》，2741页，南京，江苏古籍出版社，1997。

客观存在，从而在学理上将"性情之正"引入"性情之真"的范畴中。其言引《淮南子》"雅颂之音，皆本于情"①，并反对缺乏生机活力的"淫声"，以为"古之曼声"为"劳病腔之类"②，这是他对"真声""真性情"的感性认识。而在理性层面，他反对陈白沙理学的"言外意"之说，认为白沙"言外意"是"佛老幻妄之意，非圣人之蕴也"③。"圣人之蕴"是面向现实人生的，"蕴"当是人情的丰富性在文本中的存在，所以生机勃勃；而"佛老幻妄之意"，虽在"言外"，索解之时，实难感到"鸢飞鱼跃"的生命力。他以"性情之真"代替了"性情之正"，为阐释雄壮浑厚、一往情深的健康之声——唐诗做了理论准备。

促使杨慎产生这一认识的，还是乐府与六朝诗歌。他在六朝文学中看到"性情之真"的滥觞，又发现唐诗将"性情之真"发挥到淋漓尽致的程度。正是如此，他认为六朝影响唐诗的另一关键，是唐诗延续了六朝"性情之真"传统，并随着时代文化语境的变化，不断丰富、孕育着中国古代最为完美的主体性情。唐诗中的美丽与哀愁、放浪诗酒的洒脱情怀、雪夜小饮的生活情趣、慢与静的民族性格以及众多人生感悟，在诗歌中重现了一个气象万千的性情！杨慎说庾信诗"为梁之冠绝，启唐之先鞭"④，大概就是说性情之真和辞藻之美，尤其是"性情之真"，其言"子山之诗，绮而有质，艳而有骨，清而不薄，新而不尖"，也是就性情的蕴含而言，杜甫说"庾信文章老更成"大概也是就性情而论，因为后句"凌云健笔意纵横"更多需要性情的作用，才能形成这样的风格。"老成"和"清新"是"性情之真"和"辞藻之美"共同作用的结果。

---

① （明）杨慎：《升庵集》卷四十四《古乐今乐》，见吴文治主编：《明诗话全编》，2746 页，南京，江苏古籍出版社，1997。
② （明）杨慎：《升庵集》卷四十四《淫声》，见吴文治主编：《明诗话全编》，2747 页，南京，江苏古籍出版社，1997。
③ （明）杨慎：《升庵集》卷四十五《鸢飞鱼跃》，见吴文治主编：《明诗话全编》，2748 页，南京，江苏古籍出版社，1997。
④ （明）杨慎：《升庵诗话》卷九《庾信诗》，见丁福保辑：《历代诗话续编》，815 页，北京，中华书局，1983。

杜工部称庾开府曰清新。清者，流丽而不浊滞；新者，创见而不陈腐也。试举其略，如："文昌气似珠，太史明如镜。"……唐人绝句，皆仿效之。①

庾信诗"清新""老成""不陈腐"，是具有创造性的诗歌。它在两个层面影响唐诗创作：一是"启唐之先鞭"，唐诗精神中的某些品质，如性情和辞藻，深受其诗歌影响；二是"唐人绝句，皆仿效之"，是指在诗歌技巧层面，学习庾信的经验。所以杨慎感慨："子美何以服之如此。"②

杨慎未明确谈及声色与性情的统一是唐诗形成的关键环节，但他已经认识到六朝声色与性情在唐诗形成过程中的"去古"作用。待到六朝声色和性情在唐代文化语境中进一步孕育，方能成就唐诗的风神和气象。

二、沈恺：六朝者，尤唐之所自出也

沈恺（1452—1572），字元之，又字舜臣，号凤峰，华亭人。嘉靖八年（1529）进士。官至湖广参政。著有《环溪集》《夜灯管测》。与杨慎一样，他也认为六朝诗歌对唐诗形成、发展的意义是明显的。③ 沈恺的意思大抵没有超出杨慎的范围。沈恺追踪唐诗"所自"，认为六朝是其"本源"。他从六朝诗歌和唐诗的区别入手，发现唐诗在内容和创作方法上，都受到六朝的泽惠。一是"六朝用文以掩质，故始拙而未全；唐人由质以成文，故体备而并美"。唐诗在创作方法上受六朝处理"文"与"质"关系及其局限性

---

① （明）杨慎：《升庵诗话》卷九《清新庾开府》，见丁福保辑：《历代诗话续编》，814～815页，北京，中华书局，1983。
② （明）杨慎：《升庵诗话》卷九《庾信诗》，见丁福保辑：《历代诗话续编》，815页，北京，中华书局，1983。
③ （明）沈恺：《环溪集》卷三《六朝诗序》，见《四库全书存目丛书》集部第92册，51～52页，济南，齐鲁书社，1996。

的启发，改变了"用文以掩质"的"始拙而未全"做法，而运用"由质以成文"，使诗歌话语结构不仅"体备"，而且"文质彬彬"。 二是在内容方面，六朝靡丽之习、猎秘搜奇的艺术惯性，在唐代文化语境中得以充分孕育，经过李、杜等天才主体的创造性发展，"曲尽其变"，获得健康的属性，不仅洋洋可听，而且由于和盛世刚健型文化的融会，"彬彬然盛矣"。

由六朝"文以掩质"到唐代诗歌"由质以成文"，沈恺关注到三个方面，一是主体的性格："唐太宗英发盖世"；二是李白、杜甫的作为："风俗体裁，曲尽其变"；三是唐代文化的属性："洪涛巨流，变怪百出"。 最为重要的是六朝风习和审美精神的衍生和发展，并与多元文化结合，才生成新的文化范式。 沈恺的见解是准确的，今天的唐诗文本研究已经证明了这一观念。①

杨慎、沈恺等人针对七子和理学贬损六朝诗歌的现象，掀起了一股学习六朝的风气。 杨慎对唐诗做了大量资料考证工作，发现了唐诗和六朝诗歌之间的直接关系，由崇唐而追寻至推举六朝，突出了六朝与唐诗之间的血肉关系。 他建构以"艺"为中心的诗歌发展观，来强调六朝对唐诗的开启意义，是唐诗学之别开新面者。

这一时期的唐诗学，与明初滥觞阶段只认识到文本现象层面的诗歌特点不同，这一阶段已经深入文本内部，并且初步对诗歌生成、发展、变化原因进行了探讨，丰富了诗论的内涵。 这一时期的唐诗学呈现出形成发展时期的特征。

---

① 代表性的论文较多，这里不一一列举。 袁行霈主编的《中国文学史》第二卷第四编《绪论》言："魏晋南北朝是文学自觉的时代，文学的艺术特质得到充分的发展，文学创作积累了丰富的经验，为唐代文学的繁荣提供了很好的基础。 ……唐人的贡献，就是在魏晋南北朝文学的基础上，合南北文学之两长，创造了有唐一代辉煌的文学。"（199 页，北京，高等教育出版社，1999）

第四章
后七子群体的百年风骚：
明代诗学观念的深化

前七子衰落不过二十年左右，后七子崛起。李攀龙的《唐诗选序》重续格调论唐诗学的观点，其《古今诗删》三十四卷，按选诗比重，透露出其主张的诗歌理想范式仍在盛唐。他十分强调盛唐诗体本身的作用，"唐无五言古诗而有其古诗"之论，是《唐诗选序》的逻辑起点，其实，这里见到的是李攀龙比前七子更固守格调，也有更明确的诗体意识。李攀龙以范式诗体——"正体"为关键词所建立的诗体论，成为明代唐诗学的重要特色之一。

◎ 第一节
李攀龙的"正体"观

李攀龙（1514—1570），字于鳞，号沧溟，山东历城（今山东济南）人。幼孤家贫，自奋于学。嘉靖二十三年（1544）进士。历官刑部主事、顺德知府、陕西提学副使、河南按察使。与王世贞同为后七子领袖。著有《沧溟集》《古今诗删》等。

一、"唐无五言古诗而有其古诗"

李攀龙关于"古诗"的见解，代表了他所坚守的汉魏"正体"观念：

> 唐无五言古诗，而有其古诗。陈子昂以其古诗为古诗，弗取也。七言古诗，唯杜子美不失初唐气格，而纵横有之。太白纵横，往往强弩之末，间杂长语，英雄欺人耳。至于五、七言绝句，实唐三百年一人。盖以不用意得之，即太白亦不自知其所至，而工者顾失焉。五言律、排律，诸家概多佳句。七言律体，诸家所难，王维、李颀颇臻其妙，即子美篇什虽众，赎焉自放矣。作者自苦，亦惟天宝生才不尽。后之君子，乃兹集以尽唐诗，而唐诗尽于此。①

李攀龙的"古诗"概念，其规定性是根据汉魏古诗而来，理论渊源来自明代早期的复古派。李梦阳《缶音序》即说："诗至唐，古调亡矣。然自有唐调可歌咏，高者犹足被管弦。"②这里的"古调"就是指汉魏以来古诗的"调"，大多指古朴浑成的风格和朴质的音声节奏。五言古诗是其中的代表，李梦阳《刻陆谢诗序》言："夫五言者，不祖汉，则祖魏，固也，乃其下者，即当效陆谢矣。"③何景明亦主张古诗宗主汉魏："（李、杜）二家歌行近体，诚有可法，而古作尚有离去者，犹未尽可法之也。故景明学歌行、近体有取于二家，旁及唐初、盛唐诸人；而古作必从汉魏求之。"④可见，他

---

① （明）李攀龙：《沧溟集》卷十五《选唐诗序》，见吴文治主编：《明诗话全编》，3824 页，南京，江苏古籍出版社，1997。
② （明）李梦阳：《空同集》卷五十二，见吴文治主编：《明诗话全编》，1981 页，南京，江苏古籍出版社，1997。
③ （明）李梦阳：《空同集》卷五十，见吴文治主编：《明诗话全编》，1975 页，南京，江苏古籍出版社，1997。
④ （明）何景明：《何大复集》卷三十四《海叟集序》，见吴文治主编：《明诗话全编》，2258 页，南京，江苏古籍出版社，1997。

们都以汉魏古诗为基准和典范。而在唐代，即使李白和杜甫这两大诗人，也是一者"纵横"，"间杂长语"，一者"隗焉自放"。与严格的汉魏"正体"相比，显然不是"古诗"本色。

但李攀龙的说法何以在批评史上引起巨大反响呢？在李攀龙之前和之后，皆以汉魏为《三百篇》之后的最高标准，论及范围多止于初唐诗，而初唐是古律混杂时期，说"无古诗"不难为人接受①，而李攀龙是对整个唐代五古做出评价，涉及更多的文学现象、文学概念和文学理论问题。尤其是上引李攀龙的这段话，是以举例的方式，从体裁和诗史两个视角对诗歌经典范式做出判断。比如，七言古诗，以李白、杜甫为例做出判断：两者的共同处是"纵横"，差异在于杜甫是"不失初唐气格"的"纵横"，李白是"强弩之末，间杂长语"的"纵横"。李攀龙看出了杜甫与初唐诗歌"气格"的联系，这样，若从"古"的程度看，李白要比杜甫逊色许多。这些观点，自然要引起许多争议。

在李攀龙看来，唐代五古是汉魏"正宗之外"的五言古诗，所以他自然认为"陈子昂以其古诗为古诗，弗取也"。这其实揭示了诗歌范式消长的规律，一种范式形成之后，也就意味着它开始消亡，要逐渐被其他诗体所取代。陈子昂以自己创作的古诗为古诗，显然在理论和实践两个层面都是有缺陷的。所以王世贞在肯定"此段褒贬有至意"②的同时，进一步发挥了李攀龙对诗体范式变化的规律性认识：

　　余少年时，称诗盖以盛唐为鹄云，已而不能无疑于五言古。及读李

---

① 李攀龙之前的李、何以及何景明的学生樊鹏都持此说。樊鹏有"至初唐，无古诗而律诗兴"[《编初唐诗叙》，见（清）黄宗羲编：《明文海》卷二百二十，《文渊阁四库全书》本]之说，将律诗与古诗二分，实出于乃师何景明将诗歌划分为古体与近体、歌行的做法，其讨论的重点止于初唐。李攀龙之后，虽然胡应麟、杨慎有与李攀龙相似的说法，但沈德潜《说诗晬语》却承接李、何、樊鹏之说："唐显庆、龙翔间，承陈、隋之遗，几无五言古诗矣"（见霍松林校注：《原诗 一瓢诗话 说诗晬语》，20页，北京，人民文学出版社，1979），论述范围限于初唐诗歌。
② （明）王世贞：《艺苑卮言》，见丁福保辑：《历代诗话续编》，1005页，北京，中华书局，1983。

于鳞氏之论曰："唐无古诗而有其古诗"，则洒然悟矣。进而求之三谢之整丽，渊明之闲雅，以为无加焉。及读何仲默氏之书曰："诗盛于陶、谢，而亦亡于陶、谢。"则窃怪其语之过。盖又进之而上为三曹，又进之而上为苏、李、枚、蔡，然后知何氏之语不为过也。①

王世贞将李攀龙关于诗歌范式变化的认识推及整个中国诗歌史，当一种体类的诗歌达到成熟阶段，诗歌境界达于至境，也就是这一诗体衰落的开始。 王氏以先唐关键时期最具代表性的诗人为例，说明这一颇具普遍性的规律。 至于唐代五古与汉魏五古以及汉与魏五古的区分，唐代五古和汉魏五古的关系，李攀龙没有回答，回答这一问题的，是他之后的胡应麟和许学夷。

李攀龙批评陈子昂，以为陈子昂张扬汉魏风骨，是想回到遥远的汉魏，究其用意可能并非如此。 但李攀龙误以为陈子昂的复古汉魏是回到汉魏正宗，故而批评他以唐古为古诗的说法"弗取也"。 在他看来，唐代古诗明显不及汉魏古诗的质量，但依然受汉魏诗歌影响，是已经变化了的"古诗"。这一点，后来的胡应麟做了注释：

> 四杰，梁、陈也；子昂，阮也；高岑，沈鲍也；曲江、鹿门、右丞、常尉、昌龄、光羲、宗元、应物，陶也。惟杜陵《出塞》乐府有汉魏风，而唐人本色时露。太白讥薄建安，实步兵、记室、康乐、宣城及拾遗格调耳。李于鳞云："唐无五言古诗而有其古诗"，可谓具眼。②

胡应麟对李攀龙的话做了新的阐释，赋予"唐无五言古诗而有其古诗"这句话的"诗变"蕴含，使得李攀龙的话有了发展论的意义。 唐代"古诗"已经离开汉魏古诗的审美规定，即使杜甫最为接近汉魏，但亦时露"唐人本

---

① （明）王世贞：《弇州续稿》卷五十五《答梅季豹居诸集序》，见《景印文渊阁四库全书》第1282册，727页，台北，台湾商务印书馆，1986。
② （明）胡应麟：《诗薮·内编》卷二，37页，上海，上海古籍出版社，1979。

色"，具有唐代诗歌的时代特征。可见，不论李攀龙是何用意，但其就"古诗"之争论述了"诗变"现象，则是毋庸置疑的。同时也可看出，李攀龙以汉魏"正体"为立足点，透视"诗变"脉络。

二、李攀龙"正体"论的理论内涵

首先，李攀龙的"正体"观显然继承了"诗教"的观念，其论诗也离不开这一正统儒家的视点：

> 古之为乐府者，无虑百家，各与之争片语之间，使虽复起，各厌其意，是故必有以当其无有拟之用。有以当其无有拟之用，则虽奇而有所不用也。《易》曰："拟议以成其变化"，"日新之谓盛德"。不可与言诗乎哉！①

李攀龙是赞成诗歌变化的，但他要求的变化，是通过"拟议"，不完全是自由想象的产物。而"日新之谓盛德"，也不是单纯就诗歌本身变化而言，变化应包含诗外丰富的自然、社会伦理内容。他主张的是诗体和诗歌话语中蕴含的社会伦理内容一起变化。在李攀龙看来，似乎诗歌从一开始就植入了时代变化的基因。

其次，李攀龙以"字"少"声"谐作为"正体"的形式标准。② "字"和"韵"，是诗歌形式的重要组成部分，李攀龙以"谐声"为标准，追求"字少""韵雅"，反对诗歌使用俚字"乱雅"，调险"累雅"，提倡"阴裁俚字"，"以复雅道"。其复归"正体"，是想恢复"雅正"的诗歌传统。

---

① （明）李攀龙：《沧溟集》卷一《古乐府》，见吴文治主编：《明诗话全编》，3823页，南京，江苏古籍出版社，1997。

② （明）李攀龙：《沧溟集》卷十五《三韵类押序》，见吴文治主编：《明诗话全编》，3824页，南京，江苏古籍出版社，1997。

个中消息，也透露出自汉魏以来，离"雅道"越来越远，导致诗歌形式上的变化十分巨大。可见，李攀龙对"字"和"韵"等形式问题并不单独去看，而是以之与诗歌风格、诗歌"雅道"等内容方面的因素联系起来。所以，其谈"字"和"韵"的不同运用，不仅会看到诗歌形式有变化，而且在形式、内容的整体表征上，也显示出风格的差异和诗歌整体变化的轨迹。

李攀龙之"正体"观，只是就艺术精神的规定而言，并非就是主张写诗要和汉魏一模一样。他看到个人因素的作用，主张个人因素要与"诗教"的社会意义一致。他引用"诗言志"的说法，认为"士有不得其志而言之者，俟知己于后也"。他提出诗歌应是"知己"，表现自己的情志，"舍汝所学而从我"。这里的"知己"之言，能够显出"我"的情感精神状态。其中含有儒家"真诚"的内涵，属于诗歌真实性的要求。最重要的是"知己"之言，应是君子之言。所以他又言："诗之为教，言之者无罪，而匹夫以贾害，则焉用此？"①将真诚的话语及其所蕴含的诚挚情感表达出来，这在儒家那里，是"无罪"的；真诚，是"诗教"的重要内容。李攀龙敏锐地感觉到，诗歌"之言"和"言之者"，是超越"贾害"的，若虑及功利，就与"匹夫"一样了。既然诗歌话语非关功利，诚挚真情，就必然言人人殊："故里巷之谣，非缘经术；招隐之篇，无涉玄旨，义各于其所至，是诗之为教也。"②所以他认为"有德"，必"自成一说"，自成一说，必有主体性。

李攀龙写给王世贞的《送王元美序》，就中涉及许多诗学问题。其中关键性的问题，是诗歌如何发展。③其关键因素是，"修辞"不能失诸理，而"持论太过"，"惮于修辞"则"理胜相掩"，"动伤气格"；目的是提倡真情；主张"同一意、一事而结撰迥殊"，在创作中提倡"才至"，反对"唯

---

① （明）李攀龙：《沧溟集》卷十五《比玉集序》，见吴文治主编：《明诗话全编》，3824～3825页，南京，江苏古籍出版社，1997。
② （明）李攀龙：《沧溟集》卷十五《蒲圻黄生诗集序》，见吴文治主编：《明诗话全编》，3825页，南京，江苏古籍出版社，1997。
③ （明）李攀龙：《沧溟集》卷十六，见吴文治主编：《明诗话全编》，3826～3827页，南京，江苏古籍出版社，1997。

众耳是寄"，不能"自发一识"，至有"真伪相含"而"不自施"。 可见，主体作用下的继承、创新、和谐是其"正变"的主要内容。"正变"既是声韵字句问题，也涉及"仁义""有德"的要求。 只不过这些问题和要求都要通过主体的真实、真诚个性去践履，如此，方能使文学话语及其蕴含产生变化发展，赋予诗歌个人性和时代性。 上引李攀龙之言，并不意味着他仅仅提倡"趋时"，他的意思是要结合古人精神和时代文化语境做出创新性的成果。① 《送王元美序》中所言"能为左氏、司马文者"，不仅指主体能力，也指对左氏和司马熟悉、领悟的程度非常高。 达到这一水准，已经很难，但当时作者深知，即使重复左氏、司马都要受时代精神的制约，若想在左氏、司马基础上再上一个层次，就更难了。 李攀龙对创新的难度是清楚的。 但他仍然强调仅仅为了符合"时制"，遮蔽左氏、司马的真精神，则属于"不可读之语"，是一种对社会文化"无用"之文。 他将"一人"与"天下风靡之士"、"一旦"之见与"终身之见"对举，指出用"一人"取代"天下风靡之士"，用"一旦"之见代替"终身之见"，这种"欲一朝使舍所学而从我"的做法，终将导致众多士人不肯苦其心志，在较高层次了解古人和他人的文本话语及其意蕴，使自己有所超越，而是盲目跟从"时制"，这样做尽管风靡一时，其实难以反映时代现实和文化的状况。 所以他深信"能为献吉辈者，乃能不为献吉辈者"。 这样才能结合前人精神和时代文化语境做出创新性的成果。

正是在上述意义上，他认为对"法自己立"要十分谨慎，既不能是无源之"法"，亦不可唯古人"绳墨"是从②。 使用古人回避的无用之法和无用之言，炫耀为"自异"和自己所立之"法"，既脱离现实文化语境，于诗歌发展也毫无意义。 衡量一种诗法有无价值，必须以前人作参照："宁属辞比

---

① （明）李攀龙：《沧溟集》卷十六《送王元美序》，见吴文治主编：《明诗话全编》，3826～3827页，南京，江苏古籍出版社，1997。
② （明）李攀龙：《沧溟集》卷二十五《王氏存笥稿跋》，见吴文治主编：《明诗话全编》，3828页，南京，江苏古籍出版社，1997。

事未成而不敢不引于绳墨，原夫法有所必至，天且弗远者乎？"①意思是创新必须在原有诗法的基础上进行，才能"法有所必至"，离达到新的诗歌境界也就不远了。

因为"正体"要求诗歌文本蕴含社会现实，所以诗歌及其体制与时政变化相随。李攀龙在《送宗子相序》中谈到七子成员出于各种原因散落全国各地的状况时，曾述及自己创作的追求："朝不坐，燕不与，悯时政得失，主文而谲谏，言之者无罪，闻之者足以戒，达于事变而怀其旧俗，亦何所不得于我？而况合契古人。"②李攀龙将士人的这一责任感、面向现实的精神与诗歌话语结构个性相联系："一有嗟叹，即有永歌。言危则性情峻洁，语深则意气激烈，能使人有孤臣孽子摒弃而不容之感，遁世绝俗之悲，泥而不滓，蝉蜕滋垢之外者，诗也。"③这样的情感才质朴自然，他所言"与其奇也，宁拙"④也是就这一意义而言的。

质朴而诚挚的情感只要打上时代文化和个人的烙印，无疑就会影响诗歌文本内质和体裁的变化，李攀龙的"正体"观包含着这一规律性的发现。⑤李攀龙对诗歌体裁和内质因素的看法，标准是风骨"卓然"的程度，兴寄是否深婉；检验的尺度是能否"一洒凡近"，贴近现实生活；而在审美层面是能否给人"灵异"之感。只要主体才质"自雄"，无论是由"质"到"华"还是由"华"至"质"，都是无关紧要的。这里将诗歌体制与诗歌文质结合起来，说明李攀龙的思考已经不局限于格调的范围，其正在以"正体"概念推进诗学探讨的深化。

① （明）李攀龙：《沧溟集》卷二十五《王氏存笥稿跋》，见吴文治主编：《明诗话全编》，3828页，南京，江苏古籍出版社，1997。
② （明）李攀龙：《沧溟集》卷十六《送宗子相序》，见吴文治主编：《明诗话全编》，3827页，南京，江苏古籍出版社，1997。
③ 同上书，3827页。
④ （明）李攀龙：《沧溟集》卷二十六《与谢九式书》，见吴文治主编：《明诗话全编》，3829页，南京，江苏古籍出版社，1997。
⑤ （明）李攀龙：《沧溟集》卷二十六《报刘子威》，见吴文治主编：《明诗话全编》，3830页，南京，江苏古籍出版社，1997。

李攀龙论"正体",并没有离开格调论立场,反而让人感到,是格调论的视野衍生出他的"正体"观,他在七子复古诗学中第一次引"兴象"入"格调"①,可视为七子唐诗研究的深入,意味着七子进入唐诗文本更深层次。在此基础上,将格调论进一步推进②,将"境地""精思"融入格调论范围,这样,李攀龙的"正体"论,已经运用"兴象"——"境地"——"精思"——"气"这些富于变化的概念,其"正体"在这些因素影响下,似乎只好发展至"变体"了,所以他自己也感慨"诗之难正"。由坚持"正体"到认识到"诗之难正",与他尊重不同发展阶段的唐诗文本现实有关:"顾文章自有其时,有欲焉而不及之者"。这样,其对"兴象"——"境地"——"精思"——"气"——"有欲"这些概念的使用,无疑丰富了格调论诗学的内涵。这些观点,谢榛谈得还要精彩些,并且纠正了七子"崇正"的缺陷。

◎ 第二节

谢榛对格调论的丰富与发展

谢榛(1495—1575),字茂秦,号四溟山人,又号脱屣山人,山东临清人。自幼一目失明。在后七子中,李攀龙、王世贞等六人均为少年进士,仅谢榛一人为布衣。《四库提要》言其以声律之学折中四方议论,遂以布衣执牛耳。后与李、王交恶。谢榛虽然也提倡格调论,却不像李攀龙那样标榜汉魏高古之格,他好唐诗,却以初、盛唐十四家为楷模,尤重音声、格律

---

① (明)李攀龙:《沧溟集》卷二十八《报欧桢伯》,见吴文治主编:《明诗话全编》,3830 页,南京,江苏古籍出版社,1997。
② (明)李攀龙:《沧溟集》卷三十《与徐子与书》之五,见吴文治主编:《明诗话全编》,3830页,南京,江苏古籍出版社,1997。

之学。 王世贞《艺苑卮言》言其"北游燕，刻意吟咏，遂成一家。……其排比声偶，为一时之最第兴寄小薄，变化差少"。 谢榛以为只需领会精神、声调，不必模拟字句。 王世贞《艺苑卮言》说他"如程不识兵，部伍肃然，刁斗时击，而少乐用之气。"钱谦益《列朝诗集小传》言嘉靖七子"论诗之指要，实自茂秦发之"。 谢榛亦言自己与李、王相交结社是"以声律之学请益，因折衷四方议论，以为正式"①。 总的来看，谢榛诗学思想是以"声律"为中心，提倡"走笔成诗"与"琢句入神"结合②；"夺神气、求声调、裒精华"的"三要"与宗初盛唐和自创新格的"二一"结合③；求得"德、名、才、神"统一④、"奇"与"正"统一⑤、情与景"内""外"相因⑥；主张"超悟"与"词、意两美"⑦；反对"偏执"，主张"不失正宗"的"变通之法"⑧。 这些观点，是在反思早期格调论尊崇汉魏规范的基础上，吸收了初盛唐诗歌的审美经验及其主体情意，对格调论的丰富与发展。

谢榛的上述主张都有其用意。 其历谈声律格调，以分正变，用来规避旧格调论单纯崇"正"的缺陷；以"三要"与"一我"、"一心"为立足点建设以"悟"为核心的主体才能，用以丰富格调论的内涵；以"走笔成诗，琢句入神"改造旧格调论的琢句求工之弊；在格调论的范围内，力图让诗性分析从偏执两极走向融通，以改变格调论崇尚汉魏范式的不足；以对"法"的具体讨论，落实了对格调论内容的梳理。 这样，"法""悟""神""兴""走笔"就与"出入（初盛唐十四家）"一起，构成谢榛格调论诗学的新鲜特色。

---

① （明）谢榛著，宛平校点：《四溟诗话》卷三第一八则，72 页，北京，人民文学出版社，2005。按：该书为《四溟诗话》与王夫之《姜斋诗话》的合订本。

② （明）谢榛著，宛平校点：《四溟诗话》卷三第三二则，77 页，北京，人民文学出版社，2005。

③ （明）谢榛著，宛平校点：《四溟诗话》卷三第三九则，80 页，北京，人民文学出版社，2005。

④ （明）谢榛著，宛平校点：《四溟诗话》卷三第四三则，82 页，北京，人民文学出版社，2005。

⑤ （明）谢榛著，宛平校点：《四溟诗话》卷三第五〇则，85 页，北京，人民文学出版社，2005。

⑥ （明）谢榛著，宛平校点：《四溟诗话》卷三第六四则，91 页，北京，人民文学出版社，2005。

⑦ （明）谢榛著，宛平校点：《四溟诗话》卷四第三六、五八则，107、116 页，北京，人民文学出版社，2005。

⑧ （明）谢榛著，宛平校点：《四溟诗话》卷四第七七、八〇则，125、126 页，北京，人民文学出版社，2005。

一、"历谈声律调格，以分正变"与"文随世变"

随着中晚明多元文化的生成，格调论渐渐显出"崇正""师古"的保守性和理论偏执，将汉魏盛唐诗歌作为终极理想形态和永生不变的标准，便限制了诗歌的发展。这一点，很快就被稍后的公安、竟陵等诗歌派别看破并做了批判与反拨。面对这些文化方面的压力，格调论内部开始对格调论进行重建工作。谢榛就是在这种语境中，对格调论自身的弊端进行了反思与新的理论建构。

谢榛的格调论思想，与前后七子中的其他人有很大的不同。突出表现在他以"通变之法"，来规避旧格调论单纯崇"正"的缺陷。其"通变之法"主要是在力图融会多元诗学的基础上，找出诗学别开生面的途径。

谢榛的"通变之法"，起点是"历谈声律调格，以分正变"：

> 余偕诗友周一之、马怀玉、李子明，晚过徐比部汝思书斋，适唐诗一卷在几，因而披阅，历谈声律调格，以分正变。①

他论诗歌也是在格调论的框架内进行的，并未放弃"崇正"的立场。但他对诗歌的分析与李攀龙单纯着眼"正体"不同，是"正"与"变"的双向分析。谢榛在论"变"的过程中，认识到突破成规，自能别创高调，古诗创作"不泥音律而调自高也"②。在此基础上，又就音律角度论古体之变的脉络："唐风既成，诗自为格，不与《雅》《颂》同趣。汉魏变于《雅》《颂》，唐体沿于《国风》。雅言多尽，风辞则微。今以《雅》文为诗，未尝不流于宋也。"③此处是论"言"与"辞"，以辨二者的变化轨迹。在诗

---

① （明）谢榛著，宛平校点：《四溟诗话》卷三第二〇则，73页，北京，人民文学出版社，2005。
② （明）谢榛著，宛平校点：《四溟诗话》卷一第五七则，17页，北京，人民文学出版社，2005。
③ （明）谢榛著，宛平校点：《四溟诗话》卷一第五八则，17页，北京，人民文学出版社，2005。

歌的发展中，他关心的是"声律格调"的演变。其言"声律格调"之演变，能兼顾自律与他律的作用。① 其言"韵"之"定式"在唐，但这一"定式"，经过了自身漫长的发展过程，其中"沈韵"对唐诗这一抒情范式的形成具有重要意义。在复古论者看来，"韵"为格调的重要因素之一，谢榛言韵之演变，实际是想证明格调在不同的文化语境里，在承传过程中有种种变化，变化的趋势是走向"定式"，达到一种成熟的境界。成熟之后，再难发展，就必须别开新面了，所以，"后世因之，不复古矣"。

谢榛言唐韵达到成熟"定式"，涉及自律与他律等众多文化因素对诗歌的影响。这里重点提及的，首先是"以诗取士"的政治体制和与之相关的文化氛围。其次，韵之变化而至"定式"，与用韵的技巧和艺术手段变化有关。他以"严整"评沈韵成就，不仅说明用韵需要技巧和艺术手段，其实也是把唐诗用韵作为一种规范，一种法则。唐诗的用韵在谢氏看来，也确实是"严整"之韵。② 他以七言绝句为例，论证盛唐诗歌"用韵最严"、"以韵为主"与"以韵发端"对盛唐气象形成的巨大意义，实际是贯彻他以"声律"为中心的格调论思想。声律在谢氏的诗论中具有统领作用。在这里，"韵"与一个时代的诗歌风貌紧密关联。盛唐的标志之一就是"用韵最严"，而稍有旁出，即为大历诗风；盛唐诗歌在意、辞、句运用和形式方面的技巧，都与"韵"有关。谢榛看唐诗向宋诗的转变，亦从"韵"之形成和变异的角度言之。可见，从对"韵"在文学发展中的作用，谢氏已经看出诗歌形式自身具有变化机制。

但谢榛不放弃他律的作用，除上面所讲唐韵形成"定式"，与"以诗取士"的政治体制及相关文化氛围有密切关系外，他进一步认识到诗歌格调的变化与时代、社会演进的关系。在《四溟诗话》中，他就两次明确提及"文随世变"的观点：

---

① （明）谢榛著，宛平校点：《四溟诗话》卷一第二七则，9页，北京，人民文学出版社，2005。
② （明）谢榛著，宛平校点：《四溟诗话》卷一第四二则，13页，北京，人民文学出版社，2005。

《三百篇》直写性情，靡不高古，虽其逸诗，汉人尚不可及。今学之者，务去声律，以为高古；殊不知文随世变，且有六朝、唐、宋影子，有意于古，而终非古也。①

谢榛在明中叶能于声律格调之间见音声与世推移，而显出时代特征。他指出，在明代学习古诗者中，不仅能看到六朝、唐、宋的影子，还能看到明代学古诗者所具有的"当代性"。他以生动的比喻说明了这一事实："今之作者，譬诸宫女，虽善学古妆，亦不免微有时态。"②他批评明人学古者"务去声律"的做法，乃是明人误以为音律乃为近体诗的特征，而古诗则不讲音声之故。在谢榛看来，古诗亦有声律，学古者"务去声律"的做法是对古诗的误解。因为不同时代，有不同的音律，它是变化着的。而且，谢榛已经认识到，同样的音声在不同时代也会具有不同的格调，一个时代的诗歌，其格调终究要受当时文化语境的制约和影响。这从其评析中唐诗歌可见一斑：

雪夜过恕庵主人，诸子列坐，因评钱、刘七言近体两联多用虚字，声口虽好，而格调渐下，此文随世变故耳。③

钱起、刘长卿七言近体多用虚字，读起来"声口"好，显然也大致符合唐诗的音声规范，但和盛唐诸家有区别，就在于格调有变化。从这里，谢榛已觉察到一代有一代之诗："诗赋各有体制，两汉赋多使难字，堆垛联绵，意思重叠，不害于大义也。诗自苏、李五言暨《十九首》，格古调高，句平意远，不尚难字，而自然过人矣。诗用难韵，起自六朝……从此流于艰

---

① （明）谢榛著，宛平校点：《四溟诗话》卷一第一则，3页，北京，人民文学出版社，2005。
② （明）谢榛著，宛平校点：《四溟诗话》卷四第六〇则，118页，北京，人民文学出版社，2005。
③ （明）谢榛著，宛平校点：《四溟诗话》卷四第七二则，123页，北京，人民文学出版社，2005。

涩。 ……韩昌黎、柳子厚长篇联句，字难韵险，然夸多斗靡，或不可解。"①谢氏不愧为格调论的大家，能在三千年的众多诗作中，不仅发现"诗用难字""诗用难韵""字难韵险"等现象，而且发现了一个"诗用难字——诗用难韵——字难韵险"的发展轨迹。

从诗之格调的角度，谢榛认识到诗歌自律和他律的共同作用，会引起文学的变化。 这是"唐之所以为唐""宋之所以为宋"的主要原因。 各代均有不同的诗体面貌。 因此，单纯以某一时代的诗体规范和"雅正"的价值取向来规范诗歌活动，就必然导致文学发展机能的萎缩。 谢榛以颇有理性思维色彩的诗"变"观念，纠正了七子"崇正"和"师古"的缺陷，丰富了格调论的理论内涵，并使之能够回应多元文化时期诗歌活动和诗论发展的现状。

二、"三要"与"一我"、"一心"：格调"通变"中主体的意义

谢榛的格调论，不仅重视从文本的音声、韵律中分析诗歌发展和"文随世变"的规律，也不仅仅把音声之变全部归结为社会生活与诗歌自身。 在当时王学开始流行、公安日渐势炽的情况下，他并没有无视这些理论的存在，而是从中吸取营养，从主体及其能力和素质的角度丰富格调论的理论内涵，这是他与旧格调论和其他复古论者的区别之一。

谢榛论诗歌发展中的主体作用，以"三要"与"一我"、"一心"为立足点。 《四溟诗话》提出学习"楷范""经典""法"同主体的"心""我"等方面有关②，所涉内容本身已经说明格调论内涵的变化。 在格调论的框架中，他论及两个有关诗歌发展的主体性问题。 一是否定在初、盛唐十四家中，以某一两家专为楷范，就能创造诗歌新境界的可能性，以为"只有

---

① （明）谢榛著，宛平校点：《四溟诗话》卷四第一二则，99～100 页，北京，人民文学出版社，2005。

② （明）谢榛著，宛平校点：《四溟诗话》卷三第三九则，80 页，北京，人民文学出版社，2005。

出入十四家之间，俾人莫知所宗"，方能别开生面，生成另外一家，表明他对诗歌创作主体作用的肯定。 二是指出诗歌发展必须继承一个时代的全部优秀之作。 即使是初、盛唐这样一个诗歌发展质量很高的时期，亦要"选其诸集中之最佳者"，在选择的基础上，假以"三要"，即"夺神气""求声调""裒精华"。 做到"三要"需要主体三个方面的能力，即"熟读之""歌咏之""玩味之"。 他看到诗歌创作要在转益多师的前提下，依靠主体能力，全面汲取、融会一个时代的神气、声调和精华，才能有所创新。 谢榛所强调的"三要"，的确是中国古代诗歌理论中关键性的话语构成部分，也是古代诗歌特别是盛唐诗歌的特质所在。 在古代文学理论史上，对音声、神气的讨论经历了较长的历史过程，原因在于中国诗歌的精神特质与音声、神气有天然的紧密联系，音声、神气是中国诗歌的生命所在。 而谢氏所言的"裒精华"，本身也是中国传统文化中思维方式的重要组成部分。 可以看出，谢榛调动了民族审美文化中许多有益的成果，来改造旧有格调论的不足。

但是，他讨论主体对初、盛唐诗歌的承传和发展，只含糊地提到"出入初、盛唐十四家"，还没有拿出十分具体的办法。 下面的论述亦仅可看出主体在"文随世变"中是怎样起作用的。

首先是创作主体对内容的继承能够"袭故而弥新"①。 谢榛认为，诗歌内容或题材的继承，并非原封不动的照搬，"所谓袭故而弥新，意更婉切"。 意思是在继承过程中，要使诗歌话语产生新变化，内容的价值取向必须随时代、人心变化而变化，才能表达更贴切，此方为"袭故而弥新"，其中，主体发挥着非常重要的作用。 谢榛实际上是发现了这样一条规律，即随着内容取向之变，会引起诗体之变："江淹有《古离别》，梁简文、刘孝威皆有《蜀道难》。 及太白作《古离别》《蜀道难》，乃讽时事，虽用古题，

---

① （明）谢榛著，宛平校点：《四溟诗话》卷四第五四则，113 页，北京，人民文学出版社，2005。

体格变化,若疾雷破山,颠风簸海,非神于诗者不能道也。"①李白以旧题作乐府,无疑是主体的创造,其内容的价值取向有巨大改变,有些作品不再与乐府的原有题意相关,乃以之讽谏时事,所以能够带来诗歌体格的重大变化。

其次,在形式和风格继承方面,他于声律之变别有会心,尤为敏感。《四溟诗话》云:"诗以汉魏并言,魏不逮汉也。建安之作,率多平仄稳帖,此声律之渐;而后流于六朝,千变万化,至盛唐极矣。"②他在引魏文帝、张华、潘岳、陆机等人的诗后,谓:"虽为律句,全篇高古。及灵运古律相半,至谢朓全为律矣。"③此论古、律之渐变,个中含有原有规范因素逐渐改变后,就会慢慢形成新的诗歌体格:"诗至三谢,乃有唐调;香山九老,乃有宋调;胡元诸公,颇有唐调。"④在上述诗歌格调的变化过程中,"夺神气"、"求声调"、"裒精华"与出入诸家,都要依赖"我"和"心"在诗歌创新中的作用,强调主体的心灵和自我的个性。在谢榛看来,求"三要"的目的是"造乎浑沦""易驳为纯""去浊归清"。谢榛在诗歌变化中重视"我"和"心"的意义,似乎分别有追求"神韵"和"性灵"的迹象。格调论向性灵、神韵论迈开脚步,标志诗学思想在朝着整合的方向前行。

再次,谢榛重视主体性在诗歌发展中的作用,绝不是一般性的泛泛之论,在他看来,要求得"三要",主体还必须有能力处理好情与景的关系。他论情、景的关系是结合主体之"悟"对诗歌进步的意义来展开的,这是他的情景之论与此后情景论的区别所在⑤:"诗固有定体,人各有悟性",前一句不忘诗歌的审美规范,是对格调论的坚守;后一句则是对主体发展诗歌能力的肯定。其以"悟"统领情、景,是因为谢榛感到要在创作中生新,必

---

① (明)谢榛著,宛平校点:《四溟诗话》卷一第一〇三则,28页,北京,人民文学出版社,2005。
② (明)谢榛著,宛平校点:《四溟诗话》卷一第三则,3页,北京,人民文学出版社,2005。
③ (明)谢榛著,宛平校点:《四溟诗话》卷一第九七则,27页,北京,人民文学出版社,2005。
④ (明)谢榛著,宛平校点:《四溟诗话》卷一第二一则,7页,北京,人民文学出版社,2005。
⑤ (明)谢榛著,宛平校点:《四溟诗话》卷四第六一则,118页,北京,人民文学出版社,2005。

须处理以情、景为中心的内与外、小与大、著与微的关系，必须建设以"悟"为核心的各种才能。在他看来，因为"人各有悟性"，"而况尔心非我心"①，所以才能出现诗歌个性，只要"心有所主"，辅之以其他方面的才能，就能于盛唐律髓和建安古调之间，别出新声，创"神龙变化之妙"。他对主体"悟性"的重视，一是因为诗歌作为"情景之具"，是情景的内与外、小与大、著与微的载体。在创作主体，不运用"悟"的能力，就难以使诗歌话语具有融乎内而深且长的"情"、耀乎外而远且大的"景"；在接受主体，也就在领会内与外、小与大、著与微的微妙关系方面，出现困难。二是因为只有这样做，才能够在诗史意义上，把主体的个性能力纳入文学发展的因素中。所以他的情景论，又是以主体之"悟"为核心的"情景内外相因"之论。②"情景内外相因"论有着丰富的内容：诗歌既是"模写情景之具"，为情景的载体，又"本乎情景"，是情动于衷和感物而动的结果。其中，情与景"孤不自成，两不相背"，具有相因相续、互相发动的特点。两者相因，就要处理好各种关系，需要主体的许多能力。谢榛把它分为两种情况。一种是偶然的情况。它需要处理古与今、形内与形外、音律的有声与无声的关系，要有"登高致思，神交古人""穷乎遐迩，系乎忧乐""著形于绝迹，振响于无声"的艺术才能和文化能力。另一种是普遍的情况："情景有异同，模写有难易"，此乃诗之"二要"。对于情景的异同和模写的难易，谢榛认为作者在观、感和处理情景关系时，应有使之"内外如一，出入此心而无间"的能力和技巧，在情景相互发动的过程中，有使诗歌话语"数言统万形，元气浑成，其浩无涯"的造境才能。这是要求处理情景关系，要能够以少总多，使之具有简约含蓄、意蕴丰赡的话语结构，具有言外之意、味外之旨和生机盎然、渊深朴茂的审美效果。在异与同、难与易的关系中，谢榛特别将同和异的三个方面，即情景、古人的文本、作者的才能提出来加

① （明）谢榛著，宛平校点：《四溟诗话》卷四第五八则，116 页，北京，人民文学出版社，2005。
② （明）谢榛著，宛平校点：《四溟诗话》卷三第一〇则，69 页，北京，人民文学出版社，2005。

以讨论，在面对这三个方面的同和异时，谢氏以为要想不流于俗、不失其正，关键是既要"异其异"，亦能"异其同"。要做到这一点，就是要讲究"中正之法"：

> 或问作诗中正之法。四溟子曰：贵乎同不同之间，同则太熟，不同则太生。二者似易实难。握之在手，主之在心。使其坚不可脱，则能近而不熟，远而不生。此惟超悟者得之。①

"写眼前之景，须半生半熟，方见作手"②，既是把主体的"悟"放在突出位置，也是把"悟"与诗歌创新问题连在一起。可见"悟"的核心作用，就在于处理好遵守规范（同）与超越规范（异）之间的关系。只要以"悟"为核心，处理好情景、古人的文本、作者的才能三方面的"同"和"异"，就自能"景出想像，情在体贴，能以兴为衡，以思为权，情景相因，自不失重轻也"③。情景相因，还需要较强的语言能力，方能于情景的摹写之间，辞浅意深，并见出变化之妙。在"语"的方面，都是"心有所主"，其诗歌话语能够成为情景的载体，并且都做到情"融乎内而深且长"，"景耀乎外而远且大"。这一切，都与"造语"相关，"造语"对诗歌中情景既深且长的重要性，于此可见一斑。

最后，谢榛注意到，主体的"悟性"并不仅仅表现在对声律的把握、一般技巧能力的运用和处理情景的各种复杂关系，他还认识到这些能力要想转化为诗歌高格，转化为诗歌的创新性因素，离不开人的"性情"。谢榛以为"养性情"最难：

> 陶潜不仕宋，所著诗文，但书甲子；韩偓不仕梁，所著诗文，亦书

---

① （明）谢榛著，宛平校点：《四溟诗话》卷三第一六则，71 页，北京，人民文学出版社，2005。
② （明）谢榛著，宛平校点：《四溟诗话》卷三第一七则，72 页，北京，人民文学出版社，2005。
③ （明）谢榛著，宛平校点：《四溟诗话》卷三第六四则，91 页，北京，人民文学出版社，2005。

甲子。偓节行似潜而诗绮靡，盖所养不及尔。薛西原曰："立节行易，养性情难。"①

关于诗歌格调、声韵与主体性情的关系，谢榛认为：

> 《扪虱新话》曰："诗有格有韵。渊明'悠然见南山'之句，格高也；康乐'池塘生春草'之句，韵胜也。"格高似梅花，韵胜似海棠。欲韵胜者易，欲格高者难。兼此二者，惟李、杜得之矣。②

对"格高""韵胜"，谢榛分别以梅花、海棠喻之，其强调"欲格高者难"，犹言"调"可学，而高"格"之难求。高格就与性情相关。关于李、杜高格与性情的关系，谢榛语焉不详。在这方面说得稍微明确些的，则是稍后的许学夷。

在谢榛看来，主体具备了"三要""一我""一心"，具备了处理情景关系之"悟"和"性情"之后，就能"走笔成诗""琢句入神"③。这是对格调论单纯崇尚汉魏盛唐诗歌规范进行反思的成果。本质上还是强调主体的"一心""一我"在创作中的作用。因此，对创作中"思"的弊端，他有清醒的认识，以提倡"兴"对之加以纠正。这也见其"走笔成诗"，除强调成诗过程中感"兴"的重要性外，还有一个"走笔"中"笔力"的问题，他是在盛唐诗歌的"雄壮笔力"中受到启发的。④ 其于"格调"，虽仍然提及"琢句"之论，但又以"入神"来改造旧格调论的琢句求工之弊。这是对诗

---

① （明）谢榛著，宛平校点：《四溟诗话》卷一第二五则，8页，北京，人民文学出版社，2005。
② （明）谢榛著，宛平校点：《四溟诗话》卷二第五则，35页，北京，人民文学出版社，2005。
③ （明）谢榛著，宛平校点：《四溟诗话》卷三第三二则，77页，北京，人民文学出版社，2005。
④ "笔力雄壮"是严羽对盛唐诗歌的概括，严氏对此说内涵、外延都未加说明。余恕诚先生言盛唐诗歌"笔力"，以为其"不同于齐梁时期的委靡、纤弱，造语朴实而有力度"，"更指那种'笼天地于形内，挫万物于笔端'的强大表现力"，它离不开作品的语言因素，这种笔力所造就的诗风"给人以充实饱满、旺盛有力之感"，它"与兴有关"。此论当为迄今对盛唐诗歌笔力最有创造性的阐释。见余恕诚：《唐诗风貌》，76页，合肥，安徽大学出版社，2000。

歌创作活动性质的进步认识，"走笔"时的感"兴"与"入神"是肯定了诗歌生成时情兴的意义；肯定"兴"与"入神"，也是对上述"悟"和处理情景关系在创作层面的进一步深化。关于这一点，他在《四溟诗话》中批评了作诗"意在辞前"的做法，从"内"与"外"两个层面分析"立许大意思"作诗的后果。意在说明诗歌创作应以"走笔"与"琢句"结合，也就是"兴"与"力"的结合。这种结合即"忽然有得，意随笔生，而兴不可遏，入乎神化"，从"忽有所得"到"入乎神化"，是拒绝思考的，也非思虑所能及。它"不假布置"，是感兴的产物。故而谢榛在《四溟诗话》言道："诗有天机，待时而发，触物而成，虽幽寻苦索，不易得也。"在谢榛看来，这也许就是"辞达"和"意悉"的文本范式。"辞达意悉"，方能"句意双美"，出乎天然。其实，谢榛的"走笔成诗"与"琢句入神"之间，即"兴"与"力"之间，是有一定隔阂的，"入神"需要主体的"力"，即后天通过训练而获得的技巧、能力，它虽然与"思"并没有关系，却和"走笔成诗"在表面似乎矛盾："悟以见心，勤以尽力"。他也知道这点，他自己就是矛盾的。所以他又以"悟"的功能和核心力量来消除"走笔成诗"与"琢句入神"之间的隔阂，以"悟"来融会"兴"与"力"，形成"走笔成诗"的创作方法。

这样，谢榛论"兴"与"走笔"、"悟"与"入神"，在创作和文本两个层面，以"悟"为中心和动力，试图实现对旧有格调论的改造。这一努力似乎与公安"性灵"之论有些类似和靠近的地方，显示着格调论由文本论和创作论在向主体论的大面积迁延。虽然谢榛的"琢句"而"入神"，依然是要在格调论的范围内，让诗性进行多种性质融合，但确实又使诗歌话语的创造，从"兴"与"力"的两极性走向两相融通，改变了格调论崇尚汉魏范式的不足。这种改变，也在一定程度上缓解了格调论所承受的来自多元文化的巨大压力。

三、不同诗体互动与格调内的德、名、才、神及其作诗十七"法"

作为格调论的坚持者，谢榛在论诗歌主体作用时，不忘诗歌"体"的问题，意识到文本自身的各"体"之间、各种"格调"之间的相互影响能生成诗歌的新"格"：

> 《国宝新编》曰："唐风既成，诗自为格，不与《雅》《颂》同趣。汉魏变于《雅》《颂》，唐体沿于《国风》。《雅》言多尽，《风》辞则微。今以《雅》文为诗，未尝不流于宋也。"①

《风》《雅》《颂》固然体格有异，但谢榛所言"《雅》文"和"诗"的融合生出新的诗体——宋诗，却是的当之论。其在论辞赋之"变"时，亦论及赋和诗之相互影响，导致赋的体制改变："屈、宋为辞赋之祖。荀卿六赋，自创机轴，不可例论。相如善学楚词，而驰骋太过；子建骨气渐弱，体制犹存；庾信《春赋》，间多诗语，赋体始大变矣。子美曰：'庾信平生最萧瑟，暮年词赋动江关。'"②意思当指文体杂交，不同文体之间相值相取，自有生生之力。这与上文所提及的"出入初、盛唐十四家，俾人莫知所宗"一样，亦有转益多师的意义，但这里似乎更强调诗体风格的互动而生新。他进一步对崇正与搜奇结合生成别是一家诗格，以蜂采百花"酿蜜之法"为喻，来加以说明。"花"自然不同于"蜜"，而"蜜"之中仍自有"花"的成分在，此即为"不失正宗"而又"自成一种佳味"的妙处。从这里可以看到谢榛已经初步认识到不同诗体、不同风格诗歌取长补短对诗歌进步的意义。

因此，谢榛进一步在理论层面对这一认识加以深化，提出在诗学思想上需要"折衷四方议论"③，在创作方面实行"奇正参伍"④的"中正"之法：

---

① （明）谢榛著，宛平校点：《四溟诗话》卷一第五八则，17 页，北京，人民文学出版社，2005。
② （明）谢榛著，宛平校点：《四溟诗话》卷二第四五则，44 页，北京，人民文学出版社，2005。
③ （明）谢榛著，宛平校点：《四溟诗话》卷三第一八则，72 页，北京，人民文学出版社，2005。
④ （明）谢榛著，宛平校点：《四溟诗话》卷二第七五则，52～53 页，北京，人民文学出版社，2005。

或问作诗中正之法。四溟子曰：贵乎同不同之间，同则太熟，不同则太生。二者似易实难。握之在手，主之在心。使其坚不可脱，则能近而不熟，远而不生。此惟超悟者得之。①

在相对应的概念中，"同"与"不同"、"生"与"熟"、"奇"与"正"等，都直接与诗体变化相关。"不同""生""奇"属于生新的因素，而"同""熟""正"则属于传统的、带有范式性质的诗体规范。可见，谢榛在经典与新创之间，已经开始窥见其中的堂奥，注意到诗歌范式产生新变的机制。故其在诗论中认识到"一脉不同"和诗有"三等语"之说。其释"一脉不同"曰："钟嵘《诗品》，专论源流，若陶潜出于应璩，应璩出于魏文，魏文出于李陵，李陵出于屈原。——何其一脉不同邪？"②其意思是，屈原一脉，在"同"与"不同"、"生"与"熟"、"奇"与"正"，也即在"正"与"变"的对立统一过程中，随着时代的演进和人事之变，已经生成一系列新的诗歌风格，其变迁过程中，他们的格调也各不相同。

谢榛对诗歌发展自律的认识，是自格调"而分正变"，衍生出诗歌演变的一些认识。因此，他始终没有放弃"正"的规范作用和对汉唐诗歌的尊崇，其论诗歌发展受格调论的束缚也就难免，其中的许多真知灼见，由于局限于格调论所划定的圈子，无法使之在汉、魏、盛唐视野之外得到印证；也就使之在论证时比较局狭，缺少诗史的逻辑性和系统性；也由于格调论的视野局限，甚至有关主体方面的"一心""一我""入神""悟"等对诗歌发展的影响机制，谢榛都不去深究，或有意回避，我们只能隐约感觉到他的某些认识。这些表明，谢榛的诗歌发展观还属于滥觞时期，其逻辑起点来自严羽的理论，其观点与沧浪一样，亦多浑沦，还谈不上自觉。

谢榛是格调论坚定的倡导者，因此，他在格调范围内，以论析主体素质的

---

① （明）谢榛著，宛平校点：《四溟诗话》卷三第一六则，71页，北京，人民文学出版社，2005。
② （明）谢榛著，宛平校点：《四溟诗话》卷二第四一则，43页，北京，人民文学出版社，2005。

策略，来回避有关单纯主体精神气质对诗歌活动影响的深入讨论。《四溟诗话》所论的"德""名""才""神"就属于受格调规范的主体方面的素质：

> 人非雨露而自泽者，德也；人非金石而自泽者，名也。心非源泉而流不竭者，才也；心非鉴光而照无偏者，神也。非德无以养其心，非才无以充其气。心犹舸也，德犹舵也。鸣世之具，惟舸载之；立身之要，惟舵主之。士衡、士龙有才而恃，灵运、玄晖有才而露。大抵德不胜才，犹泛舸中流，舵师失其所主，鲜不覆矣。①

对"才"与"神"关系的认识，是古代诗学的传统；而将"德"与"神"联系，则显出谢榛在诗歌格调与文本入神和主体性灵问题上的智慧。一般来看，若说"格调"与"才"相关，"德"却并不等于"神"和主体的"性灵"。但是，谢榛所论的"德"，隐含的是汉魏盛唐高格中的"雅正"精神，在"德"与"神"之间，他以"心"作为中介和桥梁，将二者联结起来。这样德、才、名、神四者由于主体心灵的作用，就相互关联了。它们进入格调论，其意义在于，将遵守格调、学习汉魏盛唐高格，改造为主体在一定程度上可以创造格调。虽然这已经深深地打上多元文化时代的印记，但仍是在格调论的范围内谈创造。他一再强调"发言得体"②"不失正宗"③之论；在诗学方法上，念念不忘"忌偏执"④，于汉魏盛唐声律格调规范和主体创造之间，讲求"变通之法"⑤；在诗歌整体风貌上，倡言"赋诗要有英雄气象"⑥，作诗"不宜逼真"，"妙在含糊"，而这类气象和风格正是格调论所崇尚的汉魏盛唐气象。

---

① （明）谢榛著，宛平校点：《四溟诗话》卷三第四三则，82 页，北京，人民文学出版社，2005。
② （明）谢榛著，宛平校点：《四溟诗话》卷四第六〇则，118 页，北京，人民文学出版社，2005。
③ （明）谢榛著，宛平校点：《四溟诗话》卷四第七七则，125 页，北京，人民文学出版社，2005。
④ （明）谢榛著，宛平校点：《四溟诗话》卷四第六五则，120 页，北京，人民文学出版社，2005。
⑤ （明）谢榛著，宛平校点：《四溟诗话》卷四第八〇则，127 页，北京，人民文学出版社，2005。
⑥ （明）谢榛著，宛平校点：《四溟诗话》卷四第三四则，107 页，北京，人民文学出版社，2005。

　　谢榛解决格调规范和主体创造之间的矛盾方法，除了上面分析的"悟"与"入神"外，还有他总结和创造的作诗"十七法"①和所谓"想头"。"想头"之论，屡见于《四溟诗话》。《汉语大词典》第 7 卷 608 页释"想头"："指文艺作品上的立意。"《四溟诗话》卷三有"想头流转"的说法。细读此则，当指属于思维范畴的联想或想象。无论"想头"是"立意"还是"联想"，都说明谢榛力图对格调论进行突破的同时，需要找到一个解决遵守格调规范与主体创造之间矛盾的方法。他想以"想头别尔"或"想头流转"来作为遵守规范和创新的关键。② 其实，"想头"与"悟"有一定程度上的重合关系。另外，他提到的一系列作诗之法分别是"孙登请客"之法、缩银法、无米粥之法、戴帽之法、变通之法、相因之法、取鱼弃筌之法、中正之法、酿蜜之法、提魂摄魄之法（夺神气之法）、奇正参伍之法、野蔬借味之法、剥皮之法、背水阵之法、公输子之法、小而大之之法、匠氏选材之法。就格调论的理论追求而言，诗"法"本是"格调"的应有内涵，它是汉魏盛唐诗歌具有规范性的特点所在，但从大量诗歌文本中，抽绎出如此多的"诗法"，是想以作诗之法的丰富性和应用上的可重组性，来调解"格调"规范与创造的矛盾，确是别出心裁。他可能认识到，随着这些诗法的重新组合，在诗歌实践上会生出新方法，随着诗法的改变，诗歌就要表现新的内容、新的对象，诗歌的技巧、外形和风格更是会产生巨大差异。谢榛对诗法的总结和论述，亦可视作其对格调论进行理论反思和超越的结果。此外，在旧格调论，许多复古论者对"格"与"调"进行过含糊的感性评述，到谢榛，则以"法"的具体讨论，落实了对格调论内容的清晰梳理和重新建构。

---

① 此作诗"十七法"，乃本人从《四溟山人全集》《四溟集》和《四溟诗话》手工搜检而出，其中可能有极少数遗漏，特此注明。这十七法在谢榛的著作里都有自己的内涵和理论规定性，在不同时代诗歌中的表现也有种种变异，可以做一专门研究，限于篇幅，另文论述。

② 谢榛《四溟诗话》卷三第一九则云："己酉岁中秋夜，李正郎子朱延同部李于鳞、王元美及余赏月。因谈诗法。予不避谫陋，具陈颠末。于鳞密以指掐予手，使之勿言；予愈觉飞动，亹亹不辍。月西乃归。于鳞徒步相携曰：'子何太泄天机？'予曰：'更有切要处不言。'曰：'何也？'曰：'其如想头别尔！'于鳞默然。"（72 页，北京，人民文学出版社，2005）

这样，"法""悟""神""兴""走笔"就与"出入初、盛唐十四家"一起，构成谢榛格调论诗学的新鲜特色。

◎ 第三节
王世贞的"风气"论与"体制"论

王世贞（1526—1590），字元美，号凤洲，又号弇州山人，江苏太仓人。累官至南京刑部尚书。与李攀龙同为后七子领袖，李攀龙谢世后，独主文坛二十年，名噪天下。钱谦益《列朝诗集小传》云："于鳞既殁，元美著作日益繁富，而其地望之高，游道之广，声力气义，足以翕张贤豪，吹嘘才俊。于是天下咸望走其门，若玉帛职贡之会，莫敢后至。操文章之柄，登坛设埠，近古未有。"①王世贞博学多才，著述繁富，有《弇州山人四部稿》《弇州山人续稿》《弇山堂别集》《读书后》等近五百卷。诗话著作主要有《艺苑卮言》《明诗评》等。

王世贞回归吴中，带来了后七子群体诗学的勃兴。由于交游广泛，他的《弇州山人四部稿》及《弇州山人续稿》存有大量诗序和集序。他提出"诗之变由古而近，则风气使之"。这里的"风气"不单纯指时代政治风气，还包含社会心理、民俗、艺术创作的价值取向等方面。所以，他虽然仍不放弃"盛唐范式"，但已经从整体风貌和审美特征视角关注四唐诗歌及其变易。此外，王世贞的诗学还体现在他细致的"辨体"功夫上，这一做法，后来在胡应麟、许学夷等人那里得到承续并被发挥到极致。

---

① （清）钱谦益：《列朝诗集小传》丁集上"王尚书世贞"，436 页，上海，上海古籍出版社，1983。《明史·王世贞传》亦有类似说法。

一、"风气"论

王世贞在诗歌"世变"的基础上，提出"风气"论：

> 诗之变古而近也，则风气使之。虽然《诗》不云乎："有物有则。"夫
> 近体为律，夫律法也，法家严而寡恩。又于乐亦为律，律亦乐法也，其
> 翕纯皦绎，秩然而不可乱也。是故推盛唐，盛唐之于诗也，其气完，其
> 声铿以平，其色丽以雅，其力沉而雄，其意融而无迹，故曰，盛唐其则
> 也。今之操觚者，日哓哓焉，窃元和、长庆之余似，而祖述之气则漓
> 矣，意纤然露矣，歌之无声也，目之无色也，按之无力也。彼又不自悟
> 悔，而且高举而阔视曰："吾何以盛唐为哉！"至少陵氏直土苴耳。……
> 予尝谓汝思："子越人也，欲之秦，必渡大江，道汴洛，叩关而西。有
> 江而止者，汴而止者，洛而止者，谓之秦不可，谓之非秦之道尤不可。
> 子诚欲之秦，而东南其首，涸轮楫，竭橐装，度五岭八桂……其去秦也
> 益远矣。"①

此处"风气"涉及三重内容：法度的稳定性、时代语境、地域文化的影响。
王世贞提出以盛唐诗歌为"则"，是以诗歌典范为立足点，发现只要上述三
重内容中的一个发生改变，诗歌法度就会受到影响，从而发生变化。所以他
的风气论包含的意蕴十分丰富。

王世贞的"风气"论，首先反映在他的审美意识史和他对文学历史本质
的认识上。他阐释诗歌文本，注重艺文本身的源流以及情感特点，反对"以
训故求之"："四言诗，须本《风》《雅》，间及韦、曹，然勿相杂也。世

---

① （明）王世贞：《弇州山人四部稿》卷六十五《徐汝思诗集序》，见吴文治主编：《明诗话全
编》，4391 页，南京，江苏古籍出版社，1997。

有白首铅椠，以训故求之，不解作诗坛赤帜；亦有专习潘、陆，忘其鼻祖。要之，皆日用不知者。"①"赤帜"喻指榜样、典范。在王世贞看来，对诗歌的解读是需要与之相适应的知识、方法与视角的，但这样做还无法解读诗歌的审美特性。若是对诗体的艺术规定性不甚了了，只孜孜于字句之间"训故"，就不仅仅是不解诗歌审美性的问题，甚至对诗之渊源亦毫无知觉，忘其所自。不以"训故求之"，又不"忘其鼻祖"，是要坚持情感与审美解诗，并把诗歌放在历时性的语境中考察。王氏从历史角度解诗，是因为在他看来，历时性是任何事物都无法回避的，而各种文体也就是不同历史文化在审美形态上的表现：

> 天地间无非史而已。……六经，史之言理者也。曰编年，曰本纪，曰志，曰表，曰书，曰世家，曰列传，史之正文也。曰叙，曰记，曰碑，曰碣，曰铭，曰述，史之变文也。曰训，曰诰，曰命，曰册，曰诏，曰令，曰教，曰札，曰上书，曰封事，曰疏，曰表……史之用也。曰论，曰辨，曰说，曰解……史之实也。曰赞，曰颂，曰箴……史之华也。虽然颂即四诗之一，赞、箴、铭、哀、诔，皆其余音也。②

以上列举的文体自然有许多不属于文学文体，就一般常识而言，文学与历史也不属于同一领域。自古以来，诗、史两分一直是理论关注的问题之一。以王世贞的学识，不至于不懂得这一常识。他之所以郑重宣布"天地间无非史而已"，实际上是要求文学文本应该包含历史意蕴，文学家和批评家应该具有历史意识，才能在历史的维度上进行创作和批评；就学者而言，只有具

---

① （明）王世贞：《艺苑卮言》卷一第五〇则，见吴文治主编：《明诗话全编》，4198 页，南京，江苏古籍出版社，1997。
② （明）王世贞：《艺苑卮言》卷一第六五则，见吴文治主编：《明诗话全编》，4201 页，南京，江苏古籍出版社，1997。

备历史意识，方能将一个时代或一个作者在历时和共时的双重意义上，进行有效的阐释，发现此一时代和此一作者的个性及其渊源所自，对之加以准确的把握。是故王氏反对以"训故求之"于诗，主张求之于艺文本身的源流及情感特点。

他关注诗体的历史意识还表现在能于诗体演变的观念中，涉及诗歌话语的整体，即诗体内蕴及外形的历史性变化：

> 吾尝论孟、荀以前作者，理苟塞不喻假而达之辞；后之为文者，辞不胜跳而匿诸理。六经也，四子也，理而辞者也。两汉也，事而辞者也，错以理而已。六朝也，辞而辞者也，错以事而已。①

"理"（或"事"）与"辞"是文学话语的两个最重要的组成部分。王世贞实际是就文学的内质与外形，从不同时代的表现形态及其特征看文学文体的演变，这与上述论诗歌变化的源流比较，是在诗体规定性方面，进一步深入文本的现实层面和深层结构，论析艺文的时代性、个体性以及体裁方面的变化轨迹。王氏注重在文、质两方面的关系中，论析文体演变："钟嵘言'行行重行行'十四首，文温以丽，意悲而远，惊心动魄，几乎一字千金。后并'去者日以疏'五首为《十九首》，为枚乘作。或以'洛中何郁郁，游戏宛与洛'为咏东京……谈理不如《三百篇》，而微词婉旨，遂足并驾，是千古五言之祖。"②此处亦就诗歌的文内结构和文外意义及其所显示的整体面貌去分析，他得出《古诗十九首》是"千古五言之祖"的结论，是从文体及其历史渊源的角度去看的。王世贞这类论析颇多，其他如言"《卜居》《渔

---

① （明）王世贞：《艺苑卮言》卷一第六六则，见吴文治主编：《明诗话全编》，4201页，南京，江苏古籍出版社，1997。

② （明）王世贞：《艺苑卮言》卷二第一○二则，见吴文治主编：《明诗话全编》，4213～4214页，南京，江苏古籍出版社，1997。

父》，便是《赤壁》"①；言扬雄"开千古藏拙端，为宋人门户"②等语。 尤其是他所谓"梯阶"论，更是着眼于诗歌的历史意识去看待的："子云《逐贫赋》，固为退之《送穷文》梯阶，然大单薄，少变化……退之横出意变，而辞亦雄赡……子云之为赋为《玄》为《法言》，其旁搜酷拟，沈想曲换，亦自性近之耳，非必材高也。"③

王世贞既然发现了文学的历史本质，所以对文学体制，无论是外形还是内蕴，都赋予它们历史的属性。 他在"理""辞""事"三个方面进行的说明，是以孟、荀为界，看到辞和理的不同组合所导致的文体样式有区别。 而自六经至六朝，则理、事、辞又在文本话语中各有不同表现，其所蕴亦有区别，是以诗歌之变，亦是历史之变。 王世贞对诗体规定性的演变及其渊源十分敏感。 一般而言，"理"和"事"当属内容范畴，而"辞"属形式。 王世贞在"理""事""辞"中都赋予了历史属性，这样，"理""事""辞"就都会有历史变化，体制之演变也就是必然的。 作为诗人也就成为历史的主体，主体的才气与情思也就打上了历史的烙印。④ 王世贞认为，语言系统与主体的才思、话语格调与主体的才学紧密关联，而这些，似乎都由历史去要求。 在不同时代，主体并非都是具有主体性的，若一味以主体为宗，则创作效果就会出现问题。 话语格调和主体才思的历史性，赋予诗歌变化客观性质。 正是在这个意义上，王世贞认识到，主体在历史赋予的诗歌范式及其"法度"内，也可以充分施展才华和博学："首尾开阖，繁简奇正，各极其度，篇法也；抑扬顿挫，长短节奏，各极其致，句法也；点掇关键，金石绮彩，各极其造，字法也；篇有百尺之锦，句有千钧之弩，字有

① （明）王世贞：《艺苑卮言》卷二第一一四则，见吴文治主编：《明诗话全编》，4217 页，南京，江苏古籍出版社，1997。
② （明）王世贞：《艺苑卮言》卷二第一一八则，见吴文治主编：《明诗话全编》，4217 页，南京，江苏古籍出版社，1997。
③ （明）王世贞：《艺苑卮言》卷二第一二五则，见吴文治主编：《明诗话全编》，4218～4219 页，南京，江苏古籍出版社，1997。
④ （明）王世贞：《艺苑卮言》卷一第七八则，见吴文治主编：《明诗话全编》，4204～4205 页，南京，江苏古籍出版社，1997。

百炼之金。 文之与诗，固异象同则。 孔门一唯，曹溪汗下后，信手拈来，无非妙境。"①

　　王世贞言诗歌的历史性，包含继承前人遗产的选择不同。"屈氏之《骚》，骚之圣也；长卿之赋，赋之圣也。 一以《风》，一以《颂》，造体极玄，故自作者，毋轻优劣。"②这些不同选择，决定了后代诗歌从"诗法"到"境界"的演变。 就"诗法"而言，古代诗法的命运是渐变渐失的："枚生《七发》其原玉之变乎？ 措意垂竭，忽发观潮，遂成滑稽，且辞气跌荡，怪丽不恒。 子建而后，模拟牵率，往往可厌，然其法存也。 至后人为之而加陋，其法废矣。"③"诗法"如此，必然影响到诗歌境界：

　　　　梁元帝诗，有"落星依远戍，斜月半平林"。陈后主有"故乡一水隔，风烟两岸通"。又"日月光天德""山河壮帝居"，在沈、宋集中，当为绝唱。隋炀帝"寒鸦千万点，流水绕孤村"，是中唐佳境。④

前、后代之间主体及其境遇的原因，有可能使诗歌出现境界上的交错。 但个中也显示这样一重意思：对六朝诗歌遗产的选择不同，促成了唐诗中某些境界的生成。 这样的审美选择，是唐诗形成的条件之一。 也因为唐诗对六朝某些遗产的选择，才有了唐诗的个性。 王世贞并不喜爱"六朝人语"，但亦认为"有佳者"，他把原因归于"非直时代为累，抑亦天授有限"⑤。 他甚

---

① （明）王世贞：《艺苑卮言》卷一第六七则，见吴文治主编：《明诗话全编》，4201 页，南京，江苏古籍出版社，1997。

② （明）王世贞：《艺苑卮言》卷二第九二则，见吴文治主编：《明诗话全编》，4212 页，南京，江苏古籍出版社，1997。

③ （明）王世贞：《艺苑卮言》卷三第一三六则，见吴文治主编：《明诗话全编》，4221 页，南京，江苏古籍出版社，1997。

④ （明）王世贞：《艺苑卮言》卷三第二〇〇则，见吴文治主编：《明诗话全编》，4233 页，南京，江苏古籍出版社，1997。

⑤ （明）王世贞：《艺苑卮言》卷三第二〇四则，见吴文治主编：《明诗话全编》，4234 页，南京，江苏古籍出版社，1997。

至认为历代皆如此："在汉则汉，在晋则晋，在唐则唐，不应天上变格乃尔。"①之所以如此，是因为继承不是全面照搬，除选择性外，还有偶然性："子厚诸记，尚未是西京，是东京之洁峻有味者。"②

王世贞的"风气"论，也反映在他对"习"的认识上。他看到审美惯例对诗歌发展的制约：

> 唐文皇手定中原，笼盖一世，而诗语殊无丈夫气，习使之也。"雪耻酬百王，除凶报千古。昔乘匹马去，今驱万乘来。"差强人意。然是有意之作。《帝京篇》可耳，余者不免花草点缀，可谓远逊汉武，近输曹公。③

若按时代语境，文皇诗作不应是这样的气象风格，王世贞将之归之于"习"的作用，即六朝文学惯例的影响，十分有道理。即使主体性很强的诗人也免不了受习惯的浸染："青莲拟古乐府，以己意己才发之，尚沿六朝旧习。"④但只要超越"旧习"，就能有所创新："卢、骆、王、杨，号称'四杰'。词旨华靡，固沿陈、隋之遗，翩翩意象，老境超然。胜之。五言，遂为律家正始，内子安稍近乐府，杨、卢尚宗汉、魏。宾王长歌，虽极浮靡，亦有微瑕，而缀锦贯珠，滔滔洪远，故是千秋绝艺。"⑤诗歌就在承接旧习和超越旧习中发展。

"风气"论还表现在政治对诗歌的影响，尤其是政治对诗人"性情"的作用上：

---

① （明）王世贞：《艺苑卮言》卷三第一九七则，见吴文治主编：《明诗话全编》，4232～4233 页，南京，江苏古籍出版社，1997。
② （明）王世贞：《艺苑卮言》卷四第二五一则，见吴文治主编：《明诗话全编》，4243 页，南京，江苏古籍出版社，1997。
③ （明）王世贞：《艺苑卮言》卷四第二〇八则，见吴文治主编：《明诗话全编》，4235 页，南京，江苏古籍出版社，1997。
④ （明）王世贞：《艺苑卮言》卷四第二二九则，见吴文治主编：《明诗话全编》，4239 页，南京，江苏古籍出版社，1997。
⑤ （明）王世贞：《艺苑卮言》卷四第二一一则，见吴文治主编：《明诗话全编》，4236 页，南京，江苏古籍出版社，1997。

> 唐自贞元以后，藩镇富强，兼所辟召，能致通显，一时游客词人，
> 往往挟其所能，或行卷贽通，或上章陈颂，大者以希拔用，小者以冀濡
> 沫。……是以性情之真境，为名利之钩途，诗道日卑，宁非其故？①

贞元以后政治对性情的影响，导致"诗道日卑"，唐诗在中唐的衰落已经说明王世贞的见解。而"以诗取士"亦类似于上述情况："人谓唐以诗取士，故诗独工，非也。凡省试诗，类鲜佳者。如钱起《湘灵》之诗，亿不得一；李肱《霓裳》之制，万不得一。"②

不同时期"风习"不同，诗体有变化，有变化就显出不同时期的区别。王氏选取六朝和唐大历等诗歌衰飒的时期，意在说明时代"风气"对诗歌变化的巨大作用，其间虽有少数与当时诗歌语境有所差异的诗篇，但就整体而言，"盛者得衰而变之，功在创始；衰者自盛而沿之，弊籁趋下"③。"风气"之衰和诗歌之盛，以及"风气"之盛和诗歌之衰的关系是十分鲜明的。

同一时代的诗人，由于习染的"风气"有差异，诗歌风貌也有显著不同。盛唐时代最有成就的诗人，虽然生活在同样的文化氛围之中，但各自具有自己的诗体选择和审美价值取向。即以李、杜而论，五言古"太白以气为主，以自然为宗，以俊逸高畅为贵。子美以意为主，以独造为宗，以奇拔沈雄为贵"。歌行"太白飘扬欲迁"，子美使人"慷慨激烈，嘘唏欲绝"。选体"太白多露语率语，子美多稚语累语"。而他们在不同诗体所取得的成就也不同："五言律，七言歌行，子美神矣，七言律圣矣；五七言绝，太白

---

① （明）王世贞：《艺苑卮言》卷四第二七二则，见吴文治主编：《明诗话全编》，4246 页，南京，江苏古籍出版社，1997。
② （明）王世贞：《艺苑卮言》卷四第二七三则，见吴文治主编：《明诗话全编》，4247 页，南京，江苏古籍出版社，1997。
③ （明）王世贞：《艺苑卮言》卷四第二三四则，见吴文治主编：《明诗话全编》，4240 页，南京，江苏古籍出版社，1997。

神矣，七言歌行圣矣，五言次之。"①李、杜如此，高、岑、王、孟也是这样。

王世贞论"风气"对诗歌的作用，曾以"雄壮"风格为例，说明"雄壮"在诗歌中的不同表现形态。其论汉魏古诗、赋的文辞，一个中心观点是将"趣卑"与"情悯"联系起来："其趣愈卑，而其情益可悯矣。"②在一般人看来，汉魏诗歌的风骨和慷慨多气无疑是雄壮的，它与情感的豪迈连在一起，属于"趣味"高贵的诗歌品种。王世贞在这里选取个别作品进行相反的阐释，是想把"趣"作为"格调"的应有之义。王世贞这里所言之"趣"，明显有生活趣味和格调双重内涵。把卑下的"格调"和"情"之"可悯"放在一起讨论，显示雅正的格调往往与"趣"之生气盎然联系。这一方面说明，旧有格调论的影响在王世贞的脑子里，依然挥之不去；另一方面说明，他融"情感"入"格调"产生了理论取向上的矛盾，从所引的这则诗话看，他对"趣卑"而"情益可悯"这类诗歌在一定程度上肯定，似乎倾向"情"的一极，而把格调卑下放在一边了。同样的情况亦出现于他对两晋文学的评价中：

> 陆士衡之"来日苦短，去日苦长"；傅休奕之"志士惜日短，愁人知夜长"……语若卑浅，而亦实境所就，故不忍多读。③

"语"显然是旧格调论的规定性之一，其若卑浅，在旧格调论那里，就绝对谈不上是好诗。这里王世贞依然把"格调"要求与情感性分开看，似乎赞成这样的诗歌，仍然算是不错的文本。因为这类诗歌具有"不忍多读"的感人

---

① （明）王世贞：《艺苑卮言》卷四第二二〇则，见吴文治主编：《明诗话全编》，4238页，南京，江苏古籍出版社，1997。
② （明）王世贞：《艺苑卮言》卷三第一七四则，见吴文治主编：《明诗话全编》，4227页，南京，江苏古籍出版社，1997。
③ （明）王世贞：《艺苑卮言》卷三第一七六则，见吴文治主编：《明诗话全编》，4227页，南京，江苏古籍出版社，1997。

特质，究其原因，是来自"实境所就"。 这就深化了上述认识——力图以因"实境"引发的情感融入"格调"的内涵。 那么，如何使旧有格调论与主体的"情"融为一体？ 王世贞谈到了三个中介：除了上面已经论述过的"才生思，思生调，调生格"的格调生成机制和"实境"的触动效应，还有就是雄壮的笔力。

汉魏、盛唐宏丽的诗风，无疑是"雄壮"的审美样态。 王氏认为，雄壮不仅是风格宏丽这一种，它亦包括"笔力"的雄壮，笔力雄壮与意蕴丰富、生命力弥漫、情感真挚感人有关。[1] 他试图以"笔力"的雄壮，代替格调论对汉魏盛唐"宏丽"风格的崇拜，为情感进入"格调"提供运作机制。 《艺苑卮言》卷二第一一三则言：

> "入不言兮出不辞，乘回风兮载云旗。"虽尔恍忽，何言之壮也！"悲莫悲兮生别离，乐莫乐兮新相知"，是千古情语之祖。[2]

其所引屈原《九歌·少司命》四句，把"言之壮"和情感的真挚丰富联系了起来。 若就全篇看，屈原的这首诗想象力丰富瑰玮，生气弥漫，如此丰富的情感凝聚在这几句诗歌中，"言之壮"是一目了然的，显然属于有"笔力"的作品。 其整个话语组织所具有的寓意和生命境界，以及话语组织所显示的主体的丰富想象力和深情，非强大的笔力而难以表现。 它是"话语壮伟"和"笔力雄壮"的双重"宏丽"之作。

王世贞这样做，是想以此为例来阐释他的格调思想，支持他的"寓意法外"的观点。 但这不意味着他放弃格调对雅正的追求。 对于那些颇具"笔力"之作，王世贞不忘分析其格调中雅正的内涵："《国风》好色而不淫，《小雅》怨诽而不乱，《长门》一章，几于并美。 阿娇复幸，不见纪传，此

---

① 方锡球：《从"兴趣"到"意兴"——许学夷论盛唐诗歌纵深发展的审美方向》，载《文学遗产》，2007（6）。

② 见吴文治主编：《明诗话全编》，4217 页，南京，江苏古籍出版社，1997。

君深于爱才，优于风调，容或有之，史失载耳。 ……子瞻乃谓李陵三章亦伪作，此儿童之见。 夫工出意表，意寓法外，令曹氏父子犹尚难之，况他人乎？"①其仍然把主体之"才"、文本之"风调"作为评价的重要尺度，此外，还运用了"工出意表"和"意寓法外"这两个标准，前者对格调的技巧提出类似于"化工"的要求，崇尚加工而达于自然。 当然，王世贞的"工出意表"不等于就是自然，他曾经对历史上有人评价陶诗的"自然"进行讥讽，以为陶诗"大人思来，琢之使无痕迹"，非自然也，乃是"清悠澹永"，有"自然之味"②。"意"在作者"化工"技巧作用下，融入了话语格调。"意寓法外"，则指其"工出意表""意寓法外"与"才""风调"这四个因素，共同构成了陶诗格调内之"意"与格调外之"意"的浑融一体，"意"在"格调"之中生生不息，其笔力之雄可见一斑。

　　这样，王世贞以"笔力雄壮"为中心，在主体与客体、格调与情意、文本的内与外之间，把旧有格调理论的封闭式结构改造为相对开放式结构。 为自己也为后人对以唐诗为代表的诗歌艺术的全面探讨，对诗歌认识的质量的提高，提供了重要的范式，它使诗歌艺术不仅在格调或形式上的特征得到较好的发现，也为诗歌文本和一代一人之诗的整体价值发现，提供了可资借鉴的有效理论资源。 有意思的是，王世贞评陶诗，由于论述陶诗"笔力"的需要，对"雕琢""意"和"深沉"这样的字眼，有一些好感。 他曾经批评左思《咏史》《招隐》莽苍，"绰有兼人之语，但太不雕琢"③。 其"寓意法外"之说，几乎也涵盖了上面三个语词的意义。 这是否可能就是他对宋诗转变态度的理论原因呢？

---

① （明）王世贞：《艺苑卮言》卷二第一一九则，见吴文治主编：《明诗话全编》，4217 页，南京，江苏古籍出版社，1997。
② （明）王世贞：《艺苑卮言》卷三第一八○则云："渊明托旨冲澹，其造语有极工者，乃大人思来，琢之使无痕迹耳。 后人苦一切深沈，取其形似，谓为自然，谬以千里。"第一八一则云："'问君何为尔，心远地自偏。''此还有真意，欲辨已忘言。'清悠澹永，有自然之味。"见吴文治主编：《明诗话全编》，4228 页，南京，江苏古籍出版社，1997。
③ （明）王世贞：《艺苑卮言》卷三第一六一则，见吴文治主编：《明诗话全编》，4224 页，南京，江苏古籍出版社，1997。

二、以"法"为中心的"体制"论

除"风气"论外，王世贞还有以"法"为中心的形式论。 王氏的格调论与七子有所不同，与谢榛比，他不再以"声律"为中心，谈论"走笔成诗"和"琢句入神"。 其格调论的特点，是以"意"渗透文本话语的整体，这一整体由五个要素组成：材——辞——运笔——精神——意。 兼备"五要"，方为高格。 《艺苑卮言》云：

> 《子虚》《上林》材极富，辞极丽，而运笔极古雅，精神极流动，意极高，所以不可及也。长沙有其意而无其材，班、张、潘有其材而无其笔，子云有其笔而不得其精神流动处。①

可见，元美所论的"格调"，不再是单纯的气格声响或体格声调。 其用"意"来统率文本话语的诸多组成因素，以弥补格调论只抓住古人诗歌"空壳子"的不足。 甚至以"意象"之论评宋玉和曹子建之赋时，亦是以"意"统"象"："'意密体疏，俯仰异观，含喜微笑，窃视流盼。'此玉之赋登徒也。 '神光离合，乍阴乍阳'，'进止难期，若往若还；转盼流精，光润玉颜，含辞未吐，气若幽兰。'此子建之赋神女也。 其妙处，在意而不在象。"②诗之妙处在"象"，是古人一贯的说法，七子中人亦多反对以"意"为诗，才有对宋诗的许多贬损之论。 王世贞此言纠正七子重声调、言辞之弊是一方面，《艺苑卮言》又云："曹公莽莽，古直悲凉；子桓小藻，自是乐府本色。 子建天才流丽，虽誉冠千古，而实逊父兄。 何以故？ 材太高，辞

---

① （明）王世贞：《艺苑卮言》卷二第一二〇则，见吴文治主编：《明诗话全编》，4218 页，南京，江苏古籍出版社，1997。
② （明）王世贞：《艺苑卮言》卷二第一二三则，见吴文治主编：《明诗话全编》，4218 页，南京，江苏古籍出版社，1997。

太华。"①元美以"天才流丽""材太高，辞太华"为由，将子建放在其父兄之后，似乎反对七子崇尚的"高华壮丽"，可见其对"意"的张扬有纠偏的目的。 另一方面，王世贞作为复古运动的领袖，其欲建构以"法"为中心的形式发展论，重整格调论的理论内涵，以扬弃复古论规摹古人诗歌形式的弊端，适应不断变化着的多元文化语境，增强复古理论的生命力。 所以以"法"为中心的格调理论，就不单论一般意义上的文体外形问题，而必然与早期格调论有许多区别。 在他笔下，"法"的内涵和外延不单是形式的问题。 历代诗歌的演变因素都被王世贞纳入了"法"之变化的历史。 这样，王世贞以"法"为核心的格调论建构，代替了谢榛以"声律"为中心的格调论。

王世贞从诗之"法"论诗歌，离不开主体与客体、内质与外形两对范畴，其所谓"法"也就具有涵盖上述四个方面的多重意义。 比如，在论《诗》之"旨"与"法"的关系时，"法"虽然指技巧所显示的风格，但又不仅是形式意义上的技巧。 《艺苑卮言》卷二第八〇则说道：

> 《诗》旨有极含蓄者，隐恻者，紧切者；法有极婉曲者，清畅者，峻洁者，奇诡者，玄妙者。骚赋古选乐府歌行，千变万化，不能出其境界，吾故摘其章语，以见法之所自。②

其在《艺苑卮言》卷二第七九则，以大量篇幅摘录自《诗经》至汉魏乐府歌行的大量诗句、文本，以见后世骚赋古选乐府歌行，不出《诗》之境界，亦见后世各体"法"之所自。 第八一则又谈及《三百篇》对古逸诗、箴、铭、讴、谣之类的继承与吸收。 可见，其论"法"与"旨"，是把它们当作诗体构成的两大要素；其论"法"所使用的"婉曲""清畅""峻洁""奇诡"等词语，是技巧所显示的话语整体风格，它的形成与"旨"有着密不可分的关

---

① （明）王世贞：《艺苑卮言》卷三第一四六则，见吴文治主编：《明诗话全编》，4222 页，南京，江苏古籍出版社，1997。
② 见吴文治主编：《明诗话全编》，4209 页，南京，江苏古籍出版社，1997。

系。 在元美看来，"法"与"旨"在互相包含中发展，方有《诗》之境界的不断演变。 所以在主体与客体、诗体内外之间，他的"法"论特别关注"意"的继承或影响，不言"遗法"而言"遗意"。 《艺苑卮言》卷二第八九则云"汉、魏人诗语，有极得《三百篇》遗意者"①，在元美看来，风格实为技巧的总体显现，境界则为"意"与风格所体现的整体效果，是"材——辞——运笔——精神——意"五要素的完整融合所生成的话语及其意义的总和。"法"与风格、"意"、境界紧密相关。

王世贞在"法"和风格、境界、"旨"这些文学活动的主体与客体、内质精神与外形关系问题上的灼见，与他既是诗人又是理论家有极大的关系。因此，他以"法"为核心的诗学观，虽然立场在格调论，却已经不再是七子早期的偏于诗歌形式的格调论了。

正因为如此，他以唐诗为中心论历代诗歌，不仅在比较中突出了唐诗的显著特征，亦能于比较中发现历代诗歌之短长甚至指出唐诗的不足，所以有认为其狂妄的说法。② 因为，七子等人推崇先秦两汉之文和汉魏盛唐诗歌，他却能于其中找出瑕疵，颇见复古者诗歌创作和诗歌评价观念的转变。 这一转变，使复古派对历代诗歌特别是对唐诗认识的质量有了质的飞跃。

王氏以"法"之演变为核心，把唐诗放到诗史中去衡量考较，其收获自然不仅在唐诗研究，也惠及对其他时代诗歌特别是宋诗的评价。 王世贞不离"法"（或"则"）与"意"两个关键词，并以此统率、笼盖诗歌话语的所有方面，衡量历代诗作的优长和不足，既有唐诗中心主义的立场，亦有在细致

① 见吴文治主编：《明诗话全编》，4211 页，南京，江苏古籍出版社，1997。
② 《四库全书总目》称："惟其早年自命太高，求名太切，虚骄持气，持论遂至一偏；又负其渊博，或不暇检点，贻议者口实。 故其盛也，推尊之者遍天下，及其衰也，攻击之者亦遍天下。"（卷一百七十二《弇州山人四部稿 续稿》，1508 页，北京，中华书局，1965）今人方孝岳亦言："王世贞《艺苑卮言》批评所及，更是目空一切，自《六经》以下，皆有所指摘，无可幸免了。……气焰极盛。 譬如他所说周公文不如诗，孔子诗不如文，又《诗》三百篇里的句子，有太拙太直太庸太鄙之处；像这样说，实在令人无法较论。"（《中国文学批评》，163～164 页，北京，生活·读书·新知三联书店，1986）观王世贞《艺苑卮言》，的确如此，甚至对盛唐李、杜等大诗人也按其文学观念较论短长。 但在今天看来却是切中肯綮之言。

的唐诗分析中发现其他时代诗歌的长处，一改非秦汉无文、汉魏盛唐无诗的偏激立场，在一定程度上纠正了诗歌创作中的模仿、袭古的弊端。 在上引每一则材料中，王世贞都能于"法"之比较中广涉诗歌评价的音调、话语的内在组织结构、话语风格、话语蕴涵、话语内在风骨与外形的藻饰、体裁、话语境界、话语意蕴及其上述各因素之间的互动关系所形成的诗体意义。 其间较为明显者，还是他已经注意"法"和"意"的变化，带来诗歌各因素的发展。 特别需要提及的是，王世贞已经明确提到他的文学观念的改变。 他在《苏长公外记序》《宋诗选序》和《艺苑卮言》卷四第三〇〇则中，明白道出自己对宋诗和宋代散文的态度："余所以抑宋者，为惜格也。 然而代不能废人，人不能废篇，篇不能废句！"①说明他仅仅是因为"惜格"而坚守格调论立场去贬抑宋诗，而不是宋诗本身一无价值。 这固然与他对"唐宋派"的认识转变有关，但就诗学观念角度言，其意义却是非常的。

王世贞论诗的这些说法，与上节论及他走向文学史意义的唐诗研究是联系在一起的。 这种方式改变了历代论诗感性评点式的理论模式。

这些变化与他对主体素质的重视有关。 王世贞重主体的"材"或"才"，是因为他看到，在不同时代或不同文化语境下，最易产生改变的是主体及其创作个性。 重主体当然不是自王世贞始，但把主体的才思与主体对"法"的运用同时纳入格调论的，以王世贞最为明显。 他说：

> 首尾开阖，繁简奇正，各极其度，篇法也；抑扬顿挫，长短节奏，各极其致，句法也；点拨关键，金石绮彩，各极其造，字法也。篇有百尺之锦，句有千钧之弩，字有百炼之金。文之与诗，固异象同则。孔门一唯，曹溪汗下后，信手拈来，无非妙境。②

---

① （明）王世贞：《弇州山人续稿》卷四十一《宋诗选序》，见吴文治主编：《明诗话全编》，4455 页，南京，江苏古籍出版社，1997。
② （明）王世贞：《艺苑卮言》卷一第六七则，见吴文治主编：《明诗话全编》，4201 页，南京，江苏古籍出版社，1997。

表面看，他讲的都是"法"的问题，但此处讲"法"，王氏并不仅仅以文本为对象，而是特别强调处理各种对立范畴的关系，在"篇""句""字"等诗歌文本话语的每一个环节，分别达到"极其度""极其致""极其造"的最高境地，这就需要主体的创造才能和多方面的素养，只有如此，方能"信手拈来"，达于妙境。可见王世贞的格调论，尤为关注主体的主动性，所以他才能够将主体的"才""思"纳入格调论，这与其他复古论者的学习模仿古人已经大大不同：

> 才生思，思生调，调生格。思即才之用，调即思之境，格即调之界。①

对于"才"、"思"与"格调"的关系，此前有将"才"与"调"连在一起使用的做法，说明古人已认识到"调"与作家的才能有关。徐祯卿有"因情立格"之说，重视本体的经验心理的发生。而"才生思，思生调，调生格"是就发生论意义上言，但"格者，才之御也，调者，气之规也"却是就本体论上言，这就将"格调"定为诗歌的内在性质，不仅是在肯定文本的规则，而且肯定主体的才思情感。才思情感的丝毫变化，都应当在诗歌"格调"上反映出来。同时，格调对才思情感亦有规范作用。上文论及，王世贞以"法"与"意"统率文本及其生成的所有因素，因此若将"法"与"意"稍加引申，就自然与"理"和"则"相关。我国文论中，亦多有文本规则"非自作之，实天生之也"的说法，故而文本规则合于万物之理。文本生成，也意味"理"的显现。是故王世贞将"理、事"与"辞"作为文学话语的两个最重要的组成部分，"理、事"与"辞"经过艺术加工后隐含着"法"与

---

① （明）王世贞：《艺苑卮言》卷一第六九则，见吴文治主编：《明诗话全编》，4201 页，南京，江苏古籍出版社，1997。

"意"。 到此，我们就明白了王氏在说了"才生思，思生调，调生格"之后，所言"思即才之用，调即思之境，格即调之界"的意义了。 在文学家那里，"才""思""调""格"四者之间存在着相互发动、相互促使对方生成的关系。 格调与主体才、思关系的确立，标志着在中晚明复古的文化语境中，对主体主动性的重新发现，这一发现，使王世贞明白了创造的一个重要特征，这就是文本的话语随着作家思想的改变而发生变异，生成新的文学范式。 要而言之，王世贞重视主体才气与情思，为"格调"之变留下无尽的空间。

所以，从主体才思角度谈"格调"的变化，是王世贞诗学思想的重要组成部分。 《艺苑卮言》所论对象，不仅是诗歌，也涉及文、词、曲和其他类型的艺术。 王世贞一向认为各类艺术是"异象同则"，其论诗或文的格调规则，在他，是适用于所有门类艺术的，从主体才、思角度论"格调"之变亦是如此。 王世贞还明确论及"其时"和"人为"："诸仙诗在汉则汉，在晋则晋，在唐则唐，不应天上变格乃尔，皆其时人伪为之也。"[①]"其时"是承认诗歌和文学的时代性与变易的可能性；"人为"涉及创作和接受主体的许多方面，包括主体自身素质和情感等因素的变化对文本格调的影响。 这就说明王世贞并非把"格调"当作永生不变的戒律，这样，汉魏盛唐的高格就不是亘古不变的，除了创作主体方面有"其时"和"人为"的条件限制外，接受本身也有一个"其时"和"人为"的条件问题。

王世贞这个认识的主要意义是，在格调论的范围内，引入变量，来完善格调论的理论缺陷，使"格调"范畴本身具有发展的内在机制。 故其格调论与此前的复古论相比，有着更多的开放性，而不是必须遵守的固定不变的框框，更非是评价文学文本的永恒标准。 所以，王氏对格调或"体"的发展问题关注尤多：

---

① （明）王世贞：《艺苑卮言》卷三第一九七则，见吴文治主编：《明诗话全编》，4232～4233 页，南京，江苏古籍出版社，1997。

长卿《子虚》诸赋，本从《高唐》物色诸体，而辞胜之。《长门》从《骚》
来，毋论胜屈，故高于宋也。长卿以赋为文，故《难蜀》《封禅》绵丽而少
骨。贾傅以文为赋，故《吊屈》《鹏鸟》率直而少致。①

其论"体""辞"和风格，都属于"格调"问题，并在比较中对司马长卿和
贾谊分别"以赋为文"和"以文为赋"作出区分，这就是在格调层面论析诗
体变易，所以最后得出司马相如和贾谊在赋之整体风格上，分别有"绵丽少
骨"和"率直少致"的特征。王世贞格调论中的文体发展意识，一向不为人
重视，相反，却因为其对某一大家的诗体有优劣分析而被认为狂妄。

王世贞关于格调优劣的论析，主要为了在格调论中融入发展的思想，这
是他对复古诗论生命力延续的使命意识使然。后七子晚期，文化多元化的格
局已经形成，格调论创作和理论上的局限性日益明显暴露，王世贞认识到，
要想顺应时代的发展，就必须对格调论的保守性和已有规定性进行理论改
造，于是，他从主体入手，对格调理论做出新的建构，在声律、话语风格之
外，融合"真""情"和主体的其他因素进入格调范畴，在坚持旧有格调论
重字句声律和篇章话语风貌的基础上，把它们和主体因素结合起来，并借助
有关文本，做出新的阐释。他引古乐府与杜甫的诗歌比较，考较渊源，在此
基础上，他又把上述论析与批评杨慎放在一起，却是做了"趣味"的文
章。② 王世贞为使声调有"趣味"，将"趣"当作"格调"或形式方面的要
求。一般而言，形式方面的声调，只有与内质方面的内容联结，才能产生
"趣味"，显出声外的意义。王世贞有意引用声律与情感结合比较鲜明的诗
作，用意可能就在使格调论从单纯的对文本的要求，走向对文学活动主体甚

---

① （明）王世贞：《艺苑卮言》卷二第一一五则，见吴文治主编：《明诗话全编》，4217 页，南京，
江苏古籍出版社，1997。
② （明）王世贞：《艺苑卮言》卷三第一五七则，见吴文治主编：《明诗话全编》，4224 页，南京，
江苏古籍出版社，1997。

至整个文学活动的要求，扩展"格调"的内涵与外延，并使"格调"本身具有自身的发展机制。

旧有格调论与主体"才思""情意"融为一体的另一个"中介"，是"实境"的触动效应。中国古代诗歌的"感发"传统，由来已久，诗学也自然就对"感发"做了总结，它立足情与景、主体与客体的关系立论，因主、客在时、空两个维度都在不断变化，"感发论"无疑就隐含诗歌生"变"的可能性机制。王世贞看破了这一点，所以，创造性地提出"情实"的概念，对格调论进行改造，使之既能够适应文学发展的规律，也能够使格调论在诗歌分析中发挥更好的作用，产生较好的效果。从他论及"才思"生"格调"的机制以及他的格调新论的内涵就可窥见一斑。他以方鸿胪不效古人格调为例，高张自己主张的个性与才思。[①] 虽不求格调，却自有"自格"。这种"气完而辞畅"，有自己音响色泽和抑扬顿挫之声的作品，不落"大历之后"，意即方氏之作是有较高格调者，是为"才生格"。至此，格调的生成不是对古人的模仿了，而是出自主体以自己的才思进行的创造，因此，诗歌格调的不断生变，也就成了必然的理势。有意思的是，其谈"才生格调"后，紧接着叙述方氏故乡的地理环境，言其诗歌乃"中原之所钟灵"，可见其对"情实"论的贯彻。在王世贞那里，既要"格尊"，亦有"情实"，其间以"才气"或"才思"为动力，方为兼顾主体才思和格调规范的"新格调"。他对格调论的重建，吸收了中晚明时期已经渐成气候的"情感"论的有益成分。于是，他引"情实"概念进入格调论，使旧有格调论的内涵进一步丰富起来，从对音响声律和体格的规定，走向诗体及其所蕴含意义的双重规定。他在《汤迪功诗草序》中说：

> 自先生之壮时，天下之言诗者已争趣北地信阳，而最后济南继之，

---

① （明）王世贞：《弇州续稿》卷四十五《方鸿胪息机堂集序》，见《景印文渊阁四库全书》第1282册，592页，台北，台湾商务印书馆，1986。

非黄初而下开元而上无述也。殆不知有待诏氏，何论先生。虽然声响而不调则不和，格尊而亡情实则不称。就天下之所争趋者亟读之，若可言，徐而核之，未尽是也。先生与文待诏氏之调和矣，其情实谐矣。又安可以浮响虚格，轻为之加而遂废之。①

他批评了复古论者包括自己早年"非黄初而下开元而上无述"的偏激之见。现在，王氏追求的理想"格调"，乃是"调和矣，其情实谐矣"，是风骨情采兼备的文本状况。就声响等"调"的规定性而言，其最终要求是"和"，那种只讲究音声之"调"而不顾其他的作品，则属于"不调"之作；而"格尊"者，亦即合乎诗歌规范的诗体、诗格，其中还须有"情实"与诗歌"格调"相称，否则，就谈不上"格尊"。所以王世贞认为把复古理解成拟袭之弊的原因，"在于徒重气格声响，而不根于情实。内不主于情，故出之无所自；外不本于实，故思之无所当"②。无疑，王世贞力图调节格调与人情的关系，从而达于一种"调"与"实"、"格"与"情"相兼相融的"充实有光辉"的文本境界。其《弇州四部稿》卷六十八《青萝馆诗集序》云："若子与之于古近体，庀材宏矣，养气完矣，意象合矣，声实衡矣，庶所谓充实有光辉者哉！语有之行年六十，而六十化子，与甫六十自是而往，皆化日之日也，将化境之境也。夫不佞请执简以俟。"这明显吸收了《文心雕龙》之《风骨》和《情采》两篇的思想。

王世贞的这些转变，表现出他从主体与客体、文本的内质和外形两极思考格调论的重建问题，其对主体的尊崇，从根本上改变了旧有格调论的固有定律。他的论述，建构了以格调变化为中心的格调观，这样，诗歌格调的发展就不仅是合理的，而且的确是理势之必然了。

---

① （明）王世贞：《弇州续稿》卷四十七《汤迪功诗草序》，见《景印文渊阁四库全书》第1282册，621页，台北，台湾商务印书馆，1986。
② 袁震宇、刘明今：《中国文学批评通史·明代卷》，266页，上海，上海古籍出版社，1996。

三、"兼剂"论

王世贞的格调论之所以能以新的面貌出现在人们眼前，除了他提出格调发展的观点以外，关键在于他的兼"剂"求变的诗学思想方法。

王世贞处在多元文化语境中，当时格调论遭到空前的挑战和压力，作为复古运动的领袖，他不能不面对这一文化现实。所以他对格调论的重建，就只能以多元文化思想中的有益成分来丰富格调论的内涵，使格调论得以延续其生命力。当然，这也是为了适应不断发展变化的时代文化的要求。其重建格调论的方法是"剂"。《弇州山人续稿》卷四十七《吴明卿先生集序》言：

> 文故有极哉！极者则也，扬之则高，其响直上而不能沈；抑之则卑，其分小减而不能企；纵之则傍溢而无所底，敛之则郁塞而不能畅，等之于乐，其轻重弗调，弗成奏也；于味，其秾澹弗剂，弗成飨也。自吾束发而窥此道者垂四十年，而其人不二三遘也。自夫有声之文与不韵之词，歧径而能兼者，则不一二遘也。夫所遘一二人，而明卿与也。当其始之为五七言近体也，不扬而企，不抑而沈，纵不至溢，敛不郁塞……则所谓能歧径而兼者也。①

达于极境，在一定意义上，就形成了某种范式，它是后来者必须遵守的为文作诗的规则。王世贞将"极境"与范式规则等同，现在并不难理解。言某种诗体达到极境时，这一诗体的内质和外形及其所显示的整体属性，是吸取此前诸多文体优长因素所生成的一种诗歌状态。这样，它的一些规定性就具有典范性，后世无论是谁，都难以超越这些规定性而创作出同样的诗篇。这

---

① 见吴文治主编：《明诗话全编》，4472 页，南京，江苏古籍出版社，1997。

种经典性的文本，稍加增减、抑扬、纵敛，都不能达到这种极境的状态。王世贞对某种诗体极境状态的论述，目的在于说明，某一诗体的优秀之作，必须"歧径而能兼者"。仅仅"歧径而兼"还不够，还要求写家对不同文体的优秀因子进行融会或消化、吸收，并融入时代文化语境之中，方能有所创化，发明新的诗体并进而把这一诗体推向其极的境界。这里实际就提出"兼剂"作为诗歌发展机制的问题。

正是在"兼剂"思想方法的指导下，王世贞认识到，主体运用各种文体或诗体之间的相互影响，能促进文学的发展。《艺苑卮言》卷二第九〇则云：

> 秦始皇时，李斯所撰《峄山碑》三句始下一韵。是《采芑》第二章法。《琅邪台铭》，一句一韵，三句一换，是老子"明道若昧"章法。[1]

谈及不同诗体间的影响关系，《艺苑卮言》和《弇州四部稿》中都较多，兹不一一列举。"兼剂"亦使王世贞认识到，非极境状态下的诗歌文本，也有其长处。请看他以下所说的一番坦荡之语："吾于文虽不好六朝人语，虽然六朝人亦那可言？皇甫子循谓：'藻艳之中，有抑扬顿挫。语虽合璧，意若贯珠，非书穷五车，笔含万化，未足云也。'此固为六朝人张价。然如潘、左诸赋，及王文考之《灵光》、王简栖之《头陀》，令韩、柳授觚，必至夺色。"[2]可见，王世贞的"兼剂"之论，目的还是使格调论更加合理完善。"兼剂"的诗学方法，也的确是一个值得今人留意的诗学思想方法，其对于理论重建的意义是不言而喻的。综合地看，王世贞的诗歌发展观念，就是以"剂"作为方法，整合融会各种诗学思想的精华，使格调论在新变的文化语境中，仍然能够获得独立的意义和价值，并在此后的文化变迁中，仍然得到丰富和发展。其主要原因是王世贞运用"剂"的方法赋予"格调论"以开放

---

[1] 见吴文治主编：《明诗话全编》，4212页，南京，江苏古籍出版社，1997。
[2] （明）王世贞：《艺苑卮言》卷三第二〇四则，见吴文治主编：《明诗话全编》，4234页，南京，江苏古籍出版社，1997。

式的结构,把取之于汉魏盛唐诗歌规定性所形成的格调论的固有模式和清规戒律,改造成某种文体的极境状态。 这样,就使得"格调"成为历时过程中的文体规定,极境不断出现,某种文体在走向极境的过程中所表现出的其他亚品种,必然多种多样;甚至其变体——也就是复古论者所贬抑的诗歌之变者,若放在诗体发展的历史进程中,也就存在合理性了。

◎ 第四节
后七子诗学的主要贡献

后七子诗学是在前七子基础上的发展。 它意味着诗学观念的进一步深化。 李攀龙强调盛唐范式对"诗变"的作用,以"正体"为关键词建立了诗体流变论。 谢榛提出"文随世变"的观点,在"诗变"原因剖析方面,认识到诗歌继承、技巧运用、主体才能、诗歌范式保守性对诗歌变化的正面或负面作用,比李攀龙的诗学观更加深入。 王世贞的核心"诗变"观是"诗之变由古而近,则风气使之"。 这里的"风气"不单纯指时代政治风气,也包括社会心理、民俗、艺术创作的价值取向等方面,实际上是从整体风貌和审美特征视角关注四唐诗歌的变易。 王世贞的"诗变"观还体现在他以"辨体"发现"诗变",并将其归于"体"之变化。 这一做法,后来在胡应麟、许学夷等人那里得到承续并发挥到极致。

总的来说,后七子诗学的主要贡献大致包括几个方面:一是谢榛、王世贞等人对旧有格调论执着于话语规范的角度论诗进行了创造性的改造,建构起以"诗体"、主体"悟入"、"日新"、"出入诗法"、唐诗"神情"为核心的诗学观,一定程度上纠正了前七子和李攀龙的偏执。 二是以诗人"才情"和唐人"格调"的互动关系论析"四唐"诗歌及其变化,并从内部规律方面论证了诗歌变化的必然性。前七子虽然在格调论诗学面临困境时曾经初步探讨过这一问题，但随着个性思潮的兴起，后七子必须面对诗人"才情"与"诗变"的关系，谢榛提出的"兴"，吴国伦对"才"和"法"关系的处理，王世贞探讨"格调"和"才情"之间的"剂"，都从内部规律方面论证了诗歌变化的必然性。三是高棅以降，复古论标榜盛唐"诗格"，过分强调"四唐"差异，似乎在诗歌变化上界限分明，陷入绝对化的境地。谢榛、吴国伦、宗臣、王世贞在力主盛唐之音的同时，对盛唐范式进行拓展，使"诗变"由突兀绝对走向相对变化或逐渐变化，磨合了"四唐"之间的联系，注意到唐诗演变的规律性，后来成为格调派的共识。这三点，是明代诗学发展的鲜明标志之一。

◎ 第五节
唐诗范式之争

这一阶段的唐诗学出现大量论争，最著者乃是"唐无五古""唐人七律第一""李、杜优劣"等争议。这些论争中包含艺术理想范式与诗歌高潮、范式与诗歌衰落的关系。范式之争成为明中期以后诗歌研究的一个重要的学术增长点。

一、"唐无五古"之争

"唐无五古"之说使大量文士卷入论争，绵延时间之长，在学术论争中是罕见的。有关这一问题，前文在谈李攀龙时，已有所论及。其中值得重视的除王世贞、胡应麟外，尚有郝敬、冯复京、陆时雍、臧懋循、李沂、许学夷、谢肇淛、曹学佺、赵士喆。 入清以后，吴乔、朱鹤龄、王夫之、徐增、叶燮、王士禛等人还继续就此展开争论。

李攀龙之前，李东阳在《麓堂诗话》中说："古诗与律不同体，必各用其体乃为合格。 然律犹可间出古意，古不可涉律。"以此标准衡量，唐代显然是没有真正意义上的五古的。 李梦阳在《缶音序》中明确提出这一问题："诗至唐，古调亡矣，然自有唐调可歌咏，高者犹足被管弦；宋人主理不主调，于是唐调亦亡。"可见前七子时期就从诗歌变化的视角对待"五古"这一诗歌范式。 从李梦阳、何景明到李攀龙之间，有许多类似的说法，如樊鹏说："无古诗而律诗兴；律诗兴，古诗势不得不废。"言"古诗"这种范式达于极境后，必然为律体所取代。 所以胡应麟说："观此，则李于麟前，唐古已有斯论。"①唐代"自有古诗"是毫无疑问的，这一古诗之争显然将"五言古诗"界定为汉魏"正宗的五古"，设定一个汉魏五古范型模式，以此模式及其话语规定性衡量其他时代的古诗，这样，唐诗中的"五古"与汉魏古诗比有较大变化，也就自然不正宗了。 这一思想为后七子所发挥。

王世贞在《艺苑卮言》中赞同李攀龙《选唐诗序》中关于五古的判断，言"此段褒贬有至意"。 他还在《梅李豹居诸集序》中说：

> 余少年时，称诗盖以盛唐为鹄云，已而不能无疑于五言古。及读李于麟氏之论曰："唐无古诗而有其古诗"。则洒然悟矣。进而求之三谢之整丽，渊明之闲雅，以为无加焉。及读何仲默氏之书曰："诗盛于陶、谢，而亦亡于陶、谢。"则窃怪其语之过。盖又进之而上为三曹，又进之而上为苏、李、枚、蔡，然后知何氏之语不为过也。②

他从"唐无古诗而有其古诗"受到启发，推及整个诗史，并从古代诗歌演变

---

① （明）胡应麟：《诗薮·外编》卷四，194 页，上海，上海古籍出版社，1979。
② （明）王世贞：《弇州山人续稿》卷五十五，见吴文治主编：《明诗话全编》，4493 页，南京，江苏古籍出版社，1997。

的关键处，发现诗歌演变的逻辑顺序和诗歌范式消长的现象。 王世懋也直截了当地说："唐人无五言古，就中有酷似乐府语而不伤气骨者，得杜工部四语，曰：'兔丝附蓬麻，引蔓故不长。 嫁女与征夫，不如弃路旁。'不必其调云何，而直是见道者，得王右丞四语，曰：'曾是巢许浅，始知尧舜深。 苍生诇有物，黄屋如乔林。'"①王世懋在文本层面提供了唐诗不似古诗而似乐府的例子，其文本分析进一步从文学事实上有力证明古诗在唐代的水平下降和消亡迹象，其中又显露出他对文学承传的认识。 对于这一认识，根据文本现实和文学史意识做出令人信服阐释的是许学夷。② 许学夷认为初唐古诗与汉魏古诗的区别表现在音声方面，是"古、律混淆"，表现在话语风格上，是"词语绮靡"。 所以陈子昂所作古诗，"音节犹不甚近"，只能算"自成一家"，与汉魏古诗不可同日而语了。 许学夷没有论汉魏古诗与唐古的高下，胡应麟却以为"汉，品之神也"，言外之意是唐古不如汉魏古诗的质朴而文，这与他坚信"诗之格以代降"是一致的。 这一观点为明代多数诗人和学者认同。 唐代"有无古诗"之争，推动了诗学认识的深化。

到了郝敬③，则进一步在艺术风貌或范式系统层面论析这一问题。 《艺圃伧谈》卷一开头就说："诗有雅郑，乐有古今。 知乐即知诗矣。"④首先就确立了诗歌话语整体上的古今差异，但他又不大赞成古今之变，因为诗歌越变越差。⑤ 他的立足点是批评诗歌之"变"，但又认识到诗歌之变是客观

---

① （明）王世懋：《艺圃撷余》，见（清）何文焕辑：《历代诗话》，778 页，北京，中华书局，1981。
② （明）许学夷著，杜维沫校点：《诗源辩体》卷十三第一则，144 页，北京，人民文学出版社，1987。
③ 郝敬(1558—1639)，字仲舆，号楚望。 京山(今属湖北)人。 万历进士，终于江阴知县。 后挂冠归里，杜门著书。 自谓"早岁出入佛老，中年依傍理学，垂老途穷，乃输心大道"(《时习新知》自序)。 作为正统儒者，其诗话《艺圃伧谈》颇抒己见。 他不满朱熹擅改诗序，重性情，轻声偶，进而对汉乐府、近体诗多有微词，连李、杜亦不例外。 所著尚存《山草堂集》(明万历崇祯间郝洪范刊本)、《谈经》、《史记琐琐》等。
④ （明）郝敬：《艺圃伧谈》卷一第一则，见吴文治主编：《明诗话全编》，5898 页，南京，江苏古籍出版社，1997。
⑤ （明）郝敬：《艺圃伧谈》卷一第一五则，见吴文治主编：《明诗话全编》，5902 页，南京，江苏古籍出版社，1997。

存在的。 在他看来诗歌越变越差，导致后人没有能力识别"中和之音"，面对古诗"只借其目"，"不识其辞"。 所以他通过不仅"借其目"，而且"识其辞"，水到渠成地区别了汉魏、六朝诗歌和唐诗的差异①，亦于其中发现唐人对《三百篇》、汉魏、六朝等范式的承接，唐人是在批判中吸收和发展。 要之，此为明清之际第一次发现唐人在批评前人时，又不自觉地继承前人，从而得以转益多师，去古愈远，创造出全新的诗歌境界。 郝氏亦重声响与韵律的分析，进而及于诗歌风格，可能正是如此，他也在声音层面发现了诗歌的通变规律，从而能够在诗"体"范式层面论析诗歌变化：

> 汉魏变为六朝，其间晋、隋、宋、齐、梁、陈，代有作者，不可谓
> 不日新。总之谓六朝耳。宁讵谓晋、隋胜宋、齐，宋、齐胜梁、陈乎？
> 唐变为近体，其间初、盛、中、晚，亦不可谓不日新，总谓之唐耳，宁
> 讵谓初胜中、晚乎？②

在范式层面，提出在汉魏、六朝和唐代诗歌之间，文学进化与退化的矛盾运动。 就一个较长的时段而言，诗歌是发展的，其间虽有反复，但属于诗歌变化的正常状态。 《艺圃伧谈》卷一第三九则说："晋诗多清响，至宋谢康乐而后加绮丽，至梁、陈而后加妩媚。 故唐人变为雄整。 世运所移，不可留也。 论者崇奖唐人，遂尽绌六朝。 至于任气狂骋，其习愈卑。"道出了诗歌范式交替、变化的自身规律。 所以他能发现不同时期的诗歌范式各自具有的特质。 《艺圃伧谈》卷一第四四则云："汉魏人以情境为诗，多真逸；六朝人以辞彩为诗，多艳丽。 虽艳丽而文生于情。 若唐人以名利筌蹄为诗，限声偶，袭格套，如今对股时文。 时文不离经传，而何裨于名理？ 近体不

---

① （明）郝敬：《艺圃伧谈》卷一第二九则，见吴文治主编：《明诗话全编》，5905 页，南京，江苏古籍出版社，1997。
② （明）郝敬：《艺圃伧谈》卷一第三五则，见吴文治主编：《明诗话全编》，5906 页，南京，江苏古籍出版社，1997。

离歌咏，而何关于性情？ 其妆缀附合，割强牵率，较时文转觉卑陋。 声疾而气扬，读之令人高视而长傲。 德音愔愔，不当如是。"①个中原因，有许多方面。 在郝敬看来，与"名理""性情"和话语范式的构成相关：

> 诗有意、有辞、有音，而音为本色。无音但意与辞，凡文章皆然。舍声音，别于辞意间，索隐僻为深奥，贵艰涩为高古。余狂而不信也。②

这一诗歌话语构成论，其中所言"意"，并不是单纯的"理"。《艺圃伧谈》卷一第五五则批评严羽时云："天下无理外之文字。 谓诗家自有诗家之理则可，谓诗全不关理，则谬矣。 诗不关理，则离经叛道，流为淫荡。 文字无义理，则无意味、无精彩。 《三百篇》纯是义理凝成，所以晶光千古不磨。 今之诗，粉饰妆点，趁韵而已，岂惟无理，亦且无稽。 浮响虚声，何关性情？ 何补风教？"③这些话，将"理"与诗歌的全部话语系统联系起来，既有将诗歌中"理"的地位提高的作用，也有将"理"在文学话语中泛化的嫌疑。 这里还有将诗歌质量分类的意图。 故《艺圃伧谈》卷一第六六则言："辞、情、境三者合，乃为真诗。 辞、情合，境不合，为假诗。 辞与境合，情不合，为浮诗。 情、境合，辞不合，为钝诗。"④可见，这三个因素已经成为一个整体，只要其中一项有所变化，就必然带来诗歌体制之变：

> 古诗变新声，则有汉魏、六朝乐府、清商等曲。由质而变俚也。近体变古，则有宋、元小词。由文而变纤巧也。⑤

---

① 见吴文治主编：《明诗话全编》，5907～5908 页，南京，江苏古籍出版社，1997。
② （明）郝敬：《艺圃伧谈》卷一第六○则，见吴文治主编：《明诗话全编》，5910 页，南京，江苏古籍出版社，1997。
③ 见吴文治主编：《明诗话全编》，5909～5910 页，南京，江苏古籍出版社，1997。
④ 同上书，5911 页。
⑤ （明）郝敬：《艺圃伧谈》卷一第六八则，见吴文治主编：《明诗话全编》，5912 页，南京，江苏古籍出版社，1997。

诗变为辞,辞变为赋。世运递降,渐染成习气矣。①

由于郝敬立足点在汉魏范式,所以他不仅对古诗之变持批评态度,即使是乐府之变,他也抱着批评的立场:

> 唐人借乐府题目,写自己胸臆,实非乐府也。但可谓之唐人歌行之近体耳。滥觞于汉,弥漫于六朝。鲍明远《行路难》诸作,溃为洪流。唐李白《蜀道难》《天姥吟》等作,遂滔天矣。②

从乐府原来范式的感于哀乐、缘事而发,变而直写胸臆、叙事流为抒情的范式,话语规范由雅言改为变语,其间虽自有乐府遗意和精神,但郝敬都不赞成这样。他对鲍照和李白使乐府原有规范改变,溃为"滔天""洪流",甚至成为歌行近体始终耿耿于怀:"晋宋以来,《清商》《西曲》等歌辞,源流出汉鼓吹曲。其为古诗,多妖冶之意。即乐府之余音也。今人既薄六朝为靡曼,而又尊乐府为高雅。既推尊乐府,而又薄六朝为艳丽。皆吠声逐影,不考其实也。"③而以乐府鼓吹题目作古诗,则更使古诗堕落为"妖冶烦促之音"④。他批判古诗随着时代变化在退化、堕落。乐府和古诗这两大话语系统的整合乃是文学史上少见的艺术融合会通的现象,其在中古开艺术发展多样化的先声,后之诗歌就在此基础上产生万千变化。唐代各体诗歌的生成也得益于此一变化。

所以对唐代有无古诗问题,他的结论与明代其他诗论家相比,出人意料:

---

① (明)郝敬:《艺圃伧谈》卷二第七七则,见吴文治主编:《明诗话全编》,5913 页,南京,江苏古籍出版社,1997。
② (明)郝敬:《艺圃伧谈》卷二第一二七则,见吴文治主编:《明诗话全编》,5925 页,南京,江苏古籍出版社,1997。
③ (明)郝敬:《艺圃伧谈》卷二第一二八则,见吴文治主编:《明诗话全编》,5925 页,南京,江苏古籍出版社,1997。
④ (明)郝敬:《艺圃伧谈》卷二第一二九则,见吴文治主编:《明诗话全编》,5925 页,南京,江苏古籍出版社,1997。

唐古诗如李白、杜甫、韩愈,数子之作,驰骋突兀,皆作俑于汉乐府郊庙、铙歌。后遂狙獗耳。世竞趋此途,谓逼真骚、雅。诋晋、六朝以后无诗。向使无汉乐府,唐人不敢决藩,即有汉乐府,不遇武帝好奇,相如、李延年辈无所售其伎俩。古今文章变态,时使之然耳。①

此论文学的变化,主要是从时代的生活主体角度切入。 一是最高统治者的喜好;二是具有这方面才能的艺术家及其产生的土壤;三是有着生成某种诗体的微观机缘。 后世继承或汲取前代营养,也同样有类似的原因。 当然,也有其他更重要的原因。 比如,为什么诗歌发展具有重复或复归某种体制的意图? 此类现象古今中外都有。 带着这样的信念,他以为唐代古诗是兼容并包的产物:

兼容并包之谓大。帝王大,圣贤大。文章有大家,亦谓无所不包也。诗,杜甫大,众体兼备,尘垢糟粕,时亦有之,无朽腐不化神奇。不得以瑕訾瑜也。②

"大"乃是明代诗学的一个重要概念。 言"大"为"兼容并包",可能并不全面,遍检明代诗话著作,其间亦有创新的意义。 正是在这个意义上,他认为"唐诗佳者,多是古体":

唐诗佳者,多是古体。然亦唐之古体耳。棱角峥嵘,而少圆融;雕刻细琐,而少浑厚。佳句可摘,而天趣不及汉魏、六朝,自然妙丽。皆

---

① (明)郝敬:《艺圃伧谈》卷三第一八二则,见吴文治主编:《明诗话全编》,5936~5937页,南京,江苏古籍出版社,1997。
② (明)郝敬:《艺圃伧谈》卷三第一八九则,见吴文治主编:《明诗话全编》,5938页,南京,江苏古籍出版社,1997。

本近体之习，而特去其声偶耳。说者谓唐无古诗，良似。①

他认识到古体与近体的交融形成了唐代的古诗体，不同时代诗体之所以有变化，正是时代文化语境的呼唤，吁求已有诗体范式改变，以适应新的文化时代的要求。而在旧有诗体的基础上，吸收新的诗歌因素，是诗歌创新的途径之一。这也是对明代普遍流行的"唐无古诗"说的较好阐释。郝敬看待诗史，对诗歌变化脉络也就有自己独特的认识："唐人五言绝句佳者多。但落淫情艳语，效乐府体，便觉俚俗。今人反谓古雅，是宋元小词之滥觞也。"②

除郝敬外，冯复京在唐诗范式变化方面也颇有见解。冯复京（1573—1622），字嗣宗，常熟人。早年即广学强记，不屑为章句小儒；不得举，故终身未仕。论诗受复古论影响，时有己见。其子冯舒、冯班为清初虞山诗派中坚。著有《说诗补遗》《六家诗名物疏》《遵制家礼》《常熟先贤事略》等。

冯复京从范式入手，兼及创作经验，兼顾诗歌包括"古诗"在文本和主体两个方面的变化。③他以古乐府创作的主体经验，言今之"拟"，拟而求之于"不袭牙慧"或做到"日新"，但又不失"宗风"，是"不拟之拟"。对少陵"以时事创新题"，他也并未否定，而是从诗史视角，认为其"纵横自在，妙夺其神"。作为复古论者，能够这样去认识诗歌创作，说明至明末时，诗论的理性因素渐渐增强。所以他坚定地认为，诗歌创作，代有区别，哪怕同一体裁，也不例外："又有五七言四句乐府，汉、晋、梁、陈，各有

---

① （明）郝敬：《艺圃伧谈》卷三第一四五则，见吴文治主编：《明诗话全编》，5929页，南京，江苏古籍出版社，1997。
② （明）郝敬：《艺圃伧谈》卷三第一四九则，见吴文治主编：《明诗话全编》，5930页，南京，江苏古籍出版社，1997。
③ （明）冯复京：《说诗补遗》卷一第七则，见吴文治主编：《明诗话全编》，7164页，南京，江苏古籍出版社，1997。

气格，与唐人绝句，迥然不同。"①

至于"古诗"创作，冯复京的态度十分开通，他以"性情""风藻"为评价古诗的切入点，也自然就离不开主体精神的作用，所以他论"古诗"，亦以"诗史"眼光看待。② 他关注主体素质、主体对文化语境的态度、运用文化语境的才能、"衰斯众美"的襟怀、消化传统的技巧，构成"集成"和"神化"的功夫，如此，不论在什么情况下，诗歌都绝不会产生相同的面目，都会出现新的境界。 他以"对偶之变体"，说明在主体作用下，技巧的变化与诗体变化之关系：

> 对偶之变体，如骆宾王"皆流桐柏远，逗浦木兰轻"，孟浩然"主人开旧馆，留客醉新丰"，名曰借对。少陵"桃花细逐杨花落，黄鸟时兼白鸟飞"，"小院回廊春寂寂，浴凫飞鹭晚悠悠"，名曰就句对。晚唐诗有以第一句对第三句，第二句对第四句，名曰扇对。此皆作者嬉弄伎俩，宋人妄立名色，诗家奇妙，全不在此。③

就"对偶"的变异问题进行批评，"嬉弄伎俩"之说，从反面证明"对偶"的变化在于技巧的改变。 一般而言，技巧的变化是诗歌变化的因素之一。所以尽管"诗有恒体"，各体都有自身的规定性，但由于主体的存在，"神用之妙，可得而诠。 一曰达才，二曰构意，三曰澄神，四曰会趣，五曰标韵，六曰植骨，七曰练气，八曰和声，九曰芳味，十曰藻饰"④。 此十个方面，诗人若能在达于这些规范的前提下，发挥主体作用，就能较高质量地创

---

① （明）冯复京：《说诗补遗》卷一第八则，见吴文治主编：《明诗话全编》，7165 页，南京，江苏古籍出版社，1997。
② （明）冯复京：《说诗补遗》卷一第一○则，见吴文治主编：《明诗话全编》，7165 页，南京，江苏古籍出版社，1997。
③ （明）冯复京：《说诗补遗》卷一第二一则，见吴文治主编：《明诗话全编》，7168 页，南京，江苏古籍出版社，1997。
④ （明）冯复京：《说诗补遗》卷一第三八则，见吴文治主编：《明诗话全编》，7174 页，南京，江苏古籍出版社，1997。

作出新的文本来。 其实，这十个方面的任何一个方面，都是变量。 冯氏对之进行了详细考论，认为技巧稍一改变，诗体就要变化：

> 如"生年不满百"增损作《西门行》。陈思《七哀》亦改为《怨诗行》，稍更步骤，其体裁遂别。疑汉魏之交，战争方骛，风气雕悍，一时乐部更定以比丝管，习尚使然也。《西门行》末云"行行去去如云除，敝车羸马为自储"，矫健殊甚。①

"增损"和"稍更步骤"导致"体裁遂别"这一现象，明人已经认识得较为清楚。 冯氏还能发现其中原因，以为这一现象与时代现状及其所引起的风习的改变有关，当为切中肯綮之言。 可见，诗歌发展有许多层面，诸如体裁层面、时代层面、技巧层面等。 在这一基础上，冯复京总结"诗道"（范式）变化在"格律"和"才情"：

> 总论诗道，格律、才情二者而已。……二者不相为用，而可与言诗者，吾未之见也。②

将诗道归结为格律和才情，以区别于民间歌唱，以及虽符合格律却"绝生动之机"的诗作（此类多为模仿之作），这样，诗的创造就只能以才情为中心，并且才情与格律成为互动关系，就能促进诗歌创作的发展。 冯氏在这里没有具体论析格律与才情如何运用操作、二者如何结合的问题，只是概而论之。 根据明人的有关论述以及传统诗论，才情当与性情、自然连在一起。才情的抒发，若能合于音声的和谐，就自然变化不已，新的诗境也就自然生

---

① （明）冯复京：《说诗补遗》卷二第一五〇则，见吴文治主编：《明诗话全编》，7197 页，南京，江苏古籍出版社，1997。
② （明）冯复京：《说诗补遗》卷一第五三则，见吴文治主编：《明诗话全编》，7177～7178 页，南京，江苏古籍出版社，1997。

生不已：

> 古体用古韵，惟取谐合，若拘沈约之四声，反落唐格近体，用唐韵
> 贵在紧严，若越礼部之一字，即成宋体。但用古韵不宜过奇，奇则陷于
> 鸠舌。用唐韵不宜过巧，巧则流入诙谐。排律百韵不已，则唇吻告劳，
> 歌行两韵则迁，则转折多踬。不如详择厥中，庶保无咎。①

"韵"之重要性，当与诗歌话语整体及其所表现出的"风神"相关②，这里言及"唐韵贵在紧严"，若稍有出入，就变成了宋诗。因此，韵的变化也就与"诗道"相联系。古诗"韵"之变化也决定诗歌范式的改变：

> 诗至玄晖，古意已尽。然风韵自高，淫风未播。……继以陈主徐
> 江，狎客裁篇，妖姬弄墨，集玉台之盛藻，奏瑷树之妍歌，所谓亡国之
> 先征，良亦诗道之大厄也。③

"诗道之大厄"，当指违背诗道，难以推动诗歌进步的诗歌活动。从这则诗话的语境看，"诗至玄晖，古意已尽"，冯氏的意思是走向柔婉绮靡之作，皆为诗道衰落之兆，因此，古人所谓诗道衰落，实则指诗歌体制和范式的改变或变化。就诗史实际看，诗歌由刚健走向绵婉，已经不再遵守已有的"诗道"，是在审美实践中，形成新的"诗道"——当然，这是就广义的诗道而言的。

不仅"韵"，声律也是这样。只要稍有变更，就会成为另一种诗体：

---

① （明）冯复京：《说诗补遗》卷一第六四则，见吴文治主编：《明诗话全编》，7180 页，南京，江苏古籍出版社，1997。
② 方锡球：《从"兴趣"到"意兴"——许学夷论盛唐诗歌纵深发展的审美方向》，载《文学遗产》，2007（6）。
③ （明）冯复京：《说诗补遗》卷四第二八三则，见吴文治主编：《明诗话全编》，7225 页，南京，江苏古籍出版社，1997。

"予尝谓简文五言八句诗，若稍更一二拗字，则唐律矣。诸篇若作长短句，则《花间》《兰畹》矣。阅全集，予取《往虎崛山寺》《望同泰浮图》《龙丘引行两》及《乌栖曲》四首。其篇中佳句，则'白云随阵色，苍山答鼓声。……'皆可入近体。"①六朝诗歌与后代诗歌的渊源，若按此处分析，则一目了然。从六朝至唐诗和花间，在冯氏看来，只要稍作变化即可。虽然此说有些片面，但其中也的确有片面的道理。进而言之，韵与声律必然影响到诗歌风貌和整体范式："诗至于唐，古今盛衰之大界也。盖张陆学子建者也，颜谢学张陆者也，徐庾学颜谢者也。其变愈下，而其词加丽也。以唐人之诗为古诗，曰断雕而朴也。然而山泽之癯瘦，田更之朴野，露筋张骨之态，澄潭小岛之观，纷然并出，此古诗之所以衰也。晋排偶之始也，宋齐排偶之盛也，陈隋排偶之极也。其词转丽，而其体弥俗也。以陈隋之古诗为律诗，曰复古。而今也然。而魄力之沉雄，风韵之高远，露盘清水之神，编玉联珠之句，挺然独秀，此唐诗之所以盛也。"②由刚健、雄壮向丽词演变，又由丽词走向雄健，是诗歌演变规律在体制风调或风格上的表现。但只要诗歌在前行，就会于其间吸收以往包括丽词和雄健在内的许多审美因素，并使之融入当前的文化语境，加之主体因素的作用，诗歌就能够得以发展成新的范式。建安至唐的诗史确实证明了这一点。几个轮回之后，诗歌体制乃至文学体制就会大变（"大界"）了。

在此基础上，他对李攀龙"古诗"之亡和复古派"诗亡"的看法提出认同的意见："本六朝之藻赡，而加之以雅伤者，初唐之法也。刊初唐之浮华，而畅之以才气，主之以风神，究竟之以变化者，盛唐之制也。初唐味浓，盛唐格正。初唐锻字丽密，意尽言中，盛唐寄兴闲远，趣在言外。大历诸子，一味清空流转，非惟失盛唐之化境，并美大失之矣。晚唐涂辙愈

---

① （明）冯复京：《说诗补遗》卷四第二八四则，见吴文治主编：《明诗话全编》，7225 页，南京，江苏古籍出版社，1997。

② （明）冯复京：《说诗补遗》卷五第三六〇则，见吴文治主编：《明诗话全编》，7244 页，南京，江苏古籍出版社，1997。

兮，人材日下，而诗亡矣。"①"诗亡"之说，也颇能说明文学体制的变迁。唐后诗固然未亡，然亦不再是古诗或唐诗，出现的是新的诗歌体裁。这种变化，乃是经历四唐渐变之后的质变。

冯复京以盛唐李杜乐府、古诗和近体为例，论及它们对中唐诗歌特别是古诗流变的影响，进一步论证盛唐"乃一世盛衰之大界"：

> 诗至盛唐，泰极否兆。又唐一世盛衰之大界也。②

他谈乐府、古诗及其风貌，以李、杜为逻辑起点，历时性地论述了诗歌变化线索，以及诗歌变化的方向，发现唐代在"诗变"过程中，既有抓住优秀美丽的一极，发展至极点极境者；亦有抓住消极因素的一极发展下去，并将之引向极端而最终走向式微。为什么会这样？论者既归之于"气运"，亦归之于前此诗歌活动及其文本中潜伏的因素在起作用。尤其是"泰极否兆"之说，带有规律性，盛唐时期的诗歌繁荣，也确实预示诗歌话语系统及其意义将发生重要改变。除上述原因外，冯复京还指出诗歌与政治环境也密切相关：

> 太宗初唐也，玄宗盛唐也，德宗中唐也，文宗宣宗晚唐也。五帝制作，与气运推移，而历朝篇咏，又承上好升降，异哉。③

强调诗歌变化与帝王的偏好相关，所以初、盛、中、晚之划分，与政治环境，特别与"上好"息息相关，因此"上好"对诗歌品质的"升降"无疑起

---

① （明）冯复京：《说诗补遗》卷五第三六一则，见吴文治主编：《明诗话全编》，7244 页，南京，江苏古籍出版社，1997。
② （明）冯复京：《说诗补遗》卷五第三六二则，见吴文治主编：《明诗话全编》，7244 页，南京，江苏古籍出版社，1997。
③ （明）冯复京：《说诗补遗》卷五第三六四则，见吴文治主编：《明诗话全编》，7245 页，南京，江苏古籍出版社，1997。

着重要作用。 帝王喜好在一个时代诗歌创作中的作用，从终极上演变为政治对诗歌的影响和干预，但就帝王个人而言，他的创作却与他的政治要求、嗜好偏爱、审美取向和诗歌才能的共同作用有关①，帝王诗歌往往是诗歌兴衰的征兆。 原因可能是帝王审美取向的正面推动，使一代诗歌活动走向繁盛；而随着时代语境的变迁，当社会文化风尚转向时，帝王即使再有使诗歌进步发展的意愿，也回天无力了，甚至在自己的诗歌中也顺应社会风尚，表现出某种转变。 正是帝王诗作的这些变化，会使一代诗风产生改变，末世和衰世如此，盛世亦如此。

此外，从初唐至盛唐，一般还认为沈、宋是关键。 其七言律和五言排律"一变""加以气韵"，即能进入盛唐。 那么，在沈、宋的基础上，"气韵"是通过什么方式加上去的？ 是否加上"气韵"一种因素诗歌就能走进盛唐？ 也即"气韵"是否是初唐进入盛唐的关键因素？ 这一问题值得留意。② 由以上视点去看唐代古诗，其与汉魏古诗的差异也就一目了然：

---

① （明）冯复京：《说诗补遗》卷五第三六九则，见吴文治主编：《明诗话全编》，7246 页，南京，江苏古籍出版社，1997。

② 类似的说法在冯复京《说诗补遗》中还有多处。 卷五第三八六则言骆宾王即是一例："骆宾王才思宏富，词锋艳逸。 其七言古《帝京篇》《畴昔篇》，缀锦贯珠，滔滔洪远。 然诸篇句云：'翠幌珠帘不独映，清歌宝瑟自相依。'又云：'池中旧水如悬镜，屋里新妆不让花。'又云：'不见猿声助客啼，惟闻旅思将花发。 故园梅柳尚有余，春来勿使芳菲歇。'……俱沿袭梁陈，有伤大雅。 又云：'只将羞涩当风流，持此相怜保终始。'浸入诗余矣。"按：初唐而在诗歌体制上有如此微妙的现象，值得研究：具有梁陈余习，乃是正常的现象；而越过盛唐、中唐和晚唐，浸入词的体制，就可见诗歌活动中，只要某些部分因素产生关键作用，就能使诗歌形式产生超越时代的重要变化。 就此处而言，诗歌活动中的描写对象的优美性质、情感的委婉和节奏的迂徐，可能是诗歌具有词的审美特征的主要原因。 可见诗体与诗人在特定情境下，能够发挥令人诧异的作用。 承传方面也是如此。 卷五第三八九则云："贞观中，人材半是隋室遗老，至高武二朝，隋风未殄，往往作风尘软媚语，如世南《中妇纤流黄》云：'衣香逐举袖，钏动应鸣梭。'褚亮《咏花烛》云：'靃星临夜烛，眉月隐轻纱。'又谢偃云：'裙轻才动佩，鬓薄不胜花。'……俱陈隋诗，非唐绝句也。"按：唐人作诗而非唐绝句，意义有多层。 一是时代虽然进入唐代，但绝句艺术并没有成熟；二是初唐时期，陈、隋之文学惯例影响深远，文学的既有模式和话语结构具有保守性，不打破这种保守性，文学就难以进步；三是文学的承传是文学自身的规律性，不以时代的变化而改变。 以上所引《说诗补遗》，见吴文治主编：《明诗话全编》，7250、7251 页，南京，江苏古籍出版社，1997。

《感遇》"临歧泣世道"一首，洁净而健。"可怜瑶台月"，颇合古诗句格。然俱止于八句，盖《感遇》若非长篇，则杂己调，或参议论，可厌矣。《修竹篇》稍详赡，《蓟丘怀古》短促枯憔。善乎李于鳞之言曰："陈子昂以其古诗为古诗，弗善也。"《诗删》又何为取之哉?①

陈子昂古诗不类古诗，从中透露的消息，是说陈子昂古诗已经有所变化和发展。 这里冯复京比较具体地指出其对汉魏古诗多方面的改变，一是在篇幅上，以长篇居多；二是在声调方面，不再遵守原来的规范，"则杂己调"；三是议论入诗，一改汉魏、六朝诗歌描写为主的话语范式。 而且，这些变化还不仅仅是形式的表面，它们还在风格上反映出来：

陈君生四杰后，挺拔自树，一洗铅华，工力亦不可诬。但世人褒崇太至，上比阮公，则予不能无讥尔……②

这一切，冯复京归之于沈、宋的滥觞作用，沈、宋和四杰的创作经验直接启发了陈子昂，所以，以沈、宋和四杰为审美语境的初唐"古诗"创作，自然与汉魏、六朝大不相同了。 他以沈、宋为诗歌创作中的"古今变格之极"③，理由是其承先启后，渐开盛唐先声。 具体到诗歌体制，则一在诗歌外形方面的声律、语言和修饰；二在诗歌内质方面的缘情。 可见，冯氏已经认识到诗歌的"大变"需要从内质和外形两个方面都产生变化，方是诗歌变化之极者。 而在变化机制上起关键作用的，则是内质和外形蕴含的"气韵"：

---

① （明）冯复京：《说诗补遗》卷五第三九七则，见吴文治主编：《明诗话全编》，7254 页，南京，江苏古籍出版社，1997。
② （明）冯复京：《说诗补遗》卷五第四○○则，见吴文治主编：《明诗话全编》，7255 页，南京，江苏古籍出版社，1997。
③ （明）冯复京：《说诗补遗》卷五第四○二则，见吴文治主编：《明诗话全编》，7256 页，南京，江苏古籍出版社，1997。

开元初，稍厌缛靡，尚气韵，文体一变。诸应制诗佳者，《和答张
　　说出雀鼠谷》，首张九龄，次王光庭、王丘、袁晖。《和送张说赴朔方》
　　亦首九龄，次张嘉贞。……①

"稍厌缛靡，尚气韵"，就给文体带来一变，可见"气韵"即审美的生命样
态对诗歌体制的巨大作用。至于"稍厌缛靡"，其实与诗歌话语中蕴涵着的
气韵有着重要联系。而"气韵"生动与否，则是初唐和盛唐区分的关节
点。② 前文提到冯复京言文体一变在"气韵"的作用，而此处又提及"气韵
不足"乃是初唐诗歌未进入盛唐阶段的特征之一。 在冯氏看来，"气韵"在
一定的时期，能够成为诗歌发展的因素。"气韵"对诗歌演进的影响，反过
来又渗透到诗歌话语的内质和外在语言风格：

　　湾又有《次北固山下》，律诗格正意工……惟"潮平两岸阔"与作"两
　　岸失"者，俱有意，恐"失"字悠忽，不如"阔"字之正大。③

"正大"的概念，意义非常丰富，涉及诗歌话语内质和外形的方方面面。 冯
氏以王湾《次北固山下》两种版本所涉及的"失"和"阔"的语词差异，论
诗歌"气韵"体现在话语风格上是否具有唐诗特质。 从中可以看到，构成一
个时代文本的各种因素对时代文学的进展都十分重要。"正大"之于唐诗的
盛唐特征，就属于这一类型或这一现象。
　　由于冯复京论诗涉及诗歌话语内质和外形的方方面面，所以在讨论唐代

---

① （明）冯复京：《说诗补遗》卷五第四一二则，见吴文治主编：《明诗话全编》，7260 页，南京，
　　江苏古籍出版社，1997。
② （明）冯复京：《说诗补遗》卷五第四一三则，见吴文治主编：《明诗话全编》，7260 页，南京，
　　江苏古籍出版社，1997。
③ （明）冯复京：《说诗补遗》卷六第四二一则，见吴文治主编：《明诗话全编》，7263 页，南京，
　　江苏古籍出版社，1997。

"古诗"的时候，他意识到除时代、诗歌本身的原因外，还有"人心"这一因素的作用：

> 呜呼，诗之生于人心者，未尝息也，溢于才情者，未尝减也。然唐之后无诗矣。予尝曰：诗至晚唐，而气骨尽矣，故变而之苏、黄。至苏、黄，膏润竭矣，故变而之元。至国朝而法戒备，能事无以加矣，故变而之李、何、王、李。其变之不善者害古，变之善者，无以逾古，束之不观可也。①

诗歌走下坡路，在冯氏看来，几个关键性的因素是"气骨""膏润""法""古"等。

从此可以看到，明代诗学对"唐无五言古诗"的争论，其理论成果之一，是发现了唐诗某一范式发展不同阶段的特征及其变化规律。

二、"唐人七律第一"之争

"唐人七律第一"之争主要涉及何景明、孙绪、薛蕙、杨慎、乔世宁、孔天胤、谢榛、王世贞、胡应麟、周珽、许学夷、胡震亨，一直延续到崇祯朝。这一争论的源头在严羽《沧浪诗话·诗评》："唐人七言律诗，当以崔颢《黄鹤楼》为第一。"②尽管明人大多尊重严羽的诗学理论，但此一问题却引起讼争。在争论七律这一唐诗范式过程中，明人发现了大量诗学问题。

首先是发现汉魏、六朝对唐诗的影响，或者说是唐诗对汉魏、六朝诗歌的承接。何景明、薛蕙推沈佺期《古意呈补阙乔知之》为唐人七律第一。

---

① （明）冯复京：《说诗补遗》卷八第五六〇则，见吴文治主编：《明诗话全编》，7314 页，南京，江苏古籍出版社，1997。
② （宋）严羽著，郭绍虞校释：《沧浪诗话校释》，197 页，北京，人民文学出版社，1983。

杨慎《升庵诗话》云：

> 宋严沧浪取崔颢《黄鹤楼》诗为唐人七言律第一。近日何仲默、薛君
> 采取沈佺期"卢家少妇郁金堂"一首为第一。二诗未易优劣。或以问予，
> 予曰："崔诗赋体多，沈诗比兴多。以画家法论之，沈诗披麻皴，崔诗
> 大斧劈皴也。"①

何景明《何大复集》和薛蕙《考功集》《西原遗书》中都不见此说，但杨慎
与何景明同师事李东阳，薛蕙则是何景明弟子，与杨慎同时，故杨慎之说当
可信。② 与杨慎言"崔诗赋体多，沈诗比兴多"对应，王世贞说"沈末句是
齐梁乐府语，崔起法是盛唐歌行语"③。 他们无疑都以诗歌技巧和语言风格
为切入点，以较强的范式意识，考量两诗在继承和创新中的差异。 从王世贞
言"沈末句是齐梁乐府语"，杨慎言"沈诗比兴多"等说法可以得知，沈诗
对六朝承接较为明显，而何景明、薛蕙，包括杨慎恰恰是六朝诗派，偏爱六
朝诗歌的审美风格。 他们提出沈诗第一就是情理中的事情了。 正如潘德舆
所说："升庵不置优劣，由其好六朝、初唐之意多耳。"④但他得出这一结
论，又确实是从诗歌范式变异的角度，说出"崔诗是盛唐歌行语"的结论，
这和"崔诗赋体多"一起，排除了崔诗作为纯粹七律的基本条件，崔诗既然
不符合七言律的话语规定，又怎么能算作"七律第一"？
　　其次是从律体规定性及其演进的角度看"七律第一"问题。 潘德舆说：

---

① （明）杨慎：《升庵诗话》卷十《黄鹤楼诗》，见丁福保辑：《历代诗话续编》，834页，北京，
中华书局，1983。
② 王世贞《艺苑卮言》卷四亦引用此事："何仲默取沈云卿《独不见》，严沧浪取崔司勋《黄鹤楼》
为七言律压卷。"见丁福保辑：《历代诗话续编》，1008页，北京，中华书局，1983。
③ （明）王世贞：《艺苑卮言》卷四，见丁福保辑：《历代诗话续编》，1008页，北京，中华书局，
1983。
④ （清）潘德舆：《养一斋诗话》卷八，见郭绍虞等编选：《清诗话续编》，2132～2133页，上海，
上海古籍出版社，1999。

严沧浪谓崔郎中《黄鹤楼》诗为唐人七律第一，何仲默、薛君采则谓沈云卿"卢家少妇"诗为第一，人决之杨升庵，升庵两可之。愚谓沈诗纯是乐府，崔诗特参古调，皆非律诗之正。必取压卷，惟老杜"风急天高"一篇，气体浑雄，剪裁老到，此为弁冕无疑耳。王元美谓沈末句方是齐梁乐府，"风急天高"篇结亦微弱。既不解沈诗起转风情，又不识杜诗煞笔深重，皆非确论。至沈、崔二诗，必求其最，则沈诗可以追摹，崔诗万难嗣响。崔诗之妙，殷璠所谓"神来气来情来"者也。……尤西堂乃谓崔诗佳处止五六一联，犹恨以"悠悠""历历""萋萋"三叠为病；太白不长于律，故赏之，若遇子美，恐遭小儿之呵。①

潘德舆先是确立律诗的应有规范，然后从律体规定性否定杨慎、严羽、何景明、薛蕙、李白等人的说法。但他不是否定崔诗和沈诗之妙，他的意思是，若言其为"七律第一"，势必要以律诗规范来衡量。当然，从其他角度来看，两诗仍然算是好诗。但若从律体演进的过程到七律成熟纯完，两诗都算不上是最规范之作。所以他推出杜甫《登高》。这一说法，为胡应麟所深化。胡应麟先对"崔颢第一说"和"沈佺期第一说"进行质疑，其质疑亦是从诗歌范式的视角出发：

《黄鹤楼》、"郁金堂"皆顺流直下，故世共推之。然二作兴会适超，而体裁未密；丰神固美，而结撰非艰。②

从体裁规范指出其尚未达到一种诗歌范式所要求的严密程度。他还从诗体演变层面判定沈诗和崔诗分别属于七言律滥觞时期之作和歌行短章：

① （清）潘德舆：《养一斋诗话》卷八，见郭绍虞等编选：《清诗话续编》，2132～2133页，上海，上海古籍出版社，1999。
② （明）胡应麟：《诗薮·内编》卷五，95页，上海，上海古籍出版社，1979。

七言律滥觞沈、宋。其时远袭六朝，近沿四杰，故体裁明密，声调高华，而神情兴会，缛而未畅。"卢家少妇"，体格丰神，良称独步；惜颔颇偏枯，结非本色。崔颢《黄鹤》，歌行短章耳。太白生平不喜俳偶，崔诗适与契合，严氏因之，世遂附和。①

胡应麟在一定程度上继承了王世贞的做法和说法，以七言律诗的范式规定性为标准，在考察了大量诗歌文本的基础上，既否定了严羽的"崔诗说"和何景明、薛蕙的"沈诗说"，也否定了王世贞的"杜甫《秋兴》说"和"岑参《和贾至舍人早朝大明宫之作》说"，提出杜甫的《登高》说：

杜"风急天高"一章五十六字，如海底珊瑚，瘦劲难名，沈深莫测，而精光万丈，力量万钧。通章章法、句法、字法，前无昔人，后无来学。微有说者，是杜诗，非唐诗耳。然此诗自当为古今七言律第一，不必为唐人七言律第一也。②

胡氏先从发展论层面，从内质美和技法的角度指出《登高》具有超越前人和后无来者的压卷地位；接着又从诗体规范性层面论析《登高》成为压卷之作的文本根源：

若"风急天高"，则一篇之中句句皆律，一句之中字字皆律，而实一意贯串，一气呵成。骤读之，首尾若未尝有对者，胸腹若无意于对者；细绎之，则锱铢钧两，毫发不差，而建瓴走坂之势，如百川东注于尾闾之窟。至用句用字，又皆古今人必不敢道、决不能道者。真旷代之作也！……此篇结句似微弱者，第前六句既飞扬震动，复作峭快，恐未合

---

① （明）胡应麟：《诗薮·内编》卷五，82页，上海，上海古籍出版社，1979。
② 同上书，95页。

张弛之宜，或转入别调，反更为全首之累。只如此软冷收之，而无限悲凉之意，溢于言外，似未为不称也。①

这段话涉及诗歌的形式及其话语形式中蕴含的生气、意味，以及话语意味和生气在诗歌技巧等范式规定性上的表现。特别是在话语形式中，胡应麟看到《登高》蕴含的雄深博大内涵，看到律体演进整体上朝成熟完美的风格发展："气象雄盖宇宙，法律细入毫芒"②，将七言律诗的形式技巧及其蕴含结合起来。这既呈现出他对七子派文学思想的发展，同时又说明他认为七言律发展至杜甫时，所提供的诗歌审美经验最为全面。也就是说，他尊重了文本范式演变的实际，总结了这一诗体发展的轨迹。

最后是在"唐人七律第一"的论争中，发现七律在诗史意义上的演化。许学夷云：

> 杜律较唐人体各不同无论，若"丛菊两开他日泪"，语非纯雅；"织女机丝虚夜月，石鲸鳞甲动秋风"，细大不称；"羞将短发还吹帽，笑倩傍人为正冠"，似巧实拙；故自"风急天高"而外，在杜体中亦不得为第一，况唐人乎？"老去悲秋"宋人极称之，自无足怪。③

"杜律较唐人体各不同"之语，是诗史意义上的说法，不仅指出杜体在盛唐诗歌基础上的发展，带有"去唐"性质，而且"宋人极称之"，亦是他在《诗源辩体》中所言老杜开宋诗门户的别样说法。在他看来，杜甫与盛唐诸公属于两个"盛唐精神"④，已经不是真正意义上的"盛世精神"的写照，在

---

① （明）胡应麟：《诗薮·内编》卷五，96 页，上海，上海古籍出版社，1979。
② 同上书，96 页。
③ （明）许学夷著，杜维沫校点：《诗源辩体》卷十九第二二则，218 页，北京，人民文学出版社，1987。
④ 方锡球：《从"兴趣"到"意兴"——许学夷论盛唐诗歌纵深发展的审美方向》，载《文学遗产》，2007（6）。

标举"盛唐"的复古派看来，盛唐诗歌是最高范式，所以在"七律第一"问题上，他们并不看好杜甫，而是回到盛唐崔颢：

> 崔颢七言律有《黄鹤楼》，于唐人最为超越。①

> 崔颢七言有《雁门胡人歌》，声韵较《黄鹤》尤为合律。胡元瑞、冯元成俱谓"雁门是律"，是也。《唐音》《品汇》俱收入七言古者，盖以题下有"歌"字故耳。然太白《秋浦歌》有五言律，《峨眉山月歌》乃七言绝也。崔诗《黄鹤》首四句诚为歌行语，而《雁门胡人》实当为唐人七言律第一。②

> 盛唐七言律，多造于自然，而崔颢《黄鹤》《雁门》又皆出于天成。盖自然尚有功用可求，而天成则非人力可到也。予尝谓：浩然五言、崔颢七言如走盘之珠，非若子美之律以言解为妙耳。③

许学夷颠覆潘德舆、王世贞、胡应麟等人的说法，不仅从"辩体"角度，还从诗歌整体风貌的"天成"，论述崔颢《雁门》超越"自然"和"人力"的审美特色，以此认为崔诗在"格调"和整体风格上堪称唐人七言律第一，这是在"辩体"和新的诗学思想取向的基础上，从"诗变"的视角，提出他对"唐人七言律第一"的看法。

可见，"唐人七言律第一"之争体现了明代诗学观念的范式意识。

---

① （明）许学夷著，杜维沫校点：《诗源辩体》卷十七第五则，170 页，北京，人民文学出版社，1987。
② （明）许学夷著，杜维沫校点：《诗源辩体》卷十七第八则，171～172 页，北京，人民文学出版社，1987。
③ （明）许学夷著，杜维沫校点：《诗源辩体》卷十七第九则，172 页，北京，人民文学出版社，1987。

三、"李、杜优劣"之争

在中国诗史上，自元稹以降，"李、杜优劣"之争旷日持久。明永乐时，高棅《唐诗品汇》发现杜甫诗体与盛唐诸公的差异，不得入于"正宗"，设"大家"一目与李白的"正宗"比肩。弘治、正德时期，七子除分析李、杜才性和诗风差异外，基本以李、杜并称，尚未有李、杜优劣的争端。

直到嘉靖时期，郎瑛提出李、杜优劣的问题："古人论李、杜无优劣……细而论之，则有一勉然，一自然之分耳。"①他指出宋代以来扬杜抑李的倾向，但他的观点基本是李、杜"比肩"，稍微倾向李白。杨慎强化了这一立场："少陵虽号大家，不能兼善，一则拘于对偶，二则汨于典故。拘则未成之律诗，而非绝体；汨则儒生之书袋，而乏性情。……近世有爱而忘其丑者，专取而效之，惑矣！"②这里表面虽是指出杜诗之不足，但已经看到杜诗与盛唐诗人比，在体裁和"性情"方面的巨大变化，李、杜之争也引出了诗学的新认识。

这样看李、杜在当时相当普遍。谢榛从某一诗体组成的各个因素演变角度比较李、杜："子美五言绝句，皆平韵，律体景多而情少。太白五言绝句平韵，律体兼仄韵，古体景少而情多。"③王世贞亦从诗体演变视角比较李、杜。④ 王说是李、杜优劣之辨的代表性说法和辨析范式，他认为从李白到杜甫，首先是不同体裁成熟的先后顺序不同。五七言绝，在太白时已经达

---

① （明）郎瑛：《七修类稿》卷三十八《李杜》，见吴文治主编：《明诗话全编》，2406～2407页，南京，江苏古籍出版社，1997。
② （明）杨慎：《升庵集》卷二《唐绝增奇序》，见吴文治主编：《明诗话全编》，2740页，南京，江苏古籍出版社，1997。
③ （明）谢榛：《四溟诗话》卷二，见丁福保辑：《历代诗话续编》，1170页，北京，中华书局，1983。
④ （明）王世贞：《艺苑卮言》卷四，见丁福保辑：《历代诗话续编》，1005～1006页，北京，中华书局，1983。

于极境，臻于成熟；七言律则在太白之前即已形成范式，至太白已是"变体"。 五言律、七言歌行至杜甫形成极境，七言绝，杜甫已经开始"变体"。 其次是风格和诗歌风貌的变化。 太白风格"以气为主，以自然为宗"，风貌是"俊逸高畅"；而杜甫"以意为主，以独造为宗"，风貌"奇拔沉雄"。 再次是接受者感知的变化。 太白诗歌使人"飘扬欲仙"，子美之诗让人感到"慷慨激烈，嘘唏欲绝"。 最后是语言的变化，太白多露语率语，子美多犀语累语，这一点从诗史角度看，又不及陶、谢蕴藉风流，而杜甫亦不及曹氏父子慷慨而多气。 从李、杜优劣之争看到"诗歌变体"，是明代诗学在论争中的成果之一。

接踵王世贞的是胡应麟。 他在辨析李、杜差异的基础上，集中论述了李、杜优劣：

> 李、杜才气格调，古体歌行，大概相垺。李偏工独至者绝句，杜穷极变化者律诗。言体格则绝句不若律诗之大，论结撰则律诗倍于绝句之难。然李近体足自名家，杜诸绝殊寡入毂，截长补短，盖亦相当。惟长篇叙事，古今子美。①

这里表面仍是李、杜相当，其语境是承接唐元稹、白居易扬杜抑李之论。 胡应麟指出李、杜在才气、话语格调和古体歌行创作方面，"大概相垺"，而在绝句和律诗创作上，各有所擅。 撇开优劣之争，则胡应麟看到，律诗成熟和形成范式晚于绝句，而叙事诗作亦至杜甫才达于至境。 可见，从李白到杜甫，唐诗在体裁、技巧、所反映的生活内容等方面，都在不断变化。 这种诗史意识和诗歌发展观念，则是在这一论辩中得到印证的，所以胡应麟明确说：

---

① （明）胡应麟：《诗薮·内编》卷四，69 页，上海，上海古籍出版社，1979。

唐人才超一代者，李也；体兼一代者，杜也。李如星悬日揭，照耀太虚；杜若地负海涵，包罗万汇。李惟超出一代，故高华莫并，色相难求；杜惟兼总一代，故利钝杂陈，巨细咸畜。①

"才超一代"和"体兼一代"的区别，胡应麟说得比较清楚。李诗无人比肩，"高华莫并，色相难求"，具有开创性意义和创新性地位；而杜诗"兼总一代"，只能是"包罗万汇"，其间"利钝杂陈，巨细咸畜"，其创造性不如李白。理性分析，胡应麟说得有些不切实际，因为杜甫在唐代诗歌走向方面，做出了承先启后的贡献，唐诗的重大转折在杜甫，这是诗史上的事实。但胡应麟毕竟是格调论的坚持者，推崇纯粹意义上的盛唐诗歌，对杜甫在总结唐代诗歌经验基础上的创造，避而不谈或有意回避，虽然令人遗憾，但他还是尊重唐诗发展的现实，指出了杜甫与李白的差异，以及杜甫在李白基础上的发展。这一看法，胡应麟接着就从诗歌风貌上十分明了地道出：

李才高气逸而调雄，杜体大思精而格浑。超出唐人而不离唐人者，李也；不尽唐调而兼得唐调者，杜也。②

"才高""气逸""调雄"，使李白"超出唐人而不离唐人"，从风格看，这明显是纯粹意义上的盛唐气象。"体大思精""格浑"，是杜诗的特色。"体大"言杜诗兼备众体；"思精"说的是杜诗已经离开盛唐诗歌的"兴趣"，而在诗歌中，参以议论言理；"格浑"则是从格调的层面，说明杜甫诗歌不再像盛世时代诗歌那样具有高华壮丽的单纯"体格"，也就是胡氏所说的"不尽唐调"，而"兼得唐调"。对这些胡氏有明确解释："盛唐一味秀丽雄浑，杜则粗精、巨细、巧拙、新陈、险易、浅深、浓淡、肥瘦，靡不

---

① （明）胡应麟：《诗薮·内编》卷四，70页，上海，上海古籍出版社，1979。
② 同上书，70页。

毕具，参其格调，实与盛唐大别。其能荟萃前人在此，滥觞后世亦在此。且言理近经，叙事兼史，尤诗家绝睹。"①仍是说杜甫诗歌格调和体制方面在转益多师基础上的拓展和深化。故而李、杜诗歌的话语变化也各自有别：

> 太白笔力变化，极于歌行；少陵笔力变化，极于近体。李变化在调与词，杜变化在意与格。然歌行无常幞，易于错综；近体有定规，难于伸缩。调词超逸，骤如骇耳，索之易穷；意格精深，始若无寄，绎之难尽。此其稍不同者也。②

李、杜话语变化方面的取向，李在"调与词"，它们导致李白歌行变化极富，没有常规性的尺度，错综变化，形成超逸的诗风；杜在"意与格"，思考精深，兼有规范可循，其言外之意生生不已，绎之难尽。这也是从体制和话语意义变易的角度看李、杜之变。

对李、杜的辨析，胡应麟还从他们对前人遗产继承的不同选择和取向，以及各自所具有的材质差异出发，并结合具体文本，在"诗变"视角上进行较为详细的考论。

胡应麟之后，屠隆、许学夷、谢肇淛、陆时雍都参与了李、杜优劣之争或李、杜诗歌格调的辨析，无论扬李抑杜，还是扬杜抑李，都是从文本和时代语境变化的角度，在格调辨析的层面上，讨论某种诗歌范式变化的内涵。所以"李、杜优劣"之争蕴含的诗学发现也是十分丰富的。

---

① （明）胡应麟：《诗薮·内编》卷四，70页，上海，上海古籍出版社，1979。
② 同上书，70页。

第五章
"师心"论诗学:
对历代诗歌探讨的新视角

　　万历时期,文学领域以袁宏道为领袖的公安派用"性灵"作武器,猛烈抨击复古派诗学的种种弊端。 继之而起的是以钟惺、谭元春为首的竟陵派,他们亦从"性灵"出发,力图对复古论诗学和公安派诗学进行修正。

◎ 第一节
万历初"主情"论诗学

　　"主情"论诗学开始于万历初期。 徐渭、李贽、汤显祖等人对唐诗的论述,明确反对因袭而泯灭个性。① 徐渭肯定唐诗变化偏奇的路径;李贽以富有个性的异端观点看待诗歌问题;汤显祖将诗歌巅峰状态的出现,归之于社会整体的人情氛围。 这些都是明代诗学的新声。

　　徐渭、李贽、汤显祖的诗学观,还是公安派诗学产生的文化语境。

---

① 　其实在日常生活和诗歌创作中,他们的言行也是如此。 可参骆玉明、贺圣遂:《徐文长评传》,
　　杭州,浙江古籍出版社,1987;骆玉明:《纵放悲歌》,北京,中华书局,2004。

一、徐渭的"其情坦直"与"奇种"说：论晚唐诗歌取向

　　徐渭（1521—1593）初字文清，后改文长，号天池山人、青藤道士、田水月，山阴（今浙江绍兴）人，终身布衣，著有《徐渭集》等。徐渭学本王畿、季本、唐顺之等王门学者，"又糅心学、佛学与道家为一体，会为'一心'即以明心见性为宗……而这种思想对其文学观也产生了很大影响，即将心理之'本真'几乎视为判断文学优劣的唯一准尺，因而从这一角度对习古、仿古提出了尖锐的批评"①。徐渭对后七子的发难，是他诗学理论的逻辑起点。他批评后七子"不出己之所自得，而徒窃于人之所尝言。"②他提倡诗歌创作"出己之所自得"，与他一贯张扬具有个性意义的"欲""情""性"一脉相承。《逃禅集序》以为佛家"所谓无欲而无无欲者也"，儒家则"以喜怒哀乐为情，则有欲以中其节，为无过不及，则无欲者其皆自不相人"③。将"情"与"欲"提到相当的高度。因此诗歌创作就不应当设置某种体制为范本，假设情感，以习古、仿古求之，而应该以"情"与"性"为出发点进行创造。④在徐渭看来，若以"情"考量诗歌，大体不过三类，一是作诗"本乎情"，生成的诗歌文本，是所谓"有诗而无诗人"。"无诗人"当是不见诗人的模拟和技巧，只是用"情"，故"有诗"。二是"设情"为诗，此类作品既无"是情"，就只有以前人为范式，"袭诗之格"，"剿其华词"。三是"穷理"之作，"悉出乎理而主乎议"，是为议论之诗。"设情"之诗和"穷理"之作，前者属于复古派，后者属于理学派中的性气诗派。前者讲究"格调"和范式，故诗歌意义有限；后者"理深而议高"，因"理"之生议，故意味"无穷"。在徐渭看来，这两种诗歌发展方

---

① 黄卓越：《明中后期文学思想研究》，226页，北京，北京大学出版社，2005。
② 《徐渭集·徐文长三集》卷十九《叶子肃诗序》，519页，北京，中华书局，1983。
③ 《徐渭集·徐文长三集》卷十九《逃禅集序》，545页，北京，中华书局，1983。
④ 《徐渭集·徐文长三集》卷十九《肖甫诗序》，519页，北京，中华书局，1983。

向都是"有诗人而无诗",诗歌创作与前代古人相比,没有变化发展。古人之诗之所以具有创造性,在于"本乎情,非设以为之也",正是如此,他赞扬叶子肃"其情坦以直"①,将"情"与"语"作为相对的概念,目的是要把"情"的"坦以直""散以博""多喜而少忧"分别与"语"的"无晦""无拘""虽苦而能遣其情"联系起来,成为同一个话语系统的两个方面,特别是"坦""直"其情而"自鸣",话语就会"无拘",就可打破已有的话语格调范式,超越"人之所尝言",自然语"俭"意"丰",有"己之所自得";语言"无晦",自然还原诗歌本来的审美价值,改变性气诗的枯乏议论之弊。这里,徐渭其实是以"不似"为准尺,既要超越格调论诗学,又规避性气诗歌的沉闷局面。而且"不似"与"出于己之所自得",目的是生新,因此袁宏道在给他作传时称其"无之而不奇"。

他在评中、晚唐诗歌时提出的"奇种"说也印证了这一点:

> 韩愈、孟郊、卢仝、李贺诗,近颇阅之。乃知李、杜之外,复有如此奇种,眼界始稍宽阔。不知近日学王、孟人,何故伎俩如此狭小?在他面前说李、杜不得,何况此四家耶?殊可怪叹。菽粟虽常嗜,不信有却龙肝凤髓都不理耶?②

立足批判七子的立场,"乃知李、杜之外,复有如此奇种",一方面说明李、杜之后,诗歌仍然有创新,有发展变化;另一方面说明到韩愈等人时,李、杜创造的盛唐范式已经束缚诗歌创造,就创作而言,按照李、杜范式已经再难有新的建树,实际上,盛唐诗歌的已有范式不再存在,而出现"奇种"的诗歌样式,它是与盛唐气象完全不同的另外一种诗歌风貌。韩、孟、卢、李等中晚唐诗人,自韩愈的"奇崛"诗风开始,都以走偏入奇的诗歌面

---

① 《徐渭集·徐文长三集》卷十九《叶子肃诗序》,519~520页,北京,中华书局,1983。
② 《徐渭集·徐文长三集》卷十六《与季友》,461页,北京,中华书局,1983。

貌呈现在读者面前。 对中晚唐诗歌，徐渭没有像大多数明人那样加以否定，而是认为这是不同于盛唐"菽粟"的"龙肝凤髓"，别是一种诗歌新境。 这说明，他的宽阔的视野和开放的审美眼光，在明代的诗论中是十分新鲜和少见的。 这些，源于他对晚唐诗歌的"偏""奇"有新的价值发现。

突出的一点表现在他对晚唐诗歌取向持赞赏态度。 除认为韩、孟、卢、李诗歌"殊可怪叹"，是"龙肝凤髓"外，从徐渭《批注李长吉诗集》卷四，可见其新鲜的"诗变"观念：

> 《贺陋诸家，今重作"公莫舞歌"云》："华筵鼓吹无桐竹，长刀直立割鸣筝"二句甚妙。非神鬼不能道。
> 《嘲雪》：奇甚，不犯诸作雪套。作语更奇，宛然雪似人也。
> 《溪晚凉》：玉烟青湿白如幢，银湾晓转流天东。"玉烟""银湾"并杜撰，却自是好。
> 《吕将军歌》：遥闻箙中花箭香，"花箭香"三字杜撰，却好。

从上面对李贺四首诗歌的批注，基本可以窥见徐渭对"新奇"的态度，哪怕诗歌中出现不同前人的"杜撰"，他都大赞其好。 可见，徐渭对唐诗发展具有不同于七子等人的宽容胸怀，他以"自得""自鸣"为标尺，自然对唐诗创作新的价值取向加以肯定。 《四库全书总目》称其为"公安一派之先鞭"，是十分有道理的。

徐渭不仅有"迥绝时流"的看法，而且创作也大大不同于明代的诗人，这一点为公安派的袁宏道和陶望龄叹服。 徐渭去世四年后，袁宏道游历会稽，在陶望龄家书房发现徐渭诗歌，竟有如此情形：

> 一夕坐陶编修楼，随意抽架上书，得阙编诗一帙，恶楮毛书，烟煤败黑，微有字形。稍就灯间读之，读未数首，不觉惊跃，急呼石篑："阙编何人作者，今耶古耶?"石篑曰："此余乡先辈徐天池先生书也。……"

余始悟前后所疑，皆即文长一人。又当诗道荒秽之时，获此奇秘，如魔得醒。两人跃起，灯影下读复叫，叫复读，僮仆睡者皆惊起。余自是或向人或作书，皆首称文长先生。有来看余者，即出诗与之读，一时名公巨匠，浸浸知向慕云。①

从袁宏道少时遇见文长传奇之作，评其"意气豪达"，与当时所演"传奇绝异"，之后至越地，见其书画作品"强心铁骨"的"块垒不平之气"，"意甚骇之"，到第一次读其诗歌的感受和强烈激动，都见出文长不仅对唐诗发展至"奇种"一路钦佩，也激赏徐氏创作十分"奇秘"，令袁宏道感到"如魔得醒"，与当时复古派的"诗道"相比，有令人耳目一新之感。究其原因，袁宏道认为这与其"豪荡不羁"的性情有关，所以他"放浪""恣情"，"其胸中又有一段不可磨灭之气，英雄失路托足无门之悲，故其为诗，如嗔如笑，如水鸣峡，如种出土，如寡妇之夜哭，羁人之寒起"。可见其诗出自真性情。有真性情，就会"眼空千古，独立一时，当时所谓达官贵人，骚士墨客，文长皆叱而奴之，耻不与交，故其名不出于越"②。

徐渭主张以真性情创作，主张为文"至变"，恰与袁宏道的诗歌主张一致。这一点可从陶望龄的《刻徐文长三集序》和《徐文长传》中得到印证。陶望龄认为文之变化是客观规律，不以人的意志为转移。称这种变化为"至变"，归根结底乃是"为文者各极其才而尽其变"，由于人本身的作用，才能人各一家，代有其制，"屡迁而日新"。而徐渭做到这些，陶望龄认为这是因为他面对自己的"情"与"事"时，既不"去情悦貌"，也不"诎见事，裁己衷"，而是有"备"有"诚"。值得一提的是，陶望龄认为诗歌变化规律中有"必弊之术"，即一种使某种诗歌范式衰落的因素系统，在不知不觉中使诗歌产生变化，"非深于书者莫能辨也"。这其中，"人"的因素最

---

① 钱伯城笺校：《袁宏道集笺校》卷十九《徐文长传》，715 页，上海，上海古籍出版社，1981。
② 同上书，715 页。

大："而所谓一家之言，一代之制，盖有其人焉。"还因为"文有常新之用"，一代一人各有自己需要的文艺或需要表达的新内容以及表达的新方式，这使得原来的范式逐渐衰微。所以陶望龄总结说："接而不胜迁者情也，多而不胜易者事也，虚而不胜出者才也，饶而不胜取者学也。叩虚给饶，以抒至迁，纪至易，故一日之间而供吾文者新新而不可胜用，夫安得而穷之？"①"至迁"指情感变化的必然性和多易性，"纪至"言"事"之丰繁变易性，故文学范式变易也在时时刻刻进行。徐渭自负其情，必自负其文；自负所历，必自负所"纪"。也因为如此，徐渭的诗歌与当时高谈"秦汉盛唐"的体格"弗合"。而其"文类宋唐，诗杂入于唐中晚"，既是反驳弘治至隆庆诗坛拟古之风的需要，也是他主张"奇种"说实践的需要。

袁宏道和陶望龄不仅称赞徐渭的理论和创作，而且也深受徐渭的影响。陶望龄在《徐文长传》中称："越之文士著名者，前惟陆务观最善，后则文长。"②袁宏道不仅在《徐文长传》中盛赞有加，而且在诗文中屡屡称赞文长，称他是"我朝第一诗人，王、李为之短气"③，更有"徐文长，今之李杜也"④之说，又言："无论七子，即何、李当在下风"⑤。无疑，徐渭的诗歌理论和创作实践成为公安派诗学观念兴起的重要审美文化语境。

二、李贽的"狂狷"论与"童心"论

李贽（1527—1602）初名载贽，字宏甫，号卓吾，又号笃吾、思斋、温陵居士、百泉居士、龙湖叟、秃翁等，晋江（今属福建）人，嘉靖三十一年

---

① （明）陶望龄：《刻徐文长三集序》，见《徐渭集·附录》，1346～1347 页，北京，中华书局，1983。
② （明）陶望龄：《徐文长传》，见《徐渭集·附录》，1341 页，北京，中华书局，1983。
③ 钱伯城笺校：《袁宏道集笺校》卷十一《吴敦之》，506 页，上海，上海古籍出版社，1981。
④ 钱伯城笺校：《袁宏道集笺校》卷二十一《孙司李》，746 页，上海，上海古籍出版社，1981。
⑤ 钱伯城笺校：《袁宏道集笺校》卷二十二《冯侍郎座主》，770 页，上海，上海古籍出版社，1981。

（1552）中举，官至云南姚安知府，后弃官著书讲学。著有《焚书》《续焚书》《藏书》《续藏书》等，受王学左派影响，以"异端"自居，习儒而又怪诞奇特。

李贽的怪诞自有文化渊源。《论语·子路》有言："不得中行而与之，必也狂狷乎！狂者进取，狷者有所不为也。"朱熹《集注》云："狂者，志极高而行不掩，狷者，知未及而守有余。"孔子又说："狂而不直……吾不知之矣。"（《论语·泰伯》）孔安国认为孔子主张"狂者进取宜直也"。可见孔子及后儒都认为"狂"是一种志向高于实际、执着进取、正直无悔的精神样态。孔子在陈国，有一次感慨地说："归与，归与！吾党之小子狂简，斐然成章，不知所以裁之。"（《论语·公冶长》）孔注："简，大也。"邢疏："斐然，文章貌。"注、疏均认为孔子的意思是：我家乡的一些学生们进取于大道，妄作穿凿以成文章不知所以裁制。我当归以裁之耳。孟子对这些"小子"的狂简有一番解释："其志嘐嘐然，曰：'古之人，古之人'，夷考其行，而不掩焉者也。"（《孟子·尽心下》）就是说志大言大，总是向往并欲效仿古代的圣贤，但实际上并不能完全实现自己的志与言。杨伯峻认为"狂简、斐然成章"是指"志向高大得很，文彩又都斐然可观"[1]。可知孔子所说的"狂狷"是指志大才高、勇于进取但疏于裁制（规范）。

李贽评价历史上具有范式意义的诗人，认为主体志大才高、勇于进取和突破已有规范者，往往对诗歌发展具有重要意义。《藏书·儒臣传》云："李谪仙、王摩诘，诗人之狂也；杜子美、孟浩然，诗人之狷也。韩退之文之狷，柳宗元文之狂，是又不可不知也。"[2]这些诗人在文学发展中都发挥了极大作用。他们的价值在于"不得中行"，勇于否定权威，突破现有成规，从而使得文学范式得以改变。

志大才高、勇于进取但疏于裁制（规范）的"狂狷"，与真诚的"童

---

① 杨伯峻译注：《论语译注·公冶长篇第五》，51页，北京，中华书局，1980。
② （明）李贽：《藏书》卷三十二《儒臣传·孟轲》，见张建业主编：《李贽文集》第3卷，601页，北京，社会科学文献出版社，2000。

心"紧密相连。过去，学界界定"童心"为赤子之心，最初一念之本心，是不够的。"童心"还应包含"人欲"与"狂狷"的内涵。狂狷者志大才高，具有否定超越权威和经典的勇气。所以，勇于进取者之所以狂狷，与"真心"或"童心"密切联系在一起：

> 夫童心者，真心也。……绝假纯真，最初一念之本心也。若失却童心，便失却真心；失却真心，便失却真人。人而非真，全不复初矣。①

李贽诗学的出发点正在这里，"最初一念之本心"，是人性最初的真实性，不仅因人而异，更因时而异，在这一基点上，他以"真心"的视角批评七子及其拟古之文之诗，就摧枯拉朽了：

> 天下之至文，未有不出于童心焉者也。苟童心常存，则道理不行，闻见不立，无时不文，无人不文，无一样创制体格文字而非文者。诗何必古《选》？文何必先秦？②

在"最初一念之本心"面前，任何文学话语若与"童心"一致，就是"至文"，"至文"人人有别，是自己"创制体格"，并非模拟以往成熟的体制而作。

他还认为"童心"是不可重复的个性。"莫不有情，莫不有性，而可一律求之哉？"③七子的形式主义和复古主义，因其离开当时的心性，成为一种与真性、真情、真心剥离的虚假诗歌，不是"见景生情，触目兴叹"的纵

---

① （明）李贽：《焚书》卷三《童心说》，见张建业主编：《李贽文集》第1卷，92页，北京，社会科学文献出版社，2000。
② 同上书，92页。
③ （明）李贽：《焚书》卷三《读律肤说》，见张建业主编：《李贽文集》第1卷，124页，北京，社会科学文献出版社，2000。

心之作。 所以他在《读律肤说》中又言："自然发于情性,则自然止乎礼义,非情性之外复有礼义可止。"在李贽看来,诗歌自然发于情性,就能创造出新的范式。 他以李白为例①,认为李白"因肆性情,大放于宇宙"证明,只要有发于"自然情性"的"为人",敢于显露"不为亲近所容"的个性和主体性,自然能够超越政治体制的束缚,诗歌创作就会在世人面前别开生面,达到一种全新的境界。 这从他对李白与杜甫优劣的比较亦可得到证明。② 李贽从诗史的视域言李、杜诗歌,有杜甫略优于李白的看法。 他对杜甫的肯定也与性情自由和主体精神相关。 一是情感"莫测",杜甫"酒酣登吹台",这是魏晋士人精神自由在唐代的翻版。 二是超越意识。 自元稹始,就有杜甫"总萃古人之才"的说法,对这一点,李贽是认同的,不仅如此,他还将此一点与"奇文"联系起来,与李白的"壮浪纵恣"关联。"偏奇"与"狂狷"虽然不一定是杜甫的特点,但李贽赞赏"偏奇"与"狂狷",以为这是诗歌出新、产生变化的重要因素,则是毫无疑义的。

袁氏三兄弟与李贽交游密切,所以李贽的"诗变"观念对公安派的影响极大。 袁宗道极为赞赏李贽的思想和精神品格:

> 方同诸兄游上方归,才释马棰,小休榻上,忽见案头有翁书,展读一过,快不可言。又得读与焦弱侯书,又得读《四海人物》,目力倦而神不肯休。今日又得读《孙武子叙》,真可谓暴富乞儿也。……不佞读他人文字觉懑懑,读翁片言只语,辄精神百倍。……不佞如白家老婢,能读亦能解也。③

---

① （明）李贽:《藏书》卷三十八《儒臣传·词学儒臣·李白》,见张建业主编:《李贽文集》第3卷,761页,北京,社会科学文献出版社,2000。
② （明）李贽:《藏书》卷三十九《儒臣传·词学儒臣·杜甫》,见张建业主编:《李贽文集》第3卷,764页,北京,社会科学文献出版社,2000。
③ （明）袁宗道著,钱伯城校点:《白苏斋类集》卷十五《李卓吾》,209～210页,上海,上海古籍出版社,1989。

"快不可言","目力倦而神不肯休",是袁氏接受李贽思想时的自由自觉状态;读李贽书信时的"暴富乞儿"感受,言其收获之大,与李贽心神冥合的程度可想而知。袁宏道亦如此,从有关诗文可窥见一斑。袁宏道任吴县令,远离自己的文化圈子,常以读李贽著作作为寄托:"幸床头有《焚书》一部,愁可以破颜,病可以健脾,昏可以醒眼,甚得力。"①李贽的《焚书》对袁宏道来说,具有平衡心理、保健生理的功效。可见李贽的言论对他的作用绝对不是一般意义上的。他对复古派的看法同李贽有惊人的相似,他一反前后七子非汉魏盛唐无诗的说法,直言宋诗的巨大成就:"近日最得意,无如批点欧、苏二公文集。欧公文之佳无论,其诗如倾江倒海,直欲伯仲少陵……苏公诗高古不如老杜,而超脱变怪过之,有天地来,一人而已。"②明白无误地言明宋代欧、苏诗歌的创新意义和成就,并与唐诗优秀之作并列。读欧、苏诗歌,不但没有味同嚼蜡之感,反而有"最得意"的享受。与七子相比,这些说法令人耳目一新。李贽《童心说》亦言:"诗何必古选,文何必先秦。降而为六朝,变而为近体;又变而为传奇,变而为院本,为杂剧……皆古今至文,不可得而时势先后论也。"③李贽认为文体变化也是必然的,一代有一代文学范式,无论体裁如何,都是"古今至文",都代表一个时代的审美文化成果,同样具有范式意义。既然如此,宋诗就不一定比唐诗差,也没有可比性。因为放到文学发展的序列中来观照,就只能有时间差异,而无"时势先后之论"。

与此相应,性格古怪的李贽,对袁氏三兄弟"镇日言笑","滑稽排调,冲口而发"④。李贽是难以接近的人,对袁氏兄弟却多有赞誉:"伯也

---

① 钱伯城笺校:《袁宏道集笺校》卷五《李宏甫》,221页,上海,上海古籍出版社,1981。
② 钱伯城笺校:《袁宏道集笺校》卷二十一《与李龙湖》,750页,上海,上海古籍出版社,1981。
③ (明)李贽:《焚书》卷三《童心说》,见张建业主编:《李贽文集》第1卷,92页,北京,社会科学文献出版社,2000。
④ (明)袁中道著,钱伯城点校:《珂雪斋集》卷十七《李温陵传》,721页,上海,上海古籍出版社,1989。

稳实,仲也英特,皆天下名士也。"①其《九日至极乐寺闻袁中郎且至因喜而赋》言:"黄金台上思千里,为报中郎速进途",称中郎为千里马。 而《雨中塔寺和袁小修韵》则称赞中道"才倾八斗"。 伯修早逝,李贽作《哭袁大春坊》诗:"独步向中原,同胞三弟昆。 奈何弃二仲,旅梓下荆门。 老苦无如我,全归亦自尊。 翻令思倚马,直欲往攀辕。"②可见李贽与袁氏兄弟的友谊是深厚的,说其为公安派先鞭,不如说公安派主要成员受其影响,公安派的性灵论观念是在李贽的影响下发展的。

三、汤显祖的"灵性"论与"合奇"论

汤显祖(1550—1616)初字义少,改义仍,号海若、若士、清远道人、茧翁,临川(今属江西)人,万历十一年(1583)进士,官至礼部主事。 著有《汤显祖集》等。 与徐渭友善,又受李贽影响,师事罗汝芳。 因此思想上崇尚真性情,反对复古模拟,提倡抒写性灵。

汤显祖在相关文章中,表现了对童心品格的追求。"一是'流风穆羽'(《明德罗先生诗集序》),二是'虚明可化'(《光霁亭草叙》),三是有一种秀美之气(《秀才说》)。 ……又集中表现为冷然之趣,即纯然洒落的性状,这样便具有了审美人格上的意义。"③汤显祖处于各种思想交汇时期,一生接触的人物有七子派、革新派、东林党等系派成员。 其中有许多心学、佛学大师。 这成就了他的"灯灯相传"之"灵性"。④汤显祖在文艺创作和诗学理论上,强调直抒性情,反对盲目模拟古人,反对墨守成规。 他曾

---

① (明)袁中道著,钱伯城点校:《珂雪斋集》卷十八《吏部验封司郎中中郎先生行状》,756 页,上海,上海古籍出版社,1989。

② (明)李贽:《续焚书》卷五,见张建业主编:《李贽文集》第 1 卷,120 页,北京,社会科学文献出版社,2000。

③ 黄卓越:《佛教与晚明文学思潮》,123~124 页,北京,东方出版社,1997。

④ 徐朔方笺校:《汤显祖诗文集》卷三十二《张元长嘘云轩文字序》,1078 页,上海,上海古籍出版社,1982。

批评毫无生气的文字说："今之为士者，习为试墨之文，久之，无往而非墨也。犹为词臣者习为试程，久之，无往而非程也。宁惟制举之文，令勉强为古文词诗歌，亦无往而非墨程也者。"①造成这一情况的原因，主要是这些人丧失了自己的"灵性"。所以他认为在文字上"独有灵性者，自为龙耳"②。而所谓"灵性"，即直抒自己的性情，自然而成。具体来说，这种"灵性"表现在文字上"大小隐显，开塞断续，径廷而行，离致独绝，咸以成乎自然。读之者若疑若忘，恍惚与之同情矣，亦不知其所以然"③。这也就是他经常强调的"文章之妙不在步趋形似之间。自然灵气，恍惚而来，不思而至，怪怪奇奇，莫可名状，非物寻常得以合之"④。汤显祖的这些思想，用他自己讲的一句话加以概括，即所谓"性乎天机，情乎物际"⑤。"性乎天机"，既是汤显祖文艺创作上的一个重要理论，也是他哲学思想上的一个重要观点。"天机"一词出于《庄子·大宗师》，指自然而然的动作。以后，一些思想家把它与《中庸》一书中所谓"天命之谓性，率性之谓道"的思想联系起来，认为"天机"也就是"率性而动"。比如，郭象在《庄子注》之《天道注》一节中说："此为率性而动，故谓之无为也。……然各用其性，而天机玄发，则古今上下无为，谁有为也。"王阳明也经常使用"天机"这个概念。比如，他在一首诗中说："莫谓天机非嗜欲，须知万物是吾身。"⑥在另一首诗中，他又说："闲观物态皆生意，静悟天机入窅冥。"⑦这里前一首诗的首句，是对《庄子·大宗师》中"其嗜欲深者，其天机浅"一语的不同看法。这一说曾引起其后学的怀疑。罗汝芳在解释这一问题时说："万物皆是吾身，则嗜欲岂出天机外邪？"这是肯定人的嗜欲也是从人

① 徐朔方笺校：《汤显祖诗文集》卷三十二《张元长嘘云轩文字序》，1078 页，上海，上海古籍出版社，1982。
② 同上书，1079 页。
③ 同上书，1079 页。
④ 徐朔方笺校：《汤显祖诗文集》卷三十二《合奇序》，1078 页，上海，上海古籍出版社，1982。
⑤ 徐朔方笺校：《汤显祖诗文集》卷三十二《答马仲良》，1421 页，上海，上海古籍出版社，1982。
⑥ 吴光等编校：《王阳明全集》卷二十《碧霞池夜坐》，786 页，上海，上海古籍出版社，1992。
⑦ 吴光等编校：《王阳明全集》卷十九《睡起写怀》，717 页，上海，上海古籍出版社，1992。

的天性中流出的。 但他紧接着又说："直须源头清洁，若其初志气在心性上透彻安顿，则天机以发嗜欲，嗜欲莫非天机也；若志气少差，未免躯壳著脚，虽强从嗜欲以认天机，而天机莫非嗜欲矣。"①这是说，嗜欲有邪、正之分，嗜欲若正，则莫非天机；嗜欲若邪，则天机也莫非嗜欲。 不过，在总的方面讲，罗汝芳是把"天机"看作人的本性和本性的自然流露。 比如，他说："不追心之既往，不逆心之将来，任他宽洪活泼，真是水流物生，充天机之自然。"又说："我今与汝终日语默动静，出入起居，虽是人意周旋，却是自自然然，莫非天机活泼也。"汤显祖对"天机"的看法是受到上述这些思想的影响的。 所以他说："天机者，天性也；天性者，人心也。"②因此，汤显祖所谓的"性乎天机"，也就是崇尚人的自然本性，崇尚人心的自然流露。

在汤显祖这里，"天性"是可以置换成"情"的，其实是为了强调感性主体存在的本质是情："诸公所讲者性，仆所言者情也。"③汤显祖在情与性相矛盾的境况中选择了情，用情来解释和界定感性主体的本质，确保主体的价值定向。 汤显祖"宁为狂狷，毋为乡愿"④，有落拓不羁的人格精神，闪耀着对正统价值观念和社会现实的叛逆色彩。

在审美领域，汤显祖提出"情生诗歌""文以意趣神色为主"的思想，把"情"作为美的根源和美的生命。 汤显祖论诗的产生："世总为情，情生诗歌，而行于神。 天下之声音笑貌大小生死，不出乎是。"⑤他总结自己的创作："吾犹在此为情作使，劬于伎剧，为情转易，信于痎疟。 时自悲悯，

---

① （清）黄宗羲著，沈芝盈点校：《明儒学案》卷三十四，760 页，北京，中华书局，1985。
② 徐朔方笺校：《汤显祖诗文集》卷四十二《阴符经解》，1207～1209 页，上海，上海古籍出版社，1982。
③ 徐朔方笺校：《汤显祖诗文集》附录，1560 页，上海，上海古籍出版社，1982。
④ 徐朔方笺校：《汤显祖诗文集》卷三十二《合奇序》，1078 页，上海，上海古籍出版社，1982。
⑤ 徐朔方笺校：《汤显祖诗文集》卷三十一《耳伯麻姑游诗序》，1050 页，上海，上海古籍出版社，1982。

而力不能去。"①汤显祖以为情具有超越时空、超越生死、超越理性真实的特征。汤显祖的这种认识，与中国古代美学对情的重视有较大差异。古人认为情要约之以礼，用理性加以控制，个体感性的情入于伦理道德的规范之中，才能出现中和之美。汤显祖却把情看作比理更为根本、更有价值的东西。他提出"情有者理必无，理有者情必无"②，这种情与理非此即彼的理论表达，显示出他主张主体自我不被"理"所吞噬。他在给达观禅师的信中说："谛视久之，并理亦无，世界身器，且奈之何。……逐来情事，达师应怜我。白太傅苏长公终是为情使耳。"③汤显祖以颇有佛缘的白居易、苏轼为自己辩护，表白自己的志向是要以符合本真自我的"有情之天下"对抗"有法之天下"。他敏锐地感受到新的生活要求和理想同既存社会制度和道德规范之间、新的生活内容与这种内容不相适应的旧结构形式之间的矛盾。汤显祖强调情的美学思想，为诗歌创新提供了有力的思想武器。

汤显祖的情，又是同传统社会理性相对立的感性欲求。汤显祖主情的根本意义在于：把美从传统理性中解放出来，向具有生命力的主体回归。汤显祖认为，真正优秀的作品，不仅要有情之卓绝，还要有卓越的见识才学："必参极天人微窈，世故物情，变化无余，乃可精洞弘丽，成一家言。"④要求在强烈的感情中包含对人生、世界的洞察。这个观点，使"趣"这一审美范畴凸现出来。"趣"以"情"为底蕴，是"情"的产物，与真人、真感情相联系，但同时也蕴含对人生、世界的洞察、体味过程。这样，"趣"就成为有特定社会历史内容的美学范畴，因此，"趣"也就是不断发展的，诗歌的创新也就是应有的审美追求。

"情""趣"既然如此重要，就必然在创作上强调率性而动。这就自然

---

① 徐朔方笺校：《汤显祖诗文集》卷三十六《续栖贤莲社求友文》，1161 页，上海，上海古籍出版社，1982。
② 徐朔方笺校：《汤显祖诗文集》卷四十五《寄达观》，1268 页，上海，上海古籍出版社，1982。
③ 同上书，1268 页。
④ 徐朔方笺校：《汤显祖诗文集》卷四十七《答张梦泽》，1365 页，上海，上海古籍出版社，1982。

展开了对前后七子的批判。 汤显祖反对袭古、泥古，被古人、古法束缚。
汤显祖与沈璟之争，是汤显祖的创作思想与沈极端格律论产生矛盾的必然结
果，本质上反映了文艺创作是以才情创造为主还是以格律声韵为主的矛盾。
沈璟有一个极端的言论："纵使词出绣肠，歌称绕梁，倘不谐律吕，也难褒
奖。"①这是格律至上的形式主义。 汤显祖则反对把曲律绝对化。 在与沈
尖锐对立之际，他说："弟在此自谓知曲意者，笔懒韵落，时时有之，正不
妨拗折天下人嗓子。"②在他看来，创作时按字摸声，斤斤计较音律而不能自由
地施展才情，无异于一种折磨。 他认为不突破既定的审美规范，就不足以抒发奔
腾激越、恣肆汪洋的情感，诗歌、戏剧等创造就不能迥异前人，有所发展。

因此，汤显祖认为"合奇"是创作的首要任务："小说家唯说鬼、说
狐、说盗、说黥、说雷、说水银、说幻术、说妖道士，皆厥体中第一义
也。"③因为"奇物足拓人胸臆，起人精神"④。 汤显祖以为奇僻怪异之事
才是宇宙之精华，才表现了宇宙磅礴激荡的真精神。 他曾自述道："吾尝浮
沉八股道中，无一生趣。 月之夕，花之辰，衔觞赋诗之余，登山临水之际，
稗官野史，时一展玩，诸凡神仙妖怪，国士名姝，风流得意，慷慨情深，语
千转万变，靡不错陈于前。 ……一世不可余，余亦不可一世。 萧萧此君而
外，更无知己。"⑤汤显祖论诗、论文、论画都贯穿这种务奇思想。 他欣赏
丘毛伯（兆麟）的诗文，是因为其诗文"合奇"："丘毛伯选海内合奇文止
百余篇。 奇无所不合。 或片纸短幅，寸人豆马；或长河巨浪，汹汹崩屋；
或流水孤村，寒鸦古木；或岚烟草树，苍狗白衣；或彝鼎商周，丘索坟典。
凡天地间奇伟灵异高朗古宕之气，犹及见于斯编。 神矣化矣。"⑥汤显祖激

---

① （明）沈璟：《词隐先生论曲》，见郭绍虞主编：《中国历代文论选》第 3 册，159 页，上海，上
　海古籍出版社，1979。
② 徐朔方笺校：《汤显祖诗文集》卷四十六《答孙俟居》，1299 页，上海，上海古籍出版社，1982。
③ 徐朔方笺校：《汤显祖诗文集》卷五十《续虞初志评语》，1483 页，上海，上海古籍出版社，
　1982。
④ 同上书，1483 页。
⑤ 徐朔方笺校：《汤显祖诗文集》卷五十《艳异编序》，1503 页，上海，上海古籍出版社，1982。
⑥ 徐朔方笺校：《汤显祖诗文集》卷三十二《合奇序》，1078 页，上海，上海古籍出版社，1982。

赏这些"合奇"的作品,是因为其中蕴含了作者的真情。他看重别人的文章,是因为其文"奇发颖竖,离众独绝,绳墨之外,粲然能有所言"①。而他自己的创作则是"文章好惊俗,曲度自教作"。汤显祖不再追求优美、宁静、和谐、深沉、冲淡、平远,而是追求那种"惊""俗""艳""骇"等趣味。审美趣味中出现这种倾向,表明他在创作中争取自身的独立性和诗歌话语言说的个体性。按照他的这一说法,唐诗作为终极范式也就是不可能的,必须随着时代和主体的变换而得到改变。

虽然汤显祖可能没有李贽对公安派的影响那么大,但他主张情感狂狷和诗歌"合奇",对公安派的影响也是不言而喻的,因此必然成为公安派之形成的文化学术语境。

◎ 第二节
公安派的"性灵"论

以往学术界对公安派诗学的生成与发展的动因,多数认为来自与七子的矛盾关系,对七子的反动,成就了公安派的诗学进化观念。比如,有的学者就认为,公安派从识时通变的文学史观出发,以独抒性灵的创作论为核心,以求趣入淡为审美批评标准,相当系统地构建了与"文必秦汉、诗必盛唐"的复古派文论截然对立的、以力求新变为鲜明特色的文学理论。②也有学者认为前七子由于"弘治中兴"激发了他们盛世文章复兴的梦幻,其文学理想大多显现的是对"不朽事业"追求的"外向"品格。但随着"中兴"气象的消逝,他们的后继者感受到幻灭的悲凉,在此情境中,以精神的渐趋内敛和

① 徐朔方笺校:《汤显祖诗文集》卷三十三《萧伯玉制义题词》,1101 页,上海,上海古籍出版社,1982。
② 关道雄:《论晚明公安派文论的"新变"思想》,载《南京大学学报(哲学、人文科学、社会科学版)》,1999(2)。

回归内心，代替家国外部空间及字句格调的外在表现。 这一由外向内的演化路向，不仅是理解七子派"复古反思"和格调论重建的重要线索，而且也应成为考察中晚明文学思想演变的一大进路。① 就公安派的兴起而言，的确最得益于对七子派的激烈批判和正德以后商品经济的发展，公安派因袁宏道（1568—1610）与吴中的关系②，一定程度上受吴中风习和七子派文学观的激发而生出诗论新见解。 就公安派理论的转变和发展而言，除了对师心论内部有争论的观点进行融会和批判七子的需要外，特别是万历三十年（1602）之后，经历李贽之死和"攻禅事件"，公安派面临时代政治和文化的压力，迫使其产生诗学重建的需要。③

公安派主张"性灵"，以此纠正复古派的流弊。 他们以"性灵"为诗，并感到十分快乐④；也因为复古流弊日深，于是公安派大行其道。 其诗学观念就是在攻击七子派的过程中产生的。

一、袁宏道：古何必高，今何必卑

袁宏道用发展的文学观批判七子派的复古论与模拟剿袭的创作套路。对性灵论诗学的建构，其逻辑前提是一代有一代之诗，所以他力图通过对前代权威的否定与超越，来建构以创作主体个性为中心，以"真"为内在蕴含，以"足乐"为诗歌功能的性灵论。⑤ 他以唐诗为观照点，阐释了三个观点。 一是唐以后的文学并不袭唐，各自有诗，一代有一代之文学，是因为文学的创造特征可归结为"真"。"真"不能重复，它统率文学的文质、气

---

① 易闻晓：《公安派的文化阐释》，71 页，济南，齐鲁书社，2003。
② 袁宏道虽为湖广公安人，但万历时在吴县任县令，吴县乃至苏州府是明中后期商帮最为活跃之地。 参见陈书录：《士商契合与明清性灵思潮的演变》，载《南京师大学报（社会科学版）》，2004（6）。
③ 李圣华：《京都攻禅事件与公安派的衰变》，载《西北师大学报（社会科学版）》，2001（1）。
④ 钱伯城笺校：《袁宏道集笺校》卷十一《伯修》，492 页，上海，上海古籍出版社，1981。
⑤ 钱伯城笺校：《袁宏道集笺校》卷六《丘长孺》，284 页，上海，上海古籍出版社，1981。

韵。 这样看来，"真"乃是推动文学进步的动力。 二是"真"涉及创作客体与主体。 创作客体是新鲜的，包括对前人已经描述过的事物也是从新视角去观照，而且创作主体要用真感情，若如是，那就必然蕴含时代的精神特征，那就既不会重复前代，也不会让后人重复。 三是各代文学各有特色，不分轩轾。 所以"唐自有诗也，不必《选》体也；初、盛、中、晚自有诗也，不必初、盛也。 ……赵宋亦然"①。 这里包含对权威主体和经典文本一定程度的否定意识和超越意识，否定的理由是"气运使然"。 这一思想在他给张幼于的信中又明确道出："至于诗，则不肖聊戏笔耳。 信心而出，信口而谈。 世人喜唐，仆则曰唐无诗；世人喜秦、汉，仆则曰秦、汉无文；世人卑宋黜元，仆则曰诗文在宋、元诸大家。"②"信心而出，信口而谈"则不为诗"所苦"，方能在诗歌活动中"足乐"。"足乐"必然不是重复古人的枯燥套路，而是与自身生命相关联的创造所成就的愉悦。 他推崇的这一审美样态，目的就是否定和超越权威、经典，在此基础上肯定每一个时代文学变化的意义。 在他看来，这一意识不是他的发明，而是来自传统，来自权威，是自古有之：

> 昔者老子欲死圣人，庄生讥毁孔子，然至今其书不废；荀卿言性恶，亦得与孟子同传。何者？见从己出，不曾依傍半个古人，所以他顶天立地。今人虽讥讪得，却是废他不得。③

他承认了自己的偏激，同时也为自己辩护。 他倡言"见从己出，不曾依傍半个古人"，方能生新，也就是创造出"顶天立地"之诗、"自有"之诗、自己"得意诗"，即不似古人、唐人之诗，才算得"真诗"。 此即"去唐愈远，然愈自得意"。 这是从创作论角度立论，言诗歌发展和创造特征在于超

① 钱伯城笺校：《袁宏道集笺校》卷六《丘长孺》，284 页，上海，上海古籍出版社，1981。
② 钱伯城笺校：《袁宏道集笺校》卷十一《张幼于》，501 页，上海，上海古籍出版社，1981。
③ 同上书，501～502 页。

越古人；其所谓"去唐"，也并非斩断与唐诗的关系，而是意在强调"自得"，以"自得"为起点，以唐诗为范式，创作出超越古代权威和古代经典的一代新作。

袁宏道不仅从创作层面强调超越权威和经典的必要性，还进一步从"气运"视角分析诗歌发展的必然性。他认为，创作主体只有用自己的才力、学问、识见适应当时的"气运"，才不会浪费主体才能，才能创作出具有新意的卓绝千古之作。根据这一认识，他对唐诗、宋诗也就有比较清醒的认识。一方面，他赞扬宋诗的巨大创造；另一方面，他也清楚看到唐诗与宋诗的区别和时代差异性。在袁宏道看来，唐诗与宋诗因"气运"不同而各有优长，各有不足。首先是从整体上看，唐诗、宋诗的文本结构和话语风格因各自"气运"而皆有过人之处。他以苏轼和李、杜为例论述了这一思想："苏公诗无一字不佳者。青莲能虚，工部能实；青莲唯一于虚，故目前每有遗景，工部唯一于实，故其诗能人而不能天，能大能化而不能神。苏公之诗，出世入世，粗言细语，总归玄奥，恍惚变怪，无非情实。盖其才力既高，而学问识见，又迥出二公之上，故宜卓绝千古。至其遒不如杜，逸不如李，此自气运使然，非才之过也。"①在分析李、杜诗歌一虚一实的差别性和各自诗歌的审美缺陷后，他认为苏轼超越了李、杜两位唐代诗坛的权威，而超出的主要原因是才力、学问、识见与当时"气运"契合，故而能在诗史上"卓绝千古"。至于苏轼之"遒不如杜，逸不如李"，他亦归结为"气运"之过，与苏轼作为创作主体的才学、识见无关。其次，他从"气运"所造就的宋诗之"格"的视角，论宋诗有"超秦汉而绝盛唐者"，又从纠正晚唐诗歌窄小局面的角度，论欧苏诗歌的阔大雄深："宋人诗，长于格而短于韵……然其中实有超秦、汉而绝盛唐者……夫诗文之道，至晚唐而益小，欧、苏矫之，不得不为巨涛大海。至其不为汉、唐人，盖有能之而不为者，未可以妾妇之恒

---

① 钱伯城笺校：《袁宏道集笺校》卷二十一《答梅客生开府》，734 页，上海，上海古籍出版社，1981。

态责丈夫也。"①所以，对诗学史上具有"巨涛大海"之势的宋诗进行责备，他是持反对意见的。 最后，袁宏道从诗歌史的视角，论证宋诗的崇高历史地位："近日最得意，无如批点欧、苏二公文集。 欧公文之佳无论，其诗如倾江倒海，直欲伯仲少陵，宇宙间自有此一种奇观……苏公诗高古不如老杜，而超脱变怪过之，有天地来，一人而已。 仆尝谓六朝无诗，陶公有诗趣，谢公有诗料，余子碌碌，无足观者。 至李、杜而诗道始大。 韩、柳、元、白、欧，诗之圣也；苏，诗之神也。 彼谓宋不如唐者，观场之见耳，岂直真知诗为何物哉？"②虽然只言宋人长处和盛唐短处，实际是论证历代特别是唐、宋两代文学因"气运"差异而各有短长，各自皆有超越自己前代、前人之作的成绩，不可以优劣论。 文学发展的条件之一，应当是后人不踵袭前人已有的形式，不雷同前人已经说过的内容。 特别是大家，更应该另辟蹊径，别开新面，此即袁氏所谓之欧、苏"不为汉、唐人，盖有能之而不为者"。如此，才力、学问、识见方不会白白浪费，若步前人后尘，就会导致"诗文之道，至晚唐益小"局面的发生，而再踵先辈，则愈见其小了。 文学发展机能就会萎缩，局促于"妾妇之恒态"，无法有"巨涛大海"之势。 袁宏道对欧苏等宋代诗人作"宇宙奇观"的评价，立足点是张扬宋诗的才力、学问、识见适应了当时的"气运"，由于这些因素的共同作用，宋代诗人才开拓了诗歌发展的新境，促进了诗文的变化发展。

袁宏道强调唐、宋两代各有优长，除归结为时势、气运等时代因素外，当然也不忽视主体个性的意义。 他以为七子派的所谓"法"束缚了诗歌个体性的生成。 所以他以唐诗发展为例，说明不言"法"对诗歌进步的意义③，倡言"无法"，是要充分尊重主体的个性和创造，防止文学停滞不前。 所以他对徐渭的个体性、创造精神和追新逐奇钦佩有加：

---

① 钱伯城笺校：《袁宏道集笺校》卷二十一《答陶石篑》，743 页，上海，上海古籍出版社，1981。
② 钱伯城笺校：《袁宏道集笺校》卷二十一《与李龙湖》，750 页，上海，上海古籍出版社，1981。
③ 钱伯城笺校：《袁宏道集笺校》卷二十一《答张东阿》，753～754 页，上海，上海古籍出版社，1981。

宏于近代得一诗人曰徐渭，其诗尽翻窠臼，自出手眼。有长吉之奇，而畅其语；夺工部之骨，而脱其肤；挟子瞻之辨，而逸其气。无论七子，即何、李当在下风。①

第一，"尽翻窠臼，自出手眼"，见其诗歌革新的理论主张，一旦有类似的创作相应，其赞赏的立场是坚定的。第二，"尽翻窠臼"，明显是发展的愿望和要求；而"自出手眼"则是"尽翻窠臼"的主体条件，要求作者具有出自真心、真情的心理个性，具备淋漓尽致地表现这一心情的艺术才能和艺术技巧。他如此倾心"尽翻窠臼"所蕴含的才力，以此标准评价宋诗，必然会发现宋诗的新鲜境界，不仅喜爱其"可人"和超越晚唐诗歌的"气魄豪荡"，而且"骇愕久之"："放翁诗，弟所甚爱……近读陈同甫集，气魄豪荡……前有诗客谒弟，偶见案上所抄欧公诗，骇愕久之，自悔从前未曾识字。弟笑谓真不识字，非漫语也。"②"不识字"即"不读书"，读书往往和见识相关。可见原来对"见识"的要求是公安派的主张，后来为复古派所吸收，所以在后七子和胡应麟、许学夷的诗论著作中，常常出现"识力""识见""造诣"这样的词语。公安派张扬宋诗的价值，自然对学问、见识持认同的态度。"见识"不同，诗文个性自应有别。时代亦然，一代与一代诗文之间，由于个性差异，也就无优劣之论："如元、白、欧、苏，与李、杜、班、马，真足雁行，坡公尤不可及，宏谬谓前无作者。而学语之士，乃以诗不唐文不汉病之，何异责南威以脂粉，而唾西施之不能效颦乎？"③以元、白、欧、苏、李、杜、班、马为"雁行"，平起平坐，言古今没有优劣。

① 钱伯城笺校：《袁宏道集笺校》卷二十二《冯侍郎座主》，769～770 页，上海，上海古籍出版社，1981。
② 钱伯城笺校：《袁宏道集笺校》卷二十二《答陶石篑》，778～779 页，上海，上海古籍出版社，1981。
③ 钱伯城笺校：《袁宏道集笺校》卷二十二《冯琢庵师》，780～781 页，上海，上海古籍出版社，1981。

在此基础上，称扬宋人诗文的创新，批驳垢宋的说法，对"学语之士"文必秦汉、诗必盛唐的效颦之举，以"胸中有怀，不敢不吐"的理论主张进行批判。当是说诗文作者理应用自己的个性从事创作，方能开拓诗文新的局面，推进文学变化，而效颦只能使文学的发展停滞不前。故而他坚决批判复古派缺乏个性的模拟和格调说：

> 文章新奇，无定格式，只要发人所不能发。句法字法调法，一一从自己胸中流出，此真新奇也。近日有一种新奇套子，似新实腐，恐一落此套，则尤可厌可恶之甚。然弟所期于兄，实不止此。①

这里在批判的同时，提出三点建设性的意见：一是"发人所不能发"，"人"包括前人、今人，即所有人。他们都"未发"，就必是新境界、新局面，既然新，也就标示着文学的进步。二是"句法字法调法，一一从自己胸中流出"，这样的句法字法调法，乃是"无法"——自己之"法"，非他人之"法"，以此法写就的作品，必然是别人所未发，是故曰"真新奇"。三是拒绝"套子"，包括"新奇套子"。在他看来，"新奇套子"，也是"似新实腐"。当言只要有"套子"，按现成规范操作，而没有自己的"胸怀"，便只能算是"技"，它是死的，没有活泼的生命形式，所以即使是"新奇套子"，也和其他旧有"套子"一样，可厌可恶之甚。

二、袁宗道：时有古今，语言亦有古今

袁宗道对性灵论诗学的建构，与袁宏道力图通过对前代权威的否定与超越，来建构以创作主体个性为中心、以"真"为内在蕴含、以"足乐"为诗歌功能的性灵论不同，他抓住文学活动的关键要素——语言，论诗歌特征，

---

① 钱伯城笺校：《袁宏道集笺校》卷二十二《答李元善》，786 页，上海，上海古籍出版社，1981。

以各代通向"辞达"的路径和方式差异为立足点,来建设性灵论诗学的话语系统和话语蕴含。

首先,袁宗道指出"语言各有古今",以"辞达"之变为中心,建构性灵论的语言论诗学。[①] 他以"达"为视角,建构语言论诗学观念。 一是区分日常语言和文学书面语言的不同。 文学语言"辗转隔碍"的"畅显"与"口舌"(日常口头语言)相比,仍然不如"口舌"表达那样清晰明白,更难以表达内心的丰富情感。 虽然袁宗道这里因主张"信口"而否认审美语言的畅达和表现功能,但言难尽意确实一直是人类创作的难题之一。 袁宗道解决这一问题的办法,是在古代寻求资源,这个资源就是孔子的"辞达"所规定的范式。 他以为"口头"语言具有"达"的内在潜质,希冀以此改善文学语言辞不能达的不足。 但袁宗道清楚地知道,语言是不断变化的,古代的"口语"传承到现在亦已演变为"奇字奥句",也就是说,前代的"辞达",对后人而言,也是一种语言障碍。 这样"辞达"必将一直伴生着辞不能达,那么,"辞达"就不是永恒不变的。 二是论析各代有各代之"达"。由于古今语言的差异与隔阂,以语言为材料的文学艺术世界必然也就有古今差异,语言之不同,说明文学变化是毋庸置疑的。 因此,七子等人的拟古之作"下笔不宜平易",也就成了无知和荒唐可笑之举:"空同不知,篇篇模拟,亦谓反正。"[②]袁宗道在批评"凡有一语不肖古者,即大怒,骂为野路恶道"的同时,指出,复古论者"以不达学达",在自己的创作中其实亦难做到,他以李梦阳为例,指出李梦阳的诗歌也并非完全模拟,而是"自一人创之","尚多己意"。 他尤为赞赏的是李梦阳在"纪事述情"之作中,"俱用时制"。"尚己意"和"用时制"是说即使像李梦阳这样的复古派,也并非在语言运用及其话语含蕴的生成上完全和唐人一模一样,尽管他可以学唐,但还是有着时代的鲜明印记,带着明代文化和他个人的特性。 他运用李

---

① (明)袁宗道著,钱伯城校点:《白苏斋类集》卷二十《论文上》,283 页,上海,上海古籍出版社,1989。
② 同上书,284 页。

梦阳做例子，更有力地证明，由于语言的改变，每个时代都有自己的"辞达"标准。

其次，每个人也有自己的"辞达"，作者胸中"意见"也是"辞达"的应有之义之一。 这对于语言敏感的有才学、有学问的人必然如此，只有那些没有学问的"虚浮"人物因不懂"辞达"之变才会与古人雷同：

> 有一派学问，则酿出一种意见。有一种意见，则创出一般言语。无意见则虚浮，虚浮则雷同矣。……今之文士，浮浮泛泛，原不曾的然做一项学问，叩其胸中，亦茫然不曾具一丝意见，徒见古人有立言不朽之说，又见前辈有能诗能文之名，亦欲搦管伸纸，入此行市；连篇累牍，图人称扬。夫以茫昧之胸，而妄意鸿钜之裁，自非行乞左、马之侧，募缘残溺，盗窃遗矢，安能写满卷帙乎？①

伯修重视"胸中""意见"，是因为它们与创作者的语言个性有极大关联，这里也包含对文学发展的认识。 文学进化往往与文学质量、主体才能，特别是主体精神结构有密切关联；只要有主体精神在，就会"有一派学问，则酿出一种意见；有一种意见，则创出一般言语"。 这"一般言语"是主体"创出"的，既不雷同古人，也不雷同他人。 因为这"一般言语"是不同境况中的情感载体，诸如各种"大喜""大怒""大哀"的语言表达，结果"酿出一种意见"，这种"意见"具有鲜明的个人性和时代风貌。 若没有真情实感，也就难以产生自己的"意见"及承载这一"意见"的语言，诗歌的时代性和个体性就不会生成。 诗歌的时代性和个体性不能生成的原因，是"其势不得不假借模拟"，这样产生的语言文字只能是古人的、古代的，文学就不会变化发展。 因此"行乞左、马之侧，募缘残溺，盗窃遗矢"，就只能算是

---

① （明）袁宗道著，钱伯城校点：《白苏斋类集》卷二十《论文下》，285 页，上海，上海古籍出版社，1989。

"曳白"。袁宗道将"曳白"斥之于文学之外，等同于一般文章，而不是文学作品。

正是如此，他还能从诗歌语言蕴含进一步阐释"胸中"和"理"的关系，"辞达"通之于"理"，语言风格自然各有差异，创作必然不会雷同：

> 余少时喜读沧溟、凤洲二先生集。……沧溟赠王序，谓"视古修词，宁失诸理"。夫孔子所云辞达者，正达此理耳，无理则所达为何物乎？……沧溟强赖古人无理，而凤洲则不许今人有理，何说乎？……然其病源则不在模拟，而在无识。若使胸中的有所见，苞塞于中，将墨不暇掩，笔不暇挥，兔起鹘落，犹恐或逸；……故学者诚能从学生理，从理生文，虽驱之使模，不可得矣。①

袁宗道以李攀龙赠王世贞序为例，特别将"视古修词，宁失诸理"这一观点提出来，指出他们的做法与孔子"辞达"的悖谬。在袁宗道看来，孔子"辞达"并非仅仅"达"心中之情，亦非"达"胸中之意，而是强调审美语言要"达理"；文学话语通之于"理"，方为个体感兴之作，必然不会雷同。所以他在批评李攀龙、王世贞创作上模拟古代话语结构的同时，再次道出"胸中"的重要；至于主体"胸中"见识和"理"的关系，则是各行各业各家不同，又人各有异，诸子百氏，儒、道、法、阴阳、墨、农、兵各有胸中见识，也各有从不同见识发现和阐释的"理"。文学创作也是如此，"汉、唐、宋诸名家"及国朝诸公，皆"胸中的有所见"，创作时"苞塞于中"，只不过伴随着情感的喷发和性灵的流露，隐含在具有个性的话语中罢了。袁宗道的另一个意思是，真正性情流露的创作，无暇模拟、引用古人词句。可见，其论"胸中见识"和"理"，目的是说"胸中见识"和人各有"理"，与人人有

---

① （明）袁宗道著，钱伯城校点：《白苏斋类集》卷二十《论文下》，285～286页，上海，上海古籍出版社，1989。

别之"童心"密切联系，导致人各有自己的语言风格，人各有"至文"。袁宗道从语言风格到"至文"的文本话语系统，都发现了主体的个性，因此，他认为这一切使文学创新和文学发展成为必然。

三、袁中道的反思：在格调和性灵之间调和

袁中道（1570—1626）①，字小修，万历四十四年（1616）进士，官至南京吏部郎中，著有《珂雪斋集》。

就袁中道而言，与袁宏道、袁宗道不同，他对性灵论诗学的重建，突出从文学活动的整体过程加以反思和建构。袁宏道去世后，面对政治和文化语境发生的新变，加上来自创作实践和理论创新的压力，袁中道对公安派的理论和创作重新进行了反思，力图进一步纠正公安派诗学理论的偏激，不断吸收复古理论和师心理论中的有益成分，以改正、充实和完善性灵说。

袁中道在《花雪赋引》中曾言："天下无百年不变之文章。"②他从文学活动的整体视野张扬"新"，包括生活——主体——文本——接受的全过程都主张"新"："夫惟新则美，美则爱，爱则传，则又安可不新。"③"新"首先是新的生活内容和作者的新创造所具有的审美价值，其次是这一审美世界具有新奇的魅力吸引读者，并使读者喜爱，然后在读者传播过程中得到新的阐释。诗歌日新其故，生新的机制也就形成了。可见，袁中道思想的关键在"新"，而且要求创新贯穿生活——作者——文本——接受等文学活动

---

① 袁中道卒年，各家所记不一。《明史·袁宏道传附》云："中道……天启四年进南京吏部郎中，卒于官。"钱谦益《列朝诗集小传》云："乞南，得礼部仪制……以疾卒，年五十四。"邹漪《启祯野乘·袁文选传》云："甲子，调吏部郎，卒。"以上均谓中道卒于天启甲子（1624）。另有孙锡蕃《（康熙）公安县志·袁中道传》载："岁丙寅，端坐而逝。"《袁氏族谱》载："终南京芝麻营，于天启丙寅八月三十日午时。"天启丙寅即天启六年（1626），本书采信此说。参见王书文：《袁中道传》附录二《袁中道年谱》，227～228 页，厦门，厦门大学出版社，2015。
② （明）袁中道著，钱伯城点校：《珂雪斋集》卷十《花雪赋引》，459 页，上海，上海古籍出版社，1989。
③ （明）袁中道著，钱伯城点校：《珂雪斋集》卷二十《论史》，843 页，上海，上海古籍出版社，1989。

的全过程，这是一个永恒不息的过程。在他看来，文学活动就是不断生成新的有魅力的文本的过程。否则，拿以往"新"的而如今是"旧"的文本去模仿，就达不到"美则爱，爱则传"的效果。

针对当时文学活动中复古主义的风习，一是从文学接受的视角肯定文本的"新""生""异"，他说：

> 读《玉茗堂集》，沉著多于痛快。近调稍入元、白，亦其识高才大，直抒胸臆，不拘盛唐三尺……盛唐诗品如荔枝，然荔枝之美，正以初摘时核上有少许新鲜肉耳。今学之者，壳似之矣，核似之矣，其壳内核上可口之肉却未常有也。不若新枣远矣。不肖俗人也，愿啖枣而已。①

愿"啖枣"而不愿吃不新鲜的"荔枝"，可见其只追求"新鲜"，而不论接受对象的品质。虽有偏激之嫌，但其本意是明确的，就是从接受视角，接受者一般主张作者应以自己的个性，创作出新鲜的、审美的、具有魅力的诗歌文本。

二是从创作和接受两个方面来看，创作上的"新""生""异"，接受上的"可传"，作者个性化的性灵是重要条件。他以唐诗为例进行说明。② 在袁中道看来，唐诗之所以能够"称盛"，正是由于"以异调同工"。的确，唐诗之盛在于风格和个性的多元性、多样性、丰富性，正是"任华、卢仝、李贺、孟郊辈，皆相与角奇斗巧，峥嵘一代"，才造就唐代诗歌的繁盛局面，才使唐诗在其不同阶段，不断有变化，有发展。唐代诗歌"异调同工"，诗人们虽然"其势若相反"，但都"各从所入"，从不同的角度和审美方向，汇聚到唐诗的百花园中，形成诗歌鼎盛的局面。这一切，归根结底在于"人心中之情态"。小修言及"天地间景物"与"人心中之情态"一

---

① （明）袁中道著，钱伯城点校：《珂雪斋集》卷二十四《答王天根》，1042 页，上海，上海古籍出版社，1989。
② （明）袁中道著，钱伯城点校：《珂雪斋集》卷首《珂雪斋集选序》，23 页，上海，上海古籍出版社，1989。

样，也是千变万化的，"造化"不断产生"未开之倪"，需要诗人和作家去"搜璧采宝"，共鸣一代风雅之盛。他在一首诗中表达了同样的意思："花月及江山，千秋写不尽。愈出乃愈新，发硎精光映。"①"人心中之情态"与"花月及江山，千秋写不尽"分别构成诗歌活动生新、生异的主体条件和客观基础。所以他说"诗文抒自性灵，清新有致"②。诗歌创新离不开抒发"性灵"，"人心"的声音与外在世界的境况可以是一致的，当两者都具有新鲜的品质时，诗歌话语就是新鲜活泼的，生意盎然的；而读者从诗歌话语中，亦能判断人心在当时的所思所想。《游荷叶山记》记其曾回到出生地荷叶山，听到农民唱的山歌，对二弟说："此忧旱之声也。夫人心有感于中，而发于外。喜则其声愉，哀则其声凄。女试听夫酸以楚者，忧禾稼也；沉以下者，劳苦极也；忽而疾者，劝以力也。其词俚，其音乱，然与旱既太甚之诗，不同文而同声，不同声而同气。真诗其果在民间乎！"③从这里，他发现了诗歌的题材和主体心灵状态的无穷无尽，因此，创作"新""生""异"这样的诗歌，是完全可能的，而这样的诗歌，自然可传。

由此，他进一步发现，若是创作上要达于"新""生""异"的目标，教条化地使用诗"法"、讲究"格调"就不能创作出诗歌的新境界，所以他在创作层面提出"以意役法"的思想。只要在"法"与"意"之间，不断生成新的范式，诗歌就会不断演化转变：

> 有作始，自有末流；有末流，还有作始。其变也，皆若有气行乎其间。创为变者，与受变者，皆不及知。是故性情之发，无所不吐，其势必互异而趋俚。趋于俚，又将变矣。作者始不得不以法律救性情之穷，

---

① （明）袁中道著，钱伯城点校：《珂雪斋集》卷四《蒋子厚以诗投赠，讯以诗旨，予非其人也，书此志答》，185 页，上海，上海古籍出版社，1989。
② （明）袁中道著，钱伯城点校：《珂雪斋集》卷十《花雪赋引》，459 页，上海，上海古籍出版社，1989。
③ （明）袁中道著，钱伯城点校：《珂雪斋集》卷十二，531 页，上海，上海古籍出版社，1989。

法律之持，无所不束，其势必互同而趋浮。趋于浮，又将变矣。作者始不得不以性情救法律之穷。夫昔之繁芜，有持法律者救之；今之剽窃，又将有主性情者救之矣。此必变之势也。①

其实，任何诗体或文体的话语秩序、话语组织结构及其规定性，其形成过程都是经过较长时间积累，总结经验，才最后完成的。在形成某种范式的过程中，需要更多的是理性，而性灵和性情则是次要的。当这种话语范式臻于成熟，成为束缚情感表现的桎梏，就必然有人以新的时代所具有的情感和感性方式对之进行改造，从而生成新的话语系统。小修这一论述不仅为文学史证明，也得到了现代文艺理论的支持。②

公安派在对性灵论诗学的重新建构过程中，虽然暴露了他们在理论价值取向中的犹豫和矛盾，但更多的是体现出理论的新鲜特色。三袁对性灵论诗学的重建以不同的取向和方式进行，形成了别具一格的诗学观，共同完成了对性灵论观念的建构。

四、江盈科：求"真"、求"奇"的诗学观

江盈科（1553—1605），字进之，号绿萝山人，湖广桃源（今湖南桃源县）人。万历二十年（1592）进士，授长洲令。官至四川提学副使。与袁宏道友善。工诗文，并好作小说。著有《雪涛阁集》《雪涛阁诗评》《闺秀诗评》《雪涛谈丛》《明十六种小传》等。

江盈科认为"真诗"可以见出作者的"真性情"。在公安派看来，性情不仅因人而异，而且因时代变化亦有所不同，所以将"真诗"与"真性情"

---

① （明）袁中道著，钱伯城点校：《珂雪斋集》卷十《花雪赋引》，459 页，上海，上海古籍出版社，1989。

② 这一观点可参见童庆炳：《文体与文体的创造》第二章，51～101 页，昆明，云南人民出版社，1993。

相联系：

> 诗本性情。若系真诗，则一读其诗，而其人性情入眼便见。①

此处对"诗本性情"进行了内涵界定：诗歌文本的风格应与诗人的人格、人品和行为方式有着密切的关系。若创作主体的经验和经历与欲要模仿的风格并不相称，或完全无关，就不能算是有性情之作，就不能算"诗本性情"。人与诗的高度一致性，迫使模拟之作不能在诗史上占有一席之地。其中蕴含这样一个意思：诗歌只要本于"性情"，主体个性就能和当时当地的文化语境相契合，就会发生新鲜的诗歌现象和新颖的诗歌作品。

这在读者眼里，就属于"有趣"的审美境界："凡为诗者若系真诗，虽不尽佳，亦必有趣。若出于假，□必不佳，即佳亦自无趣。……观此则知似人之文，终非至文，而诗可例已。"②江盈科以"趣"作为诗美的最高目标，"趣"的本质是创新、创造。而"尽佳"则可能是模拟，是"似"某个古人的完美范式。因此，"似"与"趣"是一个相对立的概念。"真诗"不在"尽佳"、完美，而在"有趣""自做"；完美而"无趣""假""似"之作，只能让人"笑之""贱之"。在此，江盈科建立了以"趣""真""自做"为中心的"性情"论。有性情且形式"不佳"，亦即"不即法，不离法"，这才是新鲜的诗歌。所以他提倡的诗体"贵古"与七子大大不同，他"贵古"，目的是学习古人的经验而不是模仿，因为经典的古诗话语在"即法"与"离法"之间，关注形式而不拘于形式，个中取舍，以"性情"为准的，这样做，写出的诗文则自然是"真诗"，是"至文"。③

---

① （明）江盈科：《雪涛诗评》第二则，见吴文治主编：《明诗话全编》，5833 页，南京，江苏古籍出版社，1997。

② （明）江盈科：《雪涛诗评》第三则，见吴文治主编：《明诗话全编》，5833 页，南京，江苏古籍出版社，1997。

③ （明）江盈科：《雪涛诗评》第四则，见吴文治主编：《明诗话全编》，5833 页，南京，江苏古籍出版社，1997。

　　"贵古"与"真诗"互为表里。江氏论"真古"具有以下特征：一是原创性；二是形式上不追求完美，可以"不齐、不整"，似乎是未雕之朴；三是在遵守诗歌规范方面，不为法所囿，又不是完全不遵守法，是在守法和突破法则之间，给诗人的创造留下足够的空间，此即"不即法，不离法"；四是无法模仿，"后人模之，莫得下手"。其言"未雕之朴"，犹言真诗得之于原汁原味的生活，这样的生活富有时代与个体的特征性，任何其他时代或其他个体都不能重复。是故一代有一代的特征，一代有一代之诗，"盖人非六朝之人，故诗亦非六朝之诗"。在形式方面，也是代有区分，人各有别。"未雕之朴"亦犹言真诗中有"真性情"，由于"未雕"，性情还没有丧失，就能全面、充分地表现。这也说明，具有"真性情"的诗人，他的审美注意并不完全在诗歌形式，所以诗歌形式不能尽善尽美。但正是因为如此，诗歌的某种范式就还在发展过程中，一种范式尽善尽美之后，就不再发展，它的保守性就日益暴露出来。

　　"真诗"不仅与性情有关，诗歌"本色"还与创作主体的才华、才力和创新勇气有联系。

　　　　夫诗人者，有诗才，亦有诗胆。胆有大有小，每于诗中见之。……矫而效人，终丧本色。①

他论主体之"诗才""诗胆"与真诗的关系包括：第一，诗人在艺术创造方面的勇气，可以促使形成自己的个性特色，可以使得诗歌创作避免雷同，"矫而效人"。第二，诗人的艺术勇气，乃是能够改变诗歌的原有面貌，原有范式，开辟新境。第三，将"胆""本色"纳入创新的内涵。此外，"诗才""诗胆"具有时代性，因此代有不同，代有变化。他曾以明人登眺之诗

---

① （明）江盈科：《雪涛诗评》第五则，见吴文治主编：《明诗话全编》，5834页，南京，江苏古籍出版社，1997。

不如唐人来说明"诗才""诗胆"和时代语境的联系。① 登眺之诗，唐人与山川相称，而明人却不能达到这一境界。 这并非明人技巧不能，而是文章诗歌及其主体的"胆""才"，代有变化。 从创作角度看，时代和个人特征，仅从某一个方面、某一角度去看，或仅从某一个方面去学习，均不能全面把握，若要创新就更难。 他以学习唐寅为例做了说明②，"以绳尺求伯虎"，当能发现伯虎诗歌的某些特征，但却不能完整把握唐寅诗的全部特质。"绳尺"指旧时的规范，它是从过去众多的个体诗性中抽绎而出的，当然就打上过去时代的审美印痕，成为那个时期的美学典范。 一般而言，随着时代变易，个性的生成及其文化蕴涵绝不同于前朝，所以，无论是"能言人"还是"解人"，都应该超越原有规矩之外，方能写出创新之作或对新时代的诗歌做出准确的审美判断。 而对以往诗歌的解读，只有对创新之处进行准确把握和发现，才能发现诗歌范式的改变。

江盈科认为，性灵最关诗歌创新与发展。 学习初唐、盛唐已经过时，因为当代人不是唐人，当代人的性灵也不是唐人性灵。③ 其所谓"新""旧"，"新"乃是诗歌有所不同于前代、前人，是为发展之谓；"旧"则指蹈袭前人，无益于诗歌进步。 袁中郎"新""旧"之论，为江氏所赞赏。其中包含诗歌出"新"之道及其若干生新的因素：性灵；题材的广泛性；不囿于前人技法；以自我个性入诗，即其所谓的自为诗。"自为诗"，一个重要方面就是"夫人受才不同，故形诸题咏亦各自有别"。

在这一基础上，江盈科对诗歌变化的两个方面做出阐释。 首先是在诗歌的"正"与"变"的规律中突出"奇"：

---

① （明）江盈科：《雪涛诗评》第七则，见吴文治主编：《明诗话全编》，5834 页，南京，江苏古籍出版社，1997。
② （明）江盈科：《雪涛诗评》第一〇则，见吴文治主编：《明诗话全编》，5835 页，南京，江苏古籍出版社，1997。
③ （明）江盈科：《雪涛阁集》卷八《敝箧集引》，见吴文治主编：《明诗话全编》，5846～5847 页，南京，江苏古籍出版社，1997。

　　夫近世论文者，辄称复古贵崇正，而讳言奇，然有不奇而可言文者耶？①

江盈科论"正""变"包含两个方面。一是"正"乃文之脉，文之"理"从"脉"，而"变"之生生之"息"就隐含在"正"之中；二是"奇"即新变，文之变化发展，需要"奇"，但这种"奇"需要与"正"的有机融合、统一，相值相取，方能促进文的进步，因此单纯求正或求奇都不能使文学发展成为可能。其次是对以"趣""真""自做"为中心的性情论和格调论的关系做了归纳。②进而认为"调"可学，而"趣"难求，当然更不可学。江氏以为诗之精神在"趣"，而"趣"之难学，乃是人人求"趣"不同，包括方式、取向以及"趣"之构成各不相同。既然人人有别，也就代各有异。作诗若不以"趣"为意，那么诗歌就不能发展了。正是如此，他在以"趣"为中心的同时，突出"人心"与"性灵"之真在诗歌发展方面的核心作用："要以抒发性情，一洗剿袭之陋，则所谓自鸣其籁者欤？足以传矣。"③他还将"人心"——"自然之籁"——"人心灵籁"——"性情"等系列概念与"剿袭"对举；又将上述诸概念与"田夫红女之口""布衣"联系在一起，言明诗之可"传"者之少，将"传"之少与性情之作关联起来，抬高性灵的地位和在接受层面的重要意义。这样，性灵的意义就不仅在创作论，它开始延伸至诗歌接受领域，而且在接受领域亦能发现一人、一代之作的特征，并在诗歌历史链条中产生意义。江氏以此视角言诗，可见其对心灵自适的重视。在公安派看来，自适，乃是诗歌超越剿袭模拟的本质要求和基本条件，也是文学具有时代特征、不蹈袭前人的主体条件。

---

① （明）江盈科：《雪涛阁集》卷八《璧纬编序》，见吴文治主编：《明诗话全编》，5848～5849页，南京，江苏古籍出版社，1997。
② 同上书，5849～5850页。
③ （明）江盈科：《雪涛阁集》卷八《李小白诗引》，见吴文治主编：《明诗话全编》，5850页，南京，江苏古籍出版社，1997。

总之，公安派以批判复古论的面目出现在当时文坛。故而其诗学一是以摒弃规范为特点，以"无法"理解唐诗之妙和唐诗之变。他们明确宣称，唐人能度越千古，就在于不因袭古人。视唐诗为性灵的自然流露，而不是遵守"法度"的楷模。二是将文学的时代特征归结为创造中的"真"。"真"是推动文学进步的动力。"真"，涉及客体与主体，前者需要新，包括对前人已经描述过的事物从新视角去观照；后者用真感情，若如是，作者的真感情必然蕴含时代的精神。唐诗变化创新的生命之源就在于真性灵的作用，在性灵的主导下，诗歌创作"法不相沿，各极其变，各穷其趣"。袁宏道认为"法因于敝，而成于过"，故而诗歌不得不变。三是打通"四唐"诗歌界限，论述诗歌流变，通过对初、盛、中、晚成就和不足的评估，以各个时期都存在优劣这一理由解构盛唐诗歌作为经典范式的神话，为诗歌流变和艺术理想的更替找到了学理依据。通过言宋人长处和盛唐短处，论证唐、宋两代文学各有短长，不可以优劣论。又以"各代自有诗"为立足点，为历代诗歌存在的合理性和诗歌范式变化（如由唐诗向宋诗变化）的合理性辩护。他们以性灵作为武器，冲击格调论诗学的艺术理想范式论，确实是十分有力的。四是认为文学之发展还包含这样的一个内容：后人不蹈袭前人，大家都是另辟蹊径，别开新面，才力、学问、识见方不会白白浪费，若步前人后尘，就会导致"诗文之道，至晚唐益小"局面的发生，而再蹈先辈，则愈见其小了，文学发展机能就会萎缩，局促于"妾妇之恒态"，无法有"巨涛大海"之势。这也是对格调论诗学的突破。五是认为"见从己出"，方能生新；"自有"之诗、自己"得意诗"，即不似古人、唐人之诗，才算得上"真诗"，这是从创作论角度立论，言诗歌发展的创造特征在于超越古人。公安派还指出时代和主体共同作用下导致的"诗变"问题：首先是今时与彼时有区分，那么文学活动的变化就是绝对的；其次是不同主体所擅场的体裁、题材亦有不同，才能的发挥和发展也有个性差异，这些也会导致诗歌变化。六是袁宏道的"时变"论。这反映着他独特的文学史观，这一"时变"论启发于佛禅万法无住的现象论思维模式，由此思维模式又导出与"时变"论贯通一致的"新奇"论与"无法"说。 其论说唯因发自佛禅思路而导致历史视域的消失，这与其文学理论的唯主"性灵"又是密切相关的，因此可以视为其文学理论在文学史领域的自然延伸。 袁宏道的这个说法，与强调继承和发展相统一的传统文论"通变论"由于学理的不同而存在着本质的区别。 此外，公安派的主要成员以"求真""新奇""活泼"为标准论唐诗，陶望龄以诗人"才性"的状况论诗歌发展道路，都丰富了明代的诗学。

当然，袁宏道的性灵论所导致的率意创作态度造成了公安创作俚俗直露的严重弊病，对此袁宏道早已注意到并在后期文论中进行了重要的矫正工作。 然而宏道早逝，他自己掀起的这种风气却在他去世后炽然，三袁的大批追随者们犹然鼓噪一时，造成了"鄙俚公行，风华扫地"的严重局面，于是对率意之弊进行全面的矫正以遏制这一局面扩展的重大任务由作为公安派"殿军"的袁中道来单独完成。 袁中道在客观评价格调论和较为深刻反思性灵论的基础上，力求调和格调论和性灵论。 他以诗歌发展的必然性化解格调论诗学对范式的绝对遵从，以"蕴藉"救治公安的率易。 他的《宋元诗序》在肯定宋诗存在合理性的前提下，以严谨的姿态从格、气、法、取材、技巧运用、才情等多方面进行分析，提出唐诗向宋诗演化的渐衰轨迹。 这在明代诗学中，也是别具一格。

◎ 第三节
性灵思潮影响下的其他诗学思想

在性灵论思潮影响下，叶向高、娄坚、何乔远、毕自严、王思任等人，或从"求真性情"、或从"贵真求变"、或从"才情奇变"的视角论唐诗，有一定的新意。 下面以娄坚、毕自严和王思任为例稍做分析。

一、娄坚:"其形弥近,去之弥远"

娄坚(1554—1631)①,字子柔,嘉定人。隆庆、万历间贡生,早从归有光游。明经修行,为乡里所重,与唐时升、程嘉燧号称"练川三老"。四明谢宾山为知县,尝加上李流芳称为"嘉定四先生"。兼工书法。著有《学古绪言》等。娄、唐、程、李四人诗文合刻为《嘉定四先生集》。

娄坚具有重主体的诗学观,同时注意从文学史角度探索文学体裁消长的现象和规律。一方面从古今关系透析诗歌现象,另一方面从主体因素论诗歌演变。②他列举诗史上许多文学范式和规则消亡并被新的规范取代的现象,这一取代,造成一代胜似一代,也有一代不如一代的文学变化。一代胜一代,说明诗歌的经典范式正在成熟的过程中,而一代不如一代,则说明某种范式达到巅峰状态后,逐渐衰落,正在被新生的范式或新的体制逐步取代。宋诗取代唐诗就属于这种状况。造成这一状况的原因,除时代语境外,娄坚将其归之于主体以自己的性情为宗,导致"不尽合于古",也就是超越了规范,"至其高者,意趣超妙,笔力雄秀,要自迥绝",做出创造性的成绩。若忽视性灵的核心作用,"欲以赝汉唐而訾真唐宋",乃暴露出主体才、学的不足,情感的枯萎和思想的废止:"才既不逮人,又不畲自力于学,迄今

---

① 关于娄坚生年、卒年,均有不同说法。生年一说嘉靖三十三年(1554),一说隆庆元年(1567);卒年一说崇祯三年(1630),一说崇祯四年(1631)。据光绪《嘉定县志》卷十九《文学》记载推算,其生年当为嘉靖三十三年甲寅(1554)。清吴荣光《中国古代名人生卒·历史大事年谱》称其生于隆庆元年,卒于崇祯三年,但该书附录《存疑及生卒年无考》又有"一作嘉靖三十三年甲寅,卒于崇祯四年辛未"(1012、1049、1164页,北京,北京图书馆出版社,2002)。钱大昕《疑年录》卷三"娄子柔"条称:"生隆庆元年丁卯,卒崇祯四年丁未。"(见陈文和主编:《嘉定钱大昕全集》第4册,57页,南京,江苏古籍出版社,1997)但在此条之下,其弟子吴修的按语则言生于万历甲寅,当为嘉靖甲寅(1554)勘误之讹。今人张慧剑《明清江苏文人年表》(上海,上海古籍出版社,1986)则持生卒年分别为嘉靖三十三年和崇祯四年之说。据娄坚《学古绪言》卷六《张元长六十寿序》推算,其生年当为嘉靖三十三年。对于其卒年,本书从众,暂定崇祯四年。

② (明)娄坚:《学古绪言》卷二十二《答吴兴王君书》,见吴文治主编:《明诗话全编》,6778页,南京,江苏古籍出版社,1997。

无所成立，比者百念灰冷，不愿无成，且愿学之，思亦都废矣。"在这种情况下，作者心灵的偏枯也就是必然的，至于创新，又"何心及此"！

因此，他认为只要心智活泼，就会出现超越汉唐人之举，超越过去，文学就会发展下去："予以为苟出于杰然、超然，则虽宋与汉唐作者何异！"在这一情况下，唐宋作者谁优谁劣又有什么要紧呢？

> 宋人之诗，高者固多有如苏长公，发妙趣于横逸谑浪，盖不拘拘为汉魏晋唐，而卒与之合，乃曰此直宋诗耳。诗何以议论，为此与儿童之见何异！①

在他看来，宋有宋之特点，唐与宋并无优劣之分。原因在于宋代诗人在性灵作用下，能够超越既有传统范式，"不拘拘为汉魏晋唐"，创造出"议论之诗"。因此他对模仿含蓄蕴藉、意在言外的这种"合于古"，持否定的立场。②重点言及"性情"不可模仿，情感无法仿造，所以，若要模拟"古人之情"，进而达到"意在言外"和含蓄蕴藉的审美效果是十分困难的，相反却"其形弥近，去之弥远"，说明求得十分相似，本质是模拟剿袭古人，形式上的相似，对诗歌进化而言，是一种退步。娄坚有这样的看法，可见他在文学发展问题方面，已经有了较为逼近真理、符合创作和文学史实际的认识。这一认识，和公安派坚持"真""新""奇""自得"也是一致的。

二、毕自严:性情之变与诗歌之变

毕自严（1569—1638），一作日岩，字景会，一作景曾，淄川（今淄博）

---

① （明）娄坚：《学古绪言》卷二十三《草书东坡五七言各一首因题其后》，见吴文治主编：《明诗话全编》，6779页，南京，江苏古籍出版社，1997。

② （明）娄坚：《学古绪言》卷二十四《胡明府长安诗草题辞》，见吴文治主编：《明诗话全编》，6779～6780页，南京，江苏古籍出版社，1997。

人。万历进士，授松江推官。有吏才，历官太仆卿、右金都御史、户部尚书。以忤魏忠贤引疾归。崇祯初，起户部尚书，进太子太保，致仕卒。著有《石隐园藏稿》八卷，传于世。

关于性情之变和诗歌之变的关系，毕自严说：

> 诗以道性情。自昔《三百篇》所载，野樵、田畯、村媪、闺秀所出无非诗，总以道性情所欲言而已。……为时几变，时变而物徙。……变而又变，以至于无可变，悉绘之诗，悉收之选。……①

论自然（社会）、性情之变与诗歌之变的关系：自然和社会的万千事物，在不同时空、不同主体的视角把握、不同文化语境的观照作用下不断进行组合，主体的性情和自然万物的生气构成了万千气象而又生机蓬勃的世界，对这个世界的审美把握，也就显示着其中的无穷变化。因此，只要主体和客体对象中的任何一个因素发生变化，诗歌的既有范式都会有所变化，其话语结构在诗歌活动中，也就不断进行量变。当各种变量汇聚时，诗歌就会产生质变。毕自严有"总以道性情所欲言"之说，似乎将"性情"等同于自然情感，与袁宏道等人所言之"性情"包含后天因素略有区别，与七子派所言"性情"包含伦理和理性内涵区别就更大了。"性情"与"所欲言"结合或等同，使得创作者其言人人殊，个个在变化，诗歌范式也就在不断变易之中，诗变也就时时处处存在了。这就是他不仅关注创作主体的差异，而且将四时之变和不同事物对象的变化联系在一起考察诗歌问题的原因，从而他把性灵论的诗学观念发挥到淋漓尽致的程度。

但他并不主张无序的诗歌变化。他十分关心诗歌继承在文学发展中的意义。比如，他认为"读《关雎》《葛覃》《卷耳》《苤苢》诸什，无不以

---

① （明）毕自严：《石隐园藏稿》卷二《类选四时绝句序》，见吴文治主编：《明诗话全编》，6821～6822 页，南京，江苏古籍出版社，1997。

四句止。 自绝句鼻祖"①，将绝句渊源上溯至《诗经》时期。 这又显然是从
艺术形式的历史视角立论，属于七子派的套路。 可见毕自严论诗，在发展性
灵诗学的同时，也注意吸收七子派一些好的做法。 这使得他的诗学，自觉性
和理性程度比公安派要高出一些。

三、王思任的"奇正相生"

王思任（1575—1646）②，字季重，号遂东，又号谑庵，山阴（今浙江绍
兴）人。 万历进士，历任兴平、当涂、青浦知县，袁州推官，九江佥事。
鲁王监国，为礼部右侍郎，进尚书。 有气节。 受徐渭及公安派影响。 著有
《王季重十种》。

王思任在性灵论诗学的基础上，提出"奇正相生"的观点。 内涵广涉诗
歌话语的形式及其意味的方方面面：

> 有明霞秀月之赏，则必有崩云涌雪之惊；有练川楮陆之平，则必有
> 雁荡龙门之怪；有典谟训语（按：一作"诰"）之正，则必有竹坟石鼓之
> 奇；有《论语》《孟子》之显，则必有墨兵蒙寇之幻；穷则定至于变，通则
> 适反其常，此不易之理也。③

他提出三个关系。 一是"奇"与"正"的关系，与"正"相关的感知是

---

① （明）毕自严：《石隐园藏稿》卷二《类选四时绝句序》，见吴文治主编：《明诗话全编》，6821
页，南京，江苏古籍出版社，1997。
② 关于王思任生年，有万历三年（1575）和万历四年（1576）两种说法。 王思任自编的《王季重先
生自叙年谱》"万历三年"条云："母唐氏，赠太安人。 梦有斗大金星入怀而孕……公喜，命名
曰金星'。"（见《北京图书馆藏珍本年谱丛刊》第57册，284～285页，北京，北京图书馆出版
社，1998）陈飞龙《王思任年谱》［载《政治大学学报》，1982（46）］主张生于万历四年，因未
利用《王季重先生自叙年谱》而致有误。
③ （明）王思任：《王季重杂著·杂序·李贺诗解序》，见吴文治主编：《明诗话全编》，7600页，
南京，江苏古籍出版社，1997。

"赏""平""正",与"奇"关联的则是"惊""怪""奇";二是"显"与"幻"的关系;三是"穷"与"变"、"通"与"常"的关系。其中"穷则定至于变,通则适反其常"是"奇正"关系运动的过程,在这一过程中,"正"则是相对稳定的话语状态,而"奇"与"正"的组合则构成种种变易现象,它构成对"正"和"常"的突破。其实就是某种范式达到成熟的极境时,会发生"穷则定至于变,通则适反其常"的现象,这种情况往往发生在优秀的作家身上,此即王思任所言之"变起于智者,又通于智者"①。

在王思任看来,《三百篇》乃是"诗之大常也","大常",指诗歌稳定的、最高的范式,后世诗歌就在这一基础上变化:

> 《三百篇》,诗之大常也,一变之而骚,再变之而赋,再变之而选,再变之而乐府,而歌行,又变之而律,而其究也,亦不出《三百篇》之范围。②

从这段话看,王氏对诗变规律有以下认识。一是《诗经》作为"大常",变化至唐律,依然具有《诗经》的价值取向和艺术精神的承传。以《诗经》为最早源头和定律,是复古派的做法,可见王思任吸取了七子的有益成果。二是唐律经过政治的影响、士人的广泛探索和审美实践,终成为"一管之吹",形成新的范式。这说明一个道理,就是从一种范式到另一种新的范式确立,这中间除承传既有的艺术经验以外,还在不断改变已有的传统和已有的艺术规范。三是一种范式不可能"守"着不变,它总是要突破"常"和"正",朝"奇"的方面发展,因为"奇"是走向新的范式("常")的必经之途。在这一思想指导下,王思任对晚唐诗歌变化走偏奇一路的认识就持非常肯定的态度。③对于李贺的为人古怪和诗歌偏奇,王思任报以同情和赞

---

① (明)王思任:《王季重杂著·杂序·李贺诗解序》,见吴文治主编:《明诗话全编》,7600 页,南京,江苏古籍出版社,1997。
② 同上书,7600 页。
③ 同上书,7600 页。

赏。其肯定李贺的主要原因就是两点:"高才"和"僻性"。他认为李贺诗歌所涉及的许许多多怪奇的选材和表现对象,以及所营造的怪奇的诗境,都来自其"高才"。对于李贺诗歌的"不可解",即便以杜牧这样"接踵最密"者,又属于同期诗人,"犹殊不能知"。对于这些诗歌活动中"适反其常"的状况,王思任表达了自己认同徐渭和曾益的态度①,对徐渭和曾益解读李贺诗歌,王氏以"一一通之"概括,其所"通",是一般人认为难解的方方面面,包括"浑沌""芬乱""乖隔""艰险""利病""谜隐""玄古",而曾益对李贺诗歌的准确理解,王思任归之于有益的方法:"灵机刃豁,博记茧抽,八面互观,三长竞用",这是全面而深入地接受李贺诗歌,于是发现李贺诗歌在唐诗中别树一帜的风貌及其对唐诗的改变,而且认为"今而后","怨"诗之变"尽出贺"。

对于李贺的走偏入奇,王思任如此肯定,用意在于,只有存在"偏"与"奇",诗歌才会在与"正"的相互发动之下走向变化发展之途,出现诗歌发展的生机局面。

◎ 第四节
竟陵派的诗学观

竟陵派在钟惺中进士(万历三十八年,1610)后逐渐形成,并趋于壮盛。

钟惺(1574—1625),字伯敬,号退谷,别号退庵,竟陵(今湖北天门)人。万历进士。初授行人,历工部主事、南京礼部主事、郎中,后官至福

---

① (明)王思任:《王季重杂著·杂序·李贺诗解序》,见吴文治主编:《明诗话全编》,7600~7601页,南京,江苏古籍出版社,1997。

建提学金事。 擢第后与同里谭元春共同评选《诗归》，名扬海内。 卒后毁誉迭起，其理论与创作虽有缺陷，但对改变七子拟古诗风与纠正公安浅率之弊有积极意义。 著有《隐秀轩集》，与谭元春共同选评《古诗归》《唐诗归》《明诗归》，另有《名媛诗归》《词府灵蛇》《毛诗解》等，并评点古文小说、戏曲等多种。

一、引古人之精神，以接后人心目

钟、谭都是从"信古"出发的，但与七子的复古主张有明显区别。 他们把学习文学遗产当作完善自己的一种手段，目的是驾驭、运用古人的做法。"信古"还包含钟惺《诗归序》所言"第求古人真诗所在。 真诗者，精神所为也"，这种精神栖居在古人所作"真诗"中，其核心是一种"幽情单绪"，或者说是谭元春《诗归序》所说的"性灵之言"，它主要表现诗人的幽事寂境和清思孤怀。 既为孤怀，一般缺乏阔大雄壮的气概。"幽情单绪"既重情重理，亦"求灵求厚"。 "灵"与"厚"结合，既是对公安派性灵论的充实，也是对竟陵派创作上的缺点进行自我补救。"厚"的主要内容，大致包括：（1）体现温柔敦厚、主文谲谏的儒家诗教；（2）能把真挚深厚的感情和丰富充实的内容浑然融为一体，使诗歌具有无穷的兴味和较强的内聚力；（3）具有言简意赅、语短义丰的艺术特色。① 可见，古人意绪或古人精神在竟陵派的理论中得到着意承传。 所以，他们提出"以古人为归""引古人之精神，以接后人之心目"的诗学口号。

> ……以古人为归也。引古人之精神，以接后人之心目，使其心目有所止焉，如是而已矣。昭明选古诗，人遂以其所选者为古诗，因而名古诗曰"选体"。唐人之古诗曰"唐选"。呜呼！非惟古诗亡，几并古诗之名

---

① 邬国平：《竟陵派与明代文学批评》，100 页，上海，上海古籍出版社，2004。

而亡之矣。何者？人归之也。选者之权力能使人归，又能使古诗之名与实俱徇之，吾岂敢易言选哉？尝试论之：诗文气运，不能不代趋而下，而作诗者之意兴，虑无不代求其高。高者，取异于途径耳。夫途径者，不能不异者也；然其变无穷也。操其有穷者以求变，而欲以其异与气运争，吾以为能为异而终不能为高。其究途径穷，而异者与之俱穷，不亦愈劳而愈远乎？此不求古人真诗之过也。今非无学古者，大要取古人之肤、极狭、极熟便于口手者，以为古人在是。使捷者矫之，必于古人外，自为一人之诗以为异。要其异，又皆同乎古人之险且僻者，不则其俚者也。则何以服学古者之心？无以服其心，而坚其说以告人曰："千变万化，不出古人。"问其所为古人，则又向之极肤、极狭、极熟者也。世真不知有古人矣。惺与同邑谭子元春忧之。①

这段话表达了三个意思。 第一，对几类诗歌选本发表意见。 钟惺认为，"选"诗是后人"归之"，此一"归之"又能使别人亦归之于是"选"。 其实这一做法，有可能使古诗与古诗之名皆亡。 钟惺批判这一"人归之"的做法，是因为这种对古诗的选择和误读，是站在个人的立场，以个体的体验和对诗歌的理解去领会另一个时代、另一个主体的审美文本，极易陷入以偏概全的诗歌评价和诗歌选择的误区。 以这样的选本指导诗歌创作，易于产生误导和走向极端。 理由是，这种"人归之"的做法，能否还原古诗的原有情感、意蕴和用意，展现古代审美全貌，钟惺对此持怀疑的态度，就中蕴含着钟惺对诗歌发展代各不同、人各有异的认识。 第二，钟惺由"选"之误读言及诗"变"，批评了单纯以求"异"为变、以求"僻"为变的错误做法。 钟惺以为诗文的变化情况是：气运代趋而下，诗文作者的意兴则代求其高。"高"即作诗的途径，途径求"异"则高，因为作诗的途径变化无穷。 但

---

① （明）钟惺：《古诗归·序》，见吴文治主编：《明诗话全编》，7321～7322 页，南京，江苏古籍出版社，1997。

是，作诗的途径与气运相比，则又属于能够穷尽的了，若以途径的差异与时代气运相争，远离时代变化而求新求异，那终究算不上是"高"。可见，钟惺的"高"兼顾"求异"与时代语境的变化，而以时代为中心。他的理论是，如果以作诗途径作为诗歌变化的唯一原因，若有一天作诗的途径穷尽了，诗歌的新异也就到了终点，岂不是诗歌就消亡了？所以仅仅孜孜于诗歌途径"求异"，就会离古人"真诗""愈劳愈远"。第三，由诗歌创作途径言及"学古"的价值取向及其效果，批评学古时把创作求异和学习古人以求险、求僻、求俚混为一谈的非理性做法。他意识到这样做，势必屋下架屋，愈见其小，使诗歌发展的路子越走越狭，最终萎缩。他的本意可能就是，摆脱古人的途径，随着时代变化而别出新境。具体如何，他在《诗归序》中说道："内省诸心，不敢先有学古不学古者，而第求古人真诗所在。真诗者，精神所为也。"那么古人真诗歌的精神是怎样的呢？"察其幽情单绪，孤行静寄于喧杂之中，而乃以其虚怀定力，独往冥游于寥廓之外。如访者之几于一逢，求者之幸于一获，入者之欣于一至。不敢谓吾之说非即向者千变万化不出古人之说，而特不敢以肤者、狭者、熟者塞之也。"[1]其所谓自己与古人之精神，"远近前后于此中"，"此中"即其诗评的文本及其取向和意义、作用。在这一思想指导下，他对唐诗发展进行了探析。

二、对唐诗发展的探析

钟惺对唐诗发展的探析集中于《唐诗归》对唐诗的评点，关键词是"真""高""灵""厚""气运"。

（一）初唐诗论

钟惺对初唐诗歌以"气运"和"深厚"评价，如总评王勃："王、杨、

---

[1] （明）钟惺：《古诗归·序》，见吴文治主编：《明诗话全编》，7322 页，南京，江苏古籍出版社，1997。

卢、骆，偶然同时有此称耳，非初唐至处也。 王森秀，非三子可比。 卢稍优于骆。"①他以为"四杰"是偶有此称，并且他们的诗歌不是初唐最佳者。 那他心目中的佳者是怎样的呢？ 他以"深""厚""广大"为准则，以诗歌发展眼光挑出陈子昂、沈佺期、宋之问、张说、张九龄等诗人。

他认为他们的诗歌是在四杰基础上的超越和发展，并说出变化的特征性部分：陈子昂由于"身份气运"，是"律中有古，却深重"，草创了"一洗偏安之陋"的诗中"一世界"，此话可能就是魏徵所言之南北审美文化融合的话语。 但与后来者比较，却又稍逊，因为"至沈、宋、燕公、曲江诸家，所至不同，皆有一片广大清明气象。 真正风雅"②。 宋之问超出四杰处，在其"深静幽适""峻整"，诗文不似其人，而其五言古，更有"深健气厚"，"脱尽唐初浮滞，朴中藏秀，心目快然矣"③，说明时代因素对宋之问在诗歌发展中的贡献起到主要作用。

至于张说、张九龄的诗歌，钟惺从创造性的角度论析其"燕公大手笔"，一在"奇变"，但非走偏，而是"精出"。 也就是说，张诗在极具创造性的同时，也符合格律规范的要求，且"不堕作家气"，不被技巧、规范束缚，不是"赁来赁去，终非我有"④的货色。 他对张说《杂诗》二首之一的批语也说明了这个问题，其言"唐人古诗，胜魏晋者甚多"，个中原因，还是"今人耳目自不能出时之外耳"⑤，将诗歌进步归结到时代审美文化的改变和孕育。 这一点，他在对张九龄和陈子昂诗歌的比较中做了阐释。 他以张九龄《感遇》八首为例，认为："感遇诗，正字气运蕴含，曲江精神秀

---

① （明）钟惺：《唐诗归》卷一《初唐一》，见吴文治主编：《明诗话全编》，7338页，南京，江苏古籍出版社，1997。
② （明）钟惺：《唐诗归》卷二《初唐二》，见吴文治主编：《明诗话全编》，7339页，南京，江苏古籍出版社，1997。
③ （明）钟惺：《唐诗归》卷三《初唐三》，见吴文治主编：《明诗话全编》，7340页，南京，江苏古籍出版社，1997。
④ （明）钟惺：《唐诗归》卷四《初唐四》，见吴文治主编：《明诗话全编》，7340页，南京，江苏古籍出版社，1997。
⑤ 同上书，7340页。

出；正字深奇，曲江淹密：各有至处，皆出前人之上。盖五言古诗之本原，唐人先用全力付之，而诸体从此分焉。彼谓唐无五言古诗，而有其古诗，本之则无。不知更以何者而看唐人诸体也？"①从陈子昂的"气运蕴含"到张九龄的"精神秀出"，从"深奇"到"淹密"，虽各有"至处"，但共同点在于超出前人之上，诗歌有极大发展。由此，他对"唐无五言古诗"的公案做出回应，以为唐诗人"用全力付之"，追寻"五言古诗"之本原，但绝非"本之"已有的五言古，若照搬原有的成果，就会"本之则无"，不会出现具有唐代精神的五言古诗。他从陈子昂和张九龄的实践看到，唐代"有其古诗"。唐代的古诗有自己的特色，上面提及的"律中有古""深重""广大清明气象""深静幽适""峻整""深健气厚""朴中藏秀，心目快然""奇变精出""气运蕴含""精神秀出""深奇""淹密"等"至处"，本质上是具有生机蓬勃、渊然而深的"元气"。

（二）盛唐诗论

初唐诗歌带着渊深朴茂的生机和广大清明的气象，预示即将走入盛唐。这既关乎时代运数，更是以其"骨韵风力"，"开盛唐广大清明气象"②。盛唐的风韵笔力和广大清明气象，包括许多因素，钟惺最为关心者，乃是深情。他将王维的诗歌成就归于"妙于情诗"：

> （王维《西施咏》批语）情艳诗到极深细、极委曲处，非幽静人原不能理会，此右丞所言妙于情诗也。彼以禅寂、闲居求右丞幽静者，真浅且浮矣。③

---

① （明）钟惺：《唐诗归》卷五《初唐五》，见吴文治主编：《明诗话全编》，7341页，南京，江苏古籍出版社，1997。

② （明）钟惺：《唐诗归》卷六《盛唐一》，见吴文治主编：《明诗话全编》，7342页，南京，江苏古籍出版社，1997。

③ （明）钟惺：《唐诗归》卷八《盛唐三》，见吴文治主编：《明诗话全编》，7343页，南京，江苏古籍出版社，1997。

钟惺认为创造"情诗"有以下特征：主体是真正的"幽静人"；话语"极深细、极委曲"，若以"禅寂、闲居"求"幽静"，是"真浅且浮"。可见，"幽静人"是从内心精神到通体的"幽静"。钟惺这里尚未说清此与盛唐"风韵骨力"和盛唐"广大清明"风格上的关系，但"深细""委曲"之情，确实与渊然而深的生机相关，而有生气的世界，则风韵无限，也确实表现为广大清明的气象。

钟惺在发现唐诗的深厚与"清明"的联系之后，对之进行渊源上的分析：

> 人知王、孟出于陶，不知细读储光羲及王昌龄诗，深厚处益见陶诗渊源脉络。善学陶者宁从二公入，莫从王、孟入。储与王以厚掩其清，然所不足者非清。常建以清掩其厚，然所不足者非厚。[1]

在钟惺看来，盛唐诗歌的"深厚"与"清明"的关系，来自陶渊明的传统，到唐代储光羲和王维等人，则是"以厚掩其清"，常建"以清掩其厚"，"深厚"与"清明"在他们的诗歌话语中，既水乳交融，又表现为不同的样态。钟惺发现盛唐对陶渊明的发展及其发展的多样性，推动了唐诗的进程，而且这种推力的核心要素是"真"：

> （王昌龄《宿京江口期刘慎虚不至》批语）有真朋友，自有真诗文。八句中慎虚之人之诗，和盘托出矣。唐诸名公同时酬往诗，莫不皆然。[2]

明代包括复古派在内的各派诗论家，皆以求"真"为审美追求之一，唐

---

① （明）钟惺：《唐诗归》卷十一《盛唐六》，见吴文治主编：《明诗话全编》，7343 页，南京，江苏古籍出版社，1997。
② 同上书，7344 页。

人诗歌的求"真"特色，自然成为他们的样板。 这也为格调论诗学崇尚盛唐诗歌提供了文本依据。 当然，明代商业文化易于和"真"结合起来。 就盛唐诗歌而言，有"真心""真情""真人"，标志诗歌变化朝着与天人同构的最佳状态迈进。 这种状态，是以万物之间形成气韵生动的整体为标志的。所以"个性"与"整体性"的统一是盛唐诗歌发展的标志之一。① 高、岑诗歌，其鲜明特点是"极炼、极厚、极润、极活"，生机弥漫，故接受者"不得以整求之"，但各种物态之间，由于生机的作用，体现出部分与部分、个体与个体之间的天人融合，体现出完整性和有机统一性。

盛唐诗歌的"深厚"，不仅与"深情""真人"有机联系，而且与主体的"灵慧"相关联。 "厚"与"灵"本是相对的概念和精神状态，但在盛唐诗歌话语中，亦是天然融会。 钟惺评常建就道出了这一前不见古人的诗歌特征：

> 初盛唐之妙，未有不出于厚者。常建清微灵洞，似"厚"之一字，不必为此公设。非不厚也，灵慧之极，有所不觉耳。灵慧而气不厚，则肤且佻矣，不可不知。②

盛唐之"厚"，人皆知之。 常建之"厚"，由于灵慧的作用，融"清微灵洞"入"厚"，或者说二者融会，只见"清微"而不见其"厚"，故而诗歌话语的外在形式和风貌产生了变化。 此处对盛唐诗歌的评价，别出新意，值得玩味。 钟惺对常建《送楚十少府》批语云："此等诗未尝露其深厚，然直以为清灵一派不可。"对常建《白湖寺后溪宿云门》批语云："凡清者必约，约者必少。 此公诗一入清境中，泉涌丝出，若清之一字反为富有之物。 然

---

① （明）钟惺：《唐诗归》卷十二《盛唐七》，见吴文治主编：《明诗话全编》，7344 页，南京，江苏古籍出版社，1997。
② 同上书，7344 页。

清可以为少,少不可以为清。"①可见诗歌话语面貌的改变,与内在蕴涵之变有密切的关系。 这也提醒我们,对文本的意义,特别是文本中蕴含的主体心灵状态应该仔细体味,方能发现诗歌内涵的真正状况。

(三)杜甫时期诗论

杜甫之于盛唐诗歌,古往今来已经有大量论析,对其与盛唐的区别,论者亦是见仁见智。 竟陵派也发表了自己的意见:

> 读老杜诗,有进去不得时,有出去不得时。读体有之,一篇有之,一句有之。读初盛唐五言古,须办全付精神而诸体分应之。读杜诗,须办全付精神而诸家分应之。观我所用精神多少、分合,便可定古人厚薄、偏全。②

这里说出了从盛唐诗歌到杜甫诗歌的变化特征。"进去不得"与"出去不得",前者当指杜诗由于包孕的丰富性,难以全面把握,若从某一角度进入,当然可以,但读者往往在进入杜甫所创造的诗歌世界时,踌躇着从哪一个角度切入为好;后者当指杜诗话语内在世界的无限性和魅力,而使读者在进入诗歌境界后,一如处身大千世界,流连忘返,被杜甫所创造的审美世界深深吸引,暂时失去自己作为主体的理性能力。 钟惺说明造成这一现象的原因,就是杜甫诗歌与盛唐诗歌相比,在读者接受方面有明显差异:"读初盛唐五言古,须办全付精神而诸体分应之。 读杜诗,须办全付精神而诸家分应之。"意思是初盛唐诗歌整合了以往各体诗歌的审美经验,读者只要掌握各种诗体特征及其阅读技巧,就能对初盛唐诗歌有一个准确的理解。 而杜甫诗

---

① (明)钟惺:《唐诗归》卷十二《盛唐七》,见吴文治主编:《明诗话全编》,7345 页,南京,江苏古籍出版社,1997。

② (明)钟惺:《唐诗归》卷十七《盛唐十二》,见吴文治主编:《明诗话全编》,7347 页,南京,江苏古籍出版社,1997。

歌，是在历代诸体诗歌和初盛唐诗人创作经验的基础上的巨大发展，因此欣赏杜诗，不唯要掌握历代诸体诗作的特征，还要熟悉唐代诗人的个性化创作特色，方能应付对杜诗的理解。这也说明杜甫的诗歌吸取了以往诗歌的一切艺术经验，别裁伪体，又转益多师。面对杜甫的诗歌，实际上是面对以往的全部审美遗产。这些导致杜甫诗歌具有陌生化的审美效果，在文学发展中开辟了新境界。

这在一般读者看来就十分"奇特"了。钟惺结合文本，分析了杜诗之"奇"：

> （杜甫《渼陂行》批语）只是一舟游耳，写得哀乐更番无端，奇山水逢奇人，真有一段至性至理相发，游岂庸人事？[①]

杜诗之"奇"，在于和以往诗作的差异，也在于和盛唐诗歌的不同审美特色。它改变了盛唐诗歌的"兴趣"特征，将性和理、至性和至理互相发动，生成新的诗歌话语。性与理的不同运用和性质的变化，是诗歌变化的重要因素。杜诗绝句一体与以前诸家绝句比，就在这方面有明显变化。钟惺以"本色"和"生"这两个概念论析这一变化：盛唐诗歌"本色"的内涵之一就是音响和谐、调纯语畅，词语运用在生与熟之间，杜诗之"生"虽非本色，但其诗歌话语中的寄托与笔力确是盛唐的本质属性，是故杜诗应视作对盛唐的开拓，同时又是诗歌转折的标志；若以"本色"求之，杜集中自然有一些和盛唐诸大家同样审美风格的诗作，但恰恰是这些诗歌不具有杜甫诗的鲜明特色，故钟氏有言"则不如勿看"。可见钟惺是以诗"变"的眼光看唐代诗歌在杜甫时期的发展，故其出语不凡。所以他坚定认为杜诗的"长处在

[①] （明）钟惺：《唐诗归》卷二十《盛唐十五》，见吴文治主编：《明诗话全编》，7348页，南京，江苏古籍出版社，1997。

用生"①。

这一时期除杜甫外，还有其他诗人如元结和严武也体现出诗歌之"奇"。元结作为盛唐人不作盛唐诗歌，显于外的是由兴趣走向异趣，由中和雄壮之响到奇响；而内在的技巧层面则是出现"意法"。明人看到这些"奇响"与他们生活的时代语境所造成的幽微心理有关，所以钟惺能够看出元结诗歌与盛唐其他诸人相比，有着"自为一调"、"有异趣，有奇响"与"一字不肯近人"②的特征。严武的情形与元结相似：

> 此人妙绝：交有奇情，诗有奇趣，想杜老不错。③

可以看出，诗歌由盛唐向中唐的转折及其在诗史上的变化，钟惺是从话语与话语意义之"奇"看出并加以阐释的。

（四）中晚唐诗歌之"'衰'与'淡'""艰奥""寒"

钟惺评论中晚唐，得出"不妙不衰"之论，这是将其放在诗史由"妙"至"衰"，由"衰"至"亡"，再变化至"妙"的发展进程中加以观照的。他首先以"淡"论中唐诗歌"衰"的特征：

> （总评中晚唐诗）汉魏诗至齐梁而衰，衰在艳，艳至极妙，而汉魏之诗始亡。唐诗至中晚而衰，衰在淡，淡至极妙，而初盛之诗始亡。不衰不亡，不妙不衰也。④

---

① （明）钟惺：《唐诗归》卷二十二《盛唐十七》，见吴文治主编：《明诗话全编》，7349 页，南京，江苏古籍出版社，1997。
② （明）钟惺：《唐诗归》卷二十三《盛唐十八》，见吴文治主编：《明诗话全编》，7349 页，南京，江苏古籍出版社，1997。
③ 同上书，7349 页。
④ （明）钟惺：《唐诗归》卷二十五《中唐一》，见吴文治主编：《明诗话全编》，7350 页，南京，江苏古籍出版社，1997。

可见其受七子派启发。 唐诗在中唐至"衰"，钟氏归于"淡"。 在七子眼里，唐代诗歌以高华壮丽展现在世人面前，至中晚走向衰落。 所以风格上的"淡"，在明人看来，就标志着失去盛唐诗歌特色了，在这一意义上，钟惺以为唐诗在中晚亡矣。 其所谓"淡"究竟指哪些方面呢？

一是刘长卿诗歌表现出的"朴"和"俊"。 《唐诗归》总评刘长卿："中晚之异于初盛，以其俊耳，刘文房犹从朴入。 然盛唐俊处皆朴，中晚人朴处皆俊。 文房气有极厚者，语有极真者，真到极快透处，便不免妨其厚。"①以"俊"与"厚"为中心词，言初盛和中晚之别，前者"俊处皆朴"，可见表现形态是"朴"和"厚"，后者"朴处皆俊"，表现出的是"俊"。 就刘长卿而言，其诗太"真"，"真到极快透处"，就妨碍气之深厚了，发展至极点就表现为一种"俊"和"淡"。 他对刘长卿《和灵一上人新泉》批语云："幽居诵一过，自然肃人心骨。 静远幽厚，发为清音。"②对刘长卿《留题李明府雪溪水堂》批语云："文房五言妙手，朴中带峭，便开中晚诸路。 至排律深老博大，其气骨则渐向上去矣。"③无论是"发为清音"还是"朴中带峭"，都是"清"的表现形式，在钟惺看来，都失去了盛唐的浑朴，"开中晚诸路"。

二是钱起、韦应物、白居易的"冗易""清妙"和"浅俚"。 《唐诗归》总评钱起："钱诗精出处，虽盛唐妙手不能过之，亦有秀于文房者。 泛觉全集，冗易难读处实多，以此知诗之贵选也。"④钱起有"冗易难读"的诗歌，言其失去盛唐"深厚"所具有的艺术魅力，不深厚而且"易"，显然可归之于"淡"。 而言其"冗易"，又言其诗有"精出处"，似乎又指过于讲求技巧，在精练简约方面去盛唐远矣。 《唐诗归》总评韦应物："胸中腕

---

① （明）钟惺：《唐诗归》卷二十五《中唐一》，见吴文治主编：《明诗话全编》，7350 页，南京，江苏古籍出版社，1997。
② 同上书，7350 页。
③ 同上书，7351 页。
④ 同上书，7351 页。

第五章 "师心"论诗学：对历代诗歌探讨的新视角 303

中，皆先有一段真至深永之趣，落笔自然清妙，非专以浅淡拟陶者。"①对韦应物《林园晚霁》批语："每于庸常语意，着数虚字回旋，便深，便警，此陶诗秘法也。"②这些批语，皆是释"淡"。韦诗"清妙"与"庸常语意"之"淡"，分别与"深永之趣"和"深警"联系、融会，从这些特征看，是盛唐诗歌的延续，这一延续和"淡"结合，是中唐独具的审美现象。从这里也可看到钟惺诗史意识尤为明显。《唐诗归》总评白居易："元白浅俚处，皆不足为病，正恶其太直耳。……今取其词旨蕴藉而能自出者，庶使人知真元白耳。"③对于元白诗歌中的"词旨蕴藉"之什，也就是类似盛唐诗歌的文本，钟氏以为此乃"真元白"，可见其以盛唐诗作为尺度衡量中唐诗歌，故而他批评元白其他诗歌"太直"。也就是少了"蕴藉"，出现了"浅俚"的弊端，这是元白与盛唐差异处。这一差异，显示唐代诗歌范式之"衰"的征兆，又透露其诗史意识与七子的关系。此外，钟惺反对诗歌雷同，说明他的诗学观包含创造的意义。

中晚唐诗歌之"衰"还体现于话语及其结构的"艰奥"。与盛唐浑厚相比，若说中晚唐诗歌之"淡"是抓住盛唐的一极走了一个极端，那么，与"淡"相对的另一个极端就是"艰奥"。"艰奥"虽然"厚"，但已没有了初盛唐的畅达。

> 唐文奇碎，而退之春融，志在挽回。唐诗淹雅，而退之艰奥，意专出脱。诗文出一手，彼此犹不相袭，真持世特识也。至其乐府，讽刺寄托，深婉忠厚，真正风雅。读《猗兰》《拘幽》等篇可见。④

---

① （明）钟惺：《唐诗归》卷二十六《中唐二》，见吴文治主编：《明诗话全编》，7351 页，南京，江苏古籍出版社，1997。
② 同上书，7351 页。
③ （明）钟惺：《唐诗归》卷二十八《中唐四》，见吴文治主编：《明诗话全编》，7352～7353 页，南京，江苏古籍出版社，1997。
④ （明）钟惺：《唐诗归》卷二十九《中唐五》，见吴文治主编：《明诗话全编》，7353 页，南京，江苏古籍出版社，1997。

"唐诗淹雅，而退之艰奥"，可见钟惺的"唐诗"概念，专指盛唐诗。在大多数明代士人眼里，盛唐诗歌就是唐诗的全部了。而以韩愈之"艰奥"比之于盛唐诗，虽独树一帜，犹不相袭，但已见出钟惺诗学意图在诗评上的运用。孟郊之"艰奥"则表现为"孤峰峻壑之气"，"高寒"之至："东野诗有孤峰峻壑之气，其云'郊寒'者，高则寒，深则寒也，勿作贫寒一例看。"①而李贺之"艰"则在"刻削"与贵新："长吉奇人不必言，有一种刻削处，元气至此，不复可言矣，亦自是不寿不贵之相。宁不留元气，宁不贵不寿，而必不肯同人，不肯不传者，此其最苦心处也。"②无论"高寒"之至，还是"刻削"与贵新，都不再像盛唐那样调纯气畅。

唐诗之"衰"更体现在晚唐之"幽寒""崎嶔"。在钟惺看来，晚唐诗歌改变了中唐之"艰奥"与"淡""易"，而作"幽寒""崎嶔"语：

> 看晚唐诗，但当采其妙处耳，不必问其某处似初盛与否也。亦有一种高远之句，不让初盛者，而气韵幽寒，骨响崎嶔，即在至妙之中，使人读而知其为晚唐，其际甚微，作者不自知也。③

钟氏以晚唐高远之句为例，论晚唐之为晚唐，在于与初唐与盛唐之别，其区别在幽寒的因子进入诗歌话语，形成深幽的话语组织结构。钟惺继续运用"四唐"说，说明诗歌的阶段特征，生成了诗史的意识。

三、"诗盛衰之机"的提出与探讨

（一）打破"格套"，坚守"清""慧"

钟惺认为，打破"格套"，坚守"清""慧"，就不至于在创作上，"拟

---

① （明）钟惺：《唐诗归》卷三十一《中唐七》，见吴文治主编：《明诗话全编》，7353 页，南京，江苏古籍出版社，1997。
② 同上书，7354 页。
③ （明）钟惺：《唐诗归》卷三十三《晚唐一》，见吴文治主编：《明诗话全编》，7355 页，南京，江苏古籍出版社，1997。

为之"而"丐人残膏"。他主张诗歌是自然之声："未尝拟作，亦不知派，无南皮西昆，而自流其悲雅者也。"①这是说诗歌创作应当不分流派，无东西南北地域之别，广泛吸纳，在此基础上进行创造，就能达于自然，"自流其悲雅"。这实际上涉及"诗道"的问题。钟惺认为诗道在"取于清"。他对"清"这一诗道系统地做了界定。一是就文本而言，它需要诗体上好"逸"，即品质喜"净"，境界"幽深"不杂。二是就来源说，诗歌题材应是活泼泼的生命现实世界，"衾枕间有乡县，梦魂间有关塞"。三是就创作主体而言，"清"是必备条件，因为"清则慧"，具备"清"而"慧"的主体，往往能以"心源为炉，锻炼元本"，最有创造性。而无论其处于什么时代，皆能各具特色，打破成规、格套，推动诗歌变化发展。要打破格套，进行创造，"万法"都必须"发轫导源，非有所资"，而不伤于"虚妄"：

> 天下万法，未有自虚空入者；发轫导源，非有所资，则伤于妄。……学者诚能以心源为炉，锻炼元本，以不律为刃，雕砻群形，于此集也，随取随得。若入沧溟，万宝萃聚，无不充其所欲，慎勿空回也耶。②

"心源""元本""清""慧"在不同时代的不同主体，形态各异，皆表现为创造精神，虽然带来不同的诗体风貌和话语蕴涵，但"未可以时代优劣论也"："七言绝句，盛唐主气，气完而意不尽工，中晚唐主意，意工而气不甚完，然各有至者，未可以时代优劣也。"③在钟惺看来，不同时代诗歌及其体制虽有变化，显现不同的"心源"和表现样态，但绝无优劣之分，只有"盛衰"之别。

---

① （明）钟惺：《古今名媛诗归序》，见吴文治主编：《明诗话全编》，7373~7374 页，南京，江苏古籍出版社，1997。
② （明）钟惺：《叙灵蛇二集》，见吴文治主编：《明诗话全编》，7477~7478 页，南京，江苏古籍出版社，1997。
③ （明）钟惺：《衡品下》第七则，见吴文治主编：《明诗话全编》，7491 页，南京，江苏古籍出版社，1997。

（二）诗歌"盛衰之机"

诗歌"盛衰"之别有自身的机制。他先从诗史上的现象入手："六朝之末，衰飒甚矣，然其偶俪颇切，音响稍谐，一变而雄，遂为唐始，再加整栗，便成沈宋。人知沈宋律家正宗，不知其权舆于三谢，橐钥于陈隋也。"①核心意思是突破和扬弃已有的典范体制规定和审美风貌中的部分内容，继承具有生命力和生机的话语因素，这就是诗歌本身所具有的"盛衰之机"。

钟惺发现诗歌"盛衰之机"，除上面所言之诗歌内在或本身因素作用外，还有多方面的发现，较为集中地讨论了"诗盛衰之机"的内涵②，主要是探析了诗歌盛衰的一些原理。虽然是从性灵角度立论，但兼顾了诗歌变化的自律和他律。一是诗歌变化与政治关系密切。虽然他否定"以诗取士"而至唐诗繁荣、唐代诗歌品质提高的说法，但他尊重事实，仍然认为有"诗盛衰之机在上"的情况，"上"即庙堂的作用。二是诗歌发展中出现"诗不如其人"的复杂现象。"贞观、开元二帝，以豪爽、典则先天下，诗宜盛而最阘弱者。中宗能大振雅道，即德文两朝，不及中晚。"前者因为六朝诗风的影响，个中暗含贞观、开元时期对六朝审美经验的承接；后者则表明时代对诗风的巨大影响。上述两个时代主体的个性与诗歌风貌的相悖，并非否定主体和政治对诗歌发展的作用，而是批评诗歌变化与政治的绝对关系。三是"人才朴遨诗宜衰"。"遨"，窘迫局促貌。这里言诗歌队伍的状况对诗歌发展的意义。四是时代文化语境对诗歌发展的作用。"古人上自人主，下自学士大夫，以及细民，莫不为诗"，这种文化氛围影响下的诗歌成就，往往使"工部供奉而避其光焰"。五是造成"诗盛衰之机"的"在上"和"在下"的原因。前者因文人创作各私其绪，后者因民间各显其能。除前面提及唐中宗朝诗歌外，这里钟惺特别将杜甫的时代提出来："少陵诗盛行，乃

---

① （明）钟惺：《衡品下》第七八则，见吴文治主编：《明诗话全编》，7491页，南京，江苏古籍出版社，1997。

② （明）钟惺：《衡品下》第八三则，见吴文治主编：《明诗话全编》，7493页，南京，江苏古籍出版社，1997。

在革命之代，其转移化导之力，讵足望人主乎，则唐与古殊矣。"六是不同诗体之间的互相影响能够促使诗歌新面貌的生成。"唐人乐府，已非汉魏六朝之旧，自郊庙而外，时采五七言，绝句长篇中隽语，被弦管而歌之"，使唐诗产生新的诗体，"益以律绝歌行诸体，复不相侔"。从而使得唐诗中的某一体制，往往兼备众体，兼收百家言："夫一家之言易工，而众妙之门难兼，则唐与古殊矣。"七是创作诗歌经典对诗歌发展的意义。诗歌若不求精，不以质量取胜，就会愈趋愈下。"而唐一人之诗，常数倍于《三百篇》，一切庆吊问遗，遂以充筐筐饩牢，用愈滥而趋愈下，则唐与古殊矣。"唐诗是古代诗歌繁荣与衰落的交汇点，钟惺作如是解释，有一定道理。八是对已有遗产扬弃与承接并重对诗歌进步的意义。"唐人监六朝之弊"，"窃谓今之诗，不患不学唐，而患学之太过，即事对物情与景，合而有言，干之以风骨，文之以丹彩，唐诗如是止尔。事物情景，必求唐人所未道者而称之。……缘机触变，各适其宜，唐人之妙以此。"①与遗产扬弃同等重要的是继承："凡以文章之道，先后承接，少此一段不得，况自其家有之乎？"②九是认识到诗歌发展中自律与他律"合力"的重要性。"律体情胜则俚，才胜则离，法严而韵谐，意贯而语秀，初盛夺千古之帜，后无来者。"诗体范式、主体因素、诗歌法度技巧、韵律和谐、意味深远、语言秀美，是共同构成诗歌极境不可缺少的因素。上述九个方面，是钟惺对"诗盛衰之机"的探讨，符合诗歌发展的实际情况。

（三）"势有穷而必变"与"有名者必穷"

钟惺在诗歌盛衰机制的讨论中，论及"势有穷而必变"的原理。③《问

---

① （明）钟惺：《衡品下》第八三则，见吴文治主编：《明诗话全编》，7493～7494 页，南京，江苏古籍出版社，1997。
② （明）钟惺：《隐秀轩文·陆生制艺序》，见吴文治主编：《明诗话全编》，7570 页，南京，江苏古籍出版社，1997。
③ （明）钟惺：《隐秀轩文·问山亭诗序》，见吴文治主编：《明诗话全编》，7557～7558 页，南京，江苏古籍出版社，1997。

山亭诗序》对公安派和七子派同时进行批评，这在竟陵派是第一次。 钟惺认为，对李攀龙的"步趋"与"排击"，虽属于两种相反的态度和取向，本质却是一样，就是模拟和趋同。 从"步趋"到"排击"，说明了七子派从兴盛到衰落的过程，这一现象的背后是随着七子的衰退，诗歌创作和审美追求发生了改变。 这就是"势有穷而必变"。 作为一种范式，七子的创作范式由其他范式代替后，就出现"奇"的局面，此为"物有孤而为奇"。 若再出现步趋"奇"的局面，又重蹈原有的套路。 他的意思是，对七子和公安都不必跟风，而应该彰显自己的个性，"居石公时不肯为石公，则居于麟时亦必不肯为于麟"。 这样方能使诗歌创作不断生新。

为什么会出现"势有穷而必变"？ 因为某种诗派一旦有了自己的范式，就会使跟从者学习模拟，并对这些范式"恋之不舍"，而范式的保守性会阻碍诗歌的发展变化。 等到对这些范式的模拟逐渐暴露出弊端，就会被新的范式取代。 这就是"有名者必穷"原理。 他以当时有人模拟他的创作为例说明：

> 近相知中有拟"钟伯敬体"者，予闻而省愆者至今。何则？物之有迹者必敝，有名者必穷。[1]

钟氏已经认识到，一个诗歌派别一旦形成并达到顶峰，尽管学之者众多，但遵守同一规范，运用同一方法和操作模式，就不能日新，也会遮蔽这一规范的弊病，等到露出其保守性，也就离消亡不远了。 所以，他恳请潘稚恭告诉他的朋友戴元长，在为潘稚恭诗集作序时，对钟惺等人的诗歌冠以"竟陵"之目，并盛赞竟陵，不利于竟陵派诗歌特征的显豁和发展。 同时他也提出诗歌发展的一些因素，包括生活经历、江山之助、主体材质、学识、文学结社

---

[1] （明）钟惺：《隐秀轩文·潘稚恭诗序》，见吴文治主编：《明诗话全编》，7565 页，南京，江苏古籍出版社，1997。

和流派等。此外，钟氏多次强调任何取得成就的诗人或诗派，需要挫名匿迹，方能保持自己的特性，否则就会被淹没，就会成为诗歌前行的障碍。

（四）"古之法"与"须自出眼光"

由此，钟惺曾论及诗歌继承中主体精神的意义①，由诗歌创作途径言及"学古"的价值取向及其效果。钟惺批评学古时把创作求异和学习古人以求险、求僻、求俚混为一谈的非理性做法，他认为，"学古"是为了得"古人之精神"，目的是做到"前无古人"。他是想将古人的精神和自己的创新结合起来，产生诗歌的新境界。嘉靖、隆庆间名人"徒取古人极肤、极狭、极套"者，以格调为诗，以及仅仅追求"须自出眼光"的性灵之辈，皆是"护短就易之人"。所以钟、谭声言，《诗归》所选，不一定是经典之作，也并非"好异相短"，而以能否得到古人真精神为标准。在唐诗选择和唐诗批评中，他是自始至终贯彻这一要求的。

总之，钟惺诗学涉及文本的价值取向、时代气数、创作主体的主动创新等方面，理论和学理性都较强，运用的方式具有逻辑性。这是钟惺诗学的特色。

另外，竟陵派的谭元春一方面主张学法古人，否定公安派"自我作古"，另一方面回避七子对唐诗的格调定位。这样一来，他在认为"盛唐诸公而妙以极"的同时，对诗歌发展方向究竟应该如何这一问题，突出孟郊和李贺发展方向的合理性。他以避开"熟径"、避开"崇正"者为新声。这就在诗学理论方面表现出异趣的审美取向，对后世全面理解诗歌发展性质及其含义具有启发意义。

---

① （明）钟惺：《隐秀轩文·再报蔡敬夫》，见吴文治主编：《明诗话全编》，7573～7574 页，南京，江苏古籍出版社，1997。

第六章
复古论对新思潮的回应：
明代诗学观念的第二次转折

　　万历中期开始，格调论面临前所未有的文化压力。这一压力在复古论阵营的两个重要基地都能反映出来：一个是以王世贞为核心的吴中诗人学者群，另一个是以汪道昆为中心的新安诗人学者群。这一时期，王世贞与公安成员时有接触，而与汪道昆同里的潘之恒则做了公安派骨干。这就迫使七子阵营对唐诗的体制尤其是唐诗审美特征等问题进行重新思考。

◎ 第一节
屠隆"才情"与"格调"兼顾的诗学观念

　　"末五子"之一的屠隆（1542—1605），字长卿，又字纬真，号赤水，又号鸿苞居士。鄞县（今属浙江宁波）人，万历五年（1577）进士，官至礼部主事。为七子阵营人物，既与性灵派有过交锋，亦与袁宏道、汤显祖交谊深厚。著作有《由拳集》《白榆集》《鸿苞集》等。屠隆的诗学观念，"才情"与"格调"兼顾。他在后七子的基础上，进一步纠正了复古派的一些理论弊端。

一、唐诗艺术理想为中心的诗学观

屠隆以"兴趣""性情""音节""雅正"为关键词,重申唐诗艺术理想,批评性灵派扬宋抑唐的做法。 他针对性灵派的诗歌取向,与性灵派在诗歌范式问题上进行了正面交锋:

> 里中有友人见过,与仆抚掌谭诗文。自《三百篇》下逮唐人,若李、杜,若高、岑、王、孟,以及我朝李献吉、李于麟、王元美诸公,率置喙焉。而独推宋人诗。若苏长公辈,及我朝杨用修及一不知名某孝廉,谓周汉间文字不可学,独昌黎氏可学。唐人惟杜少陵兼雅俗,文质无所不有,比物连汇,字句皆凿凿有据,景与意会,情缘事起,随地布语,不执一途。其最可喜者,不避粗硬,不讳朴野,纵其才情之所之,若无意为诗者。①

友人否定了唐代大诗人的创作,进而否定复古派诸公,实际是否定了唐诗艺术理想和艺术范式。 友人所树立的范式则是宋诗,但否定杜甫之后又颂扬杜诗和韩愈,原因亦是为宋诗张目,寻找审美渊源。 其谓唐人"递相祖述,稍变换而为之,盖千篇一什也",否定了唐诗艺术内涵与艺术技巧的丰富性、多样性和个体特征性。 为此,屠隆重申唐诗范式的崇高价值。

一是唐诗乃"兴趣"之诗,其结构简约,富于生机和变化,并且渊然而深。"唐人长于兴趣,兴趣所到,固非拘挛于一途,且天地、山川、风云、草木,止数字耳,陶铸既深,变化若鬼。"这一变化有自身的规律和规定性,"起伏顿挫、回合正变"。 二是唐人兴趣往往和音声及其蕴含一致,所

---

① (明)屠隆:《由拳集》卷二十三《与友人论诗文》,见吴文治主编:《明诗话全编》,4942~4943 页,南京,江苏古籍出版社,1997。

以唐诗音节流丽，调纯语畅，唐诗话语"万状错出，悲壮沉郁，清空流利，迥乎不齐，而总之协于宫商，娴于音节，固琅然可诵也"。 三是吟咏性情，与其他文体迥然有别："诗以吟咏写性情者也，固非蒐隐博古，标异出奇，旁通俚俗，以炫耀恢诡者也。 即欲蒐隐博古，标异出奇，旁通俚俗，以炫耀恢诡，曷不为《汲冢》《竹书》《广成》《素问》《山海经》《尔雅》《本草》《水经》《齐谐》《博物》《淮南》《吕览》诸书，何诗之为也？"既然是性情之作，就绝非技巧层面的"稍变换而为之"，更非"千篇一什"①。性情所造就的范式，不仅个性迥别，而且审美对象有异。 话语的个性和变化都意味着创造：

> 诗自《三百篇》而下有汉魏古乐府，汉魏而下有六朝选诗，选诗而下
> 有唐音。唐音去《三百篇》最远，然山林晏游之篇，则寄兴清远；宫闱应
> 制之什，则体存富丽；述边塞征戍之情，则凄惋悲壮；畅离别羁旅之
> 怀，则沉痛感慨。即非古诗之流，其于诗人之兴趣则未失也。②

此处称赞唐诗"兴趣"的创造性特征，包含"寄兴清远""体存富丽""凄惋悲壮""沉痛感慨"，这一切均来自"性情"。 唐诗的创造性，使其既有别于古诗，又承接古诗的精神，对这种精神的继承，就是"诗人之兴趣则未失"。 将"性情"与"兴趣"联系，考察唐代诗歌变化，最为切合唐诗艺术实际，同时对格调论固守唐诗格套来说，也是一个突破。 这一点后来为胡应麟和许学夷所继承并发挥。 屠隆强调的"兴趣"，来自诗人性情，它造就的诗歌话语蕴含着感人性："古诗多在兴趣，微词隐义，有足感人。"相对于宋诗，这就是唐诗的一大特色："而宋人多好以诗议论。 夫以诗议论，即奚

---

① （明）屠隆：《由拳集》卷二十三《与友人论诗文》，见吴文治主编：《明诗话全编》，4944 页，南京，江苏古籍出版社，1997。
② （明）屠隆：《由拳集》卷二十三《文论》，见吴文治主编：《明诗话全编》，4942 页，南京，江苏古籍出版社，1997。

不为文而为诗哉？"①可见，感人性不仅是对七子理论的矫正，而且对公安和性灵的"信心信口"也是一次理性的审视和纠正。这样，诗学到屠隆时期，就朝着趋于合理的方向前行了。

屠隆重申唐诗艺术范式，是肯定唐诗超越了《诗经》和汉魏诗歌。他以"兴趣""性情"以及诗歌音声和谐为唐诗范式的内在规定，是否合理呢？其实，正如他自己提到的，《三百篇》和汉魏诗歌也具有"性情"，有"兴趣"之诗的特征，为什么要张扬唐诗呢？原因首先是唐诗在《三百篇》和汉魏诗歌基础上，感人性的深度及其引发的丰富性超过《三百篇》和汉魏诗歌：

> 诗自《三百篇》而降，作者多矣，乃世人往往好称唐人，何也？则其所托兴者深也。非独其所托兴者深也，谓其犹有风人之遗也。非独谓其犹有风人之遗也，则其生乎性情者也。②

"生乎性情"是对《三百篇》和汉魏诗歌具有普遍性的性情的超越，也是对唐诗话语兴趣和性情最为精要的概括。唐代诗歌往往反映着时代和个体的双重情绪和精神，因此其精神境界比汉魏诗歌深广得多，这就是唐诗"兴者深"的特色。"兴者深"还包含屠隆对格调论诗学的一个发展，这就是屠隆所言之"性情"，在向个人性方向转移的同时，似乎更偏向"情感"一边，其"感人性"也主要指情感的感染力。其次，在谈到音声和兴趣的关系时，他说："夫性情有悲有喜，要之乎可喜矣。五音有哀有乐，和声能使人欢然而忘愁，哀声能使人凄怆，恻恻而不宁。人不独好和声，亦好哀声。……唐人之言繁华绮丽，优游清旷，盛矣。其言边塞征戍，离别穷愁，率感慨沉

---

① （明）屠隆：《由拳集》卷二十三《文论》，见吴文治主编：《明诗话全编》，4942 页，南京，江苏古籍出版社，1997。
② （明）屠隆：《由拳集》卷十二《唐诗品汇选释断序》，见吴文治主编：《明诗话全编》，4940 页，南京，江苏古籍出版社，1997。

抑，顿挫深长，足动人者，即悲壮可喜也。"①可见，屠隆所说的"性情"，其中情感的含量大大增加了，而且情感的丰富性与音声系统多声部的和谐在话语层面共同构成高度统一。这可视作对"性灵"思想的吸收和对格调论的充实和丰富。

二、"才情"与"格调"兼顾

"性情"和"格调"都有个人性，这是诗歌发展的内在动力。屠隆认为，在许多个人性的因素中，主体"才情"与创造"格调"技巧的合力最为重要，它促使一代有一代之诗：

> 诗者，伎也。其为道也小，其为象也假，而古今之人率驰焉。是则毕一生之神力而为之，曹刘、潘陆、颜谢、江鲍、徐庾、阴何、萧范，以及三唐诸公，专门名家，其于诗譬如饮食裘葛，固也无论。即至人玄圣，匿迹舍灵，英物大儒，崇鸿务钜，非屑屑然为诗者，而时或不废。……又况文士墨卿，畅情流响，夫何怪其殚精竭神而终其身为之哉！②

表面看是讲文学的地位，其核心内涵是说诗歌创作需要主体投入全副身心，包括运用先天后天的所有因素，去拥抱诗歌，创造新鲜而富于魅力的理想话语结构。这些话语结构往往是主体因素与描写对象最佳融会的产物。又由于主体因素和描写对象不同，诗歌话语结构及其所具有的格调体制也就因人而异，因时代不同而有别。③ 屠隆诗论中，常常见到"才品""性灵"等语

---

① （明）屠隆：《由拳集》卷十二《唐诗品汇选释断序》，见吴文治主编：《明诗话全编》，4940页，南京，江苏古籍出版社，1997。
② （明）屠隆：《白榆集》卷二《范太仆集序》，见吴文治主编：《明诗话全编》，4936页，南京，江苏古籍出版社，1997。
③ 同上书，4936～4937页。

词,他的意思是想让"才情"与"格调"这两个方面相得益彰,其论"格调",亦常与"才性"结合,注意诗人不同的才赋。屠隆注意才性和技巧的掌握运用对诗歌变化的影响,所以对盛唐之后唐诗发展方向的多样性,以及诗歌发展中价值取向的多元性,抱以宽容和尊重。在这一理论的主导下,他在确立唐诗范式时,也就不再单纯地就一个时期和一种诗体笼统而论,其论范式变化,具体到诗人。

他还提出"体缘才限"的观点,将诗体与诗人的才情、材质、才性联系,这样,诗体的变化也就与诗人的才情、材质、才性的不同有直接关联。而才情、材质、才性的差别直接影响一个时代的诗歌与个人创作成就和特色:"赋材既定,骨格已成,即终身力争而卒莫能改其本色、越其故步。"[1]比如,李、杜由于才情、材质不同,诗歌特色和风貌也就有差异:"杜甫之才大而实,李白之才高而虚。杜是造建章宫殿千门万户手,李是造清微天上五城十二楼手。杜极人工,李纯是气化。"[2]屠隆重视诗人"赋材""骨格""材质"等主体才情因素,主要在分辨诗歌"本色"。其"本色"之辨的目的之一,是找到诗歌在不同时期的风貌特征和流变情况:"神仙为一诗,见神仙本色;英雄为一诗,见英雄本色。诗文之士,千万言而无一语类神仙者,千万言而无一语近英雄者,品格固不可强矣。"[3]"格以代降"和"体缘才限"将"才情"等主体因素和"格调"进行协调,既能修正格调论的不足,亦与性灵论划清界限。他在《论诗文》中大量引用、赏析唐代诗人的文本后说:"各极才品,各写性灵。意致虽殊,妙境则一。"[4]这四句话,除"性灵"一语,其他皆是格调论的评价体系。但在"性灵"与"格调"的关系上,屠隆是开明的:"诗非博学不工,而所以工非学;诗非高才

---

① (明)屠隆:《白榆集》卷二《范太仆集序》,见吴文治主编:《明诗话全编》,4936 页,南京,江苏古籍出版社,1997。
② (明)屠隆:《鸿苞节录》卷六上《论诗文》,见吴文治主编:《明诗话全编》,4947 页,南京,江苏古籍出版社,1997。
③ 同上书,4947 页。
④ 同上书,4947 页。

不妙，而所以妙非才。……格虽自创，神契古人，则体离而意未尝不合。程古则合，合非摹拟之谓。字句虽因，神情不传，则体合而意未尝不离。"①"博学"与"高才"、"工"与"妙"、"格"与"意"等关系之间，存在差异、关联与互动三重关系。因此无论是创作，还是评析诗歌文本，都要考虑到两者的丰富复杂的情况。

"性灵"与"格调"两者兼顾，必然在"古今"问题上有新的认识，对不同时代诗歌格调、风貌，抱着宽容和尊重的态度。所以屠隆认为，不同时代、不同诗人的诗歌应"各求其至可也"②。将"才情"等主体因素与"格调"结合起来论述诗歌，包含的内容十分丰富。一是"气运""天地""沧桑"等外在因素会引发诗歌艺术的变化，如此，"以古绳今"，用传统衡量现在无疑是不合理的。这与七子坚持"法度"相比就有一定的突破。二是各代有自己的"至处"。这些艺术高境与当时、当地和特定作者的主体性因素结合，任何时代、任何人都无法重复，只有超越它和落后于它这两种情况。所以，尽管唐代诗人群体人数众多，创造的艺术境界也高，"格调"的艺术规定性又大致一样，但仍然各具特色，各极其至。三是各代之间的变化，无优劣可言，无需纵向比较，因为某种诗体达到理想范式后，这类诗歌就会消亡，新的范式就会渐渐出现，新与旧属于不同体制，没有可比性。四是强调诗歌创作的"自得"。比如："太白清而放，摩诘清而适……高人之调又自不同也。"③这既是从格调论的内容推断出的结果，又是吸取性灵理论所得出的认识。

开明、开放的态度使屠隆对仅仅固守"格调"一途，持批评的立场："李于麟选唐诗，止取其格峭调响类己者一家货，何其狭也？如孟浩然'欲寻芳草去，惜与故人违'，幽致妙语，于麟深恶之……诗道亦广矣，有高

---

① （明）屠隆：《鸿苞节录》卷六上《论诗文》，见吴文治主编：《明诗话全编》，4955 页，南京，江苏古籍出版社，1997。
② 同上书，4955～4956 页。
③ 同上书，4956 页。

华，有悲壮，有峭劲，有悲婉，有闲适，有流利，有理到，有情至，苟臻妙境，各自可采。而必居高峭一格，合则录，不合则斥，何其自视大而视宇宙小乎！"①由此可见，屠隆在同性灵论交锋的同时，对复古派的理论主张亦进行了深刻的反思和认真的纠偏。所以其诗学的依据，不仅在文学本身和文本内部，而且还在主体因素和时代的社会生活。

与屠隆观念和做法相近的还有李维桢的"体制"与"才情"协调的诗变论。李维桢（1547—1626），字本宁，湖北京山人，隆庆二年（1568）进士，官至南京礼部尚书，著有《大泌山房集》等。李维桢对唐诗变化的认识，一是从诗人才情和唐诗体制的协调程度做出判断，二是从唐人的生活内容和诗歌风格的内在关联切入。以此两重眼光和四个观测点观照唐诗，自然看出唐诗流变的复杂性，也就更加细致和符合实情。这就使其在已有"四唐"变化论的基础上，走向融通的诗学观。由于其大致取向类似屠隆，兹从略。

◎ 第二节
胡应麟对明代诗学的初步总结

胡应麟（1551—1602），字元瑞，又字明瑞，自号少室山人，又号石羊生，浙江兰溪人。万历四年（1576）举人，会试屡不第，筑室山中，购书四万余卷，闭门读书，与王世贞交往，列"末五子"之一。著有《少室山房类稿》和《少室山房笔丛》，尤其是诗论著作《诗薮》，在总结明初以来格调论的基础上，吸收性灵论有益成果，形成了极为丰富的诗学理论。一是溯源

---

① （明）屠隆：《鸿苞节录》卷六上《论诗文》，见吴文治主编：《明诗话全编》，4956 页，南京，江苏古籍出版社，1997。

别流，勾勒唐诗发展的完整历程；二是分辨格调，突出唐诗发展的时代特征和诗人个体差异；三是标举理想范式，树立"本色"意识，为诗歌流变确立参照，以分清"正""变"及其互相更替变化的轨迹。胡应麟是格调论诗学的归纳者和完善者，对复古论诗学做了初步总结。

《诗薮》大致以论"体"为内编，以论"代"为外编，另有杂编、续编。胡应麟以大量篇幅论各体诗歌流变，论每一代诗歌特征，把论体与论代结合起来。在论诗体流变和诗歌特征过程中，胡应麟运用新的范畴，对以唐诗为中心的历代诗歌进行新的阐释，初步确立了以唐诗为代表的诗歌研究范式、视角和方法，为后来的唐诗研究提供了较为丰富的理论资源。

胡应麟的诗学思想中，最为突出的是他关于历代诗歌"变化"的观点。胡氏的这一理论观点，为各代诗歌审美范式特别是宋诗存在的合理性提供了文学规律方面的支持。

一、体与格之变："诗之体以代变""诗之格以代降"

《诗薮》开篇就说：

> 四言变而《离骚》，《离骚》变而五言，五言变而七言，七言变而律诗，律诗变而绝句，诗之体以代变也。《三百篇》降而骚，骚降而汉，汉降而魏，魏降而六朝，六朝降而三唐，诗之格以代降也。上下千年，虽气运推移，文质迭尚，而异曲同工，咸臻厥美。国风、雅、颂，温厚和平；《离骚》《九章》，怆恻浓至；东西《二京》，神奇浑朴；建安诸子，雄赡高华；六朝俳偶，靡曼精工；唐人律调，清圆秀朗；此声歌之各擅也。风雅之规，典则居要；《离骚》之致，深永为宗；古诗之妙，专求意象；歌行之畅，必由才气；近体之工，务先法律；绝句之构，独主风神；此结撰之殊途也。兼裒总挈，集厥大成；诣绝穷微，超乎彼岸；轨

筏具存，在人而已。①

胡应麟的诗学思想建立在格调之"变"的基础上。由于立足"变"之观点并以之统领诗歌分析的全局，因此在诗体流变、诗歌特征方面，他能够认识到各体诗歌、各代诗歌都能"咸臻厥美"，各个时代皆能"声歌之各擅"，有自己独到的审美特征和创作范式。就各体而言，也是"结撰之殊途"，各具妙境，异曲同工。在这一基础上，荟萃优势，集其大成，并"诣绝穷微"，达于诗歌的理想境界。作为格调论的坚持者，他又与其他格调论者不同，认为诗歌创作"在人而已"，高度重视主体的意义。胡应麟持"诗之体以代变""诗之格以代降"的观点，是以人和文本为中心，建构他的文学发展论的。胡应麟的"诗之格以代降"，有"体格日卑"②之意，但并非仅指一代不如一代。"格以代降"的观点，具有历时性的意义："降"带有时间流动的含义。因为他既言"格以代降"，又言"咸臻厥美"，就不是指一代不如一代，而是说诗歌之变除时代文化、诗体本身两个因素之外，还有第三个重要因素——时间。有了这三个因素作逻辑起点，胡氏论诗歌在"体""代"方面的流变就非常令人信服。

在胡应麟看来，一代有一代文学之体制。"曰风、曰雅、曰颂，三代之音也。曰歌、曰吟、曰操、曰辞、曰曲、曰谣、曰谚，两汉之音也。曰律、曰排律、曰绝句，唐人之音也。诗至于唐而格备，至于绝而体穷。故宋人不得不变而之词，元人不得不变而之曲，词胜而诗亡矣，曲胜而词亦亡矣。明不致工于作，而致工于述；不求多于专门，而求多于具体，所以度越元、宋，苞综汉、唐也。"③在论述这些观点时，他特别从诗史角度，关注"格备""体穷""源委""绝""亡"这些现象。这些现象，其实都包含诗歌"体格"的消长情况、变化内涵和变化规律。比如在开篇，他提到"文质迭

---

① （明）胡应麟：《诗薮·内编》卷一，1页，上海，上海古籍出版社，1979。
② 同上书，3页。
③ 同上书，1页。

尚"的问题，其实他不仅将"文质"纳入"体格"交替变化的范畴，而且赋予其时代特征，放在"气运推移"的时间性概念中进行"文质"代变的考察："周、汉之交，实古今气运一大际会。周尚文，故国风、雅、颂皆文；然自是三代之文，非后世之文。汉尚实，故古诗、乐府多质；然自是两汉之质，非后世之质。"①将"文质迭尚"放在时间流程中去考察，其实能发现"文质""格调"的不同时代特质，发现其因时间延续而在不同时期的个性特征。比如，四言诗有自己的艺术规定和审美精神，但不同时代的文质差别十分明显。胡应麟以李、杜为例认为，杜甫五言诗受《三百篇》四言诗精神的影响，但仍是唐调②；而李白四言诗承接汉魏诗歌格调的精神，但从"格调翩翩"看，却具有个性特征③。

对"体格"之变，胡应麟还从不同时代某种体裁数量的变化和规定性的变化进行考察。比如，他以乐府为例说："汉乐府多于古诗，六朝相半，盛唐前尚三之一。中晚而下，至于宋、元，律诗日盛，古体且寥寥矣，况乐府哉！乐府三言，须模仿《郊祀》，裁其峻峭，剂以和平；四言，当拟则《房中》，加以春容，畅其体制；五言，熟悉《相和》诸篇，愈近愈工，无流艰涩；七言，间效《铙歌》诸作，愈高愈雅，毋堕卑陬；五言律绝，步骤齐梁，不得与古体异；七言律绝，宗唐初盛，不得与近体同。此乐府大法也。"④随着乐府的各代数量和语言体制、规范的变化，它会渐渐在继承和超越中，使原有乐府体制演变成新的诗歌格调和体裁。⑤乐府并非一下被其他体裁取代，其本身有一个渐变过程："乐府之体，古今凡三变：汉魏古词，一变也；唐人绝句，一变也；宋、元词曲，一变也。六朝声偶，变唐之渐乎！五季诗余，变宋之渐乎！"⑥

---

① （明）胡应麟：《诗薮·内编》卷一，3页，上海，上海古籍出版社，1979。
② 同上书，12页。
③ 同上书，12页。
④ 同上书，13页。
⑤ 同上书，13～14页。
⑥ 同上书，14页。

胡应麟以为，诗歌体制盛衰有自己的标准，这就是看"源"与"极致"。"源"与"极致"的表现形态是"文质彬彬"。他说："文章……语其极致，则源委于六经，澎湃于七国，浩瀚于两都。西京下无文矣，非无文，文之至弗与也。东京后无诗矣，非无诗，诗之至弗与也。"①文章体制兴衰的标准看其是否"源于六经"，其话语是否将所要表述和描写的对象表现到极致。若话语还有这样的能力，就说明这一体制还有生命力。而"西京下无文"和"东京后无诗"，非指没有文章和诗歌，而是以六经为准的，判断文章或诗歌话语是否能够达到这一范式所规定的"极致"，若达不到，就说明体制已经改变，则是"无文""无诗"。因为在胡应麟看来，"三代之文"是文之"源"，且"文法""无大于六经"，起到"示人以璞"的作用。《诗经》就是"文""法""质"之至，所以是"天下至文"②。自此之后，各代之"文质"就出现不同的情况了，根据这一情况，可判断诗歌体制盛衰的大致情形："文质彬彬，周也。两汉以质胜，六朝以文胜。魏稍文，所以逊两汉也；唐稍质，所以过六朝也。"③这也初步诠释了"诗之体以代变""诗之格以代降"的内涵。兼顾文质论诗歌"体格"之变，是较为全面和准确的。

各体皆有"极致"，皆有"文质彬彬"的理想境界，但在到达理想境界后，这一诗体就会逐渐衰落。胡应麟从历时性的角度看过去，似乎确实是"格以代降"。

> 四言之赡，极于韦、孟。五言之赡，极于《焦仲卿》。杂言之赡，极于《木兰》。歌行之赡，极于《畴昔》《帝京》。排律之赡，极于《岳州》《夔府》诸篇。虽境有神妙，体有古今，然皆叙事工绝。诗中之史，后人但

---

① （明）胡应麟：《诗薮·内编》卷一，2 页，上海，上海古籍出版社，1979。
② 同上书，3 页。
③ 同上书，3 页。

知老杜，何哉?①

　　各体之"格"，都在某一时期达于鼎盛，慢慢地就会失去"本色"，向其他诗体过渡或与其他诗体交叉，形成新的诗体。 比如四言诗，"极于韦、孟"，在汉之前的三代已达最高境界，其体格亦已达于最为成熟完美的水平。 后来的四言诗，如晋代四言诗，虽然"大有汉风，几出魏上"，但毕竟已经与汉前的四言诗不能等同视之。 因为话语性质已经改变，晋代四言诗"自是乐府语，非四言本色也"②。 晋代四言诗汲取了汉乐府的艺术营养，远离了原有四言诗的语言范式。 就这一点而言，它的"体格"已经不再是原来的四言诗了，所以胡应麟认为"格以代降"。 虽然如此，是否晋代就不如汉之前? 他认为并非如此，因为就境界而言，各有"神妙"，况且"体有古今"，是难分上下的。 当然，也有话语性质未变，而体裁有了差异的情况。比如骚与赋："骚与赋句语无甚相远，体裁则大不同：骚复杂无伦，赋整蔚有序；骚以含蓄深婉为尚，赋以夸张宏钜为工。"③虽然话语性质未变，但话语结构及其所表现的外在形态风貌有变化，这就是话语规定性有了改变。所以诗歌在各体互相影响、互相生发的过程中不断产生渐变："骚盛于楚，衰于汉，而亡于魏。 赋盛于汉，衰于魏，而亡于唐。"④两种诗体之间有一段承续和替代的过程。 后一种诗体一旦成熟，就会取代前面的诗体："四言盛于周，汉一变而为五言。 《离骚》盛于楚，汉一变而为乐府。 体虽不同，诗实并驾，皆变之善者也。"⑤诸如此类的论述，《诗薮》中比比皆是，总之是以话语性质、体裁、格、主体因素和文质比例论诗歌。 《诗薮·内编》以风格、帝王政治、"人以代异"、"文逐运移"等评唐以前诗体流

---

① （明）胡应麟：《诗薮·内编》卷一，3~4 页，上海，上海古籍出版社，1979。
② 同上书，4 页。
③ 同上书，6 页。
④ 同上书，6 页。
⑤ 同上书，6 页。

变，别开生面；论五言之变，突出"质""体""调""格"四者，这四个方面分别亡于魏、晋、宋、齐；论《古诗十九首》，以"兴象"为核心，言其"随语成韵，随韵成趣"的特色；言汉诗，以"气象"和"不可句摘"论之，以"浑沦""透露"论其优劣。尤其是"格以人变"，是对王世贞"才思生格调"说的有益补充，并延伸至话语及其风格。

二、"诗史"意识：对诗歌发展、繁盛的勾勒

胡应麟论唐诗，并非就唐论唐，而是第一次从较为完整的"诗史"角度论唐诗发展，把唐诗放在"诗史"的长河中加以观照：

> 今人律则称唐，古则称汉，然唐之律远不若汉之古。汉自《十九首》，苏、李外，余《郊庙》、《铙歌》、乐府及诸杂诗，无非神境，即下者犹居建安右席。唐律惟开元、天宝；元、白而后，寝入野狐道中。今人不屑为者，往往而是，亦时代使然哉![1]

这段话有可推敲之处，但也极有价值：在诗歌品质和境界上，将唐律与汉代古诗比，又从整体角度，纵向看唐律的发展、衰退，可见其浓厚的"诗史"意识。接着，他从"音节"上找原因："古诗自有音节。陆、谢体极俳偶，然音节与唐律迥不同。唐人李、杜外，惟嘉州最合。襄阳、常侍虽意调高远，至音节时入近体矣。"[2]李白、杜甫、岑参是否合于古诗音节，这里暂且不论，但至少有两个方面值得重视。一是他指出孟浩然、高适的诗歌音节是"近体"的音节，与古诗"迥别"，这就是"唐音"。二是他看到了"唐音"的复杂性，并不是绝对以合不合古诗音节来论定诗歌变化：

---

① （明）胡应麟：《诗薮·内编》卷二，34页，上海，上海古籍出版社，1979。
② 同上书，36页。

> 孟五言不甚拘偶者，自是六朝短古，加以声律，便觉神韵超然，此其占便宜处。英雄欺人，要领未易勘也。
>
> 常侍五言古，深婉有致，而格调音节，时有参差。嘉州清新奇逸，大是俊才，质力造诣，皆出高上。然高黯淡之内，古意犹存；岑英发之中，唐体大著。①

孟浩然、高适虽多了"唐音"的分量，这还不是主要的，关键是在承接六朝和"古意"的基础上，出现诗歌"神韵"和"唐体"。 以"神韵"论孟浩然古诗，与汉代古诗"神境"不同，表现有三："不甚拘偶"；"六朝短古"；"加以声律"。 而尤为新鲜的是，论高适、岑参，将"音节"同"才"与"造诣"结合，这样，诗歌话语中无论所含"古意"有多少，都已昭示"唐体"之特质。 以"才"与"造诣"入诗，是唐诗形成的关键环节之一。

其"诗史"意识不仅表现在承前，也表现在看到唐诗启后的性质。

> 储光羲闲婉真至，农家者流，往往出王、孟上。常建语极幽玄，读之使人冷然如出尘表，然过此则鬼语矣。
>
> 韦左司大是六朝余韵，宋人目为流丽者得之。仪曹清峭有余，闲婉全乏，自是唐人古体。大苏谓胜韦，非也。②

常建属于盛唐时代的诗人，言其"语极幽玄"，而"过此则鬼语"，似乎说常建五言诗已埋下中唐韩愈、孟郊、李贺的先兆。"鬼语"，多是李贺诗歌的话语特色。 关于常建与李贺的关系，胡应麟在论七言歌行时，谈及唐代歌行演变时说："常建已开李贺，任华酷似卢仝，盛衰倚伏如此。"③明确谈到

---

① （明）胡应麟：《诗薮·内编》卷二，36 页，上海，上海古籍出版社，1979。
② 同上书，36 页。
③ （明）胡应麟：《诗薮·内编》卷三，47～48 页，上海，上海古籍出版社，1979。

常建开李贺诗歌的先鞭，从而总结"盛衰倚伏"的诗歌变化轨迹。 而认为韦应物古诗"大是六朝余韵"，为宋人"得之"，则言其不承汉古，亦少承高适、李、杜等古意，所以"闲婉全乏"，缺少骨肉和生气，这就在其间倚伏着宋诗的因子。

"诗史"意识促使胡应麟对唐诗发展、繁盛进行了具体、丰富的勾勒：

> 甚矣，诗之盛于唐也！ 其体，则三、四、五言，六、七、杂言，乐府、歌行、近体、绝句，靡弗备矣。 其格，则高卑、远近、浓淡、浅深、巨细、精粗、巧拙、强弱，靡弗具矣。 其调，则飘逸、浑雄、沈深、博大、绮丽、幽闲、新奇、猥琐，靡弗诣矣。 其人，则帝王、将相、布衣、童子、妇人、缁流、羽客，靡弗预矣。①

这里从"体""格""调""人"四方面看唐诗之盛。 从"体"看，语言方面的字数、句子短长皆备，不同时代的诗体皆备。 从"格"看，拥有众多品质的诗歌样态，风格及意义丰富。 从"调"看，语言的色泽多姿多彩，诗歌整体面貌和规模五彩缤纷。 从"人"看，地位、性别、长幼、职业各种各样。 总之，涵括诗体发生的基本要素，一则以诗歌文本，一则以主体情况，可以看出诗歌活动的全部面貌和品质，足见其盛。

唐诗繁盛还表现在诗群的多样性上。 唐代诗人的地域和职业分布十分广泛，仅就职业而言，"唐诗人上自天子，下逮庶人，百司庶府，三教九流，靡所不备"②。 就大的方面，胡应麟分类为四大诗群，即庙堂诗群、家族诗群、地域诗群、时代诗群。 这也是明代诗学在诗歌分类上的贡献，这一分类对总结诗歌审美经验、研究唐诗的文化内涵、分析诗歌发展因素具有重要意义。

---

① （明）胡应麟：《诗薮·外编》卷三，163 页，上海，上海古籍出版社，1979。
② 同上书，170 页。

庙堂诗群包括皇族和政治人物组成的诗歌活动群体。① 唐代众多诗人的命运与政治集团，特别是与帝王对诗歌的态度有很大关系。② 除太宗、玄宗外，"文、肃、代、宪四君皆工诗。 唐十八叶间，惟敬、懿数君无闻，自余靡不精究。 帝王文学之盛，殆亘古所无也"③。 正是帝王对诗歌的喜爱，甚至亲自创作，使得他们一般对文学活动及其主体十分关注。 而诗歌的发展与走向，也就与政治产生了密切关系，与帝王的爱好、帝王的文化价值取向有关。 对于帝王的价值取向与诗歌表现内容、诗风形成的关系，今天已经有了明确的认识，但文宗朝大臣如李珏对元和时期诗歌的批评，既有其保守的一面，也能说明，他们发现宪宗时期诗风的变易，与宪宗的爱好、倡导有关。④ 帝王对诗歌活动的重视，使诗人的社会地位也有所改变，从而间接影响诗歌的质态及其变化。⑤ 一代帝王对文学人才的重视，其影响可以延续数代。 胡应麟发现，太宗开文学馆时入选的十八学士，像杜如晦、房玄龄、虞世南、褚遂良、颜师古、许敬宗等绝大多数是在本朝即已"显赫"；而中宗置修文馆，设大学士、学士、直学士共二十四员，绝大多数是高宗、中宗两朝的"显者"；武则天时期修《三教珠英》，征天下文士二十六人，绝大多数是上述诸学士；而到玄宗朝，又大面积起用上述学士，到开元中，"宰相至数十人，皆文学士也"，"古今词人之达，莫盛此时"。 在胡应麟看来，不擅诗歌者，即使当政，也会造成治乱不同："林甫、国忠，虽天资险狡，然俱以不学称。 唐治乱判矣。"⑥而开元以后，虽然诗人位卑者增多，落差增大，心态也有变化，但由于仍受盛世影响，盛世精神依然使诗歌创作保持繁荣的局面。 待盛世精神影响渐消，当诗人社会地位一落千丈时，哪怕从事诗歌创作者依然众多，诗歌还是朝衰落的方向变化。

---

① （明）胡应麟：《诗薮·内编》卷三，171 页，上海，上海古籍出版社，1979。
② （明）胡应麟：《诗薮·外编》卷三，172～173 页，上海，上海古籍出版社，1979。
③ 同上书，173 页。
④ 同上书，173 页。
⑤ 同上书，174～175 页。
⑥ 同上书，176 页。

家族诗群是唐代诗坛耀眼的诗歌现象。"唐诗赋程士，故父子兄弟文学并称者甚众"，胡应麟列举了大量的现象说明家族诗群的兴起①，有祖孙、父子、兄弟四人至八人甚至夫妇、姐妹载于唐史的家族诗群②。唐诗之盛，从社会最基层的家庭都可窥见其繁荣的程度，这说明诗歌作为一种审美载体，在唐代是如何深入人心。

地域文化和地域诗群，使唐诗的内涵充盈着多元文化融合而造就的丰富色调和渊深朴茂的文化生态。唐代大诗人的足迹几乎遍及唐代版图的每一个地方，这十分容易使相对独立的文化特性在互动中融会。胡应麟提及吴、扬、越一带的地域诗群③，地域诗群的相互影响促使不同的审美文化样态在互相比较中汲取对方的养分，使诗歌审美水平进一步发展到一个新的高度。

除了家族和地域诗群，唐诗活动中，还出现了时代诗群和诗风相近者所构成的诗歌群体。时代诗群并非指那些在一个时代有交往唱和的诗人，而是因诗风和诗歌价值取向近似且处于同一时代，聚集在一起，被时人或后人称道的诗人群体。比如"大历十才子"：

> 《卢纶传》云：纶与吉中孚、韩翃、钱起、司空曙、苗发、崔峒、耿湋、夏侯审、李端，号大历十才子。……右中唐诗人之穷者。嗣是权、武、裴、元、韩、白诸公骤显，元和遂以中兴。④

这则材料表面上是在论一个时期的诗群，但实际上是在总结诗歌变化规律，并寻找现象背后的原因。

胡应麟的"诗史"意识还表现在对科考与诗歌关系的探讨。他提到自

---

① （明）胡应麟：《诗薮·外编》卷三，167~168 页，上海，上海古籍出版社，1979。
② 同上书，168~170 页。
③ 同上书，177 页。
④ 同上书，177 页。

"大中、咸通之后，每岁试春官者千余人，其间章句有闻，矗矗不绝"，"皆苦心文华，厄于一第"。正是这样的体制，使他们"丽藻英词，播于海内"①。他们无论穷达，都与时代政治一道影响唐诗的变化轨迹："文士笔端与人主名器，殆互有轻重耶？"②而且，举子不第，往往在中晚唐居多，这必然导致主体性情、诗歌内容方面产生变化。

此外，胡应麟还指出了唐代诗歌活动中出现的大量诗人并称和称谓现象，如"高岑"和"王孟"，两者皆属于盛唐，但诗歌风貌迥异，这也是就诗歌变化发展层面而发现的问题。

三、溯源别流与标举理想范式

《诗薮·内编》几乎是分体溯源别流，辨别体制。从中可以发现，某种诗体若以理想范式的规定性为中心，就可以看到它从形成直至消亡的发展轨迹和变化规律。这里以七言体为例来看看胡应麟的做法。

先看胡应麟对七言古诗形成过程及其艺术规定性的论述。③在七言歌行形成的第一个阶段，"《九歌》是其始也"，作为一种诗体，它创自汉代，而此前则称作"歌"。"自唐人以七言长短为歌行"后，其他的就别为一类，称作"乐府"了。④自建安以降至六朝，七言诗独少大篇，歌行创作较少，五言日盛。⑤原因在时代与主体才力。但也就是这一时期，七言歌行正在积累艺术经验，走向成熟。

七言歌行在形成的第二个阶段有了自己的审美规定："齐、梁、陈、隋……七言古，唐歌行之未成者。王、卢出，而歌行咸中矩度矣；沈、宋

---

① （明）胡应麟：《诗薮·外编》卷三，177～178页，上海，上海古籍出版社，1979。
② 同上书，178页。
③ （明）胡应麟：《诗薮·内编》卷三，41页，上海，上海古籍出版社，1979。
④ 同上书，41页。
⑤ 同上书，46页。

出，而近体悉协宫商矣。 至高、岑而后有气，王、孟而后有韵，李、杜而后入化。"①这段话有两层意思：一是说七言歌行的规定性包括"矩度"、协律、"有气"、"有韵"、"入化"几个方面；二是说虽然六朝七言歌行寥寥，但上述规定性逐渐形成雏形。 胡应麟从历时性角度进行了考察。 在体制长短上，梁元帝《燕歌行》"巧于用长，并唐体之祖也"②。 不过在梁代，《燕歌行》《捣衣曲》等虽然体制变长，但音声上还没有形成成熟的风格，直到初唐四杰，七言歌行在音律上才形成自己的规定性："陈江总持、卢思道等，篇什浸盛，然音响时乖，节奏未协……垂拱四子，一变而精华浏亮，抑扬起伏，悉协宫商，开合转换，咸中肯綮。 七言长体，极于此矣。"③将"精华浏亮，抑扬起伏，悉协宫商，开合转换，咸中肯綮"作为七言歌行音律规定，正符合长体大篇音声上需要"畅"、文势上"有气"和结构上富于变化的艺术要求。 对七言歌行音声作上述规定，是因为它需要音律节奏传神或"传以神情"④。 胡应麟除提出音声和结构、节奏、传神的关系外，又提出七言歌行需要"叙述"的规定，同时根据文本的事实，指出七言歌行从初唐体格"大备"到高、岑、王、李"格又一变"的发展状况。 总之，在胡应麟看来，七言歌行自六朝变化到初唐，孕育了自身的审美规定性，许多来自六朝时期的歌行，其中具有生命力的那部分在初唐被吸收："六朝歌行可入初唐者，卢思道《从军行》，薛道衡《豫章行》，音响格调，咸自停匀，体气丰神，尤为焕发。"⑤

七言歌行的审美规定在初唐形成后，还有进一步的发展。 胡应麟论述了这一诗体在唐代变化的情况，并就其艺术范式特点作了探讨。

一是由汉魏"古质"和齐梁"绮丽"发展到雄大、流畅和富丽。"李、

①　（明）胡应麟：《诗薮·内编》卷三，47页，上海，上海古籍出版社，1979。
②　同上书，46页。
③　同上书，46页。
④　同上书，46页。
⑤　同上书，47页。

杜歌行，扩汉、魏而大之，而古质不及；卢、骆歌行，衍齐、梁而畅之，而富丽有余。"①胡应麟具体谈论歌行在唐代变化发展的大致情况："沈、宋厌王、杨之靡缛，稍欲约以典实而未能也。李、杜一变，而雄逸豪宕，前无古人矣。盛唐高适之浑，岑参之丽，王维之雅，李颀之俊，皆铁中铮铮者。崔颢、储光羲篇什不多，而婉转流媚，亦有可观。"②

二是唐代歌行与汉魏比，体裁方面带有近体或唐体的某些特征。"歌行自乐府，语已峭峻，李、杜大篇，穷极笔力，若但以平调行之，何能自拔？七言律声长语纵，体既近靡；字栉句比，格尤易下。材富力强，犹或难之；清空文弱，可登此坛乎？"歌行发展至唐代，在"穷极笔力""声长语纵""字栉句比"和体格"近靡"方面构成自身的特色。不仅如此，与汉魏"率可互换"相比，唐代歌行因主体资质和社会经验的差异，往往呈现出各种面貌。

三是唐代歌行仅仅凭借"材富力强"是远远不够的，它需要作者多方面的才能。③其一，继承前人遗产的素质能力；其二，创造和驾驭话语组织结构，使之起伏多变的才能；其三，音声与境界的融合能力，能使诗歌成为格高趣远的话语序列。

四是胡应麟根据唐代歌行的创作经验，总结了七言歌行的艺术规定。其一，纵横变幻，位置森严："阖辟纵横，变幻超忽，疾雷震霆，凄风急雨，歌也；位置森严，筋脉联络，走月流云，轻车熟路，行也。太白多近歌，少陵多近行。"④上述要求，包含主体的才华、诗歌话语的范式要求，以及描写对象的选择，这一切还要用一定的风格呈现出来。其二，"隽永深厚"，具有"情致"的品质："短歌惟少陵《七歌》等篇，隽永深厚，且法律森然，极可宗尚。……李之《乌栖曲》《杨叛儿》等，虽甚足情致，终是斤两

---

① （明）胡应麟：《诗薮·内编》卷三，47页，上海，上海古籍出版社，1979。
② 同上书，47～48页。
③ 同上书，48页。
④ 同上书，48页。

稍轻，咏叹不足。"①虽然李白在古质方面存在不足，但这也透露出唐代歌行需要"情致"这一艺术特色。他的意思是唐代歌行除出现李白式的变幻错综的才力外，亦有杜少陵式的"沉深横绝"。其三，调纯语畅，婉转流丽或逸宕纵横："歌行……至唐大畅，王、杨四子，婉转流丽；李、杜二家，逸宕纵横。"②其四，"才大气雄"，有"气概"。唐以前，古诗在气象方面明显存在缺陷："《大风》千秋气概之祖，《秋风》百代情致之宗，虽词语寂寥，而意象靡尽。《柏梁》诸篇，句调太质，兴寄无存。"③而一扫这些风格不足的则是盛唐时代的歌行大篇，如杜甫创作的"沈郁雄深"之作，李白创作的"豪逸宕丽"话语，他们虽"沈郁逸宕不同，然皆才大气雄，非子建、渊明判不相人者比"。胡应麟感到可惜的是，若能将李、杜融会为一，就是另一番景象了："有能总统为一，实宇宙之极观。第恐造物生材，无此全盛。"④这一"宇宙之极观"，需要时代孕育，还需要"博大雄深、横逸浩瀚之才"。其实，以李白、杜甫为代表的唐代诗人，已经在整体上创造了这种"宇宙之极观"。

胡应麟还从"诗史"角度，探析了唐代七言歌行的本质特征——"畅""大""化"，并且将其作为理想范式的规定加以标举。他在唐代七言歌行流变总论中认为，理想范式是不断形成的，当这一范式达到巅峰阶段，就开始衰落，朝着另一个范式转化。胡应麟将歌行变化分为九个发展阶段，各个阶段都有其自身的本质特征和话语风格。⑤ 这九个阶段是：四子——张、李、沈、宋——高、岑、王、李——太白、少陵——钱、刘——元相、白傅——昌黎而下——张籍、王建——庭筠之流。各个阶段对应的诗歌本质特征是：未脱梁、陈——唐体肇矣而未畅——畅乎，然而未大——大而化——神

---

① （明）胡应麟：《诗薮·内编》卷三，48～49 页，上海，上海古籍出版社，1979。
② 同上书，49 页。
③ 同上书，49 页。
④ 同上书，50 页。
⑤ 同上书，50 页。

情未远——步骤不足——曲径旁蹊，无取大雅——体益卑卑——渐入诗余，古意尽矣。 对应的风格演变亦为九个阶段：词极藻艳——稍汰浮华，渐趋平实——音节鲜明，情致委折，浓纤修短，得衷合度——大而化矣，能事毕矣——气骨顿衰——敷演有余——门户竞开，卢仝之拙朴，马异之庸猥，李贺之幽奇，刘叉之狂谲，虽浅深高下，材局悬殊——稍为真淡——更事绮绘。 概论九个阶段诗歌的不同特征和九种风格演变，是一种历时和共时的双重考察，他为范式形成和衰退描摹的演变轨迹，使我们对范式应该在哪些诗歌中寻找和归纳能够一目了然，也为我们了解范式的规定性提供了依据。 从上所论，我们看出歌行理想范式的本质特征之一是"畅"，其风貌、气象、语调有"情致"，最高境界为"大而化"；内在有"气骨"之美，有"神情""步骤"。 也就是"畅"要求有脉络、有步骤，而不能因为"大"而敷演，使歌行一体没有"情致"，离"合度"远之。 此外，"畅"还要求歌行内容符合"雅"则。 胡应麟强调歌行之"畅"有气骨之美，是因为它与"敷演"相反，否则，就会"渐入诗余"。 所以他在论歌行艺术规定性时，对与"畅"有关的歌行"本色"尤为在意：

> 非博大雄深、横逸浩瀚之才，鲜克办此。盖歌行不难于师匠，而难于赋授；不难于挥洒，而难于蕴藉；不难于气概，而难于神情；不难于音节，而难于步骤；不难于胸腹，而难于首尾。又古风近体，黄初、大历而下，无可著眼。惟歌行则晚唐、宋、元，时亦有之，故径路丛杂尤甚。学者务须寻其本色，即千言钜什，亦不使有一字离去，乃为善耳。[1]

"即千言钜什，亦不使有一字离去"，概括上述规定，是说歌行大篇在以上对立范畴，应做到融会一体、结构遒紧，并且元气醋畅淋漓，这确实是一种

---

[1] （明）胡应麟：《诗薮·内编》卷三，50 页，上海，上海古籍出版社，1979。

至高境界。

为了说明这一范式，胡应麟考察了初唐至晚唐歌行发展变化情况以及影响歌行变化的基本因素。"初唐七言古以才藻胜，盛唐以风神胜；李、杜以气概胜，而才藻风神称之，加以变化灵异，遂为大家。宋人非无气概，元人非无才藻，而变化风神，邈不复睹。固时代之盛衰，亦人事之工拙耶？"①这是将七古变化放在时代和"人事"的层面去认识，兼顾内部和外部因素对文学的影响。他以杜甫叙事长篇为例说明："元微之《乐府古题序》云：'……近代惟诗人杜甫《悲陈陶》《哀江头》《兵车》《丽人》等，凡所歌行，率皆即事名篇，无有倚傍。余少时与友人白乐天、李公垂辈谓是为当，遂不复拟赋古题。'观微之此序，则唐人亦自推毂少陵乐府。"②可见，本质上的"畅""大""化"与风貌上的"才藻""风神""气概""变化灵异"一起，构成唐代七言歌行的理想范式。而在这之后各代，如宋、元，则只是抓住其中的一个方面发展了。这就必然会导致七言歌行创作游离理想范式，走向衰落，而被另外一种诗歌范式代替。

四、"神韵"与"格调"结合论七律

胡应麟面对时代思潮的变化，感到复古论诗学有自己的缺陷。他在坚守格调论诗学观念的同时，吸收性灵论的一些思想，对格调论诗学进行了初步的修正和改造，体现着他对复古论诗学的重建意识。这从他有关七言律诗的论析中可以窥见一斑。

从格调论出发，胡应麟仍然先指出七律在形式方面的特征："至七言律，畅达悠扬，纡徐委折，而近体之妙始穷。"③作为范式的七律，在音律和话语形式方面的理想境界是"畅达悠扬，纡徐委折"。这一规定，决定了它

---

① （明）胡应麟：《诗薮·内编》卷三，55页，上海，上海古籍出版社，1979。
② 同上书，52页。
③ （明）胡应麟：《诗薮·内编》卷五，81页，上海，上海古籍出版社，1979。

在字句、音声上的要求是："五十六字之中，意若贯珠，言如合璧。其贯珠也，如夜光走盘，而不失回旋曲折之妙；其合璧也，如玉匣有盖，而绝无参差扭捏之痕。綦组锦绣，相鲜以为色；宫商角徵，互合以成声。"组合各有不同，决定了话语所蕴含的意义、内在力量及其所显现的风貌上的特征："思欲深厚有余，而不可失之晦；情欲缠绵不迫，而不可失之流。肉不可使胜骨，而骨又不可太露；词不可使胜气，而气又不可太扬。庄严，则清庙明堂；沈著，则万钧九鼎；高华，则朗月繁星；雄大，则泰山乔岳；圆畅，则流水行云；变幻，则凄风急雨。一篇之中，必数者兼备，乃称全美。"①这些特征，已经兼顾诗歌文本的内质和精神，情、辞及其彩饰，若达到这些要求，就是理想范式的境界。所以，要想在一篇之中做到各种句法、各种结构的上述组合，并在情思、风骨方面显示丰富的风貌特征，是非常困难的。即使在唐代，也是"工不数人，人不数篇"，往往"壮伟者易粗豪，和平者易卑弱，深厚者易晦涩，浓丽者易繁芜"。正是因为七律要求"寓古雅于精工，发神奇于典则，镕天然于百炼，操独得于千钧"，所以"古今名家，罕有兼备此者"②。这其实是在说面对纷繁复杂的对象和"格调"规范，如何在创作中处理相对范畴，使各种对立关系达于"中和"。也就是必须使不同性质的事物、情感和精神形态融合起来，使之有"气象"和"神韵"。

从初唐开始，诗人就在不断探索、总结格调运用与话语"气象"和"神韵"的关系，力求使七律达到某种至境，从而在"气象"和"神韵"的表现上显现出诗歌格调不断变化的轨迹。③将"格调""才情""气象""神韵"结合起来论唐诗七律的变化发展，此前的谢榛、王世贞虽有零星的意见，但尚未明确提出唐诗格调中的"神韵"问题；而将"神韵""气象""才情""格调"作为一个评价系统来评析唐代七律在话语形式和内在精神方面的变化，则是胡应麟的发明。将"气象"和"神韵"凸显出来论诗歌，

---

① （明）胡应麟：《诗薮·内编》卷五，82页，上海，上海古籍出版社，1979。
② 同上书，82页。
③ 同上书，83页。

胡应麟有自己的实践。^① 胡应麟从众多文本中，看出诗歌之所以变化，是因为"神韵"发挥了重要作用。 胡氏在诗歌文本及体裁分析中，以"神韵"为核心，评判诗歌优劣和诗歌品质，以"神韵"统"格调"的各个因素；相较而言，此前的复古派以句法、话语结构和才情论诗，就不十分准确了。 胡应麟甚至鲜明地提出："大率唐人诗主神韵，不主气格。"^②他凸显"神韵"和"气象"，就从诗学的语汇里，派生出许多新鲜的概念，如"气韵""神境""神物"等，使得诗学视点和诗学理论内涵更加丰富起来。 他在评李白五七言绝时说："字字神境，篇篇神物。"^③在论晚唐与盛唐诗歌变化差异时则以"气韵"论之："'数声风笛离亭晚，君向潇湘我向秦'，'日暮酒醒人已远，满天风雨下西楼'，岂不一唱三叹，而气韵衰飒殊甚。'渭城朝雨'，自是口语，而千载如新。"^④

从"神韵""气象""才情""格调"等多重视角透视唐代七律，胡应麟发现了唐代七律的十次变化脉络。^⑤ "十变"，表面上似乎仍然偏于以"格调"论诗歌之变，因此，若从上则诗话的字面去看，看不出眉目；若仅仅从格调一个层面去看，又看不出上述"诗变"脉络。 这是因为他的格调已经被"神韵"所统辖，将对诗歌格调变化的考察和"神韵""气象""才情"等因素结合起来，所以才发现具有真理性质的"诗变"轨迹。 可见，胡应麟弥补了七子单纯从文本"格调"出发论诗的不足，他从创作出发，兼顾主体和客体的诸多方面。 这样，就在"神韵""气象""才情""格调"等视域下，发现了不同时期诗歌的创作特征，为"诗变"的发现提供了创作上的支持。 比如，他论杜甫诗歌之"变"的"大""化"，就是将杜甫放在上述众多视点上进行考察：

---

① （明）胡应麟：《诗薮·内编》卷五，84 页，上海，上海古籍出版社，1979。
② 同上书，87 页。
③ （明）胡应麟：《诗薮·内编》卷六，108 页，上海，上海古籍出版社，1979。
④ 同上书，109 页。
⑤ （明）胡应麟：《诗薮·内编》卷五，84～85 页，上海，上海古籍出版社，1979。

近体盛唐至矣，充实辉光，种种备美，所少者曰大、曰化耳。故能事必老杜而后极。杜公诸作，真所谓正中有变，大而能化者。今其体调之正，规模之大，人所共知。惟变化二端，勘核未彻，故自宋以来，学杜者什九失之。不知变主格，化主境；格易见，境难窥。变则标奇越险，不主故常；化则神动天随，从心所欲。如五言咏物诸篇，七言拗体诸作，所谓变也。宋以后诸人竞相师袭者是，然化境殊不在此。①

胡应麟在此处区分了"变"与"化"："变"只在"格"等话语形式，它的发展方向是"标奇越险，不主故常"；而"化"则在"境"界，"化"的形态是文本话语的"神动天随，从心所欲"，其由内显于外的就是"神韵"和"气象"。这样，胡应麟成功地将话语"格调"和话语"神韵"联系起来。一般而言，字法、句法、篇法无疑属于格调论的话语系统，但他论字法、句法、篇法就牵连到"化"的问题，并使之和"格""神""境"关联。② 由于字法、句法、篇法之"化"，故而就出现"字中化境""句中化境""篇中化境"。③

　　"化境"又与风格"浑涵"紧密联系。就胡应麟的逻辑而言，"浑涵"是具有"神韵""神境"的诗歌风格、格调、形象层面的特征，它与"新奇"相对。比如，若说杜甫诗歌话语"入化"，也许与其诗"格"之变相悖。胡应麟敏锐地看到这一点："老杜用字入化者，古今独步。中有太奇巧处，然巧而不尖，奇而不诡，犹不失上乘。"④"奇巧"显然与"格"的关系更密切，而"入化"则派生出"风神""神韵""气象"。

　　胡应麟之所以能准确地看到诗歌的变化脉络和内在逻辑，是因为他总结

---

① 　（明）胡应麟：《诗薮·内编》卷五，90 页，上海，上海古籍出版社，1979。
② 　同上书，90 页。
③ 　同上书，90～91 页。
④ 　同上书，91 页。

出格调之"变"和神境之"化"的"大要"。① 其所言之"大要",在明代诗学史上具有重大意义。 胡应麟清晰地把格调对应的要求"水澄镜朗"和"兴象风神"对应的"花月宛然"联系起来,以主体情意和创造方面的"兴象",成功地克服了格调论言诗的缺陷,这一创造性的改造,使重建格调论成为可能。 胡应麟认为,体格声调之"则"所包含的种种技巧和尺度的把握、修炼,通过经久的积习,各种形式方面的东西就会融化出"兴象风神",格调之"法"与整个创作过程、创作结果的"兴象风神"就会融为一体。 在这两者之间,胡应麟发现了一个"中介"——"悟"。 虽然以"悟"论诗不是胡应麟的发明,但将"悟"作为"法"和"风神"之间的"中介",却是胡应麟的创造。 为此,他在严羽和李梦阳的基础上,建立了"法"和"悟"的关系:

> 汉、唐以后谈诗者,吾于宋严羽卿得一悟字,于明李献吉得一法字,皆千古词场大关键。第二者不可偏废,法而不悟,如小僧缚律;悟不由法,外道野狐耳。②

将"悟"与"法"同时作为关键,明确指出二者不可偏废。"法而不悟",诗歌就只能是空壳子、旧套子,缺少鲜活的内在蕴含和"风神";"悟不由法",诗歌就会失去应有的审美规范,使艺术话语流于日常话语,从而失去艺术的本质特性。 正是因为如此,胡应麟论述了技巧层面的"工拙"与"风神""神韵"的关系:

> 何仲默云:"诗文有中正之则,不及者与及而过焉者,均谓之不至。"至哉言也! 然有以用功过而得者,有以用功过而失者。老杜题雁:

---

① (明)胡应麟:《诗薮·内编》卷五,100页,上海,上海古籍出版社,1979。
② 同上书,100页。

"欲雪违胡地，先花别楚云。"既改云："见花辞涨海，避雪到罗浮。"愈细愈精。鲁直题小儿云："学语春莺啭，书窗秋雁斜。"尚不失晚唐。既改云："学语啭春鸟，涂窗行暮鸦。"虽骨力稍苍，而风神顿失，可谓愈工愈拙。①

胡应麟以杜甫诗和黄庭坚诗比较，是表明对诗歌技巧的把握和对话语格调的处理，与"风神"有极其密切的关系。他还谈到音声层面的蕴含与"风神""神韵"的关系：

> 律诗全在音节，格调风神尽具音节中。李、何相驳书，大半论此。所谓俊亮沈著，金石鞞铎等喻，皆是物也。②

这样，"格调"层面和"神韵"层面就合而为一了，诗歌文本基本还原成一个具有内在生机和外在审美规定性的艺术整体。以此论诗歌变化发展，也就准确得多。

五、胡应麟论诗术语及其诗学发现的意义

胡应麟论诗，对于不同时代和不同诗体，所使用的术语不同，其实是视角有别。他的用意是要找到符合文本实际的论析角度和批评方法。比如，论古诗、乐府诸体，注重文、质的分析，以此来进行质量评价。论歌行以"畅"作为其本质特征，其间涉及"风神""才气""气骨""气概""音节""情致""大而化"等话语组合。其他如以"气雄"论魏，以"词工"论晋，以"韵"论汉宋之离等，而又言这几个时代的诗体，因气、词、韵超

---

① （明）胡应麟：《诗薮·内编》卷五，102 页，上海，上海古籍出版社，1979。
② 同上书，103 页。

汉或不及汉，用意在于说明汉诗无意于此三类追求，故而质朴。 显然，这种比较方法是从诗史视点论析一代诗歌、一体诗歌的优长与不足，颇值得借鉴。

胡氏论"变"涉及诗歌活动和诗学活动的这样一些方面："体""格""语""调""势""才""悟""兴象""风神""神韵""气骨""造诣""杂""事理""兴寄""入化""笔力""情致""气概""气运""情景""精严""美善""气象""气韵""大""中正""斤两""清""性情"等。 上述三十个术语大致可分为五类：属于创作方面的；属于文本品质和风格方面的；属于接受方面的；属于主体素质方面的；属于方法论方面的。 从这五个角度，我们看到，胡应麟的诗论内容已经较为全面地涉及文学发展变化的基本方面，又能对不同时代、不同诗体的诗歌，运用与之相适应的诗学术语进行分析评判，这对于发现文本的现实和作者的审美习惯，以便于准确发现一代或一人之作的独特性，无疑具有较大的可能性。 其论"变"也就具有较大的可靠性。

虽然上述三十个术语中的大多数已经被其他复古论者所使用，但在胡应麟的诗学论著中，最为突出者，当属"悟""兴象""风神""神韵""情景""中正""性情""气运"等。 由此我们看到的不仅是格调论术语的改变、格调论话语范式的变易，还有格调论理论内容和思想方法的重大改变。与旧有格调论相比，既不是单纯重声律格调等诗体方面，也不是像王世贞后期那样，把主体的才思引入格调论。 胡应麟的这几个范畴，涵盖社会生活、主体条件、文本品质和整体风貌等方面，是对话语内涵和话语方法的革命性改造，而且在诣绝穷微上面，达到了相当的深度；就广度而言，已经改变了此前格调论在比较中用一个层面、一把尺子、同样的术语和方法套路论各代诗歌的笼统做法，其间由于代有差异，又人各不同，自然出现穿凿附会，牵强之处多多。 通观胡应麟的诗论著作，正因为他能对不同时代、不同诗人诗作，在格调论的大范围内，运用不同的范畴去分析、发现、评判，确立一个时代、一个作者、一首诗的不同特质，所以能够发现诗歌发展变化的规律。

比如，其评唐诗，运用"情景""兴象""风神""气韵""造诣""性情"等术语，就易于发现唐诗不同时期的审美特点。对不同体制的诗歌，他的视角、尺度、话语也各不相同。《诗薮·内编》论各体诗歌，是运用符合时代和文本实际的话语和话语方法，既发现了某体诗歌的共性特点和在不同时期的个性特征，又在不同诗人的文本里发现了多姿多彩的面貌。这样做，自然能于其中发现诗体变化规律。

胡氏的这些术语，表明复古主义诗学已经对当时杂语喧哗的文化价值观做了进一步的整合。"悟""兴象""风神""神韵""情景""性灵"这些概念，在明代，自然首先不属于复古论者，而是明显属于"师心"和"性灵"一派的专用话语。胡氏在诗歌分析中整合这些理论观念，就使得古代诗歌和诗人研究在更加符合文学活动实际的同时，其质量也产生了飞跃。这对于中国古代诗歌研究价值体系和评价范式的形成，亦同样具有意义。

胡应麟论诗歌之"变"，还注意发掘诗歌变化的原因。一是文关气运，不以人力。二是不同作家群体的作用，包括家族群体、地域群体、职业群体、时代群体（大历十才子）、女性群体、观念群体。三是政治、制度和文化的作用，如历代统治者的提倡、科考等。四是时代风习的影响。

从以上论述可知，胡应麟标举理想范式，树立"本色"意识，为诗歌流变确立参照，以分清"正""变"及其互相更替变化的轨迹，无疑是对复古论诗学和诗变论做了新的开拓和初步总结。

第七章
从"辨体"到"辩体"：
许学夷对明代诗学的超越

　　天启至崇祯，复古论诗学经过万历新思潮的洗礼，经过复古派后期人物的改造、完善，至胡应麟做了初步总结。许学夷在胡应麟的基础上，按初、盛、中、晚分期，论述方式以"体制为先"，采取先总后分或先分后总，将时代顺序、诗体分类、音声演变、话语变易和诗歌风格结合起来论述唐诗。在批判吸收以往诗学成果的基础上，实现了从"辨体"到"辩体"的超越。

◎ 第一节
"溯源流"与"辨体制"：对诗歌转折的经典分析

　　许学夷将"源流"与"正变"（包括"大变"）辨析相结合，指出唐诗重要的转折点。也就是将"溯源流"与"辨体制"结合起来，以进化的观念对唐诗体制、题材、话语、音声、风格进行描述和重新分辩，令人信服地回答了唐诗因革方面的一系列问题。

　　在《诗源辩体》里，"正变"属于最关键的词语之一。许学夷对诗歌源流的梳理与辨识，是为了把握诗歌话语的时代特点和诗歌活动主体的个性特征。 在诗学理论史上，自钟嵘以来，对诗歌源流和正变的认识反复出现，可见这一做法已经形成传统，但没有可供具体操作的样本，对源流、正变把握的准确性也存在不少问题，往往与诗歌文本和诗史事实有一定的出入。 这种现象，许学夷在《诗源辩体》开篇就郑重地提出争辩：

> 诗自《三百篇》以迄于唐，其源流可寻而正变可考也。学者审其源流，识其正变，始可与言诗矣。古今说诗者无虑数百家，然实悟者少，疑似者多。……既代分以举其纲，复人判而理其目。诸家之说，实悟者引证之，疑似者辩明之。反覆开阖，次第联络……以尽历代之变……①

许学夷是在辨别诗体、争辩历代关于诗体特征的分析的基础上，将某一诗体放回历史语境，深入阐释它在诗史中的地位和历史特性的。 他并非单纯强调识源流的重要性，其主要意思有两个：一是言诗的基本要求；二是论诗的现实方式和方法。 在许氏看来，要有效地审其源流，识其正变，就须"代分以举其纲，复人判而理其目"，并且有"实悟者引证之，疑似者辩明之"的才能与识力。 许学夷将其落实到"破三关"和对"正变"的理论辨析上，实现了中国诗学从"辨体"到"辩体"的转向。

一、"破三关"的理论内涵与诗史意义

"代分以举其纲，复人判而理其目"，是将历代审美文化与诗论的时代特征作为纲与目，重新判断它们的价值，在此基础上，分辨诗歌文本的源流、正变及其意义。 这集中体现在许学夷"破三关"的说法和做法上。

许氏破第一关是在文本分析的基础上，分清汉魏诗与晋诗的不同体制与

---

① （明）许学夷著，杜维沫校点：《诗源辩体》卷一，1页，北京，人民文学出版社，1987。

风貌特征。① 许学夷认为，宋以前以体裁论诗，缺少历史的维度，难审其源流，亦难识其正变，这就难以辨清体制。 因此，对任何诗歌形式，都必须"代分以举其纲"。 对汉魏诗歌和晋人诗歌，必须分清各种诗体不同的时代特征，这样才能看清某一诗体的源流演变情况。 从时代审美特质看，他认为对谢灵运的把握是关键。 为了阐释这一看法，他又挑选了具有代表性的钟嵘的诗论，进行重新判断，这就是所谓"复人判而理其目"②。 许氏曾在赞扬严羽的同时，批评"沧浪之说浑沦"。 严氏确实将汉、魏、晋、盛唐诗作中的某种诗体同等看待，视作后世学习的楷模，而不作历史层面的辨析。 许学夷除区别太康与元嘉诗风外，还以为自陆机开始到谢灵运，五言诗"其语益工，故其拙处益多"，尤其是"体尽俳偶，语尽雕刻"，使得其不仅与汉魏五言的浑朴天成有许多差别，即使与太康五言相比，也在风貌方面大不相同。 这些分析，确实令人感到其辨析诗歌体制的"详悉"，比严羽的论析更符合诗歌"史"的实际，自然也就在这方面高出严羽一筹。 比如，他对"五言三变"的认识，基本划清了汉魏五言、太康五言与元嘉五言的界限，如此，汉魏与晋代五言的差异也就判然了。 这在中国诗论史上，确实堪称"详悉"之论。 所以他"辩体"，价值不仅在于厘清诗歌源流问题，也不只是正变之识的问题，更在于诗史层面上的理论建设范式和方法论方面的意义。③

许氏分析灵运诗歌的用意，在于分清汉魏诗歌与晋人诗歌的区别，绝不是率尔操觚之谈。 他区分汉魏诗歌与晋人诗歌的方法和流程，是按照文本分析——识其源流——辨其正变的模式④，所以，他能列举出两者的具体差异。一是诗歌风貌方面，汉魏诗歌兴寄深远，晋诗真率自然；而永嘉灵运开始描

---

① （明）许学夷著，杜维沫校点：《诗源辩体》卷七第一四则，112 页，北京，人民文学出版社，1987。

② （明）许学夷著，杜维沫校点：《诗源辩体》卷七第一则，108 页，北京，人民文学出版社，1987。

③ （明）许学夷著，杜维沫校点：《诗源辩体》卷七第四、五则，109～110 页，北京，人民文学出版社，1987。

④ 《诗源辩体》卷七第四、五、七、八、九、一○等则（121～123 页，北京，人民文学出版社，1987）列举了大量诗歌文本，论析谢诗与汉魏诗歌的差异，颇为中肯。

写烟云泉石，描摹殆尽，与汉魏诗歌比，自是大乘中旁出佛法。 二是话语层面，士衡与灵运诗虽多拙语，实俳偶雕刻使然，绝非古质；但汉魏诗歌语有质野，却是太朴未散。 在诗歌史上，灵运之名实被一时，面对这样一位历代尤其在明代有较高评价的诗人，许氏认同"古诗之法亡于谢"的理论观点，但与明代其他诗论家的感受性的笼统说法不同，他是在诗歌源流和正变之道的层面对谢诗进行学理上的梳理，并在历史语境和当时的文化语境中，从两种诗风的两种时代性入手，在对立的两极之间论灵运诗歌的美学特质。 而从推崇自然、反对雕琢角度，亦能窥见汉魏诗歌与晋诗的短长。

许氏破第二关为论初唐七言古。① 明嘉靖初，薛蕙、高叔嗣等人倡导规摹初唐诗歌。 许学夷以为，王、卢、骆等人的诗歌虽风格自胜，断非六朝人语，但兼具初唐和六朝本相，在绮靡和雄伟之间徘徊。② 其五言平韵，古、律混淆；五言四句，律虽未纯，却是语多雅正，在正变之间徘徊。③ 七言古犹多齐梁遗风④，其中的"偶俪极工""绮艳"因素，自是六朝诗歌的面目。许学夷在对作品的分析中，指出三子七言古既"偶俪极工"，又"语皆富丽"，虽然以"富丽"顶替了六朝"绮艳"，但王、卢、骆与六朝诗歌的关系仍然可见。 许学夷带着批评的立场论析王、卢、骆七言古，一方面是针对嘉靖初期诗坛规摹初唐七古的风气，另一方面是在诗歌发展史的层面，厘清了七言古诗的阶段性特征，为掌握七古的变化规律提供了令人信服的文本依据。 故而他在论王、卢、骆七古时，断言七古至王、卢、骆已为"六变"，

---

① （明）许学夷著，杜维沫校点：《诗源辩体》卷十二第一一则，142 页，北京，人民文学出版社，1987。

② 《诗源辩体》卷十二第四则言王、卢、骆五言"语虽近靡，而风格自胜，断非六朝人语"。 第五则又云："绮靡者，六朝本相；雄伟者，初唐本相也。 故徐庾以下诸子，语有雄伟者为类初唐；王、卢、骆，语有绮靡者为类六朝。"（140 页，北京，人民文学出版社，1987）

③ 《诗源辩体》卷十二第六则云："初唐五言平韵者，古、律混淆，惟卢照邻《咏史》四首，声韵于古为纯，但未尽工……"第八则云："五言四句，其来既远，至王、杨、卢、骆，律虽未纯，而语多雅正，其声律尽纯者，则亦可为绝句之正宗也。"（140、141 页，北京，人民文学出版社，1987）

④ （明）许学夷著，杜维沫校点：《诗源辩体》卷十二第九则，141 页，北京，人民文学出版社，1987。

至沈、宋已为"七变"，至高、岑、李颀已为"八变"，从而形成高、岑、李颀承沈、宋，沈、宋承三子，三子接齐、梁的承续局面。① 其划分王、卢、骆与沈、宋，亦在文本分析的基础上，发现沈、宋"调虽渐纯，语虽渐畅"，与王、卢、骆诗歌话语"调犹未纯，语犹未畅"不同，但沈、宋仍然"旧习未除"，不仅对王、卢、骆，甚至对齐、梁诗风亦多有相类承续。 此说在今天已成共识，但在明代，却是颇具识见的说法。

许氏破第二关的价值，除了批评嘉靖初规摹初唐的做法外，还在于对盛唐高、岑、李颀，李、杜七古以至钱、刘五七言古的区分与把握。 这在诗史和诗学史上，就不仅仅是对某一体裁、体制诗歌的把握具有意义，而且为"辨体"与"辩体"的结合，文学规律的发现和掌握，提供了可资借鉴的方法论资源。 许学夷是在胡应麟的基础上，提出其"破三关"的说法的。 就七古而言，许学夷吸收了胡氏的许多中肯之论，但就个中准确程度来说，许学夷曾一再指出胡应麟的错误和不足。② 除对中唐韩、白的看法仍须斟酌外，许氏对七古流变的这些总结，是从文本体制、文本风格、文本的话语及其意味、诗歌史、较为得当的论诗方法和比较广阔的学术视野出发，进行论证的，即使在今天，也应该视为我们唐诗研究的宝贵遗产。 因此，仅仅在体制或体性上界定唐人七古或七言歌行的做法，甚至认为七言歌行在初唐即已成熟的说法，可能是对七古的把握缺少历史维度，致使出现一些偏差。

许氏破第三关是反对后七子师杜的流弊。③ 前后七子对杜诗的学习，始于李梦阳等人对王、孟诗超越现实的不满。 李梦阳力倡学杜，便是效法杜甫

---

① 《诗源辩体》卷十三第四则云："初唐七言古，自王、卢、骆再进而为沈、宋二公。 沈、宋调虽渐纯，语虽渐畅，而旧习未除。 此七言之七变也。 转进至高、岑、李颀七言古。 然析而论之，沈气为促，宋实胜之。"第五则云："七言古"，沈、宋"偶俪极工，语皆富丽，与王、卢、骆相类者也"。 （145 页，北京，人民文学出版社，1987）
② 此可参见许学夷《诗源辩体》卷十二、卷十三的相关论析。
③ （明）许学夷著，杜维沫校点：《诗源辩体》卷十七第四〇则，183 页，北京，人民文学出版社，1987。

忧国伤时的精神。后七子以李攀龙、王世贞为诗坛盟主，就风格而言，推崇的是高华壮丽一脉。据《然镫记闻》记载，清初王士禛编《唐贤三昧集》成，其门人就其编纂主旨求教，他回答："吾盖疾夫世之依附盛唐者，但知学为'九天阊阖''万国衣冠'之语，而自命高华，自矜为壮丽，按之其中，毫无生气。故有《三昧集》之选。要在剔出盛唐真面目与世人看，以见盛唐之诗，原非空壳子、大帽子话；其中蕴藉风流，包含万物，自足以兼前后诸公之□。"①"九天阊阖""万国衣冠"，出于王维的《和贾至舍人早朝大明宫之作》。对于王维等山水田园诗派的诗人，七子关注的只是其中的雄浑阔大之作。在"盛唐气象"的格局中，王、孟的清新隽逸被一种独特的视角遮蔽了。换句话说，前后七子的"盛唐气象"排除了典型的王、孟诗风。在诗歌史上，七子之一的何景明喜用"百年""万里"，李梦阳在《再与何氏书》中讥评："'百年''万里'，何其层见而叠出也。"②然而李梦阳自己也有同样的嗜好，胡应麟《诗薮·续编》卷二说他"又诮何'百年''万里'，层见叠出，今李集此类尚多于何"。所谓"百年""万里"，关注的是时间的绵长与空间的巨大，杜甫诗中常用这类词语。比如《狂夫》："万里桥西一草堂，百花潭水即沧浪。"《登楼》："锦江春色来天地，玉垒浮云变古今。"《登高》："万里悲秋常作客，百年多病独登台。"《绝句》："窗含西岭千秋雪，门泊东吴万里船。"自然，后七子模拟的对象并不限于杜甫，但在风格上却始终以雄浑壮阔为主导。

许学夷破第三关的另一主要目的就是纠正后七子对盛唐诗歌和盛唐"气象"的片面理解。故其论盛唐律诗，实际上有对盛唐律诗、盛唐"气象"重新评价的目的，对盛唐"气象"做出了新的阐释。

① （清）渔洋夫子（王士禛）口授，（清）何世璂述：《然镫记闻》第二二则，见（清）王夫之等：《清诗话》，122页，上海，上海古籍出版社，1999。
② （明）李梦阳：《空同集》卷六十二，见《景印文渊阁四库全书》集部第1262册，568页，台北，台湾商务印书馆，1986。

　　盛唐诗歌渊源多样，"盛唐气象"就只能是多样风格的统一。① 具体来说，杜甫与盛唐其他诗人有显著差异，但本质上却统一于"盛唐气象"：

　　　　盛唐诸公律诗，得风人之致，故主兴不主意，贵婉不贵深（谓用意深，非情深也）。冯元成谓"得风人之旨而兼词人之秀"是也。子美虽大而有法，要皆主意而尚严密，故于《雅》为近。此与盛唐诸公，各自为胜，未可以优劣论也。②

　　许学夷从杜诗和盛唐诸公诗歌的渊源与形象结构特征论其区分，所用"兴趣"与"意兴"，来自严羽的说法，以为"兴趣"与"意兴"，"正兼诸家与子美论也"。 虽有为严羽辩护的意图，但也明确提出，"兴趣"与"意兴"，都属于盛唐时代。 那么"盛唐诸公律诗"是否都是盛唐"气象风格"呢？ 许氏使用"气象风格"仅见于对盛唐诗歌的评价。 其言高、岑、王、孟诸公，是"气象风格始备"；言李、杜，是"气象风格大备"，都有"气象"。 可见，在许学夷眼里，高、岑、王、孟和杜甫有共通的一面，统一于盛唐的审美文化语境。"贵婉"与"贵深"，则是盛唐诸公与杜甫的区别所在。"贵深"，言明是"用意深，非情深"，杜甫比较明显，兹不赘言；而"贵婉"一说，在《诗源辩体》中多有申述，大致包含以下几个方面。 一是冲融浑涵的韵味。"盛唐诸公律诗"，许氏认为"兴趣极远"，"虽未尝骋才华、炫葩藻，而冲融浑涵，得之有余"③。 二是音律和谐，声调高雅，声韵与所蕴含的意味天然结合。 其言曰："盛唐诸公律诗，偶对自然，而意自

---

① 余恕诚先生早在20世纪80年代初就提出"盛唐诗在呈现丰富多彩面貌的同时，又表现为和谐统一"，并以对严沧浪"笔力雄壮，气象浑厚"的新鲜阐释，全面分析了盛唐气象多姿多彩的和谐统一面貌，可视为20世纪继林庚先生后，对唐诗宏观研究的又一经典成果。 参见余恕诚：《唐诗风貌》第四章，73～88页，合肥，安徽大学出版社，2000。
② （明）许学夷著，杜维沫校点：《诗源辩体》卷十七第四一则，183页，北京，人民文学出版社，1987。
③ （明）许学夷著，杜维沫校点：《诗源辩体》卷十七第四三则，184页，北京，人民文学出版社，1987。

吻合，声韵和平，而调自高雅。"①三是盛唐诸公律诗，"皆似近非近、可及而未易及"②，既感性逼真，又极超象玄远。四是即景缘情，不泥题牵带。许氏批评"后人之诗，必句句切题，言言当旨，殆与举业无异矣"③。他提倡的是创作出具有"神韵"的诗歌："至于登临、燕集、寄忆、赠送，惟以神韵为主，使句格可传，乃为上乘。今于登临则必名其泉石，燕集则必纪其园林，寄赠则必传其姓字，真所谓田庄牙人、点鬼簿、黏皮骨者，汉唐人何尝如此？最诗家下乘小道。即一二大家有之，亦偶然耳，可为法乎！"④许学夷这里的"神韵"，明显是指在不以写实为宗的前提下，处理特征性的物象与诗家"超象"的关系，是对诗歌文本结构进行虚与实的处理，达到意蕴生生不息的审美效果。此为"贵婉"的本质要求。

许学夷并非反对学习盛唐和杜诗，其破第三关的目的是要提倡"兴趣"与"意兴"、"贵婉"与"贵深"相兼，全面学习唐人的精髓，避免学诗中的弊端，以推动诗歌创作前行。⑤他引李维桢、王世懋之说，申明学盛唐在内容、形式方面应有的取向。而在另一层面，这也反映出当时对唐代诗歌的认识，已达到一定的深度和质量，并且已经相当系统化了。许学夷的这些认识，虽对纠正学唐的弊端不一定有立竿见影之效，但在深化对唐诗艺术体制、艺术境界、艺术技巧、艺术话语特性的认识方面，具有正本清源的理论意义。从这些认识，可看到明季的诗学思想，已经不是坚持复古还是执着师心那么简单了。正统儒家"中和"观所衍生的方法论，伴随儒学复兴思潮，已经为一代文人所自觉践行和把握。从另一个角度看，诗歌和诗学发展至明

---

① （明）许学夷著，杜维沫校点：《诗源辩体》卷十七第四四则，184页，北京，人民文学出版社，1987。

② （明）许学夷著，杜维沫校点：《诗源辩体》卷十七第四五则，184页，北京，人民文学出版社，1987。

③ （明）许学夷著，杜维沫校点：《诗源辩体》卷十七第四六则，185页，北京，人民文学出版社，1987。

④ 同上书，185页。

⑤ （明）许学夷著，杜维沫校点：《诗源辩体》卷十七第四七则，185～186页，北京，人民文学出版社，1987。

代，其理势也应该走向理论总结和融合时期。 在少数民族屡屡入主中原之后的明代，一代士子怀着对汉唐文化的敬仰和深情，无论是复古还是师心，其实都是在寻求汉唐文化的精义和灵魂。 经过有明近二百年的努力探索和积累，至明后期终于形成较为客观的理论范式，来深入汉唐文化。

二、"正变"与"正变"之辩

许学夷对"正"与"变"的认识，有两个逻辑起点。 一个是从诗学史的视角出发，对历代诗论和诗歌选本进行重新评价，判断论家和选家对正、变的把握，纠正一些模糊不当的说法；另一个是从诗歌史的角度出发，从《诗经》至明诗的大量诗歌中，"审其源流，识其正变"。 他是在文本演变和理论认识代日益精的双重坐标中申述其"正变"理论的，因此，其对"正变"的理论认识，是在二者的互动关系中进行的，绝非七子立场和七子意义上的复古所能涵盖。"正"与"变"，是当时的两种诗学立场，或者说是两种诗学和诗歌创作的价值取向。 七子派在诗歌创作和诗学理论上"师古"崇"正"，力图恢复汉魏盛唐的艺术理想；而公安、竟陵派则主张"师心"，倡导诗歌的变易。 许学夷在这两极之间折中调和，提出"正变"之论。 其将"正"与"变"融合在一起，称为"正变"，绝不是两个理论概念的相加。 它一方面是对诗学史进行理论总结的结果，另一方面也是诗歌史在明代发展的鲜明标志。

在诗论史上，论"正"与"变"已成传统。 至明代，崇"正"与倡"变"仍然是理论论争的焦点之一。 其内容涵盖诗歌话语及其意义的各个方面，大致包括文体、话语技巧、创作个性、话语风格、话语神韵、文道关系等。 经过这样全面的研讨，至明中期，伴随士人对汉文化的情感意识，以及对不良学风、文风和士风对汉文化的侵害的警觉心理，崇正复古终于演绎为在此基础上的求新求变，为汉文化寻求新的出路。 这样，"师古"与"师心"就有了融通的自然要求和趋势。 当时，七子的格调论诗学和创作，由于过分追求高格朗调，形成病态的规摹势头；而公安、竟陵的求新求变建立在反传统的基础上，导致诗歌建设方向的模糊。当时，格调论已经显露出较大的局限性，七子派中的有识之士，在多元文化的压力下，所持复古派理论范式渐渐向性灵论和神韵论迁延，在七子派那里，"格调"与"性灵"、"正"与"变"已呈融合趋势。许学夷的诗学，就是在七子派诗学思想转折阶段，顺其理势提出的颇有创获的观点。

许学夷把"溯源流"与"识正变"联系在一起。他对单纯的求变持坚决的批评态度，而对崇正与复古的绝对化及其弊端，亦毫不留情。因此，从诗史角度出发，只要诗人在创作过程中基本遵守诗体规范和"雅正"原则，并在此基础上对诗体加以变化、推进，许氏皆以"正变"称之：

> 开元天宝间，高、岑、王、孟古、律之诗，始流而为大历钱（名起，字仲文）、刘（名长卿，字文房）诸子。钱、刘才力既薄，风气复散，故其五七言古气象风格顿衰，然自是正变（正变之说见晚唐总论……）；五七言古正变止此。[①]

"五七言古正变止此"，颇值得推究。大历钱、刘诸子之后，创作古诗而有一定特色或成就者，尚有韦应物、《箧中集》诗人、皎然、顾况、李绅、权德舆、孟郊、卢仝、张籍、王建、元稹、白居易、韩愈、李贺、柳宗元、刘禹锡、李商隐、温庭筠、陈陶、吴融、罗隐、陆龟蒙等人，应该说五七言古仍有变化甚至发展。许氏当然知道这些常识，但在他看来，大历钱、刘诸子之后，五七言古只是"变"，而非"正变"了。

许氏的"正变"有自己的理论内涵。"正"兼指"雅正"的要求和范型模式。作为传统儒学的认同者，许学夷主张诗歌在变化发展中，不能放弃对

---

① （明）许学夷著，杜维沫校点：《诗源辩体》卷二十第一则，223页，北京，人民文学出版社，1987。

传统的承接。 在许氏看来，"诗三百"所形成的言志和教化传统，汉魏诗歌的质朴深情和盛唐诗歌所具有的高华壮丽的审美文化特质，在诗歌发展过程中，已经渗透进诗的话语结构、技巧、音响色泽以及话语的意义方面，进入范型模式，成为诗体规范的一部分。 具有范型模式的话语结构一般来说都有某种永恒的、能经受绵长历史检验的东西。 许学夷所谓"正"，就是这些典雅的、感人的"性情"与诗体"格调"所形成的诗体规范。 而"正变"，就是在此基础上，诗歌规范的丰富、变化与发展。 比如，他评陶渊明的诗云："章法虽本风雅，而语自己出，初不欲范古求工耳。""章法虽本风雅"，是说陶渊明既遵守雅正的传统，又遵守已有诗体基本规范；而"语自己出"是指陶渊明在雅正传统和已有诗体规范的基础上，还有所发展。 诗的发展就是在诗体的规范与反规范中进行的。 因此，"正变"就是类似陶渊明意义上的发展变化。 即在遵守雅正和已有诗歌范式的前提下，作者运用自己的创作个性，创造出具有新的话语特征的诗体。 可见，"正变"的理论内涵，不仅关涉创作主体层面，还涉及诗歌发展多层面的意义。 至于"变"的内涵，我们结合许学夷的"正变"之辩来加以说明。

许学夷的"正变"之辩，并不仅仅是历时角度的阐释，还是立体的全方位的论述分析，包括对诗歌史上具有"正变"特征的诗群、诗歌时代及其审美文化蕴涵的论析。

在宏观上，《诗源辩体》"尽历代之变，正在其中"。 意思是说，他的本意是在对历代诗歌源流分析的基础上，找出其变化发展脉络，挑选出具有"正变"范式的诗歌体式。 一是"正变"观念具有时代性和历史性。[①] 以唐为界限，此前的诗歌有"正变"，属于既遵守雅正和诗体规范，又"变"之善者。 元和以后，诗歌就没有"正变"了，至宋、元，诗歌多学元和、中晚唐，而明代则随诗人之意而学汉魏以降历代诗歌，故难以"世次定盛衰也。

---

① 参见汪群红：《许学夷〈诗源辩体〉研究》，博士学位论文，复旦大学，2002。 许学夷在《诗源辩体》里提出，七言古诗有"十变"，五言亦有"十变"。

盖诗至晚唐，其众体既具，流变已极"①，也就无须进行"正变"之辩了。二是"正变"之辩或"尽历代之变"的方式，是将历代诗歌文本与历代诗论结合起来进行的。对文本之辩，是"代分"；对诗论之辩，是"复人判"。其目的是"举其纲"和"理其目"，使诗歌创作与理论研究都能理性进行，而不至于在学诗中学习古人弊端，论诗时"疑似者多"。

就一代诗歌而言，许学夷以唐诗为例，其"正变"之辩围绕"正"中之"变"展开。许学夷认为，唐代诗歌有"正"有"变"。就大的方面而言，盛唐为"正"之极盛者，而元和以后乃为大"变"；就具体方面而言，初、盛、中、晚四唐都有"正"诗。初唐王、杨、卢、骆五言，"虽律体未成，绮靡未革，而中多雄伟之语，唐人之气象风格始见"②。而至沈、宋，"体尽整栗，语多雄丽，而气象风格大备，为律诗正宗"③。是故王世贞亦云："五言至沈、宋，始可称律。"④至盛唐，五七言古、律之诗，在高、岑、王、孟时就已经成为正宗，其中律诗达到了"正"中的高级境界，"融化无迹而入于圣"⑤。至李、杜，"体多变化，语多奇伟，而气象风格大备，多入于神矣"⑥。至中唐，古、律之诗"始流而为大历钱、刘诸子……然自是正变"⑦。但从这些"正宗"或"正"诗中，我们可以看到它们也在不断地发生渐变，许学夷论五言和五七言古，就有"十变"之说，此即为"正中之变"。

---

① （明）许学夷著，杜维沫校点：《诗源辩体·后集纂要》卷一，375 页，北京，人民文学出版社，1987。
② （明）许学夷著，杜维沫校点：《诗源辩体》卷十二第二则，139 页，北京，人民文学出版社，1987。
③ （明）许学夷著，杜维沫校点：《诗源辩体》卷十三第六则，146 页，北京，人民文学出版社，1987。
④ （明）王世贞：《艺苑卮言》卷四第二一二则，见吴文治主编：《明诗话全编》，4236 页，南京，江苏古籍出版社，1997。
⑤ （明）许学夷著，杜维沫校点：《诗源辩体》卷十七第二九则，179 页，北京，人民文学出版社，1987。
⑥ （明）许学夷著，杜维沫校点：《诗源辩体》卷十八第一则，189 页，北京，人民文学出版社，1987。
⑦ （明）许学夷著，杜维沫校点：《诗源辩体》卷二十第一则，223 页，北京，人民文学出版社，1987。

就一人诗歌而言，许学夷将其放到诗歌发展和诗体发展的链条中，亦对之进行个别的分析。在他眼里，达到"正变"高水准的，乃一代大家；而仅仅止于"变"者，他也认为有利于诗歌的发展。《诗源辩体》论李、杜"变而入神"，乃是"正变"的极致；而高、岑、王、孟的"入圣"，亦是"正变"中的高格。而对仅仅"变"者，许氏亦能切中肯綮，别有会心，在明代，这是不多见的。其尝言："元美、元瑞论诗，于正者虽有所得，于变者则不能知。"①其对"变者"的态度，集中于论元和以后诗歌，应该说是较为开明的，其对宋人"以才学为诗"具有二重认识，以为"宋诗恶处即是美处"，就是极好的证明。至于对理论上的倡"变"者，他亦能通方广恕："袁中郎于正者虽不能知，于变者实有所得。"②可知他对倡"变"者袁中郎，能于另一个角度言其理论的合理性。除批评袁氏"不识正变之体"外，几乎是在为袁氏说项。许学夷批评袁氏，是要守住"源流正变"规律，这是原则问题；为袁氏辩解，透露出许氏对"变"，亦是别有会心，深知"变"的文学史意义。有意思的是，许氏对韩、白、欧、苏的"变"体进行辨别，肯定他们的诗歌的价值，并非仅仅从诗歌源流、正变的角度而论，而大多从主体因素论析，这恰恰是公安、竟陵的手段。许学夷虽力倡"辩体"批评，但随着时代文化语境的改变，不仅自己思想有所变化，而且运用到具体的诗歌批评中了。当然，在表明立场时，他还是对"止于变"者或"再变"者持批评的态度："再变之后，神奇亦化为臭腐矣。"

许学夷论诗歌源流正变，除了在宏观、一代、一人三个层面之外，最主要的还是就某一体裁的诗歌而论。尽管《诗源辩体》并没有分章立节单论某一诗体的源流、盛衰、正变规律，而是以时代次序为纲，但某一诗体在不同时代的特征，也有明显的线索。前述五言与五七言古的"十变"，虽然分见于《诗源辩体》不同的世次和该书不同的卷数，但他所描述的变化轨迹十分

---

① （明）许学夷著，杜维沫校点：《诗源辩体·后集纂要》卷一第一六则，381页，北京，人民文学出版社，1987。
② 同上书，381页。

明显，对五言诗与七言古分别做出了很好的"正变图"和"流变图"。① 至于五言诗和七言古以外的其他体裁，也是有迹可循。

许学夷体裁方面的"正变"之辩，目的是对诗歌范式规律进行探讨。 对于所涉及的体裁，许学夷基本是根据诗体演变规律，总结诗体变化的范式，贯彻其"溯源流"与"辨体制"的诗学思想。 这也体现了他对文体把握的自觉。 这种自觉是在当时各种诗体已经成熟的情况下，明人又能从不同角度全面学习各种诗体的理论自觉。② 其所总结的诗体变化范式基本是这样的："正宗——正变——大变——某种范式趋亡——新范式生成"；或者在源流角度，是"源——流——派"。 体制和源流角度的变化基本是对应的。"源""流"基本上与"正宗""正变"对应，而"派"则与"变"或"大变"基本相对应。 某一诗体基本成熟者为"正宗"，达于巅峰阶段的高度成熟，而形成范型模式的时期是"正变"，"正变"之后，即为"大变"，而后这种诗体趋于亡佚。 在这一过程中，"正"是相对的，"变"贯穿始终。 比如，许学夷认为，高、岑、王、孟为唐人古诗"正宗"，至李、杜为"正变"，但他们已"变而入神"，达于至境；大历钱、刘虽为"正变"，但已气象风格渐衰；元和之后，七言古诗"大变"。 按许学夷的意思，七古范式的改变从李、杜就已经开始了。 虽然元和之后七古并没有衰亡，但在许学夷的眼里，或是学习重复前人的体制，或是不再完全遵守规范，总之是失去了自身发展的生命力。 此后，七古就演变为新的诗歌样式了，其论温、李七言古，就以为渐入"诗余"。③ 且不论许学夷的说法是否有需要推敲的地方，但许氏辩体带有较多的诗体"外"的内容和取向，可见其在"体制为先"的前提下，

---

① 汪群红：《许学夷〈诗源辩体〉研究》，博士学位论文，复旦大学，2002。
② 关于这一点，许学夷和其他明人的诗论著作中都一再提及。 从宋濂、刘基等开国文臣的"经天纬地之文"起，至晚明儒学复兴语境的经世致用之文止，其间文坛风云激荡，流派间出，杂语喧哗，各种文体和诗体在有明二百余年间，几乎都被操演过，从而使有明一代成为我国诗界和思想界最为活跃的时代之一。
③ （明）许学夷著，杜维沫校点：《诗源辩体》卷三十第二二则，290页，北京，人民文学出版社，1987。

已不仅仅关注形式问题。

许学夷的"正变"之辩,其实是更为具体化的"通变"。"通变"本是我国古代文论的基本思想之一,在南朝刘勰的思想中占有重要地位。 至明代,由于恢复汉唐的情绪弥漫于社会的各个阶层,因此,学习汉魏盛唐在意识形态领域成为自觉的行为,文界对于"通"的自觉性比起"变"来,要高出许多。 明前期,人们还来不及理性地思考文学发展中"变"的问题,他们被汉魏盛唐情结紧紧地包裹着。 直至明中后期,后七子和公安、竟陵等派才开始思考"变"的意义和价值。 许学夷也是在这种氛围里,建构起"正变"的理论框架,在诗学和诗歌活动的双重维度,丰富、发展了刘勰的"通变"思想。

许学夷的"正变"之辩,是结合每一种诗体所产生的时代及其变化的主体、客体因素论析的。 其论文学演变的缘由,既有主体因素,也有诗体自身的内在属性。 可贵的是,他还能于主客体的结合所形成的文化语境,寻找诗体变化的规律,颇似近代意义上的文学发展观。

三、"破三关"和"正变"之辩与诗歌发展观的初步确立

"破三关"与"正变"之辩具有理论上的从属关系和共性特征。

许学夷论诗体变化盛衰,着眼点体现出深广的学术文化视野。 无论是明末还是清初,都较少有人从多元视角对文体的演变进行具体的、有针对性的、自觉的讨论。 即使是许氏赞赏较多的胡应麟也是如此。 胡应麟诗论著作《诗薮》的主旨之一,便是"体以代变,格以代降"。 其论析大致包括三个方面。一是诗体的演变是具有继承性的,但各代仍有自己的特征性风格。 二是诗体的变化是从某一体的逐渐"格备""臻于厥美"到衰落的过程,此为"格以代降",最后是各种诗体都趋于亡俚,进而形成新的文体,此即"体以代变"。三是"体"与"格"的变化规律有二:其一是诗体自身由盛及衰的内在演变;其二是诗体形成和发展过程中的"政事俗习"与"世运"等外在因素所形成的文化语境,也是促使诗体变化的力量。 胡氏确实对文学规律提出了自己的见

解，尤其在文学发展观方面，超过了对其影响较深的王世贞。

许学夷的诗学受胡应麟的影响最大，从《诗源辩体》可以看到其继承了胡氏的观点。 但胡应麟的诗体演变论，笼统而模糊，不及许学夷者有四个方面。 第一，对诗歌体制的辨析未能从格调的全方位，即诗体的话语结构、音响色泽、声调的谐畅等方面辨析诗体自身的变化规律。 这说明，他对某一诗体的认识，仅仅停留在整体风格上。 第二，在变化的原因上，虽然胡氏已经论及时代"政事俗习"与"世运"因素，但缺乏许学夷那样从客观和主体的双重因素，尤其是从主体因素深入诗史的细致严谨作风。 第三，许学夷从时代、某一代诗体、某一诗体、某一人诗体、各种诗体之间以及诗体变化范式全面总结诗体流变的规律及其特征。 第四，在诗歌文本分析方面，缺少许氏的方法论意识。 总之，在理论自觉的程度上，胡应麟不及许学夷。 从这几点看，许学夷"破三关"和"正变"之辩的理论意义是明显的。

"破三关"和"正变"之辩的理论意义还可从清初至清中叶的诗论中窥及。 许学夷关于诗歌发展的观念，以及他的"正变"之辩，与清初至清中叶的诗歌发展观念有着密切的关系。 从中可以看到，在明末，许学夷就已经初步建立了我国诗歌发展观念的基本理论内容，其"破三关"和"正变"之辩的主要理论意义也正在于此。

◎ 第二节
"体格声调"与"气象风格"：
论唐诗审美特征变化

许学夷将唐诗"体格声调"与"气象风格"结合，论析唐代诗体的审美特征变化。 从诗歌本文层面和诗体美学角度论证唐代诗歌各体内质和外部发展变化的轨迹，体现着文化与审美整合、话语与蕴藉结合的文学史意识。

一、许学夷论诗体特征：文化与审美二重因素共生

以现代眼光看，诗体具有两个层面的意义：一是呈现于外的形式，它指的是诗歌话语秩序、规范和语体特征；二是诗体的功能和话语秩序的蕴涵。① 对诗歌形式的研究是明代诗学的重要传统，但七子、末五子等人多数只重第一个层面；公安、竟陵等派则相反，只抓诗的功能层面。 于是也就鲜有人在诗体的两个层面上进行综合的理论探讨和文化研究。

许学夷的《诗源辩体》，以"辩体批评"见长。 其所谓"辩体"，主要是从体裁形式和艺术风格方面，辨析历代诗歌文本的不同特点和诗歌发展演变的轨迹，这虽然汲取了七子派格调论的理论精华，但更重要的是，他的"辩体"吸收了公安、竟陵等派的正确意见，改变了七子及末五子等格调派注重以体格声调论诗的弊端，整合了各执一端的两条诗学路线，这就使其诗学思想具有文化整合的意义。

许学夷的诗体论有鲜明的文化诗学特征。 他在论述诗歌话语秩序的规定性时，同时认为，话语秩序组合不同，诗体及其蕴涵就有差别。 《诗源辩体》透露了个中消息：

> 予作《辩体》，自谓有功于诗道者六：论《三百篇》以至晚唐，而先述其源流，序其正变，一也；论《周南》《召南》以至《邶》《鄘》诸国，而谓其皆出乎性情之正，二也；论汉魏五言，而先其体制，三也；论初、盛唐古诗，而辨其纯杂，四也；论汉魏五言，而无造诣深浅之阶，五也；论初、盛唐律诗，而有正宗、入圣之分，六也。 知我者在此，而罪我者亦

---

① 参见童庆炳：《文体与文体的创造》，102 页，昆明，云南人民出版社，1997。

在此也。①

许氏"辩体"不仅在体制，也着眼于"诗道"与诗的功能。 就不同时代诗歌话语的"源流"而言，有"正变""性情之正""体制""纯杂""造诣""正宗""入圣"等不同的诗体特征。 其中，"源流""正变"之论是就诗体发展而言；"性情之正"则是就主体经验的实体本体而言；"体制""纯杂"是就外在的存在本体而言；"造诣"是就主体论而言；而"正宗""入圣"则是就风格论而言。 虽然其诗体论涉及范围甚广，但仍以构成诗体的话语秩序与语体特点辨析为核心，并与话语秩序背后的意义或话语蕴涵及诗体功能的阐释相结合，在整体上分析诗体在不同时代的不同创作主体、不同言说对象那里所显示的不同特征，把诗体与诗体的意义研究有机结合起来，形成了文化与审美的整合。

　　许氏阐释诗体特征，一般从诗体话语秩序的规则入手。 比如，其论风人之诗，毫不含糊地肯定其"不特性情声气为万古诗人之经，而托物兴寄，体制玲珑，为汉魏五言之则"②。 他之赞美风诗，在强调文化意义上"性情声气为万古诗人之经"的同时，肯定诗体意义上的"为汉魏五言之则"。 这是因为，一方面，他发现风诗在诗体及其话语秩序的变化上可"则"：

　　　　至其分章变法，种种不一，而文采备美，一皆本乎天成。大都随语成韵，随韵成趣，华藻自然，不假雕饰。③

许氏以为，"风人之诗，不特为汉魏五言之则，亦为后世骚、赋、乐府之宗"：

---

① （明）许学夷著，杜维沫校点：《诗源辩体》卷三十四第四则，314 页，北京，人民文学出版社，1987。
② （明）许学夷著，杜维沫校点：《诗源辩体》卷一第四则，3 页，北京，人民文学出版社，1987。
③ 同上书，3 页。

如《缁衣》《狡童》《还》《东方之日》《猗嗟》《十亩之间》《伐檀》《月出》等篇，全篇皆用"兮"字，乃骚体之所自出也。如《君子偕老》《硕人》《大叔于田》《小戎》等篇，敷叙联络，则赋体之所自出也。如"陟彼崔嵬，我马虺隤。我姑酌彼金罍，维以不永怀。……""山有漆，隰有栗。子有酒食，何不日鼓瑟。且以喜乐，且以永日。宛其死矣，他人入室。"其句法音调，又乐府杂言之所自出也。今人但知骚、赋、乐府起于楚汉，而忘其所自出，何哉？①

许氏说的"所自出"，显然不仅指骚、赋、乐府等内容与文化价值取向来自风诗，而且指其形式的规则及语体规范亦来自风诗。从语体层面，骚、赋、乐府显然有风诗的语体特点，颇具风诗的话语规范，他以风诗的具体文本做了论证，故而从文本事实看，风诗确是这三类诗体的出处所在。而其论风诗本身，亦抓住诗体的外在特征言之："风人之诗，其性情、声气、体制、文采、音节，靡不兼善。"②正因为他以此为立论重点，所以对朱熹之所谓风诗"多出于里巷歌谣之作"，"男女相与咏歌，各言其情者也"颇不以为然，以为"《春秋》所录歌谣及《诗纪》所编汉魏歌谣，与诗体绝不相类，故国风皆诗人之诗"。他抓住"诗体"乃诗人所创造的特性，旨在言明"诗体"是经过组织、安排的有一定秩序的话语组合，与"里巷歌谣"、男女咏歌在话语规范的程度上不可同日而语。而骚体所自出于风诗，也是因为风诗作为抒情诗体，在语体方面的节奏、韵律、选词、构句、修辞上有一定的规定性，有自己的话语规范系统，这一规范与语体特点为骚体所继承。

另一方面，他进一步认为，骚体所通于风者，不单是外在形式，在各个

---

① （明）许学夷著，杜维沫校点：《诗源辩体》卷一第五则，3～4 页，北京，人民文学出版社，1987。

② （明）许学夷著，杜维沫校点：《诗源辩体》卷一第一三则，6 页，北京，人民文学出版社，1987。

方面尤其是"诗体"蕴涵方面也得以体现：

> 凡读《骚》辞，得其深永之妙，一倡三叹而不能自已者，上也；得其窈冥恍惚、漫衍无穷、可喜可愕者，次也；得其金石宫商之声、琅琅出诸喉吻而有遗音者，又次也。否则但如嚼蜡耳。[①]

虽然这里谈的是如何全面把握骚诗深永之妙的问题，但由此可见骚诗的"诗体"规定性是一个系统，只涉及话语秩序的安排和语体选用是远远不够的，只有得其深永之妙，一唱三叹而不能自已的，才称得上读懂了骚诗。也就是要把握诗体隐于内和显于外的整体意义所显示的文化审美特征，方能为上。至于汉魏五言，许氏既看出其在主体文化经验层面的"本乎情"，以及其"本乎性情之真"与风诗"本乎性情之正"的区别，而且也看出其在形式的"体制玲珑"方面的个性："汉魏五言，本乎情兴，故其体委婉而语悠圆，有天成之妙。五言古，惟是为正。"[②]诸如此类，许氏于话语组合牵出体制问题，其论体制，又包含体制的意蕴。所以，从分类学上，他也兼顾话语及其蕴涵，将诗分为四体："正体"；"圣体"；反之则为"变体"；正变兼得为"神体"。

其所谓"正体"，除指称各代某种诗体的规范外，还特指合乎"雅正"之诗。[③]他对"正体"诗的看法在本文层面上，有三个因素的规定：一是在审美意蕴上偏于历史内容，"出乎性情之正"，与《诗序》"治世之音"相同，认同"乐而不淫，哀而不伤"的"无邪"传统，实即《诗源辩体》所云"《周南》《召南》，文王之化行，而诗人美之，故为正风"。因此"风雅虽有正变，而性情则无不正也"。二是话语结构层面的"言微婉而敦厚，优

---

① （明）许学夷著，杜维沫校点：《诗源辩体》卷二第七则，35页，北京，人民文学出版社，1987。
② （明）许学夷著，杜维沫校点：《诗源辩体》卷三第三则，45页，北京，人民文学出版社，1987。
③ （明）许学夷著，杜维沫校点：《诗源辩体》卷一第二、三则，2页，北京，人民文学出版社，1987。

柔而不迫"。此指语言节奏上的音律和谐所造就的雍容典雅的气度。① "至其分章变法，种种不一，而文采备美，一皆本乎天成。 大都随语成韵，随韵成趣，华藻自然，不假雕饰。 退之谓'诗正而葩'。"而这一切，许氏都归结为艺术手段的运用："盖托物引类，则葩藻自生，非用意为之也。"②三是审美形象上的"得于声气之和"。 他认识到，诗歌本文的形象层面应以"不落言筌，曲而隐也"为上，或寄意于咏叹之余，或意全隐而不露，或反言以见意，或似怨而实否，或似好而实恶，或似谑而实刺。 凡此，"含蓄固其本体"，"正在微婉优柔，反覆动人也"③。 在相异的形象意义之间，一如多声部音乐，"和而不同"，相值相取，能有声外之韵。 故其以为"风人之诗，其性情、声气、体制、文采、音节，靡不兼善"④。 这类诗歌本文的统领特征是"性情之正"，而又本乎天成。

既得"雅正"，又有"性情之真"者，为"正体"的亚品种。 这类诗，以汉魏诗歌为代表，妙处在融化无迹，这虽不等于"天成"，却有"天成之妙"。 其体制特征要更丰富些。 首先是在审美意蕴上，一方面与国风有关联，"汉魏五言，源于国风"，或在话语层面委婉悠圆，"于国风为近"⑤；但另一方面，又"虽本乎情之真，未必本乎情之正"⑥。 许学夷拈出"情之真"与"情之正"的不同，来论证汉魏五言对风人之诗的发展，非常符合诗歌文本的现实，否则，就是他所批评的"以国风之性情论汉魏之诗，犹欲以六经之理论秦汉之文，弗多得矣"。 其次是在话语层面上，一是其体委婉而语悠圆，气格自在。 二是声响色泽，特征是无迹可求。 虽其中有"格不同

① （明）许学夷著，杜维沫校点：《诗源辩体》卷一第二、三则，2 页，北京，人民文学出版社，1987。
② （明）许学夷著，杜维沫校点：《诗源辩体》卷一第四则，3 页，北京，人民文学出版社，1987。
③ （明）许学夷著，杜维沫校点：《诗源辩体》卷一第一〇则，5～6 页，北京，人民文学出版社，1987。
④ （明）许学夷著，杜维沫校点：《诗源辩体》卷一第一三则，6 页，北京，人民文学出版社，1987。
⑤ （明）许学夷著，杜维沫校点：《诗源辩体》卷三第二、三、四则，44～45 页，北京，人民文学出版社，1987。
⑥ （明）许学夷著，杜维沫校点：《诗源辩体》卷三第五则，45 页，北京，人民文学出版社，1987。

而语同，语不同而意同者实多"，亦有"意思重复、词语质野、字句难训"之什，但古诗"在篇不在句"，在此，正见其天成之妙。三是"一倡三叹，有遗音矣"。最后是在审美形象上，"托物兴寄，体制玲珑"，浑然天成而无作用之迹。由于这类诗歌体制"本乎情兴"，是感物而动，不是预先思索的结果，具有无意性，故其在本质上是"本乎情之真"，而非"本乎情之正"。因此，它上承风诗之正，下启"圣体"审美上的"兴象"特点。

许学夷论"圣体"，以盛唐诸公①之诗为经典代表②。盛唐"圣体"在话语层面和形象层面的特征与"正体"既有相似之处，也有不同。汉魏之诗"体多委婉，语多悠圆"。唐人则"变于六朝"，"以调纯气畅为主"，故而在"体""语"方面则是"浑圆""活泼"，生气勃勃。其言盛唐诸公"得风人之致"，而"汉魏亦本于国风"。可见，从风诗至汉魏至唐，始终有相承之处，但"正体"与"圣体"的"体""语"之别，话语和形象上的差异也十分明显。体现在话语的审美意蕴上，由于唐人"才力""造诣"进入诗歌话语，其即事、即景之作又皆缘情而生，在形象层面上就出现了更为丰富的意蕴，导致"兴趣""气象"等具有唐代特征的审美形象的生成；与意蕴丰富相生的是"调纯语畅""语多活泼""体多浑圆"等新的话语特征的形成，造就了"气象风格始备""兼备""自在"的"入圣"之诗。丰富多变的形象意蕴和具有上述特征的诗歌话语的生成，需要不凡的主体素质。我们只要了解一下"圣"的内涵，这一问题就会一目了然。"圣"在古代，指对某一事物或技艺无所不通、无所不能，并深刻把握，它是"通""达"的境界，故而在文学活动上，圣手能笼天地于形内而"融化无迹"。这表现在诗歌形象的生成上，是"神会兴到，一扫而成"，而"体制声调靡不合于天成，所谓'从心所欲不逾矩'是也"。其形象效果是声韵和平，调自高雅。

---

① 此处"盛唐诸公"指李、杜之外的盛唐诸家，乃据《诗源辩体》各卷所论而得出的结论。
② （明）许学夷著，杜维沫校点：《诗源辩体》卷十五第二则，155页，北京，人民文学出版社，1987。

"入圣"的"融化无迹"效果还表现在诗歌接受上，就一般人而言，"血气方刚时未易窥其妙境"。可见"入圣"的"才力"和"造诣"与形象上的"兴趣"有密切关系，它们之间是"化机流行，在在而是"，融入体格、声调、兴象与风神，而"兴象、风神无方可执"，只有靠体验领会悟入"神情"，方能有得。其原因就在于"入圣"之诗，"兴趣极远，虽未尝骋才华、炫葩藻，而冲融浑涵，得之有余"。

"圣体"发展到一定程度，就会"入于神"而变为"神体"。① "入神"的第一个条件是在集大成或全面总结的基础上，吸收历代诗歌话语的优长。"李、杜五言古，正与歌行相匹"，而"五言古，七言歌行，其源流不同，境界亦异。五言古源于《国风》，其体贵正；七言歌行本乎《离骚》，其体尚奇"。他们的五言古，既宗《国风》，又宗《离骚》，从而在不同诗体碰撞间吸收了歌行的错综阖辟、自然超逸之势，在"变"中形成了新的诗体风貌。第二个条件是"体纯"，也就是诗体要高度成熟。诗歌体式的成熟，是各种文化因素（包括语言、主体各因素）的天然融合，并显示出外在形式与内在蕴涵的和谐一致。许氏言"李、杜二公于唐体为纯"，"体"多指"语体"和由话语秩序特征生成的格调，这与创作主体的艺术才能相关。这种才力倘若极大，就善于处理变化不测的各种诗歌语体和形式因素，达于"体纯"。许氏从"语体"发展史角度，论述了"入神"诗体的话语系统导致"神境"的诞生。"神境"的生成意味着主体造诣不唯人力与意志，是以天才之"兴"，达于自然而又独造的结果。无论豪放、沉着，语皆自出机杼，调纯气畅，"奇幻不穷"又"含蓄无量"。可见，诗之"神体"，表明主体面对自身与对象，无论有多少变量因素，皆能变化灵异，使之浑然一体，不着痕迹。古人所谓难以句摘者，皆指此。

此外，许学夷对诗体的其他认识也极为丰富。这种丰富性并非只是依赖

---

① （明）许学夷著，杜维沫校点：《诗源辩体》卷十八第一则，189 页，北京，人民文学出版社，1987。

格调论的资源，它还来自当时和此前历代有意义的诗歌门派和众多的诗学理论派别。这一点，从其关于诗体内容的规定性认识，亦可见出端倪。首先，对于各种诗体的特征，许学夷都有自己的分析与见解，他较为深入地认识到内容对诗体形成的作用。比如，他对文章和诗歌的划分就建立在"文显而直，诗曲而隐"①的基础上，显然吸收了先秦至明代的诗学理论成果。其"兴象决定体裁"之论，也证明了诗歌内容对形式的作用："学汉魏诗，惟语不足以尽变。其兴象不同，体裁亦异，固天机妙运无方耳。"②"兴象"无穷尽，体裁也就在已有的基本规定性内，有了变化的条件。中国诗歌的不可重复性，就在于"兴象"。从这里引申，我们可知"兴象"又是诗体之"变"的重要条件。其次是诗体功能论。许学夷以为，诗体不光是诗歌体制那么简单，它对主体、社会和人生都具有意义。其言"国风妙在语言之外、音节之中"③是别开生面的说法，与此同时，他又从《诗大序》和杨慎的话中拈出"约情合性"四字，以表达他的诗歌体制论的独特所在。正如他所云："古、律、绝句，诗之体也；诸体所诣，诗之趣也。别其体，斯得其趣矣。康文瑞、张元超、臧顾渚、程全之既不别诗之体，乌能得诗之趣哉！"④可见，诗体不同，其"趣"就有别。这是因为各体有自己的规定性，也就有了各自的功能及其衍生的诗"趣"。最后是语体论。在许学夷看来，一代有一代之"语"，故一代有一代之"体"。语体与诗体相称、一致，方为优秀之作。他说：

> 汉、魏、晋、宋之诗，体语各别。今或以汉魏之体而用晋宋间语，

---

① （明）许学夷著，杜维沫校点：《诗源辩体》卷一第六则，4 页，北京，人民文学出版社，1987。
② （明）许学夷著，杜维沫校点：《诗源辩体》卷三第二二则，50 页，北京，人民文学出版社，1987。
③ （明）许学夷著，杜维沫校点：《诗源辩体》卷一第九则，5 页，北京，人民文学出版社，1987。
④ （明）许学夷著，杜维沫校点：《诗源辩体》卷三十六第三八则，370 页，北京，人民文学出版社，1987。

是犹以虎豹之质蒙犬羊之皮。人见其为犬羊，不见其为虎豹也。①

在对"语"的论述中，许学夷特别重视"韵"和句。 其论"韵"，以"韵"作为语体的重要元素。 他在谈到汉魏两晋诗歌时，对韵脚相通的问题有自己独到的见解："古诗以汉魏为主，若出于汉魏之上，则吾不得而知。 且江韵通阳，仅见古乐府《长歌行》用一'幢'字，庾信《代人伤往》用一'双'字；庚韵转为阳韵，仅见曹丕《杂诗》用一'横'字，疑当时以乡音叶入，何得据此便可通用？ 若诸家变体，又不可为法。 ……然学古诗用古韵，五言为当，而七言未宜。 盖五言盛于汉魏，七言盛于唐也。 若五言古唐体，则又不当用古韵矣。 ……予谓：后人学古诗不用韵者，真是疏浅，以为古诗本不拘韵。"②许氏如此谈韵的重要性，是因为他把"韵"和"语""体"紧密联系在一起。 故而他对皇甫曾"风传刻漏星河曙，月上梧桐雨露清"等句，评之以"体尽流畅，语半清空"③。 可以说，这些是汇集了历代音声文化的成果。

至于其引释道之学入儒学，以及对包括明代在内的历代审美文化的汲取与整合，此不赘言。

二、诗体论所体现的发展论意识与整合文化的意图

许学夷之诗分三体，既有诗歌发展论的意识，也有整合文化的意图。 他提出的"三体"，着眼于诗歌流变角度，在某种意义上又带有今之"大文本层次理论"的色彩。 诗体经过唐人尤其是发展到李、杜的"神体"，集合了

---

① （明）许学夷著，杜维沫校点：《诗源辩体》卷三第二四则，51 页，北京，人民文学出版社，1987。
② （明）许学夷著，杜维沫校点：《诗源辩体》卷三第二五则，51～52 页，北京，人民文学出版社，1987。
③ （明）许学夷著，杜维沫校点：《诗源辩体》卷二十一第四则，230 页，北京，人民文学出版社，1987。

历代各种诗体的优长。因此，"神体"在本文层次的不同层面，分别有"正体""圣体""神体"的规定性，这样，其话语蕴藉就包含多层次和多元文化的审美意义。随着对本文层次考察的深入，许氏发现了"神体"中多姿多彩的文化价值和审美品质。从"正体""圣体"到"神体"是变化着的，这就说明他具有强烈的关于诗体的发展演变意识。《诗源辩体》云：

> 或问："汉魏诗与李、杜孰优劣？"曰："汉魏五言，深于寄兴，盖风人之亚也；若李、杜五言古，以所向如意为能，乃词人才子之诗，非汉魏比也。"①

又云：

> 汉魏古诗、盛唐律诗，其妙处皆无迹可求。但汉魏无迹，本乎天成；而盛唐无迹，乃造诣而入也。②

在比较汉魏与盛唐相同诗体的同时，指出唐人以"才力""造诣"入诗。"才力""造诣"作为新的文化活动因素进入诗歌话语，丰富了原有诗体规范的蕴涵，改变了诗体话语的特征。新的文化活动因素的进入，是诗体发展的动因之一，诗歌的发展，就是在反复地利用已有诗体规范的同时，伴随着新的文化因素的进入，又不断打破原有诗体规范而优化着、发展消亡着，这是规律使然：

> 五言自汉魏流至陈隋，日益趋下，至武德贞观，尚沿其流，永徽以

① （明）许学夷著，杜维沫校点：《诗源辩体》卷三第一五则，48页，北京，人民文学出版社，1987。
② （明）许学夷著，杜维沫校点：《诗源辩体》卷三第一六则，48页，北京，人民文学出版社，1987。

后，王、杨、卢、骆则承其流而渐进矣。四子才力既大，风气复还，故虽律体未成，绮靡未革，而中多雄伟之语，唐人之气象风格始见。此五言之六变也（转进至沈、宋五言律）。①

许氏论"三体"，不是仅仅为了划分诗体区别，而是认为在发展至成熟的巅峰阶段，该诗体就会集前此各种诗体之大成，从而形成本文层面上的丰富性特点。比如，在诗体走向"圣体"的过程中，新的文化活动因素如"才力""造诣"进入诗体，在吸收原有五言诗优长的基础上，形成初唐新的五言诗体，在形象层面体现出"气象""风格"。故其言初唐诗中的绮靡与雄伟、旧与新时，分析道："绮靡者，六朝本相；雄伟者，初唐本相"，但"调犹未纯，语犹未畅"，"工巧处往往反伤拙俗"。他谈沈、宋到陈子昂的进展，言"子昂感遇虽仅复古，然终是唐人古诗，非汉魏古诗也"。原因在子昂"铺之者少"，且"古诗尚多杂用律体"。他们既有旧习，亦有新声，旧习在于四杰承齐、梁，沈、宋承四杰，新声在于推进了唐诗的前行：因为沈、宋"造诣"入诗，"体虽整栗，语多雄丽，为律诗正宗，此五言之七变也"，形成初唐"偶俪极工，语皆富丽"的诗歌风貌；而至盛唐诸公，由于"才力既大，而造诣实高，兴趣实远，故其五七言古，调多就纯，语皆就畅，而气象风格始备，为唐人古诗正宗，乃其八变也。五七言律，语多活泼，而气象风格自在，多入于圣矣"。其走向"圣体"之美，一是扬弃与继承："律句则自齐、梁始，其来既远，故至此而纯美"；二是"理势之自然，无足为异"。"理势"即规律。可见他对文学自身规律的认识已达到较高的自觉程度。凡此种种，至李、杜"入神"，道理一样，在于"神体"吸收了"正体""圣体"的诗体优长，在扬弃了对诗体发展无意义的诗体因素的基础上，加上新的文化活动的主客体因素，丰富并优化了此前诗体的审美

---

① （明）许学夷著，杜维沫校点：《诗源辩体》卷十二第二则，139 页，北京，人民文学出版社，1987。

蕴涵，使之在本文层面上既集了大成，又变化多端，并且在诗歌本文的各层面融化无迹，从而达到"入神"的境界。

诗歌"入神"的境界，乃是达到某一诗体的巅峰阶段。这时，这种诗体最为成熟，后世再难发展，必将促使新诗体的生成。成熟的诗体，其本文蕴含前此一切诗体的诗性因素，故而其本文层面也包孕前此诗体中的"三才万象"。也就是说，"神体"的本文层面，有"正体""圣体""神体"的一切审美文化内涵。在这个意义上，李、杜"神体"具有"大文本"的色彩。许学夷的这一做法，带有明显的寻找文化整合契机的意图。三体各有文化价值和审美品质，在诗体文化传递过程中，不断整合、融合历代审美文化，同时建构以"入神"为标志的诗歌终极理想形态。

三、许学夷文化整合方法论与诗歌终极理想形态

许学夷以儒家"中和"观整合历代意识形态审美和语言审美两种审美文化，表现了鲜明的对"情""志"合一、话语与蕴藉统一的美学样态的追求。这得益于他对各种文化特征的充分而均衡的洞察。许学夷的诗学思想形成于明末，当时儒学经过宋明理学的发展，正在艰难寻求中国超越性的一体性文化，儒学本身在文化传递过程中表现出不同方向和不同深度的发展或变异。因此，儒学振兴不在于外在于它的文化威胁，而在于其自身的生命力。在诗学领域，儒家诗学至明末清初已经经过一千余年而能够发展下去，一方面说明保持它固有的政教或现实价值还具有意义，另一方面必须寻求超越，使儒家诗学的审美化走向成熟。这一思路鲜明地体现在许学夷的诗体理论中。

面对明末新的文化语境，儒家诗学感召力形成的现实条件无疑是无法回避的问题。因此，许学夷分析了当时审美文化的各种现实因素，并以自身的文化身份判定当时文化的质态，决定在不同程度上吸收古代文化中不同价值取向的文化，形成儒家诗学的感召力。当时各种诗学和文化流派林立，"异

说纷呈,各种文体的理论批评都有较大进展"①。 中国历代文学思想,明代诗论家几乎都有涉猎,又在文化传递过程中根据时代语境对这些诗学理论加以发展和变异,至中晚明时期,形成了诗学文化的多元格局。 从大的方面说,当时崇尚自由情感的审美文化已流行了一百多年,成为明代文化的一个传统,但另一方面,现实情境的变化又使审美化的自由不能解决任何人生与现实问题。

就诗学而言,格调论是与情感论并列的、贯穿明代诗学思想的一条主线。 这一思想明辨体制,以高古为尚,抓住"格调""崇正""师古"这一极。 而情感论则关注个性之情与人性之情的探讨,以情感作为创作与品评作品本文美学意义和社会功能的准则。 特别是性灵说的清虚之境,体现着王学的哲学智慧和诗学理论内省倾向在明代的弘扬,是儒家文化审美化的重要体现。 当时,"崇正"与"尚变"、"师古"与"师心"、古与今几乎不可调和。

这种对立在王世贞后期有重要改变。 王世贞借助儒学复兴的思想语境,将不同的甚至对立的概念以"和"的方法进行融通。 其论"剂",力图融合各家之说,在诗学理论上做出种种修正,以适应中晚明时代思潮和学术思潮的推进,在七子派的理论中努力融入"师心""真我""真诗"等概念,推动了正统儒学思维方法论在明代诗学思想里的渗透和新的诗学思想的形成。 其后末五子之一的胡应麟,对刘勰以降的格调说做了重要的补充和发展,其贡献在于融"兴象""风神"入格调说,丰富了"格调"的理论内涵,成为格调说的初步总结者,进而以"才""思""格""调"论诗,又以之启发主体才思,指导创作。 以后末五子中的王世懋、屠隆等发展了他的观点,逐渐舍弃"格调",趋向性灵说,在"舍弃"与"趋向"同时进行的过程中,"师古"与"师心"、"崇正"与"尚变"初步调和,不自觉地产生了融合的新动向。

---

① 袁震宇、刘明今:《中国文学批评通史·明代卷》前言,3 页,上海,上海古籍出版社,1997。

许学夷改王世懋等人的不自觉融合为有目的的、理性的自觉整合。 其论先秦至明代诗歌创作、历代选集和诗论著作，清人恽毓龄言其"集诗学之大成"，这一说法一般理解限于诗体美学领域，尚未有文化诗学层面的意义。 今天看来，恽氏的话可作新的阐释，许学夷以正统儒家"中和"观，吸纳了明代释道之学和王学的文化智慧，以之为学术视野，扬弃、吸收并超越中国古代诗学，为历代文学批评做总结，形成新的文化诗学。 也就是说，许学夷的整合既包括文化范式的整合与认同，也在艺术理想层面进行了超越，其中既有观念内容的文化艺术设想，又有理想艺术感性范式的实现途径，体现着理论设想与诗学实践的统一。

在文化范式的整合或认同方面，许学夷除认同传统儒家文化外，亦能广泛吸取释、老等文化因素。 据明人恽应翼记载，许学夷"晚年栖心物外，萧然一室，窗外古石崚嶒，花竹交映，中设维摩像，颜曰'维摩室'。 每风雨幽寂，则明灯下帏，焚香宴坐，曰：'吾于释氏，聊借以遣妄心，非欲求生西方、转来世也。'尝言：'儒者莫先于穷理。 释氏、庄、列多夸辞寓言，而庄、列产于中土，人知其为夸寓，释氏起于西域，人以夸寓为真，终使笼罩后世，无能自脱，此贪痴之患也'"。 可见其在广泛吸纳多元文化的同时，有扬弃与超越，其价值取向的基本立场是儒家人生哲学，但他以面向现实与人生的态度，吸收释、庄之学，弥补儒家和王学之不足，其晚年借佛禅之境，以遣妄心，而于三教之理会通之处获得营养，辟创人生的审美境界。 其云："三教之理，判若河汉，而世人强以为同；其徇实而不徇名，三教之理同，而世人强以为异，不惟获罪于吾儒，抑且获罪于二教。"[①]对三教之说，他以面向现实人生的取向，取其于身心切要、使人猛省惩创的价值，故在诗学活动领域，其于政教与审美、"言志"与"缘情"，能结合时代语境，取其要约本真之处进行创化。 在品评诗学活动方面，表现了对"情"

① （明）恽应翼：《许伯清传》，见（明）许学夷著，杜维沫校点：《诗源辩体》附录，434 页，北京，人民文学出版社，1987。

"志"融合的审美样态的追求。他不再抓"言志"或"缘情"某一极，而是根据一个诗人或一个时代诗学活动本身的特征，以自身的多元文化造诣与识见面对历代文学活动。其所谓"见"，就是一种立足多元文化的态度；其所谓"识"，乃是面对多元文化时自己的取向，这一取向是指那些对社会人生具有意义的价值属性。可见，"识"不仅是一种素质，还是把握历史发展本质的能力，它需要理论家的勇气。《诗源辩体》云：

> 学者闻见广博，则识见精深，苟能于《三百篇》而下一一参究，并取前人议论一一绅绎，则正变自分、高下自见矣。①

许氏的文化胸怀和立足历史文化的多元视野和精深识见，使他在诗学方法上，不至于隔靴搔痒，而是能够针对对象的自身特性，在"情""意"二者之间整体把握。《诗源辩体》云：

> 学汉魏而不读《三百篇》，犹木之无根；学唐人而不读汉魏，犹枝之无干；乃至后生初学，专读近代之诗，并不识唐诗面目，此犹花叶之无枝，将朝荣而夕萎矣。②

可见，"识见"在审美文化发展中有重要意义。有了"识见"，就不为任何大家所恐，就能以有利于文化发展的尺度整体把握历代诗歌，衡量诗歌高下，见出理论家的勇气。不为"盛名""才力豪纵""资性诡诞"所恐，即使对李、杜等大家，亦好处说好，坏处说坏，而又不惟一家之言，这显然是理性的眼光，有利于在面对多元审美风格时，扬弃那些导致生命力萎缩的因

---

① （明）许学夷著，杜维沫校点：《诗源辩体》卷三十四第三则，313～314 页，北京，人民文学出版社，1987。
② （明）许学夷著，杜维沫校点：《诗源辩体》卷三十四第六则，315 页，北京，人民文学出版社，1987。

素，吸收与发展具有生机与活力的审美因素，去粗取精。许氏不为"大家"和"古人"所恐的勇气，见出理论家的真知灼见。这对吸收历代不同背景与渊源的审美文化，推动审美文化的发展，具有积极的作用。他一方面对审美文化中缺乏活力的因素进行扬弃，另一方面认识到抓住一极或一点而不及其他，只会导致诗学发展机能萎缩。这些既体现了他在历代艺术理想层面的超越，也反映了他在艺术观念内容方面提出的设想。

在理想艺术范式实现的途径方面，他也进行了可贵的探索和实践。这就是总结意识与超越、整合意图。其去"古惟独造"，提倡"我则兼工，集其大成，何忝名世"就反映了这一意图。首先，在创作的本质追求上，是"神情融洽，出自胸臆"，而非刻意求新、求奇、求变。如此，自能创出新的境界，在实践层面，就既能符合个体的艺术观，又能暗合艺术的理想范式；在历史层面，就能吸收和包孕某一艺术范式在发展中的优秀成分，使这些成分天然组合，趋于丰富完美，达于艺术范式的理想境地："须眉口鼻皆同，而丰神意态不一"，故"不必创新立异以为高"。其次，许氏以为单纯追新逐异，抓住一极任意发展，既不能扬弃艺术活动中落后的因素，亦不能在多种艺术活动素质中相摩相荡、相值相取，不能"因时趋变"，反而走入奇异之境，"为卑""为野"，"神奇复化为臭腐"。以人喻之，则"须眉变相，口鼻异生，始为绝类"。"绝类"是发展机能萎缩的表现，缺乏生气与活力，会导致某种艺术形式的消亡。若整个艺术活动如此，亦将导致艺术活动的消亡。可见，第一，许氏对审美文化整合的意图，以及借助整合，期望创造充满生机的审美文化范式的努力，得到了艺术发展史的支持。他在艺术观念领域，从内容到形式进行设想，又在艺术理想层面，以艺术实践活动中的感性范式变化，来支撑自己的设想。其诗学思想中对审美文化范式的整合，的确在艺术理想问题上得到了印证。第二，许氏对文化的价值与审美品质是有取舍的，取舍的标准是尊重艺术活动发展的需要。许氏对历代诗学思想的总结，目的是寻找艺术发展中"正变"交替的动因。艺术能否发展，文化的价值取向和审美品质的高低起着重要的作用。

◎ 第三节

"入神"与"入圣"：论盛唐艺术理想

许学夷以"入神"与"入圣"论析盛唐诗歌各类体制的理想及其范式。他以"入神"与"入圣"为切入点，区别李、杜与盛唐诸公的成就，这一认识，得到了现代的范式理论和文学发展论的支持。

一、"入神"与"入圣"在诗歌文本中的表现特征

明代中期以来，格调论多有谈到"入神"与"入圣"的问题，但使用这两个术语却没有固定的范围和对象。许学夷以此区别李、杜范式与盛唐诸公范式所代表的艺术理想，是在纵向的深度上抓住了理想范式的特征：

> 盛唐诸公律诗，多融化无迹而入于圣。[①]

> 五七言律，沈、宋为正宗，至盛唐诸公而入于圣。……至李、杜而入于神。[②]

> 李、杜才力甚大，而造诣极高，意兴极远，故其五七言古体多变化，语多奇伟，而气象风格大备，多入于神矣。[③]

---

① （明）许学夷著，杜维沫校点：《诗源辩体》卷十七第三○则，179 页，北京，人民文学出版社，1987。

② （明）许学夷著，杜维沫校点：《诗源辩体》卷十八第一二则，193 页，北京，人民文学出版社，1987。

③ （明）许学夷著，杜维沫校点：《诗源辩体》卷十八第一则，189 页，北京，人民文学出版社，1987。

许学夷不仅认为盛唐诗歌具有"融化无迹"而"入圣"的高超审美水平，而且进一步抓住"入神"诗歌的一系列不同层面的特征，如"才力""造诣""意兴""语体""诗体""气象风格"等主客体条件和因素，把李、杜分离出盛唐诗人群体，以论证他们高于"入圣"的水平。

"圣"在我国古代，本是才能全面、学识广泛深刻的意思。《书·洪范》说"睿为圣"。《传》云："于事无不通曰圣。"《说文解字》："圣，通也。"总之，对某一事物或技艺无所不通、无所不能，并深刻把握，称之为"圣"。同时，它还是"通""达"的境界。盛唐诗人由于以集体的力量多方面吸收了不同文化、思想和艺术的营养，全面总结了诗歌创作经验，补足了诗体中的不全因素，并使之"融化无迹"，故"入于圣"。

"入神"就不仅仅是"通"的能力所能办到的，它还包括：第一，要善于"变"。"入神"的前提是"变"，"变"的前提是形成诗体的主客观条件和各种因素空前丰富多样。故必须在集大成的基础上，对形成诗体的诸多主客体因素，悟得透彻，对它们进行多种组合变化，化入一种新的感性范式，方能称为"入神"。显然，"入圣"需要对形成诗歌话语的所有因素进行"融化"，而"入神"则不仅需要"融化"，更需要对这些因素进行"变化"。第二，"入神"的诗歌与盛唐诸公诗歌一样，也是一种"化境"，但它是"变"而入于"化境"。杜甫诗中的一系列"神"就是用以概括艺术的"最高造诣"[①]，即指主体运用"造诣"之功，灵活地对形成诗歌的各种因素进行变化组合，从而生成"入神"的诗境。在殷璠看来，"神看来好像是一种超然物外的境界，是诗人对宇宙之理有所把握、有所感悟之后，再来观照人世社会，产生一种不为世俗所累，而又能更洞彻世俗之情的一种神理。有了这种'神'，诗似乎更有深度，更有理致，具有一种较高的，或者说可达到物我两忘的境界。"[②]"入神"不仅需要集思想、文化、艺术之大成，要

---

① 李珍华、傅璇琮：《河岳英灵集研究》，50～51页，北京，中华书局，1992。
② 同上书，63页。

"通"，要符合规范（"正"），更需要以不凡的才华、高超的造诣去"变"，进而在诗体上进入化境，达到极致。

就"入神"本身来说，它有自己的规定性：一是语言形象层面的条件及其语体显现是多样的；二是形成诗体的众多因素与条件成为诗体之"变"的依据；三是"变"不是随意的，要按照美的规律生成成熟的诗体或诗歌风格。

二、李、杜诗歌"变而入神"的主体条件

"入神"作为理想范式，形成的前提是诗人对各种主、客体因素进行变化的能力和素质。这些能力、素质，有的是盛唐诗人们共有的，可以使诗歌"入圣"的那些条件，李、杜在这些方面更加突出；有的却是盛唐一般诗人不具备的，就是李、杜诗歌"变而入神"所主要依赖的条件或因素。对这些因素，许学夷在理论上进行了探析。

从创作主体角度出发，对于"变而入神"的主体条件，他拈出"性""才力""造诣"三个相互联系的方面。《诗源辩体》云："李、杜二公诗，本乎性生。"[1]纵观初唐至盛唐诗歌演进史，就可以看到"性"对唐诗走向高峰的重要性。殷璠《河岳英灵集》以"声律风骨兼备"作为唐诗进入全盛阶段的主要标志。初唐陈子昂和四杰强调"风骨"对宫廷诗已有补救；沈、宋对近体诗的声律也已奠定基础，后来盛唐人在声律方面没有大的突破，说明初唐在声律上的准备是充分的。但"声律风骨兼备"的盛唐气象却姗姗来迟，这只能是"风骨"出了问题。"风骨"的经典解释出自刘勰，他对本文构成的两大基本要素"情"与"辞"，分别"提出了内在的审美品格的要求"，这就是"风清骨峻"。"'风清'就是要求情感的表达应'清新真切'，发自胸臆，有生命活力"；"'骨峻'就是要求辞语的表达应'峻

---

① （明）许学夷著，杜维沫校点：《诗源辩体》卷十八第二则，189页，北京，人民文学出版社，1987。

拔遒劲’，出言有力，能给人感染”。① 可见，“风骨”的要求除像陈子昂那样革除浮靡无力之词外，还有一个“性情”的要求，这一“性情”必须发自胸臆，清新、真切、有力。 四杰，沈、宋乃至盛唐诸家，从通体看，尚缺乏李、杜那种笼罩全局、贯通各个关节的精神情感力量。 原因之一是诗体演进的准备不足，更重要的是“从初唐至盛唐，对诗人性情发展起重大推动作用的又一重要因素是思想解放进程。 大体说来，初唐儒风较盛，活跃开放不足”②。 即使在盛唐时代，也是随着政治经济、文化学术的发展以及庶族地主地位与作用的不断上升，思想才逐渐趋于活跃和解放的，社会文化并不是一下子就能培养出可以产生完美诗体的性情。 直到儒、释、道的融合，禅宗的兴起，这种性情的产生才有了明确信息。 禅是在性情走向自由发展时代的环境中酝酿出来的，禅的传播助长了一个时代个体意识的张扬，尤能带来个体内在心性的无限自由。 在文学领域，到了王、孟、李、杜才赶上了这一时代。 但李、杜在朝时间较王、孟为短，旅行时间又较王、孟为长，李白还曾经任侠，尝试过各种生存方式，民间生活空间比王、孟广阔得多，这对培养李、杜生活上放旷不检的秉性具有重要意义。 反映在诗歌创作中，李、杜性情的抒发与表现，比起王、孟更加自由舒展、淋漓尽致。 这种主体精神在性情的催发下就会产生支撑起诗歌的强大力量，去充分融合诗歌发展的各种因素，“神来，气来，性来”③，臻于“声律风骨兼备”的境界。

“神境”的生成，一般才华和造诣不能达，离开诗人的非凡才力与深厚造诣，要想把握变动不居的社会和人生，并使各种诗歌因素在变化中达到一种完美的境界，几乎是不可能的。 许学夷说，“李、杜才力甚大，而造诣极高”，因此，才高于盛唐诸公：

---

① 童庆炳：《〈文心雕龙〉“风清骨峻说”》，载《文艺研究》，1999（6）。
② 余恕诚：《唐诗风貌》，67 页，合肥，安徽大学出版社，2000。
③ （唐）殷璠：《河岳英灵集·序》，见（唐）元结、殷璠等选《唐人选取唐诗十种》，41 页，上海，上海古籍出版社，1978。

若高、岑之于李、杜二公，非时代不同，实为才力所限也。①

他对李、杜歌行于"才力"方面所显示的成就尤为赞赏：

胡元瑞云："古诗窘于格调，近体束于声律，惟歌行大小短长、错综阖辟，素无定体，故极能发人才思。李、杜之才不尽于古诗，而尽于歌行。孟襄阳辈才短，故歌行无复佳者。"故予谓其……歌行为神也。②

把李、杜"才力"直接与"神"挂钩，说明"才力"之于"入神"的重要性。若从作品中直接寻找李、杜有"才力"的证据，恐怕不是一个好办法。他们诗歌的艺术技巧和艺术手法，从诗歌文本理性地分析起来，未必比盛唐各家高明多少。若对李、杜诗歌去整体感受，就会感到他们的"才力"十分突出，这表现于他们诗歌的整体气势及其变化：

胡元瑞云："七言歌行……高、岑、王、李，音节鲜明，情致委折，畅矣，然而未大也。太白少陵大而化矣，能事毕矣。"又云："初唐以才藻胜，盛唐以风神胜，李、杜以气概胜，而才藻风神称之，加以变化灵异，遂为大家。"此论甚当。③

李、杜各种诗体，既全面汲取初、盛唐诗歌的艺术经验，发挥初、盛唐诗歌之长，又以"气概"凝结"才藻风神"，加之"变化灵异"，形成以"气"夺人的诗歌范式。李、杜的诗歌"气概"，核心是"才力"。这种"才力"，

---

① （明）许学夷著，杜维沫校点：《诗源辩体》卷十八第一二则，193 页，北京，人民文学出版社，1987。
② （明）许学夷著，杜维沫校点：《诗源辩体》卷十八第一〇则，192 页，北京，人民文学出版社，1987。
③ （明）许学夷著，杜维沫校点：《诗源辩体》卷十八第一一则，193 页，北京，人民文学出版社，1987。

仿佛来自天外，它的表现形态浩瀚热情，胸怀广阔，个性自由，表现力不凡，体现出与云天比高、与历史等量的气势。以这样的"才力"或"气概"去融合初唐"才藻"与盛唐"兴趣""风神"，自能出神入化。出神入化，许氏称为"大而化"，"大"就是针对"才力"和"气概"而言。与盛唐诸公只讲"兴趣"或"风神"的"音节鲜明，情致委折"相比，显然诗歌品质发生了质的变化。所以，胡震亨在《唐音癸签》卷六评其"才调高逸，往往兴会属辞，古人之善诗者，不逮"。高棅言其"特过诸人""轶荡人群"之处，就在于"才力绝人""天才纵逸"。

"才力"离不开"造诣"，是李、杜诗歌文本所显现的另一个特征，两者的结合就显示出非凡的创造力量。李白曾自称"五岁诵六甲"，"十岁观百家"，又说"十岁观奇书，作赋凌相如"。加上他是一个杂家，对唐代各种思想、文化和诸多诗体都抱以接受的姿态，更有遍访名山大川、受自然万象熏陶的经历，以这样后天习得养成的深厚造诣和心理准备去创作诗歌，必然在诗歌创作各种才能的运用方面，不受拘束，浑然天成，表现出不凡的创作才能。杜甫"读书破万卷，下笔如有神"则概括了他的"才力"与"造诣"的密切关系所显示的不凡诗才。

"才力"和"造诣"，在李、杜诗歌文本的各个因素上都有表现，包括语体、意兴、诗体、气象风格等，这些因素又各自独具特征。这些各具特色的要素完美融合，其外在显现乃是诗体的"入神"与气象风格的"大备"和完美。在这些因素中，意兴、诗体、气象风格将在下文中论及，先看语体。

李、杜的"才力"和"造诣"首先在语体上反映出来。许学夷在盛唐总论部分讲李、杜"语多奇伟"，但并非奇崛、佶屈聱牙。他曾具体做了阐发：

　　五言古、七言歌行，太白语多豪放，子美语多沈着。[1]

---

[1]　（明）许学夷著，杜维沫校点：《诗源辩体》卷十八第一七则，195 页，北京，人民文学出版社，1987。

　　五言古、七言歌行，太白语虽自然而风格自高，子美语虽独造而天机自融。学者苟得其自然而不得其风格，则失之轻而流；苟得其独造而不得其天机，则失之重而板。①

　　李、杜"奇伟"的表现，重点似乎不在豪放和沉着本身。李白豪放而不"轻""流"，故自然而整体风格自高；杜甫沉着而不显板滞，故语体独造而天机自融。无论是"太白语"还是"子美语"，都是一种高度成熟圆练、臻于化境的语言体式。这种在不经意中融会各种主客体因素，化万物而达于圆熟练达的语言至境，便是李、杜语体"奇伟"而不"奇崛"的原因所在。他们具有的融多种因素于审美规范之中的形式创造能力，才真正见造诣功夫，见才力大小。若说对前代诗歌艺术语言的运用，盛唐其他诗人在技巧上都有这方面的特长，也不断在诗歌中实践，但李、杜能以语言、声律形式包容整个时代的宏伟性，高度体现时代创造性，却是盛唐诸公难以达到的。

　　性情、才力、造诣高深、语多奇伟、意兴的出现，以及诗体、风格大备，都是"变而入神"的条件，它们形成合力，催发李、杜诗歌显出迷人的风采。

三、李、杜诗歌之"变"的表现形式及其诗性特质

　　李、杜之"变"是他们超越盛唐诸公的深刻之处。许氏此处谈"变"，已不单是"变风变雅"之"变"，它还有两层含义：一是形成诗体的各种主、客体因素本身已然包含有"变"的潜在性质，成为"变而入神"的条件；二是李、杜善于把握这些变化着的因素，使之展开新的集

---

① （明）许学夷著，杜维沫校点：《诗源辩体》卷十八第一五则，194页，北京，人民文学出版社，1987。

合、重组、互动，带来诗歌话语的发展。正因为这样，才能够表现李、杜非凡的创造性。

李、杜之"变"，是许学夷突出其在盛唐崇高地位的重点。他认为，李、杜以其天才和造诣整合初唐才藻和盛唐风神，"加以变化灵异，遂为大家"①，就隐含着两层意思：第一，"变"蕴含创新的潜质。"太白以天才胜，子美以人力胜。太白光焰在外，子美光焰在内。……太白歌行，窈冥恍惚，漫衍纵横，极才人之致。子美歌行，突兀峥嵘，偬傥瑰伟，尽作者之能。此皆变化不测而入于神者也。"②尽管李、杜之间有"天才"与"人力"之别，又以各自特有的"变"，显示出他们诗歌独特的发展方向，但在因"变"而出新这一点上是一致的。李、杜与盛唐诸家比，在使诗歌产生新"变"的素质方面，尤为突出。这些素质除上述主体因素外，当然还与融合社会文化思想的能力有关，也与他们对盛唐时代诗歌发展水平与规律的判断和把握程度相关。比如，陈子昂虽然在诗歌内容方面实现了复古中的革新，但在艺术上未能做到复古中有较大程度的变化。盛唐诗人能把构成"唐诗"的不完备的因素补全，在内容上继承了陈子昂，并进一步在艺术形式上全面恢复、融会前人的诗歌创作之长，融汉魏风骨与江左诗风而变为盛唐之音，在历史内容和语言形象的结合上形成了较为理想的文质彬彬的诗歌风貌，但在艺术上却并未完全处理好复与变的关系，缺少使诗歌在变化中进入神境的能力，故前人有以"雅正"称盛唐诸家。直到李、杜，才既在内容又在形式的复变关系上有了全面突破，正是在这些突破中，李、杜诗歌显示着"变"的特征。关于这一点，王世贞等人从诗歌创作主体和本文因素上寻找感受，没有看出李、杜达于极致的关键是他们具有使诗歌构成因素"变幻不测"的素质。第二，李、杜之"变"具有使诗体规定性不断完善，使变化着的各因

---

① （明）许学夷著，杜维沫校点：《诗源辩体》卷十八第一一则，193 页，北京，人民文学出版社，1987。

② （明）许学夷著，杜维沫校点：《诗源辩体》卷十八第一三则，193～194 页，北京，人民文学出版社，1987。

素完美融合而走向成熟的特点。 这得益于李、杜在"变化"方向上的"正、变兼得"性质。"正"不仅指"雅正",也有"通""复"即继承的含义。虽然"变"是李、杜诗歌成为诗中极品或"入神"的深层原因,但李、杜是随时代发展达于诗歌极致的,在"变"中讲"通"、讲"雅",故有"正"的成分。 不像元和以后诗歌之"变",乃是诗人们抓住前代诗人的某一点走向极端,失去"雅正"本色,造成诗体结构在完美性方面的不足。 李、杜"正、变兼得",是诗体发展成熟完美的重要标志之一。 当然,因二人创作取向不同,其"正、变兼得"的表现形式有显著区别。

许氏认为李白之"变"具有"正中之变"的性质。 李白"正"的一面指李诗或"出于骚",或"出自古乐府",或出自齐梁与初唐[1],说明李白的诗歌是有师承的,合乎诗体或诗体发展的规范,这是"正"的表现;但李诗有"己调","观者知为太白,不知为古乐府、齐梁也"[2]则是在"正"的基础上的创新,是"变"。 与其他时代、同时代其他诗人之"变"相比,李白的"正中之变"有"人所不及"之处,这种"变"的特点之一是"乱而完整"。尽管李白对前人诗歌各种成就进行了创造性的改造,形成了"己调",但具有"词意反覆屈折"、情味悠长、一唱三叹之效,这是合乎"诗体"要求和诗体发展规律的表现;虽有"收泪讴吟"之变,但又得"三纲五典之重"。"乱而完整",与他"略借古格""自出机杼",以自然为法度不无关系。[3]从形象层面看,李诗似乎没有诗体"定性","想落意外,局自变生"[4],"令人回测"。 其实他有自己的法度,即朱熹说的"从容于法度",朱熹的话有两层意思。 一是他把握了前人法度,并化为己有。 故而这种法度一方

---

[1]　(明)许学夷著,杜维沫校点:《诗源辩体》卷十八第三〇则,200 页,北京,人民文学出版社,1987。

[2]　同上书,200 页。

[3]　(明)许学夷著,杜维沫校点:《诗源辩体》卷十八第二九则,200 页,北京,人民文学出版社,1987。

[4]　(明)陆时雍:《诗镜总论》,见丁福保辑:《历代诗话续编》,1414 页,北京,中华书局,1983。

面出自"古格"，并不逾矩，另一方面又看不出古人的痕迹，似乎"从心所欲"，故能"高畅俊逸"，观者知为太白。 二指他规矩在手，自运方圆。前人说他师法自然，许氏言其"驰荡自然，不假雕饰"①，就是指李白的艺术形象创造合于天成。 这些是他诗歌形象"正中之变"的特征。 此外，许学夷还指出他"正中之变"的语体特点。 一是"一扫而就，转韵甚便"②，但自是师承基础上的变革。 二是"奇警"③，表现为得"藻秀天仙"的魏晋玄理诗真传而又不着痕迹。 三是"豪"与"放"，却"过而非不及"④。 李白诗歌语体的这些特点，同上述"乱而完整""自出机杼"、以自然为法度一起，构成多方面的诗歌之"变"。 就诗"变"而言，历代都有，为什么李白之"变"能达于至境呢？ 这是因为，第一，李白在多方面的"变"中，每多雅正，不失其"真"。"真"包含性情之"真"与"诗体"规律之"真"，即许氏所说的"斯得中耳"的"正中之变"和"正中之奇"⑤。 许氏说李诗既"失之于放"，又"过而非不及"，此中暗含这样一个信息：李白善于把两个对立方面在"变"中统一起来。 这与李白侠儒一身的行为方式也颇为一致。 侠与儒对秩序与规范的态度是相左的，这一矛盾在他心灵深处构造出一种特殊的张力，给诗歌语体带来慷慨不平的气调和豪迈不羁的热情。 重事功和重个性的撞击，进而相互渗透、运动，与因禅而得的内在心性自由一起，保证了李白心理的健康协调，为唐诗语体走向巅峰提供了心理的保证。 第二，太白"正中之变"是以真性情、大气概和巨大的才力、造诣，把前人优

---

① （明）许学夷著，杜维沫校点：《诗源辩体》卷十八第四二则，205 页，北京，人民文学出版社，1987。
② （明）许学夷著，杜维沫校点：《诗源辩体》卷十八第二六则，198 页，北京，人民文学出版社，1987。
③ （明）许学夷著，杜维沫校点：《诗源辩体》卷十八第三四则，201 页，北京，人民文学出版社，1987。
④ （明）许学夷著，杜维沫校点：《诗源辩体》卷十八第三九则，204 页，北京，人民文学出版社，1987。
⑤ （明）许学夷著，杜维沫校点：《诗源辩体》卷十八第三二则，201 页，北京，人民文学出版社，1987。

长天才地融入自己的"变"中，"化而无迹"①，这是"入神"的内在依据。

李白的"变化不测"和豪放飘逸并不是随意的，他是"按美的规律去建造"，故符合各体诗歌发展规律和审美规范，能"过而非不及"，"放"而雅驯。许氏把对李白诗"正中之变"的认识作为李白诗体处在盛唐顶峰的证据是令人信服的，这绝非以往感受性的泛泛之言。

杜甫诗歌之"变"，则是"变中之正"，所以杜诗给人的第一印象是"变"。与李白全面继承以往风、骚、乐府甚至用乐府旧题，并在初、盛唐的基础上，以才华的力量进行创新的"正中之变"不同，杜甫往往"变"在先，厌弃范古，其"自立新题，自创己格，自叙时事"就表明了这一点。比如五言古"短篇……字字精炼"，"长篇又穷极笔力，皆非他人所能及也"。又"叙情若诉，皆苦心精思，尽作者之能，非卒然信笔所能办也"②。可见，"叙情"的这一创造，就改变了过去诗歌"感事而发"、信笔而成的传统，而为"尽作者之能"的苦心精思；改变了以往诗歌涉"事"精构、以事为抒情依托的特点，而往往"凡涉叙事，纡回曲折，生意不穷"③。在声律方面，虽"效古乐府而用古韵，又上、去二声杂用"，但"声调终与古乐府不类，自是子美之诗"④。七言歌行的语体，"突兀峥嵘，无首无尾，既不易学……虽稍入叙事，而气象浑涵，更无有相类者"⑤。其七言律，尤常"以歌行入律"⑥。杜诗在许学夷眼里，整体印象是：与盛

---

① （明）许学夷著，杜维沫校点：《诗源辩体》卷十八第三三则，201 页，北京，人民文学出版社，1987。

② （明）许学夷著，杜维沫校点：《诗源辩体》卷十九第一、二、三则，209～210 页，北京，人民文学出版社，1987。

③ （明）许学夷著，杜维沫校点：《诗源辩体》卷十九第五则，210 页，北京，人民文学出版社，1987。

④ （明）许学夷著，杜维沫校点：《诗源辩体》卷十九第四则，210 页，北京，人民文学出版社，1987。

⑤ （明）许学夷著，杜维沫校点：《诗源辩体》卷十九第八则，211 页，北京，人民文学出版社，1987。

⑥ （明）许学夷著，杜维沫校点：《诗源辩体》卷十九第二五则，219 页，北京，人民文学出版社，1987。

唐风貌比，各种诗体都有"变"处。这虽另为一种诗格，却又在骨子里"转益多师"："然风、骚、乐府遗意，杜往往得之"①，有"正""通"的一面。而且，杜甫之"变"的审美底色与审美品位既是盛唐的，又有盛唐不能达到的极致。比如，杜诗"纵横轶荡，而精严自如"②。五七言律，盛唐诸公惟在"兴趣"，体多浑圆，语多活泼，"若子美则以意为主，以独造为宗，故体多严整，语多沉着耳"。在命意创句方面，虽"与诸家不同"，却"沉雄含蓄，浑厚悲壮"。③对于这种鲜明的盛唐色彩以及对其的超越，只能说杜诗是"变中有正"。

许学夷认为，这与杜甫把唐人"言志述怀"的宗旨换成了"感事写意"有关。杜甫后期的唐王朝，万方多难，处在多"事"之秋，这是诗歌抒述"怀抱"以"事"为对象的契机。诗歌在这时变"言志"为"感事"是很自然的，但"感事"与"述怀"并非毫无关系。杜诗感事往往有"述情切事"④的特点，"事"不仅是叙述出来的，而且有"感"的性质，与情契合一致，所以杜诗仍是深情歌唱，长歌当哭，既不同于此前诗中作为抒情依托的简略之事，也不同于"史"事。这一点就与前人及盛唐诗歌"感物吟志"的传统一致，"变"中有"正"的一面。不过杜诗"感事"，往往"以意为主"，感叹之不足还要议论一番，把情、事、意、理结合起来，这在诗史上是革命性的变化。这一做法发展到元和以后，渐开先有意念再假托物象以构成诗歌形象的风气，后来走到宋人的凭心结撰，翻空出奇，"写意"便脱离"感事"，走向偏重主观之"意"的一端。许学夷看到，杜甫"以意为主"，实为宋诗"写意"的开山祖师。就是说，因杜诗创作又生出了一套新

① （明）许学夷著，杜维沫校点：《诗源辩体》卷十九第一则，209页，北京，人民文学出版社，1987。
② （明）许学夷著，杜维沫校点：《诗源辩体》卷十九第八则，211页，北京，人民文学出版社，1987。
③ （明）许学夷著，杜维沫校点：《诗源辩体》卷十九第一四、一六则，214、215页，北京，人民文学出版社，1987。
④ （明）许学夷著，杜维沫校点：《诗源辩体》卷十九第二九则，221页，北京，人民文学出版社，1987。

的艺术方法和诗歌体制，从整体上改变了传统诗学观念与写法，把过去不入诗或很少入诗的题材、语言、形象结构，吸收到诗歌中来，唱出了新声。 所以宋人王禹偁说："子美集开新世界。"说杜诗以"变"见长，比说杜诗"集大成"的提法更切合实际一些。 许学夷在论述李白时重点谈承先、继往与"集大成"的问题，而谈杜则一再谈"变"，认为杜甫的意义更在"启后"或"开来"。 当然，杜甫在唐代诗坛的革新之所以具有全面性，与"转益多师"、不失前人"遗意"和传统精髓也有密切关系。 在"纵横轶荡""更无相类者"中，却有盛唐的"体多完整""精严自如""沉雄悲壮""浑厚含蓄""气象浑涵"的特点，说明其诗中仍充溢着盛世诗坛的浓重气息、昂扬奋发的进取精神、阔大的胸怀和抒情浓郁的艺术风味。 所以，把"变中之正"作为杜诗高出盛唐诸家的证据之一，是十分有道理的。

四、李、杜诗歌"变而入神"的诗体范式

"正"而"变"和"变"而"正"分别作为李、杜诗歌高出盛唐诸家的特征，不仅表现在构成诗体的各因素上，而且这些各具鲜明特点的诗歌因素的多种组合、变化与突破，最终要落实到诗体上，显示出诗体的风貌。 这就是"变而入神""入于神境"的应有之义。 所以许学夷最终从诗"体"层面论述李、杜诗歌"入神"的范式特征。

> 李、杜……体多变化。①

> 李、杜二公于唐体为纯。②

---

① （明）许学夷著，杜维沫校点：《诗源辩体》卷十八第一则，189 页，北京，人民文学出版社，1987。
② （明）许学夷著，杜维沫校点：《诗源辩体》卷十八第八则，191 页，北京，人民文学出版社，1987。

既讲李、杜"体多变化"，又言"于唐体为纯"，似乎是一个矛盾的说法。"体纯"指在诗歌形式方面，最合乎一种诗体的审美规范，达于高度成熟的范式，许氏言其"风格大备"也实指这种诗体的成熟状态。而"体多变化"则是不断超越原有诗体审美规范的成规，大胆突破，形成新的审美规定性。"变"而达于"体纯"，就经历了这样一个过程，它是诗体规范（原有的）与反规范的张力作用，两者互渗、互动，保证诗歌创新的经常性、持久性，最终形成新的审美规定性和新的诗体形式。

从李、杜各体诗歌的情况看，确乎像许学夷讲的"体多变化"，又"于唐体为纯"，达到纯熟圆练的高度。也正因为如此，李、杜诗歌才能"气象风格大备"，"变而入神"，"入于神境"，加上各体相互影响的作用，在诗的内外品质方面超过了盛唐时代的其他诗人。

五、李、杜诗歌"变而入神"的"时代"语境

李、杜于"变化不测中入神"，并不是随意的，有历史文化的根源，因为任何诗体及其风貌，都是时代的产物。《诗源辩体》云：

> 五七言律，沈、宋为正宗，至盛唐诸公而入于圣。五七言古，高、岑为正宗，至李、杜而入于神。然沈、宋之于盛唐诸公，非才力不逮，盖为时代所限耳。若高、岑之于李、杜二公，非时代不同，实为才力所限也。[1]

李、杜高于高、岑、王、孟等盛唐诸公，是"才力""造诣"及其"变"化的

---

[1] （明）许学夷著，杜维沫校点：《诗源辩体》卷十八第一二则，193页，北京，人民文学出版社，1987。

问题，许氏认为这是"时代"造就的。仅以"才力"而言，李、杜"才力"，除"天才"和开放文化造就的"气概"外，还包含那种掌握"美的规律"的能力。有了这个能力，就会自觉地"按照美的规律建造"，来充分显示诗体的完美性。李、杜诗歌"变而入神"，与初、盛唐诗歌不断总结前人经验，在培养诗人"才力""造诣"方面取得成就，导致诗体水平持续发展相关。李白诗歌的"正中之变"是在历代包括盛唐诸家不断探索的基础上进行的，在盛唐诸家，各种诗体仍未完全成熟，还是不确定的形式，但却培养了李白的审美经验，为他掌握诗歌审美规律、培育创造美的能力提供了条件。经过李白按美的发展规律去深化，各种诗体形式才有了完美的定性，达于"体纯"。李白几乎占据了各种诗体正宗的地位。葛晓音认为他"总结了全盛之世的风雅观"，并"将如此广阔的生活内容都纳入风雅的范畴"①。可以说，继承风雅只是解决诗歌的发展方向问题，李白还继承建安和正始文学，使诗歌面向人生，表现个性，达于文质相符。而借鉴六朝是着眼于技巧和形式美。三者相互改造、补充，加上主体因素的作用，便形成诗歌的新格局，它充分显示了诗人把握审美规律的能力，有这样的能力，当然就能创造出典范性的诗体，而典范性的诗体是一种绝唱，也就意味着后人再难重复这样的歌唱。许氏把杜甫诗体定位于"变中之正"，也与杜甫对丰富的传统所抱的态度有关。其"别裁伪体"和"转益多师"的相互依存与制约，既避免了对前人继承的无所适从和浮滥，也避免了继承的狭隘，为正确开掘和合情合理地利用传统资源，在集大成的基础上超越前贤、创建一代诗风提供了保证。于此亦见杜甫对"美的规律"的掌握程度是很高的。中唐以后，诗人们对待传统大多只抓住一家、一派、一代甚至一家的某个方面，意在独辟蹊径，但却越走越窄，再难出现杜甫博采旁搜的宏大气魄和开拓精神。这说明杜甫主体意识的高度发扬和诗歌之"变"也不是随意的，而是有"通"和"正"的一面，符合美的发展规律的一面。杜甫生活前期，唐代社

① 葛晓音：《论初盛唐诗歌革新的基本特征》，载《中国社会科学》，1985（2）。

会生活蓬勃向上的氛围，开放、自由、活跃、富于自信的时代心理，深深地影响着杜甫，而"别裁伪体""转益多师"的能力正是这种富于自信的社会心理的反映。这些，势必影响到杜甫的诗歌创作，并在诗体中有鲜明、深刻、自然的呈现。严羽《沧浪诗话·诗评》说杜诗"宪章汉魏，而取材于六朝"是十分有道理的。"宪章汉魏"正是"别裁伪体"，求诗歌之"正"；而"取材于六朝"，又是"转益多师"的表现。这两方面的结合与变化，以其鲜明的时代色彩，使杜甫诗歌"变而入神"，走向盛唐诗歌的另一峰巅。

许氏对李、杜诗体"正"而有"变"、"变而入神"的认识，突出的观点是诗体的演化与"时代"关联，它表现为突破与建构过程。李、杜诗歌创作的"正"与"变"，一方面蕴含着要遵守规范，因为任何诗体都有原初的规定性，有长期积淀的艺术感知和体验方式，各个规范要素组成的整体，包含创作主体的才力、造诣、创作手段，对前人诗歌的把握以及表现对象、主题内容对创作主客体的要求。诗人只能根据自己的条件和心理准备表现他所能表现的，表达他的体验和感知方式所能表达的，这是艺术范式的惯例和模式作用。另一方面，范式不是一成不变的，当它其中的一部分因素不能适应时代发展的要求，成为新的创作障碍时，便要求对既有范式的突破。李、杜之所以要"别裁伪体"，就是对旧有的、不适应诗歌发展的范式进行修正、突破，呼唤并建立更加符合艺术审美规律和特定时代要求的诗歌范式。这是由于任何一个诗人的主体条件都是不同的，他的体验和感知方式有独特性，对审美规律的把握能力也不一样。掌握审美规律的能力因人而异，范式就在修正、突破之中，不断地丰富、发展、变化。这两个方面，即规范与规范的突破，相辅相成，相互转化，范式突破到一定程度，就转化为较为稳定的、完美的新的惯例与模式，这时，某一艺术范式就处在一定时空的峰巅上。李、杜范式的"变"与"正"兼得，就属于这一性质。

艺术自身的发展史表明，艺术世界内部各种类型（范式）之间相互影响、相互作用，也会使某一艺术模式变化，并达到极境状态。李、杜在诗歌各体上都有创作，必然使各体之间相互影响和渗透。比如，李白"五言古多转韵体"，而"七言绝多一气贯成者，最得歌行之体"①。 杜甫则"以歌行入律"，七言绝"其声调实为唐人竹枝先倡"②，甚至"以文入诗"等，都不仅带来诗体之"变"，更重要的是完善了某一诗体或使新的诗歌形式得以产生。 新的诗歌范式确定之时，就意味着这类范式以自己内在和外在的审美规定性的完美结合，也即"入神""入化境"而显得迥异前人、超越前人。 许多伟大艺术家的出现，都以不同艺术类型相互渗透到新的范式的确定为标志。

许氏在论证李、杜"变而入神"的过程中，兼顾诗歌发展的自律与他律因素，把时代的社会心理、历史文化、审美理想和诗歌创作主体的情感、才力、造诣、诗体语言、手法、风格等因素纳入具有互动关系的整体，这些自律的或他律的因素形成关系运动、变化，新的诗歌形式就由不确定到有自己的定性，就走向"入神"，新的范式就得以确立。 以这样的眼光去把握李、杜，就不单是全面深刻的问题，也不单是李、杜的问题，其方法论和学术视野也超越了他生活着的时代。

这从清代诗学得到了印证。 许学夷关于"正"而"变"方能"入神"的认识，包含审美价值取向多元论的思想。 他吸收公安派主张"性情之真""信心而出，信口而谈"的理论，纠正七子派诗学价值体系单纯"崇正"的缺陷；同时，继承七子派的艺术形式论，来弥补公安派的性灵论及其主"变"的不足。 这一点，开了清代诗学"立足于雅正而求真"和"立足于真变而求雅"③这两条路线。 以钱谦益为代表的虞山派诗学"主变而崇正"，王夫之"主情而崇正"，叶燮"变而不失其正"等，都是对文学发展规律别有会心的认识。"正变"在清代成为诗学的核心范畴，虽然因缺乏资料无法

---

① （明）许学夷著，杜维沫校点：《诗源辩体》卷十八第二六、四五则，198、206页，北京，人民文学出版社，1987。

② （明）许学夷著，杜维沫校点：《诗源辩体》卷十九第二五、二七则，219、220页，北京，人民文学出版社，1987。

③ 张健：《清代诗学研究》，782页，北京，北京大学出版社，1999。

证明他们受许氏的影响，但认识上的一致之处至少说明明末清初学人对诗歌发展规律的把握已达到了一个高度。

◎ 第四节
"才力""造诣""兴趣"：
唐诗渐进性演变的主要范畴

许学夷运用"才力""造诣""兴趣"等不同术语论析唐诗不同发展阶段和不同审美风格之间的差异，为有力论证唐诗发展演变提供了理论范畴，揭示了唐诗发展变化的渐进性特征。

许学夷对不同时代诗歌的评价，往往运用不同的理论概念。这就能更好地突出不同时代的特色和个性风貌。《诗源辩体·凡例》说："每则各具一旨，皆积久悟入而得，并未尝有雷同重复者。"这是指他对不同的诗歌运用不同的评价方式，也包含他对历史上不同时代诗歌进行论析时，所使用的理论术语也有所不同："《辩体》中论汉、魏、六朝诗不言才力、造诣者，汉魏虽有才而不露其才，六朝非无才而雕刻绮靡又不足以骋其才；汉魏出于天成，本无造诣，而六朝雕刻绮靡，又不足以言造诣。故必至王、杨、卢、骆，始言才力；至沈、宋，始言造诣；至盛唐诸公，始言兴趣耳。初唐非无兴趣，至盛唐而兴趣实远。"[1]他运用的是与某一时代诗歌特征相契合的理论话语和概念系统，这样做，能够更有效地阐释与之相适应的诗歌文本。胡应麟把论"体"和论"代"分述，虽十分有道理，但他论"代"并没有像许学夷那样，分别运用那些能够发现一个时代诗歌特征的评价术语。另外，从

---

① （明）许学夷著，杜维沫校点：《诗源辩体·凡例》，1、2页，北京，人民文学出版社，1987。

《诗源辩体·凡例》可知，许学夷对唐诗审美特征的揭示，运用的关键术语是"才力""造诣""兴趣"。

其中的"才力"，历代诗人和诗歌创作都有，汉魏"不露其才"，六朝"不足以骋其才"。言下之意有两个：一是初唐王、杨、卢、骆等人，做到了"露其才"，又"骋其才"，呈现出初唐在"才力"方面，与汉魏、六朝的差异；二是初唐诗歌一开始，就与汉魏、六朝有千丝万缕的联系，综合了汉魏、六朝在"才力"方面的优长，并发展了汉魏、六朝在"才力"方面未曾使用的方式。就"造诣"而言，"汉魏出于天成，本无造诣"，当是言汉魏诗歌造语朴实、自然，其情感的表露像天然的血液一般流出，无需"造诣"就真切感人。六朝雕缋满眼，难以谈得上"造诣"。而入唐以后，诗歌活动有了创作主体"造诣"的参与，一方面表明诗歌的质态和风格会产生演变，另一方面也显示唐诗的个性在形成。至于"兴趣"，在许学夷看来，则是盛唐诗歌所独有的特色了。许学夷从"才力""造诣""兴趣"等不同视角论析唐诗，有两重用意：从"才力""造诣""兴趣"的内涵角度，许学夷是在着眼于唐代诗歌的品质；而把"才力""造诣""兴趣"作为特定的历史概念，也意味着他把"四唐"诗歌放在历时的语境中，进行诗史意义的观照。

其中最为突出的，乃是他把初唐诗歌放在整体意义的唐诗历史发展层面，进行审视。在许学夷之前，七子格调论一味强调初唐诗歌受六朝的影响，几乎要将初唐与六朝放在同一层面进行分析。这固然对揭示初唐诗歌的特色有较大意义，但对于初唐诗歌的"唐诗特点"，却多少有些忽视。许学夷当然明白初唐与陈隋的关系，但他从诗歌文本的现实出发，把唐诗的评价关键建立在"才力""造诣""兴趣"几个方面，以此看唐诗，初唐诗歌也就与陈隋之诗界限崭然了。他所得出的评价也就自然与七子等人有所不同。"才力""造诣""兴趣"既是唐诗的特征所在，也就必然在初唐显露出美好的风姿。

一、初唐诗歌"才力"与"气象风格"所显示的唐诗格调特征

许学夷十分了解初唐诗歌与六朝的关系，更看到初唐诗歌自身的特征性。[①] 初唐之所以为唐，首先在初唐四杰"才力既大，风气复还"，且"中多雄伟之语"，"风气"当指四杰复兴了汉魏诗风；而初唐"律体未成，绮靡未革"则指与陈隋诗歌关系，居次要地位。 这样，"才力"、汉魏诗风与"律体未成，绮靡未革"一起，构成初唐诗歌的特征，其中具有新质的，乃是"才力"，也称作"材力"。

就一般而言，"才力"是才能、能力的意思。"才"可通"材"，指本性、资质或禀赋。[②]

若作一般理解，汉魏、六朝的诗人显然也有"才力"。 许学夷是在评五言诗体时以"才力"论四杰，并把诗歌中所显示的诗人"才力"作为初唐诗歌所具有的关键性特质的。 那么，要想弄清许学夷所谓"才力"的含义，就必须将四杰的五言诗与前面的陈隋和之后的盛唐诗歌做一比较，找到初唐诗歌的特征性，才能对"才力"有一个大致的了解。 《诗源辩体》在分析四杰五言诗时说道：

> 五言，王如"悲凉千里道，凄断百年身"。"楼台临绝岸，洲渚亘长天"。……杨如"明堂占气色，华盖辨星文"。……卢如"骨肉胡秦外，风尘关塞中"。……骆如"晚风连朔气，新月照边秋。灶火通军壁，烽烟上

---

① （明）许学夷著，杜维沫校点：《诗源辩体》卷十二第二则，139 页，北京，人民文学出版社，1987。

② 《孟子·告子上》："若夫为不善，非才之罪也。"又："富岁子弟多赖，凶岁子弟多暴，非天之降才尔殊也。"朱熹《集传》："才，材力也。"故"才力"亦可作"材力"。《汉书·东方朔传》："武帝初即位，征天下举方正贤良文学材力之士，待以不次之位。"王安石《上曾参政书》："某闻古之君子立而相天下，必因其材力之所宜，形势之所安，而役使之。"胡应麟《少室山房笔丛·丹铅新录三·岳武穆》："正以玄之材力，非元子、寄奴比也。"程善之《春日杂感》诗："材力日苦弱，意气徒纵横。"

戍楼"。……语皆雄伟。唐人之气象风格，至此而见矣。①

许氏强调的是，"才力"呈现于四杰诗歌语言的"雄伟"，在整体面貌上，
才显露出诗歌的"唐人之气象风格"。 这里的关节点在"语"，所以，许学
夷认为，学者若能在"语"上分辨六朝和唐音，"方许具只眼"②。 就
"语"而言，许学夷认为："绮靡者，六朝本相；雄伟者，初唐本相也。"③
若王、杨、卢、骆诗歌有"语"犹绮靡者，其称之为"类六朝"，但不等于
六朝。 许学夷首先把"才力"与"语"，与唐人"气象风格"连在一起，所
以，他进一步谈到初唐诗歌与"语"有关的诗律、诗韵④，"律"和"韵"最
关诗歌的唐人特征，无论诗体工与不工，只要有"古调"的气象，律诗的声
韵，也就是古、律相杂而颇具气象，就基本具备唐诗的性质。 这样，"才
力"和律、韵以及诗歌语言所造就的气象风格的"雄伟"就紧密地连在了
一起。

七言诗也是这样。 由于渊源不同，体制和五言有别，在四杰诗歌中，自
然另是一种景象。 《诗源辩体》云：

> 七言古自梁简文、陈、隋诸公始，进而为王、卢、骆三子。三子偶
> 俪极工，绮艳变为富丽，然调犹未纯，语犹未畅，其风格虽优，而气象
> 不足。此七言之六变也。⑤

---

① （明）许学夷著，杜维沫校点：《诗源辩体》卷十二第三则，139 页，北京，人民文学出版社，
　1987。
② （明）许学夷著，杜维沫校点：《诗源辩体》卷十二第四则，140 页，北京，人民文学出版社，
　1987。
③ （明）许学夷著，杜维沫校点：《诗源辩体》卷十二第五则，140 页，北京，人民文学出版社，
　1987。
④ （明）许学夷著，杜维沫校点：《诗源辩体》卷十二第七、八则，141 页，北京，人民文学出版
　社，1987。
⑤ （明）许学夷著，杜维沫校点：《诗源辩体》卷十二第九则，141 页，北京，人民文学出版社，
　1987。

七言古诗在初唐王、卢、骆，其新质是将"绮艳变为富丽"，其声韵特点是"调犹未纯，语犹未畅"，调与语之不纯不畅，带来的是气象不足的问题，而"绮艳变为富丽"却是风格问题，但这里的"富丽"也是指"语"的特征。 其说道：

> 七言古，王如"画栋朝飞南浦云，珠帘暮卷西山雨"。……卢如……"北堂夜夜人如月，南陌朝朝骑似云"。……骆如……"鹦鹉杯中浮竹叶，凤凰琴里落梅花"等句，偶俪极工，语皆富丽者也。①

"富丽"对"绮艳"的顶替，表现于语言，与诗歌话语技巧有关："王、卢、骆七言古，工巧处往往反伤拙俗。 予家旧藏几榻数张，雕刻甚工而复加五彩，然不免近俗。 予戏谓客：'此初唐七言古。'客大噱，赏为知言。"②这里虽是从反面立论，以王、卢、骆七言古之瑕疵处为例，但也能说明"富丽"与语言技巧的运用相关，运用得如何，关涉"富丽"风格的雅、俗。 卢照邻的"娼家日暮紫罗裙，清歌一啭口氛氲"，骆宾王的"相怜相念倍相亲，一生一代一双人"等诗，的确在错彩富丽中见出拙俗。

许学夷以为初唐四杰在诗歌语言上，变六朝"绮靡"为"雄伟"，变"绮艳"为"富丽"，其在声韵上的表现是"古律混淆"，特点是"调犹未纯，语犹未畅"。 这些话语形式的变化，正显示了唐诗的气象风格正在形成。 初唐四杰之所以在诗歌话语形式上有这些变化，除时代原因外，关键在于四杰的诗歌技巧，即驾驭话语秩序、话语音响色泽与话语结构的"才力"。

若说四杰的"雄伟"之语初具唐诗气象，而最终以复古主张一洗齐、梁

---

① （明）许学夷著，杜维沫校点：《诗源辩体》卷十二第一〇则，141～142 页，北京，人民文学出版社，1987。

② （明）许学夷著，杜维沫校点：《诗源辩体》卷十二第一二则，142 页，北京，人民文学出版社，1987。

绮靡之习，将"雄伟"与古诗和近体律诗结合起来，推进唐人古诗创作的，乃是陈子昂。 在一定意义上，把汉魏古诗推进至唐代古诗，也体现着对诗歌话语，特别是对古、律关系的处理才能。 初唐诗歌创作除内容方面外，最为紧要的，恐怕就是对古诗和近体诗歌声韵和语言方面的考虑，包括超越齐、梁诗歌语言的"绮靡"和"绮艳"，因它事关唐诗气象，所以为许多诗论家所反复论及。 然而，陈子昂恰恰在这方面少有作为，难道与"才力"相关？

有意思的是，陈子昂的一番用心，没有为沈、宋等人理解和采纳。 沈、宋"调虽渐纯，语虽渐畅"，但旧习未除，承接的不是陈子昂，而是四杰，其中尤以七言古最为突出：

> 七言古，沈如"水晶帘外金波下，云母窗前银汉回"。"燕姬彩帐芙蓉色，秦子金炉兰麝香"。……宋如"鸳鸯机上疏萤度，乌鹊桥边一雁飞"。……偶俪极工，语皆富丽，与王、卢、骆相类者也。①

以沈、宋的素质，应当知道陈子昂的意义，但从其诗歌文本，谁都能看出其本原在四杰。 沈、宋之所以忽视陈子昂，恐怕真的与"才力"有关。 许学夷在评论沈、宋继承四杰之后，紧接着就谈到沈、宋的"才力"：

> 五言自王、杨、卢、骆，又进而为沈、宋二公。沈、宋才力既大，造诣始纯，故其体尽整栗，语多雄丽，而气象风格大备，为律诗正宗。此五言之七变也。②

---

① （明）许学夷著，杜维沫校点：《诗源辩体》卷十三第五则，145 页，北京，人民文学出版社，1987。

② （明）许学夷著，杜维沫校点：《诗源辩体》卷十三第六则，146 页，北京，人民文学出版社，1987。

可见，沈、宋不继承子昂，确实与陈子昂没有重视处理好古、律关系有关。"才力"是唐体语言和诗歌风格具有"雄伟""富丽""雄丽"特征的关键性因素，它是造就诗歌某种雄伟壮丽气象和风格的能力、资质禀赋和才华，它是先天的禀赋、资质和后天培养起来的才能的统一。少了先天和后天的任何一个方面，都难以算是有"才力"。与这种雄伟壮丽的气象风格无关的能力，也不在"才力"的范畴内。可见雄壮的气象风格与天授的资质有极大关系。而雄壮正是唐诗精神中最为鲜明的因素之一。也就是说，初唐诗歌显示的"才力"，使得初唐诗歌已经初步具备了唐诗的特质。而雄伟壮丽也正是格调论所学习和崇尚的目标之一。许学夷以对初唐诗歌的"才力"分析，实践着格调论的理论追求。

初唐诗歌因"才力"所造就的"雄伟""富丽""雄丽"气象，总是与驾驭话语秩序、话语音响色泽与话语结构的能力相关，主体处理这些因素的不同能力，也就必然与诗体的变化联系在一起。许氏重视"体"与声律对气象风格的作用，其意义既在坚持格调论，也在说明初唐诗歌"才力"所包含的内容，相当一部分属于诗歌声律、话语组合方面的技巧。这也表明，在初唐，由于诗人的"才力"，诗歌技巧已经成熟，而成熟的技巧又从一个侧面昭示了初唐诗歌中的唐诗精神。

二、初唐五、七言律诗的"造诣"与唐诗精神中的"化境"

许学夷在论沈、宋五言律时，第一次用"造诣"概念品评诗歌主体和文本。他认识到自沈、宋五言律开始，对于诗歌的精神和外形，仅仅从"才力"视角已经不足以发现其中的价值和审美意义了。只有"造诣"和"才力"并用，方能做出符合文本事实的评价。面对评价对象的变易，他能从不同的角度，运用不同的方法和术语进行评判。

"造诣"一词，本指学业达到的程度。叶适《故运副龙图侍郎孟公墓志铭》："瞻瞬领彻，贯穿纵横，虽寒士之深于造诣者不能至。"《明史·冯从吾传》："罢官归，杜门谢客，取先正格言，体验身心，造诣益邃。"许学夷用以评价唐代诗歌，当指诗歌内容意义所表现出来的深度、广度及其所体现的作者通过后天习得而达到的一种知识能力和学识水平。

许氏评初唐杜、沈、宋五言律，涉及语言风格方面的"雄丽""气象"，声律方面的"律体始成"、声韵上的"清浊始分"，诗体角度的"气格"以及体、语的浑圆活泼所造就的诗歌"渐入化境"。① 其中风格方面的"雄丽"和"气象"，主要由"才力"造就。声律方面的"律体始成""清浊始分"，体、语的浑圆活泼以及诗歌的"渐入化境"则是许氏在论杜、沈、宋时使用的新角度、新内容。因为某一体裁声律的完备单靠"才力"是不够的，它需要后天在声律和体、语方面的习得和功夫；运用这些功夫的目的是要使诗歌"体就浑圆，语就活泼"，达到"化境"。"化境"是充溢着生机的境界，它是主体通过对学识和知识能力的运用，将不同声响色泽的话语，组合成不同的话语结构，形成生气朴茂的诗歌话语系统。这种具有"化境"的话语系统，也正是在声律和诗体方面都已经成熟和完备的诗歌。许学夷认为，这种因诗体成熟而达到的"化境"，自然具有"雄丽"的风格，他把这种"雄丽"之风称为"气象风格自在"。上述几个方面的因素若少一项，就难以称得上是有"造诣"的作品，或有"造诣"的诗人。从许氏评沈、宋七言律诗不言"造诣"，就可以看出，七言律在初唐沈、宋时期，尽管已经"语多雄伟，而气象风格始备"，亦为七言律正宗，但由于诗人在创作七言律时，尚未自觉使用自己的"造诣"，所以"未能如五言之纯美者"②。而五七言绝与七言律一样，除"律始就纯，语皆富丽"以外，都还没有进入"化境"。

看来，在初唐，入于"化境"者极少，特别是七言律诗和绝句，只有等

---

① （明）许学夷著，杜维沫校点：《诗源辩体》卷十三第六、八、一〇则，146～147 页，北京，人民文学出版社，1987。
② （明）许学夷著，杜维沫校点：《诗源辩体》卷十三第一二则，148 页，北京，人民文学出版社，1987。

到盛唐时期，才因为"造诣"的运用，而入于"神圣"了。初唐五言律只是因为主体自觉地运用了"造诣"，才使之具有唐诗精神。《诗源辩体》云：

> 或问予："子尝言初唐五七言律，气象风格大备，至盛唐诸公则融化无迹而入于圣，然今人学盛唐或相类，而学初唐反不相类者，何耶？"曰："融化无迹得于造诣，故学者犹可为，气象风格得于天授，故学者不易为也。唐人诗贵造诣，故与论汉魏异耳。"①

"唐人诗贵造诣，故与论汉魏异耳"是言明其唐诗研究的方法论，明确表达不同时代的评价体系和评价角度是不一样的。初唐诗歌所能呈现的"才力"是先天资质、禀赋与后天习得的才能的结合，其气象风格自然就难以学习。而盛唐诗歌创作主要在"造诣"，所谓"融化无迹"，本质是化工之妙，它是由学识和知识能力优化运用的结果，也是审美才能或"才力"与"造诣"共同作用的结果，所以可以学习。

"造诣"对唐诗形成的作用，在初唐表现在五言律中，在盛唐则体现在诸多诗体之中。盛唐之为盛唐，关键就在诗歌创作中的"造诣"。盛唐除了承接初唐诗歌的"才力"及其在"语"和"调"方面的技巧外，许学夷在论五七言古和五七言律时，还着重强调"才力""造诣""兴趣"在形成盛唐诗歌特质时的作用，特别是对古、律之诗走向正宗具有重要意义。盛唐高、岑、王、孟与初唐沈、宋的区别既在"造诣"的高低，也在有无"兴趣"。但所涉及的角度，多为体制方面的概念：调、语、体、气象风格。这些术语在品评初唐杜、沈、宋五言律时已经使用过。不同的是，高、岑不仅五七言律，而且五七言古也具备"调纯语畅""体多浑圆，语多活泼"的特点，这就是"造诣"之功所带来的充溢着生机的境界。可见，"造诣"主

---

① （明）许学夷著，杜维沫校点：《诗源辩体》卷十四第一〇则，154页，北京，人民文学出版社，1987。

要体现在调、语、体、气象风格方面所能达到的高度和广度。

对调、语、体等方面不同的运用，影响着诗歌的质量和气象。 这可以从许学夷论盛唐诗歌得到印证。 就语言和声韵，许学夷说：

> 唐人五七言古……高五言未得为正宗，七言乃为正宗耳。 岑五言为正宗，七言始能自骋矣。 五言古，高、岑俱豪荡，而高语多粗率，未尽调达；岑语虽调达，而意多显直。 高平韵者多杂用律体，仄韵者多忌"鹤膝"。 岑平韵者于唐古为纯，仄韵者亦多忌"鹤膝"。 胡元瑞云"岑质力造诣皆出高上"是也。[①]

"质力"即是上面论及的资质和才力，与先天相关。 而"造诣"的高低或深广程度如何，主要看诗人创作的诗体是否达到"正宗"的标准。 许学夷对诗体"正宗"的描述是语言上的"调达"，声韵上的"纯"。 而这二者，皆与诗体有密切的关系。 许学夷通过声韵和语调上的辨析，来分辨诗歌在体制上是否正宗。 这是他以"造诣"论诗的常用角度。

许学夷以"造诣"论诗的第二个层面是诗体的风格，其关键词是"气象"。 这就涉及"才力"与"造诣"的关系了。 某种"气象"的生成不仅与声调技巧和韵律运用相关，也与"才力"密不可分。 《诗源辩体》云：

> 五言古……七言歌行高如……"丈夫不作儿女别，临歧涕泪沾衣巾"。 "城头画角三四声，匣里宝刀昼夜鸣"。……岑如"瀚海阑干百丈冰，愁云惨淡万里凝"。 "四边伐鼓雪海涌，三军大呼阴山动"。……皆豪荡感激以气象胜，严沧浪云"高岑之诗悲壮，读之令人感慨"是也。[②]

---

① （明）许学夷著，杜维沫校点：《诗源辩体》卷十五第三则，156 页，北京，人民文学出版社，1987。
② （明）许学夷著，杜维沫校点：《诗源辩体》卷十五第五则，156～157 页，北京，人民文学出版社，1987。

值得注意的是，言高、岑俱"豪荡感激"，是其"以气象胜"的原因。就论及的对象而言，"豪荡感激"似乎属于"才力"范畴，并非经过后天学习可以得到，也并非人人可以具备运用这种话语的特质和能力。许氏明确说："高、岑五言不拘律法者……虽是变风，然豪旷磊落，乃才大而失之于放。"①"律法"则与"造诣"相关，而"豪旷磊落"者，自然不拘于"律法"。由于"才力"与"造诣"在诗歌文本中并存属于盛唐诗歌的特质，故而无论在二者之间偏于哪一极，只要二者兼有，就都属于盛唐精神。这一点，从其对王、孟诗歌的评论中亦可清楚看出：

> 王摩诘、孟浩然才力不逮高、岑，而造诣实深，兴趣实远，故其古诗虽不足，律诗体多浑圆，语多活泼，而气象风格自在，多入于圣矣。②

在初唐和高、岑，对五七言古，许氏以"才力"评之居多，而对五七言律，却以"造诣"论之。从这里看，他言明王、孟才力不逮，故在古诗创作上不及高、岑；而其造诣实深，才能在律诗方面入于"圣体"。"体多浑圆，语多活泼"一语，在评初唐杜、沈、宋五七言律时就已经使用，它与律诗进入"化境"联系在一起。"入于圣"，也多是这个意义。这既说明初唐诗歌由于"才力"和"造诣"的进入，已经隐含盛唐精神和盛唐格调；王、孟和高、岑在"才力"和"造诣"方面的不同侧重，也说明盛唐时代，只要在"才力"和"造诣"上有些微改变，带来的就是诗歌气象风格上的多姿多彩的面貌。王、孟虽然才力不逮高、岑，但并不是没有才力，加上造诣实深，就能创作出"入于圣"的、具有盛唐精神的诗歌。

---

① （明）许学夷著，杜维沫校点：《诗源辩体》卷十五第一〇则，158 页，北京，人民文学出版社，1987。
② （明）许学夷著，杜维沫校点：《诗源辩体》卷十六第一则，160 页，北京，人民文学出版社，1987。

相反，由于"造诣"是后天形成的，属于学识和知识能力，所以比较容易得到改变；"才力"大半出自先天，而难以更改。正因为这样，与高、岑千篇一律的风格相比，王维的五七言律诗，除能在整体上保持盛唐精神气质外，还因为对"造诣"的不同运用，呈现出五彩缤纷的诗歌风格。① 许学夷在《诗源辩体》卷十六里，从不同视角反复言说王维五七言律诗的风格多样性，并以高、岑的"才力"与王维的"造诣"比较，似乎在证明"造诣"实乃盛唐气象的主要根源。而今天我们除了能看到这一点以外，还能窥见许氏的理论话语里，含有对后天"造诣"的好感，这可能就与其格调论的立场有关了。在王维的诗集里，七言律凡二十首，洪武年间高棅的《唐诗品汇》就收录了十三首。高棅是明代为唐诗做理论总结的第一人，为复古诗论开先声的人物，其盛唐立场自然与许学夷有渊源关系。

王维的"造诣"表现为"风体不一"，孟浩然则表现为"机局善变"。这主要表现在"摩诘可学，而浩然不易学也"。在孟浩然的五言律诗中，像"士有不得志""拂衣去何处""去国已如昨""挂席东南望"等篇，"格虽稍放而入小变，然皆神会兴到，随地化生"；而像"欣逢柏台旧""支遁初求道""龙象经行处"等篇，"则皆幽远清旷，以丘壑胜者也"②。孟诗不易学，就在于其不同作品的话语结构有些微变化。与高、岑"才力"所带来的慷慨侠烈之气比，孟诗却有一丘一壑之风。由于他的表现对象多为清幽淳美的山水，而其以"造诣"之功，加上"机局善变"，"伴以写法上的浑然而就，洗脱凡近，无论情、境、人都有'风神散朗'的气象，格外显得韵致高远"③。"风神散朗"和"韵致高远"，其实都是诗歌话语秩序变化所造就的"化境"，一首诗写得有风神和韵致，自然就渊然而深，生机朴茂。孟诗

---

① （明）许学夷著，杜维沫校点：《诗源辩体》卷十六第一至四则，160～161 页，北京，人民文学出版社，1987。
② （明）许学夷著，杜维沫校点：《诗源辩体》卷十六第一六则，165～166 页，北京，人民文学出版社，1987。
③ 余恕诚：《唐诗风貌》，196 页，合肥，安徽大学出版社，2000。

与高、岑的"才力"之诗，从不同角度表现着盛唐精神的两个侧面。

三、初唐诗歌"气象风格始备"与盛唐"性情""兴趣"

许学夷在论初唐五言诗和七言古时，以对五言的"雄伟"和七言古的"富丽"、五言律的"雄丽"气象的分析，来概括初唐诗歌的唐诗特质。除强调创作主体的"才力"和"造诣"外，很少面对诗歌内容言说，而着力点在"语"和"气象风格"，似乎"气象"就仅仅和"语调音韵"相关。后世将盛唐诗歌概括为"盛唐气象"，或称为"盛唐之音"，大约就与明人的诗论有关。

许学夷论初唐诗歌，与论盛唐有别。其具体表现之一，就是对"气象风格"这一概念的使用。对于初唐五七言古和五言律，在分析其"语"、"调"、"体"和"音韵"后，若发现其具有盛唐诗歌特征，总以"气象风格始备"评之。对高、岑、王、孟的五七言古，亦以"气象风格始备"概括，而对其律诗，则以"气象风格自在"称之。于盛唐李、杜的五七言古、律之诗，更以"气象风格大备"来赞扬。至于在评价初唐沈、宋五言诗时使用了"气象风格大备"，则是例外，因为在他看来，五言诗在初唐就已经形成范式，更主要的是，不同时代的诗歌，也有相互出入的情况："初、盛、中、晚唐之诗，虽各不同，然亦间有初而类盛、盛而类中、中而类晚者，亦间有晚而类中、中而类盛、盛而类初者，又间有中而类初、晚而类盛者。"[1]自高棅《唐诗品汇》以降，初、盛、中、晚之分，也是就"四唐"诗歌风貌的大概而言。对唐代诗歌做出这样的划分，其价值和意义见之于各类文学史和唐诗研究专著。

就初、盛唐诗歌的"气象风格"而言，许学夷的论析基本是准确的。首

---

[1]　（明）许学夷著，杜维沫校点：《诗源辩体》卷十四第一二则，154 页，北京，人民文学出版社，1987。

先在于古诗和近体律诗在气象上的不同。 之所以有这种不同，是由于它们的话语秩序、结构和音韵色泽的确有别。 这既是时代的不同，也是才力和造诣之别。 其所言初、盛唐五七言古"气象风格始备"，是说它们在调纯语畅方面，达到了较为成熟的程度。 他一再强调唐人古诗并非汉魏古诗，汉魏古诗的体制和审美规定性，在齐、梁时就消亡了。① 所以初唐杜、沈、宋的古诗"自是唐古"。 其与汉魏古诗的区别在于，其创作需要天才和人力，不再像汉魏古诗那样古朴和委婉悠圆，而代之以雄伟和雄丽的气象，其审美特征是"格局开阔，气度宏大……调纯语畅，富有情采"②。 初唐正是以雄丽或雄伟的古诗风格特征，使初唐五七言古诗给后世留下特别深刻的印象。 那个时代的诗人，在创造五七言古诗方面，才力标举，起伏动荡，在语言、音韵、声响色泽上，往往"古、律混淆"，而其中的调纯语畅者，形成了具有唐代诗歌艺术规定性的作品，这一规定性，为盛唐诗人所继承和发展。 正是在艺术规定性的层面，可以说初唐诗歌是盛唐诗歌格调的先声，具有盛世诗歌的诗体和精神方面的双重特征。 许学夷言初、盛唐古诗"气象风格始备"是就古诗的审美特征和创作上的艺术规定性而言，初、盛唐古诗在"语""调""体"和风格方面的艺术规范，成为许学夷评价初、盛唐和中、晚唐乃至宋、元、明古诗的标准，只不过他所使用的术语和角度随时代的推移而有所不同。

就近体律诗来说，许学夷对其中的优秀之作，以"风格自在"评之。 律诗在诗歌诸体中，体制上要求最为严格，其范式经过历代诗人的发展、揣摩，显得尤为细密。 这对诗人的创造，显然束缚也最多。 若在声律体格之上，再要求诗体的活泼和语调的悠圆，达于一种渊深朴茂的生命状态，则更

---

① 见《诗源辩体》论初唐部分三卷（卷十二至卷十四）。 许学夷反复言说古诗在晋代已经大变，而到齐、梁便已消亡。 明人一般认为"唐无古诗"，这是格调论者较为普遍的看法。 许学夷与多数复古论者不同，他持比较开明的态度，以为唐人所作古诗，虽然对汉魏古诗的艺术规定性做了重大改变，但恰恰是这样，才使唐代古诗成为具有唐诗特质的诗歌。
② 余恕诚：《唐诗风貌》，278 页，合肥，安徽大学出版社，2000。

是难上加难了。许学夷所说的"自在"，是因诗人"造诣"之功，使五七言律诗的诗体规范产生一定变化，这对于完全受规范的制约而言，是一种"自在"。一方面，这里所说的对规范的改变，或在声韵，或在诗体，或在语调，而且改变的程度以不影响唐诗的整体规范特征和整体审美要求为底线。但另一方面，声韵、诗体、语调如何，又直接与"气象风格"关联，因此，当其中的任何一项发生改变，也就意味着某一诗体规范将要发生一定程度的变化。王、孟的五言律诗，一以风格多样见其变化，一以"机局善变"表现其丰富性。但他们的一首首诗歌，不管风格如何变化，在整体风貌上，都毫不含糊地表现着盛唐之音的"气象风格"。许学夷对王、孟律诗的分析，显示其对诗歌文本中话语秩序、话语音韵变化的赞赏。所以后来在论盛唐李、杜诗歌时，有"变而入神"的赞叹，"入神"的诗歌比"入于圣"的作品，又高了一个层次。

许学夷论唐诗的"气象"，还有一个重要的方面，这就是"性情"。尽管许学夷并没有在论初、盛唐诗歌的"气象风格"时，就语调、声韵、诗体方面，明确涉及"性情"这一命题，但他以"性情"论诗，由来已久。其论《国风》，就屡以"性情"论之，明确提及"性情"与"国之治乱"①，与"声气之和"，与"言"之"微婉而敦厚，优柔而不迫"②，与"体制玲珑"③相关联。"性情"与《国风》的声韵、语调和诗体的关系十分密切。而其言风诗"托物兴寄，体制玲珑，实为汉魏五言之则"，却又不再明确提汉魏五言诗是否有"性情"。《诗源辩体》云：

> 汉魏五言，虽本乎情之真，未必本乎情之正。故性情不复论耳。或欲以《国风》之性情论汉魏之诗，犹欲以六经之理论秦汉之文，弗多

---

① （明）许学夷著，杜维沫校点：《诗源辩体》卷一第二则，2页，北京，人民文学出版社，1987。
② （明）许学夷著，杜维沫校点：《诗源辩体》卷一第三则，2页，北京，人民文学出版社，1987。
③ （明）许学夷著，杜维沫校点：《诗源辩体》卷一第四则，3页，北京，人民文学出版社，1987。

得矣。①

汉魏古诗与《国风》的关系，只在"则"即"体制"，而不在"性情"。在许学夷看来，"汉魏五言，本乎情兴"②，在这方面，与《古诗十九首》相同，属于"情之真"。因为"情之真"，就既与"诗无邪"的传统有所背离，也在诗体方面特别容易产生变化，所以，其论汉魏，并非否认汉魏诗歌的"性情"，而是觉得若以"性情"论之，不会得到什么新的认识。由此隐约可见，"性情"乃是后天文化孕育的产物，它是人情与文化二元因素共生的结果。

对唐以前诗歌，许学夷还曾以"性情"论过陶渊明：

> 陶靖节四言，章法虽本《风》《雅》，而语自己出，初不欲范古求工耳。然他人规规摹仿，而性情反窒。靖节无一语盗袭，而性情溢出矣。③

显然认为陶诗犹有"性情"，所以，他赞成叶少蕴言陶诗"吟咏性情"的说法，并以"倾倒所有"作为陶诗的特点之一。"倾倒所有"，实际上是指陶诗的体制不惟"真率自然""语自己出"一类，而且还有"造诣"之功所带来的另一类诗歌，即"有一等见得道理精明、世事透彻"④之诗。这一诗体，需要"倾倒所有"，以非凡的造诣，才能于自然中见闲远。说陶渊明诗歌的"倾倒所有"，我理解为"造诣"，就因为许氏评陶之"倾倒所有"，不仅与内容相关，而且重在"造语"的学识能力。其实许学夷紧接"倾倒所有"就谈到陶诗的"造诣"⑤，这里显露了许学夷思想的矛盾，其赞成朱子

---

① （明）许学夷著，杜维沫校点：《诗源辩体》卷三第五则，45 页，北京，人民文学出版社，1987。
② （明）许学夷著，杜维沫校点：《诗源辩体》卷三第三则，45 页，北京，人民文学出版社，1987。
③ （明）许学夷著，杜维沫校点：《诗源辩体》卷六第一则，98 页，北京，人民文学出版社，1987。
④ （明）许学夷著，杜维沫校点：《诗源辩体》卷六第一五则，102 页，北京，人民文学出版社，1987。
⑤ （明）许学夷著，杜维沫校点：《诗源辩体》卷六第六则，99 页，北京，人民文学出版社，1987。

"平淡出于自然"的说法，批评王世贞论陶渊明诗歌，讲的却是唐人诗歌的"造诣"，不是陶诗特色。但又言陶"有一等见得道理精明、世事透彻"之诗，说靖节诗"至唐王摩诘、元次山、韦应物、柳子厚、白乐天，宋苏子瞻诸公，并宗尚之"①。唐代这些诗人的创作，从文本来看，确实有"造诣"的功夫，宋代苏门"技进于道"也说明了这一点。许学夷自己也说王世贞所言，是"唐人淘洗造诣之功"，而王世贞的说法显然也不是率尔操觚之言。此外，《诗源辩体》又有"自然"是可以"妙造"的，它不等于"天成"的说法，"妙造"实际上就与"造诣"有关。不仅如此，许氏在对陶诗的文本分析中，还具体论及唐人对陶渊明的继承：

> 靖节诗有三种。如"少无适俗韵""昔欲居南村""春秋多佳日"……等篇，皆快心自得而有奇趣，乃次山、白、苏之所自出也。如"寝迹衡门下""草庐寄穷巷""靡靡秋已夕"……等篇，皆萧散冲淡而有远韵，乃韦、柳之所自出也。如"行行循归路""自古叹行役"……等篇，则声韵浑成，气格兼胜，实与子美无异矣。②

明确认为唐人得于陶渊明诗歌的不同旨趣。他之所以批评王世贞评陶诗"造语有极工者，乃大人思来，琢之使无痕迹"的说法，一种可能是他对陶诗"自然"的由来思考得还不成熟；另一种可能就是他要批评王世贞对唐诗和渊明诗歌不加区分的做法，把唐人诗歌的造诣功夫，当作陶渊明诗歌的特点。因为在他看来，诗歌是有"源""流""正""变"的，怎么可以把陶渊明的诗歌与唐诗混为一谈呢？但无论如何，许学夷论陶诗，大抵还是认为其中运用了"造诣"的功夫，此即他所讲的"倾倒所有"与"自然"的结

---

① （明）许学夷著，杜维沫校点：《诗源辩体》卷六第一五、一一则，102、101页，北京，人民文学出版社，1987。
② （明）许学夷著，杜维沫校点：《诗源辩体》卷六第一六则，102页，北京，人民文学出版社，1987。

合。 许氏评盛唐崔颢七言律时，言其"多造于自然……盖自然尚有功用可求，而天成则非人力可也也"①。"造于自然"的"自然"，不同于"天成"，它与"化工"的高超技巧和"造诣"有关。 许氏说苏轼"宗尚"渊明，我们从苏门的"技进于道"，也可以窥及这一层含义。 而"倾倒所有"和"自然"，又与"性情"有密切关系，因为"性情"是后天文化孕育的产物。 其言陶诗"性情溢出"，也就是说陶诗是"造诣"之功与"语自己出"的"自然"对诗体规范共同作用的结晶。

诗歌中有"性情"，包含对规范的遵守。 许学夷论国风所说的"性情之正"，是就约情合性而言。 靖节之诗，因出于自然，乃为"性情之真"。与《国风》的"乐而不淫，哀而不伤"的"性情"相比，陶诗的这种"性情"，不仅仅指情感与政教内容、个人内在修养气质的融会，还要加上人情与充溢着生机的诗歌艺术规范的融合，并成为一体。 从对陶诗有承接的唐代诗人的创作中，也可以看出这一点。 唐代诗歌的"性情"，至盛唐才有，初唐就整体言，诗歌技巧虽已初步成熟，但仍未大面积地创作出具有盛唐气象的诗歌。 初唐王、卢、骆七言古，许学夷言其"风格虽优，而气象不足"，"气象不足"的原因在于"语犹未纯，调犹未畅"。 而语调的"未纯"与"未畅"，又并非诗歌技巧出了问题，那就只能是缺乏人情，缺乏人的内在修养。 因此，以人情和人的内在修养去融会语、调，化生出具有生命特质的音韵和充满生机的话语，才算是有"气象"的作品。 而"纯"和"畅"的话语形态特征是和谐，它的声调和音韵色泽不走极端，生成的艺术风格和平畅达，结构开放，绝不拘谨局狭。 "纯"和"畅"其实是对生机的追求，也是生命境界的固有特质。 诗歌要想把人生的感受与领悟表达得淋漓尽致，达于人生与艺术的自由之境，就必须"调纯语畅"。"调纯语畅"就是将"性情"融入诗律之中，使诗歌成为"性情"之作。 唐诗达于"调纯语畅"之

---

① （明）许学夷著，杜维沫校点：《诗源辩体》卷十七第九则，172 页，北京，人民文学出版社，1987。

境，就在于"性情"的孕育。 许学夷将唐诗由初入盛的过程，描述为"'积习既久，矜持尽化，形迹俱融'，则造诣之功也"[①]。 其言"积习既久"，从唐诗史看，是"积习"了百年之久；语调方面的"矜持尽化"，是指"调犹未纯，语犹未畅"的局面得以根本改变，达到"形迹俱融"的"自然"诗境，进入中国历史上大潮涌起的诗歌时代。[②] 这一切，"造诣"的功夫起着重要的作用。

诗歌"性情"与声律、音韵的关系，到唐代演变为"性情"与"声气"的关系。 "声气"之"气"，对形成"气象"有重要作用。 声律与气象的密切关联，上文已经论述，而性情与气象的联系，因性情与声韵、话语密不可分，也就自然与气象密切相连了。 性情与气象相连，中介是声韵和话语。所以许学夷论唐人诗歌，把"性情"与"声气"放在一起，并随着时代语境和对象的变化，又以"兴趣"论盛唐诗歌，来总结盛唐性情的发展和唐诗演变的轨迹。

◎ 第五节
从"兴趣"到"意兴"：
盛唐诗歌纵深发展的美学特征

许学夷以"兴趣"与"意兴"两个范畴论述盛唐诗歌向纵深方向发展的美学特征，揭示出由盛唐向中唐转变的基因已经植根于盛唐内部。

---

① （明）许学夷著，杜维沫校点：《诗源辩体》卷十七第三二则，180 页，北京，人民文学出版社，1987。
② 余恕诚先生不仅认为初唐诗坛建设的关键在于"性情"的孕育，而且看到"性情"与声律的融合正是初唐诗坛的期待。 由此，他论及诗人"性情"的培养需要各种社会条件，除创作主体的思想、情操、气质外，涉及身份地位、生活状态、时代的思想状况、创作群体等诸多方面。 虽然明人模糊地感觉到了"性情"问题，但并未讲清楚"性情"的含义以及所起的作用。 见余恕诚：《唐诗风貌》第三章，49~72 页，合肥，安徽大学出版社，2000。

一、盛唐诗歌的"兴趣"及其基本特征

在许学夷看来，"兴趣"最能概括盛唐诗歌的特质。《诗源辩体》云：

> 盛唐诸公律诗，形迹俱融，风神超迈，此虽造诣之功，亦是兴趣所得耳。严沧浪云："盛唐诸人惟在兴趣，羚羊挂角，无迹可求。故其妙处，透彻玲珑，不可凑泊，如空中之音，相中之色，水中之月，镜中之象，言有尽而意无穷也。"谢茂秦亦云："诗有不立意造句，以兴为主，漫然成篇。此诗之入化也。"①

这段话包括几层意思。一是"造诣"和"兴趣"共同缔造了盛唐诗歌的特质，"风神超迈"最与"兴趣"相关。二是盛唐诗歌的"兴趣"在文本方面表现为"言有尽而意无穷"的审美特征或"诗之入化"的境界。三是"兴趣"诗歌在创作层面"以兴为主"。四是谢榛的"诗有不立意造句"之说，是讲诗之若由"兴趣"所得，就要拒绝"以意为诗"。许学夷拈出"兴趣"概念论析盛唐诗歌，并把它当作盛唐诗歌评价体系的核心。

"兴趣"最关唐诗"风神"，表现在话语结构层面，首先是与声韵的关系。《诗源辩体》云：

> 胡元瑞云："……风神尽具音节中。李、何相驳书所谓俊亮沈着，金石鞞铎等喻，皆是物也。"愚按：赵凡夫尝谓"《国风》音节可娱"，唐律乃《国风》正派也，后人称唐诗为唐音、唐响，正以此耳。初、盛、中、晚，音节虽有高下，而靡不可娱，至元和诸子以及杜牧、皮、陆，则全

---

① （明）许学夷著，杜维沫校点：《诗源辩体》卷十七第三七则，181~182 页，北京，人民文学出版社，1987。

然用不着矣。①

盛唐律诗"风神超迈"，与其话语音响色泽的感人效果有关。唐人燕集，最关盛唐时代色彩，燕集时以律诗为歌，或割多首诗歌之句为律，说明律诗的音色，具有包含时代"风神"的功能。乐音节奏变化关乎人的性情，它可以克服语言表现的不足，成为一个时代人情和生活的最充分、最淋漓尽致和最有效的表现方式之一，所以诗歌的节律能够涵容风神。

"兴趣"诗的节律有关诗歌"风神"与时代风尚密切相关。历代诗人对诗歌节律孜孜以求，其直接动因一直难以弄清。有学者提出唐人对诗律的探索与"以诗赋取士"的体制有关②，唐人对声律的重视，确实与官方组织大型活动极有关系③，这些活动甚至帝王有时也参与进来。据《明皇杂录》记载，唐玄宗听乐曲《于芳》，"闻而异之，征其词，乃叹曰：'贤人之言也。'其后上谓宰臣曰：'河内之人其在涂炭乎？'"④。可见，唐乐能将时代的生活面貌融入音律之中。唐代士人既然能将自己的生活理想在音乐节律中加以表现，自然能在律诗音节中涵盖盛唐"风神"。

其实在我国古代，音乐节奏本来就与人的精神方面的特征有对应关系。音乐的节律与本源来自易道的阴阳化生，与文化甚至人的生命同源。《礼记·乐记》说："天高地下，万物散殊，而礼制行矣；流而不息，合同而化，而乐兴焉。"《周易》曾言"声者，乐之象"，而"圣人立象以尽意"，乐象的"尽意"性质，说明在传统中，节律体现风神是有学理依据的。从严羽"兴

---

① （明）许学夷著，杜维沫校点：《诗源辩体》卷十七第三九则，182 页，北京，人民文学出版社，1987。

② 张伯伟：《全唐五代诗格校考》，10 页，西安，陕西人民教育出版社，1996。

③ 据《新唐书·礼乐志》记载，盛唐时期的音乐机构，除太常寺外，还有教坊与梨园。这些机构各自举行不同的活动。梨园经常举办大型歌舞娱乐活动，唐玄宗自己也常常参加，有时还亲自教授梨园弟子演奏乐曲。任中敏《唐声诗·总说》言："太常广罗'胡夷'之乐曲，多加整改；教坊广罗里巷之乐曲，且及边塞之声。"（上编，5 页，南京，凤凰出版社，2013）可见，唐代音乐活动与诗歌一样，与政治有着紧密的关系，由于官方的提倡，能极一时之盛也就不是偶然的了。

④ （唐）郑处诲著，田廷柱点校：《明皇杂录》卷下，26 页，北京，中华书局，1994。

趣"之论，到胡应麟、许学夷论律诗而及于风神，发现唐诗风神与声韵和语调的密切关系，这绝不是偶然的。

除"风神"外，许学夷认为，盛唐诗歌的"兴趣"还与"性情"有机联系在一起。他借用严羽《沧浪诗话》"吟咏情性"的说法，把"吟咏性情"当作盛唐诗歌的重要特征之一。但仅仅用"吟咏性情"来揭示盛唐诗歌艺术的本质并不特别适合，因为《国风》和汉魏诗歌也吟咏性情。"性情"只是盛唐诗歌话语中蕴涵的一种关键性要素。性情可以入诗，而不等于诗。"兴趣"乃是"性情"审美化的结果。由"性情"到"兴趣"，是一个诗化的过程，需要"吟咏"，即加工和艺术处理，《国风》和汉魏诗歌与盛唐的区别在于"吟咏"的不同。所以，许学夷赞同严氏将"兴趣"与"妙悟"联系起来：由"情性"到"兴趣"，若没有"妙悟"就不能达。严氏说"诗者，吟咏情性也。盛唐诸人惟在兴趣"，不说盛唐诸人惟在"性情"，可见"性情"需要吟咏才能生成"兴趣"。又说孟浩然"一味妙悟而已"，又可见"惟在兴趣"与"一味妙悟"是相通的，其区别是一在结果，一在过程。

许学夷认识到，"兴趣"诗歌在音声节奏间涵容风神离不开作者的才能。因为声韵和语调畅达，同"造诣"的功夫相连，也就是从这里，许学夷意识到风神和诗人的创作"造诣"、审美能力有关。许学夷言盛唐律诗"虽造诣之功，亦是兴趣所得"也说明，将"造诣"和"兴趣"融会起来所呈现的就是盛唐诗歌的风神。

许学夷用"兴趣"论盛唐诗歌，不仅发现了盛唐诗歌"兴趣"的蕴涵，而且总结了盛唐诗歌"兴趣"的基本特征。

第一，创作上的"神会兴到"和文本上的韵致高远。[1] 许氏认为，"一气浑成"的诗歌，以"感兴"为特征，它"忽然而来，浑然而就"，这正是"兴"之到来的属性；而"不当以形似求之"，乃是"神会"的结果。这样

---

[1] （明）许学夷著，杜维沫校点：《诗源辩体》卷十六第一三则，165 页，北京，人民文学出版社，1987。

的诗作，是"能道"和"不易道"的矛盾统一，表现在文本话语上是韵致高远的形象特征。因此，创作过程的"贮兴而发""一气浑成"和诗歌文本的韵致高远，是盛唐诗歌"兴趣"的表现特征。

第二，"兴趣"之诗在接受上的特征是"未可以智力求之"。"神会兴到"之作具有"随地化生"的话语结构，其语调、音韵既有秩序，又有诸多变化，诗歌话语秩序之间，意义生生不息。所以，它具有不可言传性，若以智力和理性求之，就难以领会诗歌文本的意义。

第三，"非有意创别"与富有"神韵"。因为"神会兴到"，来不可遏，去不可止，所以在遵守原有的诗歌规范方面，并不完全循规蹈矩，这种诗歌新面貌，并非有意追逐新奇而获得。《诗源辩体》云："浩然五言律，如'少小学书剑''挂席东南望'等篇，彻首尾不对，然皆神会兴到，一扫而成，非有意创别也。李太白亦然。"[1]作为格调论的坚守者，许学夷对盛唐诗人不遵守体制规范的现象，较为豁达。对自然天成诗歌风格的推崇也说明，许氏诗学力图将当时性灵论的有关理论内容，注入格调论的理论框架里。他对孟浩然的"彻首尾不对"，就从"兴会"的视角，抱着理解的态度，虽然孟诗不合声律偶对，他却以体制声调"合于天成"来进行解释，并且认为这就是孔子所说的"从心所欲不逾矩"。此亦即他所说的"王、孟之诗有一丘一壑之风"，虽有变化，却是自然的本来面目。对这样不合诗体规范，具有"化境"的诗歌，许学夷以为是诗中"超越"者，有"神韵"者。故而他在复古者中，是继胡应麟之后，明确以"神韵"论诗的诗论家。[2]

第四，"不仿形迹"与"透彻之悟"。许学夷常从体制入手，对体制成熟或正宗的诗歌以"玲珑"称之。体制的玲珑，就是"体多浑圆"；"体多浑圆"的核心特征是"语皆活泼"，也就是生机盎然的话语结构。后世读者

---

① （明）许学夷著，杜维沫校点：《诗源辩体》卷十六第一七则，166 页，北京，人民文学出版社，1987。

② （明）许学夷著，杜维沫校点：《诗源辩体》卷十七第五则，170 页，北京，人民文学出版社，1987。

或学诗者，要接受这样"不仿形迹"的诗作，需要较高的综合素养和素质。 许氏说："盛唐诸公律诗，多融化无迹而入于圣，血气方刚时未易窥其妙境。"① 对这种"不仿形迹"的"入圣"之作，须靠"透彻之悟"，方能把握：

> 严沧浪云："诗道惟在妙悟，然有透彻之悟，有一知半解之悟。盛唐诸公，透彻之悟也。"愚按：汉魏天成，本不假悟；六朝雕刻绮靡，又不可以言悟；初唐沈、宋律诗，造诣虽纯，而化机尚浅，亦非透彻之悟。惟盛唐诸公，领会神情，不仿形迹，故忽然而来，浑然而就，如僚之于丸，秋之于奕，公孙之于剑舞，此方是透彻之悟也。②

这是带有总结诗史性质的话。 许学夷在对诗史每个阶段的比照中，揭示出"悟"不同的内涵与外延。 其所谓"透彻之悟"，第一是"领会神情，不仿形迹"。 要做到这一点，就要在现实"形迹"的基础上，运用"造诣"的功夫，摄取神情。 许学夷以张旭领会公孙大娘舞剑的"神情"为例，说明"悟"作为一种"功夫"，虽自后天的积累和学习而来，但若不能领会精神，灵活运用，也就难以"遇事有得"："张长史见公孙大娘舞剑，顿悟笔法；如张者，专意此事，未尝少忘胸中，故能遇事有得，遂造神妙。 使他人观舞剑，有何干涉也？"③"遇事有得"并非句句落到实事，而是"即景缘情，不必泥题牵带"，所以他主张"咏物不可汗漫，至于登临、燕集、寄忆、赠送，惟以神韵为主"④，这也就是虚实相生的抒情模式。 第二是"透彻之悟"表现为诗歌文本的"超象"特征和接受者对之的把握。 许氏所言诗

---

① （明）许学夷著，杜维沫校点：《诗源辩体》卷十七第三○则，179 页，北京，人民文学出版社，1987。
② （明）许学夷著，杜维沫校点：《诗源辩体》卷十七第三五则，181 页，北京，人民文学出版社，1987。
③ （明）许学夷著，杜维沫校点：《诗源辩体》卷十七第三三则，180 页，北京，人民文学出版社，1987。
④ （明）许学夷著，杜维沫校点：《诗源辩体》卷十七第四六则，185 页，北京，人民文学出版社，1987。

歌"神韵"，在话语结构方面具有声外之韵和言外之意。 盛唐诗歌的"超象性"，要求读者领会象外之象，才算理解了诗歌文本。 原因在于盛唐律诗"虽未尝骋才华、炫葩藻，而冲融浑涵，得之有余"①。 第三是"透彻之悟"与盛唐诗歌文本的"化机"结构存在密不可分的关系。 盛唐诗歌文本的"化机"结构，是在承接历代审美经验的基础上，倚之以"兴趣"所生成的生气茂然的话语。 这种生生结构和话语秩序，造就了"透彻玲珑"的诗体。 第四是"透彻之悟"能生成李白、杜甫那种"入神"的诗歌。 许学夷以"悟"论诗，出色地完成了对盛唐"兴趣"诗体审美质态的揭示，从而将盛唐诗歌放在中国审美意识史和诗史的顶峰地位。

许学夷通过对盛唐诗歌文本"兴趣"特征的总结，在理论和文本两个层面，发现和阐释了盛唐诗歌"兴趣"的内涵及其特征，纠正了过去笼统言盛唐诗歌"兴趣"的弊端。

二、盛唐诗歌由"主兴不主意"到"意兴极远"

许学夷对"兴趣"内涵和特征的阐释，用意在于说明盛唐诗歌的"主兴不主意"和"贵婉不贵深"。

盛唐诗歌在杜甫之前，皆以"兴趣"为主，拒绝"先立意为诗"和"以意为诗"，强调诗歌创作的感兴，崇尚忽然而来、浑然而就的"贮兴而发"，诗歌话语结构充满了生机和丰富的情感，没有令人难解的深刻思想，故而许学夷精当地指出其"贵婉不贵深"的特征。 在对杜诗的分析中，他发现杜诗虽仍然具备盛唐"兴趣"，然而，又增加了新的因素，这就是"意兴"，使杜甫与盛唐诸公有所区别。 《诗源辩体》云：

---

① （明）许学夷著，杜维沫校点：《诗源辩体》卷十七第四三则，184 页，北京，人民文学出版社，1987。

盛唐诸公律诗，得风人之致，故主兴不主意，贵婉不贵深。冯元成谓"得风人之旨而兼词人之秀"是也。子美虽大而有法，要皆主意而尚严密，故于雅为近。此与盛唐诸公，各自为胜，未可以优劣论也。[①]

盛唐从老杜开始以"意"入诗，这是早已为人所熟知的事实。但以"意"入诗，并非"以意为诗"，因为杜诗还具有盛唐"兴"的功能和审美特征。许学夷从诗歌发展史的角度，在充分论析盛唐诸公诗歌具有"兴趣"特质的基础上，发现杜甫高于盛唐诸公的地方，主要就在于其诗体蕴涵着"意兴"，而且"意兴极远"[②]。盛唐诸公之"兴"，已经充分继承了以往优秀的诗歌遗产，综合了"才力""造诣""兴趣"的所有价值，用之于诗体创造和诗歌创作，形成了"体格""声调""兴象""风神"相统一的"兴趣"审美范式。但历代诗论，总以为李、杜高于盛唐其他诗人。李白在天才，在变幻莫测；而杜甫在唐代诗歌艺术达于完美境界的前提下，进一步吸收盛唐诗人及其尚未关注的审美遗产，别开生面，以其"意兴"之作，将盛唐诗歌艺术推向极境。

对于"兴趣"之诗和"意兴"之作，诗论家们并非都能清晰地区分它们的差异。比如，严羽就缺乏诗歌的历史意识，难以分清其中的头绪，以致混淆了"兴趣"和"意兴"，至有语焉不详、说法浑沦之弊。《诗源辩体》云：

严沧浪云："诗有词理意兴。南朝人尚词而病于理；本朝人尚理而病于意兴；唐人尚意兴而理在其中。"数语言言中窾。然前言"兴趣"，而此言"意兴"，正兼诸家与子美论也；宋人尚意，而此言"病于意兴"，盖

---

① （明）许学夷著，杜维沫校点：《诗源辩体》卷十七第四一则，183 页，北京，人民文学出版社，1987。

② （明）许学夷著，杜维沫校点：《诗源辩体》卷十八第一则，189 页，北京，人民文学出版社，1987。

子美之意深而宋人之意浅也。①

这显然是在为严羽缺乏诗史意识和混淆了"兴趣"与"意兴"辩护。严羽大概意识到了在古代审美遗产中，言理诗的存在价值问题，特别是先秦"意象"和魏晋的玄言诗，它们在表达人生和生活意趣方面，具有独到的功用和意义。虽然严羽对"兴"之意蕴颇有深味，其以"兴趣"论盛唐诗歌，是抓住了关节点，但若把"兴趣"与"意兴"混用，则是模糊了盛唐诗歌发展的脉络、方向和唐代不同时期的审美精神，也难以解释除杜甫等少数诗人以外的盛唐诗歌及其主体，甚至混淆了盛唐诗歌的核心特征。所以，许学夷在为严羽辩护的同时，对盛唐诗歌由"兴趣"走向"意兴"做了独到的分析，指出"兴趣"和"意兴"，乃是兼论盛唐诸家和子美，其意思是要以"兴趣"论盛唐诸家，以"意兴"论子美，方为切中要害之论。他的这一做法，事实上揭示了盛唐诗歌"兴"之演变的轨迹，以及审美范式变化所导致的诗体风貌的改变。更有意义的是，为中唐诗体和诗风的形成找到了起点。

许学夷在区分了"兴趣"和"意兴"之作的差异后，进一步论析了"意兴"之作的盛唐特征，这就是子美"以兴御意，故见兴不见意"。

第一，许学夷明确了它与"以意为诗"的区别。"以意为诗"，指的是用诗歌表达或图解某种意念、思考或意理，这就不再是盛唐诗歌的特质了。若如此，必将失去诗歌话语冲融浑涵的生机特质和因为"兴趣"而生成的一系列玲珑活泼的话语风调。因此，许学夷对杜甫诗歌的分析，抓住"兴"和"意"两极，既发现了杜诗的盛唐特质，又能在盛唐的文化语境和审美精神里，划清杜诗和盛唐诸家诗歌的界限。《诗源辩体》云：

----

① （明）许学夷著，杜维沫校点：《诗源辩体》卷十七第四二则，183～184页，北京，人民文学出版社，1987。

> 五言古、七言歌行，太白以兴为主，子美以意为主。然子美能以兴御意，故见兴不见意。元和诸公，则以巧饰意，故意愈切而理愈周。此正变之所由分也。①

"以兴御意"是说杜甫创作层面的特征，"见兴不见意"是文本层面所具有的盛唐审美样态和杜诗的独特性所在。"以兴御意"或"见兴不见意"表现在话语结构上，是"语虽独造而天机自融"：诗中的"情"与"意"以融解的方式冥化为话语结构，是"情冥而物真，意融而境兴"。它是"兴"的另一种表现形态。"天机自融"的"意兴"，首先也是触物有感，生之于现实生活语境。而隐藏在话语中的情感和道理，则因"物真"而不易被人完全窥见，更由其话语与情感的融会，生成一种境界，其用"意"也就居于其中了，人们所见到的，则是其诗歌境界及其所蕴含的意趣，此即"见兴不见意"。"见兴不见意"几乎表现于杜甫的各类诗歌文本之中。杜甫《北征》显然是时代政治和生活催生的杰作，其无疑是"感物而动"的结果，但杜甫与盛唐其他诗人的区别在于，他对这多方面的生活，在诗歌中做了"审视"。"审视"自然就与"意"相关。但其中情感和叙事的委折，忽反忽正，自然纷披，于参差中寓整饬，使得意蕴深至，成为盛唐诗坛上的新境界。杜集中还有另外一些诗歌，感事而发，但其情感引而未发，像《留别贾严二阁老》，"通常是把社会生活和自然景物所提供的作诗机缘，转化为心灵反应。因此不是将情境事件一一摊开，而是凭诗人的特殊用意和心情，选择对象的某些方面加以点拨，让人体味"②。而寓居梓州期间，朝政的动荡和生活方式的不断变化，一再拨动着诗人内心的复杂意绪。对于这时的杜诗，仇兆鳌曾言："公抱忧国之怀，筹时之略，而又洊逢乱离，故在梓阆间有感于朝事边防，凡见诸诗歌者，多悲凉激壮之语。而各篇精神焕发，气骨

---

① （明）许学夷著，杜维沫校点：《诗源辩体》卷十八第一四则，194 页，北京，人民文学出版社，1987。

② 余恕诚：《唐诗风貌》，264～265 页，合肥，安徽大学出版社，2000。

风神，并臻其极。"①从杜诗文本看，确实多表现为"见兴不见意"，一方面具有盛唐诗歌充沛的审美力量和雄壮气象，另一方面又有自己"独造"的、独特的审美风采。 其次，杜甫诗歌这种"天机自融"的"意兴"及其独特性，来自其创作上的"以兴御意"。 杜甫并非"以意为诗"，其情感意绪，多由现实的感发而来，凭借这一感发，创作出大量沉雄悲壮之作，一如盛唐大多数诗人，乘兴而来。 虽然其中有深刻的用意，都在感兴的驾驭下，融解到诗歌话语之中，而不着痕迹。 换句话说，杜诗的悲凉意绪，已经渗透在诗歌话语沉郁顿挫的音声之间。 所以许学夷在说杜甫"语皆沉着"的同时，又言"子美快心，本乎沉着"②，从另一个侧面言明杜诗以沉着的音声节奏，表达其心中情意，"意"在节奏音律中，而文本所显示的则只是盛唐的风神和"兴趣"了。 许氏说杜甫五言古和七言歌行，一是"如銮舆出警，步骤安重"，一是"如大海重渊，涵蓄无量"③。 这些都属于杜诗"兴"的外在表现。

第二，许学夷分析了子美诗歌"意兴"对盛唐气象的具体反映。 无论是创作上的"以兴御意"，还是文本层面的"见兴不见意"，反映的都是杜诗的独特风貌，又于杜诗的独特性之中体现着盛唐诗歌的气象和精神，可以说，杜诗的"意兴"是杜诗独特性和盛唐精神的统一。

"字字精炼"和"穷极笔力"无疑体现着这种统一：

> 子美五言古，短篇如"朝进东门营""男儿生世间""献凯日继踵""下马古战场""蓬生非无根""白马东北来""峥嵘赤云西""溪回松风长"……

① （唐）杜甫著，（清）仇兆鳌注：《杜诗详注》卷十二，1048 页，北京，中华书局，1979。
② （明）许学夷著，杜维沫校点：《诗源辩体》卷十八第一八则，196 页，北京，人民文学出版社，1987。
③ （明）许学夷著，杜维沫校点：《诗源辩体》卷十八第二〇、二一则，197 页，北京，人民文学出版社，1987。

　　字字精炼，既极其至，长篇又穷极笔力，皆非他人所及也。①

　　"字字精炼"与"穷极笔力"是杜之为杜的特点所在。但稍一分析，就能在其中发现盛唐的特征。"字字精炼"的意思既有炼字炼句的内容，也表明杜诗语言的简约，正是"语简"，其所蕴含的意义和情感才能高度浓缩，显得特别丰富，令人回味无穷。盛唐诗人常常以富有特征性的字句，来凝聚无穷的情意。"兴"之所发，往往就能抓住这些关键性的话语组织，有如神助。这些关键性的字句，组成全篇的话语结构，凝结着文本内外的意义。"字字精炼"还隐含杜甫在诗歌创作方面的造诣，他具有在音节、声律之中蕴含风神的能力。当然，许学夷言"杜甫造诣极高"，不是单纯指这一方面的内容。杜诗"字字精炼，既极其至"，无疑是说杜甫以"字字精炼"的完美话语结构、音声中蕴含风神的声律特色，将盛唐诗歌推向顶峰。而"长篇又穷极笔力"，事实上和"字字精炼"有密切关系。盛唐诗人的笔力，往往也是和以少总多、因简见繁的话语要求联系在一起。不同的是，"穷极笔力"和"才力"有更多的相关性，它是生生不息的诗歌生命精神，以简约的话语结构作为载体，这样，这种生命精神就有了无尽的空间。诗人的情意就在这一载体内外，与自然宇宙融为一体，其借助自然的万千变化，使得诗歌的境界也能气象万千。其间不仅有一层比一层更深的景，还有一层比一层更深的情，更有一层比一层更深的"意"。所以许学夷言杜诗"迂回转折，生意不穷"②。言"生意"而不言"生气"，则又说出了杜诗不同于盛唐诸家的独特性之一。

　　"字字精炼"若仅仅是上述内涵，还不足以完全涵盖杜诗在独特性中所体现的盛唐精神，杜诗还包含遵守盛唐时代诗歌话语规范的要求和"浑然而

---

① （明）许学夷著，杜维沫校点：《诗源辩体》卷十九第二则，209 页，北京，人民文学出版社，1987。
② （明）许学夷著，杜维沫校点：《诗源辩体》卷十九第五则，210 页，北京，人民文学出版社，1987。

就"的统一。

> 子美七言歌行，如《曲江》第三章、《同谷县七歌》《君不见简苏徯》《短歌赠王郎》《醉歌赠颜少府》及《晚晴》等篇，突兀峥嵘，无首无尾，既不易学；如《哀王孙》《哀江头》等，虽稍入叙事，而气象浑涵，更无有相类者；至若《画马引》《丹青引》等，纵横轶荡，而精严自如……①

这似乎重在强调杜甫七言歌行的个性特点，但某些诗歌，的确具有于叙事中见气象浑涵，在纵横轶荡中见盛唐诗歌规范的特点。其实王、孟的五言律诗，或风格多样，或结撰多变，都是在大致遵守诗歌范式的前提下，别出新声。杜甫七言歌行的新质，很明显的一点就在于他将一气浑成和遵守规范融合起来，这一特征，带来的是"意不可尽，力不可竭，贵有变化之妙"②。这既属于杜甫，也鲜明地体现着盛唐诗歌精神。

"字字精炼"与"穷极笔力"，在诗歌风格上的体现是"奇警而沉雄"。杜甫遭逢时代变乱，其诗歌所表现的内容与开元盛世的诗人们有巨大差异，诗体也随之有所变化。但他的五言古与七言歌行中多以"奇警"的风格表现三江五湖，其气势仍然"平漫千里"。在声调风神方面，以"沉雄浑厚"改造了盛唐诸家的"雄壮浑厚"："子美律诗，大都沉雄含蓄、浑厚悲壮，然有句法奇警而沉雄者，有意思悲感而沉雄者，有声气自然而沉雄者。"③许学夷以大量文本分析来说明杜甫律诗的这三种风格特征，其实，他是在与盛唐其他诗人创作的比较中，看出杜诗在内容和诗体的变易之间，所体现的另一种盛唐精神：

---

① （明）许学夷著，杜维沫校点：《诗源辩体》卷十九第八则，211 页，北京，人民文学出版社，1987。
② （明）许学夷著，杜维沫校点：《诗源辩体》卷十九第九则，211 页，北京，人民文学出版社，1987。
③ （明）许学夷著，杜维沫校点：《诗源辩体》卷十九第一六则，215 页，北京，人民文学出版社，1987。

或问："子美五七言律，较盛唐诸公何如？"曰：盛唐诸公，惟在兴趣，故体多浑圆，语多活泼。若子美则以意为主，以独造为宗，故体多严整，语多沉着耳。此各自为胜，未可以优劣论也。[①]

盛唐诸公的"兴趣"之诗，以诗体蕴含的生机弥漫、出神入化和调纯语畅见长，风华飘逸，其中多有简淡之风，给人以韵致神远之感。杜甫诸体诗歌，在"体"和"语"方面，随着时代文化语境的变更，不再像盛唐诸公那样，轻松应对，色调明丽，挥洒自如，盛世文化本身就赋予盛唐诸公诗歌话语"雄壮浑厚"的特质。而杜甫若要达到这一境界，就必须不唯"一气浑成"，还需"独造"，以"字字精炼"求得诗体的"严整"，以"气格遒紧"取得语言的矫健，所以在语调音声方面，必然以"沉着"为特征，风格上以"沉雄"见之于文本。许学夷把这一原因归之于"以意为主"和"以独造为宗"。"以意为主"是和盛唐诗人比较，杜诗中对社会和人生的感触增多，随着社会和人生意识的增强，势必要在诗中表露对这些问题的思考或看法，并以感兴的、诗意的方式表达出来。可见"以意为主"并不是意念先行式的"以意为诗"，用诗歌言理。而"独造"其实主要还是指杜诗的创造性，而非追新逐奇。盛唐诗歌已经在语调方面达到了调纯语畅的完美，反映在风格上，已是"气象浑厚"，在调纯语畅和含蓄浑厚的基础上，杜甫能够以句法的"奇警"，创造出另一种"活泼"的盛唐诗歌语体。所谓"奇警"，是谓杜诗语言机敏出众，加上"字字精炼"，就必然造就语言含义新颖、深切，意蕴丰富深厚。可以说这是另一种具有生机的话语，它与盛唐诸公玲珑活泼的诗歌话语一样富于魅力。杜诗是在盛唐已有的特质里注入新鲜的内容，在"雄壮浑厚"的底色上，融入句法"奇警"、人生社会悲感和顿挫的音节，

---

① （明）许学夷著，杜维沫校点：《诗源辩体》卷十九第一四则，214 页，北京，人民文学出版社，1987。

使诗歌变得"沉雄含蓄、浑厚悲壮"。其中的"浑厚"是盛唐气象的应有之义，"含蓄"既是盛唐笔力的体现，也是诗歌文本与"兴"相关的主要内涵；而话语中的"沉雄"与"悲壮"则是时代文化审美化的结果，正是它们进入盛唐气象，才使得盛唐诗歌发展到新的境界，并成为盛唐精神的最高形态之一。所以学杜者，若孜孜于字句之间，对杜诗的"沉雄"与"悲壮"了不可见，就难以领会"意兴"诗歌的美处。

众所周知，复古论诗学拒绝"以意为诗"，所以对宋诗一概排斥。早在前七子时期，就对"唐宋派"的诗歌言理做过激烈的批判。应该说，整个明代的诗歌界和理论界，几乎都对"以意为诗"抱着拒绝的态度。许学夷对杜甫诗歌"意兴"的论述，尊重了文本的事实，也揭示了盛唐诗歌发展的规律。许学夷以"意兴"评杜，确立了杜诗在盛唐诗歌中的崇高地位，这种在悲凉的时代语境中生成的"杜体"，却又有盛唐诗歌的诗体规范、刚健的作风、雄壮的笔力和浑厚的风格。对这一点，许学夷同时代的许多人却走了两个极端①：胡应麟显然是突出杜诗有别于盛唐诸公诗歌的独特性②，置盛唐其他诗人的创作于不顾而盛赞杜甫。相反的是王世贞，他在《艺苑卮言》中一方面以为杜诗乃诗之极致，另一方面又屡屡批评杜诗属于诗歌的"变"体，于杜诗盛唐风神，理解甚少。对胡应麟和王世贞的不足，许学夷做了纠正，以为"沉雄含蓄，是其正体"③。他既能看到杜诗的盛唐本质，亦能于"杜体"中见出其变化，以及后人学杜存在的弊端。但他对杜诗的评价，在往具体的文本一极下移时，流露的是传统格调论的立场，这时，他的正确的美感显然也会受到影响。

---

① 明人对杜诗中的叙事之作，也有不同意见，以为"自立新题，自叙时事"乃是"下乘末脚"，当不属于盛唐。参见方锡球：《述情切事与悉合诗体——论许学夷的"诗史"之辩》，载《文学评论丛刊》，2002（1）。

② （明）许学夷著，杜维沫校点：《诗源辩体》卷十九第二一则，217页，北京，人民文学出版社，1987。

③ （明）许学夷著，杜维沫校点：《诗源辩体》卷十九第二三则，218页，北京，人民文学出版社，1987。

三、从"兴趣"到"意兴"：两种盛唐精神的文学渊源

以今天逻辑的眼光看，"兴趣"和"意兴"是盛唐气象中两种不同质态的美。虽然它们都属于盛唐诗歌精神，但无论从哪个角度看，它们又都是两种有差异的诗歌体制。王世贞虽然走了两个极端，显示了其诗学的矛盾，但从中也可窥视到他掌握着片面的真理。也许有人会说，盛唐气象本身就是多种风格的统一，高、岑、王、孟、太白也是体各不同，风格有殊，却属于一个盛唐，而杜甫为什么却属于另外一个盛唐呢？这是因为只有杜甫的诗歌，不仅在扩大盛唐诗歌题材和促成诗体成熟方面做出了贡献，而且在使唐诗的美向深度模式发展上，取得了独一无二的地位。唐诗向纵深方向的发展，标志着另一个诗歌时代的到来。这也是后来学杜诗者多的一个主要原因，绝不是好不好学的问题。李白达于盛唐的另一个峰巅，是水平发展或横向发展的结果，李白诗歌属于纯粹意义上的盛唐风神，是典型的"盛世精神"的写照。这也表现在盛唐诸公和杜甫对诗、骚和汉魏六朝精神在内容和兴象方面有着不同的继承上。

许学夷论盛唐诸公和李白，多指出他们受《国风》的影响，而论杜甫，则指出其继承了《雅》的精神。可见《诗经》是以两种精神影响着后世。自陈子昂提倡"风雅"精神以来，历代论唐诗者多承接子昂之说，对唐诗与《诗经》的关系笼统言之。许学夷指出了唐人对《诗经》不同取向的继承，现在看来，这是造就两种盛唐精神的原因之一。许氏说盛唐"得风人之致"，才有"贵婉不贵深""主兴不主意"的"兴趣"之作；杜甫诗歌的阔大气象，并非情感上的放浪恣意，而是"大而有法"，特别是在"主意"和"尚严密"方面，接近《雅》一类的诗歌。正因为许学夷诗学思想以"溯源流，辩体制"为主，所以他对《风》《雅》的区别尤为在意：

故《风》则比兴为多，《雅》《颂》则赋体为众；《风》则微婉而自然，

《雅》《颂》则齐庄而严密；《风》则专发乎性情，而《雅》《颂》则兼主乎义理：此诗之源也。①

他将《风》《雅》的体制、内容的区别说得十分清楚。在风格上，他认为风人之诗，"托物兴寄，体制玲珑……而文采备美，一皆本乎天成。大都随语成韵，随韵成趣，华藻自然，不加雕饰"，而不是"用意为之"②。此外，风人之诗，"不落言筌，曲而隐也，风人有寄意于咏叹之余者"③。在接受方面，《风》诗还有"最善感发人"④的特点。这一对《风》诗特征性的描述，显然与上述盛唐诸公诗歌的风貌特点一脉相承。而对于《雅》，除上引材料外，许学夷还以为"正雅坦荡整秩，而语皆显明；变雅迂回参错，而语多深奥。是固治乱之不同，抑亦文运之一变也"⑤。在话语结构方面，"布置联络，有次序可寻，有枝叶可摘，尚可学也"⑥。盛唐诸公和李白的诗歌，因体制玲珑、语多活泼、一气浑成而无佳句可摘，所以盛唐诸公诗歌多不可学，而杜诗多可学。从许氏对《雅》的意见看，杜甫诗歌确实也多有近《雅》之处。

根据《诗经》接受研究的现有成果，以李白和杜甫为例，李白在诗歌创作中，虽然也有过对"风雅"不继的担忧和责任感，但其诗作化用《风》诗者较多。⑦ 李白的这一审美选择和审美认同说明，盛唐诸公和李白承接的是《诗经》中的"国风精神"。而从杜甫对《诗经》的化用看，则《风》《雅》都有，这一方面说明杜诗"转益多师"，对审美遗产全面吸收和继

---

① （明）许学夷著，杜维沫校点：《诗源辩体》卷一第一则，2页，北京，人民文学出版社，1987。
② （明）许学夷著，杜维沫校点：《诗源辩体》卷一第四则，3页，北京，人民文学出版社，1987。
③ （明）许学夷著，杜维沫校点：《诗源辩体》卷一第六则，4页，北京，人民文学出版社，1987。
④ （明）许学夷著，杜维沫校点：《诗源辩体》卷一第三九则，20页，北京，人民文学出版社，1987。
⑤ （明）许学夷著，杜维沫校点：《诗源辩体》卷一第五一则，24页，北京，人民文学出版社，1987。
⑥ （明）许学夷著，杜维沫校点：《诗源辩体》卷一第五六则，25页，北京，人民文学出版社，1987。
⑦ 汪祚民：《诗经文学阐释史（先秦—隋唐）》，364～365页，北京，人民出版社，2005。

承；另一方面，也应该看到，杜诗毕竟承接了《雅》的精神。虽然许学夷站在格调论的立场，就格调进行辨析，难以发现杜诗与《国风》的关系，但从体制声调上，他看到了杜甫诗歌和《雅》的关联。今天看来，杜甫继承更多的是《诗经》中的《雅》《颂》精神。

就与《离骚》和汉魏六朝诗歌的关系而言，盛唐诗歌也承接了它们审美精神的两个不同方面。许学夷认为，《离骚》乃是《三百篇》"别出"的结果，"别出"是相对"正流"而言，《诗经》的"正流"是汉魏诸诗，"别出"乃为《离骚》。盛唐对《离骚》的继承，多为性情，而诗体方面的成果次之。许学夷就说过"李、杜二公诗，本乎性生"。其实，李白的一些诗作，不仅在主观的性情上，而且在形式方面也尤合骚体。[①] 至于李白古诗、歌行与汉魏和六朝诗歌，尤其是与汉乐府和齐、梁诗歌的关系，学界多有精论。其中与李白诗歌最有渊源的，要算《离骚》、汉乐府和齐、梁诗歌。客观地看，六朝文学对唐诗的贡献，恐怕不仅仅局限在音声和语言色泽方面那么简单，还应当包含音声所蕴含的意绪。今人亦言"李白的乐府创作，实已完成了从汉魏古体到唐体的根本转变"[②]。这一说法，就不仅仅指的是音声方面的内容。所以，就大的方面来讲，李白诗歌中更多的是《国风》精神、《离骚》精神、汉乐府精神和六朝审美经验，从而形成了李白式的盛唐气象。

在历代诗论中，杜甫诗歌多被认为"宪章汉魏"。例如，严羽在《沧浪诗话》中，就认为"少陵诗宪章汉魏，而取材于六朝，至其自得之妙，则先辈所谓集大成者也"。虽然其乐府"自立新题，自创己格，自叙时事"，但胡应麟《诗薮》言其于"乐府遗意，往往得之"。杜诗仅在体制上不再仿效古乐府，而对汉乐府的精神，则是大力继承。虽然杜甫对"风雅"、汉魏和六朝诗歌精神的承接，侧重点各不相同，但体现了他的"别裁伪体"的功

---

① （明）许学夷著，杜维沫校点：《诗源辩体》卷十八第二九则，200 页，北京，人民文学出版社，1987。
② 袁行霈主编：《中国文学史》第二卷，268 页，北京，高等教育出版社，2002。

夫。《雅》诗叙事和议论结合的手法，屈原深沉的忧思，《史记》对历史的正视，汉乐府缘事而发的传统，汉魏诗歌悲歌慷慨的气骨，汉赋的铺排技巧，历代诗歌在音声方面和唐人在创造"兴象"方面积累的艺术经验，都在杜甫不同体裁的诗歌中，得到鲜明的体现。作为在唐诗发展进程中承先启后的人物，杜甫在诗歌中更多体现的是"雅颂"精神、汉赋技巧、建安风骨和盛唐兴象。杜甫的诗歌既兼备众体又自铸伟词，既体现其"杜诗"特色，又清晰地反映着盛唐气象。这为诗歌的继续发展，提供了广阔的空间。其"意兴"之作中"兴"的成分，在盛唐已经得到淋漓尽致的表现，后世再也无法超越。中唐以后，随着时代渐衰，诗歌创作中风华渐少，思考的因素增多，到了晚唐，又有一批诗人向内心世界开拓，这些应该都属于对杜诗"意兴"之"意"的发展。至于在创作技巧和别开诗歌创作新面的方式方法上，对杜诗的发展更是多种多样。这也是宋代以后，杜甫诗歌学者众多，杜诗地位很高的主要原因。

所以，正是在这个意义上，盛唐诗歌从盛唐诸公的"兴趣"到杜甫的"意兴"，在本质上体现了其向纵深模式发展的方向。

◎ 第六节

"格调"论与"风神"论融合

天启至崇祯间，复古论唐诗学的超越还表现在"格调"论向"神韵"论的渗透和发展，其中带来诗学观念和诗歌研究方向的变化。其实，"神韵"在格调理论中的孕育发生得更早一些，万历以后，屠隆、李维桢在唐诗分析中对"神情"的论述和运用，胡应麟、谢肇淛等人对"风神"概念的规定和使用，谢肇淛、邓云霄、陆时雍等人在唐诗研究中对"风调"向"神韵"转化的强调，成为唐诗学向清代发展的先声。其中论述最为系统的是胡应麟和许学夷，胡应麟将"格调"与"风神"结合论诗，许学夷在此基础上，初步完成了这一转变。

许学夷论盛唐诗歌的"兴趣"，已经是对"格调"论内涵的丰富和改造，其继承胡应麟"体格声调，兴象风神"之说论诗歌及其变化，在《诗源辩体》中随处可见。但由于许学夷站在复古论的立场，对"风神"与"兴趣"的关系，常常在理论上流露出自己的矛盾，因此他对"兴趣"之诗的"风神"内涵和"神韵"并没有完全说清楚，这也就在一定程度上影响了他对盛唐诗歌审美价值的全面认识。

许学夷所说"风神超迈"的前提，是"形迹俱融"，而"形迹俱融"需要"造诣"之功。许氏认识到，盛唐律诗的精神单靠"造诣"还达不到那样高的质量，也不可能生成打动人心的艺术结构，要达到这一效果，还必须依赖其他方面的东西。于是，他借来复古论内容之外的"风神"与"神韵"，用以论盛唐"气象"，发现了盛唐诗歌许多有价值、有意义的审美蕴涵。但他在并用"兴趣"和"风神"两个概念时，忽视了两者的不同角度和两个范畴之间的交叉关系，这就影响到他对盛唐诗歌特征的有效把握。

"兴趣"与"风神"是既有区别又息息相关的两个概念。许学夷稍前的胡应麟以"兴象风神"论唐诗，指称那种"矜持尽化，形迹俱融"的文本特征："盛唐绝句，兴象玲珑，句意深婉，无工可见，无迹可寻。中唐遽减风神，晚唐大露筋骨，可并论乎？"①胡应麟关于"风神"特征的描述，所说的是"兴象玲珑""无工可见，无迹可寻"的内涵，但这只是唐诗"兴趣"的部分特征。许学夷和胡应麟一样，将盛唐"兴趣"与以往的"兴趣"等同，缺乏对盛唐诗歌"兴趣"内涵丰富性的揭示。

一方面，"兴趣"的确能够反映"风神"。《世说新语·任诞》载：

---

① （明）胡应麟：《诗薮·内编》卷六，114 页，上海，上海古籍出版社，1979。

王子猷居山阴，夜大雪，眠觉，开室，命酌酒。四望皎然，因起彷徨，咏左思《招隐诗》，忽忆戴安道。时戴在剡，即便夜乘小船就之，经宿方至。造门不前而返。人问其故，王曰："吾本乘兴而行，兴尽而返，何必见戴?"

王子猷的行为是超越功利的，没有任何目的，所表现出来的只是一种"兴趣"。晋人的这种高情远趣，在唐代文士中得到了认同。李白《答王十二寒夜独酌有怀》云："昨夜吴中雪，子猷高兴发。万里浮云卷碧山，青天中道流孤月。"杜甫《江居》诗云："东行万里堪乘兴，须向山阴入小舟。"李、杜憧憬往昔王子猷雪夜访戴的逸事，可见这一故事所揭示的这种"兴趣"，乃是一种无往而不乐的生活方式，它对唐代诗人的生活、人生处世和审美风尚泽溉深远，是令盛唐诗人包括李、杜都钦羡的风范。盛唐诗人对魏晋名士的倾慕，在于魏晋名士人生和艺术中的"兴趣"所体现的"风神"。

但另一方面，以李、杜为代表的盛唐诗人的审美个性，并非完全由这种高情远趣造就，他们的诗作所蕴含的，除这种高情远趣外，还有积极的进取意识、入世精神特别是昂扬的精神状态，这些是盛唐多种文化滋养的结果，属于具有盛唐特征性的"兴趣"。所以盛唐诗人的"兴趣"，与魏晋士人的"兴趣"相比，内涵已经大大丰富了。许学夷在论"兴趣"时，也是以高、岑、王、孟为例，显然不仅仅指魏晋士人的那种高情远趣。按理他应该看出盛唐"兴趣"的全部内涵，但他并没有深入下去。可见，他对"兴趣"古今内涵的差异并没有十分留意。因此，也就没有把盛唐"兴趣"之作的特征说得十分清楚。

"兴趣"在诗学中的运用，出自严羽《沧浪诗话·诗辨》："诗之法有五：曰体制，曰格力，曰气象，曰兴趣，曰音节。"严羽分析文本的这五个角度的关系我们姑且不论，单就"兴趣"而言，《诗辨》又说："诗者，吟咏性情也。盛唐诸人惟在兴趣，羚羊挂角，无迹可求。故其妙处，透彻玲珑，不可凑泊，如空中之音，相中之色，水中之月，镜中之象，言有尽而意无穷也。"根据今人研究，"兴趣"大致指诗歌的兴象与情致结合所产生的情趣和韵味①，这一说法和明人的说法并没有实质性的差异。

其实，"兴趣"是"兴"与"趣"两个概念的融合。就"兴"而言，它概括了不同类型的生命活泼状态：既有阳刚型生命力的饱满样态，含蓄型渊深朴茂的生命形态，也有阴柔型生机弥漫的生命状态。就一般的创作而言，"兴"常有四层意义：一是感兴，即感物而心动，这是诗歌具有生气的动因。经典的描述是刘勰《文心雕龙·明诗》所言"人禀七情，应物斯感，感物吟志，莫非自然"。可见，"兴"就是诗人受外物感触所引发的心灵感动，继而发生创作冲动。不同类型的作者当然有不同的冲动和感情力量状态。二是委婉含蓄的艺术范式。最为著名的是钟嵘《诗品序》所言"文已尽而意有余，兴也"。钟嵘着眼于文本的接受角度，言及诗歌之"兴"的言外之意，象外之象。三是源于《三百篇》的一种艺术手法，即"先言它物以引起所咏之词"，是一种言在此而意在彼的婉曲的艺术表达方式。四是"兴寄"，指寄托某种社会生活内容，产生较好的社会作用的诗歌。譬如陈子昂的"兴寄"说所要求的诗歌。严羽的"兴"显然指的是前面的三层意义，其《沧浪诗话·诗法》云："语忌直，意忌浅，脉忌露，味忌短。"可以看出，其对于"兴"的要求，是语言的委婉、意蕴的丰富深刻、文本话语结构的蕴藉和韵味悠长的统一，它体现着一种生命活泼的诗意境界。

就"趣"的意义而言，一是兴味。《晋书·王羲之传》云："年在桑榆，自然至此，顷正赖丝竹陶写，恒恐儿辈觉，损其欢乐之趣。"元萨都剌《晓上石壁滩》诗云："过江日日水与山，诗人得趣如得官。"二是韵味。《晋书·王献之传》云："献之骨力远不及乃父，而颇有媚趣。"《南史·萧引传》云："此字笔趣翩翩，似鸟之欲飞。"王安石《惠崇画》诗云："断取沧州趣，移来六月天。"可见，"趣"之含义主要在诗歌话语不可言传的性质，无论创造还是接受，都要靠审美体验，方能得之于心。所以袁宏道曾

---

① 汪涌豪、骆玉明主编：《中国诗学》第4卷，355页，上海，东方出版中心，1999。

说："世人所难得者惟趣。趣如山上之色，水中之味，花中之光，女中之态，虽善说者不能下一语，惟会心者知之。"①当然，"趣"也指称诗歌的自然感发和吟咏性情的特点，这是一种审美体验意义上的范畴。

与许学夷几乎同时代的屠隆在《与友人论文书》中就曾言："唐人长于兴趣，兴趣所到，固非拘挛于一途，且天地、山川、风云、草木，止数字耳，陶铸既深，变化若鬼，即不出此数字，而起伏顿挫、回合正变，万状错出，悲壮沉郁，清空流利，迥乎不齐。"②说的就是"兴趣"是一种包括文本的语言、风格、诗体和生机状态在内的多种话语因素综合的美感效果。唐代诗人以"兴趣"为诗，乃是一种灵动变化的审美情兴，因此，对自然界的"天地、山川、风云、草木"，由于"兴趣"所至，其感兴变化无方，相应地，由于受自然的感发，艺术手法与表现情状亦多姿多彩，这样，"兴趣"造就的诗境也是纷繁万状的。这一切，决定了"兴趣"意态万千，无迹可求，同时又自由活泼，生机盎然，渊然而深。因此，也就与人的生命力的展现和人的精神的升华相关。既然"兴"与"趣"是生命活泼的境界，又与人的生命力的展现和人的精神的升华相关，无疑就展现着诗歌话语的"风神"。

这就不能不涉及"兴象"概念。许学夷和明代复古论诗学中的"兴象"概念就是"兴趣"的外在形象，它是在"兴趣"的生发下形成的超迈而又浑然无迹的诗歌话语形态。对这种诗歌话语审美特征的认识，从唐人即已开始。殷璠《河岳英灵集》评储光羲诗"格高调远，趣远情深"，所说的"趣"可以与"兴"互文，"趣远"与"兴远"意义大致相当。从殷璠评储光羲诗歌文本的形象特征，可见唐人已经有了对"兴趣"诗歌的"兴象"的初步认识。之后，严羽对"兴趣"诗歌的"兴象"作"镜花水月"的禅喻，

---

① 钱伯城笺校：《袁宏道集笺校》卷十《叙陈正甫会心集》，463 页，上海，上海古籍出版社，1981。
② （明）屠隆：《由拳集》卷二十三《与友人论诗文》，见吴文治主编：《明诗话全编》，4944 页，南京，江苏古籍出版社，1997。

也说明了这一问题。严氏"兴趣"理论的哲学基础可能又与老子"大音希声,大象无形"的经典命题有关。类似于镜中花、水中月的"兴趣",在性质上等同于老子的"大音"和"大象",只不过老子是就宇宙本体立论,严羽是就诗歌本体而言。但无论是宇宙本体还是诗歌本体,其中都有生生不息的生命律动和人的风神的展现。许学夷由于对复古论诗学藕断丝连,放弃了对这方面的深入考察,这使得他对古代特别是盛唐诗歌精神的揭示没有能够做到深入和彻底,也就使他对古代诗歌理论的总结和对诗歌发展观念的探索留下了缺憾。他把这样的工作,留给了钱谦益和叶燮。

此外,与胡应麟一样,许学夷还论述了帝王参与和诗歌变化的关系,对文学变化的这一外部因素进行描述,从帝王与文学活动、政治与诗歌活动的关系角度探讨了诗歌变化。

许学夷的研究意味着明代诗学历史的完成和新的历史时期诗学的开始,他是明代诗学的承先启后者。

第八章
经世思潮与明代诗学
理论的总结

　　社会危机和时代动荡改变了士人的价值取向，迫使他们面对多难的现实。易代之际，传统儒学开始复兴。面向现实、面向人生的诗学理论呼之欲出。当时众多学者从现实功利角度对诗歌的阐释，为晚明诗学准备了理论视点。

◎ 第一节
经世思潮与古代诗学复兴的历史语境

一、学术取向的经世思潮

　　随着清军对中原的逼近，晚明士人的经世致用思想得到进一步巩固，他们在对政治灾难进行反思的同时，还从文化学术上寻找当时社会动荡的根源。钱谦益、李颙等人以为学术文化决定人心，人心决定社会的治乱，因此，挽救明王朝，离不开学术文化建设。他们的逻辑是将晚明社会动乱归于人心"不正"，人心之"不正"，须在"道"中寻找原因，而明道、传道的工具则是学术文化。 这里的核心是使学术文化的取向,朝着有利于社会稳定、政治清明的方向发挥作用。 在这样的学术背景下,走出心学的形上哲理玄思,回归儒家政教功利思想,为一代士人所认同。 当时对诗歌进行阐释,也与政治状况紧密联系在一起,他们希求通过对古代文化经典的阐释,找出拯救天下的良方,并用之于积极干预现实。 所以,晚明士人要求重新尊经复古,恢复传统的价值系统,使之成为文化重建的主要资源。

明末清初率先提出经术、经世相结合思想的是钱谦益。 钱谦益(1582—1664),常熟人。 字受之,号尚湖,又号牧斋,晚号蒙叟、牧翁,也称东涧遗老、绛云老人。 他指出:

> 古之学者,必有师承,颛门服习,由经术以达于世务……自汉、唐以降,莫不皆然。胜国之季,浙河东有三大儒……以其学授于金华宋文献公。以故金华之学,闽中肆外,独盛于国初。金华既没,胜国儒者之学,遂无传焉。嘉靖中,荆川唐先生起于毗陵,旁搜远绍,其书满家。……荆川之指要,虽与金华稍异,其讲求实学,由经术以达于世务则一也。①

这种经世精神,不仅为一般事功心态强烈、积极入世的士人所张扬,即使是以出世精神处事且对现实有深味的"易堂九子",也认同这一思想。 魏禧说:

> 经世之务,莫备于史。禧尝以为,《尚书》史之太祖,《左传》史之太宗。古今治天下之理,尽于《书》,而古今御天下之变,备于《左传》。明其理,达其变,读秦、汉以下之史,犹入宗庙之中……尝观后世贤者,

---

① (清)钱谦益著,(清)钱曾笺注,钱仲联标校:《牧斋初学集》卷四十三《常熟县教谕武进白君遗爱记》,1120 页,上海,上海古籍出版社,1985。

当国家之任，执大事，决大疑，定大变，学术勋业烂然天壤。然寻其端绪，求其要领，则《左传》已先具之。①

虽然顾炎武、方以智等人不屑与钱谦益为伍，但他们的经世思想却十分相似。先看顾炎武的一段话：

> 文之不可绝于天地间者，曰明道也，纪政事也，察民隐也，乐道人之善也。若此者有益于天下，有益于将来，多一篇多一篇之益矣。若夫怪力乱神之事，无稽之言，剿袭之说，谀佞之文，若此者，有损于己，无益于人，多一篇多一篇之损矣。②

在他的观念中，圣人之道归结起来只有八个字："博学于文""行己有耻"③。这八个字作为人生的终极追求，保持了儒学的践履本色。这与魏禧所说如出一辙："吾辈寝食诗文，欲以文章接寿命，使身死而名存，自是本念。然士生今日，所可为当为者，正非一端。虽文驾班、马，诗驱李、杜，尚是第二层三层事。"④时值明清易代之际，当务之急是文化救亡，文学只有关乎兴亡大计才有价值。顾炎武明确说道："君子之为学，以明道也，以救世也。徒以诗文而已，所谓雕虫篆刻，亦何益哉？"⑤这一观念就是"文须有益于天下"。方以智指斥宋儒蹈虚空谈，认为"宋儒惟守宰理；

---

① （清）魏禧著，胡守仁等校点：《魏叔子文集》卷八《左传经世叙》，367 页，北京，中华书局，2003。
② （清）顾炎武著，（清）黄汝成集释：《日知录集释》卷十九《文须有益于天下》，841 页，上海，上海古籍出版社，1985。
③ （清）顾炎武：《亭林文集》卷三《与友人论学书》，见《清代诗文集汇编》第 43 册，30 页，上海，上海古籍出版社，2010。
④ （清）魏禧著，胡守仁等校点：《魏叔子文集》卷七《答李又玄》，340 页，北京，中华书局，2003。
⑤ （清）顾炎武：《亭林文集》卷四《与人书二十五》，见《清代诗文集汇编》第 43 册，57 页，上海，上海古籍出版社，2010。

至于考索物理时制，不达其实，半依前人"①，"空穷其心，则倏忽如幻"②。 在这种背景下，方以智、黄宗羲、顾炎武等许多学者分别从不同的角度，对宋明理学以理气心性之辨为中心的学术话语和以"六经注我"为特点的学术范式进行了全面的清算和解构。 明末清初知识阶层激愤于亡国之恨和文化忧患，愈益讲求经世致用，如孙奇逢"平生之学，主于实用"③；朱之瑜（号舜水）认为"学问之道，贵在实行"，"圣贤之学，俱在践履"④；方以智认为"欲挽虚窃，必重实学"⑤；黄宗羲说"受业者必先穷经，经术所以经世，方不为迂儒之学"⑥；王夫之为学注重"经世之大略"⑦，于"江山险要、士马食货、典制沿革，皆极意研究"⑧；顾炎武之学以匡时救世为己任，认为"拯斯人于涂炭，为万世开太平，此吾辈之任也"⑨，又说"君子之为学也，非利己而已也，有明道淑人之心，有拨乱反正之事，知天下之势之何以流极而至于此，则思起而有以救之"⑩。 由于面临生死存亡的选择，"无事袖手谈心性"的亡国之音被扫下殿堂，经世之风遂成知识界的共同话语。

随着经世致用之学从边缘走向中心，以经典考证和诠释为主要内容的学术范式渐次成型，到乾嘉时期开始取代宋学的学术话语和学术理念，而成为当时学界关注的焦点和学术讨论的前沿，儒学亦由此完成从以理气心性之学

① （明）方以智：《通雅》卷首一《音义杂论·考古通说》，见侯外庐主编：《方以智全书》第 1 册，3 页，上海，上海古籍出版社，1988。
② （明）方以智：《语录·示中履》，19 页，安徽省博物馆藏手抄本。
③ （清）纪昀等：《钦定四库全书总目》卷六《读易大旨》，35 页，北京，中华书局，1997。
④ 朱谦之整理：《朱舜水集》卷十《答安东守约问八条》，369 页，北京，中华书局，1981。
⑤ （明）方以智著，庞朴注释：《东西均注释·道艺》，182 页，北京，中华书局，2001。
⑥ （明）全祖望：《鲒埼亭集》卷十一《梨洲先生神道碑文》，见朱铸禹汇校集注：《全祖望集汇校集注》，219 页，上海，上海古籍出版社，2000。
⑦ （清）王夫之著，舒士彦整理：《读通鉴论》卷六《光武》，135 页，北京，中华书局，1975。
⑧ （清）王敔：《姜斋公行述》，见《船山全书》第 16 册，81 页，长沙，岳麓书社，1996。
⑨ （清）顾炎武：《亭林文集》卷三《病起与蓟门当事书》，见《清代诗文集汇编》第 43 册，35 页，上海，上海古籍出版社，2010。
⑩ （清）顾炎武：《亭林余集·与潘次耕札》，见《清代诗文集汇编》第 43 册，104 页，上海，上海古籍出版社，2010。

为中心到以经史考证之学为中心的历史性转变。明清之际的学术话语转型，凸显了儒学在适应社会政治需求与学术文化发展方面的应变机能，展现了儒学在历史形态和理论内涵方面的丰富性与多样性。

二、对阳明心学及其左派的反思

伴随着学术中心话题的转向，士人纷纷对阳明心学及其左派进行反思和批判。艾南英在《天佣子集》卷四《张伯龚稿序》中认为："国朝理学之传，至正、嘉，而王氏之说行，天下靡然日趋于异端。"将当时的价值混乱状态归于阳明心学。钱谦益、顾炎武、王夫之、方以智皆不约而同地批判心学的危害。钱谦益说：

> 经学之熄也，降而为经义；道学之偷也，流而为俗学。胥天下不知穷经学古，而冥行擿埴，以狂瞽相师。驯至于今，轾材小儒，敢于嗤点六经，呰毁三传，非圣无法，先王所必诛不以听者，而流俗以为固然。生心而害政，作政而害事，学术蛊坏，世道偏颇，而夷狄寇盗之祸，亦相挺而起。①

他对"身心性命"之学进行猛烈抨击，认为其"害政""害事"。主要原因是心学使经学、道学背离了传统而成为"俗学"，成为异端之学，使学术背离了正道，世道人心也走向偏颇，最终导致内乱外患。也就是将明末的政治灾难归于学术文化的"蛊坏"。所以，挽救明王朝，就必须从学术文化建设入手。由此，钱谦益对"性灵派"的审美视角进行批判：

---

① （清）钱谦益著，（清）钱曾笺注，钱仲联标校：《牧斋初学集》卷二十八《新刻十三经注疏序》，851页，上海，上海古籍出版社，1985。

九经三史之学，专门名家，穷老尽气，苟能通其条贯，窥其指要，则亦代不数人矣。敬之如神明，尊之如师保，宝之如天球大训，犹惧有陨越。僭而加评骘焉，其谁敢？……评骘之滋多也，论议之繁兴也，自近代始也。而尤莫甚于越之孙氏，楚之钟氏。……是之谓非圣无法，是之谓侮圣人之言。而世方奉为金科玉条，递相师述。学术日颓，而人心日坏，其祸有不可胜言者，是可视为细故乎？①

钱谦益反对阐释经典，是为了保证经典的崇高地位。在这篇序里，他的矛头虽然指向竟陵派，没有直接对李贽和公安派发难②，但其弟子冯班则直接批判李贽："一家之人，各以其是非为是非，则不齐。推之至于天下，是非不同，则风俗不一，上下不和，刑赏无常，乱之道也。李卓吾者，乱民也，不知孔子之是非，而用我之是非，愚之至也。"③天下家国之乱归于是非标准"不齐"，从而"风俗不一，上下不和，刑赏无常"，导致人心之乱和社会国家的动乱。这一切在明末清初的士人看来，源于王学兴盛，世风愈下，才有变乱迭出，最终导致崇祯"甲申之变"，"嵇、阮之清谈盛，而永嘉之乱兴；姚江之'良知'炽，而启祯之祸作"④。将明末变乱与两晋"永嘉之乱"类比，突出心学祸害之大之深：

刘、石乱华，本于清谈之流祸，人人知之。孰知今日之清谈，有甚于前代者。昔之清谈谈老庄，今之清谈谈孔孟，未得其精而已遗其粗；未究其本而先辞其末。不习六艺之文，不考百王之典，不综当代之务，

---

① （清）钱谦益著，（清）钱曾笺注，钱仲联标校：《牧斋初学集》卷二十九《葛端调编次诸家文集序》，872~873 页，上海，上海古籍出版社，1985。
② 钱谦益知道李贽贬低经典的地位，以及公安派将经典和文学文本类比，可能碍于他与袁中道之间的师友之谊，没有直接批判公安派和李贽，但对钟氏和李贽的异端思想则持指斥的态度。
③ （清）冯班：《钝吟杂录》卷二《家戒》，见《景印文渊阁四库全书》集部第 886 册，523 页，台北，台湾商务印书馆，1986。
④ （清）陆陇其：《松阳钞存》卷上《为学》，清刻《陆子全书》本。

举夫子论学、论政之大端一切不问，而曰一贯，曰无言。以明心见性之空言，代修己治人之实学，股肱惰而万事荒，爪牙亡而四国乱，神州荡覆，宗社丘墟。[①]

他要求摒弃"明心见性之空言"，而提倡"修己治人之实学"。他把小至个人的道德修养，大至天下的国计民生皆纳入实学的范围，并在此基础上提出"博学于文""行己有耻"的纲领，从而开辟了一条与理学讲求即物穷理、重在内省自修，或倡言"渐悟"，或讲求"顿悟"等不同的认知学行途径，极力强调面向实际，躬行实践。

三、儒家诗学政教精神的复兴

在经世致用思潮的推动下，诗学领域产生重大变化，儒家诗学的政教精神复兴。

明末清初确立儒家诗学的政教传统，从对《诗经》的考辨开始。自春秋起，对《诗经》的阐释中，有不少曲解。到清初，出现重新判定毛诗郑笺价值的学术现象，对《诗经》中蕴含的儒家诗教进行了发掘。王夫之说：

"诗可以兴，可以观，可以群，可以怨。"尽矣。辨汉、魏、唐、宋之雅俗得失以此，读《三百篇》者必此也。可以云者，随所以而皆可也。于所兴而可观，其观也深；于所观而可兴，其观也审。以其群者而怨，怨愈不忘；以其怨者而群，群乃益挚。出于四情之外，以生起四情；游于四情之中，情无所窒。作者用一致之思，读者各以其情而自得。[②]

---

① （清）顾炎武著，（清）黄汝成集释：《日知录集释》卷七《夫子之言性与天道》，538 页，上海，上海古籍出版社，1985。
② （清）王夫之著，夷之点校：《姜斋诗话》卷一，139～140 页，北京，人民文学出版社，2005。

历代对孔子"兴、观、群、怨"的诗歌功能都进行了发挥，王夫之在这一基础上，对圣人将诗歌教世的宏旨加以重新建构，以"风雅正变"、"温柔敦厚"和"四情"为核心，在清初诗坛重新竖立儒家诗教的大旗。 钱泳在《履园谭诗》中表达了相似的观点：

> 古人以诗观风化，后人以诗写性情。性情有中正和平、奸恶邪散之不同；诗亦有温柔敦厚、噍杀浮僻之互异。性灵者，即性情也。沿流讨源，要归于正，诗之本教也。①

钱泳将"归于正"作为诗歌的"本教"，以此作为统率"性灵"的根本，所以，他将"性灵"等同"性情"，其中介是"温柔敦厚"，以此解构明代文学的性灵思潮。 这一点也为毛先舒张扬：

> 诗者，温柔敦厚之善物也。故美多显颂，刺多微文，涕泣关弓，情非获已。然亦每相迁避，语不署名。至若乱国迷民，如"太师""皇父"之属，方直斥不讳。斯盖情同痛哭，事类弹文，君父攸关，断难曲笔矣。而《诗》犹曰："伊谁云从，惟暴之云。"又曰："凡百君子，敬而听之。"其辞之不为迫遽，盖如斯也。后之君子，喜招人过，每相撍拾以资输写。②

毛先舒已经不单从内容取向论诗歌的政教功能，还从言辞的角度和话语形式言及"其辞之不为迫遽"，强调话语在言辞层面的政教功能，在情感处理方面，将其与《毛诗序》的"美刺"关联起来。 这一点也为朱彝尊发挥：

---

① （清）钱泳：《履园谭诗》第五则，见（清）王夫之等：《清诗话》，872 页，上海，上海古籍出版社，1999。
② （清）毛先舒：《诗辩坻》卷三《杂论》，见郭绍虞编选，富寿荪校点：《清诗话续编》，68 页，上海，上海古籍出版社，1999。

古之君子，其欢愉悲愤之思，感于中发之为诗。今所有三百五篇，有美有刺，皆诗之不可已者也。夫惟出于不可已，故好色而不淫，怨悱而不乱，言之者不罪，闻之者足以戒。①

而叶燮则针对七子派和公安派与当时社会状况的疏离，强调儒家诗教：

乃近代论诗者，则曰：《三百篇》尚矣，五言必建安、黄初，其余诸体，必唐之初、盛而后可。非是者必斥焉。如明李梦阳不读唐以后书，李攀龙谓唐无古诗……习之既久，乃有起而掊之、矫之而反之者，诚是也。然又往往溺于偏畸之私说。其说胜，则出乎陈腐而入乎颇僻；不胜，则两敝。而诗道遂沦而不可救。②

从"诗道"角度论复古派和公安派的偏颇，从而突破了七子和公安的双重束缚，使诗学与当时的社会现实契合起来，并在学理层面论证了"诗道"的内涵及其所具有的"通变"性质，使儒家诗学的政教精神获得了逻辑上和现实上的双重支撑。

◎ 第二节
对诗歌"正变"与国运盛衰的探讨

在经世致用和儒家诗学政教精神复兴的作用下，诗歌地位急速上升。但对于如何表现时代灾难和社会动荡，却存在不同意见，由此引发了诗歌"正

---

① （清）朱彝尊：《曝书亭集》卷三十一《与高念祖论诗书》，《四部丛刊》本；亦见王运熙、顾易生主编：《清代文论选》，282 页，北京，人民文学出版社，1999。
② （清）叶燮：《原诗》卷二《内篇上》，见（清）王夫之等：《清诗话》，565 页，上海，上海古籍出版社，1999。

变"与温厚和平问题的讨论。根据《诗大序》，治世之音是温厚和平的，乱世之音是哀怨之音，这样，诗歌"正变"问题再次被提出。

在明末特定的历史语境和政治环境下，士人以为"正变"问题与国运紧紧地联系在一起，主张抒发怨怒哀思的情感，在诗学领域倡"变"；而清统治者刚刚入主中原，必然要求治世之音。这一论争并非只关乎诗歌创作的价值取向问题，它也与诗歌发展变化问题联系在一起。

一、盛衰之际与变风变雅

云间陈子龙警告作者，在"盛衰之际"，对诗歌取向"不可不慎"①。这一说法，显然来自他对历代诗歌变化的认识。在他看来，唐贞元以降，除作者"不慎"外，最为紧要的，乃是缺少"救弊超览之士"，所以诗歌衰落到宋元，已成"沙砾"，而到了明代，则是"异物"了。这里强调主体之"慎"的意义，是要求诗人的主体愿望和性情应该契合时代的变迁，主体应与时代需要结合，如此，方能"救弊超览"，在盛世谱写"温柔和平"的盛世之音。虽然诗人不能决定时代盛衰，但他能够以自己的情志契合时代的需要，来决定诗歌的性质。而这一点，与"正变"正好相关："和平者志也，其不能无正变者时也。"②陈子龙的意思是，由于时代的变化，诗歌不一定固守"正"之一途，肯定会有"正变"，但诗歌"正变"与时代"正变"不一定一致，因为诗人有主体之"志"，即使在衰变之世也可以唱出"盛世之音"。这一观点，体现了陈子龙在衰变之世企望国运强盛的心理。

他同时又说，诗人应对时代的性质做出自己的判断，以决定所作诗歌的"正""变"取向，即使所作属于"变风变雅"性质，也具有合理性。③ 陈

---

① （明）陈子龙等编：《皇明诗选》卷首陈子龙序，1页，上海，华东师范大学出版社，1991。
② （明）陈子龙著，孙启治校点：《安雅堂稿》卷二《宋辕文诗稿序》，28页，沈阳，辽宁教育出版社，2003。
③ （明）陈子龙著，孙启治校点：《安雅堂稿》卷四《左伯子古诗选序》，70页，沈阳，辽宁教育出版社，2003。

子龙提出君子立言，在情感上可以"不一其绪"，其外在表现形式，音声方面可以有缓、急的不同，情意的流露可以有微、显之别。音声的"缓"、话语蕴涵的"微"，显然属于温厚和平的盛世之音；而音调的"急"、对情感流露的"显著"，一般属于忧愤的衰世之音。原因在诗人的情感要随着时代政治的性质而有所变化，诗歌属于"雅正"还是"变风变雅"，是诗人和客观的社会现实共同作用的结果。

二、诗歌发展方向与"治世之音"

　　既然诗歌风尚与国家政治盛衰相联系，清统治者刚刚入主中原，必然要求"治世之音"。是抒发悲痛哀怨之声还是体现清代开国的"盛世之音"，实际上涉及当时诗歌发展方向问题。一批有眼光的诗人，以开放的视野在创作上转向。钱谦益指出了这一转向：

> 兵兴以来，海内之诗弥盛，要皆角声多，宫声寡；阴律多，阳律寡；嘄杀恚怒之音多，顺成啴缓之音寡；繁声入破，君子有余忧焉。愚山之诗异是，锵然而金和，温然而玉诎。拊搏升歌，朱弦清氾，求其为衰世之音，不可得也。①

施闰章亦是由明入清的诗人，他与遗民诗人和学者多有交往，其在江西为官，与方以智、易堂九子皆有交谊。其诗歌取向，不仅是歌颂"盛世"的需要，更多的恐怕是从现实民生出发，希望在新王朝的体制下，尽快国泰民安。钱谦益从施闰章诗歌在音声上与遗民诗群衰世之音的区别，说明变风变雅之音已经渐渐被"温玉"之声取代。施闰章诗歌受七子影响，恐怕也与这一取向密切相关。

---

① （清）钱谦益著，（清）钱曾笺注，钱钟联标校：《牧斋有学集》卷十七《施愚山诗集序》，760页，上海，上海古籍出版社，1996。

与施闰章齐名，号称"国朝两大家"的宋琬，虽然有两次被诬入狱的悲惨遭际，但在诗歌中，其表现方式也是"怨而不怒"，温厚和平。沈德潜《清诗别裁集》说：

> 观察天才俊上，跨越众人，中岁以非辜系狱，故时多悲愤激宕之音。而溯厥指归，仍不盭于中正，此诗中之变雅也。①

沈德潜说宋琬诗歌属于"变雅"，其实不是十分确切。宋琬虽然两次系狱与出狱，但并未对政治体制有怨悱之言，而是犹抱"开恩"幻想。在清初文坛，基本取向是排斥变风变雅，提倡温厚和平。康熙《御选唐诗序》言："孔子曰：温柔敦厚，诗教也。是编所取，虽风格不一，而皆以温柔敦厚为宗。其忧思感愤、倩丽纤巧之作，虽工不录。使览者得宣志达情，以范于和平。盖亦用古人以正声感人之义。"康熙虽然是为唐诗选集作序，但实际上是提倡温柔敦厚的诗教。在这一思想指导下，明末清初诗学也产生了取向上的变化。

◎ 第三节
陈子龙、毛先舒对汉代"正""变"论的整合

一、从社会现实层面论诗

陈子龙、钱谦益、黄宗羲等人在论"正""变"时，吸收了《诗大序》意义上的"正""变"观，他们对时代的兴衰倾情关注，使诗歌观念复归到从现实关系的层面去认识。

---

① （清）沈德潜等编：《清诗别裁集》卷二《宋琬》，65 页，上海，上海古籍出版社，1984。

陈子龙（1608—1647），字卧子，一字懋中，又字人中，号轶符，晚号大樽，华亭人。崇祯十年（1637）进士。曾参加复社，又成立几社。清军破南京后，组织抗清，兵败投水死。著有《白云草》《湘真阁稿》《安雅堂稿》等多种，后遭禁毁，乾隆时王昶编成《陈忠裕公全集》，今传。

陈子龙将"正""变"结合，从社会现实层面论诗歌流变。这表现在他以"温丽""和平"为准则，论述古诗变化。陈子龙以"温丽""和平"为中心，看古诗由建安——太康——永嘉——初唐的变化，其轨迹是不断丢失古质和平典，朝着"绮情"——"新丽"——"巧密"——"诡藻"等"险俗"方向发展，结果是"文采日富，清音更邈，声响愈雄，雅奏弥失"①。可见其"温丽""和平"之音属于"雅奏"的范围，是"治世之音"。建安以后，中国历史殊多动荡，其看到时代现实与诗歌音声性质的相反关联，是其论诗的一个特点。

尽管作者"所遇"不同，但是诗歌取向虽不一定与时代变化取向一致，却总是与时代盛衰相伴随：

> 陈子喟然叹曰："文章之道，既以其才，又以其遇，不其然哉！"我尝与李子言之矣："诗者，非仅以适己，将以施诸远也。"《诗》三百篇，虽愁喜之言不一，而大约必极于治乱盛衰之际。远则怨，怨则爱；近则颂，颂则规。怨之与颂，其文异也；爱之与规，其情均也。夫左徒、陈王之作，凄恻而缠绵，推其大旨，又何忠爱之至乎？长卿、子云，当大汉之隆，宣导盛美，文词玮丽，然而《上林》则曰："忘国家之政，贪雉兔之获，仁者不繇也。"《甘泉》则曰："想西王母欣然而上寿兮，屏玉女而起宓妃。"是故怨而不伤，颂而不谀者，君子之事君也。今之为诗者，我惑焉，当其放行山泽之中，意不在远，适境而止。……夫而今非其时

---

① （明）陈子龙：《安雅堂稿》卷二《宣城蔡大美古诗序》，见吴文治主编：《明诗话全编》，10520页，南京，江苏古籍出版社，1997。

也。予故曰:"既以其才,又以其遇也。"①

陈子龙所言之"时",至少有三层含义:一是时代的社会现实;二是诗歌主体所"遇"到的现实;三是作者的创作能力和价值取舍。它们共同构成对社会生活真实及其本质的表现。正因为如此,诗歌话语内容与时代性质保持密切关系,有"怨""爱",有"颂""规";文词和音声因时代不同有"凄恻缠绵"与"玮丽"之别;取向亦有"忠爱之至"与"宣导盛美"之异。陈子龙在话语内容、话语音响风格、话语取向等方面,将诗歌与时代及其盛衰紧紧联系,在社会现实层面论诗歌变化及其原因。

二、辨形体之雅俗

陈子龙不仅在社会现实层面论诗歌,而且不放弃对形体的"辨析"。他将"正"的诗歌视为"温丽和平"之作,属于"雅奏"的范围,它与"治世之音"相对应;而认为诗歌之"变"者乃是"巧密""诡藻"之词,属于"险俗"之作,一般与"乱世之音"相对应。这一观点实际是把辩体与价值判断结合起来,无疑是对诗歌理论的丰富与发展:

> 今之为诗者,类多俚浅仄诵,求其涉笔于初盛者已不可得,何况窥魏晋之藩哉。……夫今昔同情而新故异制,异制若衣冠之代易,同情如嗜欲之必齐。代易者一变而难返,必齐者深造而可得。故余尝谓今之论诗者,先辨其形体之雅俗,然后考其性情之贞邪,假令有人操胡服胡语而前,即有婉娈之情,幽闲之致,不先骇而走哉。夫今之为诗者,何胡

---

① (明)陈子龙:《陈忠裕公全集》卷二十六《白云草自序》,见吴文治主编:《明诗话全编》,10526~10527页,南京,江苏古籍出版社,1997。

服胡语之多也。①

"今昔同情而新故异制"，本质上仍在时代现实层面论诗。他抓住异代之间情"同"而制"异"，前者可以通过"深造"获得，后者随着"代易"而一变难返，不可重复。可见，"先辨其形体之雅俗"，是要在文化审美取向角度，看体制"代易"，看不同时代的特征，以分清诗歌的体制演变情况。所谓"考其性情之贞邪"，也是在某一体制的内蕴上对不同时代诗歌做出价值判断，以"性情之贞邪"为准的看异代诗歌的品质特点。形体的"雅俗"与性情的"贞邪"存在内在联系，一是因为"雅俗"与"贞邪"都在文本话语系统内，最终要体现在外形的话语形态上；二是"雅俗"与"贞邪"都同时代语境的性质息息相关，通过时代语境的性质，它们必然会产生这样那样的联系。此外，在不同时代，由于社会状况的差异，"雅俗"与"贞邪"的表现形态也是多种多样的。陈子龙"辨其形体之雅俗"和"考其性情之贞邪"，是看到雅与俗、贞与邪在诗史上互为交替，"雅俗"与"贞邪"具有诗学层面的含义，与诗歌源流、走向密切相关。对这一看法，陈子龙做了进一步阐释：

> 陈子曰："明其源，审其境，达其情，本也；辨其体，修其辞，次也。"夫夏之五子，商之箕子，周之姬公、吉甫，卫之庄姜，楚之屈平之数子者，皆以抒忠爱寄恻隐也。下至枚、苏、曹、刘，斯义未替，及唐杜氏比兴微矣，而怨悱独存，其源远，故其流长也。古人之诗也，不得已而作之；今人之诗也，得已而不已。夫苏、李之别河梁，子建之送白马，班姬明月之篇，魏文浮云之作，此境与情会，不得已而发之咏歌，故深言悲思，不期而至。今也既无忠爱恻隐之性，而境不足以启情，情

① （明）陈子龙：《安雅堂稿》卷二《宣城蔡大美古诗序》，见吴文治主编：《明诗话全编》，10520页，南京，江苏古籍出版社，1997。

不足以副境，所纪皆晨昏之常，所投皆行道之子，胡其不情而强为优之
啼笑乎？故明其源，审其境，达其情，本也。江淹曰："楚谣汉风，既
非一骨，魏制晋造，因亦二体。"生于后世，规古近雅，创格易鄙。然专
拟则貌合而中离，群汇则采杂而体乱，此一难也。汉魏尚质，当求其
文；晋宋尚文，当求其质。况声律既兴，虚实细大，尤为巧构，必使体
能载节，绘能称素，沉而仍扬，浑而益密，斯则彬彬，此二难也。故曰
辨其体，修其辞次也。[①]

意思是将"雅""俗"之辨放在首要地位，"辨体""修辞"放在其次。 明
显的意图是按照时代盛衰寻找"诗变"轨迹。 其中言及杜甫时诗歌"比兴"
已经衰微，"而怨悱独存"。"怨悱"与"比兴"一样，也是源远流长。 他
的意思是杜诗创作之后新的规定性有两个方面：一是情感方面的"不得已"
而作；二是"怨悱"近雅。 这两点都来自《诗经》传统。 可以看出，陈子
龙把"雅""俗"之辨和诗歌源流、诗歌变化联系起来考察，在辩体与价值
判断的双重坐标上，辨析诗歌变化的脉络。

陈子龙将"雅"和情感之"不得已"联系在一起，其用意是，时代盛衰
往往与人的情志变化一致，所以，从情志性质既可窥见"雅"音演变，亦可
看到诗歌其他方面的时代变迁。[②] 将"情志"性质的流变以"不离雅""不
离风"区别之，这一区别的依据是几个具有代表性的历史时期，这些时期也
是最为动荡的易代之际，诗歌在这几个历史时期的确有较大的变化，无论是体
制还是内容方面的主体情感，都在时代风云变幻中产生重大转折。 陈子龙将
"雅"的演变与时代变迁，"情志"的性质变化与诗歌语言的"饰"和"切"，
诗歌主体的"忧世"与否与诗歌范式的兴盛、衰微之变连接起来。 可见，其

---

① （明）陈子龙：《安雅堂稿》卷二《青阳何生诗稿序》，见吴文治主编：《明诗话全编》，10520
页，南京，江苏古籍出版社，1997。
② （明）陈子龙：《陈忠裕公全集》卷二十五《方密之流寓草序》，见吴文治主编：《明诗话全
编》，10525 页，南京，江苏古籍出版社，1997。

"辨形体之雅俗"的主要用意虽然是以"情志为本"，是为了从现实层面论诗歌，而客观上，却兼顾到诗歌的内在与外在、内质与外形的各个方面。

在这一思想指导下，他对唐诗发展进程明确从时代政治变迁的视角，以"正""变"的尺度去衡量：

> 大复尝言之矣：诗本性情之发者也。其切而易见者莫如夫妇之际，故古之作者，义关君臣朋友必假之以宣郁而达情焉。大复之言，岂不深于风人之义哉。夫中晚之诗，凡郊庙典则，赠答雍容，每芜弱平衍，不敢望初唐之藩。若事关幽怨，体涉艳轻，或工于摹境，征实巧切，或荒于措思，设境新诡，要能使人欣然以慕，慨然以悲，惟其意存刻露，与古人温厚之旨或殊，至其比兴之志，岂有间然哉。……虽风有正变，词有微显，然情以感寄而深，义以连类而见，如楚谣汉制，代有殊音，又何疑乎？①

从描写之"事"、诗体、风格、价值取向等方面，论述晚唐诗歌和初唐诗歌的区别，并以之和《诗经》中的国风比较，论述其"正变"内涵在诗歌发展中的意义。这里，他使用"正变"有一严一宽两个标准：在比较汉魏诗歌和唐诗时，标准严格，尊汉魏诗歌于唐诗之上；而就唐诗论，则往往持论宽容，将整个唐代的诗歌都视为继承了比兴传统。

三、诗歌退化论

陈子龙有明显的诗歌退化论的思想。陈子龙的门生、"西泠十子"之一的毛先舒也有同样看法，这从反面说明他们坚持诗歌发展必须全面继承传统。

---

① （明）陈子龙：《安雅堂稿》卷二《沈友龚诗稿序》，见吴文治主编：《明诗话全编》，10521页，南京，江苏古籍出版社，1997。

在陈子龙看来，诗歌大致是一代不如一代，六朝不及汉魏，唐诗不及六朝和《诗经》。这一观点的逻辑起点，是在"体象既变、源流复殊"的历程中，他认为衰乱之世，须有真情和古诗的"风雅"内涵，使诗歌起到应有的作用。要使诗歌起到应有的作用，他认为创作和文本需要"情以独至为真，文以范古为合"①。而六朝诗歌和盛唐诗歌，几乎失去这方面的特点和功能，故而不及汉魏诗歌和《诗经》。毛先舒也基本持这一意见：

> 汉变而魏，魏变而晋，调渐入俳，法犹抗古。六代靡靡，气稍不振，矩度斯在。何者？俳者近拙，拙犹存古；藻者征实，实犹存古。嗣是入唐，为初为盛，麟德、乾封间，气魄已见，开元而后，奇肆跌宕，穷姿极情，譬犹篆隶流为行草耳。穗迹云书，永言告绝，怀古之士，犹增唏嘘。②

毛先舒拈出六朝诗歌的"拙"和"实"，于六朝辞藻华靡、形式俳偶中发现了"拙"和"实"，这就是六朝诗歌与古诗相近之处，此即"矩度斯在"。与初、盛唐诗歌相比，虽然六朝"气稍不振"，唐诗"气魄已见"，但"奇肆跌宕，穷姿极情"，失去了"拙"和"实"，古意已经不存，所以类似于"篆隶流为行草"。其结果在毛先舒看来是严重的："永言告绝，怀古之士，犹增唏嘘"，失去了《诗经》和古诗的"永言"传统。以"古"为评价标准，自然得出六朝不如汉魏，唐诗不如六朝的结论。明末清初对"古意"的追求，仍然是心系时代盛衰的忧患意识使然。正是在这一意识作用下，他用衰乱之世的审美标准衡量盛世诗歌，自然会认为唐诗不能超过六朝，盛唐诗歌比不上初唐诗歌："子美七言古大浇初唐之朴，而于鳞云'七言古诗，

---

① （明）陈子龙著，孙启治校点：《安雅堂稿》卷二《宋辕文诗稿序》，28 页，沈阳，辽宁教育出版社，2003。
② （清）毛先舒：《诗辩坻》卷一，见郭绍虞编选，富寿荪校点：《清诗话续编》，9 页，上海，上海古籍出版社，1999。

惟子美不失初唐气格'，殆所不解。"①其"不解"的原因主要是在他看来，子美古诗不如初唐古诗。

陈子龙先"辨形体之雅俗"，与许学夷的"体制为先"有共通之处。然而陈子龙的意思是把对外形的审美特征的辨析与对内在性情的价值判断结合在一起，这就导致其在格调的意义上透视诗歌史时，为了辨雅俗，往往进行价值判断，而不关注诗歌质量和品质判断，仅仅对每种诗体运用品鉴性的话语进行描述，以便在主观上确立某种诗体的最高"体格"。虽有价值高下的判断，却掩盖了诗史意义上的诗体观念的确立。

毛先舒在辨析七言古时，先以"主气势"对七古审美特征做出价值判断，以至看王、孟七言古，以为"气骨顿弱，已逗中唐"，当然，若仅仅以力度论，王、孟七古是比岑参七古差了许多。这种以主观确定某一诗体最高体格为目的的论诗方式，很难在诗史意义层面确立发展的文学观。毛先舒甚至为只知模仿学习而不求变通者辩护。与陈子龙一样，他也认为唐诗不及六朝诗歌。其《诗辩坻》卷三言道："高廷礼曰：'汉魏质过于文，六朝华浮于实，得二者之中，备风人之体，惟唐诗为然。'案：高语是以唐人高于汉魏也。且汉魏非乏采，而六朝絜汉为摘华，较唐犹为存朴，徒自俳俪句字求之，真以目皮相耳。"与此相应，云间派亦认为汉魏传统高于唐诗：

> 唐人五七言近体绝句作，而绳墨饰然，比于律令。我不敢谓初唐四家、李白、杜甫、王维、高适诸人无当于诗，然其视《三百篇》也，犹之延年之新声，必不协于伶伦之嶰竹矣。②

陈氏不是肯定唐诗对《诗经》、汉魏诗歌的发展，而是批评其不符合传统，丢弃了传统，可见其无意于诗歌发展意识。

---

① （清）毛先舒：《诗辩坻》卷三，见郭绍虞编选，富寿荪校点：《清诗话续编》，45 页，上海，上海古籍出版社，1999。
② （明）陈子龙等编：《皇明诗选》卷首宋徵舆序，13～14 页，上海，华东师范大学出版社，1991。

陈、毛二人在诗评中的这些说法，并非由于他们不懂得诗歌。导致这一状况的，除了政治、文化的原因外，关键是仅仅从某一视角或某个方面论唐诗，就自然看不到诗史的整体面貌。比如，陈氏仅仅从"比兴"一种角度论诗之高下，就自然混淆了诗歌的时代特征，以致看不出变化的脉络。他论初、盛唐诗歌和中、晚唐诗歌，都从"比兴"角度出发，这样就只能得出唐诗不管在什么阶段，都继承了风雅传统的结论。诗歌发展的继承性其实十分复杂。一般而言，随着时代的演进，诗歌发展离源头越来越远无疑是必然的，若以固定不变的标准论诗，自然会得出一代不如一代的结论。事实却是随着时代变化，诗歌创作的取向会日渐演变，审美意识会发生巨大变化，只有运用新的标准去衡量不断改变的诗歌活动，才能得出较为准确的结论。

云间陈子龙等人，较大程度地遮蔽了诗歌的意义和价值，这为钱谦益的虞山诗学所纠正。钱谦益肯定"变"的合理性，同时亦主张对传统的重视。他主变而崇正，从这点看，似乎是许学夷等诗学思想的延续。虽然我们无法用事实证明钱谦益和许学夷的关系，也无法证明钱谦益是否得到过"湖海诸公"收录的许学夷的诗论文字，但钱谦益的虞山诗学，确实是以多元化的价值观，综合观照诗歌文本，论证诗歌的时代变化，因而也就成为诗歌进化观念或发展观念确立的重要环节。

◎ 第四节
钱谦益的"主变崇正"论

明代复古派考虑格调必须符合审美传统的问题，从而确立汉魏、盛唐为审美正统。与七子派对立，公安派从时代差异和主体性情的个性特征出发，主张新"变"。 钱谦益对这两派的诗学观念进行了调和与整合，产生出新的诗学观。

一、"主变而崇正"的诗学观

首先，钱谦益肯定"变"的合理性。 他说：

> 今之谭诗者，必曰某杜，某李，某沈、宋，某元、白。 其甚者，则曰兼诸人而有之。 此非知诗者也。 诗者，志之所之也。 陶冶性灵，流连景物，各言其所欲言者而已。 如人之有眉目焉，或清而扬，或深而秀，分寸之间，而标置各异。 岂可以比而同之也哉？ 沈不必似宋也，杜不必似李也，元不必似白也。 有沈、宋，又有陈、杜也。 有李、杜，又有高、岑，有王、孟也。 有元、白，又有刘、韩也。 各不相似，各不相兼也。①

这里从两方面出发，一是时代的变化，二是创作主体的个性差异。 其立论的依据是诗歌与"性灵"、与"各言其所欲言"的关系。 他想用主体性和时代性的双重理由，纠正七子派和云间派的诗学"范古"弊端，强调诗歌差异和不同主体、不同时代变化相关，具有必然性与合理性。 特别是在主体方面，不仅性灵有别，而且"才力"各异，它是先天与后天结合的产物，其所造就的创造性也是各有面目。 钱谦益在《牧斋有学集》卷四十七《题徐季白诗卷后》中云："天地之降才，与吾人之灵心妙智，生生不穷，新新相续。 有《三百篇》，则必有《楚》《骚》；有汉魏建安，则必有六朝；有景龙、开元，则必有中、晚及宋、元。"钱谦益以"天地之降才"和"吾人"作为对

---

① （清）钱谦益著，（清）钱曾笺注，钱仲联标校：《牧斋初学集》卷三十一《范玺卿诗集序》，910 页，上海，上海古籍出版社，1985。

象，论述"才人"和"吾人之灵心妙智"发展的永恒性。 前者是就大的方面看，历史主体的创造力是发展的；后者是就当时的"吾人"而言，其主体因素也不会重复前人。 肯定创作主体的"灵心妙智"生生不穷，不断改变，那么诗歌范式和诗歌面貌也就随之变化。 但是，七子派也承认诗歌变化，其"正变"观念，在复古派诗学中也是中心概念，他们认为符合风雅传统的，是为"正"，不符合的，则是"变"。

钱谦益没有丢弃七子的有益见解，主张对传统的重视，这是诗歌发展观念确立的重要理论环节。 他对七子派以《诗经》为基点建立起来的传统，在批判的同时，进行了吸收。 他论诗也追溯到《诗经》，只不过扬弃了七子的风雅传统，以《诗经》的"言志"传统作为立论的依据。 这就与七子派和云间派有了巨大区别。 七子派是重文本及其所体现出的创作主体"性情"，云间派辨"形体之雅俗"，也是重文本意义上的主体"性情"。 因此他们所重视的风雅传统，是在"格调"的基础上立论，"性情"与风雅传统紧密相连。 其论"性情"，既表明他们看到诗歌形式中蕴涵主体的各种因素的作用，也说明他们对单纯追求形式的缺陷的认识。 七子和云间派的主体因素局限于文本之内，而钱谦益将主体"性情"放在历史宏观的"天地之降才"和当下的"吾人"这两个维度立论，论证主体的意义，将主体从文本中解放出来，作为主动性的存在，强调他们创造了各具"性情"的文体和文本范式，从而确立了作者在文学演变中的主体作用。 这样，《诗经》的风雅传统及其发展链条，就被钱谦益置换成"言志"的发展线索和发展链条。"言志"者也各有"性情"，"性情"又各有面目，只要承认"言志"的合理性，只要承认"言志"的正宗地位，就会认同历史上的各种文体和范式都具有存在的价值和存在的地位，因为它们的发展是传统的承传与延续。 这样一来，钱谦益以主体"性情"立论的诗学理论，就不仅整合、改造了复古派和公安派的诗学观，而且解构了包括七子、公安和竟陵几乎一致认同的汉魏、盛唐的正统诗学话语体系，从理论上确立了各代诗歌和文学具有平等地位的文学观。

二、"性情"的真、善、美

　　钱谦益将风雅传统改变成"言志"传统,并且找出"性情"这一复古派和公安、竟陵派共同使用的语词,实际用意不仅在整合格调论和性灵论,而且也为他从"性情"角度论述历代诗歌及其变化找到了立足点,似乎"性情"可以聚合各种诗歌因素,可以融会主观和客观、主体和客体、话语形式及其意味。

　　钱谦益确立"言志"传统,引申出的是"性情"之真伪问题。若主体"性情"是真的,它就会获得两层含义:一是"性情"包含作者的真情实感,这类似于公安派的"性灵";二是"性情"之真在音声等形式方面有所表现,因为音声涵泳主体"风神",这是复古派的意见。既然如此,只要"性情"是真的,诗歌的内在精神和格调形式也就会因人而异,无论从"性情"还是从"格调"都能看出不同时代或不同作者的诗歌的差异或变化。因为"性情"在不同时期和不同主体那里,各有自己的面目:"咸仲之诗文,喜而歌焉,哀而泣焉,醒而狂焉,梦而愕焉,嬉笑喷呻,馨咳涕唾,无之而非是也。咸仲之性情在焉,咸仲之眉宇心腑在焉。有真咸仲,故有咸仲之真诗文,其斯为咸仲而已矣。"① "斯为咸仲",意思是说,既是"真咸仲",就是独一无二的"咸仲",他的为人及文本既非重复前人,也非别人所能重复,其原因是此一"咸仲"的"喜而歌焉,哀而泣焉,醒而狂焉,梦而愕焉,嬉笑喷呻,馨咳涕唾,无之而非是也",人的"真性情"是独特的。只要"性情"独特,诗歌差异就是永恒的。钱谦益所言之"性情",不仅是真情实感的流露,还可以蕴含诗歌话语内外的因素和意义,所以也能在格调上表现出来:"古云诗人,不人其诗而诗其人者,何也? 人其诗,则

---

① （清）钱谦益著,（清）钱曾笺注,钱仲联标校:《牧斋初学集》卷三十一《刘咸仲雪庵初稿序》,909~910 页,上海,上海古籍出版社,1985。

其人与其诗二也，寻行而数墨，俪花而斗叶，其于诗犹无与也。 诗其人，则人之性情诗也，形状诗也，衣冠笑语，无一而非诗也。"①"人其诗"，是单纯学习模仿别人创作，诗歌中没有自己的"真性情"，于诗则毫无意义，没有使诗歌史增加什么，此即"无与"；于人则没有使自己的个性或独特的"性情"蕴含在诗歌话语之中，属于"寻行而数墨"的模拟之作。 而"诗其人"，则是人的"性情""形状""衣冠笑语"全部蕴含在诗歌话语之中，并且这一切"无一而非诗"，能够表现在格调、风神的所有层面。 这样，诗歌既与传统存在关联，合乎范式原则，也于诗歌范式中，表现了人的独特性，诗歌面貌就会有自己的特色，既不同于前人，也迥异于后来者。 钱谦益的"诗其人"，要求诗歌表现并符合人的"性情""形状""衣冠笑语"，这是求"真"，而诗歌话语"无一而非诗"，是为了求"美"。 使"真"与"美"求得同一，这样，钱谦益就从诗歌文本的两大核心要素谈论诗歌问题。 不仅如此，他还把"真"与"美"同时代盛衰相结合，实现从"真、善、美"三重视点论诗及其变化发展。 这是对明清时期诗歌理论的反思与总结，意义是巨大的。

三、"崇正"与"师心"一致论

钱谦益论"性情"，是在批判七子和云间派的基础上进行的。 他主张主体"性情"的作用，更是在批判公安的基础上立论的。 这样，就使得他能够在"崇正"和"师心"之间别出新意。

钱谦益主"变"，无疑吸收了公安派的诗学成果。 但钱谦益的诗学是在晚明经世思潮和儒学复兴的文化语境中建立的，儒家传统深深影响到钱谦益，因此他必然对公安派的否定传统和诗歌"俗"化倾向进行批判和改造。

---

① （清）钱谦益著，（清）钱曾笺注，钱仲联标校：《牧斋初学集》卷三十二《邵幼青诗草序》，935 页，上海，上海古籍出版社，1985。

《牧斋有学集》有言：

> 诗道沦胥，浮伪并作，其大端有二。学古而赝者，影掠沧溟、弇山之剩语，尺寸比拟，此屈步之虫，寻条失枝者也。师心而妄者，惩创《品汇》《诗归》之流弊，眩运掉举，此牛羊之眼，但见方隅者也。之二人者，其持论区以别矣。不知古学之由来，而勇于自是，轻于侮昔，则亦同归于狂易而已。①

钱谦益给古学重新作了界定，既不"轻于侮昔"，亦"勇于自是"。不"轻于侮昔"，是要坚持传统与"学古"；"勇于自是"，则是主张抒发自己的"性情"和自我创造。这就修正了复古派单纯"崇正"和公安派单纯"师心"的弊端。钱谦益提出学古而自成一家的观点，即是这一理论的表达。他认为只有这样，才能促进诗歌发展。关于继承传统和自成一家，他以杜甫和唐诗发展为例做了阐释：他主张"学古"，学习古人"精神脉理"，而对"第扶摘一字一句，曰此为新奇"持反对的态度，认为这是"幽异"，不值得效仿。他还主张学习"古人高文大篇"中的"铺陈始终，排比声韵"的技巧。② 这些，显然是对公安派否定七子的纠正。所以他称赞杜甫，目的是为创新确立传统的价值和意义。杜甫之所以能够推动诗歌发展，并深刻影响后世诗歌创作，就是因为杜甫"上薄《风》《雅》，下该沈、宋"，既"别裁伪体"，又"转益多师"。在这样的基础上，杜甫才能够"自成一家"，才有"自是"。他以杜甫为例说明这一问题，不仅是为了整合"性情"与格调形式的关系，而且还使主体"性情"、格调形式与国运盛衰联系在一起，从而进一步实现从真、善、美的整个视角论述诗歌问题。

---

① （清）钱谦益著，（清）钱曾笺注，钱仲联标校：《牧斋有学集》卷十七《王贻上诗序》，765～766页，上海，上海古籍出版社，1996。
② （清）钱谦益著，（清）钱曾笺注，钱仲联标校：《牧斋初学集》卷三十二《曾房仲诗序》，928～929页，上海，上海古籍出版社，1985。

四、钱谦益诗学的意义

　　钱谦益一方面倡"变"，一方面肯定"古"的合理性，其意义在于，他超越了七子派的唐以后不能创作诗歌格调的观点。他以"性情"为核心，以为不同的时代、不同的作者，"性情"各有自己的面目，各不相兼。因此，他能于云间、西泠论诗视角偏狭的基础上，先从主体角度立论，以主体创造力的不断发展来论证诗歌的时代变化。钱谦益关于主体资质因人而异，因时代而生生不穷、新新相续的观点，从内在必然性上有力地论证了诗歌之"变"的主体原因或主体因素的重要作用。承认诗歌之"变"，是七子、公安和虞山的共通之处，但钱谦益以为，"变"是具有重要价值的、合理的。七子派诗学是以《诗经》为源流建构起来的，因此自然以不合"雅正"和规范来判断"变"，加之其"崇正"的价值取向，七子中的多数对于"变"本身持否定态度。从这点看，七子的文学发展观，比起钱谦益，要被动许多。

　　钱谦益要确立主动的诗歌进化观，必须打破七子固有的传统价值取向。虽然钱谦益也遵从传统，但他以为，倡变与放弃传统是两回事，所以他敢于对七子以《三百篇》为核心建构的诗学体系，从传统的源头上，对其理论中心的汉魏、"四唐"说予以批判。只要肯定"性情"差异的合理性，那么，各种诗体、各种审美风格就都有自己的意义，都应该纳入诗歌进化发展的进程中来。七子派单以《三百篇》、汉魏、盛唐诗体作为标尺，来判定诗歌发展进程，虽自有其价值，毕竟难于全面展现古代诗歌变化的整体面貌。钱谦益从诗歌主体和时代差异入手，用多元诗学价值观顶替了七子派的一元诗学思想，从而为六朝、晚唐、宋、元诗歌，在诗史上找到了自己的位置。钱谦益的做法，无疑使诗学进化观念更为全面，在这样的意义上，他的诗歌发展观，比复古派和许学夷更为自觉。

　　与公安主"变"而弃"正"相比，钱谦益是在明确继承传统中求"变"，实现"崇正"与"师心"的一致。公安的创作以"师心"为理论纲领，其诗学观就自然以倡"变"为核心。 在失去传统作为参照的情况下，自然对诗歌源流、正变规律缺少准确把握。 钱谦益强调"崇正"与"师心"的融合，着力点却在"变"，而不是学习古人诗歌"似"还是"不似"的问题。 这点颇类似许学夷。 钱谦益以主体为中心，运用多元视角分析历代诗歌文本，的确在全面把握诗歌发展问题上，做出了巨大贡献。

◎ 第五节
二冯的"美刺"与"比兴"结合论

钱谦益之后，从冯舒、冯班兄弟开始，对诗歌发展的认识已经转移到对诗歌动因的探讨。

一、诗学理论的整合与正统诗学观念的突破

作为虞山派的成员，冯氏兄弟与钱谦益基本一样，试图整合"师古"与"师心"、"学古"与"言性情"的两极对立，只是具体做法上有一些区别。 他们赞成遵从古诗的规范，主张"今之诗不妨为古人之诗"，认同七子派以汉魏、盛唐为范式的观点，认为"古诗法汉魏，近体学开元、天宝，譬如儒者愿学周、孔，有志者谅当如此矣。 近之恶王、李者，并此言而排之，则过矣"①。 钱谦益的学古，主张在"转益多师"的基础上自成一家，在学古中求变。 但冯班却将汉魏、盛唐作为典范，这一点与七子派相同。 冯班与七子派的区别是学汉魏、盛唐的取向不同，认为古代诗人各不相同，今人

① （清）冯班：《钝吟杂录》卷三，见《景印文渊阁四库全书》集部第 886 册，538 页，台北，台湾商务印书馆，1986。

诗歌也不必和古人一样。所以他认同钱谦益推崇的杜甫学古方式："子美中兴，使人见《诗》《骚》之义，一变前人，而前人皆在其中。惟精于学古，所以能变也。此曹、王以后一人耳。"①主张像杜甫那样在"别裁伪体"和"转益多师"的基础上求变，这与七子派学古为了求同、求似不一样，冯班学古也是为了自成一家。冯氏在有限度地认同七子派观念的同时，又扬弃了复古派的学古取向。但与公安、竟陵的"求变"思想，也有区别。公安、竟陵求变，不是由学古达到的，他们摒弃传统，主张信心、信口，其"变"完全来自主观，将传统诗歌范式撇在一边，依赖于自身的"性灵"或"性情"，随意进行抒发结撰，使得诗体不仅背离风雅精神，也与"言志"传统疏离。冯班的做法是立足"性情"，承接钱谦益"性情优先"的观点。但与公安、竟陵单纯追求"真性情"不同，冯班不仅要"真性情"，也要性情之"雅"和性情之"善"：

> 诗以道性情，今人之性情，犹古人之性情也，今人之诗不妨为古人之诗。不善学古者，不讲于古人之美刺，而求之声调气格之间，其似也不似也则未可知。假令一二似之，譬如偶人刍狗，徒有形象耳。黠者起而攻之以性情之说，学不通经，人品污下，其所言者皆里巷之语，温柔敦厚之教至今其亡乎!②

将公安派追求"性情"之真改造为真、善、雅并举，在认同"性情"之真的同时，提出"性情"还要涵容政治道德内涵、温柔敦厚之教和人格修养的雅化，扬弃了公安、竟陵"性情"之真的"俗化"和"幽冷"倾向。这是把复古和求变融会起来，把雅正和求真结合起来。从这方面说，冯班进一步发展

---

① （清）冯班：《钝吟杂录》卷七，见《景印文渊阁四库全书》集部第 886 册，568 页，台北，台湾商务印书馆，1986。

② （清）冯班：《钝吟老人文稿·马小山停云集序》，见《四库全书存目丛书》集部第 216 册，565 页，济南，齐鲁书社，1997。

了钱谦益整合诗学理论的路向。

冯班对复古派和公安派诗学的整合，为他对正统诗学观念的突破提供了前提。由于在性情中涵容了"雅"和"善"，冯氏兄弟顺理成章地将"美刺"和"比兴"结合起来，在坚持汉魏、盛唐诗歌范式的同时，突破以汉魏、盛唐为正统的诗学观念，为中唐以后特别是晚唐诗歌发展的合理性提供了理论支持：

> 大抵诗言志，志者，心所之也。心有在所，未可直陈，则托为虚无惝恍之词，以寄幽忧骚屑之意。昔人立意比兴，其凡若此。自古及今，未之或改。故诗无比兴，非诗也。①

冯舒对诗歌做了自己的界定，他借用"言志"的传统界定诗歌，在"言志"的范围内，将"美刺"与情感的"比兴"表达方式结合，这就是"诗"与"非诗"的界限。这样，"比兴"就不再是传统的"情—景"式抒情方式，它可以加入"美刺"的情感表现方式，从而贯彻儒家"温柔敦厚"的诗教：

> 白公讽刺诗，周详明直，娓娓动人，自创一体，古人无是也。凡讽喻之文，欲得深隐，使言者无罪，闻者足戒。白公尽而露，其妙处正在周详，读之动人。此亦出于《小雅》也。②

在肯定白居易讽喻诗承接《小雅》传统的同时，批评其背离古人"深隐"的"比兴"手法，使诗歌"周详明直"和"尽而露"，但又言其诗歌"动人"，可见其立足点在"美刺"，在儒家诗教，同时也是肯定"性情"之"真"和"善"的结合，肯定中唐诗歌发展的价值。这种矛盾的观点说明，冯氏的诗

---

① （清）冯舒：《默庵遗稿》卷九《家弟定远游仙诗序》，1925 年排印《常熟二冯先生集》本。
② （清）冯班等：《二冯先生评阅才调集》卷一《白居易秦中吟并序评语》，见《四库全书存目丛书》集部第 288 册，645 页，济南，齐鲁书社，1997。

歌理想是将"美刺"和"比兴"结合，而不是像盛唐诗歌那样只有单纯的"兴趣"价值取向，所以他在《严氏纠谬》中批评严羽力主盛唐的取向：

> 至于诗者，言也。言之不足，故长言之，长言之不足，故咏歌之，但其言微不与常言同耳，安得有不落言筌者乎？诗者讽刺之言也，凭理而发，怨诽者不乱，好色者不淫，故曰思无邪。但其理玄，或在文外，与寻常文笔言理者不同，安得不涉理路乎？①

这里肯定诗歌"言理"，实际是肯定杜甫以后诗歌乃至宋诗的意义。他将盛唐"诗缘情"改成"诗言理"，将"缘情而发"改成"凭理而发"，只不过他认为所言之"理"应该有规定性：就"言"来说，是"讽刺之言"；就"理"而论，应该是"思无邪"的取向；就"言理"方法而言，"与寻常文笔言理者不同"，应该理在"文外"，运用"比兴"的手法而避免直接议论。

冯氏的这些观点，为唐诗在中唐以后的发展提供了理论基础，也意味着他们对正统诗学观念的突破。

二、"美刺"与"比兴"结合及诗歌发展动因

冯氏将"美刺"与"比兴"结合论诗，包含对诗歌发展社会动因的探索。其张扬"美刺"说，将"美刺"与"比兴"的对象作为诗歌进程中的关键环节，固然在考虑上欠妥，却也蕴含片面的真理。这就是诗歌转型与国运、与政教有密切关系。郑玄《毛诗正义·诗大序正义》引："比，见今之失，不敢斥言，取比类以言之。兴，见今之美，嫌于媚谀，取善事以喻劝

---

① （清）冯班：《钝吟杂录》卷五，见《景印文渊阁四库全书》集部第886册，553页，台北，台湾商务印书馆，1986。

之。"将"比兴"与政教善恶联系在一起。 "比",与讽喻相关;"兴",与美相联系。 所以诗歌运用"比兴",与时代政治状况、审美意识息息相关。 诗歌手法的使用和取舍,往往与政治、与时代现实的好坏一致。 以此推论,"美刺"与"比兴"的运用及其所达到的诗歌境界和诗歌质量,往往受制于社会政治。 冯氏揭示了时代社会政治状况对诗歌发展的影响和作用。

冯班将诗定义为"有比兴"才是诗歌,在学理层面能够自圆其说。 既然"诗无比兴,非诗",而"比兴"又与时代政治状况相关,那么,政治现状就决定诗歌的兴盛情况和质量状况。 这样,"比兴"成为诗歌发展的核心因素,应该获得诗歌本体的地位。 在冯班的理论中,诗歌发展变化的外部社会因素成了决定性的因素。

"美刺"与"比兴"常常以隐喻、托喻的修辞手法出现。 所以冯班往往将晚唐李商隐诗歌诠释为托男女之词表达国家兴亡。 其诠释正确与否姑且不论,可以明确的是,他鲜明地将李商隐诗歌作为诗歌发展的重要链条,并且和时代政治盛衰联系在一起,以为李商隐诗歌是时代政治催生的产物。 冯班曾对朱鹤龄言:"义山《无题》诗,皆寄思君臣遇合。"[1]齐梁、晚唐、西昆体诗歌曾经被复古派否定,钱谦益从"性情"角度言各个时代的艺术形式都是性情的产物,肯定了不同时代诗歌和不同诗歌体裁的平等地位。 冯氏虽然在形式层面肯定汉魏、盛唐诗歌的典范地位,但对齐梁、晚唐、西昆体诗歌也持肯定态度。 之所以如此,与其主张"美刺"与"比兴"的观点有关,因为李商隐的时代,政治上属于转折时期,在这样的政治转折关头,诗歌必然会产生自己的特征,发生一些新的变化。 冯氏说:"李玉溪全法杜,文字血脉,却与齐梁人相接。 温全学李太白,五言律多名句,亦李法也。"[2]又

① (清)朱鹤龄:《愚庵小集》卷七《西昆发微序》,332页,上海,上海古籍出版社,1979。
② (清)冯班:《钝吟杂录》卷七,见《景印文渊阁四库全书》集部第886册,569页,台北,台湾商务印书馆,1986。

言："温、李诗句句有出，而文气清丽，多看六朝书，方能作之。"①这里，温庭筠、李商隐诗歌产生的新变，一方面是时代变化的作用，似乎这些新诗体的生成，是时代政治的产物；另一方面，又是时代政治促使温、李学习杜甫、六朝等前人范式，才有了晚唐诗歌的新成就，推动了诗歌的新发展。

三、二冯诗学的意义和局限

若说许学夷、云间、西泠与钱谦益等人的诗学，还处在分析的视点、方法与诗歌发展因素的探讨层面，那么，从冯氏兄弟始，对诗歌发展的认识已经转移到原因追溯的层面。冯氏兄弟的"美刺"与"比兴"结合论，突破了汉魏、盛唐为正统的诗学观念，为中唐以后特别是晚唐诗歌发展的合理性和意义提供了理论支持。若从中国诗歌的现实来看，它确实有两个传统分支："比兴"的传统与"美刺"的传统。前者着眼于诗歌的形式体制和情感内容，故而从七子的体制优先到钱谦益的"性情"优先，关注的其实都是前者。后者着眼于诗歌的政教意义和时代性，关注社会人生的内容取向。若要对诗歌流变做出符合诗歌史实际的概括，就不能忽视"美刺"传统的承传与发扬。"美刺"与"比兴"结合论诗，其实包含对诗歌发展社会原因的肯定和张扬。

冯氏兄弟的"美刺"与"比兴"结合论，仅仅是站在诗歌的政教传统立场上，虽然弥补了七子、云间与钱谦益的某些不足，从另一个方面肯定了宋诗和晚唐诗歌的发展合理性，但也易于导致另一种倾向，即无论什么时代，只要诗歌存在"比兴"，就能获得同等的地位，就中并没有诗歌品质考量和鲜明的诗史意识。这不仅是二冯的缺陷，也是钱谦益的不足。

---

① （清）冯班等：《二冯先生评阅才调集》卷二《温庭筠诗评语》，见《四库全书存目丛书》集部第288册，659页，济南，齐鲁书社，1997。

吴乔的"赋比兴"诗学

一、唐诗多用"比兴"辨

吴乔对诗歌传统的承传问题做了诗史意义上的透视，他从赋、比、兴的角度，肯定历代诗歌都对传统有所继承，只不过承接的取向有别。

> 唐诗有意，而托比兴以杂出之，其词婉而微，如人而衣冠。宋诗亦有意，惟赋而少比兴，其词径以直，如人而赤体。……诗乃心声，非关人事，如空谷幽兰，不求赏识，乃足为诗。六朝之诗虽绮靡，而此意不大失。自唐以诗取士，遂关人事，故省试诗有肤壳语，士子又有行卷，又有投赠，溢美献佞之诗，自此多矣。美刺为兴观之本，溢美献佞，尚可谓之诗乎？①

其言唐诗多用"比兴"，恐指的是晚唐诗歌，因为"词婉而微"是晚唐诗歌风貌，又言"美刺为兴观之本"，是中唐元白诗歌风貌。而且，其言"比兴""美刺"乃是"心声"之言，"非关人事"，并非是说中、晚唐诗歌不关人事，可能是指中、晚唐诗歌取向和立足点在"美刺"和情感上的委婉和幽微。此前的贺裳亦曾言唐诗是缺少"比兴"的，但其言李商隐犹存"比兴"。② 这启发我们从另一个角度去看：白居易、李商隐等中晚唐诗人，既

---

① （清）吴乔：《围炉诗话》卷一，见郭绍虞编选，富寿荪校点：《清诗话续编》，472～473 页，上海，上海古籍出版社，1999。
② （清）贺裳：《载酒园诗话又编·李商隐》："魏、晋以降，多工赋体，义山犹存比兴。如《槿花》诗曰：'风露凄凉秋景繁，可怜荣落在朝昏。未央宫里三千女，但保红颜莫宝恩。'因槿花之易落，而感女色之易衰，此兴而兼比者也。"见郭绍虞编选，富寿荪校点：《清诗话续编》，376 页，上海，上海古籍出版社，1999。

然承接的是诗歌传统中的"比兴",也就自然在诗歌发展链条上,有自己的
"正宗"地位。 明清之际,对白居易、李商隐诗歌价值的发现,无疑有巨大
的诗史意义。 而其将唐代"以诗取士"和诗歌"遂关人事"联系,是批评唐
诗中的这一类诗歌丢弃了"比兴""美刺"传统,在这方面甚至不如六朝,
显然是指中唐以前的唐代诗歌。 因为其言"唐诗有意,而托比兴以杂出
之",明显是杜甫以后诗歌的特点,而在此之前,唐诗属于"情景并言"之
作①。 盛唐诗歌"情景并言",带来的结果是"兴义以微",而又言"唐诗
犹自有兴",显然不是指盛唐;又说至宋代诗歌,"兴"亦"鲜焉"。 似乎
是以"兴"为中心词,衡量诗歌演绎变化的轨迹。 可见,其强调"兴",一
来是考虑对传统的承传,二来则是对中唐时期诗歌取向向政教精神和温柔敦
厚传统迁移的呼应。 此中还派生出吴乔的诗史意识:

> 问曰:"何为性情?"答曰:"圣人以'思无邪'蔽《三百篇》,性情之谓
> 也。《国风》好色,《小雅》怨诽,发乎情也。不淫不乱,止乎礼义,性
> 也。乐而不淫,哀而不伤,亦言此也。此意晋、魏不失,梁、陈尽矣。
> 陈拾遗挽之使正,以后淫伤之词与无邪者错出。杜诗所以独高者,以不
> 违无邪之训耳。"②

此处将"兴"同"性情"与"思无邪"联系在一起,赋予"兴"更加丰富的
内涵,并从这一点出发,发现"兴"在不同时代交错发展、演化的状况。 即
以唐代而言,从陈子昂到杜甫,"兴"也是交替出现,而至杜甫则达到稳定
的状况:"求雅于杜诗,不可胜举。"

吴乔认为,诗歌运用"比兴",其文本特征一是"意之隐僻",二是词

---

① (清)吴乔:《围炉诗话》卷一,见郭绍虞编选,富寿荪校点:《清诗话续编》,478 页,上海,
上海古籍出版社,1999。
② 同上书,480 页。

"必迂回婉曲"，他所举的例子是晚唐诗人。① "意之隐僻"和词语的"迂回曲折"往往和"细腻华彩"的功夫对应和联系，否则话语仅仅周旋于"旨意"间，就不是诗歌的特征。所以吴乔抓住附着于"措辞"上的这一特色，看诗歌的变化："汉、魏也，晋、宋也，梁、陈也，三唐也，宋、元也，明也，不须看读，遥望气色，迥然有别。此何以哉？词为之也。犹夫衣冠举止，可以观人也。有意无词，锦袄子上披蓑衣矣。"②二冯与吴乔等人重"气色""锦袄子"，他们实质上是通过"比兴"传统衍生的诗歌特征，间接肯定了细腻华彩的晚唐诗歌在诗歌发展中的重要意义。

二、崇尚晚唐，肯定宋诗的意义

吴乔又言宋诗之所以含"意"，是没有运用"比兴"的手法，而是以"赋"的方式进行铺陈的结果，"其词径以直，如人而赤体"，没有"锦袄子"的华彩，亦是指出宋诗对传统的承传，只不过是继承《诗经》中的赋而已。吴乔立足点在《诗经》，以《诗经》透视诗歌发展演变，觉得宋诗"直陈"，是"莫如之何"之事：

> 唐人之命意，宋、明或有暗合者，至于措词，则如北出开原、铁岭，五官虽同，迥非辽左人之语言矣。郡中即事，若宋、明人为之，必是直陈本意。……风气使然，智者莫如之何！③

虽然吴乔肯定宋诗对传统的继承，但从这则诗话可见，他对宋诗"直陈本意"还是持批评的态度，认为宋诗失去了"比兴"传统。在他看来，"比兴

---

① （清）吴乔：《围炉诗话》卷一，见郭绍虞编选，富寿荪校点：《清诗话续编》，500 页，上海，上海古籍出版社，1999。
② 同上书，504 页。
③ 同上书，505 页。

非小事也"①，失去"比兴"，就会失去诗歌的本质：

> 问曰："杜诗亦有率直者，何以独咎宋人？"答曰："子美七言律之一气直下者，乃是以古风之体为律诗，于唐体为别调，宋人不察，谓为诗道当然。然杜诗婉转曲折者居多，不可屈古人以饰己非也。唐人率直之句，不独子美，皆是少分如是。《三百篇》岂尽《相鼠》、'投畀'乎？终以优柔敦厚为本旨。优柔敦厚，必不快心，快心必落宋调；做急做多，亦落宋调。"②

唐人"率直"，有两个特征：一是"以古风之体为律诗"；二是"婉转曲折"，"优柔敦厚"。而宋人之"直陈"，代之以"快心"和"做急做多"，导致"无寄托之好句"。就其继承"赋"的精神来说，亦不如唐诗运用赋、比、兴的品质高："赋义极易而极难。如君实之'清茶淡饭难逢友，浊酒狂歌易得朋'，则极易。如子美之'侧身天地更怀古，回首风尘甘息机'，则极难。宋诗多赋，于难易何居。"③吴乔以"比兴"和唐诗的品质衡量宋诗，虽然不尽合理，但究竟是发现宋诗不如唐诗，若从此一点看，带有文学退化论的色彩。但其认为晚唐至整个宋代文学的出现，是唐代文学发展的必然结果，却是比较中肯的：

> 宋人学问，史也，文也，词也，俱推尽善，字画亦称尽美，诗则未然，由其致精于词，心无二用故也。大抵诗人，不惟李、杜穷尽古人，而后自能成家，即长吉、义山，亦致力于杜诗者甚深，而后变体。其集

---

① （清）吴乔：《围炉诗话》卷五，见郭绍虞编选，富寿荪校点：《清诗话续编》，603 页，上海，上海古籍出版社，1999。
② 同上书，605 页。
③ 同上书，603 页。

俱在，可考也。①

明末至清初崇尚晚唐，肯定宋诗的诗史意义，为诗歌发展观念的进一步确立提供了理论方法和历史方法的双重准备。

◎ 第七节
吴淇的"诗分三际"论和"千年一变"说

吴淇作《六朝选诗定论》，"六朝"指汉、魏、晋、宋、齐、梁。将此六代并列，说明独标汉魏和盛唐诗歌的狭隘诗学观已经过去，多元诗歌观念在选诗、批评领域得到了回应。这突出表现在宏观的诗史意识、划分发展阶段标准的多重性以及以时分诗的新鲜做法。这些使吴淇的诗歌发展观念不仅论诗歌兴废盛衰，还"论其兴废盛衰之故"。

一、"诗分三际"和"千年一变"

"诗分三际"是明确而宏观的诗史意识。吴淇在《六朝选诗定论》中，有《统论古今之诗》一卷，称"统论"，就中带有"论代"和"论历代"的意义，已经不仅仅孜孜于字句之变、文本的价值之变以及传承和发展问题。

> 自有诗以来，厥变已极。今欲论其兴废盛衰之故，将古今之诗分为
> 三际：《三百篇》为一际，孟子所云"王迹"；《选》诗为一际，杜甫所云

---

① （清）吴乔：《围炉诗话》卷五，见郭绍虞编选，富寿荪校点：《清诗话续编》，617 页，上海，上海古籍出版社，1999。

"汉道";唐以后诸近体诗为一际,今人所言之唐制是也。①

吴淇的发展观有独到之处。 一是具有明确的发展论意识。 他明确提出"自有诗以来,厥变已极",诗歌的传承与发展似乎走到尽头;二是具有明确的学理意识,要"论其兴废盛衰之故",也就是不仅像明代和清初人那样论诗歌兴废盛衰,还要找出其原因;三是其"诗分三际"论和"千年一变"说,这一点体现了宏观的诗史意识。 综合这三方面看,《诗经》是诗歌发展的第一个阶段。 诗歌发展无疑要以《三百篇》为源,后代诗歌创作,无论何时何人都无法避开《诗经》所提供的艺术经验。 这几乎是对历代诗歌源流论的总结,即以明代至清初而言,无论什么人、什么派别,几乎都没有否定《诗经》传统。 第二个阶段是以汉诗为范式的汉魏、六朝诗歌。 这里实际上是明确指出,《诗经》以后,诗歌发展是在汉代诗歌的基础上,向前发展:"汉以后诗,迭盛迭衰,至梁、陈而衰极。 故唐人不得不别创坛宇,然总之亦不离汉道。"②但吴淇言"唐人不得不别创坛宇",事实上不仅是说唐诗已经大大有别于汉诗,而且也言明汉代诗歌对唐诗的不言而喻的影响。 可贵的是,吴淇不言"汉诗"而言"汉道",是说明汉以后至唐以前的各代诗歌,对唐诗范式的形成都有作用。"汉道",是宏观的历史性和精神性概念。 此外,吴淇还敏锐地发现,唐人的诗歌创作与隋以前对汉代诗歌的继承有所差异:"陈、隋之前,其于汉为踵事增华,唐世以后,为变本加厉。 踵事增华,如夺舍移居,不脱轮回;变本加厉,如伐毛洗髓,固已别生羽翰矣。 此唐制所以与汉并驰中原也。"③这里对唐诗巨大创造性的肯定,也非往昔着眼于文本的分析了,而是以诗史视角,进行历时的论析后得出的结论。 第三个阶段称为"唐制",指称唐代至明代诗歌发展阶段。 这一阶段,若从诗歌史看,的确存在以唐诗为范式进行诗歌创作的问题,而且在诗

---

① (清)吴淇:《六朝选诗定论》卷二《统论古今之诗》,北京大学图书馆藏清刻本。
② 同上书。
③ 同上书。

评方面，往往也以唐诗的标准衡量其他时代的诗歌。

这样，诗歌在这一宏阔的历史视野下，是"千年一变"。在第一个阶段，诗歌具有原创性，理应成为源头，所以"《三百篇》无盛无衰"，地位崇高，后人不可重复；第二个阶段，则是以《三百篇》为范式进行创作，由此形成"汉道"；第三个阶段的情况是，以"汉道"和《三百篇》为典范，别裁伪体，转益多师，形成"唐制"。三个阶段，源流互相递进，诗歌得以不断发展。由此，他得出诗歌"千年一变"的结论："诗自有虞迄于西周，千有余年而一变；自炎汉及于萧梁，千有余年而再变；自唐而至今日，亦将千有余年。诗之为道，其将以此终古耶？其将他变而别成一际耶？抑或转而大复古耶？斯绝非人智意所能及也。"①这一结论和推测，颇合诗史实际，也基本符合文学史发展的规律。此外，吴淇还意识到清代诗歌已处在历史转折的关头，这种预测已经为历史所证实，可见他的宏观诗史论的历史价值所在。

二、划分"三际"标准的多重性

吴淇的话，涉及划分诗歌变化的标准。这里，划分"诗变"的标准不再是一重，而是多重。就大方面看，既有政教标准，亦有体制与诗歌技巧方面的标准。

第一个阶段的划分，最高范式的标志是《诗经》，确立的理由是"孟子所云'王迹'"。孟子有"王者之迹熄而诗亡"的话，这显然是运用诗的古典意义上的准则确立诗歌范式。一方面，就诗的古典意义而言，刘勰在《文心雕龙·明诗》的赞中，认为诗应"神理共契，政序相参"。意思是诗既与自然之理相契合，也与政治相参配。所以诗承载着政治，是一种工具。这与《原道》《征圣》《宗经》等篇所表达的理念是一致的。另一方面，"诗

---

① （清）吴淇：《六朝选诗定论》卷二《统论古今之诗》，北京大学图书馆藏清刻本。

言志"。诗对个人而言，是抒写"志"的。而"志"在古代和儒家诗学里，一般指含有一定理性约束的思想、情感、意趣和志向等，跟"弗学而能"的人的禀赋的情感是不同的，将"志"转化为言语，就是诗。诗是个人"情""志"的载体。在古代理论资源中，诗歌还有另一种功能："诗者，持也，持人性情"，即持守、把握、节制人的性情而不使有失。也就是用诗来"顺美匡恶"，约束人的性情。这三个层面是从本体和功能上对诗的意义的三个规定，其实质是规定诗人的"志"必须与君主政治要求的内容相一致，诗应以理性去把握人的"性情"。这样，个人的言说自由就是有限的。可见，吴淇确立第一阶段诗歌范式，是以内容为中心的政教标准。

第二个阶段是《选》诗，即以汉诗为中心的汉魏诗歌，确立范式的标准是"杜甫所云'汉道'"。将"道"作为标准，虽然取向还在内容，但明显加入了主体因素和社会乃至自然因素作为范式确立的条件。此前的诗歌理论，一般认为《诗经》乃"性情"之作，而到汉魏，则在创作上变《风》诗"性情之正"为一定程度的"性情之真"。《风》诗具有与政教节制有关的特点，而汉魏诗歌的"性情"则具有原创突发的性质，亦即汉魏诗歌"本乎情"。可见汉魏诗歌不是从教化角度出发，因为其"情"可以由人生社会关怀激发。这样，汉魏诗歌之"情"则明显本源于现实触动的性情，不受"思无邪"约束。故而汉魏诗歌有"性情之真"。另外，汉魏"性情"与未经艺术加工的自然禀赋关系密切，它更切近感发前的情，它存在于创作主体的内心，因为汉魏诗歌，为情而造文，此即"触物兴怀"。"性情之真"具有面向人生社会现实感发的品质。自然感发的体验，初非想得，以气为主，故有一唱三叹之效，有质朴和深情的特色。这样的诗歌特征，显然不能单纯运用政教标准进行评析判断。

第三个阶段是"唐以后诸近体诗"，其经典范式是"唐制"。判断这一阶段诗歌的质量，是以唐诗体制为准的。吴淇对这一阶段运用"制"的概念，显然是在划分标准向形式迁延的同时，亦不放弃内容方面的要求，它包括七子派和公安派所言之"体制"和技巧的所有内涵，它以审美为中心。

三、"前际、后际相为流通"

吴淇划分"三际"标准虽然多重，但这些标准切合不同时期文本和体制的特质。他从诗歌现实出发，确立了这些准则。但这并不意味着他将三个历史阶段的诗歌截然分开。他亦重视"溯源流"，在"溯源流"基础上进行诗史阶段划分。周亮工在《六朝选诗定论序》中言吴淇"推论往昔，溯虞夏以迄元、明，条分三际，而以汉迄梁昭明所选为中际，适与前际、后际相为流通"①。第一个阶段，即《诗经》以前，诗歌的共同特征就是，诗歌是王者事业的重要部分。第二个阶段，自"汉道"生成后至陈、隋，基本上"如夺舍移居，不脱轮回"，诗歌范式沿着"汉道"的规定性发展变化。第三个阶段从唐开始，诗歌在范式变化上，"如伐毛洗髓，固已别生羽翰矣"。不仅对汉代传统作了巨大改变，而且超越了已有的"汉道"，"别生羽翰"。这种新的范式对于汉诗的规定性而言，是"伐毛洗髓"，属于一种革命性的变化。所以出现了与"汉道"并立的另一种范式——"唐制"。

"唐制"与"汉道"并立，但并不对立。因为"汉以后诗，迭盛迭衰，至梁、陈而衰极。故唐人不得不别创坛宇，然总之亦不离汉道"。"唐制"虽然别开新面，改变了既有的传统，但这只是一定程度的改变，"唐制"的审美规定性里面，还是保有《诗经》精神和"汉道"的细胞。它仅仅是一定程度的，因诗歌和时代文化发展的需要而背离原来的传统范式。"唐制"与传统是相通的。

在"诗分三际"的基础上，吴淇还"以时分诗"，对"三际"的每一"际"基本按时代进行细致的划分。对后面的两际，吴淇分为汉、魏、晋、宋、齐、梁；陈、隋、唐、五代、宋、元、明。在他的划分里，齐、梁属于"汉道"，但他又指出齐、梁和陈、隋为唐诗滥觞，颇具新意。这说明他发

---

① （清）吴淇：《六朝选诗定论》卷首，北京大学图书馆藏清刻本。

现了这样的一个事实：汉魏传统对唐诗形成的影响，是以齐、梁和陈、隋诗歌作为"中介"，将汉魏的精神传递到唐诗体制之中的。

既然唐诗体制是对汉魏传统一定程度的背离，并且这种背离是合理的，那么齐、梁和陈、隋对传统的背离也就是合理的了。吴淇将齐、梁诗歌作为唐诗体制的滥觞，这不单说明周亮工《六朝选诗定论序》言吴淇具有"前际、后际相为流通"之论属实，也说明吴淇具有"永恒"的"诗变"眼光，并且始终认为"诗变"合理，显示出吴淇"诗变"意识在前人基础上的深化。

四、时代语境与地域文化合力对诗歌影响的初步审视

前已提及，吴淇论诗歌"兴废盛衰"，亦论"兴废盛衰之故"。他在前述诸家论诗的基础上，最为关注时代语境与地域文化合力对诗歌的作用：

> 诗肇于西北，自北而南，始于晋南渡，盛于宋、齐、梁。至隋伐陈，复归于北。及唐而南北合。分南北者，《选》诗之运，合南北者，唐诗之运。若夫《三百篇》之运，全在西北，故无楚风。①

其视野的开阔和对诗歌发展意识的深化，都是非常独特的。将地域划分和时代区分结合，不唯结合，而且使之对应并一致起来，从中探寻诗歌发展的脉络和规律。在第一个阶段的《诗经》时代，诗歌生成的地域在西北，西北的地域文化是《诗经》精神产生的土壤。西北的古代文化孕育了第一个阶段的华夏审美精神。在第二个阶段，"汉道"生成于北方，至晋代南下渡江，感受到南方文化的特质，形成"汉道"南北不同的文化分支，正是南北地域文化的差异，成就了"汉道"多元化的审美景观，这就是"《选》诗之运"。

---

① （清）吴淇：《六朝选诗定论》卷二《统论古今之诗》，北京大学图书馆藏清刻本。

"《选》诗"的多样化和多元格局，确实是文学史上的一种奇观。 在第三个阶段，文化保持了千年差异之后，南北合流的条件成熟，于是，气势恢宏壮观的唐代诗歌形成了。 因了南北文化的合流，唐诗所包孕的文化，乃是文化多样性和同一性的统一。 以这种宏阔的文化视野看待诗歌演变，是此前少见的。

吴淇对诗歌发展意识的深化，是非常独特的。 其以《文选》为中心看上下两千余年的诗歌史，得出《选》诗之源在《三百篇》，唐诗是《选》诗之流的结论，今天看来，仍为的当之言。 唐诗的确受六朝文学的影响，复古派在尊唐的同时，有意忽视了六朝诗歌对唐诗发展的意义。 吴淇从六朝视点观照诗史的批评方式，肯定了诗史演变的历史延续性，进一步丰富了我国古代诗歌发展观念的内涵，并使我国古代诗歌史趋于完备。

明清之际，对诗歌理论做总结的是叶燮。 叶燮对七子派诗学所做的批判，在某种程度上，是对钱谦益的虞山诗学在继承传统中求变思想的继承与展开，并且表现出理论的自觉。 这种自觉既表现在叶燮诗学的理性特质，也表现在叶燮主张立足于"变"而"正""变"统一。

叶燮提炼出"物""我"两个概念及其所涵盖的七个范畴（理、事、情、才、胆、识、力），用以论不同时代的诗歌及其变化发展。 其价值首先在总结了此前几乎所有诗论家所使用的诗学方式、方法和范畴。 在宏观上，"物""我"无疑融合了七子"师古"与公安、竟陵"师心"两端的对立，在微观上，则综合了此前论诗的几乎所有视点、视角和视野。 其次，叶燮提炼的"物""我"及其所涵盖的七个范畴，不单可以论诗学规律及其复杂性，而且可以论"盛衰之所以然"："先生论诗，深源于正变，盛衰之所以然，不定指在前者为盛，在后者为衰。"[1]就此一点而言，无疑是对历代诗学的较为全面的总结。

---

① （清）叶燮：《原诗》卷二《内篇下》，见（清）王夫之等：《清诗话》，587 页，上海，上海古籍出版社，1999。

叶燮整合"正""变"，并主张"正""变"统一，完全符合文学发展规律，这一点，得到了现代文学理论的支持。不仅如此，他还从诗歌演变与天地运行变化之间的联系出发，最后在宇宙观层面论证"诗变"和"天地运行"规律的同构关系；不仅充分地论述了世运变诗亦变的道理，而且通过对几千年的诗歌史的回顾，雄辩地证明了"变"乃是文学发展的客观规律。将"诗变"上升到客观规律的高度，是叶燮诗学思想中极为精彩的部分。

叶燮还论证了诗论家的素质。他提出诗论家仅仅懂得诗歌形式是不够的，对"诗道"的认识也需要具备才、力、识，方能对诗家"所衷"别有会心，方"能知诗之源流、本末、正变盛衰互为循环"，"辨古今作者之心思、才力、深浅、高下、长短"。

在此基础上，叶燮论述了诗学研究与诗学方法的关系。叶燮认识到，一个批评家具有较高的素质修养还不够，他还要懂得运用正确的方法，"剖析而缕分之，兼综而条贯之"，按照现代阐释，就是宏观与微观、历史与逻辑相统一的立体审视方法。只有这样，"乃知诗之为道，未有一日不相续相禅而或息者也"。

可以说，正是在上述意义上，明代诗学从对文学活动现象的认识到对"诗变"因素、原因和原理的探索、总结，最终达到了对诗歌发展规律性的论证。

国家出版基金项目

本卷主编　方锡球

明代文艺思想史

中国文艺思想通史

第六卷◎中

北京师范大学出版集团
BEIJING NORMAL UNIVERSITY PUBLISHING GROUP
北京师范大学出版社

《明代文艺思想史》
主编、副主编简介

方锡球

1962 年生，安徽枞阳人。文学博士，二级教授，安徽师范大学博士生导师，安庆师范大学中国语言文学一级学科硕士点负责人，博士学位授权学科立项建设负责人，汉语言文学国家级一流专业建设点负责人。安徽省学术与技术带头人，安徽省高等学校学科拔尖人才，安徽省重点学科文艺学学科带头人，安徽省教学名师。教育部人文社会科学重点研究基地北京师范大学文艺学研究中心、安徽师范大学中国诗学研究中心兼职研究员。安徽省文学学会副会长，中国古代文艺理论学会常务理事。

吴子林

1969 年生，福建连城人。文学博士，中国社会科学院文学研究所《文学评论》编辑部编审，中国社会科学院大学文学院教授、博士生导师，兼任中国文艺理论学会理事、中国中外文艺理论学会理事、叙事学研究会副会长；主要致力于文学基本理论的研究与批评，在《文学评论》《清华大学学报》《文艺理论研究》等刊物发表论文 160 余篇，出版专著《经典再生产——金圣叹小说评点的文化透视》《童庆炳评传》《文学问题：后理论时代的文学景观》《"毕达哥拉斯文体"：述学文体的革新与创造》等 10 余部，主编各种编著近 50 部。

第二编

明代散文思想史

汪孔丰

概　述

　　有明两百余年，文坛复古风气浓厚，影响深远，毁誉不一。 以文章领域而言，也是深受复古风气熏染，复古浪潮迭起，不仅涌现出许多复古意识强烈的作家或流派，还创作出大量风格多样的名篇佳构。 然而，后人对明文的认识与评价却多有轩轾之语。 叶鋆生说：“明代的文章作家，固较多于北宋，而数其大家，则不足一屈指了。 因此杰出人材的缺乏，古文不得不渐趋衰亡了。”①显然，他对明文评价不高。 然而，钱基博站在宏大的文章演变史的高度上，以独特的眼光看到了明文的特殊价值与重要地位：“近代文学之有明，如近古文学之有唐；盖承前代文学之极王而厌以别开风气者也。 明有何景明、李梦阳之复古以矫唐宋八家之庸懦，犹唐有韩愈、柳宗元之复古以救汉、魏、六朝之缛靡。 唐有裴度、段文昌等扬六朝之颓波；亦与明有唐顺之、归有光辈振八家之坠绪，仿佛差似。 大抵宋元以来，文以平正雅驯为宗，其究渐流于庸肤。 庸肤之极，不得不变而求奥衍。 何李之起，文以沉博奥峭为尚。 其极渐流于虚憍。 虚憍之过，不得不返而求平实。 一张一弛，盖理势之自然。 然汉魏之声，由此高论于后世，而与韩愈、欧阳修争长；唐宋之文运，于是乎变，迁流以至晚明。 钱谦益、艾南英准北宋之矩矱；张溥、陈子龙撷东汉之芳华，旗鼓相当而文，亦斐然有彩。 明文源流，

---

① 　叶鋆生：《中国人文小史》，85 页，北京，当代中国出版社，2014。

大抵如此。"①钱氏的"明文观"不偏不倚，较为客观，有助于我们重新评估明文。可以说，只有在客观认识明文源流的基础上，我们才能对明代散文思想的演变有正确的理解与评估。

学界通常将明代文章分为三期。这种划分，早在黄宗羲《明文案序上》中已有体现："有明之文，莫盛于国初，再盛于嘉靖，三盛于崇祯。"②他提出的明文"三盛说"，有力启迪了后人对明文分期的思考。尹恭弘对明代诗文发展史的分期问题做过专门探讨，并根据明代诗文演变的特点，将明代诗文分为三期，第一期从元末明初到天顺年间，第二期从成化到隆庆年间，第三期从万历到明末。③这种时段划分较为合理，兹借以"前期""中期""后期"来划分明代散文思想的发展历程。

明前期的散文思想演变，大体上可分为两个阶段。第一阶段是元明之际，约四十年。这一时期的代表作家有宋濂、刘基、胡翰、苏伯衡、贝琼、朱右、方孝孺等人。他们大多经历改朝换代，由元入明，在文学思想与创作上不可避免地带有前朝习尚。有学者就指出："明代文章家一浪高过一浪的复古观念，实际是始于元代的。"④由元入明的宋濂、刘基、苏伯衡、朱右等文人，大多提出文原于道、文道一体的主张，这显然是直接承袭于元末的文道传统。基于"文外无道，道外无文"的观念，他们还强调文本六经，提倡气充辞达。随着元明之际的作家陆续退出文坛，永乐以还，以杨士奇、杨荣、杨溥为代表的台阁文人逐渐在文坛崭露头角，这意味着明前期的散文思想演变进入第二阶段，它一直持续到天顺年间。这其间，雍容淡雅的台阁文风笼罩文坛。这些台阁作家大都主张文以载道，要明道致用，宗法唐宋，提倡和平中正的文风。然而，台阁体风靡既久，难免弊习丛生，几于万喙一

① 钱基博：《中国文学史》，784页，上海，上海古籍出版社，2015。
② （清）黄宗羲著，陈乃乾编：《黄梨洲文集》，387页，北京，中华书局，1959。
③ 尹恭弘：《明代诗文发展史》引论，5页，北京，社会科学文献出版社，2012。
④ 李真瑜、田南池、房春草：《中国散文通史·宋金元卷》，247页，合肥，安徽教育出版社，2013。

音。 此际，思想革新的需求也就愈加凸显了。

明中期的散文思想演变比较复杂，出现流派纷起、众语喧哗的热闹局面。 从成化到隆庆这一百余年里，相继涌现出茶陵派、前七子、唐宋派、后七子等文人集团，他们在文学复古问题上各有建树。 先是以李东阳为首的茶陵派，崛起于成化年间，他们虽身处翰林馆阁，但已不满于积弊甚深的台阁文风。 他们在散文思想上固然受到台阁习气的影响，提倡重道尚理、师法唐宋，但也表露出新的思想取向，如李东阳、罗玘、邵宝、陆深等人尊韩甚至师韩的思想倾向，迥异于以"三杨"为首的台阁作家尊欧、师欧的风尚。 更有甚者，在师法对象上，上溯于秦汉，推崇《左传》《史记》。 这种向上一层的追求，从某种意义上说，开启了七子复古派所倡言"文必秦汉"的先声。 到了弘治年间，以李梦阳、何景明为首的前七子逐渐步入文坛中心，他们高举文学复古旗帜，倡言"文必秦汉"，然在如何复古取法方面形成分歧，李梦阳强调"尺寸古法"，而何景明提出"舍筏登岸"，这种分歧也引起复古派阵营内部的争论与评骘。 到了嘉靖初年，前七子的复古流弊日益显露，以唐顺之、王慎中、茅坤、归有光等为代表的唐宋派起而振之，他们针对七子派拟摹秦汉文之弊习，倡言师法唐宋，以此为桥梁，期冀达到入《史记》《汉书》之堂室的目的；他们还针对七子派拟古而失性情的弊端，提出直抒胸臆的"本色"论，这在一定程度上开启了公安派崇尚性灵、高扬个性的精神。 与前七子相比，唐宋派在法度问题上，提出了许多精辟的见解，他们既重视开阖首尾、经纬错综之法，又追求无法之法，崇尚神理，力求做到法与意、法与道的统一。 自嘉靖中叶开始，以李攀龙、王世贞为代表的后七子重拾前七子文学复古之余绪，再次打出"诗必盛唐，文必秦汉"的旗帜，并在与唐宋派的对抗过程中逐渐占据上风。 与前七子不同的是，他们中一些人把六朝、韩柳文章纳入取法视野，这种变化预示着后七子群体在复古取法方面的新探索。 此外，李攀龙、王世贞、李维桢、屠隆等人在文法问题上又有新见解，开始倡导尚法与达意的融会。 他们除了坚持法古外，还注重倡导"性情"，往往强调"师古"与"师心"的结合。

明后期的散文思想演变,愈加复杂多元,从万历到崇祯这七十余年里,相继出现了公安派、性灵派以及复社集团,将文学复古与反复古的冲突演绎得更加激烈。 万历年间,受阳明心学以及李贽"童心"说的影响,一股反对拟古、标举性灵的文学思潮逐渐泛滥起来。 其典型是以袁宗道、袁宏道、袁中道为代表的公安派以及后起的以钟惺、谭元春为代表的竟陵派。 他们积极反对拟古,一方面肯定七子派诸人纠正文坛风气的贡献,一方面又批评七子派追随者的剿袭雷同、字拟句模的弊病。 他们倡导性灵说,坚持文随世变的文学发展观,赞赏被七子派所轻视的宋元诗文,提倡"奇""趣"的审美艺术。 他们有力刷洗了七子派复古的流弊。 到了晚明时期,世风衰败,士无实学,性灵之楚风弥漫文坛的弊端渐显,以张溥、夏允彝、陈子龙、李雯等为代表的复社文人,致力经史,兴复古学,回归"文以载道"的传统轨道,自觉绍绪七子复古的旗帜,在古文方面致力于宗法秦汉。 此外,复社的分支豫章社,其成员艾南英、罗万藻、陈际泰、章世纯、徐世溥、陈弘绪等人,则推崇唐宋八家,期望借韩欧之舟楫以达于秦汉之胜景;皖江地区复社文人沈寿民、方以智、吴应箕等人也推崇唐宋八家之文。 可以说,通过审视复社的文学思想,我们可以看出,明清之际师法唐宋与师法秦汉的合流逐渐成为一种趋势和共识。

毋庸置疑,明代散文思想的演变是复杂而曲折的。 明代文人在继承前代文学思想遗产的基础上,在文章方面提出诸多富有灼见的思想主张,涉及文道、文法、文气、文德等诸多方面。 这些文章思想,在不同的历史时期,因受政治、学术、思想、文风等因素的影响,其内涵呈现出复杂而多样的面相与特征。 这里有三点值得拈出。

其一,文道问题。 文道关系,是明代散文思想演变过程中一个不可回避的问题。 这个问题虽然较老,但在新的历史时期有着别样的丰富内涵。 明初,程朱理学被立为官方学说后,处在定于一尊的地位,这有力地影响到明代文人的文学思想,同时也影响到文人对文道关系的理解。 朱熹提倡文道合一、"文从道中流出",这对明代文人的文道观有重要影响。 比如,宋濂

《徐教授文集序》提出文原于道，"文之至者，文外无道，道外无文"；王祎《原文》认为文道不可分离，"道非文，道无自而明；文非道，文不足以行也。 是故文与道非二物也"；杨士奇《颐庵文选序》提出"文非深于道不行，道非深于经不明"；黄淮《安分斋集序》提出"夫文为载道之器，道即诚而已"；王廷相《雅述》认为文是衍道之具，强调"文以阐道，道阐而文实"；茅坤《八大家文钞总序》提出"文特以道相盛衰"；等等。 可以说，从明初的宋濂、台阁文人到茶陵派、前后七子、唐宋派以及复社诸子，他们在文道关系上都体现出重道尚理的思想倾向。 尽管他们对"道"的理解有差异，但以理道为本位的文学观无疑是明代散文思想演变的一条主线。 当然，这其间也存在一定的变故，如晚明兴起的性灵思潮，像李贽、袁宏道等人尊情重欲，以情统理，以情融理，倡导至情至性之文，这极大冲击了以理道为本位的文学观念。

其二，文法问题。 受八股科举考试、文学复古思潮等多重因素的影响，明人热衷于钻研文法。 他们既喜欢探究时文之法，也喜欢精研古文之法。这股重视文法的风气从明初一直持续至明末，且在晚明时期尤为炽烈。 明人不仅留下了大量的单篇文字，还撰写了不少文话著作，涉及时文者，如袁黄的《举业彀率》、李叔元的《新锲诸名家前后场肆业精诀》、汤宾尹的《汤霍林先生衷选大方家谈文》《汤睡庵太史论定一见能文》、徐昧的《重校刻艺林古今文法碎玉集》，等等；涉及古文者，如宋濂的《文原》、王文禄的《文脉》、吴讷的《文章辨体》、刘祐的《文章正论》、归有光的《文章体则》，等等。 明代文人围绕文法问题做了诸多讨论，不仅有章法、句法、调法、字法、文弊等文章的内在法度问题，还有文法与性情、文法与文意、文法与文心等文章的外在关联问题。 在文法问题上，像前后七子、唐宋派、复社等文人群体都有过突出表现与重要贡献。 由于寻绎和遵循文章法式是实现复古的重要途径，故高举复古旗帜的前后七子及复社诸子，都曾不遗余力地重视文法，钻研文法。 比如，李梦阳和何景明曾经为复古取法问题产生过分歧与争论；王世贞尤为重视篇法、句法、字法；李维桢提出"文章之道，有才有法"①；等等。 此外，唐宋派诸子也留意文法，在文章的命意、定法、谋篇以至章法、句法、字法等方面，提出了许多精辟的见解。 可以说，明人对文法问题的深入探讨，不仅丰富了人们对文章内在要素的认知，也深化了人们对文章外部复杂关系的认识。

其三，秦汉文与唐宋文之争问题。 在明代散文思想演变进程中，师法秦汉还是师法唐宋的纠葛始终存在。 明初，由元入明的作家如宋濂、刘基、朱右等人师法唐宋，此风沿袭至以"三杨"为代表的台阁文人，他们在明仁宗朱高炽雅好欧阳修文的影响下，尤为推崇欧阳修文。 到了茶陵派代表人物李东阳时，虽然也师法唐宋，但已将目光从欧阳修转向韩愈，甚至更远的《左传》《史记》，这在一定程度上突破了以宋文为宗的台阁文风。 至前七子，"文必秦汉"成为圭臬，文章师法唐宋的传统由此易帜。 然而，前七子师法秦汉陷入泥古不化、剽窃剿袭的窠臼，引起一些人的不满。 唐宋派由此应运而生，他们推崇唐宋八家之文，同时致意《史记》。 此后，后七子再倡秦汉文，依然没有解决拟古流弊。 因时而生的公安派、竟陵派倡举白居易、欧阳修、苏轼等唐宋名家文。 明清之际，在复社诸子之中，师法秦汉与师法唐宋的融会渐成一种趋势。 可以说，明代两百余年的秦汉文与唐宋文之争反反复复，这让明人清醒地认识到：秦汉文与唐宋文各有优长，两者不可偏废；欲登秦汉文之室，必须要借助于唐宋文之阶梯。 这种认识对此后的文学发展影响深远。

由于当前学界对明代散文思想的研究大多是个案式或专题性的，缺少专门以明代散文思想为研究对象的通史著作，因此，本编拟以文学流派的散文思想为中心，沿其演变的轨迹，挖掘其文论话语的具体内涵，并揭示其背后的思想意蕴与历史价值。

---

① （明）汪道昆著，胡益民、余国庆点校：《太函集》卷首李维桢序，1 页，合肥，黄山书社，2004。

第九章
明初君臣的散文思想

　　1368 年，朱元璋登基称帝，定都应天（今江苏南京），建元洪武，国号大明。　新王朝的建立，深刻影响着文学的未来走向。　作为大明王朝的开创者，朱元璋为了维护其皇权专制统治，在政治、文化、思想等方面采取了一系列管控措施，从而达到并强化了乾纲独断的统治效果。　朱元璋虽出身草莽，以游丐起事，目不知书，但勤奋好学，浸染文墨渐久，"其后文学明达，博通古今"①，"长歌短篇，操笔辄韵，有魏武乐府风。　制词质古，一洗骈偶之习"②。　粗通文事的他，在文学上也有强烈的主见和控制欲望，经常指点文坛，规训文臣，纠正文风。　他的一些文学见解，虽不是高妙新颖之论，但因其帝王身份，不仅使明初的文风走向产生重要波动，也对当时文人的生存环境、思想动态以及文坛生态造成了重大影响。

　　除了皇帝外，浙东地区的文人创作及其思想旨趣也应值得注意。　明初文学承继元末文学而来，而元末文坛已呈现出鲜明的地域性特征。　这种文学地域特性不会因为改朝换代而遽然变化或消失，故而在明初得以延续和演进。胡应麟在《诗薮》中曾将明初诗坛划分为吴诗派、越诗派、闽诗派、岭南诗

---

① （清）赵翼著，王树民校证：《廿二史札记校证》卷三十二《明祖文义》，738 页，北京，中华书局，1984。
② （明）王世贞著，罗仲鼎校注：《艺苑卮言校注》卷五第一则，230 页，济南，齐鲁书社，1992。

派、江右诗派五大流派。① 这样的诗歌地域版图，实际上也是明初整体文坛地域版图的缩影与写照。 仅从散文来看，以上五个区域的实力、成就、影响亦是各有差异。《明史》称明初文学之士，"宋濂、王祎、方孝孺以文雄，高（启）、杨（基）、张（羽）、徐（贲）、刘基、袁凯以诗著"②。"以文雄"者，皆出自浙东，"以诗著"者，除刘基外，皆出吴中，这就鲜明地展现了两个区域文学在文体取向上各有偏胜。 进一步说，明初文坛，以宋、王、方等为代表的浙东文人在文章领域明道致用，占据主流，而以"吴中四杰"为代表的吴中文人则在诗歌领域抒写性情，独领风骚。 明人胡应麟认为："国初闻人，率由越产，如宋景濂、王子充、刘伯温、方希古、苏平仲、张孟兼、唐处敬辈，诸方无抗衡者。"③这些"越产闻人"，如宋濂、刘基、苏伯衡、王祎等，不仅在辅佐朱元璋推翻元朝政权的过程中立下汗马功劳，还在朱明王朝的政治文化建设上出谋划策、引领风尚。 这样的功勋，这样的地位，是其他地区文人所难以比拟、难以抗衡的。 因此，探讨明初洪武、建文两朝文人的散文思想的动态走向与潮流变化，以浙东文人作为标本比较理想。

◎ 第一节
明道致用的文用观

朱明政权建立之初，文章的功用与价值取向问题，成为君臣上下关注和思考的重点话题，因为这关系到新王朝的政教建设与文化政策。 故对于这个重要问题，他们形成了近似一致的看法与理解。

---

① （明）胡应麟：《诗薮·续编》卷一，341 页，上海，上海古籍出版社，1979。
② （清）张廷玉等：《明史》卷二百八十五《文苑传序》，7307 页，北京，中华书局，1974。
③ （明）胡应麟：《诗薮·续编》卷一，341 页，上海，上海古籍出版社，1979。

一、朱元璋：“通道理、明世务”说

明太祖朱元璋对待文学的态度显得比较功利，以有用与否来衡量文章价值。① 早在洪武二年（1369）三月的时候，他就迫不及待地表现出对文风问题的关注。 他对翰林学士詹同说：

> 古人为文章，或以明道德，或以通当世之务，如《典》《谟》之言，皆明白易知，无深怪险僻之语，至如诸葛孔明《出师表》亦何尝雕刻为文？而诚意溢出，至今使人诵之，自然忠义感激。近世文士，不究道德之本，不达当世之务，立词虽艰深而意实浅近，即使过于相如、扬雄，何裨实用？自今翰林为文，但取通道理、明世务者，无事浮躁。②

这段谕文鲜明地反映了朱元璋实用主义的为文主张和价值取向。 他认为，为文或要彰明道德，或要通达世务。 像《典》《谟》之言、诸葛亮《出师表》等都堪称这方面的典范。 至于像司马相如、扬雄等文士之文，雕饰辞藻，铺张扬厉，不达世务，即便文章写得比他们还好，也没什么用处。 进一步说，朱元璋轻视文章的文学性、审美性，而重视文章的道德效用和社会价值。

朱元璋站在“通道理”的立场上，对古文宗师韩愈的文章给予了强烈的批评。 他批评《讼风伯》说：“吾观韩愈《讼风伯》之文，知其为人也，似乎欠博观、明道理，格物致知犹未审其精。 ……愈以风托比奸邪，故作文以讥之，由此而慢神矣。 岂独慢神而已哉！ 于风之文，失敬上天之礼，然皆

---

① 关于朱元璋的文学思想，陈昌云的两篇论文有所论述：《朱元璋文学思想与诗文风貌——兼论开国帝王文学特征》，载《学术界》，2012（5）；《朱元璋与元末明初文风嬗变》，载《北方论丛》，2013（1）。

② （明）夏原吉等：《明太祖实录》卷四十，810～811页，台北，“中央研究院”历史语言研究所，1962。

由欠博观、明道理，因格物之不精所致耳。今也韩愈既逝，文已千古，吾辩为何？ 欲使今之儒者，凡著笔之际，勿使高而下，低而昂，当尊者尊，当卑者卑。钦天畏地，谨人神，必思至精之言，以为文，永无疵矣。"①又批评《伯夷颂》说："古今作文者，文雄、句壮、字奥，且有音节者甚不寡，文全不诬妄理道者鲜矣。"②他发现韩愈《伯夷颂》有"过天地，小日月"之瑕疵，认为"伯夷之忠义，止可明并乎日月，久同乎天地，旌褒之尚无过于此"，而韩愈在文中却称扬伯夷"昭乎日月不足为明，崒乎泰山不足为高，巍乎天地不足为容也"，这让朱元璋大为不快。他说："韩曰过天地、日月，于文则句壮、字奥，诵之则有音节。若能文者，莫出于韩，若言道理，伯夷过天地、小日月，吾不知其何物，此果诬耶？妄耶？"③

应该说，韩愈的《讼风伯》《伯夷颂》两篇文章都显示出高超的文章技法和艺术才能，但朱元璋却并不以为然，从儒家伦理道德角度予以挑刺、批判。这样的用意，昭然若揭。

洪武十二年（1379）春正月，朱元璋在《谕幼儒敕》一文中通过批评柳宗元《马退山茅亭记》，鲜明地表达出他喜好有用之文的主张：

> 盖于《马退山茅亭记》，见柳子厚之文无益也。而幼学却乃将至，且智人于世，动以规模，则为世之用，非规模于人而遗之于世，亦何益哉！其柳子厚之兄司牧邕州，构亭于马退山之巅，朝夕妨务而逸乐。斯逸乐也，见之于柳子赞美也，其文既赞美于亭，此其所以无益也。夫土木之工兴也，非劳人而弗成，既成而无益于民，是害民也。柳子之文，略不规谏其兄，使问民瘼之何如，却乃咏亭之美，乃曰："因山之高为

① （明）朱元璋著，胡士萼点校：《明太祖集》卷十三《辩韩愈讼风伯文》，262～263 页，合肥，黄山书社，1991。
② （明）朱元璋著，胡士萼点校：《明太祖集》卷十三《驳韩愈颂伯夷文》，264 页，合肥，黄山书社，1991。
③ 同上书，263～264 页。

基，无雕橡斫栋、五彩图梁，以青山为屏障。"斯虽无益，文尚有实，其于白云为藩篱，此果虚耶？实耶？纵使山之势突然而倚天，茜然而插渊，横亘其南北，落魄其东西，岩深谷迥，翠葳之色缤纷，朝莺啼而暮猿啸，水潺潺而洞白云，岚光杂蕊，旭日飞霞，果真仙之幻化，衣紫云之衣，着赤霞之裳，超出尘外，不过一身而已，又于民何有之哉？何利之哉？其于柳子之文，见马退山之茅亭，是为无益也。其幼儒无知，空逾日月，甚谓不可。戒之哉，戒之哉！①

在朱元璋看来，柳宗元之兄司牧邕州，大兴土木，构亭山巅，朝夕逸乐，不问民瘼，而柳宗元书写《马退山茅亭记》只是咏亭之美，赞美逸乐，并不规谏其兄，这篇文章无益于民。故而，朱元璋敕告幼儒要戒此文风，引导他们作文要有益于世，有益于民。

此外，朱元璋还对当今之儒"理性茫然"的情况给予了强烈的批评："朕观上古圣贤之言，册而成书，智者习而行之，则身修而家齐，为万世之用不竭，斯良之至也。今之儒不然。穷经皓首，理性茫然。至于行云流水，架空妄论，自以善者矣。及其临事也，文信不敷，才惩果断，致事因循，将何论乎？请论之。"②这种批评的背后，是他对今世儒生空谈虚浮、不堪世用现象的不满与痛恨，反映出他崇尚实用的文化理念。

实际上，朱元璋这种实用主义的文论观在其创作实践中也表现得极为明显。现存的二十卷《明太祖文集》，前面十卷包括诏、制、诰命、书、敕、策问、论等，涉及朝堂政治、军事外交、学校教育、民生疾苦等方面，如《再免应天太平镇江等处税粮诏》《赠翰林承旨宋濂祖父诰》《谕元相驴儿敕》《国子监助教敕》等。大量的应用文入选文集，也从侧面反映出朱元璋高度重视文章的社会实用功能，不太关心艺术审美功能。

---

① （明）朱元璋著，胡士萼点校：《明太祖集》卷七，134 页，合肥，黄山书社，1991。
② （明）朱元璋著，胡士萼点校：《明太祖集》卷十《敕问文学之士》之四，203 页，合肥，黄山书社，1991。

既然文章的功能在于"通道理、明世务",那么在行文语言上,繁文缛节、辞藻堆砌等华而不实的文风,自然就不合朱元璋的审美趣味与追求了。反之,他更喜欢质实不华、简古典雅的文风。 早在吴元年(1366)之初,他就对中书省臣的进笺文做过规定:"古人祝颂其君,皆寓警戒之意。 适观群下所进笺文,颂美之辞过多,规戒之言未见,殊非古者君臣相告以诚之道。今后笺文,只令文意平实,勿以虚辞为美也。"①他要求笺文"文意平实,勿以虚辞为美",这种在公文写作上的审美规定,不可避免地会对臣工其他文体写作产生影响。

朱元璋登基称帝之后,多次诏谕群臣,训诫文章措词与风格。 洪武四年(1371)闰三月,他阅翰林所撰武臣诰文曰:"自今措词务在平实,毋事夸张。"②洪武六年(1373)九月,他又下诏禁四六文辞,先是命翰林儒臣择唐宋名儒表笺可为法者,遂以韩愈《贺雨表》、柳宗元《代柳公绰谢表》进,他命中书省臣录二表颁为天下式,并且诏谕群臣曰:"唐虞三代,典谟训诰之词,质实不华,诚可为千万世法。 汉魏之间,犹为近古,晋宋以降,文体日衰,骈俪绮靡,而古法荡然矣。 唐宋之时,名儒辈出,虽欲变之,而卒未能尽变。 近代制诰章表之类,仍蹈旧习,朕当厌其雕琢,殊异古体,且使事实为浮文所蔽。 其自今凡告谕臣下之词,务从简古,以革弊习。 尔中书宜播告中外臣民,凡表笺奏疏,毋用四六对偶,悉从典雅。"③可见,他反对雕琢浮文,推崇简古典雅之文。 洪武九年(1376)十二月,刑部主事茹太素上书论时务,大量虚文浮词充斥其中,一本万言书,有用之文仅五百多字,这让朱元璋大为恼火,感叹说:"朕所以求直言者,欲其切于事情而有益于天

---

① (明)夏原吉等:《明太祖实录》卷二十二,314 页,台北,"中央研究院"历史语言研究所,1962。
② (明)夏原吉等:《明太祖实录》卷六十三,1208 页,台北,"中央研究院"历史语言研究所,1962。
③ (明)夏原吉等:《明太祖实录》卷八十五,1512~1513 页,台北,"中央研究院"历史语言研究所,1962。

下国家，彼浮词者徒乱听耳。"①于是，他又下诏颁布建言格式："遂令中书行其言之善者，且为定式，颁示中外，使言者直陈得失，无事繁文，复自序其善于首云。"②洪武十五年（1382），刑部尚书开济奏言："钦惟圣明治在复古，凡事务从简要。今内外诸司议刑奏札动辄千万言，泛滥无纪，失其本情。况至尊一日万机，似此繁琐，何以悉究？"朱元璋谕曰："虚辞失实，浮文乱真，朕甚厌之。自今有以繁文出入人罪者，罪之。"③于是，他命令刑科会诸司官定议成式，榜示中外。这一系列的圣谕诏令，措辞严肃，用心良苦，对纠正浮艳文风、规范文体、强化台阁文风发挥了重要作用。

二、宋濂："文之至者，文外无道，道外无文"

素有明初"文臣之首"赞誉的宋濂（1310—1381），为文主张要明道，文道合一。他对"文"的内涵理解比较宽泛，并不仅仅指文辞而已。他在《讷斋集序》中说："凡天地间，青与赤谓之文，以其两色相交，彪炳蔚耀，秩然而可睹也。故事之有伦有脊，错综而成章者，皆名之以文。"④在《渊颖先生私谥议》中亦说："文者固囿乎天地之中，而实能卫翼乎天地，品裁六度，叶和三灵，敷陈五彝，开道四德，何莫非文之所为？"⑤又在《曾助教文集序》中说："天地之间，万物有条理而弗紊者莫非文，而三纲九法，尤为文之著者。"⑥由此可见，他是将"文"放到整个天地宇宙之间来考察的，指的是自然万物间有条理而不紊乱的事物。故文有天文、地文、人文之别："日月照耀，风霆流行，云霞卷舒，变化不常者天之文也；山岳列

---

① （明）夏原吉等：《明太祖实录》卷一百一十，1829～1830页，台北，"中央研究院"历史语言研究所，1962。

② 同上书，1830页。

③ （明）夏原吉等：《明太祖实录》卷一百四十九，2345页，台北，"中央研究院"历史语言研究所，1962。

④ 罗月霞主编：《宋濂全集·宋学士先生文集辑补》，2031页，杭州，浙江古籍出版社，1999。

⑤ 罗月霞主编：《宋濂全集·潜溪后集》卷五，229页，杭州，浙江古籍出版社，1999。

⑥ 罗月霞主编：《宋濂全集·芝园前集》卷一，1167页，杭州，浙江古籍出版社，1999。

峙，江河流布，草木发越，神妙莫测者地之文也；群圣人与天地参，以天地之文发为人文。"①类似的意思，他在《文原》中说得更为明显："人文之显，始于何时？ 实肇于庖牺之世。 庖牺仰观俯察，画奇偶以象阴阳，变而通之，生生不穷，遂成天地自然之文，非惟至道含括无遗，而其制器尚象，亦非文不能成。 ……自是推而存之，天衷民彝之叙，礼乐刑政之施，师旅征伐之法，井牧州里之辨，华夷内外之别，复皆则而象之。 故凡有关民用及一切弥纶范围之具，悉囿乎文，非文之外别有其他也。 ……吾之所谓文者，天生之，地载之，圣人宣之，本建则其末治，体著则其用彰，斯所谓承阴阳之大化，正三纲而齐六纪者也，亘宇宙之始终，类万物而周八极者也。 呜呼！非知经天纬地之文者，恶足以语此。"②可见，在他看来，文，天生地载，生生不穷，至大至全，大到无形的"至道"，小至舟楫栋宇之器物，凡一切人伦纲常、礼乐刑政、师旅征伐，耕牧州里，等等，莫不涵括于文。 比如，他在《讷斋集序》中说："画疆定野，授田分井，邦之文也；前室后寝，左昭右穆，庙之文也；车服有章，爵土有数，官之文也。"这里的"邦之文""庙之文""官之文"都是规章制度，属于"人文"。 至于纯粹的翰墨辞章之文，显然只是其中的一类而已，而且在宋氏眼中，辞章之美，华而不实，不切世用："奈何世教陵夷，学者昧其本原，乃专以辞章为文，抽媲青白，组织华巧，徒以供一时之美观。 譬如春卉之芳秾非不嫣然可悦也，比之水火之致夫用者，盖寡矣。 呜呼！文之衰也一至此极乎！"③

就文的本原来说，宋濂认为，文原于道，文道一体。《渊颖先生私谥议》说："而所谓文者非他，道而已矣。"④《白云稿序》说："是则文者，

---

① 罗月霞主编：《宋濂全集·潜溪前集》卷五《华川书舍记》，56 页，杭州，浙江古籍出版社，1999。
② 罗月霞主编：《宋濂全集·芝园后集》卷五，1403～1404 页，杭州，浙江古籍出版社，1999。
③ 罗月霞主编：《宋濂全集·宋学士先生文集辑补》，2031～2032 页，杭州，浙江古籍出版社，1999。
④ 罗月霞主编：《宋濂全集·潜溪后集》卷五，229 页，杭州，浙江古籍出版社，1999。

非道不立，非道不充，非道不行，由其心与道一，道与天一，故出言无非经也。"①《徐教授文集序》说："文者，道之所寓也。……文之至者，文外无道，道外无文。粲然载于道德仁义之言者，即道也；秩然见诸礼乐刑政之具者，即文也。文积于厥躬，文不期工而自工；不务明道，纵若蠹鱼出入于方册间，虽至老死无片言可以近道也。"②由此亦可知，宋濂所谓道，实为广义上的道，即宇宙万物、天地自然之道，不能仅仅理解为程朱之道。③道与文之间的关系是道外无文，文外亦无道。宋濂和王祎纂修《元史》时，不设"文苑"，将传统二分的"儒林"与"文苑"合而为一，总称"儒学"："然儒之为学一也，六经者斯道之所在，而文则所以载夫道者也。故经非文则无以发明其旨趣，而文不本于六经，又乌足谓之文哉！由是而言，经义文章，不可分而二也明矣。"④这就鲜明地表现了文道统一的观点，"在一定程度上也可视作是对元代一些文人观点的总结，是元人纠正宋代理学之弊，要把'道'与'文'相结合起来，使文章达到经世致用目的的主张的一种反映"⑤。

宋濂还强调，作文就是为了明道。他说："文之所存，道之所存也。文不系道，不作焉可也。"⑥在《朱葵山文集序》中亦说："夫天之生此人也，则有是道也；有是道也，则有此文也。苟能明道而发乎文，则将孰御乎？而能者寡矣！……故志于文者，非能文者也，惟志于道者能之。"⑦他还以文明道的思想去评价古代作家，在《徐教授文集序》中指出："夫自孟氏既没，世不复有文。贾长沙（谊）、董江都（仲舒）、太史迁得其皮肤，

① 罗月霞主编：《宋濂全集·銮坡前集》卷八，495页，杭州，浙江古籍出版社，1999。
② 罗月霞主编：《宋濂全集·芝园后集》卷一，1351页，杭州，浙江古籍出版社，1999。
③ 韩经太指出："宋濂虽是程朱一系人物，但其人生经历和为学途径均皆复杂，这位自称'粗识大雄氏所以见性明心之旨'的人物，在继承发扬朱学宗旨的同时，受金元以来和会朱、陆之风的影响，于陆学发明本心之精神也有心领神会处。"见《理学文化与文学思潮》，174页，北京，中华书局，1997。
④ （明）宋濂等：《元史》卷一百八十九《儒学一》，4313页，北京，中华书局，1976。
⑤ 邓绍基：《我对元代散文的探索》，见《邓绍基论文集》，277页，北京，社会科学文献出版社，2014。
⑥ 罗月霞主编：《宋濂全集·浦阳人物记》下卷《文学篇》，1838页，杭州，浙江古籍出版社，1999。
⑦ 罗月霞主编：《宋濂全集·朝京稿》卷二，1674页，杭州，浙江古籍出版社，1999。

韩吏部（愈）、欧阳少师（修）得其骨骼，春陵（周敦颐）、河南（程颢、程颐）、横渠（张载）、考亭（朱熹）五夫子得其心髓。"①在宋氏看来，宋五子的文章，"妙斡造化而弗违，百世以俟圣人而不惑"，堪称"六经之文"，而贾、董、司马、韩、欧阳氏之文，仅得六经的皮骨，与宋五子之文有差距。此外，他还总结了宋元以来人们对文道关系的看法，他不满"造文家与传经家皆欲明乎道，二家多不相能"，认为造文家与传经家既然都要明道，就应该统一起来，不应各执一端，"歧而二之"②。

宋濂还特别在意文辞的用途。他在《欧阳文公文集序》中说："文辞与政化相为流通，上而朝廷，下而臣庶，皆资之以达务。"③他认为文辞可以起到资政达务的政治功用。他又在《曾助教文集序》中说："施之于朝廷则有诏、诰、册、祝之文，行之师旅则有露布、符檄之文，托之国史则有纪、表、志、传之文，他如序、记、铭、箴、赞、颂、歌、吟之属，发之于性情，接之于事物，随其洪纤，称其美恶，察其伦品之详，尽其弥纶之变，如此者，要不可一日无也。"④在这里，他指出不同政治场合要使用不同文体，同样，不同文体也有不同的用途。他在《华川书舍记》中说："凡所以正民极、经国制、树彝伦、建大义，财成天地之化者，何莫非一文之所为也。"⑤强调为文要有助于国计民生，有利于伦理教化。

三、刘基："文以理为主"

刘基（1311—1375）论文强调以理为主。他在《苏平仲文集序》中说："文以理为主，而气以摅之。"⑥这直接表明了他重理的文学观。刘基思想中的"理"，其内涵比较复杂，"主要局限于是非品骘，阐论善恶因由，与

---

① 罗月霞主编：《宋濂全集·芝园后集》卷一，1351 页，杭州，浙江古籍出版社，1999。
② 罗月霞主编：《宋濂全集·龙门子凝道记》卷中，1780 页，杭州，浙江古籍出版社，1999。
③ 罗月霞主编：《宋濂全集·郑济刻辑本》，1909 页，杭州，浙江古籍出版社，1999。
④ 罗月霞主编：《宋濂全集·芝园前集》卷一，1167 页，杭州，浙江古籍出版社，1999。
⑤ 罗月霞主编：《宋濂全集·潜溪前集》卷五，56 页，杭州，浙江古籍出版社，1999。
⑥ 林家骊点校：《刘基集》卷二，88 页，杭州，浙江古籍出版社，1999。

人性论、道德论联系在一起"①。它与程朱之"理"有区别。前者突出伦理色彩，缺少本体意义，而后者则有鲜明的本体意义。②在文论中，刘基谈"理"，主要是强调思想内容，强调言之有物。他还从反面论述了"文不主理"的危害："武帝英雄之才，气盖宇宙，而司马相如又以夸逞之文侈之，以启其夜郎筇笮、通天桂馆、泰山梁甫之役，与秦始皇帝无异，致勤持斧之使，封富民之侯，下轮台之诏，然后仅克有终。文不主理之害一至于斯，不亦甚哉！"③他说汉武帝雄才大略，司马相如作夸逞之文以润饰鸿业，虽建功甚多，但结果"仅克有终"。这就是"文不主理之害"。这种认识从逻辑上视之，虽有牵强之处，但也指出了司马相如辞赋的弊病。刘基文论中的"理"，也有包含道学家之"道理"的一面。他在《苏平仲文集序》中还说："继唐者宋，而有欧、苏、曾、王出焉，其文与诗追汉、唐矣，而周、程、张氏之徒，又大阐明道理，于是高者上窥三代，而汉、唐若有歉焉。"④在他眼里，周敦颐、二程、张载诸儒之文要高于唐宋诸家之文，这显示出他重道学的一面，也反映出他对"文"的认识的复杂性与动态性。

刘基不是理学派阵营中人，因此他文道合一的观念不如宋濂那么强烈、明显。不过，他也有鲜明的现实关怀意识，在乎文学的"美刺风戒"。这一点，他在《照玄上人诗集序》《书绍兴府达鲁花赤九十子阳德政诗后》《王原章诗集序》等文中有直接表露，但在文论中没有相关表述。不过，他

---

① 周群：《刘基评传》，183页，南京，南京大学出版社，1995。刘基也偶尔提及"道"，在《医说赠马复初》中说："圣人之道，包天地、括万物，一体而毫分焉，莫非道也。故天之大也，分而为日月，为星为云，为雨为雪，为霜为露，莫非天也，而后各形其形焉。地之广也，结而为山，融而为川，生而为草为木，为石为玉，为金银铜铁，为五谷，莫非地也，而后各形其形焉。故见其形不见其出之原，非知道者也。"见林家骊点校：《刘基集》卷五，142页，杭州，浙江古籍出版社，1999。

② 张宏敏认为："刘基所论之'理'与程朱理学的核心范畴所论之'理'迥然有别，因为程朱理学是一个以哲学本体论、认识论、道德修养方法论等为主要内涵的完整的学术思想体系。刘基作为传统儒者，并不是严格意义上的理学家，也不是一个创建了自己知识体系的哲学家，所以刘基之'理'充其量只能说带有宋元理学的'痕迹'而已。"见《刘基思想研究》，110页，杭州，浙江人民出版社，2011。

③ 林家骊点校：《刘基集》卷二，88页，杭州，浙江古籍出版社，1999。

④ 林家骊点校：《刘基集》卷二，88～89页，杭州，浙江古籍出版社，1999。

的散文创作能揭示此种致用思想,如他在元末写的寓言体散文《郁离子》就是关注现实问题、试图解决现实问题的产物。所谓"郁离",就是文明的意思,"离为火,文明之象,用之,其文郁郁然,为盛世文明之治,故曰郁离子。……其言详于正己,慎微修纪,远利尚诚,量敌审势。用贤治民,本乎仁义道德之懿,明乎吉凶福祸之几,审乎古今成败得失之迹。大概矫元室之弊,有激而言也"①。可以说,此文就是因时有感而作,力矫时弊,用意深远,可觇刘基的文学思想。

四、钱宰:"文者,道之寓也"

钱宰(1299—1394),字子予,一字伯均,会稽人。元至正间,中甲科,亲老不仕。明洪武初,以明经征为国子助教,作《金陵形胜论》《历代帝王乐章》皆称旨。著有《临安集》,其诗吐辞清拔,寓意高远,"古文虽非所擅长,而谨守法度,亦无卑冗之习"②。洪武二十九年(1396),钱宰给自己的诗文集撰序,对文道关系发表了个人看法。他认为道寓于文,文道一体:"文者,道之寓也,文岂易言哉?风霆日星,天文也;海岳河江,地文也;六经之道,著之书者,人文也。圣人以经天纬地,参赞化育,建三极焉,岂易言哉?"③在他眼里,文为道之所寓,而"文"又不容易言说。因为文的涵盖范围广阔,有天文、地文、人文之别,风霆日星、海岳河江、六经之著,分别是天文、地文、人文的外在表象。他又说:"虽然道之著于外者谓之文,风霆日星之著于天,海岳河江之著于地,六学之著于经,固天地圣人之文之大全也。未闻著于事物之微者,非文也。彼鸢也而戾于天,非

---

① (明)徐一夔:《郁离子序》,见林家骊点校:《刘基集》附录六,676 页,杭州,浙江古籍出版社,1999。
② (清)永瑢等:《四库全书总目》卷一百六十九《临安集》,1470 页,北京,中华书局,1965。
③ (明)钱宰:《临安集》卷首自序,见《景印文渊阁四库全书》集部第 1229 册,514 页,台北,台湾商务印书馆,1986。

文乎？彼鱼也而跃于渊，非文乎？蹄涔之水而风行焉，丘垤之草而春生焉，萤爝之微而光烨焉，蚊虫之细而声砰焉，亦皆其文之著也，夫岂谓文之大全乎？"①既然"道"是天、地、圣人"文之大全"，那么其内涵实际上也有两层意思：寓于天文、地文的自然之道和寓于人文的儒家圣人之道。关于这一点，他在《白贲斋记》中也有表述："夫天下之至文，无饰也。天道无为，而日月星辰丽焉；地道无为，而山川草木丽焉；圣道无为，而礼乐典章丽焉，使天地圣人有所造为而然，夫岂天下之至文哉。"②所谓"天道""地道""圣道"，都是钱宰对"道"的理解。他还认为士君子在盛明之时应该行道致用："士君子生盛明时，不必计其身之用不用也，惟在夫道之行耳。身出以行其道，使勋业显于当时，名声昭于后世，固士君子之大庆也。然或退处田野，而道淑诸人者行于世焉，曾何计其身之用不用也？"③

五、朱右："文所以载道也"

朱右（1314—1376），字伯贤，自号邹阳子，浙江临海人。他论文强调载道，且文为广义之文。他在《新编六先生文集序》中说："文所以载道也。立言不本于道，其所谓文者，妄焉耳。夫日星昭布，云霞绚丽，天文也；川岳流峙，草木华实，地文也；名物典章，礼乐教化，人文也。三才之道备，文莫大焉。"④在《南堂录序》中亦云："文所以载道也。文为艺而道为实，笃其实，艺者书之，美则爱，爱则传焉。故曰：'言之无文，行而

① （明）钱宰：《临安集》卷首自序，见《景印文渊阁四库全书》集部第 1229 册，514～515 页，台北，台湾商务印书馆，1986。
② （明）钱宰：《临安集》卷三，见《景印文渊阁四库全书》集部第 1229 册，546 页，台北，台湾商务印书馆，1986。
③ （明）钱宰：《临安集》卷三《送国子助教靳用中序》，见《景印文渊阁四库全书》集部第 1229 册，534 页，台北，台湾商务印书馆，1986。
④ （明）朱右：《白云稿》卷五，见《景印文渊阁四库全书》集部第 1228 册，64 页，台北，台湾商务印书馆，1986。

不远。’”①可见，在他眼里，文要载道，文道一体，不可分离。

他曾对三代以降至元代的文道分合情况做了梳理与评论：

> 窃惟三代圣贤吐辞为经，动举合道，名实并存，传之万世，固未亡
> 也。世降俗下，道学无传，经生博士，专门师师，史氏词官务相矜眩，
> 实不称名，道乌乎在？天开濂洛，圣道重明，词章体裁，尚结习气，固
> 未暇论也。方南北未通，江汉赵氏默记朱子四书集注及各经传，身载以
> 北。许文正公私淑有闻，以身任道，大阐其秘，上启君心，下餍人望，
> 天下后世，知所向方，无或有间，兴文开化之功，岂小补哉？②

他认为，三代之时，圣贤之文合乎道；三代以降，道学无传，文道分离。 至
宋，天开濂洛之学，圣道重明，然尚结习气。 至元，许衡私淑朱子，以身任
道，建兴文开化之功。 由此，他试图揭示出以许衡为代表的元文合乎道，
“有足以裨三代而轶汉唐”③。

六、王祎：“文与道非二物也”

王祎（1322—1373），字子充，浙江义乌人。 早年，与宋濂一道师从柳
贯、黄溍。 他的思想及创作都受到其师的影响，成就颇高。 杨士奇说：
“我国家隆兴之初，金华宋公景濂、王公子充相继入翰林，持文柄，时诏修
《元史》，二公皆任总裁，岿然一代之望也。”④王祎在明初文坛的地位与影

---

① （明）朱右：《白云稿》卷五，见《景印文渊阁四库全书》集部第 1228 册，71 页，台北，台湾商
务印书馆，1986。
② （明）朱右：《白云稿》卷五《元朝文颖序》，见《景印文渊阁四库全书》集部第 1228 册，65
页，台北，台湾商务印书馆，1986。
③ 同上书，65 页。
④ （明）王祎：《王忠文集》卷首杨士奇序，见《景印文渊阁四库全书》集部第 1226 册，5 页，台
北，台湾商务印书馆，1986。

响，于兹可见。他对文的理解也比较宽泛，并非单纯地从审美角度来认识文学。他在《卮辞》中说："云汉昭回，景纬宣著，其天之文乎？山川流峙，草木繁滋，其地之文乎？经纬天地，黼黻万化，其圣人之文乎？"①其中的"天之文""地之文""圣人之文"云云，都表明他对"文"的认识涵括范围广泛，绝非指简单的文学创作。相似的意思，他在《演连珠》中亦有表达："臣闻云汉昭回、日星光辉者，天文之宣；草木荣华、山川峙流者，地文之著。道虽明矣，非文不行；事虽实矣，非文不具，是以经纬两仪，黼黻万化，帝王之文所以昭宪章；羽翼群经，藻绘众言，贤哲之文所以传竹素。"②他不仅指出了"文"的多元形态表现，还点出了道与文之间的密切关系。

实际上，关于文和道的关系，他在《原文》中说得比较具体：

> 天地之间，物之至著而至久者，其文乎？盖其著也，与天地同其化；其久也，与天地同其运。故文者，天地焉相为用者也，是何也？曰：道之所由托也！道与文不相离，妙而不可见之谓道，形而可见者之谓文。道非文，道无自而明；文非道，文不足以行也。是故文与道非二物也。道与天地并，文其有不同于天地者乎？③

在他看来，文与道是一体的，并非二物，不可分离。道妙不可见，而文具形可见，道借助于文以显。

此外，他从文道一体出发，强调经世致用。他在《王氏迂论序》中说："圣贤之道所以致用于世也，礼乐、典章、制度、名物，盖实致用之具，而

---

① （明）王祎：《王忠文集》卷十九，见《景印文渊阁四库全书》集部第 1226 册，403 页，台北，台湾商务印书馆，1986。
② 同上书，393 页。
③ （明）王祎：《王忠文集》卷二十，见《景印文渊阁四库全书》集部第 1226 册，414 页，台北，台湾商务印书馆，1986。

圣贤精神心术之所寓。故在学者尤不可以不讲。是故致用在乎经邦，经邦在乎立事，立事在乎师古，师古在乎随时。苟不参古今之宜，穷始终之要，则何以涉事济变而弥纶天下之务哉？"①他强调圣贤之道致用于世，实则意味着文亦要有用于世。既如此，那么文章亦可视为社会政治的晴雨表。故他反复说："臣闻见礼而知政，闻乐而知德，是以观世运之隆污，视文章为准则。和平浑厚，质实瑰赡，验治道之方昌；夸浮纤靡，诡怪支离，察政理之斯斁。"②"见其礼而知其政，闻其乐而知其德，岂惟礼乐然哉？气运之盛衰，俗尚之美恶，君子于文章可以验之矣。"③这样的叙说，意在表明文章通于政事、世运、风尚，具有鲜明的社会政治功用。

七、苏伯衡："当理之言，斯贵矣"

苏伯衡（1330—1393）④，字平仲，自号空同子，金华人。其父苏龙友，受业许谦之门，与宋濂、刘基交好。宋濂称伯衡"学博行修，文词蔚赡有法"⑤。苏伯衡论文，重自然。他曾以水的不同形态为例，说明"惟其自然，此天下之至文必归诸水也"。又说："大凡物之有文者，孰不出于自然，独水乎哉？"⑥实际上，这又牵涉他对"文"内涵的理解。他说："日月星辰、云霞烟霏、河汉虹霓，天之文也；山林川泽、丘陵原隰、城郭道路、草木鸟兽，地之文也；君臣父子、夫妇长幼、郊庙朝廷、礼乐刑政、冠婚丧祭、蒐狩饮射、朝聘会同，人之文也，而莫非天下之至文也。"⑦由此可

① （明）王祎：《王忠文集》卷八，见《景印文渊阁四库全书》集部第 1226 册，153 页，台北，台湾商务印书馆，1986。
② （明）王祎：《王忠文集》卷十九《演连珠》，见《景印文渊阁四库全书》集部第 1226 册，393 页，台北，台湾商务印书馆，1986。
③ （明）王祎：《王忠文集》卷十九《卮辞》，见《景印文渊阁四库全书》集部第 1226 册，403 页，台北，台湾商务印书馆，1986。
④ 参见邓旻：《苏伯衡研究》，硕士学位论文，赣南师范学院，2014。
⑤ （清）张廷玉等：《明史》卷二百八十五《文苑传一》，7311 页，北京，中华书局，1974。
⑥ （明）苏伯衡：《苏平仲文集》卷五《王生子文字序》，《四部丛刊》本。
⑦ 同上书。

见，他是从天地宇宙的角度来看待"文"的。进一步说，"文"的范围非常宽泛，并不仅仅指辞翰之文。故他又说：

> 古人之所谓文者如此，如此岂辞翰可拟哉？奈何后世区区以辞翰而谓之文耶！自夫以辞翰为文也，文之用末矣，彼殚一生之精力从事于其间者，音韵之铿锵，采色之炳焕，点画之妩媚，则自以为至文矣，而乌在为文也？嗟夫！文而止于辞翰而已，则世何贵焉？而于世抑何补焉？音韵铿锵而足以为文也，则文又何难焉？采色炳焕而足以为文也，则文又何难焉？点画妩媚而足以为文也，则文又何难焉？此之谓文，其去文也，不已远乎？[①]

显然，他认为以辞翰为文，为文之用末，于世不足贵，于世不足补，实际上去文已远。

苏伯衡重视当理，表示文辞非以工为贵，要言之当理，要不文而文。他说："夫所贵乎文辞者，非以言之工而贵之也。当理之言，斯贵矣。其言当理，虽其人无足取，君子犹不以人废言而使之泯没也。"他还评价陈子上"无弗学而以求道为急，凡诗文未尝苟作，要其归不当于理者，盖鲜矣"[②]。他又说："圣贤道德之光，积于中而发乎外，故其言不文而文，譬犹天地之化，雨露之润，物之魂魄以生华萼毛羽，极人力所不能为，孰非自然哉？故学于圣人之道，则圣人之言莫之致而致之矣；学于圣人之言，非惟不得其道，并其所谓言亦且不能至矣。"[③]他认为圣贤蓄道德而能文，其言不文而文，自然成文。后人学圣人之言，必先得圣人之道。受金华学派的影响，苏伯衡也重视文学的致用功能，强调文要"有补于世也，不假磨砻雕琢

---

① （明）苏伯衡：《苏平仲文集》卷五《王生子文字序》，《四部丛刊》本。
② （明）苏伯衡：《苏平仲文集》卷五《陈子上存稿序》，《四部丛刊》本。
③ （明）苏伯衡：《苏平仲文集》卷十六《空同子瞽说》，《四部丛刊》本。

也"①。 这一点，在其文章创作中有所体现，方孝孺就称其文"奥之于道德，著之于政教，无不究也"②。 他的《空同子瞽说》可谓典型代表，胡翰曾评价《空同子瞽说》中的文章"托物以造端，比事以寓意，缘情以见义，明于国家之体，达于人情之变，如钩探物，连牵不绝，其出不穷。 原其敝之所始，要其势之所必至，戚戚然思以杜之拯之，以上承天子圣化，而措之乎太平之治"③。 由此亦可见苏伯衡的为文经世思想。

八、方孝孺:"文者,道之余耳"

方孝孺（1357—1402）是宋濂的得意门生。 宋氏赞称孝孺精敏绝伦，贯通经史，"凡理学渊源之统，人文绝续之寄，盛衰几微之载，名物度数之变，无不肆言之，离析于一丝而会归于大通"④。 方氏受其师影响甚大，自称"某之获见知于公（宋濂）者又何幸哉"⑤，亦以理学、文章驰名于世。王可大赞云："先生之文醇正如紫阳朱子，理学如濂溪周子、两程子，叙事如司马子长，论议如陆宣公，而精神缜密则与昌黎韩子相上下耳。"⑥此番评论足以见方氏在学术与文学上的影响力。

方孝孺尊崇程朱理学，故在文与道的关系上，尤为看重文要明道。 这方面言论，他在文集中屡有表露。 他在《送牟元亮赵士贤归省序》中说："文

① （明）苏伯衡：《苏平仲文集》卷十六《空同子瞽说》，《四部丛刊》本。
② （明）方孝孺著，徐光大校点：《逊志斋集》卷十二《苏太史文集序》，400 页，宁波，宁波出版社，2000。
③ （明）胡翰：《胡仲子集（外十种）》卷八《苏平仲瞽言后跋》，102～103 页，上海，上海古籍出版社，1991。
④ 罗月霞主编：《宋濂全集·芝园续集》卷十《送方生还宁海并序》，1626 页，杭州，浙江古籍出版社，1999。
⑤ （明）方孝孺著，徐光大校点：《逊志斋集》卷十一《与舒君》，379 页，宁波，宁波出版社，2000。
⑥ （明）方孝孺著，徐光大校点：《逊志斋集》卷首王可大《重刻正学方先生文集叙》，5 页，宁波，宁波出版社，2000。

所以明道也，文不足以明道，犹不文也。"①他致书郑叔度说："古人之为学，明其道而已，不得已而后有言，言之恐其不能传也，不得已而后有文。道充诸身，行被乎言，言而无迹，故假文以发之。 伏羲之八卦，唐虞三代之《书》，商周十二国之《诗》，孔子之《春秋》，皆是已。 然非为文也，为斯道之不明也。 及孔子殁，诸子乃各著书，多者百余篇、少者数十篇，虽未必一出于圣人之道，然亦各明其所谓道，而岂为文哉！"②他在《张彦辉文集序》中说：

> 自古至今，文之不同，类乎人者，岂不然乎？虽然，不同者辞也，不可不同者道也。……人之文不同者，犹其形也。不可不同，天下之道，根于心者，一也。故立言而众者，文之隶也。明其道不求异者，道之域也。人之为文，岂故为尔不同哉？其形人人殊，声音笑貌人人殊，其言固不得而强同也，而亦不必一拘乎同也，道明则止耳。然而道不易明也。文至者，道未必至也。此文之所以为难也。呜呼！道与文俱至者，其惟圣贤乎！圣人之文著于诸经，道之所由传也。贤者之文盛于伊洛，所以明斯道也。③

他反复强调文要明道，这是他深受程朱理学影响的结果。 这也表明他是站在理学家的立场来看待文的。

方孝孺还就文道关系发表了看法。 他说："夫道者根也，文者枝也，道者膏也，文者焰也，膏不加而焰纡，根不大而枝茂者，未之见也。 故有道者之文，不加斧凿而自成，其意正以醇，其气平以直，其陈理明而不繁决，其辞肆而不流，简而不遗，岂窃古句探陈言者所可及哉！ 文而效是，谓之载道

---

① （明）方孝孺著，徐光大校点：《逊志斋集》卷十四，465 页，宁波，宁波出版社，2000。
② （明）方孝孺著，徐光大校点：《逊志斋集》卷十《与郑叔度八首》之三，315 页，宁波，宁波出版社，2000。
③ （明）方孝孺著，徐光大校点：《逊志斋集》卷十二，403 页，宁波，宁波出版社，2000。

可也。若不至于是，特小艺耳，何足以为文？"①又说："文者，道之余耳。苟得乎道，何患乎文之不肆耶。"②他认为文与道是不可分裂的，曾言："唐之中世，昌黎氏尝一反之，而道不足以逮文。宋之盛时，程氏尝欲拯之，而文不能以胜道。欧氏苏氏学韩氏者也，故其文昌。朱氏张氏师程氏者也，故其道醇。合二者而有之，庶几不愧于古乎，而天下未见其人也。"③他认为，自三代以下，文与道分裂之兆已现，此后持续分离，文道不可复合。即便到了唐宋，韩愈虽有心返道，但道不足以逮文；二程兄弟也想拯救文，而文不能以胜道。欧阳修、苏轼学习韩愈，所以文昌；朱熹、张载学习二程，所以道纯。然而他们皆未做到文道合一、道纯文昌。"匪遗乎今，不足以追古，匪弗愿乎人，不足以明道，匪有得乎道，吾未见其能文也。"④不过，他致书郑叔度时，还提及汉以下至五代之文，未能明道，认为"独唐之韩愈稍知其大者，而不能究其本，故其文亦未能皆出乎正"⑤。他也曾提出"士未足以明道，则博求当世非常可喜之事而述焉，亦文之美者也"⑥。这显示出他对文的态度比较宽容。不过，总的来看，他在文道关系上的见解，不出朱熹文道论之囿。

关于文的功用，方孝孺也有表述。他说：

> 凡文之为用，明道立政二端而已。道以淑斯民，政以养斯民。民非养不能群居以生，非教不能别于众物。故圣人者出，作为礼乐教化刑罚

---

① （明）方孝孺著，徐光大校点：《逊志斋集》卷十《与郑叔度八首》之三，316页，宁波，宁波出版社，2000。
② （明）方孝孺著，徐光大校点：《逊志斋集》卷十《答王仲缙五首》之二，328～329页，宁波，宁波出版社，2000。
③ （明）方孝孺著，徐光大校点：《逊志斋集》卷十四《送牟元亮赵士贤归省序》，465页，宁波，宁波出版社，2000。
④ 同上书，466页。
⑤ （明）方孝孺著，徐光大校点：《逊志斋集》卷十《与郑叔度八首》之三，316页，宁波，宁波出版社，2000。
⑥ （明）方孝孺著，徐光大校点：《逊志斋集》卷十八《题刘养浩所制本朝铙歌后》，610页，宁波，宁波出版社，2000。

以治之，修其五伦六纪天衷人极以正之，而一寓之于文。①

　　文章之用，明道纪事二者而已。明道之文，非有得于斯道者，虽工而不传。纪事者，不得丰功伟德可以耸慑众庶耳目者而书之，亦不足取尚于后世。②

在他看来，文之为用，在于明道和立政两方面。进一步说，道德政教功能远远大于艺术审美功能。这样的思想，他在《览以德用中二友和东坡喜雨之作》诗中也有表述："文章由来关政教，道术何曾间今古。每怜陋儒不自量，诋诃前人竟奚补。"③

需要指出的是，方孝孺的文章创作，也践行了他的文论主张。林右说他"发言持论一本于至理，合乎天道，自程朱以来未始见也"④；赵洪亦说"不宜以文视文，而以之求道，得先生之心可也"⑤。像《宗仪》九首、《释统》三首、《深虑论》十篇，以及《后正统论》《君学》《君职》《官政》《民政》《成化》《正俗》等，这些文章"其根据必准于六经四子，其议论必归于仁义道德，其辨析旁证折中群疑，而必要于当；其尽言极意变态溢出，而必绳于法"⑥。

总之，明初文坛，文人对"文"与"道"的内涵理解都比较深刻、广泛，道非仅指程朱之道，文也非仅指文学之"文"，它们都是涵盖天地、包罗万象的概念，相为表里，自然统一，而且还有着强烈的以道统文之意。追

---

① （明）方孝孺著，徐光大校点：《逊志斋集》卷十一《答王秀才书》，357页，宁波，宁波出版社，2000。
② （明）方孝孺著，徐光大校点：《逊志斋集》卷十八《题刘养浩所制本朝铙歌后》，610页，宁波，宁波出版社，2000。
③ （明）方孝孺著，徐光大校点：《逊志斋集》卷二十四，820页，宁波，宁波出版社，2000。
④ （明）方孝孺著，徐光大校点：《逊志斋集》卷首林右序，7页，宁波，宁波出版社，2000。
⑤ （明）赵洪：《新刊正学方先生文集序》，见（明）方孝孺著，徐光大校点：《逊志斋集》附录，897页，宁波，宁波出版社，2000。
⑥ （明）张如游：《重刻正学方先生文集序》，见张常明编注：《逊志斋外集》卷一，9页，上海，上海古籍出版社，2009。

溯前因，这种文道观在一定程度上可视为刘勰"道沿圣以垂文，圣因文以明道"的遗传以及唐宋古文家以降文以明道观的延续。 当然，其背后，还与他们所接受的元末明初学术文化的熏染有重要关系。 此外，开国皇帝朱元璋重实用教化、重质朴无华的文章观念，不仅整合并统一了明初文坛的总体风尚，同时也奠定了台阁文风形成的思想基础。

◎ 第二节
宗经师古的法度观

明初文坛，宗经师古的思潮泛滥。 以宋濂、方孝孺、王祎等为代表的庙堂文士也都表现出这样的思想倾向，并发表了诸多有价值的重要见解。

一、宋濂的宗经观

宋濂由文原于道出发，提出宗经的主张。 因为经是人文之原，贯乎大道。 他在《经畲堂记》中对"经"有细致的阐述：

> 圣人之言曰"经"；其言虽不皆出于圣贤，而为圣人所取者亦曰"经"。"经"者，天下之常道也。大之统天地之理，通阴阳之故，辨性命之原，序君臣上下内外之等；微之鬼神之情状，气运之始终；显之政教之先后，民物之盛衰，饮食衣服器用之节，冠昏朝享奉先送死之仪；外之鸟兽草木夷狄之名，无不毕载。而其指归，皆不违戾于道而可行于后世，是以谓之"经"。[1]

---

① 罗月霞主编：《宋濂全集·朝京稿》卷二，1670～1671 页，杭州，浙江古籍出版社，1999。

他认为，"经"是圣人之言，所涉内涵深广，其旨归皆不违于道。可以说，道在圣贤，道在六经。他在《徐教授文集序》中说："天地未判，道在天地；天地既分，道在圣贤；圣贤之殁，道在六经。"①既如此，由于文道一体，为文以六经为根本，这是自然之理。宋濂尝自谓"立言如六经，此濂夙夜所不忘者"②。他的"夙夜所不忘者"表明：尊经立言不仅是他的志愿，也是他的自觉追求。

实际上，宋濂躬行尊经立言，还与他把六经当作文章典范有关。因为在他看来，"文至于六经，至矣尽矣"③。这种"至矣尽矣"，可从两个层面来理解。其一，经备文之众体。他在《白云稿序》中说：

> 刘勰论文有云："论说辞序，则《易》统其首；诏策章奏，则《书》发其源；赋颂歌赞，则《诗》立其本；铭诔箴祝，则《礼》总其端；纪传文檄，则《春秋》为之根。"呜呼！为此说者，固知文本乎经，而濂犹谓其有未尽焉。何也？《易》之《彖》《象》有韵者，即《诗》之属；《周颂》敷陈而不协音者，非近于《书》欤？《书》之《禹贡》《顾命》，即序纪之宗；《礼》之《檀弓》《乐记》，非论说之极精者欤？况《春秋》谨严，诸经之体又无所不兼之欤？错综而推，则五经各备文之众法，非可以一事而指名也。……夫经之所包，广大如斯，世之学文者其可不尊之以为法乎？④

虽然刘勰在《文心雕龙》中已指出文本于五经，但宋濂认为他还未说全、说透，故又做了一番深入阐述，认为诸经之体无所不兼。其二，经备文之诸

---

① 罗月霞主编：《宋濂全集·芝园后集》卷一，1351 页，杭州，浙江古籍出版社，1999。
② 罗月霞主编：《宋濂全集·翰苑续集》卷三《吴潍州文集序》，831 页，杭州，浙江古籍出版社，1999。
③ 罗月霞主编：《宋濂全集·芝园后集》卷一《徐教授文集序》，1352 页，杭州，浙江古籍出版社，1999。
④ 罗月霞主编：《宋濂全集·銮坡前集》卷八，494 页，杭州，浙江古籍出版社，1999。

法。 宋濂在《文学篇》中说：

> 文学之事，自古及今以之自任者众矣，然当以圣人为宗。文之立言
> 简奇莫如《易》，又莫如《春秋》；序事精严莫如《仪礼》，又莫如《檀弓》，
> 又莫如《书》，《书》之中又莫如《禹贡》，又莫如《顾命》；论议浩浩而不见
> 其涯，又莫如《易》之《大传》；陈情托物莫如《诗》，《诗》之中反覆咏叹又
> 莫如《国风》，铺张王政又莫如二《雅》，推美盛德又莫如三《颂》；有阖有
> 辟，有变有化，脉络之流通，首尾之相应，莫如《中庸》，又莫如《孟
> 子》，《孟子》之中又莫如养气、好辩等章。①

他所说的"立言""序事""论议""陈情托物"云云，都与文学的表现方
式有关，它们皆包含于五经之中。

以宗经为出发点，宋濂认为，立言背离经的，皆非文。 他在《徐教授文
集序》中不厌其烦地列举了八种"非文"的情况：

> 是故扬沙走石，飘忽奔放者，非文也；牛鬼蛇神，佹诞不经而弗能
> 宣通者，非文也；桑间濮上，危弦促管，徒使五音繁会而淫靡过度者，
> 非文也；情缘愤怒，辞专讥讪，怨尤勃兴和顺不足者，非文也；纵横捭
> 阖，饰非助邪而务以欺人者，非文也；枯瘠苦涩，棘喉滞吻，读之不复
> 可句者，非文也；庚辞隐语，杂以诙谐者，非文也；事类失伦，序例弗
> 谨，黄钟与瓦釜并陈，春秋与秋枯并出，杂乱无章，刺眯人目者，非文
> 也；臭腐蹋茸，厌厌不振，如下俚衣裳不中程度者，非文也。如斯之
> 类，不能遍举也。②

---

① 罗月霞主编：《宋濂全集·浦阳人物记》下卷，1838 页，杭州，浙江古籍出版社，1999。
② 罗月霞主编：《宋濂全集·芝园后集》卷一，1351 页，杭州，浙江古籍出版社，1999。

如此"非文"之类，无论是在思想内容上，还是艺术形式上，其共同之处皆在于离经叛道。

从宗经出发，师古成为宋濂的必然选择。他在《师古斋箴并序》中，对"师古"的意义进行揭示："所谓古者何？古之书也，古之道也，古之心也。道存诸心，心之言形诸书，日诵之，日履之，与之俱化，无间古今也。若曰专溺辞章之间，上法周虞，下蹴唐宋，美则美矣，岂师古者乎？"①"古"指古书、古道、古心，而道、心皆归于书中。此"书"当指六经，不涉辞章。因为在他的眼里，专溺于辞章之学，并非师古的对象。宋濂还认识到师法的差异性问题。他说："第所谓相师者，或有异焉。其上焉者师其意，辞固不似，而气象无不同；其下焉者师其辞，辞则似矣，求其精神之所寓，固未尝近也。"②显然，他主张师其意，得古人精神之所寓。至于师其辞，则为下矣。

此外，宋濂在文章具体作法方面，也有一定的探讨。这方面的思想，与他的老师吴莱有一定的关系。吴氏善论文，尝言："作文如用兵。兵法有正有奇：正是法度，要部伍分明；奇是不为法度所缚，举眼之顷，千变万化，坐作进退击刺一时俱起。及其欲止，什自归什，伍自归伍，元不曾乱。"③宋濂曾问学于吴莱，向其请教为文之法：

> 濂尝受学于立夫，问其作文之法，则谓："有篇联，欲其脉络贯通；有段联，欲其奇耦迭生；有句联，欲其长短合节；有字联，欲其宾主对待。"又问其作赋之法，则谓："有音法，欲其倡和阖辟；有韵法，欲其清浊谐协；有辞法，欲其呼吸相应；有章法，欲其布置谨严。总而言之，皆不越生承还三者而已。然而辞有不齐，体亦不一，须必随其类而

---

① 罗月霞主编：《宋濂全集·翰苑续集》卷八，922 页，杭州，浙江古籍出版社，1999。
② 罗月霞主编：《宋濂全集·潜溪后集》卷四《答章秀才论诗书》，209 页，杭州，浙江古籍出版社，1999。
③ 罗月霞主编：《宋濂全集·浦阳人物记》下卷《吴莱》，1850 页，杭州，浙江古籍出版社，1999。

附之，不使玉瓒与瓦缶并，斯为得之。此又在乎三者之外，而非精择不能到也。"顾言犹在耳，而恨学之未能。①

"言犹在耳"说明宋濂始终未忘其师的谆谆教导，也说明他对此种思想的服膺。至于"恨学之未能"则可视其为自谦之辞，无须申论。

二、钱宰、朱右、王祎等人的宗经观

钱宰亦推崇六经之文。他在《博文斋记》中说：

> 六经之文，合天地万物之理，备古今万事之情，而无不载焉。故君子欲穷致夫事物之文，舍六经何以哉？本之《书》以求其实，本之《诗》以求其情，质之《礼》以验其常，稽之《易》以穷其变，考之《春秋》以明其邪正，参之子史百家以别其是非得失，于是而充焉、扩焉，使天地事物之情无不博焉，则庶几矣。②

在他看来，六经之文，于天地万物之理、古今万事之情，无不备载。为文本之六经，则能穷理尽情。

朱右亦推崇六经。他撰《文统》，并在其中阐论六经之文的内容及特色："羲轩之文见诸图画，唐虞稽诸《典》《谟》，三代具诸《书》《诗》《礼》《春秋》，遭秦燔灭，其幸存者犹章章可睹。故《易》以阐象，其文奥；《书》道政事，其文雅；《诗》发性情，其文婉；《礼》辨等威，其文理；《春秋》断以义，其文严；然皆言近而指远，辞约而义周，固千万世之

---

① 罗月霞主编：《宋濂全集·浦阳人物记》下卷《吴莱》，1850～1851 页，杭州，浙江古籍出版社，1999。
② （明）钱宰：《临安集》卷四，见《景印文渊阁四库全书》集部第 1229 册，547 页，台北，台湾商务印书馆，1986。

常经，不可尚已。"①他又说："文莫古于六经，莫备于史汉，六经蔑以尚矣。"②在他看来，六经之文是典范，后人无以超越，只能膜拜师法。他说：

> 虽然文章气运与道污隆，物生而盛，盛而衰，衰而复盛，势之必至也，况文章有统。自古称西汉为宗，而贾、董、马、班之侪，实可师法。晋、宋日流委靡，唐韩子起八代之衰运，一复诸古。五季浸衰，欧阳子又从而振之，当时若曾子固、王介甫、苏子瞻皆有所依赖。濂洛以来，圣学未明，文愈难治，工辞章者或昧于理，务直述者或少文致，二者胥失之也。要之，辞严而理阐，气壮而文腴，什无二三。嗟乎！文章可谓难矣。③

类似的意思，在《秦汉文衡序》《新编六先生文集序》中亦有重复表述。就是说，汉之贾谊、董仲舒、司马迁、班固，唐之韩愈，宋之欧阳修、曾巩、王安石、苏轼，其文尚可为之准绳，值得师法。由此，他感叹道："语云'取法于上，仅得其中'，学者取法有道，知所向方，则庶几乎可与论文矣。"④

王祎亦推崇六经。他著有《六经论》，从"致治""经世"的角度谈论了六经的重要价值和功用。他说：

> 六经，圣人之用也。圣人之为道，不徒有诸己而已也，固将推而见

---

① （明）朱右：《白云稿》卷三，见《景印文渊阁四库全书》集部第 1228 册，35 页，台北，台湾商务印书馆，1986。
② （明）朱右：《白云稿》卷五《秦汉文衡序》，见《景印文渊阁四库全书》集部第 1228 册，69 页，台北，台湾商务印书馆，1986。
③ （明）朱右：《白云稿》卷五《潜溪大全集序》，见《景印文渊阁四库全书》集部第 1228 册，72 页，台北，台湾商务印书馆，1986。
④ （明）朱右：《白云稿》卷五《秦汉文衡序》，见《景印文渊阁四库全书》集部第 1228 册，70 页，台北，台湾商务印书馆，1986。

诸用以辅，相乎天地之宜财，成乎民物之性而弥纶维持乎世，故所谓"为天地立极，为生民立命，为万世开太平者"也。是故《易》者，圣人原阴阳之动静，推造化之变通，以为卜筮之具，其用在乎使人趋吉而避凶；《书》者，圣人序唐虞以来帝王政事号令之因革，以为设施之具，其用在乎使人图治而立政；《诗》者，圣人采王朝列国风雅之正变，本其性情之所发，以为讽刺之具，其用在乎使人惩恶而劝善；《礼》，极乎天地朝廷宗庙以及人之大伦，其威仪等杀秩然有序，圣人定之以为品节之具，其用在乎明幽显辨上下；《乐》以达天地之和，以饰化万物，其声音情文翕然以合，圣人协之以为和乐之具，其用在乎象功德格神人；《春秋》之义尊王抑霸、内夏外夷，诛乱贼绝僭窃，圣人直书其事，志善恶、列是非以为赏罚之具，其用在乎正义不谋利、明道不计功。由是论之，则六经者，圣人致治之要术，经世之大法，措诸实用，为国家天下者所不可一日以或废也。①

在他看来，六经是圣人之用的体现，《易》《诗》《书》《礼》《乐》《春秋》各有其用，都是圣人致治之要术，经世之大法。他又认为世之学者有志乎文，必须本之六经：

> 嗟乎！世之学者无志乎文则已，苟有志焉，舍是，无以议为矣。是故本之《诗》以求其恒，本之《易》以求其变，本之《书》以求其质，本之《春秋》以求其断，本之《乐》以求其通，本之《礼》以求其辨。夫如是，则六经之文为我之文，而吾之文一本于道矣！故曰：经者，载道之文，文之至者也。②

---

① （明）王祎：《王忠文集》卷四《六经论》，见《景印文渊阁四库全书》第 1226 册，66～67 页，台北，台湾商务印书馆，1986。
② （明）王祎：《王忠文集》卷十九《文训》，见《景印文渊阁四库全书》集部第 1226 册，397 页，台北，台湾商务印书馆，1986。

载籍以来,六经之文至矣。凡其为文,皆所以载夫道也。阴阳之变化载于《易》;帝王之政事载于《书》;人之情性、草木鸟兽之名物载于《诗》;君臣华夷之名分、人事之善恶载于《春秋》;尊卑贵贱之等级以节文乎?天理者则《礼》载焉;声容之美以建天地之和者则《乐》载焉,此其为道实至著至久,与天地同化而同运者,而皆托于文以见,则其为文固亦至著而至久,无或不同于天地矣。呜呼!此固圣人之文也欤?然而经非圣人不能作,而圣人不世作也,后世作者岂遂不足以言文乎?曰非然也。①

这几段话详细阐释了文本六经的重要原因。

三、苏伯衡的宗经观

苏伯衡亦推崇六经,认为它们是天下至文。他以染作喻,将其分为天工、人工、不工三等, "天地四方草木翟雀之色" 是自然之染,是天下至色,属天工; "工于染者之所染" 是人工,是布帛之色, "假乎物采,人之所为也,非天下之至色也",属人工; "不工于染者之所染",则属不工。染之道如此,为文之道亦如此,也可分为至文、巧、拙三等。他说:

学士大夫之于文亦然。经之以杼轴,纬之以情思,发之以议论,鼓之以气势,和之以节奏,人人之所同也,出于口而书于纸,而巧拙见焉,巧者有见于中而能使了然于口与手,犹善工之工于染也。拙者中虽有见而词则不能达,犹不善工之不工于染也。天下之技莫不有妙焉,而况于文乎?不得其妙,未有能入其室者也。②

---

① (明)王祎:《王忠文集》卷二十《文原》,见《景印文渊阁四库全书》集部第 1226 册,415 页,台北,台湾商务印书馆,1986。
② (明)苏伯衡:《苏平仲文集》卷三《染说》,《四部丛刊》本。

他认为，文之巧拙犹似染之工与不工，巧者犹似善工之工于染，拙者犹似不善工之不工于染。接着，他举例论说：

> 是故三代以来，为文者至多，尚论臻其妙者，春秋则左丘明，战国则荀况、庄周、韩非，秦则李斯，汉则司马迁、贾谊、董仲舒、班固、刘向、扬雄，唐则韩愈、柳宗元、李翱，宋则欧阳修、王安石、曾巩及吾祖老泉、东坡、颍滨，上下数千百年间，不过二十人尔，岂非其妙难臻，故其人难得欤？虽然之二十人者之于文也，诚至于妙矣。其视六经岂不有径庭也哉？六经者，圣人道德之所著，非有意于为文，天下之至文也，犹天地四方草木翟雀之为色也，左丘明之徒，道德不至，而其意皆存于为文，非天下之至文也，犹布帛之为色也。①

他所说的"二十人"为文"臻其妙"，但与六经相比，并非天下至文，犹似"布帛之为色"。而六经之文，则"犹天地四方草木翟雀之为色"，是天下至文。

苏伯衡还在文法问题上有独到见解。首先，他认为文无定法，像《典谟》《训诰》《国风》《雅》《颂》诸书根本就无法可循。其次，他也注意文章写作的结构、文风等具体问题。比如，在结构章法问题上，他强调文"有统摄也，如置陈，如构居第，如建国都"；"谨布置也，如草木焉，根而干，干而枝，枝而叶而葩"；"条理精畅而皆有附丽也，如手足之十二脉焉，各有起有出，有循，有注，有会"；"支分派别而荣卫流通也，如天地焉，包涵六合而不见端倪"；"回复驰骋也，如羊肠，如鸟道"；"萦迂曲折也，如孙吴之兵"；"奇正相生也，如常山之蛇"；"首尾相应也，如父师之临子弟，如孝子仁人之处亲侧，如元夫硕士端冕而立乎宗庙朝廷"②。

---

① （明）苏伯衡：《苏平仲文集》卷三《染说》，《四部丛刊》本。
② （明）苏伯衡：《苏平仲文集》卷十六《空同子瞽说》，《四部丛刊》本。

这种对文章章法结构的分析与探讨，在明初文坛并不多见，显示出苏伯衡对文章艺术本体的重视。此外，在文章风格上，他强调文有"气象沉郁也，如涨海焉，波涛涌而鱼龙张"；"浩汗诡怪也，如日月焉，朝夕见而令人喜"；"光景常新也，如烟雾舒而云霞布"；"动荡而变化也，如风霆流而雨雹集"；"神聚而冥会也，如重林，如邃谷"；"深远也，如秋空，如寒水"；"洁净也，如太羹，如玄酒"；"隽永也，如濑之旋，如马之奔"；"端严也，温雅也，正大也，如楚庄王之怒，如杞良妻之泣，如昆阳城之战，如公孙大娘之舞剑"；"激切也，雄壮也，顿挫也，如菽粟，如布帛，如精金，如美玉，如出水芙蓉"①。苏伯衡通过比喻的方式，形象地阐述了不同的文章风格，由此也体现了他在文章方面多元化的审美追求。

四、方孝孺的宗经观

方孝孺从明道出发，也主张宗经。他对郭士渊说："加意问学，以法六经为务。"这表明了他的宗经态度。他对"经"有解释："圣人之言不可及，上足以发天地之心，次足以道性命之源，陈治乱之理，而可法于天下后世。垂之愈久而无弊，是故谓之经。"②既然经是圣人之言，且可以"法于天下后世"，那么，为文"则当求之于《易》之大传，《书》之典谟训誓，《诗》之三百篇，孔子之《春秋》，周之三礼及秦汉贤士之所著，乃足以为法矣"，至于道，"能参以孔子子思孟子之所言，七十二子之所问，而反质之于六经，则自识之矣"。③

方孝孺对"为文之法"也有一定的探讨，这在明初文论里有一定的价

---

① （明）苏伯衡：《苏平仲文集》卷十六《空同子瞽说》，《四部丛刊》本。
② （明）方孝孺著，徐光大校点：《逊志斋集》卷十一《与郭士渊论文》，378 页，宁波，宁波出版社，2000。
③ （明）方孝孺著，徐光大校点：《逊志斋集》卷十《答王仲缙书五首》之二，328 页，宁波，宁波出版社，2000。

值。他说：

> 盖文之法，有体裁，有章程，本乎理，行乎意，而导乎气。气以贯
> 之，意以命之，理以主之，章程以核之，体裁以正之。体裁欲其完，不
> 完则端大而末微，始龙而卒蚓，而不足以为文矣。章程欲其严，不严则
> 前甲而后乙，左凿而右枘，而不足以为文矣。气欲其昌，不昌则破碎断
> 裂，而不成章。意欲其贯，不贯则乖离错糅，而繁以乱。理欲其无疵，
> 有疵则气沮词惭，虽工而于世无所裨。①

他提出了作文的五个要素："体裁""章程""理""意""气"。所谓
"体裁"，指体制，它要完备，否则文章会虎头蛇尾；所谓"章程"，指结
构，它要严整，否则文章会凿枘不合；所谓"理"，指思想，它要无疵，否
则文章气沮词惭；所谓"意"，指命意，它要连贯，否则文章会杂乱错糅；
所谓"气"，指文气，它要昌盛，否则文章会破碎不堪，不能成章。

总之，明初文坛的宗经师古思潮涌动不歇。究其根源，远可追溯到刘勰
《文心雕龙》中宗经征圣思想的影响，近可推至元人宗经复古思想的影
响。② 只不过，明人在此基础上有所承继，有所发展。这种宗经思潮带动
了文学复古的涌起，同时也埋下了文人因袭拟古的隐患，从而影响到明初文
坛的思想走向与创作格局。

---

① （明）方孝孺著，徐光大校点：《逊志斋集》卷十《答王仲缙书五首》之三，330 页，宁波，宁波
   出版社，2000。
② 例如，元赵孟頫《刘孟质文集序》："故尝谓学为文者皆当以六经为师，舍六经无师矣。"（黄天
   美点校：《松雪斋集》卷六，161 页，杭州，西泠印社出版社，2010）元刘因《叙学》："先秦三
   代之书，六经、《语》《孟》为大。"（《静修先生文集》卷一，3 页，北京，中华书局，1985）元
   李耆卿《文章精义》："《易》《诗》《书》《仪礼》《春秋》《论语》《大学》《中庸》《孟
   子》，皆圣贤明道经世之书，虽非为作文设，而千万世文章从是出焉。"（王利器校点，59 页，
   北京，人民文学出版社，1960）

◎ 第三节

气昌辞达的文气观

明初，文气说是文坛比较流行的古文主张。浙东文人如宋濂、方孝孺、王祎等人都在不同程度上发表了看法。

一、宋濂、刘基的文气观

宋濂是一位理气合一论者。他认为，"气是器，是形而下的；理是道，是形而上的。有是理则有是气，有是气则有是理，二者不可分"①。这种"人之身，天之气也；人之性，天之理也；理与气合而成形，吾之身与天何异乎？"②的思想观也被他引入文学领域中。他在《文学篇》中说："天地之间，至大至刚，而人藉之以生者，非气也耶？必能养之而后道明，道明而后气充，气充而后文雄，文雄而后追配乎圣经。不若是不足以谓之文也。"③他认为，养气能明道，而道明则会气充，气充而后文雄。因此，他提出"为文必在养气"的观点，说："为文必在养气。气与天地同，苟能充之，则可配序三灵，管摄万汇，不然，则一介之小夫尔……气得其养，无所不周，无所不极也，揽而为文，无所不参，无所不包也。"④

宋濂还指出，"圣贤"与"我"的差异和区别，就在于能否"养气"。他在《文说赠王生黼》中说：

---

① 罗宗强：《明代文学思想史》，56 页，北京，中华书局，2013。
② 罗月霞主编：《宋濂全集·芝园续集》卷七《吕氏孝感诗序》，1584 页，杭州，浙江古籍出版社，1999。
③ 罗月霞主编：《宋濂全集·浦阳人物记》下卷，1838 页，杭州，浙江古籍出版社，1999。
④ 罗月霞主编：《宋濂全集·芝园后集》卷五《文原》，1404～1405 页，杭州，浙江古籍出版社，1999。

圣贤与我无异也，圣贤之文若彼，而我之文若是，岂我心之不若乎，气之不若乎？否也，特心与气失其养耳。圣贤之心浸灌乎道德，涵泳乎仁义，道德仁义积而气因以充，气充，欲其文之不昌不可遏也。今之人不能然，而欲其文之类乎圣贤，亦不可得也。呜呼！甚矣，今之人之惑也。[1]

由此可看出，这里的"养气"主要指涵养道德仁义，实际上就是孟子所强调的善养浩然之气。

需要注意的是，宋濂的养气说，固然有孟子从道德修持角度来养气的意思，但也包含有道家元气、万物以生的气论，还有道教养生说中的养气之意。[2] 因前人多有论述，这里不做展开。

宋濂还指出如果不养气，作文就会有"四瑕""八冥""九蠹"的弊病。对这些弊病，他做了详细的说明。所谓"四瑕"，指的是"荒""断""缓""凡"之瑕，具体而言，"雅郑不分之谓荒，本末不比之谓断，筋骸不束之谓缓，旨趣不超之谓凡。是四者，贼文之形也"。所谓"八冥"，指的是"讦""楄""庸""瘠""粗""碎""陋""眯"之冥，具体而言，"讦者将以疾夫诚，楄者将以蚀夫圜，庸者将以混夫奇，瘠者将以胜夫腴，粗者将以乱夫精，碎者将以害夫完，陋者将以革夫博，眯者将以损夫明。是八者，伤文之膏髓也"[3]。所谓"九蠹"，指的是"滑其真，散其神，揉其氛，徇其私，灭其知，丽其蔽，违其天，昧其几，爽其贞"，宋氏认为它们是"死文之心也，有一于此，则心受死而文丧矣。春葩秋卉之争丽也，猿号林而蛩吟砌也，水涌蹄涔而火炫萤尾也，衣被土偶而不能视听也，蠛蠓死生于瓮盎，不知四海之大六合之广也，斯皆不知养气之故也。呜呼！人能养气，则情深而文明，气盛而化神，当与天地同功也。与天地同功，而

---

① 罗月霞主编：《宋濂全集·芝园续集》卷六，1569 页，杭州，浙江古籍出版社，1999。
② 罗宗强：《明代文学思想史》，58 页，北京，中华书局，2013。
③ 罗月霞主编：《宋濂全集·芝园后集》卷五《文原》，1405 页，杭州，浙江古籍出版社，1999。

其智卒归之一介小夫，不亦可悲也哉"①。

一般来说，气势的充沛需要借助于文辞的畅达来体现。 这就要求修辞上不可过于新奇、过于繁复，以免以辞害气伤意。 宋濂说：

> 予窃怪世之为文者不为不多，骋新奇者，钩摘隐伏，变更庸常，甚至不可句读，且曰"不诘曲聱牙，非古文也"；乐陈腐者，一假场屋委靡之文，纷揉庞杂，略不见端绪，且曰"不浅易顺，非古文也"。予皆不知其何说？②

这段话反映了他对"世之为文者"存在弊端的不满，一定程度上可看出他重视遣词达意和句通脉明。

刘基谈文气，往往将其与"理"联系起来。 《苏平仲文集序》说："文以理为主，而气以摅之。 理不明，为虚文；气不足，则理无所驾。"③《潜溪后集序》说："文以明理，而气以行之。 气不昌，则辞不达；理不明，则言乖离而道昧。"④他认为文以理为主，以气摅之，故理与气关系紧密。 他把"理明气昌"作为衡量文章的标准，这可从他推崇唐虞三代之文以及汉代诗文看出来："唐虞三代之文，诚于中而形为言，不矫揉以为工，不虚声而强聒也，故理明而气昌。 ……是故贾疏、董策、韦传之诗，皆妥帖不诡，语不惊人，而意自至。 由其理明而气足以摅之也。"⑤

谈论和理解刘基文学思想中的理气说，不能忽视他的哲学思想。 有学者指出："在其哲学思想中，既可以看到继承宋元以来理学先哲们论理气、探本原，提倡人的精神自觉的理性主义哲学传统，又可以看到受道教的影响，

---

① 罗月霞主编：《宋濂全集·芝园后集》卷五《文原》，1405 页，杭州，浙江古籍出版社，1999。
② 同上书，1406 页。
③ 林家骊点校：《刘基集》卷二，88 页，杭州，浙江古籍出版社，1999。
④ 见罗月霞主编：《宋濂全集·潜溪录》卷四，2490 页，杭州，浙江古籍出版社，1999。
⑤ 林家骊点校：《刘基集》卷二《苏平仲文集序》，88 页，杭州，浙江古籍出版社，1999。

向粗糙的两汉神学复归的痕迹。"①就他的理气观来说，除了继承传统文论中的理气观念外，还有针对宋元理学视域下宇宙生成论的哲学本体意味。②这在他的《天说》中阐述得最为深刻：

> 天之质，茫茫然气也，而理为其心，浑浑乎惟善也，善不能自行，载于气以行，气生物而淫于物，于是乎有邪焉，非天之所欲也。人也者，天之子也，假乎气以生之，则亦以理为其心。气之邪也，而理为其所胜，于是乎有恶人焉，非天之所欲生之也。③

他认为理为气之心，具有"善"的伦理特征；气生物，亦生子，具有生成万物的功能。他又提出"气之正者，谓之元气"的观点，而元气又具有循环往复、运动不息的特征。他在文论中，偶尔也会引入"元气"。比如，他在《苏平仲文集序》中说，西汉之文所以为盛国祚绝而复续，"如元气之不坏而乾坤不死也"④。可以说，理解他的气论，不能忽视他的哲学思想背景。

需要指出的是，刘基谈论"气"，还注意到文学风气与时代风气的关系。他说：

> 言生于心而发于气，气之盛衰系乎时。譬之于木，由根本而有华实也。木之于气也，得其盛则叶茂而华实蕃，得其衰则叶萎而华实少。至于连林之木，系于一山谷之盛衰，观其木，可以知其山之气。文之于时，犹是也。三代之文，浑浑灏灏，当是时也，王泽一施于天下，仁厚

---

① 周群：《刘基评传》，181 页，南京，南京大学出版社，1995。
② 李青云、张宏敏：《元明之际的浙学走向——以刘基的理学思想为例》，载《浙江社会科学》，2014（8）。
③ 林家骊点校：《刘基集》卷五，139 页，杭州，浙江古籍出版社，1999。
④ 林家骊点校：《刘基集》卷二，88 页，杭州，浙江古籍出版社，1999。

之气，钟于人而发为言，安得不硕大而宏博也哉？三代而降，君天下之久者莫如汉。……至今称文之雄者莫过于汉，其气之盛使然哉。汉之后，惟唐为仿佛，则亦以其正朔之所及者广也。宋之文，盛于元丰、元祐时，天下犹未分也。南渡以来，朱、胡数公以理学倡群士，其气之所钟，乃在草野，而不能不见排于朝廷，其他萎弱纤靡，与晋、宋、齐、梁无大相远，观其文，可以知其气之衰矣。①

他认为，不同时代的文风呈现了不同的时代风气，文之雄者莫过于汉，盖其气之盛使然。其后，唐宋之文亦有雄者，皆因气盛。而南宋之文除了朱熹、胡铨数公外，其他萎弱纤靡，皆因气衰。当然，刘基的文章创作也体现了这一点，如《卖柑者言》《郁离子》等，"所为文章，气昌而奇，与宋濂并为一代之宗"②。

二、王祎、苏伯衡、朱右的文气观

王祎在文章中也屡屡谈到"气"，这显示出他对文气的高度重视。不过，他不是孤立地论气，而是将"气"与"才""志""学"诸因素联系起来阐述。他说：

夫文者，才与气为之也。三代而下，词章之士鲜不以才驱气驾而为文，非才与气，不足以为文，然徒恃乎才驱气驾，则岁惛月迈，气有时而衰，才有时而尽，而文亦有时而踬矣。盖才命于气，气禀于志，志立于学者也。……志壹则动气，所谓气禀于志也。苟非有志以基之，有学

① 林家骊点校：《刘基集》卷二《王师鲁尚书文集序》，94～95 页，杭州，浙江古籍出版社，1999。
② 林家骊点校：《刘基集》附录三《明史·刘基传》，647 页，杭州，浙江古籍出版社，1999。

以成之，气有不衰，才有不尽，而文有不颟然者，未之有也。①

相似的话，他在《厄辞》中亦说过："文本于才，才命于气，气帅于志，志立于学，学以基之志以成之，文不期工而自工矣。苟徒驱之以才，驾之以气，则才有时而尽，气有时而衰，文能久而不颟乎？"②他认为，文是作家驱才驾气的结果，然而仅仅依靠才气也不行，还需要志与学。因为气有时而衰，才有时而尽，有了志与气，文才能久而不颟。

由于王祎强调文要重道明理，故他论气，必然会考虑道。他说：

> 君子之于文，止于理而已矣！是故理明则气充而辞达。气也者，理之寓也；辞也者，理之载也。孔子曰："辞达而已矣！"孟子曰："我善养吾浩然之气。"气至于浩然，辞至于达，皆理之明致之也。苟为文者不明诸理，而徒欲驱驾以气，驰骋以辞，气有不馁而辞有不感者，未之有也。故曰："文以理为主。理明矣，气不求充而自充，辞不求达而自达，而始足以言文矣。"③

他认为，理、气、辞三位一体，只要理明，文章就会气充辞达。

苏伯衡论文也重视气昌辞达。他在《洁庵集序》中评孔子升文章"理到矣，气昌矣，意精矣，辞达矣。典则而严谨，温纯而整峻，该洽而非缀缉，明白而非浅近，不粉饰而华彩，不锻炼而光辉。古之有德必有言者盖如此"④。他在《郑璞集序》中评高宾叔文章"骚选莫不理到而辞达，气充而

---

① （明）王祎：《王忠文集》卷五《送郑君序》，见《景印文渊阁四库全书》集部第 1226 册，91页，台北，台湾商务印书馆，1986。
② （明）王祎：《王忠文集》卷十九，见《景印文渊阁四库全书》集部第 1226 册，403 页，台北，台湾商务印书馆，1986。
③ （明）王祎：《王忠文集》卷二《朱元会文集序》，见《景印文渊阁四库全书》集部第 1226 册，49 页，台北，台湾商务印书馆，1986。
④ （明）苏伯衡：《苏平仲文集》卷五，《四部丛刊》本。

韵胜，味隽而光洁"①。他在回答修辞的繁简问题时，亦说："不在繁，不在简，状情写物在辞达，辞达则二三言而非不足，辞未达则千百言而非有余。"②实际上，他自己的文章，也如刘基所说，"辞达而义粹，识不凡而意不诡，盖明于理而昌于气者也"③。

朱右谈气，强调理与气会。他在《交山文集序》中说："或问立言，曰：言以理帅，以气行，不由此者，妄也。气与理相会，浑浑乎发乎声，文深于言者也。"④在他看来，立言要以理为统帅，以气运行之。气理相会，发声广大浑厚。由此，他称赞王熙阳《交山文集》文章"一本诸至理，而气以行之，故其发于中也，诚充于言也"⑤。在《文衡序》中，他还认为秦汉以上之文"一发乎情，情见乎辞，气与理会，文从字顺，各职其职"⑥。然而，他说的"气"，实际上还有气化的意味。他在《元朝文颖序》中说：

气化流行之谓道，道之显著之谓文。道有升降，故文有盛衰，而国家之气化系焉。有元启运，肇造朔漠，著作之家、名世之士，所以神治化、代王言、垂世范者，固已产于金宋未亡之前，风云类从，万物咸睹，混一雄厚之气见诸言辞，岂偶然哉？……文者，英华之外见者也。文采外见，莫花木若也。国初之文，犹花木之蓓蕾葩鄂未分，蔼然硕楙之气殆窥见其精华。至大、延祐间，则葩敷荧匏，芬芳殊妍，风日滋荣，犹未露其天巧。天历以来，春气毕达，百卉竞冶，奇态媚姿，光焰发越，则极其著见矣。夫物生而滋，滋而盛，盛而极，固亦气化之使

① （明）苏伯衡：《苏平仲文集》卷五，《四部丛刊》本。
② （明）苏伯衡：《苏平仲文集》卷十六《空同子瞽说》，《四部丛刊》本。
③ 林家骊点校：《刘基集》卷二《苏平仲文集序》，89 页，杭州，浙江古籍出版社，1999。
④ （明）朱右：《白云稿》卷四，见《景印文渊阁四库全书》集部第 1228 册，55 页，台北，台湾商务印书馆，1986。
⑤ 同上书，55 页。
⑥ （明）朱右：《白云稿》卷五，见《景印文渊阁四库全书》集部第 1228 册，69～70 页，台北，台湾商务印书馆，1986。

然，尤于是可以观世变也。①

《理性本原序》亦云：

> 道之大，原出于天，而天亦气化中一物尔。然其所以为造化，必有
> 尸之者，理而已矣。②

由这两则材料可看出，朱右所说的"气化"，受到了宋元以来周敦颐、张载
等人气论的影响，认为气化万物，道或理为气之本，而道可借助于文显现出
来，由是，观文之盛衰亦可觇气化之变。朱右对元文的评析，就是从气化视
角予以观照的。

三、方孝孺的文气观

方孝孺也重视"气"。他对"气"的理解，包含两个层面，"一是天地
至神之气，一是经由涵养而得的浩然之气"③。他在《赠郭士渊序》中说：

> 天地有至神之气，日月得之以明，星辰得之以昭，雷霆得之以发
> 声，霞云电火得之以流形，草木之秀者得之以华实，鸟兽之瑞者得之以
> 为声音毛质。或骞而飞，或妥而行，或五色绚耀而八音和鸣，非是气孰
> 能使之哉？山以是而不动，水以是而不息，有时而崩陨溢溷者，是气滞
> 而不行，郁而不通也。惟人者，莫不得是气，而鲜得其纯。得其至纯

---

① （明）朱右：《白云稿》卷五，见《景印文渊阁四库全书》集部第 1228 册，65 页，台北，台湾商
　　务印书馆，1986。
② 同上书，67 页。
③ 罗宗强：《明代文学思想史》，75 页，北京，中华书局，2013。

者，圣人，养而至于纯者，贤者也。①

他认为天地之间存在至神之气，故日月星辰、雷霆霞云电火、草木鸟兽等宇宙万物皆能得之而运动。人亦能得其气，但少有得至纯之气者。只有圣人可以得到至纯之气，而贤人则可以通过涵养得之。故而，他接着又说：

> 是气也，养之以其道，上之和阴阳，下之育庶类，以治天下则均，以事鬼神则格，以行三军则胜。其事君则忠，临下则仁。居乎富贵而不骄，处乎患难而不慑。施诸政事秩乎其理也，发诸文章焕乎其达也。立乎朝廷，则近怀而远服，百王畏而四夷恐，豹虎蛇枭遁迹而深逝，凤鸟来而麟龟出。非至神，孰能致是乎？②

在这里，他不厌其烦地论述了养气得道的功效，以之证明修道得"至神之气"才可致此。接着他又举"二帝三王之盛，是气伸而在上""及周之衰，是气屈而在下""孟子得是气"的情况，指出："故孟子曰：'我善养吾浩然之气。'其谓是乎？"③显然，天地间至神之气经过人为涵养可以转化成浩然之气。他在《三贤赞》中也说："圣贤之道，以养气为本。今之人不如古者，气不充也。气不充，则言不章；言不章，则道不明。"④他还说："秦汉以降，是气分而不全，赋于人，或得之而不善养，或善养而不遭乎时。"⑤为此，他还举汉文帝、唐太宗、诸葛亮、韩愈、董仲舒、贾谊、司马迁等人为例加以说明。紧接着他又说：

---

① （明）方孝孺著，徐光大校点：《逊志斋集》卷十四，451页，宁波，宁波出版社，2000。
② 同上书，452页。
③ 同上书，451～452页。
④ （明）方孝孺著，徐光大校点：《逊志斋集》卷十九，624页，宁波，宁波出版社，2000。
⑤ （明）方孝孺著，徐光大校点：《逊志斋集》卷十四《赠郭士渊序》，452页，宁波，宁波出版社，2000。

至宋，人君能以道德作海内之气，故周、程、张、邵、朱子，皆以是闲孔孟之道。幽者使之明，郁者使之宣，辟邪说而驱之，完群经于既坏。而司马光亦以是更弊法，欧阳修、苏轼亦以是变诡僻险怪之文。其后文天祥复以是不屈于夷狄，使夷狄知礼义之可畏。是气之有益于世也，大哉！信乎不可不作是气也。①

他指出宋代儒士文人能养气，故皆有作为，有益于世，并得出"不可不作是气"的结论。从为文的角度看，方孝孺所谈的"气"，是与"道"紧密关联的。他在给友人的信中说：

盖文与道相表里，不可勉而为。道者，气之君；气者，文之帅也。道明则气昌，气昌则辞达。文者，辞达而已矣。②

他认为，道是气的主宰，而气又是文的主宰。道明则文气昌盛流贯，文有充盈流贯之气，则其言辞必然畅达。

实际上，方孝孺所强调的"气"，还有指气势的一面。他尤为讲究"气盛"。这可从他对豪放诗人李白的推崇看出来。他说：

唐治既极，气郁弗舒。乃生人豪，泄天之奇。矫矫李公，雄盖一世。麟游龙骧，不可控制。粃糠万物，瓮盎乾坤。狂呼怒叱，日月为奔。……惟昔战国，其豪庄周。公生虽后，斯文可侔。彼何小儒，气馁如鬼。仰瞻英风，犹虎与鼠。斯文之雄，实以气充。③

---

① （明）方孝孺著，徐光大校点：《逊志斋集》卷十四《赠郭士渊序》，452页，宁波，宁波出版社，2000。

② （明）方孝孺著，徐光大校点：《逊志斋集》卷十一《与舒君》，379页，宁波，宁波出版社，2000。

③ （明）方孝孺著，徐光大校点：《逊志斋集》卷十九《李太白赞》，630页，宁波，宁波出版社，2000。

他也指出气势畅达的表达效果：

> 夫所谓达者，如决江河，而注之海，不劳余力，顺流直趋，终焉万里。势之所触，裂山转石，襄陵荡墼，鼓之如雷霆，蒸之如烟云，登之如太空，攒之如绮毂。回旋曲折，抑扬喷伏，而不见艰难辛苦之态，必至于极而后止。此其所以为达也。①

方孝孺的文章创作也明显地体现出气盛淋漓的特点，如《鼻对》《蚊对》《读吕氏春秋》《读陈同甫上宋孝宗四书》等文，皆写得气势充沛，浑灏流转，毫无滞碍之处。四库馆臣称"孝孺学术醇正，而文章乃纵横豪放，颇出入于东坡、龙川之间。盖其志在于驾轶汉唐，锐复三代，故其毅然自命之气发扬蹈厉，时露于笔墨之间"②，揭示出了方孝孺文章的艺术个性与创作成就。左东岭亦认为："正是有了气的贯穿，才使方孝孺的文学思想具有了独立的个性特征，他的高超诗境、他的文章力度、他的审美表现、他的通达见解，可以说均来自于他的气的观念。"③

方孝孺还反对喜怪嗜奇的文风。他说："士之患，多厌常而喜怪，背正而嗜奇。用志既偏，卒之学为奇怪，终不可成，而为险涩艰陋之归矣。"④他认为士人学风溺于奇怪不可自拔，会最终流于险涩艰陋。他还说以奇怪为美，不是古人所尚，为此，他列举三代以至宋代创作皆不以奇怪为美：

> 文之古者，莫过于唐虞三代，而《书》之二典、三谟、《禹贡》、《胤

---

① （明）方孝孺著，徐光大校点：《逊志斋集》卷十一《与舒君》，379 页，宁波，宁波出版社，2000。
② （清）永瑢等：《四库全书总目》卷一百七十《逊志斋集》，1480 页，北京，中华书局，1965。
③ 左东岭：《明代文学思想研究》，173 页，北京，商务印书馆，2013。
④ （明）方孝孺著，徐光大校点：《逊志斋集》卷十《答王仲缙五首》之三，329 页，宁波，宁波出版社，2000。

征》以及商周训誓诸篇，皆当时纪事陈说之文，未尝奇怪。《诗》三百篇亦未尝奇怪，《春秋》书当时之事，虽寓褒贬之法于一言片简之中，亦未尝见其奇怪。《礼经》多周汉贤人君子所论次，其言平易明切，亦未有所谓奇怪。至于《盘庚》《大诰》，其言有不可晓者，乃当时方俗之语，亦非故为是艰险之文也。然则嗜奇好怪者，果何所本哉？苟谓于司马迁、班固，则迁、固之书有质直无华，如家人女子所言者。唐之文，奇者莫如韩愈，而其文皆句妥字适，初不难晓。宋之以文名者，曰欧阳氏，曰苏氏，曰曾氏，曰王氏，此四人之文，尤三百年之杰然者，而未尝以奇怪为高。①

最后，他引出自己的重要观点：

> 则夫文之不在乎奇怪也久矣，惟其理明辞达而止耳。而世顾他之焉者，犹之迷人醉客不问涂于大道，肆意径趋，是以卒不免入乎荆棘之场、齟狱之居，而终弗获就乎大道也。②

概言之，明初的养气论，既从孟子、韩愈的养气论中汲取理论资源，又与宋元以来道学家的理气论有密切的关系，形成了以理为本、以气为辅的养气论，同时也兼及才与学的辅助、扩充作用。③ 这种思想主张对作家的人格修养、心理结构都有一定的要求和影响，进而会对他们的文学创作产生一定的影响。

---

① （明）方孝孺著，徐光大校点：《逊志斋集》卷十《答王仲缙五首》之三，329页，宁波，宁波出版社，2000。
② 同上书，329页。
③ 张德建：《明初理学与政治话语下的文道关系》，载《文化与诗学》，2011（1）。

第十章
台阁体作家的散文思想

　　"台阁"一词，在不同历史时期其内涵有所不同，有所演变，早在南朝时期，它就已与文学结缘。刘勰在《文心雕龙·章表》中说："左雄奏议，台阁为式；胡广章奏，天下第一，并当时之杰笔也。"①典出《后汉书·左雄传》："自雄掌纳言，多所匡肃，每有章表奏议，台阁以为故事。"②当时，"台阁"是指尚书台。此后，台阁渐渐成为中央政府行政机关的泛称。到了明代，台阁有广义和狭义之分。狭义上来说，台阁就是指内阁，包括华盖殿、武英殿、文渊阁、东阁、文华殿等机构，入内阁者皆为翰林院编修、检讨、讲读诸官。③广义上来说，台阁亦称馆阁，除了内阁外，还包括翰林

---

① （南朝梁）刘勰著，范文澜注：《文心雕龙注》卷五，407页，北京，人民文学出版社，1962。
② （南朝宋）范晔：《后汉书》卷六十一，2022页，北京，中华书局，1965。
③ 《明史》卷七十二《职官志一》记载："（洪武）十五年仿宋制，置华盖殿、武英殿、文渊阁、东阁诸大学士。礼部尚书邵质为华盖，检讨吴伯宗为武英，翰林学士宋讷为文渊，典籍吴沉为东阁。又置文华殿大学士，征耆儒鲍恂、余诠、张长年等为之，以辅导太子。……成祖即位，特简解缙、胡广、杨荣等直文渊阁，参预机务。阁臣之预务自此始。然其时，入内阁者皆编、检、讲读之官，不置官属，不得专制诸司。"（1733～1734页，北京，中华书局，1974）明王圻《续文献通考》卷八十五《职官考·宰相》亦云："成祖靖难后，复开内阁于东角门，名文渊阁。命吏部及翰林院文学行谊，材识之士，入直赞襄。时得待诏解缙、修撰胡靖、编修杨荣、吴府审理副杨士奇、侍书黄淮、给事中金幼孜、桐城知县胡俨人居阁中，谕以委任腹心至意，专典机密。虽学士王景辈不得与焉。内阁自此始矣。"（见《续修四库全书》史部第763册，435页，上海，上海古籍出版社，2001）

院、左右春坊、詹事府、司经局等机构。① 就"台阁体"来说，除了指科举考试中书写字体的风格外，还指明代文坛上流行的文学风尚和审美类型。

明代的台阁文学，作家众多，文学活动持续时间长。严格地讲，它发轫于永乐时期。沈德潜称："永乐以还，尚台阁体，诸大老倡之，众人靡然和之，相习成风。"②其实，崇尚台阁之风"在仁宗、宣宗及英宗前期的近二十年时间广为流行，高潮乃在宣宗一朝，景泰、天顺、成化三朝则是其余响"③。钱谦益说："永乐以后，公卿大夫，家各有集。馆阁自三杨而外，则有胡庐陵（广）、金新淦（幼孜）、黄永嘉（淮）。尚书则东王（直）、西王（英）。祭酒则南陈（敬宗）、北李（时勉）。勋旧则东莱、湘阴（夏原吉）。词林卿贰，则有若周石溪（叙）、吴古崖（溥）、陈廷器（琏）、钱遗庵（溥）之属，未可悉数。"④从这些情况看，明初的台阁作家队伍还是相当庞大的，其地位也是相当显赫的。有学者指出，台阁文学作家实际上可以分成三类群体：第一类是内阁文臣群体，他们以杨士奇、杨荣、杨溥为核心；第二类是永乐二年（1404）"龙飞第一科"进士中入选文渊阁进学的二十九人，他们是台阁文人群体的羽翼力量，以"二王"（王直、王英）、"陈李"（陈敬宗、李时勉）和曾棨等人为骨干；第三类是修《太祖实录》以及其他原因而擢用的一批文臣，有徐旭、钱仲益、苏伯厚、解荣、刘宗平等，他们是台阁文人群体的有益补充。⑤ 这种群体分类，有助于我们认识台阁文学作家群内部的层次性与复杂性。

实际上，明代的台阁文风弥漫文坛长达百余年时间，几经演变，几经起

---

① 明罗玘《圭峰集》卷一《馆阁寿诗序》说："今言馆，合翰林、詹事、二春坊、司经局，皆馆也，非必谓史馆也；今言阁，东阁也，凡馆之官晨必会于斯，故亦曰阁也，非必谓内阁也。然内阁之官亦必由馆阁入，故人亦蒙冒概目之曰馆阁云。有大制作，曰此馆阁笔也；有欲记其亭台、铭其器物者，必之馆阁；有欲荐道其先功德者，必之馆阁；有欲为其亲寿者，必之馆阁。"见《景印文渊阁四库全书》集部第1529册，7页，台北，台湾商务印书馆，1986。
② （清）沈德潜选编，李索、王萍点校：《明诗别裁集》卷三"解缙"，31页，石家庄，河北人民出版社，1997。
③ 左东岭：《明代文学思想研究》，227页，北京，商务印书馆，2013。
④ （清）钱谦益：《列朝诗集小传》乙集"杨少师荣"，163页，上海，上海古籍出版社，1983。
⑤ 何宗美：《文人结社与明代文学的演进》上，103～106页，北京，人民出版社，2011。

伏，各有面相。 陆深《北潭稿序》云：

> 惟我皇朝一代之文，自太师杨文贞公士奇寔始成家，一洗前人风沙浮
> 靡之习，而以明润简洁为体，以通达政务为尚，以纪事辅经为贤。时若王
> 文端公行俭、梁洗马用行辈式相羽翼，至刘文安公主静崛兴，又济之以该
> 洽，然莫盛于成化、弘治之间。盖自英宗复辟，励精治功，一代之典章纪
> 纲，粲然修举，一二儒硕若李文达公原德、岳文肃公季方，复以经纶辅
> 之。故天下大治，四裔向化，年谷屡登。一时士大夫得以优游，毕力于艺
> 文之场。若李文正公宾之、吴文定公原博、王文恪公济之，并在翰林，把
> 握文柄，淳庞敦厚之气尽还，而纤丽奇怪之作无有也。①

他简要勾勒了台阁文风自永乐至天顺期间的演变情况，从中可知在不同历史
时期，不同的台阁馆臣对台阁文风的维持与传扬发挥了重要作用。 有学者就
指出，由永乐始，经洪熙、宣德而至正统年间，以三杨（杨士奇、杨荣、杨
溥）、二王（王直、王英），以及胡俨、金幼孜、黄淮、梁潜、曾棨、李时
勉、陈敬宗、周叙、钱习礼、曾鹤龄、萧镃、徐有贞等为代表，是典型的馆
阁文风的形成期；由正统后期经景泰、天顺，而至成化年间为演变期，以李
贤、彭时、商辂、岳正、刘定之、刘珝、倪谦、丘濬等为代表，开始出现
"错异性迹象"；自成化年间开始，至弘治、正德年间为转变期，以程敏
政、倪岳、李东阳、谢铎、吴宽、王鏊、梁储等为代表，此时台阁体写作的
固定模式面临挑战，并且不可逆转地显示出颓势。② 简言之，翰林院、詹事
府以及内阁作为政治与文化权力的中心地位与显赫声望，加之馆阁文人对文
柄的掌控，容易促使馆阁文风笼罩朝野，弥漫四方，形成一股巨大的、持久
的文学风尚。

---

① （明）陆深：《俨山集》卷四十《北潭稿序》，见《景印文渊阁四库全书》集部第 1268 册，246～
　247 页，台北，台湾商务印书馆，1986。
② 黄卓越：《明永乐至嘉靖初诗文观研究》，2～3 页，北京，北京师范大学出版社，2001。

尽管台阁作家人数众多，所居官位不同，而且不同的作家在文学思想上也有一定的差异性。但是，作为一个有广泛影响力的文学流派，他们在文学思想上还是有一定的趋同性和一致性，能够集中体现他们的文化心态和价值取向。

◎ 第一节
文根于道的文道观

文道关系是一个老生常谈的话题，然而这常谈之中往往别有一番意义。对于明初台阁作家而言，他们面对文与道这样的重要问题时，受到程朱理学的影响既巨且深。朱熹认为，文道是合一的，道外无文，"道者，文之根本；文者，道之枝叶。惟其根本乎道，所以发之于文者，皆道也"①。由此，道与文两种各具内容的因子有机地结合在一起了。其实，从文学实践的角度来说，要想创作出优秀的文章，必然要以圣贤之文作为楷模，且又要从学道修身开始，格物致知，正心诚意，然后发之于文，庶几才能合乎道。在明初浓厚的理学风气以及强势的政治高压影响下，台阁作家提出为文要"根于道""根于理"的主张，也就成了自然之事。

一、台阁作家的文道观

作为台阁体的代表人物，杨士奇论文多从"根于理"着眼。他在《西涧集序》中称熊敬方"为文章，魁伟辨博，如行云流水而根于理"②；在《故翰

---

① （宋）黎靖德编，王星贤点校：《朱子语类》卷一百三十九《论文上》，3319 页，北京，中华书局，1988。
② （明）杨士奇著，刘伯涵、朱海点校：《东里文集》卷七，101 页，北京，中华书局，1998。

林侍讲承直郎王君墓志铭》中称王汝嘉"为文章和平宽厚，一傅于理"[①]；在《御医赵彦如墓志铭》中称宋濂"为文章贯穿经史，优柔缜栗，或丰或约，必归宿于理"[②]；在《陈孟省传》中称陈孟省"其文一本实理，而深斥浮靡之习"[③]；等等。这些评价中的"根于理""一傅于理""归宿于理""一本实理"等，皆表现出杨士奇善于从义理角度来论文的特点。

"理"是杨士奇衡量文章的重要标准。这里"理"的含义当是指儒家伦理道德。这可从其《颐庵文选序》中窥知。他首先提出文、道、经三者之间的关系：

> 文非深于道不行，道非深于经不明。古之圣人以道为体，故出言为经，而经者，载道以植教也。

然后，又阐述自周以降，文道分离的情况：

> 周衰，圣人之教不行，文学之士各离经立说以为高。汉兴，文辞如司马子长、相如、班孟坚之徒，虽其雄材铉议，驰骋变化，往往不当于经。当是时，独董仲舒治经术，其言庶几发明圣人之道。至唐韩退之，宋欧阳永叔、曾子固力于文词，能反求诸经，概得圣人之旨，遂为学者所宗。周子、二程子以及朱子笃志圣人之道，沈潜六经，超然有得于千载之上，故见诸其文，精粹醇深，皆有以羽翼夫经，而文莫盛于斯矣。[④]

他以道衡文，对离经立说的文学之士评价不高，对笃志圣人之道的宋儒则推

---

① （明）杨士奇著，刘伯涵、朱海点校：《东里文集》卷十八，269 页，北京，中华书局，1998。
② 同上书，264 页。
③ （明）杨士奇著，刘伯涵、朱海点校：《东里文集》卷二十二，334 页，北京，中华书局，1998。
④ （明）胡俨：《颐庵文选》卷首杨士奇序，见《景印文渊阁四库全书》集部第 1237 册，550 页，台北，台湾商务印书馆，1986。

崇无比。 由此，可以看出杨士奇宗经崇道的文学思想。

另一位台阁巨子杨荣（1371—1440）也从"气"着手谈到"理"的问题。 他在《颐庵文集序》中说："天地间一元气之流行，惟人得其正而至理具焉。 善养是气，足以配乎道义，而后发之为文章，六经卓矣。"①虽然杨荣所论重点在"气"，但在他看来，气与理关系密切，行文不可缺理，气足则理具。 这里的"理"显然是儒家之理。

除了二杨外，其他台阁作家也对文道关系发表了近似一致的见解。

黄福（1362—1440），字如锡，号后乐，潍州昌邑（今潍坊昌邑）人。明成祖时任工部尚书；仁宗即位后，兼管詹事府詹事，辅助太子朱瞻基。 有《黄忠宣公文集》存世。 他在《杨大理文集序》中说：

> 文章在天地间，不可一日而不存也。文章存则道存，文章熄则道熄。前辈以为载道之器，诚为确论。②

他认为文章是载道之器，文道互存。 相似的意思，亦见于《兹训堂序并诗》：

> 凡为文者，为道也。道不能自行，必因人以行之，人不能常存，必假文以存之。非徒为无益之辞、奇巧之说以脍炙人口，以炫耀人目也。昔禹、皋之《谟》，周、召之《诰》，伊、傅之《训》《书》，尼、柯之《语》《孟》，立言垂训，莫非以为道也，下而庄、列、荀、扬、李、杜、韩、柳、濂、洛、欧、苏，或著述，或论说，虽言有精粗，后之学者宝之，至于今日而不视为故纸者，亦由有道在焉，但好事者不知文为道之所

---

① （明）杨荣：《文敏集》卷十四，见《景印文渊阁四库全书》集部第 1240 册，205 页，台北，台湾商务印书馆，1986。
② （明）黄福：《黄忠宣公文集》卷二，见《四库全书存目丛书》集部第 27 册，235 页，济南，齐鲁书社，1997。

系，遂以为迹谑之具……①

这里依然在强调文道一体，文为道之所系。

　　黄淮（1367—1449），字宗豫，号介庵，浙江永嘉人。洪武二十九年
（1396）进士，永乐时任右春坊大学士；仁宗时任通政使兼武英殿大学士。
洪熙元年（1425），进少保户部尚书兼大学士。著有《省愆集》《介庵
集》。他在《安分斋集序》中说："夫文为载道之器，道即诚而已，文而不
诚，则与道相戾，奚取哉？"②他明确表示文为载道之器，道即诚，故为文
要诚。

　　魏骥（1375—1472），字仲房，号南斋，浙江萧山（今杭州萧山区）人。
曾官礼部左侍郎、南京吏部侍郎等职。著有《南斋先生魏文靖公摘稿》。
他在文道关系上，提出"夫文章在于明道"③的看法。在《孙尚书文集序》
中亦说："文章固为儒者之一艺，然其言能本诸圣贤之道，足以扶世立教，
化今传后者，则不可无也。"④他强调文章具有明道致用的社会功用。

　　刘球（1392—1443），字求乐，江西安福人。永乐十九年（1421）进
士，授礼部主事，后改翰林院侍讲。著有《两溪文集》。他在《双峰先生
文集序》中说：

　　　　有令德其中者，不能不文于外。文者，宣播其德之具也。不有其

　　　　德，而曰文足以追古作、名后世，非诬即谬，皆不足与言文也。有追古

　　　　名后之文，浩乎与江河同其流，皦乎与云汉争其辉，铿乎与金石抗其音

---

① （明）黄福：《黄忠宣公文集》卷二，见《四库全书存目丛书》集部第 27 册，223 页，济南，齐鲁
　　书社，1997。
② （明）黄淮：《黄文简公介庵集》卷十一，见《四库全书存目丛书》集部第 27 册，84 页，济南，
　　齐鲁书社，1997。
③ （明）魏骥：《南斋先生魏文靖公摘稿》卷五《斋庵文集序》，见《四库全书存目丛书》集部第 30
　　册，379 页，济南，齐鲁书社，1997。
④ 同上书，369 页。

者，皆非末沿外袭所能为，必有德焉为之本。德有大小，而文之浅深高下随之，故曰：有德者必有言。①

他从"德"与"言"的关系层面道出了文学的功用和价值，即为宣播儒家道德之工具。

章纶（1413—1483），字大经，浙江乐清人。正统四年进士，景泰年间任礼部仪制郎中。有《章恭毅公集》。他在《畏庵周先生集序》中说："文，言之精者，所以足言；诗，又文之精者，所以言志，皆所谓载道之器。出乎心而本乎道，足以关世教之劝惩，系风俗之美刺，斯为知道之言，而垂法于天下后世者也。"他接着又说："《易》《书》《礼》《乐》《春秋》之文，《国风》《雅》《颂》之诗，《论》《孟》《庸》《学》之书，莫非圣贤心智神明纱契斯道，故发而为言，皆天经地义、经天纬地之文。"②显然，他也认为文是载道之器。

倪谦（1415—1479），字克让，号静存，江苏上元（今南京）人。正统四年（1439）进士，授翰林院编修，尝官礼部右侍郎、南京礼部尚书等职。有《倪文僖公集》。他在《艮庵文集序》中说：

> 文，言之成章者也，道理之无形者也。道非托于言，其理不能自明；言非载夫道，其文不能行远。周子曰：文所以载道也。轮辕饰而人弗庸徒饰也，况虚车乎？六经之文，唐虞三代帝王之道所载，孔子之圣所删定，万世祖之，不可尚矣。战国、秦汉而下，学士大夫瞋尘嗣响者，代有闻人，然求其言不畔道、文不悖经者，汉则董子，唐则韩子，宋则欧、曾及濂洛诸子，元则虞邵庵焉。上下数千载间，文章大家，不

---

① （明）刘球：《两溪文集》卷十三，见《景印文渊阁四库全书》集部第 1243 册，596 页，台北，台湾商务印书馆，1986。
② （明）周旋：《畏庵周先生集》卷首章纶序，见《四库全书存目丛书》集部第 34 册，1～2 页，济南，齐鲁书社，1997。

过十数人，斯亦难矣。①

在《松冈先生文集叙》中亦说：

> 夫道者，无形之理；文者，有形之器也。无形者，苟非有形者以载
> 之，则道何由见乎？故文者，载道之器，文不载道，虽工无益也。载道
> 之文，六经不可尚已。自亚圣七篇之后至唐而有韩子，宋有欧阳子，皆
> 能发明斯道，振起衰陋，一趋于古。其时，号文章家非无柳子厚、李
> 翱、籍湜、王临川、曾苏之流。至论大家正脉，未有过于韩、欧者也。②

由此可知，倪谦也认为文是载道之器，文不载道，虽工无益。

此外，岳正、彭时、程敏政等人也都认为文是载道之器。 岳正在《浙水
较文诗序》中说：

> 文，士之末也。不深于道者，不足以知之。知文亦难矣，莫加善者
> 之文。《易》《诗》《书》《春秋》《礼》《乐》，皆载道之器。语曰："学者守一
> 经，皓首不能穷。不能穷者，不深于其道也。道不深而强自诬曰我知
> 文，我知文，何异乎审音以聩，鉴色以盲，其不白黑而浊清者，亦幸中
> 而偶得耳。"③

彭时在《刘忠愍公文集序》中说：

---

① （明）倪谦：《倪文僖集》卷十六，见《景印文渊阁四库全书》集部第 1245 册，387 页，台北，台
湾商务印书馆，1986。
② （明）倪谦：《倪文僖集》卷二十二，见《景印文渊阁四库全书》集部第 1245 册，453 页，台北，
台湾商务印书馆，1986。
③ （明）岳正：《类博稿》卷五，见《景印文渊阁四库全书》集部第 1243 册，396～397 页，台北，
台湾商务印书馆，1986。

　　　　盖文辞，艺也；道德，实也。笃其实而艺者附之，必有以辅世明教，然后为文之至。实不足而工于言，言虽工，非至文也。彼无其实而强言者，窃窃然以靡丽为能，以艰涩怪僻为古，务悦人之耳目，而无一言几乎道，是不惟无补于世，且有害焉，奚足以为文哉！①

程敏政编有《皇明文衡》一书，其序云：

　　　　夫文，载道之器也。惟作者有精、粗，故论道有纯、驳。使于其精纯者取之，粗驳者去之，则文固不害于道矣。②

　　由上述这些见解，可以知道台阁作家极为重视文与道的关系。 他们在谈论两者关系时，认为文道一体，文是载道之器，文不载道，虽工无益。 不深于道者，难以言文、知文。 不仅如此，文、道不可分离，文存则道存，文熄则道熄。 此外，在他们看来，六经是载道之文的典范。 此后，千载之间，言不畔道、文不悖经者，不过董仲舒、韩愈、欧阳修、曾巩、周敦颐、程颐、程颢等人。

　　实际上，台阁作家在对"道"的认识上，除了儒家义理之道外，还有文章要切于世用之道的意思。 比如，杨士奇曾对还是太子的朱高炽说："如殿下于明道玩经之余，欲娱意于文事，则两汉诏令亦可观，非独文词高简近古，其间亦有可裨益治道。 如诗人无益之词，不足为也。"③刘球在《复朴稿序》中也说：

_____

① 　(明)彭时：《彭文宪公集》卷三，见《四库全书存目丛书》集部第 35 册，672～673 页，济南，齐鲁书社，1997。
② 　(明)程敏政：《皇明文衡》卷首，《四部丛刊》本。
③ 　(明)杨士奇著，刘伯涵、朱海点校：《东里别集·圣谕录》卷上，394 页，北京，中华书局，1998。

予惟邃古之世风厖而人尚质，当时未之有文，其为道也朴而已。自皇帝王伯之迭兴，然后道阴阳也有《易》，记言事也有《书》，吟咏性情也有《诗》，公天下之是非也有《春秋》，行敬而宣和也有《礼》与《乐》，六经既作，而文已著然，所载者无非民生日用彝伦之道，犹朴如也。先秦两汉去古未远，文虽不足以准经，然其气犹浑厚，有古之遗风焉。逮晋以降，世俗日偷，人惟俪偶是攻，古朴之意荡然矣。唐有天下三百年，能汲汲作起斯文，以救积世之弊者，一韩子耳。其文虽足以振古，亦岂能遏五季之衰，使不转而袭六朝之谬欤？宋兴百余年，然后欧阳子出，而韩氏之言尊，周、程、张、朱数子作，而六经之道明，由是天下之为文者得其宗，自宋迄今，作者固多，能追迹乎古者，殆未几人，而先生其一焉。盖古之文所以高于今者，以其道高于今，而文随之也，必由其道而后能其文，韩子所谓学古道则兼通其词是也。①

陈敬宗在《大司马孙公文集序》中说："夫文章与政事相资，文非政事，则无以著其实；政事非文，则无以传诸后。五经之文，道德政事之所寓。百世仰之，不可尚矣。下逮两汉唐宋，若贾、董、司马迁、韩、柳、欧、苏诸君子之作，皆当时致君泽民、切实政事之言，足为后世法则。"②魏骥在《济阁文集序》中说："虽然士之为学必贵乎明体而适用，夫文章在于明道，所以立其体；政事在于及物，所以致其用。是故士之学必在乎文章、政事之兼备。"③所谓"所载者无非民生日用彝伦之道""文章与政事相资""文章在于明道"云云，都指向了文章的经世致用之道。

台阁作家论文重"道"、重"理"的思想，在他们的文章创作中也有明

① （明）刘球：《两溪文集》卷九，见《景印文渊阁四库全书》集部第 1243 册，535 页，台北，台湾商务印书馆，1986。
② （明）陈敬宗：《澹然先生文集》卷四，见《四库全书存目丛书》集部第 29 册，373 页，济南，齐鲁书社，1997。
③ （明）魏骥：《南斋先生魏文靖公摘稿》卷五，见《四库全书存目丛书》集部第 30 册，379 页，济南，齐鲁书社，1997。

显的体现。 比如，杨士奇"文章谨严有法，议论往返，卒归于理，表然为一世之望"①，以他的记体文来说，也显示出说理的鲜明特色。 这方面的作品有《凝秀楼记》《退思斋记》《宾壶堂记》《思政堂记》《朴斋记》《石田茅屋记》《稼轩记》等。 其中，《思政堂记》大谈"为政之道"：

> 治事之后堂名思政者，求善其政也。为政有道也，未得夫道，必求诸心，方清净无事不与物接之际，灵台湛虚，道无不存，一念之兴，则道随著焉。故凡官府皆有退处燕休之居，岂徒息劳而佚倦哉，亦以专一其志而将致夫无穷之道也。②

《石田茅屋记》大谈"士之有道"：

> 石田茅屋者，刑部尚书大梁赵公以名其宴休之居也。士之有道也，不以贵富贱贫而易其所守。盖道，内也；贵富贱贫，外也。主乎内者既定，则凡其外者举不足以夺之，故穷不加损焉，达不加益焉。③

这类文章较少涉及斋堂楼阁环境的描写，而是重议论，以求阐明儒家义理。杨荣文章也表现出"其学博，其理明，其才赡，其气充"④的特征。 比如，他在《忠孝堂记》中阔论臣子报君亲之道：

> 臣子欲报于君亲其道，莫大于忠孝。古之人所以勒功彝鼎，垂名竹帛，与天地相为无穷者，岂有他道哉? 亦惟尽此而已。苟于此有歉焉，

---

① （明）孙继宗等：《明英宗实录》卷一百四十一"正统九年三月甲子"，2302 页，台北，"中央研究院"历史语言研究所，1962。
② （明）杨士奇著，刘伯涵、朱海点校：《东里文集》卷一，12 页，北京，中华书局，1998。
③ （明）杨士奇著，刘伯涵、朱海点校：《东里文集》卷二，15 页，北京，中华书局，1998。
④ （明）杨荣：《文敏集》卷首王直《文敏集原序》，见《景印文渊阁四库全书》集部第 1240 册，3 页，台北，台湾商务印书馆，1986。

恶能有所树立以报国家，以显大厥亲，而著名臣贤子之闻于天下后世哉？故必于忠孝胥尽而后可也。①

又在《爱日堂记》中谈人子奉亲之道，在《荣亲堂记》中谈人子荣亲之道，等等。"三杨"之一的杨溥，所作文章也是本于理，合于道。李贤序杨溥文集时说：

> 观其所为文章，辞惟达意而不以富丽为工，意惟主理而不以新奇为尚，言必有补于世而不为无用之赘言，论必有合于道而不为无定之荒论，有温柔敦厚之旨趣，有严重老成之规模，真所谓台阁之气象也。②

此外，翰林院侍讲余学夔之文"本之心得，德发而为言；根据理要，词出而明道；不必遇辨，析身心意知与家国天下之题。即景物吟咏、纪述、酬答一出其手，而见性、天伦、物之常理焉"③；魏骥"为文一本诸性情所发，而根于理道"④。

二、台阁作家文道观成因

明代台阁作家倡言文根于道的理论主张，究其因，与明初推崇程朱理学的政治文化环境有紧要关系。朱元璋建国伊始，就推崇儒学，注重教化，如陈鼎说："我太祖高皇帝即位之初，首立太学，命许存仁为祭酒，一宗朱氏

① （明）杨荣：《文敏集》卷十《忠孝堂记》，见《景印文渊阁四库全书》集部第 1240 册，144 页，台北，台湾商务印书馆，1986。
② （明）李贤：《杨溥文集序》，见（明）徐纮编：《明名臣琬琰录后集》卷一，860 页，台北，文海出版社，1960。
③ （明）余学夔：《北轩集》卷首曾闻勇《余太史北轩先生集序》，见《四库未收书辑刊》伍辑第 17 册，136 页，北京，北京出版社，1997。
④ （明）魏骥：《南斋先生魏文靖公摘稿》卷首洪钟序，见《四库全书存目丛书》集部第 30 册，313 页，济南，齐鲁书社，1997。

之学，令学者非五经、孔孟之书不读，非濂、洛、关、闽之学不讲。"①洪武二十三年（1390）七月，朱元璋读《大学》后对侍臣说：

> 治道必本于教化，民俗之善恶，即教化之得失也。《大学》一书，其要在于修身，身者教化之本也。人君身修而人化之，好仁者耻于为不仁，好义者耻于为不义，如此则风俗岂有不美，国家岂有不兴?②

朱棣即位后，更加注重从理论上统一思想，确立程朱的官学地位。他在永乐十二年（1414）十一月诏谕胡广、杨荣、金幼孜诸臣曰："五经四书，皆圣贤精义要道。……其周、程、张、朱诸君子性理之言，如《太极》《通书》《西铭》《正蒙》之类，皆六经之羽翼，然各自为书，未有统会，尔等亦别类聚成编。二书务极精备，庶几以垂后世。"③次年九月，书成，命名为《五经四书性理大全》。修书诸臣上表称：

> 合众途于一轨，会万理于一原。地负海涵，天晴日曒，以是而兴教化，以是而正人心，使夫已断不续之坠绪，复属而复联；已晦不明之蕴微，复彰而复著。肇建自古所无之制作，缵述自古所无之事功。非惟备览于经筵，实欲颁布于天下。俾人皆由于正路，而学不惑于他歧，家孔孟而户程朱，必获真儒之用，佩道德而服仁义，咸趋圣域之归，顿回太古之淳风，一洗相沿之陋习。④

---

① （清）陈鼎：《东林列传》卷二《高攀龙传》引高氏上疏语，见《明代传记丛刊》第5册，136页，台北，明文书局，1991。
② （明）夏原吉等：《明太祖实录》卷二百零三，3035页，台北，"中央研究院"历史语言研究所，1962。
③ （明）夏原吉等：《明太宗实录》卷一百五十八，1803页，台北，"中央研究院"历史语言研究所，1962。
④ （明）胡广等：《进五书四经性理大全表》，见（明）胡广等纂修，周群、王玉琴校注：《四书大全校注》上，6页，武汉，武汉大学出版社，2015。

朱棣还亲自为其作序，称此书"广大悉备，如江河之有源委，山川之有条理，于是圣贤之道粲然而复明"，并欲颁布天下，"使天下之人获睹经书之全，探见圣贤之蕴，由是穷理以明道，立诚以达本，修之于身，行之于家，用之于国，而达之天下。使国不异政，家不殊俗，大回淳古之风，以绍先王之统，以成熙皞之治，将必有赖于斯焉"①。概言之，以程朱理学来收束、教化人心，是这一时期统治者在思想文化建设上的强烈需要，这必然会影响作家创作思想的嬗变以及文坛风尚的走向。

此外，明前期台阁作家大多来自江西，而此地的理学自宋元以来颇为兴盛。杨士奇说：

> 元之世，江右经师为四方所推服，五经皆有专门，精深明彻，讲授外各有著书以惠来学。当时齐鲁秦蜀之士，道川陆，奔走数千里以来受业者前后相望。迨国朝龙兴，江右老师宿儒往往多在，学者有所依归，如南昌包鲁伯、傅拱辰、临江梁孟敬、胡行简，庐陵陈心吾、刘云章、欧阳师尹、萧自省、刘允恭、刘伯琛、陈村民，临川吴大任、何伯善，皆肖巍浩博，而凡有志经学者所必之焉。②

他指出了元代及明初江西经学的声势与影响。这些"江右经师"浸濡理学甚深，学术精湛，多秉持"文为载道之器"的观念，并以传道授法为职志，为地方培育了诸多人才。明初江西人才辈出的局面，与此多有关联。丘濬说："永乐以来，文物之盛，一时馆阁儒生多吉郡人，而西昌为尤盛。"③钱

---

① （明）朱棣：《御制性理大全书序》，见（明）胡广等纂修，周群、王玉琴校注：《四书大全校注》上，8页，武汉，武汉大学出版社，2015。
② （明）杨士奇：《东里续集》卷十四《蠹阁集序》，543～544页，见《景印文渊阁四库全书》集部第1238册，台北，台湾商务印书馆，1986。
③ （明）丘濬：《重编琼台稿》卷九《尚约先生集序》，173页，见《景印文渊阁四库全书》集部第1248册，台北，台湾商务印书馆，1986。

谦益也说："国初馆阁，莫盛于江右，故有'翰林多吉水，朝士半江西'之语。"①他们都道出了明初馆阁官员群中江西人才的重要地位与声望。 这些江西文人往往凭借其地位与声望，掌控文学话语权，有利于将其文学思想贯彻到对文坛风气的引领上来，并对一般文人士子产生巨大的感召力。

总而言之，台阁作家强调文根于道，文为载道之器，其目的在于要求文学为社会现实、政治建设服务。 这一方面与他们在皇权体制内的政治地位有关，另一方面也与他们长期深受程朱理学的影响有关。 这种文学思想深深地影响到了他们的散文创作，不仅为其作品涂染上了浓重的理学色彩，也容易导致其作品丧失鲜明的个性与勃勃的生机。

◎ 第二节

尊崇唐宋的师法论

明初文坛，宗法唐宋文章成为一股声势浩大的思想潮流。 黄佐说："国初，刘基、宋濂在馆阁，文字以韩、柳、欧、苏为宗，与方希直皆称名家。"②明成祖朱棣也强调："为学必造道德之微，必具体用之全；为文必并驱班、马、韩、欧之间。 如此立心，日进不已，未有不成者。"③杨士奇亦说："近数百年来，士多喜读韩文公、欧阳文忠公、苏文忠公之文，要皆本其立朝大节炳炳焉，有以振发人心者也。"④杨荣亦说："至于儒者，若汉之

---

① （清）钱谦益：《列朝诗集小传》乙集"周讲学叙"，172 页，上海，上海古籍出版社，1983。
② （明）黄佐：《翰林记》卷十九《文体三变》，见《景印文渊阁四库全书》史部第 596 册，1073 页，台北，台湾商务印书馆，1986。
③ （明）黄佐：《翰林记》卷四《文渊阁进学》，见《景印文渊阁四库全书》史部第 596 册，890 页，台北，台湾商务印书馆，1986。
④ （明）杨士奇：《东里续集》卷十四《王忠文公文集序》，见《景印文渊阁四库全书》集部第 1238 册，545 页，台北，台湾商务印书馆，1986。

贾谊、董仲舒、司马迁、扬雄、班固,唐之韩愈、柳宗元、李翱、皇甫湜,宋之欧阳修、二苏、王安石、曾子固诸贤,皆能以其文章羽翼六经,鸣于当时,垂诸后世。"①朝廷庙堂之内、君臣之间,宗法唐宋之风的弥漫,也熏染着后起的台阁作家们。 他们尤对宋代之文致意有加,表现出独特的思想倾向和审美范型。

一、推崇欧阳修文

其实,以"三杨"为代表的台阁作家,他们把更多的目光投注于宋代文宗欧阳修身上。 杨士奇非常推崇欧阳修,他在《滁州重建醉翁亭记》中说:

> 欧阳文忠公以古文奥学,直言正行,卓卓当时,其凛然忠义之气,知有君而已,知有道而已,身不暇恤,其暇恤小人哉? 而小人皆不便之,故一斥夷陵,再斥于滁,既复起,历践清华,从容庙堂,与诸君子坐致国家于磐石之安者,非由君之明乎?②

极力称赞欧阳修的"直言正行",说他有凛然忠义之气,知君知道。 杨荣亦说:"甚矣! 文章之洗陋习而归诸古,著当时而传后世者,不恒有也。 宋欧阳公之文足以当之……文章关天地之运,盛衰断续,固不偶然。 周秦以前,无容论矣。 汉自贾、董、马、班诸子以来七百余年而唐有韩子,又二百余年而宋有欧阳子,其文推韩子以达于孔孟,一洗唐末五季之陋,当时学者翕然宗之。"③他将欧阳修之文放在周、秦、汉、唐、宋以来文章演变脉络统系之

---

① (明)杨荣:《文敏集》卷十三《送翰林编修杨廷瑞归松江序》,见《景印文渊阁四库全书》集部第1240册,188页,台北,台湾商务印书馆,1986。
② (明)杨士奇著,刘伯涵、朱海点校:《东里文集》卷二,18页,北京,中华书局,1998。
③ (明)杨荣:《文敏集》卷九《欧阳文忠公祠堂重创记》,见《景印文渊阁四库全书》集部第1240册,133页,台北,台湾商务印书馆,1986。

中，认为欧阳修上接韩愈以达于孔孟，"一洗唐末五季之陋"，标明并衡定了欧阳修在文坛上举足轻重的地位。

在明前期庙堂之上，欧文之所以广受推崇，原因是多方面的。从文章本身角度来看，欧文可谓文道结合的典范之作。欧阳修广泛学习司马迁、韩愈等前代优秀作家的创作经验，大胆革新，充分发挥散文文体的载道功能和写作的灵活性，做到内容上言之有物、道在其中，结构上严谨密实而又舒展自如，言辞上简练晓畅而又情韵袅袅，风格上雅正雍容、纡余平和。诚如苏洵所说："纡余委备，往复百折，而条达疏畅，无所间断。气尽语极，急言竭论，而容与闲易，无艰难劳苦之态。"①可以说欧阳修文表现出了盛世文人春容安雅、平和中正之情态，而这恰好满足了庙堂文人"得性情之正""鸣国家之盛"的创作心理需求。

当然，最高统治者偏爱欧文，也是一个不可忽视的因素。杨士奇在《圣谕录》中说：

> 上在东宫稍暇，即留意文事，间与臣士奇言："欧阳文忠文，雍容醇厚，气象近三代。"有生不同时之叹。且爱其谏疏明白切直，数举以励群臣。遂命臣及赞善陈济校雠欧文，正其误，补其阙，厘为一百五十三卷，遂刻以传。廷臣之知文者，各赐一部，时不过三四人而止。恒谕臣曰："为文而不本正道，斯无用之文；为臣而不能正言，斯不忠之臣：欧阳其无忝矣。庐陵有君子，士奇勉之。"臣叩首受教。②

他在《恭题赐本欧阳文忠公集后》中说："时东宫殿下监国之暇，究心经

---

① （宋）苏洵著，邱少华点校：《苏洵集》卷十二《上欧阳内翰第一书》，111 页，北京，中国书店，2000。
② （明）杨士奇著，刘伯涵、朱海点校：《东里别集·圣谕录》卷上，394 页，北京，中华书局，1998。

史，而凡历代名臣奏疏悉取览阅，尤爱文忠议论切直，文章醇雅，遂命刻之。"①前引"上"指朱高炽，他在东宫做太子时，喜读欧阳修文，醉心于欧文雍容醇厚的气象。这种独特的审美风貌较为符合统治者在文化建设上的需求与期待。不仅如此，朱高炽尤爱欧阳修的奏疏，因为它们最能体现欧阳修的忠贞赤忱之心。他还数次举以激励群臣，并命人整理刻印欧阳修文集，赐予廷臣知文者。朱高炽还敬佩欧阳修为人忠正，并勉励杨士奇以之为榜样。杨士奇受教，铭记在心。上行下效，群臣喜爱欧阳修文章自然会成为风尚。

台阁作家推崇欧文，跟他们大多来自江西也有关系，他们有着崇拜乡贤的浓厚情结。江右文人的这种乡贤崇拜，早有历史传统。比如，元初江西南丰人刘壎就说："宋文章之盛，欧、苏、曾、王四大家名天下，独苏出眉山，余三子皆江西人，则文脉系江西也。"②祖籍庐陵的欧阳玄，是欧阳修的同宗后辈，他自豪地说："吾江右文章名四方也久矣，以吾六一公倡为古也。"③江西富州人揭傒斯论文亦宗欧阳修，谓"欧公，天下之宗也，百世之师也，宜以为归"④。即便是籍贯是四川人的虞集，在江西侨居多年以后，亦自许为江西人，并对前贤欧阳修钦慕不已。他说："余侨居江西二十年矣，是亦江西之人，于江西得无情乎？"⑤"昔者庐陵欧阳公，秉粹美之质，生熙洽之朝，涵淳茹和，作为文章，上接孟、韩，发挥一代之盛。英华浓郁，前后千百年，人与世相期，未有如此者也。"⑥到了明代，江西文人自觉承传前代遗风，如泰和陈谟，极为推崇欧阳修文。杨士奇是陈谟的外孙，尝

---

① （明）杨士奇：《东里续集》卷十六，见《景印文渊阁四库全书》集部第 1238 册，577 页，台北，台湾商务印书馆，1986。
② （元）刘壎：《青山文集序》，见李修生主编：《全元文》卷三百四十四，304 页，南京，江苏古籍出版社，1998 年版。
③ （元）欧阳玄：《圭斋文集》卷八《族兄南翁文集序》，见《景印文渊阁四库全书》集部第 1210 册，66 页，台北，台湾商务印书馆，1986。
④ （元）揭傒斯：《文安集》卷八《吴清宁文集序》，见《景印文渊阁四库全书》集部第 1208 册，211 页，台北，台湾商务印书馆，1986。
⑤ （元）虞集：《道园学古录》卷二十三《南昌刘应文文稿序》，《四部丛刊》本。
⑥ （元）虞集：《道园学古录》卷二十三《庐陵刘桂隐存稿序》，《四部丛刊》本。

从外祖父学为文，很早就体悟到"六一风神"。何乔远就说："士奇文法欧阳修，韫丽夷粹虽不逮之，质而理，婉而显，备有先正典型，当时号'馆阁体'。"①

台阁作家的文章写作，也鲜明地体现出尊崇欧阳修文的特征。众所周知，《醉翁亭记》是欧文中脍炙人口的佳篇，其章法、句法、字法也广为人所借鉴。陈敬宗写《江南小隐记》，开篇云：

> 环慈溪县治皆山，去县治直南不一里，有小江，江有石桥曰"聪马"，唐房琯为御史时所筑。沿江岸而东转百步，有宅一区，隐约于茂林竹树之间，隐君子吾兄光本居之其中。宾会有堂，燕处有轩，登眺有楼，圃以时蔬，田以艺禾，池以蓄泉……②

显然，首句与欧阳修《醉翁亭记》中的首句"环滁皆山也"相似，模拟痕迹明显。又比如，写《同乐园记》：

> 予观张子西铭之言曰："天地之气，吾其体；天地之帅，吾其性。民，吾同胞；物，吾同与也。"盖言天地万物本同一体，奚可歧而观之？及观司马温公适意园圃之中，而以独乐名圃，予窃惑焉。予近得园林数亩于寿藏之傍，环植松、竹、桧之木与桃、李、橘、柚不一之果，且以四时瓜蔬药品杂植于其中。或时幅巾藜杖，游目纵观，听林鸟之和鸣，俯溪鱼之游泳，鱼鸟之性乐矣，而吾心亦必与之同其乐；观松竹桃李瓜蔬药品自花而自实、自荣而自茂，物性乐矣，而吾心亦必与之俱乐。此无他，吾与万物虽各具一太极，然太极一理也，自吾一心之理，推而极之于万物之一心，其理则同，但吾心能知物性之乐，而物性不能知吾心

---

① （明）何乔远：《名山藏》卷五十九《臣林记·永乐臣二》，明崇祯刻本。
② （明）陈敬宗：《澹然先生文集》卷三，见《四库全书存目丛书》集部第29册，343页，济南，齐鲁书社，1997。

之同其乐。人为万物之灵，知觉运动有不同耳。是即物吾同与之意也，因名其园曰"同乐"。①

显然，文中对"乐"的体悟与感慨，仿于欧阳修，"吾心能知物性之乐，而物性不能知吾心之同其乐"两句与《醉翁亭记》中的"然而禽鸟知山林之乐，而不知人之乐；人知从太守游而乐，而不知太守之乐其乐也"诸句意蕴相同。又如李时勉写《怡情记》，叙述罗田程伯玉尝辑山水人物花木鸟兽为一巨帙，暇时取而玩之：

> 其神情萧散如临乎长山大谷，与幽人逸士游观往返，而云烟岚翠之晦明变化，卉木花实之炫烂茂密，山禽、野兽、麋鹿之群之飞鸣上下，奔逐而出没岩崖、涧壑，泉石之吞吐激射，殷若雷电，而风松、雨竹、霜鼙、雪虐之林之夸奇献秀者，举集于前，悦于目而快于耳，有不知其身之贵显在士大夫之列而居乎京师也。②

这几句与《醉翁亭记》中写山景变幻颇有相似之处："若夫日出而林霏开，云归而岩穴暝，晦明变化者，山间之朝暮也。野芳发而幽香，佳木秀而繁阴，风霜高洁，水落而石出者，山间之四时也。"

二、赞誉苏轼、曾巩等人之文

需要指出的是，台阁作家对宋代苏轼、曾巩之文也多有称誉之言。其实，早在明初，宋濂、刘基、王祎等人就对苏轼之文称赞有加。比如，王祎

---

① （明）陈敬宗：《澹然先生文集》卷三，见《四库全书存目丛书》集部第 29 册，328 页，济南，齐鲁书社，1997。
② （明）李时勉：《古廉文集》卷三，见《景印文渊阁四库全书》集部第 1242 册，692 页，台北，台湾商务印书馆，1986。

说："古称文章家，自汉唐而下，莫盛于宋，东都欧阳修氏、曾巩氏、王安石氏，并时迭起，而苏轼氏，于其间为尤杰然者也。 苏氏之文长于持论，纵横开辟，上下变化，无不如其意之所欲言，虽其理不能皆纯，而其才气之浩博，固将躐汉唐而上之矣。"①到杨士奇时，他也喜好苏文，对苏轼文章极为熟悉，常常在作文时随意拈取苏轼文章中的材料，如他曾经从祭酒胡若思处抄录苏东坡的文章，并作有跋语②。 他称赞苏轼："文忠公学问之闳博，文章之雄迈，气志之刚正，独立而不顾，百折而不变，当时如黄文节，其于公犹曰：'晚进之士，不愿亲炙先烈，以增益所不能者，非人之情。'又曰：'心之所期，可与知者道，难与俗人言。'景慕如此，则后之为士者，欲有所立于世而求之文忠，未必无所助益也……"③在他看来，苏轼的学问、文章、气志是连在一起的，密不可分。 杨士奇尝称道曾巩之文，其《曾南丰文》云："先生之文所为可贵，非独文之工，言于濂洛之学未著之先，而往往相合，亦由学之正也。"④他指出了曾巩学正而文工的特色。 不仅如此，他还说："先生之文与苏氏虽皆传于世，而学则不可以概论也。"⑤在他看来，曾巩之文在学术层面上要胜于苏文。 之所以有如此的认识，是因为曾巩服膺欧阳修，蓄道德而能文章，尤重学问。 此外，他对王安石文也有与时俗不同的看法。 他曾得到《临川集》，称："盖凡天下后世之猖獗于公者，皆吠声而已，岂其真有所见哉？"⑥他认为世人对王安石多有偏见，而且人云亦云，并未真正理解王安石。

---

① （明）王祎：《王忠文集》卷十八《续志林》，见《景印文渊阁四库全书》集部第 1226 册，371 页，台北，台湾商务印书馆，1986。
② （明）杨士奇：《东里续集》卷十八《苏东坡文》，见《景印文渊阁四库全书》集部第 1238 册，605 页，台北，台湾商务印书馆，1986。
③ （明）杨士奇：《东里续集》卷十四《翠玉楼诗序》，见《景印文渊阁四库全书》集部第 1238 册，557 页，台北，台湾商务印书馆，1986。
④ （明）杨士奇：《东里续集》卷十八，见《景印文渊阁四库全书》集部第 1238 册，605 页，台北，台湾商务印书馆，1986。
⑤ 同上书，605 页。
⑥ （明）杨士奇：《东里文集》卷十《跋王临川文》，见《景印文渊阁四库全书》集部第 1238 册，117 页，台北，台湾商务印书馆，1986。

活跃于永乐、宣德、正统三朝的周叙也对苏轼赞不绝口。他说："公当宋运之隆，钟眉山之秀，天挺人豪，作为文章浑涵，雄视百代，出入侍从，必以爱君为本，忠规说论，挺挺大节，群臣无能出其右者。"①他不仅赞称苏轼的文章成就，还高度表彰苏轼的忠心与气节。

　　倪谦赞称苏轼的文学、政事与襟怀。他在《书聂广文怀坡堂卷后》中说："长公文学政事，足以名世。其进用也，论思密勿不自知其在于紫微玉堂；其迁谪也，间关转徙，不自知其在于琼崖儋耳。盖其嬉笑怒骂，莫非文章之发而视得丧为一致，天下之物果足以动其心哉？"②这道出了苏轼不以物喜、不以己悲的豁达胸怀。类似意思在《跋赤壁图后》中亦有表述："他人之遭迁谪，必抑郁无聊之甚矣，而东坡方且与客为赤壁载酒之游，吟览江山，傲睨物表，其休休之乐，若无入而不自得，世之荣辱，岂足以动其中哉？"③其中充满着对苏轼高尚人格的仰慕之情。

　　总之，台阁作家大多推崇宋文。不过，"从创作接受的角度来看，因台阁文风的笼罩，纡徐畅达、雍容典雅的风格长期作为文章的标准，所以文人首选模范对象应是欧阳修和曾巩的文章，而不是苏文"④。之所以如此，是因为欧、曾之文契合了他们的文道观和审美观。他们推崇苏文，只不过是因为尊崇苏轼的人格精神，而这种精神又内蕴于其文之中，苏文自然也就得到了称赏。

---

①　（明）周叙：《石溪周先生文集》卷七《苏文忠公祠堂记》，明万历二十三年周承超等刻本。
②　（明）倪谦：《倪文僖集》卷二十四，见《景印文渊阁四库全书》集部第 1245 册，447 页，台北，台湾商务印书馆，1986。
③　同上书，447 页。
④　江枰：《明代苏文研究史》，53 页，南昌，江西人民出版社，2010。

◎ 第三节
中正和平的审美追求

自永乐至正统年间，诸多台阁作家在文章创作审美风格上，也表现出了相似或相同的审美追求。他们的创作大抵以中正和平为审美准则和价值取向。

一、"中正和平"文风的表现

"中正和平"的审美风格在台阁作家的文章中有明显体现。比如，杨士奇之文，以其发迹为界限，可分为前期和后期。前期之文不属于台阁体，后期之文则是台阁文章，实足轨范。黄淮称他"历事四圣熙洽之朝，凡大议论、大制作出公居多，肆其余力旁及应世之文，率皆关乎世教，吐辞赋咏，冲澹和平，汎汎乎大雅之音"①。这其中的"应世之文"主要指他创作的记与序，这些作品大体上都是和平大雅之音。以《朴斋记》为例，"朴斋"之名与郭文通精绘事有关，太宗赐其名曰"纯"，故退而名所居曰"朴斋"。杨士奇围绕"纯""朴"二字展开议论：

> 盖朴几于纯，纯以德言，朴以质言，緐朴以达纯也。绘事自唐虞见于经，盖备五采之施而艺之至文者也。一色不杂为纯，在人为至诚之德，圣明之意，其欲约之使复于太古之无事乎？三、五以前绝智离巧，迨夏与殷犹尚忠质，至于成周而文盛焉，盖势则然矣，圣人岂不欲长用古之道哉。孔子曰："如用之，则吾从先进。"其意可见矣。其亦如民之

---

① （明）杨士奇：《东里文集》卷首黄淮《东里文集原序》，见《景印文渊阁四库全书》集部第1238册，2页，台北，台湾商务印书馆，1986。

初生，赤子之心纯而无伪，既长而欲动，则私意日滋，向之纯而无伪者日丧，故孔子之教亦使复其初耳。纯之所以名同"绘事后素"之旨。文皇帝之心，孔子之心也，固欲天下皆纯质之俗，斯民皆诚笃之行，而况左右供奉之臣哉？纯能钦承圣训以名斋居，其亦欲朝夕起处，体诸心，诚诸行，不使有一息之或间，一事之或戾，以仰副文皇帝之心，而不忝乎纯，其有志乎哉。夫朴之为斋也，必忠信以为址，静贞以为宇，澹泊以为扃，简约以为牖，斥浮靡之玩，谢矫饰之游，黜智巧之务，执其诚，守其一，以任乎自然，如是而可矣。①

这段文字不仅赞美了斋主之美好品行，还歌颂了文宗皇帝的贤德，其创作主旨完全符合中正和平之意。其他如《石里茅屋记》《稼轩记》《滁州重修醉翁亭记》等文亦都符合雅正和平之旨。

杨荣之文，属于高文典册、题赠应酬之类的为数较多，无不严正详雅。钱习礼说："（杨荣）至为文章，见于诏诰命令，训饬臣工，誓戒军旅，抚谕四夷，播告万姓，莫不严正详雅，曲当人心。出其余绪，作为碑铭志记序述赞颂，以应中外人士之求，又皆富赡温纯，动中矩度。"②四库馆臣亦说："（杨荣）发为文章，具有富贵福泽之气。应制诸作，沨沨雅音。其他诗文，亦皆雍容平易，肖其为人。"③这些评价皆表明杨荣文章符合中正和平的审美原则。以《送陈司业诗序》为例，陈司业即陈敬宗（字光世），宣德二年（1427）由翰林侍讲迁任南京国子监司业。宣德六年（1431）秋九月，以考绩来北京，不久返归。杨荣作为同僚旧识，撰文送行。他一方面称赞陈敬宗在莅任司业后，"日进诸生讲圣人之道，而正己以率之，诸生大化服，而光世之誉益大显"；另一方面又着力强调祭酒司业之任的重要性：

---

① （明）杨士奇著，刘伯涵、朱海点校：《东里文集》卷一，9 页，北京，中华书局，1998。
② （明）杨荣：《文敏集》卷首钱习礼序，见《景印文渊阁四库全书》集部第 1240 册，4 页，台北，台湾商务印书馆，1986。
③ （清）永瑢等：《四库全书总目》卷一百七十《杨文敏集》，1484 页，北京，中华书局，1965。

"国家建学于天下以造士，皆使学圣人之道也。然其师之所见与弟子之所禀不能皆粹也，故其成就有不能尽然者。及升之太学，譬之集众材于班郢之门，而大加绳削焉，使小大长短皆中法度，然后以之构厦，无不适其宜者。苟规矩准绳有未至，而欲群材皆适于用而不爽焉，难矣。祭酒司业之任，盖何如其重也！"篇终又说："今归而复加意焉，国家得贤之多，致治之盛，人将于太学乎颂也。"①可以说，全篇主旨在于宣扬教化，切合了政治需求。在艺术方面，此文逶迤有度，情感温和敦厚。其他如《送翰林谢编修归省序》《重游东郭草亭诗序》《一乐堂诗序》《存心堂记》《浙江严州府重修儒学记》等文亦写得雅正雍容。

台阁其他作家在文风方面也表现出惊人的相似性。胡俨为文章"严于矩矱而雍容温裕，词洁义正"②；黄淮《省愆集》"其文章春容安雅，亦与三杨体格略同。此集乃其系狱时所作，故以'省愆'为名。当患难幽忧之日，而和平温厚无所怨，尤可谓不失风人之旨"③；姜洪"其为文春容详瞻，和平典雅，一以韩、欧为法"④；金幼孜"文章边幅稍狭，不及士奇诸人之博大；而雍容雅步，颇亦肩随"⑤；李时勉"为文则平易通达，不露圭角，多蔼然仁义之言"⑥；夏原吉"其诗文平实雅淡，不事华靡。考原吉以政事著，不以文章著。……然致用之言，疏通畅达，犹有淳实之遗风。以肩随杨士奇、黄淮诸人，固亦无愧也"⑦；梁潜文章"温厚和平，而豪壮迭宕之势寓

① （明）杨荣：《文敏集》卷十一，见《景印文渊阁四库全书》集部第 1240 册，167～168 页，台北，台湾商务印书馆，1986。
② （明）胡俨：《颐庵文选》卷首杨士奇序，见《景印文渊阁四库全书》集部第 1237 册，551 页，台北，台湾商务印书馆，1986。
③ （清）永瑢等：《四库全书总目》卷一百七十《省愆集》，1484 页，北京，中华书局，1965。
④ （明）倪谦：《倪文僖集》卷二十二《松冈先生文集叙》，见《景印文渊阁四库全书》集部第 1245 册，452 页，台北，台湾商务印书馆，1986。
⑤ （清）永瑢等：《四库全书总目》卷一百七十《金文靖集》，1484 页，北京，中华书局，1965。
⑥ （清）永瑢等：《四库全书总目》卷一百七十《古廉文集》，1485 页，北京，中华书局，1965。
⑦ （清）永瑢等：《四库全书总目》卷一百七十《夏忠靖集》，1484 页，北京，中华书局，1965。

焉"①；周旋文章"皆典雅闲淡，适情遣兴，如行云流水，不假雕琢"②；陈敬宗文章"敦重春容，文质并茂"③；罗亨信"为文和平温雅，类其为人"④；倪谦为文"典正明达，卓然馆阁之体，非岩栖穴处者所能到也"⑤；等等。总之，这里的"雍容温裕""春容安雅""雍容雅步""平易通达""平实雅淡""温厚和平"云云，其共同之处在于表现出了一种平和温厚、中正典雅的美学风貌。

二、"中正和平"文风的成因

"中正和平"的审美风尚在某种程度上也是作家主体性情在文学作品中的反映和流露，或者说是作家"得性情之正"的具体表现。所谓"得性情之正"，也就是杨荣所说"和而平，温而厚，怨而不伤"⑥。作家的这种"性情"又与程朱理学的性理说有一定的渊源。朱熹曾说："喜怒哀乐，情也。其未发，则性也，无所偏倚，故谓之中。发而中节，情之正也，无所乖戾，故谓之和。大本者，天命之性，天下之理皆由此出，道之体也。达道者，循性之谓，天下古今之所共由，道之用也。"⑦在他的性情观念中，"性者，心之理；情者，性之动；心者，性情之主"⑧。由此可知，心、性、情是一

---

① （明）梁潜：《泊庵先生文集》卷首王直序，清初刻本。
② （明）周旋：《畏庵周先生集》卷首章纶序，见《四库全书存目丛书》集部第34册，4页，济南，齐鲁书社，1997。
③ （明）陈敬宗：《澹然先生文集》卷首陈子龙后序，见《四库全书存目丛书》集部第29册，259页，济南，齐鲁书社，1997。
④ （明）罗亨信：《觉非集》卷首丘濬《乐素罗公觉非集序》，见《四库全书存目丛书》集部第29册，439页，济南，齐鲁书社，1997。
⑤ （明）倪谦：《倪文僖集》卷首李东阳序，见《景印文渊阁四库全书》集部第1245册，237页，台北，台湾商务印书馆，1986。
⑥ （明）杨荣：《文敏集》卷十一《省愆集序》，见《景印文渊阁四库全书》集部第1240册，169页，台北，台湾商务印书馆，1986。
⑦ （宋）朱熹：《中庸章句》，见朱杰人、严佐之、刘永翔主编：《朱子全书》第6册，33页，上海，上海古籍出版社；合肥，安徽教育出版社，2002。
⑧ （宋）朱熹：《朱子语类》卷五，见朱杰人、严佐之、刘永翔主编：《朱子全书》第14册，224页，上海，上海古籍出版社；合肥，安徽教育出版社，2002。

体的，心统性情。作家要想得"性情之正"，首先要做的是修心。元代文人欧阳玄曾说："欧阳公（欧阳修）生平于'平心'两字，用力甚多，晚始有得。前辈论读书之法，亦曰平心定气，人能平其心，文有不近道者乎？"①欧阳修日常注重"平心"，故为文就能平和纡余。台阁作家受程朱理学思想熏陶甚深，修养功夫深湛。史载杨溥性恭谨，每入朝，"循墙而走，诸大臣论事争可否，或至违言，溥平心处之，诸大臣皆叹服"②，而金幼孜、黄淮、杨荣、杨士奇顾问应对时，也是"从容详慎，不激不随"③。他们雍容和易的品格修养与其雍容典雅的文风是内在相通的。故梁潜说："夫惟养之久，故见于文辞者皆宏伟而光明；培之厚，故发于议论者皆雄深而有本，是盖关乎国家气运之隆，非偶然之故也。"④

当然，台阁作家的特殊审美追求，还与他们所处的清贵地位有很大关系。宋濂早就说：

> 昔人之论文者，曰有山林之文，有台阁之文。山林之文，其气枯以槁；台阁之文，其气丽以雄。岂惟天之降才尔殊也？亦以所居之地不同，故其发于言辞之或异耳。濂尝以此而求诸家之诗，其见于山林者，无非风云月露之形，花木虫鱼之玩，山川原隰之胜而已。然其情也曲以畅，故其音也眇以幽。若夫处台阁则不然，览乎城观宫阙之壮，典章文物之懿，甲兵卒乘之雄，华夷会同之盛，所以恢廓其心胸，踔厉其志气者，无不厚也，无不硕也。故不发则已，发则其音淳庞而雍容，铿鍧而镗鞳。甚矣哉，所居之移人乎！⑤

---

① （元）欧阳玄：《圭斋文集》卷八《族兄南翁文集序》，见《景印文渊阁四库全书》集部第1210册，66页，台北，台湾商务印书馆，1986。

② （清）张廷玉等：《明史》卷一百四十八《杨溥传》，4144页，北京，中华书局，1974。

③ （明）黄佐：《翰林记》卷八《备顾问》，见《景印文渊阁四库全书》史部第596册，942页，台北，台湾商务印书馆，1986。

④ （明）梁潜：《泊庵先生文集》卷七《会试录序》，清初刻本。

⑤ 罗月霞主编：《宋濂全集·銮坡前集》卷七《汪右丞诗集序》，481页，杭州，浙江古籍出版社，1999。

他以"山林之文"与"台阁之文"的差异为例，说明作家所居之地的不同，导致文学创作的内容及风格的巨大差异。"三杨"、王直等人身处清贵之地，作为台阁重臣，自然要书写反映其雍容自得生活的文学作品。

当然，君臣之间的和洽关系，也是促使馆阁之臣发为和平之音的重要原因。与洪武、永乐两朝相比照，仁、宣之时，馆臣与帝王之间甚相得，达到颇为和谐融洽的程度。像杨士奇、梁潜等还与朱高炽、朱瞻基父子有师生之谊，加之这两位帝王对他们礼遇甚厚，故他们深感千载良遇，知恩图报，吟咏作文时，心态平和舒畅。王直在《跋文会录后》就说："士君子遭文明之世，处清华之地，当闲暇之日，而成会合之娱，宜也；会而形于言，以歌太平，咏圣德，明意气之谐畅，发性情之淳和，又宜也。"①"三杨"、王直、梁潜、李时勉、刘球、黄福等身逢盛世，君臣关系洽和，心态雍容平和，生活优裕轻松，在文学创作上"以其和平易直之心，发而为治世之音"②，鸣国家之盛，文风上也会显得温柔敦厚。台阁作家这种中正平和的思想与儒家文化中所倡言"治世之音安以乐"的思想相吻合。比如，彭时论杨溥诗集中"和平正直之言"的成因时说："盖其资禀之异，涵养之深，所处者高位，所际者盛时，心和而志乐，气充而才赡，宜其发于言者，温厚疏畅而不雕刻，平易正大而不险怪，雍雍乎足以鸣国家之盛。"③

总而言之，作为永乐至成化年间文坛上占主导地位的台阁文风，其形成是朝野文人与时代政治双向选择的结果。台阁作家们在特殊的社会政治氛围中，坚持道统文学观，文章宗法欧、曾，内容多以鼓吹休明、宣扬政教为主，文风显得春容雅正、纡徐平和。不过，随着以李东阳为代表的茶陵派的崛起，这股强劲的文风开始趋于减弱。

---

① （明）王直：《抑庵文集》卷十三，见《景印文渊阁四库全书》集部第 1241 册，294 页，台北，台湾商务印书馆，1986。
② （明）杨士奇著，刘伯涵、朱海点校：《东里文集》卷五《王雪斋诗集序》，63 页，北京，中华书局，1998。
③ （明）彭时：《杨文定公诗集序》，见（清）黄宗羲编：《明文海》卷二百六十，2724 页，北京，中华书局，1987。

第十一章
茶陵派的散文思想

　　台阁文风自永乐年间渐炽后，以其巨大的影响力和感召力，吸引天下文士翕然宗之。 然而这股风气承袭日久，陈陈相因，不免生发弊端，"至弘、正之间而极弊，冗阘肤廓，几于万喙一音"①。 自成化年间开始，翰林院内李东阳、谢铎、张泰、陆钎等人频繁酬唱论艺，渐有声势，到了弘治年间，李东阳当国时，"其门生满朝，西涯又喜延纳奖拔。 故门生或朝罢或散衙后，即群集其家，讲艺谈文，通日彻夜，率岁以为常"②，"翰苑风流，经过辄成胜引"③。 李东阳操持文柄四十余年，"出其门者，号有家法，虽在疏远，亦窃效其词规字体，以竞风韵之末而鸣一时"④。 可以说，以李东阳为首的翰林文士群体，逐步占据文坛主导地位，声势浩大，人称茶陵派。

　　茶陵派持续时间较长，达五十年左右。 这个流派奠基于成化前中期，正式形成于成化后期，至弘治一朝而盛，正德以后渐趋衰落。⑤ 随着李东阳在正德十一年（1516）的谢世，加之以李梦阳、何景明为首的前七子复古派的

---

① （清）永瑢等：《四库全书总目》卷一百七十《倪文僖集》，1487 页，北京，中华书局，1965。

② （明）何良俊：《四友斋丛说》卷二十六《诗三》，234 页，北京，中华书局，1997。

③ （清）朱彝尊著，黄君坦校点：《静志居诗话》卷八"陆钎"，200 页，北京，人民文学出版社，1990。

④ （明）靳贵：《戒庵文集》卷六《怀麓堂文集后序》，见《四库全书存目丛书》集部第 45 册，522 页，济南，齐鲁书社，1997。

⑤ 何宗美：《文人结社与明代文学的演进》上，191 页，北京，人民出版社，2011。

崛起，茶陵派逐渐退出文坛的中心位置，而彻底洗刷台阁文风流弊的重任则移交到了前七子复古派的肩上。

茶陵派队伍有一定的规模，成员较为复杂。有学者认为由三方面力量组成：一是与李东阳同年中进士及同入翰林院者；二是李东阳的门生；三是与李东阳有诗歌唱和的部分友人。① 实际上，在这个文学阵营里，李东阳的门生是最主要的骨干力量，他们是石珤、罗玘、邵宝、顾清、鲁铎、何孟春、杨慎、乔宇、林俊、张邦奇、孙承恩、吴俨、靳贵、储巏、钱福、陆深等人。这些文人，并非都来自湖南茶陵，而是籍贯多元化，有的来自江浙的松江、苏州、常州、镇江、扬州、嘉兴、湖州、泰州等地②，有的来自福建的福州、兴化、漳州、泉州等地③。在这些人中，石珤、罗玘、邵宝、顾清、鲁铎、何孟春六人对茶陵派的形成与发展具有重要影响，如顾清"深得长沙衣钵"④，邵宝"西涯以衣钵门生期之"⑤，石珤"馆阁文章得长沙之指授者，文隐（石珤谥号）其职志也"⑥，他们深得李东阳真传，有力助推了师门文风的传衍。像石珤，其诗文皆平正通达，具有茶陵之体，"当北地（李梦阳）、信阳（何景明）駸駸代兴之日，而珤独坚守师说，屡典文衡，皆力斥浮夸，使粹然一出于正"⑦。当然，在这个流派阵营中，李东阳的同僚如吴宽、张弼、张泰、陆钦、陆容等人也为茶陵文风的兴盛做出了一定的贡献。

由于茶陵派成员大都出自翰林院，且又曾长期受到台阁文风的熏染，故这一流派无论是在文学理论还是在创作实践上都难以避免台阁习气。在散文思想方面，茶陵派亦是如此，既显示出因循守旧的一面，同时又展现出除旧布新的一面。

---

① 薛泉：《李东阳研究——以政治心态、文学思想为核心》，101 页，长沙，湖南人民出版社，2007。

② 参见胡蝶：《明代茶陵派吴地文人研究》，硕士学位论文，闽南师范大学，2013。

③ 参见张龙：《明代茶陵派闽人作家研究》，硕士学位论文，闽南师范大学，2014。

④ （清）钱谦益：《列朝诗集小传》丙集"顾尚书清"，272 页，上海，上海古籍出版社，1983。

⑤ （清）钱谦益：《列朝诗集小传》丙集"邵尚书宝"，271 页，上海，上海古籍出版社，1983。

⑥ （清）钱谦益：《列朝诗集小传》丙集"石少保珤"，270 页，上海，上海古籍出版社，1983。

⑦ （清）永瑢等：《四库全书总目》卷一百七十一《熊峰集》，1495 页，北京，中华书局，1965。

◎ 第一节
重道适用的文用观

崇尚宋儒理学，是明前期文坛的重要思潮。 受此风潮影响，以李东阳为首的茶陵派，在散文思想与创作方面也时常流露出重道尚理的色彩。

一、李东阳的文道观

李东阳虽不是理学家，但尊崇宋儒理学。 他在《重建正学书院记》中说：

> 正学书院，为道学而作也。……夫所谓正学者，圣贤之学也。其理，仁、义、礼、智、信；其伦，父子、兄弟、夫妇、长幼、朋友；其用，则视、听、言、动、思；其文，则《易》《书》《诗》《春秋》；其治，则礼、乐、刑、政。百凡之务，蕴之于心，发之于言，见之于事，而施之乎民者，皆是也。孔子没，杨、墨氏各自为学。孟子始正人心，息邪说，其教盛行，遭秦之祸，几乎息矣。汉之学以阴阳，唐之学以词赋，其间若董、韩二子，号为知道而未纯。至宋周、程、张、朱四子者，后先继出，而正学始大明于天下。故凡志乎圣人者，必以四子为的。①

他对"正学"的解释以及对"四子"的尊崇，无不表明他推崇"正学"、称誉宋儒。 "四子"之中，朱子之说影响最大。 故他在《重建福州府学孔子庙记》中说："及宋道学之说兴，若杨龟山、李延年诸先生皆能推尊孔子之

---

① 周寅宾、钱振民校点：《李东阳集·文后稿》卷五，996~998 页，长沙，岳麓书社，2008。

道，至朱子而大发明之。"①

李东阳在文道关系上，认为文要存道、寓道。他在《篁墩文集序》中说：

> 文之见于世者，惟经与史。经立道，史立事。载道之文，《易》《诗》《书》《春秋》《礼》《乐》备矣，《书》与《春秋》虽亦纪事，而道固存焉。及其渐晦，则孟子扩之；又晦，则韩子发之；久而愈晦，则周、程、张、朱诸子大阐明之。自是而后，殆无所复事乎作者。纪事之文，自《左传》、迁《史》、班《汉书》之后，惟司马《通鉴》、欧阳《五代史》。若朱子《纲目》，则取诸《春秋》，亦以寓道，而非徒事也。道无穷而事亦无穷，故作者亦时有之。若序论策义之属，皆经之余；而碑表铭志传状之属，皆史之余也。二者分殊而体异，盖惟韩、欧能兼之。若朱子则集其大成，故虽未尝极力于史之余者，而观其所论议则可知已。②

在他眼里，文依托经与史而见于世，六经之文是存道之文，此后文道渐晦，孟子、韩愈、周敦颐、程颐、程颢、张载、朱熹等都是明道之人；经事之文，则属《左传》《史记》《汉书》《资治通鉴》《五代史》《通鉴纲目》等史类著述，而道寓其中。此外，韩、欧能兼经史之余，而朱子之文集经史之大成，可谓至矣。

受朱子理学影响，作为台阁重臣的李东阳，也强调文章写作要根于理，要明于理，要适于用。他说："有记载之文，有讲读之文，有敷奏之文，有著述赋咏之文。记载尚严，讲读尚切，敷奏尚直，著述赋咏尚富，惟所尚而各适其用，然后可以为文。然前数者皆用于朝廷、台阁、部署、馆局之间，裨政益令，以及于天下。惟所谓著述赋咏者，则通乎隐显。盖人情物理、

---

① 周寅宾、钱振民校点：《李东阳集·文后稿》卷七，1026页，长沙，岳麓书社，2008。
② 周寅宾、钱振民校点：《李东阳集·文后稿》卷四，976页，长沙，岳麓书社，2008。

风俗名教，无处无之。"①这里的"惟所尚而各适其用"，即鲜明地表达出他的文章实用观。他又说："夫所重乎立言者，必能明天下之理，载天下之事。理明事尽，则其言可以久而不废。经传之学弊而词章作，其善者亦能述事明理，以翼圣道，裨世治，君子有取焉。其余嵬琐丛杂，无所益乎为言矣。若从衡权谋异端之说，其妨政害道又何论也乎！古之所谓著述者，自六经迄于孟氏，若韩子不免为词章之文，而所谓翼道裨益治，则有不可掩也。"②李东阳认为立言要做到"理明事尽"，才能传之久远。词章之作虽不及经传之学，但"其善者"亦能述事明理，翼道资治，君子有所取焉。就像韩愈，虽不免作词章之文，但也有翼道资治、不可掩盖之处。

李东阳的文学实用观，从其对为学的要求上也可以看出来。他在《华容县学重修记》中说："予惟士之学，将以为世用也，然必养而后成。故其平居，穷理明义，使中有定见，而力足以守之。于是出而应世酬物，庶几不失其正。盖必断于取舍得失之际，然后不为利害生死所移易。"③在《送李士常序》中亦说："然志于天下者，必周于天下之务。故凡纪纲、风俗、人物之概，制度、名数之节，闾阎、狱市、军旅、郡县之宜，古今成败、得失、盛衰不恒之迹，一有阙不足以为治。不能兼究乎此，而徒嘐嘐然有志于天下，则亦何所济哉！古之人如诸葛武侯、范文正，皆居布韦而经济之事已具。故其出也，确然有益于用，以名天下及后世。"④这种"有益于用"的为学观念，与其文学思想是紧密关联的。

李东阳在文学创作上也鲜明地体现了"道在其中""文以致用"的特点。梁储称李东阳文章"若入告奏议之文，代言应制之文，纂修笔削之文，

① 钱振民点校：《李东阳续集·文续稿》卷四《倪文毅公集序》，187～188 页，长沙，岳麓书社，1997。
② 周寅宾、钱振民校点：《李东阳集·文稿》卷十二《曾文定公祠堂记》，535 页，长沙，岳麓书社，2008。
③ 周寅宾、钱振民校点：《李东阳集·文稿》卷十一，514 页，长沙，岳麓书社，2008。
④ 周寅宾、钱振民校点：《李东阳集·文稿》卷二，404 页，长沙，岳麓书社，2008。

其所以用之朝廷邦国，以训敕臣工、敷赉四海、传之于千万世而不泯者，其为用也大而博矣"①。 邵宝亦说其师李东阳"历三朝五十余年，高明端雅，盛德嘉谟，上沃下敷，泽被海内。 乃或当艰应遽，定震稽疑，所谓道者，隐然在公之身。 故其为言，弘衍旁流，即物陈义，惟其所当，皆能极乎其所止。 虽其言篇篇殊，而所谓道者，错然在焉。 盖自六经至诸传子史，上焉准之，次焉资之，下焉亦时取之。 如大将御戎，不闻号令，而一鼓一麾，无不如意。 如金之铸于良冶，造化自我而不知所以为之者。 有道哉！ 文乎可谓能尽其变矣。 其卓然称大家而为学者宗师，有以也夫！ 世固有承迁袭隐，谓之理学，否则荒于释老，否则杂于稗野，自以为玄、为达、为辨博者，皆公门之弃也"②。 这些评价都指出了李东阳文章具有鲜明的政治性、社会性特征。 以他的《京都十景诗序》为例：

> 金陵之都以一统御天下者，实自我国家始。今京师居太行、沧海之间，其地亦胜，乃出于古帝王智虑之所不及，又非元氏之所能当者。则我国家亿万载太平之业，顾非天之所遗乎！盖自契丹以来，五百余年，此地不得与于中国。今承平既久，民物繁庶，制度明备，山川草木亦精彩溢发。若增而高，若辟而广，校之父老所传草创之际，盖已倍蓰。而科甲之魁杰，馆阁之耆俊，天下之所谓文章者，固于是乎在。古称文章与气运相升降，则赞扬歌咏，以昭鸿运垂休光者，无惑乎其盛如此也。若夫圣君贤相，盛德大业，所以植国家、庇民物，著之典谟，勒之金石，轶汉唐宋，比拟三代之盛，尤有不可阙者。③

---

① （明）梁储：《贺阁老西涯李公七十诗序》，见周寅宾、钱振民校点：《李东阳集》附录一，1555页，长沙，岳麓书社，2008。
② （明）邵宝：《容春堂后集》卷三《李文正公麓堂续稿序》，见《景印文渊阁四库全书》集部第1258册，250页，台北，台湾商务印书馆，1986。
③ 周寅宾、钱振民校点：《李东阳集·文稿》卷二，392页，长沙，岳麓书社，2008。

这篇文章鲜明地体现了台阁文风的色彩，在李东阳看来，文章与气运相升降，京都繁华富庶，文章亦要有体现。进一步说，文章要为政治服务，要歌舞升平，粉饰朝政。类似之作还有《送邱给事使琉球序》《朴庵诗序》《应天府乡试录序》等。从这一点看，李东阳并没有越出台阁翰苑文风之囿。

二、李东阳同年的文道观

明英宗天顺八年（1464），李东阳和谢铎、张泰、陆釴等人高中进士，皆入选翰林院庶吉士。次年，又分别授翰林院编修或检讨。他们四人是同年进士，又是翰林院同官，关系密切。李东阳在《同年祭张亨父文》中说："我等与子同登荐书，而官同曹，而志同趋。朝与行游，夕与宴娱。其言嬉嬉，其意于于。"①由此不难看出李东阳与张泰的深厚友谊。进一步说，谢、张、陆三人可谓茶陵派的支持者。张泰有《沧洲诗集》，陆釴有《春雨堂稿》，二人皆以诗名，对文章的见解没留下多少文字。倒是谢铎留下了一些有关文章思想的文字。

谢铎与李东阳意气相投，终身为友。②他是一位理学家，编撰有《伊洛渊源续录》《伊洛遗音》《续真西山读书记》《四子择言》等理学著作。他推崇程朱之学，在《伊洛渊源续录序》中说：

> 自邹孟氏没，而圣人之学不传，其过于高远者，不溺于虚无，则沦于寂灭；其安于浅陋者，不滞于词章，则狃于功利。二者虽有过与不及之不同，而其为吾道之害，则一也。向非伊洛诸老先生相继迭起于千数百年之下，得不传之学于遗经，以兴起斯文为己任，则吾道之害将何时

---

① 周寅宾、钱振民校点：《李东阳集·文稿》卷二十二，686 页，长沙，岳麓书社，2008。
② 关于谢铎与茶陵派的关系，参见林家骊：《谢铎及茶陵诗派》，北京，中华书局，2008。

而已邪？①

由此可看出他对伊洛道学的景仰与服膺，这也影响到他的文学思想。

谢铎在《愚得先生文集序》中对文章的功用有深刻认识，而这牵涉其文道思想。他说：

> 昔人有言文之用二：明道、纪事而已矣。六经之文，若《易》、若《礼》，明道之文也，而未尝不著于事；若《书》、若《春秋》，纪事之文也，而未尝不本于道，后世若濂、洛、关、闽，则明道之文，《原道》《复性》，盖庶几乎是者也。司马迁、班固，则纪事之文；唐、隋、五代史，盖因因袭乎是者也。舍是而之焉，非文之弊，则文之赘也。斯甚矣，乃若虽不主于明道，而于道不可离，虽不专于纪事，而于事不可缓，是固不得已于言，而其用亦不可缺。故上而郊庙朝廷，下而乡党邦国，近之一家，远之天下，皆未有一日舍是而为用者也。特幸而遇焉，则用之为制诰、为典章、为号令征伐，而其文遂以大显于天下。不幸而不遇焉，则用之为家训、为学则、为谕俗之文，则其用有限，而其文不能以大显。然幸而用之郊庙、朝廷、天下矣，而行愧其言、事戾乎道，兹显也所以为辱也，奚贵哉！君子所贵乎文者，体道不遗、言顾其行，有益于实用，而不可缺焉耳。②

他认为，文有明道、纪事之用，两者不可或缺。又称叔父谢愚得之文虽无所用于郊庙、朝廷、天下者，"独其用之于郡邑于乡党于一家一族者，皆谆谆乎道德伦理之懿言之自身而不为无用之文，以取誉于天下。是盖不必主于明

---

① （明）谢铎：《桃溪净稿·文集》卷六，见《四库全书存目丛书》集部第 38 册，340 页，济南，齐鲁书社，1997。
② （明）谢铎：《桃溪净稿·文集》卷三，见《四库全书存目丛书》集部第 38 册，323 页，济南，齐鲁书社，1997。

道而于道不可离，不必专于纪事而于事不可缓，所谓布帛菽粟之文如先生者"①。

谢铎的散文创作，也体现出了明道致用的特征。顾璘在《桃溪净稿序》称"其文明健闳博，根柢经传，以网维人伦为宗，以剖白事实为用，以抑扬邪正为志，以遗远声利为情，诗与文同致合发情止义之则，而锻炼驰骛，莫为有无，盖其所负者独远大矣"②。比如，谢铎的《存诚堂记》《永嘉县令祠堂记》《忍庵记》《正俗编序》等文，皆体现出明道致用的鲜明特色。

倪岳与李东阳关系甚深。倪氏年长李东阳三岁，在天顺七年（1463）会试中，他们同被录取，由此定交。李东阳有诗称："忆年十五前识君，我童始成君冠弱。秋闱春榜俱少年，愧有声名比卢骆。"③这道出了他们俩订交的经过。在订交以后的岁月里，他们俩保持了深厚的交谊，并有着较为频繁的诗文切磋活动。李东阳有诗云："与君析经史，历代穷兴衰。与君论世故，指物分妍媸。君子固绝识，开口无停辞。启我茅塞胸，植我蓬生姿。"④由此看出，倪氏才学对李东阳有所影响，此外，双方频繁的交流，也有利于文学思想的相通或相似。倪岳虽没有专门的论文之作，但其创作大体上可以反映其思想动态。四库馆臣称其奏议"所言简切明达，得告君之体，颇有北宋诸贤奏议遗风。他文亦浩瀚流转，而不屑为追章琢句之习。……岳虽不以文名，而乘时发抒，类皆经世有本之言，如布帛菽粟之能切于日用，亦可知文章之关乎气运矣"⑤。应该说，倪岳之文以奏议驰名，代表作

① （明）谢铎：《桃溪净稿·文集》卷三《愚得先生文集序》，《四库全书存目丛书》集部第 38 册，323 页，济南，齐鲁书社，1997。
② （明）谢铎：《桃溪净稿·文集》卷首，见《四库全书存目丛书》集部第 38 册，302 页，济南，齐鲁书社，1997。
③ 周寅宾、钱振民校点：《李东阳集·诗稿》卷七《舜咨归省尚书公，饯者以韩昌黎送郑校理诗分韵，予最后得廓字》，155 页，长沙，岳麓书社，2008。
④ 周寅宾、钱振民校点：《李东阳集·诗后稿》卷二《送青溪先生之南京吏部四首》之三，810 页，长沙，岳麓书社，2008。
⑤ （清）永瑢等著：《四库全书总目》卷一百七十《青溪漫稿》，1490 页，北京，中华书局，1965。

有《朝觐三》《论西北备边事宜疏》等，写得辞正理明。 这表明他作文追求切理，追求辞达。 实际上，这还可从《答友人下第北归》中窥知："以予观所尝试于有司，而为文者其所以黜者有三而命不与焉：理或之舛，一也；词弗之达，二也；纷纶湮郁，美恶并陈，如山人食客、园蔬野蔌，乱列无序而适口者绝少，三也。"①倘若换个角度来理解，"理或之舛""词弗之达""纷纶湮郁，美恶并陈"等弊端的揭出，说明倪岳在文章思想上倾向于理正词达、条理清晰的审美要求。

三、李东阳门人的文道观

与李东阳"论交父子真"②的无锡人邵宝，深得东阳家法，崇儒重道，为文要切于明理致用。 在理学思想的钻研与演绎方面，邵宝比其师李东阳建树更多，可谓"道深德厚"③。 他也极力推崇宋儒，在《枫山先生祠堂记》中说："周子、程子继起于宋，其识与力超然独诣，继绝阐微，为世先觉，而朱子继之，著书立言，行于天下久矣。"④在《新刊大儒大奏议序》中说："宋程、朱三子，学绍孔、孟，为天下大儒。"⑤在《赠郭仁宏序》中亦说："韩、朱，百世之宗师也。 韩以文，朱以道。 予生也晚，梦寐抠趋，方有卓尔之望。"⑥不仅如此，他还撰有《简端录》，"于文义多所发明性命之

① （明）倪岳：《青溪漫稿》卷二十，见《景印文渊阁四库全书》集部第 1251 册，262 页，台北，台湾商务印书馆，1986。
② 周寅宾、钱振民校点：《李东阳集·杂记·次韵答邵国贤提学五首》之一，1474 页，长沙，岳麓书社，2008。
③ （明）林俊：《见素集》卷二十三《寄邵二泉》，见《景印文渊阁四库全书》集部第 1257 册，260 页，台北，台湾商务印书馆，1986。
④ （明）邵宝：《容春堂续集》卷十一，见《景印文渊阁四库全书》集部第 1258 册，571 页，台北，台湾商务印书馆，1986。
⑤ （明）邵宝：《容春堂前集》卷十四，见《景印文渊阁四库全书》集部第 1258 册，149 页，台北，台湾商务印书馆，1986。
⑥ （明）邵宝：《容春堂续集》卷十二，见《景印文渊阁四库全书》集部第 1258 册，598 页，台北，台湾商务印书馆，1986。

理。视近时道学诸君子，较有说得亲切处"①。又曾辑抄《大儒大奏议》，"悉本程朱而宗孔孟"，"是书明体适用之学著矣，致君泽民之术备矣"②。

受理学影响，邵宝对文与道的关系也有自己的思考。他在《叩虚集序》中指出："欧阳倡六经之文，程朱倡六经之道，道于斯则文于斯，顾论功者以道，而文不与焉。"③实际上，他对文道的理解不出台阁作家文道观的范畴。从为学的角度看，邵宝对文章功能的理解也是侧重于"适用"。杨一清尝评邵宝曰："明体适用，惟公之学。"④这个评价恰当公允。邵宝曾说："汉氏而下，以天下为志者，代有其人，然或学而非儒，儒而未大，故形之章牍，不过随时论事、兴滞补弊，各极其说，而全体大用往往缺焉。"⑤又说："学古人之学而文有不如古者乎？而政有不如古者乎？文出于学，有用之文也；政出于学，有本之政也。"⑥他认为，为学要明体适用，而文出于学，则是有用之文。

"深得长沙衣钵"⑦的顾清，也认为道德文章是一体的，不可出于二。他说：

　　愚读书观三代之盛，与汉唐而下之人才，未尝不感世道之变也。何也？三代而上，道德之与文章出于一，而汉唐而下者出于二也。方其出于一也，虽闾巷之微，女妇之贱，而其歌谣讽咏，莫不皆有先王之遗

① （明）罗钦顺：《知困记续录》卷上，见《景印文渊阁四库全书》子部第714册，344页，台北，台湾商务印书馆，1986。
② （明）王德明：《书新刊大儒大奏议后》，见（明）邵宝辑抄：《大儒大奏议》卷末，《四库全书存目丛书》史部第69册，841页，济南，齐鲁书社，1997。
③ （明）邵宝：《容春堂后集》卷三，见《景印文渊阁四库全书》集部第1258册，261页，台北，台湾商务印书馆，1986。
④ （明）杨一清：《神道碑铭》，见周和平主编：《北京图书馆藏珍本年谱丛刊》第42册《邵文庄公年谱》，300页，北京，北京图书馆出版社，1999。
⑤ （明）邵宝：《容春堂前集》卷十四《新刊大儒大奏议序》，见《景印文渊阁四库全书》集部第1258册，149页，台北，台湾商务印书馆，1986。
⑥ （明）邵宝：《容春堂续集》卷十二《胡氏正德集序》，见《景印文渊阁四库全书》集部第1258册，609页，台北，台湾商务印书馆，1986。
⑦ （清）钱谦益：《列朝诗集小传》丙集"顾尚书清"，272页，上海，上海古籍出版社，1983。

风；及其出于二也，则虽宗工钜儒，卓然名世者，亦皆狃于词章而不知其本。此古今世道升降之大端，不可以不察者也。何谓道德？人之所共由，我之所心得。若父子、君臣、夫妇、长幼、朋友之伦是也。何谓文章？得之于吾心，宣之于吾口，书之竹帛以垂示于无穷，若《易》《书》《礼》《春秋》之类是也。……然方其为文章也，未尝不言道德矣。顾为文章而及道德，非及道德而发之文章也。呜呼！此所谓二也，此所谓汉唐而下之人才也，抑不思有道德而后有文章？譬枝叶之于本根也。为文章而不本于道德，是剪采以为花，形色虽似，而精神生意索然矣。呜呼！是岂可哉？①

又说：

自圣祖高皇帝创制之法，尽削近代繁文之习，以追复古帝王淳朴之治。而于文章体制尤注意焉。盖尝面谕儒臣以明道德、通世务为为文之要，以深怪险僻、雕刻浮藻为为文之病。而特举孔明《出师》二表与典谟并称。大哉皇言，其为后世训远矣。②

可见，他也认为为文之要在于"明道德、通世务"，而且特别强调"崇雅而去浮，剪华而取实，此有司今日之事"③。 在文风改革和引导上，政府官员要承担起责任。

李东阳的得意弟子石珤，坚守师说。 他非常尊敬李东阳，在《得西涯先生手教》一诗中称李东阳"斗星麟凤光天下，韩柳苏黄合一人。 附骥惭非千

---

① （明）顾清：《东江家藏集》卷二十二《北游稿·道德文章不可出于二论》，见《景印文渊阁四库全书》集部第 1261 册，617 页，台北，台湾商务印书馆，1986。
② （明）顾清：《东江家藏集》卷二十《北游稿·会试录后序》，见《景印文渊阁四库全书》集部第 1261 册，580 页，台北，台湾商务印书馆，1986。
③ 同上书，580 页。

里翼，登龙敢负十年身"①。 他得其师之说，讲求正心诚意之学，以求致用。 他认为"正心诚意之学可以贯通万事，及草木鸟兽而并育之"②，批评"今天下之士好高骛远，一知讲求圣贤文学，率以吏事为俗务，往往不屑为之，甚至司钱谷寄民社职刑名，皆一切不以为意"，强调"孔孟之道，亦不离乎日用"③。 虽然石珤没有明确表述文道的关系，但他的文章创作，多有对义理的阐发，表现出明道纪事、平正通达的特征。

靳贵是李东阳的门生，他极为在乎圣人之道。 他致信马鸿渐说：

> 夫圣人之道，固流行不息，而其显晦也，寔在乎人。 是故孟子没，而圣道不传，历汉及唐，千有余年，卒未有能真得其绪者。 至宋周子出，而道始明，程朱绍之，而孟氏之统复续自朱子而还。 又二百余年中间，惟鲁斋许先生、草庐吴先生为得其宗，而知言之士犹或不无遗恨，则夫真得斯道之传者，厥惟艰哉！④

在他看来，自孟子之后，圣道一直不传，自宋代周敦颐、二程、朱熹后，圣道始明，得以传承。 至元代，又有许衡、吴澄得斯道之传。 由于儒家之道内有经世之需求，他强调文章与政事为一道，不可分割。 他在《赠广平太守陈君亮之序》中说："文章政事果二道乎哉？ 古之君子学至而道成于己口之为文章、身之为政事。 若晋之叔向，郑之子产，齐之管仲、晏婴，皆三代以下之才，而犹能兼之，则二者之无异道，固也。"冀望陈亮之任太守时"以其所以业于文章者，达之而兴礼让之化；以其所见于政事者，推之而成庶富

---

① （明）石珤：《熊峰集》卷四，见《景印文渊阁四库全书》集部第1259册，542页，台北，台湾商务印书馆，1986。
② （明）石珤：《熊峰集》卷十《送杨太仆序》，见《景印文渊阁四库全书》集部第1259册，667页，台北，台湾商务印书馆，1986。
③ 同上书，667页。
④ （明）靳贵：《戒庵文集》卷五《与马鸿渐书》，见《四库全书存目丛书》集部第45册，512页，济南，齐鲁书社，1997。

之绩，使天下晓然，知君子之学加人一等"。① 靳贵在创作上也体现出文道结合的特征，故王鏊评价其"为文根极理要"②。

此外，茶陵派其他作家在文与道的关系上发表了相似的看法。 比如，林俊说：

> 文，道之器也。不深于道而能文者，希矣。夫山不自辉，惟玉之所为；水不自媚，惟珠之所为；文不自工，惟道之所为。文而不深于道，未见其能至也。屈平之怨刺，宋玉之柔婉，庄周之纵放，扬雄之艰深，文乎哉！韩昌黎、欧阳六一因文入道，至而未至者也。道之至者，其文雅以纯简，以肆闳，以隽永，丽以则，神畅心舒，而刓烦理猝，丛寄穷受，绰有余意。③

他认为文乃贯道之器，不深于道，则难以能文，道至则文雅。

鲁铎的现存作品中虽未见关于文道关系的论述，但其文"根柢六经，春容醇雅，理到而辞昌，气充而意足，味隽而光烨，洋洋乎可以用之朝廷，奏之廊庙，殊所谓典则之文、和平之音也"④，显示出台阁体的特征。 由此推知，其文道思想仍不出台阁作家之范畴。

总的来看，以李东阳为首的茶陵派在文道关系上的见解，与此前风行的以"三杨"为首的台阁作家并无多少差异。 毕竟，他们大多是令人敬仰的台阁重臣，在文学思想上难免会受到台阁习气的熏染。 同理，他们在文章创作上也会犯同样的毛病，其局限性正在于斯。

---

① （明）靳贵：《戒庵文集》卷六，见《四库全书存目丛书》集部第 45 册，514 页，济南，齐鲁书社，1997。
② （明）王鏊：《震泽集》卷三十《光禄大夫柱国太子太保户部尚书武英殿大学士赠太傅文僖靳公墓志铭》，见《景印文渊阁四库全书》第 1256 册，451 页，台北，台湾商务印书馆，1986。
③ （明）林俊：《见素集》卷二《送丁玉夫序》，见《景印文渊阁四库全书》第 1257 册，15 页，台北，台湾商务印书馆，1986。
④ （明）鲁铎：《鲁文恪公文集》卷首李濂序，见《四库全书存目丛书》集部第 45 册，5 页，济南，齐鲁书社，1997。

◎ 第二节

由宋趋唐的师法对象论

受台阁文风的影响，茶陵派作家在散文师法对象上也推崇唐宋文章。 不过，他们在宗法唐宋文贤时，更多地把目光投向了欧阳修之外的其他文贤。

一、李东阳与唐宋八家

推崇欧阳修文，是台阁作家固有的文学传统。 身处台阁的李东阳早年曾受业于台阁文人刘定之和倪谦，获聆绪论，渊源甚深。 故他推崇欧阳修文理所当然。 他在《春雨堂稿序》中就说："韩、欧之文，亦可谓至矣。"①他高度评价韩愈、欧阳修之文，这就鲜明地表露出了他的态度。 顾清也从革新文坛风气的角度称颂欧阳修："六籍无孔孟，诸子竞为书。 班马雄两汉，韩柳后驰驱。 斯文虽未丧，元气久已殊。 云胡后来者，每变日下趋。 靡然事华藻，琐甚雕虫鱼。 杳眇乱人耳，黄钟委路衢。 时无欧阳子，谁为扫其芜？"②指出了欧阳修扫除文坛芜秽的历史贡献。

不过，台阁宗法欧文之风沿袭已久，弊病丛生，对此李东阳也有清醒、客观的认识。 他说：

> 夫欧之学，苏文忠公谓其学者，皆知以通经学古为高，救时行道为贤，犯颜敢谏为忠，盖其在天下不徒以文重也。 后之为欧文者，未得其

---

① 周寅宾、钱振民校点：《李东阳集·文后稿》卷三，959 页，长沙，岳麓书社，2008。
② （明）顾清：《东江家藏集》卷三《山中稿·辛亥感兴六首》之一，见《景印文渊阁四库全书》集部第 1261 册，295 页，台北，台湾商务印书馆，1986。

纤余，而先陷于缓弱；未得其委备，而已失之觇缕，以为恒患，文之难
亦如此。苟得其文而不得其所以重，天下且犹轻之，而况乎两失之
者哉！①

在他看来，欧阳修的学问、道德、文章是值得推崇和学习的。 但后之学者，
往往师法不到位，产生一些弊病，从而给文坛风气带来不良影响。 就李东阳
本人而言，他对宋贤曾巩多有赞评。 比如，他说：

> 宋盛时，以文章名者数家，予于文定公，独深有取焉者：盖其论
> 学，则自持心养性，至于服器动作之间；论治，则自道德风俗之大，极
> 于钱谷狱讼百凡之细，皆合于古帝王之道与治。而凡战国秦汉以来，权
> 谋术数之所谓学，佛老之所谓教，一切排斥屏黜，使无得以乱其说者，
> 其所自立非独为词章之雄也。②

他不仅对曾巩之文推崇有加，还尤为看重曾巩之"学"与"治"。 他亦曾称
赞苏轼，说："公之文章气节，天下莫不尊之。"③又说："韩昌黎之诗，或
讥其为文；苏东坡之诗，或亦有不逮古人之叹。 今观其宏才远趣，拔时代而
超人群也，恶可与不知者道哉！"④
　　除了致意宋贤外，李东阳还表现出师法韩、柳的倾向。 他从"气"与文
章的关系角度，肯定了韩愈文章：

---

① 周寅宾、钱振民校点：《李东阳集·文稿》卷八《叶文庄公集序》，479 页，长沙，岳麓书社，
　2008。
② 周寅宾、钱振民校点：《李东阳集·文稿》卷十二《曾文定公祠堂记》，535～536 页，长沙，岳
　麓书社，2008。
③ 周寅宾、钱振民校点：《李东阳集·文后稿》卷八《蜀山苏公祠堂记》，1032 页，长沙，岳麓书
　社，2008。
④ 周寅宾、钱振民校点：《李东阳集·文稿》卷八《镜川先生诗集序》，484 页，长沙，岳麓书社，
　2008。

盖文章之与事业，大抵皆气之所为。气得其养，则发而为言，言而成文为声音，皆充然而有余。措而为行，行而为事功者，亦毅然而不可夺。顾养在我，而用不用系乎时。故韩昌黎、苏眉山之气，见于文章；韩忠献、富文忠之气，见于功业。虽所就不同，其在天下皆有不可泯者。①

他在《曾文定公祠堂记》中还说："古之所谓著述者，自六经迄于孟氏。若韩子不免为词章之文，而所谓翼道裨治，则有不可掩也。"②认为韩愈所作词章之文有"翼道裨治"之功用，不可掩盖。他对柳宗元文亦有体认。他在《南行稿序》中说：

方吾舟之南也，出东鲁，观旧都，上武昌，溯洞庭，经长沙，而后至其间。连山大江，境象开豁，廓然若小宇宙而游混茫者，信天下之大观也。既而下吉安，历南昌，涉浙江，经吴会之墟，则溪壑深窈，峰峦奇秀，千变百折，间见层出，不知其极。柳子厚所谓旷与奥者，庶几其两得之。③

这表明他对柳宗元的游记相当熟稔，知晓其精妙。

实际上，在李东阳的散文作品中，师法韩、柳的痕迹明显存在。他所写的《王古直传》《都城故老传》等人物传记，涉及对象皆为不起眼的普通人物，在取材上显然继承了韩愈《圬者王承福传》和柳宗元《种树郭橐驼传》的书写传统。

---

① 周寅宾、钱振民校点：《李东阳集·文后稿》卷四《黎文僖公文集序》，978 页，长沙，岳麓书社，2008。
② 周寅宾、钱振民校点：《李东阳集·文稿》卷十二，535 页，长沙，岳麓书社，2008。
③ 周寅宾、钱振民校点：《李东阳集·杂记》，1341 页，长沙，岳麓书社，2008。

二、茶陵派其他成员的师韩倾向

李东阳的弟子罗玘较为激进，没有追随文法欧阳修的大流，在文学观念上无门户之见，强调兼容并蓄。他说：

> 嗟夫！世之矜持门户多矣！任学术者，非周则张，或自以为程朱；语文章者，非柳则苏，或自以为韩欧；谈诗歌者，非梅则黄，或自以为李杜；论史学者，非寿则竞，或自以为迁固。其所以自待者，可谓厚矣。而世卒莫之许焉者，皆是也。①

实际上，他对韩愈多有偏嗜。他在《埙篪迭鸣集序》中表达的"不平则鸣"的文学见解就是明证：

> 凡物之有声者，其鸣也，亦有不得已焉。然而凄然悲者人伤之，唧然微者人厌之，群然睅者人鄙之，虓然吼者人畏之。若夫蜚大屋，拔大木，而訇震于六合，黯黮之中，破山舞石，击撞于百川济腾之日，颀耳魈眼，飞神褫魄，人亦孰幸其有是声哉！至于其终身听之而不厌者，乐声而已。而乐声之中，又有倡和而迭鸣，自为伯仲者，埙与篪也。《诗》曰："伯氏吹埙，仲氏吹篪。"而世犹以之。况夫人之为兄弟者，则兄弟之能倡和以鸣者，不其犹似者乎？宜人喜而听之，甚于乐；久而传诵之，不止于凡为诗者而已。②

---

① （明）罗玘：《圭峰集》卷二十《祭匏庵先生文》，见《景印文渊阁四库全书》集部 1259 册，264～265 页，台北，台湾商务印书馆，1986。
② （明）罗玘：《圭峰集》卷三，见《景印文渊阁四库全书》集部 1259 册，37～38 页，台北，台湾商务印书馆，1986。

他的散文创作也鲜明地表现出了宗法韩愈的特征。 汪琬说："罗圭峰，学退之者也。"① 《四库全书总目》评罗玘"其文规模韩愈，戛戛独造，多抑掩其意，迂折其词，使人思之于言外"②。 实际上，罗玘主要是取法韩愈文章之"奇"以及"词必己出"的一面。 邵廉《罗圭峰先生集前叙》就说："韩子文变而法变，奇之奇也；圭峰文变而法不变，正而奇也。"③

茶陵派中其他作家大多亦尊韩、学韩。 李东阳说陆钶"文主昌黎"④。在正德至嘉靖初期文坛"固卓然为一钜手"⑤的邵宝，王鏊称他"公盖师韩而不暇及乎其他者也"，"师韩而不必似韩，此善学韩者也"⑥。 顾清，孙承恩评他说："所为古文深厚尔雅，不事浮艳奇怪，出入韩、柳，诗宗盛唐，多思致。"⑦陆深也推崇韩愈，他曾说："有一家之文献，有一代之文献。 一代之文献，系乎时；一家之文献，存乎后。 何则? 唐宋文献，韩退之、欧阳永叔实当其盛。"⑧孙承恩说："斯文自六经以后，莫古于秦汉。至晋宋至六朝，则靡矣。 昌黎氏独起而振之，雅健闳深，凛然足以镇浮薄而矫侈靡，而于此道之大本大原，固亦尝涉其涯涘而得其梗概。 盖征诸六经，无甚背焉者。 论者以之配孟轲氏，固为少褒，然其振衰起废之功，盖亦

---

① （清）汪琬：《钝翁前后类稿》卷十九《答陈霭公书二》，见李圣华笺校：《汪琬全集笺校》第 1 册，485 页，北京，人民文学出版社，2010。

② （清）永瑢等：《四库全书总目》卷一百七十一《罗圭峰文集》，1494 页，北京，中华书局，1965。

③ 见（明）罗玘：《圭峰集》卷首，清康熙二十九年刻本。

④ 周寅宾、钱振民点校：《李东阳集·文后稿》卷三《春雨堂稿序》，959 页，长沙，岳麓书社，2008。

⑤ （明）邵宝：《容春堂集》卷首《提要》，见《景印文渊阁四库全书》集部第 1258 册，3 页，台北，台湾商务印书馆，1986。

⑥ （明）邵宝：《容春堂集》卷首王鏊序，见《景印文渊阁四库全书》集部第 1258 册，4 页，台北，台湾商务印书馆，1986。

⑦ （明）孙承恩：《文简集》卷五十四《故南京礼部尚书顾文僖公墓志铭》，见《景印文渊阁四库全书》集部第 1271 册，633 页，台北，台湾商务印书馆，1986。

⑧ （明）陆深：《俨山集》卷四十五《一泉文集序》，见《景印文渊阁四库全书》集部第 1268 册，282 页，台北，台湾商务印书馆，1986。

伟矣。"①

靳贵曾将董仲舒、王通、韩愈三人予以比较，对韩愈多有赞言。他在《董仲舒王通韩愈孰优论》中说："当愈时，天下溺于佛老而愈独志崇孔氏，著论排斥，滨于祸而不晦，卒使天下靡然从之，以归于正。论者拟其功于武事之摧陷清，盖庶几焉。愈识见超迈，仲舒本领纯正，虽各有所长，然亦伯仲之间也。"②他还认为："韩氏之正直，可与孟氏齐驱矣。"③靳贵从崇儒斥佛的功绩角度力赞韩愈，甚至认为韩愈可与孟子并驾齐驱。

何孟春也推崇韩愈文章。他说：

> 杜子美诗："文章一小技，于道未为尊。"杜之所谓文章，只是就诗言耳。韩退之诗："文章自传道，奚仗史笔为。"韩之所谓文，乃有见于孔孟，知圣人之所以传道者，先儒谓退之因学文而见道，所见虽粗，而大纲则正矣。后世之士，诗要学杜，文要学韩，而未有决然能并之者，彼乌知子美之所不自满与退之之所以自励者邪？④

他将杜诗、韩文与道联系起来讨论，指出了二者对"道"的推崇。此外，他在评价闽中侯官人林粹夫的《林云阳宦纪》时称：

> 此退之所谓实之美，其发不掩者欤？所谓末茂声宏实遂光烨者欤？物之大小毕浮者欤？林君有诸中者，君之所养有道矣。论文而即其人，不外于其所养，而文以气为主也。噫！养气之道，圣贤之所以自立，矧

---

① （明）孙承恩：《文简集》卷三十《韩文考异叙》，见《景印文渊阁四库全书》集部第 1271 册，391 页，台北，台湾商务印书馆，1986。
② （明）靳贵：《戒庵文集》卷六，见《四库全书存目丛书》集部第 45 册，660 页，济南，齐鲁书社，1997。
③ 同上书，661 页。
④ （明）何孟春：《余冬录》卷五十《论诗文》，516 页，长沙，岳麓书社，2012。

为文章而有不名家者哉?①

这里以韩愈之论来衡量林氏之著作,表现出他对韩愈论文思想的服膺与熟稔。

由上述情况来看,以李东阳为首的茶陵派形成的尊韩甚至师韩的传统,迥异于以"三杨"为首的台阁作家,这显示出他们积极求新求变的一面。

尤需指出的是,这种师韩风气的形成,与他们经常结社、集会亦有很大关系。何宗美指出:"至少从成化四年(1468)至正德十一年(1516)近五十年间,李东阳在京师的文学交游一直十分活跃。文友诗侣,故旧门生,既有结社酬唱,也有随意的聚会雅游。活动的名目多种多样,或赏花,或登高,或饯别,或庆寿,亦聚于宅,亦游于郊,东园西庄,道宫佛寺,兴之所至,便相邀会。"②如李东阳参加同年会时,集会上以韩愈诗句为分韵作诗,即《曰川会诸同年,用韩昌黎"园林穷胜事,钟鼓乐清时"二句分韵,得时字,因效韩体》③。彭教作《送侍读倪君归省诗序》云:"与舜咨为僚而进同年者,罗璟明仲、谢铎鸣治、傅瀚曰川、刘淳尚质、焦芳孟阳、陈音师韶、张泰亨父、吴希贤汝贤、陆钺鼎仪、李东阳宾之暨教十有一人,相与饮饯之。乃取昌黎韩子《送郑十校理诗》分为韵,率相知者,各赋一诗以赠,通五十首为一卷。教不能赋,退为序。"④他们虽以韩诗来分韵赋诗,未涉及韩文,但这并不表明他们不注意韩文。

总而言之,与以"三杨"为代表的台阁文人相比,茶陵派作家不仅师法宋代的欧阳修,也将目光投注于唐代的韩愈。这是一个积极的变化,意味着文坛新的文风又将涌现。

---

① (明)何孟春:《何文简公集》卷十《林云阳宦纪序》,见沈乃文主编:《明别集丛刊》第一辑第94册,113页,合肥,黄山书社,2013。
② 何宗美:《文人结社与明代文学的演进》上,200页,北京,人民出版社,2011。
③ 周寅宾、钱振民校点:《李东阳集·诗前稿》卷四,114页,长沙,岳麓书社,2008。
④ (明)彭教:《东泷遗稿》卷一《送侍读倪君归省诗序》,13页,见《四库全书存目丛书》集部第38册,济南,齐鲁书社,1997。

◎ 第三节

溯源秦汉的取法追求

在师法对象上，以李东阳为首的茶陵派，其阵营内部有些人并不仅仅满足于宗法唐宋，甚者更是上溯至秦汉。 这种向上一层的追求，从某种意义上说，开启了七子复古派所倡言"文必秦汉"的先声。

一、李东阳及其门人的复古意识

在师法对象扩大化的问题上，李东阳起到了一定的引导作用。 他在《送钱与谦修撰》中说："与子论文章，沿流自前古。 庄骚信枝叶，经传乃宗祖。"①钱与谦即钱福，弘治三年（1490）状元，是李东阳门生。 李东阳曾和他谈论文章，沿波讨源，上至秦汉，认为先秦儒家经典和《左传》是文章宗祖，对后世影响极大，存在着以之为师的必要性与重要性。 实际上，李东阳的一些文章也呈现出师法秦汉的特征。 比如，梁储称其文：

> 若夫碑志序记，声诗词赋，在公文章中，又为余事。然叙事如《书》，铭赞如《诗》，简严如《春秋》，雄深雅健如司马氏，或清新俊逸而有余味，或纡徐含蓄而可深思，或至足之余溢为奇怪，沛然莫御而皆安流。②

---

① 周寅宾、钱振民校点：《李东阳集·诗前稿》卷六，144 页，长沙，岳麓书社，2008。
② （明）梁储：《贺阁老西涯李公七十诗序》，见周寅宾、钱振民校点：《李东阳集》附录一，1555页，长沙，岳麓书社，2008。

得东阳家法的邵宝，是文学复古的干将，他在《学古斋记》中表达了"学古"的看法：

> 古之道有本有末，同其本不同其末。无害于古，苟惟末之同，而本则舍焉。此群议之所由起，而古道之所以不复也。故善学者得饮之正，虽不罍爵，未害乎古之饮也；得食之正，虽不笾豆，未害乎古之食也；得衣之正，虽不弁冕，不害乎古之服也；得书与文之正，虽不篆籀盘诰，不害乎古之书与文也，此善学古者也。①

在他看来，"善学古"之人，不仅能够通今，还又不盲目学古。善学古之人，要学有用之文、有本之政。从"复古""学古"的立场出发，在文章师法对象上，他亦由韩、欧上溯至两汉。他在《重刊两汉文鉴序》中说：

> 今君子之论文者，皆曰西汉，为其近于古也。抑尤有古者而必曰汉云汉云，岂不谓夫汉之文通于今也哉！今去汉已远，文之用于世者，若册诰，若制诏，若奏、对、书、檄、赞、颂、诗、赋之类，犹夫体焉，而汉雅醇矣，雅醇则于古为近，近之则可复，复古于通今之中，君子于天下皆然，而独文乎？记曰：醴酒之用，玄酒之尚。盖物之兼乎古今者也久矣。汉之文在古，诸酒其犹醴也。古可用也，今亦可用也，夫是之谓通。然自今视之，则有玄酒之风焉。由是而复古，固其渐哉。此君子取之之意也。若夫有道者，其文以经为师，时而出之，变而通之，存乎其人，关乎天下之运，而起衰振陋，盖有不假乎力者。宝也不敏，请从诸君子而深论之。②

---

① （明）邵宝：《容春堂集前集》卷十一，见《景印文渊阁四库全书》集部第 1258 册，103 页，台北，台湾商务印书馆，1986。
② （明）邵宝：《容春堂集前集》卷十四，见《景印文渊阁四库全书》集部第 1258 册，148 页，台北，台湾商务印书馆，1986。

实际上，在邵宝看来，两汉之文还不够"古"，他要继续上溯至六经。浦瑾曾受教于邵宝，二人曾谈文论艺。浦瑾在《容春堂序》中说：

> 尝从容问公曰："文将安师？"曰："师今之名天下者。无以，则先进乎？无以，则古之人乎？"曰："先进而上宋，古乎？"曰："有唐，有东西汉者在。""唐、两汉古乎？"曰："有先秦古文在。""古至先秦，至矣乎？"曰："庶乎其亦古也已！"曰："将不有六经在？"曰："六经尚矣！夫学文而日必且为六经，吾则不敢也。"①

邵宝在诗文创作上，也体现了师法多元化的特征，浦瑾称其诗文"其谨重精纯盖得诸宋，其雄浑森严盖得诸唐，其尔雅深厚盖得诸汉，其近古盖得诸先秦"②。

二、何孟春的复古倾向

少游李东阳之门的何孟春，也是茶陵派的代表作家。他推崇秦汉之文，在《余冬录》中说："六经之文，不可尚已！后世言文者至西汉而止，言诗者至魏而止。何也？后世文趋对偶而文不古，诗拘声律而诗不古也。文不古而有宫体焉，文益病矣；诗不古而有昆体焉，诗益病矣。复古之作，是有望于大家。"③这里，他认为西汉以后之文因为趋于对偶而不古，文不古而益病。倘若要复古，必然要从西汉之前的大家入手。

何孟春还从"气运"角度谈论了文章的代变情况，从中亦可见其论文宗

---

① （明）邵宝：《容春堂集》卷首，见《景印文渊阁四库全书》集部第 1258 册，5 页，台北，台湾商务印书馆，1986。
② 同上书，5 页。
③ （明）何孟春：《余冬录》卷五十《论诗文》，515 页，长沙，岳麓书社，2012。

旨。 他在《林云阳宦纪序》中云：

> 论世之文者二：举其代而例之，则于某代断以何如？即其人而品
> 之，则于某人别以何如？惟诗亦然。代是断者，必归之气运；人是别
> 者，能外之于其所养乎？气运之盛衰，非人之为，而未始不关乎人。人
> 之文章，其有高下，在其所养。是故善为文者，气运以概斯世，而于己
> 则求所以养之之道焉。唐韩退之，最善为文者也，其自言曰："文者必
> 有诸中，君子慎其实，实之美恶，其发也不掩。"曰："本深而末茂，形
> 大而声宏。"曰："根茂而实遂，膏沃而光烨。"而又曰："不可不养也。
> 气，水也；言，浮物也，水大则物之大小毕浮。"其取譬明白如此。叙韩
> 文者，谓秦汉以前，其气浑然，迨乎马、董、扬、刘尤杰；然者至后汉
> 曹魏，气象萎苶；司马氏以来，文与道蓁塞，意以韩之文为深，于斯道
> 而至焉者也。夫代固可例断，而人固当品别如此。以此而论今之文，岂
> 有不合者哉！①

他对西汉贾谊之文颇有好感，并为朱熹批评贾谊之言做了辩解：

> 朱子尝言谊学杂，而文字雄豪可喜，《治安策》有不成段落处，《新
> 书》特是一杂记稿耳。谊盖汉初儒者，不免战国纵横之习，其著述未尝
> 自择，期以垂世，而天年早终，传之所掇已未尽，然乱于他人者，何足
> 为据？谊之才实通达国体，言语之妙，后儒良不易及。此论笃君子所以
> 虽或病其本根，而终不能不取其枝叶也。②

---

① （明）何孟春：《何文简公集》卷十，见沈乃文主编：《明别集丛刊》第一辑第 94 册，112 页，合
肥，黄山书社，2013。
② （明）何孟春：《贾太傅新书序》，见（汉）贾谊著，阎振益、钟夏校注：《新书校注》附录四，
523 页，北京，中华书局，2000。

三、林俊的复古思想

林俊是茶陵派中比较特殊的一位作家。他的文学主张既有李东阳的熏染，又有前七子复古派的影响。从文学复古的角度看，他已走得比李东阳远得多。他在《两汉书疏序》中说：

> 文章与世道相轩轾，六经、鲁论浑噩简野，孟氏雄以肆，至战国而极矣。中间老聃、左丘明、韩非、荀卿、列御寇、庄周之文闳深奇诡，并列名家。西汉公孙弘、晁错、贾谊、董仲舒、司马迁、刘向诸人，朴直峻整，壮丽而辨博，庶几古作者。汉而东，杨震、孔融、班固辈流习尚对偶，气骎卑弱。夫世日降、风日漓，文体日趋以薄，其势然也。然亦岂三国两晋例论哉？唐宋文章名家，韩退之学《史记》，柳子厚学西汉，曾子固学刘向，苏子瞻学战国，亦剖其藩、升其堂矣。……予尝私评作古文字，须削其近格，专志六经、鲁论，冀以孟氏书，参之《穀梁》《国语》《离骚》《史记》，以集文章之大成，以尽其妙，以追古作者为徒。①

这段话不仅反映了他对春秋战国之文、两汉之文以及唐宋文章的不同评价，也表明了秦汉之文是他的师法对象。

类似的意思，他在《东白集序》中也有表述：

> 宣于心而饰以成章者，文也，而其隐盖自见焉。夫水之流滴，其源自见；木之条枝华实，其根自见，不待较而知者也。王风浑融而雅博，霸习激壮以纵横，禹皋之谟，不可尚矣。伊周之训诰，王也，贾谊、司

---

① （明）林俊：《见素集》卷一，见《景印文渊阁四库全书》集部第1257册，10页，台北，台湾商务印书馆，1986。

马迁、刘向、班固，未失为王者也。管、韩、《战国策》，霸也，相如、枚叔、张衡，未离乎霸者也。世风递降，文体渐以浇漓，隐而晦之，玉璞金浑，宣而昭之，龙翔虎变，其可复殚耶？昌黎子、欧阳子文起历代之衰，以擅鸣唐宋之盛，求其深去秦汉远矣。①

在他眼里，先秦两汉之文是源流，未离乎王霸，后世文体因世风递降而渐以浇漓。虽有韩愈、欧阳修文起历代之衰，然他们"求其深去秦汉远矣"。

此外，溯源至秦汉者，还有张泰。李东阳在《同年祭张亨父文》中忆称"我等与子同登荐书，而官同曹，而志同趋。朝与行游，夕与宴娱"②，又称张泰为文"无所不能"③。张泰为文直追秦汉，"为文务自己出，视韩柳若不暇模拟，直欲追两汉先秦以上"④。

总而言之，茶陵派虽然沿袭了一定的台阁文风，但在散文理念上仍旧做出了一些新的调整和探索。他们由宋趋唐，尊韩师韩，再由韩而上，探源秦汉，越走越远。这条漫长的探索之途为后起的前七子标举文学复古指明了方向，其筚路蓝缕之功不可泯没。从其散文思想的演变轨迹看，茶陵派是由台阁体过渡到前七子复古派的重要环节。缺少了它，我们既不能准确地把握台阁体的衰微，也不能准确地把握李梦阳、何景明崛起文坛的文学思想史背景。

---

① （明）林俊：《见素集》卷四，见《景印文渊阁四库全书》第 1257 册，34～35 页，台北，台湾商务印书馆，1986。
② 周寅宾、钱振民校点：《李东阳集·文稿》卷二十二，686 页，长沙，岳麓书社，2008。
③ 周寅宾、钱振民校点：《李东阳集·文稿》卷五《沧洲诗集序》，444 页，长沙，岳麓书社，2008。
④ （明）陆钶：《大明故翰林院修撰张亨甫先生墓志铭》，见（明）张泰《沧洲续集》附录，《四库全书存目丛书》集部第 38 册，636 页，济南，齐鲁书社，1997。

第十二章
前七子复古派的散文思想

弘治、正德年间，文学复古思潮逐渐泛起，声势愈来愈壮，并且一直持续到嘉靖初期。康海《渼陂先生集序》云：

> 我明文章之盛，莫极于弘治时。所以复古俗而变流靡者，唯时有六人焉：北郡李献吉、信阳何仲默、仪封王子衡、鄠杜王敬夫、吴兴徐昌谷、济南边廷实，金辉玉映，光照宇内，而予亦幸窃附于诸公之间。乃于所谓孰是孰非者，不溺于剖劂，不怵于异同，有灼见焉。①

李献吉即李梦阳，何仲默即何景明，王子衡即王廷相，王敬夫即王九思，徐昌谷即徐祯卿，边廷实（一作庭实）即边贡，加之康海，共七人，人称前七子，以别于后续而起的以李攀龙、王世贞为首的后七子。《明史·文苑传序》亦云："弘、正之间，李东阳出入宋、元，溯流唐代，擅声馆阁。而李梦阳、何景明倡言复古，文自西京、诗自中唐而下，一切吐弃，操觚谈艺之士翕然宗之。明之诗文，于斯一变。"②可见，前七子以李梦阳、何景明二人为首。不过，中过弘治十五年（1502）状元的康海贡献亦大，时人有"康

---

① （明）康海：《康对山先生集》卷二十八，见《续修四库全书》集部第1335册，315页，上海，上海古籍出版社，2002。

② （清）张廷玉等：《明史》卷二百八十五《文苑传一》，7307页，北京，中华书局，1974。

李"之称①。 有学者指出："弘治十一年以来，京师结盟及复古活动的倡导，意味着前七子文学集团的正式形成并开始在文坛崛起，特别是随着集团核心成员的凝集和不少重要成员的相继加盟，以及他们对文学复古事业的投入，逐步巩固了这一文学阵营，扩大了它的影响，同时也为今后文学复古活动的开展奠定了一定的基础。"②可以说，前七子复古派引领了弘治、正德年间的文坛复古潮流，推动了文体革新的演进，打破了文坛自明初一百多年来颓恹的状态，开启了明代文学发展的新篇章。

前七子复古派是一个以李、何为核心的文人集团，其成员数量并非仅有七子。 李梦阳《朝正倡和诗跋》云：

> 诗倡和，莫盛于弘治。盖其时古学渐兴，士彬彬乎盛矣，此一运会也。余时承乏郎署，所与倡和，则扬州储静夫、赵叔鸣，无锡钱世恩、陈嘉言、秦国声，太原乔希大，宜兴杭氏兄弟，郴李贻教、何子元，慈溪杨名父，余姚王伯安，济南边庭实；其后又有丹阳殷文济，苏州都玄敬、徐昌谷，信阳何仲默；其在南都，则顾华玉、朱升之其尤也。诸在翰林者，以人众不叙。③

他在这篇跋文中共提及参与唱和者十九人：储巏、赵鸣、钱荣、陈策、秦金、乔宇、杭淮、杭济、李永敷、何孟春、杨子器、王守仁、边贡、殷鏊、都穆、徐祯卿、何景明、顾璘、朱应登。 当然，还有一些"在翰林者"，因为人数众多，就没有一一列举名单了，如马卿、顾清、崔铣、穆孔晖、徐缙等人。 这批

① 明朱应登有诗云："文章康李传新体，驱逐唐儒驾马迁。"（《凌溪先生集》卷十《口占五绝句》之三，见《四库全书存目丛书》集部第51册，447页，济南，齐鲁书社，1997）何良俊云："盖我朝相沿宋元之习，国初之文，不无失于卑浅，故康李二公出，极力欲振起之，二公天才既高，加发以西北雄峻之气，当时文体为之一变。"（《四友斋丛说》卷二十三《文》，208页，北京，中华书局，1997）
② 郑利华：《前七子文学集团的形成及其发展特点》，载《中国文学研究（辑刊）》，2005（1）。
③ （明）李梦阳：《空同集》卷五十九，见《景印文渊阁四库全书》集部1262册，544页，台北，台湾商务印书馆，1986。

人"多为历次新科进士，一般都是二三十岁的文学青年，他们最初在翰林或郎署任低级官员，地位不高，但年轻气盛，才情高昂。这种成员结构特点改变了自明初以来以政治平台搭建的文人集团，打破了领袖与成员地位不平等的格局，实行了主张与志趣的结合，给文人集团内带来了更加自由的空气"①。

前七子复古派在文学复古运动中提出了一些有价值的文学思想，他们在文学创作中也贯彻和体现了这一思想。虽然他们人数众多，各人皆有自己的文学主张，也曾因有歧见而产生矛盾，但他们在复古的旗帜下依然表现出了一定的共性。

◎ 第一节

言理阐道的文道观

在明前期文坛，文道关系一直是文人常谈的话题。宋濂、刘基、"三杨"、李东阳等台阁重臣都做出了近乎一致的回答。在他们看来，文章要根于理，要阐发道义。他们对文章的理解，主要是从文学的社会属性和价值属性来考虑的。文坛中这种绵延相继的认识也深刻地影响着后起作家。从茶陵派文风笼罩下走出来的李梦阳、何景明、康海、边贡、王廷相等七子复古派面对文道关系这个重要问题时，其答案与前人相差无几。

一、李梦阳、何景明的"文主理"说

李梦阳提出了"文主理"的观点。他在《缶音序》中说："宋人主理，作理语，于是薄风云月露，一切铲去不为……诗何尝无理？若专作理语，何

---

① 何宗美：《文人结社与明代文学的演进》上，220页，北京，人民出版社，2011。

不作文而诗为邪？"①他对宋诗重理的倾向予以了批评，强调诗歌不应"专作理语"，如要"专作理语"，不如作文，这说明他认为文章是用来阐发道理的。这种"文主理"的文学观念，其实是继承了"文以载道"的文学传统。他在《论学》中说：

> 宋儒兴而古之文废矣，非宋儒废之也，文者自废之也。古之文，文其人如其人，便了如画焉，似而已矣，是故贤者不讳过，愚者不窃美。而今之文，文其人无美恶，皆欲合道，传志其甚矣。是故考实则无人，抽华则无文。故曰：宋儒兴而古之文废。②

李梦阳所指的"文"是包含经史在内的一切非韵的文章，这与当时人的诗文概念一致。李梦阳在《论学》中还说：

> 昔人谓文至《檀弓》极。迁《史》序骊姬云云，《檀弓》第曰"公安骊姬"，约而该，故其文极。如此论文，天下无文矣。夫文者，随事变化，错理以成章者也。不必约，太约伤肉；不必该，太该伤骨。夫经史体殊，经主约，史主该。譬之画者，形容之也，贵意象具，且如"非骊姬，食不甘味，寝不安枕"之类是也。经者，文之要者也，曰安而食寝，备矣。自《檀弓》文极之论兴，而天下好古之士惑。于是惟约之务，为湔洗，为聱牙，为剿剔，使观者知而不知所以事，无由仿佛其形容。西京之后，作者无闻矣。③

---

① （明）李梦阳：《空同集》卷五十二，见《景印文渊阁四库全书》集部第 1262 册，477 页，台北，台湾商务印书馆，1986。
② （明）李梦阳：《空同集》卷六十六，见《景印文渊阁四库全书》集部第 1262 册，604 页，台北，台湾商务印书馆，1986。
③ 同上书，601～602 页。

此处"昔人"概指"宋人"。宋人因为《礼记》中的《檀弓》文辞简约而记事赅备，故将其当作文章写作的典范，这是他们的创见。不过，在李梦阳看来，文不必约而该，这与"经主约""史主该"不同，故他反对"《檀弓》文极"之论。进一步说，他是在反对宋人的论文思想。

何景明论文也主理。他说：

> 夫诗之道，尚情而有爱；文之道，尚事而有理。是故召和感情者，诗之道也，慈惠出焉；经德纬事者，文之道也，礼义出焉。夫饰莫大于礼义，润莫大于慈惠。是故可以敦尚，可以生息。①

他在《汉纪序》中亦说：

> 夫学者谓经以载道，史以载事。故凡讨论艺文，横分事理而莫知反说，讫无条贯，安能弗畔也哉？《易》列象器，《书》陈政治，《诗》采风谣，《礼》述仪物，《春秋》纪列国时事，皆未有舍事而议于无形者也。夫形理者，事也；宰事者，理也。故事顺则理得，事逆则理失。天下皆事也，而理征焉。②

由此看来，何氏认为文之道重在表达事理，理是文道之本，也是主宰"事"的，它通过"事"表现出来。

---

① （明）何景明著，李淑毅等点校：《何大复集》卷三十一《内篇·二十五篇》，551页，郑州，中州古籍出版社，1989。
② （明）何景明著，李淑毅等点校：《何大复集》卷三十四，598页，郑州，中州古籍出版社，1989。

二、王廷相的"文以阐道"说

王廷相认为文是衍道之具，强调"文以阐道"。他在《杜研冈集序》中说："文章，衍道之具也。要之，乃圣贤所可久之业。文而蔑所关系，徒言也，故有道者耻之。"①他认为文章是传衍道的工具，是圣贤所能久传之业。他在《雅述》中亦云："文以阐道，道阐而文实，六经所载皆然也。晋、宋以往，竞尚浮华，刻意俳丽，刘勰极矣。至唐韩、柳虽稍变其习，而体裁犹文。道止一二，文已千百，谓之阐道，妙乎微矣！"②他认为六经之文都是"道阐而文实"，而晋、宋以来之文，竞尚浮华，刻意俳丽，渐少载道之实。实际上，他所说的"道"，不是佛老之道，也不是宋儒之道，而是孔孟礼乐之道。他说："文者，载道之器，治迹之会归也。故曰：'文王既没，文不在兹乎？'言文即道，治即文矣。是故古人之文莫不弘于学术之所趋，莫不实于治功之有成。……君子修辞，虽雄深博雅，力总群言，而无当于修己经国之实者，自负曰文，去文万里矣。"③又说："君子修辞，要在训述道德，经理人纪，垂示政典，尚也。必品格古则而后文之美备。"④可见，"文以阐道"就是要求文学要为儒家伦理道德发声，要为"治功"服务。

至于文道之间的关系，他在《近言序》中说：

载道之典，至文也。文不该于道，繁则赘，丽则俳矣，故君子鄙之。尝观唐、虞、三代之典，即事命辞而文生焉，盖道为主而文为客

---

① 王孝鱼点校：《王廷相集·内台集》卷六，991页，北京，中华书局，1989。
② 王孝鱼点校：《王廷相集·雅述》上篇，843页，北京，中华书局，1989。
③ 王孝鱼点校：《王廷相集·王氏家藏集》卷二十二《广文选序》，419页，北京，中华书局，1989。
④ 王孝鱼点校：《王廷相集·王氏家藏集》卷二十二《钤山堂集序》，421页，北京，中华书局，1989。

也。魏晋以降，即辞撰事而文饰焉，盖文为主而道为客也。是故异端谶
纬之事作，而先王淳正之道离矣；诬怪谬幽之论兴，而古圣真实之旨塞
矣；俗儒曲士之书出，而时君经治之术暗矣。间有大心贞观之士，探源
返古，以追洪蒙，然俗蔀已深，涛澜滚滚，莫知所趋矣。①

应该说，王廷相的文道观，继承了前贤的"文以载道"说、"文以明
道"说，强调只有载道之文，才为至文，而且是道为主，文为宾。他认为，
先秦汉魏文是道为主而文为客，魏晋以降文则是文为主而道为客了。

三、康海、边贡、顾璘等人的文道观

康海论文强调"文以理为主"。张治道评价他说："对山论文以理为
主，以气为辅，出于身心，措诸事业，加诸百姓，有益于人国，乃为可贵
也。"②康海说："古之文也，充之而后然，故其师也，法而章焉。今之文
也，成之而后思，故其敝也，涣而晦焉。充之有道，穷理博文而已。理不
穷则无以得其旨趣之所在，文不博则无以尽其法度之所宜，故穷理博文而约
之于理，然后可以言其文也。"③他将"古之文"与"今之文"做一番比较，
提出言文首先要穷理博文。他在《浚川文集序》中更为明确地指出：

> 夫言者，心之声；文者，言之章者也。士自始学以及于其老，莫不
> 唯道焉，是致道不可以无著也，莫不唯文焉。是业君子所以布其心志于
> 天下后世者，文而已也。然天下后世读其书，则有以考其德，考其德，

---

① 王孝鱼点校：《王廷相集·王氏家藏集》卷二十三，428 页，北京，中华书局，1989。
② （明）康海：《康对山先生集》卷一引张太微（治道）评《廷对策》语，见《续修四库全书》集部
第 1335 册，102 页，上海，上海古籍出版社，2002。
③ （明）康海：《康对山先生集》卷二十《杂著·文说》，见《续修四库全书》集部第 1335 册，240
页，上海，上海古籍出版社，2002。

则有以识其人。是文之所以为文者，以学而不以夸，以所能至，不以其
所徒闻。①

康海的文道观由此可见。

边贡认为文是贯道之器。 他在《书博文堂册后》中说：

> 古之君子之于文也，非徒务其博而已也，彼固有所取焉。传曰：文
> 以载道。又曰：文者，贯道之器，则是君子之取于文者，固将以求
> 道也。②

他认为君子取于文的最终目的在于求道。

顾璘虽不在七子之列，但他在正德年间与李梦阳、何景明等人有深入交
往，可归于文学复古阵营。 他在《文端序》中说：

> 文始于六经，正学也，其大坏乃有六朝绮丽之体，衰宋琐弱之习。
> 比见楚学诸生为文，率务奥奇而不知适入于坏。尝教之读西汉书矣，惧
> 其学之无本，信之不笃也。至荆学，乃命教授杨奇逢取《易传》《尚书》
> 《礼记》各数篇以为准的，次《四书》长篇，始及于西汉，其究至程朱诸先
> 生文而止抄为一编，付李守士翱刻之，用布于诸郡学宫。③

他认为文始于六经，承载着道义，属于正学范畴，他教诸生以《易传》《尚
书》《礼记》《四书》等书，甚至程朱诸子文章为准的，这也体现了他对

① （明）康海：《康对山先生集》卷二十九，见《续修四库全书》集部第 1335 册，327 页，上海，上
海古籍出版社，2002。
② （明）边贡：《华泉集》卷十四，见《景印文渊阁四库全书》集部第 1264 册，238 页，台北，台湾
商务印书馆，1986。
③ （明）顾璘：《顾华玉集·凭几集续编》卷二，见《景印文渊阁四库全书》集部第 1262 册，327
页，台北，台湾商务印书馆，1986。

"道"的高度重视。

总之，前七子内部成员在文道关系的认识上可能存在一些细微的差异，但大体上表现出重道、崇理、抑文的思想倾向。需要指出的是，他们对"道"的理解，主要是先秦儒家之道、圣人之道，而这与推崇唐宋的台阁文人的文道观略有差异。

◎ 第二节
"文必秦汉"的师法主张

在茶陵派后期，已有一些成员把师法对象投向了秦汉文章。伴随着前七子复古派的崛起，他们除了诗学盛唐外，还把文章复古的目标追溯到先秦两汉。

一、前七子的"文必秦汉"论

目前，我们尚未见到李梦阳专门关于文章必法秦汉的文字表述，但后人追述李梦阳倡言"文必秦汉"的说法不在少数。李贽说："弘治间，李公梦阳以命世雄才，洞视元古，谓文莫如先秦两汉，古诗莫如汉魏，近体诗莫如初盛唐。乃与姑苏徐祯卿、信阳何景明作为古文辞，以荡涤南宋胡元之陋，而后学者有所准。彬彬郁郁，蔑以尚矣。"[1]钱谦益以批评的语气说："天地之运会，人世之景物，新新不停，生生相续，而必曰汉后无文，唐后无诗，此数百年之宇宙日月尽皆缺陷晦蒙，直待献吉而洪荒再辟乎？献吉曰：

---

① （明）李贽：《续藏书》卷二十六《文学名臣·副使李公》，见张建业主编：《李贽文集》第4卷，576页，北京，社会科学文献出版社，2000。

'不读唐以后书。'献吉之诗文，引据唐以前书，纰缪挂漏，不一而足，又何说也。"①由此看来，李梦阳在文学复古方面的确标举"文必秦汉"的旗帜。其《赠刘大夫序》云："非古弗则，非圣弗遵，非经弗由。少为之力，长而益修，譬之饥渴饮食焉。"②此外，他曾高度评价汉代贾谊文章，说："汉兴，谊文最高古。""谊文高古，最者，太史公业裁之入《史记》矣。"③这也反映出他的复古思想。何景明与李梦阳类似，并未直接表明文章宗法的问题。他曾说："予谓古书自六经下，先秦两汉之文，其刻而传者，亦足读之矣。"④这句话透露出他对六经以下先秦两汉之文的推崇。

作为倡言文学复古的七子成员，康海、王九思都发表过一些文章复古言论。康海在《渔石类稿序》中说："唐子尝言：'文不如先秦不可以云古'，非诚哉知言者乎！"⑤显然，他赞同唐龙的文宗先秦之说。还需指出的是，康海不排斥唐宋文。王九思称康海"喜唐宋韩苏诸作，尤喜《嘉祐集》"⑥。马理《对山先生墓志铭》载："（康海）读陈止斋文，仿而论事，杂陈文中，无辨焉。读三苏文曰：'老泉集吾取二三策焉，其简书之谓也。'读韩、柳文曰：'退之吾取其议论焉，子厚吾取其叙事焉已矣。'"⑦由此看出，康海的取法范围较广，并未自囿于秦汉文。

王九思论文宗旨亦推崇秦汉。他说："呜呼！文岂易为哉？今之论

---

① （清）钱谦益：《列朝诗集小传》丙集"李副使梦阳"，311～312 页，上海，上海古籍出版社，1983。

② （明）李梦阳：《空同集》卷五十三，见《景印文渊阁四库全书》集部第 1262 册，487 页，台北，台湾商务印书馆，1986。

③ （明）李梦阳：《空同集》卷五十《刻贾子序》，见《景印文渊阁四库全书》集部第 1262 册，462 页，台北，台湾商务印书馆，1986。

④ （明）何景明著，李淑毅等点校：《何大复集》卷三十四《海叟集序》，595 页，郑州，中州古籍出版社，1989。

⑤ （明）康海：《对山集》卷三，见《景印文渊阁四库全书》集部第 1266 册，343 页，台北，台湾商务印书馆，1986。

⑥ （明）王九思：《渼陂续集》卷中《明翰林院修撰儒林郎康公神道之碑》，见《四库全书存目丛书》集部第 48 册，230 页，济南，齐鲁书社，1997。

⑦ 见（明）康海：《重刻康对山先生全集》附录，清康熙五十一年刻本。

者，文必曰先秦两汉，诗必曰汉魏盛唐，斯固然矣。"①他在《与刘德夫书》中对"文法秦汉"的原因说得更具体："然自六籍以降，若孟氏之正大，左氏之蕴藉，屈子之豪宕，太史公之洪丽，班固之丰厚，庄生之奇怪，《国语》之温雅，《战国策》之纵横，博以取之，满以发之，下上千载之余，游心觚翰，自成一家之言……此仆之本志也。"②他有意汲取先秦诸家文章优长之处，融会贯通，以成一家之言。

王廷相也是"惟古是嗜"之人。他在《广文选序》中说："文之体要，难言也。援古照今，可知流委矣。《易》始《卦》《爻》《彖》《象》，《书》载《典》《谟》《训》《诰》，《诗》陈《国风》《雅》《颂》，厥事实，厥义显，厥辞平，厥体质，邈兮古哉！蔑以尚矣！自夫崇华饰诡之辞兴，而昔人之质散；自夫竞虚夸靡之风炽，而斯文之致乖；言辩而罔诠，训繁而寡实。于是君子惟古是嗜矣。"③在《何氏集序》中说："唐、虞、三代，《礼》《乐》敷教，《诗》《书》弘训，义旨温雅，文质彬彬，体之则德植，达之则政修，寔斯文之会极也。汉魏而下，殊矣：厥辞繁，厥道寡，厥致辩，厥旨近，日趋于变然尔。"④从王氏的"援古照今"看，他对汉魏之前的诗文称颂不已，说它们"蔑以尚矣"，"斯文之会极也"；而对汉魏以降之文颇为不满，因为它们"崇华饰诡""竞虚夸靡"。他在《杜研冈集序》中亦说："嗟乎！文章之敝也久矣。自魏晋以还，刻意藻饰，敦悦色泽，以故文士更相沿袭，摹纂往辙，遂使平淡凋伤，古雅沦隐，辞虽华绘，而天然之神凿矣。况志不存乎道者其识陋，情不周于物者其论颇，学不经乎世者其旨细。由是而为文，乃于人也不足以训，而况支赘淫巧，以垢蔑乎《风》

---

① （明）王九思：《渼陂续集》卷下《刻太微后集序》，见《四库全书存目丛书》集部第48册，237页，济南，齐鲁书社，1997。
② （明）王九思：《渼陂集》卷七，见《四库全书存目丛书》集部第48册，64～65页，济南，齐鲁书社，1997。
③ 王孝鱼点校：《王廷相集·王氏家藏集》卷二十二，419页，北京，中华书局，1989。
④ 王孝鱼点校：《王廷相集·王氏家藏集》卷二十三，424页，北京，中华书局，1989。

《雅》《典》《谟》之正乎？"①他评价同时代作家文章时，往往也以秦汉文章为参照，如评李梦阳，"以恢宏统辩之才，成沉博伟丽之文，厥思超玄，厥词寡和，游精于秦汉，割正于六朝，执符于《雅》《谟》，参变于诸子"②；评何景明文，"侵《谟》匹《雅》，欲《骚》俪《选》，遐追周、汉，俯视六朝，温醇典雅，色泽丰容，妙绪鸿裁，靡不备举"③。这些都可见其论文取法秦汉的思想倾向。

顾璘也深服秦汉文人。他在《寄后渠》中说："五经四子姑勿论，历代文人吾所深服者，屈原、庄生、荀况、贾谊、太史公，其人皆直吐胸次，无所钻研粉藻于笔墨蹊径，故文词明直，意味深永，可续诸经传，视《左传》《国语》犹夷、惠也。"④顾氏所深服者，都是秦汉时人。其人直吐胸次，其文文词明直，深有意味，值得师法。他在给其弟的书信中亦说："今且取五经、六子、《史记》、《汉书》、离骚及李、杜、王、岑诸公诗昼夜讽读，更进一格，自见得别。《文选》且缓看，魏晋以下，枝叶太繁，恐为所蔽。"⑤他的读书倾向，在此十分明了。

总之，前七子推崇秦汉文的复古思想，不仅表现出他们积极的文学革新精神，也反映出文坛在长期延续台阁文风之后的振作与突破。他们的复古主张，改变了弘治以后文学的走向与面貌。

---

① 王孝鱼点校：《王廷相集·内台集》卷六，991 页，北京，中华书局，1989。
② 王孝鱼点校：《王廷相集·王氏家藏集》卷二十三《李空同集序》，423 页，北京，中华书局，1989。
③ 王孝鱼点校：《王廷相集·王氏家藏集》卷二十三《何氏集序》，425 页，北京，中华书局，1989。
④ （明）顾璘：《顾华玉集·凭几集续编》卷二，见《景印文渊阁四库全书》集部第 1263 册，335 页，台北，台湾商务印书馆，1986。
⑤ （明）顾璘：《顾华玉集·息园存稿文》卷九《遗七弟英玉书》，见《景印文渊阁四库全书》集部第 1263 册，602 页，台北，台湾商务印书馆，1986。

二、前七子文论主张的创作实践

前七子复古派在散文创作上也贯彻了"文必秦汉"的主张。李梦阳，其"文酷仿左氏、司马"①。黄省曾评价李梦阳"古文奇气俊度，跌荡激昂，不异司马子长，又间似秦汉名流"②。李氏的代表作有《上孝宗皇帝书稿》《代劾宦官状稿》《送李德安序》《论史答王监察书》《处士松山先生墓志铭》《游庐山记》《封宜人亡妻左氏墓志铭》等。以《梅山先生墓志铭》为例，写他与鲍梅山的重逢之景：

> 正德十六年秋，梅山子来，李子见其体腴厚，喜。握其手曰："梅山肥耶!"梅山笑曰："吾能医。"曰："更奚能?"曰："能形家者流。"曰："更奚能?"曰："能诗。"李子乃大诧喜，拳其背，曰："汝吴下阿蒙邪!别数年而能诗，能医，能形家者流。"③

此文善用对话，一问一答之中尽显人物性情、神采。这种写法借鉴了先秦诸子散文的写作艺术，故其文显得奇崛劲健，简练利索。不过，李梦阳之文亦存在一些模拟之弊，他在章法、句法、字法上往往生搬硬套《尚书》《左传》《战国策》《史记》，不求变化，可谓"句拟字摹，食古不化，亦往往有之"④。颇具反讽意味的是，这种文弊亦可作为他宗法秦汉的最佳注脚。

何景明的文章师法秦汉。王世贞称何氏"为文刻工《左》、《史》、韩

---

① （明）王世贞著，罗仲鼎校注：《艺苑卮言校注》卷六第一五则，301 页，济南，齐鲁书社，1992。
② （明）黄省曾：《五岳山人集》卷三十《寄北郡宪副李公梦阳书》，见《四库全书存目丛书》集部第 94 册，782 页，济南，齐鲁书社，1997。
③ （明）李梦阳：《空同集》卷四十五，见《景印文渊阁四库全书》集部第 1262 册，417 页，台北，台湾商务印书馆，1986。
④ （明）李梦阳：《空同集》卷首《提要》，见《景印文渊阁四库全书》集部第 1262 册，6 页，台北，台湾商务印书馆，1986。

非、刘向家言"①，乔世宁亦说"其文类《国策》《史记》"②。 王廷相在《寄怀仲默二十韵》中赞扬何景明云："巨笔侔先汉，新词迈国风。 注书明贾傅，持论鄙扬雄。 后辈尊何逊，达人仰谢公。 神仙在平地，鹓凤翥高桐。"③何景明的散文代表作有《樊懋昭墓志铭》《祭亡兄东昌公文》《祭李默庵先生文》《赠左先生序》《赠李仲良耆老序》等。 其中《樊少南字说》还可看出他学习《庄子》的痕迹。 他解释其门生樊鹏之字说：

何子乃使之坐，而告曰："尔闻夫鹏，鲲为之也。鹏之大数千里，鲲亦数千里，非鲲则不能鹏也。鹏之南图也，扶摇而上者九万里，风蓬蓬在下，足以任其力，鼓其翼而南，非九万里则无以南也。故所托者小，则弗能大；所积者弗能厚，则弗能远。蠛蠓之子，翔于蚊睫，离娄视之眇然无有也，何也? 所托者小也。蜣决起而飞数尺，□□属于墙以投于地；雉泄泄飞，不逾十亩，所积者弗能厚也。今夫学者，扁扁卑卑，狭于守规；空空懵懵，日无所益而月有所亡者，皆所托不足以致大，所积不足以致远者也。"④

这段勉励之语显然出自《庄子·逍遥游》篇，其立意、章句皆有相似之处。

康海的文章大都文气充沛，波澜迭起，情感激越，代表作有《拟廷臣因宁夏事计今所宜事状》《拟论近臣太重状》《巡抚都御史松室刘公平番记》《铸钱议》《与彭济物书》等。 以《奉赠太子太保兼都察院左都御史彭公还朝序》为例：

---

① （明）王世贞：《弇州山人四部稿》卷六十四《何大复集序》，见《景印文渊阁四库全书》集部第1280册，127页，台北，台湾商务印书馆，1986。
② （明）乔世宁：《何先生传》，见（明）何景明著，李淑毅等点校：《何大复集》附录，667页，郑州，中州古籍出版社，1989。
③ 王孝鱼点校：《王廷相集·王氏家藏集》卷十六，278～279页，北京，中华书局，1989。
④ （明）何景明著，李淑毅等点校：《何大复集》卷三十三，591页，郑州，中州古籍出版社，1989。

明兴百五十载，仁渐义摩，天地所覆载，日月所照临，罔不尊亲爱戴，此商周所犹难，汉唐所无有，传所稽不可诬也。陛下承太平之统，袭治平之后，人康物阜，何有弗施？宜民趋义向教，彰至仁义之泽，广大治之绪。乃弄兵犯教，侮顺抗恩。方其横时，殪骁将掠名城，倏忽千里，捷若疾飚，此与夷狄何异？上既累招优抚，宜亟首自陈，匍匐踊擗，觊万幸以从德心，乃犹性忮冥昧，致厎天罚。凶魁既尽，党羽靡遗，使陛下隆武之名，公卿阐勘定之勋，血流千里，士废整年，此岂陛下初意哉？故变夷虽至无状，犹有可诿，曰：此王者所不治，地远俗异也！民亦乃尔，固非冠带文物之地，于化反乎不及，夫久张之弦必更，久佚之民难令，此长老素论也。①

这段话运用反诘手法，营造出磅礴气势，从而揭出蜀乱由来，既有先秦诸子之骏厉，又得贾谊、司马迁之浑雄。

复古派其他成员之作，亦有秦汉之风。比如，王九思文章，"其叙事似司马子长，而不屑于言语之末；其议论似孟子舆，而能从容于抑扬之际，至其因怀陈致、写景道情，则出入乎《风》《雅》《骚》《选》之间，而振迅于天宝、开元之右，可谓当世界之大雅、斯文之巨擘矣"②；陈沂，"文出入史汉，归于简古"③；袁袠，"为文必先秦两汉为法"④；等等。

概言之，前七子的散文创作，从正面看，表露出他们宗法秦汉的文论思想；从反面看，他们的文学复古实践落入了剿袭、食古不化的窠臼。

---

① （明）康海：《康对山先生集》卷三十二，见《续修四库全书》集部第 1335 册，364～365 页，上海，上海古籍出版社，2002。
② （明）康海：《康对山先生集》卷二十八《渼陂先生集序》，见《续修四库全书》集部第 1335 册，315 页，上海，上海古籍出版社，2002。
③ （明）顾璘：《顾华玉集·凭几集续编》卷二《明故山西行太仆寺卿石亭陈先生墓志铭》，见《景印文渊阁四库全书》集部第 1263 册，329 页，台北，台湾商务印书馆，1986。
④ （明）文徵明著，周道振辑校：《文徵明集》（增订本）卷三十三《广西提学金事袁君墓志铭》，727 页，上海，上海古籍出版社，2014。

◎ 第三节

"文有法式"的法度意识

以李、何二人为首的七子复古派在文学思想上有着极强的复古意识，在文学实践上也极力地去贯彻复古意愿。寻绎和遵循文章法式，是实现复古的重要途径。虽然复古派比较重视法度问题，但这并不意味着他们对法度的内涵有着统一的意见和看法。实际上，在什么是法、如何师法这些问题上，复古派内部产生过比较大的分歧，并由此而引起过激烈的辩驳。

一、尺寸古法与舍筏登岸

由法度分歧而引起的论争，集中表现在李梦阳和何景明两人身上。两人之间的争论是通过书信展开的，从现存的李梦阳《驳何氏论文书》《再与何氏书》、何景明《与李空同论诗书》，可见当时两人论争之具体情形。

首先要说的是两人对文章之法的看法。李梦阳说："文必有法式，然后中谐音度，如方圆之于规矩，古人用之，非自作之，实天生之也。今人法式古人，非法式古人也，实物之自则也。"①何景明亦说："仆尝谓诗文有不可易之法者，辞断而意属，联类而比物也。"②由此可知，两人都认为文章皆有一定之法。但问题是，双方在对"法"的认识以及如何取法问题上产生了重大分歧。

在李梦阳看来，法"实天生之也"。也就是说，法度的生成并非人为所

---

① （明）李梦阳：《空同集》卷六十二《答周子书》，见《景印文渊阁四库全书》集部第 1262 册，569 页，台北，台湾商务印书馆，1986。
② （明）何景明著，李淑毅等点校：《何大复集》卷三十《与李空同论诗书》，576 页，郑州，中州古籍出版社，1989。

致，而是一种普遍适用的、天然存在的共同准则。今人法式古人，实质是在遵循"物之自则"。他的这种观点在反驳何景明的书信中也曾提及："古之工，如倕如班，堂非不殊，户非同也，至其为方也、圆也，弗能舍规矩。何也？规矩者，法也。"①于他而言，"法"就是规矩，无规矩不成方圆。他又说："仆之尺尺而寸寸之者，固法也。假令仆窃古之意，盗古形，剪截古辞以为文，谓之影子诚可。若以我之情，述今之事，尺寸古法，罔袭其辞，犹班圆倕之圆，倕方班之方，而倕之木，非班之木也，此奚不可也？夫筏我二也，犹兔之蹄，鱼之筌，舍之可也。规矩者，方圆之自也，即欲舍之，乌乎舍？"②在这里，他表明了自己尺寸古法、不舍规矩的态度，法不能像兔蹄、鱼筌那样可以任意舍弃。不仅如此，他在写给吴谨的书信中还以书法打比方，来表明"作文如作字"之理。他说："夫文自有格，不祖其格，终不足以知文。今人有左氏、迁乎？而足下以左氏、迁律人邪？欧、虞、颜、柳，字不同而同一笔。其不同，特肥瘦、长扁、整流、疏密、劲温耳。此十者，字之象也，非笔之精也。乃其精，则固无不同者。夫文亦犹是耳。足下谓迁不同左氏，左氏不同古经，亦其象耳。"③在他看来，字之形体外在特征，是"象"，它们各有不同；而"笔之精"，是"应诸心而本诸法者也"，也就是经过书家内心的体认而本自"法"的一种内在的规定性，它们是"固无不同者"。这好比文章之事，有同与不同，左丘明、司马迁其文不同，这好似字之"象"的区别，而它们的"精"与"法"则是一致的。李梦阳对"法度"有过具体的解释："古人之作，其法虽多端，大抵前疏者后必密，半阔者半必细，一实者必一虚，叠景者意必二。此予之所谓法，圆规而

① （明）李梦阳：《空同集》卷六十二《驳何氏论文书》，见《景印文渊阁四库全书》集部第 1262 册，566 页，台北，台湾商务印书馆，1986。
② 同上书，566 页。
③ （明）李梦阳：《空同集》卷六十二《答吴谨书》，见《景印文渊阁四库全书》集部第 1262 册，568 页，台北，台湾商务印书馆，1986。

方矩者也。"①此"法"实际上就是写作的技法，而不是说文章写作具有普遍性的规律。 问题是李梦阳以此法代表彼法，表明李梦阳对"法"的阐释存在着自我矛盾之处。 这种难以自圆其说的矛盾也就很容易招致别人的口诛笔伐了。

何景明对"法"的内涵的理解，在《与李空同论诗书》中有所提及，他认为诗文的法则就是"辞断而意属，联类而比物"。 所谓辞断意属，就是具体的辞句可以有所变化，不相关联，而蕴含在作品中的意脉一定要贯通联属；所谓联类比物，就是将相近的事类串联起来进行比方说明。 这种法则已超出了刻古范型、字模句拟的层面。 实际上，就对法则的阐述，他还举过舍筏登岸的例子：

> 仆观尧、舜、周、孔、子思、孟氏之书，皆不相沿袭，而相发明，是故德日新而道广，此实圣圣传授之心也。后世俗儒，专守训诂，执其一说，终身弗解，相传之意背矣。今为诗不推类极变，开其未发，泯其拟议之迹，以成神圣之功，徒叙其已陈，修饰成文，稍离旧本，便自机杌，如小儿倚物能行，独趋颠仆。虽由此即曹、刘，即阮、陆，即李、杜，且何以益于道化也？佛有筏喻，言舍筏则达岸矣，达岸则舍筏矣。②

在他看来，尧、舜、周、孔、子思、孟子诸人之书都是"不相沿袭，而相发明"，"泯其拟议之迹，以成神圣之功"。 这显然是对尺寸古法的不满。他认为，"法"即"筏"，达岸就可以舍"筏"。 他在《述归赋并序》中说："仆尝以汉之文人工于文而昧于道，故其言杂而不可据，疵而不可训。宋之大儒知乎道而啬乎文，故长于循辙守训，而不能比事联类，开其未发。

---

① （明）李梦阳：《空同集》卷六十二《再与何氏书》，见《景印文渊阁四库全书》集部第1262册，567页，台北，台湾商务印书馆，1986。
② （明）何景明著，李淑毅等点校：《何大复集》卷三十《与李空同论诗书》，576页，郑州，中州古籍出版社，1989。

故仆尝病汉之文其道驳，宋之文其道拘，反复求斯，尚未有得。要之，鄙意则欲博大义，不守章句，而于古人之文，务得其宏伟之观、超旷之趣，至其矩法，则闭户造车，出门合辙，不烦登途比试矣。"①他的意思是学习古人之文，重在体会其神态意趣，不可拘泥于法，否则就是闭户造车。当然，他对自己的学古方式也表现出鲜明的态度："空同子刻意古范，铸形宿镆，而独守尺寸。仆则欲富于材积，领会神情，临景构结，不仿形迹。"②显然，何氏与李氏取法观念不同，他注重"富于材积"，也就是要洞察古人诸家，多多积累诸家法门所在；不仅如此，还要"领会神情"，体察和领悟古人法度的精神意蕴。在此基础上，进行创作时就会"不仿行迹"，也就是会拟议成其变化。他在书信中还对李梦阳的创作表示了很高的期待："自创一堂室，开一户牖，成一家之言，以传不朽者，非空同撰焉，谁也？"③

李梦阳对此不以为然，他致书何景明说：

> 又曰："未见子自筑一堂奥，突开一户牖，而以何急于不朽？"此非仲默之言，短仆而诔仲默者之言也。短仆者必曰："李某者岂善文者，但能守古而尺尺寸寸之耳。必如仲默，出入由己，乃为舍筏而登岸。"斯言也，祸子者也。④

显然，他对舍筏登岸说是不同意的。类似"斯言祸子"的话，李梦阳还有提及："子试筑一堂，开一户，措规矩而能之乎？措规矩而能之，必并方圆而遗之可矣，何有于法？何有于规矩？故为斯言者，祸子者也。祸子者，祸

① （明）何景明著，李淑毅等点校：《何大复集》卷一《述归赋并序》，6页，郑州，中州古籍出版社，1989。
② （明）何景明著，李淑毅等点校：《何大复集》卷三十《与李空同论诗书》，575页，郑州，中州古籍出版社，1989。
③ 同上书，577页。
④ （明）李梦阳：《空同集》卷六十二《驳何氏论文书》，见《景印文渊阁四库全书》集部第1262册，565页，台北，台湾商务印书馆，1986。

文之道也。 不知其言祸己与祸文之道，而反规之于法者是攻，子亦谓操戈入
室者矣。"①在这段话中，他反问何景明：筑堂开户能舍弃规矩而行之吗？
同理，行文是离不开法的，也是要讲规矩的。 由此可以看出，他反对何氏所
强调的"自创一堂室，开一户牖"，而倾向于循守规矩，循守法度。 当然，
这并不意味着李梦阳就是死守法度之人，其实，他也重视"变化之要"。 他
说："守之不易，久而推移，因质顺势，融镕而不自知。 于是为曹为刘，为
阮为陆，为李为杜，即今为何大复，何不可哉？ 此变化之要也。 故不泥法
而法常由，不求异而其言人人殊。"②他认为守法不变，积久成熟，顺势推
移，作家自然会吸收融镕他人之法，从而为己所用，自成一家。 当然，这是
一个长期的、不可预测的质变过程，是不能去刻意追新逐异的，正如他所说
的"非自筑一堂奥，自开一户牖，而后为道也"③。

二、复古阵营内部的反响

李、何二人的争论，在前七子阵营内部也引起了反响，并由此引出对两
人的不同看法。 或尊李非何，或抑李扬何，或公允评判。

尊李非何者，有顾璘、黄省曾等人。 顾璘说："夫文章之道，初慎师
承，乃能立体，驯臻妙境，始自成家。 观其（何景明）与李氏论文，直取
'舍筏登岸'为优，斯将尽弃法程，专崇质性，苟为己地，固非确论。"④他
认为文章之道，要注重师承，而师承则要注重法度、规程，习之既久，才会
渐臻妙境，自成一家。 而何景明"尽弃法程"，并非确论，显然他认同李氏
之说。 黄省曾亦推崇李梦阳，批评何景明说："何大复号称名流，而乃为夸论

---

① （明）李梦阳：《空同集》卷六十二《驳何氏论文书》，见《景印文渊阁四库全书》集部第1262
册，566页，台北，台湾商务印书馆，1986。
② 同上书，566页。
③ 同上书，566页。
④ （明）顾璘：《国宝新编·陕西按察副使何景明》，见《丛书集成初编》第3387册，5页，北京，
中华书局，1985。

曰：'文靡于隋。 其法亡于退之；诗溺于陶，其法亡于灵运。'嗟夫，嗟夫，是何言哉！隋不足论，至于退之、陶、谢，亦可稍宽宥矣。"①他的话语表露出对何氏《与李空同论诗书》中言论的不满。 显然，他是站在李梦阳这一边的。

抑李扬何者，有王九思、薛蕙等人。 王九思《漫兴》之三云："仲默亲从献吉游，高才妙悟孰能俦？ 宁独老夫堪下拜，即教献吉也低头。"②他称赞何氏"高才妙悟"，自愿对他顶礼膜拜，甚至让李梦阳也低头。 显然他是尊何抑李的。 同样的态度，在薛蕙的诗句中也可见到："海内论诗伏两雄，一时倡和未为公。 俊逸终怜何大复，粗豪不解李空同。"③他"终怜"何氏"俊逸"，"不解"李氏"粗豪"，也是站在何景明一边的。

客观评判者，以王廷相和康海为代表。 王廷相曾给李、何两人的集子作过序，他在《李空同集序》中不仅赞称空同文"秦汉以来，寡见其俦矣"，还提及李梦阳曾经与自己论文，空同云"学其似，不至矣，所谓法上而仅中矣，过则至且超矣"。④ 这显示出他对学"法"的肯定与重视。 不过，他在《何氏集序》中也极力赞称何景明之文，说"古称'雄视百代'，斯文信矣"，这个评价显然要高出对李梦阳文的赞誉，这也表明他认为何文要优于李文。 他还说："及考夫董、贾、杨、马、李、杜、韩、柳诸贤，各运机衡，以追往训，当世文轨，靡得而拘。 今综八子视之，殆自致羽翮，凌驾文圃者矣，非存乎其人何哉？"⑤这里已流露出不拘成法、凌驾文圃的意思。作为文人兼哲学家的王廷相对如何学古的问题，曾做出辩证的回答：

譬医之治例，三焦五脏，风寒暑湿，药有定品，方有定拟，工医者

---

① （明）李梦阳：《空同集》卷六十二附黄省曾书，见《景印文渊阁四库全书》集部第 1262 册，5 页，台北，台湾商务印书馆，1986。

② （明）王九思《渼陂集》卷六，见《四库全书存目丛书》集部第 48 册，58 页，济南，齐鲁书社，1997。

③ （明）薛蕙：《考功集》卷八《戏成五绝句》，见《景印文渊阁四库全书》集部第 1272 册，91 页，台北，台湾商务印书馆，1986。

④ 王孝鱼点校：《王廷相集·王氏家藏集》卷二十三，424 页，北京，中华书局，1989。

⑤ 同上书，425 页。

能循持而守之，虽无大益，保无大缪矣。虽然，工师之巧，不离规矩；画手迈伦，必先拟摹。风、骚、乐府，各具体裁；苏、李、曹、刘，辞分界域。欲擅文囿之撰，须参极古之遗，调其步武，约其尺度，以为我则，所不能已也。久焉纯熟，自尔悟入，神情昭于肺腑，灵境彻于视听，开阖起伏，出入变化，古师妙拟，悉归我闳。由是搦翰以抽思，则远古即今，高天下地，凡具形象之属，生动之物，靡不综摄，为我材品；敷辞以命意，则凡九代之英，三百之章，及夫仙圣之灵，山川之精，靡不会协，为我神助。此非取自外者也，习而化于我者也。故能摆脱形模，凌虚构结，春育天成，不犯旧迹矣。①

王氏强调学古应从模拟着手，纯熟之后，就要摆脱形模，跳出窠臼，出入变化，自成一家。这也就是复古诸子们所孜孜追求的"拟议以成其变化"。

康海极为不满学古过程中出现的拘于成法以致"摹仿剽夺"之弊的现象。他说：

今之士大夫率以文章口耳之细，能命一辞，滕一说，即视万物皆莫己若，是盖未尝反而求之于心即小视万物，皆莫己若，是盖未尝反而求之于心，故驰骛如彼耳。然于辞、说之末，亦未之领略也。《左氏》《国语》，一时之言，其精粗虽异，而大指无谬于事实，故或微有出入，亦不害其有物之言也。今之士大夫窃取其语似，而未通其大指，故泛焉、荡焉，不能自得所依，盖好古之过也。……学不求诸其心，徒以言语文字之细，贸贸焉终日以为道在是矣，亦不远乎？②

---

① 王孝鱼点校：《王廷相集·王氏家藏集》卷二十八《与郭价夫学士论诗书》，503～504 页，北京，中华书局，1989。
② （明）康海：《康对山先生集》卷二十八《送文谷先生序》，见《续修四库全书》集部第 1335 册，313 页，上海，上海古籍出版社，2002。

又说："今士大夫尚浮名而趋末务，偶善一诗、成一文，则矜炫驰肆，目无全物，即上追屈、宋，中骖班、马，艺而已矣。况摹仿剽夺，文实俱鲜。此文士之鄙习，非国士之鸿操也。"①在他看来，不求古人之心，徒求之于言语文字，生吞活剥，这么做不能通古人之道，也不是国士鸿操。据明代李开先《对山康修撰传》，康海还说过："古人言以见志，其性情状貌，求而可得，此孔子所以于师襄而得文王也。要之自成一家，若傍人篱落，拾人唾咳，效颦学步，性情状貌，洒然无矣，无乃类诸译人矣乎？君子不作凤鸣，而学言如鹦鹉，何其陋也。"②这显示出他不随人后、自成一家的创新意识。

随着时间的流逝，后人对这场争论会有更加清醒、更加公允的认识。万历年间汪道昆的评价值得我们重视。他说："献吉兢兢尺寸，非规矩不由；先生（何景明）志在运斤斲轮，务底于化。于时主典则者张献吉，主神解者附先生。要诸至言，各有所当，顾其相直若绳墨，而相济若和羹，即言逆耳而莫逆于心耳。"③他看出了李、何双方所论各有所当，应该相济相成。

总的来看，以李梦阳、何景明为代表的前七子在学古法度问题上的不同意见，反映出他们对此问题的理性思考。"他们的论争，并无更为深层之理论意义。自理论上之是非言，景明复古而能自树立之说，较梦阳之谨守古法较可取。但如何能自树立，他也并无明晰之理论上之说明，难有实际践行之意义。"④不过，他们的论争也有一定的积极意义。比如，他们对诗文创作本身规则与门径的体认与研讨，对诗文体格的辨析与研察等，这些都有助于引导人们回归文学本体的层面，从而重新思考文学价值之何在。

---

① （明）康海：《康对山先生集》卷二十八《送白贞夫序》，见《续修四库全书》集部第 1335 册，321 页，上海，上海古籍出版社，2002。
② 路工辑校：《李开先集·闲居集》卷十，593 页，北京，中华书局，1959。
③ （明）何景明著，李淑毅等点校：《何大复集》附录《明故提督学陕西按察司副使信阳何先生墓碑》，673 页，郑州，中州古籍出版社，1989。
④ 罗宗强：《明代文学思想史》，303 页，北京，中华书局，2013。

第十三章
唐宋派的散文思想

嘉靖初年，以李梦阳、何景明为首的前七子复古派的流弊日益显露，引起有志之士的不满和批判，他们力图振起，以挽救文坛拟古剿袭的不良习气。钱谦益说："嘉靖初，王道思、唐应德倡论，尽洗一时剽拟之习。伯华与罗达夫、赵景仁诸人，左提右挈，李、何文集，几于遏而不行。"①他指出了以王慎中（1509—1559）、唐顺之（1507—1560）等为代表的唐宋派反对前七子拟古弊习的功绩。唐宋派诸子在肯定秦汉文的同时，着意提倡唐宋八家文，注重文道关系，强调神明变化之法，倡言本色。他们的文学思想及创作有力地净化了文坛浮躁的风气。

论及唐宋派的形成，不能不提"嘉靖八才子"。因为这个流派实由"嘉靖八才子"脱胎而来。② "八才子"之名始见于李开先《吕江峰集序》③，主要指赵时春、王慎中、李开先、唐顺之、陈束、任瀚、吕高、熊过。前两

---

① （清）钱谦益：《列朝诗集小传》丁集上"李少卿开先"，377页，上海，上海古籍出版社，1983。

② 廖可斌：《明代文学思潮史》，234页，北京，人民文学出版社，2016。

③ 李开先云："古有建安七子，大历十才子，今嘉靖十年后，更有八才子之称。八人者，迁转忧居，聚散不常，而相间不过数年，其久者亦止八九年而已。不知天下何以同有此称，详其所作，任忠斋以奇警，熊南沙以简古，唐荆川以明畅，而陈后冈之精细，王遵岩之委曲，赵浚谷之雄浑，各随其材力。"（路工辑校：《李开先集·闲居集》卷五《吕江峰集序》，304页，北京，中华书局，1959）钱谦益亦云："嘉靖初，朝士有所谓八才子者：晋江王慎中道思、毗陵唐顺之应德、富顺熊过叔仁、慈溪陈束约之、南充任瀚少海、章丘李开先伯华、平凉赵时春景仁，而山甫亦与焉。"（《列朝诗集小传》丁集上"吕少卿高"，379页，上海，上海古籍出版社，1983）

人都是嘉靖五年（1526）进士，后面六人都是嘉靖八年（1529）进士。 这群新科进士在京师相聚后，彼此交流，搅动风云，嘉靖十一年（1532）以后，他们在文坛上声名鹊起。① 钱谦益说："道思在郎署，与一时名士所谓八才子者，切劘为诗文，自汉以下，无取焉。"② 不过，好景不长，嘉靖十四（1535）年前后，随着这些人被相继罢谪，如王慎中在嘉靖十三年（1534）被贬谪为常州通判，唐顺之在嘉靖十四年二月以吏部主事致仕，永不起用，这个松散的文学集团也就自然解体了。 即便如此，他们的文学主张依然回荡于文坛，并得到追随者的响应。

唐宋派阵营中的归有光（1507—1571）、茅坤（1512—1601）因入京登科时间较迟，未入"八才子"之列，然其作用与贡献不容忽视。 与唐、王、茅相比，归有光虽年齿居长，但中进士最迟。 他在嘉靖十九年（1540）乡试中举后，八上公车不遇，直到嘉靖四十四年（1565）才步入进士行列。 此后，辗转仕宦于地方，卒于南京太仆寺丞任上。 从文学影响上来说，他与唐顺之、王慎中等无直接交往，并且在嘉靖前中期时，文学活动也较为独立，"基本上没有卷进当时文坛主流相互冲突的旋涡"③。 不过，他曾在嘉靖二十年（1541）徙居嘉定安亭江上，读书讲学，生徒众多，影响甚远。④ 茅坤是嘉靖十七年（1538）进士，在中央和地方都做过官，后落职归乡林居五十余载。 他曾编选《唐宋八大家文钞》，有力地推动了尊唐宋潮流的波扬，"唐宋八大家"之名也随之流行。

从成员经历及相互关系来看，唐宋派并不是一个组织严密的文学团体。唐宋派的成员问题，学界已有一定的探讨，以唐、王、茅、归四子为主，已

---

① 据《吕江峰集序》，"嘉靖八才子"之称号形成于嘉靖十年之后。 其实，更准确地说，应该在嘉靖十一、十二年之际。 因为唐顺之中进士后，旋即归里守母丧，直到嘉靖十一年九月服阕，才返京候选。 也就是在这个时候，他与王慎中相识，互为知己。

② （清）钱谦益：《列朝诗集小传》丁集上"王参政慎中"，374 页，上海，上海古籍出版社，1983。

③ 廖可斌：《明代文学思潮史》，240 页，北京，人民文学出版社，2016。

④ 参见刘蕾：《归有光与嘉定文坛关系研究》第二章，23～42 页，上海，上海大学出版社，2013。

是共识。 不过，这四人并不存在集体活动的情况，倒是存在一些两两交往的情况。 比如，唐顺之不仅与王慎中有交往，还曾与茅坤往来密切，并有《答茅鹿门知县》二书，但未见他与归有光的交往记录。 其实，能把他们勾连成一派的，或者说后人追认他们为流派的，主要依据还是他们文学思想的趋同性。 故如果要追溯唐宋派的形成，必然要重点考察他们的文学思想的演变情况。 就此点来说，"大约在嘉靖十五年，王慎中、唐顺之形成了其'文以明道'和'师法唐宋'的文学思想。 这标志着唐宋派文学思想的初步成型"①。 当然，对这个流派的文学思想，我们不能仅仅静态地予以观察，更应该动态地去考察它的流变情况。

◎ 第一节

学术思想与文道观

唐宋派作为唐宋文的继承者和传扬者，除了重视文统外，也重道统。 因为唐宋八大家极为重视文道关系，倡言文以明道、传道。 这必然会影响到唐宋派诸子的思想倾向和价值取向。 需要指出的是，他们对文道关系的思考和探讨，固然有承继唐宋诸儒思想的一面，但也有一些新的时代内涵和特点。 进一步说，欲理解唐宋派的文道观，一方面要注意他们思想中的宋儒理学成分，另一方面也要关注流行的阳明心学对他们的影响。 而后者却是唐宋韩、柳、欧、曾诸儒所未曾熏染的，由此可以显示出唐宋派的独特性与时代性。

---

① 刘尊举：《唐宋派文学思想研究》，博士学位论文，首都师范大学，2006。

一、王慎中的思想转变与文道观

从王慎中思想的流变情况看，他任职南京时期是一个重要的阶段。嘉靖十四年（1535）七月，他由常州通判任上升至南京户部主事，旋即转礼部员外郎，逾年四月，擢山东提学佥事。在他仕宦南京不满一载的时间里，其思想发生了重要转变。王慎中在给顾鼎臣的书信中有详细表述：

> 某少无师承，师心自用，妄意于文艺之事。自十八岁谬通仕籍，即孳孳于觚翰方册之间。盖勤思竭精者，十有余年。徒知掇摭割裂，以为多闻；模效依仿，以为近古。如饮酒方醉，叫呼喧呶，自以为乐，而不知醒者之笑于其侧而哀之也。溺而不止，已成弃物；天诱其衷，不即沦陷。二十八岁以来，始尽取古圣贤经传及有宋诸大儒之书，闭门扫几，伏而读之，论文绎义，积以岁月，忽然有得。追思往日之谬，其不见为大贤君子所弃，而终于小人之归者，诚幸矣！愧惧交集，如不欲生，乃尽弃前之所学。①

概言之，王慎中在思想转变之前，侧重于文艺之事，于学自谓"某颛蒙孤陋，百无所能。顾独有志于学，然以其颛蒙孤陋也，力不足以向往而耳目无所开启，十年于兹，因故守旧，无所加于少之锱铢"②。思想转变之后，他研读古圣贤之经传以及宋儒之书，论文绎义，积有所得。

王慎中这种由文及道的转向，与阳明心学传人王畿有着重要关系。李开先《遵岩王参政传》云：

---

① （明）王慎中：《遵岩先生文集》卷三十六《再上顾未斋》，见《北京图书馆古籍珍本丛刊》第105册，1016页，北京，书目文献出版社，1988。
② （明）王慎中：《遵岩先生文集》卷三十六《上王浚川尚书》，见《北京图书馆古籍珍本丛刊》第105册，1021页，北京，书目文献出版社，1988。

　　（王慎中）升任户部主事，再升礼部员外郎，俱在留都闲简之区，益得肆力问学，与龙溪王畿，讲解王阳明遗说，参以己见，于圣贤奥旨微言，多所契合。曩惟好古，汉以下著作无取焉，至是始发宋儒之书读之，觉其味长。①

　　其实，除了王畿外，王慎中在南京受教于吕柟、魏校②，始知正学之有所在，不敢丧己于流俗之中，溺志于技艺之末③。此外，他后来在江西参议任上，往来白鹿、鹅湖间，更与罗洪先、聂豹、邹守益、欧阳德等江右王学俊彦交游论学。这些都使他的思想多少受到阳明心学的影响。比如，他对唐顺之说："然则由是以知《大学》之所谓致知者，信在内而不在外，系于性而不系于物，而龙溪君之言为益可信矣。"④

　　不过，有一点还需指明，王慎中的学术思想成分中还有闽中朱子学的因

---

① 路工辑校：《李开先集·闲居集》卷九，617 页，北京，中华书局，1959。
② 王慎中云："往岁谪官毗陵，稍迁留都，故得谒泾野于官邸，从庄渠于里居。二先生不见鄙以不可与言，垂赐诲谕，至于惓惓，中心窃幸，因用自奋。"（《遵岩先生文集》卷三十六《与王顺渠祭酒》，见《北京图书馆古籍珍本丛刊》第 105 册，1022 页，北京，书目文献出版社，1988）按：据《明世宗实录》卷一百七十七，吕柟（号泾野）在嘉靖十四年七月由南京太常寺卿升为国子监祭酒，次年八月又擢为南京礼部右侍郎。吕氏受业于渭南薛敬之，接河东薛瑄之传，学以穷理实践为主。官南京时，与湛若水、邹守益共主讲席。魏校（号庄渠）里居于家。魏校之学，主胡居仁主敬之学。
③ 王慎中在嘉靖十四年曾致书魏校："自得见君子以来，廓若发蒙，始知正学之有所在，而此生之几于虚过。奉以周旋，时有警省，不敢丧己于流俗之中，溺志于技艺之末，惟以圣贤之言维持此心。"（《遵岩先生文集》卷三十六《上魏庄渠公》，见《北京图书馆古籍珍本丛刊》第 105 册，1025 页，北京，书目文献出版社，1988）按：王慎中在嘉靖十四年还曾对湖广佥事陈束《湖广录》问策中指斥宋儒的话表示不满："而余私心所不足于子者，惟第二问策，指斥宋儒殊失其真，且诬其以为读之令人眩瞀而不可信。是子于此数子之书未尝潜心读之也。夫学未到彼，则于其言宜未能知，既未之知，则其不信也亦宜，但不宜以己之不信而遂斥立言者之非耳。吾子才高意广，卓越时流，愿稍自抑损，尽心于宋人之学，则其所就又当如何？"（《遵岩先生文集》卷三十六《与陈约之》，见《北京图书馆古籍珍本丛刊》第 105 册，1031~1032 页，北京，书目文献出版社，1988）这显然是在维护宋儒之说。
④ （明）王慎中：《遵岩先生文集》卷三十六《与唐荆川》，见《北京图书馆古籍珍本丛刊》第 105 册，1029 页，北京，书目文献出版社，1988。

子①，这是他终身未改的。因为他曾经受业于易时中，而易氏是闽中朱子学著名传人蔡清的再传弟子。他曾为易时中代笔作《刻蔡虚斋太极图解序》，对蔡清《太极图解》及其学术旨趣有所阐论。他还"利用诸多外任的机会，所到之处，与包括阳明各派弟子及其他朱子学者频频交接探讨，显然意在会通各门派学问之长以发展、壮大闽学"②。

王慎中继承了唐宋以来的文道观，强调文道合一，以道为本。他的《曾南丰文萃序》从文章关乎世运的角度入手，提出文章应该"本于学术而足以发挥乎道德"的观点：

> 极盛之世，学术明于人，风俗一出乎道德，而文行于其间，自铭器赋物、聘好赠处、答问辩说之所撰述，与夫陈谟矢训、作命敷诰，施于君臣政事之际，自间咏巷谣、托兴虫鸟、极命草木之诗，与夫作为《雅》《颂》，奏之郊庙朝廷，荐告盛美、讽谕监戒以为右神明、动民物之用，其小大虽殊，其本于学术而足以发挥乎道德，其意未尝异也。士生于其时，盖未有不能为言；其才或不能有以言，而于人之能言，固未尝不能知其意。文之行于其时，为通志成务，贤不肖、愚知共有之能，而不为专长一人、独名一家之具，噫，何其盛也。③

在他看来，夏商周三代文学最盛，"风俗一出乎道德，而文行于其间"，达到了文道合一。

至于三代以降的文道关系，王慎中在《曾南丰文粹序》中也有论述，谓周衰学废，道德或驳焉不醇，或曲焉不该，甚至还多有违背者，但"发而为文，皆以道其中之所欲言，非掠取于外，藻饰而离其本者，故其蔽溺之情亦

---

① 陈广宏：《王慎中与闽学传统》，载《文学遗产》，2009（4）。
② 陈广宏：《王慎中与闽学传统》，载《文学遗产》，2009（4）。
③ （明）王慎中：《遵岩先生文集》卷十五，见《北京图书馆古籍珍本丛刊》第105册，746页，北京，书目文献出版社，1988。

不能掩于词,而不醇不该之病,所由以见"①。 西汉之文又盛,枚乘、公孙弘、严助、朱买臣、谷永、司马相如之属,皆是"徒取之与外,而足以悦世之耳目者";贾谊、董仲舒、司马迁、刘向、扬雄之属,"能道其中之所欲言,而不免于蔽者"。 宋代庆历、嘉祐年间,文学亦盛,杰出者当推曾巩,"观其书,知其于为文,良有意乎折中诸子之同异,会通于圣人之旨,以反溺去蔽,而思出于道德,信乎能道其中之所欲言,而不醇不该之蔽亦已少矣。 视古之能言,庶几无愧,非徒贤于后世之士而已。 推其所行之远,宜与《诗》《书》之作者并天地无穷而与之俱久"。② 这些阐述,充分显示出王慎中论文重道的思想倾向。 他在《薛文清公全集序》中称薛瑄文"皆有所据依原本,以不背作者之法,亦其学之所守然也。 知者观之,固知其为道德之言而亦有道德之能言者也,诚有德矣,亦何事于言,未有有德而不能言者。 近世乃有诡于知道而不能为文,顾谓不足为也,其弊将使道与文为二物,亦可患也"③。 由此亦表明他认为知道应能为文,道与文不可为二物。他在《黄晓江文集序》中还将"文以载道"的命题改为"义理载以行焉":

> 于是有才且贤而终不遇者以其聪明才智不可苟同于凡人,敛置其扶世救物之忧退焉,而自侊则有所不释于中,见于言语文字以谕志意、达性情,非汲汲期其言之行于远也,而义理载以行焉,虽欲不远不可得也。④

在他看来,有德之言,自然会流传久远。

王慎中以道为本的文道观在他的书信中也有反映。 他在《与林观颐》中

---

① (明)王慎中:《遵岩先生文集》卷十五,见《北京图书馆古籍珍本丛刊》第 105 册,746 页,北京,书目文献出版社,1988。
② 同上书,747 页。
③ 同上书,748 页。
④ 同上书,752 页。

说："所为古文者，非取其文词不类于时，其道乃古之道也。古之道不谋禄利，不希荣进，足下之好古文直好其词不类于时耳，如是，则其用意亦何以异于时？故仆愿足下姑置得失而专力于道，苟于道有得，虽不吾问，足下将自得之。"①王慎中希望林氏"专力于道"，无疑表明他对"道"的重视。当然，不可据此就认为他重道轻文。实际上，他认为文有其独特性和重要性，不能轻末重文。他在《与蔡可泉》中说："文虽末技，然人材美恶，风俗盛衰，举系于此，不得自为高阔，持重本轻末之说付之，不足为意。须明示好恶，使士知变，本末原非两物，岂有不能为文而可谓之为学者哉？"②他指出道为根本，文为末技，但人才的美恶、风俗的盛衰皆系之于"文"，故而不能重本轻文。

二、唐顺之的学术思想与文道观

唐顺之为学一生，大致可分为三个阶段：一为追求八股阶段；二为程朱理学与阳明心学交杂而又以程朱为主阶段；三为悟解阳明心学而自成一家阶段。③不同的为学阶段，其学术思想也随之不同，呈现出复杂而丰富的面貌。

至于其学术思想的渊源，王升在《唐顺之传》中概括得较为详细：

(顺之)平生最尊信者，濂洛关闽外，惟白沙、阳明二先生，然犹病阳明津路宏阔，求济者或迷其所；白沙一线之津，得而守之，其渡差易。故其学虽有借于海内同志之切摩，而得之白沙为多。至若以无时无

---

① （明）王慎中：《遵岩先生文集》卷三十九，见《北京图书馆古籍珍本丛刊》第 105 册，1072 页，北京，书目文献出版社，1988。
② 同上书，1077 页。
③ 左东岭：《王学与中晚明士人心态》，342 页，北京，商务印书馆，2014。

向为真心之体，以机顺机逆为儒释之辨，又先儒所未发也。①

由此言可知唐氏的思想渊源有二，一为宋儒理学，一为明儒心学。 就前者来说，为学宗朱熹的徐问对他有过教诲，嘉靖十三年（1534），唐顺之擢升翰林院编修，徐问致书唐顺之，劝他"正好一意敬义功夫，时时整齐此心，事事不轻放过。……诗文亦不可废，而贵发诸性情，根于理致，古人体格言语不能强同，亦不必务为深远，以求不同。 但穷理到处，出言皆能载道，其精粹处则文之至者也。 尤不须苦心极力为之。 非惟堕于玩物丧志，而以无益害吾气体，尤失所重"②。 这对青年唐顺之当有影响。 就后者来说，唐顺之与阳明后学王畿订交，为其思想触动甚深。 嘉靖十一年（1532），唐顺之在京城与新科进士王畿初次相见，"尽叩阳明之说，始得圣贤中庸之道矣"③。 由此，阳明心学在他思想中扎下了根。

嘉靖十四年（1535）之后，唐顺之罢职归里，一心钻研学术，并身体力行。 他对王尧衢说：

> 然诗文六艺，与博杂记问，昔尝强力好之，近始觉其羊枣、昌歜之嗜，不足饥饱于人，非古人切问近思之义。于是取程、朱诸先生之书，降心而读焉。初未尝觉其好也，读之半月矣，乃知其旨味隽永，字字发明古圣贤之蕴，凡天地间至精至妙之理，更无一闲句闲语。所恨资性蒙迷，不能深思力践于其言焉耳，然一心好之，固不敢复夺焉。此类之

① 见马美信、黄毅点校：《唐顺之集》附录三，1078 页，杭州，浙江古籍出版社，2014。
② （明）徐问：《山堂萃稿》卷八《再寄唐应德书》，见《四库全书存目丛书》集部第 74 册，250 页，济南，齐鲁书社，1997。
③ （明）李贽：《金都御史唐公传》，见马美信、黄毅点校：《唐顺之集》附录三，1070 页，杭州，浙江古籍出版社，2014。 按：明洪朝选《明都察院右金都御史巡抚凤阳等处地方提督军务前右春坊右司谏兼翰林院编修荆川唐公行状》云："一日与王公畿论《易》，谓爻辞虽以吉凶言，而大象独吉吉，此圣人教人直入圣道之路也。 王公曰：'阳明先生尝有是语，亦以大象是单刀直入之说也。'公欣然会意，然初未尝得闻阳明语也。"见马美信、黄毅点校：《唐顺之集》附录三，1047 页，杭州，浙江古籍出版社，2014。 由此亦可见唐顺之与阳明心学的契合。

书，皆近世英敏材辨之士以为老生烂语，至束阁不肯观。虽其苦心散精于文字间，而竟不免老而无所闻，有可痛者。①

居里期间，他对宋儒理学有所钻研，体悟到其隽永之味，精妙之理。不过，唐顺之对心学更有兴趣，更有体悟，这在他四十岁之后表现得非常明显。他对王慎中说：

> 近年来痛苦心切，死中求活，将四十年前伎俩头头放舍，四十年前意见种种抹揉，于清明中稍见得些影子，原是彻天彻地灵明浑成的东西。生时一物带不来，此物却原自带来，死时一物带不去，此物却要完全还他去。然以为有物，则何睹何闻？以为无物，则参前倚衡，瞻前忽后。非胸中不卦世间一物，则不能见得此物，非心心念念昼夜不舍，如养珠抱卵，下数十年无渗漏的工夫，则不能收摄此物，完养此物。自古宇宙间豪杰经多少人，而闻道者绝叹其难也。②

显然，他屡屡提及的"此物"，当属心学范畴，指的是"天机""天命""天性"等，也就是通常所说的"良知"。四十岁之后，唐顺之在这条心学修炼之路上越走越远，走出了名声与颂声，并且最终成为阳明心学"南中王门"的代表者。

受学术思想的影响，唐顺之在文道观上也有渐变的过程。他为学处在朱王之学相杂阶段时，也推崇文道合一。比如，他在《答廖东雩提学》中称"文与道非二也"③。类似的观点，他在《答俞教谕》中也有提及：

---

① 马美信、黄毅点校：《唐顺之集·荆川先生文集》卷五《与王尧衢书》，213～214 页，杭州，浙江古籍出版社，2014。
② 马美信、黄毅点校：《唐顺之集·荆川先生文集》卷六《答王遵岩》，275 页，杭州，浙江古籍出版社，2014。
③ 马美信、黄毅点校：《唐顺之集·荆川先生文集》卷五，223 页，杭州，浙江古籍出版社，2014。

> 至于道德、性命、技艺之辨，古人虽以六德、六艺分言，然德非虚器，其切实应用处即谓之艺，艺非粗迹，其精义致用处即谓之德。故古人终日从事于六艺之间，非特以实用之不可缺而姑从事云耳，盖即此而鼓舞凝聚其精神，坚忍操炼其筋骨，沉潜缜密其心思，以类万物而通神明。故曰洒扫应对精义入神，只是一理。艺之精处即是心精，艺之粗处即是心粗，非二致也。但古人于艺，以为聚精会神，极深研几之实，而今人于艺，则以为溺心玩物，争能好胜之具。此则古与今之不同，而非所以为艺与德之辨也。①

在这里，他提出"道艺非二"的观点，认为"艺"与"道"不可分为两物。由于"文"属于"艺"，故他的道艺观在某种程度上也体现出了他的文道观。

值得注意的是，他在钻研性理之学的过程中，逐渐偏向于重道轻文，最终走向了重道弃文。他在《答蔡可泉》中说：

> 仆自三十时读程氏书，有云"自古学文，鲜有能至于道者，心一局于此，又安能与天地同其大也"，则已愕然有省，欲自割而未能。年近四十，觉身心之卤莽而精力之日短，则慨然自悔，捐书烧笔，于静坐中求之，稍稍见古人途辙可循处，庶几补过桑榆，不尽枉过此生。②

由此言知，他重道轻文，实受程颐"作文害道"思想的影响，后来又在心学的影响下，深自愧悔，绝意不为诗文，专注于道。

---

① 马美信、黄毅点校：《唐顺之集·荆川先生文集》卷五，195 页，杭州，浙江古籍出版社，2014。
② 马美信、黄毅点校：《唐顺之集·荆川先生文集》卷七，313 页，杭州，浙江古籍出版社，2014。

三、茅坤的学术思想与文道观

茅坤的学术思想受到心学的浸染。关于这方面，可推之于他推崇王阳明的学术和文章。他曾在金陵请蔡世新绘王阳明画像，并自称钦慕王守仁与其门弟子"诵说其道，往往以不及从之游"①。对于王守仁的著述，他在《唐宋八大家文钞论例》中称："八大家而下，予于本朝独爱王文成公论学诸书及记学、记尊经阁等文，程朱所欲为而不能者。江西辞爵及抚田州等疏，唐陆宣公、宋李忠定公所不逮也。"②在《谢陈五岳序文刻书》中亦称："王新建《论学》书及《兵略》诸疏，可谓千年绝调矣。"③此外，他还曾与蔡白石、许孚远、王宗沐、何迁、唐枢等心学人物有交谊。

茅坤在文道关系上提出"文特以道相盛衰"的观点。他在《八大家文钞总序》中有详细表述。他认为孔子在《周易系辞》中提出的"其旨远，其辞文"的观点，"斯固所以教天下后世为文者之至也"。他还解释道："孔子之所谓'其旨远'，即不诡于道也；'其辞文'，即道之灿然，若象纬者之曲而布也。斯故庖牺以来人文不易之统也，而岂世之云乎哉？"按照旨远辞文的衡文准则，他认为孔子没而六艺散逸不传；其后秦始皇焚书坑儒，而六艺之旨几辍；西汉诏求亡经，文人稍出，西汉之文号为尔雅；魏晋以下至隋，六艺之旨渐渐流失，文日以靡，气日以弱。至唐代韩愈出，振衰救颓，柳宗元又和之，"于是始知非六经不以读，非先秦两汉之书不以观"；迨至宋代，欧阳修、苏氏父子兄弟、曾巩、王安石等人，得孔子六经之遗。据此，他提出："世之操觚者，往往谓文章与时相高下，而唐以后且薄不足

---

① 张大芝、张梦新点校：《茅坤集·茅鹿门先生文集》卷十一《赠画像者蔡少壑序》，416 页，杭州，浙江古籍出版社，1993。
② 见王水照编：《历代文话》，1787 页，上海，复旦大学出版社，2007。
③ 张大芝、张梦新点校：《茅坤集·茅鹿门先生文集》卷六，323 页，杭州，浙江古籍出版社，1993。

为。 噫! 抑不知文特以道相盛衰, 时, 非所论也。 其间工不工, 则又系乎斯人者之禀, 与其专一之致否何如耳。"①这是针对前七子提出的"文章与时相高下"的观点而发出的批评。 他反对以时代先后来评判文章优劣, 强调以道来衡量, 有力地抵制了文坛崇古鄙近的思想认识。 相似的话, 他在《文旨赠许海岳沈虹台二内翰先生》中也有表述: "孔、孟没而《诗》《书》六艺之学不得其传, 秦皇帝又从而燔之, 于是文章之旨散逸残缺。 汉兴, 始诏求亡经, 而海内学士稍得以沿六艺之遗, 而转相授受。 西京之文号为尔雅, 其最著者, 贾谊、晁错、董仲舒、司马迁、刘向、扬雄、班固是也。 魏、晋、宋、齐、梁、陈、隋之间, 斯道几绝。 唐韩愈氏出, 始得上接孟轲, 下按扬雄而折中之。 五代之间, 寝微寝灭。 欧阳修、曾巩及苏氏父子兄弟出, 而天下之文复趋于古。 ……由此观之, 文章之或盛或衰, 特于其道何如耳。"②他在《谢陈五岳序文刻书》中说: "文不本之六籍以求圣人之道, 而顾沾沾焉浅心浮气……而要之于古作者之旨, 或背而驰矣。"③显然, 这些话都显示出他对圣人之道的重视, 文章盛衰与否, 与圣人之道关联甚深。

四、归有光的理学思想与文道观

归有光的思想受理学影响较深。 钱谦益称他"钻研六经, 含茹洛、闽之学而追溯其元本"④; 其从孙归起先亦称"其学术则辩《易》图之宗旨, 究禹

---

① 张大芝、张梦新点校:《茅坤集·茅鹿门先生文集》卷十四, 489～490 页, 杭州, 浙江古籍出版社, 1993。
② 同上书, 491 页。
③ 张大芝、张梦新点校:《茅坤集·茅鹿门先生文集》卷六, 324 页, 杭州, 浙江古籍出版社, 1993。
④ (清)钱谦益:《新刊震川先生文集序》, 见(明)归有光著, 周本淳校点:《震川先生集》卷首, 7 页, 上海, 上海古籍出版社, 2007。

畴之法象，与夫作史之志，议礼之言，有以启先儒所未发"①。 归有光曾师承名儒魏校，并娶其侄女。 魏校私淑胡居仁，其学偏向于程朱。 他主张理气合一，理为主，气得其统摄；认为人物之性，即天地所赋之理，人性本善，其发为善，皆气质之良知良能。 魏校的学术思想主张对归有光的思想有一定的影响。 归有光也推崇程朱学说。 他在《送王子敬之任建宁序》中说："余始五六岁，即知有紫阳先生，而能读其书。 追长，习进士业，于朱氏之书，颇能精诵之。"②在《易图论后》中亦说："盖宋儒朱子之说甚详，揭中五之要，明主客君臣之位，顺五行生克之序，辨体用常变之殊，合卦范兼通之妙，纵横曲直，无不相值，可谓精矣。"③他对朱子的尊崇于斯可见。 当然，他对当时风靡的阳明心学不可能无动于衷，实际上，他也曾表露出对欧阳德、罗洪先、聂豹、邹守益等心学人物的钦慕之情。 在思想上，他对心学的一些观点也有所汲取。 比如，他说：

> 夫圣人之道，其迹载于六经，其本具于吾心。本以主之，迹以征之，灿然炳然，无庸言矣。心之蒙弗亟开，而假于格致之功，是故学以征诸迹也。迹之著，莫六经若也。六经之言，何其简而易也！不能平心以求之，而别求讲说，别求功效，无怪乎言语之支，而蹊径之旁出也。④

他认为六经之道，其本具于"吾心"，这里面就包含着浓厚的心学色彩。

归有光在文道关系上，强调文为道形，文道相称。 他在《雍里先生文集序》中说：

---

① （明）归起先：《新刊震川先生文集序》，见（明）归有光著，周本淳校点：《震川先生集》卷首，9页，上海，上海古籍出版社，2007。
② （明）归有光：《震川先生集》卷十，见严佐之、谭帆、彭国忠主编：《归有光全集》第5册，242页，上海，上海人民出版社，2015。
③ （明）归有光：《震川先生集》卷一，见严佐之、谭帆、彭国忠主编：《归有光全集》第5册，4页，上海，上海人民出版社，2015。
④ （明）归有光：《震川先生集》卷七《示徐生书》，见严佐之、谭帆、彭国忠主编：《归有光全集》第5册，162页，上海，上海人民出版社，2015。

以为文者，道之所形也。道形而为文，其言适与道称，谓之曰："其旨远，其辞文，曲而中，肆而隐"，是虽累千万言，皆非所谓出乎形，而多方骈枝于五脏之情者也。故文非圣人之所能废也。虽然，孔子曰："天下有道，则行有枝叶；天下无道，则言有枝叶。"夫道胜，则文不期少而自少；道不胜，则文不期多而自多。溢其文，非道之赘哉？①

他认为文与道关系密切，不可分割，文为道的表现形式，其内容要与道相称。他的文道观，显然继承了韩、欧的文道观念。在文与道孰轻孰重这个问题上，归氏比较看重道。他说："文章以理为主，理得而辞顺，文章自然出群拔萃。如伊川先生《周易传序》、阳明先生《博约说》，此皆义理之文，卓见于圣道之微者。"②

总的来说，唐宋派在文道关系上，非常注重两者合一。这是他们具有一致性的地方。受程朱理学与阳明心学两重思想的交互影响，他们所说的"道"，呈现出时代的特性。这既不同于唐宋文人所谈的"道"，也异于前七子推崇秦汉之文所追寻的体现儒家传统伦理的古"道"。他们的"道"，本于心，是通过心来体认社会中的人、情、事的规律。由于唐、王、茅、归诸子的文学思想存在一定的差异，加之他们自身在不同的人生阶段思想的转变，所以他们在对文道观的理解上也存在着一定的差异。

---

① （明）归有光：《震川先生集》卷二，见严佐之、谭帆、彭国忠主编：《归有光全集》第5册，28页，上海，上海人民出版社，2015。
② （明）归有光：《文章指南》仁集"通用义理则第一"，见严佐之、谭帆、彭国忠主编：《归有光全集》第9册，1页，上海，上海人民出版社，2015。

◎ 第二节

师法唐宋与尊崇八家

唐宋派诸子以推崇唐宋八家散文而闻名于世。 其实，他们在早期曾有过尊崇李梦阳、何景明，学习秦汉文的经历。 比如王慎中，"曩唯好古，汉以下著作无取焉"[1]，"作为诗文，俱秦汉魏唐风骨"[2]。 唐顺之，"素爱崆峒[3]诗文，篇篇成诵，且一一仿效之"[4]；"为文始尊秦汉，颇效空同"[5]。 茅坤亦自称"仆少喜为文，每谓：当跌宕激射似司马子长，字而比之，句而亿之；苟一字一句不中其累黍之度，即惨恻悲凄也；唐以后，若薄不足为者"[6]。 归有光，"性独好《史记》，勉而为文，不《史记》若也"[7]。 他们的这段经历表明，李、何复古思潮在当时是有影响力的。 不过，他们后来的改辙易途，又表明李、何的影响力在消退。 那么，他们为什么会有这么大的转变呢？

一、从崇秦汉到尊唐宋的王慎中

先看两则材料。 一则是李开先《荆川唐都御史传》所记：

---

① 路工辑校：《李开先集·闲居集》卷九《遵岩王参政传》，617 页，北京，中华书局，1959。

② 同上书，616 页。

③ 李梦阳自号空同，亦作崆峒。

④ 路工辑校：《李开先集·闲居集》卷九《荆川唐都御史传》，622 页，北京，中华书局，1959。

⑤ （清）钱谦益：《列朝诗集小传》丁集上 "唐金都顺之"，375 页，上海，上海古籍出版社，1983。

⑥ 张梦新点校：《茅坤集·茅鹿门先生文集》卷一《与蔡白石太守论文书》，196 页，杭州，浙江古籍出版社，1993。

⑦ （明）归有光：《震川先生集》卷二《五岳山人前集序》，见严佐之、谭帆、彭国忠主编：《归有光全集》第 5 册，29 页，上海，上海人民出版社，2015。

（唐顺之）素爱崆峒诗文，篇篇成诵，且一一仿效之。及遇王遵岩，告以自有正法妙意，何必雄豪亢硬也。唐子已有将变之机，闻此如决江河，沛然莫之能御矣。故癸巳以后之作，别是一机轴，有高出今人者，有可比古人者，未尝不多遵岩之功也。①

另一则是茅坤《与蔡白石太守论文书》所记：

近独从荆川唐司谏上下其论，稍稍与仆意相合。仆少喜为文……唐以后，若薄不足为者。独怪荆川疾呼曰："唐之韩，犹汉之马迁；宋之欧、曾、二苏，犹唐之韩子。不得致其至而何轻议为也？"仆闻而疑之，疑而不得，又蓄之于心而徐求之，今且三年矣。近乃取百家之文之深者按覆之，卧且吟而餐且喧焉，然后徐得其所谓万物之情自各有其至，而因悟曩之所谓司马子长者，眉也，发也。而唐司谏及仆所自持，始两相印而无复异同。②

两则材料各自提及唐顺之、茅坤的文学思想变迁的情况。唐顺之受到王慎中的影响，而茅坤又受到唐顺之的影响。当然，唐、茅在受友朋影响之前，他们的思想实际上都已处在"将变之机"，友朋这个因素只是外在的催化剂。

至此，还有一个重要问题未解：原本"汉以下著作无取焉"的王慎中何时何因转向青睐唐宋文呢？

李开先在《遵岩王参政传》中对王慎中的文风转向有以下记载：

曩惟好古，汉以下著作无取焉。至是始发宋儒之书读之，觉其味长。而曾、王、欧氏文尤可喜，眉山兄弟犹以为过于豪而失之放。以此

---

① 路工辑校：《李开先集·闲居集》卷十，622 页，北京，中华书局，1959。
② 张大芝、张梦新点校：《茅坤集·茅鹿门先生文集》卷一，196 页，杭州，浙江古籍出版社，1993。

自信，乃尽取旧所为文如汉人者悉焚之。但有应酬之作，悉出入曾、王之间。唐荆川见之，以为头巾气。仲子言："此大难事也，君试举笔自知之。"未久，唐亦变而随之矣。①

王慎中在《寄道原弟七》中自述：

> 吾之文，自南都以后意亦欲存之，或必为后所传。然未成集，未可费木也。如少时诸作，方皇恐不暇，而又可刻耶？且少时诸作以其可丑，无意藏之，失者将过半，亦无从再收拾矣。②

显而易见，王慎中文学思想由崇秦汉转向尊唐宋当在他仕宦南京之时。嘉靖十四年至十五年（1535—1536），王慎中因公务清闲，肆力向学，与龙溪王畿交往，从他那里参悟阳明心学微言奥旨，并由此致意于宋儒之学，喜读曾巩、王安石、欧阳修文，并体悟到曾、王、欧氏诸子文章的韵味，从而翻悔旧作，另有怀抱。他在创作上，也就出入曾、王之间了③，而且相信南都以后诸作自有价值，可以保存、流传。

当然，王慎中学欧、曾，并不意味着他反对学秦汉。他在《寄道原弟书十六》中说：

---

① 路工辑校：《李开先集·闲居集》卷九，617页，北京，中华书局，1959。明王惟中《河南布政司参政王先生慎中行状》亦云："升南京户部主事，转礼部员外郎。礼部于留都尤闲简，得益肆力于问学。……发箧中宋儒之书尽读之，有味于欧、曾氏之文，以为世人谈文皆卑宋人而云马迁、班固，不知善学马迁莫如欧，善学班固莫如曾，是欧、曾之文盖原本经传，由史、汉之豪一变而粹者也。先生以此自悟妙得欧、曾家法，乃取旧所作尝所自喜以为汉人语者悉焚之，诗亦以盛唐为宗，间出于晋魏风雅，旨趣玄妙，音节冲融，不专守唐人句字而模写变化远矣。"见（明）焦竑：《国朝献征录》卷九十二，3999～4000页，台北，台湾学生书局，1984。
② （明）王慎中：《遵岩先生文集》卷四十一，见《北京图书馆古籍珍本丛刊》第105册，1102页，北京，书目文献出版社，1988。
③ 王慎中致书华察，称颂欧阳修文："仆常爱欧阳六一所作《释唯俨秘演》《梅圣俞诗集》《内制集》数序，感慨曲折，极有司马子长之致，昌黎无之也。常有意学之，而才力况趣终不相近。"（《遵岩先生文集》卷三十七《与华鸿山》，见《北京图书馆古籍珍本丛刊》第105册，1043～1044页，北京，书目文献出版社，1988）

　　盖文之学不明于今甚矣，骤见使之迷惑惊怪，无益也。方洲尝述交游中语云："总是学人，与其学欧、曾，不若学马迁、班固。"不知学马迁莫如欧，学班莫如曾。今我此文正是学马、班，岂谓学欧、曾哉？但其所学，非今人所谓学。今人何尝学马、班，只是每篇中抄得三五句《史》《汉》全文，其余文句皆举子对策与写柬寒温之套，如是而谓之学马、班，亦可笑也。①

这段话意涵丰富，兹举两端：其一，他提出"学马迁莫如欧，学班莫如曾"的观点，既然欧、曾之文源自马、班，那么学欧、曾，在某种意义上也是在学马、班。因此，王慎中之论的用意在于为学欧、曾找到可信的理论依据，以堵诋斥之口。其二，他亦学司马迁、班固之文，并痛斥今人假学马、班的丑陋现象。显而易见，他是意有所指，实际上是在批评七子派生吞活剥、剿袭剽窃《史》《汉》文，不是真正意义上的学司马迁和班固。

　　不仅如此，王慎中还有过喜爱韩愈文的经历。顾璘《赠别王道思序》记载，他在南京时，与王慎中有交往，还称赞其试文。王氏说："某初学文好拟古，最先六经语，已而学左氏，又之迁、固，试文则是物也，殆扬雄所谓雕虫技乎？近乃爱昌黎为文，日见其难及，不知昔者何视之易也。"②他爱韩愈文，并且能体会到韩文的难及之处。

　　王慎中在给其弟道原的信中，明确提出学唐宋诸名家："学六经、《史》、《汉》，最得旨趣根领者，莫如韩、欧、曾、苏诸名家。今观诸贤尚有薄宋人之心，故其文如此。吾尝谓自吾倡明此道以来，海内英俊之士必

---

①　（明）王慎中：《遵岩先生文集》卷四十一，见《北京图书馆古籍珍本丛刊》第105册，1108页，北京，书目文献出版社，1988。
②　（明）顾璘：《顾华玉集·息园存稿文》卷三，见《景印文渊阁四库全书》集部第1263册，481页，台北，台湾商务印书馆，1986。

有兴者。"①总之，王慎中转向唐宋的文学思想的形成，预示着嘉靖初期文坛风向即将发生转变。

二、唐顺之、茅坤的思想转变

唐顺之文学思想的转变亦受到王慎中的重要影响。洪朝选对此有详细记载：

> （唐顺之）文初学史、汉，字句模拟。休官后会王公慎中于南都，相与论文，王公尽变其说，公颇以为讶。王公曰："此难以口舌争也，第归取七大家文读之，当自有得耳。"公初谓不然，然素信王公，归取七大家文闭户读之，数月尽得其法，始知向之所学《史》《汉》，特其皮毛，而七大家文真得《史》《汉》之精髓者也。后复见王公，两人语合，遂皆以文章擅天下。②

"七大家文"指的是韩、柳、欧、曾、王、苏轼、苏辙七人之文③。唐顺之读其文而尽得其神理精髓，并扭转了以往浮浅的文章认知。不仅如此，在嘉靖年间，他还编纂了《文编》，收先秦、魏晋、唐宋历代作家之文，于唐宋文除了取七大家文外，还增添了苏洵之文。这八家之文在整个选本中数量是

---

① （明）王慎中：《遵岩先生文集》卷四十一《寄道原弟书九》，见《北京图书馆古籍珍本丛刊》第105册，1103页，北京，书目文献出版社，1988。
② （明）洪朝选：《明都察院右佥都御史巡抚凤阳等处地方提督军务前右春坊右司谏兼翰林院编修荆川唐公行状》，见马美信、黄毅点校：《唐顺之集》附录三，1048页，杭州，浙江古籍出版社，2014。《明史》亦有提及："慎中为文，初主秦、汉，谓东京下无可取。已悟欧、曾作文之法，乃尽焚旧作，一意师仿，尤得力于曾巩。顺之初不服，久亦变而从之。壮年废弃，益肆力古文，演迤详赡，卓然成家，与顺之齐名，天下称之曰王、唐，又曰晋江、昆陵。"（卷二百八十七《文苑传三》，7368页，北京，中华书局，1974）
③ 按："七大家"之名，源自明李绍《苏文忠公集序》："古今文章，作者非一人，其以之名天下者，惟唐昌黎韩氏、河东柳氏、宋庐陵欧阳氏、眉山二苏氏及南丰曾氏、临川王氏七大家。"见（宋）苏轼：《苏文忠公集》卷首，明成化四年刊本。

最多的，显示出他对唐宋八家的高度重视与推崇。

作为后学，茅坤推崇唐宋文，亦受益于唐顺之。他曾致书唐顺之子鹤徵，交代了自己与唐顺之的文学因缘："仆窃念生平所为文章之好，与其一切揣摩作者之旨，大较并自先中丞公（唐顺之）发之。"①"近独从荆川唐司谏上下其论，稍稍与仆意相合。"②唐顺之亦说："熟观鹿门之文，及鹿门与人论文之书，门庭路径与鄙意殊有契合，虽中间小小异同，异日当自融释，不待喋喋也。"③他也承认其论文门庭路径与茅坤相契合。这种契合可通过茅、唐两人间的书信略知一二，如茅坤有《复唐荆川司谏书》，唐顺之有《答茅鹿门知县一》《答茅鹿门知县二》，皆涉及论文事宜，从中可窥二人文论主旨的轮廓。茅坤尊崇唐宋文，难免会对李、何标举秦汉文所带来的弊端有所批评：

> 我国家弘治、正德以来，诗歌之什，已彬彬乎戛金石，奏宫商，或可与唐大历、贞元相倡和矣。独其文章，则仆窃谓当如孔子所云"其辞文，其旨远"，必得六籍之深，而始可与之升其堂而入其室也；否则，恐不免如苏长公所诮扬云"第以艰深之辞文浅近"之说。世之所竞慕，以为摹《左传》，摹《史记》，摹《汉书》，纵极其工，当亦优人者之貌孙叔敖耳；而况其所摹者，特字句之诘屈，声音之聱牙而已！仆窃耻之。④

> 乃若近代之文，其患在剿而赝，有志者苟欲出而振之，而其为力

---

① 张大芝、张梦新点校：《茅坤集·茅鹿门先生文集》卷四《与唐凝庵礼部书》，279 页，杭州，浙江古籍出版社，1993。
② 张大芝、张梦新点校：《茅坤集·茅鹿门先生文集》卷一《与蔡白石太守论文书》，196 页，杭州，浙江古籍出版社，1993。
③ 马美信、黄毅点校：《唐顺之集·荆川先生文集》卷七《答茅鹿门知县二》，294 页，杭州，浙江古籍出版社，2014。
④ 张大芝、张梦新点校：《茅坤集·茅鹿门先生文集》卷八《复沂水宋大尹书》，365～366 页，杭州，浙江古籍出版社，1993。

也，不尤戞戞乎其难矣哉！①

这些评价确实切中七子派拟古之各种弊端。

与王、唐、归三人相比，茅坤对唐宋八家文的推崇与推广表现得最为明显。 这与他编选《唐宋八大家文钞》有重大关系。② 他编这部《文钞》，主要是受到唐顺之《文编》的影响。 不仅如此，他在评点八家文章时，还直接引用了许多唐顺之的评语。 这显示出他对唐顺之评点的认可与尊重。 茅坤对自己编选《文钞》的意图，自有交代：

> 我明弘治、正德间，李梦阳崛起北地，豪隽辐凑，已振诗声，复揭文轨，而曰：吾《左》、吾《史》与《汉》矣！ 已而又曰：吾黄初、建安矣！以予观之，特所谓词林之雄耳，其于古六艺之遗，岂不湛淫涤滥，而互相割裂已乎！ 予于是手掇韩公愈，柳公宗元，欧阳公修，苏公洵、轼、辙，曾公巩，王公安石之文，而稍为批评之，以为操觚者之券，题之曰《八大家文钞》。③

显然，他是针对李梦阳拟秦汉之弊习而发的，选八家文意在批评，并"以为操觚者之券"。 之所以选八家，除了《论例》中有表述外，他在《与王敬所少司寇书》中亦有阐述："之八君子者，赋材不同；然要之，并按古六艺，及西京以来之遗响而揣摩之者。 其在孔门，不敢当游、夏列，而大略因文见

---

① （明）茅坤：《唐宋八大家文钞评文·韩文公文钞引》，见王水照编：《历代文话》，1791 页，上海，复旦大学出版社，2007。
② 参见夏咸淳：《〈唐宋八大家文钞〉与明代唐宋派》，载《天府新论》，2002（3）；黄毅：《明代唐宋派研究》第三章第二节"茅坤与《唐宋八大家文钞》"，176～182 页，上海，上海古籍出版社，2008。
③ （明）茅坤：《唐宋八大家文钞评文·唐宋八大家文钞总叙》，见王水照编：《历代文话》，1783 页，上海，复旦大学出版社，2007。

道，就中擘理。"①

茅坤在《文钞》的《论例》和各家卷首的小引中，对唐宋诸家之文的艺术风貌及成就也有精到的评价。《论例》云：

> 吞吐骋顿，若千里之驹，而走赤电，鞭疾风，常者山立，怪者霆击，韩愈之文也。巉岩峭劲，若游峻壑削壁，而谷风凄雨四至者，柳宗元之文也。遒丽逸宕，若携美人宴游东山，而风流文物照耀江左者，欧阳子之文也。行乎其所当行，止乎其所不得不止，浩浩洋洋赴千里之河而注之海者，苏长公也。②

这些评价，都抓住了唐宋诸家之文的个性特征。

三、尊《史记》兼崇唐宋的归有光

归有光亦不满七子派追摹秦汉的弊习，尊崇唐宋文章。他说："仆文何能为古人？但今世相尚以琢句为工，自谓欲追秦、汉，然不过剽窃齐、梁之余，而海内宗之，翕然成风，可谓悼叹耳。区区里巷童子强作解事者，此诚何足辨也！"③这表露出对当下以琢句为工、剽窃文风的严重不满，应该是针对七子派拟古弊习而发。这种弊习，亦可通过他们师法《史记》窥知。归有光对此亦有抨击，他《题四大家文选序》中说：

> 予生平最喜《史记》者也。《史记》上自五帝，下逮汉武，胪列本纪、

---

① 张大芝、张梦新点校：《茅坤集·茅鹿门先生文集》卷二，295 页，杭州，浙江古籍出版社，1993。
② （明）茅坤：《唐宋八大家文钞评文·唐宋八大家文钞论例》，见王水照编：《历代文话》，1789 页，上海，复旦大学出版社，2007。
③ （明）归有光：《震川先生别集》卷七《与沈敬甫十八首》，见严佐之、谭帆、彭国忠主编：《归有光全集》第 7 册，945 页，上海，上海人民出版社，2015。

年表、书传，规模意象，合之无一笔不《史记》者。试循全本，曾自为格式，一笔相肖否？人各一人，事各一事，即其人其事大略相类，毕竟意义所注，非可牵和，缫斯以谭，后千百世，复有龙门出，虽二十史皆为《史记》，宜无疑也，亦各象其人，各列其事也。今之学《史记》者，我惑焉！一人而强按其类某人，一事而强按其类某事。事本不相袭，而必增损其文，以附于《史记》一成之体；人本不相为，而必缘饰其辞，以合于《史记》一定之章。是有《史记》，而天下后世遂无自见之人、自见之事。千百世之人之事，皆附会于《史记》之人之事也。摹拟窜窃之陋，为文章之弊至于此。①

归有光最喜《史记》，并对其予以评点，深得其精髓。 他对时人摹拟窜窃《史记》之陋非常不满，认为"文章之弊至于此"，这也是暗指后七子追摹《史记》而发的。

归有光曾与后七子盟主王世贞有过文学思想上的冲突，这亦能显示出他与七子派不是同路人。 他在《项思尧文集序》中说：

盖今世之所谓文者难言矣，未始为古人之学，而苟得一二妄庸人为之巨子，争附和之，以诋排前人。韩文公云："李、杜文章在，光焰万丈长。不知群儿愚，那用故谤伤！蚍蜉撼大树，可笑不自量。"文章至于宋、元诸名家，其力足以追数千载之上，而与之颉颃；而世直以蚍蜉撼之，可悲也。无乃一二妄庸人为之巨子以倡道之欤！②

"妄庸巨子"即指王世贞。 据钱谦益《题归太仆文集》载，王世贞闻而笑

———————————

① （明）归有光：《震川先生评古文》，见严佐之、谭帆、彭国忠主编：《归有光全集》第10册，647页，上海，上海人民出版社，2015。

② （明）归有光：《震川先生集》卷二，见严佐之、谭帆、彭国忠主编：《归有光全集》第5册，23页，上海，上海人民出版社，2015。

曰："妄诚有之,庸则未敢闻命。"归有光说:"唯庸故妄,未有妄而不庸者。"①显然,双方的分歧在于文学理念的不同,以王世贞为代表的后七子标举秦汉文,而归有光既推崇《史记》,又肯定宋元诸名家,这是他们之间的不可调和之处。 当然,王世贞晚年曾对归有光之文给予很高的评价:"先生于古文词,虽出自《史》《汉》,而大较折中于昌黎、庐陵,当其所得,意沛如也。 不事雕琢,而自有风味,超然当名家矣。"②好评的背后显示出王世贞晚年思想的变化。

归有光尊崇唐宋的旨趣非常鲜明。 他强调:"学文须先读韩、柳、欧、苏。"③不仅如此,他曾辑韩愈、柳宗元、欧阳修、苏轼四大家之文编成《唐宋四大家文选》,他认为这四大家之文"其所描写,自书其手眼,生气奕奕,真与《史记》上下"④。 他所选诸家之文皆附评语,从中亦可觇其文论取向。 比如,评韩愈《原道》:"立言正大,发先儒所未发,唐书称其奥舒宏深,与孟轲、扬雄相表里而佐佑六经,知言哉! 至其为文,神诡万状,出有入无,震荡天地,则自孔孟后大文章矣。"⑤评柳宗元《寄许京兆孟容书》:"子厚失意时极得意笔,可与太史公《任安书》并读。"⑥评欧阳修《河南府司录张君墓表》:"于文章中为《国风》,于墓表中为绝调。"⑦评苏轼《十八大阿罗汉颂》:"绝世之文,韩、欧所不欲为,亦韩、欧所不能

---

① (清)钱谦益著,(清)钱曾笺注,钱仲联标校:《牧斋初学集》卷八十三,1760页,上海,上海古籍出版社,1985。
② (明)归有光:《震川先生别集》附录王世贞《归太仆赞》,见严佐之、谭帆、彭国忠主编:《归有光全集》第7册,1061～1062页,上海,上海人民出版社,2015。
③ (明)归有光:《文章指南·总论·论看文法》,见严佐之、谭帆、彭国忠主编:《归有光全集》第9册,1页,上海,上海人民出版社,2015。
④ (明)归有光:《震川先生评古文·题四大家文选序》,见严佐之、谭帆、彭国忠主编:《归有光全集》第10册,647～648页,上海,上海人民出版社,2015。
⑤ (明)归有光:《震川先生评古文·震川评唐文》,见严佐之、谭帆、彭国忠主编:《归有光全集》第10册,662页,上海,上海人民出版社,2015。
⑥ 同上书,712页。
⑦ (明)归有光:《震川先生评古文·震川评宋文》,见严佐之、谭帆、彭国忠主编:《归有光全集》第10册,865页,上海,上海人民出版社,2015。

为。"①这些评语既揭示出四大家文章的精妙之处，又显示出评点者对四大家的推崇之意。

四、对曾巩之文的偏爱

在唐宋八家中，唐宋派尤为推崇曾巩的文章。王慎中说："由西汉而下，莫盛于有宋。庆历、嘉祐之间，而杰然自名其家者，南丰曾氏也。"②不仅如此，他还最爱曾巩的《宜黄县学记》《筠州学记》，认为二记"文词义理并胜，当为千古绝笔"③。受王慎中的影响，唐顺之亦推崇曾巩之文。他曾对王慎中说："近来有一僻见，以为三代以下之文，未有如南丰。"④茅坤对曾巩文亦多有称赞，他说："曾子固之才焰，虽不如韩退之、柳子厚、欧阳永叔及苏氏父子兄弟，然其议论必本于六经，而其鼓铸剪裁必折中之于古作者之旨。朱晦庵尝称其文似刘向，向之文于西京最为尔雅，此所谓可与知者言，难与俗人道也。"⑤又称"曾子固所论经术及典礼之大处，往往非韩、柳、欧所及见者"⑥；"子固记学，所论学之制，与其所以成就人材处，非深于经术者不能。韩、欧、三苏所不及处"⑦。归有光亦重曾巩文，曾经"偶拈一帙，得曾子固《书魏郑公传后》，挟册朗诵至五十余过。听者皆欠

---

① （明）归有光：《震川先生评古文·震川评宋文》，见严佐之、谭帆、彭国忠主编：《归有光全集》第 10 册，960 页，上海，上海人民出版社，2015。

② （明）王慎中：《遵岩先生文集》卷十五《曾南丰文粹序》，见《北京图书馆古籍珍本丛刊》第 105 册，747 页，北京，书目文献出版社，1988。

③ （明）王慎中：《遵岩先生文集》卷三十七《与汪直斋》，见《北京图书馆古籍珍本丛刊》第 105 册，1048 页，北京，书目文献出版社，1988。

④ 马美信、黄毅点校：《唐顺之集·荆川先生文集》卷七《与王遵岩参政》，299 页，杭州，浙江古籍出版社，2014。

⑤ （明）茅坤：《唐宋八大家文钞评文·曾文定公文钞引》，见王水照编：《历代文话》，1930 页，上海，复旦大学出版社，2007。

⑥ （明）茅坤：《唐宋八大家文钞评文·宋大家曾文定公文钞》，见王水照编：《历代文话》，1937 页，上海，复旦大学出版社，2007。

⑦ 同上书，1941 页。

申欲卧，熙甫沉吟讽咏，犹有余味”①。 他还称赞曾巩《战国策目录序》"无一奇语，无一怪字，读之如太羹玄酒，不觉至味存焉，真大手笔之文也”②。

曾巩文章之所以备受唐宋派的青睐，最主要原因在于其深于经术，理醇法严，最为“近道”。 其实，曾巩本人对“道”非常重视，“道”是其文论思想的核心范畴。 他主张先道德而后文章，同时又强调文道兼胜，为文者要蓄道德而能文章；文要明圣人之道，并要以文传道。 曾巩的散文创作也践行了他的文道思想，成为“文以载道”的典范。 前面已提及唐宋派的文道观，其旨趣在于宗经明道、文道合一，也就是说，立言须循乎圣人之道，合乎六经之旨，这近似于曾巩的文道观。 基于此，唐宋派诸家对南丰文多有赞评。比如，王慎中说：“观其书知其于为文良有意乎？ 折中于诸子之同异，会通于圣人之旨，以反溺去蔽而思出于道德，信乎能道其中之所欲言。 而不醇不该之弊亦已少矣。 视古之能言庶几无愧，非徒贤于后世之士而已，推其所行之远，宜与《诗》《书》之作者并天地无穷而与之俱久。”③茅坤亦称曾巩说理之文“于诸家尤擅所长”④。 曾巩其人其文，故而能得到唐宋派的尊崇与赞誉。

总之，唐宋派师法唐宋文章，主要是建立在批评七子派拟摹秦汉文的弊习基础之上的。 他们之所以学习唐宋八家，是想借此达到入《史记》《汉书》之堂室的目的。

---

① （清）钱谦益著，（清）钱曾笺注，钱仲联标校：《牧斋初学集》卷八十三《题归太仆文集》，1760 页，上海，上海古籍出版社，1985。
② （明）归有光：《归震川先生论文章体则》，见王水照编：《历代文话》，1719 页，上海，复旦大学出版社，2007。
③ （明）王慎中：《遵岩先生文集》卷十五《曾南丰文粹序》，见《北京图书馆古籍珍本丛刊》第105 册，747 页，北京，书目文献出版社，1988。
④ （明）茅坤：《唐宋八大家文钞评文·宋大家曾文定公文钞》，见王水照编：《历代文话》，1944 页，上海，复旦大学出版社，2007。

◎ 第三节
直写胸臆的本色论

　　"本色"的原意是指本来的颜色。 它运用于文学批评领域，首先归功于刘勰。 《文心雕龙·通变》云：

> 今才颖之士，刻意学文，多略汉篇，师范宋集；虽古今备阅，然近附而远疏矣。夫青生于蓝，绛生于茜，虽逾本色，不能复化。……故练青濯绛，必归蓝茜；矫讹翻浅，还宗经诰。斯斟酌乎质文之间，而櫽括乎雅俗之际，可与言通变矣。①

刘勰所说的"本色"，即指用蓝草、茜草的原有颜色来比喻"经诰"的审美特色。 实际上，"本色"已涉及"质"与"文"、"雅"与"俗"的关系问题。 到了两宋时期，"本色"一词在诗文评领域已有广泛运用②。 逮至明中期，它又成为文坛的一个热点话题，这在戏曲领域表现得尤为突出。 比如，李开先在《西野春游词序》中提出曲"用本色者为词人之词，否则为文人之词矣"③，此"本色"为"金元风格"。 何良俊在《曲论》中提出"盖填词须使用本色语，方是作家"④，此"本色"指简淡而又蕴藉有趣之语。

---

① （南朝梁）刘勰著，范文澜注：《文心雕龙注》卷六，520 页，北京，人民文学出版社，1962。
② 北宋陈师道《后山诗话》云："退之以文为诗，子瞻以诗为词，如教坊雷大使之舞，虽极天下之工，要非本色。"见（清）何文焕辑：《历代诗话》，309 页，北京，中华书局，1981。 南宋刘克庄《后村诗话》云："韩柳齐名，然柳乃本色诗人。"（226 页，北京，中华书局，1983）南宋严羽《沧浪诗话·诗辨》云："大抵禅道惟在妙悟，诗道亦在妙悟。 且孟襄阳学力下韩退之远甚，而其诗独出退之上者，一味妙悟而已。 惟悟乃为当行，乃为本色。"见郭绍虞校释：《沧浪诗话校释》，12 页，北京，人民文学出版社，1983。 南宋张炎《词源》："句法中有字面，盖词中一个生硬字用不得，须是深加锻炼，字字敲打得响，歌诵妥溜，方为本色语。"见唐圭璋编：《词话丛编》，259 页，北京，中华书局，1986。
③ 见吴毓华编：《中国古代戏曲序跋集》，54 页，北京，中国戏剧出版社，1990。
④ 见中国戏剧研究院编：《中国古典戏曲论著集成》（四），6 页，北京，中国戏剧出版社，1959。

徐渭在《西厢序》中提出"贵本色""贱相色"的命题①,认为"世事莫不有本色,有相色","本色"是"正身""真身",相当于世事人情的真实面目,亦指戏曲歌词宾白的通俗易晓;"相色"是"替身",是涂抹伪装的人情。王骥德在《曲律》中提出"作剧戏,亦须令老妪解得,方入众耳,此即本色之说也"②,此"本色"指戏曲的文体特征。总之,这些关于"本色"的思考与诠释,在文坛上的影响是不可忽视的。从"本色"的意涵来看,不外乎思想内容的真实自然与语言艺术的朴素自然这两方面。理解唐宋派的"本色"论,亦可从此两端予以考虑。

一、唐顺之的本色论

本色论是唐宋派文学思想的核心理论之一,最具代表性的倡导者当数唐顺之。他在与茅坤辩难的书信中,详细论述了这个理论主张。《答茅鹿门知县二》说:

> "文莫犹人,躬行未得",此一段公案姑不敢论,只就文章家论之,虽其绳墨布置、奇正转折自有专门师法,至于中一段精神命脉骨髓,则非洗涤心源、独立物表,具今古只眼者,不足以与此。今有两人,其一人心地超然,所谓具千古只眼人也,即使未尝操纸笔呻吟,学为文章,但直据胸臆,信手写出,如写家书,虽或疏卤,然绝无烟火酸馅习气,便是宇宙间一样绝好文字。其一人犹然尘中人也,虽其专专学为文章,其于所谓绳墨布置则尽是矣,然番来覆去不过是这几句婆子舌头语,索其所谓真精神与千古不可磨灭之见,绝无有也,则文虽工,而不免为下格。此文章本色也。即如以诗为喻,陶彭泽未尝较声律雕句文,但信手

① 《徐渭集·徐文长佚草》卷一,1089 页,北京,中华书局,1983。
② (明)王骥德著,陈多、叶长海注释:《曲律注释》卷三《杂论第三十九上》,272 页,上海,上海古籍出版社,2012。

写出，便是宇宙间第一等好诗。何则？其本色高也。自有诗以来，其较声律，雕句文，用心最苦而立说最严者，无如沈约，苦却一生精力，使人读其诗，只见其捆缚龌龊，满卷累牍竟不曾道出一两句好话。何则？其本色卑也。本色卑，文不能工也，而况非其本色者哉？[①]

他指出文章最重要最关键的是"中一段精神命脉骨髓"，具有"真精神与千古不可磨灭之见"，这就是文章"本色"的具体体现，它不是依靠绳墨布置、奇正转折这些"专门师法"就能实现的，而是要"直据胸臆，信手写出"，才会有"宇宙间一样绝好文字"。他还以陶渊明和沈约的诗为例，来说明本色高卑的不同。陶诗不较声律，不雕琢句文，信手写出，直抒胸臆，便是宇宙间第一等好诗，因其本色高；沈诗较声律，雕琢句文，用心良苦，却道不出一两句好话，因其本色卑下。概言之，唐顺之所说的"本色"，殆指通过直抒胸臆、信手写出的方式来表达作家的真精神与真见识。

在这封信中，唐顺之还探讨了秦汉以前诸子百家与唐宋以后儒家文人著作的差异：

> 且夫两汉而下，文之不如古者，岂其所谓绳墨转折之精之不尽如哉？秦汉以前，儒家者有儒家本色，至如老庄家有老庄本色，纵横家有纵横本色，名家、墨家、阴阳家皆有本色。虽其为术也驳，而莫不皆有一段千古不可磨灭之见。是以老家必不肯剿儒家之说，纵横必不肯借墨家之谈，各自其本色而鸣之为言。其所言者，其本色也。是以精光注焉，而其言遂不泯于世。唐、宋而下，文人莫不语性命谈治道，满纸炫然，一切自托于儒家，然非其涵养畜聚之素，非真有一段千古不可磨灭之见，而影响剿说，盖头窃尾，如贫人借富人之衣，庄农作大贾之饰，

---

① 马美信、黄毅点校：《唐顺之集·荆川先生文集》卷七，294～295页，杭州，浙江古籍出版社，2014。

极力装做，丑态尽露。是以精光枵焉，而其言遂不久湮废。然则秦汉而上，虽其老、墨、名、法、杂家之说而犹传，今诸子之书是也，唐宋而下，虽其一切语性命谈治道之说而亦不传，欧阳永叔所见唐四库书目，百不存一焉者是也。后之文人欲以立言为不朽计者，可以知所用心矣。然则吾之不语人以求工文字者，乃其语人以求工文字者也。①

在他看来，秦汉以前诸子百家皆有本色，皆有一段千古不可磨灭之见；而唐宋以后儒家文人著述，非真有一段千古不可磨灭之见。两者最大的差异在于有无本色。

其实，类似的意思，唐顺之曾多次表述。他对好友洪方洲说："盖文章稍不自胸中流出，虽若不用别人一字一句，只是别人字句，差处只是别人的差，是处只是别人的是也。若皆自胸中流出，则炉锤在我，金铁尽镕，虽用他人字句，亦是自己字句，如《四书》中引《书》、引《诗》之类是也。"②"近来觉得诗文一事，只是直写胸臆，如谚语所谓开口见喉咙者，使后人读之如真见其面目，瑜瑕俱不容掩，所谓本色，此为上乘文字。扬子云闪缩谲怪，欲说不说，不说又说，此最下者，其心术亦略可知。"③他对莫子良主事说："好文字与好诗，亦正在胸中流出，有见者与人自别，正不资藉此零星簿子也。虽古之以诗文名家者，其说亦不过如此。"④唐顺之的本色论，从文章创作角度来看，就是直抒胸臆，信手写出，不事雕琢。

如果要追溯唐顺之本色论的思想渊源，心学背景不容忽视。陈献章说："终日乾乾，只是收拾此心而已。此理干涉至大，无内外，无终始，无一处

---

① 马美信、黄毅点校：《唐顺之集·荆川先生文集》卷七《答茅鹿门知县二》，295～296 页，杭州，浙江古籍出版社，2014。
② 马美信、黄毅点校：《唐顺之集·荆川先生文集》卷七《与洪方洲书》，297～298 页。杭州，浙江古籍出版社，2014。
③ 同上书，299 页。
④ 马美信、黄毅点校：《唐顺之集·荆川先生文集》卷七《与莫子良主事》，292 页，杭州，浙江古籍出版社，2014。

不到，无一息不运。 会此，则天地我立，万化我出，而宇宙在我矣。 得此把柄入手，更有何事? 往古来今，四方上下，都一齐穿纽，一齐收拾。 随时随处，不是这个充塞。 色色信他本来，何用尔脚劳手攘? 舞雩三三两两，正在勿忘勿助之间。 曾点些儿活计，被孟子一口打并出来，便都是鸢飞鱼跃。"①他强调心的自由自得，不受拘束。 承继心学的王畿说："良知者，心之灵气，万物一体之根。"②"良知知是知非而善恶自辨，是谓本来面目。"③他强调心的本来面目，这些都具有哲学本体的意味。 受心学思想的影响，唐顺之在阐述本色论时也表露出心学思想的渊源。 他在《答茅鹿门知县二》中谓文章"至于中一段精神命脉骨髓，则非洗涤心源，独立物表，具今古只眼者，不足以与此"，又称"文字工拙在心源"④，等等。 这里的"洗涤心源"，实则是去欲工夫的体现，这鲜明地揭示出心学与本色论的关系。 他在《寄黄士尚》中说："弟近来深觉往时意气用事、脚根不实之病，方欲洗涤心源，从独知处着工夫。 待其久而有得，则思与乡里后进有志之士共讲明焉，一洗其蚁膻鼠腐争势竞利之陋，而还其青天白日不欲不为之初心。 此鄙人之所不自量，而窃有冀焉者也。"⑤由此可知，"洗涤心源"实际上就是要清除主体的蚁膻鼠腐争势竞利之心，返归清清白白、无欲无为的"初心"状态。 只要返归初心，心源清净，所发之文当为本色。 他对洪方洲说："愿兄且将理要文字权且放下，以待完养神明，将向来闻见一切扫抹，胸中不留一字，以待自己真见露出，则横说竖说更无依傍，亦更无走作也。"⑥他强调从清净的心性入手，放下闻见，以待自己真见露出，这样流

---

① 孙通海点校：《陈献章集》卷二《与林郡博七》，217 页，北京，中华书局，1987。

② 吴震编校整理：《王畿集》卷十三《赠宪伯太谷朱使君平寇序》，370 页，南京，凤凰出版社，2007。

③ 吴震编校整理：《王畿集》卷五《与阳和张子问答》，124 页，南京，凤凰出版社，2007。

④ 马美信、黄毅点校：《唐顺之集·荆川先生文集》卷七，294～295 页，杭州，浙江古籍出版社，2014。

⑤ 马美信、黄毅点校：《唐顺之集·荆川先生文集》卷五，225 页，杭州，浙江古籍出版社，2014。

⑥ 马美信、黄毅点校：《唐顺之集·荆川先生文集》卷七《与洪方洲书》，298 页，杭州，浙江古籍出版社，2014。

露出的文字才是"本色"。 概言之，唐顺之的心学思想构成了其本色论的哲学基础。

总之，唐顺之本色论的思想意涵丰富。 诚如黄毅所说："'本色论'是唐顺之文学理论的核心，它认为文学是心的流露、天机的显现；本色的作品必然具有独特的见解，不依附于他人；人品的高下决定作品的成败，作者必须学识精深，注重道德修养；作者的修养主要是洗尽欲根，克制感情，保持天机的活泼灵动；写诗作文应直抒胸臆，保持清新自然的风格，反对矫揉造作、雕琢伪饰。"①

二、王慎中、茅坤、归有光的本色论

王慎中虽然有益于唐顺之，但在本色论这个问题上，他并没有生发出系统的、大量的论述。 不过，他也强调文章创作要表达自我，要真实自然。他说："所谓作者，盖出于我而无所缘于人者也。"②"其作为文字法度规矩，一不敢背于古，而卒归于自为其言。 此在前世为公共之物，而在今日亦为不传之秘，欲以语人，都无晓者。"③他强调作者的主体自我意识，并将法度与自我统一起来，以实现"卒归于自为其言"。 他还对文坛学人"不能内信其心，自得于己"的现象表示了强烈的不满：

> 今学者不能内信其心，自得于己，割裂于章句之末，矫揉于形迹之似，皆弃于先生者也。 某早无师传，为学已晚，不揆固陋，窃尝尽心于

① 黄毅：《明代唐宋派研究》，94 页，上海，上海古籍出版社，2008。
② （明）王慎中：《遵岩先生文集》卷三十六《与袁永之》，见《北京图书馆古籍珍本丛刊》第 105 册，1031 页，北京，书目文献出版社，1988。
③ （明）王慎中：《遵岩先生文集》卷三十八《与江午坡书一》，见《北京图书馆古籍珍本丛刊》第 105 册，1054 页，北京，书目文献出版社，1988。

先生之遗言，岂敢谓能得其所以言哉？惟知求之心而庶几有以自信耳。①

应该说，这些在一定程度上与唐顺之的本色论有暗通之处。

茅坤论文时也用"本色"，这在他评点《唐宋八大家文钞》时表现得最为突出。他评韩愈文，《为人求荐书》"善喻却是韩公本色"②；《张中丞传后叙》"通篇句、字、气皆太史公体，非昌黎本色"③；《曹成王碑》"文有精爽，但句字生割，不免昌黎本色"④。评柳宗元文，《潭州东池戴氏堂记》"子厚本色"⑤。评王安石文，《芝阁记》"荆公本色之佳处"⑥；《与马运判书》"论理财是荆公本色"⑦。评曾巩文，《道山亭记》"曾子固本色"⑧。评苏轼文，《答谢举廉书》"此书所论文，然却是苏长公文章本色"⑨；《平王论》"此文类韩《讳辩》，非苏氏本色。分明是宋南渡一断案"⑩；《超然台记》"子瞻本色，与《凌虚台记》并本之庄生"⑪；《潮州韩文公庙碑》"予览此文不是昌黎本色，前后议论多漫然，然苏长公生平气格独存，故录之"⑫。统而言之，茅坤所论"本色"，殆指涉两端：一为作品内在的本质特征；一为作者自身的性情面目。这在一定程度上有别于唐顺

① （明）王慎中：《遵岩先生文集》卷三十二《宗儒祠告文》，见《北京图书馆古籍珍本丛刊》第105册，981页，北京，书目文献出版社，1988。

② （明）茅坤：《唐宋八大家文钞评文·唐大家韩文公文钞》，见王水照编：《历代文话》，1795页，上海，复旦大学出版社，2007。

③ 同上书，1811页。

④ 同上书，1813页。

⑤ （明）茅坤：《唐宋八大家文钞评文·唐大家柳柳州文钞》，见王水照编：《历代文话》，1831页，上海，复旦大学出版社，2007。

⑥ （明）茅坤：《唐宋八大家文钞评文·宋大家王文公文钞》，见王水照编：《历代文话》，1914页，上海，复旦大学出版社，2007。

⑦ 同上书，1908页。

⑧ （明）茅坤：《唐宋八大家文钞评文·宋大家曾文定公文钞》，见王水照编：《历代文话》，1945页，上海，复旦大学出版社，2007。

⑨ （明）茅坤：《唐宋八大家文钞评文·宋大家苏文忠公文钞》，见王水照编：《历代文话》，1973页，上海，复旦大学出版社，2007。

⑩ 同上书，1975页。

⑪ 同上书，1996页。

⑫ 同上书，1998页。

之的本色论。

归有光论文也用"本色"。 比如，他评韩愈《为人求荐书》："昌黎本色。"①评欧阳修《送廖倚归衡山序》："宛似昌黎公笔，非欧阳公本色。"②此处"本色"，前者当指作家自身的性情面目，后者当为作品的艺术特征。 实际上，我们对归有光的本色论的理解，还可以通过其他评论得知。他在《庄氏二子字说》中说：

> 文太美则饰，太华则浮。浮饰相与，敝之极也，今之时则然矣。夫智而用私，夫智而用私，不如愚而用公。巧不如拙，辨不如讷，富不如贫，贵不如贱。欲文之美，莫若德之实；欲文之华，莫若德之诚；以文为文，莫若以质为文。质之所为生文者无尽也。一日节缩，十日而赢。衣不鲜好，可以常服；食不甘味，可以常飧。故曰："贲无色也。"贲为无色，非无色而后贲也。③

他强调写文章要朴实本色，自然真挚，不追求浮饰华美。 他曾借助纸花与真花来论文："近来颇好剪纸。 染采之花，遂不知复有树上天生花也。 偶见俗子论文，故及之。"④"染采之花"，为假花，喻其拟古；"树上天生花"，为真花，喻其本色。 显然，他不满于文坛拟古思潮，期冀本色真实的文章创作。 归有光还说："文字又不是无本源。 胸中尽有，不待安排。"⑤"昨文殊未佳，想是为外面慕膻蚁聚之徒动其心，却使清明之气扰乱而不能

① （明）归有光：《震川先生评古文·震川评唐文》，见严佐之、谭帆、彭国忠主编：《归有光全集》第10册，671页，上海，上海人民出版社，2015。
② （明）归有光：《震川先生评古文·震川评宋文》，见严佐之、谭帆、彭国忠主编：《归有光全集》第10册，818页，上海，上海人民出版社，2015。
③ （明）归有光：《震川先生集》卷三，见严佐之、谭帆、彭国忠主编：《归有光全集》第10册，89~90页，上海，上海人民出版社，2015。
④ （明）归有光：《震川先生别集》卷七《与沈敬甫》，见严佐之、谭帆、彭国忠主编：《归有光全集》第7册，941页，上海，上海人民出版社，2015。
⑤ 同上书，941页。

自发也。"①他认为，文字有本源，源在胸中，它不能被外在的不良习气扰乱，否则不能自发。其实，这谈的也是本色问题，跟唐顺之的"文字工拙在心源"颇为相似。

总而言之，唐宋派提倡本色自然，强调直抒胸臆，信手作文。他们的文学主张与心学的某些方面有所相通。其历史价值在于给文学指明返回自我、返回本心的清晰的发展方向，在一定程度上开启了后来公安派崇尚性灵、高扬个性的精神。

◎ 第四节

法与道、意的统一

作为批驳李、何七子派的对手，唐宋派非常重视法度问题。其实，这个问题在李梦阳、何景明那里，也深受重视，有一些深入的探讨和思考。比如李强调"文必有法，然后中谐音度，如方圆之于规矩"②，何强调"诗文有不可易之法"③，等等。只不过，李、何在强调"法"的同时，往往忽略了"道"。在他们那里，法与道相分离，法重而道轻。作为曾经追随前七子的王、唐诸子，对法度问题自然不会忽视。他们在检讨和反思前贤弊习的基础上，对法度问题又有新的认识和主张。他们既重视法度，又关注文道和心意，做到了道与法、法与意之间的不相背离。

---

① （明）归有光：《震川先生别集》卷七《与沈敬甫》，见严佐之、谭帆、彭国忠主编：《归有光全集》第 7 册，942 页，上海，上海人民出版社，2015。
② （明）李梦阳：《空同集》卷六十二《答周子书》，见《景印文渊阁四库全书》集部第 1262 册，569 页，台北，台湾商务印书馆，1986。
③ （明）何景明著，李淑毅等点校：《何大复集》卷三十《与李空同论诗书》，576 页，郑州，中州古籍出版社，1989。

一、唐顺之的文法论

唐顺之在文中论及法度之处甚多，内容丰富、系统、具体。 最具代表性的莫过于《董中峰侍郎文集序》。 此文围绕一个"法"字立论，针对七子之法进行辨析和评论，并提出自己的法度观。 他说：

> 喉中以转气，管中以转声；气有湮而复畅，声有歇而复宣；阖之以助开，尾之以引首。此皆发于天机之自然，而凡为乐者莫不能然也。最善为乐者则不然，其妙常在于喉管之交，而其用常潜乎声气之表。气转于气之未湮，是以湮畅百变而常若一气。声转于声之未歇，是以歇宣万殊而常若一声。使喉管声气融而为一而莫可以窥，盖其机微矣。然而其声与气之必有所转，而所谓开阖首尾之节，凡为乐者莫不皆然者，则不容异也。使不转气与声，则何以为乐？使其转气与声而可以窥也，则乐何以为神？有贱工者，见夫善为乐者之若无所转，而以为果无所转也，于是直其气与声而出之，戛戛然一往而不复，是击腐木湿鼓之音也。言文者何以异此。[①]

他以音乐来喻文章之法，以喉管声气"阖之以助开，尾之以引首"比喻文之开阖首尾，以"转气与声"来比喻文之转折变化。 由此，他拈出文章"开阖首尾、经纬错综之法"：

> 汉以前之文，未尝无法而未尝有法，法寓于无法之中，故其为法也，密而不可窥。唐与近代之文，不能无法，而能毫厘不失乎法，以有

---

① 马美信、黄毅点校：《唐顺之集·荆川先生文集》卷十，465～466 页，杭州，浙江古籍出版社，2014。

法为法，故其为法也严而不可犯。密则疑于无所谓法，严则疑于有法而可窥。然而文之必有法，出乎自然而不可易者，则不容异也。且夫不能有法，而何以议于无法？有人焉，见夫汉以前之文疑于无法，而以为果无法也，于是率然而出之，决裂以为体，饾饤以为词，尽去自古以来开阖首尾经纬错综之法，而别为一种臃肿偃涩浮荡之文。其气离而不属，其声离而不节，其意卑，其语涩，以为秦与汉之文如是也。岂不犹腐木湿鼓之音，而且诧曰："吾之乐合乎神。"呜呼！今之言秦与汉者纷纷是矣，知其果秦乎汉乎否也？①

他认为秦汉之文，因法寓于无法之中，故法密而不可窥知；唐与近代之文，以有法为法，故法严而不可犯。 法因密而疑于无所谓法，难以取径；因严则疑于有法而可窥，易于取径，故学文可由唐宋入门，循序渐进，然后上溯秦汉。 基于此点，他对前七子"决裂以为体，饾饤以为词"的师法秦汉弊习予以了批评。

唐顺之还认为"法"是"神明之变化"。 他在《文编序》中说：

文而至于不可胜穷，其亦有不得已而然者乎？然则不能无文，而文不能无法。是编者，文之工匠，而法之至也。圣人以神明而达之于文，文士研精于文以窥神明之奥。其窥之也有偏有全，有小有大，有驳有醇，而皆有得也，而神明未尝不在焉。所谓法者，神明之变化也。《易》曰："刚柔交错，天文也；文明以止，人文也。"学者观之，可以知所谓法矣。②

这里的"神明"即指"道"，落实到文章上，又指文之精神脉理。"法"就

---

① 马美信、黄毅点校：《唐顺之集·荆川先生文集》卷十，466页，杭州，浙江古籍出版社，2014。
② 同上书，450页。

是文之精神脉理错综变化的具体呈现。他之所以强调"神明"，意在追求文章有法而又无法之境。对于此点，他在《与两湖书》中也有类似表述："每一抽思，了了如见古人为文之意，乃知千古作家别自有正法眼藏在。盖其首尾节奏，天然之度，自不可差，而得意于笔墨溪径之外，则惟神解者而后可以语此。"①兹处"神解"当可作"神明"来理解，所谓"正法眼藏"，除了文章结构布局严谨有法外，还有就是"神解"或"神明"的变化无端了。古往今来，著名作家的文章大都具有此特征。

二、王慎中的文法论

王慎中之文，"在一时文人中最有法"②，其论文也讲究合于法度。他说：

> 大抵文字之事，有约有放。若约以法度，则一字轻着不得；若放而为之，则无不可如意。观兄此诗，殆有意于放，正不当以字句得失论之也。然古人有放者矣，骤而读之，浩乎若不可诘。徐究细玩，乃无一语为恨，此则真能放者。吾辈未到彼岸，尤须以法度自饰，庶可无败耳。③

兹处所谈虽涉诗学问题，但"文字之事"不限于诗歌，也可包括文章。也就是说，在文学创作上，存在着如何处理法度的问题。实际上这就是要做到"约以法度"与"放而为之"之间的平衡。王慎中认为今人能力尚不足，难以做到收放自如，应该要"法度自饰"。

---

① 马美信、黄毅点校：《唐顺之集·荆川先生文集》卷五，222 页，杭州，浙江古籍出版社，2014。
② 马美信、黄毅点校：《唐顺之集·荆川先生文集》卷十《董中峰侍郎文集序》，467 页，杭州，浙江古籍出版社，2014。
③ （明）王慎中：《遵岩先生文集》卷三十九《与邹一山书一》，见《北京图书馆古籍珍本丛刊》第105 册，1074 页，北京，书目文献出版社，1988。

在讲求法度的基础上，他还强调为文要自为其言。他说："其作为文字，法度规矩一不敢背于古，而卒归于自为其言。"①意思是文章创作在法度上要求合于古，同时又要能自为其言，表露出作家的情感和见解。

三、茅坤的文法论

茅坤重视文章的章句结构之法。他在评点唐宋八家之文时，多关注其文的字法、句法、章法等特征。比如，评韩愈文，《与陈给事书》"洗刷工而调句佳，甚有益于初进者"②；《送浮屠文畅师序》"高在命意，故迥出诸家，而开阖顿挫不失尺寸"③；《清河郡公房公墓碣铭》"直叙。须看他句法字法淘洗鼓铸处"④。评柳宗元文，《濮阳吴君文集序》"文自有法度"⑤。评欧阳修文，《太子太师致仕杜祁公墓志铭》"法度严整"⑥。评王安石文，《司农卿分司南京陈公神道碑》"法度如兵伍"⑦；《广西转运使苏君墓志铭》"感慨中有法度"⑧。评曾巩文，《战国策目录序》"大旨与《新序》相近，有根本，有法度"⑨。评苏轼文，《倡勇敢》"'气'之一

① （明）王慎中：《遵岩先生文集》卷三十八《与江午坡书》，见《北京图书馆古籍珍本丛刊》第105 册，1054 页，北京，书目文献出版社，1988。
② （明）茅坤：《唐宋八大家文钞评文·唐大家韩文公文钞》，见王水照编：《历代文话》，1795页，上海，复旦大学出版社，2007。
③ 同上书，1804 页。
④ 同上书，1820 页。
⑤ （明）茅坤：《唐宋八大家文钞评文·唐大家柳柳州文钞》，见王水照编：《历代文话》，1828页，上海，复旦大学出版社，2007。
⑥ （明）茅坤：《唐宋八大家文钞评文·宋大家欧阳文忠公文钞》，见王水照编：《历代文话》，1877 页，上海，复旦大学出版社，2007。
⑦ （明）茅坤：《唐宋八大家文钞评文·宋大家王文公文钞》，见王水照编：《历代文话》，1920页，上海，复旦大学出版社，2007。
⑧ 同上书，1921 页。
⑨ （明）茅坤：《唐宋八大家文钞评文·宋大家曾文定公文钞》，见王水照编：《历代文话》，1935页，上海，复旦大学出版社，2007。

字，极中兵情，而通篇行文如虬龙之驾风云而撼山谷，而杳不可测"①。 评苏辙文，《刘恺丁鸿孰贤论》"不如子瞻，而法度却正当"②，等等。 这些批语，大抵能揭示唐宋诸家作品的法度特征与艺术风貌。

此外，茅坤更推崇文章神理之法。 他在回复唐顺之的书信中高调宣称："为文不必马迁，不必韩愈，亦不必欧、曾；得其神理而随吾所之，譬提兵以捣中原，惟在乎形声相应，缓急相接，得古人操符致用之略耳。而至于伏险出奇，各自有用，何必其尽同哉!"③在这里，"为文不必"云云，显然已超越了秦汉派、唐宋派的法轨，也突破了对文章的时代特征与风格特色的要求。 茅氏强调"得其神理而随吾所之"，这就把"神理"摆在了很高的位置，以为掌握了文章的"神理"，就可以不拘于具体法度而能随心所欲了。

所谓"神理"，是"神"与"理"的融合，"神"可指作家的神情，"理"可指文章的理路，二者汇融，实际上做到了"意"与"法"的和谐统一。 茅坤在《与郁秀才书》中说：

> 大都近代以来，缙绅先生好摹画《史记》《汉书》为文章，而于公卿士庶志铭传记，特借《史》《汉》之肤发以为工；而于斯人之神理，或杳焉而未之及。④

这段话，还可借助于《刻史记钞引》来理解：

---

① （明）茅坤：《唐宋八大家文钞评文·宋大家苏文忠公文钞》，见王水照编：《历代文话》，1991页，上海，复旦大学出版社，2007。
② （明）茅坤：《唐宋八大家文钞评文·宋大家苏文定公文钞》，见王水照编：《历代文话》，2023页，上海，复旦大学出版社，2007。
③ 张大芝、张梦新点校：《茅坤集·茅鹿门先生文集》卷一《复唐荆川司谏书》，192页，杭州，浙江古籍出版社，1993。
④ 张大芝、张梦新点校：《茅坤集·茅鹿门先生文集》卷五，286页，杭州，浙江古籍出版社，1993。

予少好读《史记》，数见缙绅学士摹画《史记》为文辞，往往专求之句字音响之间，而不得其解。譬之写像者，特于须眉颧颊耳目口鼻貌之外见者，而其中之神，所当怒而裂眦、喜而解颐、悲而疾首、思而抚膺，孝子慈孙之所睹而潸然涕洟，骚人墨士之所凭而凄然吊且赋者，或耗焉未之及也。①

　　两则材料皆谈缙绅学士摹画《史记》的弊习问题，他们专求句字音响，着意于外在面目，如同写像者仅得人物之形貌而未得其神情一般。 这是茅坤所不满的，他强调学《史记》，应学其神理。 他说："神者，文章中渊然之光，宿然之思，一唱三叹，余音裊娜，即之不可得，而味之又无穷者也。 入此一步，则《庄子》之《秋水》《马蹄》，《离骚》之《卜居》《渔父》诸什；下如苏子瞻前后《赤壁赋》，并吾神助也。"②

　　茅坤还提出"文贵神解"的观点。 他说："文贵神解，置心千载之上，恍见圣贤当时语意而写诸笔端，不烦绳削，方为上品。 气欲昌以大，词欲俊而雅。 开阖布置，抑扬步骤各有法。"③茅坤评文时也用"神理""神解"，如评苏轼文，《文与可飞白赞》"文有神解"④；苏辙文，《子瞻和陶渊明诗集引》"文不著意，而神理自铸"⑤。 这些都有助于我们对茅坤法度意识的认识。

---

① 张大芝、张梦新点校：《茅坤集·茅鹿门先生文集》卷三十一，831 页，杭州，浙江古籍出版社，1993。

② 张大芝、张梦新点校：《茅坤集·茅鹿门先生文集》卷三十二《文诀五条训缙儿辈》，875 页，杭州，浙江古籍出版社，1993。

③ （明）许孚远：《茅鹿门先生传》，见张大芝、张梦新点校：《茅坤集》附录一，1363 页，杭州，浙江古籍出版社，1993。

④ 《唐宋八大家文钞评文·宋大家苏文忠公文钞》，见王水照编：《历代文话》，2000 页，上海，复旦大学出版社，2007。

⑤ 同上书，2031 页。

四、归有光的文法论

归有光也重视法度。 他所编《文章指南》,就是"诚叫人法古之津梁也"①。 书分五集,由《左传》以下,迄于明,录文一百八十篇。 通过这部书,我们可以窥知他的文法思想。 《论看文法》说:"先见文字体式,然后遍考古人用意下句处。"②具体来说,第一看大概主张;第二看文势规模;第三看纲目关键;第四看警策句法。 不仅如此,他还概括出《看历代名家文法》,涉左氏、司马氏、班氏、韩氏、欧阳氏、苏氏诸家。 他对作文之法也有论述:

> 一篇之中须有数行整齐处,有数行不整齐处,或缓或急,或显或晦,缓急显晦相间,使人不知其为缓急显晦。常使经纬相通,有一脉过接乎其间,然后可。盖有形者纲目,无形者血脉也。有用文字,议论文字是也。③

他还归纳了文章的一些弊病,有深、晦、怪、冗、弱、涩、虚、直、疏、碎、缓、暗、尘俗、熟烂、轻易、推事、说不透、意不尽、泛而不切等。④ 他归纳并概括出文章体则六十六种,如"通用义理则""通用养气则""立论正大则""用意奇巧则""化用经传则""总提分应则""句法长短错综则""文势如贯珠则""文势如走珠则""下句载上句则""结意有余则"

① (明)吴应达:《文章指南跋》,见严佐之、谭帆、彭国忠主编:《归有光全集》第 9 册,271 页,上海,上海人民出版社,2015。
② (明)归有光:《文章指南·总论》,见严佐之、谭帆、彭国忠主编:《归有光全集》第 9 册,1 页,上海,上海人民出版社,2015。
③ (明)归有光:《文章指南·总论·论作文法》,见严佐之、谭帆、彭国忠主编:《归有光全集》第 9 册,5 页,上海,上海人民出版社,2015。
④ (明)归有光:《文章指南·总论·论文病》,见严佐之、谭帆、彭国忠主编:《归有光全集》第 9 册,5~6 页,上海,上海人民出版社,2015。

"结句有力则"等，涉及文章创作的立意、谋篇、章法、句法、字法等方面。他在评点唐宋文人作品时，也多从法度着手，如评韩愈文，《太原王公神道碑铭》"约束明法，叙致详雅"[1]。评欧阳修文，《画舫斋记》"先模出画舫景趣，中用三层翻跌，后澹澹收转，极有法度"[2]；《南阳县君谢氏墓志铭》"法度恰好"[3]；等等。

总的来说，唐宋派在法度问题上，与前七子相比，在文章的命意、定法、谋篇以至章法、句法、字法等方面，提出了许多精辟的见解。在此基础上，他们还追求无法之法，推崇神理，力求做到法与意、法与道的统一。从影响层面来看，他们对文法的探究，对后来的豫章派、桐城派都有着重要的启示意义。

---

[1] （明）归有光：《震川先生评古文·震川评唐文》，见严佐之、谭帆、彭国忠主编：《归有光全集》第 10 册，698 页，上海，上海人民出版社，2015。

[2] （明）归有光：《震川先生评古文·震川评宋文》，见严佐之、谭帆、彭国忠主编：《归有光全集》第 10 册，828 页，上海，上海人民出版社，2015。

[3] 同上书，862 页。

第十四章
后七子派的散文思想

　　自嘉靖中叶开始，以李攀龙、王世贞、谢榛、宗臣、梁有誉、徐中行、吴国伦等为代表的后七子文学复古运动风云突起，并在与唐宋派的对抗过程中逐渐占据上风，继前七子之后再次引领文坛风会。

　　关于后七子群体形成的过程，《明史·李攀龙传》云：

> 　　攀龙之始官刑曹也，与濮州李先芳、临清谢榛、孝丰吴维岳辈倡诗社。王世贞初释褐，先芳引入社，遂与攀龙定交。明年，先芳出为外吏。又二年，宗臣、梁有誉入，是为五子。未几，徐中行、吴国伦亦至，乃改称七子。诸人多少年，才高气锐，互相标榜，视当世无人，七才子之名播天下。摈先芳、维岳不与，已而榛亦被摈，攀龙遂为之魁。①

这则材料简要陈述了后七子群体形成的历史演进过程。实际上，作为后七子之一的宗臣在《再报张范中》中也对七子结盟有所表述："若临清谢山人榛、济南李郎中攀龙、湖州徐比部中行、南海梁比部有誉、吴人王比部世贞、楚人吴舍人国伦数子者，皆海内一时艺林之极隽也。仆亦得以奉陪末

---

① （清）张廷玉等：《明史》卷二百八十七《文苑传三》，7377～7378 页，北京，中华书局，1974。

论，共励斯盟。"①可以说，以李攀龙、王世贞为代表的后七子掀起的文学复古浪潮，是嘉靖至万历年间文坛上的重要现象，也是明代文学复古运动发展的必然结果。

这次文学复古运动持续的时间有点长。廖可斌先生认为，此次文学复古运动大约持续四十五年，经历了三个阶段：第一阶段从嘉靖二十六年（1547）开始，这一年李攀龙授官刑部主事，且王世贞高中进士，这可算他们复古运动的开端，沿至嘉靖四十一年（1562），大约十五年；第二阶段从嘉靖四十一年到万历五年（1577），大约十五年；从万历五年到万历二十年（1592）的大约十五年，这是第三阶段。②不过，罗宗强先生的看法稍显不同，他认为："此一思潮之流播，从嘉靖三十一年攀龙正式提出复古问题，至万历十八年王世贞逝世，近四十年时间。"③他们各有所据，难说孰是孰非，毕竟这次复古运动的兴起与消退背景都较为复杂。尽管如此，至少我们可以断定：此次文学复古运动兴起于嘉靖中叶，消退于万历前期。

后七子主持文坛的时间比较长，先后参与进来的文人比较多，并不仅仅限于原有七人。又有余日德、魏裳、汪道昆、张佳胤、张九一等"后五子"，俞允文、卢柟、李先芳、吴维岳、欧大任等"广五子"，王道行、石星、黎民表、朱多煃、赵用贤等"续五子"，赵用贤、李维桢、屠隆、魏允中、胡应麟等"末五子"，皇甫汸、莫如忠、许邦才、周天球、张凤翼、张献翼等"四十子"之目。他们都是这次文学复古阵营中的骨干力量。

后七子崛起之时，文坛环境迥异于前七子复古派之时。前期，他们要反拨唐宋派之流弊；后期，又要应对公安派的批评。这使得复古诸子的文学思想在应对外界风潮时往往呈现出复杂的面貌与丰富的内涵。此外，就后七子复古阵营内部来说，他们之间的文学主张与创作实践也都存在着一定的差

---

① （明）宗臣：《宗子相集》卷十四，见《景印文渊阁四库全书》集部第1287册，159页，台北，台湾商务印书馆，1986。
② 廖可斌：《明代文学复古运动研究》，198～230页，上海，上海古籍出版社，1994。
③ 罗宗强：《明代文学思想史》，491～492页，北京，中华书局，2013。

异，甚至就个人来说，不同时期的文学主张与创作风格往往也会显得不一致。这些都给我们阐析后七子复古派的文学思想带来很大的挑战。这里我们重点谈谈他们在复古运动中的观念的趋同性，兼涉其差异性。

◎ 第一节

"文必秦汉"的再度标举

嘉靖中叶以后，人们追随唐宋派的热情开始渐渐消退，冷静反省之余，又开始重拾前七子文学复古之余绪，再次打出"诗必盛唐，文必秦汉"的旗帜。不过，鉴于此次复古的持久性与复杂性，这面复古旗帜也因之呈现出别样的色彩。

一、李攀龙的复古思想

作为后七子复古运动前期的带头人，李攀龙是"文必秦汉"的拥趸。《明史·李攀龙传》称他"持论谓文自西京，诗自天宝而下，俱无足观"①。李攀龙年轻时就有复古的倾向，喜好吟诵古文辞，中进士后，以疾归家，"益发愤励志，陈百家言，附而读之，务钩其微、抉其精。取恒人所置不解者拾之，以绩学。盖文自西汉以下，诗自天宝以下，若为其毫素污者，辄不忍为也"②。他在《答冯通府》中说："秦、汉以后无文矣。"③虽然显示出

---

① （清）张廷玉等：《明史》卷二百八十七《文苑传三》，7378 页，北京，中华书局，1974。
② （明）殷士儋：《明故嘉议大夫河南按察使司按察使李公墓志铭》，见（明）李攀龙著，包敬第标校：《沧溟先生集》附录二，717～718 页，上海，上海古籍出版社，1992。
③ （明）李攀龙著，包敬第标校：《沧溟先生集》卷二十八，647 页，上海，上海古籍出版社，1992。

他对秦汉以后文章的无视与无知，但也表露出他取法于上、取法于古的文学追求。出于对秦汉文的崇敬之情，他还以秦汉名家为标尺来评价友朋。他在《送徐汝思郎中入蜀》中说："司马长卿《子虚赋》，其文可以凌太苍。"①在《五子诗·王元美》中说："凌厉子长气，文章此未坠。"②在《送许史得弟字》中说："既出《兔园》篇，颇兼《子虚》制。"③显然，他推崇司马迁、司马相如之文。

李攀龙极力标举秦汉文章，这就与文坛盛行的以王慎中、唐顺之为代表的唐宋派产生了龃龉，他在《送王元美序》中对此表示了不满："今之文章，如晋江、毗陵二三君子，岂不亦家传户诵？而持论太过，动伤气格，惮于修辞，理胜相掩，彼岂以左丘明所载为皆侏离之语，而司马迁叙事不近人情乎？"④在他看来，王慎中、唐顺之之辈"持论太过"，在文章创作上的"气格"与"修辞"皆不与秦汉文吻合。需要指出的是，李攀龙在推崇秦汉文之余，也曾肯定过汉魏以逮六朝的文章。他在《报刘子威》中说："然体裁各率有所自至，而风尚不可不一谕。盖曰：'汉魏以逮六朝皆不可废，惟唐中叶，不堪复入耳。'见诚是也，于不佞奚疑哉？"⑤可见，他对汉魏以逮六朝之文并不排斥，不满的是唐中叶之文，这显然是有所指于以韩、柳为代表的古文家。

李攀龙在散文创作中也体现了他的文学主张。王世贞说："李于鳞文，无一语作汉以后，亦无一字不出汉以前。"⑥他的话虽有点偏激，但道出了李攀龙文章师法秦汉的特色。以李攀龙的传志文为例，他写有《王中丞廷小传》《何季公传》《霍长公传》《汪从龙传》《明处士袭公墓志铭》《刘处士

---

① （明）李攀龙著，包敬第标校：《沧溟先生集》卷五，107页，上海，上海古籍出版社，1992。
② （明）李攀龙著，包敬第标校：《沧溟先生集》卷四，90页，上海，上海古籍出版社，1992。
③ 同上书，98页。
④ （明）李攀龙著，包敬第标校：《沧溟先生集》卷十六，394页，上海，上海古籍出版社，1992。
⑤ （明）李攀龙著，包敬第标校：《沧溟先生集》卷二十六，589页，上海，上海古籍出版社，1992。
⑥ （明）王世贞著，罗仲鼎校注：《艺苑卮言校注》卷七第一九则，343页，济南，齐鲁书社，1992。

墓表》《明封文林郎山东道监察御史马公神道碑》等大量的传志文。 这些文章大抵叙事逻辑周密，思想主旨鲜明，人物形象鲜明，语言古雅朴奥。 王世贞认为李攀龙"志传之文，出入左氏、司马，法甚高，少不满者，损益今事以附古语耳"①。 他既指出了李攀龙取法《左传》《史记》的一面，又批评了李氏在写作过程中胶柱鼓瑟的一面。 李攀龙在文中不少地方熔炼古辞，采择《左传》《史记》《汉书》中的句法或章法，有不少独得其妙之处，体现出了"文尊秦汉"的论文主张。 诚如刘凤所称"其文连类广肆，要不出《左》《语》《国策》《太史书》"②。 不过，李攀龙在模拟秦汉文的过程中，也留下了生搬硬套的痕迹。 比如，他在《与吴明卿书》中说："兖州书至，令某投袂而起，屦及于窒皇，策及于寝门之外，车及于鞍山之麓矣。"③显然，这里模拟了《左传·宣公十四年》的文字："楚子闻之，投袂而起，屦及于窒皇，剑及于寝门之外，车及于蒲胥之市。"这种泥古不化的毛病透露出李攀龙的复古主张与复古实践存在不合轨的情况。

二、王世贞的复古思想

作为后七子复古派的另一盟主，王世贞的文学复古思想曾受李攀龙的影响。 嘉靖二十六年（1547），王世贞高中进士，通过李先芳介绍，知晓李攀龙，"久之，始定交。 自是诗知大历以前，文知西京而上矣"④。 不过，王世贞在浸淫文学复古事业多年以后，对这位引路人的复古理念有了不同的看法。 他在万历年间曾致信屠隆说："于鳞居恒谓'富有之谓大业，日新之谓

---

① （明）王世贞著，罗仲鼎校注：《艺苑卮言校注》卷七第三四则，351 页，济南，齐鲁书社，1992。
② （明）刘凤：《读李于麟集》，见（清）黄宗羲编：《明文海》卷二百四十九，《文渊阁四库全书》本。
③ （明）李攀龙著，包敬第标校：《沧溟先生集》卷二十九，668 页，上海，上海古籍出版社，1992。
④ （明）王世贞著，罗仲鼎校注：《艺苑卮言校注》卷七第三九则，355 页，济南，齐鲁书社，1992。

盛德'，'拟议以成其变化'，为文章之极则。 余则以日新之与变化，皆所以融其富有拟议者也。"①这种"异见"也表现出王世贞在文学观念上的新变与成熟。

王世贞的复古视野要比李攀龙广阔。 他曾经在给张助甫的书信中回忆自己当年的阅读范围：

> 自六经而下，于文则知有左氏、司马迁，于骚则知有屈、宋，赋则知有司马相如、扬雄、张衡，于诗古则知有枚乘、苏、李、曹公父子，旁及陶、谢，乐府则知有汉魏鼓吹、相和及六朝清商、琴舞、杂曲佳者，近体则知有沈、宋、李、杜、王江宁四五家，盖日夜置心焉。②

由此来看，他在诗文骚赋上师法对象极为广博。 不过，王世贞并未仅把目光停留于"西京而上"，他的取法范围要比李攀龙宽泛得多。 他曾说：

> 《檀弓》、《考工记》、《孟子》、左氏、《战国策》、司马迁，圣于文者乎！ 其叙事则化工之肖物；班氏，贤于文者乎！ 人巧极，天工错；庄生、《列子》、《楞严》、《维摩诘》，鬼神于文者乎！ 其达见，峡决而河溃也，窈冥变幻，而莫知其端倪也。③

他对《檀弓》《考工记》《楞严》《维摩诘》等文的推崇，显示出他的取法门径有所拓展，甚至把佛学经典也纳入进来。 实际上，即便是《山海经》《穆天子传》，他也有好评，称这两本书"亦自古健有法"④。 他曾经自称：

---

① （明）王世贞：《弇州续稿》卷二百《屠长卿》，见《景印文渊阁四库全书》集部第1284册，824页，台北，台湾商务印书馆，1986。
② （明）王世贞：《弇州四部稿》卷一百二十一《张助甫》，见《景印文渊阁四库全书》集部第1281册，59~61页，台北，台湾商务印书馆，1986。
③ （明）王世贞著，罗仲鼎校注：《艺苑卮言校注》卷三第一则，99页，济南，齐鲁书社，1992。
④ （明）王世贞著，罗仲鼎校注：《艺苑卮言校注》卷三第二则，101页，济南，齐鲁书社，1992。

自今而后，拟以纯灰三斛，细涤其肠，日取《六经》、《周礼》、《孟子》、《老》、《庄》、《列》、《荀》、《国语》、《左传》、《战国策》、《韩非子》、《离骚》、《吕氏春秋》、《淮南子》、《史记》、班氏《汉书》，西京以还至六朝及韩、柳，便须铨择佳者，熟读涵泳之，令其渐渍汪洋。①

从这里可以看出，王世贞除了推崇秦汉文之外，对"西京以还至六朝及韩、柳"之文并不完全排斥，也可以铨择其佳者予以涵泳、吸收。他也曾经从"实""浮"层面谈论两汉、六朝、唐宋文章："西京之文实，东京之文弱，犹未离实也；六朝之文浮，离实矣；唐之文庸，犹未离浮也；宋之文陋，离浮矣，愈下矣，元无文。"②由此亦可看出，在王世贞的观念里，两汉文章比六朝、唐文要"实"，而宋文则陋，元代无文。他还说："元文人自数子外，则有姚承旨枢、许祭酒衡、吴学士澄、黄侍讲潛、柳国史贯、吴山长莱、危学士素，然要而言之，曰无文可也。"③显然，他是鄙视乃至摒弃元文的。

需要指出的是，王世贞在晚年已经意识到"文必秦汉"的局限与不足，对早年抱有偏见的唐宋文也变得宽容起来。他在致别人的书信中说："愿足下多读《战国策》、《史》、《汉》、韩欧诸大家之文。"④"况弟数年来，甚推毂韩、欧诸贤，以为大雅之文，故当于熙甫不薄，第无繇相闻耳。"⑤可

---

① （明）王世贞著，罗仲鼎校注：《艺苑卮言校注》卷一第六八则，39～40页，济南，齐鲁书社，1992。
② （明）王世贞著，罗仲鼎校注：《艺苑卮言校注》卷三第四则，102页，济南，齐鲁书社，1992。
③ （明）王世贞著，罗仲鼎校注：《艺苑卮言校注》卷四第一〇五则，229页，济南，齐鲁书社，1992。
④ （明）王世贞：《弇州续稿》卷一百八十二《颜廷愉》，见《景印文渊阁四库全书》集部第1284册，604页，台北，台湾商务印书馆，1986。
⑤ （明）王世贞：《弇州续稿》卷一百七十五《徐宗伯》，见《景印文渊阁四库全书》集部第1284册，514页，台北，台湾商务印书馆，1986。

以说，王世贞晚年的检省，反映出秦汉派在长期的复古实践过程中已不愿自囿一隅，而要另寻新路了。另外，王世贞的文学创作也体现了他的文学观念。胡应麟曾评其文："左逸诸篇，则鲁史雍容之度也；短长诸策，则横人偶悦之风也；记传碑志，则太史、孟坚之雄也；赋颂箴铭，则中郎、文考之蔚也。序论之闳深奥衍，则韩、苏四子，竞出其长；书牍之俊逸诙奇，则晋、宋九朝，互标其胜。"①从这些评语可看出王世贞在创作上的复古模拟之倾向。

三、后七子派其他成员的复古思想

作为后七子之一的徐中行，也是秦汉文的崇拜者。他在加入李攀龙、王世贞这个复古团体后，"遂取旧草悉焚之，而自是诗非开元而上、文非东西京而上毋述矣"②。他曾经梳理并总结过明以前文章的发展史，认为：

> 夫文之所盛，其由来也尚矣。唐虞之际，如日登曲阿，夏为之曾桑，商为之衡阳，而周为中天之运，岂不郁郁乎哉？迫风雅变而日斯昃。至于春秋，文在素王，爰集齐鲁之士，四方靡然从之，用晦而明，亦挥戈之力也。第返景所照，渐于下春悬车。战国仅如长庚，秦火则薄虞渊矣。汉建元辈，为月出之光，倬彼云汉，三五其章，众星丽之，文亦为盛。东京而魏而晋，则寖明寖灭，唐复霍然。宋渐不振，胡元蚀之，岂曰不极？……③

---

① （明）胡应麟：《少室山房集》卷一百十一《与王长公第一书》，见《景印文渊阁四库全书》集部第1290册，802页，台北，台湾商务印书馆，1986。
② （明）王世贞：《弇州续稿》卷一百三十四《中奉大夫江西布政使司左布政使天目徐公墓碑》，见《景印文渊阁四库全书》集部第1284册，860～861页，台北，台湾商务印书馆，1986。
③ （明）徐中行：《天目先生集》卷十三《重刻李沧溟先生集序》，见《四库全书存目丛书》集部第121册，735页，济南，齐鲁书社，1997。

在这里，他以日之升降来比喻文章之演变。唐虞之文，有如黎明；夏代之文，如辰时之阳；商代之文，如近午之阳；周朝之文，如日在中天，郁郁焕灿。其后，风雅代变，文焰渐衰。春秋之文，因孔子出，晦而复明；战国之文，有若黄昏；秦火之后，文运衰落。汉代"文亦为盛"，如月出之光；东汉而魏而晋之文，时有起伏，寖明寖灭；唐代文章，复又霍然；宋文不振，元文极衰。由此可看出，徐中行极为推崇周代之文，这不同于李攀龙、王世贞推崇《左传》《史记》。此外，徐中行在创作上也体现了他的复古观念，如王世贞曾评其文"持论之文辨而不激，叙事之文峭而能洁，发意之文畅而归典，不知于西京何如，东京而下，当无复有贤于先生者"①。

复古阵列中后五子之一的汪道昆，其地位及复古理念颇值得注意。他与王世贞同为嘉靖二十六年（1547）进士，仕宦后两人又都做过兵部侍郎，时人以"两司马"称之。②不仅如此，其文学声望亦甚高，与李攀龙、王世贞鼎足而立，主持坛坫。毕懋康说："国朝文章家斌斌代起，若搴大将旗居然主坛坫者，则历下、弇山、太函其雄也。"③道昆晚年林居时，"乞诗文者填户，编号松牌，以次发给，享名之盛，几过于元美"④。汪道昆早年就有"喁喁慕古"⑤的爱好与兴趣，在李、王复古风起云涌之时，他曾致书李、王二人，表达慕古之情与向往之意⑥。其后，他在与后七子成员交往的过程

---

① （明）王世贞：《弇州续稿》卷四十五《徐天目先生集序》，见《景印文渊阁四库全书》集部第1284册，593～594页，台北，台湾商务印书馆，1986。

② 据徐朔方《汪道昆年谱》记载，汪、王二人订交时间在嘉靖三十九年（1560）前后。见《晚明曲家年谱》第3卷，24页，杭州，浙江古籍出版社，1993。

③ （明）汪道昆：《太函副墨》卷首毕懋康序，明崇祯刻本。

④ （清）朱彝尊著，黄君坦校点：《静志居诗话》卷十三《汪道昆》，391页，北京，人民文学出版社，1990。

⑤ （明）汪道昆：《太函集》卷二十二《副墨自序》，见《续修四库全书》集部第1347册，69页，上海，上海古籍出版社，2002。

⑥ 汪道昆对李攀龙说："足下主盟当代，仆犹外裔，恶敢辱坛坫哉！顾喁喁内向，业已有年。"（《太函集》卷九十七《李于鳞》）又谓王世贞及其弟世懋："顾于公家伯仲，独向往勤勤，无亦里耳期于阳春，肉眼终期于国色，此心终不能忘耳。"（《太函集》卷九十五《王元美》）以上所引，见《续修四库全书》集部第1348册，184、166页，上海，上海古籍出版社，2002。

中，也被他们所接纳，并引为同道。① 王世贞亦称赞道昆"文章妙天下"②，并将其列入后五子阵营，作诗称："伯玉人间人，忽往在千古。"③

汪道昆在古文主张上也推崇秦汉文，强调法则与规矩。 他在《与孙太史》中说："夫为文不则古昔，犹之御者不范驰驱，即获禽多，君子所鄙，无法故也。"④他认为，为文不守古之法则，犹似"御者不范驰驱"，收获再多，亦为君子所鄙视。 王世贞也称他"矫矫先秦则，耻为东京伍。 匠郢斤成风，所至自规矩"⑤。 不过，汪道昆并未一味地死守法则，他也提倡法与才的结合："余闻才胜者用才，法胜者尚法。 或以才掩法，或以法掩才。才赢而法诎，则不羁；才诎而法赢，则不振。 不振则终靡靡耳，不羁者犹或可以范驱驰，此长短大小之辨也。"⑥汪道昆的文章创作，也体现出了他的复古主张，李维桢评其文："上则六经，次则左氏内外传、《战国策》、屈宋、老庄；次则列、荀、《吕览》、《鸿烈》、班、范之书，昭明之《选》，凡十三家，法如是止矣。"⑦不过，或许是摹古的缘故，汪道昆的文章也往往存在一些拟古者的通病，沈德符曾指出："汪文刻意摹古，尽有合处。 至碑版纪事之文，时缘古语以证今事，往往扞格不畅，其病大抵与历下同。"⑧汪道昆文章拟古不化的弊病，甚至导致其著作在市场上销量不佳，

① 参见郑利华：《汪道昆与嘉、万时期文坛的复古活动——以汪道昆与七子派关系考察为中心》，载《求是学刊》，2008（2）。

② （明）王世贞：《弇州四部稿》卷六十一《贺封少司马双塘汪翁胡淑人并寿七十序》，见《景印文渊阁四库全书》集部第 1280 册，84 页，台北，台湾商务印书馆，1986。

③ （明）王世贞：《弇州四部稿》卷十四《后五子篇》，见《景印文渊阁四库全书》集部第 1279 册，173 页，台北，台湾商务印书馆，1986。

④ （明）汪道昆：《太函集》卷九十五，见《续修四库全书》集部第 1348 册，160 页，上海，上海古籍出版社，2002。

⑤ （明）王世贞：《弇州四部稿》卷十四《后五子篇》，见《景印文渊阁四库全书》集部第 1279 册，173 页，台北，台湾商务印书馆，1986。

⑥ （明）汪道昆：《太函集》卷二十四《玉岘集序》，见《续修四库全书》集部第 1347 册，92 页，上海，上海古籍出版社，2002。

⑦ （明）李维桢：《大泌山房集》卷十一《太函集序》，见《四库全书存目丛书》集部第 150 册，527 页，济南，齐鲁书社，1997。

⑧ （明）沈德符：《万历野获编》卷二十五，630 页，北京，中华书局，1980。

读者甚少。①

　　作为复古阵营中的"末五子"之一的胡应麟，也是嗜好古文辞之人。他早年尝从父亲胡僖箧笥中自取古《周易》、《尚书》、十五《国风》、《檀弓》、左氏及庄周、屈原、司马迁、相如、曹植、杜甫诸家言，恣意读之。②他曾说："六经而外，《孟》《荀》《左》《国》，《庄》《列》短长，斯为极轨。"③这表明，胡应麟推崇先秦文章。其实，胡氏对先秦文的推崇，亦可通过他对古代史笔的划分等第体现出来，他把《尚书》《春秋》列为上等，《左传》《国语》《史记》为中等，《汉书》《后汉书》为下等，至于《三国》《五代》诸史就不列入了。④ 这种观念反映出后起的复古干将们已不满足于取法《左传》《史记》，而是将取法对象继续前移至周代之文了。不仅如此，他还推尊王世贞为复古派的集大成者，说："先秦两都之则，辟于北地，刿于济南，吻于新都，至琅琊而辏其极；建安天宝之业，畅于仲默，高于于鳞，大于献吉，至元美而集其成。"⑤

　　还需提及的是，胡应麟高度赞评唐代韩愈之文。他说："文自唐宋而下，昌黎才具当特高于诸人，其意创自为尊，不欲剿前人一字，无论前人只字，即自出体裁，亦千亿化身靡一律焉。故其机轴若生龙活螭不可摹，执非才力绝人，真足起八代之衰，未易语也。"⑥他又以韩愈的《毛颖传》为例，

---

① 袁宗道《答陶石篑》云："三四前前，太函新刻至燕肆，几成滞货。弟尝检一部付贾人换书，贾人笑曰：'不辞领去，奈无买主何！'可见模拟文字，正如书画赝本，决难行世。"见钱伯城标点：《白苏斋类集》卷十六，234 页，上海，上海古籍出版社，1989。

② （明）胡应麟：《少室山房集》卷八十九《石羊生小传》，见《景印文渊阁四库全书》集部第 1290 册，653 页，台北，台湾商务印书馆，1986。

③ （明）胡应麟：《少室山房集》卷一百五《题皇甫湜集后》，见《景印文渊阁四库全书》集部第 1290 册，761 页，台北，台湾商务印书馆，1986。

④ （明）胡应麟：《少室山房集》卷一百一《读后汉书》，见《景印文渊阁四库全书》集部第 1290 册，734 页，台北，台湾商务印书馆，1986。

⑤ （明）胡应麟：《少室山房集》卷一百十一《第二书》，见《景印文渊阁四库全书》集部第 1290 册，804 页，台北，台湾商务印书馆，1986。

⑥ （明）胡应麟：《少室山房集》卷一百五《读昌黎毛颖传》，见《景印文渊阁四库全书》集部第 1290 册，760 页，台北，台湾商务印书馆，1986。

称"昌黎者，能为史公而能弗为者也"①，还称赞"《平淮西碑》自是唐宋以来第一篇大文字"②。他认为"西京而下，故当以韩为第一流"③。当然，他对柳宗元文也有好评，如他在题《欧阳詹集》时说："李观、欧阳詹，皆昌黎所极提奖者。观至与韩并称，今集不传，而詹集寥寥。乃尔唐亡，子厚、昌黎几独步一代矣。"④在题《李习之集》时又说："唐惟柳差可配韩。"⑤至于宋代文章，胡氏评价不多。

总之，当后七子重新举起文学复古的旗帜时，他们在回溯和检视古代文章演变的过程中，一方面继承了前七子尊举秦汉的文学理念，另一方面又有所开拓，向前他们把《六经》《尚书》《春秋》等纳入文章取法统系，向后他们把六朝、韩柳文章纳入观照视野。这种突破，不仅显示出后七子文学复古与前七子复古不是简单的历史重演，而且也表明散文思想演变至明后期出现了新的变化。

◎ 第二节

关注六朝的复古新风

六朝文章自宋以后，日渐衰落，入明以后，尤为衰败。明初，朱元璋诏禁四六辞，提倡通达平实的文风，更是让六朝诗文的生存空间变得愈发逼

---

① （明）胡应麟：《少室山房集》卷一百五《读昌黎毛颖传》，见《景印文渊阁四库全书》集部第1290 册，760 页，台北，台湾商务印书馆，1986。

② （明）胡应麟：《少室山房集》卷一百五《读平淮西碑》，见《景印文渊阁四库全书》集部第1290 册，760 页，台北，台湾商务印书馆，1986。

③ （明）胡应麟：《少室山房集》卷一百五《题皇甫湜集后》，见《景印文渊阁四库全书》集部第1290 册，761 页，台北，台湾商务印书馆，1986。

④ （明）胡应麟：《少室山房集》卷一百五《题欧阳詹集》，见《景印文渊阁四库全书》集部第1290 册，761 页，台北，台湾商务印书馆，1986。

⑤ （明）胡应麟：《少室山房集》卷一百五《题李习之集》，见《景印文渊阁四库全书》集部第1290 册，763 页，台北，台湾商务印书馆，1986。

仄。 即便是在文学复古运动兴起之时，像李梦阳、何景明等复古干将也是无视甚至鄙视六朝文，而对秦汉文推崇备至。 不过，到后七子再举复古大旗时，他们的视界比前辈要开阔，对六朝文章的看法也发生了转变。 这种新变预示着后七子在复古取法上的新探索、新突破。

一、复古诸子对待六朝文的态度

作为复古盟主的王世贞，他对待六朝文的态度稍显复杂。 他曾说："吾于文虽不好六朝人语，虽然，六朝人亦那可言。"①一方面，他因六朝文风浮靡而"不好六朝人语"，另一方面，他也注意到六朝人文学观念及其文章有可取之处。 他在《艺苑卮言》中，曾多次引用六朝江淹、刘勰、沈约、庾信等人关于文学创作的论述，这就表明他对这些人文学观念的认同。 比如：

> 沈约曰："天机启而六情自调，六情滞而音韵顿舛。"又曰："五色相宣，八音协畅，由乎玄黄律吕，各适物宜。欲使宫羽相变，低昂舛节，若前有浮声，则后须切响。一篇之内，音韵尽殊；两句之中，轻重悉异。妙达此旨，始可言文。"又云："情者，文之经；辞者，理之纬。"②

沈氏的重情以及音调说，对王世贞的格调说当有一定的影响。③ 此外，王世贞曾经自称，除了读周秦经典外，"西京以还至六朝及韩、柳，便须铨择佳者，熟读涵泳之，令其渐渍汪洋"④。 这就表明，他已认识到六朝文中有不

---

① （明）王世贞著，罗仲鼎校注：《艺苑卮言校注》卷三第八一则，150页，济南，齐鲁书社，1992。
② （明）王世贞著，罗仲鼎校注：《艺苑卮言校注》卷一第一二则，8～9页，济南，齐鲁书社，1992。
③ 王世贞云："物相杂，故曰文。 文须五色错综，乃成华采。 须经纬就绪，乃成条理。"见（明）王世贞著，罗仲鼎校注：《艺苑卮言校注》卷一第六二则，32页，济南，齐鲁书社，1992。
④ （明）王世贞著，罗仲鼎校注：《艺苑卮言校注》卷一第六八则，40页，济南，齐鲁书社，1992。

可否定、不可忽视的因素，而这种因子有助于文章写作，故而要择佳涵泳，消化吸收。他说："六朝之末，衰飒甚矣。然其偶俪颇切，音响稍谐，一变而雄，遂为唐始。"①他认识到六朝文学的弊病，但也清楚地指出六朝"偶俪""音响"对后世文学的积极作用与重要意义。

屠隆对六朝文章的态度要比王世贞更加宽和。他在《论诗文》中说："秦汉、六朝、唐文有致，理不足称也；宋文有理，致不足称也。秦汉、六朝、唐文近杂而令人爱，宋文近醇而令人不爱。秦汉、六朝、唐文有瑕之玉，宋文无瑕之石。"②他从"有理""有致"的角度，将"秦汉、六朝、唐文"与"宋文"做了比较，认为宋文明显不如前者。他又说："文莫古于《左》、《国》、秦、汉，而韩、柳、大苏之得意者亦自不可废。莫质于西京，而丽如六朝者亦自不可废。莫峭于《左》《史》，而平雅如二班者亦自不可废。莫简于《道德》，而宏肆如《南华》《鸿烈》者亦自不可废。诗莫温厚于《三百篇》，而怨悱如《离骚》者亦自不可废。赋莫庄于扬、马，而绮艳如江、鲍者亦自不可废。……至于不可废而轩轾难论矣。人亦求其不可废，而何以袭为也？"③在《与王元美先生》中又云："信如于鳞标异，凌厉千古，吞掩前后，则六籍之粹白，汉诏诰之温厚，贾长沙之浩荡，司马子长之疏朗，长卿之词藻，王子渊之才俊，六朝之语丽，不尽废乎？"④这种"自不可废""不尽废"的言论，表明他认为六朝的骈辞丽语自有可取之处。实际上，屠隆在创作实践中也有意写些援骈入散之作，如他的《送董伯念客部请告南还序》《田翁寿诗序》等文，多用骈偶之句，整饬流丽，有六朝骈文的趣味，显示出了作者的才情与兴趣。虽然《四库全书总目提要》批

---

① （明）王世贞著，罗仲鼎校注：《艺苑卮言校注》卷四第二七则，175页，济南，齐鲁书社，1992。
② （明）屠隆：《鸿苞》卷十七《论诗文》，见《四库全书存目丛书》子部第89册，252页，济南，齐鲁书社，1997。
③ 同上书，252～253页。
④ （明）屠隆：《由拳集》卷十四，见《四库全书存目丛书》集部第180册，559页，济南，齐鲁书社，1997。

评屠隆"文章亦才士之绮语","文尤语多藻绘而漫无持择"①，但至少揭示出屠隆之文已明显与王、李诸子不一样的审美变化了。

作为后期复古派的代表人物，李维桢更是为六朝文鸣不平之音。他说：

> 今所在文章之士，皆高谈两京，薄视六朝，而不知六朝故不易为也。名家之论六朝者曰："藻艳之中，有抑扬顿挫，语虽合璧，意若贯珠，非书穷五车，笔含万化，未足语此。"又曰："文考《灵光》，简栖《头陀》，令韩柳授觚，必至夺色。"某有六朝之才而无其学，某有六朝之学而无其才，才学具而后为六朝，非修习日久，实见得是，宁知其然？②

他不满于当时文章之士"薄视六朝"的现象，认为他们不知道六朝骈文"不易为也"。接着，他引用"名家之论"来加以说明六朝文在声律、辞藻、结构等方面的长处与妙处③，又认为只有才学兼具才可为六朝文，而这又需"修习日久"。这就表明骈文并不易作，有才无学者或有学无才者④，皆不可为六朝。此外，他还对当时表启运用四六现象做了分析："四六之文，其体备于六朝，而其用繁于今。今之用莫若表启，而启为最。盖文有四六，犹诗有五七言律，规格庄整，音调谐适，于以事上，见为恭顺，以故用之表启为宜。"⑤他指出了四六文"规格庄整，音调谐适"的文体特征，不仅如

---

① （清）永瑢等：《四库全书总目》卷一百七十九《白榆集》，621页，北京，中华书局，1965。
② （明）李维桢：《大泌山房集》卷十一《邢子愿全集序》，见《四库全书存目丛书》集部第150册，532页，济南，齐鲁书社，1997。
③ 此处"名家"，系吴中地区骈文名手皇甫汸（1498—1583）。皇甫汸字子循，号百泉，长洲（今江苏苏州）人。嘉靖八年（1529）进士，官至云南按察使金事。他尊崇六朝文，相关言论见于其《解颐新语》卷八。参见徐伊帆：《皇甫汸隐逸诗研究》，硕士学位论文，浙江大学，2019。
④ 李维桢所谓"某有六朝之才而无其学，某有六朝之学而无其才"，实有其人，他在《大泌山房集》卷十三《四六效颦序》中说："或谓黄勉之有六朝之才而无其学，杨用修有六朝之学而无其才，海内名文章者众体毕具，而四六不必皆称当家，人各有能有不能耳。"（见《四库全书存目丛书》集部第150册，582页，济南，齐鲁书社，1997）黄勉之即黄省曾，杨用修即杨慎，在李氏看来，两人于六朝文实不能称当家。
⑤ （明）李维桢：《大泌山房集》卷十三《四六效颦序》，见《四库全书存目丛书》集部第150册，582页，济南，齐鲁书社，1997。

此，在文中他还评价李瞻于"所为启，事必切，语必工，韵必调，而春容平澹之味、俊爽激昂之概有溢于翰墨外者，得六朝所长兼二子（黄省曾、杨修）所短矣"。 这种赞誉也表明了他对六朝文的态度。 总之，李维桢对六朝文的认知，已远远不同于前七子中的李、王了。

胡应麟在题皇甫汸文集时，也表露了自己对骈文的态度。 他称皇甫氏之文：

> 四六偶俪之中，有翩翩自得之妙。先是，吴中为六代者数家，类矜局未畅。昌谷、伯虎，书尺工美，诸体蔑闻。至子循，操笔纵横，靡弗如志，几化于六代矣！以较江左诸人，虽渊藻不足，而神令殊超。总之，名家本朝，而必传来世者。①

他充分肯定了皇甫汸骈文的"翩翩自得之妙"，高度评价了他在江左诸人中的地位，相信其文能够光耀本朝，传之后世。 透过这些赞语，不难发现胡应麟容纳六朝文的态度。

二、转向六朝的原因

为什么明后期复古派成员愈发关注六朝文呢？ 这与当时的庙堂政治风尚有一定的关系。 沈德符《万历野获编》云：

> 四六虽骈偶余习，然自是宇宙间一种文字。今取宋人所构读之，其组织之工，引用之巧，令人击节起舞。本朝既废词赋，此道亦置不讲。惟世宗奉玄，一时撰文诸大臣，竭精力为之，如严分宜、徐华亭、李余姚，召募海内名士几遍，争新斗巧，几三十年，其中岂少抽秘骋妍可垂

---

① （明）胡应麟：《少室山房集》卷一百五《题皇甫司勋集》，765 页，见《景印文渊阁四库全书》集部第 1290 册，台北，台湾商务印书馆，1986。

后世者，惜乎鼎成以后，概讳不言。然戌辰庶常诸君尚沿余习，以故陈玉垒、王对南、于谷峰辈犹以四六擅名，此后遂绝响矣。又嘉靖间，倭事旁午，而主上酷喜祥瑞，胡梅林总制南方，每报捷献瑞，辄为四六表，以博天颜一启，上又留心文字，凡俪语奇丽处皆以御笔点出，别令小内臣录为一册。以故东南才士，缙绅则田汝成、茅坤辈，诸生则徐渭等，咸集幕下，不减罗隐之于钱镠，此后大帅军中亦绝无此风矣。①

沈氏肯定四六骈文是"宇宙间一种文字"，自有价值。然这种文字在明初因朱元璋的禁谕而不振，到嘉靖年间，才发生变化。嘉靖皇帝推崇道教，喜好青词，青词写作多用骈体，以四六句为主，对仗工整，音律和谐，文辞赡丽。这种皇室的需求，影响到文坛风气以及文人的写作观念。于是，大臣们开始以骈体上奏，风气为之一变。到了万历中期以后，六朝骈文渐趋流行，形成了与明初截然相反的新风气。有研究表明："目前学界普遍默认的所谓晚明四六复兴，细究起来，实则终不外乎嘉靖时期突起的贺表、青词热潮以及稍后开始的风行于社会各阶层的社交书启时尚。而在此基础之上催生的层出不穷的各类四六选本及文学批评，其最终指向大多亦是一种共同的日常功利主义、实用主义骈文观。"②

明中后期奢华侈丽的社会审美风尚对文人创作取向也有一定的影响。明前期，战乱初平，经济处于休养生息状态，民众无追求奢华的经济基础，俗尚简朴。到了明中期以后，随着经济的发展，生活条件的改善，社会风气为之一变，奢侈浮靡成为时尚。"江南诸郡县……俗好婾靡，美衣鲜食，嫁娶葬埋，时节馈遗，饮酒燕会，竭力以饰观美。"③这种奢靡风气弥漫于社会生活的各个方面，尤在衣食住行方面表现显著。以江南服饰俗尚为例，这

---

① （明）沈德符：《万历野获编》卷十，270 页，北京，中华书局，1959。
② 李慈瑶：《明代骈文研究》，博士学位论文，浙江大学，2015。
③ （明）归有光：《震川先生集》卷十一《送昆山县令朱侯序》，见严佐之、谭帆、彭国忠主编：《归有光全集》第 5 册，275 页，上海，上海人民出版社，2015。

其间的变化较为明显。"从质地来说，由布素而追求绫罗锦绣；从颜色来说，由简单的杂色而趋向华丽鲜艳；从式样来说，由官制规定者向新奇怪异发展。"①社会审美风尚的变化也对文人的文学创作产生了重要影响。 文人在创作方面喜好华丽之风，往往把学习的目光投向六朝文学。 李梦阳说："今百年化、成人士，咸于六朝之文是习是尚，其在南都为尤盛。 予所知者，顾华玉、升之、元瑞皆是也。 南都本六朝地，习而尚之，固宜。"②这就道出了前七子时期一些文人的六朝审美倾向。 其时，在诗歌领域，杨慎、薛蕙等人多学六朝体，诗风俊丽。 在文章领域，六朝骈文也渐渐受到文人追捧。 到万历年间，六朝文日益备受关注，如邢侗"夙以古文词鸣，最熟太史公、班孟坚"，然而后来文风转变，"晚乃驰骋于东汉、晋宋间，好作骈俪语"③。 李维桢亦称其"文体沿六朝，而精凿整洁，新奇充满，出入秦汉，无六朝人强造不根、夸多伤烦之病"④。 邢侗的转变，在一定程度上代表着复古派的新变与突破。

《文选》被重视，成为复古派成员关注六朝文的重要诱因。 明代科举以八股取士，并且考试科目中的"策""论""表"等文体在《文选》中均有范文，这很容易吸引大量文士研习《文选》，从中吸取创作经验，借鉴其艺术技巧。 尤其是在晚明时期，《文选》受到广泛重视。 从《文选》的刊刻版本情况看，嘉靖以后数量激增，到万历时达到高峰，不仅如此，刊刻版本还有官刻本、藩刻本、坊刻本、私刻本等种类。⑤ 从《文选》的研究看，有评点、纂注、增订、续补等类型，代表著作有张凤翼的《文选纂注》（十二卷）、凌迪知的《文选锦字》（二十一卷）、孙矿《孙月峰先生评文选》（三

---

① 钱杭、承载：《十七世纪江南社会生活》，252 页，杭州，浙江人民出版社，1996。
② （明）李梦阳：《空同集》卷五十六《章园饯会诗引》，见《景印文渊阁四库全书》集部第 1262 册，516 页，台北，台湾商务印书馆，1986。
③ （明）黄克缵：《数马集》卷二十七《邢子愿小传》，见《四库禁毁书丛刊》集部第 180 册，334 页，北京，北京出版社，1997。
④ （明）李维桢：《大泌山房集》卷十一《邢子愿小集序》，见《四库全书存目丛书》集部第 150 册，532 页，济南，齐鲁书社，1997。
⑤ 付琼：《明代〈文选〉学衰落说质疑》，载《广西社会科学》，2018（11）。

十卷）、陈与郊《文选章句》（二十八卷）等。可以说，晚明时期，《文选》刊刻与研究的繁荣，充分反映了当时文人对《文选》的嗜好。这也影响到文人的文学复古思想。比如，王文禄说：

> 《昭明文选》，文统也，恢张经、子、史也。选文不法《文选》，岂文乎？……皇陵碑文体用六朝，气雄两汉。文华也实见，六朝后不足法也。夫六朝之文，风骨虽怯，组织甚劳，研覃心精，累积岁月，非若后代率意疾书，顷刻盈幅，皆俚语也。……今变复古，必选历代之文定其格。夫《文选》尚矣，莫及焉。选诸史之文不可也，简短不华之文删去可也。①

他把《文选》纳入选文师法的对象，并抬高六朝文，这些无疑都扩大了文学复古的范围。

需要指出的是，后七子成员关注六朝文学的风气，预示着文坛风尚在经历尊秦汉与崇唐宋之间的交锋后，开始发生了转向。这种变化，从骈文发展的角度看，推动了这种文体在晚明的兴起与流行，而这对清初骈文的复兴又产生了一定的影响。

◎ 第三节

尚法与达意的融会

关于文法问题，以李梦阳、何景明为代表的前七子已做过探讨。李氏的"尺寸古法"与何氏的"舍筏达岸"之间的取法争议，不仅为后七子继续审

---

① （明）王文禄：《文脉》，见王水照主编：《历代文话》，1692 页，上海，复旦大学出版社，2007。

视文法问题提供了有益的参照，也为他们从各自角度敷衍讨论文法问题奠定了理论基础。

一、李攀龙：属辞比事"不敢不引于绳墨"

李攀龙的文法理论基本上承袭于李梦阳，他提出了属辞比事"不敢不引于绳墨"的看法。他在《王氏存笥稿跋》中说：

> 余观大宗伯孙公所称：祭酒文章法司马子长氏。其然哉！今之不能子长文章者，曰：法自己，立矣，安在引于绳墨？即所用心，非不濯濯，唯新是图。不知其言终日，卒未尝一语不出于古人，而诚无他自异也。徒以子长所逡巡不为者，彼方且得意为之。若是其自异尔，奈何欲自掩于博物君子也？关中故多文章家，即祭酒在著作之庭，且三十年为文章，其用心宁属辞比事未成，而不敢不引于绳墨也。且三十年为文章，其用心宁属辞比事未成，而不敢不引于绳墨，原夫法有所必至，天且弗违者乎？巧者有余，拙者不足。假令祭酒为文章，其徽辞美事，一不得其所置，岂扬雄、刘向所称实录者也？①

这段话鲜明地透露出李攀龙的法度意识，这里有两个相关问题值得申述。

第一，是"法自己，立矣"，还是"法有所必至，天且弗违"。李氏通过批评"今之不能子长文章者"的言论，否定了"法自己，立矣"的看法，强调作家创作属辞比事"不敢不引于绳墨"。"绳墨"就是法度，在他的眼中，文章法度是先天的存在，不可违背。

第二，如何"引于绳墨"。这个问题李攀龙在文中没有交代清楚，但其

① （明）李攀龙著，包敬第标校：《沧溟先生集》卷二十五，584 页，上海，上海古籍出版社，1992。

答案在其他地方可以寻绎出来。 王世贞在致友人汪时元的书信中指出："于鳞每称属文,言属者,取古辞比今事而联属之耳,谓其臆创诘曲不解之语,则非也。"①作为李攀龙的亲密盟友,王世贞是非常清楚李氏的取法门径的。 李氏擅于"取古辞比今事"的"联属"之法。 这种方法也就是择取古代经典文章的语词以表达当下的时事,力求两者的完美对接与融合。 关于此点,王世贞在《李于鳞先生传》中引李攀龙论文语时说得更加明晰:"不以规矩,不能方圆。 拟议成变,日新富有。 今夫《尚书》、庄、左氏、《檀弓》、《考工》、司马,其成言班如也,法则森如也。 吾摭其华而裁其衷,琢字成辞,属辞成篇,以求当于古之作者而已。"②显然,"琢字成辞,属辞成篇",这就是李攀龙"取古辞"的方式,其最终目的是要"当于古之作者而已"。

总的来看,李攀龙在因循古法的同时,忽略了今昔的语境差异和时代差异,并且又过于强调"引于绳墨",难免就会露出凿枘不投的斧痕。

二、王世贞:"不法而法,有意无意"

后七子中,在文法探讨方面,王世贞堪称用力甚勤之人。 他对文法的论述较为具体、系统,显示出他对这一问题的高度重视与深入思考。

首先,他将文章之法具体化为篇章字句之法。 他说:"夫文有格有调,有骨有肉,有篇法,有句法,有字法。"③又说:"篇有眼曰句,句有眼曰字;字有字法,句有句法,篇有篇法。 此三者不可一失也。"④显然,在他

---

① (明)王世贞:《弇州四部稿》卷一百二十八《答汪惟一》,见《景印文渊阁四库全书》集部第1281册,153页,台北,台湾商务印书馆,1986。

② (明)王世贞:《弇州四部稿》卷八十三,见《景印文渊阁四库全书》集部第1280册,366页,台北,台湾商务印书馆,1986。

③ (明)王世贞:《弇州续稿》卷一百八十二《颜廷愉》,见《景印文渊阁四库全书》集部第1284册,604页,台北,台湾商务印书馆,1986。

④ (明)王世贞:《弇州续稿》卷一百八十一《华仲达》,见《景印文渊阁四库全书》集部第1284册,592页,台北,台湾商务印书馆,1986。

的眼中，文章之法是一套较为系统的规则，篇法、句法、字法三者"不可一失也"。对这三者之法，王氏有细致论述。他在《艺苑卮言》中说："首尾开阖，繁简奇正，各极其度，篇法也。抑扬顿挫，长短节奏，各极其致，句法也。点缀关键，金石绮彩，各极其造，字法也。篇有百尺之锦，句有千钧之弩，字有百炼之金。文之与诗，固异象同则。孔门一唯，曹溪汗下后，信手拈来，无非妙境。"①又说："篇法之妙，有不见句法者；句法之妙，有不见字法者，此是法极无迹，人能之至，境与天会，未易求也。"②王世贞不仅细致分析了篇章字句之法的遵循原则，还指出了它们的妙处。具体来说，文章的篇法宜首尾有开有阖，前后呼应，行文要有变化，做到繁简结合，奇正互用；句式宜长短相间，在抑扬顿挫中呈现出节奏变化；遣词炼字宜点缀关键，既有金石之音，又有"绮彩"之色。此外，就文章法度运用之妙来说，应该要达到无迹可寻、境与天会的境界。

其次，在"法"与"意"的关系上，他提出"意融法中，不出法外"的看法。他在为陈文烛所作的《二酉园集序》中对"意"有所阐发："意者，诗与文之枢也。动而发，尽而止；发乎其所当发，止乎其所不得不止。古有是言，要为尽之矣。"③在他看来，"意"是诗文的枢纽与关键，意动而文发，意尽而止，"意"是自主而又自由的。不过，王世贞觉得"意"应该与"法"有所关联。他在给陈文烛《五岳山房文稿》作序时说：

> 明兴，世世右垂绅委蛇之业，士大夫作为歌诗，以绍明正始之音，雍如矣。至于文，而各持其门户以相轧，卒胜卒负，而莫有竟者。其故何也？尚法则为法用，裁而伤乎气；达意则为意用，纵而舍其津筏。畏于思之难，信心而成之，苟取其近者，嚣嚣然而自足；耻于名之易，

---

① （明）王世贞著，罗仲鼎校注：《艺苑卮言校注》卷一第六五则，38 页，济南，齐鲁书社，1992。
② （明）王世贞著，罗仲鼎校注：《艺苑卮言校注》卷一第五六则，28 页，济南，齐鲁书社，1992。
③ （明）王世贞：《弇州续稿》卷五十二，见《景印文渊阁四库全书》集部第 1282 册，685 页，台北，台湾商务印书馆，1986。

钩棘以探之，务剽其异者，沾沾然以为非常。夫其各相轧而卒莫相竟也，彼各有以持其角之负，然而不善所以为胜者，故弗胜也。吾来自意而往之法，意至而法偕至，法就而意融乎其间矣。夫意无方，而法有体也，意来甚难，而出之若易；法往甚易，而窥之若难，此所谓相为用也。左氏法先意者也，司马氏意先法者也，然而未有不相为用者也。夫不睹夫造物者之于兆类乎？走飞夭乔，各有则而不失真；迨乎风容，精彩流动，而为生气者不乏也。彼见夫剽拟而少获其似以为真，曰："吾司马、左氏矣。"所谓生气者安在哉？任于才之近，一发而自以为生色，曰："何所用司马、左氏为？"不知其于走飞夭乔之则何如也。①

在这段话中，王世贞对"尚法"与"达意"做了深入论述，认为单纯"尚法"则易为法所拘束，裁剪篇章字句往往会"伤乎气"，使得文气难以通顺畅达；单纯"达意"则易为意所控制，纵意下笔，往往会漫无边际，毫无章法。依此来看，"意"与"法"应该"相为用"，做到"意至而法偕至，法就而意融乎其间"，做到"不屈阏其意以媚法，不骫骳其法以殉意"②。实际上，王世贞是希望做到"法"与"意"两者之间的完美统一的。进一步说，在主张自如地表达作者之"意"的同时，又要按相应的法度对其予以规范、调和。不过，就"意"与"法"的终极层面来看，王世贞又提出了"不法而法""有意无意"的说法。他在答复戚继光的书信中说："夫文出于法而入于意，其精微之极，不法而法，有意无意，乃为妙耳。"③可以说，"不法而法"是既要求契合一定的文章规则，又要求清除刻意循法的痕迹；"有

---

① （明）王世贞：《弇州四部稿》卷六十七《五岳山房文稿序》，见《景印文渊阁四库全书》集部第1280册，167页，台北，台湾商务印书馆，1986。
② 同上书，167页。
③ （明）王世贞：《弇州四部稿》卷一百二十五《复戚都督书》，见《景印文渊阁四库全书》集部第1281册，113~114页，台北，台湾商务印书馆，1986。

意无意"是既要求充分地、自如地表达作者的情感意志，又要求这种表达是自然而然的、不露痕迹的。 这种观点反映出王世贞对文章妙境冷静而成熟的思考，而这已超越了简单强调模拟的层面了。

最后，在复古得法的门径上，王世贞还特别强调"悟"。 他说：

> 诗有常体，工自体中；文无定规，巧运规外。乐、选、律、绝，句字迥殊，声韵各协。下迫填词小技，尤为谨严。《过秦论》也，叙事若传；《夷平传》也，指辨若论。至于序、记、志、述、章、令、书、移，眉目小别，大致固同。然《四诗》拟之则佳，《书》《易》放之则丑。故法合者，必穷力而自运；法离者，必凝神而并归。合而离，离而合，有悟存焉。①

"悟"是一种创作主体的自觉活动，它的活动基础是对原有对象规则的熟悉与掌握。 在王世贞看来，"文无定规"，每种文体体裁都不一样，都有各自的法则要求。 所谓"法合"就是契合法度规则，于此之际，作者要竭尽全力运笔，以求有所突破；"法离"就是脱离法则，于此之际，作者要凝神聚意，归于法则之内，切不可任意率性。 当然，如何把握法之"合""离"的尺度与程度，这需要创作主体的"悟"。"合而离"抑或"离而合"，这其中内在的辩证关系，需要作者长期的体悟。 进一步讲，如何超越法之外在形式的束缚，从而进入对文章内在意蕴的把握，这种由表及里的提升有赖于作家的领悟能力。

要而言之，王世贞在后七子阵营中对文法的思考是深入的、多方面的。作为一代文坛盟主，他的文法思想也必然会深深地影响后人。

---

① （明）王世贞著，罗仲鼎校注：《艺苑卮言校注》卷一第六九则，40～41 页，济南，齐鲁书社，1992。

三、李维桢:"文章之道,有才有法"

"负重名垂四十年"①的李维桢也对文法问题有所探讨。 不过,他的侧重点并不是放在"法"自身的规定性准则的探讨上,而是将它与"才"关联起来论述。 关于这一点,他在给汪道昆的《太函集》作序时阐述得非常充分:

> 文章之道,有才有法。无法何文? 无才何法? 法者,前人作之,后人述焉,犹射之彀率,工之规矩、准绳也。知、巧则存乎才矣;拙工拙射,按法而无救于拙,非法之过,才不足也。将率彀率、规矩、准绳,而第以知、巧从事乎? 才如羿输,与拙奚异? 所贵乎才者,作于法之前,法必可述;述于法之后,法若始作。游于法之中,法不病我;轶于法之外,我不病法,拟议以成其变化。若有法、若无法,而后无遗憾。②

在他看来,文章之道,必须兼论"才"与"法"。 两者之间,紧密关联。"法"是前人经验的积累,是一种规则、准绳,后人须遵循之。 当然,后人按法行文,若无救于拙,则是才不足之故;有才之人,能够以才运法,法不病我,我不病法,拟议以成其变化。

在"才"与"法"的关系上,"才"占主导地位。 李维桢说:

> 先生之文,上则六经,次则左氏内外传、《战国策》、屈、宋、老、庄,次则列、荀、《吕览》、《鸿烈》、班范之书、昭明之选,凡十三家,法如是止矣。然而读其文者,不以为六经、十三家之文,而以为先生之

---

① (清)张廷玉等:《明史》卷二百八十八《文苑传四》,7386 页,北京,中华书局,1974。
② (明)李维桢:《大泌山房集》卷十一《太函集序》,见《四库全书存目丛书》集部第 150 册,526~527 页,济南,齐鲁书社,1997。

文，何以故？其才能追琢堉埴之也。大、小、长、短、高、下、奇、正，随所结撰，积句成篇，积字成句，有一不精丽者乎？即旁及二氏，如出一手，何以故？其才能牢笼驾驭之也。法一耳，而才有至不至焉。……才之所赋，天实为之，人力其如何哉？[①]

在这里他以汪道昆文为例，认为汪文之所以能自成其文，没有落入"六经、十三家之文"的窠臼，其关键在于汪氏能以才运法，"其才能牢笼驾驭之也"。"法"是统一的、固定的，但"才"却因人异，有"至"与"不至"。故有"才"与无"才"，对"法"的影响各异。

　　当然，"才"也应受到"法"的约束。李维桢在《韩宗伯集序》中说："才弘而敛之，就法不为横溢。"[②]如果才学弘博并注意收敛，循法则不会横溢恣肆，达到"法不病我"的效果。倘若才学弘博而不加收敛，即便循法，也会出现横溢而出的情况。他在《陆无从集序》中称陆文"识伟而学能副之，才逸而法能御之，格高而气能剂之"[③]。这里面的"才逸而法能御之"，所表达的也是"才"受"法"约束的意思。

　　至于"才"如何获得，李维桢认为"才"虽是天赋，但可以通过后天的修学来实现。他在《沧浪生诗序》中说："学焉，各得其性之所近，成其才之所宜。"[④]在《张司马集序》中又说："夫诗文虽小道，其才必丰于天，而其学必极于人，就其才之所近而辅之以学，师匠高而取精多，专习凝领之久，神与境会，手与心谋，非可袭而致也。"[⑤]就学习取法来说，李维桢认为

---

① （明）李维桢：《大泌山房集》卷十一《太函集序》，见《四库全书存目丛书》集部第150册，526～527页，济南，齐鲁书社，1997。
② （明）李维桢：《大泌山房集》卷十二，见《四库全书存目丛书》集部第150册，545页，济南，齐鲁书社，1997。
③ 同上书，571页。
④ 同上书，562页。
⑤ （明）李维桢：《大泌山房集》卷十一，见《四库全书存目丛书》集部第150册，528页，济南，齐鲁书社，1997。

宜就其性之所近，通过"专习凝领之久"，才能最终领悟文章之道。①

此外，李维桢还就"才""学""识"三者之间的关系做了辨析："余则以为识先于学，而才实兼之，未有无识而可言学，无学而可言识，学识不备而可言才者。才者，天授，非人力也，故长于文或不得于诗，长于诗或不得于文，即其所长评之，而各体亦有至不至焉，其才使之然也。"②在他看来，才是天授，兼有"识"与"学"，学识不备不可言才。这种对"才"的重视，应该说是后七子复古派的一个重要特征。

四、屠隆："模古欲法，自铸欲心"

被王世贞列入末五子之一的屠隆对复古派的文法理论也有所贡献。他曾因王世懋而受知于王世贞，故其文学思想受到王世贞的影响。比如，他曾从道术、文辞两方面称扬六经之文：

> 夫六经之所贵者道术，固也，吾知之，即其文字奚不盛哉？《易》之冲玄，《诗》之和婉，《书》之庄雅，《春秋》之简严，绝无后世文人学士纤秾佻巧之态，而风骨格力，高视千古。若《礼·檀弓》《周礼·考工记》等篇，则又峰峦峭拔，波涛层出，而姿态横出，信文章之大观也。③

这种认识与王世贞颇有相似之处。作为复古运动的羽翼，屠隆并不是盲目地崇古、拟古。实际上，他对当时文坛"模辞拟法，拘而不化"的摹古现象表

---

① 关于"专习凝领之久"，王世贞也说过此话："西京、建安，似非琢磨可到。要在专习，凝领之久，神与境会，忽然而来，浑然而就。"见（明）王世贞著，罗仲鼎校注：《艺苑卮言校注》卷一第五二则，25 页，济南，齐鲁书社，1992。
② （明）李维桢：《大泌山房集》卷十一《王奉常集序》，见《四库全书存目丛书》集部第 150 册，529 页，济南，齐鲁书社，1997。
③ （明）屠隆：《由拳集》卷二十三《文论》，见《四库全书存目丛书》集部第 180 册，674 页，济南，齐鲁书社，1997。

示不满。他说："学《左》《国》者得其高峻而遗其和平，学《史》《汉》者得其豪宕而遗其浑博，模辞拟法，拘而不化。独观其一，则古色苍然；总而读之，则千篇一律也。"①又说：

> 今人之文学左氏、学史迁，字而摹之，句而袭之，不失尺寸。譬如优孟之为叔敖，抵掌俨然也，然而叔敖乎哉？左氏文成遂为左氏，然而彼亦不知其所以然而为左氏也。马迁文成而遂为马迁，然而彼亦不知其所以然而为马迁也。庄、列文成而为庄、列，然而彼亦不知其所以然而为庄、列也。后人奈何必欲尺尺寸寸而步趋之哉？即俨然其肖，亦左、史、庄、列之优孟而已矣！②

显然，他对文坛复古"字而摹之，句而袭之，不失尺寸"的现象是不满的，认为学古不化，如同优孟衣冠而已。不过，这并不意味着他反对遵循法度。

屠隆对"法"的探讨，往往是将其与"心"联系起来阐述的。他在《汪识环先生集叙》中说："先生禀法于古，铸格于心。语离则格合，格离则气合，气离则神合。其蒐之也博，其研之也精，绳削宛存，风骨自别，淘近代作家之卓然者邪。"③在《与汤义仍奉常》中又说："文章之道，为物钜而厥理细，得之有分，合之有神，收之欲博，裁之欲精，模古欲法，自铸欲心，程体欲整，尽变欲化。金石宫羽不必合而期于谐，栌梨橘柚不必同而期于美。"④这两则材料都谈及如何处理法与心的问题，前者说"禀法于古，铸格于心"，后者说"模古欲法，自铸欲心"，两者意思相近，既强调摹古要遵循法则，又提出作家要用自己的心神去熔铸其意，做到师法与师心的调

---

① （明）屠隆：《由拳集》卷二十三《文论》，见《四库全书存目丛书》集部第180册，676页，济南，齐鲁书社，1997。
② （明）屠隆：《鸿苞》卷十四《詹炎下》，见《四库全书存目丛书》子部第89册，151页，济南，齐鲁书社，1997。
③ （明）屠隆：《栖真馆集》卷十，明万历十八年吕氏栖真馆刻本。
④ （明）屠隆：《栖真馆集》卷十六，明万历十八年吕氏栖真馆刻本。

合。 关于此类观点，他在《文论》中说得更具体："愚意作者必取材于经史，而镕意于心神，借声于周、汉，而命辞于今日，不必字字而琢之，句句而拟之，而浩博雄浑，识者自知其为周、汉之文，不作昌黎以下语，斯其至乎？"①他强调作者要取材于经史，运用时要熔意于心神，可以借鉴秦汉声调，但要用今日之辞来表现，不必字琢句拟，这么做，自然能够自成一家之文。 他的这种看法，实际上和何景明的"富于材积，领会神情"以及王世贞的"一师心匠"颇有异曲同工之妙。

总的来看，后七子复古派内部对"法"的认识是有差异的，是有变化的。 他们对法度的推崇，反映出他们对诗文体制的具体特征有着深刻的认识。 郭绍虞说："秦汉派之所谓'法'，重在气象；气象不可见，于是于词句求之，于字面求之；结果，求深而得浅，反落于剽窃摹拟。"②秦汉派落下的"剽窃摹拟"的毛病，后起的复古派们已有清醒的认识，他们为了避免重蹈覆辙，开始倡导尚法与达意的融会。 他们的这种努力，反映了文学复古运动演变至后期呈现出多样化、复杂化的特征。

◎ 第四节
格调与性情的调剂

后七子派的文学复古思潮发展至后期，不仅对文道、法度、格调等老问题已有深入探讨，还在文学主张上出现了一些新的变化。 比如，他们也渐渐关注心性、性灵等问题。

---

① （明）屠隆：《由拳集》卷二十三，见《四库全书存目丛书》集部第 180 册，676 页，济南，齐鲁书社，1997。
② 郭绍虞：《中国文学批评史》，354 页，上海，上海古籍出版社，1979。

一、王世贞:折中调剂与提出"性灵"

　　王世贞晚年之时,屡次萌发"自悔"心态。[①] 这种心态的变化影响到了他的文学思想。 这一时期,他的文学观念较之往昔多有变化,渐趋于折中调剂。 他在《魏懋权时义序》中说:"凡为文义而尚辞者,华而远其实,尚理者质而废其采,洁则病藻,短则病气,此四者未有能剂者也。"[②]在他看来,凡为文,辞、理、藻、气等因素"未有能剂者",很难兼顾平衡,反之,如能相剂,作品就会达到和谐、平衡、协调的态势与状貌,成为佳作。 他在《吴明卿先生集序》中亦说:"文故有极哉! 极者则也,扬之则高,其响直上而不能沈;抑之则卑,其分小减而不能企;纵之则傍溢而无所底,敛之则郁塞而不能畅。 等之于乐,其轻重弗调,弗成奏也;于味,其秾澹弗剂,弗成饕也。"[③]"则"为规律,王世贞认为文章创作有规律可循,创作之时,"扬""抑""纵""敛",各有不同的效果,它们之间需要协调、平衡好。这就好比于音乐,轻重不调,难以成奏;又比似味道,浓淡不剂,难成饕飧。

　　在折中调剂思想的影响下,王世贞在谈论格调时,也注意到"性灵"[④]。 他在《邓太史传》中借传主邓俨之口,提出写诗应该"发性灵,开志意,而不求工于色象雕绘,君子以为知言"[⑤];他在《湖西草堂诗集序》中谈及作诗体会时,又强调"顾其大要在发乎兴,止乎事,触境而生,意尽而

---

① 关于王世贞晚年"自悔"问题,参见魏宏远:《王世贞晚年"自悔"论》,载《中国文学研究》,2008(1)。
② (明)王世贞:《弇州续稿》卷四十,见《景印文渊阁四库全书》集部第 1282 册,528 页,台北,台湾商务印书馆,1986。
③ (明)王世贞:《弇州续稿》卷四十七,见《景印文渊阁四库全书》集部第 1282 册,613 页,台北,台湾商务印书馆,1986。
④ 参见贾飞:《复古派领袖王世贞:"性灵说"的先驱》,载《求索》,2016(11)。
⑤ (明)王世贞:《弇州续稿》卷七十三,见《景印文渊阁四库全书》集部第 1283 册,84 页,台北,台湾商务印书馆,1986。

止，毋凿空、毋角险以求胜人，而剡损吾性灵"①。他对晚辈颜廷愉说：
"至于诗，古体用古韵，近体必用沈韵，下字欲妥，使事欲稳，四声欲调，
情实欲称。毂率规矩定，而后取机于性灵，取则于盛唐，取材于献吉、于鳞
辈，自不忧落夹矣。"②可见，他不再像年轻时那样偏向于标举格调了，而
是转向"性灵"，这也表明他已察觉格调论存在的不足，开始追求"性灵"
与"格调"之间的调剂与平衡了。日本汉学家松下忠说："通常认为性灵说
为袁宏道所倡，其实在王世贞的诗文理论中已经明确地具有了性灵说的萌
芽。"③这种认识是相当深刻的。

因为王世贞葆有"性灵"之念，故他在论文时往往强调"自得"。比
如，他在《沈开子文稿小序》中评沈开子文"有自得者，庶几文豹之一斑
耳"④；在《霍先生传》中评霍先生"为文有奇气，又多发其所自得"⑤。
显然，他赞赏这些作家文章创作中的"自得"行为，这表明他不再刻意追求
"范古"了。

二、宗臣："古之言文者，得之心而发之文也"

宗臣提出了"古之言文者，得之心而发之文也"的观点。他说：

> 夫六经而下，文岂胜谈哉！左、马之古也，董、贾之浑也，班、扬
> 之严也，韩、柳之粹也，苏、曾之畅也，咸炳炳朗朗，千载之所共嗟

① （明）王世贞：《弇州续稿》卷四十六，见《景印文渊阁四库全书》集部第 1282 册，607 页，台
北，台湾商务印书馆，1986。
② （明）王世贞：《弇州续稿》卷一百八十二《颜廷愉》，见《景印文渊阁四库全书》集部第 1284
册，604 页，台北，台湾商务印书馆，1986。
③ ［日］松下忠：《袁中郎的性灵说》，载日本京都大学《中国文学报》第 9 册，1958 年 10 月。
④ （明）王世贞：《弇州续稿》卷四十一，见《景印文渊阁四库全书》集部第 1282 册，543 页，台
北，台湾商务印书馆，1986。
⑤ （明）王世贞：《弇州续稿》卷七十，见《景印文渊阁四库全书》集部第 1283 册，37 页，台北，
台湾商务印书馆，1986。

也。然其文，马不袭左，而班不袭扬也，柳不袭韩，而曾不袭苏也。何也？不得不同者，文之精也；不得不异者，文之迹也。论文而至于举业，其视文，既已远矣。文而袭者，舛也，况拾世俗之陈言腐语而掇以成文，又舛之舛者也。今夫人性之有文也，不犹天之云霞、地之草木哉？云霞之丽于天也，是日日生焉者也，非以昔日之断云残霞，而布之今日也；草木之丽于地也，是岁岁生焉者也，非以今岁之萎叶枯株而布之来岁也；人性之有文也，是时时生焉者也，非以他人之陈言庸语而借之于我也。是故古之言文者，得之心而发之文也。其理之莹也，如金之精，如玉之粹，而天下之人莫之敢损益也；其词之溢也，如长江，如大河，鱼龙鼋鼍纵横出没而不可捍也。其清通也，如月之秋，如江之澄，如潭之寒，而千里一碧，泠然内彻也；其古雅也，如太羹，如玄酒，如周之彝，如商之鼎，令人睹之而裴回太息，栖神千载之上也；其明达也，如青天，如白日，而有目者之所共睹也；其飘逸也，如佩玉鸣琚，乘风御空，可望而不可即也；其铿锵也，如金石相宣，丝竹并奏，而听之者靡靡忘倦也；其葩丽也，如芙蓉秋水之上，而真色充灿，不假雕饰也；其严正也，如达官贵人，端冕而立乎朝廷之上，见之者懔然动容也；其雄浑也，如钜鹿之战，以一当百，人人戢伏，不敢仰视也。斯文之极也，以之阐经则道德性命之精章矣，以之论史则治乱兴衰之縣达矣，以之办事则得失安危之机判矣。辟之天之云霞，地之草木，无所假焉者也。左、马诸子之所不能易也，尚何以陈言庸语为哉？[①]

此段材料，值得细评。首先，他认为六经而下的文章如左、马、董、贾、班、扬、韩、柳、欧、苏诸子之文各有特色，各有风格，互不相袭，其迹貌虽不同，但各自发之于心的精神却是相同的。也正是因为如此，才显示

① （明）宗臣：《宗子相集》卷十三《总约八篇·谈艺第六》，见《景印文渊阁四库全书》集部第1287 册，152～153 页，台北，台湾商务印书馆，1986。

出各自的个性风格。 故从这个角度看，文章剽袭是舛误的行为，那种掇取陈言庸语以成文的行为更是"舛之又舛"了。 他的这种认识，也表明他对文坛一些复古成员剿取陈言做法的不满与斥责。 其次，他认为"人性之有文"，如同天上云霞、地上草木。 云霞、草木会日日岁岁更新变化，"人性之有文"亦"时时生焉者也"，不断更生布新。 由此，他进一步提出"古之言文者，得之心而发之文也"。 换句话说，文章要本于心性而作。 如此而作，文章才会理莹词溢，呈现出"清通""古雅""明达""飘逸""铿锵""葩丽""严正""雄浑"等多样的美学风貌。 作者的个性与风采也会因此而呈现出来。 最后，需要指出的是，宗臣谈论的这些观念，其实并不新奇，因为王世贞也讲过"夫言人心之声，而诗文乃其精者"[1]等含义相近的观点，只不过宗臣揭示得更加直接、细致，强调了文学创作中反对剿袭、自得于心的基本准则。 这种要求在某种程度上也是建立在审视和反思一些复古成员作文偏失之弊的基础之上的。

三、屠隆："夫文者，华也，有根焉，则性灵是也"

屠隆论诗文，也强调"自得"。 他说：

> 诗之变随世递迁，天地有劫，沧桑有改，而况诗乎？ 善论诗者，政不必区区以古绳今，各求其至可也。……至我明之诗，则不患其不雅，患其太袭；不患其无辞采，而患其鲜自得也。 夫鲜自得，则不至也。 即文章亦然，操觚者不可不虑也。[2]

---

[1] （明）王世贞：《弇州续稿》卷四十《刘侍御集序》，见《景印文渊阁四库全书》集部第1282册，532页，台北，台湾商务印书馆，1986。

[2] （明）屠隆：《鸿苞》卷十七《论诗文》，见《四库全书存目丛书》子部第89册，248页，济南，齐鲁书社，1997。

他认为作文与写诗一样，诗要求"各求其至可也"，只有"自得"，才能达其至。 文章亦是如此，要自得于心，表达出作家的个性与真情。 由此，屠隆必然会对文坛上"绘面目而失神情"①的模拟剽袭行为予以批判。 他在给沈明臣诗选作序时说："今人学子长，尺尺寸寸求之，字模句仿，惟恐弗肖，循墙而走，踽踽不得展步。 而先生独从容出之，若不经意，即言言皆若出太史公口吻中，譬如庖丁之技，提刀而立，踌躇四顾，何勇也。"②可见，他非常不满于文坛学人学司马迁"字模句仿"的陋习，而又欣赏和钦佩沈明臣不步趋蹈袭、"从容出之"的独立自创行为。 他曾致书董宗伯表露自己的写作态度："为文不欲字摹句劅，优孟古人，好临境写态，随物布形，脱略皮毛，炼养神骨。"③所谓"临境写态"，也是根据心境而写，自得而发，不刻意模仿。

其实，屠隆强调"自得"，就牵扯到创作主体这个重要因素。 与创作主体相关的，就是"性灵"。 屠隆对此也有表述：

> 夫文者，华也，有根焉，则性灵是也。士务养性灵而为文，有不矩丽者否也，是根固叶茂者也。夫宣尼为《六经》，柱下为《道德》，漆园为《南华》，释迦为《楞严》，岂常人可以袭取而辨哉！言高于青天，行卑于黄泉，汪洋流漫，而无本源，立见其涸，言之垂也必不远。古今虫鱼于篇翰中者不少，藏之名山、副在京师者寥寥乎，则文不可袭也。④

在他看来，性灵是文章之根，根固则叶茂，文亦有华彩，"务华绝根，则无

---

① （明）屠隆：《由拳集》卷二十三《文论》，见《四库全书存目丛书》集部第 180 册，674 页，济南，齐鲁书社，1997。
② （明）屠隆：《由拳集》卷十二《沈嘉则先生诗选序》，见《四库全书存目丛书》集部第 180 册，523 页，济南，齐鲁书社，1997。
③ （明）屠隆：《栖真馆集》卷十三《与董宗伯》，明万历十八年吕氏栖真馆刻本。
④ （明）屠隆：《鸿苞》卷十七《文章》，见《四库全书存目丛书》子部第 89 册，231 页，济南，齐鲁书社，1997。

为贵文章矣"①。

屠氏是三教合一论的尊崇者，他所说的"性灵"，有着较为丰富的内涵，大致有以下几点。

其一，受传统儒家心性思想的熏染，"性灵"有"性情"之意②，这是人先天所具有的本质特性，包含好、恶、喜、怒、哀、乐等情感。因此，屠隆有时也用"性情"来论文。例如，他说："造物有元气，亦有元声，钟为性情，畅为音吐，苟不本之性情而欲强作假设，如楚学齐语，燕操南音，梵作华言，鸦为鹊鸣，其何能肖乎？"③此处就强调作文要本于性情，表露自我情感，不能强作假设。

其二，受道家"自然"思想的影响，"性灵"含有心性之真的意思，也就是它要自然地表露出创作主体的真情真性，而不假人工雕饰，刻意做作。屠隆在《皇明名公翰藻集序》中说：

> 华之发以根，物之贵在质。姝色自然，粉黛为假，造物至妙，剪彩非工，即之烂然，而索之无味，则工也假也。即如学左氏之步者，字模句仿，非不俨焉，徐之而形色虽具，神气都绝，何者？古之人有其事而言之，今之人无其事而亦言之，故辞虽肖而情非真也。又毫颖之藻绘虽工，而问学之熔铸或寡也，优孟之诮无惧乎！④

① （明）屠隆：《鸿苞》卷十七《文行》，见《四库全书存目丛书》子部第89册，231页，济南，齐鲁书社，1997。
② 吴新苗指出："屠隆性情说与性灵说，在其理论内涵与提出时间的先后上有部分重合，但其差异也是明显的，性情说主要是继承和发展了前七子情真说，提倡文学表达真个性和真性情，关注的重点是创作主体；性灵说是在屠隆形成三教融合的哲学基础上形成的（大约在万历十三年屠隆罢官前后），更关注创作本体论证，着重阐发了'道'（性灵）与'文'的关系问题。"（《屠隆研究》，94页，北京，文化艺术出版社，2008）此处将"性情"放在"性灵"这个概念框架下来谈论，毕竟其内在的精神还是一致的。
③ （明）屠隆：《鸿苞》卷十八《诗文》，见《四库全书存目丛书》子部第89册，254页，济南，齐鲁书社，1997。
④ （明）屠隆：《白榆集》文集卷一，见《四库全书存目丛书》集部第180册，135页，济南，齐鲁书社，1997。

其三，受阳明心学的影响，"性灵"也有"人心之灵明"的意思。屠隆虽然不是心学门徒，但与心学中人有交游往来，多少受到他们的影响。他给心学传人刘鲁桥的文集作序说：

> 良知者，人心之灵明也，立于清虚之境，而非实于滞迹；运于事物之表，而非虚而沉空。人之所以藏感于其寂，缘寂以起感，综事物，操纲常，炉锤天地，宰制六合，无钜无细，何者而非灵明之所为也？故致良知而大道毕矣。①

他对"良知"的解释，表明他对心学知识还是非常了解的。在他看来，世界万物皆是"灵明之所为"，故他要求为学也应"反而求之吾心之灵明"。人之立言作文也是如此，应求之灵明。这实际上也就关涉到"性灵"了。

其四，与佛学的"心性"也有一定的关联。他在《佛法金汤》中更是直接提出"性而灵通，乃谓之心"的观点：

> 佛氏之言心性，元只是一物。天地世界、人物器具，公共底一件，清净广大，妙湛圆明物事，名之为性。性之灵通处，名之为心。性如镜之明，心如镜之照，其实一物也。无所不含裹，总谓之性。性而灵通，乃谓之心。②

创作主体的"性灵"不同，其文章风格也是多姿多样的。屠隆说：

> 夫窍非为响，而响自符窍；根非为华，而华自肖根，故文可以得士

---

① （明）屠隆：《白榆集》文集卷一《刘鲁桥先生集序》，见《四库全书存目丛书》集部第180册，140页，济南，齐鲁书社，1997。
② （明）屠隆：《佛法金汤上》，见汪宏超主编：《屠隆集》第6册，592页，杭州，浙江古籍出版社，2012。

也。鸿钜之士，其文典；骚雅之士，其文藻；沈毅之士，其文庄；清通
之士，其文畅；宋澹之士，其文婉；俊迈之士，其文劲；中庸之士，其
文近；俯旷之士，其文玄；泛而览之，十不失三，定而烛之，十不失
七，衡而量之，十不失九，故物无遁照也。①

他注意到创作主体与文章风格之间的关系，"典""藻""庄""畅"
"婉""劲""近""玄"等不同文风的形成，与作家各自性灵的不同
有关。

四、李维桢："师古可以从心,师心可以作古"

复古派成员李维桢在反对拟古流弊的同时，也提出了"师心"的看
法。② 他在《快独集序》中说：

> 盖古今之作者争言好古，奉若功令，转相仿以成风，盛粉泽而掩
> 质，素绘面貌而失神情，故有无病呻吟、无欢强笑，师其俚俗以为自
> 然，袭其叫呼以为雄奇，字琢句判，拘而不化，麋而虎皮，鹜而凤翰，
> 迹若近，实愈远，于以命令当世，取须臾之誉，犹夫色厉内荏，穿窬之
> 盗耳，则独不快之以也。人生意气，心知灵明，变通可以穷千古、罗万
> 有，奚必傍人门户、拾人咳唾、因人嚬喜哉。③

---

① （明）屠隆：《白榆集》文集卷一《徐检吾司理制义稿序》，见《四库全书存目丛书》集部第
180 册，142 页，济南，齐鲁书社，1997。
② 李维桢对诗坛的"师古"与"师心"弊端也有清醒的认识，他在《大泌山房集》卷一百三十一《书
程长文书后》中说："今诗之弊约有二端：师古者排而献笑，涕而无从，甚则学步效颦矣；师心者
冶金自跃，聖驾自骋，甚则驺市人野战，必败矣。"（见《四库全书存目丛书》集部第 153 册，
675 页，济南，齐鲁书社，1997）这可为我们理解李维桢在文章方面的"师心"主张提供参考。
③ （明）李维桢：《大泌山房集》卷十，见《四库全书存目丛书》集部第 150 册，517 页，济南，齐
鲁书社，1997。

他不仅尖锐而清醒地指出了复古后学的拟古弊病，还鲜明地揭示出"心知灵明"的作用与意义，由此主张作诗文不必傍人门户，拾人咳唾。

他在《吴汝忠集序》中也道出了复古流弊："嘉、隆之间，雅道大兴，七子力驱而返之古，海内翕然乡风。其气不得靡，故拟者失而粗粝；其格不得逾，故拟者失而拘挛；其蓄不得俭，故拟者失而庞杂；其语不得凡，故拟者失而诡僻。"他概括出拟者"四失"，洞察流弊。由此他称赞吴汝忠诗文"率自胸臆出之，而不染乎色泽。舒徐不迫，而亦不至促弦而窘幅。……师心匠意，不傍人门户篱落"。[①] 他在给董复亨集作序时，更是鲜明地提出"师古可以从心，师心可以作古"的观点。在序文中，他先简要勾勒明万历前的文风变迁，或师古，或师心，接着他认为董复亨为文"折其衷而矫其偏，不拘挛以为格，不奔放以为雄，不儇薄以为逸，不撷拾以为富，不艳冶以为色，不险绝以为奇，其书破万卷而约其言若一家，其体该众作而适其宜无两份，无论三代、两京、六朝、三唐，即宋与近代名家，未尝不辐辏并进而操纵在手，曲畅旁通，如郢之斤、僚之丸、梓庆之镰、轮扁之斫，师古可以从心，师心可以作古，臭腐化神奇，而嬉笑怒骂悉成章矣"[②]。显然，他的这番评价表明其文学主张要博采众长，做到师心与师古相结合。此外，他在《熊南集选叙》中也提出："凡学与文，未有不橐籥性灵，根极理道者。"[③]由此可见，李维桢的文学思想中也有"性灵"的因子。

---

① （明）李维桢：《大泌山房集》卷十二，见《四库全书存目丛书》集部第 150 册，559 页，济南，齐鲁书社，1997。

② （明）李维桢：《大泌山房集》卷十一《董元仲集序》，见《四库全书存目丛书》集部第 150 册，537 页，济南，齐鲁书社，1997。

③ （明）李维桢：《大泌山房集》卷十，见《四库全书存目丛书》集部第 150 册，521 页，济南，齐鲁书社，1997。

五、汪道昆:"古人先得我心,师古即师心也"

汪道昆重视"师心"①,强调"师古"与"师心"的结合。 他在《姜太史文集序》中说:"夫文由心生,心以神用。 以文役心则神牿,以心役文则神行。 牿其心以役于文,则棘端槲叶者之为吾惧,其无实用矣。"②在《莺林内外编序》中亦说:"昔之论文者主气,吾窃疑其不然。 文由心生,尚安事气。 既以心为精舍,神君之气辅之,役群动,宰百为,则气之官,殆非人力。"③可见,他强调"文由心生",心为精舍,以心役文,文能神行。 不过,作为复古者的汪道昆,也不是一味地强调"师心",他也看重"师古"。 他在《却车论》中说:

余观论著之士,亦师心为能耳,而君侯雅言师古,则庖牺氏何师邪? 主人曰:否否。庖牺氏不师,此圣者事也,岂为书契哉。宫室衣裳耒耜舟楫之利,皆古圣人创法,而百世师焉。后圣有作,不能易矣。语曰:"作者之谓圣,述者之谓明。"孔子让圣而不居,亦惟无用作也。藉令挟喜事之智,而于作者之权,去宫室,屏衣裳,舍耒耜舟楫,其能利用者几何? 使不师古,而以奥为户,以履为冠,楳木为舟,剡木为耒,其不利也必矣。故论说必先称王,制器必从轨物。古人先得我心,师古即师心也。倍古而从心,轨物爽矣,恶足术哉!④

---

① 汪道昆重视"师心",与阳明心学的流播有一定的关系。 他在给王子中的书信中说:"吾道自孔氏以来无任之者,宋儒自以为得道,规规然以言行求之,即彼居之不疑,未免毫厘千里。 王文成公崛起东越,倬为吾党少林。"(《太函集》卷九十七《王子中》,见《续修四库全书》集部第1348册,193页,上海,上海古籍出版社,2002)他的这番话,表明他对阳明心学的熟稔与肯定。
② (明)汪道昆:《太函集》卷二十四,见《续修四库全书》集部第1347册,82页,上海,上海古籍出版社,2002。
③ (明)汪道昆:《太函集》卷二十六,见《续修四库全书》集部第1347册,115页,上海,上海古籍出版社,2002。
④ (明)汪道昆:《太函集》卷八十四,见《续修四库全书》集部第1348册,34页,上海,上海古籍出版社,2002。

他提出的"师古即师心"的观点，表明他强调"师古"与"师心"的统一。相近的观点，他在《尚友堂文集序》中也有表达。在这篇序文中，他道出了《尚友堂文集》作者方思善的文论见解：年少喜闻言文者争治《左》《国》《史》《汉》，乃今知其不然，"以是为古且新，吾宁不古不新也"。这种观点深契于汪道昆。不仅如此，汪氏又云：

> 夫文始于虞夏殷周，降而先秦两汉，滥觞于魏，浸淫于六朝。唐初以骈俪求工，韩、柳更始。至宋欧、曾代起诸儒，则以吾道鸣。至东越而主良知，悉屏口耳。文之变，至是乎穷矣。即后有作者不师古则师心，宁讵能求古于科斗之前，求新于寄象译鞮之外，故能散不新成，玄圣所慕；日新盛德，素王盖备言之。要之，未始有新也者，则古者不耐不新。既始有新也者，则新者不耐不古。莫非古也，则亦莫非新也。乃今则以师古为陈言而不屑也，即《左》《史》且羞称之，以师心为臆说而不经也。庭庑之下，距而不内，楚失而齐未为得，将安得亡是公邪！①

在这里，他进一步探讨了"古"与"新"的关系，"师古"是"古"，"师心"是"新"，两者不可偏执一端，应该和谐统一。

如前所述，后七子复古运动发展到嘉靖、万历年间，在阳明心学以及"三教合一"思潮的影响下，他们除了坚持法古外，也注重倡导"性情"，强调"师古"与"师心"的相结合。这是他们文学思想的重要转变，也是他们不同于前七子的地方。实际上，前七子也倡言"性情"，这是一种儒家诗教中"止乎礼义"的"性情"，是一种受儒家礼义规范的道德性情感。就后七子来说，他们所标举的"性情"，涉及"心性"与"性灵"，关涉创作主

---

① （明）汪道昆：《太函集》卷二十六《尚友堂文集序》，见《续修四库全书》集部第1347册，108～109页，上海，上海古籍出版社，2002。

体的真情实感，因为他们中有些人已注意到摹古缺失主体神情之弊。 当然，如果联系到后七子的创作实践情况，"师古"与"师心"相结合似乎只是一种美好的创作期待与追求，他们依然没有处理好创作中"绘面目而失神情"的弊病。 这方面的不足是导致这次文学复古运动在新形势下渐趋衰歇的重要诱因。

第十五章
晚明性灵派的散文思想

　　万历中后期，一股反复古的思潮开始在文坛涌动起来，与此同时，一股标举性灵的文学思潮也逐渐泛滥起来。其中，以袁宗道、袁宏道、袁中道为代表的公安派和以钟惺、谭元春为代表的竟陵派最为引人瞩目，他们的文学思想与创作实践在晚明文坛掀起了狂飙。《四库全书总目》云："前后七子遂以仿汉摹唐转移一代之风气。迨其末流，渐成伪体，涂泽字句，钩棘篇章，万喙一音，陈因生厌。于是公安三袁又乘其弊而排诋之……其诗文变板重为轻巧，变粉饰为本色，致天下耳目于一新，又复靡然从之。"①这指出了文坛风气转移的背景及成因。在前后七子文风令人生厌之际，公安派打出"独抒性灵"的旗号，使天下耳目为之一新，吸引着诸多文人参与到重情尚趣的文学思潮中来，在很大程度上扭转了前后七子复古模拟的思想倾向。公安派产生流弊之后，竟陵诸子又继起修正，再举自抒性灵的旗帜。这股师心重情的楚风长久地弥漫于文坛，深深影响着晚明文坛的价值取向与审美风尚。

---

① （清）永瑢等：《四库全书总目》卷一百七十九《袁中郎集》，1618 页，北京，中华书局，1965。

◎ 第一节
李贽的"童心"说

在公安、竟陵兴起之前，思想界因受王学的流播影响，主情的思潮已萌发。 公安派的性灵说的提出，与当时思想界巨子李贽（1527—1602）有重要关联。 李贽之学，渊源于王守仁、王畿，受之于何心隐，亦受佛学特别是禅宗的影响甚深。 他对以宋明理学为代表的官方正统思想给予了尖锐、强烈的批判，震惊士林。 他在《焚书》中说："又今世俗子与一切假道学，共以异端目我，我谓不如遂为异端，免彼等以虚名加我。"①他以"异端"自居，甚至被人称为"异端之尤"。 这种特立独行的个性、离经叛道的思想在其文学思想上也有明显的反映。 他提出的"童心"说，可谓代表。

一、"童心"的内涵

什么是"童心"？ 李贽在《童心说》一文中有明确的阐述：

> 夫童心者，真心也。若以童心为不可，是以真心为不可也。夫童心者，绝假纯真，最初一念之本心也。若失却童心，便失却真心；失却真心，便失却真人。人而非真，全不复有初矣。②

"童心"，顾名思义，就是世上初生儿童之心，它不虚假、不做作，是纯真洁净之心，故李氏认为"童心"就是真心。 这颗心，"绝假纯真"，不

---

① （明）李贽：《焚书》卷一《答焦漪园》，见张建业主编：《李贽文集》第 1 卷，7 页，北京，社会科学文献出版社，2000。
② （明）李贽：《焚书》卷三，见张建业主编：《李贽文集》第 1 卷，92 页，北京，社会科学文献出版社，2000。

受外在的"道理闻见"所蔽障和干扰，是人最初的本心。 在他看来，人如果失去童心，也就失去了真心；失去了真心，也就不是真人；不是真人，那就成了伪君子。

李贽的童心说，在思想渊源方面较为复杂。 它既有佛家尊崇本心和老庄崇尚人性自然的思想成分，又有阳明心学"致良知"和"心外无物""心外无理"的思想，还有王畿的"初心"说、罗汝芳的"赤子之心"说的影响。[1]"童心"的"核心是自然真诚，在其右面，通向纯真洁白之初心与本心，在其左边，则通向无欺无蔽之自然人性"[2]。 总之，"童心"就是真心，最终指向的是人的自然本性。 童心之美，也就是人性之美，自然本性之美。

在现实生活中，"童心"会因外在的"道理闻见"而泯灭或丧失。 李贽说：

> 童子者，人之初也；童心者，心之初也。夫心之初，曷可失也？然童心胡然而遽失也。盖方其始也，有闻见从耳目而入，而以为主于其内而童心失。其长也，有道理从闻见而入，而以为主于其内而童心失。其久也，道理闻见日以益多，则所知所觉日以益广，于是焉又知美名之可好也，而务欲以扬之而童心失。知不美之名之可丑也，而务欲以掩之而童心失。[3]

他认为，童心是人的初心，随着儿童的成长，它会因为闻见道理侵入内心而渐渐泯灭。

---

[1] 李贽的"童心"说，并不是突兀地、孤立地提出来的，王阳明学说中已包含了"童心"说的内涵和要素。 此后，王畿的"初心"说、罗汝芳的"赤子之心"说则继承了王阳明的上述说法。 而李贽的"童心"说则是对王畿、罗汝芳二人之说的继承和发展。 参见赵伟：《晚明狂禅思潮与文学思想研究》，286～291 页，成都，巴蜀书社，2007。
[2] 左东岭：《李贽与晚明文学思想》，166 页，天津，天津人民出版社，1997。
[3] （明）李贽：《焚书》卷三《童心说》，见张建业主编：《李贽文集》第 1 卷，92 页，北京，社会科学文献出版社，2000。

李贽还指出，"道理闻见"与"多读书识义理"有关。他说：

> 夫道理闻见，皆自多读书识义理而来也。古之圣人，曷尝不读书哉？然纵不读书，童心固自在也；纵多读书，亦以护此童心而使之勿失焉耳，非若学者反以多读书识义理而反障之也。夫学者既以多读书识义理障其童心矣，圣人又何用多著书立言以障学人为耶？童心既障，于是发而为言语，则言语不由衷；见而为政事，则政事无根柢；著而为文辞，则文辞不能达。非内含于章美也，非笃实生辉光也，欲求一句有德之言，卒不可得，所以者何？以童心既障，而以从外入者闻见道理为之心也。①

由这些话来看，"道理闻见"当指道学家所推崇的儒家伦理道德以及与之相关的传统理念及规范。李贽认为，圣人纵不读书，而童心仍在；即便读书，也是"护此童心而使之勿失焉耳"。而世之学者则不同，他们通过读书，识得义理，受其规训，障蔽了童心。如此一来，说话就会言不由衷，做事就会虚浮无根，行文就会词不达意。这些"学人"，在李贽眼中就是"假道学"，满嘴仁义道德，实际上行为卑陋无耻。他在《师友》中说："夫唯无才无学，若不以讲圣人道学之名要之，则终身贫且贱焉，耻矣。此所以必讲道学以为取富贵之资也。然则今之无才无学、无为无识，而欲致大富贵者，断断乎不可以不讲道学矣。"②"故世之好名者必讲道学，以道学之能起名也。无用者必讲道学，以道学之足以济用也。欺天罔人者必讲道学，以道学之足以售其欺罔之谋也。"③他批评假道学者无才无学，以讲圣人道学之

---

① （明）李贽：《焚书》卷三《童心说》，见张建业主编：《李贽文集》第1卷，92页，北京，社会科学文献出版社，2000。
② （明）李贽：《初潭集》卷十一《师友一》，见张建业主编：《李贽文集》第5卷，88~89页，北京，社会科学文献出版社，2000。
③ （明）李贽：《初潭集》卷二十《师友十》，见张建业主编：《李贽文集》第5卷，216页，北京，社会科学文献出版社，2000。

名获取功名富贵；又痛斥假道学者为欺天罔人者，借助于道学以售欺罔之谋。

由此，李贽对"假人""假言""假事""假文"提出了尖锐的批评：

> 夫既以闻见道理为心矣，则所言者皆闻见道理之言，非童心自出之言也，言虽工，于我何与？岂非以假人言假言，而事假事、文假文乎！盖其人既假，则无所不假矣。由是而以假言与假人言，则假人喜；以假事与假人道，则假人喜；以假文与假人谈，则假人喜。无所不假，则无所不喜。满场是假，矮人何辩也。然则虽有天下之至文，其湮灭于假人而不尽见于后世者，又岂少哉！①

从这种批评的反面理解，李贽实际上是在强调"真人""真言""真事""真文"，而这都应源于"童心"。

李贽甚至还对儒家所尊崇的六经、《论语》、《孟子》，大加怀疑、批判：

> 夫六经、《语》、《孟》，非其史官过为褒崇之词，则其臣子极为赞美之语。又不然，则其迂阔门徒，懵懂弟子，记忆师说，有头无尾，得后遗前，随其所见，笔之于书。后学不察，便谓出自圣人之口也，决定目之为经矣，孰知其大半非圣人之言乎？纵出自圣人，要亦有为而发，不过因病发药，随时处方……是岂可遽以为万世之至论乎？然则六经、《语》《孟》，乃道学之口实，假人之渊薮也。②

这种言论虽较为愤激，但也表现出了李贽离经叛道的怀疑精神以及超凡脱俗

---

① （明）李贽：《焚书》卷三《童心说》，见张建业主编：《李贽文集》第1卷，92页，北京，社会科学文献出版社，2000。
② 同上书，93页。

的独立个性。他的这种思想，还表现在对待孔子的态度上。世人尊崇孔子为圣人，为"万世师表"，而他却认为："夫天生一人，自有一人之用，不待取给于孔子而后足也。若必待取足于孔子，而千古以前无孔子，终不得为人乎？"①"夫惟孔子未尝以孔子教人学，而学孔子者务舍己而必以孔子为学，虽公亦必以为真可笑矣。"②他的见解在当时新颖异常，能起到惊人耳目、动人魂魄的作用。这种大胆言论有利于个性、个体从长期禁锢的思维中解放出来，张扬自我，随心自由。从某种程度上说，有利于人们返归"童心"。

二、"童心"与"至文"

基于对六经、《语》、《孟》的不满，李贽没有将文学生产与这些儒家经典联系起来，而是提出"天下之至文，未有不出于童心焉者也"的说法。

李贽阐述了"童心"与文学创作之间的密切关系。他说：

> 苟童心常存，则道理不行，闻见不立，无时不文，无人不文，无一样创制体格文字而非文者。诗何必古选，文何必先秦。降而为六朝，变而为近体，又变而为传奇，变而为院本，为杂剧，为《西厢曲》，为《水浒传》，为今之举子业，皆古今至文，不可得而时势先后论也。故吾因是而有感于童心者之自文也。更说什么六经，更说什么《语》《孟》乎？③

---

① （明）李贽：《焚书》卷一《答耿中丞》，见张建业主编：《李贽文集》第1卷，15页，北京，社会科学文献出版社，2000。李贽还说："前三代，吾无论矣。后三代，汉、唐、宋是也。中间千百余年，而独无是非者，岂其人无是非哉？咸以孔子之是非为是非，故未尝有是非耳。……虽使孔夫子复生于今，又不知作如何是非也，而可遽以定本行罚赏哉！"（《藏书·世纪列传总目前论》，见张建业主编：《李贽文集》第2卷，7页，北京，社会科学文献出版社，2000）
② （明）李贽：《焚书》卷一《答耿中丞》，见张建业主编：《李贽文集》第1卷，15页，北京，社会科学文献出版社，2000。
③ （明）李贽：《焚书》卷三《童心说》，见张建业主编：《李贽文集》第1卷，92页，北京，社会科学文献出版社，2000。

他认为，只要童心常存，没有"道理闻见"的束缚，任何时候都可以作文，任何人都可以作文，任何形式写成的文字都是文学。这就意味着"至文"无分古今，"文体"也无分贵贱。所以，在他看来，汉魏六朝的古诗，先秦文，以至六朝文学，唐诗、传奇、院本、杂剧、小说，乃至八股文，都是古今至文，代表着各自时代的成就。在这里，他不以时代先后来论文学优劣，不以古来废今，实际上是否定了七子派所标举"文必秦汉，诗必盛唐"的诗文观，也否定了他们所宣称的"文以代降"的文学退化观。李贽的文学理念对后起的公安派成员有重要的影响，他们在汲取前贤思想的基础上，对"变"的内涵做了深入而细致的阐发，形成了较为系统的文学发展观。

李贽所讲的"童心者之自文"，也就是自然成文的意思。进一步说，就是指作家情性的自然流露。他特别看重作家心声的自由抒发。他说：

> 夫所谓作者，谓其兴于有感而志不容已，或情有所激而词不可缓之谓也。若必其是非尽合于圣人，则圣人既已有是非矣，尚可待于吾也？夫按圣人以为是非，则其所言者乃圣人之言也，非吾心之言也。言不出于吾心，词非由于不可遏，则无味矣，有言者不必有德，又何贵于言也？①

指出作者之言出之于心，是有感而发，有情所激。他还具体描述了郁积于作家心头之情触发而泄的情形：

> 且夫世之真能文者，比其初皆非有意于为文也。其胸中有如许无状可怪之事，其喉间有如许欲吐而不敢吐之物，其口头又时时有许多欲语而莫可以告语之处，蓄极积久，势不能遏。一旦见景生情，触目兴叹，夺他人之酒杯，浇自己之块垒，诉心中之不平，感数奇于千载。既已喷玉唾珠，昭回云汉，为章于天矣，遂亦自负，发狂大叫，流涕恸

---

① （明）李贽：《藏书》卷四十《儒臣传·司马迁》，见张建业主编：《李贽文集》第 2 卷，795页，北京，社会科学文献出版社，2000。

哭，不能自止。①

这表明作家为文，是一种不可遏制的情感冲动，这种冲动是自然的，是出于性情的。

当然，李贽对情性发乎自然，也有细致的阐述：

> 盖声色之来，发于情性，由乎自然，是可以牵合矫强而致乎？故自然发于情性，则自然止乎礼义，非情性之外复有礼义可止也。惟矫强乃失之，故以自然之为美耳，又非于情性之外复有所谓自然而然也。故性格清彻者音调自然宣畅，性格舒徐者音调自然疏缓，旷达者自然浩荡，雄迈者自然壮烈，沉郁者自然悲酸，古怪者自然奇绝。有是格，便有是调，皆情性自然之谓也。②

他认为，自然发乎性情、止乎礼义，人各有性，人各有调，无论宣畅、疏缓、浩荡、壮烈、悲酸、奇绝，都具有自然之美。

应该说，"童心"说强调的是作家的主体情性，反映了李贽对作家自我性情的重视。这一点在其他地方也有表露。他与友人论文说："凡人作文皆从外边攻进里去，我为文章只就里面攻打出来，就他城池，食他粮草，统率他兵马，直冲横撞，故不费一毫气力而自然有余也。凡事皆然，宁独为文章哉！"③这充分表达了创作时"我"的主观能动性。他曾致书袁宗道说："《坡仙集》我有批削旁注在内，每开看便自欢喜，是我一件快心却疾之书。大凡我书，皆是求以快乐自己，非为人也。"④"欢喜""快乐"等词

---

① （明）李贽：《焚书》卷三《杂说》，见张建业主编：《李贽文集》第1卷，93页，北京，社会科学文献出版社，2000。

② （明）李贽：《焚书》卷三《读律肤说》，见张建业主编：《李贽文集》第1卷，123～124页，北京，社会科学文献出版社，2000。

③ （明）李贽：《续焚书》卷一《与友人论文》，见张建业主编：《李贽文集》第1卷，6页，北京，社会科学文献出版社，2000。

④ （明）李贽：《续焚书》卷二《与袁石浦》，见张建业主编：《李贽文集》第1卷，45页，北京，社会科学文献出版社，2000。

都表现了李贽非常在乎自我的心理感觉和情感体验。

　　总之，李贽的"童心"说内涵丰富，在他的文学思想中占有独特而重要的地位。实际上，李贽作文，也实践了他的文学主张。乾隆《泉州府志》说他"为文迅发，笔如转丸，惟好抉摘情伪，别出手眼，孤行一意"，"若夫言有触而即吐，气无往而不伸"①；道光重纂《福建通志》说他"为文抒其胸中独见，精光凛凛，不可逼视"②。这些都抓住了他的文章创作特色，他的《高洁说》《三蠹记》《三叛记》《罗近溪先生告文》《八物》等文也都鲜明地体现出此种特色。李贽的文学思想与创作在当时和后世都有着非常大的影响。与李贽有关联的公安派，就深受其益。

◎ 第二节
反七子拟古之弊习

　　在公安派形成之前③，当时文坛中如李贽、徐渭、焦竑等人已有鲜明的反复古思想倾向，起到了导乎先路的重要作用。李贽提出"诗何必古选，文何必先秦"④，强调不以时势先后论文。焦竑说："韩子不云乎：'惟古于词必己出，降而不能乃剽贼。'夫古以为贼今以为程，故学者类取残膏剩

---

① （清）怀荫布修，（清）黄任、（清）郭赓武纂：乾隆《泉州府志》卷五十四《明文苑传一·李贽》，见《中国地方志集成·福建府县志辑》第24册，78页，上海，上海书店出版社，2000。
② （清）孙尔准等修：《道光重纂福建通志》卷二百十四《明文苑传》，见《中国地方志集成·省志辑·福建》第8册，131页，南京，凤凰出版社，2011。
③ 公安派的形成与文人结社有着密不可分的关系。万历八年（1580），公安三袁的舅父龚仲敏创立阳春社，标志着公安派开始兴起。万历十六年（1588），袁宗道在京师龙华寺与憨山大师、董其昌、吴用宾、吴用先等人举行禅会，这标志着公安派在形成过程中取得了重要进展。从万历二十年（1592）的南平社到二十三年（1595）的都门结社，标志着公安派基本形成。万历二十六年（1598）到二十八年（1600）八月，三袁在京师倡蒲桃社，入社者有黄辉、丘坦、江盈科、谢肇淛、萧云举、李腾芳等三十余人，这标志着公安派发展到巅峰阶段。此后，公安派的声势渐趋衰弱。参见何宗美：《文人结社与明代文学的演进》上，387～390页，北京，人民出版社，2011。
④ （明）李贽：《焚书》卷三《童心说》，见张建业主编：《李贽文集》第1卷，92页，北京，社会科学文献出版社，2000。

馥，以相鳞次，天吴紫凤，颠倒短（按：当为"裋"）褐，而以炫盲者之观，可不见也。 苏子云：'锦绣绮縠，服之美者也，然尺寸而割之，错杂而纽之，则绨缯之不若。'今之敝何以异此！以一二陋者为之，不足怪也，乃悉群盲以趋之，谬种流传，浸以成习。 至有作者当其前，反忽视而不顾，斯可怪矣。 学古者知有道而已，道之能致，文不文皆无意也，而况苟以冀人之知乎？"①又说："近代李氏倡为古文，学者靡然从之，不得其意，而第以剽略相高，非是族也，摈为非文。 噫，何其狭也！"②他借韩愈、苏轼之言，揭露了七子派复古思潮中存在的割裂、盲从、剽略等弊病，批评了他们党同伐异、狭隘鄙陋的门户行为。 徐渭说："今世为文章，动言宗汉西京，负董、贾、刘、扬者满天下，至于词，非屈、宋、唐、景，则掩卷而不顾。 及叩其所极致，其于文也，求如贾生之通达国体，一疏万言，无一字不写其胸膈者，果满天下矣乎？ 或未必然也。 于词也，求如宋玉之辨，其风于兰台，以感悟其主，使异代之人听之，犹足以兴，亦果满天下矣乎？ 亦或未必然也。"③他认为今世宗法秦汉的文章未必声满天下，这表达出他对文坛风气的担忧与不满。 总之，他们的反拟古思想是对七子复古派流弊的反思与反驳，对净化文坛不良风尚起到了一定的积极作用。

一、公安三袁的反拟古思想

首开公安派反拟古风气之先者，当推袁宗道（字伯修）。 钱谦益评价他说："其才或不逮二仲，而公安一派实自伯修发之。"④这固然与他年长官尊有一定的关系，但关键在于他率先举起反对李攀龙、王世贞模拟弊习的大

① （明）焦竑著，李剑雄点校：《澹园集》卷十二《与友人论文》，94 页，北京，中华书局，1999。
② （明）焦竑著，李剑雄点校：《澹园续集》卷二《文坛列俎序》，781 页，北京，中华书局，1999。
③ 《徐渭集·徐文长逸稿》卷十四《胡大参集序》，907 页，北京，中华书局，1983。
④ （清）钱谦益：《列朝诗集小传》丁集中"袁庶子宗道"，566 页，上海，上海古籍出版社，1983。

旗。 他说："余少时喜读沧溟、凤洲二先生集。 二集佳处，固不可掩，其持论大谬，迷误后学，有不容不辨者。"①这表明他对李攀龙、王世贞二人的文学复古业绩有着客观的看法，既知其有不可掩盖的佳处，又知其持论的谬处与害处。 而后者则是他反对、驳斥复古的重要原因。

袁宗道的文学思想集中见于其《论文》上下两篇。 在《论文》中，他从文辞古今演变的角度对今人的拟古之风表示了不满：

> 口舌代心者也，文章又代口舌者也。展转隔碍，虽写得畅显，已恐不如口舌矣，况能如心之所存乎？故孔子论文曰："辞达而已。"达不达，文不文之辨也。唐、虞、三代之文，无不达者。今人读古书，不即通晓，辄谓古文奇奥，今人下笔不宜平易。夫时有古今，语言亦有古今，今人所诧谓奇字奥句，安知非古之街谈巷语耶？……左氏去古不远，然《传》中字句，未尝肖《书》也。司马去左亦不远，然《史记》句字，亦未尝肖左也。至于今日，逆数前汉，不知几千年远矣，自司马不能同于左氏，而今日乃欲兼同左、马，不亦谬乎！中间历晋、唐，经宋、元，文士非乏，未有公然掊撦古文，奄为己有者。②

这则材料有两方面值得注意：其一，袁宗道认为文辞达意与否，是衡量文章优劣的重要标准。 唐、虞、三代之文皆达意，今人却以之为古奥，故下笔也强调"不宜平易"，这是他所不满的。 其二，他提出"时有古今，语言亦有古今"，并举《左传》《史记》之文皆未刻意肖古为证，批评今日之人"公然掊撦古文，奄为己有"，实在荒谬。

接下来，袁宗道严厉批评了以李梦阳为代表的七子派模拟剽袭之弊：

---

① （明）袁宗道著，钱伯城校点：《白苏斋类集》卷二十《论文下》，285 页，上海，上海古籍出版社，1989。

② （明）袁宗道著，钱伯城校点：《白苏斋类集》卷二十《论文上》，283～284 页，上海，上海古籍出版社，1989。

空同不知，篇篇模拟，亦谓反正。后之文人，遂视为定例，遵若令甲，凡有一语不肖古者，即大怒，骂为野路恶道。不知空同模拟，自一人创之，犹不甚可厌。迫其后以一传百，以讹益讹，愈趋愈下，不足观矣。且空同诸文，尚多己意，纪事述情，往往逼真。其尤可取者，地名官衔，俱用时制。今却嫌时制不文，取秦汉名衔以文之。观者若不检《一统志》，几不识为何乡贯矣。①

一方面，他认为李梦阳虽开启模拟之风，但不甚可厌，且其文尚有可取之处；另一方面，他大肆批驳模拟李梦阳的后学，认为他们自立壁垒，凡有不肖古者，皆骂为"野路恶道"，又胶柱鼓瑟，生搬硬套，以剽袭为复古，不是真正的"学古者"。他又说：

今之圆领方袍，所以学古人之缀叶蔽皮也；今之五味煎熬，所以学古人之茹毛饮血也。何也？古人之意期于饱口腹，蔽形体。今人之意亦期于饱口腹，蔽形体，未尝异也。彼摘古人字句入己著作者，是无异缀皮叶于衣袂之中，投毛血于殽核之内也。大抵古人之文，专期于达；而今人之文，专期于不达。以不达学达，是可谓学古者乎！②

他以今古之异为例，批评今人学古之弊。其实，他批评模拟之弊的话语在《刻文章辨体序》中也有表露：

今天下人握夜光，家抱连城，类惮于结撰，传景辄鸣。自凿一堂，猥云独喻千古；全舍津筏，猥云凭陵百代。而古人体裁，一切弁髦，而

---

① （明）袁宗道著，钱伯城校点：《白苏斋类集》卷二十《论文上》，284 页，上海，上海古籍出版社，1989。
② 同上书，284 页。

不知破规非圆，削矩非方。即令沉思出于寰宇之外，酝酿在象数之先，终属师心，愈远本色矣。……胡宽营新丰，至鸡犬各识其家，而终非真新丰也。优人效孙叔敖，抵掌惊楚王，而终非真叔敖也。岂非抱形似而失真境，泥皮相而遗神情者乎！①

由此可看出，他认为无论怎么模拟，皆非"真"，皆难达"真境""真情"。

袁宗道还指出了七子派后学拟古因袭之病因在于"无识"。他说：

有一派学问，则酿出一种意见。有一种意见，则创出一般言语。无意见则虚浮，虚浮则雷同矣。故大喜者必绝倒，大哀者必号痛，大怒者必叫吼动地，发上指冠。惟戏场中人，心中本无可喜事，而欲强笑；亦无可哀事，而欲强哭。其势不得不假借模拟耳。今之文士，浮浮泛泛，原不曾的然做一项学问，叩其胸中，亦茫然不曾具一丝意见，徒见古人有立言不朽之说，又见前辈有能诗能文之名，亦欲搦管伸纸，入此行市；连篇累牍，图人称扬。夫以茫昧之胸，而妄意鸿钜之裁，自非行乞左、马之侧，募缘残溺，盗窃遗矢，安能写满卷帙乎？试将诸公一编，抹去古语陈句，几不免曳白矣。……然其病源则不在模拟，而在无识。若使胸中的有所见，苞塞于中，将墨不暇研，笔不暇挥，兔起鹘落，犹恐或逸；况有闲力暇晷，引用古人词句耶？故学者诚能从学生理，从理生文，虽驱之使模，不可得矣。②

此处有两层意思：他先是提出一派学问要"有一种意见"，而今之文士，则不具一丝意见，故只能模拟他人，而所写之文又虚浮雷同，无甚价值。由此，他随之指出病源在于"无识"。无识，故不能自创，只能人云亦云，拾

<hr />

① （明）袁宗道著，钱伯城点校：《白苏斋类集》卷七，81～82页，上海，上海古籍出版社，1989。
② （明）袁宗道著，钱伯城校点：《白苏斋类集》卷二十《论文下》，285～286页，上海，上海古籍出版社，1989。

取前贤残膏剩馥、古语陈句。 由此,亦可发现袁宗道对"识"的重视。

因为重视"识",袁宗道还发表过"士先器识而后文艺"的看法。 他认为器识与文艺"表里相须,而器识狷薄者,即文艺并失之矣。 虽然,器识先矣,而识尤要焉。 盖识不宏远者,其器必且浮浅;而包罗一世之襟度,固赖有昭晰六合之识见也"。 在他看来,器识和文艺为表里相须关系,单就器识来讲,识见更显重要。 袁氏还提出:"故君子者,口不言文艺,而先植其本。 凝神而敛志,回光而内鉴,锷敛而藏声。 其器若万斛之舟,无所不载也;若乔岳之屹立,莫撼莫震也;若大海之吐纳百川,弗涸弗盈也。 其识若登泰巅而瞭远,尺寸千里也;若镜明水止,纤芥眉须,无留形也;若龟卜蓍筮,今古得失,凶吉修短,无遗策也。"袁氏此论抓住了立身、为文之根本。 识在文先,贵在立本、植本,若本不立,则"其器诚狭,其识诚卑也"。① "士先器识而后文艺"意味着首先要注重作家的道德修养与人格品行。 这与刻意追求外在的"古范"是不同的。

袁宏道站在反七子派复古的立场上,发表了大量言论。 早在万历二十五年(1597)正月,他在写给丘坦的书信中就说:"陈、欧、苏、黄诸人,有一字袭唐者乎? 又有一字相袭者乎? 至其不能为唐,殆是气运使然,犹唐之不能为《选》,《选》之不能为汉、魏耳。"②这番言论体现了他对文坛因袭模拟风气的不满。 他还曾对朋友说:"文必摹秦、汉,诗必袭杜陵,此自世儒大病。"③他在《叙小修诗》中也说:

> 盖诗文至近代而卑极矣,文则必欲准于秦、汉,诗则必欲准于盛唐,剿袭模拟,影响步趋,见人有一语不相肖者,则共指为野狐外道。

① (明)袁宗道著,钱伯城校点:《白苏斋类集》卷七《士先器识而后文艺》,92~93 页,上海,上海古籍出版社,1989。
② 钱伯城笺校:《袁宏道集笺校》卷六《丘长孺》,284 页,上海,上海古籍出版社,1981。
③ (明)曾可前:《瓶花斋集序》,见钱伯城笺校:《袁宏道集笺校》附录三,1694 页,上海,上海古籍出版社,1981。

曾不知文准秦、汉矣，秦、汉人曷尝字字学六经欤？诗准盛唐矣，盛唐人曷尝字字学汉、魏欤？秦、汉而学六经，岂复有秦、汉之文？盛唐而学汉、魏，岂复有盛唐之诗？①

在《雪涛阁集序》中亦说：

> 近代文人，始为复古之说以胜之。夫复古是已，然至以剿袭为复古，句比字拟，务为牵合，弃目前之景，搜腐滥之辞，有才者诎于法，而不敢自伸其才；无之者，拾一二浮泛之语，帮凑成诗。智者牵于习，而愚者乐其易，一唱亿和，优人骄子，皆谈雅道。吁，诗至此，抑可羞哉！夫即诗而文之为弊，盖可知矣。②

结合这两则材料，不难看出袁宏道对"文准秦汉"造成的剿袭格套、句比字拟的复古弊病深恶痛绝。 这样的态度和观点与其兄长宗道较为一致。 他在写给张幼于的书信中又说：

> 世人喜唐，仆则曰唐无诗。世人喜秦、汉，仆则曰秦、汉无文。世人卑宋黜元，仆则曰诗文在宋、元诸大家。昔老子欲死圣人，庄子讥毁孔子，然至今其书不废；荀卿言性恶，亦得与孟子同传。何者？见从己出，不曾依傍半个古人，所以他顶天立地。今人虽讥讪得，却是废他不得。不然，粪里嚼查，顺口接屁，仗势欺良，如今苏州投靠家人一般。③

他所说的"唐无诗""秦、汉无文"，显然过于偏激与愤激，其背后所包含

---

① 钱伯城笺校：《袁宏道集笺校》卷四，188 页，上海，上海古籍出版社，1981。
② 钱伯城笺校：《袁宏道集笺校》卷十八，710 页，上海，上海古籍出版社，1981。
③ 钱伯城笺校：《袁宏道集笺校》卷十一《张幼于》，501～502 页，上海，上海古籍出版社，1981。

的是他对文坛弊习的高度不满。他说"诗文在宋、元诸大家",这是在有意抬高宋、元诗文的地位,以贬低秦、汉文与唐诗。当然,这样做也引起人们对宋、元诗文价值的重新审视,进一步扩大了诗文取法的范围,这值得肯定。除此之外,他还提出了"见从己出,不曾依傍半个古人"的观点,这也是他针对复古后学"绘面目而失神情"的拟古弊病而发的,充分表明了他重视创作主体的自我个性与真实性情。

相较于两位兄长,袁中道反复古的态度较为温和,能够客观、公允地看待和评价文坛复古现象。他在《中郎先生全集序》中说:"自宋元以来,诗文芜烂,鄙俚杂沓。本朝诸君子,出而矫之,文准秦汉,诗则盛唐,人始知有古法。及其后也,剽窃雷同,如赝鼎伪觚,徒取形似,无关神骨。"①在《解脱集序》中亦说:"降及弘嘉之间,有缙绅先生倡言复古,用以救近代固陋繁芜之习,未为不可。而剿袭格套,遂成弊端。后有朝官,递为标榜,不求意味,惟仿字句,执议甚狭,立论多矜。后生寡识,互相效尤,如人身怀重宝,有借观者,代之以块。黄茅白苇,遂遍天下。"②"出而矫之""未为不可"之语表明袁氏肯定和赞同前后七子挽救文坛繁芜陋习的复古行为。

与此同时,袁中道又不满于复古后学"剽窃雷同""剿袭格套""互相效尤"的流弊。面对不良文风,他鲜明地表露了自己的态度:"袁子曰:'《六经》尚矣,文法秦汉,古诗法汉魏,近体法盛唐,此词家三尺也。'予敬佩焉,而终不学之;非不学也,不能学也。"③虽然他敬佩"词家三尺"的拟古之法,但"不能学"还是表明了他不愿与复古派同伍的态度。其原因在于他不愿意"以法役意":

---

① (明)袁中道著,钱伯城点校:《珂雪斋集》卷十一,522页,上海,上海古籍出版社,1989。
② (明)袁中道著,钱伯城点校:《珂雪斋集》卷九,452页,上海,上海古籍出版社,1989。
③ (明)袁中道著,钱伯城点校:《珂雪斋集》卷首《珂雪斋前集自序》,19页,上海,上海古籍出版社,1989。

古之人，意至而法即至焉。吾先有成法据于胸中，势必不能尽达吾意，达吾意而或不能合于古之法。合者留，不合者去，则吾之意其可达于言者有几，而吾之言其可传于世者又有几？故吾以为断然不能学也，姑抒吾意所欲言而已矣。抒吾意所欲言，即未敢尽远于法，第欲以意设法，不以法役意。故合于古法者存，不合于古法者亦存。①

在"守法"与"达意"的两头，他选择了"达意"，不愿"以法役意"，这样也就做到了"不拘格套"。

二、公安派其他成员的反拟古思想

除了公安三袁外，公安派阵营内的其他成员也发表了一些反拟古的看法。② 陶望龄在《八大家文集序》中猛烈抨击七子派的拟古之风：

明兴二百余年，代有作者，率道斯路，弘、正之际，一二能文之士始以时代为上下，谓西京以降无文焉，天下缀学之士靡然向风。其持论薄八家不为，其著作又非能超八家而上之者，徒取秦汉子史残膏剩馥、饾饤纫缀，衣被而合说之，如枯杨之华只增索然，而不见其所有，迄今

---

① （明）袁中道著，钱伯城点校：《珂雪斋集》卷首《珂雪斋前集自序》，19页，上海，上海古籍出版社，1989。

② 由于公安派的形成是一个比较复杂的问题，因而考察其规模与成员，也是一个难以说得清楚的问题。罗宗强先生认为："有人把与公安三袁交往的人，都算入公安派，这是不确的。他们之间，有许多人文学思想倾向并不相同。有人把与三袁结社的人也都算入公安派。这也是不确的。结社有的同好在酒，有的同好在禅，虽亦谈诗，但主要是诗以交往、娱情，诗作趣味也并非一致。"（《明代文学思想史》，719页，北京，中华书局，2013）的确，对公安派成员的界定，不能过于泛化，要尽可能严谨一些。总的来看，公安派除了"三袁"是核心外，江盈科、黄辉、陶望龄、潘之恒、雷思霈、曾可前、丘坦等人可视为羽翼。这些人的文学思想与诗文创作，值得我们重视。

而弊极矣。①

他对推崇秦汉文的七子复古派薄视唐宋八家文的行为表示了不满，并指出他们取法秦汉子史的流弊与陋习。他在《徐文长三集序》中亦说：

> 明兴，经义盛而艺文之学浸衰，其好古博物之士，出于余力，习晚酝薄，或未暇究于精微。其视古文辞，如书者于篆籀虫鸟然，略取形似，傲然谓能。而群目浅短，眩所希见者，高相唱引，遽以为凌钟跨王，罢斥虞、柳，而不知草隶之变盖久矣。②

陶氏将"好古博物之士"对待古文辞的态度与实践，比拟于书家学书，"略取形似"且又相互标榜，睥睨前贤，目中无人。这从侧面表露出他对文坛复古弊习的不满。

江盈科是公安派的干将，对扩大这个流派的影响作用甚大。他也反对拟古。他说："本朝论诗，若李崆峒、李于鳞，世谓其有复古之力。然二公者，固有复古之力，亦有泥古之病。彼谓文非秦汉不读，诗非汉魏盛唐不看，故事凡出汉以下者，皆不宜引用。噫，何其所见之隘而过于泥古也耶？"③他一方面肯定李、何有复古之力，另一方面又批评他们存在所见狭隘、过于泥古之病。他在《明文选盛后序》中还说："近是辁世之文，无论其凡，即号称工者，不过剽左、马之皮毛，窃佛老之土苴，以为能奇与古，而乏深造自得之趣。"④显然，他不满"辁世之文"的剽拟之病，认为缺乏深造自得之趣。

---

① （明）陶望龄：《歇庵集》卷十九，见《续修四库全书》集部第1365册，618页，上海，上海古籍出版社，2002。
② （明）陶望龄：《歇庵集》卷四，见《续修四库全书》集部第1365册，239页，上海，上海古籍出版社，2002。
③ 黄仁生辑校：《江盈科集·雪涛阁四小书》之四《雪涛诗评》，698页，长沙，岳麓书社，2008。
④ 黄仁生辑校：《江盈科集·雪涛阁集》卷八，284页，长沙，岳麓书社，2008。

作为"公安之末流"①的雷思霈，也对七子派的复古风气表示了不满：

> 六经之外，别有世界者，蒙庄似《易》，荀卿似《书》与《礼》，左丘明似《春秋》，屈原《离骚》似《风》《雅》，皆楚人也。古之人能于六经之外崛起而自为文章，今乃求两汉、盛唐于一字半句之间，何其陋也！……昔人见先辈质其文曰："两汉也。"复质其诗曰："盛唐也。"夫两汉之文而已，非我之文也；盛唐之诗而已，非我之诗也。②

由此可见，前后七子推崇秦汉文、盛唐诗，在雷氏眼里，是取径狭陋，并且又不彰"我"之特色。

三、竟陵派的反拟古思想

竟陵派的钟惺、谭元春二人也是反对拟古剿袭之人。钟惺的学文历程曾经历几番起伏。据其《隐秀轩集自序》，他早岁创作曾"取古人近似者，时一肖者，为人所称许，辄自以为诗文而已矣"，后来又"舍所学"而去附从"反古者"和"笑人泥古者"，"庚戌以后，乃始平气精心，虚怀独往，外不敢用先人之言，而内自废其中拒之私，务求古人精神所在"③。所谓"务求古人精神所在"，就表明他已不满于学古得其皮相，与七子派异路。此外，他还曾经致书弟弟钟忄全说自己"恶近世一副拟古面目"④；在致蔡复一的信中亦说"常愤嘉、隆间名人，自谓学古，徒取古人极肤极狭极套者，利

---

① （清）钱谦益：《列朝诗集小传》丁集中"雷检讨思霈"，570 页，上海，上海古籍出版社，1983。
② （明）雷思霈：《潇碧堂集序》，见钱伯城笺校：《袁宏道集笺校》附录三，1695～1696 页，上海，上海古籍出版社，1981。
③ （明）钟惺著，李先耕、崔重庆标校：《隐秀轩集》卷十七，259～260 页，上海，上海古籍出版社，1992。
④ （明）钟惺著，李先耕、崔重庆标校：《隐秀轩集》卷二十八《寄叔弟忄全》，464 页，上海，上海古籍出版社，1992。

其便于手口，遂以为得古人之精神，且前无古人矣"①。 钟氏的这种追求，与公安派也有一定的思想渊源。 他推崇袁宏道，又与袁中道有交游。 公安派的文学主张对他有实质影响。 他在《诗归序》中对学古者"大要取古人之极肤、极狭、极熟，便于口手者，以为古人在是"②的现象，给予了严厉批评。 这个批评虽然针对诗歌而言，但也同样指向文章学古。 他在文中提出"引古人之精神以接后人之心目"③，固然与公安派有别，但也显示出两派尊性灵、反对袭古的共性。

谭元春的文学思想稍显复杂。 他与竟陵徐成位有交往，谭元春记其言："吾在仪曹时，居闲寡务，与王敬美、孙月峰诸公切劘为古学，颇知古人之意。"④显然，徐氏与王世懋（王世贞之弟）、孙鑛都为复古派中人，他的文学思想当对后学谭元春有一定的影响。 进一步说，谭元春早年曾受到七子派的影响。 只不过，谭氏后来改换学文门庭，走向追求"性灵"之途。他在《选语石居集序》中说："夫诗文之道，上无所蒂，下无所根，必有良质美手，吟想鲜集，足以通神悟灵，而又有砚洁思深，惕惕于毫芒之内者，与之观其恒，通其变，探心昭忕，庶几一遇之而不敢散。"⑤他对诗文之道的理解，显然与七子复古派不同，侧重于内在心灵世界的探求，而不是摹古。

总之，以"三袁"为代表的公安派以及后起的竟陵派，对文坛七子派的复古习气基本上都有清醒而又客观的认识。 他们既肯定七子派诸人纠正文坛风气的贡献，又批评了七子派追随者剿袭雷同、句比字拟的弊病。 他们反对拟古的文学观念，与其"文随世变"的主张有着密切的关联。

---

① （明）钟惺著，李先耕、崔重庆标校：《隐秀轩集》卷二十八《再报蔡敬夫》，470 页，上海，上海古籍出版社，1992。
② （明）钟惺著，李先耕、崔重庆标校：《隐秀轩集》卷十六，236 页，上海，上海古籍出版社，1992。
③ 同上书，235 页。
④ （明）谭元春著，张国光点校：《鹄湾文草·徐中丞集序》，48 页，长沙，岳麓书社，2016。
⑤ （明）谭元春著，张国光点校：《鹄湾文草》，49～50 页，长沙，岳麓书社，2016。

◎ 第三节

文随世变的文学发展观

　　通变论是文学批评理论中的一个重要问题，前人多有论述。这一思想可溯源至《易经》。《周易》云："《易》穷则变，变则通，通则久。"①这种通变论后来被运用到文学领域。刘勰在《文心雕龙》中专门设立《通变》一章，阐论他的文学史观。他说："文律运周，日新其业。变则可久，通则不乏。"②他在《时序》中亦说："时运交移，质文代变。"③"文变染乎世情，兴废系乎时序。"④他认识到文学是不断发展变化的，而世情与时序则会对文学有重要的影响。南朝时，梁萧子显在《南齐书·文学传论》中亦云："习玩为理，事久则渎，在乎文章，弥患凡旧。若无新变，不能代雄。"⑤指出文学不能剿袭陈言，要有创新和发展，这表明他已认识到文学新旧代嬗的演变规律。到了明代，这一话题也是屡屡提及，七子派成员也时常谈论。比如，谢榛在《四溟诗话》中说："《三百篇》直写性情，靡不高古，虽其逸诗，汉人尚不可及。今学之者，务去声律，以为高古；殊不知文随世变，且有六朝、唐、宋影子，有意于古，而终非古也。"⑥胡应麟在《诗薮》中说："四言不能不变而五言，古风不能不变而近体，势也，亦时也。"⑦他们从诗变的角度，探讨了时势发展对文学的影响。至晚明性灵派，他们站在反复古的文学立场上，多从文学发展演变的视角来看待作品与文体。

---

① 黄寿祺、张善文译注：《周易译注》卷九《系辞下传》，533 页，上海，上海古籍出版社，2004。
② （南朝梁）刘勰著，范文澜注：《文心雕龙注》卷六，521 页，北京，人民文学出版社，1962。
③ （南朝梁）刘勰著，范文澜注：《文心雕龙注》卷九，671 页，北京，人民文学出版社，1962。
④ 同上书，675 页。
⑤ （南朝梁）萧子显：《南齐书》卷五十二《文学》，908 页，北京，中华书局，1972。
⑥ （明）谢榛：《四溟诗话》卷一第一则，3 页，北京，人民文学出版社，2005。
⑦ （明）胡应麟：《诗薮·内编》卷二，23 页，上海，上海古籍出版社，1958。

一、性灵派的"文随世变"

在对待文学演变的问题上，袁宗道提出了"时有古今，语言亦有古今"的观点。 他说：

> 夫时有古今，语言亦有古今，今人所诧谓奇字奥句，安知非古之街谈巷语耶？……左氏去古不远，然《传》中字句，未尝肖《书》也。司马去左亦不远，然《史记》句字，亦未尝肖左也。至于今日，逆数前汉，不知几千年远矣，自司马不能同于左氏，而今日乃欲兼同左、马，不亦谬乎！中间历晋、唐，经宋、元，文士非乏，未有公然持撦古文，奄为己有者。①

在他看来，时代有古今之别，语言也有古今之别，作为语言艺术的文学也应有古今之别，也会因时而变。 古人的"奇字奥句"，今人为之诧异，说不定在古时就是通俗的"街谈巷语"。 在文学创作中，把古人的字句放入自己的作品中，这不合时宜，较为荒谬。 袁宗道用变化发展的眼光来看待文学语言，这是他的通达之处，也表露出了他对七子派的不满。

袁宏道也从反拟古立场出发，提出了"世道既变，文亦因之"的观点。他在《雪涛阁集序》中说：

> 文之不能不古而今也，时使之也。妍媸之质，不逐目而逐时。是故草木之无情也，而鞓红鹤翎，不能不改观于左紫溪绯。唯识时之士，为能堤其溃而通其所必变。夫古有古之时，今有今之时，袭古人语言之

---

① （明）袁宗道著，钱伯城校点：《白苏斋类集》卷二十《论文上》，283～284 页，上海，上海古籍出版社，1989。

迹，而冒以为古，是处严冬而袭夏之葛者也。《骚》之不袭《雅》也，《雅》之体穷于怨，不《骚》不足以寄也。后之人有拟而为之者，终不肖也，何也？彼直求《骚》于《骚》之中也。①

在这里他提出了一个重要的命题：文学是时代发展的产物。古有古之时，今有今之时，不同时代，文学发展态势宜应不同。袁宏道认为，如果因袭古人语言之迹来作文，并且冒充以为古，就如同在严冬仍穿夏天的葛衣一样，胶柱鼓瑟，不合时宜。他在写给江进之的信中亦说：

> 世道既变，文亦因之。今之不必摹古者也，亦势也。张、左之赋，稍异扬、马，至江淹、庾信诸人，抑又异矣。唐赋最明白简易，至苏子瞻直文耳。然赋体日变，赋心亦工，古不可优，后不可劣。若使今日执笔，机轴尤为不同。何也？人事物态，有时而更，乡语方言，有时而易，事今日之事，则亦文今日之文而已矣。②

他认为世道既变，文学也会发展变化。今人没有必要去摹古，这亦与时势迁变有关。接着他又以赋体演变来说明"古不可优，后不可劣"。这种客观的眼光显然不同于七子复古派。他还指出了"人事物态"与"乡语方言"的变化，再加之"事今日之事"，写出的文章也只能是"今日之文而已矣"。他在《叙小修诗》中明确表示："夫代有升降，而法不相沿，各极其变，各穷其趣，所以可贵，原不可以优劣论也。"③他指出了一代诗文创作自有一定之法，时代虽有升降，但法度并不相沿，文学创作要不断创新，极变穷趣，展现出文学的丰富性与多样性。

袁宏道之弟袁中道从"性情"与"法律"的交替循环与斗争中揭示出文

① 钱伯城笺校：《袁宏道集笺校》卷十八，709 页，上海，上海古籍出版社，1981。
② 钱伯城笺校：《袁宏道集笺校》卷十一《江进之》，515～516 页，上海，上海古籍出版社，1981。
③ 钱伯城笺校：《袁宏道集笺校》卷四，188 页，上海，上海古籍出版社，1981。

学之变，并提出了"天下无百年不变之文章"的观点。他在《花雪赋引》中说：

> 天下无百年不变之文章。有作始，自有末流；有末流，还有作始。其变也，皆若有气行乎其间。创为变者，与受变者，皆不及知。是故性情之发，无所不吐，其势必互异而趋俚。趋于俚，又将变矣。作者始不得不以法律救性情之穷。法律之持，无所不束，其势必互同而趋浮。趋于浮，又将变矣。作者始不得不以性情救法律之穷。夫昔之繁芜，有持法律者救之；今之剽窃，又将有主性情者救之矣。此必变之势也。①

他指出，一种文体自有其作始、发展、消亡的演变过程。主于性情则必趋于俚俗，故作者不得不变之以法律救性情之穷；主于法律则必趋于虚浮，故作者又不得不变之以性情救法律之穷。如此循环往复，有矛盾，有斗争，以至于无穷。袁中道揭示出了"变"乃文学发展之大势，这是有积极意义的。

江盈科提出了"代各有文，文各有至"的观点。他在《重刻唐文粹引》中说：

> 言之精者为文。《六经》之文尚矣。《六经》而外，论者率推秦、汉，以其去古未远，有未雕未琢之意。降而唐，见谓不逮汉矣。降而宋，又见谓不逮唐矣。此自世运升降使然，莫可谁何。要之代各有文，文各有至，可互存，不可偏废。盍观百卉乎？春则桃李，夏则芙蕖，秋则菊，冬则梅，或以艳胜，或以雅胜，或以清澹胜。总之，造化之精气，按时比节泄于草木，各有自然之华。人心之精，泄而为文，无代无之。彼嘐嘐然尊古卑今者，有所独推，有所独抑，亦未达于四时之序与草木之变

---

① （明）袁中道著，钱伯城点校：《珂雪斋集》卷十，459页，上海，上海古籍出版社，1989。

之理矣，乌可与论文？①

他指出"言之精者为文"，每个时代都有各自的文学，一代之文学又都有最优秀的文体，它们之间可互存，不可偏废。他还以四季百卉为例，来说明"造化之精气，按时比节泄于草木，各有自然之华"。同理，作为人心之精的文学亦是如此，不同时代各有不同之精华。实际上，江氏从四时之序与草木之变之理探讨了时代与文学之间的关系。

陶望龄提出了"文也者，至变者也"的观点。他在《徐文长三集序》中说：

> 夫物相杂曰文，文也者，至变者也。古之为文者，各极其才而尽其变，故人有一家之业，代有一代之制。其洼隆可手模，而青黄可目辨。古不授今，今不蹈古，要以屡迁而日新，常用而不可敝。然微迹其绪系，又如草隶变矣，而篆籀之法具存其间，非深于书者莫能辨也。今文人之论，则恶变而尚同，去情而悦貌。诎见事，裁己衷，以苟附古辞。夫迫而吐者不择言，触而书者不择事。择言则吐不诚，择事则书不备。不备不诚，则词成而情事已隐，黯然若象人之无情，而土鼓之不韵。故弘、正、嘉、隆之间，作者林立，古学烂焉修明，而所谓一家之言，一代之制，盖有其人焉，而亦鲜矣。②

在他看来，文学的特性就在于"变"，应该不断发展变化和创新。古之为文者知晓这个道理，故能极其才而尽其变，显示出独自的个性与特点，触手可摸，触目可辨。总之，文学有古今之异，才会屡迁而日新，常用而不可敝。他还对今人"恶变而尚同，去情而悦貌"的现象表示了不满。这显然是对七

---

① 黄仁生校点：《江盈科集·雪涛阁集》卷八，311页，长沙，岳麓书社，2008。
② （明）陶望龄：《歇庵集》卷四，见《续修四库全书》集部第1365册，239页，上海，上海古籍出版社，2002。

子复古派的批评。接着他还说：

> 夫文有常新之用，有必弊之术。接而不胜迁者，情也；多而不胜易者，事也；虚而不胜出者，才也；饶而不胜取者，学也。叩虚给饶，以抒至迁，纪至易，故一日之间而供吾文者新新而不可胜用，夫安得而穷之？吾见有文《左》《国》而诗唐者矣，已则人厌之；而班、马，而汉、魏，已又厌而思去之矣。方其自喜为新奇之时，而识者已笑其陋，此必弊之术也。①

此处的"常新之用"与"必弊之术"都表明变化的本质在于创新。他还以文学与时俱变的发展眼光，肯定了唐宋八家之文胜于先秦子史之文：

> 八家于秦汉子史，其工否吾不能知，顾其所据者经、其所传者六艺之遗旨，而其体裁、事情于今时为近也。夫诸子诡而不经，吾以为不如八家之正也。《左》《国》《史》《汉》叙而少议，吾以为不如八家之备诸体也。②

他在《漱六斋集序》中又说：

> 文章之道，奢、俭命乎才，淹、速通于思，媭、敏动乎性，简、巨关乎时，简之必终乎巨也，犹古之必今也，庄周述老而广于老，韩非祖申不害而肆于申，子长继左而畅于左，景、宋师屈原而繁于原，数子相去武距，随之间耳，又况其远者哉！西京以还，文士之集日盛，至六

---

① （明）陶望龄：《歇庵集》卷四《徐文长三集序》，见《续修四库全书》集部第 1365 册，239 页，上海，上海古籍出版社，2002。
② （明）陶望龄：《歇庵集》卷十九《八大家文集序》，见《续修四库全书》集部第 1365 册，618 页，上海，上海古籍出版社，2002。

朝，王俭盈六十卷，王融、沈约皆至百卷，而李唐韩氏之徒樊宗师者，多至二百九十卷，此所谓词从字顺、臆创无前之文也，其博如是，不亦奇诡轶绝之观哉！①

在他看来，文章之道，不但与"才""思""性"有关，还与时代变化有关。这种变化主要体现在由"简"至"巨"的过程中，进一步说，也就是创作逐渐由简易变得繁富。庄子、韩非子、司马迁、景差、宋玉等人的创作既承继前贤，又丰富发展。至于西京以降至唐，文集更是博富，蔚为大观。这种新变，是陶望龄文学发展观的一个特点。其实，他往往把"新""富"作为衡量文学发展的标尺，他说："文字之在天壤，其出弥新而日富。"②在他看来，文学作品重在弥富弥新，愈变愈新，愈新愈变，愈变愈富，愈富愈变。

钟惺、谭元春二人也对诗文代变问题发表过看法。钟惺在《诗归序》中说：

> 尝试论之，诗文气运，不能不代趋而下，而作诗者之意兴，虑无不代求其高。高者，取异于途径耳。夫途径者，不能不异者也，然其变有穷也。精神者，不能不同者也，然其变无穷也。操其有穷者以求变，而欲以其异与气运争，吾以为能为异而终不能为高。其究途径穷而异者与之俱穷，不亦愈劳而愈远乎？③

他认为，诗文的气运，代趋而下，而作者的意兴，代求其高。追求其"高"，是着重于诗文技法的变化，但这种外在形式的变化是有限的，而古

---

① （明）陶望龄：《歇庵集》卷四，见《续修四库全书》集部第 1365 册，241 页，上海，上海古籍出版社，2002。
② 同上书，241 页。
③ （明）钟惺著，李先耕、崔重庆标校：《隐秀轩集》卷十六，236 页，上海，上海古籍出版社，1992。

人的精神，其变化是无穷的。 作家如果追求途径之变或技法形式之变，则其诗文终不能高，故作家应该追求古人之精神。 由此可看出，钟氏的学古思想，已与李梦阳等人尺尺寸寸效法古人的做法差异甚大。 钟惺在评点前人文章时，也善用"变"来批评。 比如，他在《东坡文选》中评苏轼《天庆观乳泉赋》："《赤壁》二赋，皆赋之变也，此又变中之至理奇趣，故取此可以该彼"①；评《秦》："藏露处，变变整整，尽文之情"②；等等。 他在此部文选中，站在"变"的立场上，从结构、布局、章法等不同角度点评了苏轼之文。 谭元春在《序操缦草》中亦说："近代之集，势处于必降，而吾以心目受其沐浴，宁有升者？ 子之不阅，诚是也。"③他不看好"近代之集"，这是针对七子派而言。 因为他们尊法秦汉，崇古不化，导致文章剽袭之弊，其质量自然趋于下降。 谭氏的不满，也显示出他的文学演变观。

二、师法对象的扩容

在时变的文学发展观的影响下，公安派诸子的阅读视野、取法对象都不同于七子派了，其范围较为宽泛，其视野更加开阔。 尤其是，他们重视宋元诗文，这与七子派迥异。

袁宗道将唐代白居易和宋代苏轼的作品作为自己师法的对象，并将自己的书斋命名为"白苏斋"，文集取名为《白苏斋类集》，由此可见其文学观之明显倾向。 袁宏道在《冯琢庵师》中说："宏近日始读李唐及赵宋诸大家诗文，如元、白、欧、苏，与李、杜、班、马，真足雁行，坡公尤不可及，宏谬谓前无作者。"④在《雪涛阁集序》中说："有宋欧、苏辈出，大变晚习，于物无所不收，于法无所不有，于情无所不畅，于境无所不取，滔滔莽莽，

---

① （明）钟惺选评：《东坡文选》卷一，明万历四十八年闵氏刻本。
② （明）钟惺选评：《东坡文选》卷五，明万历四十八年闵氏刻本。
③ （明）谭元春著，张国光点校：《鹄湾文草》，66 页，长沙，岳麓书社，2016。
④ 钱伯城笺校：《袁宏道集笺校》卷二十二，780 页，上海，上海古籍出版社，1981。

有若江河。"①在《与李龙湖》中说："近日最得意，无如批点欧、苏二公文集。 欧公文之佳无论，其诗如倾江倒海，直欲伯仲少陵，宇宙间自有此一种奇观，但恨今人为先入恶诗所障难，不能虚心尽读耳。"②在《识雪照澄卷末》中他不仅认同自己是"东坡后身"，还对苏轼赞誉有加："坡公作文如舞女走竿，如市儿弄丸，横心所出，腕无不受者。"③结合这些材料，可看出袁宏道喜好宋代欧阳修、苏轼之文，并深得文心。

袁中道也喜读宋元之作。 他赞誉宋元作家的才能：

> 吾观宋元诸君子，其卓然者，才既高，趣又深，于书无所不读。故命意铸词，其发脉也甚远，即古今异调，而不失为可传。后来学者，才短肠俗，束书不观，拾取唐人风云月露皮肤之语，即目无宋元诸人，是可笑也。盖近代修词之家，有创谓不宜读宋元人书者。夫读书者，博采之而精收之，五六百年间，才人慧士，各有独至。取其菁华，皆可发人神智；而概从一笔抹杀，不亦冤甚矣哉！④

这段话有三层意思：首先，他肯定宋元诸君子的才与趣，其命意铸词，"不失为可传"。 其次，他批评后学掇取唐人肤浅之语，且目中无宋元诸人，这是一种"可笑"的短视行为。 借此机会，他也斥责了"近代修词之家"谓"不宜读宋元人书"的看法。 最后，他认为才人慧士，各有独至，取其菁华，皆可发人神智，皆能为我所用。 可以说，袁中道的认识较为客观，不偏不倚。

江盈科在文章取法方面也极力强调"尽取古今文"。 他曾经给《唐文

---

① 钱伯城笺校：《袁宏道集笺校》卷十八，710 页，上海，上海古籍出版社，1981。
② 钱伯城笺校：《袁宏道集笺校》卷二十一，750 页，上海，上海古籍出版社，1981。
③ 钱伯城笺校：《袁宏道集笺校》卷四十一，1219 页，上海，上海古籍出版社，1981。
④ （明）袁中道著，钱伯城点校：《珂雪斋集》卷十一《宋元诗序》，498 页，上海，上海古籍出版社，1989。

粹》作序，在称赞此集之余，又提出：

> 夫文而曰粹，譬如看花名园，群芳众姿，争奇斗胜，吾就中摘其最者置诸瓶间，其为赏心娱目，当复何如？而吾以为终不如百卉并存之为大。苟世有有力者尽取古今文，自唐宋而外，若三国，若晋，若隋，若南北朝、五代与元，并而刻之，岂不天地之大观、千秋之胜事哉？彼识不能周览，力不能遍举，而直曰"秦汉""秦汉"云尔，此何异守瓶花一枝，而忘千红万紫之无尽藏也？是漆园生之所笑为醯鸡者也。①

显然，他以百卉并存，群芳众姿，争奇斗艳为例，来说明文章取法也应尽力多样化、广泛化，除唐宋文外，三国、晋、隋、南北朝、五代、元之文都可以周览，没必要仅限于秦汉文。

竟陵派的钟惺、谭元春二人也对苏轼诗文赞赏有加。钟惺认为，有东坡文章，战国之文可废。他说：

> 战国之言，非纵横则名法，于先王之仁义道德、礼乐刑政无当焉。而其文终古不可废者，以其雄博高逸之气，纡回峭拔之情，常存于天地之间也。使战国人舍其所为纵横名法，而以为仁义道德、礼乐刑政之言，则其心手不相习，志气不相随，必不能如是雄博，如是高逸，如是纡回峭拔，以成其为战国之文。故文之存，理之亡也。夫必亡理而后存文，则是理者，事词之崇，而文之贼也，岂有是哉？今且有文于此，能全持其雄博高逸之气，纡回峭拔之情，以出入于仁义道德、礼乐刑政之中，取不穷而用不敝，体屡迁而物多姿，则吾必舍战国之文从之，其惟东坡乎？②

① 黄仁生点校：《江盈科集·雪涛阁集》卷八《重刻唐文粹引》，312 页，长沙，岳麓书社，2008。
② （明）钟惺著，李先耕、崔重庆标校：《隐秀轩集》卷十六《东坡文选序》，240 页，上海，上海古籍出版社，1992。

谭元春在《东坡诗选序》中认为苏轼知晓诗文之差异，并说苏轼"文中所不用者，诗有时乎或用，文中所有余于味者，或有时不足于诗"①，可谓深知东坡者也。

总之，晚明公安派的文学发展观，能够以变论文，并能抓住"时""势"与"变"的关系，认识到"变"不仅是文学自身发展的结果，也是时代、社会发展的必然结果。从根本上说，其文学发展观，也是从其倡言的性灵说出发的，是其性灵说的重要组成部分。受公安派影响，竟陵派也重视文学之"变"。这种认识是其性灵观的重要组成部分。

◎ 第四节
推崇性灵与注重自我

"性灵"一词用于文学批评，可以追溯到南北朝时期。庾信说："窃闻平阳击石，山谷为之调；大禹吹筼，风云为之动。与夫含吐性灵，抑扬词气，曲变《阳春》，光回白日，岂得同年而语哉。"②颜之推说："夫文章者……至于陶冶性灵，从容讽谏，入其滋味，亦乐事也。""文章之体，标举兴会，发引性灵。"③这里的"性灵"大体上就是"性情"的意思。逮至明代中后期，不少文人在评论诗文时也往往运用"性灵"一词。比如，王世贞评甘若虚诗文时说："先生于文好言两司马，于诗好言李、杜。然至所结

---

① （明）谭元春著，张国光点校：《鹄湾文草》，43页，长沙，岳麓书社，2016。
② （北周）庾信著，（清）倪璠注，许逸民校点：《庾子山集注》卷十一《赵国公集序》，北京，中华书局，1980。
③ （北齐）颜之推著，贾二强校点：《颜氏家训》卷四《文章篇第九》，27、28页，沈阳，辽宁教育出版社，2001。

撰，必匠心缔而发性灵。"①评余曰德亦说："归田以后，于它念无所复之，益搜剔心腑，冥通于性灵，神诣独往之句。"②此外，焦竑亦说："诗非他，人之性灵之所寄也。"③他们所讲的"性灵"，也是指作家的性情，其影响并不大。

至袁宏道出，"性灵"之说声势渐大，楚风日炽。其弟袁中道说："今天下之慧人才士，始知心灵无涯，搜之愈出；相与各呈其奇，而互穷其变，然后人人有一段真面目溢露于楮墨之间。"④钱谦益说："中郎之论出，王、李之云雾一扫，天下之文人才士始知疏沦心灵，搜剔慧性，以荡涤摹拟涂泽之病，其功伟矣。"⑤他较为准确地指出了以袁宏道为代表的公安派性灵说在扫荡七子拟古文风中的作用与贡献。

一、公安派的"性灵"思想

袁宏道提出的性灵说，反映于为其弟袁中道所作的《叙小修诗》中。他称小修诗文：

> 大都独抒性灵，不拘格套，非从自己胸臆流出，不肯下笔。有时情
> 与境会，顷刻千言，如水东注，令人夺魂。其间有佳处，亦有疵处，佳
> 处自不必言，即疵处亦多本色独造语。然予则极喜其疵处；而所谓佳

---

① （明）王世贞：《弇州续稿》卷三十五《侍御若虚甘先生六十序》，见《景印文渊阁四库全书》第1282册，467页，台北，台湾商务印书馆，1986。

② （明）王世贞：《弇州续稿》卷五十二《余德甫先生诗集序》，见《景印文渊阁四库全书》第1282册，679页，台北，台湾商务印书馆，1986。

③ （明）焦竑著，李剑雄点校：《澹园集》卷十五《雅娱阁集序》，155页，北京，中华书局，1999。

④ （明）袁中道著，钱伯城点校：《珂雪斋集》卷十一《中郎先生全集序》，522页，上海，上海古籍出版社，1989。

⑤ （清）钱谦益：《列朝诗集小传》丁集中"袁稽勋宏道"，567页，上海，上海古籍出版社，1983。

者，尚不能不以粉饰蹈袭为恨，以为未能尽脱近代文人气习故也。①

从这些表述可看出，"性灵"就是创作主体内心的所思所想，是人性的本然，它的表露不受外在形式的束缚与限制，而是顺其自然地从自己胸臆中流淌而出。袁宏道还有一段论性灵的话，见于江盈科《敝箧集引》："夫性灵窍于心，寓于境。境所偶触，心能摄之；心所欲吐，腕能运之。心能摄境，即蝼蚁、蜂虿皆足寄兴，不必《雎鸠》《驺虞》矣；腕能运心，即谐词谑语皆足观感，不必法言庄什矣。以心摄境，以腕运心，则性灵无不毕达。"②《敝箧集》是袁宏道的诗集，江盈科在为别集作序时转引了袁氏的这一番话。此话重点论述了"性灵"与"心""境"的关系，袁宏道认为以心摄境，以腕运心，则性灵可以得到充分的、不加雕饰的表露。

袁宏道提出的性灵说有一定的渊源。罗宗强先生说："我们可以看到性灵说的思想渊源，与徐渭的真情、本色，汤显祖的情至，李贽的童心说一脉相承。"③其实，除了这些渊源外，袁宗道的"务自发其精神"的观点也不容忽略。他在《刻文章辨体序》中，一方面称文章之体不可不辨，另一方面批评当时文坛不明体制的现象，并指出《文章辨体》一书"言人人殊，莫不有古人不可埋灭之精神在，岂徒具体者。后之人有能绍明作者之意，修古人之体，而务自发其精神，勿离勿合，亦近亦远，庶几哉深于文体……"④。这番表述表明袁宗道非常看重作品中"不可埋灭之精神"，强调创作中作家要能"自发其精神"。此处的"精神"，与"性灵"有相近的内涵。

袁中道的著作中也多有关于性灵的表述。比如，《成元岳文序》说："时义虽云小技，要亦有抒自性灵，不由闻见者。古人云：'一一从自己胸

---

①　钱伯城笺校：《袁宏道集笺校》卷四《叙小修诗》，187～188 页，上海，上海古籍出版社，1981。
②　黄仁生点校：《江盈科集·雪涛阁集》卷八，275～276 页，长沙，岳麓书社，2008。
③　罗宗强：《明代文学思想史》，740 页，北京，中华书局，2013。
④　（明）袁宗道著，钱伯城点校：《白苏斋类集》卷七，82 页，上海，上海古籍出版社，1989。

臆中流出，自然盖天盖地。'真得文字三昧。"①众所周知，时文代圣贤立言，不允许个人随意发挥。袁中道却强调时文虽是小技，但也应从胸臆中流出，以抒发性灵，而不由闻见知识。这个观点大胆而新奇。此外，他评价成元岳时文亦称："读元岳兄诸制，无论为奇为平，皆出自胸臆，决不剿袭世人一语。一题中每每自辟天地而造乾坤。"②他还认为人的性灵无边无际，搜之愈出："心灵无涯，搜之愈出；相与各呈其奇，而互穷其变，然后人人有一段真面目溢露于楮墨之间。"③他在其他地方评价诗文时也好用"性灵"，如他称湘中周伯孔诗文"抒自性灵，清新有致"④；称冶城社友马远之文"读之灵潮汩汩自生，始知天地之名理，与人心之灵慧，搜而愈出，取之不既。盖远之为人，有逸韵，饶侠骨，急友朋，爱烟岚，故随笔出之，自仙仙然有异致。所谓一一从肺腑流出，盖天盖地者也"⑤；称赵凤白诗文"皆浚发于性灵，风水相遭，而成澜漪者也"⑥。

江盈科提出"元神活泼"说，呼应了袁宏道所说的"性灵"。他在《白苏斋册子引》中说：

> 吾尝睹夫人之身所为流注天下，触景成象，惟是一段元神。元神活泼，则抒为文章，激为气节，泄为名理，竖为勋猷，无之非是。要以无意出之，无心造之。譬诸水焉，升为云，降为雨，流为川，止为渊，总一活泼之妙，随触各足，而水无心。彼白、苏两君子，所谓元神活泼者也。千载而下，读其议论，想见其为人，大都其衷洒然，其趣怡然。……

① （明）袁中道著，钱伯城点校：《珂雪斋集》卷十，482页，上海，上海古籍出版社，1989。
② 同上书，482页。
③ （明）袁中道著，钱伯城点校：《珂雪斋集》卷十一《中郎先生全集序》，522页，上海，上海古籍出版社，1989。
④ （明）袁中道著，钱伯城点校：《珂雪斋集》卷十《花雪赋引》，459页，上海，上海古籍出版社，1989。
⑤ （明）袁中道著，钱伯城点校：《珂雪斋集》卷十《马远之碧云篇序》，482页，上海，上海古籍出版社，1989。
⑥ （明）袁中道著，钱伯城点校：《珂雪斋集》卷九《枝江大令赵凤白初度序》，442页，上海，上海古籍出版社，1989。

夫人之元神无不活泼，有弗然者，或牿之也。牿有二端：尘俗之虑，入焉而牿；义理之见，入焉而牿。二者清浊不同，其能为牿，则若臧谷之于亡羊，均也。[1]

江盈科所说的"元神"，原本是指人的灵魂或精神，但在这里却与心学家的心性本体有关联，它是"在王阳明、王艮、王畿所说'心性本体'和罗汝芳所说'赤子之心'、李贽所说'童心'之上凝聚而成，实际上与袁宏道所说的'性灵'相通"[2]。"元神活泼"，实际就是一种自由自在、奔放活泼的精神状态，可用于形容人，如"激为气节，泄为名理，竖为勋猷"，也可用于形容"抒写文章"。它是"无意出之，无心造之"。陶氏还以云水为喻，称扬白居易、苏轼二人就是"元神活泼者"，为人为文，都是其衷洒然，其趣怡然。他还认为，每个人的元神都是自由活泼的，但由于受到"尘俗之虑"和"义理之见"的桎梏，有些人的元神可能受到压抑、戕害，失去了个性和自我，故而写的东西是没有性灵的假诗假文。

陶望龄论文也倡言"自胸膈中陶写"。他对其弟陶奭龄说："今人不晓作文，动言有奇平二辙，言奇言平，迕误后生。吾论文亦有二种，但以内外分好恶，不作奇平论也。凡自胸膈中陶写出者，是奇是平，为好；从外剽窃沿袭者，非奇非平，是为劣。"[3]显然，"自胸膈中陶写"，与袁宏道"从自己胸臆流出"是一样的意思，这也表明陶氏非常重视创作主体的心灵世界与个性精神的表达。他还说："古人之为文，其取夫称心而卑相袭也。"[4]"称心"亦表明他注重内在的精神。他在《阳辛会稿序》中又说："文如画然，非得其神理弗善也，然能者，犹可匠心率意而为，逮心满意，极而至

---

[1] 黄仁生点校：《江盈科集》卷八，291～292页，长沙，岳麓书社，2008。
[2] 黄仁生：《江盈科论》，见《中国文学古今演变刍议》，311页，上海，东方出版中心，2014。
[3] （明）陶望龄：《歇庵集》卷十二《登第后寄君奭弟书六首》之三，见《续修四库全书》集部第1365册，431页，上海，上海古籍出版社，2002。
[4] （明）陶望龄：《歇庵集》卷四《方布衣集序》，见《续修四库全书》集部第1365册，242页，上海，上海古籍出版社，2002。

矣。惟画而貌人、文而经义，则心意皆不得自用，而受成于人之面与书之题，不满不极，则弗能善，满矣，极矣，而易溢、易滥也，则可以得我，不可以得彼。"①他首先强调作文如同绘画，皆以得其神理为善。有能力者，可以从自我内心出发，匠心独运，率意而为，满足心意于极致。不过，八股文毕竟不同于一般的文章，要代圣贤立言，故他说"心意皆不得自用"。不管怎样，在这篇八股文序中，他提出了文章写作中"心意"的表现问题。这与性灵说较为相似。

雷思霈也是性灵说的追随者。他"与袁氏兄弟善，当公安扫除俗学，沿袭其风流，信心放笔，以刊落抹杀为能事"②。他的文论思想与公安袁氏兄弟相近，钟惺在《先师雷何思太史集序》中曾经转引过雷氏的论文之语："先生所尝自云'不泥古学，不蹈前良，自然之性，一往奔诣'。"③这番话鲜明地表露出雷氏服膺性灵，为文一任自然之性，由胸臆而出。雷氏在《潇碧堂集序》中也表露了自己的文论思想："石公诗云：'莫把古人来比我，同床各梦不相干。'能作如是语，故能作如是诗与文。如山之有云，水之有波，草木之有华，种种色色，千变万态，未始有极，而莫知其所以然，但任吾真率而已。"④他称赞袁宏道不愿与古人相比，所作诗文有个性，如同自然界的众态万相，不知为何如此。"但任吾真率而已"，表明他对作文直抒胸臆、任性而发的赞赏。

二、公安派性灵说的艺术表现

公安诸子提倡"性灵"，往往注重其表现的真、奇、趣，使个人的性灵

---

① （明）陶望龄：《歇庵集》卷四，见《续修四库全书》集部第 1365 册，248 页，上海，上海古籍出版社，2002。

② （清）钱谦益：《列朝诗集小传》丁集中"雷检讨思霈"，570 页，上海，上海古籍出版社，1983。

③ （明）钟惺著，李先耕、崔重庆标校：《隐秀轩集》卷十七，262～263 页，上海，上海古籍出版社，1992。

④ 见钱伯城笺校：《袁宏道集笺校》附录三，1696 页，上海，上海古籍出版社，1981。

得到自由的表现和抒发。

就"真"来说，又可以分为两个层面。其一，在作家方面，强调作家要做"真人""真我"，也就是要葆有一颗真诚之心，任情任性。袁宏道将"真人"解释为："性之所安，殆不可强，率性而行，是谓真人。"①他认为，率性而行的人就是真人。性情不一，则人面不一。他对丘坦说："大抵物真则贵，真则我面不能同君面，而况古人之面貌乎!"②江盈科在《丧我》中说："人生自有真我，徇其非真我者，而真我乃丧。试观赤子在襁抱中，被之布不愠，被之锦不喜，枕之以块睡亦如是，枕之以玉睡亦如是。中无所起，外无所艳，此之谓真我。"③他所说的"真我"，是指具有赤子之心的人。"丧我"也就是丧失"真我"，其因在于"尘俗之虑"与"义理之见"的污染。

其二，在情感表达方面，强调要表达"真情"。袁宏道说："或今闾阎妇人孺子所唱《擘破玉》《打草竿》之类，犹是无闻无识真人所作，故多真声，不效颦于汉、魏，不学步于盛唐，任性而发，尚能通于人之喜怒哀乐嗜好情欲，是可喜也。"④他指出民间传唱的民歌是"无闻无识真人所作"，故声真情真，任性而发。袁宏道在创作上也是力求"真情实境流出"。江盈科说："中郎所叙佳山水，并其喜怒动静之性，无不描画如生。譬之写照，他人貌皮肤，君貌神情。如夫尺牍，一言一字，皆心所欲言，信笔直书，种种入妙。……盖其情真而境实，揭肺肝示人，人之见之，无不感动。中郎诸牍，多者数百言，少者数十言，总之自真情实境流出。"⑤袁中道亦说：

① 钱伯城笺校：《袁宏道集笺校》卷四《识张幼于箴铭后》，193 页，上海，上海古籍出版社，1981。
② 钱伯城笺校：《袁宏道集笺校》卷六《丘长孺》，284 页，上海，上海古籍出版社，1981。
③ 黄仁生校点：《江盈科集·雪涛阁集》卷十四，472 页，长沙，岳麓书社，2008。
④ 钱伯城笺校：《袁宏道集笺校》卷四《叙小修诗》，188 页，上海，上海古籍出版社，1981。
⑤ 黄仁生点校：《江盈科集·雪涛阁集》卷八《解脱集二序》，279~280 页，长沙，岳麓书社，2008。

"夫有真文章，自有真人品，真事功。"①他认为，真文章中能显现出真实的人品与事功。 雷思霈亦推崇真人真言，他在《潇碧堂集序》中说："真者，精诚之至。 不精不诚，不能动人，强笑者不欢，强合者不亲。 夫惟有真人，而后有真言。 真者，识地绝高，才情既富，言人之所欲言，言人之所不能言，言人之所不敢言。"②他也推崇"真"，对"真"的理解与阐释比袁宏道要深刻丰富，主张精诚之情，才能动人。

就"奇"来说，其实是"变"的另外一种表现形式。 不过，它也是一种审美形态。 袁宏道曾强调文章要新奇："文章新奇，无定格式，只要发人所不能发，句法字法调法，一一从自己胸中流出，此真新奇也。 近日有一种新奇套子，似新实腐。 恐一落此套，则尤可厌恶之甚。"③江盈科说："夫近世论文者辄称复古，贵崇正而讳言奇，然有不奇而可言文者耶？ 夫正者，文之脉；理从脉而生息变化，时隐时见，时操时纵，时阖时辟，时阴时阳，时短时长，有自然之奇，然后尽文之态，而极虚明之变。 世徒厌夫似奇者，至并奇讳之，相举为戒。 嗟嗟，《六经》而下，若《左》若《国》，若《庄》、《列》、《韩非》、司马子长，诸皆极天下之至奇。"④他从"脉""理""生息变化"三者的关系谈论"正""奇""变"的问题，认为"正"是文之脉，"理从脉而生息变化"，于是就有"自然之奇"，"极虚明之变"。 他的奇变思想，是对文坛过于"贵崇正"的复古现象的有意反驳。

就"趣"来说，是一种不做作、任性而发的自然之趣，也是一种独特的审美感受和艺术效果。 袁宏道说：

> 世人所难得者唯趣。趣如山上之色，水中之味，花中之光，女中之

① （明）袁中道著，钱伯城点校：《珂雪斋集》卷十《成元岳文序》，482 页，上海，上海古籍出版社，1989。
② 见钱伯城笺校：《袁宏道集笺校》附录三，1695 页，上海，上海古籍出版社，1981。
③ 钱伯城笺校：《袁宏道集笺校》卷二十二《答李元善》，786 页，上海，上海古籍出版社，1981。
④ 黄仁生校点：《江盈科集·雪涛阁集》卷八《璧纬编序》，283 页，长沙，岳麓书社，2008。

态，虽善说者不能下一语，唯会心者知之。今之人慕趣之名，求趣之似，于是有辨说书画，涉猎古董以为清；寄意玄虚，脱迹尘纷以为远。又其下则有如苏州之烧香煮茶者。此等皆趣之皮毛，何关神情。夫趣得之自然者深，得之学问者浅。当其为童子也，不知有趣，然无往而非趣也。面无端容，目无定睛，口喃喃而欲语，足跳跃而不定，人生之至乐，真无逾于此时者。孟子所谓不失赤子，老子所谓能婴儿，盖指此也。趣之正等正觉最上乘也。山林之人，无拘无缚，得自在度日，故虽不求趣而趣近之。愚不肖之近趣也，以无品也。品愈卑故所求愈下，或为酒肉，或为声伎，率心而行，无所忌惮，自以为绝望于世，故举世非笑之不顾也，此又一趣也。迨夫年渐长，官渐高，品渐大，有身如梏，有心如棘，毛孔骨节俱为闻见知识所缚，入理愈深，然其去趣愈远矣。①

这一大段话对于"趣"的阐述，其内涵相当丰富：首先，他以比喻的方式回答了"什么是趣"这个重要问题。山色、花光，皆是可观的美物；水中之味，需要去体味，才可知其清冽隽永；女中之态，不仅要看容貌，更要看其神态，所谓"巧笑倩兮，美目盼兮"是也，这是难以言说的美。职是故，"趣"就是一种内在的、无形的、难以言说的审美形态。其次，他以当今之人慕趣之名、求趣之似的现象来说明他们皆仅得"趣之皮毛，何关神情"。这是为何呢？他由此提出"趣得之自然者深，得之学问者浅"这个重要观点。接下来，他又以"童子"为例，说明"趣"所蕴含的自然活泼的天性，并认为这是"趣之正等正觉最上乘也"。世俗之人，随着年纪、阅历、官位、闻见知识的增长，入理愈深，人的本真自然的状态就会被遮蔽掉，离"趣"就愈加远了。袁宏道在创作上也体现出了"取于趣"的特征。陆云龙论袁宏道文称："中郎叙《会心集》，大有取于趣。小修称中郎诗文云率

---

① 钱伯城笺校：《袁宏道集笺校》卷十《叙陈正甫会心集》，463～464 页，上海，上海古籍出版社，1981。

真。 率真则性灵现，性灵现则趣生。 即其不受一官束缚，正不蔽其趣，不抑其性灵处。"①

此外，公安派诸子还在"趣"的基础上提出了"淡"的概念。 袁宏道说：

> 苏子瞻酷嗜陶令诗，贵其淡而适也。凡物酿之得甘，炙之得苦，唯淡也不可造；不可造，是文之真性灵也。浓者不复薄，甘者不复辛，唯淡也无不可造；无不可造，是文之真变态也。风值水而漪生，日薄山而岚出，虽有顾、吴，不能设色也，淡之至也。元亮以之。东野、长江欲以人力取淡，刻露之极，遂成寒瘦。香山之率也，玉局之放也，而一累于理，一累于学，故皆望岫焉而却，其才非不至也，非淡之本色也。②

他认为，"淡"是文之真性灵，淡之本色在于自然。 袁中郎也提倡自然平淡之趣，在承继传统的"绘事后素"的美学理论基础上，对"绘"与"素"的问题又有新的阐释。 他在《程晋侯诗序》中说："诗文之道，绘素两者耳。三代而上，素即是绘；三代而后，绘素相参。 盖至六朝，而绘极矣。 颜延之十八为绘，十二为素。 谢灵运十六为绘，十四为素。 夫真能即素成绘者，其惟陶靖节乎？ 非素也，绘之极也。 宋多以陋为素，而非素也。 元多以浮为绘，而非绘也。 国朝乘屡代之素，而李何绘之，至于今而绘亦极矣。"③所谓"绘"，是指作品刻意雕饰而显示出的绚丽风貌，这是"浓"；所谓"素"，是指作品不加雕饰而显示出的本色风貌，这是"淡"。 他认

---

① （明）陆云龙：《叙袁中郎先生小品》，见钱伯城笺校：《袁宏道集笺校》附录三，1721 页，上海，上海古籍出版社，1981。
② 钱伯城笺校：《袁宏道集笺校》卷三十五《叙咼氏家绳集》，1103 页，上海，上海古籍出版社，1981。
③ （明）袁中道著，钱伯城笺校：《珂雪斋集》卷十，470～471 页，上海，上海古籍出版社，1989。袁中道在《于少府诗序》中也有关于"绘""素"关系的表述："诗之为道，绘素已耳。三代而上，绘即是素；三代而下，以绘参素。 至六朝，绘极矣，而陶以素救之。 近日文藻日繁，所少者非绘也，素也。"见钱伯城笺校：《珂雪斋集》卷十，471 页，上海，上海古籍出版社，1989。

为，诗文之道，实际上就是绚丽之"绘"与本色之"素"相互搭配的问题。夏、商、周三代文艺，"素"与"绘"统一，这是典范；三代而后，"绘"与"素"分开，至六朝时，秾丽华美之"绘"成为风气，达到极致，而自然平淡之"素"则罕有问津。像颜之推、谢灵运等人作品都是"绘"多"素"少。而陶渊明之作则"真能即素成绘"，其实，不仅仅是"素"，是"绘之极也"。也就是说陶作是绚丽中蕴含自然平淡之味。到了宋、元、明三朝，文人在"绘"与"素"两方面都有一些问题。由此来看，袁中道重"素"，其实在乎的是"绘"与"素"的统一融合。这如同他在《餐霞集小序》中所说"至平常，至绚烂；至绚烂，至平常。天下之至文，无以加焉"①。"平常"与"绚烂"的关系，"素"与"绘"的关系，两者相通。陶望龄也发表过关于"淡"的言论。他说："文之平淡者，乃奇丽之极。今人千般作怪，非是厌平淡不为，政是不能耳。来书云'心厌时弊，思力洗之'，甚善，但不可失之枯寂，恐难动人目。此是打门瓦子，亦不可大认真。切忌舍奇丽而求平淡，奇丽不极则平淡不来也。"②他所论"奇丽"与"平淡"之间的辩证关系，与袁中道所论"平常"与"绚烂"、"绘"与"素"相近。

三、竟陵派"性灵"说及其艺术表现

竟陵派亦推尊"性灵"。谭元春在《诗归序》中说：

> 夫真有性灵之言，常浮出纸上，决不与众言伍。而自出眼光之人，专其力，壹其思，以达于古人，觉古人亦有炯炯双眸，从纸上还瞩人，想亦非苟然而已。古人大矣，往印之辄合，遍散之各足。人咸以其所爱

---

① （明）袁中道著，钱伯城笺校：《珂雪斋集》卷十，469 页，上海，上海古籍出版社，1989。
② （明）陶望龄：《歇庵集》卷十二《甲午入京寄君奭弟书》，见《续修四库全书》集部第 1365 册，432 页，上海，上海古籍出版社，2002。

之格，所便之调，所易就之字句，得其滞者、熟者、木者、陋者，曰："我学之古人。"自以为理长味深，而传习之久，反指为大家，为正宗。①

他所说的"性灵"，与公安派的"性灵"有所不同。公安诸子侧重于个人性情的抉发与表露，而他更看重作家性情与古人精神的会通。这在《金正希文稿序》中亦有表露："金子年少深默，冷面隔俗，每披其帷，或俯而翻书，或仰卧而思其曲折，追其微茫，自尊其性灵骨体以冒乎纸墨之上，任其所往而不欲收也。"②在谭氏看来，金正希就是引古人之精神会通自家心目之人。

钟惺提倡"精神"。他在《诗归序》中谈到要"引古人之精神，以接后人之心目"，这不仅可以用之于诗，也可用之于文。他在给朋友曹学佺（字能始）《蜀中名胜记》作序时说：

> 古今以文字为山水名胜者，非作则述。取能始之慧心，不难于作，其博识，亦不难于述。唯是以作者之才，为述者之事，以述者之迹，寄作者之心。使古人事辞从吾心手，而事辞之出自古人者，其面目又不失焉。于是乎古人若有所不敢尽出其面目，以让能始为述者地。能始有所不敢尽出其心手，以让古人为作者地。理者相生，权实相驭，是为难耳。要以吾与古人之精神，俱化为山水之精神，使山水文字不作两事，好之者不作两人，入无所不取，取无所不得，则经纬开合，其中一往深心，真有出乎述作之外者矣。③

他虽然谈的是山水，但所看重的是"我"与古人之精神的会通与融合。

---

① （明）谭元春著，张国光点校：《鹄湾文草》，37 页，长沙，岳麓书社，2016。
② 同上书，69～70 页。
③ （明）钟惺著，李先耕、崔重庆标校：《隐秀轩集》卷十六《蜀中名胜记序》，243～244 页，上海，上海古籍出版社，1992。

那如何学古，如何体会到古人的精神呢？钟惺说："察其幽情单绪，孤行静寄于喧杂之中，而乃以其虚怀定力，独往冥游于寥廓之外。如访者之几于一逢，求者之幸于一获，入者之欣于一至。"①谭元春《诗归序》亦说："夫人有孤怀，有孤诣，其名必孤行于古今之间，不肯遍满寥廓，而世有一二赏心之人，独为之咨嗟彷徨者：此诗品也。"②他们认为通过这样的方式，可以感受和触摸到古人的精神，并能给自己的性灵以启示和滋养。

总的来看，竟陵派提倡学习古人之精神，接引并会通自家之精神，借此以达到灵而厚的作文境界，这并不是一种简单的、粗浅的复古，而是拓展了个体性灵表现的深度与厚度，在一定程度上与公安派倡言的"独抒性灵"说一脉相承，也一脉相通。与后者相比，竟陵派又在一定程度上纠正了公安派的简易俚俗之弊。

竟陵诸子在推崇性灵时，也注意追求文章的审美趣味。钟、谭二人重视文章之"奇"。谭元春《又答袁述之书》说："古人无不奇文字。然所谓奇者，漠漠皆有真气。"③钟惺的小品文也有结构之"奇"的特色。陆云龙《钟伯敬先生小品序》说："故其苦于锻局，若九嶷、三湘之潆洄曲折，妙有天造地设之奇。"④谭元春还提出"文章之道，恒以自然为宗"。他在《古文澜编序》中说："古今文章之道，若水泻地，随地皆泻，常窟穴于忠孝人之志，幽素人之怀，是二者皆本乎自然。而文章之道，恒以自然为宗。使非贞笃恬淡之人，讽高历赏，光影相涵，虽甚勤心，亦莫得而取之。"⑤钟惺还在《东坡文选序》中谈到了文之趣味的问题。他认为东坡之文不能"不察其本末，漫然以趣之一字尽之"，说："夫文之于趣，无之而无之者也。

---

① （明）钟惺著，李先耕、崔重庆标校：《隐秀轩集》卷十六《诗归序》，236 页，上海，上海古籍出版社，1992。

② （明）谭元春著，张国光点校：《鹄湾文草》，38 页，长沙，岳麓书社，2016。

③ 同上书，25 页。

④ （明）陆云龙等选评，蒋金德点校：《明人小品十六家》，275 页，杭州，浙江古籍出版社，1996。

⑤ （明）谭元春著，张国光点校：《鹄湾文草》，41 页，长沙，岳麓书社，2016。

譬之人，趣其所以生也，趣死则死。人之能知觉运动以生者，趣所为也。能知觉运动以生，而为圣贤为豪杰者，非尽趣所为也。故趣者，止于其足以生而已。今取止于足以生者，以尽东坡之文，可乎哉？"①他对"趣"进行了解释和提升，不仅将它视作诗文活泼、灵动的艺术精神，还在一定意义上把它比作人的生命动力，认为它决定着人的行为取向与价值定位。不过，他又认为圣贤、豪杰"非尽趣所为也"，苏轼就是此类人物，因为他"能全持其雄博高逸之气，纡回峭拔之情，以出入于仁义道德、礼乐刑政之中"，故欣赏他的文章，不能局限于"小牍小文"，还要深味其"序记论策奏议"。②可以说，钟惺对苏轼文章的认识要比公安派深刻而全面。

另外，从竟陵派的散文实践来看，他们极力追求"幽清孤峭"的审美风格。谭元春的《游玄岳记》《三游乌龙潭记》《繁川庄记》《重修宝峰山观音寺碑记》等，钟惺的《修觉山记》《浣花溪记》《游浮渡山记》《游武夷山记》等，大都刻意强调孤怀幽情，追求构思深幽，出语警峭，从而呈现出独特的美学风貌。这方面原因，实际上可从谭元春的《与茅止生书》中窥得端倪："古文之道，莫有讲者，欲不思足下何可得？然使足下意加虚，神加静，与人处加温克，而又减无用之名，减无用之应接，减似有用实无用之意气，减可以用不必即用之经济，至于粗之减声色，精之减笔墨，即其所为止生也一增损焉。古文在是，古人在是矣。"③他说的"加"与"减"、"增"与"损"，表明他非常注重语言表达的精简、新奇、古奥。不过，由于他们刻意甚至过度追求独特与惊奇，难免有轻儇随意、生僻支离、晦涩深潜之弊。清末民初林纾曾经批评钟、谭二人文章："钟伯敬涉于简易者多，

① （明）钟惺著，李先耕、崔重庆标校：《隐秀轩集》卷十六《东坡文选序》，240～241页，上海，上海古籍出版社，1992。
② 同上书，240页。这方面，竟陵派与公安派有异。袁中道《答蔡观察元履》说："今东坡之可爱者，多其小文小说；其高文大册，人固不深爱也。使尽去之，而独存其高文大册，岂复有坡公哉！"（钱伯城点校：《珂雪斋集》卷二十四，1045页，上海，上海古籍出版社，1989）显然，袁氏爱苏轼的"小文小说"，而不爱其"高文大册"。
③ （明）谭元春著，张国光点校：《鹄湾文草》，27～28页，长沙，岳麓书社，2016。

然能自圆其说，亦颇有首尾。 唯时病流走，过目即逝。 不复耐人寻绎，谓之轻可也，而弊尚不至僿。 谭友夏劣于伯敬，而复极力摹古，追逐不到，乃时露丑态，则实轻而僿矣。"①林氏固然是站在桐城义法的角度来审视钟、谭文章，但其批评仍值得我们重视，因为这有助于我们客观、辩证地看待竟陵诸子的文学思想与创作实践。

总之，在晚明文坛，受阳明心学的激生与催化，由公安派、竟陵派掀起的"性灵"思潮，起到了洗刷七子派复古流弊的重要作用，也引起了人们对作家主体性情的充分关注和高度重视，促使人们深刻认识到自我的价值与意义。 他们由关注语词形式这个"物"转向关注语词背后的"人"或"精神"，这是晚明文学的新变，具有重要的文学价值和意义。 当然，为了更好、更有效地批判异见，他们往往矫枉过正，这不仅为流派的发展埋下了隐患，也为反对者提供了反驳的口实，其衰亡命运也就不可避免了。

---

① （清）林纾著，吴俊标校：《林琴南书话·论文》，199 页，杭州，浙江人民出版社，1999。

第十六章
复社的散文思想

晚明时期，在文人结社如火如荼之际，一个超大型的社团联合体——复社在江南诞生了。这个大型社团成立于崇祯二年（1629）。当时，太仓人张溥合松江几社、吴门应社、江北匡社、中州端社、莱阳邑社、昆阳云簪社、杭州读书社、浙东超社、浙西庄社、黄州质社、江西则社、历亭席社、海宁一社等诸多社团为一体，名曰复社。① 据统计，复社成员人数"实际达到三千零六十五人，分布于七十八府、直隶州，二百二十多个县和属州"②。代表性文人有张采、陈子龙、夏允彝、吴伟业、李雯、徐孚远、杨廷枢、徐汧、刘城、沈寿民、方以智、方文、吴应箕、侯方域、陈贞慧等。复社的声势与规模，可谓空前绝后，不仅极大地影响着晚明的社事活动，还极大地影响了当时的文坛与政坛。

复社的兴起与扩张，不仅是重要的社会现象，也是重要的文学现象。复社虽不是一个纯粹的文学社团，但在文学活动上也有活跃表现。复社先后召开了崇祯二年（1629）尹山大会、五年（1632）金陵大会、六年（1633）虎

---

① 关于复社的形成及各地社团加盟情况，清人陆世仪《复社纪略》卷一、朱彝尊《静志居诗话》卷二十一、汪有典《史外》卷六等皆有记载。今人何宗美《明末清初文人结社研究》（天津，南开大学出版社，2003）、《文人结社与明代文学的演进》（北京，人民出版社，2011），丁国祥《复社研究》（南京，凤凰出版社，2011），李玉栓《明代文人结社考》（北京，中华书局，2013），王恩俊《复社与明末清初政治学术流变》（沈阳，辽宁人民出版社，2013）等著述也有相关阐述。
② 何宗美：《文人结社与明代文学的演进》上，485页，北京，人民出版社，2011。

丘大会、十一年（1638）虎丘大会、十五年（1642）虎丘大会，以及每次乡试后的金陵国门广业社集会，还举办了一些寿宴庆典、丧葬集会等。① 复社文人参加这些集体活动时，往往会伴随着大量的文学创作活动。 如吴应箕有《虎丘集会》《南都社集》《国朝广业序》等诗文，都是他参加社事活动的见证与结果。 此外，复社还积极参与选文活动，曾刊行四集《国表》《国表小品》《国门广业》等②，有力扩大了本社团的文学声势与社会影响。

复社作为明末清初一个规模庞大、人数众多的社团，从文学层面看，有着复杂的、丰富的、多样的文学思想。 仅就其散文思想而言，也显得复杂、丰富。 尽管如此，我们不能否认或忽略其散文思想还存在着一些相近或一致的地方。③ 这是因为：其一，从核心人物来看，复社张溥、张采、陈子龙、夏允彝、吴伟业等人都生活于江南，地缘相亲相近，人文环境相同，易于相互交流。 尤其是，他们都曾明确表示要继承七子派的文学思想，共同推进文学复古运动。 其二，从成员构成关系来看，复社成员有些是家族子弟，有些又是同门师兄弟④，这些关系有助于促成他们之间文学思想的趋同。 其三，

---

① 详见丁国祥：《复社研究》第二章"复社的大会与社集"，68～101 页，南京，凤凰出版社，2011。

② 张溥撰有《国表序》《国表序（代张受先）》《国表四选序》《国表小品序》，罗万藻亦撰有《国表序》，黎遂球撰有《国门广业序》，吴应箕撰有《国朝广业序》等，皆有助于了解这些选本情况。

③ 何宗美在《明末清初文人结社研究》第四章第二节"复社的文学思想"（221～222 页，天津，南开大学出版社，2003）中，认为复社文学思想具有一定的共同倾向性，并阐明其原因。 他的观点对本章颇有启益。

④ 清陆世仪《复社纪略》卷二云："是时复社声气遍天下，俱以两张为宗，四方称谓不敢以字，于溥曰'西张'，居近西也。 于采曰'南张'，居近南也。 及门弟子则曰'西张先生''南张先生'，亦曰'天如先生''受先先生'。 后则曰'两张夫子'，又曰'西南两夫子'。 溥亦颇以阙里自拟。 于是好事者遂指溥友人赵自新、王家颖、张谊、蔡伸为四配。 门人吕云孚、周肇、吴伟业、孙以敬、金达盛、许焕、周群、许国杰、穆云桂、胡周萧为十哲。 溥之昆弟十人张濬、张源、张王治、张樽、张涟、张泳、张哲先、张灈、张涛、张京应为十常侍。"（见《续修四库全书》史部第 438 册，503 页，上海，上海古籍出版社，2002）这则材料虽有讥讽之意，但也透露出复社组织形态的一些鲜明特征。 另，复社的子社几社，"非师生不同社"［（清）李延昰：《南吴旧话录》卷二十三"名社"之"夏考功"条，1915 年青浦胡祖谦等铅印本］，在《几社会义初集》刻行后，几社六子之"昆弟姻娅及门之子弟竟起而上文坛矣"［（清）杜登春：《社事始末》，见《丛书集成初编》第 764 册，8 页，北京，中华书局，1991］。 这也能说明社团成员间的亲密关系有助于文学思想的趋同。

从分社来看，复社虽然子社众多，且分布区域不均，存在一定的差异性和不平衡性，但子社成员往往以文章声气遥应复社，这也表明他们在文学观念上有桴鼓相应之处。 其四，从文章创作来看，复社诸子也表现出了相近的思想内容和相似的艺术风格。 综合言之，复社成员在散文思想方面，有着相同或相近之处。 这是立论的前提。 我们将在此基础上尽可能地多考察他们的共性思想，以便接近历史的真实与真相。 为此，我们将采取这样的策略：以张溥、陈子龙为重点，兼顾李雯、宋徵舆、夏允彝、彭宾、宋徵璧（一作壁）、周立勋、方以智、吴应箕等人。

◎ 第一节

兴复古学与融洽经史

复社命名，用意颇深，可觇其学术旨趣。 杜登春解释"复社"之"复"云："复者，兴复绝学之意也。"[1]陆世仪云："自世教衰，士子不通经术，但剽耳绘目，几倖弋获于有司。 登明堂不能致君，长郡邑不知泽民，人材日下，吏治日偷，皆由于此。 溥不度德，不量力，期与庶方多士共兴复古学，将使异日者务为有用，因名曰复社。"[2]可见，复社的立社宗旨就是要复兴"古学"或"绝学"，期于世用。 从内涵上看，"绝学""古学"两者之间存在着一些差异。"绝学"指的是历算、乐律、测望、占候、火器、水利等

---

[1]　（清）杜登春：《社事始末》，见《丛书集成初编》第764册，8页，北京，中华书局，1991。
[2]　（清）陆世仪：《复社纪略》卷一，见《续修四库全书》史部第438册，485页，上海，上海古籍出版社，2002。

实用之学①，"古学"指的是尊经重道之学②。其实，复社诸子尊经重道，最终目的也在于经世。故复社宗旨中的"绝学""古学"，其实就是经世致用之学。此宗旨在复社分社几社那里也有揭示。杜登春说："几者，绝学有再兴之几，而得几其神之义也。"③几社与复社宗旨的相同，表明晚明经世思潮的兴起是当时众多有志之士的共同意愿。

一、经世意识的萌兴

这股复兴古学思潮的萌发，与当时的世风、学风密切相关。明朝崇祯年间，朝政混乱，吏治腐败，皇帝虽有心治理，但终因臣僚的无能以及自身的刚愎自用，治丝益棼，政局危如累卵。此时东北的满洲军事力量不时侵扰京畿及其周边地区，对明政权构成了严重威胁，而西北的李自成、西南的张献忠两支农民军声势逐渐浩大，已成明政权的心腹之患。颓败黑暗的时局也影响着晚明士人的心态与学风。士人由注重主体性命转向讲求实学，倾心力于"致君泽民"。张溥说：

> 我国家以经义取天下士，垂三百载，学者宜思有表章微言，润色鸿业。今公卿不通六艺，后进小生剽耳佣目，幸弋获于有司。无怪乎椓人持柄而折枝，舔痔半出于诵法孔子之徒。无他，诗书之道亏，而廉耻之途塞也。新天子即位，临雍讲学，丕变斯民。生当其时者，图仰赞万

---

① 黄宗羲《明夷待访录》"取士下"条云："绝学者，如历算、乐律、测望、占候、火器、水利之类是也。"（19 页，北京，中华书局，1981）

② 张溥《房稿表经序》云："夫时文一趋，士人之志日以荒下，诸子之说，耳目不近，未知天下之有其书、作书之有其人，况乎五经之极深也。自介生于酉、戌之文倡用其说，而四方始改形易虑，乐于道古。然倡者之意反且复之，主于接识人伦正以圣人之事，而先使之就将高明，易于遵道遵路，顾无若其知之者，寡也。没美而为之，得失之际，或有甚焉。要之，古学则已立矣。"（曾肖点校：《七录斋合集》卷七，147 页，济南，齐鲁书社，2015）"介生"即周钟，他在天启元年、二年（辛酉、壬戌）年间倡五经之说，故张溥说"介生于酉、戌之文倡用其说"。由此则材料推知"古学"当为尊经重道之学。

③ （清）杜登春：《社事始末》，见《丛书集成初编》第 764 册，8 页，北京，中华书局，1991。

一，庶几尊遗经，贬俗学，俾盛明著作，比隆三代，其在吾党乎?①

他道出了崇祯登基前后士人学风的变化：登基之前，士人六艺不通，剽袭成风，学风不正，以致"诗书之道亏"；登基之后，皇帝讲学辟雍，以彰重视学风，期冀改变士风。这种新气象极大鼓舞了年轻人张溥，唤起了他对国家前途与命运的时代责任感与使命感，觉得"吾党"人士应该要尊崇六艺之道，贬斥俗学之弊，探究圣人的微言奥义，"俾盛明著作，比隆三代"。当然，张溥自己也致力于经世，期冀于国于民有所贡献。挚友周钟说他"凡经函子部迄于历代掌故家言，君子小人所以进退，夷狄盗贼所以盛衰，兵刑钱谷之数，典礼制作之大，无不博极群书，涉口成诵"②。张溥复兴古学、经世致用的举措也赢得了几社诸子的钦慕与期望。周立勋说："若乃循循古学，形之简编，赞明大道，体达国政，天如者足以观矣。"③陈子龙亦说："国家景命累叶，文且三盛。敬皇帝时，李献吉起北地为盛；肃皇帝时，王元美起吴又盛；今五十年矣，有能继大雅、修微言、绍明古绪，意在斯乎？天如勉乎哉！"④周、陈二人之言虽是谈论张溥，但也从侧面表明他们自己对复兴古学的认可与肯定态度。

其实，几社诸子也对当时"士无实学"的风气表达了强烈的批评。这主要集中体现在他们参与编纂《皇明经世文编》上。这一集体行为的背后，凸显的是他们对当时文风与学风的不满态度。陈子龙尖锐地指出当时学风为"俗儒是古而非今，文士撷华而舍实。夫保残守缺，则训诂之文，充栋不厌；寻声设色，则雕绘之作，永日以思。至于时王所尚、世务所急，是非得

---

① 张溥的这段话载于吴伟业《复社纪事》中，张溥于崇祯元年"纵观郊庙辟雍之盛"，有感而发。
② （明）周钟：《七录斋诗文合集原序》，见（明）张溥著，曾肖点校：《七录斋合集》附录，645页，济南，齐鲁书社，2015。
③ （明）周立勋：《七录斋集原序》，见（明）张溥著，曾肖点校：《七录斋合集》附录，644页，济南，齐鲁书社，2015。
④ 王英志辑校：《陈子龙全集·陈忠裕公全集》卷二十五《七录斋集序》，782页，北京，人民文学出版社，2011。

失之际，未之用心"①。宋徵璧在《皇明经世文编凡例》中也说："儒者幼而志学，长而博综，及致治施政，至或本末眩瞀，措置乖方，此盖浮文，无裨实用，泥古未能通今也。"②徐孚远亦说："今天下士大夫无不搜讨细素，琢磨文笔。而于本朝故实，罕所措心，以故俦藻则有余，而应务则不足。"③显然，以陈、宋、徐为代表的几社诸子皆不满儒士文人不关心世事，沉溺于浮文俗学，无益于时务实用。他们编纂《文编》的宗旨，就是要唤醒士人关心世事，讲求实学。

总的来看，以张溥、陈子龙为代表的复社诸子标榜兴复古学，其目的在于通过"尊遗经""贬俗学"，唤起士人日渐颓靡的担当意识和使命意识，引导他们树立经世致用的实学意识。

复社注重经世致用之学，尤以分社几社为代表。全祖望在《徐都御史传》中说"方明之季，社事最盛于江左，而松江几社以经济见"，夏允彝、陈子龙、何刚与徐孚远等人又是"言经济者之杰也"④。云间诸子大多熟通经史，博学多才，对经世致用之学颇为留心。比如，陈子龙熟悉典故，喜爱谈兵，"博达宏通，毅然以经世自任"，"于学术则有原有本，不尚空谈，直接汉唐二代之真传"⑤，著有《诗问略》《史拾载补》《兵垣奏议》等书，又曾删定《农政全书》，还与同派的徐孚远、宋徵璧编选《皇明经世文编》，"上以备一代之典则，下以资后世之师法"⑥。又如，夏允彝"学务

---

① （明）陈子龙等辑：《皇明经世文编》卷首自序，见《四库禁毁书丛刊》集部第 22 册，40 页，北京，北京出版社，1997。
② （明）陈子龙等辑：《皇明经世文编》卷首宋徵璧《凡例》，见《四库禁毁书丛刊》集部第 22 册，49 页，北京，北京出版社，1997。
③ （明）陈子龙等辑：《皇明经世文编》卷首徐孚远序，见《四库禁毁书丛刊》集部第 22 册，35 页，北京，北京出版社，1997。
④ 朱铸禹汇校集注：《全祖望集汇校集注·鲒埼亭文集外编》卷十二，961 页，上海，上海古籍出版社，2000。
⑤ （明）姚光：《书陈卧子先生安雅堂稿后》，见（明）陈子龙著，孙启治校点：《安雅堂稿》附录三，472 页，沈阳，辽宁教育出版社，2003。
⑥ （明）陈子龙等辑：《皇明经世文编》卷首自序，见《四库禁毁书丛刊》集部第 22 册，40 页，北京，北京出版社，1997。

经世，历朝制度暨昭代典章，无所不谙习"①，著有《禹贡古今合注五卷》《春秋四传合编》《幸存录》等书；其子夏完淳"年六岁能熟经史，操笔论古人得失，颇有端委"②，著有《南都大略》《义师大略》。徐孚远"以读书论世为宗，于史学特称淹博"③，著有《史记猎俎》、《十七史猎俎》、《史记测议》（与陈子龙合撰）等书。李雯对晚明以来的政治、经济、军事、官制、教育、选举、礼法、盐法等诸多方面有较深的思考，持论颇有见识。总之，几社诸子的学术思想及著述实践，是复社学术思想的缩影，体现出鲜明的时代特征。有学者就指出了复社学术及其思想的变化："一是治学思想之变，由空谈心性的思辨之学转而为'务为有用'的实用之学；二是治学领域之变，由理学转而为以经、史为主体兼包天文、历算、象数、舆地、水利、吏治、礼法、财赋、艺文等博物之学；三是治学方法之变，由讲说、静观、体悟的内向之学转而为纂辑、考证、训诂、辨伪、勘察的向外之学。这几种变化意味着复社在明末清初学术史上完成了一次学术思潮的大转折，标志着明代学术之终结和清代学术之开端。"④

二、融经洽史与文关世用

经世思潮反映到文学领域，必然会引起作家对文学社会功用的重新认识与高度重视。复社诸子大多强调文章要融洽经史，具有社会功用。张采"谨遵朱子主敬之说，期以躬行为归，以致知为学"⑤。他的文章思想也明显表露出重理学、主实用的特征。他说："所以不肖绝去两端，专事理学。

---

① （明）王鸿绪：《明史稿》卷二百五十八《夏允彝传》，清雍正敬慎堂刻本。
② 王英志辑校：《陈子龙全集·安雅堂稿》卷十六《题钱仲子神童赋后》，1375 页，北京，人民文学出版社，2011。
③ （清）王沄：《东海先生传》，见（明）徐孚远：《钓璜堂存稿》附录，金山姚氏怀旧楼刻本。
④ 何宗美：《明末清初文人结社研究》上，205～206 页，天津，南开大学出版社，2003。
⑤ （明）张采：《知畏堂文存》卷一《答刘念台先生书》，见《四库禁毁书丛刊》集部第 81 册，539 页，北京，北京出版社，1997。

非绝功名与文章也。绝功名，将绝经济；绝文章，将绝经史。经济绝，世何由治平？经史绝，世何由闻见？但理学中两者具足。离之则为枝叶。不肖正绝去枝叶，专事根本耳！"①他专事理学，可以兼顾经济与经史，这样又可以兼顾功名与文章。所谓"绝文章，将绝经史"，可见他认识到了文章与经史之间的内在密切关系。他曾说："予谓时文为害，使人一生无文章，经史古文，正以扶养程文。"②经史古文，理具神完气足，故能扶养空洞无物的时文。从文章实用角度出发，他又强调："古学久远，莫或茂明，则各以意为意，上者务极辽绝，其下听声望影，所以不得齐同之致。盖文章者，闻见之事，而等诸空虚，使闻见无据，即空虚亦未能有明，故予推本求实，欲令体用相謷，斯今古得接。"③不仅如此，他甚至还发出了"救荒莫先文章"④的感慨。

在张溥眼中，经史皆文，他强调文章要关乎世用。他在《古文五删总序》中云："史与文相经纬也。'十三经'而下，有'二十一史'，文斯具矣；然阙者什七，盖史书传记专为人设，不能兼其人之文而全有之也。……观其世，论其人，复读其文，其于史也，非《世本》之《尚书》、《左传》之《国语》乎？"⑤在《广文选删序》中亦云："自汉及隋，文目犹史，大小篇第，予悉褒次，繁而难省。且考镜于刘氏，两京风采，南北体制，博一类达；即不得身执礼器，随行周公，亦犹季子之观乐，韩起之问《易象》《春秋》也。"⑥张溥认为，经、史皆属于文，文亦可以彰显经史。由此观念出发，他还拟编《历代文典》《历代文乘》二书："《文典》体仿编年，必关国

---

① （明）张采：《知畏堂文存》卷一《答龚子书》，见《四库禁毁书丛刊》集部第81册，537页，北京，北京出版社，1997。
② （明）张采：《知畏堂文存》卷十二《论文纪事》，见《四库禁毁书丛刊》集部第81册，694页，北京，北京出版社，1997。
③ （明）张采：《知畏堂文存》卷五《邵氏合稿题辞》，见《四库禁毁书丛刊》集部第81册，609页，北京，北京出版社，1997。
④ （明）张采：《知畏堂文存》卷二《全娄大业序》，见《四库禁毁书丛刊》集部第81册，558页，北京，北京出版社，1997。
⑤ （明）张溥著，曾肖点校：《七录斋合集》卷二十一，372～373页，济南，齐鲁书社，2015。
⑥ 同上书，373～374页。

家治乱、王朝掌故，文始采列。 论政事，则如西汉议郊庙，议匈奴；论人物，则如赵宋弹王吕、弹京桧；上自天子，下达布衣，诏表撰述，大事备存。 其文详于温公《通鉴》、马氏《通考》，又微加折中，志其短长。 《文乘》体同《文选》，各以类从，神经怪牒，朽书断简，靡不征讨；琢磨淘汰，取于极精，不敢滥入。"① 当然，受"经史皆文"观念的影响，他的文章创作也体现出了融经洽史的特征。 陈子龙曾称张溥"其文原本经术，而工于修词，班、马、贾、郑，鲜有兼长，而并擅其美"②；邹漪评价他"所为文，融洽经史，高出西汉"③。 张溥写有大量的经学著作序跋，如《诗经注疏大全合纂序》《周礼注疏删翼序》《礼质序》《易会序》《五经注疏大全合纂序》《礼乐合编序》《大学注疏大全合纂序》《中庸注疏大全合纂序》《论语注疏大全合纂序》《孟子注疏大全合纂序》等，都体现出他深厚的经学根底；还写有大量的史论文章，如《宋史论赞》《宋史纪事论》《历代史论一编》《历代史论二编》等，往往借古讽今，切中时弊，彰显了他的史才与史识。

张溥还从"不急之文"的角度阐论了文章的世用问题。 他在《同卿徐泰掖先生留垣奏议序》中说：

> 古今文字关世用、通语言者，上则奏疏，下则书启，其他诗、歌、骚、颂、赋、序、记、跋皆不急之文，献酬博雅，间恣游戏，异于冬裘夏葛矣。予搜考史乘，昭代之书，最称芜略，以绪求之，当自奏议始。④

---

① （明）张溥著，曾肖点校：《七录斋合集》卷二十一《古文五删总序》，372 页，济南，齐鲁书社，2015。
② （明）陈子龙：《张天如先生文集序》，见（明）张溥著，曾肖点校：《七录斋合集》附录，654 页，济南，齐鲁书社，2015。
③ （清）邹漪：《启祯野乘》卷七《张庶常传》，见《明代传记丛刊》第 127 册，269 页，台北，明文书局，1991。
④ （明）张溥著，曾肖点校：《七录斋合集》卷二十一，336 页，济南，齐鲁书社，2015。

在他眼中，奏议、书启一类文章，虽无多少文学性，却是社会急用之文；而其他诗、歌、骚、颂、赋、序、记、跋之类作品，虽有文学性，却是"不急之文"。 不仅如此，他还认为："词章之学，君子以为无益于治国，不究于宜民，虽废弗讲，可以无讥。 若事关奏对，言系国家，在上而不知，必有失道之忧；在下而不知，必有害公之罚。"①这明确表明了文章的现实功用。 他的政论文对此也有体现，如《备边论》《任边将论》《女直论》《治夷狄论》等文论边事，《赋役论》《惩贷论》《盐法论》《治河论》等文论民生，这些文章鲜明地表露出张溥关注现实、期于有用的拳拳之心。 周钟在为《七录斋诗文合集》所作序中说："今读其集中所载，大者怀当代之深忧，明万古之理乱，可以利社稷，福苍生；而其小者，虽弇词短简，偶尔酬赠之文，而仁义之旨，忠孝之思，汲汲然以天下人才为己任而成之，惟恐不至者。""天如之文，其原本在明理尽伦。"②由此来看，张溥之作确实较好体现了他的文学思想。

陈子龙也倡言文要载道经世。 他负经世之学，积极追求儒家经世致用之道。 由此，他提出"文不虚传，载道而行"的观点：

> 夫文者，非取夫漂说曼辞，矞宇夸眦，以耀世惑愚也；非取夫发藻摘采，绣其鞶帨，以好泽自宠也；非取夫骫骳僻侧，怪说琦辩，使人幽结而无所绁持也。是故，文不虚传，载道而行。苟非其人，美而不经。③

这里三个"非取夫"排比句表明他不认可漂说曼辞、发藻摘采、骫骳僻侧之

---

① （明）张溥著，曾肖点校：《七录斋合集》卷十二《历代名臣奏议序》，243 页，济南，齐鲁书社，2015。
② （明）周钟：《七录斋诗文合集原序》，见（明）张溥著，曾肖点校：《七录斋合集》附录，645 页，济南，齐鲁书社，2015。
③ 王英志辑校：《陈子龙全集·安雅堂稿》卷五《姑篾余式如纯师集序》，1106 页，北京，人民文学出版社，2011。

文，原因在于其缺乏典正醇雅之道，于世无用。此外，他还往往以经世的标准来衡量文章。他在给柴虎臣《青凤轩文稿》作序时谈到文章之势的轻重问题：

> 夫固自贱也已。若夫文章之士，不其然哉。古者本之以德义，充之以学术，陈谟作训，奏诗赓歌，皆以箴时之阙，崇主之德，而昭大义于天下。处士考经著书，以俟来者，故文章之势日重。后世文人每轻简规，上之相视也以润辞为官，取其便辟、谶纬，陈卷阿之上，优伶厕泾舟之侧，而在下者放言无范，不应经义，议者譬之组绣，斥之猩鼯，故文章之势轻。①

依他看来，文章能经世致用，其势日重，否则日轻。陈子龙还曾赞赏余式如所编《纯师集》，指明此集"事不关于大节，与夫国家之治乱、君子小人之进退者不载；荒才否德，亮不足而谈有余者不载；僭朝伪统，夷狄之文，虽尽心于所事者不载"，并且赞称"余子岂徒以文乎哉，其所蓄积者深远矣"②。显然，陈子龙是意有所指，认为《纯师集》有很强的政治功用、道德功用。

概言之，在晚明兴复古学的滚滚思潮中，以复社、几社为代表的文人积极用世，致力经史，追求文章的社会政治功用。这在一定程度上又回归到传统的"文以载道"的轨道上来。这种回归，既是当时社会现实的需要，也是文坛的需要。

---

① 王英志辑校：《陈子龙全集·安雅堂稿》卷四《柴虎臣青凤轩文稿序》，1102～1103 页，北京，人民文学出版社，2011。
② 王英志辑校：《陈子龙全集·安雅堂稿》卷五《姑箴余式如纯师集序》，1106 页，北京，人民文学出版社，2011。

◎ 第二节

绍绪七子与文宗秦汉

　　晚明文坛，在公安派、竟陵派"性灵"文风的鼓荡下，前后七子派的弊习暴露无遗。然而，随着楚风在文界弥漫日久，其自身的缺陷与不足日显。在此背景下，复社诸子重树七子复古旗帜，掀起了文学复古运动的新高潮。复社陈子龙、吴伟业、张溥、杨廷枢、彭宾等人在崇祯四年（1631）时，还曾于京师"拟立燕台之社，以继七子之迹"①。他们所作古文，"大都渐染嘉靖七子之风，而尤以其乡先辈王世贞（太仓人）为模范，张溥、陈子龙其最著者也"②。他们的复古不是简单的历史重演，而是在新的历史形势下的新认识和新发展，其思想也因之有了新内涵。

一、张溥的散文思想

　　张溥钦慕乡贤王世贞、王世懋兄弟，这对他的散文思想有一定的影响。他与王世懋孙王子彦交游，并为其文集作序，说："予生时晚，不及从琅琊王氏两先生游，则闻之长老云：'元美先生广大，敬美先生方严。'辄私心想见之。"③王世贞是后七子盟主，声光震耀海内，很容易引起后辈张溥的思慕，因此他赞称王世贞为"吾娄宗工"④。以此推之，王氏兄弟的文学复古思想，张溥当应有所了解。不仅如此，他还对文坛抨击王氏的情况予以了

---

① 王英志辑校：《陈子龙全集·陈忠裕公全集》卷三十《几社壬申文选凡例》，909 页，北京，人民文学出版社，2011。
② 朱倓：《明季社党研究》，198 页，上海，商务印书馆，1945。
③ （明）张溥著，曾肖点校：《七录斋合集》卷十六《王子彦稿序》，308 页，济南，齐鲁书社，2015。
④ （明）张溥著，曾肖点校：《七录斋合集》卷二十二《刘中斋先生诗集序》，391 页，济南，齐鲁书社，2015。

批评："近代论诗者，前称李何，后称王李，宗风相仍，人无异议。 三四年来诗学小变，断断反唇，于王李尤不少恕，比复推奉，二家更尊。 诗文一道，言之似易，行之实难。 后生妄排前人，亦由仗气空谈，未审下笔，濡首日久，冷暖渐知。"①他从创作实践的角度，不满于文坛"于王李尤不少恕"的现状，并为此做了一定的辩解。 这种解释，显示出他对李、王二人"了解之同情"。

张溥自称"少嗜秦汉间文字"②，这表明他宗法秦汉的意识萌发较早。他尝与韩芹城"私论今日著作，诗非'三百篇'，骚非屈原，赋非司马、扬雄，序事非左史，论难非庄孟，虽工弗善"③，这也显示出他对秦汉文的推崇。 他还称赞朋友韩张甫"读书恢奇，志在先秦以上，才力决出，足以追赴。 其所为古文辞，大约师摹《山经》《汲冢》《石鼓》《岣嵝》诸篇，即《尚书》古文奇字，犹以为近今，拘挛弗用"④，并称"夫古之善读书者，戒人无读唐以后书；排而远之者，则曰无读汉以后书；又其上者，并其汉而去之。 著论弥高，则选书弥峻"⑤。 从这里他对"古之善读书者"的推崇，亦可看出他宗法秦汉的阅读取向，这也就意味着他轻视两汉以后的文章。 他在《古文五删总序》中说：

> 汉文光岳气完，不得节录，降而唐宋，可节录者多矣；然碎金不贵，不如其已也。应制之文，宋不及唐；议事之文，唐不及宋，二代之优劣也。推而上之，先汉，次魏，再次则晋，又次则六朝。即言六朝，

---

① （明）张溥著，曾肖点校：《七录斋合集》卷二十二《刘中斋先生诗集序》，391 页，济南，齐鲁书社，2015。
② （明）张溥著，殷孟伦注：《汉魏六朝百三家集题辞注·原叙》，313 页，北京，人民文学出版社，1963。
③ （明）张溥著，曾肖点校：《七录斋合集》卷二十一《韩芹城诗文稿序》，383 页，济南，齐鲁书社，2015。
④ （明）张溥著，曾肖点校：《七录斋合集》卷十八《韩张甫稿序》，337 页，济南，齐鲁书社，2015。
⑤ 同上书，337 页。

陈隋逊梁，梁逊齐，齐逊宋，风气使然，其权岂在文人哉？是故以元望汉，相去远矣，贾生所谓天冠地履也。由汉渐降，至元终焉，则犹父有子，子有孙，孙有云来，系未中绝也。①

在他看来，文章与时升降，汉文优于魏晋，魏晋又优于唐宋，这是一种价值递降的文学史观。这种观念在《元气堂集序》中表露得更为明显："夫文章世殊，途辙递降，原其大致，无过穷则变，变则通而已。厌六朝之腴者，疏以韩柳；啜八家之醨者，救以晋魏。反唇谨呼，沸若雷鼓；及乎秦汉，攘臂者止。"②他的文章"途辙递降"的文学观，固然能显示他崇古尊古的一面，但未免有些偏激，未能高度重视文学的演化与发展。

出于对汉魏六朝文章的推崇，张溥还编选了《汉魏六朝百三家集》，意在兴复古学，示人以正鹄，俾师古者有所依法。他作序曰：

> 两京风雅，光并日月，一字获留，寿且亿万；魏虽改元，承流未远；晋尚清微，宋矜新巧，南齐雅丽擅长，萧梁英华迈俗；总言其概：椎轮大路，不废雕几，月露风云，无伤气骨，江左名流，得与汉朝大手同立天地者，未有不先质后文、吐华含实者也。人但厌陈季之浮薄而毁颜、谢，恶周、隋之骈衍而罪徐、庾，此数家者，斯文具在，岂肯为后人受过哉。③

可见，"先质后文、吐华含实"是他衡文的准则，而汉魏之文符合这一准则。即便是受时人厌恶的六朝之文，他也有宽容之意、肯定之处。

此外，张溥对唐宋元文也有一些正面评价。这可通过他辑评的《唐文粹

---

① （明）张溥著，曾肖点校：《七录斋合集》卷二十一，373 页，济南，齐鲁书社，2015。
② 同上书，379 页。
③ （明）张溥著，殷孟伦注：《汉魏六朝百三家集题辞注·原叙》，314 页，北京，人民文学出版社，1963。

删》《宋文鉴删》《元文类删》诸书体现出来。 对于每部著述,他都作序论文。 他评唐代文学:"唐风初沿江左,尔雅无闻,子昂高蹈,仅以诗长,相其文笔,不离弱体;等而下之,王、杨、沈、宋,谁能出其几阕乎? 是故论诗必陈、杜,论文必韩、柳,唐之大势也。"①肯定了韩、柳二人在唐代古文中的地位。 他评宋代文学:"宋初尊尚杨、刘,声律未变;反古之力,断自柳、穆,继以欧、苏、曾、王,弘风益畅。"②肯定了柳、欧、苏、曾、王诸子的复古之功。 他评元代文学:"予以为选元文,莫若集其解经论史者,别为一书,竟可高出前代,盖其时学者致力专在斯也!"③虽然在他眼里"元文益衰于宋,不足有无"④,但他还是发现元文存在可取之处。

实际上,从张溥的文章创作情况来看,他虽以秦汉为归,但也兼取唐宋文。 张采称:"(张溥)所为文,初似唐孙樵、樊宗师,中返于醇,仿韩欧大家,既融洽经史,遂出西汉。"⑤周钟称:"天如所为诗文,上自秦汉,下至唐宋诸家,时狎出御之,不名一端。 其所本者,六经也;所明者,道也;所用者,《史》、《汉》、韩、欧诸家之气,而非区区规格与其辞采也。"⑥张、周两人的评价,也从侧面反映出张溥的文章思想取法之特色。

二、几社诸子的散文复古思想

几社三子陈子龙、李雯、宋徵舆也高举复古旗帜,继承七子文学事业。

---

① (明)张溥著,曾肖点校:《七录斋合集》卷二十一《唐文粹删序》,374 页,济南,齐鲁书社,2015。
② (明)张溥著,曾肖点校:《七录斋合集》卷二十一《宋文鉴删序》,375 页,济南,齐鲁书社,2015。
③ (明)张溥著,曾肖点校:《七录斋合集》卷二十一《元文类删序》,376 页,济南,齐鲁书社,2015。
④ (明)张溥:《七录斋近集》卷三《古文五删序》,明崇祯十五年刻本。
⑤ (明)张采:《知畏堂文存》卷八《庶常天如张公行状》,见《四库禁毁书丛刊》集部第 81 册,643 页,北京,北京出版社,1997。
⑥ (明)周钟:《七录斋诗文合集原序》,见(明)张溥著,曾肖点校:《七录斋合集》附录,645 页,济南,齐鲁书社,2015。

陈子龙说:"盖予幼时,即好秦、汉间文,于诗则喜建安以前,然私意彼其人既以邈远,非可学而至。及得北地、琅琊诸集读之,观其拟议之章,飒飒然何其似古人也。因念此二三君子者,去我世不远,竭我才以从事焉,何遽不若彼?"①他认为前后七子拟议之章仿佛古人,加之"去我世不远",若以之为榜样,竭尽才力学习,庶几能够实现复古目标。他曾作诗称自己"追随七子似南皮"②,自喻追随前后七子,似有建安诸子之南皮高韵。他还从"历返风雅"的角度,肯定了前后七子的诗学功绩:"夫诗衰于宋,而明兴尚沿余习。北地、信阳力返风雅,历下、琅琊复长坛坫,其功不可掩,其宗尚不可非也。"③崇祯五年(1632),他在《壬申文选凡例》中明确表示:"文当规摹两汉,诗必宗趣开元,吾辈所怀,以兹为正。至于齐梁之赡篇,中晚之新构,偶有间出,无妨斐然。若晚宋之庸沓,近日之俚秽,大雅不道,吾知免夫。"④显然,"文当规摹两汉,诗必宗趣开元",不仅是他,也是几社其他诸子的复古主张。这也鲜明地体现出他们继承了七子派"文必秦汉,诗必盛唐"的复古事业。此外,他还反对晚宋之庸沓文风,以及当代公安、竟陵的俚秽之风。

陈子龙以七子派继承人自居,还与豫章艾南英发生了激烈的文学论争。⑤这次论争主要是通过书信方式进行的。陈子龙率先致书艾南英,挑起冲突之肇端。虽然这封信今已不可见,但其中相关内容仍可从艾南英《答陈人中论文书》得知一二。艾南英说:

---

① 王英志辑校:《陈子龙全集·安雅堂稿》卷三《李舒章仿佛楼诗稿序》,1066 页,北京,人民文学出版社,2011。
② 王英志辑校:《陈子龙全集·陈忠裕公全集》卷十五《自慨》之二,490 页,北京,人民文学出版社,2011。
③ 王英志辑校:《陈子龙全集·安雅堂稿》卷三《李舒章仿佛楼诗稿序》,1066 页,北京,人民文学出版社,2011。
④ 王英志辑校:《陈子龙全集·陈忠裕公全集》卷三十,909 页,北京,人民文学出版社,2011。
⑤ 具体论争情形,可参看冯小禄:《文社·宗派·性格——艾南英陈子龙之战再检讨》,载《云南师范大学学报(哲学社会科学版)》,2006(1)。

及在舟中,见足下谈古文,辄诋毁欧、曾诸大家,而独株守一李于鳞、王元美之文,以为便足千古。

足下书甚冗,然其大意,乃专指斥欧、曾诸公,以为宋文最近,不足法,当求之古。而其究竟,则归重李于鳞、王元美二人。

足下谓宋之大家未能超津筏而上,又谓欧、曾、苏、王之上有左氏、司马氏,不当舍本而求末。

足下云:《易》修辞最难,时代最古,故文最高,《书经》次之。

足下又谓《礼经》出汉人,故文最条达,以为文之高者必难,卑者必易,时代远者必难,近者必易之证。

不佞方由韩、欧以师秦、汉,足下乃谓不当舍秦、汉而求韩、欧;不佞方以得秦、汉之神气者尊韩、欧,而足下乃以窃秦、汉之句字者尊王、李,不亦左乎?足下曰舍舟不登而取舟中之一舰一艒,濡裳而泳之曰吾不藉津筏而舟渡也不可也,以为藉韩、欧而至《史》《汉》,犹之乎一舰一艒也。

足下又云:唐后于汉,故唐文不及汉;宋后于唐,故宋文不及唐。①

综合这些言论,我们可归纳出陈子龙散文思想的几个方面:一是推崇李攀龙、王世贞之文,认同并推崇他们的复古思想。 二是鄙斥以欧、曾为代表的宋文,批评宋文"好新而法亡,好易而失雅"②。 三是认为时代愈古,文章愈高;时代愈远,文章愈难。 四是在取法路径上,舍韩、欧而直取秦、汉,以求合于古。

陈子龙的好友李雯、宋徵舆、徐孚远等也都是前后七子的拥趸。 李雯在《皇明诗选序》中说:

---

① (明)艾南英:《重刻天佣子全集》卷五《答陈人中论文书》,清道光十六年五世侄孙艾舟重刻本。

② 同上书。

至于弘、正之间，北地、信阳起而扫荒芜、追正始。其于风人之旨，以为有大禹决百川、周公驱猛兽之功。一时并兴之彦，螫声腾实，或咢或歌，此前七子之所以扬丕基也。然而二氏分流，各有疆畛，劲者乐李之雄高，秀者亲何之明婉。盖才流竞爽，而风调不合者。又三四十年，然后济南、娄东出，而通两家之邮，息异同之论。运材博而构会精，譬荆棘之既除，又益之以途茨，此后七子之所以扬盛烈也。自是而后，雅音渐远，曼声并作。本宁、元瑞之侪，既夷其樊圃，而公安、竟陵诸家，又实之以萧艾蓬蒿焉。①

宋徵舆也曾称扬前后七子的成就：

至我明作者起，如李梦阳、何景明、徐祯卿、李攀龙诸君子独能因体属辞，各臻其境，于汉魏六季初盛皆能斟酌其本，相与依仿而驰骋焉。夫以偏至求之，或有勿逮矣。合二千年之作者以规其长而备其变，亦云才也。②

徐孚远在《陈李倡和集序》中也说：

明兴几三百年，能诗之家，何、李振其风规，七子挺其秀实，斯既斌斌矣。自是以还，吟咏之事，斐然间作。然皆驱染芜陋，经营功寡，比于大雅，无当蛙声。岂特湛湛之句，有伤体则哉？③

他们三人都充分肯定了前后七子弘扬风雅的复古功绩，这虽是从诗歌角度来

---

① 见（明）陈子龙等编：《皇明诗选》卷首李雯序，8～9页，上海，华东师范大学出版社，1991。
② （清）宋徵舆：《林屋文稿》卷二《李舒章诗稿序》，见《四库全书存目丛书》集部第 215 册，272 页，济南，齐鲁书社，1997。
③ 见王英志辑校：《陈子龙全集》附录一，1652 页，北京，人民文学出版社，2011。

谈的，但实际上也能从文章角度来理解。

其实，几社诸子不仅能认识到前后七子的复古功绩及特色，而且对前后七子的复古之弊也有着清醒的认识。

陈子龙评价前后七子："摹拟之功多，而天然之资少，意主博大，差减风逸；气极沈雄，未能深永。空同（李梦阳）壮矣，而每多累句。沧溟（李攀龙）精矣，而好袭陈华。弇州（王世贞）大矣，而时见卑词。惟大复（何景明）奕奕，颇能洁秀，而弱篇靡响，概乎不免。"①他道出李、何与王、李四人的优点与缺点，这种评价是客观的、合乎实际的。

由明入清后，宋徵舆在总结有明一代文章时，也道出了七子派文章的弊病：

> 如明之文人李梦阳、攀龙、王世贞，此专法西京者，攀龙割裂字义、剿袭句法，最为浅陋不足道，梦阳稍有气，然其节已疏矣。世贞之《嘉隆首辅传》《锦衣卫志》则具有史迁之遗风，而他作苦与攀龙同病。论者岂能誉一而称九耶？②

他批评七子派存在专法西京、割裂剿袭的弊病，不满论者一味地称誉。实际上，这个时候他的文章思想已与陈子龙尊法秦汉大相径庭了。他在《陈百史先生文集序》中，还提出"文章以世升降"的观点，认为"唐虞以后、夏殷以前，此文之权舆也，至周而大盛，自周而后，汉为盛，自汉而后，唐与宋为盛"，"唐之盛则以张说、九龄、陆贽、韩愈、柳宗元、李德裕；宋之盛则以宋祁、杨亿、欧阳修、苏轼、辙、曾巩"③。他在《既庭诗稿序》中亦

---

① 王英志辑校：《陈子龙全集·安雅堂稿》卷三《李舒章仿佛楼诗稿序》，1066页，北京，人民文学出版社，2011。
② （清）宋徵舆：《林屋文稿》卷三《陈百史先生文集序》，见《四库全书存目丛书》集部第215册，285页，济南，齐鲁书社，1997。
③ 同上书，284、285页。

说："我尝读宋人之文矣。子京、大年开之，而永叔、子瞻作而大之，介甫、子固翼之，其言昌，其气迈，其法备，说者以为长于议论而短于序事，能繁而未能简，是诚有之。然而俪诸君子于韩、柳，则兄弟也；口诸君子于贾、董，则箕裘也，何可以代降也。然则不读唐以后诗，可也；不读唐以后文，未可也。"①显然，宋徵舆看到了文章随时代变迁而不断嬗变，屡有盛衰，至唐宋又兴盛，且多有名家。他的这种文不"代降"的观点与张溥的文章"途辙递降"观迥然不同。

需要指出的是，宋徵舆对唐宋文的重视与尊崇，体现出入清后几社文人文学观念的一大转变。这种变化在几社彭宾身上也有所体现。入清后，他在《南昌姚天象文序》中说："尝想万历之季，文运积弱，庸陋成风，振兴古学，独在江右，自陈、艾、罗、章四子以史汉之笔行韩、柳、欧、苏之文后，学之有才质者，始知古今文之可以通用也。四子之功不小矣。"②他肯定江西陈际泰、艾南英、罗万藻、章世纯四人的文章功绩，这种想法跟晚明崇祯年间陈、艾之争已是天壤之别了。

综前所述，复社诸子在文学复古的征途中，打出了绍绪七子的旗帜，在古文方面致力于宗法秦汉。这是他们共同性的选择，这种抉择的背后有三点原因值得注意：一是与复社远绍汉唐、比隆三代的政治理想有关；二是与复社倡言文乃"国家之文"有关；三是与复社张扬"元气""元音"有关。③当然，我们也应看到，复社成员众多，思想复杂而丰富，加之他们清醒地认识到七子派复古之弊，故他们中也有人把师法目光投向了唐宋文。

---

① （清）宋徵舆：《林屋文稿》卷四，见《四库全书存目丛书》集部第 215 册，303 页，济南，齐鲁书社，1997。
② （清）彭宾：《彭燕又先生文集》卷三，见《四库全书存目丛书》集部第 197 册，349 页，济南，齐鲁书社，1997。
③ 何宗美：《明末清初文人结社研究》，225～226 页，天津，南开大学出版社，2003。

◎ 第三节

偏向唐宋与师法八家

复社是由不同区域的不同社团组建而成的,这种大联盟表明各个社团在思想上有着一定的一致性或趋同性。 然而,每个社团在建立之初,各有动机与目标,自成特色,在思想上呈现出独特性与个性化的特征。 这种特征体现出复社思想的丰富性与多样性。 就散文思想而言,复社内部成员身上也表现出了复杂、多样的特征。 除了像几社文人那样绍绪七子、师法秦汉外,还有一些文人表现出了偏嗜唐宋的思想倾向。

一、豫章社诸子的散文思想

江西的豫章社是复社的分支之一,与几社不同,他们是尊崇唐宋八家的代表。 这个社团中,艾南英、罗万藻、陈际泰、章世纯、徐世溥、陈弘绪等人堪称代表。 除艾外,罗、陈、章、徐、陈等人也是复社成员。 与以陈子龙、张溥为代表的江南文人不同,豫章文人推崇唐宋古文。 陈弘绪说:

> 自嘉、隆以来,帖括剽窃之陋习忽流入于古文。一二负名之士好以秦汉相欺,字裁句掇,荡然不复知所谓真古文者,吾社忧之,乃以唐宋诸大家力挽颓澜,毋亦谓摹秦汉之失,或至舍体气而专字句,而唐宋诸大家无从置力于字句之间也。且夫齐人先配林而后泰山,晋人先虖池而后河,若韩、欧者,固所繇以适于秦汉之路矣。然吾社为之二十年,高者永叔,次或子固、介甫,庶几退之之杰出于其间。①

---

① (清)陈弘绪:《陈士业先生集·鸿桷集》卷一《徐巨源文集序》,495 页,见《四库全书存目丛书补编》第 54 册,济南,齐鲁书社,2002。

可见，豫章社不满于嘉靖、隆庆以来文坛模拟秦汉的弊习，主张学习唐宋文，以求力挽颓澜，并期冀由唐宋文通达至秦汉文的理想境界。

徐世溥（1607—1658）[1]，字臣源，是豫章社中的名家，"海内群奉吾豫章，亦未尝不以巨源为首称焉"，其古文"今之韩退之也"[2]。他的古文思想集中体现在《答钱牧斋先生论古文书》中。他说：

> 若云诸家各有门庭，则各以其所熟为其所出。窃尝论之，韩出于《左》，柳出于《国》，永叔出于西汉，明允父子出于《战国》，介甫出于注疏诸文，子固出于东汉诸书疏。当其合处，无一笔相似，故韩无一笔似《左》，欧无一笔似史迁。书家所谓书通即变，如李北海不似右军，颜鲁公不似张旭也。当其率尔，时露熟态，往往望而知为某家文章，亦如米元章所谓"如撑急水滩船，用尽气力，不离故处"。若董元宰之不能离米，米元章之不能离褚也。[3]

由此论，知徐氏推尊唐宋八家，并且认为唐宋八家文渊源于秦汉文。这种渊源关系呈现出似与不似的情形，意味着唐宋八家学古能入能出，最终自成一格、自成一家。而这正是徐世溥所孜孜以求的。

陈弘绪（1597—1665），字士业，是博通今古之人，为文原本六经，错综子史、唐宋诸大家，而旁及于百家之说，时人尊称为"今之昌黎"[4]。他倡言文以法为主，认为"古之为文者，六经无论，马、班、欧、苏诸大家之

---

① 参见秦良：《〈徐世溥生卒年考〉补正》，载《南昌师范学院学报》，2015（3）。

① 参见秦良：《〈徐世溥生卒年考〉补正》，载《南昌师范学院学报》，2015（3）。
② （清）陈弘绪：《陈士业先生集·鸿桷集》卷一《徐巨源文集序》，495 页，见《四库全书存目丛书补编》第 54 册，济南，齐鲁书社，2002。
③ （明）徐世溥：《榆墩集》卷四，见《四库全书存目丛书》集部第 211 册，145 页，济南，齐鲁书社，2002。
④ （清）陈弘绪：《陈士业先生集》卷首万元吉序，见《四库全书存目丛书补编》第 54 册，196 页，济南，齐鲁书社，2002。

作，俱各有法以传"①。他于文没有门户之见，曾批阅过《宋文鉴》，称赞曾巩"文章妙天下"②。他说：

> 古之善为文者，内有以足乎己不得已而后其言随之，故其文有余于气而无萎靡不振之忧，气有宽赊急促而法生于其间。班孟坚、苏明允、曾子固之徒，法主于宽赊，一篇之中往复详赡而人不以为冗，左丘明、公羊、穀梁之徒，法主于急促，峻洁自守，绝去支词，而人不以为滞。其他如司马子长、韩昌黎出入于二者之间而并臻其奥。是数君者，虽其所得之法各有差殊，而其气之渟滀蕴崇汩汩然，探之而靡穷，用之而莫殚，则自有文人以至于今，未之或异也。舍气而徒求之于法，其短才者既存叔敖衣冠之诮，而无才者或不免于刻鹄画虎之讥，然古人之规矩尺度，未尝不存于其间也。今之为文者，吾惑焉。内无所得于己，而外欲有所饰以欺于人，杂取经史子传之语，排比栉次，窃割以附于篇章之内，及循首尾而观之，或前后畔越而不自知，或颠趾倒置而冥然罔觉，盖并古人之规矩尺度去之，以至于尽，而其于宽赊急促之际，求其气之充乎其中，而溢乎其貌，动乎其始而应乎其终，如昔人所云者，岂可得哉？夫今之为此者，乃不学古之咎而非过于学古之咎也。③

他从主体之"气"和客体之"法"的角度称赞了司马迁、班固、韩愈、苏洵、曾巩之文，并对今人"不学古之咎"表示了批评。他在《天佣子集序》中说："若夫文以阐明道统而匡治统所不逮，必其慎守尧、舜、禹、汤、文、武、周、孔之旨，而有裨益于君臣父子之纲常……吾尝俯仰于其间，

---

① （清）陈弘绪：《陈士业先生集·石庄初集》卷二《李平叔文序》，见《四库全书存目丛书补编》第54册，250页，济南，齐鲁书社，2002。
② （清）陈弘绪：《陈士业先生集·鸿桷集》卷一《陈伯玑诗序》，见《四库全书存目丛书补编》第54册，487页，济南，齐鲁书社，2002。
③ （清）陈弘绪：《陈士业先生集·石庄初集》卷二《与友人论文书》，见《四库全书存目丛书补编》第54册，246页，济南，齐鲁书社，2002。

韩、欧、曾、王而降，元之虞、刘、吴，明之景濂、希直、震川、伯安、荆川、遵岩、鹿门数君子而止。"①由此亦可见他的师法对象较为广泛，兼收并蓄，博采众长，而不是一味地死守某门某派。

陈际泰（1567—1641），字大士，与艾南英、罗万藻、章世纯并称为"江西四大家"。他自谓文凡数变，"然其意皆以一己之精神，透圣贤之义旨为宗"②。他在《戴颖士时艺叙》中说："吾叹夫世之论文者之过拘也，文必成、弘，夫能为成、弘，固亦大善，然世之为之者，字摹而句比之，人偶袭一秦汉一字，辄以食生铁相贬而已。抄得成弘数语，遂沾沾以为己宝，此与儿辈之见何异？宜才智之士之所窃窃哦而不出也。且前王之所著，岂能胜后王之所是哉？"③此论虽是针对时文而发，但在豫章派力主时文古文化的倾向下，他的论述亦可从古文角度来理解。在此段论述中，他对当世论文者"过拘"的现象表示了不满，并严厉批评文坛字摹句比的剿袭流弊。

罗万藻（？ —1647），字文止，是明末"江西四大家"之一。他认同并推崇韩愈的"陈言务去"之说④，提出："文字之规矩绳墨，自唐宋而下，所谓抑扬、开阖、起伏、呼照之法，晋汉以上绝无所闻，而韩、柳、欧、苏诸大儒设之，遂以为家，出入有度而神气自流，故上古之文至此而别为一界。"⑤从这番话可看出他认识到唐宋之文与上古之文的差异，也知晓唐宋诸家文因设抑扬、开阖、起伏、呼照之法而能自以为家。

艾南英（1583—1646），字千子，号天佣子，是明末文坛推崇唐宋文的代表性人物，声光震耀海内。明末清初文学家陈焯说："三十年来，古文一

---

① （清）陈弘绪：《陈士业先生集·寒崖近稿》卷二，见《四库全书存目丛书补编》第54册，416页，济南，齐鲁书社，2002。
② （明）陈际泰：《太乙山房文集》卷首自序，明崇祯六年刻本。
③ （明）陈际泰：《太乙山房文集》卷六，明崇祯六年刻本。
④ （明）罗万藻：《此观堂集》卷首吴堂仲《罗良庵先生本传》，见《四库全书存目丛书》集部192册，335页，济南，齐鲁书社，2002。
⑤ （明）罗万藻：《此观堂集》卷一《韩临之制艺序》，见《四库全书存目丛书》集部192册，350页，济南，齐鲁书社，2002。

道半归豫章，豫章之文必以千子为袪领。"①可见艾南英之文在江西有着巨大的影响力。 艾氏曾编选秦汉到元的《历代诗文选》，还编过《皇明古文定》，选评《归震川稿》，批阅《宋文鉴》，竖起尊法唐宋的旗帜。 他的论文思想主要见于《答夏彝仲论文书》《答陈人中论文书》《与周介生论文书》《再与周介生论文书》《三与周介生论文书》《四与周介生论文书》等文中。

艾南英对七子复古持批评态度。 他在《重刻罗文肃公集序》中说：

> 于是弘治之世，邪说始兴，至劝天下士无读唐以后书，又曰，非三代两汉之书不读，骄心盛气，不复考韩、欧大家立言之旨。又以所持既狭，中无实学，相率取马迁、班固之言，摘其句字，分门纂类，因仍附和，太仓、历下两生持北地之说，而又过之。持之愈坚，流弊愈广，后生相习为腐剿，至于今而未已。②

他不满于七子持论狭隘，只读三代两汉之书，而不尊韩、欧大家立言之旨，由此造成"后生相习为腐剿"的流弊。 他还在《答夏彝仲论文书》中不满于夏允彝（字彝仲）把修辞之旨归之于"句字崇饰"，且"视古人太轻，视今人太重"。 他说："若夫篇不择句，句不选字，饾饤而出之，则王、李是已，古之人未有也，即学韩、欧者亦未之有也。""今之王、李，其文无法，其句甚鲜，其究也甚腐。"他的这些话尖锐地指出王世贞、李攀龙模拟秦汉的弊习。 最终，他表明自己的态度："尊韩、欧，卑王、李。"③

艾南英与复社周钟有过多次论文之争，表露出丰富的散文思想。 天启六年（1626），艾氏连致三封书信给周钟，批评文坛复古风尚，并明确表达自己的论文主张。 他在《与周介生论文书》中说：

---

① （明）艾南英：《重刻天佣子全集》卷首《总论》，清道光十六年五世侄孙艾舟重刻本。
② （明）艾南英：《重刻天佣子全集》卷五，清道光十六年五世侄孙艾舟重刻本。
③ 同上书。

夫文之通经学古者，必以秦汉之气，行六经、《语》、《孟》之理，即间降而出入于韩、欧、苏、曾，非出入数子也。曰：是数子者，固秦汉之嫡子嫡孙也。今也不然，为辞章者不知古文为何物，而猎弇州、于鳞之古以为足，不知此非古也，六朝之浮艳而割裂补缀，饰之以《史》《汉》之皮毛者也；为制艺者不知古文为何物，而袭大士、大力轻俊诡异之语以为足，不知此非古也，晋魏之幽渺纤巧，当世以为清谭为佽慧者也；最陋则造为一种似子非子，似晋魏非晋魏，凿空杜撰之言，沾沾然以为真大士、大力矣。①

他认为韩、欧、苏、曾是秦汉文的嫡子嫡孙，是真知古文者；由此，他批评当今"为辞章者""为制艺者"皆不知古文为何物。这其中就包含着对七子复古的批评。他在《四与周介生论文书》中亦说：

夫学古人而不知方向，已非古矣。况于古所无，而嘐嘐自命为古乎？夫师古文，犹师古人也。古人有羿、奡，有莽、操，有林甫、卢杞，必皆古人可师，则彼亦古人也。古人之文何以异此？经籍而后，必推秦汉。为其古雅质朴，典则高贵，序裁生动，使人如睹。然以其去古未远，名物方言不甚近人，必尽肖之，则势必至节去语助，不可句以为奥。疏枝大叶，离合隐见，寓法于无法之中，必尽肖之，则必决裂体局，破坏绳墨，而至于无法。故韩、欧、苏、曾数大家，存其神而不袭其糟粕，二千余年独此数公能为秦汉而已。至于今之为古者，不独不知此意，并不能成其一家言。俪骈俊句，极穷幽渺，以魏晋清谈为古，犹曰此当附之六朝。叫号怪器，填写史汉，犹曰此近代王、李，盖二者似古而非人所易惑。至于棘喉钩吻，险涩鄙诞，则古之人未之闻也。②

---

① （明）艾南英：《重刻天佣子全集》卷五，清道光十六年五世侄孙艾舟重刻本。
② 同上书。

他指出师古文如同师古人，要注意辨认对象。 秦汉之文固然古雅质朴、典则高贵，但后人如果"必尽肖之"，则会产生语句不通、破坏绳墨的毛病。 而唐宋韩、欧、苏、曾诸家"存其神而不袭其糟粕"，可谓善学秦汉者。 此外，在唐宋八家中，艾氏尤重欧阳修文，说："千古文章，独一史迁。 史迁而后，千有余年。 能存史迁之神者，独一欧公。"①在他眼中，欧阳修独得司马迁之神。

艾南英在给夏允彝的好友陈子龙的书信中表达了尊崇并师法唐宋文的旨趣所在。 他说：

> 自《史记》后，东汉人败之，六朝人又大败之，至韩、柳而振，至欧、曾、苏、王而大振。其不能尽如《史记》者势也。然文至宋而体备，至宋而法严，至宋而本末源流遂能与圣贤合。②

他指出，文自《史记》后渐趋衰败，至唐宋而振，且体备法严。 又说："夫秦汉去今远矣，其名物器数、职官地里、方言里俗，皆与今殊。 存其文以见于吾文，独能存其神气耳。 役秦汉之神气而御之者，舍韩、欧奚由？ 譬之于山，秦汉则蓬山绝岛也，去今既远，犹之有大海隔之也，则必借舟楫焉而后能至。 夫韩、欧者，吾人之文所由以至于秦汉之舟楫也。 由韩、欧而能至于秦汉者无他，韩、欧得其神气而御之也。"③他认为唐宋八家是司马迁之后振兴古文的功臣，之所以如此，是因为他们能得秦汉之神气而御之。 故在他看来，文章复古之径，宜借韩、欧之舟楫以达于秦汉之胜景。

---

① （明）艾南英：《重刻天佣子全集》卷五《再与周介生论文书》，清道光十六年五世侄孙艾舟重刻本。
② （明）艾南英：《重刻天佣子全集》卷五《答陈人中论文书》，清道光十六年五世侄孙艾舟重刻本。
③ 同上书。

二、皖江复社诸子的散文思想

除了江西文人外，安徽沿江一带的复社成员亦有推崇唐宋的文学倾向。宣城沈寿民（1607—1675）主持郡中坛坫，"文章道谊，为词坛领袖数十年"①，又积极参与南社、应社、偶社等活动，堪称复社翘楚。 他为文"冶铸六朝而归于精醇，游泳唐宋八家而别以苍劲，上迫《左》《国》，下逮迁、固，邈乎不可及矣"②。 他读秦汉书收获甚多，自称："读先秦两汉之书，浃于心而应于手，充乎其无弗给也，可为获矣。"③他痛恨六朝文风，尝云"复恨六代绮靡，今未去也"④，要"准古而耻雕刿，酌雅而谢绮缛"⑤。他曾致书友人云："先秦两汉之业，了不可问，即时誉希踪八家，往往唐宋调杂，今古体混，宏纤夺位，俗雅竞态，尚论者无其源，应手者迷所择，何能据堂室、端模楷也？ 弟苦心此道逾二十年，渡海无航，愿高明指之、掖之，幸甚！"⑥这封书信表露了他学文迷惘无助的心路历程，不过也透露出他不反对"希踪八家"。 实际上，他也说过："且夫昌黎、河东文为世师，或蕲立言，或将明道，处若忘，行若遗，迎而距之，平心而察之，何其醇也。无轻心，无怠心，不敢以昏气，不敢以矜气，何其慎也。"⑦这表明他也推崇韩愈、柳宗元之文。

---

① （清）许承尧著，李明回等校点：《歙事闲谭》，89 页，合肥，黄山书社，2001。
② （明）沈寿民：《姑山遗集》卷首梅枝凤序，见《四库禁毁书丛刊》集部第 119 册，2 页，北京，北京出版社，1997。
③ （明）沈寿民：《姑山遗集》卷十《陈山立稿序》，见《四库禁毁书丛刊》集部第 119 册，116 页，北京，北京出版社，1997。
④ （明）沈寿民：《姑山遗集》卷九《陈中孺稿序》，见《四库禁毁书丛刊》集部第 119 册，99 页，北京，北京出版社，1997。
⑤ （明）沈寿民：《姑山遗集》卷五《答泰兴季沧苇书》，见《四库禁毁书丛刊》集部第 119 册，75 页，北京，北京出版社，1997。
⑥ （明）沈寿民：《姑山遗集》卷二十三《与季沧苇》，见《四库禁毁书丛刊》集部第 119 册，264 页，北京，北京出版社，1997。
⑦ （明）沈寿民：《姑山遗集》卷十一《东渚近草序》，见《四库禁毁书丛刊》集部第 119 册，130 页，北京，北京出版社，1997。

桐城方以智（1611—1671）的散文思想值得注意。方以智撰有《文论》《文章薪火》，集中体现了他的复杂而丰富的古文思想。这主要表现在他继承七子，崇尚秦汉文。他认为六经"其言皆至德要道，不可以文辞称，然文至矣"[①]，《春秋》《左传》《国语》以及先秦老、庄、韩、墨等诸子之文人人殊异，各有特长，《周礼》《仪礼》《尔雅》诸书，其文非圣人不能作；至汉代，又有司马迁的《史记》、班固的《汉书》，"故六经下有《左》《国》，而《史》《汉》遂为高古绝伦，下此自不逮矣"[②]。显然，这些话表露出他对秦汉文章的推崇。这在《文章薪火》中也有反映："《易》奇而法，谓因物之天然而衍之者也。方圆密显同时变化，人能读此书者鲜矣。""周末文胜，生才若是，后未有盛于此者。""子长以郁折而成《史记》，收合百家，洽古宜时。散近乎朴，变藏于平，善序事理，真不虚也。"[③]他的这些话极力赞称秦汉文章的优点，与七子派的论调差不多。

方以智对西汉以降至北宋的文章流变有所阐论，表现出他对唐宋八家的推崇之意。他说：

> 武帝好儒雅，选言弘奥，制策典则，多尔雅之文。即赐侍臣严助、吾丘等书，又何雄厚也。故汉儒雅踵生，贾、晁、董相、邹、枚、长卿以迄更生父子、子云之伦，格王正事，罔非经义，摹据温文，各烂如也。当是时，史有儒林，未列文苑，鸿采大篇，独斑斑见之《汉书》中。故汉之无文苑也，非无文也。夫人而能为文也，《后汉书》实始传文苑，竞新滥而文益衰，然所载书议尚为可观。陵迟至于六朝，属文家一以连类比辞，其文靡靡；唐承其弊，习俳识陋，丽猥不振，独有诗。然苏、李之遗，建安之气，殆尽不可复，惟其律及七言古绝句为得致耳。元和

---

① （明）方以智：《浮山文集前编》卷一《文论》，见《四库禁毁书丛刊》集部第113册，458页，北京，北京出版社，1997。
② 同上书，458～459页。
③ 见王水照编：《历代文话》，3208、3209页，上海，复旦大学出版社，2008。

而后，渐以靡荼，施及有宋，终以不返。由此观之，韩修武之一芟前习，陈理嶄然，岂不亦伟钦？柳州、庐陵继以益恣，苏氏父子多以危言，劘上古争臣难之，其策论可谓善指事意，至称其直轶秦汉，恐燕郢也。后此时也，吾乌能禁之，而又乌用昂之哉。其时儒者，多明圣人之指，微矣，然于出词气颇不雅驯，安见不可以秦汉之法达其辞也？①

在他看来，西汉多尔雅之文，自东汉以降至宋，文章之弊愈积愈重。幸有韩愈出，一芟六朝靡丽之习气，其后柳宗元、欧阳修、苏轼父子继续刷洗弊习，古文才焕发新机。显而易见，他对唐宋八家有所肯定。他说："韩昌黎振起八代之衰，为其单行，古文法也。"②又说："动则曰'唐宋大家'，抑知唐宋大家皆有深造之火候乎？今欲一蹴而偃袭之，唐宋大家未许也。"③他深知唐宋大家有深造之火候，今人想在模仿八家上一蹴而就，恐难如愿。

方以智在《曹根遂先生博望稿序》中，对当代文章也有客观的批评。他说：

> 世未尝有元本，而好相是非。即有应是非者，岂受今之所是非乎？自刘宋以正大符开国之治，孝皇时崆峒起而振之，以秦汉为倡。世庙时济南、娄东并烈，然娄东年老，归之自然，政府诸列传，其文则江汉之流也。其时方不屑欧、曾，故不屑归、唐。归、唐故步趋欧、曾者，已而学者不能如其博学而如其貌，故诗成浮响，不复入情。公安变而刻削，竟陵变而淡薄，然已卑矣。古文辞，则又有义庆之《世说》，苏、黄

① （明）方以智：《浮山文集前编》卷一《文论》，见《四库禁毁书丛刊》集部第113册，459页，北京，北京出版社，1997。
② （明）方以智：《文章薪火》，见王水照编：《历代文话》，3213页，上海，复旦大学出版社，2008。
③ 同上书，3213页。

之小品，目以玄远，别成清尚，空疏挟之，苟焉亡俚。故曰：各有所长，各有所蔽。

在这篇序文中，他分别指出了前后七子、归、唐、公安、竟陵之弊病，辩证地认为他们"各有所长，各有所蔽"。接着，他又说：

> 然征其实，于元本之间，相去万矣。会典谟诸子，而近情尽变者，子长固大雅之坛坫也。韩、苏得力于秦汉，而议论驾之。欧、曾号曰平正，未免为平正所藩。于鳞迹之已甚，元美有大体而未能尽变，犹荆川之欧、曾未能尽变也。要以朴雅为能事，八大家与秦汉，虽分浅深曲折，其门则同也。今之事欧、曾，事秦汉，至相诋诃，专事皮相，又乌知其所以为秦汉、欧曾耶？而率意自便者，又杂之以佻巧藻绘，欲辨大雅，将谁属乎？能辨雅者，可以秦汉，可以唐宋，并可以六朝，可以词曲，但不当杂厕失体耳。①

这里有两个方面需要注意：一是他指出了明人文章弊病之因在于疏离元本，故无论学秦汉，还是学唐宋，皆属"专事皮相"；二是他提出"要以朴雅为能事"，要能辨雅。如此，无论学秦汉，还是学唐宋，皆有元本。此外，他还称赞曹履吉（字根遂）"古文以韩合子长，时从叙事起波发论。间有题跋，则驰骤苏黄。此其有元本之学，故能出入纵横，可大可小，自如指挥也"②。

看来，方以智终究与前后七子有所不同，也与豫章诸子有所不同。他倡言"朴雅"，期冀弥合秦汉派与唐宋派的分歧与间隙，力图做到两全齐美。

---

① （明）方以智：《浮山文集前编》卷五，见《四库禁毁书丛刊》集部第113册，541页，北京，北京出版社，1997。
② 同上书，541页。

在复社内部，吴应箕（1594—1645）是一位"以八家风动江上"①的人物，其文学思想颇有特色。他高度称赞前后七子复古功绩，作诗云："本朝空同死百年，文章寂寂生寒烟。后有王李争气象，名成亦与日月悬。迩来文士好轻薄，区区那必过前贤。公安竟陵亦已矣，耳食至今犹沸然。"②当然，他对七子派的弊病也是洞若观火：

> 仆观本朝以文名者，莫盛于弘、嘉之际，尝妄论之。如王、李所訾毗陵、晋江者，其文未尝不畅然，终不能免俗，讥之未为过也；王、李亦未尝不整齐，其言于经术甚浅，千篇一律而生气索然；空同才高气劲，然少优柔之致，自矜于法而溪径不除；王维桢娴于体矣，亦未能畅所能言。③

他正是洞察了七子复古秦汉之弊，所以将目光投向了唐宋八家。他在《陈百史古文序》中说："本朝李北地不读唐以后书，予狭之。"④他对复社士人沈寿民说："弟亦尝肆力经史而出入八家矣。"⑤又对复社名士侯方域说："文自韩、欧、苏殁后，几失其传，吾之文足起而续之。"⑥由这些来看，吴应箕不仅研读唐宋八家文，还在文章创作中表现出"出入八家"的特征，并自信己文能续接八家文统。

---

① （清）黄宗羲：《南雷诗文集·序类·马虞卿制义序》，见沈善洪主编：《黄宗羲全集》第 10 册，70 页，杭州，浙江古籍出版社，1993。

② （明）吴应箕：《楼山堂集》卷二十三《与周仲驭》，见《续修四库全书》集部第 1388 册，617 页，上海，上海古籍出版社，2002。

③ （明）吴应箕：《楼山堂集》卷十五《与刘舆父论古文诗赋书》，见《续修四库全书》集部第 1388 册，545 页，上海，上海古籍出版社，2002。

④ （明）吴应箕：《楼山堂集》卷十六，见《续修四库全书》集部第 1388 册，552 页，上海，上海古籍出版社，2002。

⑤ （明）吴应箕：《楼山堂遗文》卷四《与沈眉生论诗文书》，见《续修四库全书》集部第 1389 册，41 页，上海，上海古籍出版社，2002。

⑥ （明）吴应箕：《楼山堂集》卷首侯方域序，见《续修四库全书》集部第 1388 册，414 页，上海，上海古籍出版社，2002。

吴应箕尝评论本朝文人对待八家的态度。他对本朝文人卑视唐宋八家的行为表示过不满："本朝著作卑唐宋，颇怪文人习气殊。细简流传诸集在，不知曾否驾韩苏。"①"故韩、柳、欧、苏之文求之本朝，实无其匹也。"②他认为八家之文超过明文，无与伦比。他对崇尚八家的唐宋派也有批评："茅鹿门之评古文，最能埋没古人精神。而世反效慕恐后，可叹也。彼其一字一句皆有释评，逐段逐节皆为圈点，自谓得古人之精髓，开后人之法程，不知所以冤古人、误后生者，正在此。"③他不认可茅坤评点八家之文的方法，认为这种字句段节的圈点之法"最能埋没古人精神"。换句话说，他希望取法古文，要得"文之精神"④。

概言之，吴应箕既看到了前后七子、唐宋派、性灵派的正面功用与影响，又看到了他们的不足或缺陷。他不再拘泥于门户之见，而是要取其所长，去其所短。而在这过程中，却更多地呈现出师法唐宋的偏好。

三、复社其他成员的散文思想

复社中的嘉定人黄淳耀（1605—1645）也是唐宋八家的坚定追随者。他在《董圣褒房稿序》中说：

> 世之论文者恒曰某某能开宗，某某能复古。余以为不然。夫文未有不复古而能开宗者也。诗至于李、杜，文至于韩、柳，天下之所称开宗者也。然李、杜以前，卢、骆、沈、宋，虽称作者，而不无尚沿齐、梁

---

① （明）吴应箕：《楼山堂集》卷二十六《偶作两绝句》之二，见《续修四库全书》集部第1388册，658页，上海，上海古籍出版社，2002。
② （明）吴应箕：《楼山堂集》卷十五《与刘舆父论古文诗赋书》，见《续修四库全书》集部第1388册，545页，上海，上海古籍出版社，2002。
③ （明）吴应箕：《楼山堂集》卷十五《答陈定生书》，见《续修四库全书》集部第1388册，545页，上海，上海古籍出版社，2002。
④ （明）吴应箕：《楼山堂集》卷十七《八大家文选序》，见《续修四库全书》集部第1388册，557页，上海，上海古籍出版社，2002。

之余波，至少陵，一则曰《风》《骚》，再则曰陶、谢，太白亦慨然以大雅不作为己任，是李、杜之于诗不过能复古而已。前乎韩、柳者，燕、许称大手笔，然其体制骈偶，去古甚远，至昌黎始能本原三代两汉，力追孟、荀、迁、固之文，而子厚亦云参之《榖梁》，参之《孟》《荀》，参之《庄》《老》《国语》《离骚》《太史》诸书，而后为文，是韩、柳之于文，亦不过能复古而已。[①]

这里，他提出"文未有不复古而能开宗者"的主张，并且认为韩、柳就是复古开宗的典型代表。

黄淳耀在《答归元恭书》中还对"文必宗汉"问题进行了深刻的辩论。他首先表明态度：

夫谓文必宗汉，学昌黎已非其至者，宋以下姑置之，此说非也。

接下来条分缕析，逐步展开论证。先肯定汉人文章的优长：

夫汉人文章如迁、固之史，贾谊、董仲舒、刘向之奏疏，七制之君之诏令，其雄健飘忽，淳深温粹，固已极语言之妙，而宜为学者之准则矣。

紧接着，深刻指出前后七子宗汉与唐宋大家宗汉的不同：

然而近代空同（李梦阳）、大复（何景明）、历下（李攀龙）、弇州（王世贞）之宗汉也，得其皮毛；唐宋诸公之宗汉也，得其神髓。得皮毛者

① （明）黄淳耀：《陶庵全集》卷二，见《景印文渊阁四库全书》集部第 1297 册，655 页，台北，台湾商务印书馆，1986。

似之而不似也，优孟之学叔敖也；得神髓者不必似之而似也，九方皋之相马也。试取迁、固诸人文字读之，又从而深思其意，然后知昌黎所谓师其意不师其辞与所谓古人为文本自得者，真超然独见之言矣。然后知昌黎以下诸公之善于宗汉矣。若夫何、李诸公之宗汉，徒摘其成文，章绮而句绘之，天吴紫凤，颠倒裋褐，而顾自诧其机杼之工，真不满识者之一笑也。

在这比较中，他指出唐宋诸公善于宗汉，而前后七子则反之。由此，他偏爱唐宋的倾向，已不言而喻。接下来，他强调宗汉，不可"辟去昌黎及宋以下诸公"：

今欲辟去昌黎及宋以下诸公而直言宗汉，其说不为不高，然不免阴翼空同、大复诸公，而反操入室之戈以向汉人也。且学汉人之文，譬如学孔子，今生孔子之后而学孔子，其能不由师传一蹴而径至乎？抑必如孟子之私淑诸人乎？如不免私淑诸人则昌黎以下诸公，固吾所私淑之以学汉者矣。

他还进一步说：

又有说焉。以唐宋诸公为学汉，犹浅言之也。汉人之文从六艺出，唐宋诸公之文亦从六艺出，以唐宋为学汉者，真谓得其气脉以行文尔。若其议论之高，治择之精，庸有远出于汉人之上者。汉人间或有疵，如孔门之有樊须、宰我；唐宋人间出于汉人之上，如后世之有濂溪、明道。使濂溪、明道与樊须、宰我之徒差肩而立，不问知其优劣所在矣。夫汉人之文与唐宋之文既同出于六艺，则不学六艺，又乌可以学汉哉？

由此，他肯定了归有光论文之言、学文之径：

> 此说既明，则近学太仆之言，诚非卑论也。盖太仆之学韩、欧，犹韩、欧之学西汉，皆所谓师其意不师其辞者也，皆所谓自得者也。由汉以后有唐宋诸公，由唐宋以后有国初方、宋诸公，国初方、宋诸公既没，当删去何、李、王、李之文，而直接以荆川、震川诸公。欲观者必沂江湖，欲登岸者必由津筏，此不易之论也。①

至此，我们可以明白黄淳耀论文主张由唐宋上溯至秦汉，不能忽略或排斥唐宋诸公。

复社中的太仓人陈瑚（1613—1675）也推崇韩、欧之文。他说："文莫工于班、马，而魏晋以还，相竞为浮靡之习，而文衰矣。退之出而划削陈言，而文于是乎一盛。"②肯定了韩愈在魏晋以降文章演变历程中的地位与贡献。又说："秦汉以后，古道衰矣。而六经训诂，各有师承，如马融、贾逵之徒，尚能循诵习传，守其说而不变。唐宋以文章取士，而昌黎之后有李翱，庐陵之后有苏子，莫不源流相接，同条共贯，古人之学盖如是焉。"③肯定了唐宋以来在文章取士方面韩、欧源流相接的意义。

总的来看，在复社内部，除了宗法秦汉的文章思想外，还涌动着尊崇唐宋、批评七子的潮流。这显示出复社文学思想的复杂性与丰富性。实际上，如果从偏嗜唐宋的这一方来看，复社文人并不否定秦汉文章，毕竟文章之源出于斯。只不过，在取法路径上，他们认为不可跨越或蔑视唐宋而直接

---

① （明）黄淳耀：《陶庵全集》卷一，见《景印文渊阁四库全书》集部第 1297 册，651 页，台北，台湾商务印书馆，1986。
② （清）陈瑚：《确庵文集》卷十二《吴梅村文集序》，见《四库禁毁书丛刊》集部第 184 册，342 页，北京，北京出版社，1997。
③ （清）陈瑚：《确庵文集》卷十二《冒毂梁制义序》，见《四库禁毁书丛刊》集部第 184 册，356 页，北京，北京出版社，1997。

秦汉，应该由唐宋上溯秦汉，这样才合理、合法。 这意味着，文坛门户的藩篱已不再那么森严和固化，师法唐宋与师法秦汉的合流逐渐成为一种趋势和共识，而这也影响着后世的文学走向。

第十七章
明代文话与文章学思想

　　文话，顾名思义，是有关文章学的理论。它以话文为主要特性，重在分析品评作家作品，记录本事丛谈，阐释文章演进轨迹，叙述文章流派递嬗，并结合具体作品而杂以考订、辨伪、辑佚等内容。[①] 它与诗话、词话、赋话、曲话一样，都是中国古代文学批评的重要方式。它正式出现于宋代，发展于金元，繁盛于明清。明清文话之盛，"尤为明清文学批评之特色也"[②]。

　　有明一代，是文话演进的重要阶段。明代文话在继承前代文论遗产的基础上，又有新发展和新突破。它"不仅数量上远远大于宋元时期之总和，且因与科举制度密切相关的制艺论著的加入，而显示相当独特的性格"[③]。概言之，这一时期文话著述中的文章观念、文体形态、批评特点及形式等都对后世文话的演进有着深远的影响。

---

① 慈波：《文话研究引论》，载《江淮论坛》，2006（3）。
② 李四珍：《明清文话叙录》，见潘美月、杜洁祥主编：《古典文献研究辑刊》三编第 21 册，新北，花木兰文化出版社，2006。
③ 陈广宏、龚宗杰编校：《稀见明人文话二十种·前言》，1 页，上海，上海古籍出版社，2016。亦参见陈广宏、龚宗杰：《明文话叙录》，载《复旦学报（社会科学版）》，2016（5）。

◎ 第一节

明代文话概述

关于明代文话的存佚情况，学界业已展开研究。陈广宏、龚宗杰两位学者对明代文话著述做出了全面搜考和甄辨，其检索范围是"以明清公私藏书目集部'文史'或'诗文评'类著录为主，兼及集部别集、总集类，子部杂家、类书、小说类等。这个范围除了考虑到'话'体批评'体兼说部'的特点外，还鉴于传统文学批评的文献形态，就文章学研究、评论资料来说，至少应有独立成书的专著（或单独成卷），文章总集（包括文本中的序跋、凡例、评点等），收入别集的单篇论文（包括论文书、序跋等）三部分构成"①。他们认为，明人文话现存八十七种，代表性著述有宋濂《文原》（一卷）、唐之淳《文断》（不分卷）、吴讷《文章辨体》（五十五卷）、曾鼎《文式》（二卷）、高琦《文章一贯》（二卷）、朱荃宰《文通》（三十卷闰一卷）、归有光《文章体则》（一卷）、刘祐《文章正论》（二十卷）、屠隆《鸿苞文论》（一卷）、陈懋仁《续文章缘起》（一卷）等；已佚近四十种，如朱权《文谱》（八卷）、闵文振《兰庄文话》（一卷）、张大猷《文章源委》（三卷）、黄洪宪《玉堂日钞》（三卷）、叶秉敬《文评》（一卷）等。搜考范围及结果表明：与宋元相比，文话在明代得到长足的发展，呈现出与以往不同的形制与面貌。

---

① 陈广宏、龚宗杰编校：《稀见明人文话二十种·前言》，4 页，上海，上海古籍出版社，2016。按：李四珍《明清文话叙录》中共收明人文话十五种，数量远不及《明文话叙录》。

一、明代文话的类型

就现存明代文话著述内容及形式来看，它们大致存在四种类型^①。

一是理论专著类。 比如，宋濂《文原》，本是贻示门人郑楷、赵友同、刘柏诸子学文而作。 是书分上下两篇，上篇推阐文章本原，认为文在天地自然，"有关民用及一切弥纶范围之具"；下篇论文章写作，提出为文必在养气，又抉出"四瑕""八冥""九蠹"的文弊。 王文禄《文脉》，计三卷，卷一为《文脉总论》，论文章演进与传承之脉络；卷二为《文脉杂论》，论历代文章之代表作家和代表作品，并评论得失；卷三为《文脉新论》，论明代作家及文章创作，自宋濂迄至黄省曾。 汪正宗《作论秘诀心法》，不分卷，专论时文作论之法，计分四个部分：首为"论贵知纲领"，强调作论要做到"格局严整，规矩俊伟""构思精微，造语雅健""识见超群，笔力警策""学问该博，蕴藉渊源"四端；次为"论贵知节目"；再次为"作论要诀"；末为"论诀目录"。 是书框架清晰，论证结合，颇能以示初学。 武之望《举业卮言》，分内外两篇，内篇又分"神""情""气""骨""质""品""才""识""理""意""词""格""机""势""调""法""趣""致""景""采"二十目；外篇分"涵养""造诣""师法""拟古""读书""统论""支论""泛论"八目。 是书条分缕析，自成一家体系。 总的来看，这一类著述体现出明人开拓文章学理论的新发展和新境地，显示出不同以往的新内容和新气象。

二是随笔杂说类。 比如，何良俊《四友斋丛说·论文》，于所见所闻，随笔记录，不加诠次，共有四十九条，既辑前人论文之语，又评本朝名家创

---

① 王水照先生曾将文话分为四类：一是颇见系统性与原创性之理论专著；二是具有说部性质、随笔式的著作，即狭义的"文话"；三为"辑"而不述的资料汇编式著作；四为有评有点的文章选集。参见王水照编：《历代文话·序》，2~3 页，上海，复旦大学出版社，2007。 受此启发，我们认为明人文话大致亦存在此四种类型。

作得失。 叶秉敬《文字药》，欲以文字为药，疗治世人之病，有"家家医
药""万病解毒""治笑话病""治古板病""治时样病"等十五则条目。
董其昌《画禅室随笔·评文》，共十五则，提出"作文要得解悟""文要得
神气""文家要养精神"等主张。 支允坚《艺苑闲评·评文》一卷，共六十
则，汇集前贤论说，重在品评诸家优劣得失。 总之，这些著述带有"说部"
的部分特征，随笔漫谈，形式上松散零碎，表现出话体批评的结构特征。

三是资料汇编类。 比如，唐之淳编《文断》，辑录古今人之论有关于经
史子集及所言作文之法者，类叙成帙，计援引一百六家，采掇五百三十二
条。 此编"大概依仿《文话》及《文章精义》《修辞鉴衡》《金石例》《文
筌》《文则》等书"①，分"总论作文法""杂评诸家文""评诸经""评诸
子"等十五类。 全书荟萃诸说，取材广博，"所引如《纬文琐语》《湖阴残
语》之类，今皆不传，颇有足资考证者"②。 高琦编《文章一贯》，乃辑录
前人论文之语编辑而成。 卷上概论文章之体势，分"立意""气象""篇
法""章法""句法""字法"六目；卷下分说文章作法，分"起端""叙
事""议论""引用""譬喻""含蓄""形容""过接""缴绪"九目。
此书虽纂录众说，未参己见，但能剖析群言，归类清晰，诚如程默所说"九
法举而后文体具，体具而后用达，执一贯万"③，颇有价值，堪称"文话史上
第一次系统性地按照编者文章观念类编文论资料的著作，它标志着此类文话
体例的成熟"④。 朱荃宰著《文通》，"会通古今，谈经订史，说诗言乐，
审音之书，弃短取长，明法究变，尊是黜非"⑤，计三十一卷，卷一至卷三总

① （明）唐之淳：《文断·凡例》，见陈广宏、龚宗杰编校：《稀见明人文话二十种》，31 页，上
海，上海古籍出版社，2016。
② （清）永瑢等：《四库全书总目》卷一百九十七《诗文评类存目》，1804 页，北京，中华书局，
1965。
③ （明）高琦：《文章一贯》卷首程默序，见王水照编：《历代文话》，2150 页，上海，复旦大学出
版社，2007。
④ 侯体健：《资料汇编式文话的文献价值与理论意义：以〈文章一贯〉与〈文通〉为中心》，载《复
旦学报（社会科学版）》，2009（2）。
⑤ （明）朱荃宰：《文通》卷首自叙，见王水照编：《历代文话》，2690 页，上海，复旦大学出版
社，2007。

论经学、史学及诸子百家，卷四至卷十九为文体论，卷二十评史传得失，卷二十一至卷二十三为文学创作论，卷二十四至卷二十五为文学批评论，卷二十六至卷三十为杂论，卷末《诠梦》，仿《文心雕龙》之《序志》。 是书搜罗甚富，辑文体达一百六十九种，堪称集大成著，同时也表现出强烈的辨体意识。 不过，其缺陷或不足也较为明显，诚如四库馆臣所评，此书"大抵摭拾百家，矜示奥博，未能一一融贯也"①。 蒋一葵编《尧山堂偶隽》，凡七卷，辑录前人比偶之文，自六朝至宋元，凡制诰、笺表、赋序、启札中名隽之句及寻常应对俳语，次而录之，"盖王铚《四六话》之类，然摭拾未广，所采亦不尽工"②。 概言之，这些著述虽辑而不作，但搜罗广博，体现了编者视野的宽广和知识的赡富。 在编排上，它们并非杂乱无章，往往因题系话，以类编文，有一定的条理和逻辑，在一定程度上体现了编者的辨体意识和文体观念。 此外，它们还保存了一些散佚的文献资料，如李郛《纬文琐语》、吕祖谦《丽泽文说》、袁黄《心鹄》等，虽仅存只言片语，却弥足珍贵。

四是选集评点类。 比如，茅坤《唐宋八大家文钞》，计一百六十四卷，所录皆唐宋八家之文，各家之文以文体论列，每论一家文，必先为之引，且标录唐顺之、王慎中评语。 四库馆臣称："集中评语虽所见未深，而亦足为初学之门径。 一二百年以来，家弦户诵，固亦有由矣！"③归有光《文章指南》，计五集，其体例仿照吕祖谦《古文关键》而有所增益，选文有三十二家，上迄先秦时期的《左传》《战国策》，下至明代的宋濂、王守仁等人，"记其则，则六十六条；记其文，则百十八篇"④。 就体则言，有"通用则""立论正大则""用意奇巧则""造文平淡则""造语苍劲则"等。 每

① （清）永瑢等：《四库全书总目》卷一百九十七《诗文评类存目》，1804 页，北京，中华书局，1965。
② 同上书，1804 页。
③ （清）永瑢等：《四库全书总目》卷一百八十九《总集类》，1719 页，北京，中华书局，1965。
④ （明）归有光：《文章指南原序》，见严佐之、谭帆、彭国忠主编：《归有光全集》第 9 册，2 页，上海，上海人民出版社，2015。

则皆言写作标准，以示作文之门径。所收文章依体则先后排列，并分成"仁""义""礼""智""信"五集。此选本有评点，于篇首处标其体则，以示全篇为文之法，其次或于篇上作眉批，或于篇中夹行作批注，或于文中紧要处作圈点，或于篇末作总结。概言之，此书揭示作文之法，"诚叫人法古之津梁也"①。刘祐《文章正论》，计二十卷（正论十五卷，绪论五卷），选录《左》《国》至唐宋间的古文，每篇选文均附录刘祐按语、题词，间或引用前人批语，以叙说大意，抉发义理，解说文法。总之，这类著述辨体意识比较明显，往往按体选文，且其评点之语能起到指示门径的导引作用。

需要指出的是，这些文话著述中，有相当一部分涉及时文。比如，袁黄《举业彀率》（一卷）、汪时跃《举业要语》（不分卷）、李叔元《新锲诸名家前后场肄业精诀》（四卷）、汤宾尹《汤霍林先生裒选大方家谈文》（一卷）及《汤睡庵太史论定一见能文》（四卷）、徐耒《重校刻艺林古今文法碎玉集》（二卷）、汪应鼎《流翠山房辑选八大家论文要诀》（不分卷）、庄元臣《行文须知》（一卷）、张溥《新刻张太史手授初学文式》（一卷）、左培《书文式·文式》（两卷）等。这些谈论时文之作的大量涌现，与明代八股取士制度的推行、雕版印刷业的繁荣、广大士人举业教育的需求等多重因素有直接关联。它们的存在，丰富了明代文话的内容和种类。

二、明代文话兴盛的原因

明代文话的兴盛，有着多方面原因。有学者指出，"时艺之影响""体类之繁复""文弊之刺激""社会之关注"四种因素，是造成明清文话鼎盛的原因。②应该说，这四方面因素，对我们理解明代文话兴盛原因而言，也

---

① （明）吴应达：《文章指南跋》，见严佐之、谭帆、彭国忠主编：《归有光全集》第 9 册，271 页，上海，上海人民出版社，2015。
② 李四珍：《明清文话叙录》，见潘美月、杜洁祥主编：《古典文献研究辑刊》三编第 21 册，6~7 页，新北，花木兰文化出版社，2006。

是极为有用的。 实际上，单就明代文话兴盛的原因来看，有以下几方面的因素不容忽视。

其一，明代文学论争的激烈。 众所周知，文人相轻相争之习，由来已久。 不过，这种习气衍至明代，变得热闹非凡，异常激烈，甚至还有些"霸气"，这种"盛况"远超前代。 郭绍虞就说："一部明代文学史殆全是文人分门立户标榜攻击的历史。"①他们论争的范围非常广泛，"从文学形式因素的体制、格调、法度（字法、句法、章法、用韵）、修辞的取舍衡量，到文学内容因素的选择（情感与义理），学习取法的时段、方法，审美理想的皈依，文学大势的走向等的考察归纳，再到文学外部因素的与政治、道德、学术、士风、仕风、民风等方面关系的联络分离，都存在着广泛的争论"②。明人之争往往通过流派形式表现出来，如七子复古派，先后与唐宋派、公安派、竟陵派有纷争；即便复古派内部，也存在李梦阳与何景明之争、李攀龙与谢榛之争等情况。 他们之间往往各竖壁垒，各陈己说，你攻我伐，论争激烈。 这些论争中固然存在门户、意气等消极性因素，然而，争论双方在激烈的摩擦过程中对文学理念的认识越辩越明、越论越深。 他们在文学思想上的论争心得与收获，也在文话中有所体现，如王世贞撰《文评》，评论明代文人自宋濂迄至李攀龙共六十三人，表现出鲜明的宗派意识，批评杨慎"如彩缯作花，无种种生气"，称扬李攀龙"如商彝周鼎、海外瑰宝，身非三代人与波斯胡，可重不可议"③。 可以说，明代文学流派的繁盛与纷争，有力地促进了文话的创作与发展。 这也显示出与以往文话发展不同的一面。

其二，明代八股取士制度的推行。 朱元璋开国之初，极重选士取士问题。 早在洪武三年（1370）五月，他就颁布开科取士诏令，称："自洪武三年八月为始，特设科举，以取怀材抱德之士，务在经明行修，博古通今，文

---

① 郭绍虞：《明代的文人集团》，见《照隅室古典文学论集》上编，528 页，上海，上海古籍出版社，1983。
② 冯小禄：《明代诗文论争研究》，13 页，昆明，云南人民出版社，2006。
③ 见王水照编：《历代文话》，2191、2192 页，上海，复旦大学出版社，2007。

质得中，名实相称。"①其后，虽有停废，但在洪武十五年（1382）八月，他"诏礼部设科举取士，令天下学校期三年试之，著为定例"②。 科场成式规定，乡试和会试各分三场，其中首场试《四书》义三道，经义四道。 《四书》义主朱子《集注》；《易》专主程《传》朱《本义》，《诗》专主朱子《集传》；《书》主朱熹弟子蔡沈之《传》及古注疏；《春秋》主左氏、公羊、穀梁三传及胡安国、张洽传；《礼记》主古注疏。③ 洪武十七年（1384）三月，又规定："《四书》义每道二百字以上，经义每道字三百以上，论三百字以上，策亦如之。"④"其文略仿宋经义，然代古人语气为之，体用排偶，谓之八股，通谓之制义。"⑤作为一种考试专用文体，八股体式也是渐趋完善而严密。 它讲究起承转合及正反开阖顺逆的逻辑关系，注重声律和两股必须对偶成文，这些设置既规训了士人对文题义理的阐发，又训练了他们严密的逻辑思维能力。 为了获取功名，士人们往往会融液经史，揣摩文风，钻研文法，这种"投机取巧"的行为必然催化他们对八股文体特征及作法的深度体认。 尤其是到万历中期以后，士人在八股写作方面大讲机法与技法。 此外，"以古文为时文"的实践倾向，也刺激和强化了文士对古文的认知。 万历以后，专门针对科举制艺、探讨八股文法的文话著述不断涌现，如徐耒《重校刻艺林古今文法碎玉集》、李叔元《新锲诸名家前后场肄业精诀》、汪应鼎《流翠山房辑选八大家论文要诀》等书都是在这一时期刊刻出版的。 此外，茅坤编纂的《唐宋八大家文钞》，"以其文有法度之可求，于场屋之取用甚便"⑥，深受文士欢迎，以至于"其书盛行海内，乡里小生无

---

① （明）张朝瑞：《皇明贡举考》卷一《开科·诏令》，明万历间刻本。
② （明）夏原吉等：《明太祖实录》卷一百四十七，2299 页，台北，"中央研究院"历史语言研究所，1962。
③ 《明史》卷七十《选举志二》记载："永乐间，颁《四书五经大全》，废注疏不用。 其后，《春秋》亦不用张洽《传》，《礼记》止用陈澔《集说》。"（1694 页，北京，中华书局，1974）
④ （明）张朝瑞：《皇明贡举考》卷一《文体》，明万历间刻本。
⑤ （清）张廷玉等：《明史》卷七十《选举志二》，1693 页，北京，中华书局，1974。
⑥ （明）吴应箕：《楼山堂集》卷十七《八大家文选序》，557 页，见《续修四库全书》集部第 1388 册，上海，上海古籍出版社，2002。

不知茅鹿门者"①。 这些书籍的问世与流通，反映了科举制度对文话创作的重要影响。

其三，前代文章学遗产的丰富积淀。 魏晋是文学的自觉时代，开始出现一些关于文章理论的著述，如曹丕的《典论·论文》、挚虞的《文章流别论》、李充的《翰林论》、陆机的《文赋》、刘勰的《文心雕龙》、托名任昉的《文章缘起》，等等。 此后，流风渐炽，到宋代文章学兴盛，相关理论著述日益增多。 现存最早的文话是南宋陈骙的《文则》。 其后又有张镃的《仕学规范·作文》、王应麟的《玉海·辞学指南》、魏天应的《论学绳尺·行文要法》、吕祖谦的《古文关键·看古文要法》、楼昉的《崇古文诀》、谢枋得的《文章规范》、王若虚的《文辨》、潘昂霄的《金石例》、王铚的《四六话》、谢伋的《四六谈麈》、杨囷道的《云庄四六余话》，等等。 这些丰富的文章学遗产对明人探讨文章创作、建构文章理论起到了良好的借鉴作用。 明人的《读书谱》《从先文诀》《文章一贯》《流翠山房辑选八大家论文要诀》等诸多文话中，汇聚了诸多前人的论文之语，既择摘曹丕、刘禹锡、韩愈、柳宗元、李德裕、欧阳修、苏轼、吕祖谦、朱熹、元好问等名家论文片语，又掇拾《文心雕龙》《文则》《文章精义》《文说》《文筌》等文话著述之言。 这充分显示出明代文人对前代文学遗产的尊重与继承。 比如，唐之淳编《文断》，依仿《文话》《文章精义》《修辞鉴衡》《金石例》《文筌》《文则》等书之体例，同时兼收《纬文琐语》《墨客挥犀》《丽泽文说》《容斋随笔》《冷斋夜话》等书的论文之语。 当然，此书在继承遗产时亦能认清前人之弊，并有所创新，其《凡例》称"《文话》太繁，《精义》无次，《鉴衡》详于诗法，《金石例》详于金石之文，《文则》《文筌》本为作文而设，似难尽采。 今门类视《文话》为简，《鉴衡》《精义》各归其类，《文则》《文筌》间取之，此三书当与是编并观，不可以此废彼"②。 这表明《文

---

① （清）张廷玉等：《明史》卷二百八十七《文苑传三》，7375 页，北京，中华书局，1974。
② （明）唐之淳：《文断·凡例》，见陈广宏、龚宗杰编校：《稀见明人文话二十种》，31 页，上海，上海古籍出版社，2016。

断》一书有自己的特色与价值，对明初的文章编选及文体论有所贡献。

其四，明代刻书业的繁荣。 有明一代，雕版印刷业非常发达，"刻书地区之广、规模之大、数量之多、内容之丰、技术之精是任何朝代无与伦比的"①。 不仅官方有司礼监、国子监、都察院、中央各部、藩府等处以及各府州县刻书，民间亦有相当可观的书坊、私人从事刻书活动。 此时印刷技术有新突破，活字印刷、套版印刷皆普及应用。 书坊出于谋利之需求，文士出于获取科举资源之需要，二者往往达成共谋和共识，文士也积极参与编辑、刊刻时文著述活动。 尤其是会元、状元、翰林，往往会成为书商们重点争夺的优质作者资源。 或请他们编选科举用书，或假托他们之名推销用书。 就时文评点刊刻而言，到了明中后期，市场上关于作文技法和应试技巧类的图书特别多，"既有专门论述八股文技法甚至是五经中的某一经的八股文写作技法的图书，也有专门论述二三场特别是其中的策论、表、判的写作技法的图书，还有的是综合性的类书，其中也包括考试范文"②。 就晚明的一些文法汇编著述来看，都有书坊、书商参与其中。③ 比如，福建建阳书商陈耀吾的存德堂，在万历年间，曾刊刻李叔元所辑《新锲诸名家前后场肄业精诀》，此书后有"万历甲辰岁桂月存德堂陈耀吾梓"牌记④；金陵书林周曰校的万卷楼，在万历年间，亦刊刻过沈一贯所辑《新刻沈相国续选百家举业奇珍》（四卷）、郭子章所辑《新刊举业利用六子拔奇》（六卷），等等。像冯梦龙的《麟经指月》（十二卷），更是有多家书坊刊刻，先后有万历四十八年麻城刻本、泰昌元年吴县书林开美堂刻本、崇祯八年书林叶昆池能远居苏州刻本。 总之，民间为数众多的书坊大量刊刻迎合文士需要的举业书籍，对文话的发展也起到了推波助澜的作用。

---

① 曹之：《中国古籍版本学》（第 3 版），267 页，武汉，武汉大学出版社，2015。
② 张献忠：《从精英文化到大众传播：明代商业出版研究》，222 页，桂林，广西师范大学出版社，2015。
③ 参见龚宗杰：《晚明文法汇编的编刊与文章学演进》，载《文学遗产》，2018（2）。
④ （明）李叔元：《新锲诸名家前后场肄业精诀》"提要"，见陈广宏、龚宗杰编校：《稀见明人文话二十种》，上海，上海古籍出版社，2016。

总而言之，明代文话的兴盛，充分反映了明代文人对文章写作的高度关注与深入思考，也反映了明代文章学的新发展和新境地。

◎ 第二节
尊体与辨体：明代文话的文体观

文体理论是中国古代文章学思想的重要组成部分。所谓体，指的是作品的体貌和风格，其内涵大致包括三个方面：一是指文体风格，即不同体裁、样式的作品所呈现的不同体貌风格；二是指作家风格，即不同作家所呈现的独特体貌；三是指时代风格，即某一历史时期的主要风格特色。[①] 童庆炳先生认为："从表层看，文体是作品的语言秩序、语言体式，从里层看，文体负载着社会的文化精神和作家、批评家的个体的人格内涵。"[②]由此来看，文体是作品客体和作家主体的双重融合，是内容与形式的有机统一。

在文体演进史上，明朝是文体学极为昌盛、极为繁复的时代。吴承学先生认为，"就研究规模之大、研究范围之广而言，明代远在南朝之上"，"是继南朝之后另一个文体学极盛的时代"[③]。这一时期，文人对"文章之有体"有着自觉的认识和较强的尊体意识。吴讷说："文辞以体制为先。"[④]汤宾

---

① 王运熙：《中国古代文论中的"体"》，见《中国古代文论管窥》，24 页，济南，齐鲁书社，1987。
② 童庆炳：《文体与文体的创造》，1 页，昆明，云南人民出版社，1994。
③ 吴承学：《中国古代文体学研究》，369 页，北京，人民出版社，2011。
④ （明）吴讷著，于北山校点：《文章辨体·凡例》，9 页，北京，人民文学出版社，1998。吴讷之言，早在宋代倪思就已经说过："文章以体制为先，精工次之；失其体制，虽浮声切响，抽黄对白，极其精工，不可谓之文矣。"见（明）徐师曾著，罗根泽校点：《文体明辨序说·文章纲领》，80 页，北京，人民文学出版社，1998。

尹说："文章固与时高下，而自有体。"①徐师曾说："夫文章之有体裁，犹宫室之有制度，器皿之有法式也。为堂必敞，为室必奥，为台必四方而高，为楼必狭而修曲，为笃必圜，为筐必方，为篚必外方而内圜，为簋必外圜而内方，夫固各有当也。苟舍制度法式，而率意为之，其不见笑于识者鲜矣，况文章乎？"②这些话均反映出明代文人对文体的高度重视。因为重视文体，加之文体繁多，故辨析文体之间的异同显得尤为重要。陈洪谟说："文莫先于辨体，体正而后意以经之，气以贯之，辞以饰之。"③他认为，辨体是读文和行文的首要之事，只有先正其体，然后才可经其意，贯其气，饰其辞。可以说，明人辨体的背后，不仅表现出他们的文体尊崇意识，还体现了他们辨析和探究文体之间差异的严谨态度。

一、辨体与文体发展

明人强调辨体，其实，这与文体自身得到长足发展有很大关系。徐师曾说："盖自秦汉而下，文愈盛；文愈盛，故类愈增；类愈增，故体愈众；体愈众，故辨当愈严。"④他道出了文章体类自秦汉以降不断衍生、繁盛的情形以及辨体的必要性。文章体类追根溯源，可至六经。刘勰《文心雕龙·宗经》云："论、说、辞、序，则《易》统其首；诏、策、章、奏，则《书》发其源；赋、颂、歌、赞，则《诗》立其本；铭、诔、箴、祝，则《礼》总其端；纪、传、铭、檄，则《春秋》为根。"⑤他指出六经开启了众多文体之法门。到了两汉，文章创作进入繁盛期，"浑浑灏灏，文成法立，无格律之可

---

① （明）汤宾尹：《汤睡庵太史论定一见能文》卷一《文体》，见陈广宏、龚宗杰编校：《稀见明人文话二十种》，867页，上海，上海古籍出版社，2016。
② （明）徐师曾著，罗根泽校点：《文体明辨序说·序》，77页，北京，人民文学出版社，1998。
③ （明）徐师曾著，罗根泽校点：《文体明辨序说·文章纲领》，80页，北京，人民文学出版社，1998。
④ （明）徐师曾著，罗根泽校点：《文体明辨序说·序》，78页，北京，人民文学出版社，1998。
⑤ （南朝梁）刘勰著，范文澜注：《文心雕龙注》卷一，22页，北京，人民文学出版社，1962。

拘。 建安、黄初，体裁渐备"①。 东汉刘熙在《释名》一书里，于"言语""书契""典艺"三大归类中共收录传、记、兴、赋、比、兴、雅、颂、诏书、论、赞、叙、铭、诔、谱、碑、札、简、符、券、契、策、题、告、表、约等四十多种文体。 至魏晋南北朝，刘勰的《文心雕龙》收录诗、乐府、赋、颂、赞、祝、盟、铭、箴等三十四种文体，或归类以探求文体之同，或考镜源流以求文体之变，或辨析以区分文体之异，是中国古代文体学成型的标志性著作。 其后，萧统编选的《昭明文选》又收赋、诗、骚、七、诏、册、令、教、文表、上书、启、弹事、笺、奏记、书、檄、难、对问、设论、辞、序、颂、赞、符命、史论、史述赞、论、连珠、箴、铭、诔、哀、碑文、墓志、行状、吊文、祭文等三十九类文体。

自《文选》逮至明代，文学演进渐深渐广，文体析分愈加细密，这可通过朱桱《文章类选》、黄佐《六艺流别》、吴讷《文章辨体》、徐师曾《文体明辨》、贺复徵《文章辨体汇选》等文章总集看出来。

朱桱《文章类选》，四十卷，据其自序，他将《文选》《唐文粹》《文苑英华》《翰墨全书》《事文类聚》诸书所载之文，类而选之，分赋、记、序、传、骚、辞、文、说、论、辩、议、谥议、书、颂、赞、铭、箴、解、原、论谏、封事、疏、策、檄文、状、诏、制、口宣、符命、册文、赦、奏、教、表、笺、启、碑、行状、神道碑、墓志、墓表、诔、哀册、谥册、祭文、哀辞、弹事、札、序事、判、问对、规、言语、曲操、乐章、露布、题跋、杂著五十八类文体，"于其文之精粹者，每体择取数篇，类而集之以为法程，以便观览"②。 四库馆臣对此书评价不高，称它"标目冗碎，义例舛陋，不可枚举"。 这确实指出了此书的弊病与不足。 以奏议而言，此书将其分成论谏、封事、疏、奏、弹事、札等类，难免流于琐碎；又如"记"类，选录沈既济《枕中记》，将传奇小说收入，确实"义例舛陋"。 不过，此书也有一些

---

① （清）永瑢等：《四库全书总目》卷一百九十五《诗文评叙》，1779 页，北京，中华书局，1965。
② （明）朱桱：《文章类选》，见《四库存目丛书》集部第 290 册，159～160 页，济南，齐鲁书社，1997。

值得称许之处，如将诗排除于所选文章之列，将曲操、乐章收入选本，创立"口宣"名目，等等。

黄佐《六艺流别》，二十卷，在命名上颇受挚虞《文章流别》影响。此书对当时文坛上繁复纷纭的文体予以归类，以简驭繁。将所收一百五十多种文体（其中十二类为附属类，有文体序题而无范文），分别纳入六经体系之下。例如，"诗艺"谱系：逸诗、谣、歌；谣之流其别有四：讴、诵、谚、语；歌之流其别有四：咏、吟、怨、叹；诗之流不杂于文者其别有五：四言、五言、六言、七言、杂言（附：离合、回文、建除、六府、两头纤纤、五杂组、数名、郡县名、八音）；诗之流其杂近于文而又与诗丽者其别有五：骚、赋（附：律赋）、词、颂、赞（附：诗赞）；诗之声偶流为近体者其别有三：律诗、排律体、绝句。又如，"易艺"谱系："《易》则通天下之志矣，其源阴阳也。其流之别为兆、为繇、为例、为数、为占、为象、为图、为原、为传、为言、为注，而凡天地鬼神之理管是矣。"①可以说，这本书从文本六经的观念出发，"首次以选本的形式把古代的基本文体形态分别系于《诗》《书》《礼》《乐》《春秋》《易》之下，形成六大文体系列，重新建构了一个中国古代文体庞大的谱系"②。

吴讷《文章辨体》，五十五卷，包括《内集》五十卷，《外集》五卷。它以真德秀《文章正宗》为蓝本，采辑前代至明初诗文，分体编次，计有五十九类文体。《内集》有古歌谣辞、古赋、乐府、古诗、谕告、玺书、批答、诏、册、制、诰、制策、表、露布、论谏、奏疏、议、弹文、檄、书、记、序、论、说、解、辨、原、戒、题跋、杂著、箴、铭、颂、赞、七体、问对、传、行状、谥法、谥议、碑、墓碑、墓碣、墓表、墓志、墓铭、埋铭、诔辞、哀辞、祭文五十类文体，"各以时世为先后"③；《外集》另收连珠、判、律赋、律诗、排律、绝句、联句诗、杂体诗、近代曲词九类。这本书对

① （明）黄佐：《泰泉集》卷三十五，清康熙二十一年刻本。
② 吴承学：《中国古代文体学研究》，392～393 页，北京，人民出版社，2011。
③ （明）吴讷著，于北山校点：《文章辨体·凡例》，9 页，北京，人民文学出版社，1998。

每类文体溯源流别，"原始以表末"，并列举代表性作家、作品，在文体分类及定义上达到了文体学的新高度。① 不仅如此，它也为后人的文章辨体奠定了重要基础。

徐师曾《文体明辨》，八十四卷。 以吴讷《文章辨体》为主而损益之，"《辨体》为类五十，今《明辨》百有一；《辨体》外集为类五，今《明辨》附录二十有六"②。 正篇部分收文类一百零一种，有古歌谣辞、四言古诗、楚辞、赋、乐府、五言古诗、七言古诗、杂言古诗、近体歌行、近体律诗、排律诗、绝句诗、六言诗、和韵诗、联句诗、集句诗、命、谕告、诏、敕、玺书、制、诰、册、批答、御札、赦文、铁券文、谕祭文、国书、誓、令、教、上书、章、表、笺、奏疏、盟、符、檄、露布、公移、判、书记、约、策问、策、论、说、原、议、辩、解、释、问对、序、小序、引、题跋、文、杂著、七、书、连珠、义、说书、箴、规、戒、铭、颂、赞、评、碑文、碑阴文、记、志、纪事、题名、字说、行状、述、墓志铭、墓碑文、墓碣文、墓表、谥议、传、哀辞、诔、祭文、吊文、祝文、嘏辞等。 附录有二十六种，含杂句诗、杂言诗、杂体诗、杂韵诗、杂数诗、杂名诗、离合诗、诙谐诗、诗余、玉牒文、符命、表本、口宣、宣答、致辞、祝辞、贴子词、上梁文、乐语、右语、道场疏、表、青词、募缘疏、法堂疏等。 这一百二十七种文体，与《文章辨体》相参照，显然丰富详赡，尤其是附录中所收宋代以后民间流行的各种俗文体，如上梁文、道场疏、募缘疏等，这显示出编者独到的眼光和开阔的心胸。 诚如《文体明辨序》所说："至于附录，则闾巷家人之事，俳优方外之语，本吾儒所不道，然知而不作，乃有辞于世，若乃内不能办，而外为

---

① 四库馆臣对此书有一定的批评，称："今观所论，大抵剿掇旧文，罕能考核源委，即文体亦未能甚辨。 如《内集》纯为古体矣，然如陆机《文赋》、谢惠连《雪赋》、谢庄《月赋》，已纯为骈体，但不隔句对耳。 至骆宾王《讨武曌檄》，纯为四六，而列之《内集》，又孔稚圭《北山移文》，亦附之古赋，是皆何说也？"见（清）永瑢等：《四库全书总目》卷一百九十一《文章辨体》，1740 页，北京，中华书局，1965。

② （明）徐师曾著，罗根泽校点：《文体明辨序说》，77 页，北京，人民文学出版社，1998。

大言以欺人，则儒者之耻也，故亦录而附焉。"①

　　贺复徵的《文章辨体汇选》，是一部继吴讷《文章辨体》、徐师曾《文体明辨》之后的大型文章总集。② 此书以《文章辨体》所收未广，故别为搜讨，上自三代，下逮明末，经史诸子百家、山经地志，靡不收采，但不收诗赋。 卷帙浩大，凡七百八十卷，分文体一百三十二种。 每体之首，多引刘勰《文心雕龙》及吴讷、徐师曾之言，间参以己说。 编者在一些大类之下，往往又分成若干小类，如多达八十卷的序体，根据其内容及特点，即分成经、史、文、籍、骚、赋、诗、奏议、政、学、图、志、谱牒、目录、试录等三十一小类。 这反映出明人辨析文体愈来愈细致，亦越来越烦冗。 此外，与吴、徐二书相比，《文章辨体汇选》又新收九锡文、咨、申、条事、上寿辞、故事、尺牍、帖、训、本纪、实录、仪注、世表、世谱、书志、录、篇、纪、日记、吊书、杂文等文体。 尤其是本纪、实录、仪注、书志、世表等本来见于史籍的文章，也被大量收入此选本，较为罕见。 这反映出编者的视野更加阔大和明末文学思潮的变化。

　　吴承学先生说："唐、宋以后，出现大量新文体，包括正统文体与民间文体、雅文体与俗文体，以及杂体和运用性文体，都被明人总集收罗殆尽。"③从以上几部文章总集来看，明代的文体数量确实丰富，既有庙堂政用之文体，又有民间实用之文体；既有雅文体，又有俗文体。 尤其是大量新文体的涌现，显示出明代文学从高层到基层的勃勃生机，展现出文体发展的多样性和丰富性。 但是，我们也应看出，明人如此细分文体，重在辨析文体之间的细微差异与个性特色，容易导致忽略文体之间的共性与联系。 由此，辨体造成的烦冗混杂之弊也就不可避免了。

---

① （明）徐师曾著，罗根泽校点：《文体明辨序说》，78～79 页，北京，人民文学出版社，1998。
② 参见吴承学、何诗海：《贺复徵与〈文章辨体汇选〉》，载《学术研究》，2005（5）。 亦见吴承学：《中国古代文体学研究》，403～415 页，北京，人民出版社，2011。
③ 吴承学：《中国古代文体学研究》，379 页，北京，人民出版社，2011。

二、辨体与文体正变

"中国古代文体论的一个传统，就是在文体谱系之中，文体是有等级差别的，它取决于文体的正变高下。"①明人对文体的辨析，其用意在于别出文体之正变高下，揭示不同文体的功能与价值。

吴讷的《文章辨体》，辨别文体正变的用意甚明。彭时在《文章辨体序》中就称赞《文章辨体》"使数千载文体之正变高下，一览可以具见"②。吴讷在编纂时，将古歌谣辞、古赋、乐府、古诗、谕告等文之正体列入《内集》，而把四六、律诗、词曲等变体列入《外集》。他说："四六为古文之变，律赋为古赋之变，律诗杂体为古诗之变，词曲为古乐府之变。"③这表明他以正变的观念来观照文体的演变。

徐师曾的《文体明辨》，亦重视文体正变古今之别。《文体明辨序说》云：

> 或谓文本无体，亦无正变古今之异，而援周孔以为证。殊不知《无逸》《周官》，训也，不可混于诰；《多士》《多方》，诰也，不可同于训：此文之体也。其文或平正而易解，或佶屈而难读；平正者经史官之润色，佶屈者记矢口之本文：乃文之辞，非文之体也。……至如以叙事为议论者，乃议论之变；以议论为叙事者，乃叙事之变。谓无正变不可也。又如诏、诰、表、牋诸类，古以散文，深纯温厚；今以俪语，秾鲜稳顺，谓无古今不可也。盖自秦汉而下，文愈盛，故类愈增；类愈增，故体愈众；体愈众，故辨当愈严。④

---

① 吴承学：《中国古代文体学研究》，372 页，北京，人民出版社，2011。
② （明）吴讷著，于北山校点：《文章辨体·序》，7 页，北京，人民文学出版社，1998。
③ （明）吴讷著，于北山校点：《文章辨体·凡例》，10 页，北京，人民文学出版社，1998。
④ （明）徐师曾著，罗根泽校点：《文体明辨序说》，77～78 页，北京，人民文学出版社，1998。

由此可看出他明古今、严正变的文体观念。以"上书"体为例，他说：

> 按字书云："书者，舒也，舒布其言而陈之简牍也。"古人敷奏谏说
> 之辞，见于《尚书》《春秋内外传》者详矣。然皆矢口陈言，不立篇目，故
> 《伊训》《无逸》等篇，随意命名，莫协于一；然亦出自史臣之手，刘勰所
> 谓"言笔未分"，此其时也。降及七国，未变古式，言事于王，皆称上
> 书。秦汉而下，虽代有更革，而古制犹存，故往往见于诸集之中。萧统
> 《文选》欲其别于臣下只书也，故自为一类，而以"上书"称之。今从其
> 例，历采前代诸臣上告天子之书以为式，而列国之臣上其君者亦以类次
> 杂于其中。其他章表奏疏之属，则别以类列云。①

此处他对"上书"的含义及其古今流变做了阐述，由此可见其辨析古今正变
之文体思想。又如，论"碑体"说："其主于叙事者曰正体，主于议论者曰
变体，叙事而参之以议论者曰变而不失其正。至于托物寓意之文，则又以别
体列焉。"②他把碑文之体分正体、变体、别体三种，表现出独特的眼光和
鲜明的辨体意识。此外，他在总集中把文体分列于正选与附录，附录中多为
民间实用一类的非正统文体，这亦表现出崇雅抑俗的思想倾向。

贺复徵的《文章辨体汇选》，也贯穿着明古今、严正变的选文宗旨。比
如，他论"启"体，说："刘勰曰：'启者，开也。开陈其意也。一云跪
也，跪而陈之也。分古体、今体二种。'"③又如他论"序"体，先征引吴
讷、徐师曾之说，然后说："宋真氏《文章正宗》分议论、序事二体。今叙

---

① （明）徐师曾著，罗根泽校点：《文体明辨序说·上书》，121 页，北京，人民文学出版社，
  1998。
② （明）徐师曾著，罗根泽校点：《文体明辨序说·碑文》，144 页，北京，人民文学出版社，
  1998。
③ （明）贺复徵：《文章辨体汇选》卷二百六十六《启一》，见《景印文渊阁四库全书》第 1405
  册，327 页，台北，台湾商务印书馆，1986。

目曰经，曰史，曰文，曰籍，曰骚赋，曰诗集，曰文集，曰试录，曰时艺，曰词曲，曰自序，曰传赞，曰艺巧，曰谱系，曰名字，曰社会，曰游宴，曰赠送，曰颂美，曰庆贺，曰寿祝。 又有排体、律体、变体诸体，种种不同，而一体之中，有序事、有议论，一篇之中，有忽而叙事、忽而议论，第在阅者分别读之可尔。"①他对序体的分类非常细致和严密，辨体意识于此可见。 此外，他还将"表"分为三体：古体、唐体、宋体。② 概言之，在此书中，他以古代的体制为正体，以后起的体制为变体，以非常规的体制为别体，其辨体意识既强烈又鲜明。

总之，文体既有其内在的、相对稳定的规定性，又会在传承、传播的过程中发生一些变异。 这种变体、别体也是时代与文学变迁的反映。 明代文体的丰富性和多样性，不仅呈现出明人复杂多元的文体思想，也从侧面反映了这一时期文学繁荣的面貌。

◎ 第三节

重法与作法：明代文话的法度观

自宋代以来，专门研讨文法的书籍开始出现。 现存最早的文法著述是陈骙的《文则》，嗣后又有李淦的《文章精义》和陈绎曾的《文说》《文筌》等书问世。 至明，文之有法，成为当时大多数文人的共识。 比如，顾宪成说："文之有法，犹吏操三尺鞭镊，流宥可私手上下哉？ 至于三尺之穷，而定比例引也，则法之通变极矣。 文亦有然。 故古之作者必有法，法严而后

---

① （明）贺复徵：《文章辨体汇选》卷二百八十一《序一》，见《景印文渊阁四库全书》第 1405 册，409 页，台北，台湾商务印书馆，1986。
② （明）贺复徵：《文章辨体汇选》卷一百二十五《表一》，见《景印文渊阁四库全书》第 1403 册，440 页，台北，台湾商务印书馆，1986。

文整，法备而后文宏，法精而后文密，法变而后文奇。"①武之望说："文之有法也，犹器之有规矩准绳也。"②他们的话表现出当时文坛对"法"的趋同认知和高度重视。

明人对文法问题的探讨，相关记载分布较为广泛。有的在序文中有所涉及，如唐顺之的《董中峰侍郎文集序》，围绕"法"展开论述，批评七子派拟古弊习；有的在书信中探讨，如艾南英的《答陈人中论文书》，就取法秦汉还是唐宋展开辩论。不过，这些都显得比较零散，不成体系。相对来说，更能集中反映明人文法观念的，主要还是文话著述，如茅坤的《文诀五条》、归有光的《文章指南》、沈虹台的《论文要语》、李腾芳的《文字法三十五则》、徐圭的《重校刻艺林古今文法碎玉集》等。它们既涉古文，又涉时文。考虑到明中叶以后"以古文为时文"的创作倾向日益加重，故文话中所论时文之法亦与古文之法有共性相通之处，可以放在一起探讨。不过，时文自身亦有其特殊之处，亦有些地方有必要单独论之。

一、重视时文认题

在举业训练或考试过程中，认题是首要之事，处于优先位置。明人对此有深刻认识。陈龙正就说过，"认题是举业第一义"③。那么，什么是认题呢？汤宾尹说：

> 认题者何？认题之关节脉理、字句窾郄也。虽极小题，有无限妙理；极枯题，有无穷生意；极板题，有一段活泼趣；极散题，有一脉联

---

① （明）徐圭：《重校刻艺林古今文法碎玉集》卷首顾宪成《校刻古今文法碎玉集叙》，见陈广宏、龚宗杰编校：《稀见明人文话二十种》，1183 页，上海，上海古籍出版社，2016。
② （明）武之望撰，（明）陆翀之辑：《新刻官板举业卮言》卷一《法》，见陈广宏、龚宗杰编校：《稀见明人文话二十种》，456 页，上海，上海古籍出版社，2016。
③ （明）陈龙正：《举业要语》，见王水照编：《历代文话》，2564 页，上海，复旦大学出版社，2007。

络处。①

他认为，认题就是要弄清楚关节脉理，要抓住字句间的关键处。 茅坤在《举业要语》中首谈"认题"，也有细致解说：

> 题中精神血脉处，学者须先认得明白，了了印之心中，方可下笔，然后句句字字洞中骨理。予尝论举子业，浅视之，则世所剿袭帖括，亦可掇一第，苟于中得其深处，谓之传圣贤之神可也。孔、孟学问，宗旨虽同，其间深浅大小，亦自迥别，学者苟以孟子论学之言而掺入孔子，便隔一层矣。予故论为文须首认题。②

《重订举业卮言》说：

> 作文先认题，认得题真，则语意自然切当。如一人各具一面目，而认人者必不以此人为彼人，既认得此人，则说此人，必不杂彼人之事。概观物理，莫不皆然，何独于文而悠悠泛泛，漫用不切之语为也？察识未精而窃逐影响，辨析未确而妄意揣摩，文则工矣，而与题目殊不肖，亦何贵于文哉？此不认题之过也。③

这几则材料都说明明人认识到时文"认题"的必要性与重要性。 概言之，"认题"表现出明人尊题的作文意识，说明他们认识到题目对文章内容的统摄作用。 在做好"认题"的前提下，时文的"破题"也就水到渠成了。

---

① （明）汤宾尹：《汤睡庵太史论定一见能文》卷一《认题》，见陈广宏、龚宗杰编校：《稀见明人文话二十种》，871 页，上海，上海古籍出版社，2016。
② （明）李叔元：《新锓诸名家前后场亨部肄业精诀》卷二《茅鹿门〈举业要语〉》，见陈广宏、龚宗杰编校：《稀见明人文话二十种》，646 页，上海，上海古籍出版社，2016。
③ （明）武之望撰，（明）陆翀之辑：《新刻官板举业卮言》附录"未收条目"，见陈广宏、龚宗杰编校：《稀见明人文话二十种》，578 页，上海，上海古籍出版社，2016。

科举题目出自四书五经之经文，或一节，或数节，或一句，或数句，或一章不等。 主要摘取经书中大道理、大制度，涉论人伦治道。 明初，科举文题往往是常规的明白正大之题，切于人情物理，关乎彝伦治道。 不过，经书中可直接择录的题目毕竟有限，而且还容易导致猜题、押题。 到了明中叶以后，各种名目的偏全题、搭题、截题等题型充斥考场。 丘濬说：

> 近年以来，典文者设心欲窘举子，以所不知用显己能。 其初场出经书题，往往深求隐僻，强截句读，破碎经文，于所不当连而连，不当断而断。 遂使学者无所据依，施功于所不必施之地，顾其纲领体要处反忽略焉。 以此科场题目数倍于前，学者竭精神、穷目力有所不能给。①

伴随着这些怪异题型，各种题目类型的写作技法应运而生。 这些技法是明人历经长期的八股文写作实践而归纳、总结出来的，它们在八股文话中多有记录。

《新锲诸名家前后场亨部肄业精诀》一书中列举了诸多题法，有长题式，搭截题式，首尾相应题式，叙言证事题式，先喻后正题式，喻中寓正题式，上下三平题式，问答题式，参差题式，叙事带断题式，词不平意不平，意平词不平式，一头数腹一脚式，一头两脚、两头一脚式，两扇题式，三扇题式，粗淡题式，未尽题式，自立意题式。② 对于每个题式，书中都有解释及相关写作要求。 比如搭截题式，认为：搭截题，乃除头截尾。 或意相生发，或语相照合，而中多紊乱不齐，难于融贯，须认头尾意思所在，两相会合，打成一片。 既不可顺题敷演，又不可自相矛盾。 其作法有合总题总收者，固为甚善。 必不得已，只于起讲处该括。 中只平平铺叙，亦须辞断而

---

① （明）丘濬著，蓝田玉等校点：《大学衍义补》卷九《正百官清人仕之路》，141～142 页，郑州，中州古籍出版社，1995。
② （明）李叔元：《新锲诸名家前后场亨部肄业精诀》卷二《亨部》，见陈广宏、龚宗杰编校：《稀见明人文话二十种》，634～645 页，上海，上海古籍出版社，2016。

意不断。其收结处，却要一种精神，关尽本旨始得。①

　　搭截题是明代举业中的常见文题，是对经文中相邻的句子、章节、篇章除头截尾而成，其特征是裂句断章，不当连而连，不当断而断。这种题型对考生熟悉儒家经典的程度要求较高。就搭截题的写作要求而言，要弄清头尾意思，"既不可顺题敷演，又不可自相矛盾"，要文义贯通，关照宗旨。

　　《汤睡庵太史论定一见能文》中也列举了诸多"各题入门文式"，有两扇题式、三扇题式、四扇题式、五扇题式、六扇题式、九扇题式、一头两脚三脚四脚五脚题式、二头三头四头一脚下纽上式、叠语题式、相因递过题式、下释上题式、原上文总纽题式、上轻下重下轻上重题式、上虚下实题式、自相发明题式、二句一意直讲题式、二句一意贯讲式、二意正反串作式、串作题式、罗纹滚作题式、二意较论得失题式、抑扬反发题式、上引下断题式、首开尾合式、急语题式、急语上呼下应题式、显语呼应题式、隐语题式、诘语题式、单题式、玄证题式、浑成题式、关动题式、隐跃题式、口气题式、轻虚题式、洗发题式、借托题式、反语题式、冠裳题式、烟霞题式、典则题式、平常题式、枯淡题式、粗俗题式、断制题式、直叙题式、追慨题式、赞叹题式、巧搭题式、含罩题式、两截题式、过度题式、虚缩题式、找结题式、覆叠题式、差讹题式、照合题式、长散题式、参差题式、数句题式、连章题式、滚题式、影喻题式、赋兴题式、摹像题式、悬空题式、斡旋题式、问答题式、援引题式、代述题式、情致题式、治道题式。② 对每一个题式，汤宾尹均有解析。比如论连章题式："凡遇连章题，当会题意，必求融浃。若徒逐节叙去，非复烦杂无绪，且情景索然，不得命题之旨矣。"③可以说，这些繁复多样的题式，一方面表现出明代科举出题越来

①　（明）李叔元：《新锲诸名家前后场亨部肄业精诀》卷二《亨部》，见陈广宏、龚宗杰编校：《稀见明人文话二十种》，638 页，上海，上海古籍出版社，2016。
②　（明）汤宾尹：《汤睡庵太史论定一见能文》卷三《各题入门文式》，见陈广宏、龚宗杰编校：《稀见明人文话二十种》，1051～1107 页，上海，上海古籍出版社，2016。
③　同上书，1076 页。

刁钻古怪，另一方面也表现出明代文人溺于科举而导致精神世界萎靡。

二、关注篇章字句之法

文章写作，由字成句，由句成章，由章成篇。因而，要想写出优秀文章，必然要关注篇章结构、遣词造句等问题。明人对此有深刻认识。王世贞说："首尾开阖，繁简奇正，各极其度，篇法也。抑扬顿挫，长短节奏，各极其致，句法也。点缀关键，金石绮彩，各极其造，字法也。篇有百尺之锦，句有千钧之弩，字有百炼之金，文之与诗，固异象同则。"①他指出了字法、句法、篇法的必要性与重要性。

一些文话著述也专门谈及篇章字句问题，如高琦《文章一贯》专门记录谈篇法、章法、句法、字法的论文之语。庄元臣在《论文家四要诀》中将立意、章法、句法、字法作为作文四要素，称"立意欲婉而高，章法欲圆而神，句法欲亮而健，字法欲精而确"②，持是四美，能够决胜于文场。

需要指出的是，就时文写作而言，也特别讲究法度。这可以武之望的话为代表：

> 大法有四：曰篇法也，股法也，句法也，字法也。四法不明，文不可得工也。要之篇法如制锦，要在丝理分明；股法如弄丸，要在转移圆妙；句法如敲金，要在音节响亮；字法如琢玉，要在刻画精工。此大概也。然而字法在句法之内，句法在股法之内，股法在篇法之内。篇法妙，则股法自圆；股法妙，则句法自稳；句法妙，则字法自工。一以贯之，非有二也。至于破承有法，起讲有法，提掇过接、小讲大讲、收缴

---

① （明）王世贞著，罗仲鼎校注：《艺苑卮言校注》卷一第六五则，38页，济南，齐鲁书社，1992。
② （明）庄元臣：《论学须知》，见王水照编：《历代文话》，2212页，上海，复旦大学出版社，2007。

束结，俱各有法。①

他指出时文写作要注意篇法、股法、句法、字法。更有甚者，还有谈及调法，解说道："调法，惟在先呼后应，先疑后决。如将言'又'必先言'既'，将言'然'必先言'难'，将言'则'必先言'或'……变换多端，总之一开合之法而已矣。"②

如何组织篇章、如何炼字炼句，这些都成为明人经常考虑和讨论的重要问题。在章法方面，明人对八股写作的章法艺术多有钻研。袁黄在《举业彀率》中专门探讨八股破题、承题、起讲、提法、小股、大股、过文、缴、小束、大结之法。刘元珍《从先文诀·外篇》亦辑录了破题、破承、起讲、提法、虚股、大股、过文、缴、小结、大结之法。左培《文式》，有"八股窾言"，阐述破题法、承题法、起讲法、提股法、过文法、虚股法、中股法、后股法、小结法、大结法；又有"长短窾言"，阐述长题法、两扇法、三段法、散题法、影喻法、理致法、记事法、口气法、攻辩法、虚喝法、结上法、巧搭法。在字句方面，明人强调锻炼字句。汤宾尹谈时文创作时说："然欲文如明霞散锦，当知炼字之法。凡同用一句法，有灿然可观、有阄然无色者，其窍在用字不同耳。故一字粗，即一句不雅；一字腐，即一句不新；慎勿草草！欲文如玉振金声，当知炼句之法。词调之铿锵、音节之响亮，全在句中。"③有些文人还专门搜集、归纳并概括一些字句之法，以作借鉴和参考。比如，朱荃宰在《文通》中列举了"或""者""之谓""谓之""之""可""可以""为""必""不以""所以""之以""何"

① （明）武之望撰，（明）陆翀之辑：《新刻官板举业卮言》卷一《法》，见陈广宏、龚宗杰编校：《稀见明人文话二十种》，457 页，上海，上海古籍出版社，2016。
② （明）左培：《书文式·文式》卷下，见王水照编：《历代文话》，3179 页，上海，复旦大学出版社，2007。
③ （明）汤宾尹：《汤睡庵太史论定一见能文》卷二《初学字句文式》，见陈广宏、龚宗杰编校：《稀见明人文话二十种》，909 页，上海，上海古籍出版社，2016。

"莫大乎""知所以"等四十七种字法。① 《新刻文字谈苑·谈文》亦载录《文通》中"或""者""之谓""谓之"等四十四种字法。② 除了"连用五字""'焉'与'谓之'间用""何"字法，汤宾尹还专门列出"操觚字法"，分别列举了"之""诸""乎""也矣焉""也者""也""者""矣""焉""哉""且""一""乃""于"等数十种字之用法。 鉴于"近日冯惕庵、苏紫溪辈，专炼字炼句，故精彩烁烁射人"，汤宾尹还专门"分类摘其粹字粹句"，以做示范，归纳出"初学字句句式"，涉及心、性命、命、安命、不安命、情、志、气质、浩然气、平旦气、形体等诸多要素。《古今文法碎玉集》亦有"文有句法杂抄"，如举"乎"字句法："犹为国有人乎？""晋不可启，寇不可玩，一之谓甚，其可再乎？"③

明人还重视追求字句篇章之妙。 庄元臣说："凡章法以错综为奇，句法以倒叠为奇，字法以取象为奇，命意以反经合道为奇。 奇者可一用偶而不可纯用也，纯用则诡僻而复不可赏矣。"④《新刻文字谈苑·谈文》说："故章法之妙有不见句法者，句法妙有不见字法者，锻炼而无锻炼之迹，乃佳矣。"⑤对字句篇章之妙的追求，表明了明人对文章艺术形式的审美观照。

文章写作，除了注意篇章字句之外，还要注意如何转换、勾连、抑扬等问题。 这是文章得以贯通顺畅的经脉。 对此，明人也总结出一些具体的行文技法。 武之望说：

要法有六：曰操纵也，阖辟也，抑扬也，起伏也，顿挫也，错综

---

① （明）朱荃宰：《文通》卷二十三，见王水照编：《历代文话》，2975～2983 页，上海，复旦大学出版社，2007。

② （明）王弘诲：《新刻文字谈苑·谈文》卷一《古文第一》，见陈广宏、龚宗杰编校：《稀见明人文话二十种》，358～362 页，上海，上海古籍出版社，2016。

③ （明）徐耒：《重校刻艺林古今文法碎玉集》卷下，见陈广宏、龚宗杰编校：《稀见明人文话二十种》，1248 页，上海，上海古籍出版社，2016。

④ （明）庄元臣：《论学须知》，见王水照编：《历代文话》，2284 页，上海，复旦大学出版社，2007。

⑤ （明）王弘诲：《新刻文字谈苑·谈文》卷二《时文第二》，见陈广宏、龚宗杰编校：《稀见明人文话二十种》，364 页，上海，上海古籍出版社，2016。

也。何谓操纵？弓之一张一弛者是也。何谓阖辟？户之一闭一启者是也。何谓抑扬？举之一卑一高者是也。何谓起伏？凫之一出一入者是也。何谓顿挫？砌叠者之势陡更易、缝相参差者是也。何谓错综？组织者之一左一右、一低一昂者是也。文字千变万化，虽无定法，大要不越是六者。能尽六者之变，纵笔所如，无有或差者矣。①

这里归纳并概括出六种文章之法。还有人归纳出十六种法则："悉文之法则十有六：曰操纵，曰阖辟，曰抑扬，曰起伏，曰顿挫，曰错综，曰铺叙，曰裁剪，曰凌驾，曰转折，曰敷衍，曰衬贴，曰点缀，曰挑剔，曰呼应，曰收拾。能尽诸法之变，其于文也，如陶埴范物，即千百无差者矣。"②不仅如此，明人在字法技巧上，也有心得体会。比如，李腾芳《文字法三十五则》，有意、格、句、字、抢、款、进住、贴、拌、突、括、喝、串、度、酾、脱、剥、垫、擒纵、缀、跌、开、逗、接、扭、挈、复、入、抽、转、倒、托、抱、锁、束三十五种文字之法。如垫法："此法文字中极妙极难者。将一件没要紧的，与上文没相干，却把来垫在中间，越似没要紧而越有情趣。"如缀法："此法，文字中之极难者。韩公《原道》篇结云：'然则如之何而可也？曰：不塞不流，不止不行，人其人，火其书。'"如托法："此法在文字中最难。如托物与人，不论家下多少物件，要一盘托出来；又要托得尽，不许有一毫剩漏；要托得出，不许蕴藏；要托得稳，不许偏敧；要托得有情，不许主客相背；要托得气象舒婉，不许迫促；又要托得简便，不许多也。"③可以说，这些愈分愈细的文章写作技法，一方面体现了明代文章写作的繁盛和赡富，另一方面也体现出明代文人对文章写作形式要素的提炼和钻研。

---

① （明）武之望撰，（明）陆翀之辑：《新刻官板举业厄言》卷一《法》，见陈广宏、龚宗杰编校：《稀见明人文话二十种》，457页，上海，上海古籍出版社，2016。
② （明）武之望撰，（明）陆翀之辑：《新刻官板举业厄言》附"未收条目"，见陈广宏、龚宗杰编校：《稀见明人文话二十种》，579页，上海，上海古籍出版社，2016。
③ （明）李腾芳：《文字法三十五则》，见王水照编：《历代文话》，2497～2506页，上海，复旦大学出版社，2007。

三、剖析文章弊病

作文因作者资性、学识、审美风格等因素，往往会产生一些弊病。如明人说："人之于文，譬之为人，然有好必有歹。其文昌大雄伟，必犯疏略病；其文细腻洁迟，必犯削弱病；其文精玄奇迈，必犯深晦病；其文平易明显，必犯肤浅病。盖资性不同，学习亦异，故病随之。学者须于好中求歹，务觅对症之药，除去素病，渐入于纯，斯为完文矣。"①这段话指出文风关联着文病，并强调学者要对症下药，以救文病。

为防止文章写作犯上弊病，明人归纳并总结出了文章写作的一些禁忌要求。早在明初，苏伯衡在《述文法》中就提出文要"七贵七忌"："贵含蓄而忌浅露，贵平易而忌艰涩，贵妥帖而忌突兀，贵正大而忌小巧，贵丰赡而忌冗长，贵贯穿而忌断续，贵委曲而忌直致。"②

到了明中后期，关于作文禁忌的谈论越来越多。张位在《看书作文法十六则》中指出，"作文要知所忌，则文自工"③，并具体归纳出文要忌粗、俗、庸、泛、弱、冗、生、空、疏、促、险、稗、滞、板、晦、混、淡、颠倒、断绝、雕琢、诡、哑、赘、涩、杜撰、套、合掌、叠床架屋二十八种弊病。他认为：

> 精则不粗，雅则不俗，俊则不庸，切则不泛，健则不弱，洁则不冗，熟则不生，实则不空，密则不疏，畅则不促，平则不险，练则不稗，顺则不滞，活则不板，显则不晦，醒则不混，有味则不淡，妥帖则

---

① （明）李叔元：《新锲诸名家前后场亨部肆业精诀》卷一《文须知弊病》，见陈广宏、龚宗杰编校：《稀见明人文话二十种》，603～604页，上海，上海古籍出版社，2016。
② （明）曾鼎：《文式》卷下，见王水照编：《历代文话》，1579页，上海，复旦大学出版社，2007。
③ （明）武之望撰，（明）陆翀之辑：《新刻官板举业卮言》卷三，见陈广宏、龚宗杰编校：《稀见明人文话二十种》，508页，上海，上海古籍出版社，2016。

不颠倒，贯通则不断绝，自然则不雕琢，正则不诡，音律明亮则不哑，便则不赘，滑则不涩，典则不杜撰，清新则不套，流水则不合掌，词意变换则不叠床架屋。①

《新刻官板举业卮言》则指出文章所忌种类有四十种，包括粗俗、鄙俚、卑琐、轻佻、陈腐、庸熟、虚浮、浅露、芜秽、冗碎、瘦削、软弱、空疏、枯槁、生硬、稚嫩、死板、艰涩、牵强、杜撰、局促、沾滞、奥晦、黯淡、混杂、错乱、累赘、痴癫、重浊、堆垛、险僻、悖谬、泛澜、迂阔、支离、缠绕、肥浓、粉饰、率易、勦袭。强调"不犯诸忌，始可以言文"②。《新刻文字谈苑·谈文》亦针对时文，提出文有六忌："忌冗杂，忌浮靡，忌烦琐，忌短促，忌古板，忌陈俗，忌浊滞。"③

袁黄亦强调"作文须识避忌"④，并提炼出要忌避六种病气。一要忌头巾气，说："俗儒恶派，老生常谈，方而不圆，执而不化，皆是老秀才家数，此头巾气也，岂可不避？"二要忌学堂气，说："蒙师杜撰，儿童相习，识趣卑庸，见闻秽杂，此是三家村里学究所为，岂可不避？"三要忌训诂气，说："切不可指字释义，须要玲珑变化，不但意义不可蹈他一毫，兼词气亦不可袭他一字。"四要忌婆子气，说："文要直截，要撇脱，要轩豁磊落，若叮咛顾盼，嗒嗒不休，缠绕琐碎，举细遗大，便属婆子气矣。"五要忌闺阁气，说："文字须要顶天立地，展布得阔，若妍饰眉目，独逞娇词，粉黛情多，英雄气少，此闺阁中女子所为也。"六要忌市井气，说："文贵雅不贵俗，贵清逸不贵尘冗，若藏头露尾，饰伪为真，逐马尾之尘而

---

① （明）武之望撰，（明）陆翀之辑：《新刻官板举业卮言》卷三，见陈广宏、龚宗杰编校：《稀见明人文话二十种》，508页，上海，上海古籍出版社，2016。
② （明）武之望撰，（明）陆翀之辑：《新刻官板举业卮言》附"未收条目"，见陈广宏、龚宗杰编校：《稀见明人文话二十种》，579页，上海，上海古籍出版社，2016。
③ （明）王弘海：《新刻文字谈苑·谈文》卷二《时文第二》，见陈广宏、龚宗杰编校：《稀见明人文话二十种》，365页，上海，上海古籍出版社，2016。
④ （明）刘元珍：《从文先诀内篇》，见陈广宏、龚宗杰编校：《稀见明人文话二十种》，1291页，上海，上海古籍出版社，2016。

语言无味，竞蝇头之利而面目可憎，此市井气也。"

《汤睡庵太史论定一见能文》在"文忌总论"中举出时文写作要避免的五种毛病。① 这些毛病依次是"和尚话""道士话""家常话""烂套话""杂毛话"。 以"和尚话"为例，有"秘密藏""自修自证""印证""默证""真修""本来面目""前心后心""觉心妄心""不生不灭""不即不离""真身妄身"等词汇。 在汤宾尹看来，如果这些词汇都进入时文，那么"五千四百卷以及和尚语录皆时文也"②。 这种禁忌，实际是在确保时文品性的纯净。

概言之，明人总结出的"文忌"，涉及时文和古文两个方面，都是在长期创作实践的基础上形成的，有着重要的写作参考和借鉴意义。 不过，明人对"文忌"愈分愈细，容易造成弊病界限的模糊和不易把握，导致"作茧自缚"，不便行文。 当然，就总的情况来看，"文忌"说的大量出现，反映了明人文章创作丰富之余的反思和总结，这是明代文章学领域一个重要现象。

应该说，关注文法，是明代文坛的一个普遍现象。 文人们围绕文法问题生发了诸多讨论，如章法、句法、调法、字法等文章的内在法度问题，还有文法与性情、文法与文意、文法与文心等关系问题也有所涉及。 应该说，这些问题的深入探讨，不仅丰富了人们对文章内在要素及结构的认知，也深化了人们对文章外部关系的认识。 总的来看，明人对法的探讨是深入的、多方位的。 尤其是从举业的角度看，人们关注时文之法甚于古文之法，这反映了科举制度对文人写作的重要影响。 尽管如此，他们所表现出的强烈的文法意识，是他们高度重视文章文体、语体特征的反映。 可以说，明人的文法理论成为明代文论的重要组成部分。

---

① （明）汤宾尹：《汤睡庵太史论定一见能文》卷一，见陈广宏、龚宗杰编校：《稀见明人文话二十种》，901～904 页，上海，上海古籍出版社，2016。
② 同上书，904 页。

◎ 第四节

养神与养气：明代文话的作家修养论

作家修养对于文学创作的重要性，古人多有探讨。 古人对作家修养的论述，主要包括以道德人格为主的精神修养和以才学胆识为主的艺术修养，前者与作品内容密切相关，后者与作品的审美价值有关。 它们共同构成了作家的基本素质，并决定着作品的艺术价值。[①] 在继承前代作家修养论尤其是宋元文章学修养论的基础上[②]，明人文章学中的作家修养论又有所发展，呈现出新的内涵和价值。

一、炼神养气

从作家的精神修养层面看，明人重在谈论"神"与"气"。 这两点，显然受到了前人神气说的影响。 比如，王文禄《文脉》谈神气时，先引述前贤之语，谓："杜子美曰：'文章有神。'陈绎曾《文筌小谱》第一曰：'澄神。 夫神者，性之灵颖，无微不透，无古无今。 惟澄神则神清不杂。'又曰：'炼气。 气者，神气也。 惟炼气则气充不挠。'刘勰《文心雕龙》赞曰：'百龄影徂，千载心在。'文章心精也，神气钟焉，欲不垂世，得乎？"[③] 由此可知，从南朝刘勰到唐代杜甫，再到元代陈绎曾，文章的"神"或"气"问题，早已被文人所关注。 他们的相关论述也由此成为明人谈论"神气"的理论起点。

明人论神，往往存在两个方面的理解。 其一，"神"指的是文中之神。

---

① 吴建民：《古代作家修养论》，载《阜阳师范学院学报（社会科学版）》，2001（1）。
② 参见祝尚书：《宋元文章学的作家修养论》，载《学术研究》，2006（3）。
③ （明）王文禄：《文脉》卷一，见王水照编：《历代文话》，1694 页，上海，复旦大学出版社，2007。

武之望解释"神"说：

> 夫神何物也，如水中之盐味，色里之胶青，睹之虽不见形，不可以无形而谓其非有也。即以身喻，四肢九窍，以形用矣，而皆恃神为主宰，无神则耳目孰与视听，手足孰与持行？形悉委形耳矣。故神之在文，虽无形也，而能形形，血脉得之而流贯，筋骨得之而联属，色泽得之而光润，以至气得之而运行，机得之而动荡，意得之而融洽，词得之而畅达，皆是物也。文而无神，殆如枯槁之木，枝干虽存，生意已散，沉痼之人，眉目虽具，精气不属，即灿如云锦，皆厄词赘语焉耳，何足贵乎？①

在他看来，神是无形之物，其在文中，能形形，能使文有生命活力；文若无神，则不足贵。刘元珍亦说："文有神髓，有神气。流于肺腑，出于性灵，而能发道理之玄微者，神髓也；健朗沈雄，光彩焕发，如生龙活虎者，神气也。兼而有之，乃可以为文矣。"②他把"神髓"和"神气"当作为文的标准和前提。其二，"神"指的是作家之神。《新刻官板举业厄言》说：

> 神者人身之灵物也，能隐能显，能寂能通，呼吸变化，妙用不穷。故存之而浑然，触之而跃然，凝之而湛然，焕之而烨然，所以神气欲安闲，神采欲流动。若不悟惺惺之理，而但寂守顽空，槁之于无用之地，则虽存而不灵矣。必常清常静，常动常醒，尸之渊默而不昧，投之震撼而不挠，斯其灵足用耳。彼玄修家于静中养气，闹处炼神，此至理也。③

---

① （明）武之望撰，（明）陆翀之辑：《新刻官板举业厄言》卷一《神》，见陈广宏、龚宗杰编校：《稀见明人文话二十种》，431 页，上海，上海古籍出版社，2016。
② （明）刘元珍：《从文先诀·内篇》，见陈广宏、龚宗杰编校：《稀见明人文话二十种》，1289 页，上海，上海古籍出版社，2016。
③ （明）武之望撰，（明）陆翀之辑：《新刻官板举业厄言》附"未收条目"，见陈广宏、龚宗杰编校：《稀见明人文话二十种》，559 页，上海，上海古籍出版社，2016。

由此看出，作为人身灵物的"神"具有变化莫测的特性，故要炼神。

实际上，明人对作家之神更为关注，往往将它与行文的内容或形式联系起来阐论。袁黄说："善论文者，亦论其神而已矣。故文舒者，其神必泰；文温者，其神必和；文清者，其神必不俗；文冠冕者，其神必轩翥；文条达者，其神必通畅；文蕴藉者，其神必停蓄。若影之于形，修短曲直，未有不似之者也。"[1]武之望亦说："文者心之精也，而神所为也。神有清浊，则文有纯杂；神有静躁，则文有雅俗；神有昏明，则文有显晦。有诸内，必形诸外，若表影相符，未有或爽者也。"[2]他们都认识到作家之神的差异性，会影响到文章的思想内容或艺术风格。实际上，此处文与神应该是表里关系，文是神的外化，神凝结于文中。

明人论气，往往存在两个方面的理解。其一，"气"是作者之气。汤宾尹说："杜牧之论文以气为主，盖气和则文平，气充则文畅，气壮则文雄，气清则文贵，气豪爽则文逸宕。然此不可以旦夕计效者也，必如纪渻子之养斗鸡，三年而望之如木鸡然，则几矣。"[3]此语道出了创作主体之气与文风之间的密切关系。

其二，"气"是为文之气。黄汝亨说："文之有气，如人身之血脉，壅则病矣。气贵清、贵达、贵溜、贵足。心清学术端，则为醇正之气；躁心浅见，则为浮邪之气，其需于气则一。苏氏兄弟之文，横绝一世者，以气而已。曰：'行乎其所不得不行，止乎其所不得不止'，是纯气之守也。"[4]他强调为文之气要清、达、溜、足。类似之言，还有："气之在文，犹在身

---

① （明）袁黄：《举业毂率》，见陈广宏、龚宗杰编校：《稀见明人文话二十种》，152 页，上海，上海古籍出版社，2016。

② （明）武之望撰，（明）陆翀之辑：《新刻官板举业卮言》卷一《神》，见陈广宏、龚宗杰编校：《稀见明人文话二十种》，431 页，上海，上海古籍出版社，2016。

③ （明）汤宾尹：《汤睡庵太史论定一见能文》卷一《养气》，见陈广宏、龚宗杰编校：《稀见明人文话二十种》，874 页，上海，上海古籍出版社，2016。

④ （明）左培：《书文式·文式》卷上，见王水照编：《历代文话》，3154 页，上海，复旦大学出版社，2007。

也，欲充欲调。 不充则偏枯痿痹之患生，而不调则壅阏蹩戾之患亦至，即有余犹之不足耳。 故文无论长短，气无论缓急，皆以充满均调为主。 长用之则充充勃勃，即连篇累牍而不觉馁，短出之则绵绵密密，即单辞片语而不觉促。 呼吸相寻，升沉无间，沦洽布濩，无处不周，斯为善养其气耳。 不然，微有不充，必为怯为馁，微有不调，必为戾为矜，均非所以语气之平也。"①这里强调文气要充要调，要以充满均调为主。

无论是"神"，还是"气"，明人皆强调"养"。 关于"养神"，许子逊说："文之命脉在神气，火候在炼神养气。"②赵苙庵强调作举业文字首要"养精神"，说："人一身只靠这精神干事，精神不旺，昏沉到老。 只是这样人，须要养起精神，戒浩饮，浩饮耗神；戒贪色，贪色减神；戒厚味，厚味昏神；戒多食，多食闷神；戒多动，多动乱神；戒多言，多言损神；戒多忧，多忧郁神；戒多思，多思扰神；戒久睡，久睡倦神；戒久读，久读苦神。 人若调养得精神完固，不怕文字无解悟、无神气，自是矢口动人，此是举业最上一乘。"③武之望则强调"凝神"，说："故修文之士，先务凝神，神完则精固，精固则气充，气充则志强。"④又说："凝神之道，不外乎收放心。 心者，神之舍也，心定则神凝，心驰则神散，此一定之理。 ……吾辈要维此心，不必他求，只去读书作文，便是收摄之方。 ……心有安顿，则神有归宿。 凝神之道，诚莫要于此矣。"⑤概言之，只有养神、凝神，作家之心才能安静，作家才能精神饱满，如此作文，文才能神完气足。

关于"养气"，杜濬强调"养元气以充其本"："嗜欲淡，则神气清；

---

① （明）武之望撰，（明）陆翀之辑：《新刻官板举业卮言》附"未收条目"，见陈广宏、龚宗杰编校：《稀见明人文话二十种》，559 页，上海，上海古籍出版社，2016。
② （明）左培：《书文式·文式》卷上，见王水照编：《历代文话》，3154 页，上海，复旦大学出版社，2007。
③ （明）汪应鼎：《流翠山房辑选八大家论文要诀·作文是应世先资》，见陈广宏、龚宗杰编校：《稀见明人文话二十种》，1349 页，上海，上海古籍出版社，2016。
④ （明）武之望撰，（明）陆翀之辑：《新刻官板举业卮言》卷一《神》，见陈广宏、龚宗杰编校：《稀见明人文话二十种》，431 页，上海，上海古籍出版社，2016。
⑤ （明）武之望撰，（明）陆翀之辑：《新刻官板举业卮言》卷一《神》，见陈广宏、龚宗杰编校：《稀见明人文话二十种》，432 页，上海，上海古籍出版社，2016。

色德节，则血气盛；饮食不过，则昏气少；天理常存，则志气明。 心欲平，平无刻凿之过；气欲易，易无苦难之失。 须平日动静食息充养之有素，非可临文矫强而作为。"①他还强调"养题气以极其变"："凡养气之法，宜澄心静虑，此人此景此事此情，默存胸中，使汁浑融化，心领神会，则此气油然自生。 然后择其精而不僻、新而不尖者，淘之汰之，滤之漉之，自然充轫。 切不可强思强作，昏气一乘，率皆浮浪客气，非自得也。"②归有光亦说："为文必在养气，气充于中而文溢于外，盖有不期然而然者。 如诸葛孔明《前出师表》、胡澹庵《上高宗封事》，皆沛然腑肺中流出，不期文而自文，谓非正气之所发乎？"③汤宾尹亦说"文贵养气"："养得气和，文始雍容而大雅；养得气壮，文始充实而称雄；养得气清，文始澄洁而无秽。 ……凡欲养气，须先正其心，将万缘放下，使心君泰然。 使此志常凝，而一物不扰，则气自然宁定；此志常洁，而一私不染，则气自然清明；此志常寂，而一念不生，则此气便是混沌之气。 是故当以养志为主。"④统而观之，明人所论"养气"，既有先秦儒道两家"养气"论的因子，又有唐宋明道以"养气"说的影响，在一定程度上丰富了明代文论中"养气"说的内涵。

二、才识俱备

除了重视"神"与"气"，明人还特别在意创作主体的才学与见识。 归有光说："文章非识不足以厚其本，非才不足以利其用，才识俱备，文字自

---

① （明）杜濬：《杜氏文谱》卷二，见王水照编：《历代文话》，2447 页，上海，复旦大学出版社，2007。

② 同上书，2448 页。

③ （明）归有光：《归震川先生论文章体则·通用则》，见王水照编：《历代文话》，1717 页，上海，复旦大学出版社，2007。

④ （明）汤宾尹：《汤霍林先生衷选大方家谈文·文贵养气》，见陈广宏、龚宗杰编校：《稀见明人文话二十种》，827 页，上海，上海古籍出版社，2016。

尔高人。"①在他看来，作家"才识俱备"，其笔下文字自然胜人一筹。

何谓才？ 武之望认为：

> 才也者，性中之良能，而作用之所自出也。赋才有长短，则作用有工拙，即如人生百凡应酬，全靠才能干办。才若有余，则投之艰大能胜，付之盘错能理，游刃恢恢，绰有余地。……若操觚之士，而才力有不足，则学问虽多不能用，意思虽有不能达，其中固有以限之也，才之不可以已也，如是夫。才受于天而成于人者也，长短巧拙，虽天降尔殊，然益之以学，培之以养，亦能扩充其所未备。盖性中良能，人人自有，惟屑越之，委弃之，斯精神内消，才力外减耳。若厚培养精神以植其干，博习义理以扩其识，殆如饮食厌饫于内，气力壮盛于外，才未有不生发而长盛者也。②

综合来看，可得出以下认识：其一，才是性中良能，有长短工拙；其二，才要益之以学，培之以养，如此才力壮盛。 故武之望认为："读太史公及苏长公文，亦能助发人才。"③

明人还认为，见识高则意度高。 杜濬说："文，言之精也。 天下精妙之言，非识见高者不能。"④见识对文章的重要性不言而喻。 汤宾尹说：

> 文章增十分闻见，不如增一分识。识愈高，则文愈澹；识愈卑，则伎俩愈多。至于伎俩愈多，而品愈下，内不足，故外有余，此理自然，

---

① （明）归有光：《归震川先生论文章体则》，见王水照编：《历代文话》，1717 页，上海，复旦大学出版社，2007。
② （明）武之望撰，（明）陆翀之辑：《新刻官板举业卮言》卷一《才》，见陈广宏、龚宗杰编校：《稀见明人文话二十种》，439～440 页，上海，上海古籍出版社，2016。
③ 同上书，440 页。
④ （明）杜濬：《杜氏文谱》卷二，见王水照编：《历代文话》，2445 页，上海，复旦大学出版社，2007。

无足怪者。夫户必有枢，船必有柁，文必有一段最紧关处。惟平日善看书则识进，识进则据此最紧关处，拿缚得定，临时信手拈来，头头是道。整容敛襟而语亦可，嬉笑怒骂而语亦可，雄猛而钜鹿一战亦可，闲暇如围棋赌墅亦可，简峻如片言折狱亦可，一滚而出如万斛之泉亦可，循规蹈矩亦可，忽入九天、忽潜九地亦可。横行直撞不离这个，区区左顾右盼，无所用之。故夫无修词之扰，无敷衍补缀之劳，省除一切烦苛，而归诸至易至简者，无如识。识之于文也，一纲举而万目张之道；其堕落脂粉者，三年而成一叶之说也。[1]

武之望亦强调"识见"的重要性：

> 文字议论，皆从识见中来。识见高，则议论亦高；识见卑，则议论亦卑。所以古人论三长，必曰才、学、识，以识之关于著作者，最要也。试看古来文字，虽奇正醇疵不同，大要皆有一段过人识见，所以传至于今不朽。不然，即摛词若春华，亦与时俱没耳。[2]

还有人认为识有"见识"和"神识"之分，后者高于前者，较为神秘。《新刻官板举业卮言》云："见识由见闻而入，在语言听览之中；神识由性灵而通，在耳目心思之外。如扁鹊察病，望桓侯而却走；九方相马，略牝牡而弗知。耳目所不能宥，形色所不能拘，斯称神识矣。噫！此可为得意忘言者道，难为溺心循象者言也。"[3]

如何提高"识见"，明人有多种看法。武之望强调首先要端正心术：

① （明）汤宾尹：《汤睡庵太史论定一见能文》卷一《造识》，见陈广宏、龚宗杰编校：《稀见明人文话二十种》，874～875 页，上海，上海古籍出版社，2016。
② （明）武之望撰，（明）陆翀之辑：《新刻官板举业卮言》卷一《识》，见陈广宏、龚宗杰编校：《稀见明人文话二十种》，441 页，上海，上海古籍出版社，2016。
③ （明）武之望撰，（明）陆翀之辑：《新刻官板举业卮言》附"未收条目"，见陈广宏、龚宗杰编校：《稀见明人文话二十种》，561 页，上海，上海古籍出版社，2016。

故学者识见要高，先要正其心术，端其趋向。吾辈日与世情交涉，岂能槁形灰心，一无所染？但把此心放得平平淡淡，来亦不冀，去亦不留。由义理以悦心，而或得或失，如沙鸟浮没于水上，履坦途以自适，而时行时止，犹浮云卷舒于空中。胸中时有此趣，便是上达君子，识见不日进于高明，吾不信也。①

此外，要闻见广博，不落流俗。他说："识趣要高，闻见最不宜俗。盖耳目相习，染濡最易，见闻若素，心志随移。所以居芝兰之室者，久之不知其香；入鲍鱼之肆者，久之不闻其臭。良由熏蒸渐靡使然也。"他还认为闻见与经历有关："识见亦从经练中来，盖阅历多，则知识进，理所必然耳。"②关于此点，还有类似说法："识由闻见广，亦由谙练精。如通都大贾，不可欺以物之美恶；汉庭老吏，不可欺以人之情伪。良由阅历多，则知识进；谙练熟，则察识精。……则夫饱世故，熟人情，周知泛应，亦扩充识见之一法也。"③

总之，明代文章学中的作家修养论，涉及神、气、才、识等诸多问题，内容颇为丰富。他们强调"养"，认为"夫内有之精神，不养不充；外来之学问，不养不邃。故养内所以裕外，养外所以实内也。如草木之根株至细也，养之而枝叶生焉；花果之种核至微也，养之而华实茂焉"④。作家只有内外兼修兼"养"，文章才能写得醇厚有物。扩展一步说，明人的作家修养论，既有对前代文学遗产的继承，又有合乎明代举业的创新。尤其是修养论中的诸多内容，虽是针对举业八股而言，但其中所涉及和探讨的创作问题却具有普遍意义，并对后世的文学思想有着深远的影响。

---

① （明）武之望撰，（明）陆翀之辑：《新刻官板举业卮言》卷一《识》，见陈广宏、龚宗杰编校：《稀见明人文话二十种》，441页，上海，上海古籍出版社，2016。
② 同上书，441～442页。
③ （明）武之望撰，（明）陆翀之辑：《新刻官板举业卮言》附"未收条目"，见陈广宏、龚宗杰编校：《稀见明人文话二十种》，561页，上海，上海古籍出版社，2016。
④ （明）武之望撰，（明）陆翀之辑：《新刻官板举业卮言》附"未收条目"，见陈广宏、龚宗杰编校：《稀见明人文话二十种》，569页，上海，上海古籍出版社，2016。

第三编

吴子林

明代小说思想史

概　述

　　本部分重点研究有明一代的小说思想发展史。

　　研究的基本思路和做法是：返回具体的历史文化语境，即包括中国古代文化传统和与小说创作、批评密切相关的哲学思潮、士人生活、士人心态，以及不同朝代不同时期的政治形势、经济状态、文学思潮等，深入考察、分析有明一代通俗小说与文言小说的创作情况，继而考察、分析相应的小说接受与批评，再从中挖掘出小说创作、批评的思想，亦即一些规律性的理论质素。

　　有明一代的小说思想发展史，经历了一个由涓涓细流到蔚为大观的过程；小说思想的形态，起初多散见于小说的序跋和笔记杂著，再汇聚到小说评点特别是"四大奇书"的评点之中，内容最多，内涵也最为丰富。易言之，小说思想与具体小说作品紧相依附，故而许多小说理论命题都集中在《三国演义》《水浒传》《西游记》《金瓶梅》等一流作品的评点中，显得非常具体生动和切中实际。在某种意义上，可以说，小说创作的艺术水平直接影响到小说评点的理论水平。因此，研究有明一代的小说思想不能不先考察、分析小说创作的发展态势。

　　小说的创作依赖诸多文化基础、环境、氛围与因素，多角度、多层面、多方位地切入有明一代小说发展之历史文化语境的研究十分必要。无论是通俗小说还是文言小说，有明一代小说作者主要是文人。当然，在小说生产的过程中，还有书坊主的介入。有明一代小说创作总的趋势是由早期的编创走向后期的独立写作，文人始终发挥着主导作用。在小说创作包括批评的过程中，文人通过这些文艺实践实现了自我，展现了自己的智慧及其深刻性；其中，文化语境的嬗变至关重要，它直接影响到了不同时期士人的生活风貌、心理状态、人格理想、人生情怀和审美情趣，以及小说艺术本身的发展程度。为此，本编用了不少篇幅以呈现不同历史阶段的政治形势、经济状态、哲学思潮、士风流变等。

依据有明一代小说发展的具体情况，本编共分五章。

第十八章是明初（洪武至洪熙朝）的小说创作与批评，该时期的小说思想主要体现于对《剪灯新话》《剪灯余话》等优秀作品创作经验的经验总结和理性思考。

第十九章是宣德至隆庆朝的小说创作与批评，该时期又分两个阶段：一是宣德至正德朝，小说创作裹足不前，处于萧条与复苏状态，通俗小说基本一片空白，文言小说在本阶段末期略有起色，小说思想的发展基本处于停滞状态；二是嘉靖至隆庆朝，通俗小说、文言小说的创作与批评在长时期的停滞之后才开始复苏。

第二十章是万历、泰昌朝的小说创作与批评。万历初期仍是历史演义的天下，但从万历中期起出现了公案小说、神魔小说、人情小说，还有从历史演义中分化出来的时事小说，万历末期还产生了拟话本小说。通俗小说创作开始形成了初步繁荣的局面。文言小说的创作也在稳步前进，表现出贴近现实、与时代平行的趋向。与繁荣的小说创作平行的是小说思想的发展。比如，李贽开始批点《水浒传》，以评点的方式总结、阐发通俗小说的思想；胡应麟、陈继儒、谢肇淛等著名文士从理论上充分肯定通俗小说，归纳其创作规律，使通俗小说的艺术水准得以不断提高。

第二十一章是天启、崇祯及南明弘光朝的小说创作与批评，该时期阶级矛盾、民族矛盾空前尖锐，国势败坏到无法收拾的地步，小说创作却获得前所未有的丰收：出现了大量的通俗小说作品（近七十种），创作流派增加

（拟话本、时事小说等），编创手法有明显进步（出现独立创作的作品，由改编转向独创），作品整体质量显著提高。与小说创作实践相呼应，此阶段的小说思想逐渐成熟，对创作经验做了较好的理论总结。本章重点研究了冯梦龙、凌濛初的小说创作及其批评。

第二十二章是本编的重头戏，专辟一章分别考索了小说评点的知识谱系，辨析了金圣叹的"才子"说，"以文运事""因文生事"说，"文法"理论，"传神写照"说，以及"独恶宋江"、"腰斩"《水浒传》等重要问题，比较全面、系统地研究了有明一代小说思想的集大成者金圣叹的小说理论。

以上是著者个人对有明一代小说思想发展的一些研究构想，本研究力图尽可能地切合明代小说思想发展的实际情形，并尽力从理论思辨的层面综合、概括、提升明人的小说思想，并站在当代的理论高度，彰显其中最有深度、最富有价值的思想内涵，激发出明代小说思想宝藏中的潜能。

第十八章
明初的小说创作与批评

　　有明一代的小说思想是伴随着明代小说的创作一起发展的。 一方面，小说创作是小说批评存在的前提和发展的基础，另一方面，小说批评又制约或促进了小说的创作。 由于《三国演义》《水浒传》问世后没有即时刊刻，未能产生"轰动"效应，所以明初的小说批评主要是对《剪灯新话》《剪灯余话》等优秀作品创作经验的总结和理性思考，虽然大体上依然用史学家的眼光看待小说，视小说为"正史之余"，但也提出了一些值得重视的思想。

◎ 第一节
明初的小说创作

　　小说创作的态势往往随着社会生活的发展而变化。 明初，朱元璋为了巩固皇权、加强专制统治，竭力扫荡开国功臣，废除有一千余年历史的丞相制度和有七百余年历史的中书、门下、尚书三省制度，将军政大权独揽于一身。 与此同时，以八股文取士，强化了思想文化方面的专制统治。 明初社会由战乱走向统一与稳定，经济得到了复苏与发展，文化氛围则显得肃杀、阴冷。 明初小说创作便是在这种环境中展开的。

从洪武到洪熙朝，即 1368—1425 年的五十八年里，问世的小说作品并不多。 目前我们所能看到的，通俗小说只有《三国演义》《水浒传》《隋唐两朝志传》《残唐五代史演义传》《三遂平妖传》五部作品，文言小说则有《剪灯新话》《剪灯余话》两部作品集，还有一些零星作品。

《三国演义》的作者罗贯中，名本，字贯中，号湖海散人，杭州人，祖籍山西太原。 罗贯中的生平事迹已不可考，由明初贾仲明《录鬼簿续编》可知其活动于元末明初之际，"与人寡合"，"遭时多故"。 相传罗贯中曾为割据江苏一带的吴王张士诚的幕僚，由于政治上的抱负未能实现，因而转向于小说戏曲的创作。 今存署名由他编著的小说有《三国志通俗演义》《隋唐两朝志传》《残唐五代史演义传》《三遂平妖传》。 明代刊印的《水浒传》题署作者时也常有罗贯中之名。 王道生《施耐庵墓志》中有"得识其门人罗贯中于闽"之语，可能罗氏参与过《水浒传》的创作。 在历史上，与元末明初情形相似的有三个时代，即三国鼎立与晋统一全国、隋末群雄并起与唐统一全国、唐末的五代十国与宋基本统一全国。 《三国志通俗演义》《隋唐两朝志传》《残唐五代史演义传》所描写的正分别与这三个分裂、动荡最后走向统一的时代相对应，而且，它们都表现了其中所共有的带有整体性或本质性的东西。 譬如，《三国演义》所刻画的阴险狡诈、多疑残忍又见识卓然、雄才大略的曹操，深刻揭示了统治者暴虐虚伪或制造祸乱的丑恶面目，而仁义宽厚、礼贤下士、爱民如子、施行王道的刘备，体现了残酷现实下人们鲜明的爱憎，以及渴望国家统一、生活安定的愿望。 显然，这些都是罗贯中有意识地选择、概括、提炼的结果，既是一种艺术创造，又是历史经验的可贵总结。

关于《水浒传》的作者，明代有以下三种不同说法。 其一，施耐庵作，罗贯中编。 明代嘉靖、隆庆年间的藏书家、目录学家高儒（生卒年不详）所撰《百川书志》卷六《史志三·野史》著录该书，《百川书志》较早的刊本题作"钱塘施耐庵的本，罗贯中编次"，此本今未见；嘉靖刊本题"施耐庵集撰，罗贯中纂修"。 嘉靖时人郎瑛也持这种看法："《三国》《宋江》二书，乃杭人罗本贯中所编。 予意旧必有本，故曰编。"①其二，罗贯中作。嘉靖时人王圻、田汝成认为此书纯为罗贯中所作，明双峰堂刊本的题署为"中原贯中罗道本名卿父编辑"。 其三，施耐庵作。 胡应麟《少室山房笔丛》持此说，明雄飞馆《英雄谱》中的《水浒传》署"钱塘施耐庵编辑"，金圣叹删定的七十回本题为"东都施耐庵撰"。 目前，学界多倾向于《水浒传》为施耐庵所作。 在已有文字记载中，有关施耐庵的内容互有出入，不过，其为元末明初人，经历过战乱，在这方面则是基本一致的。 《三国演义》反映了天下"合久必分"到"分久必合"的历史进程，对作为这一进程开端的农民起义一笔带过，侧重描写三国鼎立的历程。 《水浒传》则概括了广阔的社会生活，全面描写了农民起义爆发的原因——"逼上梁山"的严酷现实，义军由弱到强的历程，以及最后的结局（受招安）。 《水浒传》以北宋末年为故事发生的历史背景，其实也是对元末动荡社会间接、曲折的反映，寄寓了作家对眼前现实的分析、思考和理解，揭示了封建社会无数次农民起义的某些共同特点与规律。

　　《三国演义》与《水浒传》属于世代累积型作品，罗贯中、施耐庵都是根据宋元话本等改编故事，在前人各种创作的基础上做了集大成式的改编。在《三国演义》之前，《三国志平话》虽是梗概式的作品，但已确定了故事发展的框架。 罗贯中的工作是使其中的内容变得更为充实丰满，情节发展更为合理，人物性格刻画更为鲜明。 《水浒传》之前，梁山英雄的故事广为流传，只是多为一个个相对独立的故事，《大宋宣和遗事》虽已将某些传说组合在一起，但并没有构成水浒故事的整体框架。 施耐庵的工作便是将这些相对独立的故事恰如其分地组合起来，体现各个故事之间的有机联系。 《三国演义》与《水浒传》代表了两种典型的不同改编方式，这种集大成式的整理、改编是很不容易的艺术创造。 长篇小说的结构设置、情节安排、人物性

---

① （明）郎瑛著，安越点校：《七修类稿》卷二十三《三国宋江演义》，285 页，北京，文化艺术出版社，1998。

格的刻画及其连续性的保持，还有环境气氛的渲染、烘托，都是摆在作家面前的艺术难题。罗贯中、施耐庵是天才的艺术大师，他们冷静地观察、深刻地思考、大胆地摸索和尝试，取得了斐然的艺术成就。因此，作品刊刻问世之后，便引发了人们的深入评论和研究，人们还从中提炼、总结出了不少小说的艺术规律。当然，这是后话了。

同样是受到元末明初战乱的刺激，与《三国演义》《水浒传》这些通俗小说关注军国大事或英雄传奇不同，明初的《剪灯新话》《剪灯余话》等文言小说的内容"远不出百年，近止在数载"①，所关注的是平常百姓的颠沛流离与悲欢离合。

瞿佑（1341—1427），"佑"一作"祐"，字宗吉，号存斋。钱塘（今浙江杭州）人，一说山阳（今江苏淮安）人。十四岁即文名四溢，为当时的大文学家杨维桢所赏。杨维桢与其叔祖瞿士衡是至交，有一天走访，瞿佑与之"即席倚和，俊语叠出"，杨维桢叹赏不已，对瞿士衡说："此君家千里驹也。"②洪武初，瞿佑自训导、国子助教官至周王府长史。永乐间，因诗获罪，谪戍保安十年，遇赦放归。瞿佑年轻时"编辑古今怪奇之事"，他在《剪灯新话》的序中自言"好事者每以近事相闻，远不出百年，近止在数载"，累积到一定程度，"乃援笔为文以纪之"③，后辑成一本四十卷的《剪灯录》，以抄本流行。《剪灯新话》成书于洪武十一年（1378），所谓"新话"，是相对于前之所辑《剪灯录》而言的。书成后，"好事者"辗转传抄，舛误颇多。永乐十八年（1420），友人胡子昂到保安，带来在四川蒲江任知县时抄得的一部《剪灯新话》。瞿佑重睹本以为散佚的作品，欣喜万分，在此抄本上"亲笔校正"，并"特为旁注详明"。永乐十九年

---

① （明）瞿佑：《剪灯新话序一》，见（明）瞿佑等著，周楞伽校注：《剪灯新话（外二种）》，3页，上海，上海古籍出版社，1981。
② （清）钱谦益：《列朝诗集小传》乙集"瞿长史佑"，189页，上海，上海古籍出版社，1959。
③ （明）瞿佑：《剪灯新话序一》，见（明）瞿佑等著，周楞伽校注：《剪灯新话（外二种）》，3页，上海，上海古籍出版社，1981。

（1421），瞿佑《重校剪灯新话后序》云："是集成于洪武戊午，距今四十四祀矣。"后来瞿佑之侄瞿暹刊印此书便是以这部校订本为底本。据高儒《百川书志》卷六记载，《剪灯新话》共四卷二十一段（即二十一篇），与今天所见《剪灯新话》的卷数篇数相同。

《剪灯新话》是短篇小说的汇集，从其中各篇所标明的故事发生的纪年来看，绝大多数是以元末明初的社会大动荡为背景，其创作与时代相平行，恢复了唐传奇取材于当下现实人生的传统；作品主人公基本上是书生，此外还有地主、官僚、妓女等别类人物，从不同层次或侧面讲述了元末明初战乱时期人们颠沛流离、家破人亡、悲欢离合的故事，特别是表现了士人阶层的经历遭遇、价值取向、心态情绪和思想状况。《剪灯新话》还恢复了唐传奇面向"无关大体"的浪漫情怀。作品写爱情最多，其中有不少令理学家们尴尬与反感的爱情故事，如《爱卿传》《翠翠传》等。其次是描写隐士的生活。

李祯（1376—1451），字昌祺，庐陵人，永乐癸未（1403）进士，做过翰林院庶吉士，参加过编修《永乐大典》的工作，以礼部主客郎中权知部事，外调做到广西、河南左布政使。李祯显然相当服膺瞿佑，《剪灯余话》完全是在模仿《剪灯新话》，其自序云："往年余董役长干寺，获见睦人桂衡所制《柔柔传》，爱其才思俊逸，意婉词工，因述《还魂记》拟之。后七年，又役房山，客有以钱塘瞿氏《剪灯新话》贻余者。复爱之，锐欲效颦；虽奔走埃氛，心志荒落，然犹技痒弗已。受事之暇，掭撅谩闻，次为二十篇，名曰《剪灯余话》，仍取《还魂记》续于篇末。"[1]发挥道德训诫是《剪灯余话》的主要内容。王英序云："其间所述，若唐诸王之骄淫，谭妇之死节，赵鸾、琼奴之守义，使人读之，有所惩劝；至于他篇之作，措词命意，开阖抑扬，亦多有可取者。"[2]罗汝敬序亦云："刿兹所记，若饼师妇之贞，谭氏

---

① （明）李祯：《剪灯余话序六》，见（明）瞿佑等著，周楞伽校注：《剪灯新话（外二种）》，121页，上海，上海古籍出版社，1981。

② （明）王英：《剪灯余话序二》，见（明）瞿佑等著，周楞伽校注：《剪灯新话（外二种）》，118页，上海，上海古籍出版社，1981。

妇之节，何思明之廉介，吉复卿之交谊，贾、祖两女之雅操，真、文二生之俊杰识时，举有关于风化，而足为世劝者。"①李祯重视"风教"的同时，对才子的"风情"——才情、艳情与温文尔雅的风度的融会——也津津乐道，对男女欢爱的场景不时大加铺叙，甚至不避淫秽，如《江庙泥神记》《秋千会记》《连理树记》《鸾鸾传》等。不过，在这些作品里，男女主角"风流"的前提是有过"父母之命"，或是由于婚事不谐等。他们的风流韵事往往以儒家伦常为依托，而又成为恪守道德操守的典范。《剪灯余话》在这方面与元代的《娇红记》和宋传奇颇为相似。

明代文言小说创作题材由现实转向历史，其标志性作品是赵弼的《效颦集》。赵弼，字辅之，号雪航，福建南平人，曾任汉阳县儒学教谕，主要生活于永乐、宣德年间（1403—1435）。赵弼自述："余尝效洪景庐、瞿宗吉，编述传记二十六篇，皆闻先辈硕老所谈，与己目之所击者。……因题其名曰《效颦集》，所谓效西施之捧心，而不觉自衔其陋也。"由赵弼《效颦集后序》可知，此书结集于宣德三年（1428）二月，在结集前，有单篇作品已"录传于士林中"②。

《效颦集》是明初最后一部文言小说集，大部分作品杂记宋代、元末及明洪武、永乐、洪熙三朝轶事，多为古人古事（如李斯、赵高、司马迁、扬雄、杜甫、韩愈、王安石、岳飞、秦桧、文天祥、贾似道等）的演述。赵弼将阐发儒学大义作为自己的创作宗旨，卷上十一篇传记，多为纪实之作。前三篇记文天祥、袁镛、朗革歹三人以身殉国之举，其余均为明初奇士高风异行。中、下卷十四篇，多为冥幽鬼怪、阴德报应故事，作者有意将古人置于仙界或阴间，评判他们生前的所作所为，并借助神灵的力量，褒奖忠孝节义之士，严惩奸佞恶徒。劝善惩恶、宣扬因果报应，是《效颦集》的核心主题。在《效颦集后序》里，赵弼明确地说：

① （明）罗汝敬：《剪灯余话序三》，见（明）瞿佑等著，周楞伽校注：《剪灯新话（外二种）》，118~119页，上海，上海古籍出版社，1981。
② （明）赵弼：《效颦集·后序》，118页，上海，上海古籍出版社，1957。

　　客有见者，问曰："子所著忠节道义孝友之传，固美事矣。其于幽
冥鬼神之类，岂非荒唐之事乎？荒唐之辞，儒者不言也。子独乐而言
之，何耶？"予曰："《春秋》所书灾异非常之事，以为万世僭逆之戒；
《诗》存郑、卫之风，以示后来淫奔之警，大经之中，未尝无焉。韩、柳
《送穷》《疟鬼》《乞巧》《李赤》诸文，皆寓箴规之意于其中，先贤之作，何
尝泯耶？孔子曰：'不有博奕者乎，为之犹贤乎己！'然则用心博奕者犹
贤，余之所作奚过焉？……余辞肤陋，固不敢希洪、瞿二君之万一，其
于劝善惩恶之意，片言只字之奇，或可取焉……"①

　　与《剪灯新话》相比较，同样是"搜寻神异希奇事"，《效颦集》的着眼点
不在于对现实的反映、针砭，而在于劝惩说教，希望读者阅读此书之后，为
善者愈发坚定做忠臣孝子节妇的信念，为恶者则悚然而惊，知奸佞之不可
为。从艺术层面看，《效颦集》的文笔较为拙劣，中卷所收《续东窗事犯
传》《钟离叟妪传》略为可观。

　　总的说来，明初小说作品创作量并不大，而且问世之初流传不广。《三
国演义》与《水浒传》是在一个半世纪后的嘉靖朝才得以刊刻的，在社会各
阶层中广泛流传，为大众所熟悉和喜爱。《剪灯新话》成书于 1378 年，瞿
佑亲作的校订本刊行于 1421 年以后；李祯的《剪灯余话》刊刻于 1433 年。
尽管如此，作为通俗小说的开山之作，《三国演义》与《水浒传》标志着以
诉诸听觉为目的而编写的话本，演进到有意识地创作供案头欣赏的作品；此
后，明代的通俗小说基本上都是为供案头阅读而创作的作品。《三国演义》
与《水浒传》的影响力极大，可以说开辟了整个明代通俗小说的创作方向并
制约其发展趋势或走向。《剪灯新话》《剪灯余话》等作品在文题、意境等
方面都明显是对唐宋传奇的规摹，尽管没有达到唐宋传奇中不少优秀之作的
水准，而且只是在士人中流传，但是，它们结束了唐宋传奇之后约一个世纪

---

① （明）赵弼：《效颦集·后序》，118 页，上海，上海古籍出版社，1957。

的萧条沉寂，是明代文言小说创作的开始，后来者多奉之为楷模。 明代的小说创作有一个非常好的开端，可是，随后却进入了长达一个多世纪的停滞、萧条期。

◎ 第二节
明初的小说批评

在小说评点和小说专论出现之前，小说序跋是古代小说思想的主要存在方式。 序跋是由作者或相关人撰写的，是附丽在小说正文前后的说明文字。序跋常常有推广小说作品的意图，其中不免有溢美或夸大之辞，还有一些是伪托之作。 小说序跋的内容多是有关作者生平境况、写作动机、写作过程、作品寓意等方面的内容，有助于了解小说的创作过程和作品本身。

明初的小说理论，主要是《剪灯新话》《剪灯余话》的序里对传奇小说的评论，它们反映了明初人们的小说观念。 《剪灯新话》里有瞿佑、凌云翰、吴植、桂衡四人写的序，撰写时间分别是洪武十一年（1378）、十四年（1381）、二十二年（1389）、三十年（1397）。 《剪灯余话》里有六篇序，分别是永乐十八年（1420）曾棨、王英、罗汝敬、李祯写的四篇序，还有宣德八年（1433）刘敬、张光启写的两篇序。 这些序言主要涉及了以下理论问题。

一、小说的价值与功能

瞿佑在《剪灯新话序》中论及自己作品时说：

> 自以为涉于语怪，近于诲淫，藏之书笥，不欲传出。客闻而求观者

众，不能尽却之，则又自解曰：《诗》《书》《易》《春秋》，皆圣笔之所述
作，以为万世大经大法者也；然而《易》言龙战于野，《书》载雉雊于鼎，
《国风》取淫奔之诗，《春秋》纪乱贼之作，是又不可执一论也。今余此
编，虽于世教民彝，莫之或补，而劝善惩恶，哀穷悼屈，其亦庶乎言者
无罪，闻者足以戒之一义云尔。①

明初另一位小说家、瞿佑的朋友桂衡则云：

> 余观昌黎韩子作《毛颖传》，柳子厚读而奇之，谓若捕龙蛇，搏虎
> 豹，急与之角，而力不敢暇；古之文人，其相推奖类若此。及子厚作
> 《谪龙说》与《河间传》等，后之人亦未闻有以妄且淫病子厚者，岂前辈所
> 见，有不逮今耶？亦忠厚之志焉耳矣。②

从这两段文字不难看出"小说"在当时遭受贬斥、禁毁的艰难处境，以致瞿
佑、桂衡不得不援圣贤为据为之辩护，以证明小说不悖于圣贤之道。瞿佑列
举了经典中不乏语怪、述情的内容，提出"不可执一论"以释怀。桂衡则直
接以韩愈、柳宗元二人的准小说类作品为例，认为"亦忠厚之志焉耳矣"。
这里，瞿佑、桂衡实际提出了作品评价标准多元化的主张，为小说争取生存
权。这里，所谓"忠厚"，即对"异己"的宽容态度，以"异味"的资格为
小说争得一个等而下之的地位。

在前面引文里，瞿佑还提出了"劝善惩恶"说和"哀穷悼屈"说。

瞿佑效法前贤对儒家经典"微言大义"的阐发，提出小说的"劝善惩
恶"说，其意在突出强调小说的教化意义，因为他在模仿志怪与传奇搜集素

---

① （明）瞿佑：《剪灯新话序一》，见（明）瞿佑等著，周楞伽校注：《剪灯新话（外二种）》，
　3页，上海，上海古籍出版社，1981。
② （明）桂衡：《剪灯新话序四》，见（明）瞿佑等著，周楞伽校注：《剪灯新话（外二种）》，
　4页，上海，上海古籍出版社，1981。

材与创作时，其标准是"其事皆可喜可悲、可惊可怪者"①，故而难免会有"语怪""诲淫"之处。瞿佑高举"褒贬""劝惩"的旗帜，是为了给不登大雅之堂的小说争取生存空间。对于瞿佑的"劝善惩恶"说，桂衡做了一定的发挥：

> 余友瞿宗吉之为《剪灯新话》，其所志怪，有过于马孺子所言，而淫则无若河间之甚者。而或者犹沾沾然置喙于其间，何俗之不古也如是！盖宗吉以褒善贬恶之学，训导之间，游其耳目于词翰之场，闻见既多，积累益富。恐其久而记忆之或忘也，故取其事之尤可以感发、可以惩创者，汇次成编，藏之箧笥，以自怡悦，此宗吉之志也。②

与瞿佑一样，桂衡采取同样的做法为《剪灯新话》辩护，他打出的旗帜是唐代古文运动的领袖韩愈和柳宗元，他们也都写过语"怪"、涉"淫"之作，而《剪灯新话》"其所志怪，有过于马孺子所言，而淫则无若河间之甚者"，有何必要"沾沾然置喙于其间"呢？值得注意的是，为了说明小说的褒善功能，桂衡用了一个词——"感发"。联系其为《剪灯新话》的题诗"世间万事幻泡耳，往往有情能不死"③可知，"感发"是针对小说作品有"言情"的特征而言的。六朝"志人""志怪"重叙事，少言情；唐传奇以写情见长，"叙述宛转，文辞华艳"④；宋传奇"大抵托之古事，不敢及近"，"其文平实简率，既失六朝志怪之古质，复无唐人传奇之缠绵"⑤。《剪灯新话》在言情方面继承的是唐传奇的传统，桂衡所论是符合作品实际的。

---

① （明）瞿佑：《剪灯新话序一》，见（明）瞿佑等著，周楞枷校注：《剪灯新话（外二种）》，3页，上海，上海古籍出版社，1981。
② （明）桂衡：《剪灯新话序四》，见（明）瞿佑等著，周楞伽校注：《剪灯新话（外二种）》，4～5页，上海，上海古籍出版社，1981。
③ 同上书，5页。
④ 鲁迅：《中国小说史略》，见《鲁迅全集》第9卷，73页，北京，人民文学出版社，2005。
⑤ 同上书，109、105页。

凌云翰的观点与桂衡基本一致，他说：

> 昔陈鸿作《长恨传》并《东城老父传》，时人称其史才，咸推许之。及观牛僧孺之《幽怪录》，刘斧之《青琐集》，则又述奇纪异，其事之有无不必论，而其制作之体，则亦工矣。乡友瞿宗吉氏著《剪灯新话》，无乃类是乎？宗吉之志确而勤，故其学也博；其才充而敏，故其文也赡。是编虽稗官之流，而劝善惩恶，动存鉴戒，不可谓无补于世。矧夫造意之奇，措词之妙，粲然自成一家言，读之使人喜而手舞足蹈，悲而掩卷堕泪者，盖亦有之。自非好古博雅，工于文而审于事，曷能臻此哉！至于《秋香亭记》之作，则犹元稹之《莺莺传》也，余将质之宗吉，不知果然否？[①]

瞿佑不仅坚持"可惊可怪"的创作原则，还将"可喜可悲"作为重要的审美准则。他提出"哀穷悼屈"说，意在强调小说作品可以抒发宣泄自己的身世之感，即所谓"孤愤"。这样一来，小说的艺术创造是为了更尽兴地表现情感而不是罗列知识，更不是简单地记录某些事实。因此，凌云翰称赞《剪灯新话》有"造意之奇，措词之妙，粲然自成一家言，读之使人喜而手舞足蹈，悲而掩卷堕泪者，盖亦有之"。凌云翰认为，《剪灯新话》继承发扬了唐宋传奇的"述奇纪异"，构思上凭借想象虚构，有叙述描写细腻等特点，甚至认为其"《秋香亭记》之作，则犹元稹之《莺莺传》也"。

显然，瞿佑的"哀穷悼屈"说脱胎于《毛诗序》的变风变雅之论，故有"言者无罪，闻者足以戒"之论。"哀穷悼屈"说与司马迁"发愤著书"、韩愈"不平则鸣"、欧阳修"诗穷而后工"等一脉相承，瞿佑将这一思想引入小说创作领域，以揭示小说家创作主体的心理动力。"哀穷悼屈"所抒发

---

① （明）凌云翰：《剪灯新话序二》，见（明）瞿佑等著，周楞伽校注：《剪灯新话（外二种）》，3～4 页，上海，上海古籍出版社，1981。

宣泄的身世之感，有别于唐传奇的"要妙之情"，也区别于宋元说话中的伦理之情，它张扬了个体人格的价值，而与压抑个体人格的现实环境形成对立乃至抗争。对此，吴植附论道：

> 余观宗吉先生《剪灯新话》，其词则传奇之流，其意则子氏之寓言也。①

吴植的"子氏寓言"说与"哀穷悼屈"说一样，都突出了小说家的主体意识，认为小说别有寓意，有所寄托或讽世，是对现实世界的艺术把握，或者说是人生体验、哲理的艺术化与故事化。事实上，《剪灯新话》的创作有一个贯穿其间的总纲，即瞿佑在《富贵发迹司志》结尾处所发的议论：

> 是以知普天之下，率土之滨，小而一身之荣悴通塞，大而一国之兴衰治乱，皆有定数，不可转移，而妄庸者乃欲辄施智术于其间，徒自取困也。②

《剪灯新话》的创作正是围绕这一主题展开的，吴植所论抓住了作品的一个重要特点。因此，高儒的《百川书志》以"托事兴辞"概括《剪灯新话》的特点。

当时的建宁知县张光启认为，《剪灯余话》"搜寻古今神异之事，人伦节义之实"，"其善可法，恶可戒，表节义，砺风俗，敦尚人伦之事多有之，未必无补于世也"；因此，他"命工刻梓，广其所传，以副江湖好事者

---

① （明）吴植：《剪灯新话序三》，见（明）瞿佑等著，周楞伽校注：《剪灯新话（外二种）》，4 页，上海，上海古籍出版社，1981。
② （明）瞿佑：《剪灯新话》卷三，见（明）瞿佑等著，周楞伽校注：《剪灯新话（外二种）》，62 页，上海，上海古籍出版社，1981。

观览"①。 而张光启的老师刘敬一方面肯定此书阐述"圣贤之学",有意"感发人之善心""惩创人之佚志",另一方面还指出作者借创作"以泄其暂尔之愤懑,一吐其胸中之新奇,而游戏翰墨云尔"②,即曲折地反映、针砭现实。 反映、针砭现实是《剪灯余话》与《剪灯新话》的共同特点之一,这是《剪灯余话序》的作者们的基本共识。

不过,与瞿佑、桂衡攀比圣贤为小说的存在价值辩护不同,罗汝敬等人认为小说的价值取决于它的社会效用。 比如,罗汝敬云:

> 而或者乃谓所载多神异,吾儒所未信。余曰:"不然! 夫圣经贤传之垂宪立范,以维持世道者,固不可尚矣。其稗官、小说、卜筮、农圃,与凡捭阖笼罩,纵横术数之书,亦莫不有神于时。……彼其《齐谐》之《记》,《幽冥》之《录》,《搜神》《夷坚》之志述,务为荒唐虚幻者,岂得一经于言议哉? 若布政公之所记,征诸事则有验,揆诸理则不诬,政人人所乐道,而吾党所喜闻者也,神异云乎哉! 且余闻之:昌黎韩公传《毛颖》《革华》,先正谓其'珍果中之查梨',特以备品味尔。余于是编亦云。"③

罗汝敬认为,"圣经贤传……固不可尚矣",小说根本不能与之相提并论,只配跟卜筮、农圃类相并列。 他还将小说内容分为两类:一类记人叙事,这类作品"有关于风化","足为世劝";一类搜神志怪,这类作品"务为荒唐虚幻",不具有"劝惩"功能。 显然,他只认可第一类合乎道德规范的作品,而否定第二类作品的存在价值。 即便如此,在罗汝敬的眼里,小说的价

---

① (明)张光启:《剪灯余话序五》,见(明)瞿佑等著,周楞伽校注:《剪灯新话(外二种)》,120～121页,上海,上海古籍出版社,1981。
② (明)刘敬:《剪灯余话序四》,见(明)瞿佑等著,周楞伽校注:《剪灯新话(外二种)》,119～120页,上海,上海古籍出版社,1981。
③ (明)罗汝敬:《剪灯余话序三》,见(明)瞿佑等著,周楞伽校注:《剪灯新话(外二种)》,118～119页,上海,上海古籍出版社,1981。

值也与查梨、卜筮、农圃无异，他是将《搜神记》《夷坚志》这些久有定评的作品也一笔抹杀，把小说拉回到以信史为鉴务求"实录"的旧路上了。罗汝敬的小说观大大落后于瞿佑、桂衡。

李祯的同年，时任翰林侍讲的王英所持观点与罗汝敬相近：

> 又有百家之说焉，以志载古昔遗事，与时之丛谈、诙语、神怪之说，并传于世；是非得失，固有不同，然亦岂无所可取者哉！在审择之而已。是故言之泛溢无据者置之；事核而其言不诬，有关于世教者录之。余于是编，盖亦有所取也。①

王英主张根据不同内容甄别弃取，认为唯有"事核而其言不诬，有关于世教"之事才能录之、存之，唯有这类作品才有生存权。永乐朝的状元曾棨的论述角度与罗、王两人略为不同，他从认识作用的角度肯定了小说的价值：

> 夫圣贤之大经大法，载之于书者，盖已家传人诵；有不可思议，有足以广材识、资谈论者，亦所不废。②

为了适合于所谓正统的文艺标准，罗汝敬、王英极力把《剪灯余话》说成"实录"。但李祯本人并不认可这一点，他说：

> 以其成于羁旅，出于记忆，无书籍质证，虑多抵牾，不敢示人。……《高唐》《洛神》，意在言外，皆闲暇时作，宜其考事精详，修辞缛丽，千载之下，脍炙人口；若余者，则负谴无聊，姑假此以自遣，初非平居有

---

① （明）王英：《剪灯余话序二》，见（明）瞿佑等著，周楞伽校注：《剪灯新话（外二种）》，118页，上海，上海古籍出版社，1981。
② （明）曾棨：《剪灯余话序一》，见（明）瞿佑等著，周楞伽校注：《剪灯新话（外二种）》，117页，上海，上海古籍出版社，1981。

意为之，以取讥大雅，较诸饱食、博弈，或者其庶乎？……好事者观之，可以一笑而已，又何必泥其事之有无也哉？[①]

李祯坦言自己的作品是消闲、游戏之作，如同"博弈"一般，因此，"好事者观之，可以一笑而已，又何必泥其事之有无也哉"。这比起罗汝敬、王英等人来洒脱得多，也真实得多。《剪灯余话》诸序的思想明显退向保守，与当时封建统治者日益强化对知识分子的思想控制有着密切的关系。

二、小说创作论

在《剪灯新话序》里，桂衡作了一首别致的题咏作品的古风：

> 山阳才人畴与侣？开口为今阖为古！
> 春以桃花染性情，秋将桂子薰言语。
> 感离抚遇心怦怦，道是无凭还有凭，
> 沉沉帐底昼吹笛，煦煦窗前宵剪灯。
> 倏而晴兮忽而雨，悲欲啼兮喜欲舞，
> 玉箫倚月吹凤凰，金栅和烟锁鹦鹉。
> 造化有迹尸者谁？一念才荫方寸移，
> 善善恶恶苟无失，怪怪奇奇将有之。
> 丈夫未达虎为狗，濯足沧浪泥数斗，
> 气寒骨耸铮有声，脱帻目光如电走。
> 道人青蛇天动摇，下斩寻常花月妖，
> 茫茫尘海沤万点，落落云松洒半瓢。

---

① （明）李祯：《剪灯余话序六》，见（明）瞿佑等著，周楞伽校注：《剪灯新话（外二种）》，121～122 页，上海，上海古籍出版社，1981。

世间万事幻泡耳，往往有情能不死，

十二巫山谁道深，云母屏风薄如纸。

莺莺宅前芳草迷，燕燕楼中明月低，

从来松柏有孤操，不独鸳鸯能并栖。

久在钱塘江上住，厌见潮来又潮去。

燕子衔春几度回？断梦残魂落何处？

还君此编长啸歌，便欲酌以金叵罗，

醉来呼枕睡一觉，高车驷马游南柯。①

这里，桂衡以诗的语言描述了瞿佑的精神世界及其创作小说的情景，语言描摹入微，有一定的理论意义，是一篇难得的创作论文字。

首先，创作离不开想象。桂衡认为，作家是一个"才人"，拥有丰沛的想象力，即一种非常活跃的创造力量，其诗云："造化有迹尸者谁？一念才荫方寸移，善善恶恶苟无失，怪怪奇奇将有之。"想象的神奇无与伦比，"倏而晴兮忽而雨"，"醉来呼枕睡一觉，高车驷马游南柯"。这种艺术虚构不是胡编乱造，它"道是无凭还有凭"，是以离合悲欢的现实生活为基础的："春以桃花染性情，秋将桂子薰言语。""性情"和"言语"都需要生活的熏染，艺术虚构离不开"感离抚遇"的切身体验。桂衡还指出，想象的过程始终伴随着丰富的感情因素，推动着情节的发展，创作者也沉浸其中，或悲或喜，欲啼欲舞。

其次，桂衡认为，小说的生命在于言情："世间万事幻泡耳，往往有情能不死。"唐传奇充满活力，是由其抒情性所决定的。宋人将传奇笔记化，没有了激情的投入，也就失去了唐传奇的风采神韵。此"情"既指"鸳鸯并栖"的儿女恋情、艳情，也包括"松柏有孤操"的大丈夫情操。桂衡之言

---

① （明）桂衡：《剪灯新话序四》，见（明）瞿佑等著，周楞伽校注：《剪灯新话（外二种）》，5页，上海，上海古籍出版社，1981。

情、倡情，与宋代以来道学家的文学观念背道而驰，深刻道出了小说创作的真谛，实属不易。瞿佑在序里说自己创作时，"习气所溺，欲罢不能"，他切实感受到了"哀穷悼屈"之强烈创作冲动的无法遏制。二百年后，汤显祖《牡丹亭·题词》云："情不知所起，一往而深。生者可以死，死可以生。"这可谓桂衡之论的回响。

最后，桂衡在这首古风里用了大量篇幅谈到了创作动机问题。"丈夫未达虎为狗，濯足沧浪泥数斗，气寒骨耸铮有声，脱帻目光如电走。道人青蛇天动摇，下斩寻常花月妖，茫茫尘海沤万点，落落云松酒半瓢。……醉来呼枕睡一觉，高车驷马游南柯。"在他看来，瞿佑因有感于红尘中壮志难酬，不得志而感慨良多，不得已游戏笔墨以寄怀。作为瞿佑的密友，联系自己的遭际，桂衡与小说作品产生了共鸣，感知到了作者文字背后之垒块："还君此编长啸歌，便欲酹以金叵罗。"对此，李祯说得更为明确："矧余两涉忧患，饱食之日少，且性不好博弈，非藉楮墨吟弄，则何以豁怀抱，宣郁闷乎？虽知其近于滑稽谐谑，而不遑恤者，亦犹疾痛之不免于呻吟耳，庸何讳哉？"[1]

《剪灯新话》与《剪灯余话》的序还谈到了小说家的修养问题。比如，凌云翰序云："宗吉之志确而勤，故其学也博；其才充而敏，故其文也赡。"志向坚定而勤奋，学识渊博，才思充沛而敏锐，富于文采，作家必须具备这些文化修养，才能"粲然自成一家言"[2]。曾棨序云："昌祺学博才高，其文思之敏赡，不啻泉之涌而山之积也。故其所著，秾丽丰蔚，文采烂然；读之者莫不为之喜见须眉，而欣然不厌也。"[3]王英也称赞李祯"博闻

---

[1] （明）李祯：《剪灯余话序六》，见（明）瞿佑等著，周楞伽校注：《剪灯新话（外二种）》，121～122 页，上海，上海古籍出版社，1981。
[2] （明）凌云翰：《剪灯新话序二》，见（明）瞿佑等著，周楞伽校注：《剪灯新话（外二种）》，3 页，上海，上海古籍出版社，1981。
[3] （明）曾棨：《剪灯余话序一》，见（明）瞿佑等著，周楞伽校注：《剪灯新话（外二种）》，117 页，上海，上海古籍出版社，1981。

广见，才高识伟"，因此，"文词制作之工且丽"①，产生对读者的艺术感染力，因而取得了成功。

三、小说艺术论

在艺术形式上，《剪灯新话》与《剪灯余话》有一共同特点，即作品中夹杂大量的诗词或赋、书一类的散文。唐宋传奇"大归则究在文采与意想"②，其中《莺莺传》里诗文所占比例最高，元稹可谓此手法的开创者。明初的瞿佑则有意模仿，首开在小说中高比例插入诗文的风气，其《剪灯新话》中的诗词总计 70 首，诗文篇幅比例超过 30％的有 5 篇（其中《水宫庆会录》为 43.67％，《秋香亭记》为 47.65％），少量插入诗文的有 7 篇，另外 9 篇则没有诗文插入。李祯的《剪灯余话》将高比例插入诗文的创作样式推至一个极端。据统计，书中诗词共有 206 首，诗文字数约占全书 30％；21 篇作品都有插入诗文，诗文篇幅比例超过 10％的有 20 篇，其中比例超过 30％的有 10 篇，超过 50％的有 3 篇，《至正妓人行》甚至高达 80.94％，基本上就是一首长诗。③

对于《剪灯新话》与《剪灯余话》大量插入诗文，明初文人多持赞赏态度，这体现了一种与当时社会风气相适应的小说创作观。比如，桂衡云："但见其有文、有诗、有歌、有词、有可喜、有可悲、有可骇、有可嗤。信宗吉于文学而又有余力于他著者也。"④同样，曾棨称赞《剪灯余话》"秾丽

① （明）王英：《剪灯余话序二》，见（明）瞿佑等著，周楞伽校注：《剪灯新话（外二种）》，117 页，上海，上海古籍出版社，1981。
② 鲁迅：《中国小说史略》，见《鲁迅全集》第 9 卷，73 页，北京，人民文学出版社，2005。
③ 参见陈大康：《明代小说史》，113～116 页，上海，上海文艺出版社，2000。
④ （明）桂衡：《剪灯新话序四》，见（明）瞿佑等著，周楞伽校注：《剪灯新话（外二种）》，5 页，上海，上海古籍出版社，1981。

丰蔚，文采烂然"①。 王英认为："昌祺所作之诗词甚多，此特其游戏耳。"②在王英看来，李祯"以文为戏"，既试笔逞才，又自娱娱人。 刘敬也非常欣赏李祯"漱艺苑之芳润，畅词林之风月，锦心绣口，绘句饰章"③。明清之际，钱谦益有言："宗吉风情丽逸，著《剪灯新话》及乐府歌词，多偎红倚翠之语，为时传诵。"④其所谓"多偎红倚翠之语"主要指诗文的大量羼入，"为时传诵"则表明当时士人读者群对它们的普遍喜爱。 这一情形在正统七年（1442）国子监祭酒李时勉要求禁毁小说的奏章中也有所反映："不惟市井轻浮之徒"，就连"经生儒士"也因嗜读《剪灯新话》等小说，而"多舍正学不讲"，且"争相诵习"，"日夜记忆，以资谈论"⑤。

在一般人眼里，诗文才是正统的文学，小说不过是文学末流之"小道"。 瞿佑、李祯等人将诗文大量羼入小说，一则显露自己的才思、才情，二则试图借助正统文学的力量提高小说的合法地位。 此后，作品"多羼入诗词"便成了明代初、中期文言小说创作的重要特点之一。

---

① （明）曾棨：《剪灯余话序一》，见（明）瞿佑等著，周楞伽校注：《剪灯新话（外二种）》，117 页，上海，上海古籍出版社，1981。
② （明）王英：《剪灯余话序二》，见（明）瞿佑等著，周楞伽校注：《剪灯新话（外二种）》，118 页，上海，上海古籍出版社，1981。
③ （明）刘敬：《剪灯余话序四》，见（明）瞿佑等著，周楞伽校注：《剪灯新话（外二种）》，119 页，上海，上海古籍出版社，1981。
④ （清）钱谦益：《列朝诗集小传》乙集"瞿长史佑"，189 页，上海，上海古籍出版社，1959。
⑤ （清）顾炎武：《日知录之余》卷四《禁小说》，见张京华校释：《日知录校释》附录一，1412 页，长沙，岳麓书社，2011。

第十九章
宣德至隆庆朝的
小说创作与批评

　　从宣德、正统、景泰、天顺、成化、弘治到正德朝（1426—1521），明王朝的统治进入相对稳定、平静的时期。 这一百零六年里，小说创作裹足不前，处于萧条与复苏状态，通俗小说基本一片空白，文言小说在本阶段末期略有起色，小说思想的发展基本处于停滞状态。 到了嘉靖、隆庆朝（1522—1572），通俗小说、文言小说的创作与批评在长时期的停滞之后才开始复苏。

◎ 第一节
宣德至正德朝的小说创作与批评

　　约束小说创作的，首先是社会环境与政治氛围。 尽管军事、政治形势已逐步稳定，但明初以降森严可怖的文网仍让人噤若寒蝉。 洪武二十二年（1389）三月十五日，朝廷颁布的榜文警告道：

　　　　在京军民人等，但有学唱的，割了舌头；娼优演剧，除神仙、义

夫、节妇、孝子、顺孙，劝人为善，及欢乐、太平不禁外，如有亵渎帝
王圣贤，法司拿究……①

永乐九年（1411）七月一日，朝廷颁布了更为严厉的命令：

> "……今后人民倡优装扮杂剧，除依律神仙道扮义夫、节妇、孝子、
> 顺孙、劝人为善及欢乐太平者不禁外，但有亵渎帝王、圣贤之词曲，驾
> 头杂剧，非律所该载者，敢有收藏、传诵、印卖，一时拿送法司究治。"
> 奉旨："但这等词曲，出榜后，限他五日，都要干净，将赴官烧毁了。
> 敢有收藏的，全家杀了。"②

在相当长的时期里，文学创作唯有那些颂圣、应酬、说教、粉饰太平之诗
文，也就顺理成章了。严酷的禁令将印刷、销售、传诵和收藏等传播的各种
渠道都卡死了，早已问世的《三国演义》《水浒传》等通俗小说，因其"亵
渎帝王""犯上作乱"等敏感内容，根本无法广为流传，社会绝大多数人对
它们基本上一无所知，又有谁会留意创作呢？若要创作，简直无异于从事使
这一文学样式重新诞生的开创性工作。文言小说的创作也同样艰难。

在沉闷、压抑的氛围中，士大夫耻于小说创作。比如，瞿佑感到自己的
作品"涉于语怪，近于诲淫"，而"藏之书笥，不欲传出"。由于有"好事
者"誊录传抄，《剪灯新话》才不至湮没无闻。《剪灯余话》与之十分相
似，其书"既成，藏诸笈笥，江湖好事者，咸欲观而未能"③；李祯"虑多牴

---

① （清）董含著，致之校点：《三冈识略》卷二《本朝立法宽大》，24页，沈阳，辽宁教育出版社，
2000。

② （明）顾起元著，孔一校点：《客座赘语》卷十《国初榜文》，见上海古籍出版社编：《明代笔记
小说大观》，1463页，上海，上海古籍出版社，2005。

③ （明）张光启：《剪灯余话序五》，见（明）瞿佑等著，周楞伽校注：《剪灯新话（外二种）》，
120页，上海，上海古籍出版社，1981。

悟，不敢示人"，甚至"亟欲焚去以绝迹"①。《剪灯余话》公开刊行是在宣德八年（1433），李祯因该书的传播大受其累，不得不承受他人的异样眼光。与《剪灯新话》刊印面世后一样，为之作序者一无例外，都同样申说其"劝善惩恶"的教化意义，反复辩解以争取作品的存在权利。

正统七年（1442），明英宗批准了李时勉的奏章，在全国范围内禁毁小说。景泰二年（1451），李祯去世，时以右佥都御史衔巡抚江西的韩雍却拒绝将这位朝廷二品大员列入乡贤祠，唯一理由就是李祯写过小说。成化年间的陆容云："李公素著耿介廉慎之称，特以作此书见黜，清议之严，亦可畏矣。"②当时正统士人对小说这类"不经之言"如此鄙视、仇视，人们惧于各种压力——师长的呵责、舆论的诋毁和司法机关的惩罚等，自然不敢涉足小说创作，小说读者更是寥寥无几。

除了封建统治者在文化思想领域的高压控制，影响小说（尤其是通俗小说）创作的还有传播环境的制约。正如伊恩·瓦特所言，"小说或许是本质上与印刷媒介联系在一起的唯一的文学体裁"③。文言小说篇幅一般比较小，像《剪灯新话》《剪灯余话》也就六万字左右，抄写、刻印都比较便利。通俗小说的篇幅比较大，基本都在数十万字以上，它必须刊印成书，要求一方面在数量上保证广大读者的需要，另一方面在成本上减少传播时来自经济上的障碍，才能保证作品流行于世。可以说，物质载体问题的解决，是通俗小说生存与发展的先决条件。通俗小说重新起步于嘉靖年间，作品数量到了万历朝明显增多，大约是前者的十倍，其中重要因素之一，便是印刷业得到了长足发展。印刷业不仅影响了通俗小说的传播，而且影响到通俗小说的创作。通俗小说作品如果不能在世上流行，人们不知道这种文学样式的存

---

① （明）李祯：《剪灯余话序六》，见（明）瞿佑等著，周楞伽校注：《剪灯新话（外二种）》，121页，上海，上海古籍出版社，1981。
② （明）陆容著，李健莉校点：《菽园杂记》卷十三，见上海古籍出版社编：《明代笔记小说大观》，502页，上海，上海古籍出版社，2005。
③ ［美］伊恩·P.瓦特著，高原、董红钧译：《小说的兴起——笛福、理查逊、菲尔丁研究》，220页，北京，生活·读书·新知三联书店，1992。

在，就不可能激发越来越多的作家参与创作。 比如，神魔小说的开山之作《西游记》约问世于嘉靖后期，由于没有在社会上传播开来，极少人知道其存在。 万历二十年（1592），世德堂首次刊印此书，随后，神魔小说作品接连问世，并形成了一个创作流派。 从开山之作到流派形成，其间有半个世纪的时间差，由此可见通俗小说对印刷业的强烈依赖。 从宣德到正德朝的 106 年间，通俗小说创作一直裹足不前，与当时印刷业的落后有着密切关系。

明初整个社会的印刷力量是不足的，主要表现于印刷工匠的极度缺乏。明代最大的印刷机构是由司礼监掌管的经厂，洪武年间，它拥有刻字匠 115 名，裱褙匠 320 名，印刷匠 58 名。 若按一个刻字匠每天刻 200 余字推算，经厂一年只能刻 1 000 余万字。 其他一些政府部门如秘书监、钦天监以及六部等，也拥有自己的印刷工匠，但人数不多。 由于印刷力量薄弱，洪武元年（1368）八月，朱元璋废除书籍税，以刺激印刷业的发展。 为了保证急需书籍（如总结历史经验以图长治久安的大量御制、钦定、敕纂的书，基于政治、军事、经济上的目的编纂的舆地志书，以及儒家典籍等）的出版，洪武十九年（1386）朝廷规定，各地的工匠必须分班轮流到京城服役，方法是每三年一次，每次三个月。 洪武二十六年（1393）时规定有所改动，根据工种性质的不同，改为一年一班至五年一班不等，如刻字匠两年一班，印刷匠一年一班。 全国刻字匠总共也就 2 000 余人，连政府急需书籍的出版尚且无法保证，更不用说印刷那些脱不了"亵渎帝王圣贤"或"诲淫诲盗"之嫌疑的通俗小说。① 撇开官方对图书禁毁的政治因素，仅就生产能力、经济利益的角度来推算，当时已写出的《三国志演义》想要印刷出版，也极为困难。 首先，刻印此书要花费很长的时间，如洪武七年（1374）的刻本《宋学士文粹》，全书 12.2 万字，10 个工匠花了 52 天才刻成。 推算下来每天每个工匠可刻 200 余字。 按此速度计，70 万字的《三国志演义》就必须花上 10 个月。 何况雕版不仅仅是刻工，在此之前还需要写工逐字地写勘，雕版后还得

———————————

① 参见陈大康：《明代小说史》，169～170 页，上海，上海文艺出版社，2000。

经过刷印、折页、装订等工序。没有一年时间这本书是印不成的。必须指出，拥有 10 名刻字匠的书坊规模已不算小。其次，从成本上测算，70 万字的《三国志演义》仅刻字费就需要 200 余两银子。这是根据崇祯时常熟的毛晋按每刻百字给银三分的工价广招刻工刻《十三经》和《十七史》的价格推算的，若在明初，刻字的工价只可能更高。除了刻字的工价，写勘、刷印、纸张、装订等方面的费用也不会便宜，加起来就不是一个小数目。[1] 更何况像《三国志演义》这样的鸿篇巨制是否有销路，书坊主心中毫无把握。投资数目大，生产周期长，销路又无把握，这些因素对《三国志演义》一类通俗小说的出版显然是不利的。

自宣德朝以降，朱明王朝对意识形态的控制已不如洪武、永乐年间严厉，而且，越往后越力不从心，社会气氛相对宽松多了。古代印刷业的生产方式是比较原始、简单的，所需基本工具与材料无非是木板、刻刀、油墨、纸张等。只要有资金投入，印刷业就能较快规模地普及或扩大其生产规模。"卖典籍不如卖时文，卖时文不如卖小说"，本阶段的书坊主为什么不开辟刊印通俗小说这一生财之道呢？刊售通俗小说、谋取厚利的前提必须有一批既有阅读兴趣，又有购买能力的读者。这一读者群是由哪些人组成的呢？我们先看看当时的书价。万历年间舒载阳刊本《封神演义》，封面盖有"每部定价纹银贰两"的木戳。二两银子相当于六品官员一个月的官俸，按万历时平均米价可购米三石有余，或可购买一亩地。同为万历年间的龚绍山刊本《春秋列国志》，定价是每部白银一两。如此高的书价，一般人没有购买能力。从所刊印的作品看，它们都被进一步通俗化，有插图，有释义，有音注，有句读。显然，通俗小说刊印时最初的主要读者是那些文化程度不高，但有相当经济实力的商人。而在宣德至正德年间，受明初以来"厚本抑末"即重农抑商政策，以及对通俗文学鄙视乃至仇视的高压措施等的影响，商人阶层的力量是十分薄弱的，商人读者群尚未形成。此外，从弘治年间到嘉靖

---

[1]　马东明：《明清印刷出版状况窥视》，载《印刷杂志》，1995（6）。

初年，朝廷出台了一系列书籍出版检查制度来整顿书坊。 比如，弘治年间许天锡上了一道要求加强对建阳书坊控制的奏章。 当时曲阜的孔庙与福建的书坊接连遭火灾，以此"灾变"为由，许天锡提出："宜因此遣官临视，刊定经史有益之书。 其余晚宋陈言，如论范、论草、策略、文衡、文髓、主意、讲章之类，悉行禁刻。"他的建议得到采纳，"所司议从其言，就令提学官校勘"①。 嘉靖五年（1526），朝廷又于建阳设立行署，监控各书坊的刻书动态。 既无读者群，又受官方控制，书坊主无利可图，怎么会冒着破产或被迫害的风险去刊印通俗小说呢？

随着时间的推移，以及社会生活的发展，上述各种妨碍小说创作、传播的阻力慢慢减弱。 在本阶段后期，文言小说与通俗小说的创作渐渐复苏。

正统年间，人们对小说的普遍态度是"君子弗之取"。 成化三年（1467），曾被禁毁的《剪灯新话》《剪灯余话》再次公开刊印行世，其时名士陆容认为它们"皆无稽之言"，论及李祯因著小说而不得入乡贤祠时感叹道"清议之严，亦可畏矣"②。 弘治年间，许浩尖锐批评"是时国人或不取"③的偏见。 侯甸自称"每见小说，窃甚爱之"，并对孔子的小说观提出非议："幽怪之事，固孔子所不语，然而使人可惊可异、可忧可畏。 明显箴规而有补风教者，此博洽君子不可不知也。"④这些表明意识形态的控制已然松动，社会舆论对小说表现出了一定的宽容。

成化年间，洪迈的《容斋随笔》、周密的《齐东野语》、段成式的《酉阳杂俎》和陶宗仪的《辍耕录》等不少前代笔记小说纷纷刊行。 自成化末年起，对印刷业依赖性相对较小，而且有深厚历史积淀的文言小说率先走出萧条期，出现了一些模拟或仿效前代笔记小说之作。 比如，祝允明受洪迈著述

---

① （清）张廷玉等：《明史》卷一百八十八《许天锡传》，4987 页，北京，中华书局，1974。
② （明）陆容著，李健莉校点：《菽园杂记》卷十三，见上海古籍出版社编：《明代笔记小说大观》，502 页，上海，上海古籍出版社，2005。
③ （明）许浩著：《复斋日记》卷首自叙，1 页，上海，商务印书馆，1924。
④ （明）侯甸：《西樵野记·题记》，见《中国野史集成续编》第 26 册，474 页，成都，巴蜀书社，2000。

影响创作了《志怪录》，陆采喜欢苏轼的《艾子杂说》而自撰《艾子后语》，陆奎章模仿韩愈《毛颖传》写了《香奁四友传》；陶辅读了《剪灯新话》《剪灯余话》《效颦集》后，"较三家得失之端，约繁补略"①，写成《花影集》；还有都穆的《都公谭纂》，陆粲的《庚巳编》，陆深的《金台纪闻》，黄瑜的《双槐岁钞》，沈周的《石田杂记》《客坐新闻》，等等。

从作家构成看，从成化末年到正德末年，涉足文言小说创作的近三十人，其中有进士十三人、举人四人，无功名的沈周等七人皆为当时名士；从地域分布看，这些作家中大半是江苏人，至少十一人集中在苏州地区。创作形式上，多为丛残小语的纪闻，故事情节完整、人物形象鲜明的严格意义上的小说不多；愈到本阶段后期，人们愈是有意识地创作小说，出现了《中山狼传》等优秀的单篇作品。从创作宗旨看，或偏重实录，以补史家阙略；或以为蓄德之助，意在裨补世教；或讥刺世事，寄寓感慨；或遇事即记，随笔录之。②

祝允明（1460—1526）主要活动于成化末年至嘉靖初，他在《寓圃杂记序》里谈到了文言小说的起源与发展：

> 盖史之初为专官，事不以朝野，申劝惩则书。以后，官乃自局，事必属朝署，出章牒则书，格格著令式，劝惩以衰。又以后，野者不胜，欲救之，乃自附于稗虞，史以野名出焉。又以后，复渐弛。国初殆绝，中叶又渐作。美哉！彬彬乎可以观矣！③

祝允明指出，明初以来，文言小说经历了一个"国初殆绝，中叶又渐作"的

---

① （明）陶辅著，程毅中校点：《花影集》卷首《花影集引》，3 页，长春，吉林大学出版社，1995。
② 参见陈大康：《明代小说史》，218～219 页，上海，上海文艺出版社，2000。
③ （明）王锜著，李剑雄校点：《寓圃杂记》卷首祝允明序，见上海古籍出版社编：《明代笔记小说大观》，294 页，上海，上海古籍出版社，2005。

历程；由于"事不以朝野，申劝惩则书"，故史书记载里虽然含有小说类的叙述，但因"官乃自局"，这类内容被排斥在史书记载之外。"又以后，野者不胜，欲救之，乃自附于稗虞，史以野名出焉"，祝允明将小说当作史家记载的附属物，即所谓"补正史之阙"，这实际上也是当时大多数人所持的看法。祝允明自己就撰写过不少志怪小说，他明确宣称："志怪虽不若志常之为益，然幽诡之事，固宇宙之不能无，而变异之来，非人寻常念虑所及。今苟得其实而纪之，则卒然之，顷而值之者，固知所以趋避，所以劝惩，是亦不为无益矣。"①虽然多数作家尚未能正确理解小说的性质、功能与地位，但他们都基本一致地肯定了小说的存在价值，动摇、改变了世人对小说的偏见。而且在实际写作中，有些作品已经突破简单记载传闻的局限，开始有意识地提炼素材，反映现实社会生活。比如，祝允明的《义虎传》《桃园女鬼》《常熟女遇鬼》等志怪小说，还有陆粲《庚巳编》中的一些作品。

自成化朝以降，当文言小说创作开始复苏时，原先阻碍通俗小说创作的因素渐渐向有利的方向转化。印刷业的较快发展始于成化年间，如陆容《菽园杂记》云：

> 古人书籍，多无印本，皆自钞录。……国初书版，惟国子监有之，外郡县疑未有。观宋潜溪《送东阳马生序》可知矣。宣德、正统间，书籍印版尚未广。今所在书版，日增月益，天下古文之众，愈隆于前已。但今士习浮靡，能刻正大古书以惠后学者少，所刻皆无益，令人可厌。②

陆容所谓"无益""可厌"的书不外乎两类，即备举子应试之用的"时文"，以及话本、唱本。前者类似考试、升学指南，有此捷径举子便不再潜心钻研儒学经典；后者多为单行本的故事书和说唱词话，其中许多是根据宋

---

① （明）祝允明：《志怪录·自序》，1页，北京，中华书局，1991。
② （明）陆容著，李健莉校点：《菽园杂记》卷十，见上海古籍出版社编：见《明代笔记小说大观》，475页，上海，上海古籍出版社，2005。

元话本或唱本翻刻的，也有不少是明人新作。明初印刷业尚不发达，通俗小说多以抄本流传。据嘉靖晁瑮的《宝文堂书目》、清初钱曾的《述古堂书目》等可知，嘉靖前即本阶段后期流行的小说故事书，多为数千字左右、以一则故事为单元的话本单行本。它们篇幅短小，价格低廉，内容受欢迎，从而形成售多利速的局面，这为阅读市场的形成、通俗文学观念的转化等做好了准备。其情状如叶盛（1420—1474）所述：

> 今书坊相传射利之徒伪为小说杂书，南人喜谈如汉小王(光武)、蔡伯喈(邕)、杨六使(文广)；北人喜谈继母大贤等事甚多。农工商贩，钞写绘画，家畜而人有之；痴騃文妇，尤所酷好……作为戏剧，以为佐酒乐客之具。有官者不以为禁，士大夫不以为非；或者以为警世之为，而忍为推波助澜者，亦有之矣。①

这些"无益"的故事书，售多利速，坊印本行世颇多，形成了较好的阅读市场，推动了印刷业进一步迅速发展。嘉靖元年（1522）晁瑮编撰的《宝文堂书目》载录了二十余部明代话本，其中相当一部分就问世于本阶段后期。从陆容"能刻正大古书以惠后学者少，所刻皆无益，令人可厌"的不满，我们也能看到此时印刷业的普及与兴旺。

明代通俗小说创作重新起步于嘉靖年间，其所面对的是一个公众阅读兴趣异常突出而且不断增长的时代。这正如有的论者所指出的：

> 作为最富有城市特性的文化现象，白话小说的兴盛主要适应了17世纪中国长江流域迅速发展起来的大城市和都市社会的需要，适应了不断发展壮大的市民阶层的需要。②

---

① （明）叶盛著，魏中平校点：《水东日记》卷二十一《小说戏文》，213～214 页，北京，中华书局，1980。

② 王宁、钱林森、马树德：《中国文化对欧洲的影响》，76 页，石家庄，河北人民出版社，1999。

文艺的通俗化、商品化，反映了整个社会结构中人与人之间关系的改变，体现了新兴的市民阶层渴望表达自己的文化趣味、谋求话语权力的努力。 通俗小说的重新起步，与此前城市的产生、市民不断增长的文化需求即江南都市文化的繁荣紧密相连。

在本阶段后期，明初以来被抑制的商业开始有了迅速发展，正如初刊于隆庆三年（1569）的何良俊《四友斋丛说》所云：

> 余谓正德以前，百姓十一在官，十九在田。盖因四民各有定业，百姓安于农亩，无有他志，官府亦驱之就农，不加烦扰，故家家丰足，人乐于为农。自四五十年来，赋税日增，徭役日重，民命不堪，遂皆迁业。昔日乡官家人亦不甚多，今去农而为乡官家人者，已十倍于前矣。昔日官府之人有限，今去农而蚕食于官府者，五倍于前矣。昔日逐末之人尚少，今去农而改业为工商者，三倍于前矣。昔日原无游手之人，今去农而游手趁食者，又十之二三矣。大抵以十分百姓言之，已六七分去农。……况府县堂上与管粮官四处比限，每处三限，一月通计十二限，则空一里之人，奔走络绎于道路，谁复有种田之人哉？①

人们务农、守农的观念开始发生动摇，原来被束缚于土地的农民不堪剥削与烦扰，有的四处流亡，有的涌入山林，有的依托于集镇；他们逐渐从土地的束缚中游离出来，或为童仆家奴，或为里胥衙役，或游手无赖，或弃农经商。 大量人口从农业中游离出来转而经营工商业，农村出现了不少连接城市与乡村的市镇。 弘治《吴江县志》云："人烟凑集之处谓之市镇。"②据统计，有明一代，江南市镇数达三百一十六个③，多数分布在苏州府城附近及

---

① （明）何良俊：《四友斋丛说》卷十三，111～112 页，北京，中华书局，1959。
② （明）曹一麟修，（明）莫旦纂：弘治《吴江县志》卷二，明嘉靖元年刻本。
③ 樊树志：《明清长江三角洲的市镇网络》，载《复旦学报（社会科学版）》，1987（2）。

邻近各县，人口达数千乃至万户，可以想见其商业化与都市化程度之高。

苏州等江南地区的都市化进程，以众多的市镇而不是以大都市为特征，这迥异于欧洲的都市化进程。其中缘由大致有二。其一，苏州等中心城市的商业以消费性商业为主，手工业生产仍以零散的小生产为主，其工商业难以获得根本性的突破；作为工商业城市，它们已达到或接近了传统工商城市发展所能达到的极限，因此不可能容纳更多的城市人口。其二，众多市镇的产生和分布模式，与这一地区的手工业生产结构有关。在欧洲，城市是手工业的中心，也是商业的中心，工商业的发展意味着城市的同步发展；而在中国，即便是苏州等发达地区，农村仍是手工业的主要基础，即使像丝织业这样必须有较高专门技术的行业，也与农村存在着广泛而密切的联系。因此，环绕这些城市形成了数目众多、规模不大的市镇群体。这一地区手工业的发展，并不完全意味着市镇工商的同步发展，有时仅仅意味着市镇商业的发展。[1] 正如台湾学者刘石吉所指出的："在江南的村庄市镇地区，都市化正伴随着商业化的步调而方兴未艾。这些市镇的发展，反映了近代新兴的商业资本势力。"[2]这些以商业机能为主的市镇之间，相距不远，交通便利；它们有效地疏通与缩短了文化传播渠道，促成了城乡之间的文化认同，从而使江南地区在经济和文化形态上都自成一体，市民社会得以兴起。

国内市场逐渐形成，商人社会地位迅速提高，商贾之事受到了越来越多人的青睐，士大夫也醉心于经商。商人们奢靡矜夸的生活作风对社会产生了巨大的影响，传统的礼乐教化和等级秩序受到了猛烈的冲击，社会生活方式、社会风尚发生了很大的变化，"至正德、嘉靖间而古风渐渺，而犹存什一于千百焉"[3]。试以吴中为例。王锜（1433—1499）在描述苏州城市生活演变时指出，明初，苏州"邑里潇然，生计鲜薄，过者增感"；至正统、天

---

① 参见罗仑主编，范金民、夏维中著：《苏州地区社会经济史（明清卷）》，286～289页，南京，南京大学出版社，1993。

② 刘石吉：《明清时代江南市镇研究》，120页，北京，中国社会科学出版社，1987。

③ 山东《博平县志》卷四《人道六·民风解》，清康熙三年刻本。

顺间，"咸谓稍复其旧，然犹未盛也"；自成化（1465—1487）、弘治（1488—1506）始，社会风气发生了巨大的变化：

> 迨成化间，余恒三四年一入，则见其迥若异境。以至于今，愈益繁盛，闾檐辐辏，万瓦甃鳞，城隅濠股，亭馆布列，略无隙地。舆马从盖，壶觞罍盒，交驰于通衢。水巷中，光彩耀目。游山之舫，载妓之舟，鱼贯于绿波朱阁之间，丝竹讴舞与市声相杂。凡上供锦绮、文具、花果、珍羞、奇异之物，岁有所增。若刻丝累漆之属，自浙宋以来，其艺久废，今皆精妙，人性益巧而物产益多。至于人材辈出，尤为冠绝。作者专尚古文，书必篆隶，骎骎两汉之域，下逮唐、宋，未之或先。①

追求奢靡、去朴从华、新奇刺激、轻视礼教成为当时社会的风尚取向，此即陆容《菽园杂记》所谓"今士习浮靡"，亦即文艺作品世俗化、通俗化、商品化，人们转而欣赏"惑人心，坏风俗，乱学术"之小说、戏曲的时代氛围。当文艺转化为商品之后，与艺术家发生直接联系的就不再是宫廷，而是以市民阶层为主体的读者。在"浮靡"之风的熏炙下，士人们嗜爱声色游乐，喜爱并精于笔记、辞章、古文、书画、篆刻、小说、戏曲、工艺等各门艺术，喜爱蓄养戏班、构筑园亭和饮酒赋诗。钱谦益（1582—1664）在介绍书画大家沈周（1427—1509）时说：

> 其产则中吴，文物土风清嘉之地；其居则相城，有水有竹、菰芦虾菜之乡；其所事则宗臣元老，周文襄、王端毅之伦；其师友则伟望硕儒，东原、完庵、钦谟、原博、明古之属；其风流弘长，则文人名士，伯虎、昌国、征明之徒。有三吴、西浙、新安佳山水以供其游览，有图

---

① （明）王锜著，李剑雄校点：《寓圃杂记》卷五《吴中近年之盛》，见上海古籍出版社编：《明代笔记小说大观》，325～326 页，上海，上海古籍出版社，2005。

书子史充栋溢杼以资其诵读，有金石彝鼎法书名画以博其见闻，有春花秋月名香佳茗以陶写其神情。烟云月露，莺花鱼鸟，揽结吞吐于毫素行墨之间，声而为诗歌，绘而为图画……①

江南地区的都市化，市民力量的不断壮大，商品经济的日益繁荣，以及全国性商品流通、销售网络的形成，这些都是促进通俗小说复苏、发展的积极因素。

与此同时，朝廷对意识形态的严厉控制也开始出现松动，成化年间刊印、销售、传播了一些属于明初严禁的"亵渎帝王圣贤之词曲"，如《新刊全相唐薛仁贵跨海征辽故事》《新刊说唱包龙图断曹国舅公案传》《新刊全相说唱足本仁宗认母传》《新刊全相说唱开宗义富贵孝义传》等，正是意识形态管控松动的表现。刊印、发行这些说唱本的永顺堂，就开设在天子脚下的北京城。事实上，皇帝本人也是这类读物的爱好者。"史言宪庙好听杂剧及散词，搜罗海内词本殆尽。"②宪庙即明宪宗，成化为其年号。正德皇帝明武宗不仅爱读各种"说唱词话"，还是通俗小说的热心读者。钱希言的笔记《桐薪》卷三载："《金统残唐记》载黄巢事甚详，而中间极夸李存孝之勇，复称其冤。为此书者，全为存孝而作也。后来词话，悉俑于此。武宗南幸，夜忽传旨取《金统残唐记》善本，中官重价购之，肆中一部五十金。"事又见周晖《金陵琐事剩录》卷一"金统残唐"条："武宗一日要《金统残唐》小说看，求之不得。一内侍以五十金买之以进览。"后来的万历皇帝明神宗亦好读小说，以至时人批评曰："神宗好览《水浒传》，或曰，此天下盗贼萌起之征也。"③上行下效，封建统治者无意中充当了小说

①　（清）钱谦益著，（清）钱曾笺注，钱仲联标校：《牧斋初学集》卷四十《石田诗钞序》，1076～1077 页，上海，上海古籍出版社，1985。
②　（明）李开先：《张小山小令后序》，见蔡毅编著：《中国古典戏曲序跋汇编》，2756 页，济南，齐鲁书社，1989。
③　（明）刘銮：《五石瓠》卷六，见赵诒琛、王大隆辑：《庚辰丛编》，1940 年排印本。

倡导者的角色；嘉靖以后，官员文士阅读、收藏小说话本，蔚然成风。 弘治、正德年间陶辅指出，与词话本盛行相应的说书，"频年集月，而使大小长幼，耳贯心通，化成俗染"①。 通俗小说终于深入社会各个角落，人们渐渐改变了以往对通俗小说鄙视、仇视的态度，作者、读者、书坊主的勇气为之大增，通俗小说的重新起步不可阻挡。

弘治七年（1494），庸愚子写了《三国志通俗演义序》，此时《三国演义》尚未刊刻，序文题于抄本之上。 这是目前已知的最早论述《三国演义》特点和意义的论文，也是我国小说理论史上第一篇有关长篇通俗小说的专论。 序文如下：

> 夫史，非独纪历代之事，盖欲昭往昔之盛衰，鉴君臣之善恶，载政事之得失，观人才之吉凶，知邦家之休戚，以至寒暑灾祥、褒贬予夺，无一而不笔之者。有义存焉。吾夫子因获麟而作《春秋》。《春秋》，鲁史也。孔子修之，至一字予者，褒之，否者，贬之。然一字之中，以见当时君臣父子之道，垂鉴后世，俾识某之善，某之恶，欲其劝惩警惧，不致有前车之覆。此孔子立万万世至公至正之大法，合天理，正彝伦，而乱臣贼子惧。故曰："知我者其惟《春秋》乎，罪我者其惟《春秋》乎！"亦不得已也。孟子见梁惠王，言仁义而不言利；告时君必称尧、舜、禹、汤，答时臣必及伊、傅、周、召。至朱子《纲目》，亦由是也，岂徒纪历代之事而已乎？
>
> 然史之文，理微义奥，不如此，乌可以昭后世？《语》云："质胜文则野，文胜质则史。"此则史家秉笔之法，其于众人观之，亦尝病焉，故往往舍而不之顾者，由其不通乎众人，而历代之事，愈久愈失其传。前代尝以野史作为评话，令瞽者演说，其间言辞鄙谬，又失之于野。士君

---

① （明）陶辅著，程毅中校点：《花影集》卷四《翟吉翟善歌》，84 页，长春，吉林大学出版社，1995。

子多厌之。若东原罗贯中，以平阳陈寿《传》，考诸国史，自汉灵帝中平元年，终于晋太康元年之事，留心损益，目之曰《三国志通俗演义》。文不甚深，言不甚俗，事纪其实，亦庶几乎史。盖欲读诵者，人人得而知之，若《诗》所谓里巷歌谣之义也。书成，士君子之好事者，争相誊录，以便观览。则三国之盛衰治乱，人物之出处臧否，一开卷，千百载之事豁然于心胸矣。其间亦未免一二过与不及，俯而就之，欲观者有所进益焉。予谓诵其诗，读其书，不识其人，可乎？读书例曰：若读到古人忠处，便思自己忠与不忠；孝处，便思自己孝与不孝。至于善恶可否，皆当如此，方是有益。若只读过而不身体力行，又未为读书也。

予尝读《三国志》，求其所以，殆由陈蕃、窦武，立朝未久而不得行其志，卒为奸宄谋之，权柄日窃，渐浸炽盛，君子去之，小人附之，奸人乘之，当时国家纪纲法度，坏乱极矣。噫，可不痛惜乎？矧何进识见不远，致董卓乘衅而入，权移人主，流毒中外，自取灭亡，理所当然。曹瞒虽有远图，而志不在社稷，假忠欺世，卒为身谋，虽得之，必失之，万古奸贼，仅能逃其不杀而已，固不足论。孙权父子，虎视江东，固有取天下之志，而所用得人，又非老瞒可议。惟昭烈汉室之胄，结义桃园，三顾草庐，君臣契合，辅成大业，亦理所当然。其最尚者，孔明之忠，昭如日星，古今仰之，而关、张之义，尤宜尚也。其他得失，彰彰可考，遗芳遗臭，在人贤与不贤。君子小人，义与利之间而已。观演义之君子，宜致思焉。①

庸愚子的序透露了《三国志通俗演义》在刊印成书之前的传播情况："书成，士君子之好事者，争相誊录，以便观览。则三国之盛衰治乱，人物之出处臧否，一开卷，千百载之事豁然于心胸矣。"这表明，弘治年间《三国志

---

① （明）庸愚子：《三国志通俗演义序》，见黄霖编，罗书华撰：《中国历代小说批评史料汇编校释》，130～131 页，南昌，百花洲文艺出版社，2009。

通俗演义》还是以抄本形式流传的。

首先，庸愚子认为，历史真实与小说真实是"事纪其实"与"留心损益"的关系。 宋元时，"说话"艺术勃兴，其中最发达的是"小说"和"讲史"两家。"讲史"以历史事实为依据，吸收民间传说，讲述历代兴废争战之事。 历史演义小说则是以"讲史"话本为基础发展起来的。 《三国志通俗演义》的素材源于史传《三国志》，史书要求"事纪其实"，不虚美、不隐恶，这是"历史真实"。 而由此生发的演义小说，在前代流传过程中不断改编、虚构，比史书更富有故事性，并在此基础上"留心损益"。 由于中国古代悠久而强大的史学观念，历史演义类小说又依史演义，庸愚子说"事纪其实，亦庶几乎史"，也是"依经傍史"提高历史演义小说地位的一种手段。

其次，庸愚子敏锐感觉到了《三国志通俗演义》新颖、独特，具有"类"与"体"的意义，他的序将《三国志通俗演义》与史传、讲史进行比较，首次提出了小说的通俗化问题。 值得注意的是，这不是在单部作品的意义上做比较，而是将《三国志通俗演义》看作与史传、讲史并列的一种独立文体。

庸愚子指出，史传文胜于质，简而有法，过于深奥。"夫史，非独纪历代之事，盖欲昭往昔之盛衰，鉴君臣之善恶，载政事之得失，观人才之吉凶，知邦家之休戚，以至寒暑灾祥、褒贬予夺，无一而不笔之者。 有义存焉。"史书写作有特定笔法，必须体现作者的思想和观念，承载着惩恶扬善的功能。 比如，孔子的"春秋笔法"，语言简练，又含义深刻，但由于"理微义奥"，"不通乎众人"，一般读者"往往舍而不之顾者……而历代之事，愈久愈失其传"。

为此，"以野史作为评话，令瞽者演说"的讲史应运而生，然而，由于说书人和观众文化水准不高，那些野史评话多用世俗化的口语，质胜于文，"言辞鄙谬，又失之于野。 士君子多厌之"，同样不利于"昭往昔之盛衰，鉴君臣之善恶，载政事之得失，观人才之吉凶，知邦家之休戚"等目的的实现。

与史传、讲史不同，罗贯中"损有余而补不足"，扬长避短，努力使《三国志通俗演义》文质彬彬、亦雅亦俗，创造出了一种"文不甚深，言不甚俗"的演义新文体。《三国志通俗演义》既通俗又有文采，做到了雅俗共赏，一般读者能够理解接受，又不致令士大夫望而生厌，而为最广大的读者所乐于接受。因此，《三国志通俗演义》拥有广阔的读者群，"士君子之好事者，争相誊录，以便观览"，达到了"三国之盛衰治乱，人物之出处臧否，一开卷，千百载之事豁然于心胸矣"的艺术效果。

最后，庸愚子指出，"文不甚深，言不甚俗"的《三国志通俗演义》一方面普及了历史知识，"三国之盛衰治乱，人物之出处臧否，一开卷，千百载之事，豁然于心胸"；另一方面，又易于教化大众，史事既知，则"读到古人忠处，便思自己忠与不忠；孝处，便思自己孝与不孝"，然后身体力行，有所进益。因此，《三国志通俗演义》的社会效果远胜于史传。这涉及文学社会功用的发挥机制，是极有见地的。

在中国小说理论史上，庸愚子第一次从读者接受层面——发生学及教化效果——的学理上论证了小说是一种高于史传和讲史的文体，肯定了小说具有高于史传、讲史的独特价值。在这个论证过程中，庸愚子表面上强调作品"昭往昔之盛衰，鉴君臣之善恶，载政事之得失，观人才之吉凶，知邦家之休戚"的社会功能，但他并不是静止地看作品中这种因素的含量，而是从其影响层面，即读者能否接受、有多少读者可以接受来衡量，偷梁换柱地将衡量作品的标准由以往的社会功用转换为"通俗"程度，这预示着整个文学面貌将发生根本的改变。

庸愚子的《三国志通俗演义序》是一篇与作品相匹配、相得益彰的理论佳作，《三国志通俗演义》在小说史上具有崇高的地位，除了作品本身的内在魅力，与庸愚子这篇客观、独到而深刻的序言也有一定的关系。

◎ 第二节

嘉靖、隆庆朝的小说创作与批评

嘉靖、隆庆朝（1522—1572），明代的小说发展出现了重大变化，通俗小说创作在长时期的停顿之后开始复苏。其前奏是成书于明初的《三国演义》《水浒传》等作品的刊印行世。这些作品基本上以讲述历史故事为内容，一时间讲史演义几乎成了与通俗小说相等同的概念。

一、通俗小说的创作与批评

嘉靖元年（1522），以抄本形式辗转流传的《三国演义》由司礼监刊印出版了。这是明清通俗小说作品以刊本行世的开始。不久，武定侯郭勋、都察院分别刊印了《三国演义》《水浒传》。随着这些刊本的传播，《三国演义》《水浒传》终于较为广泛地流向社会，并迅速引发了轰动效应。

修髯子（生卒年不详）《三国志通俗演义引》与庸愚子《三国志通俗演义序》同刊于嘉靖本之首，其观点相互补充、相互发明，可视为庸愚子序的姐妹篇。《三国志通俗演义引》全文如下：

> 客问于余曰："刘先主、曹操、孙权各据汉地为三国，史已志其颠末，传世久矣。复有所谓《三国志通俗演义》者，不几近于赘乎？"余曰："否，史氏所志，事详而文古，义微而旨深，非通儒夙学，展卷间，鲜不便思困睡。故好事者，以俗近语，櫽括成编，欲天下之人，入耳而通其事，因事而悟其义，因义而兴乎感，不得研精覃思，知正统必当扶，窃位必当诛，忠孝节义必当师，奸贪谀佞必当去；是是非非，了然于心目之下，裨益风教，广且大焉，何病其赘耶？"客仰而大噱曰："有是哉！

子之不我诬也，是可谓羽翼信史而不违者矣。简帙浩瀚，善本甚艰，请寿诸梓，公之四方，可乎?"余不揣谫陋，原作者之意，缀俚语四十韵于卷端，庶几歌咏而有所得欤? 于戏! 牛溲马勃，良医所珍，孰谓稗官小说，不足为世道重轻哉?

今古兴亡数本天，就中人事亦堪怜。欲知三国苍生苦，请听通俗演义篇。忠烈赤心扶正统，奸回白首弄威权。须知善恶当师戒，遗臭流芳亿万年。献帝仁柔汉祚衰，十常侍启衅端开。董卓妄意窥神器，何进无谋种祸胎。渤海会兵昭日月，桃园歃血动风雷。可怜多少英雄计，不及貂蝉口舌才。曹操奸雄世无比，号令诸侯挟天子。天子心知诛不得，泣召董承受密旨。口血未干机先泄，国母元臣束手死。幸尔玄德奔彭城，豪杰云从期雪耻。袁绍当年亦汉臣，井蛙岂识海中鳞? 不有玄德龙虎将，皇孙颠沛更难论。明良遭际真奇特，三顾草庐不厌频。卧龙突起甘霖溥，恢复规模次第陈。孙权父子据江东，观望中原事战攻。谋士似云翻白黑，长江如练列艨艟。火炎赤壁阿瞒遁，帜入荆门大耳穷。假使真心匡汉室，何劳数计灭刘公? 天相刘公讵可灭，万死一生堪哽咽。九犯中原伟丈夫，七擒囚首真英特。枭獍谁能继汉高，犹豫未踤奸贼血。军师大志不曾伸，仅创三川两世业。沛公百战定乾坤，司马何人敢并吞? 试看北面事仇者，汉国臣僚旧子孙。天理民彝扫荡地，鼎味争如蕨味馨? 志士仁人空抱恨，几番血泪渍衣痕。人言三国多才俊，我独沉吟未深信。鹰犬骞腾麟凤孤，四海徒令蹈白刃。天假数年寿孔明，山河未必轻归晋。此编非直口耳资，万古纲常期复振。

嘉靖壬午孟夏吉望关中修髯子书于居易草亭①

修髯子《三国志通俗演义引》的宗旨非常明确，就是要阐释演义不同于史传或独立于史传的价值所在，亦即演义"不近于赘乎"的关键。修髯子认

---

① 见朱一玄编，朱天吉校：《明清小说资料选编》，59～60页，天津，南开大学出版社，2012。

为，史传"事详而文古，义微而旨深"，唯有"通儒夙学"才能读懂，故其即便有裨风教，影响也是相当有限的。 与史传不同，演义文近而义浅，因此，"入耳而通其事，因事而悟其义，因义而兴乎感，不得研精覃思……是是非非，了然于心目之下"；演义形象感人，容易读懂，"裨益风教，广且大焉"，是故"羽翼信史而不违"。 与庸愚子一样，修髯子因教化而论及通俗，由对工具性的肯定而导出对本体的肯定。"欲知三国苍生苦，请听通俗演义篇"，修髯子的论说紧扣《三国志通俗演义》这部具体的作品。

宋元时，"说话"艺术勃兴，有"小说""说经""讲史""合生"四种曲艺表演形式，即所谓"说话四家"；其中，最为发达的是"小说"和"讲史"两家。 小说家是其中艺术技巧最成熟、最兴盛的一家，小说家的话本通常称为"小说"，都是讲说短篇故事，一次或数次讲完，其题材除历史故事、神话传说外，多取材于当代社会生活，与现实联系比较密切。 讲史家的话本通常称为"平话"，"讲史"以历史事实为依据，吸收民间传说，讲述历代兴废争战之事，多根据故事内容的需要分卷立目，以示情节发展的阶段。

"演义"又写作"衍绎"。"演义者，本有其事而添设敷演，非无中生有者比也。"①显然，"演义"的前身是史传和讲史，都不曾叫"小说"。史传是在很多方面都与小说相对的文体，讲史虽常与小说混为一谈，但毕竟是与小说并列的文体。 修髯子直称《三国志通俗演义》为"稗官小说"，反映了"演义"与"小说"的合流，说明修髯子看到了它们相同或相近的性质。 之后，高儒所撰的私人目录著作《百川书志》赞誉《三国志通俗演义》"据正史，采小说，证文辞，通好尚，非俗非虚，易观易入，非史氏苍古之文，去瞽传诙谐之气，陈叙百年，该括万事"，此论与修髯子《三国志通俗演义引》有一定的精神联系。 高儒既反对古奥之文，也反对鄙俚无文，主张

---

① （清）刘廷玑著，吴法源校点：《在园杂志》卷二，见（清）宋荦、（清）刘廷玑著，蒋文仙、吴法源校点：《筠廊偶笔、二笔　在园杂志》，122 页，上海，上海古籍出版社，2012。

通俗而典雅。在事实与虚构的关系上，高儒认为应以事实为主，同时容许一定程度的虚构，实中略有虚词，这表明他同样看到了"演义"与"小说"合流的情形。

李开先在《一笑散·时调》中写道："崔后渠、熊南沙、唐荆川、王遵岩、陈后岗谓：《水浒传》委曲详尽，血脉贯通，《史记》而下，便是此书。且古来更无有一事而二十册者。倘以奸盗诈伪病之，不知序事之法、史学之妙者也。"①当时田汝成在《西湖游览志余》中曾咒骂道："（罗贯中）编撰小说数十种，而《水浒传》叙宋江等事，奸盗脱骗机械甚详，然变诈百端，坏人心术。其子孙三代皆哑，天道好还之报如此。"②这种观点流传甚广，如王圻《续文献通考》、天都外臣《水浒传叙》、周亮工《因树屋书影》等著述一再采录或引用这段话。自有小说以来，人们为提高小说的地位而不断论证其价值，其策略不外有二：或是从风格的多样性入手，或是在小说的社会功能上做文章。李开先、崔铣、熊过、唐顺之、王慎中、陈束等人则另辟蹊径，弃置了思想伦理的束缚，转从叙事艺术的角度肯定小说价值，可谓是空谷足音。尽管他们只是说"《水浒传》委曲详尽，血脉贯通，《史记》而下，便是此书。……倘以奸盗诈伪病之，不知序事之法、史学之妙者也"，但这已然触及了小说叙事本质，道出了小说繁法语言的特点。他们对《水浒传》叙事艺术的赞赏，实质上已经突破了传统的道德批评范式，预示着未来的文本批评。这是小说批评由外部走向内部的一个信号，它与"《史记》而下，便是此书"的非凡论断一样，启示了明末金圣叹等人的小说评点。

从嘉靖朝起，新问世的作品大多数是讲史演义，成书方式也与《三国演义》《水浒传》相类似，即根据正史、平话、戏曲和民间传说改编而成，其作者大多是书坊主，他们有着相当浓厚的按鉴演义、"羽翼信史而不违"的

---

① （明）李开先：《词谑》，见黄霖编，罗书华撰：《中国历代小说批评史料汇编校释》，143 页，南昌，百花洲文艺出版社，2009。
② （明）田汝成：《西湖游览志余》卷二十五《委巷丛谈》，见朱一玄编，朱天吉校：《明清小说资料选编》，16 页，天津，南开大学出版社，2012。

意识。 以是之故，通俗小说既是精神产品，又是文化商品。 在相当长的一段时期，讲史演义基本上一统天下，只是在本阶段末期，才有了分别成为神魔小说与人情小说开山之作的《西游记》和《金瓶梅》两部小说。

据统计，从嘉靖朝起五十余年里，新编创刊行问世的通俗小说有如下七部：

嘉靖十六年（1537），《皇明开运英烈传》，郭勋等撰；

嘉靖三十一年（1552），《大宋演义中兴英烈传》，熊大木撰；

嘉靖三十二年（1553），《唐书志传》，熊大木撰；

嘉靖间（1522—1566），《全汉志传》，熊大木撰；

嘉靖间（1522—1566），《南北宋志传》，熊大木撰；

嘉靖、隆庆间（1522—1572），《列国志传》，余邵鱼撰；

隆庆三年（1569），《钱塘渔隐济颠禅师语录》，沈孟桦撰。

武定侯郭勋是个政客，却又涉猎史书颇多。 继主持刻印《三国演义》《水浒传》之后，他还编撰了《皇明开运英烈传》（又名《皇明开运英武传》）。 其同僚郑晓在笔记《今言》中记其事，点明了郭勋编撰《皇明开运英烈传》以谋取政治利益的动机。 事实也是如此，郭勋编撰《皇明开运英烈传》，伪造祖先建功历史之后，"传说宫禁，动人听闻"，其祖郭英得以配享太庙，本人则"峻拜太师，后又加谥国公世袭"①。 借助这部小说的传播，天下百姓接受了郭勋所伪造的历史，这充分显示了《三国演义》《水浒传》刊行后所产生的影响力。 长期以来，通俗小说备受封建正统人士鄙弃，而且人们往往将讲史演义题材狭隘地限定为古代的历史故事。 正如论者所言，《皇明开运英烈传》是在通俗小说长期停滞后出现的第一部新作品，又是明代第一部以本朝史实为题材的讲史演义，对以后的通俗小说的创作有着破除偏见的"示范"意义。 在随后的万历朝，先后出现了《承运传》《续英

---

① （明）沈德符著，杨万里校点：《万历野获编》卷六"武定侯进公"，见上海古籍出版社编：《明代笔记小说大观》，2070 页，上海，上海古籍出版社，2005。

烈传》《于少保萃忠全传》《戚南塘剿平倭寇志传》《征播奏捷传通俗演义》等一系列作品，它们都演述本朝故事，与人们现实生活的距离不断缩短，特别是《征播奏捷传通俗演义》的内容已与时代相平行。到了天启、崇祯间，还崛起了描写眼前政治斗争、军事斗争的时事小说。这些都表明了《皇明开运英烈传》的开创之功。①

《大宋演义中兴英烈传》是继《皇明开运英烈传》之后问世的第二部通俗小说。卷首有作者自序，署"嘉靖三十一年，岁在壬子，冬十一月望日，建邑书林熊大木钟谷识"。又有《凡例》七条。卷一题"新刊大宋演义中兴英烈传"，署"鳌峰熊大木编辑，书林清白堂刊行"。卷二至卷八题"新刊大宋中兴通俗演义"。版心题"中兴演义"。"演"或作"衍"。正文中有双行小字注释、按语、评语，或以"论曰""评曰""断曰""断云"起，或引述为"纲目断云""宋鉴断曰""史评曰""史臣曰""吕东莱先生评曰""琼山邱曰"，引刘后村、姚子章、闻益明、姚震、张琳、洪兆、宋元章等人诗及徐应采文，演南宋中兴诸将事，而以岳飞为主。《大宋演义中兴英烈传》有熊大木的两篇序：一为《大宋中兴通俗演义》之《序武穆王演义》，一为《新刊大字分类校正日记大全》之《日记故事序》。兹移录于下：

《序武穆王演义》云：

武穆王精忠录，原有小说，未及于全文。今得浙之刊本，著述王之事实，甚得其悉。然而意寓文墨，纲由大纪，士大夫以下遽尔未明乎理者，或有之矣。近因眷连杨子素号涌泉者，挟是书谒于愚曰："敢劳代吾演出辞话，庶使愚夫愚妇亦识其意思之一二！"余自以才不班、马之万一，顾奚能用广发挥哉？既而恳致再三，义弗获辞，于是不吝臆见，以王本传行状之实迹，按《通鉴纲目》而取义。至于小说与本传互有同异

---

① 参见陈大康：《明代小说史》，261 页，上海，上海文艺出版社，2000。

者，两存之以备参考。或谓小说不可紊之以正史，余深服其论。然而稗官野史实记正史之未备，若使的以事迹显然不泯者得录，则是书竟难以成野史之余意矣。如西子事昔人文辞往往及之，而其说不一。《吴越春秋》云，吴亡，西子被杀；则西子之在当时固已死矣。唐宋之问诗云："一朝还旧都，艳妆寻若耶。鸟惊入松网，鱼畏沈荷花"；则西子尝复还会稽矣。杜牧之诗云："西子下姑苏，一舸遂[逐]鸱夷"；是西子甘心于随蠡矣。及东坡题范蠡诗云："谁遣姑苏有麋鹿，更怜夫子得西施"；则又以为蠡窃西子，而随蠡者或非其本心也。质是而论之，则史书小说有不同者，无足怪矣。屡易日月，书已告成镂梓，公诸天下，未知览者而以邪说罪予否？

时嘉靖三十一年，岁在壬子，冬十一月望日，建邑书林熊大木钟谷识。①

《日记故事序》云：

《日记故事》一书，乃童稚之学，诚质往行实前言以孝弟忠信、礼义廉耻之事，悉举而备，使资幼学者讲习有所阶梯也。升堂入室易，以及难要之至理，亦不外于是矣，岂可以其小学而忽之耶？余因馆蒙，以此进讲者错落愈盛，至于句读不可以分。故暇日立意检点，疑者解之，紊者去之。日积月累，孟秋是书告成焉。邻居刘者恳求与之镂梓，余不敢以私为己有，欣然付之刊行。后学君子知有妄处，冀改而证之，非余之幸，实天下之幸也。是为序。

时嘉靖二十一年秋七月谷旦，后学书林熊大木识。②

---

① 见孙楷第编：《日本东京所见中国小说书目》，50～51页，上海，上杂出版社，1953。
② 见郑振铎编：《中国古代版画丛刊》第2册，575～576页，上海，上海古籍出版社，1988。

在这两篇序言中，熊大木详细交代了成书的缘由以及刊刻的过程，表明自己不过是书籍编纂或校注者。

熊大木选择岳飞故事作为作品的题材。自南宋始，有各种形式的岳飞故事。南宋说书故事中就有岳飞故事，洪迈的《夷坚志》中有关岳飞的作品有九篇，有关秦桧的作品有十六篇。元杂剧有孔文卿的《地藏王证东窗事犯》，元末明初有杂剧《宋大将岳飞精忠》，明代戏曲有《精忠记》，明弘治十四年（1501）浙江刊有《精忠录》等。《大宋演义中兴英烈传》确如熊大木所言，按照史实编辑而成，以岳飞一生为时代背景，讲述了南宋中兴的过程，书中人物遍及南宋诸将士文臣。

《大宋演义中兴英烈传》以编年的方式来叙事，每卷起首标明其所叙述事实的年份与出处（如卷一"起靖康元年丙午岁，至建炎年丁未岁，首尾凡一年事实，按《宋史》本传节目"），就连其标题也"俱依《通鉴纲目》"。为了增强所述人物和事件的真实性，收录了诏旨、奏章、书信等历史文献，大量插入、镶嵌了《精忠录》所载岳飞的文字著述，以增强小说的史实感，使之"亦庶几乎史"。《大宋演义中兴英烈传》共八卷七十四节，十八万余字，某些章节诏旨、奏章一类文字在篇幅上占了不少比例。如卷三"张浚传檄讨苗傅"，插入一篇诏书、两篇檄文，三封书信，篇幅约占40%；卷六"议求和王伦使金"，引录李纲、胡铨的奏章各一本，篇幅约占40%；在"胡寅前后陈七策"一节，引述文字的篇幅超过了80%。《大宋演义中兴英烈传》里诗词的征引频率远低于《三国演义》，熊大木毕竟是个书商，难以做到信手拈来或随口吟咏成章，故其诗词的征引不无牵强之处。[1]

显然，对于《三国演义》《水浒传》等通俗小说的体制格局、叙事技巧和编创手法，熊大木在编纂过程中的确有意心摹手追。然而，由于才华不逮，他并不全然理解形式的艺术功能。因此，作品中这些硬性镶嵌的文字削

---

[1] 参见陈大康：《明代小说史》，264页，上海，上海文艺出版社，2000。

弱了作品的叙事性，小说意味十分单薄，作品可读性较差。在编撰过程中，熊大木一方面意识到小说的描述不可能一一全依正史，"稗官野史实记正史之未备"，二者可以互补，"两存之以备参考"；另一方面，熊大木又希望人们相信自己遵循"羽翼信史而不违"，故而强调作品"以王本传行状之实迹，按《通鉴纲目》而取义"，即以《宋史》本传、行状和明成化年间商略编撰的《续资治通鉴纲目》等正史为主。《大宋演义中兴英烈传》只在某些地方补入"小说"，其叙述"岳飞冤死"一节对于前代故事或模仿或直接采用，"疯僧戏秦"在明传奇《精忠记》的基础上增删修改而成，"何立入冥"则模仿南宋笔记小说，"胡迪骂阎"直接引用《效颦集·续东窗事犯传》。这些表明，在小说与史传的关系这一问题上，尽管熊大木意识到"小说与本传互有同异"，但他以"据正史""采小说"这两种方式编撰历史演义小说，还是没能取得突破性的认识，未能使小说摆脱实事之检验，成为真正独立的艺术创造。

值得一提的是，熊大木的《大宋演义中兴英烈传》是以评点本的形式刊刻行世的。小说评点是盛行于明清时期的古代小说批评形式，它所采用的形式——圈点、眉批、夹注、回评和总评等——较早见于唐宋诗话、诗文评。最早的文章评点本，如《古文关键》《崇古文诀》《文章轨范》《文章正宗》等，就有了夹批、眉批和文前总评等不同方式。关于早期诗文评点，钱锺书先生在《管锥编》一书中有点睛式的论述：

> 方回《瀛奎律髓》卷一〇姚合《春游》批语谓"诗家有大判断，有小结裹"；评点、批改侧重成章之词句，而忽略造艺之本原，常以"小结裹"为务。苟将云（按：陆云）书中所论者，过录于机（按：陆机）文各篇之眉或尾，称赏处示以朱围子，删削处示以墨勒帛，则俨然诗文评点之最古者矣。①

---

① 钱锺书：《管锥编·全上古三代秦汉三国六朝文》第一四一则，1215页，北京，中华书局，1979。

而小说评点则如袁无涯刊本《水浒传》卷首所云：

> 书尚评点，以能通作者之意，开览者之心也。……今于一部之旨趣，一回之警策，一句一字之精神，无不拈出，使人知此为稗官史笔，有关于世道，有益于文章，与向来坊刻，夐乎不同。如按曲谱而中节，针铜人而中穴，笔头有舌有眼，使人可见可闻，斯评点所最可贵者。①

小说评点侧重于"法"的"拈出"，而有别于传统诗文评之"忽略造艺之本原"。 熊大木将评点形式移植于《大宋演义中兴英烈传》，可能是嘉靖元年（1522）刊本《三国志通俗演义》某些地方插入注释的做法给他的启发。

更重要的是，熊大木意想中的读者是"士大夫以下遽尔未明乎理者"，其编撰目的是"庶使愚夫愚妇亦识其意思之一二"；而当时流行"批点"，便于初学者观览，含批注的书籍销得动也销得快。 为此，熊大木采用双行夹批的形式，在有关字、词、句下直接予以注释；双行夹批计有一百五十余条，其内容或注音释意，或解说人名地名，或注释名称、典故，或注释相关事件等。 这些双行夹批，一方面为广大读者扫除了阅读障碍，促进了作品的传播；另一方面也体现了熊大木略显矛盾的小说观念，即在认同"小说不可紊之以正史"的同时，又认识到"史书小说有不同者"，"若使的以事迹显然不泯者得录，则是书竟难以成野史之余意矣"。 为了弥合二者，熊大木的策略是"小说与本传互有同异者，两存之以备参考"，故其双行夹批里还有对某事件叙述的依据或出处的介绍内容。 除了双行夹批，熊大木还在整段的故事之后，加一段史论或是将该故事与史实相比较的评论，以及根据正史对作品所提及的人与事件做补充交代。

---

① 《出像评点忠义水浒全传发凡》，见陈曦钟等辑校：《水浒传会评本》，31 页，北京，北京大学出版社，1981。

在《大宋演义中兴英烈传》里，这样的评语有四十条左右，史论性的占三分之一强。有的指明出处，如"《纲目》断云""《宋鉴》断云"；有的摘录明人的议论，如"许浩曰""琼山丘氏（濬）曰"等；有的则冠以"断云""论曰"字样，可能是熊大木自撰。但身为书商的熊大木毕竟缺乏必要的文学修养，其评点形式的移植没有多少小说批评的意味，更多的是扩大通俗小说的影响，发挥其促进销售的实用功能。嘉靖朝与万历朝前期，原来负责传播环节的书坊主越位，成为创作主体，几乎垄断了通俗小说的创作领域；他们的编撰方式幼稚而粗糙，基本没有太大的变化，极易辨识。这种类似《大宋演义中兴英烈传》的编创方式，有论者称之为"熊大木模式"。熊大木后来的《唐书志传》《全汉志传》《南北宋志传》，基本上是用这种方式编撰成书的。当时人们对这种编创方式予以充分肯定，有人因为《唐书志传》"似有紊乱《通鉴纲目》之非"，而以为"是书不足以行世"，熊大木的朋友李大年就反驳说："虽出其一臆之见，于坊间《三国演义》《水浒传》相仿，未必无可取。且词话中诗词檄书颇据文理，使俗人骚客披之自亦得诸欢慕。岂以其全谬而忽之耶？"①

同样出身于福建建阳刻书世家的余邵鱼，是明后期重要的刻书家兼通俗小说作家余象斗的叔祖，其《列国志传》也是一部属于"熊大木模式"的典型之作。余邵鱼自述：

> 编年取法麟经，记事一据实录。凡英君良将，七雄五霸，平生履历，莫不谨按《五经》并《左传》《十七史纲目》《通鉴》《战国策》《吴越春秋》等书，而逐类分纪。且又惧齐民不能悉达经传微辞奥旨，复又改为演义，以便人观览。庶几后生小子，开卷批阅，虽千百往事，莫不炳若丹

---

① （明）李大年：《唐书演义序》，见黄霖编，罗书华撰：《中国历代小说批评史料汇编校释》，149页，南昌，百花洲文艺出版社，2009。

青。善则知劝，恶则知戒，其视徒凿为空言以炫人听闻者，信天渊相隔矣。①

这里，余邵鱼列举了一系列记载春秋战国史实的典籍，并宣称自己书中所述皆有所本，"一据实录"。其实，《列国志传》里有些故事并不见于"经传"，而是对宋元话本里的民间传说的改写。如"云中子进斩妖剑""秦哀公临潼斗宝""鲁秋胡捐金戏妻""孙膑下山服袁达"……由于《列国志传》情节设计不合理，如同"呓语"，语言亦呆滞粗拙，崇祯间冯梦龙将这段历史重新演述而成《新列国志》。可观道人在为《新列国志》作序时，严厉批评余邵鱼的《列国志传》"铺叙之疏漏、人物之颠倒、制度之失考、词句之恶劣，有不可胜言者矣"②。

总的说来，受文化素质、艺术修养等的限制，以及谋利动机的驱使，"熊大木模式"所编创的通俗小说质量不高，确是事实，但这一模式是在《三国演义》《水浒传》刊印传播而后继书稿极度匮乏的特定情形下出现的，这有效地扩大了通俗小说的社会影响；而且，熊大木、余邵鱼等人首先明确地提出以"不能悉达经传微辞奥旨"的广大普通读者为主要读者，不能不说是重要的理论贡献。③

二、文言小说的创作与批评

嘉靖、隆庆两朝五十余年里，文言小说创作亦颇为可观。这一时期，读小说的士大夫日见增多，并且不时发表一些个人观感和议论，围绕小说创作

---

① （明）余邵鱼：《列国志传》卷首《题全像列国志传引》，《古本小说集成》本（据明万历三十四年三台馆刊本影印），上海，上海古籍出版社，1990。
② （明）可观道人：《新列国志叙》，见黄霖编，罗书华撰：《中国历代小说批评史料汇编校释》，278～279页，南昌，百花洲文艺出版社，2009。
③ 关于"熊大木模式"及其意义，参见陈大康：《明代小说史》，272～281页，上海，上海文艺出版社，2000。

的舆论环境比明朝前期宽松多了。

当时，还是有一批人坚持鄙薄、诋毁小说的立场。 比如，曾先后任吏部、户部、兵部诸部尚书的王琼就认为：

> 昔司马迁罪废之余作《史记》，为万世史学之宗。后世山林隐逸之士有所纪述，若无统理，然即事寓言，亦足以广见闻而资智识。其所纪时事得于耳闻目击，有出于史册之所不载者，皆足以示劝惩而垂永久，是宜人见而爱，爱而传之于不泯也。然其所纪载，闻见或不实，毁誉或失真，甚至杂以诙谐之语、怪诞之事者，亦有之矣。若是者虽传于世，读者何益焉？ 惟夫事核而词简，理明而论公，大而有关治道，小而切于日用，虽曰信手杂录，而举一事寓一理，使读者忘倦如刍豢之悦口，斯不为徒言矣。予所居岩穴，在双溪之间，怡神养气之余，忽有所思，辄录于册，久而成帙。虽不敢自谓尽合道理，然皆纪实无空言者，格物君子得而观之，未必无所取云。①

在王琼看来，原先士人的记述或考辨经史疑义，可以"广见闻而资智识"；或载录朝政典故，可以"示劝惩而垂永久"。 然而，成化、弘治朝以来，各种笔记中含有不少小说故事或准小说内容，"闻见或不实，毁誉或失真，甚至杂以诙谐之语、怪诞之事"，已然失去了风雅之道，"读者何益焉"？ 为此，王琼主张以"事核而词简，理明而论公，大而有关治道，小而切于日用，虽曰信手杂录，而举一事寓一理"作为撰写笔记杂著的标准。 王琼无视当时小说创作逐步繁荣的现象，其观点比较保守迂腐。

嘉靖二十四年（1545），名士杨慎（1488—1559）为《山海经》作注，其时某官僚皱着眉头说，这等书没空看，"吾有暇则观六经耳"。 对于此论，杨慎大不以为然："六经五谷也，岂有人而不食五谷者乎？ 虽然，六经之

---

① （明）王琼：《双溪杂记·序》，1～2 页，北京，中华书局，1985。

外，如《文选》《山海经》，食品之山珍海错也，徒食谷而却奇品，亦村瞳之富农，苛诋者或以为赢牸老羝目之矣。"①在杨慎看来，《山海经》一类小说如同"山珍海错"，也有一席之地，鄙薄小说者不过是孤陋寡闻之"赢牸老羝"。 早在嘉靖二十三年（1544），唐锦也认为，小说与六经并不相悖，小说创作与阅读甚至可说是据圣人的教诲行事。 唐锦说："夫博文博学，孔孟之所以为教也，况多识前言往行，乃为君子畜德之地者乎？"他接着指出，"凡古今野史、外记、丛说、胜语、艺书、怪录、虞初、稗官之流"，多有可"裨名教，资政理，备法制，广见闻，考同异，昭劝戒"②的内容。 杨慎的朋友刘大昌也批评那些鄙薄小说者说："以为是齐谐夷坚所志，谲诡幻怪，侈然自附于不语，不知已堕于孤陋矣。"③稍后，陈良谟则从教化与传播的角度，力证小说存在的必要性：

> 夫经传子史所纪载尚矣，其大要无非垂鉴戒万世，俾人为善去恶而已。然其辞文，其旨深，其事博以远，自文人学士外鲜习焉。如《论》《孟》小学之书，里巷小生虽尝授读，率皆口耳占毕，卒无以警动其心，而俚俗常谈一入于耳，辄终身不忘。何则？无征弗信，近事易感，人之恒情也。④

在陈良谟看来，"垂鉴戒万世"的六经，其文深，其义微，其旨奥，除了文人学士外，一般人读不懂，难以"警动其心"，而小说通俗地宣讲六经教义，"一入于耳，辄终身不忘"。 与陈良谟同时的陈仕贤也从传播接受的角度论述了经史与小说的关系：

---

① （明）杨慎：《跋山海经》，见王文才、张锡厚辑：《升庵著述序跋》，39 页，昆明，云南人民出版社，1985。
② （明）陆楫等辑：《古今说海》卷首唐锦《古今说海引》，成都，巴蜀书社，1988。
③ （明）刘大昌：《刻山海经补注序》，见王文才、张锡厚辑：《升庵著述序跋》，40 页，昆明，云南人民出版社，1985。
④ （明）陈良谟：《见闻纪训》卷首《见闻纪训引》，1 页，北京，中华书局，1985。

　　　夫经载道，史载事，所以阐泄人文，宣昭训典，斯明圣之述作、标
　　准百世者也。然其旨极于宏纲要领，而纤微肤末未悉焉。故执翰操觚之
　　士，或撷所见闻，摅其衷臆，自托于稗官野史以见志，要于君子之多
　　识，庸有助焉，亦畜德者所不废也。①

在陈仕贤看来，经史的阐述限于"宏纲要领"，小说的描摹则深入社会生活
"纤微肤末"之处，帮助人们形象具体地领悟圣人的思想，有助于"多识"
"蓄德"。

　　杨慎等文士对小说地位与功用的肯定，逐渐改变了人们鄙薄小说的观
念，不少人从厌恶鄙弃小说转变为自己动手编撰小说，小说欣赏与创作的舆
论环境，与当年视小说为"邪说异端"而严加禁毁的情形有了天壤之别。 嘉
靖、隆庆朝，小说史上的一些优秀作品，如《世说新语》《太平广记》《夷
坚志》等纷纷刊印，成了许多文士的案头读物，并由此掀起了一个"世说
体"的创作热潮。

　　《世说新语》是南朝宋时期宗室临川王刘义庆（403—444）组织文人编
写的一部笔记小说，主要记述魏晋人物的言谈逸事。 全书原八卷，刘孝标注
本分为十卷，今传本皆作三卷；分为德行、言语、政事、文学、方正、雅量
等三十六门，全书共一千二百多则，记述自汉末到刘宋时名士贵族的遗闻逸
事，主要为有关人物评论、清谈玄言和机智应对的故事。 宋元为《世说新
语》盛行的时代。 据汪藻《世说叙录》载，其时便有晁（文元）氏本、钱
（文僖）氏本、晏（元献）氏本、王（仲至）氏本、黄（鲁直）氏本、章氏
本、舅氏本、颜氏本、张氏本、韦氏本、邵氏本、李氏本等十余种版本；可
惜大部分久佚不传。 其中，晏氏本很可能是现在通行三卷本的祖本。 宋代

———————————

① 　（明）陈仕贤：《七修类稿序》，见（明）郎瑛著，安越点校：《七修类稿》"原序一"，14 页，
　　北京，文化艺术出版社，1998。

流传较广、较持久者有绍兴八年（1138）董弅刻本和淳熙十六年（1189）湘中刻本。绍兴本今存两部，均藏于日本，一为前田侯所藏，已影印回国；一为宫内厅所藏，此本曾经晏殊删定，再经董氏整理，便是我们今天所能见到的三卷三十六篇的通行本。

《世说新语》既出，历代皆有仿作、续作，如唐代王方庆的《续世说新语》、刘肃的《大唐新语》，宋代王谠的《唐语林》、孔平仲的《续世说》、李垕的《南北史续世说》。此后四百余年，仿效之作中断。嘉靖十四年（1535），袁褧据家藏南宋陆游刊本率先刊刻了《世说新语》；嗣后，又有太仓曹氏重刻本与毛氏金亭刻本问世。承袭前人之风，人们继续研究、考释《世说新语》，如吴瑞征《世说新语序》、杨慎《谭苑醍醐》卷六和焦竑（1540—1620）《焦氏笔乘》卷五等。袁氏刻本行世不久，何良俊（1506—1573）编撰了《语林》三十卷，此书摭拾丰赡，简淡隽雅。《四库全书总目》对《语林》评价甚高："是编因晋裴启《语林》之名，其义例门目则全以刘义庆《世说新语》为蓝本，而杂采宋、齐以后事迹续之，并义庆原书共得二千七百余条。其简汰颇为精审。其采掇旧文，剪裁镕铸，具有简澹隽雅之致，视伪本李垕《续世说》剽掇南北二史，冗沓拥肿，徒盈卷帙者，乃转胜之。每条之下又仿刘孝标例自为之注，亦颇为博赡。"① 《语林》成书后，三十余年间在江苏、福建、江西等地均有翻刻本，影响比较大的有嘉靖二十九年（1550）何氏清森阁刻本、嘉靖华亭何氏翻经堂刊本、嘉靖文徵明序刻本等。《语林》的问世，是《世说新语》重新广行于世后在创作上引起的第一个反响，它标志着《世说新语》的仿效热潮重新开启。此后，"世说体"小说创作一发不可收，特别是在万历朝作品迭出，并蔓延至清初而势头不减。

嘉靖、隆庆朝的文士们在笔记中记叙带有小说性质的琐事轶闻，创作出了《鸳鸯记》（陆采）、《娟娟传》（杨仪）、《辽阳海神传》（蔡羽）、

---

① （清）永瑢等：《四库全书总目》卷一百四十一《何氏语林》，1204 页，北京，中华书局，1965。

《金姬传》（杨仪）等传奇小说。这些有意识的小说创作，艺术水准超过了明初的《剪灯新话》《剪灯余话》等作品。《保孤记》（杨仪）、《阿寄传》（田汝成）等传奇小说则以实录为起点，选择现实生活中比较复杂曲折的事件予以描述，其中有敷演增饰乃至一定的虚构。显然，《世说新语》《太平广记》《夷坚志》等的刊印传播，对文言小说的创作产生了影响。此外，还有一些前代小说选编本，如《虞初志》《合刻三志》《古今说海》等，也得到编辑刊行，大大增强了小说对当时社会以及文学创作的影响。

嘉靖、隆庆朝的文言小说创作还出现了一种新的动向，即有些文人开始编撰专题性的作品集，如王文禄的《机警》《龙兴慈记》，王穉登的《虎苑》，王世贞的《剑侠传》《西湖游览志余》，杨慎的《丽情集》，顾元庆的《云林遗事》，黄姬水的《贫士传》等；其编撰方式各异，或将以往有关作品编在一起，或从历代稗官野史乃至正史中搜寻素材，辅之以耳闻之传说，分类撰述而成。除了专题性作品集的编撰，本阶段中期以后还出现了前人作品的汇编本，如《古今说海》（陆楫）、《艳异编》（王世贞）、《顾氏文房小说》（顾元庆）、《广四十家小说》（顾元庆）、《百家异苑》（胡应麟）等。这些作品集的出版壮大了小说的声势，启迪了后来的《青泥莲花记》《情史》《古今谭概》等作品的编撰刊行，并为万历朝以后的小说创作提供了丰富的素材。

值得一提的是，本阶段文言小说总体上呈现出重志怪轻传奇的创作格局，多数作家更热衷于描述志怪故事，其作品中很难看到唐传奇的示范与启迪作用。比如，陆采辑刊的《虞初志》几乎是唐传奇的专集，而他创作的文言小说集《冶城客论》却迥然不同，全书九十三篇中仅有一篇略具传奇的特征。杨仪的《高坡异纂》、闵文振的《涉异志》等志怪专集笔记的创作情形也是如此，基本是在述神志异。这主要与当时志怪小说家的创作宗旨有关，他们在撰写时更多强调的是作品的实录性。在《高坡异纂序》中，杨仪声称《高坡异纂》的故事都来自"世之大贤君子"，"其所言神怪异常之事，或本于父老之真传，或即其耳目之睹记，凿凿皆有依据"。杨仪对这些神怪异常之事深信不疑，其信念又有相应的理论做支持："天地造化之妙，有无相乘，始终相循，梦想声色倏忽变幻，皆至理流行。特其中有暂而不能久，变而不能常者，人自不能精思而详察之耳，岂可尽谓诞妄哉！"当然，将幽冥灵怪当作实事记载是有所品骘抉择的，即"因以新旧所得，去其鄙亵凡陋荒昧难凭者十之五六"①；其中的标准是"可以裨名教，资政理，备法制，广见闻，考同异，昭劝戒"②。唐传奇注重的是文采和意想，多描写缠绵悱恻的爱情故事，偏于虚构、夸张与捏合。这显然有违"裨名教""昭劝戒"和实录的标准。小说创作如果不摆脱对"史"的依附以及以教化为主要创作宗旨的观念，就不可能突破重志怪轻传奇的创作格局。

---

① （明）杨仪：《高坡异纂序》，见陈国军：《明代志怪传奇小说叙录》，483～484 页，北京，商务印书馆国际有限公司，2016。
② （明）陆楫等辑：《古今说海》卷首唐锦《古今说海引》，成都，巴蜀书社，1988。

第二十章
万历、泰昌朝的
小说创作与批评

　　万历、泰昌朝（1573—1620），一方面是经济生活的繁华，另一方面是社会矛盾日益尖锐，危机四伏。 从万历二十年（1592）开始，通俗小说的创作面貌发生了非常大的变化，《西游记》的刊印、《金瓶梅》抄本的流传意味着历史演义一统天下的格局已然被打破。 据统计，从嘉靖元年（1522）至万历十九年（1591）的七十年间，新出的通俗小说有八种；而万历二十年（1592）至泰昌元年（1620）的二十九年间，却出了通俗小说五十种左右。① 题材方面，万历初期仍是历史演义的天下，但从万历中期起出现了公案小说、神魔小说、人情小说，还有从历史演义分化出来的时事小说，万历末期还产生了拟话本。 短短的二十九年里，通俗小说创作开始形成了初步繁荣的局面。

　　文言小说的创作也在稳步前进。 万历时期，文言小说的创作表现出贴近现实、与时代平行的趋向，产生了邵景詹的《觅灯因话》、钓鸳湖客的《鸳渚志余雪窗谈异》、宋懋澄的《九籥集》等重要的文言小说集。 而且，当时类书丛出，其中《艳异编》《汉魏丛书》《国色天香》《绣谷春容》等，既收录大量历代文言小说，又有比较通俗的中篇传奇小说乃至话本小说。

　　与繁荣的小说创作平行的是小说思想的发展。 万历十九年（1591），余

---

① 参见陈大康：《明代小说史》，365 页，上海，上海文艺出版社，2000。

象斗放弃科举考试，从此专心经营印刷出版业，还与一些文士一道着手编撰通俗小说。 万历二十年（1592），李贽开始批点《水浒传》，以评点的方式总结、阐发通俗小说的思想；与此同时，袁宏道批判前后七子复古、拟古的创作倾向，促使作家们走上直面现实人生的创作道路。 随后，胡应麟、陈继儒、谢肇淛等著名文士从理论上充分肯定通俗小说，归纳其创作规律，使通俗小说的艺术水准得以不断提高。

◎ 第一节

万历朝历史演义、公案小说的创作与批评

在通俗小说的发展过程中，书坊主对作者和读者的影响力非常之大。 自嘉靖、万历朝至明末，小说刊刻业相当兴盛。 明代刊刻中心主要集中在福建建阳，还有南京、苏州、杭州等地。 明代中后期，闽版书行销天下。 嘉靖三十八年（1559）进士周弘祖《古今书刻》载，当时福建刻书 477 种，位居全国第一；其中，建阳书坊刻书 367 种；又，嘉靖《建阳县志》卷五《图书志》附录《书坊书目》，载书 382 种。 两书合计，除去重复者，尚有 577 种。① 其中，通俗小说十之七八出自建阳坊刻。 据王清原等编纂的《小说书坊录》，自嘉靖至万历时期各地书坊刊刻的通俗小说约 48 种，加上翻刻本 65 种，约 113 种，建阳书坊就刊刻、翻印了 70 余种。② 可以说，没有建阳书坊的刊刻、翻印，通俗小说不可能风靡一时。 南京、苏州、杭州等地区，文人群体活跃，稿源充足，建阳的经济、文化发展远不如吴越地区，故多标

---

① 参见方彦寿：《建阳刻书史》，243～248 页，北京，中国社会出版社，2003。
② 参见王清原、牟仁隆、韩锡铎编纂：《小说书坊录》，2～17 页，北京，北京图书馆出版社，2002。

注"京本"以表明为"京国"传来的善本名作，达到广引顾客的目的；同时，建阳刊本还十分注重运用插图、评点等广告促销手段，以扩大读者范围，拓宽市场销路，这也推进了小说插图的繁兴和版画艺术的发展，并引发了通俗小说的创作热潮，为后来通俗小说创作水平的提升做了一定的铺垫。

据研究，坊刊小说的稿源主要有购刻小说、征稿、组织编写、书坊主自编四种渠道。起初抄本是坊刻重要的文本基础，它为坊刻提供了版本，一些优秀的小说作品得以刻印传世。刊本的流传则使抄本逐步走向衰亡。这正如胡应麟在分析当时图书市场时所指出的："凡书市之中，无刻本则钞本价十倍，刻本一出则钞本咸废不售矣。"①通俗小说刚起步时，数量有限，流传不广，大多数文人不屑于从事通俗小说的创作，小说作品比较紧缺。为了谋利，书坊主率尔操觚，与雇用的文人一起开始编创通俗小说。明代书坊与文人之间的结合，按文人身份的不同，大致有四种形式：其一是书坊主与文人合二为一的儒商，如熊大木、余邵鱼、余象斗、周之标、杨尔曾、陆云龙、袁于令等人，不仅刊印小说，还兼任创作、校勘、评点等工作；其二是有一定的文学修养，科场失意，受雇或以塾师身份为书坊主服务，或与书坊主关系非常密切的下层文人，如邓志谟、吴还初等人；其三是具有很高的文学修养，有一定的文名、社会地位，介乎下层文人与达官贵族之间的中层文人，如冯梦龙、李贽、汤显祖等人；其四是高级官僚，他们较少参与小说创作，主要为坊刊小说撰写序跋或作评点，如为《岳鄂武穆王精忠传》作序，任过吏部尚书、中极殿大学士的李春芳。无论如何，明刊小说稿源的形成，使小说创作发生了质的飞跃，促进了演义体小说的发展与成熟。②

历史演义小说的编创方式，或是对撷取的平话，参照史书，加以改编，如余邵鱼编写的《春秋列国志传》，熊大木编次的《西汉志传》《南北宋志传》等；或是大力摘录，复述史书，如熊大木编写的《大宋中兴通俗演义》

---

① （明）胡应麟：《少室山房笔丛》卷四《经籍会通四》，44 页，上海，上海书店出版社，2001。
② 参见程国赋：《明代坊刊小说稿源研究》，载《文学评论》，2007（3）。

《唐书志传通俗演义》等；或是蹈袭、模仿《三国志演义》，如《春秋列国志传》《隋唐两朝志传》《残唐五代史演义传》《东西晋演义》《英烈传》等。 这些通俗小说的编创，在熔铸各种素材、提炼作品主题、谋篇布局、文辞修润上下的功夫不够，借用鲁迅的话说，它们大都是"掇拾故书，益以小说，补缀联属，勉成一书，故形式仅存，而精彩遂逊，文辞又多非己出，不足以云创作也"①。 不过，它们还是促进了历史演义小说的快速繁荣，使历史演义小说成为明代影响最大的通俗小说流派。

在万历朝的四十八年里，虽然通俗小说始终是重要的创作流派，但新问世的作品是在万历三十年（1602）以后才开始出现的，而且是以群体面目出现的。 按刊出时间先后有《征播奏捷传通俗演义》（1603）、《两汉开国中兴志传》（1605）、《杨家府演义》（1606）、《三国志后传》（1609）、《承运传》（1602—1612）、《列国前编十二朝传》（1602—1612）、《西汉通俗演义》（1612）、《东西晋演义》（1612）、《于少保萃忠全传》（1613）、《云合奇踪》（1616）、《续英烈传》（1616），还有刊刻时间未知的《东汉十二帝通俗演义》《戚南塘剿平倭寇志传》《胡少保平倭记》《东西晋演义》。 这些作品多以战乱为创作题材，其中续书有三部（《三国志后传》《列国前编十二朝传》《续英烈传》），已有作品重写的有四部（《两汉开国中兴志传》《西汉通俗演义》《云合奇踪》《东汉十二帝通俗演义》）。 作者中，有书坊主身份的是余象斗（《承运传》《列国前编十二朝传》）、杨尔曾（《东西晋演义》）两人，其余则多为与书坊主关系较为密切的下层文人。 不过，《于少保萃忠全传》的作者孙高亮与《云合奇踪》的作者（托名徐渭）显然不同于与书坊主关系较为密切的下层文人，给他们的小说作序的都是当时的官宦名士。

与嘉靖、隆庆朝相比较，万历朝的通俗小说作者队伍整体水平高得多，这些通俗小说的艺术处理也的确比嘉靖、隆庆朝通俗小说要出色。 到嘉靖、

---

① 鲁迅：《中国小说史略》，见《鲁迅全集》第 9 卷，125 页，北京，人民文学出版社，2005。

隆庆朝为止，已有的历史演义小说已基本写遍了中国历史上分裂的各个世代。 如果通俗小说的创作只是以通俗的话语演述正史，那么通俗小说的创作空间是非常有限的，通俗小说的创作与传统的按鉴演义观念之间的矛盾不可避免。 多数创作不过是将以往的历史演义重作改写，在材料剪裁、详略调整、历史文献插入、细部敷演以及文字的雅驯等方面下功夫。 它们能将一个微不足道的细节，敷演成一波一波海浪般的文字，前赴后继，翻滚不息，甚至激发出冲天而起的惊涛骇浪，这是小说艺术的秘密所在。 然而，在这敷演过程中，对于本阶段的古代小说家而言，囿于按鉴演义的创作观念，历史真实与艺术真实关系的处理始终是一个难题。 比如，甄伟谈到自己创作《西汉通俗演义》时，认为历史演义小说应该"言虽俗而不失其正，义虽浅而不乖于理"，自己的编写原则是"因略以致详，考史以广义"；也就是说增添一些正史记载以外的内容，对正史记载做合情合理的演绎。 不过，甄伟也指出："若谓字字句句与史尽合，则此书又不必作矣。"[1]早在嘉靖、隆庆朝，熊大木就根据自己的实际经验提出："或谓小说不可紊之以正史，余深服其论。 然而稗官野史实记正史之未备，若使的以事迹显然不泯者得录，则是书竟难以成野史之余意矣。"又说："质是而论之，则史书小说有不同者，无足怪矣。"[2]这里，熊大木已经谈到了虚构在历史演义创作中的合理性与必要性。 而甄伟以"因略以致详，考史以广义"的编写原则取代按鉴演义的主张，为自己在创作中运用虚构手法悄悄开了方便法门。

明代正史尚未修撰时，上述万历朝的通俗小说大半在演述本朝史实，作品内容越来越接近作者所处的时代，这也是回避历史真实与艺术真实矛盾的方法之一。 创作《杨家府演义》《续英烈传》的秦淮墨客（纪振伦）自称"胸贯三长""识破千古"。 他说："当今不幸，而伏处山林。 沉观世故，

---

① （明）甄伟：《西汉通俗演义序》，见朱一玄编，朱天吉校：《明清小说资料选编》，13 页，天津，南开大学出版社，2012。

② （明）熊大木：《大宋演义中兴英烈传序》，见朱一玄编，朱天吉校：《明清小说资料选编》，151 页，天津，南开大学出版社，2012。

枚举缕述，时存披览，则野乘之流传，亦足为考古之先资也。"①这里，"足为考古之先资"貌似依据史实，其实有出处未必等于是史实，作者其实是以事出有据偷换了按鉴演义。 孙高亮的《于少保萃忠全传》也是采取同样的编撰方法，作品一方面依据《皇明实录》《我朝纲鉴》《皇朝奏疏》等历史文献写作，另一方面又将《列卿传》《苏谈》《枝山野记》《梦古类考》等"兹采入集"，多少表现出了对艺术真实的倾斜。

正如陈大康所言，"虽然历史真实与艺术真实这对矛盾在本阶段并未能得到解决，但文人的参与创作使历史演义在停顿了三十余年后重又开始发展，艺术水准也明显地高于以往。 而且，对本朝故事的描写越来越贴近作家所处的时代，表现出创作转向现实的趋向。 仅就这点而言，万历朝的作家们所取得的成就也不可小视"②。

万历二十二年（1594），朱氏与耕堂刊出了安遇时编辑的明代第一部公案小说《包龙图判百家公案》。 小说的第一篇文字，是宋人撰写的介绍包公生平的《国史本传》，小说似乎仍然遵循依附正史的创作观念。 其实，在《宋史》的包拯本传里，严格意义上的判案记载仅有"割牛舌"一则。《包龙图判百家公案》中另外九十九则故事，正史并无记载，而是话本、杂剧及民间流传的故事。《包龙图判百家公案》的编撰方式，是依据已有的各类作品（包括成化年间的说唱词话）做集大成式的整理与编辑。 有时，一些取自话本小说作品、与包公毫无关系的素材，也被附会、改造、拼凑为包公判案的故事。 这种素材的抄录汇辑，与上述历史演义以事出有据偷换按鉴演义倒也有些相似。 当然，《包龙图判百家公案》的作者并不具备自己创作的功力，全书内容杂乱，笔法粗疏，各回篇幅极不均衡。

《包龙图判百家公案》非常畅销，于是，余象斗也编撰刊行了《皇明诸司廉明奇判公案传》，将一百零五则案件分人命、奸情、盗贼、争占等

---

① （明）纪振伦：《续英烈传叙》，见蔡东藩、（明）佚名、（明）空古老人著，公羊辛、乐于时校点：《元史演义 皇明开远英武传 续英烈传》，927页，北京，群众出版社，1997。
② 陈大康：《明代小说史》，392页，上海，上海文艺出版社，2000。

十六类编排。 不过，全书艺术上比《包龙图判百家公案》还要粗疏简陋，一百零五则中毫无故事情节的竟有六十四则之多，作品里大量羼入状词、诉词或判词、执照等非小说的文字，似乎在普及法律知识。 后来，余象斗又编撰了第二部公案小说《案传皇明诸司公案》，艺术上有所进步：状词、诉词或判词、执照等不再独立成章，而是作为情节发展的有机组成部分；叙述比较细致，注意故事的生动、曲折，在介绍法律知识的同时，文学性明显加强。 此后，还有不少公案小说问世，如《新民公案》《海刚峰先生居官公案传》《案传明镜公案》《详刑公案》《名公案断法林灼见》《律条公案》《详情公案》《神明公案》《龙图公案》等。 抄袭、杂凑、分类编次、修改增删等是这些公案小说编写者最常用的方式，如《皇明诸司廉明奇判公案传》六十四则判词直接采自《萧曹遗笔》，《案传皇明诸司公案》三十三则故事抄改自《疑狱集》。 编写者在抄袭时做了一些不同程度的修改、移植与增删，编纂体例上也有一定的创新。 比如，余象斗编纂《案传皇明诸司公案》时，几乎在每篇故事末尾都附加按语，这些按语或揭示官员破案的思路、方法及鉴戒意义，或点明故事惊奇、巧妙之处，或表达编者对某些社会问题的看法，或介绍一些法律知识，有效拓展了公案小说的审美教育功能。①

　　士子阶层是当时通俗小说的主要读者，如果说历史演义满足的是人们对历史知识的了解，那么，公案小说满足的则是人们对法律知识的渴求；在通俗小说最初两个流派的形成过程中，实用的需要起了相当大的作用。 一方面，这使得小说这一体裁易于被大众所接受，另一方面，其中不少故事又成了后来小说家再创作的素材。 通俗小说由重新起步到逐渐走向繁荣的过程中，历史演义与公案小说起了积极的推动作用。

---

① 参见纪德君：《书坊编创与明清通俗小说流派的形成》，见《中国古代小说文体生成及其他》，217～219页，北京，商务印书馆，2012。

◎ 第二节

李贽的小说理论

李贽（1527—1602），号卓吾，又号宏父、思斋居士、温陵居士、龙湖叟、秃翁等。福建泉州人。明代著名的思想家、文艺批评家。李贽七岁跟随父亲读书，二十岁后离开家乡自谋生活，二十六岁中了福建乡试举人，三十岁才选作河南辉县教谕，做了二十多年小官，五十一岁时任云南姚安知府，五十四岁辞官不做，潜心问学。他先是和湖北黄安的耿定理共同讲学，后耿定理死，因与定理兄定向不和，离开黄安到麻城外三十里的龙潭芝佛院居住，过着居士式的隐逸治学生活。之后因与定向辩论，并把来往书札收在《焚书》中发表，遭到驱逐和迫害。先是明神宗万历十九年（1591），李贽出游黄鹤楼，遭到驱逐。接着二十四年（1596），有人利用地方官的势力去驱逐他，没有成功。二十八年（1600），李贽在麻城龙潭遭到最严重的一次迫害，所住寺院和佛塔被捣毁和焚烧。二十九年（1601），李贽逃避在北京附近通州马经纶家。次年，由于给事中张问达的弹劾，李贽被下狱治罪，以七十五岁之高龄自刎狱中。

一、容与堂刊本与袁无涯刊本之辨

李贽著作等身，主要有《焚书》《藏书》等；文学批评方面，著述有《杂说》《童心说》《忠义水浒传序》，以及《水浒传》《琵琶记》的评点。李贽曾说宇宙有五大部文章：汉有司马子长《史记》，唐有杜子美集，宋有苏子瞻集，元有施耐庵《水浒传》，明有李献吉集。把《水浒传》与《史记》并称，与杜甫、苏轼、李梦阳等大家的文集并称，可见其对《水浒传》的赞许之意。李贽的小说理论集中于《忠义水浒传序》与对《水浒传》的评点。 现存署名李卓吾评点的《水浒传》有两种：容与堂刊百回本《忠义水浒传》和书种堂主人袁无涯刊一百二十回本《忠义水浒全书》。 20 世纪的学者们在李贽评点《水浒传》的问题上，存在四种意见。

第一种意见认为：容与堂刊本和袁无涯刊本都是伪托的。 持这种意见的学者有鲁迅、胡适等人。 鲁迅在《中国小说史略》中指出："一百二十回本《忠义水浒全书》……亦有李贽评，与百回本不同。"这里"一百二十回本"指袁本，"百回本"指容本，鲁迅根据《书影》中的"盖即叶昼辈所伪托"的话，推断两个本子都是伪托本。 胡适也认为两个本子同是所谓李贽批点本，而"差不多没有一个字相同的"，因此得出结论：两本同是假托于李贽的。

第二种意见认为：两个本子都是真的。 容肇祖《李贽年谱》（1957）、朱谦之《李贽——十六世纪中国反封建思想的先驱者》（1956）、郁沅《金圣叹贯华堂本〈水浒传〉考评》（1979）等均持这种意见。

第三种意见认为：容与堂刊本是真的，袁无涯本是假的。 郑振铎《水浒全传序》（1953）、何心《水浒研究》（1954）、肖伍《试论李卓吾对〈水浒传〉的评点》（1964）、马蹄疾《金圣叹继承李卓吾反封建斗争的传统吗？》（1964）、朱恩彬《李贽评点的〈水浒传〉版本辨析》（1984）、任冠文《关于李贽批评〈水浒传〉辨析》（1999）都持此观点。 陈洪《中国小说理论史》（1992）也认为容本为李贽评本，并列举了袁本的可疑之处。

第四种意见认为：袁无涯刊本是真的，而容与堂刊本是假的。 戴望舒、王利器等人持这种观点。 戴望舒认为容本系叶昼伪托[1]，王利器也赞成此看法[2]。 欧阳代发驳斥了朱恩彬所持的容本为真说，从一些资料考据和容本与袁本的评点风格论证袁本为真。[3] 叶朗指出，袁刊本虽然是真的，但经过了

---

[1] 戴望舒：《袁刻〈水浒传〉之真伪》，载《学原》，1948（5）。
[2] 王利器：《〈水浒〉李卓吾评本的真伪问题》，载《文学评论丛刊》，1979（2）。
[3] 欧阳代发：《何者为〈水浒传〉李贽评本真迹？ ——与朱恩彬同志商榷》，载《山东师大学报（哲学社会科学版）》，1984（5）。

多人的加工和增补。①

有论者认为，署名李贽小说评点的主要作者是叶昼。作为晚明时期的一位不知名文人，叶昼的生平几不可考。现存对他的生平有所记载的史料，基本只有明钱希言的《戏瑕》和清周亮工的《书影》。《戏瑕》说：

> 比来盛行温陵李贽书，则有梁溪人叶阳开名昼者，刻画摹仿，次第勒成，托于温陵之名以行。……昼，落魄不羁人也，家故贫，素嗜酒，时从文贷，饮醒即著书，辄为人持金罂去，不责其值，即著《樗斋漫录》者也。近又辑《黑旋风集》行于世，以讽刺进贤，斯真滑稽之雄已。②

但有研究者指出，《戏瑕》中的记载，可靠度并不高，其中颇有舛误之处，仅以其中所记载的制《水浒传》材料为例，就有三处问题：其一，卷一记载郭勋本制《水浒传》删除致语的问题，却把郭勋本和简本相混淆。其二，卷一提到《录鬼簿》中具有宋江三十六人事迹，而《录鬼簿》中压根就没有什么三十六人事迹，只是载录了一些杂剧名称，其中有些水浒戏。其三，卷三说袁宏道只见过李贽批点的《藏书》《焚书》《初潭集》《北西厢》四部书，此说纯属误导，仅袁中道以及李贽本人书中所记载批点的书目就远远不止这个数。③ 因此，叶昼其人其文疑点甚多，本书对其小说理论暂不讨论。

容本印行于万历三十八年（1610）之前，袁本则印行于万历四十二年（1614），它们几乎同时问世。容本使气任性，借题发挥，恣意发抒不平之气；容本则拘守文章字句，规行矩步，评论平庸，少有思想锋芒。显然，两个版本不是出于一人之手，容本的思想、风格与李贽晚年其他著作比较一

---

① 叶朗：《叶昼评点〈水浒传〉考证》，见《中国小说美学》附录，280～302 页，北京，北京大学出版社，1982。

② （明）钱希言：《戏瑕》卷三《赝籍》，见朱一玄、刘毓忱编：《水浒传资料汇编》，151 页，天津，百花文艺出版社，1981。

③ 参见邓雷：《袁无涯刊本〈水浒传〉原本问题及刊刻年代考辨——兼及李卓吾评本〈水浒传〉真伪问题》，载《福建师范大学学报（哲学社会科学版）》，2017（3）。

致，袁本则更可能是伪托李贽之作。① 从形式上来说，容本已经具备了后世小说评点的基本形态，前有《忠义水浒传序》，署"温陵卓吾李贽撰"，题"庚戌仲夏日虎林孙朴书于三生石畔"；《批评水浒传述语》，署"小沙弥怀林谨述"；《梁山泊一百单八人优劣》《水浒传一百回文字优劣》《又论水浒传文字》均无署。 正文中有眉批、旁批、夹批和回末总评。

二、"发愤著书"说

李贽哲学思想和文艺思想的核心是"童心"说，"夫童心者，真心也。 ……夫童心者，绝假存真，最初一念之本心也。"②"童心"是人最初的纯真的赤子之心、真心，表现在文学上就是真情。"天下之至文，未有不出于童心焉者也。"③文学作品应该是作家真情的自然流露："且夫世之真能文者，比其初皆非有意于为文也。 其胸中有如许无状可怪之事，其喉间有如许欲吐而不敢吐之物，其口头又时时有许多欲语而莫可所以告语之处，蓄极积久，势不能遏。 一旦见景生情，触目兴叹；夺他人之酒杯，浇自己之块垒；诉心中之不平，感数奇于千载。 ……宁使见者闻者切齿咬牙，欲割欲杀，而终不忍藏之名山，投之水火。"④李贽强调的是创作必须有激愤之事的催发，有不吐不快的激情。 因此，李贽在《忠义水浒传序》中首先提出了"发愤著书"说：

> 太史公曰："《说难》《孤愤》，贤圣发愤之所作也。"由此观之，古之贤圣，不愤则不作矣。不愤而作，譬如不寒而颤，不病而呻吟也，虽作

---

① 关于两种李批《水浒传》的真伪之辨，参见陈洪：《中国小说理论史》（修订版），66～75 页，天津，天津教育出版社，2005。
② （明）李贽：《焚书》卷三《童心说》，见张业整理：《李贽文集》之《焚书 续焚书》，126 页，北京，北京燕山出版社，1998。
③ 同上书，127 页。
④ （明）李贽：《焚书》卷三《杂说》，见张业整理：《李贽文集》之《焚书 续焚书》，125 页，北京，北京燕山出版社，1998。

何观乎？《水浒传》者，发愤之所作也。盖自宋室不竞，冠屦倒施，大贤处下，不肖处上。驯致夷狄处上，中原处下，一时君相犹然处堂燕鹊，纳币称臣，甘心屈膝于犬羊已矣。施、罗二公，身在元，心在宋；虽生元日，实愤宋事。是故愤二帝之北狩，则称大破辽以泄其愤；愤南渡之苟安，则称灭方腊以泄其愤。敢问泄愤者谁乎？则前日啸聚水浒之强人也，欲不谓之忠义不可也。是故施、罗二公传《水浒》而复以忠义名其传焉。①

此前人们论及小说，十之八九都持"稗官史余""载道教化"之论，而李贽的"发愤著书"说不再强调如实记录以补正史之阙，而是从主观创作动机出发，强调了重表现、讲寄托的小说创作观。

关于小说创作的动力，此前明人亦有所论及，如瞿佑的"哀穷悼屈"②，刘敬的"此特以泄其暂尔之愤懑"③。李贽的独到之处是：一是从太史公与"圣贤"处得到了"发愤"说存在的合理根据；二是将此说提高到"不愤而作，譬如不寒而颤，不病而呻吟也"的高度，强化了"发愤"的绝对必要性，并以《水浒传》为例具体分析了作者心中之愤如何转换成书中之文。"发愤说的确立，对于小说创作中主体意识的加强，以及虚构艺术的发展势必有其巨大的促进作用。在创作动力问题上，发愤说之代劝戒说而起，也是小说批评由外向内转折的一个内容或标志。"④这是司马迁"发愤著书"说的发展与延续。

李贽有比较明确的小说文体意识。他在《童心说》里有一段精彩的叙

---

① （明）李贽：《焚书》卷三，见张业整理：《李贽文集》之《焚书　续焚书》，138 页，北京，北京燕山出版社，1998。
② （明）瞿佑：《剪灯新话序一》，见（明）瞿佑等著，周楞伽校注：《剪灯新话（外二种）》，3 页，上海，上海古籍出版社，1981。
③ （明）刘敬：《剪灯余话序四》，见（明）瞿佑等著，周楞伽校注：《剪灯新话（外二种）》，119～120 页，上海，上海古籍出版社，1981。
④ 罗书华：《中国小说学主流》，127～128 页，上海，上海书店出版社，2007。

述："诗何必古选，文何必先秦。降而为六朝，变而为近体；又变而为传奇，变而为院本，为杂剧，为《西厢曲》，为《水浒传》，为今之举子业，皆古今至文，不可得而时势先后论也。故吾因是而有感于童心者之自文也，更说什么《六经》，更说什么《语》《孟》乎？"①李贽从提高小说地位的目的出发，把小说与先秦文章、六朝诗歌、唐代近体诗、宋元话本杂剧相提并论，一方面承认了小说的合法地位，使小说脱离史学的附庸，成为独立一门，具有了强烈的文体意识；另一方面在评点时，反复提及小说的虚构性，将小说从稗官野史、笔记杂录中剥离出来。他说：

《水浒传》事节都是假的，说来却似逼真，所以为妙。常见近来文集，乃有真事说做假者，真钝汉也。何堪与施耐庵、罗贯中作奴！（第一回回评）

《水浒传》文字原是假的，只为他描写得真情出，所以便可与天地相终始。（第十回回评）

擘空捏出，条理井井如此，文人之心一至此乎！若实有是事，则不奇矣。（第七十一回眉批）

浑天阵竟同儿戏，至玄女娘娘相生相克之说，此三家村里死学究见识，施耐庵、罗贯中尽是史笔，此等处便不成材矣。此其所以为小说也与！（第八十八回回评）

施、罗二公真是妙手，临了以梦结局，极有深意。见得从前种种都

---

① （明）李贽：《焚书》卷三《童心说》，见张业整理：《李贽文集》之《焚书 续焚书》，127页，北京，北京燕山出版社，1998。

是说梦。不然，天下那有强盗生封侯而死庙食之理？只是借此以发泄不平耳。（第一百回回评）

小说既然是虚构的，其功用观便随之得以突破。 在《忠义水浒传序》里，李贽比较强调小说作品的认识功能：

> 故有国者不可以不读，一读此传，则忠义不在水浒，而皆在于君侧矣。贤宰相不可以不读，一读此传，则忠义不在水浒，而皆在于朝廷矣。兵部掌军国之枢，督府专阃注外之寄，是又不可以不读也，苟一日而读此传，则忠义不在水浒，而皆为干城心腹之选矣。否则不在朝廷，不在君侧，不在干城腹心，乌在乎？在水浒。此传之所为发愤矣。若夫好事者资其谈柄，用兵者藉其谋画，要以各见所长，乌睹所谓忠义者哉！①

李贽把《水浒传》当作"资治之鉴"，视作人才问题的"教科书"，因为在他看来，"水浒之众，皆大力大贤有忠有义之人"，然而不能为世所用，"不在朝廷，不在君侧，不在干城腹心"："夫忠义何以归于水浒也？ 其故可知也。 夫水浒之众何以一一皆忠义也？ 所以致之者可知也。 今夫小德役大德，小贤役大贤，理也。 若以小贤役人，而以大贤役于人，其肯甘心服役而不耻乎？ 是犹以小力缚人，而使大力者缚于人，其肯束手就缚而不辞乎？其势必至驱天下大力大贤而尽纳之水浒矣。 则谓水浒之众，皆大力大贤有忠有义之人可也。 然未有忠义如宋公明者也。 今观一百单八人者，同功同过，同死同生，其忠义之心，犹之乎宋公明也。"②李贽同时指出："天下文章当以趣为第一。 既是趣了，何必实有是事，并实有是人？"在他看来，小

---

① （明）李贽：《焚书》卷三，见张业整理：《李贽文集》之《焚书　续焚书》，139 页，北京，北京燕山出版社，1998。
② 同上书，138～139 页。

说除了认识功能，又有娱乐消遣之用：

> 有一村学究道："李逵太凶狠，不该杀罗真人；罗真人亦无道气，不该磨难李逵。"此言真如放屁。不知《水浒传》文字当以此回为第一。试看种种摩写处，那一事不趣？那一言不趣？天下文章当以趣为第一。既是趣了，何必实有是事，并实有是人？若一一推究如何如何，岂不令人笑杀！又曰：罗真人处固妙绝千古，戴院长处亦令人绝倒。每读至此，喷饭满案。（第五十三回回评）

李贽在评点时，还不时在趣味横生之处批曰"趣"或"妙绝"，足见其对小说娱悦功能的重视。比如，李逵出场，他批道："趣人来了。"第七十五回中，张干办说："这是皇帝圣旨！"李逵道："你那皇帝正不知我这里众好汉，老爷们倒要做大！你的皇帝姓宋，我哥哥也姓宋。"李贽批道："趣、妙。"第五十三回，李逵刀劈罗真人，李贽眉批："趣事、趣话、趣人、无所不趣。"本回总评："……不知《水浒传》文字当以此回为第一，试看种种摩写处，那一事不趣？那一言不趣？天下文章当以趣为第一。"李贽眼里的"趣"，除了充满天机、自然真率地表露思想感情的活泼泼语言，还有打趣的意味。比如，小说第二回鲁达为救助金氏父女向李忠借钱，李贽打趣道："这个人会募缘，合作个和尚。"第五回，鲁智深代替刘太公的女儿成亲，痛打山贼，李贽批道："这个新人也奇，又打老婆了。"第四十六回，宋江和晁盖商量攻打祝家庄可以赚得三五年粮食，李贽批道："比偷鸡又狠些。"第四十八回，王英被一丈青活捉，李贽批道："可知捉去的便是老公。"第五十回，李逵一身黑污，腰里插着两把板斧，直到宋江面前唱个大喏，说……李贽批道："文雅有礼数。"这些批语与内容关系不大，纯粹是节外之枝，但又让人忍俊不禁。古代白话小说之"趣"，包括"趣事""趣话""趣人"，它们使作品洋溢着作者的机智、诙谐、乐观、超旷，使小说的世界超越了沉闷的现实世界，从而吸引了广大的读者，有效发挥了小说的娱乐消遣功能。

从哲学思想的渊源看，李贽之"趣"可追溯到泰州学派。该学派代表着当时广大农民以及新兴市民的思想，反对封建专制者强迫人民"为其所不为，欲其所不欲"，提倡"天性之体，本自活泼，鸢飞鱼跃，便是此体"①，要求"当思则思，思通则已"②，即个性自由，率性而为。李卓吾与该派领袖王心斋之子王东崖有师承关系。他很自然地接受了这种思想意识，提出一种"自然情性"说。他认为人不必遵循死板的教条，而应该充分发挥个人的能力，做自己所愿做的事，这样各得其所，各任性情。他把这种"自然情性"说运用到《水浒传》评论中来，提出了"天下文章当以趣为第一"的观点。这对后来李渔小说理论之"机趣"有一定的影响。

与"发愤著书"说相表里，李贽还发现了小说之于读者的"可以怨"即"宣泄"的功能。李贽自称"《水浒传》批点得甚快活人"③，怀林也说"和尚一肚皮不合时宜，而独《水浒传》足以发抒其愤懑，故评之为尤详"④。李贽在评点时也不时记下了宣泄愤懑之情的快感：

> 呜呼！天下岂少有用之人哉，特无用之者耳！如石家三郎，杨雄用之，便得他气力。且石秀为人，非一夫之勇，委婉详悉，矢不妄发，发无不中，的的大有用人。呜呼！今天下岂少石秀其人哉，特无杨雄耳！可叹，可叹！（第四十五回回评）

> 骂得好，快活！快活！（第一百回夹批）

---

① （清）黄宗羲：《明儒学案》卷三十二《泰州学案一·处士王心斋先生艮》，清康熙刻本。
② （明）王艮：《心斋王先生语录》卷上，明刻本。
③ （明）李贽：《续焚书》卷一《与焦弱侯》，见张业整理：《李贽文集》之《焚书　续焚书》，377页，北京，北京燕山出版社，1998。
④ （明）施耐庵集撰，（明）罗贯中纂修：《李卓吾批评忠义水浒传》卷首怀林《批评水浒传述语》，见《古本小说集成》第2辑第127册，1～2页，上海，上海古籍出版社，2017。

三、李贽的小说理论

关于小说的创作，李贽也提出了诸多深刻的见解。

（一）"假事真情"说

这是李贽对小说情节设计提出的要求。他说：

> 《水浒传》文字原是假的，只为他描写得真情出，所以便可与天地相始终。即此回中李小二夫妻两人情事，咄咄如画。若到后来混天阵处，都假了，费尽苦心，亦不好看。（第十回回评）

> 《水浒传》文字不好处只在说梦、说怪、说阵处；其妙处都在人情物理上。人亦知之否？（第九十七回回评）

这里的"情"指"真情""情事""人情物理"，也就是描写对象的人生情味与生活的逻辑；在李贽看来，这是小说合理虚构的依据所在。为此，他对小说中不顾生活逻辑，胡乱编造、任意撮合的情节多有批评：

> 此回文字极不济。那里张旺便到李巧奴家？就到巧奴家，缘何就杀死他四命？不是，不是。即王定六父子过江，亦不合便撞着张顺。张顺却缘何不渡江南来接王定六父子？都少关目。（第六十五回回评）

> 妆点十面埋伏处，大象自家意思。文人任性如此，可笑哉！（第七十七回回评）

在李贽看来，那些荒谬的违背生活常理的章节，实际上是整部作品的败笔。

第四十二回写宋江被赵能、赵得追赶，无处躲藏，进了一间庙宇，庙神为保护宋江，先是卷起一阵恶风，吹灭了火把，接着又卷起一阵风，吹得飞沙走石。 及至后来庙神现身，传授宋江天书，更是谬不可及。 后几十回多写战争，什么妖魔、阵法等，李贽对此大加批判，说"文字至此都是强弩之末了，妙处还在前半截"。"假事真情"，即人情物理说是李贽对古代小说理论的突出贡献，他站在时代的前列，敏锐地察觉到生活真实对艺术作品的重要性，并通过自己的批评实践，为后人开启了小说批评的新领域。 后来，冯梦龙从李贽那里接受了"情理说"，充分肯定真情、真性。

（二）"同而不同"说

这是李贽提出的小说塑造人物的标准。 李贽云：

> 描画鲁智深，千古若活，真是传神写照妙手！且《水浒传》文字妙绝千古，全在同而不同处有辨。如鲁智深、李逵、武松、阮小七、石秀、呼延灼、刘唐等众人，都是急性的，渠形容刻画来，各有派头，各有光景，各有家数，各有身分，一毫不差，半些不混。读去自有分辨，不必见其姓名，一睹事实，就知某人某人也。（第三回回评）

> 施耐庵、罗贯中真神手也。摩写鲁智深处，便是个烈丈夫模样；摩写洪教头处，便是忌嫉小人底身分；至差拨处，一怒一喜，倏忽转移，咄咄逼真，令人绝倒。异哉！（第九回回评）

> 说淫妇便像个淫妇，说烈汉便像个烈汉，说呆子便像个呆子，说马泊六便像个马泊六，说小猴子便像个小猴子。但觉读一过，分明淫妇、烈汉、呆子、马泊六、小猴子光景在眼，淫妇、烈汉、呆子、马泊六、小猴子声音在耳，不知有所谓语言文字也。何物文人，有此肺肠，有此手眼！若令天地间无此等文字，天地亦寂寞了也。不知太史公堪作此衙

官否? (第二十四回回评)

"同"者意谓人物形象的代表性、共性,"不同"强调的是人物形象的个性化,"同而不同"说的核心即在对比描写中处理好人物性格中共性与个性的辩证关系。《水浒传》写同为"性急"之人,却不是千人一面,如鲁智深暴躁而有智,李逵一味蛮勇,有时候又粗中有细,武松自负高傲,疾恶如仇,富有血性,其余各人也呼之欲出,达到了"同而不同"的艺术高度。在李贽看来,鲁智深是烈丈夫的典型,洪教头是嫉妒小人的典型,差拨则是见钱眼开的典型,淫妇、烈汉、呆子也各有典型,惟妙惟肖。这就是说作家通过凸显类似性格人物群中每一个人物自身更为深层的个性化特征,使人物独特的个性更加鲜明突出,也就是"这一个"。又如:

> 人以武松打虎到底有些怯在,不如李逵勇猛也。此村学究见识,如何读得《水浒传》? 不知此正施、罗二公传神处。李是为母报仇,不顾性命者;武乃出于一时,不得不如此耳。俗人何足言此,俗人何足言此! (第二十三回回评)

这种对人物个性化的分析,不仅注意到了支配人物行为的动机、情理的差异,还考虑到了人物的身份、地位等因素。《水浒传》第三十二回写宋江在清风山力主释放刘高之妻,后来却遭其陷害几乎丧命,李贽批曰:

> 今人只看后来事体,便道宋公明不该救刘高妻子。殊不知宋公明若无这些,直是王矮虎一辈人了,如何干得许多大事? 彼一百单七人者,亦何以兄事之哉! (第三十二回回评)

"同而不同"说与李贽批判礼教、主张个性解放的思想是一致的。李贽说:

自然发于情性，则自然止乎礼义，非情性之外复有礼义可止也。惟矫强乃失之，故以自然之为美耳，又非于情性之外复有所谓自然而然也。……莫不有情，莫不有性，而可以一律求之哉！①

因此，李贽认为小说的人物自然以个性鲜明、率真直露的形象为佳：

王矮虎还是个性（按：原文如此，可能是"天性"或"天生"之误）之的圣人，实是好色，却不遮掩，即在性命相并之地，只是率其性耳。若是道学先生，便有无数藏头盖尾的所在，口夷行跖的光景。呜呼！毕竟何益哉！不若王矮虎实在，得这一丈青做个妻子也，到底还是至诚之报。

（第四十八回回评）

李贽提倡人的"童心"，主张表里如一，要求人按自己的本性行动，摒弃一切矫情算计和外在的道德教条做作。因此，李贽以"率性任性"为人生之最高境界，并以之品鉴小说人物，不时批评"假道学"的言行，这深深影响了后来的金圣叹。可以说，金圣叹的"忠恕"说是对李贽"各有情性""率其性耳"诸思想的综合、发挥，而"写一百八个人性格，真是一百八样"则是对李贽"同而不同"理论的系统化阐述。

（三）"化工肖物"说

"化工"说本是李贽在《杂说》中评价《西厢记》《拜月记》时提出的，在评点《水浒传》时李贽将它发挥为小说理论的"化工肖物"说。小说第二十一回写宋江怒杀阎婆惜，宋江听到阎婆惜与张三勾搭的风声，半信半

---

① （明）李贽：《焚书》卷三《读律肤说》，见张业整理：《李贽文集》之《焚书　续焚书》，165页，北京，北京燕山出版社，1998。

疑，寻思道："又不是我父母匹配的妻室，他若无心恋我，我没来由惹气做甚么！我只不上门便了。"宋江对阎的基本态度如此，奠定了杀之的基础。李贽评曰："无一处不描画得逼真。"第二十一回回评云：

> 此回文字逼真，化工肖物。摩写宋江、阎婆惜并阎婆处，不惟能画眼前，且画心上；不惟能画心上，且并画意外。顾虎头、吴道子安得到此？至其中转转关目，恐施、罗二君亦不能自料到此。余谓断有鬼神助之也。

李贽还指出，只有与小说人物同呼吸、共命运，才能切切实实感受到文字的妙处。林冲杀了陆谦、富安之后，逃亡江湖，后经柴进搭救才逃出险境，继续逃亡，途中想起身世，不禁伤感"谁想今日被高俅这贼坑陷了我这一场，文了面，直断送到这里，闪得我有家难奔，有国难投，受此寂寞"。之前是显赫的八十万禁军教头，如今沦为阶下囚，躲避官府追踪，朝不保夕，难怪英雄也会伤感，"英雄定然坠泪"。经历了那么多的风波，此时的感慨应是林冲心境最真实的写照，故此感人，故此逼真。

另外，李贽还用细腻的笔墨分析了精彩的语言片段，如"鲁提辖拳打镇关西"一回中，鲁达跳将起来说，洒家就是特地消遣你！说着把两个十斤的臊子劈面打过去，像是"下了一阵的肉雨"，既突出郑屠因畏惧鲁达把肉切得精细，又突出肉之多。李贽就特别指出"'肉雨'两字怎地形容，从未经人道过"，赞美了作者丰富的想象力。第六回形容瓦罐寺，"钟楼倒塌，殿宇崩摧。山门尽长苍苔，经阁都生碧藓……香积橱中藏兔穴，龙华台上印狐踪"，一个行将崩坏、萧索寂寥的寺院现于眼前，李贽说"形容败落寺院如画"，实是不虚。

李贽以"化工肖物"高度赞许《水浒传》对人物言语、行为、心理的细致描写，"不惟能画眼前，且画心上；不惟能画心上，且并画意外"，做到了形神兼备。这些"传神""逼真""欲活"的描写，十分生动、贴切、自然，没有雕琢的痕迹，如天造地设一般，故谓之"化工肖物"。李贽的评点文字使人们在关注情节和人物的同时，开始领略从细处小处着眼所获得的阅读快感，丰富了中国小说语言的内涵。

此外，"化工肖物"还意指整部作品的情节结构自然衔接，天衣无缝，其"转换关目"，"鬼神助之"：

> 《水浒传》文字形容既妙，转换又神，如此回文字形容刻画周谨、杨志、索超处，已胜太史公一筹；至其转换到刘唐处来，真有出神入化手段，此岂人力可到？定是化工文字，可先天地始，后天地终也。不妄，不妄。（第十三回回评）

所谓"转换"，即情节过渡之处。李贽在小说第九十五回眉批云："过接处都无痕迹，文至此妙矣。"李贽又将"化工"与"画工"对举，强调自然与雕琢之别。《水浒传》第七十六回"吴加亮布四斗五方旗　宋公明排九宫八卦阵"，铺叙式描摹九宫八卦阵，东西南北，各路人马的将领、士兵、旗帜、铠甲等，一一陈述，如实勾勒。这种描写细则细矣，但缺少神采。故李贽回评云："是一架绝精细底羊皮画灯，画工之文，非化工之文，低品，低品！"

李贽反复强调小说的结构之美，其要点有三。

其一，情节必须曲折，有波澜。比如，第三十五回，宋江、燕顺等人来到酒店里，为换座位与一个黄脸大汉起了争执，黄脸大汉坚决不换位置，说天下他只给两个人让座，宋江和柴进。宋江和黄脸大汉石勇互通姓名后，石勇取出家书递给宋江，要他早日回家，宋江便急急赶了回去。李贽在此回总评中写道："此回文字不可及处，只在石勇寄书一节。若无此段，一同到梁山泊来，只是做强盗耳，有何波澜，有何奇幻？"他认为关节使得小说波澜四起，悬念丛生，使人们对宋江的命运和对梁山泊的未来多了一层猜疑，因此颇为赞赏。

其二，文字要有转换，不能一贯到底。第十三回，描写杨志和周瑾比武，先比马上功夫，惊心动魄，后比射箭，两人互射对方三箭，扣人心弦；杨志和索超比武，本来极易重复，但作者把重点放在马上争斗，避免了雷同。所以，李贽在此回总评说："《水浒传》文字形容既妙，转换又神，如此回文字形容刻画周瑾、杨志、索超处，已胜太史公一筹；至其转换到刘唐处来，真有出神入化手段。"这样，杨志、周瑾、索超三人的个性、本领一一显露在读者面前，这就是文字之妙。

其三，叙述要有伸缩次第，有章法。第七十八回回评："《水浒传》文字不可及处，全在伸缩次第。但看这回，若一味形容梁山泊得胜，便不成文字了。绝妙处正在董平一箭，方有伸缩，方有次第，观者知之乎？"这一回写梁山英雄两败童贯后，高俅又亲率官军分十路进攻梁山，第一战董平、张清战败京北弘农节度使王文德。第二战王焕大战林冲，"约有七八十合，不分胜败"。节度使荆忠出马，又被呼延灼"打得脑浆迸流，眼珠突出，死于马下"。高俅急差项元镇出阵，董平拍马迎战。项元镇假装败阵，却用暗箭射中董平右臂。结果梁山兵马"遮拦不住，都四散奔走"，大败而逃。作者写梁山起义写连战皆捷，显然意在歌颂义军的勇武和战绩。但李贽认为《水浒传》之妙不在这里，而在梁山兵马连胜几阵后终因董平中箭而转胜为败。他佩服作者的这种"伸缩"之法，认为在连胜几战后写此一败，才见文章的起伏，才形成叙事的波澜。

李贽从情节结构方面总结小说的艺术规律，这深刻影响了后来的金圣叹。金圣叹在小说评点中，提出了各种文法技巧，诸如倒插法、夹叙法、草蛇灰线法、大落墨法、正犯法、略犯法、欲合故纵法等，这显然受到了李贽的启发。

四、袁无涯刊本中的小说思想

书种堂主人袁无涯刊一百二十回本《忠义水浒全书》托名李贽所评，产生了较为广泛的影响，其中评点不乏有价值者。

首先，《忠义水浒全书发凡》追问了小说叙事的由来：

> 传始于左氏，论者犹谓其失之诬，况稗说乎！顾意主劝惩，虽诬而不为罪。今世小说家杂出，多离经叛道，不可为训。间有借题说法，以杀盗淫妄，行警醒之意者；或饤拾而非全书，或捏饰而非习见；虽动喜新之目，实伤雅道之亡，何若此书之为正耶？昔贤比于班、马，余谓进于丘明，殆有《春秋》之遗意焉，故允宜称传。

此论不免有些迂腐之气，不过下文提出了"本情以造事"的命题：

> 立言者必有所本，是书盖本情以造事者也，原不必取证他书。况《宋鉴》及《宣和遗事》姓名人数，实有可征，又《七修类纂》亦载姓名，述贯中三十六天罡、七十二地煞。今以二文弁简，并列一百八人之里籍出身，亦便览记，以助谈资。

所谓"本情以造事"，即认为"情感""情理"是小说之"事"的来源与本体；因此，小说创作无须考之于史籍。《忠义水浒全书发凡》云："此书曲尽情状，已为写生，而复益之以绘事，不几赘乎？虽然，于琴见文，于墙见尧，几人哉？是以云台、凌烟之画，豳风、流民之图，能使观者感奋悲思，神情如对，则像固不可以已也。今别出新裁，不依旧样，或特标于目外，或叠采于回中，但拔其尤，不以多为贵也。""本情以造事"的提出，摆脱了"事"之真伪的纠缠，较好地解决了"虚构"的合理性问题。

为此，袁无涯刊本《水浒传》评点对事件的起承转合予以特别的关注。第二十三回眉批云："情事都从绝处生出来，却无一些做作之意，此文章承接之妙处。"第二十四回眉批云："将从前情事说来情真，入事无痕，好入题法。""此一段文情与卖枣糕一段相似，皆是无中生有，此更影动亲切，行文变化，妙不可言。"这些评点都是其虚构理论的深化与落实。

其次，《忠义水浒全书发凡》分析了小说中掺杂诸多诗词的问题：

> 旧本去诗词之繁芜，一虑事绪之断，一虑眼路之迷，颇直截清明。第有得此以形容人态，顿挫文情者，又未可尽除，兹复为增定；或窜原本而进所有，或逆古意而去所无。惟周劝惩，兼善戏谑，要使览者动心解颐，不乏咏叹深长之致耳。

也就是说，一方面，小说文体中的诗词打断了人们的阅读，或为"事绪之断"，或为"眼路之迷"；另一方面，这些诗词又有"形容人态，顿挫文情"的积极作用。

再次，《忠义水浒全书发凡》又是批评的批评，较早对小说评点这一文学批评形式做了理性的反思：

> 书尚评点，以能通作者之意，开览者之心也。得则如着毛点睛，毕露神采；失则如批颊涂面，污辱本来，非可苟而已也。今于一部之旨趣，一回之警策，一句一字之精神，无不拈出，使人知此为稗家史笔，有关于世道，有益于文章，与向来坊刻，夐乎不同。如按曲谱而中节，针铜人而中穴，笔头有舌有眼，使人可见可闻，斯评点所最贵者耳。

"通作者之意，开览者之心"，指出小说评点的功能是在"作者"与"览者"之间架设一座沟通的桥梁；小说评点的着笔处则在小说的旨趣与字句的精神，其艺术标准是"按曲谱而中节，针铜人而中穴，笔头有舌有眼，使人可见可闻"。《忠义水浒全书发凡》有言："纪事者提要，纂言者钩玄，传中李逵已有提为寿张传者矣。如鲁达、林冲、武松、石秀、张顺、李俊、燕青等，俱可别作一传，以见始末。至字句之隽好，即方言谑詈，足动人心。今特揭出，见此书碎金，拾之不尽。坡翁谓'读书之法，当每次作一意求之'，小说尚有如此之美，况正史乎？"

还值得注意的是"有益于文章"的观点。事实上，从文章技巧的角度分析《水浒传》，是袁无涯刊本《水浒传》评点的特点之一。袁本评点总结出了小说写作的诸多技巧。

一是"实以虚行"，即把一部分情节放到语言、心理等虚写形式中进行。袁本《水浒传》评点第四十五回眉批云：

> 从想头说话上补出事迹来，文学尽虚实之变。若前边实实说一番，便落武松格套矣。

第七十二回夹批云：

> 事情与言语详细，不见于前，却于燕青口中出。实以虚行，文家妙境。

这里说的是，实际发生的故事情节不做正面、具体的叙述，而是借助人物的心理活动或在语言上予以交代或暗示，把实笔变为虚笔。这种空灵排宕的笔法古已有之，论诗如宋人范晞文《对床夜话》"不以虚为虚而以实为虚"[1]，讲究把景物化进情思之中来表现；论文则如宋人李涂《文章精义》"庄子文字善用虚，以其虚而虚天下之实；太史公文字善用实，以其实而实天下之虚"[2]。又如，清人刘熙载《艺概》论《左传》行文"虚实互藏，两在不测"；论韩愈的散文"结实处何尝不空灵，空灵处何尝不结实"[3]。《水浒传》第四回写鲁智深下五台山到铁匠铺打禅杖，"那打铁的看见鲁智深腮边新剃暴长短须，戗戗地好渗濑人，先有五分怕他"。袁本评曰："从打铁人

---

[1] （宋）范晞文：《对床夜语》卷二引《四虚序》，《知不足斋丛书》本。

[2] 见（宋）陈骙、（宋）李涂著，刘明晖校点：《文则　文章精义》，59 页，香港，中华书局香港分局，1977。

[3] （清）刘熙载：《艺概》卷一《文概》，1、23 页，上海，上海古籍出版社，1978。

眼里写出剃须发的鲁达真形来，是何等想笔。"第十七回写二龙山的山势，则通过杨志等眼中所见写出，袁本评曰："少不得这一番形容，又在当时看的眼睛里说出来，更与呆呆叙赞者迥别。"袁本第一百一十六回评曰："张横来踪，留在阮小七口中说出，便有含蕴，有精彩。"

二是"叙事养题"，借用的是"时文"即八股文的一种技巧，就本义言，"题"就是题目，也就是"破题""承题"之"题"；"养题"，就是涵养、培植故事中的矛盾冲突，使之充分发展；"叙事养题"，即增加情节的波折，"层层叠叠"，制造悬念，"使人疑惑"，使事件充分戏剧化。

比如，《水浒传》第二十八回写武松被发配到孟州，一入牢城营顶撞了差拨，不但没有受到报复，反而出现了一连串奇怪的事情，连续受到各种分外的招待，使他莫名其妙。袁本评曰："前一路来层层叠叠，写出供亿之情，使人疑惑，愈不可解。此得叙事养题之法，说破处始豁然有力。"

又如，第八回写林冲野猪林遇险，袁本评曰："须绝险处住，使人一毫不知下韵，方急杀人。若说到下回'雷鸣一声'，便泄漏春光，惊不深，喜不剧矣。"第二十二回武松打虎，一棒打在松树上，哨棒折了，情势便越发危急。袁本评曰："不便打着大虫，放宽一步，愈着急一步。"这些描写都体现了"叙事养题"的妙处。

三是"逆法离法"。《水浒传》开头的写法很有特点，主角宋江直到第十八回才出现。小说先虚设"洪太尉误走妖魔"一笔，然后写高俅的发迹史，继而写王进的遭遇。袁本批曰：

> 高俅是忌药，王进是引药，却从此二人说起，此用逆法，用离法，文字来龙最为灵妙。

"逆法""离法"是古文家论文术语，指的是两种开门见山的写法。"逆法"是从题目的反面落笔，"离法"是落笔于本题之外。高俅是梁山之敌，故写他的笔墨为"逆法"；王进不在梁山一百零八条好汉之数，故写他的笔墨为"离法"。

四是"曲尽情状"。《忠义水浒全书发凡》云：

> 此书曲尽情状，已为写生，而复益之以绘事，不几赘乎？虽然，于
> 琴见文，于墙见尧，几人哉？是以云台、凌烟之画，豳风、流民之图，
> 能使观者感奋悲思，神情如对，则像固不可以已也。今别出新裁，不依
> 旧样，或特标于目外，或叠采于回中，但拔其尤，不以多为贵也。

"曲尽情状"是对《水浒传》细节描写的充分肯定。小说的叙述不能止于草
草述其经过，必须描写事态、情态，这是小说趋向成熟的重要标志，也是作
品文学性的重要体现。比如，第二十一回宋江怒杀阎婆惜一节，小说对阎婆
惜有非常细腻的情状描写，袁本夹批曰："'进退不得'下，常笔必就接写
郓哥（当为唐牛儿），今更开展出婆惜母子两段文字，便有多少情澜。"
"只添'弄裙子'三字，有多少描写！""把面前、背后、口头、心里的情事
细细写。"

总的说来，在小说写作技巧的评点上，袁无涯刊本《水浒传》弥补了容
与堂刊本《水浒传》的不足。如果说容与堂刊本《水浒传》为大处落笔的泼
墨画，那么袁无涯刊本《水浒传》则为细处见意的工笔画。

◎ 第三节
胡应麟等人的小说理论

胡应麟（1551—1602），字元瑞，一字明瑞，号少室山人，又自号石羊
生，浙江兰溪人，明代屈指可数的藏书大家、大学问家之一。胡应麟"学无

不窥"①，"手自编次，多所撰著"②。 据统计，万历十六年（1588）之前，胡应麟的著述可考者有49种1036卷，成书存世者211卷，不存者825卷，还有未成者数百卷③；其学术成就主要体现在文献学、史学和文学研究三个方面③，文学研究成就主要体现在诗论和小说研究方面。 诗论以《诗薮》为代表，小说思想主要集中于《少室山房笔丛》。 胡应麟还是一位诗人，创作了大量的诗歌；也有一定的小说创作，现存小说集有《甲乙剩言》一卷，并辑有小说集《百家异苑》《虞初统集》等。

一、胡应麟的小说文体观

以往的小说研究，或编纂小说目录，或注释小说，或辨别伪书，或汇集辑佚，或撰写序跋，或评点小说。 胡应麟的小说研究视角与众不同，他是从学术史的角度来看中国古代小说的发展，探讨与分析小说。 从篇幅上看，胡应麟小说研究的主要部分集中在《九流绪论》和《二酉缀遗》。 《九流绪论》是一本"治子书"的著作，"掇拾其中诸家见解所遗百数十则，捐诸剞氏，备一家之言。 凡前人业有定论者，不复赘入"④。 《二酉缀遗》则是作者读书"有得者系之，且并著其说"⑤，"皆采摭小说家言"⑥，杂论历代小说及小说中的人、事或小说中的诗词。 此外，《四部正讹》在对四部书籍辨伪时，做了大量的小说辨伪工作；还有一些序跋、文章也包含了丰富的小说理论思想。

胡应麟之所以从学术史的角度来研究小说，与其对小说的理解有关。 小

---

① （明）王世贞：《弇州续稿》卷二百六《答胡元瑞第二书》，《文渊阁四库全书》本。
② （清）张廷玉等：《明史》卷二百八十七《文苑三》，7382页，北京，中华书局，1974。
③ 参见陈卫星：《胡应麟与中国小说理论史》，36～39页，北京，中国社会科学出版社，2011。
④ （明）胡应麟：《少室山房笔丛》卷二十七《九流绪论引》，259页，上海，上海书店出版社，2001。
⑤ （明）胡应麟：《少室山房笔丛》卷三十五《二酉缀遗引》，350页，上海，上海书店出版社，2001。
⑥ （清）永瑢等：《四库全书总目》卷一百二十三《少室山房笔丛》，1063页，北京，中华书局，1965。

说作为一类作品的正式提出，源自班固《汉书·艺文志》，其中"小说家"列于诸子略中，与其他九家具有同样的性质，是一种学说派别之称。《汉书·艺文志》"小说家"序云："小说家者流，盖出稗官。街谈巷语，道听途说者之所造也。"①《文心雕龙·谐隐》云："然文辞之有谐隐，譬九流之有小说，盖稗官所采，以广视听。"②稗官是小官的代称，大致指土训、诵训、训方氏以及"待诏臣""方士侍郎"一类小官。③稗官广征博采的是那些可以广见闻、长知识、增智慧的"街谈巷语"，它们既有益于"治身理家"，又有益于"兴化致治"，即于政治、政教有益。故《隋书·经籍志》云："《易》曰：'天下同归而殊途，一致而百虑。'儒、道、小说，圣人之教也，而有所偏。"④《汉书·艺文志》将小说家与儒家、道家、阴阳家、法家、名家、墨家、纵横家、杂家、农家相提并论，视小说家为一种学说派别之称。因此，胡应麟在论"九流"中论小说，"既是一种学术上的传承，也是与历代小说思想对话的平台，可以更好地清理和总结前代小说思想；同时，历代书目子部小说家所著录的小说目录，也确有'考镜源流'之用"⑤。从学术史的角度出发，胡应麟摒弃了传统视小说为"小道"而"君子不为"的偏见，正视小说"好者弥多，传者弥众，传者日众则作者日繁"，即小说创作和流传日益兴盛的现象，在考察了诸子其他各家的发展态势之后，"更定九流"："一曰儒，二曰杂，三曰兵，四曰农，五曰术，六曰艺，七曰小说，八曰道，九曰释。"⑥胡应麟将小说置于九流之第七位，把小说和整个文化的发展相联结，在比较中提高了小说的地位。

从历史上看，"小说家"作品著录总是在子部和史部之间纠缠。《甄异

① （汉）班固：《汉书·艺文志》，见《二十五史》，435 页，上海，开明书店，1935。
② （南朝梁）刘勰著，范文澜注：《文心雕龙注》卷三，308 页，北京，人民文学出版社，1958。
③ 参见潘建国：《"稗官"说》，载《文学评论》，1999（2）。
④ （唐）魏徵等：《隋书·经籍志》，见《二十五史》，2452 页，上海，开明书店，1935。
⑤ 陈卫星：《胡应麟与中国小说理论史》，74 页，北京，中国社会科学出版社，2011。
⑥ （明）胡应麟：《少室山房笔丛》卷二十七《九流绪论上》，261 页，上海，上海书店出版社，2001。

传》《古异传》《述异记》《近异录》等志怪作品在《隋书·经籍志》《旧唐书·经籍志》中收入"史部"杂传内，而在《新唐书·艺文志》中则列入"小说家"。《搜神记》在《隋书·经籍志》《旧唐书·经籍志》中列入"史部"杂传内，在《宋书》中则列入"小说家"。这是理论出发点不同所致。"从理论上来说，子部和史部旨归不同，故对小说的要求也不一样。史部以实录为要务，对小说虚构颇多指责；子部以'立言为宗'，允许虚构的存在。史部看重史料，故而重叙事，重历史相关的史实和史料；子部重在立言，对叙事的生动完整等则并不重点关注。史部的作用在于记录历史，以作垂鉴，史实超越了史官的主观意志；子部重劝诫教化，作者的个人意图和愿望比较突出。"①

胡应麟认识到，必须有一个确定的小说观念，否则对小说的认识就会陷入一种模糊和迷惘。他指出："郑氏（郑樵）谓古今书家所不能分有九，而不知最易混淆者小说也，必备见简编，穷究底里，庶几得之，而冗碎迂诞，读者往往涉猎，优伶遇之，故不能精。"②由于"史部"小说观使小说过于芜杂，胡应麟扬弃了史学的小说观，在"诸子九流"中论小说，将小说研究范围定位于"子部小说"，其所持的显然是"子部小说"观。《汉书·艺文志》在诸子略中列有"小说家"，可谓"子部小说"的发端。《汉书·艺文志》"小说家"所著录的大部分作品涉及方术，并且多为汉武帝时期的作品。《隋书·经籍志》所著录小说家作品二十五部，或记人言行，或为博物类，或为杂记类。《旧唐书·经籍志》所著录小说家作品十四部，类似《隋书·经籍志》。《新唐书·艺文志》收录子部小说家作品一百二十三部，增加了一大批记录神怪的作品，还有一些家训类、传奇类作品。此后，《宋史·艺文志》收录三百五十九部小说家作品，面目基本相同。可以说，至《新唐书·艺文志》，"子部小说"著录文言小说的目录学传统基本定型。

---

① 陈卫星：《胡应麟与中国小说理论史》，131页，北京，中国社会科学出版社，2011。
② （明）胡应麟：《少室山房笔丛》卷二十九《九流绪论下》，283页，上海，上海书店出版社，2001。

胡应麟意识到，小说虽总的说来乃"子书流也"，但已不全同于《汉书·艺文志》了，"谈说理道或近于经，又有类注疏者；纪述事迹或通于史，又有类志传者"①。从学术史的视角出发，胡应麟稽考古今书籍，爬梳诸子源流，其"子部小说"观既继承又发展了《汉书·艺文志》。小说研究的范围囊括了《汉书·艺文志》《隋书·经籍志》《新唐书·艺文志》等所收录的各种小说类别：

> 一曰志怪，《搜神》《述异》《宣室》《酉阳》之类是也；一曰传奇，《飞燕》《太真》《崔莺》《霍玉》之类是也；一曰杂录，《世说》《语林》《琐言》《因话》之类是也；一曰丛谈，《容斋》《梦溪》《东谷》《道山》之类是也；一曰辨订，《鼠璞》《鸡肋》《资暇》《辨疑》之类是也；一曰箴规，《家训》《世范》《劝善》《省心》之类是也。②

胡应麟将小说分为六类，即志怪、传奇、杂录、丛谈、辨订、箴规；其研究方法则是目录学方法和考证、辨伪法，这些方法的运用使胡应麟的小说研究有了坚实的材料基础，并在此基础上做出可靠、可信的理论阐释。

胡应麟的"子部小说"观划清了小说与史书的界限，摒弃了千余年来依附史书以提升小说地位的做法，廓清了小说的范围，确立了小说的独立位置，并由此突破了小说虚构的禁区，为小说的发展提供了有力的理论支持。

二、胡应麟的小说创作论

小说的虚与实的关系，一直是小说批评史上的重要问题；它不仅涉及小说的定义、范畴、分类，还关涉小说的评价标准和发展方向。受"史部小

---

① （明）胡应麟：《少室山房笔丛》卷二十九《九流绪论下》，283 页，上海，上海书店出版社，2001。

② 同上书，282 页。

说"观的影响，传统的小说思想多崇尚实录，贬抑虚构。《史记三家注》中引邹诞解云："辩捷之人，言是若非，说非若是，能乱异同。"①王充批评了此种所谓"好谈论者增益实事，为美盛之语；用笔墨者造生空文，为虚妄之传"，认为"虚妄之语不黜，则华文不见息；华文流放，则实事不见用"②。《晋书》评价志怪小说《搜神记》"博采异同，遂混虚实"③。刘知幾批评志人小说《世说新语》"若《语林》《世说》《幽明录》《搜神记》之徒，其所载或诙谐小辩，或神鬼怪物。其事非圣，扬雄所不观；其言乱神，宣尼所不语"④。"说话"及话本创作也深受这种崇实抑虚思想的影响，宋人罗烨总结了"说话"的创作经验："或名演史，或谓合生，或称舌耕，或作挑闪，皆有所据，不敢谬言。"⑤蒋大器认为，《三国志通俗演义》"文不甚深，言不甚俗，事纪其实，亦庶几乎史"⑥。

陈继儒（1558—1639），字仲醇，号眉公，华亭人，著有《眉公全集》，曾批评《唐书演义》《列国志传》《东西两晋演义》等小说。陈继儒为《唐书演义》作序，一开始就给"演义"下了个定义："往自前后汉魏吴蜀唐宋咸有正史，其事文载之不啻详矣，后世则有演义。演义，以通俗为义也者。……演义固喻俗书哉，义意远矣！"⑦言下之意，史书的记载已够详尽，之所以在史书之外尚需小说，只是让其再以日常俚语将史著之内容复述而已。在《叙列国传》里，陈继儒则提出了"帐簿"说："此世宙间一大帐簿也。家将昌，主伯亚旅统于一，钜自田园庐舍，纤至器用什物，其出入登耗之数，莫不有簿……"史传与小说就是记录这个世界的"帐簿"，是世事

---

① （汉）司马迁：《史记》卷一百二十六《滑稽列传》索隐，3197 页，北京，中华书局，1959。
② （汉）王充：《论衡》卷二十九《对作篇》，442 页，上海，上海人民出版社，1974。
③ （唐）房玄龄等：《晋书》卷八十二《干宝传》，2150 页，北京，中华书局，1974。
④ （唐）刘知幾著，（清）浦起龙通释：《史通通释》，75 页，上海，上海书店，1988。
⑤ （宋）罗烨编，周晓薇校点：《新编醉翁谈录》卷一《舌耕叙引·小说引子》，1 页，沈阳，辽宁教育出版社，1998。
⑥ （明）蒋大器：《三国志通俗演义序》，见朱一玄编：《明清小说资料选编》，69 页，济南，齐鲁书社，1990。
⑦ （明）陈继儒：《唐书志传通俗演义序》，见朱一玄编：《明清小说资料选编》，156 页，济南，齐鲁书社，1990。

万物的存在方式。"《列传》始自周某王之某年，迄某王之某年，事核而详，语俚而显，诸如朝会盟誓之期，征讨战攻之数，山川道里之险夷，人物名号之真诞，灿若胪列，即野修无系朝常，巷议难参国是，而循名稽实，亦足补经史之所未赅。譬诸有家者按其成簿，则先世之产业厘然，是《列传》亦世宙间之大帐簿也。如是虽与经史并传可也。"因此，作为世界的第二现实存在，史传与小说具有客观性："若其存而不论，论而不议，愿与世宇间开大眼界也。共扬榷之。"当然，同为世宙间的"帐簿"，陈继儒指出，史传与小说有各自的分工与特点："有学士大夫不及详者，而稗官野史详述之；有铜螭木简不及断者，而渔歌牧唱能案之。"因此，"不可执经而遗史，信史而略传也"，小说"虽与经史并传可也"。陈继儒的基本观点就是，小说当据实记录，"事核而详"，"补经史之所未赅"。①

迥异于上述诸观点，胡应麟认为，实录并非小说创作的不二法门，小说作品不可能全为实录：

> 小说称徐铉好言怪，宾客之不能自通者与失意见斥绝者，皆托言以求合。洪迈好志怪，晚岁急于成书，客多取《广记》中旧事改窜首尾，别为名字以投之，至有数卷者，洪不复删润，皆入《夷坚》。然二子尚为人欺也，苏轼好谈鬼，客至使谈，有不能者辄云姑妄言之，则又导之以妄。然二子竟为所欺，坡特滑稽戏剧，未尝形笔端也。铉所著《稽神录》，其中必有诳于宾客如《夷坚》所得者，岂皆实哉？②

胡应麟指出："小说者流，或骚人墨客游戏笔端，或奇士洽人蒐罗宇外，纪述见闻无所回忌，覃研理道务极幽深，其善者足以备经解之异同、存史官之

---

① （明）陈继儒：《叙列国传》，见朱一玄编：《明清小说资料选编》，4~5 页，济南，齐鲁书社，1990。
② （明）胡应麟：《少室山房笔丛》卷三十六《二酉缀遗中》，363 页，上海，上海书店出版社，2001。

讨核，总之有补于世，无害于时。"①而且，事实上有许多小说作品并非纪实之作，虚构即"淫俳间出，诡诞错陈"，自始至终是小说创作的重要方法和手段：

> 《齐谐》《夷坚》博于怪，《虞初》《琐语》博于妖，令昇、元亮博于神，之推、成式博于鬼，曼倩、茂先博于物，湘东、鲁望博于名，义庆、孝标博于言，梦得、务观博于事，李昉、曾慥、禹锡、宗仪之属又皆博于众说者也。总之，胜谈隐迹，巨细兼该，广见洽闻，惊心夺目，而淫俳间出，诡诞错陈。张、刘诸子世推博极，此仅一斑，至郭宪、王嘉全构虚词，亡征实学，斯班氏所以致讥、子玄因之绝倒者也。②

那么，小说的虚构有什么作用呢？ 胡应麟说：

> 怪、力、乱、神，俗流喜道，而亦博物所珍也；玄虚、广莫，好事偏攻，而亦洽闻所昵也。谈虎者矜夸以示剧而雕龙者间掇之以为奇，辩鼠者证据以成名而扪虱类资之以送日；至于大雅君子心知其妄而口竞传之，旦斥其非而暮引用之，犹之淫声丽色，恶之而弗能弗好也。夫好者弥多，传者弥众，传者日众则作者日繁，夫何怪焉？③

在胡应麟看来，小说虚构的内容可以"资治体，助名教，供谈笑，广见闻"，故好者众，传者众，作者繁，小说才有真正的活力和生机。 与此同时，胡应麟还指出，同样是虚构的作品，亦有高低优劣之分，关键还得看其

---

① （明）胡应麟：《少室山房笔丛》卷二十九《九流绪论下》，283 页，上海，上海书店出版社，2001。
② （明）胡应麟：《少室山房笔丛》卷三十八《华阳博议上》，384 页，上海，上海书店出版社，2001。
③ （明）胡应麟：《少室山房笔丛》卷二十九《九流绪论下》，282 页，上海，上海书店出版社，2001。

中的文学性如何：

> 《别集》称昭仪方浴，帝私觇，侍者报昭仪，昭仪急趋烛后避，帝瞥见之心愈眩惑。他日昭仪浴，帝黙赐侍者，特令不言，帝自屏罅觇之，兰汤滟滟，昭仪坐其中若三尺寒泉浸明玉，帝意飞扬，语近侍曰："自古人主无二后，有则立昭仪为后矣。"右叙昭仪浴事入画，"兰汤滟滟"三语，百世下读之犹勃然兴，矧亲炙耶？
>
> ……
>
> 刘义庆《世说》十卷，读其语言，晋人面目气韵恍忽生动，而简约玄澹，真致不穷，古今绝唱也。①

> 凡变异之谈，盛于六朝，然多是传录舛讹，未必尽幻设语。至唐人乃作意好奇，假小说以寄笔端，如《毛颖》《南柯》之类尚可，若《东阳夜怪录》称成自虚、《玄怪录》元无有，皆但可付之一笑，其文气亦卑下亡足论。宋人所记乃多有近实者，而文彩无足观。本朝《新》《余》等话本出名流，以皆幻设而时益以俚俗，又在前数家下。惟《广记》所录唐人闺阁事咸绰有情致，诗词亦大率可喜。②

胡应麟又云：

> 小说，唐人以前纪述多虚而藻绘可观，宋人以后论次多实而彩艳殊乏。盖唐以前出文人才士之手，而宋以后率俚儒野老之谈故也。③

---

① （明）胡应麟：《少室山房笔丛》卷二十九《九流绪论下》，285 页，上海，上海书店出版社，2001。
② （明）胡应麟：《少室山房笔丛》卷三十六《二酉缀遗中》，371 页，上海，上海书店出版社，2001。
③ （明）胡应麟：《少室山房笔丛》卷二十九《九流绪论下》，283 页，上海，上海书店出版社，2001。

胡应麟强调指出，"文与事之可喜"①方为好小说，文学性与虚构一道决定了小说之品质。此外，胡应麟还提出了小说虚构的两个基本原则。

其一，记事要"有所本"。以《山海经》为例，胡应麟解释说：

> 古人著书，即幻设必有所本。《山海经》之称禹也，名山大川、遐方绝域，固本"治水作贡"之文，至异禽、诡兽、鬼蜮之状充斥简编，虽战国浮夸之习，乃《禹贡》则亡一焉而胡以傅合也？偶读《左传》王孙满之对楚子曰："昔夏之方有德也，远方图物，贡金九牧，铸鼎象物，百物而为之备，使民知神奸。故民入川泽山林，魑魅魍魉莫能逢之。"不觉洒然击节曰：此《山海经》所由作乎！盖是书也，其用意一根于怪，所载人物、灵祇非一，而其形则若魑魅魍魉之属也。考王孙之对虽一时辨给之谈，若其所称图象百物之说必有所本。②

胡应麟还以记事是否"有所本"评价了多部小说。如："今传奇有所谓《董永》者，词极鄙陋，而其事实本《搜神记》，非杜撰也。"③"《连环》亦本元曲，或称李长吉诗'椷椷银龟摇白马，傅粉美人大旗下'，以为即吕布美人，殊不知傅粉自说吕貌，非姬妾也。陶谷秦弱兰事见宋士人供状，当不诬。"④"《王仙客》亦唐人小说，事大奇而不情，盖润饰之过，或乌有、无是类，不可知。霍小玉事据李益传，或有所本。"⑤"《新》《余》二话

---

① （明）胡应麟：《少室山房笔丛》卷三十六《二酉缀遗中》，362 页，上海，上海书店出版社，2001。
② （明）胡应麟：《少室山房笔丛》卷三十二《四部正讹下》，315～316 页，上海，上海书店出版社，2001。
③ （明）胡应麟：《少室山房笔丛》卷四十一《庄岳委谈下》，432 页，上海，上海书店出版社，2001。
④ 同上书，433～434 页。
⑤ 同上书，434 页。

本皆幻设，然亦有一二实者。"① "今世传街谈巷语有所谓演义者，盖尤在传奇、杂剧下，然元人武林施某所编《水浒传》特为盛行，世率以其凿空无据，要不尽尔也。"②

其二，言要有其"旨"：

> 昔苏子瞻好语怪，客不能则使妄言之，庄周曰："余姑以妄言之而汝姑妄听之。"知庄氏之旨则知苏氏之旨矣。③

庄子说："余姑以妄言之而汝姑妄听之。"对听者来说似乎漫无目的，可是对"言"者来说，是有其"旨"即言说的目的的。胡应麟又云：

> 《子虚》《上林》不已而为《修竹》《大兰》，《修竹》《大兰》不已而为《革华》《毛颖》，《革华》《毛颖》不已而为《后土》《南柯》，故夫庄、列者诡诞之宗而屈、宋者玄虚之首也。后人不习其文而规其意，卤莽其精而猎其粗，毋惑乎其日下也。④

小说作品都是有其深意的，读者必须"习其文而规其意"，才能得其精华。在胡应麟看来，小说"诡撰靡益见闻，其雅言可资噱，不为所欺可也"；"其善者足以备经解之异同、存史官之讨核，总之有补于世，无害于时。乃若私怀不逞，假手铅椠，如《周秦行纪》《东轩笔录》之类，同于武夫之刃、谗人之舌者，此大弊也。然天下万世公论具在，亦亡益焉"⑤。

---

① （明）胡应麟：《少室山房笔丛》卷四十一《庄岳委谈下》，435 页，上海，上海书店出版社，2001。
② 同上书，436 页。
③ （明）胡应麟：《少室山房笔丛》卷三十六《二酉缀遗中》，364 页，上海，上海书店出版社，2001。
④ （明）胡应麟：《少室山房笔丛》卷二十九《九流绪论下》，283 页，上海，上海书店出版社，2001。
⑤ 同上书，283 页。

在《九流绪论》《二酉缀遗》《四部正讹》诸篇中，胡应麟所论及的小说作品主要是文言小说，而在《庄岳委谈》中则较大篇幅地论及通俗白话小说。对不同的作品，胡应麟做出了不同的评价，或褒或贬。胡应麟对《水浒传》赞赏有加。首先，如前所论，针对有人以为演义小说无根无据、任意而为的观点，胡应麟认为，《水浒传》是有据而作："元人武林施某所编《水浒传》特为盛行，世率以其凿空无据，要不尽尔也。余偶阅一小说序，称施某尝入市肆，绌阅故书，于敝楮中得宋张叔夜擒贼招语一通，备悉其一百八人所由起，因润饰成此编……"①其次，胡应麟将《水浒传》与"词曲之祖"《琵琶记》相比拟，认为它们"皆不事文饰而曲尽人情"，"述情叙事针工密致"②，高度赞扬了《水浒传》的语言艺术和抒情叙事的技法。最后，胡应麟非常赞赏《水浒传》人物形象的塑造，较早注意到了《水浒传》刻画人物的独到之处："今世人耽嗜《水浒传》，至缙绅文士亦间有好之者，第此书中间用意非仓卒可窥，世但知其形容曲尽而已。至其排比一百八人，分量重轻纤毫不爽，而中间抑扬映带、回护咏叹之工，真有超出语言之外者。"③对《三国演义》，胡应麟则更多的是批评，认为它与《水浒传》相比，"二书浅深工拙若霄壤之悬"④。不过，共同的是，胡应麟认为通俗白话小说"浅鄙可嗤"，表现出了对这种文体的轻视："余每惜斯人以如是心用于至下之技，然自是其偏长，政使读书执笔未必成章也。"⑤显然，胡应麟尽管充分肯定了通俗白话小说的艺术成就，但还是没有跳出当时正统文人的一些窠臼。

---

① （明）胡应麟：《少室山房笔丛》卷四十一《庄岳委谈下》，436 页，上海，上海书店出版社，2001。
② 同上书，437 页。
③ 同上书，437 页。
④ 同上书，438 页。
⑤ 同上书，436、437 页。

《西游记》等神魔小说的创作与批评

万历二十年（1592），南京世德堂刊出了《西游记》。世德堂书坊主唐光禄当时所购书稿没有作者署名，明清两代《西游记》刊本或署朱鼎臣编辑，或只署华阳洞天主人校，或署丘处机撰；到了 20 世纪 20 年代，经鲁迅、胡适的考证，新出铅印本《西游记》才署吴承恩，但由于考证有欠周密，此说近年来遭到学者有力的诘难。

一、神魔小说的兴起

一般认为，《西游记》是在元末《西游记平话》的基础上再创作的。"小说作者的再创作使故事摆脱了原先作品的讲唱文学的格调，他丰富了作品的细腻描写与文学特色的渲染，使情节的发展既舒展又合情合理，原先简率呆板的人物对话变得生动活泼且符合特定的身份，人物形象的塑造则因有丰腴的血肉而凸显了各自的个性，给人以立体的感受。……（小说）有活生生的人情味……既贴近生活，又真幻参半，奇正相生……"①用鲁迅先生的话说，"神魔皆有人情，精魅亦通世故"②。

面对大量有关玄奘取经的历史文献，"如果以史籍的记载和唐太宗等人对玄奘的看法作为根据和出发点，那么创作出来的就只能是以艺术作品形式出现的一部'高僧传''圣僧传'，它的主题内容必然是对于佛教和佛教徒的歌颂"③。《西游记》没有这样做，它回归到了《三国演义》《水浒传》的创作方式，在话本、杂剧与民间传说的基础上再创作，贴近现实生活，表

---

① 陈大康：《明代小说史》，411～412 页，上海，上海文艺出版社，2000。
② 鲁迅：《中国小说史略》，见《鲁迅全集》第 9 卷，171 页，北京，人民文学出版社，2005。
③ 郭豫适：《中国古代小说论集》，131 页，上海，华东师范大学出版社，1987。

现对现实生活的感受与见解，成功地打破了长期以来缀连辑补、缺乏生气的编撰模式，充分展现了作者的艺术才华。《西游记》具有开拓新题材的示范意义，此后，神魔小说的创作迅速崛起，并达到了一个鼎盛期。

继《西游记》之后，万历二十五年（1597）罗懋登的《三宝太监西洋记通俗演义》刊行，作者有感于当时朝廷的局势，借对郑和下西洋故事的叙写，痛斥当朝者的昏聩怯弱。用鲁迅先生的话说，"盖郑和之在明代，名声赫然，为世人所乐道，而嘉靖以后，倭患甚殷，民间伤今之弱，又为故事所囿，遂不思将帅而思黄门，集俚俗传闻以成此作"①。小说一百回杂取包括《西游记》在内各书的材料，撷取其中的各种描写，加以重新组合，改头换面而成，故有"侈谈怪异，专尚荒唐，颇与序言之慷慨不相应"，"文词不工，更增支蔓"②等弊病。

除了《三宝太监西洋记通俗演义》，万历后期问世的神魔小说还有余象斗的《北方真武玄天上帝出身志传》（1602）、《五显灵官大帝华光天王传》（1609?），邓志谟的《许仙铁树记》（1603）、《萨真人咒枣记》（1603）、《吕仙飞剑记》（1604?），朱星祚的《二十四尊得道罗汉传》（1604），吴元泰的《八仙出处东游记》，杨致和的《西游记传》，朱鼎臣的《唐三藏西游释厄传》《南海观音菩萨出身修行传》，朱名世的《牛郎织女传》，朱开泰的《达摩出身传灯传》，潘镜若的《三教开迷归正演义》，以及《封神演义》《妃济世出身传》《唐钟馗全传》等。这些神魔小说的作者多为书坊主或是与书坊主关系密切的下层文人，他们根据已有的材料（民间传说、话本戏曲、笔记、宗教典籍等）敷演故事。比如，邓志谟"考寻遗迹，搜检残编"编写了《许仙铁树记》③，又"暇日考《搜神》一集，慕萨君

---

① 鲁迅：《中国小说史略》，见《鲁迅全集》第 9 卷，179 页，北京，人民文学出版社，2005。
② 同上书，179 页。
③ （明）邓志谟：《许仙铁树记》篇末语，见刘世德等主编：《古本小说丛刊》第 10 辑，2446 页，北京，中华书局，1990。

之油然仁风，撷其以事"，演绎而成《萨真人咒枣记》①，《吕仙飞剑记》也是在撷拾旧闻的基础上略加演绎编成的。虽然除《西游记》《封神演义》等少数作品，这些书坊主与文人炮制的"神魔小说"，多半"芜杂浅陋，率无可观。然其力之及于人心者甚大，又或有文人起而结集润色之，则亦为鸿篇巨制之胚胎也"②，但是它们把零散流布于民间或文献之中的神怪传说搜集、整合为系统、完整的故事，并参照现实政治与民众的宗教信仰，比附式构造了一个神佛体系，使神佛形象趋于定型化，使神魔小说风行一时，成为明代小说主潮之一，可谓功不可没。

《三教开迷归正演义》书前有万历二十三年（1595）状元朱之蕃所作的序。朱之蕃历任翰林修撰、吏部右侍郎、协理詹事府事兼翰林侍读学士等职，是一位显赫的名士。朱之蕃在序言里分析与概括了通俗小说潜移默化、寓教于乐的特性：

> 演义者，其取喻在夫人身心性命、四肢百骸、情欲玩好之间；而究极在天地万物、人心底里、毛髓良知之内；其指摘在片言只字、美刺冷软、浮沈深浅、着而不着之际；而其开悟在棘刺微芒、红炉淡浓、有无渍入、知而不知之妙；其立名则若有若无，若真若假；其立言则至虚至实，至快至切；其震撼则崩雷掣，神鬼俱惊；其和婉则熏风膏雨，髓骨俱醉。称名小取，类大旨远，词文曲中肆隐。故言之者不觉其披却，而听之者不觉其神移。激则怒发冲冠，裂眦切齿；柔则心旷神怡，筋苏骨懈；嘲笑则捧腹解颐，胡卢雀跃；冷软则汗背颡泚，愧赧入地；讽婉则胆冷心碎，拍奋激昂。酒色财气之徒，不半字而魂消；淫奔浪荡之辈，

---

① （明）邓志谟：《萨真人咒枣记引》篇末语，见刘世德等主编：《古本小说丛刊》第10辑，1856页，北京，中华书局，1990。

② 鲁迅：《中国小说史略》，见《鲁迅全集》第9卷，160页，北京，人民文学出版社，2005。

聆片言而心颤。①

在朱之蕃看来，"书关世教风化，则为作不徒作，作不徒作则可长久，可长久则又与世教风化相关，系于不朽……于扶持世教风化岂曰小补哉"②。 这是社会高层人士首次从理论上对通俗小说予以肯定，有着特别的意义。 神魔小说的盛行打破了历史演义一统天下的格局，有力冲击了实录的小说观念。

二、谢肇淛等人的小说思想

谢肇淛（1567—1624），字在杭，长乐（今属福建）人。 万历二十年（1592）进士，官至广西右布政使。 著有《小草斋诗集》《小草斋文集》，笔记《五杂组》（亦作《五杂俎》）、《文海披沙》等。 谢肇淛是明万历时期胡应麟以外又一个博学多闻且在小说研究领域有深厚造诣的学者，他在文集、笔记中评论了众多小说作品。 其《五杂组》中谈到了对小说本体的认识：

> 《夷坚》《齐谐》，小说之祖也，虽庄生之寓言，不尽诬也。《虞初》九百仅存其名，桓谭《新论》世无全书，至于《鸿烈》《论衡》，其言具在。则两汉之笔大略可睹已。晋之《世说》、唐之《酉阳》，卓然为诸家之冠，其叙事文采足见一代典刑，非徒备遗忘而已也。自宋以后日新月盛，至于近代不胜充栋矣。其间文章之高下，既与世变，而笔力之醇杂，又以人分。然多识畜德之助，君子不废焉。宋钱思公坐则读经史，卧则读小说，上厕则阅小词，古人之笃嗜若此。故读书者，不博览稗官诸家，如

---

① （明）潘镜若：《三教开迷归正演义》卷首朱之蕃叙，见《古本小说集成》第 1 辑第 108 册，4～7 页，上海，上海古籍出版社，2016。
② 同上书，1～2、8 页。

啖粱肉而弃海错，坐堂皇而废台沼也，俗亦甚矣。①

此前，人们只是将小说作为稗官野史看待，以社会功能论掩盖了小说的本体论。在陈继儒的"帐簿"说的基础上，谢肇淛添加了"文采"的因素，在描述小说历史轮廓时，提出"晋之《世说》、唐之《酉阳》，卓然为诸家之冠，其叙事文采足见一代典刑，非徒备遗忘而已也"，并认为"其间文章之高下，既与世变，而笔力之醇杂，又以人分"。也就是说，作为与人的忘性相关的一种东西，小说是主客体相互融合的产物，这比陈继儒的"帐簿"说更为圆融，是小说本体观的一种进步。显然，从中不难看出谢肇淛受到了胡应麟的小说观念的深刻影响。谢肇淛云：

> 凡为小说及杂剧戏文，须是虚实相半，方为游戏三昧之笔，亦要情景造极而止，不必问其有无也。古今小说家，如《西京杂记》《飞燕外传》《天宝遗事》诸书，《虬髯》《红线》《隐娘》《白猿》诸传，杂剧家如《琵琶》《西厢》《荆钗》《蒙正》等词，岂必真有是事哉？近来作小说，稍涉怪诞，人便笑其不经，而新出杂剧，若《浣纱》《青衫》《义乳》《孤儿》等作，必事事考之正史，年月不合、姓字不同，不敢作也，如此则看史传足矣，何名为戏？
>
> ······
>
> 胡元瑞曰："凡传奇以戏文为称也，无往而非戏也，故其事欲谬悠而无根也，其名欲颠倒而亡实也。故曲欲熟而命以生也，妇宜夜而命以旦也，开场始事而命以末也，涂污不洁而名以净也，凡以颠倒其名也。"此语可谓先得我心矣。②

---

① （明）谢肇淛：《五杂组》卷十三《事部一》，264页，上海，上海书店出版社，2001。
② （明）谢肇淛：《五杂组》卷十五《事部三》，313页，上海，上海书店出版社，2001。

显然，谢肇淛也是从虚实的角度辨别小说与史书之间的关系，其思想与胡应麟有先后传承的关系。此外，谢肇淛一方面看到了小说的"休闲性"，人们可如欧阳修《归田录》所言"坐则读经史，卧则读小说，上厕则阅小词"；另一方面还认为这不是可有可无的事，"故读书者，不博览稗官诸家，如啖粱肉而弃海错，坐堂皇而废台沼也，俗亦甚矣"。谢肇淛以俗为雅，让小说这种一向被视为鄙俗的文体翻身成了高雅的文体，这无疑大大提高了小说的地位。

谢肇淛还对《西游记》的"原旨"做了如下评论：

> 小说野俚诸书，稗官所不载者，虽极幻妄无当，然亦有至理存焉。如《水浒传》无论已，《西游记》曼衍虚诞，而其纵横变化，以猿为心之神，以猪为意之驰，其始之放纵，上天下地莫能禁制，而归于紧箍一咒，能使心猿驯服，至死靡他，盖亦求放心之喻，非浪作也。华光小说，则皆五行生克之理，火之炽也，亦上天下地莫之扑灭，而真武以水制之，始归正道，其他诸传记之寓言者，亦皆有可采。惟《三国演义》与《钱塘记》《宣和遗事》《杨六郎》等书，俚而无味矣。何者？事太实则近腐，可以悦里巷小儿而不足为士君子道也。①

在谢肇淛看来，《西游记》"虽极幻妄无当，然亦有至理存焉"，也就是说，小说创造了一个幻化的艺术世界，其中蕴藏着生活之"至理"，"非浪作也"。谢肇淛将小说的"至理"解释为"求放心之喻"。"放心"一词，最早见于《尚书·毕命》："虽收放心，闲之维艰。"孟子进一步提出了"求放心"说。《孟子·告子上》曰："仁，人心也；义，人路也。舍其路而弗由，放其心而不知求，哀哉！人有鸡犬放，则知求之，有放心而不知求。学问之道无他，求其放心而已矣。"谢肇淛认为，孙悟空大闹天宫、上

---

① （明）谢肇淛：《五杂组》卷十五《事部三》，312页，上海，上海书店出版社，2001。

天人地，是"其始之放纵"，丧失了善心；而要把这种善心找回来，就要给孙悟空戴上紧箍，把放纵的心收回来。这种解释得到了鲁迅先生某种程度的赞同。当今学者认为《西游记》写孙悟空大闹天宫、被压五行山、西天取经成正果，实际上隐喻了"放心""定心""修心"的"心路历程"，当是得益于谢氏的启发。谢肇淛还批评了《三国演义》《钱塘记》《宣和遗事》《杨六郎》等历史演义小说，认为它们"俚而无味"，弊病在于"事太实则近腐，可以悦里巷小儿而不足为士君子道也"。在此基础上，谢肇淛进一步提出：

> 凡为小说及杂剧戏文，须是虚实相半，方为游戏三昧之笔，亦要情景造极而止，不必问其有无也。古今小说家，如《西京杂记》《飞燕外传》《天宝遗事》诸书，《虬髯》《红线》《隐娘》《白猿》诸传，杂剧家如《琵琶》《西厢》《荆钗》《蒙正》等词，岂必真有是事哉？近来作小说，稍涉怪诞，人便笑其不经，而新出杂剧，若《浣纱》《青衫》《义乳》《孤儿》等作，必事事考之正史，年月不合、姓字不同，不敢作也。如此则看史传足矣，何名为戏？①

在谢肇淛之前，人们或认虚作实，或因虚构很难避免而不得已肯定，或认为虚构可以带来较好的艺术效果。而谢肇淛认为，小说创作必须有虚构，否则无法与史传区别开来，无法与"戏"的本质相吻，不成其为小说；"事太实则近腐"，"必事事考之正史，年月不合、姓字不同，不敢作也，如此则看史传足矣，何名为戏？"在他看来，小说创作应"虚实相半"，只要做到"情景造极"，就不必汲汲于现实生活是否发生此一事件。因此，他批评了那些"近来作小说，稍涉怪诞，人便笑其不经"的现象。谢肇淛直接反对小说机械地实录生活，将"情"与"理"看作虚构的内核，把小说创作"虚与

---

① （明）谢肇淛：《五杂组》卷十五《事部三》，313页，上海，上海书店出版社，2001。

实"的辩证关系上升到了一个新的理性的高度，比较彻底而合理地解决了虚构的问题。

在谢氏同时或稍后，有不少批评家与之遥相呼应，为具有虚构性质的通俗小说加以辩护，并影响到对历史演义小说的重新认识。比如，甄伟在《西流通俗演义序》中认为假若"字字句句与史尽合"①，实际等于取消了历史演义小说的独立性。李日华在《广谐史序》中认为，史志"因记载而可思者，实也；而未必一一可按者，不能不谓之虚"；而小说"借形以托者，虚也；而反若一一可按者，不能不属之实"。小说家在进行创作时，"虚者实之，实者虚之。实者虚之故不系，虚者实之故不脱。不脱不系，生机灵趣泼泼然"②。根据已有的资料，冯梦龙所编撰的第一部通俗小说是《三遂平妖传》，也就是说他是从一部神魔小说开始了自己的通俗小说创作生涯。《警世通言叙》云："人不必有其事，事不必丽其人，其真者可以补金匮石室之遗，而赝者亦必有一番激扬劝诱，悲歌感慨之意。"③这些都已经触摸到了小说创作生活真实与艺术真实的关系问题。正是这一批小说理论家们的倡导，才真正改变了传统的"实录"观念，使小说家逐步丢掉了"史"的拐杖，摆脱了"史"的束缚，走上了独立创作的道路，才有了明代后期小说创作的繁荣。

目前所见最早的《西游记》评点本是托名李贽，刊于明天启、崇祯年间的《李卓吾先生批评西游记》。此书将《西游记》的宗旨归结为一个"心"字。此前，陈元之在序中提到"旧叙"有"摄心以摄魔，摄魔以还理"的观点。谢肇淛《五杂组》也认为小说"盖求放心之喻，非浪作也"。《李卓吾先生批评西游记》接受了前人的观点，点出《西游记》每回"摄心""释厄"之旨，认为整部小说归根到底讲的是人心的回归与解脱，这显然是受到

---

① 见朱一玄编：《明清小说资料选编》，14 页，济南，齐鲁书社，1990。
② 见黄霖、韩同文选注：《中国历代小说论著选》，175～176 页，南昌，江西人民出版社，2000。
③ （明）无碍居士：《警世通言叙》，见朱一玄编：《明清小说资料选编》，1045 页，济南，齐鲁书社，1990。

了晚明流行之心学的影响。《李卓吾先生批评西游记》还具体阐发了"极幻极真"说，一方面赞赏《西游记》的"幻笔"，称其"匪夷所思"（第六回旁批），"幻笔妙甚"（第十七回旁批），"文人之笔，奇幻至此"（第四十六回旁批），"想头奇甚、幻甚，真是文人之笔，九天九地，无所不至"（第五十三回总批）；另一方面又强调其"幻中见真"，如云"此等事世上尽有"（第八十二回旁批），"今人见识个个如此"（第八回旁批），"《西游》妙处，只是说假如真，令人解颐"（第九十四回总批），"极荒唐却似实事"（第六十回旁批），"妖魔反覆处，极似世上人情；世上人情反覆方真妖魔也。作《西游记》者，不过借妖魔来画个影子耳"（第七十六回总批）。《李卓吾先生批评西游记》还花了大量笔墨探讨人物的性格，如指出唐僧的性格是"忠厚"和"迂腐"，对其"迂腐"持否定态度："唐三藏甚是腐气，可厌可厌"（第五十六回总批）；"行者虽是假的，打死唐僧亦是快事，不然这等腐和尚，不打死他如何？"（第五十七回总批）。又从"猴""趣""顽皮""勇"四个方面评论孙悟空，点出孙悟空的"猴性"，就连那如意金箍棒也"有些猴气"（第三回旁批）；"趣"与"顽皮"是符合"猴性"的幽默之语和机智的行为，"勇"则是孙悟空熠熠生辉之处，并表现了作者追求自由的精神。又将孙悟空与猪八戒相比较，在比较中突出两人不同的性格特征："描画行者耍处，八戒笨处，咄咄欲真，传神手也"（第三十八回总批）；"描画孙行者顽处，猪八戒呆处，令人绝倒，化工笔也"（第三十二回总批）。关于《西游记》的情节、布局，《李卓吾先生批评西游记》亦有不少精彩的见解，多称许其情节的奇妙突转："如此转弯也奇"（第九回旁批），"这一转亦有生发"（第十六回旁批），"此一回转折更出人意表"（第九十九回总批）。对于细节描写之于烘托气氛、刻画人物的作用也有所发掘："好点缀"（第十回旁批），"此等点缀，妙不可言"（第十回旁批），"有此闲笔，妙甚，妙甚"（第六十一回旁批）。对于情节布局，《李卓吾先生批评西游记》亦有细致的研究："强盗处两转可谓绝处逢生，且致之死地而生，置之亡地而存，真文人之雄也。其更妙处，豆腐老儿夫妻私语，咄咄如画，且从此透出张氏穿针儿来，行者方可使用神通也，世上安得如此文人哉！"（第九十七回总批）《李卓吾先生批评西游记》的以上这些评点可谓明人研究《西游记》的最佳总结。

◎ 第五节
《金瓶梅》等人情小说的创作与批评

　　根据现有的材料，自万历初年起，《金瓶梅》就以抄本的形式在一些著名文士间流传。 这些著名文士有礼部尚书、东阁大学士徐阶，著名诗人王穉登，进士文在兹，还有锦衣卫千户刘承禧。 此后，抄本传播范围更广，传抄之人有董其昌、袁宏道、袁中道、丘志充、谢肇淛、沈德符、冯梦龙等。 万历四十五年（1617），《金瓶梅》在苏州刊刻面世，其名为《金瓶梅词话》。
　　关于《金瓶梅》的成书时间、作者，迄今没有定论。 至于其成书性质，人们曾经认为是小说史上第一部文人独立创作的长篇小说，但不少人在作品中寻找内证，提出了质疑，认为它与《三国演义》《水浒传》《西游记》一样，也是世代累积型作品。① 不过，与前代长篇小说相比较，《金瓶梅》一方面改编了一些作品，另一方面则取材于现实生活，逐步走向了独创。 《金瓶梅词话》是一部书坊拼凑不同抄本匆忙付刻的作品，错漏破绽极多。 崇祯年间，《新刻绣像批评金瓶梅》问世，通称"崇祯本"，清初张竹坡做了批点而广泛流传。 从回目到内容，《新刻绣像批评金瓶梅》都对《金瓶梅词话》做了大量的修改，其文学价值远胜于"词话本"。
　　当《金瓶梅》还处在抄本流传阶段时，谢肇淛在为这部小说所作的跋中写道：

---

① 参见刘辉：《金瓶梅成书与版本研究》，沈阳，辽宁人民出版社，1986。

《金瓶梅》一书，不著作者名代。相传永陵中有金吾戚里，凭怙奢汰，淫纵无度，而其门客病之，采摭日逐行事，汇以成编，而托之西门庆也。书凡数百万言，为卷二十，始末不过数年事耳。其中朝野之政务，官私之晋接，闺闼之媟语，市里之猥谈，与夫势交利合之态，心输背笑之局，桑中濮上之期，尊罍枕席之语，驵驵之机械意智，粉黛之自媚争妍，狎客之从臾逢迎，奴伯之稽唇淬语，穷极境象，骇意快心。譬之范公抟泥，妍媸老少，人鬼万殊，不徒肖其貌，且并其神传之。信稗官之上乘，炉锤之妙手也。其不及《水浒传》者，以其猥琐淫媟，无关名理。而或以为过之者，彼犹机轴相放，而此之面目各别，聚有自来，散有自去，读者意想不到，唯恐易尽。此岂可与褒儒俗士见哉？此书向无镂板，钞写流传，参差散失。唯弇州家藏者最为完好。余于袁中郎得其十三，于丘诸城得其十五，稍为厘正，而阙所未备，以俟他日。有嗤余诲淫者，余不敢知。然溱洧之音，圣人不删，则亦中郎帐中必不可无之物也。仿此者，有《玉娇丽》，然则乖彝败度，君子无取焉。①

此前，袁宏道盛赞《金瓶梅》"云霞满纸，胜于枚生《七发》多矣"②。谢肇淛则肯定了小说的写实性："其中朝野之政务，官私之晋接，闺闼之媟语，市里之猥谈，与夫势交利合之态，心输背笑之局，桑中濮上之期，尊罍枕席之语，驵驵之机械意智，粉黛之自媚争妍，狎客之从臾逢迎，奴伯之稽唇淬语，穷极境象，骇意快心。"并称赞此书为"稗官之上乘，炉锤之妙手"，特别评述了作者塑造人物"稗官之上乘，炉锤之妙手"的特点。

　　与此前的通俗小说相比较，《金瓶梅》广泛而深入地反映了作者生活时代的社会现实，这是前所未有的创举，为后来的作家开辟了广阔的创作视

---

① 　（明）谢肇淛：《金瓶梅跋》，见朱一玄编：《明清小说资料选编》，620页，济南，齐鲁书社，1990。

② 　（明）袁宏道：《与董思白书》，见朱一玄编：《明清小说资料选编》，613页，济南，齐鲁书社，1990。

野。《金瓶梅》刊行后的天启、崇祯两朝，描写现实社会生活成了新兴起的拟话本与时事小说的重要特征，成了当时小说创作的主流，即崇祯初凌濛初所主张的作家以"耳目之内，日用起居"为创作的重点，这与《金瓶梅》的创作是一脉相承的。诚如后来的张竹坡所言："作《金瓶梅》者，必曾于患难穷愁，人情世故，一一经历过，入世最深，方能为众脚色摹神也。"①

《金瓶梅》注重写实，醉心于实际生活偶然琐碎现象的描绘，特别是有大量的性描写，相当部分是为性而写性，肆意铺张。这部"淫书"的出现并非偶然。早在《金瓶梅》问世的数十年前的弘治、正德年间，性描写已相当流行。《花神三妙传》《寻芳雅集》《天缘奇遇》《如意君传》等，都程度不一地描写、渲染性行为。万历后期，又有《素娥篇》《绣榻野史》《浪史》《痴婆子传》《玉娇丽》《僧尼孽海》《青楼传》《龙阳逸史》《昭阳趣史》《宜春香质》《怡情阵》《百缘传》《双峰记》等艳情小说盛行于世。这一方面是受了《金瓶梅》的影响，另一方面则与当时淫秽之风遍于朝野有着密切的关系。《拍案惊奇序》说："近世承平日久，民佚志淫，一二轻薄恶少，初学拈笔，便思污蔑世界，广摭诬造，非荒诞不足信，则亵秽不忍闻，得罪名教，种业来生，莫此为甚。而且纸为之贵，无翼飞，不胫走，有识者为世道忧之，以功令厉禁，宜其然也。"②

张缵孙《诫人作淫词》是一篇系统论述艳情小说的文字，其云：

> 今世文字之祸，百怪俱兴，往往倡淫秽之词，撰造小说，以为风流佳话，使观者魂摇色荡，毁性易心，其意不过网取蝇头耳。在有识者，固知为海市蜃楼，寓言幻影。其如天下高明特达者少，随俗波靡者多，彼见当时文人才士，已俨然笔之为书，昭布天下，则闺房丑行，未尝不

---

① （清）张竹坡：《批评第一奇书金瓶梅读法》，见（明）兰陵笑笑生著，（清）张竹坡评：《金瓶梅》，42～43 页，济南，齐鲁书社，1990。
② （明）即空观主人：《拍案惊奇序》，见朱一玄编：《明清小说资料选编》，1050～1051 页，济南，齐鲁书社，1990。

为文人才士之所许。平日天良一线，或犹畏鬼畏人，至此则公然心雄胆泼矣。若夫幼儿童女，血气未定，见此等词说，必至凿破混沌，抛舍性命，小则灭身，大则灭家。呜呼，谁实使之然耶！况我辈既已含齿戴发，更复列身士林，不思遏之禁之，何忍驱迫齐民，尽入禽兽一路哉！祸天下而害人心，莫此之甚已！倘谓四壁相如，不妨长门卖赋，则何不取古来忠孝节义之事，编为稗官野史，未尝不可逞才。未尝不可射利。何苦必欲为此？况矢口定是佳人才子，密约偷期，绝不新奇，颇为落套。而况绮语为殃，虚言折福，不特误人，兼亦自误。我实为作者危之惜之，故不惮与天下共戒作为淫词，并好观淫书，喜谈淫事者。①

张缵孙分析了这类艳情小说作品流播的祸害，并苦口婆心地劝诫作者不作"淫词"。

当然，也不乏为艳情小说辩解者。比如，创作《浪史》的又玄子认为，"《浪史》风月，正使无情者见之还为有情"，"情先笃于闺房。扩而充之，为真忠臣、真孝子，未始不在是也"②。憨憨子为《绣榻野史》辩解道："余将止天下之淫，而天下已趋矣，人必不受。余以诲之者止之，因其势而利导焉，人不必不变也。"③也就是说，既然世间淫荡成风了，还不如干脆将淫荡之事说个淋漓尽致，再加上因果报应之说，或许能将人心引上正道。《金瓶梅》的"东吴弄珠客序"承认"《金瓶梅》，秽书也"，但是，又认为这些大量的床笫间的描写，"盖为世戒非为世劝也"，小说"奉劝世人，勿为西门之后车可也"。"欣欣子序"和"廿公跋"则从"祸因恶积，福缘善庆，种种皆不出循环之机"出发，认为这些性描写"中间处处埋伏因

① 见王利器辑录：《元明清三代禁毁小说戏曲史料》，252～253 页，上海，上海古籍出版社，1981。
② （明）风月轩又玄子：《浪史》卷首叙，大连，大连出版社，2000。
③ （明）憨憨子：《绣榻野史序》，见朱一玄编：《明清小说资料选编》，877 页，济南，齐鲁书社，1990。

果，作者亦大慈悲矣"，"不知者竟目为淫书，不惟不知作者之旨，并亦冤却流行者之心矣"。在他们看来，《金瓶梅》写淫正是为了止淫，是为了"明人伦，戒淫奔，分淑慝，化善恶"，"关系世道风化，惩戒善恶，涤虑洗心，无不小补"。① 类似观点后来常常被艳情小说作者所引用。比如，《肉蒲团》的作者在小说第一回里宣称："凡移风易俗之法，要因其势而利导之"，"不如就把色欲之事去歆动他，等他看到津津有味之时，忽然下几句针砭之语，使他瞿然叹息……又等他看到明彰报应之处，轻轻下一二点化之言，使他幡然大悟"。这些无力的辩解居然被相当一部分人所接受，正如《肉蒲团》里的一句话所言："风俗至今日，可谓靡荡极矣。"明末统治者生活淫靡，市井社会"好色好货"之风弥漫，《金瓶梅》的刊刻、走俏，刺激了艳情小说的产生。书坊主为了牟利，请人滥造此类小说，艳情小说流播世间，泛滥一时，污人耳目，大伤雅道。不过，虽然这些作品情节模式化的现象比较突出，但它们对通俗小说编创手法的演进有一定的推动作用。与历史演义、神魔小说相比较，这些艳情小说大多是现实生活的展现，有的还掺杂了时事内容，其所反映的社会生活有一定的普遍意义。可以说，这段时期的艳情小说是"明代通俗小说中率先直接面对现实人生的创作流派"②，其价值与意义不可抹杀。

《新刻绣像批评金瓶梅》是对《金瓶梅词话》改写加评语而成，其中有眉批、夹批、回前或回后总评。评点者认为，《金瓶梅》不是"淫书"，而是一部世情书，书中所写人事天理，全为"世情所有"，"如天造地设"；这部世情书的特点就在于通过暴露社会黑暗来惩恶警世，如第九十回眉批"凡西门庆坏事必盛为播扬者，以其作书惩创之大意矣"。评点者又首次把《金瓶梅》与《史记》相提并论，认为《金瓶梅》"从太史公笔法来"，"纯是史迁之妙"；"情景逼真""情事如画""口吻极肖"一类批语几乎贯串

---

① 见朱一玄编：《明清小说资料选编》，618～620页，济南，齐鲁书社，1990。
② 陈大康：《明代小说史》，475～476页，上海，上海文艺出版社，2000。

全书。小说之逼真，关键在于描写"人情"，符合生活中的"必至之情"。比如，小说第二回写西门庆欲奸潘金莲前先与王婆周旋，评点者批云："摹写展转处，正是人情之所必至，此作者精神所在也。若诋其繁而欲损一字者，不善读书者也。"（第二回眉批）正因为小说"字字俱从人情微细幽冷处逗出"，故写得"活泼如生"（第八回眉批）。评点者还注重人物性格心理的品鉴，指出小说已经摆脱了传统小说简单化的平面描写，展现了人物复杂矛盾的性格。比如，在评析潘金莲时，一方面指出她"出语狠辣""俏心毒口"，惯于"听篱察壁"，"爱小便宜"；另一方面，又点出她的"慧心巧舌""韵趣动人"等"可爱"之处。潘金莲被杀后，评点者写道："读至此，不敢生悲，不忍称快，然而心实恻恻难言哉。"评点者对小说的艺术成就还做了开拓性的评析，说小说作者"写实则有声，写想则有形"，"并声影、气味、心思、胎骨"一起摹出，"真炉锤造物之手"。《新刻绣像批评金瓶梅》的评点者还对小说的艺术表现手法做了多方面的探讨。评点者赞赏小说在描写世情、刻画人物时，"纯用白描"（第七十二回夹批），"都从闲处生情"（第二回眉批），"偏在没要没紧处画出"（第二十回眉批），并巧妙使用了一些"家常口头语"（第二十八回眉批）等。评点者还总结了一些写作的"文法"，如"躲闪法"（第二十一回眉批）、"捷收法"（第五十七回眉批），以及"忙里下针"（第七十三回眉批）、"机缘线索之妙"（第十回眉批）等。这些对小说文本的评点深刻影响了后来的小说评点家。

◎ 第六节

文言小说的创作与批评

万历朝开始出现反映时代特征的文言小说作品，但还是没有通俗小说所呈现的勃勃生机。 小说选集成批出现, 则是万历朝小说领域的新气象。

一、文言小说的复兴

　　随着市民阶层的不断壮大, 张扬个性、冲击封建伦理纲常的社会思潮日益活跃。 万历二十九年（1601）, 朝廷颁令严禁私刻。 一心谋利的书坊主并未理会朝廷的禁令, 通俗小说读物的销售渠道仍然畅通。 万历三十年（1602）, 礼部又规定: "用语必出经史, 不得引用子书及杂以小说俚语", 否则将 "严行申饬, 违者参究"①。 尽管如此, 文士们并不完全听从此禁令。 前人的一些文言小说集得到了整理、校勘和印行。 比如, 张梦锡校勘整理了宋人刘斧的《青琐高议》, 赵开美刊刻了宋代苏轼的《东坡志林》, 许自昌刊刻了大字本《太平广记》, 王世懋刊行了南朝刘义庆的《世说新语》, 杨鼎祚校刻了元人陶宗仪所编《说郛》, 杨宗吾刻印了祖父杨慎补注过的《山海经》, 俞安期刻印了唐人刘肃的《唐世说新语》等。 可以说, 到万历后期, 各种尚有传本在世间的前人文言小说已基本出齐, 人们接触前人的作品已毫无障碍, 一些原以治经传为本并无意于创作的士人也开始涉足小说领域, 着手编纂以小说类文字为主的类书。 比如, 著名学者罗汝芳的门人马大壮收集历代典籍中的怪异故事, 编成《天都载》六卷; 吏部稽勋司郎中虞淳熙从《孝经》等书中选取素材, 编成《孝经集灵》; 焦竑 "搜百代之菁华, 掇群书之芳泽", 编撰而成《焦氏易林》; 此外, 还有施显卿的《古今奇闻类纪》、朱谋玮的《异林》、余懋学的《说颐》等。 这些编纂者本意是有裨圣贤经传, 而编出的作品却可归之于小说。

　　采录历代典籍并分门别类编排的编纂手法, 源于《世说新语》。 "世说" 类作品的编撰从宋到明嘉靖断绝了四百余年, 何良俊的《语林》恢复了

---

① （明）张惟贤等:《明神宗实录》卷三百七十九, 7140 页, 台北, "中央研究院" 历史语言研究所, 1966。

这一传统，填补了宋元两代内容的空白，而明代的人与事均未辑入，为后来的仿效者留下了极大的创作空间。万历朝的一些士人开始了"世说"类作品的创作，如慎蒙的《山栖志》，曹臣的《舌华录》，郑仲夔的《清言》，李绍文的《明世说新语》，焦竑的《明世说》（已失传）、《玉堂丛语》，等等。慎蒙的《山栖志》取材于史传与稗官野史，记载了六朝以来历代名士言行，并已叙及嘉靖朝杨慎、顾璘等人的事迹。到了曹臣的《舌华录》，明人的逸事隽语已占了一定的比例。郑仲夔的《清言》中，有相当一部分着力于描摹明代的世态人情。李绍文的《明世说新语》，焦竑的《明世说》《玉堂丛语》等则专叙本朝名人逸事。显然，万历朝"世说"类作品中，本朝内容所占比例越来越高，这与当时历史演义小说创作题材逐渐移至本朝史实完全同步。这种逐渐趋向现实题材的情形在杂俎、札记等一类笔记小说作品的创作中也有明显的表现，如陈士元的《江汉丛谈》、王同轨的《耳谈类增》、王世贞的《觯不觯录》、钱希言的《狯园》、张瀚的《松窗梦语》等。它们或补史乘之阙，或感于世事而作，或为正时尚、拯风俗而作。这些杂俎、札记类笔记小说的创作，"出现了两个互相关联的重要转化，即由重视记述古事到着意于当代见闻的载录，以及从书本中摘编到直接描摹眼前的现实生活。这种变化在其他创作流派中都有程度不同的反映，它们汇成了整个明代小说创作发展的大趋势"①。

万历朝还恢复了传奇小说的创作传统。万历初的《鸳渚志余雪窗谈异》有三十篇作品（有两篇存目无文），直接继承明初传奇小说讲究文采，行文骈散相间，喜好用典，屡入诗词文赋，好作因果报应之谈等传统。稍后，邵景詹的《觅灯因话》问世，虽仍以宣扬封建教化为创作主旨，但在展开故事时揭示了当时社会上各种败德恶行；在艺术形式上，基本不再有诗词文赋的屡入，而是朴实地叙事，重视情节的清晰和人物的刻画，避免了"述遇合之

---

① 陈大康：《明代小说史》，504～505 页，上海，上海文艺出版社，2000。

奇而无补于正，逞文字之藻而不免于诬"①的倾向。 之后，沿袭、模拟唐宋传奇创作传统的，有陈继儒的《李公子传》、胡汝嘉的《韦十一娘传》等。

值得注意的是，万历朝传奇小说创作出现新的变化，一些作者开始将目光从帝王将相、名儒名妓、神仙佛祖转至普通百姓，如耿定向的《二孝子传》，袁宏道的《拙效传》《醉叟传》，袁中道的《一瓢道士传》，等等。文人撰写传奇在万历朝成了一种风尚，其中数量最多、影响最大的当数宋懋澄，其《九籥集》《九籥别集》两书均辟有"稗"类，除去重复后共有文言小说四十四篇，其创作题材涉及社会生活的许多方面。 其中，成就最高的是那些直接取材于现实生活、时代特色鲜明的篇章，如《葛道人传》《珠衫》《负情侬传》等。 这些作品取材于现实，并以史传与古文笔法描写人物故事，脍炙人口。

与万历朝小说创作的繁荣成正比，专题性类书与小说合刻集的编辑与流传也日益增多。 前者主要出于博学文士之手，后者则主要出自书坊主或与书坊关系密切的文人。 专题性类书多围绕某专题辑选前人作品，与此同时又含有创作，摘录与自创并见。 比如，周晖的《金陵琐事》《续金陵琐事》《二续金陵琐事》，顾起元的《客座赘语》，李本固的《汝南遗事》，何宇度的《益部谈资》，魏濬的《峤南琐记》，等等；摘编历朝剑侠故事的有周诗雅的《剑侠传》五卷、《续剑侠传》五卷，徐广的《二侠传》二十卷，王世贞的《剑侠传》，等等；广采道教、佛教典籍，以及汉魏六朝小说、唐传奇等而编成的洪应明的《仙佛奇踪》等；笑话集有江盈科的《雪涛谐史》、许自昌的《捧腹编》、冯梦龙的《古今谭概》等；还有集中为妓女立传的梅鼎祚的《青泥莲花记》，反映病态世情的张应瑜的《杜骗新书》，托名唐寅的《僧尼孽海》等。

万历朝新问世的小说合刻集数量相当丰富，其中流传最广的是吴敬所编

---

① （明）邵景詹：《觅灯因话小引》，见朱一玄编：《明清小说资料选编》，1123 页，济南，齐鲁书社，1990。

辑的《国色天香》与赤心子汇辑的《绣谷春容》，两部书中大半篇幅是话本小说和传奇小说。 此后，小说合刻集纷纷问世，如周近泉绣梓的《万选清谈》、余象斗编纂的《万锦情林》、自好子的《剪灯丛话》、汪云程的《逸史搜奇》、范钦的《烟霞小说》、陈继儒的《闲情野史》、邓乔林的《广虞初志》、何允中的《广汉魏丛书》、沈节甫的《纪录汇编》等。 还有兼收小说的类书，如吴琯的《古今逸史》、赵标的《三代遗书》、胡文焕的《格致丛书》等。 这些小说合刻集广泛搜罗了前代和本朝的各种作品，其流传无疑扩大了小说的影响，提高了小说在社会上的地位，也刺激了通俗小说、文言小说的创作，并为天启、崇祯两朝拟话本小说的创作提供了素材库。

二、文言小说的评点

明代是小说评点从萌兴走向繁荣的重要时期。 据统计，明代白话小说评点本有五十余种[①]，而同时期的文言小说评点本则超过六十种。 明代文言小说的评点者数量众多，身份组成也呈多样化：既有下层文人，如张凤翼、王穉登等，又有高官巨卿（如王世贞）和著名文士（如陈继儒、李贽、汤显祖等）。 这些著名文士、上层知识分子喜爱小说、重视小说，同时活跃在小说创作和评论两个领域，这是该时期文言小说评点的一大特色。

明代文言小说评点本统计如下。

《桯史》，成化十一年（1475），陈璧文评点，仅见著录，存佚不详。

《虞初志》，嘉靖四年（1525），陆采、汤显祖、袁宏道、屠隆、李贽等评点，弦歌精舍如隐草堂本、凤桥别墅本。

《机警》，嘉靖丙午（1546），王文禄评点，《百陵学山》本、《学海类编》本。

《虎苑》，嘉靖癸丑（1553），王穉登评点，《广百川学海》本、《仿知

---

① 谭帆：《中国小说评点研究》，169～215 页，上海，华东师范大学出版社，2001。

不足斋丛书》本。

《何氏语林》，嘉靖、隆庆、万历间，茅坤评点，明天启三年刻本。

《初潭集》，嘉靖、隆庆、万历间，李贽评点，明万历刻本、明刻本。

《雅笑》，李贽评点，明刻本。

《世说新语广钞》，隆庆、万历间，邢桐辑前人或当代人评语明末刻本。

《五金鱼传》，隆庆、万历年间，秃庵子评点，《古本小说集成》本。

《评注世说新语补》，万历八年（1580）前，王世懋评点，1920年上海扫叶山房石印本。

《古今寓言》，万历九年（1581）前，车大任评点，明万历九年陈世宝刻本。

《世说新语补》，万历十三年（1585）前，李贽评点，明万历十三年张文柱刻本。

《觅灯因话》，万历二十年（1592），邵景詹评点，清刊本。

《国色天香》，万历丁酉（1597），卧云幽士等评点，明万历刊本。

《绣谷春容》，万历丁酉（1597），外史氏等评点，明万历丁酉金陵世德堂刊本。

《青泥莲花记》，万历二十八年（1600），梅鼎祚（女史氏）评点，明万历三十年鹿角山房刻本、明刻本。

《世说补菁华》，万历二十九年（1601），狄期进评点，明万历二十九年自刻本。

《说颐》，万历三十六年（1608），余懋学评点，明万历三十六年直方堂刻本。

《广滑稽》，万历三十九年（1611），无名氏评点，明万历四十三年刻本。

《雪涛阁四小书》，万历四十年（1612），潘之恒评点，收入《亘史》。

《亘史》，万历四十年（1612），潘之恒评点，明万历四十年刻本。

《杜骗新书》，万历四十年（1612）后，张应俞评点，明万历存仁堂陈怀轩刊本。

《益智编》，万历四十一年（1613）前，孙能传评点，明万历四十一年孙能正鄂辁堂刻本、清光绪刻本。

《智品》，万历四十二年（1614），评点者不详，甲寅刻本（？）。

《广谐史》，万历四十三年（1615），评点者多人，明万历四十三年沈应魁刊本。

《艳异编》，万历四十六年（1618），汤显祖评点，明刻本。

《宫艳》，万历四十六年（1618）后，陆树声评点，明刻本。

《捧腹编》，万历四十七年（1619）前，许自昌评点，明万历四十七年刻本。

《雅谑》，万历四十八年（1620）前，无名氏评点，明末本、《笑林》合刊本。

《志林》，万历庚申（1620）前，孙一观评点，明天启刊《刻徐文长先生秘集》本。

《谈芬》，万历庚申（1620）前，孙一观评点，明天启刊《刻徐文长先生秘集》本。

《旷述》，万历庚申（1620）前，孙一观评点，明天启刊《刻徐文长先生秘集》本。

《谐史》，万历庚申（1620）前，孙一观评点，明天启刊《刻徐文长先生秘集》本。

《别纪》，万历庚申（1620）前，孙一观评点，明天启刊《刻徐文长先生秘集》本。

《古今谭概》，万历四十八年（1620），冯梦龙评点，明末阊门叶昆池刻本等。

《闲情野史》，万历四十八年（1620），陈继儒评点，明万历四十八年刊本。

《续虞初志》，万历间，汤显祖评点，明万历刻本等。

《万选清谈》，万历间，评点者不详，明万历刻本。

《芙蓉镜孟浪言》，万历后，江东伟评点，明崇祯刻本。

《舌华录》，万历间，袁中道评点，明万历刻本。

《新订增补夷坚志》，万历、泰昌、天启间，钟惺评点，明李玄晖、邓嗣德刻本。

《智囊》，天启丙寅（1626），冯梦龙评点，明末刻本。

《笑府》，天启间，冯梦龙评点。

《情史》，天启间，冯梦龙评点，明刊本、清芥子园刻本等。

《太平广记钞》，天启六年（1626）前，冯梦龙评点，明天启六年沈飞仲刻本。

《智囊补》，明末，冯梦龙评点，清同文堂刻本。

《增补批点图像燕居笔记》，崇祯戊辰年（1628）后，余公仁评点，《古本小说集成》本，崇祯二年（1629），栩庵居士评点，扬州古籍刻印社1988年影印明代抄本。

《灼艾集》，崇祯三年（1630），王佐纂评点，明崇祯三年刊本等。

《祝氏事偶》，崇祯九年（1636），祝彦评点，明崇祯丙子本。

《廿一史拾余》，崇祯十七年（1644），龚五评点，明崇祯十七年刻本。

《花阵绮言》，明崇祯年间，吴门翰史评点，《古本小说集成》本。

《合刻三志》，明末，评点者不明，明末刻本。

《癖史》，明末，方以智评点，明末刻本。

《香螺卮》，明末，周之标评点，明末刻本。

《类纂灼艾集》，年代不详，无名氏评点，明末刻本。

《广虞初志》，年代不详，无名氏评点，明刻本。

《说类》，年代不详，无名氏评点，明刻本。

显而易见，明代前期小说创作和评点活动都十分沉寂，嘉靖前近一百六十年的时间里，文言小说评本仅有陈璧文评点《桯史》一种。 嘉靖后，众多文言小说评点呈爆发式涌现，几乎明代所有的重要评点本和评点活动都集中于嘉靖、隆庆、万历三朝前后及明末的百余年间。 明代六十种文言小说评点本中，有四十种集中出现于嘉靖、隆庆和万历三朝。 文言小说评点和白话小说几乎同步进入了繁荣的时期。 大批名士热衷于文言小说的评点，该时期出现了多位文士共同评点一部作品的现象，如《虞初志》有李贽、屠隆、汤显祖、袁宏道等名士为之作评；还有一位作家先后评点多部作品的现象，如李贽曾评点过《虞初志》和《世说新语补》，也对自己的小说选集《初潭集》和《雅笑》进行了自评；孙一观的多种小说杂集《志林》《谈芬》《旷述》《谐史》《别纪》均有作者本人的评语。 明代小说选本的编者多对自己的著作进行了自评，在明代的小说评点本中，有三十余种为作者自评，占该时期总数的一半。 这些现象充分体现了明代小说评点风气之盛，部分作家已经把自我评论当作小说创作的一个不可或缺的有机组成部分。①

文言小说的评点者多为学养深厚的知识分子，他们的评点大多对小说思想内容进行了深刻的阐发，或对黑暗的社会现实和昏庸的封建统治阶级进行了揭露和批判，如冯梦龙《古今谭概·无术部》"金熙宗赦草"条后批曰"此等皇帝，真是不晓事瞎眼小孩儿也"，讥讽了皇帝的残暴和无知；或对社会现实抒发感慨，如《新订增补夷坚志》卷十二《袁州狱》写袁州郡守与尉将四个无辜村民诈报为盗匪而杀之，以便邀功请赏的事，钟惺评曰"所以庭无好官，世多冤狱"，对封建官吏草菅人命的残暴行为表示了极大的愤慨。

汤显祖极力推崇"情"字对文学的影响："世总为情，情生诗歌，而行于神。"②在他看来，"至情"是文学创作和批评的真正动机：

　　万物当气厚材猛之时，奇迫怪窘，不获急与时会，则必溃而有所

---

① 参见董玉洪：《明代的文言小说评点及其理论批评价值》，载《明清小说研究》，2010(3)。
② 徐朔方笺校：《汤显祖诗文集》卷三十一《耳伯麻姑游诗序》，1050 页，上海，上海古籍出版社，1982。

出，遁而有所之。常务以快其懊结，过当而后止，久而徐以平。其势然也。是故冲孔动楗而有厉风，破隘蹈决而有潼河。已而其音泠泠，其流纡纡。气往而旋，才距而安。亦人情之大致也。情致所极，可以事道，可以忘言。而终有所不可忘者，存乎诗歌序记词辩之间。固圣贤之所不能遗，而英雄之所不能晦也。①

汤显祖指出，文学创作源自一种激情的爆发，其势迅猛，如厉风冲孔、潼河破堤。其所谓"至情"，是冲破一切束缚、超越生死阻碍的激情：

天下女子有情，宁有如杜丽娘者乎！梦其人即病，病即弥连，至手画形容，传于世而后死。死三年矣，复能溟莫中求其所得梦者而生。如丽娘者，乃可谓之有情人耳。情不知所起，一往而深。生者可以死，死可以生。生而不可与死，死而不可复生者，皆非情之至也。梦中之情，何必非真？天下岂少梦中之人邪！必因荐枕而成亲，待挂冠而为密者，皆形骸之论也。②

冯梦龙提出"情教"说："天地若无情，不生一切物。一切物无情，不能环相生。生生而不灭，由情不灭故。四大皆幻设，惟情不虚假。"③正是在这样的时代思潮影响下，明代小说创作中的"至情"论主题得到了广泛的肯定和追捧，在文言小说评点领域里亦是如此。有的评语体现了作者对自由爱情和个性解放的宣扬，如《宫艳》卷二有《长恨歌传》《杨太真外传》，附录《太真遗事》《梅妃传》，共四篇，都叙杨贵妃与唐明皇的爱情故事。

---

① 徐朔方笺校：《汤显祖诗文集》卷三十《调象庵集序》，1038 页，上海，上海古籍出版社，1982。
② （明）汤显祖著，徐朔方、杨笑梅校注：《牡丹亭·作者题词》，1 页，北京，人民文学出版社，1963。
③ （明）詹詹外史评辑，张福高等校点：《情史》卷首龙子犹序，1 页，沈阳，春风文艺出版社，1986。

有总评曰：

> 明皇倜傥磊落，洵天子中才人，惜情痴一生，爱溺千古。长生殿前，情事欲绝；马嵬丧后，凄楚顿增，所谓离合悲欢，种种滋味，实备尝之。故余谓太真之死必生，明皇之生必死，生生死死，如环无端。总之，两人俱在情根颠倒中矣。

有的评语体现了作者对封建礼教泯灭人欲、摧残妇女的不满和批判，如《情史》卷一《惠士玄妻》评语曰：

> 其生其死，都不忙错。或言贞妇不必死者，固也。顾死岂不贞者所能办到耶？昔有妇以贞节被旌，寿八十余，临殁，召其子媳至前，属曰："吾今日知免矣。倘家门不幸，有少而寡者，必速嫁，毋守。节妇非容易事也。"因出左手示之，掌心有大疤，乃少时中夜心动，以手拍案自忍，误触烛钉，贯其掌。家人从未知之。然则趁情热时，结此一段好局，不亦善乎？

还有些评语歌颂女性贞烈节义的美德，如《觅灯因话·贞烈墓记》篇末评语曰：

> 郭贞烈绳枢窭女，箕帚行伍芫芫，朝不继夕，非有糟糠，顾厌礼义，素闲也。千长执劫，狱夫情诱，卒能从容慷慨，以全大节，虽古闻道何以过此。且死也，不经于卖，不殉于穴，嚣儿以张其事，怀纸以白其冤，报仇全夫，既明且哲矣。

文言小说的评点者对作品的艺术特色和创作技巧也多有精到的分析和评论，如《虞初志·白猿传》后陆采评曰：

唐欧阳率更儿寝，长孙太尉嘲之，有谁言麟阁上画此一猕猴之语，后人缘此遂托江总撰传以诬之。盖艺家游戏三昧，如《毛颖》《革华》之流尔。大抵唐人喜著小说，刻意造怪，转相拟述。岂非文华极盛之弊乎？吾党但贵其资谈，微供谐噱，安问其事之有无。

评语指明了"唐人喜著小说，刻意造怪"的特点，并认识到小说虚构情节，具有资谈助的娱乐功能。

《智囊补》卷十六《御史失箓》写县令巧妙告诫御史，冯梦龙尾批"山尽水穷处，忽睹天台雁荡，洞庭彭蠡，想胸中有走盘珠万斛在"，赞赏情节曲折精妙，其评语妙喻如珠，本身也具有一定的美感和艺术价值。

《新订增补夷坚志》卷二《丰城孝妇》写一农夫为虎所食，小儿对母亲说，父亲"恰到此，为黄黑斑牛衔入林中矣"。钟惺评语曰"称虎为牛，宛是稚子口吻"，指出了人物语言符合其身份年龄，具有个性化特色。

又如，《集异记·裴珙》篇末袁宏道评语："猿啼溪路，雁语辽阳，但觉神境俱惨。"袁氏眉批："（柳氏）不第，摹愁惨之形，直抉愁惨之神。"眉批："（龙女哭诉）其词旨怨哀，其音韵纤媚。"对该篇作者描画传神，营造出凄惨动人的艺术氛围，予以高度评价。

汤显祖批语常有"画出动人模样""吴道子画，笔笔生动""描画淋漓""酷肖是时情状"（见《李娃传》《长恨传》《任氏传》等评语）等语言，赞赏人物生动传神，作品在形象刻画塑造上取得了巨大的艺术成就。屠隆评语中还总结了"拨草寻蛇""一笔渡法"等评点术语，体现了对通俗小说评点的学习和借鉴。

第二十一章
天启、崇祯及南明弘光朝的
小说创作与批评

　　明末最后二十五年，阶级矛盾、民族矛盾空前尖锐，国势败坏到无法收拾的地步，小说创作却获得前所未有的丰收：出现了大量的通俗小说作品（近七十种），创作流派增加（拟话本、时事小说等），编创手法有明显进步（出现独立创作的作品，由改编转向独创），作品整体质量显著提高。与小说创作实践相呼应，此阶段的小说思想逐渐成熟，对创作经验做了较好的理论总结。

◎ 第一节
冯梦龙的拟话本创作及其小说理论

　　冯梦龙（1574—1646），字犹龙，别号龙子犹，又号墨憨斋主人，南直隶苏州府长洲县（今属苏州）人，是明代通俗小说发展史上极其重要的人物，其创作的拟话本最早，数量最多，影响也最大。人称"子犹著作满人间"①。 据研究者统计，基本上可以确认为冯梦龙著作的作品，大体可分成七类十五项。

（1）通俗小说。 ①话本小说：《喻世明言》《警世通言》《醒世恒言》《三教偶拈》；②长篇章回小说：《三遂平妖传》《新列国志》。

（2）戏曲、散曲、曲谱。 ①传奇：《墨憨斋定本传奇》（《新灌园》《酒家佣》《女丈夫》《量江记》《精忠旗》《双雄记》《万事足》《梦磊记》《洒雪堂》《楚江情》《风流梦》《邯郸梦》《人兽关》《永团圆》，另有《杀狗记》《三报恩》《一捧雪》《占花魁》改本未见）；②散曲：《宛转歌》《太霞新奏》；③曲谱：《墨憨斋词谱》。

（3）民歌俗曲。 《挂枝儿》《山歌》。

（4）文言小说、专题故事。 ①笑话：《笑府》《古今谭概》；②智慧故事：《智囊》《智囊补》；③情感故事：《情史》；④文言小说：《太平广记钞》。

（5）史著类。 《寿宁待志》《甲申纪事》《中兴伟略》。

（6）实用类。 ①科举教材类：《麟经指月》《春秋衡库》《春秋定旨参新》《四书指月》《纲鉴统一》；②民间生活类：《折梅笺》；③游艺类：《牌经》《马吊脚例》。

（7）诗集。 《七乐斋集》《游闽吟稿》。②

冯梦龙还对一些小说进行评点，撰写了许多小说批评性的序文。

一、冯梦龙的拟话本创作

天启初年，天许斋刊出冯梦龙的短篇小说集《古今小说》，后来衍庆堂

---

① （明）张无咎：《墨憨斋批点北宋三遂平妖传序》，见高洪钧编著：《冯梦龙集笺注·冯梦龙诗文》卷三，96页，天津，天津古籍出版社，2006。

② 参见冯保善：《晚明"大众文化"的巨擘——谫论冯梦龙的历史地位》，载《明清小说研究》，2016（4）。

再刊时改名为《喻世明言》。天启四年（1624）、七年（1627），《警世通言》与《醒世恒言》相继刊行，至此"三言"全部出齐。后来，衍庆堂、兼善堂等书坊再版"三言"；崇祯元年（1628）、五年（1632），凌濛初先后效仿创作了《拍案惊奇》《二刻拍案惊奇》，畅销一时。此后，模仿者甚众，形成了一个崭新的小说创作流派——模拟宋元话本的形式而创作的作品，即"拟话本"。以拟话本为形式的短篇小说的出现，打破了长期以来长篇小说在通俗小说创作中的垄断地位。

经专家们长期搜寻、考订，已知的明代拟话本集有二十种。除了"三言二拍"，还有金木散人的《鼓掌绝尘》，醉竹居士的《龙阳逸史》，西湖渔隐主人的《欢喜冤家》，陆人龙的《型世言》，周清源的《西湖二集》，独醒道人的《笔獬豸》，天然痴叟的《石点头》，醉西湖心月主人的《弁而钗》《宜春香质》，陆云龙的《清夜钟》，罗浮散客的《贪欣误》《天凑巧》，以及作者不详的《十二笑》《壶中天》《一片情》。这二十种拟话本共含作品四百余篇，绝大多数为短篇小说，少量为中篇小说。

明成化年间刊行有各种宋元话本单行本，如熊龙峰所刻《张生彩鸾灯传》等四种小说；还有各种话本合集问世，如嘉靖时杭州洪楩整理、刊刻了《雨窗集》《长灯集》《随航集》《欹枕集》《解闲集》《醒梦集》共六种话本合集，每集收十种话本小说，共计六十种，故又以《六十家小说》为其总名。这些集子的广泛流传，使后来的作家萌生了仿效之念。鲁迅说："南宋亡，杂剧消歇，说话遂不复行，然后本盖颇有存者，后人目染，仿以为书，虽已非口谈，而犹存曩体……"[①]其中之"曩体"，鲁迅后来将之归纳为三个"必要条件"：一是须讲近世事；二是什九须有"得胜头回"；三是须引证诗词。[②]从题材上看，考之以此时的拟话本，演述宋元时故事的作品相当多，尤其是着重改编宋元以来话本的"三言"；演述明代的故事也不少，

---

① 鲁迅：《中国小说史略》，见《鲁迅全集》第9卷，122页，北京，人民文学出版社，2005。
② 鲁迅：《坟》，见《鲁迅全集》第1卷，155页，北京，人民文学出版社，2005。

约有 49%，但演述嘉靖以来故事的作品较少。 如论者所言，这是"讲近世事"被有意针砭现实的特色所取代的缘故。① 从形式上看，"得胜头回"是对作品在篇首诗词与正话之间的文字的简称，它一般由两部分组成：一是"入话"，对篇首所引证的诗词略做解释，或发议论，或叙述背景，为引入正话做准备；二是"头回"，由一则或两三则小故事组成，从正面或反面映衬正话。 用鲁迅的话说，"取不同者由反入正，取相类者较有浅深，忽而相牵，转入本事，故叙述方始，而主意已明"②。 早期的拟话本"三言"对"入话"与"头回"未做严格区分，其中作品所含情形很不整齐。 到了周清源的《西湖二集》和"二拍"，大部分作品既有"头回"也有"入话"，篇首和篇末都有诗词。 崇祯年间的《型世言》又打破了这种拟话本的标准格式，"头回"基本与"入话"连在一起了，而且只是作为例子简略提及。 到了清初，许多拟话本重"入话"而轻"头回"，甚至省略之。 拟话本"引证诗词"承袭宋话本而来，这一特征也经历了由多到少的变化。

冯梦龙开了短篇白话小说总集的先河，他编纂的短篇小说集"三言"，即《喻世明言》《警世通言》《醒世恒言》，被称为"文苑之英华，小说之宝库"，是晚明市民社会的百科全书。 冯梦龙开始是有计划地收集、整理、改编宋元以来的话本。 在《古今小说叙》里，他讲述了这一工作的原因与意义。 冯梦龙认为，文化人视为高雅庄重的文学形式，其内容或空洞僵板，或矫揉造作。 比如，诗本应达人性情，但到他的时代，却已远离民间大众的真实生活和性情世界，丧失了活力和价值："自唐人用以取士，而诗入于套；六朝用以见才，而诗入于艰。 宋人用以讲学，而诗入于腐。 而从来性情之郁，不得不变而为词曲。 ……今日之曲，又将为昔日之诗。 词肤调乱，而不足以达人之性情，势必再变而为之《红粉莲》《打枣竿》矣，不亦伤

---

① 陈大康：《明代小说史》，596 页，上海，上海文艺出版社，2000。
② 鲁迅：《中国小说史略》，见《鲁迅全集》第 9 卷，121 页，北京，人民文学出版社，2005。

乎？"①"近代之最滥者，诗文是已。 性不必近，学未有窥。 犬吠驴鸣，贻笑寒山之石；病谵梦呓，争投苦海之箱。"②传统诗文文体丧失了曾经的魅力，唯有在民间的文学形式中，人类的真性情以最质朴自然的方式表达出来，具有最强烈的冲击力和感染力。 他说："试令说话人当场描写，可喜可愕，可悲可涕，可歌可舞……怯者勇，淫者贞，薄者敦，顽钝者汗下。 虽小诵《孝敬》《论语》，其感人未必如是之捷且深也。"③由于宋话本"多浮沉内廷，其传布民间者，什不一二"④，如果任其自流，它们很可能就散佚湮灭。 为此，冯梦龙细心搜寻整理，在文字上做了编辑工作，以通俗语言演述并丰富之；其中独创成分的多少随着改编所依据的原始材料丰满程度而有所不同。

二、冯梦龙的小说理论

冯梦龙是一个重要的小说理论家，他结合纂辑、创作实践，对一些重要的小说理论问题提出了自己的见解。

（一）"史统散而小说兴"与"惟时所适"的小说发展观

1. "史统散而小说兴"

冯梦龙在《古今小说序》中说：

> 史统散而小说兴。始乎周季，盛于唐，而浸淫于宋。韩非、列御寇

---

① 高洪钧编著：《冯梦龙集笺注·冯梦龙诗文》卷五《太霞新奏序》，177 页，天津，天津古籍出版社，2006。
② 高洪钧编著：《冯梦龙集笺注·冯梦龙诗文》卷五《曲律叙》，193 页，天津，天津古籍出版社，2006。
③ 高洪钧编著：《冯梦龙集笺注·冯梦龙诗文》卷三《古今小说序》，80 页，天津，天津古籍出版社，2006。
④ 同上书，80 页。

诸人，小说之祖也。《吴越春秋》等书，虽出炎汉，然秦火之后，著述犹
希。迨开元以降，而文人之笔横矣。若通俗演义，不知何昉？按南宋供
奉局，有说话人，如今说书之流。其文必通俗，其作者莫可考。泥马倦
勤，以太上享天下之养。仁寿清暇，喜阅话本，命内珰日进一帙，当
意，则以金钱厚酬。于是内珰辈广求先代奇迹及闾里新闻，倩人敷演进
御，以怡天颜。然一览辄置，卒多浮沉内庭，其传布民间者，什不一二
耳。然如《玩江楼记》《双鱼坠记》等类，又皆鄙俚浅薄，齿牙弗馨焉。暨
施、罗两公，鼓吹胡元，而《三国志》《水浒》《平妖》诸传，遂成巨观。要
以韫玉违时，销镕岁月，非龙见之日所暇也。

　　皇明文治既郁，靡流不波；即演义一斑，往往有远过宋人者。而或
以为恨乏唐人风致，谬矣。食桃者不费杏，缔縠氄锦，惟时所适。以唐
说律宋，将有以汉说律唐，以春秋战国说律汉，不至于尽扫羲圣之一画
不止。……①

这里，冯梦龙叙述、探讨了小说这一文类的发生、发展历程，指出小说的兴
起与史传传统有着密切的血缘关系。将小说起源追溯到上古，并非冯梦龙的
创见，汉代班固《汉书·艺文志》所开列的十五家小说，多为春秋战国时代
的作品。而且从班固的"小说家流，盖出于稗官"②的断言中，我们甚至可
以把小说的起源追溯到更早设置稗官的西周。冯梦龙将小说起源的时间确
认为"周季"的春秋战国时代，这正是西方历史学家所称的世界历史的"轴
心时代"，即几个主要的人类文化圈奠定自己基本文化模式的时代。我们知
道，巴赫金也将西方小说的滥觞期追溯到古代希腊时期。在《小说的时间形
式和时空体形式》一文中，巴赫金专列"希腊小说"一节，认定西方小说起
源于古代希腊，并具体讨论了古代希腊三种重要的小说类型和三种重要的时

---

① 　高洪钧编著：《冯梦龙集笺注·冯梦龙诗文》卷三，80 页，天津，天津古籍出版社，2006。
② 　（汉）班固：《汉书》卷三十《艺文志》，1745 页，北京，中华书局，1962。

空体，即"传奇教喻小说""传奇世俗小说""传记小说"；而且，不仅是这些类型构成了西方小说最早的源头，古希腊、罗马大量的"庄谐体"作品如民间笑谐性作品、民间歌舞剧、整个田园诗、寓言、早期回忆录文学、"卢奇安对话"与"苏格拉底对话"、梅尼普讽刺体等，都是西方小说的重要来源，"'庄谐体'这一概念所包含的所有这些体裁，才是小说的真正的前身"①。正是它们开启了西方小说的源头。冯梦龙与巴赫金都认定，小说的兴起都与一种具有绝对权威性的历史叙事形式和传统的衰落有内在的对应关系。这种历史叙事形式与传统在冯梦龙这里是"史统"，在巴赫金那里是"史诗"，它们的衰落正是在各自文化的奠基时期。

冯梦龙"史统散而小说兴"这一命题，直接牵涉周代王官之学的解体和诸子之学的兴起这两个相互联系的文化事件。在王官之学渐趋让位于诸子之学的整个转变过程中，孔子整理《尚书》《春秋》等历史典籍的文化实践活动具有关键性的转折意义。在春秋之前的上古时代，"史统"具有绝对的权威性、神圣性和唯一性，而在春秋之后，其神圣性、唯一性和权威性丧失了，历史叙述不再由官学完全控制，私人以各种方式借助历史资料进行著书立说已成燎原之势。多种关于人类生活的观念与叙述开始出现，所谓"诸子蜂起，百家争鸣"指的就是这种状态。大量存在于诸子著作中的各类叙述成分在客观上就形成了中国古代稗史小说的初级形态。"史统散而小说兴"的命题所确认的是，小说在起源上就和在中国文化史上具有绝对权威性的历史叙事规则之间有内在的对立性和不相容性；小说的产生，只有在"史统"丧失了权威性和唯一性时才有可能。有意思的是，巴赫金在研究西方小说的起源问题时，也确认小说和史诗具有一种内在的对立性和不相容性，认为史诗的衰落是西方小说兴起的条件。与此相关，冯梦龙和巴赫金都确认了小说起源上的民间性。

---

① ［苏］M. 巴赫金著，白春仁、晓河译：《小说理论》，525页，石家庄，河北教育出版社，1998。

2. 小说的通俗化

冯梦龙在《醒世恒言序》中说：

> 六经国史而外，凡著述皆小说也。而尚理或病于艰深，修词或伤于藻绘，则不足以触里耳而振恒心。此《醒世恒言》四十种所以继《明言》《通言》而刻也。明者，取其可以导愚也。通者，取其可以适俗也。恒则习之而不厌，传之而可久。三刻殊名，其义一耳。①

这里，冯梦龙提出了一个重要的命题：六经国史之外，其余一切著述皆为小说。这个关于小说范围的划分，沿袭了班固以来在社会精神文化二元对立（中心/边缘、大道/小道、真理/谬误、崇高/低俗、官方/民间）格局中定位小说的思路，其"小说"的外延几乎广大无边，囊括了除经史文化之外几乎所有的作品，其中潜含着冯梦龙对小说文体及其话语驳杂性的理解。此前，唐代刘知幾《史通·杂述》把一切不经不史之"杂"文"杂"言，皆归入小说一类：

> 爰及近古，斯道渐烦。史氏流别，殊途并骛。榷而为论，其流有十焉：一曰偏记，二曰小录，三曰逸事，四曰琐言，五曰郡书，六曰家史，七曰别传，八曰杂记，九曰地理书，十曰都邑簿。②

明代著名学者胡应麟则将小说分为六类，即志怪、传奇、杂录、丛谈、辨订、箴规，囊括了《汉书·艺文志》《隋书·经籍志》《新唐书·艺文志》等所收录的各种小说类别。但他们心中的"小说"基本不包括唐以后蓬勃兴

---

① 见黄霖编，罗书华撰：《中国历代小说批评史料汇编校释》，264 页，南昌，百花洲文艺出版社，2009。

② （唐）刘知幾著，黄寿成校点：《史通·内篇》卷十《杂述第三十四》，81 页，沈阳，辽宁教育出版社，1997。

起的白话小说作品，远没有冯梦龙"六经国史而外，凡著述皆小说也"那么广大无边。 事实上，小说在明代已成为最广大、最重要的精神文化现象。它几乎无所不在，无所不包。 而且，小说也的确"文备众体"，囊括了一切已有文体，几乎历史上出现的所有文体如诗、词、歌、赋、曲、谚、谣、策、论、奏、议、铭、诔、箴、弹词等都在小说中出现，它们一般是作为构成因素被统合、镶嵌到散体叙事性文类之中的。 冯梦龙在《笑府序》里宣称："经书子史，鬼话也，而争传焉。 诗赋文章，淡话也，而争工焉。 褒讥伸抑，乱话也，而争趋避焉。"①冯梦龙将小说看作一种与"经书子史""诗赋文章"等"鬼话""淡话"（即所谓主流精神文化样式）相对立的，跟民间现实生活保持密切联系而处于边缘的精神文化样式。 显然，冯梦龙认识到了小说这一文体的包容力、生命力和发展前景。 在《古今小说叙》里，冯梦龙又说：

> 大抵唐人选言，入于文心；宋人通俗，谐于里耳。天下之文心少而里耳多，则小说之资于选者少，而资于通俗者多。试令说话人当场描写，可喜可愕，可悲可涕，可歌可舞；再欲捉刀，再欲下拜，再欲决脰，再欲捐金；怯者勇，淫者贞，薄者敦，顽钝者汗下。虽小诵《孝经》《论语》，其感人未必如是之捷且深也。噫，不通俗而能之乎?②

这里，"文心"可直解为"文人之心"，指具有较好文学修养的文化人关于文学的标准和趣味；唐代传奇作家对题材、语言和修辞方式的选择，以文化人高雅的美学趣味为标准，故能"入于文心"。"里耳"可直解为"闾里大众的耳朵"，代指民间大众对小说的要求，宋人写小说多以民间大众的接受

---

① 高洪钧编著：《冯梦龙集笺注·冯梦龙诗文》卷四《笑府序》，108 页，天津，天津古籍出版社，2006。
② 见黄霖编，罗书华撰：《中国历代小说批评史料汇编校释》，257 页，南昌，百花洲文艺出版社，2009。

水准和审美趣味为标准，而不是满足文人的雅致，故能"谐于里耳"。 冯梦龙准确地抓住了唐、宋小说在美学特征上的根本差异：文人的高雅与民间的通俗。 冯梦龙所说的"通俗"与"适俗"之"俗"有以下内涵：一是指跟高贵的统治阶级相对的芸芸众生、民间大众；二是指跟官方的或主流文化所认定的高雅趣味相对的民间的大众趣味；三是指人民大众的日常的、现实的生活。 小说之"适俗"，即适应风土人情，符合大众心理，而接近民间，接近时代，接近现实，接近下层。 因此，冯梦龙认为，小说的语言至关重要。文言写的作品，"尚理或病于艰深，修词或伤于藻绘"，只有为数不多的文人能够欣赏，而不能为广大读者所理解和接受。"天下之文心少而里耳多"，通俗小说以艺术形象感染读者，比抽象说教的《论语》《孝经》更加快捷、深刻地感化人。 因此，小说的创作应该适应"里耳"，适应广大读者的审美情趣。

同样，巴赫金也十分强调小说与民间、现实、时代生活的鲜活的联系。在《长篇小说的话语》这篇重要论文中，巴赫金特别强调小说语言与诗歌语言的根本差异之一是前者的杂语性、多语性、开放性、未完成性和对话性，而这些特征首先存在于民间现实生活话语中，因此，小说是反映现实民间话语存在状态的最合适形式。 巴赫金指出，小说面向当下正在发展的现实，面向人们正在进行着的社会实践，因此，它永远是新鲜的、"低级"的、短暂的、充满活力的、开放的和未完成的。"当代现实、转瞬即逝的东西，'低级'的东西，现时——这种'没开头也没结尾'的生活，只有在低级的体裁里，才能成为描绘的对象。 但它首先是在民间笑谑作品的极为广阔丰富的领域中，成了基本的描绘对象。 ……正应是在这里（民间笑谑）寻找小说的真正的民间文学的渊源。"① 可以说，正是小说这一文体的内在共同特征的某些相似性，使冯梦龙和巴赫金对小说的起源做出了相近或相同的认定。

值得一提的是，冯梦龙主张通俗化，并不是为了迎合读者的低级趣味，

---

① ［苏］M. 巴赫金著，白春仁、晓河译：《小说理论》，524 页，石家庄，河北教育出版社，1998。

把作品写得庸俗。 他说："若夫淫谭亵语，取快一时，贻秽百世。"在他看来，"淫谭亵语"之作，是以"狂药饮人"①，不过是给读者吃麻醉剂。 在《太平广记钞小引》中，冯梦龙把小说当作教育人的一种"圣药"。 他把自己的三部小说集题为《喻世明言》《警世通言》《醒世恒言》，其取义在于："明者，取其可以导愚也。 通者，取其可以适俗也。 恒则习之而不厌，传之而可久。 三刻殊名，其义一耳。 ……惕孺为醒，下石为醉；却嘑为醒，食嗟为醉；剖玉为醒，题石为醉。 又推之，忠孝为醒，而悖逆为醉；节俭为醒，而淫荡为醉；耳稣目章、口顺心贞为醒，而即聋从昧、与顽用嚚为醉。 人之恒心，亦可思已。 从恒者吉，背恒者凶。 心恒心，言恒言，行恒行，人夫妇而不惊，质天地而无怍。 下之巫医可作，而上之善人君子圣人亦可见。 恒之时义大矣哉。"②简言之，即通过小说来劝谕、警戒、唤醒世人。

3. 小说的"情真"与"理真"

冯梦龙将韩非、列御寇看作小说之祖，将《吴越春秋》当作汉代的小说作品；"始乎周季，盛于唐，而浸淫于宋"，中间"遗漏"了志怪志人小说兴盛的六朝。 这些表明冯梦龙清楚地认识到小说是以虚构的方式叙事，而将它区别于历史著作的实录。 冯梦龙说：

> 野史尽真乎？ 曰：不必也。尽赝乎？ 曰：不必也。然则，去其赝而存其真乎？ 曰：不必也。
>
> 《六经》《语》《孟》，谭者纷如，归于令人为忠臣，为孝子，为贤牧，为良友，为义夫，为节妇，为树德之士，为积善之家，如是而已矣。经书著其理，史传述其事，其揆一也。理著而世不皆切磋之彦，事述而世不皆博雅之儒。于是乎村夫稚子，里妇估儿，以甲是乙非为喜怒，以前

---

① （明）冯梦龙：《醒世恒言序》，见黄霖编，罗书华撰：《中国历代小说批评史料汇编校释》，264 页，南昌，百花洲文艺出版社，2009。
② 同上书，264 页。

因后果为劝惩，以道听途说为学问，而通俗演义一种，遂足以佐经书史传之穷。而或者曰：村醪市脯，不入宾筵，乌用是齐东娓娓者为？呜呼！《大人》《子虚》，曲终奏雅，顾其旨何如耳！人不必有其事，事不必丽其人。其真者可以补金匮石室之遗，而赝者亦必有一番激扬劝诱、悲歌感慨之意。事真而理不赝，即事赝而理亦真。不害于风化，不谬于圣贤，不戾于诗书经史，若此者其可废乎！①

在冯梦龙看来，小说创作不必为实录，所叙不一定为真人真事，关键是人、事、理三者的统一，做到"事真而理不赝，即事赝而理亦真"，也就是说，小说的故事情节得合乎现实生活的情理。冯梦龙这里所讲的"理真"，和"情真"是一个意思。冯梦龙在他的文章和评语里，常常以"理真"的概念来表现"情真"的内涵。他认为，只要是符合忠孝节义之情的，就是"理真"。比如：

> ……说孝而孝，说忠而忠，说节义而节义，触性性通，导情情出。视彼切磋之彦，貌而不情；博雅之儒，文而丧质，所得未知孰赝而孰真也！②

> 自来忠孝节烈之事，从道理上做者必勉强，从至情上出者必真切。……世儒但知理为情之范，孰知情为理之维乎！③

冯梦龙在《叙山歌》一文中更是明确地提出了"情真"的美学要求：

---

① （明）冯梦龙：《警世通言叙》，见黄霖编，罗书华撰：《中国历代小说批评史料汇编校释》，260～261 页，南昌，百花洲文艺出版社，2009。
② 同上书，261 页。
③ （明）詹詹外史评辑，张福高等校点：《情史》卷一《情贞类》总评，30～31 页，长春，春风文艺出版社，1986。

"今所盛行者，皆私情谱耳。 虽然，桑间濮上，国风刺之，尼父录焉，以是为情真而不可废也。 山歌虽俚甚矣，独非郑、卫之遗欤！ 且今虽季世，而但有假诗文，无假山歌，则以山歌不与诗文争名，故不屑假。 苟其不屑假，而吾藉以存真，不亦可乎？"①在这里，冯梦龙强调文学作品必须合乎"情理"。 无论是否写真人真事，只要"理"真"意"真就可以。 冯梦龙还把"真情""常情""至情"统一起来，认为"常情"才是"真情"，"常情"达到极致，就是"至情"。 冯梦龙在《情史·情灵类》总评中说："人，生死于情者也；情，不生死于人者也。 人生，而情能死之；人死，而情又能生之。 既令形不复生，而情终不死，乃举生前欲遂之愿，毕之死后；前生未了之愿，偿之来生。 情之为灵，亦甚著乎！ 夫男女一念之情，而犹耿耿不磨若此，况凝精翕神，经营宇宙之魂玮者乎！"②这种"至情"是"真情"，也是"常情"。

在《古今小说序》里，冯梦龙还精准地点评了若干代表性作家作品，认为"《玩江楼记》《双鱼坠记》等类，又皆鄙俚浅薄，齿牙弗馨焉。 暨施、罗两公，鼓吹胡元，而《三国志》《水浒》《平妖》诸传，遂成巨观。 要以韫玉违时，销镕岁月，非龙见之日所暇也"。 在叙述了小说的发展历史后，冯梦龙强调了小说的时代性，反对以古律今、厚古薄今，不能以唐传奇否定宋元小说，不能以唐说律宋，以汉说律唐，以春秋战国说律汉。 他打了个比方说，"食桃者不费杏，绨縠罽锦，惟时所适"。"惟时所适"的小说发展观，与李贽的"不可得而时势先后论"、三袁的"古有古之时，今有今之时"等反对复古主义的文学观念是一致的。

（二）"立情教"

《情史》全称《情史类略》，又名《情天宝鉴》。 在署名"詹詹外史"

---

① 高洪钧编著：《冯梦龙集笺注·冯梦龙诗文》卷五，147 页，天津，天津古籍出版社，2006。
② （明）詹詹外史评辑，张福高等校点：《情史》卷十《情灵类》总评，308 页，长春，春风文艺出版社，1986。

所作的《情史叙》中，冯梦龙指出：

> 《六经》皆以情教也。《易》尊夫妇，《诗》首《关雎》，《书》序嫔虞之文，《礼》谨聘奔之别，《春秋》于姬姜之际详然言之，岂非以情始于男女？……
>
> 是编也，始乎贞，令人慕义；继乎缘，令人知命。私爱以畅其悦，仇憾以伸其气，豪侠以大其胸，灵感以神其事，痴幻以开其悟，秽累以窒其淫，通化以达其类，若非以诬圣贤，而疑亦不敢以诬鬼神。辟诸《诗》云兴观群怨多识，种种具足，或亦有情者之朗鉴，而无情者之磁石乎？①

在署名"龙子犹"所作的《情史序》中言：

> 情史，余志也。余少负情痴，遇朋侪必倾赤相与，吉凶同患。闻人有奇穷奇枉，虽不相识，求为之。地或力所不及，则嗟叹累日，中夜展转不寐。见一有情人，辄欲下拜；或无情者，志言相忤，必委曲以情导之，万万不从乃已。……又尝欲择取古今情事之美者，各著小传，使人知情之可久，于是乎无情化有，私情化公，庶乡国天下，蔼然以情相与，于浇俗冀有更焉。而落魄奔走，砚田尽芜，乃为詹詹外史氏所先，亦快事也。是编分类著断，恢诡非常，虽事专男女，未尽雅训，而曲终之奏，要归于正。善读者可以广情，不善读者亦不至于导欲。

在是序中，冯梦龙又作《情偈》一首，提出了"立情教"的思想：

---

① 见黄霖编，罗书华撰：《中国历代小说批评史料汇编校释》，268～269 页，南昌，百花洲文艺出版社，2009。

天地若无情，不生一切物。一切物无情，不能环相生。生生而不灭，由情不灭故。

四大皆幻设，惟情不虚假。有情疏者亲，无情亲者疏。无情与有情，相去不可量。

我欲立情教，教诲诸众生。子有情于父，臣有情于君。推之种种相，俱作如是观。

万物如散钱，一情为线索。散钱就索穿，天涯成眷属。若有贼害等，则自伤其情。

如睹春花发，齐生欢喜意。盗贼必不作，奸宄必不起。佛亦何慈悲，圣亦何仁义。

倒却情种子，天地亦混沌。无奈我情多，无奈人情少。愿得有情人，一齐来演法。①

所谓"立情教"，就是要创立一种以"情教"为教义，与佛教、道教一样的宗教。② 冯梦龙说："尝戏言：我死后不能忘情世人，必当作佛度世，其佛号当云'多情欢喜如来'。 有人称赞名号，信心奉持，即有无数喜神前后拥护，虽遇仇敌冤家，悉变欢喜，无有嗔恶妒嫉种种恶念。"③他自封"多情欢喜如来"，想做"情教"教主，让世人虔诚信奉。 其《情偈》最后两句"愿得有情人，一齐来演法"，"演法"为佛教术语；"法"在佛教中泛指宇宙的本原、道理、法术，"演法"就是宣传佛教教义。 冯梦龙借此术语代指自己对"情"的宣讲。 冯梦龙"情教"之"情"主要有三层含义。④

其一，"情"指男女之情，它在冯梦龙"情教"中占有重要地位。 在冯

---

① （明）冯梦龙：《情史序》，见朱一玄编：《明清小说资料选编》，981 页，天津，南开大学出版社，2006。
② 参见傅承洲：《冯梦龙"立情教"新说》，载《南阳师范学院学报（社会科学版）》，2003（1）。
③ （明）冯梦龙：《情史序》，见朱一玄编：《明清小说资料选编》，981 页，天津，南开大学出版社，2006。
④ 参见傅承洲：《冯梦龙"立情教"新说》，载《南阳师范学院学报（社会科学版）》，2003（1）。

梦龙看来，男女情爱是人类感情的基础，他把男女情爱看作小说的永恒主题。在冯梦龙的"情教"之中，男女之情是一种与生俱来的人的本性，是至高无上的："夫情之所钟，性命有时乎可捐；而情之所裁，长物有时乎不可暴。""情"又是永垂不朽的："古有三不朽，以今观之，情又其一矣。无情而人，宁有情而鬼。""人生而情死，非人；人死而情生，非鬼。"①"万物生于情，死于情。……生在而情往焉。故人而无情，虽曰生人，吾直谓之死矣。"②在《情史·情爱类》的总评里，冯梦龙说："情生爱，爱复生情。情爱相生而不已，则必有死亡灭绝之事。"③对于爱情，冯梦龙提倡痴情，《情史》中辑录了大量的情痴的故事，列《情痴类》，其总评说："死者生之，而生者死之，情之能颠倒人一至于此。"④这些故事里的情痴，痴到唯爱是从，不计利害，乃至置生死于度外。比如，《尾生》："尾生与女子期于梁，女子不来，水至不去，抱梁柱而死。"冯梦龙称之为"此万世情痴之祖"⑤。不少情痴，为情而生，为情而死，对此，冯梦龙提出了这样一种看法："人，生死于情者也；情，不生死于人者也。人生，而情能死之；人死，而情又能生之。即令形不复生，而情终不死，乃举生前欲遂之愿，毕之死后；前生未了之愿，偿之来生。情之为灵，亦甚著乎！"⑥就人与情的相互作用而言，情对人的影响比人对情的影响更大，情能使人生，使人死，而人却不能使情生，使情死。这种观点无疑受到了汤显祖唯情论的影响。

---

① （明）冯梦龙评选：《太霞新奏》卷一《仙吕曲·二犯傍妆台·情仙曲》，41～42页，上海，上海古籍出版社，1993。

② （明）詹詹外史评辑，张福高等校点：《情史》卷二十三《情通类》总评，793页，长春，春风文艺出版社，1986。

③ （明）詹詹外史评辑，张福高等校点：《情史》卷六《情爱类》总评，181页，长春，春风文艺出版社，1986。

④ （明）詹詹外史评辑，张福高等校点：《情史》卷七《情痴类》总评，195页，长春，春风文艺出版社，1986。

⑤ （明）詹詹外史评辑，张福高等校点：《情史》卷七《情痴类·尾生》，188页，长春，春风文艺出版社，1986。

⑥ （明）詹詹外史评辑，张福高等校点：《情史》卷十《情灵类》总评，308页，长春，春风文艺出版社，1986。

汤显祖认为，世界是由情构成的，"世总为情，情生诗歌，而行于神。天下之声音笑貌大小生死，不出乎是。因以憺荡人意，欢乐舞蹈，悲壮哀感鬼神风雨鸟兽，摇动草木，洞裂金石。其诗之传者，神情合至，或一至焉；一无所至，而必曰传者，亦世所不许也"①。冯梦龙将汤显祖的《牡丹亭》称作"情种"，并倾力将《牡丹亭》改成适合舞台演出的《风流梦》，足可证明冯氏对汤氏的敬仰和认同。

其二，"情"指人类的各种情感，包括君臣、父子、兄弟、朋友之情。冯梦龙说："凡民之所必开者，圣人亦因而导之，俾勿作于凉，于是流注于君臣父子兄弟朋友之间，而汪然有余乎！"②各类情感的理想状况就是儒家伦理标准。在谈到通俗小说的时候，冯梦龙说过这样一番话："《六经》《语》《孟》，谭者纷如，归于令人为忠臣，为孝子，为贤牧，为良友，为义夫，为节妇，为树德之士，为积善之家，如是而已矣。……而通俗演义一种，遂是以佐经书史传之穷。"冯梦龙一方面提倡情，另一方面又维护封建伦理。在《情史·情贞类》总评里，他说："自来忠孝节烈之事，从道理上做者必勉强，从至情上出者必真切。夫妇其最近者也。无情之夫，必不能为义夫；无情之妇，必不能为节妇。世儒但知理为情之范，孰知情为理之维乎！"在冯氏看来，情理不是对立的，完全可以统一；他尊重人的自然本性，主张以情维理，反对以理来规范、扼杀情，认为"奔为情，则贞为非情也"③。

其三，"情"是天地万物生成的本原和联系的纽带。冯梦龙在《情偈》中说："天地若无情，不生一切物。一切物无情，不能环相生。生生而不灭，由情不灭故。""万物如散钱，一情为线索。散钱就索穿，天涯成眷

① 徐朔方笺校：《汤显祖诗文集》卷三十一《耳伯麻姑游诗序》，1050~1051 页，上海，上海古籍出版社，1982。
② （明）冯梦龙：《情史叙》，见黄霖编，罗书华撰：《中国历代小说批评史料汇编校释》，268~269 页，南昌，百花洲文艺出版社，2009。
③ （明）詹詹外史评辑，张福高等校点：《情史》卷一《情贞类》总评，30~31 页，长春，春风文艺出版社，1986。

属。""有情疏者亲，无情亲者疏。"他是尽可能地将情泛化，让它无所不包。 正是这种思想，才使"情教"具有了宗教的特征。 冯梦龙的这种观点，源于他对人与物关系的认识。 他说："万物生于情，死于情，人于万物中处一焉。 将以能言，能衣冠、揖让，遂为之长。 其实觉性与物无异。"物通人性，人与人之间有情，物与物之间，物与人之间也有情。 因而他所辑《情通类》，尽是物有人情的传说故事。 冯梦龙列举的"羊跪乳为孝，鹿断肠为慈，蜂立君臣，雁喻朋友，犬马报主，鸡知时，鹊知风，蚁知水，啄木能符篆"，大抵如此。 冯梦龙主张万物有情，其动机是要劝世人做有情人。他将人与物进行比较，认为"其精灵有胜于人者，情之不相让可知也"，进而棒喝世人："故人而无情，虽曰生人，吾直谓之死矣。"①

"情"之所以能为"教"，缘于冯氏强调由至情所发的"真情"。《情史·情贞类》总评云："自来忠孝节烈之事，从道理上做者必勉强，从至情上出者必真切。"冯梦龙以情立教，将情提到了前所未有的高度，他要世人像信仰宗教那样虔诚地相信情，这样世道人心将会彻底改观："无情化有，私情化公，庶乡国天下，蔼然以情相与，于浇俗冀有更焉。"②冯梦龙甚至认为情教比佛教、儒教功效更大、更明显。 他说："佛亦何慈悲，圣亦何仁义。 倒却情种子，天地亦混沌。"③佛教是与情不相容的，更是在他的抨击之列："异端之学，欲人鳏旷，以求清净，其究不至无君父不止，情之功效亦可知已。"④

程朱理学主张"存天理，灭人欲"，在理学家看来，"情之溺人也甚于

① （明）詹詹外史评辑，张福高等校点：《情史》卷二十三《情通类》总评，793 页，长春，春风文艺出版社，1986。
② （明）冯梦龙：《情史序》，见朱一玄编：《明清小说资料选编》，981 页，天津，南开大学出版社，2006。
③ 同上书，981 页。
④ （明）冯梦龙：《情史叙》，见黄霖编，罗书华撰：《中国历代小说批评史料汇编校释》，269 页，南昌，百花洲文艺出版社，2009。

水"①。 嘉靖、隆庆、万历三朝至崇祯的一百二十三年间,涌动着一股声势浩大的反叛封建伦理纲常的潮流。 以王阳明、王艮、李贽等人为代表的心学思想,重本心、扬主体、尚童心,与程朱理学分道扬镳。 直至清初,思想家颜元仍说:"岂人为万物之灵而独无情乎? 故男女者,人之大欲也,亦人之真情至性也。"②据许自昌《樗斋漫录》卷六记载,冯梦龙"酷爱李氏之学,奉为蓍蔡"。 他和李贽一样,对假道学深恶痛绝,时加诮讽,称之为"貌而不情"的"切磋之彦","文而丧质"的"博雅之儒",并在评论中批判他们不通人情,"王道本乎人情,不通人情,不能为帝王"。③ 冯梦龙看到了当时思想界的一股假道学的浊流,束缚人的天性,窒息人的智慧,因此打出了"情教"的旗号,与"礼教"对抗。 冯氏编《情史》以情教人,目的就是使"无情化有","私情化公","乡国天下蔼然以情相与","于浇俗冀有更焉","曲终之奏,要归于正。 善读者可以广情,不善读者亦不至于导欲"。《情史》收录了历代爱情婚姻故事八百七十余篇,在"情始于男女"的立论基点上,将男女之情归为二十四类,加以评点,极力抨击了封建礼教的虚伪,从中不难看出冯氏"情教"思想——"借男女之真情,发名教之伪药"④的思想解放意义。 冯梦龙将男女之"大欲"视作"人之真情至性"而予以肯定与弘扬,以"情教"反拨传统的"乐教"及"诗教"观,真实反映了当时新兴市民阶层的思想状态。

值得一提的是,在晚明一些作家的思想中,"情"与"理"是对立的,是不可调和的。 汤显祖就认为,"理有者情必无,情有者理必无"⑤。 而冯

---

① (宋)邵雍:《伊川击壤集序》,见郭绍虞主编:《中国历代文论选》,275 页,上海,上海古籍出版社,1979。

② (清)颜元著,王星贤标点:《四存编·存人编》卷一《唤迷途·第一唤》,134 页,北京,古籍出版社,1957。

③ (明)詹詹外史评辑,张福高等校点:《情史》卷十五《情芽类·智胥》,456 页,长春,春风文艺出版社,1986。

④ (明)冯梦龙:《叙山歌》,见刘瑞明注解:《冯梦龙民歌集三种注解》,317 页,北京,中华书局,2005。

⑤ 徐朔方笺校:《汤显祖诗文集》卷四十五《寄达观》,1268 页,上海,上海古籍出版,1982。

梦龙的思想中，却有着明显的"情"与"理"融合的倾向：

> 情主人曰："自来忠孝节烈之事，从道理上做者必勉强，从至情出者必真切。夫妇其最近者也，无情之夫，必不能为义夫；无情之妇，必不能为节妇。世儒但知理为情之范，孰知情为理之维乎！男子顶天立地，所担者具咫尺之义，非其所急。吾是以详于妇节，而略于夫义也。妇人自《柏舟》而下，彤管充栋，不可胜书，书其万万之一，犹云举例云尔。古者聘为妻，奔为妾。夫奔者，以情奔也。奔为情，则贞为非情也，又况道旁桃柳，乃望以岁寒之骨乎！春秋之法，使夏变夷，不使夷变夏。妾而抱妇之志焉，妇之可也。娼而行妾之事焉，妾之可也。彼以情许人，吾因以情许之。彼以真情殉人，吾不得复以杂情疑之。此君子乐与人为善之意。不然，舆台庶孽，将不得达忠孝之性乎哉！"①

在冯梦龙看来，"情"是"理"存在的前提，"理"是"情"内化的结果；而且，"情"是评价人物、规范社会行为的一把尺子，只要符合人的情感，就是合理的。若有圣人倡导，男女之情可扩大到君臣、父子、兄弟、朋友之间：君臣之间有"情"就是忠，父子之间有"情"就是孝，夫妻之间有"情"就是节，兄弟朋友之间有"情"就是义。只要人们发自内心自觉追求，就会遵循社会行为规范，将儒家所提倡的伦理规范内化为人的情感本性，提升为生活的自觉理念，从而使伦理规范与心理欲求融为一体。

---

① （明）詹詹外史评辑，张福高等校点：《情史》卷一《情贞类》总评，30～31页，长春，春风文艺出版社，1986。

凌濛初的小说创作及其小说理论

凌濛初（1580—1644），字玄房，号初成，名凌波，别号即空观主人，湖州府乌程县（今浙江湖州织里镇）晟舍人，著名的小说家、戏曲家和套版刻书家。凌濛初出生于晟舍世家旧族凌家。晟舍凌氏家族"代有闻人"，凌濛初祖父凌约言，嘉靖十九年（1540）举人，为官廉洁爱民，隆庆初恩诏进阶朝列大夫。凌濛初父亲凌迪知，嘉靖三十五年（1556）进士，授工部郎中，著述颇丰，与文坛后七子之一的王世贞有交往。书香门第，家学渊源，深刻影响了凌濛初。身处明代万历、天启、崇祯三朝，凌濛初与晚明文艺思潮的主将们多有交往，他与汤显祖有文字之交，与"公安派"的袁中道有直接的交往，与冯梦龙相互闻名且彼此倾慕。

据记载，凌濛初"生而颖异，十二游泮宫，十八补禀饩"①，学业精进；他向往学优而仕、显宗耀祖的读书之道。但命运多舛，两次浙江省试，又试南京、北京，均铩羽而归。凌濛初屡试不第，曾作《绝交举子书》，为归隐计。天启七年（1627），凌濛初回到南京，开始话本小说《拍案惊奇》的编撰。《二刻拍案惊奇小引》曰："丁卯之秋，事附肤落毛，失诸正鹄，迟徊白门，偶戏取古今所闻一二奇局可纪者，演而成说，聊舒胸中磊块。"②其时，宋元话本已被冯梦龙搜罗干净，《初刻拍案惊奇序》有云："独龙子犹氏所辑《喻世》等诸言，颇存雅道，时著良规，一破今时陋习。而宋元旧种，亦被搜括殆尽。肆中人见其行世颇捷，意余当别有秘本，图出而衡之。不知一二遗者，皆其沟中之断芜，略不足陈已。因取古今来杂碎事，可新听

---

① （明）郑龙采：《别驾初成公墓志铭》，转引自冯保善：《凌濛初研究》，80 页，北京，人民文学出版社，2009。

② （明）凌濛初：《二刻拍案惊奇小引》，见朱一玄编：《明清小说资料选编》，908 页，天津，南开大学出版社，2006。

睹，佐谈谐者，演而畅之，得若干卷。"①一年后，《拍案惊奇》即告完成。凌濛初撰写了序和凡例，崇祯元年（1628）《拍案惊奇》刊刻问世，销路极好。"文言俚说，不足供酱瓿，而翼飞胫走，较撚髭呕血，笔塚研穿者，售不售反霄壤隔也。"②崇祯五年（1632），凌濛初编撰的《二刻拍案惊奇》刊刻问世。

凌濛初的《拍案惊奇》和《二刻拍案惊奇》每集四十卷，共八十篇作品；其中有两卷完全相同，一卷为杂剧，实有小说七十八篇。 如《初刻拍案惊奇序》所云，它们"取古今来杂碎事，可新听睹，佐谈谐者，演而畅之"，也就是说，这些小说不是对宋元旧传话本的收录和改编，而完全是作者根据野史笔记、文言小说和当时社会传闻等创作出来的，"风月""异闻""世情""因果"基本上概括了作品的题材范围。 因此，它们比起"三言"来更为贴近普通百姓的生活，敏锐觉察出了历史嬗递的胎动，比较真实客观地捕捉到了社会生活、风俗观念的变化。 孙楷第先生指出，凌氏拟话本小说"其得力处在于选择话题，借一事而构设意象；往往本事在原书中不过数十百字，记叙琐闻，了无意趣，在小说则清谈娓娓，文逾数千，抒情写景，如在耳目；化神奇于臭腐，易阴惨为阳舒，其功力实亦等于造作"③。正如论者所言，"'二拍'所显现出的不是一个古典世界，它开辟的是一个近代式的世俗的人生天地。 它反映出市民阶层的社会、审美心理结构。 在这里，凌濛初表现出了比较鲜明的审美自觉性"④。

可以说，"二拍"是我国最早的文人独立创作的白话短篇小说集，标志着我国古代白话短篇小说由说书人的集体创作跃进到作家个人的文学创作，

---

① （明）凌濛初：《初刻拍案惊奇序》，见黄霖编，罗书华撰：《中国历代小说批评史料汇编校释》，292~293 页，南昌，百花洲文艺出版社，2009。
② （明）凌濛初：《二刻拍案惊奇小引》，见朱一玄编：《明清小说资料选编》，908 页，天津，南开大学出版社，2006。
③ 孙楷第：《三言二拍源流考》，见《孙楷第集》，55~56 页，北京，中国社会科学出版社，2008。
④ 吴功正：《历史变动时期的短篇小说——评凌濛初的初、二刻〈拍案惊奇〉》，载《文学遗产》，1985（3）。

由娱乐听众变成抒发作家思想的艺术。

一、"真奇出于庸常"

"奇"，意味着非同寻常，出人意料，别开生面，给人以新鲜、陌生、独特、罕见、怪异、神秘等诸种审美感受，可以满足人们与生俱来的好奇心和求知欲。美国小说美学家阿米斯（Van Meter Ames）引用曼内恩德斯·佩拉瑶（Menèndes Pelayo）的话说："即使一部小说很幼稚，但是当它激励和满足了人们的好奇本能时；即使它很糟糕、很庸俗，但是，当它耗尽了人们的创作性源泉时；即使它组织得很蹩脚，但是当它用一连串的冒险和奇历给我们带来愉悦时；它也能完成某一种任务。"①英国小说家菲尔丁（Henry Fielding）也指出，所谓"离奇"，首先要求每个作家"务必保持在可能性的范围之内，永远记住凡是人所不能作的事情，便很难令人相信某人确实作了这么一件事情"；其次，"我们也还必须遵守或能性的规则"；最后，写行动必须合情合理，决不能超出人力所及的范围之外，这需要特殊的判断力，需要对人性有最精确的认识。"在这样几条限制之内，我们可以允许每个作家很自由地爱写得多离奇就写得多离奇，不但如此，只要他遵守作品须能令人置信这条原则，那么他写得愈令读者惊奇，就愈会引起读者的注意，愈令读者神往。"②中国古代的小说家也向来有"尚奇"的美学追求，从唐代传奇的"作意好奇"，到宋元话本的"博古明今历传奇"，再到明清小说的"非奇不传"，可以说早已形成了一个以"传奇"为趣尚的艺术传统。这正如清人何昌森所总结的："从来小说家言，要皆文人学士心有所触，意有所指，借端发挥以写其磊落光明之概。其事不奇，其人不奇，其遇不奇，不足

---

① ［美］万·梅特尔·阿米斯著，傅志强译：《小说美学》，74 页，北京，北京燕山出版社，1987。
② 参见［英］菲尔丁：《汤姆·琼斯》卷八第一章，见伍蠡甫主编：《西方文论选》上卷，513～518 页，上海，上海译文出版社，1979。

以传。"①凌濛初秉承了古代小说"尚奇"的传统，其创作"二拍"的主要用意之一，就是让读者"拍案惊奇"。比如，其《二刻拍案惊奇小引》中说："同侪过从者索阅，一篇竟，必拍案曰：奇哉所闻乎！"②有可能是凌濛初托名的睡乡居士在《二刻拍案惊奇序》中说："即空观主人者，其人奇，其文奇，其遇亦奇，因取其抑塞磊落之才，出绪余以为传奇，又降而为演义。此《拍案惊奇》之所以两刻也。"③

受王阳明"心学"与禅宗思想的影响，泰州学派的王艮提出："圣人之道，无异于百姓日用。凡有异者皆谓之异端。""百姓日用条理处，即是圣人之条理处。"④李贽则从这里引申出："穿衣吃饭，即是人伦物理；除却穿衣吃饭，无伦物矣。世间种种皆衣与饭类耳，故举衣与饭而世间种种自然在其中，非衣饭之外更有所谓种种绝与百姓不相同者也。"⑤在李贽看来，穿衣吃饭便是人伦物理，理就在现实日常生活之中，故应从具体事物中探求理。李贽曾说："世人厌平常而喜新奇，不知言天下之至新奇，莫过于平常也。日月常而千古常新，布帛菽粟常而寒能暖，饥能饱，又何其奇也！是新奇正在于平常，世人不察，反于平常之外觅新奇，是岂得谓之新奇乎？"⑥凌濛初的高祖凌震曾说："道学不在多言，只人伦日用之间尽吾心焉耳。"⑦这与王艮所言"愚夫愚妇，与知能行便是道"和"圣人经事，只是家常事"⑧相近，其渊源有自，不难看出。凌濛初也深受李贽等人思想影响，

---

① （清）何昌森：《水石缘序》，见丁锡根编著：《中国历代小说序跋集》，1295 页，北京，人民文学出版社，1996。
② 见朱一玄编：《明清小说资料选编》，908 页，天津，南开大学出版社，2006。
③ 见黄霖编，罗书华撰：《中国历代小说批评史料汇编校释》，296 页，南昌，百花洲文艺出版社，2009。
④ （明）王艮：《心斋王先生语录》卷上，明刻本。
⑤ （明）李贽：《焚书》卷一《答邓石阳》，见张业整理：《李贽文集》之《焚书 续焚书》，19 页，北京，北京燕山出版社，1998。
⑥ （明）李贽：《焚书》卷二《复耿侗老书》，见张业整理：《李贽文集》之《焚书 续焚书》，83 页，北京，北京燕山出版社，1998。
⑦ （明）徐象梅：《两浙名贤录》卷二《黔阳训导凌时东震》，清光绪刻本。
⑧ （明）王艮：《心斋王先生语录》卷上，明刻本。

在思想上认同"百姓日用是道",将视野投向了现实人生及普通百姓的寻常生活,有意选取那些"可新听睹,佐谈谐"的新奇之事来加以演绎,并煞费苦心、千方百计地将发端于现实的故事传奇化(或有意奢谈神仙鬼怪、果报宿命,或夸张、神化人物的奇才异能,或利用巧合、奇遇或误会,或不断变换叙述视角,采用限知叙述等),形成"奇骇""奇巧""奇异""奇诧"的艺术效果,为商业及商人正名,歌颂女子识见,肯定合理情欲,表达人本关怀,发出了时代的强音。

凌濛初《初刻拍案惊奇序》云:

> 语有之:少所见,多所怪。今之人但知耳目之外,牛鬼蛇神之为奇,而不知耳目之内,日用起居,其为谲诡幻怪,非可以常理测者固多也。昔华人至异域,异域咤以牛粪金。随诘华之异者,则曰有虫蠕蠕,而吐为彩缯锦绮,衣被天下。彼舌挢而不信,乃华人未之或奇也。则所谓必向耳目之外索谲诡幻怪以为奇,赘矣。
>
> ……若谓此非今小史家所奇,则是舍吐丝蚕而问粪金牛,吾恶乎从罔象索之?①

经由《金瓶梅》到"三言",小说创作的题材发生了转移,写现实内容、市井生活成了主流。凌濛初以"牛粪金"与"蚕吐丝"为比喻,谈了"奇"与"常"的辩证关系。彩缯锦绮玉帛,人见而爱之;但其采制,竟为茧所作丝,以丝作成,此在养茧为业者或于茧有所知者,本为常识,毫不足怪,但异域他邦不知茧为何物的人,乍闻之也必然"舌挢而不信"。由此可见,"奇"与"常"是相对的,此为"奇",彼可为"常";此为"常",彼可以为"奇":一切皆以见闻多寡而定,随着时间、地点的不同而转移。"耳目

---

① 见黄霖编,罗书华撰:《中国历代小说批评史料汇编校释》,292~293 页,南昌,百花洲文艺出版社,2009。

之外，牛鬼蛇神"，固然可谓之"奇"；而"耳目之内，日用起居"，也同样存在"奇"，包蕴着不可理喻的"谲诡幻怪"之美。因此，新奇不必到耳目之外去索取，人们所熟悉常见，"凡耳目前怪怪奇奇，当亦无所不有"。"宋元时，有小说家一种，多采闾巷新事为宫闱承应谈资。语多俚近，意存劝讽。虽非博雅之派，要亦小道可观。"①这里，凌濛初从话本小说发展史的角度为小说写实论寻找到了创作根据，表明自己所倡导的小说写实理论渊源有自，并非无稽之谈。其《拍案惊奇凡例》亦云："事类多近人情日用，不甚及鬼怪虚诞。正以画犬马难，画鬼魅易，不欲为其易而不足征耳。亦有一二涉于神鬼幽冥，要是切近可信，与一味驾空说谎，必无是事者不同。"②然而，不少小说家却"舍吐丝丝蚕而问粪金牛"。

在《二刻拍案惊奇序》里，睡乡居士进一步把"奇"与日常生活联系起来论述：

> 今小说之行世者，无虑百种，然而失真之病，起于好奇。知奇之为奇，而不知无奇之所以为奇。舍目前可纪之事，而驰骛于不论不议之乡，如画家之不图犬马，而图鬼魅者，曰：吾以骇听而止耳。夫刘越石清啸吹笳，尚能使群胡流涕解围而去，今举物态人情，恣其点染，而不能使人欲歌欲泣于其间，此其奇与非奇，固不待智者而后知之也。则为之解曰：文自《南华》《冲虚》，已多寓言，下至非有先生、冯虚公子，安所得其真者而寻之？不知此以文胜，非以事胜也。

这里批评了小说创作片面追求"好奇"而失真的倾向，指出有的作家只"知奇之为奇，而不知无奇之所以为奇"，即所谓"骇听而止"；其实，"目前可纪之事"中便存在着"奇"，只是不为人所知而已。不但平常事物中有奇

---

① 见黄霖编，罗书华撰：《中国历代小说批评史料汇编校释》，292 页，南昌，百花洲文艺出版社，2009。

② 见朱一玄编：《明清小说资料选编》，907 页，天津，南开大学出版社，2006。

有真，就是神怪描写中亦有奇有真，即"幻中有真"。因此，睡乡居士也肯定了神魔小说：

> 至演义一家，幻易而真难，固不可相衡而论矣。即如《西游》一记，怪诞不经，读者皆知其谬。然据其所载，师弟四人，各一性情，各一动止，试摘取其一言一事，遂使暗中摩索，亦知其出自何人，则正以幻中有真，乃为传神阿堵，而已有不如《水浒》之讥。毋非真不真之关固，奇不奇之大较也哉？[①]

二、"幻而能真"

为文尚奇，古已有之。晚明小说界，"真"与"幻"的关系是众人瞩目的中心议题之一，凌濛初对"奇"与"常"、"真"与"幻"之关系的论述，带有这个时代的特殊印记。事实证明，凌濛初所说与所写的"庸常"之"奇"深受读者欢迎，其所写的奇人、奇事、奇物、奇境等，展示了一个神奇的艺术世界，令读者眼界大开，兴趣盎然；其中，"既有神魔小说的曼衍虚诞、光怪陆离之奇，又颇不乏世情小说的悲欢离合、人情世态之奇，并且还能将牛鬼蛇神与人情世态打成一片，使其相映成趣，因而也就更能贴近市井细民的现实生活与情感心理，显示出自己的传奇特色"[②]。因此，《拍案惊奇》一经问世，立即"翼飞胫走"，以至"贾人一试之而效，谋再试之"，而作者也是"意不能恝，聊复缀为四十则"[③]。

值得注意的是，同样是求"奇"，"二拍"与文人笔记、宋元话本还是

---

① 见黄霖编，罗书华撰：《中国历代小说批评史料汇编校释》，295～296 页，南昌，百花洲文艺出版社，2009。

② 纪德君：《"拍案"何以"惊奇"？——"二拍"传奇艺术论》，载《中山大学学报（社会科学版）》，2005（6）。

③ （明）凌濛初：《二刻拍案惊奇小引》，见朱一玄编：《明清小说资料选编》，908 页，天津，南开大学出版社，2006。

各异其趣的。后者求"奇",主意在"娱心";"二拍"求"奇",则旨归于"劝惩"。如前所述,话本小说一般由入话、正话、结尾三个部分构成,"二拍"继承了话本小说的这一体制,一般以楔子入话进行抛砖引玉引出正话。但"二拍"又有了新的创造和发展。宋元话本小说的入话,其目的是延缓开场时间以招徕更多的听众,与正话不一定有密切的关系。"二拍"中的入话则已经成为小说中不可或缺的有机组成部分,是对正话主题的烘托与反衬。"二拍"中的小说通常先以诗词引起议论,然后是一个简短的入话故事,再接一段评论,此后才是正话故事,最后以一段总评收结。在这种叙事模式中,不仅入话故事与正话故事的主题一致,而且这些故事都包裹在叙述者的评论之中,反复的评论使得小说故事叙述的主旨得以深化而更为明确。这也使得"二拍"呈现出鲜明的议论化倾向。此即凌濛初《拍案惊奇凡例》所云:"是编主于劝戒,故每回之中,三致意焉。观者自得之,不能一一标出。"①"二拍"所议论的多是当时社会的各种问题和世风世相,如吏治的黑暗、科举的不公、道学的虚伪、道术的荒谬、僧道的胡作非为、男女贞节观的不平等、崇拜金钱之风气等。

凌濛初《二刻拍案惊奇小引》云:

> 非曰行之可远,姑以游戏为快意耳。同侪过从者索阅,一篇竟,必拍案曰:奇哉所闻乎!为书贾所侦,因以梓传请。遂为钞撮成编,得四十种。……嗟乎!文诎有定价乎!贾人一试之而效,谋再试之。余笑谓,一之已甚,顾逸事新语,可佐谭资者,乃先是所罗而未及付之于墨。其为柏梁余材,武昌剩竹,颇亦不少,意不能恝,聊复缀为四十则。其间说鬼说梦,亦真亦诞。然意存劝戒,不为风雅罪人,后先一指也。竺乾氏以此等亦为绮语障。作如是观,虽现稗官身为说法,恐维摩

---

① 见朱一玄编:《明清小说资料选编》,907页,天津,南开大学出版社,2006。

居士知贡举又不免驳放耳！①

　　显然，凌濛初看到了商机而有意为小说，在一定程度上迎合了世风需要；但通过小说的写作，在批判诸多社会问题的同时，也抒发了自己郁郁不得志的"磊块"。

　　因此，我们不难理解凌濛初在《初刻拍案惊奇序》里对当时社会风气淫靡、小说创作堕入恶道的批判：

> 近世承平日久，民佚志淫，一二轻薄恶少，初学拈笔，便思污蔑世界，广摭诬造，非荒诞不足信，则亵秽不忍闻，得罪名教，种业来生，莫此为甚。而且纸为之贵，无翼飞，不胫走，有识者为世道忧之，以功令厉禁，宜其然也。②

"广摭"指不加选择，随意摄入；"诬造"则指毫无根据地胡编乱造。既不合艺术真实，又不顾生活真实，不但"荒诞不足信"，更是"亵秽不忍闻"。凌濛初申明自己的创作是"意存劝讽"，是为了破除当时"民佚志淫"的陋习，不为风雅罪人。其《拍案惊奇凡例》曰：

> 是编矢不为风雅罪人。故回中非无语涉风情，然止存其事之有者，蕴藉数语，人自了了。绝不作肉麻秽口，伤风化，损元气。此自笔墨雅道当然，非迂腐道学态也。③

　　譬如，《初刻拍案惊奇》卷十四《酒谋财于郊肆恶　鬼对案杨化借

---

① 见朱一玄编：《明清小说资料选编》，908 页，天津，南开大学出版社，2006。
② 见黄霖编，罗书华撰：《中国历代小说批评史料汇编校释》，292 页，南昌，百花洲文艺出版社，2009。
③ 见朱一玄编：《明清小说资料选编》，908 页，天津，南开大学出版社，2006。

尸》，写于郊谋财害命，杨化借尸"花报"。故事的劝诫之意本已十分显豁，但凌濛初意犹未尽，先说上一段佛理："人身四大，乃是假合。形有时尽，神则常存，何况屈死冤魂，岂能遽散所以？"然后再来一段训诫："看官，你道在下为何说出这两段说话？只因世上的人，瞒心昧己做了事，只道暗中黑漆漆，并无人知觉的；又道是'死无对证'，见个人死了，就道天大的事也完了。谁知道冥冥之中，却如此昭然不爽。说到了这样转世说出前生，附身活现花报，恰像人原不曾死，只在面前一般，随你欺心的、硬胆的人，思之也要毛骨悚然。"①像这样的议论，是因为凌濛初生当明末乱世，眼见"金令司天，钱神卓地"，贪贿横行，是非颠倒，丧心败德之事，层出不穷，故心存忧愤，试图"挽颓运于万一"，而借小说作为载道的工具，以期达到寓教于乐的创作目的。这正如他在《二刻拍案惊奇》卷十二《硬勘案大儒争闲气　甘受刑侠女著芳名》里所言："从来说的书不过谈些风月，述些异闻，图个好听。最有益的，论些世情，说些因果，等听了的触着心里，把平日邪路念头化将转来。这个就是说书的一片道学心肠，却从不曾讲着道学。"②

明代姑苏抱瓮老人辑《今古奇观》四十篇，其中十一篇选自"二拍"。清代管窥子《今古奇观序》云"其言颇合风人之言，善者感人善心，恶者惩人逸志，令阅者如闻清夜钟声，勃然猛醒，非徒快人耳目，供谈麈于闲窗也。……廋至庸于至奇，是书有焉"③，赞扬《今古奇观》惩恶扬善、使人醒悟的教化作用，同时看到其中故事于庸常中求奇的倾向，而此二者正是凌濛初在小说理论与创作中所大力倡导的。

为了教化受众，凌濛初往往将那些现实中难以解决的难题，通过神鬼报应或阴司惩罚予以解决，以让读者感到神奇、敬畏。与凌濛初同时代的沈榜说："若彼愚夫愚妇，理喻之不可，法禁之不可，不有鬼神轮回之说，驱而

---

① （明）凌濛初：《初刻拍案惊奇》卷十四，155、157 页，天津，天津古籍出版社，2004。
② （明）凌濛初著，秦旭卿标点：《二刻拍案惊奇》卷十二，172 页，长沙，岳麓书社，2003。
③ 见丁锡根编著：《中国历代小说序跋集》，795 页，北京，人民文学出版社，1996。

诱之，其不入井者几希。"①尽管凌濛初自称其所写"神鬼幽冥，要是切近可信，与一味驾空说谎、必无是事者不同"②，但他以"教"驭"奇"、寓"教"于"奇"的说教，毕竟不是建立在生活真实基础上的，因而难免有"失真之病"。郑振铎在论及《拍案惊奇》的内容时，认为只有"很少很少"的篇章风格崇高，同时指出其弊端："其他各篇便往往落于教训文字的窠臼，仿佛是劝世文、感应篇的白话故事解，不大像是纯粹的小说。"③胡士莹也指出，"二拍"的"一个严重缺点是浓厚的宗教迷信、因果报应、宿命论思想"，作者"把鬼神迷信作为主要内容，甚至作为主题思想，使作品从根本上失去了社会现实意义，完全成为唯心主义的、封建主义的宣传品，作者表面上似乎是苦口婆心地劝人行善，实则想借因果报应来恫吓人，以达到使人恪守封建道德的目的"④。这些批评切中了"二拍"谈鬼说怪、"诰诫连篇"之弊。

---

① （明）沈榜：《宛署杂记》卷十九《言字·柯凡七》，236 页，北京，北京古籍出版社，1980。
② （明）凌濛初：《拍案惊奇凡例》，见朱一玄编：《明清小说资料选编》，907 页，天津，南开大学出版社，2006。
③ 郑振铎：《西谛书话》，134 页，北京，生活·读书·新知三联书店，1983。
④ 胡士莹：《话本小说概论》，464、466 页，北京，中华书局，1980。

第二十二章
金圣叹：明代小说理论的集大成者

金圣叹（1608—1661），明末清初最负盛名的文学批评家和诗人；明万历三十六年（1608）生于苏州府长洲县，清顺治十八年（1661）因参与反抗吴县县令贪赃枉法的"哭庙案"而遇害。金圣叹二十岁左右考中了秀才，此后游戏科场，以此显露才华，并表示对仕途的不屑。金圣叹自称十二岁开始评点《水浒传》，于崇祯十四年（1641）完成了全部评点工作，在好友贯华堂主人韩住的资助下，以《贯华堂第五才子书》的名目刊行。金圣叹的小说理论主要体现在这部书中。金圣叹所评点的《第五才子书施耐庵水浒传》是一个删改本，他将一百二十回的《水浒传》删去四十九回，改动目次，润饰文字，诡称乃施氏原本。此本逐渐淘汰了其他各种版本，产生了十分广泛的影响。

◎ 第一节
小说评点知识谱系考索

小说评点是盛行于明清时期的小说批评形式，作为一种文体，它的生成绝非突兀而来，而必有一个萌生、累积和衍化的路径。那么，这个嬗变过程是怎样的呢？ 金圣叹的小说评点仅仅是在关注"文学"吗？ 其学术旨趣何在？ 这些问题常为人们所忽略。 鉴于多数论说不尽如人意，我们对小说评点与儒家经学传统和"读书法"之间的关系进行了详细的勘察，重新考索了小说评点的知识谱系，以期总体性地把握小说评点的学术底蕴。

一、小说评点与儒家经学传统

一般认为，小说评点"直接导源于唐宋以来的诗话及诗文评点著作"①；其依据是小说评点所采用的形式——圈点、眉批、夹注、回评和总评等——已见于唐宋诗话、诗文评，是它们给予小说评点"直接的启发"。 譬如，最早的文章评点本，如《古文关键》《崇古文诀》《文章轨范》《文章正宗》等，就已有了夹批、眉批和文前总评等不同方式。 但是，我们认为，小说评点的产生与诗文评点之间的关系并没有这么简单，它们的距离不只是批评对象的文体差异。 关于早期诗文评点的特征，钱锺书先生在《管锥编》一书中有点睛式的论述：

> 方回《瀛奎律髓》卷一〇姚合《春游》批语谓"诗家有大评断，有小结裹"；评点、批改侧重成章之词句，而忽略造艺之本原，常以"小结裹"为务。 苟将云（按：陆云）书中所论者，过录于机（按：陆机）文各篇之眉和尾，称赏处示以朱围子，删削处示以墨勒帛，则俨然诗文评点之最古者矣。②

而小说评点则如袁无涯刊本《水浒传》卷首所云：

---

① 顾易生、蒋凡、刘明今：《中国文学批评通史·宋金元卷》，728 页，上海，上海古籍出版社，1996。

② 钱锺书：《管锥编·全上古三代秦汉三国六朝文》第一四一则，1215 页，北京，中华书局，1979。

> 书尚评点，以能通作者之意，开览者之心也。……今于一部之旨趣，一回之警策，一句一字之精神，无不拈出，使人知此为稗家史笔，有关于世道，有益于文章，与向来坊刻，夐乎不同。如按曲谱而中节，针铜人而中穴，笔头有舌有眼，使人可见可闻，斯评点所最可贵者耳。①

小说评点侧重于"法"的"拈出"，而诗文评点"忽略造艺之本原"，二者之别赫然，从中并不易窥出二者的传承关系。于是，有论者补充说，小说评点还有两个"来源"，即"唐宋以来'说话'的影响"②和"科举取士、试场考评风气的间接影响"③。这种"补充"面面俱到，貌似公允，实则仍未真正解决问题——它无法应对以下追问：小说评点作为一种话语，它是怎样说的？为什么这样说？这样说意味着什么？它兴盛于明清之际这一特定的时空坐标与文化语境，其意义何在？法国思想家福柯（Michel Foucault，1926—1984）指出，追寻起源是这样一种努力："收集事物的精确本质、最纯粹的可能性、被精心置于自身之上的同一性、静止并异于一切外在、偶然和连续的东西的形式。……这就是要着手扯去一切面具，最终揭示出源初的同一性。"④因此，很有必要重新审察小说评点的渊源。

我们知道，小说评点萌兴于明代万历年间。就现存的资料而言，刊于万历十九年（1591）的万卷楼刊本《三国志通俗演义》是小说评点的最早读本，其封面有"识语"云："是书也，刻已数种，悉皆伪舛……辄购求古本，敦请名士按鉴参考，再三雠校，俾句读有圈点，难字有音注，地里有释义，典故有考证，缺略有增补，节目有全像。"⑤正文中标示的批注形式有

---

① 《出像评点忠义水浒全传发凡》，见陈曦钟等辑校：《水浒传会评本》，31页，北京，北京大学出版社，1981。
② 顾易生、蒋凡、刘明今：《中国文学批评通史·宋金元卷》，725页，上海，上海古籍出版社，1996。
③ 同上书，726页。
④ ［法］米歇尔·福柯：《尼采、谱系学、历史学》，见杜小真编选：《福柯集》，148页，上海，上海远东出版社，1998。
⑤ 见《古本小说集成》第4辑第121册，影印封面，上海，上海古籍出版社，2017。

"释义""补遗""考证""论曰""音释""补注""断论"七种，其中，除"论曰""补注""断论"体现了评论的性质外，该书所批注的内容主要是"注释"。即便是所谓"评论"，也基本上是对历史现象和历史人物的史实分析和道德评判。比如，《刘玄德襄阳赴会》节，玄德与刘表论胸次抱负，"史官有诗赞曰：曹公屈指从头数，天下英雄独使君，髀肉因生犹感旧，争教寰海不三分"。"论曰"云："此言玄德不忘患难，安得不为君乎？"这种批注形式实际上是传统史注史评的直接延续。据《三国志注表》，早在刘宋时期，裴松之为陈寿《三国志》作注，裴氏"奉旨寻详，务在周悉。上搜旧闻，傍摭遗逸"，"若乃纰缪显然，言不附理，则随违矫正，以惩其妄。其时事当否及寿之小失，颇以愚意有所论辩"①。裴松之开创了在传统的名物训释基础上融补遗、考辨和评论于一体的史学注评方式，显然，《三国志通俗演义》的评点直接沿用了这种形式，尽管其文字已越出了一般的注释，带有了一定的评论成分，但仍然与一般意义上的小说评论相去甚远。又万历二十年（1592），余象斗刊刻《音释补遗按鉴演义全像批评三国志传》，该书首次标明"批评"字样，并与"全像"并列；正文页面分为上评、中图和下文三栏。这是余氏刊刻小说的一个基本形态，可惜此书已经流落海外，难以得见。越二年（1594），余氏双峰堂又刊刻《京本增补校正全像忠义水浒志传评林》二十五卷，该刊本的形式为上评、中文和下图，从中可概见余氏评点本的一般面貌。全书前有《题水浒传叙》，其眉栏又置《水浒辨》一文云：

> 《水浒》一书，坊间梓者纷纷，偏像者十余副，全像者止一家，前像板字中差讹，其板蒙旧，惟三槐堂一副，省诗去词，不便观诵。今双峰堂余子改正增评，有不便览者芟之，有漏者删之，内有失韵诗词欲削

---

① （南朝宋）裴松之：《上三国志注表》，见（晋）陈寿：《三国志》附，1083 页，北京，中华书局，1999。

去，恐观者言其省漏，皆记上层。①

因此，"改""评"二位一体是本书的一大特色。又书名曰"评林"，有将评语"集之若林"的意思。但观余氏"评林"，并未标出其他评者，反有"书林文台余象斗评释"字样。可见，这只不过是用来招徕读者的"虚招"而已。万历三十四年（1606），余氏又刊刻《列国前编十二朝传》，其标明形式有"释疑""地考""总释""评断""鉴断""附记""补遗""断论""答辨""论断"等，仍然以史实考订、音义考辨为主。这些早期的评点本似乎表明，小说评点应渊源于古籍的"注释"。

不少论者便持此说。比如，有研究者指出："从性质和内容看，小说评点完全可以算作注释的一种类型。"②或更为具体地说："评点是古代典籍评注形式在小说戏曲批评中的运用。"③美国学者陆大伟（David Rolston）也提出，中国的传统小说批评源于"评点之学"，是古代名为"传""注""解""疏"的学术研究方法之运用于小说阅读的结果。④ 把小说评点当作"注释"看待，的确把握住了早期小说评点与古籍阐释传统之间一定的渊源关系。但是，它的明显缺陷在于无视后期小说评点自身之嬗变。万历三十八年（1610）、三十九年（1611），容与堂刊本和袁无涯刊本《水浒传》相继问世。它们在批评的内涵上完成了转型，形式上的训诂章句、音诠释义以及内容上的史实疏证，转化为对小说作品艺术的、情感的赏评；在批评的体例上也发生了变化，开首有序，序后有总纲文字数篇（类似于"读法"），正文则由眉批、夹批和回末总批三部分构成。崇祯十四年（1641），金圣叹贯华堂《第五才子书施耐庵水浒传》刊行，体例上又发生了三处变化：其

① 《水浒志传评林》卷首，见《古本小说集成》第3辑第132册，1～3页，上海，上海古籍出版社，2017。
② 董洪利：《古籍的阐释》，17页，沈阳，辽宁教育出版社，1995。
③ 赖力行：《中国古代文学批评学》，230页，武汉，华中师范大学出版社，1998。
④ 参见 David L. Rolston，"Traditional Chinese Fiction Criticism," in *How to Read the Chinese Novel*, ed. David L. Rolston, Princeton, Princeton University Press, 1990, pp. 3-122。

一，增加了"读法"；其二，回评由回末移至回首；其三，大量增加了正文中的夹批。至此，小说评点的形态基本完备，金圣叹也因此成了中国小说评点派的集大成者。与前期小说评点相比，李贽、金圣叹的小说评点贯穿着富于主体创造性的批判精神，从而与一般的古籍注释判然有别。而且，视小说评点为古籍的注释，小说评点之源头便可一直溯及两汉的经学，正如有的论者所指出的，"所论过于悠远"，"未为确论"①。

我们知道，中国古代于文字著述有经、史、子、集之分，经为各类著作之首。《庄子·天运》记载孔子曾问道于老子，自谓："丘治《诗》《书》《礼》《乐》《易》《春秋》六经，自以为久矣。"在古籍中，这大概是最早的关于"六经"的提法。《汉书·艺文志》之《六艺略》的"六艺"即此"六经"。到唐初又有"九经"，后更增加《论语》《尔雅》《孝经》《孟子》四书，一共为"十三经"。它们在儒家学说乃至中国文化中都占有极为重要的地位。

关于"经"，人们有各种解说，或谓其为官书，不同于私人著述；或言其乃圣人所作，为万世法程，即所谓"经禀圣裁，垂型万世"。近人章炳麟对"经"的解释较为切近其原始含义，他说"经者，编丝连缀之称"，蒋伯潜认为此说"最为明通"，"经"本为"书籍之通称"，"后世尊经，乃特成一专门部类之名称也"②。古代的文字著述一旦成为经典，即归入一个"专门部类"，具有了特殊的意义与价值。这就是刘勰《文心雕龙·宗经》所谓"经也者，恒久之至道，不刊之鸿教也"③。自汉武帝"罢黜百家，独尊儒术"，儒家经典便成了国家法定的书籍，获得了统治意识形态的权威地位。国家政治、经济政策的制定都必须以儒家经典的内容为依据，人们的思想观念、道德行为也必须以儒家经典为指南。因为经典本身意味着肯定

---

① 顾易生、蒋凡、刘明今：《中国文学批评通史·宋金元卷》，725页，上海，上海古籍出版社，1996。
② 蒋伯潜：《十三经概论》，2～3页，上海，上海古籍出版社，1983。
③ （南朝梁）刘勰著，陆侃如、牟世金译注：《文心雕龙译注》上，21页，济南，齐鲁书社，1981。

性的或正面的价值，即具有一定的"规范性"，研习经典可以为一般的理解和解释过程提供最具典型意义的范例，因此，始自汉儒的对经书的阐释，便发展而为庞大的章句注疏的儒家经学传统。随着经学与其他文化学术的发展，这一传统扩展到了经书之外的领域，成为理解和阐释各类古籍的共同形式。毫无疑问，儒家经典因其独特的地位，构成了古籍注释当然的主体部分。我们考察小说评点的知识渊源，对其与儒家经学传统的关系不可不察。

金圣叹自己就透露了其评点与经典义疏之间的关系："如此一段文字，便与《左传》何异？……盖《左传》每用此法。我于《左传》中说，子弟皆谓理之当然。今试看传奇亦必用此法。……甚矣，《左传》不可不细读也。我批《西厢》，以为读《左传》例也。"①有的论者便认为，以小说戏曲评点为重要内容的中国文学解释学"承袭古典释经学的集注、集笺、集释与文本共同印行的方式"②。论述更为具体的是杨义的《中国叙事学》。杨义指出：

> 西方中古以来由阐释《圣经》的传统变异而来的诠释学，与之可资参照者，是中国的小说戏曲评点也与儒家经典的章句注疏之学有着深刻的历史联系。这种联系涉及它的精神和形式，体例上既可以在宋儒注解"四书"的形式上找到踪迹，作风上又可以在晚明儒学以狂禅姿态解经中看出影响。③

较具体地说，郑玄是"汉笺"的集大成者，他的解经体制虽各自成书，但已涉及经书总论、分论、解题和文字之间的笺注。继之而起的"唐疏"则形成

---

① （清）金圣叹：《西厢记·惊艳》批，见林乾主编：《金圣叹评点才子全集》第2卷，52页，北京，光明日报出版社，1997。
② 金元浦：《文学解释学》，23页，长春，东北师范大学出版社，1997。
③ 杨义：《中国叙事学》（增订本），556页，北京，商务印书馆，2019。

所谓"官书模样"的解经体制：书前有"序"或"叙论"，宏观概述经传源流；书中首出经文，以双行小字列出前人的注，然后是孔颖达等人的"疏"，对篇目做解题释例，疏通经义，或校勘和注释经文，并做若干"辨伪"，"向宋章句变异为明清小说评点的文体纠缠走近了一步"。至宋朱熹《四书章句集注》出，又建立一崭新的解经体制：卷首有"序"或"序说"，阐明此书的基本思想，或引述史籍介绍作者，还有前人对其思想与道统承续的论述；正文每句有简明的注疏，每章的末尾均置有章评，此之谓"章句"；全书还有总评，放在卷首书题下。朱熹还撰有《读论语孟子法》一文等。朱子之书成了宋代官方儒学的标准读本。章句为小说评点提供了符号和格式上的借鉴①，小说评点确与这种章句注疏之学"有着深刻的历史联系"。杨义称小说评点"从儒家经典阐释中走出来"②，并非虚言。

二、小说评点与"读书法"

比起笼统地把小说评点当作"注释"，将小说评点的源头与儒家经学传统相联结，的确更为精当，它准确把握了二者体例的某种沿革关系。但是，不难看出，此论多注目于小说评点之"评"，于"点"则视而不见。"点"即"圈点"——给书或文章的正文部分中特别精彩的字句描写，以及重要语句加上点线或圆圈。评点方式之所以能够风靡天下，与"圈点"有很大关系。姚鼐《答徐季雅》云："圈点启发人意，有愈于解说者矣。"③吕思勉《章句论》则指出："圈点之用，所以抉出书中紧要之处，俾人一望而知，足补章句所不备。"④

---

① 参见张伯伟：《评点溯源》，见章培恒、王靖宇主编：《中国文学评点研究论集》，3~12页，上海，上海古籍出版社，2002。
② 参见杨义：《中国叙事学》（增订本），556~564页，北京，商务印书馆，2019。
③ （清）姚鼐著，卢坡点校：《惜抱轩尺牍》卷二，34页，合肥，安徽大学出版社，2014。
④ 吕思勉：《文字学四种·章句论》，52页，上海，上海教育出版社，1985。

　　"圈点"是一种超越文字的特殊的分析方式，因为诸家的圈点方式"义例"各不相同，其至带有"秘传"性质。明清小说评点中的圈点形式多样，如点、单圈、双圈、套圈、连圈、三角、直线和五色标示等。它们在功能上与古文选评的"圈点"差异不大，一是标出文中警拔之处，二是句读作用。较早对小说圈点做出说明的是九华山士潘镜若为《三教开迷归正演义》（明万历白门万卷楼刊本）所作《凡例》："本传圈点，非为饰观者目，乃警拔真切处则加以圈，而其次用点。"①明天启年间刊刻的《禅真逸史》卷首，夏履先撰的《凡例》亦云："史中圈点，岂曰饰观？特为阐奥，其关目照应，血脉联络，过接印证，典核要害之处，则用ヽ。或清新俊逸，秀雅透露，菁华奇幻，摹写有趣之处，则用〇。或明醒警拔，恰适条妥，有致动人处，则用ヽ。"②关于"圈点"的句读作用，清乾隆年间《妆钿铲传》中的《圈点辨异》一文言之最详："凡传中用红连点、红连圈者，或因意加之，或因法加之，或因词加之，皆非漫然"；"凡传中旁边用红点者，则系一句；中间用红点者，或系一顿，或系一读，皆非漫然"；"凡传中'妆钿铲'三字，皆红圈套黑圈者，以其为题也，皆非漫然"③。可见，小说评点的"圈点"实为古人的读书标志，它与古人的"读书法"密切相关。

　　起初，古人的读书标志主要起"句读"作用。许慎《说文》第五上"、"部："'、'，有所绝止，而识之也。"黄侃指出，"、"是表示句读的符号。又《说文》第十二下段玉裁注："钩识者，用钩表识其处也。褚先生补《滑稽传》：'东方溯上书，凡用三千尺牍。人主从上方读之，止，辄乙其处，二月乃尽。'此非'甲乙'字，乃正钩字也。"据《三国志》卷十三注引《魏略》，三国时代的董遇以"朱墨别异"的阅读方式闻名。当时的

---

①　（明）潘镜若《三教开迷归正演义》卷首《三教开迷传凡例》，见《古本小说集成》第1辑第108册，4页，上海，上海古籍出版社，2016。

②　（明）清溪道人著，张静庐校点：《禅真逸史》卷首，2页，1936年贝叶山房排印本。

③　（清）昆仑襬襹道人：《妆钿铲传》卷首松月道人《圈点辨异》，见《古本小说集成》第4辑第84册，4页，上海，上海古籍出版社，2017。

太学生无心向学，大多空疏，"虽有精者，而台阁举格太高，加不念统其大义，而问字指墨法点注之间，百人同试，度者未十"。"墨法点注"可能类似于"朱墨别异"，从中可以反映出标识者对文本的理解，从而成为考试的方式之一。 唐代刘守愚《文冢铭》亦云"有朱墨围"者，清代袁枚据此以之为圈点的滥觞。 其实，它还属于一般意义的断句，欣赏层面上的"圈点"多见于宋代的标注读书法。 朱熹自云："某二十年前得上蔡语录观之，初用银朱画出合处；及再观，则不同矣，乃用粉笔；三观，则又用墨笔。 数过之后，则全与元看时不同矣。"①朱熹这种读书法为门人黄榦（号勉斋）所发展。 元人程端礼《读书分年日程》卷二引"勉斋批点四书例"中有"点抹例"，包括：红中抹（"纲""凡例"）、红旁抹（"警语""要语"）、红点（"字义""字眼"）、黑抹（"考订""制度"）、黑点（"补不足"）。 在黄氏门人何基那里，这种方法又得到了发展。 《宋史》四百三十八卷《何基传》说他"凡所读无不加标点，义显意明，有不待论说而自见者"。 黄宗羲《宋元学案》八十二卷《北山四先生学案》亦云何基"凡所读书，朱墨校点"。 何的学生王柏（号鲁斋）也不例外。 元人吴寿民在《书集传纂注》的"识"中提及元人标注五经多借鉴"王鲁斋先生凡例"："朱抹者，纲领、大旨；朱点者，要语、警语也；墨抹者，考订、制度；墨点者，事之始末及言外意也。"显然，黄榦诸人的"标注读书法"与朱熹一脉相传，"点"和"抹"是主要的标注符号，其含义大致相同，已由语法层面扩至欣赏层面。

有宋一代，朱子理学炽盛，这种标注读书法极大影响了当时的诗文评点。 黄宗羲《南雷文定·凡例》云："文章行世，从来有批评而无圈点。自《正宗》《轨范》肇其端，相沿以至荆川《文编》、鹿门《八家》。 一篇之中，其精神筋骨所在，点出以便读者，非以为优劣也。"就现存资料而言，吕祖谦的《古文关键》是最早的文章评点本，《四库全书总目》说它

---

① （宋）朱熹：《朱子语类》卷一百四《自论为学工夫》，《文渊阁四库全书》本。

"原本实有标抹"。楼昉受业于吕祖谦,其《崇古文诀》直接受到《古文关键》的影响。刘克庄《后村先生大全集》卷九十六《迂斋标注古文序》云:"迂斋标注者一百六十有八篇,千百万态,不主一体,逐章逐句,原其意脉,发其秘藏……"真德秀《文章正宗》的评点法,据徐师曾《文体明辨序说》,主要有"点",包括句读小点(语绝为句,句心为读)、菁华小点(谓其言之藻丽者,字之新奇者)、字眼圈点(谓以一二字为纲领),还有"抹"(主意、要语)、"撇"(转换)和"截"(节段)。南宋末谢枋得的《文章轨范》是影响最大的古文选本,谢氏将标注符号增至"截、抹、圈、点"四种,并依不同的色彩如"黑、红、黄、青"对各种符号再作分解;颜色、位置不同,其意义亦异。比如,"截":"大段意尽,黑画截";"大段内小段,红画截";"小段内细节目,及换易句法,黄半画截"。又同是黄抹,"义理精微之论"用"黄中抹";"所叙纲要,及再举纲要,及提问之语,所提问难事实",则用"黄侧抹"等。元人程端礼《读书分年日程》卷二《批点韩文凡例》称谢氏的标注方式为"广叠山法"[①]。它貌似烦琐,却对分析作品篇章结构、艺术技巧作用不小,程氏说它使"篇法、章法、句法、字法备见"。谢枋得在对文中字句警语做圈点的同时,又在字句旁标上"承上接下不断""文婉曲有味""好句法"等批语,以促进读者对文章的深入体会。"圈点"与夹批、旁批等形式的结合,一方面使"圈点"之意更为醒目,另一方面却也致使后人刊版时产生误解,不知道宋人读书多于要处以笔抹之,而以为毫无用处而把它们删除。上述评点家多为理学家,其文章评点显然是对朱熹等人读书标注法的运用与发展。

　　宋代雕版印刷术的发明应用,使写本书向刻本书全面转变。宋书印刷开始使用句读"圈点"符号。岳珂《刊正九经三传沿革例》曰:"监、蜀诸本皆无句读,惟建本始仿馆阁校书式,从旁加圈点,开卷了然,于学者为便。""加圈点"在当时校点古书的官署成了定例;明代以降,刊行小说

---

① 详见(元)程端礼:《程氏家塾读书分年日程》,31~34页,上海,商务印书馆,1936。

"加圈点"更是一以贯之。 比如前面提及的万历十九年万卷楼本《三国志通俗演义》的"识语"就标明"其句读有圈点"。 崇祯年间郑以桢刊本《三国演义》全名便为《新镌校正京本大字音释圈点三国志演义》。 "圈点"作为小说传播中的重要组成部分进入小说刊本，是小说评点者"加圈点"的缘故，这是不言而喻的。

如此看来，小说评点的渊源当与古人读书法和儒家经学传统有着深刻的历史联系。 考虑到汉代以来，儒家经典一直占据着统治意识形态的权威地位，古人的读书法往往配合于解经的需要，这种"合流"在南宋最为清晰，其动力显然来自文化建构的杠杆——科举。 宋代科举异于唐代，既无须推荐，试卷又是糊名的，一般的人只能靠文辞取胜。 此外，又如《文献通考》卷三十二《选举考五》所言，宋代科举"变声律为议论，变墨义为大义"，于是，古文之法和圣人之道同时融会于文章评点之中，如张云章《古文关键序》所言"观其标抹评释，亦偶以是教学者，乃举一反三之意。 且卷后论策为多，又取便于科举"。 姚瑶《崇古文诀序》则代表了道学家对古文评点的支持意见："文者载道之器。 古之君子非有意于为文，而不能不尽心于明道。 故曰辞达而已矣。 能达其辞于道，非深切著明，则道不见也。 此文之有关键，非深于文者安能发挥其蕴奥而探古人之用心哉！"曾国藩也将评点与章句之学联系起来，其《经史百家简编序》云："自六籍燔于秦火，汉世掇拾残遗，征诸儒能通其读者，支分节解，于是有章句之学。 ……科场有勾股点句之例，盖犹古者章句之遗意。"显然，"为文"与"明道"之间有密切的关系。 我们在考察小说评点知识谱系时，对此不能不察。

饶有意味的是，明代的小说评点家似乎并不认同这套知识谱系，他们试图建立另类的知识谱系，并竭力与前者"划清界限"。 比如，李贽力倡"童心"说，与道统对立，寻出与儒家六经相左的"至文"：

天下之至文，未有不出于童心焉者也。苟童心常存，则道理不行，闻见不立，无时不文，无人不文，无一样创制体格文字而非文者。诗何必古选，文何必先秦。降而为六朝，变而为近体；又变而为传奇，变而为院本，为杂剧，为《西厢曲》，为《水浒传》，为今之举子业，皆古今至文，不可得而时势先后论也。故吾因是而有感于童心者之自文也，更说什么《六经》，更说什么《语》《孟》乎？①

在李贽看来，有道统即无"童心"，存"童心"则斥道统。因此，他剔除了一切"道理闻见"，不以圣人之是非为是非，而以"童心"论文，提出："宇宙内有五大部文章：汉有司马子长《史记》，唐有《杜子美集》，宋有《苏子瞻集》，元有施耐庵《水浒传》，明有《李献吉集》。"②既然以"童心"论文，评点便不过是自娱性的阅读活动，可以随意"涂抹改窜"，"批点得甚快活人"③。李贽作有《读书乐》一诗，概括了自己的评赏特色：

> 天生龙湖，以待卓吾；天生卓吾，乃在龙湖。龙湖卓吾，其乐何如？四时读书，不知其余。读书伊何？会我者多。一与心会，自笑自歌；歌吟不已，继以呼呵。恸哭呼呵，涕泗滂沱。歌匪无因，书中有人；我观其人，实获我心。……怡性养神，正在此间。④

李贽又称："《坡仙集》我有披削旁注在内，每开看便自欢喜，是我一件快心却疾之书……大凡我书皆为求以快乐自己，非为人也。"⑤他的著述诚如袁中道所云："其意大抵在于黜虚文，求实用；舍皮毛，见神骨；去浮理，

---

① （明）李贽：《焚书》卷三《童心说》，见张业整理：《李贽文集》之《焚书　续焚书》，127页，北京，北京燕山出版社，1998。
② （明）周晖：《金陵琐事》卷一《五大部文章》，见朱一玄、刘毓忱编：《水浒传资料汇编》，227页，天津，百花文艺出版社，1981。
③ （明）李贽：《续焚书》卷一《与焦弱侯》，见张业整理：《李贽文集》之《焚书　续焚书》，377页，北京，北京燕山出版社，1998。
④ （明）李贽：《焚书》卷六《读书乐》，见张业整理：《李贽文集》之《焚书　续焚书》，273页，北京，北京燕山出版社，1998。
⑤ （明）李贽：《焚书》卷二《寄京友书》，见张业整理：《李贽文集》之《焚书　续焚书》，94～95页，北京，北京燕山出版社，1998。

揣人情。"①其小说评点亦然。

继李贽之后，金圣叹以"才子"说为基础，另开辟了"才子书"系统。他的"六才子书"囊括了现代所说的文学四大部类——诗歌、散文、小说和戏曲，其中《庄子》属"子"，《史记》属"史"，而小说、戏曲则为"贤人君子"所不齿；金圣叹把它们集于一处，与儒家"经典"相颉颃，理由是它们的"文心"相通而超妙："盖天下之书诚欲藏之名山，传之后人，即无有不精严者。何谓之精严？字有字法，句有句法，章有章法，部有部法是也。"②金圣叹在《西厢记·序二》中将评点"六才子书"作为自己终生的名山事业，并称自己的批评为"金针度人"，以"光明""知心青衣"喻评点；其"导读"的目的不是让人们博取功名（所谓"制艺"），或者修身齐家治国平天下（所谓"学为圣人"），而是获得情感上、精神上的愉悦和提高。这从金圣叹设计的一套读《西厢记》的"仪式"可以看出：

> 六十一、《西厢记》必须扫地读之。扫地读之者，不得存一点尘于胸中也。
> 六十二、《西厢记》必须焚香读之。焚香读之者，致其恭敬，以期鬼神之通之也。
> 六十三、《西厢记》必须对雪读之。对雪读之者，资其洁清也。
> 六十四、《西厢记》必须对花读之。对花读之者，助其娟丽也。③

读一本"闲书"，要或焚香，或对雪，或对花，营造一种纯净、虔诚的心理状态，不过是为了取韵得乐。有论者以为金圣叹小说评点的目的在于指导他

---

① （明）袁中道：《李温陵传》，见张业整理：《李贽文集》之《焚书　续焚书》，12页，北京，北京燕山出版社，1998。
② （清）金圣叹：《水浒传·序三》，见林乾主编：《金圣叹评点才子全集》第3卷，12页，北京，光明日报出版社，1997。
③ （清）金圣叹：《读第六才子书〈西厢记〉法》，见林乾主编：《金圣叹评点才子全集》第2卷，18～19页，北京，光明日报出版社，1997。

人写作，乃至充满了"八股气"，这实在是个不小的误解，金圣叹不就一再陈说自己"欲成绝世奇文以自娱乐"吗？

如上所述，李贽和金圣叹分别以"童心"说、"才子"说建构了小说评点的知识谱系。他们消解了读书法与儒家经学传统的"胶着"状态，使读书法完全独立于"传经""传道"的经学传统；他们的评点意在点醒性灵、点醒趣味，呈现出一种精神共享的阅读形态，从而形成了崭新的小说话语——一种充满了放肆的、游戏精神的快乐文本。

三、话语与权力

前面一番近似于福柯意义上的"知识考古"，旨趣不仅是考定小说评点真实的知识谱系，更在于追索小说评点话语与权力的深层关系。福柯指出，知识或话语乃是权力运作之所："没有任何知识能单独形成，它必须依赖一个交流、记录、积累和转移的系统，而这系统本身即是一种权力形式。反过来说，任何权力的行使，都离不开知识的提取、占有、分配与保留。在此水平上，并不存在知识同社会的对垒……只有一种知识/权力焊接的根本形式。"①其"谱系分析"研究表明，话语是一种压迫和排斥的权力形式，是权力所要争夺的特殊对象。他说："在每个社会中，话语的产生都是同时由某些过程来控制、选择、组织和分配的，这些过程的作用就在于挡避针对于它的权力和危险，控制偶然事件并掩饰话语巨大而乏味的物质性。"②"真理"无疑也是权力的一种形式，维护"真理"实际上是在捍卫一种由权力所控制的既定秩序；而权力有"保卫社会"的责任。因此，"我们被权力强迫着生产真理，权力为了运转而需要这种真理；我们必须说出真理，我们被迫、被罚去承认真理或寻找真理"③。在这个意义上，话语生产无疑是意识

---

① 转引自赵一凡：《欧美新学赏析》，116 页，北京，中央编译出版社，1996。
② 转引自徐贲：《走向后现代与后殖民》，130 页，北京，中国社会科学出版社，1996。
③ ［法］米歇尔·福柯著，钱翰译：《必须保卫社会》，23 页，上海，上海人民出版社，1999。

形态的重要组成部分；因为实现对话语主体的控制，对每个社会来说都事关重大。

中国古代社会最为高明的控制话语主体的形式，莫过于制定一整套教育制度。在封建专制极其残酷的明代，统治者一方面设立厂卫特务，惨烈地迫害思想犯，另一方面大力兴办学校。洪武二年（1369），明太祖下诏说："朕惟治国以教化为先，教化以学校为本。京师虽有太学，而天下学校未兴。宜令郡县皆立学校，延师儒，授生徒，讲论圣道，使人日渐月化，以复先王之旧。"于是，一时出现了"无地而不设之学，无人而不纳之教"的局面，使"明代学校之盛，唐、宋以来所不及也"①。教学内容上，"以孔子所定经书诲诸生"，并于校中镌石立碑，规定"一切军民利病，农工商贾皆可言之，惟生员不可建言"②，"其不遵者，以违制论"③。与之相配合的是以八股取士："科目者，沿唐、宋之旧，而稍变其试士之法，专取四子书及《易》《书》《诗》《春秋》《礼记》五经命题试士。盖太祖与刘基所定。其文略仿宋经义，然代古人语气为之，体用排偶，谓之八股，通谓之制义。"④明成祖为此敕胡广等人纂修了《五经大全》《四书大全》《性理大全》颁行天下，作为学习、考试的唯一标准。福柯说得好："说到底，什么是教育制度呢？教育用它掌握中的知识和权力，无非是在使字词程式化，使说话者在某些专门的位置上科班化，无非是在形成具有某种思想原则的群体，无非是在散布和占有话语。""任何教育制度都是维持或修改话语占有以及话语知识和权力的政治方式。"⑤清道光年间举人饶廷襄识破了八股取士的"用心"：

① （清）张廷玉等：《明史》卷六十九《选举志一》，1686 页，北京，中华书局，1974。
② （清）嵇璜：《续文献通考》卷五十《学校考》，《文渊阁四库全书》本。
③ （清）张廷玉等：《明史》卷六十九《选举志一》，1686 页，北京，中华书局，1974。
④ （清）张廷玉等：《明史》卷七十《选举志二》，1693 页，北京，中华书局，1974。
⑤ 转引自徐贲：《走向后现代与后殖民》，149 页，北京，中国社会科学出版社，1996。

> 明祖以枭雄阴鸷猜忌驭取天下，惧天下瑰伟绝特之士起而与为难……求一途可以禁锢生人之心思材力，不能复为读书稽古有用之学者，莫善于时文，故毅然用之。其事为孔孟明理载道之事，其术为唐、宋英雄入彀之术，其心为始皇帝焚书坑儒之心。①

可见，儒家的经学传统实为八股取士的"共谋"，它们共同效力于"保卫社会"的"宏旨"。李贽、金圣叹等人对此了然于心。李贽彻悟自己五十岁以前的生活缺乏独立人格之尊严，而对走上尊孔读经的道路痛悔不已："余自幼读《圣教》不知《圣教》，尊孔子不知孔夫子何自可尊，所谓矮子观场，随人说研，和声而已。是余五十以前真一犬也，因前犬吠形，亦随而吠之。"②"犬"者，奴才之谓也。他厌倦了这种"非人"的生活，于是先后弃官、弃家而去，唯读书著述是务。而金圣叹一生喜骂秀才、腐儒和进士，早年一直游戏科场。依蔡冠洛《清代七百名人传》所载，金圣叹对自己行为的意义也是完全自觉的：

> ……以是每被黜，笑谓人曰："今日可还我自由身矣。"客问"自由身"三字出何书，曰："'酒边多见自由身'，张籍诗也；'忙闲皆是自由身'，司空图诗也；'世间难得自由身'，罗隐诗也；'无荣无辱自由身'，寇准诗也；'三山虽好在，惜取自由身'，朱子诗也。"③

金圣叹也彻悟了，他和李贽一样，极力掊击"假道学"，视六经为"糟粕"，这种对所谓"真理"的"诋毁"，实质在于破坏由这种"真理"话语权力所控制的秩序。

---

① （清）冯桂芬：《校邠庐抗议·变科举议》引，37 页，上海，上海书店出版社，2002。
② （明）李贽：《续焚书》卷二《圣教小引》，见张业整理：《李贽文集》之《焚书 续焚书》，414 页，北京，北京燕山出版社，1998。
③ 蔡冠洛编著：《清代七百名人传》第五编《金人瑞》，1740 页，北京，中国书店，1984。

明初统治者标榜"理学开国"，从开国到弘治年间，"师无异道，士无异学，程朱之书，立于掌故，称大一统"①。然而，经过二百余年的陈陈相因，程朱理学早先的亮丽姿容已为铅华所累，早就娟秀无存；加上政局动荡不安，士人对仕途心存畏惧、厌倦，儒家的经世致用思想遂与现实相去太远，人们对程朱理学渐渐失去了兴趣，经史不再成为文人的主要精神食粮。王纲的解纽，提供了一个相对宽松的自由空间。取代程朱理学的是"心学"（亦称"王学"），为缓解明代社会的道德危机，拯救不思进取的人心，它强调道德自觉，强调个体的主观能动意识，主张道德观念与行为操守的统一。在心学的许多著述中，以"自"为根的词汇频频出现，如"自学""自修""自信""自贵""自觉""自疑""自悟""自得""自由""自然"等。这类话语的大量涌现，反映了个体的极力扩张意识。明中叶以后，心学占据了学术的主流地位，出现了士人"一时心目俱醒，恍若拨云雾而见白日"②，以至于"门徒遍天下"③的盛况。表面上看，士人已然挣脱了程朱理学的禁锢，其实，"权威并没有消失，而只是隐而不露而已。公开的权威不见了，取而代之的是'匿名的'权威。它伪装成一般常识、科学、心理健康、正规性、公众舆论。它是心照不宣的，无须采取命令式。它不是一种粗暴的强迫而只是一种温和的说服"④。事实上，小说评点话语的生产过程的确充满了冲突与斗争。李贽就感受颇深地说："今世俗子与一切假道学，共以异端目我。"⑤他后来系狱自尽，是因为他深知自己"所言颇切近世学者膏肓，既中其痼疾，则必欲杀我矣"⑥。金圣叹也感叹地说："其书一

① （明）董其昌：《容台文集》卷一《合刻罗文庄公集序》，见《四库全书存目丛书》集部第 171 册，260 页，济南，齐鲁书社，1997。
② （明）顾宪成：《顾文端公遗书·小心斋札记》卷三，见《续修四库全书》集部第 943 册，144 页，上海，上海古籍出版社，2002。
③ （清）张廷玉等：《明史》卷二百八十二《儒林传序》，7222 页，北京，中华书局，1974。
④ ［德］埃里希·弗罗姆著，陈学明译：《逃避自由》，222 页，北京，工人出版社，1987。
⑤ （明）李贽：《焚书》卷一《答焦漪园》，见张业整理：《李贽文集》之《焚书 续焚书》，23 页，北京，北京燕山出版社，1998。
⑥ （明）李贽：《焚书·自序》，见张业整理：《李贽文集》之《焚书 续焚书》，7 页，北京，北京燕山出版社，1998。

成，便遭痛毁，不惟无人能读，乃至反生一障。是为无救于上圣，而反有累于后来也"①；"我辈一开口而疑谤百兴，或云'立异'，或云'欺人'"②。"'匿名的'权威"无所不在，使得他们的种种言行，备受那些"贤人君子"的责难。比如，攻击金圣叹不遗余力的莫过于归庄，而归庄也是倜傥不羁的狂士，与顾炎武齐名，人称"归奇顾怪"。明亡后，他因倡众杀死清政府的县丞而被通缉，亡命江湖数载。就是这样一个人物，不但不引金圣叹为同道，反而不断地声讨金圣叹，指斥其所批《水浒传》《西厢记》为"倡乱之书""诲淫之书"云云。由此，我们不难理解他们为分享一种权力而提出"童心"说、"才子"说的良苦用心。他们无论是标举"宇宙内五大部文章"，还是开辟"才子书"系统，都赋予它们"天下文章无出其右"的"天地至文"的品格，都以"宇宙""天地"一类宏大的词语来比拟，显然是通过对"垂型万世""不易之称"一类经学话语的"仿写"，"合法性"地营构出另类的"经典世界"，意在挣脱经学权力网络的控制。这是一种分享话语权力的运作。在这场话语权力的争夺中，金圣叹的言说显得特别重要。

金圣叹指出："君子立言，虽在传奇，必有体焉，可不敬与？"③我们知道，中国传统文化讲"立言"，君子讲"立言"是与立德、立行相一致的道德自我修养的程序；但是，在这里，金圣叹并不指涉"立言"中道德的完善，所言之"言"不在"载道"，而强调必须合乎"体"，即小说有小说之"言"，传奇有传奇之"言"，戏曲有戏曲之"言"；它们只须发乎性情，合乎语言文本之"体"，则必有可观。显然，金圣叹所崇拜的是语言文本之美，而非所传达的伦理道德之善。譬如，他以中国历史文本的典范《史记》

---

① （清）金圣叹：《随手通·南华字制》，见陆林辑校整理：《金圣叹全集》第 6 册，891 页，南京，凤凰出版社，2016。
② （清）金圣叹：《葭秋堂诗序》，见林乾主编：《金圣叹评点才子全集》第 1 卷，1 页，北京，光明日报出版社，1997。
③ （清）金圣叹：《圣叹外书》，见林乾主编：《金圣叹评点才子全集》第 2 卷，44 页，北京，光明日报出版社，1997。

为例，提出了一个问题：《史记》所载的人和事为什么能够流传至今？是历史之"真"，抑或历史之"美"，让人们如此长久地谛视？金圣叹说：

> 夫修史者，国家之事也；下笔者，文人之事也。国家之事，止于叙事而止，文非其所务也。若文人之事，固当不止叙事而已，必且心以为经，手以为纬，踌躇变化，务撰而成绝世奇文焉。如司马迁之书，其选也。马迁之传《伯夷》也，其事伯夷也，其志不必伯夷也；其传《游侠》《货殖》，其事游侠货殖，其志不必游侠货殖也。进而至于《汉武本纪》，事诚汉武之事，志不必汉武之志也。恶乎志？文是已。马迁之书，是马迁之文也；马迁书中所叙之事，则马迁之文之料也。以一代之大事……供其为绝世奇文之料，而君相不得问者。……能使君相所为之事必寿于世，乃至百世千世以及万世，而犹歌咏不衰，起敬起爱者，是则绝世奇文之力，而君相之事，反若附骥尾而显也。是故马迁之为文也，吾见其有事之巨者而隐括焉，又见其有事之细者而张皇焉，或见其事之阙者而附会焉，又见其有事之全者而轶去焉，无非为文计，不为事计也。……如必欲但传其事，又令纤悉不失，是吾之文先已拳曲不通，已不得为绝世奇文，将吾之文既已不传，而事又乌乎传耶？①

在金圣叹看来，作为"文人之事"的历史写作，不同于"国家之事"的历史编纂之处，就在于前者"不止叙事而已"，它还是历史学家之"志"的自由表达，历史人物与事件则不过是这一审美性创造的"文料"；换言之，正是出于"为文计，不为事计"，历史学家才"以文运事"，历史成了一种叙事话语，历史人物与事件则是"美"之形态各异的"言语"，"美"才是制约它们以"史"的形态存在的深层原因。金圣叹以"文"来指称"美"的概

① （清）金圣叹：《水浒传》第二十八回回评，见林乾主编：《金圣叹评点才子全集》第3卷，526～527页，北京，光明日报出版社，1997。

念，指出历史所载的历史人物与事件之所以能流传至今，关键在于它们凭借了"绝世奇文"之力，即进入了历史文本的结构。 金圣叹所论真是匪夷所思、前所未有，他把文人的写作自由与言论自由凌驾于君相之上，进而肯定了"庶人之议"。 孔子说："天下有道则庶人不议"，可是，在金圣叹看来，不是有道无道的问题，而是想议而不敢议的问题：

> 记一百八人之事，而亦居然谓之史也。何居？从来庶人之议皆史也。庶人则何敢议也？庶人不敢议也。庶人不敢议而又议，何也？天下有道，然后庶人不议也。今则庶人议矣。何用知其天下无道？曰：王进去而高俅来矣。①

在金圣叹看来，《水浒传》第一回写孝子忠臣王进因为高俅的凌辱，弃家"私走延安府"，隐喻着"乱自上作"。"天下无道"，而有"庶人之议"；《水浒传》"记一百八人之事"，就是记"庶人之议"。 金圣叹认为，现实的专制固然使人噤若寒蝉，但是，在"美"的原则下，"庶人之议"则近乎天赋人权，不必在乎天下有道无道。 这正像美国当代哲学家罗蒂（Richard M. Rorty）所指出的："知识分子作为知识分子，本来就具有特殊而奇异的需求……希求完全自由地应用语言，不受制于任何人的语言游戏，不受制于社会制度。"②按照福柯的观念，史官或文人不是单纯的文化记载者和传播者，他们也有"权力意志"，只不过这种权力不是现实的政权法权统治，而是一种精神的"话语控制"，即金圣叹所谓"文人之权"；它按照"美"的原则运作，以语言的诗性干预着人类的文化、精神，以审美的形态表达着自己的政治之维。

金圣叹提出，既然"文"有着深刻的主体性，那么，小说评点就必须深

---

① （清）金圣叹：《水浒传》第一回回评，见林乾主编：《金圣叹评点才子全集》第3卷，46～47页，北京，光明日报出版社，1997。
② 转引自王岳川、尚水编：《后现代主义文化与美学》，71页，北京，北京大学出版社，1992。

切地把握作品的情感主旨。 他说："观物者审名，论人者辨志。"①换言之，小说评点应是"释义性"的。 美国著名的批评家苏珊·桑塔格（Susan Sontag，1933—2004）《反对释义》一文云：

> 释义最早出现于古代古典文化的后期，那时，神话的威力和可信性被科学启蒙引进的"现实主义"世界观打破了。一旦困扰着后神话时期的意识——即宗教符号的适合性——的问题受到质问以后，那些原始状态的古代文献就不再被人接受了。释义便被召唤来，使古代文献适应"现代"的要求。……在某些文化领域，释义是一种解放行为。它是修订的手段，重新估价的手段，逃避僵死的过去的手段。而在其他文化领域，它却是反动的、鲁莽的、胆怯的、窒息的。②

明清小说评点的"释义"行为，与上述观点是基本一致的。 在中国古代文化思想史上，俗文学在一定程度上是游离于整体意识形态之外的，如戏曲小说中的情爱观之于传统伦理思想，价值观之于传统义利观念，以及对农民起义的认识、对历史进化的思考都有独到的思想价值。 作为文化上敏感的知识分子中的一员，金圣叹的思考往往熔铸于小说文本的评点过程，有的放矢。 比如他在《水浒传》第一回回评中说："盖不写高俅，便写一百八人，则乱自下生也；不写一百八人，先写高俅，则是乱自上作也。"③不言自明，这是官逼民反的事实，体现出他对农民起义蜂起的现实的思考。 金圣叹在数落了一通朝廷和贪官污吏之后，愤慨地说："欲民之不畔，国之不亡，胡可得也。"④

---

① （清）金圣叹：《水浒传·序二》，见林乾主编：《金圣叹评点才子全集》第3卷，8页，北京，光明日报出版社，1997。
② 见［英］戴维·洛奇编，葛林等译：《二十世纪文学评论》下，471页，上海，上海译文出版社，1993。
③ （清）金圣叹：《水浒传》第一回回评，见林乾主编：《金圣叹评点才子全集》第3卷，46页，北京，光明日报出版社，1997。
④ （清）金圣叹：《水浒传》第五十一回夹批，见林乾主编：《金圣叹评点才子全集》第4卷，937页，北京，光明日报出版社，1997。

他甚至将批判锋芒指向皇帝宋徽宗（"端王"）："小苏学士，小王太尉，小舅端王。嗟乎！既已群小相聚矣，高俅即欲不得志，亦岂可得哉！"①这就直接点到了封建专制社会整个糜烂、臃肿、贪婪的吏制系统的穴位，金圣叹的这些"庶人之议"在抨击封建君主专制的问题上，与顾炎武、黄宗羲、王夫之等人不谋而合，可与顾炎武的恢复"清议"、黄宗羲的学校议天子之是非等思想鼎足而立。金圣叹与其所置身的历史空间积极对话，明显溢出了经学权力的规约，深刻揭示了小说蕴含的思想意义，体现了独特的时代和个人性质的内容。因此，金圣叹的小说评点深得当时人的喜爱，"前乎圣叹者，不能压其才；后乎圣叹者，不能掩其美。批小说之文原不自圣叹创，批小说之派却又自圣叹开也"②。金圣叹小说评点的知识谱系建构取得了相当的成功。

通过上述对小说评点知识谱系的一番勘察，我们不难认识到小说评点真正的学术旨趣：小说评点绝非宋代诗文评点的简单延续，也不是人们所谓"纯粹的"文学批评；评点家关于小说评点知识谱系的建构，以及小说评点话语的生成，都与权力的纠结并存，其中凸显了话语权力的运作。换言之，小说评点参与了晚明意识形态的生产，它的出现是一个意味深长的文化事件。

◎ 第二节
金圣叹的"才子"说

金圣叹并非如有的论者所言，是"一无依傍"的"文化离轨者"③；事实上，金圣叹并非孑然而行，他与传统的文化精神之间存在着深刻的精神联

---

① （清）金圣叹：《水浒传》第一回夹批，见林乾主编：《金圣叹评点才子全集》第3卷，50页，北京，光明日报出版社，1997。
② （清）邱炜萲：《菽园赘谈·金圣叹批小说说》，见陈平原、夏晓虹编：《二十世纪中国小说理论资料》第1卷，19页，北京，北京大学出版社，1989。
③ 覃贤茂：《金圣叹评传·序》，4页，成都，四川人民出版社，1998。

系，这种联系主要形成于他生于斯、长于斯的"地域文化"所提供的背景与氛围——社会环境、学术风气、文学思潮等之中。金圣叹的思想与艺术的个性之"根"，深深扎在故乡的土壤——吴中文化之中。① 出于吴中"才子文化"的文化人格，金圣叹往往以"才子"来绳量人物，并以"才子"命名其著作，如《唱经堂才子书汇稿》《贯华堂第五才子书水浒传》《贯华堂第六才子书西厢记》《贯华堂选批唐才子诗》《天下才子必读书》等。在"才子书"的评点过程中，金圣叹又每多"才子佳人"的话语，加上金圣叹生活在一个"八股文"盛行的时代，于是，人们便以为金圣叹不过是一个狂诞不羁、妄自尊大的名士，其评点不过是乡学究的释义注解而已，至于对其"才子"说的深究反被忽略了。事实上，"才子"说是金圣叹构筑其文学理论批评的"阿基米德点"，是金圣叹小说理论的核心范畴，深入剖析"才子"说，有助于我们准确地把握金圣叹的文学精神。

一、"才子"释义

在《水浒传·序一》里，金圣叹首先表述了自己对"才子"的理解。在他看来，普天下有资格著书的只有两类人："圣人"与"古人"；其中，"圣人之作书以德"，旨在立德载道；"古人之作书以才"②，则"不过欲成绝世奇文以自娱乐"③。相应地，著作不外乎两类——"六经"和"才子书"——它们各司其事，互不相犯。金圣叹又声称："作书，圣人之事也。非圣人而作书，其书可烧也"；"烧书，始皇之功也"，"烧书而天下无书"，"圣人之书所以存也"；"烧书，是禁天下人作书也"，"天下人之作

---

① 参见吴子林：《经典再生产——金圣叹小说评点的文化透视》，7～60页，北京，北京大学出版社，2009。
② （清）金圣叹：《水浒传·序一》，见林乾主编：《金圣叹评点才子全集》第3卷，4页，北京，光明日报出版社，1997。
③ （清）金圣叹：《水浒传》第二十八回回评，见林乾主编：《金圣叹评点才子全集》第3卷，527页，北京，光明日报出版社，1997。

书"，是"叛圣人之教"。 金圣叹感叹自己"身为庶人，无力以禁天下之人作书"，便效法孔子"述而不作"，取《水浒传》"条分而节解之"，而"令未作之书不敢复作，已作之书一旦尽废，是则圣叹廓清天下之功，为更奇于秦人之火"。① 金圣叹又说：

> 夫文章小道，必有可观，吾党斐然，尚须裁夺。古来至圣大贤，无不以其笔墨为身光耀。只如《论语》一书，岂非仲尼之微言，洁净之篇节？然而善论道者论道，善论文者论文，吾尝观其制作，又何其甚妙也！……②

金圣叹以"善论文者"自居，对经学传统敬而远之，标举、推出了自己的"才子书"系统：

> 然圣人之德，实非夫人之能事；非夫人之能事，则非予小子今日之所敢及也。彼古人之才，或犹夫人之能事；犹夫人之能事，则庶几予小子不揣之所得及也。夫古人之才也者，世不相延，人不相及。庄周有庄周之才，屈平有屈平之才，马迁有马迁之才，杜甫有杜甫之才，降而至于施耐庵有施耐庵之才，董解元有董解元之才。③

正如有的论者所指出的，金圣叹以"焚书论"高扬"圣人书"，"不过是迎合积久的社会心理，在悬搁儒家经典的同时，为'纯文学'，尤其是'俗文学'开辟领地。 事实上，'才子书'的确认，纠正了正统文人重经史轻文艺

① （清）金圣叹：《水浒传·序一》，见林乾主编：《金圣叹评点才子全集》第3卷，1~3、6~7页，北京，光明日报出版社，1997。
② （清）金圣叹：《水浒传·序三》，见林乾主编：《金圣叹评点才子全集》第3卷，12页，北京，光明日报出版社，1997。
③ （清）金圣叹：《水浒传·序一》，见林乾主编：《金圣叹评点才子全集》第3卷，5页，北京，光明日报出版社，1997。

的偏颇，引导文学批评从关注社会转向关注艺术，从而推动文学批评的理论建构获得了本体论的意义"①。 金圣叹所列举的"才子书"涉及了广泛的文体对象，而且它们都是各时代文学作品的杰出代表，这表明他对"才"的认识是超越某一具体文体的，其独到之处是以"才"打通了它们，抓住了它们的共性，以探求"读一切书法"，而避免了一些枝节的文体技术问题。

"才"禀自天，与人得先天之禀气有关，故它与本原性范畴"气""性"等关系密切，而组合成"才气""才性"等范畴。 文学创作依赖"神思"而展开，这需要"才"；"神思"所得，要"迹化"为文字，也依赖作者具体而巧妙的结撰功夫，这也需要"才"才能完成。 刘勰《文心雕龙·神思》在讨论"神思"过程中，每言"才"字，先有"酌理以富才"，"我才之多少，将与风云而并驱矣"；后又专门论"人之禀才"，就是从此意义出发的。 王世贞在《艺苑卮言》中提出"才生思"，"思即才之用"。 周逊说：

> 然率于人情之所必不免者以敷言，又必有妙才巧思以将之，然后足以尽属辞之蕴。②

袁枚说：

> 诗文自须学力，然用笔构思，全凭天分。③

徐增《而庵诗话》对"才"的论述更为全面，他说：

> 诗本乎才，而尤贵乎全才。才全者，能总一切法，能运千钧笔故

---

① 韩进廉：《中国小说美学史》，217 页，保定，河北大学出版社，2004。
② （明）杨慎：《词品》卷首周逊《刻词品序》，见（宋）王灼等著，陈颖杰校释：《词品》，103 页，哈尔滨，北方文艺出版社，2005。
③ （清）袁枚著，陈君慧注译：《随园诗话》卷十五《天分说》，607 页，北京，线装书局，2008。

也。夫才有情，有气，有思，有调，有力，有略，有量，有律，有致，有格。情者，才之酝酿，中有所属；气者，才之发越，外不能遏；思者，才之径路，入于缥缈；调者，才之鼓吹，出以悠扬；力者，才之充拓，莫能摇撼；略者，才之机权，运用由己；量者，才之容蓄，泄而不穷；律者，才之约束，守而不肆；致者，才之韵度，久而愈新；格者，才之老成，骤而难至。①

徐增明确地以"才"这个范畴作为统摄创作中的一切因素的机枢，既统摄具体的"格""律""致"等，也统摄"思"，其"入于缥缈"，也由"才"为之引导。 金圣叹则称：

> 作《水浒》者，虽欲不谓之才子，胡可得乎？夫人胸中，有非常之才者，必有非常之笔；有非常之笔者，必有非常之力。夫非非常之力，无以构其思也；非非常之笔，无以摛其才也；又非非常之力，亦无以副其笔也。②

他同样以"才"来统摄文学创作中的"笔""力"等要素。
那么，何谓"才"呢？ 金圣叹指出：

> 才之为言材也。凌云蔽日之姿，其初本于破核分荚；于破核分荚之时，具有凌云蔽日之势；于凌云蔽日之时，不出破核分荚之势，此所谓材之说也。又才之为言裁也。有全锦在手，无全锦在目；无全衣在目，有全衣在心；见其领，知其袖；见其襟，知其帔也。夫领则非袖，而襟则非帔，然左右相就，前后相合，离然各异，而宛然共成者，此所谓裁

---

① （清）叶燮著，蒋寅笺注：《原诗笺注·内篇下》引，171 页，上海，上海古籍出版社，2014。
② （清）金圣叹：《水浒传》第十一回回评，见林乾主编：《金圣叹评点才子全集》第 3 卷，222～223 页，北京，光明日报出版社，1997。

之说也。①

显然，这里的"才"有着两层含义：一是所谓"材"之说，即一种"世不相延，人不相及"的自然禀赋；二是"裁"，也就是艺术家剪裁以行之成文的创作才能和本领。相应地，作家可分两种类型：天生自然之"才"与结构剪裁之"才"。前者如李贽、公安派所称挥洒自如、不计工拙的自然表现者，后者则为重构思、重技巧的艺术表现者。值得注意的是，中国历代许多思想家在思索文学时，都总是追溯到那个超验神秘的"道"，而金圣叹称这种先验的、普遍的和形而上之物为"才"。金圣叹取种子的萌芽、成长作譬，它犹如细胞基因编制的深层结构程序，即宰制着有机体日后发育性状的遗传密码。由于这种"才"的存在，"于破核分荚之时，具有凌云蔽日之势；于凌云蔽日之时，不出破核分荚之势"。金圣叹又以"剪裁"作譬，以为"才"又如成衣之初的"理念"，在它的支配下，"见其领，知其袖；见其襟，知其帔"，彼此虽"离然各异"，却能"左右相就，前后相合"，构成一个有机体。可见，作为"才子书"的形而上学的假设或本源性根据，金圣叹所说的"才"颇类似于现代批评家所说的"文学性"，也就是使一部作品成为文学作品的东西。因此，金圣叹所说的"才"是与众不同的：

> 今天下之人，徒知有才者始能构思，而不知古人用才，乃绕乎构思以后；徒知有才者始能立局，而不知古人用才，乃绕乎立局以后；徒知有才者始能琢句，而不知古人用才，乃绕乎琢句以后；徒知有才者始能安字，而不知古人用才，乃绕乎安字以后；此苟且与慎重之辩也。言有才能构思、立局、琢句而安字者，此其人，外未尝矜式于珠玉，内未尝经营于惨淡，陨然放笔，自以为是，而不知彼之所为才，实非古人之所

---

① （清）金圣叹：《水浒传·序一》，见林乾主编：《金圣叹评点才子全集》第3卷，5页，北京，光明日报出版社，1997。

为才，正是无法于手，而又无耻于心之事也。①

世人所说的"才"仅指"能构思、立局、琢句而安字"，即发挥而形诸笔墨的能力，而金圣叹之"才"则不止于此。金圣叹借天象、山川、草木的变化，进一步说明了文章中存在的这一普遍的和形而上之物。他说：

> 今夫文章之为物也，岂不异哉？如在天而为云霞，何其起于肤寸，渐舒渐卷，倏忽万变，烂然为章也；在地而为山川，何其迤逦而入，千转百合，争流竞秀，窅冥无际也；在草木而为花萼，何其依枝安叶，依叶安蒂，依蒂安英，依英安瓣，依瓣安须，真有如神镂鬼篆，香团玉削也；在鸟兽而为翚尾，何其青渐入碧，碧渐入紫，紫渐入金，金渐入绿，绿渐入黑，黑又入青，内视之而成彩，外望之而成耀，不可一端指也。凡如此者，岂其必有不得不然者乎？夫使云霞不必舒卷，而惨若烽烟，亦何怪于天？山川不必窅冥，而止有坑阜，亦何怪于地？花萼不必分英布瓣，而丑如榾柮；翚尾不必金碧间杂，而块然木鸢，亦何怪于草木鸟兽？然而终亦必然者，盖必有不得不然者也。至于文章，而何独不然也乎？②

这里泼墨一般用了大量的比喻，所强调的无非就是"人文"与"天象"之间存在一致之处：文章与云霞、山川、花萼、翚尾一样，有自己周流不息、渐次生成的规律，从而呈现腾挪变化之美。

在《水浒传·序三》里，金圣叹继续发挥自己关于文学本体性问题的想法。他说，以往听人讲，《庄子》之文放浪，因其妙喻迭出，变化无穷；《史记》之文雄奇，因其多书争斗曲折之事。他对此不以为然，在他看来，

---

① （清）金圣叹：《水浒传·序一》，见林乾主编：《金圣叹评点才子全集》第3卷，5~6页，北京，光明日报出版社，1997。
② （清）金圣叹：《水浒传》第八回回评，见林乾主编：《金圣叹评点才子全集》第3卷，176页，北京，光明日报出版社，1997。

天下的"文心"都是相同的，人们如果"直取其文心，则惟庄生能作《史记》，惟子长能作《庄子》"①。金圣叹又说：

> 《西厢记》亦是偶尔写他才子佳人。我曾细相其眼法、手法、笔法、墨法，固不单会写佳人才子也，任凭换却题叫他写，他俱会写。②

金圣叹超越了不同文本风格上的差异，直探其文之所以为文的根本之同，而道人所未道。可见，"才子"简直就是一个以自然之心融通、了悟一切的哲人。显然，要成为这种"才子"是不容易的。在金圣叹看来，"文成于易者"，"迅疾挥扫，神气扬扬"③。他说：

> 依古人之所谓才，则必文成于难者，才子也……依文成于难之说，则必心绝气尽，面犹死人者，才子也。……而后其才前后缭绕，始得成书。④

"文成于难"说，实际提出了天才出于勤奋的观点，也是对严肃认真创作态度的肯定。

二、"才子"的艺术表现

"才子"一词较早出现于《左传·文公十八年》："昔高阳氏有才子八人……齐圣广渊，明允诚笃，天下之民谓之八恺。"这里，"才子"指的是

① （清）金圣叹：《水浒传·序三》，见林乾主编：《金圣叹评点才子全集》第 3 卷，12 页，北京，光明日报出版社，1997。
② （清）金圣叹：《读第六才子书〈西厢记〉法》，见林乾主编：《金圣叹评点才子全集》第 2 卷，18 页，北京，光明日报出版社，1997。
③ （清）金圣叹：《水浒传·序一》，见林乾主编：《金圣叹评点才子全集》第 3 卷，6 页，北京，光明日报出版社，1997。
④ 同上书，6 页。

德才兼备的人，基本与文学无关；作富于文才讲始于唐代。唐以前士庶阶级界限分明，至有唐一代，下层文人凭借作家的才干可进入上层社会，富有文才的诗人是备受尊敬的，元人辑集的《唐才子传》就几乎全是诗人的传记。唐代才子中呼声最高的是元稹，《新唐书·元稹传》称："稹尤长于诗……宫中呼为'元才子'"。而且，他之所以广为人知，主要是因为传奇《会真记》，即《西厢记》所本的爱情故事。为此，五代的选家又把才子和女子香艳气息联系在一起，如那香艳的闺情诗就命名《才调集》。

"才子"观到了晚明和清初发生了一大变化。李贽等狂禅一派人物竭力以"去圣化"行为将"圣贤"等同于俗世的常人，更何况是"才子"。而在金圣叹那里，"才子"表面上从高蹈的诗的王国降至传奇、小说，实则升至了与孔子、庄子和司马迁同等的位置。因为，"圣人之作书也以德，古人之作书也以才"①，二者之间并没有什么高下尊卑之别。由才、德兼备到才、德分流，"才"成了"至文"的形而上学的假设或本源性根据，而这源自金圣叹对世界本质的认识。金圣叹提出：

> 一切万物，有不物者存。万物坏时，妙理不坏……有此一副妙理，万物出生无穷。②

这里，他所说的"妙理"可理解成世界的基本结构，由此可演化出无数状态。金圣叹进一步解释"妙理"与"万物"的关系，指出事物的变化实由其内部相反相成的对立因素引起的，它们或称"乾坤""阴阳""刚柔"；或理解为"六合"，即上下合、前后合、左右合，"大千世界，尽此六合，实

---

① （清）金圣叹：《水浒传·序一》，见林乾主编：《金圣叹评点才子全集》第3卷，4页，北京，光明日报出版社，1997。
② （清）金圣叹：《语录纂》，见艾舒仁编次，冉苒校点：《金圣叹文集》，120页，成都，巴蜀书社，1997。

则是一合相"①；或解释为"因缘"，"上下一副，前后一副，左右一副"②。这些相对的因素构成了事物最核心的内在结构，并和合而成万事万物。金圣叹说：

> 譬如骰子，具足六面，世界万变万化，皆从此出，再没有第七位。③

万事万物既有一定之规，又千变万化，这是自然的规律。同样，文学中也"必有不得不然者"，金圣叹称此形而上之物为"才"。这种认识促使金圣叹去寻找文学作品的整体构架，即能"遍读一切书"的基本方法。在他看来，"才子"俨然是文学艺术的立法者，"才子书"则为最佳的典范。他说：

> 夫固以为《水浒》之文精严，读之即得读一切书之法也。④

可见，金氏的"才子"颇类似于康德（Immanuel Kant，1724—1804）所推崇的"天才"：

> 天才就是那天赋的才能，它给艺术制定法规。既然天赋的才能作为艺术家天生的创造机能，它本身是属于自然的……⑤

在金圣叹那里，"才子"成了他绳量人物乃至衡文的最权威原则。那么，

---

① （清）金圣叹：《语录纂》，见艾舒仁编次，冉苒校点：《金圣叹文集》，122页，成都，巴蜀书社，1997。
② 同上书，137页。
③ 同上书，137页。
④ （清）金圣叹：《水浒传·序三》，见林乾主编：《金圣叹评点才子全集》第3卷，13页，北京，光明日报出版社，1997。
⑤ ［德］康德著，宗白华译：《判断力批判》上卷，152页，北京，商务印书馆，1964。

"才子"的艺术表现有哪些主要特征呢?

首先,金圣叹认为,"才子书"是"精严"的达至"化境"之作。他说:

> 若诚以吾读《水浒》之法读之,正可谓庄生之文精严,《史记》之文亦精严。不宁惟是而已。盖天下之书诚欲藏之名山,传之后人,即无有不精严者。何谓之精严? 字有字法,句有句法,章有章法,部有部法是也。①

又说:

> 横直波点聚谓之字,字相连谓之句,句相杂谓之章。②

金圣叹以"字"在句子中的"纵向聚合"与"横向聚合"来看"句"的结构和功能,又以"句"在"章"中的关系解剖分析文章的整体构成,由"字法""句法"而"章法",层层深入,指出作品结构的浑融蔚圆到达极致时,"部分"即消失于"整体","字""句"无迹可寻:

> 如《水浒传》七十回,只用一目俱下,便知其二千余纸,只是一篇文字;中间许多事体,便是文字起承转合之法。③

为进一步说明"精严"的艺术原则,金圣叹提出了著名的"三境"说:

---

① (清)金圣叹:《水浒传·序三》,见林乾主编:《金圣叹评点才子全集》第3卷,12页,北京,光明日报出版社,1997。
② (清)金圣叹:《读第六才子书〈西厢记〉法》,见林乾主编:《金圣叹评点才子全集》第2卷,14页,北京,光明日报出版社,1997。
③ (清)金圣叹:《读第五才子书法》,见林乾主编:《金圣叹评点才子全集》第3卷,19页,北京,光明日报出版社,1997。

心之所至，手亦至焉者，文章之圣境也。心之所不至，手亦至焉
　　者，文章之神境也。心之所不至，手亦不至焉者，文章之化境也。夫文
　　章至于心手皆不至，则是其纸上无字、无句、无局、无思者也。而独能
　　令千万世下人之读吾文者，其心头眼底乃窅窅有思，乃摇摇有局，乃铿
　　铿有句，而烨烨有字，则是其提笔临纸之时，才以绕其前，才以绕其
　　后，而非陡然卒然之事也。①

金圣叹这里概括出的是三种构思状态与传达方式，它们分别代表着文学作品
所抵达的不同艺境：“圣境”是按照作家预先的构思去传达，两者完全吻
合，其艺术效果是虽辞达而意尽乎言；“神境”是作家构思时那些没有想到
的东西，由于顺着人物性格、情节发展的轨道写，结果在传达时无意得之，
不期然而然，其艺术效果往往是言有尽而意无穷；“化境”则是一种难以理
喻的非理性创作状态，构思时没有想到，传达时也不及思索，只是沿着性格
逻辑与情节趋势，任其文思喷涌而出，信笔所至，如造化神工，自然天成，
其艺术效果是含而不露、意在言外，使读者于“无字、无句、无局、无思”
处领会其丰富的内涵。此外，“三境”说也包含着对创作心态的分析，“圣
境是理性状态，化境是非理性状态，神境介乎理性与非理性之间”②。

　　显而易见，“三境”说是道家崇尚自然、反对人工的美学思想在小说理
论上的延伸和拓展，也是金圣叹审美理想的集中体现。金圣叹所心仪的自然
是“化境”，他在《水浒传》第二十二回武松打虎部分夹批云：

　　　传闻赵松雪好画马，晚更入妙，每欲构思，便于密室解衣踞地，先
　　学为马，然后命笔。一日管夫人来，见赵宛然马也。今耐庵为此文，想

---

① （清）金圣叹：《水浒传·序一》，见林乾主编：《金圣叹评点才子全集》第3卷，6页，北京，
　光明日报出版社，1997。
② 宁宗一主编：《中国小说学通论》，605～606页，合肥，安徽教育出版社，1995。

亦复解衣踞地，作一扑、一掀、一剪势耶？东坡画雁诗云：野雁见人时，未起意先改。君从何处看，得此无人态？我真不知耐庵何处有此一副虎食人方法在胸中也。圣叹于三千年中，独以才子许此一人，岂虚誉哉！①

金圣叹指出，施耐庵在构思武松打虎时，设身处地，与观照对象的神理相互交融，形诸笔墨，而尽得对象之神髓，丝毫看不出斧凿的痕迹。在他看来，这种"化境"是作家"解衣踞地"的生活体验，以及在"心尽气绝"的历练中磨砺出来的，是作家学养和才华的完美展现。

金圣叹所说的"心手皆不至"，不是说作家不动脑、不动手，"无字、无句、无局、无思"也并非指无字天书、白纸一张，而是指那种引而不发、含而不露之笔，它貌似漫不经心、不着一字，实则是一种更高程度艺术水平的"有思""有局""有句""有字"；换言之，金圣叹反对一泻无余、"一览已尽"的文学创作，而主张反复摇曳，"将三寸肚肠直曲折到鬼神犹曲折不到之处，而后成文"②。比如，《水浒传》第十四回吴用说三阮撞筹，书中写道："阮小五听了道：'罢，罢！'叫道：'七哥，我和你说甚么来！'"金圣叹夹批云：

> 罢罢只二字，忽插入叫道二字作叙事，然后又说出九个字来，却无一字是实，而能令读者心前眼前，若有无数事情，无数说话，灵心妙笔，一至于此！③

---

① （清）金圣叹：《水浒传》第二十二回夹批，见林乾主编：《金圣叹评点才子全集》第3卷，413页，北京，光明日报出版社，1997。
② （清）金圣叹：《西厢记·寺警》夹批，见林乾主编：《金圣叹评点才子全集》第2卷，94页，北京，光明日报出版社，1997。
③ （清）金圣叹：《水浒传》第十四回夹批，见林乾主编：《金圣叹评点才子全集》第3卷，274页，北京，光明日报出版社，1997。

作者没有实写阮小五何以叫出"罢，罢!"，更没有交代他与阮小七说过什么，但是，有心的读者，却能从中看出阮氏兄弟日常谈论的胸襟抱负，还有谋划出路时顾盼踌躇之态；或者是吴用来到后，阮氏兄弟曾经对其来意做过揣测，而闻听吴用说辞后，兴奋、决断之情溢于言表。又如，关于小说第四十五回对石秀杀嫂的描写，金圣叹指出书中所写潘巧云奸情种种，皆为石秀眼中所见，这不是单纯的情景描写，在笔墨的背后隐然可见的是精细刻毒的石秀形象。① 总之，这些"化境"文字，都是含而不露的写人之笔，它们往往"用笔在其笔之前后"，激发着读者的想象力，而取得"笔墨外文字"的效果。强调"言外之意"是我国古代诗论的美学传统，在金圣叹之前，古代画论标举"逸格"，戏曲理论标举"化工"，金氏"三境"说的价值在于，它借鉴传统的理论阐释，总结了新的文学现象。

实际上，金圣叹的"三境"说还有更深一层的含义，它论及了创作的深层心理问题，体现了中国崇尚自然的传统美学思想。金圣叹提出的三种境界之差别，表现于"心""手"两方面的"至"与"不至"。依金氏之见，"手"即"用笔"，是具体、形之于外的创作过程；"心"则属于创作中的精神状态，心理状态，有理性、逻辑思维的含义。所谓"心手皆不至"，是一种特殊的最佳的创作心理状态，即达到思维道断、言语路绝；只有在此纯然审美心境下，才可能写出"无字"而"有局有思"的"妙文"。具言之，小说、戏剧中刻画人物的精妙之笔，是在超理念的迷狂的心态下完成的。金圣叹说：

> 夫天下后世之读我书者，彼岂不悟此一书中……是我一人心头口头吞之不能，吐之不可，搔爬无极，醉梦恐漏，而至是终竟不得已，而忽然巧借古之人之事以自传……其中如径斯曲，如夜斯黑，如绪斯多，如

---

① （清）金圣叹：《水浒传》第四十五回夹批，见林乾主编：《金圣叹评点才子全集》第 4 卷，843 页，北京，光明日报出版社，1997。

檗斯苦，如痛斯忍，如病斯讳。①

这种迷狂的创作心态是神秘隐晦、曲折复杂的，由此才抵达金氏所谓"心不至"的"化境"。金圣叹又说：

> 文章最妙，是此一刻被灵眼觑见，便于此一刻放灵手捉住。盖于略前一刻亦不见，略后一刻便亦不见，恰恰不知何故，却于此一刻忽然觑见，若捉不住，便更寻不出。②

所谓"灵眼"，乃是进入特殊的创作状态时，心灵之门訇然洞开，心理上产生的美的独特感受能力；所谓"灵手"，就是对美的迅疾捕捉，而赋之以形。世人个个有眼，但并非皆为灵眼；世人个个有手，但并非皆为灵手。因为，"觑见是天付，捉住须人工"③，"天付"与"人工"缺一不可：

> 圣叹深恨前此万千年，无限妙文已是觑见，却捉不住，遂成泥牛入海，永无消息。④

而且，"灵眼"与"灵手"的遇合，必须处于最佳的创作心态下，即"佳时、妙地、闲身、宽心，忽然相遭，油乎自动"⑤。这种纯然的审美心境是无法强求，无法以理性得之的。金圣叹说：

---

① （清）金圣叹：《西厢记·惊艳》批，见林乾主编：《金圣叹评点才子全集》第2卷，47页，北京，光明日报出版社，1997。
② （清）金圣叹：《读第六才子书〈西厢记〉法》，见林乾主编：《金圣叹评点才子全集》第2卷，11~12页，北京，光明日报出版社，1997。
③ 同上书，12页。
④ 同上书，12页。
⑤ （清）金圣叹：《天下才子必读书·公叔非悖》批，见林乾主编：《金圣叹评点才子全集》第2卷，420页，北京，光明日报出版社，1997。

> 吾尝言一切众生，横以知见，入妙心中，譬如饼师，以油入面，永
> 无出理。……及至大段没依傍时，十成法界，宛然具足……①

人们如果执着"知见"，"妙心"便被蒙蔽，须待"大段没依傍"时，"妙
心"方显。 在金圣叹看来，只有以审美的心态（超越理念、摆脱功利、心物
冥一）进入创作，才能真正抵达艺术的至境。 这里实际上体现出了崇尚自然
的传统美学思想。 老子"道法自然"和庄子以真为贵、以质朴为美的思想，
欧阳修的"君子之欲著于不朽者，有诸其内而见于外者，必得于自然"②，
以及李贽的"声色之来，发于情性，由乎自然""以自然之为美"③的思想，
与金圣叹的"三境"说有着血脉关系，它们都深刻揭示了创作的心理。 康
德说：

> 在一个美的艺术的成品上，人们必须意识到它是艺术而不是自然。
> 但它在形式上的合目的性，仍然必须显得它是不受一切人为造作的强制
> 所束缚，因而它好像只是一自然的产物。④

康德此论堪为金圣叹"三境"说的最佳注解。
其次，"才子"著书是为了"艺术传达"，即以形象表达自己的审美
观念：

> 若一百八人而无其人也，则是为此书者之设言也。为此书者，吾则

---

① （清）金圣叹：《圣人千案·对朕案第一》，见艾舒仁编次，冉苒校点：《金圣叹文集》，176
页，成都，巴蜀书社，1997。
② （宋）欧阳修：《集古录跋尾》卷七《唐元结阳华岩铭》，见《欧阳修全集》，1179 页，北京，中
国书店，1986。
③ （明）李贽：《焚书》卷三《读律肤说》，见张业整理：《李贽文集》之《焚书 续焚书》，165
页，北京，北京燕山出版社，1998。
④ ［德］康德著，宗白华译：《判断力批判》上卷，151 页，北京，商务印书馆，1964。

不知其胸中有何等冤苦而为如此设言。①

　　盖昔者之人，其胸中自有一篇一篇绝妙文字……特无所附丽，则不能以空中抒写，故不得已旁托古人生死离合之事，借题作文，彼其意期于后世之人见吾之文而止，初不取古人之事得吾之文而见也。②

这里，金圣叹明确指出，作家创作的动机不是为了陈述"古人之事"，而是为了表现蕴积其胸中的某种主观的东西，也就是"胸中之文"；它本身是非概念性的、主观的，如果"无所附丽，则不能以空中抒写"。因此，作家所叙述的故事，是感性现实的经验，是外在的"形迹"；作家的使命就是——

　　借世间杂事，抒满胸天机。③

就是使"胸中之文"客观化的手段。故称之为"设言"或"借题作文"。这就像康德指出的：

　　诗人敢于把不可见的东西的观念，例如极乐世界、地狱世界、永恒界、创世等等来具体化；或把那些在经验界内固然有着事例的东西，如死，忌嫉及一切恶德，又如爱、荣誉等等，由一种想象力的媒介超过了经验的界限——这种想象力在努力达到最伟大东西里追迹着理性的前奏——在完全性里来具体化，这些东西在自然里是找不到范例的。④

① （清）金圣叹：《水浒传》"楔子"批，见林乾主编：《金圣叹评点才子全集》第3卷，30页，北京，光明日报出版社，1997。
② （清）金圣叹：《水浒传》第三十三回回评，见林乾主编：《金圣叹评点才子全集》第3卷，608页，北京，光明日报出版社，1997。
③ （清）金圣叹：《天下才子必读书·公叔非悖》批，见林乾主编：《金圣叹评点才子全集》第2卷，420页，北京，光明日报出版社，1997。
④ ［德］康德著，宗白华译：《判断力批判》上卷，160～161页，北京，商务印书馆，1964。

因此，"才子"必须具有丰富的想象力，能化主观情致为鲜活的艺术形象：

> ……（《西厢记》）所撰为古人名色，如君瑞、莺莺、红娘、白马，是
> 我一人心头口头吞之不能，吐之不可，搔爬无极，醉梦恐漏，而至是终
> 竟不得已，而忽然巧借古之人之事以自传，道其胸中若干日月以来七曲
> 八曲之委折乎？①

为此，金圣叹将成功地塑造人物形象确定为小说艺术的中心内容，视之为
《水浒传》重要的艺术成就之一。他说：

> 别一部书，看过一遍即休，独有《水浒传》，只是看不厌，无非为他
> 把一百八个人性格，都写出来。②

人物形象的塑造，是作家"抒满胸天机"的重要媒介，是一种合目的自由创
造。它类似于康德所说的：

> ……给予了一个审美的观念，代替那逻辑的表述。它服务于理性的
> 观念，本质上为了使心意生气勃勃，替它展开诸类似的表象的无穷领域
> 的眺望。③

金圣叹还指出，人物形象的塑造不是孤立的，而是存在于艺术作品的上下文
的关系之中。他说：

---

① （清）金圣叹：《西厢记·惊艳》批，见林乾主编：《金圣叹评点才子全集》第 2 卷，47 页，北
京，光明日报出版社，1997。
② （清）金圣叹：《读第五才子书法》，见林乾主编：《金圣叹评点才子全集》第 3 卷，20 页，北
京，光明日报出版社，1997。
③ ［德］康德著，宗白华译：《判断力批判》上卷，161 页，北京，商务印书馆，1964。

如写李逵，岂不段段都是妙绝文字，却不知正为段段都在宋江事后，故便妙不可言。……

近世不知何人，不晓此意，却节出李逵事来，另作一册，题曰《寿张文集》，可谓"咬人屎橛，不是好狗"。①

的确，小说人物是整部作品的有机环节，其价值决定于作品的内部关系。因此，与对"才"的理解相一致，金圣叹将包括人物形象在内的内容限定为作品自身构成的世界，如果离开整部小说所构造的世界，单独抽取出来一个李逵，便失去了它的艺术价值。

最后，"才子书"又具有普遍意义的典范性。基于对文学创作心理的深刻认识，金圣叹极其强调艺术创造不可重复的独创性。《水浒传》第四十二回中假李逵也学李逵使斧，李逵看见便骂，金圣叹夹批道：

每见无知小儿，动笔便拟高、岑、王、孟诸家诗体，可谓学使板斧矣。②

然而，作为艺术创造中不可重复的"这一个"，即符合审美规范性（"精严"）的"才子书"，由于表现了一定的审美观念，它又具有着典范性，可供人们学习，所以在《读第五才子书法》中，金圣叹又指出：

《水浒传》章有章法，句有句法，字有字法。人家子弟稍识字，便当教令反复细看，看得《水浒传》出时，他书便如破竹。
……

---

① （清）金圣叹：《读第五才子书法》，见林乾主编：《金圣叹评点才子全集》第3卷，21页，北京，光明日报出版社，1997。
② （清）金圣叹：《水浒传》第四十二回夹批，见林乾主编：《金圣叹评点才子全集》第4卷，780页，北京，光明日报出版社，1997。

……此本虽是点阅得粗略，子弟读了，便晓得许多文法。不惟晓得《水浒传》中有许多文法，他便将《国策》《史记》等书，中间但有若干文法，也都看得出来。①

在《水浒传·序三》中，金圣叹也指出：

　　夫固以为《水浒》之文精严，读之即得读一切书之法也。②

金圣叹在强调文学艺术中非理性的、无意识因素的同时，也指出了艺术活动中理性的、有意识的因素。他说：

　　弟于唐律诗，不敢以难之心处之，为其诗则皆其人之诚然之心也，非别有所作而致之者也。又不敢以易之心处之，为其诗则皆其人生平所读万卷之诗之所出也，非率尔能为是言者也。③

艺术作品并非偶然性的产物，它与此前的艺术作品有着千丝万缕的关系。在这意义上，文学作品又是可供人学习的。没有这点，文学艺术就不成其为艺术，文学作品也就不能成为作家审美观念的传达，人类的艺术文化也不会发展。这是颇有见地的。为此，金圣叹要求读者阅读作品时必须"观鸳鸯而知金针，读古今之书而能识其经营"④。他说：

　　一部书有如许缅缅洋洋无数文字，便须看其如许缅缅洋洋是何文字，

---

① 见林乾主编：《金圣叹评点才子全集》第 3 卷，20、25 页，北京，光明日报出版社，1997。
② 同上书，13 页。
③ （清）金圣叹：《鱼庭闻贯·与杨云珮廷章》，见林乾主编：《金圣叹评点才子全集》第 1 卷，38 页，北京，光明日报出版社，1997。
④ （清）金圣叹：《水浒传》第十三回回评，见林乾主编：《金圣叹评点才子全集》第 3 卷，249 页，北京，光明日报出版社，1997。

> 从何处来，到何处去，如何直行，如何打曲，如何放开，如何捏聚，何处公行，何处偷过，何处慢摇，何处飞渡……①

金圣叹自己的评点就是一个有效的示范，它一反古人"得意忘言"，"但睹性情，不见文字"，而是要既"得意"又不"忘言"，既"睹性情"又"见文字"；他反复表示自己对文学的故事本身（"形迹"）不太感兴趣，他所关注的是文学之"神理"——小说的叙事艺术，如结构规律、叙述机制与叙述技巧等。 正是从"才子书"的典范性出发，金圣叹视自己的评点为"止薪勿趋"的良方，是"封关之丸泥"，即让人们知道什么是"才"，知道无"才"不足以言著述，而"审己量力"，"废然歇笔"②。 金圣叹对自己评点之功十分自信，他说：

> 今刻此《西厢记》遍行天下，大家一齐学得捉住，仆实遥计一二百年后，世间必得平添无限妙文，真乃一大快事！③

可见，金圣叹所说的学习不是简单的模仿，所谓成为他人的典范，不是说让他人依样画葫芦，而是说它只是一种触发剂，当有相应天才的后学者观赏时，就会产生某种感应，从而触发他心灵机能中潜伏的东西，使之成长和强化起来，并转化为独创性的艺术作品。

---

① （清）金圣叹：《读第六才子书〈西厢记〉法》，见林乾主编：《金圣叹评点才子全集》第2卷，8页，北京，光明日报出版社，1997。
② （清）金圣叹：《水浒传·序一》，见林乾主编：《金圣叹评点才子全集》第3卷，5～7页，北京，光明日报出版社，1997。
③ （清）金圣叹：《读第六才子书〈西厢记〉法》，见林乾主编：《金圣叹评点才子全集》第2卷，12页，北京，光明日报出版社，1997。

◎ 第三节

叙事：历史还是小说？
——"以文运事"与"因文生事"辨析

金圣叹是以"史传"传统为参照建构其小说理论批评体系的，那么，小说与历史之间究竟存在着怎样的关系？ 它们在创作动机、文体特点和叙事艺术上有何异同？ 小说与历史之间，金圣叹是怎样区分的？ 这一区分有什么价值与意义？ 本节拟对这些问题予以探讨。

一、"事为文料"

我们知道，在中国文学史上，叙事文学之祖不是神话，也不是悲剧，而是史传。 宋真德秀《文章正宗》说："叙事起于史官。"清章学诚《上朱大司马论文》也说："叙事实出史学。"因此，中国古代文言小说与史传之间存在密切的血缘关系。 宋赵彦卫《云麓漫钞》指出，唐传奇的盛行原因在于透过它可以看出作者的"史才"；而白话长篇小说，则如夏志清《中国古典小说导论》所云：

> 在长篇小说的形成阶段，演义体的事实叙述显然占有优势，而其他类型的小说至少也托名为历史。 因此，仅次于说书人，历史家们为中国小说的创造提供了最重要的文学背景。[①]

是以，长期以来，人们受"史贵于文"的传统观念束缚，往往视小说为"正

---

① 夏志清著，胡益民等译：《中国古典小说导论》，10～11 页，合肥，安徽文艺出版社，1988。

史之补"，写小说必须"羽翼经史"。 一直到金圣叹，才彻底地划清了小说
与史书的界限。 他的可贵之处在于，不仅指出了小说与史传的相通之处，还
特别标示了二者之间的差异所在： "《史记》是以文运事，《水浒》是因文
生事。"①这实际上是冯梦龙《警世通言叙》"事真而理不赝，即事赝而理亦
真"，吉衣主人（袁于令）《隋史遗文序》"传信者贵真"而"传奇者贵幻"
等思想的赓续和翻新。

在金圣叹小说评点的研究中， "以文运事"与"因文生事"是备受人们
重视的命题。 那么，应该如何理解这一命题呢？ 有论者以为，它讨论的是
小说与纯粹历史著作之间的区别：

> 历史著作是着眼于"事"（历史上的实事），"文"是服务于记"事"。这
> 叫"以文运事"。小说则不同。小说是着眼于"文"（艺术形象），而"事"
> （故事情节）则是根据整体艺术形象的需要创造出来的。这叫"因文生
> 事"。所谓"生"者，就是虚构、创造的意思。②

有的论者则认为：

> "以文运事"和"因文生事"准确地道出了纪实性创作和虚构性创作的
> 重大区别。《史记》和《水浒》在具体作法上虽然有某些相似之处，但是
> 《水浒》作者运用这些方法更加从心所欲，灵活自如，这种自由首先决定
> 于作品本身的虚构性。③

在我们看来，这些认识都不尽如人意，并未真正洞悉金圣叹命题的含义与价

---

① （清）金圣叹：《读第五才子书法》，见林乾主编：《金圣叹评点才子全集》第 3 卷，19 页，北
  京，光明日报出版社，1997。
② 叶朗：《中国小说美学》，61 页，北京，北京大学出版社，1982。
③ 邬国平、王镇远：《中国文学批评通史·清代卷》，219 页，上海，上海古籍出版社，1996。

值。 不难看出，金圣叹拈出"文"与"事"这对范畴来描述两部作品的内部"构成"，表明他抓住了叙事艺术有别于传统诗文的文体特征。

那么，"文"与"事"的确切所指是什么呢？ 对此，金圣叹没有明确的界定，我们必须结合他的有关具体评论来理解。 金圣叹说：

> 尝怪宋子京官给椽烛，修《新唐书》。嗟乎！岂不冤哉！夫修史者，国家之事也；下笔者，文人之事也。国家之事，止于叙事而止，文非其所务也。若文人之事，固当不止叙事而已，必且心以为经，手以为纬，踌躇变化，务撰而成绝世奇文焉。……马迁之书，是马迁之文也；马迁书中所叙之事，则马迁之文之料也。……无非为文计，不为事计也。……古之君子，受命载笔，为一代纪事，而犹能出其珠玉锦绣之心，自成一篇绝世奇文。岂有稗官之家，无事可纪，不过欲成绝世奇文以自娱乐，而必张定是张，李定是李，毫无纵横曲直、经营惨淡之志者哉？则读稗官，其又何不读宋子京《新唐书》也！①

在金圣叹看来，宋祁修《新唐书》与司马迁撰《史记》、施耐庵作《水浒传》之间，存在着极大的差异：宋子京是"官给椽烛"，奉命修史，其《新唐书》"止于叙事而止"，"必张定是张，李定是李，毫无纵横曲直、经营惨淡之志"。 同样是历史著作，《史记》则不然，它与《水浒传》都是"为文计，不为事计"，而"能出其珠玉锦绣之心，自成一篇绝世奇文"。

有意思的是，在金圣叹看来，"事"与"文"可以是互不相干的，欣赏《水浒传》之"文"不会妨碍对《水浒传》之"事"的厌恶。 他说：

> 《水浒传》所叙，叙一百八人，其人不出绿林，其事不出劫杀，失教

---

① （清）金圣叹：《水浒传》第二十八回回评，见林乾主编：《金圣叹评点才子全集》第 3 卷，526～527 页，北京，光明日报出版社，1997。

> 丧心，诚不可训。然而吾独欲略其形迹，伸其神理……①

所谓"神理"，即"浏然以清，湛然以明，轩然以轻，濯然以新"②之"文"，它可以脱略于绿林劫杀之类的"事"。金圣叹在这里强调的是读者阅读的审美眼光。比如，小说第三十回"张都监血溅鸳鸯楼　武行者夜走蜈蚣岭"，金圣叹评云：

> 此文妙处，不在写武松心粗手辣，逢人便斫。须要细细看他笔致闲处，笔尖细处，笔法严处，笔力大处，笔路别处。③

即便是叙写男女性爱的"事"，作品也"意不在事，故不避鄙秽；意在于文，故吾真不曾见其鄙秽"④。可见，金圣叹强调的是就"文"论文，直指其"文心"。由这种"事文分立"观，金圣叹自然引申出了"事为文料"说：

> 但使吾之文得成绝世奇文，斯吾之文传而事传矣。如必欲但传其事，又令纤悉不失，是吾之文先已拳曲不通，已不得为绝世奇文，将吾之文既已不传，而事又乌乎传耶？盖孔子亦曰："其事则齐桓晋文，其文则史。"其事则齐桓晋文，若是乎事无文也；其文则史，若是乎文无事也。其文则史，而其事亦终不出于齐桓晋文，若是乎文料之说，虽孔子

---

① （清）金圣叹：《水浒传·序三》，见林乾主编：《金圣叹评点才子全集》第3卷，13页，北京，光明日报出版社，1997。
② 同上书，13页。
③ （清）金圣叹：《水浒传》第三十回回评，见林乾主编：《金圣叹评点才子全集》第3卷，556页，北京，光明日报出版社，1997。
④ （清）金圣叹：《西厢记·酬简》批，见林乾主编：《金圣叹评点才子全集》第2卷，192页，北京，光明日报出版社，1997。

亦蛋言之也。①

金圣叹又说：

> 其胸中自有一篇一篇绝妙文字，篇各成文，文各有意，有起有结，
> 有开有阖，有呼有应，有顿有跌，特无所附丽，则不能以空中抒写，故
> 不得已旁托古人生死离合之事，借题作文。彼其意期于后世之人见吾之
> 文而止，初不取古人之事得吾之文而见也。②

> 若夫其事其人之为有为无，此固从来著书之家之所不计。③

金圣叹就"文"之于"事"的关系说：

> 借家家家中之事，写吾一人手下之文者，意在于文，意不在于
> 事也。④

也就是说，"文"是第一位的，这里的"文"的创造既是手段又是目的，即
表现作者的"珠玉锦绣之心"。这正如黑格尔（G. W. F. Hegel, 1770—
1831）所言：

> 艺术作品中形成内容核心的毕竟不是这些题材本身，而是艺术家主

---

① （清）金圣叹：《水浒传》第二十八回回评，见林乾主编：《金圣叹评点才子全集》第3卷，527
页，北京，光明日报出版社，1997。
② （清）金圣叹：《水浒传》第三十三回回评，见林乾主编：《金圣叹评点才子全集》第3卷，608
页，北京，光明日报出版社，1997。
③ （清）金圣叹：《水浒传》第七十回回评，见林乾主编：《金圣叹评点才子全集》第4卷，1240
页，北京，光明日报出版社，1997。
④ （清）金圣叹：《西厢记·酬简》批，见林乾主编：《金圣叹评点才子全集》第2卷，192页，北
京，光明日报出版社，1997。

体方面的构思和创作加工所灌注的生气和灵魂，是反映在作品里的艺术家的心灵，这个心灵所提供的不仅是外在事物的复写，而是它自己和它的内心生活。①

以是之故，金圣叹说：

> 文如工画师，亦如大火聚，随手而成造，亦复随手坏。如文心亦尔，见文当观心。见文不见心，莫读我此传。②

于是，他总是痛骂那些"一似古人之事全赖后人传之，而文章在所不问"的"冬烘学究"和"乳臭小儿"③，因为他们根本就不知道叙事作品的创作"意在于文，意不在于事"的美学本质。金圣叹这种重"文"轻"事"的观念付诸实践，必将导致小说叙事的纯文学化。

可见，金圣叹所谓"事"主要指叙事作品所写的生活事件（题材或素材），即文中的"义理""形迹"；而"文"则是其中的文学性，即审美的形式（包括结构布局、人物刻画、细节描写等在内的全部艺术创造成分）。

二、"以文运事"

金圣叹所谓"事"与"文"，颇有些类似于当代西方结构主义叙事学提出的"故事"（按照因果关系、实际时间排列的事件）与"话语"（表述故事内容的方式）两个范畴。他又进一步指出，"修史"虽是"国家之事"，

---

① [德]黑格尔著，朱光潜译：《美学》第3卷上，229页，北京，商务印书馆，1997。
② （清）金圣叹：《水浒传》第五回夹批，见林乾主编：《金圣叹评点才子全集》第3卷，144页，北京，光明日报出版社，1997。
③ （清）金圣叹：《水浒传》第三十三回回评，见林乾主编：《金圣叹评点才子全集》第3卷，608页，北京，光明日报出版社，1997。

但"下笔"的是"文人"，历史的书写便成了"文人之事"；"若文人之事，固当不止叙事而已，必且心以为经，手以为纬，踌躇变化，务撰而成绝世奇文焉"。 我们知道语词的外观形状与它所代表的实在对象之间，不是"模仿"而是一种"转化"的关系。 按照美国哲学家苏珊·朗格（Susanne K. Langer, 1895—1985）的解释，"转化"所"创造的是一种与原表象等效的感性印象，而不是与原型绝对相同的形象；它用的是一种具有一定局限性但又十分合理的材料，而不是在性质上与那种构成原型的材料绝对相同的材料"①。 在这"转化"过程中，实在对象被"强行"纳入了语言预设的轨道，接受着种种语言规范的制约，叙事也就意味着抛出了一个整编实在对象的语言秩序。 这样，历史家与小说家一样，就成了一个叙事者—— 一个合格的语言操作者，他必须服从语言符号系统，服从种种公认的语言含义、语法规则和叙事成规，此之谓"以文运事"。

金圣叹对《史记》"以文运事"这一本质特征的认识是深刻的。 中国早期叙事传统是以"史"的形式发展的。 古人云，"诗言志"②，"史，记事者也"③，"志"与"事"分别是"诗"与"史"的言说对象，这就排除了诗歌叙事的合法性，叙事成为历史的功能所在。 而历史叙事的标准是：

> 其文直，其事核，不虚美，不隐恶，故谓之实录。④

金圣叹却指出，历史一旦成为一种"文人之权"的运作，"马迁之传《伯夷》也，其事伯夷也，其志不必伯夷也；其传《游侠》《货殖》，其事游侠货殖，其志不必游侠货殖也。 进而至于《汉武本纪》，事诚汉武之事，志不

---

① ［美］苏珊·朗格著，滕守尧、朱疆源译：《艺术问题》，94 页，北京，中国社会科学出版社，1983。
② 《尚书·尧典》，见郭绍虞主编：《中国历代文论选》（一卷本），1 页，上海，上海古籍出版社，1979。
③ （汉）许慎：《说文解字》第三下《史部·史》，65 页，北京，中华书局，1963。
④ （汉）班固：《汉书》卷六十二《司马迁传》，2738 页，北京，中华书局，1962。

必汉武之志也"。因此，"马迁之书，是马迁之文也；马迁书中所叙之事，则马迁之文之料也"。因为他发现：

> 是故马迁之为文也，吾见其有事之巨者而隐括焉，又见其有事之细者而张皇焉，或见其事之阙者而附会焉，又见其有事之全者而轶去焉，无非为文计，不为事计也。①

也就是说，历史家对历史的叙述，不是简单地记录"发生了什么"，而是根据"写志"的需要，采用强调（"张皇"）、集中（"隐括"）、省略（"轶去"）、组织（"附会"）等各种语言策略，"事"不过是"文料"而已。因此，"以文运事"与"因文生事"之间实际上又存在着某种内在的一致规定性，历史叙事过程也有"生事"之处；如何叙事决定了历史的真正浮现，体现了史家的自我历史意识和文学创造精神。于是，历史就不可能是"中性"的陈述，或所谓"纪实性创作"；既然"以文运事"之中包含着"因文生事"，历史就不过是一种叙事话语而已。

事实也是如此。司马迁就曾自述其为"文"的用心云：

> 罔罗天下放失旧闻，王迹所兴，原始察终，见盛观衰……成一家之言。②

司马迁《史记》的写作便充满了自己的主观识见和对文本叙事方式的选择。在金圣叹之前，早有人论及这种情况，如汉代扬雄就指出司马迁有"爱奇"

---

① （清）金圣叹：《水浒传》第二十八回回评，见林乾主编：《金圣叹评点才子全集》第 3 卷，526、527 页，北京，光明日报出版社，1997。
② （汉）司马迁：《史记》卷一百三十《太史公自序》，3319 页，北京，中华书局，1959。

的特点①，明代批评家胡应麟则批评《史记》记载了一些有民间传说色彩的事：

> ……亦观太史之叙仓公乎？连篇累牍，靡弗厌焉。相如窃女，曼倩滑稽，虽其文瑰伟可喜而大体不无戾也。②

> ……至称羽重瞳，纪信营墓，无关大体，颇近稗官矣。③

有人则从文学的角度评论《史记》，肯定其近于小说家言，如宋倪思、刘辰翁《班马异同》指出：

> （司马相如）赋成而王卒，而困，是临邛令哀故人之困，岂无他料理，顾相与设画，次第出此言，是一段小说耳。子长以奇著之，如闻如见，乃并与其精神意气，隐微曲折尽就……④

明陈继儒《史记定本序》则云：

> 余尝论《史记》之文，类大禹治水，山海之鬼怪毕出，黄帝张乐，洞庭之鱼龙怒飞，此当值以文章论，而儒家以理学捆束之，史家以体裁义例掎摭之，太史公不受也。⑤

---

① （汉）扬雄：《法言·君子》，见汪荣宝撰，陈仲夫点校：《法言义疏》，507 页，北京，中华书局，1987。
② （明）胡应麟：《少室山房笔丛》卷十三《史书占毕一》，130 页，上海，上海书店出版社，2001。
③ 同上书，131 页。
④ （宋）倪思著，（宋）刘辰翁评：《班马异同》卷二十六，见张大可、丁德科主编：《史记论著集成》第 6 卷，570～571 页，北京，商务印书馆，2015。
⑤ 见张大可、丁德科主编：《史记论著集成》第 13 卷，475 页，北京，商务印书馆，2015。

人们要么"以史论文"，要么"以文论史"。将《水浒传》与《史记》相比，也并非金圣叹的独创。明嘉靖年间李开先的《词谑》记载，唐顺之等谓"《水浒传》委曲详尽，血脉贯通，《史记》而下，便是此书"①；天都外臣《水浒传序》也说：

> 雅士之赏此书者，甚以为太史公演义。……传中警策，往往似之。②

显而易见，"以史论文"者，多否定《史记》的文学性；"以文论史"者，则多忽视了《史记》的历史性。金圣叹的超拔之处就在于，既认识到了《史记》与《水浒传》之间的差异（见下一节的论述），又特别突出了它们在文学意味上的一致——"为文计，不为事计"，而将《史记》与《离骚》、《庄子》、杜诗、《水浒传》、《西厢记》并置。这招致了一些正统文人的严厉指责，如清人归庄就抨击金圣叹的这种作法"失伦"③。他们未能理解金圣叹的真正用意所在，还是现代学者钱锺书先生目光如炬：

> 明、清评点章回小说者，动以盲左、腐迁笔法相许，学士哂之。哂之诚是也，因其欲增稗史声价而攀援正史也。然其颇悟正史稗史之意匠经营，同贯共规，泯町畦而通骑驿，则亦何可厚非哉。史家追叙真人真事，每须遥体人情，悬想事势，设身局中，潜心腔内，忖之度之，以揣以摩，庶几入情合理。盖与小说、院本之臆造人物、虚构境地，不尽同而可相通……《左传》记言而实乃拟言、代言，谓是后世小说、院本中对话、宾白之椎轮草创，未遽过也。④

---

① （明）李开先著，周明鹃疏证：《〈词谑〉疏证·时调》，55 页，南昌，江西教育出版社，2008。
② 转引自朱一玄、刘毓忱编：《水浒传资料汇编》，189 页，天津，百花文艺出版社，1981。
③ 《归庄集》卷十《诛邪鬼》，499 页，上海，上海古籍出版社，1984。
④ 钱锺书：《管锥编·左传正义》第一则，166 页，北京，中华书局，1986。

金圣叹"为文计，不为事计""以文运事"诸说的提出，摆脱了长期以来的纠缠于"事"的所谓"实录"观念，而与现代的历史叙述观相接轨。

西方新历史主义理论对理解金圣叹的"以文运事"说极有启示。在新历史主义理论中，历史和文学同属于一个符号系统，无论是历史叙事还是文学叙事，都是在某种语言结构（"文"）中展开的。比如，海登·怀特（Hayden White，1928—2018）指出，历史文本作为一种话语涉及三大要素：素材、理念和叙述结构。历史叙事总是以一定的理念去解释素材，并总是将这一切安排在一个语言叙述结构之中。过去留下的档案资料并不能算作历史，因为任何学科都可以使用这些资料；它们成为历史的关键是叙事话语，叙事话语穿透了时间，使一系列过去的事件成为一个可以理解的整体。这样，历史学家的编织情节与作家的虚构并没有实质性的差别，历史文件并不比文学文本更透明。[①] 在此意义上，历史在本质上是一种话语虚构，与小说没有什么两样，历史与文学之间的相似大于它们的相异。显然，这与金圣叹的"以文运事"说有着异曲同工之妙，它们都将历史当作一种叙事话语对待。

在古代中国，史官是一个显赫的职位，兼管着祭神占卜；修史有着很强的官方性质，历史话语构成了封建社会意识形态的一个重要组成部分。历史文本所拥有的强大权威性，决定了它在中国叙事文类中的绝对权威。历史曾以所谓公正、客观、无视人们的意志著称，而金圣叹提出"以文运事"，却使人们发现作为一个特殊的话语类型的叙事话语，是一个或一系列事件的陈述，而不可能是一个还原"真相"的工具，叙事意味着话语对实在的一种简化，一种并列，也包含着一种解释，其中的种种修辞无不烙上了史家个人历史判断的印记。长期以来，小说蜷缩于历史的阴影之下，成了历史的"秘书"或"副本"（正史的拾遗补漏），与此相应的是"拟史批评"——这曾经不仅是小说存在的理由，还是小说分享历史权威的理由。于是，关于想象、

---

① 参见［美］海登·怀特：《"描绘逝去时代的性质"：文学理论与历史写作》，见［美］拉尔夫·科恩主编，程锡麟等译：《文学理论的未来》，43～78 页，北京，中国社会科学出版社，1993。

虚构、悬念、曲折的情节、鲜明的性格——诸如此类的美学特征不得不遭受着历史文本的强大压抑。而金圣叹提出"以文运事"，历史被论证为只不过是一种叙事话语，历史所包含的某些重大范畴（如"寓褒贬、别善恶""拨乱反正"等"济世匡时"的功能）便被无形地"蛀空"，历史落入了无可逃避的叙事话语之网。这就在削弱历史威信的同时，解除了小说由来已久的历史崇拜与压抑的历史；历史崇拜嬗变为叙事崇拜，这无疑大大增强了小说的信心，有助于小说地位的跃升。

此外，一旦历史被视为一种叙事话语，个人与历史之间的传统关系便面临着重新核定或调整。个人的位置不是为历史事实所设定，语言之网成了个人生存的基础。史家在语言方阵之中前仆后继，营造着一个个不同寻常的精神家园。这样，金圣叹的这种"叙事"崇拜就意味着一个信念："叙事"制造现实、制造生命，亦可称之为一种创世——它顽强地分割出另一种文化空间，暗示了话语之中尚未驯服的美学"力比多"（libido），暗示了另一种生存维度和价值体系。金圣叹"以文运事"说的意义正在乎此。

三、"因文生事"

法国现代思想家保罗·利科（Paul Ricoeur，1913—2005）指出：

> 一部史书能被读为小说，这样做时，我们加入阅读的契约，并共享该条约所创立的叙事的声音与隐含的读者之间的共谋关系。[①]

在金圣叹看来，"为文计，不为事计"，正是《史记》与《水浒传》在叙事方式上的"共谋"之处。新历史主义强调历史即文学，是在各种"权力"支

---

① 转引自乐黛云、陈珏编选：《北美中国古典文学研究名家十年文选》，3 页，南京，江苏人民出版社，1996。

配下的想象或虚构，有一定的道理，但历史并非完全是文本的游戏：特定的历史实物"尽管可以被人们作不同的解释，但毕竟不可能被文本所全部吞没，即使想象与虚构，毕竟难以任意飞翔"①。而且，历史与小说也毕竟不是完全一回事。那么，它们之间的叙事界限何在呢？现代不少论者把"实录"还是"虚构"当作历史叙事和小说叙事的分水岭，认为挣脱史学意识的荫庇，走向虚构意识的自觉，是中国小说叙事观念真正走向成熟的标志。这明显忽视了上述历史叙事的虚构性。事实上，"历史"总在我们之前发生，不再为当今的人们所目睹，我们只有借助有关历史的叙述才遭遇"历史"；这"历史"也不可能是所谓"客观历史"，只能是"书写的历史"：它首先是一些"文本"，然后才是所谓"历史"。历史话语真实与否，并非事实对语言的验证，而是语言对语言的验证——史料记载仍然是一种语言作品。更重要的是，以虚、实区分文学和历史，只是一种程度的区分，而不是种类的区分，它根本就无法操作，任何人都无法确定其中虚、实的比例应当如何分配——小说与历史的叙事界限绝不在于此。

在《读第五才子书法》中，金圣叹说：

> 某尝道：《水浒》胜似《史记》……以文运事，是先有事生成如此如此，却要算计出一篇文字来，虽是史公高才，也毕竟是吃苦事。因文生事即不然，只是顺着笔性去，削高补低都由我。②

在我们看来，如何理解金圣叹"因文生事"说，是解决历史与小说叙事界限的关键。表面上看，历史所叙之"事"是先在之物（"先有事生成如此如此"），是叙事之"文"整编的对象；史家"要算计出一篇文字来"，形同戴了镣铐跳舞，"虽是史公高才，也毕竟是吃苦事"。小说叙事则不然，它

---

① 李泽厚：《历史本体论》，24 页，北京，生活·读书·新知三联书店，2002。
② 见林乾主编：《金圣叹评点才子全集》第 3 卷，19 页，北京，光明日报出版社，1997。

所叙之"事"是"皆未必然之文,又必定然之事"①。 这很容易让人们联想
起古希腊亚里士多德的经典论断:

> 诗人的职责不在描述已发生的事,而在描述可能发生的事,即按照
> 可然律或必然律是可能的事。历史家与诗人的差别……在于一叙述已发
> 生的事,一描述可能发生的事。②

也就是说,历史与文学的差异只在于所叙之"事"的不同。 其实,金圣叹的
"因文生事"说不能做如此简单的读解。 在金圣叹之前,关于小说是否虚构
问题的讨论,由来已久。 明末清初的谢肇淛、毛宗岗、李渔等人提出过"虚
实相半""虚中有实,实中有虚""三分虚七分实""虚则虚到底,实则实
到底"等许多看法,他们都以艺术"逼真"、肖似生活为最高境界。 金圣叹
则指出:

> 《宣和遗事》具载三十六人姓名,可见三十六人是实有。只是七十回
> 中许多事迹,须知都是作书人凭空造谎出来。③

> 一百八人、七十卷书,都无实事。④

既然小说是"凭空造谎"出来的,讨论其"真""幻"便没有多大意义。 显
然,金圣叹所论与谢肇淛、毛宗岗、李渔等人是大异其趣的。 如前所述,金

---

① (清)金圣叹:《水浒传》第二十二回夹批,见林乾主编:《金圣叹评点才子全集》第3卷,415
页,北京,光明日报出版社,1997。
② [古希腊]亚里士多德:《诗学》,见[古希腊]亚里士多德、[古罗马]贺拉斯著,罗念生、杨
周翰译:《诗学 诗艺》,28~29页,北京,人民文学出版社,1984。
③ (清)金圣叹:《读第五才子书法》,见林乾主编:《金圣叹评点才子全集》第3卷,20页,北
京,光明日报出版社,1997。
④ (清)金圣叹:《水浒传》第十三回夹批,见林乾主编:《金圣叹评点才子全集》第3卷,259
页,北京,光明日报出版社,1997。

圣叹以"文"为主的"事""文"分立观，使他的小说评点由传统的"事"论转向了"文"论，我们认为，这是准确读解金圣叹"因文生事"说的重要的理论前提。

其实，金圣叹"因文生事"说的侧重点也正在于"文"，即从艺术的内部规律及其与审美主体的关系探索小说叙事的特点。同样是"为文计，不为事计"，以"因文生事"为创作原则的小说叙述与历史叙述是截然不同的。金圣叹举例说，如《水浒传》"武松醉打蒋门神"，若按《新唐书》之例，大书"施恩领却武松去打蒋门神，一路吃了三十五六碗酒"一行就够了。但是，施耐庵却精心结撰：

> 武松为施恩打蒋门神，其事也；武松饮酒，其文也；打蒋门神，其料也；饮酒，其珠玉锦绣之心也。①

围绕武松饮酒，作者写出了千载第一饮酒人、酒场、酒时、酒令、酒监、酒筹、行酒人、下酒物、酒杯、酒风、酒赞、酒题，"凡若此者，是皆此篇之文也，并非此篇之事也"②。金圣叹认为，《水浒传》正是以打蒋门神为"事"、为"文料"，以武松饮酒为"文"，而"借世间杂事，抒满胸天机"③，表现出了作者的"珠玉锦绣之心"。就在武松打蒋门神之"事"被细细分解为前、中、后，乃至前之前、后之后，而被"那辗"成"文"的过程中，"事"便丧失了独立存在的地位；这样，读者注意的对象就不再是"事"，而转移到了"文"的上面了。因此，金圣叹对"事"本身不太感兴趣，他更关心的是，语言如何从既有材料（语言、意象、构想等）中敷演成

---

① （清）金圣叹：《水浒传》第二十八回回评，见林乾主编：《金圣叹评点才子全集》第 3 卷，528、527 页，北京，光明日报出版社，1997。

② 同上书，528 页。

③ （清）金圣叹：《天下才子必读书·公叔非悖》批，见林乾主编：《金圣叹评点才子全集》第 2 卷，420 页，北京，光明日报出版社，1997。

为绝世之"文"。

何满子先生认为，金圣叹提出"因文生事"说，是"认为作家在艺术作品中可以不受任何约束地自由创造"，所谓"削高补低"，"并不是按照艺术规律改变现实生活的比例，而是指虚构的任意性"①。 在我们看来，这是极大的误解。 金圣叹明明说"削高补低"必须"顺着笔性"，这"笔性"就是一种限制，怎么能说是"不受任何约束"和"任意"的呢？ 那么，何为"笔性"呢？ 我们不妨先看看金圣叹的具体评论，如《水浒传》第一回写王进为避高俅暂住史进庄上，史进父亲染病，不久便呜呼哀哉。 金圣叹批道：

完太公，令文字省手。②

因为后文由写史进再引出鲁智深，太公不死，又多一头绪，殊为不便。 并非真有一个太公死了，而是"笔性"决定他非死不可。 又"如鲁达遇着金老，却要转入五台山寺。 夫金老则何力致鲁达于五台山乎？ 故不得已，却就翠莲身上，生出一个赵员外来。 所以有个赵员外者，全是作鲁达入五台山之线索，非为代州雁门县有此一个好员外，故必向鲁达文中出现也"③。 再"如酒生儿李小二夫妻，非真谓林冲于牢城营，有此一个相识，与之往来火热也。 意自在阁子背后听说话一段绝妙奇文，则不得不先作此一个地步"④，而"宋江婆惜一段，此作者之纡笔也。 为欲宋江有事，则不得不生出宋江杀人；为欲宋江杀人，则不得不生出宋江置买婆惜；为欲宋江置买婆惜，则不

① 何满子：《金圣叹》，见吕慧鹃等编：《中国历代著名文学家评传》第5卷，35页，济南，山东教育出版社，1985。
② （清）金圣叹：《水浒传》第一回夹批，见林乾主编：《金圣叹评点才子全集》第3卷，61页，北京，光明日报出版社，1997。
③ （清）金圣叹：《水浒传》第三回回评，见林乾主编：《金圣叹评点才子全集》第3卷，90页，北京，光明日报出版社，1997。
④ （清）金圣叹：《水浒传》第九回回评，见林乾主编：《金圣叹评点才子全集》第3卷，194页，北京，光明日报出版社，1997。

得不生出王婆化棺。 ……夫亦可以悟其洒墨成戏也"①。 还有， "以上宋江既入山寨，一切线头都结矣，不得已生出戴宗寻取公孙，别开机扣，便转出杨雄、石秀一篇锦绣文章，乃至直带出三打祝家庄无数奇观"②，等等。

可见，所谓"笔性"，实际就是叙事的内驱力，即文中驱动着材料安排组织，支配和制约着事件发展的一种神秘的张力或惯性，就是金圣叹曾指出的文中的"不得不然者"。 由于它在行文过程的制约和支配作用，作家可以"无"中生"有"地生出规定的情境，特定的情境又可派生出其他文字，如此循环往复以至无穷，此之谓"因文生事"。 《水浒传》第二十六回写武松到了张青处，张青送给他先前开剥一个头陀留下的数样东西。 金圣叹批道：

> 无端撰出一个头陀，便生出数般器具。真不知文生于情，情生于文。③

"情"（情境）、"文"（文章之文）互生，正是"笔性"使然。 金圣叹将《三国演义》与《水浒传》做了一个比较，指出：

> 《三国》人物事体说话太多了，笔下拖不动，趋不转，分明如官府传话奴才，只是把小人声口，替得这句出来，其实何曾自敢添减一字？④

在金圣叹看来，《三国演义》之不如《水浒传》，正在于它处处顾及史实所载，没有遵循"因文生事"的美学创造原则。 当然，《三国演义》是历史演

---

① （清）金圣叹：《水浒传》第十九回回评，见林乾主编：《金圣叹评点才子全集》第 3 卷，353～354 页，北京，光明日报出版社，1997。
② （清）金圣叹：《水浒传》第四十三回回评，见林乾主编：《金圣叹评点才子全集》第 4 卷，797 页，北京，光明日报出版社，1997。
③ （清）金圣叹：《水浒传》第二十六回夹批，见林乾主编：《金圣叹评点才子全集》第 3 卷，508 页，北京，光明日报出版社，1997。
④ （清）金圣叹：《读第五才子书法》，见林乾主编：《金圣叹评点才子全集》第 3 卷，18～19 页，北京，光明日报出版社，1997。

义，而《水浒传》则属于英雄传奇，它无意于依傍"正史"敷演"义理"，即以某种道德观念"图解"某个朝代的兴亡史。因此，《水浒传》容易突破历史的制约，而"伸纸弄笔，寻个题目"，"因文生事"，"写出自家许多锦心绣口"①。

我们如果联系金圣叹骂那些"一似古人之事全赖后人传之，而文章在所不问"的"冬烘学究，乳臭小儿"②们的话，我们就不难明白，"因文生事"说的真正含义是：小说叙事是创造一个故事，其故事本身就有在人物、情节和环境三方面的自我生长与膨胀能力；这种自我衍生的能力，使得小说的创作不再仅是为了叙述生活事实，而是为了创造"文"——审美的形式。

四、"文章衍生"

与解除小说的历史崇拜相呼应，金圣叹的小说理念摆脱了"事"之真伪的纠缠，而走上了独立的、美学的历程。为此，金圣叹力图总结出"因文生事"的基本艺术法则；他从儒家经典《论语》中抽象出了"文章衍生"的若干"原型"：

> 《学而》一章，三唱"不亦"；《叹觚》之篇，有四"觚"字；余者一"不"两"哉"而已。"质胜文则野，文胜质则史"，其文交互而成。"知之者不如好之者，好之者不如乐之者"，其法传接而出。山水动静乐寿，譬禁树之对生。子路问闻斯行，如晨鼓之频发。其他不可悉数，约略皆佳构也。彼《庄子》《史记》，各以其书独步万年；万年之人，莫不叹其何处得来。若自吾观之，彼亦岂能有其多才者乎？皆不过以此数章引而伸之，

---

① （清）金圣叹：《读第五才子书法》，见林乾主编：《金圣叹评点才子全集》第3卷，18页，北京，光明日报出版社，1997。
② （清）金圣叹：《水浒传》第三十三回回评，见林乾主编：《金圣叹评点才子全集》第3卷，608页，北京，光明日报出版社，1997。

触类而长之者也。①

在金圣叹看来，任何作品几乎都是运用和扩展"重复""交互而成""传接而出""禁树对生""晨鼓频发"等基本准则的结果。我们知道，在中国律诗中，四个两联分别以"首、颔、颈、尾"为喻，它们之间的联系有"起、承、转、合"之意，尤其是中间的两联要求"平行"（parallel）或"对偶"，整首诗因平行邻接成线而形成完整的空间形式。中国诗法的"平行"原则，不单存在于诗或韵文中，早期散文作品如《尚书》《易经》等也多有类似现象。骈文则是散文在"平行"原则上发展而成的文类。可见，金圣叹所抽象出的诸多准则基本上可归于"平行"这一范畴之下，它的作用就是联通各个部分和组合这种等级构架的所有层级，使整个作品形成一个有机的整体序列。金圣叹指出：

> 诗与文虽是两样体，却是一样法。一样法者，起承转合也。除起承转合，更无文法。除起承转合，亦更无诗法。②

又说：

> 如《水浒传》七十回，只用一目俱下，便知其二千余纸，只是一篇文字；中间许多事体，便是文字起承转合之法。③

"平行"不仅是结构文章的基本准则，还是有效的文章"衍生"之法，具言

---

① （清）金圣叹：《水浒传·序三》，见林乾主编：《金圣叹评点才子全集》第 3 卷，12～13 页，北京，光明日报出版社，1997。
② （清）金圣叹：《鱼庭闻贯·示顾祖颂、孙闻、韩宝昶、魏云》，见林乾主编：《金圣叹评点才子全集》第 1 卷，20 页，北京，光明日报出版社，1997。
③ （清）金圣叹：《读第五才子书法》，见林乾主编：《金圣叹评点才子全集》第 3 卷，19 页，北京，光明日报出版社，1997。

之，即通过"对立"或"类比"原则的运作，由叙事文中的前某段落或因素
（事件、意象、状况等）产生另一叙事段落。金圣叹将这种再生性相似情节
的"衍生"法称为"避犯法"，并对其理论内涵做了比较明确的解释：

> 吾观今之文章之家，每云我有避之一诀，固也，然而吾知其必非才
> 子之文也。夫才子之文，则岂惟不避而已，又必于本不相犯之处，特特
> 故自犯之，而后从而避之。此无他，亦以文章家之有避一诀，非以教人
> 避也，正以教人犯也。犯之而后避之，故避有所避也。若不能犯之而但
> 欲避之，然则避何所避乎哉？是故行文非能避之难，实能犯之难也。①

顾名思义，"避"是故事类型的变化，"犯"是故事类型的重复；要追求变
化，须先设置重复。在金圣叹看来，"犯"（重复）中求"避"（变化），
这是成功作家具有非凡创造力的一个重要表征。他举例说：

> 如武松打虎后，又写李逵杀虎，又写二解争虎；潘金莲偷汉后，又
> 写潘巧云偷汉；江州城劫法场，又写大名府劫法场；何涛捕盗后，又写
> 黄安捕盗；林冲起解后，又写卢俊义起解；朱仝、雷横放晁盖后，又写
> 朱仝、雷横放宋江等。正是要故意把题目犯了，却有本事出落得无一点
> 一画相借，以为快乐是也。真是浑身都是方法。②

对于"犯"，金圣叹有时又称之为"相对""相准""相激"。这些"衍
生"出来的叙事单元，往往是一种主题或一个片段的不断再现。比如：

---

① （清）金圣叹：《水浒传》第十一回回评，见林乾主编：《金圣叹评点才子全集》第 3 卷，222
页，北京，光明日报出版社，1997。
② （清）金圣叹：《读第五才子书法》，见林乾主编：《金圣叹评点才子全集》第 3 卷，24 页，北
京，光明日报出版社，1997。

鲁达、武松两传，作者意中却欲遥遥相对，故其叙事亦多，仿佛相准。①

不仅分隔的故事由于内在关系而连接在一起，而且，即使一回中连贯的各个部分，也因为相似性而被金圣叹加以强调；如第二十三回潘金莲引诱武松与西门庆引诱潘金莲两个主题相似的片段之并置形成了对照，这个主题后来又在其他人物的故事中循环。此外，"此书处处以宋江、李逵相形对写"②等。可见，艺术的世界是经由诸多写作法则和手法建构起来的，金圣叹称这种创造事件以满足叙述者的需要为"因文生事"。

金圣叹关于"平行"的论述，使人自然联想到俄裔美籍形式主义理论家雅克布逊（Roman Jakobson，1896—1982。又译雅各布森）有关诗学功能的著名公式：将对等原则从选择轴投影在组合轴上。所谓"对等"，包括"相似"（"同义"）和"相异"（"反义"），它贯穿于选择与组合之始终，并在选择与组合的全过程中突显出诗的功能，显示出语言本身的艺术魅力。雅克布逊说：

> 在诗歌中，不仅是语音序列，任何语义单位的序列都致力于建立对等……在诗歌中，任何语音的明显的相似都被判断为意义上的相似和（或者）分歧。③

依雅克布逊之见，"隐喻"（metaphor）与"换喻"（metonymy，又译转喻）是语言的两种基本模式的产物，它们分别表明了语言是如何通过选择与

---

① （清）金圣叹：《水浒传》第四回回评，见林乾主编：《金圣叹评点才子全集》第 3 卷，114 页，北京，光明日报出版社，1997。
② （清）金圣叹：《水浒传》第四十二回回评，见林乾主编：《金圣叹评点才子全集》第 4 卷，774 页，北京，光明日报出版社，1997。
③ 转引自［英］安纳·杰弗森等著，包华富等译：《西方现代文学理论概述与比较》，51 页，长沙，湖南文艺出版社，1986。

组合来运作的。 他以"选择轴"（联想、共时性向度）与"组合轴"（句段、历时性向度）概括、区分诗与散文的结构原则：

> 由于诗歌的注意力集中在符号本身，而注意实际效用的散文则首先集中于所指物，人们以往便主要地把比喻手法和修辞格作为诗学手段来研究。在诗歌当中支配一切的原则是相似性原则；诗句的格律对偶和韵脚的音响对应关系引起了语义相似性和相悖性的问题……散文则相反，它主要在毗连性上面做文章。结果使隐喻之对于诗歌，换喻之对于散文分别构成阻力最小的路线。①

雅克布逊所论偏重于诗，金圣叹则专注于小说作品，他发现《水浒传》并未遵循实用性散文的"换喻"原则，反而与中国古典诗歌一样具有更多的"隐喻"现象，如《水浒传》中林冲、杨志、武松、宋江等人被"逼上梁山"的过程，便是类似"事件"的变化敷演，是对等原理的具体运用。 这一发现与雅克布逊所说的"在文学散文中，不同的语义和音位在组合平行结构上起着关键作用"②的结论是相通的。

金圣叹的"避犯"说比雅氏早三百多年揭橥了文学散文、小说"因文生事"的"平行"原则，而深化了"因文生事"说；它有力地说明，小说实际上是小说家借助写作法则建构而成的，而不是对外部世界的简单模仿。 这是历史叙事所匮乏的。 因此，与小说叙事相比较，历史叙事绝不可能以"避犯法"衍生事件，其自身更难以成为一个自足的艺术空间。 譬如，《史记》作为整体的构架，就并非得益于作品本身内在的逻辑秩序或结构关系，而是依赖若干外在的因素，如数字的文化功能。 这就是朱自清所指出的：

---

① ［美］罗曼·雅克布逊：《隐喻和换喻的两极》，见伍蠡甫、胡经之主编：《西方文艺理论名著选编》下卷，434～435 页，北京，北京大学出版社，1987。
② 转引自［加］华劳娅·吴：《平行：关于金本〈水浒传〉的批评话语》，载《通俗文学评论》，1997（3）。

《史记》包括十二本纪、十表、八书、三十世家、七十列传，共五十多万字。十二是十二月，是地支，十是天干，八是卦数，三十取《老子》"三十辐共一毂"的意思，表示那些"辅弼股肱之臣"，"忠信行道以奉主上"；七十表示人寿之大齐，因为列传是记载人物的。这也是用数目的哲学作系统，并非逻辑的秩序，和《吕氏春秋》一样。①

小说则不然，由于具备自我衍生的能力，作为一个整体，它主要得益于作品内部的动力，即诸多"文法"或"叙事成规"的作用。

为此，金圣叹在评点时特意分析了有助于构成小说整体感的一些叙事单元。比如，小说写洪信误开地穴，放出一百八个妖魔，其中特别提到"石碣"。金圣叹反复地指出它在叙事中发挥的结构功能：

> 三个"石碣"字，是一部《水浒传》大段落。②

> 盖始之以石碣，终之以石碣者，是此书大开阖。③

"石碣"在小说里共出现三次。

其一，"石碣"被揭开而走了妖魔。小说第十三回提到晁盖别名"托塔天王"，得名于他戏剧性搬走青石凿的宝塔。因晁盖在聚义起事的叙述中是一个"提纲挈领之人"，故金圣叹认为此事"暗射石碣镇魔事"，"亦暗射

---

① 朱自清：《经典常谈》，100 页，上海，上海古籍出版社，1999。
② （清）金圣叹：《读第五才子书法》，见林乾主编：《金圣叹评点才子全集》第 3 卷，19 页，北京，光明日报出版社，1997。
③ （清）金圣叹：《水浒传》第七十回回评，见林乾主编：《金圣叹评点才子全集》第 4 卷，1240 页，北京，光明日报出版社，1997。

开碣走魔事"①。

其二，"七星聚义"最初密谋的地点名曰"石碣村"，"石碣村"小聚义之后就是梁山泊"大聚义"，足见"石碣"在小说大结构中的作用：

> 《水浒》之始也，始于石碣；《水浒》之终也，终于石碣。石碣之为言一定之数，固也。然前乎此者之石碣，盖托始之例也。若《水浒》之一百八人，则自有其始也。一百八人自有其始，则又宜何所始？其必始于石碣矣。故读阮氏三雄，而至石碣村字，则知一百八人之入水浒，断自此始也。②

其三，第七十回一干好汉正喜庆团圆聚义，公孙胜作法奏闻天帝之时，天眼开而从天滚下一块石碣，"竟钻入正南地下去了"。金圣叹以为这是一篇之终的信号，是作者的用心所在：妖魔冲天而出，成一番好汉聚义梁山的大故事，石碣没地而入，则显一场英雄飘零凋落的大收场。此外，小说讲述王进的故事，对几次聚义的描写以及写善于相马的皇甫端最后一个上山等，金圣叹认为也是被当作一种基本的结构设计来使用的，正是这些叙事单元发挥了结构功能，才建构了小说自足的艺术空间。

综上所论，金圣叹的"因文生事"说表明，小说不是对外部世界简单的模仿，而是小说家凭借写作法则建构而成的；作为话语所重构的世界，小说与外部世界构成了一种"相似性"的"隐喻"关系。"以文运事"说则表明，作为一种叙事话语的历史，是由现实中绵延到现实之外的叙述结构，它与外部世界构成"毗连性"的"换喻"关系。金圣叹这种对小说叙事与历史叙事界限的明确区分，使人们充分意识到了小说艺术自身的完整性与自足

---

① （清）金圣叹：《水浒传》第十三回夹批，见林乾主编：《金圣叹评点才子全集》第3卷，251页，北京，光明日报出版社，1997。
② （清）金圣叹：《水浒传》第十四回回评，见林乾主编：《金圣叹评点才子全集》第3卷，261页，北京，光明日报出版社，1997。

性。 金圣叹对"小说是什么"这一类元叙述的追问和沉思，大大突破了人们的传统观念，有力推动了中国小说理论的向前发展。"以文运事"说和"因文生事"说的提出，是中国古代小说创作走出"史"部思维框架，摆脱"正史之补""羽翼信史""佐经书史传之穷"之类束缚，由正史或话本的改编转化为独立之叙事艺术的重要关捩。

◎ 第四节
叙事成规：金圣叹的"文法"理论

出于对小说叙事艺术之独立性、自足性的深刻认知，金圣叹总结出了小说的"文法"理论。 然而，长期以来，由于其"文法"理论曾被胡适等人视为"八股迂腐"之谈，后来的研究者对它们多重视不够乃至弃置不论。 我们认为，金圣叹的"文法"理论实际讨论的是作品内部的构造关系，也就是小说家将艺术经验转换为艺术文本的叙述法则，即"叙事成规"或"叙述语法"。 表面上看，金圣叹的"文法"理论分散在序、"读法"以及回评、夹批之中，但是，就其涉及的内容及其联系看，又是自成体系的，它们论及了叙述结构、叙述节奏、叙述观点和叙述语言等方面，从而为中国叙事文学理论建立了体系。

一、叙述结构

依据结构主义的观点，人们对事物的理解不是立足于观察日常生活的经验，而是建立在结构模式基础上的实践的结果；一定的结构模式能够揭示出现象背后的意义，而这个意义正是依据结构被系统地阐述出来。 对于小说家而言，"事"不过是事件的基本延续，是小说家所遭遇的基本生活素材；"文"则是小说家为了实现自己的意图，将"故事"做了"陌生化"处理，即被创造性扭曲而"面目全非"的独特方式。因此，所谓"结构"，就是对作品各构成因素进行组接，以构成一个"有意味的形式"。金圣叹说：

> 大千本无一有，更立不定，"日新，日日新，又日新"之谓也。圣人独以忧患之心周之尘尘刹刹，无不普遍，又复尘尘周于刹刹，刹刹周于尘尘，然后世界自见其易，圣人时得其常，故云《周易》。①

金圣叹这番话的意思是，世界总是在不断地运动、变化着，但也处处联系、贯通和转化着；我们要把握住世界的本质，就必须发现其中一切事物之间的联系与贯通之处。以此世界观为基础，金圣叹重新诠释了孔子的"辞达而已"。他说：

> 此句为作诗文总诀。夫"达"者，非明白晓畅之谓，如衢之诸路悉通者曰达，水道之彼此引注者亦曰达。②

这里，所谓"达"就是"贯通"，即以一贯多，要求结构的严谨整一。金圣叹说："如《水浒传》七十回，只用一目俱下，便知其二千余纸，只是一篇文字。"③

早在金圣叹之前，六朝的刘勰就强调过文章的有机统一性："杂而不

---

① （清）金圣叹：《序离骚经》，见艾舒仁编次，冉苒校点：《金圣叹文集》，163 页，成都，巴蜀书社，1997。
② （清）金圣叹：《古诗解》第二十首，见林乾主编：《金圣叹评点才子全集》第 1 卷，872 页，北京，光明日报出版社，1997。
③ （清）金圣叹：《读第五才子书法》，见林乾主编：《金圣叹评点才子全集》第 3 卷，19 页，北京，光明日报出版社，1997。

越""驱万途于同归，贞百虑于一致""首尾周密，表里一体"①云云。 这些说法与金圣叹所谓"达"的基本精神是吻合的。 不同之处在于，金圣叹不是单纯追求古典的严谨整一，他指出作品的整个形式结构是"作者胸中预定之成竹"：

> 先有成竹藏之胸中，夫而后随笔迅扫，极妍尽致；只觉干同是干，节同是节，叶同是叶，枝同是枝，而其间偃仰斜正，各自入妙，风痕露迹，变化无穷也。②

在另一处他却说：

> 行文入妙时，只是溪洄山变，又谓之月来成影。韩昌黎一生作序，只用者个秘诀，叹苏轼先有成竹于胸，为极天苦事也。③

怎样解释这种"矛盾"呢？ 其实，"胸有成竹"是要求从全局着眼安排情节布局，这是宏观的要求；"胸无成竹"则是指具体的行文过程不露人为痕迹，要合乎自然：

> 惟达故极神变，亦惟达故极严整也。④

将合乎理想的"严整"和合乎自然的"神变"统一起来，这是金圣叹结构理

---

① （南朝梁）刘勰著，陆侃如、牟世金译注：《文心雕龙译注》下，289 页，济南，齐鲁书社，1981。
② （清）金圣叹：《水浒传》第十九回回评，见林乾主编：《金圣叹评点才子全集》第 3 卷，353 页，北京，光明日报出版社，1997。
③ （清）金圣叹：《左传释·周郑始恶》，见林乾主编：《金圣叹评点才子全集》第 2 卷，751 页，北京，光明日报出版社，1997。
④ （清）金圣叹：《古诗解》第二十首，见林乾主编：《金圣叹评点才子全集》第 1 卷，872 页，北京，光明日报出版社，1997。

论的真髓所在。 可惜，许多"贩夫皂隶"执着于小说的生活内容，根本体会不出其中的无数"方法"和"筋节"。 更有甚者，如以公安派为代表的反复古的文学革新运动之末流，则表现出轻视艺术表现形式的倾向。

有鉴于此，金圣叹以"封关之丸泥"自任，希望自己能"廓清天下"，以使"一二百年之后，天地间书无有一本不似十日并出，此时则彼一切不必读、不足读、不耐读等书亦既废尽矣"①。 他总结出了一些结构"文法"：

> 有弄引法。谓有一段大文字，不好突然便起，且先作一段小文字在前引之。如索超前，先写周谨；十分光前，先说五事等是也。《庄子》云："始于青萍之末，盛于土囊之口。"《礼》云："鲁人有事于泰山，必先有事于配林。"
>
> 有獭尾法。谓一大段文字后，不好寂然便住，更作余波演漾之。如梁中书东郭演武归去后，知县时文彬升堂；武松打虎下冈来，遇着两个猎户；血溅鸳鸯楼后，写城壕边月色等是也。②

金圣叹引用《庄子》和《礼记》的话，是为了说明"一段大文字"，即一个大规模的情节或叙述结构，都有一个从开端到高潮的逐步发展过程。 所谓"弄引法"，就是在情节主体展开之前，为了避免"突然便起"，"必于前文先露一个消息，使文情渐渐隐隆而起，犹如山川出云，乃始肤寸也。 如此将起五台山，却先有七宝村名字；林冲将入草料场，却先有小二浑家浆洗棉袄；六月将劫生辰纲，却先有阮氏鬓边石榴花等是也"③。 金圣叹形象地称

---

① （清）金圣叹：《读第六才子书〈西厢记〉法》，见林乾主编：《金圣叹评点才子全集》第 2 卷，10 页，北京，光明日报出版社，1997。
② （清）金圣叹：《读第五才子书法》，见林乾主编：《金圣叹评点才子全集》第 3 卷，24 页，北京，光明日报出版社，1997。
③ （清）金圣叹：《水浒传》第三回夹批，见林乾主编：《金圣叹评点才子全集》第 3 卷，93～94 页，北京，光明日报出版社，1997。

之为"先事而起波"，即"每于事前先逗一线，如游丝惹花，将迎复脱"①，使得"文情事情，都渐渐而入"②。所谓"獭尾法"，则是指在情节的主体部分、情节的高潮之后，叙述不是"寂然便住"，而是有一个下降的过程。何谓"事过而作波"？金圣叹说：

> 如庄家不肯回与酒吃，亦可别样生发，却偏用花枪挑块火柴，又把花枪炉里一搅，何至拜揖之后向火多时，而花枪犹在手中耶？凡此皆为前文几句"花枪挑着葫芦"，逼出庙中"挺枪杀出门来"一句，其劲势犹尚未尽，故又于此处再一点两点，以杀其余怒。故凡篇中如搠两人后杀陆谦时，特地写一句"把枪插在雪地下"，醉倒后庄家寻着踪迹赶来时，又特地写一句"花枪亦丢在半边"，皆所谓事过而作波者也。③

"先事而起波"和"事过而作波"之间，又是有着内在联系的：

> 夫文章之法，岂一端而已乎？有先事而起波者，有事过而作波者，读者于此，则恶可混然以为一事也！夫文自在此而眼光在后，则当知此文之起，自为后文，非为此文也；文自在后而眼光在前，则当知此文未尽，自为前文，非为此文也……不然者，几何其不见一事即以为一事，又见一事即又以为一事，于是遂取事前先起之波，与事后未尽之波，累累然与正叙之事，并列而成三事耶？④

---

① （清）金圣叹：《水浒传》第五十一回夹批，见林乾主编：《金圣叹评点才子全集》第4卷，934页，北京，光明日报出版社，1997。
② （清）金圣叹：《水浒传》第十七回夹批，见林乾主编：《金圣叹评点才子全集》第3卷，327页，北京，光明日报出版社，1997。
③ （清）金圣叹：《水浒传》第九回回评，见林乾主编：《金圣叹评点才子全集》第3卷，194～195页，北京，光明日报出版社，1997。
④ 同上书，194页。

在金圣叹看来，"先起之波"、"正叙之事"和"未尽之波"，都并非为了自身，而是同属于一个统一的、相对完整的叙述结构，都是为了作品的"贯通"而存在。

然而，叙述结构仅着眼于整体性是不够的，如汉大赋虽然结构谨严，但它的整体感却显得呆板而乏味之极。因此，金圣叹强调小说必须重视叙述的层次性，它可以是直线式逐层推进，如写"三打祝家庄"，先"按下东李"，"絷其右臂"，再"生擒西扈"，"戗其左腋"，最后才是"奸厥三祝"，可谓"相题有眼，捽题有法，捣题有力"①；还可以是情节的曲折推进，如金圣叹说：

> 文章家最喜大起大落之笔。②

譬如：

> 有欲合故纵法。如白龙庙前，李俊、二张、二童、二穆等救船已到，却写李逵重要杀入城去；还道村玄女庙中，赵能、赵得都已出去，却有树根绊跌士兵叫喊等。令人到临了，又加倍吃吓是也。
>
> 有横云断山法。如两打祝家庄后，忽插出解珍、解宝争虎越狱事；又正打大名城时，忽插出截江鬼、油里鳅谋财倾命事等是也。只为文字太长了，便恐累坠，故从半腰间暂时闪出，以间隔之。③

所谓"欲合故纵法"，是指引入意外的事件，使已呈缓和的态势又趋紧张；

---

① （清）金圣叹：《水浒传》第四十六回回评，见林乾主编：《金圣叹评点才子全集》第 4 卷，851 页，北京，光明日报出版社，1997。
② （清）金圣叹：《西厢记·闹简》批，见林乾主编：《金圣叹评点才子全集》第 2 卷，158 页，北京，光明日报出版社，1997。
③ （清）金圣叹：《读第五才子书法》，见林乾主编：《金圣叹评点才子全集》第 3 卷，25 页，北京，光明日报出版社，1997。

"横云断山法"则是中断主要情节，插入另一个故事，使情节跌宕。这些都是构成叙述层次性的常用手法。无论是情节的直线式逐层推进，还是情节的曲折推进，情节之间的衔接与过渡文字都显得特别重要，是小说结构建构的关键之一。金圣叹称之为"间架"，主要有两种情况。

其一，"间架"指全书中某一个局部的叙述结构中两个较小的事件、情节之间的衔接与过渡。比如，《水浒传》第三回长老教训鲁智深不可破酒戒、乱清规后，有这么一段话："尝言'酒能成事，酒能败事'。便是小胆的吃了，也胡乱做了大胆，何况性高的人？"金圣叹夹批曰：

> 不文之人，见此一段，便谓作书者借此劝戒酒徒，以鲁达为殷鉴。吾若闻此言，便当以夏楚痛扑之。何也？夫千岩万壑，崔嵬突兀之后，必有平莽连延数十里，以舒其磅礴之气；水出三峡，倒冲滟滪，可谓怒矣，必有数十里迤逦东去，以杀其奔腾之势。今鲁达一番使酒，真是捶黄鹤，踢鹦鹉，岂惟作者腕脱，兼令读者头晕矣。此处不少息几笔，以舒其气而杀其势，则下文第二番使酒，必将直接上来，不惟文体有两头大中间细之病，兼写鲁达作何等人也。①

在同一回的回评中，金圣叹又云：

> 若不做一间架，则鲁达日日将惟使酒是务耶？且令读者一番方了，一番又起，其目光心力亦接济不及矣。然要别做间架，其将下何等语，岂真如长老所云念经诵咒、办道参禅者乎？今忽然拓出题外，将前文使酒字面扫刷净尽，然后迤逦悠飏走下山去，并不思酒，何况使酒，真断鳌炼石之才也。②

---

① 见林乾主编：《金圣叹评点才子全集》第3卷，104页，北京，光明日报出版社，1997。
② 同上书，90~91页。

可见，"间架"既可以在读者心理上形成一种疏隔，使过于紧张、高涨的情绪得到暂时的缓冲，而有助于对下一情节的欣赏，又能在形式结构上防止两头大中间小、缺层次少变化的弊病。有无"间架"的美学效果是截然不同的，它甚至会影响到人物性格的准确刻画。

其二，"间架"指全书的叙述结构中各个局部的叙述结构之间的衔接与过渡。比如，《水浒传》第三十二回"宋江夜看小鳌山 花荣大闹清风寨"与第四十三回"锦豹子小径逢戴宗 病关索长街遇石秀"之类的"过接"，金圣叹回评云：

> 文章家有过枝接叶处，每每不得与前后大篇一样出色。然其叙事洁净，用笔明雅，亦殊未可忽也。譬诸游山者游过一山，又问一山，当斯之时，不无借径于小桥曲岸，浅水平沙；然而前山未远，魂魄方收，后山又来，耳目又费，则虽中间少有不称，然政不致遂败人意。又况其一桥一岸，一水一沙，乃殊非七十回后一望荒屯绝徼之比。想复晚凉新浴，豆花棚下，摇蕉扇，说曲折，兴复不浅也。①

> 而此一回，则正其过接长养之际也。贪游名山者，须耐仄路；贪食熊蹯者，须耐慢火；贪看月华者，须耐深夜；贪看美人者，须耐梳头。如此一回，固愿读者之耐之也。②

在金圣叹看来，"过枝接叶"的部分之于精彩的情节，就如"仄路"之于"名山"，"慢火"之于"熊蹯"，"深夜"之于"月华"，"梳头"之于

---

① （清）金圣叹：《水浒传》第三十二回回评，见林乾主编：《金圣叹评点才子全集》第3卷，595页，北京，光明日报出版社，1997。

② （清）金圣叹：《水浒传》第四十三回回评，见林乾主编：《金圣叹评点才子全集》第4卷，797页，北京，光明日报出版社，1997。

"美人"，"小桥曲岸，浅水平沙"之于名山大川，虽然不可能更出色，但却为后者所不能少。没有了这些衔接与过渡，新的情节高潮便无从生长与孕育，遑论"精严"的叙述结构。

二、叙述节奏

英国小说理论家福斯特（E. M. Forster, 1879—1970）曾将"节奏"作为小说的一个重要方面予以考察。他说：

> 如果处理不当，节奏就会令人非常讨厌。它会僵化而变成一个象征。这时它就不但不会载负着我们在小说里前进，反而会把我们绊上一跤。[1]

在他看来，节奏不是作家事先规划安排出来的，"它不像模式似的老待在那儿，而是以它那美妙的消长起伏使我们心里充满了惊讶、新鲜和憧憬等感觉"[2]。

在《水浒传》第三十九回回评里，金圣叹说：

> 写急事不得多用笔，盖多用笔则其事缓矣。独此书不然，写急事不肯少用笔，盖少用笔则其急亦遂解矣。[3]

本回写的是江州劫法场，作者极其细致地写了宋江和戴宗被押赴法场候斩的全过程，写得紧张凄惨之极。金圣叹反复夹批云：

---

① ［英］福斯特著，朱乃长译：《小说面面观》，431 页，北京，中国对外翻译出版公司，2002。
② 同上书，431 页。
③ 见林乾主编：《金圣叹评点才子全集》第 4 卷，718 页，北京，光明日报出版社，1997。

> 急杀人事，急杀人事，偏又写得细。①

> 偏要细写，恶极。②

作者为什么要这样写呢？ 金圣叹夹批道：

> 偏是急杀人事，偏要故意细细写出，以惊吓读者。盖读者惊吓，斯作者快活也。读者曰：不然，我亦以惊吓为快活，不惊吓处，亦便不快活也。③

因此，金圣叹说：

> 吾尝言读书之乐，第一莫乐于替人担忧。④

也就是说，在金圣叹看来，文学欣赏是一种积极的情绪体验过程。金圣叹又把这种情绪运动的过程比拟为"游山"：

> 譬诸游山者游过一山，又问一山，当斯之时，不无借径于小桥曲岸，浅水平沙；然而前山未远，魂魄方收，后山又来，耳目又费，则虽中间少有不称，然政不致遂败人意。又况其一桥一岸，一水一沙，乃殊非七十回后一望荒屯绝徼之比。想复晚凉新浴，豆花棚下，摇蕉扇，说

---

① （清）金圣叹：《水浒传》第三十九回夹批，见林乾主编：《金圣叹评点才子全集》第 4 卷，724 页，北京，光明日报出版社，1997。
② 同上书，725 页。
③ 同上书，724 页。
④ （清）金圣叹：《水浒传》第三十九回回评，见林乾主编：《金圣叹评点才子全集》第 4 卷，719 页，北京，光明日报出版社，1997。

曲折，兴复不浅也。①

金圣叹这里形象地说明了"节奏"之于小说艺术的重要性。在他看来，小说叙事应当以色调、旋律不一的笔法，形成缓急相间的节奏。这就像是在游山，在崇山峻岭之间，"借径于小桥曲岸，浅水平沙"，而后再登山，这样才不至于劳碌过度败人游兴。

在读者情绪运动与节奏的关系上，金圣叹所论与福斯特是颇相一致的。在他们看来，"节奏"的实质是对审美过程中情绪的控引抑扬，是叙事文本表现出来的一种张弛交错的特殊美感，是符合读者"心力"（审美心理）的艺术创造。在小说创作中，叙述节奏涉及作品内在的张力、故事的流畅性、强度与速度等诸多问题。

在小说创作中，叙述节奏的形成往往通过情节的行进速度和故事安排的分寸感来体现。比如，《水浒传》宋江杀阎婆惜的一段情节，自王婆做媒始，金圣叹点出"春云渐展"，然后随着情节的逐步展开，在每一层展开处夹批"春云再展""春云三展"，直至"春云三十展"，将情节展开的节奏如春云一般层层显示出来。读者每见一次，不但得到一次暗示，并注意到其中细微的变化，同时加强了心理期待和指向，不至于将此段情节囫囵读过，而且抑制了非审美的阅读态度，使作品的审美意蕴从更多的层次上体现出来。金圣叹特别欣赏《水浒传》通过不同情调不同风韵的情节搭配，形成张弛变化的叙述节奏。比如第二十二回与第二十三回之间，"上篇写武二遇虎，真乃山摇地撼，使人毛发倒卓。忽然接入此篇，写武二遇嫂，真又柳丝花朵，使人心魂荡漾也"②。又如，小说第四十一回中写宋江还道村遇险：

---

① （清）金圣叹：《水浒传》第三十二回回评，见林乾主编：《金圣叹评点才子全集》第3卷，595页，北京，光明日报出版社，1997。
② （清）金圣叹：《水浒传》第二十三回回评，见林乾主编：《金圣叹评点才子全集》第3卷，421页，北京，光明日报出版社，1997。

> 上文神厨来捉一段，可谓风雨如磐，虫鬼骇逼矣。忽然一转，却作花明草媚，团香削玉之文，如此笔墨，真乃有妙必臻，无奇不出矣。①

这些叙述节奏都是通过不同情节单元的转换形成的。金圣叹指出，情节的"跌宕""合纵""对锁"也能形成叙述节奏。情节跌宕起伏的，如小说第八回柴进要林冲与洪教头比武，本意是要看林冲本事，小说却极力摇曳，说使棒，反吃酒，还要待月东升，金圣叹夹批道：

> 待月是柴进一顿，月上仍是柴进一接，一顿一接，便令笔势踢跳之极。②

比武开始了，才四五回合，林冲却跳出圈子，叫少歇；比武正急，柴进又故意叫停。金圣叹评道：

> 前林冲叫歇，奇绝矣，却只为开枷之故；今开得枷了，方才举手，柴进又叫住，奇哉！真所谓极忙极热之文，偏要一断一续而写……③

> 凡作三番跌顿，直使读者眼光一闪一闪，真极奇极恣之笔也。④

又如还道村一回，金圣叹称赞作者叙事"忽然跌起，忽然跌落"，他说：

---

① （清）金圣叹：《水浒传》第四十一回评，见林乾主编：《金圣叹评点才子全集》第4卷，754页，北京，光明日报出版社，1997。
② （清）金圣叹：《水浒传》第八回夹批，见林乾主编：《金圣叹评点才子全集》第3卷，188页，北京，光明日报出版社，1997。
③ 同上书，189页。
④ （清）金圣叹：《水浒传》第八回回评，见林乾主编：《金圣叹评点才子全集》第3卷，177～178页，北京，光明日报出版社，1997。

前半篇两赵来捉，宋江躲过，俗笔只一句可了。今看他写得一起一落，又一起又一落，再一起再一落，遂令宋江自在厨中，读者本在书外，却不知何故，一时便若打并一片，心魂共受若干惊吓者。灯昏窗响，壁动鬼出，笔墨之事，能令依正一齐震动，真奇绝也。①

我们知道，节奏和旋律是紧密联系在一起的，旋律是音乐的灵魂，而"在节奏之外，任何一个旋律都是不存在的"②。叙述的节奏，多生成于形式的重复，或为显性重复（如排比、对偶、重叠、扩延等），或为隐性重复（如呼应、对比、并置等）。隐性重复就是变化，通过重复加变化的途径，小说家往往能够使作品获得音乐化的效果。因此，金圣叹指出，"对锁"是小说家创造叙述节奏的重要技巧之一。所谓"对锁"，不是一般意义上的"照应"，而是有关人物、情节、细节在形式上的对称、呼应，它类似于诗法所讲究的"对仗"。比如：

最先上梁山者，林武师也；最后上梁山者，卢员外也。林武师，是董超、薛霸之所押解也；卢员外，又是董超、薛霸之所押解也；其押解之文，乃至于不换一字者，非耐庵有江郎才尽之日，盖特特为此，以锁一书之两头也。③

"对锁"的前后掩映，使情节单元保持了前后的连贯，在形式上展现了一种对称感、层次感和节奏感。

然而，"情节"又不能等同于"叙述"，叙述节奏的形成不止于情节节

---

① （清）金圣叹：《水浒传》第四十一回回评，见林乾主编：《金圣叹评点才子全集》第4卷，754页，北京，光明日报出版社，1997。
② ［苏］伊·夫·涅斯齐耶夫：《怎样理解音乐》，转引自薛良编：《音乐知识手册（续集）》，33页，北京，中国文联出版公司，1988。
③ （清）金圣叹：《水浒传》第六十一回回评，见林乾主编：《金圣叹评点才子全集》第4卷，1106页，北京，光明日报出版社，1997。

奏，叙述具有自己的特点与技巧。"闲笔"的运用是金圣叹最先总结出的重要叙述技巧之一，它又称"闲话""闲文""消闲之笔"。 它每每用于"忙"处，也就是情节发展到扣人心弦的关键之处。 比如，小说写鲁智深拳打镇关西这"极忙"之事时，却处处夹写店小二和过路人，"百忙中偏又要夹入店小二，却反先增出邻舍火家陪之"①。 又如第二十五回武大郎死后，武松从东京回来，心中极其挂念哥哥，但是，作者从容写他先去县里交割公事，又到下处房里脱换衣服鞋袜，戴上新头巾，锁上房门，"逶逶迤迤，如无事者"，"使读者眼前心上，遂有微云淡汉之意，不复谓下文有此奔雷骇电也。 此回读之，只谓其用笔极忙，殊不知处处都着闲笔"②。 金圣叹指出，小说叙事的"闲笔"，是古已有之的方法：

> 作文向闲处设色，惟毛诗及史迁有之，耐庵真正才子，故能窃用其法也。③

长篇小说经常运用这种技法，有着独特的功能。 金圣叹说：

> 每写急事，其笔愈宽，子弟读之，可救拘缩之病。④

"闲笔"有时是附着于中心情节骨架之外的珠玉花朵，是所谓"正笔"的有益补充，它们相互映衬而构成叙述节奏的变化。 比如，鲁智深第一番使酒后，"一连三四个月不敢出寺门去"，但终究"闷杀英雄"，而再次下山寻

---

① （清）金圣叹：《水浒传》第二回夹批，见林乾主编：《金圣叹评点才子全集》第 3 卷，85 页，北京，光明日报出版社，1997 页。
② （清）金圣叹：《水浒传》第二十五回夹批，见林乾主编：《金圣叹评点才子全集》第 3 卷，478页，北京，光明日报出版社，1997。
③ （清）金圣叹：《水浒传》第五十五回回评，见林乾主编：《金圣叹评点才子全集》第 4 卷，1002页，北京，光明日报出版社，1997。
④ （清）金圣叹：《水浒传》第六回夹批，见林乾主编：《金圣叹评点才子全集》第 3 卷，159 页，北京，光明日报出版社，1997。

酒。 作者没有顺着这"正笔"直接叙述下去，而是叙述鲁智深进父子客店和问价打禅杖。 这"闲笔"看似旁岔，却有效地延缓了情节发展的速度，为下面的主要情节积蓄了气势。 因此，金圣叹赞道：

> 此来正文专为吃酒，却颠倒放过吃酒，接出铁店，衍成绝奇一篇文字，已为奇绝矣。乃又于铁店文前，再颠倒放过铁店，反插出客店来，其笔势之奇娇，虽虬龙怒走，何以喻之。①

这些"闲笔"如同连绵骤雨中的短暂停歇，或是音乐快板中的休止符；它们貌似"游离"甚至"破坏"了情节的连贯性和完整性，实际上却避免了情节的平铺直叙，从而显得疏密得当，忙闲有致，其中充盈着审美创造的魅力。从上面所引述的文字中，我们可以发现，在小说这一娱乐性较强的文体里，这些"闲笔"往往是些娱乐性极强的文字，它们在其中发挥着点缀、调剂的功能，在扩大小说叙事空间的同时，使文本产生了起伏有致的旋律轮廓，建立起了文本内部的从属关系，以及文本整体统一的联系。

　　除了"闲笔"的运用，叙述节奏的形成还有其他技法。 比如，由"扬"而"抑"，如《水浒传》"两打祝家庄"一节，金圣叹批云：

> 如此一篇血战文字，却以王矮虎做光起头，遂使读者胸中，只谓儿戏之事，而一变便作轰雷激电之状，直是惊吓绝人。②

或者由"抑"而"扬"，如小说第四十一回写宋江躲过赵能、赵得追捕后，余悸未消，被两个青衣螺髻女童引去见了九天娘娘，授了三卷天书，金圣叹

---

① （清）金圣叹：《水浒传》第三回夹批，见林乾主编：《金圣叹评点才子全集》第3卷，105页，北京，光明日报出版社，1997。
② （清）金圣叹：《水浒传》第四十七回回评，见林乾主编：《金圣叹评点才子全集》第4卷，869页，北京，光明日报出版社，1997。

批云：

> 上文如怒龙入云，鳞爪忽没忽现；又如怪鬼夺路，形状忽近忽远。
> 一转却别作天清地朗，柳霏花拂之文，令读者惊喜摇惑不定。①

"扬"与"抑"的结合通过影响读者的情绪运动，创造出了叙述节奏的变化。此外，金圣叹还指出：

> 有极不省法。如要写宋江犯罪，却先写招文袋金子；却又先写阎婆
> 惜和张三有事；却又先写宋江讨阎婆惜；却又先写宋江舍棺材等。凡有
> 若干文字，都非正文是也。
> 有极省法。如武松迎入阳谷县，恰遇武大也搬来，正好撞着；又如
> 宋江琵琶亭吃鱼汤后，连日破腹等是也。②

"极不省法"还见于小说第二十五回"偷骨殖何九送丧 供人头武二郎设祭"，"一个字亦不省"③，"加一倍写"，这是对故事时间的"减速"；"极省法"又见于小说第三回中"鲁智深在五台山寺，不觉搅了四五个月"，金圣叹夹批云：

> 省文也，却用一搅字，逗出四五个月中情事。④

---

① （清）金圣叹：《水浒传》第四十一回眉批，见林乾主编：《金圣叹评点才子全集》第 4 卷，762
　页，北京，光明日报出版社，1997。
② （清）金圣叹：《读第五才子书法》，见林乾主编：《金圣叹评点才子全集》第 3 卷，24～25 页，
　北京，光明日报出版社，1997。
③ （清）金圣叹：《水浒传》第二十五回眉批，见林乾主编：《金圣叹评点才子全集》第 3 卷，
　484、485 页，北京，光明日报出版社，1997。
④ 见林乾主编：《金圣叹评点才子全集》第 3 卷，99 页，北京，光明日报出版社，1997。

这是对故事时间的"加速"。 这些"文法"都有效地创造了小说的叙述节奏，给读者带来了阅读上的审美快感。

三、叙述观点

美国现代文学理论家雷·韦勒克（Rene Wellek，1903—1995）指出：

> 叙述方法的主要问题在于作者和他的作品之间的关系。[①]

早在三百多年前，叙述观点问题就引起了金圣叹的关注。 《水浒传》第十六回杨志失去生辰纲后：

> 回身再看那十四个人时，只是眼睁睁地看着杨志，没个挣扎得起。……杨志叹了口气，一直下冈子去了。

金圣叹夹批云：

> 上文一路写来，都在杨志分中，此忽然写出去了二字，却似在十四人分中者，当知此句，真有移云接月之巧。[②]

金圣叹已然意识到，采用限知观点，即由作品中某个人物去听、去看、去触及其周围人物的形状、举止、对话、场景、声响，可以使纷繁呈现的事物维系在一个中心视点上，它比起全知观点来显得更为真切、具体和集中。 为此，金圣叹对所谓"俗本"《水浒传》做了些"手术"。

---

① ［美］雷·韦勒克、［美］奥·沃伦著，刘象愚等译：《文学理论》，251 页，北京，生活·读书·新知三联书店，1984。

② 见林乾主编：《金圣叹评点才子全集》第 3 卷，300～301 页，北京，光明日报出版社，1997。

试比较一下容与堂刊本与金圣叹批本《水浒传》中的两段文字①:

容与堂刊本《水浒传》	金圣叹批本《水浒传》
(阎婆惜)正在楼上自言自语,只听得楼下呀地门响。**婆子**问道:"是谁?"宋江道:"是我。"婆子道:"我说早哩,押司却不信要去,原来早了又回来。且再和姐姐睡一睡,到天明去。"**宋江**也不回话,一径奔上楼来。	(阎婆惜)正在楼上自言自语,只听得楼下呀地门响。**床上**问道:"是谁?"**门前**道:"是我。"**床上**道:"我说早哩,押司却不信要去,原来早了又回来。且再和姐姐睡一睡,到天明去。"**这边**也不回话,一径已上楼来。
武松也把眼来虚闭紧了,扑地仰倒在凳边。**那妇人**笑道:"着了! 由你好似鬼,吃了老娘的洗脚水。"便叫:"小二、小三,快出来!"**只见里面跳出**两个蠢汉来,先把两个公人扛了进去……**那妇人欢喜道:**"今日得这三头行货,倒有好两日馒头卖,又得这若干东西。"把包裹缠袋提了入去,却出来看。这两个汉子扛抬武松,那里扛得动,直挺挺在地下,却似有千百斤重的。**那妇人看了,见这两个蠢汉拖扯不动,**喝在一边,说道……	武松也双眼紧闭,扑地仰倒在凳边。**只听得**笑道:"着了! 由你好似鬼,吃了老娘的洗脚水。"便叫:"小二、小三,快出来!"**只听得飞奔出**两个蠢汉来,**听他把**两个公人先扛了进去……**只听得他大笑道:**"今日得这三头行货,倒有好两日馒头卖,又得若干东西。"**听得**把包裹缠袋提入去了。**随听他**出来,看这两个汉子扛抬武松,那里扛得动,直挺挺在地下,却似有千百斤重的。**只听得妇人**喝道……

第一栏是有关"杀阎婆惜"的文字。 金圣叹认为,这里写了三个在夜里未得谋面的人物,如果分头去写他们,必然会分散笔力。 因此,他将容与堂刊本《水浒传》中的人物分别置换为空间位置,即由视觉转换为听觉,即"不更从宋江边走来,却竟从婆娘边听去",而一举把置身于同一空间三个人的位置与关系鲜明地表现出来,"一片都是听出来的,有影灯漏月之妙"②。

第二栏写武松识破孙二娘机关,假装喝了药酒。 这段文字在容与堂刊本

---

① 容本文字见(明)施耐庵著,陈卫星点校:《水浒传》,208、278～279 页,长沙,岳麓书社,2008;金本文字见林乾主编:《金圣叹评点才子全集》第 3 卷,384、505 页,北京,光明日报出版社,1997。

② (清)金圣叹:《水浒传》第二十回夹批,见林乾主编:《金圣叹评点才子全集》第 3 卷,384页,北京,光明日报出版社,1997。

《水浒传》中是典型的全知观点，金圣叹有意改动为限知观点，通过人物的感官——听觉——来叙述：先以武松为叙述者，一连用了六个"只听得""听""听得"，把所有发生的事都从武松的耳中写出；接着，观点转移到妇人身上，以妇人为叙述者；最后又把观点转到武松身上。叙述者的轮番更迭，构成了叙述观点的频繁转换，使小说得以灵活运用限知叙事，产生了特殊的审美效果。

金圣叹对"俗本"所做的"手术"，表明他要求人们将限知观点与全知观点严格区分开来。为什么金圣叹对限知观点情有独钟呢？因为比起"作者笔端"的全知观点，限知观点更能表现出人物心理的节奏变化，依照这种变化去叙述事件的发展，有助于营造某种特定氛围。

比如，小说第九回写陆谦等人来到李小二酒店的情景，金圣叹夹批云：

> 看时二字妙，是李小二眼中事。一个小二看来是军官，一个小二看来是走卒，先看他跟着，却又看他一齐坐下，写得狐疑之极，妙妙。①

原来，从小二眼中写出的情节，不是简单地提供客观的事件，而是向读者提供了一种参与者感受的事件，即充满疑惧不安气氛的事件。而且，限知观点与限知观点的重叠，还能产生一种独特的艺术效果。

比如，小说第十八回"晁盖梁山小夺泊"写晁盖等上梁山见过王伦之后，当晚吴用对晁盖谈起自己的观感：

> ……只有林冲那人，原是京师禁军教头，大郡的人，诸事晓得，今不得已，坐了第四位。早间见林冲看王伦答应兄长模样，他自便有些不平之气，频频把眼瞅这王伦，心内自己踌躇。……

---

① 见林乾主编：《金圣叹评点才子全集》第3卷，198页，北京，光明日报出版社，1997。

金圣叹在"答应兄长模样"下夹批云：

> 十四字一句，又如话，又如画。王伦应晁盖，林冲看王伦应晁盖，吴用见林冲看王伦应晁盖，一句看他多曲。①

在金圣叹看来，吴用此时的观点与其早间的观点，与林冲的观点、与王伦的观点之间，出现了彼此传递和重叠现象，从而大大增加了叙述场面的层次。换言之，我们从这一句话中看出了吴用与晁盖谈话的画面、吴用看林冲的画面、林冲瞅王伦的画面、王伦与晁盖谈话的画面，这种叠印"如画"的效果与电影的"蒙太奇"何其相似！更重要的是，限知观点更符合个性化的逻辑过程，有利于人物性格的准确刻画。

我们再比较一下容与堂刊本与金圣叹批本《水浒传》中描写李逵"暗杀"罗真人的一段文字②：

容与堂刊本《水浒传》	金圣叹批本《水浒传》
……只听隔窗有人**看诵玉枢宝经**之声。李逵爬上来，**舔**破窗纸张时，见罗真人独自一个坐在**云床**上，面前桌儿上**烧着一炉名香，点起两枝画烛，朗朗诵经**。……	……只听隔窗有人**念诵什么经号**之声。李逵爬上来，**搠**破窗纸张时，见罗真人独自一个坐在**日间这件东西**上，面前桌儿上**烟煨煨地，两只蜡烛点得通亮**。……

显然，金圣叹的删改非常精彩，因为他敏锐地发现了容与堂刊本《水浒传》叙述中的破绽：既然是从李逵的观点去写隔窗所见，便不能写成他听见有人在"看诵玉枢宝经之声"；因为，"卤莽"如李逵者，"不省得这般鸟做声"，更不知什么"玉枢宝经"！"谁知之？ 谁记之乎？"让他听出自己根本不知而唯有作者才知道的经名，不合情理。 李逵看见罗真人"坐在云床

---

① 见林乾主编：《金圣叹评点才子全集》第 3 卷，345 页，北京，光明日报出版社，1997。
② 容本文字见（明）施耐庵著，陈卫星点校：《水浒传》，558 页，长沙，岳麓书社，2008；金本文字见林乾主编：《金圣叹评点才子全集》第 3 卷，962 页，北京，光明日报出版社，1997。

上"，也不合理，他压根儿就不知道那东西的名字，"乃自戴宗眼中写之，则曰云床；自李逵眼中写之，则曰东西"；把"烧着一炉名香，点起两枝画烛，朗朗诵经"改为"烟煨煨地，两只蜡烛点得通亮"①，则更符合李逵对眼前景物的独特感受，融入了他的主观体验。限知观点的运用，使得李逵的性格鲜活地显现出来了。这些都是"作者笔端"的全知观点所无法实现的。"只见……"用人物的眼睛来描状别的人物和事物，单独来说是一种主观的限知叙述。

脂砚斋在对《石头记》第二十六回的侧批中称此叙述模式为"水浒文法"②，足见它是金批《水浒传》叙事方式的一个显著特征。叙述观点由全知全能转换为限知观点，即将叙事任务交给小说中的人物，透过人物的行动或主观感受来描写客观世界，加强了小说的戏剧化成分，突破了传统的叙述体制，这是由说书体小说向书面阅读小说的有效过渡。

但是，这并不意味着金圣叹对全知观点的轻视。金圣叹发现，如果灵活运用全知观点，同样能创造出奇妙的美学效果。他注意到，作者采用全知观点时，并不是永远固定在一个位置上的。比如，第五十八回"吴用赚金铃吊挂　宋江闹西岳华山"有渭河拦截一段：

> ……众人等候了一夜。次日天明，听得远远地锣鸣鼓响，三只官船下来，船上插着一面黄旗，上写"钦奉圣旨西岳降香太尉宿"。朱仝、李应各执长枪，立在宋江背后，吴用立在船头。……

金圣叹回评云：

---

① （清）金圣叹：《水浒传》第五十二回夹批，见林乾主编：《金圣叹评点才子全集》第4卷，962页，北京，光明日报出版社，1997。
② （清）曹雪芹著，脂砚斋评，邓遂夫校订：《脂砚斋重评石头记甲戌校本》，303页，北京，作家出版社，2000。

渭河拦截一段，先写朱仝、李应执枪立宋江后，宋江立吴用后，吴用立船头，作一总提。然后分开两幅……①

又称赞道："从船尾顺写至船头，读之如画。"②因为，在金圣叹看来，从"船尾"写到"船头"反而是顺写，为什么呢？ 因为作者选择了宋江、吴用这条船的船尾作为观察点，从朱仝、李应到宋江，又从宋江到吴用，再到三只下来的官船和船上的黄旗……一幅渭河拦截图便完整地呈现了。 若"正写之，则应作吴用立宋江前，朱仝、李应立宋江后也"③，作者的视线来回变化就会造成混乱，无法形成一幅视觉不受隔断的图画来。

金圣叹还发现，作者的客观观点可同时包括不同的主观观点，并凝聚于同一个焦点之上。 比如，小说第十二回写杨志、索超东郭比武一段，两人斗到五十余回合，不分胜败，金圣叹夹批云：

月台上梁中书看得呆了。【不写索、杨，却去写梁中书，当知非写梁中书也，正深于写索超、杨志也。】两边众军官看了，喝采不迭；【不写索、杨，却去写两边军官。】阵面上军士们递相厮觑道："我们做了许多年军，也曾出了几遭征，何曾见这等一对好汉厮杀!"【不写索、杨，却去写阵上军士。】李成、闻达在将台上，不住声叫道："好斗!"【不写索、杨，却去写李成、闻达。要看他凡四段。每段还他一个位置，如梁中书则在月台上，众军官则在月台上梁中书两边，军士们则在阵面上，李成、闻达则在将台上。……】④

---

① 见林乾主编：《金圣叹评点才子全集》第 4 卷，1058、1054 页，北京，光明日报出版社，1997。
② （清）金圣叹：《水浒传》第五十八回夹批，见林乾主编：《金圣叹评点才子全集》第 4 卷，1058 页，北京，光明日报出版社，1997。
③ 同上书，1058 页。
④ 见林乾主编：《金圣叹评点才子全集》第 3 卷，243 页，北京，光明日报出版社，1997。

金圣叹此处又眉批云：

> 一段写满教场眼睛都在两人身上，却不知作者眼睛乃在满教场人身上也。作者眼睛在满教场人身上，遂使读者眼睛不觉在两人身上。真是自有笔墨未有此文也。[①]

这段文字并非从"作者眼睛"直接叙述，而是通过它所包含的"满教场眼睛"的折射，间接地表现场面；尽管作者没有继续提供索、杨二人比武的场景，但读者仿佛已经了然于眼中。这种观点的灵活运用与以虚出实写法的巧妙结合，大大丰富了小说的艺术表现力。

四、叙述语言

小说作为语言的艺术，是一种单向延伸的时间艺术，它很难将许多事物在一个平面上同时呈现出来；而本事的时间是多元的、立体的，几个人的动作是在同时发生的。怎样解决这一问题呢？金圣叹结合小说的创作实践，对小说的"句法""字法"做了精细的研究，探讨小说叙述语言审美表现力的形成问题。

关于"字法"，金圣叹一方面反对雕琢字句，"笑今人心枯髯断，追琢出来，自夸一字不盗旧人，却不中与旧人作屁也"[②]；另一方面，他在小说评点中却也关注文辞的问题，他对于不是"杂凑"而又有表现力的自铸新语，是击节欣赏的。有活用形容词的：

---

① 见林乾主编：《金圣叹评点才子全集》第 3 卷，243 页，北京，光明日报出版社，1997。
② （清）金圣叹：《水浒传》第二十八回夹批，见林乾主编：《金圣叹评点才子全集》第 3 卷，532 页，北京，光明日报出版社，1997。

> 字法之奇者，如肉雨、箭林、血粥等，皆可入谐史。①

> 鲁达打郑屠，下了一阵肉雨，便无处不是肉；武松打蒋门神，泼了一个酒地，便无处不是酒。一样奇绝妙绝之文。②

有活用动词的：

> 一路拽字、钻字、塞字、凿字，皆以一字为景。③

比如，小说写武松杀了张都监后，心满意足，"拽开脚步，倒提朴刀便走"。金圣叹夹批云："倒提绝妙，是心满意足后气色，只两字便描写出来。"④小说写西门庆反复出现在王婆处均作一"踅"字，金圣叹回评云：

> 写西门庆接连数番踅转，妙于叠，妙于换，妙于热，妙于冷，妙于宽，妙于紧，妙于琐碎，妙于影借，妙于忽迎，妙于忽闪，妙于有波搽，妙于无意思，真是一篇花团锦凑文字。⑤

这里，叠用"踅"字之妙，就在于它写出了西门庆的欲言不语，表露了一个色中恶鬼急于把潘金莲弄上手的急切心理。关于"句法"，金圣叹提出了"不完句法"，也就是"夹叙法"，"谓急切里两个人一齐说话，须不是一

---

① （清）金圣叹：《水浒传》第十九回夹批，见林乾主编：《金圣叹评点才子全集》第3卷，360页，北京，光明日报出版社，1997。
② （清）金圣叹：《水浒传》第二十八回夹批，见林乾主编：《金圣叹评点才子全集》第3卷，537页，北京，光明日报出版社，1997。
③ （清）金圣叹：《水浒传》第三回眉批，见林乾主编：《金圣叹评点才子全集》第3卷，110页，北京，光明日报出版社，1997。
④ （清）金圣叹：《水浒传》第三十回夹批，见林乾主编：《金圣叹评点才子全集》第3卷，562页，北京，光明日报出版社，1997。
⑤ （清）金圣叹：《水浒传》第二十三回回评，见林乾主编：《金圣叹评点才子全集》第3卷，421页，北京，光明日报出版社，1997。

个说完了，又一个说，必要一笔夹写出来。 如瓦官寺崔道成说'师兄息怒，听小僧说'，鲁智深说'你说你说'等是也"①。 小说第五回里这样写道：

> 智深走到面前，那和尚吃了一惊，跳起身来便道："请师兄坐，同吃一盏。"智深提着禅杖道："你这两个，如何把寺来废了?"那和尚便道："师兄请坐，听小僧……"智深睁着眼道："你说，你说!"说："在先敝寺……"

金圣叹回评云：

> 此回突然撰出不完句法，乃从古未有之奇事。如智深跟丘小乙进去，和尚吃了一惊，急道："师兄请坐，听小僧说。"此是一句也，却因智深睁着眼，在一边夹道："你说你说。"于是遂将"听小僧"三字隔在上文，"说"字隔在下文……而总之只为描写智深性急，此虽史迁，未有此妙矣。②

实际上，"不完句法"是金圣叹修订《水浒传》的杰作，它既道出了鲁智深睁着眼的念念之情，又刻画出了他爽快性急的性格。 又如，第三十一回写清风山燕顺等要杀了宋江下酒：

> 那小喽啰把水直泼到宋江脸上，宋江叹口气道："可怜宋江死在这里!"燕顺亲耳听到"宋江"两字……

金圣叹此处夹批云：

---

① （清）金圣叹：《读第五才子书法》，见林乾主编：《金圣叹评点才子全集》第3卷，23页，北京，光明日报出版社，1997。
② 见林乾主编：《金圣叹评点才子全集》第3卷，136、134页，北京，光明日报出版社，1997。

此三十七字中，凡叙三个人，三件事，然其泼时即是叹时，叹时即是听时，听时即是泼时，虽是三个人，三件事，然只在一霎中一齐都有，故应作一句读也。①

这里，金圣叹敏锐发现了"叙述"与"本事"之间的差异，提醒读者必须重视句读，注意将线性展开的描述还原为立体的生活画面。 第三十九回"梁山泊好汉劫法场"写李逵：

却见十字路口茶坊楼上一个虎形黑大汉，脱得赤条条的，两只手握两把板斧，大吼一声，却似半天起个霹雳，从半空中跳将下来。

金圣叹夹批道：

五十一字成一句，不得读断。②

因为，李逵在茶坊楼上的出现、握斧、大吼、跳下几乎是同一瞬间发生的，如果"读断"便影响了统一、完整画面的形成。 又如第四十一回，宋江被赵能、赵得追捕，钻入玄女庙神厨内。"宋江抖定道：'却不是神明保佑！若还得了性命，必当重修庙宇，再建祠堂，阴灵保佑则个！'只听得有几个士兵在庙门前叫道：'都头，在这里了！'……"金圣叹在"再建"后断开，把"祠堂"后的话语抹去，将"建"字改为"塑"，这是"不完句法"的重现，它突出了当时的紧张气氛。③ 可见，金圣叹在评点小说的过程中，时刻不忘小说这一时间艺术中空间的存在。

---

① 见林乾主编：《金圣叹评点才子全集》第 3 卷，588 页，北京，光明日报出版社，1997。
② 见林乾主编：《金圣叹评点才子全集》第 4 卷，727 页，北京，光明日报出版社，1997。
③ （清）金圣叹：《水浒传》第四十一回夹批，见林乾主编：《金圣叹评点才子全集》第 4 卷，759 页，北京，光明日报出版社，1997。

金圣叹还发现，对人物动作、场面的动态与动势的描写，可以推动、促进读者的想象，从而扩大小说叙述语言的表现空间。 比如，第二十五回写武松回到家：

　　　　见了灵床子，【句法咽住。见灵床，已见亡夫武大郎之位七字矣，却因骤然，故又有下句。】又写"亡夫武大郎之位"【咽住。】七个字，【又咽住。此三字不与上句连，盖上句亡夫武大郎之位，只是突然见了，一直念下，不及数是几个字，是第一遍。次却定睛再念第二遍，便是逐个字念，如云亡，一个字；夫，二个字；武，三个字；大，四个字；郎，五个字；之，六个字；位，阿呀，是七个字。不差了，下便紧接呆了。真化工之笔，虽才子二字，何足以尽之。】呆了！【又咽住。】睁开双眼【又咽住。此四字中，又念一遍。】道："莫不是我眼花了？"【又咽住。念过三遍，方说一句话。】①

金圣叹在此眉批云："须知此两行中，有四遍'亡夫武大郎之位'字。"②字面上是两行文字，只有一遍"亡夫武大郎之位"，另外三遍从何而来呢？ 诀窍就在于，作者写了武松看灵床、灵位的动态过程，作者的客观观点已经转为武松的主观观点，因此，这两行文字所表现的除了作者"看到"灵位的遍数，还包括了武松"看到"灵位的遍数。 作者对武松"看到"灵位的动作、神态的刻画，使我们仿佛"看到"了武松悲痛欲绝的形象。 这样，"两行"文字的叙事空间就扩大了。

　　此外，对于文句的长短、骈散，古文家主张长、短句交替并用，但标榜以不用骈句为自己的风格。 金圣叹则打破了这种门户之见。 比如，《水浒传》第二十三回"王婆贪贿说风情"，说"十分光"每段都用"他若"一正一反的整齐句式；第四十四回写石秀冷眼偷瞧潘巧云与裴如海偷情，也用"十分瞧科"，则全是散文句式。 金圣叹批道：

---

① 见林乾主编：《金圣叹评点才子全集》第3卷，478页，北京，光明日报出版社，1997。
② 同上书，478页。

王婆十分研光，以整见奇；石秀十分瞧科，以散入妙，悉是绝世文字。①

如果两段内容相似的文字都用一样句式，那岂不成了"印板文字"？

金圣叹的"文法"理论，是关于小说作法的理论。以上我们从叙述结构、叙述节奏、叙述观点和叙述语言四个方面，做了较为详细的梳理，使我们清楚地看到了它与现代的小说叙事理论相互吻合之处。金圣叹以后的小说评点笼罩于金圣叹的影响之下，清代的许多小说评点有意无意地都在模仿金圣叹创建的文法理论，换言之，金圣叹给后代人最大的影响就是他的"文法"理论。因此，我们倘若能够系统深入地做些这方面的研究工作，对于建设具有中国特色的叙事学理论，未尝不是一条可行的路径。金圣叹"文法"理论的现代价值便在于此。

◎ 第五节
"传神写照"：金圣叹的人物性格理论

历史是一种与外部世界构成"换喻"关系的实用性叙事话语，其目的在于对历史事实做出判断，即所谓"彰善瘅恶，树之风声"②，创造人物形象并非其要旨。小说则不然，它在人物、情节和环境三方面具有自我生长、膨胀的能力，它依靠内部的动力重构出了一个"隐喻"外部世界的"小世界"；其中，人物形象的塑造是小说叙事的核心与灵魂——有人则事聚，无人则事散。为此，金圣叹提出了人物性格理论。鉴于不少论者对该理论的

---

① （清）金圣叹：《水浒传》第四十四回回评，见林乾主编：《金圣叹评点才子全集》第4卷，817页，北京，光明日报出版社，1997。

② （南朝梁）刘勰著，陆侃如、牟世金译注：《文心雕龙译注》上，192页，济南，齐鲁书社，1981。

阐释多有歧误，我们拟做一更为深入的研究，以就正于方家。

一、"性格"说辨正

金圣叹的人物"性格"理论，是其小说理论中最具光彩也最享盛誉的部分，亦是论者最有争议的部分。 比如，有人以为，金圣叹的"性格"内涵反映出了"典型性格"的特点，表明金圣叹掌握了共性与个性、一般与特殊相统一的艺术辩证法。[①] 还有人认为，"明清之际，我国人物理论中出现了人物类型理论与人物性格理论并存的态势，并且出现后者逐渐取代前者的历史发展趋势"，"这一理论上的历史性转换的根本标志是人物性格个性化理论建设取得的丰硕成果"；其中，"金圣叹的人物性格个性化理论显得更充分、更深刻、更完备"[②]。 有的论者甚至不无自豪地说，金圣叹的人物性格个性化理论比黑格尔、别林斯基的理论早了两个世纪！[③] 不难看出，他们都是以"西"释"中"，即套用西方现实主义的典型理论来阐释中国古代的小说理论。 殊不知其最大失误，就在于极大地漠视与遮蔽了中国古代小说理论的"异质性"的存在。

"性格"一词，较早见于唐代李中诗《献张拾遗》："官资清贵近丹墀，性格孤高世所稀。"后来，出现于小说中，主要指一个人的脾气。 比如，《水浒传》第二十三回西门庆说武大郎是一个养家经纪人，"又会赚钱，又且好性格"。 而真正把"性格"作为小说理论的范畴，运用于文学批评，则是从金圣叹开始的。 金圣叹把成功塑造人物性格确定为小说艺术的中心，即衡量小说艺术成就的主要尺度：

---

① 参见石麟：《金批〈水浒〉的人物塑造理论》，见张国光、余大平主编：《〈水浒〉争鸣》第 6 辑，264～277 页，北京，光明日报出版社，2001。
② 叶纪彬、李松扬、武振国：《明清人物性格理论初探》，载《文艺理论研究》，1997（6）。
③ 陈大康：《明代小说史》，562 页，上海，上海文艺出版社，2000。

别一部书，看过一遍即休。独有《水浒传》，只是看不厌，无非为他把一百八个人性格，都写出来。

《水浒传》写一百八个人性格，真是一百八样。若别一部书，任他写一千个人，也只是一样；便只写得两个人，也只是一样。①

那么，金氏所谓"性格"的内涵是什么呢？ 金圣叹说：

《水浒》所叙，叙一百八人，人有其性情，人有其气质，人有其形状，人有其声口。②

可见，"性格"包括了一个人的"性情""气质""形状""声口"等方面的内容。 其中，"性情"指人物的胸襟、心地和情绪，"气质"指人物天生的禀赋，"形状"指人物的肖像和行为、动作所呈现的状态，"声口"指人物的言谈以及说话时的神情。"性情"和"气质"是形成人物性格的内在因素，"形状"和"声口"则是体现人物性格的外在因素，它们都标示出人物区别于他人的独特精神特征，从而构成人物独具的"性格"。 在金圣叹之前，容与堂刊本《水浒传》称作者刻画人物云：

妙绝千古，全在同而不同处有辨，如鲁智深、李逵、武松、阮小七、石秀、呼延灼、刘唐等，众人都是急性的。渠形容刻画来，各有派头，各有光景，各有家数，各有身份，一毫不差，半些不混，读去自有分辨，不必见其姓名，一睹事实就知某人某人也。③

---

① （清）金圣叹：《读第五才子书法》，见林乾主编：《金圣叹评点才子全集》第3卷，20页，北京，光明日报出版社，1997。
② （清）金圣叹：《水浒传·序三》，见林乾主编：《金圣叹评点才子全集》第3卷，11页，北京，光明日报出版社，1997。
③ 容与堂刊本《水浒传》第三回总评，见《李卓吾先生批评忠义水浒传》卷三，15页，上海，上海人民出版社，1971。

这里的"派头""光景""家数""身份",主要着眼于人物的外部形态（年龄、地位和职业等），比较表面；而金圣叹的"性情""气质""形状""声口"则直接抓住了人物的思想和稳定的心理特征，金圣叹所论显然比前者深入、完备得多。金圣叹还指出，同类心理特征在特定人物身上的表现是不同的，必须在不同人物的同类心理特征中细细分辨：

> 《水浒传》只是写人粗卤处，便有许多写法。如鲁达粗卤是性急，史进粗卤是少年任气，李逵粗卤是蛮，武松粗卤是豪杰不受羁勒，阮小二粗卤是悲愤无说处，焦挺粗卤是气质不好。①

金圣叹一口气数说了六个人物的粗鲁，分析的重心却在其背后所不同的深层心理原因。显而易见，金圣叹的"性格"概括了作为个体的人对周围世界的稳固态度和惯常行为方式方面的心理特征。这也正是中文"性格"一词的基本意义。②

而黑格尔所说的"性格"一词原文"Charakter"源于希腊文"Kharakter"（意为被记录下来的东西，所刻的记号）。朱光潜先生翻译《美学》第一卷"人物性格"一节时做了个脚注：

> 原文 Charakter 按字面只是"性格"，但是，西方文艺理论著作一般用这个词指"人物"或"角色"。③

此义在中文"性格"一词里是没有的。其实，黑格尔对"性格"有明确的

---

① （清）金圣叹：《读第五才子书法》，见林乾主编：《金圣叹评点才子全集》第 3 卷，21 页，北京，光明日报出版社，1997。
② 参见《辞海》（文学分册）"人物性格"条，6 页，上海，上海辞书出版社，1981。
③ ［德］黑格尔著，朱光潜译：《美学》第 1 卷，300 页脚注，北京，商务印书馆，1981。

规定：

> 神们（指"普遍的力量"——引者注）变成了人的情致，而在具体的活
> 动状态中的情致就是人物性格。因此，性格就是理想艺术表现的真正
> 中心。①

显然，黑格尔的"性格"是由"绝对理念"分化成的"普遍的力量"融会在
个体身上形成的完整个性，它的具体内容是"情致"，是多种"情致"的集
中表现；"性格"的典型意义，就在于它代表了普遍的精神力量。黑格尔指
出，艺术之所以美，就在于描写了这样的"性格"。在黑格尔美学里，"典
型"又称"理想"，是"从一大堆个别偶然的东西之中所拣回来的现实"，
即"符合理念本质而现为具体形象的现实"。他所谓典型化，"是概念到感
性事物的异化"②，这是一个"观念化"或"心灵化"的过程。显而易见，
黑格尔是从外部关系——理念发展过程之一定历史阶段中的"冲突"以及精
神化了的社会关系来规定"性格"的，他所强调的是个性化、心灵化了的理
性，人的自然天性必须从属于理性。从黑格尔的个性观念可推导出性格的共
性意义，即"普遍力量"是必须符合理性，合乎"绝对理念"发展目的性的
"善"，表现为"永恒的宗教的和伦理的关系"③。他所要求的"性格"的
个性与共性的统一，本质是历史的"真"与永恒的"善"的统一。而金圣叹
则是从心理内涵上规定"性格"，强调性格的生动性和个性，主要是一种心
理的真实感。所以，他重视的是表现出人的天性、行为的自发性，即"天
真"之趣、"稚子之声"，理性是从属于自然的。金圣叹的"性格"是心理
与伦理的统一，与黑格尔所说的"性格"是有区别的，与我们今天注重历史/
社会学意义的"典型性格"更是判然有别，岂可混淆？

———————————

① ［德］黑格尔著，朱光潜译：《美学》第 1 卷，300 页，北京，商务印书馆，1981。
② 同上书，14 页。
③ 同上书，279 页。

金圣叹的人物性格理论从心理内涵上规定"性格"，强调性格的生动性和个性，强调一种心理的真实感，这便与中国古代美学思想中的形、神关系论相通了。事实上，包括金圣叹在内的小说评点家们，在具体小说评点过程中最为讲究的就是形、神关系，而不是共性与个性、普遍与特殊的关系。小说评点家们每每在小说叙事写人状物出色的地方批上"化工之笔""神理如画""如见如闻"，或批"如画""传神""活象"，或简单批一字"画"。所谓"化工"就是能够将人或物写得形神兼备，能"追魂摄魄"；其反面就是"画工"，即只写出人或物的形迹相似，而没有写出人或物的神采。显然，他们是从"传神写照"的画学理论那里得到了启发。

二、"传神写照"

"传神写照"一语出自刘义庆的《世说新语·巧艺》，其中记顾恺之画人：

> 或数年不点目睛。人问其故，顾曰："四体妍蚩，本无关于妙处。传神写照，正在阿堵中。"

除了"传神写照"外，顾恺之还提出了"迁想妙得"的美学命题。前者强调不泥于形迹，不求形体的逼真，主张以有限的形体表现人物无限的神情风韵；后者则强调自由发挥想象力，以超越有限的物象，把握对象内在的神韵，即捕捉到人物特有的情趣，表现自然山水蓬勃的生机与内在生命的气势。顾恺之形神结合、以传神为主的创作理论，与五代画家荆浩的"度物象而取其真"，都同样强调艺术作品要传达出对象的内在生命和精神本质。"传神写照"后来成了我国绘画艺术根深蒂固的传统观念。

自六朝时期出现"传神写照"的美学原则后，在我国古代文学创作实践和文艺思想发展过程中，总体而言，强调"形似"和"神似"的辩证结合或侧重于"传神"是主流。 从创作上看,汉大赋偏重于"形似",建安文学较重"神似",六朝总的倾向在"形似"(但陶渊明等少数作家重"神似"),唐初诗歌创作也以"形似"较多,"神似"渐渐在盛唐诗歌中发展到了一个高峰。 从理论上看,西晋陆机(261—303)提出"笼天地于形内,挫万物于笔端",强调"穷形尽相"。① 南朝梁刘勰则提出"窥意象而运斤",主张"拟容取心"②,即表现出事物的精神和本质。 唐司空图在《诗品》中更是提出"离形得似"的原则,强调艺术描写应着眼于对创作对象内在精神实质的刻画,而不应拘泥于形迹。 唐诗僧皎然在《诗式》中指出,诗歌必须"得若神授","天真挺拔之句,与造化争衡,可以意冥,难以言状"③。 南宋严羽的《沧浪诗话》以"入神"为诗歌最高境界,如"羚羊挂角,无迹可求","言有尽而意无穷"④。 苏轼则对艺术传神的特点做了比较深刻的分析:

> 余尝论画,以为人禽宫室器用皆有常形。至于山石竹林,水波烟云,虽无常形,而有常理。常形之失,人皆知之。常理之不当,虽晓画者有不知。……世之工人,或能曲尽其形,而至于其理,非高人逸才不能办。⑤

苏轼这里说的"常形"和"常理",也就是"形似"和"神似"的问题,并非所有的艺术家都能表现出事物内在的"常理"。 他以文与可画竹为例,指出

---

① (晋)陆机:《文赋》,转引自郭绍虞主编:《中国历代文论选》(一卷本),65页,上海,上海古籍出版社,1979。

② (南朝梁)刘勰著,陆侃如、牟世金译注:《文心雕龙译注》下,85、208页,济南,齐鲁书社,1981。

③ (唐)皎然著,李壮鹰校注:《诗式校注》卷首《诗式序》,1页,北京,人民文学出版社,2003。

④ (宋)严羽:《沧浪诗话·诗辨》,转引自郭绍虞主编:《中国历代文论选》,208~210页,上海,上海古籍出版社,1979。

⑤ (宋)苏轼著,孔凡礼点校:《苏轼文集》卷十一《净因院画记》,367页,北京,中华书局,1986。

只有"得其理"，才能挥笔自如，传神写照。苏轼所谓"常形"和"常理"，王夫之在《姜斋诗话》中称为"物态"和"物理"，又称后者为"神理"①，即传神而能得事物内在精神本质之意，他们都意在说明传神之作要害在于形象化地反映事物的本质特征。

"传神写照"的美学原则，也为许多小说、戏曲批评家所借鉴，并运用于人物形象创造的理论批评之中。如北宋赵令畤指出，《会真记》中崔莺莺所以能"飘飘然仿佛出于人目前"，就在于对这一人物的"神态""生气"，即"都愉淫冶之态"，做了传神的刻画。② 小说评点的创始人刘辰翁，在评点《世说新语》时，多次称其人物语言"极得情态""风致""意态"，而予人"神情自近，愈见其真"的艺术感受。③ 明清时期，形神论更是融入了小说理论批评，人们以"传神"与否作为衡量小说艺术成就高低的基本标准，"形"与"神"成了小说叙事的重要美学范畴。

譬如，胡应麟指出，《水浒传》"不事文饰而曲尽人情"，在叙事之外，"游词余韵、神情寄寓处"，"极足寻味"④；天都外臣汪道昆则称《水浒传》"如良史善绘，浓淡远近，点染尽工"⑤。容与堂刊本《水浒传》较早用形神兼备的美学理念分析、估量小说在这方面的成就："《水浒传》之所以与天地相终始"，就在于所塑造的人物"情状逼真，笑语欲活"，"千古若活"。比如，评小说第十回云：

>……李小二夫妻两人情事，咄咄如画。⑥

---

① （清）王夫之：《夕堂永日绪论内编》，见郭绍虞主编：《中国历代文论选》，315～317 页，上海，上海古籍出版社，1979。
② 转引自黄霖、韩同文：《中国历代小说论著选》上，57 页，南昌，江西人民出版社，1982。
③ 同上书，75 页。
④ （明）胡应麟：《少室山房笔丛》卷四十一《庄岳委谈下》，437 页，上海，上海书店出版社，2001。
⑤ （明）天都外臣：《水浒传序》，见朱一玄、刘毓忱等编：《水浒传资料汇编》，189 页，天津，百花文艺出版社，1981。
⑥ 容与堂刊本《水浒传》第十回总评，见《李卓吾先生批评忠义水浒传》卷十，12 页，上海，上海人民出版社，1971。

评第二十一回云：

> 文字逼真，化工肖物。摩写宋江、阎婆惜并阎婆处，不惟能画眼前，且画心上；不惟能画心上，且并画意外。顾虎头、吴道子安得到此。[1]

又评第二十五回文字云：

> 种种逼真。第画王婆易，画武大难；画武大易，画郓哥难。今试着眼看郓哥处，有一语不传神写照乎？[2]

因此，容与堂刊本《水浒传》称赞施耐庵是"传神写照妙手"[3]。金圣叹继承了前人的灼见，并对"传神写照"做出了自己独到的理解。杜甫题画诗《画鹰》前四句"素练风霜起，苍鹰画作殊。㧐身思狡兔，侧目似愁胡"，金圣叹批云：

> 画鹰必用素练，止是目前恒事，乃他人之所必忽者，先生之所独到。只将"风霜起"三字写练之素，而已肃然。若为画鹰先作粉本，自非用志不分，乃凝于神者，能有此五字否？三四即承"画作殊""殊"字来作一解。世人恒言"传神写照"，夫传神、写照，乃二事也。只如此诗"㧐身"句是传神，"侧目"句是写照；传神要在远望中出，写照要在细看中

---

① 容与堂刊本《水浒传》第二十一回总评，见《李卓吾先生批评忠义水浒传》卷二十一，20 页，上海，上海人民出版社，1971。
② 容与堂刊本《水浒传》第二十五回总评，见《李卓吾先生批评忠义水浒传》卷二十五，12 页，上海，上海人民出版社，1971。
③ 容与堂刊本《水浒传》第三回总评，见《李卓吾先生批评忠义水浒传》卷三，15 页，上海，上海人民出版社，1971。

出。不尔，便不知颊上三毛如何添得也。①

在金圣叹看来，"传神写照"应作"二解"："写照"是外取骨相神态，它是局部性的，故"要在细看中出"；"传神"是内表对象的内在生命、人格心灵，它是整体性的，故"要在远望中出"。 这里，金圣叹实际指出，表与里、实与虚、局部与整体等的描写，都必须具备形象直观性；而且，"写照"与"传神"之间必须协调统一，不能割裂、孤立。 否则，"便不知颊上三毛如何添得也"。"传神写照"的这些基本原则，实际也正是小说人物性格塑造的核心所在。

三、"化工之笔"

在小说创作中，"传神写照"的具体艺术表现手法有哪些呢？ 金圣叹全面而深入地分析、研究了《水浒传》的"化工之笔"，提出了许多有价值的重要思想。

（一）"白描"与细节描写

"白描"是明清小说评点家普遍重视的方法，它本是传统绘画的技法之一，源自"白画"。"描"是依样摹写之意，"白描"指纯用墨线勾勒物象轮廓，不着颜色地表现物象。 金圣叹首先把这一绘画理论引进小说批评领域，在《水浒传》第九回"林教头风雪山神庙"一节的夹批里，他多次推称作者"一路写景绝妙""写雪妙绝"，特别是对最后一段，称道：

---

① （清）金圣叹：《杜诗解·画鹰》批，见林乾主编：《金圣叹评点才子全集》第 1 卷，602～603页，北京，光明日报出版社，1997。 按：标点略有改动。

寻着踪迹四字，真是绘雪高手。龙眠白描，庶几有此。①

李龙眠即北宋著名的画家李公麟，他擅长人物鞍马和历史故事画。因他的画多不敷色，人称"白描"。"白"是寓简之意，"白描"就是简描，就是以最经济的笔墨，直接勾勒出事物风貌与动态，形象地描绘出人物性格特征与生命韵律。金圣叹以此表明，小说写人状物也与绘画一样，要善于抓住最能表现事物神髓的关键，取简不取繁，寥寥几笔，传递出所状写人物的神韵。小说中与"白描"法密切相关的则是细节描写，它必须做到"微而著"，能够突出人物的性格。比如，《水浒传》第三回鲁智深在五台山醉酒，"吐了一回，扒上禅床，解下绦，把直裰、带子都咇咇剥剥扯断了，脱下那脚狗腿来"。金圣叹批道：

取出来便是俗笔；今云脱下，写醉人节节忘废，入妙。②

又如，第二十三回潘金莲"一只手拿着注子，一只手便去武松肩胛上只一捏"，只是一个"捏"字，"写淫妇便是活淫妇"③。再如，第三十七回写李逵晓得眼前的黑汉子是宋江后，"扑翻身躯便拜"。金圣叹批道：

扑翻身躯字，写他拜得死心搭地。便字，写他拜的更无商量。④

这些"分寸都出"的细节描写，贵在简洁传神。

---

① （清）金圣叹：《水浒传》第九回夹批，见林乾主编：《金圣叹评点才子全集》第3卷，208页，北京，光明日报出版社，1997。
② （清）金圣叹：《水浒传》第三回夹批，见林乾主编：《金圣叹评点才子全集》第3卷，110页，北京，光明日报出版社，1997。
③ （清）金圣叹：《水浒传》第二十三回夹批，见林乾主编：《金圣叹评点才子全集》第3卷，430页，北京，光明日报出版社，1997。
④ （清）金圣叹：《水浒传》第三十七回夹批，见林乾主编：《金圣叹评点才子全集》第4卷，683页，北京，光明日报出版社，1997。

（二）"以形传神"

"以形传神"指描绘人物神态时，刻画出人物与众不同的外表，闪现出人物的性格光彩。它是"不似之似"，要求对"形"进行夸张、突出、削减，将"形"精炼到最小、最准确、最鲜明的程度，尽可能地突出人物的精神本质。比如，《水浒传》第三十七回对李逵的描写：

> 黑凛凛三字，不惟画了李逵形状，兼画李逵顾盼、李逵性格、李逵心地来。下便紧接宋江吃惊句，盖深表李逵旁若无人，不晓阿谀，不可以威劫，不可以名服，不可以利动，不可以智取。宋江吃一惊，真吃一惊也。①

又如，小说第四十六回写李应听说祝家庄不肯放出时迁，并扬言要把李应当梁山"强盗"拿了解官，他无名火起，要找祝家庄争战。作者写李应"披上一副黄金锁子甲，前后兽面掩心，穿一领大红袍，背胯边插着飞刀五把，拿了点钢枪，戴上凤翅盔"；"杜兴也披一副甲，持把枪上马"；"杨雄、石秀也抓扎起，挺着朴刀"。金圣叹批云：

> 画李应是个大官人，画杜兴是个主管，画杨雄、石秀是个客人，各各不同。②

这些肖像描写显示了人物不同的身份，从而成为人物性格的主要标志，与人物的形象整体统一起来，表现出了人物形象的整体风貌。

---

① （清）金圣叹：《水浒传》第三十七回夹批，见林乾主编：《金圣叹评点才子全集》第 4 卷，681～682 页，北京，光明日报出版社，1997。
② （清）金圣叹：《水浒传》第四十六回夹批，见林乾主编：《金圣叹评点才子全集》第 4 卷，856页，北京，光明日报出版社，1997。

此外，人物肖像描写应体现一种对称、对应关系，不仅是再现生活的真实，还构成意境的美、写意的美。比如，《水浒传》第十二回对索超、杨志北京大名府比武一段的肖像描写，金圣叹批云：“凡此书有两人相对处，不写打扮即已，若写打扮，皆作者特地将五彩间错配对而出，不可忽过也。”①

（三）语言传神

语言传神，指人物语言必须“适如其人”，即“人有其声口”，切合每个人物的身份，“一样人，便还他一样说话”②，表现其在特定情景下的心理状态等。比如，杨志押送生辰纲经过黄泥冈，不许军汉们休息，说：“如今须不比太平时节。”老都管道：“你说这话，该剜口割舌，今日天下怎地不太平？”这里，老都管的话“活是老奴声口”，“老奴口舌可骇，真正从太师府来”③。

最为典型的例子是《水浒传》中几位好汉初见宋江时说的话，它们充分显示了各人的教养、性格和脾气。比如，鲁达道：“久闻阿哥大名，无缘不曾拜会，今日且喜认得阿哥。”鲁达为人古道热肠，一连两个“阿哥”足见其亲热无间，性情开阔。金圣叹夹批道：

> 活是鲁达语，八字哭笑都有。④

杨志起身再拜道：“杨志旧日经过梁山泊，多蒙山寨重义相留，为是洒家愚迷，不曾肯住。今日幸得义士壮观山寨，此是天下第一好事。”杨志是将门

---

① （清）金圣叹：《水浒传》第十二回眉批，见林乾主编：《金圣叹评点才子全集》第 3 卷，242 页，北京，光明日报出版社，1997。
② （清）金圣叹：《读第五才子书法》，见林乾主编：《金圣叹评点才子全集》第 3 卷，20 页，北京，光明日报出版社，1997。
③ （清）金圣叹：《水浒传》第十五回夹批，见林乾主编：《金圣叹评点才子全集》第 3 卷，289 页，北京，光明日报出版社，1997。
④ （清）金圣叹：《水浒传》第五十七回夹批，见林乾主编：《金圣叹评点才子全集》第 4 卷，1043 页，北京，光明日报出版社，1997。

之子，是"官迷"一类的人，因此，金圣叹夹批道：

> 写杨志便有旧家子弟体，便有官体，一发衬出鲁达直遂阔大来。①

武松初见宋江时，先是定睛看了看，然后纳头便拜，道："我不信今日早与兄长相见！"武松是精细人儿，并且仰慕宋江已久，因相见突然，故定睛看了看，方才吐出衷肠话语。 金圣叹夹批道：

> 古有相见何晚之语，说得口顺，已成烂套，耐庵忽翻作不信相见恁早，真是惊出泪来之语。②

李逵初见宋江尤妙。 开始是戴宗叫他下拜，粗卤憨厚而可爱的李逵因为被戴宗骗了多次而不肯下拜，当宋江亲口说"我正是山东黑宋江"时，李逵拍手叫道："我那爷，你何不早说些个，也教铁牛欢喜。"在李逵惊呼"我那爷"处，金圣叹夹批道：

> 称呼不类，表表独奇。

在李逵埋怨"你何不早说些个"处，金圣叹夹批道：

> 却反责之，妙绝妙绝。

在李逵说"也教铁牛欢喜"处，金圣叹则夹批道：

---

① （清）金圣叹：《水浒传》第五十七回夹批，见林乾主编：《金圣叹评点才子全集》第4卷，1043页，北京，光明日报出版社，1997。

② （清）金圣叹：《水浒传》第二十一回夹批，见林乾主编：《金圣叹评点才子全集》第3卷，403页，北京，光明日报出版社，1997。

写得遂若不是世间性格，读之泪落。铁牛欢喜四字，又是奇文。①

这些语言描写让人如闻其声，如见其人。

（四）"衬染之法"

"衬染之法"就是借环境景物的描写表现人物的性格。在《水浒传》第六十三回"呼延灼月夜赚关胜　宋公明雪天擒索超"中，金圣叹评道：

> 写雪天擒索超，略写索超而勤写雪天者，写得雪天精神，便令索超精神。此画家所谓衬染之法，不可不一用也。②

本回中"勤写雪天"之语有："日无晶光，朔风乱吼"；"连日大风，天地变色，马蹄冰合，铁甲如冰"；"次日彤云压城，天惨地裂"；"当晚云势越重，风色越紧……成团打滚，降下一天大雪"……显然，"雪天精神"就是指所呈现出的一派肃杀之气，与索超威猛将军的形象相协调一致，故"写得雪天精神，便令索超精神"。在金圣叹看来，人与环境景物之间时刻处于一种交流状态：

> 人看花，花看人。人看花，人销陨在花里边去；花看人，花销陨到人里边来。③

---

① （清）金圣叹：《水浒传》第三十七回夹批，见林乾主编：《金圣叹评点才子全集》第 4 卷，682～683 页，北京，光明日报出版社，1997。
② （清）金圣叹：《水浒传》第六十三回回评，见林乾主编：《金圣叹评点才子全集》第 4 卷，1140 页，北京，光明日报出版社，1997。
③ （清）金圣叹：《语录纂》，见艾舒仁编次，冉苒校点：《金圣叹文集》，138 页，成都，巴蜀书社，1997。

因此，他主张环境景物的描写必须与人物相融合，共同构成一个独特的艺术境界。金圣叹特别欣赏《水浒传》第二十回宋江"乘着月色满街"的描写，认为"便不须遇着阎婆，宋江亦转入西巷矣"①：只要写好了月色，就自然能唤起宋江的思旧情绪，去找阎惜娇；甚至阎婆的劝架，也不及月色的力量。还有第三十八回写宋江来到浔阳楼，只见朱红华表柱上两面白粉牌，各有五个大字，"世间无比酒，天下有名楼"。金圣叹称之为"妙绝之笔"，因为这十字"替他挑动诗兴"，挑起宋江的"雄才异志"，促成他写出"他时若遂凌云志，敢笑黄巢不丈夫"的"反诗"。② 这些都是通过环境的渲染，来侧写、烘托出人物的性格特征，可谓借虚取实。

（五）"背面敷粉法"

金圣叹将通过人物性格之间的对比以"传神"称为"背面敷粉法"。它本是中国画的一种技法，也称"飞"，即在画幅（纸或绢）的背面敷上一层铅粉，以衬托正面的墨迹，有时也用石青来衬画面的绿色。金圣叹借用这一绘画术语，主要取其衬托之意，旨在强调不同性格可以互相映衬，相得益彰。金圣叹又称此法为"形击"：

> 只如写李逵，岂不段段都是妙绝文字，却不知正为段段都在宋江事后，故便妙不可言。盖作者只是痛恨宋江奸诈，故处处紧接出一段李逵朴诚来，做个形击。其意思自在显宋江之恶，却不料反成李逵之妙也。③

比如，小说第五十九回晁盖死后，林冲、吴用等力荐宋江为山寨之主，宋江

---

① （清）金圣叹：《水浒传》第二十回夹批，见林乾主编：《金圣叹评点才子全集》第3卷，373页，北京，光明日报出版社，1997。
② （清）金圣叹：《水浒传》第三十八回夹批，见林乾主编：《金圣叹评点才子全集》第4卷，700页，北京，光明日报出版社，1997。
③ （清）金圣叹：《读第五才子书法》，见林乾主编：《金圣叹评点才子全集》第3卷，21页，北京，光明日报出版社，1997。

云："军师言之极当。今日小可权当此位，待日后报仇雪恨已了，拿住史文恭的，不拘何人，须当此位。"话音刚落，李逵在侧边叫道："哥哥休说做梁山泊主，便做个大宋皇帝你也肯!"金圣叹夹批云：

> 有眼如电，有舌如刀，逵之所以如虎也；包藏祸心，外施仁义，江之所以如鬼也。①

宋江闻言大怒道："这黑厮又来胡说! 再若如此乱言，先割了你这厮舌头!"李逵道："我又不教哥哥不做。说请哥哥做皇帝，倒要割了我舌头!"金圣叹夹批云：

> 越弹压，越说出来，妙人妙文。②

第六十六回宋江与卢俊义相让第一把交椅，相持不下。李逵叫道："哥哥偏不直性! 前日肯坐，坐了今日，又让别人。这把鸟交椅便真是个金子做的? 只管让来让去! 不要讨我杀将起来!"此处，金圣叹一连批了四个"快人快语"。宋江大喝道："你这厮!"金圣叹夹批云：

> 只三字妙绝，对此快人如镜，快语如刀，不得不心惊语塞也。③

卢俊义慌忙拜道："若是兄长苦苦相逼，着卢某安身不牢。"李逵又叫道："若是哥哥做个皇帝，卢员外做个丞相，我们今日都住在金殿里，也直得这般鸟乱。无过只是水泊子里做个强盗，不如仍旧了罢。"李逵道破了宋江的

---

① 见林乾主编：《金圣叹评点才子全集》第 4 卷，1081 页，北京，光明日报出版社，1997。
② 同上书，1081 页。
③ 同上书，1186 页。

心意，"句句令宋江惊死羞死"；因此，"宋江气得说话不出"。[①] 由于对象之间是两两碰撞的，金圣叹更多时候用"激射"一词；它强化了差异较大的人物性格特征，使人物性格更加鲜明，栩栩如生。

（六）"烘云托月"与"染叶衬花"法

金圣叹把"背面敷粉法"加以发展，提出了"烘云托月""染叶衬花"等方法，即主张在人物群像的普遍关联、整体联系中事倍功半地表现个性特征：

> 或问于圣叹曰："鲁达何如人也?"曰："阔人也。""宋江何如人也?"曰："狭人也。"曰："林冲何如人也?"曰："毒人也。""宋江何如人也?"曰："甘人也。"曰："杨志何如人也?"曰："正人也。""宋江何如人也?"曰："驳人也。"曰："柴进何如人也?"曰："良人也。""宋江何如人也?"曰："歹人也。"曰："阮七何如人也?"曰："快人也。""宋江何如人也?"曰："厌人也。"曰："李逵何如人也?"曰："真人也。""宋江何如人也?"曰："假人也。"曰："吴用何如人也?"曰："捷人也。""宋江何如人也?"曰："呆人也。"曰："花荣何如人也?"曰："雅人也。""宋江何如人也?"曰："俗人也。"曰："卢俊义何如人也?"曰："大人也。""宋江何如人也?"曰："小人也。"曰："石秀何如人也?"曰："警人也。""宋江何如人也?"曰："钝人也。"然则《水浒》之一百六人，殆莫不胜于宋江。然则此一百六人也者，固独人人未若武松之绝伦超群。然则武松何如人也? 曰："武松天人也。"武松天人者，固具有鲁达之阔，林冲之毒，杨志之正，柴进之良，阮七之快，李逵之真，吴用之捷，花荣之雅，卢俊义之大，石秀之警者也。断曰第一人，不亦宜乎?[②]

---

① 见林乾主编：《金圣叹评点才子全集》第4卷，1186页，北京，光明日报出版社，1997。
② （清）金圣叹：《水浒传》第二十五回回评，见林乾主编：《金圣叹评点才子全集》第3卷，472～473页，北京，光明日报出版社，1997。

在金圣叹看来，武松的性格由阔、毒、正、良、快、真、捷、雅、大、警等多种性格侧面构成，而宋江的性格则由狭、甘、驳、歹、厌、假、呆、俗、小、钝等多种性格侧面构成。 显然，金圣叹把人物性格视为多样的统一，这种对人物性格多侧面的观察、分析、概括和评价的视点，不是通过孤立地分析人物，而是通过在小说人物所构成的体系中分析人物得来的。 这里，金圣叹实际上还深刻地指出，小说人物相互之间各异的行为与言语，构成了交互的人间关系的全体，烘托出了各人物之性情与德行，烘托出了一种情调、意味或境界，从而展现出了一个活泼泼的"江湖"世界。

四、"格物""忠恕""因缘生法"说

小说家怎样才能把握住事物内在之理，从而刻画出形神兼备的人物性格呢？ 金圣叹指出，人物性格的刻画必须是作家"亲动心""格物"的结果，它是基于作家内心体验的创造，而非现实生活的简单摹本。 金圣叹说：

> 天下之文章，无有出《水浒》右者；天下之格物君子，无有出施耐庵先生右者。……施耐庵以一心所运，而一百八人各自入妙者，无他，十年格物而一朝物格，斯以一笔而写百千万人，固不以为难也。[①]

所谓"格物"，就是推究事物的原理，具体到小说创作中的人物塑造，就是对社会生活和人物进行长期深入的观察、体验、分析和研究，了然于心之后，才能"物格"，即掌握人情物理的来龙去脉和事物的发展规律。 在强调长期"格物"的同时，金圣叹提出以"忠""恕"为核心的"澄怀格物"的

---

① （清）金圣叹：《水浒传·序三》，见林乾主编：《金圣叹评点才子全集》第 3 卷，11 页，北京，光明日报出版社，1997。

方法：

> 格物之法，以忠恕为门。何谓忠？天下因缘生法，故忠不必学而至
> 于忠，天下自然无法不忠。火亦忠，眼亦忠，故吾之见忠，钟忠，耳
> 忠，故闻无不忠。吾既忠，则人亦忠，盗贼亦忠，犬鼠亦忠。盗贼犬鼠
> 无不忠者，所谓恕也。夫然后物格，夫然后能尽人之性，而可以赞化
> 育，参天地。①

> 率我之喜怒哀乐自然诚于中形于外，谓之忠；知家国天下之人率其
> 喜怒哀乐无不自然诚于中形于外，谓之恕。②

所谓"尽己"，即对自己隐秘的心理做真诚坦率的自我审视、自我观察和自
我分析，从而显露出本身的真实情况；而任何事物都是按照各自的原因和条
件展现其本性，正如每个人都有不同的性格和命运，这是根据其自身的原因
和条件形成的，此之谓"尽物"。 所谓"忠"，就是既"尽己"又"尽
物"。 由"尽己"抵达"尽人""尽物"，其中关键在于"恕"，即在小说
创作中对描写对象"设身处地""推己及人"地驰骋想象。 显然，"忠"与
"恕"在小说家的艺术思维过程中，是一种互相依赖、互相配合的关系：

> 能忠未有不恕者，不恕未有能忠者。③

从"格物"到"物格"，就是掌握人物、事物生成的原因、条件和必然关系

---

① （清）金圣叹：《水浒传·序三》，见林乾主编：《金圣叹评点才子全集》第3卷，11页，北京，
　光明日报出版社，1997。
② （清）金圣叹：《水浒传》第四十二回回评，见林乾主编：《金圣叹评点才子全集》第4卷，773
　页，北京，光明日报出版社，1997。
③ （清）金圣叹：《水浒传》第四十二回回评，见林乾主编：《金圣叹评点才子全集》第4卷，774
　页，北京，光明日报出版社，1997。

之后，再以己之本性推及其他事物本性的过程。

如果说"忠恕"说是从小说家的角度，探讨怎样才能达到对人情物理之"理"的认识和把握，那么，"因缘生法"说则是从人物形象的角度，讲人物性格如何在小说家头脑中形成和发展。"因缘生法"原是佛教的哲学命题，"因"指事物生起或坏灭的根据，"缘"指促成结果的条件，"法"指因缘和合所生成的物质或精神现象。金圣叹说：

> 经曰：因缘和合，无法不有。自古淫妇无印板偷汉法，偷儿无印板做贼法，才子亦无印板做文字法也。因缘生法，一切具足。是故龙树著书，以破因缘品而弁其篇，盖深恶因缘。而施耐庵作《水浒》一传，直以因缘生法，为其文字总持，是深达因缘也。夫深达因缘之人，则岂惟非淫妇也，非偷儿也，亦复非奸雄也，非豪杰也。何也？写豪杰、奸雄之时，其文亦随因缘而起，则耐庵固无与也。①

也就是说，小说家能写出形形色色的人物，如豪杰、奸雄、淫妇、偷儿等，并不因他自己一定当过豪杰、奸雄、淫妇、偷儿，而是由于他"深达因缘"，即掌握了构成这些人物心理、行为的"因"与"缘"，从而在"因缘"的相互作用中，完成了人物言行的展开和情节的发展。现代心理学研究也表明：

> 视觉形象永远不是对于感性材料的机械复制，而是对现实的一种创造性的把握，即对有意义的整体结构式样的把握。人们观看世界的活动已被证明是外部事物本身的性质与观看主体本性之间的相互作用。不仅视觉形象含有丰富的想象性和创造性，而且人的各种心理能力中都有心

---

① （清）金圣叹：《水浒传》第五十五回回评，见林乾主编：《金圣叹评点才子全集》第4卷，1001页，北京，光明日报出版社，1997。

灵在发挥作用，一切知觉中都包含着思维，一切推理都包含着直觉，一切观测中都包含着创造。①

也就是说，作家谙熟各种人情物理，依据明确的创作意图，设置人物的出身、嗜好、经历、性情，以及社会关系、历史背景等"因缘"，人物便可在这些"因缘"的制约、推动下，合乎逻辑地行动和言语。因此，作家尽管与每个对象"无与"，却能君临他们之上，依据人情物理设计、安排和驱遣他们，指向自己的创作目的。这就是金圣叹所总结的：

> 忠恕，量万物之斗斛也；因缘生法，裁世界之刀尺也。施耐庵左手握如是斗斛，右手持如是刀尺，而仅乃叙一百八人之性情、气质、形状、声口者，是犹小试其端也。②

特殊性与差异性，是万物的基本规律（"量万物之斗斛"）；各具差异的众多因缘和合而生万物，则是创造千差万别的大千世界的根本法则（"裁世界之刀尺"）。小说家只要认识这一规律，运用这一法则，便能自然创造出形形色色的人物。

显而易见，"因缘生法"说和"格物"说、"忠恕"说是三位一体的。作家由"因缘"探知人性的发生根源，再通过对性格发生条件的模拟内省（"亲动心"）来求得真切的体验，感性的真实便转化成心理的真实，成了他的人物"性格"的个性内涵。这样，小说人物性格的塑造就成了一个出乎其外的审美观照与入乎其中的审美体验的统一过程。

金圣叹以上所论，与中国传统的现象一元论的直觉思维方式是一致的，它们揭示了小说创作的心理规律，大大深化了人物性格理论，颇具东方神韵。

---

① 童庆炳主编：《文学概论》，25页，武汉，武汉大学出版社，1989。
② （清）金圣叹：《水浒传·序三》，见林乾主编：《金圣叹评点才子全集》第3卷，11页，北京，光明日报出版社，1997。

◎ 第六节

金圣叹的"症候阅读"

在小说评点的具体过程中，对于水浒英雄的起义，金圣叹往往是肯定与否定两种态度并存：他最为赞美的是那些造反意识最浓烈的人物（如李逵、鲁达、武松等），最深恶的则是极力想招安的宋江。金圣叹一贯推崇"精严"的文法，那么，他是如何解决其意识形态见解内部的矛盾冲突，以求得小说评点思想的一致性呢？本节拟对金圣叹的"症候阅读"（symptomatic reading）予以剖析，以得出些认识。

一、"独恶宋江"

我们知道，金圣叹曾经指出，作品的整个形式结构是"作者胸中预定之成竹"。他说：

> 先有成竹藏之胸中，夫而后随笔迅扫，极妍尽致；只觉干同是干，节同是节，叶同是叶，枝同是枝，而其间偃仰斜正，各自入妙，风痕露迹，变化无穷也。①

也就是说，作家在创作时其心中总有一个完美的理想境界，即他对自己的创作应达到的境界的期待，此之谓"先有成竹藏之胸中"。这是创作的最初或最根本的动机，我们细读文本，就是要揭示出这种隐含在作品里的作者的真正动机，从而将作品的艺术内涵充分地显现出来。金圣叹说：

---

① （清）金圣叹：《水浒传》第十九回回评，见林乾主编：《金圣叹评点才子全集》第3卷，353页，北京，光明日报出版社，1997。

> 读书尚论古人，须将自己眼光直射千百年上，与当日古人捉笔一刹那顷精神，融成水乳，方能有得，不然，真如嚼蜡矣！①

正是这种"直射千古"的阅读原则，体现了读者的极大创造性，使得读者洞见了作家诸多微妙复杂的心理，从而能发他人所未发。金圣叹又说：

> 读书随书读，定非读书人。②

他发现，作者的褒贬往往是在"笔墨之外"的，本文的意义有时抗拒着词语，表层意义与深层意义之间未能一一对应。那么，在这种情况下，读者又该如何读解文本呢？金圣叹指出：

> 我既得以想见其人，因更回读其文，为之徐读之，疾读之，翱翔读之，歇续读之，为楚声读之，为豺声读之。呜呼！是其一篇一节一句一字，实杳非儒生心之所构，目之所遇，手之所抢，笔之所触矣。是真所谓云质龙章，日姿月彩，分外之绝笔矣。③

精美文本十之七八的部分是深潜于海底的，要欣赏出其语言内在的张力，读者必须仔细阅读、反复阅读。英国现代哲学家维特根斯坦（Ludwig Wittgenstein，1889—1951）说：

———————————

① （清）金圣叹：《杜诗解·早起》，见林乾主编：《金圣叹评点才子全集》第1卷，694页，北京，光明日报出版社，1997。
② （清）金圣叹：《水浒传》第十六回回评，见林乾主编：《金圣叹评点才子全集》第3卷，300页，北京，光明日报出版社，1997。
③ （清）金圣叹：《水浒传》第二十五回回评，见林乾主编：《金圣叹评点才子全集》第3卷，472页，北京，光明日报出版社，1997。

想象一种语言就叫做想象一种生活形式。①

不同的读法是在进入不同的存在方式。一般人只懂得一种欣赏角度与方法，金圣叹则不然，他有"徐读""疾读""翱翔""歇续""楚声""豺声"种种读法，从而打开了文本的不同世界。他说：

> 一部书中写一百七人最易，写宋江最难。故读此一部书者，亦读一百七人传最易，读宋江传最难也。盖此书写一百七人处，皆直笔也，好即真好，劣即真劣。若写宋江则不然：骤读之而全好，再读之而好劣相半，又再读之而好不胜劣，又卒读之而全劣无好矣。夫读宋江一传，而至于再，而至于又再，而至于又卒，而诚有以知其全劣无好，可不谓之善读书人哉！②

金圣叹就是在"骤读""再读""又再读""又卒读"的过程中，读出了宋江"全劣无好"的结论，从而充分展现了"读者精神"的魅力。

宋江是《水浒传》中最重要的人物，他有不少诨号，如"呼保义""及时雨""孝义黑三郎"等。"呼保义"之"保义"是宋代武官名"保义郎"之简称，"呼"乃称呼之义；"呼"作"保义"即呼作"保义郎"，而"保义"作为宋人喜欢的称呼，又与此官衔常用以笼络义军首领及作为疏财出力者的虚衔有关。③ 更重要的则在于"保"的是"义"，主要是江湖"义气"。宋江"成名"的要素中最重要的就是"仗义疏财"，且主要以"江湖好汉"为对象，"及时雨"可谓"呼保义"之通俗解释。宋江"于家大孝"，又称"孝义黑三郎"。中国传统的家庭观念与血缘观念，使人们对"孝义"的认

---

① ［英］维特根斯坦著，陈嘉映译：《哲学研究》，13 页，上海，上海人民出版社，2001。

② （清）金圣叹：《水浒传》第三十五回回评，见林乾主编：《金圣叹评点才子全集》第 4 卷，644 页，北京，光明日报出版社，1997。

③ 参见何心：《水浒研究》，131～135 页，上海，上海古籍出版社，1985。

同与执持同"仗义"的行径并行不悖;"孝义"和"仗义"的结合,正是宋江成为"呼保义"和"及时雨"的基础,也是江湖社会的主要规范与原则。这些诨号表明,宋江身上汇聚了君子的一切优点——孝顺、仁义、慷慨、正直——而近乎完美无瑕,备受众人爱戴。因此,明人褒赞《水浒传》必首赞宋江,其中以李贽的赞词最有代表性:

> 则谓水浒之众,皆大力大贤有忠有义之人可也。然未有忠义如宋公明者也。……独宋公明者,身居水浒之中,心在朝廷之上,一意招安,专图报国,卒至于犯大难,成大功,服毒自缢,同死而不辞,则忠义之烈也,真足以服一百单八人者之心,故能结义梁山,为一百单八人之主耳。①

李贽的观点在明后期有广泛的影响,人们多从其说。独金圣叹以为不然。他的理由是,宋江的第一次出场是经过作者精心安排的:

> 一百八人中,独于宋江用此大书者,盖一百七人皆依列传例,于宋江特依世家例,亦所以成一书之纲纪也。②

而且,小说写一百七人用的是"直笔",写宋江用的则是"深文曲笔"。为此,金圣叹一步步地剥除宋江的"画皮",揭穿其实为不忠、不义、不孝之徒。

先说宋江之"忠"。金圣叹特别反感于将"忠"归于宋江,第十七回回评云:

---

① (明)李贽:《读〈忠义水浒全传〉序》,见陈曦钟等辑校:《水浒传会评本》,28~29页,北京,北京大学出版社,1981。
② (清)金圣叹:《水浒传》第十七回夹批,见林乾主编:《金圣叹评点才子全集》第3卷,322页,北京,光明日报出版社,1997。

> 宋江，盗魁也，盗魁则其罪浮于群盗一等。……宋江而放晁盖，是
> 必不能忠义者也。此入本传之始，而初无一事可书，为首便书私放晁
> 盖，然则宋江通天之罪，作者真不能为之讳也。

金圣叹的读解不无依据，他看到了小说里的"深文曲笔"：

> 如曰：府尹叫进堂，则机密之至也；叫了店主做眼，则机密之至
> 也；三更奔到白家，则机密之至也；五更赶回城里，则机密之至也；包
> 了白胜头脸，则机密之至也；老婆监收女牢，则机密之至也；何涛亲领
> 公文，则机密之至也；就带虞候做眼，则机密之至也；众人都藏店里，
> 则机密之至也；何涛不肯轻说，则机密之至也。凡费若干文字，写出无
> 数机密，而皆所以深著宋江私放晁盖之罪。①

**宋江无视这些"机密"，显然是"坏国家之法"，犯了"通天之罪"，有何
"忠"可言？** 金圣叹还从文本里读出了宋江诸多言行的矛盾之处，如第三
十五回宋江发配路遇花荣，花荣要为他除去刑枷，宋江一本正经地拒绝："贤
弟，是甚么话！此是国家法度，如何敢擅动！"金圣叹于此夹批道：

> 宋江假。于知己兄弟面前，偏说此话，于李家店、穆家庄，偏又不
> 然，写尽宋江丑态。②

此外，宋江还在浔阳楼上题吟反诗，萌生"恰似猛虎卧荒丘""敢笑黄巢不
丈夫""血染浔阳江口"（第三十八回"浔阳楼宋江题反诗"）的念头等。

---

① （清）金圣叹：《水浒传》第十七回回评，见林乾主编：《金圣叹评点才子全集》第 3 卷，318
页，北京，光明日报出版社，1997。
② 见林乾主编：《金圣叹评点才子全集》第 4 卷，649 页，北京，光明日报出版社，1997。

此前，他则以"法度"为准绳，斥晁盖等人为"杀人放火"之徒。为此，金圣叹历数许宋江以"忠义"的十大不可：

夫宋江，淮南之强盗也。人欲图报朝廷，而无进身之策，至不得已而姑出于强盗。此一大不可也。曰：有逼之者也。夫有逼之，则私放晁盖亦谁逼之？身为押司，戕法纵贼。此二大不可也。为农则农，为吏则吏，农言不出于畔，吏言不出于庭，分也。身在郓城，而名满天下，远近相煽，包纳荒秽。此三大不可也。私连大贼以受金，明杀平人以灭口，幸从小惩，便当大戒，乃浔阳题诗，反思报仇，不知谁是其仇？至欲血染江水。此四大不可也。语云："求忠臣必于孝子之门。"江以一朝小忿，贻大僇于老父。夫不有于父，何有于他？诚所谓是可忍，孰不可忍！此五大不可也。燕顺、郑天寿、王英，则罗而致之梁山，吕方、郭盛，则罗而致之梁山，此犹可恕也。甚乃至于花荣，亦罗而致之梁山，黄信、秦明亦罗而致之梁山，是胡可恕也！落草之事虽未遂，营窟之心实已久。此六大不可也。白龙之劫，犹出群力；无为之烧，岂非独断？白龙之劫，犹曰"救死"；无为之烧，岂非肆毒？此七大不可也。打州掠县，只如戏事，劫狱开库，乃为固然。杀官长，则无不坐以污滥之名；买百姓，则便借其府藏之物。此八大不可也。官兵则拒杀官兵，王师则拒杀王师，横行河朔，其锋莫犯，遂合上无宁食天子，下无生还将军。此九大不可也。初以水泊避罪，后忽"忠义"名堂，设印信赏罚之专司，制龙虎熊罴之旗号，甚乃至于黄钺、白旄、朱旛、皂盖违禁之物，无一不有。此十大不可也。①

以此观之，金圣叹说："世人读《水浒》而不能通，而遽便以忠义目之，真

---

① （清）金圣叹：《水浒传》第五十七回回评，见林乾主编：《金圣叹评点才子全集》第 4 卷，1037～1038 页，北京，光明日报出版社，1997。

不知马之几足者也。"①

再看宋江之"义"。 小说第十七回是这样介绍宋江的：

> 他刀笔精通，吏道纯熟，更兼爱习枪棒，学得武艺多般。平生只好
> 结识江湖上好汉，但有人来投奔他的，若高若低，无有不纳，便留在庄
> 上馆谷，终日追陪，并无厌倦；若要起身，尽力资助，端的是挥金似
> 土。人问他求钱物，亦不推托；且好做方便，每每排难解纷，只是周全
> 人性命。时常散施棺材药饵，济人贫苦，赒人之急，扶人之困，以此山
> 东、河北闻名，都称他做"及时雨"，却把他比做天上下的及时雨一般，
> 能救万物。

宋江讲义气可谓声名远扬，小说反复写道一提及他的名字，他每每获救，还
结交了不少朋友。 对于宋江的疏财，金圣叹有自己的看法："其结识天下好
汉也……惟一银子而已矣"；"宋江以区区滑吏，而徒以银子一物买遍天
下，而遂欲自称于世为'孝义黑三'，以阴图他日晁盖之一席"；"处处写
其单以银子结人，盖是诛心之笔也"②。 宋江甚至还有"弑兄"的罪名，对
结拜兄弟晁盖之死有不可推卸的责任，表现在：

> 宋江上梁山后，毅然更张旧法，别出自己新裁，暗压众人，明欺晁
> 盖，甚是咄咄逼人。③

比如，在梁山泊连续四次的军事行动中，宋江成功地阻止了晁盖指挥战斗，

---

① （清）金圣叹：《水浒传》第十七回回评，见林乾主编：《金圣叹评点才子全集》第3卷，319
页，北京，光明日报出版社，1997。
② （清）金圣叹：《水浒传》第三十六回回评，见林乾主编：《金圣叹评点才子全集》第4卷，659
页，北京，光明日报出版社，1997。
③ （清）金圣叹：《水浒传》第四十回回评，见林乾主编：《金圣叹评点才子全集》第4卷，734
页，北京，光明日报出版社，1997。

其中不无阴谋篡权之心：

> 夫宋江之必不许晁盖下山者，不欲令晁盖能有山寨也，又不欲令众人尚有晁盖也。夫不欲令晁盖能有山寨，则是山寨诚得一旦而无晁盖，是宋江之所大快也。又不欲令众人尚有晁盖，则夫晁盖虽未死于史文恭之箭，而已死于厅上厅下众人之心非一日也。如是而晁盖今日之死于史文恭，是特晁盖之余矣；若夫晁盖之死，固已甚久甚久也。……
>
> 通篇皆用深文曲笔，以深明宋江之弑晁盖。如风吹旗折，吴用独谏，一也；戴宗私探，匿其回报，二也；五将死救，余各自顾，三也；主军星陨，众人不还，四也；守定啼哭，不商疗治，五也；晁盖遗誓，先云莫怪，六也；骤摄大位，布令详明，七也；拘牵丧制，不即报仇，八也；大怨未修，逢僧闲话，九也；置死天王，急生麒麟，十也。①

在金圣叹看来，宋江屡次不让晁盖下山无异于"闷杀英雄"，晁盖在山寨的地位早已名存实亡。难怪在第五次军事行动时，晁盖坚决要亲自率领队伍。按常理宋江本应像前面四次一样阻止晁盖，但是，此次宋江却一言未发，甚至在一阵大风吹折队旗，明明预兆不祥时，他仍没有说一个字来阻止晁盖。可见，宋江不过是"权诈"之徒耳。金圣叹坚信宋江应对晁盖之死负责，推翻了堆砌在他身上的讲义气的赞誉之词。

再论宋江之"孝"。小说告诉读者宋江对父亲如何念念不忘，如何言听计从，宋江不时的落泪更是其孝顺的标志。金圣叹根据上下文的内容，得出的结论却是：宋江根本不配"孝子"的称号。比如，第二十一回里宋江自言"只有这个先父记挂"，然而这个"孝子"却又预先安排好与父亲脱离关系，在逃亡时吩咐庄客们"早晚殷勤伏侍太公，休教饮食有缺"。金圣叹夹

---

① （清）金圣叹：《水浒传》第五十九回回评，见林乾主编：《金圣叹评点才子全集》第4卷，1068～1069页，北京，光明日报出版社，1997。

批道：

> 人亦有言：养儿防老。写宋江分付庄客伏侍太公，亦皮里阳秋之笔也。①

又第三十五回里宋江对父亲说，他自己并不愿意与江湖朋友见面，唯恐有碍于"孝道"；实际上，他却是言行不一的：

> 于清风山收罗花荣、秦明、黄信、吕方、郭盛及燕顺等三人，纷纷入水泊者，复是何人？方得死父赚转，便将生死热瞒，作者正深写宋江权诈，乃至忍于欺其至亲。②

尤其是第四十三回李逵向众兄弟哭诉自己母亲被虎吃了，宋江竟然大笑。金圣叹夹批云：

> 大书宋江大笑者，可知众人不笑也。夫娘何人也？虎吃何事也？娘被虎吃，其子流泪，何情也？闻斯言也，不必贤者而后哀之，行道之人莫不哀之矣。江独何心，不惟不能哀之，且复笑之；不惟笑之而已，且大笑之耶？天下之人莫非子也，天下莫非人子，则莫不各有其娘也。江而独非人子则已，江而犹为人子，则岂有闻人之娘已被虎吃，而为人之子乃复大笑？江谁欺，欺太公乎？作者特于前幅大书宋江不许取娘，于后幅大书宋江闻虎吃娘大笑，所以深明谈忠谈孝之人，其胸中全无心肝，为稗史之梼杌也。③

---

① 见林乾主编：《金圣叹评点才子全集》第 3 卷，399 页，北京，光明日报出版社，1997。
② （清）金圣叹：《水浒传》第三十五回夹批，见林乾主编：《金圣叹评点才子全集》第 4 卷，645 页，北京，光明日报出版社，1997。
③ 见林乾主编：《金圣叹评点才子全集》第 4 卷，799 页，北京，光明日报出版社，1997。

金圣叹列举了诸多类似的情节，从而一笔抹倒了宋江之"孝"。 他说：

> 笑宋江传中，越说得真切，越哭得悲痛，越显其忤逆不肖；越要尊朝廷，守父教，矜名节，爱身体，越见其以做强盗为性命也。①

金圣叹目光如炬，剥除了宋江的诸多"伪装"。

总之，金圣叹认为，宋江是一个不忠、不义、不孝的"权诈"之徒，而与李贽所持的"忠义"说划清了界限。 金圣叹的读解是独到的，它融入了金圣叹独特的生命感觉方式和经验材料，是具有独立精神品格与文化价值的创造，是真正的"圣叹文字"。 那么，金圣叹这种读解的根据何在？ 有什么深刻用意呢？

二、文本的"改造"

金圣叹对宋江的上述读解，并非"信口开河"、全无道理，因为它们是建立在一定的文本基础之上的，只不过作为凭据的"文本"不是所谓"俗本"《忠义水浒传》，而是经过金圣叹自己删改过的七十回本《水浒传》。

为了更好地说明这点，我们将容与堂刊本《水浒传》与金圣叹批本《水浒传》中的三段文字做些比较②：

---

① （清）金圣叹：《水浒传》第五十回回评，见林乾主编：《金圣叹评点才子全集》第 4 卷，913 页，北京，光明日报出版社，1997。

② 容本文字见（明）施耐庵著，陈卫星点校：《水浒传》，217、455、625～626 页，长沙，岳麓书社，2008；金本文字见林乾主编：《金圣叹评点才子全集》第 3、4 卷，399、798～799、1074～1075 页，北京，光明日报出版社，1997。

容与堂刊本《水浒传》	金圣叹批本《水浒传》
第二十二回： （宋江、宋清）……都出草厅前，拜辞了父亲宋太公。三人洒泪不住，太公分付道："你两个前程万里，休得烦恼。"	第二十一回： （宋江、宋清）……都出草厅前，拜辞了父亲。只见宋太公洒泪不住，又分付道："你两个前程万里，休得烦恼。"
第四十四回： （李逵）诉说取娘至沂岭，被老虎吃了，因此杀了四虎；又说假李逵剪径被杀一事，众人大笑；晁宋二人笑道："被你杀了四个猛虎，今日山寨里又添得两个活虎，正宜作庆。"众多好汉大喜，便教杀羊宰马，做筵席庆贺。	第四十三回： （李逵）诉说假李逵剪径一事，众人大笑。又说杀虎一事，为取娘至沂岭，被虎吃了，说罢，流下泪来。宋江大笑，道："被你杀了四个猛虎，今日山寨里却添得两个活虎，正宜作庆。"众多好汉大喜，便教杀羊宰马，做筵席庆贺。
第六十回： ……晁盖听了戴宗说罢，心中大怒道："这畜生怎敢如此无礼！我须亲自走一遭，不捉的此辈，誓不回山！"宋江道："哥哥是山寨之主，不可轻动，小弟愿往。"晁盖道："不是我要夺你的功劳，你下山多遍了，厮杀劳困，我今替你走一遭，下次有事，却是贤弟去。"宋江苦谏不听。晁盖忿怒，便点起五千人马，请启二十个首领相助下山。其余都和宋公明保守山寨。…… ……饮酒之间，忽起一阵狂风，正把晁盖新制的认军旗半腰吹折。众人见了，尽皆失色。吴学究谏道："此乃不祥之兆，兄长改日出军。"宋江劝道："哥哥方才出军，风吹折认旗，于军不利。不若停待几时，却去和那厮理会，未为晚矣。"晁盖道……	第五十九回： ……晁盖听罢，心中大怒道："这畜生怎敢如此无礼！我须亲自走一遭，不捉得这畜生，誓不回山！我只点五千人马，请启二十个头领相助下山；其余都和宋公明保守山寨。"…… ……饮酒之间，忽起一阵狂风，正把晁盖新制的认军旗半腰吹折。众人见了，尽皆失色。吴学究谏道："哥哥方才出军，风吹折认旗，于军不利。不若停待几时，却去和那厮理会。"晁盖道……

　　仔细比较，我们不难发现，实际上，金本《水浒传》针对宋江做了大量的"改写"工作，或是"订正"了几个字，或是置换了人物，或是大量地删除文字，其目的显然是要有意识地跟容与堂刊本《水浒传》区分开来。 这些"改写"再配之以金氏"言之凿凿"的批语，便把容与堂刊本《水浒传》中的宋江从忠孝两全、重义轻财的好汉英雄，"修整"成了一个权诈、虚伪的强盗和阴谋家。 金圣叹的这种做法在今人眼里无疑是在"作伪"，甚至侵犯了"知识产权"；可是，"作伪"之风在古代并不罕见。 清代学者考出的历

代伪书，多得令人吃惊，我们只需去翻翻《古今伪书考》便知。"作伪"之风，逮及有明一代，尤为炽盛。因此，在这一问题上，我们无须苛责古人。更何况，金圣叹削补修改小说，与《水浒传》集体创作、世代累积的特点并不相悖。我们更感兴趣的是，金圣叹此举的动机和效果。

根据学者们的研究，《水浒传》的成书过程是十分复杂的，单是其中的宋江形象便至少包含了三种来源不同的成分：一是来自《大宋宣和遗事》等史实的"山大王"身份；二是来自《史记·游侠列传》中郭解的义侠精神；三是儒家人格理想中的"忠孝"思想。[①]这些异质性的存在，使宋江这个人物不可避免地存在先天的"裂痕"。金圣叹指出：

> 若夫耐庵所云"水浒"也者，王土之滨则有水，又在水外则曰浒，远之也。远之也者，天下之凶物，天下之所共击也；天下之恶物，天下之所共弃也。若使忠义而在水浒，忠义为天下之凶物、恶物乎哉！且水浒有忠义，国家无忠义耶？[②]

这里，金圣叹的诘问不无道理。"水浒"实际上就是一个边缘的世界，是一个游离于社会秩序并与社会相对立的社会群落。"江湖"之"义"与"朝廷"之"忠"，分别体现了两种不同的社会规范，它们之间的鸿沟根本就不可能真正填平。比如，宋江得知"智取生辰纲"事发，吃了一惊，寻思道："晁盖是我心腹弟兄，他如今犯了迷天大罪，我不救他时，捕获将去，性命便休了！"于是偷跑去送信，私放了晁盖，这是徇私枉法，是"义"而非"忠"的行为。当得知晁盖等人反上了梁山并杀退进剿官军，在宋江看来，"如此之罪，是灭九族的勾当……于法度上却饶不得"，同时又为他们担心，"倘有疏失，如之奈何"。他似乎还有些羡慕："那晁盖倒去落了草，

① 参见陈洪：《金圣叹传论》，72页，天津，天津人民出版社，1996。
② （清）金圣叹：《水浒传·序二》，见林乾主编：《金圣叹评点才子全集》第3卷，8页，北京，光明日报出版社，1997。

直如此大弄!"显然，"忠"与"义"是矛盾对立的，在紧要关头更是难以两全。这最终使得宋江也反上了梁山，并向晁盖等发誓："今日同哥哥上山去，这回只得死心塌地与哥哥同死共生。"但是，宋江的思想性格并没有沿着这一进程自然发展，而是发生了巨大转折。这就是第四十一回宋江回家取父，见了九天玄女，接了一道"法旨"："汝可替天行道：为主全忠仗义，为臣辅国安民；去邪归正，勿忘勿泄。"从此，宋江便以"忠"统帅"义"，把对晁盖发的重誓抛之脑后，成了执行"法旨"的"星主"。于是，宋江的思想人格发生了严重分裂：一方面领导武装斗争，取得一个又一个胜利；另一方面又只图招安，反复念起了"投降经"。晁盖一死，他就改"聚义厅"为"忠义堂"，试图使"义"从属于"忠"，纳入"忠"的轨道。在英雄大聚义时，则宣称："望天王降诏早招安，心方足。"前后两个宋江明显存在着矛盾，有着明显的"拼合"痕迹。在金圣叹看来，这是作者有意以春秋笔法表现奸雄。

对于"玄女授天书"这一灵异情节，有学者以为，这"只是沿袭了《宣和遗事》留下来的模子，套用了这一个传统习见的常典而已"[1]。也有学者指出：

> (作品)只是以九天玄女的"法旨"使其(宋江)产生这种根本性变化，这就不是在典型环境中刻画人物，而是从观念出发去描写，违背了现实主义原则，失去了真实性基础，造成了宋江形象的分裂。[2]

我们认为，这些看法都滞留于表面，不够深入妥切。其实，早在三百多年

---

① 胡万川：《玄女、白猿、天书》，见宁宗一、鲁德才编：《论中国古典小说的艺术——台湾香港论著选辑》，45 页，天津，南开大学出版社，1984。
② 欧阳代发：《论〈水浒传〉中宋江形象的塑造》，见张国光、佘大平主编：《〈水浒〉争鸣》第 6 辑，88 页，北京，光明日报出版社，2001。

前，金圣叹就已指出："《水浒传》不说鬼神怪异之事，是他气力过人处。"①小说第五十一回写宋江与高廉交兵，欲借助"天书"破敌，结果反遭败绩，金圣叹回评云：

> 玄女而真有天书者，宜无不可破之神师也。玄女之天书而不能破神师者，耐庵亦可不及天书者也。今偏要向此等处提出天书，而天书又曾不足以奈何高廉，然则宋江之所谓玄女可知，而天书可知矣。前曰："终日看习天书。"此又曰："用心记了咒语。"岂有终日看习而今始记咒语者？明乎前之看习是诈，而今之记咒又诈也。前曰："可与天机星同观。"此忽曰："军师放心，我自有法。"岂有终日两人看习，而今吴用尽忘者？明乎前之未尝同观，而今之并非独记也。著宋江之恶至于如此，真出篝火狐鸣下倍蓰矣！②

金圣叹从"天书"功能的丧失而游离了本文这一叙述的"漏洞"，"觑破"了奸雄的"欺世"手法："宋江遇玄女是奸雄捣鬼"，"宋江天书定是自家带去"③。 金圣叹在九天玄女的"法旨"后又夹批道：

> 只因此等语，遂为后人续貂之地。殊不知此等悉是宋江权术，不是一部提纲也。④

在金圣叹看来，宋江梦玄女授天书与陈胜的"大楚兴，陈胜王"的伎俩并无

---

① （清）金圣叹：《读第五才子书法》，见林乾主编：《金圣叹评点才子全集》第3卷，19页，北京，光明日报出版社，1997。
② 见林乾主编：《金圣叹评点才子全集》第4卷，933页，北京，光明日报出版社，1997。
③ （清）金圣叹：《水浒传》第四十二回回评，见林乾主编：《金圣叹评点才子全集》第4卷，774页，北京，光明日报出版社，1997。
④ （清）金圣叹：《水浒传》第四十一回夹批，见林乾主编：《金圣叹评点才子全集》第4卷，763页，北京，光明日报出版社，1997。

二致，这恰恰是"现实主义"的写法。 在论及文人多用黄石公、玄女、白猿一类典故时，钱锺书先生指出：

> 窃谓此等熟典，已成公器，同用互犯者愈多，益见其为无心契合而非厚颜蹈袭……①

这里，"无心契合"四字最值得推敲，它暗示着某种集体无意识的存在。 在中国古代小说中，借用传统习见的神话典故，赋予英雄人物以神格，往往反映了传统上世间大事皆由"天命"的一种观念。 比如玄女的"法旨"，便给梁山大业定下了纲领性口号——"替天行道，辅国安民"。 在封建社会里，"天"是神圣化的朝廷的表征，"辅国"则是辅助皇帝和朝廷治理天下。《忠义水浒传》的作者袭用玄女、天书的"熟典"，其本意显是欲将宋江塑造成"忠义不负朝廷"的"星主"，从而"合理化"地统合存在诸多异见的文本；与之配合，后五十回则续写宋江等受朝廷招安，建功立业，大显其忠烈。 孰料这种意识形态"元语言"的渗透与控制，反而加剧了宋江本人思想人格的严重分裂。 金圣叹从小就对《水浒传》烂熟于心，自然读出了"俗本"的这些"捏撮"之处，揭示了前人未见的盲点。

有意思的是，通过对"俗本"的截读、节读、整顿回目、辨正事实，乃至对文字的润色和订正，以及列举宋江的诸多罪状，揭示所谓"天命"的欺骗性等，金圣叹不是抹去而是强化与凸显了文本的"裂缝"或"罅隙"，使得文本内部自相矛盾、自我颠覆，以彰显宋江之罪不可恕，突出其"独恶宋江"的思想倾向：

> 是故由耐庵之《水浒》言之，则如史氏之有《梼杌》是也，备书其外之

---

① 钱锺书：《管锥编·全上古三代秦汉三国六朝文》第二六二则，1530 页，北京，中华书局，1979。

权诈，备书其内之凶恶，所以诛前人既死之心者，所以防后人未然之心也。①

在金圣叹看来，作者笔下的宋江是真正的坏人，是心甘情愿抢劫杀人的强盗；其他英雄则不过是"迫之必入水泊者也……皆大有不得已之心"②，他们"殆莫不胜于宋江"③；小说"句句深著宋江之罪"④，"盖此书之宁恕群盗而不恕宋江"⑤，"只是把宋江深恶痛绝……独恶宋江，亦是歼厥渠魁之意，其余便饶恕了"⑥。我们知道，金圣叹的小说评点同时充当着意识形态的"共谋者"与"反抗者"两种角色，而金圣叹素以"精严"为美之极致，因此，我们认为，"独恶宋江"实际上是金圣叹美学思想与其意识形态之对抗性矛盾的解决方式，而其实质则是一种释放文学内部能量的"症候阅读"。

三、"症候阅读"

"症候阅读"是由法国当代哲学家阿尔都塞（Louis Altusser，1918—1990）提出的，主要指一种寻找社会文化形态与叙述意指之间的差距的阅读—批评过程，它以承认作品的内容与形式之结合方式必然有缺陷，作品的

---

① （清）金圣叹：《水浒传·序二》，见林乾主编：《金圣叹评点才子全集》第 3 卷，9 页，北京，光明日报出版社，1997。
② （清）金圣叹：《水浒传》第三十一回回评，见林乾主编：《金圣叹评点才子全集》第 3 卷，572～573 页，北京，光明日报出版社，1997。
③ （清）金圣叹：《水浒传》第二十五回回评，见林乾主编：《金圣叹评点才子全集》第 3 卷，9 页，北京，光明日报出版社，1997。
④ （清）金圣叹：《水浒传》第五十九回夹批，见林乾主编：《金圣叹评点才子全集》第 4 卷，1075 页，北京，光明日报出版社，1997。
⑤ （清）金圣叹：《水浒传》第十七回回评，见林乾主编：《金圣叹评点才子全集》第 3 卷，318～319 页，北京，光明日报出版社，1997。
⑥ （清）金圣叹：《读第五才子书法》，见林乾主编：《金圣叹评点才子全集》第 3 卷，18 页，北京，光明日报出版社，1997。

意义并不稳定存在为先决条件。

以往，我们一直以为文学作品总是一个"有机体"，可阿尔都塞却告诉我们，由于意识形态的复杂性，"我"这个主体的形成是"屈从"甚至是参与其间的结果，所以文学文本不可能构筑出一个连贯一致、完美无缺的有机整体，而必然在不同程度上呈现为各种意义之间的矛盾与脱节。

金圣叹是主张文学作品的"有机论"的，但这是立足于经他删削后的七十回本的基础之上的。众所周知，中国传统小说的文本，尤其在明末前，往往经历了专业说唱，不同时期的创作、订正、扩充、修改，甚至把几种毫无联系的传统原本拼合在一起的发展过程。这一拼合的过程，就渗透着意识形态的控制，小说前后难免出现行动不一致的地方，文本甚至充满裂缝、自相矛盾和悖论，呈现为一种"开放性"结构，留下了许多可以自由读解或续写的意义"空白"。这就是金圣叹"独恶宋江"的文本依据。更重要的是，经过不同文人的不断改写，作者主体意识平均化了，在限定"释义"的诸多语境条件下，"意图语境"的重要性降低，而"情境语境"的重要性增加，作者的意图更多地让位给特定时代读者的意图①，为"读者精神"的介入提供了契机。阿尔都塞所说的"症候阅读"，表面上意味着将潜在的东西揭示出来，实际上是对在某种意义上已经存在的东西进行改造，是读者之意与作者之意互渗而创生出的一种新的意义。因此，它实质便是"读者精神"对文本的积极参与和创造。我们认为，金圣叹"腰斩"《水浒传》与其"独恶宋江"应当如是观。

金圣叹"腰斩"《水浒传》是一个十分敏感的学术问题，其分歧最多，争论最为激烈。金圣叹删削《水浒传》为七十回的问题，在 20 世纪 20 年代末期已成定论，后来虽有学者提出异议，终因证据不足而未被学术界接受。20 世纪 80 年代罗尔纲先生认为罗贯中原本为七十回，后经人伪续才成为百

---

① 现代符号学家认为影响释义的有五种语境：共存文本语境、存在语境、情境语境、意图语境和心理语境。见 Thomas Sebeok ed., *"Encyclopedic"*, *Dictionary of Semiotics*, "context"条, Bloomington, University of Indiana Press, 1986。

回本。 此说遭很多人质疑，未能得到学界认可。① 90 年代，这个问题又出现争论。 比如，周岭在《金圣叹腰斩〈水浒传〉说质疑》中认为："近年来，'腰斩'问题几成定说。 然而，认真考察所谓'定说'的根据，又全属悬拟之词。"该文一一质疑了传统观点的三个证据，其结论是：（1）金圣叹没有腰斩过《水浒传》，他所批点的七十回本《水浒传》确有所本；（2）金批七十回本《水浒传》的底本并不是所谓"古本"，而是嘉靖时人腰斩郭勋百回繁本改写而成的本子。② 此文很快引起了商榷，王齐洲在《金圣叹腰斩〈水浒传〉无可怀疑——与周岭同志商榷》中，从"腰斩"说是如何定论的、周文所列"证据"之检讨、"腰斩"说论据释疑三个方面进行辨析，指出周文对这些材料的理解存在问题，而且这些材料的可信度也较低，不能推翻金圣叹腰斩《水浒传》的定论，金圣叹腰斩《水浒传》的案不能翻。③ 事实也是如此，迄今为止，谁都没有直证材料可以证明金批本《水浒传》是"古本"。

对于金圣叹的"腰斩"《水浒传》，学界大致有三种基本态度：其一，对其动机和效果都持否定态度，这方面的立论多从鲁迅先生的有关论述而来，认为金圣叹"腰斩"小说的动机是仇视农民起义，反对招安政策，梦想将起义英雄斩尽杀绝，其效果是使小说成了"断尾巴蜻蜓"，破坏了小说情节结构的完整性，用鲁迅的话说，此举实在"昏庸得可以"④。 其二，对其动机和效果都持肯定态度，认为金圣叹此举"把鼓吹投降主义的《忠义水浒全传》改造成为宣传把武装斗争进行到底的"⑤的"革命课本"。 其三，动机上予以否定，效果上则予以肯定，即认为金圣叹"是从封建立场删的，但同时也把从反封建立场看来更该删的删了。 虽说删掉之后，还假造了卢俊义一梦，影射宋江等不会有好结果，但比受招安之类，还是好得多。 这是金圣

---

① 罗尔纲：《金圣叹〈贯华堂水浒传〉的问题》，见《水浒传原本和著者研究》，111～141 页，南京，江苏古籍出版社，1992。
② 周岭：《金圣叹腰斩〈水浒传〉说质疑》，载《文学评论》，1998(1)。
③ 王齐洲：《金圣叹腰斩〈水浒传〉无可怀疑——与周岭同志商榷》，载《江汉论坛》，1998(8)。
④ 鲁迅：《谈金圣叹》，见《鲁迅全集》第 5 卷，121 页，北京，人民文学出版社，1985。
⑤ 张国光：《金圣叹的志与才》，52 页，南京，南京出版社，1998。

叹所万想不到的"①。 这些意见之间存在着原则的分歧，但是，它们都是非此即彼，各取所需，而没有客观地分析评判。

在《水浒传》第五回回评里，金圣叹说：

> 以大雄氏之书，而与凡夫读之，则谓香风荟花之句，可入诗料；以《北西厢》之语，而与圣人读之，则谓临去秋波之曲，可悟重玄。夫人之贤与不肖，其用意之相去既有如此之别，然则如耐庵之书，亦顾其读之之人何如矣。夫耐庵则又安辩其是稗官，安辩其是菩萨现稗官耶？
>
> 一部《水浒传》悉依此批读。②

这里，金圣叹说得非常清楚，读者持什么态度、关注什么问题，直接关系着作品的阅读效果，作品的价值与意义也因人而异。 因此，要准确理解金圣叹"腰斩"《水浒传》的意义，我们必须回到具体的历史语境中去。 金圣叹自称：

> 吾既喜读《水浒传》，十二岁便得贯华堂所藏古本，吾日夜手钞，谬自评释，历四五六七八月，而其事方竣，即今此本是已。③

许多学者认为，所谓"古本"以及十二岁便完成小说评点，不过是金圣叹典型的"英雄欺人"之语，其目的是"炫才"以兜售其书。 不过，以金圣叹之早慧，他从十二岁即万历四十七年（1619）开始评点也不无可能。 这样，到崇祯十四年（1641）金批《水浒传》付梓，前后花了二十年左右的时间。 这正值明王朝礼崩乐坏、内外交困的最黑暗时期。 万历四十七年，萨尔浒之战

---

① 聂绀弩：《〈水浒〉五论》，见《中国古典小说论集》，121 页，上海，上海古籍出版社，1981。
② （清）金圣叹：《水浒传》第五回回评，见林乾主编：《金圣叹评点才子全集》第 3 卷，133 页，北京，光明日报出版社，1997。
③ （清）金圣叹：《水浒传·序三》，见林乾主编：《金圣叹评点才子全集》第 3 卷，11～12 页，北京，光明日报出版社，1997。

明军溃败，导致边防从此一蹶不振，后金政权时刻威胁着明朝边陲。 到了天启年间，魏忠贤及其党羽残酷迫害东林党人，"冤狱遍于国中"；土地兼并更加严重，农民不堪刻剥，纷纷揭竿而起。 天启二年（1622），山东巨野人徐鸿儒利用白莲教发动起义，成为明末农民起义的前奏。 崇祯元年（1628）王嘉胤、高迎祥、王大梁、王左挂等人在陕北发动起义，陕西饥民也纷纷参加起义；次年，明廷裁驿站，数十万驿马夫加入了农民起义的洪流之中，李自成便是其中最杰出的代表。 崇祯三年（1630）六月，王嘉胤兵克府谷，张献忠聚众响应。 在镇压农民起义的过程中，明朝廷中主抚派一败涂地，导致农民起义军此起彼伏。 比如，崇祯四年（1631），总督陕西三边军务侍郎杨鹤招安农民军于宁州，农民军降后不久便反正。 崇祯七年（1634）夏，总督侍郎陈奇瑜率官军围高迎祥、李自成诸部于兴安之车箱峡，农民军伪降，陈奇瑜受之；农民军得出车厢峡，"既出险，杀监视官五十人"，洛阳农民军数万来会，农民军气势炽盛一时。 崇祯八年（1635），李自成对洪承畴"计穷乞抚"，得粮后，"走汉中"。 崇祯十一年（1638）四月，张献忠在谷城降明，兵部尚书熊文灿受之；同年十二月，罗汝才亦降于熊文灿。 次年五月，张献忠、罗汝才于谷城重举义旗，举国震动……杨鹤、陈奇瑜、熊文灿都因此获罪。 此后，明王朝抛弃了招抚政策。 江南地区是所谓清议中心，人们纷纷攻击当事者"玩寇""纵寇"。 这便是构成金圣叹评点小说之"情境意图"的时代背景。 作为封建社会中正直而又不得志的知识分子，金圣叹所幻想的是一个既没有昏君、贪官污吏，又没有"流贼"的升平社会。 金圣叹在《水浒传》第三十四回回评中说：

> 读水泊一节，要看他设置雄丽，要看他号令精严，要看他谨守定规，要看他深谋远虑，要看他盘诘详审，要看他开诚布忠，要看他不昵所亲之言，要看他不敢慢于远方之人，皆作者极意之笔。[1]

---

① 见林乾主编：《金圣叹评点才子全集》第4卷，626页，北京，光明日报出版社，1997。

在本回夹批里他又说：

> 已上一篇单表水泊雄丽精严，是全部书作身分处。①

原来，水泊梁山是他心目中的理想国的蓝本，他仍然没有越出"普天之下，莫非王土；率土之滨，莫非王臣"的视域。金圣叹所列的"才子书"中，屈原的离骚之作、杜甫的稷契之思，正是这种理想追求的反映。金圣叹对"俗本"《忠义水浒传》极其不满，主要是反对其中的招安政策，认为它"无恶不归朝廷，无美不归绿林，已为盗者读之而自豪，未为盗者读之而为盗也"②。金圣叹说：

> 夫招安，则强盗之变计也。其初父兄失教，喜学拳勇；其既恃其拳勇，不事生产；其既生产乏绝，不免困剧；其既困剧不甘，试为劫夺；其既劫夺既便，遂成啸聚；其既啸聚渐伙，必受讨捕。其既至于必受讨捕，而强盗因而自思：进有自赎之荣，退有免死之乐，则诚莫如招安之策为至便也。③

在金圣叹看来，招安既"失朝廷之尊"，又"坏国家之法"，还会使人们起而效尤，"从此无治天下之术"④。

因此，金圣叹"腰斩"《水浒传》，主要是反对招安政策，其基本立场

---

① 见林乾主编：《金圣叹评点才子全集》第4卷，640页，北京，光明日报出版社，1997。
② （清）金圣叹：《水浒传·序二》，见林乾主编：《金圣叹评点才子全集》第3卷，9页，北京，光明日报出版社，1997。
③ （清）金圣叹：《水浒传》第五十七回回评，见林乾主编：《金圣叹评点才子全集》第4卷，1038页，北京，光明日报出版社，1997。
④ （清）金圣叹：《水浒传·宋史目》，见林乾主编：《金圣叹评点才子全集》第3卷，17页，北京，光明日报出版社，1997。

则是以不"殊累盛德"为原则。 金圣叹"腰斩"了心目中的"恶札",再加上"惊恶梦";这样,始自"从空中放出许多罡煞",终于"从梦里收拾一场怪诞"①,这宛如一把双刃"剑",既痛快淋漓地宣泄了自己对昏君、贪官的愤恨,又彻底"收拾"了义军,不许"流贼"存在,一举两得。 而通过读者的阅读,小说便能够在他们内心深处遏止住集体政治行动的破坏倾向,收到既"诛前人既死之心"又"防后人未然之心"的效果。 用金圣叹的话说,这叫作"削忠义而仍《水浒》"②。 换言之,在金圣叹看来,自己"削忠义"之举不过是对作者意图的还原。

金圣叹这种对小说作品情味的体会,究其本实源于八股文的"代古人语气为之"。 有明一代,是八股文盛行的时代。 清儒焦循曾将能代表各朝文学的诗文作品撰为一集,楚取骚,汉取赋,魏晋六朝至隋取五言诗,唐专录格律诗,宋专录词,元专录曲,而于明则专取八股文。 在此之前,李贽也将"举子业"(八股文)与古诗、散文、近体诗、传奇、院本和杂剧等,同样视为"古今至文"。 显然,他们都把八股文视为明代文学的代表,此之谓一代有一代之文学。 实际上,八股文的确不失为中国文学演化的一种形式,其内容虽系乎经义,形式却是文学的,它非常注重艺术表现,故古人称之为"制艺"。 根据八股文的要求,揣摩"经义"的关键,在于体会古人语气,进入角色,自己作圣人,摹其声口。 明华盖殿大学士张位曾讲作八股文之法云:

> 作文是替圣贤说话,必知圣贤之心,然后能发圣贤之言。有一毫不与圣人语意相肖者,非文也。③

---

① (明)王圻纂集:《稗史汇编》卷一百三《文史门·杂书·院本》,1537 页,北京,北京出版社,1993。
② (清)金圣叹:《水浒传·序二》,见林乾主编:《金圣叹评点才子全集》第 3 卷,9 页,北京,光明日报出版社,1997。
③ (明)张位:《看书作文法十则》,见(明)武之望:《举业卮言》卷二,明万历己亥刊本。《举业卮言》卷一《内篇》有"神""情""气""骨""质""品""才""识""理""意""词""格""机""势""调""法""趣""致""景""采"二十目,它们都完全是从文学的角度论八股文写作的。

野史中流传的金圣叹游戏科场之种种行为，虽不无夸张之处，却也表明他曾经研习过八股文，自然掌握了这一副手眼。 无论他多么超凡脱俗，都难以摆脱八股文对他的影响。 他反复提出，读者必须眼照古人，力图与古人息息相通。 在金圣叹看来，《水浒传》是一部性情之作，即所谓"发愤作书"，读者阅读时自然更当体会作者当时的处境与心情、感受与体验，以把握其内在的精神、意义，进入作者的心灵世界。 但是，正如现代解释学所揭示的，所谓对作者"原意"的寻求，实际只是一种幻想和信念，人不可能超越历史的存在，以一个完全剔除历史偏见的清明之体存在；任何一种理解，都源自每个人、每代人生活经验形成的独特视野，而由每个人自我理解的欲求所驱使，即以读者"情境语境"置换作者"意图语境"的结果。 更何况，关于中国古代小说家的生平的材料本来就非常稀少。 因此，金圣叹"腰斩"《水浒传》和"独恶宋江"，实际上是在当时社会环境影响下，金氏"读者精神"积极参与的产物。

金圣叹"腰斩"《水浒传》与"独恶宋江"一样，都并非对作者意图的简单还原，也不仅仅是纯粹的美学手段[1]，而是一种"格式塔"的建构，是金圣叹美学思想和意识形态之间冲突的某种妥协或平衡。 金圣叹"自我作古"式的"症候阅读"，激发出了文本的内在活力，并强化其政治意识形态功能。 其中交织着民间市井意识、绿林文化和封建文人文化的多重思考，对于我们深入理解小说评点的意识形态生产有重要意义。

金圣叹的《水浒传》评点确立了小说评点的批评范式，成为中国古代小说评点的集大成者。 在金圣叹的影响之下，明末清初产生了众多小说评点作品。"先生没，效先生所评书，如长洲毛序始、徐而庵，武进吴见思、许庶庵为最著，至今学者称焉。"[2]

---

[1] 比如，清代学者刘廷玑在《在园杂志》中称，金圣叹"以梁山泊一梦结局，不添蛇足，深得剪裁之妙"。 见朱一玄、刘毓忱编：《水浒传资料汇编》，360 页，天津，百花文艺出版社，1981。

[2] （清）廖燕著，屠友祥校注：《二十七松堂文集》卷十四《金圣叹先生传》，342 页，上海，上海远东出版社，1999。

本卷主编　方锡球

明代文艺思想史

中国文艺思想通史

第六卷〇下

北京师范大学出版集团
BEIJING NORMAL UNIVERSITY PUBLISHING GROUP

北京师范大学出版社

《明代文艺思想史》
主编、副主编简介

方锡球

1962年生，安徽枞阳人。文学博士，二级教授，安徽师范大学博士生导师，安庆师范大学中国语言文学一级学科硕士点负责人，博士学位授权学科立项建设负责人，汉语言文学国家级一流专业建设点负责人。安徽省学术与技术带头人，安徽省高等学校学科拔尖人才，安徽省重点学科文艺学学科带头人，安徽省教学名师。教育部人文社会科学重点研究基地北京师范大学文艺学研究中心、安徽师范大学中国诗学研究中心兼职研究员。安徽省文学学会副会长，中国古代文艺理论学会常务理事。

吴子林

1969年生，福建连城人。文学博士，中国社会科学院文学研究所《文学评论》编辑部编审，中国社会科学院大学文学院教授、博士生导师，兼任中国文艺理论学会理事、中国中外文艺理论学会理事、叙事学研究会副会长；主要致力于文学基本理论的研究与批评，在《文学评论》《清华大学学报》《文艺理论研究》等刊物发表论文160余篇，出版专著《经典再生产——金圣叹小说评点的文化透视》《童庆炳评传》《文学问题：后理论时代的文学景观》《"毕达哥拉斯文体"：述学文体的革新与创造》等10余部，主编各种编著近50部。

第四编 ◎

明代戏曲思想史

汪超

概　述

　　明代戏曲思想不仅呈现为明代文人的戏曲批评，而且隐含于他们的戏曲创作之中，具体表现为明代曲家的戏曲观念、戏曲流派的集体思想、核心理论的相关阐述等。细致梳理这些错综复杂的问题，还会发现它们之间存在着不均衡的状况：其一，戏曲批评与文本创作之间的不均衡。元末明初时期戏曲批评落后于文本创作，二者之间存在着很大的差距，直至朱权《太和正音谱》的问世才开启明代戏曲理论研究的序幕。而晚明时期虽有沈璟、王骥德等人展开理论批评，但与戏曲创作和演出的繁荣局面相比较，与之对应的理论指导和批评仍然不够深入。其二，明代戏曲发展不同阶段的不均衡。明初至嘉靖前期这段时期内，戏曲创作与批评都处于相对沉寂的局面，戏曲思想的阐述同样显得单薄，相关内容主要集中于朱权、朱有燉追求戏曲创作的"盛世之音"，强调诗曲一体的戏曲渊源观，突出戏曲娱乐、教化并举的功能等。与此同时，以丘濬《五伦全备记》、邵灿《香囊记》为代表的文人戏曲作品，以及《双珠记》《鲛绡记》《跃鲤记》《四喜记》《双烈记》《四美记》等其他文人戏曲作品，都力图借助戏曲来宣扬道德教化的主旨思想，这显然成为这一时期文人戏曲创作的主流倾向，甚至影响到晚明时期沈璟等人的戏曲作品。而嘉靖至晚明时期的曲坛则蔚为壮观，此际文人纷纷涉足戏曲创作和理论批评，无论是出于业余爱好还是专业操守，都促进了明代戏曲发展实现质的飞跃。从批评形式而言，既有主体独立的理论阐述，又有与他人的批评论争，其具体形式有评点、序跋、书信、日记、专著等，其理论代表有王骥德《曲律》、吕天成《曲品》、祁彪佳《远山堂曲品》和《远山堂剧品》、凌濛初《谭曲杂札》、张琦《衡曲麈谭》等，此外还有冯梦龙的戏曲创作与表演理论，孟称舜、袁于令、卓人月等人的戏曲创作理论，以及沈宠绥《弦索辨讹》和《度曲须知》的度曲理论等。其间涉及的内容也是多方面的，比如：戏曲表达主题的主情或教化，戏曲表现风格的藻饰或本色，以及戏曲歌唱表演的技巧与方法、戏曲创作的文辞与格律等，都是有意识并立体化地讨论戏曲文本创作、声腔表演等问题，从而构成明代戏曲思想的主要内容。

一、明代文人审视戏曲的心态

关于明代戏曲思想史的整理与研究，目前学界针对评点思想的讨论较多，但实现全面还原或者系统建构仍然难度很大，而选取心态、地域、身份等线索作为缕析明代戏曲思想的视角，则是值得认真考虑的重要方面。不过，明代戏曲思想的讨论主要体现为文人批评范畴，所以考察他们以何等心态面对戏曲并如何落实具体创作和理论批评，就显得十分必要。

明代文人涉足戏曲始终存在着游离的心态，这与戏曲在当时社会评价体系以及文人观念中的地位有关。"在元明两代之后古代小说、戏剧文体已完全成熟的情况下，《四库全书》根本不涉及这些文体，正反映出传统与正统的文学与文体观念的偏颇"①，《四库全书》"词曲类"序言界定"词、曲二体在文章、技艺之间。厥品颇卑，作者弗贵，特才华之士以绮语相高耳"，"曲则惟录品题论断之词，及《中原音韵》，而曲文则不录焉。王圻《续文献通考》以《西厢记》《琵琶记》俱入经籍类中，全失论撰之体裁，不可训

---

① 吴承学、何诗海：《论〈四库全书总目〉的文体学思想》，载《北京大学学报（哲学社会科学版）》，2007（4）。

也”①。《四库全书总目提要》集部中词曲类所占比例极小，论曲的仅有元周德清所撰《中原音韵》、清康熙敕撰《钦定曲谱》等曲谱类著作，其余的戏曲作品则只是存目，官方意识形态如此明确，基本可见戏曲的尴尬地位。

同时，明代文人群体的文体观念里依旧存在正变之分，"诗变为词，词变为曲，体愈变则愈卑"②，这种文体正变和递降的观念，使得后起新兴的词曲被视为"村坊小伎""小道余技"，如"词曲，金、元小技耳，上之不能博功名，次复不能图显利，拾文人唾弃之余，供酒间谑浪之具，不过无聊之计"③，以致"祖宗开国，尊崇儒术，士大夫耻留心词曲，杂剧与旧戏本皆不传"④。这种文体尊卑观念带来的负面影响，容易造成文人面对戏曲文体的两难处境。不少文人甚至对自己的涉戏行为颇有悔意，认为是不经之道而不齿言之。吕天成作为晚明重要曲家并撰有《曲品》，其在自序中也坦言"十余年来，颇为此道所误，深悔之，谢绝词曲，技不复痒"⑤，悔恨之意间可见传统文体尊卑观念的影响。

明代文人曲家还要面对外在的各种质疑，陈继儒《牡丹亭题词》曾记载："张新建相国，尝语汤临川云：'以君之辨才，握麈而登皋比，何渠出濂、洛、关、闽下？而逗漏于碧箫红牙队间，将无为青青子衿所笑？'"⑥张相国嘱咐学生应将才能付诸理学正统，并为其逗留戏曲创作而深感惋惜。于是不少文人创作戏曲常常隐去名姓："词家作曲而每讳人，或曰无名氏，

① （清）永瑢等：《四库全书总目》卷一百九十八《词曲类一》，1807页，北京，中华书局，1965。
② （清）杨恩寿：《词余丛话》，见中国戏曲研究院编：《中国古典戏曲论著集成》（九），236页，北京，中国戏剧出版社，1959。
③ （明）徐复祚：《曲论·附录》，见中国戏曲研究院编：《中国古典戏曲论著集成》（四），244页，北京，中国戏剧出版社，1959。
④ （明）何良俊：《曲论》，见中国戏曲研究院编：《中国古典戏曲论著集成》（四），236页，北京，中国戏剧出版社，1959。
⑤ （明）吕天成著，吴书荫校注：《曲品校注》卷首《曲品自叙》，1页，北京，中华书局，2006。
⑥ （明）陈继儒：《牡丹亭题词》，见徐扶明编著：《牡丹亭研究资料考释》，42页，上海，上海古籍出版社，1987。

或称别号某以当之。 嗟乎！ 曲则何罪而讳之？ ”①比如，陈与郊退官里居之后仍以缙绅大夫自称，其间不屑以词曲名时但又技痒难忍，于是托名“高漫卿”撰传奇四种，涉足戏曲的矛盾心态隐约可见。 而王骥德等文人甚至进行辩解：

> 客曰：“子言诚辩，抑为道殊卑，如壮夫羞称、小技可唾何？”余谢：“否！ 否！ 驹隙易驰，河清难俟，世路莽荡，英雄逗遛，吾藉以消吾壮心。 酒后击缶，镫下缺壶，若不自知其为过也！”②

> 顷周生嗤我，谓：“惜也，子志鹏翼而修鼠肝，曾是淫哇之靡，而摇其笔端也，谓大雅何？”余曰：“……余惧其小道而日沦之澌灭也，故不惜猥一染指，讵敢称实甫忠臣，聊以为听《折杨》《皇荂》者下一鼓吹云尔。”③

不管是自己的虚构假设，还是别人的不解嗤笑，王骥德婉言可以“消吾壮心”，而“不自知其为过也”，为戏曲沦为末技而感叹，为自己误入曲道而辩解。 作为专业的曲家尚且如此，足见明代文人的两难心态。

明代前中期以丘濬、邵灿为代表的文人学者面对“村坊小伎”的戏曲，似乎更明白改变当时戏曲状况的重要性，于是将其引入士大夫的文化圈并开启戏曲文人化的进程，不断推动戏曲进入文人案头和主流社会。 他们开始将诗文表达的内容同样付诸戏曲，流露出浓烈的文人主体色彩，努力借助戏曲来表达时代感受，张扬主体精神，时时闪现出文人自我的愤慨和苦闷。 比

---

① （明）沈自晋：《重订南词全谱凡例》，见吴毓华编：《中国古代戏曲序跋集》，434 页，北京，中国戏剧出版社，1990。
② （明）王骥德著，陈多、叶长海注释：《曲律注释》卷首《曲律自序》，9 页，上海，上海古籍出版社，2012。
③ （明）王骥德著，陈多、叶长海注释：《曲律注释》附录二《王骥德诗文辑佚·新校注古本西厢记自序》，445 页，上海，上海古籍出版社，2012。

如，李开先的《宝剑记》有意寄托作者的自身感慨和理想之情："古来以才自负者，若不得乘时柄用，非以乐事系其心，往往发狂病死。今借此以坐消岁月，暗老豪杰，奚不可也？"①将自己对谗佞误国的不平和愤懑、对忠良忧国忧民的渴求全部诉诸宝剑。剧中林冲的形象更是寄托了李开先的无限期冀，"如果说林冲上本劾奸的行为是李开先自身行为的艺术写照，那么，林冲逼上梁山的义举则是李开先敢想而不敢做的精神企望"②。戏曲文体被赋予与诗文同等的传统观念，成为明代文人创作寄托的重要载体。

明代文人秉持着强烈的主体心态介入戏曲，导致戏曲创作和批评多立足于文学立场，文人身份的界定多于曲家身份的考虑。于是将戏曲比肩诗文等正统文体并纳入文统体系进行考察，戏曲思想的阐述也立足于"夫词曲本古诗之流"③，将词曲接续古诗溯源正名，肯定风雅传统的一致性，增强戏曲文体的文学性。比如，康海就认为："世恒言诗情不似曲情多，非也。古曲与诗同。自乐府作，诗与曲始歧而二矣，其实诗之变也。宋元以来，益变益异，遂有南词北曲之分。"④通过与古诗溯流同源并纳入文体内部，确立其独立的文体价值和地位，基于文人审美趣味的立场来肯定曲与诗词的共有因素——文学性和抒情性。可见，他们还是基于文人身份关注戏曲文体体性、格律文辞等文学范畴的讨论，其中王世贞等人就强调曲本的理论分析，体现出鲜明的阶段性和时代性特征。当然，这又启示明中叶以后文人不断转变身份，立足更为专业的曲家立场考虑戏曲文学性之外的艺术性特质，如王骥德、李渔、李玉等强调戏曲舞台性元素的挖掘与赋予，提升了对戏曲文体综合性的认识。

梳理明代文人的复杂心态就可发现，他们戏曲思想的阐释无法回避诗文

① （明）李开先：《宝剑记后序》，见卜键笺校：《李开先全集·李中麓闲居集之六》，590 页，上海，上海古籍出版社，2014。
② 郭英德：《明清传奇史》，116 页，南京，江苏古籍出版社，1999。
③ （元）杨维桢：《东维子文集》卷十一《周月湖今乐府序》，《四部丛刊》本。
④ （明）康海：《沜东乐府序》，见吴毓华编：《中国古代戏曲序跋集》，44 页，北京，中国戏剧出版社，1990。

体系的局囿，这一方面是源自内心诗文正统的源流观念，影响他们讨论戏曲文体的文学性；另一方面又促使一部分曲家重新认识戏曲，不断发掘舞台演唱等艺术性特点。 这些都是明代戏曲思想史不同阶段的重要内容。

二、明代戏曲思想史的基本内容

明代戏曲理论批评较之元代而言已有质的飞跃，文人曲家纷纷从自我角度展开阐述，各倡其论的同时也形成一定的系统性，促进了明代戏曲思想的全方位展开。 比如，以汤显祖为代表的戏曲言情说，以沈璟为代表的戏曲格律论，此外还有潘之恒的戏曲表演论、臧懋循的元曲选评、王骥德的曲系建构、吕天成和祁彪佳的戏曲品评，以及茅元暎等人的戏曲评点等，这些都极大地丰富了明代的戏曲理论。

但是，戏曲理论史不能单一等同于戏曲思想史，二者之间的内涵既有包含又有交错。 明代戏曲思想史不仅要针对戏曲作品和戏曲理论展开讨论，而且需进一步置放于有明一代的整体背景中，也就是切入"文化诗学"的研究思路。 所谓"文化诗学"，"是指从社会文化观念、精神旨趣、文化心态等角度对各种类型的文学作品、相关文学现象进行理解、评价的方法、标准与观念系统"[1]。"文化诗学"研究路向的重点即在于如何重建文化语境，"就是要通过对历史的、哲学的、宗教的、民俗的等等各类文化文本的深入分析，确定特定时期占主导地位文化观念的基本价值取向，把握这个时期话语意义生成的基本模式——各种有着不同方向的'力'之间构成的关系样式。这样我们就可以在大体上掌握这个早已逝去的历史时期文化方面的基本格局，为准备揭示所研究的文学文本隐含的意义世界提供前提，从而弥补我们在细节方面对历史事实的无知"[2]。 同样，罗宗强先生研究文学思想史也强

---

[1] 李春青：《中国文化诗学的源流与走向》，载《河北学刊》，2011（1）。
[2] 李春青等：《20世纪中国古代文论研究史》，56页，济南，山东教育出版社，2008。

调文化语境的考察，在研究思路上可谓不谋而合，"文学思想史研究的关键，在于如何尽可能准确地描述出特定时期文学思想发展的原貌"①。 所以，如何重建明代特殊的文化语境，选取考察戏曲文化的关键视角，也是戏曲思想史研究的重要问题。

明代戏曲思想史的考察需要回归至明代背景之下，从历史、文化、宗教等多个层面进行剖析。 比如，明代戏曲创作出现较为突出的"以词为曲"现象，主要表现为重视文辞的典丽藻饰，深入剖析则会发现原因是多方面的：从文人自身角度而言，是他们抒发才士情结的外在表现；从文学内部而言，源于后七子崇古观念的时代氛围，着重于文辞修饰的功力，从文体演变角度推波助澜并形成风尚；从地域角度而言，由于此际曲家多集中于吴中地区，六朝以降的文学风尚与吴中习气互为依存，并在吴中历代才士的笔端得以体现。 可见，对文人才华的欣赏、对辞章藻饰的追求，以及文坛盟主王世贞等人的鼓吹等因素，共同推动了这股戏曲创作的集体风尚。 所以，选取不同的层面和视角进行审视、思考，就成为研究明代戏曲思想史的关键所在。

明代戏曲思想史的梳理可以从以下两个维度展开：一个维度是明代戏曲思想的具体呈现，这离不开明代文人曲家的深入阐释。 他们通过剧本创作、理论批评、文本评点、曲作整理、曲目品评等方式，展开各自戏曲思想的深入讨论，而涉及的领域也是多元化、多层次的，如对戏曲表现主题的阐释，对戏曲作品风格的讨论，对戏曲文辞格律的辩论，对戏曲创作技法的总结，对戏曲艺术欣赏的探讨等，共同展现出丰富多彩的明代戏曲思想。 所以针对明代戏曲思想史的论述，要结合明代戏曲发展史的不同阶段，重点讨论朱权、朱有燉、康海、李开先、汤显祖、沈璟、王世贞、吕天成、祁彪佳、王骥德等文人，通过对这些重要曲家的戏曲思想进行讨论与辨析，完成对明代戏曲思想"史"的描述。

另一个维度是依据"文化诗学"的研究思路和文学思想史的描述原则，

---

① 张毅：《罗宗强先生的中国文学思想史研究》，载《阴山学刊》，2002（4）。

择取强烈的问题意识作为考察视角。 通过围绕这些重要视角进行全面梳理，将穿插于明代戏曲思想史的若干关键问题一一呈现，如地域视角、身份立场、时代思潮、戏曲流派、文辞风格、体性特征、接受效果等，展现出明代文人的共同思考和集体思想。 同时，每个关键问题的梳理又力图融入"史"的轨迹，形成从明初至晚明时期的纵向描述，再次凸显明代戏曲思想的逻辑演进。 最后实现点—面—线的综合考察，将明代戏曲融入广义的"诗学"背景来探讨其独特内涵，完成对明代戏曲"思想"史的全面梳理。

第二十三章
明代前期复古思潮
与戏曲思想的萌发辨析

　　明代前期文坛弥漫着浓郁的复古思潮。《四库全书总目》述《袁中郎集》曰"盖明自三杨倡台阁之体，递相摹仿，日就庸肤。李梦阳、何景明起而变之，李攀龙、王世贞继而和之。前后七子，遂以仿汉摹唐，转移一代之风气。迨其末流，渐成伪体，涂泽字句，钩棘篇章，万喙一音，陈因生厌。于是公安三袁又乘其弊而排抵之。……然七子犹根于学问，三袁则惟恃聪明。学七子者不过赝古，学三袁者乃至矜其小慧，破律而坏度。名为救七子之弊，而弊又甚焉"①，非常精炼地概括了自明初茶陵派直至后七子诸家的复古思路。而影响至戏曲领域则表现为朱有燉、康海等曲家将戏曲纳入诗文统系进行批评，李开先等曲家整理金元词曲并流露出鲜明的宗元复古倾向。这构成了明代前期戏曲思想的主体内容。

◎ 第一节
朱有燉与朱权的戏曲思想

　　"明初，藩邸能读书属文者，宁献以外，必推宪府，此亦千古之公论

---

① （清）永瑢等：《四库全书总目》卷一百七十九，1618 页，北京，中华书局，1965。

矣。"①朱有燉、朱权既是明初皇室的成员,又是明初文坛举足轻重的文人曲家。 朱有燉《诚斋杂剧》共三十一部②,作品演出在明初可谓盛极一时,"齐唱宪王新乐府,金梁桥外月如霜"(李梦阳《汴中元宵绝句》),"唱彻宪王新乐府,不知明月下樊楼"(牛恒《周藩王宫词》)。 后世研究者也都对朱有燉的戏曲成就予以高度肯定,如称其为"明代第一杂剧作家"③"明初杂剧最后一人"④等,认为他是元明戏曲发展过程中承上启下的关键人物。 朱权《太和正音谱》更是从理论高度建构戏曲体系,着重从渊源论、功能论等戏曲文体学视角展开探析,并影响到其杂剧的创作以及明初曲坛的发展。

一、宣扬盛世景象与强调"丽则"之音

明初文坛充斥雅颂的盛世之音,统治阶层出于巩固统治的需要,自然倡导文学的雅颂之音,在美化、颂扬统治的同时也笼络人心,如台阁体就大力渲染"美圣德之形容",体现出上行下效的社会风气。 朱有燉身为宗室,过着富庶安稳的生活,这促使其诗歌创作"皆风华和婉,泅泅乎盛世之音也"⑤,流露出较为鲜明的雅颂风格。 比如《牡丹百咏》《玉堂春百咏》《梅花百咏》等咏花诗系列,"就于花间酌美酒,歌新诗,以适夫情兴之乐耳! 虽未足以揄扬太平之象,万物咸亨之至音,而于形容花之情状无纤遗焉"⑥。 虽叹"揄扬太平之象"的不足,但又强调继承雅颂之准的诗歌传

---

① 吴梅:《牡丹品跋》,见蔡毅编著:《中国古典戏曲序跋汇编》,817 页,济南,齐鲁书社,1989。

② 参见陈捷:《朱有燉生平及其作品考述》,载《艺术百家》,2001(4);徐子方:《朱有燉及其杂剧考论》,载《南京师范大学文学院学报》,2002(2)。

③ [日]青木正儿著,王古鲁译:《中国近世戏曲史》,143 页,北京,中华书局,1954。

④ 周贻白:《中国戏剧史长编》,352 页,北京,人民文学出版社,1960。

⑤ (清)钱谦益:《列朝诗集小传》乾集下"周宪王朱有燉",8 页,上海,上海古籍出版社,2008。

⑥ (明)朱有燉:《诚斋牡丹百咏诗引》,见朱仰东笺注:《朱有燉〈诚斋录〉笺注》,444 页,北京,中国文联出版社,2016。

统，与其叔朱权的文学思想不谋而合。朱权在《太和正音谱序》中倡论：

> 夫礼乐难出于人心，非人心之和，无以显礼乐之和；礼乐之和，自非太平之盛，无以致人心之和也。故曰："治世之音安以乐，其政和。"是以诸贤形诸乐府，流行于世，脍炙人口，铿金戛玉，锵然播乎四裔，使鸠舌雕题之氓，垂髫左衽之俗，闻者靡不忻悦。①

从"和"的角度肯定乐府作品属于治世之音。同时，朱权在"群英所编杂剧"名目后亦言"盖杂剧者，太平之胜事，非太平则无以出"②，将戏曲视为太平盛世的文化产物，体现出其作为宗室文人对"太平"的自觉维护和追求。

朱有燉的杂剧创作更是进行具体实践，王季烈评价其杂剧"虽多铺张之语，而按之当时物阜民丰，人人乐业情形，宜乎有此雅颂之音"③。朱有燉也在杂剧自引中多有论述：

> 尝谓太平之世，虽草木之微，亦蒙□□，恩泽所及，以遂其生成繁盛之道焉。……因假欧阳公作记之意，编制传奇一帙，以为牡丹之称赏，启翠红春之清音，发天香圃之明艳，诚为太平之美事，藩府之嘉庆也。④

> 因作传奇一帙，载歌载咏，以答荷社稷河嵩之恩眷，以庆喜圣世明

---

① （明）朱权：《太和正音谱序》，见吴毓华编：《中国古代戏曲序跋集》，29 页，北京，中国戏剧出版社，1990。
② （明）朱权：《太和正音谱》，见隗芾、吴毓华编：《古典戏曲美学资料集》，80 页，北京，文化艺术出版社，1992。
③ 王季烈：《孤本元明杂剧提要·灵芝庆寿》，见《孤本元明杂剧》第 1 册，19 页，北京，中国戏剧出版社，1957。
④ （明）朱有燉：《新编洛阳风月牡丹仙·自引》，见赵晓红整理：《朱有燉集·诚斋杂剧》，154 页，济南，齐鲁书社，2014。

时之嘉祯，以增延全阳老人之福寿耳！①

予惟《驺虞》《麟趾》之篇，诗人乃美文王之化，以声于歌咏耳。……
予因暇日特以时曲，用其俗乐概括诗词之意，编作传奇，使人歌之，以
赞扬太平之盛事于万一耳。②

强调"太平之盛事"的表白同样见于文本唱词，如《新编洛阳风月牡丹仙》
第一折内臣宾白："荷蒙恩惠，藩府安康，内外宁谧，时和岁稔，天下太
平。正当安享清福，以乐雍熙。"借助戏曲作品着重表现太平"圣世明时之
嘉祯"。朱有燉、朱权二人都以"盛世之音"来肯定杂剧，并赋予其《诗
经》以降的雅颂传统，从某种意义而言，这也是为北曲杂剧尊体正名。早在
元代，虞集、琐非复初、罗宗信和周德清等人就将北曲与雅乐相提并论，并
将北曲拔高到治世之音的政治层面，体现出文人曲家为戏曲正名的共同
取向。③

与对雅颂之旨的继承遥相呼应，朱有燉又强调"清正忠厚"的风格，体
现在戏曲方面则是对"丽则之音"的追求。朱有燉为其宫人才女夏云英所作
《端清阁诗序》云：

古之作诗者，以吟咏情性为主。吟咏情性，以清正忠厚为要。清正
忠厚系乎家世之隆，禀受之正，非强言也。……遗其诗集一小册，共六

---

① （明）朱有燉：《新编河嵩神灵芝庆寿·自引》，见赵晓红整理：《朱有燉集·诚斋杂剧》，380
页，济南，齐鲁书社，2014。
② （明）朱有燉：《新编神后山秋狝得驺虞·自引》，见赵晓红整理：《朱有燉集·诚斋杂剧》，58
页，济南，齐鲁书社，2014。
③ 他们为周德清《中原音韵》所作序都不约而同地推重中州正音，并且将其与雅乐相提并论以提升
北曲之地位。比如："方今天下治平，朝廷将必有大制作，兴乐府以协律，如汉武、宣之世，然
则颂庙廊，歌郊祀，摅和平正大之音，以揄扬今日之盛者，其不在于诸君子乎？"（虞集序）"国
初混一，北方诸俊新声一作，古未有之，实治世之音也。"（罗宗信序）以上所引，见（元）周德
清辑：《中原音韵》卷首，3、7页，北京，中华书局，1978。

十九篇，余取观之初，则清新雅正，后则明达了悟。①

《端清阁诗》正是秉持雅正的古诗传统和端正品格，从而被朱有燉誉为"清正忠厚"。朱有燉《诚斋录》中关于花鸟咏物、游玩闲适的诗歌，也同样体现出贵族气质的雅正风格，如咏百花诗、《金谷春晴》等作品。

朱有燉坚持诗曲同等的思想观念，也影响其追求戏曲的"丽则之音"。"丽则"一词出自扬雄《法言·吾子》："诗人之赋丽以则，辞人之赋丽以淫。"体现出传统诗歌观念的中庸之道，"丽"应该合乎"则"的规范，才能符合《诗经》以降的诗学理想。朱有燉在杂剧自引中多次提及"丽则"的标准：

> 所谓咀五色之灵芝，香生九窍；咽三清之瑞露，美动七情。酝藉风流之士，观斯丽则之音，亦当称赏焉。②

> 比之良家妇女不能守志者，为何如耳？于世教岂无补哉？特以次第，编为传奇，庶可继乎丽则之音，非若淫词艳曲之比也，政所谓："诗人老笔佳人口，再唤春风到眼前。"诚如是言耳，故为引。③

> 遂访其事实，执笔抽思，亦制传奇一帙，名之曰《贞姬身后团圆梦》，中间关目详细，词语整齐，且能曲尽贞姬之态度，所谓诗人之赋

---

① （明）朱有燉：《端清阁诗序》，见朱仰东笺注：《朱有燉〈诚斋录〉笺注》，331～332页，北京，中国文联出版社，2016。夏云英资料还可见钱谦益《列朝诗集小传》闰集"夏氏云英"："云英端正温良，居宠能畏，雅好文章，不乐华靡，尝取《女诚》端操清静之义，名其阁曰端清。"朱有燉《云英诗》："肠断端清楼阁里，墨痕烛炧尚重重。"
② （明）朱有燉：《新编洛阳风月牡丹仙·自引》，见赵晓红整理：《朱有燉集·诚斋杂剧》，154页，济南，齐鲁书社，2014。
③ （明）朱有燉：《新编小天香半夜朝元·自引》，见赵晓红整理：《朱有燉集·诚斋杂剧》，449页，济南，齐鲁书社，2014。

丽以则也，观之者鉴。①

同样，朱有燉也强调散曲创作的"丽则"标准：

> 纪善余先生致仕而归也，予既作送别图，复系之诗……因缀南词四阕，付之歌喉，以侑一觞之乐。虽曲调近鄙，而词则未敢失于丽则之音云耳。②

由此可见，朱有燉秉持雅正的诗歌传统，强调诗曲一体的尊体思想，从而提出戏曲作品的"丽则"标准，这是明初文人颇具代表性的戏曲思想，也是对戏曲文体的提升和规范，以及对戏曲发展的有力推动。

二、追溯戏曲文体渊源与尊体思想

朱有燉对戏剧概念的认识仍然沿袭元人的传统观念，将金元时期的北曲杂剧称为"传奇"。钟嗣成《录鬼簿》著录元杂剧作家与作品时分类标目题云"前辈已死名公才人，有所编传奇行于世者"，查看金元名公才人的作品就会发现，钟嗣成所言"传奇"其实都是指杂剧。明代高儒《百川书志》卷六所列朱有燉杂剧如《李亚仙花酒曲江池传奇一卷》等，都是以"传奇"命名，并总结曰"凡三十一种，总名《诚斋传奇》，异乐府行也"③。朱有燉在为自己杂剧作品所作的小引中，也多次提及"亦制《辰钩月》传奇一本""作《海棠仙》传奇一帙"等等。其实《诚斋传奇》所收录的三十一种作品

---

① （明）朱有燉：《新编赵贞姬身后团圆梦·自引》，见赵晓红整理：《朱有燉集·诚斋杂剧》，255 页，济南，齐鲁书社，2014。
② （明）朱有燉著，翁敏华点校：《诚斋乐府》卷一《南仙吕入双调四朝元》，19 页，上海，上海古籍出版社，1989。
③ （明）高儒：《百川书志》卷六《史志三·外史》，见（明）高儒、（明）周宏祖：《百川书志 古今书刻》，87 页，上海，古典文学出版社，1957。

都是杂剧，并非后来文人所普遍认同的文人传奇戏曲，即有别于北杂剧，在南戏基础上发展而成的戏曲文体。

然而，朱有燉对杂剧文体体性有着清醒的认识。通过对元朝与本朝曲家进行评价，他提出理想的文体标准：

> 予观近代文人才士，若乔梦符、马致远、宫大用、王实甫之辈，皆其天材俊逸、文学富赡，故作传奇清新可喜。又其关目详细，用韵稳当，音律和畅，对偶整齐，韵少重复，国朝惟谷子敬所作传奇尤为精妙，诚可望而不可及者也，故为传奇当若此数人，始可与之言乐府矣。①

朱有燉十分欣赏"天材俊逸、文学富赡"的文人，并就文辞、关目、用韵、音律、对偶等方面，详细界定杂剧文体的理想特征，这与臧懋循等晚明曲家的追求不谋而合，体现出曲本位前提下的文体共识。

朱有燉同样对散曲文体展开论述，《诚斋乐府》卷首自序虽然有所残缺，但从中仍然可见其散曲文体思想：

> 予既拾掇拙作诗词类而成卷，名之"诚斋"录矣。复余时曲数十纸，□□日吟咏情怀，嘲弄风月之语，自愧□□，□敢□示于人，将欲付之□□，客有□□者曰："君子耻一物之不□，□曲亦近□□制作也。元之诸名公长□□□，亦盛□□今之世，庸何伤乎？法云道人尝劝山谷，勿作小词。山谷云：空中语耳。此古人不嫌于时曲之证也。便当与诗录同刊，以为梁园风月之清赏耳。"予曰："唯。"遂镂于梓，名之诚斋乐府云。宣德九年岁在甲寅长至日，锦窠老人书。②

---

① （明）朱有燉：《清河县继母大贤·自引》，见赵晓红整理：《朱有燉集·诚斋杂剧》，343 页，济南，齐鲁书社，2014。
② （明）朱有燉：《诚斋乐府·自引》，见蔡毅编著：《中国古典戏曲序跋汇编》，2769 页，济南，齐鲁书社，1989。

可以看出，朱有燉已将诗、词视为同等重要的文体，并正式地将其编辑成册示于众人，这与南宋时期陆游不肯将小词编入诗集之举大相径庭。而提及"时曲"时则称之为"□□日吟咏情怀，嘲弄风月之语"，所以才"自愧□□，□敢□示于人"，仅仅以诗词余力为之，宣泄个人的风月情怀，甚至搬出黄庭坚的"空中语"作为佐证，为自己填制散曲谋求合适的理由，从而折射出左右为难的微妙心态。不仅如此，他还效仿"梁园风月之清赏"，借梁孝王聚集雅士赋诗梁园的闲趣，来证明填制时曲并非鄙俗浅陋之事，既提升了散曲文体的审美趣味，又表达出消磨志气的政治余音。

《诚斋乐府》散曲题目下的小序，也多表明朱有燉填制散曲的态度和初衷：

> 纪善余先生致仕而归也，予既作送别图，复系之诗……因缀南词四阕，付之歌喉，以侑一觞之乐。虽曲调近鄙，而词则未敢失于丽则之音云耳。①

> 席上酒酣，因人以"乾风月""使闲钱"相讥，予因直述解嘲之词四篇，以发座中之一笑。②

> 仲春席上，观呈艺女童演传奇而甚喜，赠以乐府《凌波曲》。有以眷恋之怀嘲予者，予走笔制仙吕一套，以为解嘲之词云。③

不管是"以侑一觞之乐"，还是"以为解嘲之词"，都是视为席间遣兴

---

① （明）朱有燉著，翁敏华点校：《诚斋乐府》卷一《南仙吕入双调四朝元》，19 页，上海，上海古籍出版社，1989。
② （明）朱有燉著，翁敏华点校：《诚斋乐府》卷一《北越调寨儿令》，21 页，上海，上海古籍出版社，1989。
③ （明）朱有燉著，翁敏华点校：《诚斋乐府》卷二《解嘲》，147～148 页，上海，上海古籍出版社，1989。

的娱乐形式，"以发座中之一笑"。朱有燉也认识到散曲"曲调近鄙"，将本为民间的俗腔鄙调移入酒席，作为消遣娱乐的方式当然可以，但他又要求按照诗文的严格标准，强调"词则未敢失于丽则之音"，试图用诗文高雅的审美规范来拔高散曲的品位：

> 予观古诗，若《呦呦鹿鸣》等篇，皆古人之佐樽歌曲；但以声依永，所以无分长短句，皆可以为歌曲。……因此分而为二，南人歌南曲，北人唱北曲，若其吟咏情性，宣畅湮郁，和乐实友，与古之诗又何异焉。或曰：古诗为正音，今曲乃郑卫之声，何可同日而语耶？予曰：不然。郑卫之声乃其立意不正，声句淫佚，非其体格音响比之压缩有不同也。今时但见词曲中有《西厢记》《黑旋风》等戏谑之编为亵狎，遂一概以郑卫之声目之，岂不冤哉！
>
> ……体格虽以古之不同，其若可兴可观可群可怨，其言志之述，未尝不同也。……今曲亦诗也，但不流入于秾丽淫伤之义，又何损于诗曲之道哉？[①]

朱有燉首先从被世人视为经典的《诗经》入手，认为《呦呦鹿鸣》等篇章早先也为佐樽之用，只要是"以声依永"，后世之诗、乐府、词、南曲、北曲莫不属于"歌曲"的范畴，它们与古诗在本质上无异，体现在"吟咏情性，宣畅湮郁，和乐实友"等方面具有一致性。这样，力求"体格"的相同与本质的一致，从而为今之曲寻根溯源，以提升其文体地位。而对于"古诗为正音，今曲乃郑卫之声"的疑惑，朱有燉也辩解称，"郑卫之声"即指《诗经》十五国风中的《郑风》和《卫风》。《论语》首次提及"郑声淫"（《论语·卫灵公》），"恶郑声之乱雅乐也"（《论语·阳货》）；而后

---

① （明）朱有燉著，翁敏华点校：《诚斋乐府》卷一《白鹤子咏秋景·自引》，75页，上海，上海古籍出版社，1989。

《礼记·乐记》云"郑卫之音，乱世之音也，比于慢矣"，《吕氏春秋·季夏纪第六·音初》亦云"郑卫之声，桑间之音，此乱国之所好，衰德之所说"。所以郑卫之声几乎成为淫哇之辞的代名词。朱有燉认为，郑卫之声虽然"立意不正，声句淫佚"，"体格音响"等内在本质却与古诗一脉相承，如从"兴观群怨"角度立论，强调"言志之述"的诗学正统。无论诗或曲，只要"不流入于秾丽淫伤之义"，就值得肯定与认同，今曲中的《西厢记》《黑旋风》等戏谑之作仅属个别现象。这似乎又包含与自我创作进行区分和申辩的意味。

所以，朱有燉虽然视散曲为解嘲佐樽之用，但又肯定其"体格音响"等本质并将其纳入诗歌言志的批评体系，提升至与诗歌同等重要的地位，为散曲文体开拓出重要的发展空间。

三、推尊戏曲娱乐与教化的双重功能

朱有燉戏曲思想的阐发还体现在对戏曲功能的界定上。《诚斋传奇》中存有多篇朱有燉自己所作的小引，或说明杂剧故事的来源，或表明创作杂剧的初衷，或阐发对杂剧功能的认识。其间也揭示出其对杂剧文体的认识，并反映出明初宫廷文人的杂剧思想。朱有燉的戏曲功能观主要体现在两个方面：其一，视杂剧创作为"佐樽"之设，即酒筵佳会或赏花庆寿时娱宾遣兴之用；其二，强调戏曲的道德教化功用，以利于世风的疏导和秩序的稳定。

一方面，朱有燉所作十四篇小引中有九篇阐述"佐樽"的观念，这里姑且抄录几条：

> 虽然是编之作，聊复助文人才士席间为一段风流佳话耳![1]

---

[1] （明）朱有燉：《新编甄月娥春风庆朔堂·自引》，见赵晓红整理：《朱有燉集·诚斋杂剧》，18页，济南，齐鲁书社，2014。

予乃戏作偷儿传奇一帙……以取欢笑。虽为佐樽而设……①

用是以适闲中之趣，且令乐工演之，观其态度，以为佐樽之一笑耳。②

以为庆寿佐樽之设，亦古人祝寿之意耳。③

作《海棠仙传奇》一帙，以为佐樽赏花云耳。④

抑扬歌颂于酒筵佳会之中，以佐樽欢畅于宾王之怀，亦古人祝寿之义耳。⑤

　　北曲杂剧在元代演唱于勾栏瓦肆之中，"为一时耳目之玩也"，所以朱有燉也将其创作杂剧的初衷明确为"佐樽"之设，即用于酒筵佳会或者赏花庆寿时的娱宾遣兴。另外，朱有燉贵为宗室成员，优渥的物质生活和复杂的政治环境，使得他的活动范围被限制在宫廷之内，皇亲国戚间的吟乐酬唱、文人雅士间的饮酒观戏是他日常生活的主要内容。所以，戏曲的欣赏和创作自然被赋予遣兴的色彩，作为清闲生活的一种消遣，庆贺应酬的一种娱乐。

　　朱有燉视杂剧为"佐樽"之设，与唐宋文人对待词的态度如出一辙。早

① （明）朱有燉：《新编黑旋风仗义疏财·自引》，见赵晓红整理：《朱有燉集·诚斋杂剧》，283页，济南，齐鲁书社，2014。
② （明）朱有燉：《新编豹子和尚自还俗·自引》，见赵晓红整理：《朱有燉集·诚斋杂剧》，296页，济南，齐鲁书社，2014。
③ （明）朱有燉：《新编瑶池会八仙庆寿·自引》，见赵晓红整理：《朱有燉集·诚斋杂剧》，214页，济南，齐鲁书社，2014。
④ （明）朱有燉：《新编南极星度脱海棠仙·自引》，见赵晓红整理：《朱有燉集·诚斋杂剧》，394页，济南，齐鲁书社，2014。
⑤ （明）朱有燉：《新编吕洞宾花月神仙会·自引》，见赵晓红整理：《朱有燉集·诚斋杂剧》，364页，济南，齐鲁书社，2014。

期两部词选《尊前集》和《花间集》，其名称就体现出"尊前"嘉宾、"花间"丽人的浓重色彩。 南唐词人冯延巳"以金陵盛时，内外无事，朋僚亲旧，或当燕集，多运藻思，为乐府新词，俾歌者倚丝竹而歌之，所以娱宾而遣兴也"①。 宋初文人享受朝廷的优渥待遇，闲暇之余偶填小词以佐清欢，如欧阳修赋诗作文强调"载道言志""穷而后工"，在为《西湖念语》组词（即描写颍州西湖的《采桑子》十首）所写的小序中却说："因翻旧阕之辞，写以新声之调。 敢陈薄伎，聊佐清欢。"②可见，在欧阳修、朱有燉等正统文人的思想观念里，词和曲依然保留着消遣娱乐的功能。

朱有燉刻意强调戏曲"佐樽"的娱乐功能，似乎还有政治表达的需要。 朱有燉作为明太祖朱元璋第五子朱橚的长子，一生经历着复杂而险恶的政治斗争：一是其父朱橚陷入皇权之争的政治旋涡，二是遭到其弟朱有爋的邀宠陷害。 这使得朱有燉虽然贵为皇孙，却陷于惊心动魄的权力争斗。 而皇叔朱权的遭遇同样给他留下了深深的烙印，远离险恶复杂的政治场，亲近娱宾遣兴的戏曲圈，似乎不失为一条保全其身的出路。 被人普遍视为"小道""末技"的戏曲，恰恰因为地位的卑微为朱有燉提供了安身立命的处所，在他身边争权夺利的皇子看来，戏曲是玩物丧志的消遣之具，而朱有燉终日沉迷于席间尊前的戏曲，当然也就弱化了政治威胁的可能。 可以说，朱有燉这一"佐樽"之设的戏曲思想，不仅受到文体意识优劣论的影响，还有着现实政治层面保全其身的隐义，其比兴寄托的良苦用心可见一斑。

另一方面，朱有燉身为宗室文人的特殊身份，又使得他肯定文章的风教之旨："文章之在世，有关于风教者，有不关于风教者。 其关于风教者，若《原道》《原鬼》《进学》《种树》《送穷》《乞巧》等文，皆合乎理性，精妙抑扬，无非开悟后学，使知性命之道，故有补于世也。 其或有文章而无补

---

① （宋）陈世修：《阳春集序》，见张惠民编：《宋代词学资料汇编》，88 页，汕头，汕头大学出版社，1993。
② （宋）欧阳修：《近体乐府》卷一《乐语长短句·西湖念语》，见李之亮笺注：《欧阳修集编年笺注》第 7 册，192 页，成都，巴蜀书社，2007。

于世，不关于风教者，若《毛颖》《南华》《天问》《河间》等篇，此乃鸿儒硕士问学有余，以文为戏，但欲驰骋于笔端之英华，发泄于胸中之藻思耳。"①同样，朱有燉也将杂剧功能定位为道德教化，用于宣扬或者记录可嘉、可赏的节操行为。明太祖建国后独尊程朱理学，通过加强思想控制以维护稳定统一，对于女性则通过肯定、颂扬贞操的方式，如编撰《女鉴》《内则》《女训》等。朱有燉则采取杂剧的形式进行宣扬，以此代替直接的政治教化：

> 因详其事实，编作传奇，用寿诸梓，庶不泯其贞操，以为劝善之一端云。②

> 予以劝善之词，人皆得以发扬其蕴奥，被之声律以和乐于人之心焉。③

> 予因为制传奇，名之曰《香囊怨》，以表其节操。……怜其生于难守节操之所，而又能难能表白于后世，可为之深叹也矣。④

> 于世教岂无补哉？特以次第，编为传奇。庶可继乎丽则之音，非若淫词艳曲之比也……⑤

---

① （明）朱有燉：《新编豹子和尚还俗·自引》，见赵晓红整理：《朱有燉集·诚斋杂剧》，296页，济南，齐鲁书社，2014。
② （明）朱有燉：《新编李妙清花里悟真如·自引》，见赵晓红整理：《朱有燉集·诚斋杂剧》，123页，济南，齐鲁书社，2014。
③ （明）朱有燉：《新编赵贞姬身后团圆梦·自引》，见赵晓红整理：《朱有燉集·诚斋杂剧》，255页，济南，齐鲁书社，2014。
④ （明）朱有燉：《新编刘盼春守志香囊怨·自引》，见赵晓红整理：《朱有燉集·诚斋杂剧》，236页，济南，齐鲁书社，2014。
⑤ （明）朱有燉：《新编小天香半夜朝元·自引》，见赵晓红整理：《朱有燉集·诚斋杂剧》，449页，济南，齐鲁书社，2014。

在朱有燉创作的诸多杂剧中,《新编李妙清花里悟真如》传妓女李妙清
孀居不嫁,守志终身后参佛超脱;《新编赵贞姬身后团圆梦》记赵官保夫死
后守志自缢,后夫妻团圆并得道成仙;《新编刘盼春守志香囊怨》叙妓女刘
盼春立誓守志,执着与书生周恭的爱情,后被迫自缢身亡;《新编小天香半
夜朝元》写西王母之女玉危(亦作玉厄)出娼优之门而守妇道,后修道登
仙。 从这几部杂剧所记之事可以看出,李妙清、刘盼春、玉危虽出自娼门,
但都能为夫守志、保节,朱有燉为颂扬这一精神,最后都让她们得道成仙,
从而能与天地相始终,通过生命的永恒来肯定她们的守志精神。 正是由于戏
曲流传的广泛性和民间性,朱有燉才将这些故事谱入杂剧,从而赞美节义道
德,树立典范榜样,强调伦理纲常,劝化人心世道,最终达到"劝善"的效
果。 同时,将席间"佐樽"的戏曲用以"劝善",辅助世风的道德教化,在
功能上肯定了戏曲并抬高了戏曲的地位。

总之,立足于相对萧条的明初曲坛,朱有燉的戏曲思想颇具一定的代表
性,无疑也影响到当时戏曲的创作和发展。 一方面,优渥的生活和舒适的环
境,促使朱有燉视戏曲为"佐樽"庆寿之用,用于闲暇之时的娱宾遣兴;另
一方面,朱有燉出于统治阶层的政治立场,又赋予戏曲宣扬道德教化的功
能,他借戏曲达到疏导世风、树立纲常的功用,也在一定程度上提高了戏曲
的地位。

四、朱权戏曲思想的文体意识

朱权的戏曲思想主要体现在对戏曲文体的认识上。 除前面阐述戏曲的
盛世之音,《太和正音谱》还对文体分类进行归纳说明,并着重分为几个部
分展开:对"善歌之士"的介绍并评价;"杂剧十二科"中对戏曲题材的分
类;"古今英贤乐府格式"中对元代曲家的评论;"词林须知"中对演唱等
的考论;对音律宫调以及曲谱的说明。 可以说,较之元代《唱论》《录鬼
簿》等曲论著作而言,朱权已经视戏曲为综合的艺术形态,并有意识地建构

戏曲的整体框架，这在明初曲坛显得尤为突出。

朱权还具有强烈的戏曲文体分类意识。《太和正音谱》严格区分乐府与杂剧，同时借用诗学理论的"体式""格势"等术语展开分类："乐府体及对式""古今群英乐府格势"；"杂剧十二科""群英所编杂剧"①。

就乐府文体而言，朱权对"乐府体式"的十五家一一进行解释：有以人而分，如丹丘体；有以时代而分，如承安体、盛元体；有以地区而分，如江东体、西江体、东吴体、淮南体；有以题材而分，如香奁体等。这种看似不太统一的划分标准虽为后人所诟病，但体式先后之分也蕴含了朱权的审美取向。比如，丹丘体在十五体式中排列首位，朱权自号丹丘先生，并且晚年倾心道学，所以就不难想象他将丹丘体列为诸体之首的良苦用心。同时，朱权还对作者及其风格（格势）细细区分、点评，如："马东篱之词，如朝阳鸣凤。其词典雅清丽，可与灵光景福而相颉颃。有振鬣长鸣，万马皆瘖之意。又若神凤飞鸣于九霄，岂可与凡鸟共语哉？宜列群英之上。"②朱权高度评价马致远的散曲，将其列为元代群英之上，可谓切中肯綮。

就杂剧文体而言，朱权首先对其进行定义："杂剧，俳优所扮者，谓之'娼戏'，故曰'勾栏'。"③由于受到贵族文人思想的影响，他有意识地将杂剧区分为"行家"与"戾家"，显示出"我辈所作"的高人一等。在"杂剧十二科"中，朱权又从题材内容方面展开分类：神仙道化、隐居乐道、披袍秉笏、忠臣烈士、孝义廉节、叱奸骂谗、逐臣孤子、铍刀赶棒、风花雪月、悲欢离合、烟花粉黛、神头鬼面。虽然于分类标准方面未必恰当，却首开为元代杂剧题材分类的先河，为后人研究元代杂剧文体提供了极具价值的参考。

从朱有燉、朱权的戏曲文体思想可以看出，一方面，他们身受正统文人价

---

① （明）朱权：《太和正音谱》，见中国戏曲研究院编：《中国古典戏曲论著集成》（三），14～32页，北京，中国戏剧出版社，1959。

② （明）朱权：《太和正音谱·古今群英乐府格势》，见中国戏曲研究院编：《中国古典戏曲论著集成》（三），16页，北京，中国戏剧出版社，1959。

③ （明）朱权：《太和正音谱·序》，见中国戏曲研究院编：《中国古典戏曲论著集成》（三），10页，北京，中国戏剧出版社，1959。

值观念的影响，仍然视戏曲为席间佐樽之用，为博一时欢笑而已，同时又向古诗溯源强调"体格音响"的一致性，从而抬高了戏曲的文体地位；另一方面，他们身为明代宗室的成员，又强调戏曲宣扬道德教化、维护统治秩序的功能。以上基本反映出明初曲坛文人戏曲文体思想的阶段性特征。 总之，在明初戏曲发展的低潮阶段，朱权的《太和正音谱》侧重于理论建树，朱有燉则倾向于具体创作，二人都取得了较为突出的戏曲成就。 考察二人的戏曲思想，对于理解明初文人创作戏曲的心态以及更清晰地了解明初的戏曲发展状况大有裨益。

◎ 第二节
诗曲同源:康海戏曲思想的复古痕迹

弘治、嘉靖时期的文坛逐渐弥漫复古的格调，对古学的复兴与呼唤成为诸多文士尤其是前七子的重要声音，同时，渴求当下真诗的创作，倡言"真诗在民间"的论调，体现出此时文统体系下复古观念的特质。 在文坛复古思潮的笼罩下，戏曲领域则呈现出承前启后的特点，前七子中的康海、王九思，以及与之交往甚密的李开先等人，都积极参与戏曲创作与理论批评，而且沾染上浓郁的复古色彩，折射出典型的北方文人的戏曲思想。

一、南北之别:康海等七子介入曲坛的时代背景

康海、王九思等七子涉足曲坛领域，正值科考盛行天下之际，介入戏曲或多或少带有业余的意味，文人士大夫的身份决定其戏曲观念的阐发难免受到诗文正统思想的影响。 所以，审视康海、王九思等七子的戏曲观念，就不得不先正视他们步入文坛的时代背景，这其中就包含南北科考导致的南北士

子的观念差异：一方面，康海等北方士子对复古观念的阐发，将目光溯源至引以为豪的秦汉时代，在某种程度上凝聚成浓郁的地域情结；另一方面，康海等北方士子身怀关中习气，试图以刚劲质朴之气转变当时文坛嫩弱的文风，弥补台阁体以及茶陵派的不足之处。这些都是审视其戏曲思想形成的关键。

明初朱元璋重立汉族政权，为汉族文人提供了实现人生价值的机会。此时的文人群体，一方面努力通过参与科举考试的方式，希望运筹于政治权力之间；另一方面又活跃于文学领域，展现文人个体的才华与价值。其间双重身份的交叉和互动也影响到其文学思想的形成，也就是说他们对文学思想的阐发，或多或少受到政治因素的干扰，如当时的诗学论争就受到南北之争的影响。

明代文人无论是跻身国家的权力机关，还是步入文坛的中心领域，科考都是较关键的一环，只有通过科举考试才能进入政治中心，进入翰林院甚至入内阁而为朝廷重臣。可以说，身份的高低直接决定个人影响力的大小，只有拥有一定的政治地位，文学思想的阐发才能得到认同，甚至得到一批文学才俊的追随效仿，从而形成具有一定影响力的文人群体。比如，明初作为台阁体领袖人物的杨士奇、杨荣、杨溥都先后官至大学士，特殊的身份直接导致当时朝廷文人官僚的追捧，从而形成明代前期文坛雍容华贵的突出文风。

讨论明代前中期的科举考试，就无法回避最为著名的"南北榜"事件，又称"春夏榜案"。① 针对这次科考案，朱元璋采取了较为极端的处理方

---

① 洪武三十年（1397）丁丑科会试所录取的宋琮等五十二人都是南方士子，北方士子无一人取中。其后三月殿试，福建人陈䢿被擢为状元，因为此次中试者皆为南方士子，所以又称之为"南榜"。从某种程度而言，如此结果也较为客观地反映出南北经济、文化的差距，但是北方士子全部落选也是历科当中从未出现的，所以这次放榜之后舆论哗然，积压已久的南北矛盾开始激化，"于是诸生言三吾等南人私其乡"（《明史》卷一百三十七《刘三吾传》），纷纷指责主考官刘三吾等为借此举压制北方士人。明太祖随后"怒所取之偏，命侍读张信等十二人覆阅，䢿亦与焉"（《明史》卷七十《选举志二》）。但是张信等人经过复阅考卷，发现北方士子的考卷不少文理不佳甚至存在犯禁之言，于是维持原先结果不变，此时又有人上疏控告张信等人串谋，"或言信等故以陋卷呈，三吾等实属之"（《明史》卷一百三十七《刘三吾传》）。朱元璋一怒之下严审主考官等人，结果是刘三吾以老戍边，白信蹈、张信等被诛杀，之后朱元璋又"亲自阅卷，取任伯安等六十一人。六月复廷试，以韩克忠为第一。皆北士也"（《明史》卷七十《选举志二》）。因为所录取的六十一人全系北方士子，故而又称之为"北榜"。

式，牺牲了南方士子的集体利益，以此来笼络北方士子，以便更快消灭前元的残余势力，实现南北经济、文化的均衡，从而稳固朝廷的统治。 但是，这次科举事件的地域名额分配，不只是文化层面的问题，而且涉及政治统治的需要，"明代科举分卷制度的实行，客观上起到了稳定政局的作用，体现了协调、优待和兼顾边疆与经济文化落后地区的政策性支持，有利于调动和激发落后地区读书向学风气的形成，促进区域经济和文化的全面提升，维护中华民族的团结统一，形成全国一盘棋的协调发展"①，同时也为后来南北士子之争埋下伏笔。

南北榜的科举模式对明代政治、文化的推动，在于促进明代文人群体逐步由地域性群体转变为政治性群体，再而变为文学性群体。 科举考试之时即已成形的南北地域因素，导致朝廷政权运作过程当中，难免出现选用南北文人的分歧。 比如，明英宗时期，"帝爱时风度，选庶吉士，命贤尽用北人，南人必若时者方可"②。 天顺四年（1460）的会试当中，明英宗朱祁镇交代李贤尽量挑选北方文人，南方文人能有像彭时那样风度的方可录用，结果这年的十五名庶吉士中只有六名为南人，北人占据上风并得以有机会进入馆阁，从而把持政治和文化的权柄，如弘治年间官至内阁首辅的河南人刘健，就与前七子关联密切，由此可见政治力量对文化的影响。

总之，明初确立的分南北取士的政策，直接关系到明代南北文人地位的变化，不仅体现于政治权力的争夺，而且波及文学思想的论辩。 尤其是在很长一段时间内，北方文人占据政治与文化的中心，努力结交或提携地缘相近的士子，逐渐形成融地域性、政治性与文学性为一体的文人群体。 而康海等七子文学思想的阐发，同样附着浓郁的北方关中色彩，如对秦汉时期文学繁荣的推崇，对劲健质朴文学风气的植入，其间这种群体现象的转变与关联，都是不可回避的关键因素。

---

① 王凯旋：《明代科举制度考论》，165 页，沈阳，沈阳出版社，2005。
② （清）张廷玉等：《明史》卷一百七十六《彭时传》，4683 页，北京，中华书局，1974。

二、康海诗文复古思想的阐发

弘治十五年（1502）对于前七子的形成较为关键，因为此年何景明、康海、王廷相三人得中进士，尤其是康海，其策论为孝宗皇帝所赏识。张治道在《翰林院修撰对山康先生行状》中说：

> 是时孝宗皇帝拔奇抡才，右文兴治。厌一时为文之陋，思得真才雅士。见先生策，谓辅臣曰："我明百五十年无此文体，是可以变今追古矣。"遂列置第一，而天下传诵则效，文体为之一变，朝野景慕若麟凤龟龙，间世而一睹焉。①

孝宗皇帝在位之时励志中兴，其中就包含振兴文学的右文政策。他虽然对当时鄙陋的文风十分不满，但又难以找到较好的对策，从他对康海文章的赞许认可中，我们隐约可见其改革文章的想法与方向。李梦阳同样对康海赞赏有加："务陈礼乐之兴废，发明教化之盛衰，以及选课之有方，征输之有法，驭兵之有制，用刑之有条，一一中窾，末路归本君身，尤见忠爱卓识。"②可见，皇帝和阁臣都对康海等七子给予极高称赏，促使他们形成强烈的自豪感并转为内心的使命感，即实现与中兴之策相匹配的文化繁荣。所以，延续他们成长的地域血缘，重举汉族文化的中兴旗帜，恢复秦汉时期的恢宏气象，逐渐成为自上而下所认可的方向，这些都是转化为复古格调的动力所在。

同时，明代文坛文人的地域分布对此也有客观反映，胡应麟《诗薮》曾就基本轮廓进行论述：

---

① 见（清）黄宗羲编：《明文海》卷四百三十三，《文渊阁四库全书》本。
② （明）康海：《对山集》卷一《制策·附》，《文渊阁四库全书》本。

> 国初闻人，率由越产，如宋子濂、王子充、刘伯温、方希古、苏平
> 仲、张孟兼、唐处敬辈，诸方无抗衡者。而诗人则出吴中，高、杨、
> 张、徐、贝琼、袁凯亦皆雄视海内。至弘、正间，中原、关右始盛；
> 嘉、隆后，复自北而南矣。①

胡应麟细数明代文人地域归属的演变，其大致呈现出南—北—南的转变：明初吴越地区经济文化积淀深厚，受战争的破坏较小，所以文化兴盛，文人辈出；弘治之后，在南北科榜的推动下，北方文人逐渐进入政治中心并成为文化领域独领风骚的一股力量，复古格调的倡举也因此得以兴盛，只是后来伴随各地文人的逐渐加入，对于究竟复何时之古的问题出现分歧，其间不论是复秦汉文化，还是复唐宋文化、南朝文化等，都或多或少受到倡举者地域身份的影响；嘉靖、隆庆之后南方文人又逐渐兴起，使得文学思想的阐发和作品创作都沾染上鲜明的南方色彩，呈现出注重文辞藻饰的风尚以及雅正的审美趣味等。

具体至弘治、正德年间的前七子，李梦阳为甘肃安化县（今庆城县）人，康海为陕西武功县人，王九思为陕西鄠县（今西安市鄠邑区）人，他们三人籍贯都属关中地区，此地也是汉唐文化兴盛之地。而其余四人中，何景明为河南信阳人，王廷相为山西潞州（今长治市）人，边贡为山东历城县（今济南市历城区）人，徐祯卿为江苏常熟人，七人当中有六人为北方人，所以他们的复古论调倡言汉唐盛世，多少包含有弘扬地域文化的意味。其中，康海由于被误认为刘瑾党派而受到贬谪，其地位及文学主张也被弱化，在前七子中的位置为何、李所取代，形成论七子而只言何、李的现象，所以有必要对此进行重新辨识论断。虽然康海在为王九思所作《渼陂先生集序》中自谦说"而予亦幸窃附于诸公之间"，但是梳理明代文人的话语批评，就

---

① （明）胡应麟：《诗薮·续编》卷一，341页，上海，上海古籍出版社，1979。

会发现时人所论较多的还是"康李",而非后来普遍论述的"何李"。代表性的材料有二：其一是何良俊《四友斋丛说》指出："盖我朝相沿宋元之习，国初之文，不无失于卑浅，故康李二公出，极力欲振之，二公天才既高，加发以西北雄峻之气，当时文体为之一变。""近时如偃师高苏门（高叔嗣）、关中乔三石（乔世宁），其文皆宗康李。"[①]不仅将康、李二人相提并论，而且指出二人对改变文风的重要作用。其二见于钱谦益《列朝诗集小传》："德涵于诗文持论甚高，与李献吉兴起古学，排抑长沙，一时奉为标的。今所传《对山集》者，率直冗长，殊不足观。或言德涵工于乐府，歌诗非其所长。又或言德涵有经世之才，诗文皆出漫笔，非其所经意者。余固不足以定之也。"[②]与何良俊的观点较为类似，钱谦益既肯定康、李二人的共同地位，又认可康海对兴起古学的重要作用。

从以上二则材料中可见康海复古思想的阐发，与当时文坛的发展状况密不可分，所以面对弘治皇帝所说的文风之陋，以康、李二人为首的前七子登高而呼，康海倡举司马迁的文章，李梦阳宗法杜甫的诗歌，打出"文必秦汉、诗必盛唐"的旗帜，"盖我朝相沿宋元之习，国初之文，不无失于卑浅，故康李二公出，极力欲振之，二公天才既高，加发以西北雄峻之气，当时文体为之一变"[③]。刚健质朴的秦汉文风无疑是一剂救弊的良药，前七子选取"文必秦汉、诗必盛唐"的口号，显然具有强烈的文坛现实针对性以及较为浓郁的地域色彩。

这种现实针对性主要表现在两个方面。一方面，明初文学活动的主要范围和权力中心仍在京城，进入馆阁不仅会带来身份地位的变化，而且能拥有号召文学的重要平台。所以，康海等人进入京城文坛之时，影响文坛的重要力量当是以杨士奇为代表的文人群体所形成的以馆阁为中心的文学创作风尚，如"杨尚法，源出欧阳氏，以简淡和易为主，而乏充拓之功，至今贵之

---

① （明）何良俊：《四友斋丛说》卷二十三《文》，208 页，北京，中华书局，1993。
② （清）钱谦益：《列朝诗集小传》丙集"康修撰海"，313 页，上海，上海古籍出版社，1983。
③ （明）何良俊：《四友斋丛说》卷二十三《文》，208 页，北京，中华书局，1993。

曰'台阁体'。"①另外，四库馆臣评论《杨文敏集》也说："发为文章，具有富贵福泽之气。应制诸作，沨沨雅音。其他诗文，亦皆雍容平易，肖其为人。虽无深湛幽眇之思，纵横驰骤之才，足以震耀一世。而逶迤有度，醇实无疵，台阁之文所由与山林枯槁者异也。与杨士奇同主一代之文柄，亦有由矣。"②从馆阁文人的身份及活动范围可以看出，他们的创作大多集中于描写都城宫阙的宏伟、君臣赏玩的乐趣、朝廷典章的制作等，从而反映出太平盛世的景泰之象，所以其文章风格自然倾向于王世贞所言的简淡和易、典雅温厚，导致整体气格偏于柔弱而显得刚劲不足。另一方面，继台阁体而起的则是以李东阳为首的茶陵派，李东阳是湖南茶陵人，茶陵派成员如吴宽、王鏊等也是南方人士，所以李梦阳、康海等七子与李东阳等人的文学思想，既有地域因素的差异，又有文学风格的分歧。李东阳等人虽然有心纠正台阁体的雍容之弊，但因同样身居馆阁而无法摆脱台阁痕迹。所以徐泰说："庐陵杨士奇格律清纯，实开西涯之派。"③李东阳《怀麓堂集》中的《庆成宴初预殿坐》《十七日文华殿读卷，次司马马公韵》等诗文作品，都隐约可见雍容华贵的审美趣味。

但是，康海等青年才俊通过科举考试从地方进入京城，刚入文坛就获得皇帝、权臣的赏识，豪情风发之气显然有别于馆阁趣味，他们对茶陵派颇有不满之辞，"则诋其春容大雅之诗文为软熟，诋其所取文学气节之杨升庵为私以巍科"④。李开先也批评曰："西涯为相，诗文取絮烂者，人才取软滑者，不惟诗文靡败，而人才亦随之。"⑤所以才有李梦阳、康海等人另取他途，倡举司马迁的文章，宗法杜甫的诗歌，打出"文必秦汉、诗必盛唐"的旗帜。由此可见，康海等人高举复古的时代旗帜，有着内在和外在的双重因

① （明）王世贞著，罗仲鼎校注：《艺苑卮言校注》卷五第四则，234页，济南，齐鲁书社，1992。
② （清）永瑢等：《四库全书总目提要》卷一百七十，1484页，北京，中华书局，1983。
③ （明）徐泰：《诗谈》，见周维德集校：《全明诗话》，1207页，济南，齐鲁书社，2005。
④ （清）沈德潜：《李东阳论》，见周寅宾、钱振民校点：《李东阳集》附录一，1551页，长沙，岳麓书社，2008。
⑤ （清）钱谦益：《列朝诗集小传》丙集"何侍郎孟春"，246页，上海，上海古籍出版社，2008。

素，精神与现实的互相刺激，推动前七子的复古思想逐渐大行于世。

三、诗曲同源：康海戏曲思想的理论阐释

康海作为关中地区的青年才俊，以其浩然蓬勃之气进入较为凝重雍容的馆阁，以后与李梦阳等人一拍即合，试图改变文坛弥漫的孏弱之气。康海为王九思所作的《渼陂先生集序》云：

> 我明文章之盛，莫极于弘治时，所以反古昔而变流靡者，惟时有六人焉。北郡李献吉、信阳何仲默、鄠杜王敬夫、仪封王子衡、吴兴徐昌谷、济南边廷实，金辉玉映，光照宇内，而予亦幸窃附于诸公之间。①

康海认为明代文章直至弘治时期才达到较为兴盛的状态，而之前文章的不足之处正在于"流靡"的风气，所以康海文章理论的阐发就是针对此种弊端，将古今之文进行比照、议论，提出要为当时文坛注入新鲜血液。其《文说》云：

> 古之文也，充之而后然，故其师也，法而章焉。今之文也，成之而后思，故其散也，涣而晦焉。充之有道，穷理博文而已。理不穷则无以得其旨趣之所在，文不博则无以尽其法度之所宜。故穷理博文而约之于礼，然后可以言其文也。②

康海认为"古之文"的突出价值在于内容和形式的充实，所谓为文之道就在"理穷""文博"，追求内在旨趣与外在法度的完美融合，而这些恰是"今

---

① （明）康海：《对山文集》卷三，123～124 页，台北，伟文图书出版社有限公司，1976。
② （明）康海：《康对山先生集》卷二十《杂著·文说》，见《续修四库全书》集部第 1335 册，240 页，上海，上海古籍出版社，2002。

之文"的不足之处。 不仅如此，康海还认为文章须有益。 张治道评述康海时说："对山论文以理为主，以气为辅，出于身心，措诸事业，加诸百姓，有益人国，乃为可贵也。"①明确文章旨趣要回归于"道"，从而接续唐代韩愈等人的文论观点，"道"不仅是孔孟正统思想的核心，而且具体到关心国家百姓，文道并重的文章才会充沛、厚重，而不至于流连于宫廷之内，过于关注对局部生活的描写。 这样就将文章推向更为宽阔的境地，实际上也是复古思路的具体落实。

正如张治道所言，康海在强调"理"的同时还重视"气"，依据西北质朴醇厚的地域秉性，同时沿袭秦汉时期的传统习气，无疑都是用来纠正柔弱文气的一剂良药。 所以康海等西北文人的理论主张和创作实践，都立足于文章创作阳刚之气的重振，并且取得了一定的实际效用。 王世懋为《康对山集》所作序云："先生当长沙柄文时，天下文嬲弱矣，关中故多秦声，而先生又以太史公质直之气倡之，一时学士风移，先生卒用此得罪废。"②王世懋认为康海秉承秦汉之气来扭转文坛的嬲弱文风，从内容的"理"与风格的"气"这两方面来改变扭转当时文坛的创作倾向。 康海自己对这一点也有所认识："古今诗人，予不知其几何许也？ 曹植而下，杜甫、李白尔。 三子者，经济之略停畜于内，滂沛洋溢郁不得售，故文辞之际惟触而应，声色臭味愈用愈奇，法度宛然而志意不蚀，与他摹仿剽夺远于事实者万万不同也。"③历数古今诗人而唯独称许曹植、杜甫、李白，无论是在"经济之略"的"理"，还是在"滂沛洋溢"的"气"，都可谓历代诗歌创作的最高成就。当时文坛虽有部分文人努力摹仿，但并未继承前人创作的精髓，这也可以说是对此前复古思路的某种反思。

---

① （明）康海：《康对山先生集》卷一引张太微（治道）评《廷对策》语，见《续修四库全书》集部第 1335 册，102 页，上海，上海古籍出版社，2002。
② （明）康海：《康对山先生集》卷首王世懋《康对山集叙》，见《续修四库全书》集部第 1335 册，68 页，上海，上海古籍出版社，2002。
③ （明）康海：《对山集》卷四《韩汝庆集序》，《文渊阁四库全书》本。

但是，随着人生经历发生重要转折，康海强调诗文振古的口号逐渐消歇，却无意间转变为戏曲领域的复古论调，形成前后较为鲜明的两段时期。经历党附刘瑾之罪的诬陷与打击之后，康海的人生态度和文学思想也为之转变，此前京城时期的意气风发逐渐衰退，从早期振兴古文从而以文益国转为后期的任情放纵，"仆自庚午（正德五年）蒙诏之后，即放荡形志。虽饮酒不多，而日与酩酊为伍，人间百事一切置之"①。退居家乡反而使他得以重新接触、整理戏曲："尝病武功贸易之寂寥也，乃于城东神庙报赛，数日间，乐工集者千人，商贾集者千余人，四方宾客男女长幼来观者数千人。"②不仅如此，康海还"居恒征歌选妓，穷日落月。尝生日邀名妓百人，为百年会"③。只是，康海涉足戏曲并非完全是正途失意的结果，还因为他幼时就受到家庭环境的熏染："洪武初年，亲王之国，必以词曲一千七百本赐之。对山高祖名汝楫者，曾为燕邸长史，全得其本，传至对山，少有存者。"④他在京城时也经常接触戏曲文献。康海《题紫阁山人子美游春传奇序》云："予曩游京师，会见馆阁诸书，有元人传奇几千百种，而所躬自阅涉者，才二三十，意虽假借，而词靡隐逊，盖咸有所依焉。予读之，每终篇或潸然涕焉。"⑤这些都为康海退居家乡重拾戏曲做了铺垫。而此前诗文复古的论调也影响康海戏曲思想的阐发，除了娱赏宴乐以及自我消愁之外，他还将戏曲纳入文统体系，确认戏曲的诗文品性和主体地位，其戏曲思想观念同样折射出鲜明的复古色彩。

康海以正统文人的身份自居，并且有过科举与京城时期的辉煌经历，这使其内心流露出较强的文人优越感，在肯定戏曲与古诗一体的同时，又表达

---

① （明）康海：《对山集》卷二《与彭济物》，《文渊阁四库全书》本。
② （明）李开先：《康王王唐四子补传》，见卜键笺校：《李开先全集·李中麓闲居集之十》，965～966 页，上海，上海古籍出版社，2014。
③ （清）钱谦益：《列朝诗集小传》丙集"康修撰海"，313 页，上海，上海古籍出版社，1983。
④ （明）李开先：《张小山小令后序》，见卜键笺校：《李开先全集·李中麓闲居集之六》，644 页，上海，上海古籍出版社，2014。
⑤ 见蔡毅编著：《中国古典戏曲序跋汇编》，855 页，济南，齐鲁书社，1989。

出自我与民间艺人的区别，有意识地强化戏曲的文人化色彩，其自题《沜东乐府》曰：

> 予自谢事山居，客有过余者，辄以酒淆声妓随之，往往因其声以稽其谱，求能稍合作始之意益鲜。盖沿袭之久，调以传讹，而其辞又多出于乐工市人之手，音节既乖，假借斯谬，兹予有深惜焉。由是兴之所及，亦辄有作，岁月既久，简帙遂繁，乃命童子录之，以存箧笥，题曰《沜东乐府》……①

康海对当时乐府作品颇多不满，一方面在于"调以传讹""音节既乖"的现象，另一方面在于其辞出于乐工市人之手，从而造成乐府作品水平不高。这促使其亲自操刀创作并辑录而成《沜东乐府》。很显然，康海此番言论与明初朱权较为相似，将文人作家与民间艺人有意识地进行区分，从而强化戏曲创作的文人化倾向，以及将戏曲纳入正统诗文体系予以平等对待。同时，康海对戏曲的辨体意识相对淡薄，基本围绕"乐府"的术语概念展开，并延续至古诗体系进行论析，体现出戏曲思想的复古色彩。这既可溯源至元末杨维桢等人戏曲观念的影响，又与前七子复古论调的倡举有关，体现出康海等前七子戏曲思想的阶段性和时代性特征。

明代文人多以"乐府"命名其戏曲总集，如朱有燉《诚斋乐府》、夏文范《莲湖乐府》、王九思《碧山乐府》、王磐《王西楼乐府》、康海《沜东乐府》、陈铎《秋碧乐府》、杨慎《陶情乐府》等，但是集中所收的戏曲文体却是多样的，朱有燉《诚斋乐府》收录的多是杂剧，而康海《沜东乐府》等则是小令、套曲皆有，可见他们对"乐府"概念的辨析不够深入。以此视角来探讨康海的戏曲思想，大致有两个层面。

---

① （明）康海：《沜东乐府序》，见吴毓华编：《中国古代戏曲序跋集》，44页，北京，中国戏剧出版社，1990。

其一，元末以来以杨维桢为代表的"乐府"观念。元代文人指称的"乐府"只是"曲"的一种概念，在曲体形态上倾向于与"俚歌"相对应的小令，属于文人雅士吟作的雅篇，而"俚歌"则是流传民间的鄙作。不过，元代文人对"乐府"有较为明晰的区分，如钟嗣成《录鬼簿》分论"有乐府"和"有所编传奇"，而"方今"兼有"传奇"与"乐府"的诸公也明确交代，其乐府选本只收散曲。杨维桢对"乐府"的认识同样基于诗曲同源的基调：

> 士大夫以今乐成鸣者，奇巧莫如关汉卿、庚吉甫、杨淡斋、卢苏斋；豪爽则有如冯海粟、滕玉霄；酝藉则有如贯酸斋、马昂父。……夫词曲本古诗之流，既以乐府名编，则宜有风雅余韵在焉。①

> 然乐府出于汉，可以言古；六朝而下皆今矣，又况今之今乎。吁，乐府曰今，则乐府之去汉也远矣！士之操觚于是者，文墨之游耳。②

杨维桢批评当时曲家对乐府文体的认识，关键的支撑点就是诗曲同源的理论。在诗学体系下阐述戏曲的风雅精神，也启示后来的康海等人从曲词范畴入手，以传奇文体的文学性为突破口，为词曲接续古诗传统进行溯源正名，同时肯定风雅精神传承：

> 世恒言诗情不似曲情多，非也。古曲与诗同。自乐府作，诗与曲始岐而二矣，其实诗之变也。宋元以来，益变益异，遂有南词北曲之分。然南词主激越，其变也为流丽；北曲主慷慨，其变也为朴实。惟朴实故

---

① （元）杨维桢：《周月湖今乐府序》，见吴毓华编：《中国古代戏曲序跋集》，20～21页，北京，中国戏剧出版社，1990。

② （元）杨维桢：《沈氏今乐府序》，见吴毓华编：《中国古代戏曲序跋集》，21页，北京，中国戏剧出版社，1990。

声有矩度而难借，惟流丽故唱得宛转而易调。此二者词曲之定分也。①

康海认为古曲与古诗同根同源，从文体内部来确立其文体价值和独立地位，并且立足文人审美趣味的立场，来强调曲与诗、词文体的共有因素——文学性和抒情性，从而肯定当世之曲的文体地位。 康海为王九思《碧山乐府》所作序云：

> 其才情之妙，可以超绝斯世矣。……其声虽托之近体，而其意则悠然与上下同流，宕而弗激，迫而弗怒，即古名言之士或已鲜也。诗人之词以比兴是优，故西方美人，托诵显王。江蓠薛芷，喻言君子。读其曲想其意，比之声和之谱，可以逆知其所怀矣。②

康海强调曲与诗、词具有相同的讽喻功能，从而再次印证"诗曲一体"的命题，其潜意识中又接近李梦阳"真诗在民间"的文学思想，是前七子复古观念在戏曲文体的折射。 不仅如此，当时文人也受此影响持有类似的观点，如杨慎之弟杨悌所作《洞天玄记前序》云：

> 是以古诗之体，一变而为歌吟律曲，再变为诗余乐府，体虽不同，其感人则一也。世之好事者，因乐府之感，又捃摭故事，若忠臣烈士、义夫节妇、孝子顺孙，编作戏文，被之声容，悦其耳目，虽曰俳优末技，而亦有感人之道焉。③

杨悌同样基于"诗曲一体"的前提，肯定戏曲缘情感人的内容，所以忠臣烈

---

① （明）康海：《沜东乐府序》，见吴毓华编：《中国古代戏曲序跋集》，44 页，北京，中国戏剧出版社，1990。
② （明）康海：《碧山乐府序》，见谢伯阳编：《全明散曲》，995 页，济南，齐鲁书社，1994。
③ 见吴毓华编著：《中国古代戏曲序跋集》，45 页，北京，中国戏剧出版社，1990。

士、义夫节妇、孝子顺孙等诗歌中较为常见的题材，都可以运用在乐府作品之中，并起到感化人心的社会作用。

其二，南北地域因素对康海戏曲思想的影响。康海对南北曲风的分析既针对当时曲坛的客观情况，又有源自康海独特敏感的地域情结，这主要体现在其《沜东乐府》的自序之中：

> 宋元以来，益变益异，遂有南词北曲之分。然南词主激越，其变也为流丽；北曲主慷慨，其变也为朴实。惟朴实故声有矩度而难借，惟流丽故唱得宛转而易调。此二者词曲之定分也。①

针对南北曲的讨论并非康海一家之言，其后的何良俊等人也有相关讨论，但是必须指出的是，南北曲的差别虽是客观存在的事实，但康海在此进行深入细致的辨析，似乎又与其个人的切身经历有关，比如由南北科考带来的南北之异，来自关中地区的地域情结等，这些都是我们审视康海戏曲思想不可忽视的因素。

四、诗文正统与词曲之娱：王九思的戏曲思想

王九思也是明代前七子中值得重视的曲家。他不仅与康海等曲家交往甚密，而且也致力于词曲之道，他于正德六年（1511）罢官并在次年回归家乡，便常与康海往来并潜心制曲，"每相聚沜东、鄠杜间，挟声伎酣饮。……自比俳优，以寄其怫郁"②。二人还借助词曲来排忧解闷，顾起伦曾细致描述相与曲戏的情形：

---

① （明）康海：《沜东乐府序》，见吴毓华编：《中国古代戏曲序跋集》，44 页，北京，中国戏剧出版社，1990。
② （清）张廷玉等：《明史》卷二百八十六《文苑传》，7349 页，北京，中华书局，1974。

公尝语余游关西形势，不但山川，而人物尤伟。康、王作社于鄠里，既工新词，复擅音律，酷嗜声伎。王每倡一词，康自操琵琶度之，字不折嗓，音落檀槽，清啸相答，为秦中士林风流之豪。①

康、王二人将京城诗文唱和的风气，转为关中地区的词曲和鸣，虽然二人的诗文复古主张较为相近，但是在戏曲思想领域却存在些微差异：康海怀状元之才而以治国报君为己任，难免坚持以诗言志的正统观念来论词曲，或借此无关政事的领域聊寄人生；而王九思以才子名天下，所以寄情词曲并视为当行，更近于本色的专业曲家，《宝剑记后序》《碧山续稿序》《碧山乐府自叙》等都体现出其极具个性的戏曲思想。

王九思基于正统士大夫的立场，不免为戏曲正名、呐喊，努力推崇戏曲的地位："风情逸调，虽大雅君子有所不取，然谪仙少陵之诗亦往往有艳曲焉"②，以李白、杜甫为例来消解旁人的疑惑。其晚年所作《碧山新稿自叙》云："奉教以来，每有述作，辄加警惕，语虽未工，情则反诸正矣。"③与陆游晚年对自己作词行为的悔意不同，王九思强调符合传统的雅正标准，使词曲之道回归至正统体系，从而避免时人视之为艳曲的误解。从这个角度而言，此时的王九思等文人依旧无法摆脱正统观念的影响，总是试图将词曲纳入文统体系之下，提高其在文统内部的地位，并且从文体风格、内容题材、表现功能等多角度出发，充分赋予词曲同样的文体特质。

王九思在创作散曲的同时还填制传奇戏曲，并重视戏曲的娱乐功能和抒情功能的表达。王九思自题《碧山续稿》云："予为碧山乐府，沜东先生既序而刻诸木矣。四三年来，乃复有作。兴之所至，或以片纸书之，已既弃

---

①　（明）顾起伦：《国雅品》，见丁福保辑：《历代诗话续编》，1115~1116 页，北京，中华书局，1983。

②　（明）王九思：《碧山续稿序》，见谢伯阳编：《全明散曲》，996~997 页，济南，齐鲁书社，1994。

③　同上书，997 页。

去。 一日，客有过予者，善为秦声，乃取而歌焉。 酒酣，予亦从而和之。 其乐洋洋然手舞足蹈，忘其身之贫而老且朽矣。 于是复加诠次，缮写成帙，用佐樽俎。"①详细地描述了与康海填曲唱和的情状，尤其是"手舞足蹈"的娱乐呈现，充分发挥出戏曲艺术的本色特质。 同时，王九思还强调诗文"托物以寄意"的丰富内蕴，针对明代文人学习唐代诗歌的现象，指出不能仅模仿杜甫诗歌的格律法度，而是"不见少陵老，情真语自佳"②。 领悟杜甫诗歌"情真"的精神，才是学习古人的精髓所在。

　　王九思也将此复古思想移植到戏曲文体，强调词曲创作的抒情特性，充分表现"情真"的内容，其《答王德徵书》云："自归里舍，农事之暇，有所述作，间慕子美拟为传奇，所以纾情畅志，终老而自乐之术也。"③又《碧山续稿序》云："或兴激而语谑，或托之以寄意，大抵顺乎情性而已。"④王九思所作《子美游春》杂剧更是突出表达"情性"："夫抉精抽思，尽理极情者，激之所使也；从容徐舒，不迫不怒者，安之所应也。 故杞妻善哀，阮生善啸，非异物也，情有所激，则声随而迁，事有所感，则性随而决，其分然也。"⑤在《子美游春》中，王九思借杜甫之口来浇自我胸中的块垒，描写游春的经过既没有设计元代杂剧紧凑的情节关目，也没有明代初期杂剧重视闹热场景的渲染，而是突出杜甫游春之时的万千感慨，完全凭借唱词来抒发杜甫的内心情感。 这同时也是王九思自我情志的寄托与体现，正可谓"直以取快一时耳，非作家手也"⑥。

　　可见，王九思作为明代复古派的重要成员，也将戏曲纳入文统范畴并视之为抒情性的一种文体，其所作《子美游春》杂剧与《宝剑记》《浣纱记》

①　（明）王九思：《碧山续稿序》，见谢伯阳编：《全明散曲》，996 页，济南，齐鲁书社，1994。
②　（明）王九思：《渼陂续集》卷上《吟诗》，明嘉靖刻崇祯补修本。
③　（明）王九思：《渼陂集》卷七，明嘉靖刻崇祯补修本。
④　见谢伯阳编：《全明散曲》，997 页，济南，齐鲁书社，1994。
⑤　（明）康海：《题紫阁山人子美游春传奇序》，见蔡毅编著：《中国古典戏曲序跋汇编》，855 页，济南，齐鲁书社，1989。
⑥　（明）王九思：《书宝剑记后》，见吴毓华编：《中国古代戏曲序跋集》，49 页，北京，中国戏剧出版社，1990。

等传奇戏曲类似，都是重在抒发作者自我的情感，强调戏曲文学性的重要
特征。

◎ 第三节
李开先的词曲整理及宗元思想

　　王世贞曾评价弘治、嘉靖年间的曲坛云："北人自王、康后，推山东李
伯华。"①李伯华，即李开先（1502—1568），字伯华，号中麓，山东章丘
人。 作为"嘉靖八才子"的中坚人物，李开先的词曲造诣也相当深厚，"少
时综理文翰之余，颇究心金元词曲"，对元曲作品"靡不辨其品类，识其当
行"②。 嘉靖二十年（1541）罢官归田章丘后，李开先"改定元人传奇乐府
数百卷，蒐辑市井艳词、诗禅、对类之属，多流俗璅碎，士大夫所不道
也"③，遂有"词坛之雄将，曲部之异才"④的美誉。 李开先戏曲活动的展
开主要针对元曲的整理研究，并折射出其诗文理论的复古论调，以及指向当
时曲坛的实际发展进行曲学重要话题的论辩，可谓嘉靖年间曲坛旗帜性的先
锋人物。

一、诗文复古观念与曲体认知的交错

　　李开先一生经历弘治、正德、嘉靖、隆庆四朝，与前七子、唐宋派以及

---

① （明）王世贞：《弇州四部稿》卷一百五十二《说部·艺苑卮言附录一》，《文渊阁四库全书》本。
② （明）李开先：《南北插科词序》，见卜键笺校：《李开先全集·李中麓闲居集之六》，562 页，
　　上海，上海古籍出版社，2014。
③ （清）钱谦益：《列朝诗集小传》丁集上"李少卿开先"，377 页，上海，上海古籍出版社，
　　1983。
④ （明）吕天成著，吴书荫校注：《曲品校注》卷上，13 页，北京，中华书局，2006。

后七子的王世贞等人往来密切，而且此时正值复古流派风靡天下之际，所以李开先涉足文坛不可避免地受其熏染，诗文与戏曲理论的阐发都折射出较浓的复古色彩。当然，李开先也反对句摹字拟与斤斤于古的僵化模式，清醒地审视、反思盛行的复古观念，体现出复古而不泥古、复古而在当下的通变意识。李开先非常仰慕前七子的领袖李梦阳，"为诸生日慕其名，已丑第进士，即托举主王中川致书，时崆峒已病，枕上得书叹息，以为世亦有同心如此者"①。作为后学晚辈的李开先景仰并领会文坛盟主李梦阳的文学思想，同时也得到李梦阳"同心如此"的称许。李开先还将对李梦阳的仰慕落实到具体创作中，"刻苦求奇古"，虽然他早期的不少拟作未能流传下来，但是后期的《闲居集》中存有不少唱和崆峒诗韵的作品，如《赏菊用李崆峒九日无菊诗韵》《九子诗》等。此外，李开先还编选过何大复的辞赋集和边贡的诗集并作序言，可见其与文坛复古诸子的交往当中已然烙下复古的痕迹。

其中，李开先与前七子成员康海、王九思之间交往甚密，若排行论辈李开先稍晚于二人，但他们同为北方的文人士子，并且交往的重要纽带就是戏曲。钱谦益《列朝诗集小传》记载，李开先"奉使银夏，访康德涵、王敬夫于武功鄠杜之间，赋诗度曲，引满称寿，二公恨相见晚也"②。可见他们曾共同度过一段美好时光，也自此开始相与论戏的难忘经历。此外，康海在仕途上极力提携李开先，称赞"后生末学如开先，苟得大人君子作兴砥砺于上，将来所就，自仆观之，可谓国士之无双也"③。王九思同样奖掖这位后辈，不仅为其《中麓小令》和《宝剑记》作序，而且赞誉《宝剑记》"至圆不能加规，至方不能加钜，一代之奇才，古今之绝唱也"④。这些都可谓对这

① （明）李开先：《李崆峒传》，见卜键笺校：《李开先全集·李中麓闲居集之十》，931页，上海，上海古籍出版社，2014。
② （清）钱谦益：《列朝诗集小传》丁集上"李少卿开先"，377页，上海，上海古籍出版社，1983。
③ （明）康海：《对山文集》卷二《与唐渔石书》，100页，台北，台湾伟文图书出版社，1976。
④ （明）王九思：《书宝剑记后》，见卜键笺校：《李开先全集·新编林冲宝剑记》，1259页，上海，上海古籍出版社，2014。

位晚辈的极高评价，也抬高了李开先的文坛地位。

李开先自己也对此情形进行详细描述："吾自退归林下，不蓄声妓，有劝以可寄情取乐者，时亦效仿康对山之为。"①而且，他在《词谑》中多处记载与王九思之间的往来情形，如《词谑》"商调词"条：

> 曩游鄠县，王渼陂使人歌一套《商调词》，试予评之。歌毕，又使反之。予曰："此不难评，可比涎涎邓邓冷眼儿睎，杓杓答答热句儿浸。"渼陂曰："君所指乃王元鼎嘲娼妇莘文秀者，以此拟彼，将以之为元词乎？"予曰："在元人之下，有燎花气味。"渼陂曰："是已是已，此元末国初临清人也。"②

可以见出，李开先、王九思等人之间并非只有饮酒娱乐的浅薄交情，还有填制词曲并相互评价的深入交流。由于李开先于元曲精研颇深，所以王九思积极向这位后学讨教曲调问题。显然，李开先依据的对象专为元曲，评价的标准则是本色，因为评判准确得当而得到了王九思的赞同，这从侧面反映出李开先于元曲的深厚功底。

李开先同时还位列"嘉靖八才子"之一，又倾向于唐宋派的理论主张，钱谦益《列朝诗集小传》云："李开先，字伯华，章丘人。……嘉靖初，王道思、唐应德倡论，尽洗一时剽拟之习。伯华与罗达夫、赵景仁诸人，左提右挈，李、何文集，几于遏而不行。"③此外，《四库全书总目》基本沿袭钱谦益的观点："嘉靖初，开先与王慎中、唐顺之、熊过、陈束、任瀚、赵时春、吕高称八子。其时，慎中、顺之倡议尽洗李、何剽拟之习，而开先与时

---

① （明）李开先：《亡妻张宜人散传》，见卜键笺校：《李开先全集·李中麓闲居集之九》，866页，上海，上海古籍出版社，2014。
② 卜键笺校：《李开先全集·词谑》，1523页，上海，上海古籍出版社，2014。
③ （清）钱谦益：《列朝诗集小传》丁集上"李少卿开先"，376～377页，上海，上海古籍出版社，1983。

春等复羽翼之。"①李开先虽与前七子等人交往密切，但也意识到拘泥摹古的弊端，所以受到唐宋派等人的影响而逐渐转变，主张文章要能抒写真情真意，认为"皆随笔随心，不复刻苦，常言常意，无有可传"②，强调"诗不必作，作不必工。或抚景触物，兴不能已；或有重大事，及亲友恳求，时出一篇，信口直写所见"③，体现出复古求新的文学思想，这也同样融入其戏曲思想的阐发。

面对当时文坛诸家倡说的复古话题，李开先也充分意识到复古的必要。他在《昆仑张诗人传》中说："有言：'何必拘拘于古者。'予应以：'物不古不灵，人不古不名，文不古不行，诗不古不成。'"④针对有人质疑复古思潮的情况，李开先回应崇古、习古是当下文章的重要准范。但是，李开先所倡举的复古显然意在当下，强调复古模仿的同时更加注重新变的重要。其《咏雪诗序》认为："我朝自诗道盛后，论之何大复、李崆峒，遵尚李、杜，辞雄调古，有功于诗不小。然俊逸粗豪，无沉着冲淡意味，识者谓一失之方，一失之亢。"⑤虽然何、李等人志在复古并在辞调方面取得突破，在一定程度上扭转了文坛孏弱的文风，但是一味追求高亢豪放又容易走向过度的弊端。所以，李开先在肯定复古的同时又志在指向当下的"自成一家"："古人言以见志，其性情状貌，求而可得，此孔子所以于师襄而得文王也。要之自成一家。若傍人篱落，拾人唾咳，效矉学步，性情状貌，洒然无矣，无乃类诸译人矣乎？君子不作凤鸣，而学言如鹦鹉，何其陋也！"⑥其强调复古与新变的思路，正是明代七子与唐宋派之间诗文论辩的缩影。这一思路转移

① （清）永瑢等：《四库全书总目》卷一百七十七《闲居集》，1585 页，北京，中华书局，2003。
② （明）李开先：《李中麓闲居集后序》，见卜键笺校：《李开先全集·李中麓闲居集》，1119 页，上海，上海古籍出版社，2014。
③ （明）李开先：《李中麓闲居集序》，见卜键笺校：《李开先全集·李中麓闲居集》，52 页，上海，上海古籍出版社，2014。
④ 见卜键笺校：《李开先全集·李中麓闲居集之十》，899 页，上海，上海古籍出版社，2014。
⑤ 见卜键笺校：《李开先全集·李中麓闲居集之六》，579 页，上海，上海古籍出版社，2014。
⑥ （明）李开先：《对山康修撰传》，见卜键笺校：《李开先全集·李中麓闲居集之十》，916 页，上海，上海古籍出版社，2014。

至戏曲领域也是如此，从对南北曲的客观讨论到对元曲的整理与分析，基本奠定其嘉靖曲坛的大家地位。

李开先重视诗文复古意识在曲体的再现，最根本的还在于对戏曲文体渊源的认识，将之纳入诗文体系并溯源至《诗经》的正途，宣扬"今之乐，犹古之乐"的理论，从文体角度来确立曲的地位：

> 或以为："词，小技也，君何宅心焉？"嗟哉！是何薄视之而轻言之也？……由南词而北，由北而诗余，由诗余而唐诗，而汉乐府，而三百篇，古乐庶几乎可兴，故曰今之乐，犹古之乐也。呜呼！扩今词之真传，而复古乐之绝响，其在文明之世乎！①

李开先历数文体发展演变的历程，将南词文体的由来一直追寻至《诗经》，从而推导出"今之乐，犹古之乐"，将曲与骚、赋、乐府、诗等正统文体相提并论，肯定其在文统体系内部据有一席之地，以此驳斥贬低词曲为"小技"的看法。 如此梳理源头的复古理念值得商榷，因为忽略了南曲发展的历史真实，导致论证的思路显得有些生硬，但是出于推尊南曲地位的需要，论证今之南曲与古之乐同源共祖，近世文人填制"今词"同样复归"古乐"的精髓，又极大地提升了南曲地位。 由此可见，李开先极力强调曲体复古的根本，其实是寻求于古而指向于今。

二、金元词曲整理与研究的复古倾向

李开先早年致力于复古思潮的倡举，贬谪退居之后又以论曲名世，其诗文领域的复古思想并未消失，而是借助金元词曲的整理与研究得以重现。 李

---

① （明）李开先：《西野春游词序》，见卜键笺校：《李开先全集·李中麓闲居集之六》，597 页，上海，上海古籍出版社，2014。

开先自己对此转型也有清晰描述："传奇戏文虽分南北，套词小令虽有短长，其微妙则一而已。悟入之功，存乎作者之天资学力耳。然俱以金、元为准，犹之诗以唐为极也。"①李开先明确认为，传奇、戏文、套词、小令等戏曲形态同根同源，但是一味将金元戏曲视为准范，就犹如当时论诗专以唐代为盛，可见李开先戏曲思想的阐发，实际上与诗文领域连接贯通，实现了复古理论在不同文体领域的具体落实。

李开先对金元词曲的整理与研究，主要体现在两个方面：一是《改定元贤传奇》的编纂；一是对元代曲家张久可、乔梦符的曲集的整理，并且所撰的序跋都流露出复古痕迹。李开先在《改定元贤传奇》上着力最多，试图重现元代戏曲的整体状貌。其自序中详细描述了编纂缘由：

> 南宫刘进士濂，尝知杞县事，课士策题，问："汉文、唐诗、宋理学、元词曲，不知以何者名吾明？"刻示其取卷，题曰《风教录》。夫汉唐诗文布满天下，宋之理学诸书亦已沛然传世，而元词鲜有见者。见者多寻常之作、胭粉之余。如王实甫在元人，非其至者，《西厢记》在其平生所作，亦非首出者，今虽妇人女子，皆能举其辞，非人生有幸不幸耶？选者如《二段锦》《四段锦》《十段锦》《百段锦》《千家锦》，美恶兼蓄，杂乱无章。其选小令及套词者，亦多类此。予尝病焉，欲世之人得见元词，并知元词之所以得名也，乃尽发所藏千余本，付之门人诚庵张自慎选取，止得五十种。力又不能全刻，就中又精选十六种。删繁归约，改韵正音，调有不协，句有不稳，白有不切及太泛者，悉订正之，且有代作者，因名其刻为《改定元贤传奇》。……天朝兴文崇本，将兼汉文、唐诗、宋理学、元词曲而悉有之，一长不得名吾明矣。②

<hr>

① （明）李开先：《西野春游词序》，见卜键笺校：《李开先全集·李中麓闲居集之六》，596 页，上海，上海古籍出版社，2014。
② （明）李开先：《改定元贤传奇序》，见卜键笺校：《李开先全集·李中麓闲居集之五》，555～556 页，上海，上海古籍出版社，2014。

　　"一代有一代之文学"的观点旨在强化历代文学的代表性文体，李开先整理元代词曲的缘由，则是有感于相对唐诗宋词而言，元代词曲未见精良的版本行世，明代所能见的如《二段锦》等选本，也是收录作品良莠不齐，根本不能体现元曲的风貌特质。所以，从这个角度而言，李开先整理删定而成的《改定元贤传奇》，存有为元代词曲张目，从而确立元曲与唐诗、宋词同等的文学史地位的意味。与前七子高举"文必秦汉"的复古口号一样，李开先宗尚元代词曲旨在实现戏曲领域的复古目标，从而体现出指导思想和具体操作的高度一致。

　　就具体操作的层面而言，李开先同样流露出明代诗文复古背景下的唐宋痕迹，论述元代或者明代曲家，比照的对象以李、杜为多，同时强调本色自然的创作才能抒发真情。比如："本木强之人，乃仿李之赏花酣酒；生太平之世，乃仿杜之忧乱愁穷。其亦非本色、非真情甚矣！"①李开先强调复古，更重要的还在于认清当时文坛的状况以及个人性情等方面的差异，而不是一味地偏执于古，所以如果脱离李白的万丈豪情与杜甫所处的乱离时代，而不顾实际地效仿、模拟，就会脱离本色的核心而趋向他途。比照李、杜的讨论还可见于对张久可、乔梦符等曲家的评价，如：

　　　　又谓其"如披太华之天风，招蓬莱之海月"。若是可称词中仙才矣。李太白为诗仙，非其同类耶？小山词既为仙，迄今殆死而不鬼矣。……客有以《古剑歌》示予者："试猜为何代何如人？"予应以"似宋、元间人"。客曰："是也，元人也。"予曰："若是元人，绝似小山词。"客乃大笑，以为不错分毫，然亦有太白诗风骨。予谓其各有仙才，不信然耶？②

---

① （明）魏守忠：《田间四时行乐诗跋》，见卜键笺校：《李开先全集》附录二，2232 页，上海，上海古籍出版社，2014。

② （明）李开先：《张小山小令序》，见卜键笺校：《李开先全集·李中麓闲居集之五》，529 页，上海，上海古籍出版社，2014。

元以词名代，而乔梦符其翘楚也。……予特取其小令刻之，与小山为偶。元之张、乔，其犹唐之李、杜乎？①

　　基于明代复古潮流的时代氛围，李开先同样遵循诗文方面的复古观念，将自己推崇有加的张、乔对应李、杜，从抒发主题、风格特征等方面论证，并进行形象、贴切的概括与辨析。比照李、杜的论述方法也启发此后文人仿照，如何良俊将《西厢记》《琵琶记》譬之李、杜等②。可见，李开先将张、乔二人譬之李、杜，体现出对二人作品的推崇。同时，李开先又将二人小令视为典范："单词谓之叶儿乐府，非若散套杂剧，可以敷衍填凑，所以作者虽多，而能致其精者亦稀矣。元以词名代，单词精者，不过两人耳。小山张久可、笙翁乔梦符。"③抛开张久可、乔梦符小令作品自身的优秀不论，李开先对二人的北曲作品情有独钟，似乎又与他的地域情结不可割裂。李开先作为山东章丘人，北方士人的独特气质使得他难免钟情于张、乔北曲等作品，而且通过整理、编撰二人的曲集得以体现。

　　李开先推崇以张、乔为代表的金元词曲，同时又注重悄然盛起的南曲。南北曲杂奏的现象在嘉隆时期的曲坛已然存在，比较南北曲也是嘉靖曲家普

---

① （明）李开先：《乔梦符小令序》，见卜键笺校：《李开先全集·李中麓闲居集之五》，530 页，上海，上海古籍出版社，2014。
② （明）何良俊：《曲论》，见中国戏曲研究院编：《中国古典戏曲论著集成》（四），5～13 页，北京，中国戏剧出版社，1959。如此论述尚有多处，如："既我邵隆，惠风融畅，人乐管弦，学士大夫窃从烟云花月之间舒写情思，于是旗鼓骚坛，如临川先生时方诸李供奉，我先词隐时比诸杜少陵。两家意不相侔，盖两相胜也。"［（清）沈永隆：《南词新谱后叙》，见吴毓华：《中国古代戏曲序跋集》，437 页，北京，中国戏剧出版社，1990］"《西厢》主韵度风神，太白之诗也；《琵琶》主名理伦教，少陵之作也。"［（明）胡应麟：《庄岳委谈》，见陈多、叶长海选注：《中国历代剧论选注》，154 页，长沙，湖南文艺出版社，1987］
③ （明）李开先：《醉乡小稿序》，见卜键笺校：《李开先全集·李中麓闲居集之五》，504 页，上海，上海古籍出版社，2014。

遍讨论的命题①，李开先对此也有客观辨析：

> 北之音调舒放雄雅，南则凄惋优柔，均出自风土之自然，不可强而齐也。故云北人不歌，南人不曲，其实歌曲一也，特有舒放雄雅、凄惋优柔之分耳。吴歈、楚些，及套、散、戏文等，皆南也。康衢、击壤、卿云、南风，三百篇，下逮金元套、散、剧等，皆北也。北，其本质也，故今朝廷郊庙乐章，用北而不南，是其验也。②

此前康海等人也曾讨论过南北曲的差异，李开先不仅指出南北曲各自的特性，认为是风土地域的自然属性导致，而且进一步强调北曲的核心地位，表明自己崇尚北曲的态度与朝廷郊庙引为乐章的立场一致，为推崇北曲谋求更为权威的佐证。 此外，李开先所作《西野春游词序》云：

> 音多字少为南词，音字相半为北词，字多音少为院本；诗余简于院本，唐诗简于诗余，汉乐府视诗余则又简而质矣。三百篇皆中声，而无文可被管弦者也。③

李开先立足文体演变进行南曲、北曲和院本的辨析，并从字、音的角度进行细致区分。 南曲主要以管乐为伴奏乐器，音韵仍旧沿袭诗词的平、上、去、入四声，重在突出曲调声腔的舒缓婉转，而唱词字数的安排则显得宽松疏放，往往一字之中也要分为头、腹、尾三个部分，以衬托曲调的"纡徐绵

---

① 关于南北曲体差异论，如："北曲与南曲，大相悬绝，有磨调、弦索调之分。 北曲字多而调促，促处见筋，故词情多而声情少。 南曲字少而调缓，缓处见眼，故词情少而声情多。 北力在弦索，宜和歌，故气易粗。 南力在磨调，宜独奏，故气易弱。"［（明）魏良辅：《曲律》，见中国戏曲研究院编：《中国古典戏曲论著集成》（五），7 页，北京，中国戏剧出版社，1959］此外，还可参见李昌集：《中国古代曲学史》，288～292 页，上海，华东师范大学出版社，1997。
② （明）李开先：《乔龙溪词序》，见卜键笺校：《李开先全集·李中麓闲居集之五》，526～527 页，上海，上海古籍出版社，2014。
③ 见卜键笺校：《李开先全集·李中麓闲居集之六》，596 页，上海，上海古籍出版社，2014。

渺，流丽婉转"。北曲主要以弦乐为伴奏乐器，一声一调皆是就字发音，情感的表达既有唱词的描绘，也有曲调的顿挫，所以显得"音字相半"。而院本则夹杂较多的说白念诵，以"做"和"念"为主，唱曲一般很少，所以说"字多音少"，如李开先院本集《一笑散》仅存两种院本，其中《园林午梦》共有两支单曲【清江引】【雁儿落过得胜令】，而《打哑禅》也只有四支单曲【朝天子】【醉太平】【浪淘沙】【满庭芳】，其余都是长老、小僧、屠子围绕哑禅的念白部分。相较于后来王世贞、王骥德等人的辨析，李开先的论调显然简单不少，仅是从最初的字音角度来予以辨析，但正是这一简略的看法，实开深入辨析南北曲之先河。

李开先推崇北曲的立场，还体现在以此作为评价标准将当朝文人曲家一分为二："国初如刘东生、王子一、李直夫诸名家，尚有金、元风格。乃后分而两之，用本色者为词人之词，否则为文人之词矣。"①这里明确辨析"词人之词"与"文人之词"的差别，指出明初曲家如刘东生、李直夫等人曲词质朴自然，"尚有金、元风格"，所以称之为"词人之词"；而陈大声、王九思等人采用文人才士的创作方式，失去金元曲词的本色特性，所以称之为"文人之词"。李开先旨在推崇北曲，恢复古调，追求"金、元风格"，肯定质朴自然的曲风，很显然是在指向复古的同时，又有意识地针对当时曲坛而论。此际不少文人创作词曲多为逞才之举，从而出现讲究文辞藻饰的创作风气，李开先的有意区分存在明显的导向色彩，而关于戏曲创作"本色"命题的讨论，又引发何良俊等曲家的深刻思考，成为后来曲坛争论的焦点问题之一。

此外，李开先还有融合南北的意图。他在整理北曲的同时也积极创作南曲，所作《卧病江皋》和《中麓小令》都是南曲作品。身为北方士子而大胆尝试南曲创作，可谓对南北曲有清晰认识前提下的自觉尝试，虽然作品"见

---

① （明）李开先：《西野春游词序》，见卜键笺校：《李开先全集·李中麓闲居集之六》，596页，上海，上海古籍出版社，2014。

讥于吴侬"①，但也得到时人的认可。 比如，曲家冯惟敏作《傍妆台》六
首，就直接表明是"效中麓体"。 正是因为作品独树一帜的风格，李开先才
会得到曲坛同行的肯定。

三、"不平则鸣"与"悟深体正"

李开先不仅整理元代词曲作品，而且对其进行细致深入的研究，从而也
为当时戏曲创作树立了标准，同样体现出诗文方面复古与新变的思路。 李开
先在整理元代词曲的基础上，深入剖析元曲兴盛的缘由，希望挖掘其繁盛背
后的因素，也为当时戏曲提供可资之鉴。 其《张小山小令序》云：

> 夫以是人而居卑秩，宜其歌曲多不平之鸣。然亦不但小山，如关汉
> 卿乃太医院尹⋯⋯其他屈在簿书、老于布素者，不可胜计。当时台省元
> 臣、郡邑正官及雄要之职，尽其国人为之，中州人每每沉抑下僚，志不
> 获展。此其说见于胡泉溪所著《真珠船》。因序小山词而节取之，以见元
> 词所由盛、元治所由衰也。②

韩愈提出的"不平则鸣"观点在诗文领域得到普遍接受，如对欧阳修"穷而
后工"等理论的接续阐释。 李开先将"不平则鸣"的理论移植入对元代戏曲
的考察，立足元代社会历史来探寻元代文人创作戏曲的外在缘由，认为元代
统治阶层刻意划分人等，从而使得汉族文人身居卑微，所以大多老于布衣、
穷困潦倒，而这种沉郁心中的愤懑之情正是通过戏曲文体得以宣泄。 这种观
点也得到后来研究者如王国维等人的认同，他们在此基础上基本厘清了元代
文人与戏曲创作的关系。 李开先针对元曲"不平则鸣"的评判又与他的身际

---

① （明）沈德符著，杨万里校点：《万历野获编》卷二十五《南北散套》，539 页，上海，上海古籍
  出版社，2012。
② 见卜键笺校：《李开先全集·李中麓闲居集之五》，529 页，上海，上海古籍出版社，2014。

遭遇相关，流露出自我生命的再次体验。满腹才华又身怀壮志的李开先，身陷派系之争而罢官还乡，所以对愤懑之情的抒发成为他内心的共鸣。"天之生才，及才之在人，各有所适。夫既不得显施，譬之千里之马而困槽枥之下，其志常在奋报也，不得不啮足而悲鸣，是以古之豪贤俊伟之士，往往有所托焉，以发其悲涕慷慨抑郁不平之衷。"①茅坤的评价可以说是对韩愈和李开先"不平则鸣"观点的深入阐述。

　　同时，这种思想观念还体现在对康海等人曲作的评述以及李开先自己的戏曲创作之中，成为贯彻始终的精神脉络。李开先与康海等前七子交往甚密，康海的《沜东乐府》和《中山狼》等作品中都可见其罢官退居后的愤懑之情，身际遭遇的相似导致李开先的惺惺相惜，其《赠康对山》就是为康海而抱不平，相惜之情溢于言表。李开先《中麓小令》为罢官之后所作，其中多处抒发内心的不平之气，痛斥官场的腐败险恶、人心的难测等。传奇戏曲《宝剑记》更是基本继承元散曲的精神，以曲作为"言志"的重要载体，借助林冲形象的塑造来表达心声。

　　李开先对元曲的研究分析，不仅概括出元曲的艺术特色，更带有指导当下的现实意义。他在《改定元贤传奇》的后序中明确提出编选的标准：

　　　今所选传奇，取其辞意高古，音调协和，与人心风教俱有激劝感移之功。尤以天分高而学力到，悟入深而体裁正者，为之本也。②

李开先选择、品判元代杂剧作品的标准有三：辞意高古、音调协和、有风教劝移之功，只有三点齐备才能符合"体裁正"的要求。元周德清《中原音韵自序》评论关、郑、白、马时，也持有类似的标准：

---

① （明）茅坤：《宝剑记序》，见卜键笺校：《李开先全集·新编林冲宝剑记》，1128～1129页，上海，上海古籍出版社，2014。
② （明）李开先：《改定元贤传奇后序》，见卜键笺校：《李开先全集·李中麓闲居集之五》，557页，上海，上海古籍出版社，2014。

韵共守自然之音，字能通天下之语，字畅语俊，韵促音调；观其所述，曰忠，曰孝，有补于世……①

李开先从文本角度品判文辞、音律以及主旨内容三个方面，有继承或暗合周德清此说的可能。围绕元杂剧的批评也成为传奇戏曲的辨体参照，不仅体现在围绕汤显祖《牡丹亭》的文辞与音律问题，明中叶后曲家展开了激烈争论，而且影响到清初李渔等文人辨体思想的阐发。

具体落实到李开先的戏曲作品，署名"雪蓑渔者"为《宝剑记》所作序言曰：

是记则苍老浑成，流丽款曲，人之异态隐情，描写殆尽，音韵谐和，言辞俊美，终篇一律，有难于去取者；兼之起引散说、诗句、填词，无不高妙者，足以寒奸雄之胆，而坚善良之心。才思文学，当作古今绝唱，虽《琵琶记》远避其锋，下此者毋论也。②

雪蓑渔者的美誉之词也恰是对李开先三标准的最佳诠释，尤其是强调戏曲有益于世方面，《宝剑记》取材于小说《水浒传》第七回"豹子头误入白虎堂"至第十二回"梁山泊林冲落草"的情节，但又对林冲故事进行大刀阔斧的改编，将英雄末路的个人悲剧置于纷乱复杂的社会背景之下，突出令人泣下的忠孝节义主题，正所谓"诛谗佞，表忠良，提真作假振纲常。古今得失兴亡事，眼底分明梦一场"（《宝剑记》第一出【鹧鸪天】）。李开先有意识地弱化林冲的个人恩怨，将其提升到忧国忧民的高度，以此反衬高俅、童贯等的祸国殃民，赋予传统的忠孝主题新的时代意义，"足以寒奸雄之胆，

---

① 见俞为民、孙蓉蓉主编：《历代曲话汇编·唐宋元编》，229 页，合肥，黄山书社，2006。
② （明）雪蓑渔者：《宝剑记序》，见吴毓华编：《中国古代戏曲序跋集》，46 页，北京，中国戏剧出版社，1990。

而坚善良之心"。李开先所作《断发记》同样"事重节烈","五伦全处蒙旌表,《绝发》《宝剑》记世少,管教万古名同天地老"(《断发记》第三十九出【余文】),剧中着重描绘了三位女性的节烈:李德武的前妻裴淑英"割耳""断发",誓死守节以表对丈夫的忠贞,后续朱氏亦是通情达理,二人"思虞舜有英皇";另外一位王才秀的未婚妻李玉卿,在未婚夫自杀后"断不敢紊乱纲常","死心已许塞灰久"。与《宝剑记》突出臣忠相对应,《断发记》则强调妇贞的一面,是传统的风教功能在传奇戏曲文体的具体阐释。

四、于"古"求"真"的本色思想

李开先作为当时文坛的大家,不仅能够明晰南北曲的各自特征,而且试图中和复古与新变的思路,从而在当时文坛论争辩驳的时代风气之下,保持了较为清晰的态度和立场。他强调"古"的同时又重视"真",即一方面强调复古的文学主张,整理、研究元代词曲;另一方面又强调新变的时代诉求,认为复古而不泥古,在模仿学习前人优秀成果的同时,不能胶柱鼓瑟,斤斤于古,而要吸取前人的神理气味,突出真情的抒发,从而形成自成一家的风格。

当时文坛盛行前七子和唐宋派的复古论调,但李开先能够打破这些限制并强调"诗在意趣声调,不在字句多寡短长也"[①],肯定"虽从笔底写成,却自胸中流出"[②],赞扬"情词婉曲"的"真"作品。前七子中,李梦阳虽然倡举复古理论,但也肯定"诗缘情"的传统命题,尤其体现在对民间文学的关注,赞赏王叔武"真诗乃在民间"的说法,认为"若似得传唱【锁南

---

① (明)李开先:《塞上曲后序》,见卜键笺校:《李开先全集·李中麓闲居集之五》,540页,上海,上海古籍出版社,2014。
② (明)李开先:《荆川唐都御史传》,见卜键笺校:《李开先全集·李中麓闲居集之十》,957页,上海,上海古籍出版社,2014。

枝】，则诗文无以加矣"①。 李开先对这样的说法做了进一步的阐释：

> 忧而词哀，乐而词亵，此今古同情也。正德初尚【山坡羊】，嘉靖初
> 尚【锁南枝】，一则商调，一则越调。商，伤也；越，悦也。时可考见
> 矣。二词哗于市井，虽儿女子初学言者，亦知歌之。但淫艳亵狎，不堪
> 入耳，其声则然矣。语意则直出肺肝，不加雕刻，俱男女相与之情，虽
> 君臣有朋，亦多有托此者，以其情尤足感人也。故风出谣口，真诗只在
> 民间。三百篇太半采风者归奏，予谓今古同情者，此也。②

李开先首先肯定"今古同情"的核心观点，从而消解复古主义的绝对立场，
将缘情置放于对等的平台。 李梦阳肯定了【锁南枝】自然表现情感方面的重
要，而李开先则更进一步指出【山坡羊】和【锁南枝】虽然在表现情感方面
色调不同，但是在表现方式上完全一致，都是"直出肺肝，不加雕刻"，所
以都能够达到感人的效果。 针对当时文坛复古派刻意雕词琢句而缺乏真情
实感的弊端，李开先接着阐发"真诗只在民间"的论调，强调古今文学在缘
情方面的高度一致，尤其是肯定正统文人不屑关注的艳词小曲，以此来反驳
复古派，推尊并高度肯定曲这一文体。 从某种程度而言，正是由于复古理论
过于强化古代的色彩，所以李开先才试图打破时代的隔阂，不再以时代先后
作为评价文学的标准，而是基于传统的缘情理论，重建直抒胸臆的衡量标
准。 对于当时复古与新变的文学论争，这是重要的突破。

　　李开先肯定"诗缘情"的思路，又对照"今之乐，犹古之乐"的观点，
为古今之乐搭建新的链接平台，从而提倡"扩今词之真传，而复古乐之绝
响"的论调，从某种程度而言也是调和复古与新变的观点，在更高的层面进

---

① （明）李开先：《词谑·时调》，见卜键笺校：《李开先全集》，1552 页，上海，上海古籍出版
　　社，2014。
② （明）李开先：《市井艳词序》，见卜键笺校：《李开先全集·李中麓闲居集之六》，565～566
　　页，上海，上海古籍出版社，2014。

行审视和思考，这也是晚明文人曲家所逐渐达成的共识。 如果再深入思考还可以发现，李开先强调民间文学真实自然地表现情感，与唐宋派所阐发的本色理论如出一辙。 例如，唐顺之强调"近来觉得诗文一事，只是直写胸臆，如谚语所谓开口见喉咙者，使后人读之如真见其面目，瑜瑕俱不容掩，所谓本色，此为上乘文字"①。 又说"好文字与好诗，亦正在胸中流出，有见者与人自别，正不资藉此零星簿子也"②，认为诗文创作应该自然而然地抒发情感，这样才能打动人心。 李开先同样按照这样的标准评论戏曲，肯定古今之乐的源流一致，这种观点或直接启发了王国维《宋元戏曲史》对元曲自然本质的概括，二者共同揭示了元曲的表现特质。

---

① （明）唐顺之：《荆川先生文集》卷七《与洪方洲书》，《四部丛刊》本。
② （明）唐顺之：《荆川先生文集》卷七《与莫子良主事》，《四部丛刊》本。

第二十四章
"沈汤之争"与
戏曲思想的深入阐释

综观万历曲坛乃至明代戏曲发展史，"沈汤之争"（亦称"汤沈之争"）都是无法回避的。无论是沈、汤二人的曲坛地位，还是论争自身涉及的诸多问题，以及如何影响曲坛的发展方向等，都是需要不断论辩明晰的关节。"沈汤之争"去今久远，沈璟堂侄沈自友《鞠通生小传》曾描绘为"水火既分，相争几于怒詈"①，可见这次论争的激烈程度。不过也有观点对此提出质疑，认为论争或许并不存在。②这种质疑并不否认二人戏曲思想的分歧，而是为了反驳对此论争的两种误解：一种是将论争无限扩大，从而否定论争带来的积极影响；一种是将"沈汤之争"简化为"沈汤优劣"，对二人进行高下之分、褒贬之论，渐渐远离了论争的本真意义，成为诗歌理论中李、杜优劣论的翻版。③

关于"沈汤之争"，历来学人众说纷纭，各阐其论，提出了诸多精辟独到的观点。④沈、汤二人基于不同的身份和立场，又有不同的地域文化背

① 徐朔方：《沈璟年谱》，见《晚明曲家年谱》第 1 卷，316 页，杭州，浙江古籍出版社，1993。
② 参见周育德：《也谈戏曲史上的"汤沈之争"》，载《学术研究》，1981（3）；叶长海：《沈璟曲学辩争录》，载《文学遗产》，1981（3）。
③ 如："既我郅隆，惠风融畅，人乐管弦，学士大夫窃从烟云花月之间舒写情思，于是旗鼓骚坛，如临川先生时方诸李供奉，我先词隐时比诸杜少陵。两家意不相侔，盖两相胜也。"〔（清）沈永隆：《南词新谱后叙》，见吴毓华编：《中国古代戏曲序跋集》，437 页，北京，中国戏剧出版社，1990〕
④ 参见刘淑丽：《建国以来"汤沈之争"研究综述》，载《戏曲艺术》，2008（3）。

景，从而形成了各自戏曲观念和思想错位展开，对背后的这些丰富内容进行深入的挖掘，既是认识"沈汤之争"的关键视角，也是考察万历曲坛的重要突破口。

◎ 第一节
沈璟与汤显祖涉足曲坛的思想困惑

沈、汤二人可谓万历曲坛的领军人物、被推向曲坛风口浪尖的戏曲大家，都对曲坛的发展状况做出了阶段性的探索，其间似有"高处不胜寒"的困惑，既含自我认同的不相一致，又有缘自外在环境的知音难求，这推动了沈、汤戏曲理念的逐渐明晰与坚守，同时也成为二人思想分歧的内因之一。

一、沈璟感叹曲坛的混乱局面

明代戏曲发展至万历时期已渐兴盛，文人涉足戏曲创作多有兴致所至的意味。有别于传统的诗文创作，繁荣的曲坛犹如熙攘的坊市，喧闹的表面难以掩盖秩序的混乱，所以廓清曲坛秩序与厘清戏曲发展方向的任务迫在眉睫。对此，不少文人从自我角度展开了摸索与探究。沈璟自万历十七年（1589）告疾还乡后，二十余年间浸淫戏曲，"乃增补而校定之，辨别体制，分厘宫调，详核正犯，考定四声，指摘误韵，校勘同异，句梳字栉，至严至密。而腔调则悉遵魏良辅所改昆腔，以其宛转悠扬，品格在诸腔之上，其板眼、节奏，一定不可假借。天下翕然宗之"[1]。沈璟虽然孜孜以求于戏

---

[1] （明）徐大业：《书南词全谱后》，转引自周维培：《曲谱研究》，115～116 页，南京，江苏古籍出版社，1999。

曲理论的规范和总结，但还是较为直白地表述了其间思索的困惑：

> 【黄莺儿】奈独力，怎提防，讲得口唇干，空闹攘。当筵几度添惆怅！怎得词人当行，歌客守腔，大家细把音律讲，自心伤，萧萧白发，谁与共雌黄？（【金衣公子】）

> 【尾声】吾言料没知音赏，这流水高山逸响，直待后世钟期也不妨。①

沈璟的这番劝讲可谓苦口婆心，他的困惑是对当时曲坛状况的有感而叹。面对当时动辄填制戏曲的文人墨客，虽然一厢情愿细细讲解格律声韵，但是真正领会贯彻的效果未能达到沈璟自己的期望。深究沈璟的困惑，大约有两个方面。

一方面，经过沈璟等曲家的努力经营，曲坛的吴中格局逐渐形成，与之伴随的则是自我核心意识的逐渐增强，促使他们将规范文人的戏曲创作，从而推动戏曲的良性发展作为自己的责任。但是面对近乎纷攘的混乱局面，沈璟等人的努力稍显力薄，曲坛的整体局面不会立刻扭转，其极力倡导的较为严格的体制规范，即使得到多数文人的理论认同，也未必能够得到认真贯彻，故而音律不协的现象时有发生。晚明文震亨为阮大铖《牟尼合》所作题词云："盖近来词家，徒骋才情，未谙音律。说情说梦，传鬼传神，以为笔笔灵通，重重慧现，几案尽具奇观。而一落喉吻间，按拍寻腔，了无是处，移换推敲，每烦顾误，遂使歌者分作者之权。"②所以，当初"盖先生雅意，原欲世人共守画一，以成雅道"③的良苦用心，俨然成为沈璟自叹知音难觅

---

① （明）冯梦龙评选：《太霞新奏》卷首沈璟序，4、5页，上海，上海古籍出版社，1993。

② （明）文震亨：《牟尼合题词》，见徐凌云、胡金望点校：《阮大铖戏曲四种》，313～314页，合肥，黄山书社，1993。

③ （明）王骥德著，陈多、叶长海注释：《曲律注释》卷四《杂论》第三十九下，327页，上海，上海古籍出版社，2012。

的缘由，如此困惑也使其更加坚定了恪守格律规范的决心，以及纠偏曲家创作的责任与动力。风头正炽的新曲《牡丹亭》便首当其冲，成为规范纠偏的标榜和典型。

另一方面，如何规范、完善南曲格律准则，同时又展现出南曲的独特体性，是明代曲家不断摸索、论辩的重心所在。沈璟既意识到规范曲法的必要，又困惑于可依凭模式的缺失，所以在当时复古思潮的熏染下提出取法元曲的思路，尤其是借助周德清《中原音韵》等来规范昆曲传奇的创作，极力推举昆曲成为典范并走向全国。沈璟的思路从战略发展角度而言值得肯定，但是南戏乃至传奇戏曲又有自身的发展规律，不少文人曲家则坚守南曲的自身体性，如徐渭所言保持南曲的自身风格，更应成为传奇规范的底线与准则。显然，以沈璟为首的曲家与其他南方曲家之间，提升南曲传奇地位和规范传奇创作的目的一致，而具体实践的过程和途径则出现一定程度的差异，这或许也是沈璟苦苦忠告却收效甚微，感叹孤掌难鸣的原因所在。

二、汤显祖表达曲高和寡的苦衷

汤显祖的困惑一方面来自"词曲小道"的观念，另一方面来自"自教小伶"的苦衷。汤显祖作为传统士大夫的一员，不可避免地受到科举体制与传统观念的束缚，"常自恨不得馆阁典制著记，余皆小文，因自颓废"[①]，执着于传统的文章之学，视之为彰显志向的根本所在。汤显祖作为明代才士的代表，可谓众体兼善。清初李渔评述："汤若士，明之才人也。诗、文、尺牍，尽有可观，而其脍炙人口者，不在尺牍、诗、文，而在《还魂》一剧。使若士不草《还魂》，则当日之若士，已虽有而若无，况后代乎？"[②]传统的

---

① 徐朔方笺校：《汤显祖全集》诗文卷四十七《玉茗堂尺牍之四·答张梦泽》，1452页，北京，北京古籍出版社，2001。

② （清）李渔：《闲情偶寄·词曲部·结构第一》，见中国戏曲研究院编：《中国古典戏曲论著集成》（七），7~8页，北京，中国戏剧出版社，1959。

"词曲小道"观念的限制，还可见于汤显祖老师张位的诘问。 陈继儒《牡丹亭题词》云：

> 张新建相国尝语汤临川云："以君之辨才，握麈而登皋比，何渠出濂、洛、关、闽下? 而逗漏于碧箫红牙队间，将无为青青子衿所笑?"临川曰："某与吾师终日共讲学，而人不解也。 师讲性，某讲情。"张公无以应。①

作为老师，提出这样的忠告无可厚非，接受传统观念进而潜心学术，应该成为文人士大夫的活动重心。 汤显祖的回应无疑含有辩解的意味，借助明代文人讨论的常见命题——"性""情"之辩，并依托文章之学的理论，为《牡丹亭》的主题阐发提供依据，从而强化"主情"的戏曲思想，努力提升传奇戏曲的文体品性，成为汤显祖着意坚守的作曲重心。

汤显祖的另一苦衷还在于："玉茗堂开春翠屏，新词传唱《牡丹亭》。 伤心拍遍无人会，自掐檀痕教小伶。"杨懋建读后叹曰："嗟夫! 解人难索，自古已然，小伶自教，固犹愈于执涂人而语之。"②感叹知音难赏是自古以来的命题，一方面在于剧本创作与舞台表演的差别。 汤显祖坚持"唱曲当知，作曲不尽当知也"③的观点，"唱曲"与"作曲"分工明确，作曲者侧重情节构置、文辞敷设等文本创作，唱曲者则侧重唱腔曲辞、舞台表演等二度创作。 面对司职专业舞台演出的小伶，汤显祖不得不亲自教授他们领会戏曲作品，从而引发其难有知音的困惑和感慨。 另一方面或许在于所唱声腔的选择。 由于戏曲表演与传播的自身特性，《牡丹亭》究竟是依弋阳腔还是依昆

---

① 见徐扶明编著：《牡丹亭研究资料考释》，42 页，上海，上海古籍出版社，1987。
② （清）杨懋建：《长安看花记》，见徐扶明编著：《牡丹亭研究资料考释》，139 页，上海，上海古籍出版社，1987。
③ 徐朔方笺校：《汤显祖全集》诗文卷四十四《玉茗堂尺牍之一·答吕姜山》，1302 页，北京，北京古籍出版社，2001。

山腔所作，抑或是没有依托固定的声腔，一直以来争议不休且未有定论。所以，表演声腔的不同与唱曲者所在地域的差异等复杂因素，都容易触发汤显祖的个人困惑，反过来又使其更加笃定坚守自己的戏曲思想，并对他人改窜《牡丹亭》文本表示强烈的不满。

三、沈、汤探索思路的差别

沈、汤二人立足曲坛的不同困惑，直接推动各自戏曲思想的酝酿，并在不同层面展开探索与思考，如理论倡举与具体实践的相对协调，文本创作与舞台演出的二度创作，以及身份、地域等因素的切入等。"沈汤之争"所牵涉的诸多问题都可纳入讨论，其中，沈璟执着于格律规范的严遵恪守，汤显祖则突出具体创作的适当调整，从而表现出不同的辨体思维：

> 寄吴中曲论良是。"唱曲当知，作曲不尽当知也"，此语大可轩渠。凡文以意趣神色为主。四者到时，或有丽词俊音可用。尔时能一一顾九宫四声否？如必按字摸声，即有窒滞迸拽之苦，恐不能成句矣。[1]

汤显祖明确赞同区分"作曲"与"唱曲"，强调"作曲"不仅要重视"律"的要素，而且要顾及"以意趣神色为主"的"文"的体性，如果过于纠结琐碎的字句、声律，就容易破坏戏曲作品的整体性，难以突出戏曲作品表达的重心。可以看出，汤显祖十分肯定"作曲"的自我定位，而且更看重自我才情的自由抒发。这招致了沈璟的批评：

> 【二郎神】何元朗，一言儿启词中宝藏。道欲度新声休走样。名为乐

---

① 徐朔方笺校：《汤显祖全集》诗文卷四十四《玉茗堂尺牍之一·答吕姜山》，1302页，北京，北京古籍出版社，2001。

府，须教合律依腔。宁使时人不鉴赏，无使人挠喉捩嗓。说不得才长，越有才，越当着意斟量。

【黄莺儿（其二）】曾记少陵狂，道细论诗晚节详。论词亦岂容疏放？纵使词出绣肠，歌称绕梁，倘不谐律吕也难褒奖。耳边厢讹音俗调，羞问短和长。①

沈璟批评的针对性非常明显，认为"越有才"越当深知合律依腔的必要与重要，并且推出明代文人尊崇的杜甫为例，作为才情与声律完美结合的典范，说明律吕不应成为绣词才情的借口或者牺牲品，二者可以实现完美融合。实际上，此后吕天成提出的"双美"理论、王骥德倡导的"两擅"观点等，都是对此理论的进一步阐述。

显然，汤显祖并不是完全否定戏曲格律的必要，他明确赞成"寄吴中曲论良是"，"曲谱诸刻，其论良快"②。汤显祖虽然表明"不佞生非吴越通，智意短陋，加以举业之耗，道学之牵，不得一意横绝流畅于文赋律吕之事"③，但是一旦王骥德指出《紫箫记》的曲律问题，就立即主动邀请他帮助修改。这里需要注意的是，这次修改是二人共同商量完成的，汤显祖本人可以当场斟酌取舍，这又与沈璟等人的一厢情愿大相径庭。

汤显祖还认为戏曲创作要基于"文"的前提，并且坚持"以意趣神色为主"的基调，进而辨析"丽词俊音"与"九宫四声"的关系。汤显祖认同兼顾"九宫四声"的必要性，但同时认为在具体实践中遇到文辞与音律矛盾之时，应选择以"丽词俊音"为主，而不必恪守拘谨于"按字摸声"，因为

---

① （明）冯梦龙评选：《太霞新奏》卷首沈璟序，2、4～5页，上海，上海古籍出版社，1993。
② 徐朔方笺校：《汤显祖全集》诗文卷四十六《玉茗堂尺牍之三·答孙俟居》，1392页，北京，北京古籍出版社，2001。
③ 徐朔方笺校：《汤显祖全集》诗文卷四十七《玉茗堂尺牍之四·答凌初成》，1442页，北京，北京古籍出版社，2001。

"丽词俊音"更符合"以意趣神色为主"之"文"的体性特征。可见，汤显祖的辨体思维还立足于才子身份的自我认同。其实，辩论"意趣神色"与"丽词俊音"的背后，更蕴含着文人满腹积郁的豪气与宣泄不尽的才情，文辞、音律不过是外在流露的体现，恰如清代文人胡介祉所言"盖先生以如海才，拈生花笔，兴之所发，任意所之，有浩瀚千里之势，未尝不知有轶于格调之外者，第惜其词而不之顾也"①。

汤显祖于此辨体理论的阐发，颇似苏轼"以诗为词"的词学观点，即可以突破音乐格律的束缚，开拓词体的表现境域。晚明曲家臧懋循也曾指出："汤义仍《紫钗》四记，中间北曲，骎骎乎涉其藩矣，独音韵少谐，不无铁绰板唱'大江东去'之病，南曲绝无才情，若出两手，何也？"②汤显祖同苏轼一样，不是不熟谙词曲的格律，而是旨在抒发不可抑止的满腹才情，当格律等形式成为束缚与障碍时，他们采取文辞为先、格律次之的态度，个别不合格律之处灵活处理，而不是一味刻板地恪守自封。正是由于汤显祖把握了这一点，所以以"《还魂》、'二梦'如新出小旦，妖冶风流，令人魂销肠断，第未免有误字错步……吴江诸传如老教师登场，板眼场步略无破绽，然不能使人喝彩"③。王骥德对沈、汤二人戏曲效果的评论，可谓切中要害又精彩至极。

可见，沈、汤二人的不同困惑造成了他们对各自戏曲思想的坚守，只是沈璟的良苦用心遭遇不同的困境与尴尬，如局部地域个别曲家创作的参差不齐，具体创作实践的不协格律等。而汤显祖表达重文传情的时代主流，突破文体藩篱以提升传奇戏曲的文体品性，却又引起沈璟针对格律规范的指摘。通过批评炙手可热的"临川四梦"，明代曲家完成了关于传奇体性的集体讨论。

---

① （明）胡介祉：《格正还魂记词调序》，见吴毓华编：《中国古代戏曲序跋集》，428 页，北京，中国戏剧出版社，1990。
② （明）臧懋循编：《元曲选·序》，3 页，北京，中华书局，1989。
③ （明）王骥德著，陈多、叶长海注释：《曲律注释》卷四《杂论第三十九下》，284～285 页，上海，上海古籍出版社，2012。

◎ 第二节
立场界定与戏曲思想的对应差别

考察"沈汤之争"所折射出的二人戏曲观念的分歧，除了各自困惑的出发点不同，还不可忽略其身份立场的不同，以及对应的戏曲思想的差别。

一、"作曲"与"唱曲"的立场有别

如前所述，汤显祖在《答吕姜山》中明确提出"作曲"与"唱曲"有别，实际上也暗含不同身份的自我定位：汤显祖有意分离二者并强调其分工不同，符合传统文人的文体观念；沈璟则强调二者合一，"越有才，越当着意斟量"，符合专业曲家的作曲思路。

戏曲作品的最终形成是多重创作的独特过程，就文本形式而言有剧本与脚本之分，就创作者而言则有"作曲"与"唱曲"之分。经过创作者一度、二度乃至多次改编润色，才能形成较为成熟的戏剧作品。从某种程度而言，多重创作身份角色的加入，使得戏曲作品处于不断完善润饰的动态变化之中，与传统的文学创作存在较大差异。汤显祖正是站在传统文人的身份立场，明确"作曲"的分工事项，从文本层面强调为文的"意趣神色"。他还着重强调"虽是增减一二字以便俗唱，却与我原作的意趣大不同了"①，这实际代表了文人曲家的普遍认识，如周德清的《作词十法》等都是立足文人身份，强调"制曲""作词"的理念，视之为传统的文学创作形式。

汤显祖认为"作曲"与"唱曲"还存在知识修养、着意侧重的不同，"作曲"更多在于故事情节、思想内容、语言文辞等的传达，而"唱曲"更

---

① 徐朔方笺校：《汤显祖全集》诗文卷四十九《玉茗堂尺牍之六·与宜伶罗章二》，1519页，北京，北京古籍出版社，2001。

多在于格律声韵、演唱技巧、舞台表演等的表现，这或许更符合汤显祖等曲家的传统文人身份。"唱曲"作为二度创作的主体，完全可以根据自我格律知识、表演经验进行调整，使戏曲创作的重心发生倾斜与转化，故而沈、汤二人考虑的视角和思路不同，"《还魂》一编，文采风流，卓然自立。而音调铿锵，有碍喉舌，于是，才士得之动容，伶人见而蹙目，盖因其才思虽佳，宫商未合耳"①。可见"才士"与"伶人"的反应不同，沈璟等人强调"作曲"当要兼顾"唱曲"，从而讲究格律规范以便演唱，传奇格律体制的规范正在于保证戏曲的可唱性与可演性。

若基于戏曲创作的从业者身份而言，早期剧本的创作多属民间艺人的编演，随后文人士大夫群体不断介入，他们未能摆脱传统文学创作的思维模式，虽然也有兼顾格律、文辞的调谐，但更多还是文学性的凝练与斟酌，直至经过沈璟等专业曲家的激辩，强调"作曲"与"唱曲"身份合一的可能与必要，戏曲创作才逐渐得到明代文人的普遍认可。清初李渔指摘金圣叹批《西厢记》："圣叹之评《西厢》，可谓晰毛辨发，穷幽晰微，无复有遗议于其间矣。然以予论之，圣叹所评，乃文人把玩之《西厢》，非优人搬弄之《西厢》也。文字之三昧，圣叹已得之；优人搬弄之三昧，圣叹犹有待焉。"②李渔明确指出"文人"与"优人"视角的不同，并且结合自我创作的经验提出"填词之设，专为登场"，同时认为"常有观刻本极其透彻，奏之场上便觉糊涂者。岂一人之耳目，有聪明、聋聩之分乎？因作者只顾挥毫，并未设身处地，既以口代优人，复以耳当听者，心口相维，询其好说不好说，中听不中听，此其所以判然之故也。笠翁手则握笔，口却登场。全以身代梨园，复以神魂四绕，考其关目，试其声音，好则直书，否则搁笔，

---

① （清）黄图珌：《看山阁集·南曲序》，见徐扶明编著：《牡丹亭研究资料考释》，380 页，上海，上海古籍出版社，1987。

② （清）李渔：《闲情偶寄·词典部·格局第六》"填词余论"，见中国戏曲研究院编：《中国古典戏曲论著集成》（七），70 页，北京，中国戏剧出版社，1959。

此其所以观、听咸宜也"①。 此语生动传神地刻画出戏曲创作的具体情形，同时也是对此问题更为深入的理解。

二、盟主与旗手的自我定位

沈、汤二人曲坛身份的自我定位，似乎还有另外一个层面的认识：沈璟以曲坛盟主的身份自居，考虑得更加稳重、实际、合理，试图全面确立昆腔传奇的体系，着眼于曲坛发展的整体全局，希冀通过传奇格律的规范和遵守，确立传奇文体性质和价值体系，从文体内部出发获得文人的认可，并最终抬高传奇戏曲的文体地位；汤显祖则俨然是冲锋陷阵、特色鲜明的旗手，强调传奇戏曲文人主体价值的依托和寄寓，以其纵横千古的天才笔触，恣意挥洒禀赋才气，高举主情的时代旗帜，凸显作者的主体价值，同时也提升传奇戏曲的文体地位。

沈璟着眼于昆腔传奇发展较为繁盛的吴越地区，旨在推动当时曲坛核心地位的确立，所以他更多倾向于传奇文体辨析的基点，试图规范当时昆腔传奇的创作，从整体全局的角度阐述自己的戏曲理论。 沈璟自 1589 年归乡隐居后就日选优伶，令演戏曲，"息轨杜门，独寄情于声韵"②，潜心致力于戏曲之业，与孙镶、孙如法、王骥德等人相互切磋，潜心研究并试图建立昆腔格律体系。 沈璟在蒋孝《旧编南九宫谱》的基础上，从古本戏文中搜集曲例，对昆腔的宫调、曲牌、句式、音韵、声律、板眼等方面，都进行细致严格的规定与分析，并最终完成关于昆腔格律的专著——《南曲全谱》，此外还辑录有《南戏韵选》《古今词谱》《遵制正吴编》《论词六则》《唱曲当知》等戏曲音乐理论著作，这些都是为填词制曲者所遵从的典范之作。

---

① （清）李渔：《闲情偶寄·词曲部·宾白第四》"词别繁减"，见中国戏曲研究院编：《中国古典戏曲论著集成》（七），54～55 页，北京，中国戏剧出版社，1959。
② （明）李鸿：《南词全谱原叙》，见吴毓华编：《中国古代戏曲序跋集》，428～429 页，北京，中国戏剧出版社，1990。

其中，《南曲全谱》从曲牌、曲词乃至字音、腔调、板眼等细处入手，展现了较为全面的辨体思维，【二郎神】套曲提出了格律理论，又用以指导具体的创作与演唱，这些都具有教科书式的典范意义。昆腔传奇经过魏良辅、梁辰鱼等人的不断开拓，在吴越地区的舞台上深受欢迎，不少文人为了"趋慕风雅、宣泄才情"，纷纷投入传奇戏曲的创作，视度曲填词为风雅之举，然尚未形成明确的戏曲文体辨体观念。虽然前有李开先、梁辰鱼、何良俊、王世贞等人的探索，但是众说纷纭甚至出现争论，所以沈璟才对昆腔格律体系进行构建，主要有四个方面的开拓：辨别体制，分厘宫调；参补新调，增列新曲；校订旧曲，添加新例；标注平仄，附点板眼。① 沈璟女婿李鸿为其曲谱作序时也说："（沈璟）常以为吴歈即一方之音，故当自为律度，岂其矢口而成，漫然无当，而徒取要眇之悦里耳者。"②可见沈璟谱曲的目的就是希望通过自己的努力，在"寻声校定"之后出现"一人唱，万人和，可使如出一辙"的局面，"欲令作者引商刻羽，尽弃其学，而是谱之从"③，力图为当时文人创作传奇提供标准的曲牌套式，以改变当时较为混乱的状况，实现与元杂剧相媲美的"雅道"理想。

汤显祖则以"主情"理论作为支点，对情理、人生、社会等进行思考与反省，高扬文人主体自我价值和主体地位，全面深入地诠释传奇戏曲的创作。他对这一主题的演绎获得了普遍认同，引发了轰动效应："汤临川《牡丹亭》传奇，名擅一时。当其脱稿时，翌日而歌儿持板，又翌日而旗亭已树赤帜矣。"④汤显祖肯定有情人生的最高境界——"至情"，认为人生的艺术

---

① 参见郭英德：《明清传奇史》，177～178 页，南京，江苏古籍出版社，1999；王古鲁：《蒋孝旧编南九宫谱与沈璟南九宫十三调曲谱》，见［日］青木正儿著，王古鲁译：《中国近世戏曲史》附录二，613～708 页，北京，作家出版社，1958；周维培：《沈璟曲谱及其裔派制作》，载《文学遗产》，1994（4）。

② （明）李鸿：《南词全谱原叙》，见吴毓华编：《中国古代戏曲序跋集》，429 页，北京，中国戏剧出版社，1990。

③ 同上书，429 页。

④ （清）石韫玉：《吟香堂曲谱序》，见毛效同编：《汤显祖研究资料汇编》，935 页，上海，上海古籍出版社，1986。

活动皆"为情所使",其中尤以《牡丹亭》为代表,其《题词》曰:"情不知所起,一往而深,生者可以死,死者可以生。生而不可与死,死而不可复生者,皆非情之至也。"①这种贯通于生死虚实之间的"至情",呼唤着精神的自由与个性的解放,最能表达这种"至情"的方式就是戏曲之道。可以说,《牡丹亭》谱写了至真、至美的"情"之赞歌,肯定了青春的美好、爱情的崇高、个性的解放,给当时社会注入了一股新鲜的气息,唤醒了更多人对"至情"的认识、对传奇戏曲文体的认可,在"情"这一主题升华和流传的同时,扩大了传奇戏曲的表现主题,提升了传奇戏曲的文体品位。

"临川四梦"中处处可见作者强烈的主体性色彩,借助传奇表达自我的人生观和社会观。《紫钗记》里霍小玉极力维护自己的爱情,将全部生命理想和价值都寄托于爱情;《牡丹亭》里杜丽娘从一个唯唯诺诺的千金小姐,发展到同老师、父母、阎罗王据理力争,对情感的执着追寻,对幸福的勇敢维护,都体现出杜丽娘在当时环境下强烈的主体意识。霍小玉和杜丽娘作为封建社会处于弱势地位的女性,对爱情的主动追寻却表现出超乎寻常的勇气和执着;淳于梦与卢生则仿佛就是汤显祖的化身,汤显祖借其以实现自己在现实中难以企及的愿望,并完成自己对社会、人生的种种思索。主体性在现实与人生面前的无可奈何与微不足道,与《紫钗记》《牡丹亭》的高扬相比,这种探索和反省更为深邃、理性。从"临川四梦"中我们明显地看到汤显祖自我主体意识的痕迹,从最初对情感、理想大胆执着的追求,到对这种追求的重新思索与反省,对人生意义、社会现实的深刻探讨,汤显祖的主体性色彩得到了最大限度的张扬。

可见,"沈汤之争"的分歧还有推尊传奇文体途径的不同:沈璟着意从辨体的立场,致力于明确传奇创作的格律标准,试图通过文体性质和体制规范的确立,从文体内部出发使传奇获得文人的认可,并最终抬高传奇戏曲的

---

① (明)汤显祖:《牡丹亭还魂记题词》,见吴毓华编:《中国古代戏曲序跋集》,88页,北京,中国戏剧出版社,1990。

文体地位；汤显祖则高举主情的旗帜，凸显作者的主体意识，主要意图在于通过本为"小道"的传奇亦能张扬文人思想，完成对社会、人生等重要内容的诠释，从而达到推尊传奇文体地位的目的。

◎ 第三节
"沈汤之争"与明代曲坛的宏观审视

沈、汤较为直接的争辩缘于对《牡丹亭》的改编，汤显祖甚至发表率直意气的言论："不佞《牡丹亭记》，大受吕玉绳改窜，云便吴歌。不佞哑然笑曰，昔有人嫌摩诘之冬景芭蕉，割蕉加梅，冬则冬矣，然非王摩诘冬景也。其中骀荡淫夷，转在笔墨之外耳。"[1]需要特别拈出的是，吕玉绳（即吕胤昌，字麟趾，号玉绳，又号姜山，吕天成之父）窜改所为"云便吴歌"，难免不合汤显祖的本意，这里不仅存在方言、声腔、文辞等诸多因素，而且涉及更深的地域文化差异和曲坛发展等问题。汤显祖强调地域有别的心态，在给吕玉绳的书信中也有流露："弟虽郡住，一岁不再谒有司。异地同心，惟与儿辈时作磻溪之想。"[2]汤显祖罢官隐居乡里之后，就很少与当地官员往来，可见其自求安逸闲适的心态，其仅作一地之隅自娱自乐的表白，似乎不同于沈璟身居吴中而定曲坛之策。

---

① 徐朔方笺校：《汤显祖全集》卷四十七《玉茗堂尺牍之四·答凌初成》，1442页，北京，北京古籍出版社，2001。
② 徐朔方笺校：《汤显祖全集》诗文卷四十四《玉茗堂尺牍之一·答吕姜山》，1302页，北京古籍出版社，2001。

一、戏曲声腔的地域特点

徐渭、魏良辅以降的文人曲家，都努力将昆腔从"新声"推至"正声"，突破"止行于吴中"的地域限制。 魏良辅《南词引正》曰："惟昆山为正声，乃唐玄宗时黄旛绰所传。"①似乎与徐渭《南词叙录》所言"隋、唐正雅乐，诏取吴人充弟子习之"②相互印证，重在突出吴中声乐的正统地位。 至万历曲坛的沈璟等曲家则不仅要提升昆腔"新声"的地位，更要确立泛之四海的标准，从而巩固吴中的核心地位。 沈宠绥曾从方言角度，"考宁、年、娘、女数音，其字端皆舌舐上颚而出，吴中疑为北方土音，所唱口法，绝不相侔，幸词隐追始《正韵》，直穷到底，奴经一切，昭然左证，而土音之嘲始解"③，指出沈璟力求贯穿南北，使得昆腔新声逐渐通向全国，从"土音之嘲"转变而为"雅声正调"。

"沈汤之争"的焦点主要集中在声腔与格律两点，其间无不表现出地域因素的渗透与介入。 汤显祖"临川四梦"究竟属于何种声腔，一直以来争议最多，未有定论，但是从汤显祖"云便吴歌"的不满可见，《牡丹亭》显然不完全符合沈璟等人标榜的昆腔正声，而是保留了一些弋阳腔的痕迹，不然也就不会招致吴中曲家的改编。 晚明曲家凌濛初和臧懋循对此讨论较多，如臧懋循改本《南柯记》评第十九折【四块玉】云："此曲已见《牡丹亭》，中间音调须于深于曲者商之，而临川以惯听弋阳之耳，矢口而成，其舛宜矣。予此改，亦如调瑟，然不能更弦，终难尽美也。"臧懋循的品评较为苛刻，指出了汤作附着的弋阳痕迹。 崇祯年间独深居士点定《玉茗堂四种曲》"诸

---

① 钱南扬：《汉上宦文存·魏良辅南词引正校注》，见《钱南扬文集》之《汉上宦文存 梁祝戏剧辑存》，94 页，北京，中华书局，2009。
② 见中国戏曲研究院编：《中国古典戏曲论著集成》（三），242 页，北京，中国戏剧出版社，1959。
③ （明）沈宠绥：《度曲须知》卷下《方音洗冤考》，见中国戏曲研究院编：《中国古典戏曲论著集成》（五），311 页，北京，中国戏剧出版社，1959。

家评语"援引袁宏道之言曰："词家最忌弋阳本子，俗云'过江曲子'是也。《紫钗》虽有文彩，其骨骼却染有过江曲子风味，此临川不生吴中之故也耳。"①与"文彩"相对应的不足当为俚俗，《紫钗记》等所含"过江曲子"的审美风味，显然有别于当时文人士夫喜好的昆腔雅曲。 昆山腔、弋阳腔等虽同属南曲体系，但其中的风格趣味却各有千秋。 凌濛初《谭曲杂札》曾说明弋阳腔的体性："况江西弋阳土曲，句调长短，声音高下，可以随心入腔，故总不必合调，而终不悟矣。"②弋阳腔为未经文人化的"土曲"，而且具有"随心入腔"的特性，所以句调、声音的变化较大，出现"不必合调"的现象，这种随性而为的创作方式显然不被沈璟等曲家所认同。 此外，范文若《梦花酣序》云："且临川多宜黄土音，板腔绝不分辨，衬字衬句凑插乖舛，未免拗折人嗓子。"③"拗折人嗓子"是宜黄土音的体性所限，宜黄乡音还存在于汤显祖《右武座中，章斗津朱以功举吾郡杂字乡音为戏，听然答之》等诗之中，这些都表明汤显祖对家乡戏曲声腔的熟悉程度，也可见出汤显祖戏曲创作并非率性而为，还可能受到戏曲声腔地域特色等客观因素的影响。

二、戏曲语言的地域色彩

汤显祖戏曲作品的语言同样体现出地域色彩，其《宜黄县戏神清源师庙记》言，"至嘉靖而弋阳之调绝，变为乐平，为徽青阳"④，指出明代诸多戏曲声腔的变化和差异，如海盐腔多用官语且"体局静好"，而弋阳腔则"错用乡语"，"其调喧"。 昆山、弋阳、海盐、余姚等地域文化不同，导致格

---

① 见徐扶明编著：《〈牡丹亭〉研究资料考释》，83～84 页，上海，上海古籍出版社，1987。
② 见中国戏曲研究院编：《中国古典戏曲论著集成》（四），254 页，北京，中国戏剧出版社，1959。
③ 见吴毓华：《中国古代戏曲序跋集》，254 页，北京，中国戏剧出版社，1990。
④ 徐朔方笺校：《汤显祖全集》诗文卷三十四《玉茗堂文之七》，1189 页，北京，北京古籍出版社，2001。

律、文辞方面存在差异，这也是沈璟等曲家改编《牡丹亭》的原因之一。①
改编主要集中于两个方面：一是用韵，二是"乡音"。

（一）用韵的规范

沈璟《词隐先生论曲》【二郎神】套曲提出将入声代平声："倘平音窘
处，须巧将入韵埋藏。 这是词隐先生独秘方，与自古词人不爽。"②这样处
理显然意在摆脱诗词的四声理论，促成南曲四声体系的规范与独立。 沈璟明
确表示传奇用韵要遵从周德清《中原音韵》："惟沈宁庵吏部后起，独恪守
词家三尺，如庚清、真文、桓欢、寒山、先天诸韵，最易互用者，斤斤力
持，不少假借，可称度曲申、韩。"③"沈工韵谱，每制曲，必遵《中原音
韵》《太和正音谱》诸书，欲与金、元名家争长。"④沈璟的出发点和思路很
明确，即取法相对成熟的北曲规范、相对广泛的官语声韵等，从而为传奇创
作提供可依参考的规范，摆脱曲韵依托诗词韵律的状态，"欲与金、元名家
争长"，将昆腔传奇提升至正统经典之列。

沈璟的用意实际针对的是当时曲坛文人创作用韵乱押的普遍现象。 比
如，徐复祚坚持周德清《中原音韵》的标准，批评张凤翼"先天、帘纤随口

---

① 沈璟批评汤显祖戏曲作品的格律问题，如【二郎神】："用律诗句法须审慎，不可厮混词场。
【步步娇】首句堪为样，又须将【懒画眉】推详，休教卤莽。 试一比类，当知趋向。 岂荒唐，请
细阅《琵琶》，字字平章。"沈璟以昆曲常用的两个曲牌为例，【步步娇】首句为"※仄平平平平
去"（※是平仄不拘），而《牡丹亭惊梦》填为"平平平平平平去"，显然不符合曲谱的格律规
范。 又【懒画眉】首句本为"※仄平平去平平"，而《牡丹亭寻梦》为"仄平平仄仄平平"，沈
璟批评为"用律诗句法"，较为贴切。 不过，此等可见填曲之法又见于高濂《玉簪记·琴挑》与
袁于令《西楼记·楼会》等，都是源自"曲祖"《琵琶记》的定式，可见汤显祖等曲家遵从高明的
南曲创作范式，与沈璟等曲家思路略有不同，这又回到了究竟是遵从北曲规范还是南曲传统的
问题。
② （明）沈璟：《新刻博笑记》卷首附，《古本戏曲丛刊初集》本。
③ （明）沈德符：《顾曲杂言·填词名手》，见中国戏曲研究院编：《中国古典戏曲论著集成》
（四），206页，北京，中国戏剧出版社，1959。
④ （明）沈德符：《顾曲杂言·张伯起传奇》，见中国戏曲研究院编：《中国古典戏曲论著集成》
（四），208页，北京，中国戏剧出版社，1959。

乱押，开闭閕辨，不复知有周韵矣"①。 沈璟《南九宫词谱》卷八引《琵琶记》第二十五出【驻马听】"书寄乡关"，批注为："用韵甚杂，不可为法，但取其协律耳。"并且论曲套曲【二郎神】说："制词不将《琵琶》仿，却驾言韵依东嘉样。 这病膏肓，东嘉已误，安可袭为常。"②由于《琵琶记》在南曲发展中的重要地位，明代曲家纷纷效仿并视为典范，曲家祁彪佳就认为："音律之道甚精，解者不易。 自东嘉决《中州韵》之藩，而杂韵出矣。 ……才如玉茗，尚有拗嗓，况其他乎？ 故求词于词章，十得一二；求词于音律，百不得一二耳。"③所以，究竟是依照成熟规范的《中原音韵》，还是袭遵以《琵琶记》为代表的传统南曲的声韵体例，一直以来都是明代曲家争议的焦点。

沈璟认同《中原音韵》的同时也意识到其不足之处，"别无南韵可遵，是以作南词者，从来俱押北韵，初不谓句中字面，并应遵仿中州也"，同时"欲别创一韵书"，可惜的是"未就而卒"④。 汤显祖则坚持南曲声韵"别是一家"，所以选择以南曲之祖《琵琶记》为准范，突出南曲声韵方面的自身特色。 同时，南曲较为宽松的用韵体制，也比较适合汤显祖率性激扬的创作个性，可以为他提供非常广阔的表现领域。 从某种程度而言，格律问题实则见仁见智。 汤显祖《答孙俟居》曾批评沈璟："且所引腔证，不云未知出何调犯何调，则云又一体又一体。 彼所引曲未满十，然已如是，复何能纵观而定其字句音韵耶？"⑤表明要参照曲谱但又不完全依照曲谱的态度。 戏曲创作既是包含诸多变数的复杂性过程，又是文人自我创作的个性化过程，所

---

① （明）徐复祚：《曲论》，见中国戏曲研究院编：《中国古典戏曲论著集成》（四），237 页，北京，中国戏剧出版社，1959。
② （明）沈璟：《新刻博笑记》卷首附《词隐先生论曲》，《古本戏曲丛刊初集》本。
③ （明）祁彪佳：《远山堂曲品·凡例》，见中国戏曲研究院编：《中国古典戏曲论著集成》（六），7～8 页，北京，中国戏剧出版社，1959。
④ （明）王骥德著，陈多、叶长海注释：《曲律注释》卷二《论韵第七》，117 页，上海，上海古籍出版社，2012。
⑤ 徐朔方笺校：《汤显祖全集》诗文卷四十六《玉茗堂尺牍之三》，1392 页，北京，北京古籍出版社，2001。

以叶堂也说："知音者即以为临川之韵也可，以为临川之格也可。"①

（二）"忽用乡音"的争议

吴中曲家除批评汤显祖"用韵庞杂"之外，还指摘其"忽用乡音"，尤其是使用地域色彩鲜明的临川当地语词：

> 近世作家如汤义仍……至于填调不谐，用韵庞杂，而又忽用乡音，如"子"与"宰"叶之类，则乃拘于方土，不足深论，止作文字观，犹胜依样画葫芦而类书填满者也。义仍自云："骀荡淫夷，转在笔墨之外，佳处在此，病处亦在此。"彼未尝不自知。②

凌濛初替汤显祖辩解为"拘于方土"固然有理，不妨还可认为是汤显祖的点缀之笔（就如同当下普通话语之间，间杂一二粤语、吴音，可能会产生新鲜的别样感觉，促进文辞表现的丰富多彩），更能体现出汤显祖着意的"骀荡淫夷"。因为意趣才是戏曲艺术表达的浓墨重彩，王骥德的形容最为生动恰切："《还魂》、'二梦'如新出小旦，妖冶风流，令人魂销肠断，第未免有误字错步……吴江诸传如老教师登场，板眼场步略无破绽，然不能使人喝彩。"③所以，"汤显祖是江西临川人，虽然在江苏、浙江一带有较长的生活经历，但他与一些在诗文领域把持着'话语权'，或在戏曲领域主导舞台表演倾向的吴地士人，维持着明显而微妙的心理距离。这既源于汤氏耿介、孤傲的人格气质，也与他对江右一带文化传统的自信有关"④。可见，

---

① （清）叶堂：《纳书楹"玉茗堂四梦"曲谱凡例》，见徐扶明编著：《〈牡丹亭〉研究资料考释》，193 页，上海，上海古籍出版社，1987。

② （明）凌濛初：《谭曲杂札》，见中国戏曲研究院编：《中国古典戏曲论著集成》（四），254 页，北京，中国戏剧出版社，1959。

③ （明）王骥德著，陈多、叶长海注释：《曲律注释》卷四《杂论第三十九下》，284～285 页，上海，上海古籍出版社，2012。

④ 程芸：《汤显祖与晚明戏曲的嬗变》，18 页，北京，中华书局，2006。

汤显祖创作的诗文及"临川四梦"，既表现出游离于文坛的独立风范，展现出晚明文人的人格品性，又折射出源自江西地域的文化自信，如江西儒学传统的熏染、悠久戏曲文化的传承等。

三、"吴江派"与"临川派"

围绕"沈汤之争"的讨论还有"吴江派"与"临川派"的区分。以地理区位作为流派的统名，大多因为流派成员出自共同地域，接受相同民俗文化的熏染，或有共同的学术文化接受背景，所以才得以用地域命名流派。"临川派"的提法或可追至吕天成《曲品》卷下《拜月》："元人词手，天然本色之句，往往见宝，遂开临川玉茗之派。""临川"只是标明汤显祖的籍贯，"派"则更多倾向于风格，所以将以汤显祖为首的文人群体断定为"临川派"的说法值得商榷。具体对其进行分类源于吴梅《中国戏曲概论》："有明曲家，作者至多，而条别家数，实不出吴江、临川、昆山三家。"青木正儿《中国近世戏曲史》描述明代戏曲，将叶宪祖等人列入"吴江一派"，阮大铖等人列入"临川一派"①，从其成员的地理籍贯分布而言，很显然流派的划分不具备浓郁的地域色彩，而是重点凸显沈、汤二人的地域性。

总之，"沈汤之争"是否存在直接交锋已不重要，"争"的价值意义大于"争"的表现形式，从中探究各自戏曲思想的丰富内涵，以及引起更多的思考与启示才是重点。沈、汤二人同为万历曲坛巨擘，他们关于戏曲创作和理论批评的分歧，吸引身边追随的文人曲家纷纷卷入其中，或是辩护一方，或是深思反省，或是总结探索，为此展开了对传奇文体的认识和建设。从某种程度而言，这次论争成为一个聚焦点和触发点，掀起了晚明戏曲批评研究新的高潮，促进了传奇发展的新方向：在理论研究方面，不

---

① ［日］青木正儿著，王古鲁译：《中国近世戏曲史》，288页，上海，商务印书馆，1936。

少曲家展开辨体命题的讨论，思考逐渐理性而趋于成熟，如王骥德、吕天成、李渔等；在实际创作方面，有曲家提出调和二者的中间路线，如"合之双美"说、"必法与词两擅其极"说等，促使传奇戏曲文体朝着正确的方向发展。

第二十五章
晚明时期戏曲思想的理论总结

"沈汤之争"引发晚明文人全面展开戏曲文体的辨析，如王世贞、王骥德、吕天成、祁彪佳、潘之恒等曲家，他们极大地推动了戏曲思想的丰富和总结，成为考察晚明时期戏曲思想的重要内容。

◎ 第一节
王世贞的大家情怀与曲学批评

王世贞《艺苑卮言》体现出其作为文坛大家的卓绝才华和深厚修养，其中论曲的内容被单独剥离出来，由茅一相作题词并以《曲藻》命名刊行，引起了当时曲家的普遍关注。王世贞心寄众体兼擅的"大家"情结，以诗文批评的视角与理论介入戏曲领域，被王骥德委婉批评为"《艺苑卮言》谈诗谈文，具有可采，而谈曲多不中窾"①，王国维也认为"王元美《曲藻》，略具

---

① （明）王骥德著，陈多、叶长海注释：《曲律注释》卷四《杂论第三十九下》，359页，上海，上海古籍出版社，2012。

鉴裁"①。 但是，王世贞与何良俊之间的曲学论辩，以及阐述作曲"三短论"等思想，又对后世戏曲发展产生影响。 所以，要想客观地评议王世贞的戏曲思想，还需回归至《艺苑卮言》所依托的诗文批评体系，并结合明代中叶以后的文坛背景，从而理解《曲藻》所体现的批评形态与时代痕迹。

一、"大家"情结的时代诉求与自我追寻

明初政权的建立为汉族文人注入新的时代使命，也就是志在复苏与光大汉族文化精神。 尤其是复古派精英不断步入文坛，开始思考如何确立明代文学的历史地位，倡言"文必秦汉、诗必盛唐"的隐含意义，不仅在于推崇扬、曹，盛赞李、杜的伟大作品，或者超越宋元、比肩汉唐的雄心壮志，更有作为"大家"情结的卓然再现。 我们翻阅明代文人的诗作或文集，总能觅见他们对于"大家"的感慨与抒发。

高棅编选《唐诗品汇》介绍诗体时，就标列出"正宗""大家""名家""正变"之名，其中杜甫在五类诗体尤其是律诗中位于"大家"之列，可见高氏编选唐诗时对"大家"的重视。 胡应麟也对此表示附和与肯定："大家名家之目，前古无之。 然谢灵运谓东阿才擅八斗，元微之谓少陵诗集大成，斯义已时，故记室《诗评》，推陈王圣域；廷礼《品汇》，标老杜大家。"②他还以"大家"点评诸家，如："若昌黎之鸿伟……皆大家材具也。"③"偏精独诣，名家也；具范兼镕，大家也。 然又当视其才具短长，格调高下，规模宏隘，阃域浅深。 有众体皆工而不免为名家者，右丞、嘉州是也。 有律微减而不失为大家者，少陵、太白是也。"④对唐代"大家风范"的认同，足

---

① 王国维：《录曲余谈》，见《王国维戏曲论文集》，231 页，北京，中国戏剧出版社，1984。 类似较为中肯之界定，又如陈钟凡《中国文学批评史》："王氏论文，平诗，泛泛无多创解；其说曲有可取者。 ……其平各家得失，亦至精赅。"（147~148 页，上海，中华书局，1940）
② （明）胡应麟：《诗薮·外编》卷四，177 页，北京，中华书局，1958。
③ 同上书，180 页。
④ 同上书，177 页。

以表明胡应麟等人复古的理想对象。

受此"大家"情结的影响，明代文人甚至无视宋元时期，直接将明代文人与唐代文人相提并论，以此确立明代文学的"大家"地位：

> 以唐人与明并论，唐有王、杨、卢、骆，明则高、杨、张、徐；唐有工部、青莲，明则弇州、北郡；唐有摩诘、浩然、少伯、李颀、岑参，明则仲默、昌谷、于鳞、明卿、敬美，才力悉敌。惟宣成际无陈、杜、沈、宋比，而弘正嘉隆羽翼特广，亦盛唐所无也。

> 唐歌行如青莲、工部；五言律、排律，如子美、摩诘；七言律如杜甫、王维、李颀；五言绝如右丞、供奉；七言绝如太白、龙标：皆千秋绝技。明则北郡、弇州之歌行，仲默、明卿之五言律，信阳、历下、吴郡、武昌之七言律，元美之五言排律、五言绝，于鳞之七言绝，可谓异代同工。至骚不如楚，赋不如汉，古诗不逮东西二京，则唐与明一也。①

将各个时期、各种文体一一对举，以此阐明"唐与明一"的时代命题，这也是有明文人的集体追寻与共同理想。

于是，如何成就"大家"理想便成为明代文人思索的重要命题，正所谓"盛唐而后，乐选律绝，种种具备，无复堂奥可开，门户可立。是以献吉崛起成弘，追师百代；仲默勃兴河洛，合轨一时。古惟独造，我则兼工，集其大成，何忝名世"②。胡应麟的论述或许对我们有所启发：盛唐以后的文体演变渐已完备，前代文人竭尽心力并自成名家，作为后继而来的明代文人，只能于"独造"之外另辟蹊径，做到"兼工"并"集其大成"，才能实现与汉唐名家齐声共荣。这种观念实际上代表了复古派的集体思路，无论是对前代的模仿学习还是自我的诗文实践，都尽量尝试各种体式的创作，从而做到

---

① （明）胡应麟：《诗薮·续编》卷二，348～349页，北京，中华书局，1958。
② （明）胡应麟：《诗薮·续编》卷一，334页，北京，中华书局，1958。

才擅众体，实现"集其大成"的宏世之愿，满足"大家"的时代情结。

王世贞基本延续了"集其大成"的"大家"理想，他曾与友人张九一谈论读书、治学：

> 不佞少窃父兄余波污版籍，赖天之灵，不令入从中秘诸先生游，而以游于鳞故，并盛年壮气，却黜人间之好，相与劚琢其辞，以为亡论身后名，即人生舍死亡足娱者。而又赖天之灵，不遂懵昧，自六经而下，于文则知有左氏、司马迁，于骚则知有屈、宋，赋则知有司马相如、杨雄（按：或作"扬雄"）、张衡，于诗古则知有枚乘、苏、李、曹公父子，旁及陶、谢，乐府则知有汉魏鼓吹、相和及六朝清商、琴舞、杂曲佳者，近体则知有沈、宋、李、杜、王江宁四五家，盖日夜寘心焉。①

于六经之外强调文、骚、赋、诗、乐府、近体诸体皆备，王世贞深知入门须正、取法必大是成就"大家"的不二之径，而落实到具体创作就要做到选材取料十分广泛，"考自古文集之富，未有过于世贞者"②。王世贞《弇州山人四部稿》分为诗、赋、文、说四部，可谓体大材博、各体兼备。屠隆尝言：

> 读《弇州山人集》，魁瑰钜丽、和畅雄俊哉！如泛大海焉，又如观玄造焉。其为文，包罗《左》《国》，吐纳《庄》《骚》，出入扬、马，鞭箠褒、雄；其为诗，炼格汉、魏，借材六朝，同工沈、宋，登坛李、杜。诚天府之高华，人文之鸿钜，作者之极盛矣。观止矣！③

---

① （明）王世贞：《弇州山人四部稿》卷一百二十一《张助甫》，5666～5667页，台北，伟文图书出版有限公司，1976。
② （清）永瑢等：《四库全书总目》卷一百七十二《弇州山人四部稿 续稿》，906页，北京，中华书局，1965。
③ 汪超宏主编：《屠隆集》文集卷六《与王元美先生书》，329页，杭州，浙江古籍出版社，2012。

持相同见解的还有胡应麟：

> 《弇州四部稿》……乐府随代遣词，随题命意，词与代变，意逐题新，从心不逾，当世独步。五言律宏丽之内，错综变化，不可端倪。排律百韵以上，滔滔莽莽，杳无涯际。五七言绝句，本青莲、右丞、少伯，而多自出结构，奇逸潇洒，种种绝尘。七言律高华整栗，沉着雄深，伸缩排荡，如黄河溟渤，宇宙伟观；又如龙宫海藏，万怪惶惑。王太常云："诗家集大成，千古惟子美，今则吾兄。"汪司马云："上下千载，纵横万里，其斯一人而已。"①

虽然后七子之间的相互溢美不可避免，但王世贞才擅众体的成就不容否认，"集大成"的思路基本成为共识，这既是文人自我才华的另类追寻，又是"大家"情结的时代诉求。

王世贞脱稿于嘉靖四十四年（1565）的《艺苑卮言》，同样属于其践履"大家"情结的结晶。作者稍后又继续增补，"前后所增益又二卷，黜其论词曲者，附它录为别卷"②。王世贞在自序中也说："余读徐昌谷《谈艺录》，尝高其持论矣，独怪不及近体，伏习者无门也。杨用修搜遗响，钩匿迹，以备览核，如二酉之藏耳。其于雌黄曩哲，橐籥后进，均之乎未暇也。手宋人之陈编，辄自引寐。独严氏一书，差不悖旨，然往往近似而未核，余固少所可。……余所以欲为一家言者，以补三氏之未备者，而已。"③王世贞的撰写目的十分明确，就是弥补严羽、徐祯卿、杨慎诸家的不足，从而实现"一家言"的愿望，同时也隐含着"大家"的情结。

当然，"文非一体，鲜能备善"。对于王世贞致力于"大家"的文体实践，清初朱彝尊曾指出："嘉靖七子中，元美才气，十倍于鳞。惟病在爱

---

① （明）胡应麟：《诗薮·续编》卷二，338 页，北京，中华书局，1958。
② （明）王世贞著，罗仲鼎校注：《艺苑卮言校注·原序二》，3 页，济南，齐鲁书社，1992。
③ （明）王世贞著，罗仲鼎校注：《艺苑卮言·原序一》，1 页，济南，齐鲁书社，1992。

博，笔削千兔，诗裁两牛，自以为靡所不有，方成大家。 一时诗流，皆望其品题，推崇过实，谀言日至，箴规不闻。 究之千篇一律，安在其靡所不有也。"①朱彝尊非常明确地强调，"靡所不有"并不能"方成大家"。 就《艺苑卮言》所附的词曲论而言，王世贞将才擅众体的"大家"情结引入词曲辨析，试图在创作与研究层面予以展现。 然而细检《艺苑卮言》则会发现，较之诗文评议的皇皇与专业，王世贞谈论词曲略显力不从心，这是否也印证了朱彝尊的婉言批评，或者说是"大家"心态下的努力为之？

二、诗文批评的阐发与曲学思想的延伸

王世贞戏曲思想的阐述与其诗文批评的展开不可分割，更与当时文坛思潮的时代变迁有关。 明代前后七子的复古追求，近者在于扭转雍容平易的台阁风气，远者在于改变宋代以来的诗文走向，故而前驱者李东阳反复强调诗文"各有体而不相乱"，重视诗文的文体规范，"《风》《雅》之规，典则居要；《离骚》之致，深永为宗；古诗之妙，专求意象；歌行之畅，必由才气；近体之攻，务先法律；绝句之构，独主风神，此结撰之殊途也"②，明确规定各种文体创作的自身规律。 所以，对文体体式的规范成为他们复古理论的重要命题。 王世贞同样坚守"作古诗先须辨体"："第不可羊质虎皮，虎头蛇尾，词曲家非当家本色，虽丽语博学无用，况此道乎？"③而对法度的追求自然成为关注的焦点，前七子领袖李梦阳就明确提出："文必有法式，然后中谐音度。 如方圆之于规矩，古人用之，非自作之，实天生之也。 今人法式古人，非法古人也，实物之自则也。"④王世贞谈论诗文更是重视"法"的

---

① （清）朱彝尊著，黄君坦校点：《静志居诗话》卷十三，382 页，北京，人民文学出版社，1990。
② （明）胡应麟：《诗薮·内编》卷一，1 页，北京，中华书局，1958。
③ （明）王世贞：《艺圃撷余》，见吴文治主编：《明诗话全编》，4826 页，南京，江苏古籍出版社，1997。
④ （明）李梦阳：《空同子集》卷六十二《答周子书》，见《景印文渊阁四库全书》集部第 1262 册，569 页，台北，台湾商务印书馆，1983。

规划:"首尾开阖,繁简奇正,各极其度,篇法也。 抑扬顿挫,长短节奏,各极其致,句法也。 点缀关键,金石绮彩,各极其造,字法也";"篇法有起、有束,有放、有敛,有唤、有应。 ……句法有直下者,有倒插者。……字法有虚有实,有沉有响。 虚响易工,沉实难至"①。

　　明代文人倡言复古、强调法度的同时,也将满腹饱藏的"大家"情结诉诸自我才情的高蹈,所以李梦阳等人倡导的复古之论是"以真情为本的格调说"②,徐祯卿则高举"因情立格"的论调,王世贞更是提出"才生思,思生调,调生格;思即才之用,调即诗之境,格即调之界"③的主张。 这里无关乎四者前后主次的区分,只是强化才情、格调的调谐与融合。 他们的复古并非泥古,而是作为审美典范的认同,既涵盖了格调的规范,又蕴含了才情的张扬,所以后七子领袖李攀龙曾经豪言"吾而不狂,谁当狂者"。 不过需要注意的是:"于鳞狂于才,非狂于气。 盖其鄙时师训诂,而欲进之古,胸中已有一段囊括百家意向,磊磊落落,何得而不狂!"④

　　诗文领域关于才情和格调的讨论,也成为当时曲家探究的重要命题,他们立足于戏曲的文学性本位,着意于文辞与格律关系的辩证思考。 元代杨维桢早已讨论:"往往泥文采者失音节,谐音节者亏文采,兼之者实难也。 ……播于今日之乐章,宜其于文采音节兼济,而无遗恨也。"⑤而后明代李开先论其选曲的标准为"取其辞意高古,音调协和"⑥,他们从戏曲的文学性角度不约而同地认识到才、格并举的重要。 经历前期"以词为曲"和"沈汤之争"的波折之后,晚明曲家逐渐形成"双美"的共识,如吕天成认

① (明)王世贞著,罗仲鼎校注:《艺苑卮言校注》卷一第六五、五六则,38、28页,济南,齐鲁书社,1992。
② 袁震宇、刘明今:《明代文学批评史》,153页,上海,上海古籍出版社,1996。
③ (明)王世贞著,罗仲鼎校注:《艺苑卮言》卷一第六七则,39页,济南,齐鲁书社,1992。
④ (明)李攀龙:《补注李沧溟先生文选》卷尾附王世贞《李于鳞先生传》宋光廷眉批,见《四库全书存目丛书》集部第110册,791页,济南,齐鲁书社,1997。
⑤ (元)杨维桢:《东维子文集》卷十一《周月湖今乐府序》,《四部丛刊》本。
⑥ (明)李开先:《改定元贤传奇后序》,见卜键笺校:《李开先全集·李中麓闲居集之五》,557页,上海,上海古籍出版社,2014。

为"倘能守词隐先生之矩镬，而运以清远道人之才情，岂非合之双美者乎"①，试图弥合沈璟"守法"与汤显祖"尚意"的分歧，寻求文律兼备、意法双美的佳境。王世贞《艺苑卮言》论诗文同样重视"尚法"与"尚意"："至于文，而各持其门户以相轧，卒胜卒负，而莫有竟者，其何故也？尚法则为法用，裁而伤乎气；达意则为意用，纵而舍其津筏。……吾来自意而往之法，意至而法偕至，法就而意融乎其间矣。"②关于"法""意"分立与相融的讨论，同"法与词两擅其极"的戏曲批评不谋而合，再次体现出王世贞文学批评的宏观视野。

所以，作为当时文坛大家的王世贞，其《艺苑卮言》论曲的四十一则文字也基本延续如上思路。一方面，依照诗文理论的研究模式，从文辞、格律两方面具体分析戏曲理论，在文辞方面侧重于是否藻丽，对格律问题却又浅尝辄止，流露出其"大家"情结下的力不从心。这些不足从他对曲家的评价可以看出，如"周宪王者，定王子也。……所作杂剧凡三十余种，散曲百余，虽才情未至，而音调颇谐，至今中原弦索多用之"；"徐髯仙霖，金陵人。所为乐府，不能如陈大声稳协，而才气过之"；"近时冯通判惟敏，独为杰出，其板眼、务头、撺抢、紧缓，无不曲尽，而才气亦足发之"③。点评诸位曲家仅用"颇谐""稳协"等简单的评语，并未像诗论那样进行深入论析。王世贞评议戏曲不仅将腔调问题置于最末，而且认为即使格律偶有不合之处，也无妨戏曲佳境的体现，这也再次印证其曲学批评的诗文背景。

另一方面，王世贞直面当时曲坛讨论的热点话题，凭依开阔的"大家"视野发现前人之论，并且以此为基础进而陈述己见，如基于南北地域文学讨论的背景，《曲藻》论南北曲就是其津津乐道之处。明代南曲逐渐兴盛既是

---

① （明）吕天成著，吴书荫校注：《曲品校注》卷上，37 页，北京，中华书局，2006。
② （明）王世贞：《弇州山人四部稿》卷六十七《五岳山房文稿序》，3265 页，台北，伟文图书出版有限公司，1976。
③ （明）王世贞：《曲藻》，见中国戏曲研究院编：《中国古典戏曲论著集成》（四），34～37 页，北京，中国戏剧出版社，1959。

时代风气使然，又与文人名士的鼓吹倡举有关。王世贞能够洞见曲坛的潮流趋向，并在《曲藻序》中流露出颇为自得的大家心态："大抵北主劲切雄丽，南主清峭柔远，虽本才情，务谐俚俗。譬之同一师承，而顿、渐分教；俱为国臣，而文、武异科。今谈曲者往往合而举之，良可笑也。"①此时北曲虽然依旧为文人座上宾朋欣赏的曲调，坚决拥护者如祝允明等对南曲新腔仍心存偏见，但南曲渐盛并形成南北曲共存、共演的曲坛格局已无法回避。王世贞作为当时的文坛大家，居高临下的优势使其能够俯察文坛，他关于南北曲的集中讨论大约有如下两处。

其一，《曲藻》直接引用何良俊的曲学观点，如："何元朗云：'北人之曲，以九宫统之。九宫之外，别有道宫、高平、般涉三调。南人之歌，亦有南九宫，然南歌或多与丝竹不协，岂所谓士气偏诐，钟律不得调平者耶？'"②对前人文学主张的直接引用在《艺苑卮言》中普遍存在，如卷一讨论诗文理论时就曾有长篇累牍的引用，《曲藻》所涉及的曲论观点基本摘录自《艺苑卮言》，所以也多有对周德清、朱权、何良俊等人曲论的直接引用。所以，审视《艺苑卮言》就会发现，直接引用他人观点实为王世贞的拿手好戏，也是其展开文学批评的形式特点。③

王世贞转述南北曲宫调差异之余，又进一步对南北曲特性予以细致界分："凡曲：北字多而调促，促处见筋；南字少而调缓，缓处见眼。北则辞

---

①　（明）王世贞：《曲藻》，见中国戏曲研究院编：《中国古典戏曲论著集成》（四），25 页，北京，中国戏剧出版社，1959。

②　同上书，27 页。

③　王世贞转述他人观点也偶有出入，如转述周德清《中原音韵》就有差误，见王骥德《曲律》卷四《杂论第三十九上》："《中原音韵》十七宫调所谓'仙吕宫清新绵邈'等类，盖谓仙吕之调，其声大都清新绵邈云尔。其云'十七宫调各应于律吕'，'于'字，以不闲文理之故。《太和正音谱》于仙吕等各宫调字下加一'唱'字，系是赘字。然犹可以'唱'代'曲'字，谓某宫之曲，其声云云也。至弇州加一'宜'字，则大拂理矣。岂作仙吕宫曲与唱仙吕宫曲者，独宜清新绵邈，而他宫调不必然，以是知蛇足之多为本文累也。论曲，当看其全体力量如何，不得以一二语偶合，而曰某人某剧某戏、某句某句似元人，遂执以概其高下。寸疏自不掩尺瑕也。"
［（明）王骥德著，陈多、叶长海注释：《曲律注释》，263～264 页，上海，上海古籍出版社，2012］

情多而声情少，南则辞情少而声情多。 北力在弦，南力在板。 北宜和歌，南宜独奏。 北气易粗，南气易弱。 此吾论曲三昧语。"①王世贞所言的"论曲三昧语"，吴中曲家魏良辅《曲律》中也有类似表述："北曲与南曲，大相悬绝，有磨调、弦索调之分。 北曲字多而调促，促处见筋，故词情多而声情少。 南曲字少而调缓，缓处见眼，故词情少而声情多。 北力在弦索，宜和歌，故气易粗。 南力在磨调，宜独奏，故气易弱。"②据徐朔方《晚明曲家年谱》的考证，"明张丑《真迹日录》二集据文徵明写本著录嘉靖二十六年金坛曹含斋大章跋《娄江尚泉魏良辅南词引正》"③。 可见魏良辅作《南词引正》当在嘉靖二十六年（1547）之前，这显然要早于王世贞撰写《艺苑卮言》的时间。 另外，魏良辅《曲律》所言"北曲以遒劲为主，南曲以宛转为主，各有不同"④，又与王世贞《曲藻序》"大抵北主劲切雄丽，南主清峭柔远，虽本才情，务谐俚俗"同样存在相似之处。⑤

其二，王世贞立足前人曲论进行延伸阐发，如："三百篇亡而后有骚、赋，骚、赋难入乐而后有古乐府，古乐府不入俗而后以唐绝句为乐府，绝句少宛转而后有词，词不快北耳而后有北曲，北曲不谐南耳而后有南曲。"⑥这种文体代变的思维方式在明代诗文理论中屡见其迹，在曲论里也有所体现，如比《艺苑卮言》稍早出现的何良俊《四友斋丛说》的曲论部分，就是基于复古理论的思维逻辑，视后世文体的演变源出《诗经》，认为"夫诗变而为词，词变而为歌曲，则歌曲乃诗之流别"。 何良俊不仅指出诗—词—曲

---

① （明）王世贞：《曲藻》，见中国戏曲研究院编：《中国古典戏曲论著集成》（四），27 页，北京，中国戏剧出版社，1959。
② （明）魏良辅：《曲律》，见中国戏曲研究院编：《中国古典戏曲论著集成》（五），7 页，北京，中国戏剧出版社，1959。
③ 徐朔方：《梁辰鱼年谱》，见《晚明曲家年谱》第 1 卷，133 页，杭州，浙江古籍出版社，1993。
④ （明）魏良辅：《曲律》，见中国戏曲研究院编：《中国古典戏曲论著集成》（五），6 页，北京，中国戏剧出版社，1959。
⑤ 对南北曲进行讨论的还有很多，如康海、李开先、徐渭等。 参见叶长海：《中国戏剧学史稿》，117 页，上海，上海文艺出版社，1986。
⑥ （明）王世贞：《曲藻》，见中国戏曲研究院编：《中国古典戏曲论著集成》（四），27 页，北京，中国戏剧出版社，1959。

次第演进的模式，而且注意到南北曲交替的时代现象，"近日多尚海盐南曲，士夫禀心房之精，从婉娈之习者，风靡如一，甚者北土亦移而耽之，更数世后，北曲亦失传矣"①，对近日曲坛的演变进行客观描述。

王世贞则据此将南曲纳入古代诗学体系之中，考辨古代诗乐文体的先后关系，较为清晰地梳理出曲体演变的轨迹，这从侧面体现出其文学批评的宏观视野。但这又遭到部分学者的批评，如徐朔方先生说："《曲藻》有对在它以前不久出版的何良俊《四友斋丛说》中曲论的批评，也有采用它的成说不加说明，或略加发挥而造成错误的。……差以毫厘，失之千里，显得窜改者对戏曲发展的历史事实缺乏认识。"②这里需要补充说明的是，王世贞对何良俊十分关注，嘉靖三十五年（1556）王世贞为《世说新语补》作序云："余治燕赵郡国狱，小间无事，探囊中所藏，则二书在焉，因稍为删定，合而见其类。益《世说》之所去不过十之二，而何氏之所采则不过十之三耳。"③王世贞不仅整合何良俊的《语林》从而完成《世说新语补》，还在《曲藻》中多处直接论述何良俊的戏曲观点，如："《琵琶记》之下，《拜月亭》是元人施君美撰，亦佳。元朗谓胜《琵琶》，则大谬也"；"何元朗极称郑德辉《㑇梅香》《倩女离魂》《王粲登楼》，以为出《西厢》之上。《㑇梅香》虽有佳处，而中多陈腐措大语，且套数、出没、宾白，全剽《西厢》。《王粲登楼》事实可笑，毋亦厌常喜新之病欤？"④严厉批评何良俊曲论的背后，实则透露出对其曲论内容的熟悉，因此无论是直接引用还是借题发挥，都显得合乎情理。

所以，同为活动于吴中地区的专业曲家，魏良辅、何良俊的曲论观点与

① （明）何良俊：《曲论》，见中国戏曲研究院编：《中国古典戏曲论著集成》（四），6页，北京，中国戏剧出版社，1959。
② 徐朔方：《王世贞年谱》，见《晚明曲家年谱》第1卷，508页，杭州，浙江古籍出版社，1993。
③ （明）王世贞：《弇州山人四部稿》卷七十一《世说新语补小序》，3434页，台北，伟文图书出版有限公司，1976。
④ （明）王世贞：《曲藻》，见中国戏曲研究院编：《中国古典戏曲论著集成》（四），34页，北京，中国戏剧出版社，1959。

王世贞《曲藻》内容多有巧合，王世贞甚至自称"此吾论曲三昧语"，这不得不令人疑惑。文坛大家心态的暗示导致王世贞急于介入戏曲批评，除了诗文批评思维的惯性切入之外，具体问题的阐发也略显门外之见，或有借鉴、引用过度之嫌。无怪乎徐复祚批评道："王弇州一代宗匠，文章之无定品者，经其品题，便可折中，然于词曲不甚当行。"①

三、吴中地域视角的切入与曲学探讨

王世贞虽于格律等问题的讨论不甚深入，但是在李开先、祝允明等文人坚守北曲的格局下，或为其"大家"视野的体现，或又是地域情愫的偏见，虽然并非有意识地土宰曲坛格局的演变，但是凭借其文坛盟主的特殊身份来重视南曲，对于推动吴中曲坛的发展可谓功不可没。故而凌濛初对此深为感慨："自梁伯龙出，而始为工丽之滥觞，一时词名赫然。盖其生嘉、隆间，正七子雄长之会，崇尚华靡；弇州公以维桑之谊，盛为吹嘘，且其实于此道不深，以为词如是观止矣，而不知其非当行也。以故吴音一派，兢为剿袭。"②凌濛初委婉批评王世贞"其实于此道不深"之余，又道出其立足吴中地域的推动作用，这正是审视王世贞戏曲思想的关键所在。

当王世贞步入文坛之际，李梦阳等七子文人正在革新台阁余风，其所倡导的复古思潮也影响至吴中地区。比如，吴中文人黄省曾论诗，认为"肆览《庄》《易》，博综百家，骈球俪金，往往不期而有，虽骨气稍劣，而寓目辄书，万象罗会"③，其为文也多铺张扬厉、词藻华丽。李梦阳曾致信评价其"辱致华牍奇帙，兼之高篇，展之烂然，诵之锵然，目之苍然、渊然，盖所

---

① （明）徐复祚：《曲论》，见中国戏曲研究院编：《中国古典戏曲论著集成》（四），235 页，北京，中国戏剧出版社，1959。
② （明）凌濛初：《谭曲杂札》，见中国戏曲研究院编：《中国古典戏曲论著集成》（四），253页，北京，中国戏剧出版社，1959。
③ （明）黄省曾：《五岳山人集》卷二十五《晋康乐公谢灵运诗集序》，见《四库全书存目丛书》集部第 94 册，737 页，济南，齐鲁书社，1993。

谓希世之珍也"①，王世贞也婉言批评"黄勉之如假山池，虽尔华整，大费人力"②，都是强调文辞过于堆垛的问题，可以说是当时文坛风气的有力折射。正是基于这样的文坛背景，王世贞在文坛大家这个身份之外，又以吴中文人身份展开曲学批评，主要体现在针对北方曲家李开先与南方的吴中曲家。

一方面，王世贞任山东提学副使之时，曾赴章丘拜访李开先，并留有《答李伯华文选》《游太常伯华诸园》等诗。李开先也作有《冬至夜王凤洲宪副见访近城园中，有诗相赠，依韵奉答》等诗，其中《中麓山人咏雪诗》还有王世贞所作的跋语，可见二人之间诗文唱和的往来情形。但是二人在戏曲领域的交往却有一些波折：

> 王元美言："余兵备青州时，曾一造李中麓。中麓开燕相款。其所出戏子皆老苍头也，歌亦不甚叶。自言有善歌者数人，俱遣在各庄去未回。"亦是此老欺人。③

王世贞赴青州任上是在嘉靖三十五年（1556），这也是他开始撰写《艺苑卮言》的时期。他在李开先款待他的宴席上不满于老苍头的歌唱，或是由于过气演员自身演艺不佳，或是缘自北曲腔调的风格不同，所以自然难以接受李开先的开脱之辞。而后王世贞因家难重回吴中后，或许对新兴南曲逐渐熟悉并增进了解，再论词曲之时便由先前的情绪表达转为理性思索：

> 北人自王、康后，推山东李伯华。伯华以百阕【傍妆台】为德涵所赏。今其辞尚存，不足道也。所为南剧《宝剑》《登坛记》，亦是改其乡先

---

① （明）李梦阳：《空同集》卷六十二《答黄子书》，见《景印文渊阁四库全书》集部第 1262 册，571 页，台北，台湾商务印书馆，1986。
② （明）王世贞著，罗仲鼎校注：《艺苑卮言校注》卷五第一二则，260 页，济南，齐鲁书社，1992。
③ （明）何良俊：《四友斋丛说》卷十八，208 页，北京，中华书局，1993。

辈之作。二记余见之，尚在《拜月》《荆钗》之下耳，而自负不浅。一日问余："何如《琵琶记》乎?"余谓："公辞之美，不必言。第令吴中教师十人唱过，随腔字改妥，乃可传耳。"李怫然不乐罢。①

王世贞坦承李开先是自王九思和康海之后杰出的北方曲家，但是认为其所作南剧《宝剑记》《登坛记》并非原创而是改编他作，而且较之《拜月亭记》等南戏尚有差距，对李开先的"自负不浅"提出异议，肯定文辞工美之余又道出曲腔的不合己意，还做出请吴中曲师修改的假设。 王世贞之所以能够如此大胆假设，并且敢冒好友"怫然不乐"的风险，指摘的底气自然有吴中南曲兴盛的背景支撑，以及大家情怀的暗示鼓舞，敢于肯定曲坛格局下吴中地区中心化的认同。 恰是王世贞、沈璟等吴中曲家的自信与坚持，才有"沈汤之争"的出现，才会带来晚明曲坛的精彩纷呈。

另一方面，王世贞还竭力"以维桑之谊，盛为吹嘘"吴中曲家。 以王世贞为首的后七子相互吹捧扬名的现象十分突出，"于鳞既殁，元美著作日益繁富，而其地望之高、游道之广，声力气义，足以翕张贤豪、吹嘘才俊。 于是天下咸望走其门，若玉帛职贡之会，莫敢后至。 操文章之柄，登坛设埠，近古未有"②。 这种风气也影响了王世贞对吴中曲家的关注，"吾吴中以南曲名者：祝京兆希哲、唐解元伯虎、郑山人若庸。 希哲能为大套，富才情，而多驳杂。 伯虎小词翩翩有致。 郑所作《玉玦记》最佳，它未称是。 《明珠记》即《无双传》，陆天池采所成者，乃兄浚明给事助之，亦未尽善。 张伯起《红拂记》洁而俊，失在轻弱。 梁伯龙《吴越春秋》，满而安，间流冗长。 陆教谕之裘散词，有一二可观。 吾尝记其结语：'遮不住愁人绿草，一夜满关山。'又：'本是个英雄汉，差排做穷秀才。'语亦隽爽。 其他未

---

① （明）王世贞：《曲藻》，见中国戏曲研究院编：《中国古典戏曲论著集成》（四），36 页，北京，中国戏剧出版社，1959。
② （清）钱谦益：《列朝诗集小传》丁集上"王尚书世贞"，436 页，上海，上海古籍出版社，1983。

称是"①。 其间突出吴中曲家"以南曲名"的意味十分明显。

王世贞还以"才情"为标准来褒扬吴中文人。 比如，评价祝希哲"富才情"，好友宗臣"才高而气雄"，"神与才傅，天窍自发"②。 他进而将"才"与"情"并称，主张"能发其情，以与才合"③，故而《艺苑卮言》屡见"宛宛有才情""不胜才情""才情未裕"等评语。 "才情"标准同样反映在王世贞对明代曲家的评价上，如："杨状元慎才情盖世"；"杨用修妇亦有才情"；"谷继宗，济南人。 所为乐府，微有才情"。 王世贞还以"才情"来评价元代戏曲，如："'暗想当年罗帕上把新诗写'南北大散套，是元人作。 学问才情，足冠诸本。"而在与何良俊关于《琵琶记》的争论中，他更是指出"中间虽有一二佳曲，然无词家大学问，一短也"。④ 可见其对于才情、学问的高度重视。

王世贞还对工丽藻饰的曲风表示认同。 嘉靖三十八年至隆庆二年（1559—1568），他以家难休官在太仓，得有机会与吴中曲家张凤翼、梁辰鱼等人往来，所以其戏曲创作和理论批评难免受到吴中风气的影响。

王骥德基于本色标准将王世贞的曲作视为"才士之曲"，"世所谓才士之曲，如王弇州、汪南溟、屠赤水辈，皆非当行"⑤。 此外，《曲藻》也更多从语言角度展开批评，评价元曲时取"景中雅语""景中壮语""意中爽语""情中快语""情中冶语""情中紧语""浑中巧语"等，重点摘录外在形式的佳句。 又如《艺苑卮言》卷四："明皇藻艳不过文皇，而骨气胜之。语象则'春来津树合，月落戍楼空'。 语境则'马色分朝景，鸡声逐晓

① （明）王世贞：《曲藻》，见中国戏曲研究院编：《中国古典戏曲论著集成》（四），37 页，北京，中国戏剧出版社，1959。
② （明）王世贞：《弇州山人四部稿》卷六十五《宗子相集序》，3155 页，台北，伟文图书出版有限公司，1976。
③ （明）王世贞：《弇州山人四部稿续稿》卷五十五《彭户部说剑余草序》，719 页，台北，台湾商务印书馆，1986。
④ （明）王世贞：《曲藻》，见中国戏曲研究院编：《中国古典戏曲论著集成》（四），34～37 页，北京，中国戏剧出版社，1959。
⑤ （明）王骥德著，陈多、叶长海注释：《曲律注释》卷四《杂论第三十九下》，296 页，上海，上海古籍出版社，2012。

风'。语气则'翠屏千仞合，丹嶂五丁开'。语致则'岂不惜贤达，其如高尚心'。虽使燕、许草创，沈、宋润色，亦不过此。"①对曲家个案的点评同样如此，如摘句评杨慎"'傲霜雪镜中紫髯，任光阴眼前赤电，仗平安头上青天。'皆佳语也"；"张伯起《红拂记》一佳句云：'爱他风雪耐他寒'，不知为朱希真词也"②。相关讨论都是从"佳句"的视角着眼。同时，"佳境""佳语"在《艺苑卮言》诗文评议中出现的频率较高，如《艺苑卮言》卷二"孟坚《两都》，似不如张平子，平子虽有衍辞，而多佳境壮语"③，卷三"'明月照积雪'，是佳境，非佳语；'池塘生春草'，是佳语，非佳境"④，卷四"唐人有佳句而不成篇者，如孟浩然'微云淡河汉，疏雨淡梧桐'"⑤。这些都是从文辞角度进行摘录、点评，肯定才情、文辞俱佳的审美效果。

当然，王世贞的点评又表现出"大家"的业余之举，从而遭到当时曲家如徐复祚的批评：

> 最可笑者，弇州先生之许《红拂》也，曰："《红拂》有一佳句，曰'爱他风雪耐他寒'，不知其为朱希真词也"云云。余一日过伯起斋中。谈次问："此句用在何处？觅之不得。"伯起笑曰："王大自看朱希真《红拂》耳，似未尝看张伯起《红拂》也。"相与一笑。⑥

王世贞的摘句略显粗糙，没有顾及戏曲的前后语境，"原句见于第十九出，在男角上场念白的结束，以'正是'二字引起，向例用的是古人的成句。只

---

① （明）王世贞著，罗仲鼎校注：《艺苑卮言校注》卷四第三则，158 页，济南，齐鲁书社，1992。
② （明）王世贞：《新刻增补艺苑卮言》卷九，明万历十七年武林樵云书舍刻本。
③ （明）王世贞著，罗仲鼎校注：《艺苑卮言校注》卷二第四四则，92 页，济南，齐鲁书社，1992。
④ （明）王世贞著，罗仲鼎校注：《艺苑卮言校注》卷三第五九则，134 页，济南，齐鲁书社，1992。
⑤ （明）王世贞著，罗仲鼎校注：《艺苑卮言校注》卷四第四八则，191 页，济南，齐鲁书社，1992。
⑥ （明）徐复祚：《曲论》，见中国戏曲研究院编：《中国古典戏曲论著集成》（四），237 页，北京，中国戏剧出版社，1959。

有对戏曲体例不太熟悉的人才会觉得它意外"①。 张凤翼也对这位驰骋文坛的大家表达出"相与一笑"的无奈。

以上针对王世贞《曲藻》的具体剖析，旨在回归有明一代的风气以及《艺苑卮言》的文统评价体系，展现出王世贞戏曲思想的时代特色，这既是其自身审美标准的反映，又是明中期曲坛发展情况的折射。 《曲藻》涉及具体理论的展开有着鲜明的时代烙印，同时，《曲藻》涉及诸多曲学的命题，如"歌演终场，不能使人堕泪，三短也。 《拜月亭》之下，《荆钗》近俗而时动人，《香囊》近雅而不动人，《五伦全备》是文庄元老大儒之作，不免腐烂"②，对后世关于戏剧表演特性的讨论启示深远。 另外，关于明代曲坛传奇戏曲的演进，学界一直以来多做如此定位：魏良辅致力于昆腔体系的改革，梁辰鱼则付诸传奇文学的加工，二人于此途的开拓功不可没。 这里必须补充的是，王世贞基于文坛领袖和吴中文人的双重身份，附着强烈的传统文人色彩介入戏曲批评，努力鼓吹吴中格局并推动其逐渐兴盛，也影响了沈璟等曲家的自我认同与身份定位，形成与汤显祖、王骥德等曲家的讨论，这些都是推动明代传奇戏曲走向成熟的重要环节。 所以，回归当时历史语境进行深入考察，是重新审视王世贞戏曲思想价值的关键所在。

◎ 第二节

"诗品"到"曲品"：吕天成、祁彪佳的戏曲思想

"品"作为艺术鉴赏的批评形态，从汉代鉴识人物转至艺术领域，成为

---

① 徐朔方：《王世贞年谱》，见《晚明曲家年谱》第 1 卷，508 页，杭州，浙江古籍出版社，1993。

② （明）王世贞：《曲藻》，见中国戏曲研究院编：《中国古典戏曲论著集成》（四），34 页，北京，中国戏剧出版社，1959。

文人喜好的文艺批评方式，涉及诗、词、书、画、戏曲、小说等领域。其中"画品"有谢赫《古画品录》等，"书品"有张怀瓘《书断》等，"诗品"有钟嵘《诗品》等，"词品"有郭麐《词品》等，"文品"有许奉恩《文品》等。品评风气同样弥漫于明代曲坛，呈现出相对突出的戏曲品评现象，先后有朱权《太和正音谱》、吕天成《曲品》、祁彪佳《远山堂曲品》与《远山堂剧品》、高奕《新传奇品》等较为完整的曲品著作。此外，尚有王骥德《曲律·杂论》提及的两则材料：一为"词隐《南词韵选》，列'上上''次上'二等"；一为"余欲于暇中仿《辍耕》《正音》二书例，尽籍记今之戏曲，且甄别美恶，次为甲乙，以传示将来。恨未能悉见所有"①。可见，沈璟与王骥德二位戏曲专家也有涉及"曲品"范畴的材料。其中，吕天成、祁彪佳品评戏曲的成就最为突出，他们从诗文品评的范畴入手，涉及戏曲功能、语言、结构等理论的探讨，强化曲品外在批评形态和内在批评准则的演绎，展现了明代"曲品"的独特思想和文体价值。

一、"诗品"范式的移植与借鉴

明代文人涉足戏曲品评的阐述，相对于诗文抑或书画领域而言略晚，所以吕、祁"曲品"探究的切入，存在品评范式的移植借鉴或不谋而合之处，共同构成"品"的独特魅力。此处标列的"诗品"范式并非仅限钟嵘《诗品》，而是泛指诗词、书画等领域的批评形态。吕天成等曲家关于戏曲品评的阐述，一方面直接延续传统的品评模式，吕天成《曲品自叙》云，"仿钟嵘《诗品》、庾肩吾《书品》、谢赫《画品》例，各著论评，析为上下二卷"②，将诗文品评的形态引入戏曲领域，丰富了戏曲批评的外在形式和理论内涵；另一方面受到明代批评风气的熏染，高棅《唐诗品汇》、杨慎《词

---

① （明）王骥德著，陈多、叶长海注释：《曲律注释》卷四《杂论第三十九下》，341、328 页，上海，上海古籍出版社，2012。

② （明）吕天成著，吴书荫校注：《曲品校注》卷首，1 页，北京，中华书局，2006。

品》、李开先《中麓画品》等纷纷展开各自领域的文艺品评。 同时,沈璟、王骥德与吕天成等曲家亦师亦友,都有涉及戏曲品评范畴的论析。 梳理传统诗文、书画等的品评,可以发现其存在较具特色的范式,反映在"曲品"的借鉴上,大致有如下三个层面:溯源得委的流派意识;品第高下的比较意识;意象譬喻的审美意识。

首先,溯源得委的流派意识。 吕天成《曲品》品评曲家九十人、作品一百九十二部,面对如此众多的曲家作品,吕氏体现出明确的流派意识:"余虽不遵古而卑今,然须溯源而得委,仿之《画史》,略加诠次,作《旧传奇品》。"①钟嵘《诗品》作为诗学领域品评的典范,被清代学者章学诚评价为"深从六艺溯流别也"②。 《曲品》流露出的流派意识大约在于:一是风格倾向的流派。"今人不能融会此旨,传奇之派,遂判而为二:一则工藻缋以拟当行;一则袭朴淡以充本色"③,从风格角度区分为"藻缋"与"本色"两派。 其中针对"玉茗派"评《拜月亭记》曰:"元人词手,制为南词,天然本色之句,往往见宝,遂开临川玉茗之派。"④尤其是嘉靖、隆庆曲坛追求骈俪的风尚,如郑若庸《玉玦》"典雅工丽,可咏可歌,开后人骈绮之派"⑤,明确标示出诸家之间的前后关联。 二是地域群体的流派。 《曲品》评谢谠《四喜记》提出"上虞有曲派,此公甚高"⑥,按其著录评议的上虞曲家大约包括谢谠、郑祖法、车任远、朱期、赵于礼等。 祁彪佳《远山堂曲品》也有对骈俪曲派的梳理,认为源自贾仲明《金安寿》(又名《度金童玉女》),其流则有梅鼎祚《玉合记》(又名《玉盒记》),"骈俪之派,本

---

① (明)吕天成著,吴书荫校注:《曲品校注》卷上,1～2页,北京,中华书局,2006。
② (清)章学诚著,刘公纯标点:《文史通义》卷五《内篇五·诗话》,157页,北京,古籍出版社,1956。
③ (明)吕天成著,吴书荫校注:《曲品校注》卷上,23页,北京,中华书局,2006。
④ (明)吕天成著,吴书荫校注:《曲品校注》卷下,165页,北京,中华书局,2006。
⑤ 同上书,237页。
⑥ 同上书,301页。

于《玉玦》"①等。 所以，吕、祁针对源流原委的梳理，并非作家作品的简单罗列，而是体现出强烈的曲史意识。

其次，品第高下的比较意识。 重视纵向溯源梳理的同时，还有横向的高下比较。 六朝时期的品评著作受到当时人物品评风气的影响，借用第一、第二、第三等或者上、中、下三等九品的排列顺序，进行高下、先后的等次评定。 钟嵘《诗品》按照"三品升降"品第一百二十二位五言诗作家，所以"品"存在品评的批评指向：一是设置高下品级，一是评定优劣特质。 同时，"评"与"品"又有差别："评"重在评论作家作品自身的内容；"品"则辨明作家作品之间的高下，更加突出品第优劣的比较意识。 体现在"书品"如李嗣真《书后品》分为上、中、下三品，"画品"如朱景玄《唐朝名画录》"以张怀瓘《画品》断神、妙、能三品，定其等格上、中、下，又分为三。 其格外有不拘常法，又有逸品，以表其优劣也"②。 明代"曲品"也有沿袭这一思路的，朱权《太和正音谱》评元代曲家即有前后主次的态度，如马东篱"宜列群英之上"，白仁甫"宜冠于首"，张鸣善"诚一代之作手，宜为前列"等。 吕天成《曲品》也对"新传奇"进行高下评定，如将汤显祖与沈璟二人同时列为"上之上"，并对二者略作区分："予之首沈而次汤者，挽时之念方殷，悦耳之教宁缓也。 略具后先，初无轩轾。 允为上之上"③，将曲坛争议较大的"沈汤之辩"纳入品第的批评范畴。

最后，意象譬喻的审美意识。 以意象譬喻风格特征较早见于袁昂《古今书评》，如"卫恒书如插花美人，舞笑镜台"；"孟光禄书如崩山绝崖，人见可畏"④等。 钟嵘《诗品》也具体品述各家风格，如"中品"论述范云、

---

① （明）祁彪佳：《远山堂曲品》，见俞为民、孙蓉蓉编：《历代曲话汇编·明代编》第3集，548页，合肥，黄山书社，2009。
② （唐）朱景玄：《唐朝名画录序》，见何志明、潘运告：《唐五代画论》，75页，长沙，湖南美术出版社，1997。
③ （明）吕天成著，吴书荫校注：《曲品校注》卷上，1页，北京，中华书局，2006。
④ （南朝）袁昂：《古今书评》，见上海书画出版社编：《历代书法论文选》，75页，上海，上海书画出版社，1979。

丘迟云"范诗清便宛转,如流风回雪。 丘诗点缀映媚,似落花依草"①,形象具体地描述勾勒,起到画龙点睛的妙用。 涉及"曲品"范畴的则有朱权《太和正音谱·古今群英乐府格势》选取意象分别品评元明曲家,其中立动物之"象"如"马东篱之词,如朝阳鸣凤",立自然风景之"象"如"费唐臣之词,如三峡波涛",立人物之"象"如"王实甫之词,如花间美人"等,构建的意境偏于空灵蕴藉之美。 吕天成也借用意象品评汤、沈,如"新出小旦"与"老教师登场"的比较,形象生动地点出二人戏曲作品的不同风格。祁彪佳《远山堂曲品》则多于文辞、结构等进行品评,其中文辞方面如祝长生《红叶》"葩藻之词,如三峡波涛,随地委折",结构方面如王元寿《空城》"此记贯串如无缝天衣"②等。

所以,吕天成、祁彪佳关于"曲品"的展开,基本延续诗文、书画领域品评的体例,移植传统的品评体形态,同时结合明代戏曲文体的时代演变,从而构成明代"曲品"的独特风貌。

二、诗学批评思想的介入与演变

吕天成、祁彪佳"曲品"移植自"诗品",不只体现于体例形式的外在表现,更重要的在于诗学批评思想的介入,流露出明代戏曲批评的曲本位观念,同时又着力于传奇戏曲文体的建构,折射出戏曲批评向剧本位观念也即戏曲综合体性辨析的转变。

"曲品"虽然面向元明时期的戏曲文体,但依旧无法摆脱传统文人的批评视野,时时流露出诗学批评思想的介入。 钟嵘《诗品序》指出,"观王公缙绅之士,每博论之余,何尝不以诗为口实。 随其嗜欲,商榷不同。 淄渑

---

① (南朝梁)钟嵘著,周振甫译注:《诗品译注》,74 页,北京,中华书局,2012。
② (明)祁彪佳:《远山堂曲品》,见俞为民、孙蓉蓉编:《历代曲话汇编·明代编》第 3 集,569、564 页,合肥,黄山书社,2009。

并泛，朱紫相夺，喧议竞起，准的无依"①，意在品第高下以实现诗坛准的可依，品诗的现实针对性非常明确。 吕天成指向曲坛利弊的用意也很明显，其《曲品自叙》云："予曰：'传奇侈盛，作者争衡，从无操柄而进退之者。矧今词学大明，妍媸毕照，黄钟瓦缶，不容溷陈，《白雪》《巴人》，奈何并进？ 子慎名器，予且作糊涂试官，冬烘头脑，开曲场，张曲榜，以快予意。何如？'生笑曰：'此段科场，让子作主司也。'"②认为廓清曲坛"黄钟瓦缶"与"《白雪》《巴人》"的混乱局面十分必要，这也与曲家祁彪佳的观点不谋而合。 祁彪佳《远山堂曲品叙》说："予操三寸不律，为词场董狐，予则予，夺则夺，一人而瑕瑜不相掩，一帙而雅俗不相贷，谁其能幻我以黎丘哉。"③可见"曲品"具有较为浓烈的"试官"和"主司"意味，吕、祁二人均试图整顿曲坛秩序以促进曲坛良性发展。

吕天成依旧延续诗学批评的术语，以"当行""本色"作为品评标准："第当行之手不多遇，本色之义未讲明。 当行兼论作法，本色只指填词。当行不在组织饾饤学问，此中自有关节局概，一毫增损不得；若组织，正以蠹当行。 本色不在摹勒家常语言，此中别有机神情趣，一毫妆点不来；若摹勒，正以蚀本色。"④严羽《沧浪诗话·诗辨》提出"大抵禅道惟在妙悟，诗道亦在妙悟。 ……惟悟乃为当行，乃为本色"⑤，借禅理来喻诗论，道出熟参各类诗歌作品以妙悟"本色"的真谛。"当行""本色"术语在戏曲理论批评中同样内涵丰富，涉及戏曲文辞表达、表演风格等方面，强调朴素、自然的审美标准。 吕天成则将二者分立别说，特意细化二者各自的内涵指向："当行"在于整体布局结构，"本色"倾向于文辞审美趣味，强调戏曲文学范畴的文体要求，同时又指出"而不知果属当行，则句调必多本色矣；果具

① （南朝梁）钟嵘著，周振甫译注：《诗品译注》，22 页，北京，中华书局，2012。
② （明）吕天成著，吴书荫校注：《曲品校注》卷首，1 页，北京，中华书局，2006。
③ （明）祁彪佳：《远山堂曲品》，见俞为民、孙蓉蓉编：《历代曲话汇编·明代编》第 3 集，537 页，合肥，黄山书社，2009。
④ （明）吕天成著，吴书荫校注：《曲品校注》卷上，23 页，北京，中华书局，2006。
⑤ （宋）严羽著，郭绍虞校注：《沧浪诗话校注》，2 页，北京，人民文学出版社，1983。

本色，则境态必是当行矣"①，肯定各自关联的"句调""境态"两途，呈现出戏曲文体体性整体的统一性。

吕天成从"当行""本色"入手，实又指向意境和趣味的审美追求，这也成为其品评元明曲家和曲作的重要元素。吕天成界定"当行"已从"境态"着眼，同时辨析传奇与杂剧文体也说："杂剧但撷一事颠末，其境促；传奇备述一人始终，其味长。无杂剧则孰开传奇之门？非传奇则未罄杂剧之趣也。"②分别辩论杂剧于"境"、传奇于"味"两途的长处，而落实至具体戏曲作品的谈论，"味"与"境"则又成为其品评的关键词。

"味"与"境"作为诗学批评术语并不新鲜，钟嵘《诗品序》明言："五言居文词之要，是众作之有滋味者也……干之以风力，润之以丹彩，使味之者无极，闻之者动心，是诗之至也。"③其讨论五言诗的重要标准就在于意味深远，其后诸如唐代王昌龄、皎然、司空图诸家说诗也都提出"味外之旨"的审美追求。吕天成品评曲作关注"曲味"，如"《杀狗》：事俚，词质。……词多有味"；"《四节》：初出时甚奇，但写得不浓，只略点大概耳，故久之觉意味不长"；"《风教编》：一记分四段，仿四节体，趣味不长"；"《白练裙》：曲未入格，然诙谐甚足味也"。同时还以"致"作为关键词，如评"《灌园》：有风致而不蔓，节侠具在"；"《桃符》：宛有情致，时所盛传"；"《存孤》：事甚奇，词亦雅，且有风致"。④无论肯定与否，都立足于戏曲文本整体审美趣味的追寻。

诗境的讨论同样见于皎然《诗式·辨体有一十九字》："夫诗人之说思初发，取境偏高，则一首举体便高；取境偏逸，则一首举体便逸。"⑤境界的构建成为诗人创作的文体自觉。吕天成《曲品》中也出现诸如"境界""佳

---

① （明）吕天成著，吴书荫校注：《曲品校注》卷上，23 页，北京，中华书局，2006。
② 同上书，1 页。
③ （南朝梁）钟嵘著，周振甫译注：《诗品译注》，19 页，北京，中华书局，2012。
④ （明）吕天成著，吴书荫校注：《曲品校注》，117、181、235、274、231、210、300 页，北京，中华书局，2006。
⑤ （唐）皎然：《诗式》卷一，9 页，北京，中华书局，1985。

境""苦境""情境"等词,并且品评戏曲境界多集中于汤显祖、沈璟、徐渭等名家名篇,如评《牡丹亭》"著意发挥怀春慕色之情,惊心动魄。且巧妙叠出,无境不新,真堪千古矣"。而对平庸的作品则使用"腐境""酸境"等词,如"《彩楼》:作手平平,稍入酸境,且是全不核实"。① 可见吕天成不仅将"境"作为理论批评的支撑点,而且视之为戏曲品格的审美理想。同时,"境"与"情"出现连用,如"情同境转""真情苦境""境惨情悲""有境有情""情境亦了了""虽有情境,殊失事实""第情境犹未彻邕"。将明代戏曲普遍阐扬的"情"与"境"连接起来,既是对诗论情境说的再次印证,又是明代戏曲主情说的理论附着。

可见,吕天成从"当行""本色"入手,发掘戏曲文体"境"与"味"的审美趣味,足以体现其品评的曲本位观念,侧重于对戏曲文学意味的强调。同时吕天成又进行剧本位的综合思考,对传奇戏曲文体进行整体特性的辨析,也完成了从诗学批评向曲学批评的转变与建构。

吕天成品曲,于情境、趣味的强调之外也强调戏曲格律的重要,如"《双卿》:景趣新逸,且守韵调甚严,当是词隐高足";"《投桃》:甚有情趣,且知守韵律,尤为可喜"。将这两部作品都列入上品,对趣、律双美的作品赞赏有加。这尤其表现在对于晚明曲坛汤、沈二人的争议,吕天成首先肯定王骥德"松陵具词法而让词致,临川妙词情而越词检"的点评,认为二人"略具后先,初无轩轾。允为上之上",并且高度评价"此二公者,懒作一代之诗豪,竟成千秋之词匠,盖震泽所涵秀而彭蠡所毓精者也"。不仅如此,吕天成还进一步提出调谐的思路:"倘能守词隐先生之矩矱,而运以清远道人之才情,岂非合之双美者乎?"明确填制戏曲格律、文辞必不可少,并且意识到汤、沈二人各有所长,从而摒弃优劣而合之双美。此外,《曲品》还时时关注填制戏曲之"法",体现出强烈的戏曲文体思想,如评《琵琶记》曰:"其词之高绝处,在布景写情,真有运斤成风之妙。串插甚

---

① (明)吕天成著,吴书荫校注:《曲品校注》卷下,321、179 页,北京,中华书局,2006。

合局段，苦乐相错，具见体裁。可师，可法，而不可及也"，针对情节、文辞、布局等作法一一品判。此外，《曲品》还旨在传奇文体的树立，如"《双环》：此木兰从军事，今增出妇翁及夫婿，串插可观。此是传奇法"；"《霞笺》：此即《心坚金石传》，死者生之，分者合之，是传奇体"等，完成了对戏曲综合体性的整体审视。①

祁彪佳也在《远山堂曲品叙》中表明"韵失矣，进而求其调；调讹矣，进而求其词；词陋矣，又进而求其事。或调有合于韵律，或词有当于本色，或事有关于风教，苟片善之可称，亦无微而不录"，明确指出调、词、事三大品判依据，并且认为"故求词于词章，十得一二；求词于音律，百得一二耳。品中虽间取词章，而重律之思，未尝不三致意焉"。所以祁彪佳对具体作家作品的品评已然存在从曲词向场上的关注，如"《玉杵》：文彩翩翩，是词坛流美之笔。……然律以场上之体裁，吾未敢尽为《蓝桥》许也"；"《水浒》：记宋江事，畅所欲言，且得裁剪之法。曲虽多稗弱句，而宾白却甚当行，其场上之善曲乎"。②祁彪佳与吕天成较为一致地展开品评，涉及传奇之"事佳"、结构是否"传奇"、串插是否奇特等问题，更加关注戏曲叙事因素的强调，实现了从"曲"向"剧"的重要转变。从某种程度而言，也是在戏曲品评这一特殊方面，揭示出晚明戏曲批评理论的突破与升华，以及晚明时代背景下曲家戏曲观念的转变，"中国古代戏曲批评的建立经历了一个从诗学体系借用品鉴范式到逐渐建构适应于剧场艺术的品鉴范式的过程，这是戏曲批评逐步走向成熟的过程"③。

---

① （明）吕天成著，吴书荫校注：《曲品校注》，249、261、37、163、329、373 页，北京，中华书局，2006。
② （明）祁彪佳：《远山堂曲品》，见俞为民、孙蓉蓉编：《历代曲话汇编·明代编》第 3 集，537、575、578 页，合肥，黄山书社，2009。
③ 陈维昭：《中国戏曲的双重意义阈——陈维昭古典戏曲论集》，214 页，南京，凤凰出版社，2011。

三、"曲品"品格的列置与辨析

按吕天成《曲品自叙》所言"仿钟嵘《诗品》、庾肩吾《书品》、谢赫《画品》例"①,其间上、中、下三品的体例源出人物品评的三等九品制,同时增添"神、妙、能、具"的四分法,以及祁彪佳"妙、雅、逸、艳、能、具"的六分法,实际上又融合了"书品""画品"领域的演绎,实现了品第与审美的融合,促进了品评形态的成熟。

唐代皎然《诗式·辨体有一十九字》曾高度凝练地概括意境风格,展现出审美品格在批评观念上的流露。而"神、妙、能、具"等品评体例,着重从品格审美的角度展开论述,其具体操作出现于唐代张怀瓘《书断》,品列"神品"二十五人、"妙品"九十八人、"能品"一百七人②,北宋刘道醇《五代名画补遗》也分"神、妙、能"三品,唐代朱景玄《唐朝名画录》则更进一步,"所分凡神、妙、能、逸四品,神、妙、能又各别上中下三等,而逸品则无等次,盖尊之也。……李嗣真作《书品》后,始别以李斯等五人为逸品。张怀瓘作《书断》,始立神、妙、能三品之目。合两家之所论定,为四品,实始景玄。至今遂因之,不能易"③。至此,书、画品领域"神、妙、能、逸"四品的品评格局已基本厘清,吕天成、祁彪佳二人于"曲品"则稍有增减,并且其先后次序的界定以及具体作品的品评,又折射出晚明戏曲思想观念的嬗变:一是从文辞、格律的讨论模式转向整体审美风格的概述;二是"尚法"与"尚意"之辨的再现。

吕天成基本认同"神、妙、能"三品的界定,增加"具品"而独未标列

---

① (明)吕天成著,吴书荫校注:《曲品校注》卷首,1页,北京,中华书局,2006。
② (唐)张怀瓘:《书断》,见上海书画出版社编:《历代书法论文选》,171~175页,上海,上海书画出版社,1979。
③ (宋)陈振孙:《直斋书录解题》卷十四评《唐朝名画录》,见于安澜编:《画品丛书》,65~66页,上海,上海人民美术出版社,1982。

"逸品"。考量吕天成对具体曲作的品列，或可明确吕天成戏曲品评的审美观念。

首先，黄休复《益州名画录》具体诠释"妙品"为："画之于人，各有本性，笔精墨妙，不知所然。若投刃于解牛，类运斤于斫鼻。自心付手，曲尽玄微。故目之曰'妙格'耳。"①要求"妙品"达到合乎本性、运用自如的艺术境界。吕天成品列"妙品"的曲家有邵灿、王济二位，其中"常州邵给谏……选声尽工，宜骚人之倾耳；采事尤正，亦嘉客所赏心。存之可师，学焉则套"。而"妙品三"《香囊记》则为："词工，白整。尽填学问。此派从《琵琶》来，是前辈最佳传奇也。"吕天成认可邵灿工于音律和主题正统，其文人化的创作得心应手，其"妙"是相对于早期传奇戏曲创作主体的民间化和戏曲体制的零乱现象而言，所以将其《香囊记》列为前辈传奇的佳作之一，与后期其他曲家指摘邵灿戏曲的弊端，集中于"尽填学问"和词藻华靡的观点明显不同。

其次，吕天成列置四品时不选"逸品"。"画之逸格，最难其俦。拙规矩于方圆，鄙精研于彩绘。笔简形具，得之自然。莫可楷模，由于意表。故目之曰'逸格'尔。"②"逸品"一度被置于四品之上，作为书画创作的最高艺术境界。朱景玄《唐朝名画录·自序》言"以张怀瓘《画品》断神、妙、能三品，定其等格上中下，又分为三。其格外有不拘常法，又有逸品，以表其优劣也"③，表明"逸品"的增加及其位次的排序直接关联着书画观念的辨析。"自昔鉴赏家分品有三，曰神、曰妙、曰能。独唐朱景真撰《唐贤画录》，三品之外，更增逸品，其后黄休复作《益州名画记》，乃以逸为先，而神、妙、能次之。景真虽云：'逸格不拘常法，用表贤愚'，然逸之高，岂得附于三品之末？未若休复首推之为当也。至徽宗皇帝，专尚

---

① （宋）黄休复：《益州名画录》目录，2 页，北京，人民美术出版社，1964。
② 同上书，1 页。
③ 见于安澜编：《画品丛书》，68 页，上海，上海人民美术出版社，1982。

法度，乃以神、逸、妙、能为次。"①此说基本体现出"尚法"与"尚意"观念的分歧。 这同样成为传奇戏曲文体辩论的话题，尤其在"沈汤之争"的讨论中得以强化。 吕天成不选"逸品"也直接反映出其戏曲思想是面对当时曲坛创作不重音律的局面，从而强调"规矩设矣，方圆因之"的目的，同时认为"予之首沈而次汤者，挽时之念方殷，悦耳之教宁缓也"。② 这些措辞也大致折射出吕天成"尚法"的曲学倾向。

最后，"具品"的讨论已见"画品"范畴。 如所谓"具品"，殆指"夫画特忌形貌采章，历历具足，甚谨甚细，而外露巧密。 夫谨细巧密，世孰不谓之为工耶？ 然深于画者，盖不之取，正以其近于三病也"③，倾向于"缺乏情致、罗列记录、以求全备"的范围。 吕天成评论"具品"，如"沈寿卿蔚以名流，雄乎老学。 语或嫌于凑插，事每近于迂拘。 然吴优多肯演行，吾辈亦不厌弃"，沈龄作为名流却在曲家强调的"词""事"两途多有不足，只是鉴于吴中地区艺人仍有演出的考虑而存留。 同时，吕天成在《曲品》中列其三部作品为"具品"："《三元》：冯商还妾一事，尽有致。 近插入三事，改为《四德》，失其故矣"；"《龙泉》：情节阔大，而局不紧，是道学先生口气"。 从吕天成的批评语气中可见其不满的态度，另外其他诸如"《投笔》：词平常，音不叶，俱以事佳而传耳"，"《五伦》：大老钜笔，稍近腐"，都流露出遗憾之余作为存档的意味和无奈。④

祁彪佳则借鉴"妙、能、逸"三品，未标列"神品"而补充有"雅品""艳品"，其《远山堂曲品凡例》首先就明确"文人善变，要不能设一格以待之。 有自浓而归淡，自俗而趋雅，自奔逸而就规矩。 如汤清远他作入'妙'，《紫钗》独以'艳'称；沈词隐他作入'雅'，《四异》独以'逸'

---

① （宋）邓椿：《画继》卷九，114 页，北京，人民美术出版社，1964。

② ．（明）吕天成著，吴书荫校注：《曲品校注》卷上，1 页，北京，中华书局，2006。

③ （明）何良俊：《四友斋丛说》卷二十八《画一》，257 页，北京，中华书局，1959。

④ （明）吕天成著，吴书荫校注：《曲品校注》卷下，194、195、197、200 页，北京，中华书局，2006。

称。 必使作者之神情，与评者之藻鉴，相遇而成莫逆之面目耳"①，说明曲家个体风格的多元化和可变性现象，也为其"曲品"列目的丰富提供了理论前提。 同时对曲家风格的界定自由灵活，针对不同曲家甚至同一曲家的不同作品区分对待，也不同于书品、画品及吕天成《曲品》相对固定的分类，从而呈现出"曲品"形态的包容性和变通性。

祁彪佳保留"画品"置"逸品"为先的体例，而在其后则新列"艳品"，入选的准则大约在于两个方面：一是描情写景的戏曲主题，如"《紫箫》：工藻鲜美，不让《三都》《两京》。 写女儿幽怀，刻入骨髓，字字有轻红嫩绿"；"《红蕖》：记中有十巧合，而情致淋漓，不啻百转"。 二是以文辞藻绘为"艳品"的重要元素，如"《紫钗》：先生手笔超异，即元人后尘，亦不屑步。 会景切事之词，往往悠然独至，然传情处太觉刻露，终是文字脱落不尽耳，故题之以'艳'字"；"《戒珠》：勤之每下笔，藻采飚发……语以骈偶见工；局以热艳取胜"；"《太霞》：眉公评之以'骈丽精整，雄奇变幻'，足为此曲定论"。② 品评杂剧作品同样如此，如"《踏雪寻梅》：以殊艳之词，写出淡香疏影，而艳不伤雅，以是见文章之妙"；"《牡丹园》：以美人配名花，飘韵欲仙，缀词如绣，繁英嫩芷，零落满楮"。③ 可见祁彪佳对于"艳品"的设立，并非简单取材于"书、画品"理论，而是针对当时曲坛的发展情况，紧扣曲坛戏曲创作的风气，凸显戏曲品评的时代风貌。

同时，《远山堂曲品凡例》又对"雅品"进一步说明：一处为"文人善变，要不能设一格以待之。 有自浓而归淡，自俗而趋雅，自奔逸而就规矩。 ……沈词隐他作入'雅'，《四异》独以'逸'称"；一处为"词曲一

① （明）祁彪佳：《远山堂曲品》，见俞为民、孙蓉蓉编：《历代曲话汇编·明代编》第3集，538页，合肥，黄山书社，2009。
② 同上书，546、549页。
③ （明）祁彪佳：《远山堂剧品》，见俞为民、孙蓉蓉编：《历代曲话汇编·明代编》第3集，656、657页，合肥，黄山书社，2009。

经改窜，便与作者为二。 有因改而增其美，如李开先之《宝剑》列'能'，陈禹阳之《灵宝刀》列'雅'是也。 有因改而失其真，如高则诚之《琵琶》列'妙'，莲池师之《琵琶》列'雅'是也"。① 祁彪佳《远山堂剧品》所列"雅品"多达九十种杂剧，其"雅"不仅在于以韵取胜，如"《海棠仙》【北四折】：韵致绝胜"，"《福禄寿》【北五折】：以俗境而独入雅道，盖繇韵胜其词耳"，还在于运笔遣词，如"《醉写赤壁赋》【北四折】：北剧每就谑语、俗语取天然融合之致，故北调以运笔为第一义。 ……此剧设色于浓淡之间，遣调在深浅之际，固佳矣"。 可见，对"雅品"的界定实则文人审美趣味的结晶，更体现出明代曲家的集体追求，如"《三义成姻》【南北四折】：词律严整。 再得词情纡宛，则兼善矣"，"《男王后》【北四折】：取境亦奇。 词甚工美，有大雅韵度"。② 这两部曲作基本代表了明代曲家的审美理想，祁彪佳的品评紧扣当时曲坛状态发掘戏曲演变的文人化特性，揭示出戏曲文人化的审美趣味。 可见，"妙、逸、雅、艳"等品的标列，既体现出对戏曲美学特性的高度肯定，又从"曲品"角度折射出明代戏曲的时代风貌。

与此同时，吕天成与祁彪佳"曲品"分类的互有同异，又体现出二人戏曲观念的分歧，再次印证了"专尚法度"与"专尚意趣"的不同倾向，代表了当时曲坛两种明显的戏曲思想，也是明代诗文批评对此问题辩论的又一反映。

吕天成《曲品》时时流露出"尚法"的倾向，针对当时曲坛发展情况指出："国初名流，曲识甚高，作手独异，造曲腔之名目，不下数百；定曲板之高下，不淆二三。 ……不寻宫数调，而自解其颐；不就拍选声，而自鸣其籁。"③与沈璟等曲家一样，他的目的非常明确，试图通过"曲品"形式树立

---

① （明）祁彪佳：《远山堂曲品》，见俞为民、孙蓉蓉编：《历代曲话汇编·明代编》第 3 集，538 页，合肥，黄山书社，2009。

② （明）祁彪佳：《远山堂剧品》，见俞为民、孙蓉蓉编：《历代曲话汇编·明代编》第 3 集，637、636、639、645、646 页，合肥，黄山书社，2009。

③ （明）吕天成著，吴书荫校注：《曲品校注》卷上，1 页，北京，中华书局，2006。

标准以廓清曲坛乱象。 祁彪佳《远山堂曲品叙》同样有所佐证："故吕以严，予以宽；吕以隘，予以广；吕后词华而先音律，予则赏音律而兼收词华。 要亦以执牛耳者代不数人，虑词帜之孤标，不得不奖诩同好耳。"[1]祁氏明确表示了与吕氏品评角度和原则的差异，或者说"吕天成和祁彪佳各自的戏曲审美趣味直接决定了他们对戏曲品评所构置的评判准则，可以这样说，吕天成所持的乃是以'当行领衔'的、体现新的美学准则的戏曲审美标准；祁彪佳所持的戏曲审美标准则是以'自然统摄'的，较多地融化了传统审美思想和文人士夫的审美趣味"[2]。 实际上，自"沈汤之争"后，"尚法"与"尚趣"一直争议不休，直至"合之双美"观点的最后形成，也是明代戏曲发展的集中反映。

毋庸置疑，吕天成、祁彪佳突破明代戏曲批评的体例形态，无论是从外在形式还是从内容思想方面，都积极移植"诗品""书品""画品"传统在戏曲领域进行具体实践，同时结合曲坛的时代背景与戏曲的文体特性，既扩充了"品"这一独特的批评形态，又丰富了明代戏曲理论的思想内涵，如此方是发掘、审视明代"曲品"价值的角度所在。

◎ 第三节

本色与结构：王骥德戏曲思想的整体建构

王骥德，字伯良，号方诸生、玉阳生，别署秦楼外史、方诸仙史、玉阳仙史，浙江会稽（今绍兴）人，生卒年不详。 作为活跃于万历曲坛的文人曲

---

[1] （明）祁彪佳：《远山堂曲品》，见俞为民、孙蓉蓉编：《历代曲话汇编·明代编》第3集，537页，合肥，黄山书社，2009。

[2] 谭帆：《"行家之品"和"文人之品"——吕天成、祁彪佳戏曲审美思想的比较》，载《艺术百家》，1987（1）。

家，王骥德同沈璟、孙鑛、孙如法、吕天成等曲家交游甚密，是一位曲学成就非常突出的戏曲专家，其创作有杂剧《男王后》、传奇《题红记》、散曲集《方诸馆乐府》，还曾校注《西厢记》《琵琶记》等戏曲经典。但是，王骥德突出的曲学成就主要还在于《曲律》。作为当时曲坛的集大成之作，《曲律》是晚明曲坛发展出现重要转折的有力体现，并且对后世的戏曲理论著作如李渔的《闲情偶寄》形成直接影响。为此，吕天成《曲品自叙》高度评价其为："既成，功令条教，胪列具备，真可谓起八代之衰，厥功伟矣!"①近代学者朱东润认为"盖明代之论曲者，至于伯良，如秉炬以入深谷，无幽不显矣"②，任中敏先生也赞誉"无骥德，则谱律之精微、品藻之宏达，皆无以见，即谓今日无曲学可也"③。这些都体现出王骥德戏曲思想在戏曲史上不可抹灭的重要地位。

一、王骥德戏曲思想的全面性

在王骥德之前的明代曲坛，不少曲家纷纷阐发各自的戏曲思想，如徐渭的本色说、李贽的化工论、汤显祖的阐情论、沈璟的格律论等，王骥德则将其戏曲思想的核心部分集中体现在其戏曲理论专著《曲律》中。该书"是一部门类详备、论述全面、组织严密、自成体系的戏曲文学理论专著"④。

《曲律》全书共分为四十章，其具体章节的安排如图4-1所示⑤。

图4-1非常清晰地勾勒出《曲律》的整体结构体系：第一、二章可谓全书的绪论部分，总起介绍戏曲发展的宏观问题。其中《论曲源》讨论曲形成的渊源及流变，《总论南北曲》整体分析历来曲家热议的南北曲差异以及各

---

① （明）吕天成著，吴书荫校注：《曲品校注》卷首，1页，北京，中华书局，2006。
② 朱东润：《中国文学批评史大纲》，222页，上海，上海古籍出版社，1957。
③ 任中敏：《曲谐》卷一《方诸馆小令》，见《散曲丛刊》第15种第25册，7页，上海，中华书局，1930。
④ （明）王骥德著，陈多、叶长海注释：《曲律注释》前言，6页，上海，上海古籍出版社，2012。
⑤ 同上书，7页。对《曲律》内容的介绍，此书较为全备，本节多参考于此。

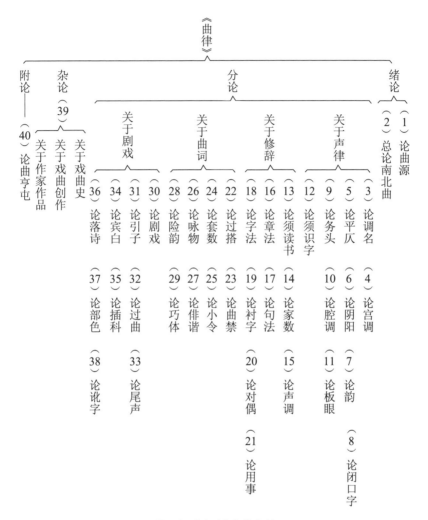

图 4-1 《曲律》章节安排

自的风格特征。

第三章到第三十八章分别就戏曲创作的相关专题进行深入讨论。其中第三章至第十二章着重讨论关于音韵、声乐的理论，具体章节的详细讨论如下：《论调名》介绍说明曲牌名的来历和构成方式；《论宫调》在复述前人对宫调的讨论的同时，重新概述对宫调的认识及宫调的沿革流变；《论平仄》简要说明曲与平仄四声的关联，并指出"至调其清浊，叶其高下，使律吕相宜，金石错应，此握管者之责，故作词第一吃紧义也"①；《论阴阳》重点阐述南曲创作中字分阴阳的情况，并且举例说明如何达到协调的效果；《论韵》批判周德清《中原音韵》一韵到底的讨论，尤其强调南曲用韵与北曲的差别；《论闭口字》主张保留闭口字的独特读音，反对开口、闭口字同押的情况；《论务头》考辨前人的相关讨论，进而提出"反复歌唱，谛其曲折"的观点；《论腔调》介绍传统的唱曲理论，同时着重介绍南曲声腔尤其是昆山腔等的流变；《论板眼》重点说明有关板眼的相关知识；《论须识字》通过举例说明曲坛创作误读字音、字韵的现象，提出"作曲与唱曲者可不以考文为首务耶"②。

第十三章至第二十一章着重阐述关于修辞方面的问题：《论须读书》强调作曲者多读书的重要性，要达到"博蒐精采，蓄之胸中"的程度，但也要避免"卖弄学问，堆垛陈腐"③；《论家数》具体分析戏曲的风格流派，指摘"本色之弊，易流俚腐；文词之病，每苦太文"的现象，主张达到"雅俗浅深"④的自然之旨；《论声调》充分考虑到声调的重要，应该实现"欲其流利轻滑而易歌，不欲其乖剌艰涩而难吐"⑤等效果；《论章法》论及作曲应从整体构局，强调"修辞当自炼格始"，否则就会导致"颠倒零碎，终是不成格局"⑥的弊病；《论句法》着重从法的角度阐述曲句应以"极熟""音调"为贵；《论字法》强调作曲用字要"新""熟""奇""稳"；《论衬字》提出

---

① （明）王骥德著，陈多、叶长海注释：《曲律注释》卷二《论平仄第五》，99 页，上海，上海古籍出版社，2012。
② （明）王骥德著，陈多、叶长海注释：《曲律注释》卷二《论须识字第十二》，147 页，上海，上海古籍出版社，2012。
③ （明）王骥德著，陈多、叶长海注释：《曲律注释》卷二《论须读书第十三》，152 页，上海，上海古籍出版社，2012。
④ （明）王骥德著，陈多、叶长海注释：《曲律注释》卷二《论家数第十四》，155 页，上海，上海古籍出版社，2012。
⑤ （明）王骥德著，陈多、叶长海注释：《曲律注释》卷二《论声调第十五》，157～158 页，上海，上海古籍出版社，2012。
⑥ （明）王骥德著，陈多、叶长海注释：《曲律注释》卷二《论章法第十六》，160 页，上海，上海古籍出版社，2012。

"大凡对口曲，不能不用衬字；各大曲及散套，只是不用为佳"①的原则；《论对偶》要求作词达到"字字的确，斤两相称"，如此"方见富丽"②；《论用事》要求用事"不堆积""不蹈袭"，而要"引得的确，用的恰好"，"所以动人"③。

第二十二章至第二十九章主要讨论曲词作法的具体问题：《论过搭》从古人词曲中汲取经验，讨论曲调衔接需要注意的问题；《论曲禁》着重从声韵、造语、文风诸方面强调曲词创作的四十条律禁；《论套数》讨论套曲创作的基本原则是"须先定下间架，立下主意，排下曲调"④，然后开始遣句成章；《论小令》指出小令创作的关节在于形式短小，所以"须字字看得精细"，"言简而趣味无穷"⑤；《论咏物》强调作曲"不贵说体，只贵说用"⑥的原则；《论俳谐》讨论俳谐的特殊曲体"须以俗为雅，而一语之出辄令人绝倒"⑦；《论险韵》指出"作曲好用险韵，亦是一僻。须韵险而语则极俊，又极稳妥，方妙"⑧；《论巧体》说明集句等巧体一定要"穷极妙境"⑨。

第三十章至第三十八章论述传奇作为剧戏的关键作法：《论剧戏》总起

---

① （明）王骥德著，陈多、叶长海注释：《曲律注释》卷二《论衬字第十九》，165 页，上海，上海古籍出版社，2012。

② （明）王骥德著，陈多、叶长海注释：《曲律注释》卷二《论对偶第二十》，170 页，上海，上海古籍出版社，2012。

③ （明）王骥德著，陈多、叶长海注释：《曲律注释》卷三《论用事第二十一》，173 页，上海，上海古籍出版社，2012。

④ （明）王骥德著，陈多、叶长海注释：《曲律注释》卷三《论套数第二十四》，183 页，上海，上海古籍出版社，2012。

⑤ （明）王骥德著，陈多、叶长海注释：《曲律注释》卷三《论小令第二十五》，190 页，上海，上海古籍出版社，2012。

⑥ （明）王骥德著，陈多、叶长海注释：《曲律注释》卷三《论咏物第二十六》，192 页，上海，上海古籍出版社，2012。

⑦ （明）王骥德著，陈多、叶长海注释：《曲律注释》卷三《论俳谐第二十七》，199 页，上海，上海古籍出版社，2012。

⑧ （明）王骥德著，陈多、叶长海注释：《曲律注释》卷三《论险韵第二十八》，201 页，上海，上海古籍出版社，2012。

⑨ （明）王骥德著，陈多、叶长海注释：《曲律注释》卷三《论巧体第二十九》，204 页，上海，上海古籍出版社，2012。

概论北剧与南戏，并分别从结构、剪裁、音律、文辞等角度阐述，提出
"词、格俱妙，大雅与当行参间，可演可传，上之上也"①的理想标准；《论
引子》讨论"盖一人登场，必有几句紧要说话"，应做到"设以身处其地，
模写其似"②；《论过曲》论述过渡的大曲、小曲"须奏之场上，不论士人闺
妇，以及村童野老，无不通晓，始称通方"③；《论尾声》讨论"结束一篇之
曲，须是愈着精神，末句更得一极俊语收之，方妙"④；《论宾白》别出新解
讨论说白要"稍露才华，然不可深晦"⑤；《论插科》提出要"作得极
巧"⑥，恰到好处把握冷热闹静的分寸；《论落诗》讨论下场诗要"易晓"
"易记"，对于逞奇的集唐句者，"用得亲切"⑦也可；《论部色》重点介绍
戏曲角色行当的具体分类和特点；《论讹字》指出戏曲创作中出现错字、讹
字的普遍现象。

最后，第三十九章《杂论》分为上、下两个部分，合计有一百二十二则
评论，所涉及的内容较为宽泛、随性，包括戏曲作法的余论，有关戏曲史、
戏曲批评和作家作品的讨论等，可以说是王骥德日常阅读批评和感想的辑
录，其中闪烁着不少王氏曲学思想的真知灼见。第四十章《论曲亨屯》似为
附录，借评议花卉和艺事等的命运，来表明自己的艺术情趣和审美思想，流
露出自鸣风雅、鄙视庸众的态度。

---

① （明）王骥德著，陈多、叶长海注释：《曲律注释》卷三《论剧戏第三十》，207 页，上海，上海
古籍出版社，2012。
② （明）王骥德著，陈多、叶长海注释：《曲律注释》卷三《论引子第三十一》，210 页，上海，上
海古籍出版社，2012。
③ （明）王骥德著，陈多、叶长海注释：《曲律注释》卷三《论过曲第三十二》，212 页，上海，上
海古籍出版社，2012。
④ （明）王骥德著，陈多、叶长海注释：《曲律注释》卷三《论尾声第三十三》，214 页，上海，上
海古籍出版社，2012。
⑤ （明）王骥德著，陈多、叶长海注释：《曲律注释》卷三《论宾白第三十四》，219 页，上海，上
海古籍出版社，2012。
⑥ （明）王骥德著，陈多、叶长海注释：《曲律注释》卷三《论插科第三十五》，222 页，上海，上
海古籍出版社，2012。
⑦ （明）王骥德著，陈多、叶长海注释：《曲律注释》卷三《论落诗第三十六》，224 页，上海，上
海古籍出版社，2012。

可以说，相较于之前的戏曲理论，王骥德在《曲律》中阐发的戏曲思想，体现出全面性、完整性、系统性的特征。在晚明戏曲繁荣兴盛的背景之下，王骥德实现了对戏曲艺术文学性、音乐性和表演性等综合特征的关注，具备了相对成熟的戏曲理论素养，因而是此际文人曲家推动戏曲发展的杰出代表。

二、王骥德戏曲思想的本色论

本色之论早在唐人论琴与舞等艺术时就有涉及，而至宋代则被文人纳入诗学批评。例如，陈师道《后山诗话》："退之以文为诗，子瞻以诗为词，如教坊雷大使之舞，虽极天下之工，要非本色。"①曾季貍《艇斋诗话》："东湖之文妙天下，然皆非本色。……然皆自极其妙。"②这里宋人论诗所言的"本色"，应指他们心目中的诗学典范，并成为他人效法模仿的对象。同时，严羽《沧浪诗话》提出新解："大抵禅道惟在妙悟，诗道亦在妙悟。……惟悟乃为当行，乃为本色。"③严羽采取以禅喻诗的形式，实则针对宋诗提出批评，强调"吟咏情性""兴趣"等核心要素的诗学风范。

明代文人讨论本色也是众说纷纭，其中唐宋派的唐顺之提出要因人而异，"各自其本色而鸣之为言，其所言者，其本色也"④，认为本色就是真我面目的真实再现。徐渭也强调本色就在于真性，他在《叶子肃诗序》中提出"盖出于己之所自得，而不窃于人之所尝言者也"⑤，并在自己的剧作里大胆尝试，被吕天成称为"自尔作祖，当一变剧体"⑥。其本色论体现出鲜明的时代革新精神，也成为其学生王骥德进行深入思考的核心：

---

① 见（清）何文焕辑：《历代诗话》，309 页，北京，中华书局，1981。
② （宋）曾季貍：《艇斋诗话（附校讹、续校、补校）》，38 页，北京，中华书局，1985。
③ （宋）严羽：《沧浪诗话·诗辨》，2 页，北京，中华书局，1985。
④ （明）唐顺之：《答茅鹿门知县书》，见刘世德选注：《明代散文选注》，85 页，上海，上海古籍出版社，1980。
⑤ （明）徐渭著，周郁浩校阅：《徐文长文集》，230 页，上海，广益书局，1936。
⑥ （明）王骥德著，陈多、叶长海注释：《曲律注释》卷四《杂论第三十九下》，364 页，上海，上海古籍出版社，2012。

当行本色之说，非始于元，亦非始于曲，盖本宋严沧浪之说诗。沧浪以禅喻诗，其言：禅道在妙悟，诗道亦然。惟悟乃为当行，乃为本色。……知此说者，可与语词道矣。①

王骥德一方面既继承了其老师徐渭的新变思想，另一方面又融入自己的辨析与总结，这使得他对本色的讨论不是停留于戏曲语言的阐述，而是拓展至戏曲整体风貌以及舞台表演等方面，体现出恰到好处的自然旨趣。

关于戏曲文辞的讨论一直是明代曲家热议的焦点，如沈璟就认为要遵从宋元之旧才符合本色要求，具体在文辞上要求通俗易懂，所以沈璟自评其早期所作《红蕖记》不合本色，其时曲家徐复祚指摘"《红蕖》词极赡，才极富，然于本色不能不让他作"②。王骥德也说："词隐传奇，要当以《红蕖》称首。其余诸作，出之颇易，未免庸率。然尝与余言，歉以《红蕖》为非本色，殊不其然。"③所以，王骥德的本色论首先继承了李开先、何良俊等人大力倡导通俗的内容，其《论家数》说："曲之始，止本色一家，观元剧及《琵琶》《拜月》二记可见。自《香囊记》以儒门手脚为之，遂滥觞而有文词家一体。近郑若庸《玉玦记》作，而益工修词，质几尽掩。"④强调作曲要以元代杂剧等作品为典范，但发展至《香囊记》《玉玦记》的最大改变在于"修词"，其本色的内涵指向"质"的一面，突出戏曲文辞的质朴、通俗。所以，"大抵纯用本色，易觉寂寥；纯用文调，复伤雕镂。……至本色之弊，易流俚腐；文词之病，每苦太文；雅俗浅深之辨，介在微茫，又

---

① （明）王骥德著，陈多、叶长海注释：《曲律注释》卷三《杂论第三十九上》，265 页，上海，上海古籍出版社，2012。

② （明）徐复祚：《曲论》，见中国戏曲研究院编：《中国古典戏曲论著集成》（四），240 页，北京，中国戏剧出版社，1959。

③ （明）王骥德著，陈多、叶长海注释：《曲律注释》卷四《杂论第三十九下》，305 页，上海，上海古籍出版社，2012。

④ （明）王骥德著，陈多、叶长海注释：《曲律注释》卷二《论家数第十四》，154 页，上海，上海古籍出版社，2012。

在善用才者酌之而已"①，强调"小曲"等语言的质朴无华。对于舞台表演同样如此，《论过曲》说："小曲宜用本色……须奏之场上，不论士人闺妇，以及村童野老，无不通晓，始称通方。"②又以白居易作诗为例，提出"作剧戏，亦须令老妪解得，方入众耳，此即本色之说也"③，强调本色的内涵即在于通俗易懂，实现人人听懂的演出效果。

当然，王骥德本色论的核心更指向自然恰当、不假造作的内涵，他评价老师徐渭"先生好谈词曲，每右本色"④。徐渭谈论词曲有言"然有一高处：句句是本色语，无今人时文气"，并且在强调"填词如作唐诗，文既不可俗，又不可自有一种妙处（此处当断句为'文既不可，俗又不可，自有一种妙处'——引者注），要在人领解妙悟，未可言传"⑤的文辞要求时，已然明确"恰好"作为本色论的基调，这也成为王骥德评议指导戏曲创作的关键词。比如"即作曲者用绮丽字面，亦须下得恰好，全不见痕迹碍眼，方为合作"⑥，又如"曲之佳处，不在用事，亦不在不用事。好用事，失之堆积；无事可用，失之枯寂。要在多读书，多识故实，引得的确，用的恰好"⑦。无论是用语还是用事，都要把握恰到好处的自然准则，这才是王骥德强调的本色的真正含义。

既然本色的精髓在于自然恰当，那么很多问题就能迎刃而解。就当时文

① （明）王骥德著，陈多、叶长海注释：《曲律注释》卷二《论家数第十四》，154～155 页，上海，上海古籍出版社，2012。
② （明）王骥德著，陈多、叶长海注释：《曲律注释》卷三《论过曲第三十二》，212 页，上海，上海古籍出版社，2012。
③ （明）王骥德著，陈多、叶长海注释：《曲律注释》卷三《杂论第三十九上》，272 页，上海，上海古籍出版社，2012。
④ （明）王骥德著，陈多、叶长海注释：《曲律注释》卷四《杂论第三十九下》，321 页，上海，上海古籍出版社，2012。
⑤ （明）徐渭：《南词叙录》，见中国戏曲研究院编：《中国古典戏曲论著集成》（三），243 页，北京，中国戏剧出版社，1959。
⑥ （明）王骥德著，陈多、叶长海注释：《曲律注释》卷三《杂论第三十九上》，268 页，上海，上海古籍出版社，2012。
⑦ （明）王骥德著，陈多、叶长海注释：《曲律注释》卷三《论用事第二十一》，173 页，上海，上海古籍出版社，2012。

人曲家普遍指出传奇戏曲文辞美丽而言，王骥德认为本色与文采可以兼容，并且相辅相成。 与本色对立的是过于追求文辞藻饰，"其词、格俱妙，大雅与当行参间，可演可传，上之上也。 词藻工，句意妙，而不谐里耳，为案头之书，已落第二义。 既非雅调，又非本色，掇拾陈言，凑插俚语，为学究，为张打油，勿可作也"①。 这显然符合其强调的自然说，其中"词"指向的是戏曲文本的文学性，"格"指向的是戏曲文辞的舞台性，只有本色、当行才能适宜演出。 而兼容与平衡的关键在于"雅俗浅深之辨，介在微茫，又在善用才者酌之而已"②。 这种看似讲究但又要达到不讲究的高明境地，王骥德首推汤显祖为善用之人，"其掇拾本色，参错丽语，境往神来，巧凑妙合"，"于本色一家，亦惟是奉常一人，其才情在浅深、浓淡、雅俗之间，为独得三昧。 余则修绮而非垛则陈，尚质而非腐则俚矣"③。

　　王骥德倡导自然的本色观在《曲律》中还有诸多体现。 例如，《论句法》提出"宜婉曲，不宜直致"等"十宜"以及"十不宜"，并最终要求"宜自然，不宜生造"④。《论用事》提出："又有一等事，用在句中，令人不觉，如禅家所谓撮盐水中，饮水乃知咸味，方是妙手。"⑤《论过搭》提出："须各宫各调，自相为次"，而且"须唱得接贴融化，令不见痕迹乃妙"⑥。又"有其字必不可易而强为避忌……致与上下文生拗不协，甚至文理不通，

---

① （明）王骥德著，陈多、叶长海注释：《曲律注释》卷三《论剧戏第三十》，207 页，上海，上海古籍出版社，2012。
② （明）王骥德著，陈多、叶长海注释：《曲律注释》卷二《论家数第十四》，155 页，上海，上海古籍出版社，2012。
③ （明）王骥德著，陈多、叶长海注释：《曲律注释》卷四《杂论第三十九下》，307、332 页，上海，上海古籍出版社，2012。
④ （明）王骥德著，陈多、叶长海注释：《曲律注释》卷二《论句法第十七》，161 页，上海，上海古籍出版社，2012。
⑤ （明）王骥德著，陈多、叶长海注释：《曲律注释》卷三《论用事第二十一》，173 页，上海，上海古籍出版社，2012。
⑥ （明）王骥德著，陈多、叶长海注释：《曲律注释》卷三《论过搭第二十二》，175～176 页，上海，上海古籍出版社，2012。

不若顺其自然之为贵耳"①等，无不体现出顺应自然的戏曲文体思想。

　　当然，本色理论还贯穿于整个戏曲表演过程，其中顺其自然地"传情"是重要的因素，"诗不如词，词不如曲，故是渐近人情"，"而曲则惟吾意之欲至，口之欲宣，纵横出人，无之而无不可也。故吾谓：快人情者，要毋过于曲也"②。较之先前诗、词、曲的比较讨论，突破了文辞、格律的局限，使曲体的认识获得极大的空间，所以戏曲的妙处正在于自然之味，"而其妙处，政不在声调之中，而在句字之外。又须烟波渺漫，姿态横逸，揽之不得，挹之不尽。摹欢则令人神荡，写怨则令人断肠。不在快人，而在动人。此所谓'风神'，所谓'标韵'，所谓'动吾天机'。不知所以然而然，方是神品，方是绝技"③。在当时曲坛关注戏曲文学性的氛围里，这种对本色的理解已经突破文辞质朴与文采的认知，上升至曲体风貌的整体关注。这同样体现在评价具体作家和作品上，如前所述对汤显祖与沈璟戏曲的比较，还有对《西厢记》的推崇："《西厢》之妙，以神以韵"；"《西厢》之妙，不当以字句求之"；"《西厢》诸曲，其妙处正不易摘"；"无一字不俊，亦无一字不妥。若出天造，匪由人巧，抑何神也"④；"夫曰神品，必法与词两擅其极，惟实甫《西厢》可当之耳"⑤。可见王骥德对本色的理解，是出于作品的浓淡总相宜的标准，强调字句之外的韵味、神采。

---

①　（明）王骥德著，陈多、叶长海注释：《曲律注释》第三《杂论第三十九上》，269页，上海，上海古籍出版社，2012。
②　（明）王骥德著，陈多、叶长海注释：《曲律注释》卷四《杂论第三十九下》，287～288页，上海，上海古籍出版社，2012。
③　（明）王骥德著，陈多、叶长海注释：《曲律注释》卷三《论套数第二十四》，183页，上海，上海古籍出版社，2012。
④　（明）王骥德：《新校注古本西厢记附评语（十六则）》，见伏涤修、伏蒙蒙辑校：《西厢记资料汇编》，193～194页，合肥，黄山书社，2012。
⑤　（明）王骥德著，陈多、叶长海注释：《曲律注释》卷四《杂论三十九下》，338页，上海，上海古籍出版社，2012。

三、王骥德戏曲思想的结构论

除了对本色论的阐发，王骥德《曲律》中还有对戏曲结构论的深入阐述，既体现在全书自身结构的严谨，又反映在对戏曲结构理论的解构，作为曲学专著起到了很好的示范作用。

王骥德撰写《曲律》善于学习前人的优秀成果，尤其是对南宋张炎《词源》的借鉴。《词源》上卷讨论的是五音十二律、律吕相生及宫调、管色、犯声等的渊源，而《曲律》也同样讨论曲源、宫调、南北曲、腔调等律曲渊源的问题。《词源》下卷讨论的是音谱、拍眼、制曲、句法、字面、用事、咏物、令曲等问题，属于具体的作词法则等事项，而《曲律》涉及的也是调名、板眼、章法、句法、字法、用事、咏物、小令等问题，同样属于作曲法则等事项。此外，《词源》最后设有杂论十几条，主要评论词人、词作等，而《曲律》也附有杂论，涉及对当时曲家、曲作的评议。可以说，《词源》较为完备的词律理论体系为王骥德开启了思路，王骥德也正是基于前人的优秀成果而重新开拓了曲学研究的新途径。

体现在具体的评议中，张炎采取诗学批评的印象化方式，其评议多出于形象思维，如《词源》评论姜夔和吴文英，"姜白石词如野云孤飞，去留无迹。吴梦窗词如七宝楼台，眩人眼目，碎拆下来，不成片段"[①]。而王骥德《曲律》也同样如此，其间不乏精彩之论，如"尝戏以传奇配部色，则《西厢》如正旦，色声俱绝，不可思议；《琵琶》如正生，或峨冠博带，或敝巾败衫，具啧啧动人；《拜月》如小丑，时得一二调笑语，令人绝倒；《还魂》、'二梦'如新出小旦，妖冶风流，令人魂销肠断，第未免有误字错步；《荆钗》《破窑》等如净，不系物色，然不可废；吴江诸传如老教师登

---

① （宋）张炎：《词源》，见唐圭璋编：《词话丛编》第1册，259页，北京，中华书局，1986。

场，板眼场步略无破绽，然不能使人喝彩"①，对经典曲作的批评有画龙点睛之效。 王骥德虽然自身无法摆脱诗学传统的束缚，但是能有意识地致力于曲学体系的建立，尤其是敢于突破声律和文辞的惯性思维，展开戏曲理论多层次、多方面的阐述，进行戏曲结构的整体建构。 《曲律》全书四十章涉及戏曲渊源发展、创作主旨、剧本结构、文辞声律、戏剧科白及具体作家作品的细致评议等，为作为"小道""末技"的戏曲文体提供了全面认识的经典范例。 在当时曲家普遍关注文辞的背景下，《曲律》尤其注意到音律、曲白和科诨三者是有力的补充，从而构成完整的戏剧结构认识论，这才是王骥德于曲学结构的最大贡献。

明代文人对戏曲文体的认知大多基于文学范畴体系展开，不过也有不少文人开始关注"演"的部分，如嘉靖年间徐渭《南词叙录》就指出戏曲文体要"歌之使奴、童、妇、女皆喻"，并且音律上也要"顺口可歌"，已然注意到戏曲不同于传统诗文等文体，以及戏曲要结合演唱的特殊性。 吕天成舅祖孙鑛所言"南作剧十要"，也曾提出"搬出来好""使人易晓""各角色派得匀妥"等理论，强调戏曲演出效果的重要性，但他未能就此问题深入阐述。 沈璟编纂《南词全谱》《唱曲当知》等，明确提出戏曲创作不仅要供于案头阅读，而且要与舞台演唱联系起来，强调"明腔""守律"的必要与重要，但是对"演"的环节缺少关注，对"科""白"的领域也未涉及。 所以，王骥德立足前人研究，将"戏曲"推进一步迈向"剧戏"，更多关注作为综合艺术的结构体系，主要体现在对音律、宾白、科诨等理论的重要突破，从而构成了戏曲结构论的完整拼图。

首先，关于音律的讨论占据《曲律》较大的篇幅，被王骥德视为戏曲创作的重要部分，并且他以曲家的身份谈得相当专业。 王骥德坚持"以调合情"的理论，《论宫调》所论宫调等曲牌腔调与悲欢苦乐的感情色彩之间的

---

① （明）王骥德著，陈多、叶长海注释：《曲律注释》卷四《杂论第三十九下》，284～285 页，上海，上海古籍出版社，2012。

关系，继承了元代燕南芝庵《唱论》和周德清《中原音韵》的认识，如"其所属曲，声调各自不同：仙吕宫，清新绵邈。南吕宫，感叹伤悲"①等，都是强调宫调必须合情的理论。同时，《论声调》指出"夫曲之不美听者，以不识声调故也"②，所以针对当时文人创作的弊端，要求在声、韵、调诸方面形成文辞与声调演唱的和谐，从而实现戏曲"美听"的效果。他还将曲分为诗人之曲、书生之曲、俗子之曲，要求诗人之曲"欲其清，不欲其浊；欲其圆，不欲其滞；欲其响，不欲其沈；欲其俊，不欲其痴；欲其雅，不欲其粗；欲其和，不欲其杀；欲其流利轻滑而易歌，不欲其乖剌艰涩而难吐"③。这都是为了实现易歌动人的舞台效果。又《论平仄》也强调"至调其清浊，叶其高下，使律吕相宜，金石错应，此握管者之责，故作词第一吃紧义也"④，突出文字音色对比的重要性，实现文辞与音律的和谐、优美。

当然，王骥德强调重视音律之法的重要，但又并非拘于音律之法，而是体现出自然创作的宗旨，"曲之尚法，固矣。若仅如下算子、画格眼、垛死尸，则赵括之读父书，故不如飞将军之横行匈奴也"⑤。同时法与词要达到两擅其极的程度才是神品。此外对于平仄、阴阳等"声音之道"，他也认为要达到"自然之理"，要"顺其自然之为贵"⑥。

其次，除了何良俊等曲家谈论较多的曲词，王骥德又重点拈出宾白和科诨的情节，作为戏曲创作的重要构成部分，显示出其视戏曲为综合艺术的结构理论，其开拓戏曲批评的价值和意义非同凡响。其中《论宾白》提出：

① （明）王骥德著，陈多、叶长海注释：《曲律注释》卷二《论宫调第四》，90页，上海，上海古籍出版社，2012。
② （明）王骥德著，陈多、叶长海注释：《曲律注释》卷二《论声调第十五》，157页，上海，上海古籍出版社，2012。
③ 同上书，157~158页。
④ （明）王骥德著，陈多、叶长海注释：《曲律注释》卷二《论平仄第五》，99页，上海，上海古籍出版社，2012。
⑤ （明）王骥德著，陈多、叶长海注释：《曲律注释》卷三《杂论第三十九上》，264页，上海，上海古籍出版社，2012。
⑥ 同上书，269页。

"诸戏曲之工者,白未必佳,其难不下于曲。"①在此,王骥德依据自我创作戏曲的实际经验,认为宾白部分之所以难,在于传统文人曲家都是依谱填词,擅长文辞藻饰的精雕细琢,但宾白却是不同于正统的诗、文、词的文学创作,要根据戏曲人物形象的性格特征,运用极具特色和生活化、个性化的语言来表现人物。 这就不仅考量文人曲家个人的文学才华,而且要考虑舞台演出的实际效果,如"'定场白'稍露才华,然不可深晦"。 王骥德还以《琵琶记》"黄门白"为例说"只是寻常话头,略加贯串,人人晓得,所以至今不废",这样看来"'对口白'须明白简质,用不得太文字,凡用之、乎、者、也,俱非当家"②。 这些都是剧本创作与舞台演出共同存在的问题,有着强烈的现实针对性。

最后,《论插科》认为"大略曲冷不闹场处,得净、丑间插一科,可博人哄堂,亦是剧戏眼目",对舞台演出效果起到画龙点睛的重要作用,所以要求科诨"须作得极巧,又下得恰好,如善说笑话者,不动声色而令人绝倒,方妙"③。 这些都充分考虑到舞台表演的具体效果和观众观演的实际心理。 所以诸如顾学宪《青衫记》的科诨部分,就成为戏曲表演的重要一环,是场上调剂冷热效果的关键所在。

此外,对于与舞台演出效果紧密联系的环节,如"引子""落诗""部色"等,王骥德都辟出专章予以详解。 例如,"引子,须以自己之肾肠,代他人之口吻","我设以身处其地,模写其似"④,充分考虑到剧中角色、观众、演员的互动情况。 这对后来李渔"手则握笔,口却登场。 全以身代梨园,复以神魂四绕,考其关目,试其声音,好则直书,否则搁笔,此其所以

---

① (明)王骥德著,陈多、叶长海注释:《曲律注释》卷三《论宾白第三十四》,220页,上海,上海古籍出版社,2012。
② 同上书,219~220页。
③ (明)王骥德著,陈多、叶长海注释:《曲律注释》卷三《论插科第三十五》,222页,上海,上海古籍出版社,2012。
④ (明)王骥德著,陈多、叶长海注释:《曲律注释》卷三《论引子第三十一》,210页,上海,上海古籍出版社,2012。

观、听咸宜也"①有着非常直接的启示作用。

王骥德还围绕具体问题展开深入讨论，最为突出的是将编剧作曲与工匠作室进行比较，尝试对戏曲结构论做出独特阐述：

> 作曲，犹造宫室者然。工师之作室也，必先定规式，自前门而厅、而堂、而楼，或三进、或五进、或七进，又自两厢而及轩寮，以至庾、庾、庖、湢、藩、垣、苑、榭之类，前后、左右、高低、远近，尺寸无不了然胸中，而后可施斤斫。作曲者，亦必先分段数，以何意起、何意接、何意作中段敷衍、何意作后段收煞，整整在目，而后可施结撰。此法，从古之为文，为辞赋，为歌诗者皆然。于曲，则在剧、戏，其事头原有步骤……②

王骥德非常详细地将作曲与作室对应比较，主要目的即在于强调二者较为相近的结构和创作步骤，从而以非常贴切的形式突出戏曲创作结构的重要性。其后，在具体问题如套数的创作中，王骥德同样强调整体结构的重要。例如，《论套数》指出："有起有止，有开有阖。须先定下间架，立下主意，排下曲调，然后遣句，然后成章；切忌凑插，切忌将就。务如常山之蛇，首尾相应；又如鲛人之锦，不着一丝纰颣。"③只有事先进行整体恰当的安排，才能达到"增减一调不得，颠倒一调不得；有规有矩，有色有声：众美具矣"④。如果不是事先调整好结构，而只是"漫然随调，逐句凑拍，掇拾为之"，那么即使"间得一二好语"，从全篇的角度来看，也是"颠倒零

---

① （清）李渔：《闲情偶寄·词曲部·宾白第四》"词别繁减"，见中国戏曲研究院编：《中国古典戏曲论著集成》（七），55页，北京，中国戏剧出版社，1959。
② （明）王骥德著，陈多、叶长海注释：《曲律注释》卷二《论章法第十六》，159～160页，上海，上海古籍出版社，2012。
③ （明）王骥德著，陈多、叶长海注释：《曲律注释》卷三《论套数第二十四》，183页，上海，上海古籍出版社，2012。
④ 同上书，183页。

碎，终是不成格局"①。

王骥德阐述结构理论还充分考虑到戏曲文体的自身特性，如根据戏曲表演的节奏，提出戏曲结构既不能太蔓，"蔓则局懈而优人多删削"，又不能太促，"促则气迫而节奏不畅达"②，这就充分结合了演员对其表演效果的考虑，可以说是从剧作者的角度表达对表演者的关注，从而实现较好的舞台演出效果。王骥德还进一步提出"审轻重"的理论，其中"轻"者就是戏剧里的"无紧要处"，大概指过场、家门之类；其中"重"者就是戏剧里的"传中紧要处"，必须"重着精神，极力发挥使透"③，从而充分展现戏剧冲突或者人物形象等内容。他还举《红拂记》"红拂私奔"和《窃符记》"如姬窃符"的情节为例，说明作为影响戏剧情节冲突和发展的关键环节，需要在整体布局结构上着重刻画，从而更好地推动戏剧情节的合理发展。

不仅如此，王骥德还对戏曲剧本结构提出很多切实可行的意见，直接启发了清初李渔戏曲结构理论的集大成。例如，将"本传大头脑"理论演绎成"立主脑"，"毋令一人无着落，毋令一折不照应"丰富成"密针线"，"勿落套"发展成"脱窠臼"，"勿不经"上升为"戒荒唐"，"勿太蔓"发展成"减头绪"等。④

总之，在戏曲思想丰富呈现的明代曲坛，王骥德对徐渭、沈璟等曲家既有继承又有批判，进行了综合性的集成和提升，同时又对后世曲家如李渔的戏曲理论有直接启示，可谓晚明时期戏曲发展的重要转折点。其《曲律》系统地梳理了戏曲理论，如对本色理论的调谐和总结，对结构理论的突破和启示等，并且将对"戏曲"文学性特征的关注推向"剧戏"综合性特征的建构，可以说是晚明曲坛一部重要的戏曲理论专著。

---

① （明）王骥德著，陈多、叶长海注释：《曲律注释》卷二《论章法第十六》，160 页，上海，上海古籍出版社，2012。
② （明）王骥德著，陈多、叶长海注释：《曲律注释》卷三《论剧戏第三十》，206 页，上海，上海古籍出版社，2012。
③ 同上书，206 页。
④ 参见赵景深：《曲论初探》，27～33 页，上海，上海文艺出版社，1980。

第二十六章
明代曲坛地域互动
与思想观念的演变

　　地域视角作为文学研究的重要突破口，已逐渐得到学界的普遍认同，主要在于"文学发展程度的地域差异、各类文体的地域异同、文学题材与风格的地域特色、文学发展与地理环境的关系以及某个特定地域文学发展状况等诸多方面"①。 关于明代戏曲思想史的宏观梳理，文学地域视角的切入不可忽视，本章即在明代文坛的整体背景之下，考察明代文人曲家如何在地域文化背景下进行戏曲活动的交流互动、戏曲思想的批评争鸣，从而实现对明代曲坛格局的横向描写，完成对明代曲坛图景的全景式鸟瞰，梳理出明代文人戏曲思想的演变。

◎ 第一节
明代文人地域视角梳理的自我思考

　　依据地理或区域进行文学研究，刘勰《文心雕龙·物色》即已提出"然

---

① 陈末鹏：《近代以来地域文学研究综述》，载《金华职业技术学院学报》，2007（5）；参见李晓峰：
　《略论我国地域文学研究的现状与困境》，载《文艺理论与批评》，2010（3）。

屈平所以能洞监《风》《骚》之情者，抑亦江山之助乎"①，明确文学演变关乎"江山之助"的关键因素。此后历代文人集选、诗话或者笔记，都有涉及区域文学的讨论，而至明代表现得尤为突出，无论是地域色彩浓厚的文学流派，还是以地域为纽带的文人结社，都成为文坛地理分布的重要现象。对此，明代文人也有察觉，胡应麟《诗薮·续编》列出明初五大诗派：吴诗派、越诗派、闽诗派、岭南诗派和江右诗派，实际上就是按照区域分布与特点进行分列，从整体来划分明初诗坛的地理格局。近来也有学者将明代文坛勾勒为吴越—燕赵核心区系的联动和互迁，基本形成"以南京为文学轴心，以吴越为核心区系"趋于以"首都京师、陪都南京为主副轴心以及燕赵、吴越两大核心区系并重"，最后"逐步向后者倾斜"②的地理格局。较之明代文人对文坛整体地域的梳理认知，他们同样也将曲坛纳入观照视野，如针对明代曲坛的南北现象展开北剧、南戏的比较，以及彼此消长情况的探究。

一、南北曲风的辨析

明代曲家从地域视角考察戏曲主要落实于南北曲的论辩，如徐复祚《曲论》云："我吴音宜幼女清歌按拍，故南曲委宛清扬。北音宜将军铁板歌'大江东去'，故北曲硬挺直截。"③徐复祚为江苏常熟人，故而有"我吴音"的叙述口气，流露出鲜明的地域优越感，其对"吴音"与"北音"的比较，采取的思路与表述的语言都令人熟悉，主要借鉴了南宋俞文豹对苏、柳词风的论述："柳郎中词，只好十七八女孩儿，执红牙拍板，唱'杨柳外晓

---

① （南朝梁）刘勰著，王运熙、周锋撰：《文心雕龙译注》，418页，上海，上海古籍出版社，1998。
② 梅新林：《中国古代文学地理形态与演变》，860页，上海，复旦大学出版社，2006。
③ 见中国戏曲研究院编：《中国古典戏曲论著集成》（四），246页，北京，中国戏剧出版社，1959。

风残月'。 学士词，须关西大汉，执铁板，唱'大江东去'。"①这一论述简明形象地揭示了南北曲风的特质。 只是，明代曲家对此问题的讨论，没有停留于简单的比较，而是展开了更为细致深入的分析，归总各家论说大略如下。

其一，用字遣词的习性不同。 昆山曲家魏良辅认为："北曲与南曲，大相悬绝，有磨调、弦索调之分。 北曲字多而调促，促处见筋，故词情多而声情少。 南曲字少而调缓，缓处见眼，故词情少而声情多。"②南北各不相同的用字习性，显然附带强烈的地域特性，魏良辅身为昆山人氏，能够深彻体悟其间差别。 吴中曲家王世贞同样借鉴此说："凡曲：北字多而调促，促处见筋；南字少而调缓，缓处见眼。 北则辞情多而声情少，南则辞情少而声情多。"③正是用字的差异导致曲调的促缓，乃至曲情表现的多寡，这些都是南北曲风的差别。

其二，所配器乐的表现不同。 王世贞不仅注意用字之异，而且认为演奏有别："北力在弦，南力在板。 北宜和歌，南宜独奏。"④这一点魏良辅表述得更为清晰："至于北曲之弦索，南曲之鼓板，犹方圆之必资于规矩，其归重一也。"⑤弦板之别确是南北地域文化差异的缩影。 综观明代戏曲的发展就会发现，经过艺人的不断改进，南北曲配乐演奏出现过融合现象，"或谓南曲原不配弦索，不必拘拘宫调，不知南人第取按板，然未尝不可取配弦索"⑥。 不过这又招致魏良辅等人的批评："近有弦索唱作磨调，又有南曲

---

① （宋）俞文豹：《吹剑续录（逸文辑存）》，见张宗祥校订：《吹剑录全编》，38页，上海，上海古典文学出版社，1958。

② （明）魏良辅：《曲律》，见中国戏曲研究院编：《中国古典戏曲论著集成》（五），7页，北京，中国戏剧出版社，1959。

③ （明）王世贞：《曲藻》，见中国戏曲研究院编：《中国古典戏曲论著集成》（四），27页，北京，中国戏剧出版社，1959。

④ 同上书，27页。

⑤ （明）魏良辅：《曲律》，见中国戏曲研究院编：《中国古典戏曲论著集成》（五），6页，北京，中国戏剧出版社，1959。

⑥ （明）王骥德著，陈多、叶长海注释：《曲律注释》卷三《论过搭第二十二》，176页，上海，上海古籍出版社，2012。

配入弦索，诚为方底圆盖，亦以坐中无周郎耳。"①魏氏坚持演奏的"别是一家"，恰是建立在对南北地域文化的认同上，认为南北曲风格迥异而不可混为一谈。

其三，南北语音的发声不同。 南北语音演变的明显区别就是入声字的去留，北方语音体系缩减为平、上、去三声，而南方语音体系则仍然保留入声，故而不少文人视南方语音为正宗："南之不如北有宫调，固也；然南有高处，四声是也。 北虽合律，而止于三声，非复中原先代之正，周德清区区详订，不过为胡人传谱，乃曰《中原音韵》，夏虫、井蛙之见耳！"②认为南音的高处就在于四声，其时文人填制词曲皆依《中原音韵》，反是对中原正音的误解。 王骥德也持相似的见解："且周之韵，故为北词设也；今为南曲，则益有不可从者。 盖南曲自有南方之音，从其地也。 如遵其所为音且叶者，而歌'龙'为'驴东切'，歌'玉'为'御'，歌'绿'为'虑'，歌'宅'为'柴'，歌'落'为'潦'，歌'握'为'杳'，听者不啻群起而唾矣！"③故而重新编撰《南词正韵》这部韵书。

此外，南曲内部也存在不同地域之间的差异："凡唱，最忌乡音。 吴人不辨清、亲、侵三韵，松江支、朱、知，金陵街、该，生、僧，扬州百、卜，常州卓、作，中、宗，皆先正之而后唱可也。"④同样处于江南地域的大背景下，又出现稍小范围的"乡音"现象，既是不同地域戏曲特色的客观现实，又为后来的曲学论争埋下了伏笔。

① （明）魏良辅：《曲律》，见中国戏曲研究院编：《中国古典戏曲论著集成》（五），7 页，北京，中国戏剧出版社，1959。
② （明）徐渭：《南词叙录》，见中国戏曲研究院编：《中国古典戏曲论著集成》（三），241 页，北京，中国戏剧出版社，1959。
③ （明）王骥德著，陈多、叶长海注释：《曲律注释》卷二《论韵第七》，116 页，上海，上海古籍出版社，2012。
④ （明）徐渭：《南词叙录》，见中国戏曲研究院编：《中国古典戏曲论著集成》（三），244 页，北京，中国戏剧出版社，1959。

二、明代文人关于地域文学的梳理

明代文人关于南北曲的深入辨析，实际伴随着北剧、南戏消长的曲坛现实，可谓"传奇既盛，杂剧寝衰，北里之管弦播而不远，南方之鼓吹簇而弥喧"①。沾染了浓郁的北方特质的杂剧，同样获得明代各地文人的喜爱；同时，濡染南方特质的南戏或传奇，正以欣欣向荣之态步入曲坛，其间彼此交错并相互消长，从而成为明代文人反思南北曲的时代背景。明代文人据此展开曲坛地域的全面梳理与学术思考，其间较为突出者当为晚明曲家沈德符。

沈德符（1578—1642），字景倩，又字虎臣、景伯，浙江秀水（今属嘉兴）人。其所作《万历野获编》涉及词曲的内容，经后人整理为《顾曲杂言》，虽然仅有二十三条，但是以地域视角展开论述值得关注。沈德符针对曲家如邱文庄、曲作如《西厢记》等进行论述之余，更多侧重曲统内部文体演变的历时梳理，大略分为"南北散套""填词名手""北词传授""时尚小令""杂剧""杂剧院本"等，不仅折射出明确的戏曲文体意识，而且渗透入浓郁的地域色彩，充分发掘戏曲演变的进程、文人曲家的戏曲观念、戏曲格局的地域风貌以及背后推动因素的地域视角等问题。沈德符也明确提出"南曲"与"北词"的分别：

> 元人俱娴北调，而不及南音。今南曲如【四时欢】【窥青眼】【人别后】诸套最古，或以为元人笔，亦未必然。即沈青门、陈大声辈南词宗匠，皆本朝化、治间人。又同时如康对山、王渼陂二太史，俱以北擅场，并不染指于南。……同时惟临朐冯海槎差为当行，亦以不作南词耳。南词自陈、沈诸公外，如【楼阁重重】【因他消瘦】【风儿疏刺刺】等套，尚是化、治遗音；此外吴中词人，如唐伯虎、祝枝山，后为梁伯龙、张伯起

---

① （明）吕天成著，吴书荫校注：《曲品校注》卷上，1页，北京，中华书局，2006。

辈，纵有才情，俱非本色矣。①

沈德符分论南曲、北词的角度为两端：作者所居的时代与地域。元代曲家多擅北词而未涉及南曲，但是明朝曲家如陈大声等，同样有优秀的北词之作，风格也稍趋古调，故有"或以为元人笔"的说法。同时，沈德符坚持"本色"的审美标准，认为明代曲家既有"俱以北擅场，并不染指于南"的康海、王九思等北方曲家，又有填制南词的唐伯虎等吴中词人。而且，自元人以至沈青门、陈大声等成化、弘治间人，再至唐伯虎、梁伯龙等近代曲家，可谓离古渐远、遗音逝去，这也体现出沈氏崇尚元曲的戏曲观念。所以，沈德符见吴中曲坛的情形，感叹"自吴人重南曲，皆祖昆山魏良辅，而北词几废，今惟金陵尚存此调"，言辞之中含有遗憾的意味；同时又说"然北派亦不同，有金陵，有汴梁，有云中；而吴中以北曲擅场者，仅见张野塘一人——故寿州产也——亦与金陵小有异同处"②，可见地域因素对"北派"风格的影响③。

沈德符具体论及"时尚小令"一段，更是对明代文坛版图式的梳理：

> 元人小令行于燕、赵后，浸淫日盛。自宣、正至化、治后，中原又行【琐南枝】【傍妆台】【山坡羊】之属。李崆峒先生初自庆阳徙居汴梁，闻之，以为可继《国风》之后。……嘉、隆间乃兴【闹五更】【寄生草】【罗江怨】【哭皇天】【乾荷叶】【粉红莲】【桐城歌】【银绞丝】之属，自两淮以至江南，渐与词曲相远，不过写淫媟情态，略具抑扬而已。……但北方惟盛

---

① （明）沈德符：《顾曲杂言·南北散套》，见中国戏曲研究院编：《中国古典戏曲论著集成》（四），202～203页，北京，中国戏剧出版社，1959。

② （明）沈德符：《顾曲杂言·北词传授》，见中国戏曲研究院编：《中国古典戏曲论著集成》（四），212页，北京，中国戏剧出版社，1959。

③ 明人对地域的关注在其他领域也有印证，如谢榛《四溟诗话》卷三论及江南造酒云："作诗譬如江南诸郡造酒，皆以曲米为料，酿成则醇味如一。善饮者历历尝之曰：'此南京酒也，此苏州酒也，此镇江酒也，此金华酒也。'其美虽同，尝之各有甄别，何哉？做手不同故尔。"（44页，北京，中华书局，1985）

爱【数落山坡羊】。其曲自宣、大、辽东三镇传来。①

沈德符仔细梳理出小令源自元代并流行于燕赵地区，燕赵显然属于发展演变的核心地带，但是经过燕赵—中原（汴梁）—两淮—江南的转折，形成自北向南的地域转移，同时伴随着"渐与词曲相远"的状况。沈氏针对元代以降小令文体的梳理，从时间与空间的双重维度展现出时尚小令的嬗变轨迹，可谓文学地理形态研究的滥觞，这既是明代文人对戏曲演进的自我思考，又为后世地域视角的研究提供了参考范式。

如上所论，明代文人曲家已经意识到戏曲的南北差异，从大地域视角展开戏曲风格的论析，既是对明代曲坛细心梳理发现的结果，也是身居其间的切身之悟，同时为明代曲坛地域格局的梳理提供了借鉴，具有一定的参考价值。

◎ 第二节
明代曲坛的静态格局与版图描画

宏观审视明代曲坛的整体布局，其主要侧重于明代文人的戏曲活动，形成相对集中的地域性特征。所以展开明代曲坛格局的静态梳理，勾勒描画出明代曲坛的版图布局，需要宏观把握明代曲坛的地域图景。明代曲坛整体格局的基本构架，大致形成了大格局与小地域的交错局面，大格局表现为京城与地方、南方与北方、吴中与其他江南地域等几个维度，小地域则围绕吴中、杭州、南京等中心形成地域特色鲜明的戏曲流派，最终完成面的整合与

---

① （明）沈德符：《顾曲杂言·时尚小令》，见中国戏曲研究院编：《中国古典戏曲论著集成》（四），213页，北京，中国戏剧出版社，1959。

线的抽绎，并具体落实到文人曲家的戏曲活动，完成明代曲坛整体格局的静态观照。

一、明代曲坛的整体格局

明代的政治版图存在京城与地方的对应状态，这一方面在于京城在整个社会体系中的重要地位，另一方面在于科举考试的时代背景下，文人积极参与政治的同时得以逗留京城，促使京城成为文人戏曲活动的中心。 早在元代就已形成以大都为中心的曲坛格局，此时关汉卿等杂剧作家聚集大都，张怡云等著名艺人也活动于此。《析津志·岁记》记载：二月二十五日皇城内，"仪凤教坊诸乐工戏伎，竭其巧艺呈献，奉悦天颜。 次第而举，队子唱拜，不一而足"①。 又杨维桢《宫辞》云："开国遗音乐府传，《白翎》飞上十三弦。 大金优谏关卿在，伊尹扶汤进剧编。"②以上从宫廷表演与文人进演两方面说明了元代京城戏剧活动的丰富多彩。 与京城相对应的其他地方如真定、东平、扬州、杭州等地，也活跃着非常多的文人曲家，尤其是南方的杭州作为南宋时期的都城，同样具有较强的聚拢力与辐射力，此时马致远、尚仲贤、戴善甫、郑光祖等曲家，或是因为出生成长于斯，或是因为居官任职于此，纷纷聚集在杭州，从而形成了以杭州为中心的南方戏曲大舞台。

明代京城作为戏曲中心的突出地位，最初主要体现为宫廷曲家群体的兴盛，尤其是朱权、朱有燉等宗室曲家，贾仲明、汤舜民、杨文奎等御用文人以及不少无名氏的宫廷艺人，他们基本构成以宫廷为核心的京城戏曲活动。 另外，明代宫廷对于地方的戏曲辐射，还体现在某些特定的政治手段上，如朱元璋曾特意赏赐戏曲剧本给分封各地的宗室子弟，"洪武初年，亲王之

---

① （元）熊梦祥著，北京图书馆善本组辑：《析津志辑佚》，215～216 页，北京，北京古籍出版社，1983。
② 邹志方点校：《杨维桢诗集·铁崖逸编》卷八《宫辞》其二，400 页，杭州，浙江古籍出版社，1994。

国，必以词曲一千七百本赐之"①。 不仅如此，谈迁《国榷》卷十二和卷十九分别记载了建文四年（1402）与宣德元年（1426）"赐诸王乐户"，毋论朱元璋等高层统治者此举本意如何，但确实推动了各地戏曲活动的开展，基本形成了京城或者宫廷的戏曲辐射。 明代京城文人的戏曲活动与元代也有所不同，康海、王九思、李开先等北方文人虽有活动于京城的经历，但都远在家乡，或是退居、贬谪之后，才从事戏曲文学创作和演出活动，他们隐居乡间后心有余力，转而借助戏曲陶冶性灵和寄托情志。 可以说，明代京城文人戏曲活动的展开，基本围绕宫廷曲家、艺人而进行，形成与元代大都戏曲不同的格局。 当然，为了满足统治阶层的声娱之享，宫廷戏曲演出活动从未间断，直至南明时期阮大铖还曾进呈《燕子笺》②，可见以宫廷为中心的戏曲演出活动余音未歇。

以与京城对应的地方曲坛而言，明代文人戏曲活动范围大致可为北、南之分，其间亦隐含北杂剧与南戏文（传奇）的异别。 明代全国文人曲家的分布数量，参照卢前《明清戏曲史》第一章"明清剧作家之时地"，简略统计如下：

表 4-1 明代文人曲家地域分布

江苏	浙江	安徽	江西	湖南	四川	福建	广东	陕西	河南	河北	山东
51	54	10	3	1	1	2	1	3	1	1	1

依表 4-1 可见明代曲坛基本以南方为主，南方成为文人戏曲活动的主要地域，而在南方曲坛又形成以吴中或江浙为核心，辐射南京、徽州、杭州、扬州以及四川等地的曲坛格局。 卢前论及"明清剧作家之时地"时云：

---

① （明）李开先：《张小山小令序》，见卜键笺校：《李开先全集·李中麓闲居集之五》，528 页，上海，上海古籍出版社，2014。
② 清王士禛《秦淮杂诗》云："新歌细字写冰纨，小部君王带笑看。 千载秦淮呜咽水，不应仍恨孔都官。"诗后自注云："福王时，阮司马以吴绫作朱丝阑书《燕子笺》诸剧，进宫中。"见李毓芙选注：《王渔洋诗文选注》，69 页，济南，齐鲁书社，1982。

若论籍贯，以吴人为多，浙人次之。……上所称引，特其著者。然试一较按，南北之作者，相去殊远，方元之时，初集于大都，既南来湖上，制曲之士，南人已多。朱明开国，侨寓金陵者，殆已不可胜数。周晖《琐事》，所附《曲品》，可想见石头城下当时弦管之盛也。大氐吾吴之曲作家，金陵多侨民，而苏州皆土著。论散套，尝以吴之元和与浙之仁和，称为"曲中二和"。其在戏曲史中，则未必能如是耳。①

从文人曲家的人员分布角度来看，基本描绘出了江南曲坛的大致格局。当然，曲坛核心地位的确立不仅体现在文人曲家数量的众多，而且有影响力与辐射力的表现，如戏曲理论观点的阐发、戏曲经典作品的创作、戏曲交流活动的丰富、戏曲当下潮流的推动等，才能凝练成为曲坛核心。

就南北地域的总体布局而言，北方文人曲家相对较少。"近之为词者，北调则关中康状元对山、王太史渼陂，蜀则杨状元升庵，金陵则陈太史石亭、胡太史秋宇、徐山人髯仙，山东则李尚宝伯华、冯别驾海浮，山西则常延评楼居，维扬则王山人西楼，济南则王邑佐舜耕，吴中则杨仪部南峰。……诸君子间作南调，则皆非当家也。"②从王骥德所罗列的曲家可见，北方籍贯的文人屈指可数，与南方曲家群体形成鲜明对照，这显然与吴越地域文化氛围密不可分，如追求游赏闲适的娱乐精神、华靡绮丽的南朝遗风、重文崇礼的文化思想等。同时，名人的推动鼓吹效应也功不可没，尤其体现在王世贞等名人曲家的鼓吹，导致了"吴音一派"的文人曲家"以词为曲"的倾向。另一位具有影响力的曲坛大家沈璟，极力建立较为完备的曲牌格律体系，逐渐得到多数吴越曲家的认同，可谓"皎然词林指南车也，我辈

---

① 卢前：《明清戏曲史（外一种：八股文小史）》，8～11页，长沙，岳麓书社，2011。
② （明）王骥德著，陈多、叶长海注释：《曲律注释》卷四《杂论第三十九下》，297页，上海，上海古籍出版社，2012。

循之以为式，庶几可不失队耳"①。 此时聚集吴越地区的曲家，如高濂、顾大典、陈与郊、屠隆等，以及长期游历旅居其间的曲家，如梅鼎祚、汪道昆等，共同促成了以吴越为中心的曲坛格局。

二、明代曲坛的微观呈现

以吴中为核心的南方曲坛格局既已形成，又与南京剧坛、杭州剧坛、越中剧坛、扬州剧坛等交相呼应。 仅以南京剧坛为例，南京曾多次成为不同朝代的都城，保留有六朝风流、南唐雅韵，同时也是历代文人雅集之地，何良俊、王世贞、汤显祖、臧懋循、冯梦祯等明代曲家都曾逗留南京，汤显祖还在南京创作了"四梦"之首《紫钗记》。 此外，江南贡院作为江南十四郡文人科举之所，也为南方文人的聚集提供了天然条件，仅万历年间就有梁辰鱼、梅鼎祚、潘之恒、汪廷讷、茅士仪以及复社文人等在南京进行频繁的戏曲活动，丰富了南京剧坛戏曲活动。 同时，南京作为烟柳繁华之所，也为艺人群聚斗艺提供了平台，职业戏班、家班和青楼演员可以同台献艺，成为潘之恒等曲家鉴赏评议的大舞台。 此外，南京大量书坊的存在，也为戏曲剧本的刻印、销售和传播起到非常大的推动作用，这些都无疑成为刺激南京剧坛繁荣的诸多因素。

围绕各地剧坛的小地域范围，逐渐形成颇具地域色彩的戏曲流派，如吴江曲派、临川曲派、越中曲派、新安曲派、上虞曲派、昆山曲派、松江曲派等。 出现在大背景之下的小地域戏曲群体，形成戏曲理论、创作审美的相近趋向，其中以吴江、临川二派最为著名。 吴江曲派的队伍建构已为其时多数曲家认识，如"自词隐作词谱，而海内斐然向风。 衣钵相承，尺尺寸寸守其

---

① （明）徐复祚：《曲论》，见中国戏曲研究院编：《中国古典戏曲论著集成》（四），240页，北京，中国戏剧出版社，1959。

矩矮者二人：曰吾越郁蓝生，曰檇李大荒逋客"[1]；"松陵词隐先生表章词学，直剖千古之谜，一时，吴越词流，如大荒逋客、方诸外史、桐柏中人，遵奉功令唯谨"[2]。沈自晋更是对吴江派的阵容做了完整的描述，其《望湖亭》传奇第一出《叙略》【临江仙】云："词隐登坛标赤帜，休将玉茗称尊。郁蓝继有槲园人，方诸能作律，龙子在多闻。香令风流绝调，幔亭彩笔生春，大荒巧构更超群。鲰生何所似？謦笑得其神。"基本上确定吴江派曲家大略有吕天成等九人，形成创作上严守格律、文词本色且便于场上的流派风格。

相对于文人曲家聚集的地域格局，戏曲腔调同样遍地开花且地域色彩浓郁，最为突出的当为昆山腔、余姚腔、弋阳腔、海盐腔"四大声腔"。"四大声腔"构成南方传奇戏曲创作的基本腔调：

> 今唱家称"弋阳腔"，则出于江西，两京、湖南、闽、广用之；称"余姚腔"者，出于会稽，常、润、池、太、扬、徐用之；称"海盐腔"者，嘉、湖、温、台用之。惟"昆山腔"止行于吴中，流丽悠远，出乎三腔之上，听之最足荡人……[3]

此种状况演进至万历曲坛则又发生转变，除却形成主流正统的昆山腔之外，"'昆山'之派，以太仓魏良辅为祖……然其腔调，故是南曲正声。数十年来，又有'弋阳''义乌''青阳''徽州''乐平'诸腔之出；今则'石台''太平'梨园，几遍天下，苏州不能与角什之二三"[4]。此外，还有颇

---

① （明）王骥德著，陈多、叶长海注释：《曲律注释》卷四《杂论第三十九下》，310 页，上海，上海古籍出版社，2012。

② （明）吕天成：《义侠记序》，见吴书荫校注：《曲品校注》附录一《吕天成遗文辑存》，397 页，北京，中华书局，2006。

③ （明）徐渭：《南词叙录》，见中国戏曲研究院编：《中国古典戏曲论著集成》（三），242 页，北京，中国戏剧出版社，1959。

④ （明）王骥德著，陈多、叶长海注释：《曲律注释》卷二《论腔调第十》，133～134 页，上海，上海古籍出版社，2012。

具特色的"蜀调"："杨状元慎才情盖世……流脍人口，而颇不为当家所许。 盖杨本蜀人，故多川调，不甚谐南北本腔也。"①全国声腔基本上以地域命名，足见其自身附着的地域风味，百腔齐唱才是推动曲坛兴盛的重要因素。

如上，通过对明代曲坛静态格局的梳理可见，明代曲坛既存在南北地域的大空间性，又形成围绕吴中等地的小空间性，同时还有地域特色鲜明的戏曲流派、声腔曲调，基本构成了平面与重点的整体描绘。 但是，本节对明代曲坛格局演变的梳理，不仅展现了明代曲坛的"空间性"，而且更着意于空间的"动态性"，体现出地域之间文人曲家的交流互动与争鸣批评。

◎ 第三节
明代曲坛的地域互动与思想交流

明代曲坛不仅呈现出全面繁荣的静态图景，而且地域流派的动态交互更是精彩纷呈，主要体现为各地文人曲家之间的交往游历、戏曲唱和。 搜绎明代文人曲家之间的地域交流，从整体格局而言大致分为南北两端，北方曲家之间突出的如李开先与康海、王九思，南方曲家之间突出的如王世贞、汤显祖、梁辰鱼等名家，他们或相邀赏戏评鉴，或共商修订曲律，或共同创制曲篇，戏曲交流的活动内容可谓丰富多彩。

一、南北方曲家交流概况

北方曲家群体之间主要围绕李开先交游密切，尤其体现在李开先与康

---

① （明）王世贞：《曲藻》，见中国戏曲研究院编：《中国古典戏曲论著集成》（四），35 页，北京，中国戏剧出版社，1959。

海、王九思之间。《列朝诗集小传》记载："（李开先）奉使银夏，访康德涵、王敬夫于武功鄠杜之间，赋诗度曲，引满称寿，二公恨相见晚。"①可见他们共同度过一段美好时光，自此开始相与论戏的难忘经历。此外，康海、王九思极力奖掖后辈，不仅为李开先《中麓小令》和《宝剑记》作序，并且赞誉《宝剑记》"至圆不能加规，至方不能加钜，一代之奇才，古今之绝唱也"②，可谓给予这位晚辈最高评价并抬举其文坛地位。同时，李开先自己对此也有描述："吾自退归林下，不蓄声妓，有劝以可寄情取乐者，时亦效仿康对山之为。"③而且《词谑》中有多处记载王九思的材料，显示他们之间并非只有简单的饮酒娱乐，还有填制词曲以及相互评议的深入交往。

南方曲家群体之间的交往更为频繁，地域之间交流的范围更为广阔。例如，徽州曲家交游于南京、苏州地区，梅鼎祚、汪道昆、潘之恒、汪廷讷可谓其中杰出者，他们活跃于两地曲坛，与王世贞、屠隆等吴越曲家交往密切，共同切磋戏曲创作和欣赏。梅鼎祚曾在《长命缕记序》中记叙："曩游吴，自度曲而工审音，深为伯龙、伯起所嘅伏。"④他与汤显祖交往甚密，分别逢知于宣城、金陵等地，汤显祖为其《玉合记》题词，说"予观其词，视予所为《霍小玉传》，并其沉丽之思，减其秾长之累"，还称赞"梅生传事而止，足传于时"⑤。

此外，南方曲家的切磋、交往突出体现在围绕重要文人展开，如王世贞、沈璟、汤显祖、徐渭等都与南方曲家往来密切。王世贞主宰文坛三十年间，与江南文人之间除却诗文唱和，还有戏曲切磋评议的活动，如与梁辰

① （清）钱谦益：《列朝诗集小传》丁集上"李少卿开先"，377 页，上海，上海古籍出版社，1983。
② （明）王九思：《书宝剑记后》，见卜键笺校：《李开先全集·新编林冲宝剑记》，1259 页，上海，上海古籍出版社，2014。
③ （明）李开先：《亡妻张宜人散传》，见卜键笺校：《李开先全集·李中麓闲居集之九》，866 页，上海，上海古籍出版社，2014。
④ 徐朔方：《梅鼎祚年谱》，见《晚明曲家年谱》第 3 卷，185 页，杭州，浙江古籍出版社，1993。
⑤ （明）汤显祖：《玉合记题词》，见吴毓华编：《中国古代戏曲序跋集》，92 页，北京，中国戏剧出版社，1990。

鱼、张凤翼、汪道昆、梅鼎祚等人的交往。 此外，应尤为注意的是，王世贞与李开先等北方曲家交往，探讨李开先的《宝剑记》等曲作，无疑更是扩大了戏曲活动的地域范围。 万历曲坛的沈璟、汤显祖更为突出，二人之间的交往论争不仅引起晚明曲家的普遍响应，展开曲学有关命题的大讨论，而且影响至其他地域的曲家，形成曲坛著名的"吴江派"与"临川派"，为丰富戏曲创作的多元风格贡献巨大。

二、曲家交流的主要内容

综观文人曲家之间的交流，既有诗酒唱和的主要活动，又有戏曲切磋的密切往来，活动内容主要体现在如下几个方面。

一是相邀赏戏评鉴。 文人曲家相邀赏戏并非满足于简单的耳目之娱，而是赋予评议鉴赏的更高要求。 沈德符《顾曲杂言》记载："《浣纱》初出时，梁游青浦，屠纬真为令，以上客礼之，即命优人演其新剧为寿。 每遇佳句，辄浮大白酬之，梁亦豪饮自快。 演至《出猎》，有所谓'摆开摆开'者，屠厉声曰：'此恶语，当受罚！'盖已预储洿水，以酒海灌三大盂。 梁气索，强尽之，大吐委顿，次日不别竟去。"[①]以上虽属传言，但也足见赏戏之乐。 此外，明代文人创作大量咏剧诗记叙赏戏场景及心得点评，如晚明曲家邹迪光自有家班，更爱赏戏，作有《正月十六夜集友人于一指堂，观演昆仑奴、红线故事，分得十四寒》述与友人观演更生子《双红记》传奇，《冬夜与顾仲默诸君小集，看演〈神镜〉传奇，次仲默韵》述与顾仲默观演吕天成《神镜记》传奇，《酒未阑而范长白忽乘信过喑，复尔开尊，演霍小玉〈紫钗〉，不觉达曙，和觉父韵》述与范允临观看《紫钗记》传奇，等等。

二是共商修订曲律。 明代文人填制戏曲蔚然成风，"年来俚儒之稍通音

---

① （明）沈德符：《顾曲杂言·梁伯龙传奇》，见中国戏曲研究院编：《中国古典戏曲论著集成》（四），209 页，北京，中国戏剧出版社，1959。

律者，伶人之稍习文墨者，动辄编一传奇。自谓得沈吏部《九宫正音》之秘"①。当然其间不谐音律者也多有存在，所以请专业曲家校订曲律便为常事，如"孙比部讳如法……又与汤奉常为同年友，汤令遂昌日会先生，谬赏予《题红》不置，因问先生：'此君谓予《紫箫》何若？'（时《紫钗》以下俱未出。）先生言：'尝闻伯良艳称公才，而略短公法。'汤曰：'良然。吾兹以报满抵会城，当邀此君共削正之。'既以罢归不果，故后《还魂记》中《警梦》折白有'韩夫人得遇于郎，曾有《题红记》'语，以此"②。沈璟作为曲坛大家深谙曲律的重要作用，故而不少文人填制曲作时以他为咨询专家，以期校正戏曲格律的声病问题。例如，冯梦龙为王骥德《方诸馆曲律》作序，称："余早岁曾以《双雄》戏笔，售知于词隐先生。先生丹头秘诀，倾怀指授……"③张凤翼为顾大典《青衫记》作序，称："中间有数字未协，僭为更定。非敢拟韩之以敲易推，亦欲望范之去德从风耳。君即欣然诺之，且属予序其端。"④

三是共同创制曲篇。戏曲剧本的创作方式多样，有世代累积的创作修饰，有文人曲家的独立创作，也有文人曲家的共同创作。共同创作戏曲文本，既是基于相同背景或趣味、才情，又是曲家交谊的共同见证。万历年间游学南京南国子监的郑之文与吴兆和就是一例："南城郑之文应尼，公车下第，薄游金陵。此北里马湘兰负盛名，与王百谷诸公为文字饮，易视应尼。应尼与吴非熊作《白练裙》杂剧，极为讥调，聚子弟演喝，召湘兰观之，湘兰为之微笑。"⑤共同创制戏曲作品并付诸演出，邀请著名专家同赏共评也

① （明）沈德符：《顾曲杂言·填词名手》，见中国戏曲研究院编：《中国古典戏曲论著集成》（四），206页，北京，中国戏剧出版社，1959。
② （明）王骥德著，陈多、叶长海注释：《曲律注释》卷四《杂论第三十九下》，334页，上海，上海古籍出版社，2012。
③ （明）冯梦龙：《曲律叙》，见吴毓华编：《中国古代戏曲序跋集》，278页，北京，中国戏剧出版社，1990。
④ （明）张凤翼：《处实堂续集》卷六，见《四库全书存目丛书》集部第137册，532页，济南，齐鲁书社，1997。
⑤ （清）谈迁：《北游录·纪闻上》"郑之文"条，见《续修四库全书》史部第737册，389页，上海，上海古籍出版社，1995。

是文人活动的雅事逸趣。

不可否认，明代文人曲家之间交往越多，出现争议的可能也就越大，交流与争鸣可谓相互交织。 曲家之间的交流往来可以推进戏曲发展，争鸣批评同样功不可没，理论辩驳愈辩愈明，最终推动理论的全面成熟。

◎ 第四节
明代曲坛批评争鸣的地域色彩

地域区位的差别形成不同的立场，导致明代曲家的出场身份与心态发生变化，他们展开戏曲批评的视角明显附着浓郁的地域色彩，主要围绕当时曲坛的名人曲家，形成了戏曲史上影响较大的"公共事件"。 梳理明代曲坛的批评争鸣，发端诘难的主体多为吴中曲家，如王世贞、沈璟等，而指摘的对象则多为外地曲家，如围绕李开先、汤显祖的戏曲批评，这构成了明代曲学争鸣的基本格局。 相对于明代文坛而言，吴中俨然成为曲坛活动的中心地带，尤其是经历了魏良辅致力于昆山腔的改造提升、梁辰鱼等曲家的传奇创作、沈璟等曲家的音律建构，吴中地区逐渐获得当时曲坛的认可，吴中文人也有了敢于批评的底气。 批评的内容分为声腔与格律，批评的视角当为吴中标准，较为突出的论争主要围绕两位文人展开：一为山东李开先，一为临川汤显祖。

一、围绕李开先展开的曲学批评

李开先身为山东章丘的曲家，戏曲活动多发生在退居家乡之后，所作的戏曲作品有传奇《宝剑记》与散曲【傍妆台】百阙，南北曲家却对其表现出不同的评价态度。赞赏者当为康海、王九思，"北人自王、康后，推山东李伯华。伯华以百阕【傍妆台】为德涵所赏"①。康、王二人推赏李开先既有知己情谊的渗入，更有北方戏曲文化的地域认同。但是，李开先的曲作却未得到吴中曲家的认可，直接指摘其不足者如王世贞、王骥德、沈德符：

> 今其辞尚存，不足道也。所为南剧《宝剑》《登坛记》，亦是改其乡先辈之作。二记余见之，尚在《拜月》《荆钗》之下耳，而自负不浅。一日问余："何如《琵琶记》乎?"余谓："公辞之美，不必言。第令吴中教师十人唱遍，随腔字改妥，乃可传耳。"李怫然不乐罢。②

> 山东李伯华所作百阕【傍妆台】，为康德涵所赏。予购读之，尽伧父语耳，一字不足采也。③

> 章丘李中麓太常亦以填词名，与康、王俱□友，而不娴度曲，即如所作《宝剑记》，生硬不谐，且不知南曲之有入声，自以《中原音韵》叶之，以致吴侬见诮。④

类似言论，吕天成、祁彪佳的《曲品》中也有转载⑤，表示出对王世贞观点的肯定。

---

① （明）王世贞：《曲藻》，见中国戏曲研究院编：《中国古典戏曲论著集成》（四），36页，北京，中国戏剧出版社，1959。
② 同上书，36页。
③ （明）王骥德著，陈多、叶长海注释：《曲律注释》卷四《杂论第三十九下》，367页，上海，上海古籍出版社，2012。
④ （明）沈德符：《顾曲杂言》，见中国戏曲研究院编：《中国古典戏曲论著集成》（四），203页，北京，中国戏剧出版社，1959。
⑤ 吕天成《曲品》："《宝剑》传林冲事，亦有佳处。自撰曲品名亦奇。此公熟于北剧，作此记，谓弇州曰：'何似《琵琶》?'答曰：'但当令吴下老曲师讴之，乃可。'"祁彪佳《远山堂曲品》："李自负在康对山、王渼陂之上，问王元美：'此记何如《琵琶》?'王谓：'公辞之美，不必言，第令吴中教师十人唱过，随腔字字改妥，乃可耳。'李怫然罢去。"

从三人评议的立场与观点来看，都共同表示出"吴侬见诮""吴中教师随腔字改妥"的看法，明显流露出吴中地区的优越感，集于声腔之正宗、格律之规范，从而纷纷斗言纠错李开先的曲作。这里需要表明李开先的创作具情：首先，《宝剑记》主要根据流行于山东地区的南曲声腔而作，所以刻意于吴中教师的改订，就难免有牵强的嫌疑。其次，认为李开先"不娴度曲"，实际并非如此，李开先对元曲深有研究，"颇究心金元词曲……《芙蓉》《双题》《多月》《倩女》等千七百五十余杂剧，靡不辨其品类，识其当行"①，可见其对北曲相当内行。吕天成也认为，"李开先铨部贵人，葵邱隐史。熟誉北曲，悲传塞下之吹；间著南词，生扭吴中之拍"②，指出李开先对于北曲、南词的生熟不一。最后，《宝剑记》中还有不少李开先的自度曲，祁彪佳评曰"中有自撰曲名。曾见一曲采入于谱，但于按古处反多讹错"③，如第十七出【四娘子】、第十九出【踢鞭儿】等曲调，或为流行于山东地域的曲调，或为李开先的自度曲，可见地域风格的差异容易导致吴中曲家指摘不合曲谱的误解。

二、围绕汤显祖形成的戏曲论争

汤显祖身为江西临川人，戏曲活动主要发生于临川、遂昌、南京等地，这些都是环绕吴中的边缘地带。作为传奇戏曲的经典之作，"汤义仍《牡丹亭梦》一出，家传户诵，几令《西厢》减价"，或许由于"是记初出，度曲家多棘棘不上口"④，并未立即引起当时文人的击节称赏。尤其是吴中曲家不满于《牡丹亭》的格律并动手改编，引得汤显祖对吕玉绳等人说出"割蕉加

① （明）李开先：《南北插科词序》，见卜键笺校：《李开先全集·李中麓闲居集之六》，562页，上海，上海古籍出版社，2014。
② （明）吕天成著，吴书荫校注：《曲品校注》卷上，13页，北京，中华书局，2006。
③ （明）祁彪佳：《远山堂曲品·宝剑（李伯华）》，见卜键笺校：《李开先全集》附录二，2256页，上海，上海古籍出版社，2014。
④ （明）沈德符：《万历野获篇》卷二十五《词曲》，643页，北京，中华书局，1997。

梅"的意气之辞。 王骥德《曲律》的记载大致还原了当时情形：

> 临川之于吴江，故自冰炭。……临川尚趣，直是横行，组织之工，
> 几与天孙争巧，而屈曲聱牙，多令歌者蹭舌。吴江尝谓："宁协律而不
> 工，读之不成句，而讴之始协，是为中之之巧。"曾为临川改易《还魂》字
> 句之不协者，吕吏部玉绳以致临川，临川不怿，复书吏部曰："彼恶知
> 曲意哉！ 余意所至，不妨拗折天下人嗓子。"其志趣不同如此。①

汤显祖其实对王骥德较为信任，这一点从诚邀王氏改正《紫钗》可见。
王骥德描述"沈汤之争"的主要关节在于《牡丹亭》的字句不协，故而才有
沈璟等人的改易，对于这一点王骥德也基本认同，"临川汤奉常之曲……使
其约束和鸾，稍闲声律，汰其赘字累语，规之全瑜，可令前无作者，后鲜来
喆"②。 实施具体行动的尚有臧懋循、冯梦龙等人，他们的改易操作基本围
绕"讴之始协"的标准，而所立足的依据就是吴中声腔与格律规范，因而带
有浓郁的吴中地域色彩。

汤显祖戏曲字句不协的情况的确存在，出现这些问题的原因也很复杂，
按照汤显祖自己的表述，"凡文以意趣神色为主。 四者到时，或有丽词俊音
可用。 尔时能一一顾九宫四声否？ 如必按字摸声，即有窒滞迸拽之苦，恐
不能成句矣"③。 汤显祖明确"吴中曲论良是"，同时又意识到"唱曲"与
"作曲"的异别、理论与创作的差距，从而出现戏曲观念的分歧。 但是，不
可忽视的重要因素还有声腔之别与地域之异，《牡丹亭》究竟传唱所为何
腔，至今犹争辩难定，但是从汤显祖"云便吴歌"的不满可见，其并非专为

---

① （明）王骥德著，陈多、叶长海注释：《曲律注释》卷四《杂论第三十九下》，308～309 页，上
海，上海古籍出版社，2012。
② 同上书，307 页。
③ 徐朔方笺校：《汤显祖全集》诗文卷四十四《玉茗堂尺牍之一·答吕姜山》，1302 页，北京，北
京古籍出版社，2001。

昆腔填制，而是附着一些弋阳腔的色彩，这与吴中曲家津津自赏的昆山腔——作为文人传奇戏曲填制的主要声腔——存在较大程度的地域差异。"南都万历以前，公侯与缙绅及富家……大会则用南戏，其始止二腔，一为弋阳，一为海盐。弋阳则错用乡语，四方士客喜阅之；海盐多官语，两京人用之。后则又有四平，乃稍变弋阳而令人可通者。"①并且弋阳色调还在于"错用乡语"，灵活变通的形式使得"四方士客喜阅之"，只不过与吴中曲家强调的格律规范稍有差异。

凌濛初也为汤显祖做出辩护：

> 近世作家如汤义仍，颇能模仿元人，运以俏思……至于填调不谐，用韵庞杂，而又忽用乡音，如"子"与"宰"叶之类，则乃拘于方土，不足深论，止作文字观，犹胜依样画葫芦而类书填满者也。义仍自云："骀荡淫夷，转在笔墨之外，佳处在此，病处亦在此。"彼未尝不自知。祗以才足以逞而律实未谐，不耐检核，悍然为之，未免护前，况江西弋阳土曲，句调长短，声音高下，可以随心入腔，故总不必合调，而终不悟矣。而一时改手，又未免有斲小巨木、规圆方竹之意，宜乎不足以服其心也——如"留一道画不□耳的愁眉待张敞"，改为"留着双眉待敞"之类。②

凌濛初所指汤显祖剧作存在"填调不谐，用韵庞杂"的现象，尤其针对"而又忽用乡音"的解释更为详细，认为弋阳土曲表现在"句调长短，声音高下"方面，存在"随心入腔"的地域特色，沈璟等人的改易是使之符合吴中腔调的格律，而忽视了江西弋阳腔调的格律，显然沈璟等人的指摘忽略了选用声腔的地域特色。

---

① （明）顾起元：《客座赘语》卷九《戏剧》，303 页，北京，中华书局，1987。
② （明）凌濛初：《谭曲杂札》，见中国戏曲研究院编：《中国古典戏曲论著集成》（四），254 页，北京，中国戏剧出版社，1959。

此外，吴中文人曲家凭借地域区位的优越心态，纷纷就其他地域的曲家创作进行表态，如王世贞批评王九思身为北方文人，所作南曲却没有意识到南曲的语音习惯，是作为北方文人的先天不足，"然敬夫南曲'且尽杯中物，不饮青山暮'，犹以'物'为'护'也。南音必南，北音必北，尤宜辨之"①。这也得到其他文人的认同，如颜俊彦说："以王敬夫之填词，不免南北混淆，而以物作护。"②同时，针对四川才子文人杨慎的词曲之作，王世贞说："杨状元慎才情盖世……流脍人口，而颇不为当家所许。盖杨本蜀人，故多川调，不甚谐南北本腔也。"③这明显是立足地域文化优势，从而把持曲坛批评的话语权。

　　综上所述，明代曲坛戏曲活动丰富多彩，呈现于地域布局的版图描绘，既有遍地开花的四海繁华，又有重彩浓墨的突出集中。索骥纵横其间的文人曲家，核心区位与边缘地带出现交流争鸣，不同地域的交流互动促进戏曲的丰富与繁荣，同时区位优越心态又导致批评争鸣的出现，这些都附着较为浓郁的地域色彩。审视明代曲坛的多元纷呈可见，正是动态的交流争鸣才形成曲坛的繁荣局面，描绘出一幅斑斓多彩的曲学图景，因而对明代曲坛的研究具有戏曲史和地域文学研究的双重意义。

---

① （明）王世贞：《曲藻》附录，见中国戏曲研究院编：《中国古典戏曲论著集成》（四），39页，北京，中国戏剧出版社，1959。
② （明）沈宠绥：《度曲须知》卷首颜俊彦序，见中国戏曲研究院编：《中国古典戏曲论著集成》（五），188页，北京，中国戏剧出版社，1959。
③ （明）王世贞：《曲藻》，见中国戏曲研究院编：《中国古典戏曲论著集成》（四），35页，北京，中国戏剧出版社，1959。

第二十七章
身份界定与明代文人
戏曲思想的嬗变

　　戏曲从业者的称谓纷繁多出，如民间流动艺人俗称为"路岐人"①"子弟"②"娼夫"③等，从"野人之能乐舞者""异类托姓，有名无字"等记载可见他们处于社会底层的卑微地位。但是，针对明代曲家的"身份认定"，并非指向所有的戏曲活动从事者，而是主要针对进入戏曲领域的文人阶层，对此名词的界定、探讨是戏曲文人化进程的产物。梳理明代戏曲发展史就会发现，明代曲家"身份认定"的命题出现于文人群体介入戏曲领域之后，伴随着历史时代与文化传统的不断渗透，社会价值的等级观念与文统体系的正变观念等不断被引入戏曲领域并引起文人群体的关注。他们对自我身份的确认，实际上就是其戏曲思想观念的转换，并且伴随明代戏曲发展的进程，形成了较为鲜明突出的演变轨迹。

---

① "路岐人"可见南宋曾三异《同话录》"散乐出《周礼》注，云'野人之能乐舞者'，今乃谓之路岐人"。见隗芾、吴毓华编：《古典戏曲美学资料集》，46 页，北京，文化艺术出版社，1992。又，南宋耐得翁《都城纪胜》"市井"条有"执政府墙下空地（旧名南仓前），诸色路岐人，在此作场，尤为喧阗"。见《都城纪胜（外八种）》，3 页，上海，上海古籍出版社，1993。
② "子弟"可见南宋张炎【满江红】词题"《韫玉传奇》，惟吴中子弟为第一流"。
③ "娼夫"可见明朱权《太和正音谱·群英所编杂剧》"娼夫自春秋之世有之，异类托姓，有名无字。赵明镜讹传赵文敬，非也。张酷贫讹传张国宾，非也。自古娼夫，如黄番绰、镜新磨、雷海青之辈，皆古之名娼也，止以乐名称之耳，亘世无字"。见俞为民、孙蓉蓉编：《历代曲话汇编·明代编》第 1 集，58 页，合肥，黄山书社，2009。按：黄番绰亦作"黄旛绰"。

◎ 第一节

"行家生活"与"戾家把戏"的自我定位

戏曲艺术虽受到观众的普遍喜爱，但社会体系的定位评价迥异，这可见于统治阶层的文化政策与文人阶层的接受认可。比如，从事戏曲表演的艺人，通过精彩的舞台表演赢得满堂喝彩，但他们自古以来就不被重视，不仅在政治上遭遇种种限制，而且在日常生活中也备受歧视。元代《通制条格》卷五"学令科举"记载："倡优之家，及患废疾，若犯十恶、奸盗之人，不许应试"，明令倡优子弟与违法之人不得参加科考，从而断绝了他们向上流动的机会。同时在日常生活中倡优也受到歧视，连服饰都被严格限制，"禁倡优盛服，许男子裹青巾，妇女服紫衣，不许戴笠、乘马"①。优人甚至不能与其他人通婚，如《元典章·户部·婚姻·乐人婚》规定："乐人只教嫁乐人，咱每根底近行的人并官人每，其余的人每，若娶乐人做媳妇呵，要了罪过，听离了者。"可见优人虽然奉献出青春和技艺表演，却未能得到世人的认可，居于被卑视的边缘地位。

一、元代文人的两难心态

不少文人有感于此种不平等现象，纷纷为艺人抱不平，并为他们获得一定的社会地位而努力。胡祇遹不仅肯定"乐工伶人之亦可爱也"，并且指出"九美既俱，当独步同流。近世优于此者，李心心、赵真、秦玉莲。今黄氏始追踪前学，可喜可喜"，称赞李心心、赵真、秦玉莲等技艺高超，具有戏剧表演所应具备的"九美"品格。同时赞赏黄氏艺人能够自我严格要求，不断学习前人、充实自己，还赠七言诗歌予以赞美："沥沥泠泠万斛珠，清

---

① （明）宋濂等：《元史》卷四十《顺帝本纪三》，576 页，北京，中华书局，1976。

和圆滑啭莺雏。 阿娇生在开元日，未信传呼到念奴。"①胡祗遹对另一位艺人宋氏也是青眼有加："以一女子而兼万人之所为，尤可以悦耳目而舒心思，岂前古女乐之所拟伦也。"②宋氏作为一名女艺人，不仅能够熟练掌握杂剧的各种技能，而且舞台表演使人赏心悦目，真可谓前无古人之拟伦，胡祗遹对其地位之评价非同寻常。

但是，元代文人对乐工伶人抱以同情的同时，又表示出区分对立的态度。 元代统治政策的指引导致文人群体的边缘化，甚至出现"九儒十丐"③之制。 元代文人一方面努力肯定自我价值，另一方面又对优伶艺人表现出矛盾的心态：一是自我身份虽然不被认可，却依旧表现出区别于艺人的立场；一是对于戏曲虽然内心喜欢，但是受到传统观念的影响，也视戏曲为"小道""末技"。 尤其是"儒者每薄之"④，"庸俗易之，用世者嗤之"⑤，都认为是不经之小事：

> 余昔在朝，以文字为职，乐律之事每与闻之，尝恨世之儒者，薄其事而不究心，俗工执其艺而不知理，由是文、律二者，不能兼美。⑥

虞集指摘当时儒者轻视乐律之事，导致执事之人多为艺人，他们虽然精通音

① （元）胡祗遹：《黄氏诗卷序》，见吴毓华编：《中国古代戏曲序跋集》，5 页，北京，中国戏剧出版社，1990。
② （元）胡祗遹：《赠宋氏序》，见吴毓华编：《中国古代戏曲序跋集》，6～7 页，北京，中国戏剧出版社，1990。
③ 清人赵翼《陔余丛考》卷四十二《九儒十丐》记载元制十等为：一官、二吏、三僧、四道、五医、六工、七猎、八民、九儒、十丐。 宋末元初的谢枋得说法稍有不同。 他在《叠山集》卷六《送方伯载归三山序》中说："滑稽之雄，以儒者为戏者曰：我大元制典，人有十等：一官、二吏；先之者，贵之也，谓其有益于国也；七匠、八娼、九儒、十丐，后之者，贱之也，谓其无益于国也。"（《四部丛刊续编》景明本）
④ （元）罗宗信：《中原音韵序》，见吴毓华编：《中国古代戏曲序跋集》，12 页，北京，中国戏剧出版社，1990。
⑤ （元）朱经：《青楼集序》，见吴毓华编：《中国古代戏曲序跋集》，13 页，北京，中国戏剧出版社，1990。
⑥ （元）虞集：《中原音韵序》，见吴毓华编：《中国古代戏曲序跋集》，8 页，北京，中国戏剧出版社，1990。

律，舞台技艺娴熟，但是未能像儒者那样饱读诗书，具有深厚的文学功底，所以不仅不能形成理论层面的概括，而且不能很好地协调文辞与音律的关系，难以创作出文、律"兼美"的优秀作品。虞集"在朝"且"以文字为职"，高人一等的出发点与高屋建瓴式的评论，使得其文人自身的优越感一目了然。

二、"行家"与"戾家"的区分

虞集等文人对自我身份刻意回避，试图与"俗工"区别开来，这在明初朱权的《太和正音谱》中阐述得更加深入，其搜罗"群英所编"的分类部分，单独标出"娼夫不入群英四人，共十一本"，并在其下注曰："子昂赵先生曰：娼夫之词，名曰'绿巾词'。其词虽有切者，亦不可以乐府称也，故入于娼夫之列。"[①]朱权所列的之前"群英"，无论前代还是本朝都是文人曲家，按其所言起码也是有名有字之辈，对此叹惜的难言之情隐然可见。朱权还针对"杂剧十二科"的分类，进行非常明确的自我区分：

> 杂剧，俳优所扮者，谓之"娼戏"，故曰"勾栏"。子昂赵先生曰："良家子弟所扮杂剧，谓之'行家生活'，娼优所扮者，谓之'戾家把戏'。良人贵其耻，故扮者寡，今少矣，反以娼优扮者谓之'行家'，失之远也。"或问其何故哉？则应之曰："杂剧出于鸿儒硕士、骚人墨客所作，皆良人也。若非我辈所作，娼优岂能扮乎？推其本而明其理，故以为'戾家'也。"关汉卿曰："非是他当行本事，我家生活，他不过为奴隶之役，供笑献勤，以奉我辈耳。子弟所扮，是我一家风月。"虽是戏言，亦

---

① （明）朱权：《太和正音谱·群英所编杂剧》，见中国戏曲研究院编：《中国古典戏曲论著集成》（三），44 页，北京，中国戏剧出版社，1959。

合乎理，故取之。①

朱权此处借用元代两位文人的说辞来委婉转达自己的意见，并且流露出鲜明的阶层优越感。其中针对戏曲从业者身份的界定便在于"良家子弟"与"娼优"的区分，同样作为杂剧演出的扮演者，不同身份的差异导致审美趣味的迥别，故而形成"行家"与"戾家"的区分。宋元文人的思想观念里"戾家"有外行的意味，如南宋耐得翁《都城纪胜》记载："凡四司六局人祗应惯熟，便省宾主一半力。故常谚曰：'烧香点茶，挂画插花，四般闲事，不许戾家。'"②又如："掖垣非有出身不除……三十年间，词科又罢，两制皆不是当行，京谚云'戾家'是也。"③显然，表演是否当行的标准不在于技艺是否娴熟，而在于演出者身份的高低。也正因此，"嘉兴之海盐，绍兴之余姚，宁波之慈溪，台州之黄岩，温州之永嘉，皆有习为优者，名曰戏文子弟，虽良家子亦不耻为之"④。"不耻"的心态还是出于自我身份的认同，从品第等级到审美趣味都试图保持自我的谨守。良家子弟对戏曲演出的回避，也造成演出水平的参差不齐，从而出现赵孟頫所说的"反以娼优扮者谓之'行家'，失之远也"⑤。其实，从元代胡祗遹肯定李心心、黄氏等技艺高超，具有戏曲表演所应具备"九美"品格可见，当行与否的品判标准并非完全取决于从业人员身份的高低。

同时，他们还将"我辈"归入"良人"之列，流露出"鸿儒硕士、骚人墨客"的优越心态，认为文人创作才真正符合当行本色，而娼优则是"奴隶

---

① （明）朱权：《太和正音谱·杂剧十二科》，见中国戏曲研究院编：《中国古典戏曲论著集成》（三），24～25页，北京，中国戏剧出版社，1959。
② （宋）灌圃耐得翁：《都城纪胜》"四司六局"条，见《都城纪胜（外八种）》，7页，上海，上海古籍出版社，1993。
③ （宋）张端义：《贵耳集》卷上，《文渊阁四库全书》本。
④ （明）陆容著，佚之点校：《菽园杂记》卷十，124页，北京，中华书局，1985。
⑤ （明）朱权：《太和正音谱·杂剧十二科》，见中国戏曲研究院编：《中国古典戏曲论著集成》（三），24页，北京，中国戏剧出版社，1959。

之役，供笑献勤，以奉我辈耳"①，从身份地位范畴将二者划分开来，这既是受到优伶自古低贱的传统观念影响，又似乎是在戏曲不为正统观念接受的时代背景之下，文人对提升戏曲地位的一种努力。 故而，文人士大夫介入戏曲领域，由于自身受到传统观念的束缚，依旧保持文人自我的矜持，试图与民间艺人保持适当的距离，体现出文人审美趣味的高雅、社会地位的重要以及有别于娼优的心态。

◎ 第二节
"名家"与"行家"的"才士"之别

明朝统治阶级尊程朱理学为正宗，重新确立科举取士的制度，与唐宋取士制度不同的是，明代从重才学转向重德行，而德行又以恪守儒家经义为旨归。 关键一点还在于"使中外文臣皆由科举而进，非科举者毋得与官"②，这种唯一容身入仕的方式，无疑促使当时文人将全部心思聚焦科举，统治阶级通过这根指挥棒来导引当时士子的读书取向，使得他们皓首穷经并投身于揣摩八股文的作法，终生困守场屋之间。 在这样的时代氛围中，明代文人涉足戏曲则表现出闲暇之余的雅致逸情，即使作为武科状元的谢国，也"以韬铃（钤）之余洒词翰；以词翰之余，度为梨园法曲，亲教习而试之"③。 所以，文人士大夫通过戏曲表达自身的主体精神和情感需求，成为他们社会存在和生命意识的艺术表现形态。

① （明）朱权：《太和正音谱·杂剧十二科》，见中国戏曲研究院编：《中国古典戏曲论著集成》（三），24 页，北京，中国戏剧出版社，1959。
② （清）张廷玉等：《明史》卷七十《选举志二》，1695~1696 页，北京，中华书局，1974。
③ （明）陆梦龙：《蝴蝶梦叙》，见吴毓华编：《中国古代戏曲序跋集》，283 页，北京，中国戏剧出版社，1990。

一、明代曲家的"才士"立场

明初文人大多延续传统的观念，坚持戏曲创作的文学立场，这也导致风格趣味的变化。 王骥德从专业曲家的角度认为作者身份不能模糊不清，要避免出现戏曲文体特征淆乱的现象，"词之异于诗也，曲之异于词也，道迥不相侔也。 诗人而以诗为曲也，文人而以词为曲也，误矣，必不可言曲也"①。 王骥德肯定诗、词、曲的文体界限，指出"诗人"与"文人"的出发点不同，易于出现"以诗为曲"与"以词为曲"的错位现象，体现出十分明确的辨体意识。 面对明代繁荣的曲坛，王骥德肯定从事者的"才士"身份，故而明代曲坛呈现出的"文人丽裁"的现象，是戏曲创作文人化的典型特征。

显然，王骥德的这番言论一方面基于自己的专业曲家身份，另一方面针对当时曲坛的普遍现象，"故近时才士辈出，而一搦管作曲，便非当家。 汪司马曲，是下胶漆词耳。 弇州曲不多见，特《四部稿》中有一【塞鸿秋】，两【画眉序】，用韵既杂，亦词家语，非当行曲"②。 "才士"之辈才华横溢毋庸置疑，但戏曲有其自身的文体特性，文辞要求仅是其中的一个方面，忽略此点就易出现"便非当家""非当行曲"的情况。 王骥德将这些文人称为"才士"，背后俨然隐含着对其才华的肯定，以及对其作品文辞藻丽的欣赏，只是针对戏曲文体特性而言，不能视之为唯一的衡量标准。 对于骈绮一派的代表作家如梅鼎祚、屠隆等，王骥德评价为"宛陵以词为曲，才情绮合，故是文人丽裁"③，指出二人作为文人创作戏曲，故而出现"以词为曲"的丽裁现象。 对"才士"的评价还有："世所谓才士之曲，如王弇州、汪南

① （明）王骥德著，陈多、叶长海注释：《曲律注释》卷四《杂论第三十九下》，284 页，上海，上海古籍出版社，2012。
② 同上书，296 页。
③ 同上书，315 页。

溟、屠赤水辈，皆非当行。仅一汤海若称射雕手，而音律复不谐。曲岂易事哉！"①可见"才士"与"射雕手"的区分，就在于所作是否能够符合"当行"的标准，所以即使是汤显祖也难以摆脱"才士"的痕迹，其早期作品《紫箫记》等明显流露出藻饰的端倪。

以戏曲自诩的专业人士也意识到戏曲艺术的自身特性，认为戏曲创作不同于诗词文体，如果不能及时转变角色，就易出现风格体性的错位状况。李开先据此将当朝文人曲家一分为二，"国初如刘东生、王子一、李直夫诸名家，尚有金、元风格，乃后分而两之，用本色者为词人之词，否则为文人之词矣"②，其品判依据就是"金、元风格"，认为这是填制词曲的本色所在，肯定质朴自然的曲风，这显然是针对当时曲坛而言的。当时不少文人涉足词曲创作是逞才之举，从而形成讲究文辞藻饰的创作风气，出现"文人之词"的局面。从朱权、李开先到王骥德等文人曲家，他们都明确意识到身份立场导致创作观念的差异，尤其体现在戏曲文体审美风格的演变上。就骈绮一派的风格倾向而言，不仅立足于"才士"的立场，而且"南方"的场域也是影响文人身份立场的因素。

二、"名家"与"行家"的区分

虽然明代文人都以"才士"的身份介入戏曲领域，但其间又存在"名家"与"行家"的区分。王骥德虽然评价汤显祖为"才士之曲"并视其为"射雕手"，但从"音律复不谐"的角度来看，王骥德对汤显祖的认同更多倾向于"名家"而非"行家"的尺度。关于"名家"与"行家"的区分，臧懋循有详细论述：

① （明）王骥德著，陈多、叶长海注释：《曲律注释》卷四《杂论第三十九下》，368 页，上海，上海古籍出版社，2012。
② （明）李开先：《西野春游词序》，见卜键笺校：《李开先全集·李中麓闲居集之六》，596 页，上海，上海古籍出版社，2014。

总之，曲有名家，有行家。名家者，出入乐府，文采烂然，在淹通闳博之士，皆优为之。行家者，随所妆演，无不模拟曲尽，宛若身当其处，而几忘其事之乌有；能使人快者掀髯，愤者扼腕，悲者掩泣，羡者色飞，是惟优孟衣冠，然后可与于此。故称曲上乘首曰当行。①

戏曲作为综合性的艺术形态，表现为文学性与舞台性的融合统一。所谓"名家"者，都是"淹通闳博之士"，故而饱读诗书、满腹才华，戏曲创作也倾向于文学性的范畴，作为自我文才的表现方式，所以剧本呈现出"文采烂然"的特征，有些作品甚至被视为"好文"或"好赋"。如何良俊《曲论》评价"高则诚才藻富丽，如《琵琶记》'长空万里'，是一篇好赋，岂词曲能尽之"②，就是将戏曲作品纳入文学性范畴进行评论。邹迪光《汤义仍先生传》称赞汤显祖博学多才，"彼其时于古文词而外，能精乐府、歌行、五七言诗；诸史百家而外，通天官、地理、医药、卜筮、河籍、墨兵、神经、怪牒诸书矣"③。有些"名家"还因传奇戏曲而声名远扬，如"使若士，不草《还魂》，则当日之若士，已虽有而若无，况后代乎？是若士之传，《还魂》传之也"④。相对而言，"行家"当然也属才学之士，只是在创作过程中对自我进行换位思考，"宛若身当其处"，不再将创作视为自我才情的展现，而是指向"随所妆演"的舞台性范畴，戏曲作品能够表演得逼真生动，打动观众并引发不同的情绪，使愉悦者哈哈大笑，愤懑者扼腕痛恨，悲伤者掩面哀戚，欢喜者眉飞色舞，实现感动人心的演出效果，符合戏曲的"当行"本色。

---

① （明）臧懋循：《元曲选后集序》，见吴毓华编：《中国古代戏曲序跋集》，150 页，北京，中国戏剧出版社，1990。
② 见秦学人、侯作卿编著：《中国古典编剧理论资料辑》，37 页，北京，中国戏剧出版社，1984。
③ 见毛效同编：《汤显祖研究资料汇编》，81 页，上海，上海古籍出版社，1986。
④ （清）李渔：《闲情偶寄·词曲部·结构第一》，见中国戏曲研究院编：《中国古典戏曲论著集成》（七），8 页，北京，中国戏剧出版社，1959。

从"名家"与"行家"的区分来看，具体到文本创作角度而言，或许就是"案头文学"与"场上之曲"的区分。以此观照或可发现，沈璟指出汤显祖《牡丹亭》的不足，不是针对文辞藻饰方面，而主要侧重于平仄格律的偶有不合，不利于场上演出，所以他才会动手改编，希望突出戏曲表演的舞台性特征。

◎ 第三节

戏曲"专家"与"名家"的批评论辩

明代王骥德等"行家"的不断涌现，对戏曲艺术的发展起到了切实的推动作用，使得戏曲逐渐摆脱对文学性的依附，转换至对舞台表演的关注，这反过来又促进戏曲"专家"不断出现并致力于戏曲理论与戏曲评赏的专业行为。明代文人逐渐从主观情感的观赏喜爱，进入理论论析的深层探究，于是明代曲坛开始出现一批戏曲"专家"。沈璟家居二十年潜心研究音韵格律，成为万历曲坛的盟主；吕天成的父亲吕玉绳、舅祖孙鑛、表伯孙如法皆深究曲学；王骥德一生致力于词曲并以此知名；徐复祚晚年"专工词曲"；吕天成、祁彪佳等致力于曲品讨论等。他们都是晚明曲坛的重要曲家，也是推动传奇理论建树的关键人物。这些从事戏曲的"专家"逐渐摆脱传统诗人的身份立场，所以他们针对"作家"与"名家"展开的戏曲论辩，充分体现出各自戏曲思想观念的转变，这主要可从以下两个方面得以见证。

一、何良俊、王骥德等曲家针对王世贞的理论批评

嘉靖、万历间的文坛盟主王世贞，在李攀龙去世后领袖文坛二十年，

"一时士大夫及山人、词客、衲子、羽流，莫不奔走门下。片言褒赏，声价骤起"①，其《艺苑卮言》主要谈论诗文理论，并附录部分关于曲论的文字。王世贞不是以曲家而是诗文家的身份进行评论，评论的焦点更多在于对曲中诗词文句的赏析，如："元人曲，如'红尘不向门前惹，绿树偏宜屋角遮，青山正补墙东缺'。'枯藤老树昏鸦，小桥流水人家，古道西风瘦马，夕阳西下，断肠人在天涯。'景中雅语也。"②"骈俪"还多体现于《西厢记》品评，王世贞认为《西厢记》是北曲的压卷之作，理由即肯定其"骈俪"中语，曲辞的富丽正是才情的外现，因此王世贞看待《西厢记》中"景语""情语""浑语"都沾染"骈俪"的色彩，而这恰为何良俊所指摘的"全带脂粉"处。由此可见，王世贞与何良俊二人于戏曲文辞理解的分歧在于骈俪典雅与简淡真切。进一步说，王世贞着重从文人角度出发，强调文人墨客才情的宣泄，希冀通过文采的典雅来体现文人的才情；而何良俊则倾向从（曲）作家角度出发，突出戏曲文辞的"蒜酪本色"，出发点在于观赏者是否都能听懂。

王世贞虽然贵为当时文坛的盟主，但以"名家"而非"行家"的身份讨论戏曲，从而招致何良俊等"专家"的不满和奚落。稍后的沈德符也持此观点："何元朗谓《拜月亭》胜《琵琶记》，而王弇州力争，以为不然，此是王识见未到处。《琵琶》无论袭旧太多，与《西厢》同病，且其曲无一句可入弦索者；《拜月》则字字稳帖，与弹挡胶黏，盖南词全本可上弦索者惟此耳。"③徐复祚《曲论》的批评则更为直接："王弇州一代宗匠，文章之无定品者，经其品题，便可折中，然于词曲不甚当行。"又"最可笑者，弇州先生之许《红拂》也，曰：'《红拂》有一佳句，曰"爱他风雪耐他寒"，不知

---

①　（清）张廷玉等：《明史》卷二百八十七《文苑传三》，7381 页，北京，中华书局，1974。
②　（明）王世贞：《曲藻》，见中国戏曲研究院编：《中国古典戏曲论著集成》（四），29 页，北京，中国戏剧出版社，1959。
③　（明）沈德符：《顾曲杂言·拜月亭》，见中国戏曲研究院编：《中国古典戏曲论著集成》（四），210 页，北京，中国戏剧出版社，1959。

其为朱希真词也'云云。 余一日过伯起斋中，谈次问：'此句用在何处？
觅之不得。'伯起笑曰：'王大自看朱希真"红拂"耳，似未尝看张伯起
《红拂》也。'相与一笑"。① 从这几则材料可见，作为后辈学生的沈德
符、徐复祚等人，俨然不顾及王世贞身为"大家"的颜面，公然指摘其曲论
的不足之处，而其把持的根本与敢于批评的底气，正是基于戏曲批评的"专
家"身份。

二、沈璟等曲家针对汤显祖的批评论争

早期汤、沈二人创作戏曲同样流露出"才士"痕迹，汤显祖推出的处女
作《紫箫记》，或许是早年试笔之故，在文辞方面尚处于被动模仿的阶段，
小心翼翼地堆砌辞藻，过于在意文辞锤炼反而使之艰涩，如第二出和第十七
出中的念诵，第二十四出《送别》【北寄生草】等，文人作法的痕迹十分明
显，故而才有友人帅机"此案头之书，非台上之曲也"②的指摘。 沈璟开篇
之作《红蕖记》也从骈俪之风，"记中有十巧合，而情致淋漓，不啻百转。
字字有敲金戛玉之韵，句句有移宫换羽之工；至于以药名、曲名、五行、八
音，及联韵、叠句入调，而雕镂极矣"③。 以"药名、曲名"等入诗词，早
已见于前代文人的游戏之笔，这里沈璟极尽雕字镂句的功力，连他自己也坦

① （明）徐复祚：《曲论》，见中国戏曲研究院编：《中国古典戏曲论著集成》（四），235、237
　　页，北京，中国戏剧出版社，1959。 诸如此类的批评尚有："弇州乃以'无大学问'为一短，不
　　知声律家正不取于弘词博学也；又以'无风情，无裨风教'为二短，不知《拜月》风情本自不乏，
　　而风教当就道学先生讲求，不责之骚人墨士也。 用修之锦心绣肠，果不如白沙鸢飞鱼跃乎？
　　又以'歌演终场不能使人堕泪'为三短，不知酒以合欢，歌演以佐酒，必堕泪以为佳，将《薤歌》
　　《蒿里》尽侑觞具乎？"见中国戏曲研究院编：《中国古典戏曲论著集成》（四），236页，北
　　京，中国戏剧出版社，1959。
② （明）汤显祖：《紫钗记题词》，见胡士莹校注：《紫钗记》，1页，北京，人民文学出版社，
　　1982。
③ （明）祁彪佳：《远山堂曲品·红蕖》，见中国戏曲研究院编：《中国古典戏曲论著集成》
　　（六），18页，北京，中国戏剧出版社，1959。

承"字雕句镂，止供案头耳"①，俨然有借传奇逞文人之才的意味。

如上所述，二人皆是基于文人才士的立场，又出现"名家"与"行家"的区分，汤显祖倾向于"名家"进行大手笔式的剧本创作，沈璟则致力于"行家"从事教科书式的戏剧规范。如此不同身份的认定，又似乎关联到另一层面的辨析，也即"旗手"与"盟主"的不同定位。汤显祖的"旗手"身份或源于时人认同，沈璟的"盟主"地位则多在自我定位，从而也形成他们戏曲观念的差异。

汤、沈二人不同的定位，导致各自把持的出发点不同。汤显祖在万历曲坛俨然为冲锋陷阵、特色鲜明的旗手，强调传奇戏曲主体个人色彩的存在，以其纵横千古的天才笔触，恣意挥洒禀赋才气，高举主情的旗帜，凸显作者的主体价值，意在推尊传奇戏曲的文体地位。明代中期商品经济的逐渐繁荣，以及市民阶层的兴起，促成文化哲学思潮的转变，王阳明倡导"心明便是天理"等观念，直接冲击程朱理学的思想牢笼，寻求人性的复归和思想的解放；经过李贽、徐渭等人的不断开拓，强调真心、重情的思想逐渐涌入文坛的文学创作，无论是以袁宏道为代表的公安派的诗文观，还是冯梦龙等人的小说观等，无不体现出这一思潮。汤显祖深受罗汝芳、李贽、达观禅师等的影响，明确表示"情有者理必无，理有者情必无"②。作为受此思潮影响的名士，他更是将"情"的主题贯彻于传奇戏曲，"因情成梦，因梦成戏"而成《牡丹亭》，通过对杜丽娘与柳梦梅的塑造、刻画，完成对"生者可以死，死者可以生"③的爱情追求，对个性自由与思想解放的肯定，关键是引起了强烈的社会反响，无论是陈继儒等文人阶层的高度评价，还是女性观众的动情反响，都推动了晚明主情思潮的不断演绎。所以说，汤显祖凭借文坛

---

① （明）吕天成著，吴书荫校注：《曲品校注》卷下，201页，北京，中华书局，2006。
② 徐朔方笺校：《汤显祖全集》诗文卷四十五《玉茗堂尺牍之二·寄达观》，1351页，北京，北京古籍出版社，2001。
③ （明）汤显祖：《牡丹亭还魂记题词》，见吴毓华编：《中国古代戏曲序跋集》，88页，北京，中国戏剧出版社，1990。

名士的声望，推动主情思想出现高潮，在晚明的时代洪流中俨然屹立浪头的旗手，成为晚明文人不断效仿的榜样，而其创作的传奇戏曲代表作《牡丹亭》，也正是宣扬晚明主情思潮的一面旗帜。

沈璟则以曲坛盟主的身份自居，考虑得更加稳重、实际、合理，着眼于昆腔曲坛的全局，希冀对传奇格律进行规范，建立传奇文体性质和价值体系，从文体内部出发获得文人的认可，并最终确立传奇文体的地位。在沈璟看来，昆腔传奇发展较为繁盛的吴越地区，已经成为当时曲坛的中心地带，所以沈璟基于这一出发点，试图规范当时的昆腔传奇，从全局的角度来阐述自己的戏曲理论。其所作《南曲全谱》展现出较为全面的辨体思维，为传奇建立起一套较为完备的曲牌格律体系，从曲牌、曲辞乃至从字音、腔调、板眼等细微处入手，具有教科书式的典范意义。此外还有【二郎神】套曲提出的格律论，用以指导具体的创作与演唱。沈璟的女婿李鸿为沈璟曲谱所作序文云："（沈璟）常以为吴歈即一方之音，故当自为律度，岂其矢口而成，漫然无当，而徒取要眇（眇）之悦里耳者。"所以沈氏作谱的意图即在于力图提供标准化的曲牌规范，改变当时曲坛较为混乱的局面，其结果是"越中一二少年，学慕吴趋，遂以伯英开山，私相服膺，纷纭竞作"[①]。

三、潘之恒等专家评鉴表演

这一时期，参与戏曲表演鉴赏活动的专业评论家也不断涌现，他们成为指导戏曲演出活动的指南与标尺。例如，潘之恒一生观剧几十年，特别是寓居南京之时多次主持"曲宴"，仅万历十三年（1585）冬至十四年（1586）春，就主持顾氏馆"凡群士女而奏伎者百余场"[②]。潘之恒的朋友黄居中将

---

① （明）凌濛初：《谭曲杂札》，见中国戏曲研究院编：《中国古典戏曲论著集成》（四），254页，北京，中国戏剧出版社，1959。
② （明）潘之恒：《鸾啸小品》卷二《初艳》，见汪效倚辑注：《潘之恒曲话》，32页，北京，中国戏剧出版社，1988。

他一生主要活动概括为"宴游、征逐、征歌、选伎",主要著述概括为"品胜、品艳、品艺、品剧"①。他不仅以"才、慧、致"作为衡量演员的基本标准,而且从"度、思、步、呼、叹"评价表演技巧,涉及演员的素质修养、心理素质、形体技艺等方面。正是由于丰富的艺术经验和专业的鉴赏水平,潘之恒才被时人推许为"独鉴"②。

可见,明代曲家不仅从理论上推动戏曲发展,而且指导戏曲表演的规范,使得戏曲逐渐摆脱早期的民间状态,逐渐步入正途而趋于繁荣,其间"名家"与"行家"以及"专家"的推动都功不可没。

◎ 第四节

晚明清初"砚田糊口"的职业曲家

王国维曾针对戏曲小说家做了专门论述:

> 吾人谓戏曲小说家为专门之诗人,非谓其以文学为职业也。以文学为职业,馈餟的文学也。职业的文学家,以文学为生活;专门之文学家,为文学而生活。今馈餟的文学之途,盖已开矣。吾宁闻征夫思妇之声,而不屑使此等文学嚣然污吾耳也。③

王国维的界定十分明确:小说、戏曲家与诗人群体一致,都不是以文学

---

① (明)黄居中:《潘鬐翁戊己新集叙》,见汪效倚辑注:《潘之恒曲话》,330 页,北京,中国戏剧出版社,1988。

② (明)潘之恒:《鸾啸小品》卷二《独音》,见汪效倚辑注:《潘之恒曲话》,28 页,北京,中国戏剧出版社,1988。

③ 王国维:《文学小言》,见姚淦铭、王燕编:《王国维文集》第 1 卷,29 页,北京,中国文史出版社,1997。

作为谋生的职业，而是纯粹出于文学爱好的立场，文学作为其生活不可缺少的部分，融合成为自我生命的有机载体，这与以文学为谋生手段的职业文学家存在较大差异。从王国维的表述态度可见，他对职业文学家抱有较大的否定，显然这与他自己作为"专门之文学家"的身份有关，他试图与职业文学家隔离开来，保持传统文人的纯粹与雅洁。

一、明末清初商业演出的繁荣

职业曲家出现在晚明清初时期，他们纷纷以戏曲作为谋生之道，营业谋身成为他们的立足点，无论是对戏剧理论的探讨还是剧本创作的实践，都力图从舞台实践出发，使戏曲回归至面向观众的状态，更为广泛地满足观众的审美需求，成为他们阐发戏曲思想的重要基点。在戏曲艺术发展的较长时间内，只存在"俗优""优师"等下层职业艺人；江南地区民间职业戏班的日益增多，催生出大批以创作剧本、从事戏曲活动为生的职业曲家，如李渔、徐石麒、徐沁、范希哲、李玉、朱素臣等文人，都将毕生精力付诸戏曲创作和研究，躬亲戏曲的排练表演，并且以戏曲作为"砚田糊口"的途径，戏曲商业化的追求倾向逐渐明显。这从朱素臣《秦楼月》传奇第十八出《得信》的一段台词中可见端倪：

> 我老陶近日手中干瘪，亏了苏州有几位编新戏的相公，说道："老陶，你近日无聊，我每各人有两本簇新好戏在此。闻得浙江一路，也学苏州，甚兴新戏，拿去卖些银子用用。归来每位送匹锦绸，送个丝绵便罢，只算扶持你。"

资本商业化的浪潮不断冲击职业曲家的戏曲观念，创作立场从作者自我本位开始转向观者本位，注重舞台效果的实现，而在这一转移的过程中，较为浓烈的文人自我主体性色彩被慢慢转移甚至消解，其间以李玉为代表的苏州曲家群和以李渔为代表的文人曲家群这两种不同的类型,传奇戏曲的创作都受到商业化冲击的影响,含有"卖赋以糊其口"的考虑。"谋生不给"的生活环境,要求他们"只好作贫女缝衣,为他人助娇"①,以牺牲自我主体性的强调为代价,以满足观者的主体需求为目的,迎合观者的价值趋向和审美趣味。 李渔对此也有清醒的认识。 康熙十年(1671)李渔致信尤侗云:"历观大作,皆趋最上一乘。 弟则巴人下里,是其本色,非止调不能高,即使能高,亦忧寡和,所谓'多买胭脂绘牡丹'也。"②"胭脂画"即媚俗之意,《笠翁诗集》卷一《卖画》有诗"不比胭脂画,时流见即珍",既不甘于这种不高的格调,又担心"寡和"的局面。 所以,究竟是以作者为本位还是以观者为本位,也即是保持自我主体文人特色的"雅"还是保持取悦观者的"俗",是李渔等职业曲家困惑的关键。

二、李渔与李玉思想的转变

"填词之设,专为登场"③,李渔戏曲观中的观者本位观,就是要作者的主体性服从于观者的需要,不再寻求对传奇人物角色的代言或共鸣,而是通过观者的笑声和报酬来实现。 其《风筝误》第三十出《释疑》【尾声】云:

> 传奇原为消愁设,费尽杖头歌一阕;何事将钱买哭声,反令变喜成悲咽。
>
> 惟我填词不卖愁,一夫不笑是吾忧;举世尽成弥勒佛,度人秃笔始堪投。

---

① (清)李渔:《闲情偶寄·演习部·变调第二》"变旧成新",见中国戏曲研究院编:《中国古典戏曲论著集成》(七),81页,北京,中国戏剧出版社,1959。
② (清)李渔:《笠翁文集》卷三《复尤展成先后五札》之五,见浙江古籍出版社编:《李渔全集》第1卷,191页,杭州,浙江古籍出版社,1991。
③ (清)李渔:《闲情偶寄·演习部·选剧第一》,见中国戏曲研究院编:《中国古典戏曲论著集成》(七),73页,北京,中国戏剧出版社,1959。

此诗道出两点关键：一是"何事将钱买哭声"，说明观戏不仅是击节赞叹的欣赏过程，而且转变为文化消费的商业行为；二是观者成为戏曲活动的中心，作者为实现戏曲作品的商业价值，创作宗旨倾斜为"一夫不笑是吾忧"，追求作品的娱乐效果而非文学价值，使得"举世尽成弥勒佛"，戏曲创作成为"度人"的载体，文人作者的主体价值体现在观者的笑声和报酬的回馈上。所以，李渔曾自述其创作情形："手则握笔，口却登场。全以身代梨园，复以神魂四绕，考其关目，试其声音，好则直书，否则搁笔，此其所以观、听咸宜也。"①对"观、听咸宜"效果的追寻是其戏曲创作的主要目的，也是其主体价值实现的方式所在。

李玉一生创作传奇三十余种，可谓明清之际的多产作家之一，但是李玉的作品不是采用传统的刊刻模式，而是创作后直接交付艺人演出，因此演出过程中不少剧本佚失。李玉与民间职业戏班的关系密切，他也将剧本有偿卖给职业戏班，并以此作为自己赖以谋生的手段，"初编《人兽关》盛行，优人每获异稿，竞购新剧；甫属草，便攘以去"②。这种情形在李渔的剧本创作中同样出现："每成一剧，才落毫端，即为坊人攫去。下半犹未脱稿，上半业已灾梨。非止灾梨，彼伶工之捷足者，又复灾其肺肠，灾其唇舌。"③戏曲创作改变仅作为案头抒写情绪的传统，开始与商品经济结缘，成为文人维持生计的重要手段。只是以李玉为首的苏州派曲家虽然也面向市场的营利之需，以此作为谋取稻粱的主要手段，但更多倾向于文人色彩的流露，借助戏曲浇自我情绪的块垒，蕴含着文人的主体性精神。

清初以后观者本位观念的出现，也促使文人曲家逐渐边缘于曲坛中心，

---

① （清）李渔：《闲情偶寄·词曲部·宾白第四》"词别繁减"，见中国戏曲研究院编：《中国古典戏曲论著集成》（七），55页，北京，中国戏剧出版社，1959。

② （明）冯梦龙：《永团圆叙》，见吴毓华编：《中国古代戏曲序跋集》，275页，北京，中国戏剧出版社，1990。

③ （清）李渔：《闲情偶寄·词曲部·宾白第四》"文贵洁净"，见中国戏曲研究院编：《中国古典戏曲论著集成》（七），58页，北京，中国戏剧出版社，1959。

直接导致艺人群体异军突起,并成为曲坛活动关注的焦点。 文人曲家从当初的不屑为之,到慢慢退居幕后的参与者,或为剧本的创作者,或为普通的观赏者,或为鼓吹的评鉴者,对戏曲演出的直接参与越来越少,这也就营造出戏曲史上的文人不断弱化甚至消失的假象,参与戏曲表演的艺人群体成为曲坛聚焦的重点,这都是戏曲发展在不同时代背景的阶段性产物。

当然,围绕身份视角讨论明代文人戏曲思想演变的问题还有很多,如李贽曾提出"化工"与"画工"的区分,来论析"自然天成"与"工巧之极"的戏曲创作理念。 又如,王世贞与李开先的论辩还存在地域因素的纠缠,不同地区文人身份的迥异也导致戏曲观念的差别,等等。 总之,鉴于文人群体在戏曲领域的特殊身份,对于文人身份与戏曲观念关联的考察,是审视明清戏曲发展史的重要视角。

第二十八章
思想变迁与明代戏曲
主旨内容的阐发

  明代从王公贵族到民间百姓都喜欢欣赏戏曲，全国上下洋溢着浓郁的戏曲演出氛围。 此时文人士大夫纷纷涉足戏曲创作，不是只将其视为娱乐消遣的艺术形态，而是借助戏曲创作融入自我情志，希冀符合文人审美趣味的范畴。 具体到戏曲思想内容的表达，则是紧密联系时代思潮的变迁，呈现出重道与尊情两个方面，这构成了明代传奇戏曲着重阐发的思想主题。

◎ 第一节
明代重道与尊情的思想变迁

  明初统治阶级为维护社会安定和秩序稳固，确定程朱理学为官方思想并付诸文化政策，如颁布《四书大全》《性理大全》《五经大全》作为经典权威，禁止非议程朱学说的行为，于是"世之治举业者，以《四书》为先务，视六经为可缓；以言《诗》《易》，非朱子之传义弗敢道也；以言《礼》，非朱子之家礼弗敢行也；推是而言《尚书》、言《春秋》，非朱子所授，则朱子所与也……言不合朱子，率鸣鼓百面攻之"①。 程朱理学渐渐深入文人士子的思想，统治阶层在实现政治稳定的同时，也对当时社会政治尤其是文人思想造成无形束缚，文人逐渐丧失自我个性的光芒，文人主体色彩在程朱理学的笼罩下渐渐退却。

对此束缚与樊篱的反抗便是阳明心学的兴起。 王守仁以心立言，并以"良知"释心，强调心的无所不包，这就感召人们追求具有"凤凰翔于千仞"，"淳德凝道，和于阴阳，调于四时，去世离俗，积精全神，游行于天地之间，视听八远之外"②的圣人境界，强调主体意识的能动性，高扬人格精神的伟大，个体的生命价值得到肯定，人的心灵被提升为与天地同体，成为无古无今的永恒。 同时，王守仁强调"良知"是外在的社会伦理道德与内在的个体心理欲求的统一，所以在倡导"致良知"张扬主体精神的同时，也表达对道德伦理的认同，将"良知"推衍为"知孝""知悌"等道德规范。而能使"愚夫愚妇""破心中贼"的有效方法之一，就是通过文学艺术的引导与激发：

> 若后世作乐，只是做些词调，于民俗风化绝无关涉，何以化民善俗？今要民俗反朴还淳，取今之戏子，将妖淫词调俱去了，只取忠臣孝子故事，使愚俗百姓人人易晓，无意中感激他良知起来，却于风化有益。③

王守仁转变理学家否定戏曲的片面态度，从教化功能出发肯定戏曲的作用，"只取忠臣孝子故事"，利用戏曲"人人易晓"的通俗性和观赏性，使

---

① （清）朱彝尊：《曝书亭集》卷三十五《道传录序》，《四部丛刊》本。
② 吴光等编校：《王阳明全集》卷二十一《外集三·答人问神仙》，805 页，上海，上海古籍出版社，1992。
③ 吴光等编校：《王阳明全集》卷三《语录一·传习录下》，113 页，上海，上海古籍出版社，1992。

得"愚俗百姓"皆能受到感化教育，从而达到"化民善俗""反朴还淳"的社会效果。

王艮更是以人为本位肯定人性、人情，高度肯定个人的主体价值，独尊人在天地中的地位，认为"立吾身以为天下国家之本"，"安身以安家而'家齐'，安身以安国而'国治'，安身以安天下而'天下平'也"①，肯定个体存在的重要性，并且明确揭示"尊道"与"尊身"的核心命题：

> 身与道原是一件，至尊者此道，至尊者此身。尊身不尊道不谓之尊身，尊道不尊身不谓之尊道。须道尊身尊，才是"至善"。故曰"天下有道，以道殉身；天下无道，以身殉道。必不以道殉乎人"。②

王艮虽然借用孟子的观点作为理论支撑，却又提出"尊道"与"尊身"的关键命题。"尊身"并非简单地提升自己的身价，而是如何确立个体的价值所在，因为"尊身"始终不离"尊道"；"尊道"也并非尊崇简单的伦理道德，而是实现"弘道"的传统理想。"圣人以道济天下，是至尊者道也；人能弘道，是至尊者身也。道尊则身尊，身尊则道尊。"③以主体自我作为中心，视之为齐家、治国、平天下的根本，高度肯定个人自身的价值，将个人主体之"身"与儒家之本的"道"相提并论，认为"尊身"与"尊道"同等重要，个体自我的主体性由此获得至高的地位。所以，文人士大夫越来越重视对主体自我的关注，并且诉诸传奇戏曲文体进行演绎，表达主体自我的价值成为他们创作戏曲的重要旋律。

王艮提出的"尊身"与"尊道"命题，就是尊重人的人格尊严，重视人

---

① （明）王艮著，陈祝生等校点：《王心斋全集·明儒王心斋先生遗集》卷一《语录·答问补遗》，34 页，南京，江苏教育出版社，2001。

② 同上书，37 页。

③ （明）王艮著，陈祝生等校点：《王心斋全集·明儒王心斋先生遗集》卷三《年谱》，75 页，南京，江苏教育出版社，2001。

的价值意义，这既是对心学挺立主体性的承继，又包含"尊道"的传统意蕴，也为我们重新审视明代戏曲文化提供了哲学层面的支撑。 纵观明代传奇戏曲的发展，"尊道"与"尊身"的内涵不断丰富：前者强调传奇有助风教的社会功能，突出推尊戏曲文体地位的同时，也构成戏曲关乎教化的文化现象，完成戏曲文体与文化的双重建构；后者突出戏曲张扬文人自我的主体价值的同时，也完成对传奇戏曲文体的认同。 可以说，明代传奇戏曲的演绎基本延续这两条线索，并且流露出不同历史时期的阶段特色，二者有时还存在相互融合的可能，共同汇聚成明代传奇戏曲发展独特的文化现象。

◎ 第二节

重道：戏曲文体与文化的双重建构

与社会政治和伦理道德的紧密联系是"尊道"思想的核心内容，在封建宗法伦理的社会体系下，对"道"的维护和认同成为文人创作的自觉，从而构成"文以载道"的文体思想，形成古代文学创作尊道、重教的文化传统。传奇戏曲虽然是后起的文体形态，但在传播传统文化方面却起到了重要作用，尤其是普通百姓对社会历史、道德伦常甚至意识形态的了解和接受，观赏戏曲可谓较为重要的途径之一，戏曲在动人、娱人的同时也产生教人的巨大效果。 文人曲家对戏曲教化功能的强调，不仅促进了戏曲向传统文化的贴近，而且是传统文化对戏曲的承认。

明代传奇戏曲对"尊道"思想的诠释，主要体现在文体与文化的双重建构：一方面，从文统内部将戏曲向"诗三百"溯源，试图借助"诗言志"的传统，通过依附道统来获得文体内部的肯定，从而博取文坛的一席之地，"尊道"在某种程度上成为推尊戏曲文体地位效果显著而又无可奈何的举措；另一方面，文人曲家尝试将"尊道"融入戏曲，实际上也暗合了统治阶层的政治需要，使戏曲成为"经夫妇、成孝敬、厚人伦"的理想载体，构成封建宗法社会下特殊的文化现象。其中，高明《琵琶记》就是对此双重建构的典型反映，是文人面对社会思想与文体交互的回应和尝试。

高明在《琵琶记》中明确强调教化的功能，宣称"不关风化体，纵好也徒然"的主题，这既是对当时风气和趋势的顺应，又是个体极力推尊的结果。他在接纳、阐释风化主题的同时，肯定了戏曲的价值和地位，"东南之士，稍稍变体，别为南曲，高则诚氏赤帜一时，以后南词渐广，二家鼎峙"①。高明倡导"风化体"的主旨，主要是针对当时"琐碎不堪观"的现象，尤其是散见于民间的戏曲作品在表达题材等方面的俚俗一面，因此重新提出"风化体"的传统主题，同时又借此提升戏曲的品位，而并非仅是作为封建观念的图解及统治阶级宣扬教化的工具。明代文人甚至将《琵琶记》与奉为经典的杜诗相提并论："《西厢》，风之遗也；《琵琶》，雅之遗也。《西厢》似李，《琵琶》似杜，二家无大轩轾。"②"《西厢》主韵度风神，太白之诗也；《琵琶》主名理伦教，少陵之作也。"③肯定二者在沉潜儒家道德思想方面一脉相承，极大提升了戏曲艺术的文体地位。

明代统治阶级推尊程朱理学，确立有益世教的文化政策，并演绎成当时社会的主流思潮。朱元璋为加强思想文化以巩固统治，也对戏曲领域加以引导，曾亲自颁布法令干涉戏剧演出："凡乐人搬做杂剧戏文，不许妆扮历代帝王后妃、忠臣烈士、先圣先贤神像，违者杖一百；官民之家，容令妆扮者与同罪。其神仙道扮，及义夫节妇，孝子顺孙，劝人为善者，不在禁

---

① （明）张琦：《衡曲麈谭·作家偶评》，见中国戏曲研究院编：《中国古典戏曲论著集成》（四），269页，北京，中国戏剧出版社，1959。
② （明）王骥德：《新校注古本西厢记附评语》，见吴毓华编：《中国古代戏曲序跋集》，134页，北京，中国戏剧出版社，1990。
③ （明）胡应麟：《少室山房笔丛》卷四十一《庄岳委谈下》，431页，上海，上海书店出版社，2001。

限。"①禁令对戏曲演出的内容做出种种说明,若有违背就会遭遇直接的行政干预,在此情况下《琵琶记》却能获得褒扬:"时有以《琵琶记》进呈者,高皇笑曰:'五经、四书,布、帛、菽、粟也,家家皆有;高明《琵琶记》,如山珍、海错,贵富家不可无。'"②本是演出于民间的戏曲剧本,能够有机会进呈给最高统治者并得到赏识,无形中也为戏曲争得一席空间,极大提高了其社会地位。所以,基于"尊道"的风教平台,重新审视"不关风化体",就会发现高明究心于"体"的良苦用心,并非纠缠于伦理道德人物的重新塑造,而是着意超越作品之外的文体自觉,以及对社会文化的交互与回应。

"尊道"思想对戏曲的双重建构,甚至成为明代文人评价戏曲的风向标:

> 昔贤谓文章一小技,则词曲乐府又莫不以为文章末艺也。余谓学者工言不拘一格,苟文词有关乎世教人心……而开聋启聩,与正谊明道者,固殊途而同归。③

> 填词虽云末技,实能为古人重开生面,阐扬忠孝义,寓劝惩,乃为可贵。④

明代文人自觉赋予传奇戏曲"关乎世道"的价值,"尊道"作为戏曲文体的"用"而存在,同时以诗词文体来比照传奇戏曲,"孰谓传奇不可以

---

① 《洪武三十年五月禁搬做杂剧》,见王利器辑录:《元明清三代禁毁小说戏曲史料》,13页,上海,上海古籍出版社,1981.
② (明)徐渭:《南词叙录》,见中国戏曲研究院编:《中国古典戏曲论著集成》(三),240页,北京,中国戏剧出版社,1959.
③ (清)黄知琳:《芝龛记序》,见吴毓华编:《中国古代戏曲序跋集》,465页,北京,中国戏剧出版社,1990.
④ (清)卢见曾:《旗亭记凡例》,见吴毓华编:《中国古代戏曲序跋集》,536页,北京,中国戏剧出版社,1990.

兴，不可以观，不可以群，不可以怨乎？ 饮食宴乐之间，起义动慨多矣。今之乐犹古之乐，幸无差别视之其可"①，积极肯定"兴观群怨"的传统特性，回归"尊道"的命题来强调戏曲在文体内部的地位。

但是，促成戏曲与"尊道"思想的紧密结合，在某种程度上也可能导致戏曲沦为政治社会的附庸，造成特定时代背景下的文化特点。 如果这一点慢慢渗入文人的创作理念，就会成为他们戏曲创作的自觉和自律，从而引发明代戏曲"曲以载道"的文化现象。 在明代传奇戏曲发展史中，"尊道"作为推尊传奇戏曲文体之"用"，逐渐演变为构建传奇戏曲之"体"，成为传奇戏曲文体的体性之一：

> 然卜其可传与否，则在三事：曰情，曰文，曰有裨风教。情事不奇不传；文词不警拔不传；情文俱备，而不轨乎正道，无益于劝惩，使观者、听者哑然一笑而遂已者，亦终不传。②

"有裨风教"成为传奇可传的三要素之一，也构成明代传奇戏曲的重要特征。 以邱濬《五伦全备记》、邵灿《香囊记》为嚆矢，他们大多标示伦理教化的主旨，步武者还有沈鲸《鲛绡记》《双珠记》、陈罴斋《跃鲤记》、沈龄《冯京三元记》《还带记》等，可以说是继承了高明的文体理念，致力于提升传奇戏曲的文学品位，形成明前中期传奇戏曲的主流倾向。 至万历年间沈璟又承此主题，所作《埋剑记》《双鱼记》《桃符记》《义侠记》等"命意皆主风世"③，均体现出劝善惩恶的鲜明倾向。 而围绕在沈璟周围的其他曲家，如吕天成，作《烟鬟阁传奇十种》"扬厉世德"，"警戒贪淫，

---

① （明）李贽：《焚书》卷四《杂述·评红拂》，见张业整理：《李贽文集》之《焚书 续焚书》，235 页，北京，北京燕山出版社，1998。
② （清）李渔：《笠翁文集》卷一《香草亭传奇序》，见浙江古籍出版社编：《李渔全集》第 1 卷，47 页，杭州，浙江古籍出版社，1992。
③ （明）陈大来：《义侠记序》，见吴毓华编：《中国古代戏曲序跋集》，119 页，北京，中国戏剧出版社，1990。

大裨风教"，"可令道学解嘲"①。卜世臣、汪廷讷等人，也都贯彻"其有裨于风化者岂鲜小哉"②的理念，以之作为传奇戏曲创作的自觉，正是"戏剧中有系名教，非偶然已也"③，成为这一时期戏曲发展的独特篇章。

晚明清初之际"每从节义显彝伦"④的伦理倾向，在以李玉为首的苏州派作家中也普遍存在。比如，李玉《一捧雪》《人兽关》、陈二白《双冠诰》、毕魏《三报恩》、叶时章《琥珀匙》等，以冷峻的笔调针砭违背伦理道德的现象，以此来突出"事关风化人钦羡""节孝忠贞万古传"⑤的主旨，体现出苏州派作家对传统伦理道德的认同与笃信。此后的乾嘉文人更是将"尊道"理念发挥到极致，不管是蒋士铨、夏纶、董榕、吴恒宣、瞿颉等人的独立创作，还是唐英、黄图珌、方成培等人对民间戏曲的改编，都有意识地体现出伦理纲常的倾向，热忱表彰伦理道德典范，使得"尊道"成为此时传奇戏曲表现的核心。

不可否认，"尊道"作为明代戏曲的重要思想，贯穿于传奇戏曲发展的整个过程。但是在尊体之"用"渐变为传奇之"体"的过程中，"尊道"作为尊体方式的色彩渐渐褪却，而成为文人创作传奇戏曲的自觉，尤其是清中叶过于强化"尊道"的创作主旨，导致传奇戏曲文体的失衡，成为促使传奇戏曲趋向没落的因素之一。

---

① （明）沈璟：《致郁蓝生书》，见徐朔方辑校：《沈璟集》，899页，上海，上海古籍出版社，1991。
② （明）汪廷讷：《三祝记》卷首叙，《古本戏曲丛刊二集》本。
③ （明）薛应和：《义烈记序》，见蔡毅编著：《中国古典戏曲序跋汇编》，1280页，济南，齐鲁书社，1989。
④ （明）冯梦龙：《〈墨憨斋定本传奇〉下场诗·〈永团圆〉编后》，见高洪钧编著：《冯梦龙集笺注》，243页，天津，天津古籍出版社，2006。
⑤ （清）朱确：《未央天传奇》末出【尾声】，《古本戏曲丛刊三集》本。

◎ 第三节

尊情:文人主体价值的戏曲诠释

王艮所强化的"尊身"思想重在安身、修身、立身的哲理意义,反映到明代传奇戏曲的文化层面,表现为突出文人自我的主体价值,自觉传达作者的主体精神,传奇戏曲也与传统的诗文一样,成为文人实现自我价值的有力载体,成为文人表达社会存在和生命意识的艺术形态。明代文人不遗余力地将"尊身"与"尊道"同等对待,诉诸传奇戏曲作品的具体创作,借助戏曲抒发自己的文学才情,确认文人阶层的主体地位和价值,流露出浓烈的文人主体色彩。

高明以文人身份介入"士夫罕有留意者"的南戏创作,"用清丽之词,一洗作者之陋,于是村坊小伎,进与古法部相参,卓乎不可及已"①,极大地改善了戏曲俚俗的一面。而后邱濬、邵灿等文人不断介入戏曲创作,并且试图将其与民间创作区分开来,从而渗入文人自我的主体精神:一方面要传达文人对社会、历史、爱情等的反思,时时闪现出主体性的愤慨和苦闷;另一方面又诉诸文采的展现,通过骈雅的文辞来凸显文人才气,使得传奇戏曲逐渐摆脱浅俗的品性,从而进入文人高雅的文化圈,自此揭开了传奇戏曲"尊身"现象的序幕。

借助传奇戏曲诠释文人的主体价值在晚明清初之际汇成洪流,并在一定程度上形成较为突出的三种现象:尊情颂歌、写心隐曲、评点叹赏。

就尊情颂歌这个方面而言,晚明曲家旗帜鲜明地高扬"主情"的口号,肯定、颂扬人性中的"情","对爱情的体味、张扬和追求,就成为他们对

---

① (明)徐渭:《南词叙录》,见中国戏曲研究院编:《中国古典戏曲论著集成》(三),239页,北京,中国戏剧出版社,1959。

个性的体味、张扬和追求的象征，爱情理想就成为个性解放的理想象征"①。 不遗余力地张扬"情"的追寻与诠释，并以此为武器冲破种种樊篱，解放主体的同时也彰显个性特色，这既有李贽、徐渭等人在理论层面的张旗鼓吹，又有汤显祖、吴炳等人在创作层面的具体实践。 其中，汤显祖的"临川四梦"就是对情理、人生、社会等进行思考，同时又高扬文人主体的价值和地位，将其全面深入地诠释于传奇戏曲并取得轰动效应。"汤临川作《牡丹亭》传奇，名擅一时，当其脱稿时，翌日而歌儿持板，又翌日而旗亭已树赤帜矣。"②《牡丹亭》肯定有情人生的最高境界——"至情"，其《题词》曰："情不知所起，一往而深，生者可以死，死者可以生。 生而不可与死，死而不可复生者，皆非情之至也。"③这种贯通生死、虚实之间的"至情"，呼唤着精神的自由与个性的解放，最能表达这种"至情"的方式就是戏曲之道。 可以说，《牡丹亭》谱写了至真至美的"情"之赞歌，肯定了青春的美好、爱情的崇高、个性的解放，给当时社会注入一股新鲜的气息，唤醒了更多人对"至情"的认识，对戏曲文体的认可。

明代文人对戏曲作品的叹赏，同样不满足于文艺层面的评点，而是诉诸传奇作品来抒己之怀，成为实现自我价值的再创造过程。 评点者往往融入自我的感慨、反思等，将感慨现实与评点作品结合在一起，借助评点他人的作品来抒发自我的情感，如李贽、徐渭、汤显祖、陈继儒等文人，常常根据传奇的情节人物来对照现实世事。 其中以金圣叹最为突出，他自称"圣叹批《西厢记》是圣叹文字，不是《西厢记》文字"，这里《西厢记》变成王实甫为其量身打造的作品，"《西厢记》不是姓王字实父此一人所造。 但自平心敛气读之，便是我适来自造。 亲见其一字一句，都是我心里恰正欲如此写，

---

① 郭英德：《明清传奇史》，43 页，南京，江苏古籍出版社，1999。

② （清）石韫玉：《吟香堂曲谱序》，见毛效同编：《汤显祖研究资料汇编》，935 页，上海，上海古籍出版社，1986。

③ （明）汤显祖：《牡丹亭还魂记题词》，见吴毓华编：《中国古代戏曲序跋集》，88 页，北京，中国戏剧出版社，1990。

《西厢记》便如此写"①。 由此可见，"尊身"的思想作为重要的诠释主题，同样贯穿于明代传奇戏曲的发展。

◎ 第四节
重道与尊身思想的中和平衡

综观明清传奇戏曲发展的文化背景，由于突出强化关乎风教的主旨，形成了"尊道"思想的前后两个高潮，前者表现为明前中期以邱濬、邵灿等人为代表，后者表现为清中叶的乾嘉时期以夏纶、蒋士铨等人为代表，都将戏曲"尊道"一途推向极致。 而中间的明清之际"尊道"思想得以调谐，"尊道"与"尊身"形成一定程度的平衡，符合温柔敦厚的传统文艺观念，同时获得正统文人的认可，其实质也即王艮所提出的哲学命题在传奇戏曲的再现与实践。

明前中期邱濬等人虽也提出"发乎性情，生乎义理，盖因人所易晓者以感动之"②的传统诗文命题，但是阐释风教伦理的色彩过浓，成为三纲五常的戏曲化演示，这种弊端招致当时文人的批评，他们感叹风情与节义难以兼擅，提出"纲常风月两堪称"③，试图实现"尊道"与"尊身"（或"尊情"）的中和。 自徐渭、汤显祖等人宣扬"至情"理论，逐渐汇聚成讴歌至情的时代潮流，"尊情"与"尊道"逐渐汇流而行，实现相互调谐而又不偏离传统的文学规范，如高濂《玉簪记》、吴炳《绿牡丹》、朱霮《秦楼月》、万树《拥双艳三种曲》等，都体现出"发乎情，止乎礼义"的审美追求。 孟

---

① （清）金圣叹：《贯华堂第六才子书西厢记》卷二《读第六才子书〈西厢记〉法》，见曹方人、周锡山标点：《金圣叹全集》第3集，19页，南京，江苏古籍出版社，1985。
② （明）邱濬：《伍伦全备忠孝记》第一出《副末开场》，《古本戏曲丛刊初集》本。
③ （明）谢谠：《四喜记》卷末收场诗，《古本戏曲丛刊二集》本。

称舜《节义鸳鸯冢娇红记》就将王娇、申生的爱情归于"节义",其《题词》云:"传中所载王娇、申生事,殆有类狂童、淫女所为,而予题之节义,以两人皆从一而终,至于没身而不悔者也。 两人始若不正,卒归于正,亦犹孝已之孝,尾生之信,豫让之烈。 揆诸理义之文,不必尽合,然而圣人均有取焉。"①对乖张理教的私情辅以节义的外套,试图符合文人阶层的审美趣味。

明清之际李渔《笠翁十种曲》更是将风流与道学融为一体,希冀"风流道学久殊途",能够"台当串作演连珠"②。 《慎鸾交》中才子持重,"守义不娶",妓女守节,"矢贞不嫁",风流钟情之余又不愧为"义夫节妇"。"南洪北孔"也是"虽传情艳,而其间本之温厚,不忘劝惩",将"尊情"与"尊道"统一起来,"义取崇雅,情在写真"③,强调"言情之文"的"兼乖典则"④,回归"深得风人之旨"⑤,使之处于调谐的状态,从而取得较高的艺术成就。 但是,这种状态在乾嘉曲坛再次分流,夏纶、蒋士铨等又将"尊道"一途推向极致,借助传奇分配纲常五伦,"尊道"与"尊身"之间的平衡被打破,导致传奇戏曲文人化创作的逐渐没落。

由此可见,明代思想家王艮所提出的"尊道"与"尊身"思想,为解读明代传奇戏曲文化提供了哲学层面的支撑与思考,二者也较好地诠释并贯穿明代传奇戏曲的演变过程。 同时,二者之间的平衡与否也影响到传奇戏曲的发展轨迹,构成了审视明代传奇戏曲的独特视角,从中可以发现明代传奇戏曲丰富深邃的文化内涵。

---

① (明)孟称舜:《娇红记题词》,见吴毓华编:《中国古代戏曲序跋集》,200 页,北京,中国戏剧出版社,1990。
② (清)李渔:《慎鸾交》卷末收场诗,见王学奇、霍现俊、吴秀华主编:《笠翁传奇十种校注》,1095 页,天津,天津古籍出版社,2009。
③ (清)洪昇:《长生殿例言》,见吴毓华编:《中国古代戏曲序跋集》,394 页,北京,中国戏剧出版社,1990。
④ (清)洪昇:《长生殿自序》,见吴毓华编:《中国古代戏曲序跋集》,393 页,北京,中国戏剧出版社,1990。
⑤ (清)徐麟:《长生殿序》,见刘辉校笺:《洪昇集》卷五《传奇〈长生殿〉附》,742 页,杭州,浙江古籍出版社,1992。

第二十九章
文学流派与明代戏曲
思想的多元呈现

　　文学流派作为明代文坛的突出现象，贯穿诗、文、曲、画诸多领域，形态多元纷呈而又风格各异，各派文人在树立自我流派特色的同时，又形成流派之间的论辩，从而推动了明代文坛的良性互动。 具体至明代曲坛而言，戏曲流派作为明代曲坛的突出现象，自然成为关注的焦点之一，这既有文人戏曲创作的风格流派，又有戏曲腔调的鲜明特色，其间还暗含风格、地域、门第等诸多因素，都是解读明代戏曲流派的重要内容。 当然，对明代戏曲流派的关注与研究，不仅在于展现各个流派的不同风貌，还有各自观点与旨趣的争鸣，如临川派与吴江派之间的论争作为明代曲坛的关键事件，就是从戏曲流派视角审视明代文人戏曲思想的重要内容。

◎ 第一节
“派”的界定与曲派的标准

　　东汉许慎《说文解字》释“派”为“别水也”，意为水的支流。 西晋左思《吴都赋》有云，"百川派别，归海而会"①，与"流"形成对应而突出其统系意识，注重前后之间的相互关联。但是，关于"流派"的理论阐述与具体实践，既有对西方文艺理论的借鉴，又有对古代文学批评的发掘，导致对其概念的所指一直难有定论。

一、"派"的界定

《中国大百科全书·中国文学卷》诠释"文学流派"为："文学发展过程中，一定历史时期内出现的一批作家，由于审美观点一致和创作风格类似，自觉或不自觉地形成的文学集团和派别，通常是有一定数量和代表人物的作家群。"同时指出：

> 文学流派是在文学发展过程中自然形成的，从基本形态上看，大体有这样两种类型：一种是有明确的文学主张和组织形式的自觉集合体。这种流派，从作家主观方面来看，是由于政治倾向、美学观点和艺术趣味相同或相近而自觉结合起来的，具有明确的派别性。他们一般有一定的组织和结社名称，有共同的文学纲领，公开发表自己的文学主张，与观点不同的其他流派进行论战。但这些还只有文学集团的意义，只有进而在创作实践上形成了共同的鲜明特色，这才是严格意义上的文学流派。这种有组织、有纲领、有创作实践的作家集合体，是自觉的文学流派。……另一种类型是不完全具有甚至根本不具有明确的文学主张和组织形式，但在客观上由于创作风格相近而形成的派别。这种半自觉或不自觉的集合体，或者是因某一个作家的独特风格，吸引了一批模仿者和追随者，逐渐形成了一个有特定核心和共同风格的派别；或者仅仅是由于一定时期内的一些作家创作内容和表现方法相近、作品风格类似而被

---

① （南朝梁）萧统选，（唐）李善注：《昭明文选》上，128页，北京，京华出版社，2000。

后人从实践和理论上加以总结，冠以一定的流派名称。①

这是延续西方文学理论并结合中国现当代的文学现象，在此基础上归纳而成的两类范型，但是针对古代文学流派的认知，还要回归古代文人对此命题的反思，他们在侧重"体"关注的同时更强调统系的关联。

古代文人对文学统系流派的探究，近可追溯至唐代张为《诗人主客图》论述晚唐诗歌。唐代诗歌创作兴盛，风格各异，张为客观描绘其间的主客关系，所谓"主"者是指白居易、孟云卿、李益、鲍溶、孟郊、武元衡，分别归类为广大教化主、高古奥逸主、清奇雅正主、清奇僻苦主、博解宏拔主、瑰奇美丽主，其余则有上入室、入室、升堂、及门，属于"客"的范畴，将"法度一则"、风格类同的诗人归为一派，由此形成流派思维的基本判定。故而宋代陈振孙《直斋书录解题》卷二十二云："近世诗派之说，殆本于此。"宋代江西诗派非常强调宗派观念，"诗至江西，始别宗派"②。清代厉鹗也说，"自吕紫微作西江诗派、谢皋羽序睦州诗派，而诗于是乎有派"③，从"类"的归入转为"派"的梳理。明代文学流派更是蔚为壮观，宋荦《漫堂说诗》云：

> 明初四家，称高（启）、杨（基）、张（羽）、徐（贲），而高为之冠。成、弘间李东阳雄张坛坫；迨李梦阳出，而诗学大振，何景明和之，边贡、徐祯卿羽翼之，亦称四杰，又与王廷相、康海、王九思为七子；正、嘉间又有高叔嗣、薛蕙、皇甫氏兄弟稍变其体；嘉、隆间李攀龙出，王世贞和之，吴国伦、徐中行、宗臣、谢榛、梁有誉羽翼之，称后七子；此后诗派总杂，一变于袁宏道、钟惺、谭元春，再变于陈子龙；本朝初又

---

① 《中国大百科全书·中国文学卷》第 2 版，952 页，北京，中国大百科全书出版社，1988。
② （宋）岳珂：《宝真斋法书赞》卷十四，209 页，北京，中华书局，1985。
③ （清）厉鹗著，（清）董兆熊注，陈九思标校：《樊榭山房集》文集卷三《查莲坡蔗塘未定稿序》，735 页，上海，上海古籍出版社，1992。

变于钱谦益。其流别大概如此。①

大致勾勒出明代文学流派的基本风貌，亦可见其既重视"宗"的统系意识，
又关注流派风格的独树一帜。

梳理明代文人对流派的认知，基本可见界定流派的关键元素，"无论是
由文学社团发展而成，还是由研究者归纳而成，其成立标准其实是大体一致
的，即必须具备三个要素：流派统系、流派盟主（代表作家）和流派风
格"②。较之而言，郭英德的论述更为详细："明人对文学流派的构成方
式，主要认识到以下三点：第一，文学流派往往脱胎于某种诗社文会，易言
之，诗社文会是文学流派的外在构成形式。……第二，文学流派往往以一二
魁杰为倡导，若干羽翼相张大，鼓吹鲜明的文学主张，从而造成声势，影响
整个文坛风气。共同的文学主张、创作倾向和审美趣味，是文学流派的内在
凝聚力。……第三，文学流派往往有鲜明的宗传意识，在文学风格、文学创
作上寻宗溯源，高自位置。"③不过，还要注意的就是，流派的形成存在自觉
与不自觉的不同情况。有的流派的形成是由于代表人物的高张旗鼓，宣扬口
号鲜明的文学主张，从而获得其他文人的附和与追随，自觉形成相对稳定的
文学流派。有的流派则并未明确地标举理论主张，而是在演绎进程中逐渐被
发掘、形成，成为并非自觉但又客观存在，或因地域或因风格而确立的
流派。

二、曲派的标准

不少学者就戏曲流派的评判标准进行讨论。比如，俞为民认为："戏曲
史上或文学史上所出现的各种流派，一般在当时都没有什么明确的组织和称

---

①　见（清）王夫之等：《清诗话》，420页，上海，上海古籍出版社，1999。
②　陈文新：《中国文学流派意识的发生和发展》，9页，武汉，武汉大学出版社，2007。
③　郭英德：《论明代的文学流派研究》，载《求是学刊》，1996（4）。

号，大都是由后人加以划分和命名的。那么以什么样的标准来划分戏曲史上所出现的流派呢？我们认为标准有二：一是看其有无共同的思想倾向，二是看其艺术上有无共同或相近的主张和风格。其中有无共同的思想倾向这是划分流派的首要标准，这是因为一个戏曲流派的形成，也与作家的艺术风格的形成一样，不仅具有艺术上的原因，而且也有着思想上的原因。"①他从思想和艺术两个方面来考察和衡量，划分出五伦、临川、苏州三个流派。傅瑾则认为："所谓戏曲流派，既然体现为优秀戏曲演员强烈的和可以辨认的个人表演艺术风格，对它的认识，就必须从这里出发。……流派的形成，首先要求演员在表演艺术上拥有强烈的个人风格，其次是这种风格要得到观众的认可和推崇，最后，他还得不断在表演艺术实践中强化这种风格，最终形成自己的艺术标识，并且，这是一种为欣赏者所公认的标识。"②具体从戏曲表演风格的角度，说明了表演流派构成的基本要素。

结合以上诸家所持的标准梳理明代的戏曲流派，大致存在三大范畴：戏曲创作流派、戏曲腔调流派、戏曲表演流派。其中，戏曲创作作为文人参与的主体环节，也是流派形成的重要部分，以地域特色区分有苏州派、越中派、松江派等，以创作风格区分有骈绮派、玉茗派、格律派等，形成戏曲文学创作流派的基本格局。同时，不同分类的流派之间也有重合的可能，如昆山派与骈绮派之间，郑若庸、梁辰鱼等昆山派的曲家，创作戏曲喜好使用骈俪的词藻，又被归为骈绮派的代表。同时必须着重指出的是，以上罗列的诸多流派，虽然并不完全符合"派"的标准，其归类是否成立还有值得商榷的地方，但是本章仍然坚持阐述的目的，就在于展现其作为"类"的特征，确实可以作为全面梳理明代戏曲风貌的视角，实现从宏观角度来把握明代戏曲演绎的总体特征，所以下面两节着重从地域流派和风格流派两个方面分别展开具体阐述。

---

① 俞为民：《明清戏剧流派的划分》，载《剧艺百家》，1985（1）。
② 傅瑾：《戏曲流派是什么和怎么是》，载《福建艺术》，2009（3）。

◎ 第二节
明代戏曲地域流派的分布格局

　　明代文人对本朝的戏曲流派有较为清晰的认识，吕天成《曲品》评论明代曲家九十人和作品一百九十二部，从中可以窥见明代戏曲发展的概貌。 吕天成仿照钟嵘《诗品》体例，"虽不遵古而卑今，然须溯源而得委，仿之《画史》，略加诠次，作《旧传奇品》"①，将"考镜源流"的重要研究方法移植贯彻入《曲品》，围绕风格与地域两大视角展开品评，流露出鲜明突出的流派意识。 《曲品》指出了明代曲坛出现的几种流派，如评议《香囊记》"词工，白整。 尽填学问。 此派从《琵琶》来，是前辈最佳传奇也"②，不仅道出两部作品在文辞、主旨风格方面相近，而且点出《琵琶记》对流派统系的影响力。 此外，吕天成概述"传奇之派，遂判而为二：一则工藻缋以拟当行；一则袭朴淡以充本色"③，从风格角度析出"藻缋"与"本色"两派，同时寻根溯源指出郑若庸《玉玦记》对于嘉隆曲坛骈俪风尚的前引效应。 吕天成还点评《玉玦记》"典雅工丽，可咏可歌，开后人骈绮之派"，明确将其作为骈绮流派的开篇之作，而步其风格的作品则有戴金蟾《青莲记》："派从《玉玦》来。 音律工密，尤可喜"，"纪太白事，简净而当。 不入妻子，甚脱洒。 《彩毫》虽词藻较胜，而节奏合拍。 此为擅场，派从《玉玦》来。 音律工密，尤可喜"④。 此外，还有点评梅鼎祚《玉合记》"许俊还玉，诚节侠丈夫事，不可不传。 词调组诗而成，从《玉玦》派来，大有色泽"⑤，"骈骊之派，本于《玉玦》，而组织渐近自然，故香色出于俊逸。

---

① （明）吕天成著，吴书荫校注：《曲品校注》卷上，1~2 页，北京，中华书局，2006。
② （明）吕天成著，吴书荫校注：《曲品校注》卷下，237 页，北京，中华书局，2006。
③ （明）吕天成著，吴书荫校注：《曲品校注》卷上，22 页，北京，中华书局，2006。
④ （明）吕天成著，吴书荫校注：《曲品校注》卷下，286 页，北京，中华书局，2006。
⑤ 同上书，239 页。

词场中正少此一种艳手不得，但止题之以艳，正恐禹金不肯受耳"①，指出二记的风格特点与流派归属，并且标列诸作之间的前后关联。可见，明代吕天成、祁彪佳等曲家早已关注明代戏曲流派现象，同时做了较为清晰的梳理与概述，为后人的研究铺埋基石。

对明代戏曲流派进行界定和区分，尤其是以文人曲家为主体的创作流派，侧重以地域群体的角度作为重要的划分标准，先后出现了昆山派、苏州派、越中派、上虞派、松江派等。此外又有临川派与吴江派，也即玉茗堂派（以汤显祖为代表）与格律派（以沈璟为代表），因为与风格流派的划分存在重叠，所以放在后面进行详细论述，以下就明代戏曲的地域流派进行一一梳理。

一、昆山派

昆山派的界定大致可以分为曲腔与创作两个层面。近代曲家吴梅认为"有明曲家，作者至多，而条别家数，实不出吴江、临川、昆山三家"，同时认为"昆山一席，不尚文字。……吴中绝技，仅在歌伶"②，指出在唱曲方面已初具流派的雏形，而唱曲风格的形成又得因于昆山腔的独特魅力，"旧凡唱南调者，皆曰'海盐'。今'海盐'不振，而曰'昆山'。'昆山'之派，以太仓魏良辅为祖"③。显然，魏良辅一直致力于腔调的打磨与润色，王骥德也将其定为昆山派的代表人物，可见昆山派的确立标准实为"唱"的范畴，是依托昆山地区的独特唱腔而逐渐成型。张大复《梅花草堂笔谈》对昆山派的羽翼有所论及：

---

① （明）祁彪佳：《远山堂曲品·玉合》，见中国戏曲研究院编：《中国古典戏曲论著集成》（六），548 页，北京，中国戏剧出版社，1959。
② 吴梅：《中国戏曲概论》，见《顾曲麈谈　中国戏曲概论》，163 页，上海，上海古籍出版社，2000。
③ （明）王骥德著，陈多、叶长海注释：《曲律注释》卷二《论腔调第十》，133 页，上海，上海古籍出版社，2012。

　　　　魏良辅，别号尚泉。居太仓之南关，能谐声律，转音若丝。张小
　　泉、季敬坡、戴梅川、包郎郎之属，争师事之惟肖，而良辅自谓勿如户
　　侯过云适，每有得必往咨焉，过称善乃行，不即反覆数交勿厌。时吾乡
　　有陆九畴者，亦善转音，顾与良辅角，既登坛，即愿出良辅下。梁伯龙
　　闻，起而效之。考订元剧，自翻新调，作《江东白苎》《浣纱》诸曲。又与
　　郑思笠精研音理，唐小虞、陈棋泉五七辈，杂转之。金石铿然，谱传藩
　　邸戚畹，金紫熠爚之家，而取声必宗伯龙氏，谓之昆腔。①

文中所提张小泉、季敬坡、戴梅川、包郎郎之属，都是欣羡并师事于魏良辅
而成为昆山派的主要成员。

　　张大复所论又涉及昆山派的另一范畴，也即以从事剧本创作的文人为主
体的流派，这要归于梁辰鱼、郑若庸等曲家。"昆山有魏良辅者，始造新律
为'昆腔'，梁伯龙独得其传，著《浣纱记》传奇，盛行于时"②，梁辰鱼
《浣纱记》正是借助昆腔新律得以流行，相对而言也为昆腔提供精品剧本，
对昆腔的盛行起到了推动作用，确立了昆腔的品牌价值和地位。"梁伯龙
闻，起而效之。考订元剧，自翻新调，作《江东白苎》《浣纱》诸曲。……
取声必宗伯龙氏，谓之昆腔"③；"时邑人魏良辅能喉啭音声，始变弋阳、海
盐故调为昆腔。伯龙填《浣纱记》付之。王元美诗所云'吴阊白面冶游
儿，争唱梁郎雪艳词'是已"④。同时，梁辰鱼经常参与指点度曲之事，亲
自指导戏曲表演，为昆山派的形成做了很多努力。

　　此外，昆山曲家郑若庸也堪为代表，"独其好填塞故事，未免开饾饤之

① （明）张大复：《梅花草堂笔谈》卷十二《昆腔》，775 页，上海，上海古籍出版社，1986。
② （清）雷琳等辑：《渔矶漫钞》卷三《昆曲》，道光宝晋斋刻本。
③ （明）张大复：《梅花草堂笔谈》卷十二《昆腔》，775 页，上海，上海古籍出版社，1986。
④ （清）朱彝尊著，黄君坦校点：《静志居诗话》卷十四《梁辰鱼》，430 页，北京，人民文学出版
　　社，1990。

门，辟堆垛之境，不复知词中本色为何物，是虚舟实为滥觞矣"①。"由此可以觇知，《玉玦记》在文词上实远接《琵琶记》之典雅，而近与《香囊记》之工丽为邻。所谓'饾饤之门''堆垛之境'，则《浣纱记》在使事用典上实直承其衣钵。因为《浣纱记》由新兴的昆山腔的声调排场唱出，不但风行一时，且最为当时所谓上层人物所崇尚，因而'谱传藩邸戚畹，金紫熠爚之家'。唯其如此，在当时乃形成一派作风。继《浣纱记》而起的典丽之作，有梅禹金的《玉盒记》，衍韩翊、柳氏事；许自昌的《水浒记》，衍宋江事，都属此类。因而大家把这类作品和作家，作为昆山派……"②不过从其所罗列的作家而言，却与骈绮派的成员存在较多重合。

二、苏州派

作为明末清初活跃于苏州一带的文人作家群体，吴新雷命名为"苏州派"③，陆萼庭命名为"吴县派"④，张庚、郭汉城命名为"苏州作家群"⑤，余秋雨命名为"吴门戏剧家"⑥，等等。虽然各家说法不一，但并不妨碍苏州曲家的历史在场性，作为相对集中的地域共同体，他们的确存在较为稳定的戏曲创作主题和风格特征。郭英德列举其成员有李玉、朱佐朝、毕魏、叶时章、盛际时、朱云从、过孟起、盛国琦、陈二白、邹玉卿、丘园、张彝宣、陈子玉、陈百章等十五人，他们都是混迹于民间的平民文人，并且多以填词作曲作为营生手段，可谓职业或者半职业的戏曲作家。而在具体的戏曲创作主题方面，则形成较为突出的三大特色：讥切时弊、关注现实的现

---

① （明）徐复祚：《曲论》，见中国戏曲研究院编：《中国古典戏曲论著集成》（四），237 页，北京，中国戏剧出版社，1959。
② 周贻白：《中国戏曲发展史纲要》，273～274 页，上海，上海古籍出版社，1979。
③ 吴新雷：《李玉生平、交游、作品考》，载《江海学刊》，1961（12）；《论苏州派戏曲家李玉》，载《北方论丛》，1981（5）。
④ 陆萼庭著，赵景深校：《昆剧演出史稿》，96 页，上海，上海文艺出版社，1980。
⑤ 张庚、郭汉城：《中国戏曲通史》中，74 页，北京，中国戏剧出版社，1981。
⑥ 余秋雨：《中国戏剧文化史述》，381 页，长沙，湖南人民出版社，1985。

实精神；事关风化、劝善惩恶的教化指向；"天下兴亡，匹夫有责"的平民色彩。①

苏州派的曲家创作受到商业化浪潮的冲击，从作者自我本位转向观者本位，注重舞台效果的呈现，较为浓烈的文人自我主体性色彩被慢慢转移，含有"卖赋以糊其口"的考虑。同时仍借传奇创作浇自己心中愤懑不平的块垒，具有很深的寓托之意。例如，"元玉管花肠篆，标帜词坛。而蕴奇不偶，每借韵人韵事谱之宫商，聊以抒其垒傀"②；"以十郎之才调，效耆卿之填词。所著传奇数十种，即当场之歌呼笑骂，以寓显微阐幽之旨，忠孝节烈有美斯彰，无微不著"③。李玉及苏州派其他作家的传奇创作，既有对社会题材的揭示，流露出强烈的社会责任感，又有对历史题材的借鉴，展现出对明清易代乱世的思考，大都"因借古人之歌呼笑骂，以陶写我之抑郁牢骚，而我之性情，爰借古人之性情而盘旋于纸上，宛转于当场"④。

三、越中曲派

王骥德《曲律》最先提出"吾越故有词派"，"近则谢泰兴海门之《四喜》，陈山人鸣野之《息柯余韵》，皆入逸品"⑤。此外，现代学者也指出："越中曲派作为一个戏曲流派，它是以地域命名的，所谓'越中'，即指当时绍兴府所辖的八县（山阴、会稽、上虞、余姚、诸暨、萧山、嵊县、新昌）的范围。就它的活动时间，则是从明嘉靖中期至清康熙前期，大约一百余年的历史。"⑥关于越中曲派的研究，有谭坤《晚明越中

① 参见郭英德：《明清传奇史》，361 页，南京，江苏古籍出版社，1999。
② （清）李玉：《一笠庵新编第七种传奇眉山秀》卷首钱谦益题词，《古本戏曲丛刊三集》本。
③ （清）吴伟业：《北词广正谱序》，见吴毓华编：《中国古代戏曲序跋集》，320 页，北京，中国戏剧出版社，1990。
④ 同上书，320 页。
⑤ （明）王骥德著，陈多、叶长海注释：《曲律注释》卷四《杂论第三十九下》，316～317 页，上海，上海古籍出版社，2012。
⑥ 余德余：《越中曲派研究》，29 页，北京，中国文联出版社，2000。

曲家群体研究》（上海，上海三联书店，2005）和佘德余《越中曲派研究》（北京，中国文联出版社，2000）等，认为其核心代表当为徐渭、王骥德、祁彪佳、吕天成等，此外还有史槃、陈鹤、谢谠、张岱等可考的成员达三十七人之多。在文化底蕴深厚的绍兴地区，文人曲家共同的地域性群体特征十分明显，但是否能够成为曲派还需仔细斟酌。佘德余指出：

> 越中曲派的形成，既有地域环境和交游的关系，也有大致相同的社会经历和社会思潮影响下而形成的思想倾向、艺术情趣。……而重要的是他们一致服膺徐渭的戏曲主张和创作实践，心照不宣地以他为师，继承并发展他的理论，在创作中实践他的主张，因而形成了一个思想倾向、文学主张或艺术风格大致相同或相近的戏曲流派。从他们现存的戏曲论著和50多种作品看，他们在思想倾向、艺术主张和创作风格等方面确有许多相同或相近。一、步追新潮的文化意识：……他们都明显接受了晚明时期以王学左派思潮为主体的文化意识，表现为：（一）大胆鞭挞晚明封建统治的种种弊端，关注现实，倡扬人的个性精神。……（二）反对传统礼教和程朱理学的束缚，肯定人的正常欲望，对人情予以热情张扬和歌颂。……（三）歌颂爱情具有无所不至的作用和力量。……二、从提倡本色，一要纯真，二要妙趣，走向浓淡、浅深、雅俗相宜。……三、主张"法与词两擅其极"，力排临川、吴江各执一端的弊病。①

这里的论述较为中肯、到位，只是对于流派的说服力依旧略显不足，虽然具有区域群体的色彩，但"流"的统系与"派"的关联，似乎稍嫌松散而不够凝练。

与越中曲派相关的还有上虞曲派。吕天成《曲品》品评谢谠《四喜

---

① 佘德余：《越中曲派在戏曲史上应有一席地位》，载《戏文》，2001（3）。

记》时提出"上虞有曲派，此公甚高"，按其著录评议的上虞曲家，大约包括谢谠、郑祖法、车任远、朱期、赵于礼等。上虞是绍兴府所辖的县，故而上虞曲家也可纳入越中曲家群体，不过是否成为"派"同样值得商榷。

四、松江曲派

明清时期松江地区不仅民间演剧繁盛，如"府城隍庙向极严肃，崇祯末年忽于二门起楼，北向演剧赛神，小民聚观，南向而坐。殿庭皆满"①，而且出现一批世人推崇的曲家，如何良俊（《曲论》）、王玉峰（《焚香记》）、范文若（《鸳鸯棒》《梦花酣》）、徐于室（与吴县钮少雅合作编纂《南曲九宫正始》）等，可以说松江曲坛戏曲活动十分活跃。为此有现代学者提出"松江曲派"的观点："从崇祯己巳（1629）年起，随着刘方等人的聚合，松江府形成了一个以张方伯为首的谈曲中心，这就是张积祥所说的曲社，同社人还有周裕度、止园居士等人，是为松江曲派。"②同时，松江地区文人曲家的散曲创作，亦在晚明曲坛占据一席之地，其中尤以施绍莘为代表，故而又有散曲史上"松江曲派"的观点，如孙琴安论及元代文人杨维桢对上海文学发展的影响时提出这一概念：

> 又如明代以写艳情诗《疑雨集》著称的诗人王次回，生前曾来松江做过华亭训导，以写艳曲《花影集》著称的散曲家施绍莘本身就是华亭人，他们之所以都会热衷于写艳诗或艳曲，成为明代这方面最有代表性的作家，都与杨维桢的铁崖体及其在松江的影响有关。后来明代中后期吴地所盛行的《山歌》《桂枝儿》《夹竹桃》等，也以写男女艳情见长，在明代的

---

① 《松江府志》卷五十四，康熙二年刻本。
② 谢柏梁：《中华戏曲文化学》，531页，南京，南京师范大学出版社，2004。

松江地区十分流行，甚至流传到官府也不以为禁忌，这或许与杨维桢的铁崖体也有着一种难以言喻的微妙关系。此外，他所作的曲对于"松江曲派"也带来一定的影响。①

孙琴安以杨维桢为该曲派之始祖，以施绍莘、王次回等人为代表性曲家，他们的散曲创作主要以男女艳情见长，同时形成秾艳的风格特征，因而称之为"松江曲派"。"松江曲派"是否成立存在同样存在很多疑问，如王次回主要以艳诗著称，真正以散曲见长的只有施绍莘。但是这并不否认明代松江地区的戏曲成就，松江地区不仅文人名家辈出，而且深受吴越风气的熏染，除施绍莘外还有张积润、张积源等曲家，以及不少盛行于当时舞台的戏曲作品，如《木椎记》（张昉作）、《蛟虎记》（黄伯羽作）、《掷杯记》（许经眉作）、《步烟非》（李宣之作）、《佩印记》（顾谨作）、《倒鸳鸯》（朱寄林作）等。

◎ 第三节
明代戏曲风格流派的思想呈现

明代戏曲流派不仅地域特色鲜明，而且文体创作风格特征突出。就戏曲创作角度而言，出现文辞派（亦作"文词派"）与格律派的分歧；就戏曲文辞角度而言，又出现本色派与骈绮派的差别。而不同的风格流派实际上又是不同戏曲思想的外在呈现，同时，戏曲风格流派又与地域流派之间存在某些重合，如文辞派和格律派与临川派和吴江派之间，骈绮派与昆山派之间等，形成地域与风格方面的接近。

---

① 见邱明正主编：《上海文学通史》，63 页，上海，复旦大学出版社，2005。

一、文辞与格律的分歧

文辞派与格律派的分歧主要针对戏曲文本的创作,究竟是坚持文辞第一,还是格律为本的准则。

戏曲文本创作有其自身特性,不仅着意语言文辞的修饰,而且重视格律声韵的规范,这也就构成戏曲不同于其他文体创作的特殊之处。 同时,坚持不同身份立场的文人曲家,其创作倾向与优点也有所差别,从而出现文辞、格律孰为第一的分歧。 其间还要注意两个范畴的问题:一是文、律二者难兼美;二是超越格律而趋向审美。

一方面,文、律二者难兼美。 戏曲文本创作历来讲究文、律兼美,虞集批评元代曲坛时说:"余昔在朝,以文字为职,乐律之事,每与闻之,尝恨世之儒者,薄其事而不究心,俗工执其艺而不知理,由是文、律二者,不能兼美。"① 虞集主要针对的是当时儒者轻视乐律,导致从事戏曲创作的主体多为"俗工",他们虽然精通音律,舞台技艺高超,但是并不具备深厚的文学功底,不仅不能形成理论层面的概括,而且不能很好地协调文辞和音律的关系,难以创造出文、律"兼美"的优秀作品。 虞集实际道出了戏曲文本创作的独特性质,就是剧本创作的动态性和多元性,其间或由文人作家操刀捉笔,或由艺人临场编演,也就是虞集所指的"儒者"和"俗工"的不同创作身份,随之出现文人精于文辞而短于格律、艺人精于格律而不擅文辞的现象。 尤其是明初以后文人阶层参与戏曲创作,动辄编一传奇的情形更为普遍,于是强调戏曲格律规范的辨体思想逐渐兴起,并且集中表现在以汤显祖为代表的临川派同以沈璟为代表的吴江派之间的分歧上。

---

① (元)虞集:《中原音韵序》,见俞为民、孙蓉蓉主编:《历代曲话汇编·唐宋元编》,228 页,合肥,黄山书社,2006。

汤显祖《牡丹亭》"奈不谐曲谱，用韵多任意处，乃才情自足不朽也"①。 以沈璟为代表的专业曲家纷纷指摘汤显祖曲作的格律问题："今玉茗堂诸曲，争脍人口，其最者，杜丽娘一剧，上薄风、骚，下夺屈、宋，可与实甫《西厢》交胜，独其宫商半拗，得再调协一番，辞、调两到，讵非盛事与？"②甚至非常严肃地批评道："名为乐府，须教合律依腔。 宁使时人不鉴赏，无使人挠喉捩嗓。 说不得才长，越有才越当着意斟量。 ……纵使词出绣肠，歌称绕梁，倘不谐律吕，也难褒奖。 耳边厢，讹音俗调，羞问短和长。"③以上明确地表达了格律派的基本观点，也体现出两派戏曲思想的分歧：沈璟从昆腔传奇发展的全局出发，强调传奇格律等理论的规范，来树立传奇文体"别是一家"的理念；而汤显祖针对传奇创作的实践情形，侧重在"文"的基础上协调文辞与音律的关系，讲求格律不以损害文意表达为代价，所以形成沈汤之争在辨体命题不同层面的差异。

另一方面，诗、词、曲等文体创作是否合乎格律固然十分重要，但是有两种具体的复杂情况值得注意。 其一，一些作为创作者的文人确实不谐格律。 如虞集曾批评"近世士大夫号称能乐府者，皆依约旧谱，仿其平仄，缀缉成章，徒谐里耳则可。 乃若文章之高者又皆率意为之，不可叶诸律不顾也"④。 正是由于对词、曲等辨体意识的淡薄，"近世士大夫"才会依照旧谱，效仿前人作品步趋为之，导致创作出现不合格律的现象。 其二，作为"文章之高者"的高蹈之举，他们不是所谓"率意为之"，而是"且如词中有字多难唱处，横放杰出者，皆是才人拴缚不住的豪气"⑤。 这些"才人"

---

① （元）虞集：《中原音韵序》，见俞为民、孙蓉蓉主编：《历代曲话汇编·唐宋元编》，206页，合肥，黄山书社，2006。

② （明）张琦：《衡曲麈谈·作家偶评》，见中国戏曲研究院编：《中国古典戏曲论著集成》（四），270页，北京，中国戏剧出版社，1959。

③ （明）沈璟：《新刻博笑记》卷首《附词隐先生论曲》，《古本戏曲丛刊初集》本。

④ （元）虞集：《叶宋英自度曲谱序》，见吴毓华编：《中国古代戏曲序跋集》，9页，北京，中国戏剧出版社，1990。

⑤ （明）朱权：《太和正音谱·古今群英乐府格势》，见中国戏曲研究院编：《中国古典戏曲论著集成》（三），23页，北京，中国戏剧出版社，1959。

认同格律的重要性和必要性，但是他们在填词制曲时更为强调满腔豪气的抒发，喷薄文采的宣泄，于是力避常规，"破体"为之，如诗体讲求对偶，所谓"文词妍丽，良由对属之能；笔札雄通，实安施之巧"①，在填词制曲时同样如此。 文人也多深谙格律、声韵，只是当文辞的展现与相应的格律发生冲突的时候，他们往往倾向于选择前者，注重内容的阐发和文采的展现，而挣脱些微格律声韵上的束缚，这在苏轼、汤显祖等"高者"的词曲创作中皆有所体现。

熟悉以上两种词曲创作的实际情况，我们就可以重新理解"临川派"与"吴江派"的分歧。 其中，"临川派"的提法或可追至吕天成《曲品》卷下《拜月》："元人词手，制为南词，天然本色之句，往往见宝，遂开临川玉茗之派。""临川"只是标明汤显祖的籍贯，"派"则更多倾向于风格，吕氏的评议仅是点明现象，而非确切断定以汤显祖为首的戏曲流派。 沈自晋则关注吴江派的阵容并勾勒全貌，《望湖亭》传奇第一出《叙略》【临江仙】云："词隐登坛标赤帜，休将玉茗称尊。 郁蓝继有槲园人，方诸能作律，龙子在多闻。 香令风流成绝调，幔亭彩笔生春，大荒巧构更超群。 鲰生何所似？ 颦笑得其神。"②基本确定了吴江派曲家大略有吕天成等九人，形成剧本创作严守格律、文辞本色且便于场上的流派风格。

传奇戏曲作为文辞与音律的结合体，如何处理好二者颇为微妙的关系，做到既能挥洒豪情，又能协律依腔，便于演唱，所谓"泥文采者失音节，谐音节者亏文采"③，创作出符合双美的理想作品，是文人曲家不断摸索、探讨的难题。 汤显祖一方面深知格律、声韵的重要性，所以称赞"吴中曲论良是"，"曲谱诸刻，其论良快"④，另一方面又基于文人才子的身份，以

① ［日］弘法大师著，王利器校注：《文镜秘府论校注》东卷《论对》，222 页，北京，中国社会科学出版社，1983。
② （明）沈自晋：《望湖亭记》，《古本戏曲丛刊二集》本。
③ （元）杨维桢：《东维子集》卷十一《周月湖今乐府序》，《四部丛刊》本。
④ 徐朔方笺校：《汤显祖全集》诗文卷四十六《玉茗堂尺牍之三·答孙俟居》，1392 页，北京，北京古籍出版社，2001。

"文"为前提，定下"以意趣神色为主"的论调，进而辨析"丽词俊音"与"九宫四声"的关系。汤显祖认同兼顾"九宫四声"的必要性，但是认为不必完全"按字摸声"，在熟知的基础上可以驾驭，甚至超越。坚持"丽词俊音"之"才"与"以意趣神色为主"之"文"的体性特征相符合，同时二者可以兼顾并一脉相承，只是在文辞与格律发生冲突的时候，就要选择以表达"丽词俊音"为主，而不必拘谨于"按字摸声"，从而失去作为"文"的体性本质。

可以看出，围绕文辞与格律的风格之辨，实际体现出汤、沈二人戏曲思想的不同。沈璟等曲家执意于辨体思想的强调，传奇戏曲理论的建树与指导确为当时曲坛的必要之举，也是传奇文体得以成熟必不可少的环节。但是在具体创作实践中应当具体对待，汤显祖"四梦"重在自我才情的抒发，从而敢于大胆突破格律等细节的拘囿，这也为吕天成等曲家的"双美"说提供了理性反思的契机。

二、本色与骈绮的差异

就戏曲文本的曲辞风格而言，出现了本色派与骈绮派的不同倾向。文体创作的语言风格多元，明代的诗文等文体风貌就有质朴与华丽之分，这种文坛风气同样熏染了戏曲创作，只是戏曲语言风格讲究骈绮的同时，不同曲家对"本色"的界定又出现不同层面的分歧。如近代日本学者青木正儿《中国近世戏曲史》论及"复兴期内之南戏"云："（《香囊记》）开明曲中文辞（又称骈绮派）一派之端，占戏曲上重要地位。……至于嘉靖万历年间《玉玦记》《玉合记》等，益以修词为事，以四六骈丽之语入宾白，其风愈盛，遂至'本色派'与'文辞派'相对峙也。"[①]非常明确地点出曲坛的两派曲风，为后代研究提供了有益的启示。

---

① ［日］青木正儿著，王古鲁译述：《中国近世戏曲史》，120～121页，上海，商务印书馆，1936。

　　骈绮派的形成是明代戏曲文人化进程的产物，对其较早的关注出现于吕天成《曲品》对郑若庸《玉玦记》的评价："典雅工丽，可咏可歌，开后人骈绮之派。每折一调，每调一韵，尤为先获我心。"①祁彪佳《远山堂曲品》也评议其曰："以工丽见长，虽属词家第二义，然元如《金安寿》等剧，已尽填学问，开工丽之端矣。"②又评梅鼎祚《玉合记》曰："骈俪之派，本于《玉玦》。"③所以，郭英德据此明确概括为："文词派是明中后期传奇的主要流派，它滥觞于成化、弘治间邵灿的《香囊记》，开派于正德、嘉靖间的沈龄（寿卿）和郑若庸。……其后，嘉靖隆庆年间，李开先、陆采、梁辰鱼、张凤翼等推波助澜。……至万历前期，梅鼎祚、屠隆、许自昌等登峰造极，愈演愈烈。……'文词派'的戏曲创作一味追求典雅绮丽的语言风格……他们的作品不仅曲词'徒逞其博洽，使闻者不解为何语'，而且'宾白尽用骈语，饾饤太繁'。"④

　　这一时期从事传奇创作的文人多集中于吴越地区，或者本身就是当地人氏，如高濂、顾大典、陈与郊、屠隆等，或者长期游历旅居其间，如梅鼎祚、汪道昆等。他们共同推动以吴越为中心的曲坛格局，而他们的创作也形成"以词为曲"的共同倾向，追求骈俪典雅的审美风尚。比如，高濂《玉簪记》"慢写出风情月思，画堂前侑酒承欢"⑤，视戏曲创作为消遣生活和展现文才的方式，突出寻章摘句的藻饰色彩，"惟着意填词，摘其字句，可以唾玉生香；而意不能贯词，便如徐文长所云'锦糊灯笼，玉镶刀口'，讨一毫明快不得矣"⑥。张凤翼因《红拂记》中李靖、红拂、乐昌公主的唱词文雅

---

① （明）吕天成著，吴书荫校注：《曲品校注》卷下，237 页，北京，中华书局，2006。
② （明）祁彪佳：《远山堂曲品·玉玦》，见中国戏曲研究院编：《中国古典戏曲论著集成》（六），20 页，北京，中国戏剧出版社，1959。
③ （明）祁彪佳：《远山堂曲品·玉合》，见中国戏曲研究院编：《中国古典戏曲论著集成》（六），19 页，北京，中国戏剧出版社，1959。
④ 郭英德：《明清传奇史》，60～61 页，南京，江苏古籍出版社，1999。
⑤ （明）高濂：《绣刻玉簪记定本》【结尾】下场诗，见（明）毛晋编：《六十种曲》第 3 册，90 页，北京，中华书局，1958。
⑥ （明）祁彪佳：《远山堂曲品·玉簪》，见中国戏曲研究院编：《中国古典戏曲论著集成》（六），49～50 页，北京，中国戏剧出版社，1959。

十足，被认为是"文词派"作家的典型代表。① 屠隆的诗文作品同样瑰奇横逸，郭英德视其为"文词派的殿军"②，其《昙花记》《彩毫记》《修文记》曲辞、宾白皆是涂金缋碧，"四明新采丰缛，下笔不休，然于此道本无解处"③。

针对曲坛戏曲创作的骈绮风尚，明代曲家又提出"本色"的准则。 徐渭《南词叙录》主要论述南戏的发展情况，针对当时人们普遍视南戏为"小道""末技"的观念，徐渭认为这是由于他们对南戏的认识不够，未能体味南戏艺术特色的高妙之处。 徐渭以元末明初时期的南戏作品作为典范，从他所开出的南戏节目名单可见，自高明《琵琶记》以下，《玩江楼》《江流儿》《莺燕争春》《荆钗记》《拜月》等作品"稍有可观"，其他的作品都属"俚俗语"之列。 同时徐渭依照"本色""当行"的审美标准，又承认《荆钗记》等几部南戏作品语言质朴，保留了戏曲适应舞台演出的民间特色，虽与正统文人的审美倾向不尽相同，但也正因此而自成特色。 徐渭对南戏"本色"的着重强调以及质朴的含义指向，就是希冀能够扭转当时曲坛追求藻饰的风尚。

王骥德关于"本色"说的深入阐述同样针对万历曲坛的纷纭状况，立足于何良俊、王世贞、沈璟等人的讨论之上，经历质朴与藻饰两途的分歧而将"本色"界定于"浅深、浓淡、雅俗之间"，强调既要保留戏曲俚俗的民间本性，适应舞台演出和观者观赏的需要，同时又不失文人典雅的审美趣味，从而走出一条中和的调谐路线。 王骥德打破我们习惯性的认知观念，认为明代曲家中"独得三昧"的只有汤显祖一人，并且代表汤显祖"本色"的作品并非引起轰动效应的《牡丹亭》，而是《南柯记》与《邯郸记》，二者布局新颖、语言俊丽，达到浑然天成的妙境，既有别于元代杂剧的质朴，又不同

---

① 郭英德：《明清传奇史》，14 页，南京，江苏古籍出版社，1999。
② 同上书，257 页。
③ （明）王骥德著，陈多、叶长海注释：《曲律注释》卷四《杂论第三十九下》，315 页，上海，上海古籍出版社，2012。

于明代文辞派的骈俪，可谓不露人工痕迹的神来之作。

不过，明代本色派的辩论是基于戏曲语言风格而言的：一方意在坚持以宋元民间作品为标准的"质朴"本色，重视戏曲的民间特性以符合普通观者的审美水平；一方则以《西厢记》等作品为标准的"俊丽"本色，坚持文人审美趣味的准则，既不同于俚俗粗鄙又反对饾饤堆砌，寻求既符合舞台演出又不脱典雅的审美标准。显然，质朴与藻饰都是不同的审美趋向，明代前中期形成的文辞一派，也是文人基于戏曲发展的不断尝试，虽然由于过度追求典雅而出现案头化的倾向，但这并不意味着唯有宋元的质朴近俗才是本色正途，而应当保持对戏曲语言审美风格的包容心态。

◎ 第四节
戏曲流派的其他呈现

立足文人曲家层面梳理明代的戏曲流派，除了依从地域与风格的标准之外，还有戏曲腔调流派、戏曲表演流派等，也是构成戏曲流派的重要形态。

明代各地呈现出地域色彩浓郁的腔调，最为突出的当为"四大声腔"——昆山腔、余姚腔、弋阳腔、海盐腔，它们构成南方传奇戏曲创作的基本腔调。"今唱家称'弋阳腔'，则出于江西，两京、湖南、闽、广用之；称'余姚腔'者，出于会稽，常、润、池、太、扬、徐用之；称'海盐腔'者，嘉、湖、温、台用之。惟'昆山腔'止行于吴中，流丽悠远，出乎三腔之上，听之最足荡人。"[1]这种情况到了万历曲坛则有所转变，除却形成主流正统的昆山声腔之外，"'昆山'之派，以太仓魏良辅为祖……然其腔

---

① （明）徐渭：《南词叙录》，见中国戏曲研究院编：《中国古典戏曲论著集成》（三），242页，北京，中国戏剧出版社，1959。

调，故是南曲正声。 数十年来，又有'弋阳''义乌''青阳''徽州'
'乐平'诸腔之出；今则'石台''太平'梨园，几遍天下，苏州不能与角什
之二三"①。 此外，还有颇具特色的"川调"："杨状元慎才情盖世……流
脍人口，而颇不为当家所许。 盖杨本蜀人，故多川调，不甚谐南北本腔
也。"②全国曲坛声腔基本以地域命名，足见其自身附着的地域风味，百花
齐放的声腔系统正是明代戏曲兴盛的有力体现。

戏曲表演也是戏曲流派的重要内容，有学者界定"所谓戏曲流派，既然
体现为优秀戏曲演员强烈的和可以辨认的个人表演艺术风格，对它的认识，
就必须从这里出发"，并且认为"流派的形成，首先要求演员在表演艺术上
拥有强烈的个人风格，其次是这种风格要得到观众的认可和推崇，最后，他
还得不断在表演艺术实践中强化这种风格，最终形成自己的艺术标识，并
且，这是一种为欣赏者所公认的标识"③。 明代艺人地位的低下，导致文献
资料对其记录的缺失，不过从潘之恒《亘史》载录"曲派"的文字中，或能
找到戏曲表演家的部分踪迹。 例如：

> 曲之擅于吴，莫与竞矣！然而盛于今，仅五十年耳。自魏良辅立昆
> 之宗，而吴郡与并起者为邓全拙，稍折中于魏，而汰之润之，一禀于中
> 和，故在郡为吴腔。太仓、上海，俱丽于昆；而无锡另为一调。余所知
> 朱子坚、何近泉、顾小泉皆宗于邓；无锡宗魏而艳新声，陈奉萱、潘少
> 泾其晚劲者。邓亲授七人，皆能少变自立。如黄问琴、张怀仙，其次高
> 敬亭、冯三峰，至王渭台，皆递为雄。能写曲于剧，惟渭台兼之。且
> 云："三支共派，不相雌黄。"……自黄问琴以下诸人，十年以来，新安

---

① （明）王骥德著，陈多、叶长海注释：《曲律注释》卷二《论腔调第十》，133～134 页，上海，上
海古籍出版社，2012。
② （明）王世贞：《曲藻》，见中国戏曲研究院编：《中国古典戏曲论著集成》（四），35 页，北
京，中国戏剧出版社，1959。
③ 傅瑾：《戏曲流派是什么和怎么是》，载《福建艺术》，2009（3）。

好事家多习之。如吾友汪季玄、吴越石，颇知遴选，奏技渐入佳境，非能谐吴音，能致吴音而已矣。①

潘之恒一生观戏赏戏，见多识广，但他所论的艺人是否可以构成表演流派，目前尚未形成定论。

　　总之，针对戏曲流派的区分讨论，虽然流派界定的标准有些模糊不清，不同流派之间偶有重合，造成如苏州曲派是否成立等问题都需要进一步辨析，但是借助对"流派"的梳理、思考来展开明代戏曲风貌的概述，确实是宏观审视明代戏曲可行且必要的探究。

---

① （明）潘之恒：《亘史·杂篇》卷四《曲派》，见俞为民、孙蓉蓉编：《历代曲话汇编·明代编》第 2 集，184 页，合肥，黄山书社，2009。

第三十章
文人评点与明代戏曲
思想的相互印证

评点是明代文学批评的突出形式，明代文人对戏曲的喜好，除了文本的创作、阅读以及舞台的编演、欣赏，立足自我主体视角进行评点也是他们津津乐道之处，成为他们关注戏曲的特殊方式和重要领域。 同时，明代文人限于不同的身份立场，评点的出发点和侧重点也各自不同，形成了明代戏曲评点内容的百花齐放。 其间，他们着意于在文本评点中展现自我特质，或凸显我之评点异于他人之处，或强化评点他人作品代我之言，突出评点者自我的思想情感，刻下文人自我的主体印迹，呈现出明代戏曲评点强烈的文人主体色彩。

◎ 第一节
文人角色转变与评点思想的关联

戏曲评点不同于舞台欣赏，需有一定的文化素养作为支撑，所以涉足戏曲评点领域的多是文人阶层（最起码也是受过一定文化教育的群体），其间又受限于具体身份的差别，形成各自立足点的不同，也影响了评点戏曲的角度和思想内容。 但是，明代文人涉足"小道""末技"的戏曲领域，难以回避其正统文人的身份立场，这就导致他们对戏曲文体进行辩论。 例如，汤显祖批评《西厢记》云："文章自正体、四六外，有诗、赋、歌行、律、绝诸体，曲特一剩技耳。 然人不数态，态不数工，其描写神情不露斧斤笔墨痕，莫如《西厢记》。"①对于戏曲文体的地位以及特性，进行先抑后扬的点评。可以说，汤显祖的言论基本代表了明代文人的普遍观念，这种思维习惯也或多或少影响到评点范畴，或因切入视角不同，或为关注内容有别，其背后实则隐含明代文人身兼两对不同层面的立场：文人骚客与专业曲家，名人雅士与普通文人。 前者别于态度，后者关联地位，并且直接影响他们戏曲评点思想的具体阐释。

一、文人骚客与专业曲家的戏曲评点

文人骚客多以余事态度介入戏曲评点，关注的依据在于自我的兴趣点和兴奋点，指向评点戏曲作品涉及的外围范畴；专业曲家则立足专业立场，着重关目曲白、演出效果等，强调戏曲内部结构的专业评点。

李贽作为当时开风气之先的人物，立足童心说的基本前提，点评戏曲首先志在文体地位的确立，将其纳入"古今至文"的体系范畴："诗何必古选，文何必先秦。 降而为六朝，变而为近体；又变而为传奇，变而为院本，为杂剧，为《西厢曲》，为《水浒传》，为今之举子业；皆古今至文，不可得而时势先后论也。 故吾因是而有感于童心者之自文也，更说什么《六经》，更说什么《语》《孟》乎？"②他还高度推崇《拜月亭记》，"自当与天地相

---

① （明）汤显祖：《西厢记序》，见吴毓华编：《中国古代戏曲序跋集》，90 页，北京，中国戏剧出版社，1990。
② （明）李贽：《焚书》卷三《童心说》，见张业整理：《李贽文集》之《焚书 续焚书》，127 页，北京，北京燕山出版社，1998。

终始，有此世界，即离不得此传奇"①，将其拔高至与天地相始终的地步，视之为社会精神生活的重要部分。同时，李贽又谨守传统文人的身份立场，注意将戏曲纳入正统体系以评点戏曲的文化传统，"乐昌破镜重合，红拂智眼无双，虬髯弃家入海，越公并遣双妓，皆可师可法，可敬可羡。孰谓传奇不可以兴、不可以观，不可以群，不可以怨乎？饮食宴乐之间，起义动慨多矣。今之乐犹古之乐，幸无差别视之其可"②，肯定戏曲可以抒情言志、观风俗、议政治等，发挥与诗文等文体同等重要的社会功能。

李贽评点戏曲的文人骚客立场，还体现在评点多依兴趣而为，主观发挥的色彩浓厚。比如，"《坡仙集》我有披削旁注在内，每开看便自欢喜，是我一件快心却疾之事"③，直言文学评点过程的主观情绪，这同样表现在"《水浒传》批点得甚快活人，《西厢》《琵琶》涂抹改窜得更妙"④。评点的形式是"涂抹改窜"，过程是"欢喜""快活"，全然是文人骚客的率性之举。这突出表现在两个方面。一是"画龙点睛式"的评析。李贽评点元代的经典作品《西厢记》《琵琶记》无疑蕴含树立典范的意味，选择经典作品进行评点与阐释，涉及作品叙事方式、人物塑造、曲辞鉴赏等方面，这些都是当时曲家创作、模仿时不可回避的问题。比如，"《拜月》《西厢》，化工也；《琵琶》，画工也"⑤中"化工"与"画工"的辨析，提倡发诸真情性的自然之美。又如，评点《红拂记》"此记关目好，曲好，白好，

---

① （明）李贽：《焚书》卷四《拜月》，见张业整理：《李贽文集》之《焚书 续焚书》，235 页，北京，北京燕山出版社，1998。
② （明）李贽：《焚书》卷四《红拂》，见张业整理：《李贽文集》之《焚书 续焚书》，235 页，北京，北京燕山出版社，1998。
③ （明）李贽：《续焚书》卷一《与袁石浦》，见张业整理：《李贽文集》之《焚书 续焚书》，393 页，北京，北京燕山出版社，1998。
④ （明）李贽：《续焚书》卷一《与焦弱侯》，见张业整理：《李贽文集》之《焚书 续焚书》，377 页，北京，北京燕山出版社，1998。
⑤ （明）李贽：《焚书》卷三《杂说》，见张业整理：《李贽文集》之《焚书 续焚书》，124 页，北京，北京燕山出版社，1998。

事好"①的"四好"原则，打破当时曲坛重视词曲忽视宾白的倾向，全面触及并揭示戏曲的重要特质，都是具有开拓性的点睛之笔，有助于时人评析戏曲经典。 二是"主观感受式"的点评。 李贽在乎即时感受的点评，《李卓吾先生批评琵琶记》侧批、夹批中多见"妙""妙绝"的感慨，同时评点戏曲情节以感慨当下现实，如第二出《高堂称庆》总批"今世只以万两黄金为贵，即一家为奴、为盗亦不顾也。 尝有村学究以'白酒红人面'课生徒者，卓老代对之曰：'黄金黑世心'。 自谓颇中今日膏肓"。 第三出《牛氏规奴》有"丑云【玉轮春】起至丑唱：……拈针挑绣"，李卓吾批点曰："此出太烦，可删。 况且家政素严之家，安得如此丫头来？ 不像，不像。"第四出《蔡公逼试》的侧批有"俗人，俗人""可怜，可怜"，甚至出现"放屁""俗杀人""胡说"②这样泄愤式的语言表达，主观感受的表达直露而强烈。

与以李贽为代表的文人骚客的评点相对应，专业曲家的评点则有臧懋循、冯梦龙等。 他们除了关注结构、格律等，还对戏曲技法进行评点与总结，尤其是明清之际金圣叹对戏曲技法的阐述，如：

> 文章有移堂就树之法。……作者深悟文章旧有移就之法，因特地于未闻警前先作无限相关心语，写得张生已是莺莺心头之一滴血，喉头之一寸气，并心、并胆、并身、并命，殆至后文则只须顺手一点，便将前文无限心语隐隐然都借过来，此为后贤所宜善学者其一也。
>
> 又有月度回廊之法。……作者深悟文章旧有渐度之法，而于是闲闲然先写残春，然后闲闲然写有隔花之一人，然后闲闲然写到前后酬韵之事，至此却忽然收笔云，身为千金贵人，吾爱吾宝，岂须别人堤备，然

① （明）李贽：《焚书》卷四《红拂》，见张业整理：《李贽文集》之《焚书 续焚书》，235 页，北京，北京燕山出版社，1998。
② 见侯百朋编：《〈琵琶记〉资料汇编》，214～218 页，北京，书目文献出版社，1989。

后又闲闲然写"独与那人兜的便亲"。①

关注的视角从评点者主体情绪的表达，转向评点对象的剧本分析与方法总结，可见身份的转换也能推动戏曲评点观念的演变。

二、名人雅士与普通文人的戏曲评点

明代的名人雅士喜好居高临下式的评点，随性而发自我的感悟，如陈继儒评点《六合同春》等十多种曲本，王思任评点《牡丹亭》，袁宏道评点《四声猿》《牡丹亭》，王世懋评点《大雅堂杂剧》等，都是文人雅士依照兴趣展开点评，视野开阔并且点到为止，处处可见口语化的精彩断言。 比如，《陈眉公先生批评琵琶记》第四出《蔡公逼试》生唱【宜春令】："便教我做到九棘三槐，怎撇得萱花椿树？"评曰："招赘牛府就撇得？"接着"末扮张太公上"，评曰："冤家到了。"此外，外唱【太师引】："他意儿我也难提起，这其间就理我自知"，侧批曰："两句就是，何必说出粗话？"又"他恋着被窝中恩爱，舍不得分离海角天涯"，评曰："这样话不该你说。"②恍若可见评点者在身侧以第三者的身份进行冷静的点评，或围绕戏曲情节的发展变化，或根据戏曲人物的性格行为，伴随居高临下式的随性发挥。 此外，袁宏道总评《紫钗记》同样可见"大家"语气："一部《紫钗》，都无关目，实实填词，呆呆度曲，有何波澜？ 有何趣味？ 临川判《紫钗》云：'此案头之书，非台上之曲。'余谓《紫钗》，犹然案头之书也，可为台上之曲乎？"③延续诗文名家的评述视角，点出《紫钗记》的风格特征。

---

① （清）金圣叹：《贯华堂第六才子书西厢记》卷五"二之一"，见曹方人、周锡山标点：《金圣叹全集》第3集，77～79页，南京，江苏古籍出版社，1985。
② 见侯百朋编：《〈琵琶记〉资料汇编》，243～244页，北京，书目文献出版社，1989。
③ （明）袁宏道：《紫钗记总评》，见俞为民、孙蓉蓉编：《历代曲话汇编·明代编》第2集，412页，合肥，黄山书社，2009。

与名人雅士的闲暇式品评不同，普通文人参与戏曲评点，多有受雇于书坊主的可能。他们一方面遵循书坊主的意见，有意模仿当时名家评点风格，从而扩大宣传效果以便射利；另一方面又无法彻底泯灭内心的文人情怀，评点过程中时时联系自我的现实遭遇，流露出底层文人的愤懑不平，隐含评点者的主体印迹，这可集中体现于对《盛明杂剧》的评点。《盛明杂剧》共有二十余位评点者参与评点，他们多有抒叹身为文人的自我悲酸，对此徐翙评曰："今之所谓南者，皆风流自赏者之所为也；今之所谓北者，皆牢骚肮脏、不得于时者之所为也。文长之晓峡猿声，暨不妄之夕阳影语，此何等心事，宁漫付之李龟年及阿蛮辈草草演习，供绮宴酒阑所憨跳！他若康对山、汪南溟、梁伯龙、王辰玉诸君子，脑中各有磊磊者，故借长啸以发舒其不平，应自不可磨灭。"①针对曲坛南戏北剧的发展状况，道出当时剧作家的良苦用心。同时，作为评点者的普通文人也借评点诉说自我的不遇之慨。比如，《樱桃园》第二折魏闻道唱"埋怨杀一领青袍，把光阴误了"，新安如道人评点曰："儒冠误人，我亦怨杀。"②又如，沈泰在《郁袍轮》剧首眉批："辰玉满腔愤懑，借摩诘作题目，故能言一己所欲言，畅世人所未畅。"③评点者总是结合戏曲情节以及自我的现实遭遇，来抒发内心的不平之气。

戏曲评点涉及身份的转换，还存在"自评"与"他评"的情形。较早评点自己戏曲作品的是曲家沈璟，但只是说明字音、格律等问题，如《红蕖记》第二十六出集曲【醉罗歌】自批："此乃【醉扶归】【皂罗袍】【排歌】合成者。"戏曲自评盛于对作品的改编，主要用于对作品改编的具体说明，如臧懋循评改"临川四梦"而自刻《玉茗堂四种曲》，冯梦龙评改《墨憨斋

---

① （明）沈泰编：《盛明杂剧》卷首徐翙总序，8页，北京，中国戏剧出版社，1958。
② （明）会稽澹居士（王澹翁）编，（明）新安如道人评：《樱桃园》，见（明）沈泰编：《盛明杂剧》二集卷二十，6页，北京，中国戏剧出版社，1958。
③ （明）王衡著，（明）沈泰评：《郁袍轮》，见（明）沈泰编：《盛明杂剧》一集卷二十八，1页，北京，中国戏剧出版社，1958。

定本传奇》等。 其中臧氏的评点继承沈璟的传统，仍以说明格律为主，而冯氏的评点则具有他评鉴赏的意味。 如《风流梦》总评云："生谒苗舜宾时，旦尚无恙也。 途中一病，距投观为时几何？ 而《荐亡》一折，遂以为三年之后，迟速太不相照，今改周年较妥。"①虽然也是进行某种程度的情况说明，但较之以往已经有所进展，开始关注作品情节的安排等理论探究。 总之，"真正意义上的戏曲自评是清初孔尚任的《桃花扇》评点，这是古代戏曲评点史上一部重要作品。 但由于戏曲自评主要以改编本为对象，而古代戏曲史上的改编又集中在明末清初，故而清代以来，戏曲自评逐步消歇"②。

三、明代女性的戏曲评点

明清之际还有不少女性参与戏曲评点，她们主观情绪的切入更为浓郁，成为戏曲评点当中的另一道风景，其间最为突出的是《吴吴山三妇合评牡丹亭还魂记》。 谈则等三位闺阁女性出于自身的性别感悟和生活遭遇，评点《牡丹亭》的主旨内容时针对末白"感梦书生折柳，竟为情伤"评曰："世境本空，凡事多从爱起。 如丽娘因游春而感梦，因梦而写真、而死、而复生，许多公案，皆'爱踏春阳'之一念误之也。"她们总能从女性视角切身感受不同人物的言行举止，如《训女》一节，对父亲杜宝评曰"以名儒自命，便见一生古执"，而对杜母白"但凭尊意"评曰"夫人答语甚缓，直写出阿母娇惜女儿，又欲其知书，又怜其读书，许多委曲心事"。 旦唱"虽则是子生迟暮，守得见这蟠桃熟"，评曰"'子生迟暮'，在丽娘言下，欲慰其父，然却提起一段伤心矣"。③ 从这节评点三位不同人物的对话来看，都是尽可能从杜丽娘的角度出发，体现出了女性特有的细腻感触与细致点评。与冯梦龙作为才子评点《西厢记》不同，谈则等三位女性虽属才女之列，但

---

① 高洪钧编著：《冯梦龙集笺注》诗文卷六《传奇编》，209 页，天津，天津古籍出版社，2006。
② 谭帆：《中国小说评点研究》，82～83 页，上海，华东师范大学出版社，2001。
③ （清）谈则等：《吴吴山三妇合评牡丹亭还魂记》，中国艺术研究院藏清康熙梦园本。

其评点确实体现出才子评书与娘子评书的性别差异。

◎ 第二节
明代文人戏曲评点思想的阶段性呈现

随着时代发展和文人评点文学被接受，评点的定位和视角也发生变化，从自娱转向娱人，从以自我为本位转向以观者为中心。 在不同阶段，戏曲评点又出现不同的倾斜。 其中，评点者不仅受制于文人的不同身份，而且强调评点者的主体印迹，纷纷突出评点的"我之本色"：或着重在评点过程中表现评点者"我"的主体情感印迹，或刻意强调"我"之评点异于他人之处，不仅有意于评点者自我情感的渲染，而且体现了一定的戏曲评点史的学术视野。

一、明初时期的文人戏曲评点

明代文人戏曲评点突出"我之本色"的现象，也呈现出较为明显的阶段性。 明代文人初涉戏曲评点多是一种自娱性活动，具有较为明显的随意性特点，文人评点于绝妙处即可喜，于悲愤处即可叹，完全是一种自我情感的自然流露，尚未形成较为理性的文体思考。 例如，《李卓吾先生批评北西厢记》第五出《白马解围》杜确念张生之书眉批"书简可厌"，第十四出《堂前巧辩》红娘责备老夫人一段尾批"这丫头是个大妙人"，评点者的厌憎与喜爱之情溢于言表。 同时，对于戏曲情节的生动和文辞的美妙，更是读到兴头便下"好""妙"的赞赏。 例如，《李卓吾先生批评北西厢记》中随处可见"妙"的直呼称赞，第十六出《草桥惊梦》【水仙子】曲眉批"妙，妙。

逼真梦里光景"；第十七出《泥金报捷》出批"寄物都是寄人去。 妙，妙"；第十八出《尺素缄愁》【满庭芳】曲眉批"妙，妙。 或者不是汗衫好"，【耍孩儿】曲眉批"妙，妙。 都是不能描写的，却描写到此，更妙在不了"，出批"妙，妙，见物都是见人来"，等等。 袁宏道批点《牡丹亭记》同样如此，其卷首眉批曰："精极、妙极、趣极，无处不是第一。"评点者沉浸其间击节赞叹，有的甚至为之手舞足蹈或悲伤流泪。 例如，汤显祖评《西厢记》第四折《佳期》："读至崔娘人来，张生搂坐，我亦狂喜雀跃。"王骥德《新校注古本西厢记附评语》也指出："天池先生解本不同，亦有任意率书、不必合窾者，有前解未当、别本更正者。 大都先生之解，略以机趣洗发，逆志作者，至声律、故实，未必详审。"①一语切中"任意率书"随性而至的评点特征，着意关注评点者自身的情感抒叹，有别于专业曲家详审声律的评点形式。

伴随明代文人戏曲评点的深入，评点范畴逐渐衍生出"镂自己之心肝，临他人之肺腑，开后学之盲瞽"②的丰富内涵，进一步表现出我为知己的自得心态，"临他人之肺腑"，先入为主的评点情态逼真。 例如，署名"临川玉茗堂批评"的《西楼记》第一出《觅缘》"吊场曲白埋伏一部情缘，莫作等闲看过。 至摹写情景，处处逼真"，第二十出《侠概》"此者埋伏无限，且意气已见一斑"，第三十二出《卫行》"一路安排叙致，色色周匝"，等等。 茅瑛评点《牡丹亭》中也有多处可见，如第十出《惊梦》眉批"此折全以介取胜，观者须于此着眼，方不负作者苦心"，第四十七出《释围》眉批"一切科诨，极尽聪明巧妙，作者一肚皮不合时宜，都发泄尽矣"，强调评点者与创作者之间的情感呼应。 或许是茅氏兄弟有感于臧懋循评点的"于作者之意，漫灭殆尽"，所以其点评还有补充说明的意味，主体介入的意识十分强烈。 又第十二出《寻梦》【前腔】"是天公不费买花钱，则咱人心上有

---

① 见吴毓华编：《中国古代戏曲序跋集》，136 页，北京，中国戏剧出版社，1990。

② （元）王实甫著，（明）徐渭评：《北西厢记二卷》卷首《徐文长先生批评西厢记凡例》，延阁主人山阴李廷谟刊本。

啼红怨。辜负了春三二月天", 茅瑛批点: "只此一句, 为之泪涔涔下矣。"又批点【意不尽】"少不得楼上花枝也则是照独眠": "此等情景, 无论他人不能道, 即临川放笔后, 恐亦不能再得。"①评点过程中处处临作者肺腑, 替读者解赏, 以此体现评点者勾连双方的关键作用, 时刻提醒读者如何解读作者的良苦用心, 同时也表现出评点者的独具匠心。

二、晚明时期的文人戏曲评点

晚明时期还有不少普通文人托名徐渭、汤显祖、李贽等名家参与戏曲评点, 体现出评点过程中两难的尴尬处境: 一方面既要模仿名家评点的基本套路, 希冀能够以假乱真并满足商家的营利之需; 另一方面又无法抹去自我的印迹, 从而流露出评点者自身的思想和风格。如托名李贽评点的容与堂本《李卓吾先生批评北西厢记》, 就评点术语的选择方面而言, 经常出现"关目好""画画""如见""针线""传神"等其他评点本常用的词汇。叶朗《叶昼评点〈水浒传〉考证》一文指出, 叶昼评点的"回末总评经常用重叠感叹语作结尾", 如"此李大哥之所以不可及与! 此李大哥之所以不可及与!""俗人何足言此! 俗人何足言此!""蠢人! 蠢人!""不妄! 不妄!""的是大臣! 的是大臣!"等。这样的表述方式也常见于容与堂本《西厢记》, 如"张生也不是个俗人, 赏鉴家! 赏鉴家!"(第一出), "如见, 如见! 妙甚, 妙甚!"(第三出), "千古来第一神物, 千古来第一神物!"(第十出), "所以不可及, 所以不可及!"(第十出), 等等②, 都隐约可见托名者有意无意流露出的评点痕迹。

此外, 明清之际有的评点者甚至直接取代作者, 借助评点将他人作品转为我之作品, 成为浇自己垒块的痛快事举, 评点成为戏曲作品的二次创作。

---

① (明)汤显祖著, (明)茅瑛批点:《牡丹亭》,《古本戏曲丛刊初集》本。
② 参见黄霖:《论容与堂〈李卓吾先生批评北西厢记〉》, 载《复旦学报(社会科学版)》, 2002 (2)。

乾隆年间周昂曾批注《第六才子书西厢记》，评论金圣叹云：

> 吾亦不知圣叹于何年月日发愿动手批此一书，留赠后人。一旦洋洋洒洒，下笔不休，实写一番，空写一番。实写者，《西厢》事，即《西厢》语，点之注之，如眼中睛，如颊上毫。空写者，将自己笔墨写自己性灵，抒自己议论，而举《西厢》情节以实之，《西厢》文字以证之。①

所谓"空写者，将自己笔墨写自己性灵，抒自己议论"，即金圣叹视评点为再创作的特殊方式，表达自我的情感思绪，实现自我的主体价值。所以他不无自豪地直言："圣叹批《西厢记》是圣叹文字，不是《西厢记》文字。"在金圣叹这里，《西厢记》变成王实甫为其量身打造的作品，"《西厢记》不是姓王字实父此一人所造，但自平心敛气读之，便是我适来自造。亲见其一字一句，都是我心里恰正欲如此写，《西厢记》便如此写"②。评点者主体介入的思想观念十分强烈。《贯华堂第六才子书西厢记》的评点文字甚至超越了戏曲自身的内容，金圣叹或对戏曲情节的发展做补充说明，或对创作技法予以解释，或对人物的臧否进行评议，此时的评点已不再是早期单纯的击节赞叹，而应视为严肃的再创作过程。金圣叹非常着意于评点者主体"我"的存在：

> 今夫提笔所写者古人，而提笔写古人之人为谁乎？有应之者曰：我也。圣叹曰：然，我也。……然则今日提笔而曲曲所写，盖皆我自欲写，而于古人无与。……曰：我写之，则我受之矣。夫我写之，

---

① （清）周昂：《绘图西厢记》"三之四"《后侯》眉批，243 页，上海，上海大中书局，1931。

② （清）金圣叹：《贯华堂第六才子书西厢记》卷二《读第六才子书〈西厢记〉法》，见曹方人、周锡山标点：《金圣叹全集》第 3 集，19 页，南京，江苏古籍出版社，1985。

即我受之，而于提笔将写未写之顷，命意吐词，其又胡可漫然也耶？①

难怪李渔评价金圣叹评点《西厢记》时，除了赞扬"能令千古才子心死"外，还认为"圣叹所评，乃文人把玩之《西厢》，非优人搬弄之《西厢》也"②，指出金圣叹的评点已经超越传奇文本范畴，而作为自我把玩、体现自我戏曲思想的再造载体。甚至清代毛声山评《第七才子书琵琶记》也同样宣扬这一观念，其序曰："声山之前，无评此书者，而作者之才不出，声山之前，未尝无评此书者，而作者之才，亦终不出。自声山评之，而吾读之，始绅之绎之，而击节叹赏之，是《琵琶》之为《琵琶》，非复东嘉昔日之书，而竟成声山今日之书。"③

可见，明代文人戏曲评点从最初真情流露的自娱性展现，到我为知己的自得心态，再到托名他人又要表现自我的尴尬处境，直至最后借评点转为我之作品，呈现出较为明显的阶段性演变痕迹。

◎ 第三节

文人评点主体视角的转换与思想阐释

评点者由于自身文人情怀的郁结，在评点过程中多有本位思考，不时注入文人的主体感叹，但是随着戏曲文体演变与时代推移，戏曲评点的视角不

---

① （清）金圣叹：《贯华堂第六才子书西厢记》卷四"一之一"，见曹方人、周锡山标点：《金圣叹全集》第 3 集，41 页，南京，江苏古籍出版社，1985。
② （清）李渔：《闲情偶寄·词曲部·格局第六》"填词余论"，73 页，北京，作家出版社，1996。
③ （清）浮云客子：《第七才子书序》，见侯百朋编：《〈琵琶记〉资料汇编》，271～272 页，北京，书目文献出版社，1989。

断发生转换,评点者浓郁的主体色彩逐渐淡去。 这大约可见于两个方面:一是从主观情感的印象点评,转向相对理性的专业评析;一是从自我本位的主体评叹,转向观者本位的关注。 这集中体现在对《西厢记》的评点上。[①] 对《西厢记》的评点不仅体现出明代文人评点思想的转变,而且折射出戏曲评点的历史嬗变。

一、主观情感向专业评析的转变

明代文人推尊元曲经典《西厢记》,纷纷展开不同角度的评点,除了自我鉴赏的评点之外,多是有感于《西厢记》之"冤"并为其洗刷,力图从专业学术角度展开批评。 王骥德认为《西厢记》"一为优人俗子妄加窜易,又一为村学究谬施注释,遂成千古烦冤"[②],试图从专业学术性的角度恢复《西厢记》的本来面貌,以及探究作者的原本旨意。 这时评点者的自我主体诉求得以削减,进行戏曲文体的学术研究成为重要任务。 所以,王骥德评注《西厢记》基本侧重于基础性研究,主要针对"楔子"、"出目"、"脚色"、【烙丝娘煞尾】、曲子正衬等,按照《西厢记》的古本、原本进行体例修订及评述,"盖实甫之词稍难诠解者,在用意宛委、遣词引带及隐语方言不易强合"[③]。

专业学术性的评注还体现在重视考据学,依照文字学、音韵学、校勘学等方法进行考据,王骥德评注《西厢记》的三十六则凡例,就非常注意从版本角度进行订正,主要针对"记中曲语,有为俗子本不知曲,妄加雌黄(如谓'幽室灯青'等曲为失韵之类)、字面妄加音释者(如'风欠',音作'风

---

① 参见谭帆:《论〈西厢记〉的评点系统》,载《戏剧艺术》,1988(3)。

② (明)王骥德著、陈多、叶长海注释:《曲律注释》卷四《杂论第三十九》,372页,上海,上海古籍出版社,2012。

③ (明)王骥德:《新校注古本西厢记自序》,见吴毓华编:《中国古代戏曲序跋集》,127页,北京,中国戏剧出版社,1990。

要'之类），悉绪正其枉，并详载注中"，又"记中有古今本异同、义当两存者，已疏注中。于本文复揭曰'某，古作某'，或'今作某'第省一'字'字及'本'字，恐观者未遑检注，故不避复"，采取校勘疑而存之的态度，尽可能保留古本的原本面貌。还有"俗本宾白，凡文理不通、及猥冗可厌、及调中多参白语者，悉系伪增，皆从古本删去"。针对俗本明显的不当之处直接进行删改，所以"本记正讹，共八千三百五十四字（曲，一千八百二十五字，白，六千五百二十九字）；其传文及各考正，共三百七十三字"。① 可见进行了非常认真的辩讹工作。

此外，凌濛初批点《西厢记》也有"此刻止欲为是曲洗冤，非欲穷崔、张真面目也"，有感于"自赝本盛行，览之每为发指，恨不起九原而问之"的情况，所以"评语及解证，无非以疏疑滞、正讹谬为主"。凌濛初强调学术性的正讹体现在针对《西厢记》的衬字问题，凡例六曰："北曲衬字，每多于正文，与南曲衬字少者不同。而元之老作家，益喜多用衬字，且偏于衬字中著神作俊语，极为难辨。时本多混刻之，使观者不知本调实字。徐王本亦分别出，然间有误处。兹以《太和正音谱》细核之，而衬字、实字了然矣。"②根据南北曲衬字的不同特点，以及元明曲家创作的不同风格，择取《太和正音谱》进行细细审核，体现出专业曲家的学术素养和严谨精神。

二、自我本位向观者本位的转变

晚明戏曲演出环境的转变，促使文人曲家逐渐明晰戏曲舞台性的重要，从对文辞、格律的关注转向舞台表演的设计，这也在戏曲评点中再次得以印证。从曲家作者、评点者的主体本位，开始转向以观者为中心的戏剧观念，

---

① （明）王骥德：《新校注古本西厢记例（三十六则）》，见吴毓华编：《中国古代戏曲序跋集》，130～133 页，北京，中国戏剧出版社，1990。
② （明）凌濛初：《西厢记凡例十则》，见俞为民、孙蓉蓉编：《历代曲话汇编·明代编》第 3 集，323～325 页，合肥，黄山书社，2009。

例如：

> （《西厢记》）此中曲调原极清丽，且多含有神趣。……而梨园家、优人不通文义，其登台演习，妄于曲中插入诨语，且诸丑态杂出。……而且恶浊难观……兹一换而空之，庶成雅局。①

> 《西厢》风流华丽，实为填词家开山。自南曲兴而北音衰，北词渐次失传；又每折一人独唱，绕梁之声不继，遂为案头之书。②

《西厢记》评点者所做的贡献大致在两个方面："一是情节内核的增删和重新处理，《词坛清玩本》将原有的二十折增为三十折，《西厢记演剧》大胆删除了后四折，并将前四本分为上下两卷，重新安排为十八折。 二是关目细节的增补和角色演唱的更新改定。"③槃迂硕人对《词坛清玩本》第五折《传语含情》曲白进行修订并增入部分情节，《槃迂硕人增改定本西厢记》凡例就已明言："元本白语类皆词陋味短，且带秽俗之气。 盖实甫亦工于曲，而因略于此耳。 今并易以新卓之词，整雅之调，绰有风味，致其关会情致处，间注以担带语，且诸所增间，又不失之于艰深，而皆明显，可便于观场者。"④

晚明戏曲评点对场上的关注、对观众的关注是评点的重大转折。 臧懋循提出戏曲演出要达到"使闻者快心而观者忘倦"⑤的效果，冯梦龙的切入点

---

① 《槃迂硕人增改定本西厢记·刻西厢定本凡例》，见吴毓华编：《中国古代戏曲序跋集》，239页，北京，中国戏剧出版社，1990。
② （清）李书云：《西厢记演剧序》，见吴毓华编：《中国古代戏曲序跋集》，454页，北京，中国戏剧出版社，1990。
③ 谭帆：《论〈西厢记〉的评点系统》，载《戏剧艺术》，1988（3）。
④ 《槃迂硕人增改定本西厢记·刻西厢定本凡例》，见吴毓华编：《中国古代戏曲序跋集》，239页，北京，中国戏剧出版社，1990。
⑤ （明）臧懋循：《玉茗堂传奇引》，见徐扶明编著：《牡丹亭研究资料考释》，57页，上海，上海古籍出版社，1987。

同样在于"可观"的角度，"思有以正时尚之讹，因搜戏曲中情节可观而不甚奸律者，稍为审正"①。冯梦龙改编的其他戏曲剧本，自我点评的重要原则之一即关注观者的观演反应。例如，《酒家佣叙》提出："文姬、王成、郭亮、吴祐，至今凛凛有清霜烈日之色。令当场奏伎，虽妇人女子，胸中好丑，亦自了了。"②《永团圆叙》："能脱落皮毛，掀翻窠臼，令观者耳目一新，舞蹈不已。"③《洒雪堂》总评："若当场更得真正情人写出生面，定令四座泣数行下。"④评改他人戏曲作品以适应舞台演出的需要，从评点角度再次印证晚明戏曲"案头"与"场上"观念的争议。

由此可见，明代文人介入戏曲创作和评点，从早期纯粹外行的传统文人身份慢慢转变为身兼作者、评点者的专业身份，从对戏曲评点的文人主体情绪的表达慢慢转变为专注戏曲创作的角度进行专业点评，形成不同身份、不同时期戏曲评点的不同内涵，对戏曲作品的解读也不断丰满、专业。从评点的角度来审视明代戏曲思想史的演变，还是有很多值得深究的内容的。

---

① （明）冯梦龙：《双雄记叙》，见俞为民、孙蓉蓉编：《历代曲话汇编·明代编》第3集，29页，合肥，黄山书社，2009。
② 同上书，33页。
③ 同上书，42页。
④ 同上书，36页。

第三十一章
文辞呈现与明代戏曲
思想的风格演绎

　　"以词为曲"的创作风气可谓明代传奇戏曲文人化的产物，波及明代曲坛多数文人的创作，在以吴越为中心的南方曲坛表现得尤为突出。 不过，南方文人并非全都表现出对"以词为曲"的认同，也有曲家进行戏曲"本色"观念的阐发，赞同质朴、自然的创作风尚。 所以，"以词为曲"视角的切入并不能涵盖所有南方文人的戏曲观念，仅是审视明代戏曲思想演变的突破口之一。

◎ 第一节
明代文人"才士"与戏曲创作的关联

　　相对于康海、李开先等北方曲家而言，嘉靖曲坛的曲家更多集中于南方，尤其是吴越地区，经济的繁荣与戏曲文化的兴盛，为曲家的成长提供了沃土，也是沈璟能以曲坛盟主自居的外在条件。 另外，相对于沈璟、王骥德等专业曲家而言，此时文人多将其戏曲观念落实至具体创作，通过戏曲作品折射出他们的戏曲思想，其间突出的就是强调文辞的典丽藻饰，呈现出传奇戏曲发展的过渡性和阶段性特征。

当时曲家对这股创作风气也有所认识，吕天成《曲品》卷下《新传奇品》指出："《玉玦》，典雅工丽，可咏可歌，开后人骈绮之派。"①他认为郑若庸《玉玦记》在文辞方面追求典雅工丽的审美趣味，并且得到当时或者后来文人的追效，形成戏曲创作较为突出的骈绮现象，虽然这股风尚并非真正始于《玉玦记》一部作品，但是这股集体性的突出风气已然引起大家的普遍关注。其间曲家身份的变化同样值得注意，不少曲家依从文人才士的身份，立足戏曲创作的文学立场，从而也影响其风格趣味的形成。王骥德就从专业曲家的角度认为创作身份不能模糊不清，避免出现戏曲文体特征淆乱的现象：

> 词之异于诗也，曲之异于词也，道迥不相侔也。诗人而以诗为曲也，文人而以词为曲也，误矣，必不可言曲也。②

王骥德肯定诗、词、曲的文体界限，同时又指出诗人与文人的创作出发点不同，易于出现"以诗为曲"与"以词为曲"的错位现象，体现出明确的辨体思维意识。显然，王骥德的这番言论一方面基于自己的专业曲家身份，另一方面针对当时曲坛的普遍现象，即多数文人喜好戏曲并且偶有涉足，"故近时才士辈出，而一搦管作曲，便非当家。汪司马曲，是下胶漆词耳。弇州曲不多见，特《四部稿》中有一【塞鸿秋】，两【画眉序】，用韵既杂，亦词家语，非当行曲"③。才华横溢之辈涉足诗文创作文采激扬，但是戏曲作品还有自身的文体特性，过于追求文辞的典雅容易影响观众欣赏戏曲的接受效果，也即王骥德所言"便非当家""非当行曲"的情况。

---

① （明）吕天成著，吴书荫校注：《曲品校注》卷下，237 页，北京，中华书局，2006。
② （明）王骥德著，陈多、叶长海注释：《曲律注释》卷四《杂论第三十九下》，284 页，上海，上海古籍出版社，2012。
③ 同上书，296 页。

王骥德将这些文人称为"才士"，背后俨然隐含着对他们才华的肯定，以及对其作品文辞藻丽的欣赏，只是针对戏曲文体特性而言，文辞并非唯一的衡量标准。王骥德评价骈绮一派的扛鼎曲家如梅鼎祚"以词为曲，才情绮合，故是文人丽裁"①，指出其文人化的创作方式导致出现"以词为曲"的丽裁现象。王骥德还以"才士"评价汤显祖："世所谓才士之曲，如王弇州、汪南溟、屠赤水辈，皆非当行。仅一汤海若称射雕手，而音律复不谐。曲岂易事哉！"②汤显祖号称"才士"之中的"射雕手"，其早期的《紫箫记》就明显流露出藻饰的端倪。李开先也曾将当朝曲家一分为二，"国初如刘东生、王子一、李直夫诸名家，尚有金、元风格，乃后分而两之，用本色者为词人之词，否则为文人之词矣"③，指出当时曲坛文人涉足词曲创作多为逞才之举，从而出现讲究文辞藻饰的"文人之词"。可以说，李开先等曲家明确意识到身份立场导致创作观念的差异，尤其体现在传奇戏曲文体审美风格的演变。就骈绮一派的风格倾向而言，不仅要立足于"才士"的身份立场，还要注意"南方"的文化场域。检阅这批文人曲家的地理分布就会发现，他们更多集中在南方的吴中地区，因此吴中也就成为必须审视的重点之一。④

---

① （明）王骥德著，陈多、叶长海注释：《曲律注释》卷四《杂论第三十九下》，315 页，上海，上海古籍出版社，2012。

② 同上书，386 页。

③ （明）李开先：《西野春游词序》，见卜键笺校：《李开先全集·李中麓闲居集之六》，596 页，上海，上海古籍出版社，2014。

④ 以前七子为代表的北方士子与吴中地区的南方士子，各自立场不同，形成文学观念的差异。"前七子复古主义是以对盛行日久的台阁文学的抵制而登上历史舞台的，它的开拓性主要表现在对文学的历史疆域、审美维度与底层群体等的关注上，一开始就代表了一种社会精英的意识，并始终贯穿着儒家的情怀，能够将自己的历史理性与社会理性贯注到对文学的观察之中。而吴中派的开拓性主要表现在：一是对感性主义的推动上。这个感性主义的来源与其地方性传统及边缘性位置都有关系，具体而言即是注重于寻求文学性的表达，及对生命感的发掘；二是个性主义的突显，即所谓的'吾自适吾适'。自适论或自惬论同样是吴中派思想的一个最重要的核心，是其看待生命与艺术活动的一个不可替代的出发点。"（黄卓越：《明中后期文学思想研究》，120 页，北京，北京大学出版社，2005）

◎ 第二节

吴中"才士"的戏曲创作思想

明代曲家大部分集中于吴中地区，呈现出较为浓郁的地域色彩，而且吴中曲家的戏曲作品多呈现出艳丽的风格特征，晚明曲家凌濛初对此论述深刻：

> 自梁伯龙出，而始为工丽之滥觞，一时词名赫然。盖其生嘉、隆间，正七子雄长之会，崇尚华靡；弇州公以维桑之谊，盛为吹嘘，且其实于此道不深，以为词如是观止矣，而不知其非当行也。以故吴音一派，竞为剿袭。靡词如绣阁罗帏、铜壶银箭、黄莺紫燕、浪蝶狂蜂之类，启口即是，千篇一律。甚者使僻事，绘隐语，词须累诠，意如商谜，不惟曲家一种本色语抹尽无余，即人间一种真情话，埋没不露已。①

凌濛初指出当时曲坛十分突出的现象，就是"吴音一派"的文人曲家追求"以词为曲"的倾向，崇尚典雅、骈俪的曲风。他们基于"才士"的身份创作，戏曲创作成为其展现才华的重要方式，所以作品中流露出逞才的痕迹：一方面在于文辞华靡如"绣阁罗帏"之类，而且是千篇一律的重复之词；另一方面在于文意拗折且不够清新明快，从而不堪卒读。凌濛初所指摘的两点基本符合吴中文人戏曲创作的实际情况，因为自邵灿《香囊记》开始，文人群体逐渐介入传奇戏曲创作，在民间演唱、传播的戏文逐渐沾染较浓的文人色彩，呈现出文人化的发展趋势，《玉玦记》《宝剑记》等传奇的出现使这一趋势表现得更加明显。凌濛初将这一起点推迟到梁辰鱼，显然是由于《浣纱记》的影响更为深远，不仅用典雕琢，而且喜好引用前人诗词入

---

① （明）凌濛初：《谭曲杂札》，见中国戏曲研究院编：《中国古典戏曲论著集成》（四），253页，北京，中国戏剧出版社，1959。

曲，如南唐词人李煜的词句在《浣纱记》中多处可见，这对普通观众而言显然不易接受，容易流于案头文学。

此时聚集吴越地区的曲家如高濂、顾大典、陈与郊、屠隆等，共同推动并促成以吴越为中心的曲坛格局，他们的创作也形成"以词为曲"的共同倾向，追求典雅、骈俪的审美趣味。

郑若庸（1489—1577），字中伯，号虚舟，昆山人。《玉玦记》是他的代表作，全剧一半借用唐代白行简《李娃传》中郑元和、李亚仙故事，一半借用宋代《王魁》中王魁、敫桂英故事，通过妓女负心之设计来劝惩文人，正如第三十六出《团圆》【余文】所言"知己补过存忠义"；同时又表彰王商妻子秦氏誓死贞节的品德，虽然所叙的是文人风情之事，却包含一定的劝惩教化意味。《玉玦记》还渗入浓厚的文人气息和审美趣味，曲辞"典雅工丽，可咏可歌，开后人骈绮一派。每折一调，每调一韵，尤为先获我心"[1]；"郑虚舟，余见其所作《玉玦记》手笔，凡用僻事，往往自为拈出，今在其从侄学训处。此记极为今学士所赏，佳句故自不乏，如'翠被拥鸡声，梨花月痕冷'等，堪与《香囊》伯仲。'赏荷''看潮'二大套，亦佳。独其好填塞故事，未免开饾饤之门，辟堆垛之境，不复知词中本色为何物，是虚舟实为之滥觞矣"[2]。以文采的展示来激发文人价值的体现，在复古重文的氛围下期许文人阶层的认可。

高濂（1527—1603），浙江杭州人，与当时曲家梁辰鱼、汪道昆、屠隆等皆有交往，《玉簪记》"慢写出风情月思，画堂前侑酒承欢"[3]，视戏曲创作为消遣生活和展现文才的方式，突出寻章摘句的藻饰色彩，"惟着意填词，摘其字句，可以唾玉生香；而意不能贯词，便如徐文长所云'锦糊灯

---

① （明）吕天成著，吴书荫校注：《曲品校注》卷下，237 页，北京，中华书局，2006。
② （明）徐复祚：《曲论》，见中国戏曲研究院编：《中国古典戏曲论著集成》（四），237 页，北京，中国戏剧出版社，1959。
③ （明）高濂：《绣刻玉簪记定本》【结尾】下场诗，见（明）毛晋编：《六十种曲》第 3 册，90 页，北京，中华书局，1958。

笼，玉镶刀口'，讨一毫明快不得矣"①。 张凤翼（1527—1613），江苏苏州人，所作《红拂记》中李靖、红拂、乐昌公主的唱词文雅十足，因此被认为是"文词派"作家的典型代表。② 屠隆（1542—1605），浙江鄞县（今宁波市鄞州区）人，王世贞将其列为"末五子"之一，称赏其诗文瑰奇横逸，郭英德视其为"文词派的殿军"③。 其《昙花记》《彩毫记》《修文记》曲辞、宾白皆是涂金缀碧，"四明新采丰缛，下笔不休，然于此道，本无解处"④，"（《彩毫记》）其词涂金缀碧，求一真语、隽语、快语、本色语，终卷不可得也"⑤。 此外，陈与郊（1544—1611），浙江海宁人，托名高漫卿所作《樱桃梦》《鹦鹉洲》等剧，"词藻工丽，可追《玉合》"，"（《鹦鹉洲》）多绮丽……是才人语，非词人手"⑥，"此记（《鹦鹉洲》）逸藻翩翩，香色满楮，衬以红牙、檀板，则绕梁之音，正恐化彩云飞去耳"⑦，都继承了当时盛行的文辞骈俪之风。

吴越地区的曲家追求典雅、骈俪之风也影响至其他地区的文人曲家。 梅鼎祚（1549—1615），安徽宣城人，常同王世贞、汪道昆等人游历吴越之间，其传奇《玉合记》《昆仑奴》也因文辞而备受关注。"宛陵以词为曲，才情绮合，故是文人丽裁"⑧，体现出典型的"文人丽裁"的特征。 这一点也得到好友汤显祖的认同，其为《玉合记》所作题词云："视予所为《霍小

---

① （明）祁彪佳：《远山堂曲品·玉簪》，见中国戏曲研究院编：《中国古典戏曲论著集成》（六），49～50页，北京，中国戏剧出版社，1959。

② 郭英德：《明清传奇史》，14页，南京，江苏古籍出版社，1999。

③ 同上书，257页。

④ （明）王骥德著，陈多、叶长海注释：《曲律注释》卷四《杂论第三十九下》，315页，上海，上海古籍出版社，2012。

⑤ （清）徐麟：《长生殿传奇序》，见（清）洪昇著，徐朔方校注：《长生殿》，226页，北京，人民文学出版社，1998。

⑥ （明）吕天成著，吴书荫校注：《曲品校注》卷下，304～305页，北京，中华书局，2006。

⑦ （明）祁彪佳：《远山堂曲品·鹦鹉洲》，见中国戏曲研究院编：《中国古典戏曲论著集成》（六），10页，北京，中国戏剧出版社，1959。

⑧ （明）王骥德著，陈多、叶长海注释：《曲律注释》卷四《杂论第三十九下》，315页，上海，上海古籍出版社，2012。

玉传》，并其沉丽之思，减其秾长之累。"①张珩，生卒年不详，河北正定人，《还金记》卷首自序云："呜呼，文胜质则史，在秉彤管者且然，词人盖无嫌于藻绘，余复托此以自遣，大雅君子幸垂谅焉。"②搬出《论语》中孔圣人的言论进行辩解，所以借助传奇表现个人才情就显得底气十足，作为"大雅君子"的正统文人对这样的行为也要心平气和地对待。

在当时曲坛这股风气的熏染下，汤显祖、沈璟二人也受到影响。万历五年至七年（1577—1579）期间，汤显祖推出处女作《紫箫记》，体现在文辞处理上仍处于被动模仿的阶段，小心翼翼地在传奇中堆砌辞藻，过于在意文辞的锤炼反而使之艰涩，如第二十四出《送别》【北寄生草】：

> 这泪呵，漫频垂红缕，娇啼走碧珠。冰壶迸裂蔷薇露，阑干碎滴梨花雨，鲛盘溅湿红绡雾……层波泪眼别来枯。这袖呵，斑枝染尽双琼箸。

用婉转缠绵的笔调传达无限的哀感，整曲描摹落泪之境较"玉容寂寞泪阑干，梨花一枝春带雨"（白居易《长恨歌》）更显文雅，韵味十足。

沈璟告疾还乡后初涉曲坛的开篇之作《红蕖记》也从骈俪之风，借助郑德璘与韦楚云、崔希周与曾玉丽姻缘巧合的情节，重点着墨于巧合的设置与文辞的雕镂，祁彪佳评价其"记中有十巧合，而情致淋漓，不啻百转。字字有敲金戛玉之韵，句句有移宫换羽之工；至于以药名、曲名、五行、八音及联韵、叠句入调，而雕镂极矣"③。以"药名、曲名"等入诗词早已见于前

---

① （明）汤显祖：《玉合记题词》，见吴毓华编：《中国古代戏曲序跋集》，93 页，北京，中国戏剧出版社，1990。徐朔方认为梅鼎祚《玉合记》受到汤显祖《紫箫记》的影响，他在《梅鼎祚年谱·引论》（见《晚明曲家年谱》第 3 卷，112～114 页，杭州，浙江古籍出版社，1993）中曾详细比勘二者情节、人物、曲词相似处。
② 见李修生主编：《古本戏曲剧目提要》，359 页，北京，文化艺术出版社，1997。
③ （明）祁彪佳：《远山堂曲品·红蕖》，见中国戏曲研究院编：《中国古典戏曲论著集成》（六），18 页，北京，中国戏剧出版社，1959。

代文人的游戏之笔，这里沈璟极尽雕字镂句之功力，俨然也有借传奇戏曲逞文才的意味。

◎ 第三节
吴中习气与"以词为曲"的演变

"以词为曲"风气背后隐含的原因，也是历来学人探讨关注的焦点[①]，但仅从思想观念与文体演变的内部入手是不够的，还要重新发现当时文学风尚的影响。 晚明曲家凌濛初《谭曲杂札》曾将其概括为两点：一是当时后七子崇古观念的氛围，着重于文辞修饰的功力；二是文坛盟主王世贞的推波助澜。 可以说从文体演变的内部因素而言，凌氏对此现象的论析基本确切。

后七子的文学复古观念基本延续前七子的理论主张，但在某些具体方面存在分歧，如从地域角度而言李梦阳等前七子属于关中地区，而王世贞等后七子的重镇则转移至吴中一带，虽然都立志于文学复古思想的倡举，但是王世贞等人身上难免附着较为浓郁的吴中习气。 吴中地区作为经济文化繁荣的中心，尤其是六朝以降的文学风尚在吴中历代才士的笔端流淌，所以六朝风尚与吴中习气互为依存，对文人才华的欣赏、对辞章藻饰的追求，可谓吴中地区文人的集体风尚。 而这又与北方文人存在不太一样的地方，前七子领袖李梦阳作为北方文人的代表，对成员边贡曾供职南方并且受到吴中习气的熏染稍有微词：

---

① 不少学者注意到骈绮派产生的外部环境是明代中后期兴起的文艺思潮，主要是前后七子的拟古文学主张对骈绮派的影响。 具体可见赵山林：《中国戏剧学通论》，273 页，合肥，安徽教育出版社，1995；郭英德：《明清传奇史》，63～64 页，南京，江苏古籍出版社，1999。

今百年化、成人士，咸于六朝之文是习是尚，其在南都为尤盛。予所知者，顾华玉、升之、元瑞皆是也。南都本六朝地，习而尚之，固宜。廷实，齐人也，亦不免何也?[①]

一方面，李梦阳认识到明代以来文人对才情的重视，倾向于对六朝文风的追效，而吴中等南方地区由于地域的因缘，文人创作与六朝文风的联系更为紧密，在李梦阳所能知晓的文人当中，顾华玉等人的创作都有明显的痕迹。另一方面，李梦阳又坚持复古的北方视角，认为边贡作为北方文士不应受到南方文风的熏染。所以，李梦阳对边贡的微词在流露出对南北文风差异有所意识的同时，也表现出对南方崇尚华靡风气的略为不满。

不少身濡其间的吴中文士也对吴中习气有所觉察，与李梦阳遥相呼应的南方文士黄省曾在《吴风录》中这样描述："自六朝文士好嗜词赋，'二陆'撷其英华，国初'四才子'为盛，至今髫龀童子，即能言词赋，村农学究解作律咏。"肯定吴中地区自古以来就有右文风尚，并且成为南方文人成长的沃土。不仅如此，黄省曾又认为："自王谢、支遁喜为清谈，至今士夫相聚觞酒，为闲语终日，然多浮虚艳辞，不敦实干务。"[②]对吴中文士的品性一语中的，或许是出于他个人的切身体会。王世贞《明诗评后叙》将明代诗学分为四派，以黄省曾和皇甫兄弟作为"六朝派"的代表："吴人黄氏、皇甫氏者流，若倚门之伎，施铅粉，强盼笑，而其志矜国色犹然哉!"[③]王世贞虽然以才情学问作为评价标准，但是对过于浓郁的脂粉气颇为不满，这从侧面反映出吴中文人的自省与反思。

此外，王世贞身为当时文坛的盟主，不仅在《曲藻》中以学问才情作为

---

① （明）李梦阳：《空同集》卷五十六《章园饯会诗引》，见《景印文渊阁四库全书》集部第1262册，516页，台北，台湾商务印书馆，1986。

② （明）黄省曾：《吴风录》，见（明）杨循吉等著，陈其弟点校：《吴中小志丛刊》，176页，扬州，广陵书社，2004。

③ 见周维德集校：《全明诗话》，2041页，济南，齐鲁书社，2005。

评判标准，而且将此贯彻于对吴中曲家的鼓吹。 "于鳞既殁，元美著作日益繁富，而其地望之高、游道之广，声力气义，足以翕张贤豪、吹嘘才俊。 于是天下咸望走其门，若玉帛职贡之会，莫敢后至。 操文章之柄，登坛设埠，近古未有"①，在某种程度上也对吴中曲坛"以词为曲"的风尚起到了推波助澜的作用。 王世贞对国朝曲家尤其是吴中一带的曲家十分关注，"吾吴中以南曲名者：祝京兆希哲、唐解元伯虎、郑山人若庸。 希哲能为大套，富才情，而多驳杂。 伯虎小词翩翩有致。 郑所作《玉玦记》最佳，它未称是"②，其间突出吴中曲家"以南曲名"的意味显然易见。

王世贞强调以才情作为标准，如"'暗想当年罗帕上把新诗写'南北大散套，是元人作。 学问才情，足冠诸本"；"杨用修妇亦有才情"；"陈大声，金陵将家子。 所为散套，既多蹈袭，亦浅才情"③。 王世贞还借用诗词评的摘句方式，重点赞美戏曲作品的文辞，"弇州《艺苑卮言》，凡词家悉加月旦，或摘其佳语，或标其名目，可谓详赡矣"④。 比如，《艺苑卮言》卷一说"三百篇删自圣手，然旨别浅深，词有至未。 今人正如目沧海，便谓无底，不知湛珊瑚者何处"，并摘录"其句法有太拙者""有太直者""有太促者""有太累者""有太庸者"，"其用意有太鄙者""有太迫者"等。⑤ 以上都是从文辞角度进行摘录、点评，肯定其才情、文辞俱佳的审美效果。

---

① （清）钱谦益：《列朝诗集小传》丁集上"王尚书世贞"，436 页，上海，上海古籍出版社，1983。
② （明）王世贞：《曲藻》，见中国戏曲研究院编：《中国古典戏曲论著集成》（四），37 页，北京，中国戏剧出版社，1959。
③ 同上书，34～37 页。
④ （明）蕴空居士：《杨东来先生批评西游记总论》，见吴毓华编：《中国古代戏曲序跋集》，146 页，北京，中国戏剧出版社，1990。
⑤ （明）王世贞著，罗仲鼎校注：《艺苑卮言校注》卷一第七一、七二、七三则，42～43 页，济南，齐鲁书社，1992。

◎ 第四节

"以词为曲"的文学思想史价值

针对明代曲坛"以词为曲"的创作倾向，自明代万历时期的文人曲家开始，对其贬斥批评的声音从未间断，但是对此戏曲史上的突出现象，还需回归至意义评价的双维标准，也就是文学意义和文学史意义的结合。

其中，文学意义的赋予体现在文人群体不断介入戏曲活动，无论是从具体创作还是理论批评层面，抑或从文体品性、审美趣味层面，都使得戏曲的文学性色彩不断丰富。虽然戏曲的舞台性色彩还未得到重视，但对戏曲文体而言已经实现了质的飞跃，是戏曲经历文人化进程的必然产物。同时，文学史意义的赋予又体现在文人涉足戏曲所带来的不可回避的阶段性特征，从早期的关注文辞、音律到逐渐认识到舞台表演等，从作为文学性的文体创作到作为综合性的艺术形态，都是文人介入戏曲并推动其发展的必要阶段。

一方面，无论是文人曲家对辨体理论的阐发，还是传奇作品自身呈现的文体特性，都表现出自觉向自律过渡的阶段性特征。这一时期的文人传奇戏曲创作符合其发展阶段的特征，而不是超越时代的先验意识，其成熟必然经过文人不断摸索的渐趋过程，体现出较强的时代局限性。这是因为，明初文人的辨体意识处于萌芽状态，经过明初很长一段时间的沉潜，戏曲批评的展开仍然基于对元杂剧的继承，如李开先戏曲理论所持的三个标准就与周德清《中原音韵》不谋而合，何良俊倡导的本色理论依稀可见元代戏曲的特色，王世贞阐发的三短论也对元杂剧多有借鉴之处。明前中期文人展开传奇戏曲理论的探索，无法回避元代北曲杂剧所取得的较高成就，以之作为辨析的对象和标准有可资取法的便利，但又弱化了传奇戏曲文体自身的完整独立，这正是此时辨体批评的阶段性特征的原因之一。

另一方面，立足于传统的曲本位立场来展开辨体批评，也是阶段性特征的又一原因。如康海倡导的"曲诗一体"观，李开先提出的"辞意高古"与"音调协和"标准，何良俊与王世贞关于文辞、音律关系的辨析等，都未能突破曲本位的范畴。具体的传奇戏曲作品同样如此，从邵灿《香囊记》到王世贞《鸣凤记》等，多重视主旨、思想的表达与文辞、格律的呈现，而忽略了戏曲结构的架设，以致显得散漫。比如，梁辰鱼《浣纱记》"关目散缓、无骨无筋、全无收摄"①，体现出结构散漫的不足。传奇虽然以"浣纱"为题目，以浣纱的分合为线索叙写范蠡与西施的爱情故事，但又"试寻往古，伤心全寄词锋"②，具有很大的包容性和空间性，流露出个人对当时社会的强烈反思与批判，反而暴露出结构不够紧凑的弊端。正可谓"罗织富丽，局面甚大，第恨不能谨严。中有可减处，必当一删耳"③。同样，一些文人曲家出于并非专业曲家出身，所以对声律、格调相对陌生，有的采用南戏民间的韵例，如张凤翼的传奇作品等，有的则遵守《中原音韵》，如李开先《宝剑记》、郑若庸《玉玦记》等。即使在昆腔发源地的苏州地区，也存在"操吴音以乱押者"，"但用吴音，先天、帘纤随口乱押，开闭阖辨"④的混乱状态，所以才有沈璟等人的规范与辩论。

① （明）徐复祚：《曲论》，见中国戏曲研究院编：《中国古典戏曲论著集成》（四），239页，北京，中国戏剧出版社，1959。
② （明）梁辰鱼：《浣纱记》第一出【红林檎近】，1页，《古本戏曲丛刊初集》本。
③ （明）吕天成著，吴书荫校注：《曲品校注》卷下，236页，北京，中华书局，2006。
④ （明）徐复祚：《曲论》，见中国戏曲研究院编：《中国古典戏曲论著集成》（四），237页，北京，中国戏剧出版社，1959。

第三十二章
传"奇"与尚"法"：
明代戏曲思想的二重奏

明代文人对传奇戏曲文体的辨析，主要集中于传奇之"奇"与"法"两大命题的阐发，这也构成明代戏曲思想的二重奏。"奇"作为审美追求早在元代戏曲理论中即已出现，如钟嗣成评范康《杜子美游曲江》"一下笔即新奇，盖天资卓异，人不可及也"①；又杨维桢以"奇巧"评议元代曲家，"士大夫以今乐成鸣者，奇巧莫如关汉卿、庾吉甫、杨淡斋、卢苏斋"②。延续至明代文人传奇戏曲的具体创作，"奇"则成为集体追求的审美风尚，是传奇戏曲的核心思想之一，也是评价传奇作品的重要标准之一。例如，晚明曲家吕天成多以"奇"为点评的关键词，《曲品》评《还魂记》"杜丽娘事，甚奇"，《凿井记》"事奇，凑拍更好"，《双卿记》"本传虽俗，而事奇，予极赏之"③等。祁彪佳《远山堂曲品》同样如此，评《蓝桥记》"一以绮丽见奇"，《梦境记》"惟此记极幻，极奇"，《鸾书错》"奇姻已出人意外"④等，无不肯定传奇作品"奇"的一面。冯梦龙在批评晚明曲坛的格局

---

① （元）钟嗣成：《录鬼簿》卷下，见俞为民、孙蓉蓉编：《历代曲话汇编·唐宋元编》，368页，合肥，黄山书社，2006。
② （元）杨维桢：《周月湖今乐府序》，见俞为民、孙蓉蓉编：《历代曲话汇编·唐宋元编》，424页，合肥，黄山书社，2006。
③ （明）吕天成著，吴书荫校注：《曲品校注》卷下，221、213、249页，北京，中华书局，2006。
④ （明）祁彪佳：《远山堂曲品》，见俞为民、孙蓉蓉编：《历代曲话汇编·明代编》第3集，547、542、564页，合肥，黄山书社，2009。

时，也曾指出"人翻窠臼，家画葫芦，传奇不奇，散套成套"①。 "不奇"作为传奇创作的弊端而受到指摘，可见"奇"作为传奇戏曲审美标准的确立。

明代曲学围绕"法"命题的展开，同样贯穿明代戏曲演绎的全部进程，成为明代戏曲辨体批评的关键词。 明初文人视度曲填词为风雅之举，从而出现逞才情而非格律②的曲坛状态，所以对戏曲文体体性的规范迫在眉睫。 在不断增强的辨体意识的驱使下，以徐渭、沈璟等为首的文人曲家，开始以梳理、维护当时曲坛秩序为己任，这也成为王骥德、吕天成、祁彪佳、丁耀亢等曲家的共识。 他们集中于曲坛"法"意识的逐渐明确与拓展，同时又展开"法、悟"与"法、意"关系的讨论，完成了明代戏曲思想的深刻挖掘。

◎ 第一节
明代戏曲"传奇"的指向与内涵嬗变

一、明代文人讨论"传奇"的概念所指

明代文人论"传奇"名称在某种程度上具有很大的随意性，这在明代前中期体现得尤为明显。"泰泉黄詹事所谓以奇事为传奇者是已，然又谓之行家及杂剧、升平乐，今舍是三者，而独名以传奇，以其字面稍雅致云"③，李开先选定"传奇"为名的缘故仅仅是"字面稍雅致"，可见对于"传奇"的名称及其含义仅为皮相之识。 同时，"传奇"的所指又呈现出多样性的特

---

① 参见高洪钧编著：《冯梦龙集笺注》诗文卷五《曲论·曲律叙》，193 页，天津，天津古籍出版社，2006。
② （明）吕天成著，吴书荫校注：《曲品校注》卷上，1 页，北京，中华书局，2006。
③ （明）李开先：《改定元贤传奇序》，见卜键笺校：《李开先全集·李中麓闲居集之五》，555页，上海，上海古籍出版社，2014。

征，既指作为延续唐宋传奇小说而来的小说文体，又指向作为戏曲文体概念的范畴，而对后者而言具体指称也常常不定，呈现出以下几个概念的代指：杂剧；南曲戏文；与宋元戏文相区别的明清长篇文人戏曲，也即文人传奇。① 本文所论及释名之"传奇"主要所指为明代戏曲发展中占据主体部分的文人传奇。

明代文人胡应麟曾论及传奇小说云："一曰传奇，《飞燕》《太真》《崔莺》《霍玉》之类是也。……至于志怪、传奇，尤易出入，或一书之中二事并载，一事之内两端俱存，姑举其重而已。"②所谓"举其重"者即强调传奇与志怪表现内容、体裁风格的差异：传奇人奇事者为"传奇"，述怪异幽灵者为"志怪"。 传奇小说对奇人奇事的传述，在文人曲家对传奇戏曲的阐释中也有体现：

> 传奇，纪异之书也。无奇不传，无传不奇。③

> 传奇者，传其事之奇焉者也，事不奇则不传。④

这里对"传奇"界定的侧重点主要有二：一是肯定传奇"传"的重要作用；二是强调传奇"奇"的主旨风格。"传奇"文体就是二者交融的产物。

肯定传奇"传"的重要作用，实则源于"传奇"与"史传"的关系，"'传奇'之'传'应是'传记'之'传'，而非'传闻'之'传'，'传奇'的内涵应是用传记体、史传体来写奇异人物、奇特故事，或为奇人异事

---

① 参见郭英德：《明清文人传奇研究》，1～5页，北京，北京师范大学出版社，2001。
② （明）胡应麟：《少室山房笔丛》卷二十九《九流绪论下》，282～283页，上海，上海书店出版社，2001。
③ （明）倪倬：《二奇缘小引》，见吴毓华编：《中国古代戏曲序跋集》，231页，北京，中国戏剧出版社，1990。
④ （清）孔尚任：《桃花扇·小识》，3页，北京，人民文学出版社，1980。

记录立传"①。 不少曲家也将传奇戏曲作品的功用界定为给某人、某事立传，以免"湮没不章，亦可悲矣"②。 比如，余翘在《量江记》自序中云："余故不喜填词，间制一二种……今夏烦暑，掩肩偶披《宋史·樊淑清传》，因惟淑清亦吾郡一奇士，郡令不闻，所以表异者，里中人或多不悉其事，辄复假传奇以章之。"就是有感于《宋史》中奇士樊淑清的事迹为里中人所不熟悉，故而填入传奇戏曲以"传其事，播为千秋佳话也"。③ 另外，是否"可传"也成为衡量传奇戏曲作品的尺度之一，如吕天成《曲品》评论《珠串记》"崔郊狎一青妓，赋'侯门如海'诗，事足传"，《玉合记》"许俊还玉，诚节侠丈夫事，不可不传"，又玉蟾道人题《红梨花》传奇云"琴川逸士艳红梨之奇，付以桃叶之歌，询足传矣"④，都是强调其"可传"的重要特征。

强调传奇"奇"的主旨风格，也是文人曲家倾心创作的缘由所在。 李渔认为，"古人呼剧本为'传奇'者，因其事甚奇特，未经人见而传，是以得名。 可见非奇不传"⑤，对传奇的释名简洁明了。 由于剧本所述之"事甚奇特"，"无之则不奇，不奇则不传"⑥，所以欲传之使人皆知而得名为"传奇"，"奇"才是关键的因素所在。 李渔或许缩小了"传奇"的指涉范围，忽略了"传奇"一词并非古人对剧本的特指，因为早在唐代裴铏编撰《传奇》时即着眼于故事的奇异性质，所谓"开天辟地通经史，博古明今历传奇"⑦，"传奇"就逐渐成为泛指具有奇人奇事性质故事的通称。 综观明代

---

① 张进德：《"传奇"辨》，载《古典文学知识》，1998（1）。
② （清）许鸿磐：《西辽记北曲序》，见吴毓华编：《中国古代戏曲序跋集》，558 页，北京，中国戏剧出版社，1990。
③ （明）余翘：《题量江记》，见蔡毅编著：《中国古典戏曲序跋汇编》，1320 页，济南，齐鲁书社，1989。
④ （明）吕天成著，吴书荫校注：《曲品校注》卷下，285 页，北京，中华书局，2006。
⑤ （清）李渔：《闲情偶寄·词曲部·结构第一》"脱窠臼"，见中国戏曲研究院编：《中国古典戏曲论著集成》（七），15 页，北京，中国戏剧出版社，1959。
⑥ （明）谭元春：《批点想当然序》，见吴毓华编：《中国古代戏曲序跋集》，262 页，北京，中国戏剧出版社，1990。
⑦ （宋）罗烨：《醉翁谈录》卷一《舌耕叙引·小说开辟》，5 页，北京，古典文学出版社，1957。

文人的传奇戏曲文体观念,传"奇"的内蕴不断丰富,被赋予复杂多变的所指而呈现出动态演绎的特征。

二、明代文人讨论传"奇"的内涵嬗变

明代文人对"传奇"的释名多基于"传奇性"的内在特质,不仅强调"传"与"奇"二者必不可少,而且对"奇"的内涵进行细致分类,道出了明代文人之所以传"奇"的主要因由:人奇、事奇、文奇,三者"必有可传者"。

所谓"人奇",即作者有感于行为或观念特立之人,恐其湮没不闻,故而谱入传奇以彰显之。比如,《灵宝刀》即因《水浒传》"其妇奇,其婢奇,其伙类更奇,故表而出之,以为传奇"①。又《天马媒》"……为奇玉,为奇兽。一措大唱名御殿,得两名姝,为奇男子。一在曲中,一在贾人栀楼底,皆善调筝。大江不能沈,天子不能留,为奇女子。有奇女子皆名姝。……传奇无奇于此者。晋充负奇才,解音律,伤积木之未践,叹绝世之难得,辄借以发其奇"②,不仅剧中涉及的人、物都附着"奇"的色彩——奇玉、奇兽、奇男子、奇女子,而且作者亦一"奇才",所以才借传奇"以发其奇",通剧贯串着奇物、奇人的形迹。

所谓"事奇",其实与"人奇"相对应,也是文人曲家关注较多之处。"传奇,传奇也,不过演奇事,畅奇情"③,"传奇者,传其事之奇焉者也,事不奇则不传"④,都强调传奇戏曲对情节新奇的审美追求,这也是"传奇"成"奇"的关键所在,成为明代文人曲家传奇创作的共识。这一点可以从吕天成

---

① (明)逄明生:《灵宝刀序》,见吴毓华编:《中国古代戏曲序跋集》,111 页,北京,中国戏剧出版社,1990。

② (明)刘方:《天马媒》卷首止园居士题词,《古本戏曲丛刊三集》本。

③ (明)削仙口:《鹦鹉洲小序》,见吴毓华编:《中国古代戏曲序跋集》,157 页,北京,中国戏剧出版社,1990。

④ (清)孔尚任:《桃花扇·小识》,3 页,北京,人民文学出版社,1980。

《曲品》中窥见一斑，其评论新传奇肯定事之"奇"的作品就达二十部左右，如《埋剑记》"郭飞卿事，奇"，《还魂记》"杜丽娘事，甚奇"，《红叶记》"韩夫人事，千古奇之"，《蛟虎记》"周孝侯除二害，甚奇"①等。另外，署名"无疾子"为《情邮记》所作小引中，更是将记中所传之事归结为"五奇"：

> 曰：传则传其奇者而已矣。凡见面成思，闻声起慕，或倩鱼觅耗，或假鸟寻踪，皆出寻常情理之中，种种殊无奇处。此记香阁中有两能诗女子，一奇也。先后居停，一诗两和，二奇也。邮亭何地，婚姻何事，咏于斯，梦于斯，证果于斯，三奇也。情深联和，一而二，三而四，竞秀争妍，各极其至，四奇也。甚而枢府之金屋不克藏娃，运使之铁肠不堪留息，婉转作合，双缔良姻，五奇也。②

无疾子直接将"奇"作为传之根本，认为"凡见面成思"种种皆为寻常情理、普通套路而不足为奇，为此他将《情邮记》之事归纳出"五奇"，以突出传奇戏曲情节独树一帜的亮点。

所谓"文奇"者，"传奇，游戏者也……虽然事不奇不传，传奇而笔不奇，则又无可传"③。虽然"事奇"是文人传奇戏曲的主体因素，但是文笔同样重要，"传奇，传奇也，文工而事，弗奇不传，事奇而文弗工亦不传"④，文辞之工对"传"的效果同样重要，所以"文奇"是"事奇"重要的辅助和补充。对"文奇"的强调其实也是文人对自我才气的一种自赏，"文士争奇炫博，益非当行，大都词欲藻，意欲纤，用事欲典，丰腴绵密，流丽

---

① （明）吕天成著，吴书荫校注：《曲品校注》卷下，220～258 页，北京，中华书局，2006。
② （明）无疾子：《情邮小引》，见吴毓华编：《中国古代戏曲序跋集》，195～196 页，北京，中国戏剧出版社，1990。
③ （清）许善长：《茯苓仙序》，见吴毓华编：《中国古代戏曲序跋集》，597 页，北京，中国戏剧出版社，1990。
④ （清）夏纶：《新曲六种》前五种自序，清乾隆世光堂刻本。

清圆"①。 这一点似乎亦与唐传奇重文采的一面有关,唐代才子为行温卷之效,方才"施之藻绘,扩其波澜"②,以期得到他人的称许和欣赏,故有"文词不警拔不传"③的认识。

此外还有"关目"之奇,强调情节设计曲折新奇,布局排场出奇变相,"要串插奇,不奇不能动人"④,"且戏场关目,全在出奇变相,令人不能悬拟"⑤。 这在晚明文人着意人情物理之"奇"时尤为突出。 力图在平常日用间现出新奇,也使得文人传奇创作的重点从"事奇"向此倾斜,成为后期传奇戏曲作品较为突出的现象。 可以说,明代文人对"传奇"的阐述,意识到"传"与"奇"的同等重要,并且多重解构"奇"的丰富内蕴,同时被赋予复杂多变的所指而呈现出动态演绎的特征。

◎ 第二节
明代戏曲"传奇"思想的历史演进与个性审视

一、明代戏曲"传奇"思想的历史演进

明代文人对传奇戏曲文体的认识,伴随文人传奇戏曲发展的始终,经历了较为漫长的演进过程。

---

① (明)俞彦:《南宫词纪凡例》,见吴毓华编:《中国古代戏曲序跋集》,115 页,北京,中国戏剧出版社,1990。
② 鲁迅:《中国小说史略》,45 页,北京,东方出版社,1996。
③ (清)李渔:《笠翁文集》卷一《香草亭传奇序》,见浙江古籍出版社编:《李渔全集》第 1 卷,47 页,杭州,浙江古籍出版社,1992。
④ (清)丁耀亢:《赤松游》卷首附《啸台偶著词例》,《古本戏曲丛刊五集》本。
⑤ (清)李渔:《闲情偶寄·演习部·脱套第五》,见中国戏曲研究院编:《中国古典戏曲论著集成》(七),108 页,北京,中国戏剧出版社,1959。

（一）明前中期传奇小说与戏曲文体的主题交互

将传奇戏曲定位为传"奇"的思维，或许借鉴于唐代的传奇小说，这一文体上的突破在明代南杂剧中也有展开，其代表性作品如徐渭《四声猿》。"徐天池先生《四声猿》，故是天地间一种奇绝文字。《木兰》之北与《黄崇嘏》之南，尤奇中之奇"①，其"奇"在于极力称颂封建社会女性的文才武略，其"奇"在于"世间好事属何人？不在男儿在女子"②的宣言，"皆人生至奇至怪之事"③，实为振聋发聩的传"奇"序幕。在此尚"奇"思想的启发与引导下，明代文人开始将眼光转向唐代传奇小说，"小说家奇者莫如《红绡》《昆仑奴》，事幸无耳，傥有之而不志，此自后代史臣浅俗不志耳"④，并且试图将其改编入戏曲。初步尝试是在南杂剧作品中，不仅有经过徐渭润色的梅鼎祚《昆仑奴》，"唐人好为传奇，《昆仑奴》特以侠著。宣城梅禹金尝谱入乐部"⑤，还有胡汝嘉根据《红线传》改编的《红线记》。梁辰鱼也对这两部唐传奇进行改编：将《昆仑奴》改编为《红绡记》，将《红线传》改编为《红线记》。这些都是直接将唐传奇改编入南杂剧作品，选择的切入点正是"其事本奇，固足传"的内在因由。

改编明初小说进入戏曲也同样基于传"奇"思维的定位，如瞿佑自称"余既编辑古今怪奇之事，以为《剪灯录》，凡四十卷矣"⑥，其中描写的

---

① （明）王骥德著，陈多、叶长海注释：《曲律注释》卷四《杂论第三十九下》，321页，上海，上海古籍出版社，2012。

② （明）徐渭：《女状元辞凰得凤》【尾声】，见周中明校注：《四声猿（歌代啸附）》，103页，上海，上海古籍出版社，1984。

③ （明）钟人杰：《四声猿引》，见吴毓华编：《中国古代戏曲序跋集》，241页，北京，中国戏剧出版社，1990。

④ （明）季豹氏：《昆仑奴杂剧题后》，见吴毓华编：《中国古代戏曲序跋集》，84页，北京，中国戏剧出版社，1990。

⑤ （明）王骥德著，陈多、叶长海注释：《曲律注释》附录二《王骥德诗文辑佚·昆仑奴题辞》，458页，上海，上海古籍出版社，2012。

⑥ （明）瞿佑：《剪灯新话序》，见丁锡根编著：《中国历代小说序跋集》，599页，北京，人民文学出版社，1996。

"新奇布异"的爱情故事，就曾被文人改编演绎成传奇戏曲，如沈璟改编《金凤钗记》为《坠钗记》，周朝俊改编《绿衣人传》为《红梅记》，原作中战乱色彩减弱，奇幻情节得到增强，这似乎也是文人看重改编的缘故所在，戏曲情节奇幻色彩更加丰富，体制更为宏大而完整。

（二）晚明传奇戏曲追求奇幻色彩的风尚

晚明时期阳明心学渐起，尚新好奇之风盛行，不仅渗入日常之思想文化，而且波及文坛创作风气转换，小说、戏曲创作更是深入贯彻传"奇"观念，在意于"极幻、极奇，尽大地山河、古今人物，尽罗为梦中之境"[1]，体现出追求"奇幻"的共同趋向。"小说家以真为正，以幻为奇"[2]，汤显祖也阐述"以借世之奇隽沈丽者"，"以奇僻荒诞，若灭若没，可喜可愕之事，读之使人心开神释，骨飞眉舞"[3]。体现于小说创作则追求情节结构奇诡谲怪，从而迎合读者新鲜刺激的审美趋向，其中以《西游记》为首的神魔小说创作，勾勒了极具浪漫色彩的虚幻世界，其他如《三遂平妖传》《四游记》《飞剑记》《封神演义》《三宝太监西洋记》等，都致力于奇幻虚无情境的描绘。

借鉴唐代传奇小说的传"奇"之习，晚明文人便以此为传奇戏曲释名："第曰传奇者，事不奇幻不传，辞不奇艳不传。"[4]这既是对汤显祖传奇戏曲作品的独到概括，又是晚明文人传奇戏曲的典型特征："事奇"沾染上"幻"的界定，"文奇"附着有"艳"的色彩。

汤显祖"临川四梦"可谓传"奇"的典范之作。"《还魂》：杜丽娘事，

---

① （明）祁彪佳：《远山堂曲品》，见俞为民、孙蓉蓉编：《历代曲话汇编·明代编》第3集，542页，合肥，黄山书社，2009。

② （明）张无咎：《北宋三遂新平妖传序》，见曾祖荫、黄清泉等选注：《中国历代小说序跋选注》，86页，武汉，长江文艺出版社，1982。

③ 徐朔方笺校：《汤显祖全集》诗文卷五十一《点校虞初志序》，1652页，北京，北京古籍出版社，2001。

④ （明）茅暎：《题牡丹亭记》，见吴毓华编：《中国古代戏曲序跋集》，162页，北京，中国戏剧出版社，1990。

果奇"①，其事之"奇幻"大致在于两个方面：其一是突破以往才子佳人的情爱模式。汤显祖评《董解元西厢》云："余亦以余之情而索董之情于笔墨烟波之际。董之发乎情也，铿金戛石，可以如抗而如坠。余之发乎情也，宴酣啸傲，可以以翱而以翔。"②汤显祖自赏其生发之情不同于《西厢记》，绝非尘世的伦常俗套所能演绎，而是心灵迸发并超越时空的联想。《牡丹亭》"情不知所起，一往而深。生者可以死，死者可以生。生而不可与死，死而不可复生者，皆非情之至也"③，这种超越生死虚实之间的"至情"，呼唤着精神的自由与个性的解放。其二在于奇幻梦境的勾勒。所谓"因情成梦，因梦成戏"，"梦"成为"奇"的重要载体。《牡丹亭》中柳梦梅"每日情思昏昏"，与梦中美人倾诉衷肠，而杜丽娘更是游园惊梦，继而寻梦，最后冥誓，其对"至情"的追寻都在梦中完成。《南柯梦》和《邯郸梦》中，淳于棼与卢生对尘世荣辱的体味，也都是借助迷离奇幻的梦境，经历人生的大起大落、喜忧哀乐。由此可见，"临川四梦"中汤显祖处处精心设计并勾勒出奇幻梦境，"巧妙叠出，无境不新"④，"灵奇高妙，已到极处"⑤，在"奇幻"中渗透并完成主题的阐发，同时作为现实尘世的一种弥补，以及自我沉重心灵的寄托与慰藉。

此外，"文奇"还附着有"艳"的色彩。"《还魂》妙处，种种奇丽动人"⑥，汤显祖以其"天地间奇伟灵异高朗古岩之气"⑦，"以《花间》《兰

---

① （明）吕天成著，吴书荫校注：《曲品校注》卷下，221页，北京，中华书局，2006。

② 徐朔方笺校：《汤显祖诗文集》卷五十《董解元西厢题辞》，1502页，上海，上海古籍出版社，1982。

③ （明）汤显祖：《牡丹亭还魂记题词》，见徐朔方、杨笑梅校注：《牡丹亭》，1页，北京，人民文学出版社，1978。

④ （明）吕天成著，吴书荫校注：《曲品校注》卷下，221页，北京，中华书局，2006。

⑤ （明）张岱著，云告点校：《琅嬛文集》卷三《答袁箨庵》，144页，长沙，岳麓书社，1985。

⑥ （明）王骥德著，陈多、叶长海注释：《曲律注释》卷四《杂论第三十九下》，307页，上海，上海古籍出版社，2012。

⑦ 徐朔方笺校：《汤显祖全集》诗文卷三十二《玉茗堂文之五·合奇序》，1138页，北京，北京古籍出版社，2001。

婉》之余彩，创为《牡丹亭》，则翻空转换极矣"①。《牡丹亭》时见典雅蕴藉的文辞，如第十四出《写真》"【破齐阵】[旦上]径曲梦迥人杳，闺深珮冷魂消，似雾濛花，如云漏月，一点幽情动早。[贴上]怕待寻芳迷翠蝶，倦起临妆听伯劳，春归红袖招"，真是纤丽与奇艳并存。所以，汤显祖"临川四梦"融"奇幻"和"奇艳"于一体，对此时"传奇"之体做出了极佳的诠释。

在此影响下，晚明文人曲家多在意于以"奇幻之笔"②传"世间诧异之事"③，如周朝俊、孙钟龄、陈与郊、叶宪祖、吴炳、范文若、阮大铖、袁晋等④，无不紧随其后演奇事，抒奇情，用奇语，如苏元儁《梦境记》"传黄粱梦多矣，惟此记极幻、极奇"⑤。与此同时，他们又讲求文辞的"奇艳"，如吕天成《蓝桥记》"于离合悲欢、插科打诨之外，一以绮丽见奇"⑥，朱京藩《风流院》"赋句之奇艳"⑦。这其中以曲家袁于令最具代表性，他非常重视传"奇"的"奇幻"一面：其论传奇小说曰"传奇者贵幻：忽焉怒发，忽焉嬉笑，英雄本色，如阳羡书生，恍惚不可方物"⑧；其序传奇戏曲《焚香记》曰"又有几段奇境，不可不知。其始也，落魄莱城，遇风鉴操斧，一奇也。及所联之配，又属青楼，青楼而复出于闺帏，又一奇也。新婚设誓，

---

① （明）陈继儒：《批点牡丹亭题词》，见徐朔方笺校：《汤显祖诗文集》附录，1544 页，上海，上海古籍出版社，1982。

② （明）祁彪佳：《远山堂曲品·龙绡》，见中国戏曲研究院编：《中国古典戏曲论著集成》（六），54 页，北京，中国戏剧出版社，1959。

③ （明）祁彪佳：《远山堂曲品·双杯》，见中国戏曲研究院编：《中国古典戏曲论著集成》（六），24～25 页，北京，中国戏剧出版社，1959。

④ 相关传奇作品如：《鸳鸯棒》《西楼记》《花筵赚》《望湖亭》《燕子笺》《春灯谜》《情邮记》《绿牡丹》《画中人》《金钿盒》等。

⑤ （明）祁彪佳：《远山堂曲品·梦境》，见中国戏曲研究院编：《中国古典戏曲论著集成》（六），12 页，北京，中国戏剧出版社，1959。

⑥ （明）祁彪佳：《远山堂曲品·蓝桥》，见中国戏曲研究院编：《中国古典戏曲论著集成》（六），19 页，北京，中国戏剧出版社，1959。

⑦ （明）柴绍然：《风流院叙》，见吴毓华编：《中国古代戏曲序跋集》，187 页，北京，中国戏剧出版社，1990。

⑧ （明）袁于令：《隋史遗文序》，见丁锡根编著：《中国历代小说序跋集》，956 页，北京，人民文学出版社，1996。

奇矣；而金垒套书，致两人生而死、死而生，复有虚讹之传，愈出愈奇。 悲欢沓见，离合环生"①。 同时袁于令自己的传奇作品如《西楼记》也是"极幻、极怪、极艳、极香"②，被张岱誉为袁氏之《还魂记》。 而《合浦珠》更是"狠求奇怪。 故使文昌、武曲、雷公、雷母，奔走趋跄。 闹热之极，反见凄凉"③，堕入刻意追求奇幻的境地。

晚明文人过于追寻"奇"的"愈造愈幻"而陷入歧途，忽视传奇戏曲文体自身的艺术性因素，以致为当时曲家所诉病。 例如，张岱认为："传奇至今日怪幻极矣！ 生甫登场，即思易姓；旦方出色，便要改妆。 兼以非想非因，无头无绪，只求闹热，不论根由，但要出奇，不顾文理。"同时，张岱针对尚"奇"的误区也提出调整的思路，"布帛菽粟之中，自有许多滋味，咀嚼不尽。 传之永远，愈久愈新，愈淡愈远"④，使刻意"狠求奇怪"之风回归入平常日用，从奇幻梦境转移到人情物理，以此来生发无限波澜。 而在文辞方面，也从"奇艳"变为本色。 这些都是晚明清初曲家对尚"奇"风会的反拨，对传奇戏曲文体观的重新审视。

此际对"奇幻"的反拨主要在于重新界定"奇"的内涵，由"幻"而变为"真"，从而树立"新奇"与"常奇"两大规范。 晚期曲家逐渐意识到"王道本乎人情，凡作传奇，只当求于耳目之前，不当索诸闻见之外。 无论词曲，古今文字皆然。 凡说人情、物理者，千古相传；凡涉荒唐、怪异者，当日即朽"⑤，传奇当改闻见之外的怪异奇幻，而传耳目之前的真实人情，唯有如此方能流播千古。

首先，曲家李渔重新阐释"奇"为"新奇"，"古人呼剧本为'传奇'

---

① （明）袁于令：《焚香记序》，见蔡毅编：《中国古典戏曲序跋汇编》，2744 页，济南，齐鲁书社，1989。
② （明）陈继儒：《题西楼记》，见吴毓华编：《中国古代戏曲序跋集》，160 页，北京，中国戏剧出版社，1990。
③ （明）张岱著，云告点校：《琅嬛文集》卷三《答袁箨庵》，143 页，长沙，岳麓书社，1985。
④ 同上书，143 页。
⑤ （清）李渔：《闲情偶寄·词曲部·结构第一》"戒荒唐"，见中国戏曲研究院编：《中国古典戏曲论著集成》（七），19 页，北京，中国戏剧出版社，1959。

者，因其事甚奇特，未经人见而传之，是以得名。可见非奇不传。新，即奇之别名也。……是以填词之家，务解'传奇'二字"①，确立"新"作为"奇"的限定词，推动了传奇文体观念的巨大进步。其《窥词管见》曾对"新"做出具体解释，认为"文字莫不贵新"：意新、语新、字句新。其中意新"即在饮食居处之内，布帛菽粟之间，尽有事之极奇，情之极艳，询诸耳目，则为习见习闻；考诸诗词，实为罕听罕睹；以此为新，方是词内之新，非《齐谐》志怪、《南华》志诞之所谓新也"②，强调"新"在于日常生活中出新出奇，而非刻意寻求怪诞之"奇"。这与张岱论"奇"的思路一脉相承，也促成明末清初文人对"奇"的重新阐释。

这一"新奇"观体现在传奇戏曲的具体创作，即要求"既出寻常视听之外，又在人情物理之中，奇莫奇于此矣"③，不再刻意于事之奇异怪诞与否，而是究心于情节关目之"奇"。例如，李玉、朱佐朝等人从历史背景出发，在传奇中设计曲折动人的情节，以达到新人耳目的效果；而李渔、万树等人采用误会、巧合等手法，力图在饮食日用的情节中生发无限波澜。这一段时期以李渔传奇作品之"新奇"最具代表性：

> 笠翁之著述愈出而愈奇，笠翁之心思愈变而愈巧。读至《巧团圆》一剧，而事之奇观止矣，文章之巧亦观止矣。……然世有尽好为新奇，无奈牛鬼蛇神，幻而不根；凿空羽化，妄而鲜实。自为捧心之妍，而徒令观者掩鼻。……是剧于伦常日用之间，忽现变化离奇之相。……人情必有，初非奇幻，特饮食日用之波澜耳。至观其结想摛词，段段出人意表，又语语仍在人意中。陈者出之而新，腐者经之而艳；平者遇之而

---

① （清）李渔：《闲情偶寄·词曲部·结构第一》"脱窠臼"，见中国戏曲研究院编：《中国古典戏曲论著集成》（七），15页，北京，中国戏剧出版社，1959。

② （清）李渔：《耐歌词》附《窥词管见》，见浙江古籍出版社编：《李渔全集》第2卷，509页，杭州，浙江古籍出版社，1992。

③ （清）李渔：《笠翁文集》卷一《香草亭传奇序》，见浙江古籍出版社编：《李渔全集》第1卷，47页，杭州，浙江古籍出版社，1992。

险，板者触之而活。①

李渔传奇戏曲的"奇"，并非借助"幻而不根"的"牛鬼蛇神"之"奇幻"，而是在"饮食日用"中掀起无限波澜，在伦常人情中现变化新奇，"向从来作者搜寻不到处，另辟一境，可谓奇之极、新之至矣！ 然其所谓奇者，皆理之极平；新者，皆事之常有"②。 至于实现新奇的途径则体现于"巧"，不仅在于情节设计离奇新巧，而且在于文辞出人意表，但是这种"文章之巧"又"仍在人意中"，所以才能推陈出新，奇为观止。 李渔传奇的"新奇"大致体现在三个方面：其一为"不效美妇一颦，不拾名流一唾，当世耳目，为我一新"③，尽量取材于现实生活新奇之事，如《凰求凤》一反"窈窕淑女，君子好逑"之常规，叙女子大胆主动追求男子之事，可谓"新而妥，奇而确"；其二为通过生活中偶然事件的误会与巧合，使得情节幽深曲折，如《风筝误》戚友先、韩世勋与詹淑娟、詹爱娟之间的巧合误会；其三为情节翻新出奇，巧心设计钩沉，如《奈何天》阙里侯三次"成亲关目绝不雷同"，情节各有奇妙，不落窠臼，所以"笠翁所著传奇，未尝立意翻新。 有一字经人道过，笠翁唾之矣"④。

有些曲家就文辞"奇艳"提出"本色"的反拨，"奇于本色，不奇于藻绘，故构造自然，畅俊可咏，此曲遂流脍吴中"⑤。 明中叶后曲家以传奇来张扬主体个性，借助传奇来挥洒才气，追求文辞的"奇艳"，以此表明自我奇于别人之处。 而刘方《天马媒》则一反常情，主张"奇于本色"的一面，

① （清）樗道人：《巧团圆序》，见浙江古籍出版社编：《李渔全集》第 5 卷，317 页，杭州，浙江古籍出版社，1992。

② （清）朴斋主人：《风筝误》总评，见浙江古籍出版社编：《李渔全集》第 4 卷，113 页，杭州，浙江古籍出版社，1992。

③ （清）李渔：《笠翁文集》卷三《与陈学山少宰》，见浙江古籍出版社编：《李渔全集》第 1 卷，164 页，杭州，浙江古籍出版社，1992。

④ （清）冷西梅客：《凰求凤总评》，见吴毓华编：《中国古代戏曲序跋集》，379 页，北京，中国戏剧出版社，1990。 按：浙江古籍出版社编《李渔全集》第 4 卷作"西泠梅客"。

⑤ （明）刘方：《天马媒》卷首止园居士题词，《古本戏曲丛刊三集》本。

作者本意在于"今人类兽心，无论为人撮合，凡见人稍有遇合，必思百计倾陷，亦有愧于物类实多，此予之作传奇也，非传词也"①，着重传当下人类的千奇百态，而非文辞与才情的炫耀，故有"奇于本色"的特征。其实，当时曲坛如冯梦龙等曲家都倡议"本色"的论调，力图以此来修正文辞藻饰之风而强调场上之曲，"奇于本色"的提出也可谓是这一论调在传"奇"观里的反映。

其次，将传"奇"解释为"常奇"又是另一趋势，强调所传之事不仅为现实人情物理的真实存在，而且将其纳入伦理纲常的道德规范，在"通常"的基础上再演绎为"伦常"之"奇"。所谓"曲曰传奇，乃人中之奇，非天外之奇。五伦外岂有奇人，三昧中总完至性"②，将"奇"归入"敦教化，厚人伦"之途。崔应阶《双仙记》自序云："夫传奇者，所以传其奇也，必□□其事，或有忠孝节义之奇行，且实有其人、有其事，而后传之。庶愚夫愚妇，藉以观感而兴起，其于世道人心，不无小补。"③所传之"奇"必须实有其人其事，其来历皆有可征，然后方才取"忠孝节义之奇行"，从而达到有补于世道人心的功效，这才是传奇所以能传"奇"的核心主题。这种传奇文体观念对清代传奇作家影响颇深，他们多以此作为自己传奇戏曲的宣言：

> 古乐衰而后梨园教兴之典兴，原以传忠孝节义之奇，使人观感激发于不自觉，善以劝，恶以惩，殆与《诗》之美刺、《春秋》之笔削无以异，故君子有取焉。④

以为填词院本类多阐扬忠孝节烈，寓激劝之意，使阅者有所观感，

---

① （明）刘方：《天马媒》卷首自题，《古本戏曲丛刊三集》本。
② （清）丁耀亢：《赤松游》卷首自题，《古本戏曲丛刊五集》本。
③ （清）崔应阶：《双仙记序》，见吴毓华编：《中国古代戏曲序跋集》，491 页，北京，中国戏剧出版社，1990。
④ （清）余治：《庶几堂今乐自序》，见吴毓华编：《中国古代戏曲序跋集》，586 页，北京，中国戏剧出版社，1990。

此奇之所由传也。①

雍乾以降理学强化并转变为政治意识权威的辅弼，反映在传奇创作上，多注重伦理道德的阐发，提倡"维持名教""笔关风化"，从而构成"常奇"的重要特征。代表曲家有蒋士铨、夏纶等，其传奇作品可谓对"常奇"的极妙诠释：

> 近有客谓予曰："传奇，传奇也，文工而事，弗奇不传，事奇而文弗工亦不传。叟是集忠、孝、节、义五种庸行耳，何奇之有，事既弗奇矣，文虽工乌乎传。"余曰："不然。子以反常背道为奇，欲其奇之传也，难矣。天下惟事本极庸，而众人避焉，一人趋焉，是为庸中之奇。庸中之奇，斯为奇可传，而奇传可久。"②

对于"集忠、孝、节、义五种庸行，何奇之有"的质疑，夏纶认为天下皆为庸事，故而众人皆回避的"庸中之奇"，方为最大之"常奇"，才能流传久远。夏纶所作"传奇五种，分配五伦"③，其中《无瑕璧》《杏花村》《瑞筠图》《广寒梯》"皆意主惩劝，常举忠、孝、节、义，各撰一种"④，可谓对其"庸中之奇"观念的有力阐释。

由此可知，明代文人对传奇之"奇"的释名，也蕴含着"传奇"文体观的演进历程：从初期强调传奇之"奇幻"、文辞之"奇艳"，到晚明清初由"幻"到"真"的转变，回归平常日用的"新奇"、文辞上的"奇于本色"，再到清中叶"常奇"的规范，对真实的重视和伦常的依附，并且直接反映到

---

① （清）杨恩寿：《桂枝香自序》，见吴毓华编：《中国古代戏曲序跋集》，595 页，北京，中国戏剧出版社，1990。
② （清）夏纶：《新曲六种》前五种自序，清乾隆世光堂刻本。
③ （清）夏纶：《花萼吟》首出《大略》徐梦元眉批，清乾隆世光堂刻本。
④ （清）梁廷枏：《曲话》卷三，见中国戏曲研究院编：《中国古典戏曲论著集成》（八），267 页，北京，中国戏剧出版社，1959。

传奇戏曲的具体创作上。

二、明代文人讨论"传奇"思想的个性审视

明代文人对"传奇"体性的阐发演绎，实则由诸多因素交织融合而成，历来学者也曾就多个方面进行讨论，如晚明社会文人生活普遍的尚"奇"之风①，中国古代文学思想中"奇"审美趣味的传统②等。但是，针对传奇传"奇"理论的探究还要注意两点：其一是传奇戏曲理论与传奇小说理论中论"奇"观念的互通；其二是对传"奇"观的追寻除了考虑作者层面自我价值观的体现等因素，还要考虑观者层面的因素，如对"传"奇叙事技巧的追求，以及传"奇"舞台效果的欣赏，也都是紧扣观者的心理需求。

（一）小说与戏曲理论传"奇"观念的互通

基于传"奇"的共同因缘，明代传奇戏曲与小说观念阐发的角度颇多相似，在某种程度上可以说二者有相互借鉴之处。传奇小说理论也强调以奇异传世于人，"作演义者，以文章之奇而传其事之奇"③，为表现和标榜对传"奇"美学观念的追求，甚至直接将作品标明"奇"字，如《拍案惊奇》《今古奇观》《海内奇谈》等。这在明末清初的传奇戏曲中尤为常见，如《奇节记》《二奇缘》《奇梦记》《幻奇缘》《奇逢记》《奇酸记》等。不仅如此，"奇"也成为二者共同表达的核心主题：

自小说稗编兴，而世遂多奇文奇人奇事。然其最，毋逾于《水浒

---

① 参见聂付生：《晚明文人的文化传播研究》，北京，中国戏剧出版社，2007；夏咸淳：《情与理的碰撞：明代士林心史》，石家庄，河北教育出版社，2001。

② 参见谭帆：《奇：传统的失落与世俗的皈依——中国古典剧论札记》，载《戏剧艺术》，1991（3）。

③ （清）金人瑞：《三国志演义序》，见丁锡根编著：《中国历代小说序跋集》，897 页，北京，人民文学出版社，1996。

传》。而《水浒》林冲一段为尤最。其妇奇，其婢奇，其伙类更奇，故表
而出之，以为传奇。①

　　唐代传奇"乃作意好奇，假小说以寄笔端"，以史传笔法叙写奇闻异
事，而至明代"新、余等话本出名流，以皆幻设而时益以俚俗"②，所以奇
文、奇人、奇事渐趋流行，为文人墨客所喜闻乐见，"流播既广，知之者
众，乃至名公才子，亦谱其事为剧本矣"③。　陈与郊《灵宝刀》就是其中一
例，作者有感于《水浒传》之"奇人"，故而诉诸传奇戏曲"表而出之"，使
之能够流传更广。　根据传奇小说改编成传奇戏曲，在万历年间成为较普遍的
现象，据陈大康《明代小说史》统计，现存的共有二十四种，如根据《刘生
觅莲记》改编而成的《想当然》，根据《贾云华还魂记》改编而成的《洒雪
堂》等。　其中根据《娇红记》改编的传奇戏曲最多，较有名的即为孟称舜
《节义鸳鸯冢娇红记》。　基于传"奇"的内在因缘，或许也是传奇称名确立
的缘故之一。

　　同时，小说理论也强调"传"与"奇"二者必不可少："从来小说家
言：……其事不奇，其人不奇，其遇不奇，不足以传"④；"人不奇不传，事
不奇不传；其人其事俱奇，无奇文以演说之亦不传"⑤。　"人奇""事奇"
"文奇"三者兼顾，这与戏曲传"奇"理论如出一辙。　而且小说传"奇"理
论的演变似乎也与传奇戏曲不谋而合，呈现出历史阶段上的相似之处。　明初
瞿佑《剪灯新话》自序云："余既编辑古今怪奇之事，以为《剪灯录》，凡

---

① （明）逄明生：《灵宝刀序》，见吴毓华编：《中国古代戏曲序跋集》，111 页，北京，中国戏剧
　　出版社，1990。
② （明）胡应麟：《少室山房笔丛》卷三十六《二酉缀遗中》，371 页，上海，上海书店出版社，
　　2001。
③ 孙楷第：《日本东京所见小说书目》，10 页，北京，人民文学出版社，1981。
④ （清）何昌森：《水石缘序》，见丁锡根编著：《中国历代小说序跋集》，1295 页，北京，人民文
　　学出版社，1996。
⑤ （清）寄生氏：《争春园全传叙》，见丁锡根编著：《中国历代小说序跋集》，1595 页，北京，人
　　民文学出版社，1996。

四十卷矣。"①其中描写的"新奇布异"的爱情故事，就有被曲家改编演绎成传奇戏曲的，如沈璟改编《金凤钗记》为《坠钗记》等。

晚明小说创作也由"幻"转变为"真"。"今之人，但知耳目之外，牛鬼蛇神之奇，而不知耳目之内，日用起居，其为谲诡幻怪非可以常理测者固多也"②，认为"夫天下之真奇，在未有不出于庸常者也"，将"奇"回归现实并建立于"常"的基础之上，"仁义礼智，谓之常心；忠孝节烈，谓之常行；善恶果报，谓之常理；圣贤豪杰，谓之常人"③，从强调事奇的"真"而至关注情节设计的"奇"，有意于情节的设计上翻空出奇，通过曲折变幻的情节来达到"奇"的效果。署名"烟水散人"为《赛花铃》所作序曰："余谓稗家小史，非奇不传。然所谓奇者，不奇于凭虚驾幻，谈天说鬼，而奇于笔端变化，跌宕波澜。"④从情节结构、形象刻画、语言技巧三方面说明如何达"奇"，灵活运用巧合、误会、意外、计谋等手法展开情节，增强小说故事的吸引力。

（二）传奇戏曲舞台效果的"奇"

明代曲家历来重视"动人"的效果，"自古感人之深而动人之切，无过于曲者也"⑤，在创作中同样感叹"论传奇，乐人易，动人难"⑥。因此，戏曲演出能否感动人心，使观者能够为剧情所动，达到较好的舞台演出效

---

① （明）瞿佑：《剪灯新话序一》，见（明）瞿佑等著，周楞伽校注：《剪灯新话（外二种）》，3页，上海，上海古籍出版社，1981。
② （明）凌濛初：《拍案惊奇序》，见丁放鸣校点：《二刻拍案惊奇》，1页，海口，海南出版社，1992。
③ （明）抱瓮老人编，冯裳标校：《今古奇观》卷首笑花主人序，2页，上海，上海古籍出版社，1992。
④ （清）烟水散人：《赛花铃题辞》，见丁锡根编著：《中国历代小说序跋集》，1271页，北京，人民文学出版社，1996。
⑤ （明）祁彪佳：《孟子塞五种曲序》，见朱颖辉辑校：《孟称舜集》附录二，621页，北京，中华书局，2005。
⑥ （明）高明：《琵琶记》第一出《副末开场》，见隗芾、吴毓华编：《古典戏曲美学资料集》，72页，北京，文化艺术出版社，1992。

果，也成为衡量戏曲演出成功与否的重要标志之一，如王世贞批评《香囊记》"近雅而不动人"，《荆钗记》则"近俗而时动人"①。李渔进而从观者层面深入阐释传"奇"观念，讨论如何由"常"出"新"，从而深得观者的喜爱与欣赏，达到"动人"的舞台演出效果：

> 至于传奇一道，尤是新人耳目之事，与玩花、赏月，同一致也。使今日看此花，明日复看此花，昨夜对此月，今夜复对此月，则不特我厌其旧，而花与月亦自愧其不新矣。故桃陈则李代，月满即哉生。花、月无知，亦能自变其调，矧词曲出生人之口，独不能稍变其音，而百岁登场，乃为三万六千日雷同合掌之事乎？②

将满足观者的心理需求作为释"奇"的重要因素，而如何传"奇"以迎合观者的审美兴趣，则主要体现为在事奇、关目奇、文奇诸方面推陈出新，出奇制胜。关于事奇者，"先问古今院本中曾有此等情节与否。如其未有，则急急传之。否则枉费辛勤，徒作效颦之妇"③，这样才能新人耳目并吸引观者的注意，所以吕天成评《宝钗记》"此耳谈中杨大中一段，甚奇，搬出亦可"④，正是取其事之"奇"并适合搬演的特性。关于关目者，"戏场关目，全在出奇变相，令人不能悬拟"⑤，只有出奇方能使观者悬拟猜测，产生陌生感和新奇感并为之所动，正如丁耀亢《啸台偶著词例》所

---

① （明）王世贞：《曲藻》，见中国戏曲研究院编：《中国古典戏曲论著集成》（四），34页，北京，中国戏剧出版社，1959。
② （清）李渔：《闲情偶寄·演习部·变调第二》，见中国戏曲研究院编：《中国古典戏曲论著集成》（七），76页，北京，中国戏剧出版社，1959。
③ （清）李渔：《闲情偶寄·词曲部·结构第一》"脱窠臼"，见中国戏曲研究院编：《中国古典戏曲论著集成》（七），15页，北京，中国戏剧出版社，1959。
④ （明）吕天成著，吴书荫校注：《曲品校注》卷下，361页，北京，中华书局，2006。
⑤ （清）李渔：《闲情偶寄·演习部·脱套第五》，见中国戏曲研究院编：《中国古典戏曲论著集成》（七），108页，北京，中国戏剧出版社，1959。

言"要串插奇，不奇不能动人"①。关于文奇者，"文词不警拔不传"，有些细微处同样要费力斟酌，如"开卷之初，当以奇句夺目，使之一见而惊，不敢弃去"②，令观者为新奇警拔之词而折服心悦。如此种种传"奇"的思量，都是为了避免"若人人如是，事事皆然，则彼未演出而我先知之，忧者不觉其可忧，苦者不觉其为苦"③的局面，以迎合并提高观者的观剧兴趣。

此外，针对舞台设计也是刻意追"奇"，通过背景和道具的精心设计尽量取得新奇的舞台效果，这在阮大铖和李渔等人的传奇戏曲中多有体现。阮大铖创作的传奇十分注重舞台效果，具有极强的观赏性，"至于《十错认》之龙灯、之紫姑，《摩尼珠》之走解、之猴戏，《燕子笺》之飞燕、之舞象、之波斯进宝，纸札装束，无不尽情刻画，故其出色也愈甚"④。李渔更是从"观"的角度强调道具造型的设计奇特，如《比目鱼》中的比目鱼道具，以及山大王为"虎面奇形"，引"虎、熊、犀、象"四队兽兵；同时又加强闹热场面的设计，如慕容介的破敌之法为掘深坑、埋地雷、设飞焰，所以舞台表演中当众兽同上时忽然炮声大作，"满场俱发火焰，众兽奔溃"⑤。第十六出平浪侯传谕"虾、螺、蟹、鳖四将"，顿时场上鼓乐齐鸣、载歌载舞，神仙土地、虾螺蟹鳖纷纷上场。又《蜃中楼》中钱塘龙与泾河龙斗法一节，雷鸣电闪、卷浪翻湖、烈焰腾腾，《奈何天》中黑天王与白天王斗法，黑天王摆"众虎攒羊阵"，白天王摆"百鸟朝凤阵"，等等，都起到新奇热闹的强烈效果，使得观者爽目快耳，提神驱倦。

① （清）丁耀亢：《赤松游》卷首附，见李增坡主编，张清吉校点：《丁耀亢全集》，808 页，郑州，中州古籍出版社，1999。
② （清）李渔：《闲情偶奇·词曲部·格局第六》"大收煞"，见中国戏曲研究院编：《中国古典戏曲论著集成》（七），69 页，北京，中国戏剧出版社，1959。
③ （清）李渔：《闲情偶奇·演习部·脱套第五》，见中国戏曲研究院编：《中国古典戏曲论著集成》（七），108 页，北京，中国戏剧出版社，1959。
④ （明）张岱：《陶庵梦忆》卷八《阮圆海戏》，见马兴荣点校：《陶庵梦忆　西湖梦寻》，74 页，上海，上海古籍出版社，1982。
⑤ （清）李渔：《比目鱼》第八出《寇发》【驮环着】，见浙江古籍出版社编：《李渔全集》第 5 卷，130 页，杭州，浙江古籍出版社，1992。

这一传"奇"理念也导致明代传奇发展产生流弊，所谓"不论根由，但要出奇"①，使得传奇创作的文学性与表演性二者在某种程度上出现分离。高奕在论及明末清初曲坛时就指出：

> 传奇至于今，亦盛矣。作者以不羁之才，写当场之景，惟欲新人耳目，不拘文理，不知格局，不按宫商，不循声韵，但能便于搬演，发人歌泣，启人艳慕，近情动俗，描写活现，逞奇争巧，即可演行，不一而足。②

传奇文体"曲"方面的因素都被悬隔，过于"逞奇争巧"，只为"便于搬演，发人歌泣，启人艳慕"，将观者作为传"奇"的主体因素，造成传奇义体内部的失衡，从而产生高奕所指摘的曲坛流弊。

由此可见，明代文人传"奇"理念的演绎，虽有明代尚奇风气的外在因素，但更多基于文体的内部特质，不仅在于奇人、奇事的叙事敷演，而且在于奇文、奇书的审美观照，完成文人自我奇才、奇气的抒发与传达。同时，在传"奇"共性的因素之外，戏曲、小说还保持各自的传"奇"个性，展现独树一帜的传"奇"魅力，丰富古代文学的传"奇"内涵。以传"奇"观为线索来观察明代文人文体观的演变，其间虽不可避免一叶障目，但也不失为颇有价值的切入口。传"奇"观虽然侧重于传"奇"理论层面的阐发，但更多指向实际具体的创作，是对当时文坛发展的导引与救弊。

---

① （明）张岱著，云告点校：《琅嬛文集》卷三《答袁籜庵》，143 页，长沙，岳麓书社，1985。
② （明）高奕：《新传奇品序》，见中国戏曲研究院编：《中国古典戏曲论著集成》（六），269页，北京，中国戏剧出版社，1959。

◎ 第三节

明代戏曲尚"法"的拓展与内涵演绎

一、明代戏曲尚"法"观念的明晰拓展

许慎《说文解字》释"法"字为："灋，刑也。 平之如水。 从水，廌所以触不直者去之，从去，会意。"可见"法"是判断是非曲直、辨善惩恶的规范。"法"运用于文学批评见于刘勰《文心雕龙》，又经历沈约等人对格律理论的探讨，诗格、诗法等理论逐渐丰富，从而推动了近体诗学格律的成熟。 同时，"法"的思想观念逐渐深入人心，文人开始以此介入其他文艺领域，展开诗文、词曲、书画诸法的总结，成为各自理论辨析的核心内容。

明代曲法理论的形成与诗法批评不可分离。 明代诗法一方面传承自宋元诗法理论的总结，另一方面又是明代文人文学"复兴"的折射，谢天瑞《诗法大成》、朱权《西江诗法》、茅一相《诗诀》、朱之蕃《诗法要标》、黄省曾《名家诗法》、朱绂《名家诗法汇编》等，都是明代诗法理论的杰出代表。 明代文法理论的总结同样承绪唐宋文论重"法"的遗风，明初王鏊首倡"凡为文必有法"[①]，前七子中李梦阳主张"文必有法式"[②]，何景明亦认为"诗文有不可易之法"[③]，他们都强调重视为文之"法"的重要性。 唐宋派更是提出"有法""无法"之辨，在师法对象上与秦汉派产生分歧。 而公

---

① （明）王鏊：《震泽集》卷十二《孙可之集序》，见《景印文渊阁四库全书》集部第 1256 册，264页，台北，台湾商务印书馆，1986。
② （明）李梦阳：《空同集》卷六十二《答周子书》，见《景印文渊阁四库全书》集部第 1262 册，569 页，台北，台湾商务印书馆，1986。
③ （明）何景明著，李淑毅点校：《何大复集》卷三十《与李空同论诗书》，576 页，郑州，中州古籍出版社，1989。

安派则另辟一路，"以不法为法，不古为古"①，提倡"独抒性灵，不拘格套"②。所以，围绕"法"命题的展开贯穿明代诗文领域，成为明代曲学"法"意识确立的文学背景。

赵山林在《中国古典戏剧学的历史分期与理论框架》一文中认为："万历戏剧学的另一鲜明特点便是'法'的总结。这是因为戏剧实践的发展已经积累了足够的经验，可以由人们来归纳出一系列的法则和规范。"③明代推动"法"意识的确立，也可肇始于对元代周德清"作词十法"的借鉴，如康海刊刻《太和正音谱》时将"入作平声""阴阳"并入"用字"中，同时删去"定格"法而为"作词七法"；王世贞《曲藻》引用周德清"作词十法"时，删去"知韵""入作平声"，增加"去上"一则并称为"九法"，同时根据南曲创作实践对作词"九法"进行重新阐释。

明代"法"意识推动的关键人物当为沈璟。"松陵，词隐沈宁庵先生，讳璟。其于曲学，法律甚精，泛澜极博。"④"词隐生平为挽回曲调计，可谓苦心，尝赋【二郎神】一套，又雪夜赋【莺啼序】一套，皆极论作词之法。"⑤沈璟致力于昆腔格律的辨析以及体系的确立，规范文人传奇戏曲的创作，试图改变当时曲坛较为混乱的情形，"盖先生雅意，原欲世人共守画一，以成雅道"⑥。同时，沈璟编撰成的《南曲全谱》《南戏韵选》《古今词谱》《唱曲当知》等曲法理论著作，都是欲为当时填词制曲者所遵法之用。"法"可谓沈璟曲作与曲论的关键词，"词隐所著散曲《情痴呓语》及《词隐新词》各一卷，大都法胜于词"⑦。"法"不仅成为沈璟曲作的特色，

① 钱伯城笺校：《袁宏道集笺校》卷十八《瓶花斋集之六·叙竹林集》，701页，上海，上海古籍出版社，1981。
② 钱伯城笺校：《袁宏道集笺校》卷四《锦帆集之二·叙小修诗》，187页，上海，上海古籍出版社，1981。
③ 见赵山林：《诗词曲论稿》，5页，北京，中华书局，2006。
④ （明）王骥德著，陈多、叶长海注释：《曲律注释》卷四《杂论第三十九下》，302页，上海，上海古籍出版社，2012。
⑤ 同上书，313页。
⑥ 同上书，327页。
⑦ 同上书，312页。

而且是支持其曲论的基点："词隐之持法也，可学而知也"；"吴江守法，斤斤三尺，不欲令一字乖律，而毫锋殊拙"①。

沈璟致力于"法"意识的促进，也影响到王骥德、吕天成、祁彪佳等其他曲家。王骥德指摘当时曲坛"今传奇之家，无虑充栋，然率多猥鄙，古法扫地，每令见者掩口"②，所以落实到自己的创作也力矫此弊，以"古法"作为规范的准绳。他自称"予考索甚勤，而举笔甚懒。每欲取古今一佳事，作一传奇，尺寸古法，兼用新韵，勒成一家言，倥偬不果"③，《金屋招魂》即"遵词隐功令，严于法者也"④。王骥德同样以"法"为标尺评议当时曲坛的议题，如针对《西厢记》《琵琶记》孰为高下的争议，认为"然《琵琶》终以法让《西厢》，故当离为双美，不得合为联璧"⑤；又围绕"沈汤之争"的论辩，在肯定汤显祖的同时也指出其"法"的缺陷，"临川汤奉常之曲，当置'法'字无论，尽是案头异书"⑥。吕天成亦从"法"的角度品判传奇作品，如称赞王济"颇知炼局之法，半寂半喧；更通琢句之方，或庄或逸"，而这正是他所钦羡的"高手"⑦；又评价《双环记》"今增出妇翁及夫婿，串插可观。此是传奇法"⑧，概括指出传奇之"法"的重要特征。

沈璟致力于"法"的规范总结，最重要的目的还在于指导戏曲创作的实践，同时在具体实践中也使"法"命题得到巩固，从而推动了明代戏曲艺术

---

① （明）王骥德著，陈多、叶长海注释：《曲律注释》卷四《杂论第三十九下》，311、308 页，上海，上海古籍出版社，2012。
② （明）王骥德著，陈多、叶长海注释：《曲律注释》附录二《王骥德诗文辑佚·古杂剧序》，337 页，上海，上海古籍出版社，2012。
③ （明）王骥德著，陈多、叶长海注释：《曲律注释》卷四《杂论第三十九下》，369 页，上海，上海古籍出版社，2012。
④ （明）祁彪佳：《远山堂剧品·金屋招魂》，见中国戏曲研究院编：《中国古典戏曲论著集成》（六），162 页，北京，中国戏剧出版社，1959。
⑤ （明）王骥德著，陈多、叶长海注释：《曲律注释》卷三《杂论第三十九上》，251 页，上海，上海古籍出版社，2012。
⑥ （明）王骥德著，陈多、叶长海注释：《曲律注释》卷四《杂论第三十九下》，307 页，上海，上海古籍出版社，2012。
⑦ （明）吕天成著，吴书荫校注：《曲品校注》卷上，9 页，北京，中华书局，2006。
⑧ （明）吕天成著，吴书荫校注：《曲品校注》卷下，329 页，北京，中华书局，2006。

的繁荣。所以，在沈璟等人的影响下，不少文人致力于曲法的全面总结，既有宏观的整体规划，又有具体的细致操作。对传奇作法较为整体性的总结与指导，当数万历年间的孙鑛提出的"南戏十要"：

> 第一要事佳；第二要关目好；第三要搬出来好；第四要按宫商、协音律；第五要使人易晓；第六要词采；第七要善敷衍——淡处做得浓，闲处做得热闹；第八要各角色派得匀妥；第九要脱套；第十要合世情、关风化。①

"十要"涉及剧情安排、文辞格律、舞台演出以及有关风教四个方面，很大程度上集合了当时曲家如李贽、李开先、何良俊等人的观点，可谓当时曲家传奇文体认识的集大成之论，也正因此吕天成才感叹"持此十要以衡传奇，靡不当矣"②。孙鑛提出的"南戏十要"直接影响到当时的曲家，如吕天成《曲品》正是以此为准则评议当时曲家及其作品。

王骥德又针对二者归纳出"传'奇'""词曲""搬演"三个视角："余谓品中止宜取传奇之佳者，次及词曲略工、搬演可观者，总以上、中、下三等第之，不必多立名目。"③王骥德不仅从这三个方面进行整体性论述，而且在具体方法上详细探析，《曲律》中对曲与传奇的具体作法都有分类阐释："过搭""曲禁""套数""小令""咏物""俳谐""险韵""巧体"诸条目讨论作曲之法，而"剧戏""引子""过曲""尾声""宾白""科诨""落诗""部色""讹"字等则讨论作传奇之法，另外还有具体作法如"章法""句法""字法"等，既是对此前曲坛传奇作法的全面总结，又希冀对后来文人创作进行具体指导。

---

① （明）吕天成著，吴书荫校注：《曲品校注》卷下，160页，北京，中华书局，2006。
② 同上书，160页。
③ （明）王骥德著，陈多、叶长海注释：《曲律注释》卷四《杂论第三十九下》，339页，上海，上海古籍出版社，2012。

然而，王骥德《曲律》主要侧重于对戏曲中"曲"作法的总结，对"剧"作法总结的完成还要延续至清初李渔，其《闲情偶寄》是对此前曲坛的全面总结，是此阶段关于戏曲作法总结的集大成论。《闲情偶寄》"词曲部"共六章三十六款，"结构第一""词采第二""音律第三""宾白第四""科诨第五""格局第六"，"是中国戏剧理论中最完整、最系统的戏剧剧本创作论"①。尤其是李渔提出"结构第一"的原则，取代以往"首重格律"的格局，对戏曲作法进行突破性的建设，而在"结构"之下又针对实用可行的法则进行阐述："戒讽刺""立主脑""脱窠臼""密针线""减头绪""戒荒唐""审虚实"。李渔在对具体法则的阐释，不仅有理论层面的论述，而且有具体事例的分析，使得文人曲家更便于理解运用，这也是较之前人的突出之处。例如，"立主脑"一节，李渔首先指明"主脑"之重要及其含义所在，进而予以理论层面的阐述，得出"此一人一事，即作传奇之主脑也"②的结论，然后结合典范作品《西厢记》《琵琶记》具体展开。李渔将《琵琶记》中的蔡伯喈、《西厢记》中的张君瑞作为决定全剧的主要人物，而蔡伯喈重婚牛府、张君瑞白马解围则为决定作用的主要情节，所以此"一人一事"就是剧中的所谓"主脑"，如此"立主脑"的作法就得以清晰展现，使得取法于此的文人一目了然。

当然，在王骥德《曲律》与李渔《闲情偶寄》两部集大成著作之间，还有不少曲家各阐精辟之论，发出戏曲作法的一家之言。比如臧懋循提出的创作"三难"说——"情词稳称之难""关目紧凑之难""音律谐叶之难"③，实际已对传奇作法提出具体解决的意见。又丁耀亢《啸台偶著词例》提出"调有三难""词有十忌""词有七要""词有六反"，其中的具体作法论述颇为细致，既是对以往创作法则的继承，又是结合自己具体实践的感受，可

---

① 谭帆、陆炜：《中国古典戏剧理论史》，55 页，上海，华东师范大学出版社，2005。
② （清）李渔：《闲情偶记·词曲部·结构第一》"立主脑"，见中国戏曲研究院编：《中国古典戏曲论著集成》（七），14 页，北京，中国戏剧出版社，1959。
③ （明）臧懋循编：《元曲选》卷首《序二》，4 页，北京，中华书局，1989。

惜只是要领性的简要概括，未能进行更为全面的展开论述。即便如此，其仍然"可以看成是清代初期戏曲创作研究的先声，特别是开启了清初戏剧学家对戏曲创作方法论研究的风气"①，尤其是对于李渔进行戏曲作法的全面完整的总结，这篇纲领性的文章起到了很好的引导作用，有很多内容可以在《闲情偶寄》中找到踪影，对于传奇作法的总结起到重要的过渡性作用。

可见，戏曲领域"法"的观念逐渐深入曲家的思想意识，作为曲学理论重要的关键词已经得到明代曲家的认同，成为总结戏曲文体体性的主要内容。

二、明代戏曲尚"法"思想的内涵演绎

随着明代曲家辨体意识的增强，"法"的命题不断丰富、演变，其内涵的阐释也在不同层面得以展开：其一为"师法"之"法"，通过参考、借鉴经典作品，尤其是元杂剧大家的作品，为传奇创作提供可依模仿的典范；其二为"法度"之"法"，通过一系列法度的确立，如唱法和表演的总结等，为戏曲文体确立较为完备的法度体系；其三为"技法"之"法"，针对实际创作技法进行总结和阐释，展现出细微具体处的法规典则。

（一）"师法"之"法"：对元杂剧典范的师法

师法命题的争辩集中于诗文领域，尤其是前后七子、唐宋派等，关于师法对象的论争成为明代诗文批评的焦点问题。明代曲学领域对元杂剧典范的师法，又可谓师法复古理论的再现，元杂剧作为一代文学的代表成为明代文人曲家的共识，"唐之诗，宋之词，元之曲，是皆独擅其美而不得相兼，垂之千古而不可泯灭者"②。元杂剧创作的兴盛与成熟，为明代戏曲树立了

---

① 叶长海：《中国戏剧学史稿》，355 页，上海，上海文艺出版社，1986。
② （明）茅一相：《题词评曲藻后》，见中国戏曲研究院编：《中国古典戏曲论著集成》（四），38 页，北京，中国戏剧出版社，1959。

效仿的艺术典范，同时也使戏曲创作弊病的修正有迹可循。明代文人指导、修正戏曲创作，尤其是在初期经历了师法元杂剧的过程，"故后之填词者，莫不以元曲为模范也"①，不仅以元杂剧为衡量的标准品评戏曲作品，而且对元杂剧艺术进行理性的思考，并以此来为明代戏曲的创作提供参考。

明代文人曲家师法元杂剧，突出体现在编选、改定元杂剧上。精选元杂剧经典作品之举，使当时文人不至于"动辄编一传奇"②，而是将戏曲传奇创作视为有规可循、有典可参的文学活动，嘉靖年间《杂剧十段锦》《四段锦》《改定元贤传奇》等的编纂，目的就在于取法元杂剧创作范式和舞台演出诸多方面的成功之处。其间李开先有感于当时"善恶兼蓄，杂乱无章"的缺陷，精选十六种元杂剧汇编而成《改定元贤传奇》，"尤以天分高而学力到，悟入深而体裁正者，为之本也"③，使得具有天分的曲家能够从中悟入、师法，掌握戏曲创作的关键之法。

师法元杂剧的典范作品，以此作为传奇戏曲创作的模板和指南，成为明代文人编订元杂剧选本的使命，如徐渭《选古今南北剧》、息机子《元人杂剧选》、黄正位《阳春奏》、孟称舜《古今名剧合选》、王骥德《古杂剧》；臧懋循《元曲选》等。其中，王骥德感于"今传奇之家，无虑充栋，然率多猥鄙，古法扫地，每令见者掩口"④，故而编选《古杂剧》；臧懋循则以元杂剧为标尺，来指摘当时曲坛状况并为其把脉救弊，"今南曲盛行于世，无不人人自谓作者，而不知其去元人远也"，"故选杂剧百种，以尽元曲之妙，且使今之为南者，知有所取则云尔"⑤。二人都是通过编选元杂剧的经典作

---

① （明）吕士雄：《新编南词定律叙》，见吴毓华编：《中国古代戏曲序跋集》，456～457页，北京，中国戏剧出版社，1990。
② （明）沈德符：《顾曲杂言·填词名手》，见中国戏曲研究院编：《中国古典戏曲论著集成》（四），206页，北京，中国戏剧出版社，1959。
③ （明）李开先：《改定元贤传奇后序》，见卜键笺校：《李开先全集·李中麓闲居集之五》，557页，上海，上海古籍出版社，2014。
④ （明）王骥德著，陈多、叶长海注释：《曲律注释》附录二《王骥德诗文辑佚·古杂剧序》，442页，上海，上海古籍出版社，2012。
⑤ （明）臧懋循编：《元曲选》卷首《序二》，4页，北京，中华书局，1989。

品，来试图纠正当时曲坛的混乱状况，以期为当时曲家提供师法的模范，显示出明代文人特有的文体使命感。

（二）"法度"之"法"：法度体系的确立

随着戏曲创作演出的兴盛繁荣，围绕相关法度规则的理论总结，也逐渐进入文人曲家的视野。 就传奇剧本体制的规范而言，结构上诸如题目、分出标目、分卷、出数、开场、生旦家门、下场诗等[①]，都在一定程度上得以确立、定型。 同时，其他一系列法度的规范，也力图促进传奇文体体系逐渐完备，如唱法和表演的理论总结等。

首先，唱法的总结。 对于唱法艺术的经验总结及理论探讨，"自元代的《唱论》，明代的魏氏《曲律》至清代的《乐府传声》，是三个发展的里程碑"[②]。 明代魏良辅《曲律》中唱法之论主要有三个方面：须有"理趣"，"曲须要唱出各样曲名理趣"；"曲有三绝：字清为一绝；腔纯而二绝；板正为三绝"；注意字音，"字字句句，须要透彻唱理"[③]。 明末曲家沈宠绥在前人的基础上编写《弦索辨讹》《度曲须知》，集中探讨了南北曲的唱法。 其中《弦索辨讹》多侧重于具体事例的示范，而《度曲须知》则对唱法进行理论的探讨，提出"从来词家只管得上半字面，而下半字面，须关唱家收拾得好"[④]，引入音韵学来指导唱法，其对具体实践的指导价值影响深远。 唱法理论的总结还延续至清初徐大椿《乐府传声》，该书对唱法技巧进行深入探讨，尤其是对演唱口法进行总结，归纳出"平声唱法""上声唱法""去声唱法""入声派三声法"等规则，使得"唱者有所执持，听者分

---

① 郭英德：《明清传奇史》，52～58 页，南京，江苏古籍出版社，1999。
② 叶长海：《中国戏剧学史稿》，429 页，上海，上海文艺出版社，1986。
③ （明）魏良辅：《曲律》，见中国戏曲研究院编：《中国古典戏曲论著集成》（五），6、7 页，北京，中国戏剧出版社，1959。
④ （明）沈宠绥：《度曲须知》卷上《中秋品曲》，见中国戏曲研究院编：《中国古典戏曲论著集成》（五），203 页，北京，中国戏剧出版社，1959。

明辨别"①，就戏曲创作及演出而言，具有很高的指导和参考价值。

其次，表演技法的指导。明代文人曲家不仅对文本创作进行指导，而且注意对舞台演出的总结。汤显祖《宜黄县戏神清源师庙记》就有关于演员演出的阐述：

> 一汝神，端而虚。择良师妙侣，博解其词而通领其意。动则观天地人鬼世器之变，静则思之。绝父母骨肉之累，忘寝与食。少者守精魂以修容，长者食恬淡以修声。为旦者常自作女想，为男者常欲如其人。②

汤显祖要求演员排除杂念，心神归一，才能气定神闲；与良师妙侣请教切磋，准确地理解领会曲意；注意角色的体验等。这一系列建议都是基于戏曲表演的特性而提出的，完全符合当时戏曲表演的要求。

潘之恒《鸾啸小品》卷二《与杨超超评剧五则》，是晚明指导舞台表演最具代表性的重要篇章。潘之恒总结出"度、思、步、呼、叹"五种表演技法，其中"度"是舞台感觉，"思"是主观情思，"步"是形体动作，"呼"和"叹"是表白的要求，从演员素质、内心体验、舞台感觉、形体动作、演唱效果等角度提出了整套的表演规范。另外，清代黄旛绰《梨园原》中也有对昆曲表演艺术技法的总结，其中"身段八要"——"辨八形""分四状""眼先引""头微晃""步宜稳""手为势""镜中影""无虚日"，即为形体训练和舞台形体动作的基本规范。

（三）"技法"之"法"：传奇技法的总结

明代曲家开始注重情节结构的安排、戏曲技法的运用，故而不少文人着

---

① （清）徐大椿：《乐府传声·入声派三声法》，见傅惜华编：《古典戏曲声乐论著丛编》，214页，北京，人民音乐出版社，1957。

② 徐朔方笺校：《汤显祖全集》诗文卷三十四《玉茗堂文之七》，1188页，北京，北京古籍出版社，2001。

意从评点角度进行阐发。 评点形态的展开多见于史籍、诗文批评，而蓬勃之势却形成于小说、戏曲范畴，其中以金圣叹评点小说、戏曲最为典型，除了《水浒传》评点中涉及小说技法的总结，《西厢记》批点中同样有关于戏曲技法的阐述说明。 其《读第六才子书〈西厢记〉法》曰："仆幼年最恨'鸳鸯绣出从君看，不把金针度与君'之二句，谓此必是贫汉自称，王夷甫口不道阿堵物计耳。"①所谓"金针"即喻"文法"，金圣叹对《西厢记》的节批、夹批几乎都是对"法"的说明，如"摇曳那辗"法、"烘云托月"法、"狮子滚球"法、"移堂就树"法、"月度回廊"法、"羯鼓解秽"法、"龙王调尾"法、"透过一步"法等，皆从不同角度进行技法的阐释，其间涉及语词描述多如出一辙，以期传奇创作能够贯串完整、曲折跌宕。 虽然金圣叹是以作文之法来概括作曲技法，但是对情节结构上的技法的总结，确实为当时的戏曲创作提供了新颖独到的见解。 此外，孔尚任在《桃花扇》评点中亦有关于技法的散论。 例如，针对《桃花扇》中呼应和均衡现象，在第二、第八、第十、第十一等出总评中提出"对峙法"，如第八出《闹榭》总评"未定情之先在卞家翠楼，既合欢之后在丁家水榭，俱有柳、苏，一有龙友、贞娘，一有定生、次尾，而卞、丁二主人俱不出：此天然对峙法也"，实即强调均衡而又变化的结构和戏剧节奏。 这些技法的总结既有理论层面的概括，也是实际经验的结晶，为传奇创作提供了相当重要的指导意见。

◎ 第四节
明代戏曲"尚法"与"达意"的思想论辩

明代文人曲家关于曲法的深入总结，实则戏曲艺术发展的必然要求，但

---

① （清）金圣叹：《贯华堂第六才子书西厢记》卷二《读第六才子书〈西厢记〉法》，见曹方人、周锡山标点：《金圣叹全集》第3集，14页，南京，江苏古籍出版社，1985。

同时明代曲家又意识到"法"命题的总结，其导向应该在于"活"的创作实践，而非停留于条条框框地恪守教法，从而逐渐形成由"法"而"悟"的思维演绎，最终又落实到对"尚法"与"达意"的认知。

"法""悟"之论《庄子》早有所及，"庖丁解牛""轮扁斫轮"等寓言故事，实际上隐含着深刻的哲学思想，强调娴熟技法艺术的掌握在于心领神会的"悟"，于是"悟"成为理解把握"法"的关键通则。禅宗"妙悟"理论的阐发也影响到文学批评的展开，其中比较有代表性的如吕本中《童蒙诗训》："作文必要悟入处，悟入必自工夫中来，非侥幸可得也。"①又严羽《沧浪诗话》重视"诗法"而又趋于"妙悟"，明代文人胡应麟曰："汉唐以后谈诗者，吾于宋严羽卿得一'悟'字，于明李献吉得一'法'字，皆千古词场大关键。第二者不可偏废，法而不悟，如小僧缚律；悟不由法，外道野狐耳。"②强调"法"与"悟"之间的对应关系，认为法而重悟，同时悟不废法，从某种程度而言自苏氏、黄庭坚、江西诗派以降诸家诗论，都言及"法"但又强调"悟"，体现出诗论的包容与超越特质。

如此，由"法"而"悟"则又展开"意"的追求，明代诗文复古理论针对"法"的强调坚守，进而超越升华至"意"的层面，从二者的相互对立转变而为交融，是明代文学理论关于"法"命题的深化与完善。

"法"的术语也见于佛教范畴，指宇宙万物的规律以及修持的法则等，而"意"作为术语的出现，与"心""识"也同属于佛教范畴，认为"心、意、识体一"。深受佛教思想影响的诗家如皎然，则流露出"尚意"的诗学倾向，其《重意诗例》评曰："两重意已上，皆文外之旨。若遇高手如康乐公，览而察之，但见情性，不睹文字，该诗到之极也。"③此外付诸践行者如晚唐杜牧《答庄充书》论说"以意为主"，都是对此审美倾向的直接呼应。

宋代诗话涉及诗法的大量讨论，"唐人不言诗法，诗法多出宋，而宋人

---

① （宋）魏庆之：《诗人玉屑》卷五《初学蹊径·悟入》，118 页，上海，商务印书馆，1938。
② （明）胡应麟：《诗薮·内编》卷五，100 页，上海，上海古籍出版社，1979。
③ （唐）皎然：《诗式》卷一，见（清）何文焕辑：《历代诗话》，31 页，北京，中华书局，2004。

于诗无所得"①。 其中"尚意"的追求同样重要，如严羽《沧浪诗话·诗评》认为，"诗有词理意兴，南朝人尚词而病于理；本朝人尚理而病于意兴；唐人尚意兴而理在其中；汉魏之诗，词理意兴无迹可求"②，一度将"理"与"意"作为相互对应的概念。 姜夔《白石道人诗说》指出，"诗有四种高妙：一曰理高妙，二曰意高妙，三曰想高妙，四曰自然高妙"③，则又将"理"与"意"分列成不同等级的审美层次，可以说大致勾勒出诗法理论的两大关键指向。 明代文人对此问题的正视与争议，则源于明代文学复古思潮的展开，后七子领袖王世贞总结前七子中何、李之争，以及秦汉派与唐宋派的分歧时，就提出了"尚法"与"达意"的论析：

> 明兴……至于文，而各持其门户以相轧，卒胜卒负，而莫有竞者，其何故也？尚法则为法用，裁而伤乎气；达意则为意用，纵而舍其津筏。……吾来自意而往之法，意至而法偕至，法就而意融乎其间矣。夫意无方而法有体也，意来甚难，而出之若易；法往甚易，则窥之若难，此所谓相为用也。左氏法先意者也，司马氏意先法者也，然而未有不相为用者也。④

王世贞针对当时文坛复古效拟《左传》《史记》的两种倾向，点拨出创作者自我才情与文体法式之间的权衡现象，视"尚法"与"达意"为明代文学分流的突出表现："尚法"论者强调模仿前人的文法，借鉴参考以为作文的法则，步步趋之而严格遵守；"达意"论者着重袭取前人的词意，作为外在形式的法则，仅将其视为入门登岸的津筏，强调不必斤斤法古。 王世贞最后提

---

① （明）李东阳：《麓堂诗话》，见丁福保辑：《历代诗话续编》，1371 页，北京，中华书局，1983。
② （明）严羽著，郭绍虞校释：《沧浪诗话校释》，148 页，北京，人民文学出版社，2005。
③ 见（清）何文焕辑：《历代诗话》，682 页，北京，中华书局，1981。
④ （明）王世贞：《弇州山人四部稿》卷六十七《五岳山房文稿序》，《四部丛刊》本。

出融合"法"与"意"的中和之策，"法就而意融乎其间矣"，"自正宗发以奇藻，意融法中，不出法外"①，认为"法"与"意"二者都不可少，应调谐二者使之成为文章创作的最佳范式。

"尚法"与"达意"命题的讨论同样出现在其他艺术领域，是明代书画、戏曲等共通的理论话题。 王世贞曾理性论述过何、李之争，同时作有《书画跋》进行复古背景下的书画史述，得到孙鑛的高度肯定："书一涉魏晋，诗一涉建安，文一涉西京，便是无尘世风，此是艺文三昧"，但又不完全泥古，"凡临书或取态，或取势，大概以意求之"②。 孙鑛同时指出，"凡书贵有天趣，既系百纳，何由得佳"③，实则明确书画理论涉及的"法""意"命题。 这既是宋元之际书画理论的延续，同时又是明代文艺思想所涉共通命题的再现。 因为戏曲领域汤显祖与沈璟二人对此命题再次回应，其间孙鑛作为沈璟的前辈老师，"论曲十要"等曲学思想的影响不可回避，同时王世贞作为汤显祖的好友，时代风尚的共同熏染对汤显祖的影响同样重要，这就不难理解明代曲家对"尚法"与"达意"的激烈讨论。

明代曲学领域沈璟"守法"与汤显祖"尚词"的分歧，与明代文坛"法"与"意"的对立不谋而合，并且王世贞提出统一的论调，与"法与词两擅其极"的倡导如出一辙，可谓明代文论"法""意"的讨论在曲学领域的翻版。"法"命题的展开进程中还出现"法""意"之辩，在此辨析论争中，"法"的命题更加合理，这集中体现于围绕《牡丹亭》而形成的汤、沈二人的分歧。 这一点王骥德所论甚详，其基于"法"的立场，首先指出汤显祖于"法"的缺憾："临川汤奉常之曲置'法'字无论，尽是案头异书。"④

---

① （明）王世贞：《弇州山人四部稿》卷一百二十六《答陈淮安玉叔书》，《四部丛刊》本。

② （明）孙鑛：《书画跋跋》，转引自潘运告：《明代书画》，158 页，长沙，湖南美术出版社，2002。

③ （明）孙鑛：《昼锦堂记》，转引自潘运告：《明代书画》，181 页，长沙，湖南美术出版社，2002。

④ （明）王骥德著，陈多、叶长海注释：《曲律注释》卷四《杂论第三十九下》，307 页，上海，上海古籍出版社，2012。

但同时他也意识到二人在"法"与"意"上的分歧：

> 词隐之持法也，可学而知也；临川之修辞也，不可勉而能也。大匠能与人规矩，不能使人巧也。其所能者，人也；所不能者，天也。①

> 吴江守法，斤斤三尺，不欲令一字乖律，而毫锋殊拙。临川尚趣，直是横行，组织之工，几与天孙争巧，而屈曲聱牙，多令歌者龉舌。②

> 吾友方诸生曰："松陵具词法而让词致，临川妙词情而越词检。"③

沈璟"持法""守法"，汤显祖"尚趣""重词"，二人的分歧主要集中于"法"与"词（意）"的侧重不一，这是两种不同曲学观念的分歧，也是传奇创作过程不可避免的现象，即创作中究竟是在格律规范的前提下表达情感思想，还是以传情达意为核心，"法"只是促进而非阻碍的辅助因素。 所以"法"与"意"的权衡是调节这一分歧的关键所在，也是传奇作品成功的主要因素。 明清之际不少曲家意识到了这一点，如臧懋循提出"事必丽情，音必谐曲"④，吕天成认为"倘能守词隐先生之矩矱，而运以清远道人之才情，岂非合之双美者乎"⑤，都不同程度地表达出中和的策略，并且最终达成文律兼备、意法双美的共识。

明代曲坛在"法"意识的确立上，既有理论层面的宏观指导，又有实践层面的经验总结，对明代戏曲发展起到了至关重要的推动作用。 同时，

---

① （明）王骥德著，陈多、叶长海注释：《曲律注释》卷四《杂论第三十九下》，311 页，上海，上海古籍出版社，2012。
② 同上书，308 页。
③ （明）吕天成著，吴书荫校注：《曲品校注》卷上，37 页，北京，中华书局，2006。
④ （明）臧懋循：《玉茗堂传奇引》，见隗芾、吴毓华编：《古典戏曲美学资料集》，146 页，北京，文化艺术出版社，1992。
⑤ （明）吕天成著，吴书荫校注：《曲品校注》卷上，37 页，北京，中华书局，2006。

"法"也暴露出自身相对性的特征，即传奇文体体性的总结规范意在指导当时文人传奇的创作，并非完全意义层面的严格遵守，而是规范与创新并存，辨体与破体并存。就沈璟自身而言，虽然其曲论"持法"甚严，但在具体创作中并非完全恪守，而是存在些微地方的变动，这也是"法""意"分歧不可避免的原因所在。

第三十三章
效果接受与明代戏曲
思想的动态诠释

　　针对明代戏曲发展的历史进程进行整体描述，一方面在于文人和戏曲从业者所致力的文本创作和舞台表演，另一方面则是读者观众对戏曲作品的文本阅读与舞台欣赏。但是，针对戏曲这一特殊的艺术形态，其接受不再停留于如诗文接受的文本阅读，而是形成文人曲家—艺人演员—读者观众这样特殊的接受过程，在此过程中戏曲接受效果的实现也是错综复杂的，并非简单的接受者本位的解读、赏析，而是夹杂着诸多因素的互动影响，既展现出戏曲艺术动态的接受过程，又折射出明代文人丰富的戏曲思想。

◎ 第一节
戏曲接受效果的理论范畴

　　针对接受效果理论的深入探讨，西方学者如姚斯（Hans Robert Jauss）、伊瑟尔（Wolfgang Iser）、伽达默尔（Hans-Georg Gradamer）等已阐述颇多，这一理论也已成为西方文艺理论研究的重要内容。但是关于戏曲接受效果的研究，不能简单套用西方的接受理论来进行古代戏曲接受阐释的具体实践，而应基于二者存在共同对话的平台，以西方效果理论的研究作为重要参照，建立起戏曲效果研究的"他者"视域，从而发掘戏曲效果研究的重要内蕴和接受意义。

近年来，国内学者也纷纷关注接受效果的理论研究，尝试结合中国文学进行具体阐释。但是他们对效果研究的理论界定都倾向于接受史下的效果史研究，同时还存在不同程度的分歧，下面以具有代表性的观点进行大致的梳理和说明。

其一，针对接受史与效果史之间的研究而论。朱立元认为："文学的接受史、效果史，就其实质而言，是文字本文与历代读者之间的一种问答和对话的动态历史过程。……这一'对话'关系包括着两个方面：一是对同一作品，不同时代（期）的读者与之发生不同的对话关系。每个特定时期的读者从自己特定的审美视界与需求出发或去发现作品所提的问题，并作出自己的解答（阐释）；或向作品发出独特的询问，以从作品中求得解答。……二是在对话中沟通过去作品与现在作品的视界。"①他指出效果史的研究范畴在于梳理、阐述历代读者的接受对话。温潘亚则明确"效果史是历史事实与其效果之间的关系史，是文学文本与读者之间的关系史，也是历代读者对文本的理解、认识、反应和评价的历史。……接受史更多地体现在读者的反应层次上，效果史则更为深刻地把握了文学变迁的结果史，前者是'因'，后者为'果'，两者之间的因果关系把它们紧紧地拴在一起"②。他们都共同指向效果史的研究，不仅体现在文本与读者之间的对话以及读者的反应，而且在于历代接受的变迁，从而展现其动态的史的描述。

其二，明确接受史研究范畴下的几对命题，并试图梳理它们的具体内涵。朱立元认为："接受史或效果史是沟通文学史和批评史之间的桥梁；文学史主要提供作家、作品发展脉络的基本素材（当然也应适当包括读者反

---

① 朱立元：《接受美学导论》，435～436 页，合肥，安徽教育出版社，2004。
② 温潘亚：《在期待视野的融合中透视文学的效果史——接受美学文学史模式研究》，载《河北学刊》，2006（4）。

应、批评的内容）；接受史或效果史则主要历史地描述读者群体对作家、作品的反应批评以及由此显示的民族审美经验、观念的历史演变（当然必定涉及作家、作品，也同一定时代的文学思潮、运动的理论、主张和批评观念、方法等相关）；批评史则是接受史或效果史的理论概括形态，主要是对古代文学理论、观念、范畴、方法等作历史的考察。在这三'史'中，批评史提供给效果史得以成形的理论框架，效果史也从读者接受方面对文学史发展趋向的构成产生制约作用。"①陈文忠则进一步明确了"效果史""阐释史""影响史"的区分："古典诗歌接受史的研究也可朝三个方面展开：以普通读者为主体的效果史研究；以诗评家为主体的阐释史研究；以诗人创作者为主体的影响史研究。……效果史研究，即考察作品审美效果的嬗变衍化和成因规律，包括读者群的构成及其变迁，不同时代读者对作品的接纳反应及作品的显晦声誉，进而透过作品效果史探寻文艺风气和审美趣味的演变轨迹等等。……因此，效果史的研究，实质上是考察艺术作品实际存在的历史形态，是认识作品怎样存在和为什么这样存在。"②这种区分对后来研究者影响颇大，不少古典文学的接受研究就是在此体系下展开的。

基于接受史研究范畴下的效果史研究，多指涉两个层面的命题展开：其一为"效果"的研究，针对文字本文与读者之间的问答对话，考察读者对文本的理解、认识、反应和评价，是以读者为本位的研究模式；其二为"史"的描述，梳理不同时代、不同读者的接纳反应，考察作品审美效果的嬗变衍化和成因规律，进而透过作品效果史探寻文艺风气和审美趣味的演变轨迹等。诚然，文学接受效果的研究应当基于读者本位的思考模式，考察读者对作品文本的接受状态，但同时还要审视作者对文本效果的考虑、组织与构建，如文体效果、审美效果、社会效果等的接受状态，其主观的效果期待与客观的具体实现，实际是作者与读者之间的互动交流，并且这种互动有时顺

---

① 朱立元：《接受美学》，361～362 页，上海，上海人民出版社，1989。
② 陈文忠：《古典诗歌接受史研究刍议》，载《文学评论》，1996（5）。

畅，有时受阻，这又受制于诸多相关因素的作用。所以，接受效果的研究是对二者双向互动的解读，而不是读者本位的单向考察，其间也存在文学活动的普遍原则，如"读者与作者的交流，读者与作品人物角色的交流，读者与其他读者的交流，以及读者与作品所描写的整个自然、社会以及全人类的交流。文学交流活动是平等亲密的艺术主体之间的审美情感的共鸣、审美智慧的碰撞、审美体验的融合，是内在心灵之间的袒露和沟通、自由个性之间的际会和确证"[①]。

所以，西方效果历史的研究突出"对话"的建立，显现原本意义的同时更体现当下价值。古代戏曲接受效果的研究，重在突出"对话"的当时性与延续性，既有传统接受研究的主要范畴，又存在其自身的独特内涵：一方面，考察戏曲传播的接受范畴，是文人曲家、艺人演员、读者观众之间的互动效果共存，既有文本层面的接受效果，又有演出层面的接受效果，也就是文本效果与剧场效果的双重结合，才能完成对戏曲接受效果的完整审视。另一方面，戏曲接受效果的历时考察，结合较为成熟的戏曲发展史，大致呈现出杂剧—传奇—地方戏三个阶段：在杂剧时代，不少文人曲家躬身剧场，与演员交往密切甚至亲自导演，十分注重文本效果与舞台效果的融合；在传奇时代，文人曲家多注重文本效果的追寻，徘徊于文本效果与舞台效果之间的均衡；在地方戏时代，艺人演员群体集体亮相，舞台效果成为戏曲接受的重心。当然，戏曲接受效果研究并非单纯的效果史的历时描述，而是尽可能立足于史论描述的基础，力求对戏曲接受效果进行动态考察，揭示出文人曲家、艺人演员、读者观众乃至书坊主、戏班主人、串客票友、导演舞美等诸多角色在戏曲接受效果中发挥不同的作用，从而共同实现戏曲效果的互动演绎。

---

① 童庆炳主编：《文学理论教程》，329 页，北京，高等教育出版社，2004。

◎ 第二节
戏曲文本效果的接受解读

传统的文学文本的接受研究，受限于作者—文本—读者的单线接受，在中国文学的传播接受研究中，小说文体则增加说书人的角色，丰富了古代小说的传播接受形态。 古代戏曲的接受效果研究，不仅是戏曲文本的传播接受，还有剧场舞台的演出效果，戏曲作品的接受存在文本与舞台的双重表现，所以古代戏曲的接受效果研究，基本围绕文人曲家—艺人演员—读者观众的多元角色，形成对文本效果与舞台效果的双重审视。

一、文人创作的效果期待

围绕戏曲文本而展开的效果审视，文人曲家的效果期待与读者群体的接受评点，以及艺人、观众的心灵感应，都是基于戏曲文本的文学元素得以铺展。 其中，文人读者对戏曲文本进行鉴赏、评点，艺人、观众对剧情演绎予以感应、共鸣等，从而实现戏曲接受效果的互动演绎。

古代戏曲文本尤其是文人曲家创作的成熟文本，实则承载着他们的无限寄托，他们对呕心沥血而成的文本赋予不同程度的效果期待，希冀得到读者、观众的普遍认同。 不少文人曲家意识到戏曲效果实现的艰辛与波折，故而感叹"论传奇，乐人易，动人难"，期待"知音君子，这般另做眼儿看。休论插科打诨，也不寻宫数调，只看子孝与妻贤"[1]。 另外，"有欢笑，有离折，无灵异，无奇绝，按父子恩情，君臣忠直，休言打动众官人，直甚感

---

① （明）高明：《琵琶记》第一出《副末开场》，见隗芾、吴毓华编：《古典戏曲美学资料集》，72页，北京，文化艺术出版社，1992。

动公侯伯"①，文人曲家对戏曲效果的可能性存在较为清醒的认识。 有些文人曲家甚至注意到隐含效果的实现，在戏曲文本创作之初即已明言，如《荆钗记》中，"新编传奇真奇妙，留与人间教尔曹，奉劝诸人行孝道"②，"荆钗传奇会编巧，新旧双全忠孝高，须劝诸人行孝道"③，明确提出希冀达到"劝诸人行孝道"的戏曲效果。

二、读者群体的接受批评

戏曲文本效果的实现，还需与接受群体的互动交流，这既有文人读者的接受评点，又有艺人、观众的心灵感应。 文人曲家费尽才华而成的戏曲作品，能够得到同行文人的击节赞赏，可谓既是对文本效果的直接认同，又是对自我才情的高度肯定。 同时作为作者的曲家，也十分珍视读者的评点回馈。 孔尚任曾十分明确地表示："读《桃花扇》者，有题辞，有跋语，今已录于前后。 又有批评，有诗歌，其每折之句批在顶，总批在尾，忖度予心，百不失一，皆借读者顺笔书之，纵横满纸，已不记出自谁手。 今皆存之，以重知己之爱。 至于投诗赠歌，充盈箧笥，美且不胜收矣，俟录专集。"④对于文人读者各种形态的回馈，都表示出"知己之爱"的重视态度。 同时，孔尚任一语道出文人读者的效果回馈，体现为"投诗赠歌"和评点论析的外在形式。 梁辰鱼《浣纱记》曾风靡一时，文坛盟主王世贞作有《嘲梁伯龙》云："吴阆白面冶游儿，争唱梁郎雪艳词。"⑤李攀龙也赠诗云："彩笔含花赋别离，玉壶春酒调吴姬。 金陵子弟知名姓，乐府争传绝妙辞。"⑥此外更

① 《新刊重订出像附释标注音释赵氏孤儿记》第一出《傅末开场》【满江红】，《古本戏曲丛刊初集》本。
② 《屠赤水先生批评荆钗记》【尾声】，《古本戏曲丛刊初集》本。
③ 《新刻原本王状元荆钗记》【尾声】，《古本戏曲丛刊初集》本。
④ （清）孔尚任：《桃花扇本末》，见王季思、苏寰中、杨德平合注：《桃花扇》，7页，北京，人民文学出版社，1982。
⑤ （明）王世贞：《弇州山人四部稿》卷四十九，《四部丛刊》本。
⑥ 李伯齐点校：《李攀龙集》卷十四《寄赠梁伯龙》，358页，济南，齐鲁书社，1993。

有汪道昆《席上观吴越春秋有作凡四首》、胡应麟《狄明叔邀集新居命女伎奏剧凡玉簪浣纱红拂三本即席成七言律四章》等，都直接赠诗表示欣赏的态度。

有些文人不满足于吟诗叹赏，而是开始动手评点剧本，体现出对戏曲文本的情绪表达和冷静思索。 文人评点文本的情绪表达，多为于绝妙处即可喜，于悲愤处即可叹，完全是一种自我情感的自然流露，如《李卓吾先生批评北西厢记》第十四出《堂前巧辩》红娘责备老夫人一段的尾批"这丫头是个大妙人"，其喜憎之情溢于言表，对于情节生动或文辞美妙处，更是读到兴致便言"好""妙"，抑或"我欲赞一辞也不得"。 评点者主体沉浸其间击节赞叹，有的甚至为之手舞足蹈或是悲伤流泪，如汤显祖评《西厢记》第四折《佳期》云"读至崔娘入来，张生捱坐，我亦狂喜雀跃"。 有些文人在评点过程中逐渐融入自我的感慨、反思等，根据情节人物来比附、对照现实世事，在讽喻现实的同时抒发自我的情志，如陈继儒评点《琵琶记》第二十六出《拐儿赔误》云"世上只有官长骗百姓耳。 百姓骗官长，更妙更妙"，评点《绣襦记》第十五出《套促缠头》云"惜李大妈是个妇人耳，若是个做官的更会赚钱"。

对戏曲文本效果的最终呈现，从读者尤其是文人阶层的接受内容而言，大致在于戏曲主题和文笔才情的认同与欣赏。 洪昇《长生殿》第一出《传概》【满江红】即言："今古情场，问谁个真心到底？ 但果有精诚不散，终成连理。 万里何愁南共北，两心那论生和死。 ……借太真外传谱新词，情而已。"所以刚问世时便有人称"是剧乃一部闹热《牡丹亭》"，洪昇对此创作宗旨的评价是"以为知言"①。 汤显祖《牡丹亭》中杜丽娘超越生死的情感追寻，以其巨大的艺术魅力震撼了无数青年男女，娄江俞二娘反复诵读并再三品味，最终悲情过度，断肠而死。 汤显祖听后伤感不已，作诗痛悼：

---

① （清）洪昇：《长生殿例言》，见徐朔方校注：《长生殿》，1 页，北京，人民文学出版社，1998。

"何自为情死？ 悲伤必有神，一时文字业，天下有心人！"①扬州冯小青夜读咏玩，动情之余作诗一首："冷雨幽窗不可听，挑灯闲看《牡丹亭》。 人间亦有痴于我，岂独伤心是小青？"②《红楼梦》第二十三回"西厢记妙词通戏语 牡丹亭艳曲警芳心"，林黛玉路过梨香院听到"良辰美景奈何天，赏心乐事谁家院"，杜丽娘见春色迷人的美景而思春伤春，无疑警醒同为花季少女的林黛玉不觉停步伤心落泪。 这些"天下有心人"的女性读者，都是感于爱情的知赏共鸣。 对文笔才情的肯定更是如此，不少文人创作戏曲作品，极尽敷演藻丽之能事，如屠隆《昙花记》《彩毫记》等剧，"学问堆垛，当作一部类书观"③，而被时人称为"才士之曲"，他们希冀的是"奇文共赏析"的审美效果。

文本接受的效果期待还逆向影响戏曲文本的再创作，作为作者的文人曲家十分在意读者的评价意见，有时甚至邀请读者直接参与戏曲文本的修订。汤显祖早年创作《紫箫记》时，就曾向好友孙如法询问曲家王骥德的意见。孙如法转告曰："尝闻伯良（王骥德）艳称公才，而略短公法。"汤显祖对此表示"良然"，并且希望日后"当邀此君共削正之"④。 清初洪昇创作《长生殿》历经十六年的润色修改，完成从《沉香亭》到《舞霓裳》再到《长生殿》的转变，前一次转变正是接受懂词曲的朋友毛玉斯的意见，认为与屠隆《彩毫记》近似故而"排场近熟"，"因去李白，入李泌辅肃宗中兴，更名《舞霓裳》"。 后一次华丽转身则是好友兼"第一读者"徐麟的意见反馈，并且二人经常一起"审音协律，无一字不慎"⑤，所以才有"爱文者

① 徐朔方笺校：《汤显祖全集》诗文卷十六《玉茗堂诗之十一·哭娄江女子二首》之二，711 页，北京，北京古籍出版社，2001。
② 见徐扶明编著：《牡丹亭研究资料考释》，216 页，上海，上海古籍出版社，1987。
③ （明）祁彪佳：《远山堂曲品·昙花》，见中国戏曲研究院编：《中国古典戏曲论著集成》（六），20 页，北京，中国戏剧出版社，1959。
④ （明）王骥德著，陈多、叶长海注释：《曲律注释》卷四《杂论第三十九下》，334 页，上海，上海古籍出版社，2012。
⑤ （清）洪昇：《长生殿例言》，见徐朔方校注：《长生殿》，1 页，北京，人民文学出版社，1998。

喜其词,知音者赏其律"①的文本效果。

文人曲家对文本效果的主观期待,不仅在于读者群体的鉴赏与评点,而且在于艺人观众的感应与共鸣。 晚明曲家袁于令以《西楼记》而名,一日饮酒归来,坐轿经过一大户人家门前,其家正宴客,传来演唱《霸王夜宴》一出,轿夫随口说:"如此良夜,何不唱'绣户传娇语'?"②袁于令听后高兴得差点从轿中跌落,原来"绣户传娇语"正是《西楼记》第二十出《错梦》【南江儿水】的唱词,不识字的轿夫尚且如此熟悉、青睐,其他观众的接受效果可想而知,可见袁于令的欣喜若狂恰是在于对戏曲效果的在意和自信。孔尚任创作《桃花扇》,"博采遗闻,人之声律,一句一字,抉心呕成",可是待他带入京城希冀为人所识时,却是"借读者虽多,竟无一句一字着眼看毕之人",孔尚任为此"每抚胸浩叹,儿欲付之一火"。 即便如此,他还是"转思天下大矣,后世远矣,特识焦桐者,岂无中郎乎"③。 而当看到"金斗班"元宵演出时,他特别赞赏"唱《题画》一折,尤得神解"。 后来孔尚任不断看到自己作品被演员精彩演出,并且受到观众的普遍认可,"群公咸集,让予独居上座,命诸伶更番进觞",同时"座客啧啧指顾",孔尚任也"颇有凌云之气"④。

三、艺人观众的心灵感应

文人曲家希冀的效果期待,还需演员的精彩演绎和观众的会心领悟,才能促使戏曲效果在此互动交流中完美实现。 明末杭州女演员商小玲最擅长

---

① (清)吴舒凫:《长生殿序》,见(清)洪昇著,徐朔方校注:《长生殿》附录二,228 页,北京,人民文学出版社,1998。
② (清)焦循:《剧说》卷六,见中国戏曲研究院编:《中国古典戏曲论著集成》(八),198 页,北京,中国戏剧出版社,1959。
③ (清)孔尚任:《桃花扇小引》,见王季思、苏寰中、杨德平合注:《桃花扇》,1 页,北京,人民文学出版社,1982。
④ (清)孔尚任:《桃花扇本末》,见王季思、苏寰中、杨德平合注:《桃花扇》,6 页,北京,人民文学出版社,1982。

演《牡丹亭》传奇，因为她也曾爱上英俊书生而未能遂愿，所以每次演到《寻梦》《闹殇》等出，仿佛身临其境而泪痕满面，终于在唱到《寻梦》"待打并香魂一片，阴雨梅天，守得个梅根相见"时，想起自己的相同遭际，悲痛地倒在舞台上香消玉殒。其他的女性观众更是如此，"近有二女，并坐读《还魂记》，俱得疾死。一少妇看演杂剧，不觉泣下"。《牡丹亭》一经演出就会吸引妇女争相观看，为此而被诋毁为"导以淫词，有不魂消心死者哉"。因为"炽情欲，坏风化"①而一度被禁毁，这恰从另一方面透露出女性观众对《牡丹亭》的会心领悟，正是由于其带来了强烈的艺术震撼，才触发观众的感动而引起轰动效果。

　　文本效果的互动交流有时也会存在某些误解。读者对作品的误读或不解，以及演员对文本的妄加改动等，也使得文本效果的呈现在不同层面受阻。《牡丹亭》被不少文人曲家认为不合格律，难以获得较好的舞台演出效果，故而大家动手改编，招致了汤显祖的不满。《长生殿》由于"伶人苦于繁长难演，竟为伧辈妄加节改，关目都废"，为此洪昇特意叮嘱"当觅吴本教习，勿为伧误可耳"②。《桃花扇》引起一时轰动，不少文人曲家又技痒难耐改编曲本，"顾子天石读予《桃花扇》，引而申之，改为《南桃花扇》。令生旦当场团圆，以快观者之目；其词华精警，追步临川"。对此孔尚任也不得不表示遗憾之情，"虽补予之不逮，未免形予伧父，予敢不避席乎"③。此外，演员根据舞台演出的需要，也会对文本进行删减、改动，从而引起作者的不满，"优人删繁就减，只歌五六曲，往往去留弗当，辜负作者之苦心。今于长折，止填八曲，短折或六或四，不令再删故也"。同时，对于戏曲文本中的说白部分，"旧本说白，止作三分，优人登场，自增七分；俗

① （清）史震林：《西青散记》卷二，29 页，北京，中国书店，1987。
② （清）洪昇：《长生殿例言》，见徐朔方校注：《长生殿》，1 页，北京，人民文学出版社，1998。
③ （清）孔尚任：《桃花扇本末》，见王季思、苏寰中、杨德平合注：《桃花扇》，7 页，北京，人民文学出版社，1982。

态恶谑，往往点金成铁，为文笔之累。今说白详备，不容再添一字"①。身为作者的文人曲家针对文本的误读和妄加删改，都明确表示出自己的不满态度。

出版流通领域的书坊主——明代不少曲家同时身为出版商，如汪道昆、汪廷讷等——也非常重视戏曲文本效果的实现，实现戏曲文本内在文才的同时，还着意于外在形式的精益求精，力求戏曲文本效果臻于完美，希冀从印刷纸张的选择、刻工技艺的苛求、文本字体的斟酌等方面实现戏曲文本的悦目赏心。另外如戏曲文本中的图像，本为辅助说明戏曲的情节内容而用，使之表现得更为多样化和形象化，因此不少文人曲家与书坊主都十分在意对文本图像的处理。例如，晚清刘世珩出版《暖红室汇刻传剧》，聘请当时的名家作画，为剧本增加补充精美的图像，"旧有绣像图画，皆室人江宁傅晓虹（春姗）所模。无者补画。画者，钱塘汪待诏耆（洛年）、长沙李贰尹仲琳、休宁吴县尉子鼎、吴县周布衣乔年"②。戏曲文本中的图像不再仅是作为简单的补充，而是融入文本成为效果最佳呈现的重要内容。

在古代戏曲发展的相当长一段时间内，文人群体大量介入创作促使戏曲效果的实现，仅仅停留于文本层面并无限放大，并且与读者的交流更为密切而成为其案头赏读的文学作品，这也导致失去了戏曲舞台效果这一特性的呈现。戏曲作品成为文人曲家自我宣泄的载体，如屠隆《昙花记》被祁彪佳评为"学问堆垛，当作一部类书观，不必以音律节奏较也"③，这也是文本效果过于彰显所带来的弊端。

---

① （清）孔尚任：《桃花扇凡例》，见王季思、苏寰中、杨德平合注：《桃花扇》，11～12页，北京，人民文学出版社，1982。
② （清）刘世珩：《暖红室汇刻传剧》卷首自序，贵池刘氏暖红室刻本。
③ （明）祁彪佳：《远山堂曲品·昙花》，见中国戏曲研究院编：《中国古典戏曲论著集成》（六），20页。北京，中国戏剧出版社，1959。

◎ 第三节
戏曲舞台效果的演赏互动

戏曲效果的实现，除却文本效果的阅读评点之外，还有其独具特色的效果元素，也即立足剧场舞台的平台，围绕艺人—观众的演赏互动，实现动容、动心与悦目、赏心的戏曲效果。 不过，不同演出场所形成的演出效果也各自不一，如勾栏瓦肆、厅堂楼台、酒楼茶肆、虎丘西湖等，外化为观众的会心一笑、鼓掌欢呼，或低眉抽泣、呐喊震天，都是以舞台为中心表现出不同的戏曲效果。

舞台剧场效果的精彩实现，既有艺人自身的修养熏陶、精湛技艺，也有艺人与艺人之间的心有灵犀、同台对戏，艺人与观众之间的情感沟通、演赏互动，同时作者主观的剧本设计，即对舞台演出需要的关注、冷热场的调剂、文武戏的中和，以及剧场布置中舞台道具、背景、服饰、化妆等的斟酌铺垫，成为共同影响舞台效果的诸多元素。

一、艺人与艺人之间同台对戏

"曲之工不工，唱者居其半，而作曲者居其半也"，故而"作曲者与唱曲者，不可不相谋也"[①]。 文人曲家文本创作的前期铺垫，也是舞台效果精彩演绎的关键部分，他们不仅对文本效果表示关注，而且究心于舞台效果的实现，如明末清初阮大铖《石巢戏曲四种》、李渔《笠翁十种曲》等，都着意于结构关目的新奇、舞台表演的闹热，从创造者角度介入舞台效果的建构。 有的甚至直接参与指导戏曲表演，"玉茗堂开春翠屏，新词传唱《牡丹

---

① （清）徐大椿：《乐府传声·一字高低不一》，见中国戏曲研究院编：《中国古典戏曲论著集成》
（七），179～180 页，北京，中国戏剧出版社，1959。

亭》。 伤心拍遍无人会，自揾檀痕教小伶"①。 经历吴中曲家的改编，汤显祖尤为关注宜黄优伶对自己作品的表演，对妥帖准确演唱的艺人表示认同，如《滕王阁看王有信演牡丹亭二首》"韵若笙箫气若丝，牡丹魂梦去来时。河移客散江波起，不解销魂不遣知"②，肯定艺人王有信的表演能够深谙作者的良苦用心。 洪昇也亲自观摩戏曲表演，还直接提出修改意见：

> 是书义取崇雅，情在写真，近唱演家改换有必不可从者，如增虢国承宠、杨妃忿争一段，作三家村妇丑态，既失蕴藉，尤不耐观。其《哭像》折，以哭题名，如礼之凶奠，非吉奠也。今满场皆用红衣，则情事乖违，不但明皇钟情不能写出，而阿监宫娥泣涕皆不称矣。至于《舞盘》及末折演舞，原名《霓裳羽衣》，只须白袄红裙，便自当行本色。细绎曲中舞节，当一二自具。今有贵妃舞盘学《浣纱舞》，而末折仙女或舞灯、舞汗巾者，俱属荒唐，全无是处。③

分别从情节处理和舞台表演方面，指出乖违"崇雅""写真"的审美标准，难以实现其理想的舞台效果。

这也就说明了艺人的表演在舞台效果实现中的关键作用。 艺人或完全忠于剧作者的本意进行表演，或根据舞台演出需要动手删改，文人曲家呕心而成的效果期待，还需要艺人在舞台的精彩表演，故而元代胡祇遹提出从形态举止到歌唱表演的"九美"说，明代潘之恒《与杨超超评剧五则》总结出"度、思、步、呼、叹"的表演五要素，都意在探究艺人的表演技艺，达到最佳的舞台形象与表演状态。

---

① 徐朔方笺校：《汤显祖全集》诗文卷十八《玉茗堂诗之十三·七夕醉答君东二首》，791 页，北京，北京古籍出版社，2001。
② 徐朔方笺校：《汤显祖全集》诗文卷十九《玉茗堂诗之十四》，838 页，北京，北京古籍出版社，2001。
③ （清）洪昇：《长生殿例言》，见徐朔方校注：《长生殿》，1 页，北京，人民文学出版社，1998。

不仅艺人自身要技艺水平高超，而且艺人与艺人之间艺逢对手，才能取得较好的现场效果。例如，梅兰芳与杨小楼共演《霸王别姬》，当霸王对虞姬"步步紧逼了相送，双目直注虞姬"，梅兰芳觉得"真像过电一样"[1]，二人心有灵犀才能演得催人泪下。《消寒新咏》记载了不少优秀的艺人搭档，如集秀扬部小旦倪元龄与贴旦李福龄，"年岁相若，身材颉颃，即技艺亦相上下"，"元龄宜笑，福龄善哭"，"论怡情，福龄少逊元龄之风致；论感怀，元龄不如福龄之逼真。各有好处，不容没也"。最难得的是二人"同歌合演，如《水漫》《断桥》《思春》《扑蝶》《连厢》以及《忠义传》之扮童男幼女，彼此争奇，令观者犹如挑珠选宝，两两皆爱于心，莫能释手。斯诚一对丽人，可称合璧者也"。[2] 二人不仅心心相印，而且艺逢对手，高手之间的心灵默契，铸就舞台的经典组合和精彩瞬间。

二、艺人与观众之间演赏互动

从观者层面而言，"楼上所赏者，目挑心招、钻穴逾墙之出，女座尤甚，池内所赏者，则争夺战斗劫杀之事"[3]。虽然观者来自不同的地域、阶层，关注欣赏的目的不同，但是舞台效果方面无非两个层面：既要"看戏"，又要"看艺"。"看戏"重在戏曲表现内容即情感体验而言，如《清忠谱》《桃花扇》等反映现实的作品，曾引起明末清初观众的强烈反响；但有些观者对戏曲内容早已烂熟于心，所以更在意"看艺"，着重领会表演者的技艺，如"静如处女，动若脱兔；重如泰山，轻若鸿毛"的形体美，"声要

---

① 黄裳：《黄裳论剧杂文》，538 页，成都，四川人民出版社，1984。
② （清）铁桥山人等著，周育德校刊：《消寒新咏》，64 页，北京，中国戏剧出版社，1991。
③ （清）包世臣：《都剧赋》，见赵山林选注：《安徽明清曲论选》，254 页，合肥，黄山书社，1987。

圆熟，腔要彻满"①，还要"眼灵睛用力，面状心中生"②，"有意有情，一脸神气两眼灵"③。潘之恒说自己"观剧数十年"，而"今垂老，乃以神遇"④，已经上升到精神上的感知。清末谭鑫培演出《天雷报》（又名《清风亭》），观者"并肩累足，园中直无容人行动之余地"，无非欣赏谭鑫培的精彩表演，"慷慨激烈，千人发指"；还有谭鑫培扮演的张元秀，痛斥忘恩负义的张继保，引得观者"视台上之张继保，如人人公敌，非坐视其伏天诛，愤气不能泄，故竟不去"，直到张继保被天雷击死，观者"乃相率出门。时雷雨方来，沾涂颠踬者，踵趾相错。早去刻许可免，而人人意畅神愉，虽牵裳蒙首，扶掖而行，而口讲指道者……咨嗟叹赏，若忘饥饿，天雨道滑不顾者，评笑百出，旁观疑痴"⑤。当然"看戏"与"看艺"也有不合之处，如彭天锡"多扮丑净，千古之奸雄佞倖"⑥，还有清末名净黄润甫等，观者既为其所演人物而深恶痛绝，又为其表演技艺之高超而欢呼叫绝，在"看戏"与"看艺"的分裂冲突中实现强烈震撼的舞台效果，真是"作戏者疯，看戏者傻"⑦。

艺人—观者的演赏互动影响舞台效果主要体现在两个方面：一方面，艺人的精彩表演带动观者情绪的变化，取得出色的舞台效果；另一方面，观者的欣赏也影响艺人的表演，甚至促进他们技艺的提升。

艺人的精彩表演可以带来舞台效果的轰动效应。袁中道《游居柿录》记

① （元）燕南芝庵：《唱论》，见隗芾、吴毓华编：《古典戏曲美学资料集》，74 页，北京，文化艺术出版社，1992。
② （清）黄旛绰等：《梨园原·身段八要》，见中国戏曲研究院编：《中国古典戏曲论著集成》（九），21 页，北京，中国戏剧出版社，1959。
③ （清）黄旛绰等：《梨园原·宝山集八则·观相》，见中国戏曲研究院编：《中国古典戏曲论著集成》（九），21 页，北京，中国戏剧出版社，1959。
④ （明）潘之恒：《鸾啸小品》卷二《神合》，见汪效倚辑注：《潘之恒曲话》，47 页，北京，中国戏剧出版社，1988。
⑤ （清）徐珂：《清稗类钞·优伶类·谭鑫培为伶界大王》，5120 页，北京，中华书局，1986。
⑥ （明）张岱著，蔡镇楚注译：《陶庵梦忆》卷六《彭天锡串戏》，202 页，长沙，岳麓书社，2003。
⑦ （清）王梦生：《梨园佳话》，88 页，上海，商务印书馆，1915。

载万历年间一次演出："极乐寺左有国花堂，前堂以牡丹得名。 记癸卯夏，一中贵造此堂既成，招石洋与予饮，伶人演《白兔记》。 座中中贵五六人皆哭欲绝，遂不成欢而别。"①清代王载扬《书陈优事》记载陈明智饰演楚霸王时，在场观众"皆屏息，颜如灰，静观寂听"，等到结束才"哄堂笑语，嗟叹以为绝技不可得"②。 张岱《陶庵梦忆》记载，《冰山记》上演时"声达外，如潮涌，人人皆如之。 杖范元白，逼死裕妃，怒气忿涌，噤断嚘唶。至颜佩韦击杀缇骑，噪呼跳蹴，汹汹崩屋"③。 可见艺人的精彩表演所带来的震撼效果。

艺人的表演能左右观众的心情，同时观众的态度也能影响艺人的表演，所以不少艺人十分在意观者的在场反应。 例如，程长庚"性独矜严，雅不喜狂叫。 尝曰：'吾曲豪，无待喝彩，狂叫奚为！ 声繁，则音节无能入；四座寂，吾乃独叫天耳。'客或喜而呼，则径去"④，认为观众如果随意喝彩，则会影响其表演的进行，导致"音节无能入"。 潘之恒《鸾啸小品》记载无锡邹光迪家班表演时，"主人肃客，不烦不苛，行酒不哗，加豆不叠。 专耳目，一心志以向技，故技穷而莫能逃"。 正是由于如此良好的环境，艺人才能更好发挥，"拜趋必简，舞蹈必扬，献笑不排，宾白有节。 必得其意，必得其情"。⑤ 艺人奉献精彩表演的同时又使观众深受熏染，出现"坐中耳不宁倾，目不宁瞬，语交而若有失，杯举而亟挥之"⑥这样的良好互动，实现了戏曲的最佳演绎。

所以，观者的在场态度和反应在于两方面。 一方面，无论是喝彩欢呼还

---

① （明）袁中道著，步问影校注：《游居柿录》卷四，81 页，上海，上海远东出版社，1996。

② （清）焦循：《剧说》卷六，见中国戏曲研究院编：《中国古典戏曲论著集成》（八），200 页，北京，中国戏剧出版社，1959。

③ （明）张岱著，蔡镇楚注译：《陶庵梦忆》卷七《冰山记》，271 页，长沙，岳麓书社，2003。

④ （清）徐珂：《清稗类钞·优伶类·程长庚独叫天》，5111 页，北京，中华书局，1986。

⑤ （明）潘之恒：《鸾啸小品》卷二《技尚》，见汪效倚辑注：《潘之恒曲话》，30 页，北京，中国戏剧出版社，1988。

⑥ （明）潘之恒：《鸾啸小品》卷二《原近》，见汪效倚辑注：《潘之恒曲话》，23 页，北京，中国戏剧出版社，1988。

是羞辱倒喝,都会影响艺人现场表演水平的发挥。 例如,徐珂《清稗类钞》记载清末北京皮黄戏演出场面:"贩夫竖子,短衣束发,每入园聆剧,一腔一板,均能判别其是非,善则喝彩以报之,不善则扬声以辱之,满座千人,不约而同。 或偶有显者登楼,阿其所好,座客群焉指目,必致哗然。 故优人在京,不以贵官巨商之延誉为荣,反以短衣座客之舆论为辱。"①另一方面,观众的欣赏水平越高、评价要求越苛刻,就越能反过来促使艺人不断提升自身水平,从而更加出色地发挥出舞台效果。 李渔《闲情偶寄》所云"观者求精,则演者不敢浪习"②,正说明了观演相长的互动现象。 李开先《词谑》记载,明中叶有位叫颜容的艺人,在《赵氏孤儿》中扮演公孙杵臼,虽然他"备极情态","喉音响亮",但还是"听者无戚容",于是他下场后"左手捋须,右手打其两颊尽赤,取一穿衣镜,抱一木雕孤儿,说一番,唱一番,哭一番,其孤苦感怆,真有可怜之色,难已之情",故而再演出时效果大变,台下"千百人哭皆失声"。③ 同样照镜自演者还有早期京剧演员徐小香,"照式穿扮,于穿衣镜前重演一次,自为审察,其戏园喝采之处,有适当者,亦有不无疵类,即默识于心"④。 更有甚者,明末南京戏班中兴化部的马锦,为扮演好《鸣凤记》中严嵩角色,竟前往北京,在宰相顾秉谦家中当三年仆人,"察其举止,聆其语言"⑤,归毕再演惊倒四座。

所以,舞台效果的实现既是艺人与观者之间互动的结果,又是他们之间默契的结果。 艺人要紧扣观者的心理,形成台上与台下的心灵契合,才能实现最佳的舞台效果。 焦循《花部农谭》记录花部剧本《清风亭》与昆剧剧本

---

① (清)徐珂:《清稗类钞·戏剧类·皮黄戏》,5016~5017页,北京,中华书局,1986。
② (清)李渔:《闲情偶寄·演习部·选剧第一》,见中国戏曲研究院编:《中国古典戏曲论著集成》(七),74页,北京,中国戏剧出版社,1959。
③ (明)李开先:《词谑·词乐》,见中国戏曲研究院编:《中国古典戏曲论著集成》(三),353~354页,北京,中国戏剧出版社,1959。
④ (清)吴焘:《梨园旧话》,见张次溪编:《清代燕都梨园史料》,821页,北京,中国戏剧出版社,1988。
⑤ (清)焦循:《剧说》卷六,见中国戏曲研究院编:《中国古典戏曲论著集成》(八),202页,北京,中国戏剧出版社,1959。

《双珠记》的不同效果，回忆自己年幼观剧，前一天演《双珠记·天打》"观者视之漠然"，第二天演《清风亭》则"其始无不切齿，既而无不大快。铙鼓既歇，相视肃然，罔有戏色；归而称说，浃旬未已"①。这说明在主体创作层面，效果的影响因素还有花部"其词直质，虽妇孺亦能解；其音慷慨，血气为之动荡"②。所以作者考虑爱憎分明的情感要素、合情合理的戏剧结构、入木三分的人物塑造，都是为了紧扣观者的欣赏心理，这样才能取得较好的戏曲效果。此外，不少戏曲的结局也可谓作者、演员、观者共同默契的结果，无论是大团圆的结局，还是如"戏文之首"《赵贞女蔡二郎》的结局"蔡伯喈弃亲背妇，为暴雷震死"，都是强烈爱憎情感下的一种默契。观者与演者不断互动、心灵契合，戏曲渲出才能震撼人心，实现强烈的舞台效果。

◎ 第四节
接受效果与戏曲经典的思索

对文本效果与舞台效果的双重梳理，展现出戏曲接受效果的独特魅力。文人曲家、艺人演员、读者观众之间的多重互动，以及因此而实现的多元化审美效果，其间有效果期待、效果遇阻与顺畅实现等不同情形，而诸多元素平衡的效果就是戏曲经典作品的登台亮相，如《西厢记》《牡丹亭》《长生殿》《桃花扇》等，都是"列之案头，歌之场上，可感可兴，令人击节叹赏，

---

① （清）焦循：《花部农谭》，见中国戏曲研究院编：《中国古典戏曲论著集成》（八），229 页，北京，中国戏剧出版社，1959。
② （清）焦循：《花部农谭序》，见中国戏曲研究院编：《中国古典戏曲论著集成》（八），225 页，北京，中国戏剧出版社，1959。

所谓歌而善也。若勉强敷衍,全无意味,则唱者听者,皆苦事矣"①。案头与场上都能击节叹赏,虽然它们在问世之初都经历过不被认可的尴尬处境,《牡丹亭》是"伤心拍遍无人会",甚至还被认为不合格律,《桃花扇》刚被孔尚任带入京城时,"借读者虽多,竟无一句一字着眼看毕之人"②,但正是在不断的润色与删改中,经过反复的打磨与改进,真正做到"十年磨一戏",才慢慢形成文本效果与舞台效果俱佳的审美状态,才得以成为戏曲舞台的经典之作。

戏曲经典的接受效果同样可以探析出不少值得深思的命题。这些命题既是对古代戏曲的审视总结,又是对当下戏曲发展的借鉴参考。

第一,"列之案头"与"歌之场上"的双美。优秀的戏曲作品,既有催人泪下的文本效果,又有精彩绝伦的舞台效果,而且二者之间也是和谐均衡,置诸案头、场上皆为经典。但不少戏曲作品,由于文人不谙曲律,故而只能横放案头,虽然文学性和阅读性得到最大限度的释放,但是无法转换为精彩的舞台表演,文人填制戏曲作品如同写诗作文一样,仅是言情载道的文体形态。汤显祖《紫箫记》曲辞华美、文采绚丽,好友帅机却指出:"此案头之书,非台上之曲也。"③即使《牡丹亭》问世时"列之案头"可谓奇文、奇书,它同时也遭到沈璟、吕玉绳等人的不满,被认为不能很好地适应舞台表演。直至经过臧懋循等专业曲家的润色,《牡丹亭》才实现了演出效果的最佳呈现,终于成为戏曲舞台上的经典曲目。相对而言,不少戏曲尤其是花部或地方戏文本,出自艺人自己的加工创作,虽然其中一些作品舞台效果较好,"歌之场上"令人击节叹赏,但是审阅其演出剧本就可发现,文本审美效果逊色不少。这或许也是呼吁文人介入的缘故,目的就是增强剧本的文学

---

① (清)孔尚任:《桃花扇凡例》,见王季思、苏寰中、杨德平合注:《桃花扇》,12页,北京,人民文学出版社,1982。
② (清)孔尚任:《桃花扇小引》,见王季思、苏寰中、杨德平合注:《桃花扇》,1页,北京,人民文学出版社,1982。
③ (明)汤显祖:《紫钗记题词》,见胡士莹校注:《紫钗记》,1页,北京,人民文学出版社,1982。

色彩，提高剧本的典雅品位。 所以，有感于当下戏曲界一本难求的状况，从何种途径寻求剧本，寻求什么剧本，是制约戏曲发展的关键环节。 就寻求途径而言，是聘请文人作家参与创作，还是加工润色民间剧本，或是改编古代精彩剧本，移植其他剧种优秀剧本，从而得到文本与舞台效果俱佳的优秀剧本，戏曲接受效果的研究似乎能够提供较好的参考与启示。

第二，审美效果与社会效果的融合。 古代戏曲有其自身独特的包容性，所讨论的文本和舞台效果多属于审美效果的范畴，但是优秀的戏曲经典都是审美效果和社会效果的融合。 《牡丹亭》的审美效果自不待言，杜丽娘超越生死的爱情追求激起明清时期乃至当下无数青年男女的共鸣，也掀起晚明以降的主情思潮。 李玉"上穷典雅，下渔稗乘，既富才情，又娴音律"①，故能"案头场上，交称利便"②。 《清忠谱》引发的社会反响更为强烈，忠臣义士"于阉党之事，决然以死生去就争之，其有关宗社非细也"③。 所以李玉创作传奇戏曲，既有"更锄奸律吕作阳秋，锋如铁"④，又有"九天雨露洪恩重，万里山河气象新"⑤。 又孔尚任《桃花扇》"全由国家兴亡大处感慨结想而成，非正为儿女细事作也。 大凡传奇旨主意于风月，而起波于军兵离乱。 唯《桃花扇》乃先痛恨于山河迁变，而借波折于侯、李"⑥。 这些戏曲作品都是实现了审美效果与社会效果的较好融合，才经受住了时代和艺术的双重考验。

第三，专家叫好与观者叫座的双赢。 基于戏曲接受效果研究的启示，能

① （清）钱谦益：《眉山秀题词》，见陈古虞、陈多、马圣贵点校：《李玉戏曲集》附录，1789 页，上海，上海古籍出版社，2004。
② 吴梅：《顾曲麈谈》，见《顾曲麈谈 中国戏曲概论》，117 页，上海，上海古籍出版社，2006。
③ （清）吴伟业：《清忠谱序》，见陈古虞、陈多、马圣贵点校：《李玉戏曲集》附录，1791 页，上海，上海古籍出版社，2004。
④ （清）李玉：《清忠谱》卷首《谱概》【满江红】，见陈古虞、陈多、马圣贵点校：《李玉戏曲集》，1291 页，上海，上海古籍出版社，2004。
⑤ （清）李玉：《清忠谱》第二十五折《表忠》【玉女步瑞云】，见陈古虞、陈多、马圣贵点校：《李玉戏曲集》，1489 页，上海，上海古籍出版社，2004。
⑥ （清）沈默：《桃花扇跋语》，见吴毓华编：《中国古代戏曲序跋集》，446 页，北京，中国戏剧出版社，1990。

够得到不同接受群体的共同认可，可谓衡量戏曲作品的重要标尺。 文人专家多基于理性评赏的立场，既有看戏看艺的普通观者身份，又有品赏评议的专业角度，评赏立场的不同、审美趣味的差异、切入视角的多样，使得他们对戏曲的接受效果各不相同。 梁辰鱼《浣纱记》一出即盛演不衰，并流传海外，但是同为曲家的屠隆却不认同，"《浣纱》初出时，梁游青浦，屠纬真为令，以上客礼之，即命优人演其新剧为寿。 每遇佳句，辄浮大白酬之，梁亦豪饮自快。 演至《出猎》，有所谓'摆开摆开'者，屠厉声曰：'此恶语，当受罚！'盖已预储泞水，以酒海灌三大盂。 梁气索，强尽之，大吐委顿，次日不别竟去。 屠每言及此，必大笑，以为得意事"①。 汤显祖《牡丹亭》问世后得到普通观者尤其是女性观众的喜爱，但是同为文人曲家的吕玉绳、沈璟等专业人士在格律等方面颇有微词。 与之相对应的是，不少戏曲作品虽然得到当时文人志士的极力鼓吹，但大多仅是文士之曲，是停留于案头的剧本，如晚清文人创作的历史剧、时事剧，以慷慨激昂的笔调书写时代命题而成为革命号角，并且得到当时上下文人的高度肯定，他们大多在《新民晚报》《小说月报》等报纸杂志的"传奇"专栏发表剧作，通过"纸上戏剧"的形式传播新思想和新观念。 当下戏曲界不少作品演出问世后，在各种新闻报道或评论刊物中专家好评如潮，但是无法实现与之对应的票房收入，"叫好不叫座"。 恰恰相反，清中叶"花雅之争"中的花部，还有当下活跃于民间的各地方戏曲，都呈现出欣欣向荣的面貌，虽然没有专家的高度评价，却受到了普通观众的热烈追捧。

第四，戏曲创新面临的两难境地。 紧承叫好与叫座的思考和启示，当下戏曲面临多元文化的冲击，要想争取更多人参与戏曲的欣赏和表演，就要紧跟时代发展的步伐，融会多样化的新鲜元素，满足观众的需求。 只有观众能够走入剧场，才能延续戏曲的艺术生命，才能更好地发展戏曲艺术。 但是，

---

① （明）沈德符：《顾曲杂言·梁伯龙传奇》，见中国戏曲研究院编：《中国古典戏曲论著集成》（四），209 页，北京，中国戏剧出版社，1959。

如果仅仅限于迎合观众的喜好，难免会丢失或放弃自身的某些特色，因而也就会陷入戏曲创新与保持本色的两难境地。 例如，黄梅戏《公司》的尝试，虽然票房收入不断刷新，吸引年轻观众走入剧院欣赏戏剧，但是专家和专业人士却对此表示忧虑，认为会背离黄梅戏艺术的自身特质。 与之相对应的还有精英戏曲与大众戏曲逐渐背离的尴尬。 当下戏曲发展空间不断受到挤压，戏曲是趋向于迎合部分专家评委的口味，成为部分精英群体自娱自乐的欣赏，还是坚持融入广阔的大众文化，成为普通观众拍手称快的大众戏曲？ 以上引申而出的诸多关于戏曲发展问题的思索，既是戏曲接受效果研究的重要内容，又是当下戏曲界共同发展的时代命题。

第五编 ◎

黄春燕

明代园林思想史

概　述

　　园林文化是中国传统文化的重要组成部分，明代园林更达到了中国古典园林艺术的一个高峰。　与之前的秦、汉、唐、宋以及之后的清代不同，明代园林的风采主要体现于私家园林，皇家园林艺术相对失色。　明代私家园林的建筑艺术在很多方面体现了中国的古典美学精神，围绕园林生活而展开的文艺活动则成为明代社会耐人寻味的景观。　修筑私家园林是明代中后期一个突出的文化现象，尤以江南为盛，如常熟有钱谦益的拂水园，无锡有邹迪光的愚园，太仓有王世贞的弇州园、王世懋的澹园，山阴有徐渭的青藤书屋、祁承爜的密园、祁彪佳的寓园等，至于苏州拙政园和无锡寄畅园，更是声名远播。

　　自永嘉东迁以来，江南文化就浸润了感伤与诗意，当"击楫中流"的愿望随水流逝，"新亭对泣"的悲情消隐于兰亭集会的怅然，政事无奈的感伤渐渐融入江南山水的诗情画意，就形成了江南文化的独特风致。　玄谈、雅集、山水畅神，士族文人的生活走向闲逸超脱，超脱政治上的无奈，追求个人生活的情趣，沉浸于自然山水间的游赏审美。　六朝风雨在江南的山水楼台间洒落一份迷离的美丽，令才耀千秋的大唐诗人兴发无限诗情。　建炎南渡后，景色如画的临安都城尽显江南都会的繁华，青山绿水、烟柳画桥为西湖歌舞垂下"风帘翠幕"，诗意江南的闲情逸致开始从山林皋壤移向樽前灯下，城市的青楼瓦舍、笙歌醉筵构成江南文化的别样风情。　明初，洪武帝朱元璋在中国历史上第一次将一个统一的王朝定都于六朝故都，一扫江南偏安之地的遗憾。永乐帝迁都北京后，实行两京制度，留都南京依然保有政治上的独特地位，建有与北京大致相同的中央政府机构，享有开基之地的无上荣耀。比政治地位更为重要的是明代中叶以来江南地区足以撼动整个王朝命运的经济地位，这令江南都会成为令人艳羡的繁华胜地。挥麈清谈、访山问水的雅逸沉入市井庭园，名士文人开始在繁喧都市中追求精神的闲逸。正德、嘉靖之后，朝政的倾颓令士人失去了兼济天下的热情，他们便在喧闹的城市筑起一个个属于自己的空间，将山林野趣移入市井隙地，在喧嚣中寻求一份隐逸的超脱，金陵"市隐园"之名无疑揭示了这种旨趣，著名的拙政园更是文人仕途失意归隐后"寄其栖逸之志"的处所。

除江南外，明代园林较为集中的地区是北京，不过，这里更多的是贵胄园林，其风格与江南文人的私家园林有别。竟陵派散文家刘侗、于奕正所著《帝京景物略》中记有定国公、英国公、成国公、李皇亲、惠安伯等贵宦的园林，与江南园林相比，这些帝京园林或表现出北方园林的粗放，或显示出贵胄园林的奢华，缺乏江南文人园林的精微与雅致。例如，李皇亲新园的梅花亭："入门而堂，其东梅花亭，非梅之以岭以林而中亭也，砌亭朵朵，其为瓣五，曰梅也。镂为门为窗，绘为壁，甃为地，范为器具，皆形以梅。"[1]以梅争胜的园亭并非建造于梅岭、梅林之中，而是刻意雕琢成梅花状的建筑。江南文人张岱也有一处与梅花有关的建筑，名为"梅花书屋"。张岱在《陶庵梦忆》中对自己的这处书屋做了这样的描写："陔萼楼后，老屋倾圮，余筑基四尺，造书屋一大间。傍广耳室如纱幮，设卧榻。前后空地，后墙坛其趾，西瓜瓤大牡丹三株，花出墙上，岁满三百余朵。坛前西府二树，花时，积三尺香雪。前四壁稍高，对面砌石台，插太湖石数峰。西溪梅骨古劲，滇茶数茎妖媚，其傍梅根种西番莲，缠绕如缨络。窗外竹棚，

---

① （明）刘侗、（明）于奕正著，孙小力校注：《帝京景物略》卷三《城南内外·李皇亲新园》，152页，上海，上海古籍出版社，2001。

密宝襄盖之。 阶下翠草深三尺，秋海棠疏疏杂入。 前后明窗，宝襄西府，渐作绿暗。 余坐卧其中，非高流佳客，不得辄入。 慕倪迂清閟，又以'云林秘阁'名之。"①梅花书屋突出梅骨古劲的气质，书屋与花树、翠草、湖石、竹棚相映成景。 帝京李皇亲的园亭胜在梅花造型，山阴文人张岱的书屋贵在梅花风骨，前者重建筑，后者重景致，这两处梅景约略可以反映出帝京贵胄园林与江南文人园林的风格差异。

明代造园活动的兴盛主要开始于中期，据顾起元记述："国初以稽古定制，约饬文武官员家不得多占隙地，妨民居住。 又不得于宅内穿池养鱼，伤泄地气。 故其时大家鲜有为园囿者，即弇州所纪诸园，大氐皆正、嘉以来所创也。"②明代中、末叶，江南已经发展成为中国最重要的一个城市地带，其富庶程度是其他区域难以企及的。 南京、苏州、杭州都是当时著名的大都会，商贾云集，才士汇聚，其繁盛富足为四方艳羡。 张瀚在《松窗梦语》中对嘉靖以后几座著名江南都市的经济状况做了这样的描述：

> 沿大江而下，为金陵，乃圣祖开基之地。北跨中原，瓜连数省，五方辐辏，万国灌输。三服之官，内给尚方，衣履天下，南北商贾争赴。自金陵而下控故吴之墟，东引松、常，中为姑苏。其民利鱼稻之饶，极人工之巧，服饰器具，足以炫人心目，而志于富侈者争趋效之。庐、凤以北，接三楚之旧，苞举淮阳。其民皆呰窳轻诈，多游手游食。煮海之贾，操巨万赀以奔走其间，其利甚钜。……浙江右联圻辅，左邻江右，南入闽关，遂达瓯越。嘉禾边海东，有鱼盐之饶。吴兴边湖西，有五湖之利。杭州其都会也，山川秀丽，人慧俗奢，米资于北，薪资于南，其地实啬而文侈。然而桑麻遍野，茧丝绵苎之所出，四方咸取给焉。虽

① （明）张岱：《陶庵梦忆》卷二《梅花书屋》，见马兴荣点校：《陶庵梦忆 西湖梦寻》，16 页，上海，上海古籍出版社，1982。
② （明）顾起元：《客座赘语》卷五《古园》，见（明）陆粲、（明）顾起元著，谭棣华、陈稼禾点校：《庚巳编 客座赘语》，162 页，北京，中华书局，1987。

秦、晋、燕、周大贾，不远数千里而求罗绮缯币者，必走浙之东也。①

经济上的优势自然令人心动，不过真正使人艳羡的还不仅仅是这里的富庶，还有以富庶支撑起的侈丽秾艳的生活和意趣摇曳的风习。明末的市隐之辈虽然钦慕严子陵、陶渊明的隐士情怀，但并不追求隐逸山林的超脱，而是在日用人伦中享受精神的愉悦，喧闹多姿的市井更使这份超脱多了一分纵恣放逸的情味。从某种意义上说，明代中后期的文人生活是离不开园林的，园林一方面是他们坐读内省的静地，另一方面是其放浪形骸的乐土。明代的诗文、绘画、戏曲作品中常可见清雅秀丽的园林，而园林也成为才士们谈诗论文、泼墨挥毫以及填词度曲的惬意空间，甚至觥筹交错的宴席上精细的茶饮食馔也和园林意趣莫可分离。

明代造园活动的兴盛在很大程度上推动了中国古典园林美学思想的发展，这一时期出现了中国第一部造园学专著——计成的《园冶》。在《园冶》中，计成提出"巧于'因''借'，精在'体''宜'"的园林兴造论，一方面要求泉石亭榭的构建因地制宜，充分利用地势特点，另一方面强调园林景色的整体画面感，讲求园内景观与园外景象的浑然一体、相互移借。这一理论既体现了对中国园林美学传统的继承，注重自然而然，又概括了中国古典园林艺术追求中极富想象力的构景特点。计成以"虽由人作，宛自天开"作为造园设景的法则，提出写意山水的构土叠石方法，"未山先麓，构土成冈"，以局部山景的图貌表达景外之景，构成咫尺山林的意态情境。

明代另一位广为人知的造园家是张涟。张涟对造园理论的贡献主要在于叠石掇山方面，他提出"截溪断谷"之法，提倡用写意方法布置石山，截取自然山水的某一个局部，写其神态，以山麓之形蕴含山情水势，以"平冈小阪，陵阜陂陁"作为基础，土中戴石，错石土间，营造如处大山之麓的意

---

① （明）张瀚：《松窗梦语》卷四《商贾纪》，见（明）陈洪谟、（明）张瀚著，盛冬铃点校：《治世余闻 继世纪闻 松窗梦语》，83～84 页，北京，中华书局，1985。

境。 他将抽象的山水写意之法转化为"平冈小阪""截溪断谷"等具体的筑造法则，沟通了艺术思想与技法实践，在中国园林艺术思想的发展进程中具有启发性意义。

除计成、张涟两位造园家外，明代还有两位出身世家的文人在中国园林艺术思想的发展历程中具有独特的意义。 这两位文人，一位是太仓王世贞，另一位是长洲文震亨。 作为著名的文学家，王世贞撰写了大量园记，既写自家园林，也记胜景名园，就园林筑造、选址、叠山理水等方面的问题发表了独具慧心的观点。 关于文人园林的筑造旨趣，王世贞提出了"适目""适足""适四体""适口""适人与文"的"五适"论。 在王世贞的观念中，筑造园林的宗旨在于超脱日常生活，创建一个充满想象的空间。 他认为市居过于喧嚣，墅居过于寂寥，不如托身园林，可以畅目而怡性。 至于园林选址，如果能够兼得山水之清幽与都会之便利，最为理想。 然而就实际情况来看，要做到两全其美，实属不易。 王世贞推崇的选址方案是与城市保持"非远非近"的距离，既可以避开城市的喧嚣，又能够享受城市生活的便利。 王世贞重视园林山水的相互映衬，如果园地之内没有自然山水，就采用凿土为池、积土成山的方法，凭借"山日益以崇，池日以洼且广"的基础，进而垒石为峰，使峦色峰势森然竞出。 王世贞遍游东南名园，又亲自参与造园活动，他的园林美学思想反映出在风雅情致和市俗趣味之间寻求平衡的倾向。

与王世贞相比，另一位文人文震亨则更为注重在园居生活中显示园林主人的身份特征。 江南私家园林大致有文人园林和商人园林两类，这种分类显示了园林主人的社会身份，也在一定程度上暗示了园林的风格特征。 园主的趣味爱好和文化修养必然影响园林的规划设计和景观呈现，而园林除了可供游赏之外，还是可供居住的空间场所，园林设计如何与主人的园居生活相匹配，也就成为园林建造过程中需要考量的因素。 文震亨的《长物志》在这一方面的论述甚为引人关注。《长物志》共十二卷，论及室庐、花木、水石、禽鱼、书画、几榻、器具、衣饰、舟车、位置、蔬果、香茗等。 文震亨将文人园林的意趣追求归纳为"亭台具旷士之怀，斋阁有幽人之致"①。 他提出"一峰则太华千寻，一勺则江湖万里"②的观点，形象地概括了中国古典园林的写意特征。 《长物志》专设一志论"位置"，这是园林美学中比较特殊的角度。 文震亨是园居生活的实际体验者，他结合绘画美学探讨园林景观，追求园中景致宛如图画，重视每个细节对园林意境的影响，目的在于营造疏旷雅逸的园居环境，突出文人的古朴简雅，远离市井气息。

对于明代文人而言，寄身林泉还具有遵生怡养的功能。 高濂在《遵生八笺》之《起居安乐笺》中从养生的角度讨论居室建置，所涉及的园林居室观念主要可以概括为"安"和"清"两个方面。 高濂着眼于园居者的日常怡养，对居室格局和园庭环境的要求都以宜于安处作为前提。 他提出根据地域气候特点设计建筑，重视居室格局和人体健康的关系，选配花木留意文化心理的暗示作用。 高濂没有忽视文人们普遍关注的园林审美价值和精神追求意义，同时从遵生乐命的角度探讨了园林对居住者身心健康的意义。 他标举园亭清逸，在于清幽雅逸的氛围可以舒心畅神，有益于身心怡养。 在高濂的论述中，园亭斋阁可以使人身居廛市而享受山林清逸，起居安乐，不为形骸所羁，放情林泉，静观物我，既是精神清修之途，也是怡养遵生之径。

从明代中期开始，士、商两大阶层成员的相互流动加速了士人趣味与市民趣味的交融，这也表现在园林活动中。 王世贞的"五适"论以及"酌远迩，剂喧僻"③的园林选址观念，既强调园林的人文意趣，也重视园居生活的市俗情趣，表现出造园活动中融合雅俗的倾向。 文震亨的园林艺术思想则隐约体现出文人的身份焦虑，他强调"亭台具旷士之怀，斋阁有幽人之

① （明）文震亨：《长物志》卷一《室庐》总论，见（明）文震亨、（明）屠隆著，陈剑点校：《长物志 考槃余事》，23 页，杭州，浙江人民美术出版社，2001。
② （明）文震亨：《长物志》卷三《水石》总论，见（明）文震亨、（明）屠隆著，陈剑点校：《长物志 考槃余事》，52 页，杭州，浙江人民美术出版社，2001。
③ （明）王世贞：《弇州续稿》卷六十《安氏西林记》，《文渊阁四库全书》本。

致"，以突出文人的古雅气质，远离市井气息。 王世贞的友人，被认为与王世贞、李攀龙鼎足于文坛的汪道昆（1525—1593，一名守昆，初字玉卿，改字伯玉），出身徽州富商家庭，读书应举而走上仕途，文牍军务兼擅，名显一时，他的园林美学观念反映出士、商阶层相互融合过程中的复杂性。 在右贾左儒的徽州，士、商两大阶层的相互流动甚至相互融合推动了造园活动的兴起，歙县的遂园、曲水园，休宁的季园、七盘园，都曾被汪道昆提及。 除此之外，见于汪道昆《太函集》的还有遵晦园、荆园等。 作为出身名商巨贾之家的文人，汪道昆的园林美学也在一定程度上表现出平衡雅俗的倾向。 他认为"已库则苦而俭于文，已美则甘而害于雅"①，两者都有遗憾，"靓而疏，迩而远，纤而无邪"②才可称奇。 他肯定了诸如"蔬果薪樵，于山取给"③和"笱东流为渔防，竹外为行厨，便烹鲜者"④这类能够提供生活便利的园林布局，但却并不像人们所想象的豪奢商贾那样追求园居生活的享乐。在贾和儒的身份之间，汪道昆是有考量的。 他曾表达过这样的观点："夫贾为厚利，儒为名高。 夫人毕事儒不效，则弛儒而张贾。 既则身飨其利矣，及为子孙计，宁弛贾而张儒。 一弛一张，迭相为用，不万钟则千驷，犹之转毂相巡，岂其单厚然乎哉，择术审矣。"⑤从《太函集》所收录的几篇园记来看，汪道昆对雅俗平衡的追求，其深层内涵在于儒家的"中和"，《曲水园记》之所谓"中制"，《季园记》之所谓"折衷"，皆有此意。 汪氏称赞吴季子的季园"不疏不细，不汰不侵，于礼乐为近"，具体而言，"敦茅土则

① （明）汪道昆著，胡益民、余国庆点校：《太函集》卷七十二《曲水园记》，1489 页，合肥，黄山书社，2004。
② （明）汪道昆著，胡益民、余国庆点校：《太函集》卷七十七《荆园记》，1580 页，合肥，黄山书社，2004。
③ （明）汪道昆著，胡益民、余国庆点校：《太函集》卷七十四《季园记》，1521 页，合肥，黄山书社，2004。
④ （明）汪道昆著，胡益民、余国庆点校：《太函集》卷七十二《曲水园记》，1487 页，合肥，黄山书社，2004。
⑤ （明）汪道昆著，胡益民、余国庆点校：《太函集》卷五十二《海阳处士金仲翁配戴氏合葬墓志铭》，1099 页，合肥，黄山书社，2004。

已疏，穷雕几则已细，拟尚方则已汰，徇枯槁则已侵"①，季园能够做到"折衷"，故而接近儒家的礼乐内涵。 汪道昆在评价各家园林时比较关注与儒家的仁义忠孝准则相关的内容，如荆园的建造是因为"园有树荆，古人征之为令兄弟"，主人以荆为园，旨在"以友为孝"②。 遂园主人遵奉"礼不忘其始"，造园而修祠，以思"初古之道"，汪道昆大为赞赏，署其祠曰"思初"③。 在《遵晦园记》中，汪道昆对园与祠的关系发表了这样的议论："嗟乎！ 祠显而园隐，尚安事园。 顾古之寝园，率修祠事，则祠在其中矣。且祠以奉先为义，自义，率祖则重之园；以安老为心，自仁，率亲者所尤重也。 凡诸亭台阿阁，园之属也，申之二构，祖祢所嗜具焉。 仁之取数多矣，如其侂世系，侈游观，是为不仁……"④汪道昆名其园为"遵晦"，也有称赏园林主人"先后相成，不倍世德"之意。 对于汪道昆来说，园林尽备其美还是不够的，一味追求游赏观览的乐趣，甚至可称为"不仁"，造园活动更为重要的内核在于寄托儒家的文化内涵。

　　总体而言，明代江南私家园林最重要的功能在于文人的"自适"与"雅集"，终究是以古、雅为趣。 王世贞、高濂、计成、文震亨、张涟等人皆生活于江南，王世贞、文震亨乃世家才子，高濂也是雅好度曲的文人，计成、张涟造园基本都是与文人园主合作，他们的园林艺术思想主要反映的是明代文人的审美趣味。 入清之后，江南园林的数量较之明代有过之而无不及，但园主身份却有了很大不同，富商巨贾斥资筑园，极一时之盛。 尽管清代人自认为"杭州以湖山胜，苏州以市肆胜，扬州以园亭胜，三者鼎峙，不可轩

---

① （明）汪道昆著，胡益民、余国庆点校：《太函集》卷七十四《季园记》，1522 页，合肥，黄山书社，2004。
② （明）汪道昆著，胡益民、余国庆点校：《太函集》卷七十七《荆园记》，1579 页，合肥，黄山书社，2004。
③ （明）汪道昆著，胡益民、余国庆点校：《太函集》卷七十七《遂园记》，1577 页，合肥，黄山书社，2004。
④ （明）汪道昆著，胡益民、余国庆点校：《太函集》卷七十五，1537～1538 页，合肥，黄山书社，2004。

轻"①，然而，清代扬州之园林蔚兴，多盐商大贾参与其事，其兴也骤，其颓也速，与扬州客商的盛衰相应。 这些园林之所以为后世园林学家贬抑，是因为其在很大程度上失去了明代文人园林在山水花木之间寄托精神追求的内在意蕴。 计成、张涟、王世贞、文震亨、高濂等人的园林美学思想反映了明代私家园林造园艺术的主要特征，也从美学角度显示了明代园林艺术达到的成就。

---

① （清）李斗著，汪北平、涂雨公点校：《扬州画舫录》卷六《城北录》，151 页，北京，中华书局，1960。

第三十四章
王世贞融合雅俗的造园美学

中国园林历史悠久，在专门性的造园学专著《园冶》问世之前，文人们主要通过园记表达造园、赏园的心得。白居易的《草堂记》、苏舜钦的《沧浪亭记》、司马光的《独乐园记》等，皆为作者自撰园记抒情达意，体现了文人园林的趣味追求。北宋李格非撰《洛阳名园记》，记作者亲身游历的十九座洛阳园林，脍炙人口，盛传至今。另有一位作者，既写自家园林，也记胜景名园，并且亲自参与造园活动，这便是明代文人王世贞。

王世贞（1526—1590），字元美，号凤洲，又号弇州山人，南直隶苏州府太仓州人，明代后七子领袖，著名文学家，同时在史学、戏曲、书画等领域卓有建树。王世贞撰写了《游金陵诸园记》《太仓诸园小记》《弇山园记》等大量园记，以文字绘园景，并就园林筑造、选址、叠山理水等方面的问题，发表了独具慧心的观点，从而赢得"造园家"的身份，"弇州山人"的别号也源于他所修建的弇山园。

◎ 第一节
论造园宗旨——"五适"

王世贞生于嘉靖五年（1526），卒于万历十八年（1590），历嘉靖、隆庆、万历三朝，这一时期筑园之风盛行，缙绅文人多以建造园亭为趣。王世贞本人先后筑造了离薋园和弇山园，此外，见于园记的，还有其伯父静庵公的山园，其弟王世懋的澹圃，其子王士骐的约圃，友朋辈的养余园、求志园、西林园等，为数众多。那么，文人们为何如此热衷于筑园？园林之趣何在？

一、园居"五适"

王世贞在《安氏西林记》中提出了"五适"的观点：

> 凡山居者，恒恨于水；水居者，恒恨于山；山水居者，或狭且瘠，而不可以园。适于目者，不得志于足；适于足者，不得志于四体；适于四体者，不得志于口。是四者具矣，而多不得志于人与文。懋卿之西林，傥能之哉！[①]

所谓"五适"，乃"适目""适足""适四体""适口""适人与文"。文人造园，不以奢豪为能事，讲求"不侈不陋"，注重园居生活的身心体验，故而王献臣称其园为"拙政"，秦燿名其园为"寄畅"。王世贞认为园林应当有益于游目骋怀，便于踏足游赏，利于舒展四肢，能够为日常饮馔提供便利，还要具有人文之气。他这样描述自己弇山园的生活：

> 晨起，承初阳，听醒鸟。晚宿，弄夕照，听倦鸟。或躧短屐，或呼小舠，相知过从，不迓不送。清酒时进，钓溪腴以佐之。黄粱欲熟，摘野鲜以导之。平头小奴，枕簟后随，我醉欲眠，客可且去。此吾居园之乐也。[②]

---

① （明）王世贞：《弇州续稿》卷六十，《文渊阁四库全书》本。
② （明）王世贞：《弇州续稿》卷五十九《弇山园记一》，《文渊阁四库全书》本。

居于园，有醒鸟、倦鸟、初阳、夕照之适耳、适目，有短屐、小舠以适足、适体，有清酒、黄粱、溪膜、野鲜可适口，更有"我醉欲眠卿且去"之适人与文。这大约便是王世贞理想中的园居之趣。

大致而言，王世贞所论"五适"，主要是指园居生活可以满足耳目之愉，享受山林野趣又不必奔波劳苦，园中果蔬、鱼鲜能助饮馔之乐，朋辈雅人随兴来去，更添高古之气。王世贞曾记越溪庄主人以园中蔬果待客的雅趣："笋取之竹，蔬取之畦，茭蒲取之渚，而细鳞长须之腴取之湖。醉于亭，金波煜然而若碎。梦于室，玉声铿然而时警。晨起而浴，浴竟而饭，相与要之后圃，散步竹木间。"①至于王世贞自己所建的弇山园，既有花开时节雕缋满眼芬芳扑鼻的"惹香径"，又有静夜时分听闻栖鹤吭唳声彻云表的"清音栅"，还种植了枇杷、柑橘、胡桃、梨、栗等甘果，兼有游鱼嘉蔬，既可丰富园林景观，又能入食佐酒。当然，文人园林更为注重的是其文化品位，也就是所谓"人与文"。弇山园中"尔雅楼"收藏有珍贵的宋版图书、古帖名迹、名画、古器、炉、鼎、酒枪等。钟繇之书、周昉之画、宋刻《汉书》、柴窑杯托之类，被王世贞称为"九友"，园中胜景也多有出自文友笔墨者。实际上，"人与文"便是文人园林趣味追求的核心，在富商园林兴起之后，文化品位就成了区分园主身份的标志。

文人园林的文化品位不仅体现在书画藏品和器物方面，更体现在景观上。园林名称或园中景物，往往有典故出处，如司马光的独乐园之名来自《孟子》，王献臣的拙政园之名出自潘岳《闲居赋》，秦燿之园改名"寄畅"，用了王羲之的诗句。王世贞所记养余园，堂名"遂初"取自晋代孙绰《遂初赋》。至于王世贞自己的园林，离薋园之名和屈原的《离骚》有关，弇山园之名则充满奇幻色彩，《弇山园记》特意对此做了详细解释：

---

① （明）王世贞：《弇州续稿》卷六十《越溪庄图记》，《文渊阁四库全书》本。

园所以名弇山又曰弇州者何？始余诵《南华》，而至所谓"大荒之西，弇州之北"，意慕之而了不知其处。及考《山海西经》有云："弇州之山，五彩之鸟仰天，名曰'鸣鸟'，爰有百乐歌舞之风。有轩辕之国，南栖为吉，不寿者乃八百岁。"不觉爽然而神飞，仙仙倦倦，旋起旋止，曰："吾何敢望是！"始以名吾园，名吾所撰集，以寄其思而已。乃不意从上真游，屏家室，栖于一茅宇之下。偶展《穆天子传》，得其事曰："天子觞西王母于瑶池之上。天子遂驱升于弇山，乃纪其迹于弇山之石，而树之槐，眉曰：'西王母之山。'"则是弇山者，帝妪之乐邦，而群真之琬琰也。景纯先生乃仅以为"弇兹，日入地"。夫奄兹在鸟鼠西南三百六十里，其中多砥砺，固可刻，而去陇首不远。二传皆先生笔，遂忘之耶？则不佞所名园与名所撰集者，虽瞿然愧，亦窃幸其于古文阃合矣。①

"弇山"之名，反映了王世贞思想中寻仙慕道的一面，园中景观则反映出更为丰富的内涵。"惹香径"出自岑参的诗句"晓随天仗入，暮惹御香归"（《寄左省杜拾遗》）。 种植柑橘的小圃"楚颂"得名于苏轼的《楚颂帖》，同时又寄托对屈原的敬意。"此君亭"用东晋名士王子猷"何可一日无此君"的典故。"芙蓉渚"刻石或曾为南宋文人范成大所有。 其他诸如"小祇林""点头石""梵生桥""会心处""百衲峰"等，则具有佛教渊源。 儒、道、释各家观念交融在王世贞的园景典故之中，在一定程度上透露出园主的精神追求。

二、文人园林的想象空间

在王世贞的观念中，筑造园林的宗旨在于超脱日常生活，创建一个充满想象的空间。 他的两座园林，一为"离薋"，一为"弇山"。"离薋"意在

①　（明）王世贞：《弇州续稿》卷五十九《弇山园记一》，《文渊阁四库全书》本。

摆脱现实世界的恶浊，"弇山"则在奇幻的仙界乐邦寄托精神向往。 王世贞出身诗书之家，学识渊博，是大名鼎鼎的文坛领袖，十九岁举嘉靖二十六年（1547）进士，授刑部主事，本应有大好的仕途，但因遭受家难，从此与官场疏离。 王世贞的父亲王忬曾任右都御史，立有战功，后因滦河失事，遭严嵩构陷入狱。 据《明史》记载，王忬系狱后，"世贞解官奔赴，与弟世懋日蒲伏嵩门，涕泣求贷。 嵩阴持忬狱，而时为谩语以宽之。 两人又日囚服跽道旁，遮诸贵人舆，搏颡乞救。 诸贵人畏嵩不敢言，忬竟死西市"①。 父亲冤死，王世贞兄弟悲伤欲绝，持丧归乡，蔬食三年，不入内寝，除丧之后仍然苴履葛巾，不赴宴会。 直至隆庆元年（1567），兄弟再次替父申冤，才得以平反。 这次家难对王世贞的影响巨大，他不再有意出仕，虽然后来受命为官，历任右副都御史、南京大理卿、应天府尹、南京兵部右侍郎、南京刑部尚书等职，但终究起伏坎坷。 他因得罪张居正而被劾罢官，张居正去世后，起为南京刑部右侍郎，辞疾不赴。 之后好友王锡爵秉政，才又复出，任兵部右侍郎。 待擢升南京刑部尚书，又被劾，王世贞据理力争，而后"三疏移疾归"②。 奸佞权贵当道，令王世贞深刻体会到官场险恶，正是在父亲遭难之后，他筑造了离薋园，希望在独立的个人空间远离世事恶浊。 弇山园构筑的则是一个更为丰富的精神世界，园中景观或反映对仙界的慕求，或表达对志洁者的敬佩，或示佛学智慧，或显名士遗风。 现实生活的遭遇影响了王世贞的园林观念，他对园林空间和精神世界之间的关系进行思考，将造园宗旨概括为"适目""适足""适四体""适口""适人与文"五个方面。

　　文人园林的筑造大多源于主人的归隐之心，无论是主动还是被动脱离官场后，文人们都渴望有机会构建园亭，抚慰身心，即使栖于半亩之园，也能享受山林野趣，其缘由就在于园林景观所具有的丰富的想象性。 在为《古今名园墅编》所作的序文中，王世贞剖析了园林别墅可能提供的无限想象。 他

①　（清）张廷玉等：《明史》卷二百八十七《文苑传三》，7380 页，北京，中华书局，1974。
②　同上书，7381 页。

认为市居过于喧嚣，壑居过于寂寥，不如托身园林，可以畅目而怡性。 当有人嘲笑王世贞不纪名山而只纪园墅之时，王氏回答："子不晓夫逍遥游一也。"①在王世贞看来，园居生活所提供的精神愉悦和壮游名山大川是一致的，他的"五适"论揭示了文人园林的核心追求，撰写园记时他也不惜笔墨书写园主的用心。 世贞曾与弟弟世懋讨论澹圃之名的内涵，归之于"道之出口，澹乎其无味"（《道德经》第三十五章）。 王士骐认为叔父的澹圃还是过于讲究了，自己的约圃才是真正简淡。 《约圃记》特意记录了这段言论："仲父之治澹圃，名为澹耳，而实宏垲饶名材卉。 今吾圃之广袤不能当其十一，足不待疲而竟，目不待瞬而息，执役不二丁，葺费不倾橐。 以此为约，盖真约也。"在王世贞看来，园林的旨趣不仅在于"境"，更在于"天"，或"澹"或"约"，在于自然而然。 结合自己的弇山园、王世懋的澹圃以及王士骐的约圃，王世贞向王士骐阐释了这样的观点："以汝仲父之澹而澹吾弇山，不为艳也。 以汝之约而约汝仲父圃，不为广也。 夫有待者，境也。无待者，天也。 夫芥子也，而纳须弥，所谓无待者也。 此其为约也大矣。"②王世贞认为以人为之境而标榜"澹"或者"约"，毕竟有所凭借，不如无所凭依而能得到真意。 至于如何才能够做到"无待"，他并没有联系园林建造的实际加以阐发，而是将道家的精神追求寄于山林，期待认同这种精神追求的人能够体味。 在《养余园记》中，王世贞记录了园主之言："吾晨起而视暑，而日吾余，岁受历，而岁吾余。 吾之田，有余秔足以饔，有余秫足以酒，而吾之舍家子为什一者，其余足脯修果茹，而吾又幸有兹余地，稍出吾之余力以为园，园成，而吾未尝不一日适也，则吾归乃始幸矣。"这种园居养余的生活状态并非主人造园之时刻意追求，而是在脱离岁旦而忧暮的为官生活之后得以体味的精神自足。 王世贞对此评价道："子知子之余乎？而不知子之余，天地之所余，而子取以为养者也。 天地之所余恒在，而人不

① （明）王世贞：《弇州续稿》卷四十六《古今名园墅编序》，《文渊阁四库全书》本。
② （明）王世贞：《弇州续稿》卷六十《约圃记》，《文渊阁四库全书》本。

知取以为养，今子独得之，则虽谓子之余亦可也。"在王世贞看来，园主所享受的是天地之所余，但只有在体会到这种有所余裕的状态之后才能享受其趣。那么，园林则提供了一个与天地交流的精神空间，使人的心神得以在相对自由的情境中体会自足有余的愉悦。所以，王世贞用歌吟阐释了养余园的内涵，那就是："园有畬，可稼可蔬，乐子之恒余。园有濆，可钓可网，乐子之能养。"①文人园林的意趣正在于园居生活的精神自足，稼穑垂钓则是其象征。

◎ 第二节
论园林选址——"酌远迩,剂喧僻"

明代造园风气盛行，在一定程度上和城市的发展有关，当时经济最为发达、城市生活最为丰富的江南一带也是造园活动最为活跃的地区，王世贞所记园林基本都在这一区域。私家园林的建造条件不能和帝王苑囿相提并论，与前代文人园林相比，明代园林也表现出一些新的特点。文人造园大多依托名山胜水，以标举寄身山林之意，故而谢灵运的始宁墅、王维的辋川别业、白居易的庐山草堂等，历来为人称羡，但明代文人造园格外青睐山水秀丽而生活便利的江南。

一、城市生活与山林隐逸的平衡

在王世贞生活的时代，江南是文士云集、社会文化思潮极其活跃之地，特殊的地域氛围滋养了一种属于江南城市的独特情韵，市民生活的庸常乐趣与文人生活的市隐情趣也便产生了奇异的交融，雅与俗的界限逐渐变得模

① （明）王世贞：《弇州四部稿》卷七十五《养余园记》，《文渊阁四库全书》本。

糊，精雅化与俗常化同时表现在人们的生活中。王世贞在金陵所游诸园之中有座市隐园颇为人所关注，此园位于秦淮河附近，为客居金陵的姚涮所建，友人顾璘题其名为“市隐”，内有“中林堂”“容与台”“秋影楼”“借眠庵”等建筑。因听从顾璘的建议，园内多树而少屋，故而有疏野之趣。此园建成后即成为名士会聚之所，姚涮和其子专门编辑了《市隐园诗文》，文徵明也曾绘有《市隐园图》。“市隐”之意古已有之，市隐园的名动一时则显示出明代园林活动与城市的关联。

对于历游名园的王世贞来说，明代园林的这一特点他当然不会忽视。至于园林是选址于山水胜地还是都会之地，王世贞曾有过思考。联系自己建造弇山园的亲身经历，他表达了这样的观点：

> 诸称名山者，得水则雄。诸称名园墅者，得山水则亦雄。而园墅之雄，尤不可兼得。都会之地，王侯贵人足以号集财力，而苦于山水之不能兼。山而颠，水而涯，肥遁幽贞之士乐栖焉，而苦于财力之不易兼。以是，有两相羡而已。余之治三弇，其地虽非大都会，然差亦易办，而其不能兼山水则如之。①

在王世贞看来，建造园墅，如果能够兼得山水之清幽与都会之便利，最为理想，然而就实际情况来看，要做到两全其美，实在不容易。王侯贵人财力雄厚，大多在都市造园，无法享受名山胜川的幽静。有心隐逸于山水之间的文人则苦于缺乏财力，不能兼得都市的便利。王世贞自己的弇山园，坐落于太仓，此地虽然不能和金陵、姑苏之类的繁华都会相提并论，但也是经济发达之所，虽然主人不惜财力凿池造山，终究不能得山水之真。因为靠近市廛，主人又乐意与人共享，以致游人众多，不仅扰了园主清静，甚至还招来非议。王世懋之所以造澹圃而居，是因为既不喜欢离蓍园的“太湫而狎

---

① （明）王世贞：《弇州续稿》卷六十一《旸湖别墅后记》，《文渊阁四库全书》本。

嚣"，也不喜欢弇山园的"大丽而贾客"①。 王士骐也因为弇山园"不胜涉而厌之"②，自造约圃。 在为太仓诸园所作的小记中，王世贞称赞了"去城北五里"的杜家桥园，因为此园"层阁丙舍，可居可游，可以读书。 其城市非远非近，沽酒买鱼不至淹客"③。 园林与城市保持非远非近的距离，既可以避开城市的喧嚣，又能够享受城市生活的便利。 离城市有一定距离，则园林清静幽僻，可居可游，还可以安心读书。 离城市不甚远，方便生活，有客来访，即便前往市中沽酒买鱼待客，也不会劳人久候。 王世贞分析了李格非所记洛阳名园最终多辱于屠酤市贩之手，乃至于无处觅迹的原因，那便是近于市廛，"豪者好之，狎而易为有；俗者嫉之，接而轻相蹦"④。 园在城市，很容易引人注意，好事者倚势强夺，鄙俗者其意不在林泉，轻于毁弃，故而王世贞推崇安氏西林"酌远迩，剂喧僻"的园林选址方案和"不侈不陋"⑤的造园风格，赞赏竹里馆主人"放歌而声留于长离尾翮之间，而不杂于尘嚣，不堕于市廛之耳"⑥的清旷。

对于王世贞这样的文人而言，尽管受时代风气影响，造园选址会考虑到生活的便利，但其内心仍然更偏重于山林之隐。 对于自己筑造的弇山园，王世贞也曾表达过后悔之意："余性喜林栖，而受数左，海人而郭居，无可游目者，仅能垒石疏池，以依稀山水之似，颇为游客之所麋集，不胜烦而中悔之，且以其自人力，目境狭而杖屦易穷，益厌其无当。"⑦王世贞羡慕安绍芳的园圃有林野之趣，安氏西林位于无锡胶山之南，离邑"二十里而赢"，离山"二里而赢"，因山治圃，能得自然真趣。 相比而言，自己的园林缺乏地理优势，只能依靠人工垒石疏池，以效山水。 在王世贞看来，最为理想的

---

① （明）王世贞：《弇州续稿》卷六十《澹圃记》，《文渊阁四库全书》本。
② （明）王世贞：《弇州续稿》卷六十《约圃记》，《文渊阁四库全书》本。
③ （明）王世贞：《弇州续稿》卷六十《太仓诸园小记》，《文渊阁四库全书》本。
④ （明）王世贞：《弇州续稿》卷六十《安氏西林记》，《文渊阁四库全书》本。
⑤ 同上书。
⑥ （明）王世贞：《弇州四部稿》卷七十六《竹里馆记》，《文渊阁四库全书》本。
⑦ （明）王世贞：《弇州续稿》卷六十三《灵洞山房记》，《文渊阁四库全书》本。

造园之地是拥有真山真水之处，并且与城市保持适当的距离。他曾感慨："余与仲，俱嗜名山水，而家东海泻卤地，亡当者。家有园，颇见称说，游客亦以近廛市，且不能得自然岩壑以为恨。"①王世贞和弟弟王世懋都爱好山水，但却没有机会居住于山水胜地，所建园林虽然为人称道，毕竟缺少林野雅趣，他不止一次对此表示遗憾。在《游慧山东西二王园记》一文中，王世贞对王氏东、西二园做了比较，认为西园不如东园有雅趣，但是登楼眺望，三面见山，又得巧工引慧山泉水，宛转三叠，这却是东园不能相比的。筑造园林能借自然山水为景，乃是不可多得的妙事。王世贞对此羡慕无比，曾感慨："嗟乎！使吾弇中有真山一拳，泉一勺，所谓新妇得配参军，宁讵若是而已哉？"②弇山园为王世贞所造园林的代表，其中的西弇和中弇更出自叠山名家张南阳之手，但王世贞还是更为羡慕真山一拳及清泉一勺的天然景致。并非所有园林都具备依山傍水的地理条件，那么，广借胜景就成为增添园林意趣的巧妙方法。

二、个人情感在园景生成中的意义

在《弇山园记》的开篇，王世贞特别描绘了这样的图景：

> 前横清溪甚狭，而夹岸皆植垂柳，荫枝樛互如一本。溪南张氏腴田数亩，至麦寒禾暖之日，黄云铺野，时时作饼饵香，令人有炊宜城饭想。园之西为宗氏墓，古松柏十余株。其又西则汉寿亭侯庙，碧瓦雕甍，嶙崒云表。此皆辅吾园之胜者也。③

弇山园并非坐落于山水之间，地理位置方面不占优势，但是周围的飘香禾

---

① （明）王世贞：《弇州续稿》卷六十《安氏西林记》，《文渊阁四库全书》本。
② （明）王世贞：《弇州续稿》卷六十三《游慧山东西二王园记》，《文渊阁四库全书》本。
③ （明）王世贞：《弇州续稿》卷五十九《弇山园记一》，《文渊阁四库全书》本。

麦、静肃宗墓、劲挺古树、嶙崪庙宇等被王世贞借来，再加上前横清溪、夹岸垂柳，就为园林增添了诸多气象。垂柳映碧，禾麦金黄，松柏苍翠，庙宇雕甍，可借来增色；溪水潺潺，麦浪索索，松风清越，晨钟逸响，可借来悦耳；更有禾麦送香，令人有炊烟袅袅之思。

王世贞意识到情、景之间的转换关系，强调个人情感在园景生成中的意义，认为除了园中景观借典抒怀之外，四时景象、八方景色，也都可在心与物游的过程中呈现别具一格的情境。在为友人张凤翼求志园所撰园记中，王世贞解释轩名"怡旷"为"示所游目也"①。游目见景而能心旷神怡，这种心与物游的状态是中国古代文人获得身心愉悦的重要途径，其关键在于心领神会。王世贞将承初阳、弄夕照、听醒鸟倦鸟视为园居生活的乐事，他认为自家弇山园之胜在于"宜花""宜月""宜雪""宜雨""宜风""宜暑"：

> 宜花：花高下点缀如错绣，游者过焉，芬色殢眼鼻而不忍去。宜月：可泛可陟，月所被，石若益而古，水若益而秀，恍然若憩广寒清虚府。宜雪：登高而望，万堞千甍，与园之峰树，高下凹凸，皆瑶玉，目境为醒。宜雨：濛濛霏霏，浓澹深浅，各极其致，縠波自文，儵鱼飞跃。宜风：碧筜白杨，琮琤成韵，使人忘倦。宜暑：灌木崇轩，不见畏日，轻凉四袭，逗弗肯去。此吾园之胜也。②

风花雪月都是自然界常见之象，与之气息相通，才能体会其美好，园林之中，多有赏花望月听雨观雪之景，这使得有限的空间获得了无限延伸。计成撰写《园冶》，首篇谈"因借"，尾篇谈"借景"，认为借景是"林园之最要者也"③，物和情、目和心之间的关系是"意在笔先"，也就是说有其意才

---

① （明）王世贞：《弇州四部稿》卷七十五《求志园记》，《文渊阁四库全书》本。
② （明）王世贞：《弇州续稿》卷五十九《弇山园记一》，《文渊阁四库全书》本。
③ （明）计成著，陈植注释：《园冶注释》卷三《借景》，121页，北京，中国建筑工业出版社，2009。

有其景，心中有景方能目中见景。 弇山园有"缥缈楼"，为三弇最高处，不
仅可览满园景色，更可眺望远景，"西望娄水如练，马鞍山三十里而遥，木
落自露。 北望虞山百里而近，天日晴美，一抹弄碧"①。 王世贞对弇山园
的建造颇为用心，又得叠山名家张南阳相助，故而能将心中之意付诸土石。
观雪月、承风雨、赏花、消暑等园居雅事，都是生于心而借于自然，弇山园
之胜，胜在王世贞领悟到心理因素对于园林景观的意义。 园林借景，无论远
借、邻借、仰借、俯借，还是应时而借，都需要设计者、筑造者、园居者之
间心意相通才能够有效实现。 王世贞广游名园，可谓"操千曲而后晓声，观
千剑而后识器"，在游赏各家园林之时，他能心领意会，游目环顾而得其借
景之用心。 在《游金陵诸园记》中，王世贞描写金盘李园"可以东眺朝天
宫，北望清凉、瓦官浮图"，描绘四锦衣东园"前眺则报恩寺塔，当窗而
耸"②。 在《灵洞山房记》中，记录山房主人"倦扫一榻，展簟而卧，山光
满几，云容拂裾，夜分篝灯寂然，万缘都息，唯闻泉声泠泠度耳"③。 远眺
古寺、夜听泉声使园林空间得到了延伸，并且增添了园居生活的诗意，体现
出文人园林的趣味追求。 此后计成在《园冶》之中谈论"借景"，所谓"园
虽别内外，得景则无拘远近，晴峦耸秀，绀宇凌空，极目所至，俗则屏之，
嘉则收之，不分町疃，尽为烟景"④，以及"林皋延竚，相缘竹树萧森，城市
喧卑，必择居邻闲逸。 高原极望，远岫环屏，堂开淑气侵人，门引春流到
泽"⑤，可谓王世贞"辅吾园之胜"论题的进一步展开。

---

① （明）王世贞：《弇州续稿》卷五十九《弇山园记四》，《文渊阁四库全书》本。
② （明）王世贞：《弇州续稿》卷六十四，《文渊阁四库全书》本。
③ （明）王世贞：《弇州续稿》卷六十三，《文渊阁四库全书》本。
④ （明）计成著，陈植注释：《园冶注释》卷一《兴造论》，24 页，北京，中国建筑工业出版社，
2009。 引文有个别讹字订正。
⑤ （明）计成著，陈植注释：《园冶注释》卷三《借景》，119 页，北京，中国建筑工业出版社，
2009。

◎ 第三节

山石论——凿土成山,垒石为峰

在明代以前,叠石堆山之事基本只限于帝王贵胄的园囿,而且,除了宋徽宗的艮岳之外,基本没有其他见称于文人笔记者,即使是《洛阳名园记》这样的专门笔记,也没有提及园中山石。 王世贞认为金陵诸园,如六锦衣之东园,四锦衣之东园、西园,魏公之西园、南园,三锦衣之北园等,必然远胜北宋时的洛阳名园。 他分析道:"盖洛中有水、有竹、有花、有桧柏,而无石,文叔《记》中不称有垒石为峰岭者可推已。"①自汉代以来,多有文人爱好收藏奇石,最著名的是唐代牛、李两党的领袖牛僧孺、李德裕。 白居易曾写《太湖石记》,描绘牛僧孺所藏太湖石的千态万状:

> 有盘拗秀出、如灵丘鲜云者,有端俨挺立、如真官神人者,有缜润削成如珪瓒者,有廉棱锐刿如剑戟者。又有如虬如凤,若跧若动,将翔将踊,如鬼如兽,若行若骤,将攫将斗者。风烈雨晦之夕,洞穴开噎,若欱云喷雷,嵒嵒然有可望而畏之者。烟霁景丽之旦,岩崿霮䨴,若拂岚扑黛,霭霭然有可狎而玩之者。昏旦之交,名状不可。撮要而言,则三山五岳,百洞千壑,觊缕簇缩,尽在其中。百仞一拳,千里一瞬,坐而得之。②

在唐代,奇石主要作为独立的审美对象,被文人置于园庭或居室以供赏玩,不过,白居易洞察了太湖石的写意特点,在他眼中,争奇骋怪的太湖石化作大自然的三山五岳、百洞千壑,那么,一块奇石就能够表现百仞高山的

---

① (明)王世贞:《弇州续稿》卷六十四《游金陵诸园记》,《文渊阁四库全书》本。
② 顾学颉校点:《白居易集》外集卷下《太湖石记》,1544 页,北京,中华书局,1979。

意境，坐观奇石，一瞬之间可览千里景象。奇石正因为具有这样的写意特征，所以在后来的筑园活动中被用来叠山造景。最先大规模叠石为山的是宋徽宗，他所筑的艮岳就是以造山艺术而著称的帝王苑囿，在中国造园史上具有重要地位，其连绵广袤、景象多变的气势，并非一般的私家园林能够效仿，至于较早细致记载私家园林叠石造山活动的，则当数王世贞了。

一、动态石景的空间开拓性

在《游金陵诸园记》中，王世贞曾感叹李格非记洛阳名园，没见到有称赏垒石为峰岭的，他据此推断北宋时期的洛阳园林不如自己所游赏的金陵诸园。由此可见，山石是王世贞判断园林观赏性的一个重要标准。王世贞精心筑造的园林名为"弇山园"，便是以山景为胜。他这样描写园中景况："园，亩七十而赢，土石得十之四，水三之，室庐二之，竹树一之，此吾园之概也。"①在整个园林之中，土石占有四成面积，不愧其"弇山园"之名。此园占地七十多亩，有西弇、中弇、东弇三座山，中、西二弇出自叠石名家张南阳之手，中弇尤以石为胜。中弇是三山之中最先完成的一座，山石主要从伯父王憕的麋泾故业移入，都是历经数百年的美石。弇山园置石手法多变：有全景式的叠石造山，怪石奇树，高下起伏；有立石踞水，各出其态，以媚游舫；有池中叠石，辅助游者振衣而度；再有洞中藏石，有如斗兽相角；还有以石为壁，苍黑古朴，浑成似真；更有佳石立峰，如"红缭""漏月""盘陀""衲霞"诸峰。此外还有垒石为藩、架石为梁、怪石覆水、山石卧道等。园内山石种类丰富，有移自麋泾故业的太湖、武康、斧劈、崐英之属，另外还有洞庭石、锦石、蜀石之类。群石怒起，形态各异，为狮、为虬、为眠牛、为踯躅羊者，不可胜数。峰石殊众，风格多变，拙者如"似傲峰"，巧者如"残萼峰""碎衲峰"，拙而大者如"太

---

① （明）王世贞：《弇州续稿》卷五十九《弇山园记一》，《文渊阁四库全书》本。

朴峰”。

弇山园的规划体现了王世贞对文人园林的趣味追求，山水广而建筑稀，土石与水共占整个园林面积的百分之七十，建筑只占百分之二十，其余尚有百分之十的面积栽种各类植物。文人造园在于寄托栖逸之志，追求隐于山水之间的情境，那么，叠山理水便成为整个造园活动的中心。王世贞在《弇山园记》中细致地记述了水石相辅的一番景象：

> 度桥，一峰骨立当之，宛然陆叔平所貌也，名之曰“古廉”。前为“壶公楼”，西壁右则饶峰石之属，转西南，皆踞水，郁律魁魁，嵌空虚中，各出其态，以媚游舫。稍出水，则甚奇：有若双举肘者，曰“拥袖”；若昂首而饮者，曰“渴猊”；有若尾“渴猊”而小者，曰“猊儿”；有若飘举者，曰“凌波”；若憔悴将溺者，曰“悯相”；余故不办枚举也。不数武，为“率然洞”，其上下平，而左右饶石骨，以其修且谺闳也，类若为率然所中穿者，故名。洞且尽，两石夹之，俨然两阍人，左高而瘦，右卑而古，总名之曰“司阍石”。其西南折而下，有磐石卧水，亦钓矶也，以其距“藏径阁”小迤，为唤渡处，名之曰“西归津”。复循洞口东转，度“清波梁”，其下穿“漱珠涧”口，自此踞水之峰，有类白玉者，有类苍璧者，皆古而多穿漏，其苍者尤奇，名之曰“天骨”，白者曰“楚琢”。小转而南，两壁上狭，一石卧之，曰“小云门”，自此转而入峡矣。峡两傍有怪石，叫窱阴冱，仰不见日，缘涧而转，委曲沂沿，两相翼为胜。尝谓峡高不能三寻许，而有蜀夔府岷峨势。涧傍穿不过数尺，而乍使灵威丈人探之，当必有缩足不前者，此“中弇”第一境也。峡将穷，得一石，扣之，其声泠泠然若搏磬，家弟过而乐之，名其峡曰“磬玉”，余名其涧曰“漱珠”，要以不能尽发其美为恨。①

---

① （明）王世贞：《弇州续稿》卷五十九《弇山园记五》，《文渊阁四库全书》本。

在弇山园，奇石不仅仅是作为独立的审美对象而存在，更多场合下是与土、木、水配合成景。 王世贞认为弇园三山，中弇以石胜，上述这段文字描写的正是中弇变化多姿的石景：孤峰独立，如"古廉"；夹洞对置，如"司阍石"；水中散置，如"拥袖""渴猊""猊儿""凌波""悯相"；磐石卧水，如"西归津"；峰石踞水，如"天骨""楚琢"；狭壁卧石，如"小云门"。 如此种种，不胜枚举。 形丰神秀的奇石与水、洞、矶、峡、涧相互衬托，怪石可观，磬玉悦耳，营造出丰富多样的园林景观。"司阍""拥袖""凌波"等景观名称表现出王世贞对动态石景的推崇，也就是说，奇石、美石不仅具有静态的观赏性，用在造园活动中，更应当和其他景物相辅相融，开拓其生动的想象空间。

二、凿池堆山，相辅成景

明代文人擅长将山水画的写意特征用在造园活动中，往往以一峰之石、一池之水营造峰峦叠嶂、烟波浩渺的意境，正所谓"一峰则太华千寻，一勺则江湖万里"①。 即使如王世贞的离蓑园，山之延袤仅以丈计，却也有涧、有洞、有岭、有梁，皆具体而微。 童寯先生在《江南园林志》中特意强调了明清时期叠石名家的绘画功底："业叠山者，在昔苏州称花园子，湖州称山匠，扬州称石工；人称张南垣为张石匠。 叠山之艺，非工山水者不精。 如计成，如石涛，如张南垣，莫不能绘，固非一般石工所能望其项背者也。"②这份名单中或许还可加上张南阳，这位曾得陈所蕴作传的张山人，自幼跟随父亲学习绘画，后以绘画造型法叠山，所造名园有陈所蕴的日涉园、潘允端的豫园，以及王世贞的弇山园。 关于弇山园的叠山理水方法，王世贞有这样一段概括：

① （明）文震亨：《长物志》卷三《水石》总论，见（明）文震亨、（明）屠隆著，陈剑点校：《长物志 考槃余事》，52页，杭州，浙江人民美术出版社，2001。
② 童寯：《江南园林志》（第2版），43页，北京，中国建筑工业出版社，2014。

> 山以水袭，大奇也；水得山，复大奇。吾园之始，一兰若傍耕地耳，垒石筑舍，势无所资，土必凿，凿而洼则为池，山日以益崇，池日以洼且广，水之胜，遂能与山抗。①

王世贞重视园林山水的相互映衬，然而弇山园的地理条件并没有什么优势，既无名泉可引，也无地势可凭，王世贞采用的方法是凿土为池、积土成山，就是在原有的耕地上挖凿水池，用挖掘出的泥土堆积成山，水池越深广，则山势越高峻，相辅成景。这种条件互用、就地取材的方法便利而经济，既可最大限度利用材料，又可节省人工，对于修筑私家园林而言非常合适。王世贞之子王士骐修筑约圃，也采用了"因汇以为池，余土以为丘"②的方法。不过，仅仅依靠积土成山，还不足以形成弇山园的峰峦之势。正是因为"垒石筑舍，势无所资"，王世贞才会凿池堆山。也就是说，除堆土成山之外，尚需垒石为峰。弇山园中不乏名贵峰石，从麋泾故业移入的美石，更是"山足可峰"，凭借堆土形成的山势，依山环水，叠石架梁，涧、洞、滩、岭，形态万千，峦色峰势，森然竞出。概言之，王世贞对于园林山石的布置，重视水石映衬和土石相兼，利用奇石、美石的天然形态，与花、木、水、土等其他造园要素构成了具有丰富想象空间的景观。

---

① （明）王世贞：《弇州续稿》卷五十九《弇山园记八》，《文渊阁四库全书》本。
② （明）王世贞：《弇州续稿》卷六十《约圃记》，《文渊阁四库全书》本。

第三十五章
高濂的园居养生美学

　　明代私家园林众多，文人的园居生活内容丰富，但著书立说探讨园林筑造之事者并不多，在计成《园冶》、文震亨《长物志》之前，高濂《遵生八笺》之《起居安乐笺》有论居室建置者，篇幅较为可观。高濂，字深甫，号瑞南道人、湖上桃花渔，生卒年不详，大约生活于嘉靖至万历年间，屠隆、李时英为《遵生八笺》作序是在万历辛卯（万历十九年，1591）。所谓"八笺"，包括《清修妙论笺》《四时调摄笺》《起居安乐笺》《延年却病笺》《饮馔服食笺》《燕闲清赏笺》《灵秘丹药笺》《尘外遐举笺》。可见，高濂关于居室园亭的论述属于遵生怡养的范围，因而其关注点和后来的《园冶》《长物志》等也就表现出很大差异。高濂在《起居安乐笺》中一一论述了煴阁、清闷阁、云林堂、观雪庵、松轩、书斋、茅亭、桧柏亭、圊室、九径、茶寮、药室等建筑，还探讨了家居植物的种植禁忌。大致而言，《养生八笺》所涉及的园林居室观念主要可以概括为"安"和"清"两个方面。

◎ 第一节

以安乐为宗旨的居室建置观念

在《遵生八笺》中，居室建置属于起居安乐之事，高濂以为，"审居室安处者，为得安乐窝"①。 居室园亭是日常起居的主要场所，居室建造首先需要考虑的就是居住者的健康，因而在"居室安处条"下，作者引用古人言论，表达了对"安处"的理解，即不需要华堂邃宇、重裀广榻，而应遵从"南面而坐，东首而寝，阴阳适中，明暗相半"②的原则。 高濂认为屋宇不宜太高，高则阳盛而明多，也不宜太低，低则阴盛而暗多。 明多伤魄，暗多伤魂，阴阳明暗不当，则生疾病。 对于注重养生的高濂来说，建筑须有益于居住者的身体健康及用品存放，所以，高濂论居室建置，首先谈及熅阁：

> 南方暑雨时，药物、图书、皮毛之物皆为霉溽坏尽。今造阁，去地一丈有多，阁中循壁为厨二三层，壁间以板弸之，前后开窗，梁上悬长笐，物可悬者，悬于笐中，余置格上。天日晴明，则大开窗户，令纳风日爽气。阴晦则密闭，以杜雨湿。中设小炉，长令火气温郁。又法：阁中设床二三，床下收新出窑炭实之。乃置画片床上，永不霉坏，不须设火。其炭至秋供烧，明年复换新炭。床上切不可卧，卧者病瘠，屡有验也。盖为火气所烁故耳。③

---

① （明）高濂：《遵生八笺》卷七《起居安乐笺》总论，清嘉庆十五年弦雪居重订本。
② （明）高濂：《遵生八笺》卷七《起居安乐笺·居室安处条·序古名论》引天隐子语，清嘉庆十五年弦雪居重订本。
③ （明）高濂：《遵生八笺》卷七《起居安乐笺·居安室处条·居室建置》"熅阁"，清嘉庆十五年弦雪居重订本。

煴阁之制，并非高濂所创，宋代沈括《忘怀录》中便介绍了这种用以存放物品的建筑样式。 阁建于离地一丈之处，所存物品可悬于梁，可置于格，也可置于炭床，利用晴明天气的风日，或在阴雨天气设小炉，以防止南方暑湿对茶、药、图籍、皮毛之类的损坏。 高濂讨论养生之法，重视古人经验，笺中有些条目下专门辑录"序古名论"或"序古诸论"。 除煴阁外，观雪庵的制式也来自《忘怀录》，只是在尺寸上略有修改。 高濂并非造园家，他谈论园亭，主要从日常安处的角度着眼，不仅要求室阁建制有益于身体健康和物品安放，还强调风水对居住者的影响。

　　高濂重视风、气、水、土与肌、肤、脏、腑的关系，也在意阴阳方位的吉凶征兆。 根据前人典籍，以"土厚水深，居之不疾"作为前提，高濂提醒养生者：在常坐之处需注意避风，因为风入腠理，由肌肤、经脉，以至脏腑，为患不小。 盛夏时人们喜爱居住在巷堂夹道、风回凉爽的两头通屋，但这种建筑对人的身体有害，应当慎重选择。 住宅讲究阴阳方位，所谓"阳宅龙头在亥，尾在巳；阴宅龙头在巳，尾在亥"①。 住宅不宜过于广大，居住广屋大宅未必和乐，应当根据家庭人数，建造大小适宜的屋宅。 高濂对园庭植物的选择也会从吉凶方面加以考量，他重视自古相传的宜忌准则，认为家居种竹，不仅生旺，而且青翠脱俗。 东种桃柳、西种柘榆、南种梅枣、北种奈杏较为吉利，如果植物方位不当，则可能招损招祟。 诸如"中门种槐，三世昌盛；屋后种榆，百鬼退藏""堂前宜种石榴，多嗣，大吉"②等论调，从家庭安乐的愿望出发，契合了家居种植的文化心理，发挥心理暗示的作用，以利于居住者的身心健康。

　　高濂讨论居室建置主要在意的是园居者的日常怡养，对居室格局和园庭环境的要求都以宜于安处作为前提。 他提出根据地域气候特点设计建筑，在

---

① （明）高濂：《遵生八笺》卷七《起居安乐笺·居室安处条·居处生旺吉凶宜忌》，清嘉庆十五年弦雪居重订本。
② （明）高濂：《遵生八笺》卷七《起居安乐笺·居室安处条·家居种树宜忌》，清嘉庆十五年弦雪居重订本。

宅院中配备药室，重视居室格局和人体健康的关系，选配花木留意文化心理的暗示作用。 这是养生家的园林设计观念，首先关注的是园林居室对居住者身心健康的影响，然而，这并不意味忽视园林建筑及花木景观的审美性，文人园林一向追求的清幽雅逸也是高濂所注重的，而正是他将清雅和怡养结合而论，为园林美学带来了新的视角。

◎ 第二节
以清逸为特征的园居怡养观念

园林是审美性和实用性兼备的综合艺术，《遵生八笺》探讨园林居室主要关注园居生活怡养遵生这一方面，也因此反映出园林艺术特征的丰富性。《遵生八笺》所论清閟阁、云林堂，本为元代画家倪瓒居室，其论也多集缀《清閟阁集》中的《云林遗事》及明代文人何良俊《何氏语林》中品评倪瓒清閟阁的文字，而在高濂的探讨中，园居生活对健康的裨益很大程度上来自园林审美产生的愉悦。 高濂推崇倪瓒的逍遥容与，将清閟阁、云林堂写在"居室建置"条目之下，称赏曰：

> 阁尤胜，客非佳流，不得入。堂前植碧梧四，令人揩拭其皮。每梧坠叶，辄令童子以针缀杖头，亟挑去之，不使点污，如亭亭绿玉。苔藓盈庭，不容人践，绿褥可爱。左右列以松桂兰竹之属，敷纡缭绕。外则高木修篁，郁然深秀。周列奇石，东设古玉器，西设古鼎尊罍，法书名画。每雨止风收，杖履自随，逍遥容与，咏歌以娱。望之者，识其为世

外人也。①

高濂称许清闷阁、云林堂，在于这些建筑营造了主人倪瓒"世外人"的生活环境。碧梧修篁、奇石古鼎，这是主人的风雅标识，只有佳流雅客才能进入这片天地，共赏松桂兰竹、法书名画。

清闷阁，追求"清""幽"之趣，高濂将园林视为清赏之地，自然盛赞此阁。《遵生八笺》谈及的"观雪庵"，本是宋代沈括介绍过的建筑样式，高濂对其形制做了些许修改。不妨来比较一下两部文献涉及"观雪庵"的文字：

> 观雪庵　庵长九尺，阔八尺，高六尺，以轻木为格，纸糊之，三面如枕。屏风上以一格覆之，面前施夹幔。中间可容小坐床四具，不妨设火及饮具，随处移行，背风展之，迥地即就雪中卓之。比之毡帐，轻而门阔，不碍瞻眺。施之别用皆可，不独观雪也。②（《忘怀录》）

> 观雪庵　长九尺，阔八尺，高七尺，以轻木为格，纸布糊之，以障三面。上以一格覆顶面，前施帏幔，卷舒如帐。中可四坐，不妨设火食具，随处移行，背风帐之，对雪瞻眺，比之毡帐，似更清逸。施之就花，就山水，雅胜之地，无不可也，谓之行窝。③（《遵生八笺》）

《忘怀录》对观雪庵做了科学文献式的介绍，讲解了它的尺寸、材料、用途等。《遵生八笺》除介绍建筑形制外，还加入了审美评论，认为庵中赏雪，

---

① （明）高濂：《遵生八笺》卷七《起居安乐笺·居室安处条·居室建置》"清闷阁、云林堂"，清嘉庆十五年弦雪居重订本。
② （宋）沈括：《忘怀录》，见（明）陶宗仪辑：《说郛》卷十九，北京，中国书店，1986。
③ （明）高濂：《遵生八笺》卷七《起居安乐笺·居室安处条·居室建置》"观雪庵"，清嘉庆十五年弦雪居重订本。

比之毡帐，似乎更加清逸。 沈括在文中说明，观雪庵不独可用于观雪，也可
用在别处。 高濂则将之具象化，指出这种设计除用于对雪瞻眺外，还可用在
花木、山水之间，以及其他"雅胜之地"。 在高濂看来，作为怡养之地的园
亭斋阁，格外讲究清雅高逸，所以，无论是观雪庵还是《起居安乐笺》中同
时论及的茅亭，都以"清"为胜。 在卷舒如帐的庵中观雪，堪称清逸。 白
茅覆亭，结于苍松翠盖之下、修竹茂林之中，雅称清赏。"松轩"之论则更
突出地反映了这种审美倾向：

> 松轩 宜择苑圃中向明垲爽之地构立，不用高峻，惟贵清幽。八窗
> 玲珑，左右植以青松数株，须择枝干苍古，屈曲如画，有马远、盛子
> 昭、郭熙状态甚妙。中立奇石，得石形瘦削，穿透多孔，头大腰细，袅
> 娜有态者，立之松间。下植吉祥、蒲草、鹿葱等花，更置建兰一二盆，
> 清胜雅观。外有隙地，种竹数竿，种梅一二，以助其清，共作岁寒友
> 想。临轩外观，恍若在画图中矣。①

松轩贵在清幽，以松为景，构成宋元画作的意境，松枝苍古，屈曲如画，点
缀瘦削奇石，配以蒲草兰花，便会显得清雅。 如果再有翠竹数竿，寒梅一二
枝，更能衬托松轩之清。"清幽""清胜雅观""以助其清"等表述，反映
出对园林清逸之气的追求。 高濂标举园亭清逸，在于清幽雅逸的氛围可以舒
心畅神，有益于身心怡养。

书斋是文人园居生活的核心位置，高濂在《遵生八笺》中专设"高子书
斋说"一条，谈论了对书斋的看法。 他对书斋的基本要求是宜明净，不能太
宽敞，因为明净可爽心神，宏敞则伤目力。 书斋的外部环境是窗外薜萝满
墙，点缀松桧盆景，或者放置建兰一两盆，围绕台阶种植翠云草，茂盛时青

---

① （明）高濂：《遵生八笺》卷七《起居安乐笺·居室安处条·居室建置》"松轩"，清嘉庆十五年
弦雪居重订本。

葱郁然，放置一洗砚池，靠近窗户的地方再设置一个鱼池，蓄养几尾金鲫，以观看天机活泼。书斋内放置长桌一张，古砚一方，以及旧古铜水注、旧窑笔格、斑竹笔筒、旧窑笔洗、糊斗、水中丞、铜石镇纸各一件，墙上挂古琴一张。几案之上陈设古铜花尊或哥窑定瓶，花开时则插花满瓶，以集香气，不插花的时节，就在几案上放置蒲石或鼎炉。与明代许多文人一样，高濂也推崇古物，古砚、古琴、旧窑笔格、旧窑笔洗、古铜水注、古铜花尊，这些器物因为超脱日常俗制而为文人所赏，如文震亨者以崇古抵抗文化的市俗之气，如高濂者则以崇古营造清新的耳目环境而令身心愉悦。鼎炉镂印篆而清香，名贤字幅要择其诗句清雅者悬挂，高濂因此而感叹："斋中永日据席，长夜篝灯，无事扰心，阅此自乐，逍遥余岁，以终天年。此真受用清福，无虚高斋者得观此妙。"①

园居生活是明代文人在市廛里巷和山林川泽之间寻求的一种平衡。超脱市井俗务，追求山野之趣，园主们多标榜其精神意义，高濂则强调其怡养功用，同时探讨审美活动的养生意义。在讨论四时调摄方法时，高濂将"山窗听雪敲竹"视为冬时逸事：

> 飞雪有声，惟在竹间最雅。山窗寒夜，时听雪洒竹林，淅沥萧萧，连翩瑟瑟，声韵悠然，逸我清听。忽尔回风交急，折竹一声，使我寒毡增冷。暗想金屋人欢，玉笙声醉，恐此非尔所欢。②

山窗寒夜，听雪洒竹林，声响悠然。华宅丽室之中，沉醉于欢宴笙歌的人，或许并不喜爱这种情境，但是雪夜清响正可以令人忘却尘俗，神游于林野，享受幽人之清旷，这是高濂的遵生秘笈。《遵生八笺》所表达的园林艺术思想甚为独特，高濂没有忽视文人们普遍关注的园林审美价值和

---

① （明）高濂：《遵生八笺》卷七《起居安乐笺·居室安处条·高子书斋说》，清嘉庆十五年弦雪居重订本。

② （明）高濂：《遵生八笺》卷六《四时调摄笺·山窗听雪敲竹》，清嘉庆十五年弦雪居重订本。

精神追求意义，同时从遵生乐命的角度探讨了园林对居住者身心健康的意义。 在高濂的论述中，园亭斋阁令人身居廛市而享受山林清逸，起居安乐，不为身形所羁，放情林泉，静观物我，既是精神清修之途，也是怡养遵生之径（图 5-1）。

图 5-1　松江醉白池辍耕亭　摄影:黄春燕

第三十六章
计成取法自然的造园艺术思想

有明一代，私家园林呈一时之盛，缙绅文人是这一风气的主要推动者。时常有研究者将明清园林并提，而实际上明、清两代的园林虽在建筑设计上不乏相类之处，但在园林艺术思想的追求上则存在很大差异。即以明代而论，筑园之风也经历了抑制与张扬的不同阶段。据顾起元记述，明代初期的政令曾限制修筑私家园林。正德、嘉靖之后，一方面王朝的内忧外患渐趋严重，王朝统治出现整体性危机，另一方面工商经济日益发展，市民阶层队伍不断壮大。江南城市的闲情逸趣抚慰了壮志难酬的情怀，也沉溺了兼济天下的心志，文人们开始在繁喧都市筑起一个个纵恣放逸的精神空间，造园之风日渐兴盛。在这样的语境下，关于造园艺术的专门论著出现了，这便是完成于崇祯年间的《园冶》。该书自序中有"时崇祯辛未之秋杪否道人暇于扈冶堂中题"这样的表述，故而后世研究者认为其成书时间当为崇祯辛未，即崇祯四年（1631）。

《园冶》一书是目前所见成书最早的园林学专著，其作者为吴江人计成。计成，字无否，号否道人，生于明万历十年（1582），卒年不详，是明末著名的造园家，其园林作品有常州东第园、仪征寤园、扬州影园等。《园冶》共三卷，分门别类地论述了相地、立基、屋宇、装折、栏杆、门窗、墙垣、铺地、掇山、选石、借景等方面的要点，更于开卷处以"兴造论"和"园说"两部分探讨了兴造园亭的总体原则。

◎ 第一节

"因""借"论——"巧于'因''借',精在'体''宜'"

在《园冶》开篇,计成首先阐述了造园师的重要性:"世之兴造,专主鸠匠,独不闻三分匠、七分主人之谚乎? 非主人也,能主之人也。"①这里所称的"主人",并非园林建筑的拥有者,而是规划设计园林的造园艺术家,也就是像计成本人这样能够把握园主意图,根据地势特点叠山理水的人物。 造园师之所以重要,是因为一般工匠只能胜任挥斧运斤的工作,而不能布置园林的整体格局,园林主人虽然胸有丘壑,却难以将自身意图转化为建造方案传达给工匠。 造园师既熟谙馆阁垣墙建造之事,又妙解山林水石构图之理,他们了解列架装折的细节,能够指导工匠施工,他们擅长笔墨丹青,可以根据园主意图设计方案,这使得园林成为结合建筑技术与绘画艺术的独特作品。

一、"因""借"论的美学基础

在计成看来,对园林借景的安排极能显示造园师的作用。 在《园冶》开篇的《兴造论》中,计成指出:"园林巧于'因''借',精在'体''宜',愈非匠作可为,亦非主人所能自主者,须求得人,当要节用。"②"巧于'因''借',精在'体''宜'",差不多也就是计成对园林修筑总体原则的概括。 那么,何谓"因""借"呢? 《园冶》给出了这样的解释:

---

① (明)计成著,陈植注释:《园冶注释》卷一《兴造论》,47 页,北京,中国建筑工业出版社,1988。
② 同上书,47 页。

"因"者：随基势之高下，体形之端正，碍木删桠，泉流石注，互相
　　借资，宜亭斯亭，宜榭斯榭，不妨偏径，顿置婉转，斯谓"精而合宜"者
　　也。"借"者：园虽别内外，得景则无拘远近，晴峦耸秀，绀宇凌空，极
　　目所至，俗则屏之，嘉则收之，不分町疃，尽为烟景，斯所谓"巧而得
　　体"者也。①

　　身为擅长丹青的造园师，计成非常重视园林景致的整体效果，一方面要求泉
石亭榭的构建因地制宜，充分利用地势特点，另一方面强调园林景色的整体
画面感，讲求园内景观与园外景象的浑然一体、相互移借。"因""借"二
字中，"因"字体现了对中国园林美学传统的继承，讲求自然而然，"借"
字则进一步体现出计成精于绘画的构景特长。

　　中国园林的构建，尊奉与自然相融合的观念，讲究因地制宜。《三辅黄
图》对秦咸阳宫的记载表达了中国早期建筑的内容想象与空间意识："始皇
穷极奢侈，筑咸阳宫，因北陵营殿，端门四达，以则紫宫，象帝居。渭水贯
都，以象天汉；横桥南渡，以法牵牛。"②这里包含着皇权神授的观念，也提
供了一些建筑信息，就是咸阳宫的建造利用了咸阳故城的地理条件，北依咸
阳原营造宫殿，宫殿正门则在原下平坦之处，四通八达。渭水贯都，建横桥
而与渭南的兴乐宫相通。咸阳城的地势特点为宫殿的神秘想象提供了条件：
以咸阳宫效法天帝之紫宫，以渭水比银河，以横桥拟鹊桥。在中国园林的发
展历程中，早期帝王宫苑具有非常重要的意义，《三辅黄图》所载咸阳宫的
格局，反映出儒家神权观与道家自然观的结合。之后私家园林兴起，儒家观
念在园林中的表达产生了内容上的变化，而法乎自然的道家观念则一以贯之
地体现在园林布局上。

　　计成的"因""借"观念，将中国古典园林取法自然的美学特质概括为

---

① （明）计成著，陈植注释：《园冶注释》卷一《兴造论》，47～48 页，北京，中国建筑工业出版
　　社，1988。
② 何清谷：《三辅黄图校释》卷一《咸阳故城》，22 页，北京，中华书局，2005。

指导园林规划的设计理念，置于《园冶》开篇总论兴造的文字中，确乎值得重视。比较一下中国园林与西方园林的特点，就会发现，"因""借"观念在园林中的运用凸显了中国园林别具一格的意境追求。西方园林普遍给予人的是一种肯定自我的审美体验，面对审美对象时，审美

图 5-2　德国无忧宫　摄影：黄春燕

者更多体会到的是人征服自然的力量。开阔对称的空间布局，精心修剪的球状植物造型，条块点缀于建筑或草坪之间的花坛，以及喷涌向天的水柱，都会令观者体会到自然对人的意志的遵从（图 5-2）。中国古典园林，带给游赏者的更多是一种物我相融的审美体验，虽然园中每一座亭榭、每一株花木都体现了设计的匠心，但因为与园林的地理条件相因，故而显得情境相谐，自然浑成，使人身在其中，怡然忘我（图 5-3）。

图 5-3　南京瞻园　摄影：黄春燕

二、有意识标举园林借景

计成在总论园林时提出"窗牖无拘，随宜合用；栏杆信画，因境而成"①，讨论园基问题时又言"相地合宜，构园得体"②，都突出了"因"而合"宜"的观念。如果说"因"之一字更多表达了中国古典园林的哲学基础，"借"之一字则更多反映出中国古典园林的艺术追求。《园冶》开篇即提出"巧于'因''借'，精在'体''宜'"，卷末又专设一篇谈论借景，正所谓"夫借景，林园之最要者也。如远借，邻借，仰借，俯借，应时而借。然物情所逗，目寄心期，似意在笔先，庶几描写之尽哉"③。在计成看来，借景是造园最重要的条件，而借景又是必须在园林建造之前便已规划在胸的事。至于如何借景，计成从空间与时间两个方面对其做了概括。从空间方面来说，可远借极目之景，可近借眼前之景；可举头借景，可俯身借景。极目远眺，山中高台塔影可借；即目所见，槛外落絮飞花可借。仰借，可举杯邀月；俯借，可观鱼濠上。从时间方面来说，计成虽只略言"应时而借"，但《借景》篇中实际已铺排了不少情境："醉颜几阵丹枫""但觉篱残菊晚"是借季节之景，"风鸦几树夕阳""凭虚敞阁，举杯明月自相邀"是借日夜之景。在计成的描述中，可借者除景致外，还有声、色、味。"林阴初出莺歌，山曲忽闻樵唱""梧叶忽惊秋落，虫草幽鸣"是借声，"半窗碧隐蕉桐，环堵翠延萝薜""寓目一行白鹭，醉颜几阵丹枫"是借色，"冉冉天香，悠悠桂子""苧衣不耐凉新，池荷香绾"是借味。④

---

① （明）计成著，陈植注释：《园冶注释》卷一《园说》，51 页，北京，中国建筑工业出版社，1988。
② （明）计成著，陈植注释：《园冶注释》卷一《相地》，56 页，北京，中国建筑工业出版社，1988。
③ （明）计成著，陈植注释：《园冶注释》卷三《借景》，247 页，北京，中国建筑工业出版社，1988。
④ 同上书，243 页。

对远近高低之景、冬夏晨昏之致的借用，是园林规划时必须首先考虑的因素。清风明月、流云飞雪、江上渔舟、山中古刹，皆成园景。鸟啼虫吟、幽篁琴啸、荷风香气、竹露清响，俱涉园趣。"待霜亭""清音阁""醉月楼""远香堂""听松风处"等园林建筑之名，皆体现出借景之用心。就园林实景来看，顾大典对谐赏园"清音阁"有这样的描写："馆后夹以修廊，启扉而入，为'清音阁'。阁在园之一隅，登楼远眺，则粉堞雕甍，逶迤映带；俯视则园景可能十之八九，竹树交戛，不风而鸣，琮琮玲玲，天籁自发，因以名吾阁，盖取左思《招隐》语也。"①文徵明描绘拙政园"听松风处"则言："又东、出'梦隐楼'之后，长松数植，风至泠然有声，曰：'听松风处'。"②拙政园内"听松风处"所借者为天然声响；谐赏园里的"清音阁"既借草木之音，又借远眺之景。明代另一位文人朱察卿笔下的露香园则呈现这样一幅图景："堂后土阜隆崇，松、桧、杉、柏、女贞、豫章，相扶疏翁菱，曰：'积翠冈'。陟其脊，远近绀殿黔突俱出，飞帆隐隐移雉堞上，目豁如也。"③园外粉堞飞帆与园中竹树楼阁相映，园外景与园内景浑然一体，近而积翠，远而豁目，借景之妙，于此可见一斑。在明代的园林景观中，诸如此类的借景实例不胜枚举。

在园林设计时有意识地标举借景是计成的一大贡献。借景并非始于明代，宋代李格非的《洛阳名园记》中就记有园林借景的胜境，如对"环溪"的描写：

> 环溪，王开府宅园，甚洁。华亭者，南临池，池左右翼，而北过凉榭，复汇为大池，周围如环，故云然也。榭南有多景楼，以南望则嵩高

① （明）顾大典：《谐赏园记》，见陈植、张公弛选注：《中国历代名园记选注》，108页，合肥，安徽科学技术出版社，1983。
② （明）文徵明：《王氏拙政园记》，见陈植、张公弛选注：《中国历代名园记选注》，100页，合肥，安徽科学技术出版社，1983。
③ （明）朱察卿：《露香园记》，见陈植、张公弛选注：《中国历代名园记选注》，119页，合肥，安徽科学技术出版社，1983。

少室龙门大谷，层峰翠巘，毕劾奇于前，榭北有风月台，以北望则隋唐宫阙楼殿千门万户，岩峣璀璨，延亘十余里。凡左太冲十余年极力而赋者，可瞥目而尽也。又西有锦厅、秀野台。园中树松桧花木千株，皆品别种列。除其中为岛坞，使可张幄次，各待其盛而赏之。凉榭锦厅，其下可坐数百人，宏大壮丽，洛中无逾者。①

所谓"嵩高少室龙门大谷，层峰翠巘，毕劾奇于前"，以及"隋唐宫阙楼殿千门万户，岩峣璀璨，延亘十余里"云云，既是王开府宅园远眺而见的园外景，也是"多景楼"与"风月台"得以命名的园内即见之景。从对整个"环溪"之景的描写来看，李格非重笔描绘的"多景楼"与"风月台"最为夺人眼目。阅罢此篇，掩卷神思，嵩高少室龙门大谷与隋唐宫阙楼殿如在眼前，无疑是园景之中最有特色的，园内其他种种，在层峰翠巘、岩峣璀璨的景致之前便显得黯然失色了。

《园冶》一书突出借景在园林建构中的重要性，概括了中国古典园林艺术追求中极富想象力的审美特点。如果说《园冶》之前的借景是一种无意识的园林艺术追求，那么，《园冶》之后的借景则成为文人审美追求中表达想象力的着意创造。《园冶》成书之后四十年（1671），对泉石经纶颇为自负的湖上笠翁李渔在其《闲情偶寄》中探讨了"取景在借"的法则，其所借之景更加精巧，也更为刻意：

向居西子湖滨，欲购湖舫一只，事事犹人，不求稍异，止以窗格异之。人询其法，予曰：四面皆实，独虚其中，而为"便面"之形。实者用板，蒙以灰布，勿露一隙之光；虚者用木作匡，上下皆曲而直其两旁，所谓便面是也。纯露空明，勿使有纤毫障翳。是船之左右，止有二便

① （宋）李格非：《洛阳名园记》，见《丛书集成初编》第1508册，4～5页，上海，商务印书馆，1936。

面，便面之外，无他物矣。坐于其中，则两岸之湖光山色，寺观浮屠，云烟竹树，以及往来之樵人牧竖，醉翁游女，连人带马，尽入便面之中，作我天然图画。且又时时变幻，不为一定之形。非特舟行之际，摇一橹变一象，撑一篙换一景，即系缆时，风摇水动，亦刻刻异形。是一日之内，现出百千万幅佳山佳水，总以便面收之。而便面之制，又绝无多费，不过曲木两条，直木两条而已。世有掷尽金钱，求为新异者，其能新异若此乎？此窗不但娱己，兼可娱人；不特以舟外无穷无景色摄入舟中，兼可以舟中所有之人物，并一切几席杯盘射出窗外，以备来往游人之玩赏。何也？以内视外，固是一幅便面山水；而以外视内，亦是一幅扇头人物。①

在李渔的设计中，湖舫一只因窗借景，以"便面"为窗，在舫内可以观赏山色游移，从舫外可以观看人物宴饮，湖上光影、舟中风物皆入画中。 但李渔最终也未曾将这一设计付诸实施，他曾作诗自嘲："嗟我一生喜戴笠，梦魂无日去舟楫。 谁料人间张志和，惟向口头营泛宅。 四海人人唤笠翁，笠翁其名实则空。 一竿无可置身处，倩人作画居图中。"②不过，这种依仿扇面之形而设窗借景的方法（参见图 5-4）曾被李渔移至楼头，借钟山气色而为楼中景致。 推此形制，有所谓"尺幅窗""无心画"之

图 5-4 松江醉白池 摄影：黄春燕

---

① （清）李渔：《闲情偶寄》卷四《居室部·取景在借》，见浙江古籍出版社编：《李渔全集》第 11 卷，170～171 页，杭州，浙江古籍出版社，1992。

② （清）李渔：《笠翁诗集》卷一《卖船行和施愚山宪使》，见浙江古籍出版社编：《李渔全集》第 1 卷，52 页，杭州，浙江古籍出版社，1992。

类设计。李渔的这些设计可谓独具匠心，然则正因为过于精巧而显露出刻意为之的痕迹，也因此少了计成"因借无由，触情俱是"①的自然之趣。

计成注重"因""借"相得，指出"构园无格，借景有因"②，强调因地、因时而借景，又表示"因借无由，触情俱是"，突出园景规划中情感介入的意义。在论相地时，计成便设想了竹里通幽、松寮隐僻、栽梅绕屋、鹤舞翩翩的情境，呼应园林主人的品格追求。他提出"涉门成趣，得景随形"③的主张，也就是说所借之景应根据地势方位自然而得，或山楼凭远，或溪涧寻幽，可以纳千顷汪洋，可以寻邻舍新枝，总是缘情醉心，景到随机，一切都讲究因地制宜，自然天成。这不单是借景之法，也是计成的筑园之法。

◎ 第二节

园景融合论——"虽由人作，宛自天开"

就计成的造园美学而言，园林借景犹如绘画之构图，讲究"意在笔先"，而所借之景与园内景观浑然一体，才称得上"佳境"。建造园林，在设计规划时首先要重视"人作"之功，无论相地、立基这类基础性的环节，还是屋宇、山石的具体布置，都需要体现设计者的整体空间感，从而使后期的土石建造之事有章法可循。不过，"人作"之功需要依据整个园林的地理条件，亭台楼阁的位置安排、掇山理水的意趣呈现，都要和整体园景相融合，尽可能不显露人工痕迹。

---

① （明）计成著，陈植注释：《园冶注释》卷三《借景》，244 页，北京，中国建筑工业出版社，1988。
② 同上书，243 页。
③ （明）计成著，陈植注释：《园冶注释》卷一《相地》，56 页，北京，中国建筑工业出版社，1988。

一、"人作"之功与天然之趣

计成将"人作"之功概括为"虽由人作，宛自天开"八个字：

> 凡结林园，无分村郭，地偏为胜，开林择剪蓬蒿；景到随机，在涧
> 共修兰芷。径缘三益，业拟千秋，围墙隐约于萝间，架屋蜿蜒于木末。
> 山楼凭远，纵目皆然；竹坞寻幽，醉心既是。轩楹高爽，窗户虚邻；纳
> 千顷之汪洋，收四时之烂熳。梧阴匝地，槐荫当庭；插柳沿堤，栽梅绕
> 屋；结茅竹里，浚一派之长源；障锦山屏，列千寻之耸翠，虽由人作，
> 宛自天升。[①]

文人园林大多追求山水画的意境，对园林景观和周围环境的配合甚为讲
究，园景规划虽是人为，但一切景观如同天然而生，即便是模山拟水，也力
求妙造自然。《园冶》将这种审美追求归纳为造园法则，在具体景观布置上
也以此为趣。讨论掇山理水之法时，计成以为："曲水，古皆凿石槽，上置
石龙头喷水者，斯费工类俗，何不以理涧法，上理石泉，口如瀑布，亦可流
觞，似得天然之趣。"[②]对于人工刻意制作的喷水石龙头，计成颇为不满，
他推崇的是具有天然之趣的水石景致，虽由人作，但应取法自然。中国古典
园林可入诗，可入画，园林实景绘于纸上便成绝妙图卷，园中翠竹幽兰、绿
荷梧叶点缀于山石峰峦、曲水溪涧之间，台阁楼馆、亭榭回廊掩映于柳荫梅
枝、兼葭藤萝之侧，一片浑然。计成深谙文人园林的意趣所在，对园中建筑
的布置极为用心，讲求"围墙隐约于萝间，架屋蜿蜒于木末"，使建筑若隐

---

① （明）计成著，陈植注释：《园冶注释》卷一《园说》，51 页，北京，中国建筑工业出版社，
1988。
② （明）计成著，陈植注释：《园冶注释》卷三《掇山·曲水》，220 页，北京，中国建筑工业出版
社，1988。

若现于山石草木之间，成为园林图卷中不可或缺的点缀，低调而不突兀。 明代的文人园林不同于官邸宅院，多是寄托文人栖逸之志的处所，故不求气派，不突出屋宇，而讲求意境幽远。 当奇亭巧榭隐现于红紫之丛，梅枝绕屋，阶染青绿，文人的林泉之好便在很大程度上得到了满足。 正因如此，在选择园林地基时，计成最推崇的是具有天然之趣的山林地：

> 园地惟山林最胜，有高有凹，有曲有深，有峻而悬，有平而坦，自成天然之趣，不烦人事之工。入奥疏源，就低凿水，搜土开其穴麓，培山接以房廊。杂树参天，楼阁碍云霞而出没；繁花覆地，亭台突池沼而参差。绝涧安其梁，飞岩假其栈；闲闲即景，寂寂探春。好鸟要朋，群麋偕侣。槛逗几番花信，门湾一带溪流，竹里通幽，松寮隐僻，送涛声而郁郁，起鹤舞而翩翩。阶前自扫云，岭上谁锄月。千峦环翠，万壑流青。欲藉陶舆，何缘谢屐。[①]

因为可以依循山林本身的地基条件进行规划，选择山林地筑造园林便更加适宜，可以少人工之事，而多天然之趣。 对于非常重视园林借景的计成来说，山林之间本多胜景，依山筑园，即景造屋，减省人力，并少斧凿痕迹，而且可以随处借景，自是园林设计的首选方案。 至于选址江干湖畔，直是以悠悠烟水、澹澹云山、泛泛渔舟、闲闲鸥鸟为景，略成小筑，藏阁深柳疏芦之间即成胜景。 相比而言，选择城市地造园就是不得已之事了，如果一定要筑园市井，必须选择幽偏之地，享市隐之趣。 园林的设计规划自是人为之事，计成在讨论造园法则时又处处强调天然之趣。

文人园林从兴起之初便表达隐逸文化的内蕴，故而追求亲近山林的野趣。 园林生活需摆脱日常俗事的羁绊，体现林泉之致，文人借此隐寄仕宦生

---

① （明）计成著，陈植注释：《园冶注释》卷一《相地·山林地》，58 页，北京，中国建筑工业出版社，2009。

涯的失落，或标榜归隐遗世的孤傲，其景观形式也就需要和这种意蕴相契合。 随意读几首王维赋辋川别业的诗作，即可品出几分意味：

木兰柴

秋山敛余照，飞鸟逐前侣。

彩翠时分明，夕岚无处所。

栾家濑

飒飒秋雨中，浅浅石溜泻。

跳波自相溅，白鹭惊复下。

秋山、秋雨、飞鸟、白鹭构成了充满画面感的景色，有秋雨之声，有彩翠之色，有白鹭之动，有夕岚之静，诗中有画，画外有声，画中不见人，但见目中景。 充满诗情画意的文字描绘了"木兰柴"和"栾家濑"两处景观，辋川别业的风情如在眼前。 这两幅园林山水图的核心是借景，秋山、余照、秋雨、夕岚既是借来之景，又是园中即目可见之景，景中无人，景外有人。 在辋川图卷中，人总是隐在画中或画外，有时甚至刻意描绘无人之景。 《鹿柴》是闻声不见人："空山不见人，但闻人语响。 返景入深林，复照青苔上。"《辛夷坞》是寂然无人："木末芙蓉花，山中发红萼。 涧户寂无人，纷纷开且落。"王维不太着意描写别业中的建筑，偶有着笔，不过"当轩对尊酒，四面芙蓉开"（《临湖亭》），或是"应门但迎扫，畏有山僧来"（《宫槐陌》），都是别有怀抱。 山石花木、人语鸟鸣，点缀些简略的建筑，构成诗意的辋川别业山水图卷。 诗情画意的山水园林，衬托着主人的寂静清幽，《竹里馆》一首表达了王维的情怀，也成为后世园林生活的精神写照："独坐幽篁里，弹琴复长啸。 深林人不知，明月来相照。"

因为文人园林多是隐逸之地，也就不会刻意突出人，与此相应，供人居息的建筑也必是幽曲隐约的。 《园冶》所标举的法则在很大程度上体现出这种建筑特点。 论书房的选址，要求"择偏僻处，随便通园，令游人莫知有此"①，而且内构斋馆房室可借外景，自然幽雅，深得山林之趣。 至于樾隐花间，房廊蜿蜒，更是园中必得之境。 文人园林不会刻意突出人，其规划设计实则处处围绕着人展开。 计成在《园冶》中对文人的园林生活做了细致的畅想，其筑园之法也由此而逐步展开：

> 刹宇隐环窗，仿佛片图小李；岩峦堆劈石，参差半壁大痴。萧寺可以卜邻，梵音到耳；远峰偏宜借景，秀色堪餐。紫气青霞，鹤声送来枕上；白苹红蓼，鸥盟同结矶边。看山上个篮舆，问水拖条枋杖；斜飞蝶雉，横跨长虹；不羡摩诘辋川，何数季伦金谷。一湾仅于消夏，百亩岂为藏春，养鹿堪游，种鱼可捕。凉亭浮白，冰调竹树风生；暖阁偎红，雪煮炉铛涛沸。渴吻消尽，烦顿开除。夜雨芭蕉，似杂鲛人之泣泪；晓风杨柳，若翻蛮女之纤腰。移竹当窗，分梨为院；溶溶月色，瑟瑟风声；静扰一榻琴书，动涵半轮秋水，清气觉来几席，凡尘顿远襟怀……②

借景萧寺，梵音自然入耳。 无意闻听，鹤声送来枕上。 暖阁内雪煮茗茶，凉亭外竹掩轩窗。 建筑的安排、植物的栽种、禽鱼鸟兽的驯养，都衬托着园林主人的生活情致。

二、借景与山水构图

综览《园冶》全书可以发现，计成主要探讨的是文人园林的制式，他将山水画的构图法运用到园林规划中，既有对前人建造之法的概括，更有本人

---

① （明）计成著，陈植注释：《园冶注释》卷一《立基·书房基》，75 页，北京，中国建筑工业出版社，1988。

② （明）计成著，陈植注释：《园冶注释》卷一《园说》，51 页，北京，中国建筑工业出版社，1988。

别具慧心的创见。 计成擅长绘画，自言喜爱五代画家荆浩、关仝的笔法。荆、关的全景山水气势雄浑，境界阔大，荆浩的"开图千里"、关仝的"关河之势"一向为人称道。 郑午昌先生在《中国画学全史》中这样评价荆浩、关仝："荆因五季多故，隐于太行之洪谷，自号洪谷子。 尝画山水树石以自适。 关为其弟子，有出蓝之美。 二氏皆以隐君子放浪山水间，所作山水，往往上突巍峰，下瞰穷谷，类有高古雄浑之气势，盖其地理上环境使然也。"①尤其是关仝，初师荆浩，得其雄横笔法，后又参悟王维破墨山水，其画作中的秋山寒林、村居野渡、幽人逸士、渔市山驿在大山大水之中别显风致，正所谓"笔愈简而气愈壮，景愈少而意愈长"②。 这种大幅山水构图之法对计成产生了影响，他之所以格外注重借景，想必与此有关。 园中天地毕竟空间有限，借自然之景，可纳千顷之汪洋，可收四时之烂熳，生无穷之变幻，成无尽之图卷。 荆、关笔意呈现在计成的园林构景中，使其借景之法别显情致，而"虽由人作，宛自天开"的美学追求也就有了更为宽广的实现空间。 境界阔大者有远峰萧寺、紫气青霞，境界悠远者有砌下落梅、帘外燕子。 境界阔大可如王羲之兰亭"有崇山峻岭，茂林修竹；又有清流激湍，映带左右。 ……仰观宇宙之大，俯察品类之盛，所以游目骋怀，足以极视听之娱"，境界悠远可如司马光独乐园"明月时至，清风自来，行无所牵，止无所柅，耳目肺肠，悉为己有，踽踽焉、洋洋焉，不知天壤之间复有何乐可以代此也"③。

明人钟惺曾有过这样一段议论：

> 出江行三吴，不复知有江，入舟、舍舟，其象大抵皆园也。乌乎园？园于水。水之上下左右，高者为台，深者为室，虚者为亭，曲者为

---

① 郑午昌：《中国画学全史》，152 页，上海，上海古籍出版社，2001。
② 同上书，171~172 页。
③ （宋）司马光：《独乐园记》，见陈植、张公弛选注：《中国历代名园记选注》，26 页，合肥，安徽科学技术出版社，1983。

廊，横者为渡，竖者为石，动植者为花鸟，往来者为游人，无非园者。然则人何必各有其园也？身处园中，不知其为园，园之中，各有园，而后知其为园，此人情也。予游三吴，无日不行园中，园中之园，未暇遍问也。①

在钟惺看来，三吴之地，处处为园，自然水石，皆成园景，分不清何处是园中，何处是园外，这一方面说明三吴胜景美如园林，另一方面也说明园林景色与自然浑成。计成的"虽由人作，宛自天开"，似乎可以于此得到更为全面的注解。

计成曾为郑元勋设计、督造影园，郑元勋在《园冶题词》中说自己原本对筑造园亭之事颇为自负，但比之计成，则愧如拙鸠，自己的园林经计成略为规划设计，就"别现灵幽"。在《影园自记》中，郑元勋对园址的地理环境进行了描述：其地无山，"但前后夹水，隔水'蜀冈'蜿蜒起伏，尽作山势，环四面柳万屯，荷千余顷，萑苇生之，水清而多鱼，渔棹往来不绝。春夏之交，听鹂者往焉。以衔隋堤之尾，取道少纡，游人不恒过，得无哗。升高处望之，'迷楼''平山'皆在项臂，江南诸山，历历青来，地盖在柳影、水影、山影之间"②。影园之名为董其昌所赠，郑元勋曾就筑园一事请教董其昌，董首先便询问园址处是否有山。影园虽不依山，但登高远望，江南诸山，青翠入目，加之万屯绿柳，千顷荷塘，正是借景之佳地。郑元勋本人善绘画，书画大家董其昌赞其"得山水骨性"，计成与如此胸有丘壑的主人合作，正可实践其造园之法。不过，郑元勋说计成造园是"从心不从法"，就是有法而不拘泥于法，胸有造园之基本法则，但又根据具体情势加以变化，大约也正因如此，方可做到"虽由人作，宛自天开"。影园景色内外相融，外户东向临水，与南城隔水相望，桃柳夹岸，延袤映带，园中松杉

---

① （明）钟惺：《梅花墅记》，见陈植、张公弛选注：《中国历代名园记选注》，215 页，合肥，安徽科学技术出版社，1983。
② 见陈植、张公弛选注：《中国历代名园记选注》，221 页，合肥，安徽科学技术出版社，1983。

密布，梅杏相间，荼蘼架外有丛苇疏竹，荷池绕堂兼小阁临流，池外堤柳长河，更有邻园在目，园中景与园外景相映成趣。郑元勋自记园景，称其"自然幽折，不见人工"①，正与计成"虽由人作，宛自天开"造园理念相合。

◎ 第三节
掇山论——"未山先麓，构土成冈"

在《园冶自序》中，计成曾提及自己在润州（今镇江一带）叠山的经历：

> 环润皆佳山水，润之好事者，取石巧者置竹木间为假山，予偶观之，为发一笑。或问曰："何笑？"予曰："世所闻有真斯有假，胡不假真山形，而假迎勾芒者之拳磊乎？"或曰："君能之乎？"遂偶为成"壁"，睹观者俱称："俨然佳山也"；遂播闻于远近。②

在园林建造中，叠山是很重要的一个步骤，它是造园工匠的一项技能，更是一门艺术，诚如童寯先生所言："业叠山者，在昔苏州称花园子，湖州称山匠，扬州称石工；人称张南垣为张石匠。叠山之艺，非工山水者不精。如计成，如石涛，如张南垣，莫不能绘，固非一般石工所能望其项背者也。"③叠山这一工作多由普通工匠完成，若非具有一定艺术修养者，难有佳作，很容易出现计成所嘲笑的用小石块堆积为山的状况。真正以叠山技艺而闻名

---

① （明）郑元勋：《影园自记》，见陈植、张公弛选注：《中国历代名园记选注》，223 页，合肥，安徽科学技术出版社，1983。
② （明）计成著，陈植注释：《园冶注释》卷首自序，42 页，北京，中国建筑工业出版社，1988。
③ 童寯：《江南园林志》（第 2 版），43 页，北京，中国建筑工业出版社，2014。

的计成、张南垣等人，都擅长绘画，以山水画的构图手法而作山石之态，自是不同凡响，因与文人园主的审美趣味相合，故而声名远播。计成曾为吴玄造常州东第园，为汪士衡造仪征寤园，为郑元勋造扬州影园，皆宛若画意。

一、寸山片石的象外之境

《园冶》专设一章探讨"掇山"，根据山石布列的位置，将其分为园山、厅山、楼山、阁山、书房山、池山、内室山、峭壁山。根据山石布列的形态，一一论述峰、峦、岩、洞。此外，还介绍了以山石作为衬托的山石池、金鱼缸，以及水石相配的洞、曲水、瀑布。其中讲解了预打桩基、设立木柱、铺粗石立根、填渣灰于堑等基本操作手法，然后论及具体的立石原理，通过岩、峦、洞、穴的无穷变化，涧、壑、坡、矶的自然妙造，打造咫尺山林。石山形态的瘦漏玲珑等，前人已有不少赏鉴之论，计成也就未再多费笔墨，他在《园冶》中提出"未山先麓"的原则，为人所重。计成认为山石构图要有深远的意境，丘壑拟景应有绵邈的情致，根据地形特点叠山理石，也就是所谓：

> 深意画图，余情丘壑，未山先麓，自然地势之嶙嶒；构土成冈，不在石形之巧拙，宜台宜榭，邀月招云；成径成蹊，寻花问柳。临池驳以石块，粗夯用之有方；结岭挑之土堆，高低观之多致；欲知堆土之奥妙，还拟理石之精微。①

关于"未山先麓"，张家骥先生曾评价："'未山先麓'，是计成对中国园林造山艺术的高度的精辟的概括。在园林的有限空间里造山，不可能是

---

① （明）计成著，陈植注释：《园冶注释》卷三《掇山》，206 页，北京，中国建筑工业出版社，1988。

山的具象，必须是高度艺术提炼和概括的抽象，这种'写意'式的创作方法，就是抓住人登山时只见局部不见整体，即石块嶙嶒，老树蟠根等山脚的形象特征，寓全（山）于不全（山脚）之中，给人以自然山林的'意境'。"①计成论造园之法，并非着眼于具体的建筑技法，更多是从艺术角度探讨园景的构图方法。在《掇山》一章中，对于桩木、麻柱、绳索等的安设，只是点到即止，之后分论各类石山，主要关注的还是"瘦漏生奇，玲珑安巧""蹊径盘且长，峰峦秀而古"②等审美特点。论"园山"，认为"散漫为之，可得佳境"③，至于如何"散漫为之"，计成并没有介绍，只是说在园中掇山，只有具备鉴赏力的士大夫才能做得好。换言之，只有具备较高艺术修养的文人雅士才能运用山水画的构思，以寸山片石表现自然山水的神韵。论"厅山"，认为厅前若有嘉树，稍稍点缀岭垅石块便好，不然就在墙中嵌筑峭壁石岩，在顶上种植花木藤萝，便有深远的意境。计成在意的是山石营造的意境，园山的"佳境"、厅山的"深境"、池山的"妙境"等，都追求山水画的审美意趣，峭壁山更是"以石为绘"，"仿古人笔意"。④计成重视园林山景的审美趣味，以写意之法构筑园中山水，利用山石的形态特征，配以古梅、绿竹、松柏、垂萝等花木，依水临窗，予人无穷的想象空间。

园林山景的构建，主要使用土、石两种材料。在园林建造史上，有积土为山者，也有构石为山者。童寯先生认为，积土为山由来已久，汉武帝太液池中的蓬莱、方丈、瀛洲三山，都是以土筑成。据现有文献，构石为山始于汉代。《三辅黄图》记载汉梁孝王建曜华宫，筑兔园，"园中有百灵山，有

---

① 张家骥：《园冶全释——中国最古造园学名著研究》，294页，太原，山西人民出版社，1993。
② （明）计成著，陈植注释：《园冶注释》卷三《掇山》，206页，北京，中国建筑工业出版社，1988。
③ （明）计成著，陈植注释：《园冶注释》卷三《掇山·园山》，209页，北京，中国建筑工业出版社，1988。
④ （明）计成著，陈植注释：《园冶注释》卷三《掇山》，200、210、212、213页，北京，中国建筑工业出版社，1988。

肤寸石、落猿岩、栖龙岫；又有雁池，池间有鹤洲、凫渚"①。《三辅黄图》另记茂陵富民袁广汉"于北邙山下筑园，东西四里，南北五里，激流水注其中。构石为山，高十余丈，连延数里"②。梁孝王兔园中的山景有石，有岩，有洞。袁广汉的私园构石为山，高大而广延，但构石为山的具体境况不得而知。汉以后，多有文人好石者，唐代牛、李两党的领袖牛僧孺、李德裕都喜爱收藏奇石。牛僧孺权高位重，同僚下属投其所好，"钩深致远，献瑰纳奇"，牛相对此独不廉让，"东第南墅，列而置之"③。白居易曾见其瑰奇之状：

> 有盘拗秀出、如灵丘鲜云者，有端俨挺立、如真官神人者，有缜润削成如珪瓒者，有廉棱锐刿如剑戟者。又有如虬如凤，若跧若动，将翔将踊，如鬼如兽，若行若骤，将攫将斗者。④

牛僧孺所得者为太湖石，产于苏州府所属洞庭山，据李斗《扬州画舫录》载，"太湖石乃太湖中石骨，浪激波涤，年久孔穴自生"⑤。因生于水中，此石颇不易得，牛僧孺在宅第中"列而置之"，可见这些奇石是作为单独的观赏对象而被陈列的。唐代另一位好石者李德裕收集了日观、震泽、巫岭、罗浮、桂水、严湍、庐阜、漏泽等各地异石，其《平泉山居草木记》曾提及园中"台岭、茅山、八公山之怪石，巫峡、严湍、琅玡台之水石，布于清渠之侧；仙人迹、马迹、鹿迹之石，列于佛榻之前"⑥，这些奇石也都是作为独立的审美对象列于园庭或居室。至于叠石而作假山之事，有宋徽宗营造

---

① 何清谷：《三辅黄图校释》卷三《甘泉宫·曜华宫》，222 页，北京，中华书局，2005。
② 何清谷：《三辅黄图校释》卷四《苑囿·汉上林苑》，234 页，北京，中华书局，2005。
③ 顾学颉校点：《白居易集》外集卷下《太湖石记》，1544 页，北京，中华书局，1979。
④ 同上书，1544 页。
⑤ （清）李斗著，汪北平、涂雨公点校：《扬州画舫录》卷七《城南录》，171 页，北京，中华书局，1960。
⑥ 见陈植、张公弛选注：《中国历代名园记选注》，11 页，合肥，安徽科学技术出版社，1983。

艮岳呈其盛况。南宋周密《癸辛杂识》记载："前世叠石为山，未见显著者。至宣和，艮岳始兴大役，连舻辇致，不遗余力。其大峰特秀者，不特侯封，或赐金带，且各图为谱。"①艮岳，也称华阳宫，是以造山艺术而著称的一座帝王名苑。宋徽宗既是帝王，又是书画家，所以艮岳兼帝王宫苑的气派与文人园林的意趣于一体，尤其在叠山这一方面，对中国造园艺术贡献很大。宋代张淏作《艮岳记》，转录僧人祖秀《华阳宫记》，叙述了宋徽宗搜石造山的盛况：

> 政和初，天子命作寿山艮岳于禁城之东陬，诏阉人董其役。舟以载石，舆以辇土，驱散军万人筑冈阜，高十余仞，增以太湖、灵璧之石，雄拔峭峙，功夺天造。石皆激怒觝触，若踶若啮，牙角口鼻，首尾爪距，千态万状，殚奇尽怪。辅以磻木瘦藤，杂以黄杨，对青竹荫其上。又随其斡旋之势，斩石开径，凭险则设磴道，飞空则架栈阁，仍于绝顶增高树以冠之，搜远方珍材，尽天下蠹工绝技而经始焉。山之上下，致四方珍禽奇兽，动以亿计，犹以为未也。②

从这段记述中可以了解到艮岳的造山之法是土石兼用，筑冈阜，在土冈之上增太湖石、灵璧石，形成雄奇峭拔之山势，配以藤萝、黄杨、青竹等草木，并仿自然山景，设磴道，架栈阁，致珍禽奇兽。艮岳中有飞来峰，叠石积土，山骨暴露，峰棱如削；有黄杨𪩘，增土叠石，留隙穴以栽黄杨；有丁嶂，筑冈植丁香，积石其间；有椒崖，以赭石为山，杂植椒兰于下。各色山景，或以土载石，或以石载土，有悬崖峭壁，有溪涧洞壑，模山范水，妙造自然。

艮岳之内山景多变，有峰石立于高冈之上，有积石叠于草木之间，入其

---

① （宋）周密著，吴企明点校：《癸辛杂识·前集》"假山"，14页，北京，中华书局，1988。
② （宋）张淏：《艮岳记》，见《丛书集成初编》第1508册，3页，上海，商务印书馆，1936。

境，如处身于重山大壑、深谷幽岩。 无论赵佶多么讲求艺术趣味，艮岳毕竟是帝王宫苑，即便模山范水，以假作真，也是连绵广袤，气象多变，这种气势，一般私家园林是不可能效仿的。 明代文人园林空间局限，如拙政园者，在文人园林中实属巨制①，比之众山环列于其中的艮岳尚显狭仄，更何况文人们津津乐道的"五亩之园"，甚或"半亩园"。 私家园林的空间条件不可能满足真山实景的布列，小中见大就成为文人们纷而采用的方法，游赏园林，往往从一拳之石、一勺之水中领会重峦叠嶂、江湖万里的意境。《园冶》是计成综合前人筑园之法，并结合个人造园经验而完成的论著。 与谢灵运始宁墅、王维辋川别业这类自然山林的建造方法不同，明代私家园林多建于城镇，可以借用的山川条件有限，又不可能像宋徽宗那样广致人力，运石筑冈，将天台、雁荡之奇伟罗列于宫苑，那么，在方寸天地叠石掇山就成为构建山林卧游之地的妙法。 计成提出"未山先麓"的主张，追求片山块石的象外之境，以小见大，通过对山麓景观的安设，形成山势嶙峋的情态，引发观赏者对自然山川的想象。 然后构土成冈，无论石形巧拙，只要能够根据周围环境细加布置，借景得宜，便可做假成真，在有限的空间里营造山林意境。 这种技法对自然山体的片段加以截取，堆土理石，增以草木，构成溪涧穿岩、峰峦缥缈的情境，调动赏游者的想象，以麓见山，以假寻真，从而使赏游者获得游历自然山水的审美感受。

计成论掇山，土石兼用，所谓"欲知堆土之奥妙，还拟理石之精微"②，并非所有石材都适合用来造山，掌握各种石材的特点是造园叠山的前提条件。 对于当时名声最盛的太湖石，计成评论道："此石以高大为贵，惟宜植立轩堂前，或点乔松奇卉下，装治假山，罗列园林广榭中，颇多伟观也。" 关于灵璧石，他认为："石在土中，随其大小具体而生，或成物状，或成峰

① 拙政园初建时，规模有 13.34 公顷。 参见张家骥：《中国造园艺术史》，409 页，太原，山西人民出版社，2004。
② （明）计成著，陈植注释：《园冶注释》卷三《掇山》，206 页，北京，中国建筑工业出版社，1988。

峦，巉岩透空……"这两种石材是适合用来造山的，宋徽宗建艮岳，就曾广搜太湖石、灵璧石，筑冈叠石，雄拔峭峙，只是太湖石生于风浪之中，取之不易，真石难寻。相较而言，计成也认为有些石材是不适合用来叠山的，如昆山石"宜点盆景，不成大用"，青龙山石"不可高掇"，英石"只可置几案"。计成选石，重视画意，"小仿云林，大宗子久"是他选石叠山的理想方案。① 云林（倪瓒）、子久（黄公望）都是元代山水画的代表人物，云林"山水不著色，亦无人物，枯木平远竹石，景以天真幽淡为宗"，子久"所画千丘万壑，愈出愈奇，重峦叠嶂，越深越妙"②。所谓"小仿云林，大宗子久"，就是选石叠山追求元代山水画的意境。

二、园林景观的整体情韵

《园冶》一书，虽也有细论列架、栏杆、门窗、墙垣等制式的内容，并附有图式，但总体而言，此书并非专注于具体建筑技法的论著，其更为在意的是造园的基本法则，讨论如何建造符合文人审美趣味的园林。论屋宇，计成未曾探讨各种建筑的筑造方法，他更重视建筑对整个园林景观的意义，提出但凡家宅住房，五间三间，循次第而造便可；园林书屋，无论一室半室，都须依时借景才能精妙。他追求园林全景的意境，所谓"槛外行云，镜中流水，洗山色之不去，送鹤声之自来。境仿瀛壶，天然图画，意尽林泉之癖，乐余园圃之间"③。论装修，表示园屋不同于家宅，需要曲折有条，曲折、端方相间错综才得当。栏杆"信画而成，减便为雅"（卷二《栏杆》），门窗"触景生奇，含情多致"（卷三《门窗》）。称赞编篱墙垣"似多野致，深

---

① 以上所引，见（明）计成著，陈植注释：《园冶注释》卷三《选石》，225、230、226、229、235、223 页，北京，中国建筑工业出版社，1988。
② 郑午昌：《中国画学全史》，271 页，上海，上海古籍出版社，2001。
③ （明）计成著，陈植注释：《园冶注释》卷一《屋宇》，79 页，北京，中国建筑工业出版社，1988。

得山林趣味"（卷三《墙垣》），铺砌寻常路径，也需"莲生袜底"，"翠拾林深"（卷三《铺地》）①。 这些论述和"未山先麓"的追求一致，是在园林筑造的每一个环节考虑到整体的画面感，追求园林生活的趣味。 明代文人重"趣"，诗文追求性灵之趣，戏曲讲求意趣神色，园林则寻求山林之趣。《园冶》在很多地方都曾论及园林之"趣"：

> 园基不拘方向，地势自有高低，涉门成趣，得景随形，或傍山林，欲通河沼。（卷一《相地》）

> 园地惟山林最胜，有高有凹，有曲有深，有峻而悬，有平而坦，自成天然之趣，不烦人事之工。（卷一《相地·山林地》）

> 风生寒峭，溪湾柳间栽桃；月隐清微，屋绕梅余种竹；似多幽趣，更入深情。（卷一《相地·郊野地》）

> 书房之基，立于园林者，无拘内外，择偏僻处，随便通园，令游人莫知有此。内构斋、馆、房、室，借外景，自然幽雅，深得山林之趣。（卷一《立基·书房基》）

> 凡园之围墙，多于版筑，或于石砌，或编篱棘。夫编篱斯胜花屏，似多野致，深得山林趣味。（卷三《墙垣》）

> 曲水，古皆凿石槽，上置石龙头喷水者，斯费工类俗，何不以理涧法，上理石泉，口如瀑布，亦可流觞，似得天然之趣。（卷三《掇山·曲水》）②

---

① 以上所引，见（明）计成著，陈植注释：《园冶注释》，137、171、184、195 页，北京，中国建筑工业出版社，1988。

② 同上书，56、58、64、75、184、220 页。

计成言"趣",无非天然之趣和山林之趣,园林有山景可观才能得趣,故而选址以山林地最佳,如若不能依山而建,则借山林之景。如果没有自然山林可借,便在园中构土叠石,营造类乎天然的山林意境,即便筑园市井,也有"片山多致,寸石生情"①的韵味。蹊径盘曲而悠长,峰峦奇秀而苍古,正是基于这样的趣味追求,计成提出写意山水的构土叠石法则,未山先麓,构土成冈,借用山水画技法,以局部山景的图貌表达景外之景,构成咫尺山林的意态情境。

---

① (明)计成著,陈植注释:《园冶注释》卷一《相地·城市地》,60页,北京,中国建筑工业出版社,1988。

第三十七章
文震亨的园居生活审美追求

　　园林研究者一般习惯于根据中国古典园林的占有关系，大致将其划分为皇家园林、私家园林、寺观园林和公共园林这几类，其中对园林艺术发展推动较大的是皇家园林和私家园林。　由于皇家园林具有很大特殊性，一般人难以介入，故而实际上最为人关注的是私家园林。　明代私家园林最为集中的地区为京师和江南，京师因其政治中心地位而聚集大批贵戚官僚，其园林更多体现的是贵宦园林的华美特征，就造园艺术而言，江南地区的私家园林更为人所重。　明代中叶后的江南具有足以影响王朝统治的经济地位，当时有"天下财赋，出于东南"之说。　南京、苏州、杭州等都市的繁华景象交映出江南地区"人间天堂"的梦幻图景，大都会、中小城市和市镇连缀起一个令人向往的城市空间，大都市的文化趣味影响着整个区域的风尚，形成了一种属于江南地区的独特风致，修筑私家园林就是一个突出的文化现象。　大体而言，江南私家园林有文人园林和商人园林两类，这种分类显示了园林主人的社会身份，也在一定程度上暗示了园林的风格特征。　园主的趣味爱好和文化修养必然影响园林的规划设计和景观呈现，而园林除了可供游赏之外，还是可供居住的空间场所，园林设计如何与主人的园居生活相匹配，也就成为园林建造过程中需要考量的因素。　文震亨的《长物志》在这一方面的论述甚为引人关注。

◎ 第一节

风格古雅论

文震亨，字启美，生于明万历十三年（1585），长洲（今江苏苏州）人，崇祯年间任中书舍人，给事武英殿，曾构建碧浪园、水嬉堂。曾祖文徵明为明代著名画家，气韵神采独步当时。兄长文震孟，天启二年（1622）状元及第，崇祯初拜礼部左侍郎，兼东阁大学士。文震亨的仕途并不如兄长顺利，但兄弟二人都是气节之士，文震孟曾因冒犯魏忠贤而遭廷杖并被贬官，文震亨曾因参与反对阉党逮捕周顺昌而受牵连。明清之交，清军入江南，下髡发令，文震亨以死相抗，卒于南明弘光元年（1645）。明遗民顾苓在《武英殿中书舍人致仕文公行状》一文中对文震亨做了这样的描绘："公长身玉立，善自标置，所至必窗明几净，扫地焚香，所居香草垞水木清华，房栊窈窕，阛阓中称名胜地。曾于西郊构碧浪园，南都置水嬉堂，皆位置精洁，人在画图。"[①]顾苓所撰文震亨行状与《长物志》所标榜的文人园居生活非常一致。文氏喜洁净，尚雅致，善筑园，所撰《长物志》与造园师论园林筑造法则不同，其关注点在于园林长物与园居生活的匹配。

一、亭台斋阁的文人情致

何谓"长物"？明代书画家沈春泽在为《长物志》所作的序中有这样一段议论：

> 夫标榜林壑，品题酒茗，收藏位置图史、杯铛之属，于世为闲事，于身为长物。而品人者，于此观韵焉，才与情焉，何也？挹古今清华美

---

① （清）顾苓著，李花蕾点校：《塔影园集》卷一，23页，上海，华东师范大学出版社，2014。

妙之气于耳目之前，供我呼吸；罗天地琐杂碎细之物于几席之上，听我指挥；挟日用寒不可衣、饥不可食之器，尊踰拱璧，享轻千金，以寄我之慷慨不平：非有真韵、真才与真情以胜之，其调弗同也。①

长物，是用于闲事的多余之物，园林水石、草木禽鱼、书画香茗等，都可称为"长物"。然而，这些看似多余的事物却是个人品位与格调的反映，一个人的才情往往通过围绕其身周的长物得以体现。《长物志》共十二卷，论及室庐、花木、水石、禽鱼、书画、几榻、器具、衣饰、舟车、位置、蔬果、香茗等。为《长物志》作校注的陈植先生以为，该书和造园直接有关的为"室庐""花木""水石""禽鱼""蔬果"五志，间接有关的为"书画""几榻""器具""舟车""位置""香茗"六志。按造园学体系而言，有属于造园建筑学范畴的"室庐志"，观赏及花卉园艺学范畴的"花木志"，假山学和岩石学范畴的"水石志"，观赏动物学的"禽鱼志"及与园艺学有关的"蔬果志"；与园中室内陈设有关的有"书画""几榻""器具""位置"四志；与室外布局有关的有"舟车""位置""香茗"三志。②

显然，《长物志》和《园冶》不同，《园冶》是非常明确的造园学专著，计成在《园冶》中谈论的每一点都和园林建造之事相关；《长物志》则是一部关于文人生活趣味的论著，它涉及文人日常生活的诸多方面，主要谈论的是日常生活中体现的文化情趣，清初李渔的《闲情偶寄》与此相仿，但在趣味呈现方式上颇有不同。《长物志》是明代清赏类文字中的一种，明代中后期，此类著述众多，有董其昌的《筠轩清閟录》、王穉登的《丹青志》、陈继儒的《书画史》、屠隆的《考槃余事》和《盆玩品》、袁宏道的《觞政》和《瓶史》、田艺蘅的《煮泉小品》、王世懋的《学圃杂疏》和《艺

---

① （明）沈春泽：《长物志序》，见（明）文震亨、（明）屠隆著，陈剑点校：《长物志 考槃余事》，21页，杭州，浙江人民美术出版社，2001。
② 参见陈植：《明末文震亨氏的造园学说》，见中国建筑学会建筑历史学术委员会主编：《建筑历史与理论》第2辑，103～107页，南京，江苏人民出版社，1982。

圃撷余》等。 相比而言，《长物志》涉及的内容更为广泛。 文震亨是一个纯粹的文人，出身书香名门，这使他和后来《闲情偶寄》的作者李渔表现出很大的趣味差异。 《长物志》反映的是晚明文人的趣味，但相较晚明时期那些张扬纵恣的文人，文震亨又显得颇为古雅。

尽管《长物志》不是为园林筑造之事而作，但其中所体现的园林美学思想却是研究明代园林艺术非常可贵的资源。 全书开卷即论室庐，其他如花木水石、器具书画等，虽为长物，却又都是文人园居生活的必需品，即如陈植先生未列入造园学体系的"衣饰志"，也是为了倡导"居城市有儒者之风，入山林有隐逸之象"①的娴雅韵致。 至于陈植先生认为与室外布局有关的"香茗"，实在无论室内、室外，都和水石、花木一样，是晚明文人园居生活不可或缺之物。

《长物志》开卷的"室庐志"总论实际上表达了文震亨的园林美学基本论纲：

> 居山水间者为上，村居次之，郊居又次之。吾侪纵不能栖岩止谷，追绮园之踪；而混迹廛市，要须门庭雅洁，室庐清靓。亭台具旷士之怀，斋阁有幽人之致。又当种佳木怪箨，陈金石图书。令居之者忘老，寓之者忘归，游之者忘倦。蕴隆则飒然而寒，凛冽则煦然而燠。若徒侈土木，尚丹垩，真同桎梏樊槛而已。②

中国文人皆有隐于山林的情怀，计成认为"园地惟山林最胜"，文震亨也说"居山水间者为上"，但是明代文人的园林大多建在城市。 明代中后期，工商经济日益发展，城市生活日益丰富，文人们访山问水的雅逸也逐渐

---

① （明）文震亨：《长物志》卷八《衣饰》总论，见（明）文震亨、（明）屠隆著，陈剑点校：《长物志 考槃余事》，127 页，杭州，浙江人民美术出版社，2001。
② （明）文震亨：《长物志》卷一《室庐》总论，见（明）文震亨、（明）屠隆著，陈剑点校：《长物志 考槃余事》，23 页，杭州，浙江人民美术出版社，2001。

隐入市廛里巷。混迹市井，又惦念着寄情山林，他们便托志于林园水石，在城市生活和山水情怀之间寻求精神上的平衡。当时江南地区园林众多，有文人的意匠之作，也有商贾的追慕之构。文人园林要寄托隐逸之志，就需别有意趣，文震亨将这种意趣追求归纳为"亭台具旷士之怀，斋阁有幽人之致"。《长物志》讨论的主要就是如何在文人身周的"长物"上体现这种追求。沈春泽在《长物志序》中描述了当时社会出现的一种风气："近来富贵家儿与一二庸奴钝汉，沾沾以好事自命，每经赏鉴，出口便俗，入手便粗，纵极其摩挲护持之情状，其污辱弥甚，遂使真韵、真才、真情之士，相戒不谈风雅。"①正德、嘉靖以来，江南一带工商业兴盛，士农工商的阶层等级观念开始瓦解，商人地位不断提高，弃儒就贾成为一种并不鲜见的现象，而家资殷厚的商人之家也常常会鼓励子孙读书应举业，甚至可以通过纳粟、纳银的途径当官。比如，明代两位大名鼎鼎的首辅徐阶和申时行的家族都有经商传统，徐阶身居相位，家中仍蓄有织妇，"岁计所积，与市为贾"②。士、商两大社会阶层的相互流动也使文化趣味产生了融合，在雅俗交融的过程中，附庸风雅成为一种普遍的社会现象，以致赝品充斥，"书画之临摹，鼎彝之冶淬，能令真赝不辨"③。《长物志》以文人趣味品论"长物"，以体现文人的才情韵致，其审美趣味的核心在于"古"和"雅"。

二、以素朴古雅为尚

《长物志》首卷论"室庐"，对门、阶、窗、栏干、照壁、堂、山斋、丈室、佛堂、桥、茶寮、琴室、浴室、街径庭除、楼阁、台一一进行品论，涉

---

① （明）沈春泽：《长物志序》，见（明）文震亨、（明）屠隆著，陈剑点校：《长物志　考槃余事》，21页，杭州，浙江人民美术出版社，2001。
② （明）于慎行：《谷山笔麈》卷四，见（明）王锜、（明）于慎行著，张德信、吕景琳点校：《寓圃杂记　谷山笔麈》，39页，北京，中华书局，1984。
③ （明）王士性著，吕景琳点校：《广志绎》卷二《两都》，33页，北京，中华书局，1981。

及材质、制式、形状等方面。在论及门、窗、阶、台、栏干、照壁、琴室、街径庭除之时，文震亨一再提及"古"和"雅"：

门 用木为格，以湘妃竹横斜钉之，或四或二，不可用六。两傍用板为春帖，必随意取唐联佳者刻于上。若用石梱，必须板扉。石用方厚浑朴，庶不涉俗。门环得古青绿蝴蝶、兽面，或天鸡、饕餮之属，钉于上为佳。不则用紫铜，或精铁如旧式铸成亦可，黄、白铜俱不可用也。漆惟朱、紫、黑三色，余不可用。

阶 自三级以至十级，愈高愈古，须以文石剥成。种绣墩或草花数茎于内，枝叶纷披，映阶傍砌。以太湖石叠成者，曰涩浪，其制更奇，然不易就。复室须内高于外，取顽石具苔斑者嵌之，方有岩阿之致。

窗 用木为粗格，中设细条三眼，眼方二寸，不可过大。窗下填板尺许，佛楼禅室，间用菱花及象眼者。窗忌用六，或二、或三、或四，随宜用之。室高，上可用横窗一扇，下用低槛承之。俱钉明瓦，或以纸糊，不可用绛素纱及梅花簟。冬月欲承日，制大眼风窗，眼径尺许，中以线经其上，庶纸不为风雪所破，其制亦雅，然仅可用之小斋、丈室。漆用金漆，或朱、黑二色，雕花、彩漆，俱不可用。

栏干 石栏最古，第近于琳宫梵宇，及人家冢墓。傍池或可用，然不如用石莲柱二，木栏为雅。柱不可过高，亦不可雕鸟兽形。亭、榭、廊、庑，可用朱栏及鹅颈承坐。堂中须以巨木雕如石栏，而空其中。顶用柿顶，朱饰；中用荷叶宝瓶，绿饰。卍字者，宜闺阁中，不甚古雅；取画图中有可用者，以意成之，可也。三横木最便，第太朴，不可多用。更须每楹一扇，不可中竖一木分为二三，若斋中，则竟不必用矣。

照壁　得文木如豆瓣楠之类为之，华而复雅，不则竟用素染，或金漆亦可。青紫及洒金描画，俱所最忌。亦不可用六，堂中可用一带，斋中则止中楹用之。有以夹纱窗或细格代之者，俱称俗品。

琴室　古人有于平屋中埋一缸，缸悬铜钟，以发琴声者。然不如层楼之下，盖上有板，则声不散；下空旷，则声透彻。或于乔木、修竹、岩洞、石室之下，地清境绝，更为雅称耳。

街径庭除　驰道广庭，以武康石皮砌者最华整。花间岸侧，以石子砌成，或以碎瓦片斜砌者，雨久生苔，自然古色。宁必金钱作埒，乃称胜地哉？

台　筑台忌六角，随地大小为之，若筑于土冈之上，四周用粗木，作朱阑，亦雅。①

文震亨推崇符合古制、具有古意的建筑格调，细节之处也格外用心，即如地屏、檐瓦，也不烦细论。那些不符合古雅之制的建筑样式，常被文氏称为"俗品"，如照壁应当以豆瓣楠之类的文木作为材质，华而雅，否则不如用素染或金漆，最忌青紫及洒金描画，形制上不可用六，如果用夹纱窗或细格替代，俱称"俗品"。园中石桥上的雕刻不可入俗，板桥用太湖石修砌或者高阁建三层，都很俗。在文震亨看来，园中景物也须脱俗，如花木中之"玉簪"，洁白如玉，有微香，是秋花中的佳品，但此花宜在墙边连种一带，花开时节一望如雪，如若种植于盆石之中，最俗。又如器具中之"笔觇"，"定窑、龙泉小浅碟俱佳，水晶、琉璃诸式俱不雅，有以玉碾片叶为

---

① （明）文震亨：《长物志》卷一《室庐》，见（明）文震亨、（明）屠隆著，陈剑点校：《长物志　考槃余事》，23～29页，杭州，浙江人民美术出版社，2001。

之者，尤俗"①。 至于斋室之中所置几榻，依古制则"古雅可爱"，今人所制作，"徒取雕绘文饰，以悦俗眼，而古制荡然，令人慨叹实深"②。

文震亨对园林景观及室内陈设的总体格调要求就是古雅，对文人园居生活的定位在于脱俗。 不过，值得留意的是，文氏好古而不泥古，若古制不宜于时，他还是提倡加以变化。 比如，古人挥麈清谈称雅，今若对客挥麈则令人作呕。 古人最重题壁，但明代文人的审美趣味不同，即使有顾恺之、陆探微点染绘画，钟繇、王羲之濡笔作书，也都不如素壁淡雅。 园林活动中很常见的品茶一事，明代所尚与前朝不同，烹试之法也与前人有别，"然简便异常，天趣悉备，可谓尽茶之真味矣"③。 对于文化趣味的时代变化，文氏有自己的品评标准。 他尚古，但并不认为今制一律不如古制，只要有雅意，得真趣，便可能今胜于昔。 他甚至会更改古人之制，在建筑设计上加以创新，比较典型的就是对琴室的设计。 古人在平屋之中埋水缸、悬铜钟，以此与琴声产生共鸣。 文震亨的设计方案是将琴室设于层楼之下，这样上有木板，可以令声音不散，而且楼下空旷，能使声音更加透彻；或者将抚琴的地点设于乔木、修竹、岩洞、石室之下，清净而无尘俗之气，更有雅人之致。

文人园林的隐逸内蕴使其景观设计表现出独特的精神气质，从唐代王维的辋川别业、白居易的草堂，到明代王献臣的拙政园、秦燿的寄畅园，都体现出这种特征。 王维在辋川别业弹琴长啸，白居易在庐山的草堂内"设木榻四，素屏二，漆琴一张，儒、道、佛书各三两卷"④。 除仰观山，俯听泉，旁睨竹树云石之外，便是抚琴读书。 拙政园有楼曰"梦隐楼"，有水石之景曰"志清处"。 至于寄畅园，园名来自王羲之兰亭修禊时的诗句"三春启群

① （明）文震亨：《长物志》卷七《器具·笔砚》，见（明）文震亨、（明）屠隆著，陈剑点校：《长物志 考槃余事》，102 页，杭州，浙江人民美术出版社，2001。
② （明）文震亨：《长物志》卷六《几榻》总论，见（明）文震亨、（明）屠隆著，陈剑点校：《长物志 考槃余事》，87 页，杭州，浙江人民美术出版社，2001。
③ （明）文震亨：《长物志》卷十二《香茗·品茶》，见（明）文震亨、（明）屠隆著，陈剑点校：《长物志 考槃余事》，157 页，杭州，浙江人民美术出版社，2001。
④ 顾学颉校点：《白居易集》卷四十三《草堂记》，934 页，北京，中华书局，1979。

品，寄畅在所因"，园内有"箕踞室"，借王维"科头箕踞长松下，白眼看他世上人"（《与卢员外象过崔处士兴宗林亭》）诗意。这些园林的意境追求都和园林主人的心境相合。在"室庐志"卷末，文震亨做了这样的总结："随方制象，各有所宜，宁古无时，宁朴无巧，宁俭无俗。至于萧疏雅洁，又本性生，非强作解事者所得轻议矣。"①文人园林寄托了旷士之怀和幽人之致，亭台斋阁以素朴古雅为尚，一味富丽往往被认为是没有文化品位的表现。明中叶以来，工商经济的发展使社会结构发生新变，工、商阶层有意识地通过文化活动争取更高的社会地位，士人阶层则在雅俗文化融合的过程中努力维持自身的精英身份，文化趣味上的"古""雅""朴""俭"正是"才子"区别于"俗子"的标志。观《长物志》全书，无论室庐、花木、书画、器具，都提倡素简，如香筒雕花以古简为贵，盆玩器具以古铜为雅，官、哥、汝窑之瓷以粉青色为上，纹取冰裂、鳝血、铁足。至于永乐细款青花杯、成化五彩葡萄杯等，时人虽以之为贵，文氏却不以为雅。他追求儒者之风、隐逸之象，不屑以"诗人"的身份，与"铜山金穴之子"侈靡斗丽。"萧疏雅洁"是文震亨对文人园林风格的概括，因为雅洁方显旷士之怀，萧疏乃有幽人之致。

◎ 第二节
景观如画论

叠山理水为筑造园林必不可少之事，《长物志》专设一卷志水石，先论凿池引泉，再论品石叠山。文震亨提出"一峰则太华千寻，一勺则江湖万

---

① （明）文震亨：《长物志》卷一《室庐·海论》，见（明）文震亨、（明）屠隆著，陈剑点校：《长物志　考槃余事》，31页，杭州，浙江人民美术出版社，2001。

里"的观点，形象地概括了中国古典园林的写意特征：

> 石令人古，水令人远。园林水石，最不可无。要须回环峭拔，安插
> 得宜。一峰则太华千寻，一勺则江湖万里。又须修竹、老木、怪藤、丑
> 树，交覆角立，苍崖碧涧，奔泉汛流，如入深岩绝壑之中，乃为名区
> 胜地。①

园林之中的泉石布置，须带给人一种"如入深岩绝壑之中"的感觉，尽管石峰小池比之天然山水可能显得微不足道，但如果设计得当，便可令人体会咫尺山林的意境。

一、以能入图画作为审美原则

文震亨擅长以山水画的构图方法处理园中景物，《长物志》常以能入图画作为审美原则：

> 花木　弄花一岁，看花十日。故帏箔映蔽，铃索护持，非徒富贵容
> 也。第繁花杂木，宜以亩计。乃若庭除槛畔，必以虬枝古干，异种奇
> 名，枝叶扶疏，位置疏密。或水边石际，横偃斜披；或一望成林，或孤
> 枝独秀。草花不可繁杂，随处植之，取其四时不断，皆入图画……（卷
> 二《花木》总论）

> 广池　凿池，自亩以及顷，愈广愈胜。最广者，中可置台榭之属，
> 或长堤横隔，汀蒲、岸苇杂植其中，一望无际，乃称巨浸。若须华整，

---

① （明）文震亨：《长物志》卷三《水石》总论，见（明）文震亨、（明）屠隆著，陈剑点校：《长
　物志　考槃余事》，52页，杭州，浙江人民美术出版社，2001。

以文石为岸，朱栏回绕，忌中留土，如俗名战鱼墩，或拟金、焦之类。池傍植垂柳，忌桃杏间种。中畜凫雁，须十数为群，方有生意。最广处可置水阁，必如图画中者佳。忌置簟舍，于岸侧植藕花，削竹为阑，勿令蔓衍。忌荷叶满池，不见水色。（卷三《水石·广池》）

位置　位置之法，烦简不同，寒暑各异。高堂广榭，曲房奥室，各有所宜，即如图书、鼎彝之属，亦须安设得所，方如图画。云林清秘，高梧古石中，仅一几一榻，令人想见其风致，真令神骨俱冷。故韵士所居，入门便有一种高雅绝俗之趣。若使前堂养鸡牧豕，而后庭侈言浇花洗石，政不如凝尘满案，环堵四壁，犹有一种萧寂气味耳。（卷十《位置》总论）①

文震亨出生于书画世家，曾祖文徵明工诗文书画，为吴门画派著名画家，与沈周、唐寅、仇英合称"明四家"，以山水见长。《明画录》评文徵明山水画出入赵孟頫、王蒙、黄公望之间，兼得董源笔意，神采气韵俱胜。文震亨本人也是明末吴门画派的重要代表，《明画录》评其"画山水兼宋元诸家，格韵兼胜"②。以画家身份而论造园，自然不同于一般工匠。

明代园林艺术的新发展在很大程度上得益于文人的参与。明代文人的鉴赏水平是令人敬佩的，他们品茶、听琴、赏器玩、鉴字画、评点诗文，无不讲究对其精微意蕴的开掘，他们品味生活、赏鉴技艺、把玩文字，精细中透出无穷兴味。艺术化的日常生活使这些文人表现出一种特别的气质，他们兴趣广泛，用艺术的眼光品鉴匠人的制作，如张岱者，评价吴中工匠的技艺：

① 以上所引，见（明）文震亨、（明）屠隆著，陈剑点校：《长物志　考槃余事》，33、52～53、135页，杭州，浙江人民美术出版社，2001。
② （清）徐沁：《明画录》卷五《山水》"文震亨"，见于安澜编：《画史丛书》第3册，61页，上海，上海人民美术出版社，1963。

　　吴中绝技：陆子冈之治玉，鲍天成之治犀，周柱之治嵌镶，赵良璧之治梳，朱碧山之治金银，马勋、荷叶李之治扇，张寄修之治琴，范昆白之治三弦子，俱可上下百年保无敌手。但其良工苦心，亦技艺之能事。至其厚薄深浅，浓淡疏密，适与后世赏鉴家之心力、目力，针芥相对，是岂工匠之所能办乎？盖技也而进乎道矣。①

　　从玉器、犀器、金银器具以至嵌镶工艺，从家常使用的梳、扇到乐器中的琴、三弦子，能工巧匠能使其达到很高的艺术境界，厚薄深浅、浓淡疏密恰到好处。 一方面工匠们不断提高作品艺术水平以获得文人称赏，另一方面文人会从艺术角度与工匠交流制造要领，这是像计成这样的文人介入造园业的晚明文化语境。 计成在为吴玄造园时，根据地基高、水源深、乔木参天、虬枝拂地的地形特点，提出了这样的设计方案："此制不第宜掇石而高，且宜搜土而下，令乔木参差山腰，蟠根嵌石，宛若画意，依水而上，构亭台错落池面，篆壑飞廊，想出意外。"②这一方案的要旨在于"宛若画意"和"想出意外"，计成造园强调园林的整体画面感，他自言"少以绘名"，学习五代关仝、荆浩的画风，对借景的重视与他对绘画的理解有关。 《园冶》中不乏以画论园之处：论村庄地，想象"桃李成蹊，楼台入画"（卷一《相地·村庄地》）；论屋宇，表示"境仿瀛壶，天然图画"（卷一《屋宇》）；论选石，称"掇能合皴如画为妙"（卷三《选石·龙潭石》）；论借景，意在"顿开尘外想，拟入画中行"（卷三《借景》）③。 计成的设计在意的是园林的全景画面，他借用绘画的构图法布置园林景观，园中人无论是山楼凭远，还

---

① （明）张岱：《陶庵梦忆》卷一《吴中绝技》，见马兴荣点校：《陶庵梦忆　西湖梦寻》，9页，上海，上海古籍出版社，1982。
② （明）计成著，陈植注释：《园冶注释》卷首自序，42页，北京，中国建筑工业出版社，1988。
③ 以上所引，见（明）计成著，陈植注释：《园冶注释》，62、41、228、243页，北京，中国建筑工业出版社，1988。

是竹坞寻幽，都能观赏醉心的美景。 文震亨和计成处在大致相同的时代文化语境中，然而文震亨又具有自身独特的文人背景，这使他的造园理念别显格调。

明代不少文人拥有自己或大或小的园林，他们是园林的主人，但并非计成所谓"能主之人"，其中一些擅长绘画的园主或许能够对园林建造方案提出自己的意见，但很少有人会像文震亨这样精研园林设计规划之事。 顾苓说文氏曾构碧浪园，置水嬉堂，"皆位置精洁，人在画图"。 《长物志》所论园林之事丰富而细致，不少地方涉及园林和图画的关系。 计成也以画论园，他更多是借鉴绘画的构图方法来规划园林，文震亨强调的则是景如图画。 明代园林与绘画关系密切，文震亨曾祖文徵明曾应拙政园主人王献臣之请，绘拙政园三十一景图，描绘了"若墅堂""倚玉轩""小飞虹""梦隐楼""繁香坞"等景观，并以正、草、隶、篆不同书体题诗于上，诗、书、画三绝，为传世佳作。 图册所绘皆为园中片景，笔法简淡，笔意清远，后世研究者多以为图景写意，并非园中实景。 文徵明与王献臣交往密切，文徵明是否如后世传言曾参与过拙政园设计不得而知，但从传世的拙政园图册、诗咏以及园记来看，他确乎是一位妙赏园林的行家。 在《拙政园记》中，文徵明表达了对王献臣的羡慕之情，以自己不能买地建园寄托栖逸之志而为憾，他将自己对园居生活的向往寄于笔墨，拙政园图咏是对园林景色的摹绘，更是对园居生活理想的想象性图写。 文震亨与曾祖一样仕途不顺，他的碧浪园、水嬉堂当然不能和拙政园相提并论，但他将林泉之好寄托在《长物志》中，也可谓别具一格。

园如图画是文震亨园林美学的基础观念，无论是堂榭房室的形制、池石栏杆的布置，还是图书鼎彝的安设、草木花卉的种植，都追求图画的效果。高堂广榭，曲房奥室，各有所宜。 凿池广阔，长堤横隔，便有画意。 庭除槛畔，植以虬枝古干，疏密有致，横偃斜披于水边石际，无论一望成林还是孤枝独秀，皆为佳景。 园中景物及室内陈设，皆可根据图画模仿古意。 栏杆图案，可依据画中所见之式。 室中木几，效法图画中古人架足而卧者，形制奇古。 其他如"灯样以四方如屏，中穿花鸟，清雅如画者为佳"①，大理石"天成山水云烟，如米家山，此为无上佳品"②，都是以画而论。 也就是说，园林之中每一个角落的景观都须宛如图画，观赏者游目所见都如拙政园图册所描绘的景物一样清妙。 文震亨论画，以山水为第一，其次为竹、树、兰、石，最后才是人物、鸟兽、楼殿、屋木等。 从他对绘画作品的鉴赏原则，大致可以推知其园景布设的法则：

> 山水第一，竹、树、兰、石次之，人物、鸟兽、楼殿、屋木，小者次之，大者又次之。人物顾盼语言，花果迎风带露；鸟兽虫鱼，精神逼真；山水林泉，清闲幽旷；屋庐深邃，桥彴往来；石老而润，水淡而明；山势崔嵬，泉流洒落；云烟出没，野径迂回；松偃龙蛇，竹藏风雨；山脚入水澄清，水源来历分晓；有此数端，虽不知名，定是妙手。若人物如尸如塑，花果类粉捏雕刻；虫鱼鸟兽，但取皮毛；山水林泉，布置迫塞；楼阁模糊错杂，桥彴强作断形；径无夷险，路无出入；石止一面，树少四枝；或高大不称，或远近不分；或浓淡失宜，点染无法；或山脚无水面，水源无来历：虽有名款，定是俗笔，为后人填写。至于临摹赝手，落墨设色，自然不古，不难辨也。③

文氏心目中的山水画作应当山势崔嵬，泉流洒落，云烟出没，野径迂回。 画中之景，石老而润，水淡而明，园中之景，水石最不可无。《长物志》论水石，讲究以人工接近自然，如在园中造"瀑布"：

---

① （明）文震亨：《长物志》卷七《器具·灯》，见（明）文震亨、（明）屠隆著，陈剑点校：《长物志 考槃余事》，106 页，杭州，浙江人民美术出版社，2001。
② （明）文震亨：《长物志》卷三《水石·大理石》，见（明）文震亨、（明）屠隆著，陈剑点校：《长物志 考槃余事》，59 页，杭州，浙江人民美术出版社，2001。
③ （明）文震亨：《长物志》卷五《书画·论画》，见（明）文震亨、（明）屠隆著，陈剑点校：《长物志 考槃余事》，68～69 页，杭州，浙江人民美术出版社，2001。

山居引泉，从高而下，为瀑布稍易。园林中欲作此，须截竹，长短不一，尽承檐溜，暗接藏石罅中，以斧劈石叠高，下凿小池承水，置石林立其下，雨中能令飞泉溃薄，潺湲有声，亦一奇也。尤宜竹间、松下，青葱掩映，更自可观。亦有蓄水于山顶，客至去闸，水从空直注者，终不如雨中承溜为雅。盖总属人为，此尚近自然耳。[①]

文震亨设计园中瀑布，以竹承溜，藏于石罅中，接雨水为泉，虽然这是以人为之力假造的瀑布，但相较于其他方案，这种设计更为接近自然。兴建私家园林的目的大抵在于满足园主的林泉之好，叠山理水之事当然不可或缺。城市园林很难拥有始宁墅、辋川别业的自然山水条件，因此选石掇山、凿池引泉就显得格外重要。园中水石必须能够引发园居者对自然山林的无限想象，所谓"一峰则太华千寻，一勺则江湖万里"，文震亨概括了城市园林以小见大的特点，强调了园林山水的写意特征。

二、园林山水的写意特征

作为晚明时期吴门画派的代表人物，文震亨善于以画论园，他对园林山水的理解深受其绘画观念影响。诚如郑午昌先生所言："我国图画，大概唐以前，多注重形象之酷肖，宋则于理中求神；元于形理之外力主写意。至于明，总承先代之遗风，有主重形者，有主重理者，有主重意者；然主重理者极少，而主重形者又多为未尝习画以古道自泥者流；主重意者，则多为深于画学之士大夫。"[②]明代绘画主要有模古和写意两派，模古者并非规矩模拟，而是神会古迹，以写我意；写意者并非纯写己意，也重视效古法。吴派画家重山水，如文徵明者，远学董源、郭熙，近学元四家之王蒙、黄公望、赵孟頫，融

---

① （明）文震亨：《长物志》卷三《水石·瀑布》，见（明）文震亨、（明）屠隆著，陈剑点校：《长物志 考槃余事》，53 页，杭州，浙江人民美术出版社，2001。
② 郑午昌：《中国画学全史》，307 页，上海，上海古籍出版社，2001。

会各家，独步一时。

《长物志》论室庐、花木、水石、器具等，都追求古雅的画意，崇古而不泥古，是作者绘画理念在园林美学中的表达。城市园林，即使如拙政园之广，也不可能容纳"太华千寻""江湖万里"，但是山石泉池却能够营造出峰峦叠嶂、飞流倾泻的意境，一石之峰、一池之水被赋予无限的想象空间。山峦、柯木、水石、云烟皆为天地自然造化，作画者观自然之象，构胸中之图，取远山之势，写近山之质，布山形，取峦向，能使山势曲折、峰峦崔巍、溪涧隐显、曲岸高低，都跃然纸上，又讲求墨分浓淡，意在笔先，以画寓意，胸生景象。造园林者与此相类，以片山块石、微水小池表现自然山水的天然之趣。拙政园有积水横亘，因类似苏舜钦的沧浪池，故而筑亭其中，名为"小沧浪"。沧浪池卜架桥三折，曰"小飞虹"，文微明题诗云："雌蜺蜒蜷饮洪河，落日倒影翻晴波。江山沈沈时未霁，何事青龙忽腾骞。知君小试济川才，横绝寒流引飞渡。朱栏光炯摇碧落，杰阁参差隐层雾。我来仿佛踏金鳌，愿挥尘世从琴高。月明悠悠天万里，手把芙蓉照秋水。"①此诗气象阔大，"饮洪河""引飞渡"状写水势，甚为壮观。沧浪池不过数亩，绝水为梁而造"小飞虹"，"洪河""飞渡"显然并非实景，而是游赏者意会的景外之景。沧浪之水，寄意深远，故而文微明咏题："偶傍沧浪构小亭，依然绿水绕虚楹。岂无风月供垂钓，亦有儿童唱濯缨。满地江湖聊寄兴，百年鱼鸟已忘情。舜钦已矣杜陵远，一段幽踪谁与争。"②"满地江湖"的空间意蕴，"百年鱼鸟"的时间情怀，都寄托于景。数亩之水在园林中已称广池，《长物志》论曰："凿池，自亩以及顷，愈广愈胜。最广者，中可置台榭之属，或长堤横隔，汀蒲、岸苇杂植其中，一望无际，乃称巨浸。"③私家园林如拙政园之广者毕竟难得，《长物志》论阶前小池，也要求四

① （清）卞永誉：《式古堂书画汇考》卷二十四《衡山书拙政园记并诗卷》，见《影印文渊阁四库全书》子部第828册，50页，北京，北京出版社，2012。
② 同上书，49～50页。
③ （明）文震亨：《长物志》卷三《水石·广池》，见（明）文震亨、（明）屠隆著，陈剑点校：《长物志　考槃余事》，52页，杭州，浙江人民美术出版社，2001。

周树野藤、细竹，有自然生气。因为园中水石须营造"太华千寻""江湖万里"的意境，文震亨品石格外在意石的峰峦形态，以为横石以峰峦峭拔者为上；斧劈以大而顽者为雅，若直立一片，最为可厌；英石底平起峰，小斋之前，叠一小山，最为清贵。将绘画中的山水写意之法用之于园林，文震亨提出以园中水石状形写意，通过游赏者的意会联想，获得心游物外的天然真趣。"一峰则太华千寻，一勺则江湖万里"，形象揭示了中国古典园林的写意特征。

◎ 第三节
园景位置论

《长物志》专设一志论"位置"，这是园林美学中比较特殊的角度。造园师一般都会注意园林建筑的位置安设，筑园之先，必先相地立基，然后定其间进，根据地势特点，宜亭则亭，宜榭则榭，何处建屋，何处凿池，必先有成竹于胸，甚至绘出草图，再动土建造。计成还在《园冶》中强调了地图的作用："凡匠作，止能式屋列图，式地图者鲜矣。夫地图者，主匠之合见也。假如一宅基，欲造几进，先以地图式之。其进几间，用几柱着地，然后式之，列图如屋。欲造巧妙，先以斯法，以便为也。"[1]不过，这主要是针对园林建筑布置而言，至于花木禽鱼的配置、室内陈设的选择、书画器具的摆放等，一般的造园师并不会着意研究。文震亨是园居生活的实际体验者，他结合绘画美学探讨园林景观，追求园中景致宛如图画，非常在意每个细节对园林意境的影响。

---

[1] （明）计成著，陈植注释：《园冶注释》卷一《屋宇·地图》，98 页，北京，中国建筑工业出版社，2009。

一、花木建筑相互映衬

关于位置之法，文震亨以为：

> 位置之法，烦简不同，寒暑各异。高堂广榭，曲房奥室，各有所
> 宜，即如图书、鼎彝之属，亦须安设得所，方如图画。云林清秘，高梧
> 古石中，仅一几一榻，令人想见其风致，真令神骨俱冷。故韵士所居，
> 入门便有一种高雅绝俗之趣。若使前堂养鸡牧豕，而后庭侈言浇花洗
> 石，政不如凝尘满案，环堵四壁，犹有一种萧寂气味耳。①

对于旷士幽人而言，园林生活要有高雅绝俗的情趣，除了亭台斋阁、堂榭室
庐等建筑须因地制宜、符合制式外，几榻瓶架、书画器具等陈设也要精心选
择，各安其所，花草禽鱼配置得当，与园中山水融为一体。

在中国文化中，天、地、人并称为"三才"，人与天地山川之间的关系
非常奇妙，在上古神话中，人是开天辟地者，是炼石补天者，人是天地之
心，又是生存于天地之间的五行之秀。自然万物常被用来比附人的道德，人
的精神也往往寄托于自然万物。仁者乐山，智者乐水，菊托隐逸，梅寄孤
傲，凡此种种，大量被运用于园林景观的设计中。独乐园的"种竹斋"，拙
政园的"听松风处"，皆比德而设景。花草禽鱼，往往成为文人的精神寄
托，陶渊明喜菊，周敦颐爱莲，更有林逋"梅妻鹤子"，传为文人韵事。名
园胜景，多有花木可观，谢灵运的始宁墅有"白云抱幽石，绿筱媚清涟"
（谢灵运《过始宁墅》），王维辋川别业的"宫槐陌"有"仄径荫宫槐，幽
阴多绿苔"（王维《宫槐陌》）。明代园林中，邹迪光的愚公谷有"桐街"

---

① （明）文震亨：《长物志》卷十《位置》总论，见（明）文震亨、（明）屠隆著，陈剑点校：《长
　物志　考槃余事》，135页，杭州，浙江人民美术出版社，2001。

"梅峡"，王世贞的弇山园有"含桃坞""芙蓉渚"。至于文徵明所记之拙政园，"桃花沂""芭蕉槛""玫瑰柴""蔷薇径""柳隈""槐幄""竹涧""听松风处"，繁花古木，不可胜数。就私家园林而言，园中景观便是主人审美趣味的表现，融合自然之物彰显个人性情也就成为园林设景方面的一大特色，故而张岱在倾圮老屋之上造梅花书屋，钟惺友人许玄祐梅花墅中有"杞菊斋"，张南阳所营之日涉园有"春草轩""竹素堂"，都是借草木之景而筑轩堂。

文震亨非常重视花草树木与建筑的搭配，认为桃李竹柳，各有所宜，位置得法，便如图画。庭中梧桐，墙角梅花，窗前芭蕉，池畔垂柳，都是诗画中常见之景。《长物志》论花木，关注点在于植物的景观效果，故而不厌其烦地交代各个品种的种植地点：牡丹、芍药宜用文石为栏，秋海棠宜种背阴阶砌；杏花宜筑台杂植，李花宜置烟霞泉石间；锦葵种于阶除，芙蓉植于池岸；药栏中不可缺罂粟，岩间墙角最宜萱花；蒼葡（俗名栀子）宜种佛室，不可种于斋阁；金钱种石畔，尤为可观；杜鹃宜置树下阴处，花时可移置几案间；桂宜辟地二亩，取各种并植，结亭其中；柳须临池而种，柔条拂水，弄绿搓黄，大有逸致。

据《长物志》所论，花木和建筑相互映衬，才能营造出旷士幽人的清雅之境，使园居者虽在城市，犹如置身山林。梅兰竹菊一向为文人所喜，园林之中，不可缺少，但必须位置得法，才能显出风致。雅人韵士称赏兰花，是因为《离骚》的香草寄意，闽、赣之兰，为山斋所不可少，但是每处仅可配置一盆，否则便如同虎丘花市。真能赏菊者，必然寻觅奇异品种，用古盆种一两枝，茎挺而秀，叶密而肥，在花开时节，置于几榻间，坐卧把玩，这才得花之性情，如果取数百本五色相间之菊，高下次列，以供赏玩，不过是炫耀富贵。梅乃幽人花伴，取苔藓护封的古梅移植于石岩或庭际，最有古意，或者新植数亩，花开时节坐卧其中，可令人神骨俱清。至于猗猗绿竹，则是另一番景象：

种竹宜筑土为垄，环水为溪，小桥斜渡，陟级而登，上留平台，以供坐卧，科头散发，俨如万竹林中人也。否则辟地数亩，尽去杂树，四周石垒，令稍高，以石柱朱栏围之，竹下不留纤尘片叶，可席地而坐，或留石台、石凳之属。①

园内种竹，契合文人清高隐逸的精神向往，筑土为垄，溪水环绕，或辟地而植，围以石柱朱栏，无论高台坐卧，还是席地而坐，都能感受竹林幽深的意境。竹虽然为雅物，但如果位置不得法，就另当别论了。对此，《长物志》中不乏批评之论："尝见人家园林中，必以竹为屏，牵五色蔷薇于上。木香架木为轩，名木香棚。花时杂坐其下，此何异酒食肆中？"②园林植物，各有所宜。牡丹、芍药不宜并列，不宜置于木桶、盆盎之中。秋色（吴中称鸡冠、雁来红、十样锦之属）仅可种植于广阔的庭院，若幽窗多种，便会令人感到芜杂。芭蕉不宜过高，否则叶容易为风所碎，绿窗分映，画意盎然，作盆玩则可笑。在文震亨看来，栽种花木，并非园丁就能完成的事，选择品种、安设位置，实在是幽人之务。

二、于细节处体现绝俗之趣

识鉴书画，是文人园居生活必不可少的项目。对于出身书画世家的文震亨来说，品画论书，自然十分有心得。文氏以为悬挂书画，也须讲究位置：

悬画宜高，斋中仅可置一轴于上，若悬两壁及左右对列，最俗。长画可挂高壁，不可用挨画竹曲挂画。桌可置奇石，或时花盆景之属，忌

---

① （明）文震亨：《长物志》卷二《花木·竹》，见（明）文震亨、（明）屠隆著，陈剑点校：《长物志 考槃余事》，46～47页，杭州，浙江人民美术出版社，2001。

② （明）文震亨：《长物志》卷二《花木·蔷薇 木香》，见（明）文震亨、（明）屠隆著，陈剑点校：《长物志 考槃余事》，37页，杭州，浙江人民美术出版社，2001。

置朱红漆等架。堂中宜挂大幅横披，斋中宜小景花鸟，若单条、扇面、斗方、挂屏之类，俱不雅观。画不对景，其言亦谬。①

书画悬挂须雅致、应景，不宜杂多，并且应根据建筑形制而选择不同作品，如堂中挂大幅横披，斋中悬小景花鸟。 岁时节令不同，悬挂的书画也宜随时更换。 比如，正月、二月，宜挂春游、仕女、梅、杏、山茶、玉兰、桃、李之类的画；六月，宜挂宋元大楼阁、大幅山水、蒙密树石、大幅云山、采莲、避暑等图；八月，适宜古桂、天香、书屋等图；九月、十月，则适宜菊花、芙蓉、秋江、秋山、枫林之类图画。 还有一些特殊的节日，则悬挂相应的民俗内容图画，如端午挂真人玉符及宋元名家的端阳景、龙舟、艾虎、五毒之类；七夕悬挂穿针乞巧、天孙织女、楼阁、芭蕉、仕女等内容的图画；等等。 至于宋元小景，枯木、竹石四幅大景，则不受时令限制。

园林中屋宇、水石、花木、禽鱼配置得当，才能营造清幽如画的园居环境，而园居生活的绝俗之趣则需要反映在每一个细节之处。 在文震亨看来，园景规划需要风格统一，如果前堂养鸡牧豕，后庭浇花洗石，就会很不协调，不如干脆凝尘满案，环堵四壁，反而显出一种萧寂气味。 园中陈设位置不当，就有市井气。 比如，杂坐木香棚下，如酒食肆中；列置图史杂多，如书肆中。 这些都是文人园林要避忌的庸俗之气。 《长物志》论位置之法，讲求烦简不同，寒暑各异。 即以香炉而言，斋中不可同时置二炉，夏天适合用瓷炉，冬天适合用铜炉。 花瓶也是春冬用铜，秋夏用瓷，堂屋中宜用大瓶，书室中宜用小瓶，花宜瘦巧，不能烦杂，一二种即可，过多便如酒肆。总之，室内陈设须简雅，不可杂乱。 对于园林之中与文人生活关系极为密切的斋和室，《长物志》是这样要求的：

---

① （明）文震亨：《长物志》卷十《位置·悬画》，见（明）文震亨、（明）屠隆著，陈剑点校：《长物志　考槃余事》，136～137 页，杭州，浙江人民美术出版社，2001。

椅榻屏架　斋中仅可置四椅一榻，他如古须弥座、短榻、矮几、壁几之类，不妨多设。忌靠壁平设数椅。屏风仅可置一面，书架及橱，俱列以置图史，然亦不宜太杂，如书肆中。

敞室　长夏宜敞室，尽去窗槛，前梧后竹，不见日色。列木几极长大者于正中，两傍置长榻无屏者各一。不必挂画，盖佳画夏日易燥，且后壁洞开，亦无处宜悬挂也。北窗设湘竹榻，置簟于上，可以高卧。几上大砚一，青绿水盆一，尊彝之属，俱取大者；置建兰一二盆于几案之侧，奇峰古树，清泉白石，不妨多列。湘帘四垂，望之如入清凉界中。①

文震亨重视园林位置，其意在于营造疏旷雅逸的园居环境，突出文人的古朴简雅，远离市井气息，以符合"亭台具旷士之怀，斋阁有幽人之致"的园林意趣。

---

① （明）文震亨：《长物志》卷十《位置》，见（明）文震亨、（明）屠隆著，陈剑点校：《长物志　考槃余事》，136、139页，杭州，浙江人民美术出版社，2001。

第三十八章
张涟的叠石写意造山理论

　　明代造园业兴盛，参与者众多，名传后世者实在寥寥无几，能够留名者都不是一般的工匠，有文震亨这般雅好园林的文人写下有关园亭置造的文字，有计成这样的造园家将其妙造山林的心得托之于论著，还有如张涟、张南阳者，倚叠山绝技而得文人作传留名。其中，张南阳曾用十二年时间为陈所蕴营造日涉园，陈为其作《张山人卧石传》。张涟更得吴伟业、黄宗羲作传，声名远播，《华亭县志》《娄县志》《松江府志》《嘉兴县志》《嘉兴府志》《浙江通志》也都为他列有专传，《清史稿·艺术列传》中也有其传，可见名气之大。

　　张涟，字南垣，浙江秀水（今浙江嘉兴）人，本籍江南华亭。生于明万历间，卒于清康熙间。早年曹汛先生有《张南垣生卒年考》[①]一文，认为张涟生于明万历十五年（1587），大约卒于康熙十年（1671）。之后，又有一种观点认为张涟卒于康熙二十年（1681）以后。[②] 大体而言，张涟活跃于明末清初，在明代的生活时间与另外两位园林家计成（1582—?）、文震亨（1585—1645）大致重叠。计成在崇祯年间完成《园冶》之后，活动踪迹不明。文震亨以死抗薙发令，卒于1645年。张涟则在入清之后仍有活动，大

---

① 见清华大学建筑工程系，建筑历史教研组编：《建筑史论文集》第 2 辑，143～148 页，北京，清华大学建筑工程系，1979。

② 王宪明：《张涟在北京的活动及其卒年考略》，载《故宫博物院院刊》，2000（4）。

学士冯铨还曾打算请其造园，涟以老辞，遣其次子张然前往。张涟成名早，园林作品丰富，仅吴伟业《张南垣传》提及的便有松江李逢申的横云山庄、金坛虞大复的豫园、太仓王时敏的乐郊园、常熟钱谦益的拂水山庄、嘉兴吴昌时的竹亭湖墅。据曹汛先生考证，张南垣的造园叠山作品，有确切记载，经过印证又确属可靠的，共有十余处，除上述吴伟业所提及的五处名园之外，还有吴伟业本人建于太仓的梅村，嘉兴朱茂时的放鹤洲，徐必达的汉槎楼，太仓钱增的天藻园、郁静岩斋前的叠石，吴县席本桢的东园，嘉定赵洪范的南园等。张南垣还受邀为王时敏增拓南园，新辟西田。① 其园林作品之丰富，令人惊叹。

◎ 第一节
"截溪断谷"的造山法

中国古典园林大多寄托着主人放情山水的志趣，早期的帝王苑囿占地广阔，山川河泊可入苑中，贵胄名流的园林也多建于名山胜地，可以利用自然条件筑造山水园。不必铺排上林苑"终始灞浐，出入泾渭""崇山矗矗，巃嵸崔巍"（司马相如《上林赋》）的气势，即如谢灵运的始宁墅、王维的辋川别业，也都是依山绕水。始宁墅之"岩峭岭稠叠，洲萦渚连绵"（谢灵运《过始宁墅》），辋川木兰柴之"秋山敛余照"（王维《木兰柴》），"鸟声乱溪水"（裴迪《木兰柴》），都呈现出山水园林的天然景致。不过，当城市逐渐发展成为人们生活的中心，园林的构建也就发生变化，人造山水在很大程度上替代了自然山水。城市园林凭水而建或许还有可能，傍山而筑就不容易了，因此，假山日益成为重要的园林景观。

---

① 曹汛：《造园大师张南垣（一）——纪念张南垣诞生四百周年》，载《中国园林》，1988（1）。

一、"吞山怀谷"与"假山之戏"

　　人工造山声势最大的是宋徽宗，据记载，徽宗在汴京造艮岳，"驱散军万人筑冈阜，高十余仞，增以太湖、灵璧之石，雄拔峭峻，巧夺天造"①。开封（汴京）城的东北隅原先地势较低，有方士进言增高其地，以利皇嗣繁衍，徽宗便命人培其冈阜，后又在此大兴工役筑山，称为"寿山艮岳"。这一皇家园林主要采用摹写真山的方法造山，土石兼用，以土筑冈，增之以石，罗列了天台、雁荡等东南名山，兼其绝胜，祖秀《华阳宫记》称其"括天下之美，藏古今之胜"。艮岳是"吞山怀谷"的大型人工山水苑，不仅体量大，而且艺术性高。宋徽宗凭借其帝王之权力及艺术家之鉴赏力，将模山范水的园林艺术发挥到了极致。因为占地广阔，人力、物力充足，艮岳能够参诸造化而生奇。艮岳存在的时间并不长，政和七年（1117）开始兴建，宣和四年（1122）竣工，建成不久就于靖康二年（1127）因金兵围城而被拆毁。不过，艮岳的建造在中国园林艺术的发展史上留下了重要的一页。

　　南宋周密《癸辛杂识》介绍："前世叠石为山，未见显著者。至宣和，艮岳始兴大役，连舻辇致，不遗余力。"②在艮岳之前，园林之中以石为山的记载鲜有所闻，《西京杂记》提及茂陵富人袁广汉所筑之园构石为山，高十余丈，但语焉不详。王世贞《游金陵诸园记》曾言："盖洛中有水、有竹、有花、有桧柏，而无石，文叔《记》中不称有垒石为峰岭者可推已。"③北宋李格非的《洛阳名园记》未曾记有洛阳各大名园之中的石景。童寯《江南园林志》也论及："吾国园林，无论大小，几莫不有石。李格非记洛阳名园，独未言石，似足为洛阳在北宋无叠山之证。"但童先生又指出："然据

---

① （宋）张淏：《艮岳记》，见《丛书集成初编》第1508册，3页，上海，商务印书馆，1936。
② （宋）周密著，吴企明点校：《癸辛杂识·前集》"假山"，14页，北京，中华书局，1988。
③ （明）王世贞：《弇州续稿》卷六十四，《文渊阁四库全书》本。

《洛阳伽蓝记》所载，洛在北魏，已具叠山规模矣。"①考诸杨衒之《洛阳伽
蓝记》，其中曾提及："敬义里南有昭德里。里内有尚书仆射游肇、御史尉
李彪、七兵尚书崔休、幽州刺史常景、司农张伦等五宅。彪、景出自儒生，
居室俭素，惟伦最为豪侈。斋宇光丽，服玩精奇，车马出入，逾于邦君。
园林山池之美，诸王莫及。伦造景阳山，有若自然。其中重岩复岭，嵚崟
相属。深溪洞壑，逦迤连接。高林巨树，足使日月蔽亏；悬葛垂萝，能令
风烟出入。崎岖石路，似壅而通；峥嵘涧道，盘纡复直。是以山情野兴之
士，游以忘归。"②张伦所造景阳山重岩复岭，石路崎岖，《亭山赋》中有
"石山"之称，但具体的造山之法不得而知。

徽宗采用积土累石的方法摹写真山，将叠石造山这一技法大规模运用于
造园活动中。建炎南渡之后，江南地区在经济、文化方面的地位日益突出，
筑造园亭之事也越发兴盛起来，奇石不仅作为独立的审美对象而被置于案
头、阶庭，更被叠于园亭之间，成为山林峰峦的象征。不过，在私家园林中
摹写自然山水并非易事，毕竟宋徽宗建艮岳的大手笔是无法仿效的。于是，
缩小自然山水的比例，以奇石、小池模拟真山真水便成为流行一时的筑园方
法，巧者或可见奇，拙者就无足可观了。

吴伟业对张南垣之前的园林造山技法进行了概括："百余年来，为此技
者类学崭岩嵌特，好事之家罗取一二异石，标之曰峰，皆从他邑辇致，决城
闉，坏道路，人牛喘汗，仅而得至。络以巨绳，锢以铁汁，刑牲下拜，劚颜
刻字，钩填空青，穿窌岩岩，若在乔岳，其难也如此。而其旁又架危梁，梯
鸟道，游之者钩巾棘履，拾级数折，伛偻入深洞，扪壁投罅，瞪盼骇栗。"③
这种以异石模拟的山峰被称为"假山"，因为此类小山假景很难表现山林意
境，往往为文人所鄙。略早于张南垣的谢肇淛在《五杂组》中曾批评："假

①　童寯：《江南园林志》（第2版），19页，北京，中国建筑工业出版社，2014。
②　（北魏）杨衒之著，周祖谟校释：《洛阳伽蓝记校释》卷二，89～90页，北京，中华书局，1963。
③　（清）吴伟业著，李学颖集评标校：《吴梅村全集》卷五十二《张南垣传》，1059页，上海，上海
　　古籍出版社，1990。

山之戏，当在江北无山之所，装点一二以当卧游。若在南方，出门皆真山真水，随意所择，筑菀裘而老焉。或映古木，或对奇峰，或俯清流，或踞磐石，主客之景皆佳，四时之赏不绝，即善绘者不能图其一二，又何叠石累土之工所敢望乎？"①文人筑造园亭，其意在于林泉情致，如果徒以奇石假山为戏，那就失了园林的真趣，所以，在谢肇淛看来，即便筑假山，也宜用山石为之，大小高下随宜布置，奇品异石只可妆点一二，否则就会显得过于粉饰而失去丘壑天然之美。他批评那些在园林之中一味仿山模水的做法："余每见人园池踞名山之胜，必壅蔽以亭榭，妆砌以文石，缭绕以曲房，堆叠以尖峰，甚至猥联恶额，累累相望，徒滋胜地之不幸，贻山灵之呕哕耳。此非江南之贾竖，必江北之阉宦也。"②

二、变缩略山水为"截溪断谷"

作为深得文人推崇的造园家，张南垣认为："今夫群峰造天，深岩蔽日，此夫造物神灵之所为，非人力所得而致也。况其地辄跨数百里，而吾以盈丈之址，五尺之沟，尤而效之，何异市人抟土以欺儿童哉！"③他对模拟真山的方法殊为不满，以为名山胜景天然神秀，气象万千，本就不可复制，有限的园林空间更加不可能重现自然山川。因此，张南垣提出"截溪断谷"之法，以"平冈小阪，陵阜陂陁"作为基础，土中戴石，土石相间，令人有处于大山之麓的感觉：

> 唯夫平冈小阪，陵阜陂陁，版筑之功可计日以就，然后错之以石，棋置其间，缭以短垣，翳以密筱，若似乎奇峰绝嶂，累累乎墙外，而人

---

① （明）谢肇淛：《五杂组》卷三《地部一》，55 页，上海，上海书店出版社，2001。
② 同上书，55 页。
③ （清）吴伟业著，李学颖集评标校：《吴梅村全集》卷五十二《张南垣传》，1059 页，上海，上海古籍出版社，1990。

或见之也。其石脉之所奔注，伏而起，突而怒，为狮蹲，为兽攫，口鼻含呀，牙错距跃，决林莽，犯轩楹而不去，若似乎处大山之麓，截溪断谷，私此数石者为吾有也。方塘石洫，易以曲岸回沙；邃阁雕楹，改为青扉白屋；树取其不凋者，松杉桧栝，杂植成林；石取其易致者，太湖尧峰，随意布置，有林泉之美，无登顿之劳，不亦可乎！①

张南垣"土中戴石"的方法与叠危石以为奇峰的技法自是迥异其趣。所谓"截溪断谷"，大致而言就是截取自然山水的某一部分加以摹写。观天地造化，山长水阔，对于一般的私家园主来说，既不能纳千顷于山林，又不能效宋徽宗筑皋造山，与其缩略奇山秀峰，不如取山水一隅，筑土载石，以山麓之态喻群山之势，仿佛截取山谷溪流的某一片段，尽情游赏。"截溪断谷"的造山之法方便易就，山麓之形无须巍峨，平冈小阪便能表现其意态，工程简省，不费人力，"可计日以就"。不过，这种筑冈叠石的方法更大的优点还在审美方面，简而言之就是"有画意"。宋元以来，山水成为文人画作最为重要的表现题材，至明代，"吴门""云间"诸派画家呈一时之盛，张南垣自小学画，还曾拜谒董其昌，故能以画意垒石，"截溪断谷"的山石营造之法便是其核心。

◎ 第二节
以山水画法垒石

通过摹写山麓情态而令人生发对整体山峦的无限想象，这是张南垣对中

---

① （清）吴伟业著，李学颖集评标校：《吴梅村全集》卷五十二《张南垣传》，1059～1060 页，上海，上海古籍出版社，1990。

国园林美学的重要贡献。与张南垣差不多同时代的造园理论家计成、文震亨，皆提倡园林景致的画意。计成的主要贡献在于以借景之法营造园林的诗情画意，他也曾提出"未山先麓"的主张，但更多是从艺术角度探讨园景的构图方法，并非着墨于建筑技法。文震亨出身于书画世家，他将绘画中的山水写意之法用之于园林，提出"一峰则太华千寻，一勺则江湖万里"的观点，形象概括了中国古典园林的写意特征，他提倡以水石状形写意，旨在追求园林的图画效果。张南垣则将画意融会在叠石堆土的技法之中，作平冈小阪，若陵阜陂纨，再根据地形特点错之以石，点缀飞动，其变化无穷的情态令人如处山麓，而作大山之想。这是将宋元山水画的写意特征实践于垒石造山的技法之中，其所造之山远没有艮岳的工程浩大，而是采用"截溪断谷"的方法，摹写局部山水，蕴含无穷画意。

一、随意置石，点写云山

张南垣垒石，所用石材并不要求危奇，而是取其易致者随意布置。他用"随意"来矫正当时造园活动中刻意造作的风气，摈弃过于显露人工的方塘石洫、邃阁雕槛，易之以曲岸回沙、青扉白屋，与草树山石相映，追求林泉之趣。他反对搜罗异石奇峰叠造假山，而将山石布置视为营造山林气象的核心，故而能赋予土石以生命，使其成为园林景致的点睛之笔。张南垣的选石原则是"无地无材，随取随足"[①]，不依赖石材的奇异名贵，而讲求位置交错的匠心，即便是寻常土石，若能巧妙安置，与周围环境相互应和，也能产生如入峰壑的审美体验，而所谓"截溪断谷"就是截取自然山水的某一片段，引发游赏者对整体山水的想象，以山麓之态寓奇峰绝嶂，打破缩略真山实景的空间局限，用绘画的写意方法使园林的空间感得以延伸。

---

① （明）黄宗羲：《南雷诗文集·传状类·张南垣传》，见沈善洪主编：《黄宗羲全集》第 10 册，571 页，杭州，浙江古籍出版社，1993。

张南垣被人称为"张石匠"，他的高明之处在于能以平冈小阪之上的几处石景赋予整个园林山林之气，黄宗羲《张南垣传》评价曰："当其土山初立，顽石方驱，寻丈之间，多见其落落难合，而忽然以数石点缀，则全体飞动，若相唱和。 荆浩之自然，关全之古淡，元章之变化，云林之萧疏，皆可身入其中也。"①点缀数石，便能令整个园林山景具有飞动之势，这与张南垣的绘画造诣有关。 流传至今的各版传记都提到了张氏少年学画的经历，肯定了其叠石技艺与绘画之间的关系。 吴伟业称其"少学画，好写人像，兼通山水，遂以其意垒石，故他艺不甚著，其垒石最工，在他人为之莫能及也"②。 《清史稿》说他"少学画，谒董其昌，通其法，用以叠石堆土为假山"③。 黄宗羲则称赞张氏的园林作品兼有荆关笔墨的自然古淡、米家山水的变化和云林画作的简劲萧疏。 观五代荆浩、关全，宋代米芾，元代倪瓒各家作品，荆、关画作有高古雄浑之势，笔简而气壮，米芾以积墨点写云山，天真焕发，倪瓒的画贵简淡，逸笔草草，不求形似。 参照张南垣的叠石主张，可以发现以截溪断谷的方法表现山水，大有逸笔之趣，看似随意布置的石景给人点写云山的印象，平冈小阪之上的疏简点缀可以产生奇峰绝嶂的空间想象。

二、化山水画法为筑造技法

"移山水画法为石工"的绝技令张南垣能够点石成山，他提倡堆土叠石，不以奇石作为独立的观赏对象，也不刻意模拟峰岳岩崖，而是以寻常土石作为材料，吸取文人山水画构图简淡而意蕴无穷的特征，错石于土冈

---

① （明）黄宗羲：《南雷诗文集·传状类·张南垣传》，见沈善洪主编：《黄宗羲全集》第10册，571页，杭州，浙江古籍出版社，1993。

② （清）吴伟业著，李学颖集评标校：《吴梅村全集》卷五十二《张南垣传》，1059页，上海，上海古籍出版社，1990。

③ 赵尔巽等：《清史稿》卷五百五《艺术传四·张涟》，13925页，北京，中华书局，1977。

之上，与垣墙草木相映，营造咫尺山林的整体意境。他反对在园林之中聚危石而作洞壑，或是架危梁筑险道，甚至令游赏者拾级登山、伛偻入洞，以为这样亦步亦趋地模拟自然，必然因空间局限而显得气象蹙促。以缩略真山的写实方法堆叠假山，恰是不通画理的缘故，与此相对，张南垣提倡用写意方法布置石山，截取自然山水的某一个局部，写其神态，以山麓之形蕴含山情水势，以在有限的空间内体现林泉之美。正因为通晓绘画之理，所以张南垣能够突破前人叠山造峰的局限，反对搜奇寻异叠造假山，主张以土石草树相互配合，表现山川神情，而不是以盈丈之址、五尺之沟刻意模拟山川形态。据黄宗羲《张南垣传》所记，南垣曾有感悟："画之皴涩向背，独不可通之为叠石乎？画之起伏波折，独不可通之为堆土乎？"①也就是说，张南垣有意识地将绘画技法移用到叠石堆土的构思之中，他的园林作品并非偶合画意，而是通于画理的艺术创作。邀请张南垣筑园的李逢申、虞大复、王时敏、钱谦益等人皆一时名士，王时敏更是娄东画派奠基人，与董其昌、陈继儒等交往密切，《明画录》谓其"山水规摹古法，笔墨苍秀，大雅不群"②。与其说他们推崇张南垣的叠石，更毋宁说是认同其造园理念。吴伟业评价曰："经营粉本，高下浓淡，早有成法。初立土山，树石未添，岩壑已具，随皴随改，烟云渲染，补入无痕，即一花一竹，疏密欹斜，妙得俯仰。山未成，先思著屋，屋未就，又思其中之所施设，窗棂几榻，不事雕饰，雅合自然。"③对于张南垣来说，山石是其园林图景的核心，以其对土石草树的熟悉程度，意至景随，看似信手而就，实有无穷画意，山水林木韵趣既得，斋阁亭台自有所在。只要有峰峦之势，则不必以假摹真，掌握了山水画的构景法则，会心处不求自得。

① （明）黄宗羲：《南雷诗文集·传状类·张南垣传》，见沈善洪主编：《黄宗羲全集》第 10 册，570～571 页，杭州，浙江古籍出版社，1993。
② （清）徐沁：《明画录》卷五《山水》"王时敏"，见于安澜编：《画史丛书》第 3 册，68 页，上海，上海人民美术出版社，1963。
③ （清）吴伟业著，李学颖集评标校：《吴梅村全集》卷五十二《张南垣传》，1060 页，上海，上海古籍出版社，1990。

明代另一位造园家文震亨也追求园如图画，但文人世家出身的文震亨将园林的图画效果落实在每一个细节上，亭台池石、草木花卉、栏杆几榻、鼎彝书画，都要求形制古雅，安设得法，其标准就是"如画"。 相比而言，张南垣对园林画意的追求更着眼于整体意境，他主张"平冈小阪，陵阜陂陁"，如此一来，山麓生景，峰峦寓势，山石飞动，松杉杂植，配以方塘曲岸、青扉白屋，俨然山水图卷。

相比文震亨、计成而言，张涟并未将其造园艺术思想著于册，然而经他参与筑造的名园胜景声名远播，人们对其造园理念也必然产生浓厚的兴趣，文人们为其写传记，也都自然而然地提到了他以画意垒石的主张。 移山水画法于造园叠石的活动中，以全景气韵为胜，以寻常山石营飞动之势，张涟的造园埋念矫正了标举奇山异石堆叠假山的风气，在园林如画的美学原则下，将抽象的山水写意之法转化为"平冈小阪""截溪断谷"等具体的筑造法则，这为探讨中国古典绘画与园林美学之间的关系提供了感性视角，沟通了艺术思想与技法实践，在中国园林艺术思想的发展进程中具有启发性意义。

第六编

明代书画思想史

郭青林

概　述

　　书画艺术发展至明代，一是历代作品的积累数量可观，为明代书画批评提供了丰富的创作资源；二是历代书画艺术批评规模甚巨，为明代书画家的进一步探究提供了理论基础；三是明代书画家创作经验的自我总结，也有上升至理论高度的需要。在这种情况下，明代书论、画论著作在数量上超越前代。这些著作，有的诗文书画兼论，具有综合性，有的只论一体，为专门性著作。此外，还有散见于各家诗文集中的书画题跋、题画诗等。梳理这些著述，把握其梗概，是弄清明代书画艺术思想的文献基础。

◎ 第一节
综合性的书画理论著作

　　明代综合性书画著作所占比例较小，并且多为书画著录类著作。主要有王绂的《书画传习录》、张丑的《清河书画舫》、朱存理的《珊瑚木难》、汪珂玉的《珊瑚网》、解缙的《春雨杂述》、王世贞的《艺苑卮言》、李日华的《味水轩日记》、陈继儒的《妮古录》《书画史》，以及董其昌的《画禅室随笔》等。这里只选择其中有代表性的作品略做介绍。

《书画传习录》三卷。 据书前嵇承咸序，此书为王绂所作，俞剑华以为缺少佐证，作者应当存疑。① 王绂（1362—1416），字孟端，号友石生，别号九龙山人，江苏无锡人。 该书分三卷，前两卷分别论书、论画，卷三为书事丛谈、画事丛谈。 多杂抄旧籍，内容较为芜杂。 论书先采书史诸家之说，以阐释书之本义，后依次论述书法源流、书之法度、六书名目辨正、楷法篆体同异、古文奇字、各体源流等，历代著名的书家、书作、书评均有涉及。 大致来说，书学思想上一是提倡学古，重视法度、神采，认为"法度不可废，神采不可失"；二是主通变，"至若李邕则变动不离规矩而有亏通变焉"；三是强调"书以适性闲情为本"，性情与学问并重，"胸无数百卷书不能作笔，心无敬畏意，无真实体道意，虽笔画结构精妙入神，其品可以不传"。② 这些看法继承了书学史上关于师法态度、因革关系等观念，在明初拟古风气盛行的背景之下，具有一定的实际意义。 论画也遍采诸家，述绘画源流，历代画评、画作等。 较之书学，画学方面多精当之论，如"不能读书即不能穷理，不能观物，不能穷理、观物即不知各各生意所在。 虽欲守神专一，皆死笔也"，"守其神，专其一，是真画也"③。 主张画家要将读书与穷理、观物相结合，以充分掌握事物的规律，要不为外物所役，保持虚静的审美心胸，绘画要表现对象的"生意""生气"。 又如"即没骨一法，亦以神彩生动为上，不可以杜撰率易为之，若执而不化，则外合而内不充"④。所谓"神彩生动"就是要求表现对象鲜活的生命精神，反对泥古不化、拘于前人法度的绘画行径。 此外，对绘画的寄托功能和无功利性也多有强调，如"兴至则神超理得，景物逼肖；兴尽则得意忘象，矜慎不传。 亦未尝以供人耳目之玩，为己稻粱之谋也。 惟品高故寄托自远，由学富故挥洒不凡，画之

---

① 俞剑华：《中国绘画史》，184 页，南京，东南大学出版社，2009。
② （明）王绂：《书画传习录》卷一，见徐娟主编：《中国历代书画艺术论著丛编》第 54 册，35、101、134 页，北京，中国大百科全书出版社，1997。
③ 同上书，225 页。
④ 同上书，230 页。

足贵，有由然耳"①。 这些观念继承了南朝宗炳以来对绘画审美功能、师法对象等的诸多认识，在当时为迎合帝王趣味，以摹拟为特征的院体画主导画坛的情况下，无疑具有一定的时代新意。

《春雨杂述》一卷，解缙撰。 解缙（1369—1415），字大绅，又字缙绅，号春雨，江西吉水人。 此书只论诗、书，无论画之语，并且以论书为主。 内容分"作诗法""学书法""草书评""评书""书学详说""书学传授"几个部分。 就书法来说，书中主要观点是提倡师古，重视传授，强调下苦功夫。 比如："学书之法，非口传心授，不得其精。 大要须临古人墨迹，布置间架，担破管，书破纸，方有工夫。"②"惟日日临名书，无奇纸笔，工夫精熟，久乃自然。 言虽近易，实为要旨。"③解缙是明初台阁体书家的重要人物，其书师法赵孟頫和詹希原，书学成就不亚于"三宋"④。 该书的主张是明初台阁体书家思想的重要体现，是元代赵孟頫倡导的复古主义书风的延续。

《艺苑卮言》十二卷，王世贞撰。 王世贞（1526—1590），字元美，号凤洲，又号弇州山人，江苏太仓人。 该书前八卷评古今诗文，附录四卷，卷一论词，卷二、三论书，卷四论画。 作为后七子的代表人物，王世贞虽不以书画擅名，但颇有理论建树，著有《王氏书苑》《王氏画苑》《弇州山人题跋》《弇州墨刻跋》《三吴楷法跋》等。 朱谋垔在《续书史会要》中称他"书学虽非当家，而议论翩翩，笔法古雅"⑤。"古雅"正是王世贞论书评画的重要标准之一。 就书学而言，《艺苑卮言》对古今书体演变、用笔之法、

---

① （明）王绂：《书画传习录论画》，见俞剑华编著：《中国古代画论类编》，99 页，北京，人民美术出版社，1998。
② （明）解缙：《春雨杂述·学书法》，见《丛书集成新编》第 52 册，251 页，台湾，新文丰出版公司，1986。
③ （明）解缙：《春雨杂述·评书》，见《丛书集成新编》第 52 册，252 页，台湾，新文丰出版公司，1986。
④ "三宋"是由元入明的三位著名书法家：宋克（1327—1387）、宋广（生卒年不详）、宋璲（1344—1380）。 他们的书法主要继承了元人"尚态"的传统。
⑤ 见（明）陶宗仪、（明）朱谋垔著，徐美洁点校：《书史会要 续书史会要》，360 页，杭州，浙江人民美术出版社，2012。

书家书作乃至诸家书评皆有评论，多有创见。例如，"章草古隶之变也，行草今隶之变也，芝旭草又行草之变也"①，论草书之演变，鞭辟入里；"右军之书，后世摹仿者仅能得其圆密，已为至矣。其骨在肉中，趣在法外，紧势游力，淳质古意不可到。故智永、伯施尚能绳其祖武也，欧、颜不得不变其真，旭、素不得不变其草。永、施之书，学差胜笔。旭、素之书，笔多学少。学非谓积习也，乃渊源耳"②，充分肯定书家在继承古人的基础上进行创新求变。又如，"书法故有时代，魏晋尚矣，六朝之不及魏晋，犹宋元之不及六朝与唐也。画则不然，若魏晋、若六朝、若唐、若宋、若元，人物山水花鸟各自成佛作祖，不以时代为限"③，此是论书、画发展之异同。画学方面，《艺苑卮言》也对古今画体演变、画家画作以及诸家画论进行评论，如"人物自顾、陆、展、郑以至僧繇、道玄一变也，山水大、小李一变也，荆、关、董、巨又一变也，李成、范宽又一变也，刘、李、马、夏又一变也，大痴、黄鹤又一变也"④。论人物画、山水画之演变，如"人物以形模为先，气韵超乎其表。山水以气韵为主，形模寓乎其中，乃为合作。若形似无生气，神彩至脱格，皆病也"⑤，不仅区别了人物、山水画创作之异同，还表明其对形神关系的认识等。

《清河书画舫》十二卷，张丑撰。张丑（1577—1643），原名谦德，字叔益，后改名丑，字青甫，号米庵，江苏昆山人。张丑精于鉴识，富于收藏，除此书外，还著有《南阳法书表》《南阳名画表》等。《清河书画舫》是晚明时期一部重要的画鉴类著作，书以时代为经，以作者为纬，记录书画的流传。自三国钟繇至吴门四家，历代名迹皆有著录。书中每有著录，考究务求细致，具有鲜明的画史意识。比如对米芾的考证，据《宋史·米芾

---

① （明）王世贞：《艺苑卮言》卷十，见《续修四库全书》集部第1695册，547页，上海，上海古籍出版社，2002。
② 同上书，552页。
③ 同上书，570页。
④ 同上书，573页。
⑤ 同上书，571页。

传》记载，米芾四十八岁时去世，而其真迹于逝后流传众多，令人疑惑。张丑则认为米芾在皇祐三年（1051）辛卯出生，在大观元年（1107）丁亥逝去，年五十七岁，正与米芾印记"辛卯米芾"四字相合，可见《宋史》所载米芾卒年是错误的。① 该书所录书画题跋，不尽出于手迹，多辑自诸家文集，也有据传闻编入的，因此不免有舛错之处。该书虽属书画著录之作，但也有理论建树，如："赏鉴二义本自不同。赏以定其高下，鉴以辨其真伪，有分属也。当局者苟能于真笔中力排草率，独取神奇，此为真赏者也。又须于风尘内屏斥临模，游扬名迹，此为真鉴者也。"② "善鉴者，毋为重名所骇，毋为秘藏所惑，毋为古纸所欺，毋为拓本所误。"他对书画鉴赏之道的论述极为深刻，富有启迪性。他认为："书法以筋骨为神，不当但求形似；画品以理趣为主，奚可徒尚气色？"③虽是论鉴赏之要领，也可视为其创作主张，不无新见。

《六研斋笔记》十二卷，李日华撰。李日华（1565—1635），字君实，号竹嬾，又号九疑，浙江嘉兴人。《四库全书总目》说："日华工于书画，故是编所记论书画者十之八。词旨清隽，其体皆类题跋，盖锦赗玉轴，流览既久，意与之化，故出笔辄肖之也。其他所记杂事，亦楚楚有致。而每一真迹，必备录其题咏跋语，年月姓名，尤足以资考证。"④此书由《六研斋笔记》《六研斋二笔》《六研斋三笔》三部分组成，论述以书画为主，兼论玄学、方药和诗词，对书画的评论时有精辟之语。比如，"绘事不必求奇，不必循格，要在胸中实有吐出便是矣"⑤，认为绘画创作不必追求新奇，也无须遵循格法，只要把胸中的真实感受传达出来就行了。又如，"是以境地愈稳，生趣愈流，多不致偪塞，寡不致凋疏，浓不致浊秽，淡不致荒幻。是曰

---

① 参见（清）永瑢等：《四库全书总目》卷一百十三《清河书画舫》，965 页，北京，中华书局，1965。
② （明）张丑：《清河书画舫》卷一下《晋·陆机·平复帖》，《文渊阁四库全书》本。
③ （明）张丑：《清河书画舫》卷十一下《元·倪瓒》，《文渊阁四库全书》本。
④ （清）永瑢等：《四库全书总目》卷一百二十二《六研斋笔记》，1055 页，北京，中华书局，1965。
⑤ （明）李日华：《六研斋二笔》卷二，《文渊阁四库全书》本。

灵空，曰空妙，以其显现出没全得造化真机耳。向令叶叶而雕刻之，物物形肖之，与髹工采匠争能，何贵画乎"①，要求绘画要表现出对象的生机，反对只追求形似的摹拟习气等。

《画禅室随笔》四卷，董其昌撰。董其昌（1555—1636），字玄宰，号思白、香光居士，上海松江人。梁穆敬在该书的序中说："有明一代书画之学，董宗伯实集其大成。"②无论从董其昌的书、画创作，还是其书、画理论来看，此说应当是公允之论。据考，《画禅室随笔》并非董其昌本人所刊定，而是由生于其后的杨补（1598—1667）从《容台集》中摘录并加以编次而成的，因此内容多与《容台集》相同。书中关于书画的论述主要是董其昌本人书画创作经验的总结，也有他对书学、画学史的批评和反思。全书共分四卷，卷一专论书法，包括"论用笔""评法书""跋自书""评旧帖"四个部分。卷二专论绘画，包括"画诀""画源""题自画""评旧画"五个部分。卷三包括"记事""记游""评诗""评文"四个部分，主要记录个人书画活动兼评诗文。卷四包括"杂言上""杂言下""楚中随笔""禅悦"四个部分，杂录佚事见闻和禅修活动，其中也有不少论书评画之语。董其昌主要的书学、画学观点在前两卷。就书法而论，他特别强调笔墨的作用以及使用技法。比如："字之巧处在用笔，尤在用墨。"又如："发笔处便要提得笔起，不使其自偃，乃是千古不传语。盖用笔之难，难在遒劲；而遒劲，非是怒笔木强之谓。""用墨须使有润，不可使其枯燥。尤忌秾肥，肥则大恶道矣。"主张作书要"以奇为正"："字须奇宕潇洒，时出新致，以奇为正，不主故常"；"古人作书，必不作正局。盖以奇为正。此赵吴兴所以不入晋唐门室也。《兰亭》非不正，其纵宕用笔处，无迹可寻。若形模相似，转去转远"等。③这些论述，着眼于帖学书法的继承和创新，旨在维护以王羲之为首的帖学传统。在绘画上，董其昌主要侧重对文人画创作进行评

① （明）李日华：《六研斋二笔》卷二，《文渊阁四库全书》本。
② （明）董其昌：《画禅室随笔》卷首梁穆敬序，1页，广智书局校印本。
③ （明）董其昌：《画禅室随笔》卷一《论用笔》，3页，广智书局校印本。

论和阐发。比如，他重视"士气"，说："士人作画当以草隶奇字之法为之，树如屈铁，山似画沙，绝去甜俗蹊径，乃为士气。不尔，纵俨然及格，已落画师魔界，不复可救药矣。若能解脱绳束，便是透网鳞也。"①主张师古和师法自然相结合，如"画家以古人为师，已自上乘，进此当以天地为师"②等。

◎ 第二节

专门性的书画理论著作

　　明代专门性的书、画理论著作数量可观，远超前代。仅就画论来说，据俞剑华在《中国绘画史》一书所列，不下二十种，书论规模与此相当，以下各举数例，以见一斑。

　　《书诀》一卷，丰坊撰。丰坊（1492—1563），字人叔，后更名道生，字人翁，号南禺外史，鄞县（今浙江宁波）人。丰坊精通书法，詹景凤说他"书学极博，五体并能，诸家魏晋及国朝，靡不精通，规矩尽从手出，盖工于执笔者也"③。王世贞《弇州四部稿》载此书名为《笔诀》，专论学书之法。书中对笔法的论述，主要是对前人书论的总结和阐释，不乏个人新见。比如，"古人论诗之妙，必曰沉着痛快。惟书亦然：沉着而不痛快，则肥浊而风韵不足；痛快而不沉着，则潦草而法度荡然"④，以诗论书，强调"风韵"和"法度"兼备，"沉着"与"痛快"两种书写风格的统一。丰坊主张

---

① （明）董其昌：《画禅室随笔》卷二《画诀》，1 页，广智书局校印本。
② 同上书，4 页。
③ （明）詹景凤：《詹氏性理小辨》卷四十，见《四库全书存目丛书》子部第 112 册，555 页，济南，齐鲁书社，1995。
④ （明）丰坊：《书诀》，《文渊阁四库全书》本。

作书须师法古人，要求上溯篆籀，认为"古大家之书，必通篆籀，然后结构淳古，使转劲逸，伯喈以下皆然"①。 此书对古文、篆隶介绍尤详，故比当时一般书家止步二王显然更具卓识。

《墨池琐录》四卷，杨慎撰。 杨慎（1488—1559），字用修，初号月溪、升庵，又号逸史氏、博南山人等，四川新都人。 杨慎工于书法，王世贞《名贤遗墨跋》称他"以博学名世，书亦自负吴兴堂庑"②。 除此书外，杨慎还著有《丹铅总录》《升庵书品》等。 许勉仁称此书"博雅探奇，洞视今古，心画心声，天人相契，兼总字源，时出奥语，议论精确，引喻明当，盖深究六书之旨而有志三代之上也"③。 该书论笔法要领以各家书体源流、风格特点，大抵推重晋人书，标举风韵，取向婉媚。 比如："书法惟风韵难及，唐人书多粗糙，晋人书虽非名法之家，亦自奕奕有一种风流蕴藉之气。"④杨慎重视师古，谓："羲、献学钟、索，钟索学章草，章草本分篆籀，篆籀本蝌蚪，递相祖述，岂谓无师耶？"⑤师承是古今书史演变的重要方式。 他强调不拘成法，如"行行要有活法，字字要求生动"⑥等。

《书法雅言》一卷，项穆撰。 项穆（约1550—1600），字德纯，号贞元，亦号无称子，秀水（今浙江嘉兴）人。 项穆承其家学，工于书法，师法晋唐名家，尤其是王羲之，除《书法雅言》外，还著有《元贞子诗草》等。此书是项穆多年作书经验的总结，共十七篇，即《书统》《古今》《辨体》《形质》《品格》《资学》《规矩》《常变》《正奇》《中和》《老少》《神化》《心相》《取舍》《功序》《器用》《知识》。 《四库全书总目提要》评该书说："大旨以晋人为宗，而排苏轼、米芾书为棱角怒张，倪瓒书寒俭，轼、芾加以工力，可至古人，瓒则终不可到。 虽持论稍为过高，而终身

---

① （明）丰坊：《书诀》，《文渊阁四库全书》本。
② （清）永瑢等：《四库全书总目》卷一百十三《墨池琐录》引，963页，北京，中华书局，1965。
③ （明）许勉仁：《刻墨池琐录引》，见杨慎：《墨池琐录》卷首，《文渊阁四库全书》本。
④ （明）杨慎：《墨池琐录》卷一，《文渊阁四库全书》本。
⑤ （明）杨慎：《墨池琐录》卷四，《文渊阁四库全书》本。
⑥ （明）杨慎：《墨池琐录》卷一，《文渊阁四库全书》本。

一艺，研求至深，烟楮之外，实多独契。衡以取法乎上之义，未始非书家之圭臬也。"①项穆著述行文仿孙过庭《书谱》体制，思想内容纯正，强调"规矩从心，中和为的"，以"中和"为审美标准观照书史，论书学技法。比如论"书有三要"："第一要清整，清则点画不混杂，整则形体不偏邪；第二要温润，温则性情不骄怒，润则折挫不枯涩；第三要闲雅，闲则运用不矜持，雅则起伏不恣肆。"②所谓"清整""温润""闲雅"，体现的正是儒学的"中和"精神。项穆是明代中期以后帖学传统的坚定捍卫者，因此该书具有明显的保守倾向。

《寒山帚谈》二卷，赵宧光撰。赵宧光（1559—1625），字凡夫，一字水臣，号广平，又号寒山梁鸿、寒山长等，江苏太仓人。工诗文、书法。著有《说文长笺》《六书长笺》《寒山蔓草》《篆学指南》等。此书分上下二卷，上卷分《权舆》《格调》《力学》《临仿》四目，论各种书体、笔法结构、书法功力等。下卷分《用材》《评鉴》《法书》《了义》四目，论笔墨工具、鉴赏方法、古人法帖、作书真义等。从书中表达的主要观点来看，一是强调以篆为本，"字须遵古。古文故烦，惟篆可法。上以溯古，下以通时。篆明而诸体具，故先字义，以冠诸帖"③。二是强调字有格调，"夫物有格调，文章以体制为格，音响为调；文字以体法为格，锋势为调。格不古则时俗，调不韵则犷野"④，"不拟古无格，不自好无调。无格不立，无调不成"⑤。所谓"格调"，是指字的"体法"和"锋势"，也就是字的笔墨形式所呈现出来的审美情调。三是强调继承中有创新，"古者万国，人自为法，变是其本分耳。至于后世，作者不兴，同文有禁，所谓依样胡卢者非

① （清）永瑢等：《四库全书总目》卷一百十三《书法雅言》，964 页，北京，中华书局，1965。
② （明）项穆：《书法雅言·功序》，见上海书画出版社编：《历代书法论文选》，535 页，上海，上海书画出版社，2012。
③ （明）赵宧光：《寒山帚谈》附录一《金石林绪论·篆籀部》，《文渊阁四库全书》本。
④ （明）赵宧光：《寒山帚谈》卷上《格调》，《文渊阁四库全书》本。
⑤ （明）赵宧光：《寒山帚谈》卷上《力学》，《文渊阁四库全书》本。

邪，此亦人之大不幸矣"①，"学时笔，笔仿古；成功字，字自作"②。"仿古"的目的在于学习古人创作技巧，不是为模仿而模仿，成功的作品不是摹拟而来，是作者通过个性化的创造而产生的。

《书指》二卷，汤临初撰。汤临初生平不详，如依该书所评明代书家推断，生年应晚于祝允明，约在嘉靖年间。此书分上下二卷，余绍宋称其"大体宗晋唐书法，于元推吴兴一家，谓宋人评书多不可据。若东坡、山谷、南宫、白石之论，俱有指摘。其书虽寥寥数篇，而言书法颇多深切之论"③。此书论书学意旨，以自然为最高旨归："大凡天地间至微至妙，莫如化工，故曰神、曰化，皆由合下自然，不烦凑泊。物物有之，书固宜然。"④认为"字有自然之形，笔有自然之势，顺笔之势则字形成，尽笔之势则字法妙，不假安排，目前皆具此化工也"，所谓"化工"就是自然。书法创作的最高境界就是挥手而就，自然天成。重视师古，如"学书而不穷篆隶，则必不知用笔之方；用笔而不师古人，则不臻神理之致"。论学书过程，如"书必先生而后熟，亦必先熟而后生。始之生者，学力未到，心手相违也；熟而生者，不落蹊径，不随世俗，新意时出，笔底俱化工也"⑤。学习书法必须经历一个由生至熟再由熟至生的过程，前一"生"指书写动作不熟练，后一"生"指创新，在熟练掌握作书技巧后创作出具有自家面目的新作品。

明代书学专著除以上所列，比较重要的还有莫云卿的《论书》、黄道周的《石斋书论》、费瀛的《大书长语》、陶宗仪的《书史会要》以及倪后瞻的《倪氏杂著笔法》等。画学专著方面，比较重要的莫是龙的《画说》，但此书内容疑被后人误录进董其昌的《画旨》《画眼》，因此其主要画学思想与董其昌一致。董其昌的《画旨》《画眼》于画学发明颇多，其中主要论画

---

① （明）赵宦光：《寒山帚谈》卷上《权舆》，《文渊阁四库全书》本。
② （明）赵宦光：《寒山帚谈》附录二《拾遗》，《文渊阁四库全书》本。
③ 余绍宋：《书画书录解题》卷三，286～287 页，北京，北京图书馆出版社，2003。
④ （明）汤临初：《书指》卷上，《文渊阁四库全书》本。
⑤ （明）汤临初：《书指》卷下，《文渊阁四库全书》本。

之语又被杨补抄录于《画禅室随笔》之中，该书上文已介绍，此处从略。

《中麓画品》一卷，李开先撰。李开先（1502—1568），字伯华，号中麓山人，山东章丘人。该书大致仿谢赫、姚最之体例，专品明人之画，分为五品，每品之中，优劣兼陈。第一品论诸家梗概，第二品分"六要""四病"，"六要"即神笔法、清笔法、老笔法、劲笔法、活笔法、润笔法，"四病"为僵、枯、浊、弱，并将各家作品分列于下。第三品搜罗尺寸之长，俾令无遗。第四品给诸画分等级而不列高下之别，第五品论各画所从出之原。从品评倾向看，大抵推崇浙派，贬低吴派，四库馆臣据此认为此书"持论偏僻"，从明代画史看，确实有此不足。

《绘事微言》四卷，唐志契撰。唐志契（1579—1651），字敷五，又字元生，海陵（今江苏泰州）人。同李开先相比，唐志契精于绘事，尤其擅长山水画，书中所论应当有他本人的创作体会。此书共有四卷，卷一为唐志契自撰，共五十一则，各有标题。卷二、三、四杂录前人旧说，且有删节，又不注明出处，因此书中最有价值的部分是卷一。通观卷一所论，涉及绘画原理、技法、传承、品质等，多独到之语，对画学深有发明。比如论师法："临摹最易，神气难得，师其意不师其迹，乃真临摹也。"①"临摹"作为师法的重要方式，关键在于师法古人作品的"用意"而不是"形迹"。论画家修养："写画须要自己高旷，张伯雨题倪迂画云：'无画史纵横习气。'"②所谓"无画史纵横习气"即要求绘画创作排除人工机巧，画家应当心无杂念，不为世俗所困扰。论山水画的创作："凡画山水，最要得山水性情"，"岂独山水，虽一草一木亦莫不有性情，若含蕊舒叶，若披枝行干，虽一花而或含笑，或大放或背面，或将谢或未谢，俱有生化之意"③。所谓"性

---

① （明）唐志契：《绘事微言·仿旧》，见俞剑华编著：《中国古代画论类编》，740 页，北京，人民美术出版社，1998。
② （明）唐志契：《绘事微言·品质》，见俞剑华编著：《中国古代画论类编》，738 页，北京，人民美术出版社，1998。
③ （明）唐志契：《绘事微言·山水性情》，见俞剑华编著：《中国古代画论类编》，742 页，北京，人民美术出版社，1998。

情"，就是"生化之意"，即对象身上的生机、生趣。 这是山水画创作的关键。 四库馆臣评此书说"自著论断，则多中肯綮"①，是符合实际的。

《画塵》一卷，沈颢（一作沈灏）撰。 沈颢（1586—1661），字朗倩，号石天，吴县（今江苏苏州）人。 工诗文书法，精研绘事，除此书外还著有《画传灯》等。 此书分十三目，共三十七条，论述涉及绘画的起源、分宗、品格、笔墨、布局等。 俞剑华说此书"独抒心得，俱甚精当，其论因袭矫枉之弊，谓作画宜自立，及辟士夫画无实诣之说，尤见卓识"②。 比如："临摹古人不在对临而在神会，目意所结，一尘不入，似而不似，不似而似，不容思议。"③临摹不是一笔一画的模仿活动，它是画家在用心去体验对象，领悟其精神用意之后的创造性活动。 这句话实际上揭示了临摹作为绘画创作方式的创造性特征。

《画笺》一卷，屠隆撰。 屠隆（1542—1605），字纬真，一字长卿，号赤水，鄞县（今浙江宁波）人。 此书共二十六则，杂记鉴赏、装裱等事，对画法也多有论及。 屠隆本人不精于绘画之事，此书所论疑是随意撮录，不一定都是本人自撰。 书中一些观点颇为可取，如崇尚"天趣"："意趣具于笔前，故画成神足，庄重严律，不求工巧而自多妙处，后人刻意工巧，有物趣而无天趣。"④又说："今人临画惟求影响，多用己意，随手苟简，虽极精工，先乏天趣，妙者亦板。"⑤"若不以天生活泼为法，徒窃纸上形似，终为俗品。"⑥所谓"天趣"，不外是指对象的生机、生趣，他主张绘画要传达出对象活泼泼的生命精神，因此反对刻意摹拟、追求形似的院画习气。

---

① （清）永瑢等：《四库全书总目》卷一百十三《绘事微言》，964 页，北京，中华书局，1965。
② 俞剑华编著：《中国古代画论类编》，779 页，北京，人民美术出版社，1998。
③ （明）沈颢：《画塵·临摹》，见俞剑华编著：《中国古代画论类编》，777 页，北京，人民美术出版社，1998。
④ （明）屠隆：《画笺·唐画》，见俞剑华编著：《中国古代画论类编》，1243 页，北京，人民美术出版社，1998。
⑤ （明）屠隆：《画笺·临画》，见俞剑华编著：《中国古代画论类编》，1245 页，北京，人民美术出版社，1998。
⑥ （明）屠隆：《画笺·学画》，见俞剑华编著：《中国古代画论类编》，1248 页，北京，人民美术出版社，1998。

明代画论专著虽多，但大多采前人成说，从理论的创新角度看数量特别少。例如，何良俊的《四友斋画论》，余绍宋解题时说："杂采前人绪论，附以己意，所论亦多习见，无甚发明。"①倒是在明清易代之际出现了几部较有理论建树的著作，如石涛的《苦瓜和尚画语录》，龚贤的《画诀》等数种，已可纳入清代画论之列。

◎ 第三节
题画诗、序跋类理论著作

明代书画思想还集中体现在明人的诗文、书画序跋之中。明代书画家的诗文集中存在着相当数量的题画诗，这些诗中所表达的书学、画学观念是作者书画思想重要组成部分。至于书画题跋数量则更多，而且有一部分为后人辑录成书，以专著形式存在。这些著作中有关书画活动的见解，颇有精辟之处。以下略举数例，以窥一斑。

一、题画诗

题画诗，是指题写在画卷空白处的诗，这些诗借助书法创作呈现于画面之上，其本身就具有独特的审美价值。再加上诗中的情感与画意相互补充、相互生发，使得绘画作品的审美意蕴得以充实和丰富。明代书画家的绘画作品或诗文集中就存在不少题画诗。除题画诗外，还有一些并非题在画卷之上，但也侧重议论书画的诗。这些题画诗或议论书画的诗，在抒情的同时也表达画家或观者的书画见解。比如，沈周《题谢葵丘画》一诗云：

---

① 余绍宋：《书画书录解题》卷三，290页，北京，北京图书馆出版社，2003。

> 葵丘鹤城吴两翁……鹤城墨润笔更精，葵丘落纸殊豪放。远知董巨
> 百代师，各以水兵宗墨将。我从此幅识葵翁，元气淋漓神独王。高木霜
> 清叶微脱，大溪云眇波初涨。溪头对话疑两翁，自寄清标在屏障。后生
> 怜我亦老大，物是人非独惆怅。近来画手多满城，抹绿涂青自相尚。两
> 翁古意付茫茫，兀坐斜阳对高嶂。①

此诗中，沈周不仅肯定了董源、巨然作为"百代师"的画学典范价值，而且
肯定了作为吴门画家前辈，谢缙、金铉虽同师董、巨，其绘画创作却各具风
格。 他注意到二者的画是各自"清标"情怀的寄托，并对画坛不知师古的不
良现状进行批评，这些都表明沈周的画学思想中的师古意识和兴寄观念。 关
于议论书法的诗，如沈周《雨中观山谷博古堂帖》一诗云：

> 日日坐春雨，书斋殊阒然。偶持博古刻，揩目临窗前。缘笔会其
> 造，不觉腕肘骞。何异积晦底，轩渠睹青天。平原气骨亲，传师何足
> 传。藏真况多助，恍惚妙入玄。翩翩太清间，飞行爱群仙。泠风曳长
> 袖，金翘多左偏。世人欲摹拟，若以手捉烟。求笔不求心，笔乃心使
> 焉。我虽有妄念，精力衰于年。叹息把木钻，石盘那得穿。②

此诗自叙临摹黄庭坚《博古堂帖》，以领会其创作之事。 既有对黄庭坚此帖
的创作渊源的评论，又有对"摹拟"行为的看法。 在他看来，"摹拟"行为
重在用心体会，而不是拟其笔迹，因为"笔为心使"，书法创作是心灵活动
的传达，一笔一画都是受心灵支配的。

　　明代题画诗中，李日华的《竹懒画媵》值得注意，书中所记都是题在画

---

① （明）沈周：《石田先生诗钞》卷二，见张修龄、韩星婴点校：《沈周集》，34 页，上海，上海古
　籍出版社，2013。
② 同上书，31 页。

上的文字，这些文字不尽是以诗体形式出现，可以说是一部题画专著，在画学史上颇为少见。其中一些题画诗所体现出的画学观念，值得重视。如《为人图扇题》一诗：

> 读书眼易暗，登山脚易疲。不如弄墨水，写出胸中奇。既含古人意，亦备幽绝姿。切莫计工拙，聊以自娱喜。若欲役我者，我当面唾之。[①]

所谓"写出胸中奇"是说绘画表现的是画家心灵的独特体验，"古人意"是指古法，"幽绝姿"是说独具面目，合起来说就是绘画创作既要合乎古法，又要有新的创造。在李日华看来，绘画是一种自由的审美创造，是不计工拙的。"聊以自娱"则反映了李日华对绘画功能的认识。

二、书画序跋

以单篇形式存在的书序、画序、书跋、画跋广泛存在于明人的诗文集中。内容不外记书画创作缘起、师承、真伪，以及评点书画得失等，是明代书画思想存在的重要文本形态。明代书画思想史上一些重要观念由此提出，如王履的《华山图序》对绘画的"形""意"关系、师法问题的认识，在当时的绘画风气下就显得较为突出。

以专著形式存在的题跋类著作，以文徵明的《文待诏题跋》、王世贞的《弇州山人题跋》以及孙鑛的《书画跋跋》较为重要。《文待诏题跋》分上下两卷，是文徵明对诸多书画作品所作题跋的汇集，较为全面地体现了他对书画活动的基本认识。就其思想倾向来说，主要是崇尚古雅，重视法度，但又强调不为法度所拘，重视书画家的艺术个性和创新精神。书学方面，如在《跋家藏赵魏公二体千文》一文中，文徵明肯定魏公"出入规矩，有非余人

---

① （明）李日华：《竹嬾画媵》，见《四库全书存目丛书》子部第72册，31页，济南，齐鲁书社，1995。

所能"，临智永书能"与之俱化"，后"乃自成家，不区区泥古，而无一毫窘束之意"①。 对书家来说，既要善于师法，正确运用法度，又要不为法度所缚，创作出具有自家面目的作品。 画学方面，文徵明在《题郭忠恕避暑宫图》一文中，指出作画"束于绳矩，笔墨不可以逞。 稍涉畦畛，便入庸匠"，最好能像郭忠恕那样能"游规矩准绳中而不为所窘"，创作出堪为"古今绝艺"②的作品来。 书中所体现的书画创作理念和方法，反映了文徵明对书画活动的本质和规律的深刻理解。

《弇州山人题跋》是王世贞所著《弇州山人四部稿》和《弇州山人续稿》中题跋类文章辑录而成，共二十二卷。 分"杂文跋""墨迹跋""墨刻跋""碑刻跋""画跋""佛经画跋""道经画跋"七类。 这些题跋是王世贞对自己收藏的书画等艺术品的鉴赏和批评，所论涉及书画的源流、真伪、优劣及流通等，是研究王世贞书画思想的重要文献。 书学上尚"古雅"，如"宛陵以诗噪一时，与欧九齐名，此书古雅殊胜之"③；强调去"蹊径"，如"此道复过醉时笔，虽得失相当，而遒伟奔放，有出蹊径之外者"④；强调自然天成，如"余尝评吴兴作北海书，往往刻意求肖，似胜而不及。 独此数诗，笔以自然发之，风骨秀逸，天机烂漫，姚而能紧，真有出蓝之媺"⑤。 画学上崇尚"天趣"，如"苏长公画竹，草草数笔，不伦不理，而浓淡间各有天趣"⑥。 创作上强调师法自然，反对人工雕琢，如"语云，天厩万匹皆吾师，此古人匠心之妙也。 ……迩来白石翁、衡山待诏亦然，至于仇实父则

---

① 林玥君点校：《文待诏题跋》卷上，6 页，杭州，浙江人民美术出版社，2016。
② 林玥君点校：《文待诏题跋》卷下，24～25 页，杭州，浙江人民美术出版社，2016。
③ （明）王世贞著，汤志波辑校：《弇州山人题跋》卷六《墨迹跋·宋司马温公梅都官王荆公王都尉墨迹》，169 页，杭州，浙江人民美术出版社，2012。
④ （明）王世贞著，汤志波辑校：《弇州山人题跋》卷五《墨迹跋·陈道复赤壁赋卷》，135 页，杭州，浙江人民美术出版社，2012。
⑤ （明）王世贞著，汤志波辑校：《弇州山人题跋》卷七《墨迹跋·赵松雪行书唐诗》，179 页，杭州，浙江人民美术出版社，2012。
⑥ （明）王世贞著，汤志波辑校：《弇州山人题跋》卷六《墨迹跋·苏长公三绝句》，171 页，杭州，浙江人民美术出版社，2012。

鲜所不摹拟，然而人巧极矣"①，等等。

《书画跋跋》是孙鑛为王世贞的《弇州山人题跋》中的题跋所作的跋。王世贞的题跋，虽有精义，但也有讹漏之处，孙鑛就是为纠其讹漏而作此书。孙鑛（1543—1613），字文融，号月峰，浙江余姚人。《四库全书总目》说："鑛以制义名一时，亦不以书画传。然所论则时有精理，与世贞长短正同，亦赏鉴家所当取证者矣。"②读此书应当参阅王世贞原作，以更准确地把握其同异。该书评论书画在思想倾向上大体与王世贞一致。如：

> 东海翁笔势飞动，自是颠旭狂素流派，遣笔处，殆如云行电掣，安得云缓弱？惟未能去俗，凡俗体、俗笔、俗意、俗气，俱不免犯之，盖亦为长沙所误。③

> 衡山翁书绝有古法，笔力甚苍劲，以不经意出之乃更妙。④

> 诚悬书力深，此诗文率尔摘录，若不甚留意而天趣溢出，正与清臣《坐位帖》同法。然彼犹饶姿，此则纯仗铁腕。败笔误笔处乃愈妙，可见作字贵在无意，涉意则拘，以求点画外之趣寡矣。⑤

> 夫学古人何名为奴？若从风而靡，则真从者习气耳。如今人耻先秦

---

① （明）王世贞著，汤志波辑校：《弇州山人题跋》卷二十一《画跋·题复生画》，579页，杭州，浙江人民美术出版社，2012。

② （清）永瑢等：《四库全书总目》卷一百十三《书画跋跋》，964页，北京，中华书局，1965。

③ （明）孙鑛：《书画跋跋·张东海册》，见崔尔平选编点校：《历代书法论文选续编》，269页，上海，上海书画出版社，2012。

④ （明）孙鑛：《书画跋跋·文太史三诗》，见崔尔平选编点校：《历代书法论文选续编》，276页，上海，上海书画出版社，2012。

⑤ （明）孙鑛：《书画跋跋·柳诚悬书兰亭诗文》，见崔尔平选编点校：《历代书法论文选续编》，243页，上海，上海书画出版社，2012。

两汉不学，或拾欧、苏余芳，乃自矜舍筏，其失正同。①

孙鑛自说其"不解画"②，因此该书在书学方面观点较为突出，主要尚古雅，重古法，贵"无意"等。

---

① （明）孙鑛：《书画跋跋·李范庵卷》，见崔尔平选编点校：《历代书法论文选续编》，269 页，上海，上海书画出版社，2012。
② （明）孙鑛：《书画跋跋·又祝真迹》，见崔尔平选编点校：《历代书法论文选续编》，275 页，上海，上海书画出版社，2012。

第三十九章
明代前期的书画理论

　　书画是有明一代艺术门类的重要组成部分，它与诗文、戏剧等其他艺术形式共同存在，相互影响，一起构成明代文坛的整体格局。 阐释明代前期的书画理论当先了解这一时期文坛的现状，以及造成这一现状的社会原因。 这是由于书画家的艺术观念和审美追求既受特定的文艺思潮制约，也受书画家本人身份、地位及所处状况等影响。 从书画创作看，明代前期书画创作主要受政治因素影响，统治者为稳固和强化中央集权，政治上采取威吓、笼络政策，思想上推行程朱理学，对艺术家加以钳制。 在这种状态下，艺术家的创作个性及创新活力被压制，导致迎合宫廷审美趣味、形式僵化教条的台阁体艺术统治文坛。书画家以临摹古人为要务，书画创作具有浓厚的拟古主义习气和形式化倾向。因此，明代前期的书画理论体现为配合中央集权统治的需要，强调书画活动的政治意义，以及针对宫廷书画创作弊端进行反思和批判。

◎ 第一节
明代前期政治文化生态与书画创作

　　明代前期是朱氏政权建立和巩固时期，统治者从维护政权稳定的需要出发，利用手中的权力，制定各项政策，对社会各个方面进行改革或调整，加强控制。 因此，朱氏政权的政治动向成为制约明代前期社会经济和思想文化发展的主导因素。 明初政权未稳，诗文、绘画、书法、戏曲等艺术创作沿元代各自既有路径向前发展。 就书画方面来说，书家由明人元，如杨维桢、俞和、危素诸人虽不离赵孟頫与康里巎巎的影响，但也能自具面目。 在绘画领域，元代文人画写意抒怀之风仍主导着画坛。 一旦朝政稳定，文艺创作便受统治者政治风向的制约，原有的发展路径不得不中断。 作为明代开国君主，朱元璋在政治上强化专制独裁，通过推行高压政策来维护自己的统治，如大兴党狱，杀戮功臣，废除三省等。 成祖朱棣继之建内阁，削诸藩，进一步巩固和发展中央集权。 此后统治者相继在朝设置锦衣卫、东厂、西厂等特务机构，监控群臣、百姓，实行恐怖统治。 在思想文化上推行程朱理学，实行八股取士制度，以此束缚文人，并设中书舍人一职，加以笼络利用。 明律规定"寰中士夫不为君用，其罪皆至抄札"①，在这种情况下，文士或动辄得咎，冤案不断，或所为稍不称旨，即被问斩，如诗人高启因辞官而惨遭腰斩，画家赵原以应对失旨而坐法等。 政治上的高压和思想上的钳制严重窒息了文人创作活力，整个文坛弥漫着沉闷的气息。

具体来说，明代前期政治文化政策对文坛的影响，首先体现为台阁体艺术的盛行。 台阁又称馆阁，即朝廷组建的内阁与翰林院。 台阁体艺术是指以馆阁名臣作品为代表的一种艺术创作风格。 艺术家们在君主的威逼利诱之下，不得不进入宫中，成为御用文人。 这就使他们的创作必须以帝王的喜好为准则，审美趣味单一，结果导致文坛形式主义风气泛滥，艺术创作严重脱离现实，千篇一律，缺少创新精神。 台阁体诗文以杨士奇、杨荣、杨溥为代表，多为应制、题赠、应酬而作，题材不外"颂圣德，歌太平"，格调雍容雅正。 钱谦益在《列朝诗集小传》中评杨士奇说："国初相业称三杨，公为之首，其诗文号台阁体。 今所传《东里诗集》，大都词气安闲，首尾停

---

① （清）张廷玉等：《明史》卷九十三《刑法志一》，2284 页，北京，中华书局，1974。

稳，不尚藻辞，不矜丽句，太平宰相之风度，可以想见。"①台阁体诗文风格虽与诗家作为馆阁重臣所拥有的优裕生活处境有关，但主要是迎合朝廷在国运安定繁荣之时进行歌功颂德的需要。 台阁体书法的形成与朝廷设置中书舍人一职有关。 黄佐在《翰林记》中记载："国初令能书之士，专隶中书科，授中书舍人。"②中书舍人主要从事文书的缮写工作，并且所作书体必须符合君主的审美趣味，以获得赏识，如明成祖喜好二王书法，黄淮便率二十八位中书舍人专习二王书法。 创作上以取悦帝王为目的，使得台阁体书法书体多平庸乏味，程式化倾向极为明显。 作为台阁体书法代表的沈度，皇家制诰多出其手，因其楷书端整雅正，工稳婉丽，多诌媚之气，深受器重，被明成祖视为"我朝王羲之"③，影响遍及翰林学士、内阁诸官，以至科举之士皆为仿效。 沈氏一体遂成台阁书风典型。

绘画情况与书法又有不同。 如按朱元璋政治上"沿唐、宋之旧""一洗胡元之旧"之政策，台阁体书法应上承两宋苏轼、黄庭坚、米芾、蔡襄等人崇尚写意的书风。 但事实上，台阁体书法因排除书家个性意趣的表达，继承的仍是元代赵孟頫飘逸婉丽一路。 这与皇家对赵孟頫的推重以及"不乐宋人书"之心态对书家的影响有关。④ 绘画则严格继承了两宋院体画风，元代那种潇洒飘逸、抒怀写意的文人画作法被抑制。 洪武年间，出于颂扬文治武功和教化的需要，朝廷重新恢复元代弃置的画院，同时征召一批有才干的画家入院，专攻南宋院体画。 这些被征召的画家慑于统治者的威严，被迫改变入宫之前从事元代文人画的审美追求，转而迎合帝王的喜好，绘画讲究工细多彩，画风拘谨、刻板，缺少主观意趣。 书法与绘画两种不同的取向，正是皇

---

① （清）钱谦益：《列朝诗集小传》乙集"杨少师奇"，162 页，上海，上海古籍出版社，1983。
② （明）黄佐：《翰林记》卷十九，《文渊阁四库全书》本。
③ 参见黄惇：《中国书法史·元明卷》，201 页，南京，江苏教育出版社，1999。
④ 朱元璋之孙周宪王朱有燉集《东书堂集古法帖》，不取宋苏、黄、米、蔡诸帖，并于自序中说："至赵宋之时，蔡襄、米芾诸人虽号为能书，其实魏晋之法荡然不存矣。 元有鲜于伯机、赵孟頫，始变其法，飘逸可爱，自此能书者鼍鼍而兴，较之于晋唐虽有后先，而优于宋人之书远矣。"这种说法解释了皇权影响下明初书法弃宋从元的原因。

权对艺术活动深度介入的结果。

与书画创作相应，在艺术理论上，一是书画适情写意的审美功能被淡化，政教功能得到强调，宋濂就是其中的代表；二是出于宫廷艺术创作的需要，强调临摹功夫，以解缙为代表。此外，出于对宫廷绘画创作弊端的反思，王绂、王履等人提出师法造化和以形传神等观点。这些构成明代前期书画思想的主要内容。

◎ 第二节

"助政教而翼群伦"：宋濂的书画理论

明初政权甫建，政治上有借助文艺维护统治秩序之需要，体现在绘画领域，就是重新倡导政教功能。被推为"开国文臣之首"的宋濂（1310—1381）就指出"至于辨章服之有制，画衣冠以示警，饬车辂之等威，表旌旃之后先，所以弥纶其治具，匡赞其政原者，又乌可以废之哉"①，认为画家创作应当为现实政治服务。宋濂身为朝臣，承担辅国之责，强调绘画的政治功利性是与其身份地位相符的。在《画原》一文中，宋濂先是指出书、画在源头上均为古圣人所制，其功用是"达民用而尽物情"，"殊途而同归"，二者"非为二道"，是一致的，然后说：

> 古之善绘者，或画《诗》，或图《孝经》，或貌《尔雅》，或像《论语》暨
> 《春秋》，或著《易》象，皆附经而行，犹未失其初也。下逮汉、魏、晋、
> 梁之间，讲学之有图，问礼之有图，列女仁智之有图，致使图史并传，

---

① （明）宋濂：《画原》，见俞剑华编著：《中国古代画论类编》，95页，北京，人民美术出版社，1998。

助名教而翼群伦，亦有可观者焉。世道日降，人心寝不古若，往往溺志
于车马士女之华，怡神于花鸟虫鱼之丽，游情于山林水石之幽，而古之
意益衰矣。是故顾、陆以来，是一变也；阎、吴之后，又一变也。至于
关、李、范三家者出，又一变也。譬之学书者，古籀篆隶之茫昧而惟俗
书之姿媚者是耽是玩，岂其初意之使然哉！①

宋濂完全是站在儒学的立场上来审视画史的流变，强调绘画要"附经而
行"，发挥"助名教而翼群伦"的政治教化作用。 他批评后世画家或"溺志
于车马士女之华"，或"怡神于花鸟虫鱼之丽"，或"游情于山林水石之
幽"，表现出对绘画怡情悦性的审美功能的排斥，具有鲜明的功利性倾向。
他提出画史的"三变"说，是以其对世道人心的认识为基础的，"世道日
降""人心不古"在绘画创作上的反映，就是古意不再，画道益衰。 不难看
出，宋濂对绘画功能及画史演变的认识与明初政治生态之关系，是文艺为政
治服务在画学领域的深刻体现。

除了强调政教功能，宋濂还注意到绘画的"见志"作用。 他说：

> 林君复爱梅，逃禅翁善画梅，皆托之以见志者也。然二人风措清
> 峻，有名于当世颇同。君复固终身不仕，思陵欲一见逃禅有不可得，则
> 能高尚其事，尤非懦夫所可及。后世欲以绘事求其人，是未见其衡气机
> 者也。②

宋濂认为林君复爱梅、逃禅翁画梅，都是借助梅花来显现自己的志趣，不是
为了画梅而画梅。 如果仅仅从绘画活动的角度来评论他们，是看不到他们的

---

① （明）宋濂：《画原》，见俞剑华编著：《中国古代画论类编》，96 页，北京，人民美术出版社，
1998。
② 罗月霞主编：《宋濂全集·銮坡前集》卷十《题杨补之梅花》，556 页，杭州，浙江古籍出版社，
1999。

真正用意以及平和、淡泊之心气的。 他们笔下的梅花只是他们内心世界的写照，是他们人格的象征。 解读他们的画，须从他们的人生志趣入手。 这种看法是基于宋濂对心物关系的认识。 他说："盖心能转物，而不为物所转，虽绘事之微，一山一水，一草一木，无非见其自般若光中发现，非知道者要未足以识此也。"①人的心灵具有主观能动性，它能自由驾驭外物，凭借自身的灵性和智慧从外物身上获得某种发现，并借助笔墨传达出来。 梅花作为外物，画家在对它进行审美观照时，在它身上发现与自己的人生志趣相投的一种精神气质，这种精神气质是画家所要竭力表现的对象，这是画家笔下的梅花能够寄托其志趣的根本原因。 宋濂对绘画过程中的心物关系的理解是深刻的，它揭示了主体的心灵发现对艺术创作的重要意义，是符合艺术创作规律的。

在书论方面，宋濂提出"游戏翰墨"说：

> 右太史黄公书李白《秋浦》诗凡十七首，笔势潇洒，皆超轶绝尘。观公所自题，谓写此时，"云日流焕，移竹西牖下，旋添新翠。有携幽禽至者，时弄新音，嘤嘤可听"，则其情景相融荡而生意逸发于毫素间，至今如玉飞动。当是时，公方谪涪州别驾，自常情言之，必憔悴无聊，所见花鸟溅泪惊心。公乃能藉之游戏翰墨，无一发陨获之意，非行安节和、夷险一致者，有弗能也。昔人称公以草木文章发我杼机，花竹和气验人安乐，虽百世之相后，使人跃跃兴起者，岂欺我哉?②

黄庭坚书李白《秋浦》诗，是在特定情境下乘兴而作，鲜活的、充满生机的当下生活感受驱动书家手中的笔墨，使得作品的笔墨形式完全成为书家心灵

---

① 罗月霞主编：《宋濂全集·銮坡前集》卷十《题江南八景图后》，556 页，杭州，浙江古籍出版社，1999。
② 罗月霞主编：《宋濂全集·宋学士先生文集辑补·跋黄鲁直书》，2095 页，杭州，浙江古籍出版社，1999。

体验感性显现，因此给人以"如玉飞动"之感。宋濂指出，黄庭坚在贬谪生涯中能一反常情，保持安逸祥和之心态，与其"游戏翰墨"的行为有关。黄庭坚借助书法创作来排遣失意之悲，表现出不为得失所扰的从容情怀，这表明书法有着慰藉人生的作用。在《跋黄山谷书乐府卷后》一文中，宋濂又说："然翁写此时，正自鄂渚迁宜州，当屡谴之余，孰能不郁郁于中？翁则游戏翰墨，书杂辞二千余言以寄其媚家李粲德，索欢欣和豫之意，尚洋溢于行间，其乐天知命为何如？览者若有得于斯，则于问学之益不少矣，字画云乎哉。"①不同于书史上那些身遭不幸而寓愤于书的书家，黄庭坚书法作品中不但无丝毫悲怨愤激之态，反而洋溢着欢欣和豫之意，这是其"游戏翰墨"的结果，也体现了其乐天知命的情怀。

宋濂推重晋人之书，尤其是二王之书，这是明初风气使然。他在宫中给皇太子授经时，就曾令时任秘书丞陶宗儒取晋人法书，让太子学习。"右唐人所摹东方朔画像赞，圭角混融而光精烨然，非深知晋人笔法者不能。"②他在评鉴各类书法时，也以晋人之风为标准，重"精神""气韵"，讲究"清逸"，如：

> 此帖出于苏才翁东斋所藏，……精神气韵，实与他本悬绝，当为定武初本无疑。③

> 若兰亭则冯承素等钩摹，而又唐工镌之，所以精神气韵，复然不侔也。④

---

① 罗月霞主编：《宋濂全集·宋学士先生文集辑补》，2096页，杭州，浙江古籍出版社，1999。
② 罗月霞主编：《宋濂全集·芝园后集》卷六《题唐摹东方朔画像赞》，1427页，杭州，浙江古籍出版社，1999。
③ 罗月霞主编：《宋濂全集·芝园前集》卷五《题定武兰亭帖后》，1250页，杭州，浙江古籍出版社，1999。
④ 罗月霞主编：《宋濂全集·芝园前集》卷五《跋王献之保母帖》，1251页，杭州，浙江古籍出版社，1999。

人知中言师以善画名世，而不知其结字清逸，有晋人之风。知其字之佳者，纵有其人，而又不知其超悟心宗，而有翛然出尘之趣。①

宋濂在评赵孟頫画马图时说："此图用篆法写成，精神如生，诚可宝玩也。"②"精神如生"就是说把马身上的那种勃勃的生机传达出来了，在宋濂的书法评品中，当是指作品笔墨形式中所显现的书家的生命精神。他在《题禊帖》中说："此卷精神飞动，下于右军真迹一等，其或同于冯承素者欤？"③就是说冯承素临摹王羲之的《禊帖》，能把书作中所蕴含的王羲之的生命精神临摹出来。所谓"气韵"，是指书家的个性和志趣在作品中所呈现的审美风格，书家的个性和志趣影响着他对笔墨形式的处理，如以奔放、松散的笔墨形式显示书家的散漫和潇洒的个性，以瘦劲、内敛的线条显示书家硬朗的性格等。他说中言师"结字清逸"，就是说中言师书法字体结构形态如同晋书那样清秀、飘逸，因此说有"晋人之风"。之所以如此，是因为中言师有"翛然出尘之趣"，如晋人般潇洒俊逸，因此显现为书作气韵上的相似。

此外，在学书方法上，宋濂强调功力的重要性。他指出："字学虽浅艺，非功力精到，亦不足以相知，况其他者乎？"④认为："学必博而后所见精，非惟诸经奥旨皆当研摩，至于隶书之学，汉魏以来，其运笔结体多不同，苟不历考其变，何以充其知识而祛流俗之陋哉？"⑤主张博学精研，通晓书体流变，然后推陈出新，以"祛流俗之陋"。他本人正是据此眼光，在

---

① 罗月霞主编：《宋濂全集·銮坡前集》卷十《题温日观蒲桃图》，551页，杭州，浙江古籍出版社，1999。
② 罗月霞主编：《宋濂全集·銮坡前集》卷十《题赵子昂马图后》，557页，杭州，浙江古籍出版社，1999。
③ 罗月霞主编：《宋濂全集·芝园后集》卷六，1427页，杭州，浙江古籍出版社，1999。
④ 罗月霞主编：《宋濂全集·芝园前集》卷五《题鲜于伯机所书兰亭记后》，1255页，杭州，浙江古籍出版社，1999。
⑤ 罗月霞主编：《宋濂全集·芝园前集》卷九《题危太朴隶书歌后》，1328页，杭州，浙江古籍出版社，1999。

论书时不废宋人书，对苏轼、黄庭坚、米芾等人书作均有很高的评价，这在明初台阁体书家纷纷摈弃宋人尚意书风的环境下，确实难能可贵。

◎ 第三节
"师资"论：解缙的书法观念

明中期画家吴宽在《匏翁家藏集》中称："永乐时，人多能书，当以学士解公为首。"[①]作为内阁首辅，解缙不仅位高权重，才名盖世，而且翰墨奔放，楷、草皆擅，书法水平也颇为不俗。他的小楷全摹王羲之笔法，婉丽端雅，可称得上是馆阁体书家的代表。他的书论思想，主要体现在所著《春雨杂述》一卷之中，其中观点是馆阁体书家书学思想的集中体现。大体来看，解缙主要围绕"师资"问题展开论述。

解缙一再强调"学书之法，非口传心授不得其精"，重视书学传授并在《春雨杂述》中专列一节，对书学传授的历史做了追溯，意在强调师承的重要性：

> 学书之法，非口传心授不得其门。故自羲、献而下，世无善书者。惟智永能瘵寐家法，书学中兴，至唐而盛。宋家三百年，惟苏、米庶几。元惟赵子昂一人。皆师资，所以绝出流辈。[②]

他认为书学史上大家都有"师资"，师法前人成为他们超出流辈的原因所

---

① （明）吴宽：《匏翁家藏集》卷五十五《题解学士墨迹》，《四部丛刊》本。
② （明）解缙：《春雨杂述·评书》，见上海书画出版社编：《历代书法论文选》，496页，上海，上海书画出版社，2012。

在。 但是，仅知"师资"重要还不够，还必须要下苦功。 解缙自述自己曾"闻笔法于詹希原，惜乎工夫未及"①，因此强调下苦功对学书的重要意义，视其为学书之"大要"。 他说：

> 大要须临古人墨迹，置间架，捏破管，书破纸，方有工夫。张芝临池学书，池水尽黑，钟丞相入抱犊山十年，木石尽黑，赵子昂国公十年不下楼，巙子山平章每日坐衙罢，写一千字才进膳。唐太宗皇帝简板马上字，夜半起把烛学兰亭记。大字须藏间架，古人以帚濡水学书于砌，或书于几，几石皆陷。②

他以书史上著名书家勤奋学书为例，强调临摹功夫对学书的重要性。 在他看来，只要功夫到位，自会有所悟入，成就自家作书本领。 这种认识也是基于其自身的学书经验。 解缙在《草书歌》一诗中自道其学书经历：

> 我生十载灯窗间，学书昼夜何曾闲。墨池磨竭沧海水，秃笔堆作西眉山。③

他自己也是下了十载苦功，然后才有"手持兔毫任锋芒，扫破鸾笺千万幅"④的创作自由。

与"工夫"论相联系，解缙还强调"精熟"。 在论钟、王书法时他说：

> 且其遗迹偶然之作，枯燥重湿，秾澹相间，盖不经意为之，适符天

---

① （明）解缙：《春雨杂述·评书》，见上海书画出版社编：《历代书法论文选》，496 页，上海，上海书画出版社，2012。
② （清）孙岳颁等纂辑：《佩文斋书画谱》卷七《论书七·明解缙学书法》，216 页，杭州，浙江人民美术出版社，2014。
③ （明）解缙：《解学士文集》卷二《草书歌》，明嘉靖四十一年刻本。
④ 同上书。

巧，奇妙出焉。此不可以强为，亦不可以强学，惟日日临名书，无吝纸笔，工夫精熟，久乃自然。言虽近易，实虽要旨。①

钟、王二人书作是在"不经意"的状态下创作出来的，使笔用墨，合乎天工，奇妙自现。这种创作姿态，既不可以"强为"，又不可以"强学"，只有不吝啬纸笔，天天临摹，以至"工夫精熟"，然后才能自然而然地掌握这种作书本领，这是学书之关键。解缙所谓"工夫精熟，久乃自然"是指在长期的、持之以恒的临摹活动中，书学技艺自动内化为书家创作能力的过程。他描述道：

> 愈近而未近，愈至而未至，切磋之，琢磨之，治之已精，益求其精，一旦豁然贯通焉，忘情笔墨之间，和调心手之用，不知物我之间，体合造化而生成之也，而后为能学书之至尔。②

临摹功夫深到一定程度，心智就会"豁然贯通"，这时笔和墨、心和手无须再刻意经营，创作水到渠成，作品具有自然天成之妙。

此外，解缙论书还极为重视法度，认为"今书之美自钟、王，其功在执笔用笔"，并对执笔、用笔之法均做了详细的介绍，特别强调执笔姿势和用笔动作，如：

> 执之法，虚圆正紧，又曰浅而坚，谓拨镫，令其和畅，勿使拘挛。真书去毫端二寸，行三寸，草四寸。掣三分而一分着纸，势则有余；掣一分而三分着纸，势则不足。此其要也。……
>
> 若夫用笔，毫厘锋颖之间，顿挫之，郁屈之，周而折之，抑而扬

---

① （明）解缙：《春雨杂述·书学详说》，见上海书画出版社编：《历代书法论文选》，498页，上海，上海书画出版社，2012。
② 同上书，499页。

之，藏而出之，垂而缩之，往而复之，下而上之，袭而掩之……①

不仅如此，解缙还认为："是其一字之中，皆其心推之，有絜矩之道也，而其一篇之中，可无絜矩之道乎？ 上字之于下字，左行之于右行，横斜疏密，各有攸当。"②他对字法、篇法也有具体要求：

> 以统而论之，一字之中虽欲皆善，而必有一点、画、钩、剔、披、拂主之，如美石之韫良玉，使人玩绎，不可名言；一篇之中，虽欲皆善，必有一二字登峰造极，如鱼鸟之有鳞、凤以为之主，使人玩绎，不可名言；此钟、王法所以为尽善尽美也。③

重视书法的"絜矩之道"，是解缙书学思想的核心部分，这与台阁体书家以摹古为创作的习气有关。 摹古就要讲究法度规矩，以掌握古人作书奥妙。 法度从师承中来，掌握它要靠下功夫，最后是熟能生巧，达到自如运用，作品如同天成。 显然，解缙所强调的师承、"工夫"、"精熟"与法度是有内在联系的，这些思想既来自解缙对书学史智慧的汲取，也是其本人学书经验的总结，具有很强的实践性。

除《春雨杂述》外，解缙的书学思想还体现在他的一些诗书题跋中，如《草书歌》其一：

> 右军夙昔耽文儒，见说生来尤好书。……书成游艺无拘束，岂肯倾心媚流俗。挥毫落纸颇自珍，露颗丽珠艳华屋。昨者朝回多暇游，人人拥马争来求。云蒸雨洒一瞬息，千树万树春光流。我从结发工书癖，二

---

① （明）解缙：《春雨杂述·书学详说》，见上海书画出版社编：《历代书法论文选》，497 页，上海，上海书画出版社，2012。
② 同上书，498 页。
③ 同上书，498 页。

十年来厌陈迹。耳畔空闻雨漏墙，眼前未见锥穿石。昭陵云茧随风海，熙陵枣刻今安在。但见惊沙与夏云，造化师资未曾改。静观时听龙一吟，笑杀人间痴冻蝇。①

他赞扬王羲之书法不肯献媚流俗，表达自己对"陈迹"之憎厌，对前人书学中有"屋漏痕""锥画沙"等说法，解缙也不愿空闻，这表明解缙书学中的创新意识和独立精神。结合他在《春雨杂述》中的书学观点，他在诗中提到的"造化师资"，可以理解为书家要从大自然的千变万化中领悟作书的道理，而不能完全依靠前人作品。可见，重视"师古"与"师造化"相结合，才是解缙书学中师法理论的基本立场。

在《跋苏文忠公书》一文中，解缙指出：

> 书之为艺，非他艺比也。历世圣贤重之。盖宣人文施治化，述六经应万事，经天纬地不能外，此至百千万年，日用而不可阙者，岂他技艺之能比哉？……其志工于书也，岂徒为人观美哉？盖天之文与地之文、人之文一也。景星庆云人皆仰之，精金美玉人皆宝之。缪恶之书见者贱之，观且不暇，何以垂世传远哉？余尝患世之不能书者，不自咎其拙恶而以书为末技艺，藉口也。苏文忠公大节，表著文章妙天下，其书师颜鲁公，规模淳厚，筋骨隐映，古意浑成，中藏至巧，如周鼎秦钟使人可爱，固可以破愚起懦，于千百载之下。余既耽学古人书，于文忠公此纸宝之不啻珙璧，书之所进，他日安知不与古人并传哉？余姑识此为之兆云。②

这段话表达了两个重要的观点。一是关于书法的地位，解缙予以强调和拔

---

① （明）解缙：《解学士文集》卷二，明嘉靖四十一年刻本。
② （明）解缙：《文毅集》卷十六，《文渊阁四库全书》本。

高，认为书法"岂他技艺之能比"，这点和宋濂的"书学虽浅艺"的看法不同，也有别于书学史上那些认为"书为末艺"之观点。 在书法功能上，虽仍是突出其施治教化的实用价值，但也看到了"为人观美"的审美作用。 他认为"缪恶之书"传世不远，表明其是重视书法的审美功能的。 二是对苏轼书法价值的肯定，以为其有"破愚起懦"的作用。 作为台阁体书家，在帝王"不乐宋人书"的语境下，解缙能有此认识确实不可多得。

◎ 第四节
形神论：王履、王绂等人的画论

在明初文化专制的桎梏下，画院中人创造精神被扼制，只能循规蹈矩，师法古人，视摹仿为创作，目光所及，仅限古人作品。 在这种情况下，画论家对摹拟活动进行思考，主要围绕师法对象的选择展开。 对此，练安（？—1402）曾援引苏轼关于绘画"常形""常理"之论来阐发自己对摹拟活动的看法：

> 苏文忠公论画以为人禽宫室器用，皆有常形，至于山石竹木水波烟云，虽无常形而有常理。常形之失，人皆知之，常理之不当，虽晓画者有不知。余取以为观画之说焉。画之为艺，世之专门名家者，多能曲尽其形似，而至其意态情性之所聚，天机之所寓，悠然不可探索者，非雅人胜士，超然有见乎尘俗之外者，莫之能至。孟子曰："大匠诲人以规矩，不能使人巧。"庄周之论斵轮曰："臣不能喻之于臣之子，臣之子亦不能受之臣。"皆是类也。方其得之心而应之手也，心与手不能自知，况可得而言乎？言且不可闻，而况得而效之乎？效古人之迹者，是拘拘于

尘垢糠粃而未得其实者也。①

他认为绘画作为艺术活动，对那些"皆有常形"的对象，画家多能够做到"曲尽其形似"，但于那些无"常形"却有"常理"的对象，画家往往"莫之能至"。因为"常形"是固定不变的，画家靠双眼就可直观地把握。而像山水云气这些"无常形"的对象，它们的形体变动不居，至其所蕴含的"意态情性"和"天机"（常理）则需要画家用心灵去感悟。从艺术传达过程来看，画家的创作是一个由"得之心"到"应之手"的过程，倘若心灵无所感悟（"得之心"），又如何"应之手"？心中无所有，手中便无所形，至于"得而言""得而效"则更不可能。以"效古人之迹"为特征的临摹活动，是无法传达出对象内在的生命真实的，它所表现的顶多是外在形体的相似。在明初摹拟之风盛行的背景下，练安的话无疑具有一定的时代新意。

练安是借助苏轼的话来谈摹拟的，王履（1332—？）则不同，在《华山图序》中，他旗帜鲜明地表明自己对摹拟活动的态度。他说：

> 夫宪章乎既往之迹者谓之宗，宗也者从也，其一于从而止乎？可从，从，从也；可违，违，亦从也。违果为从乎？时当违，理可违，吾斯违矣。吾虽违，理其违哉！时当从，理可从，吾斯从矣。从其在我乎？亦理是从而已焉耳。谓吾有宗欤？不局局于专门之固守；谓吾无宗欤？又不远于前人之轨辙。然则余也，其盖处夫宗与不宗之间乎？②

王履认为，临摹古人"既往之迹"，当有取舍。该遵从的遵从，该违背的要敢于违背，既不能固守专门，又不能远其"轨辙"。取法但不盲从，这是师

---

① （明）练安：《子宁论画》，见俞剑华编著：《中国古代画论类编》，98 页，北京，人民美术出版社，1998。

② （明）王履：《畸翁画叙》，见俞剑华编著：《中国古代画论类编》，707 页，北京，人民美术出版社，1998。

法古人应遵循的基本原则。王履不反对临摹古人，但要求画家对古人有一个正确的态度。这种观点的矛头所向，直指画坛因袭摹拟之弊，从思想根源上看，这与他对绘画基本原理的认识有关。他说：

> 画虽状形主乎意，意不足谓之非形可也。虽然，意在形，舍形何所求意？故得其形者，意溢乎形，失其形者形乎哉！画物欲似物，岂可不识其面？古之人之名世，果得于暗中摸索耶？彼务于转摹者，多以纸素之识是足，而不之外，故愈远愈讹，形尚失之，况意？苟非识华山之形，我其能图耶？①

王履认为绘画虽然是描摹对象形体的，表现的却是对象内在的生命精神，即生意、生趣。"意"通过"形"来表现，因此画家当重视"形"的营造，形体上要和对象相似。要做到这一点，画家必须亲自和对象接触，体验对象，认识其真实面目。以古人为例，他认为古人作品名传后世，并非是古人暗中摸索创作出来的，而是古人亲身所历、亲自体验对象的结果。那些只知临摹的人，多满足于纸绢上所看到的对象，不知道所看到的对象在辗转临摹中离真实的样子越来越远。如以此进行创作，就连对象真实的形体都摹写不出，更何况表现对象的生命精神？王履此论重点在于强调身之历履对绘画创作的必要性，要求画家亲身去体验对象，把握其生命精神。在他看来，绘画对象是变动不居的，他说："且夫山之为山也，不一其状"，既有"常之常焉者"，也有"常之变焉者"，更有"变之变焉者"，因此，

> 彼既出于变之变，吾可以常之常者待之哉？吾故不得不去故而就新也。虽然，是亦不过得其仿佛耳，若夫神秀之极，固非文房之具所能致

---

① （明）王履：《畸翁画叙·华山图序》，见俞剑华编著：《中国古代画论类编》，707页，北京，人民美术出版社，1998。

也。……余也安敢故背前人，然不能不立于前人之外。俗情喜同不喜异，藏诸家，或偶见焉，以为乖于诸体也，怪问何师？余应之曰："吾师心，心师目，目师华山。"①

绘画对象变化无端，画家当然要身临其境，静观其变，以获得真切的体验。唯有这样，才能真正把握对象的情态，然后才能借助笔墨形式的营造予以准确传达。前人作品只是对象瞬间情态的物化形式，如专以临摹为务，所表现的也只是这一物化形式的复制品，无法真实传达现实环境中对象变化多姿之情状。画家创作必须适应对象的变化"去故而就新"，创作的作品"不能不立于前人之外"，必然异于前人，"乖于诸体"，虽是"违背"，实是创新。他总结出自己的一套创作原则，即"吾师心，心师目，目师华山"，实质与唐代画家张璪（？—1093）的"外师造化，中得心源"②之论一致。对于处在崇古风气笼罩下的画坛来说，这种观点将画家目光由画室片纸移向自然万物，具有逆潮流之倾向，确实难能可贵。

形神关系问题，是传统艺术史上的核心命题之一，画论家对形神关系的认识，大体经历由重形、重神再到形神并重这样的一个过程。上文提到练安对"效古人之迹"的批评，并不是说他反对"效古人之迹"，他反对的是那种只能"曲尽形似"而不能传达对象"意态情性""天机"的摹拟行为。这种摹拟只停留在对象的形式层面，以"似"与"不似"为判断标准，是一种典型的形式主义习气。所谓"意态情性""天机"也就是"神"，因此，练安对摹拟之风的批判实际上是从形神关系角度出发的。明前中期院体画，特别是浙派画在创作上以"临摹精工"为务，以"逼似"对象为艺术追求，绘画观念上自然重视"形式"的价值。例如，朱同（1336—1385）就说过：

① （明）王履：《畸翁画叙·华山图序》，见俞剑华编著：《中国古代画论类编》，708 页，北京，人民美术出版社，1998。
② （唐）张璪：《文通论画》，见俞剑华编著：《中国古代画论类编》，19 页，北京，人民美术出版社，1998。

画则取乎象形而已，而指腕之法，则有出乎象形之表者，故有儿童观形似之说。虽然徒取乎形似者，固不足言画矣。一从事乎书法，而不屑乎形似者，于画亦何取哉！斯不可偏废也。①

"儿童观形似之说"出自苏轼题画诗中"论画以形似，见与儿童邻"（《书鄢陵王主簿所画折枝二首》其一）两句，意即评判一幅画仅仅着眼于形式上"似"与"不似"，这是儿童的见识。对于画家创作来说，只追求"形似"，而不能表现"象形之表"，当然不可以。但"不屑乎形似"也不行，因为对象的"神"是以"形"来传达的，舍"形"则"神"无以凭借。"形"与"神"是不可偏废的。画家土绂（1362—1416）曾解释道：

东坡此诗，盖言学者不当刻舟求剑，胶柱而鼓瑟也。然必求神游象外，方能意到圜中。今人或寥寥数笔，自矜高简，或重床叠屋，一味颠顸，动曰不求形似，岂知古人所云不求形似者，不似之似也。彼繁简失宜者乌可同年语哉！②

王绂认为苏轼诗中本义不是说不要"形似"，而是说画家不要拘泥于"形似"，不知变通。"神游象外"实即"神游象出"，"神"是由"象"传达出的，绘"象"必求"形似"，但"形似"不是目的，出"神"才是画家所追求的。他批评画坛两种时弊，一种是"寥寥数笔，自矜高简"，一种是"重床叠屋，一味颠顸"，这两种风尚都有"繁简失宜"之病，画家却不悔改，反以"不求形似"为借口，这是对古人所讲的"不求形似"的错误理解。

---

① （明）朱同：《覆瓿集论画》，见俞剑华编著：《中国古代画论类编》，97页，北京，人民美术出版社，1998。
② （明）王绂：《书画传习录论画》，见俞剑华编著：《中国古代画论类编》，100页，北京，人民美术出版社，1998。

总的来看，王履、王绂等画论家对摹拟活动、师法对象、形神关系的认识，继承了魏晋以来传统画学思想的精髓，具有一定的总结性质。如从理论的独创性的角度看，显然并未逾越前人而自臻新高。但是，如着眼于绘画创作活动的实际，上述讨论对推动明代画学的健康发展无疑具有重要的实践意义。明初的院体画、浙派绘画是在政治的深度介入之下形成的，以摹拟为主要特征，以迎合帝王口味为主要审美取向，这种创作风气严重窒息了画家的主体性精神，使得绘画创作始终被前人所牢笼，无法创造出具有时代个性的作品。因此，王履、王绂等人的讨论体现了明代画论家对画坛现状的忧虑，并试图从理论上寻找出路的心理诉求。无论是强调绘画师法自然的重要性，还是重视神韵的传达，目的都在寻求一条脱离古人桎梏、实现绘画个性化创造的途径。明代中期吴门画派崛起，成为有明一代绘画成就的代表，与画论家的上述理论建设有着内在联系。吴门画家远离京都，多置身山水，重视性情的表现以及对艺术个性的追求，正是上述理论的画学实践的结果。

第四十章
明代中期的书画理论

　　明代前期的书画创作主要受政治风向主导，但到了明中期，社会经济的发展取代政治风向，成为影响书画创作的主要因素。随着中央集权统治的松动，书画家们的创作有了较为宽松的政治环境，与此同时，商品经济的发展使得苏州等地方城市繁荣起来，文人们在这些城市的聚集使得文化中心由京城转移到地方。由于远离朝廷，他们的思想较为自由，创作上不再迎合帝王趣味，敢于在作品中表现自己主观意趣，创作出富有个性的作品。因此，明中期的书画思想除了继续批判台阁体书法和院体画外，更多的是侧重对个体艺术经验的总结。

◎ 第一节
明代中期经济的发展与书画创作

　　至明中叶，随着社会经济的发展和政治管控的松动，文艺创作出现新的局面。建国之初朱元璋汲取元代灭亡的教训，采取废除苛政、休养生息的政策。 他视农业"为治之先务，立国之根本"①，大力发展农业，使得社会生产力迅速恢复，土地数量和户籍人口较前朝都有大幅增加，这为社会经济的繁荣奠定了基础。 与重视农业不同，朱元璋对工商业的发展却采取抑制政策，导致商业经济受到打压，进而影响了城市的繁荣。 这种"重农抑商"的政策到明中期出现了一定程度的松动，工商业势力重新活跃起来，特别是在江南一带出现"比屋皆工织作，转贸四方"②的盛况。 随着手工业生产规模的日益扩大以及海禁的松弛，内外货物贸易日趋频繁，商品经济呈现出前所未有的繁盛局面，随之兴起了杭州、苏州、广州、芜湖这样的繁华都市。 商品经济的高度发展，导致市民阶层迅速壮大。 市民阶层的审美趣味与商品经济利益的驱动，又对文学艺术的发展产生了深刻的影响。 其主要表现是文人身份的平民化、作品艺术趣味的世俗化以及文艺创作的商品化倾向。 这些新情况的出现，表明文艺中心由京城转向地方，尤其是经济发达的苏州一带。政治上，朝政的腐败使得集权统治逐渐放松，文人的思想也较为自由，这为他们反思文艺创作、探寻文艺创作新的路径提供了条件。

从文坛生态看，台阁体艺术虽已走向没落，但它对文坛造成的不良影响犹存。 诗文领域，以李东阳为首的茶陵诗派强调诗歌"规制"和音调，反对模拟，主张"流出肺腑，卓尔有立"③，从台阁内部进行矫正；继之以李梦阳、何景明等为代表的前七子，倡导"文必秦汉，诗必盛唐"，旨在以复古为手段来改变台阁体诗文苍白空洞之弊，为萎靡不振的文坛寻找新的出路。李梦阳以为"文必有法式，然后中谐音度"④，因此当取法古人。 又说"诗至唐，古调亡矣，然自有唐调可歌咏，高者犹足被管弦。 宋人主理不主调，

① 《明太祖实录》卷十九，北京大学图书馆藏本。
② （明）杨循吉：《吴邑志》卷十四《土产物货谷菽蔬果上·物货》，见陈其弟点校：《吴邑志　长洲县志》，105 页，扬州，广陵书社，2006。
③ （明）李东阳：《麓堂诗话》，见丁福保辑：《历代诗话续编》，1374 页，北京，中华书局，1983。
④ （明）李梦阳：《答周子书》，见蔡景康编选：《明代文论选》，104 页，北京，人民文学出版社，1993。

于是唐调亦亡"①，批评受程朱理学影响下诗歌创作的宋诗倾向，以为"真诗乃在民间"②，强调抒真情，写真诗。 在前七子派的推动下，"操觚谈艺之士翕然宗之，明之诗文，于斯一变"③，台阁体文风终于得以消歇。 嘉靖中期，以李攀龙、王世贞等为代表的后七子继续高举复古旗帜，认为"文自西京、诗自天宝而下，俱无足观，于本朝独推李梦阳"④。 但较之前七子，他们更注重诗文法度格调的具体化，要求诗文创作讲究篇法、句法和字法，如"篇法有起有束，有放有敛，有唤有应"，"句法有直下者，有倒插者"，"字法有虚有实，有沉有响"⑤。 这些观点实际上为他们的复古思想提供了一套具体的艺术法则，具有明显形式化特征。 在创作上，前后七子的共同特征是注重对古体诗的模拟，写下了大量的拟古诗，其中有不少诗歌缺乏真情实感，几乎沦为前人诗歌的复制品，具有浓厚的拟古习气。 与后七子同时出现于文坛的还有以王慎中、唐顺之等为代表的"唐宋派"。 他们反对七子派"文必秦汉"，提出以唐宋为师法对象，注重文以明道，推崇韩愈、柳宗元、欧阳修等唐宋古文名家，其中创作成就较为突出的是归有光，他的散文多以寻常琐事、平凡人物为素材，状物抒情，寄寓感受，真切生动。

作为台阁体艺术另一种形态的书法，则为崛起的吴门书派所取代。 吴门书家以祝允明、文徵明、王宠、陈淳为代表，人数众多，声势浩大。 此派一出，便扭转了台阁体书法垄断书坛的态势，影响极为深远。 王世贞曾指出："我明书法，国初尚亦有人，以胜国之习，颇工临池故耳。 嗣后雷同影向，未见轶尘，吴中一振，腕指神助，鸾虬奋舞，为世珍美，而它方遂绝响

---

① （明）李梦阳：《缶音序》，见蔡景康编选：《明代文论选》，106 页，北京，人民文学出版社，1993。
② （明）李梦阳：《李氏弘德集》卷首自序，上海图书馆藏明刊本。
③ （清）张廷玉等：《明史》卷二百八十五《文苑传序》，7307 页，北京，中华书局，1974。
④ （清）张廷玉等：《明史》卷二百八十七《文苑传三》，7378 页，北京，中华书局，1974。
⑤ （明）王世贞：《艺苑卮言》卷一，见丁福保辑：《历代诗话续编》，961 页，北京，中华书局，1983。

矣"①，并发出"天下法书归吾吴"②的感慨。 吴中（苏州）地区经济发达、城市繁荣，社会上出现了拥有大量财富的市民，他们有着用艺术品进行装点的需求，由此形成了广阔的艺术品市场，吸引了大批艺术家聚集于此，这为吴门书派、画派的形成提供了有利的土壤。 此外，吴门书家远离帝都，思想上较少束缚，这使得他们能够自由地选择适合自己的艺术道路。 与宫廷书家相比，他们的艺术观念也大为不同，书法创作富有创新精神。 他们不再排斥两宋写意书风，或专攻一家，或转益多师，不废宋元，上追晋唐，具有开阔的艺术视野。 绘画方面，吴门画派取代浙派，成为画坛盟主。 浙派是从院体画派中独立出来的，开创者戴进及后继者吴伟原本是画院中人，一直仁智殿待诏，一授锦衣百户，后流落民间，卖画为生。 他们的画作取法南宋马远、夏圭，兼取李唐、刘松年，墨色淋漓，健拔劲锐，富有个性和新意，风格有别于谨守旧规的院体画。 在院体画衰微时，浙派声势曾一度显赫。但后期浙派如张路、蒋嵩、钟钦礼等人画风趋于简率狂放，失于颓放，终被新兴的吴派所取代。 吴派的兴起虽有地域因素，但与吴门画家对绘画功能的认知不无关系。 在他们看来，绘画在本质上只是"寄兴"的工具，如吴派绘画先导者沈周（1427—1509）就指出："山水之胜，得之目，寓诸心，而形于笔墨之间者，无非兴而已矣。"③画家的创作只是"适兴"之需，因此，画家创作之前必须要有"兴致"。 这种认识把画家主观情兴在创作中重要作用凸显出来，画家的主体性得到重视。 绘画观念上这种变化，使吴门画家的绘画创作更具有个性化特征。 这同以迎合帝王喜好为目的的院体画，以及以临摹精博为特征的浙派画迥然不同。 体现在创作上，无论是山水画，还是花鸟人物画，都强调"士气"表现，在创作路径上重新回归元代绘画抒怀写意传

---

① （明）王世贞：《艺苑卮言》，见崔尔平编选点校：《明清书法论文选》，173 页，上海，上海书店出版社，1994。
② 同上书，180 页。
③ （明）沈周：《石田论画山水》，见俞剑华编著：《中国古代画论类编》，711 页，北京，人民美术出版社，1998。

统，这使得吴派绘画成为有明一代绘画艺术成就的代表。

总的来看，明代中期各种艺术形式仍是在复古氛围中向前发展的。 无论是诗文还是书画，抑或是戏剧，它们的发展路径大致相同，都是由前期的形式主义向中期的个性化创作演进，左右这一进程的是中央集权统治的松动和社会经济的发展。 特别是地方城市经济的繁荣和市民阶层的崛起，使得文化中心由京城向地方转移，台阁体艺术趋于没落，取而代之的是各类艺术的自我发展，体现为创作的现实化和个性化。 艺术创作的变化必然体现在艺术理论上，艺术家对艺术创作的批判和对个体艺术经验的总结，是明代中期艺术思想的主要体现。 具体到书法和绘画，也是书画家在实现思想自由后对个体创作经验的系统性总结。

◎ 第二节
"兴寄"论与绘画理论的审美转向

受政治上"悉去蒙元之旧"政策的影响，明初绘画承绍南宋院体严谨工细之画风，画家多以临摹精博为能事，并且墨守成规，缺乏主观创造精神。俞剑华在论明代山水画时曾指出："明代山水画虽派别甚多，然率出于摹仿，纵属大家，亦不能独创。 盖精深奥妙之古画日富，崇古之思想日浓，于是作者咸以临摹古迹，逼真古人，为无上之光荣，结果其上焉者不过造成古画之复制品，其下焉者，则每下愈况，末流甚且弊端横生，陷于魔道。 徒知师古人而不知师古人所师之造化，强以古人之面貌，认为自己之面貌，而忘其自身固有独特之面貌也。"[1]山水画如此，人物、花鸟等画也是这般。造成这种情况的原因，除了政治等外部因素外，还与画家主观上视野狭窄，

---

[1]　俞剑华：《中国绘画史》，144 页，南京，东南大学出版社，2009。

不能转益多师，一味沉溺于古人法度之中而不能自拔有关。 画家或临刘、李之青绿工整，或临马、夏之水墨苍劲，院、浙两派虽末异而原同，均为前人罕有突破。 与此相应的是，元代画家那种放逸写怀的风气、自由潇洒的笔法却难得一见。 这种情况，随着明中期政治、思想的管制相对宽松而产生了新的变化。 画家特别是那些在野的画家有着自由思考的空间，被弃置的元画重新成为画家的临摹对象，元画写意遣怀的传统得到画家的重视。 此时绘画重心由文网森严的朝廷移至经济繁荣的苏州一带，吴门沈周、文徵明等画家作品出入宋元，寄兴适怀，个性独具，使得吴派最终取代浙派成为画坛盟主。 画坛格局的变化，体现在画学观念上就是由"政教"转向"兴寄"，绘画的"兴寄"功能得到重视，体现出由功利性向审美性的转向。

从画史上看，重视绘画的"兴寄"作用可上溯到南朝刘宋时期。 宗炳在《画山水序》说："披图幽对，坐究四荒，不违天励之丛，独应无人之野。峰岫峣嶷，云林森眇，圣贤暎于绝代，万趣融其神思，余复何为哉？ 畅神而已，神之所畅，孰有先焉！"[1]这里，宗炳从审美接受的角度来阐释山水画的"畅神"——娱情适意的作用。 同时代的王微也说："望秋云，神飞扬；临春风，思浩荡。 虽有金石之乐，珪璋之琛，岂能仿佛之哉！披图按牒，效异山海。 绿林扬风，白水激涧。 呜呼！岂独运诸指掌，亦以神明降之。 此画之情也。"[2]王微抉发"画之情"，观点和宗炳相类。 唐代王维开创的写意山水成为诗词以外文人寄情适兴的重要方式，绘画的"兴寄"功能在文人画的创作中得到充分的体现。 至宋，苏轼在《跋宋汉杰画山》中指出："观士人画，如阅天下马，取其意气所到。"[3]文人画以表现画家主观"意气"为目的，不能以"似"和"不似"来评价。 在《书朱象先画后》一文中又说：

① 见俞剑华编著：《中国古代画论类编》，584 页，北京，人民美术出版社，1998。
② （南朝宋）王微：《叙画》，见俞剑华编著：《中国古代画论类编》，585 页，北京，人民美术出版社，1998。
③ （宋）苏轼：《东坡论山水画》，见俞剑华编著：《中国古代画论类编》，630 页，北京，人民美术出版社，1998。

"能文而不求举，善画而不求售。曰：'文以达吾心，画以适吾意而已。'"①作文为发抒心灵，作画为畅适情意，不存在为了什么功利的目的而作。元代是文人画创作兴盛时代，画家更重视绘画的"兴寄"功能。"元四家"之一的倪云林，在谈自己的绘画创作时说："仆之所谓画者，不过逸笔草草，不求形似，聊以自娱耳。"②倪云林的画以其"逸笔"写其胸中之"逸气"，达到"自娱"之目的，显示出他对绘画的娱情功能的重视。明代画论家特别是文人画家，尤为推崇倪云林的"聊写逸气"及"自娱"之说，他们针对画坛摹拟雕琢之习，强调"以画为寄、以画为乐"③，视"兴寄"为绘画之本，并对此做了多角度的阐释。

一、"画本予漫兴"

画论家们对绘画功能的认识往往与他们各自的处境、地位相关，这体现了政治对艺术的介入程度，如明初宋濂倡导"助名教而翼群伦"无疑是受其身为当朝宰辅的政治地位影响。这种情况，在明中期也存在，如名臣吴宽就说："古图画多圣贤与贞妃烈妇事迹，可以补世道者，后世始流为山水、禽鱼、草木之类而古意荡然。然此数者，人所常见，虽乏图画，何损于世？乃疲精竭思，必欲得其肖似；如古人事迹，足以益人，人既不得而见，宜表著之，反弃不省，吾不知其故也。"④他要求绘画"补世道""足以益人"，批评后世画家"疲精竭思"于山水、禽鱼、草木之类，所体现的绘画观念仍是在强调政教作用，具有鲜明的政治功利性。

---

① （宋）苏轼：《东坡论画》，见俞剑华编著：《中国古代画论类编》，49页，北京，人民美术出版社，1998。
② （元）倪瓒：《云林论画山水》，见俞剑华编著：《中国古代画论类编》，706页，北京，人民美术出版社，1998。
③ （明）董其昌著，邵海清点校：《容台集》别集卷四《题跋·画旨》，676页，杭州，西泠印社出版社，2012。
④ （明）吴宽：《匏翁论画》，见俞剑华编著：《中国古代画论类编》，105页，北京，人民美术出版社，1998。

但是，吴宽所处时代与宋濂相比已迥然不同，明初文禁森严的状况已发生了改变，士人的思想较为自由。绘画上以写意为特征的文人画已主导画坛，而工整精严的台阁体画已趋于没落。吴宽虽强调绘画的政教价值，但对画家的影响已不再像明初。从其本意来说，他是针对画坛中专事临摹一派以逼似前人为旨归的不良习气，从画史的角度进行批评的，意在揭示这些只知临摹的绘画行为的实质——无用的浪费生命的活动。这也是蛰居民间的文人画家常持的看法。与吴宽有过深入交游的吴派绘画开创者沈周就认为绘画之道在于"意到情适"，而不是"拘拘于形似之间"（《桃熟花开图》题记）。和吴宽不同的是，沈周的批评注重绘画的主观表现，把画家的"情"和"意"的传达视为绘画之关键。他在论自己的画时说："然画本予漫兴，文亦漫兴，天下事专志则精，岂以漫浪而能致人之重乎？"①所谓"专志则精"就是指像画院里那些以精雕细琢为能，追求逼真效果的画工作风，沈周是反对这种匠人习气的。他把绘画动机归结为个人的"漫兴"活动，重视绘画的"兴寄"功能。在他看来，绘画主要是画家个人的"兴寄"行为：

　　　　老夫弄墨墨不知，随物造形何不宜。山林终日无所作，流观品汇开天奇。明窗雨后眼如月，自我心生物皆活。傍人谓是造化迹，我笑其言大迂阔。②

　　　　我于蠢动兼生植，弄笔还能窃化机。明日小窗孤坐处，春风满面此心微。戏笔此册，随物赋形，聊自适闲居饱食之兴，若以画求我，我则在丹青之外矣。③

①　（明）沈周：《石田先生诗钞》卷九《跋杨启谦所题拙画》，见张修龄、韩星婴点校：《沈周集》，206 页，上海，上海古籍出版社，2013。
②　（清）潘正炜：《听帆楼书画记》卷二《明沈石田花果卷》，758 页，杭州，西泠印社出版社，2007。
③　《沈周花鸟山水画谱·写生册之十》，23 页，上海，上海人民美术出版社，2017。

水墨固戏事，山川偶流形。辍笔信人卷，妍丑吾未明。摹拟亦云赘，所得在性情。①

从这些题写在画册之上的诗中，可见沈周对绘画活动所持的主要观点。其一，绘画是表现画家生活情趣的创作活动，不是机械地图写物象的描摹行为。在图写"造化迹"之外，还有画家寄寓其中的主观情兴。其二，绘画是"适兴"活动，若无兴致，不可妄作，若"以画相求"，就不是绘画，而是在"丹青之外"了，绘画是无功利的。其三，绘画是"戏事"之作，重在表现性情，不是纯粹的摹拟活动。这三点的核心，就是强调绘画的"兴寄"功能。文嘉在论其父亲文徵明时也说："先待诏喜画，明窗净几，笔砚精良，得佳纸辄弄笔作小幅，以适清兴。"②文徵明的绘画冠绝当代，其创作目的也是寄托个人之"情兴"。绘画是为了寄兴，反之，若无"兴"可寄，绘画活动便不能进行，"兴"成为绘画活动得以进行的动力因素，也是绘画艺术表现力的产生根源。

对于绘画的"兴寄"功能，明初王绂就曾指出过。他认为"寄其闲情"是绘画的功能之一，并且对"兴"在绘画创作中的作用做了充分的肯定。他说：

高人旷士，用以寄其闲情；学士大夫，亦时彰其绝业。凡此皆外师造化，未尝定为何法何法也！内得心源，不言得之某氏某氏也。兴至则神超理得，景物逼肖；兴尽则得意忘象，矜慎不传。亦未尝以供人耳目之玩，为己稻粱之谋也。惟品高寄托自远，由学富故挥洒不凡，画之足

---

① 张修龄、韩星婴点校：《沈周集》附录四《集外诗文·匡山新霁图》，892页，上海，上海古籍出版社，2013。
② （明）文嘉：《文水题画山水》，见俞剑华编著：《中国古代画论类编》，715页，北京，人民美术出版社，1998。

贵，有由然耳。①

在王绂看来，"兴"是绘画创作的关键因素，它来自画家对对象的真实体验，绘画就是这种"兴"的传达过程。因此，画家创作既要"外师造化"，在直观中体验对象，以获得"兴"，又要"内得心源"，在心灵中营构对象，以寄托"兴"。在王绂这里，寄"兴"既是绘画活动开始之动机，也是绘画活动最终的目的。他注意到绘画活动的审美本质，认为画家必须超越现实的功利束缚，不为世俗所左右。应该说在明初院体画一统天下的环境里，王绂此论有破旧起新之意义，确实难能可贵。但这只是个别画家的观念，对画坛临摹习气并未产生多大影响。随着吴门画派主导地位的确立，画家创作由迎合帝王的喜好转而侧重表现个人的生活情趣，绘画的"兴寄"功能才有可能成为普遍认识。

以沈周为代表的吴门画家视绘画为个体的寄"兴"行为，表明人们对绘画的价值的认识由强调功利性的政教意义转向非功利性的审美意义，这是明代画家特别是在野的文人画家的普遍价值取向。这种观念的转变既与画家对山水画认识的深入紧密相关，又与画家对画坛形式主义倾向的摹拟风气的批评联系密切。

二、"笔墨之间，无非兴也"

本质与功能是体与用的关系，对绘画"兴寄"功能的认识，要从绘画艺术的本质来把握。沈周在论山水画时指出："山水之胜，得之目，寓诸心，而形于笔墨之间者，无非兴而已矣。是卷于灯窗下为之，盖亦乘兴也，故不

---

① （明）王绂：《书画传习录论画》，见俞剑华编著：《中国古代画论类编》，99 页，北京，人民美术出版社，1998。

暇求其精焉。观者可见老生情事如此。"①画家眼中有所"得",心中即有所"寓",笔墨便有所"形"。沈周以极简洁的话语描述了绘画的创作过程,指出"兴"是绘画表现的对象,它不是外在的客观的、眼睛所见到的山水形象,而是主体的内在情感。绘画的本质就是主体情兴的物化,绘画创作就是画家情兴的传达过程。画家运用笔、墨,通过空间结构的营造,赋予情兴以感性的形式,这是绘画区别于其他艺术的本质特征。这就决定了绘画活动只能是主体的"兴寄"行为,是画家表达个体生活体验的重要途径之一。大凡作画,必有"兴寄"。岳正(1418—1472)在《画葡萄说》中指出:

> 画,书之余也,学者于游艺之暇,适趣写怀,不忘挥洒。大都在意不在象,在韵不在巧,巧则工,象则俗矣。虽然其所画者必有意焉,是故于草木也,兰之芳,菊之秀,梅之洁,松竹之操,皆托物寄兴以资自修,非徒然也。②

"适趣写怀"是画家绘画之目的,因此创作时用力处在情兴的表达,而不在物象的再现,即"在意不在象",所画必有寓"意",有"兴"可寄。"托物寄兴"是画家陶冶性情、提高自我修养的重要方式,窥其旨趣,也有视"兴寄"为绘画艺术本质之意。

从明中期画论家对绘画"兴寄"功能的重视来看,他们对绘画艺术本质的把握,不再是从客体的一端关注绘画所再现的对象,而是侧重从主体角度关注绘画所表现的情感。这体现了中国古人对绘画艺术本质的认识经历了一个由外向内的转变过程。其发端于对绘画娱情功能——"畅神"的认识,中经苏轼等文人对"意气"的强调,最后在理论上给予明确界定的则是沈

---

① (明)沈周:《石田论画山水》,见俞剑华编著:《中国古代画论类编》,711 页,北京,人民美术出版社,1998。
② (清)孙岳颁等纂辑:《佩文斋书画谱》卷十六《论画六·明岳正画葡萄说》,416 页,杭州,浙江人民美术出版社,2014。

周，这是明人对传统画学所做的重要贡献，具有重要的绘画史意义。它对明以后的绘画，特别是文人画的创作和接受产生了深远影响。在绘画创作中，"形似"受重视程度退居其次，画家更关注的是绘画对主体情兴的表现功能。在绘画批评上，画论家更注重从主体的内心感受出发，来对画作进行鉴赏，"传神"让位于"生趣"，对笔墨形式运用的研究，也立足于主体情兴的表达。

三、"惟品高故寄托自远"

画论家对绘画"兴寄"功能的理解，还表现在强调"兴寄"与人品的关系。明初王绂所说的"惟品高故寄托自远"[1]就有此意。作为绘画表现的主要对象，情兴的深或浅，取决于画家本人品格高或低。画家"品高"，"寄托"自然深远，这也是"画之足贵"的"由然"。这里以"情兴"的表达为媒介，把画家的品格与作品的价值相联系，颇有一种"画品出于人品"之意味。王绂把绘画视为"高人旷士"为"寄其闲情"而进行的活动，是从创作目的角度来揭示绘画的艺术本质。"闲情"是寄寓在笔墨形式之中的，本质上绘画是"闲情"的传达，而不是笔墨形式所营构的形象本身，此观念同沈周一致。这里所讲的"高人旷士"是指那些胸襟恬淡开阔、不同凡俗之人，这些人往往不与世俗为伍，寄情山水成为他们安顿心灵的重要方式。文徵明指出：

> 古之高人逸士，往往喜弄笔作山水以自娱，然多写雪景，盖欲假此以寄其岁寒明洁之意耳。若王摩诘之《雪溪图》，郭忠恕之《雪霁江行》，李成之《万山飞白》，李唐之《雪山楼阁》……乃与履吉索素缣，乘兴濡毫

---

① （明）王绂：《书画传习录论画》，见俞剑华编著：《中国古代画论类编》，99页，北京，人民美术出版社，1998。

为图，演作《关山积雪》。一时不能就绪，嗣后携归，或作或辍，五易寒暑而成。但用笔拙劣，虽不能追踪古人之万一，然寄情明洁之意当不自减也。①

"高人逸士"之所以多写"雪景"，是因为"雪景"较之他物更能寄托他们高雅的情怀。文徵明《题友山草堂图》诗云："知君友山似山静，不遣红尘妨逸兴。"②"山静"是指心静，"高人逸士"面对外物的诱惑，能以超然之心待之，不为外物所累。"红尘"和"逸兴"是对立的，从审美活动看，一旦"心为物役"，主体和对象间审美关系就不能建立，审美观照就不能进行，情感就失去产生的条件。因此，画家必须"超然见乎尘俗之外"，即超越世俗，不以世俗风尚为趋向。否则，在创作上便被外物所牵，最多只能做到"曲尽其形似"，作品成为外物形象的机械记录，缺少生命的气息，无法传达出对象的"意态情性"和"天机"。③"高人逸士"能超越世俗的羁绊，保持自由的心境来感受外物，体验其"意态情性"和"天机"，并将感受通过笔墨形式传达出来，这样，作品就不再是外物形象的记录，而是主体心灵的表达。一般来说，记录须忠实外物形象，以"逼似"为特征，画家为此要"精雕细琢"，笔墨的运用为外物形体所约束，无法自由创造。这样的作品充满了工匠之气，是没有生气的。而表达是画家主观情兴的感性呈现，"情兴"来自画家对外物的审美观照。外物通过主体的审美感官（"得之目"）进入画家的心灵世界，成为灌注主体主观情感的"意象"（"寓之心"），在情感的推动下，画家借助想象对外物进行自由创造，最后通过笔墨形式传达出来（"形于手"），这样的作品实际上是心物交融的结果，它

---

① 林玥君点校：《文待诏题跋》补辑《题跋·关山积雪图》，48页，杭州，浙江人民美术出版社，2016。
② 林玥君点校：《文待诏题跋》补辑《题画诗》，68页，杭州，浙江人民美术出版社，2016。
③ （明）练安：《子宁论画》，见俞剑华编著：《中国古代画论类编》，98页，北京，人民美术出版社，1998。

将主体的情兴与外物的生机结合在一起，构造成一个充满生命气息的艺术形象，较之以"逼似"为特征的临摹作品，自然更具艺术魅力，为画家所推崇。 可见，画论家重视主体人格对绘画创作的重要作用，源于其对绘画"兴寄"功能及艺术本质的思考，这既是对元代文人画创作精神的继承，又是与其人生际遇相联系的。 他们往往借山水以"自娱""适意""明志"，使绘画成为其精神生命存在的重要方式。 因此，明代画论家对绘画"兴寄"功能的诠释从不脱离画家主体的人格因素，特别重视画家的胸襟怀抱与绘画"兴寄"功能之关系。 这是明代绘画"兴寄"理论的重要特点。

需要注意的是，明代画论家所重视的人格，不是指道德意义上的人格，而是指一种与世俗相对、超越功利的审美人格，落实在绘画创作中，体现为画家本人的胸襟怀抱。 这种审美人格对绘画创作来说，往往具有决定性的意义，这与绘画作为审美活动的基本属性是一致的。 据此，明代画论家强调绘画的非功利性特点，认为绘画既不为"耳目之玩"，也不为"稻粱之谋"①，是画家纯粹的"兴寄"行为。 "兴寄"就是绘画作为审美活动的重要体现。从"兴寄"实现的途径来看， "兴"之所以能"寄"，取决于主体胸襟怀抱。 为此，画论家重视审美心胸的营造，追求一种不为物役的自由创作环境。 李日华指出：

> 姜白石论书曰："一须人品高。"文徵老自题其米山曰："人品不高，用墨无法。"乃知点墨落纸，大非细事，必须胸中廓然无一物，然后烟云秀色与天地生生之气，自然凑泊笔下，幻出奇诡，若是营营世念，澡雪未尽，即日对丘壑，日摹妙迹，到头只与髹采圬墁之工争巧拙于毫厘也。②

---

① （明）王绂：《书画传习录论画》，见俞剑华编著：《中国古代画论类编》，99 页，北京，人民美术出版社，1998。
② （清）孙岳颁等纂辑：《佩文斋书画谱》卷十六《论画六·明李日华论画》，425 页，杭州，浙江人民美术出版社，2014。

文徵明所说的"人品不高，用墨无法"，将"人品"与创作直接相关联，就是强调"人品"对创作的决定性作用。这种"人品"不是指道德境界而言，而是指画家"胸中廓然无一物"的心灵状态。正如苏轼所言，"静故了群动，空故纳万境"①。因为"廓然"，所以自由；因为"无一物"，所以心静。只有这一状态下，画家才能"随物以宛转"，"与心而徘徊"②，形之笔墨，尽得山水情性。反之，若被"世念"所牵制，胸中还有他念留存，心物只能两隔，而不能交融，画家所见只是对象的形体，而不是对象的"生生之气"，形之笔墨，得形似而无情性。

唐张彦远在《历代名画记》中说："自古善画者，莫匪衣冠贵胄，逸士高人，振妙一时，传芳千祀，非闾阎鄙贱之所能为也。"③虽也认为绘画是"逸士高人"之所为，但他把绘画活动与画家的身份地位联系起来，把"闾阎鄙贱"排除在善画者之外，这与文人画的平等意识是不相符的。明代画论家关于绘画与人品关系的讨论是以绘画主体的平等观念为基础的。画家可以是"衣冠贵胄"，也可以是"闾阎鄙贱"，与其社会地位没有必然关系。从明代画家生存状态来看，既有在朝的"贵胄之士"，也有在野的，甚至靠卖画谋生的"闾阎鄙贱"，他们的社会地位并没有妨碍其各自成为名家。从根本上说，强调画家的身份、地位，与绘画作为审美创造活动是相违背的，对于这一点，明代画论家是非常清楚的。

据上所述，明中期画论家从三个角度对"兴寄"与绘画活动之间的关系做了深入讨论。从创作动机看，"兴寄"是画家从事绘画活动的动力因素，绘画成为画家个人的"兴寄"行为、抒情方式；从绘画艺术的本质看，绘画

---

① （宋）苏轼：《送参寥师》，见邓立勋编校：《苏东坡全集》上，194 页，合肥，黄山书社，1997。
② （南朝梁）刘勰：《文心雕龙》卷十《物色第四十六》，1 页，上海，上海古籍出版社，1984。
③ （唐）张彦远著，秦仲文、黄苗子点校：《历代名画记》卷一《论画六法》，15 页，北京，人民美术出版社，1963。

的本质是画家情感的物化形态，画家将情感诉诸笔墨形式是"兴寄"行为的实现途径；从创作主体看，画家的人格品质是"兴寄"活动能否展开的决定性因素。这些看法体现了绘画活动的非功利性，绘画是画家进行自由自觉的审美创造活动，是对画学史上关于绘画与情感之间的关系的系统总结和发展，是明代画论家对传统画学做出的重要贡献。

◎ 第三节
"奴书"论与书学师古理论的总结

为巩固中央集权统治，明初推行"寰中士大夫不为君用，其罪皆至抄札"之政策，书画家被迫改变原来的艺术追求，转为迎合帝王之趣味，再加上朝廷设"中书舍人"一职为牢笼，这种情况使得摹习二王书体，讲究雍容典雅、姿态婉丽的台阁体书法统治了书坛。以沈度为代表的台阁体书法同当时以"三杨"为代表的台阁体文学一样，旨在歌功颂德，粉饰太平，创作上追求形式的典雅、工整、精巧，排斥书家的主观创造，结果造成千人一面，了无生气，具有明显的程式化倾向。在书学思想上，台阁体书家强调师承和临摹功夫，如解缙就认为"学书之法，非口传心授，不得其精。大要须临古人墨迹，布置间架，担破管，书破纸，方有工夫"①。这种观点一是受元代赵孟頫倡导的复古主义精神的影响，重视法古；二是只为书家学书提供了具体的路径——临摹功夫，但并没有解决官方主流意识形态的控制下，台阁体书法的创新问题。在师承对象上，台阁体书家仍以追摹沈度为目标，以迎合帝王口味，这使得明初书法具有浓厚的应制色彩。

---

① （明）解缙：《春雨杂述·学书法》，见《丛书集成新编》第 52 册，251 页，台湾，新文丰出版公司，1986。

这种局面到明中期吴门书派的兴起才得以扭转。孙鑛曾指出书坛对二沈书法接受的变化，他说："二沈弘治以前天下慕之，弘治末年，语曰：'杜诗颜字金华酒，海味围棋《左传》文。'盖是时，始变颜也。余童时尚闻人说沈，今云或有不识，想吴子然耳。"①曾经被书家奉为圭臬的二沈书法竟已沦入无人知晓的境地，这表明弘治时以二沈为首的台阁书风趋于消歇，取而代之正是吴门书派。王世贞在《艺苑卮言》里所说的"天下法书归吾吴"②就是言此。相对于台阁体书家，吴门书派的书家主要生活在政治管制相对宽松、经济繁荣的苏州地区。其兴起表明，明代书法活动的重心由京城转移到地方，书法创作不再受制于帝王的喜好，而是转投市民的审美趣味，创作上注重书家的个性表现，台阁体书法千篇一律、陈陈相因的陋习得以扭转，从而形成明代书法创作鼎盛时期。

在书学上，吴门书家不仅重视师承二王一赵的端正流美，也重视取法北宋诸家"尚意"书风，突破了程朱理学摒弃苏、黄、米、蔡的书学偏见。以文徵明来说，他既"雅慕赵文敏公，每事多师之"③，又在书跋中充分肯定苏、黄、米等书家成就。如跋苏轼书"健劲浑融"，"所书飞舞，神采射人"④，评黄庭坚书"雄伟绝伦，真得折钗、屋漏之妙"⑤，等等。他在书论中也多援引苏、黄之语作为论据，如在《跋怀素自叙》中云"东坡谓，如没人操舟，初无意于济否，是以复却万变，而举止自若，其近于有道者耶"⑥，又在《跋颜鲁公祭侄季明文稿》中引黄庭坚语曰"山谷亦云：奇伟秀

---

① （明）孙鑛：《沈民望书姜尧章续书谱》，见崔尔平选编点校：《历代书法论文选续编》，261页，上海，上海书画出版社，2012。
② 见崔尔平选编点校：《明清书法论文选》，180页，上海，上海书店出版社，1994。
③ （明）文嘉：《先君行略》，见林玥君点校：《文待诏题跋》附录《传略》，114页，杭州，浙江人民美术出版社，2016。
④ 周道振辑校：《文徵明集》（增订本）补辑卷二十三《题跋二·跋苏文忠公兴龙节侍燕诗》，1287页，上海，上海古籍出版社，2014。
⑤ 周道振辑校：《文徵明集》（增订本）补辑卷二十三《题跋二·黄文节公书伏波祠诗》，1287页，上海，上海古籍出版社，2014。
⑥ 周道振辑校：《文徵明集》（增订本）补辑卷二十三《题跋二·跋怀素自叙》，1290页，上海，上海古籍出版社，2014。

拔，奄有魏、晋、隋、唐以来风流气骨。 回视欧、虞、褚、薛辈，皆为法度所窘，岂如鲁公萧然出于绳墨之外，而卒与之合哉"①，均言作书不为法度所拘。 从他对宋四家书法的评论中可见其重视书法的写意功能，具有尚变求新的意识。 这是吴门书家能革故鼎新，取代台阁体造就有明一代书学鼎盛局面的重要原因。 文徵明是吴门书派的主帅，他的书学主张及书法作品对吴门书家影响至深。 莫是龙（1537—1587）说："吴中皆文氏一笔书，初未尝经目古帖，意在佣作，而以笔札为市道，岂复能振其神理、托之豪翰，图不朽之业乎？"②吴门书家笼罩在文徵明一家书风之下，特别是到后期，书家不再"经目古帖"，不知溯源晋唐，只知规模近人，最终导致吴门书派的衰落。

总的来看，无论是前期的台阁体的书法，还是中期的吴门书派，其兴衰既有政治、经济、文化等外部因素，也有书法内部因素。 就书法内部因素看，一是台阁书家及吴门书家均重视师古，所谓"书不师古，终乏梯航"③，以师古为学书路径是多数书家的共识。 台阁与吴门书家均重视法度，但又有不同。 台阁书家受制于帝王喜好，专习二王书，书法创作上讲究严格遵守前人法度，亦步亦趋，风格上以雍容华丽为共同特征。 吴门书家重视法度，文徵明在《怀素自叙帖》的跋语中说，"书如散僧入圣，虽狂怪怒张，而求其点画波发，有不合于轨范者盖鲜"④，要求作书"合于轨范"，但他同时又强调不为"法度所窘"，要求遵法而不泥于法。 因此，在风格上吴门书家的创作各具个性。 二是台阁体书家及后期吴门书家在师法对象上不能溯源晋唐，舍远求近，台阁书家追摹二沈，吴派书家则专习文徵明，视野渐趋狭窄。 明

---

① 周道振辑校：《文徵明集》（增订本）补辑卷二十二《题跋一·跋颜鲁公祭侄季明文稿》，1280页，上海，上海古籍出版社，2014。
② （清）孙岳颁等纂辑：《佩文斋书画谱》卷十《论书十·明莫云卿评书》，293页，杭州，浙江人民美术出版社，2014。
③ （明）莫是龙：《论书》，见毛万宝、黄君主编：《中国古代书论类编》，312页，合肥，安徽教育出版社，2009。
④ 周道振辑校：《文徵明集》（增订本）补辑卷二十三《题跋二·跋怀素自叙》，1290～1291页，上海，上海古籍出版社，2014。

代书学台阁体派与吴门书派之间的兴衰更替，以及后期吴派的没落，从根源上看，当是书家没有很好地处理师古与创新间的关系，书家要么泥古不化，固守成规，要么舍本逐末，病于新巧。文徵明在《跋李少卿帖》中说：

> 自书学不讲，流习成弊，聪达者病于新巧，笃古者泥于规模。公既多闻古帖，又深诣三昧，遂自成家，而古法不亡。尝一日阅某书有涉玉局笔意，因大咤曰："破却工夫，何至随人脚踵，就令学成王羲之，只是他人书耳。"按张融自谓"不恨己无二王法，但恨二王无己法"，则古人固以规规为耻矣。①

这段话先指出当前书学存在的两极分化现象，一是"病于新巧"，一部分书家厌恶书坛形式主义书风，无视古法，全凭主观臆造，书成却毫无法度；二是"泥于规模"，一部分书家重视古法，但食古不化，照葫芦画瓢，书成并无自家面目。在文徵明看来，这两种情况都不是书之正道。他以李应桢为例，指出学书既要"多闻古帖"，又能"自得为多"，这样作书就可以"遂自成家"且"古法不亡"。在文徵明的书学思想里，作书既要彰显个性，又要"合于轨范"，但相对于师古，他似乎更注重创新。此处所引李应桢指导他学书所说以及张融的话，就体现出这一点。

李应桢曾在朝中担任中书舍人，后退居吴中，成为吴门书派的先导。李应桢训诫文徵明的话，体现了他对台阁体书法的反思和批判。文徵明说他"潜心古法，而所自得为多，当为国朝第一"②，表明李应桢深于对古法的掌握，但可贵的是他能不被"古法"所拘束，在对古帖的研读中更多的是自己的独到见解。他批评文徵明书法中有他人笔意显现，斥其为"随人脚踵"，这是一种"奴书"行为，对此深为不满。对于李应桢的"奴书"之

---

① 周道振辑校：《文徵明集》（增订本）卷二十一《题跋一·跋李少卿帖》之二，514～515 页，上海，上海古籍出版社，2014。
② 林玥君点校：《文待诏题跋》卷上《跋李少卿帖》，3 页，杭州，浙江人民美术出版社，2016。

论，其女婿，也是吴门书派主要成员之一的祝允明颇不赞同，特意撰写《奴书订》一文来加以纠正，他说：

> 觚管士有"奴书"之论，亦自昔兴，吾独不解此。艺家一道，庸诅缪执至是，人间事理，至处有二乎哉？为圆不从规，拟方不按矩，得乎？自粗归精，既据妙地，少自翔异，可也。必也革其故而新是图，将不故之并亡，而第新也与。故尝谓自卯金当涂，底于典午，音容少殊，神骨一也。沿晋游唐，守而勿失。今人但见永兴匀圆，率更劲瘠，郎邪雄沉，诚悬强毅，与会稽分镳，而不察其为祖宗本貌自粲如也（帖间固存）。迩后皆然，未暇遑计。赵室四子，莆田恒守惟肖，襄阳不违典刑；眉、豫二豪，啮羁蹋鞿，顾盼自得。观者昧其所宗：子瞻骨干平原，股肱北海，被服大令，以成完躯。鲁直自云得长沙三昧。诸师无常而俱在，安得谓果非陪臣门舍耶？而后人泥习耳聆，未尝神访，无怪执其言而失其旨也。遂使今士举为秘谈，走也狂简，良不合契，且即肤近。为君谋之，绘日月者，心规圆而烜丽，方而黔之，可乎？啖必谷，舍谷而草，曰谷者"奴餐"，可乎？学为贤人必法渊赐；晞圣者必师孔。违洙泗之邪曲，而曰为孔、颜者"奴贤""奴圣"者也，可乎？①

祝允明认为"奴书"一词，"亦自昔兴"，并不新鲜。宋代《宣和书谱》评书说："盖传习之陋，论者以为屋下架屋，不免有书奴之诮。"②欧阳修在《笔说》中也说："学书当自成一家之体，其模仿他人，谓之奴书。"③"奴书"的基本特征是模仿，对前人作品亦步亦趋，缺少个性创造。祝允明说"独不解此"，质疑"奴书"之说，源于他对艺术路径的思考。他认为书艺之道，必须师法古人，遵循古人法度，是一个"自粗归精"的过程。如果只

---

① 《祝枝山全集》卷十一，明万历三十八年刻本。
② 《宣和书谱》卷十七，《文渊阁四库全书》本。
③ 李逸安点校：《欧阳修全集》卷一百二十九《笔说》，1968页，北京，中华书局，2001。

是师心自用，唯新是图，不仅古人法度不可得，创新也不可能，因为这违背了艺术发展的基本规律。他以书史为据，认为自汉代以来的书法，虽体貌不一，但内在的骨格精神是一脉相承的。虞世南、欧阳询等书学典范，虽风格不同，但都有"祖宗本貌"、师承对象，这些书家都是以师法前人为路径成就自家面目的。书史经验表明，师法前人是古今书学典范共同的成长道路，他们的作品既继承前人艺术经验，又有个性创造，不应视为"奴书"。显然，祝允明对"奴书"的认识，是以对书学史的考察为基础的，这在他的《书述》一文中也有体现：

> 书理极乎张、王、钟、索，后人则而象之，小异肤泽，无复改变，知其至也；逮逮唐氏，遵执家彝，初焉微区尔我，已乃浸阔步趋；宋初能者尚秉昔矩，爰至中叶，大换颜面，虽神骨少含晋度，九往一居，在其躬尚可迹，来徒靡从，澜倒风下，违宗戾祖，乃以大变千载典谟，崇朝败之，何暇哂之，亦应太息流涕耳。暨夫海滨残赵，颠缪百出，一二守文之外，怪形盈世，吾于是不能已于痛哭矣。蒙古数子未足甲乙，吴兴独振国手，遍友历代，归宿晋唐，良是独步，然亦不免奴书之眩，自列门阀，亦为尽善小累，固尽美矣。①

这段话中"执家彝""秉昔矩""含晋度"等关键词，对宋代书坛"违宗戾祖""大变千载典谟"之风气的批评，以及对赵孟頫的书史地位的肯定，都表明了祝允明对师法古人的重视以及"归宿晋唐"的书学取向。需要注意的是，祝允明重视师古并不意味着他赞同那种泥古不化，只知规模古人的书学作风。他在《论书帖》中说："有功无性，神采不生；有性无功，神采不实。"②光有功力而无个性表现，或者光有个性表现而不见功力，都影响书

---

① （清）孙岳颁等纂辑：《佩文斋书画谱》卷十《论书十·明祝允明书述》，290 页，杭州，浙江人民美术出版社，2014。
② 《祝枝山全集》卷二十四，明万历三十八年刻本。

法作品的"神采"。功力离不开师法古人，个性来自书家的主观创造，两者是相辅相成的。可见，祝允明既重视继承，又重视创新，这与李应桢反对拟古、只强调创新有着明显不同。

事实上，从祝允明对"奴书"论的批评来看，他反对的只是李应桢书学观念中蔑弃古人的部分。他说："太仆资力故高，乃特违众，既远群从，并去根源，或从孙枝翻出己性，离立筋骨，别安眉目，盖其所发'奴书'之论，乃其胸怀自熹者也。"①从祝允明"归宿晋唐"来看，晋唐为祖，"群从"为宋，"孙枝"当是指宋以后书家，即近人。从"孙枝"翻出"己性"，即以近人为师法对象，属于"违宗戾祖"，决非学书正道。因此，他主张"沿晋游唐，守而勿失"，直追根源。祝允明之后，孙镈也对李应桢"奴书"论发表看法："司寇公称贞伯眼底无千古，至目赵吴兴为'奴书'。然余尝见其数札，大约从二沈来，亦间作宾之、原博脚手。夫学古人何名为奴？若从风而靡，则真从者气习耳。如今人耻先秦两汉不学，或拾欧、苏余芳，乃自矜舍筏，其失正同。"②他指出李应桢以二沈为师法对象，不能上追古人，如同文坛古文作者不学两汉一样，同样反对视学古为"奴书"之说。

据上可知，"奴书"问题的提出是以书坛摹拟风气的盛行为背景的，在师法古人成为书家成就自家书艺的主要途径的情况下，书家如没有创新意识，就容易只知盲从古人，对古人亦步亦趋，从而为古人书法所束缚，沦为"奴书"。明中期书坛对这一问题的争论，一是明确了"师古"作为书家成长途径的重要意义，视"师古"为书家进步的阶梯；二是明确了师法对象，强调以晋唐为宗；三是总结了师法的方式方法，要求继承和创新相统一。因此，"奴书"的争论实际上是对书坛师古现象进行理论上的总结，这是明代

---

① （清）孙岳颁等纂辑：《佩文斋书画谱》卷十《论书十·明祝允明书述》，290 页，杭州，浙江人民美术出版社，2014。
② （明）孙镈：《书画跋跋·李范庵卷》，见崔尔平选编点校：《历代书法论文选续编》，269 页，上海，上海书画出版社，2012。

书学发展到一定阶段后，书家对书学创作进行自我反思和批判的结果，它对引导后来书家的书法创作走上正确的道路无疑具有重要的实践意义。

◎ 第四节
文徵明与吴门书画理论

明代中期书画创作以吴派成就为最高，理论建设方面亦以吴派最有影响。 吴门成员书、画均擅，主要人物有仇英、徐祯卿、唐寅、李少祯、沈周、祝允明、文徵明等。 在绘画思想上，明代中期绘画理论转向，吴门画家作为明代绘画"兴寄"理论的主要建设者，功不可没。 在书学方面，对师法理论的全面总结，也是吴门书家理论的自觉和反思的结果。 作为一个地域流派，吴门书画家重视传承，彼此交往密切，因此书学、画学观点颇为一致。其中可作为代表的，当数文徵明。 文徵明年长寿永，与吴派书画家重要人物都有联系。 文徵明是李应桢的外孙，书学受其亲授，曾师事沈周，绘画方面多受其指点；也与唐寅、祝允明一起"文酒倡酬，不间时日"①，过从甚密，对书画的看法相互影响，观点相近或一致。 比如，文徵明就说过："余往与希哲论书颇合，每相推让，而余实不及其万一也。"②可见在书学方面，文徵明与祝允明的看法是相契合的。 文徵明的书画理论凝聚了吴派书画家的思想智慧，可以说是吴门书画理论的集中体现。

文徵明在《跋李少卿帖》中说道："家君寺丞在太仆时，公为少卿。 某以同寮子弟，得朝夕给事左右，所承绪论为多。"③其书学思想在很大程度

---

① 林玥君点校：《文待诏题跋》卷下《题祝希哲手稿》，38 页，杭州，浙江人民美术出版社，2016。
② 周道振辑校：《文徵明集》（增订本）补辑卷二十三《题跋二·祝希哲草书赤壁赋》，1296 页，上海，上海古籍出版社，2014。
③ 林玥君点校：《文待诏题跋》卷上，3 页，杭州，浙江人民美术出版社，2016。

上受李应桢影响。 李应桢虽潜心古法，却重在自得，反对只知泥于规模，不知变通，随人脚踵的"奴书"习气。 这种思想在文徵明的书论中时有闪烁。比如，他肯定赵孟頫书"出规入矩，有非余人所能"，又指出"入朝后，乃自成家，不区区泥古，而无一毫窘束之意"①，这体现其重视法度，但又不为法度所拘，要求推陈出新之意。 在论康里巎巎书法作品时，文徵明说："此书出规入矩，笔笔章草。 张句曲谓与皇象而下相比肩，信哉。 一时人但知其纵迈超脱，不规模前人；而不知其实未尝无所师法，观于此帖可考见已。"②他肯定康里巎巎师法前人，能"出规入矩"，但不为规矩所缚，自具面目。 他评价米芾所临王羲之的《禊帖》说：

> 元黄文献公云："凡临《禊帖》，得其貌者似优孟之仿孙叔敖；得其意者，似鲁男子之学柳下惠。米元章所作，貌不必同，意无少异，此其妙也。"右米公真迹，谛玩之，真有合于文献之论。盖昔人论书，有脱鳌之诮，米公得此意，故所作如此。观者当求之骊黄牝牡之外也。③

所谓"得其貌"是指模仿《禊帖》字体笔迹而得其形似，"得其意"是指模仿《禊帖》字体用笔之道而得其意趣。 同样是临摹，前者"泥于规模"，结果只能是前人文字的复制品；后者不拘形迹，结果是异于前人的书学创造。文徵明认为米芾临摹《禊帖》的妙处正在于此，能够做到貌不同而意同，不似而似。 因此，看到米芾此帖的人，不应当只看字迹的似与不似，而应着眼于用笔之意，透过字体形迹来探求笔墨意趣。 文徵明在论赵孟頫临王献之的

---

① 林玥君点校：《文待诏题跋》卷上《跋家藏赵魏公二体千文》，6 页，杭州，浙江人民美术出版社，2016。
② 周道振辑校：《文徵明集》（增订本）补辑卷二十二《题跋一·跋康里子山书李太白诗》，1266页，上海，上海古籍出版社，2014。
③ 周道振辑校：《文徵明集》（增订本）补辑卷二十三《题跋二·跋米临禊帖》，1318页，上海，上海古籍出版社，2014。

《洛神赋》时指出，"虽妍媸不同，要皆有大令笔意"①，也是指临摹而言，临摹当究笔意如何而非形迹之似。

画学方面，文徵明在评马和之画时说：

> 古人图画，必有所劝戒而作。此马和之写《豳风·七月》诗八幅，凡稼穑、田猎、蚕绩之事，莫不纤悉备具。虽不设色，而意态自足，信非和之不能作也。……今观和之是图，若生于周而处于豳，古风宛然也。较之假丹青以为耳目玩者，岂可同日语哉？②

他认为马和之《豳风图》"古风宛然"，内寓劝戒之意，给人以教化，是那些用来满足人的感官需求的绘画不可相提并论的。显然，较之绘画审美功能，文徵明以为绘画的政教作用价值更大。文徵明曾学文于吴宽，吴宽论画强调绘画能够"补世道"，"足以益人"，文徵明这一观点可能受到吴宽的影响。

虽然绘画的审美功能次于政教作用，但这并不是说审美功能不重要。文徵明毕竟是文人画家，通过绘写山水云林寄兴遣怀，是文人画基本特征之一。他说："余闻六朝画家，多作释道像，趋时尚也。至于寄兴写情，则山水木石，烟云亭树益夥矣。"③这是基于画史对文人画"寄兴写情"功能做出的判断。就创作而言，对文人画的寄兴功能，他也有深刻体会："古之高人逸士，往往喜弄笔作山水自娱。然多写雪景者，盖欲假此以寄其岁寒明洁之意耳。"他还说自己所作《关山积雪图》"用笔拙劣，虽不能追踪古人

---

① 周道振辑校：《文徵明集》（增订本）补辑卷二十二《题跋一·题赵松雪书洛神赋》，1269 页，上海，上海古籍出版社，2014。
② 周道振辑校：《文徵明集》（增订本）补辑卷二十三《题跋二·马和之豳风图》，1317 页，上海，上海古籍出版社，2014。
③ 周道振辑校：《文徵明集》（增订本）补辑卷二十三《题跋二·跋张僧繇画霜林云岫图》，1301 页，上海，上海古籍出版社，2014。

之万一，然寄情明洁之意，当不自减也"①。可以说，重视绘画的"自娱"功能和"寄兴"作用，是文徵明对绘画功能认识的主导方面，是其从事绘画活动的动力因素。

文徵明论画多推崇沈周，如：

> 石田先生得画家三昧，于唐诸家笔法，无所不窥。余晚进，每见其遗翰，便把玩不能舍，真海内宗匠也。此卷疏爽秀润，而布置皴染，多出于古人，盖得意作也。②

文徵明说沈周"得画家三昧"，又称其为"海内宗匠"，固然有身为弟子之敬意，但确实符合沈周在绘画上所取得的成就和在吴派之地位。沈周作画长于师古，并能自出新意，其绘画思想对文徵明也影响至深。在《题石田先生山水卷》一诗中，文徵明说：

> 细泉涓涓落涧平，苍烟不断江洲横。湖亭欲上山满目，新水浮空春雨晴。江南此景谁貌得，石田先生最神逸。轻风淡日总诗情，疏树平皋皆画格。由来画品属诗人，何况王维发兴新。胸中烂漫富丘壑，信手涂抹皆天真。墨痕惨淡法古意，笔力简远无纤尘。古人论画贵气骨，先生老笔开嶙峋。近来俗手工模拟，一图朝出暮百纸。先生不辩亦不嗔，自谓适情聊复耳。岂知中有三昧在，可以意传非色取。庸工恶札竞投售，凤凰一出山鸡靡。山窗展卷见沧洲，恍然坐我澄湖里。定应夺却造化工，不然剪取吴淞水。只今此画不可得，潦倒门生已头白。相城溪上草

---

① 林玥君点校：《文待诏题跋》补辑《题跋·关山积雪图》，48 页，杭州，浙江人民美术出版社，2016。
② 周道振辑校：《文徵明集》（增订本）补辑卷二十三《题跋二·跋沈石田竹庄草亭图卷》，1311 页，上海，上海古籍出版社，2014。

烟空，落木秋风堪叹息。①

细究此诗，其中观点有多层。 一是诗情与画格，涉及对诗画关系的理解。画因诗情而作，诗情因画而显，"轻风淡日"总能感发画家的情兴，而情兴寄托在"疏树平皋"的画面之中，从而把无形的情感有形化了，使得诗情和画境相得益彰。 文徵明在《次韵题子畏所画黄茆小景》一诗中说："知君作画不是画，分明诗境但无声。 古称诗画无彼此，以口传心还应指。"②这也就是苏轼所说的"诗画本一律"之意。 二是与诗情相联系，绘画的适情功能也被强调。 在文徵明看来，以"适情"为目的的创作与那些"工模拟"的"俗手"行为是有本质区别的，"适情"意味着绘画创作的个性化，画中寄寓着画家的主观情意。 而"模拟"则追求形式上逼似，画中无画家的主观性情，面目雷同，毫无个性，文徵明称之为"庸工恶札"。 三是绘画创作的无功利性。 沈周作画不为"投售"，只求"适情"自娱，所以他能以虚静的心胸观照山水，体验其中的生趣，以至丘壑内营，然后以笔墨形式传达。 这样，作品因蕴含着画家真切的生活感受而显现独特的个性，是有"气骨"的。 文徵明认为沈周的话蕴含了深刻的绘画道理，是画学"三昧"。 四是师法问题，绘画应当"法古意"与师"造化"相结合。 沈周此画既是其亲临江南山水，用心体验的结果，又是其师法古人用笔之意的结果。 文徵明在《题谢思忠山水册》中说：

> 谢君思忠示余所作画册，总十有二幅，杂仿诸名家，种种精到，真合作也。思忠往岁尝客杭州，又尝东游天台、雁荡，南历湖湘，皆天下极胜之处。此画虽其学力所至，要亦得于江山之助也。若余裹足里门，

---

① 林玥君点校：《文待诏题跋》补辑《题画诗》，57页，杭州，浙江人民美术出版社，2016。
② 同上书，58页。

名山胜地，未有一迹；虽亦强勉涂抹，不过效昔人陈迹，愧于思忠多矣。①

这里，他提出"江山之助"的问题，认为绘画创作离不开对自然山水的亲身历履，画家应主动投身山水，以获得真切的生命体验，这是绘画创作的必要步骤。 这种思想既是明初王履等人"造化"论的延续，也是对沈周等吴门画家绘画创作经验的总结。 他指出谢思忠"杂仿诸名家，种种精到，真合作也"，这是肯定师古行为，强调"学力"的重要，但相比"江山之助"，师法造化还是更为重要。 这种看法又与吴门画家对绘画创作中"写生"活动的认识有关。 周天球（1514—1595）就曾指出：

> 写生之法，大与绘画异。妙在用笔之遒劲，用墨之浓淡，得化工之巧，具生意之全，不计纤拙形似也。宋自黄崔而下，鲜有擅长者，至我明得沈石田，老苍而秀润，备笔法与墨法，令人不能窥其奥奥，真独步艺苑，试阅其一二佳本，真能使眼明不可易视。②

他认为"写生"与"绘画"是不同的，"绘画"重在临摹，要求逼肖对象，因此要讲究"纤拙形似"。 "写生"则重在体验，无须逼肖对象，不计较"纤拙形似"。 所谓"纤拙形似"，是指在创作上追求毫厘毕现的逼真效果，对于"写生"活动来说，它传达的是对象的"化工之巧"，那种活泼泼的"生意"，这种"化工之巧"和"生意"本质上是画家的一种心灵发现，是画家在对对象进行审美静观时获得的一种生命体悟。

对于"写生"活动，文徵明在评黄筌的画时说道：

---

① 周道振辑校：《文徵明集》（增订本）补辑卷二十三《题跋二》，1313 页，上海，上海古籍出版社，2014。
② （明）周天球：《公瑕题花卉》，见俞剑华编著：《中国古代画论类编》，1080 页，北京，人民美术出版社，1998。

> 自古写生家无逾黄筌，为能画其神、悉其情也。此非景与神会，象
> 与心融，鲜有得其门者。至于山水，初年虽祖李昇法；厥后自成。得心
> 应手，出入变化，丹青铅粉，与腕相忘，随其所施，无不合道。故后人
> 称为神品，列于张、吴，殆非过欤！①

他认为绘画作为"写生"活动，重要的是传达出对象的神韵、情态。 为此，
画家必须做到"景与神会，象与心融"。 所谓"景与神会，象与心融"，说
的正是画家在进行艺术构思活动时"神与物游"的心理状态，在这种状态
下，对象在画家的情感、想象等诸多心理机制的共同作用下，获得新的形
式，对象的神韵、情态借助这新形式的审美创造而得到最集中、最纯粹的表
现。 对于画家来说，这种表现又体现为画家从对象形式中所体验到的生命意
趣，即周天球所说的"生意"。 对此，祝允明曾指出：

> 绘事不难于写形，而难于得意。得其意而点出之，则万物之理，挽
> 于尺素间矣，不甚难哉！或曰："草木无情，岂有意耶？"不知天地间，
> 物物有一种生意，造化之妙，勃如荡如，不可形容也。我朝寓意其间，
> 不下数人耳，莫得其意而失之板。今玩石翁此卷真得其意者乎？是意也
> 在黄赤黑白之外，览者不觉赏心，真良制也。②

"意"指"万物"之"生意"，所谓"得意"也就是"传神"。 从审美活动
看，这种"生意"是画家对"万物"生命运动的审美观照，是画家主观的心
灵体验，它"勃如荡如，不可形容"，绘画创作当以此为表现之关键。 在祝

---

① 周道振辑校：《文徵明集》（增订本）补辑卷二十三《题跋二·黄筌蜀江秋净图卷》，1297 页，上海，上海古籍出版社，2014。
② （明）祝允明：《枝山题画花果》，见俞剑华编著：《中国古代画论类编》，1078 页，北京，人民美术出版社，1998。

允明看来，绘画写万物之"形"易，但传万物之"意"难，因为"意"在"黄赤黑白"外，"形"实可写，而"意"虚难传，作品如果"莫得其意"便"失之板"，是不可称之为"良制"的。 祝允明这段话可以说代表了吴门画家对形神关系的认识，在他们看来，"传神"比"形似"更为重要。 文徵明在谈米芾父子的画时说道：

> 余于画独喜二米"云山"，平生所见南宫特少，惟敷文之迹屡屡见之，大要父子无甚相远。余所喜者以能脱略画家意匠，得天然之趣耳。①

米芾父子作山水画，自称"墨戏"，特点是以水墨点染云山情态，一反传统以线条勾勒为主的作法，所以文徵明说其"能脱略画家意匠"。 在文徵明看来，米芾父子的创作可贵之处在于能传达山水的"天然之趣"，即祝允明所说的"生意"，也就是山水之"神"。 文徵明在论宋人花鸟画时指出：

> 宋名人花卉，大都以设色为精工，独赵孟坚不施脂粉，为能于象外摹神。此卷四芗，种种勾勒，种种脱化，秀雅清超，绝无画家浓艳气，真奇珍也。②

所谓"象外摹神"，即以"象"传"神"，表明画家不是拘泥于形似，以求逼肖，而是注重传达对象的神韵。 文徵明肯定赵孟坚一反时人"以设色为精工"的做法，以脱化之笔写对象之风神，可见其对以"临摹精工"为特征的院体画风的批判态度。

---

① 林玥君点校：《文待诏题跋》补辑《题跋·仿米氏云山图并题卷》，49 页，杭州，浙江人民美术出版社，2016。
② （明）文徵明：《衡山论画花卉》，见俞剑华编著：《中国古代画论类编》，1079 页，北京，人民美术出版社，1998。

◎ 第五节

王世贞与七子派的书画理论

明代中期，诗文领域正值前后七子声势鼎盛之时，虽然他们主要致力于诗文方面的创作和理论建设，但他们的复古主张却对书画等艺术活动产生深刻的影响。前七子之首领李梦阳就说：

> 作文如作字，欧、虞、颜、柳，字不同而同笔，笔不同，非字矣。不同者何也？肥也、瘦也、长也、短也、疏也、密也。故六者势也，字之体也。非笔之精也。精者何也？应诸心而本诸法者也。不窥其精，不足以为字，而矧文之能为？文犹不能为，而矧能道之为？①

这段话虽是以书论文，却可以看出李梦阳对法度的重视。他认为"字之体"对于作书来说，不是重要的，重要的是"笔之精"，即作书的法度。这种认识可以说是七子派成员共同的思想倾向。李梦阳虽工于书法，但在书学方面著述不多，以上所引文字只能说窥其一端。到王世贞这里却呈现另一番面貌。作为后七子之领袖，王世贞也曾独领文坛多年，其在文学、史学等方面的理论建树在明代学术史上具有重要地位。《四库全书总目》说他"才学富赡，规模终大。譬诸五部列肆，百货具陈"，"考自古文集之富，未有过于世贞者"，"其……谙习掌故，则后七子不及，前七子亦不及，无论广续诸子也"②。王世贞诗、文、书、画、词、曲等无所不通，实为明代之大家。就书画来说，前后七子中唯王世贞有专门研究，并且著述颇丰，其他诸子于

---

① （明）李梦阳：《驳何氏论文书》，见蔡景康编选：《明代文论选》，99～100 页，北京，人民文学出版社，1993。

② （清）永瑢：《四库全书总目》卷一百七十二《弇州山人四部稿　续稿》，1508 页，北京，中华书局，1965。

书画则乏于著述，发明无多，如论七子派书画思想，王世贞可视为代表。因此，无论是着眼于明代书画思想全局，还是从七子派自身看，王世贞的书画思想都不可忽视。

对于书画创作，王世贞曾自我解嘲说："吾眼中有笔，故不敢不任识书，腕中有鬼，故不任书。"①"识书"是指鉴别书法，"任书"是指动笔作书，王世贞说自己作书时，手腕中有鬼在捣乱，因此不能胜任作书一事。从现存资料看，王世贞虽不以书画名世，但对书画的鉴识却往往慧眼独具，表现出较高的艺术理论修养。

一、书以魏晋为"极则"

和诗文领域的思想倾向一致，在书学上，王世贞也主张复古。他在《淳化阁帖十跋》中说道："书法至魏、晋极矣，纵复赝品、临摹者，三四刻石，犹足压倒余子。诗一涉建安、文一涉西京，便是无尘世风，吾于书亦云。"②如果说诗文以汉魏为最上，那么书法则以魏晋为至极。魏晋书法之所以是"极则"，是因为各种书体在创作上都能达到"第一"。王世贞借唐人张怀瓘的话说道：

> 张怀瓘云：若真书古雅，道合神明，则元常第一；若真行妍美，粉黛无施，则逸少第一；若章草古逸，极致高深，则伯度第一。若章则劲骨天纵，草则变化无方，则伯英第一，其间备精诸体，唯独右军，次至大令。然子敬可谓《武》，尽美矣，未尽善也。逸少可谓《韶》，尽美矣，

---

① （明）王世贞：《艺苑卮言》卷十一，见《续修四库全书》集部第 1695 册，570 页，上海，上海古籍出版社，2002。
② （明）王世贞著，汤志波辑校：《弇州山人题跋》卷十一《碑刻墨刻跋·淳化阁帖十跋》之二，286 页，杭州，浙江人民美术出版社，2012。

又尽善也。①

这里，王世贞列出后世流行的各种书体的最高典范，其中又以王羲之地位为最高。较之诸家，王羲之书法不仅独具个性，而且"备精诸体"，是尽善尽美之作。因尊崇魏晋人书，王世贞对其所蕴含的法度是坚决捍卫的，他引用元人虞集的话说道：

> 虞伯生谓："坡谷出而魏晋之法尽。米元章、薛绍彭、黄长睿诸公方知古法。而长睿所书不逮所言，绍彭最佳而世遂不传。米氏父子最盛行，举世学其奇怪，弊流金朝而南方独盛，遂有张于湖之险涩，张即之之恶谬极矣。"此语大自有理。②

苏轼、黄庭坚、米芾等为宋人尚意书风的代表，他们在书法创作上不拘法度，重视性情的表现。苏轼在《石苍舒醉墨堂》一诗中说："我书意造本无法，点画信手推难求。"这种崇尚"意造"、追求"无法"的创作姿态与重视书法传承、追求风韵雅致的魏晋书风迥然不同，因此虞集有"坡谷出而魏晋之法尽"之说。王世贞认为虞集的话大有道理，这表明他反对那种抛弃"魏晋之法"（即"古法"）的创作态度。

二、标举"古雅"之趣味

与对"古法"的重视相联系，在书学批评上，王世贞以"古雅"为标准。所谓"古雅"，主要指"古法"以及运用古法所显现的审美趣味。从王世贞以"魏晋为极则"的书学史观来看，作为批评标准的"古雅"，当是

---

① （明）王世贞：《艺苑卮言》卷十，见《续修四库全书》集部第 1695 册，550 页，上海，上海古籍出版社，2002。
② 同上书，555 页。

魏晋书法的主要特征。 在具体的书学批评实践中，王世贞有时直接使用"古雅"一词，有时将"古""雅"分开使用。 如：

> 此表隶法楷法十各得五，觉点画之间真有异趣，所谓"幽深无际，古雅有余"，昔人故不欺我也。①

> 《八月》一帖自古雅。②

> 赵吴兴《于归帖》淳雅有古法，是合作者。③

> 《兰亭》肥本二，前一本虽少剥蚀而淳雅饶古趣，当是《定武》正嫡。④

对于"古雅"的内涵，学界所释略有不同。 王镇远"古""雅"分释，认为"古"是"古质天然，太朴未散的境界"，"古"为"拙"，"以质朴无华为特征"，"雅"与"俗"相对，"主张典雅平正的书风"⑤。 黄惇则以为其"古雅"是以魏晋为标尺，"凡合古法又淳雅、秀雅、典雅、精雅者皆以肯定"，还包括"天趣、意、韵、气、风骨"⑥等成分。 这些解释揭示了"古雅"作为书法批评标准的主要意蕴，但仍有不足。 如上所引，王世贞论魏晋书家特点，虽然引用的是张怀瓘的话，但也可以视作他自己书学观点的

① （明）王世贞著，汤志波辑校：《弇州山人题跋》卷三《墨迹跋·钟太傅荐季直表》，70 页，杭州，浙江人民美术出版社，2012。
② （明）王世贞著，汤志波辑校：《弇州山人题跋》卷十一《碑刻墨刻跋·淳化阁帖十跋》之二，285 页，杭州，浙江人民美术出版社，2012。
③ （明）王世贞著，汤志波辑校：《弇州山人题跋》卷四《墨迹跋·赵文敏公于归帖》，103 页，杭州，浙江人民美术出版社，2012。
④ （明）王世贞著，汤志波辑校：《弇州山人题跋》卷十二《碑刻墨刻跋·兰亭肥本》，320 页，杭州，浙江人民美术出版社，2012。
⑤ 王镇远：《中国书法理论史》，238～239 页，上海，上海古籍出版社，2009。
⑥ 黄惇：《中国书法史·元明卷》，400～401 页，南京，江苏教育出版社，2009。

表达。 其中对王羲之父子的评论显然是出于孔子论乐的话,所体现出的审美趣味,正是儒家所强调的美善皆具、文质兼备的中和之美。 王羲之书法所具备的"淳质古意"以及所显现的端正妍美的风格,正是这一美学精神的集中体现。 因此"古雅"作为批评标准,体现了王世贞的儒学正统意识以及对帖学传统审美特征的深刻把握。"古雅"作为一种审美风貌,应该结合其实现方式来理解,即从书家具体的创作入手。

其一,从书写动作看,"古雅"还体现为一种既"出规入矩"又"无烦造作"、自然书写的创作姿态。 比如:

> 新安吴孝父示余赵文敏此卷,余不解篆学,第睹其配割匀整,行笔秀润,出矩入规,无烦造作,恍若所谓残雪滴溜,蔓草含芳之状,肃然敛容者久之。①

> 余尝评吴兴作北海书,往往刻意求肖,似胜而不及。 独此数诗,笔以自然发之,风骨秀逸,天机烂漫,佻而能紧,真有出蓝之嫩。②

> 宋仲温生平作章草极多,然微涉佻而尖,此书画帖遂能藏颖,古法蔼然,大抵不经意乃佳耳。③

> 王履吉《拙政园赋》及诗四章,皆小楷,得钟、王笔意。《张琴师传》亦类之,其下指极有媚趣,微伤自然耳。退之《琴操》稍大,兼正、行

---

① (明)王世贞著,汤志波辑校:《弇州山人题跋》卷四《墨迹跋·赵文敏公篆书千文》,101页,杭州,浙江人民美术出版社,2012。
② (明)王世贞著,汤志波辑校:《弇州山人题跋》卷七《墨迹跋·赵松雪行书唐诗》,179页,杭州,浙江人民美术出版社,2012。
③ (明)王世贞著,汤志波辑校:《弇州山人题跋》卷四《墨迹跋·宋仲温书画帖》,107页,杭州,浙江人民美术出版社,2012。

体，意态古雅，风韵遒逸，所谓大巧若拙，书家之上乘也。①

"出规入矩"是指创作符合古法，"无烦造作"是指无须刻意构思，挥笔即成的作书过程。赵孟頫篆书帖令人有"肃然敛容"之感，行书帖有"风骨秀逸，天机烂漫"之妙，正是出于这一书写姿态。王世贞批评那种刻意经营、有伤自然的书写习气，倡导"不经意"的书写方式，如：

> 余此所藏卷虽尺一，草草不经意，而遒劲有生气，可重也。②

> 祝京兆赋一首……楷法甚精绝，间以小行若草，率不经意者，而具种种姿态，可宝也。③

> 祝京兆少时书杂诗，多作小行楷体，若草草不经意，而流丽有态，时时媚眼。譬之夷光阿环，捧心病齿，皆可图也。④

王世贞本是吴人，论书也推崇吴门书家。他认为"天下法书归吾吴，而祝京兆允明为最"⑤，祝允明作书一重要特征就是"不经意"，尤其是晚年书"变化出入，不可端倪，风骨烂漫，天真纵逸"⑥，更能显示其纯任自然的书写

---

① （明）王世贞著，汤志波辑校：《弇州山人题跋》卷四《墨迹跋·三吴楷法十册》，116 页，杭州，浙江人民美术出版社，2012。
② （明）王世贞著，汤志波辑校：《弇州山人题跋》卷五《墨迹跋·李范庵卷》，120 页，杭州，浙江人民美术出版社，2012。
③ （明）王世贞著，汤志波辑校：《弇州山人题跋》卷四《墨迹跋·三吴楷法十册》，114 页，杭州，浙江人民美术出版社，2012。
④ （明）王世贞著，汤志波辑校：《弇州山人题跋》卷五《墨迹跋·祝京兆杂诗》，123 页，杭州，浙江人民美术出版社，2012。
⑤ （明）王世贞：《艺苑卮言》，见崔尔平编选点校：《明清书法论文选》，180 页，上海，上海书店出版社，1994。
⑥ （明）王世贞：《艺苑卮言》卷十一，见《续修四库全书》集部第 1695 册，568 页，上海，上海古籍出版社，2002。

风格。

其二，从书写意识看，王世贞的"古雅"体现为一种既合古法，又不为古法所拘束的创作态度。 比如：

> 内右军二帖，有篆籀隶分法，黯淡古雅，出蹊径之外。①

> 此帖张秋秀才于天地乱石中拓得见贻者，不拘拘就绳墨，而古雅之气流动于行押间，可重也。②

> 此书方于晋而不疏，圆于欧而不局，开卷时古雅之气照人眉睫间，是祝金石中第一手。③

> 祝京兆《黄道中字致甫说》，用秃笔作楷，而间带行法，纯质古雅，隐然欲还钟、索风。……又《赤壁赋》劲挺，从褚河南来，而结法微佻；《约斋闲录序》出入钟太傅、王大令，古法郁浡指掌间，而雅致精密，削去畦径，与《黄道中字说》皆晚岁笔也。④

只有"出蹊径之外"，才能谈得上"古雅"，若为"蹊径"所拘，是为寻常之俗。 《东坡陶诗帖》贵在"不拘拘就绳墨"，而有"古雅之气"。 这些都表明王世贞对"古法"和"古雅"之间关系的认识。 在他看来，书作具有"古雅"的品格，首先是要有"古法"，只有合乎"古法"才会有"古"的意

---

① （明）王世贞著，汤志波辑校：《弇州山人题跋》卷十一《碑刻墨刻跋·真赏斋帖》，298 页，杭州，浙江人民美术出版社，2012。

② （明）王世贞著，汤志波辑校：《弇州山人题跋》卷十四《碑刻墨刻跋·东坡陶诗帖》，375 页，杭州，浙江人民美术出版社，2012。

③ （明）王世贞著，汤志波辑校：《弇州山人题跋》卷十四《碑刻墨刻跋·祝书王文恪公墓志铭》，392 页，杭州，浙江人民美术出版社，2012。

④ （明）王世贞著，汤志波辑校：《弇州山人题跋》卷四《墨迹跋·三吴楷法十册》，114～115 页，杭州，浙江人民美术出版社，2012。

趣。这是"古法"作为"古雅"要素的应有之义。其次是"雅",欲"雅"必免"俗",就得不拘绳墨,跳出寻常路径之外,显现出个人独特的"雅"致。祝允明书法的"雅致精密"是其创作上"削去蹊径"的结果。他对晋人离而不疏,对欧书法而不拘,所体现的正是法古而不为之所缚的创作态度,因此得到王世贞的肯定。

其三,作为批评标准的"古雅",体现了王世贞对书学"通变"问题的思考。作为批评标准的"古雅"体现了王世贞的书学审美理想,在他看来,"古雅"应是书家创作努力追求的目标,但其实现却存在一个途径的问题。就"古雅"的内涵看,"古法"的获得是要靠"学","雅"的获得,是要去俗,"学"在于会通,去俗在于求"变",对于"学"和"变"的关系,王世贞在论"学"时说道:

> 右军之书,后世摹仿者仅能得其圆密,已为至矣。其骨在肉中,趣在法外,紧势游力,淳质古意不可到,故智永伯施尚能绳其祖武也。欧颜不得不变其真,旭素不得不变其草,永施之书学差胜笔,旭素之书,笔多学少。学非谓积习也,乃渊源耳。①

王羲之作为最高书学典范,王世贞认为后世学王羲之只能"得其圆密",而其"淳质古意"不可得到,因此,智永、虞世南"学差胜笔",尚能勉强继承,到欧阳询、颜真卿、张旭、怀素手里,则"笔多学少",不得不以各自的真书、草书来求变化。所谓"学差胜笔"即师法多于变化,"笔多学少"即变化多于师法,二者都是在"学"的基础上有新变,只是"新变"程度不同。可见,对于"学"和"变"关系,王世贞是既重视"学",又重视"变"的,"学"为基础,"变"为方向,对于欧、颜、旭、素诸家的做法他

---

① (明)王世贞:《艺苑卮言》卷十,见《续修四库全书》集部第 1695 册,552 页,上海,上海古籍出版社,2002。

是肯定的。 在他看来，"学"的目的不是"学"古人的"积习"，而是借助"学"来实现创新，使自己的创作有渊源所自。

三、画以"自然"为至境

同书学一样，在绘画创作上，王世贞重视"了绝蹊径"，崇尚"自然"的创作姿态。 他在论画学史上"三品"说时说道：

> 按张彦远之论画曰："失于自然而后神，失于神而后妙，失于妙而后精，精之为病也，而成谨细……"宋邓椿云："自昔鉴赏家分品有三：曰神，曰妙，曰能。独唐朱景真撰《唐贤画录》，三品之外，更增逸品。其后王（按：应为黄）休复作《益州名画记》，以逸为先，而神、妙、能次之。景真虽云：'逸格不拘常法，用表贤愚'，然逸之高，岂得附于三品之末？未若复休（按：应为休复）首推之为当也。"其意亦似祖述彦远。愚窃谓彦远之论大约好奇，未甚循理。夫画至于神而能事尽矣，岂有不自然者乎？若有毫发不自然，则非神矣。至于逸品，自应置三品之外，岂可居神品之表，但不当与妙、能议优劣耳。①

> 夏文彦之论画三品曰："气韵生动，出于天成，人莫窥其巧者，谓之神品。笔墨超绝，传染得宜，意趣有余者，谓之妙品。得其形似而不失规矩者，谓之能品。"然则神品即自然矣。②

张彦远以"自然"为绘画最高境界，神品次之。 王世贞则认为"神品"为绘画最高境界，"自然"是神品的重要特征。 因为"画至于神而能事尽"，所

---

① （明）王世贞：《艺苑卮言》卷十二，见《续修四库全书》集部第 1695 册，575 页，上海，上海古籍出版社，2002。
② 同上书，576 页。

以"自然""逸品"是不能置于神品之外的。"气韵生动"是指"自然"之真实，体现为作品中表现对象的生命风貌。"出于天成""莫窥其巧"则是指泯灭人工机巧的"自然"，体现画家无须刻意经营，挥笔即成的创作方式。夏文彦的解释都是在揭示"自然"在绘画创作中的具体表现。因此，王世贞认为夏文彦所说的"神品"就是"自然"。

在王世贞的绘画思想中，"自然"是作为绘画审美理想存在的，体现在绘画创作上，一是要传达出对象的神采气韵，显现对象生命的真实；二是要排除人工机巧，不露雕琢痕迹。比如：

> 草树、水石、桥道无一笔不自古人，而以胸中一派天机发之，千奇万怪，种种有真理。至于气韵神采，触眼若新，落墨皴点，了绝蹊径。①

> 戴文进作图凡十七帧……然无一笔钱唐意，苍老秀逸，超出蹊径之外，乃知此君与启南无所不师法，妙处亦无所不合耳。②

从表现对象看，所谓"气韵神采"是指对象活泼泼的生命情态，"触眼若新"是指传达效果。因为画家的审美创造，对象的生命情态——生机、生气、生趣得到完整的表现，这是一种自然的真实。从创作方式上看，王世贞认为画家作画，应当师法古人，师法古人不是照搬古人，而是化用古人，要做到"了绝蹊径"，不能在作品中显现出师法的痕迹。这些，吴文定的创作都是做到的。王世贞指出吴文定的画"无一笔不出自古人"，戴进、沈周"无不师法"，却都能跳出蹊径之外，以自然出之。

此外，王世贞还谈到人物画和山水画的区别和联系，他说："人物以形模为先，气韵超乎其表，山水以气韵为主，形模寓乎其中，乃为合作。若形

---

① （明）王世贞著，汤志波辑校：《弇州山人题跋》卷十八《画跋·赠吴文定行卷山水》，485～486页，杭州，浙江人民美术出版社，2012。
② （明）王世贞著，汤志波辑校：《弇州山人题跋》卷十八《画跋·戴文进七景图》，481页，杭州，浙江人民美术出版社，2012。

似无生气，神彩至脱格皆病也。"①画人物和画山水是有不同的，画人物要致力于"形模"的表现，通过形式的营造来传达人物的"气韵"。画山水则侧重"气韵"的传达，山水形式在"气韵"的传达中得到表现。两者在创作上虽侧重点各异，但都以"气韵"的传达为目标，可以说殊途而同归。对于"形模"在绘画创作中的作用，王世贞的认识是很清晰的，对于人物画来说，"气韵"有赖于"形模"的营造，但"形模"的营造不能以追求"形似"为目标，应该服务于"生气"之表现。山水画重在"神彩"表现，"形似"隐寓其中，既非刻意雕琢就能获得，更不是画家追求的目标。从这里可以看出，在形神关系的认识上，王世贞强调的是"以形传神"，重神韵而不废形似。

---

① （明）王世贞：《艺苑卮言》卷十二，见《续修四库全书》集部第 1695 册，571 页，上海，上海古籍出版社，2002。

第四十一章
晚明时期的书画理论

　　明代中叶以后，整个社会发生了深刻的变化。 政治上宦官专权、党争不断，朝政腐败。 经济上商业发展，城市繁荣，社会风俗随之改变。 思想文化上心学的兴起和禅宗的流行，对程朱理学形成严重冲击。 这些因素相互影响，相互激发，最终导致个性解放思潮的泛滥，进而对人们的世界观、人生观产生深刻影响。 体现在文艺领域，因程朱理学的统治崩溃，艺术家思想束缚彻底解除，肯定情欲，崇尚自由，张扬个性成为艺术创作的基本格调。 在文艺思想上体现为对正统学说的反叛，如诗文方面对前后七子复古思想的批评，提倡性灵抒写等，书画方面强调"以画寄情"以及对帖学传统的批判等。 晚明文艺观念变革的思想根源和理论依据主要是心学，因此诠释这一时期的书画思想必须从心学的产生说起。

◎ 第一节
心学的兴起与晚明文坛的嬗变

　　晚明社会在思想文化上最显著的特征是心学的兴起。 弘治、正德年间，思想家王守仁对宋代陆九渊的"心学"做了进一步发挥，认为"心者，天地

万物之主也"①，"心即理也，天下又有心外之事，心外之理乎"②，提出
"我心之良知，无有不自知者"③。 其"良知"，"即所谓是非之心，人皆
有之，不待学而有，不待虑而得者也"④。 要求人们以"吾心"原有的"良
知"去判断事物，做出符合自己主观愿望的行为，即知行合一。 这些学说突
出人的主观能动性，激发人的自我意识，张扬着主体精神。"天理"即在
"人心"，"人皆可以尧舜"⑤，一切都可以由"吾心"来检验，人人都可以
成为圣贤。 它的流布，使得程朱理学对士人的牢笼自此被打破，陷于式微。
沈德符曾就此说道："至我明，姚江（指王阳明）出以良知之说，变动宇
内，士人靡然从之……程朱之学几于不振。"⑥"心学"流派众多，其中对晚
明士人影响最大的当数以王艮、罗汝芳、李贽等为代表的泰州学派。 王艮认
为"圣人之道无异于百姓日用"⑦，李贽直言"穿衣吃饭，即是人伦物
理"⑧，"夫天生一人，自有一人之用，不待取给于孔子而后足也"⑨。 他
们肯定人欲的正当性，主张众生平等，追求个性的自然发展。 心学的这些思
想与社会上盛行的强调本心是道、本心即佛，呵佛骂祖的狂禅之风相激荡，
对人们的世界观、人生观有着强大的重塑力量，它促使人们的思想观念、思
维方式产生变革，使人们的思想不再受"天理"束缚，从而在社会上掀起一
股个性解放的思潮。

　　如果说明代前中期左右文坛的主要是政治、经济因素，后期则主要是心
学兴起导致思想禁忌的突破，士人的心灵枷锁一旦卸下，必将对文艺活动产

---

① （明）王阳明：《答季明德》，见《王阳明全集》第 1 册，311 页，北京，线装书局，2012。
② （明）王阳明：《传习录》，见《王阳明全集》第 1 册，75 页，北京，线装书局，2012。
③ （明）王阳明：《大学问》，见《王阳明全集》第 4 册，73 页，北京，线装书局，2012。
④ （明）王阳明：《书朱守乾卷》，见《王阳明全集》第 1 册，371 页，北京，线装书局，2012。
⑤ （明）王阳明：《传习录》，见《王阳明全集》第 1 册，103 页，北京，线装书局，2012。
⑥ （明）沈德符：《万历野获编》卷二十七《释道》，692 页，北京，中华书局，1959。
⑦ （清）袁承业辑：《明儒王心斋先生遗集》第三卷，上海图书馆藏 1912 年排印本。
⑧ （明）李贽：《焚书》卷一《答邓石阳》，见张建业主编：《李贽文集》第 1 卷，4 页，北京，社
会科学文献出版社，2000。
⑨ （明）李贽：《焚书》卷一《答耿中丞》，见张建业主编：《李贽文集》第 1 卷，15 页，北京，社
会科学文献出版社，2000。

生深刻的影响。从文艺创作来看，艺术家的主体意识、作品的个性特征被凸显，主情论艺术占据主导地位。从文艺观念来看，重个性、反模拟成为主流观念。在诗文领域，深受心学影响，以袁宏道为代表的公安派标举"性灵"旗帜，要求文艺创作"独抒性灵，不拘格套"①，率先冲击旧有的文学观念，在文坛掀起一股反抗传统的文艺思潮。他们主张作品表现作者独特个性和内心真实情感，注重有感而发，直写胸臆，批评七子派"以剿袭为复古，句比字拟，务为牵合，弃目前之景，摭腐滥之辞"②，反对拟古蹈袭的创作风气。后起之竟陵派虽在复古主张上与公安派不同，但在重"真诗"、重"性灵"上仍是一致，如谭元春就以为："夫真有性灵之言，常浮出纸上，决不与众言伍。"③公安派之外，徐渭、李贽、汤显祖、屠隆等人也有与之相近的说法。徐渭以鸟学人言为例，批评"今之为诗者，何以异于是。不出于己之所自得，而徒窃于人之所尝言，曰某篇是某体，某篇则否，某句似某人，某句则否，此虽极工逼肖，而已不免于鸟之为人言矣"④，强调诗文创作应"出于己之所自得"，写自己内心真实感受。李贽则强调："天下之至文，未有不出于童心焉者也。"所谓"童心"，即"绝假纯真，最初一念之本心"⑤，也就是"真心"，意思是说诗文创作当表现作者内心的真实情感和人生欲望。

戏剧领域，以批判社会现实的黑暗、追求个性解放为主题，创作上张扬个性的锋芒。杂剧当以徐渭《四声猿》系列剧作为代表，作品或抨击君王昏庸、权奸误国，或揭露官场钩心斗角、相互算计，或悲叹怀才不遇、抱负难

① （明）袁宏道：《袁中郎全集》卷一《叙小修诗》，177 页，台湾，伟文图书出版有限公司，1967。
② （明）袁宏道：《袁中郎全集》卷一《雪涛阁诗集序》，183 页，台湾，伟文图书出版有限公司，1967。
③ （明）钟惺、（明）谭元春辑：《古诗归》卷首谭元春序，见《续修四库全书》集部第 1589 册，352 页，上海，上海古籍出版社，2002。
④ 《徐渭集·徐文长三集》卷十九《叶子肃诗序》，519 页，北京，中华书局，1983。
⑤ （明）李贽：《焚书》卷三《童心说》，见张建业主编：《李贽文集》第 1 卷，92 页，北京，社会科学文献出版社，2000。

酬，或讽刺市井虚伪荒唐。这些剧作嬉笑怒骂，活泼畅快，汪洋恣肆，别具一格。传奇剧则以剧作家汤显祖成就最高，影响最大。所著"临川四梦"，以婚恋生活为主要题材，通过叙写主人公追求恋爱自由、婚姻自主来表现个性解放，批判封建伦理制度。代表作《牡丹亭》叙述官宦家千金小姐杜丽娘因情而死又因情而生的传奇故事，一反正统理学对人性的束缚，肯定人的自由权利和自然情欲，将对美好爱情的歌颂和深刻的伦理批判相结合，具有鲜明的浪漫主义和追求个性解放的精神。在戏剧观念上，徐渭重"本色"和摹"真情"。他说"世事莫不有本色，有相色"，主张"贱相色，贵本色"①。认为"人生堕地，便为情使"，因而作品"摹情弥真则动人弥易，传世亦弥远"②。汤显祖认为自己戏剧创作是"为情作使"，"因情成梦，因梦成戏"③。他在《牡丹亭题词》中说："情不知所起，一往而深。生者可以死，死者可以生。生而不可与死，死而不可复生者，皆非情之至也。"④徐渭、汤显祖与心学重要人物都有深入交往，他们对"情"的重视和表现，正是心学流布对戏剧创作产生重要影响的体现。

晚明文坛的变革，还体现在《西游记》《金瓶梅》等通俗小说的创作上。前期的如《三国演义》的正统倾向、《水浒传》的忠义思想或多或少影响了它们对现实社会的批判力度，《西游记》和《金瓶梅》则无此状况，它们对社会现实的批判可谓入木三分。《西游记》"虽极幻妄无当，然亦有至理存焉"⑤。作为一部神魔小说，它以虚幻奇异故事来表达生活的真实，有着极为深刻的寓意。比如，孙悟空身上不仅体现了"三教合一"化了的心学内容，而且体现了对权威的反叛，对自由的追求以及对自我价值的肯定，这正是个性解放思潮涌动的生动反映。以描写世俗人情见长的《金瓶梅》，表

---

① 《徐渭集·徐文长佚草》卷一《西厢序》，1089 页，北京，中华书局，1983。
② 《徐渭集·补编·选古今南北剧序》，1296 页，北京，中华书局，1983。
③ 徐朔方笺校：《汤显祖全集》诗文卷四十七《玉茗堂尺牍之四·复甘义麓》，1464 页，北京，北京古籍出版社，1998。
④ （明）汤显祖著，徐朔方、杨笑梅校注：《牡丹亭·作者题词》，北京，人民文学出版社，1963。
⑤ （明）谢肇淛：《五杂组》卷十五《事部三》，上海，上海书店出版社，2001。

面上写西门庆一家的生活琐事，实际上却深刻揭露了以皇帝为首的统治集团黑暗和腐朽。它借助对西门庆的精明强干、贪财好色的性格以及最后弄个精尽人亡的结局的叙述，充分揭示了商品经济发展中世俗价值观的变化和人性的弱点。对潘金莲等女性角色命运的描绘，写出了封建伦理制度下女性的压抑和苦闷。她们对人欲的贪求实际是对封建礼教的挑战，这是与这一时期涌动的人性思潮相合拍的。

　　诗文一变，书画亦不得不变。晚明书画创作同样受文坛风气左右，作品的主体意识凸显，寄兴适怀的功能被强调。就书学来说，后期吴门书家不再"经目古帖"，不知溯源晋唐，只知规模近人，最终导致吴门书派的衰落，被董其昌所开创的云间书派所代替。此派以董其昌为核心，成员有陆深、莫是龙、莫云卿、陈继儒等，书法创作上避开赵孟頫书风的笼罩，直接取法二王，其中又以董其昌成就最高，影响最大。董其昌书法以平淡、秀逸为主要审美倾向，这与他身在朝政腐败的时代，耽于禅悦，以禅理解脱人生忧虑的心境有关，他的书法是其内心世界的真实表现。与董其昌取平淡一路不同，徐渭则以"姿""媚"为尚，其书奇崛苍劲，笔意奔放，是狂放恣肆的人格写照。董其昌和徐渭可以说是晚明不同书学风格的代表。此外，黄道周、倪云璐的遒媚浑深，绝去书坛佻靡之习，倪云璐的"一笔不肯学古人，只欲自出新意"①，以及王铎书法的"正极奇生"②和"俯仰操纵，俱不由人"③的书学性格，都体现了晚明书坛变革的趋势。在书学思想上，徐渭就直言"非特字也，世间诸有为事，凡临摹直寄兴耳，铢而较，寸而合，岂真我面目哉"④，强调书法的"寄兴"功能和"真我面目"。董其昌指出"临帖如

---

① （明）倪后瞻：《倪氏杂著笔法》，见崔尔平选编点校：《明清书法论文选》，447页，上海，上海书店出版社，1994。

② （清）傅山：《霜红龛书论》，见崔尔平选编点校：《明清书法论文选》，453页，上海，上海书店出版社，1994。

③ （明）黄道周：《石斋书论》，见崔尔平选编点校：《明清书法论文选》，404页，上海，上海书店出版社，1994。

④ 《徐渭集·徐文长三集》卷二十《书季子微所藏摹本兰亭》，577页，北京，中华书局，1983。

骤遇异人，不必相其耳目、手足、头面，当观其举止笑语真精神流露处"①，强调"真精神"等，这些都与诗文领域的"独抒性灵，不拘格套"是相通的。 绘画方面，以董其昌为代表的华亭派的兴起，进一步突出了文人画的抒情写意功能，正如谢肇淛所说，"今人画以意趣为宗，不甚画人物及故事，至花鸟翎毛，则辄卑视之。 至于神佛像及地狱变相等图，则百无一矣"，自然山水几乎成为画家的唯一题材，谢肇淛认为这是"取其省而不费目力"②，无须像花鸟、人物画那般精工细作，以求传神而耗费眼力。 但细究个中原因，恐怕与山水画在"寄兴"方面有其独特的优势以及不求形似有关。 抒写"意趣"成为画家进行绘画创作的主要目的，这与书学、诗文一样体现了心学兴起后对艺术创作产生的深刻影响。

◎ 第二节

"自抒性灵"与绘画"兴寄"理论的深化

随着心学的兴起，晚明画论更加注重画家主体情兴的表达，对绘画的"兴寄"功能的认识得到进一步深化。 绘画思想一重要特征就是注重主体的"性灵"在创作中的地位。

李日华说："绘事必以微茫惨淡为妙境，非性灵廓彻者未易证入。 所谓气韵必在生知，正在此虚淡中所含意多耳。"③所谓"微茫惨淡"，是说绘画意境的空灵之美，具有这一审美特征的"妙境"，是外在物象与内在心灵的

---

① （明）董其昌著，邵海清点校：《容台集》别集卷三《题跋·书品》，653 页，杭州，西泠印社出版社，2012。
② （清）孙岳颁等纂辑：《佩文斋书画谱》卷十六《论画六·明谢肇淛论画》，426 页，杭州，浙江人民美术出版社，2014。
③ （明）李日华：《竹嬾论画》，见俞剑华编著：《中国古代画论类编》，132 页，北京，人民美术出版社，1998。

交融而形成的，凝聚着主体创造精神的艺术境界。 要实现这一"妙境"，画家既需"外师造化"又要"中得心源"①，而关键在于"中得心源"。 从审美创造来说，画家必须超越现实的功利，才能保持自由心境，在"神与物游"中获得外在物象最本真的生命体验，然后在情感的推动下，借助恰当的笔墨形式传达出来。 "性灵廓彻"的实质就是审美心胸的营造，画家必须"澡雪精神"②，排除世俗的欲念，保持心灵的纯净。 只有这样，画家才能在心灵世界中自由地体验物象，在想象中进行审美创造。 李日华的这一看法继承了南朝宗炳的"澄怀味象"之说，揭示了主体的"性灵"在绘画创作过程中的重要作用。

"气韵必在生知"是传统画学的一个很重要的思想。 宋代郭若虚曾说："六法精论，万古不移，然而骨法用笔以下五者可学，如其气韵，必在生知，固不可以巧密得，复不可以岁月到，默契神会，不知然而然也。"③这一看法被李日华、董其昌等所接受。 从字学上看，"生"与"性"相通，《尚书》有言，"惟民生厚，因物有迁"，孔颖达疏释："言人自然之性敦厚，因所见所习之物有迁变之道，故必慎所以示之。"④因此，所谓"气韵生知"实质上是指"气韵性知"，强调禀赋、资质等主体素质对绘画创作的重要性。 对于画家来说，"禀赋""资质"主要体现一种灵性、悟性，从本质上看，它是指主体对对象的本真进行准确把握的直觉能力。 在绘画创作过程中，主体的这种直觉能力能洞穿对象外在的感性形态，触及其生命本真——内在的、生生不息的生命精神。 这种生命精神正是作品"气韵生动"的本原，它存在于主体的"性灵"之中，通过笔墨形式的营造传达出来。 李日华

---

① （唐）张璪：《文通论画》，见俞剑华编著：《中国古代画论类编》，19 页，北京，人民美术出版社，1998。
② （南朝梁）刘勰著，范文澜注：《文心雕龙注》卷六《神思》，493 页，北京，人民文学出版社，1958。
③ （宋）郭若虚：《图画见闻志叙论》，见俞剑华编著：《中国古代画论类编》，59 页，北京，人民美术出版社，1998。
④ （汉）孔安国传，（唐）孔颖达疏，李学勤主编：《十三经注疏·尚书正义》卷十八《君陈第二十三》，494 页，北京，北京大学出版社，1999。

所说"虚淡"即作品的"微茫惨淡","所含意多"就是指作品空灵之境所传达出的"生命精神"及其感性显现——生机、生趣。画家如不能做到"性灵廓彻",其禀赋就会受到干扰,当然也就不会发现对象感性形态背后的生命精神了。

"性灵廓彻"是李日华对画家审美心胸的要求,其目的在于使画家能够在对对象的审美静观中,发现对象的生命精神,从而获得真切的心灵体验。在他看来,绘画就是画家把自己的心灵体验物化的过程。他说:"余尝谓古人绘事,如佛说法,纵口极谈,所拈往劫因果,奇诡出没,超然意表,而总不越实际理地,所以人天悚听,无非议者。绘事不必求奇,不必循格,要在胸中实有,吐出便是矣。"①"胸中实有"是指画家从对象身上获得真切的心灵体验。对画家来说,把自己心灵的体验传达出来就是绘画创作目的。换句话讲,在李日华这里,绘画成为画家抒写自己的生命体验——主观情兴的活动。这种看法与其书学观点一致,他借佛学用语说:"佛谈般若,即是人心灵智云。其体无外,而其用广狭随时,如登高岗,俯察百里形势,则此智弥漫百里;及穿针时,则束注针孔中;写字时,即于笔尖上透露,作无量神变。余喜其语,可为临池家三昧也。"②他认为作书不仅是笔墨形式的创造活动,而且是书家内心情感的传达活动,所谓"性灵活泼毫锋上,世界沉埋酒瓮中"③,笔锋底下流动的不是墨,而是书家活泼泼的情感,作书如此,绘画亦同。

李日华对绘画"兴寄"功能的认识,在董其昌这里得到进一步强化。董其昌指出:

---

① (明)李日华:《六研斋二笔》卷一,见郁震宏等点校:《六研斋笔记 紫桃轩杂缀》,87~88页,南京,凤凰出版社,2010。

② (明)李日华:《六研斋三笔》卷一,见郁震宏等点校:《六研斋笔记 紫桃轩杂缀》,178页,南京,凤凰出版社,2010。

③ (明)李日华:《紫桃轩又缀》卷二,见郁震宏等点校:《六研斋笔记 紫桃轩杂缀》,355页,南京,凤凰出版社,2010。

画之道所谓宇宙在乎手者，眼前无非生机，故其人往往多寿，至如刻画细谨，为造物役者，乃能损寿，盖无生机也。黄子久、沈石田、文徵仲皆大耋，仇英命短，赵吴兴止六十余，仇与赵虽品格不同，皆习者之流，非以画为寄，以画为乐者也。寄乐于画自黄公望始开此门庭耳。①

这段话有三层意思。 其一，宇宙间万物都是画家创作的对象，画家运用手中的笔和墨就能将它们传达出来，因此说"宇宙在乎手"，但这种传达活动不是再现对象形体，而是要表现出对象的"生机"。 其二，画家的创作是自由的，不受外物的束缚，画家和对象之间是平等的。 其三，绘画是画家的寄兴行为，具有陶冶情性、延展生命的作用。 这三层意思均指向绘画活动的本质——审美创造，这就决定了绘画活动的主体表现性，"以画为寄""以画为乐"是其最终目的。 这里，董其昌在绘画本质上规定了绘画的"兴寄"功能，表现主体的情兴是绘画活动的基本特征。

与董其昌观点相近，屠隆提出"以画寓意"：

人能以画寓意，明窗净几，描写景物，或观佳山水处，胸中便生景象。或观名花折枝，想其态度绰约，枝梗转折，向日舒笑，迎风敧斜，含烟弄雨，初开残落，布置笔端，不觉妙合天趣，自是一乐。……方得深知画意。②

"以画寓意"即以绘画来寄寓画家的情意，这情意生自画家对山水名花的审美观照，因此，绘画所寄寓"意"是指士大夫的雅兴，是一种纯粹的审美兴致。 较之李日华的"性灵活泼"，董其昌、屠隆对绘画"兴寄"功能的认

---

① （清）孙岳颁等纂辑：《佩文斋书画谱》卷十六《论画六·明董其昌画旨》，424 页，杭州，浙江人民美术出版社，2014。
② （清）孙岳颁等纂辑：《佩文斋书画谱》卷十六《论画六·明屠隆论学画》，420 页，杭州，浙江人民美术出版社，2014。

识，在情感表现的范围上显得较为狭窄。 擅长大写意画风的徐渭在论书时指出："非特字也，世间诸有为事，凡临摹直寄兴耳，铢而较，寸而合，岂真我面目哉？"①绘画作为"有为事"之一，也是一种寄兴活动。 但徐渭所寄的"兴"主要是指画家在生活中的真实感受，这从他的题画诗中可见一斑：

> 半生落魄已成翁，独立书斋啸晚风。笔底明珠无处卖，闲抛闲掷野藤中。②

这首诗题在他所创作的《墨葡萄》一画中，诠释了此画创作用意所在。 画家涂抹点染，悉从心意，藤纷披错落，葡萄倒挂枝头，枝叶生动，笔墨酣畅。 水墨葡萄成为画家自身的隐喻，壮志难酬的悲愤之情在此图中得到淋漓尽致的宣泄。

因为绘画活动旨在"兴寄"，所以晚明画论家反对"刻画细谨，为造物役者"，反对讲究铢较寸合的院体画习气。 唐志契在《绘事微言》中论山水画创作时说道：

> 山水原是风流潇洒之事，与写草书行书相同，不是拘牵用工之物。如画山水者与画工人物花鸟一样，描勒界画粉色，那得有一毫趣致？是以虎头之满壁沧洲，北苑之若有若无，河阳之山蔚云起，南宫之点墨成烟云，子久、云镇之树枯山瘦，迥出人表，皆毫不著象，真足千古。若使写画尽如郭忠恕、赵松雪、赵千里，亦何乐而为之？昔人谓画人物是传神，画花鸟是写生，画山水是留影。然则影可工致描画乎？夫工山水始于画院俗子，故作细画，思以悦人之目而为之，及一幅工画虽成，而

---

① 《徐渭集·徐文长三集》卷二十《书季子微所藏摹本兰亭》， 577 页，北京，中华书局，1983。
② 《徐渭集·徐文长三集》卷十一《葡萄》五首其一， 401 页，北京，中华书局，1983。

自己之兴已索然矣。①

唐志契认为，山水画的创作同草书、行书一样，主要是表现作者的主观情兴，创作时不必拘泥于对象形体，做工谨精细的描摹，否则会破坏"趣致"的表达。唐志契视山水画的创作为"风流潇洒之事"，就是在强调山水画的创作是表现主体情兴这一本质特征。他批评院体画家对山水作精细描绘，并不是为了表现自己的情兴，而是为了"悦人之目"，结果是画虽工，兴却无。因为在这种状态下，画家受制于他人的喜好，不能以自由的心灵来静观对象、体味对象，获得真切的审美体验。只能停留在对象的形式层面，精雕细琢，务求神似，作品虽成，却不见对象之生机，更不见画家之情兴。唐志契此论虽只及山水一门，但也适用于画论家们对其他门类的看法。唐志契指出：

> 凡画山水，最要得山水性情，得其性情：山便得环抱起伏之势，如跳如坐，如俯仰，如挂脚，自然山性即我性，山情即我情，而落笔不生软矣，水便得涛浪潆洄之势，如绮、如云、如奔、如怒，如鬼面，自然水性即我性，水情即我情，而落笔不板呆矣。②

所谓"性情"，不外乎指山水的自然情态及所呈现出的生气，它们通过画家审美感官内化为画家主观的"性情"，所以说山水之"性情"即"我"之"性情"。山水画的创作，"最要得山水性情"，就是说山水画创作关键在于要表现出画家之"性情"。王肯堂（1549—1613，一说 1552—1638）在论画时也说："前辈画山水皆高人逸士，所谓泉石膏肓，烟霞痼癖，胸中丘

---

① （明）唐志契：《绘事微言·山水写趣》，见俞剑华编著：《中国古代画论类编》，736 页，北京，人民美术出版社，1998。
② （明）唐志契：《绘事微言·山水性情》，见俞剑华编著：《中国古代画论类编》，742 页，北京，人民美术出版社，1998。

壑，幽映回缭，郁郁勃勃不可终遏而流于缣素之间，意诚不在画也。"①"郁郁勃勃不可终遏"是指画家主观情兴，山水画的创作就是画家主观情兴的表现，目的确实不在于再现外在的、客观的山水形象。

总的来看，晚明画家对绘画"兴寄"功能的认识，深化了画学史上的"兴寄"理论。主要体现在：一是重视主体的"性灵"在绘画创作中作用和表现；二是明确提出"以画为寄""以画为乐"的创作目的，将绘画动机归结为主体审美表现的需要；三是从绘画本质的角度对绘画"兴寄"功能做了规定。这些认识，既是文人画的写意传统的延续，也是基于对画坛摹拟风气的反思。心学的流布激发了画家的主体意识，表现个性及情感成为绘画的重要主题，体现了晚明文艺思潮倾向变革的趋势。此外，画家的人生境遇及心态，也使得画家重视绘画的"兴寄"功能，绘画已成为晚明画家安顿生命的重要方式。

◎ 第三节
"以奇为正"：反帖学理论的兴起

明代书学一重要特征是帖学的盛行，书家以临摹、刻写名家法帖为要务。究其原因，一是帝王的倡导示范，如明成祖朱棣选拔中书舍人专习二王书，明仁宗、宣宗喜摹《兰亭帖》，神宗工书，不离王献之的《鸭头丸帖》等。受此影响，以二王妍美书风为代表的名家法帖成为书家专攻的对象，其中尤以赵孟頫书作为主。二是以二王为代表的帖学传统符合主流意识形态，在审美倾向上与程朱理学旨趣一致，得到官方的支持。因此，明代书学的发

---

① （清）孙岳颁等纂辑：《佩文斋书画谱》卷十六《论画六·明王肯堂论画》，418 页，杭州，浙江人民美术出版社，2014。

展一方面偏于行、草及楷，而篆、隶及魏碑少有问津；另一方面以三宋、二沈为代表的端正流美的"台阁体"流行，书法的程式化倾向极为明显，书作个性不足、生气缺乏，流于平庸。 与此相应，在书学思想上，与元代赵孟頫所倡导的复古路线一致，取晋唐一路，重视师承和临摹功夫，强调法度，但受复古主义论调及程朱理学观念的制约，书家对法帖的接受拘泥于前人笔迹，追求形似。 由于不能突破前人法度的约束，无论是审美创造，还是个性表现，面目都不能独具，沦为剽窃摹拟。 可见，帖学书法的发展到明代已趋于僵化和封闭，面临着革新的局面。

对于帖学盛行而形成的摹拟之弊，明代书论家的认识是清晰的。 李应桢曾叱责文徵明作书"破却工夫，何至随人脚踵？ 就令学成王羲之，只是他人书耳"①，明确反对只知摹拟不能独创的书学活动，视其为"奴书"。 由此引发祝允明的"奴书"之争，实际是明代帖学系统内部的自我修正，解决临摹过程中的跑偏问题，还不具有明显的反帖学性质。 到明中叶以后，帖学系统内部开始出现反帖学的思想苗头。 比如，针对帖学派之刻意摹拟，孙鑛强调作书"贵在无意"，崇尚"天趣"②。 对于帖学派师古向上只溯及二王，汤临初认为"学书而不穷篆隶，则必不知用笔之方"③；对于帖学派强调"人正则书正"④，汤临初则以为"盖法有固然，不必斤斤以心术为校也"⑤。 孙鑛、汤临初对帖学传统的游离，是帖学革新的前奏，也是帖学走向衰落的具体体现。 至晚明，随着理学控制的放松和心学思潮的兴起，书家主体意识的增强，帖学各个方面都遭遇不同程度的反叛。 他们从不同角度对

① 周道振辑校：《文徵明集》（增订本）卷二十一《题跋一·跋李少卿帖》之二，514～515页，上海，上海古籍出版社，2014。
② （明）孙鑛：《书画跋跋》，见崔尔平选编点校：《历代书法论文选续编》，243页，上海，上海书画出版社，2012。
③ （明）汤临初：《书指》，见崔尔平选编点校：《明清书法论文选》，389页，上海，上海书店出版社，1994。
④ （明）项穆：《书法雅言·心相》，见上海书画出版社编：《历代书法论文选》，531页，上海，上海书画出版社，2012。
⑤ （明）汤临初：《书指》，见崔尔平选编点校：《明清书法论文选》，397页，上海，上海书店出版社，1994。

帖学书法弊端进行批判，打破了帖学书法的僵化封闭状态。 大体而论，主要体现在以下几个方面。

首先，在师法对象上，受元代赵孟頫崇王思想的影响，明代帖学书法遵循沿唐溯晋的师法路径，尊王崇晋，排斥上古及三代以及北宋尚意书法。 对此，晚明书家要求转益多师，不再拘于二王一赵。 如：

> 学书不通古碑汉法，终不古，为俗笔也。①

> 不知篆籀从来，而讲字学书法，皆寐也。适发明者一笑。②

> 学书须彻上彻下，上谓知其本原来历，下谓采其末流孙支。知本则意思通而易为力，求原则笔势顺而易为功。何谓本？字必晋、唐，晋、唐必汉、魏，汉、魏必周、秦篆隶，篆隶必籀、斯、邕、鹄，此数家又须仿之鼎彝铭识，而后不为野狐惑乱。③

帖学书法重视"古法"，而所谓"古法"在元代赵孟頫的书论中，已特指为王羲之书法的创作方法。 赵孟頫认为："书法以用笔为上，而结字亦须工，盖结字因时相传，用笔千古不易。 右军字势，古法一变，其雄秀之气出于天然，故古今以为师法。"④实际上是肯定了王羲之书法中的法度作为"古法"的永恒价值。 这里所引诸说，将师法对象越过二王，上溯至秦碑汉隶，从而突破了帖学书法以二王书法为最高典范的固有观念。

---

① （明）王铎：《琅华馆帖》，见季伏昆编著：《中国书论辑要》，407 页，南京，江苏美术出版社，2000。
② （清）傅山：《霜红龛书论》，见崔尔平选编点校：《明清书法论文选》，457 页，上海，上海书店出版社，1994。
③ （明）赵宦光：《寒山帚谈·力学》，见崔尔平选编点校：《明清书法论文选》，297 页，上海，上海书店出版社，1994。
④ （清）孙岳颁等纂辑：《佩文斋书画谱》卷七《论书七·元赵孟頫论书》，209 页，杭州，浙江人民美术出版社，2014。

其次，在书法创作上，帖学书法强调继承二王书学正脉，要求做到"出奇入神，不失其正"。项穆在《书法雅言》中说道：

> 书法要旨，有正有奇；所谓正者，偃仰顿挫，揭按照应，筋骨威仪，确有节制也。所谓奇者，参差起复，腾凌射空，风情姿态，巧妙多端是也。奇即连于正之内，正即列奇之中……正能含奇，奇不失正，会于中和，斯为美善。①

项穆是晚明帖学书法的坚定维护者，其书论可视为对心学兴起之后崇尚狂怪、重个性表现的书学思想的反拨。他站在儒学立场上，以"中和"为书学创作的基本原则，王羲之书法正具备"中和"之特质，因此被奉为正宗。他说："尧、舜、禹、周，皆圣人也，独孔子为圣之大成；史、李、蔡、杜，皆书祖也，惟右军为书之正鹄。"②又说："岂有舍仲尼而可以言正道，异逸少而可以为法书者哉？"③王羲之书法是书之"正鹄"，作书当以此为典范，否则走的就不是"正道"，是邪径。他批评书坛弃逸少不习的风气说："逸少我师也，所愿学是焉。奈自祝、文绝世以后，南北王、马乱真，迩年以来，竞仿苏、米。王、马疏浅俗怪，易知其非；苏、米激厉矜夸，罕悟其失。斯风一倡，靡不可追，攻乎异端，害则滋甚。"④出于对以王羲之为代表的正统帖学的捍卫，项穆对苏轼、米芾等北宋尚意书家的批评，应该说是极为严厉的。项穆论书也重视变化，他要求作书须做到"巧妙多端"，即其所说的"奇"。不过他认为变化建立在"正"的基础之上，要求"奇不失正"，

---

① （明）项穆：《书法雅言·正奇》，见上海书画出版社编：《历代书法论文选》，524～525 页，上海，上海书画出版社，2012。

② （明）项穆：《书法雅言·古今》，见上海书画出版社编：《历代书法论文选》，514 页，上海，上海书画出版社，2012。

③ （明）项穆：《书法雅言·规矩》，见上海书画出版社编：《历代书法论文选》，521 页，上海，上海书画出版社，2012。

④ （明）项穆：《书法雅言·书统》，见上海书画出版社编：《历代书法论文选》，513 页，上海，上海书画出版社，2012。

奇中有正。项穆对"奇""正"关系的理解中，"奇"受制于"正"，是不可倒置的。针对帖学中的这种论调，董其昌指出：

> 书家好观阁帖，此正是病，盖王著辈绝不识晋唐人笔意，专得其形，故多正局，字须奇宕潇洒，时出新致，以奇为正，不主故常，此赵吴兴所未尝梦见者，惟米痴能会其趣耳。①

> 古人作书，必不作正局。盖以奇为正，此赵吴兴所以不入晋、唐门室也。《兰亭》非不正，其纵宕用笔处，无迹可寻。若形模相似，转去转远。②

阁帖即《淳化阁帖》，是北宋王著奉敕精选历代名家书法墨迹摹勒刊刻而成，为丛帖之祖。董其昌以为临摹《淳化阁帖》，正是书家犯错地方，因为王著选帖，只关注帖中字形，不能辨识帖中用笔之意，所以所选之帖多"正局"，书家以此为师法对象，会流于形似之弊，守正而不知变。他认为作书"须奇宕潇洒，时出新致"，贵在出奇。认为"不作正局""以奇为正""不主故常"是古人作书的重要特征，是书家作书应遵循的不二法门。对于明代书家尊崇的赵孟頫，董其昌批评其"不入晋、唐门室"，师法王羲之，其实连王羲之书法门径都没摸着，原因不外乎"形模相似"，只能"转去转远"，未能抓住古人作书活动的精神所在。可见，董其昌对作书活动的认识与项穆大相径庭。同样是要求作书富于变化，项穆要求纳变于正，奇不失正，返奇于正，批评"舍正而慕奇"，而董其昌则要求"不主故常"，超正出奇，奇就是正，即"以奇为正"，有"舍正为奇"之意。从思想诉求来

---

① （明）董其昌著，邵海清点校：《容台集》别集卷三《题跋·书品》，650 页，杭州，西泠印社出版社，2012。
② （明）董其昌：《画禅室随笔·论用笔》，见上海书画出版社编：《历代书法论文选》，541 页，上海，上海书画出版社，2012。

看，项穆尚正，侧重承传，旨在维护书学正脉；董其昌尚奇，侧重变化，意在实现个性化创造。因此，董其昌对"奇""正"关系的理解，对于破除帖学模拟因袭之弊具有现实的指导意义。

再次，帖学书法因摹拟有余，变化不足，书作缺乏个性，成为复制品。对此，徐渭说道：

> 非特字也，世间诸有为事，凡临摹直寄兴耳，铢而较，寸而合，岂真我面目哉？临摹《兰亭》本多矣，然时时露己笔意者始称高手。予阅兹本，虽不能必知其何人，然窥其露己笔意，必高手也。优孟之似孙叔敖，岂并其须眉躯干而似之耶？亦取其意气而已矣。①

在徐渭这里，临摹不是机械的模拟行为，而是一种创造活动。它是书家寄托情兴的重要方式，因为有主体情兴的表达，所以书虽临摹而出，却属书家主观创造，具有自家面目。这与那种刻意范古，以逼肖古人为目标的照葫芦画瓢式的摹拟活动有着本质不同。徐渭以为临摹王羲之《兰亭帖》的书作很多，但能称得上高手的，是那些能"时时露己笔意者"。所谓"露己笔意"，是说书家在临摹时，能够将自己的情兴寄托其中，通过笔墨形式的营造传达出来。由此形成的书作，与临摹对象相比，因为有书家自己的东西，必然是具有个性之作。徐渭对"真面目"的强调，正是奔着帖学书法的拟古之弊而来。与徐渭观点相近的还有钟惺：

> 诗文取法古人，凡古人诗文流传于钞写刻印者，皆古人精神所寄也。至于书欲法古，则非墨迹旧拓，古人精神不在焉。今墨迹旧拓存者有几？因思高趣人往往以意作书，不复法古，以无古可法耳。无古无

---

① 《徐渭集·徐文长三集》卷二十《书季子微所藏摹本兰亭》，577页，北京，中华书局，1983。

法，故不若直写高趣人之意，犹愈于法古之伪者。①

书法同诗文一样，均是"古人精神所寄"，取法古人就是要把握古人之精神，但古人墨迹今存无几，"法古"无凭，成为空话。 既然"无古可法"，倒不如"直写高趣人之意"，直接书写自己的意趣。 在钟惺看来，取法古人是不可靠的，作书应该是书家个人情兴的表达活动，这与帖学所主张的以临摹为手段来取法古人的思想截然不同。

最后，在审美风格上，明代帖学书法受赵孟頫影响，继承二王端正流美书风，追求纤柔妍媚。 无论是前中期的台阁书家、吴门书派，还是晚明的董其昌等书作，都体现"媚"的审美特质。 对于帖学书法的尚"媚"倾向，傅山提出"四宁四毋"之说：

> 写此诗(《作字示儿孙》)仍用赵态，令儿孙辈知之，勿复犯此。是作人一著。然又须知赵却是用心于王右军者，只缘学问不正，遂流软美一途。心手之不可欺也如此。危哉！危哉！尔辈慎之。毫厘千里，何莫非然。宁拙毋巧，宁丑毋媚，宁支离毋轻滑，宁直率毋安排。足以回临池既倒之狂澜矣。②

这里指出的"巧""媚""轻滑""安排"，正是帖学书家创作的典型特征，为傅山所憎恶，他以"拙""丑""支离""直率"作为书学的审美取向，具有鲜明的理论针对性。 此说突破了帖学秩序的审美规定，为传统书学开创了新的审美范式。

需要注意的是，晚明书家对帖学的反叛是不彻底的。 一方面，晚明书家

---

① (明)钟惺著，李先耕、崔重庆标校：《隐秀轩集》卷三十五《跋袁中郎书》，578页，上海，上海古籍出版社，1992。
② (清)傅山：《霜红龛书论》，见崔尔平选编点校：《明清书法论文选》，452页，上海，上海书店出版社，1994。

也是在帖学熏陶中成长起来的，对帖学的重法度尚姿媚的书学传统大多数是认同的。徐渭对作书技法的阐释以及对"媚"的强调就是明证。另一方面，明代书学被赵孟頫所笼罩，赵孟頫越过两宋，直取晋唐的书学路径，成为支配明代书学思想主导性因素。经过赵孟頫的倡导，王羲之的书圣地位在元代得以重新确立，成为元明帖学最高的典范，其作品所体现的法度、精神及端正流美的书学风格也因赵孟頫的继承和诠释，深刻影响了明代书家的书学观点和审美理想的形成。晚明书家如董其昌、傅山等对赵孟頫虽有不同程度的批判，但对帖学祖师王羲之少有微词。以董其昌而论，他书学思想的出发点正是拯救式微之中的帖学。他对项穆、赵孟頫的批评依然是维护以晋唐为书学正脉的书学观念，并通过汲取北宋书学尚意精神，为帖学寻找出路。这种状态直至清代碑学的兴起才有了彻底的变化，在金农、郑燮的书学思想中，帖学被秦碑汉石所取代，王羲之的书圣地位也被颠覆，对帖学的理论上的批判才算彻底。

◎ 第四节

徐渭的书画理论

徐渭（1521—1593），字文长，别号田水月，天池山人，青藤道士等，浙江山阴人。《明史》称其"天才超逸，诗文绝出伦辈，善草书，工写花草竹石"[1]。徐渭诗文书画均有突出成就，自称"吾书第一，诗二，文三，画四"[2]，是嘉靖、万历两朝具有鲜明艺术个性的诗文家、书画家。曾师事王畿、季本，受阳明之学，亦喜禅学，生为奇才，却一生坎坷，诸如场屋不

---

[1]　（清）张廷玉等：《明史》卷二百八十八《文苑传四》，7388 页，北京，中华书局，1974。
[2]　（明）陶望龄：《徐文长传》，见《徐渭集·附录》，1341 页，北京，中华书局，1983。

售、囹圄之灾、贫病困顿等，性格狂放狷介，不苟世俗。袁宏道传其云："强心铁骨，与夫一种磊块不平之气，字画之中宛宛可见。"①徐渭的诗、文、书、画是其桀骜不驯个性的写照。

一、"出乎己"与"由乎人"

徐渭书如其诗，纵逸奔放，"苍劲中姿媚跃出"，画如其书，"青藤诸画，离奇超脱，苍劲中姿媚跃出，与其书法奇崛略同"②。徐渭书、画的"离奇超脱"，"苍劲"与"姿媚"共生是与其书、画主张一致的。从其书学来看，一是徐渭关于临摹姿态的思考，二是尚"媚"的审美倾向。

近人马宗霍在《书林藻鉴》中论明代书学时指出："帖学大行，故明人类能行草，虽绝不知名者，亦有可观，简牍之美，几越唐、宋。惟妍媚之极，易黏俗笔。可与入时，未可与议古。次则小楷亦劣能自振，然馆阁之体，以庸为工，亦但宜簪笔干禄耳。至若篆隶八分，非问津于碑，莫由得笔，明遂无一能名家者。又其帖学，大抵亦不能出赵吴兴范围，故所成就终卑。"③明代帖学大行，与元赵孟頫的影响不无关系，赵孟頫书追摹晋唐，直取妍媚一格，将钟、王帖学传统推向新的高度，成为明人纷纷效仿的对象。明初出现的以三宋、二沈为代表的工整婉丽的"馆阁体"是典型表征。帖学的盛行表明明人重视临摹在学书过程中的作用，通过研读、临摹古人法帖，掌握作书要领，是成长为书家的有效途径，当然值得倡导。但是，临摹也有其弊端。一是临摹者容易受前人作品成规的影响，思维受到束缚，手脚不能放开，很难做到个性化的创造，作品沦为"奴书"。上者能以假乱真，逼肖

---

① （明）袁宏道：《徐文长传》，见《徐渭集·附录》，1342～1343 页，北京，中华书局，1983。
② （明）张岱著，云告点校：《琅嬛文集》卷五《跋徐青藤小品画》，168～169 页，长沙，岳麓书社，2016。
③ 马宗霍辑：《书林藻鉴》卷十一，见《书林藻鉴 书林记事》，164 页，北京，文物出版社，1984。

前人，下者亦步亦趋，不敢越雷池半步。 这样的作品缺乏作者的真性情，成为没有生气的复制品。 二是临摹者往往受兴趣左右，视野极其狭窄，不能转益多师。 明人临帖往往不能上追晋唐，眼光多局限在赵孟頫一家，这是明代书作成就低微的重要原因。 明代帖学的这种症候是明初以来复古文艺思潮在书学领域的体现。

对于明人学书之弊，徐渭的认识极为清醒。 他指出：

> 近世书者阒绝笔性，诡其道以为独出乎己，用盗世名，其于点画漫不省为何物，求其仿迹古先以几所谓由乎人者已绝不得，况望其天成者哉！……盖蜗蚓之死者耳！噫，可笑也！可痛也！①

明人喜空谈心性，有束书不观之陋习，反映在书学领域，也存在空疏不学的情况。 徐渭在这里批评作书者"阒绝笔性"，甚至连点画都不知为何物的现象，即是言此。 这些人不仅不事临摹，"仿迹古先"，而且欺世盗名，自诩独创。 他们的书作形同僵死的蚯蚓，这种自欺欺人的风气着实令人心痛。徐渭以为，书艺境界的造就有两种方式，一是"天成"，二是"学"。

> 夫不学而天成者尚矣，其次则始于学，终于天成，天成者非成于天也，出乎己而不由于人也。敫莫敫于不出乎己而由乎人，尤莫敫于罔乎人而诡乎己之所出，凡事莫不尔，而奚独于书哉？②

"天成"不是指天赋所成，而是指人的个性化创造，即所谓"出乎己而不由于人"。 如果不需通过学习前贤作品就能进行个性化创造，当然是最好的。现实中，这种"天成"不仅难得一遇，而且常常成为一些不学无术的人沽名

---

① 《徐渭集·徐文长佚草》卷二《跋张东海草书千文卷后》，1091 页，北京，中华书局，1983。
② 同上书，1091 页。

钓誉、自我吹捧的托词。 在徐渭看来，"天成"可贵，但不是可望而不可即的，可以通过"学"来达到。 要想作书，必始于"学"，学而后精，臻于"天成"。 "学"作为成就书艺境界的通道，不是依样画葫芦，追求逼似前人，而是要在临摹中表达自己，寄寓情兴。 换句话讲，临摹（即"学"）只是手段，不是目的。 在徐渭这里，"出乎己"与"由乎人"是两种截然不同的临摹姿态。 "出乎己"表现为创造，临摹是学书者表现其主观情兴的重要手段，临摹就是创造。 创造就是出新，临摹中要有新变，要有临摹者主观世界的东西。 这样，临摹出来的作品就不会成为前人的复制品，而是内含着学书者个体生命精神的书学创作。 "由乎人"则是为临摹而临摹，临摹由手段变为目的，其特征是只追求形式上逼似，如同机械的复制，忽视临书者主观世界的表达，临摹出的作品缺少生机生趣。 重视主观世界的表达，是徐渭世界观的重要组成部分，不只体现于书学活动中。 他曾说：

> 非特字也，世间诸有为事，凡临摹直寄兴耳，铢而较，寸而合，岂真我面目哉？临摹《兰亭》本者多矣，然时时露己笔意者，始称高手。予阅兹本，虽不能必知其为何人，然窥其露己笔意，必高手也。优孟之似孙叔敖，岂并其须眉躯干而似之耶？亦取诸其意气而已矣。①

"世间诸有为事"，即人类有意义的活动，包括书学活动，都应是实施者的"寄兴"行为。 临摹作为书学活动，是临摹者情兴的直接寄托，而不是那种铢寸必较、毫厘必合的纯粹的摹拟行为。 临摹既是成就书艺的重要手段，也是学书者主观情兴表现的重要方式。 徐渭以王羲之书学名作《兰亭序》为例，指出临此帖者多不胜数，但是能称为"高手"的，所临之作必"露己笔意"，即笔迹之中能显露一己之情怀。 这种以有无作书者主观表现为评价依据展开的书学批评，是徐渭书学理论的重要特征。 判断一部作品境界高下，

---

① 《徐渭集·徐文长三集》卷二十《书季子微所藏摹本兰亭》，577 页，北京，中华书局，1983。

只需"取诸意气"，不能只看形似与否。他说：

> 以余所谓东海翁善学而天成者，世谓其似怀素，特举一节耳，岂真
> 知翁者哉！余往年过南安，南安其出守地也，有东山流觞处草铁汉楼
> 碑，皆翁遗墨，而书金莲寺中者十余壁，具数种法，皆臻神妙，近世名
> 书所未尝有也，乃今复得睹是草于门人陆子所。余有感于诡者之散之妄
> 议，因忆往时所见之奇之有似于此书也，而为叙之如此。忆世事之散，
> 岂直一书哉！岂直一书哉！[①]

他批评世人对张东海草书似怀素的看法，说其是"妄议"，并没有真正理解
张东海的书作。徐渭对"出乎己"与"由乎人"两种临摹姿态的思考，是建
立在对现实书学之弊的反思基础上的。他强调"出乎己"，重视临摹的表现
意义，倡导个性化主观创造，这是他对帖学中的临仿理论做出的重要贡献。

二、"本色"与"相色"

强调临摹的"兴寄"功能是与徐渭的艺术"本色"论相联系的。他说：

> 世事莫不有本色，有相色。本色，犹俗言正身也。相色，替身也。
> 替身者，即书评中婢作夫人终觉羞涩之谓也。婢作夫人者，欲涂抹成主
> 母而多插带，反掩其素之谓也。故余于此本中贱相色，贵本色。众人喷
> 喷者，我呴呴也。岂惟剧者，凡作者莫不如此。嗟哉，吾谁与语！众人
> 所忽，余独详；众人所旨，余独唾。嗟哉，吾谁与语！[②]

---

① 《徐渭集·徐文长佚草》卷二《跋张东海草书千文卷后》，1091 页，北京，中华书局，1983。
② 《徐渭集·徐文长佚草》卷一《西厢序》，1089 页，北京，中华书局，1983。

在徐渭看来，"本色"和"相色"是同一事物的两种存在形态。"本色"是事物本真的形态，是未经掩饰的原生态的存在，是"正身"。"相色"是覆盖在事物"本色"之上，经过人工妆饰"涂抹"的外在形象，这是一种虚假之象，因其形态上的高度相似，以至于达到"以假乱真"，可以替代"本色"，是"替身"。比之"本色"，"相色"在外在形态上更能刺激人的审美感官，往往被人们所钟爱。对此，徐渭态度鲜明："贱相色，重本色"，表现出不合流俗的坚定意志。临摹作为书学活动，而应当凸显作者的"本色"，即"真我面目"。因此，临摹不应是在形式上寸铢必较，逼似前人的摹拟活动，应当是体现作者个性的创作活动，在点画中寄托作者的主观情兴。否则，就像奴婢一样，无论怎么刻意模仿夫人，终觉"羞涩"，并非夫人"本色"。对书学活动中"本色"的重视，体现在审美理想上，就是"媚"的价值取向。

> 世好赵书，女取其媚也，责以古服劲装可乎？盖帝胄王孙，裘马轻纤，足称其人矣。他书率然，而《道德经》尤媚。然可以为槁涩顽粗，如世所称枯柴蒸饼者之药。①

"女为悦己者容"，女子之"媚"是其性别表达的需要，是女性之"本色"，如穿上"古服劲装"，着男性服，便失其"本色"。书学创作也类似于此，赵孟頫的"媚"是其"帝胄王孙"身份的表达，是其"本色"的书学呈现。明人追摹赵孟頫，妍媚书风盛行，徐渭不免笼罩其下，在书学上也崇尚妍媚一格。对于赵孟頫的书学之"媚"，与后期傅山的严厉批判不同，徐渭是持肯定意见的："孟頫虽媚，犹可言也。"②这种"媚"不仅指书体呈现的美学形态，还指一种书写方式，是可以用作医治那些毫无个人性情、缺乏审美意蕴的"槁涩顽粗"之作的"良药"的。徐渭指出：

---

① 《徐渭集·徐文长三集》卷二十《书子昂所写道德经》，572 页，北京，中华书局，1983。
② 《徐渭集·徐文长逸稿》卷二十四《评字》，1054 页，北京，中华书局，1983。

古人论真行与篆隶，辨圆方者，微有不同。真行始于动，中以静，终以媚。媚者盖锋稍溢出，其名曰姿态，锋太藏则媚隐，太正则媚藏而不悦，故大苏宽之以侧笔取妍之说。赵文敏师李北海，净均也，媚则赵胜李，动则李胜赵。夫子建见甄氏而深悦之，媚胜也，后人未见甄氏，读子建赋无不深悦之者，赋之媚亦胜也。①

这里以真书、行书为例，对"媚"及其表现方法做了解释。就真书、行书来说，落笔要有运动之势，行笔过程要有沉着之力，收笔要有妍媚之态。"媚"是笔迹运动至最后所呈现的审美效果。"媚"取决于用笔方式，笔锋的运行要拿捏好分寸，既不能"太藏"（即笔的锋芒隐藏在点画之中），又不能"太正"（即行笔过程中尖锋主毫始终走在笔画的正中），否则都有损于"媚"的呈现。徐渭结合曹植《洛神赋》的创作与接受，强调"媚胜"的书学意义："分间布白，指实掌虚，以为入门。迨布匀而不必匀，笔态入净媚，天下无书矣。"②"媚"后无书，书学创作之至境是"媚"，显然，"媚"在徐渭书学中是作为最高审美理想存在的。

徐渭重视临摹的"兴寄"功能，要求书家表现自己的"本色"，旨在强调书家的主体精神。"媚"作为审美价值取向，不仅是书体形态的妍媚，更是书家的主观情感在书学上的投射与表达。这点在徐渭的书法作品上表现极为突出。徐渭的书作多醉后之笔，不计工拙，恣意挥洒，妍媚自具，是其内心情感的感性呈现。

三、"怡性弄情，工而入逸"

徐渭的画学思想与其书论一样，重主体"兴寄"和"本色"表现，如其

---

① 《徐渭集·徐文长三集》卷二十《赵文敏墨迹洛神赋》，579 页，北京，中华书局，1983。
② 《徐渭集·徐文长逸稿》卷二十四《评字》，1054 页，北京，中华书局，1983。

论牡丹一图的创作时说：

> 牡丹为富贵花主，光彩夺目，故昔人多以钩染烘托见长，今以泼墨为之，虽有生意，终不是此花真面目。盖余本窭人，性与梅竹宜，至荣华富丽，风若牛马，宜弗相似也。[①]

牡丹是深受画家喜爱的描绘对象，雍容华丽，光彩夺目，被人们视为富贵的象征。 徐渭认为，前人创作牡丹多用"钩染烘托"之法，即先用工笔勾勒外形，再用墨仔细点染轮廓，烘托出牡丹形象。 这种技法院体画家惯用，以追求形似来达到传神的效果。 这种极尽人工雕琢才能的绘画方法，虽然能够做到逼似实物，却因受到对象形体的拘束，画家不能自由创造，缺少自然天成的那种生气。 徐渭则以"泼墨"之法来创作，即先将墨泼洒在纸绢上，然后随其形状进行涂抹，绘成形象。 这种技法不刻意追求形似，只是通过墨的深浅浓淡等层次来传达对象的风神，如同自然生成，富有生气。 由于摆脱了对象形体的拘束，画家能自由地进行主观创造，将自己的情感体验宣之于画，借之抒发情怀，因此为文人画画家所乐用。 这里徐渭否定自己的创作是"此花真面目"，因为牡丹是富贵之花，富贵气象才是它的"真面目"。 而他自己本是"窭人"（穷人）一个，并且性情与梅花、竹子相近，与富贵荣华相距太远。 此图写的虽是牡丹，却与徐渭身份性情不合。 作为画家情兴寄托的载体，它传达的是徐渭本人穷困的生活感受和桀骜不驯的个性，这与牡丹作为富贵之花所蕴含的华丽高贵的气息迥然不同。 可见，在画学上，徐渭依然重视绘画主体主观世界的表现，认为画作应体现画家的"本色"。

以泼墨方式抒写主观情意是徐渭画作主要特征，他喜欢那种墨汁酣畅淋漓、满纸生气的创作风格，以此传达内心的苦闷和幽思。 比如《墨葡萄》一图，就是用大片的水墨泼成，并题诗一首，以葡萄自喻，抒写人生感受。 这

---

① 《徐渭集·补编·墨牡丹》，1310 页，北京，中华书局，1983。

种恣意挥洒的创作方式，与徐渭对绘画审美功能及表现方法的认识是分不开的。 他指出：

> 奇峰绝壁，大水悬流，怪石苍松，幽人羽客，大抵以墨汁淋漓，烟岚满纸，旷如无天，密如无地为上。 百丛媚萼，一干枯枝。 墨则雨润，彩则露鲜。 飞鸣栖息，动静如生。 怡性弄情，工而入逸。 斯为妙品。①

"墨汁淋漓"是指泼墨的视觉效果，"烟岚满纸"是指山水生机的感性形态，"旷如无天，密如无地"是说画面空间表现，这是就山水画创作来说的；"墨则雨润，彩则露鲜"是就花鸟画创作用墨和设色而言的。 无论是山水画还是花鸟画，对传达对象的生气来说，如何用"墨"都是重要因素。"怡性弄情"是指绘画的审美功能。 对画家来说，则主要指寄托情兴的表现活动。 对于"情"，徐渭曾说：

> 人生堕地，便为情使。 聚沙作戏，拈叶止啼，情防此已。 迨终身涉境触事，夷拂悲愉，发为诗文骚赋，璀璨伟丽，令人读之喜而颐解，愤而眦裂，哀而鼻酸，恍若与其人即席挥麈，嬉笑悼唁于数千百载之上者，无他，摹情弥真则动人弥易，传世亦弥远。②

人自出生时始，就为"情"所役使。"情"产生于心灵对人生境遇的感触，表现为"夷拂悲愉"，并且通过诗文骚赋的创作传达出来。 读者读其文感同身受，心中也有"夷拂悲愉"之感。 这里，徐渭诠释了诗文的创作与接受活动，即由外物的感发，产生了情感，情感推动创作，于是便有诗文的产生。读者通过阅读诗文作品，情感上产生共鸣，体现为感动。 在徐渭看来，

---

① 《徐渭集·徐文长三集》卷十六《与两画史》，487 页，北京，中华书局，1983。
② 《徐渭集·补编·选古今南北剧序》，1296 页，北京，中华书局，1983。

"情"既是诗文创作的动力因素，又是诗文表现的对象。 情感愈真，作品就愈有动人的力量。 此虽是论诗文创作，亦通于书画。 他在论书时说过"非特字也，世间诸有为事，凡临摹直寄兴耳"①，绘画作为世间"有为事"，摹写事物，当然也是"寄兴"——情感的表现活动。 不同于诗文以语言为表达手段，绘画则以空间的表现——物象的绘写来传达画家的情感。 情感愈真，物象愈真，反之亦然。"急掀一过，不必跨驴向灞桥，而诗思飘然，于是呼管赠典君，书旧所赠二幅，使吟之。 典君试吟，果亦不必跨驴向灞桥，而画思飘然，更扫一枝以归我耶？"②在情感的推动下，可以作诗，也可以作画，而表现的情感是一样的，"诗思"即"画思"。

"工而入逸"是徐渭对绘画创作活动的具体要求。 明代院体画家作画常施以工笔，对表现对象作精心刻画，工谨细致，以求逼似。 以这种创作方法作画，表现的实际上只是对象的形式特征，往往"求似"有余，而在对象的生气表现上却不足，不能做到"气韵生动"。 徐渭在论画梅时指出：

> 自古咏梅诗以千百计，大率刻深而求似多不足，而约略而不求似者多有余。然则画梅者得无亦似之乎？典宝君之谱梅，其画家之法必不可少者，予不能道之，至若其不求似而有余，则予之所深取也。③

"刻深而求似多不足"即细致地刻画对象，以达到形式上的相似，却在对象生气方面表现不够充分。"约略而不求似者多有余"即粗略地勾染对象，不追求形式上的相似，在对象生气方面表现却很到位。 徐渭反对"刻深而求似"，赞同"不求似而有余"的创作态度，这与他在绘画批评标准有关。他说：

---

① 《徐渭集·徐文长三集》卷二十《书季子微所藏摹本兰亭》，577 页，北京，中华书局，1983。
② 《徐渭集·徐文长三集》卷七《书刘子梅谱二首·序》，303 页，北京，中华书局，1983。
③ 同上书，303 页。

吴中画多惜墨，谢老用墨颇侈，其乡讶之，观场而矮者相附和，十几八九，不知画病不病，不在墨重与轻，在生动与不生动耳。飞燕玉环纤秾悬绝，使两主易地，绝不相入，令妙于鉴者从旁睨之，皆不妨于倾国。古人论书已如此矣，矧画乎?①

徐渭认为判断一幅画"病不病"，不是看墨的使用是轻还是重，而是看画的传达效果是否"生动"。 他以汉代的赵飞燕和唐时的杨玉环为例，指出形体上两人一瘦一肥，相差悬殊，但这并没有妨碍她们倾国倾城。 原因是人们的判断依据在于她们的风韵而不是形体。 绘画也是如此，当不以笔墨的轻重来作依据，而应以是否"生动"为标准。 反映在绘画创作上，徐渭反对形式上"刻深而求似"，提倡"不求似而有余"，即追求形似之外的审美效果。

◎ 第五节
傅山的书画理论

傅山（1607—1684），初名鼎臣，后改名山，字青竹，后改青主，别署公它、石道人，号啬庐、丹崖翁、朱衣道人等。 阳曲（今属山西）人。 善诗、书、画。 其画山林，气概浩荡，骨格奇峭，丘壑磊落，有奇逸气势；间写竹石，不落恒蹊，超然出尘。 传世作品有《江深草阁寒图》《云根黛色图》等，著述有《霜红龛集》。 傅山画论不多，以书论为主。 入清之后坚持不仕，其民族气节及遗民心态深深影响其书画理论。

就其书论言之，一是文出于行，字出于人。 他继承书论史上"字如其

---

① 《徐渭集·徐文长三集》卷二十《书谢叟时臣渊明卷为葛公旦》，574 页，北京，中华书局，1983。

人"这一传统观点，坚持以人论书。傅山说道："世之人不知文章生于气节，见名雕虫者多败行，至以为文行为两；不知彼其之所谓文，非其文也。"①认为"文"与"行"不是为"两"，而是为"一"的。所谓"文章生于气节"实是儒学"诗品出于人品"的另类表述，旨在强调"人品"对于作文的重要性。这种观念也成其论书一条重要原则。他多次指出"作字"与"作人"之间的关系，如：

> 作字如作人，亦恶带奴貌。试看鲁公书，心画自孤傲。②

> 作字先作人，人奇字自古。纲常叛周孔，笔墨不可补。诚悬有至论，笔力不专主。……永真溯羲文，不易柳公语。未习鲁公书，先观鲁公诰。平原气在中，毛颖足吞虏。③

> 梁乐甫先生字全不用古法，率性操觚，清真劲瘦，字如其诗，文如其人，品格在倪瓒之上三四倍，非人所知，别一天地也。④

"鲁公"指颜真卿，傅山称颜真卿的书是其"心画"，即颜真卿的书法是其内在精神品格的表现，其胸次高，其书就高，以此可见，字如其人，人同其字。从创作来看，"作字如作人"，"作人"主要指精神品格方面的修为，有什么样的人格、品格就会有什么样的字。颜书有"吞虏"之气势正是源于

---

① （清）傅山：《霜红龛集》卷二十七《杂著一·韩文公》，749～750 页，太原，山西人民出版社，1985。
② （清）傅山：《霜红龛集》卷五《五言古·题昌谷堂字率意所及多蔓言不责仑脊》，141 页，太原，山西人民出版社，1985。
③ （清）傅山：《霜红龛集》卷四《五言古·作字示儿孙》，90～91 页，太原，山西人民出版社，1985。
④ （清）傅山：《霜红龛集》卷二十五《家训·十六字格言》，700 页，太原，山西人民出版社，1985。

其胸中有气节。傅山推崇柳公权（字诚悬）"用笔在心，心正则笔正"①之说，把书法创作与主体的人格品质联系起来，字品出于人品，人品超拔脱俗，其字自然高古。与赞美颜真卿其人其书相反，他对赵孟頫则是另种态度："予极不喜赵子昂，薄其人，遂恶其书。"②赵孟頫本是大宋宗室，入元之后变节成为不耻之"贰臣"，书史上其书成就虽高，但不被傅山所认可。傅山曾回忆早年学书经历：

> 贫道二十岁左右，于先世所传晋、唐楷书法无所不临，而不能略肖。偶得赵子昂《香光诗墨迹》，爱其圆转流丽，遂临之，不数过而遂欲乱真。此无他，即如人学正人君子，只觉觚棱难近，降而与匪人游，神情不觉其日亲日密，而无尔我者然也。行大薄其为人，痛恶其书浅俗，如徐偃王之无骨，始复宗先人四五世所学之鲁公而苦为之，然腕杂矣，不能劲瘦挺拗如先人矣。比之匪人，不亦伤乎？不知董太史何所见而遂称孟頫为五百年中所无。贫道乃今大解，乃今大不解。③

就人品气节而言，赵孟頫显然不是"正人君子"一类，傅山认为其书易学，只因其是"匪人"一流。他对赵的失节无行"大解"，对其书则"大不解"，批评董其昌对赵孟頫在书史上地位的界定。因薄其为人而恶其为书，体现了傅山书学批评中有着浓厚的道德意味，这正是其遗民心态在书学批评上的投射，他对气节的强调就是明显的例证。

从"作字如作人"出发，傅山反对"奴书"，重视独创，追求个性化的创作。作人恶带奴貌，作字亦然。"字亦何与人事，政复恐其带奴俗气，若

① （后晋）刘昫等：《旧唐书》卷一百六十五《柳公权传》，4310 页，北京，中华书局，1975。
② （清）傅山：《霜红龛集》卷二十五《家训·字训》，679 页，太原，山西人民出版社，1985。
③ （清）傅山：《霜红龛集》卷四《五言古·作字示儿孙》，91～92 页，太原，山西人民出版社，1985。

得无奴俗习,乃可与论风期日上耳,不惟字。"①所谓"奴俗气",即作书只知规模前人而不知变通,随人作计,书作缺少创造性,全是他人之气息。傅山强烈反对这种习气:"不拘甚事,只不要奴,奴了,随他巧妙雕钻,为狗为鼠已耳。"②他对缙绅中盛行的董其昌、米芾书风深表不满:

> 凡事上有好之,下有甚焉。当时以书法噪于缙绅者,莫过于南董北米。董则清媚,米又肥靡。其为颜、柳,足以先后书法者无之。所以董谓赵孟𫖯为五百年来一人。③

清初书坛盛行董其昌、米芾等人那种清媚、肥靡、软美之风,不见颜真卿、柳公权那种富于气骨之作,这种情况虽起于帝王喜好之影响,但主要是为书者身上缺少独立的人格所致,尤其是缺少颜真卿、柳公权身上那种正气和铁骨。"幽独始有美人,澹泊乃见豪杰,热闹人毕竟俗气"④,人们对董、米之书趋之若鹜,这不仅是奴性重,而且俗不可耐。他厌恶赵孟𫖯"其书浅俗,如徐偃王之无骨"⑤,批评董其昌对赵孟𫖯的推崇,体现其书学中独立自由的精神与对刚劲瘦硬书风的倡导。

"奴书"本质上是师古的问题。学习古人的作品,贵在创新,写出变化,唯其如此才不会成为"奴书"。对此,傅山提出"正入变出"一说,其云:"写字不到变化处不见妙,然变化亦何可易到!不自正入,不能变出。此中饶有四头八尾之道,复謷不愧而忘人,乃可与此。但能正入,自无婢贱

---

① (清)傅山:《霜红龛集》卷二十五《家训·十六字格言》,701页,太原,山西人民出版社,1985。

② (清)傅山:《霜红龛集》卷三十八《杂记三》,1054页,太原,山西人民出版社,1985。

③ (清)傅山:《霜红龛集》卷十七《书后·书神宗御书后》,512页,太原,山西人民出版社,1985。

④ (清)傅山:《霜红龛集》卷二十五《家训·佛经训》,686页,太原,山西人民出版社,1985。

⑤ (清)傅山:《霜红龛集》卷四《五言古·作字示儿孙》,91页,太原,山西人民出版社,1985。

野俗之气。"①写字之妙在于见出变化，"变"是书作"妙"处所在。 如何才能"变"，傅山以为关键在于"正入"。 对于"正"，傅山云："写字之妙，亦不过一正，然正不是板，不是死，只是古法。"②"正"就是"古法"，即古人的法度，"正入"即学书必须从古人的法度入手，重点在于领会其精神，而不是死守古法，将其教条化。 如能做到"正入"，自然无卑贱野俗之气。 傅山以赵孟頫为例告诫儿孙，强调"正入"的重要性，"然又须知赵却是用心于王右军者，只缘学问不正，遂流软美一途"③。 赵孟頫师法王羲之无可非议，但其学问不"正"，不能以正确的态度来对待右军的书作，领会其法度精神，结果只学得右军流丽之体，走向软美之路。 这正是其不能"正入"的结果。"正入"是为了"变出"，旨在创新，创作出自具个性的作品。

傅山对书画的本原也有着自己的认识，指出：

> 凡字、画、诗文，皆天机浩气所发。一犯酬酢请祝，编派催勒，机气远矣。无机无气，死字死画死诗文也，徒苦人耳。④

所谓"天机"实即灵感，"浩气"是主体心中的正气。 字、画、诗文是灵感闪现时一挥而就，也是浩气涌动时不经安排的自然书写。 这里傅山指出了书画创作时的自由性。 作书作画，主体生命需处于一种不受束缚的自由状态，只有如此，所作的字与画才能是灌注主体生命精神的活的东西。 他对此深有体会：

---

① （清）傅山：《霜红龛集》卷二十五《家训·十六字格言》，695 页，太原，山西人民出版社，1985。
② （清）傅山：《霜红龛集》卷二十五《家训·字训》，677 页，太原，山西人民出版社，1985。
③ （清）傅山：《霜红龛集》卷四《五言古·作字示儿孙》，92 页，太原，山西人民出版社，1985。
④ 《傅山论书》，见潘运告主编，桂第子译注：《清前期书论》，88 页，长沙，湖南美术出版社，2003。

　　文章小技，于道未尊，况兹书写，于道何有？吾家为此者，一连六七代矣。然皆不为人役，至我始苦应接俗物。每逼面书，以为得真。其实对人作者，无一可观。且先有忿懑于中，大违心手造适之妙，真正外人那得知也。然此中亦有不传之秘。①

　　书法于今，此道甚难。吾书于古人，一毫不似，而又多为牵率人事之书，那能少有合处？②

作书本是心有所触，手即作之，心手相应，自然生成。索书者不知此，当面强索，作书者心中本无作书之冲动，而迫于人情、牵率人事，勉强作书，这种书作只能是"死字"，当然无可观之处。傅山于此实是道出主体的创作心胸问题。作书者当不受外物所役，保持独立自由的心境，才有天机出现的可能。

　　"四宁四毋"向来被视为傅山书学思想的核心，是其对书学理论的重要贡献。学界对此看法各异。有视其为傅山的审美观念，有视其为傅山的政治倾向，这些看法都有一定的道理。理解"四宁四毋"先要将其语境还原。傅山云：

　　写此诗仍用赵态，令儿孙辈知之，勿复犯此，是作人一著。然又须知赵却是用心于王右军者，只缘学问不正，遂流软美一途。心手之不可欺也如此。危哉！危哉！尔辈慎之。毫厘千里，何莫非然？宁拙毋巧，宁丑毋媚，宁支离毋轻滑，宁直率毋安排，足以回临池既倒之狂澜矣。③

---

① （清）傅山：《霜红龛集》卷四十《杂记五》，1133页，太原，山西人民出版社，1985。
② 《傅山论书》，见潘运告主编，桂第子译注：《清前期书论》，88页，长沙，湖南美术出版社，2003。
③ （清）傅山：《霜红龛集》卷四《四言古·作字示儿孙》，92页，太原，山西人民出版社，1985。

"此诗"即《作字示儿孙》一诗，如前所引，该诗以为作字如作人，推崇柳、颜其人其书，明作书正道。诗后附注，注中批评赵孟頫其人薄，其书俗，告诫儿孙学书作字不要像赵孟頫那样，学王羲之的"圆转流丽"不成，终流入软美之途。"四宁四毋"是傅山对儿孙学书作字的具体要求，其义甚明。问题在于该注最后一句，"足以回临池既倒之狂澜"，论者联系清初书坛肥靡软美之风气成因，以为"四宁四毋"不只是论书，而且是傅山以此来反抗朝廷，进而与其刚直的个性和民族气节联系起来，表现明显的政治倾向，并且援引清史学家全祖望语"君子以为此说非只言书也"作为论据。①

此说不乏卓见，值得肯定。清初书坛风尚生成确有傅山所说"上有所好，下必甚焉"之因素，作书者为投上所好，以董、米之书为标的，"巧""媚""轻滑""安排"应是作书者中普遍之现象。"巧""媚""轻滑"是观书者的审美体验，也是作书者的用意所在。"安排"指经营布置，描述作书者的构思活动。傅山用四个"毋"加以否定，其矛头确是指向书坛现状。针对书坛流弊，傅山采取的是"拙""丑""支离""直率"，前三个词语仍然带有审美性质，后一个词语也是用来描述作书者的创作活动的。傅山虽用"毋"和"宁"这一表示选择关系的关联词将这八词组合在一起，表达自己的主张，可见其态度之坚决，但问题不在后四词，傅山对前四词的认识，才是我们把握"四宁四毋"的重点。在我们看来，关联词"宁"字的使用，从表面上看，傅山选择这四词是无奈之举，"宁""毋"对举确如有学者所论有两害择其轻之意，但这并不意味着傅山不看重这四词。如结合傅山其他书论，这四词恰恰揭示了傅山书学审美观念的价值取向，其核心只是一个"拙"字，"丑""支离""直率"都是"拙"在书法创作中的表现，而其要旨在归于"自然"，这是我们把握傅山书画美学思想的关键。

对于"拙"，傅山曾说道：

---

① 参见蔡显良：《傅山书法的"天机自然"与"四宁四毋"》，载《文艺研究》，2014（7）。

拙不必藏，亦不必见。杜工部曰："用拙存吾道。"内有所守，而后外有所用，皆无心者也。藏与见，皆有心者也。有心则貌拙而实巧，巧则多营，多营而虽有所得而失随之，究之得不偿失。守之云者，可以求，可以无求，弗求之矣；可以舟旋，可以无舟旋，弗舟旋之矣；可以思虑，可以无思虑，弗思虑之矣。和尚家风，坏色死灰以为清净。《易》曰："无思也，无为也"，感而遂通天下之志，则拙之道成矣。①

"拙"与"巧"本是老庄哲学中的一对重要范畴，《道德经》第四十五章说："大直若屈，大巧若拙，大辩若讷。"《庄子·胠箧》也说："毁绝钩绳而弃规矩，擿工倕之指，而天下始人有其巧矣。故曰'大巧若拙'。"在老庄看来，"拙"与"巧"是对立统一的，外在的"拙"恰恰是"大巧"的体现，其实现途径是"绝钩绳而弃规矩，擿工倕之指"，即只有排除人工的智巧，才能臻至"大巧"。因此，"拙"意味着去除人工的安排，遵从自然的法则。从艺术创作来看，它要求作者在创作中泯却人工的痕迹，让传达的对象自然地呈现。傅山对"藏"与"见"、"有心"与"无心"的论述旨在强调"拙"作为书艺之道的基本特征，其根本精神是与老庄哲学相通的。他指出：

写字无奇巧，只有正拙，正极奇生，归于大巧若拙已矣。不信时，但于落笔时先萌一意，我要使此为何如一势，及成字后与意之结构全乖，亦可以知此中天倪造作不得矣。手熟为能，迩言道破。王铎四十年前字极力造作，四十年后无意合拍，遂能大家。②

凡事天胜，天不可欺。人纯天矣，不习于人，而自欺以天。天悬

---

① （清）傅山：《霜红龛集》卷二十《记》（缺题），576～577页，太原，山西人民出版社，1985。
② （清）傅山：《霜红龛集》卷二十五《家训·字训》，678～679页，太原，山西人民出版社，1985。

空，造不得也；人者，天之便也，勤而引之，天不深也。

　　写字一道，即具是倪，积月累岁自知之。①

　　吾极知书法佳境，第始欲如此而不得如此者，心手、纸笔、主客互有乖左之故也。期于如此而能如此者，工也；不期如此而能如此者，天也。一行有一行之天，一字有一字之天。神至而笔至，天也；笔不至而神至，天也：至与不至，莫非天也。吾复何言，盖难言之。②

"天倪"亦是庄子语，即自然的分际，可理解为自然或自然的法则。书艺是有其自身"天倪"的，"一行有一行之天，一字有一字之天"，是不可以通过人工"造作"来获得的。书法创作只有遵循自然的法则，才可以获得"天机自然之妙"。傅山以为"写字无奇巧"，因为"奇"与"巧"是人的主观判断，属于人的"机心"，创作时，有此机心在先，就会出现"第始欲如此而不得如此者"，此乃"心手、纸笔、主客互有乖左之故也"。越是如此"造作"，离天机自然之妙就越远。"俗字全用人力摆列，而天机自然之妙，竟以安顿失之。"③傅山不以"奇""巧"论作书，其思想基础就是以"拙"为作书之道，由此可见，"拙"是其书学思想中的一个基本审美范畴，追求自然的审美趣味是其根本特征。

　　据此，傅山所言"宁拙毋巧"，实质上是借创作上的"拙"来实现作品"大巧"的艺术境界。他要求书家在创作中力避人工的机巧即刻意营造，使作品呈现自然的审美风貌，体现了中国传统美学中力求规避人工秩序，以自

---

①　（清）傅山：《霜红龛集》卷三十八《杂记三》，1053页，太原，山西人民出版社，1985。
②　（清）傅山：《霜红龛集》卷二十五《家训·字训》，679～680页，太原，山西人民出版社，1985。
③　（清）傅山：《霜红龛集》卷二十五《家训·十六字格言》，694～695页，太原，山西人民出版社，1985。

然为最高审美理想的基本特点。傅山对"拙"的认识，突破了王羲之以来强调"意在笔先"的书学创作传统，将主体的心、手从前人成规中解放出来，进行自由的创造。在他看来，书法创作应是主体自由的表达，而刻意的营造必将束缚主体的心灵，造成心手不一、主客互乖之现象，这是导致书学不振的重要原因。

再看看"丑""支离""直率"。傅山云：

> 至于汉隶一法，三世皆能造奥，每秘而不肯见诸人，妙在人不知此法之丑拙古朴也。①

> 汉隶之不可思议处，只是硬拙，初无布置等当之意。凡偏傍左右，宽窄疏密，信手行去，一派天机。②

> 王龙池道行以能大书名，实无足观也。唯与钱绂之先生作"毋不敬"三字，尺三四寸大，支离可爱。以其作字时无作字意在中，绂之又其后辈，故不能束缚耳。③

傅山论书，极重汉书，如其论楷书作法，着重指出："楷书不自篆、隶、八分来，即奴态不足观矣。"④"楷书不知篆、隶之变，任写到妙境，终是俗格。"⑤尤其是汉隶一法，傅家三代视为书学秘密不肯示人，而其妙处在于"丑拙古朴"，汉隶的"丑""古""朴"总归一个"硬"字，故傅山又称其妙为"硬拙"，其特点在于"初无布置"，"信手行去"，也即其所言的"直

---

① （清）傅山：《霜红龛集》卷三十七《杂记二》，1044页，太原，山西人民出版社，1985。
② （清）傅山：《霜红龛集》卷三十八《杂记三》，1056页，太原，山西人民出版社，1985。
③ （清）傅山：《霜红龛集》卷四十《杂记五》，1118页，太原，山西人民出版社，1985。
④ （清）傅山：《霜红龛集》卷二十五《家训·十六字格言》，694页，太原，山西人民出版社，1985。
⑤ （清）傅山：《霜红龛集》卷三十七《杂记二》，1037页，太原，山西人民出版社，1985。

率"。 这种不经安排，挥笔直书而创作出来的作品呈现出"一派天机"。至于"支离"，傅山在论王道行作"毋不敬"三字时，评其"支离可爱"，这种"支离可爱"源于创作时"无作字意"，又不受他人"束缚"的这种自由的创作活动。 可见，在傅山书学中，"拙""丑""支离""直率"是有着内在联系的，"直率"要求创作主体排除机心，率性而作，"丑"与"支离"要求作品具有泯去人工痕迹的本色之美。 从创作过程至作品呈现，傅山均做了具体的要求，其思想内核就是一个"拙"字，这种"拙"又体现为书学创作中的"无意"精神：

> 此天不可有意遇之，或大醉后，无笔无纸复无字，当或遇之……正以未得酒之味时，写字时作一字想，便不能远耳。①

> 三复《淳于长碑》而悟篆、隶、楷一法，先存不得一结构配合之意，有意结构配合，心手离而字真遁矣。②

"有意"乃人的机心，怀此机心必然刻意追求，主体心灵会被束缚，结果造成心手不一，因此创作出来的作品，非但不能臻至佳境，甚或就是伪书。

据上所论，傅山的"四宁四毋"说，旨在倡导一种不受物役、自由书写的创作精神，这与其强调"作字如作人"的观点是一脉相承的。 在他看来，要使作品不至沦于"奴书"，书家必须要有自己独立的创作个性，要做到"心画自孤傲"，而"四宁四毋"正是书家创作个性的具体体现，也是书家自我在创作活动中的真实展现。 这其中既有傅山为现实书坛创作问题提出的书学道路，又有傅山遗民心态在书学思想中的投射。

同书学倾向一致，在画学方面，傅山重视独创，追求个性化的创作，重

---

① （清）傅山：《霜红龛集》卷四十《杂记五》，1119 页，太原，山西人民出版社，1985。
② 同上书，1126～1127 页。

性情而轻法度。 他说：

> 子美谓："十日一山，五日一水。"东坡谓："兔起鹘落，急追所见。"
> 二者于画迟速何迥耶？域中羽毛鳞介，尺泽层峦，嘉卉朽荸，皆各有性
> 情。以我接彼，性情相浃，恒得诸渺莽惝恍间，中有不得迅笔、含毫，
> 均为藉径，观者自豁然胸次（缺），斯技也，进乎道矣。①

所谓"以我接彼"是指画家对对象进行审美观照，"性情相浃"则是指在审
美观照中，画家与对象之间情感的互动。"渺莽惝恍"是指画家与对象之间
那种心物交融的状态。 显然，傅山是从艺术构思的角度来谈绘画创作迟速问
题的。 在他看来，天地间山水动植都有各自的"性情"，绘画创作应该致力
于此。 傅山有诗云：

> 天下有山遁之精，不恶而严山之情。谷口一桥摧诞岸，峰回虚亭迟
> 朦形。直瀑飞流鸟绝道，描眉画眼人难行。觚觚拐拐自有性，娉娉婷婷
> 原不能。问此画法古谁是，投笔大笑老眼瞠。法无法也画亦尔，了去如
> 幻何亏成。②

傅山自叙其画，旨在表现山水之"性情"。 这"性情"也是画家的心灵体
验，画家作画就是根据自己的心灵体验来进行创作的，不必遵守什么法度。
如果说绘画须遵"法"，那么这"法"就是"无法"。 可见，在画学方面，
傅山注重的仍是画家自由创造的精神。

---

① （清）傅山：《霜红龛集》卷三十八《杂记三》，1076～1077 页，太原，山西人民出版社，1985。
② （清）傅山：《霜红龛集》卷六《七言古·题自画山水》，159 页，太原，山西人民出版社，
  1985。

第四十二章
董其昌的书画理论

　　董其昌擅画山水，师法董源、巨然、黄公望、倪瓒，为"华亭画派"杰出代表，书法出入晋唐，自成一格，能诗文，著有《画禅室随笔》《容台文集》等。董其昌之前，诗文领域前后七子拟古风气已经盛行，许多诗家只知模拟不能独创。至董其昌时，阳明心学大行其道，并且与狂禅之学相激荡，程朱理学的钳制被破除，人们的个性得到解放，主体精神得到张扬。董其昌同狂禅李贽、公安袁氏兄弟、戏曲革新者汤显祖等都有交往，其思想不能不受影响。与徐渭的狂怪怒张不同，在书画审美倾向上董其昌取真率平淡一格，体现了主体精神在书画领域的另一种表现。

◎ 第一节
以"离合"说为内核的书学师古理论

　　同许多明人对创作问题的探讨一样，董其昌也提倡师古。他认为学书之道须从观临古人法帖开始，他说：

字之巧处在用笔，尤在用墨，然非多见古人真迹，不足与语此窍也。①

学书不从临古入，必堕恶道，苏子瞻自谓悬帖壁间观之，所取得其大意，今所流传《醉僧图》《王会稽尺牍》，终不似真。赵子昂欲补米元章《海月赋》，落笔辄止曰："今人去古远矣。"皆为临学所困也。二公犹尔，况余子乎？朝学执笔，暮夸其能，书家通病，止园此册，人巧天工悉敌，观止矣。②

作字之巧在于用笔，特别体现在墨的使用上，要想实现"巧"，就必须多观"古人真迹"，然后才能明此诀窍。但是光看还不够，还要临写。苏轼观帖不临，唯在意取，结果是"终不似真"，赵孟頫补米芾字，落笔即止，是因"去古远矣"。在董其昌看来，"临"比"观"更重要，不临摹古人，便不能做到心手相应，即便知其法度精神所在，但眼高手低，于书无补，不免"为临学所困"。观临是学书之道，但如何观临是个具体问题。董其昌在谈到自己临书经历时说道：

本朝素书，鲜得宗趣，徐武功、祝京兆、张南安、莫方伯各有所入，丰考功亦得一班，然狂怪怒张，失其本矣。余谓张旭之有怀素，犹董源之有巨然，衣钵相承，无复余恨，皆以平淡天真为旨，人目之为狂，乃不狂也。③

---

① （明）董其昌：《画禅室随笔·论用笔》，见上海书画出版社编：《历代书法论文选》，541页，上海，上海书画出版社，2012。
② （明）董其昌著，邵海清点校：《容台集》别集卷二《题跋·书品》，632页，杭州，西泠印社出版社，2012。
③ 同上书，628页。

藏真书余所见有《枯笋帖》《食鱼帖》《天姥吟》《冬热帖》，皆真迹，以淡为宗，徒求之豪宕奇怪者，皆不具鲁男子见者也。颜平原云："张长史虽天姿超逸，妙绝古今，而楷法精详，特为真正。"吁！素师之衣钵，学书者请以一瓣香供养之。①

近来解大绅、丰考功，狂怪怒张，绝去此血脉，遂累及素师。所谓从旁门入者，不是家珍，见过于师，方堪传授也。②

怀素之书继承张旭衣钵，人称"颠张醉素"，怀素"以狂继颠"，表面似狂，实以平淡天真为宗。他们的"狂"只是其"平淡"的外在表现形式，或者说，他们以"狂"的浓烈来抒写其内心的"淡"，这是一种反衬的手法，其效果是狂到极致便是淡到极致。学书者"鲜得宗趣"，故而弃此"血脉"，不从其精神源流处入手，徒求其"豪荡奇怪"处，结果流于"狂怪怒张"，失去怀素书学之本。董其昌认为这是出自"旁门"，而非正道。因此，学书者观临法帖，要沿流讨源，入门须正，要把握所临对象的书学真正宗旨，既要了解其书学渊源，又要弄清楚其审美趣味。这种主张在其书论中随处可见：

此孙过庭真迹也，观其结字，犹存汉魏间法。盖得之章草为多，即永师《千文》亦尔，乃知作楷书必自八分、大篆入门。沿流讨源，见过于师，方堪传授。学过庭者，又自右军求之可也。③

赵吴兴大近唐人，苏长公天骨俊逸，是晋宋间规格也。学书者能辨

① （明）董其昌著，邵海清点校：《容台集》别集卷三《题跋·书品》，634 页，杭州，西泠印社出版社，2012。
② （明）董其昌：《画禅室随笔》卷一《跋自书·书自叙帖题后》，16～17 页，广智书局校印本。
③ （明）董其昌：《画禅室随笔》卷一《评旧帖·孙虔礼千文跋》，37 页，广智书局校印本。

此，方可执笔临摹，不则纸成堆、笔成冢，终落狐禅耳。①

章草由隶书草写而来，是汉魏间流行的一种书体。董其昌认为孙过庭字、智永《千字文》都得此为多，由此悟出作楷书须从八分、大篆入门。可知其意在于明确，学书者要有远见，目光不能只停留在师法对象上，还要看清楚其源头所在，即所谓"见过于师"，否则，虽纸笔成堆，终与书学无补，落入狐禅之讥。

受个性解放思潮影响，晚明书家对前后七子引领的拟古时风多有反拨。针对书学领域时人泥古不化的毛病，董其昌提出临帖须观其"精神流露处"：

> 临帖如骤遇异人，不必相其耳目、手足、头面，当观其举止笑语精神流露处，庄子所谓目击而道存者也。②

> 昔人以翰墨为不朽事，然亦有遇不遇，有最下最传者；有勤一生而学之，异世不闻声响者；有为后人相倾，余子悠悠，随巨子讥评，以致声价顿减者；有经名人表章，一时慕效，大擅墨池之誉者：此亦有运命存焉。总之欲造极处，使精神不可磨没。所谓神品，以吾神所著故也。何独书道，凡事皆尔。③

耳目、手足、头面是外在的，是死的；举止、笑语及其中流露的精神是内在的，是活的。"临帖如骤遇异人"，当以直觉的方式领会其内在的精神。董其昌认为，书作在流传过程中存在着"遇"或"不遇"之变数，但"遇"

---

① （明）董其昌著，邵海清点校：《容台集》别集卷三《题跋·书品》，665页，杭州，西泠印社出版社，2012。
② 同上书，653页。
③ （明）董其昌：《画禅室随笔》卷一《评法书》，7~8页，广智书局校印本。

与"不遇"对于书作的艺术成就来说，并不是根本性、决定性的因素。书作成就达到"极"处在于其具有不可磨没之精神。这种"精神"即作品流露的创作个性，即"吾神"。他重新诠释了书史上的"神品"一说，所谓"神品"即具有作书者独特个性之作。显然，董其昌对"精神"的强调与晚明心学思潮流布有着直接的关系。

观临真迹、入门须正、沿流讨源及精神流露处是董其昌对"书道"认识的几个要点，这几个要点尚停留在"观"的层面。"观"是通过读帖以获得感性的认识，关键在于悟；"临"是具体的书写动作，关键在于"变"。"观"的目的是"临"，"临"是将"观"的结果"物化"，以实现"观"之所得。书艺就在一"观"一"临"中得到提升，进而形成独具个性的创作能力。"观"非取其形似，而要取其精神；"临"则是将"精神"落实为自己的创作个性，故非亦步亦趋。对于"临"，董其昌曾说道：

> 大慧禅师论参禅云："譬如有人具万万赀，吾皆籍没尽，更与索债。"此语殊类书家关捩子。米元章云："如撑急水滩船，用尽气力，不离故处。"盖书家妙在能合，神在能离，所欲离者，非欧、虞、褚、薛诸名家伎俩，直欲脱去右军老子习气，所以难耳。那吒拆骨还父，拆肉还母，若别无骨肉，说甚虚空，粉碎始露全身。晋唐以后，惟杨凝式解此窍耳，赵吴兴未梦见在。余此语悟之《楞严》八还义。明还日月，暗还虚空。不汝还者，非汝而谁。然余解此意，笔不与意随也。[①]

这段话实是道出了董其昌帖学思想的"关捩子"。他以为，临帖如参禅，要穷尽其变化之态，不能只满足于"形似"；又如急水撑船，书写虽变化不定，但不离帖之精神，因此说"书家妙在能合，神在能离"。这里，董其昌以"合""离"来回答临帖时遇到的继承与创新的问题。"合"即继承，在

---

① （明）董其昌：《画禅室随笔》卷一《评法书》，9～10页，广智书局校印本。

法度上能全面继承前人作书之精神，其极至为"妙"；"离"即"变"，创新之义，指能在继承前人法度的基础上有所创造，使其具有自家面目，其极至为"神"。技精为"妙"，脱化为"神"，"妙"与"神"虽属两个不同的层次，但都是对学书者的具体要求。在董其昌看来，临书者既要全面继承前人法度精神，又要不被前人"伎俩"所缚，唯有如此，临帖才会有进步，才能脱化前人笔墨形式而创造出富有个性的作品。

"合"主要指笔墨形式层面的"似"，有迹可循，故为之较易；"离"指笔墨形式所蕴含的个性趣味，虚脱空灵，故为之难。虽然"离"与"合"有难易之别，但董其昌更重视"离"。他以《楞严》八还义来说明"离"的重要性。前人笔墨形式、精神法度，可见之实，不可见之虚，毕竟是人家的东西，这些都可以"还"，但作书者寄寓在笔墨形式中的生命个性是不可"还"的，而这正是作品创新的体现，使书作成为独具特色的作品而不沦为"奴书"。所谓"笔不与意随"即是言此，"意"是前人法帖之意象，"笔"指用笔，不能照着心中所存前人笔墨形象而运笔。董其昌推崇的是"出新意于法度之中"①，指出"书家未有学古而不变者也"②，在评论历代作品时都强调其由"离"生"变"：

> 柳诚悬书，极力变右军法，盖不欲与《禊帖》面目相似。所谓神奇化为臭腐，故离之耳。③

> 柳诚悬书《兰亭》，不落右军《兰亭叙》笔墨蹊径。古人有此眼目，故能名家。④

---

① （明）董其昌著，邵海清点校：《容台集》别集卷四《题跋·画旨》，700 页，杭州，西泠印社出版社，2012。
② （明）董其昌著，邵海清点校：《容台集》别集卷二《题跋·书品》，599 页，杭州，西泠印社出版社，2012。
③ （明）董其昌：《画禅室随笔》卷一《评法书》，10 页，广智书局校印本。
④ （明）董其昌：《画禅室随笔》卷一《跋自书·临柳禊帖题》，18 页，广智书局校印本。

唐时欧、虞、褚、薛诸家虽刻画二王，不无拘于法度。惟鲁公天真烂漫，姿态横出，深得右军灵和之致，故为宋一代书家渊源。①

唐人书无不出于二王，但能脱去临仿之迹，故称名家。②

二王法帖是历代书家竞相临摹的对象，但只有那些不拘于其法度，不落其笔墨蹊径，能脱去临仿之迹者才可以成为名家。他赞扬柳公权、颜真卿既深造二王之室，又能推陈出新，自成一家；批评近来学书者，"彼倚藉古人，自谓合辙"，实则"杂毒入心，如油入面，带累前代诸公不少"③。这些人只"合"不"离"，结果如其所说"以肖似古人不能变体为书奴也"④。

董其昌以"离合"论书，旨在倡导以师古为途径、以变古为创新的学书道路，其目标是"自成一家"，创作出独具面目的书法作品来。这种以"变"为主要特征的临帖理念，在技法层面、美学风格上及书史观上都有体现。在技法层面，董其昌要求做到"以奇为正"：

古人作书，必不作正局。盖以奇为正，此赵吴兴所以不入晋唐室也。《兰亭》非不正，其纵宕用笔处无迹可寻。若形模相似，转去转远。⑤

字须奇宕潇洒，时出新致。以奇为正，不主故常。此赵吴兴所未尝

---

① （明）董其昌：《画禅室随笔》卷一《跋自书·题争坐位帖后》，22页，广智书局校印本。
② （明）董其昌著，邵海清点校：《容台集》别集卷二《题跋·书品》，622页，杭州，西泠印社出版社，2012。
③ （明）董其昌著，邵海清点校：《容台集》别集卷三《题跋·书品》，653页，杭州，西泠印社出版社，2012。
④ （明）董其昌著，邵海清点校：《容台集》别集卷四《题跋·画旨》，700页，杭州，西泠印社出版社，2012。
⑤ （明）董其昌著，邵海清点校：《容台集》别集卷二《题跋·书品》，600页，杭州，西泠印社出版社，2012。

梦见者，惟米痴能会其趣耳。①

作书所最忌者，位置等匀。且如一字中，须有收有放，有精神相挽处。王大令之书，从无左右并头者。右军如凤翥鸾翔，似奇反正。米元章谓大年《千文》，观其有偏侧之势，出二王外。此皆言布置不当平匀，当长短错综，疏密相间也。②

"正"即平正，指章法布置或字体结构设计要平均匀称，初学者当以此求之。"奇"就是"变"，正中出奇，实为正中生变。唐代书家孙过庭曾指出："初学分布，但求平正；既知平正，务追险绝；既能险绝，复归平正。"③由正至奇，再由奇返正，是对书家在字形和章法上的基本要求。"书家以险绝为奇"④，"险绝"即出奇，为避免平正给人所带来的呆板印象，作书者用笔要力求变化，讲究"转左侧右"，"有收有放"，"错综变化，出奇无穷"，使得原本平实呆板的布局或字体结构产生一种灵动的效果。但需注意，"奇"由"正"生，不能光为了出"奇"而抛弃"正"，"正"是对字体或章法基本的规范，如无"正"的约束，用笔就会失控，书作就成为一堆杂乱无章的笔墨线条的杂凑。因此，必须由"奇"返"正"。"奇"与"正"对立又统一，奇之于正，离而又合，使书作长短错综，疏密相间，有动态充盈之致而无僵死呆板之貌。所谓"以奇为正"，即强调正中出奇所带来的这一审美效果。董其昌认为这是古人作书所遵循的基本原则，学书者当知之。

在书史观上，董其昌也以"离""合"为视角对书史进行观照：

① （明）董其昌：《画禅室随笔》卷一《论用笔》，3页，广智书局校印本。
② 同上书，1页。
③ （唐）孙过庭：《书谱》，见上海书画出版社编：《历代书法论文选》，129页，上海，上海书画出版社，2012。
④ （明）董其昌：《画禅室随笔》卷一《评法书》，9页，广智书局校印本。

晋人书取韵，唐人书取法，宋人书取意，或曰："意不胜于法乎?"不然，宋人自以其意为书耳，非能有古人之意也，然赵子昂则矫宋之弊，虽己意亦不用矣，此必宋人所诃，盖为法所转也。①

这里董其昌以"韵""法""意"对书史演变进行划分，诚如学者所指出，这是书法史上的第一次，成为后人认识书史的一个基本依据，影响甚巨。但究其指导思想，正是其"离合"论。董其昌指出："晋、宋人书但以风流胜，不为无法，而妙处不在法。至唐人始专以法为蹊径，而尽态极妍耳。"②晋、宋人书法风韵自具，非刻意为之，故具浑然天成之质。此是其以"韵"胜的根本。唐人书法临晋、宋，效二王尤甚，因刻意为之，结果整理出一套作书法则，为学书门径。晋、宋书天然之体开始丢失，取而代之是人工法度之美。宋人学唐，虞、欧、褚等皆有取法，然出自颜、柳为多。虽遵唐法，但出于己意，虽为创新，却失去古法之精神，遂成流弊。至元赵孟頫知宋人之失而矫之，越宋直取晋、唐，崇尚古法，却不能自出新意，是为古法所拘。在董其昌看来，唐取法于晋，宋取法于唐，元取法于晋、唐，为继承，为"合"；唐以"法"代晋"韵"，宋以"意"代唐"法"，元回归晋、唐，为新变，为"离"，书史就是在古今的"合"与"离"中演进的。由此可知，董其昌的"离合"论实是揭示了书史演变规律。在他看来，宋人以"意"代唐"法"自是一种进步，但这种变革过犹不及，宋人之"意"源自书家个性，却不合古人之"意"，换言之，即出"奇"而不能返"正"，终非书学正脉，故"意不胜法"。元季赵孟頫则全用古法，甚至连"己意"都不用，"正"而不能出"奇"，亦非书学正途。要之，书道应在"离"与"合"、"奇"与"正"之间演进才是正确的方向。

总而言之，董其昌书学基本体系以师古为基础，强调入门须正、沿流讨

---

① （明）董其昌著，邵海清点校：《容台集》别集卷二《题跋·书品》，598 页，杭州，西泠印社出版社，2012。
② （明）董其昌：《画禅室随笔》卷一《评法书》，9 页，广智书局校印本。

源，以变古为途径，目标是创作出既符合传统又有个性特色的书作。 这一体系以其"离合"论为核心，崇"正"尚"奇"，维护晋、唐以来的书学正脉。董其昌的书学理论源自其书学实践，是其日常作书经验的总结。 他对"离"与"合"、"奇"与"正"的论述，使其书论既有前后七子以拟古为目标的拟古风气，又有别于心学思潮下早期公安派偏执文艺的观念，从而在晚明书家中独树一帜。

◎ 第二节

董其昌的文人画理论

董其昌为晚明画学代表人物，绘画成就突出，其绘画理论不仅自成体系，而且具有明显的总结性质，主要体现在其师古论、生知论以及南北宗说等。 同其书学思想一样，董其昌在绘画方面也强调以古人为师，但在师法方式上，却极为重视"江山之助"。 明代山水画浙、吴相替，两派均兴盛一时，培育了大批文人画家，为明代画坛的壮大各自做出了重要贡献。 万历以后，吴派末流开始走向因袭摹拟的道路，衰弱不振。 范允临（1558—1641）论及吴派画家时说道：

> 学书者不学晋辙，终成下品，惟画亦然。宋、元诸名家，如荆关董范，下逮子久、叔明、巨然（按：巨然不应置元人中）、子昂，矩法森然画家之宗工巨匠也。此皆胸中有书，故能自具丘壑。今吴人目不识一字，不见一古人真迹，而辄师心自创。惟涂抹一山一水、一草一木，即悬之市中，以易斗米，画那得佳耶！间有取法名公者，惟知有一衡山，少少仿佛，摹拟仅得其形似皮肤，而曾不得其神理。曰："吾学衡山

耳。"殊不知衡山皆取法宋、元诸公，务得其神髓，故能独擅一代，可垂不朽。然则吴人何不追溯衡山之祖师而法之乎？即不能上追古人，下亦不失为衡山矣。此意惟云间诸公知之，故文度、玄宰、元庆诸名氏，能力追古人，各自成家，而吴人见而诧曰："此松江派耳。"嗟呼！松江何派？惟吴人乃有派耳。①

范允临对吴派的批评集中在胸中无学、不知法古、摹拟形似、目光短浅几个方面，这些毛病当是受公安派反拟古及束书不观之风气影响所致，是导致吴派式微的症结所在。"云间诸公"正是指以董其昌为代表的松江派画家。尽管松江派不被吴人所承认，但其发展还是超出吴人意料之外，最终取而代之。范允临所指摘的吴派诸病，董其昌并不陌生，如论时人学古，他说：

今宋元名笔，一幛百金，鉴定少讹，辄收赝本，而浅学之流，朝事执笔，夕以自标，或曰："此学范、关，此学董、巨。"殊可惭惶。②

名家画作，鉴定真伪本非易事，即便为真迹，不经长期的深学苦练也难得其神理。董其昌对"浅学之流"的批评针对的正是吴派末流之通病。明人崇尚拟古，初衷是通过学习古人来实现创新，创作出具有自身特色的作品来，即所谓"舍筏登岸"。换言之，拟古不是目的，只是手段。但在实际的学古过程中，手段却成了目的，拟古竟成了追求的目标，如诗学领域前后七子之诗论，书画领域亦然。因此，如何学习古人成为明人探讨的核心文艺命题之一。对此，董其昌在评鉴历代画家画作时多有议论，要之，强调师古与师法自然相结合。董其昌指出：

---

① （明）范允临：《输蓼馆论画》，见俞剑华编著：《中国古代画论类编》，126 页，北京，人民美术出版社，1998。

② （明）董其昌著，邵海清点校：《容台集》别集卷四《题跋·画旨》，711 页，杭州，西泠印社出版社，2012。

> 画家初以古人为师，后以造物为师，吾见黄子久《天池图》皆赝本，昨年游吴中山策笻石壁下，快心洞目狂叫曰："黄石公，黄石公！"同游者不测，余曰："今日遇吾师耳。"①

董其昌把学画过程分为前后两个阶段，以古为师在先，是画家入门之径，以造物为师在后，是画家摆脱依傍走向创新的重要一步。后一阶段是前一阶段的提升，尤为董其昌所重。就师古而论，董其昌以为贵在有变化：

> 此仿倪高士笔也，云林画法，大都树木似营丘，寒林山石宗关仝，皴似北苑，而各有变局，学古人不能变，便是篱堵间物，去之转远，乃繇绝似耳。②

> 文太史本色画，极类赵承旨，第微尖利耳。同能不如独异，无取绝肖似，所谓鲁男子学柳下惠。③

> 米家父子宗董、巨法，稍删其繁复。独画云仍用李将军拘笔，如伯驹、伯骕辈。欲自成一家，不得随人弃取故也。④

大抵"学古"者作画时都追求逼肖古人，对古人作品亦步亦趋，缺少变化，董其昌认为这是"篱堵间物"，愈似愈远。倪云林画可贵之处在于既能转益多师，又能"各有变局"，而文徵明"本色画"却"极类赵承旨"，就像"鲁

---

① （明）董其昌著，邵海清点校：《容台集》别集卷四《题跋·画旨》，701 页，杭州，西泠印社出版社，2012。
② 同上书，687 页。
③ 同上书，713 页。
④ （明）董其昌：《画禅室随笔》卷二《题自画·仿米家云山图》，18 页，广智书局校印本。

男子学柳下惠"一样，是不可取的。"同能不如独异"，与其肖似古人，不如面目独具，要求画家不能为"前人蹊径所压"①。 在学古这一点上，董其昌更重视的是"变古"，视其为"自成一家"的必要条件。 这既是董其昌个人绘画经验的总结，也体现了明代文艺思潮中重视推陈出新的创造精神。

明人在强调师古的同时也注意到师法自然的重要性，如王履在唐人"内得心源，外师造化"②基础上提出"吾师心，心师目，目师华山"③之说，旨在揭示为画不能只是一味师心自用，而应师法外在的自然。 董其昌继承前人所论，指出：

> 画家以古人为师，已自上乘，进此当以天地为师。每朝看云气变幻，绝近画中山。山行时见奇树，须四面取之，树有左看不入画，而右看入画者，前后亦尔，看得熟自然传神，传神者必以形，形与心手相凑而相忘，神之所托也。树岂有不入画者，特画收之生绢中，茂密而不繁，峭秀而不塞，即是一家眷属耳。④

"以古人为师，已自上乘"是对师古的重要性的肯定。 师古虽重要，但只是停留在古人作品的临仿层面，目的在于掌握其法度精神，解决创作中的技法问题，并不是作画才能的全部。 对于画家来说，更重要的是如何运用掌握的技法来创作出自具特色的作品。 古人作品中的景物是静止的，它呈现的是画家所能把握的景物在一瞬间最具表现力的情态，如仅以此为基础进行创作，会因缺少对景物的真切体验而沦为古人画作的复制品。 上者以假乱真，下者

① （明）董其昌：《画禅室随笔》卷二《画源》，12页，广智书局校印本。
② （唐）张璪：《文通论画》，见俞剑华编著：《中国古代画论类编》，19页，北京，人民美术出版社，1998。
③ （明）王履：《畸翁画叙·华山图序》，见俞剑华编著：《中国古代画论类编》，708页，北京，人民美术出版社，1998。
④ （明）董其昌著，邵海清点校：《容台集》别集卷四《题跋·画旨》，680页，杭州，西泠印社出版社，2012。

不及所临。 自然中的景物是活的，千变万化的，它需要身临者去发现，捕捉景物在变化过程中呈现的最具表现力的瞬间，以此入画，方能创作出生动逼真且独具面目的作品来。 因此，董其昌认为学画者在师法古人的基础上，当进一步"以天地为师"，强调在自然中深入体验，多角度捕捉景物可入画的情态。 画家要对景物进行深入观察，穷尽景物之神态，观察时要入眼入心，使得眼中所见、心中所构，即手中所形。 形神关系是中国古代艺术史上的核心议题之一，先用于人物评品，后转到艺术作品的评鉴，其基本的演进方向是由重形到重神，最后归于形神并重。 对于形神关系，董其昌重视形对于神的重要性，强调"传神者必以形"，画家通过对象的"形"的图绘来表现对象的"神"，换言之，"神"是寓于"形"内的，画家对"形"如不能准确把握，"神"也就不会传达出来。 而要想把握对象的"形"，就得多角度观察对象，要"看得熟"。 他以树为例，要求画家对树从左右前后各个角度进行观察，以便择出"入画"——富于特征性的东西。"看"不仅指眼观，还指用心体验，"熟"就是指在对对象的反复体验后，在胸中生成艺术形象——心灵化、情感化、生气勃发的审美意象。 它是画家的心灵与对象"形"的浑融，是画家的精神生命与树的自然生命的融合，画家的创作当以此为表现对象。 董其昌所说的"神"实际上就是指对象形体之中所流露的那种生命精神，即对象身上生生不已的那种生机、生气。 但这种生机、生气是通过对象的"形"来呈现的，离不开画家的"手"——运作笔墨图之于纸的能力。"相凑"是指形、心、手的配合，"相忘"即摆脱对象形体、心灵成见、笔墨形式的拘束，进入一种自由的创作境界，他认为这是作品传神的根本所在，是"神之所托"。 董其昌对形神关系的论述，进一步丰富了元代以来神形并重的传统。

董其昌强调"以天地为师"，体现了其对自然界与艺术创作之间关系的深刻理解。 在他看来，正是大自然的千变万化给了画家不可穷尽的创作素材和灵感。 他在谈到自己的创作经历和前人的创作经验时说：

　　　　朝起看云气变幻，可收入笔端，吾尝行洞庭湖，推蓬旷望，俨然米家墨戏。又米敦文居京口，谓北固诸山与海门连亘，取其境为《潇湘白云卷》。故唐世画马入神者曰"天闲十万匹"，皆画谱也。①

大自然的云气变幻、山川形势，姿态百变，是画家进行创作的源泉所在。董其昌对师法自然的强调，强化了张璪以来师法自然的观念，对扭转画坛拟古不化的习气有着重要作用。这使得画家的目光从古人作品移向大自然，为明后期的绘画创作在方法上提供了指导。

　　以自然为师，重视"江山之助"，只是提升绘画创作境界的重要方面，属于外部因素，对于画家来说，还要重视提升自身的学问素养，这是内在的修为。因此，董其昌强调要将"行万里路"与"读万卷书"相结合。他以赵大年画为例，指出"读万卷书"的重要性：

　　　　昔人评赵大年画，谓得胸中着千卷书更佳，又大年以宋宗室不得远游，每得一新境，辄目之曰又是上陵回也。不行万里路，不读万卷书，看不得杜诗，画道亦尔。马远、夏圭辈不及元季四大家，观王叔明、倪云林姑苏怀古诗，可知矣。②

　　　　昔人评大年画，谓得胸中着万卷书更奇，又大年以宋宗室，不得远游，每朝陵回得写胸中丘壑。不行万里路，不读万卷书，欲作画祖，其可得乎？此在吾曹勉之，无望庸史矣。③

----

① （明）董其昌著，邵海清点校：《容台集》别集卷四《题跋·画旨》，674 页，杭州，西泠印社出版社，2012。
② 同上书，675 页。
③ （明）董其昌：《画禅室随笔》卷二《画源》，16 页，广智书局校印本。

赵大年出身宋宗室①，不仅"远游"不足，而且读书不够，这影响到他的创作水准。"诗画本一律，天工与清新"②，各艺术门类之间有着相通之理，故以画论诗、以诗论画，成为中国艺术批评的重要传统。这里以诗论画，在于指出学问与历履对于提升画境、成就"画祖"、拒做"庸史"的重要性。

南朝谢赫曾提出绘画"六法"，第一条就是"气韵生动"，"法"一般指艺术手段、技巧及门径，故"气韵生动"虽为六"法"之一，但其实是对画作艺术传达境界所做的具体要求，画家应调动各种艺术手段，准确表现出对象生命的整体韵致，即那种活泼泼的生命情趣。宋代画家郭若虚论谢赫"六法"时云："六法精论，万古不移。然而骨法用笔以下五法可学，如其气韵，必在生知，固不可以巧密得，复不可以岁月到，默契神会，不知然而然也。"③意即"气韵生动"是不可通过长期的训练及技巧获得的，它需要画家"默契神会，不知然而然"。所谓"默契神会"，当指画家的心灵之悟，即悟性。"生"者，性也，"生知"实是"性知"，即通过心性来感知对象，悟其妙理。"不知然"即不需要凭借知识或理性的分析。郭若虚此论，实即突出画家的艺术直觉在绘画创作中的重要作用。董其昌对此亦有认识：

> 画家六法，一曰气韵生动，气韵不可学，此生而知之。自然天授，然亦有学得处，读万卷书，行万里路，胸中脱去尘浊，自然丘壑内营成立鄞鄂，随手写出，皆为山水传神。④

---

① 赵令穰，字大年，宋太祖赵匡胤五世孙，神宗堂兄弟，生卒年不详。
② （清）王文诰辑注，孔凡礼点校：《苏轼诗集》卷二十九《书鄢陵王主簿所画折枝二首》其一，1525~1526页，北京，中华书局，1982。
③ （宋）郭若虚：《图画见闻志叙论·论气韵非师》，见俞剑华编著：《中国古代画论类编》，59页，北京，人民美术出版社，1998。
④ （明）董其昌著，邵海清点校：《容台集》别集卷四《题跋·画旨》，673页，杭州，西泠印社出版社，2012。

潘子辈学余画，视余更工，然皴法三昧，不可与语也。画有六法，若其气韵，必在生知。转工转远。①

樗里子之智，与国朝沈启南、文徵仲，皆天下士，而使不善画，亦是人物铮铮者，此气韵不可学之说也。②

对于"气韵生动"，董其昌认为既有"不可学"之处，也有"可学"之门径。说其"不可学"，因为它是"生而知之"，属于"自然天授"。这里的"自然天授"即郭若虚所说的"不知然而然"，是那种排除知识或理性的"心灵之悟"。这种"悟性"即直觉能力，是深深植根于画家心性的，不仅是独特的，也是无法复制的。董其昌说沈周、文徵明"人物铮铮"，是说他们的内在心性所散发出来独特气质，是不可学的。"气韵"之所以"可学"，是因为人的这种"生知"能力，可以通过提升个体的心性修养来获得，其途径就是"读万卷书，行万里路"。读书可以明性，行路可以致远，可以让画家脱去胸中"尘浊"，即摆脱来自世俗的种种欲望、观念的束缚，让植根于人的心性的直觉能力（悟性）自由生长，从而实现对对象的"默契神会"，才能"随手写出，皆为山水传神"。董其昌的"气韵生知"论，一方面突出了主体的艺术直觉能力提升绘画创作境界的重要性，另一方面突出了主体的心性修养对培养艺术直觉的重要作用，这与其重视师古、师法自然内在的逻辑是一致的。

文人画的审美理想及其实现路径问题是董其昌画学的重要内容。在绘画审美理想上，董其昌以"淡"作为标准，他指出：

诗文书画少而工，老而淡，淡胜工，不工亦何能淡？东坡云："笔

---

① （明）董其昌：《画禅室随笔》卷二《画诀》，2 页，广智书局校印本。
② （明）董其昌著，邵海清点校：《容台集》别集卷四《题跋·画旨》，675 页，杭州，西泠印社出版社，2012。

势峥嵘，文采绚烂，渐老渐熟，乃造平淡，实非平淡，绚烂之极也。"观此卷者，当以意求之。①

苏轼在给侄儿的书信中写道："凡文字，少小时须令气象峥嵘，采色绚烂。渐老渐熟乃造平淡；其实不是平淡，绚烂至极也。"②这句话为文家所乐引，意蕴丰富，它将作者人生阶段与作品风格联系起来，突出作者的个性、学问、阅历、胸次与其作品的风貌有着内在的一致性，揭示了文章创作经历"既雕既琢，复归于朴"③，由绚烂归于平淡的审美变化过程，有以平淡为最高审美理想之意。董其昌援引此语，旨在说明经历"工"对于实现"淡"的必要性。盖少时学画当先求"工"，然后随着人生阅历的增加、艺术经验的积累，"渐老渐熟"，老时自然能实现"淡"。显然，董其昌也以"淡"为其最高审美理想，并以此作为批评标准，如"惠崇、巨然，皆高僧逃画禅者，惠以艳冶，巨然平澹，各有所入，而巨然超矣"④。巨然胜过惠崇，正因其平淡的画风。董其昌以"淡"论画，在对倪云林的画的评论中尤为突出：

> 张伯雨题元镇画云："无画史纵横习气。"余家有六幅，又其自题《狮子林图》云："予与赵君善长商确，作《狮子林图》，真得荆、关遗意，非王蒙辈所梦见也。"其高自标置如此。又顾谨中题倪画云："初以董源为宗，及乎晚年，画益精诣，而书法漫矣。"盖倪迂书绝工致，晚年乃失之，而聚精于画，一变古法，以天真幽淡为宗，要亦所谓渐老渐熟者。若不从北苑筑基，不容易到耳。纵横习气，即黄子久未能断，幽淡两

---

① （明）董其昌著，邵海清点校：《容台集》别集卷四《题跋·画旨》，706页，杭州，西泠印社出版社，2012。
② 孔凡礼点校：《苏轼文集·苏轼佚文汇稿》卷四《尺牍·与二郎侄一首》，2523页，北京，中华书局，1986。
③ （清）王先谦注：《庄子集解二》卷五《外篇·山木第二十》，15页，北京，中华书局，1954。
④ （明）董其昌：《画禅室随笔》卷二《题自画·仿惠崇题》，19页，广智书局校印本。

言，则赵吴兴犹逊迂翁，其胸次自别也。①

　　元季四大家，独倪云林品格尤超。蚤年学董源，晚乃自成一家。以
简淡为之。②

倪瓒，字元镇，号云林，"元四家"之一，其画有幽绝清远之致，画风对明
清两代绘画影响深远，是画史上董其昌最为服膺的画家，被董其昌推为"米
痴后一人而已"。 董其昌之所以推崇云林，就是因为其画具有"天真幽淡"
之品格。 云林的"淡"也经历了一个"渐熟渐老"的过程，并非一蹴而就。

　　迂翁画在胜国时，可称逸品。昔人以逸品置神品之上。历代唯张志
和、卢鸿可无愧色。宋人中米襄阳在蹊径之外，余皆从陶铸而来。元之
能者虽多，然禀承宋法稍加萧散耳。吴仲圭大有神气，黄子久特妙风
格，王叔明奄有前规，而三家皆有纵横习气。独云林古淡天然，米痴后
一人而已。③

画史上，"逸品"超越神品，被视为画艺之最高境界。 宋代黄休复解释云：
"画之逸格，是难其俦。 拙规矩于方圆，鄙精研于彩绘，笔简形具，得之自
然，莫可楷模，出于意表，故目之曰逸格耳。"④"拙规矩""鄙精研"，是
指排除一切智巧，使得画面不露一毫人工痕迹，自然天成。"笔简形具"，
是指以极简的笔墨来勾勒形态。 "得之自然"和"笔简形具"是"逸品"的
两大特点，正为云林的画所具有，故董其昌称之为"逸品"。 许慎《说文解

---

① （明）董其昌：《画禅室随笔》卷二《画源》，15 页，广智书局校印本。
② （明）董其昌：《画禅室随笔》卷二《题自画·云林图》，23 页，广智书局校印本。
③ （明）董其昌：《画禅室随笔》卷二《画源》，13 页，广智书局校印本。
④ （宋）黄休复：《四格·逸格》，见俞剑华编著：《中国古代画论类编》，405 页，北京，人民美
　术出版社，1998。

字》释"逸"为"失也",段玉裁注云:"此以叠韵为训。亡逸者,本义也。引伸之为逸游,为暇逸。"①用以论人是为"逸民",而古人"逸""佚"相通,"佚民"即"逸民"。段玉裁注"佚"字云:"《论语》微子篇;逸民;伯夷、叔齐、虞仲、夷逸、朱张、柳下惠、少连。"②所列诸人都是不苟世俗、淡泊名利的特立独行之士,因此,从词源角度看,"逸"字的本义、引申义都与人的襟怀相关,可以用来描述人的心襟怀抱以及忠于内心而选择的生活姿态,所体现出的美学品格与摆脱尘浊、放任自然的庄学旨趣一致,具有放纵、超脱之精神。移至艺术批评,有诸如"逸气""逸品"之说,其审美意蕴与主体襟怀是紧密相关的,自此言之,"逸品"实是人之"逸"与画之"品"的结合。董其昌说唐代张志和、卢鸿无愧于"逸品",表明其对"逸品"的理解是注意到作者精神境界的。"逸"要求画家能超脱世务,不受世俗拘束,体现在艺术创作上遵循大道至简之理念,要求做到"笔简形具",摈弃各种技巧法则,做到"得之自然"。董其昌称云林的画"自成一家",是以"简淡"为之,"简"是说其"笔简形具",倪云林的画,往往"不过逸笔草草"③,几缕线条就勾勒出一抹烟云、几痕远山,笔墨极简而境界全出。"淡"言其画契合宇宙生机,纯任自然,没有人工雕琢之痕。以"逸笔"写其"逸气",云林的画是其"清介绝俗"胸襟的写照,云林的"淡"正来自他的"逸",是其胸中"逸气"的形象传达,画之"淡"即人之"逸",归根结底,云林的"淡"源于其"品格尤超"。

董其昌在论米芾《海岳庵图》时说道:

> 元晖未尝以洞庭、北固之江山为胜,而以其云物为胜,所谓天闲万

① (汉)许慎著,(清)段玉裁注:《说文解字注》第十篇上《兔部·逸》,472页,上海,上海古籍出版社,2004。
② (汉)许慎著,(清)段玉裁注:《说文解字注》第八篇上《人部·佚》,380页,上海,上海古籍出版社,2004。
③ (元)倪瓒:《云林论画山水》,见俞剑华编著:《中国古代画论类编》,706页,北京,人民美术出版社,1998。

马皆吾师也。但不知云物何以独于两地可以入画，或以江上诸名山所凭空阔，四天无遮，得穷其朝朝暮暮之变态耳。此非静者何繇深解，故论书者曰："一须人品高。"岂非品高，则闲静无他好萦故耶？①

米芾作《海岳庵图》，能够沉浸在洞庭、北固两地云物之中，得以穷尽其朝暮变化之态，是因为"静心"。"静心"就是让心灵从世俗中解脱出来，与江中之云物一道起落浮沉，从而得其真、传其神，所谓"脱去尘浊，自然丘壑内营"。"品高""闲静"，心中无他好萦绕，是为"逸"。"逸"意味着解脱绳束，被功利扰怀的人是无法领略山水之真的，体现在创作上则不免"刻画细谨"，沦为画史。因为画史的心不静，有纵横之气。

"无画史纵横之气"是"淡"在创作上的必然要求，是董其昌画学的重要思想。"画史"又称"画师"，是指以作画为职业的人，即画工。"史，记事者也"②，"史"是从事记录的人，"画史"是用画来记录的人，既然是记录，就要力求逼近事物的形态，以便做到精确，因而必然要讲究法度，精雕细琢，以求形似。由此获得的真实，只是表面真实，不是真正的真实。所作之画，最多是对象的复制品，缺少生机、生趣。董其昌指出："画家之妙，全在烟云变灭中。"③又云："画之道，所谓宇宙在乎手者，眼前无非生机。"④对画家来说，真正的真实是作者心灵的真实，是心灵与对象相触相融时所获得的真切体验，即对象身上的生机、生趣。董其昌强调"行万里路"，"师友造化"，就是要画家走近自然，体验其生机、生趣，然后运用线条、色彩等绘画语言，将其亲近山水时心灵所获得生机、生趣传达出来，而不是仅仅再现事物的形态。绘画是表现而不是再现，这和西方以再现客观

---

① （明）董其昌著，邵海清点校：《容台集》别集卷四《题跋·画旨》，699 页，杭州，西泠印社出版社，2012。
② （汉）许慎著，（清）段玉裁注：《说文解字注》第三篇下《史部·史》，116 页，上海，上海古籍出版社，2004。
③ （明）董其昌：《画禅室随笔》卷二《画诀》，6 页，广智书局校印本。
④ （明）董其昌：《画禅室随笔》卷二《画源》，16 页，广智书局校印本。

事物外在形态的写实主义绘画是不同的。画史为追求形似，势必为穷尽事物的形态而精心图绘，这和摒弃人工痕迹的"笔简形具"背道而驰，无法做到"得之自然"。

"逸气"是超脱之气，是画家胸中不为物役、不受拘束，参与造化的生机、生气。"纵横之气"则与此相反，它有明确的功利性，是画家为造物所役，物我对立造成的紧张、不平之气。此气在心，自然无法参与造化，所作之画，只能是事物的记录，而不是心灵的发现。这和文人画的写意精神大相径庭。

"澹然无极而众美从之"①，董其昌倡导的"淡"，从画家言之，要求画家具有超逸之情怀，是其人生态度在艺术领域的折射，自作品言之，要求泯去人工痕迹，以自然的方式表现宇宙之生机，抒写个体生命的体验。显然，作为审美理想的"淡"实际是董其昌画学的思想内核，他对绘画笔墨形式的思考，对画史的考察、批评都是以此为参照的。

最后再介绍一下对明清两代画学产生重大影响的"南北宗"说②。学界对此研究较多，大体围绕两点，一是"南北宗"是否是董其昌最先提出的，二是崇南黜北的思想倾向。对于前者，不论"南北宗"是否是董其昌最先提出的，至少这一观点董其昌是认同的。对于后者，董其昌确实是有此思想倾向，但此倾向的形成正是由于其所崇尚"淡"的审美理想。这里就此略做讨论。

关于"南北宗"，董其昌认为：

> 禅家有南北二宗，唐时始分。画之南北二宗，亦唐时分也，但其人非南北耳。北宗则李思训父子，着色山水，流传而为宋之赵幹，

---

① （清）王先谦注：《庄子集解》卷四《外篇·刻意第十五》，87页，北京，中华书局，1954。
② 关于董其昌的"南北宗"说，请参阅邓乔彬《中国绘画思想史》"'南北宗论'简评"小节，所论较为翔实。见邓乔彬：《中国绘画思想史》上，500～504页，芜湖，安徽师范大学出版社，2013。

赵伯驹、伯骕，以至马、夏辈。南宗则王摩诘始用渲淡，一变钩研之法。其传为张璪，荆、关、郭忠恕、董、巨、米家父子，以至元之四大家。亦如六祖之后，有马驹、云门、临济儿孙之盛，而北宗微矣。①

按董其昌所说，文人画分南、北两派，不是按照画家所在地域来划界，而以所使用的技法为依据。北宗青绿"着色"，为金碧山水，画风细致工整，未脱六朝雕琢之习；南宗以水墨"渲淡"，为破墨山水，讲究自由挥洒，不拘形似。南宗画兴盛之后，北宗画衰微，此消彼长。从画史看，明代南宗画替代北宗画，与文人画在画坛地位不断上升有关，也与人们对绘画"兴寄"功能的重视有关。北宗画在抒情写意方面表现力较弱，有院体习气，为文人画家所不喜，这是北宗画趋于衰微的重要原因。董其昌明确区别二派后，又说：

> 文人之画，自王右丞始，其后董源、巨然、李成、范宽为嫡子，李龙眠、王晋卿、米南宫及虎儿皆从董、巨得来，直至元四大家，黄子久、王叔明、倪元镇、吴仲圭，皆其正传。吾朝文、沈，则又远接衣钵，若马、夏及李、唐、刘松年，又是大李将军之派，非吾曹当学也。②

这里，董其昌详细描述了文人画的传承谱系，明确文人画之正脉，从而建构起文人画画统。对于以李思训为首的北宗画，他认为"非吾曹当学"，排斥于文人画画统之外，一个重要原因就是南北二宗画学路径、审美取向不同。李思训一派笔格遒劲细密，有"画史纵横之气"，这与董其昌所崇

---

① （明）董其昌：《画禅室随笔》卷二《画源》，11～12 页，广智书局校印本。
② （明）董其昌：《容台集》别集卷四《题跋·画旨》，675～676 页，杭州，西泠印社出版社，2012。

尚的"淡""逸"格调迥异，因此董其昌说不当学之。 正如邓乔彬先生所说："南北宗虽刚柔有别、风格不同，然而双峰并峙、二水分流，自无不妥。 纵不爱大小李的富贵气，北派山水有何不好？ 李、刘、马、夏为何不宜学？ 董其昌立论虽有其缘由与道理，门户之见过甚，却难免弊病了。"①

① 邓乔彬：《中国绘画思想史》上，504页，芜湖，安徽师范大学出版社，2013。

第四十三章
明代书画理论的多维透视

作为两种不同的艺术形式，如从创作方式看，书法和绘画都是以点、线为基本表达手段，通过笔墨形式的营造来进行艺术传达。从创作主体看，宋代以后，艺术家书、画兼擅者多，专弄一艺者少。从中国古代艺术理论史看，也有诗、书、画、乐相通之说。因此，把书学和画学放在一起加以阐释是有其道理的。同一时期的书学思想和画学思想，同一书家、画家的书学和画学思想在艺术观念、审美理想等方面往往是相通的，具有共同的特征。就明代书学、画学来说，核心问题主要有二：一是受复古思潮的影响，书画家特别注重摹拟，因此存在一个如何师法的问题；二是出于创作的需要，书画家或总结前人经验，或结合自己的创作体会，对书、画创作技巧及其营造出的笔墨形式发表看法，这就涉及创作技法与艺术传达问题。这两个问题是书画家关注的焦点并贯穿朝代始末。

◎ 第一节
书画师法论

书、画发展至明季，无论是帖还是画，传世数量都较以前历朝为多，这为明代书画家师法借鉴提供了丰富的资源。加上文艺复古思潮的裹挟，书画家无不把师法古人作为个人创作能力提升的重要途径。比如，王铎就以为："书不师古，便落野俗一路，如作诗文，有法而后合，所谓不以六律，不能正五言也。如琴棋之有谱。然观诗之《风》《雅》《颂》，文之夏、商、周、秦、汉，亦可知矣。故善师者不离古、不泥古。必置古人不言者，不过文其不学耳。"①谢肇淛论画时也说："人之技巧至于画而极，可谓夺天地之工，泄造化之秘，少陵所谓真宰上诉，天应泣者，当不虚也。然古人之画细入毫发，飞走之态罔不穷极，故能通灵入圣，役使鬼神。今之画者，动曰取态、堆墨、劈斧，仅得崖略。谓之游戏笔墨则可，必欲诣境造极，非师古不得也。"②从书画家成长过程看，以临摹古人为学习书、画创作的手段是没有什么不可以的。但是，如果只知临摹古人，而不知推陈出新，仅以逼似古人为目标，则是走上了歧途。对于书坛、画坛上的拟古风气，明代书画家有过反思，并做出了不同程度的批评。综合诸家意见，大体上书画家们主要从师法对象、师法方式、师法态度三个方面对师法问题做了探讨。

一、取法乎上

"师法"作为学习书画的重要手段，师法对象选对与否，直接制约着师法的效果。明代书画家特别重视师法对象的选择。对于书、画而言，在师法对象上的选择情况又有所不同。书法上，书家强调对前人法帖的临摹，直接取法晋、唐，这与书家重视帖学传统的思想认识分不开。绘画则在重视师法前人作品外，还强调师法自然，此与画家写生、寄情山水的活动及生存状态息息相关。师心自用则是心学思潮流布后，书画家主体精神在书画创作上的另一种体现。

---

① （明）王铎：《琅华馆帖册跋》，见毛万宝、黄君主编：《中国古代书论类编》，284 页，合肥，安徽教育出版社，2009。
② （清）孙岳颁等纂辑：《佩文斋书画谱》卷十六《论画六·明谢肇淛论画》，426 页，杭州，浙江人民美术出版社，2014。

从书学领域看，明中期吴门书派兴起之后，声势浩大，出现了李应桢、沈周、祝允明、文徵明等众多书法名家。后起的学书者，慕名追随，只知临摹本朝前辈字帖，结果导致吴派书风日趋平庸。书论家对此深为不满，除以"奴书"相讥之外，对选择什么样的师法对象也做了思考，主要是强调"取法乎上"。比如，赵宧光就指出：

> 学法书，必不可先学下品轨辙。古人云："法上仅中"，浅言之也。至其实际，要知中由上出，下由中来，不师其师，而师其徒，谬审矣！愚极矣！故凡学大篆必籀《鼓》，小篆必斯碑，古隶必钟太尉，行草必王右军，徒隶必欧、虞诸公之书。从此参求古今名迹而后可。真楷不取钟、王者，小字无佳帖，从唐求晋，不得已耳，非画于唐也。不得佳帖，而漫然好古，取其败处临摹，徒资识者一粲，不从上来学者，竟不自知。[①]

在师法对象的选择上，赵宧光以为"必不可先学下品轨辙"，因为"法上仅中"，师法上品书作，最多只能达到其一半水平，如以下品书作为学习对象，则连下品书作的水平都达不到，这种"不师其师，而师其徒"的师法行为，实在是愚蠢。赵宧光所谓"法上"，是指以书法史上各种书体典范书家的作品为师法对象，从其所列举诸家来看，当以晋、唐书家作品为主。书以晋、唐为宗是明人主流认识，这与其书学史观不无关系。明中期书家吴宽指出：

> 称善书者，必曰师钟、卫。及睹颜、柳诸家，异体而同趣，亦未必不自钟、卫来也。若夫宋之苏、黄、米、蔡，群公交作，极一代书家之

---

① （明）赵宧光：《寒山帚谈·权舆》，见崔尔平选编点校：《明清书法论文选》，265页，上海，上海书店出版社，1994。

盛，其构势虽各不相侔，要之于理，又不能外颜、柳而他求者也。①

宋之苏、黄、米、蔡不外唐之颜、柳，唐之颜、柳亦来自钟、卫，书史发展就是在书家"递相祖述"不断师承中进行的。杨慎在批评书学现状时说：

> 今之笑学书者曰："吾学羲、献，羲、献当年学谁?"予诘之曰："为此言者，非惟不知书，亦不知古今矣。"羲、献学钟、索，钟、索学章草，章草本分隶，分隶本篆籀，篆籀本蝌蚪，递相祖述，岂谓无师耶? 今不屑步钟、索、羲、献之后尘，乃甘心为项羽、史弘肇之高弟，果何见耶!②

在杨慎看来，书学史发展是有自己的传统的，其特点就是书家以借鉴、效仿为途径，实现个性化创作的历史，师承关系是维系书史发展的重要纽带。那些不屑于师法钟、索、羲、献的学书者，正是因为缺少对书学传统的正确认知，在师法对象的选择上出现了问题。

明代书家强调"从上来学"，是与艺术领域内复古思潮的流布合拍的。例如，在诗学上，胡应麟在《诗薮》中曾以"体以代变""格以代降"③概括诗学史发展之状，有品级日下之意。何良俊也有"夫诗之体格，以时而降"④之说。王世贞《刘侍御集序》云："自西京以还至于今千余载，体日益广而格则日以卑，前者毋以尽其变，后者毋以返其始。呜呼，古之不得尽变，宁古罪哉? 今之不能返始，其又何辞也已。"⑤在书学上，莫云卿曾

---

① （明）吴宽：《论书》，见毛万宝、黄君主编：《中国古代书论类编》，283 页，合肥，安徽教育出版社，2009。
② （明）杨慎：《墨池琐录》，见毛万宝、黄君主编：《中国古代书论类编》，283～284 页，合肥，安徽教育出版社，2009。
③ （明）胡应麟：《诗薮·内编》卷一，1 页，北京，中华书局，1958。
④ （明）何良俊：《何翰林集》卷十八《复王沂川书》，见《四库全书存目丛书》集部第 142 册，144 页，济南，齐鲁书社，1997。
⑤ （明）王世贞：《弇州山人四部续稿》卷四十，《文渊阁四库全书》本。

说："今人不及唐人，唐人不及魏晋，要自时代所限，风气之沿，贤哲莫能自奋，但师匠不古，终乏梯航"①，也有"书之体格，以时而降"之意，并把原因归为时代风气，强调以古人为师，以此作为进步之阶梯。

绘画上，也有"取法于上"之意见，唐志契在《绘事微言》中说道：

> 凡画入门，必须名家指点，令理路大通，然后不妨各成一家，甚而青出于蓝，未可知者。若非名家指点，须不惜重资，大积古今名画，朝夕探求，下笔乃能精妙过人。苟仅师庸流笔法，笔下定是庸俗，终不能超迈矣。昔关仝从荆浩而仝胜之，李龙眠集顾、陆、张、吴而自辟户庭，巨然师董源，子瞻师与可，衡山师石田，道复师衡山。又如思训之子昭道，元章之子友仁，文进之子宗渊，文敏之甥叔明，李成、郭熙之子若孙皆精品，信画之渊源有自哉。②

唐志契强调"名家指点"在学画过程中的重要性。他以画史为例，指出大凡能在画史占有一席之地的画家，都师法过"名家"。他们的画艺都是有"渊源"的，这"渊源"就是"名家"。所谓"名家"是与"庸流"相对的，他们在画艺成就上高出众人，有其独造之处，非众人所能比拟。师法"名家"就是"取法于上"，结果是"理路大通"，甚至"青出于蓝"；师法"庸流"就是"取法于下"，结果是"笔下庸俗"，"不能超迈"。唐志契将"名流"与"庸流"对举，指出不同的师法后果，所强调的正是"取法于上"。此外，他还指出：

> 画不但法古，当法自然。凡遇高山流水，茂林修竹，无非图画，又

---

① （明）莫云卿：《论书》，见毛万宝、黄君主编：《中国古代书论类编》，312 页，合肥，安徽教育出版社，2009。

② （明）唐志契：《绘事微言·传授》，见俞剑华编著：《中国古代画论类编》，735 页，北京，人民美术出版社，1998。

山行时见奇树，须四面取之。树有左看不入画，而右看入画者，前后亦
然。看得多自然笔下有神。传神者必以形，形与心手相凑而相忘，未有
不妙者也。夫天生山川，亘古垂象，古莫古于此，自然莫自然于此，孰
是不入画者，宁非粉本乎？①

明初王履在《华山图序》中曾谈到师法古人问题，以为当从则从，不该从则
不从，"师古"是有其必要性的。但相对于"师古"，他更为注重的是画家
身之历履，师法自然的重要性。唐志契则认为"师古"之外，还应当师法自
然，"师古"和"师自然"是不分轩轾的。"师古"要师法名家，"师自然"
要亲身体验，神与物游，达到"形相与心手相凑而相忘"，才能真正做到
"以形传神"。不同形式的艺术之间多有相通之处，如绘画就和诗文一样，
也存在"江山之助"之情况，明代画家在这一点的认识上颇具共识。比如，
董其昌也曾说过：

> 画家以古人为师，已自上乘，进此当以天地为师。每朝看云气变
> 幻，绝近画中山。山行时见奇树，须四面取之，树有左看不入画，而右
> 看入画者，前后亦尔，看得熟自然传神，传神者必以形，形与心手相凑
> 而相忘，神之所托也。树岂有不入画者，特画收之生绢中，茂密而不
> 繁，峭秀而不塞，即是一家眷属耳。②

董其昌与唐志契生活时代相同，对师法自然的观点也相近。不过，在董其昌
这里，"师古"是基础，"以天地为师"是画家更进一步的行为。"师古"
是在对古人的临摹中获得创作经验，而"以天地为师"则是要求画家走进大

---

① （明）唐志契：《绘事微言·画有自然》，见俞剑华编著：《中国古代画论类编》，739 页，北
京，人民美术出版社，1998。
② （明）董其昌著，邵海清点校：《容台集》别集卷四《题跋·画旨》，680 页，杭州，西泠印社出
版社，2012。

自然，以获得亲身体验，从而创造出具有自己主观意趣的作品，是为独创。"师古"和"师法自然"相结合，不可偏废。这与董其昌所强调的"读万卷书，行万里路"的观点是有内在联系的。

二、师其意，不师其迹

明确了师法对象，还要有正确的师法方式。明代书画家对此讨论也较多。就书学来说，师法古人，旨在掌握规矩法度，获得作书技能，而李应桢强调的"破却工夫"是说用力要勤，持之以恒。一强调内在学养，一强调外在功夫。但作书仅做到这两点还不够，师法方式上还必须正确。对此，明代书论家重视体悟，要求学书者在掌握古人法度的基础上揣摩古人用笔之意。李流芳曾指出：

> 学书贵得其用笔之意，不专以临摹，形似为工。然不临摹，则与古人不亲，用笔结体，终不能去其本色。摹书然后知古人难到。尺尺寸寸而规之，求其肖而愈不可得。故学者患苦之，然以为某书某书则不肖去自书，则远矣。故多摹古帖，而不苦其难，自渐去本色，以造入古人堂奥也。[①]

临摹古人作品须得其"用笔之意"，领悟其创作精神。不能只顾临摹，以追求形似为目的。临摹不是创作，临摹是书学技能的学习活动，而创作是书家个性的自我表达，两者有质的区别。因此书家当在"形似之外"寻求为书之道，不应只是"尺尺寸寸而规之"。解缙在谈及自己学书经历时说道：

---

① （清）孙岳颁等纂辑：《佩文斋书画谱》卷七《论书七·明李流芳论摹书》，222 页，杭州，浙江人民美术出版社，2014。

余少时学书，得古之断碑遗碣，效其布置形似，自以为至矣。……
及稍见古人之真迹，虽豪发运转皆遒劲苍润，如画沙剖玉，使人心畅神
怡，然后知用笔之法，书之精神运动，于形似布置之外尤不可昧而少
之也。①

"用笔之法"和"书之精神运动"是模仿不来的，因为它们存在于笔墨形式
之外，需要学书者去体悟。 如果不去体悟，强行摹拟字迹，即使做到体貌极
为相似，也是与其精神相背离的。 娄坚（1554—1631）指出：

字画小技耳，然而不精研则心与法不相入，何由通微？ 不积习则手
与心不相应，何由造妙？ 师法须高，骨力须重，已识其源，虽师心而暗
合，强摹其迹，纵肖貌而实乖。②

在他看来，学书之道，一是"精研"法帖，用心研究其法度，做到心中有
法，法中有悟，即心法相入；二是坚持练习，字结于心，传之于手，做到心
手相应。 这里排除了以追求"形似"为临摹目的的书学倾向，强调心摹手追
对学书的重要性。 对学书者来说，掌握前人法度可能并不难，难的是对前人
"用意"的把握。 方孝孺（1357—1402）曾结合书史说道：

晋宋间人以风度相高，故其书如雅人胜士，潇洒酝藉，折旋俯仰，
容止姿态，自觉有出尘意。陵迟至于中唐，法度森然大备而怒张挺勃之
气亦已露矣。唐初诸贤去古未远，故犹有晋宋遗风，古人所为常使意胜
于法，而后世常法胜于意，意难识而法易知，颜柳之书余一见即知其

---

① （清）孙岳颁等纂辑：《佩文斋书画谱》卷七《论书七·明解缙学书法》，216 页，杭州，浙江人
民美术出版社，2014。
② （清）孙岳颁等纂辑：《佩文斋书画谱》卷七《论书七·明娄坚论字画》，222 页，杭州，浙江人
民美术出版社，2014。

美，今始识其用意之妙，正犹有道君子泊然内运，非久与之居，不足知其所蕴也。①

所谓"用意"，指下笔之前主体心中的字形构思活动，在作品中体现为笔墨形式中蕴含的创作旨趣。和法度相比，"用意"蕴含在笔墨形式之中，不能直接把握，需要用心灵去体会；而法度则可以通过对字迹的"精研"和临摹获得。方孝孺以为古人对"意"的重视超过对"法"的关注，而后世则反之，这是导致书道陵迟的原因。从书史来看，王羲之强调作书要"意在笔先"，"用意"是先于"用笔"的，"用笔"要遵循法度；方孝孺所说的"意胜于法"继承了"意在笔先"之书学观念，是符合晋人创作经验的。需要指出的是，"意胜于法"，不是说"法"不重要。如上文所论，明人非常重视学习前人作品中的"法"，所谓"下笔有源"，就是强调笔墨的运用要有"法"可据。但从书学创造来说，"意"显然更为重要。因为"法"是外在的规矩，可以习得，如依法书写，易为模仿；"意"是书家内在的构思，"意"形于手，实为创造。李东阳曾说道：

> 子昂临右军《十七帖》，非此老不能为此书，然观者掩卷知其为吴兴笔也。大抵效古人书，在意不在形，优孟效孙叔敖法耳。献之尝窃效右军醉笔，右军观之叹其过醉，献之始愧服，以为不可及此，其形体尝极肖似，而中不可乱者如此，能书者，当自知耳。②

赵孟頫临摹《十七帖》，具有自家面目，并没有成为王羲之书作的模仿品，这得益于对"意"的把握。李东阳认为临摹古人作品，要关注其"用意"，

① （清）孙岳颁等纂辑：《佩文斋书画谱》卷七《论书七·明方孝孺论书》，214 页，杭州，浙江人民美术出版社，2014。
② （清）孙岳颁等纂辑：《佩文斋书画谱》卷七《论书七·明李东阳论临书》，217 页，杭州，浙江人民美术出版社，2014。

体会其构思活动及其旨趣，然后依据自己的体会进行书写，作品就不会停留在形似层面，而是具有临摹者自己个性的书法作品。 总的来看，明代书家视取"意"为师法之关键，是出于自己的创作体会以及对书史创作实际的总结，这对于纠正书坛摹拟之弊显然具有重要的指导意义。

绘画方面对师其"意"也有明确的倡导，唐志契在《绘事微言》中指出：

> 画者传摹移写，自谢赫始。此法遂为画家捷径。盖临摹最易，神气难传，师其意而不师其迹，乃真临摹也。如巨然、元章、大痴、倪迂俱学北苑，一北苑耳，各各学之，而各各不相似。使俗人为之，定要笔笔与原本相同，若之何能名世也？①

谢赫提出的绘画六法作为画学的基本原则，为历代画家所接受，其中"传摹移写"一条说的就是"临摹"活动，它是画家师法的重要形式。 唐志契认为"临摹最易"，但"神气难传"，因为"形"实可以模仿，"神"虚须以意会。 正确的临摹方式是"师其意而不师其迹"，即画家要深入体验古人作品的神韵，领会其用意所在，而不能只模仿其形迹，追求形似。 正如沈颢在《画麈》中所说："临摹古人不在对临而在神会，目意所结，一尘不入，似而不似，不似而似，不容思议。"②"对临"是直接模仿，拘泥于形似；"神会"则为深入体会，是一种心灵交流。"对临"的结果是"形似"，"神会"的结果是"似而不似，不似而似"。 "似"是因为临摹以对象为基础，具有对象之基因；"不似"是因为临摹中有主观创造的东西。

从接受美学来看，不同的画家因为个人的"期待视野"不一样，对同一

---

① （明）唐志契：《绘事微言·仿旧》，见俞剑华编著：《中国古代画论类编》，740 页，北京，人民美术出版社，1998。

② （明）沈颢：《画麈·临摹》，见俞剑华编著：《中国古代画论类编》，777 页，北京，人民美术出版社，1998。

幅画作的体悟也会各有不同。因此,即便是师法同一对象,临摹出的作品也会各具特色。唐志契以巨然、米芾、黄道周、倪云林等为例,指出他们均师法北宋画家董源,却各自成家,奥秘就在"师其意而不师其迹"。"不师其迹"就是不求形似,正如李流芳所说:"夫学古人者,固非求似之谓也。子久、仲圭学董、巨,元镇学荆、关,彦敬学二米,然亦成其为元镇、子久、仲圭、彦敬而已,何必如今之临摹古人者哉?"①"临摹"不是简单地、被动地模仿和接受,作为画家主动的师法行为,它实际上是画家以他人作品为津梁来实现个性化的创造活动。

三、遍参诸家,不泥于古

在师法态度上,明代书画家一是强调遍参诸家,转益多师;二是强调师法要有变化,反对那种泥古不化、不知变通的"奴书""奴画"习气。对于前者,书学领域如赵宧光所说:"学书者,博采众美始得成家。若专习一书,即使乱真,无过假迹,书奴而已!"②此说强调"博采众美"之重要,但对如何去做并未明言。对此,费瀛(1506—1579)在《大长书语》中说得较为清楚:

> 亚栖云:"凡书通则变。""若执法而不变是为书奴。"古人各有所长,其短处亦自难掩。学者不可专习一体,须遍参诸家,各取其长而融通变化。超出畦径之外,别开户牖,自成一家,斯免书奴之诮。……始焉各有师承,及得意外之旨,变通无方,若神龙幻化,法象昭然,而观者初不知其出自何家,书之品格始入神妙。苟束于教而不能遗法以见意,依

---

① (明)李流芳:《檀园集》卷十二《为与游题画册》,见上海市嘉定区地方志办公室编:《嘉定李流芳全集》,305页,上海,上海古籍出版社,2013。

② (明)赵宧光:《寒山帚谈》,见毛万宝、黄君主编:《中国古代书论类编》,317页,合肥,安徽教育出版社,2009。

样葫芦，随人步骤，即令逼真，是亦叔敖之优孟耳，奚贵哉！①

费瀛此话有两层意思，一是说师法古人是书家入门之路，但不可以专门师法某一家书体，必须"遍参诸家"，汲取各家长处。二是说，仅做到汲取众长还不够，还要能融会贯通加以变化，即能推陈出新，否则就会沦为"书奴"。"书奴"的基本特征就是"束于教而不能遗法以见意"，即被古人法度所束缚，在书作中不能表现自己主观意趣，使得书作成为古人的复制品。费瀛指出，要想避免成为"书奴"，书家必须"超出畦径之外"，不能"执法而不变"。这就要求书家在临摹时不要照葫芦画瓢，亦步亦趋，以求逼似，而要先体悟其"意外之旨"，再加以变通。唯有如此，才可以自成一家。对此，画家陈洪绶（1598—1652）也说："学书者竞言钟、王，顾古人何师？当撷诸家法、意，自成一体。"②"撷取诸家"意在汲取众长，"自成一体"是说跳出诸家蹊径，创作出具有自家风格的作品来，观点与费瀛类同。

师古是基础，变古出新是方向，这是明代书家的共识，如：

> 书之为道，不师古难以信今。苏氏曰："近人作篆，故为奇特，全不师古。"书至今日，岂独一篆哉？然一师古而泥于古，则卫夫人所谓"学我者俗，似我者死"而已。山谷《赠邱十四诗》曰："随人作计真后尘，自成一家始逼真。"彼欲竿头进步者，尚无忽于斯言欤！③

> 古人作一段书，必别立一种意态。若《黄庭》之元淡简远，《乐毅》之

① 见季伏昆编著：《中国书论辑要》，405页，南京，江苏美术出版社，2000。
② （明）陈洪绶：《宝纶堂集》，见季伏昆编著：《中国书论辑要》，407页，南京，江苏美术出版社，2000。
③ （明）王绂：《论书》，见季伏昆编著：《中国书论辑要》，404页，南京，江苏美术出版社，2000。

英采沈鸷，《兰亭》之俯仰尽态，《洛神》之飘摇凝伫，各自标新拔异，前手后手，亦不相师。此是何等境界！①

王绂指出师古是为书之道，但书坛现实是，书家师古必泥，随人作计，不能自成一家，原因正是只图形似，不能新变。李日华则以古人为例，说明《黄庭》《乐毅》《兰亭》三书同出一手却面目各具，缘于求新。

画学方面，董其昌有"集其大成，自出机轴"一说：

> 画平远师赵大年，重山叠嶂师江贯道，皴法用董源麻皮皴及《潇湘图》点子皴，树用北苑、子昂二家法，石用大李将军《秋江待渡图》及郭忠恕雪景，李成画法有小幅水墨及着色青绿，俱宜宗之。集其大成，自出机轴，再四五年，文、沈二君，不能独步吾吴矣。②

赵大年画以平远见长，江贯道以写重山叠嶂为优，董源以皴法出众，赵孟𫖯画树，李将军、郭熙画雪，李成的水墨及青绿着色方法等都是他们各自优胜之处，画家都要汲取并加以融会贯通，内化为自家本领，就可以使创作自成一家。显然，董其昌所说即费瀛所言"遍参诸家，各取其长而融通变化"之意。陈老莲论画时也说：

> 古人祖述之法，无不严谨。即如倪老数笔，都有部署法律。小大李将军、营邱、白驹诸公，虽千门万户，千山万水，都有韵致。人自不死心观之、学之耳，孰谓宋不元哉！若宋之可恨，马远、夏圭真画家败群也。老莲愿名流学古人，博览宋画仅至于元，愿作家法宋人乞带唐人，果深心此道，得其正脉，将诸大家辨其此笔出某人，此意出某人，高曾

---

① （明）李日华：《紫桃轩杂缀》卷一，见郁震宏等点校：《六研斋笔记 紫桃轩杂缀》，264~265页，南京，凤凰出版社，2010。
② （明）董其昌：《容台集》别集卷四《题跋·画旨》，674页，杭州，西泠印社出版社，2012。

不观，贯串如到，然后落笔，便能横行天下也。①

他批评画坛所谓"名流"不师古、"作家"学宋弃唐或学元弃宋之病，要求"名流"博览宋元，"作家"师法宋唐，以得各自画学正脉，成就自家画学境界。老莲此论也是主张兼收并蓄，博采众长，颇中时弊。

明代书画家在师法对象的选择上，要求"取法乎上"，体现了对书学、画学典范价值的高度重视。作为师法的第一步，师法对象的选择是否正确，对书画家的艺术道路以及以后的艺术风格的形成极为重要。对象不正确意味着"入门不正"，纵然功夫再深终究不免有野狐之讥。如果师法对象得当，往往事半功倍，更容易成就自家本领。在师法方式上，书画家强调"师其意不师其迹"，是对师法活动本质做了规定，即师法活动不是形式上的机械描摹行为，而是主体积极主动的探索活动，书画家必须深入作品，用心体悟，明其旨趣，然后形诸笔墨。其中含有书画家基于个体期待视野而形成的主观感受，因此含有一定的创造性因素。师法态度上强调"遍参诸家"，是防止主体为一家所缚，从拓宽主体视界角度对师法活动做出要求；而"不泥于古"则是对师法活动的方向做出规定，即师法目的是"与古为新"，实现个性化的创造。师法对象、师法方式、师法态度三者之间是相辅相成的，共同构成了明代书学、画学关于师法的理论体系。

从艺术史看，作为普遍的艺术经验，"师法"对各类艺术的传承及艺术传统的建构有着至为重要的作用，其本身就有两面性。一方面，"师法"前人是艺术家个体成长的主要途径，对艺术家艺术个性的形成功不可没。另一方面，在"师法"过程中，受师法对象影响，艺术家易被对象所束缚，难以突破，"师法"反而成为艺术家成长中的强大阻力。因此如何发扬"师法"的正面价值，克服其负面作用，自然成为历代艺术家思考的焦点之一。明代

---

① （明）陈洪绶：《老莲论画》，见俞剑华编著：《中国古代画论类编》，140 页，北京，人民美术出版社，1998。

之前，书画家对师法的讨论已具规模，从南朝谢赫绘画六法"传移摹写"开始至元代赵孟頫，书画家对师法对象、师法方式及其重要性等均有重要论述。但真正做了全面的、系统性的讨论则是在明代。这与明代作为历史上复古风气最盛的朝代有关。明代书画活动的一个基本特征是临摹多于独创，当临摹成为艺术创作的主要方式时，师法问题便凸显出来。明代书画家对师法问题的讨论，是有其现实必要性的。这是明代师法理论较之前更集中、更深刻、更具有总结性质的根本原因。

◎ 第二节
笔墨形式论

对于书画创作来说，由不同的笔墨使用方式所创造出来的笔墨形式，决定了书法、绘画语言的造型效果与空间表现，是影响书画作品艺术成就的根本性因素。这里所说的"笔墨形式"，不是指书法或绘画作品呈现于视觉的艺术形象，而是指由笔和墨的不同运用方式形成于纸、绢等媒介上的感性形态，如笔锋运动形成的线条，泼墨方式所形成的墨迹等。笔墨形式的审美效果取决于作者所运用的笔墨技法，因此，讨论笔墨形式必须从笔墨技法的角度来展开。历代书画家对笔墨的运用非常重视，他们往往结合自己的创作活动进行探讨，总结出一些非常宝贵的艺术经验。对此，明代书画家在总结前人关于笔墨使用经验的基础上，做了进一步发挥，由此形成的关于笔墨形式的诸多看法，是明代书画思想的重要组成部分。本节拟从笔锋的运用及笔墨关系两个方面对此进行讨论，以揭示其特征及意义。

一、"正以立骨,偏以取态"

"书法以用笔为上"①,从赋形这个角度说,书法创作以"线"为主,"字"之形体、情态等主要通过"线"的设计来传达。"线"有一定的质感,不同的线条造型,给人带来诸如轻快、稳重、艰涩等不同心理感受,具有丰富的表情性。这种表情性取决于书画创作中"笔法"和"墨法"的控制。"笔法"控制着"线"的运动节奏、方向和力度,"墨法"则控制着线条墨色浓度、渗化状态。就"笔法"来讲,又有正锋、中锋、偏锋、侧锋之说,书家运用不同的笔法,使得书体呈现出不同审美风貌。因此,清代周星莲说:"书法在用笔,用笔贵用锋。"②对于正锋和偏锋,明后七子代表王世贞指出:

> 正锋偏锋之说,古本无之。近来专欲攻祝京兆故,借此为谈耳。苏、黄全是偏锋,旭、素时有一二笔,即右军行草中亦不能尽废。盖正以立骨,偏以取态,自不容已也。③

正锋又叫中锋,从运笔动作来看,在行笔过程中尖锋主毫要始终走在笔画的正中。因墨汁可以顺着笔毫比较均匀地注入纸中,所以写出的点画边缘光滑,饱满圆浑。正锋笔迹沉稳、庄重,适宜字体间架的结构,所以说"正以立骨";偏锋也叫侧锋、侧笔,指在行笔过程中尖锋主毫偏在点画的一侧,

---

① (明)赵孟頫:《松雪斋书论》,见崔尔平选编点校:《历代书法论文选续编》,179 页,上海,上海书画出版社,2012。
② (清)周星莲:《临池管见》,见潘运告主编:《晚清书论》,108 页,长沙,湖南美术出版社,2004。
③ (清)孙岳颁等纂辑:《佩文斋书画谱》卷七《论书七·明王世贞论书》,218 页,杭州,浙江人民美术出版社,2014。

如同树之枝叶，从旁逸出，笔迹显得轻捷飘逸、活泼洒脱，因此说"偏以取态"。① 在王世贞看来，正锋、偏锋在字体营造及审美表现上各有各的功能，是不可偏废的。 对于正锋，赵宧光说道："锋不正，不成画，画不成，字有独成者乎？"②认为正锋主要的书写功能是"成画"，即承担笔画的造形，完成字体的结构，所谓"锋正则四面势全也"，主要意思与王世贞相近。

对于偏锋，丰坊指出，"古人作篆、分、真、行、草书，用笔无二，必以正锋为主，间用侧锋取妍。 分书以下，正锋居八，侧锋取二，篆则一毫不可侧也"③，认为古人作书，以正锋为主，而侧锋间或使用，目的是增加字的妍美效果，即"取妍"。"取妍"为晋人所常用，清代朱和羹《临池心解》称："正锋取劲，侧笔取妍。 王羲之书《兰亭》，取妍处时带侧笔。"④王世贞所说的"偏以取态"是说偏锋的运用旨在丰富字的情态，丰坊之意也与此相近。 对于偏锋的审美表现力，宋代姜夔《续书谱》论真书笔画结构时说："晋人挑剔或带斜拂，或横引向外，至颜柳始正锋为之，正锋则无飘逸之气。"⑤晋人写"挑剔"笔画，"或带斜拂"，或"横引向外"，均是偏锋之运用，具有飘逸之风致。 唐代颜真卿、柳公权开始以正锋来写，虽应规入矩，却无飘逸之气。 从笔墨形式看，偏锋比正锋更具有审美表现力。 王世贞说"偏以取态"是符合书史创作实际的。

此外，倪后瞻（生卒年不详）还有"侧笔取势"之说：

此外则"侧笔取势"，晋人不传之秘。 盖侧笔取势者，于结构处用笔

---

① 此处对正锋、偏锋、侧锋的认识，取自启功的观点，见启功、秦永龙：《书法常识》，8 页，北京，中华书局，2017。

② （明）赵宧光：《寒山帚谈·用材》，见毛万宝、黄君主编：《中国古代书论类编》，74 页，合肥，安徽教育出版社，2009。

③ （明）丰坊：《书诀》，见毛万宝、黄君主编：《中国古代书论类编》，106 页，合肥，安徽教育出版社，2009。

④ 见潘运告编著：《晚清书论》，145 页，长沙，湖南美术出版社，2004。

⑤ 见上海书画出版社编：《历代书法论文选》，385 页，上海，上海书画出版社，2012。

一反一正，所谓锋锋相向也。此从运腕得之。凡字得势则活，得势则
传。"徐""欣"二字转左侧右，可悟势奇而反正。①

从笔锋运行状态来看，侧锋尖毫偏于点画一侧，有倾欹之势，速度较正锋轻
快，易于造成不平之运动态势，倪后瞻所说"侧笔取势"即是描述这种状
态。侧锋破除正锋笔画稳定、平衡的状态，使得字体具有灵动之趣，所以说
"凡字得势即活"。由此可见，"侧笔取势"也是为了生成字的审美形态，
即"偏以取态"之意。

对于王世贞的观点，明代书家也有不同的看法，如汤临初说道：

> 锋在画中，则左右皆无病，此书家精一之传也。作篆隶于此法，更
> 不容毫发假借。惟大篆下笔须尖，及收笔又须锋出，则知一得笔行，便
> 收归画中，以为掣笔之地，盖起伏转换自然之势如此。今观二王落笔
> 处，多有侧锋向外者，昧者但谓"侧以取妍"，不知落笔稍偏，正所以济
> 正锋之不及，未几而卒归于正。间有一画全偏者，随以正锋承之，所谓
> 出奇应变，偶一为之耳。若谓侧笔专以取妍，则是藏锋书决无姿态矣，
> 可乎？②

他不同意"侧笔取妍"之说，认为王羲之父子书作多用侧锋，意在"济正锋
之不及"，即"以偏救正"。作书仍以正锋用笔为主，侧锋是用来补救正锋
之不足的。这种看法注意到了书法创作从落笔到收笔过程中，笔锋尖毫运动
的变化轨迹，对偏锋的作用做了新的解释，具有一定的辩证精神。但是，从
书写线条的运动形态看，以正锋运笔，线条运动沉着舒缓，笔迹方正圆整，

---

① （明）倪后瞻：《倪氏杂著笔法》，见毛万宝、黄君主编：《中国古代书论类编》，59～60 页，合
肥，安徽教育出版社，2009。
② （明）汤临初：《书指》，见毛万宝、黄君主编：《中国古代书论类编》，110 页，合肥，安徽教
育出版社，2009。

而以偏锋运笔，线条运动迅捷轻盈，笔迹纤细纵逸。从审美效果看，偏锋运笔克服了正锋运笔所形成的板滞不灵，更能展现线条运动所带来的生机和气势，从而赋予书体以妍美的姿态。因此"侧笔取妍"之说是不可以轻易否定的。

绘画领域也有正锋、偏锋之说，明代画家注重侧笔的运用，以获得"秀峭"的审美效果。董其昌说道：

> 作云林画须用侧笔，有轻有重，不得用圆笔，其佳处在笔法秀峭耳。宋人院体皆用圆皴，北苑独稍纵，故为一小变。倪云林、黄子久、王叔明皆从北苑起祖，故皆有侧笔，云林其尤著也。①

倪瓒的画因富有"逸气"，深为明文人画家所推崇。他的画在创作上的主要特征是使用侧笔，侧笔"佳处在笔法秀峭"，偏锋构图有俊秀峭拔之态，这对无意于精细刻绘，专以表现胸中"逸气"为主的文人画创作来说有着重要的作用。这里所提到的"圆笔"即正锋，为宋代院体画家所常用。院体画家作画追求工整细致，逼似实物，正锋笔画圆整方正，在对物象形体的精确传达上具有优势。而文人画以表现画家的胸襟怀抱为创作目的，笔画形式的营构是基于情感表现的需要，这与院体画家以再现对象形体为追求不同，因此"不得用圆笔"。侧锋所形成的"一面光，一面成锯齿形"②的形态有利于文人画家内心情感体验的传达，因此文人画在创作上多用侧笔。作为明代文人画的倡导者，董其昌的话是具有代表性的，侧笔的"笔法秀峭"之特点，是王世贞"偏以取态"的论断在画学上的体现。

---

① （明）董其昌：《画禅室随笔》，见潘运告主编，运告译注：《明代画论》，201 页，长沙，湖南美术出版社，2002。
② 《黄宾虹画语录》，转引自周积寅编著：《中国历代画论：掇英·类编·注释·研究》，456 页，南京，江苏美术出版社，2007。

二、隐藏气脉,露耀精神

笔锋的"正"与"偏",是书家的运笔方式,笔锋运动方式是正是偏,直接影响到线条的外在感性形态。 笔锋的"藏"与"露"则是书家书写动作,书家对笔锋的处理,直接影响到线条的内在审美意蕴。"藏"与"露"是指"行笔的起止如何处理笔的锋芒","起笔和收笔时,有意顺势将笔的锋芒显露在点画之外,叫做露锋;设法将笔的锋芒隐藏在点画之中,叫做藏锋"。 从笔毫的运动状态来看,"露锋须顺锋起笔,顺锋收笔;藏锋则须逆锋起笔,逆锋收笔"①。 对笔锋作"藏"与"露"的处理,可以使线条呈现出不同的审美特征。 对此,明代书论家有着清晰的认识。 比如,丰坊就指出:

> 学书者必先审于执笔,双钩悬腕,让左侧右,虚掌实指,意前笔后,此要诀也。用笔必以正锋为主,又不必太拘,隐锋以藏气脉,露锋以耀精神,乃千古之秘旨。②

作书先要知道如何执笔,次要掌握如何用笔,在丰坊看来,用笔以正锋为主,但不能过于拘束,笔锋该隐的要隐,该露的要露,这是作书的"秘旨"。 他认为隐锋的目的是隐藏"气脉",露锋的目的则是闪耀"精神"。 "气脉"与"精神"都与书家主观的情性相联系。 因为书家情感的运动和线条的律动是一致的,线条形式实际上是指书家情感流动的物化形态。 所谓"气脉",是指线条运动所形成的气势,隐藏"气脉"是书家通过笔毫控制线条运动方式,使得气势不外露,进而控制情感表达,使其含蓄不露。 所谓

---

① 启功、秦永龙:《书法常识》,9页,北京,中华书局,2017。
② (明)丰坊:《童学书程》,见毛万宝、黄君主编:《中国古代书论类编》,309页,合肥,安徽教育出版社,2009。

"精神"则是指线条运动所呈现的生机、活力，显耀"精神"是指书家通过笔毫控制线条运动方式，使得生机焕发，进而放纵情感，使其神态毕现。一露一隐，一放一收，使得字体姿态横生，自具风韵。倪后瞻也有近似看法：

> 大抵用笔有急有缓，有有锋，有无锋，有承接上字，有牵引下字。乍徐还疾，忽往复收，缓以仿古，急以出奇。有锋以耀其精神，无锋以含其气味。横斜曲直，钩环盘纡，皆以熟为主。①

"有锋"即露锋，"无锋"即隐锋，体现在笔墨形式的审美特征上与丰坊的观点一致，"含其气味"即"以藏气脉"之意。露锋和隐锋书写的线条各具情态，不宜偏废，须结合着使用。王世贞说道：

> 先民有言："用笔不欲太肥，肥则形浊；不欲太瘦，瘦则形枯。肥不剩肉，瘦不露骨，乃为合作"，"又不欲多露锋芒，露锋芒则意不持重，又不欲深藏圭角，藏圭角则体不精神"。斯言当矣！愚以谓如不得已，则肉胜不如骨胜，多露不如深藏，犹为彼善也。②

这里所引出自姜夔《续书谱》，为王世贞所认同。他认为露锋过多，线条显得轻浮，字体不够稳重；但如隐锋太深，线条没有棱角，字体则显得臃肿，没有生气。"露"与"隐"应酌情使用，如果遇到"不得已"的情况，则"多露不如深藏"，宁可多使用隐锋，而不能多使用露锋。可见，在笔墨形式的情感表现上，王世贞还是倾向于隐锋用笔所形成的含蓄持重的审美效果。在

---

① （明）倪后瞻：《倪氏杂著笔法》，见毛万宝、黄君主编：《中国古代书论类编》，60页，合肥，安徽教育出版社，2009。
② （明）王世贞：《艺苑卮言》，见毛万宝、黄君主编：《中国古代书论类编》，107页，合肥，安徽教育出版社，2009。

这一点上，徐渭则与其意见不同，他说：

> 古人论真行与篆隶，辨圆方者，微有不同。真行始于动，中以静，终以媚。媚者盖锋稍溢出，其名曰姿态。锋太藏则媚隐，太正则媚藏而不悦，故大苏宽之以侧笔取妍之说。赵文敏师李北海，净均也，媚则赵胜李，动则李胜赵。夫子建见甄氏而深悦之，媚胜也，后人未见甄氏，读子建赋无不深悦之者，赋之媚亦胜也。①

徐渭论书推崇二王以来的妍媚书风，故在笔墨形式的创造上重视"媚"的表现。在他看来，露锋正适合表现"媚"的姿态。所谓"锋稍溢出"就是指收笔时顺势将笔锋带出，使线条显出飘逸之态。如果使用藏锋，线条沉稳持重，"媚"则隐没在点画之中，因此说"媚隐"，使用正锋结果是"媚藏"，审美效果同藏锋一致。徐渭对露锋和侧笔的重视与其重个性、重真情的艺术观念相关，这与持儒学正统观念的王世贞不同。从王世贞和徐渭对书法用笔的不同认识中，我们可以看出，笔墨形式的背后往往是书家思想观念在起着作用。

徐渭重视露锋，并不是说他就排斥藏锋。他说：

> 故执之在手，手不主运；运之在腕，腕不知执。执虽期于重稳，用必在于轻便。然而轻则须沉，便则须涩，其道以藏锋为主。若不涩，则险劲之气无由而生，至于太轻不沉，则成浮滑，浮滑则俗。②

执笔要稳重，但运笔要轻便。要处理好运笔过程中"轻"与"沉"、"便"

---

① （明）徐渭：《文长论书·赵文敏墨迹洛神赋》，见潘运告主编，运告译注：《明代书论》，270页，长沙，湖南美术出版社，2002。
② （明）徐渭：《论执管法》，见毛万宝、黄君主编：《中国古代书论类编》，73页，合肥，安徽教育出版社，2009。

与"涩"之间的关系，主要在于藏锋的运用。 藏锋是变"轻"为沉、化"便"为"涩"的重要方式，是书体产生"险劲之气"、避免"浮滑"的重要手段。"浮滑"是笔墨形式缺乏"精神"的症候之一，由此可见，徐渭对藏锋的认识，也含有"隐锋以藏气脉，露锋以耀精神"之意。 对于藏锋在书法创作中的重要性，董其昌指出：

> 书法贵藏锋，然不得以模糊为藏锋，须有用笔如太阿刜截之意，盖以劲利取势，以虚和取韵。颜鲁公所谓"如印印泥，如锥画沙"是也。①

> 书无笔迹，非谓其墨淡模糊而无分晓也，正如善书者藏笔锋，如锥画沙，印印泥耳。书之藏锋在手，执笔沉着痛快。②

董其昌以为藏锋用笔是书法创作重要方式，但是要认清藏锋运笔的特点，不是拖沓用笔，使笔墨含糊不清，而是要果断利落，使线条沉稳有力。 这里所提到的"锥画沙，印印泥"系褚遂良最先提出，后被颜真卿所引述："用笔当如印印泥，如锥画沙，使其藏锋，书乃沉著，当其用锋，常欲透过纸背。"③此处"藏锋"是指笔锋藏于笔画之中，如同印体沉陷印泥之中，笔迹沉稳不浮，又如以锥画沙，笔迹尖利显豁。 董其昌对藏锋的认识，旨在倡导字迹鲜明、沉着痛快的书风。

---

① （明）董其昌著，邵海清点校：《容台集》别集卷二《题跋·书品》，618 页，杭州，西泠印社出版社，2012。
② （明）董其昌：《画禅室随笔》，见潘运告主编，运告译注：《明代画论》，205 页，长沙，湖南美术出版社，2002。
③ （清）孙岳颁等纂辑：《佩文斋书画谱》卷五《论书·唐褚遂良论书》，171 页，杭州，浙江人民美术出版社，2014。

三、清浊在笔,隐现在墨

陈继儒在论文人画时指出:"文人之画,不在蹊径而在笔墨。"①对于文人画创作来说,关键在于笔墨的运用,而不在于绘画的门径。 画家表现空间形象,运笔用墨必须恰到好处,方可做到生动传神。 在画史上,"笔"不只是创作工具,还可以指勾勒、皴点等各种笔法;"墨"不只是创作材料,也可以指浓淡干湿,自然润化的效果及其运用,如破、积、烘、染等墨法。笔和墨的关系,是画家在临画之前必须思考的问题。 宋代韩拙说:"笔以立其形体,墨以别其阴阳,山水悉从笔墨而成。"②笔和墨在绘画表现上各有分工,各有其用。

但就实际的创作活动来看,笔和墨俱为一体,不可截然分开。 清代画家石涛说:"墨之溅笔也以灵,笔之运墨也以神。"③笔和墨相互为用,相辅相成。 潘天寿指出:"笔不能离墨,离墨则无笔。 墨不能离笔,离笔则无墨。 故笔在才能墨在,墨在才能笔在,盖笔墨两者,相依则为用,相离则俱毁。"④正因为笔和墨不能分开,所以在绘画创作过程中,应该有笔有墨,要正确处理好用笔和用墨之间的关系,拿捏好分寸,以获得最佳表现力的笔墨形式。

明代画家尤为重视笔墨关系的处理,强调笔与墨的结合。 沈颢在《画麈》中指出:"笔与墨最难相遭。 具境而皴之,清浊在笔;有皴而势之,隐

① (明)陈继儒:《眉公论画山水》,见俞剑华编著:《中国古代画论类编》,758页,北京,人民美术出版社,1998。
② (宋)韩拙:《山水纯全集·论用笔墨格法气韵之病》,见俞剑华编著:《中国古代画论类编》,674页,北京,人民美术出版社,1998。
③ (清)石涛:《苦瓜和尚画语录·笔墨章第五》,见(清)鲍廷博辑:《知不足斋丛书》第2册,555页,北京,中华书局,1999。
④ 潘天寿:《听天阁画谈随笔·用笔》,28页,上海,上海人民美术出版社,1980。

现在墨。"①"皴"是画家根据各种山石的不同地质结构和树木表皮状态创造出来的绘画表现方法。 一般先以线条勾勒轮廓，后以干墨细描，是画家表现山石树木的脉络、纹路、质地、阴阳、凹凸、向背的主要手段。 董其昌说："盖大家神品，必于皴法有奇。"②如何运用"皴法"成为影响画家绘画创作水平重要因素。 沈颢所说的"具境而皴之"是指画家用"皴法"来表现意境的创作活动。 因为"皴"的动作是通过笔锋的运动来进行的，线条痕迹是鲜明还是模糊取决于用笔，所以说"清浊在笔"。 仅有"皴法"还不够，还要表现出绘画对象的态势，这就需要用墨来传达，因此说"隐现在墨"。绘画的关键在于笔和墨的运用，有笔无墨、有墨无笔都不是最佳的，沈颢说的"笔与墨最难相遭"实是其甘苦之言。

笔与墨须臾不可分，那么什么是"有笔有墨"，什么是"无笔无墨"？对此，顾凝远说道：

> 以枯涩为基而点染蒙昧，则无墨而无笔；以堆砌为基而洗发不出，则无墨而无笔。先理筋骨而积渐敷腴，运腕深厚而意在轻松，则有墨而有笔。此其大略也。若夫高明隽伟之士，笔墨淋漓，须眉毕烛，何用粘皮搭骨！③

"无墨无笔"有两种形态，一是"以枯涩为基而点染蒙昧"，一是"以堆砌为基而洗发不出"。 无论是"点染蒙昧"，还是"洗发不出"，均是说笔墨使用不当导致形象模糊不清，缺少立体感。 在绘画创作中，笔的作用主要是立其"筋骨"，须"运腕深厚"，用笔持重有力；墨的作用主要是现其"血

---

① （明）沈颢：《画麈·笔墨》，见俞剑华编著：《中国古代画论类编》，774 页，北京，人民美术出版社，1998。
② （明）董其昌：《画眼》，见潘运告主编，运告译注：《明代画论》，188 页，长沙，湖南美术出版社，2002。
③ （清）孙岳颁等纂辑：《佩文斋书画谱》卷十六《论画六·明顾凝远论画·笔墨》，427 页，杭州，浙江人民美术出版社，2014。

肉"，需随意点染，用墨洒脱不拘。能做到这两点就"有墨而有笔"。顾凝远对笔墨用法的诠释还有点含混，不太好理解，董其昌的话就清晰多了。他说：

> 古人云："有笔有墨。""笔墨"二字，人多不识。画岂有无笔墨者，但有轮廓而不分皴法，即谓之无笔；有皴法而不分轻重、向背、明晦，即谓之无墨。古人云："石分三面。"此语是笔亦是墨，可参之。①

"无笔"就是只有"轮廓"而没有"皴法"，有"皴法"却没有"轻重、向背、明晦"就是"无墨"。换句话说，有"轮廓"又有"皴法"就是"有笔"，有"皴法"又有"轻重、向背、明晦"就是"有墨"。董其昌对"有笔有墨"的解释，继承了韩拙"笔以立其形体，墨以别其阴阳"的画学思想，也与沈颢、顾凝远的观点相近，体现了明代画家对笔墨价值的高度重视。此外，董其昌还指出实际创作中笔墨使用的另一种情形，即"有笔无墨"或"有墨无笔"：

> 荆浩，河内人，自号洪谷子，博雅好古，以山水专门，颇得趣向。为云中山顶，四面峻厚。自撰《山水诀》一卷，语人曰："吴道子画山水有笔而无墨，项容有墨而无笔。吾当采二子所长，为一家之体。"故关仝北面事之。世论荆浩山水为唐末之冠。盖有笔无墨者，见落笔蹊径而少自然；有墨无笔者，去斧凿痕而多变态。②

结合董其昌对"无笔""无墨"的认识，"有笔无墨"的特点是：用笔勾勒对象轮廓，然后用"皴法"表现对象形体特征，但对象的"轻重、向背、明

① （明）董其昌：《画禅室随笔》卷二《画诀》，4页，广智书局校印本。
② （明）董其昌：《画旨》，见潘运告主编，运告译注：《明代画论》，177页，长沙，湖南美术出版社，2002。

晦"等特征却不能表现出来。 这种创作方式，因为追求形似，势必讲究各种运笔技巧，对对象做精细描摹，刻画痕迹明显，缺少自然之态。 但其优点在于表现对象轮廓鲜明，细腻传神。 而"有墨无笔"的特点是：有"皴法"且能表现出对象的"轻重、向背、明晦"，虽无刻画痕迹，却多变化之态。 其缺点在于对象轮廓不鲜明。

明代书画家对笔墨形式的讨论，汲取了书学、画学史上荆浩、姜夔、韩拙等书画家的艺术思想，体现了自身对笔墨运用及其造型功能的深刻理解，对清代书画理论及创作产生了重要影响。 如从艺术创作来看，任何形式的创造都是和主体的思想、情感的表达相联系的，艺术形式承载着主体的精神，积淀着主体的个性、情感和人生经验，是"有意味的形式"。 明代书画家对笔墨形式的讨论，虽然有"气脉""精神"这样主观性质的表述，但仍偏重描述主体的视觉感受，并非是对笔墨形式的主观意蕴的诠释。 因此，明代书画家对笔墨形式的讨论，主要停留在技法层面，注重笔墨形式的物理性质，侧重从主体的审美感官的视觉感受来讨论笔墨形式的创造。 正如卡西尔（Ernst Cassirer）所说："在艺术中，我们专注于现象的直接外观，并且最充分地欣赏着这种外观的全部丰富性和多样性。"①书画作为艺术，它的笔墨形式的"丰富性"和"多样性"正是美感的源泉，是作品生命力之所在。 但是，这种"丰富性"和"多样性"有赖于形式本身的审美创造。 就此而论，明代书画家对笔墨形式的讨论，正是注意到了艺术接受"专注于现象的直接外观"的这一特征，并从笔墨的运用及其审美表现的角度对笔墨形式的创造进行了探究，总结了笔墨形式创造的历史经验，深化了人们对书画创作活动本质的认识，无疑具有理论建设和艺术实践的双重意义。

---

① ［德］恩斯特·卡西尔著，甘阳译：《人论》，215页，上海，上海译文出版社，1985。

◎ 第三节
书法创作论

明代文艺思潮整体上以复古为特征，在书学上体现为临摹古人法帖风气的盛行，以及在如何师法古人这个问题上的争论。明代书家重视师法古人对学习书法的实践价值，并对此进行了探究，总结出一些行之有效的创作经验。这使得明代书学有了自身的理论特色——"与古为新"，即依托古人来进行书学创造，以实现面目独具、自成一家之目标。总体来看，明代书论家对于创作具有自身特色的书法作品，主要有以下几种观点。

一、下笔有源，迹有所本

明人强调临摹功夫，从创作主体来说，旨在提升书家自身的书学素养，以便能创作出既符合古法，又有自家面目的作品来。明代书家反对"奴书"，死于前人笔下，要求变古为新，个性自具。但创新并不是凭空创造，而是在继承前人书学精神的基础上实现的。因此，书论家们重视"学"，强调学有所本，领悟古人的运笔用墨之法度，内化为自己的书学本领，这样落笔即有归宿。明初书家张绅在《法书通释》中指出：

> 善书者笔迹皆有本原。偏旁俱从篆隶，智者洞察，昧者莫闻。是以法篆则藏锋，折搭则从隶，用笔之向背，结体之方圆，隐显之中皆存是道。人徒见其规模乎八法，而不知其从容乎六书。近时惟吴兴赵公为能知此，其他往往皆工点画，不究偏旁，古法荡然，非为小失。[1]

---

[1] （清）孙岳颁等纂辑：《佩文斋书画谱》卷七《论书七·明张绅论书》，214 页，杭州，浙江人民美术出版社，2014。

不论是用笔方式，还是字体营构，都蕴含着作书之道。一笔一画都有"本原"可推究。所谓"本原"，是指字体的笔墨形式有本所自，在古人那里有法可依。如同黄庭坚论杜甫作诗、韩愈作文，"无一字无来处"①。张绅批评书家"皆工点画"，不研究偏旁来历，致使"古法荡然"，对于书学来说，损失不为小。而要避免书写失据，关键在于"善学"，汲取古人笔墨精神。曾棨（1372—1432）在批评书家学书时说道：

> 惟晋唐以书名家者，不可胜计。虽体制不同而规矩绳墨初不异也。近时学者徒见其已然之迹，临钟、王者曰"我师晋"，临欧、虞者曰"我师唐"，非惟学者偃然当之，见之者亦从而曰彼诚晋也，彼诚唐也。噫！是徒仿佛其体制之似，而不求其规矩绳墨，良可叹哉！②

晋、唐书学名家，多至不可计数。他们的书作虽体制不同，但所遵循的"规矩绳墨"是相同的。学书者学习他们的作品，只知模仿其体制，停留在形式上的相似，却不知道探究其书中所蕴含的"规矩绳墨"，如此学习，实际上是舍本逐末，不能直探本原，结果只能是用力愈勤，离书道愈远。临古人名帖，旨在师其法度，掌握笔墨形式之规律，为己所用，成就自家风格。落实到具体的创作过程中，要做到"下笔有源"：

> 大抵作书须结体平正，下笔有源，然后伸之以变化，鼓之以奇崛，则任心随意皆合规矩矣。且夫书法之妙非可言传，昔人有见担夫争道，闻鼓吹，观舞剑而造神妙，以至听江声，见蛇斗而笔法进者，此岂拘拘

① （宋）黄庭坚：《宋黄文节公全集·正集》卷十八《答洪驹父书》之三，见刘琳等校点：《黄庭坚全集》，475 页，成都，四川大学出版社，2001。
② （清）孙岳颁等纂辑：《佩文斋书画谱》卷七《论书·明曾棨论学书》，216 页，杭州，浙江人民美术出版社，2014。

于临写之勤哉! ①

"下笔有源"即字之笔画皆有所本,合乎古人法度,在此基础上再加以自由创造,这样创作出来的作品,既不失书之正轨,又有自家面目。"本"来自"学",但仅有"学"还不够,还要知"变"。 学书者在勤于临写的过程中领悟为书之道,要学有所悟,悟而知变,方可自由创造。 赵宧光在论述"学"与"变"的关系时说道:

> 书法变幻故自妙境,若无学而变,宁不变也。宋人作诗有禁体,弄出许多丑态。覆车前辙,亦可畏矣。古人谓老年才尽,余则以为学尽耳,非才之罪也。诗文如是,书法亦然。②

"学"是"变"之本,无本之"变",不如不"变"。 在书法创作过程中,运笔、结体要体现"学"之素养,即从古人那里学到的法度精神,否则,只追新求变,不仅不能臻至"妙境",还会堕入"新巧"之弊。 文徵明在评祝允明书作时说道:

> 昔人评张长史书:"回眸而壁无金粉,挥笔而气有余兴。"盖极其狂怪怒张之态也。然《郎官壁记》则楷正方严,略无纵诞。今世观希哲书,往往赏其草圣之妙;而余尤爱其行楷精绝。盖楷法既工,则稿草自然合作。若不工楷法,而徒以草圣名世,所谓无本之学也。③

---

① (清)孙岳颁等纂辑:《佩文斋书画谱》卷七《论书·明曾棨论学书》,216 页,杭州,浙江人民美术出版社,2014。
② (明)赵宧光:《寒山帚谈·力学》,见崔尔平选编点校:《明清书法论文选》,297 页,上海,上海书店出版社,1994。
③ 周道振辑校:《文徵明集》(增订本)补辑卷二十三《题跋二·祝希哲草书赤壁赋》,1296 页,上海,上海古籍出版社,2014。

祝允明书师法张旭，草书能得其"狂"态，为人所赏，而其行楷精妙绝伦，却人所不知。 项穆以为祝允明草书之妙是因其"楷法既工"，"楷法既工"则草书自然不俗。 祝允明虽以草书著名，其书法基础却在行楷。 也就是说祝允明学习张旭，主要是能汲取其楷书创作精神，然后以此创作草书，自然能得张旭草书神韵。 得楷法于张旭，是祝允明草书创作之"本"，不了解这一点，是不可能真正读懂祝允明草书的。 项穆在谈书家的资质和学问时说道：

> 书之法则，点画攸同。形之楮墨，性情各异。犹同源分派，共树殊枝者，何哉？资分高下，学别浅深，资学兼长，神融笔畅，苟非交善，讵得从心。书有体格，非学弗知，若学优而资劣，作字虽工，盈虚舒惨，回互飞腾之妙用，弗得也。书有神气，非资弗明，若资迈而学疏，笔势虽雄，钩揭导送，提抢截拽之权度弗熟也。所以资贵聪颖，学尚浩渊。资过乎学，每失颠狂。学过乎资，犹存规矩。资不可少，学乃居先。古人云："盖有学而不能，未有不学而能者也。"①

"点"与"画"是书法创作的基本语汇，对书家来说没有什么本质的不同。但是，如果通过笔和墨表现在纸上，却各有各的情态。 造成这种情况是因为书家的"资"与"学"不同。"资"指天资、天分，"学"指学习、学问。对于书家来说，天资不可或缺，但学习更为重要。 项穆讨论了"资""学"与书法创作之关系，阐明了学习古人、领悟"规矩"对书法创作的重要意义。 在他看来，书法创作是书家"天资"与"学问"的展现，换个角度说，书家的"资"与"学"决定着书法创作所达到的艺术水平。 如按此论，书家能否做到"下笔有源""迹有所本"，主要取决于书家的学问。 而学问来自学

---

① （清）孙岳颁等纂辑：《佩文斋书画谱》卷七《论书七·明项穆论书》，218 页，杭州，浙江人民美术出版社，2014。

习,可见,学习古人是书家进行个性化创造的重要基础。 丰坊在《笔诀》中说:

> 学书者,既知用笔之诀,尤须博观古帖,于结构布置,行间疏密,照应起伏,正变巧拙,无不默识于心,务使下笔之际,无一点一画不自法帖中来,然后能自成家数。①

所谓"自成家数"即"自成一家","无一点一画不自法帖中来"即"下笔有源"或"迹有所本","博观古帖"是指学习。 这段话较为全面地揭示了学习和书学创造之间的关系。

二、书法传心,自行胸臆

王羲之的"意在笔先"说,后世书家少有异议,几成书学史上之定论,影响深远。 其意是说书家落笔之前,字体结构已经在心中构思完备,作书只是书家借助笔墨将构思好的字体传达于纸上的行为。 书法创作同其他艺术门类一样,遵循"形之于心"到"形之于手"这一创作规律。 莫云卿认为:"凡书家下笔时须澄神静虑,弗以一事关心,既想字形难易俯仰,右军所谓意在笔前,然后快然落笔,不使凝滞,自能合作。"②书家下笔之前的构思活动,离不开心灵的自由。 如有"一事关心",构思便不能进行。 书法创作是讲究"意在笔先"的,如字之形体结构不能了然于胸,"快然落笔"便只是一句空话。 可见,书法创作离不开主观世界的营造,书家如不能"藻雪精神",保持自由的审美心胸,是无法创作出好的作品的。 这种思想始自东汉蔡邕,他认为:"书者,散也。 欲书先散怀抱,任情恣性,然后书之,若

---

① 见季伏昆编著:《中国书论辑要》, 405 页, 南京, 江苏美术出版社, 2000。
② (清)孙岳颁等纂辑:《佩文斋书画谱》卷七《论书七·明莫云卿论书》,220 页,杭州,浙江人民美术出版社,2014。

迫于事，虽中山兔毫不能佳也。"①所谓"先散怀抱"即澄清胸怀，去除欲念，保持心灵的自由，这是作好书的先决条件。 明代书家继承了书学史上这一观点，如项穆就说："书之为言散也，舒也，意也，如也。 欲书必舒散怀抱，至于如意如愿，斯可称神。"②明代书学对书家主观因素的重视，主要体现在对主体的情兴与书法创作关系的认识上。 费瀛在论书时说：

> 解衣盘礴，宋元君知为真画师；传神点睛，顾恺之经月不下笔。天下清事，须乘兴趣，乃克臻妙耳。书者，舒也。襟怀舒散，时于清幽明爽之处，纸墨精佳，役者便慧，乘兴一挥，自有潇洒出尘之趣。倘牵俗累，情景不佳，即有仲将之手，难逞径丈之势。是故善书者风雨晦暝不书，精神恍惚不书，服役不给不书，几案不整洁不书，纸墨不妍妙不书，匾名不雅不书，意违势绌不书，对俗客不书，非兴到不书。③

费瀛释"书"为"舒"，即蔡邕所谓"散"，作书须"襟怀舒散"，方可"乘兴一挥"，有"潇洒出尘之趣"。 他认为作书同作画，是"清事"一桩，"须乘兴趣"。 如兴趣不至，不能作书。 而"兴趣"的产生是有条件的。它需要书家不能被"俗累"所牵，必须保持超然于物外之心态，这种认识是符合艺术创造规律的。

明代书家对情兴的重视，与他们对主体心灵的认识分不开。 比如：

> 夫人灵于万物，心主于百骸。故心之所发，蕴之为道德，显之为经纶，树之为勋猷，立之为节操，宣之为文章，运之为字迹。……但人心

---

① （汉）蔡邕：《笔论》，见上海书画出版社编：《历代书法论文选》，498页，上海，上海书画出版社，2012。

② （明）项穆：《书法雅言·神化》，见毛万宝、黄君主编：《中国古代书论类编》，5页，合肥，安徽教育出版社，2009。

③ （明）费瀛：《大书长语》，见毛万宝、黄君主编：《中国古代书论类编》，223页，合肥，安徽教育出版社，2009。

不同，诚如其面，由中发外，书亦云然。所以染翰之士，虽同法家，挥毫之际，各成体质。……夫经卦皆心画也，书法乃传心也。①

项穆以为人心是"百骸"之主，道德、经纶、勋猷、节操乃至文章、字迹均由心出，书法是主体心灵的传达，但人心各个不同，所显风貌也各异。情兴作为主体心灵的要素，对作书自然至关紧要。李日华在谈及作书经验时指出：

> 歙友东篱生者，耽嗜法书，终日挥洒。遇不得意，则痛饮烂醉，人不得而谁何之也。余书联语贻之云："性灵活泼毫锋上，世界沉埋酒瓮中。"②

> 写数字，必须萧散神情，吸取清和之气在于笔端，令挥则景风，洒则甘雨，引则飞泉直下，郁则怒松盘纠；乍疾乍徐，忽舒忽卷。按之无一笔不出古人，统之矗矗自行胸臆，斯为翰墨林中有少分相应处也。③

所谓"萧散神情，吸取清和之气"，实则涵养情兴，情兴一至，便可自由挥洒，所作字既合乎古人，又出自胸臆。李日华还认为："佛谈般若，即是人心灵智云。其体无外，而其用广狭随时，如登高岗，俯察百里形势，则此智弥漫百里；及穿针时，则束注针孔中；写字时，即于笔尖上透露，作无量神变。余喜其语，可为临池家三昧也。"④人心万般活动透露于笔尖，便造成

---

① （明）项穆：《书法雅言》，见毛万宝、黄君主编：《中国古代书论类编》，9页，合肥，安徽教育出版社，2009。

② （明）李日华：《紫桃轩又缀》卷二，见郁震宏等点校：《六研斋笔记　紫桃轩杂缀》，355页，南京，凤凰出版社，2010。

③ （明）李日华：《紫桃轩杂缀》卷三，见郁震宏等点校：《六研斋笔记　紫桃轩杂缀》，302页，南京，凤凰出版社，2010。

④ （明）李日华：《六研斋三笔》卷一，见郁震宏等点校：《六研斋笔记　紫桃轩杂缀》，178页，南京，凤凰出版社，2010。

字体的千变万化，书法源于人心，是人的心灵活动借助笔墨形式呈现出来的感性形态。

明代书家重视主体的主观世界的作用，是离不开心学的影响的。 王阳明在谈及自己学书经历时说道：

> 吾始学书，对模古帖，止得字形。后举笔不轻落纸，凝思静虑，拟形于心，久之始通其法。既后读明道先生书曰："吾作字甚敬，非是要字好，只是此学。"既非要字好，又何学也？乃知古人随时随事只在心上学，此心精明，字好亦在其中矣。①

"心外无物"是阳明心学一个基本观念，书法自然也是心中之物。 因而学字作书，只需从心上下功夫。 无论是"先散怀抱""襟怀舒散"，还是"非兴到不书"，都是从心上下功夫的具体体现。 理学家陈献章云：

> 予书每于动上求静，放而不放，留而不留，此吾所以妙手动也。得志弗惊，厄而不忧，此吾所以保乎静也。法而不囿，肆而不流，拙而愈巧，刚而能柔；形立而势奔焉，意足而奇溢焉，以正吾心，以陶吾情，以调吾性，吾所以游于艺也。②

所谓"得志弗惊，厄而不忧"，也就是排除世俗欲念的干扰，以实现内心之静。"静故了群动"，惟有心灵之静，才能自由驾驭笔毫之运动，实现"形立而势奔""意足而奇溢"之创作效果。 陈献章所说的"静"是一种心性修养功夫。

---

① （明）王阳明：《论书》，见毛万宝、黄君主编：《中国古代书论类编》，308 页，合肥，安徽教育出版社，2009。
② （明）陈献章：《白沙集》，见毛万宝、黄君主编：《中国古代书论类编》，247 页，合肥，安徽教育出版社，2009。

书法是心灵的表达，书家必须涵养心性，培育兴致。 这是从创作主体的角度来谈书学创造必须具备的条件，也是着眼于书法作为艺术活动所应遵循的审美创造规律。

三、"工夫精熟，久乃自然"

明代书家重视对前人作书经验的学习，以临摹前人法帖为学书路径，因此，在师承之外，特别强调临摹功夫，希望通过刻苦练习以达到熟能生巧，进而摆脱依傍，实现个性化的书学创造。 明初馆阁体书家解缙就特别重视临摹功夫，他说："惟日日临名书，无吝纸笔，工夫精熟，久乃自然。 言虽近易，实虽要旨。"[1]所谓"工夫精熟，久乃自然"，是指在长期的、持之以恒的临摹活动中，书学技艺自动内化为书家创作能力的过程。 他描述道：

> 愈近而愈未近，愈至而愈未至，切磋之，琢磨之，治之已精，益求其精，一旦豁然贯通焉，忘情笔墨之间，和调心手之用，不知物我之间，体合造化而生成之也，而后为能学书之至尔。[2]

临摹功夫下到一定程度，心智就会"豁然贯通"，这时笔和墨、心和手无须再刻意经营，创作水到渠成，作品具有自然天成之妙。 与解缙一样强调"工夫精熟"的还有杨士奇：

> 真书非古，钟、王以后，上下率用之，然亦有法。昧者不能造其至，陈绎曾《翰林要诀》，此所谓法也，得其法苟非积功之熟，亦徒然矣。曾子固言义之所能，亦精力自致，非天成也，一艺之学，犹必智行

---

① （明）解缙：《春雨杂述·书学详说》，见上海书画出版社编：《历代书法论文选》，498 页，上海，上海书画出版社，2012。

② 同上书，499 页。

两尽，况从事古圣贤之学者哉！①

"智"指思考辨别能力，用于揣摩、推敲字帖中的法度；"行"指临摹活动，对法帖的临摹行为。"智行两尽"是对学书者思维能力和动手能力的双重要求。 对于学书者来说，仅凭自己的思维能力"得其法"还不行，还必须"积功之熟"，即有长期的临摹经验的积累。 只有将对字帖的理性认知和临摹时的真切感性体验结合起来，才可能转化为学书者的创作能力，否则只是纸上谈兵。 文徵明在为其岳父李应桢的字帖所作的跋中说：

> 自书学不讲，流习成弊，聪达者病于新巧，笃古者泥于规模。公既多闻古帖，又深诣三昧，遂自成家，而古法不亡。尝一日阅某书有涉玉局笔意，因大咤曰："破却工夫，何至随人脚踵，就令学成王羲之，只是他书耳。"②

所谓"聪达者"作书有"新巧"之弊，是因学古不足；"笃古者"有"规模"之虞，也因"泥古"太甚。 二者所为都不是学书之正道。 李应桢在此所讲的"破却工夫"，强调的正是临摹功夫（"多闻古帖"）和研究功夫（"深诣三昧"）的有机结合，这对创作自具个性的书作具有重要作用。 项穆在论学书途径时也指出：

> 初学之士，先立大体，横直安置，对待布白，务求其均齐方正矣……然计其始终，非四十载不能成也。第世之学者不得其门从何进手，必先临摹，方有定趋始也，专宗一家，次则博研众体，融天机于自

---

① （清）孙岳颁等纂辑：《佩文斋书画谱》卷七《论书七·明杨士奇论书》，216 页，杭州，浙江人民美术出版社，2014。
② 周道振辑校：《文徵明集》（增订本）卷二十一《题跋一·跋李少卿帖》之二，514～515 页，上海，上海古籍出版社，2014。

得，会群妙于一心，斯于书也，集大成矣。若分布少明，即思纵巧运用，不熟便欲标奇，是未学走而先学趋也，书何容易哉?①

学书必始于临摹，而临摹非一朝一夕之功，必经长年累月的持久练习才会明晓为书之道。如果只是稍谙书理，技艺不熟，便要标新立异，就会"病于新巧"，是未学走，先学跑，头脚倒置。正如赵宧光所言："学力到处，自然心开。未到而开者，十九野狐。"②功夫尽到了，书道便会自悟，形成书家创作技能，如功夫未到，勉强作书，便会有违书道，为行家笑话。

众所周知，任何一门技艺的习得都必须经历一个由生到熟、由浅至深的内化过程。对于书学而言，这是一个长期的、不间断的学习过程，它要求学书者必须"专精笃志"，持之以恒，然后悟入，掌握作书技巧，才有可能进行书学创造。明代书家强调"工夫精熟"对书法创作的重要性是符合认知规律的。李日华说："惟其专笃，故偶然挥运，自成神妙耳。"③此言当为不虚。

据上所论，明代书家对书学创造路径的思考，主要集中在书家的内在学养、外在功夫以及审美心胸的营造三个方面，这体现了在元代书风笼罩之下，明人对书学创造的积极探索精神和对超越前人的期待。从内在学养看，明代书家既重视"学"，又重视"变"，强调"变"从"学"来。"学"对"变"是有规定性的，体现在创作活动中，就是要做到"下笔有源"，"迹有所本"。所谓"源"与"本"，是指前人书作中所蕴含的法度规矩，这些法度规矩是古人优秀的创作经验，当为书家所汲取。这就触及书学之通变问题，明代书家在这一问题上的认识是十分明确的。从外在功夫来看，明代书

---

① （清）孙岳颁等纂辑：《佩文斋书画谱》卷七《论书七·明项穆论书》，218 页，杭州，浙江人民美术出版社，2014。

② （明）赵宧光：《寒山帚谈·力学》，见崔尔平选编点校：《明清书法论文选》，296 页，上海，上海书店出版社，1994。

③ （明）李日华：《竹嬾书论》，见毛万宝、黄君主编：《中国古代书论类编》，277 页，合肥，安徽教育出版社，2009。

家通过对张芝、钟繇、赵孟頫等书学典范作书经验的总结，深刻揭示了书法作为技艺应遵循的习得规律。即学书既要下"笨功夫"，在长期的勤学苦练中豁然贯通，又要"巧得之"，在精研深思中因悟入化。这就触及书学创作活动的重要基础——主体的"学力"问题。作书从来不是一件容易的事，唯有"学力"恒久者，才有可能成就自家之风格。从审美心胸的营造看，明代书家对主体情兴和书学创造关系的诠释，揭示了书法活动作为审美创造的艺术本质——主体寄托情兴的活动，是书家心灵的表达，具有超越现实的功利性。这一认识对改变书坛形式化、程式化习气和功利化倾向无疑具有重要的现实意义，它使得明代书法创作回归艺术活动的审美本质。

上述三种路径的共同方向就是为了实现书学的个性化创造。"下笔有源"是对具体书写动作做出的规范，它保证了作品在不走样、合乎书之正道的基础上实现新变。"学力到处"是对主体的外在功夫做出的要求，它保证了主体书写技艺的娴熟，并能实现熟能生巧，巧而能化。"书法传心"是对主体内在情性做出的要求，它可以保证作品因书家本人心灵的表达而自具风貌。明代书家关于创造路径的探索，不仅仅是对艺术史经验的深刻总结，还触及书学活动的继承和创新、艺术本质、创作行为及主体条件等一系列命题。这些命题是传统书学的重要组成部分，明代书家的讨论，深化了传统书学对这些命题的认识，为清代书家进一步对传统书学进行总结提供了理论基础，也体现了明代书家对书学传统的尊重以及做出的重要贡献。

参考书目

专著

A

［德］埃里希·弗罗姆著，陈学明译：《逃避自由》，北京，工人出版社，1987。

（明）艾南英：《重刻天佣子全集》，清道光十六年五世侄孙艾舟重刻本。

B

（唐）白居易著，顾学颉校点：《白居易集》，北京，中华书局，1979。

（明）贝琼：《清江文集》，《景印文渊阁四库全书》本，台北，台湾商务印书馆，1986。

（明）边贡：《华泉集》，《景印文渊阁四库全书》本，台北，台湾商务印书馆，1986。

C

蔡冠洛编著：《清代七百名人传》，北京，中国书店，1984。

蔡景康编选：《明代文论选》，北京，人民文学出版社，1993。

蔡毅编著：《中国古典戏曲序跋汇编》，济南，齐鲁书社，1989。

曹之：《中国古籍版本学》（第3版），武汉，武汉大学出版社，2015。

陈伯海主编：《唐诗学史稿》，上海，上海古籍出版社，2006。

陈大康：《明代小说史》，上海，上海文艺出版社，2000。

（清）陈鼎：《东林列传》，《明代传记丛刊》本，台北，明文书局，1991。

陈广宏、龚宗杰编校：《稀见明人文话二十种》，上海，上海古籍出版社，2016。

陈国球：《唐诗的传承——明代复古诗论研究》，台北，学生书局，1980。

陈洪：《中国小说理论史》（修订版），天津，天津教育出版社，2005。

（明）陈洪谟、（明）张岱著，盛冬铃点校：《治世余闻　继世纪闻　松窗梦语》，北京，中华书局，1985。

（清）陈弘绪：《陈士业先生集》，《四库全书存目丛书补编》本，济南，齐鲁书社，2002。

（清）陈瑚：《确庵文集》，《四库禁毁书丛刊》本，北京，北京出版社，1997。

（明）陈际泰：《太乙山房文集》，明崇祯六年刻本。

（明）陈敬宗：《澹然先生文集》，《四库全书存目丛书》本，济南，齐鲁书社，1997。

（明）陈谟：《海桑集》，《景印文渊阁四库全书》本，台北，台湾商务印书馆，1986。

陈平原、夏晓虹编：《二十世纪中国小说理论资料》，北京，北京大学出版社，1989。

陈田辑撰：《明诗纪事》，上海，上海古籍出版社，1993。

陈卫星：《胡应麟与中国小说理论史》，北京，中国社会科学出版社，2011。

（明）陈献章著，孙通海点校：《陈献章集》，北京，中华书局，1987。

陈晓芬：《中国古典散文理论史》，上海，华东师范大学出版社，2011。

陈植、张公弛选注：《中国历代名园记选注》，合肥，安徽科学技术出版社，1983。

（明）陈子龙等辑：《皇明经世文编》，《四库禁毁书丛刊》本，北京，北京出版社，1997。

（明）陈子龙等编：《皇明诗选》，上海，华东师范大学出版社，1991。

（明）陈子龙著，孙启治校点：《安雅堂稿》，沈阳，辽宁教育出版社，2003。

（明）陈子龙著，王英志辑校：《陈子龙全集》，北京，人民文学出版社，2011。

（明）程敏政：《皇明文衡》，《四部丛刊》本。

程芸：《汤显祖与晚明戏曲的嬗变》，北京，中华书局，2006。

崔尔平选编点校：《历代书法论文选续编》，上海，上海书画出版社，2012。

崔尔平选编点校：《明清书法论文选》，上海，上海书店，1994。

D

［英］戴维·洛奇编，葛林等译：《二十世纪文学评论》，上海，上海译文出版社，1993。

邓乔彬：《中国绘画思想史》，芜湖，安徽师范大学出版社，2013。

邓绍基：《邓绍基论文集》，北京，社会科学文献出版社，2014。

（明）邓志谟：《萨真人咒枣记》，《古本小说丛刊》本，北京，中华书局，1990。

（明）邓志谟：《许仙铁树记》，《古本小说丛刊》本，北京，中华书局，1990。

丁国祥：《复社研究》，南京，凤凰出版社，2011。

丁福保辑：《历代诗话续编》，北京，中华书局，1983。

丁锡根编著：《中国历代小说序跋集》，北京，人民文学出版社，1996。

（清）丁耀亢著，李增坡主编，张清吉校点：《丁耀亢全集》，郑州，中州古籍出版社，1999。

（清）董含著，致之校点：《三冈识略》，沈阳，辽宁教育出版社，2000。

董洪利：《古籍的阐释》，沈阳，辽宁教育出版社，1995。

（明）董其昌：《画禅室随笔》，广智书局校印本。

（明）董其昌著，邵海清点校：《容台集》，杭州，西泠印社出版社，2012。

（清）杜登春：《社事始末》，《丛书集成初编》本，北京，中华书局，1991。

F

（南朝宋）范晔：《后汉书》，北京，中华书局，1965。

方锡球：《许学夷诗学思想研究》，合肥，黄山书社，2006。

（明）方孝孺著，徐光大校点：《逊志斋集》，宁波，宁波出版社，2000。

方彦寿：《建阳刻书史》，北京，中国社会出版社，2003。

（明）方以智：《浮山文集前编》，《四库禁毁书丛刊》本，北京，北京出版社，1997。

（明）方以智：《语录》，安徽省博物馆藏手抄本。

（明）丰坊：《书诀》，《景印文渊阁四库全书》本，台北，台湾商务印书馆，1986。

（清）冯班：《钝吟老人文稿》，《四库全书存目丛书》本，济南，齐鲁书社，1997。

（清）冯班：《钝吟杂录》，《景印文渊阁四库全书》本，台北，台湾商务印书馆，1986。

（清）冯班等：《二冯先生评阅才调集》，《四库全书存目丛书》本，济南，齐鲁书社，1997。

冯保善：《凌濛初研究》，北京，人民文学出版社，2009。

（明）冯梦龙编纂，刘瑞明注解：《冯梦龙民歌集三种注解》，北京，中华书局，2005。

（清）冯舒：《默庵遗稿》，1925年排印《常熟二冯先生集》本。

冯小禄：《明代诗文论争研究》，昆明，云南人民出版社，2006。

傅东华编：《文学百题》，长沙，岳麓书社，1987。

（清）傅山：《傅山手稿一束》，《续修四库全书》本，上海，上海古籍出版社，2002。

（清）傅山：《霜红龛集》，太原，山西人民出版社，1985。

（清）傅山：《霜红龛集》，《续修四库全书》本，上海，上海古籍出版社，2002。

G

（明）高棅编选：《唐诗品汇》，上海，上海古籍出版社，1982。

高洪钧编著：《冯梦龙集笺注》，天津，天津古籍出版社，2006。

（明）高濂：《遵生八笺》，清嘉庆十五年弦雪居重订本。

（明）高启：《凫藻集》，《景印文渊阁四库全书》本，台北，台湾商务印书馆，1986。

（明）顾璘：《顾华玉集》，《景印文渊阁四库全书》本，台北，台湾商务印书馆，1986。

（明）顾璘：《国宝新编》，《丛书集成初编》本，北京，中华书局，1985。

（清）顾苓著，李花蕾点校：《塔影园集》，上海，华东师范大学出版社，2014。

（明）顾起元：《客座赘语》，北京，中华书局，1987。

（明）顾清：《东江家藏集》，《景印文渊阁四库全书》本，台北，台湾商务印书馆，1986。

（清）顾炎武著，（清）黄汝成集释：《日知录集释》，上海，上海古籍出版社，1985。

（清）顾炎武著，张京华校释：《日知录校释》，长沙，岳麓书社，2011。

（明）归有光著，严佐之、谭帆、彭国忠主编：《归有光全集》，上海，上海人民出版社，2015。

（明）归有光著，周本淳校点：《震川先生集》，上海，上海古籍出版社，2007。

郭绍虞：《照隅室古典文学论集》，上海，上海古籍出版社，1983。

郭绍虞主编：《中国历代文论选》，上海，上海古籍出版社，1979。

郭绍虞：《中国文学批评史》，上海，上海古籍出版社，1979。

郭英德：《明清传奇史》，南京，江苏古籍出版社，1999。

郭豫适：《中国古代小说论集》，上海，华东师范大学出版社，1987。

H

韩进廉：《中国小说美学史》，保定，河北大学出版社，2004。

韩经太：《理学文化与文学思潮》，北京，中华书局，1997。

（明）何景明著，李淑毅等点校：《何大复集》，郑州，中州古籍出版社，1989。

（明）何良俊：《何翰林集》，《四库全书存目丛书》本，济南，齐鲁书社，1997。

（明）何良俊：《四友斋丛说》，北京，中华书局，1997。

（明）何孟春：《何文简公集》，《明别集丛刊》本，合肥，黄山书社，2013。

（明）何孟春：《余冬录》，长沙，岳麓书社，2012。

（明）何乔远：《名山藏》，明崇祯刻本。

何清谷：《三辅黄图校释》，北京，中华书局，2005。

（清）何文焕辑：《历代诗话》，北京，中华书局，1981。

何宗美：《明末清初文人结社研究》，天津，南开大学出版社，2003。

何宗美：《文人结社与明代文学的演进》，北京，人民出版社，2011。

（明）贺复徵：《文章辨体汇选》，《景印文渊阁四库全书》本，台北，台湾商务印书馆，1986。

（明）胡广等纂修，周群、王玉琴校注：《四书大全校注》，武汉，武汉大学出版社，2015。

胡士莹：《话本小说概论》，北京，中华书局，1980。

（明）胡俨：《颐庵文选》，《景印文渊阁四库全书》本，台北，台湾商务印书馆，1986。

（明）胡应麟：《少室山房笔丛》，上海，上海书店出版社，2001。

（明）胡应麟：《少室山房集》，《景印文渊阁四库全书》本，台北，台湾商务印书馆，1986。

（明）胡应麟：《诗薮》，上海，上海古籍出版社，1979。

（明）黄淳耀：《陶庵全集》，《景印文渊阁四库全书》本，台北，台湾商务印书馆，1986。

黄惇：《中国书法史·元明卷》，南京，江苏教育出版社，1999。

（明）黄福：《黄忠宣公文集》，《四库全书存目丛书》本，济南，齐鲁书社，1997。

（明）黄淮：《黄文简公介庵集》，《四库全书存目丛书》本，济南，齐鲁书社，1997。

（明）黄姬水：《黄淳父先生全集》，《四库全书存目丛书》本，济南，齐鲁书社，1997。

（明）黄克缵：《数马集》，《四库禁毁书丛刊》本，北京，北京出版社，1997。

（明）黄克缵、（明）卫一凤辑：《全唐风雅》，明万历四十六年黄氏刻本。

黄寿祺、张善文译注：《周易译注》，上海，上海古籍出版社，2004。

（明）黄省曾：《五岳山人集》，《四库全书存目丛书》本，济南，齐鲁书社，1997。

黄卓越：《佛教与晚明文学思潮》，北京，东方出版社，1997。

黄卓越：《明永乐至嘉靖初诗文观研究》，北京，北京师范大学出版社，2001。

黄卓越：《明中后期文学思想研究》，北京，北京大学出版社，2005。

（明）黄宗羲：《明夷待访录》，北京，中华书局，1981。

（明）黄宗羲著，陈乃乾编：《黄梨洲文集》，北京，中华书局，1959。

（明）黄宗羲著，（清）全祖望补修，陈金生、梁运华点校：《宋元学案》，北京，中华书局，1982。

（明）黄宗羲著，沈善洪主编：《黄宗羲全集》，杭州，浙江古籍出版社，1993。

（明）黄宗羲著，沈芝盈点校：《明儒学案》，北京，中华书局，1985。

（明）黄佐：《翰林记》，《景印文渊阁四库全书》本，台北，台湾商务印书馆，1986。

（明）黄佐：《泰泉集》，清康熙二十一年刻本。

J

嵇文甫：《晚明思想史论》，北京，东方出版社，1996。

（明）计成著，陈植注释：《园冶注释》，北京，中国建筑工业出版社，1988。

季伏昆编著：《中国书论辑要》，南京，江苏美术出版社，2000。

（汉）贾谊著，阎振益、钟夏校注：《新书校注》，北京，中华书局，2000。

江枰：《明代苏文研究史》，南昌，江西人民出版社，2010。

姜寿田：《中国书法理论史》，郑州，河南美术出版社，2009。

（明）江盈科著，黄仁生辑校：《江盈科集》，长沙，岳麓书社，2008。

蒋伯潜：《十三经概论》，上海，上海古籍出版社，1983。

（明）焦竑著，李剑雄点校：《澹园集》，北京，中华书局，1999。

（元）揭傒斯：《文安集》，《景印文渊阁四库全书》本，台北，台湾商务印书馆，1986。

金元浦：《文学解释学》，长春，东北师范大学出版社，1997。

（明）靳贵：《戒庵文集》，《四库全书存目丛书》本，济南，齐鲁书社，1997。

K

［德］康德著，宗白华译：《判断力批判》，北京，商务印书馆，1964。

（明）康海：《重刻康对山先生全集》，清康熙五十一年刻本。

（明）康海：《对山集》，《景印文渊阁四库全书》本，台北，台湾商务印书馆，1986。

（明）康海：《对山文集》，台北，伟文图书出版社有限公司，1976。

（明）康海：《康对山先生集》，《续修四库全书》本，上海，上海古籍出版社，2002。

（汉）孔安国传，（唐）孔颖达疏，李学勤主编：《十三经注疏·尚书正义》，北京，北京大学出版社，1999。

L

赖力行：《中国古代文学批评学》，武汉，华中师范大学出版社，1998。

（明）兰陵笑笑生著，（清）张竹坡评：《金瓶梅》，济南，齐鲁书社，1990。

（明）郎瑛著，安越点校：《七修类稿》，北京，文化艺术出版社，1998。

（宋）黎靖德编，王星贤点校：《朱子语类》，北京，中华书局，1988。

（明）李东阳：《怀麓堂集》，《景印文渊阁四库全书》本，台北，台湾商务印书馆，1986。

（明）李东阳著，周寅宾、钱振民校点：《李东阳集》，长沙，岳麓书社，2008。

（清）李斗著，汪北平、涂雨公点校：《扬州画舫录》，北京，中华书局，1960。

（明）李开先著，卜键笺校：《李开先全集》，上海，上海古籍出版社，2014。

（明）李开先著，路工辑校：《李开先集》，北京，中华书局，1959。

（明）李梦阳：《空同集》，《景印文渊阁四库全书》本，台北，台湾商务印书馆，1986。

（明）李攀龙著，包敬第标校：《沧溟先生集》，上海，上海古籍出版社，1992。

（明）李攀龙著，李伯齐点校：《李攀龙集》，济南，齐鲁书社，1993。

（明）李日华：《竹嬾画滕》，《四库全书存目丛书》本，济南，齐鲁书社，1995。

（明）李日华著，郁震宏等点校：《六研斋笔记　紫桃轩杂缀》，南京，凤凰出版社，2010。

（明）李时勉：《古廉文集》，《景印文渊阁四库全书》本，台北，台湾商务印书馆，1986。

李四珍：《明清文话叙录》，新北，花木兰文化出版社，2006。

（明）李维桢：《大泌山房集》，《四库全书存目丛书》本，济南，齐鲁书社，1997。

（清）李渔著，浙江古籍出版社编：《李渔全集》，杭州，浙江古籍出版社，1991。

（清）李玉著，陈古虞、陈多、马圣贵点校：《李玉戏曲集》，上海，上海古籍出版社，2004。

李珍华、傅璇琮：《河岳英灵集研究》，北京，中华书局，1992。

李真瑜、田南池、房春草：《中国散文通史·宋金元卷》，合肥，安徽教育出版社，2013。

（明）李贽著，张建业主编：《李贽文集》，北京，社会科学文献出版社，2000。

（明）李贽著，张业整理：《李贽文集》，北京，北京燕山出版社，1998。

（明）梁潜：《泊庵集》，《景印文渊阁四库全书》本，台北，台湾商务印书馆，1986。

（明）梁潜：《泊庵先生文集》，清初刻本。

廖可斌：《明代文学思潮史》，北京，人民文学出版社，2016。

（清）廖燕著，屠友祥校注：《二十七松堂文集》，上海，上海远东出版社，1999。

（明）林鸿：《鸣盛集》，《景印文渊阁四库全书》本，台北，台湾商务印书馆，1986。

林家骊：《谢铎及茶陵诗派》，北京，中华书局，2008。

（明）林俊：《见素集》，《景印文渊阁四库全书》本，台北，台湾商务印书馆，1986。

（清）林纾著，吴俊标校：《林琴南书话》，杭州，浙江人民出版社，1999。

（明）刘侗、（明）于奕正著，孙小力校注：《帝京景物略》，上海，上海古籍出版社，2001。

刘辉：《金瓶梅成书与版本研究》，沈阳，辽宁人民出版社，1986。

（明）刘基著，林家骊点校：《刘基集》，杭州，浙江古籍出版社，1999。

刘蕾：《归有光与嘉定文坛关系研究》，上海，上海大学出版社，2013。

（明）刘球：《两溪文集》，《景印文渊阁四库全书》本，台北，台湾商务印书馆，1986。

刘石吉：《明清时代江南市镇研究》，北京，中国社会科学出版社，1987。

（南朝梁）刘勰著，范文澜注：《文心雕龙注》，北京，人民文学出版社，1962。

（唐）刘知幾著，（清）浦起龙通释：《史通通释》，上海，上海书店，1988。

卢前：《明清戏曲史（外一种：八股文小史）》，长沙，岳麓书社，2011。

（明）鲁铎：《鲁文恪公文集》，《四库全书存目丛书》本，济南，齐鲁书社，1997。

鲁迅：《鲁迅全集》，北京，人民文学出版社，2005。

陆德海：《明清文法理论研究》，上海，上海古籍出版社，2007。

陆萼庭著，赵景深校：《昆剧演出史稿》，上海，上海文艺出版社，1980。

（明）吕天成著，吴书荫校注：《曲品校注》，北京，中华书局，2006。

（明）陆容著，佚之点校：《菽园杂记》，北京，中华书局，1985。

（明）陆深：《俨山集》，《景印文渊阁四库全书》本，台北，台湾商务印书馆，1986。

（明）陆云龙等选评，蒋金德点校：《明人小品十六家》，杭州，浙江古籍出版社，1996。

（明）罗亨信：《觉非集》，《四库全书存目丛书》本，济南，齐鲁书社，1997。

罗仑主编，范金民、夏维中著：《苏州地区社会经济史（明清卷）》，南京，南京大学出版社，1993。

（明）罗玘：《圭峰集》，《景印文渊阁四库全书》本，台北，台湾商务印书馆，1986。

（明）罗钦顺：《知困记续录》，《景印文渊阁四库全书》本，台北，台湾商务印书馆，1986。

罗书华：《中国小说学主流》，上海，上海书店出版社，2007。

（明）罗万藻：《此观堂集》，《四库全书存目丛书》本，济南，齐鲁书社，2002。

（宋）罗烨编，周晓薇校点：《新编醉翁谈录》，沈阳，辽宁教育出版社，1998。

罗宗强：《明代文学思想史》，北京，中华书局，2013。

骆玉明：《纵放悲歌》，北京，中华书局，2004。

骆玉明、贺圣遂：《徐文长评传》，杭州，浙江古籍出版社，1987。

吕思勉：《文字学四种》，上海，上海教育出版社，1985。

M

［苏］M. 巴赫金著，白春仁、晓河译：《小说理论》，石家庄，河北教育出版社，1998。

马茂军、刘春霞、刘涛等：《中国古代散文思想史——文化生态与中国古代散文思想的嬗变》，北京，人民出版社，2011。

（清）马宗霍辑：《书林藻鉴 书林记事》，北京，文物出版社，1984。

（明）茅坤著，张大芝、张梦新点校：《茅坤集》，杭州，浙江古籍出版社，1993。

毛万宝、黄君主编：《中国古代书论类编》，合肥，安徽教育出版社，2009。

毛效同编：《汤显祖研究资料汇编》，上海，上海古籍出版社，1986。

（明）孟称舜著，朱颖辉辑校：《孟称舜集》，北京，中华书局，2005。

［法］米歇尔·福柯著，杜小真编选：《福柯集》，上海，上海远东出版社，1998。

［法］米歇尔·福柯著，钱翰译：《必须保卫社会》，上海，上海人民出版社，1999。

N

（明）倪谦：《倪文僖集》，《景印文渊阁四库全书》本，台北，台湾商务印书馆，1986。

（明）倪岳：《青溪漫稿》，《景印文渊阁四库全书》本，台北，台湾商务印书馆，1986。

宁宗一主编：《中国小说学通论》，合肥，安徽教育出版社，1995。

O

（宋）欧阳修：《欧阳修全集》，北京，中国书店，1986。

（宋）欧阳修著，李逸安点校：《欧阳修全集》，北京，中华书局，2001。

（元）欧阳玄：《圭斋文集》，《景印文渊阁四库全书》本，台北，台湾商务印书馆，1986。

P

潘天寿：《听天阁画谈随笔》，上海，上海人民美术出版社，1980。

潘运告主编：《晚清书论》，长沙，湖南美术出版社，2004。

（明）潘之恒著，汪效倚辑注：《潘之恒曲话》，北京，中国戏剧出版社，1988。

（清）彭宾：《彭燕又先生文集》，《四库全书存目丛书》本，济南，齐鲁书社，1997。

（明）彭教：《东泷遗稿》，《四库全书存目丛书》本，济南，齐鲁书社，1997。

（明）彭时：《彭文宪公集》，《四库全书存目丛书》本，济南，齐鲁书社，1997。

Q

启功、秦永龙：《书法常识》，北京，中华书局，2017。

（明）钱宰：《临安集》，《景印文渊阁四库全书》本，台北，台湾商务印书馆，1986。

钱杭、承载：《十七世纪江南社会生活》，杭州，浙江人民出版社，1996。

钱基博：《中国文学史》，上海，上海古籍出版社，2015。

（清）钱谦益：《列朝诗集小传》，上海，上海古籍出版社，1983。

（清）钱谦益著，（清）钱曾笺注，钱仲联标校：《牧斋初学集》，上海，上海古籍出版社，1985。

钱锺书：《管锥编》，北京，中华书局，1979。

秦学人、侯作卿编著：《中国古典编剧理论资料汇辑》，北京，中国戏剧出版社，1984。

《清代诗文集汇编》编纂委员会编：《清代诗文集汇编》，上海，上海古籍出版社，2010。

（明）丘濬：《重编琼台稿》，《景印文渊阁四库全书》本，台北，台湾商务印书馆，1986。

（明）瞿佑等著，周楞伽校注：《剪灯新话（外二种）》，上海，上海古籍出版社，1981。

（清）全祖望著，朱铸禹汇校集注：《全祖望集汇校集注》，上海，上海古籍出版社，2000。

R

（明）阮大铖著，徐凌云、胡金望点校：《阮大铖戏曲四种》，合肥，黄山书社，1993。

S

上海古籍出版社编：《明代笔记小说大观》，上海，上海古籍出版社，2005。

上海书画出版社编：《历代书法论文选》，上海，上海书画出版社，1979。

尚永亮：《唐代诗歌的多元观照》，武汉，湖北人民出版社，2005。

（明）邵宝辑抄：《大儒大奏议》，《四库全书存目丛书》本，济南，齐鲁书社，1997。

（明）邵宝：《容春堂集》，《景印文渊阁四库全书》本，台北，台湾商务印书馆，1986。

（明）沈榜：《宛署杂记》，北京，北京古籍出版社，1980。

（明）沈德符：《万历野获编》，北京，中华书局，1959。

（清）沈德潜选编，李索、王萍点校：《明诗别裁集》，石家庄，河北人民出版社，1997。

（明）沈恺：《环溪集》，《四库全书存目丛书》本，济南，齐鲁书社，1996。

（明）沈寿民：《姑山遗集》，《四库禁毁书丛刊》本，北京，北京出版社，1997。

（明）沈泰编：《盛明杂剧》，北京，中国戏剧出版社，1958。

（明）沈周著，张修龄、韩星婴点校：《沈周集》，上海，上海古籍出版社，2013。

（明）石珤：《熊峰集》，《景印文渊阁四库全书》本，台北，台湾商务印书馆，1986。

（清）石涛：《苦瓜和尚画语录》，《知不足斋丛书》本，北京，中华书局，1999。

史小军：《复古与新变——明代文人心态史》，石家庄，河北教育出版社，2001。

（明）宋濂著，罗月霞主编：《宋濂全集》，杭州，浙江古籍出版社，1999。

（清）宋徵舆：《林屋文稿》，《四库全书存目丛书》本，济南，齐鲁书社，1997。

（明）苏伯衡：《苏平仲文集》，《四部丛刊》本。

（宋）苏轼著，孔凡礼点校：《苏轼文集》，北京，中华书局，1986。

（宋）苏轼著，（明）钟惺选评：《东坡文选》，明万历四十八年闵氏刻本。

（宋）苏洵著，邱少华点校：《苏洵集》，北京，中国书店，2000。

（明）孙承恩：《文简集》，《景印文渊阁四库全书》本，台北，台湾商务印书馆，1986。

（明）孙继宗等：《明英宗实录》，台北，"中央研究院"历史语言研究所，1962。

孙楷第著，中国社会科学院科研局组织编选：《孙楷第集》，北京，中国社会科学出版社，2008。

（清）孙岳颁等纂辑：《佩文斋书画谱》，杭州，浙江人民美术出版社，2014。

T

谭帆：《中国小说评点研究》，上海，华东师范大学出版社，2001。

谭帆、陆炜：《中国古典戏剧理论史》，上海，华东师范大学出版社，2005。

（明）谭元春著，张国光点校：《鹄湾文草》，长沙，岳麓书社，2016。

（明）汤临初：《书指》，《景印文渊阁四库全书》本，台北，台湾商务印书馆，1986。

（明）汤显祖著，徐朔方笺校：《汤显祖全集》，北京，北京古籍出版社，2001。

（明）汤显祖著，徐朔方笺校：《汤显祖诗文集》，上海，上海古籍出版社，1982。

（明）汤显祖著，徐朔方、杨笑梅校注：《牡丹亭》，北京，人民文学出版社，1963。

唐圭璋编：《词话丛编》，北京，中华书局，1986。

（明）唐顺之：《荆川集》，《四部丛刊》本。

（明）唐顺之著，马美信、黄毅点校：《唐顺之集》，杭州，浙江古籍出版社，2014。

（清）唐甄：《潜书》，《续修四库全书》本，上海，上海古籍出版社，2002。

（明）陶望龄：《歇庵集》，《续修四库全书》本，上海，上海古籍出版社，2002。

（明）陶宗仪辑：《说郛》，北京，中国书店，1986。

童寯：《江南园林志》（第2版），北京，中国建筑工业出版社，2014。

童庆炳：《文体与文体的创造》，昆明，云南人民出版社，1994。

（明）屠隆：《白榆集》，《四库全书存目丛书》本，济南，齐鲁书社，1997。

（明）屠隆：《鸿苞》，《四库全书存目丛书》本，济南，齐鲁书社，1997。

（明）屠隆：《栖真馆集》，明万历十八年吕氏栖真馆刻本。

（明）屠隆：《由拳集》，《四库全书存目丛书》本，济南，齐鲁书社，1997。

（明）屠隆著，汪超宏主编：《屠隆集》，杭州，浙江古籍出版社，2012。

W

［美］万·梅特尔·阿米斯著，傅志强译：《小说美学》，北京，北京燕山出版社，1987。

（明）汪道昆：《太函集》，《续修四库全书》本，上海，上海古籍出版社，2002。

汪涌豪、骆玉明主编：《中国诗学》，上海，东方出版中心，1999。

汪祚民：《诗经文学阐释史（先秦—隋唐）》，北京，人民出版社，2005。

（明）王鏊：《震泽集》，《景印文渊阁四库全书》本，台北，台湾商务印书馆，1986。

王伯敏：《中国绘画通史》，北京，生活·读书·新知三联书店，2001。

（汉）王充：《论衡》，上海，上海人民出版社，1974。

（明）王艮：《明儒王心斋先生遗集》，上海图书馆藏1912年排印本。

（明）王艮著，陈祝生等点校：《王心斋全集》，南京，江苏教育出版社，2001。

王国维：《王国维戏曲论文集》，北京，中国戏剧出版社，1984。

（清）王夫之等：《清诗话》，上海，上海古籍出版社，1999。

（清）王夫之著，船山全书编辑委员会编校：《船山全书》，长沙，岳麓书社，1988。

（清）王夫之著，舒士彦整理：《读通鉴论》，北京，中华书局，1975。

（明）王绂：《书画传习录》，《中国历代书画艺术论著丛编》本，北京，中国大百科全书出版社，1997。

王季烈编：《孤本元明杂剧》，北京，中国戏剧出版社，1957。

（明）王九思：《渼陂续集》，《四库全书存目丛书》本，济南，齐鲁书社，1997。

王凯旋：《明代科举制度考论》，沈阳，沈阳出版社，2005。

王利器辑录：《元明清三代禁毁小说戏曲史料》，上海，上海古籍出版社，1981。

王宁、钱林森、马树德：《中国文化对欧洲的影响》，石家庄，河北人民出版社，1999。

（明）王圻：《续文献通考》，《续修四库全书》本，上海，上海古籍出版社，2002。

王清原、牟仁隆、韩锡铎编纂：《小说书坊录》，北京，北京图书馆出版社，2002。

（明）王慎中：《遵岩先生文集》，《北京图书馆古籍珍本丛刊》本，北京，书目文献出版社，1988。

（明）王士性著，吕景琳点校：《广志绎》，北京，中华书局，1981。

（清）王士禛：《池北偶谈》，北京，中华书局，1997。

（明）王世贞：《弇州山人四部稿》，《景印文渊阁四库全书》本，台北，台湾商务印书馆，1986。

（明）王世贞：《弇州续稿》，《景印文渊阁四库全书》本，台北，台湾商务印书馆，1986。

（明）王世贞著，罗仲鼎校注：《艺苑卮言校注》，济南，齐鲁书社，1992。

（明）王世贞著，汤志波辑校：《弇州山人题跋》，杭州，浙江人民美术出版社，2012。

（明）王守仁著，吴光等编校：《王阳明全集》，上海，上海古籍出版社，1992。

（明）王廷相著，王孝鱼点校：《王廷相集》，北京，中华书局，1989。

（明）王祎：《王忠文集》，《景印文渊阁四库全书》本，台北，台湾商务印书馆，1986。

王岳川、尚水编：《后现代主义文化与美学》，北京，北京大学出版社，1992。

王运熙、顾易生主编：《中国文学批评通史》，上海，上海古籍出版社，1996。

王镇远：《中国书法理论史》，上海，上海古籍出版社，2009。

（明）王直：《抑庵文集》，《景印文渊阁四库全书》本，台北，台湾商务印书馆，1986。

（明）魏骥：《南斋先生魏文靖公摘稿》，《四库全书存目丛书》本，济南，齐鲁书社，1997。

（清）魏禧著，胡守仁等校点：《魏叔子文集》，北京，中华书局，2003。

（明）文震亨、（明）屠隆著，陈剑点校：《长物志　考槃余事》，杭州，浙江人民美术出版社，2001。

（明）文徵明著，林玥君点校：《文待诏题跋》，杭州，浙江人民美术出版社，2016。

（明）文徵明著，周道振辑校：《文徵明集》（增订本），上海，上海古籍出版社，2014。

邬国平：《竟陵派与明代文学批评》，上海，上海古籍出版社，2004。

吴承学：《中国古代文体学研究》，北京，人民出版社，2011。

（明）吴宽：《匏翁家藏集》，《四部丛刊》本。

（明）吴讷、（明）徐师曾著，于北山、罗根泽校点：《文章辨体序说　文体明辨序说》，北京，人民文学出版社，1998。

（清）吴淇：《六朝选诗定论》，北京大学图书馆藏清刻本。

吴文治主编：《明诗话全编》，南京，江苏古籍出版社，1997。

吴新苗：《屠隆研究》，北京，文化艺术出版社，2008。

（明）吴应箕：《楼山堂集》，《续修四库全书》本，上海，上海古籍出版社，2002。

吴毓华编：《中国古代戏曲序跋集》，北京，中国戏剧出版社，1990。

吴子林：《经典再生产——金圣叹小说评点的文化透视》，北京，北京大学出版社，2009。

伍蠡甫主编：《西方文论选》，上海，上海译文出版社，1979。

X

（明）夏原吉等：《明太祖实录》，台北，"中央研究院"历史语言研究所，1962。

夏志清著，胡益民等译：《中国古典小说导论》，合肥，安徽文艺出版社，1988。

（南朝梁）萧子显：《南齐书》，北京，中华书局，1972。

谢柏梁：《中华戏曲文化学》，南京，南京师范大学出版社，2004。

谢伯阳编：《全明散曲》，济南，齐鲁书社，1994。

（明）谢铎：《桃溪净稿》，《四库全书存目丛书》本，济南，齐鲁书社，1997。

（明）谢晋：《兰庭集》，《景印文渊阁四库全书》本，台北，台湾商务印书馆，1986。

（明）解缙：《春雨杂述》，《丛书集成新编》本，台湾，新文丰出版公司，1986。

（明）解缙：《文毅集》，《景印文渊阁四库全书》本，台北，台湾商务印书馆，1986。

（明）解缙：《解学士文集》，明嘉靖四十一年刻本。

（明）谢肇淛：《五杂组》，上海，上海书店出版社，2001。

（明）谢榛、（明）王夫之著，宛平、舒芜校点：《四溟诗话　姜斋诗话》，北京，人民文学出版社，2005。

（明）徐爱：《横山遗集》，明嘉靖十三年刻本。

徐贲：《走向后现代与后殖民》，北京，中国社会科学出版社，1996。

徐扶明编著：《牡丹亭研究资料考释》，上海，上海古籍出版社，1986。

（明）徐孚远：《钓璜堂存稿》，金山姚氏怀旧楼刻本。

（明）徐纮编：《明名臣琬琰录后集》，台北，文海出版社，1960。

（明）徐世溥：《榆墩集》，《四库全书存目丛书》本，济南，齐鲁书社，2002。

徐朔方：《晚明曲家年谱》，杭州，浙江古籍出版社，1993。

（明）徐渭：《徐渭集》，北京，中华书局，1983。

（明）徐中行：《天目先生集》，《四库全书存目丛书》本，济南，齐鲁书社，1997。

（清）许承尧著，李明回等校点：《歙事闲谭》，合肥，黄山书社，2001。

（汉）许慎著，（清）段玉裁注：《说文解字注》，杭州，浙江古籍出版社，2006。

（明）许学夷著，杜维沫校点：《诗源辩体》，北京，人民文学出版社，1987。

（明）薛蕙：《考功集》，《景印文渊阁四库全书》本，台北，台湾商务印书馆，1986。

薛泉：《李东阳研究——以政治心态、文学思想为核心》，长沙，湖南人民出版社，2007。

Y

（宋）严羽著，郭绍虞校释：《沧浪诗话校释》，北京，人民文学出版社，1983。

（清）颜元著，王星贤标点：《四存编》，北京，古籍出版社，1957。

（北齐）颜之推著，贾二强校点：《颜氏家训》，沈阳，辽宁教育出版社，2001。

（明）杨荣：《文敏集》，《景印文渊阁四库全书》本，台北，台湾商务印书馆，1986。

（明）杨慎：《墨池琐录》，《景印文渊阁四库全书》本，台北，台湾商务印书馆，1986。

（明）杨慎：《谭苑醍醐》，北京，中华书局，1985。

（明）杨士奇著，刘伯涵、朱海点校：《东里文集》，北京，中华书局，1998。

（北魏）杨衒之著，周祖谟校释：《洛阳伽蓝记校释》，北京，中华书局，1963。

（明）杨循吉著，陈其弟点校：《吴邑志　长洲县志》，扬州，广陵书社，2006。

杨义：《中国叙事学》，北京，人民出版社，1997。

叶长海：《中国戏剧学史稿》，上海，上海文艺出版社，1986。

叶朗：《中国小说美学》，北京，北京大学出版社，1982。

（明）叶盛著，魏中平校点：《水东日记》，北京，中华书局，1980。

叶鋆生：《中国人文小史》，北京，当代中国出版社，2014。

[美]伊恩·P.瓦特著，高原、董红钧译：《小说的兴起——笛福、理查逊、菲尔丁研究》，北京，生活·读书·新知三联书店，1992。

（宋）佚名：《宣和书谱》，《文渊阁四库全书》本。

易闻晓：《公安派的文化阐释》，济南，齐鲁书社，2003。

尹恭弘：《明代诗文发展史》，北京，社会科学文献出版社，2012。

（清）永瑢等：《四库全书总目》，北京，中华书局，1965。

（元）虞集：《道园学古录》，《四部丛刊》本。

俞剑华：《中国绘画史》，南京，东南大学出版社，2009。

俞剑华编著：《中国古代画论类编》，北京，人民美术出版社，1998。

余秋雨：《中国戏剧文化史述》，长沙，湖南人民出版社，1985。

余绍宋：《书画书录解题》，北京，北京图书馆出版社，2003。

余恕诚：《唐诗风貌》，合肥，安徽大学出版社，2000。

俞为民、孙蓉蓉主编：《历代曲话汇编》，合肥，黄山书社，2006。

（北周）庾信著，（清）倪璠注，许逸民校点：《庾子山集注》，北京，中华书局，1980。

（明）余学夔：《北轩集》，《四库未收书辑刊》本，北京，北京出版社，1997。

（明）袁宏道：《袁中郎全集》，台湾，伟文图书出版有限公司，1967。

（明）袁宗道著，钱伯城标点：《白苏斋类集》，上海，上海古籍出版社，1989。

（明）袁宏道著，钱伯城笺校：《袁宏道集笺校》，上海，上海古籍出版社，1981。

（明）袁中道著，钱伯城点校：《珂雪斋集》，上海，上海古籍出版社，1989。

Z

（明）詹景凤：《詹氏性理小辨》，《四库全书存目丛书》本，济南，齐鲁书社，1995。

（明）詹詹外史评辑，张福高等校点：《情史》，沈阳，春风文艺出版社，1986。

赵景深：《曲论初探》，上海，上海文艺出版社，1980。

赵山林选注：《安徽明清曲论选》，合肥，黄山书社，1987。

赵伟：《晚明狂禅思潮与文学思想研究》，成都，巴蜀书社，2007。

赵一凡：《欧美新学赏析》，北京，中央编译出版社，1996。

赵诒琛、王大隆辑：《庚辰丛编》，1940 年排印本。

（明）赵宧光：《寒山帚谈》，《文渊阁四库全书》本。

（清）赵翼著，王树民校证：《廿二史札记校证》，北京，中华书局，1984。

张伯伟：《全唐五代诗格校考》，西安，陕西人民教育出版社，1996。

（明）张采：《知畏堂文存》，《四库禁毁书丛刊》本，北京，北京出版社，1997。

（明）张朝瑞：《皇明贡举考》，明万历间刻本。

张常明编注：《逊志斋外集》，上海，上海古籍出版社，2009。

（明）张丑：《清河书画舫》，《文渊阁四库全书》本。

张次溪编：《清代燕都梨园史料》，北京，中国戏剧出版社，1991。

（明）张大复：《梅花草堂笔谈》，上海，上海古籍出版社，1986。

（明）张岱：《琅嬛文集》，长沙，岳麓书社，1985。

（明）张岱著，蔡镇楚注译：《陶庵梦忆》，长沙，岳麓书社，2003。

（明）张岱著，马兴荣点校：《陶庵梦忆 西湖梦寻》，上海，上海古籍出版社，1982。

张庚、郭汉城主编：《中国戏曲通史》，北京，中国戏剧出版社，1981。

张宏敏：《刘基思想研究》，杭州，浙江人民出版社，2011。

张家骥：《园冶全释——世界最古造园学名著研究》，太原，山西人民出版社，1993。

张家骥：《中国造园艺术史》，太原，山西人民出版社，2004。

章培恒、王靖宇主编：《中国文学评点研究论集》，上海，上海古籍出版社，2002。

（明）张溥著，殷孟伦注：《汉魏六朝百三家集题辞注》，北京，人民文学出版社，1963。

（明）张溥著，曾肖点校：《七录斋合集》，济南，齐鲁书社，2015。

（明）张泰：《沧洲诗集》，《四库全书存目丛书》本，济南，齐鲁书社，1997。

（清）张廷玉等：《明史》，北京，中华书局，1974。

张献忠：《从精英文化到大众传播：明代商业出版研究》，桂林，广西师范大学出版社，2015。

（唐）张彦远著，秦仲文、黄苗子点校：《历代名画记》，北京，人民美术出版社，1963。

（明）张以宁：《翠屏集》，《景印文渊阁四库全书》本，台北，台湾商务印书馆，1986。

（明）郑善夫：《少谷集》，《景印文渊阁四库全书》本，台北，台湾商务印书馆，1986。

郑午昌：《中国画学全史》，上海，上海古籍出版社，2001。

郑振铎：《西谛书话》，北京，生活·读书·新知三联书店，1983。

（南朝梁）钟嵘著，周振甫译注：《诗品译注》，北京，中华书局，2012。

（明）钟惺著，李先耕、崔重庆标校：《隐秀轩集》，上海，上海古籍出版社，1992。

（明）钟惺、（明）谭元春辑：《古诗归》，《续修四库全书》本，上海，上海古籍出版社，2002。

周积寅：《中国历代画论：掇英·类编·注释·研究》，南京，江苏美术出版社，2007。

（宋）周密著，吴企明点校：《癸辛杂识》，北京，中华书局，1988。

周群：《刘基评传》，南京，南京大学出版社，1995。

周维德集校：《全明诗话》，济南，齐鲁书社，2005。

（明）周叙：《石溪周先生文集》，明万历二十三年周承超等刻本。

（明）周旋：《畏庵周先生集》，《四库全书存目丛书》本，济南，齐鲁书社，1997。

周贻白：《中国戏剧史长编》，北京，人民文学出版社，1960。

周贻白：《中国戏曲发展史纲要》，上海，上海古籍出版社，1979。

（清）朱鹤龄：《愚庵小集》，上海，上海古籍出版社，1979。

朱良志：《南画十六观》，北京，北京大学出版社，2013。

（明）朱谋垔：《续书史会要》，《文渊阁四库全书》本。

（宋）朱熹著，朱杰人、严佐之、刘永翔主编：《朱子全书》，上海，上海古籍出版社；合肥，安徽教育出版社，2002。

朱倓：《明季社党研究》，上海，商务印书馆，1945。

朱一玄编，朱天吉校：《明清小说资料选编》，济南，齐鲁书社，1990。

（清）朱彝尊著，黄君坦校点：《静志居诗话》，北京，人民文学出版社，1990。

（明）朱应登：《凌溪先生集》，《四库全书存目丛书》本，济南，齐鲁书社，1997。

（明）朱元璋著，胡士尊点校：《明太祖集》，合肥，黄山书社，1991。

（明）朱有燉著，翁敏华点校：《诚斋乐府》，上海，上海古籍出版社，1989。

（明）朱有燉著，赵晓红整理：《朱有燉集》，济南，齐鲁书社，2014。

（明）朱右：《白云稿》，《景印文渊阁四库全书》本，台北，台湾商务印书馆，1986。

（明）朱桷：《文章类选》，《四库全书存目丛书》本，济南，齐鲁书社，1997。

（明）朱之瑜著，朱谦之整理：《朱舜水集》，北京，中华书局，1981。

（明）祝允明：《祝枝山全集》，明万历三十八年刻本。

（明）宗臣：《宗子相集》，《景印文渊阁四库全书》本，台北，台湾商务印书馆，1986。

宗志罡主编：《明代思想与中国文化》，合肥，安徽人民出版社，1994。

（清）邹漪：《启祯野乘》，《明代传记丛刊》本，台北，明文书局，1991。

左东岭：《李贽与晚明文学思想》，天津，天津人民出版社，1997。

左东岭：《明代文学思想研究》，北京，商务印书馆，2013。

左东岭：《王学与中晚明士人心态》，北京，商务印书馆，2014。

期刊论文

1. 曹汛：《造园大师张南垣（一）——纪念张南垣诞生四百周年》，载《中国园林》，1988（1）。

2. 陈昌云：《朱元璋文学思想与诗文风貌——兼论开国帝王文学特征》，载《学术界》，2015（5）。

3. 陈昌云：《朱元璋与元末明初文风嬗变》，载《北方论丛》，2013（1）。

4. 陈广宏：《王慎中与闽学传统》，载《文学遗产》，2009（4）。

5. 程国赋：《明代坊刊小说稿源研究》，载《文学评论》，2007（3）。

6. 慈波：《文话研究引论》，载《江淮论坛》，2006（3）。

7. 戴望舒：《袁刻〈水浒传〉之真伪》，载《学原》，1948（5）。

8. 邓雷：《袁无涯刊本〈水浒传〉原本问题及刊刻年代考辨——兼及李卓吾评本〈水浒传〉真伪问题》，载《福建师范大学学报（哲学社会科学版）》，2017（3）。

9. 董玉洪：《明代的文言小说评点及其理论批评价值》，载《明清小说研究》，2010(3)。

10. 樊树志：《明清长江三角洲的市镇网络》，载《复旦学报（社会科学版）》，1987（2）。

11. 方锡球：《从"中和"哲学观到"雍容典雅"的诗学追求——有关刘勰〈文心雕龙〉的一个重要贡献》，载《求是学刊》，2000（5）。

12. 方锡球：《中国古代文论中艺术理想的两个层面——从风骨论到意境论》，载《文学前沿》，2008（1）。

13. 冯保善：《晚明"大众文化"的巨擘——谫论冯梦龙的历史地

究》，2016（4）。

14. 冯小禄：《文社·宗派·性格——艾南英陈子龙之战再检讨》，载《云南师范大学学报（哲学社会科学版）》，2006（1）。

15. 傅承洲：《冯梦龙"立情教"新说》，载《南阳师范学院学报（社会科学版）》，2003（1）。

16. 付琼：《明代〈文选〉学衰落说质疑》，载《广西社会科学》，2018（11）。

17. 龚宗杰：《晚明文法汇编的编刊与文章学演进》，载《文学遗产》，2018（2）。

18. 关道雄：《论晚明公安派文论的"新变"思想》，载《南京大学学报（哲学、人文、社会科学版）》，1999（2）。

19. 侯体健：《资料汇编式文话的文献价值与理论意义：以〈文章一贯〉和〈文通〉为中心》，载《复旦学报（社会科学版）》，2009（2）。

20. 纪德君：《"拍案"何以"惊奇"？ ——"二拍"传奇艺术论》，载《中山大学学报（社会科学版）》，2005（6）。

21. 贾飞：《复古派领袖王世贞："性灵"说的先驱》，载《求索》，2016（11）。

22. 李青云、张宏敏：《元明之际的浙学走向——以刘基的理学思想为例》，载《浙江社会科学》，2014（8）。

23. 马东明：《明清印刷出版状况窥视》，载《印刷杂志》，1995（6）。

24. 马美信：《阳明心学与文学复古运动》，载《复旦学报（社会科学版）》，1993（6）。

25. 马泰来：《谢肇淛的〈金瓶梅跋〉》，载《中华文史论丛》，1980（4）。

26. 马蹄疾：《金圣叹继承李卓吾反封建斗争的传统吗？》，载《光明日报》，1964-07-26。

27. 欧阳代发：《何者为〈水浒传〉李贽评本真迹？ ——与朱恩彬同志商榷》，载《山东师大学报（哲学社会科学版）》，1984（5）。

28. 潘建国：《"稗官"说》，载《文学评论》，1999（2）。

29. ［日］松下忠：《袁中郎的性灵说》，载日本京都大学《中国文学报》第 9 册，1958 年 10 月。

30. 童庆炳：《〈文心雕龙〉"风清骨峻"说》，载《文艺研究》，1999（6）。

31. 王峰：《史传传统与金圣叹小说观》，载《明清小说研究》，1999（3）。

32. 王利器：《〈水浒〉李卓吾评本的真伪问题》，载《文学评论丛刊》，1979（2）。

33. 王齐洲：《金圣叹腰斩〈水浒传〉无可怀疑——与周岭同志商榷》，载《江汉论坛》，1998(8)。

34. 王宪明：《张涟在北京的活动及其卒年考略》，载《故宫博物院院刊》，2000（4）。

35. 魏宏远：《王世贞晚年"自悔"论》，载《中国文学研究》，2008（1）。

36. 吴功正：《历史变动时期的短篇小说——评凌濛初的初、二刻〈拍案惊奇〉》，载《文学遗产》，1985（3）。

37. 张德建：《明初理学与政治话语下的文道关系》，载《文化与诗学》，2011(1)。

38. 郑利华：《前七子文学集团的形成及其发展特点》，载《中国文学研究（辑刊）》，2005（1）。

39. 郑利华：《汪道昆与嘉、万时期文坛的复古活动——以汪道昆与七子派关系考察为中心》，载《求是学刊》，2008（2）。

40. 周岭：《金圣叹腰斩〈水浒传〉说质疑》，载《文学评论》，1998(1)。

学位论文

1. 胡蝶：《明代茶陵派吴地文人研究》，硕士学位论文，闽南师范大学，2013。

2. 李慈瑶：《明代骈文研究》，博士学位论文，浙江大学，2015。

3. 刘尊举：《唐宋派文学思想研究》，博士学位论文，首都师范大学，2006。

4. 张龙：《明代茶陵派闽人作家研究》，硕士学位论文，闽南师范大学，2014。

后记

当这一百万余字的书稿摆上案头，即将提交北京师范大学出版社的时候，我的心里涌出阵阵愧疚和遗憾。

八年前，童庆炳先生委托李春青教授给我打电话，让我负责申报教育部人文社会科学重点研究基地重大项目《明代文艺思想史》。这是他和春青老师主编的《中国文学艺术思想史》的一部分。一方面，我深感学力不逮，又才力单薄，驾驭不了一个学术团队；另一方面，《中国文学艺术思想史》是一部逾千万字的皇皇巨著，责任重大，我生怕会辜负童先生重托。加上我当时教学、科研任务繁重，还主持了两个国家社科基金项目，于是，我向春青老师反复推荐童门中两位著名的弟子，他们都在明代诗学和明代思想史领域有不俗的建树，水平比我高得不是一点点。春青老师用他一向开始宽柔而后个性鲜明的风格，先是支支吾吾，后是寸步不让，主要意思是童先生定下来了，别人都忙，老师信任你你就干吧。怕误事，我只好进京当面给童先生说出我的惶恐。他的意思是我把明代诗学做出来了，完全有能力做好这项工作，再者，安庆那小学校参与进来，也是很好的事情。（他常常把我工作的单位称为"小学校"，其实，我们的本科生比北师大多得多。当然，有时谈到安徽的好学校时，也不忘将我们这小学校算上一个。）我再说干不了，再说我的明代诗学根本没有做出来，他就不高兴了。童先生的不高兴也很著名。 按照常规，他不高兴，我们要么转移话题，要么赶紧开溜。 之后，有一位教授特别想搞个这样的项目，还发生了不大不小的矛盾。 虽如此，也没有改变童先生的主张。

立项后，我立即组织项目成员开会，商讨如何按计划完成这一课题。 没想到，中途有个别成员退出，加之最近八九年里，我本人日甚一日地陷入无限繁杂的行政事务，尽管大家努力克服各种困难，但是课题还是延期了。 记得北师大社会科学处几次打电话，说是教育部差点就取消了这个项目。 我只好打电话给过常宝院长（按：北师大文学院院长），请求他去社科处说说，别那么催我们。

2015 年 6 月 14 日，童先生遽归道山。 在震惊和悲悼的同时，我们也为未能在先生在世之时完成课题而感到遗憾和愧疚。 我清楚记得，5 月下旬，他专门给我打了个电话，催促课题进度。 这个电话打得比较长，也是童先生给我打的最后一个电话。

先生离开我们后，春青老师一直关注着课题的进展。 他多次通过电话、微信等方式，与我联系，迫切希望课题尽早结项。 春青老师乃是燕人，慷慨阳刚，发过两次脾气，甚至建议我重新找人做。 他第一次发脾气的时候，初稿已经出来了，只不过没有及时给他汇报。 等到他第二次发脾气，我一说，他才想起我们任务完成得差不多了。 估计是他想着要下决心给我们严格要求一下，但忘了已经严肃说过一回了。

童老师逝世后，我也深感课题不能再拖延下去了。 多次督促课题组成员加快进度。 这期间，我们开了几次统稿会，专门把吴子林和黄春燕两位老师请到安庆，大家一起商量如何把这个项目早日做好。 今年 1 月，我们再次齐聚安庆，就最后的统稿和修改事宜统一意见。 现在，课题组通过六年左右的努力，终于可以交出书稿。 希望这迟来的一百多万字，能够勉强告慰童先生的在天之灵。

最后，感谢课题组每位成员的辛勤努力。 课题撰写分工如下：方锡球教授负责"明代诗学思想史"，汪孔丰教授负责"明代散文思想史"，吴子林研究员负责"明代小说思想史",汪超教授负责"明代戏曲思想史",黄春燕副教授负责"明代园林思想史",郭青林副教授负责"明代书画思想史"。 感谢教育部人文社会科学重点研究基地北京师范大学文艺学研究中心的大力支持,感谢北京师范大学出版社的辛勤付出。

由于作者水平有限,书稿篇章较多,错误和不妥之处敬请方家和读者批评指正。

方锡球

2019 年 7 月 16 日

图书在版编目（CIP）数据

明代文艺思想史 / 方锡球主编. —北京：北京师范大学出版社，2024.1（2024.4 重印）
（中国文艺思想通史）
ISBN 978-7-303-26727-9

Ⅰ.①明…　Ⅱ.①方…　Ⅲ.①文艺思想史－中国－明代　Ⅳ.①I209.48

中国版本图书馆 CIP 数据核字（2021）第 015844 号

明代文艺思想史
MINGDAI WENYI SIXIANGSHI

方锡球　主编

策划编辑：禹明超	责任编辑：岳　蕾	
美术编辑：李向昕	装帧设计：李向昕	
责任校对：段立超　张亚丽	责任印制：赵　龙	

出版发行：北京师范大学出版社	开本：730mm × 980mm　1/16	版次：2024 年 1 月第 1 版
印刷：北京盛通印刷股份有限公司	印张：107.75	印次：2024 年 4 月第 2 次印刷
经销：全国新华书店	字数：1620 千字	定价：480.00 元

北京师范大学出版社

http://www.bnup.com
北京市西城区新街口外大街 12-3 号
邮政编码：100088
营销中心电话：010-58805385
主题出版与重大项目策划部：010-58805385